北京大學《儒藏》編纂與研究中心　編

《儒藏》精華編選刊

西河文集

（一）

〔清〕毛奇齡　撰

閻寶明
趙友林　校點
馬麗麗

北京大學出版社
PEKING UNIVERSITY PRESS

圖書在版編目(CIP)數據

西河文集：全六册 /（清）毛奇齡撰；北京大學《儒藏》編纂與研究中心編. --北京：北京大學出版社，2024.10. --（《儒藏》精華編選刊）. --ISBN 978-7-301-35571-8

Ⅰ. I214.92

中國國家版本館CIP數據核字第2024WH0514號

書　　名	西河文集 XIHE WENJI
著作責任者	〔清〕毛奇齡 撰 閻寶明　趙友林　馬麗麗 校點 北京大學《儒藏》編纂與研究中心 編
策劃統籌	馬辛民
責任編輯	魏奕元
標準書號	ISBN 978-7-301-35571-8
出版發行	北京大學出版社
地　　址	北京市海淀區成府路205號　100871
網　　址	http://www.pup.cn　新浪微博: @北京大學出版社
電子郵箱	編輯部 dj@pup.cn　總編室 zpup@pup.cn
電　　話	郵購部 010-62752015　發行部 010-62750672 編輯部 010-62756449
印 刷 者	三河市北燕印裝有限公司
經 銷 者	新華書店
	650毫米×980毫米　16開本　156.25印張　1780千字 2024年10月第1版　2024年10月第1次印刷
定　　價	498.00元（全六册）

目録

第一册

第二册

西河文集卷三十九……四四二

西河文集卷四十……四五三

西河文集卷四十一……四六六

西河文集卷四十七……五三七

西河文集卷四十八……五四九

西河文集卷五十九……六八八

西河文集卷六十一……七二五

第四册

第五册

西河文集卷一百三十一

西河文集卷一百三十三……一五三四

西河文集卷一百三十四……一五四七

西河文集卷一百三十八……一五九〇

西河文集卷一百四十五……一六九一

西河文集卷一百四十六……一七〇三

西河文集卷一百五十一……………一七七一

西河文集卷一百五十四……一八〇三

西河文集卷一百五十五……一八一三

西河文集卷一百五十六……一八二七

西河文集卷一百五十八……一八五一

西河文集卷一百五十九……一八六五

西河文集卷一百六十一

七言古詩八

西河文集卷一百六十二

第六册

西河文集卷一百六十六……一九四四

西河文集卷一百六十八

西河文集卷一百七十一

西河文集卷一百七十二……二〇七四

五言律詩六……二〇七四

西河文集卷一百七十三……二〇九三

西河文集卷一百七十五……二二三

西河文集卷一百七十八

西河文集卷一百八十二……二二三一

西河文集卷一百八十三……二二四三

西河文集卷一百八十七 …………… 二二九〇

西河文集卷一百八十八……二三〇三

西河文集卷一百八十九

校點説明

《西河文集》，又名《西河集》，是清初著名文人、學者毛奇齡的文集。

毛奇齡（一六二三——一七一三），字大可，一名甡，以郡望稱西河先生，浙江蕭山（今杭州蕭山）人。明季諸生。清康熙十七年（一六七八），毛奇齡應博學鴻儒薦入京，次年試列二等，授翰林院檢討，充任《明史》纂修官，在明史館七年。康熙二十四年冬，告假南歸，遂稱病不復出，僦居杭州，以著述授徒爲業，終老家中，享年九十一歲。

毛奇齡一生著述宏富，其著作彙爲《毛西河先生全集》（也稱《西河合集》）行世。《西河合集》分經集、文集兩個部分，收録了毛奇齡的大部分著作，總計近五百卷之多。鑒於毛奇齡的巨大學術影響，其著作被大量地收入乾隆年間編纂的《四庫全書》中，共計二十八種，此外尚有三十五種存目，由此毛奇齡成爲《四庫全書》收録個人著述最多的人。

《西河文集》即脱胎於《西河合集》中的文集部分。《四庫全書》收録時作了別析，《西河集》書前提要稱：「《文集》凡二百三十四卷，而《策問》一卷、《表》一卷、《集課記》

一卷、《續哀江南賦》一卷、《擬廣博詞連珠詞》一卷，皆有録無書。其中如《王文成傳本》二卷、《制科雜録》一卷、《後觀石録》一卷、《越語肯綮録》一卷、《何御史孝子祠主復位録》一卷、《湘湖水利志》三卷、《蕭山縣志刊誤》三卷、《杭志三詰三誤辨》一卷、《天問補注》一卷、《勝朝彤史拾遺記》六卷、《武宗外紀》一卷、《後鑒録》七卷、《韻學要指》十一卷、《詩話》八卷、《詞話》二卷，外附《徐都講詩》一卷，本各自爲書，今析出別著於録。其當編於集部者，實文一百三十卷、詞七卷、詩五十三卷，統計一百九十卷。」（《四庫全書總目》所述卷數與此略有不同，以書前提要爲正）可知《合集》中所謂「文集」，尚包含有很多今人稱之爲專著的東西，且篇幅相對較大。四庫館臣將這些有專著性質的文字捨棄不收或別録於集外，而只收録了文、詩、詞三個部分，統計一百九十卷，定名爲「西河集」，是較爲符合文集的體例的。因此，我們此次校點《西河文集》，所用雖爲《西河合集》之本，但篇目的選擇則依從四庫館臣的取捨，只校點整理這一百九十卷之文與詩詞，又捨棄屬於曲、可作爲專著獨立的《擬連廂詞》一卷，得一百八十九卷。

《西河文集》收録了毛奇齡一生中最重要的文章和詩詞。其中文章部分如《寄閻潛丘〈古文尚書寃詞〉書》《與閻潛丘論〈尚書疏證〉書》《與黄梨洲論僞〈尚書〉書》《復馮山公論〈太極圖説〉〈古文尚書冤詞〉書》《復章泰占質〈經問〉書》以及《辨聖學非道學文》等，集中反映了毛氏學術思想和觀點，爲我們研究毛奇齡及清初學術提供了寶貴材料。此外大量的碑銘、傳記之作，也爲我們研究毛氏的生平、交遊以及清初社會狀況提供了珍貴史料。毛奇齡學問淵博，涉獵廣泛，然以經學最負盛名。他的經學研究講求實證，不以空言説經，對宋儒理學多所批評。尤其是對元明以來一直懸爲令甲的朱熹《四書章句集注》大加指摘，在當時的學術界極具震撼力，足以轉移一時之視聽。可以説，毛奇齡是繼顧炎武之後，與閻若璩、胡渭等人並駕的乾嘉漢學先驅。當然，毛奇齡的治學風格還有炫博好辯的一面，他的考證和議論，也有不少偏頗、失當之處，這是讀者應當注意的。

《西河合集》曾歷經三次大的彙輯編纂過程，參預輯校的人員多達一百一十一人次，其中較爲重要的人員有李塨、盛唐、邵廷采、李庚星、蔣樞等。《合集》初刻於康熙三十八年（一六九九）毛奇齡七十七歲的時候，這也是他生前唯一的一次刊刻。此後直到康熙五十二年毛奇齡九十一歲去世，其間又有很多新的著作問世。康熙五十九年，毛氏門人第二次刊刻，補充收録了初版之後的若干著述。乾隆十年（一七四五）有書留草堂刻本，是在第二版的基礎上「校讎亥魯，仍行核實訂定」而成的。此後，尚有乾隆三十五年陸體元的修補重印本、嘉慶元年（一七九六）的蕭山陸凝瑞堂刻本。比較而言，康熙五十九年版刊刻較早，收録較全，文字上也較爲可靠，因此，此次校點《西河文集》，即以康熙五十九年版爲底本，以影印文淵閣《四庫全書》本（簡稱「四庫本」）爲校本。原書中的雙行小字，大多屬於毛氏友人、門人等所加的文章評點文字，本次整理時統予删除，若干有助於理解毛氏原著或有關詩文本事的文字，則酌情保留。諱字回改。四庫本中有若干異文屬四庫館臣避諱所改，不出校記。原書各類文體前有篇題目録，今集中於書前，文字異於正文者改從正文，闕者補題，不一一注明。另有序目八篇（莫春園撰六，李堪撰二），今亦集中於前，以便觀覽。

本書由閻寶明、趙友林、馬麗麗三人合作校點整理，具體分工如下：閻寶明卷一至二二、卷一〇七至一八九，趙友林卷四四至六一、卷八四至一〇六，馬麗麗卷二三至四三、卷六二至八三。

校點者　閻寶明　趙友林　馬麗麗

西河文集序目一❶

❶「一」，原無，今爲便於區分添。

牘札一卷

箋一卷

同里莫春園曰：誥、頌、奏、議之興，其來遠矣。古者守其官，司其職，則載筆從之，而亦有閒居擬作即以行世者。先生少經憂患，垂暮登朝，又以病不時侵，出入承明者日淺，故所著誥、頌等篇，擬作者十之五。及解組南歸，肆力諸經，而篇籍散失者，復十之七。如誥詞，則館稿不存。樂録，則奏疏全逸。判存六，牘存廿五，箋存三十四，則其他之歷星霜而蝕風雨者何限，又況表策諸大篇，盡書缺有間者乎。雖理學文章，先生自有軒輊，予以爲鴻筆之儒，爲國雲雨。高文典册，誠足鼓吹盛明。而隻語單詞，亦非徒吉光片羽之比。故讀《主客辭》，雖憲體于曼倩、子雲，而以視《賓戲》《達旨》《應間》《釋誨》《客傲》諸子，有過之無不及也。若乃相如《封禪》，驅前古于當今之下，騰休明于列聖之上，歌禎瑞，讃介丘，號稱極盛，然麗而不典，與《劇秦》并訾。若先生之《平滇》《聖恩》《聖德神功》三頌，典矣實矣，何麗之足云？至誥詞古雅，奏議精詳，以懾淮南，以式臺閣，無不可者。而若書若判，若揭劄若箋牘，又皆咀漢魏六朝之華，漱唐宋大家之潤。惜乎放失太甚，不無遺憾耳。昔梁劉彦和撰《文心雕龍》，沈隱侯謂「深得文理」，則所云「文不滅質，博不溺心，正采耀乎朱藍，間色屏于紅紫」者，誰居？其在斯乎？

西河文集序目二❶

同里莫春園曰：昔左太冲賦三都，人未之奇也。張司空震之曰：「此二京，可三？」又謂：「思文未重于世，宜經高明之士。」由是藉玄晏之序以傳。然則著述雖工，不遇有力者以推挽之，宜爾，曷足怪焉？今海内名人鉅公衆矣，然而學老文鉅，名在天壤者，惟先生一人。以故凡有撰次，率取正于先生，而丐一言以爲重。今集中所存，雖不及百之一，而得恃先生之推挽以傳于後，詎不厚幸？至于題跋所加，皆足破千古之疑而傳來者之信，又非特如唐宋諸家稍廣見廣者可以絜量已矣。

❶「序目二」，原無，今仿前添。
❷「引弁首」，正文居「題題詞題端」前。

西河文集序目三❶

❶「三」，原無，今仿前添。
❷ 此目本次整理未收。

墓碑銘二卷墓表五卷

墓誌銘十六卷

神道碑銘二卷

塔誌銘二卷

事狀四卷

年譜一卷

蠡吾李塨曰：此先生碑版文也，先生早知名，遠近碑版争欲得先生一言以爲榮。奈丁年出門，垂暮登朝，及還鄉而年已老矣。碑記存者十之七，係嗣君遠宗所纂。傳則史館起草二百篇，秘不示人，惟取平時所作及史館之備而不用者，存若干首。若墓文則皆先生自弆之，無雜入者。塨從先生游，見杭人慶吊，凡生日、移居、上官、遷秩，率用先生文以飾屏幛，即尋常貽贈，一方一幅，必署先生名，傳視珍重，然而皆贋鼎也。至墓塔勒石，公然以僞文裝潢，拜跪相餉，即先生見所勒本置不辨。間有匄先生爲文，先生但書名閥印圖記去。即豪宗貴戚偶以金幣相摯請，亦不之應。雖曰其人無可傳，耻爲諛墓，然筋力亦敗矣。王恬曰：餘杭董老泉，名士也，將易簀，呼兒請先生。同邑金君諱畧者，乞先生親爲墓文，幸得見而瞑，既而遣其友孫君大白重促之，然終以應之遲，瞑不及待。先生擲筆長嘆曰：「負死者，負死者。」其不易得如此。然則後之欲以僞文篡入之，亦可免矣。

西河文集序目四❶

❶「四」，原無，今仿前添。
❷ 本目以下，本次整理未收。
❸ 本目原失載，今據底本墨筆所添補。

蕭山縣志刊誤三卷

杭志三詰三誤辨一卷

天問補註一卷

同里莫春園曰：夾漈鄭氏有云：「古今編書，所不能分者五：一傳記，二雜家，三小説，四雜文，五故事。凡此五類之書，足相紊亂。」其説是也。然此第次百家所論著耳。若夫一人之書，自四部而外，如雜説、雜記、雜録、雜志、雜註等篇，其卷帖不倫，意指錯出者，既不當附于四部，復不宜散而無統，則序而存之，别爲一區，固無不可矣。園嘗以是質之先生，而先生韙之。今次第先生記事諸篇，自國家大典以及方言地志、軼事異聞，另成一帖，亦猶行先生之意也。夫傳記雜家之興，濫觴于漢，至唐宋而瀰漫極矣，通考可復也。然事或不實，實或不文且富；著或不傳，傳或不久且顯。此通患也，而于先生何有哉？是用勒爲成書，以告來哲。

西河文集序目五❶

同里莫春園曰：先生讀書講學，壹以宣明義理爲主，而故實隨别白焉。自經集而外，文集甚爲浩繁，而理之昭晰，事之精詳，一似出獨見，以抗衡古今者。至披誦其文，始有以得歸宿而極根柢，振槁

❶「序目五」，原無，今仿前添。

發蒙，不足爲喻。憶先生自康熙乙酉歸城東草堂，余始得從述齋夫子後親承教誨，乃先生發一解，樹一義，猶河漢而無極。及反覆玩味，固未嘗不日星明而江河流也。嘗私論之曰：「古人篇籍，要不徒作，作必有以自見，然而祛千古之疑，成一家之言，辨難疏解，不遺餘力，而使事理畢達，無遁情，無剩義，則豈有如先生者？」莊生有言：「至言不出，俗言勝也。」又曰：「高言不止于衆人之心。」夫悼俗言之煩穢，而發高言以拯世溺，豈曰細故？此亦何問小篇大章，均可以垂世而行遠矣。

西河文集序目六❶

賦四卷

續哀江南賦一卷　缺

九懷詞一卷

擬廣博詞連珠詞一卷　缺

誄文一卷

同里莫春園曰：古之論賦者詳矣。善乎劉舍人之言曰：「賦也者，受命于風人，招字于楚詞。味茲二者，雖不作可焉。」自屈平始作《離騷》，楊雄肇爲《連珠》，厥後詞人遞相師祖，然而拾香草，貫魚目，豈可也哉？晉潘岳工於哀誄之文，譽流曩哲。今披其集，亦信而有徵。然子雲悔其少作，子建不以辭賦爲君子。由斯以推，述德累行，不無媿詞，引泣會悲，等諸談笑，則固玉卮無當也。先生嘗語園曰：「凡人少壯才情溢，則有下筆之譏；老成興會衰，則有才盡之累。夫唯大雅，醞釀六經，笙簧百氏，彌遠彌到耳。」茲讀先生集，詞班珠玉，色儷雲霞，非獨度沈舍潘，實則提楊挈賈。世之君子，讀先生之書者，收其實于經學，而採其華于文辭，號曰通才，照耀千古，奚愧焉！

❶「六」，原無，今仿前添。

西河文集序目七❶

詩話八卷

詞話二卷❷

填詞六卷

連廂詞一卷

同里莫春園曰：先生晚年不喜譚詩，填詞、曲子無論已。以故四方學士大夫暨都人士暨門下諸子，凡請業者謝勿與稱，然而樂先生與人之寬而怪其用意之嚴者，則既有日矣。雖然，夫何嚴哉！不言之言，言有在也，經學、史學是也。不言之言，言固在也，詩話、詞話是也。學者知此，思過半矣，胡必敝先生之舌爲！乃若連廂一詞，曲子耳，于詩爲派別，于詞爲支流。元人以之決科，明人以之調笑。而先生則固非漫然作者，以端風俗，以正人心，興觀群怨，獨非詩意也哉！

❶「七」，原無，今仿前添。

❷詩話、詞話兩目，本次整理未收。

西河文集序目八❶

二韻即五言絶句 三卷

七言絶句八卷

排律一名長律，一名聲律，唐取士用此，即六韻排體是也。若五七律，並非試體，但偶應制爾。至七排，則始于少陵，在唐亦無其體矣。故此但稱排律，不加「五言」以此。 六卷

七言古詩十三卷

五言律詩六卷

七言律詩十卷

七言排律一卷

五言格詩即古詩也。唐古詩稱格詩。 五卷

五七三韻律一名小律，一名半律。六言詩共卷

❶「八」，原無，今仿前添。

附徐都講詩一卷❶

蠡吾李塨曰：先生詩已刻未刻，合一萬餘首。嗣君遠宗與學人同收存五千零首，共五十四卷，然尚多非先生意也。先生詩不名一家，而成一家。自漢魏六朝以迄三唐，先生皆有之，然皆若無有，而卒成其爲先生之詩。生平出游，把筆無點竄，東西奔走無虚日，故所至皆酬應詩。嘗曰：「吾豈無登臨？顧勞苦生人，意氣盡矣，吾其如登臨何哉！」特其酬應詩，獨開面目，爲三唐所未有。且舊有《夏歌》《瀬中》二集行世，世争購之。既而《夏歌》無存者。曾刻《古今樂府》于淮西，亦不存。及歸田後，學者請較先生詩，先生不答，且曰：「姑舍之。」因私取《瀬中》所賸者，雜以《鴻路堂詩抄》《丹攤雜詩》，合諸笥所賸，而彙爲斯集。舊刻《越州三子詩選》《越郡詩選》《空居日抄》諸集，一概不録。但五古詩少，遠不及七古之半。先生嘗曰：「少爲選體詩，既而見吴江吴生有爲齊梁以後詩者，遂爲齊梁以後詩，凡三百餘者，無兼本。」甬東魏生與烏程錢氏選近人詩，携其稿去。會吴生以考場事發，徙塞外，而魏生與錢氏則皆以他案捕逮，籍其家，而詩并亡焉。其後先生全不作是體，偶汎作酬應，略不用意，則洵手書五古付去，曰：「五古如少陵亦可矣。」蓋易之也。先生詩無鍥刻之音，而其情自深得六義之旨。始寧徐昭華，大司馬女孫也，讀先生之詩而感之，願受學，稱都講焉。今集末有「都講詩」一卷，則其受學時所存稿也。先生曰：「若以詩，則吾門雖多才，無如都講者。」都講，高弟之名云。

❶ 此目本次整理未收。

西河文集卷一

蕭山毛奇齡又名甡字初晴稿

誥詞

本朝誥敕，率以品級爲等差，不分各衙門内外，第以同品同制，勒爲定式。至康熙乙丑，特命詞臣更撰諸詞，照内外各衙門職銜，分題若干首。初晴館稿俱不存，兹從同館周贊善抄本録入，衹十之一耳。

舊詞官以人異，今人以官同，則正副當分，祖父宜辨。求其按切，實與歐蘇制誥，倪黄代言，輝易懸甚。況詞貴古質，字便繙清。自非盛世高文，安辨千秋大業。

吏部侍郎併妻

國家重銓衡之典，端藉劻勷；朝廷弘錫予之恩，豈分左右。踵天卿而啓事，選職惟三；揚帝賚以酬勳，懋官則一。爾吏部某侍郎某，負譽清通，居身中正。人倫是鑒，同裁九格權衡；品敘方澄，兼稔庶司條例。堪任《周官》之小宰，允稱文部之正人。兹以覃恩至誥命。於戲，惇功既懋，庶無忘涖事惟勤；鑑物能明，當愈識恩輝有自。欽予成命，勵乃嘉猷。

妻　治首天曹，畫省賴清平之佐；禮崇人配，帷房占伉儷之諧。惟閑家有則，四德堪褒；斯貳職惟勤，三銓益勵。爾吏部某侍郎某妻某氏，婉娩爲容，和柔其德。賢能相事，庶幾夜視明星；貴得從夫，早已身依卿月。似此清班之克助，允宜華幗之頻加。兹以覃恩至淑人。於戲，衡品表東曹之尺，度越中閨；恩綸展北闕之絲，昭于黼黻。式兹異數，勉爾同心。

繼妻　人臣匡國，入官無正副之殊；女士宜家，在御鮮後先之别。既湛恩之下逮，豈繼體之有遺。爾吏部某侍郎某繼妻某氏，德嗣前徽，禮嫺中則。令儀可紀，《詩》稱克纘無斁；淑行堪承，《易》道有終方吉。果爾嘉修之適合，何難寵命之再申。兹以覃恩至淑人。於戲，勳庸丕著，良爲天府凝丞；服命均沾，共戴王仁浩蕩。尚資匡贊，並賚休嘉。

吏部侍郎祖父母

祖父　司列顯世傳之澤，貽厥孫謀；匪頒弘上逮之庥，繩其祖武。欲識源流之有自，當推錫賚于無疆。爾某吏部某侍郎某之祖父，作德基先，發祥啓後。家餘公望，人言再世其昌；庭有孫枝，位進數階益大。匪推錫類，曷勸興宗。兹以覃恩至誥命。於戲，加鐠非遥，庶享含飴之報；紹衣有在，愈彰錫服之榮。祗佩新綸，用昭舊德。

祖母　揆席著風聲，忻見國多良輔；高門膺寵賁，定知家有賢孫。慈謀久布於重幃，貤賚用彰夫累世。爾吏部某侍郎某祖母某氏，立愛垂模，思齊作頌。雲胄啓再傳之緒，及乎子又及乎孫；天曹掌八柄之榮，以爲功不以爲幸。兹以覃恩至淑人。於戲，徽音未邈，尚貽昌大於將來；寵賚從優，庶保昭融於罔斁。用酬母訓，永畀王綸。

繼祖母　國恩遠逮，體勞臣教孝之思；壼德頻仍，啓良輔勖官之業。將勵聞孫之懋績，應加似妣以貤榮。爾吏部某侍郎某繼祖母某氏，毓德承先，昌孫善後。繩繩公姓，從無訓迪之有違；湛湛皇恩，誰謂敷施之難繼。兹以覃恩至淑人。於戲，德疏再世，王闈分從祖之榮；命被三銓，宰署共貽孫之慶。報慈罔間，衍祚安窮。

吏部侍郎父母

父　選部統人倫之要，惟資父可以事君；明廷謹天職之通，求忠臣必於孝子。爾某吏部某侍郎某之父，道在禔躬，志存作室。趨庭能受教，猶餘詩禮之傳；嬗代有成模，敢越箕裘之則。但慶賞之行必逮，斯顯揚之志可申。兹以覃恩至錫之誥命。於戲，家聲足紹，須知苐禄無衍；國典攸隆，益信孝思不匱。尚宏佑啓，用表忠勤。

母　國家報功之典，首著卿曹；人臣上善之誠，先邀子舍。毓瑞克生乎良佐，推恩必本之賢親。爾吏部某侍郎某母某氏，令善成名，劬勞有效。早嫻七誡，儼身通六計之條；晚識三從，應躬受五花之誥。果徽音之既著，膺惠典以何慙。兹以覃恩至淑人。於戲，鸞書克賁，無忘烏哺之情；綸軸方頒，庶慰機絲之教。母遺有進，帝賚其承。

繼母　鞠育有同勞，賢嗣何須己出；恩榮當共享，尊親豈與人殊？服官不間於初終，錫典罔遺於似續。爾吏部某侍郎某繼母某氏，淑慎其儀，和柔爲質。義方是毖，居然閫德堪追；慈色彌和，凡在母儀則一。兹以覃恩至淑人。於戲，勖兹忠藎，身教同胎教之功；嘉爾恩勤，從子即從夫之禮。昭斯同德，勉此殊恩。

前母　聖朝弘孝治，端在能承；賢嗣念慈徽，貴乎有始。苟子情之無異，自帝錫之攸同。爾吏部某侍郎某前母某氏，華茂中年，徽流後嗣。早偕伉儷，難忘時命乖違；晚被褒榮，方識湛恩汪濊。欲展靡依於殁後，宜申有譽於生前。兹以覃恩至淑人。於戲，九原可作，應推地德之貽；八柄弘開，且受天卿之賞。欽予寵命，慰爾幽貞。

生母　論賞不遺於在列，以夫榮亦以子榮；推恩必逮於所生，有是母始有是子。爾吏部某侍郎某生母某氏，德以順成，位因柔進。相夫能毓瑞，固知蘭可爲徵；生子得成名，誰謂芝原無本。似此顯揚之克遂，愈彰揆敘之能平。兹以覃恩至淑人。於戲，閨中雖降志，喜曾無二耦之嫌；膝下已登賢，又何負五花之錫。服兹寵賁，昭爾恩勤。

奉天府府丞併妻

三輔爲本根之地，位重端寮；九階分官賞之基，禮優上佐。爾奉天府府丞某，公正爲懷，保釐是副。銀章隨半刺，早知績著凝丞；冰鑑照通都，坐見風生輦轂。思論爵出方連之上，應加恩在豐沛之間。兹以覃恩至誥命。於戲，治平觀首善，況值從龍從虎之鄉；勱相得參卿，豈無如綍如綸之錫。膺兹寵渥，表爾賢勞。

妻　甸服重王臣，必藉劻勷之佐；清閨彰帝賚，爰思伉儷之賢。爾奉天府府丞某妻某氏，淑德好逑，令儀克配。相夫成腹心之佐，内顧何憂？承家來黼黻之貽，隆施有在。兹以覃恩至恭人。於戲，丹褕被體，無須畫京兆之眉；青史褒賢，從此踵扶風之蹟。同心久著，異數當頒。

繼妻　京尹任宣勞之責，左右無分；淑人膺寵眷之隆，後先罔間。爾奉天府府丞某妻某氏，丹轂能依，青廬堪繼。中邦襄佐理，分宜共覯皇恩；内治踵前徽，例得均從夫貴。玆以覃恩至恭人。於戲，恩行自近，貴體良臣靖獻之心；賚敘從優，庶勉女士劻勷之德。鑒玆頒布，賴爾欽承。

奉天府府丞父母

父　善必歸親，體卿士顯揚之志；功先報本，大邦家錫賚之恩。爾某奉天府府丞某之父，道在躬修，禮從子貴。肯堂由作室，推之即神州赤縣之通；良冶可爲裘，所由致錫服褰帷之治。惟嘉猷之足式，斯懋爵所自酬。玆以覃恩至誥命。於戲，因嚴教敬，當思至治相須；移孝成忠，倍覺所生無忝。象賢是奬，享德彌隆。

母　王畿連紫禁，當藉凝丞輔弼之勞；坤教起黄裳，原有黼黻文章之貴。爾奉天府府丞某母某氏，德可齊家，慈能育子。在庭式穀，啓良臣忠藎之端；奉職無愆，本賢母劬勞所致。玆以覃恩至恭人。於戲，明廷褒未竟，須知國有殊恩；京兆母多賢，從此民無冤獄。尚欽服命，用慰尊親。

繼母　恩勤罔間，承家傳鞠子之方；褒賚維均，報國勵勸忠之典。爾奉天府府丞某繼母某氏，内治彌修，前規是式。庭前饒嗣服，善撫者無異身生；輦下得民依，苟體之悉如己子。玆以覃恩至恭人。於戲，出承王事，誰無將母之心？概被恩榮，總勵在官之節。尚嘉似續，益毖劻勷。

前母　聖朝弘孝治之思，不分今昔；人子展慈闈之慕，何間存亡。爾奉天府府丞某前母某氏，德配難終，仁恩有永。傳家餘令嗣，雖未親乳哺三年；入國作良臣，幸克佐邦畿千里。兹以覃恩至恭人。於戲，報功莫若厚，漫云無以從前；勖德肯嫌遲，毋曰遑恤我後。布兹彰顯，用慰幽潛。

生母　王國重生楨，毓瑞見醴泉之本；承家能配嫡，弘恩隆衮帔之施。爾奉天府府丞某生母某氏，嬿婉旁求，謙柔夙秉。母從子貴，自難忘鞠養之劬；忠以孝成，適足砥靖共之節。兹以覃恩至恭人。於戲，念深毛裏，即郊圻與桑梓同觀；珮錫牙衡，將巾幗共幨帷並啓。加之象服，酬爾熊占。

四譯館少卿併妻

上國勵惇庸之典，服在五章；清卿以柔遠爲懷，賓于四裔。爾四譯館少卿某，操比冰清，胸藏玉尺。修文宣大化，屢當重譯來朝；建禮進崇階，久羨貳卿加列。兹以覃恩至錫之誥命。於戲，中國有聖人，應啓王會明堂之盛；曲臺饒顯相，可無恩頒天府之榮？勉盡乃心，祗服朕命。

妻　堂陛揚休，爰藉雞鳴之助；山河比德，宜膺象服之榮。爾四譯館少卿某妻某氏，位正中闈，躬嫺内則。綏要咸効順，共覘泰運方隆；嬿婉得相求，尤喜家人協吉。兹以覃恩至恭人。於戲，内言不出梱，幸房中比琴瑟之調；大澤沛遐荒，豈一室靳絲綸之賁。服茲明命，益勵好逑。

繼妻　中饋得人，風火協家人之吉；《采蘩》有主，《春秋》重繼室之賢。爾四譯館少卿某繼妻某氏，德著和柔，情偕伉儷。相夫賓六服，居然中外相成；嗣位守三從，自爾後先罔間。茲以覃恩至恭人。於戲，深閨媲美，四荒覘彤管之華；異數偕頒，一室耀花封之錫。用旌婦順，以作臣忠。

四譯館少卿父母

父　王臣勞弼服，每云將父不遑；國典重恩施，所賴顯親有自。爾某四譯館少卿某之父，積德在躬，貽謀于後。傳家清白，在庭膺綸館之班；教子詩書，享祿得參卿之秩。茲以覃恩至誥命。於戲，萋菶成林，爰集雝喈之盛；箕裘紹美，勿忘弓冶之良。巽命用申，泰交彌著。

母　司禮布遠懷之績，揆奮兼資；酬功弘上逮之文，孝慈並著。爾四譯館少卿某母某氏，教子有方，持躬無忝。庭訓釋侏離，中外並臣隣之寄；國榮垂誥誡，尊卑總顧復之恩。茲以覃恩至恭人。於戲，發邇知遐，專藉良臣篤棐；培枝在本，敢忘母氏劬勞？象服是宜，龍章允錫。

繼母　宣力惟臣，在近不遺于在遠；靡依匪母，事存毋間于事亡。爾四譯館少卿某繼母某氏，壼範咸修，慈謀克纘。在庭中鞠育，無藉三年乳哺之勞；藏篋有詩書，實爲四海歸懷所本。兹以覃恩至恭人。於戲，教貽式穀，原無終始之殊；恩在堪褒，豈以後先而異？華綸用錫，陰教長光。

前母　有母未能將，總屬終天之憾；使臣當以禮，聿隆追贈之恩。爾四譯館少卿某前母某氏，壼範開先，母儀著後。相夫同授室，何期隕獲于當年；有子作清卿，豈靳加榮于此日。兹以覃恩至恭人。於戲，音容不再，寧容聽爾銷亡；貞淑堪褒，尚可傳諸想像。永垂紫誥，用賁黄壚。

生母　寧馨克育，堪爲社稷之臣；貞淑斯稱，允協宜家之婦。爾四譯館少卿某生母某氏，婦道能貞，家人克巽。飭躬襄内治，誰云實命不猶？育子佐中臺，不媿白天有耀。兹以覃恩至恭人。於戲，徵蘭協瑞，當益思芝草生根；湛露推恩，誰不羡霞光作帔？因彰子貴，用賁王綸。

掌道御史併妻

飭法重南牀，諸路引豸冠之首；頒恩迴北闕，五章來鳳木之啣。爾掌某道監察御史某，正色立朝，直聲振陛。中司執憲，能令臺閣風生；分道揚鑣，頓使方州氣肅。兹以覃恩至敕命。於戲，繡衣臨柱下，正堪加衮被之光；白簡任臺端，自足耀丹綸之采。尚欽寵命，益獻嘉謨。

妻　予違汝弼，國家賴忠梗之臣；夫唱婦隨，家室藉和柔之助。爾掌某道監察御史某妻某氏，一德與齊，三從是毖。紀綱看外肅，即家人正位之基；饋祀得中貞，實侍御專牀所始。兹以覃恩至孺人。於戲，皂囊堪補，宜加綵繭之榮；蒼珮相酬，應有蔥珩之錫。尚頒霞帔，益振風聲。

繼妻　峻采著臺端，盡瘁豈分内外？柔儀彰閫内，酬庸罔問後先。爾掌某道監察御史某繼妻某氏，素秉閨型，續承家範。以順爲正，果幽閑克嗣前徽；無成有終，豈慶賞或遺後命。兹以覃恩至孺人。於戲，昧旦雞鳴，晚作絳騶之助；朝霞翟茀，永啣丹鳳之輝。頒賚攸承，敬戒愈篤。

掌道御史父母

父　六察著官方，分道效端公之績；一經傳世德，崇階酬教子之功。爾某掌某道監察御史某之父，仁術爲懷，義方作訓。閨門峻整，啓良臣執法相繩；臺省冰清，本事父因嚴以教。兹以覃恩至勅命。於戲，《易》美有子，服官敬用承家；《書》著象賢，錫類弘昭報本。因嘉子孝，益勵臣忠。

母　美思皇之良佐，朝著清裁；上聖善于慈親，家閑淑訓。爾掌某道御史某母某氏，撫字無斁，劬勞可誦。北堂堪愛日，階前萱草争榮；南省振高風，庭下柏枝方茂。兹以覃恩至孺人。於戲，集烏翼于崇牙，用資反哺；迴鸞文而作誥，實藉推恩。既隆天眷之麻，彌篤家人之範。

繼母　憲臣執法，曾無後進之嫌；賢母宣慈，豈以繼起爲異？爾掌某道御史某繼母某氏，徽音克嗣，壼德重光。梧樹映朝陽，臺下景風儀之著；松枝當晚茂，庭前邀雨澤之榮。兹以覃恩至孺人。於戲，職閑司過，繡衣因末路加嚴；典重推恩，丹帔與端臺並進。子情既愜，臣道彌隆。

前母　教勞成愛，恒留未逮之恩；移孝作忠，賴有追崇之典。爾掌某道御史某前母某氏，早臨中饋，克勵前修。臺前凋翠柏，痛難承象服爲歡；身後長芳蘭，恨不見烏衣在抱。兹以覃恩至孺人。於戲，鞠育不須親，展人子無形之慕；幽遐猶未冥，中國家無盡之恩。賚及重泉，慶流千祀。

生母　準繩無曲被，治内與治外同功；恩賚有平施，從子較從夫並貴。爾掌某道御史某生母某氏，德可徵蘭，教貽式穀。鵷鶵翔殿陛，每推本于所生；鸞鳳輯丹書，自媲榮于作室。兹以覃恩至孺人。於戲，劬勞既殫，能無毛裏之恩；報享從優，不愧笄珈之錫。尚嘉臣職，庶慰子情。

糧儲道併妻

九賦重司庾，分之爲諸路參稽之佐；五都專治粟，進之即内廷掌計之班。爾糧儲道某，身被清風，人懷儉德。度支留國廩，倉箱之奏治無窮；稼穡即民功，車服之酬庸有在。兹以覃恩至誥命。於戲，職司觀察，原具通漕轉餫之勞；治尚清明，不啻繡袋朱旗之錫。飫茲賚予，表乃公勤。

妻　蘋蘩有主，宗宮覘筐筥之勞；冠帔從夫，方國大倉庾之慶。爾糧儲道某妻某氏，淑慎其身，婉嫕成性。在庭諳酒食，但云中饋無愆；佐國謹儲胥，倍見外臺有效。茲以覃恩至淑人。於戲，行部多功，不廢褰帷之錫；宜家克配，寧無加髮之榮。服此旁施，用彰内助。

繼妻　國用常平，所藉徵輸能續；家閑永毖，貴乎婉娩相承。爾糧儲道某繼妻某氏，早著和柔，繼諧伉儷。承筐曾布實，媿未調寶瑟初絃；援室詎嫌遲，猶及啓幨帷後乘。茲以覃恩至淑人。於戲，禮嚴再配，齊侯申請繼之文；恩貴殊施，周室擴分頒之典。功能加毖，賞乃從新。

糧儲道祖父母

祖父　天壽平格，每思臣服在王家；人治尊親，當本宗功于祖德。爾某糧儲道某之祖父，開基有緒，衍祚靡涯。清白兆家傳，非金穀所能易節；恩榮當世逮，即倉箱皆見貽謀。茲以覃恩至誥命。於戲，後昆昌熾，當知積累所由來；越代褒崇，倍見恩施之有自。弘茲啓佑，大爾欽承。

祖母　大君有命，爰嘉會計之功；王母垂慈，當厚恩勤之報。爾糧儲道某祖母某氏，孫抱方成，母儀素著。陳情通子舍，最難忘烏鳥無私；加意植孫枝，正欲使芝蘭俱秀。兹以覃恩至淑人。於戲，星冠霞帔，遥分掌轂之榮；鳳誥龍章，益遂含飴之樂。聿推源本，以報賢貞。

繼祖母　人臣思燕翼之謨，不嫌累逮；國典重龍光之寵，貴在終承。爾糧儲道某繼祖母某氏，秉德重幃，教慈再世。令言垂有裕，公孫傳積貯之書；茂範著思齊，天府進貤榮之典。兹以覃恩至淑人。於戲，仰祖烈之深長，倍思似妣；勉臣工之報稱，尚藉孫謀。是惟國有隆恩，庶使家垂餘慶。

糧儲道父母

父　委質爲臣，夙夜矢靖共之誼；教忠維父，國家頒寵命之光。爾某糧儲道某之父，作室爲基，承家著訓。教子卻籯金，不藉經籌之細；養男如積穀，常思報稱之難。兹以覃恩至誥命。於戲，斂民財而節國用，自著豐亨豫大之謨；儲道德而蓄詩書，宜有黼黻文章之錫。

母　國家酬儲偫之勞，豈難將母？人子以衮華是尚，貴在尊親。爾糧儲道某母某氏，教子維勞，居身克儉。卻服用于當官，以善養不以禄養；賁絲綸于在御，德歸親功亦歸親。兹以覃恩至淑人。於戲，勞臣心計，在庭之式轂堪思；聖世恩施，有母之梯榮未厭。子情幸慰，臣職彌殷。

繼母　著代不同時，共愛慈闈之饗；持門雖繼起，幸逢子舍之榮。爾糧儲道某繼母某氏，壼範重瞻，母儀再著。星車司廩積，固無煩顧復爲勞；天府重分頒，猶得見瞻依在望。兹以覃恩至淑人。於戲，中庾著績，欣看藻火新加；背樹方榮，幸見萱花晚茂。永期丕贊，用席隆庥。

前母　人臣事功之念，當及之身前；國家孝治之恩，每周于意外。爾糧儲道某前母某氏，伉儷未終，庭闈已著。誕彌虛早歲，留餘作儲養之基；裕教在重泉，遲久即延恩所本。兹以覃恩至淑人。於戲，蒲柳自傷，慈佑在隱微尤切；松楸彌望，孝思之想像何窮。幽贊能伸，顯榮當及。

生母　承家有子，無須從事支分；爲國生賢，豈盡歸功嶽降？爾糧儲道某生母某氏，德以卑成，位從巽進。協中閨而啓祚，心計爲勞；佐内饋以抒忠，筐篚無忝。兹以覃恩至淑人。於戲，綸綍有殊恩，體人子顯揚之志；笄珈無異錫，作良臣豐豫之思。畀爾弘庥，欽兹明命。

西河文集卷二

蕭山毛奇齡字初晴又名甡稿

頌

平滇頌有序

自昔建武致治，寵午奸兵；貞觀昇平，高羅畔命。大抵殷憂啓聖，閎毖成功。雖極盛隆，猶不乏潢池盜弄、升陵竊發之變。獨是阿犖一倡亂，而天雄成德，綿蔓數世；小波甫聚寇，而應運化順，環轉百出。從未有鴟義撟虔，初逞邛僰，犯顔逆節，還擾江漢，就其悖罔，極之僭據，而一敗荆湘，再釁澧岳，繼殄黔蜀，終絶昆詔，數年之間，麼禍盡揃，其敉寧耆定，一若焫蓬沃炭，飈奮霆擊，桓桓虓虎，既迅且烈，如今日者。

蓋皇上神聖威武，克詰無外。四征之奮，超于前古。較之殷宗之于鬼戎，周季之于西落，深入三載，退修十祀，尚有餘勇。是以廟堂之算，奠之在中；而師武臣之力，擴之在外。雖曰祖宗社稷，實式憑之，要之一人瞻言，動在百里。凡夫謐謀邃慮，宵旰剸決，真有非子孫臣庶所易窺者。

蓋鑒之者宏，而燭之者蚤也。

夫逆之佐命，非有吕、散之舊也，其乞援來歸，又未嘗有申包之泣、温生之痛也。祇以變孽被略，倉皇奔救，鼷竄狼顧，計無所復，遂假羽校以自資，而僥倖成功。苴茅滇土，寵畀親藩，重緣外戚，其爲非分，亦已久矣。從來非分之福，居之不祥。況復豺豕爲心，狠而易羸。初藉林樾以蚺蛥，而既而私振其鬐鬣，以爲隴漢之得，原可望蜀，九錫之進，不止卣鬯，遂侈然自恣，以致無所忌憚。外竊既久，不受中撤。故量其不臣之心，撤亦反，不撤亦反。撤之則反速而患小，不撤則反遲而患大。患小則拔之如犛豪，而患大則撼之如丘山，自然之理也。故夫智者先事而謀，愚者昧時而動。夫昧時而動，則彼逆之所以失者視此矣。先事而謀，則我師之所以克者有在矣。

故夫小蠢初萌，秦涼蜩應。及乎既煽，甌粤蠭發。卒之長轡遠控，四收八伏。欽明萬幾，潛授妙略。先埽雍益，預定閩番。然後謀力雲會，指麾風集。并敵一嚮，絶其瞻顧。王敦貿武昌之形，漢宏失荆南之勝。洞庭既破，則三苗南竄；劍門大入，而劉闢授首。外有脣破齒缺之慮，内有爊灰冰泮之戚。然且挺走苴蘭，徘徊蒙氏。越碧雞之關，閉昆明之堞。魚遊沸釜，燕息捲幕。一旦鉤援四接，臨衝徐起。揚旝于葉榆，耀甲于洱西。譬猶駭鯨觸網，奔兕開樊。賈林計盡，不能爲策；墨翟帶解，無以自守。於是破之如吹翰，決之若潰壑。刎田氏之首，有何面目？俘鍾相之族，并及幼穉。彼自以爲嚴營締壘，則遠徼可延；收殘嬰漏，則險裔足恃。而不知王師折衝，天南豁闢。大荒屏息，一如卧榻。賨林之煩枝附，金甌之鮮缺失。祠兵振旅，動輒有效，一至于此。

今夫頤指神攝，往見機栝，上聖之明也；善計遠略，審物量勢，周通之智也。皇上以幾先之見，爲馭遠之圖。推心置腹，長共功名。第有虎包戈載之心，原無鳥盡弓藏之意。但懷康侯授館之忱，終鮮釋將銜杯之念。而乃捐棄休嘉，自貽狂悖。不度德忖力，揆理達務。恃鬼倀之能前，忘天命之有在。豈有淮南左吴之策，而納隴西王元之計。曾無朱浮聚穀之奏，而動賁赫陳兵之告。不思朱鮪指河之誓，而失張繡降漢之賞。此乃下愚不悛，中風自絶。而猶謂柘南可以避天譴，瀾滄可以滌穢行。究至韋臯渡鐵橋，而南蕃已拔；狄青出崑崙，而儻猶盡破，何則？悖逆之罪彰，而鈇鉞之誅凛也。

且夫前代平蠻，多在奕世，麓川、南詔，不隸版服。今者皇宇清寧，聲教四訖。東漸西被，朔南蕩蕩。九野有宴安之娱，八阿無拮抗之異。越裳、肅慎，稽顙來王；古里、天方，蹶角入貢。而百粤之尉佗既蔑，西南之莊蹻復平。則是要綏流蔡，山陬海澨，苟在受化，無不延頸歡呼，謳吟唱嘆。矧職叨侍從，親聞凱奏，而不爲之紀鴻功、誦顯績，非其誼也。因于康熙二十年十一月十有八日宣捷之次，謹簪筆稽首，忻抃舞蹈，乃爲之頌。其辭曰：

於赫帝命，肇開皇基。德被四隩，功垂九圍。近畫埏海，遠致狄鞮。武烈文治，恢于無涯。

亦粤紹曆，懋纘前緒。威足内敉，仁不外拒。已歸馬牛，將柙刀鋸。蠢爾小醜，反視而忤。初慕莊氏，思王昆明。繼隨杜弢，稱兵澧陵。江漢南紀，伏莽縱横。瘈犬漫噬，枯條覬生。遂有朋狡，效尤而起。隴益輔車，脣齒閩海。譬昔河朔，安史田李。次第櫟絶，儼臂折指。

乃稟王伐，鋪敦楚疆。鷙鳥欲擊，姑爲翺翔。眯者不察，謂可頡頏。居然羊陸，相持荆襄。塹長豈恃，湖險莫傲。涉擊夫差，水鹵魏豹。不虞毒卉，展轉剽盜。敦固據郡，桓乃竊號。爰整六衞，旋開三門。金戈鐵馬，蔚如雲屯。淬刃灃浦，積甲巴山。鏃鏑大注，旍旝以翻。有謂巫夔，蜀漢門户。廟策先勝，深入其阻。鄧艾既越，姜維不武。南走邛僰，倖以小堵。頓撾銅鼓，立渡鐵橋。降旆草偃，亡軍煙銷。彈丸昌穀，藉之周遭。折箸環帶，何足與豪。彼營螺脣，我闢龍首。雉堞崩剥，漸不可守。聖鑒朗卓，如劍在手。挺鈹搢鐸，勿使或後。五壘既備，九拒遽希。灌膏束草，總不得支。圍開一面，詗令自疑。樵蘇俱盡，于何奔馳。

前者少游，羞悸而死。今兹懷光，亦復自殺。族屬少長，皆俘于市。盜驢之災，乃及孫子。聞之淮西，告捷錫帶。華州露布，傳彼光泰。今者皇威，擴于無外。天南萬里，宣布德意。言勒碑版，爰銘旆旟。飭我九伐，奠此庶邦。泰華雙峙，溟海四瀧。千秋萬祀，以思戎功。

聖恩頌并序

康熙二十七年十月日，恭遇太皇太后上謚升祔。伏讀恩詔，深感我皇上推恩之廣。自親王公主、奉恩將軍、固山格格，以及民勳國戚、京朝各省諸大臣，俱有寵賚。中外文武大小各官，俱有貤錫。然且祭告嶽瀆，徧祀群神。宥過釋眚，恤孤養老。緩成均之考，隆憲乞之禮。一切恩卹，備極優渥。至于歷歲蠲租，均霑九有。今復免征兩浙、山右全省正供，暨江南、湖北諸大府，租賦之外，兼及庸調。此真曠古以來希有之鴻被也。《詩》云：「孝子不匱，永錫爾類。」以云永錫，則真永錫。以云不匱，則真不匱矣。微臣無狀，調疴里門，親蒙浩蕩之恩，上戴如天之德，歡忻抃舞，可無頌言？

前者，聖孝格天，遍傳下土，曾偕諸里巷臣民，競爲詞賦，以當謡誦。今鴻恩覃敷，淪肌浹骨，敢製《聖恩頌》一章，以續前烈。匪云報獻，亦以身備史職，誼應紀實，將以使後之考德者可按焉爾。其詞曰：

翳昔天后，龍盤鳳啣。曰呈顯謚，肇自漢闈。光烈慈壽，歷代所占。况兹徽德，無美不兼。既具六輅，久達四教。居則端闈，升乃祔廟。奉匕所祈，縮鬯以報。致其精誠，上展純孝。乃因錫類，重爲推恩。不翅漢文，及民以親。覃布廣遠，開在聖孫。溥天之下，誰非皇仁。始由親近，加之賢勞。諸侯伯子，以祝以鞉。「鼗」同。匪用瑞錦，賚之英瑶。内周蘭坂，外暨塗椒。晉莊分弓，召虎拜敕。誥翦五花，蓾覆十色。三等百段，同此貤錫。雙闕刺地，九陛如天。木鳳啣紙，金雞戴竿。黄氣大布，青衣闐然。覆盆可闢，幽谷不寒。

爰念邊屯，言懷堠戍。春提羽戈，夜挈枹鼓。輪臺是矜，轂騎以撫。澤共簞醪，温比纊絮。遂遍山川，馳祀嶽瀆。並走群望，不愛牲玉。沈燒瘞薶，兼報先俶。堯禹祠陵，帝王寢谷。旁及先師，優入聖域。諸儒賜席，博士加衣。旬省月試，姑紓其期。明倫憲乞，饋食洗腆。高年重帛，中壽二膳。况當養老，國之大典。四民無告，於此並贍。至若租賦，正供秩然。中夾庸算，全通丁錢。而乃汜濩，連歲釋蠲。或全或半，過于漢年。更釐河汾，深軫吴越。西近堡塞，東接溟渤。免爾常征，并解雜役。謂民維艱，予以全活。甌餘曠土，不藉宿麥。石紐閒農，但用鳥穡。大禹胼胝，虞舜黴黑。抱如傷情，緩躬稼力。縣無置倉，湖可觀收。補助之德，先于巡遊。

則是聖恩，汪濊霶霴。配地配天，如江如海。井里衢巷，踊躍歡喜。擊壤鼓腹，如古時事。猶且南顧，荆郢江黄。順流而下，極之丹陽。會當洗兵，如初沐瘍。并錫嘉惠，被此一方。是使民氓，解澤甦困。僻户窮壤，誰不感奮。兒寬帶經，老萊投畚。凡有血氣，願效尺寸。況臣鯫秒，生于水鄉。躬浹霡霂，身親湛汪。捐糜頂踵，何以報將。頃聞草樹，甘露瀼瀼。姚墟舜鄉，産麟于嶠。天德所施，地靈悉效。蕪詞不文，匪敢輕譔。但紀永錫，以彰聖孝。

聖德神功頌有序

惟是皇清嗣世，撫育方夏。東越溟海，西薄柳谷。南底于穿汗，而北極之莽罠無垠之地。其在水居者，雕額畫臂，率爲良民，版畫其波濤，而租其魚蛤。其在甌脱居者，大幕以南，皆保塞稱藩，環嚮爲屬國。自是而外，雖舟車未到，人力鮮達，亦且仰天地之恩，昭日月之信，風聲遠播，同量一器。獨是瀰迤以西，洿裸么小，若所稱厄魯特噶爾丹者，倚恃荒昧，託跡榛曠，與喀爾札薩脣交齒互，不思睦隣卹族，内奉約束，而乃自舍陀陿，頓駕夷陸，侵陵我欞衛，暴殄我藩服。東西爪揃，罔顧禮義。皇帝不忍加誅，屢飭以法。俟其湔滌，勿追夙染。乃復鼠穴自大，終致負固。

伏念皇上曾駐蹕喜峰，登臨慷慨，賦《黄土崖》《大石磯》二詩，以宸翰書之巖間，兼諭侍臣，謂是地皆前朝戍屯，墩堠相望。我太祖、太宗，創業宏遠，夷夏一統，致蒙古四十八部，皆爲臣僕。朕每過此地，未嘗不念丕顯焉。是埏紘萬里，無非締造。游豫所到，猶廑先烈。其可令螽蝝肆喙，蚕蝱鼓翅，漸至如此？

夫無疆歷服，匪易嗣也。前人之光，不可以遏且佚也。況乎古昔聖賢，經文緯武，雖揆奮有人，亦復手秉白旄，身挺鈹鐸。以故黄帝親戰于阪泉，而文王北伐畎落，躬承盧矢。以彼神聖，何難命將出師，高居深拱，以操制勝？而乃安不忘危，勤思勘亂，忘萬乘之尊，習三單之效哉。誠以君不親將，皆叔世浮文，而非古王毖戎之本意也。是以廟謨盈庭，貴乎獨斷。征伐之權，出自天子。乃遂張皇六師，大申克詰，群策不足撓，衆諫不爲沮。集虎賁而縣豹尾，肆類于上帝，昭告宗廟，偏望諸山川百神，禡牙而釁纛，練日鑿門，以恭行天罰。

先遣撫邊大將軍由沙河抵塞，尅期並進，越歸化，歷烏蘭河朔，遏其歸路，以會大軍于幕北。而羽林佽飛，從獨石同時出關。師行三十里，躪克勒，踰蒿齊，涉敖漠，越烏朱目秦，凡蠻夷君長，外藩諸部王可汗、貝勒、貝子、公台吉等，先後會朝，以壺漿簞食迎于馬前。其他北庭薦居，去胡來王者，悉環列跪道左，觀軍容不輟。迺絶大幕，進拖林，調兵轂車餫，使武剛冰糒，不絶于路。雖鹵舄之地，每乏泉水，而靈源疏鑿，所在溢涌。會飲馬川西，忽得故明成祖勒銘紀功之石于水厓，灌而視之，有「永清沙漠」之句，上曰：「真永清矣。」遂于中夏三日，直擣其境。犁其庭，掃其間，烏逃鼠遂，四竄之巴顔烏喇。而西路之遏其奔者，迣擊于昭木多、鄂爾渾河之間，以比干環盾，大破其勃盧之陣，擒其子，砲焚其妻孥，追殺三十里，斬首鹵二千餘級，生得數千人，乞降者以日至，鹵獲馬牛羊驢鸁、鬴鍑械仗無算。乃大展皇仁，任其零騎數十人負創而奔，而我士卒無離傷者。皇帝乃駐蹕黑魯侖河，封拖諾之山，禪之土喇，遂班師焉。

先是，禁旅初行時，兩浙官民念七萃勞苦，旗門遠闢，不無宵旰跋涉之艱，乃宿衛纂嚴，眺聽祕謐，行間消息，不洩于外，因晨夕引領北向，以冀布凱。驟傳管侍衛内大臣暨大學士祗奉諭旨，而和碩康親王亦遂有啓請頒捷之奏。流抄到浙，浙撫臣榜之通國，官民大小，皆歡抃踴躍，男女聚族，轉相慶告。遂于康熙三十五年六月十五日，撫臣率司道臣以下，會將軍都統，暨鄉官士民數萬人，焚香稽首，賀捷于軍門。旋請史館官詳敘膚功，頒示兩浙，立石于東海之濱，而以臣故職史官，屬抽筆作頌，以俟載事。

臣伏思太輿誕大，廣運靡極，三古至今，亦惟視君國大小以爲修陿。是故功德大者地亦大，功德小則地亦小。乃自五帝三王以後，漢魏迄今，其歷國已一十七姓，而大一統者，亦復有幾？即漢唐元明四代，嵬然式廓，而唐以藩服僭處，中致歉損，曾未有德高日域，功蓋月蝟，如本朝者。既已提封萬國，奄有八極，而皇上復恢擴而張大之，不憚躬親安攘，以葆此遠塞。一時之勞，萬世之利。聖德神功，莫可紀計。宜立石四裔，以爲我子孫億萬斯年之法。因不揣鄙陋，謹擬爲東海立石頌文，以垂于勿壞。其文曰：

粵自三古，長此六服。徑輪廣袤，視功與德。漢唐元明，盡有陒塞。晉宋偏安，比之列國。惟我皇清，闢土浩闊。西隃崦嵫，東近日出。雖復繼世，兼創始謨。再奪昆詔，三開葉榆。甫復東越，旋收番禺。聲暨南服，教訖海隅。遂擴疆宇，至于彭湖。物皆安居，民樂終産。恩肥土域，澤溢朐衍。綱紀百飭，聰目四遠。桐生本豫，禾偃能反。

浮苴以南，並我保塞。豈惟籬落，原屬經界。肯容小醜，闇爲蠹壞。造謀籍兵，作邊鄙害。皇仁有容，諭至于再。是雖渺末，漸不可長。無庸受脤，徒命將往。帝德神勇，聖世廱朗。藉此晏安，習以鞅掌。武丁南征，王季西攘。師中丈人，百國所仰。豈如叔世，高居稱朕。不計大酖，而縱小蠢。文法是崇，兵革不祗。諫即牽裾，甚者割紉。以致叢脞，或就削弱。珠崖徒捐，金墉已卻。蕭關燹火，幾至宮闥。所以古王，最重撻伐。河魁二百，太乙三千。星門大闢，靁車陡牽。銅斗獸警，鐵騎蟬聯。白澤遠導，朱雀在前。是以初發，雲興百萬。繼且飈起，如日斯旦。箕張翼舒，虎攫龍戰。小醜伏聽，早鳥獸散。因之番長，遠近來謁。飾彼玉具，賜以匹帛。覩茲軍容，相顧翕舌。道傍觀者，莫不太息。

乃轉車粟，亦載醽醝。一鼓傳餐，千軍共醪。縱遇磽鳥，兼履不毛。畫地成井，沿山生蒿。壘若棋峙，旂以電合。九伐既齊，三校咸發。投石于林，抽刃出柙。觸甲鱗碎，近輻瓦裂。巖谷顯漏，木柴僵落。譬諸泰山，下壓卵石。嵽土迸陷，瀚海坼竭。何必聲罪，歸曲直責。以是摘莽，任彼升陵。帳絶烏鳥，士摧豕熊。右衛聯校，前軍折衝。廟堂之算，乃在軍中。爰度梓嶺，轉破苻離。陳以橐它，駕之豺貔。鹵其人畜，俘厥子妻。嶚嵯尺寸，堪此鋤夷。遽收因杅，翻遇軍曲。男悸逡影，女孕墮殰。潛山匿水，相向而哭。受降之城，何啻三築。

伊昔明祖，親巡緣邊。三犁王庭，至飲馬川。勒石天山，比之燕然。一沉水厓，一升山顛。文辭昭晳，符讖不僭。永清而已，他何有焉。獨是虞帝，七旬苗格。高宗鬼方，三年始克。何如神武，指顧頃刻。歷候三月，恍騁八極。祇我朔暨，已及祝栗。蟯肱蟣胏，奚足介棘。惟兹方域，九有以宏。內備簫勺，外毖戎兵。金錢勿闕，玉燭以明。自兹以後，泰階昇平。皇皇八柱，勒功德銘。萬方齊瞻，四海永清。

西河文集卷三

蕭山毛奇齡字大可又名甡稿

主客辭

擬爲司賓答問辭有序　一作釋詷❶

康熙二十三年，六宇蕩滌，中外無事。皇帝奮桓撥之烈，廓清南徼，迤及東澨，畫地溟海之外，版漲籍渤，凡九垓八裔，雕身畫頷諸國，咸奉辰朔。皇帝軫念民隱，謂：「君有斯土，撫育幾三十年，而不一周知其地，觀覽其山川風物，則綏要萬里，何自通浹？惟古昔王者，當天下初定，有巡行縣寓、省方問俗之制。自三代迄今，未之有改。顧事頗煩重，度支水衡，坐費檢會。且千乘萬騎，慮無或鋪張盛大，爲司行奔命。」

按《王制》巡幸諸禮，自職方戒途，太馭掌較以後，凡車騎鈴鑾，宮城梐枑，以及壇壝堂房、珪

❶「詷」，原作「詷」，據四庫本改。

璧玉帛、黄駒赤犢，皆有儲峙。然且句陳五校，所在警蹕，扈壘衛仗，周環百里。嘗考《文中子》言，「虞舜一歲而巡五岳，國不費民不勞者，何也？以兵衛少而徵求寡也」。然而語不古合，民無徵焉。

我皇上以非常之元，創非常之舉，因天事天，因地事地，因人順人。然而三王不並軌，五帝不襲治，考建因革，而禮制行乎其間。蓋一人順動，萬人幸之之謂幸。一人慶行，萬人豫之之謂豫。如必造明堂，而後可以覲后，則輯瑞何期？必設輶軒，而後可以採風，則觀方何待？

皇上納群臣所言，特練時日，倡舉巡幸。減從官，省行軍。採大禹四載之需，折虞廷五年之典。隨不逾萬人，時不滿百日。登岱觀河，浮江涉淮。經閭闔，詣闕里，所至問民疾苦。父老扶杖，兒僮婦女率負戴來觀，鹵簿不譙，有高年者，則抵錢慰勞之。先爲肆赦，令薄海内外，咸霑豐恩。及所過州縣，民廛市廬，又皆有捐復寵賚。芸鉏不變，鎌穫如故。市估行販，及道路師旅，駒贏楫筏，❶儼返家衖。何其盛也。

昔東漢光武巡游南陽，置酒高會，召吏人飲食，復其租賦，以爲美事。而章帝南巡，詔所經地無得設儲胥，命司空自架橋道，其詔有云：「方春，所過無有伐殺。車可以引避，引避之；騑馬可輟解，輟解之。」至今史載猶嘆誦其言勿衰。今車駕經行，屏卻供億，州縣起居，悉絶所餽獻，即行

❶「贏」，原作「嬴」，據四庫本改。

在茇止，亦並無宮懸簴仗鐘鼓鈴橐之設，而民之引領望幸者，相屬于道。然猶親視河溢，立灑宸翰。殷憂悼嘆，不數瓠子。即當釋奠宣聖，儀物備至。臨行惓惓，尚復貽曲柄御繖，以申向慕。此雖金繩再出，必紬帝告爲封禪，起周成爲巡狩，亦豈有過？

誠恐諸儒不諳，動循掌故，將引《虞書》《王制》覲典祭義，以及元嘉之儀、開元之禮，重相諮詢，因設主客往復，倣東方《客難》、楊雄《解嘲》、班固《答賓戲》、夏侯湛《抵疑》之文，擬爲司賓答問辭以曉譬之，庶後之君子可考觀焉。其辭曰：

司賓大夫與四方客使，集王會之堂，理職貢之事，主當壹是，國信方物，披圖晌節，悉具紀會。方斯之時，華蟲各辨等，卉越皆就位。四方客使有詷于其列者，❶曰：

古者聖王御世，四海晏然，則因而巡狩。巡者，循也。民可循，則因而巡之。狩者，守也。爲我守土者，吾從而循順之。然而動習矩錯，著有法則。曩時五載、十二載，天道大備。升中告至，先爲造類。于是修職有其戒，犯較有其義。土訓夾車而問形，掌道審言以詔辟。定方明于司盟，布綿蕝而表位。

夫第以壇壝觀之，三垓八通，太乙環五，穿蒲裹草，上無風雨。然且明堂巋然，以天齊主。就其文而紀其事，則公男升降，中階、阼階有其等；后王遜讓，天揖、時揖有其數。桓躬穀蒲，以五

❶ 「詷」，原作「詷」，據四庫本改。

擯、四擯爲節；鐏壘篚羃，以一進、再進爲度。其煩我奉常，而需我掌故，有前事矣。

刓宮城所舍，晝樹筍簴；藩籬外護，夜振錞于。或習禮以射牛，或布幣以代駒。設燔而炙玉檢，瘞駟而陳木禺。臨學校，則執羽鷺；祀丘壑，則用乾魚。然猶車駕之次，考及同瑁；標燎之末，享逮先廚。故以登封而巡河，則負薪擔石者有之。以祠時而幸學，則說經講易者有之。以師行而及游畋，則耕定陶蒐涇潭者有之。以祀社而及祠賢，則封欒毅祭桓譚者有之。是故銘石頌功德，古王未免；陳風紀美盛，聖主不嫌。

今皇上撫有四海，治極三古，聲教振開闢，規制軼區宇，百禮斯洽，萬類咸敘。承天揝斗，紀節布度。當八風悦豫之時，乃順應而爲四巡之舉，則是西鳥東魚，里禾鄗黍，符瑞之應，報饗之數，無有若今日之富者。此管仲所謂「物有不召而自至者十有五焉」。然而出不盛車甲，行不飾金鼓。羃鼎不夕張，帷宮不鼉御。躬省方俗，清問疾苦。升禋岱宗，灑澮河滸。登習禮之堂，探藏書之府。塞決水以石菑，撤通天之權火。然且百日之間，而南浮江淮，東至齊魯，是豈古皇不足法與？抑何掌故多未預也？

且吾聞鑾輅之南翔也，行不除道，耕不輟疆。女不下機織，市不易蓋藏。兒童讙于衢巷，估販偃于舟航。然且曜髮黃口，如葵傾陽。或牽以犧，或捧之觴。輪蹄踵趾，馳驟康莊。則嚮使肆覲而輯圭玉，報燎而坐明堂。既審權于三市，亦奏律于四廂。治邸奉高之側，捐租崇邑之傍。將不止紹神靈于軒頊，比功德于虞唐。而又何事物之罕備，考建或未遑焉？

司賓大夫廼斗然卻立，瞿然而改容，肅然而正告之，曰：

子徒知三古之當遵，而不知一王之制之自有章也。且子亦聞巡幸之何意乎？皇上以爲六闔一統，萬國來會，則民后之情，不可以不接，中外之勢，不可以不通。乃或禮過繁而力匱，制過曠而用窮。費時日，則機務不給；多導從，則供億不充。❶此前古之所以易行，而夏商以後遂間世而不一逢也。

夫創制顯庸，務在獨斷；因監損益，貴乎折中。故湯武用干戚，不需揖讓；姚姒有子弟，未嘗分封。彼夫劉氏之興，二月而西巡，十月而反東巡者，限于時也。後魏繼世，北巡及中山，東巡而止及橋山者，絀于地也。貞觀幸底柱以治河，爲封嵩而書之旅、勒之石者，介于事也。建隆平潞叛，以行師兼詢俗，而先勞軍後捐租者，阻于勢也。是故游觀無定形，巡幸無定儀，省察補助無定經，方行典禮無定辭。必畫井田于郡縣之日，則畸矣。講車戰于騎射之年，則躓矣。倣垂裳結繩于刻書削契之世，則欺矣。施儷皮尺布于九圜六品之時，則骫矣。議守社捍牧于車書大同軌轍齊至之際，則誖矣。

往歲鬼方弄兵，天討其辜。鋪敦萃旅，底于昆彌。挺鈸四伐，而未嘗儌征苗之師。間嘗取士，詔下徵車，臨軒親覽，特簡仲舒，是本制舉，而不必循選造之遺。乃者甫馴龍馭，先樹雞竿。大號

❶「億」，原作「臆」，據四庫本改。

乍渙，洪恩驟殫。以巽風行，作解雨觀。何必崇朝，遍彼泰山。即其陟喬，勿修壇壝。金匱石磩，卻之若遺。黄蚍不屬，白璧是瘞。賜車勞酒，群呼天齊。此豈禪禮，所得庶幾。當夫觀河，有事玉馬。群臣從者，宰執以下。咨嗟抑鴻，賦此皓皓。不搴葦茭，但借禾稼。升鹽斗酒，彼安用者？周之翕河，遜兹盛事。漢武築宫，于斯爲下。爾乃九旗南指，方江厲淮。板艙黄蔑，非龍艘材。造舟震澤，纜石吴臺。民之望之，有如歲來。丹陽可駐，黄金誰埋？六代殘構，視若劫灰。惟彼故寢，加以封栽。卹殷優恪，自古所希。漢高過湖，祭周王祠。方之于今，豈得媲之？

矧瞻闕里，言觀罇匏。登堂習禮，爲斯文昭。俎豆未湮，宫墻豈遥？祇因重道，景行孔勞。臨行留仗，羽葆翠幬。奚止過魯，祀一太牢。且吾聞蒐狩之典，不能常舉。以旗致民，載旜誓鼓。苗田茇舍，總類振旅。雖曰從禽，實比卒伍。以是大閲，歲無一有。乃當鳴鑾，偶爾建鐸。暫啓和門，自有坐作。車不詭遇，獸無私獲。笑彼司馬，枉事表貉。

且夫儒生博士之言，亦安足責哉？在昔列王將巡，有謂編蒲裹車，勿傷山石，掃地而祭，席用葅藉，則帝主聞之，已充耳而勿懌。即高世比德，欲效九皇。頗采儒術，上告登封。然且拘牽《詩》《書》，扳引畦畤。軒羲所垂，夷吾所記。大夫文學，争辨不已。絀偃斥霸，遂罷封議。此真泥曲傅會，無所考適之已事也。

故以巡行之禮，而苟襲舊文，則無一而是。彼夫職方行令，修涂辟境，而後之效之者，非大治馳道，則長開蕩渠；掌舍治宿，設藩置籬。而後之祖之者，非圜垣四面，即離宫百區。故板城幄殿，丹青輪軸，此土方所擬似也。崑侖神樓，槍車鈴柱，不可謂非明堂之遺制也。故五玉三帛，極之爲貢金獻幣、籠香篚藥之端；勞酬賜布，類推之即爲裝錢、路鏃，以及軍工羽釋、紫茸赤罽之所由以捐。是以結綵樓，演百戲，實由行殿之陳懸始之。布香臺，排畫甕，牽青繩，閑赤楯，悉從壝門之大次小次啓之。故王人一帥屬，而後且盡統其諸王百官，與夫蕃人貢使之族；群后一表綏，而近且增之以羽林車騎金吾鎧仗，而猶以爲不足。然則禮當極弊，亦何非率由之始所濫觴者？而動言掌故，斯已瞀矣。

乃以法駕之出，控神虬，跨龍騵，雨師灑道，風伯清塵。豐隆爲之啓馭，羲氏于焉捧輪。材官不刷鬣，騎士不解帉。八鸞秩秩，九組駪駪。不百日間，而東漸南暨，所至若神，浸假吉行五十。必拘禮文，則大旂金輅，將有一年四巡，即遄鑣急節，而不能造其闍與闉者。此真聖人行事，法則兼至。即偶然舉動，有非臣民庸衆所得窺伺。而戴天忘高，履厚忘地。挾莛而撞嵩高，把蠡而測海澨。此神聖之所以難名，而帝德王功遂當獨有其萬世也。

西河文集卷四

蕭山毛奇齡字大可又春庄稿

主客辭二

抵諱有敘　一作聖孝辭

臣自通籍爲侍從，叨處禁近，稔見皇上事兩宮至孝，達旦御門，必躬候慈寧起居，敬問安否。其間伺意承志，真有眎聽在形聲之外者。且宮政國典，屢見諮請。幸湯御沐，喜絶創瘥。倏于康熙二十六年滄冬之仲，太皇太后神躬違豫，皇上親侍寢疾，抑膚嘗藥，簟不去地，撤御省饍，履未違闥。乃于獵月朔日，步詣圜壇，請損聖算，以裨慈壽。是時一聞祝告，左右驚怛。臣民于焉震動，天地爲之變色。至誠所格，動有成效，遂小釋疴瘷，暫安袛衲。爰有祠官，上請報謝，以資福祐。而賓馭有數，宮車晚及。五行咨其失節，三光忽而改度。皇上哀毁踰制，孺泣無候，三日以內，水漿溢米俱不入口，背苫而首凷，拊膺喀血，其于須材視含，附身藉幹之具，靡不畢誠畢信，勿之有憾。而殿攢以後，哀切尤甚，爰有滿漢大臣內閣大學士以下同辭啓請，以爲聖孝純篤，超軼千古，真史策所不載，往牒所未聞。然而先王定禮，哭踊有數，立爲中制，不令或過，誠恐以死傷生，翻虧孝道。況乎履萬乘之尊，莅九有之廣，其爲義制，豈可與大夫士庶同年語哉！且皇上自侍藥、躬禱以至帷宫菆木，既已鰥目灼體，手据足踐，今復哀感不已，屢至惛仆，萬一聖躬稍有未安，天下臣民何所托命。因俯降俞旨，姑爲慰勞。然而孝思所極，哀出自然，深悲積中，發不可遏。縱欲强制力撎，而情不能已。

夫哭而不曲，非故嘎也；飦粥不下咽，豈辭啜也？群臣方貿貿不知所請，而上復傳諭，謂：「朕覽自古帝王居喪持服，俱以二十七月易爲二十七日，惟魏孝文帝行三年喪，朕平日讀史至此，嘗羨慕之，非欲邁古賢君，祇念朕八歲世祖章皇帝賓天，十一歲慈和皇太后崩逝，藐兹冲齡，音容記憶不真，未獲盡孝，至今猶憾。藉聖祖母太皇太后鞠育教誨，以至成立，遽遭遐棄，五情潰糜。因此大故，回思早喪怙恃，益增痛絶。今兼行往事，持服二十七月，少慰罔極之痛。然祇朕自持于宫中，其于幾政，毫無曠廢，并不令臣民持服。民間一切，俱不禁止。」

于是和碩康親王等，與在朝大臣，互起諫止。大約其説有五：

夫以皇上一身，爲郊壇宗廟社稷所寄託，每當饗祀，必鸞輿親莅，以竭蠲敬，故郊焉而天神格，廟焉而人鬼享。儻凶不兼吉，一旦以太皇太后之故，使郊廟神靈稍有遐曠，則太皇太后必有恫乎其在天者。其不可一。且夫君臣一體也，皇上獨遂服宫中，而天下臣民聽其即吉，此即傳玄所云「有父子而無君臣」者，三綱何在？若中外遂服，則普天遏密，旦夕感慕，經歷寒燠，屏塞嫁娶，重違皇上一切不禁之旨。其不可二。夫皇上奉養慈寧三十餘年，并侍疾以來三十餘日，前後思維，一無所憾，則于服制之末，順常表飾，原可少慰。況以皇上純孝，其在當日，晨昏定省，承顏伺笑，何一不曲體幽隱，而獨于慈闈遺詔「一如曩制」之語，反有未遵，是于事死若生之意有未全也。其不可三。《孝經》載天子之孝，與諸侯卿大夫士各有不同，是必德教加百姓，政令施四海，然後謂之要道，謂之德本，而不在乎哀麻哭踊之節也。是以一月即吉，揆理度勢，實有不得不然者。誠以乾爲陽，爲天，爲日，小有黯黮，即照臨之下爲不舒矣。至尊一日不改慘，則四海臣民一日不和，而況連年累歲，禮崩樂闕，當此太平玉燭之時，豈宜有此？其不可四。且皇上天亶好學，博極墳典，每有講論，無不貫穿今古，剖抉微賾。今細考天子喪儀，三禮莫載，是必天子至尊，因時變制，有不可一律定者。故殷宗諒陰之解，在《尚書大傳》、鄭玄、杜預所説，皆卒哭除服，所云三年諒陰，並無三年服喪之文。蓋三年達喪，與心喪同。故漢章至孝，其于明德太后之喪，不淹旬而從吉。宋宣仁太后時，在廷諸臣皆一時儒者，其議太后喪儀，並依漢制，則是準經酌史，並鮮終制。其不可五。

進此五不可，而聖鑒咨嗟，百不能易，中外堅請，始有如期釋服，宫中自行之旨。誠以皇上生平最惡虛飾，一言一動，必躬行實踐，無取辭費，意志所定，搶卒難挽。然且嚴寒隆澤，未返瓊宫，五臘三朝，尚依帷殿，再三泣請，終不可得。至于啓攢之夕，攀柩哀號，乞駕便輿，愀然割紼，乃自攢次，降步送之，至郊園殯宫，顏悴足疲，哀感衢陌。每當八校更披，六佽换舁之際，必哀號長跪，掖衛墻側。因思自古人君，從無親送輴車之禮，即明代孝宗極稱賢主，然猶祖奠午門，銜哀而返。至若天子居廬，全無其制。而皇上于塗殯之餘，又復幕居乾清門外，比之庶人廬處，尤爲寒冽。乃其答諸王大臣，一則謂：「據奏，元旦請朕還宮，人主宮殿原多，可以因時移蹕，若在庶民，遭此大故，所居止于一室，又遷避何所？還宮斷不可行。」再則謂：「朕遭太皇太后崩逝，欲持服二十七月之志甚堅，諸王大臣及各官士民等再三陳奏，詞同懇切，不得已，勉從所請，但衷猶歉仄，因幕居乾清門外，以盡哀誠。今乃又請回宮，不過以朕躬爲念耳。人孰無祖父母父母？爲子孫者，皆當盡孝，何分貴賤？今距釋服之期爲時甚近，若從所言，以致他日稍留遺憾，恐非人臣愛君之意。」

于是諸臣惶感，莫敢進諫，但于釋服之時，仍合和碩康親王等，及内閣大臣九卿詹事府科道六部各衙門以下，披瀝伏闕，會諸道制撫及外國朝鮮暹羅諸王，共勸即吉。而太學諸生及京畿民庶數百人，各舉幡跪天安門外，以爲郊祀大典，罕有時舉，宗廟之祭，亦未親奠，我皇上致敬盡孝，必躬必虔，儻三年之内，或以宮中服喪之故，祠官代饗，則是玉輅不至于郊壇，奉璋不及于廟室，將使大禮有所曠也。如慮其有曠，而内袒凶衣，外披吉服，是飾虛也。

且從來朝會，踰月一行。皇上懋勤大政，昧爽臨朝，九重森嚴，萬國觀聽，浸假待漏之際，綵仗已陳廷，朱衣方入陛，而回思至尊在内，尚將有衷牡麻而脅經帶者，何以爲情？況屬國來王，在古昔惟九賓導相，觸首稱慶而已，皇上則宮門御苑賜宴賜衣，雖極疏遠，必有勞賚。萬一以持服之嫌，門宴不施，宫頒未逮，何以合萬國之歡，慰四裔之慕？

況青宫睿質已成，宜行嘉禮，啓祥毓瑞，全在内廷。借使宫中遂服，則持節授册，將安涖事？且夫慎終追遠，應莫如祭。伏念太皇太后升祔之典，必除服而後可行。當此春夏遞施，時祭伊邇，則禴祠合享，當亦追遠之思所最急者。凡前後所奏，窮極援引，上乃不得已，勉從衆請。然猶衣棉束綈，覆以羊裘，寢處齋房，履縢不解。雖經吏部諸臣，公懇易服，兼乞還宫，而終竟不許。遂于四月七日躬奉龍輴，步送郊亭，扶侍墻幬，不離左右。比至寢殿，又復降步。然而哀號之情，較昔尤極。自六宫嬪御，以及諸王各大臣封妻命婦，攀援倞曲，聲震林莽。是日，靈雨霄零，重雲晝掩，塗蜃封魚，一切如禮。皇上哭行饋奠，宛在初喪。同軌咸來，房皇霑灑。乃于是月十九日，奉安禮成，次第即吉。

夫以三年之喪，在三代君民久未行者，而一旦以天下共主，毅然欲舉而行之。然且嘗藥、步祈、居廬、哭位，深幕次之悲哀，望山陵而徒踐，極隆古以來，歷漢唐明所未有之孝，而皇上悉萃于一身。古云王者以孝治天下。又云聖人行孝，必擴之而充乎天地，溥之而横乎四海。前以歷之千秋而有餘，後以施之億萬世而未之或過。是固軒黄以還，超文軼舜之一人也。

臣請急在籍，一聞哀詔，疾趨省會，同將軍巡撫以下，擗踊號慟，百日之内，時申悲慘。因累詢太皇太后違豫以後，奉安以前，我皇上無涯之孝，播諸里巷。雖道遠未悉，不無乖誤，然而東南士庶，動哀慕之思，每聞一節，便群聚閭門，反覆傳説，彼告此訴，兒童婦女，無不感泣去者。推之薄海，亦猶是矣。

憶臣侍班時，當羽翊南巡之會，曾作《司賓答問辭》以寓頌，今復爲此文，妄名《抵諆》，蓋不藉主客，恐無以發抒所由，導揚未備，因往復假借，以附于《解嘲》《抵疑》之末，使後之觀者庶以知起居記注之外，猶有史官存信焉如是者爾。

于時典喪大使，從長樂官屬，日與大行丞庶儐，頒布禮事。歷瞻我皇上聖孝逾量，自慈宮侍疾，衹衣翦爪，求醫禱祀，以迄上賓以後，斂厥塗輴、掩菆奠寢諸節，一一刺心，雖非常之孝，超越今曩，實有非庸愚所能窺者，然而中心佗焉。廼于奉安之次，從容避席而請曰：竊聞喪有五服，禮有四制。四制者，五服所從節也。故出門之治，以義掩恩，奉公所行，義由禮起，夫人而明之矣。誠不知國家頒恤，爲制若何？天子居喪，其儀奚似？

三代闕王禮之書，《周官》乏大喪之記，主故無所稽，典喪不能議。然而漢唐以後，尚有舊文，紅纖之詔，居然相遵。三日而黼可負，及旬而衣以純。斯百王之良法，亦列代所共聞。而乃瑶殿愆和，璇宫違療，徒跣在郊，咨洟過廟。開織室以引懲，禱桑壇而罔效。蒼靈銜乞算之詞，金匱闕事神之告。雖復顧額問影，求醫翼全，保林飾縵，世婦張綿。痛瑶光之被地，比虹流而麗天。

吾聞豎告未安，寢不浹席者，文王之溢情也；長樂侍疾，衣不釋結者，漢帝之殊行也。乃以久恃之年，驟丁鮮穀。角柶楔齒，燕幾綴足。樂人建旄以朝升，秦女卷衣而夜哭。官輪纁戴之金，人奉捷盧之玉。委襚衣于廂東，設駔珪于牖北。方冬卻凌人之冰，浹日鑿参庭之木。既倚幕而卧苫茅，翻咽嗢而屏飦粥。當此皇情迫裂之時，聖意徬徨之際，猶且視飯薦笄，經營備至。沐床設席，相視出涕。修喪祝之儀，起勸防之廢。給栗材于上林，搜東園之祕器。遺奩傷玉鑑之空，撤座哭珠簾之墜。

夫以屏饍之過，勺飲不入口者，而八筐熬稻，必用親啜；以全哀之公，腥肉不入室者，而四塗魚腊，于以齒決。則是葛茀雖韌，不足以罥其縹縻；榆瀋雖多，恐無能喻其流血。而況槨衣以淚近而轉濕，黼翣緣手扳而不支。望旌銘之骨刻，翻旟旐而魂迷。澤過優則銀海爲溢，恩彌重而金鳧不飛。

是固期門諸校，侍鵲臺而倍深其痛；司常之士，奉龍帔而不能無疑。且夫人主之身，非淺鮮也。群臣頖賀，動輒呼嵩，四方朝集，必稱萬歲。何則？凡以祈昊天而保永命也。今乃以方雷未忘，有嫛難續，遂欲效《桑林》之禱，法《金縢》之祝，類晉儒之焚顱，近唐臣之進籙，得毋于體有過降與？若夫後王之行，又安足法哉？

夫三年達喪，在昔有之，不始于殷商也。三旬而釋服，亦自古有然，不仿于漢與唐也。如必待高宗而始亮陰，則陶帝無遏密之文，湯孫無奉歸之誥矣。必漢文而始短喪，必唐宗而始易以二十七日，則魯人之暮歌不足譏，滕文之居廬爲無可疑矣。徒以行古之意起自晉武，終喪之志決于魏文，周主有持服理事之令，宋宗創宮中遂服之論，遂欲兼數王而施數事，則漢唐一統，反遜偏安；列代賢王，盡輸諸主矣。

且夫漢文之孝，端在何等？唐宗事親，早見史乘。當文帝侍薄后之疾，下哀矜之詔，使天下有罪者不逮父母。太宗居竇太后喪，極盡哀毁，往往居慶善之宮，念所生之苦，一觀覽間，必涕泣如雨。此與謁原陵而哭鏡奩，營太廟而悲故璽者，亦復何憾？而乃限三寸之絰，改廿日之祉，卻臨踐之制而勿用，删國恤之篇而不疑，此豈故爲是戛戛哉？夫亦勢有所不已也。

故仲路不除，孔子非之。趙孟又降，楚子知之。薛宣甚賢，猶以弟修之持服爲可怪；漢儒多禮，尚以趙岐之去官爲不宜。是以翟公，丞相也，匝月除服，自言不敢踰制。張華，度支也，逼令視事，但云道在從時。蓋當其奪情，固將釋桓焉之服而加酒牢；苟惡終志，甚有刦解弘之喪而收廷尉者。彼以爲國家絜量，各有畸至；君父相較，原非比埒。況乎身爲天子，撫有萬方，膺祖宗付託之重，受天地民物之大，猶兢兢以節文是持，豈云通禮？

獨不聞義制之治乎？天子無喪儀，辟所尊也。五禮去國哀，爲其難與倫也。故如喪無哭踊之節，亮陰非衰麻可申。如必帥天下而共持服，是謂荒國事而塞民務。儻大君獨服而天下不服，是謂有父子而無君臣。而乃儗魏周之行，類晉宋之仁，泥殷宗之遺跡，略舜禹而勿論。達孝統繼述之善，臨喪徒哀戚之循，此群臣百姓不能無一時之争，而天下後世且將共起焉而多所詢也。

于是九儐之末有咨嗟而興者，曰：豈謂是哉？信如子言，所謂明乎事不明乎理，知有一不知有二者也。夫知其可爲而不爲者，庸人也。知其不可爲而必爲者，賢人也。知其可爲而爲之，知其不可爲而猶爲之，而仍不爲者，聖人也。夫三年之喪，亦已久矣。漢唐以後，時不可行。天子之尊，勢亦難詘。兆民罕與言，庶臣皆不欲。故以諸士之喪，大君命歠則歠之，而獨不敢自撤其食；在廷之制，至尊欲奪即奪之，而反不能自遂其服。誠以孝先百行，憂歉三年。服從恩制，喪以禮全。弱者不可卻，强者不敢前。賢不必過，聖無所偏，故足傳也。世徒見長秋典喪，少府獻服，司常建弓旌，校人飾車轂。吏民有三日之臨，宮御減終年之哭。而獨九重之内，首有餘創。三月以還，面猶深墨。遂以爲士喪之制，將補君儀，開元之書，尚存國恤，斯已畸矣。

且子亦知慈寧之神聖，果何爲者耶？皇上以爲北樞有命，實誕軒黄；東渚之祥，因生皞帝。光烈擅天后之稱，莊憲居母師之地。然而捫天鍾乳，曾養聖躬。教織濯龍，還裁帝帔。是以豕牢有太任之思，龍見感唐宗之異。所爲漢室勤儉，惟太后所遺；文母思齊，實曾孫之庇。宜其念承纘而興哀，懷恩勤而出涕矣。

乃孝感所觸，更饒痛疚。撫今追昔，情不能已。當日慈和賓天，睿冲嗣服。問饍情殷，奉觴時促。龍輴頓駕，蟾馭早卜。灞上之祓未行，蘭館之遊不足。脂澤之田未嘗借貧人，湯沐之邑不以乞外族。一旦弛練裙之弓弦，脱磨金之指鐲。大使已撤其衣裘，小王誰教其誦讀。有唐顯慶，所爲諷女則而感霜晨；明代孝宗，因之祠奉先而泣風木。爾乃近開慈隧，遠憶容車。泣縈新綍，哀尋故褕。天闕築夢熊之館，泉臺掩祼鳳之襦。想母儀之髣髴，過閟殿而趦趄。緬月夜墜以長偃，霿雲晝凝而不舒。將謂藉齊疏以報罔極，實非更禮制以示有餘。蓋欲申呼昊之私，非此莫慰；因之發原陵之夢，或可兼攄。此固聖人最苦之用心，抑亦王者善全之令謨。然猶發言盈庭，持志不得。下審民情，上立人極。俯仰古今，咨嗟太息。其制行之始，未嘗不堅；而從諫以來，不欲自愎。將使一時有所遵，萬世無可惑。隆古所以賴聖謀，詩書所以誦孝德也。

子第知夫皇上之詔，上援古制，下引近主，遂以爲效宋宗，法晉武，而不知聖人神孝，出自天然。雨降九闓，江流百川。哀生于冥漠，淚發如涌泉。寧不念幅員之廣，已過鑾渤；平康之治，且邁堯年。而乃近引一方之元魏，俯取偏安之趙宋哉？特以爲三年之喪，漢後未嫺，即此數主，猶復足重，故云然也。若夫群臣所争，固非得已。聖心轉圜，依然獨斷。人但知皇上之釋服爲卒臨，而不知聖人之釋服不釋心也。人但知皇上之解憂爲除服，而不知聖人之解憂不解孝服、孝叶。也。

夫大孝之心，不在衰麻。至聖所行，豈限時月？高宗三年不言，皇上之不言何止三年？大舜五十而慕，皇上之慕思何止五十？皇上以爲天下甚大，四海甚盛，必終國恤，則上下未齊，必遂私服，則吉凶難並。故惇宗將祀，必隨時以制宜；班朝治軍，亦因情而立行。臨喪則極哀，而不以爲踰；涖祭則盡敬，而無所於病。斯所貴乎孝也。

故孝有節文，又有權制。三日而食，三月而沐，此節文也。跛者不踊，傴者不袒，金革不避纖，老病不止饌，此權制也。節文與權制，總名爲孝。故及今所重，在乎知要。向使當堯舜之世，五嶽不盡地，四維不踰域，政教所及，惟此甸服。雖共主在朝，而各君其國，但垂拱而端居，即達志以通欲，故持服甚易也。今則南踰瘴海，北極窮壤，户版億萬，皆隸官省，即使堯舜復興，其不能行也審矣。

且也歷代之主，名爲臨政，實近居攝。祭享不親，朝會不接。明堂無王會之文，狩岳鮮方車之合。入學授經，視爲故事。端門聽政，偶爾一及。是以宫府獨處，皆足自給。而今則匕鬯躬承，珪璋親受。朝集之貢獻匪一方，九賓之來同遍九有。黄猝白㚟，並赴京門。東雉西狼，全歸闕右。書無程石而猶繁，人不梯航而自走。則是哀樂不同致，饗恤不並行。桐竹之扶不贍榱桷，梟牡之束難升殿廷。況乎酬百譯之金，勞六軍之酒。布綵仗以迎辰，駕鸞輿而肆狩。則夫皇上而行服，與魏宋殊，即皇上而不行服，亦與杜預、傅玄之所言相剌謬。蓋其所以行止者，别自有在，而非天下群臣所藉口也。

且子亦知躬禱之有説乎？子第知《金縢》身代，似屬過禮；焚首減算，以爲迂闊。而不知「河圖」有賜算之文，《洛誥》進祈年之訣。夫天子之孝得算二千，嗣王敬天卜年八百，君之所素知也。今皇上聖孝嵬嵬，將必登大壽，踰耄耆，與江河比長，以山嶽絜久。是皇上一祝而天地鬼神實佑之，將欲錫之千聖之所期，三皇之所有，而豈僅區區呼嵩祝歲所能狃哉！且子不觀浙河之間乎？方春之時，水波不揚，叢壇里樹，甘露以降。在昔羲軒之世，王者行孝，則蓮蒲生于庖，甘露溢于塘。暨乎三代，援神著契，則龜龍達河，流水無恙。今兹之瑞，亦正相彷。夫二鳩之巢，一魚之躍，皆關孝行。故曾子之冠，上有棲烏；劉殷之檎，下有藏廩。孟哭雪而神筍抽，王袵冰而錦鱗泳。粲萸茱于枯蘖，起温泉于寒井。梁王作孝子之賦，曰地出蚳珠；晉史列孝子之德，曰天降神塍。按之士庶，歷歷可驗。由斯以談，則上天降祥，正自無已。方將駕疏仡，軼循蜚，同無窮之德，視之天地。而吾子抱鰓鰓之慮，剌剌不止，是猶較天星而播熠燿之光，窺大顥而引蠛蠓之氣也。

西河文集卷五

蕭山毛奇齡字大可又名甡稿

奏疏

呈進康熙甲子史館新刊古今通韻疏

翰林院檢討臣毛奇齡謹奏，爲恭進韻書事。

臣竊惟古王三重，一在考文。周官六書，首重韻學。蓋審音定律，一代之典文繫焉。自古韻不作，魏晉以降，各創爲律韻行世。雖其間遞有沿革，然因陋就簡，往往標之作一代法式。故唐用《切韻》，與五經同頒科場。而宋造《禮部韻略》，特照九經例頒行天下。明初甫定鼎，即命詞臣宋濂等輯《洪武正韻》一書，著爲律令。夫國家大經大法，豈無更重于此者，而於此急加意哉？誠以同文之治，大權所在，不可忽也。

今天下車書一家，滿文漢字昭然畫一。上自章牘，下逮券契，皆歷歷遵守，獨於韻學多未定者。今所傳韻書，共指爲沈韻，非沈韻也。又指爲唐韻，非唐韻也。沈韻與唐韻失傳久矣。竊考今本係宋南渡後平水劉淵所作，而理宗朝爲之頒行，名《壬子新刊禮部韻略》。乃自元迄今，不知何故並傳爲沈韻、唐韻，而遵行至四百餘年，以訛傳訛，從無刊正其是非者。

我皇上聰明首出，開闢景運，於四征勿庭之日，即爲文德修來之舉。命中外大臣各舉文學，而親試之，一倣唐宋制科舊例，分别等第，悉授館職，較之有司鄉會諸科，頗爲鄭重。乃臣等菲薄，濫叨盛典。即當日所試文韻，或有失押，重煩我皇上親爲指摘，如旗旂、蓬逢諸字，無不立加剔發，升降甲乙。是皇上生知天縱，萬幾躬親，尚於學問嫌微所在，剖析毫末，而臣等以庸妄當之，寧不自愧？因於奉命修史之暇，纂成韻書壹册，悉仍平水舊本而參訂之，擬名「康熙甲子史館新刊古今通韻」。其曰「康熙」者，尊朝廷也，猶之明韻冠「洪武」也。曰「甲子」者，記時也，與宋韻之稱「壬子」無異也。曰「新刊」，新正也，宋韻稱「禮部新刊」，金韻稱「泰和重刊」，皆是也。其曰「古今」，則謂律韻與古韻也，亦猶元之稱「古今韻會」者也。第臣纂此書，非敢自信，衹以考律審聲，古今所重，謬承著作，豈可私行，因恭呈睿覽，上求審定，儻萬幾之暇，一經指析，將見七政所照，六幽盡發，闢千古之妄，定百世之準，昭一代之典，將見《中庸》之所爲三重，《周官》之所爲六書，互相炳曜，以垂於無窮，此亦補裨教化、贊襄文治之一端也。若夫考核多疏，引據未備，明知因端竟委，全藉踵事，惟是遭逢聖明，千載罕覯，當此堯舜之世，而不使蒭蕘一得及時奉獻，徒濫厠從官，虚縻歲月，豈不可惜。因冒昧呈進，謹將抄謄所撰韻書，分爲十卷，裝成肆册，共壹函，隨本同上，惟祈皇上裁擇施行。

康熙貳拾肆年叁月初叁日，翰林院檢討臣毛奇齡是疏奉旨：「書留覽，并敕知該部。其兼本任坊間刻行。」至三十年辛未，嶺南復有進韻本者，仍奉旨：「着内閣中書官取是書付閣中查對繳進。」聞取書時，其書直藏之大内皇史宬中，真異數也。

呈進樂書并聖諭樂本加解説疏

翰林院檢討今在籍臣毛奇齡謹奏，爲恭進樂書事。

臣竊聞，聲音之道，與政相通，故王者功成樂作，則必辨析宫商，考定律吕，以求聲音之所在。凡以爲中和之氣，所以格天人而和上下，非偶然也。自古樂淪亡，聲音之不講，西京以還，于今幾千年矣。

臣幼時聞臣父敕贈徵仕郎翰林院檢討臣鏡每言從祖汀州府同知臣公毅往從新建伯王守仁征寧庶人時所俘樂工得唐時五調歌譜，其中稍稍言五音、七律、四清、二變、九聲、十二管諸法，無非皆聲音之事，與舊朝所載樂書徒存備數者大不相同，而惜其書在王師下江南時，方、馬遺孽各東渡焚刼，而其書遂亡。顧臣父臨殁猶執臣兄手嘆曰：「聖人生，古樂興。今聖人已御世三十年，後當必有起而興古樂者，汝其識之。」暨臣倖通籍，謬叨從官，嘗于侍班之次，得竊聽殿上中和樂聲暨黄門鼓吹，今所稱丹陛樂者，刻記其音節而未之析也。會西南蕩平，皇上命詞臣改定樂章，時掌院學士曾以樂章配音樂下詢，臣具議一通，但論篇次，而未嘗一及歌詠之法。然臣嘗于入直之暇，竊入太常，乞觀宫縣諸法物，親得跪睹世祖章皇帝所改塤篪二器，并得聞樂工竊言皇上曾以籥篴器色中高字未清爲器不中法，深嘆聖人聲律身度，其能審聲知樂，且因律辨器如此。歸邸踴躍，謂聖人既出，先臣之言已驗。惜其法不傳，不能備述以當一得，且日見皇上朝虔夕惕，萬幾不暇，或不宜以制作大事重肆溷擾，故待罪十年，以至乞疾，終不敢有所妄獻而罷。第乞疾之夜，夢臣亡兄仁和教諭臣萬齡忽呼臣曰：「《大招》云：二八四上，樂之經也，汝知之乎？」臣醒而記《大招》，則原有「二八接舞，四上競氣」之文，而不明其說，或者謂鐘磬二八，笛色四上，可以正樂，然究不知呼臣之意之何所爲也。

今年三月，臣就醫會城，伏讀邸抄，知皇上御門，偶與左右儒臣示空圍之準，指損益之理，辟蔡、孟三九之有差，補遷、固八生之未盡，所云四上即一三也，徑一不足而圍三有餘，則四以上也。所云二八即復八也，隔八相生，而至八而復還其始，則二其八也。聖人將出，則鬼神通之。皇言欲發，則鬼神先告之。覺考律算數，茫昧千年，而先使舊朝之殘譜暗啓其機，審律定聲，運會將開，遂令群臣百姓天下後世並得聞皇上之話言，以大昌其說，此固黄虞並見之秋，古樂再興之候也。夫因端啓廸，而必集群策以共成之者，王者之體也。承在上之意，而務推大而闡揚之，以期至于盡，爲人臣者之職也。今聖諭煌然，宜有所承，而微臣之職又忝在記述，雖病卧里閭，而心縣魏闕，橐筆摛文，未敢少諉，因祗奉皇言而由繹之。惟尺龠有不齊，則于是無截管之疑。惟密率有不符，則于是無累黍之弊。惟相生之在聲而不在數，則于是有四清、二變、五聲、七律之調。惟推律之可言而不可行，則于是有十九宫、二十四調、六十律、一千八聲之誤。則是皇言一出，而其聲已定。雖微臣謭陋，不足以測高深之萬一，而據所傳聞，合之聖謨，若于斯有相發明者。因于伏牀之頃，口授臣男庚午科舉人臣遠宗，把筆編次，析作八卷，裝成二册，共一函，名爲「皇言定聲録」，恭呈睿覽，并鑒可否。

乃臣則更有進者。從來創建之興，關乎運世。曩者，五會遞乘，勝國在土，準之鄒衍相勝之數，則本朝以木德王，何則？木剋土也。若以劉向相生之數推之，則宜用金德，以金者土所生也。乃開國之初，發祥東北，於方爲木，於位爲震，於律爲太簇，而金以西行而與木相抵，故商爲金，而太簇本木位而仍爲商音，則是木德、金德，正與開王之所基兩兩相合。然而震爲雷，雷者聲音之發。商爲金，金者聲音之成。而太簇以人聲而統陰陽，該金木以兼綜乎聲音之要。是古樂必興，固開闢以來一大元會也。至若皇上神明天授，原爲開闢以來集大成之聖。金聲玉振，端在今日。因將所録樂書，謹匄掌院學士臣張英代爲呈進，臣臨呈可勝屏營激切之至。

康熙叁拾壹年伍月拾伍日，翰林院檢討今在籍臣毛奇齡

此進樂書疏也。壬申三月，春庄閲邸抄，得聞皇上有「徑一圍三隔八相生」之諭，因仰遵聖意，勒成一書。至五月，郵寄掌院學士，匄代爲呈進。會皇上幸塞外，學士慎重，不果奏。因梓入集中，以垂將來。即此見聖主儒臣啓迪對揚之盛，且亦古樂絶續大關鍵也。樂書八卷見本集。

舊有《竟山樂録》，亦擬呈進之書而未果者，其稿已久刻行世，前亦有奏疏一篇，今不存。

呈進聖孝合録疏

翰林院檢討今在籍臣毛奇齡謹奏，爲恭進《聖孝合録》事。

臣自本年正月十日接得府縣官吏傳帖，恭迎太皇太后哀詔，即隨將軍、巡撫各衙門以下暨在籍鄉

官，一同設位，叩頭發哀，禮畢，臣復于草次俯伏，哭問皇帝陛下起居，備知聖孝無涯，求醫、步禱，感動天地，爾時即有里巷人民北嚮號泣恭紀其事者。嗣後百日以内，咸遵制詔，但漸聞官吏居憂，商農輟業，皇上日侍帷宫，哀毁踰禮，卻啜卧苫，唾涕見血，傳諭終服，斷以三年，群臣交争，堅不可奪。暨乎步送郊園，親衛舁校，宫門幕居，較過廬次。然後諸王大臣暨各部院司寺衙門以及太學生徒跪闕舉幡，合請即吉。上念天地祖宗付託之重，下軫九州四海民物之大，斟古酌今，勉從衆請。是皇上大孝，盡哀盡禮，既不泥古，又不隨俗，百凡因革，皆有確斷。制作之聖與繼述之孝，兩兩皆見。然猶于四月七日躬上虞衛山陵奉安諸禮，竭盡誠敬。在聖人大孝，方畏人知，而至德感物，捷于影響。臣嘗于即吉之後，朔望詣學，聽講諭讀法外，首宣聖孝，以弘教化。紳士翹首，轉相傳導，隨有揚頌諸詞，敷陳嗚咽。臣因衆哀慕，謹爲彙輯，旬日之間，漸成卷帙。竊思大孝性成，超文軼舜，近傷太皇太后撫育之恩，即追念慈和太后襁褓之痛，苦心哀思，原有未可以示人者。且孝治所及，不關播誦，草野俚諺，亦何能仰道百一。惟恐瀆冒聖聽，反取罪戾。獨是周文維則，久列詩章。大舜克諧，亦傳虞史。況臣職司記述，分在敷文，當此孝治煌煌溥天哀感之時，而不爲之導揚極盛，反加諱匿，是冒昧之情輕，壅閼之罪大也。因臚次諸詞，去其草野媟嫚者，合得頌若干首、賦若干首、詩文若干首、雜體詞若干首，彙成一書，竊名「聖孝合録」，謹抄謄裝潢共若干册，匄兩浙巡撫部院臣代爲呈進，伏惟睿鑒採擇施行。

康熙二十七年十月

時匄浙撫金鋐呈進，有刊本行世。

西河文集卷六

蕭山毛奇齡又名甡字大可稿

議一

歷代樂章配音樂議康熙二十年十一月十三日，翰林院掌院問查歷代樂章之配音樂者，臚列成議。

本月十三日，承令查歷代樂章配音樂者，詳覈舊文，謂樂章之見樂録者。斷以己議。某譾陋不能指析就裏，且私宅並無藏書，難藉考覈，但據臆見所及，臚次成説，以報明問。

竊謂歷代樂章無不可配音樂者，其樂章分部，全昉乎《詩》，而其所配之法，則《舜典》詳言之。若其歷代因革、是非得失，則歷代史書樂志自能備載，他書冗雜，皆非所據也。

大抵樂章分門，祇有風、雅、頌三部，而以重輕爲先後，則其一曰頌，其二曰雅，其三曰風。如樂部有郊社、明堂、太廟、小廟諸室，及雩祀、先農、先蠶、朝日、夕月、太歲、百神諸祀，其樂歌宜凖乎頌。蓋《思文》爲郊祀配稷之樂，《我將》爲明堂配文之樂，《清廟》《維天》爲太廟樂，《載芟》《良耜》爲社樂，《高山》《載見》《昊天》《執競》爲分祀諸室之樂，《閟宫》爲小廟樂，《清廟》《維清》爲歌詞，《桓》《勺》《般》

《賚》爲舞曲，門部秩然。

西漢至武帝始定郊祀廟祀樂歌。如祠太乙于甘泉爲祭天，祭后土于汾陰爲祭地，而其樂章則司馬相如輩所爲，乃其詞全不頌天地、祖宗功德，衹以《齋房》《赤雁》諸瑞應詩實之。惟廟樂名安世樂，詞有體要，然其名「安世樂」，即房中之樂，在《詩》爲風，在漢後樂府爲三調相和歌詞諸樂，專以此祠廟，已爲不倫，而後漢明帝即又改名郊廟之樂爲「大予樂」。夫「大予」之名，則何所據？且反以雅頌樂名爲辟雝饗射之用，則風頌倒置，門部紊矣。

魏初令王粲作樂章，原屬未備，嗣後則得杜夔所傳古樂四篇，一《鹿鳴》、二《騶虞》、三《伐檀》、四《文王》，遂倣《鹿鳴》作《於赫》篇以祀武帝，倣《騶虞》作《巍巍》篇以祀文帝，倣《文王》作《洋洋》篇以祀明帝，則全以雅聲作廟祀樂矣。宋鄭樵曰：「《清廟》祀文王，《執競》祀武王，皆是頌聲。今魏家三廟，全用風雅，可乎？」其曰風者，以《騶虞》《伐檀》雖雅聲，實風詩也。

晉初權用魏樂，比之周室之稱殷禮，止更定樂章，而宫懸如故。第其樂章則較漢魏爲整備，有夕牲、迎送神、饗神、降神諸歌，而六朝因之。宋加登歌及頌太祖配位之樂，并五方帝樂。齊又改爲肅咸、引牲、嘉薦、昭夏、嘉胙、昭遠、休成及諸祖宣烈配饗，凡薦豆、呈毛、升壇、還殿諸歌，又較整備。但周頌升歌衹歌《清廟》，徹衹歌《雍》，衹歌二詩。漢初此意猶存，故迎神曰嘉至，皇帝入曰永至，皆有聲無詩。此後歌愈繁，樂愈雜，其去古愈遠。若梁代樂章，則武帝自爲之，將南北郊、明堂及太廟三朝樂歌盡改名雅，如皇雅、諴雅類，則頌聲盡亡。且即以雅詩爲天地太廟君臣人鬼通用，則失之尤失矣。

北齊北周大禘圜丘，五郊諸祀皆用《周禮》九夏之説，多以夏名，隋亦因之，不知諸夏本雅詩，用之朝會宴饗，《國語》所稱「金奏肆夏，天子所以饗元侯也」，且其詩已亡，全不是頌，後儒誤以《思文》《執競》《時邁》三詩妄實之耳。

至唐則概改曰和，有豫和、順和諸十二名。宋則概改曰安，有高安、静安諸十二名。而歐陽修修《唐書·樂志》，誤以宋時十二安次第與唐相準，亦以《豫和》爲祀天、《順和》爲祀地、《永和》爲享廟、《肅和》爲登歌，以次分用。而唐時所傳樂章，自中宗以後，凡昊天、五郊、二丘、太廟、社稷、先農、先蠶、祈穀、雩祀、朝日、夕月、蜡百神、昭德皇后廟、隱太子廟、九宫貴神諸樂歌，皆雜列《豫和》《肅和》《雍和》《舒和》諸詩，每祀皆有其名，但不全用耳。且尚有福和、昇和、歆和、延和、同和、寧和諸名，在十二和之外，與《樂志》不合。而宋十二安以祭天爲高安，祭地爲静安，祭廟爲理安，天地宗廟登歌爲嘉安云云。而景祐中又改定其名，增誠安、儀安等十四名，後又增淑安、柔安諸名，爲皇后禮儀。而英宗、光宗諸朝又代有牴牾，如《正安曲》爲太子王公出入，而有時用之爲郊壇亞獻，《乾安曲》爲帝升降，而有時用之爲壽王上壽。至建炎初，則盥洗升壇進舞望燎皆奏《正安》，八壝升降還位盥洗皆奏《乾安》，全無定準。明則參酌乎和安之間，郊廟用和，朝饗用安，多不過九曲，皆太祖親製之，雖成祖、世宗亦多更定，然皆用詩詞，與朝饗雜用金元曲子稍别，至今太常亦尚有沿襲其文者。此則頌詩一部，爲歷代郊廟樂章之所隸，彰彰如也。

至于元旦大會，冬至、初歲小會，饗射賓客，及上尊上壽食舉，與黃門鼓吹，軍中短簫、鐃歌諸樂章，則隸之雅。如《鹿鳴》燕享，《瞻洛》朝會，《四牡》遣使，《天保》上尊，《出車》奏凱，《車攻》大閱，《斯干》作室，《湛露》元旦大會，《彤弓》重臣專征，其門部本自備具。故魏初食舉奏杜夔所傳《鹿鳴》四篇，大和中左延年祇傳一篇，以爲元會之奏，所謂東廂雅樂。而晉後各造樂章，名爲「四廂樂歌」，梁更爲「三朝雅樂歌」，則皆名雅。惟唐初朝會元日、冬至慶賀，皆奏《破陣樂》《慶善樂》，悉有歌詞，而其歌者則每雜先代《清商》《巴渝》《入破》《排遍》《水鼓子》《婆羅門》諸曲，高宗時有清樂，有燕樂，開元後有散樂，于是分雅、俗二部，皆非古音。至宋，則列朝朝會及御樓、回仗、上尊、册寶諸樂章，皆短歌，唯六變一曲稍曼，然猶五字長古詩也。逮元明而全用曲子，凡朝會、萬壽、侑食諸樂，雖亦有《聖安》《治安》等曲，然别有曲名，如水龍吟、新水令、沽美酒、千秋歲類，其詞最俚。初尚有本曲音節，至後則音節亦失，較之唐之俗部，猶下之矣。

若横吹鐃歌，則本屬二樂，而合用之。雖舊云有簫笳者爲鼓吹，爲朝會燕饗乘輿鹵簿之用，有鼓角者爲鐃歌，爲祠兵振旅飲至凱旋之用，然其説未確。漢作鐃歌一十八曲，魏後則各取其調以誦美功德，列代皆然。使用之鹵簿與軍中馬上，則鐃吹有之，從未有歌其詞者。是雖有誦美，而亦安所見。故明王景擬朝會樂章，亦倣鐃歌爲《嘉禾進》《黄河清》諸詞。是鐃歌亦朝會燕享之樂，宜與四廂樂歌、三朝雅樂同列。觀唐樂亦有《清商》《巴渝》諸樂，皆有歌有吹，可驗也。

若横吹，則軍中鹵簿本皆通用，然與朝會燕享反無涉。漢和帝時，有《隴頭》《黄鵠》諸詩，梁有《企渝》《瑯琊王》《鉅鹿公主》《慕容捉搦》諸詞，多用北調。故唐時軍中樂，承北魏北歌，名真人歌，皆馬上之聲，取其雄悍。其樂章名有曰「慕容可汗」「吐谷渾部落」「稽鉅鹿公主」「白浄王太子」「企渝」類，多本六朝，而詞不甚傳。若宋時，則合黄門、軍中而全以詩餘調爲之，有「導引」「六州」「十二時」三名，凡車駕出入、朝饗册寳及命將出師，皆用之。元明則全用曲子，亦謂之鐃吹曲。然皆隸雅部。

至于風部，則即周之所謂縵樂、散樂者。漢魏後有相和歌詞、吟嘆曲、四絃曲、平調、清調、瑟調、楚調、大曲、清商曲詞、江南樂、上雲樂諸樂章，而唐名清樂，有法曲、道曲、商調、天寳樂曲，新曲如涼州、伊州、甘州類，皆用五七絶句。而宋時清樂則概以詩餘雜體爲樂章，所稱大晟樂府是已。明則教坊承應，如鼓子詞、雜劇、爨弄，凡宫中所奏皆是。特前代清樂亦多奏殿庭。後魏孝文取清商樂爲燕饗之用，而隋文亦更造樂器，審定律吕，名清商署。唐時如勤政、花蕚諸游幸，李龜年以新聲雜進。而宋時賞花釣魚，亦每以新詞被樂，皆可見也。此則樂章之大凡也。

至若樂章配音樂，則《舜典》詳言之。如曰「詩言志，歌永言」者，則但作詩而吟詠之以成歌是也。曰「聲依永」，則遂以歌而被之五聲，或爲宫，或爲商，皆得以聲依之。而于是曰「律和聲」，則合十二律以和其聲，或合黄鐘之宫，或合夷則之商。而于是曰「八音克諧」，夫然後以金石絲竹八部樂器倚而成曲，則以樂章配音樂者，一在審聲，一在定律，一在制器。

所謂審聲者何也？凡有字必有聲，如宫聲宫字，吟在喉間，便爲宫音，此字審聲也。至通句吟之，倘徵、羽字多，則宫字之轉，須入輕清，以從徵、羽，此爲句之審聲。而合觀其詞，或爲宫用，或爲商用。倘爲商用，則又將酌之重輕清濁之間，而使宫不凾胡，羽不狄殺，而歸于商調，則又爲曲之審聲。此即《樂記》所謂「聲相應，故生變，變成方，謂之音」者。蓋調雖一定，而曲有轉圜，所謂以有定之調押不定之音是也。定調之法詳《竟山樂録》。乃宋儒謂協律祇以首尾定調，如《關雎》關字是無射調字，則結尾亦用無射調聲收之。《葛覃》葛字是黄鐘調字，則結尾亦用黄鐘調聲收之。「七月流火」七字是清聲調字，則結尾亦用清聲調聲收之。信然，則起調用字，收調用聲，既已不倫。且起調之字，亦多有不得通處。如庾信創周樂章爲五聲調曲，其宫調曲以「氣離清濁割」一句起，則氣字非宫音。而魏徵、虞世南爲唐造五郊樂章，首章名「黄帝宫音」，其肅和章首句曰「眇眇方輿」，則眇字亦非宫音，全然不合。況唐詩中，如甘州羽調、伊州商調、嘆疆埸宫調之類，其首字皆不如所言。蓋起調與收調皆當審聲。如甘州羽調，則起調之聲當以羽始，而結尾亦以羽聲收之。但論首調，不論首字，庶爲得之。且協調有不止首字者，如《樂苑》有思歸樂，本商調曲也，而次首犯角，如《意娘》本角調曲也，而誤入商調。若祇論首字，則安有全首誤犯之事乎？且詩之配樂不同，有先詞而後聲者，如唐李賀作《申胡子觱篥歌》，賀但作詩，初不自知入何調，使朔客吹之，謂合善平弄。劉禹錫造《竹枝詞》，亦祇作詩，按其音中黄鐘之羽是也。有先聲而後詞者，如魏杜夔播《鹿鳴》《騶虞》四詩，先有調法，遂作《於赫》《巍巍》四詩以代之。漢鐃歌《朱鷺》《上陵》一十八曲，原有樂録，然後魏更以《楚之平》《戰滎陽》等，晉更以《靈之祥》《宣受命》等是也。有調同而歌異者，如吴聲、西曲，同是清商調詞，而吴聲爲吴音，其歌緩而清，西曲爲楚音，其歌狄而急是也。有歌同而調異者，如宋鼓吹曲，同用導引、六州、十二時三曲名，而大饗所合爲黄鐘宫，山陵所合爲正三調，神駕還宫所合爲大石調是也。有歌調同而詞曲不同者，如横吹梅花落，有五字，有雜言，而江總爲七古；散樂清調平調，有單章，有複解，而李白清平調爲七絶是也。有曲調詞俱同，而樂部不同者，如《七月》一章，時爲豳風，時爲豳雅；《明君詞》一首，時爲閒絃昭君，時爲上舞昭君是也。有一句而數歌，一章而數歌者。如《清廟》一唱三嘆，則一句而歌四句；唐詩入破三疊，則一章而歌三章是也。有曲調之中有倚歌，曲調之外有送聲、和聲者。如《孟珠》《青陽度》，爲倚曲，《採蓮》每句送「舉棹」與「年少」二字，《歡聞歌》每章送以「歡聞否」三字，《襄陽蹋銅蹄》和云「襄陽夜來樂」，神功《七德舞》和云「秦王破陣樂」是也。有無詞之樂而不歌，有有字之樂而仍不歌者。如宋儒謂笙詩無詞，六朝東西廂作樂，皆有先後雜弄而無樂歌。宋導引曲，給之鹵簿則不歌。明鐃角引聲俱有曲詞，然未嘗歌是也。其配樂變化，不可一例，而要之以文成曲，以曲成調，以調成樂，全在五聲。五聲不備，不能協律。故自周迄今，調有時闕，而聲終不闕。如周禮祭祀，祇用宫角徵羽四調，而無商調，然商聲自在也。隋唐以後，定二十四調，但有宫商角羽四調，而無徵調，然徵聲如故也。其無商調，則以周王木德，惡商金之尅，其無徵調，則以徵屬夏火，忌陽火之洩，而要其聲，則歌曲所及，無時不周。故司馬君實謂近代無徵音，并無角音，而朱子非之，謂無徵角調，非無徵角音也。若謂隋時無宫聲，以其無君，明末無角聲，以其無民，則皆屬附會不稽之談。雖見之史書，而倍徵其妄。天下有五聲闕一而可以成調者乎？且亦何能闕其一也？

若夫審聲在定律，舊以十二管定五聲之轉，五聲配干，十二律配支，既有定位，復爲旋宫，《國語》

所謂「立均出度」者，而郊祀、廟祀、大饗、朝會則各以其宜施之，如天神用圜鐘，地祇用函鐘類。

漢時，李延年略論律呂，爲八音之調，而張華、荀勖輩多所論列，然當時所傳四廂樂歌祇用黄鐘、太簇、姑洗、蕤賓四律，而不及其他。至隋唐宋元，則用簫管定律，去其不能協調者，于六十調中減爲四十八調，又減爲二十四調，而二十四調之中，又并其高宫與中管者而減爲七調，此即《國語》七宫之説，而今時用之，然則今時之去古樂未嘗遠也。自儒者不察，妄論律吕，必謂古時宫調與今不同，不知五帝殊時，不相沿樂，唐虞金石，原不可考于今日，況定律在聲，既得其聲，則金石雖變，其聲則一。如必拘于古而妄議今樂之失，則唐時分雅樂、俗樂、番樂三部，初未嘗不貴雅而賤俗，及其後，番樂最難習，俗樂次之，雅樂最易，遂以番部伎爲坐伎，俗部伎爲立伎。樂工肄業者，坐伎不通，然後發爲立伎，立伎不精，則使習雅樂，此豈賤古樂而貴輓近哉？誠以雅音失傳，雖有絃𥰭行綴肄習其間，徒應故事，而不必有所用心故也。

故定律之法，自司馬、班固、京房以後，歷代儒臣皆有論説，而皆不可行。如律管長短，班馬不同。上生下生，諸家各異。杜夔、紫玉不能鑄鐘，荀勖、張華終昧管龠。隋萬寶常善講尺度，而律法不著。宋范鎮、房庶單辨黍粒，而施用全乖。至魏漢津竟欲量徽宗中指以定黄鐘，則可笑孰甚。

昔人云，智者造律，明者聽律，愚者算律。自宋元至今，儒者論樂，動輒算數，全不曉以律作度量，而反欲以度量作律。辨秬黍，考管龠，準尺寸，定絲毫，著書盈尺，而皆無一可裨實用。故驟繙其書，而算數滿篇，毫糸秒忽，觸目皆是者，其書必不通。

夫黄鐘與宫聲，圜取皆應，雖有定音，亦屬大概，原未有膠固泥執，强立一聲以爲此黄鐘者。夫樂以人聲爲主，假如歌者矢聲，既從喉出，契音收韻亦復重緩，不可謂非黄鐘之宫，而被之鐘石，與一定黄鐘稍有參問，則將硬守一定，任其參問乎？抑將圜轉取應，變調而從其聲乎？此甚明之理也。況同截一管，長徑厚薄，皆已齊一，而聲多不齊。同冶一鐘，銅齊觔兩，皆相準一，而聲必不一。妄云黄鐘之絃，其絲八十一。黄鐘之鐘，其銅十二觔。究之蠶繭燥濕、硝炭强弱，勢必不等，況繇此而太簇之絃，太簇之鐘，以遞相準，求其次第、圜轉，一如其算，此必不得之數，而欲以此定律，此豎儒之所以見笑于神瞽也。

蓋定律有三：一用金石，一用絃索，一用簫管。杜夔以金石定律，京房以絃索定律，荀勖以簫管定律，而予謂金石必不可定律者。夫樂之有五聲、七均、十二律也，非謂一曲可用一聲，一調可用一律也。一曲之中而五聲相逐，七均相轉，十二律相周，始可成調。若用金石，則金止一聲，石止一聲，百叩不能變，亦何以知此爲黄鐘，此爲太簇，此爲姑洗、蕤賓哉？故六朝得周景王無射鐘，樂官以無射笛飲之，不相中，反中夷則。又西廂鐘有古夷則鐘，以夷則笛飲之，不中，反中南吕。是二鐘與笛皆下二調，求其故而不得，謂是宋泰始中使張永鑿去銅多，故其調嘽下。夫鑿去銅多，則其聲當益輕清，乃猶下二調，則不知未鑿銅時，其調之相去何許，而反云去銅而嘽下，以文其不合之故，此大謬也。故杜夔鑄鐘，在晉已不能用。而宋時李照、楊傑，專攻鐘律，乃先儒謂李照爲景祐造鐘，太常歌工病其太濁，歌不成聲，私賂冶官，暗減其銅齊，使聲稍清，然後略叶歌音，而照卒不知。楊傑爲元豐造鐘，欲廢王朴舊鐘。樂工不平，一夕，私易其鐘去，而傑亦不知，然則金石之不足憑如此。故胡瑗、阮逸改造鐘磬，處士徐復笑曰：「聖人寓器以聲，不先求其聲而更其器，其可用乎？」乃説者謂以絃定律，當勝于金。京房造七均琴，彷《國語》「立均出度」之説。其琴用十三絃，第一絃乃全律之黄鐘也，以後十二絃則由黄鐘起至應鐘，每律爲一絃，欲取其聲，則分扐其絃，而柱以楮之，如瑟然，當時即以此爲定律之法。且五聲七音，皆見于絃。從來論律，不及七音，故隋時製樂，即牛弘、何妥、蘇夔輩，自稱淹博，尚驚疑其説，與鄭譯争辨。即鄭譯初間亦不曉七音，且考之樂府鐘石律呂，皆無變宫、變徵名色，故七聲之内，三聲乖應。及得龜兹人蘇衹婆彈胡琵琶者，其人從突厥皇后來入中國，聽其所奏，一均之中間有七聲，問之，曰西域習傳，調有七種。以其七調較之七聲，冥若合符。于是以七音之説而更立七均，均立一調，遂爲七調，合之十二律，每律有七，遂爲八十四調。其調至今用之，則是諸調之作，皆從絃始，可知也。特五絃之琴，必加二絃，始成二變。既不能使七音一氣環轉，且絲有强弱，時有寒煖，氣有燥濕，一絃之張，早晚各異，正聲變聲，隨時取準。即欲取準，亦必籍管笛之吹以定之。故京氏七均琴本準黄鐘，而范曄云：「絃有緩急，并有清濁，欲定黄鐘，非管莫準。」則是定黄鐘者，仍籍乎管。又何如直用管而不用絃之爲愈也。

蓋定律之始在管，黄帝使伶倫伐竹，斷竹兩節之間，以爲黄鐘之宫。而虞舜作《韶》，以簫定律，謂之《簫韶》。故八音之器，各有變製，而管獨不變，今之管即古之管也。其小變者，曰笛，即古之篪也。其兼乎竹者，曰笙，即古之笙也。朱晦菴謂管律以中聲爲定，但講周尺與羊頭山黍，雖應準則，然不得中聲，終不是也。大抵聲太高則噍殺，太低則盎緩，以此求中，庶幾得之。而蔡元定謂欲求聲氣之中，莫若多截竹箭以擬黃鐘之管，更迭以吹，則中聲可得，此爲直截之法。

故黃鐘九寸，原屬後儒臆説，不必即與古先王樂律相合，必不得已而用其法，則截十二管而以黃鐘之管定十二律之中聲，旋即以每管之體中定每管之中聲，中聲既得，則取十二管通之，其黃鐘管以中聲爲宫者，即以中聲上一字爲大吕之宫，與大吕管之中聲相合，則即黃鐘一管中已具有七管之宫，圜轉相應，而其他五管則從此加進，不必全用。大抵人聲有限，其至高至下、至清至濁，無有加于七管之外者。蓋樂止七宫，宫止七調，調止七管。如《國語》伶州鳩對樂，但稱七宫，而隋後八十四調止用七調，此自然之數，非有所矯揉而後然也。

至于制器，則統以八音，《虞書》「戛擊鳴球」篇已略盡之。如云「戛擊鳴球，搏拊琴瑟，以詠」者，球爲石，琴瑟爲絲，此堂上二部器也。「下管鼗鼓，合止柷敔，笙鏞以間」者，管爲竹，鼗鼓爲革，柷爲木，敔爲土，笙爲匏，鏞爲金，此堂下六部器也。如是而位置亦見矣。漢後屢爲增益，八部秩然。如方響水盞，不越金石。箏筑笳簫，仍是絲竹。篳簧土[口吕]，無非匏土。雞婁板拍，依然革木。況後人所製，反有絶勝前人者。雖宫懸與登歌、鼓吹諸器，皆有象數位置，凡簴案多寡，東西次第，歷代争論，紛紜不決，然亦但約略大概，不必穿鑿。如郊祀、廟祀，則皆有古制可考，不甚相遠。惟雜樂，則各自增減。如晉後四廂金石，用之大樂，而清商三調，則雜弄幾行，樂器幾種，歌絃幾部，送絃幾部，皆歷歷可記。即明代承應攛掇，亦明載笛幾、板幾、戲竹幾、觱子幾、杖鼓幾，且宫懸幾面，鐘磬幾簴，或左或右，皆有一定。然亦稍作按驗，略爲部署，而其事畢矣。是何也？則以所重不在此也。

《宋·樂志》云「論樂者不論聲而論器」，今太常雅樂器具在也，試入觀之，其鐘磬塤篪之形，羽籥干戚之制，何嘗不古。而聽者不知爲何聲，作者不知爲何樂，寧不知今世所傳之器之適用，而昧者必謂古爲雅而今爲俗，雅者當尊，而俗者當擯，則試思大輅起于椎輪，龍艘生于落葉，其變使然也。古者以俎豆食，後世易之以棔盂。古者簟席爲安，後世更之以榻按。雖使聖人復生，不能舍棔盂、榻按而復俎豆、簟席之舊也。且孔子曰「放鄭聲」，亦唯其聲可放，故放之。若論其器，則鄭器猶周器也，亦安有舍周製而別爲《溱洧》之鐘簴也哉。故以今器而奏古聲即爲古樂，以古器而奏今聲即爲今樂。師延播鼗鼓，末是《那》詩；泰始拊泗濱，原非《大夏》。苟欲用管，則但多取今管，而審其聲之協律吕者。即欲用鐘，亦第多鑄今鐘，而擇其聲之協管笛者。而由是而推之，絲、匏、土、革，隨器審音，亦隨音相器，而樂庶幾矣。所云以樂章配音樂者，亦大概盡此矣。

至若樂章有舞曲，則舞時所歌也。其在舞前與舞後者，謂之階步。其在當舞時者，謂之舞歌。故漢有《武德舞》歌詞，六朝配廟皆有樂舞歌詞，北齊有《武德》《昭烈》《文德》《宣政》《文正》《光大》諸舞，周有《山雲》舞，皆有詩。唐奏武文二舞，有《七德》《九功》《上元》，而宋明二舞，有《玄德升聞》《天下大定》《表正萬邦》《車書會同》諸舞，皆有詩，然皆倣武樂六成爲之。特舞曲則郊廟、大饗、三朝可并用，與樂詞不同。其他雜舞，若鐸舞、鞞舞，皆所執器如籥翟之類，而皆有詩。如巾舞以衣，拂舞以袖，鏇舞以鏇，杯槃舞以杯槃，戴竿舉榻舞以戴竿舉榻。今樂府有鞞舞歌詞、巾舞歌詞、杯槃舞歌詞及蓮花鏇舞歌、戴竿舞歌諸詩，皆可驗也。但其所舞，亦皆有定數，雖庭陳百戲，然亦非漫列者。

今天下大定，功成樂作，考訂鐘律，正在此時。第太常舊部，未經諳習，凡一切篇什增損，簾植沿革，宜因宜改，不敢妄論，祇就明問所及樂章之配音樂者，而竊議如右。謹議。

西河文集卷七

蕭山毛奇齡字大可又名甡稿

議二

增定樂章議康熙二十年，副都御史疏請釐定樂章，播揚功德，敕定嘉名，以光大典。奉旨：「著翰林院、禮部會同詳議具奏。」

《禮記》曰：「王者功成樂作。」又曰：「其功大者其樂備。」今大功既定，樂律未備，自宜速爲釐定，以揚功德。

第查順治年間，世祖皇帝曾命詞臣製郊祀、廟祀諸樂詩，工歌已久，但未能遍及。此外，尚有大饗、四郊、太廟諸室、四孟、朝會、燕饗、上尊、册立中宫東宫諸禮，俱宜有樂。即郊祀、廟祀中已有樂章者，如未全備，則迎神、登歌、三獻、望燎諸節次再加查理。雖其中責任有三：安排樂次，禮臣之事；釐定樂詞，詞臣之事；宣布鐘律，太常之事。然要須有儒臣統之，如魏杜夔、晉荀勖、宋范鎮、明樂韶鳳等，方有要領。且殷因夏禮，損益可知。雖曰五帝不沿樂，然因革損益，多襲前代。如魏初權用漢樂，晉初權用魏樂，其中相沿不改，歷歷可指。故及今釐定，除所已製不更製外，相應照明樂。先飭禮臣開列樂次，如燕饗九奏有九樂曲、五舞曲類。繼飭詞臣譜造樂詞，如九樂曲有《炎精曲》《皇風曲》是詩詞，五舞曲有《四邊静》《殿前歡》是曲子類。終飭太常準被樂律，如樂曲是何宫、何調，用幾麾、幾簫、幾笙、幾瑟，舞曲是文舞、武舞，用舞士幾人、歌者幾人類。且應會推一監定官，總領其事，以便稽覈。

至若祖功宗德、武烈文謨宜譜樂章者，限有四處：一郊祀配位，一廟祀列室，一文武二舞，一鹵簿鼓吹。配位列室，但頌列祖功德。惟二舞鼓吹，則兼譜當今功德在内，此則酌古準今，不泥不隨，庶幾如臺臣所言者。

若夫立樂定名，則諸曲、諸舞自有雜名，但恐無特立一名，如「大濩」「大武」者，或概名之曰「大清樂」而已。

臣愚淺陋，未敢擅越，第據妄臆，附議如右。謹議。

封禪巡狩不相襲議

康熙二十三年，同館官疏請封禪，而吏掌科員有謂當行巡狩，不當行封禪者，予以爲兩俱不然，乃爲之議。

愚聞古王不襲法，聖德不襲治。一代之興，必有一代之制作，以明創建。矧時移勢易，沿變不一，斷無有包犧之政可行今日者。

言者謂皇上聖德神功，遠邁前代，當法古封禪之舉，以紀功德，而或則非之，謂封禪非古，僅見之司馬氏七十二君之言，且其時行之者，則始皇帝與漢武也，秦與漢不足取法，當上法堯舜，直以《虞書》五載巡狩之制及春舉行，其言頗辨。

然愚謂兩不然者。封禪之可疑，夫人而知之矣，然猶有《書》之封十二山，《周詩》之墮山喬嶽爲之左驗，特信從者鮮耳。至煌煌巡狩，雜見《尚書》《周禮》《王制》，以及後漢元和北巡之詔，唐開元禮所定巡狩之儀，與夫宋真宗時有司斟酌省方告至之文，似古今重典，莫此爲最。而愚謂亦不必襲其名者。三代以前，皇帝清問，無日不與民相見，而不稱爲巡狩。其正稱爲巡狩者，惟舜以相堯覲后，與《春秋》所載周之後王車轍馬跡一二語耳，外此而禹幸會稽，文入西落，無巡狩名。即東漢賢主，歲有遊幸，而實非巡狩。晉議巡狩禮，而未嘗一行。唐太宗每行幸，則併巡幸之名而去之。然則古制之當行，不必巡狩，即行之，而或得或失，亦不止封禪也。

且夫巡狩之名何爲乎？王者以爲封建既行，則各君其國，各子其民，保無有犯文奸制、私瀆禮常者，以故考正朔，較時日，審律度權量，以與群后講五禮于方岳之下，孟子所謂「巡所守」、班固所謂「循行守牧畫一遠近」者，于是乎在，此所名爲巡也。今則天下奉一人爲共主，而一人亦視天下爲一家。車書文物，曾無同異，毋論三載考績，户口年齒，皆得而周知之，而即其東漸西被，自日出之鄉，以至日入咸池蒙谷，相距數萬里，其中言語侏離踵趾不通者，無不梯山航海，來享來王，日崩題蹶角，以修職貢，又安有律禮之未同，與守牧之當循者？是雖欲行之，而非其義也。

且典禮璅屑，彼此周章，當時所傳，有大不足爲今取法者。雖曰古昔繁重，後人簡易，不必倣明堂之制，習職方之戒，修講德問道、捐租賜粟之令，而坐而言之，起即可行，然猶有必不可已者。試問珪璧牲帛、梐枑蕃扞、帷宫帟禁、筍簴坫洗諸禮，既名巡狩，何一可闕。推之而千乘萬騎，電掣雷動，禁戒儲峙，措置非一。他不具論，即《孝經》稱宗祀文王于明堂，而開元禮設高祖神堯皇帝神座于圜壇之東，是一舉告而有司戒備逾于郊祀，即考之載主妥位之儀註而有未詳者。然則典禮雖可行，實不必也。

夫古無襲事，前人所爲，有不可行于今者。結繩之後，必易書契。鍼砭之餘，自有湯熨。井田不行于郡縣之日，車戰不講于彍騎之年。白圭倣疏鑿而隣于曲防，魏晉法受禪而流爲攘竊。先王陳跡，其不宜襲也久矣。

我國家開天受命，事事創闢，驅除海寓，而無征誅之名，櫟蔑諸畔悖，而不必有聲討之跡。日留心穡事，而無藉于親耕。雖安不忘簡閲，而未嘗曰春必蒐而秋必獮。親賢禮儒，進能絀不肖，而四門寂然，無所于闢。如溺如湛，較勞于神禹，然而舟車橇樏，不煩進御。雞號入講，昧爽負斧扆，而不設萬幾無曠之一言。虔事兩宫，日屏息伺志氣，而並省《文王世子》問寢視膳之節。服儉減賚予，而澣衣不矯，弊褲不飾。親發水衡，賑畿内飢饉，而不足者不必曰補，不給者不必曰助。登西臺北鎮，升中告虔，而初不以旅平望秩，遍記昇平。既已河清海晏，神物屢見于四裔，而未嘗改元。聲名洋溢，天下人頌聖文神武，而不必上尊號。威行薄海内外，蠻貊君長日朝貢闕下，而不立明堂王會之文。召學士以制科親試，振興文教，而不泥于璧雝授經、含元策士之數。翠華時出，歷郊圻封守，并繕垣塞，而曾無有幸回中，幸甘泉，幸東都西京，勒功紀德鋪張揚厲之事。則夫今之所行，又何一非開闢未有、巍然爲萬世所法式者，而必飾巡行之名，倣燔瘞之制，問登封告至之禮，摹秦漢之規，以蹈于唐高宋真之陋，愚竊爲言者不取也。

擬不許武官起復議康熙二十四年，言官疏請武職大小内外諸臣當一如文臣守制，不令起復，奉旨下議。

武官起復，倣于周制「金革之事無避」一語。然當時稱爲權禮，故臨軍事始起復，事畢即否。孔子答子夏金革之問，有云「君子不奪人喪，亦不可奪喪」，可驗也。但其事沿革，不可復考。隋唐以後，惟李翺爲慈母議服，蕭希甫爲死母追服。夫慈母尚議服，死母尚追服，則凡父母之必製服，與在當時之無不服，更無論矣。

近即不然。金革重大，則恩以義掩，所由來久。自今伊始，或臨軍，或在汛，宜起復者，必令統之者，如將軍、提督輩，題令奪情，則方許起復，否則，如文臣一體守制。且即其守制者，亦必新舊交代明白，始聽去。若身有公事，若部軍押仗、旂官轉餫諸務，非事竣不行，則庶幾忠孝兩全，恩義各得，古所稱「弁經從事不減苴麻」者，此之謂與。謹議。

擬北郊配位尊西向議康熙二十四年，太常卿疏奏：「現行事典中，方澤壇位北向，而三祖配位，仍以東設西向爲一配，近南，西設東向爲二配，近南，又東設西向爲三配，近北，于是從壇四位，五嶽五鎮以次分設，亦始于西向而訖于東向。是穆昭右左，不無未安，奉旨下議。」時翰林院掌院已有專議，某以爲仍行舊事，不宜更易，擬議如左。議見經集卷。

擬喪制以日易月議康熙二十六年十二月，恭逢太皇太后上賓，皇上特諭行三年喪，持服二十七月，且獨行宫中，不令臣民持服，下諸王大臣各官集議。

臣請急在籍，未讀全諭，且原無議禮之責，即本衙門同官，亦未嘗私相諮决，以備採擇。特臣聞諸臣所奏，援古証今，執爲不可，就其説非不甚善，然尚有未竟其義者。

按三年之喪，古皆三十六月，自漢文遺令以日易月，遂改爲三十六日。其令中所云大紅十五日，小紅十四日，纖七日，謂持大功之服十五日，小功之服十四日，禫七日，合之則三十六日。故翟方進爲丞相，遭繼母憂，亦三十六日而後除服。應劭所謂「三年者三十六月，當易以三十六日」是也。嗣後魏晉唐宋皆遵其制，則宜皆遵其月日，然不知何故，又有二十五日、二十七日、十三日之異。如後唐莊宗三日改慘，十三日除服，此爲太簡，而班固、王肅皆有二十五日之説。故王彪之謂三年喪止二十五月，即改日亦當十三日而練，二十五日而除服，以致唐張柬之謂古制惟二十五日，反以王元感所争三十六日之謬，獨顔師古主鄭玄之王淮之説，謂當以二十七月改二十七日，而于是著爲功令。三日聽政，十三日小祥，二十五日大祥，二十七日除服，則自唐迄今，未之有改。惟宋制小異，仁宗、英宗皆二十七月釋服，然猶七日入臨，至七七而止。至于即吉，則臨朝釋服，而宫中不然。故世謂漢景以後，其不以日易月者，惟北魏文帝、北周武帝二人，而實則有宋二宗，能陰持其服，較之魏周之終喪者，更有通變。此皇上孝思所極，不得已而出乎此，雖曲折苦心，未嘗欲效夫二宗之所爲，而跡偶類之而不之顧也。

第不知三代以前，人君之居喪果屬何等？即或謂三年通喪，不指持服，諒陰之制，與心喪同。又或謂既葬除服，多至七月，卒哭致事，不越百日，則易日之制，自古有然，而究之諸儒臆説，不可爲據。

蓋三代以前，天子喪禮原無成説。周公著《儀禮》，但有士喪禮，而無天子諸侯之禮。故周禮有五，二曰凶禮，而唐初諸臣以爲天子凶問非臣下所宜定，因删去《國恤》一篇，而于是易日諸文，益無可考矣。皇上純孝性成，超越前代，其于禮文，尤復淹貫，惟恐三年終制，則上下均服，有妨民業，而一人獨持，又失臣道，誠有如傅玄、裴秀、魏舒、杜預所云，故稍更其説，以爲既非同持，又非獨服，則二者之病，宜皆無有。因有宫中陰行之説，而群臣復引裴、傅之所言而又争之，宜乎皇上之堅執不許也。

臣以爲三年終喪，不可行于外朝者，皆不必言，而即其陰行宫中者，而試思之，夫所謂卒哭而復王事者，正謂王者之親視事也。庸常之主，名爲視事，而實同居攝，是以持服宫中，皆得以隱閟自行，鮮拘礙耳。我皇上宵衣旰食，何事不經于宸歷，而内凶外吉，勢有不可。夫國之大事在祀，祀與喪不並行也。世主端居宫中，未嘗親饗六祈九祭，不戒禁籞，故吉凶内外可以互舉。皇上明禋昭事，親捧裸鬯，浸假大祀中祀，禮當齋戒，而其所齋處，正在宫中，一如漢之所謂齋房，唐之所稱齋大同殿者。其間明衣禮帔，應絶縞素，則其所謂散齋四日、致齋三日者，于此七日中，將易服而後以齋乎？抑即以齊疏入齋宫也？況臣下私忌，不得與祭，故盧邁攝祠，但處期功之喪，即聽還舍，以爲饗德，絶所忌也。今在庭期功，盡斥陪祀，而一人之主鬯者，升壇告至，甫改憂服，何以饗德？且朝會甚重，世主經時經月祇一御門，而大朝則曠然未之舉也。皇上每日御門，經旬涖殿，則當雞人三號之際，緌仗陳庭，鑾馭與百獸齊列闕下，群臣方黼裳待漏，魚貫而進，而當其時，宫中尚樂樂高處，其所間隔者，祇此重門，而忻慘異致，諸臣縱無道，豈敢自安？況更衣而出，足未離闥，而鼓鐘噌吰，既已先聞，不俄頃間，而中和之樂作于上，丹陛之樂作于下，則耳之所受，與身之所被，何不倫也。況夫飲食宴饗，賞功勸善，廷臣加饍，重譯勞酺，其間賜衣錫綵，授筵陳鼎，或在北宫，或行西苑，皆非宫中所能避者。

故臣謂三年終制，三代可行，而今日必不可行，以爲幅員之廣陿，君國之分合，政治之煩簡，有不同也。若宫中行服，則世主可行，而堯舜必不可行，則以皇上即堯舜，其親政親事，與世主之所爲親政事者，斷有别也。然則以日易月，使堯舜在今日，亦未有不若是者。

臣管見無狀，不知進退，但據臆所及，而陳之如此。臣昧死頓首，謹議。

湘湖私築跨水横塘補議

康熙二十八年八月，湖民孫氏私築一堤，西至至湖嶺，東至窰裏吴，横跨湖面，水利衙報縣申府，府發公議。

湘湖灌田，一縣之國課，九鄉之民命，均賴之。自明初迄今，著爲令甲，載在志典，並無許絲毫增損，誠重之也。

頃者，湖民孫氏擅爲築堤，以截湖水，蒙發公議。爾時某在會城調治痺疾，原不曾與，然漸查東城舊宅，亦並無陰陽生到門，相傳豪黨賄賂阻抑，甚爲可怪。夫以湖之利害關係重大，在當事先賢，則有楊、顧、張、趙爲之主持，在鄉官先賢，則有魏文靖、張尚書輩爲之恢復，豈有身列薦紳，實生其地，而膜然不相聞者？然且奸邪衆多，反駕黨論以爲公呈，其爲黑白，尤宜早辨，此所以扶病捉筆，急爲補議者也。

按此堤之築，否百可一，第所否者衹云非制，而可之者妄謂無礙，故紛紛耳。愚謂是舉有四害，有五不可。何謂四害？按湘湖之水，通管九鄉田一十四萬六千八百六十八畝，每畝止得水六絲八忽一抄。水面多寡，所争在毫釐之間，故凡放水時，即湖外之竹筍土埂，皆令撤去，以爲截一筍，則阻水三寸，截一埂，則阻水九寸。今公然蔽湖而截之，則九寸之水，勢必加倍，其害一也。

湖之有跨湖橋也，即湖民先輩孫學思强築之者。爾時當事鄉官不與之争，以爲湖有上下，上湖南洩，下湖北洩，彼此可分，而橋適當分界之間，似乎無患，然而築橋之後，父老痛恨切齒至今，嘗爲謡曰：「孫學思，築湖堤。湖堤長，害九鄉。」蓋以一湖雖分上下，而上湖爲孫氏淘土塼埴，其水深，下湖爲葑茭，年遠壅積，其水淺，以淺身倒注之水，而又横隄以截之，則下湖之水咽而難洩，況堤之又堤，是一埂之阻，將不止九寸，而下湖水常少，上湖水常多，其害二也。

放水則例，惟恐偏枯，故凡爲湖納糧之田，當按其時候，均其緩急，以便贏縮。舊制，下湖之水分爲數等，如第三放東斗門，溉昭名、由化等鄉，得水七厘二毫一絲一忽，放二十一時六刻止。第二放金二穴，溉夏孝、寺莊等村，得水一厘三毫二忽，放三時一刻止。夫開放之時如此其促，而出堤之水如此其緩，則不特下湖上湖水有多寡，而即下湖之中，其時刻多者，尚可望堤内之水紆徐而下，若三時一刻而即行閘止，則水未出堤而湖口之防已閉矣。將見得利之田，竟成虚受，其害三也。

且水流則葑草不生，前此下湖之葑，以跨湖一截致之，今又加一截，則渟蓄不行，葑與土膠，而孫氏復取埴于湖，如淘濬然。淘濬右涵，則葑土左露，窞汙所止，既鮮瀠洄，而奔注不能，即反生轇轕。又況秋前推草，秋後放水，孫、吴二姓，皆互立竹簽，以爲界限，彼此盤沍，使其閼處不得竟泄，遲久不疏，遂爲平地，其害四也。

且夫孫、吴之爲害也，自明初以來歷歷可指。在洪、宣時有吴子信之害，在成、弘時有孫全、吴瓚之害，在正、嘉時有孫肇五之害。初則文靖清之，既則何御史清之，又既則張尚書清之，然且御史父子，以身爲殉，其禍烈如此。今其族富，其丁繁，沿湖而居，易爲侵蝕，稍一踈縱，奸占百出，不可者一。

舊制，湖址以金線爲界，一交青土，皆爲湖身。而今則孫氏竟住于青土之中，豢魚畜梟，種荷採芰，已非一所，稍欠者無倚傍耳。一有堤可倚，則以漁以佃，漸次成勢，不可者二。

且惡不可長也。涓涓不絶，將成江河，其言甚可鑒也。此湖利弊，自嘉靖以後，平安至今，亂法一形，將釀大患。據水利報文，已稱石巖諸處，竟有效尤相繼起者，此變亂之兆，不可者三。

況湖豪奸宄不測，而又加之以勢家大族有風水于湖中者，陰爲指使，而陽竟助之。如駕爲公呈之楊氏、蔡氏，皆風水家也。湖中兩山，無非墳墓，此端一開，將東圈西鍤，無賸地矣。不可者四。

況中尊至公，洞析水利，而郡尊甫蒞，即有非常之譽起于四境，此真東南幸逢之一會。豈可使賢守、賢令相際之時，而舊章之變自今日始？不可者五。

具此四害、五不可，其宜存宜廢、宜築宜毁，當事薦紳必有能辨之者。若夫專擅之罪，變制之罰，舊有定例，未敢擅及。兹但補申臆議，以俟裁擇。某月某日。

西河文集卷八

蕭山毛奇齡字初晴又名甡稿

議三

請罷修三江閘議

三江閘者，山陰、會稽、蕭山洩水閘也。三縣多水患，前朝紹興府太守湯公造閘三江口，以洩水于海，名三江閘。

康熙四十七年，山陰居民有無賴者，妄言閘座將圮，不經改修，必有坍塌崩塌之害，遂估計修費，需銀一萬三千五百八十六兩有奇，分派三縣。三縣大驚，本府上之督撫兩臺，發藩憲勘驗，且下憲票，關請三縣鄉官會議。

月日，關到，以三江閘改修等事，蒙兩臺發勘，敕藩憲親詣閘所，勘驗應否，其合行合止諸一切事宜，自具驗狀，何庸下議，乃猶發憲票，仰山陰縣關請俯詢，忝在治末，安敢不畧伸管見，以上副上憲急切爲民至意。

愚竊以爲三江一閘，關繫極大，其應修與否，似未可妄下斷語，而愚則斷曰：此不必修，且必不可修。何也？大抵地方最要，在興利除弊。然必有利始興，有弊始除。若無利而求利，原無弊而指爲弊，是揠禾作芸、剜白肉而使療瘡，鮮有不大僨乃事者。紹興本澤國，以古越千巘萬壑之水，而山陰、會稽、蕭山三縣當之，無尾閭去水，則巨浸滔天，所以前朝嘉靖十七年，紹興守成都湯公，相度形勢，建閘於三江之口，北臨海門，以專司洩水。其閘高三丈三尺，徑長四十六丈，列二十八洞，以上應周天列宿，於以救三縣民田數百萬畝。迄於今，相距約二百年，然而閘座巍然，如長虹亘天，一若有神物護持其間，凡各洞各柱並無有纖毫傾仄，而忽報將圮，動言改修，是狂夫也，故曰不必也。

夫不必修，即不可修，然而又曰必不可修者，從來有壞始有修，今不壞而稱修，不合，因變爲改修，且名徹底改修，顧改修則萬萬不可。崇伯築金堤，尚不可改，未有大禹鑿龍門，疏積石，而可改疏改鑿者。向在史館，見湯公建閘明載之《循吏傳》中。當公生時，其父布政公命名紹恩，一似當有恩于吾紹者，斯已奇矣。及守紹，而晉謁禹廟，則山川林麓如熟識者。故方其建閘，曾鑿山根，叱海潮，犁壅沙十餘里，驅江豚水蟲，出之下洋，然後伐大石，運大木，收苗山之材與羊山硊磈，以門以揵，凡于棱礅剡硂，牝牡啣結，必和糜烹秫，鎔金冶鐵，以澆灌其中。此其神力爲何如者！而大言可改，是猶拆已補之天而改立天柱，雖媧皇復生，勢必不能。萬一爲民心切，當事誤聽，或偶涉輕舉，以致撓亂成蹟，則三縣魚鼈，誰任其咎？然且私估修費，限一萬三千五百有奇，考府誌，湯公造費衹六千三百有奇，雖湯公神功，原難測度，顧未有修費而其數反加于創造至一倍半者。愚故曰必不可修也，以展轉商之，而有不可也，可斷也。

時藩憲勘驗與此議合，謂閘座、閘礅俱係堅固，尚未損壞，其詳請大興工作，殊爲不協，即估報一萬有奇，實屬浮多。但又有閘底年久不無滲漏之請，則補漏之法，必築壩戽涸，露出閘底，始可補隙。因躊躇間，本府方議寢極，延至四十九年九月，山陰復闕到，以小修補罅請鄉官會議。

乃既罷改修，安用小修？據其立說，不過以閘底歲久不無滲漏爲辭，此又大謬不然者。按三江之爲閘也，司洩不司蓄，宜通不宜塞，故閘之利害，祇在剡其柱、削其檻以利奔瀉，而罅漏之害不與焉。乃議修不得，搜及罅漏，必以爲天塹之險，傷于螻蟻，一隙雖微，恐積漸之至或有妨閘座云耳。殊不知閘工研密，其礲石轃合，雖不如天衣一片，紽緎盡泯，然牝牡交噬，爲力甚鉅，其綰結之處，縱有離跡，亦千牛莫掣。是以啓閉舊法，但勒五字于石牌，而樹之水中，每露「可閉」字，則二十八洞，循次下牐，然而牐隙漏水，流離四垂，即閘傍石豁，亦有從而溲漱者，以視閘底之小隙，何止十倍，乃晝夜淋瀝，而究無所患，以爲滲漏涓滴，原不足以撼如山如嶽之閘。況罅在水底，則內外兩水，相持不流，即遇泌沸，亦水勢無力，此雖沙礫作底，猶疏泐所不及，儼然磊磈，何所穿穴？杞人縱有云，不足慮也。

無已，則或曰旱暵豈無害？而實又不然。從來蘊隆之咎，不關水閘，何況閘底？故山陰有兩閘，麻溪上閘，所以救旱，可仰接上流之水。而三江下閘，則祇得救澇。苟閘可見底，則牌字盡露，內河龜坼，必不能以山川滌滌責此石罅。所以閘傍父老謂閘原有罅，然自建閘以來，約一百七十餘年，從無有以閘底漏水傷禾稼成暵災者。乃愚即以目前論，計議修所始，在四十七年十月，歷今四十九年九月，已及兩年。即此兩年間，去年夏旱，今年秋澇，澇固勿論，而即以旱言，在呼雩禱雨時，雖閘罅未露，而去底不遠，假使滲漏足患，則不塗不塞，何難以涓涓不檢竟成大甾？而兩年旱澇，並鮮低仰，則是石罅無所關，而區區滲漏，總無事修補，而勿煩顧忌，有明驗矣。

又況海口沙高，流不盡出，但苦咽而不苦豁，故民謡曰：「三江咽，民口絶；三江豁，民口活。」今塗罅修法，則直與湯公犁沙、民謡「苦咽」之説，兩兩相反。又且塗罅無益。舊朝曾捐修，不知何法。若近年姚宦捐貲修補，則鄉人相傳，亦曾鍊羊毛石灰，墁諸硅隙，然不期月而罅豁如故。前車足鑒也。愚故曰此閘無大修，并無小修。此非故爲是妄言也，有驗之者也。然則必無有修之者乎？曰圮則修之。愚之言此，正以待夫後此之修之者也，可斷也。

于是制臺梁公力論築壩戽水之謬，謂閘口低窪，爲衆流歸海之處，壩固難築，涸亦匪易。況天時之霪潦不常，海汛之風潮難定，萬一正值修舉，而河流内決，海潮外嘯，不惟無益，兼有大害。而府縣堅執，必謂閘底滲漏，宜早塗隙。因之新任制府范公爲民心切，倣治河築壩之法，謂貼閘上下，計其兩洞之寬，用松木排樁釘成牛角之形，使之破水，而戽涸兩洞，驗修閘底，然後以次移築諸洞，則事逸功倍。此實西北治河之良法，乃既不遵依，又無明覆。捱延至五十一年八月，忽山陰縣關到，估值小修，須用一萬兩，勒蕭山征民錢三千兩，下議。

夫既不大修，復不改修，業經前任制府暨藩憲勘驗明白，早置不議。即礅傍漏水，亦有驗看，謂「閘座閘礅俱係堅固，並無絲毫損壞」諸語。是閘有漏水，亦無患害，況並不損壞，何處着漏？此亦不必再議者。乃自四十七年，迄今五載，府主據山陰縣詳，必謂閘底歲久不無石罅，宜築壩、戽涸、露底、塗隙爲修法，以致制憲范公，委曲商量，倣治河故事，倡逐洞捱修之法，用排樁板障，貼閘洞而釘之水中，于以戽板水而窺底罅，則事逸功倍。然且愛民迫切，惟恐失此不修，必致他日重議改修，反傷民力，是以屢經督催。而不謂府主因循，既不遵依，又不回繳，衹築舍數年而仍未決也。

愚謂閘洞之底斷無石罅者。閘本依山足爲門限，明明有石骨横亘水底，石骨豈有罅？即或閘洞分甃，或另有削平磐石，仰受閘版，然亦不能罅。使直罅耶，則黄泉非受漏之所；横罅耶，平石安能有横石横漏之理？無已，則仍指之閘磩之石，而閘磩不損，在憲勘有明驗矣。且閘磩非閘底也。是閘底必無罅，即罅，亦無關閘座，所應直告之大憲，無煩顧慮者。況大憲修法，專爲底罅。底罅無慮，則自可稍緩。且此中亦自有可商者。憲法不明云「貼閘上下用排樁板障釘水中」乎？向使此地水底如荆揚塗泥，楗竹可下，則不論貼閘離閘，皆能受樁板以立根脚。無如閘底山足，總是石骨，即或山足不齊，亦大抵石多土少。石不受樁，則樁不能以竪板。板不入土，則板不能以截水。今此樁板實有不能入土者。即使離閘下樁，可避山足，而沙中确石，所在都有，石苟礙板，即如拳之石，皆足爲梗，何況磽确。且欲窺底罅，則貼閘之樁，究所難免。是樁板釘水，歷揆之此地，而有未協也。凡此利弊，在當事奉行者，宜採擇衆議，直陳以可行不可行之故，則大憲虛公，定無我見。而乃故作蒙昧，姑置不理，迄于今，秋霖綿邈，内水洋溢，忽山陰關到，擇日興工，已估值一萬餘兩，三縣公派，應徵蕭山民錢三千餘兩，付司事聽用，縣民大駭，實不知是上憲行文，抑府主新檄。正丐集議，而署縣以他事無暇，方遷延間，會颶風大發，巗嶅震動，内河既澒洞，而海潮外撼，三縣民田百萬畝悉没水底。雖開閘二十八洞，通身洩瀉，無救陷溺。賴江豚肆擾，蕭山北海塘與山陰瓜瀝塘盡崩于水。初猶内水與外潮相持，而既而潮退，則洩口既闊，而内河之水隨之而瀉，夫然後民田稍露，屋廬無恙。則是此閘止司洩，並不司蓄，止宜去水，斷不宜留水，歷有成驗。浸假此時此日，無兩塘之崩，則雖鑿二十八洞，洞洞拆裂，亦絲毫無用，而乃司事者尚欲征民錢一萬，涸溟海之波，露東洋之底，以窺此徑尺徑寸之石罅，此愚所以大聲疾呼，雖身叢怨尤而不敢狗也。今海塘未築，而丈五河塘又崩，内水盡退，勢必有重檄修閘者，因不憚扶病，亟成此議，以爲後來司事者備一省覽。某日某議。

辨定嘉靖大禮議

此辨之史館中者，文載經集卷。又一議上總裁官者，文載札子卷。兹不複録。

何御史孝子祠主復位議

重建德惠祠，升復二何公原位集議，文載本録卷，兹不再録。

請定勳賢祠産典守公議紹興府合府鄉紳會稿

杭州勳賢祠者，王陽明先生敕賜祠也。祠在正陽門外玉龍山顛，舊爲南齊天真禪院廢地，而祠址因之，故初名精舍，又名天真書院。萬曆七年，廷臣議毀天下精舍書院，祠已在毀中。暨十二年，巡按御史范鳴謙同先生門人侍郎黄綰疏請復祠，而上許之。是年，詔從祀孔廟，而復祀之疏適與相值，因特賜祠額，名曰「勳賢」。然且春秋二仲，敕杭州府帥府佐及兩縣詣祠行事。惟恐上丁祀孔廟必致委攝，復改定中丁祀祠。相傳先生亡後，其祠祀與書院合不下四百餘所，半屬官祭，而是祠爲最，真盛典也。先生門人揭陽薛侃以行人出都，與鄒侍郎守益、王參政臣諸同門創建是祠，原多置祠田，作經久計，至是，門人蕭廩適巡撫兩浙，復有助費，除造祠外，共置祠田二百餘畝，皆勒石載誌，歷垂至今，已百餘年矣。特是祠志殘缺，典守之人不能一定，祇就志查核，大抵祠中置守祠僧一人，或合徒僕不過三人，立主教生一人，使之講學，而主接四方來游之賓客，且可授徒其中，然身不過一人，而以典祠校官領之。典祠校官者，錢塘學齋之訓導師也。明代學齋不一師，或推在官一人，借名典祠，雖身不居祠，而管領祠事。于是祠田歲租皆典祠校官按田畝收之，除完正供外，一切儲峙祠中，且報其數于錢塘縣長吏，使登簿記，然後將祠中經費勒定十項：曰國課，曰祭祀，曰修葺，曰禮賓，曰典籍，曰館餼，曰典祠禄米，曰主教禄米，曰守僧禄米，曰優後路費。凡此十項，遇有關支，則守僧出稟告典籍官，支給辦用。如當祭祀，則于祭前數日，守僧稟請典祠支領額銀若干，一送錢塘縣供辦官祭，一留本祠供辦私祭。主教者覈實登記，他項亦然。當是時，先生祇一子襲爵，無暇守祠，且其家雖貧，然爵廕禄米亦復歲入二千石，無庸覬覦祠米。又且經制嚴切，即優後一項，遇有子孫渡江助祭，亦祇許給路費二兩，其云王氏子孫不得干預，雖語無所考，然亦不必干預也。但時移事易，屢經遷變。在鼎革初，襲爵王先通既已國亡身死，祇一子業耀，又遠戍塞外，祠僧雖如故，而典祠、主教俱已不設，祠中田産半被侵佔，從前祠局至是盡變。

逮順治八年，始有襲爵先通之從弟先遴渡江清理祠事，爾時尚有守僧住祠，故先遴雖本支，猶借住其族甥黑橋頭鄭斌然家，奈先遴孤身，而斌然父子素號險譎，且工刀筆，遂毁匿祠志，陰搆佃户金汝梅、雷聲一等隱田詭佃，瓜分祠産，既而借協理名色，父子一齊改姓王氏，父曰王貽元，子曰王謀焜，于順治十五年，勾錢塘縣慕公詳奉院批，一應田租，除正供外，總歸守祠，作禋祀修葺之用，于是竟廢守僧，而鄭氏之子儼然守祠，作典祠管領，而祠局至此則又一大變矣。

康熙八年，襲爵王先通之子業耀戍塞外者，遵恩赦還鄉，依棲祠間，真正嫡裔，反與鄭氏父子倒作主客，而不得要領，且無一人相助者，睁睁兩目，無可如何。乃有蕭山王士雄，今訟詞稱王士榮者，刻字杭州，得舊祠志一本，搜見根柢，與業耀密謀恢復，猶隱忍不即發，捱延至康熙三十三年，值紹興府李公移任杭州，素知其事，始據詞詳批，王謀焜既非文成公嫡裔，假借祠生，侵蝕祠産，以致先賢祠宇委之草莽，應責逐出祠，其佃户金汝梅等所佃佔之田，着勒限嚴追歸給，而强抗佔住，復至三十九年，業耀乃指名仍告，錢塘縣王公、府主石公、臬憲于公、學憲姜公執法追比，始得稍稍清還，且又遲至四十一年，業耀身死，孤子王貽樞收歸祠户，雖十分之産僅追六七，而祠局之變至此稍定。乃不意杭紳何、包兩君合近祠士民數十人，群起而攻之，不許王氏守祠，告府告縣告學師告學憲，其毅然興師，不知何意？顧其措詞，則有大可疑者。

據云舊志所載，雖王氏子孫不得干預收掌，查舊志並無此語，説者謂志原有中離子云「薛、王二氏無預田事」，蓋指薛侃、王臣言，並不指勳賢王氏。予謂此語有無不足深辨，縱有是語，亦爲前朝言之，而今大不然。從來典制沿革，動關時世，前朝祠局，自萬曆十二年起，至崇禎十七年止，共六十一年。

其時有守祠之僧，有主教之生，而又設典祠一官以管領之，故子孫不得干預，彼一時也。今開國以來，自順治三年起，至今康熙五十年，共六十五年。既無典祠之官與主教之生，而守祠之僧亦且不設，子孫不收掌，誰爲收掌？然且收掌已六十年，由王先遴起，至王貽元、王謀焜，而後繼之以王業耀及子王貽樞，凡王氏收掌已經五易，而猶曰不許王氏干預收掌，此是何説？況此五收掌間，有大須分辨者。計先後五人，惟業耀、貽樞爲襲爵嫡裔，先遴爲傍支，餘即他姓及佃户矣。先遴收七年，他姓及佃户收五十六年，貽樞嫡裔，所收止九年耳。近祠紳衿，有志清理，而于五十六年間，目擊分佔之他姓佃户，並嘿然不出一詞，而獨于嫡裔王業耀、貽樞父子祠米方入口，遽欲起而扼其吭，是何刻于待真王氏，而偏厚于待他姓佃户？可疑一也。

又云其祠田應令良民當官承佃，每畝納租四錢。按此祠田係勳賢門人合錢私買之户田，非官田官地可以盡人承佃者。況祠志明云：祠田若干，歲入租若干。歲入者，入之祠，非入之官也。且其租或米或銀，不盡納銀也。況按畝科租，自有常制，什一九一，不甚相遠，誠不知「官租四錢」之説出自何書？據自何典？昉自何代何年則例？及查其他詞，又云學田納租四錢。毋論民田執業非學田可比，即遍考學田納租，亦無如此數者。此説一行，將見執業之田，業主二十取四，而佃者反得二十之十六，勢必將此四分并歸之良民而後已，可疑二也。

又云王氏刻剥佃户，每畝取租米一石，私造大斗，比官斛加一斗，原田十分爲一畝，王氏出租止八分爲一畝，勒令租户拆賣房屋并賣妻女償舊租。觀此，則荒唐之甚。從來每畝收一石，此科租恒例，即祠志成字號田，亦多勒定如此數者。大抵稍重石一，稍輕九斗，惟一石爲平賦，未有收租每畝一石，而九年之間遂至拆房屋賣男女，此告訐誑聳惡態，恐非吾輩所宜言。況業主佃人，比之交易，皆必兩下相情願者，倘有不愜，何難辭去不佃，而乃留戀九年，至棲身無所，骨肉離散，而猶然不已？無此情理。又況私造大斗，吾不得知。若減田丈尺，則祠田區畫，俱有勒定，坵畝成數，何處增減？比如祠志載，坐松關内田二十七畝一分，可能減一分乎？坊前圩田四畝九分，可能增一分乎？此則無庸置辨者。可疑三也。

乃其大題則以驅王士榮清勳賢支派爲詞，夫清支派與定典守原屬兩事，清支派者，是助王氏之事。定典守者，是攻王氏之事。今欲定典守，使王氏子孫不得守祠管田，而其詞則又曰刊匠冒裔，踞産蝕租，是以踞産攻王貽樞，而借冒裔以攻之，反似助貽樞而救勳賢，是巧于謀攻者也。夫業耀之有王士榮，猶先遴之有鄭斌然也。王氏孤苦，不幸而兩藉人相助，誠亦可痛，但鄭氏篡竊已成，佃佔已久，而士榮則正奪篡竊而清佃佔，有功無罪，且身不住祠，而一切祠務盡歸貽樞，與鄭相反，必欲善後，不過勾諸公、祖父母，禁其管理祠務，以杜將來，則他可無慮。今諸君于士榮則必攻討之，似欲寢其皮而食其肉，而于鄭氏則反引進之，謂勳賢祠生王貽元、王謀焜素知士榮冒裔，可使作証，一若士榮清佃佔而深惡之，貽元、謀焜則合佃通佔，而巧借以引進之，張留侯始終爲佃，可疑四也。

且貽元、謀焜，勳賢之讐，大不當引進者也。據謀焜貼詞，以身非王氏，必欲滅王氏而後已。初責先通、業耀不知天命，似先通死有餘辜，業耀不當赦歸者。繼謂士榮污穢中冓，查士榮自有妻孥，别住他所，而貽樞兄弟，孤兒稚子，貧不能娶，何處污穢？而終則請改勳賢祠爲萬壽亭，夫溥天之下，莫非王土，果請建亭，何地不可，乃堂堂天子，皇皇萬壽，無端而獻此殘祠廢寺之一椽，以當嵩祝，則不敬莫大乎是，爲此説者，其罪當誅，而身爲士大夫，反引進之而使之貼狀，可疑五也。

且即諸佃亦不宜引進者也。前此奸佃金汝梅等，强佔祠田約五十年，歷諸公、祖父母前後力追，始還十七。今創痛未甦，且累年賴租，告理莫救，而忽復引而進之，使之貼狀，試問此舉爲勳賢乎？爲奸佃乎？上有蒼天，下有夷齊。人苟有心，當亦自省。乃以舊時奸佃，原案有名之八人，如金汝梅、雷聲一等，合之欠租新佃告理在官之十一人，如華茂高、王廷爵等，一齊螽起，即微紳衿帥先，任其驅斥，亦足以横行天下，而諸君復引進之，可疑六也。

凡此六疑，總歸一理，蓋理至而情與法亦併至焉。今此所爭，不過爲勳賢祠産定典守耳。若以情言之，則以勳賢門人置勳賢祠産，即執塗人而問曰：此勳賢産也，當屬勳賢後人守之乎？抑他人乎？必曰勳賢後人。又問曰：此王氏祠也，當王氏子孫守之乎？抑他姓乎？亦必曰王氏子孫，此情也。乃以理斷之，則前此李公判詞有云：「夫理緣情起，事以世殊。昔者祠事之方盛也，有典祠之官，有守祠之僧，有主教之人，有四方來學之賢士大夫，而今皆無之，祇此煢煢裔孫，當春秋霜露之時，少伸此木本水源之感，揆之于理，最爲切當，而猶曰非其任，大無理矣。」善哉仁人之言。此不特勳賢子孫當世世銘勒，即後賢更斷，亦孰有渝于是者。

兹幸大憲大公、祖父母皆人倫之主，名教之宗，星聚而萃于一方，勳賢存毁決于此日，惟願大賜鑒察，仰體前哲，俯憐孤裔，審定典守，且爲召佃收租，立一經久不壞之良法，永傳碑碣。勳賢幸甚，名教幸甚。某等忝厠紳末，敢直言無隱，伸此末議。臨議惶悚。

原任翰林院檢討，今在籍鄉紳毛奇齡，年八十九歲，同合府鄉紳等。

西河文集卷九

蕭山毛奇齡字大可又初晴稿

議四

杭州治火議

杭州多火災，歲必數發，發必延數里，且有蹈火以死者。予僦杭之前一年，相傳自鹽橋至羊市，縱横十餘里，其爲家約六萬有餘，死者若干人，予雖未親見，顧燋爛猶在目也。乃不數年，而自孩兒巷至菜市東街，與前略相等。予所僦住房，已親見入烟燄中，其他則時發時熄不可勝計。以詢居人，即中年者，亦必答曰「予生若干次矣」，其最徼倖可喜，亦必樹一指曰「慚愧，已一次矣」，從未有云無有者。頃者，黄中堂門樓偶不戒，而五人齊死一樓，不得下。踰日，而藩司東街又復延熳里許，焚燒數百家。又踰日，而太平門外忽熛燄蔽天，不知所究竟。今則褚堂上下復炎炎矣。何以致此？

或曰：此天象也。《前漢·天文志》謂「吴越分野在戍」，而《太初》曆法以太歲出戍，當房、心之間。心者，火也。又吴楚之疆候熒惑、占鳥啣，熒惑火宿，而鳥啣爲南方鶉火之首。凡此者，皆主多火。而予獨曰：否。夫既曰吴楚、吴越，則當及楚、越兩地。楚疆跨荆揚之間，而東南百越遠界嶺徼，未嘗限一吴郡也。且即此吴郡，而南極富春，北踰江淮，爲地甚廣，乃區區以杭州一城當之，其可通乎？

或曰：此地理也。郡南鳳皇山蜿蜒南峙，南屬離方。以離方之龍而衝城而入，焉得無火？然而亦非是者。嘗考浙河左右，其自新安以南，太末以東，凡在山縣，多有離龍南起，排闥抵治者，然未聞有災害也。且此鳳皇山，非離龍也。其山在正陽門西，清波門南，以卦位言之，則爲西南之坤土；以大衍五行言之，則爲天九成金之坤金。土龍、金龍，皆非離龍。故予郡西南有鮑郎山土龍入城，而予邑正西，則直有西山金龍横撞其右，未嘗礙也。

於是無所歸咎，有議開火巷者，謂曩時每街必有火巷間截之，今多爲民間侵佃，以致堙塞，火患之多，實由于此。則試思火巷之廣，孰如大街。大街廣六丈有餘，尚不能截火，而謂數尺之巷能截之乎？且火之熾滅，全不繫街之寡多與巷之廣狹。蘇州閶門、揚州埂子，衹一街耳，然且兩距相望，連手可接，而皆終古無火患，何與？

更有歸咎于六井之不開者，謂唐時李泌爲刺史，特開六大井爲澆火之藉，今六井久塞，無由灌救。則杭州城寬，延袤若干，必非六井所能濟。且比户有井，綆缶之功，不能急升，即舊時當事敕每家門首貯水一缸，而車薪杯水，毫無所用。甚至西洋水車，飛灑空際，而並不及火，翻致車轂盆盎填梗道路。寥寥六水窪，將安用之？若云水可厭火，則西湖一大水，與全城首尾，然且三門引氣，一牐通流，尚不能厭，而謂六井能厭之，此婦孺之語也。然則如何？

夫火不自致，必有所以致之者。嘗疑失火塘報，各省無有，獨杭城則屢見報文，下此惟湖之漢口，偶有報延燒至數千家者，則必杭之房與漢口之屋，有異于他。而備查兩地，則漢口專用竹，而杭則兼用竹木。自基壂以至欒欐棟柱櫋櫚，無非木也，而且以木爲墻障，以竹爲瓦薦壁夾。凡户牖之間，牖用檽槅，而半墉承牖，又復以板與竹夾爲之。間或護牖以笆，護墉以籬，層層裹飾，非竹則木。然且單房少而重屋多，兩重架格，猶復接木楹于軒宇之上，名曰「曬臺」，計一室所用，其爲塼埴之工者，祇瓦稜數片耳。又且市廛僨闠，多接飛簷；橋梁巷門，每通複閣。鱗排櫛比，了無罅隙。夫以滿城燈火，百萬家烟爨，原足比沃焦之山，象鬱攸之穴，而且上下四旁，無非竹木，既已埋身在烈坑中矣。加之儈販營業，多以炊煑蒸熬、熝焙燒炙爲生計，而貧民晝苦趁逐，往多夜作，諸凡治機絲、煅金錫，皆通夕不寐。又且俗尚苟偷，大抵箕籠厝火，竹檠點燈，暑則燃蚊烟，寒則烘草薦，無非硝炭。而況俗尚釋老，合鄉禮斗，聯棚誦經，焚香燒燭，沿宵累旦。此風在當事尤宜禁革。又何一非致火者。

考《春秋》宋鄭火災，梓慎曰：「木即火也。宋太皞之墟，鄭祝融之墟，皆火房也。」夫太皞以木德王，祝融以火德王，而皆稱火房，則以木者實火之所由生也。是以震本木也，非火也，而一搆乎離，則以震雷生離火，而離反足以滅震。如晉獻嫁女于秦穆，而秦伯伐晉，反獲晉侯于韓原，當時晉史占之者謂歸妹之睽，以雷澤而變爲火澤，爲雷爲火，爲嬴敗姬，以震本木質而具雷火之性，雖生火而反爲火滅，比晉雖嫁女而反即以女而害其母家，蓋明言夫木之必當召火禍也。

是以治火之法，先計嚮邇，後計撲滅。嚮邇，謂嚮而近之也。撲滅者，撲使滅也。惟可嚮邇，然後可撲滅。否則近且不能，何有于撲。故盤庚遷殷，有云「若火之燎于原，不可嚮邇，其猶可撲滅」。謂原田草火，其勢卑小，雖不可近，猶可信手撲滅之。若房室炎上，則《五行志》云，及濫災既起，焚宗廟，燒宫室，雖興師動衆，不能救也。亦以宫室宗廟多用木飾，一經炎上，則木火難近，而必不能救。蓋諸火無威，而木火有威。冶工聚火而鑄，用木骸即炭。而不用木，則雖金鐵銷鑠，而執工者得近之，何則？以無威也。祝嘏焚明幣于庭，紙錢錫緜，皆可指撥，而及燬靈座，杭俗以木主藏木室，祀寢三年，謂之「靈座」，深合古禮「反主于寢」之義。爲木無幾，然而尋丈之外，各環向而不得前，何則？以威著也。今以木火而及屋，則威著已極，近且不能，而欲施手足之烈，難矣。

然且闤闠連綿，左房未燼而右室已爇，木中之火，以外熱而炙于其裏，往往火所未及而木先出烟，以外火與内火兩相熠也。如此，則爛熳無已時矣。故《春秋》有書災、有書火者，其書凌室災，則天災也。夫凌室本冰室，而猶有火，此其所爲天也。其書成周宣榭火，則人火也。夫有木曰榭，在《爾雅》已明言之。既稱有木，而猶欲其無火，得乎？此人爲之也。故《左傳》曰「天火曰災，人火曰火」，然則杭州之火，「人火」矣。

若夫鏄房則不然。古作室之工，多用陶埴甋甓以啣木，自棟欐榱桷以外，皆取瓴甋墁附之，《考工記》稱爲瓦屋，今稱爲鏄房。凡宫室之墻壁屏蔽，以及庭塗堂壂，無用木者。如《梓材》云，既勤垣墉，惟其塗墍茨，謂合苫土以墁之，則外墻不用木。《儀禮》士適寢，居北墉下，註「土墻曰墉」，則内墻不用木。《莊子》「鑿坏而遁」，坏者，土壁也，則房壁不用木。《毛詩》「中唐有甓」，謂甃中庭以甎也，則庭塗不用木。《廣雅》堂以堙墍，唐史，北廳以花甎甃地，謂堂址也，則堂墍不用木。《説文》屏障謂之坫，《禮記》反坫在兩楹之間，謂以甎作屏蔽，以土作楹臺也，則屏與楹總不用木。若《左傳》云，圬人以時塓館宫室，夫館與宫室，其宜時葺者何限？乃不戒木斵而戒圬塓，則土之勝木久矣。是以寢廟藏主，則并杇柱亦去之，《春秋》謂之「宗祏」，即石堂也。太史藏典籍，則并櫟欐榱棟皆去之，《周禮序》謂之「巖屋」，即石室也。若夫《毛詩》之縮版以載，謂以版築土，非用版也。《秦風》之「在其板屋」，謂西戎地寒，瓦凍易裂，或以板代瓦，非謂中國之屋可以木板作墻壁也。

蓋中國屋製，四海一轍，北土南甎，俱足禦火。他不具論，即以予郡言之，凡造屋者，以複甎爲垣，單甎爲壁，厚甎爲墍，薄甎爲薦，一室之中，惟棟櫟椽柱是木耳，他皆甎也。脱或不戒，則棟間于墻，柱間于壁，櫟與椽各間于瓦薦。凡木火所向，甎灰瓦确皆足以抗之，而火不成勢，火不成勢，則救者可近，救者可近，則此屋之火不能熱彼屋之木，即任其自焚，亦不過數間止耳。古有云，雨衣易漏，易之以瓦則不漏。今木屋易火，易之以甎則不火，此非理之至明而事之易曉者乎？嘗記予里居竈門失火，俗以草代薪，原易蔓延，且司爨者又稚婢也，乃草燼而屋並無恙，則以竈門向屋隅，兩面正側皆甎，所燋爛者，獨椽柱耳。蓋甎房之可恃如此。

然而習俗相沿，其來已久，庸人狃于故常，而憚于更革。即一二有識者，或痛思改作，稍知求一勞永逸之計，而寡不敵衆，一室之磚不能抗萬間之木。是必藉當事大力，留心民瘼，以一切之法嚴行之，其已成者勿論已，但新被災之地，則必大張示諭，并敕該圖里總，勒買甎塊，且立喚紹興工匠，使另爲製造，不得因仍舊習，私用竹木，違者以非法處之，并坼其所造屋，則以漸移易，庶幾有濟。夫開河大工，築萬雉而建二十臺城于其間，亦豈細役？乃前此趙大中丞毅然行之，而官不糜費，民不騷擾，兩河十門，臺高而水深，至今望之者曰「此趙公城」，泳之者曰「此趙公河」也。苟當事關心，深析利害，則一矢口間，無興作，無科斂，無徵發期會，祇假以威神，而澤之被已千秋，恩之浹且萬户矣，則亦何憚而不爲之！

乃阻之者有二説：一曰甎貴而竹木賤也。夫杭屋外垣純用土築，而舂基埋石，畚土蓋瓦，材費不貲，所絶無者獨甎耳，然且日聚多人，一唱三嘆，邪許聲連連，計物值工價，每縱横尋丈，約不下十金有餘。若丈墻之甎，則空斗複上，丈甎三百塊，不彀一金，而且土工一工可築數丈墻，其工價裁數分耳，以十金之墻，而以一金零數分當之，孰貴孰賤？若夫壁，則單甎側疊，尋丈之甎，必不敵尋丈之板之值，而苟舍板而用竹，則竹木土灰四者齊用，杭州土皆貴賣，而削築圬墁諸工並進，恐物值、工價未必有歉于甎也。夫以一焚而家貲千百盡付燼炭，則雖十倍之費，猶當痛自拔濯，改柯易葉，爲百年不拔之良策，而況工值計較，爲墻固甚省，而爲壁亦不費。即曰創始實難，採辦未給，或不能頓集諸物，而商估趨利如鶩，稍有微贏，則其物無脛而至，況甎埴瓦片多出之過江之湘湖，而嘉、湖二府，亦有陶窑，苟能用之，則纍纍四來，將見草橋、螺螄、太平、艮山四門外堆垛如丘山。物盈則賤，豈止易辦而已乎？

一曰杭州寸金地，闤闠稠密，竹木占地少，而甎則占地多也。是又不然。土墻高大者，約址占三四尺，否亦一二尺，甎墻則高大者四五寸，否即三四寸也。板壁、甎壁各以寸爲度，相去不遠。竹壁則用木杇，而編竹夾以墁之，合須一寸，土灰兩面合一寸，共二寸。甎則以寸厚之塊，側累而上，但得寸而無加矣。然則不占地亦莫甎若也。

是以被災之地，必易甎房，然後積漸次第，徐圖一轍，必使滿城皆甎而後已，此固救時良策，稍有識者必不以其言爲河漢也。然而未災之屋，亦當商所以救之之法。大抵杭人多賃屋而居，屋非己有，即屋中什器，亦所值無幾，脱不幸，即竄身已耳，以故不關痛癢。而間有住己屋者，又往往以因循忽之。故救之者，一曰狥火令。先立三十家牌，以牌中各户掄流爲首，每首值十日，每日早晚，則值者至各家呼曰請查火，俟其家查看一遍，答曰查訖，然後至第二家，亦如之。其法用牌一方，横列三十家，竪列三十日，縱横界之以作格，每查訖，則于某家格下，某日格中，覆以朱圈，以爲他日火罰之案焉。

乃不幸失火，則杭城多游手人，噪聚乘間，名爲救火，實搶火也。今且旂丁甚夥，馬蹄一蹴蹋，而其地已糜爛矣。故救之者，二曰斷火巷。每三十家中合置兩大木，先截其街巷之兩頭而横關之，里總報附近官府，官府即差役樹兩牌于兩頭，第許内出，不許外入，外入者即坐曰搶火，許守關者持大棍撲擊之，死傷此地者竟置勿論。至于内出者，則各給籌一枝，驗其運帑，或有親鄰請入運帑者，許持籌者引之驗入。若有救火輩來，則預作標識，如鹽橋、仙林橋各坊義民，素有册籍，許標識其坊名書于燈，而稱竿以持之，并所攜鈎鐮繩索救火械仗，次第驗入，毋使溷亂，此要領也。

若其救法，則《春秋》原有備水器、蓄水潦諸事，而此地皆無所用。惟有「撤小屋，塗大屋」六字，則最爲切當。大抵木火難近，撲既不能，溝澮鮮少，澆又必不得，惟撤屋爲第一良法。量其火之大小，以定所撤之遠近，遠踰若干丈，近踰若干丈，須在官者預立程度，以一切行之，法在必撤，毋許阻擋，阻擋者以違法論，至事畢，則一里内保全之家，又量其遠近而合錢多寡，以償其所撤屋，無偏戾焉。若遇大屋，則以水泥塗之，以水衣布幔之，杭俗屋大則墻壁高峻，可以堵禦，否則亦撤之以待，更爲無失。但大屋必屬大家，其合錢補償之事，可不必耳。則三曰撤火屋，而救法已無他矣。至于其四，則曰嚴火罰。從來起火之家，名曰火頭，其罰甚重。今既設狗令，則必查其起火者爲何牌何户，誰狗誰笞，未狗耶，則罪在狗，既笞而不戒，則罪在笞。雖罪不致死，然必重創之，以懲其後來。考明季火頭之罰，以鋃鐺繫頸，游于十門，然後從縣解府、解道、解司，至撫院而止。每解衙門，必責二十箠以爲常，誠重之也。今罰宜仍舊與否，或不必然，然而嚴則必然耳。

西河文集卷十

蕭山毛奇齡又名甡字初晴稿

揭　子

奉辭徵檄揭子

月日帖子稱，本府上奉寧紹台分巡道憲照布政司來文，凜遵上諭，于康熙十七年月日，吏部咨開徵取博學鴻儒，以「文詞卓越，才藻瑰麗」者，召試擢用，備顧問著作之選，謬註甡名，徵名係原名奇齡。且令所下縣具文敦請。伏讀事理，不勝惶汗。

夫天下不崇實學，于今三百年矣。帖括一興，士之厠身進造者，率以此爲科第之階，空疎揣摩，習矣不察。今天子實心右學，旁求天下博學能文之士，以備顧問，以充著作，倣古制科例，隨所薦引，召試擢用，此非聰明天亶、首出群物，何以得此。此雖異世相聞，猶踴躍興起，以爲難得，況身當其時，將以親預其盛事，而猶趦趄不前，自甘窮老，必非人情，顧事有未可一概論者。

夫上以名求，下以實應，自然之理也。奬引過情，拔十得五，依違之識也。夫既求博學，則苟聰明不如應奉，博記不如張安世，一覽能通不如楊愔、陸倕、邢邵、夏侯榮，皆不可漫應是選，而況文章才藻堪備著作，誰則如潘、陸之榮茂，鄒、枚之敏麗，楊雄、司馬相如之閎達，賈誼、晁錯、董仲舒、康衡、劉向之昌明博大，而況其下之又下者。夫無潘、陸、馬、楊、賈、董、陸倕、邢邵、應奉、夏侯之人，而以應其選，是罔上也。若以爲必無是人，而任舉一輩以當之，則又過自菲薄，非所以待天下士也。夫堯舜在上，夔禼不揚；孝武之世，難爲徐樂。今聖主賢臣，嘔喻滿朝，弓旌所至，吾必以爲有超世特達之資，殊尤絶蹟之士，可以當殿陛之諮諏，臨軒之揆策，方不惜使者封軺，郡縣勸駕，而漫蔑及甡，是使天下笑無人也，豈可也哉！

昔唐宋制科，原有「宏詞博學」「茂才拔萃」諸名，而究其所以應之者，非疎淺庸劣，即荒昧寡學。夫是以重其名而未嘗不惜其實也。豈有皇皇大廷，特詔選士，而可仍蹈其轍者？且夫孔融之論孝章，恐其憂疾；韓康之薦隱之，俟其毁忘。甡貧困之久，嘗得心疾，偶經勞瘁，間日便發，雖曰駑駘下賤，苟足使伯樂一顧，可增價十倍。然病馬棄野，筋敝力耗，終無所用。甡草野學究，不知進退，冒昧辭謝，伏望詳察。謹此具揭，須至揭者。

再辭徵檄揭子

節奉院司道府諸臺憲檄，徵取博學鴻儒，以「文詞卓越，才藻瑰麗」者，列名在按，謬註及甡，徵名奇齡。已經扶服辭過，具結復去。今蒙駁照該縣原有博學鴻儒，速行延請，再及甡名。檄下之日，紙牌木帖，疊促經管，頓首頓首。

甡本無學，幼時讀賈誼疏數過，頗有記憶，而旬日忘之，家無藏書，借讀于邑之有書者，後且賣舊所貽書以給衣米，即《易經》《左傳》《漢書》《楚詞》、戰國文諸書，俱不留一卷，間借讀他史及列代諸有名文集，讀一過又不得再三讀，其胸中無學，亦已可知。若夫才之庸劣，則見諸撰述，不待問也。今諸臺謬獎及甡，不過謂甡平日曾作詩數章、雜文數十首，謂可以應明詔，當昭代盛典。夫文無妍醜，惟世所好。甡文不爲世所好，其好甡文者，則皆其暱甡者也。夫暱甡者，不足爲據。今諸臺雖未嘗暱甡者，而及甡，則必有暱甡者爲之道之。夫愛憎之言可稽乎？儻諸臺謂甡能爲文，而譏之者謂甡不能，何以解之？且才藻則實不足也。傳云：上臣以人事君。而《漢·蓋勳傳》謂選賢實所以報國。今聖天子聰明天亶，曠覽古今，而在廷諸臣，則又皆陸澄博覽、王彪多識之選。日者，明詔所及，曾答一在京故人下訊，中但及草野倨侮，祇堪曳尾已耳，尚未嘗以空疎得罪爲念。近聞皇上召問，精深奥博，難于對揚，甡生不見兩觀，足不納階陛，引首局步，業已心慴，又加之無學，揣腹記憶，展轉潰亂，萬一天顔咫尺，奏對失錯，此非細故也。夫有才不薦，猶狐白而反衣之也。薦非其才，是駑駘而題之以乘黄也。二者皆非所以報國。昔者山濤薦士，士無軼才，然猶有陸亮之誤，爲時所譏。吕正獻薦多名士，然猶以妄薦常秩，爲終身引過。何則？薦鶚百不容薦鶚一也。況乎茂才無行，張勃坐削；方正槃辟，何武受責。其有累舉主匪淺也。

昔者韓退之譏博學宏詞試文，謂「偶一誦之，即顔忸怩而心不寧者累月」。宋楊龜山嘗云，「宏詞之試，近乎以文字自炫者」。則是昔有是科，即有是弊，其舉不必當，當不必舉，已非一日，然但論文字得失已耳。夫文無可憑，退之之「忸怩」，安知非取之者之色喜者也？

獨是博學極難，即歐陽永叔善爲文章，猶有同時劉攽日調笑其不讀書者。諺曰：「寧薦布棊，勿薦盧醫。」蓋日者布棋，休咎未分，故雖謬爲薦引，而譴無所施。今之爲試文者，稍稍類是。若學，則如醫者之效疾，苟薦一不當，其譴立見。甡少丁貧困，中經流離，憂勞過度，心嘗怔忡。不特長大問學了無可稽，即少時記誦，明在心凹，每當疾發，便暗瞀瞀貿，浹月累日，展轉恍惚，有似狂人。今則病且日作矣。《周官》稱「學古入官」。孫卿有云：「儒術誠行，則天下大而且富。」夫儒術之有裨于國、有益于政事如是。甡雖不肖，豈真無志于國家政事之大？而遲暮錮疾，上之不能如仲尼之對國事，千轉萬變而不窮；次之不能如邢邵讀書，積經史在前，限日讀竟而無所或遺；下之不能如陳烈先生，總無記性，猶能閉户静坐，自觀其身心，終不使疾痛稠雜之足以漫攖其智慮。乃徒以心悸魂擾惽惽翹首之餘，妄膺勸駕，是辱國舉也。

夫既非博學，何有鴻儒？況鮮才藻，兼多疾病，伏乞臺下，俯鑒微衷，轉文申覆，使甡無冒眯赴舉之嫌，諸上臺無舉非其人之辠。甡伏床把筆，荒亂無序，息喘待命，無任狼狽，敢再具揭，須至揭者。

三辭徵檄揭子

日奉縣帖，知諸臺檄徵，不容病辭，且不需府縣執結，案名會請，遽行照知，此非縣文轉覆所能達意，因敢冒昧頓首，直揭臺下。

凡臺下之所以堅持絞急不肯甡辭者，必以甡之辭爲謬漫不可信也。夫世亦誠有欲得而故爲辭者，且夫下士貢身，不如避人，躁進之有失，反不若退讓者之有得，則辭者或即所以爲得之之地。故薛戎爲李衡所辟，三返始應，世每稱巧于用讓，而甡則不然。甡本污下，依人乞食，曾無介行之可以自見。又此事雖奉明詔，旁求若渴，然究非山林聘召、安車束帛之比，即强顔固辭，無所明節。且拔茅連茹，薦引滿朝，旬日之間，動累十百，即四輩敦趨，仍不過一大科赴試舉子，其見擢與否，全未可定，忺然就之不爲多，拂衣去之不爲少，曹出曹入，何關進退。若以爲必辭而後得，則與甡同辭者皆業蒙見許，萬一甡同在許中，不幾已失。然則甡辭之必無虚假，亦可驗矣。

第甡辭如此，轉文如彼，然且臺下必持之如是其急者，得毋以甡爲果其人耶？甡幼受書義，頗閑帖括，其在前朝，即能以垂髫之年，與老師宿儒争長膠序，然而通不過一經，試不越七藝，窮年矻矻，無暇他及。又且稍爲婾惰，則其所爲一經者，茫然荒落，往往臨比，則第摘其文之可爲題者，口誦心記，是亦苦矣。迄於今，猶然漫無所成，而荏苒逮老。至若爲文，則偶效八家，間爲序記，徒以有類帖括，便于勦襲。初無博聞彊記之能、纘聖述明之技，可以窺遺書于壁中，效河汾之著作，乃欲上陳堯禹，下引龍离，隨五聚之班，記三亡之篋。是欲驅失明者而使之觀策，無足者而使之走也。

夫幽蘭在谷，人有佩蘅。先施匿形，里多飾色。何則？專見者不察也。今里中鉅儒，未蒙見舉，有同舉者，反聽辭去。時同邑來給事以同舉聽辭。區區一甡，好醜誰辨。且臺下獎譽，喜于溢實。昔龐士元人倫海内，每所稱許，必令遠過其才。而謝朓推孔闓，謂：「此人聲名未立，不嫌過譽。」凡此皆昔賢愛才好士，勤于長養之意，無所或怪。第以甡自揣，有萬萬不可應者。昔者漢武之世，文學濟濟，其時之應賢良詔者，每舉不下數百，然而今所傳者，一則江都，再則平津，其在二人之外，聞者漸罕。今朝廷方春趣舉，既秋召試，計所薦列，合不下二三百人。乃其間擢用，多至十一，少不過十一之半，則是進者之數，遠不及退者之衆。然且退之之中，其爲才與學，無一不十倍于甡者。況甡久困詘，無階于廷。其在京邑，足蹟所不到。在上無布衣之交，在下無迴車卻扇之雅。縱夜光相投，尚慮按劍，況本沙礫，其誰顧之？昔劉穆之爲丹陽尹，有所薦達，不納則不止。今獻納兩分，中外間隔，而甡之孱弱，又必有不足當丹陽之薦者，則其不必妄爲連類也明甚。又且貧無資用，此地去京師三千里，一出一入，欲如主父偃久留，不能，如買臣之自將計車，以匃口食，則又老不可得，展轉旁皇，必至流落。夫以專見之賢，當過情之獎，求之退多進少，萬不必一得之遇，而又泰山孤竹，無所依恃，裹衣褰裳，難還本土。恐臺下仁愛，定不出此。況達視其所舉，臺下縱不畏廣陵之罰，然舉不得當，有累賢達，不可不察也。

夫學不可以强求，病不可以强去。凡甡之所以兢兢致辭者，一則無學，一則有病。無學之人，諮車所不臨；多病之門，吉士所不顧。然且必兢兢如是者，誠恐一不見諒，則他日徵書之下，重多違復，必有以言之不早爲今日罪者。倘必不然，則封軺四出，捷者先登，朝廷縱愛賢，豈真能載此支離偃蹇之物哉？聞之漢代方正之舉，有以槩辟雅拜爲罪者。夫形模過度，步武過嚴，尚以爲罪，豈有抱釁床蓐，憧憧擾擾，啓手足則拜履爲艱，延視聽則聰明未辨，體執冰炭，心震霆電，而可以趣治行，勸車駕，告無罪者也？要之，病于學，病于身，俱不可舉，縣文病結具在，惟藉慈察。

公請何孝子崇祀鄉賢揭子

某等謹以公請鄉賢事具揭臺下：竊見先朝弘治年間，有蕭山何御史舜賓之子何競，因恢復本邑湘湖水利，顯報父讐，其孝著于一身，其功則在闔邑，見今郡縣志書暨史館所存先朝實録，彰彰可驗，不謂鄉賢一事，尚未舉行。查先朝縣志，嘉靖三十六年，曾經祠祀，尚有宗師畢公、知縣魏公先後批詳，及諸生里老等執結存在，而其子孫衰微，仍就湮没。思得邑有先賢，而隱晦不彰，長吏之過也。既以彰顯，而仍就湮没，生其後者之責也。

竊見先王教孝，久著禮傳。復讐大義，已載《春秋》。故齊襄復九世之讐，宣聖不以爲非。梁悦、張瑝爲父報讐，朱子《綱目》特爲表出。今孝子遺蹟實存志傳，先朝朝議原附獎例，即《古今孝子集》，凡一百有六人。孝子名氏已紀其内，而鄉賢一事，至今未舉，何以教孝？且天下未有孝子而不得當于賢名者也。又況先王祀典，舊有明文，以死勤事，則祭于國；能捍大患，則享于社。孝子力復水利，父子身殉，在國爲死勤之祀，在民爲捍患之祀。竊見時俗祀事孔增，究其所由，實無足紀。徒以子孫通籍，稍膺寵賚，追功上德，力有可爲。或其家本無貴顯，第嬴金錢，一經請謁，便蒙濫冒。凡若此等，猶且優優洋洋，得以無何有之人，生無利于民，死無益于國，妄自侈大，歲時享獻，公然受之而不以爲過。豈有德關教化，功在人民，一邑萬族，日食其利，而鄉人尺木反不得預其列者？就使其子孫未衰，猶當比户比族共爲請乞，況子孫已亡也。

竊見臺下任持名教，力挈綱紀，凡讀書論世，闡微發幽，既已見之行事，竊以爲孝子祀事，實關大典，苟有籲請，宜不使弘功鉅德久抑地下。敢獻孝子事蹟書册，并此執揭，倘得採取蒭蕘，即賜施行，澤及先進，教行後起，某等幸甚，通邑幸甚。

頃者，朝廷纂修《明史》，伏見聖諭煌煌，首重孝行；太常所載，亦尚功德。竊聞史館諸賢，已經備搜孝子實蹟，闡題立傳，惟此崇祀一事，將與國是鄉評共垂不腐。爲此，鄉官士民等連名具揭，須至揭者。

請毁私築湖堤揭子

蕭山本澤國，而地墝易涸，因築湘湖以溉九鄉之田。其間開閉有時，蓄洩有候，刻石則水有尺有寸，奏之朝廷，著之律令，勒之碑版，赫赫如也。無如湖豪孫姓者，聚族而居，世爲湖患。在昔元明之間，孫、吴二氏佔湖爲田，而永樂間清之，隨有孫全者復行侵佔，魏文靖公以尚書致仕，親爲恢復。越至弘治間，孫全、吴瓚兩家對湖爲婚姻，共起填湖，爲陶窑之基。文靖門人湖廣道御史何公挺身争理，致孫、吴二姓以賄殺御史于路，其孝子何競，爲父復讎，始奏聞朝廷，置孫全于辟，清出佔田若干坵、地若干畝、瓦窑房屋無算，敕知縣楊鐸爲之勒石，此事載弘治十九年《孝宗實録》并府縣志書甚詳。然猶怙惡不悛，又有孫肇五者，于正德年間復爲築堤，賴何御史門人張尚書公再爲擴清，然後得復如初。是一孫姓之豪佔，而歷成化、弘治、正德三朝之訟，經魏、張吏工二尚書暨御史父子以及門生三世死生報復之力，始得稍清，然猶御史父子飲恨至今，其土豪之爲害如此。

及嘉靖年間，孫姓有爲中書者，忽造跨湖橋于湖中，以通孫、吴二姓往來。彼時鄉官懲御史之禍，不敢出言，且以此堤當上湖與下湖之中，駕言上湖洩水在南，下湖洩水在北，而橋爲界限，不甚爲害，一時聽之。實則上湖以淘土陶甓，湖窪而浸，下湖以葑草壅塞，湖淺而碻，而橋復爲之阻之故，至今湫口之水不及石巖，九鄉不均，未嘗不痛恨于孫氏爲橋之爲害也。

今孫氏以淘湖之利，合族巨富，而人丁又衆，圈水築塘，種荷蓄魚，甚且爲陶窯爲佛舍，漸漸興佔。向時令甲，凡湖中之土，以黄線爲界，而今則爲黄爲青，不可復問，此正當籲告伸理，大爲清復之際，而土豪怙惡，不告官，不謀衆，公然築堤而横截之，則横甚矣。所賴當事賢明，嚴敕正法，而奸詭百出，以二姓之族而駕爲九鄉，以孫氏所造之橋而詐稱先賢，以兩家相通之路而指爲通衢，以姻婭貨賂并墳墓風水之豪黨而妄名公舉之衆，仍不告縣，不謀族，公然謀議，以爲可行，可怪尤甚。第九鄉百姓，初無公詞，祇湰湖一鄉，蔣、陳二姓，先爲具控者，以則水有寸，大凡竹簿截水，則每一竹簿阻水三寸，土坊截水，則每一土坊阻水九寸。湰湖最磽，去水九寸，則此鄉絶水，沾溉不及，故切膚之呼，較衆獨先。然而衆不繼至者，非觀望也，以爲當事賢明，既能敕法，則雖欲譊譊而可不必也。乃不意屢發公議，而隸不散帖，里不知會，陰陽生不到門，鄉官不集議，繆以已成不毁，朦朧姑且之辭，誖謾以覆。無論此堤之成，爲禍不淺，而即此行事詭祕，神奸百出，萬一稍遂其意，則前此跨湖之築，祇屬孫姓，猶且駕出多人，東支西飾，況儼奉批行，則自此以後，公然官築矣。將見種荷蓄魚之外，或圈或佃，爲房爲畝，誰得禁之？至于勢成，則雖兩尚書之挽回，御史父子之身殉，寧有效耶？國課安出？民命安救？以此思之，實爲寒心。況孫、吴二姓外，實有不肖黨惡爲風水貨賂起見者。近聞石巖定山，結黨窺伺，陰具畚鍤，以幾乘隟，其存毁之際，關係匪淺。

倘能徹底澄清，歷查舊志，規仿制度，一一開復，剗其埂，塞其穴，毁其所侵之窯與舍，凡夫種菱者、植芡者、堆草者、哶魚者，概行禁絶，赦其已往之罪，而開以自新之途，則去惡務本，極爲長便。即不然，而毁其新築，加之以應得之罪，則小創大懲，亦足補救。如故爲輕縱，茅靡波委，養癰釀禍，邑雖乏賢哲，焉可謂魏、何之後必無其人？因于補議之餘，并爲此詞。至于應得罪名，則前朝天順間早有邊遠充軍之例，且限日勒令修復，如踰限不復，罪且加等。詳見《湘湖水利志》。某揭如右。

申請覃封俞太孺人旌表事狀揭子

某年月日，紹興府屬鄉官某等，敬以山陰縣覃恩敕封駱母俞太孺人事狀，申請題旌，具揭臺下。

竊惟坤儀效順，經授黄裳，陰教匡貞，史迴霜簡。故閨闈足法，西京詳子政之書；工德可師，東海習茂先之訓。況緯嫠不恤，而髦特是求。在明廷金帛之賜，自昔有之；即高門表敕之條，於今爲烈。

伏見山陰縣覃恩敕封駱母俞太孺人者，生員駱元裕之配，原任三原縣知縣駱復旦之母。生於華胄，克秉淵心。長自名門，夙嫺禮範。少稱博士，嘗賡《柳絮》之吟；謦起尚書，不藉《葛覃》之解。是以伏生口授，罔媿朱脣；左妹髫年，遂彰彤管。然而鳳凰既協，孔雀是占。十八于歸，以舅姑宦游，依之自出。高堂遠宦，無容珮帨承歡；入廟新嘉，那見羹湯伺色。倚渭陽之乘馬，偃丘園以讀書。隴頭臼冀，敬至攜鉏。廡下梁鴻，親爲舉案。洎乎鮑宣起挽車之思，樂羊成斷機之學，孺人曰：「大人在京，寧忘侍養乎？」辭雍歸省，勸過陽城，捨養入京，戒來歐子。於是脱簪就道，決意從親。斂袵趨庭，始稱有婦。雖間關萬里，朱顏黦馬足之塵；窈窕三河，緑絮藉烏啼之月。顧其志存定省，望斷長安；心念尊章，强投京洛。即其婦道之昭，豈非君子所罕？以單傳寡嗣，預爲内妾，正側並孕，各舉一子。爾迺徵蘭燕市，燕姑初來；饋鯉桑乾，桑弧纔設。東方憐三日之生，塗山啓四辰之泣。先生遘疾，剔臂罔效。痛《柏舟》之鼓棹，褰繐帷以垂絲。縱復封股和雷子之糜，解體效貞妃之木，猶且晨星自墮於幕中，白日不揮於戈下。況翁遭瑲難，外補沛中。夫倚殯宫，獨留京邸。力請于翁，扶櫬還葬。營遠櫝之歸鄉，使靈舁之赴壠。鬻紃解珥，難以言傳；苦志窮神，豈可名狀。

迺先隨徐郡，繼返長蘆。誓撫孤兒，毅還鄉井。收先人之遺業，僦石池之數椽。潛閉家園，課兒力學。紅燈夜半，書聲與織韻齊鳴；紫燕春回，曉夢共朝雲俱盡。控著簪於椎髻，繼昬爲膏；紐葛襁於斬裾，衣嬰作飾。及兒就外傅，漸博交友。孟氏截流黄之錦，陶公剉薦席於床。以故過江子弟，願識王恬；北地賓朋，雅知庾信。歸月旦於許子之評，定聲名於伯鸞之語。苟非朔婦之遺孤，那得西平之有子。時先生有弟争産，孺人付于不較。矧其推財行孝，曲合荆花；束緼調争，細全瓜蔓。凡居家之謹心，皆爲人所難受。故義方內著，士博五經；筆落中書，賦成三禮。三原君獻賦，初授司刑，尋改邑令。騁金臺之駿馬，授仙苑之飛凫。節推新授，改例攜琴；陛見初辭，特恩賜宴。池陽道遠，王陽猶叱馭來前；原上花繁，潘岳喜板輿同載。華池之清水可飲，太白之孤標是方。潯陽嚴閫教，不作封魚；京兆有慈親，自多平讞。不意科臣與撫臣互訐，間有詿誤，終致昭雪。即或時隣錯節，范母起行路之哀；究且事至完珠，王孫副倚閭之望。是則二十四歲未亡之艱，以迄三十八年育孤之力。雖共姜再出，遜此畸徽；鍾婦在前，讓茲茂範矣。

伏見臺下，士德儀刑，人倫坊表。俯念此賢名久著，早被榮封；苦節堪憐，宜旌華閥。某等人各有母，不匱是懷。友曰顯親，登堂均感。倘得采輿情於中闈，申茂舉於外臺，俾知大節之琬琰無私，至德之碑銘可恃，則高旌所被，日月同光，榮獎攸垂，士民皆慶也。爲此具揭，須至揭者。

西河文集卷十一

蕭山毛奇齡字大可又名甡稿

劄子一

史館劄子奉總裁先生

劄具：日者搜討崇禎朝死事諸臣，因實録闕失，長編未成，慮其間定多淹滅不傳之人，許任意搜討，不拘分限題目，遂于某月日草得四川成都府郫縣知縣趙嘉煒死事一傳，已經録史生寫付收掌房，奉鑒在按久矣。

初按嘉煒係敝鄉紹興府山陰縣人，原以國子謁選，于崇禎十六年授四川成都府郫縣主簿。爾時獻賊寇成都，次年國變，實未審其赴官後作何等也。順治之末，其子麒尋父于郫，郫無一民存，相傳爲獻賊殺盡，而隣之灌縣有都江堰夫向應泰者，云嘉煒守堰，死于賊，其齒髮拋撇不可問矣，獨其地在堰傍，其子拾凷土懷之東歸，曾乞某爲誌，而瘞之先塋之傍。當時所據者，有董處士所撰行狀，成都府知府冀應熊所撰死事記，依其文書去，但怪嘉煒本簿郫，而死又在灌，且死事年月多不合。

及入史館，見四川所解新修《通志》，載趙嘉煒係浙江人，由監生于崇禎十七年知郫縣事。五月，賊陷成都，時嘉煒督修都江水堰，賊執之，不屈，乃投江死。遂踊躍爲作傳，翻以其子所詢爲不實，其云知郫縣事，則必簿郫後以寇亂故爲行間所授官，必有依據，不妄，故授簿在十六年，而此云十七年知縣事，正當，遂草《死事傳》，載其知郫時視堰于灌，會寇至，巡按劉之渤、總兵官劉佳引，拒戰不勝，謀決都江水灌濠，而賊襲水堰，因于八月三日死堰間，此取《通志》暨《行狀》《死事記》而雜採以成文者。

今相距匝歲，忽有人自成都來，道其子麒與作《通志》者有舊，妄以簿爲令，而其死事所在與月日俱謬，因復查新修《成都府志》，原載嘉煒係縣簿，守堰而投河以死，其狀記所載月日，仍參錯不合，且或沈于江，或射于堰，皆不可定。

竊念崇禎之末，記注未備，而四川又丁草殺獻賊殺川民名草殺。之後，民無孑遺，任所捏撰，無從批駁。儻不細爲之稽覈，則指白作黑，終成誣史。因再三研勘，凡爲令爲簿，在郫在灌，守堰決堰，未可懸揣；而寇薄成都，在十月四日，成都之破，在十月五日，若八月三日，則賊在重慶、未入成都之際，向于誌銘中亦疑及之。而近核諸書，究竟未合，因先爲檢舉，請駁原傳，以存疑闕。至若死事諸官，不問高庳簿，苟能死，何必縣令。或當予以傳略改成文，具善長之意；或但從闕疑，暫懸其事，以俟再考。總藉裁酌。月日。

奉史館總裁劄子

月日，在假纂修官某，劄奉史館總裁老先生即中堂張先生。閣下。

某以不材，承乏史事，曾經分題起草，爲紀傳大小二百餘篇，自啓、禎以前，凡已經鬮擬草本，無不一一完繳在按。獨是先贈公柩舍，曾爲亡伯兄教諭仁和時，障土江滸，未返東浙，遂于康熙乙丑冬，援遷葬之例，乞假在籍。每思事竣還館，而雙足痺發，跪居偃蹇，恐未能隨侍班次，遂勾地方官轉文到部，延療里閈者，迄今又三年矣。日蒙皇上巡浙，躬告禹穴，先遣侍衛馳問某西陵渡口，踰日回駕，復面承慰問，道傍犬馬，摇尾戀戀，即思强起殘廢，一策駑鈍，而旋立旋仆，扶服未決。因思史事垂竣，中間實有不愜于心，思一湔滌而未能者，誠恐還館無期，一旦溘死朝露，賫志未達，抱此終疚，敢伏床詮次，遠奉閣下。

竊某初問鬮分傳題，在弘、正之間，爾時分得正德年大學士梁儲一題，私心自喜，以爲曾讀《通紀》《藏書》諸野史，每愛其風采駿烈，不媕不激，善爲規諷，以引君于道，明代大臣，必儲稱首。因列其草制、齒劍、沮居守、斥護衛四大事，以爲柱欐，而次求其備，不意遍查史宬，按之《實録》暨一切記載，則知此四大事者，悉屬亡是。且不惟亡是，而往往反是。如「疏居守」反曰「沮居守」、「復護衛」反曰「斥護衛」者。爾時踟躕再四，即欲不爲立傳，但當于帝紀一存其名，然細考其人，則曾于作《會典》時不附逆瑾，遷邊軍時不附江彬，其在政府，亦每有疏諫，多所補救，此原非黨濠倚宦與陸完等可以比似，因仍爲立傳，略載實事，起草付抄，已上之總裁，而不謂其説之不盡白也。一則上此文時，未經參駁，無容立辨；一則此時以《道學》一傳齟齬未定，遂置諸傳于不問；一則總裁去就如傳舍，然其文之得失可否，竟無從考訊。猶憶某在史館，施侍講閏章謂某，何以草梁儲傳與舊史乖反，某曰：「所乖反者野史，非舊史也。」曰：「有説則可。」曰：「夫豈無説而謾爲之乎？」曰：「雖然，當有以説之。」次日，朱檢討彝尊詢某于午門班次，曰：「梁儲爲秦府請地草敕一事，此大事也，聞君作傳，乃竟削之而不書，何居？」曰：「某敢削儲事哉？顧儲實無此事。即此事故有之，顧在嘉靖三年，武宗大行，梁儲去位之後，而以爲儲事，冤乎？」曰：「有是哉？不當慎耶？雖然，盍辨諸。」迄于今，相距八九年，實不知是傳之取舍何等也。特念千秋信史，所貴核實，故曰：不遺善，不諱惡。又曰：勸善懲惡，比之賞罰。況老先生以左、董自視，每見考析同異，剖決疑似，其謹聞見而較豪末，不遺餘力。萬一狃于前文，因循怙改，不則好言長厚，下筆毋苛刻，毋毁成説；又不則謂此傳生色，恐去此則史文減觀，不如留此爲傳述之美。凡此依違姑且調停之説，其于史皆有害。因條列四事而妄爲辨釋如左。伏惟主鑒。

據野史載儲草制一事，在正德十二年，云秦王惟焯奏請潼關以西，鳳翔以東，諸河堧牧馬地，謂高皇帝時，原以賜臣先王㮨者，江彬、錢寧、張鋭皆受王賂，爲求上，上意許之，兵部科道執奏不得，上震怒，促草敕，廷和、冕稱疾，儲曰：「如皆引疾，若國事何？」遂承命上制草曰：「昔太祖高皇帝著令，無得益藩王地，非吝也。藩王地廣，則士馬衆多，士馬衆多，則奸人相蠱誘，不利于宗社。今以王請之勤，朕念親親，不忍拒，姑以畀于王，王得地後，宜益謹侯度，毋多養士馬，毋收聚奸人，以聽其蠱誘，是將不利于宗社。不有高皇帝訓，當此之時，朕雖欲念親親，不能已。王其慎之。」上覽制大驚，曰：「若是其可虞耶？亟已之。」遂抑勿與。其載在《通紀·列卿録》梁儲本傳，以及《名山藏》、李氏《藏書》諸書甚詳。雖語詞不一，而大略相等。嘗怪《大政記》不載其事，且編年年月則又各參錯不合，及細考《實録》，則由正德十二年間前後推查，以迄于徧，並無秦王請地之事。夫藩府請地，予奪必書，如晉府請屯田、徽王請莊地類，明明可按。況此時當寧藩請復護衛之際，關繫匪小，豈有已經兵部科道盈庭執奏，中堂草制，宸斷獨止之一大事，而《實録》不踊躍全載之者？及窮究其事，則其事在嘉靖三年，《實録》中有云：先是，秦王惟焯奏，始祖分封之國，欽蒙太祖高皇帝敕賜，潼關西、鳳翔東，沿河灘地牧馬，高原山坡牧羊，今被豪民劉仲玉等占種。已而仲玉等亦奏，祖額徵糧民地，被奸人捏作荒閒，投獻秦府。俱下户部議，移撫按查勘。原賜牧地，已有河灘，今秦府實欲侵奪民地，乃反稱舊賜。夫潼關西，鳳翔東，渭河兩岸，有華陰、岐山等一十七州縣，如王所奏，近河牧馬，近山牧羊，則一十七州縣之地盡屬秦府矣，而可乎？上曰：已之。此《實録》文也。則是野史所載儲事，正竊借此事而影射以成文者。其云「秦王惟焯」，即秦王惟焯也。其云「始祖分封之國」，即先王樉也。其云「欽蒙太祖高皇帝敕賜」，即在高皇帝時所原賜也。其云「潼關西、鳳翔東」，即潼關以西，鳳翔以東也。其云「沿河灘地牧馬」，即諸河堧牧馬地也。其云「兵部科道執奏」，即下户部議，移撫按查勘也。其云「已之」，即上曰「亟已之」也。祇以嘉靖之事，而移之正德，以居民所争中外大臣所勘之事，而移之梁儲，爲不可解耳。向使嘉靖一事，正德又一事，則嘉靖既載，正德何以不載？向使正德既請，嘉靖又復請，則撫按勘語且書，閣臣敕語何以不書？且據書儲事在正德十二年，雖其年非實録，然自十二年至嘉靖三年，其間相距不遠，不過七八年已耳，既有前事，則互許之詞，查勘之文，縱使史官失記，而公府詞頭，部司卷額，必不盡失，豈有彼此援據，絶不引及，以爲成案，反遠述高皇分封之詔，近遺大行特止之敕，世無是理。大抵請地只一事，嘉靖之請，即正德之請，正德未勘，至嘉靖始勘，蓋明季判事遲緩，每有延之數年暨數十年者，秦王之請，在正德之末，撫按之勘，在嘉靖之初，則記此去彼，書法如是，觀《實録》開語即云「先此」，則其請非嘉靖年間，公然可知。大抵彬、寧暗持，公斷不決，遂遷延時日，而至是始判。而黨儲者欲移爲儲事，以爲請在正德，可以假借，而不虞不與之判，《實録》直書之嘉靖年耳。嘗考儲生平，他無大過，惟復護衛、請居守二事，頗干公議，而當時爲儲傳、爲《通紀》諸君，如霍韜、陳建等，皆嶺南人，同鄉未免左袒，而韜與楊廷和則又以議禮齟齬，似欲抑廷和以揚儲，故造爲草制、草敕、阻居守、斥護衛四大事以張之，其造草制事，正以文復護衛之失，而不知國史具在，欲蓋彌彰者。若其阻居守，則儼然有請立儲一疏，載《實録》中，此與「勸草敕」而曰「争草敕」、「復護衛」而曰「斥護衛」正同，而好事之徒尚欲狃成説以怙悛改，以爲其事生色，不忍割去。夫煌煌信史，而但取文飾曰生色，真不解也。

據野史載儲伏劍一事，在正德十三年，云：上自稱威武大將軍鎮國公朱壽巡邊，下内閣草敕甚亟，廷和稱疾，獨促儲，上坐左順門待之，儲固不草，召詰之，對曰：「敕者，君所以賜臣。陛下爲君，乃自卑而列于臣，臣反草敕，得以臣而名其君，是逆也。臣是以不敢。」上怒，手劍立曰：「不草，齒此劍。」

儲免冠，解衣帶，伏地涕泣，請曰：「臣即死，他日陛下猶憫臣；若遂草敕，他日覺而怒，曰臣儲無禮，臣名君顯戮，臣罪不可赦。」上擲劍起，遂不令草敕。是行也，儲即家召客出，歸，對客殊不言齒劍事。按《實録》十三年七月八日，帝將幸宣大，令太監蕭敬傳旨，趣草特命總督軍務威武大將軍總兵官朱壽敕。是日，復召内閣大臣及九卿科道官，至左順門諭意，衆皆泣諫，不納。則是草敕一事，其在左順之召，不止内閣，凡九卿科道諸官咸在，固未嘗獨促儲也。且衆皆泣諫，則凡九卿科道諸官無一不諫，儲亦止在泣諫中，又未得獨伏地請齒劍也。若其云鎮國公敕，則在後此宣大回時，《實録》載，敕進威武大將軍公爵名鎮國公，且賞楊廷和、蔣冕、毛紀等，以爲運籌定議，協力成功，賞銀伍十兩，紵絲兩表裏，廕一子錦衣衛世襲正千户，廷和等疏諫，不納。是廷和亦在諫中，而曰廷和引疾，則不曉總兵之敕與鎮國之敕是各一時耳。至于廷和引疾，《實録》無考，惟廷和《視草録》則云：「七月八日，召文武百官集左順門，校尉十數輩至家宣唤，立作數往返。」且云：「即有疾，亦當往驗，終不應。」則是廷和引疾，其語不謬。但録又云：「命内閣即門上草敕，厚菴免冠辭，礪菴助之，至晚乃出。」則是儲先免冠，而冕即繼之。泣諫者，滿朝之事，草敕者，閣臣之事，故二臣獨免冠，其先以儲者，則廷和在告，次即儲耳。免冠非解衣，泣諫非伏鑽，二閣臣與衆朝臣俱在，非獨促儲，此時屢諫不納，故次日諸司禮及近侍三四人復至閣趣草敕，非不令草敕。若其云帝手劍，則荒唐極矣。但儲既泣諫，既與冕免冠辭草敕，次日復争之于閣，則據事直書，亦何不可，而必捏作此烏有之事，此是何故？及反覆窮究，則儲初亦錚錚持不可，至揮戈難挽，後亦姑與爲依回，此雖不足爲大戾，而愛之者必諱之。觀《視草録》又云：十四年正月，批馮清奏捷本内，亦令作獎厲威武大將軍語，廷和不肯，散本官張鋭力强之，不得，儲反受其本强廷和，且云每日文書房散本官送來，尚收之，我送本，反不收耶？ 廷和笑云：「惟公非散本官，故不收。」仍從儲手中取之還鋭去。 及南征時，又令草威武大將軍敕，廷和又不肯，而儲强之曰：「只寫敕與鎮巡也罷。」此閣中鏁屑，《實録》不載，而《視草録》則顯然行之于世。 然且其言有據，世不敢以其言爲非，而于是謾爲此事以飾之，而不知揑造之不可也。 揑造則何不可造也？ 揑造非史也。

高岱《鴻猷録》亦載儲争草敕事，《憲章録》形容尤苦，王氏《史料》俱駁之，且謂廷和以回話薦劉春事出閣，他日，遂有寫敕進者，此寧非梁公耶？ 又云大抵方、霍嶺南諸公，持論多左袒，而不察者遂附和成説，真誣史也。 其辨甚確。 但諸書所誣伏劍事，指十三年帝幸宣大時事，而《史料》所駁廷和以薦春回話出閣，則在十五年南征時事，不足以伏其説。 大抵數次草敕，皆屬其人，祇此十三年七月八日帝幸宣大之敕，既免冠辭，又争之于閣，似乎斷非儲草，然亦不得不屬儲者。 是日左順之諫，既書不納，則已不容不草矣。 次日復至閣趣草，爾時廷和既引疾，毛紀久在告，惟儲、冕二人在左順免冠泣諫，至晚才出，而次日冕發痰疾，亦註門籍，惟儲在閣，司禮諸監及内侍群閹至閣中逼草，而儲獨争之不得。 夫曰不得，則已草之矣。 曰獨争之不得，則惟儲草之，他無與矣。 故九日草敕，而十三日帝即行，則以草敕之人而反曰争草敕，夫誰欺之？ 况後此草敕者，皆其人耶？

據野史所載阻立儲一事，云禮部尚書李遜等廷議建儲，居守朱寧陰受濠賂，謀入寧世子司香太廟，江彬亦欲立所厚遠藩，各有所主，儲厲聲沮之，曰：「奸人之謀，足聽耶？ 上春秋鼎盛，何患無子，召外藩子，萬一有他，吾輩斧鑕矣。」遂寢。按此事《實録》不載，而《憲章録》《名山藏》諸書載之甚詳，《史料》極辨其無有，至詆爲三家子弟文飾之説，其言甚確。第《史料》云朱寧、張鋭或誣寧邸賂，而江彬則絶無之，乃黄佐所爲，儲傳反獨稱江彬，而不及寧、鋭，是同一小人，或有或無，不必深辨。第儲有必不可欺謾以罔世者。查《實録》十一年三月儲疏，以儲嗣未定，請擇宗藩近屬之賢者，置之左右，以豫爲根本之計，略云：「陛下樹子未定，宫坊尚虚宜早擇宗藩，以充甲觀。夫儲嗣者，天下之根本，而親賢者，朝廷之屏翰也。親賢可入侍，則宗社有憑，而覬覦以息，縱曰聖躬錫祚，主鬯自在，然盤維屬籍，在所不廢，則夫裕萬年之傳，而慰四海之望，宜莫先此。」不報。則是勸立儲者，儲也，親爲疏草，創之于先，而反曰「召外藩子，萬一有他」，則自訕自駁，豈有此理。惟勸立儲反爲沮立儲之説以蔽之，以爲可以掩衆人之口，翳天下之目，而不知手疏之昭昭在《實録》中也。然則爲此者亦苦矣。

據野史所載復護衛一事，云世宗入嗣，言官連疏劾儲黨逆濠，復濠所請護衛屯田，請召置獄正罪。儲曰：「予惟致仕而已。」終不辨。人曰：「是將罪公。」終不辨。攻詆者縷縷，儲亦不校，遂致仕歸。久之，乃知與護衛者非儲，實廷和當制所爲，乃正德九年二月十九日也。按《實録》，正德九年四月初四日，復寧府原革護衛及屯田。初，寧府護衛，天順間以寧靖王不法，改爲南昌左衛，隸江西都司。宸濠曾賄瑾，矯詔復之，瑾誅，科道力言改正。至是，濠復上請，費宏執不可，而尚書陸完受濠賂，遂准與之。初五日，給事高淓、御史汪賜等奏：「護衛不可復，天下諸藩革護衛非止寧府，將來比例，何以處之？況寧府不法，已見副使胡世寧疏，縱本有護衛，亦宜革去，況可復乎？」下議，不覆。至初七日，南給事徐文溥又以不覆爲言，旨云：「復護衛屯田，已有成命，文溥妄言瀆奏，本當究治，姑貰之。」十三日，陸完覆奏，反謂科道論奏亦先事深慮，乞俯從群議。旨謂護衛及屯田業已斷給矣，毋復奏擾。六月初一日，濠請鑄護衛并經歷鎮撫司及千百户所印，凡五十有八，詔予之。此復護衛屯田之始末也。歷據《實録》，則當時争之者費宏，予之者陸完，而不言票之者何人，但票旨在閣，則在閣之臣自廷和、儲以至蔣冕、毛紀均有之。所超然物論者，獨費宏耳。乃當時言官所論，不在廷和，并不在冕、紀，而專專劾儲，則豈票之者真儲耶？若在廷和，則儲何難置喙？而曰「終不辨」。人以陸完視儲，而儲肯不辨，則竟以陸完自居矣。且言官已請置法，而儲之不辨者，反曰吾致仕而已，萬一可言官之奏，而竟置之法，則安從致仕？若果屬廷和，則黨濠大事也，不惟言官不肯舍廷和而劾儲，即舉朝亦不肯也。不惟舉朝不肯，即冕、紀與宏亦不肯也。此是何事，同在閣爲之，而使一人受劾去，豈爲人情？不辨黨濠，較之不言齒劍事，相去甚遠，而欲以謹厚緘重之説前後文飾，則其所以文之者，正其所以實之者也。且二月十九日，此時逆濠尚未請也，濠之上請，在夏四月四日，科道之參奏，在五日，南給事之劾覆奏，在七日，陸完之覆奏，在十三日，濠之請鑄印，在六月一日，而謂二月十九日廷和票旨，則焉有濠未上請而閣先票旨之理？故廷和自記有云：「寧府復護衛屯田，予與費鵝湖極力諫止，時權倖有賂主其事者，竟得請去。後謀爲不軌，予與敬所、礪菴請遣官賫敕往諭獻還護衛，亦無及矣。忌予者謂寧府本不反，因削護衛故反，何耶？」其云與費宏極力諫止，吾不敢信，若其與毛紀、蔣冕敕還護衛，則《實録》有之。正德十四年五月，廷和用蕭淮奏，遂議削寧王護衛并屯田，令獻還舊敕，使至淮，而濠已反，則是廷和方削護衛，而必以票復護衛之旨歸之廷和，原屬疑案，况其所與削護衛者，但云蔣冕、毛紀，而並不及儲，豈廷和當時亦有致疑于儲者在耶？若《史料》辨《雙溪雜記》謂大璫獨請廷和入票旨，以爲讎口，固屬快論，但此不必爲廷和辨，祇就當日情事究之，請者逆濠，主者大璫，争者費宏，予者陸完，票之者廷和、儲、冕、紀等，而言者之劾之者惟儲，則瞭然耳。

右四事據聞攄見，未敢曲諱，考辨未的，尚藉駁正。第其人則實有可傳者，去此四事，儘堪摭記，則又何必回護此四事矣。如正德改元，儲以翰林學士進少詹事，遷吏部侍郎，因充纂修《會典》副總裁官，已轉左陞本部尚書，而以不附瑾，摘《會典》紕繆，降右侍郎，及瑾誅，而後枚卜，此大節也。其在政府，則帝每微行，儲必疏諫。時大起營建，内官監請興太素殿及天鵝房船塢諸工，儲力請停止。上惑于邊將江彬，欲調邊軍入京，而以京軍補邊，儲固執不可。至太監劉允使烏思藏，賫送番供，議倣永樂、宣德年差鄧成、侯顯舊例，統錦衣衛官一百三十三員，應付廩給口糧馬匹車輛船隻及過番物件，動支長蘆兩淮鹽課七萬餘引，儲疏諫反覆，繼以危詞，雖言不見納，然意亦懇矣。至宣大之幸，七疏聯入，南征隨侍，繼以八奏。其在十四年冬，帝駐留都，預遣魏彬傳諭，將以明年正月即南京行郊祀禮，蓋欲借卜郊以緩振旅也，儲疏諫忳切，帝凡三諭，儲三疏上，遂寢其事。今録其首疏，略載于此。疏曰「南北郊儀不同，即以配位論，南則仁祖爲配，而太祖次之；北則太祖爲配，而太宗次之。夫仁祖配位，係太祖躬自奉安；太祖配位，係太宗躬自奉安。今欲移北而南之，則將以二祖一宗并配位乎？抑亦遷仁祖于北而奉太宗于南乎？臣聞國君遷都，然後移祀，此皆不得已之甚者。今忽議移祀，意涉不祥，況郊禮甚嚴，即帝牛之養，必三月滌，今其期未有及也。且大祀齋戒，首戒刑喪，況兵尤刑之大者，今興兵討逆，尚未班師，而欲乘兵凶以行大禮，臣未見其可也。若欲妄議增損，則祖宗成法，列在三重，是必裒集衆論，諭告多方，夫然後著信從而昭法則，而欲以倉皇搜討，則又誰敢」云云。則欲搜其實事以爲傳，未嘗闕也。

某自幼失學，拘牽文義，今又病廢，漸多褊見。即有猥瑣，思一宛轉通達，而未經面命，無由決釋。祇胸抱宿習，竊以爲文章重事，必不宜順情隨俗，聽其姑且，因不識進退，冒昧具劄，以匄裁擇，須至劄者。

西河文集卷十二

蕭山毛奇齡字初晴又名甡稿

劄　子二

又奉史館總裁劄子

月日，在假纂修官某，劄奉史館總裁老先生即中堂張先生。閣下：某幼攻八比，自十五爲諸生後，稍習經史，即遭逢鼎革之際，其于前代掌故，並未窺見。然在崇禎十七年，避兵南山，竊聞先仲氏錫齡與客論嘉靖年興獻禮議，嘆曰：「國朝養士數百年，尊之專之，非習八比，即目爲他途，抑勿令進，乃究無一讀書者。即明明典禮，見在六經，雖朝堂數語可以立決，而乃瞪目張口，東嚾西囓，蓦若狂發，甚至鬨三市，撼九廟，號呼震天地，使祖宗社稷皆爲不安，以致帝主憤激，漸相決裂。議禮之儒，一變而爲權奸諂諛，專制國柄，以幾至于壞。試問當時執政者所讀何書，而遽令至此？」某嘗聞其言而記之。及康熙丙午，老先生典試浙江，曾疏明代禮議諸大事以策秀才，時某避讐江淮間，未之聞也。曁承乏史館，鬮題再四，又不及嘉靖年事，雖曾以此諮之同館官，皆齟齬不接，一鬨而罷。今請假有年，並不知館議是否，判在何等。第思此禮頗大，前既貿貿百餘年，今當裁定。儻不於此時有所論説，則在老先生自有主見，確不可易，而史官多人，萬一有左右袒者，重起爭執，將自宋明以來貽誤至今者，而今復以此貽誤後世。苟有識者起而正之，前則已矣，其以我輩爲何如人？因復于扶病之頃，伏牀疏次，以諮取舍，惟老先生材擇焉。

據《實録》，武宗無子，遺詔召興獻王子入繼大統，是年即命議入繼典禮，主之者，大學士楊廷和也。廷和據宋英宗故事，謂：「英宗以濮王之子入繼仁宗，司馬光、程頤輩議英宗稱仁宗爲皇父，稱濮王爲皇叔父，此已事也。今祭告上箋，亦當稱孝宗爲皇父，興獻王爲皇叔父。」而進士張璁非之，謂：「繼統與繼嗣不同，英宗爲仁宗預立之子，養之宫中，今皇上從安陸來，繼武宗爲君，未嘗繼孝宗爲子也。」當是時，有先從祖雲南布政使毛紹元者，將疏爭之，其稿有云：「先皇帝彌留，遺詔徵皇上爲後，而爲之後者，甫陟大位，先皇帝之詔尚未寒也，先皇帝之廟祀尚未奉主𠀌而諦所親也，且尚未改元，先皇帝之教令猶得行于京國及四海也，乃以隔世之孝宗而忽議立後，以即世之先宗而反奪其爲後者而後前代，則將置武廟一世何地。」及見璁疏，曰得之矣，遂廢置不上。則是璁所言，在當時亦有知其爲近理者，而惜其人仍不學，雖主客交辨，此伸彼絀，而此無所據，反不如彼之得據司馬、程氏臆説之猶可藉口。夫是以漫天是否，雖易世而仍未決也。

夫禮無易倫之稱也，惟爲人君者，則雖無易倫之稱，而翻有易分之稱。其無易倫之稱者何也？商以前不可考矣。周制序昭穆，使工史書之，謂之世次，則自始祖以下，高曾祖禰、伯叔兄弟、幼子童孫皆一定不易，一準生倫之所序而稱名之。其在傳所稱「文之昭，武之穆，太王之昭，王季之穆」者，雖自后稷、公劉，至春秋之世，猶可按次而稱之。故武王誥康叔爲司寇，以武王爲兄，康叔爲弟，則曰「朕其弟」；文王爲父，康叔爲子，則曰「惟乃丕顯考文王」是也。此世次也。《國語》所云「工史書世」者，書此世也。其爲易分之稱者何也？夫君之於臣也，以分也，不以倫也。以倫，則兄長于弟，世父、從父皆長于從子，而一爲君臣，則并其倫次而盡略之。故雖伯叔兄弟，稱名不改，而一當有事，則概易而稱之爲臣。

惟繼位亦然。當高、曾、祖、禰，按世相禪，則皇祖、皇考，準倫而稱名，並可不易。而苟不幸而位次稍移，如平王之于桓王，以祖傳孫也；匡王之于定王，則以兄嬗弟也。又不幸而位次踰越，如孝之繼懿，以從父而繼從子；夷之繼孝，以從孫而繼從祖。則當孝王祭廟時，其禰廟姪也，祖廟兄也，將告禰而稱王姪乎？曰不可，此先王也。先王，君也，君不可稱姪也。抑將告祖廟而稱王兄乎？曰不可，此列祖也。列祖者，新宗之父也。新宗之父，祖父也，祖父又何可稱兄也。況儼告禰廟，當盡禰禮，顯祭祖廟，宜備祖物，推之而孫之繼祖、弟之繼兄皆然。于是宗祝有司其書昭穆者，限之以廟次之稱。夫高曾祖禰，其廟一定，乃以一定之廟，納之以不定之人，而概以一定之名稱之。假使以卑幼而繼尊長耶，則尊亦從卑，平之爲禰是也。平王太子洩父死，而桓王以孫繼之，是禰祖也，然而不得已也，以無子故也。若衛輒有父而繼靈公，則謂之不父其父而禰其祖，以尚有父也。尚有父，則祖可勿禰也。假使以尊長而繼卑幼耶，則卑亦從尊，魯閔公之爲祖是也。魯閔以弟先立，而僖兄繼之，則閔弟爲祖，僖兄爲禰，若必先兄而後弟，則在《左傳》謂之「逆」，而在《公羊》别傳直謂之「叛」，以先禰而後祖也。此易分之稱名也。《國語》所云「宗祝書昭穆」者，則書此廟次之昭穆也。

今爲禮議者，如以倫稱，則興獻父也，武宗兄也，孝宗者皇伯父也，不可易也。如以分稱，則興獻，父也，仍不易也。興獻而叔父，則臣矣，子不可臣父，此璁所已言者也。至于孝宗，則雖稱伯父，而有祖之分，璁以爲宜稱皇伯考，則又臣孝宗矣。璁第知子不可臣父，而不識後王之不可以臣先王，此説之所以不得伸也。若以爲父，則世宗有云「父母可移易乎」，此于古禮實無據也，且何必然也。

夫世宗入繼者，武宗也。毋論英宗稱仁宗爲父，實壞典禮，非先王之制，與夫子《春秋》及古經《周官》並相乖反，而即其繼武宗而父孝宗，大不可解。得無孝哀之入曾父孝元，英宗之繼曾父真宗乎？雖明代廟制，同堂異室，與三古稍異，而要之東西相向，其西第四室禰廟爲武宗，東第四室祖廟即孝宗也。孝宗在祖廟，而奉祠祭告以父稱之，是降祖爲禰也，是大逆也。若夫武宗，則于倫爲兄，而于分爲父。夫以兄繼弟，而目爲父子，不無太過？然《春秋》實有之。《春秋》以僖兄而繼閔弟，如以倫言，即非夏父弗忌，誰不曰兄宜先而弟宜後，而宗有司之據禮而争者，有曰「子雖齊聖，不先父食」久矣。直以弟爲父，以兄爲子，此豈真宗祝喪心，不識典禮，而故漫爲此逆倫叛紀之詖詞也哉！誠以閔弟君也，僖兄曾北面而事之矣，是臣子也。臣，即子也。杜預曰：「臣繼君，猶子繼父也。」閔弟，禰也；僖兄，曾奉㫋而事禰矣。是考閔也，考即父也。何休曰「閔于文猶祖」，以閔于僖猶考也。故自父子之言出，而咈之者即謂之逆，夫子之譏臧孫辰是也。臧孫之不知，縱逆祀也。從之者即謂之順，夫子之書從祀先公是也。定之八年，易閔、僖之祀而反其位，稱爲從祀。從祀者，順祀也。是以《公羊》有云「爲人後者爲之子」。夫爲人後者，豈一如近代無學所云易父而繼之者哉？亦正以重位相繼，禮稱爲後，故曰爲之子，以不必其子而爲之子也。

今武宗在位一十六年，而世宗以正德二年生于興國，則已一十五年也。以一十五年之臣弟，而入繼一十五年之君兄，其爲臣爲子，亦復何言。夫國君傳重，傳此大事，向亦惟大事乏人，故徵及王國之子，使之主鬯。今一旦新君即位，方將有事于新宗之廟，而問其所秉鬯者，非爲後之子而諸王之弟，則支庶也。支庶可奉祀乎？夫稱武宗爲皇兄，則臣先王也。臣先王，逆也。稱世宗爲皇弟，則支庶君也。支庶君，亦逆也。故先仲氏曰：「世有不易之稱，父子是也。」舜繼堯後，《虞書》稱父頑母嚚；禹繼舜後，《史記》稱禹傷先人父鯀功之不成。其不易之稱，與君臣同。古稱三綱，以夫婦亦然也。有必易之稱，皇伯考、皇兄是也。太甲繼外丙、仲壬，而其祠丙、壬，皆不稱叔父，而稱先王。漢宣繼昭帝，光武繼平帝，而其祀昭、平，並不稱皇叔祖、皇姪孫，而但稱孝昭皇帝、孝平皇帝，則以伯叔兄弟皆生倫之稱，而非其稱也。明代信王稱熹宗皇兄，雖是私稱，然亦明儒不識禮，故有此。而至若廟號，則可易而仍不必易。世果以爲桓王禰祖，改祖稱父，僖公禰弟，改兄稱子哉？夫土無二王，人無二父，大君教孝，又何可以二本之説昭示天下？而生父如此，廟禰又如彼，自古迄今，仍並行而不悖者，此無他，父子有明稱，而廟之稱禰，則但以禮陰行之，而未嘗顯然稱名于其間也。

是以承事宗廟，古稱先王，今但稱某宗、某皇帝，而不稱某考；其所承事者，古稱孝孫、曾孫，今但稱孝子皇帝某，而不稱臣。此係明洪武年所著令。蓋子不必對父稱，而其義自備，猶之孫不必對祖稱，曾孫不必對曾祖稱，而其禮自該。故世宗入繼，則武宗無子而有子，亦不必繼爲子，且稱爲子，而爲人後者自爲之子，則本諸六經，考諸三禮，質諸夫子之《春秋》，并証之兩漢之近古者，而直斷之曰：世宗于興獻，父子也；于孝宗，則列祖與後王也；于武宗，先君、嗣君也。豈非確然無疑者與？

且夫古經無所謂繼嗣也。廷和不識古無繼嗣之例，而誤舉後世之繼嗣者以爲之據。璁亦止知「繼嗣」與「繼統」不同，而并不知古人之並無繼嗣，因主客反覆而仍不能解。殊不知古先王立後之説非繼絶也。先王所最重者，惟喪與祭，以爲喪與祭之不可以無所主也。故凡無主者，則爲立後以主之。初分嫡庶，以嫡子主祭，所謂「成父後」是也。無嫡則以支庶入主之，所謂「庶子爲父後」是也。有子者亦云爲後，則爲後非繼絶矣。故支庶不祭，非不祭也，不主祭也。及又無支庶，則然後擇所應後者，而使之主宗廟之祀，所謂「爲之後」，又曰「爲人後」者是也。惟喪亦然。《喪大記》云「喪有無後，無無主」，謂喪原有無後者。然雖無後，亦必使立後以主其事，此則立後之本意也。

然而有不同者，惟天子諸侯及世卿大夫，則爲之後，而初爲大夫與士與庶，則皆不與焉。苟無後，則聽之，雖貴貴乎，然其説則仍以親親之誼行乎其間，豈果謂天子諸侯，勢位尊顯，故絶則繼之，士庶微賤，一任其卒斬而不之顧哉？以爲天子七廟，諸侯五廟，卿大夫三廟，百世不遷，故百世不可絶，而士庶一祭而已。一祭，則雖有後者，亦且一主，不再主，而況儼然無後者乎？故自天子、諸侯、世大夫外，惟天子之弟，諸侯之弟，另爲立宗者，則其祀亦百世不遷，亦百世必不可絶。萬一無子，亦必立後以繼之,《儀禮》所云「大宗不可絶」是也。若大宗諸弟分立小宗,則五世一遷,絶即不續,何休所云「小宗可絶」是也。是凡爲後者,無非爲主祀之故,故適子不爲後,以適子自有祀也。庶子不祭無後者,無後則祭于宗子之家,以宗子主祀,庶子不主祀也。故春秋大夫其云爲後者,則皆以主祀之説行之,而不以爵位爲辭。《論語》曰「臧武仲以防求爲後于魯」,《左傳》鄭厲公云「不可使共叔無後于鄭」,《公羊傳》季友酖叔牙曰「飲此則有後于魯國,不飲此則無後于魯國」,是曷嘗無子而求爲後哉? 踞邑授采,皆爲親親,則勢位之見泯,根本之計深,而干預爭執之意氣可以不作,故夫子矍相之射,有云「與爲人後者,斥勿使進」,與者,預也。正指夫爲人後者,必不使干進之徒可從此與之而得爲利也。至于主喪,則君卿大夫仍得爲後,而初爲大夫與士庶,則暫置而即去之。《雜記》云「士之子爲大夫」,則其父士也,不可爲大夫主喪,使大夫之子主之,而大夫無子,則爲置後。所謂「置後」者,謂請他大夫之子暫爲喪主,而喪畢即輟,非如君卿世大夫之得以長有後也。然則爲後之爲法,其嚴如此。

是以三代之制,君卿爲後,士庶不爲後,而即其爲後,亦必待既死而後繼之。《中庸》曰「繼絶世」,並無未絶預繼如今所云者。彼禮稱繼父,皆出母之父,非嗣父也。自漢後禮亡,孝成創預立之説,迎定陶恭王之子養之宮中,雖未嘗如宋人議禮改稱父子,而事屬創見,此不過趙后淫虐,伏殺帝嗣于宮中,懼其禍發,而帝舅王氏復思陰結後帝爲久長計,因創爲此説,實則全非古法。故議郎耿育引泰伯讓文爲言,已儗非其倫,而高昌侯董宏謂秦莊襄王母本夏氏,而華陽夫人子之,引以爲據,則夏氏、華陽同爲秦孝文夫人,此如戴嬀生衛桓,而莊姜以爲己子,又如明莊烈皇帝生于劉太后,而爲李選侍所養，非其比也。

故人主立儲，不在遲早，必欲引漢哀預立故事以爲金科，則早爭國本，亦復何過？而爭之不已，即漸流朋黨，而趨于敗亡。蓋天下無可恃之法，而有可恃之人。宋亦惟仁宗、英宗兩俱令主，故其説可行。而假使武宗前此早令立儲，則彬、寧主之，逆濠奸之，禍敗立至。是以司香太廟，爲正德年一大危事，而及其大漸迎立，則雖彬、寧尚在側，而無可爲患。猶之熹廟無嗣，未嘗預定，而信王受顧，即忠賢至橫，亦且俯首聽之，而無如之何。則是預立不必得，而不預不必失，有如是也。

今武宗顧命，幸不如英宗預立來舉朝之争，然亦當一考古典，倣正而不體之例，取武宗從子輩可以爲武宗後者。憲宗十皇子，豈乏王孫？而乃議迎興國，棄置武宗于何有。然且曰兄終弟及。夫兄終弟及，謂夫孝宗之子，武宗之弟，繼兄而立，禮所謂體而不正，前所云「庶子爲父後」者是也。蓋適子爲正體，庶子則體而不正，以爲皆先君一體而非其正也。漢孝文之繼孝惠，明莊烈之繼熹宗，皆是也。若諸宗入繼，則正而不體，謂先君既絶，然後取前王諸孫之適子繼之爲後。是適固爲正，而非先君之所生，即非其體。漢孝宣之繼孝昭，平帝之繼哀帝，皆是也。今以正而不體之王孫，而以當體而不正之庶子，可謂禮乎？乃既已誤立，又復誤據。夫今所議立，雖非兄終弟及之條，然亦可以當諸宗入繼之例。如前所云「爲人後者爲之子」，世宗自有父，興獻是也。然武宗非無子，新君是也。乃不幸而當時議禮者並鮮學問，而其所引以爲據，則又並無一通經之人。今之所執爲争柄者，不曰漢師丹，則曰宋司馬。夫漢、宋未嘗誤立也，特預立耳。即漢師丹亦未嘗建預立之策也，特出議以抑定陶耳。然而丹舉茂才，實係陋學。當哀帝欲爲父定陶王立廟京師，本屬正禮，而丹援經以止之。其所援以止之者，謂《儀禮》特重大宗爲特重天子之祀，義不得復奉定陶共王之祭。此實誤讀古經，大乖典禮。而郎中令泠褒、黄門郎段猶等，亦皆無學而聽之，以致濮王禮議，王珪、吕誨輩皆曰「陛下厚所生而薄所繼，隆小宗而絶大宗」。即歐陽修、曾鞏爲宋名儒，且顯與司馬光、王珪爲難，而其所爲議亦曰天子承大宗之重，又曰諸侯以别子爲大宗，天子以禘所自出爲大宗。致廷和父子亦曰皇上入繼大宗，即不得復顧小宗。其附之者，亦皆曰「以臣並君，亂天下之分；以小宗並大宗，壞天下之統」。一誤再誤，千載夢夢。

夫天子、諸侯，何嘗有宗。正惟天子、諸侯衹一祖一宗，而宗與族絶，故另立大小二宗，以與天子、諸侯相分别。某向所謂皇兄、皇伯考，皆不得稱之于武宗與孝宗者，正宗法也。夫大宗者，天子、諸侯之弟也。先王以爲天子至尊，不得與同姓兄弟相爲族屬，故凡立一君，則必析其君之弟，使之自爲長幼，而不得親君。故《大傳》曰：「同姓從宗，合族屬。」謂諸王同姓，必私從大小二宗，合其族屬，而君無與焉。故又曰：「族人不敢以其戚戚君。」戚者，親也。謂不得親君也。蓋天子之弟必爲諸侯，諸侯不敢祖天子，諸侯之弟必爲大夫，大夫不敢祖諸侯。惟不敢祖，則于是自立爲祖，而繼之爲宗，故《禮》曰：「别子爲祖，繼别爲宗。」别子者，人君之弟之名也。别者，分也。所以分于人君也。《穀梁傳》曰：「燕者，周之分子也。」宗者，大宗也。大宗，百世不遷者也。惟百世不遷，故不可絶，前所謂「爲人後者後大宗」，此其証也。至于宗子之子與宗子之弟，又爲分析，則又立長以統之，名爲小宗。小宗五世而一遷，五世可絶，前所謂「小宗可絶」者，此又其証也。然則大宗、小宗與天子、諸侯何與？即曰諸侯，亦有爲天子宗者。如周公爲武王母弟，立爲大宗，《孟子》《左傳》皆稱魯國爲宗國是也。若然，則興獻爲孝宗弟，正屬大宗。謂世宗無宗，不當降而祀大宗則可；謂世宗大宗，不當降而祀小宗，則不可。況王者得祭所出，而大宗與庶子繼王，亦皆祭所出，故《大傳》與《小記》，皆三者連類言之。今欲據宗法，而反使入繼之王竟不得祭所自出，此何宗法也？且丹既無學，兼亦無術。班固有云：「哀帝尊定陶，其意有在。當帝少在王國，見成帝委政外家，王氏僭盛，内常邑邑。自即位之後，多欲有所匡正。故尊恭王，揚丁傅，以奪王太后之權。」班氏史官，其言必重有所本。而丹乃爲莽所親，因受莽意指，遂與莽重抑定陶，力裁丁傅，名爲摧外戚，而究之政歸王氏，適以成外戚之禍。學術安在？

且天下未有子爲天子而父不稱爲皇者也。議興獻不稱皇立廟。漢高不皇父，則太公得擁彗而邀之，故孝宣稱史皇孫爲悼皇考，光武稱南頓君爲皇考，世未有過也。興獻爲天子之父，則自當稱爲皇考。《中庸》曰：「父爲士，子爲大夫。葬以士，祭以大夫。」是子爲天子，則必崇父以天子之祭。崇天子之祭，而不得稱所祭者爲皇父，吾未之聞。乃師丹無學，誤引《小記》，謂父爲士，子爲天子，祭以天子，其尸服以士服，子無爵父之義。而曾鞏作濮議，又復遵之。夫所云「尸服」者，謂祭時扮尸，各有所服，而未嘗及夫皇尸所服者之所稱名也。不窋失官，當服士服，而不害稱爲先公。王季未王，當服弁服，而不害稱爲先王。蓋祭以天子，所以追王。而謂子不可爵父，是讀禮而全未通也。但名必可言，言必可行。既稱爲皇，則必饗皇祭。既饗皇祭，則必立皇廟。蓋禮有公祭，又有私祭。宗廟之祭，公祭也。

然而庶子爲父後，則私祭其母。《禮》云：爲人後者，于父母期。公子爲後爲其母，于子祭，于孫否，謂繼嫡而爲人後，則私祭庶母，止于其身，身死，則孫不繼祭，恩有盡也。據此，是禮原有可私祭者。故《喪服小記》云：「王者禘其祖之所自出，以其祖配之而立四廟，庶子王亦如之。」夫庶子入王，並無有沮其祭所出者，亦並無有謂嫡王當祭所出，而立四親以配之，庶王不當祭所出，而不必立四親以配之者，則其所云「如之」者，豈曰亦祭所出，亦祭四廟哉？禮未改革，不必比擬；廟未中毁，何必更建。故陳祥道解之曰：「禮爲人後者，雖受重于其所後，而終不廢其父母之期。」即公子爲後，雖受重于君母，而不廢其母祭。則庶子爲王，雖有正統之七廟，其能廢所生祖考之祭哉？於是自立父廟，比之始受命之王祭所自出，所以著其不忘本也。是以禘出之禮，周有姜嫄廟，在七廟之外。魯有文王廟，在五廟之外。而《春秋》稱文王爲出王，稱文王廟爲出王之廟，而庶子祀所自出，亦得以出王名之，另立一廟。然則支庶爲後，其得于公祭之餘，祀所出而爲之立廟，審矣。後光武别立四親廟，張純據此禮，宋陸佃亦引之爲此禮之証。光武事見後。今世宗以支庶入繼大統，不得不崇所生。既崇所生，則不得不祭。既祭，不得不立廟。則立廟京師，而私祭之。至穆宗以後，則遣官祭之。必不得已，或毁之，或如漢處悼皇考廟，聽其廢壞而不修之。此皆按之古，酌之今，質之典禮，準之人情，而無不合者。

乃廷和又云舜不崇瞽瞍，光武上繼元帝，並不追崇鉅鹿與南頓，以爲確據，此本司馬光所言而又大誤者。三代以前，無追王之典。其易稱與否，不可得聞。若其獨稱瞽瞍者，必以爲《國語》《祭法》稱郊鯀郊稷，並已追崇，而舜獨缺，然《國語》稱「郊堯而宗舜」，《祭法》稱「祖顓頊而宗堯」，俱不及瞽瞍，故以爲言，而不知仍未是者。舜非不欲崇也，古追崇、郊禘，皆爲世有天下者言。舜繼堯而有天下，而即以己之所受者轉授之禹。則在舜一身，已不能崇，安能舉瞽瞍而追崇之？故夏后宗禹，商人宗湯，周人宗武王，皆身自爲宗，而後可因而崇父。舜誰宗乎？是以《國語》云「郊堯而宗舜」，《祭法》易之曰「宗堯」，此正以無可追崇之故。而賈侍中强釋之，謂舜當生時，固宜宗堯，舜崩之後，則子孫自當宗舜。夫舜之子孫雖應宗舜，然不能郊堯而宗之，明矣。況商人禘舜，尤屬無理。舜與商何涉，而商之孫子忽禘嬀氏？是舜不追崇，《祭法》瞭然，未可逞臆見以亂經義也。若謂「光武上繼元帝而不追崇鉅鹿與南頓」，則大可駭者。光武未嘗繼元帝也。光武爲長沙定王之後，以世次言，則與成帝爲兄弟，而哀其從子，平則其從孫也。不解廟次者，妄謂從祖不當繼從孫，而讖緯適出，又復有赤九會昌之文，因謂漢自高至元適八世，而光武當九世之次，應繼元帝。其説見之《漢官儀》，而究竟不行。夫以光武當日，本中興而兼開代，固不當上繼元帝，然亦非後平帝者。雖仍祖高帝，而鉅鹿、南頓以上，直列四親于宗廟，一如明代之饗德祖、懿祖、熙祖、仁祖于廟室，而禘所自出，誰曰不然。而乃採張純、朱浮之議，與大司徒涉多方更定，嗣統前代，不私所生，反以元、成、哀、平立四親廟，而別立所出四親廟于春陵，以節侯爲高祖考廟，鬱林太守爲曾祖考廟，鉅鹿尉爲祖考廟，南頓令爲考廟，而皆加以「皇」字。其立元、成、哀、平爲四親者，以叔祖而禰從孫，以叔父而祖姪，以弟而曾兄，以姪而高叔父，一如前之所云禰武宗而祖孝宗也。其別立南頓以上四親廟者，以庶子入王而祭所自出，得私立四廟而私祭之，一如前所云立興獻廟于京師，名皇考廟，生則親祭之，死則遣官祭之也。

向使歐九善讀書，璁苟識禮，便當引此爲稱父、稱母、稱皇考與别立四廟之証。乃歐陽不言而司馬言之，璁不言而廷和言之。東家之刃，西家執以殺東家，而東西兩家皆不知爲誰氏之刃。夫司馬進《稽古録》一書，名爲「通鑑」而不識漢史。廷和之子慎，自號博通，録雜物甚夥，而祇一《後漢書》而並不一閲，誣經，誣史，誣先王，誣當今帝主，誣後世，至于如此。在世宗初間，祇求不易父稱，勉録皇號，并立廟安陸，以稍伸追孝之情，而乃過爲裁抑，漫天激裂，不思所以處帝主孝饗之地，以致帝主大憤，反薄所繼，重摧兩宫，至于無禮。而張璁一人稍知義分，又不幸其時已死，致桂萼、霍韜、豐坊、嚴嵩之徒，一起而盡反之。稱睿宗，入太廟，配天地，隄之過亟而至于大決，遂一往潰敗而不可復救，誰爲爲之？然則國有大事，其入官議制，必不可以不學問有如是矣。因稍閲諸疏，取其引據之大無理者，歷辨如右，以丐同館官共相証焉。

西河文集卷十三

蕭山毛奇齡字齊于行十九稿

館擬判

璸曰：西河于己未秋充明史館官，客有以唐判體擬製者，適貽至，遂與同館陳迦陵輩並取其題倣爲之，共十首。其稿不存久矣，今從迦陵遺篋中抄得六首。或云：西河以其題過褻，自删四首。西河嘗云：「予不工爲四六，獨故友陳迦陵婦死，索予爲四六誌墓，以迦陵極妙四六，故相屬。時予亦矜持應之，生平惟是篇足存。」觀此則其多遺製可知耳。

舊評曰：條名析法，不因商、管虚文；窮巧极姸，能使庾、徐失色。

棄履判

甲告婦夜半棄履，訴云觀燈雜蹋故。

春元列燭，士女皆行。夜半傳柑，細君何在？天津橋迥，星流火樹枝邊；安福門高，人在炬光影裏。因傍香輪之雜蹋，致令珠履之陰遺。在婦非失足長途，于甲則畏行多露。瓜田未納，何爲踏地歌來；蓮步相生，竟在凌波襪底。本異漳臺之賣，難爲楚國之搜。人非東郭，誰憐雪跡已盈街；行近西家，羞見月光偏炤地。豈蔡琰之訴夫而跣足，如皇甫之下士以捐扉。雖未罹乎官刑，亦宜申夫閨訓。

巫樂被戲判

潁上東北廟，甲女樂神，懸趺于楯，陽幻欲墜，乙怖其真，引手援抱，女責其有戲心，不伏。

下蔡古縣，潁川舊封。人爲雞骨之占，俗尚牛王之祭。叢壇石上，三物斯陳；野廟欄邊，群巫進舞。將樂神以婁娑之態，因懸姬于絙索之間。騰身赴節，恍然濯燕銜花；撒帶盤空，往似晴蜺吸露。蹴紅繩而倏下，勾寸能留；粘素襪于高頭，履攲欲墮。故爲躍之而色顫，遂貽觀者以心憐。伎臨炫處，總教過目皆迷；人壓看場，竟爾迴身就抱。樓前驚墜粉，惟恐珠投；掌上把長裙，空愁仙去。睹目招而不解，雖援手其何爲？但有愚情，慢從戲論。

争高粱粟稱名判

行唐婦嫁山陰縣農，勸夫種高粱，夫執是粟，至訴。

有女來歸，家在臙脂河上；乃夫肯播，耕于宛委山前。傍桑陰于秦氏之園，分杏粥于西施之里。烏犍初下坂，夕陽未墜好鋤藜；斑鳥乍呼林，春雨欲來堪浸穀。勸三農于有事，賴百種之均敷。青秧雖未發，而各有其名；黄甲俟將開，而早區其處。乃有鄉邦謰謱，粱粟殊呼；夫婦唱隨，北南異舉。求田非作宰，夫請秫而妻請秔；取婦豈尋兄，一疑黍而再疑稷。但思質從己造，名任人加。僧院稱蘐花爲平慮，未便乖張；《詩》箋疏菉草爲王芻，何容詬厲。應誡稽唇之過，潛銷反目之釁。

孝廉略傴受毆辱判 舊題

得甲孝廉詣公車歸，遇乙故人于里門，乙便長揖，甲略傴去，乙起，顧不平，牽甲還故處，搤甲項，内胯騎之，使向後出，甲告乙毆辱。

甲幸上公車，徐歸鄉里。張憑作孝廉，了無新義；平津爲博士，便逢故人。由其胸次全卑，故爾睹瞻甚偉。車前盤辟，不思貧賤驕人；道左逢迎，妄謂將軍揖客。一命傴而再命僂，稽首誠難；爾佩委則我佩垂，折腰何用？身愧龐德公，亦使望塵下拜；豪豈任城子，居然捧手來前？自非酈生之説成，必致灌夫之怒起。若夫乙雖稱鹵性，實快輿情。吏果强項，胡爲入我褌中？人苟直躬，奚難出之胯下？籧篨不善俯，且倒行而逆施之；尻尾亦能高，何前倨而後恭也。自侮人侮，毆之宜爾；悖出悖入，辱何足云？

蔡邕棄妻判 舊題

大昌縣令，係進士出身，斷部民棄妻，比擬蔡邕。吏告不可，令責吏，吏不伏。原稿無「係進士出身」五字，今從舊題補入。

維巫娥之近縣，嘆有女之仳離。挽車無幾日，空留棗樹在家東；唾井有何顔，但採蘼蕪于山下。

碎寶鑑于分奩之後，墜銀缾于斷綆之間。野鶴孤飛，人方倚户；江魚雙躍，妻未還家。誠多鮑永之迂疎，當辯秋胡之輕薄。甲久通仕籍，早授文林。帖括可研摩，已成進士；簿書能省覽，不廢入官。但矜季路片言，幾壞中郎一世。拽當場之傀儡，鮑老無情；彈孤館之琵琶，蔡邕不孝。致使功曹之坐嘯，反糾掾吏以行違。太白入東井，端爲渴耳；孟堅無選賦，豈其愚乎？吏既直前有詞，令當謙退自省。

井田判 舊題

得縣申，歲十月，八人里胥從婦人相從夜績，每月課四十五功，聽其歌詠，行人善之，狥于路，按察禁之，太師以失職致詞。

原夫閭師之任女事，比長之載婦功，井制已然，地官爲烈。故遒人狥木，不避宵分；籥掌吹豳，應勤夜作。乃涼風乍起，促織籬邊；縞月初生，索綯門外。陳人麻縷，不曾持向三條；齊女燈光，嘗使留餘四壁。合同巷辟纑之侶，較斯鄉課績之工。一里有程期，恐良辰之邁往；諸胥膺率作，遂永夕以徘徊。紅花染甲，擘去成紋；白苧盈筐，望來如雪。每限之以二十九晷，當計之以四十五功。然而陶家獨處，尚有哀歌；漆室相逢，寧無永歎？痛孤嫠之作苦，未敢援琴；悲寒女之善懷，因之輟杼。藉此窮櫩之宴笑，調兹長夜之歡娱。鄉中監正，原非竊聽狂夫；路上行人，即是采風使者。從歌詠而勸以勿壞，庶有善乎；謂燕樂而禁使不然，失其職矣。當念太師之鼓舞，勿援按察以紛紜。

西河文集卷十四

蕭山毛奇齡字大可又字于稿

書一

與趙明府書

月日，甡白：曩者運會之季，曾束髮與吴越諸君子角逐藝林，争長篇帖。伊時便知禹航有趙我惟先生，其制舉文字爲鄉邑所誦稱，此足下之伯氏也。繼即聞足下名，見足下制舉文字，亦爲鄉邑所誦稱，詢之知者，曰此向者我惟先生之弟也。第艱于一見，邑壤隔矣。且向者甡未嘗能去里也，嗣則甡漸爲隟者所搆，重罹網罟，始輕棄走四方，然又不能明明停履屐訪知名士，且日與藝林篇什疎矣。皇皇者亦何有乎爾！

頃在湖西，稍稍聞足下道甡不置，初方疑之，既自慚也。甡當知足下，足下詎當知有甡矣？既復道足下好甡者踵至，且云暱甡之文，時時爲蒐羅，則更疑。夫毛嫱之口，不挂穢人；熠夜之光，豈容腐蚌？甡固何有，乃蒙見稱哉？且夫魏王賞田父之玉，而許其真；中郎愛丘亭之篠，而暢其美。然而雕工不見，非笛師無以誚者，何則？超世之資，有當乎絶倫之監也。甡寧有是哉！乃塹歸鄉里，則真有道足下愛甡者。既而去他所，且復有能道足下好甡有徵。今而後，乃知足下果知甡乎！然而益慚已。

自幼丁亂離，役于衣食，暨長而不齒于衆。近則忌甡者必至于殺甡而後已，幸愛甡者引手而救之。然自慚薄劣，原無伍胥復𦍒之心，而受吴光客禮之遇。遠媿越石縶絏之賢，遽申平仲知己之請。近鄙徐盧佻達之行，復膺胡謝拯援之德。何況乃復有足下者。臭不卻岑，味能茹蓼。傷仲宣之流離，念邠卿爲有學。此桓譚所爲惜遭時，虞翻因之感知己也。且甡之寡學，有爲爾。窮達雖明，何緣誦讀？四十之年，瓜副而盡。十年幼穉，十年困詘，十年甲兵，十年奔走。孔子曰：「年四十而見惡焉。」斯之謂矣。故欲仰觀俯察，居平命世，出而有爲，吾斯能信。此夙志焉，而未逮也。若夫捃藝林之殘言，矜篇章之一得，庶所幾也；然而研精殫思，窮高極遠，又無時也。然且偶焉著記，本無嫌忌，攖彼有怒，逢諸爨溺，此則宿留有匿瘻，鉛刀反藏鈍矣。

且夫足下負非常之識，闡幽揚麗，就而言之，厥有其人。湖西施使君，理學儒者，然故有深情，其爲文，作者之雄也。杜陵蔣生，發言婉麗，歸于正則，向褒之善者也。乃其人栖栖道路，要爲可憐。甡里中友，有斐然備作述之林，而久已物化，使其人尚在，士衡、太冲之流不足難也。今尚存者，蔡仲光字大敬、張杉字南士，皆篤行君子。大敬近著論若干篇，成一家之書，要其鴻論偉裁，致足可傳也。足下知之乎？

友人有刻甡詩者，初名《夏歌集》。夏歌者，以晉時夏統入洛，能歌土風，不忘故也。夏統，甡里人也，故以名。然其義未著，恐多異解。或爲夏聲，或疑函夏，竟乃刊去。近復有爲甡選刻詩卷，此與前足下所見應復有異。昔左思賦《三都》，張華知之，屬玄晏爲之序，❶他人不知也。足下知我，可無玄晏哉？敝郡拙選，久無覓理，昨貴宗棠溪公，甡受恩宥人也，云足下故亦需此，乃并緘至。臨當遠岐，因風附白，不盡有云。毛甡白。

金長真先生評曰：彷佛子長、子幼之情，遂超季重、休璉之作。

謝竺蘭上人書

月日，甡白：昨者秋首，吴江水清，有江東王彦字士方者，曾維舟長橋，妄投蘭若。依象教而隱形，感法幢之多庇。緬維高坐，諒能省憶。今士方辭後，不通一剳，而西河毛甡馳書報謝，將謂鑒形者不必聞聲，而聆音者未嘗接貌，此兩違之道也。倘謂辭者一人，而謝者又一人，高坐善聽，又不當有别識心也。

去時過定陶，以是地有范蠡湖，乃爲詩云「陶朱游子姓，毛遂野人名」，聞者怪之。此由謝彼容我者，不欲終自晦其所行，故微及耳。然彼容我者，逮今終貿然也。高坐聞此，莫謂此非非文殊乎。向造次之

❶「玄」，原避清聖祖玄燁諱作「元」，今回改。下同，不再一一出校。

頃，又兼病瘧，非高坐護我，幾不能活。今又踉蹌走楚、豫間，轉入湖西，誠恐過此更遠，或不能通謝，遂于外生歸浙，道過茂倫，裁語敘思，一問高坐暨諸聖宣高足近年道狀，然自分負高坐甚深，不可道也。

僕素于内典涣無所稽，即經涉獵，亦遴大意，實不知此中有要妙可以爲身命所柢托也。避人以來，隨堂行住，不無有解，然終以爲與吾少所學在嫌微之間。譬諸叔嫂遺問，帑藏拾芥，應手而卻。嚮入少林，若獻異夢，彷彿胡僧，探予以法，予告不知，飲予以水，復告不覺，僧乃擠之，謂當自省。醒而按行，循溪繞流，宛夜所見。然自分無道，置不更念。逮返敝鄉，仍違蹤跡。聆緒論于雲門，感天衣之妙旨。晨昏提闡，偶露隙照，然而隨啓隨閉，比之秋螢，翳戀餘腐，明與闇嬗，浮沉林薄，遞返于黑，此非薄要典爲不足爲，亦非果俗情錮滅，惛彼不知也。誠以少時所習，展轉未忘，亦猶孩提誦讀，雖既耄而難去于心；兒童把弄，雖漸長而不輟于御也。高坐亦憐之否乎？

先慈産甡時，似夢僧寄以牒者，既而惡之，祕絕不語。暨乙酉之冬，衣緇山中，而後喜而微語以所夢，謂從此其驗也。不寤今已後，乃復展轉相染，倘避人不已，當或有再造蘭若者。特求如向時清風戒秋，池藕初彫，高坐彈琴，有他鄉王彦者，扶病請聽，則彼一時耳。

嚮聆妙偈，未聽詠吟，近竊睹諸文選，有高坐與聖宣雜詩，殊過湯休，此最可喜。幅促有限，路局無窮，伏惟損慧，略鑒不悉。毛甡白。

之璜曰：西河出游時，蔡大敬先生送之，見壁間王烈名，因令名王彦字士方，故云。後渡河有詩寄大敬諸君，見詩七古卷，又有宿少林夢跋陀飲水詩，見五律卷。

與陸麗京書

甡白：昨者别臨江，意謂足下還豐城也，甡又遷住他所，故過豐城也。不意足下乃入黟山，從五衍游。相傳有沙門攔當引度之，想有此事。此際要當有脱絶處，甡要亦同此也。特昨相見時，有蓄念欲仰決一段，逮見輒忘。如是者數，雖對有他歡，定無容及，然過則念之矣。恐從此不復頻見，獨念此事，又疑不得釋，遂臚之耳。

甡避人時，曾過東陽方記室家，其人亦高尚士，避甡邑，邑城南五十里後溪，記室曾僦居。溪民沈翁少婦出澼衣溪中，時梅雨後初晴，婦方體怠，不飲食，力疾出澼衣，衣復攘垢撊，遂無力，逮日將午，溪草歊蒸，吻燥喉涸，行過上溪十步，掬上流飲之。歸而患喉痛，遂乃重舌。重舌者，舌本上有舌，下乃重也。行路粥醫者療以湯，婦頓嘔，隨所嘔，舌出，長二寸，厚一寸，薄兩脣外，不可録入，舉家驚惶，醫亦不解何等也。乃視其醫者，則去之矣。鄰人追而録醫者，不聽去。二日内，藉藉人來觀，既而漸煩。其人來觀者，婦羞，不令與觀，必自言能醫乃觀。或不審藥者求入觀，詐持杏茗屑，不爲害可傅食者，而後以觀。乃或以銶撅其舌，微窺之，則舌本自能動，似與出舌不相屬。時記室往觀，揀篋中有許冰，妄云是吹藥，吹傅當愈，其所以如此者，實欲得給觀也。其觀畢遽歸者，畏責效也。次日，遇所録醫者于道，醫遽下拜，云：「謝之乎！微君，吾不復脱矣。」遂叩之，云早食時仍欲嘔，嘔則出舌，已斷也。録視，如雞膍胵然，至于舌，猶故也。記室乃不知所爲，過翁家，翁方瘞斷舌溪上歸，手尚把鉏也。見即拜，呼婦亦出拜。婦方睡起，重漱盥出拜，拜後乃復索舌觀。婦羞不肯，記室乃故紿之曰：「本所以求復觀者，爲其孽本不即脱，有匿形也。即不肯，聽之而已，何足難者矣。」婦始懼，求觀。啓其舌，如平常也。

向嘗語記室，以爲詢足下必得其解，時有衣緇者同聽，愀然曰：「豈不詞舌之報乎？其人必前身多詞人也。」甡憶《搜神記》亦有漢選部郎張君有詞舌過，忽患舌腫，須臾，出舌于口外，大無度，遇一老翁九十餘，攜一少妻來，臠食之，病差，且云：「舌下懸好豚。」實亦不知何等病也。其詞報之説，或不果然；若其病，則非杭引毒熨所可逮也，豈不危哉！吾將求其説也，必若以爲舌報者。足下方隱于緇流，當又有説。不然，則足下聖儒耳，兼五音奇胲之術，恐從此不傳，其剖晳之也。甡白。

報周櫟園先生書

客有語甡者曰：「生不見鳳凰，見南方翠鳥，便以爲似。惑而就之，然終以爲與意中所擬見者不倫也。幸而見真鳳，又或以意中所擬太過。既見鳳，反不若未見鳳之意擬爲快。」甡初聞其言而笑之，今見櫟下先生，見真鳳矣。自此可不見他鳥，且自此更可不見鳳。何則？見止矣。

昨到汝南署，便過息縣，縣明府時時來周旋，且聞其幕中有人最賢，此亦客向所云「幸見真鳳」者也。特此中乃不痁有夏贄府其人者，與其治賢長者日飲酒往來，見甡而好之。其飲酒往來，乃遂逾于其平日。城之西有息夫人粧樓遺址，遷飲于其側。城南五里，渡淮有濮公山，是光山縣地，或云此濮公仙人之所居也。濮公，不知爲何代仙人。登其山，藉草飲酒，若有所思，如是者十日。初不知彼何所見乃若此，此雖不足爲先生道，然且爲先生道此者，以報先生游息事及之云爾。

日者，先生爲陳老蓮作別傳，以未備諸隱軼事，飲間詢牲，牲與老蓮損三十許歲，及見老蓮時已晚矣，故雖屬同郡，其交老蓮，乃反疎于先生。後在秣陵館次，書數事付管記，都不甚晳。思先生表微闡軼，汲汲然不遺餘力，且必探捃其形實而後已，恐其中未晳，負先生意，願有以正之。退揀牲夙選越詩，亦有《女氏乞畫蓮》一絶句，其云「庚申三月岳墳前」者，正老蓮二十三歲時也。老蓮總角爲畫，便馳驟天下，特以好酒，尤好爲女子作畫，故女妓每載酒邀作畫。是詩，實録也。本詩：「桃花馬上董飛仙，自剪生綃乞畫蓮。好事日多還記得，庚申三月岳墳前。」又一詩，期以某時過敝里，而以年暮故畏死，先期來。其中云「老遲五十二年人」。本詩：「蕭山想絶舊時親，兼想湘湖雉尾蓴。明歲有期今歲往，老遲五十二年人。」「老遲」者，以甲申後更其名「悔遲」，故稱「老遲」，非「老蓮」之誤也。其「五十二年」者，觀其注，庚寅歲也。越二年遂死，然則老蓮以五十四死，壬辰歲矣。至其先人名與字，向因不詳，故不敢妄答。逮至汝南署，金長真使君，老蓮友也，間詢之，然亦不知其先人名字，且并不知其曾爲方伯也。適月餘，老蓮季子赴京師，道汝南，特謁之飲間，季子名無名，作而曰：「先君子號還冲，諱性學，爲萬曆丁丑進士，分藩嶺南。」時同座者若干人皆相顧嘆息。既罷，有客語牲曰：「嗟乎，老蓮，書生耳，畫亦藝事，然而出于扶桑，入于柳穀，疇不知之矣。其先人身爲方伯，名不見知于郡邑，聲不聞于通家子弟。然則人貴有樹耳。嚮使無可爲稱道者，雖富貴，猶埃壒也。又況乎賤貧，而汎汎以游，溘然而死于無何之鄉，藐焉真不足比數于人世。父母不必以爲子，朋友不必以爲友。前不足與推，後不足與挽。貿貿然無所孤持，❶而欲其重有聞于斯世，此向者宣尼嘆執御、子車嗟萁稗也。所謂『樹椅桐不長，不如樹檄；畜鸞凰不生，不如畜鶩也』。」甡時聞此言，泫然而悲也。若老蓮爲待詔，則在南都後，其先止得爲舍人耳。以向時所答有牴牾，故復及此。甡頓首。

復朱朗詣書

僕選越詩，末及閨秀，此猶《文選》取班姬、《玉臺》載徐淑也。其稱祁中丞夫人爲商夫人者，夫人本冢宰公女，名景蘭，字媚生。蔡大敬語僕，以爲夫人茂壼範，爲忠節名臣德配，其字艷，不足隆稱述，考古原有稱夫人例，遂妄列之曰「商夫人」，實不知其稱之有是否也。

甲向與僕書，辨僕選甚博，曾不及此一節，既聞以原書示人，遂增入，云：「祁中丞夫人而乃稱商，如中丞何矣？」僕無學，于古文都不能記憶，然嘗讀《漢書》，高帝戚夫人，文帝慎夫人，孝武王夫人、李夫人、邢夫人、尹夫人，皆以生爲氏者。他若三國吴謝夫人、潘夫人，晉諸葛夫人、謝夫人，其最著而以詩見傳，如今人所識閨秀。若隋時侯夫人，唐時樊夫人，歷代而下，不更僕也。甲縱不屑道史書，且或謂宫掖所稱與外有異，然《三國志》有説書家本，人人悉能道，而曹公、破虜、玄德雖自尊，未稱帝也，

❶「孤持」，四庫本作「挾持」。

《演義》不云曹公丁夫人、卞夫人、劉夫人，孫破虜吴夫人，劉先主孫夫人、甘夫人、糜夫人耶？ 晉王丞相婦曹夫人，謝大傅劉夫人，此彰彰者。

又謝太傅嫂王夫人，謝朗之母，太傅嘗曰「家嫂情詞慨忼，恨不令朝士見」者，不必深通淹貫，亦知之也。《晉史》王汝南娶郝普女，王司徒娶鍾徽女，《婦人集》曰：「鍾夫人有文才，其詞賦頌誄行于世。」《世説》曰：「東海家則郝夫人之法。」王右軍婦稱郗夫人。 桓修欲襲玄，庾夫人曰：「不忍見行此事。」庾夫人，桓冲妻也。 羊耽妻辛氏，有《辛夫人傳》。《顔氏家訓》曰：「王大司馬母魏夫人，性甚嚴。」葛洪《神仙傳》曰：「樊夫人，劉綱之妻。」杜甫《丹青引》有云「學書初學衛夫人」，註：「一名爲衛，一名爲櫟。」要之，晉汝陰太守李矩妻也，乃何故稱衛？ 若謝夫人，則王凝之妻，名道藴，亦閨秀，諒所深曉，然《晉書》《世説》並稱謝夫人，如云「桓南郡問謝夫人」，又云「謝夫人命婢肩輿，抽刀以出」，又曰「王江州爲孫恩所害，謝夫人嫠居」，又曰「王凝之謝夫人既適王氏」是也。 若《世説》又稱「王夫人有林下風氣」，此對顧家婦稱，特變文耳。

夫陽之紹陽，合于所嬗，統陽也；陰之從陽，必著所自析，以陰也。 故陽可統陰以傳，而陰必不得冒陽以著。 至若世所習傳唐張夫人，閨秀也，有《拜新月》諸詩，然是吉中孚妻也，而稱「張夫人」，此吾所以例也。

唐時，婦人之貴無如苗夫人。 苗，張延賞妻，然反無稱張夫人者。 杜祁公婦稱相里夫人，相里，其姓矣。 晉王李克用婦稱劉夫人，然不爲無晉王。 韓魏公婦稱崔夫人，王荆公婦稱吴夫人。 如云「韓魏公崔夫人亡」。又云「王荆公知制誥，吴夫人爲買妾」。至宋、元，閨秀所最著者，則莫如孫夫人耳。孫爲秀州文學鄭文奎婦，今《詩餘》所稱，亦曾有稱鄭夫人否乎？夫《詩餘》所稱，與《詩選》所稱正同，此又可例也。若東坡婦王氏，則《志林》《后山詩話》諸書皆稱王夫人。東坡頗知名，乃不稱蘇夫人，何也？或曰：「古以女别氏，如夏之姒，商之姺，嚳之訾陬，漢之史皇孫，皆是也。」此不深論。若契母稱有娀，則高辛後娀氏也。稷母姜嫄，自非周姓。王季妃稱太任，《詩》曰「摯仲氏任」，任，姓也，以中女稱仲任，此如魯稱吴孟子，晉稱季隗，三國吴稱大喬、小喬者。他若《孔叢子》稱衛文子内子死，復者呼「臯媚女復」，而子思以爲婦人宜氏不宜字。又云：「婦人于夫氏，以姓氏稱。」此由誤認莊姜、棠姜等爲夫氏而以謚爲氏，故以云。此孔鮒臆説也，考之古文，俱不然。如《詩》稱「爰及姜女」，《左傳》稱「夫人姜氏如齊」，《公羊傳》稱「邾婁顔夫人有國色」，俱無及夫氏者，此亦不深論。至如近世所稱，何足爲據？晉韋逞母宋氏，封宣文君，此亦博通經藉，授生徒，如所云閨秀者，當時稱之曰「韋氏宋母」。使今人爲此，必以爲「韋母宋氏」之誤矣。

甲不深論古而好爲譏彈，必劉雉稱制，李曌議禮，然後行此也。聞尊選亦及閨秀，且聞尚未竣，足下淹雅，定不惑其説。然爲足下瓅瓅者，欲見時爲我道此也。何如？十一月四日。

答張梧書

月日信到。違離有年，東西南北，未審所在，忽獲良訊從長安來，且驚且喜。向聞足下已去嶺表，年前復時有異聞遥接耳際，兩地回皇，四望紆鬱，今審無恙矣。

僕避人以來，曾走宣城，信宿良寓，足下豈知之？踰年，令嗣君還山陰，復遭僕避人，在令兄宅白魚潭上。夫幾年竄足，隨地易轍，而必無他人居止可因，此雖途之窮，然亦驗僕之所親，必無有踰於賢伯仲者也。凡此者，皆藏之中心，不能通謝。今奔走稍定，終以多所負累，難遽還里。汝南金使君，吾所依也。官舍爽塏，有似郗公；草堂之成，乃過裴冕。但當俟使君遷去，便應南還。顧竊自量，以有用之年消磨殫矣。生世有限，會合無期，是用痌瘝。

乃反覆來訊，似汗漫天涯，瞻烏未定，室家流寓，棲雞有待。令兄南士，尚滯遠道，以情而言，共罹斯苦。夫三春紅藥，不能慰將離之思；中夜白烏，未足阻懷歸之志。何則？梓桑之陰，嚮晦不能冥；燕鳦之嘻，涼飇非所改也。是以陶令在官，尚有微辭；仲尼適陳，不無三嘆。

往者，僕嘗學操，雅慕楚妃，中道悲歌，比踪王豹。今且效莊舄之吟以自好，撫鍾儀之操以長思，是豈舍大雅而嗜纖音，尚哀彈者輟豫暢哉？誠以志有所在，指不能違；思之所臻，矢口有漸也。然則僕願足下亦唯聽越人之歌，操南人之音而已矣。

來訊委曲，因附白答，卑言無當，更須嗣好。某再拜白。

與王綗論勿正心書

夫考詞析句，無當至理，抽衷飾辨，非以成訓。僕少失談義，長鮮管見，背孔不敢，依釋亦未。

向謂正心須有專功，倘隨泛應，定罕精詣。譬如取燧於陽銅，而迎機於晝鵠，偶然移軼，前功皆虛，此實操存之大端，非復循情之眇議也。而論者謂閑駑求良必不得良，籠鶉止鬬未爲無鬬，必有事焉而勿正心，心若可正，便爲助長，助長之病，便淪釋訓。夫儒以汎應爲功，而釋以專求爲學，僕滋惑焉。夫僕所謂正心者，豈真把血肉之藏梏神明之動哉？流水之直也，非手指所能揉而繩刀所能削也。然而嘗直者，絶其枝而已。火之炎上而無所於曲也，非能扶持之矯茀之也，定其搖之者而已。如謂燎火于風，而任水於濫，必無所回衺，而後爲儒者之動應，則是已縱馬而嫌其奔，既驅鸇而憎其飛也。

義之正象也，先持其樞；匠之正木也，先端其矩；人之正心也，先操其功。必云「心本虛靈，不應有力」，則視藏於目，安所收視？聽冥于耳，無容返聽也。然而鄭、衛當前而奪之，青、黄雜出而炫之矣。且《大學》不云「正心」乎？孟氏不先云「必有事」乎？以爲心無所爲，自然而已。若有所爲，即目爲釋。則釋有云「應無所住而生其心」，此自然矣。釋無所操，而今謂儒無所操；釋爲自然，而今謂儒爲自然。吾不知孔子所謂「操存」者，必應物而後能操乎？抑亦有操之于未應物之際者也？如必應物而後操，則是不應物而不操也。如不應物而不操，則是心可有不操也。

且夫書詞之句讀亦異矣。「必有事焉而勿正」，趙岐句也，「心」屬「勿忘」，别爲一句。今乃并「正心」讀之，雖舊有是，然不可從耳。嘗憶少時讀《禮記》云「我欲觀夏道，是故之杞而不足徵也」，躍然而起，疾告母曰：「兒今知讀魯語矣。『夏禮吾能言』，但五字耳，其云『之杞不足徵』，蓋嘗往杞而無所驗也。」母叱之曰：「《中庸》曰『吾説夏禮，杞不足徵也』，則何謂也？吾見子離經畔義，自此語始矣。」後聞人有授《孟子》者，有云：「太公避紂，居東海之濱，聞文王作興。」或怪之，其人答云：「子不讀《楚詞》耶？《楚詞》云『吕望之鼓刀兮，遭周文而得舉』，漢王叔師註之云：『太公避紂，居東海之濱，聞文王作興，盍往歸之。至朝歌，道窮困，遂鼓刀而屠。』」或乃噱云：「審如是，則孟子已訟之久矣。」其人曰：「何也？」曰：「不聞孟子之訟辭乎？雖無文王猶興，安必文興哉！」時聞者多人，各掩口去。然則子之讀《孟子》，何以異是？

復沈九康臣書

累接來章，并諷紗句。知文衣在御，猶戀烏裘；炙轂争先，不遺窮轍。所恃子雲待詔，筆札是好；東方執戟，阻饑無恙。是爲慰耳。

昨者子長漫游長安，寓情賦物，登樓四望，雅似仲宣，研精十年，乃思玄宴。推其意旨，非謂藉此標榜，當有所過，祇以游子流離遠道，同兹顛沛，曲借遐訊，慰我淪落。乃自春徂秋，中間遷隔，偶愆裁敘，竟乖報諗，頃始因風，有所寫寄。陟接來示，乃知秣稜之書，未經棲目；山陽之笛，居然在耳。探懷袖之攸藏，痛音徽之未滅。而徐生所著，其文尚在。滕王餉序，至今未見。

夫以僕遭逢當此疙瘵，雖使故交通顯，榮問日接。猶且過楊侯之丘，多所記憶；挹黄公之酒，不無浩嘆。況以知交零落之年，加之遠道棲遲之頃，自分顛頷，應先朝露，而斯人無故，隕爲秋草。則梁生之殯，異地堪憐；任咸之寡，同儕所念。又況乎覽長途而悲薛收之亡，睹遺文而悼孔璋之逝者哉！曩時延陵貽劍，失之生前；今者西河贈篇，遲于身後。死而有知，古今同痛。茲丐足下焚前寄序，復誦是書。非敢云巨卿之信，能紹前期；庶幾效欒公之哭，猶爲反命而已。

沈康臣復書有云：「從前寄序，興似士衡；茲者來書，哀逾劉峻。故知慈恩得句，心在涼州；人日題詩，淚縈峽裏。」

與秦留仙翰林書

四月十三日，甡再拜白，留仙足下無恙。隔侍以來，書疏希闊。比聞東墅仍赴徵請，爾時車輦定應就道，然猶寄是者，恐緩去通德，或亦家人道達，不乏郵置，是用略展數言，以回一聽。

昨在高齋，酒深燭微，崇譚反幽。梁溪主人與婁東學士互泝前朝好言隱事，醉者振巾，醒者促舄，此時此景，雖踰年曠祀，當復不忘。然而雞號散車，就暗解笮。方遘東光，已越南洪。既乖前期，復謬後會。是豈心鄙清流，情甘澳跡哉！山猱去檻，見華楯而驚其心；野馬未羈，望垂旒而懾于色也。渡江之後，亦歷時地，然且徘徊潁上，紆徐濠右，或乃經旬尚沮，或至彌月不去。今在淮西，已三年矣。生平好狎，且喜音樂，偶聞啁哳，佇路有待，尋嘗邪許，蹋地生憶。往過浦口，豪客王生，年垂七旬，尚能爲縵聲長吟，隨之江樓，集諸所善，更唱迭和，凡徹三宿。暨乎既去，猶復回諦。近所依者，淮西金使君耳。亟嘗留娛，每令聽歌，吳哀楚豔，不弛耳目。去冬雪夜，閒堂設伎，層裀疊幕，標燈環炭。中有所演，年既玅令，意復優好，致極弄中，妍生爨外。賓朋悚詫，臧獲駭嘆。頑豔同思，娛憂均感。此固斯地創遇，亦或邇歲罕遘。乃訊所由來，家本夫椒，少好謳彈。擅白雪之佳名，其部本名白雪。拊紅絃而自惜。爾乃初延韶譽，中丁淪落。小吏挾之而趨府，將軍刼之以還鎮。是故賞其有技，而哀其不逢。爲之拔起汙涂，侻諸罟獲，暫厠他部，仍還故里。僕既淪落，與之相同，而歸來無日，於其行也，南望遷延，若有所恨。是時平橋雨過，樓前日薰。柳花飀園，芍藥墮地。眺汝水之回波，望平原之迷離。紅亭東去，白日將斜；青草西頭，紫騮猶住。乃徐起哀彈，更爲變曲，亦既窮極幻眇，備兹煩怨。乃復歌南浦之詞，詠東歸之什。新聲謬迷，繁縵綢雜。僕夫爲之睠顧，去馬于焉卻秣。游子望鄉而增欷，行人停車而雪涕。當此之時，雖使趙王歸里，東平返國，少女化文魚以還澗，太子視烏頭而出關。西河在望，吴起將旋；北闕巍然，梁生不去。就其所感，又誰不仰視南浮，俯憐東逝者也。

僕本不文，況當臨岐，造次裁付，言辭舛午，無足起予。但區區之意，重有轇轕。且恐其人歸後，仍致失所，是爲相聞，亦欲暇時一賞其技，且爲語同好，有所引也。其人唐姓，使君瀕別，乃有贈字。要之，猥瑣無理，全藉昭晳。因白，不備。

西河文集卷十五

蕭山毛奇齡字大可又名甡稿

書二

復沈耿巖編修論大學證文書

某復。某不量，作《大學證文》一書，非謂于古學有所窺見，祇以本文同異不無擬議，因並列其文，以俟後人之取擇。而書辨通博，多所發揮，且未嘗以尺寸見示，但于講學之日，密鏤其文，以爲與某論《證文》書，遍布同學，遲之遲之，然後以鏤文下寄，則似乎有意暴某過矣。但從來主客相難，必先通彼我之意，使客指瞭然，而後徐折以主説。今足下所難，似乎不通客意者。客意且未通，何有于辨？

如某論朱子補傳，正謂即事物可觀心性，而朱子二之，故某原文云：「使格物所補，或如程子云『格物者，莫若察之于身』，如朱子平日云『格物者，以反身窮理爲主，而必求其本末是非之極致』，則『反身』即修身爲本，『求本末』即知本知先，『求是非』即明理別欲，又何一非聖學要功，而以曰正事、曰去欲，一啓後儒之紛紛也哉！乃曰『天下之物』，曰『即凡天下之物』，不無稍汎，故曰世有即事物必觀心性，别無講事物以明心性者。」此正是鄙意，而足下乃以事物、心性不分兩截，嘵嘵致辨，則先昧客意矣。

且某列原文，極言格致，正以爲修齊治平之事，原裕于格致誠正之時，故此時格物，必如宋儒黎立武，明儒王心齋、劉念臺輩，確言格物即格此心身家國天下之物，致知即致此誠正修齊治平先後之知，則直捷了當，並鮮疑義，惟其不然，所以咨嗟也。而足下仍以事物、心性籠統説去，既不會《大學》原本與朱子改本之殊，並不審朱子格物與諸儒格物毫釐千里之謬，但云事物、心性不分兩截。問其所以不分者，則曰「欽明文思」，堯之心性有然，而心性之實，曰「九族」、曰「百姓」、曰「萬邦」；「濬哲文明」，舜之心性有然，而心性之實，曰「五典」、曰「百揆」、曰「封山濬川，命官考績」。夫以事物爲心性之實，則心性根荄反在事物，固屬未合，然其云事物而及九族、五典諸條，則九族即家，百姓即國，萬邦即天下，慎徽即齊，時敘即治，昭明時雍與封濬命考即天下平。是仍以家國天下爲物，以修齊治平爲事，此正某所引元中子及心齋、蕺山諸説，而以此爲朱子致抵，則試問朱子格物是格本末之物，致知是致先後之知否？夫析理如擘肌，如櫛釐毫，如割原蠶之絲，貿者分之，蔓者理之，❶蒙昧者櫟揃之，使言之有要，聞之有會，行之有捉搦，是所貴乎論也。如籠統，如鶻突，如不了當，如半明半暗，如似是而非，則彼我之情，原未了徹，諸家意指，全失審量，而欲以一言之下涣然冰釋，難矣！

❶「蔓」，四庫本作「擾」。

且夫持守涵養，先儒原示爲《大學》首功，其不能責之小子者，非私言也。足下謂二童洒埽，其恪恭者，即爲持守，亦即爲涵養，而浮動者則否，則試問此持守者爲持守洒埽乎？抑別有持守乎？如持守洒埽，則恪恭與浮動者但以勤惰分優劣耳，未嘗曰恪恭者洒埽，而浮動者即卻而去之也。至于涵養，則未聞習慣洒埽謂之涵養洒埽者。倘以爲洒埽習慣，則此中涵養自然可加，則又另一事矣。蓋論有頭緒，朱子謂小學中涵養純熟，則于大學格物時自能分別理欲，則竟以涵養用敬之功，責之洒埽應對之際，未免于學者功力有所難循，故以爲言。若仍如足下所云，則洒埽習慣便欲其分別理欲，則仍是孩提神聖囫圇鶻突之詞，而足下乃遍引胎教始生與稍長成童諸學，剌剌不休，則《少儀》幼學，自古有之，何嘗謂孩提不可教耶？凡論有鋒穎，必須相當，今人所謂對針也。夫孩提必須教，足下知之，某亦知之，某但曰孩提必須教，特非涵養耳，而足下仍曰孩提必須教，則驢頭馬嘴矣。

至于僕謂小學者，書計之學，非小子之學，亦歷考兩漢以後所記小學諸蹤蹟而後言之，非謂三代以上原無幼學。夫伏氏《書傳》所云，致仕之臣朝夕坐塾門而教出入之子弟，非幼學耶？特不名小學耳。蓋小學者，本天子、諸侯世子之學。故《大戴禮記》以小學爲太子所學之宫，而《王制》所云「小學在公宫南之左」，則諸侯世子之學，而士庶小子不得與焉。有謂天子之學，小學在外，諸侯之學，小學在内，固已非義。而至于八歲入小學，亦惟天子之子有然，降而諸侯，則已十有三歲矣。伏氏《書傳》所謂十有三年而入小學，二十而入大學是也。則毋論諸侯而降士庶之子，並無小學，即有他學，如所稱里舍塾門者，亦未知其年齒何等，而概曰古者八歲而入小學，此是何說？且未聞天子之世子與諸侯、大夫之元子，猶然執洒埽習應對者也。必曰小學之節，洒埽應對，至歷引經傳，以至于陳仲弓、陶元亮門生兒子將車舁籃諸事，非不該博，然而認朱作墨，指雄爲雌，未免失據。然且繙引匆忽，以譌亂真。夫《文王世子》未嘗有小學文也，疏義所引，特以東序爲大學而旁及之，而足下謂小學之名見于《王制》與《文王世子》，此必見註疏鏤本誤以「小樂正舞干」爲「小學正」，馬氏《通考》坊本誤以「小樂正詔之東序」爲「小學正」，而又誤之者也。

夫鄉縣鄙酇里社黨塾，皆有幼學，足下謂載籍所傳，除小學外，並無其地與其名，此由未深考。而至于漢明建四姓小侯之學，正諸侯之學。唐高祖建小學與宋寧宗置諸王宮學，則皆使皇族子姓與功臣子弟就學其中，此正天子諸侯之學。而漢唐以後，或因或革，不可蹤蹟，惟就《戴記》《白虎通》與《漢書·藝文》《食貨》二志考之，則小藝小節，端有定指，故《食貨》所志尚曰「五方六甲書計之事」，而《藝文》則專指習字，蓋以《三倉》《爾雅》《方言》《枝甲》皆屬字詁，而宋立書學，則專習篆草三體文字，而兼及《説文》《字説》及《爾雅》《博雅》《方言》五書，則《爾雅》《博雅》《五方》《六甲》所謂書數方名者，皆統之以字學。蓋小學所用，本爲天子諸侯之學，而小學所習，則爲字學。故後魏江式所云「太子八歲始入小學，而保氏教以六書」者，此真截然之言，無所岐指，而世誦其文而不之察也。至謂後魏孝文曾立四門小學，引以爲抵，則亦知後魏立學，始于平城，爾時以書籍未備，專立之爲蓄書之地，故嘗改國學爲中書學，則正與字學、書學相表裏，故孝文于遷洛陽後立四門小學，以大索天下遺書，而其後置小學博士員四十人，此正小學即書學之証，而足下漫引及之，則亦思當時博選天下儒士以實其中者，學士耶？抑兒童也？

論古須有本，亦須有識。某之淺陋，世所共知，祇以鄙意未明，必藉往復，故疎妄及之，尚乞高深益我未備，憑復悚息。

與王履菴進士辨樂字書

僕于字學，原無考索，間倣碑碣，徒黜書寫，曾未遑於四體六義有所研按。特如來旨，謂「樂」字句下，便乖字理，則不謂然。

樂具絲木，以云器也。然悦心曰「樂」，且用表姓，既不關器，何所需木？夫字之下曲者，楷書勢也。若以篆勢，則不特木不句下，凡字中直樹，亦安有下曲之槩如鉤趯者乎？今楷書類句下，此何説乎？假謂木根入土不宜曲，則水流至地獨宜句乎？且門具兩闔，未聞左樹而右槩也。同以契合，而旁引偏墜，罕有取正。此在王次仲、鍾元常輩初造楷者不一見及，而今人及之，亦可駭矣。且古、篆、隸、草四體判然，右軍論書，謂宜有八分、章草入楷字中，此論書寫形似則然，非謂于句畫波點中當從《説文》，如今人所云也。

前人制作，後無不易。四體既判，楷絶于篆。譬如黍已爲酒，無復黍情；布已更錢，寧備布象？今爲篆文者，不庸泥古；作草書者，未聞按楷。而獨于楷法推詳《説文》，律以原委，則試問大篆從衡，何不假古文之蟲跂鳥飛？草聖抑揚，何不假佐隸之砥平繩直？是必裁綱幘者象雞斯，製兀椅者法茵席，然後可也。

秦苻堅饗群臣賦詩，姜平子詩云：「丁字直不曲。」堅問其故，平子曰：「臣丁至剛，不可以曲。且曲下不直之物，豈容上獻？」遂擢高第。明焦竑譏之，有云：「《莊子》云『丁子有尾』，若直不曲，乃古『下』字也，堅與平子正不識一丁者耳。」予謂焦竑學古不深，强解人事。夫謂「丁子有尾」者，非尾曲也，即以古篆、《説文》觀之，無丁子而㔾尾者也。《禮記》解云「人在一上爲上，人在一下爲下」，則明下本從人，與丁尾别耳。且古下爲二，未聞爲丅。今人字學不如古人，而一㔾之辨則必在王次仲、姜平子上，然則次仲之造字反不逮今人之得一㔾？吾不解也。

再復王進士書

接復，甚具。且謂創者之略，不如述者之詳，語甚次第。且凡事有本，雲礽之本高曾，雖大懸遠，終有肖處。誠然誠然。然而天下有通方之識，不拘於墟者。如樂從絲木爲事，從白爲聲，源本瞭然，此通方之識也。謂樂之木不下曲，絲不右點，則拘墟之見也。篆鮮點矣，衛夫人、王逸少下皆耑心點畫。今樂備絲木，人但知木不下曲，而不曉絲不右點，抑何漏乎？

夫許慎撰《説文》，自爲篆體，王次仲造楷法，自爲楷體，體本兩截，勢非一致。且造楷所始，其同在東漢者，如師宜官、梁鵠、魏武、鍾繇輩皆是也。謂創建草昧而踵事增華，亦誠有之，然豈有作者反不知源本，而數千年後獨能得所由來之理？無論漢魏所傳，迄于宋元，其鎔金鑿石，彰彰目睫，無一如《説文》所云，若今《洪武正韻》《六書正譌》諸字書者。即以其自所深信如木之槩者言之，往往矛盾。如木不曲末，以爲根也。若杔之爲乇，則亦以草根入地，故象爲乇，然而曲末，何也？枝出爲柯，以其直也，故斧柯名柯，亦以其直，乃柯反下曲，至料之爲棵，《爾雅》云「下句爲料」，此亦何難于一曲，不曲何也？

夫楷之變古，不特句畫有殊，而繁簡全別，故衞恒《楷書勢》曰：「蠲彼繁文，崇此簡易。」又曰：「隨事從宜，靡有常制。」故游之爲游，則逗草聖於中方；祕之爲秘，則借行書于示左。字偶從略，則損聲爲声，而不以爲減；字偶好冗，則增丽至麗，而不以爲侈。何則？楷體然矣。故古人作楷，不特臨文爲然，即偶然拆白，俱與今異。吳薛綜爲僕射，與蜀使拆字曰「無口爲天，有口爲吳」，《説文》吳下從夨音仄，而乃曰天。此與造楷時未甚遠也。至北魏孝文覆「習」字曰「三三横兩兩縱」，若以曳槩概之，則羽中複曳，皆左戾也。左戾非横，且習下從白，豈有見三横而遺一戾者乎？則豈孝文、甄琛、李彪、王䰴俱不識字，必待之今之爲字書者乎？至若「羅」首爲「罔」，而隋帝以羅羅爲四維；恭下爲心，而晉童謡以王恭爲黄頭小人。他如梁何敬容，署名稍異，而陸倕譏之，有云「公家苟大，父亦大」，此以「敬」字大押左，「容」字大押腹，故云然耳。夫敬左從蓍，❶非苟也；容下爲谷，不聞爲父口也。而敬容書之、倕讀之，而兩無所過。且石晉與宋有避「敬」字諱，而至易「敬」姓爲「苟」姓、爲「文」姓者矣。使據《説

---

❶「蓍」，據文義及《説文解字》，當作「苟」或「蒿」。下二行「蓍」字同。

文》，則敬左非蓍，敬右并非文也。乃文彥博之氏文，敬易之矣。

世之遵《説文》者，徒以《正韻》所限，制舉攸繫，故用兢兢，而不知者遂以爲楷法宜然，因群起而咻之，甚至踵爲字書，增華不已，而不知楷法之亡，竟亡于此。天下之以制舉爲文，安有文？以制舉爲字，亦安有字也？再白。

葉天樂曰：「衛恒《楷書勢》云『隨事從宜，靡有常制』八字，是楷法宗旨，後之爲字書者，鑒是可矣。往陳章侯勒『東皐』一章，欲自稱東皐老蓮，而陋者謂陳字從柬不從東，遂毀其章。王宗伯書《涼州詞》以『黄河遠上白雲間』作『閒』，按古删韻原備間、閒二字，自俗據六書者反以間爲俗字，遂併作一字，則唐人間、閒並用者爲不通矣。幸而《涼州詞》膾炙在人口耳，萬一認作閒暇之閒，不幾禍敗此詩句乎？此所係非小可者。予欲彙古金石文，輯其字之與篆異者，曰《楷法正書》，如間字從日不從月，陳字從東不從柬類，以救書法之壞。且輯漢唐以來印章與《説文》異者，如水傍可氵不拘氺，走傍可辶不拘辵類，以救印法之壞。惜蹉跎未遑。世有知予，豈無將我而爲之者？予望之矣。」

三復王進士書

三瀆甚矣，然而仍有不得已者。僕惟不潔觀今字書，且不必援金石點畫，自鍾、王以下，逐一左驗，以爲略引大抵，必得了了。而來旨墨守，仍據字書。且謂點畫小變，豪釐千里，便便可念。僕有喻于此：昔有見厝薑于木，遽悟薑木生也，争之稠人之中，至親驗斸土，而終不之信，其執所始見，一何固乎！

夫謂木朩己巳，分于杪末，偶一不辨，便入他字，此在字書則然，而僕必不以爲是者。己已與巳，一字三讀，初非于字有三形也。已之闕左，巳之絀右，亦偶爲表識然耳，實則三字同音，亦并同義。《尚書傳》訓「异」作「异」，亦作「巳」。「人己」之「己」，原通作「已矣」之「已」，而劉熙《釋天》云：「巳，已也，言陽氣畢布已也。」《毛傳》亦謂：十二支之巳，以陽氣始于子而終于巳，「巳」即「已」也。故吳才老謂「辰巳」之「巳」，亦讀如「已矣」之「已」，則「巳」音同「已」。而《周頌》「於穆不已」，孟仲子作「於穆不似」，則「已」音又同「巳」。然則三字之同義而同音如此，其形之不異，又無論也。至若木之與朩，吾不知朩爲何字，即以爲麻片爲朩，則讀書不識朩，未爲不可也。若謂木部有朩，此明明以篆文入楷，大無理矣。

書有古今，文有楷篆，體勢既殊，點畫遂判。故古以居爲尻，今楷既爲居，則尻督之尻，縱混于尻室之尻，而不可爲非。古以羑爲美，今楷既爲羑，則美惡之美，雖易之美羊之羑，而不以爲誤。何則？字已變爲楷，猶之結繩已變爲字也。故囬者，面也。今以囬作囬，而目之爲訛，假以囬作面，而不爲狂乎？丰者，害也。今以丰作丰，而題之爲繆，倘以丰作害，而不又爲怪乎？蓋古文簡略，每多借用，而今之爲字書者，值古借字，即指爲本始，而反以字之專見者爲後之所踵。如木部有未，未可借味，而反謂滋味之味爲增加。木部有朱，朱可借株，而反謂根株之株爲添設。則是讀《學記》「兑命」而反可廢《尚書·説命》之文，觀石鼓文「其魚佳可」，而反得改《毛詩》「其釣維何」之句。此猶見胚殨之未成形，而遽思摩既生之毛髮；察根荄之無附莀，而反欲薙草木之枝柯。非愚夫即妄人也。且其所爲未與朱者，則又皆弇鄙無理之甚者也。按《史記·律書》云：「六月于十二支爲未。未者，言萬物皆成，有滋味也。」今遂爲滋味之味，亦祇作午未之未，而當去其口，則《白虎通》云「堯者，高也」，《風俗通》云「巳也者，祉也」，豈「高」祇爲「堯」、「祉」亦祇爲「巳」乎？抑亦「祉」與「高」皆後起之字，而在所去乎？抑非然乎？夫六月爲未月，而《月令》亦即有其味辛，且《史記》云伊尹負鼎俎，以滋味説湯，未嘗去口也。若朱之有株，則《釋名》有株穤，張儀説秦王曰削株掘根，又未嘗去木也。第知「倉兄填兮」之爲「兄」，而以「怳」爲俗文，則《楚辭》「愴怳懭悢」，爲俗之首矣。第審「於乎小子」之爲「乎」，而遂以「呼」爲變製，則《周書》「嗚呼」、《大學》「於戲」，爲變之椒矣。故凡如來旨所謂豪釐千里者，大抵多見之部從之間，如云祇祗、苗笛者。❶

予謂楷法有異音而無異形，所謂通字是也。部有衣、示，而祇止一祗。故右軍書聖也，以禊爲稧，以筆爲華。夫禊從示也，若從禾，則禾稈也；華則俗所爲草木花者，而右軍通其部而不以爲過。何則？楷法如是也。故字書之鑿，所以備文；書法之通，所以正楷。若復墨守不下，便便自夸，以爲薑仍木生，非草生也，則僕亦得執字書草部以訐之矣。又白。不備。

❶ 按，據文義，「祗」當作「祇」。

西河文集卷十六

蕭山毛奇齡字初晴又名甡稿

書三

復何毅庵論本生祖母不承重書

月日，書到，兼蒙下質，貴戚朱氏如贈君王夫人死，有疑于其孫承重之服，可否取決。某適對客，不能裁報。且生平最諱論禮，稍或轇轕，恐蹈三家叔孫之誚，故在館聚草，偶諮禮制，輒口噤不應，以爲禮無一定，且卑末何敢議也。乃明問殷切，必欲剖晰，以爲鄉市一鬨之解，無已，則有説于此。

某嘗謂漢晉言禮，彼我樹訐。祭則七廟、五廟，喪則三月、二月，角立門户，累世莫解。而今人不然，第挾宋儒禮一册奉爲金科，前不必稽典籍，後不必問令甲，可謂安閒自得，大省譊詬，而不意閭門近事，復有此齟齬之舉，則請束緼爲一商之。

據來云王夫人爲已故運副朱君如君，曾生子孟君，而孟已早卒，今其孫則孟之子也，孟既卒，則孟不能爲母服，而其孫承之，孫當代其父爲所生母服，則因而承重，夫亦何疑？難之者曰：「朱元晦著

《家禮》云：齊衰三年，嫡孫爲祖母承重，而不及庶祖母。其不宜服一。又云：齊衰不杖期，庶子之子爲父之母服，若承祖後，則不服。今運副無嫡，孟以庶長而爲嫡，則其孫當承祖後，而不承父後，其不宜服二。又朱《家禮》作妾爲家長族服圖，第爲子報服，而不爲孫服。無報則無承，其不宜服三。」凡爲此説，其于嚴嫡庶之分，奠爲後之制，可謂極矣。獨不思嫡庶之嚴，爲後之重，凡以爲襲替地也。商周世爵禄，自天子代嬗以下，內而君卿大夫士，外而公侯伯子男，無一非世爵世禄。世爵世禄，則傳嫡不傳庶，立長不立幼。于是乎兢兢慎慎，審重于爲後不爲後之間，以爲襲替從此基也。今則天子而下，父卿子庶，父民子公，即有累世仕宦，祖孫父子並在朝宁，皆各爲進取，非關嫡長，何嘗謂爲後者官之，不爲後者民之，而斤斤鑿鑿，守爲牢不可破之成例？試思彼爲後者，何所後于祖若父？不爲後者，何所不後于祖若父？且亦安所爲後也？古禮而難通矣。庶人廟祭，不限五七；聚族而饗，不辨支庶。而獨于此喪服刻爲限制，必使之從短而不從長，從薄而不從厚？真不可解。

且朱子《家禮》，朱氏爲之，不能使他人之不改之也。今本朝之制，與明制同，而與朱氏禮則絶不同。朱氏斬衰三年，但服父而不服母。今則父服斬衰，母服亦斬衰也。即庶子爲生母服，亦斬衰也。朱氏承重斬衰，但及祖父，而不及祖母。今則祖父承重然，祖母承重亦然也。即庶孫之爲庶祖母承重，亦無不然也。

特是「承重」二字，禮文無有，吾但以爲父後、爲祖後者言之。夫子之後父，孫之後祖，孰有過于天子諸侯者耶？然而天子諸侯之爲祖後者，皆爲父所生母服三年喪。嘗考《春秋》十二公，惟莊公嫡子，其餘皆媵娣子也。母以子貴，其薨與其葬，無不稱夫人、稱小君，而其後父之子無不服三年喪者，然猶曰非爲祖後也。若文公爲僖公之子，而僖之生母成風，則庶祖母也。成風適薨于文公之世，與朱孟之母卒于其孫之世者，亦適相合。乃成風之薨，書曰「夫人」；成風之葬，書曰「小君」；成風之訃，直告于天子與列國，而天王賵之、葬之，列國如秦人，亦弔且襚之。故晉祠部郎中徐廣議禮，謂：「父所生母，魯文爲之服三年之喪，體尊義重，非祖所得而厭也。」是以漢文所生母爲薄太后，亦以景帝二年始崩，而景帝以後祖之孫服三年喪，天子朝臣並居重服。即東晉安帝隆安四年，❶亦以太皇太后李氏之崩，尚書僕射何澄等議謂「既稱太后，禮宜從重」，安帝服齎衰三年，百僚悉服期，于西堂設菰廬，于神武門則又設凶門，而施栢歷焉。則是孫爲祖後者，其于父之所生母，皆三年也。故予謂挾朱氏禮一本，不如考《春秋》、三禮并列代儒臣之所議，直服三年，似于情于理庶幾允愜。而予則終有未安者，以爲承重爲後，皆封建時禮，而非今之所爲禮也。

古封建之時，則天子諸侯各以其爵而傳之子孫，謂之傳重，而子孫從而受之，即謂之受重。承重者，以傳重、受重而誤稱者也。故禮無父没爲祖三年之文，惟《喪服傳》則專爲天子諸侯言之，以爲天子諸侯之祖父皆君也，君喪敢不三年乎？今世非封建，家無傳爵，祖父非天子諸侯，而公然曰承重，曰爲後，曰服三年，是爲僭逆。獨不有祖父母應服之期乎？祖父母應服期，而爲繼祖母，爲父所生

❶「隆安」，原作「崇安」，四庫本作「崇帝」，今正。

母，皆應服期，則服期，禮也。乃朱氏禮云「庶子爲祖後，則無服」，夫無服者，不惟三年，謂并其期服而亦無之也。夫并無期服，則孟不幸爲庶長，既已降三年之服而爲杖期，然已不服而死矣。今其孫又承祖後，并其所爲不杖期之服而亦無之。是子既未服，孫又無服，視其仲庶、季庶各有生母者，皆各有三年之服，而獨此一母之子，不幸爲人後，而遂至爲子爲孫不得有苴蔴一片加之于身，其爲蔑恩害理，畔倫傷化，莫此爲甚。

而不特此也。夫制以情通，禮貴體驗。在朱子當日，斟酌輕重，豈盡荒忽？而特未嘗身爲體驗而通之于情。夫治喪所重，莫如喪主，《喪大記》所謂喪可無後，而必不可以無主。此其説，夫人而知之也。乃其所爲主者，則一以子若孫爲之，訃之所稱哀子、哀孫，祭之所稱孝子、孝孫者，亦夫人而知之也。今孫爲喪主，既已無服，而喪主之禮，則又一一而責之于身。假如喪主視含，視含者必號咷；喪主設幎，設幎者必擗踊；喪主奉饋、奉奠，奉饋、奉奠者必號咷哭泣、手擗足踊。夫以緦麻俱絶之人，而號咷擗踊、藉藁據苫，已爲怪誕，而至于書訃，此非他人訃而主是訃也。聞有爲遷就之説者，使他衆子之有服者書名于先，而帶書孫名于後，曰「率孫」，以既不稱哀，且又無服可稱，則不得不止稱曰「孫」，然以從父率從子而曰「率孫」，豈有此理？而至于書主，此非他人祀而主是祀也。書哀孫乎？不書哀孫乎？曰「不書哀孫」。如所謂率孫者。書孝孫乎？不書孝孫乎？曰「必書孝孫」。主仍署孝孫名，以他不得奉祀也。則是以無服之人而主訃，以無服之人而奉主，乃以主訃之人而不稱哀孫，且即此不書哀孫之人而又書孝孫，周章繆盭，跋左疐後，無一而可者也。且未聞開喪之家，喪主無服，而欲使吊人啱客披疏衣，盡偯噫者。朱子當日，或亦未嘗通驗焉，而不知其不可，故至此。

《中庸》曰：「非天子不議禮。」今一王之制，赫然可考，儒説沿誤，不止此數，但就明問所及而璅璅如是。若謂妾于其孫無報服，而遂謂無服，則嫡祖母亦未嘗于庶孫有報服也。若謂嫡母爲子服三年，妾不然，則彼原云嫡子當爲後，庶子不當爲後也，此皆後儒之私禮也。夫後儒私禮，何足爲訓？某久思東渡，一承教言，而病卧未逮，使還率復，綿漫無次，援筆惶恐。

辯毛稚黄韻學通指書

頓首。鄉示《韻學通指》一書，以行橐褊小，十年途路，未經攜討，昨語次諮及，歸渡繙簡，義覈而博，舉例通約，留世書也。特其中有未能安者，思面受審定，而舉足榛棘，積鬩成滯。又其義未敢以終隱，因假咫尺，一發冒昧。

據作《唐韻四聲表》，謂韻在收尾，而其所爲收尾者，則專在穿鼻、展輔、斂脣、抵齶、直喉、閉口六條。夫此六條，本周德清《中原音韻》，括一百七韻爲一十九韻，而後人探之爲歌訣者。毋論歌訣與韻義本不相屬，而即以是訣求之，亦惟穿鼻、抵齶、閉口三條，有合于宫商羽三聲之訣，喉、齶、舌、齒、脣，爲宫商角徵羽。穿鼻在喉，閉口在脣，故尚相合。其他展輔、直喉、斂脣，則皆從前所未有者，毋論一百七韻中。其爲展輔諸條，全不必合，而即以東冬真文數部核之，既攝以穿鼻，而仍無當于東分于冬、庚分于青之數；攝以抵齶，而究無解於真不爲文、寒不爲删之説。則是通汎無紀，聽諸自然，而不可爲領要者。況隋韻甚繁，冬尚有鍾，陽尚有唐，庚尚有耕、有清，蒸尚有登。則即一穿鼻，而宋韻有七，謂東冬江陽庚青蒸，皆穿鼻。隋韻且十有二也。加鍾唐耕清登。

且夫韻之分限，亦甚寬矣。蒸通東冬，而反謂不通于庚青，江通庚青，而反謂不通于陽唐，則穿鼻之說，既已不驗，而至於支微本通，則反以支爲詘舌，微爲噫尾，而判然二部，則是六條倘行，但利于三聲一十九韻之分合，而大不便于四聲一百七韻之通轉者，而以作《四聲韻表》，是以盜爲守也。且四聲有入，此通音也。《中原音韻》派入聲于三聲，原爲偏音，偏不可爲據，而穿鼻、抵齶諸條，仍無入聲，則仍是《中原音韻》三聲之偏音，而欲以領之四聲，得乎？且穿鼻、抵齶諸條，吴江沈氏爲度曲而設，非韻本也。即或韻尾所有，亦任之歌人，而無事考索。猶之古之爲詩者，但審商調羽調、清平善平之出入，而不求之遍序簇拍契注送聲之當否，何則？非所務也。故韻學要務，衹有喉、齶、舌、齒、脣五條，而並無穿鼻、斂脣、展輔等六條。喉齶舌齒脣者，正聲也。穿鼻、斂脣、展輔等者，聲之響也。聲不同而聲之響同，猶形不同而影同，薪與膏之火不同而光同也。求影者必於形，求光者必於火，求韻者必於聲，故三聲通響，可設六條，而四聲正聲，則必在喉舌之間。

東，宫也，喉音也。故宫入東韻，而四聲等韻亦即以公爲宫音。若冬江，則猶之東也，推而至于陽而庚而青而蒸，猶之東也，皆通喉而入于鼻也。真文元寒删先，皆商音也，則皆抵齶者也。抵齶者，讀字畢而舌抵于齶。蓋作樂者以此爲歌音，作詩者亦以此爲字音。如《樂苑·思歸樂》，商調曲也，次章多舌音而謂之犯角。《如意娘》本角調，而誤入商調，則爲變角，是也。魚虞蕭肴豪歌麻尤，以懸舌，而爲舌音，讀字畢，則舌懸于中。即角音也。支微齊佳灰，以就齒，而爲齒音，讀字畢，則舌齒相就。即徵音也。至侵覃鹽咸之闔脣，讀字畢，一合脣。而羽聲終焉。聲衹五音，韻衹五部，其爲反喉、抵齶諸條，不過如此。信如《通指》，東冬之辨，以東韻爲開口；魚虞之辨，以魚韻爲縱脣。吾不知開口、縱脣之説，古有是否？即以陳暘《樂書》核之，暘本荒唐，然有曰「聲出於脾，而合口以通之爲宫；聲出於腎，而齒開吻聚爲羽」，則是開口縱脣正與合口聚吻相南北，而不之知也。且《中原音韻》三聲無入，而今以穿鼻六條攝之，猶無入也。至無入而强以入韻參屬之斂脣、展輔之條，藥既不可爲斂脣，物與月又不當爲展輔，而即其所分屬者，悉周章兀䡄，而不可爲據。

夫四聲之轉，宫顛貢穀，本秩秩也。四聲之序，東冬江真屋沃覺質，又甚次第也。以質爲支入，誤。故真之爲質，而文之爲物，元之爲月，寒曷刪黠先屑陽藥與夫庚青蒸之在平，陌錫職之在入，其繩貫之序，又未嘗稍變也。至侵後四韻爲閉口，緝後四韻亦爲閉口，更無論已。故四聲等韻，在入無居驕交巾皆乖嘉鳩戈歌諸韻，而四聲所譜，亦無支微魚虞佳灰蕭肴豪歌麻尤一十三韻之入。故屋沃之轉角，猶東冬之轉江也。古韻原有通轉，因韻書誤載宋吴棫《韻補》以爲金科，遂至大謬。今由東冬江推之，支微齊佳灰魚虞尤蕭肴豪歌麻十三韻通轉處，從來不曉。悤轉讀蔥，角轉讀六是也。漢劉熙云：「悤，聽也。」魏張揖《廣雅》：「竈悤謂之堗。」隋曹憲《音釋》以悤音蔥，則烟蔥非俗音也。《通指》謂禮失求野，誤矣。若《漢書》「角里先生」，原不作「角」，不音「六」，亦非叶音。物月之相通也，則文之轉通元也。《大雅》詩「是絶是忽，四方以無拂」，《楚詞》「山曲岪，心淹留兮洞荒忽」，忽拂稍轉耳，非叶也。其又通七曷八黠九屑，則文元之轉通于寒刪先也，《碩人》《長發》

皆是也。且物與迄有二部矣。《廣韻》獨用，而劉氏併爲一者，以平併文與殷，上併吻與隱，去併問與焮，皆獨用而皆併之故。然則明以物爲文之入，迄爲殷之入也。若藥之於陌，則陽之於庚也。《大學》「人莫知其子之惡，莫知其苗之碩」，碩之讀若轉而即得也。且藥轉陌而仍轉錫職，猶之陽轉庚而仍轉青蒸，此尤較然者。上去通轉，準平而得之，惟入稍異，故略指其概。其屋沃覺通于陌錫職質，物月通于曷黠屑，則又在四聲相承之外者耳。

若以屋韻有宿，宿又音秀，而遂謂屋承宥韻，陌韻有易，易又音異，而遂謂陌承寘韻，則沃韻有蓐，蓐亦音耨，沃何以不承宥？質韻有戍，戍亦音絮，質何以不承遇？且屋之暴，猶之號之暴，陌之莫，猶之遇之莫，而屋與陌不兼承號遇，何也？夫易音異，而陌不得爲寘，猶虹音降，而東不得爲絳，蜺音臬，而齊不得爲屑也。如曰沃字從夭，故沃韻承嘯，則質字從貝，質韻可承泰乎？如曰北人呼六爲溜，故屋爲宥之入，則北人呼屋爲烏，屋又爲虞之入乎？且古多通音，原非聲類，使以《中谷》詩「暵其修矣，遇人之不淑矣」，修、淑相叶，爲宥、屋相承之證，則陸機賦云「妍蚩混而爲一兮，孰云識其所修，必眇世以遠覽兮，夫何殉以區區」，修、區相叶，虞之証又承宥矣。假以廉范謡云「不禁火，民安作」，作與火叶，爲遇藥相承之據，則陳琳《客難》云「太王築室，百堵皆作。西伯營臺，功不浹日」，作與日叶，藥之據又承寘矣。

且其以今所行一百七韻爲唐韻，爲禮部韻，爲陳州司馬孫愐韻，而以舊所傳二百六韻者爲沈約韻，且又以一百十四韻者亦爲愐韻，則俱不然。甡家無藏書，沈、孫二韻書實未能有，然憶在潁上，曾窺北平辛氏行笈，得古今韻書數卷，大約沈約原韻倣齊周顒《四聲韻略》而著爲《四聲譜》，秖一卷，今已亡矣。若二百六部之《廣韻》，則本隋時陸法言所撰《切韻》，而唐天寶中孫愐復爲刊正，更曰《唐韻》，然其書亦亡。宋祥符中，仍得法言舊本，參以他書，因被以《廣韻》之名，且仍稱唐韻，而實非唐韻，故晁无咎亦秖云：「《廣韻》爲法言所作，而愐加輯者。」《廣韻》目，上平多三鍾六脂七之十一模等一十三韻，下平多二仙四宵八戈十一唐等一十四韻，上多旨止等二十五韻，去多用至等三十韻，入多燭術等十七韻，即《切韻》分部也，宋禮部韻亦同。今韻冬鍾併爲一部，冬韻内鍾字後，即舊鍾韻也。其冬韻有與鍾同用四字，係唐人律韻作標識者，餘倣此。若以是爲約所傳韻，則全乖也。至若今所行一百七韻，則宋理宗朝，平水劉淵合併《廣韻》，名《壬子新刊禮部韻略》，而今遵用之，此宋韻，非唐韻，劉韻非孫韻，亦宋禮部韻，非唐禮部韻也。夫唐無所爲禮部韻也。若夫一百十四韻者，則明代江夏郭正域所爲《韻經》，而謬以歸之楊慎，千詬萬詈，則諸所引據，無非桃僵李代者，亦可怪矣。且夫二百六韻者，猶之一百七韻也。其云冬鍾灰咍，則仍止冬與灰也。韻有分標，而用同一部。故律詩有同用而無同韻，猶之古詩無通韻而有通用。劉氏秖就其同者併之已耳，故一百七韻，非今通之部，而二百六韻，亦非舊分之書。如據劉孝標《行行且游獵》篇，陽唐合用，王沓《七夕》詩，歌戈合用，爲不用沈韻，則李白「蘭陵美酒」詩，陽唐合用，賈至《汎洞庭》詩，歌戈合用，亦爲不用唐韻也。

且《中原音韻》惟三聲，故參屬緝葉諸閉口於他韻，以掩其穿鼻、抵齶俱無入聲之弊，而《通指》張之，反謂元曲有曼聲，故無閉口，古曲無曼聲，故有閉口。則《書》曰「歌永言」，《禮記》曰「嘽緩慢易之音作，而民康樂」，《樂志》有緩歌，《列子》韓娥曼聲長歌，唐《郊壇聽雅樂》詩「韻長飄更遠」，白樂天《試樂》詩「慢拽歌詞唱渭城」，皆慢聲也。予謂古曲詞簡，則歌必長，今曲詞繁，則歌必促，此正古有曼聲，今無曼聲之辨，而《通指》誤以宋詞慢調爲慢聲，輒謂慢聲實始于宋，則是以詞之短長爲聲之短長矣。且古歌之曼有明據者，《清廟》登歌，一唱三嘆，四字作一闋，而《維清》十八字，爲象武之樂，晉清樂倚歌有《女兒子》，僅十四字，唐《霓裳羽衣曲》即婆羅門也，一絶句耳，有散序，有中序，有拍，有破，《桂華曲》「試問嫦娥更要無」，裁七字，而一字數轉，故白樂天《聽都子歌》有云「一聲格轉已堪聽，更聽唱到嫦娥字」，則其詞短而歌長，亦可驗矣。且歌促於北，而緩於南，南曲有閉口入聲而反緩，《中原音韻》無閉口入聲而反促，則是古曲曼聲，實亡於北聲之有變，實不繫於入聲之無閉口，而《通指》欲以是爲德清解嘲，豈可耶？且歌字有聲，未聞字甫出而詘然止爲閉口也。

諸此瑣屑，無關大雅，而立説所係，則似未可爲漫然者。況著書實難，甡垂盡之年，筋力耗弊，卒未能勒成一家，而五兄撰述等身，動比宿構，流聞接布，古人罕見，惟慮細碎不撿，爲名山小隙，且欲自附于殷源籛問之列，因妄申臆計，以徼主客。儻或公羊不肯，耳目實短，冀少加慰喻，起所未逮。記疏甚悚。

西河文集卷十七

蕭山毛奇齡字大可又名甡稿

書四

答馮山公論戴烈婦書

乍損緘示，值腹下，卧起搶卒報去，既復繙閱，似足下有不釋于此者。僕少不戒口，壯罹大隙，老年鐍閉，遠過他日，特以足下謙己太過，示文勤懇，必欲指纇，因不揣狂昧，繆指三病，謂：輕于下筆一，貪于持論二，執一説便攻一説三。而足下遽謂「華陀抽割，創已立愈」，然猶云「鍼石之間，毫芒即乖」，是以僕爲誤投藥也。又云「意苟不盡，何有于病」，是以僕爲必不能盡言也。夫如是，則所謂華陀者，匪惟風之，抑愧之矣，又烏得不彊起一再告之？

向閱尊駁家會侯《戴烈婦傳》，以爲烈婦爲夫死，夫姓吴，宜稱吴烈婦，不宜稱戴，于是引《春秋》杞伯姬事爲証，辭嚴義切。故僕參數語，註之左方，謂婦無以夫氏者。或以謚，如莊姜、共姬是也；或以國，如杞伯姬、吴孟子是也，並無稱姒伯姬、姬孟子者。若《孔叢子》云婦人于夫氏，以姓字稱，謂婦無姓者，則以夫之姓字稱其婦，如黔婁妻、杞梁妻、僖負羈妻、柳下惠妻類。而後之遵其例者，即并婦之有姓者而亦稱之，如王霸妻、鮑宣妻、焦仲卿妻、樂羊子妻類，然亦並無舍夫名字而單冠以夫姓，如云某貞姬、某節婦者也。

向使足下謂戴烈婦當稱吴某妻，不當稱戴，則其所云不當稱戴者，固已非是，然欲稱吴某妻，亦無不可。而足下謂宜稱吴，不宜稱戴，則兩失之矣。故略爲註及，且猶恐戴烈婦之稱不明，故既引李節婦與清河崔氏爲証，而又引劉長卿妻桓氏，當時旌爲桓嫠與稱爲義桓者，爲戴比例。而足下乃又變其説，謂尋常稱謂與作傳詞例不同，稱謂從本姓，若特爲立傳，則未有不屬之某人妻者。于是取《後漢·列女傳》指爲定例，首引鮑妻桓氏爲証，而曰：「假曰桓少君者，渤海鮑宣妻也，古來有是史筆傳體否？」竊疑足下向引《春秋》，不及《後漢傳》，今乃以僕舉桓嫠係《後漢傳》文，故考及之，而不知執一攻一，正復坐此。

足下第知《列女傳》爲《後漢》所始，而不知始于西漢劉向。僕前所云秋胡妻、杞梁妻者，爲劉向《列女傳》言之也，所云王霸妻、樂羊子妻者，爲《後漢·列女傳》言之也，此僕所已言者也。僕第言古有是稱，不曾分别兩家《列女》，一是私傳，一是史傳，且不明言公私皆可稱，而足下遂謂私稱用本姓，史傳用夫姓，且謂史筆傳體，必無是稱，斷斷鑿鑿，此則下筆之最輕者。

晉劉孝標註《世説》趙母，不知何趙母也，引《列女傳》曰「趙姬者，桐鄉令東郡虞韙妻也，皇帝敬其才，詔入宫省，作《列女傳》註，號趙母註」。夫趙母所註《列女傳》，則劉向《列女傳》也，孝標所引《列女傳》，則當時魏晉間舊史傳也。以趙母之才、孝標之學，與舊史《列女傳》之古而可據，而明明使趙姬之姓先于虞韙，乃曰桓少君爲鮑宣妻則便非史筆，此是何説？况史傳原文，其爲先婦姓而後夫姓者，蓋不知凡幾也。夫魯史、漢傳，記載不一，南北五代，閨闈闕講，然而伯姬之名，先宋共矣。驪女雖惡，有云「驪姬者，晉獻之夫人矣」。以至魯潔婦作秋胡之室，貞姬、貞姜爲楚王、白公之婦。三代所稱，比比而是。若夫後史，則西漢梁竦女者，樊調妻也。東晉孔蓋，朱百年之配也。唐史河南竇烈婦者，朝邑令畢氏之内子也；楊烈婦者，李侃室也。宋則崔氏爲合肥包繶之妻，何氏爲吴人吴永年之婦。其列氏先後，班班可考。

夫天經地義，人人知之；名正言順，亦人人知之。然而詩稱仲壬，未傷經義；史稱有娀、有邰，不爲名不正而言不順。夫婦爲夫死，婦之賢也；夫有婦死節，夫之幸也。賢可旌，而幸不可旌，則夫可沫，而婦不可沫。有人于此，其惠于人者，則德者也；其爲人所惠者，則德之者也。德之者可忘，而德者必不可忘。然則烈婦之稱戴，亦有爲矣。

若云班昭曾稱曹大家，則史文無是也。史文稱大家者再，而必不加一曹字，范傳可考也。若云孟子之母稱孟母，嚴延年之母稱嚴媪，則大不然。毋論嚴媪與孟母皆無本姓，僕前已明言之，顧此以子稱，非夫例也。夫孟母者，猶言孟子之母也，猶之范滂之母稱滂母，陶侃之母稱陶母也。如謂陶母不姓陶，正是夫姓，則未聞滂母之夫姓滂也。如謂陶母姓湛，何不稱湛母，則正以母是陶侃母，非湛侃母也。至于嚴媪者，即五子萬石之媪也，一名萬石媪。夫嚴氏五子合萬石，稱萬石媪，猶之石氏五子合萬石，稱萬石君，則其以子稱而不以夫稱，又斷可識矣。足下又謂嚴媪不生于空桑，何以無姓，則王陵母、王孫賈母皆不生空桑者也，何以無姓也？

至若龐娥親本趙氏女，而皇甫作傳不曰趙而曰龐，此亦爲子言之耳，猶之孟母與嚴媪耳。乃足下又曰：何不曰趙娥親，而曰龐娥親？夫娥親之夫，不知爲誰也，娥親之龐，以子不以夫也。足下不曾讀《晉書》乎？龐娥者，龐某母也，字娥。其又稱娥親者，正以爲龐某之母，故親之。夫親以子，而可以他人親乎？他人不可親，而可以夫親之乎？凡此皆一説之無可通者。

至于末一節，則并一説亦無之。足下謂僕舉劉妻刑耳守節，朝廷旌其門曰「行義桓嫠」，可爲戴例，爲非是，特發明云：劉妻有無忝所生之心而爲之旌，故變常例稱「義桓」，猶《春秋》之特筆也云爾。此以義起，不可爲例。觀其告宗婦曰「昔我先君五更，學爲儒宗，尊爲帝師。五更以來，男以忠孝顯，女以貞順稱，故豫爲刑翦，以明我情」，于是沛相上之，其旌曰「義桓」，以是也。我故曰「此以義起，不可爲例」云云。此説初觀之猝不能解，既而曲揣尊意，似謂婦爲夫死，則當稱夫姓。今嫠遵先訓，而守夫節，此專爲其家者也。專爲其家，則當以其家之姓姓之，故曰特筆，曰以義起，曰本無忝之志，而就此推彼，則仍是烈婦爲吴死故當稱吴之本説也。此毋論其説非是，而即以其説還詰之，足下不甫言龐娥親乎。娥親殺父讎以報所生，與嫠之遵先訓而抱無忝，誰爲孝乎？則必曰俱孝。娥親痛父死而爲父報讎，與嫠之遵先訓而爲夫守志，誰爲爲其家者乎？則必曰娥親爲其家。是何也？則以嫠之無忝尚爲夫，而娥親之無忝實爲父也。乃以嫠之爲其夫而得蒙家姓，娥親之爲其父而反不得蒙家姓？

所謂《春秋》之特筆安在？且以足下之善揆義例，一則曰此義非例，再則曰此義非例，而于婺則以本姓爲義，于娥親則反以夫姓爲義，而曰「奚不曰趙娥親而曰龐娥親」，以是柱口，則是所謂義者未必義，所謂非例者未必非例，而其所云烈婦爲吴當稱吴者，反託之彼此無據之臆説，而在義在例，兩無所主，則是自矛之而自盾之也。

且足下疑僕所引祇桓婺一事，必謂苟舍婺事，定無他據，故來章亦明云「辱賜書，祇桓婺一事」，殊不知引古務切不務多，此非僕之真寡昧也，僕以爲烈婦當旌，鮮有不署婦姓者，故特取旌門一節姑引及之，蓋惟恐俗有誤稱，記載荒略，偶失婦姓，則俗便以他氏加之，如鮑氏女宗，尚加夫氏，梁之高行，即冒以國號，其在當時，定無有以國號旌其門者。故凡僕所註，引而不發，平情以觀，原可類推。若必欲更指一二，則在史傳有封永壽鄉君者，則曰「王蘭英者，獨孤師仁之姆也」；有詔賜侍養存問終身者，則曰「金節婦者，安南賊帥陶齊亮之母也」。此非以義起可比例者。

至如堅貞節婦李氏，既旌其門，復改所居里名「節婦里」，此亦世稱李節婦者。乃史傳曰「堅貞節婦李者，鄭廉妻也」，此一李也。若夫斷臂李節婦，則虢州司户王凝妻也，此又一李也。皆可例也。至于廖節婦，爲臨江軍歐陽貢士之妻；王貞婦，爲臨江民家某氏之媳。凡稱貞稱節，無不從婦姓卻夫姓者。至前所引竇烈婦、楊烈婦，則正以烈稱，此真戴烈婦比例也。然而朝廷旌之，史官傳之，其所製傳贊，如足下所云史筆傳體者，乃云「竇烈婦以身捍令」。又云「世皆稱楊烈婦」。又云「某州某妻某州某女，總不如楊烈婦之慷慨識大義」。一曰楊烈婦，再曰楊烈婦，其詞義斷斷，累稱不易，一若樂府之呼都護如此。

夫戴烈婦者，其所爭祇一旌耳，即弔誄滿篋，亦祇爲他日受旌地耳。假使幸而旌，旌而至于登實録、列史傳，則明有成例，所謂宜稱戴不宜稱吴者，此在史傳與家傳應均有之，而尚何公私之足云？僕年踰七十，衰老日增，身痺之未瘳，而何有人病？特來章過激，且必索盡言以當鍼石，故據牀彊起，復不憚喋喋如此，後即有所示，不敢再報。臨復增惕。

上宋大司馬論婚姻書

李丹壑庶常，内閣學士容齋公之子也。兒時曾聘公同年生王君女，未娶。會三藩兵變，王君仕西川，阻絶有年。丹壑年十六，于己未科成進士，館選，出宋大司馬廖天公門下，遂乞司馬公息女爲配，臨娶而王師收復滇南，西川先闢，王君已歸命還朝，籍奏兵部。于是始紛紛追道前事，司馬公大憾。前此成説時，蹇修有人，而吴俗行聘，必借諸親友爲之儐价。西河爲閣學門下士，與錢編修庸亭、陳檢討其年同往行聘。至是，司馬公并責備諸君，謂預知其事，故爲隱匿，且日夕聚議不決。西河乃上書自明，後亦究用西河書中語定長次焉。

某不肖，不能自立，循俗詭隨，于舊年春，寄居李閣學師宅時，會師爲世兄庶常通婚名族，備役蹇修，此事生平本未嘗有，徒以潘揚世媾，無庸講求，且説情合好，俱已有人，祇吴中舊族，須煩親朋將幣，以爲飾恭，故忻然承任。初未嘗計及歸妹之象有殊扐也。及行聘既畢，驟聞他説，隨與同事諸君，合辭具牘，其從前茫然不諳之情，已荷見亮。頃紛紛之言，周章難定，不監緣曲，必謂儐价通導，定有情愫，偶一差池，百口莫辨。且此事何事，冒訕忍詢，省括不早，馳驅難追，因敢略陳所見，以徼聰聽。

昔者韋放、張率，指腹作聘，范雲、江祏，被酒成説。然而韋、張不移，而江、范終棄者，何也？則以貴賤枯菀之形有相難也。今李師與王君，巾箱之剪，不返當年，黄鵠之棲，未移華盛，特因王君遠宦西川，干戈阻絶，右丞司户，曾未聞其從賊中來，而庶常年已成丁，單傳之子，旁鮮兄弟，太夫人在堂，遂殷然爲嗣續計，求匹高門，揆之于理，原未有過。

從來禮重著代，婚貴及時。以承祧言，則著代爲重；以授阼言，則失時可虞。且當時陷賊，未易料也。昔謝超宗爲子娶張敬兒女，而宋帝疑之，及敬兒獲罪，而超宗不免于難。王裒與管彦早訂婚姻，後裒以彦仕晉朝，死葬京邑，遂公然易婚。夫裒不仕晉，此爲私情；致身典午，則爲同量。然猶竟以此易婚。今陷賊未歸，出處何道？嫌畏之際，君子不居。揆之利害，則超宗可鑒也；審之義理，則王裒可思也。儻李師于今聘未行之前，西川未開之際，明告王氏，播言親黨，屬以遠隔遐陬，義當别娶。袁隗女自好，聽許令匹；鄭忽雖卻齊，齊女無惡。則堂堂取婦，夫孰云非？而惜乎見之遲而不發之于早也。今則西川既開，屬國無恙。楊信有歸來之期，王肅無棄婦之理。踟蹰審量，實有難安。如謂高門既配，彼可斷絶，是欲以禁臠之例施等倫也。夫子敬卻婚，至死猶憾，不應平世重見此事。如謂禮難顯拒，可以陰卻，此既他娶，彼當潛退，則欲以鵲巢百兩，風使自斷，萬一著簪敝席，不能相忘，顧協幼聘，六十不嫁，何以處之？假令兩大耦嫡，不妨並建，則尊卑不别，安豐久有遺議；左右夫人，賈充豈可爲法？假使公私中外，互爲長少，則李繁有姊，不肯暫降于亂離；母丘異居，豈能抑之于别室？

夫卻婚不可，潛退不能，耦嫡既難以並行，互長又無以自決，勢惟有彼此皆娶，泯名嫡庶，特校先後，辨定正繼。夫正無貴賤，繼無賢不肖，夫人而知之也。然而先者當正，後者當繼，亦夫人而共曉之也。特是聘之先後，人所易明，娶之先後，則人所未解。昔者趙衰入翟，叔隗先婚；吕布未亂，鄭陳早配。故宣孟返而趙姬下之，徐州平而司空之妹公然居長。今庶常有聘，猶未婚也。王氏定名，其于庶常未嘗有一日之配也。夫禮重歸娶，貴在上堂，婦禮既成，始可授室。向使有聘無娶，則父母偶喪，尚當假辭以卻婚；享不成婦，則雖三月不幸，猶必歸而附女氏之黨。何則？重身先矣。兹者王雖初聘，六禮未具，干戈阻絶，未經奠摯，而我則雙輪既御于在途，祖醮將行之目下。趙姬已先婚，誰謂貴當下賤；陳群妹早配，自非後娶可上。則是荀凱之所爲先爲嫡而後爲繼者，惟此爲先；衞恒之所爲新可奪而舊不可奪者，亦惟此爲舊也。

夫事苟未決，可以引經；理所難通，宜據先典。今按經義既如此，揆諸掌故又如彼，何去何從？在下執必有定見，而悠悠之口，必欲使決裂以行，甚至漫相争上，必無一説以處此。聚訟紛紛，盡成築室，徘徊兩端，無一而可。某學識荒謭，見事遲拙，《周官》媒氏，實慚調處。勢惟有緘口退避，不復相關，諸妄行事，都不敢預。豈曰立身無過，抑亦訕謗所叢，或可藉此微末減耳。臨緘皇恐，仰匄垂鑒。某頓首死罪。

覆謝福建吴觀察薦舉書

車騎南行時，正值某吹篪海上，不能隨族躬餞，祇以奏記託姜京兆寄去。聞閩中壺榛漸、廣，皆嚴助、朱翁子開拓之力，雖海濱尚設烽堠，顧長城在彼，定無足慮。特某奔走半生，了無可見，其爲四方君子遐棄，亦既多日，近紘績書來，驟傳閣下以新奉上諭，循求天下博學之士，謬薦及某，甚爲駭怖。

某久處困詘，甘心蓬草，如麋鹿在野，叵耐縶靮；猨猱入市，不可衣履。故生平奔逃，北極齊宋，而必不敢使誤步所至略近長安，何則？都會在前，足未涉而心已驚也。今無論宏才碩學，某實無有，而即欲一至長安，望入雲之闕，踐如霞之陛，目眩青規，心顫黄屋，使其不瞀亂狂走，鮮矣。禮曰：儒有可珍，必忠信以待舉，力行以待取。今實無可舉可取之素，而謬膺進獻，則忠信不足，何況力行？

夫明月之珠暗投道路，尚虞有按劍相盼者，乃以蜣丸鳩彈之質，光彩不足，糞臭有餘，而使之横陳道左，則往來徒旅，且舉足而蹴棄之耳，此非按劍所可言也。人有縶駑馬于市者，終歲不售，孫陽見而偶顧之，初未嘗以其馬之非駑也，目睫所經，偶一觸及，而市之踊其價者，陡至十倍。然而價則高矣，馬則終安所用矣。故駑馬被售，雖未嘗不感孫陽之一顧，而究不能不觳悚于將售之際，何則？以其原不可以售也。況博學之舉，實本制科。在漢初，天子親試，有先後而無得失，而其既有司行事，十取一二，故薦引雖多，而被録甚少。今則徵車滿天下矣。續食而入，萬不敵夫躡屩之出，他日將車不能，都養不可，一出一入，必至流落。且夫朝廷求賢，本屬盛典，中外薦舉，豈有干請？然以某所聞，名士競進，藉此營鶩，多有挾門狀、候涓人，以祈得當者。某素乏知交，並鮮故舊，而偏于閣下，有生平之歡，致有此役。昔漢長安令楊興將薦匡衡，而以史高爲車騎將軍，薦引親屬，遂謂將軍以幕府之尊，天下仰重，而其所舉者，乃不過私門賓客，是有狐白裘而反衣之也。今中外徵車，多蹈此病，而閣下所薦，又復類是。某則已矣，天下其將謂閣下何？

蒙紘績來札，謂三月下旬方能拜疏，徵書之下當在仲夏，此時正可中沮。況濱海戒嚴，無暇及此，萬惟縝慎，幸勿爲徐淑所誤，而爲稽康所憎。踧踖不具。

寄張岱乞藏史書❶

居故鄉時少，但及壯歲，即亡名走四方，從未經摳衣得一登君子之堂，快讀異書。每中夜起憶，輒成恨事。今吾鄉老成，漸若晨星，而一代文獻如先生者，猶幸得履修容、享耆齒，護此石紐，則夫天之厚屬先生者，原有在矣。夫名山之藏，本待其人，久閟不發，必成物怪。方今聖明右文，概念前史，開館修輯，已幸多日，乃薦辟再三，究無實濟，翰音鼓妖，于今可見。

向聞先生著作之餘，歷紀三百年事蹟，饒有卷帙，即監國一時，亦多筆札。頃館中諸君，俱以啓、禎二朝記誌缺略，史宬本未備，而涿州相公家以崇禎一十七年邸報全抄送館編輯，名爲實録，實則罣

❶ 此篇四庫本未收。

一漏萬，全無把鼻。頃總裁啓奏，許以《莊烈皇帝本記》得附福王、魯王、唐王、桂王諸記于其末，而搜之書庫，惟南都一年，有泰興李映碧廷尉《南渡録》，西南建號，有馮再來少司寇《滇黔諸記》，稍備考索，至魯國、隆武，始終闕然。今總裁竟以是紀分屬某班，旋令起草，此正惇典殷獻之時也。不揣鄙陋，欲懇先生門下，慨發所著，彙付姜京兆宅，抄録寄館，以成史書。

夫《漢書》藍本，肇于叔皮，然而遠勝他書者，以史官分嚴，慮有得失，反不若茂才閉户之闓而公也。若夫歐陽《五代》，成于私著，然而宋直用之，而迴不及他史者，以匹士疎陋，三家言事，萬不若史局之審而核、博而通也。今以先生之學力，媲美茂才，然且家有賜書，遠過歐九，其苦心撰著，原不欲藏之井中，而一旦移入史乘，傳之其人，將先生忼慨亮節，必不欲入仕，而寧窮年矻矻，以究竟此一編者，發皇暢茂，致有今日。此固有明之祖宗臣庶，靈爽在天，所幾經保而護之，式而憑之者也。仲尼云：賢者識其大者。向使仲尼復生，亦當嘖嘖稱獻賢矣。

若其中忌諱，一概不禁，祇將本朝稱謂，一易便了，至其事，則正無可顧也。且史成呈進，當詳列諸書所自，不敢蔑沫。況此書既付過史館，則此後正可示人，無庸再閟，尤爲朗快。書到即乞啓鑰，確付京兆宅抄付。悚惕不具。

寄曼殊禁方地下書

月日，寄曼殊。汝病時，患苦不可忍，予每思及，輒心悸齒噤，欲塞耳不可，掩目又不可，蹋足掐肌肉，不信天地間何以有此憯事，自非夙生有因，何至此？今汝以是病舍我去，思去我後能儌倖不發，如平時七八月間漸漸已，亦固天地間未必不有之事。萬一不然，則思昔病時雖患苦不可忍，猶有我在，有醫、有藥物、有軟兜帔，可關舉行，有婢按摩之，有牽挽繩在清防間。譬救月然，奔馳奏鼓，雖無補于月，然其救之者自在也。今則誰爲之醫者、行者、牽且挽者！然則患苦何時是已，況不必不甚乎？夫不已，吾驚心不必不甚，則吾即以是刻驅吾神尋汝，天高地闊，吾能芒芒即汝，遇如當日否耶？

予思汝病時，亦曾療汝，但療而不效，不知汝之死，不療之故與？抑亦療之不以道而反致死也？且療亦殊苦，炙熨湯醴，皆不勝任，毋論療不效，即效亦非汝所願受，況以療致死，則其不宜療又瞭然者。

今有禁方于此，姜君肩吾所祕授也。不服藥、不炙、不熨、不受痛苦，即不效，亦必不致死。且萬無不效。姜君曾以此活人多矣。因悔生前不汝遇，不爲汝療，故急欲療汝，而以仙人所授方不惜授予，而使予轉爲汝療，予乃思一療法，將選療病日，就汝生平所傳留視圖再摹之于絹，而療于所患，有符，有咒，意者汝既死，近于鬼神，則與仙人所授方相宜。譬之幻月然，蘆灰一畫，月暈頓闕，未可知也。萬一療之不如法，不效，我即書禁方燔之與汝，汝自療之，何如？某白。

西河文集卷十八

蕭山毛奇齡字大可又晚晴稿

書五

寄閻潛丘古文尚書冤詞書

接讀《四書釋地》一編，又經三年，淮上去此不遠，而郵寄甚艱。去夏，閩客屬一緘寄丘洗馬，至今未達。昨著《喪禮》一書，見《堯峰文鈔》內頗多論辨，然無一不誤，不止如前時所示數則，急欲奉質，不可得，因嘆當世果無一善讀書者。

近蠡吾李塨，字恕谷，康熙庚午舉人。爲李孝慤先生之子。其人學有根柢，曾游博陵顏習齋門，胸不安，有疑義，越三千里來証所學，固已度越儕輩矣。乃以寓居桐鄉之故，與桐之錢氏作《古文尚書》真僞之辨，列主客來問。某向亦不愜僞古文一説，宋人誕妄，最叵信，及惠教所著《古文尚書疏証》後，始快快，謂此事經讀書人道過，或不應謬，遂置不復理。今就兩家説重爲考訂，知《古文尚書》自漢武年出孔壁後，凡内府藏弆，與民間授受，相繼不絶，且歷新都篡殺、永嘉變亂，亦並無有遺失散亡之事。

而梅賾在晉所上者，又但是《孔傳》，並非古文經文。其在《隋書·經籍志》開載甚明，外此，則又無他書可爲籍口，則其裏其底，瞭然于人，何得有假？因就彼所辨，而斷以平日所考証，作《古文尚書定論》四卷，其中微及潛丘，并敝鄉姚立方所著攻古文者，兼相質難。以爲學無兩可，袛有一是，苟或所見不謬，即當力持其説，以爲可定。雖自揣生平所學百不如潛丘，且相於數十年，誠不忍以言論牴牾，啓參差之端，袛謂聖經是非，所繫極大，非可以人情嫌畏，謬爲遜讓。況潛丘之學，萬萬勝予，亦必不敢謂能勝六經。大凡有學識人，定無我見，一聞真是，便當自舍其所非。

曩者，先仲氏觀陳宗伯所藏商彝，心疑其贋，而悶不敢言。及撤去，客有以千金請值者，始自悔其誤，而再請觀之，然不得矣。故先仲氏嘗曰："觀古有所失，即悔且不及，何況不悔。"今六經之重，不止一鼎，古文爲二帝三王之書，又不止《毛詩》《左氏》《公》《穀》《周禮》《儀禮》《禮記》諸經之比，向亦惟衛經心切，誠恐僞之果足以亂真，故任此無何之言，而姑且耐之。一經指正，即悛除不暇。此如清君側之奸者，其稱兵直前，以爲君側有奸耳，君側無奸，則此兵向君矣，而可乎？

夫聖經無可非而非之，詖士也。君側無奸而忽指之爲有奸者，讒人也。爾乃辨之愈明，來攻者愈急，寧以兵向君，而必不敢向讒人。寧得罪聖經，而必不敢得罪此宋元間非聖毀經之詖士。此則何解？然且研經好學如立方者，亦復墨守不丁，曰各行所知，則生薑真樹生矣。某因削去「定論」名色，而改名「冤詞」，且增四卷爲八卷，而再加考訂。如孔疏之誣指鄭註二十三篇爲孔書二十三篇，漆書二十四篇爲張霸二十四篇，則當更校其篇數。明儒謂安國之卒先于太初，孔氏獻書不及巫蠱，則當更考其年月。賈逵、馬融援僞學以冒孔學，則授受當更清。衛宏、許慎據僞古文以亂真古文，則字畫當更核。然不曰「釋冤」而曰「冤詞」，以不敢釋也。吾第列其冤而世釋之，釋不在我也。世不肯釋冤而必欲冤之，冤亦不在我也。如此，則可以告無罪矣。

拙著并《喪禮》十卷，統呈掌記，外《定論》原敘數頁，一併奉覽。竊謂潛丘所學，何處不見，原不藉毁經以爲能事。且胸藏該博，必有論辨所未及、考據所未備，以廣我庳隘。《冤詞》無定，潛丘定之，何如何如。某頓首。

答章宗之問東西房書

接問，知于東西房有蓄疑處。僕病後全無記憶，居平所識書欲舉似一句不得，又必不能就所按繙閲。據《禮》註，鄭氏謂天子諸侯有東西房，大夫士則有東房無西房，此不見經文，原是謬註。而黄梨洲主其説，謂《士冠禮》冠者于牖西拜賓，而賓即于西序答拜，惟無西房，故西序與牖西近，有西房，則西序在西房之盡，相距遠，難交拜矣。又昏禮醴婦，贊者于西階上北面拜送，而婦于牖間席西東面拜受，惟無西房，故階得與牖西相當，不礙授受，有西房，則西階在西房之下，婦與贊背面，難禮接矣。推其説，則竟以牖間之西，西序之東爲西房，將廟寢三間而以楹西之右一間當之，此非無西房，直無西廟寢，謬之謬矣。

顧廟制無明文可據，但就其所云冠禮推之，似東西房在廟寢三間之外别附一間，即《爾雅》所云

「有東西廂曰廟」者。其近北一半，名曰夾室。近南一半，即謂之房。如冠禮，將冠，先陳服于房中西墉下，此東房也，何也？以冠子于阼，在東階上也，然而曰西墉，則房西有墻矣。此一墻與寢堂間隔，即《爾雅》所云「東西墻謂之序」者，其在墻西，謂之東序，在墻東，謂之西墉。是東序在户東，而東房則又在東序之東。西序在牖西，而西房則又在西序之西，與梨洲所言正反也。

故《尚書·顧命》位次有在牖間南面者，此王朝位也。在東序西面，則養老燕饗之位也。西序東面，則聽政位也。乃別有一坐，在西夾南面，爲親屬私宴之位。則正是西房，以其夾一墻，故謂之夾，以其有夾，故親屬私宴得以掩蔽。向使如梨洲所言，在西序東，則與牖間南面一位，兩坐並抗，既非儀法，且殿堂何地，其可以親昵燕私之乎？是以下文有「胤之舞衣、大貝、鼖鼓，在西房」語，孔氏謂西坐夾東，蓋只此一間，而北夾之坐居于正中，則南房所列當在東墉，此猶之冠者居東房之中，而冠服所陳當在西墉，可對証也。但予謂大夫士亦有西房，與梨洲所言又反者。以喪禮推之，按初喪襲斂，奉尸俠于堂，則男位尸東，女位尸西。至殯于西階，則大夫緆地，士埋土，皆依西墻爲柩，堂西無地矣。故男主位在殯東，而女主則不得不入于西房南面拜客，所謂不下堂者。惟君夫人與女賓之尊行者至，夫然後下堂，而拜于階下，此則大夫士廟制明有西房之經証也。況所証必不止此也。

又答章宗之問吉祭未配書

據問《士喪禮》「吉祭猶未配」語，按此是禫月易纖服時，倘遇烝嘗禘吉祭，則但以新主入祖廟附食，而不以妣配，此極明了。甬東萬季野謂：「未配者，不以新主配食祖廟，非妣不配考也。」此是臆説，故嘗以問黄梨洲，不謂梨洲竟是之，且云：「新主雖在廟，不以配食。」是主客言禮，皆以配妣作配食解，恐太踈矣。

從來禮文，「配」字祇訓「陪對」，並無訓作「附食」者。《家語》「郊祀其祖以配天」，《孝經》「宗祀文王以配上帝」，《喪小記》「王者禘其祖之所自出，以其祖配之」，皆「陪對」之義，故祖妣稱配，以配與妃通，《周語》註所云「配者，配先君也」。此與《雜記》「男子附王父則配，女子附王母則不配」釋義俱同。若附食，名祔，所云合食于祖者，並不稱配，故此當吉祭尚未配妣，若是配食，則卒哭而祔，在三月之後即已附祭，豈有二十七月而禫，而猶未祔者。若云新主雖在廟，仍未配食，則葬後祔廟，正爲此廟食耳。在廟三年，而曾不得食，餒也。若何？

復馮山公論太極圖説古文尚書冤詞書

數減垂訊，❶連接四短札，覺心地惕伏，入夏來煩紆，頃刻都息。生平喜聽人論學，至紙上有考辯，尤劇聳動，老年不能會心，目入反不若耳受之快，然大致了了。

舊説太極圖，但據一時所見，便爾草草如紀，顧諸名言，皆超雋有餘趣。自慚脱漏，不能遍舉，且

❶「減」，四庫本作「辱」。

有要領俱失處，不止于此。明知是圖本于二氏，然僅僅以希夷、壽涯當之。昨見黄山中洲和尚有太極本于禪宗説，其所爲太極圖，即唐僧圭峰之十重圖也。中三輪◎爲河梨耶識，❶左行爲◉爲覺，即圖之左☾，右行爲○爲不覺，即圖之右☽。此在陳摶授圖之前已行世者。是摶所爲圖，一本于道藏《真元品》，一本于圭峰《禪源詮集》，而總出于《參同契》，是真賍實據，鑿鑿要領。今第知《真元品》，而不知《禪源詮集》，是舉褄失褷，究竟脱漏。從來讀書，原不能盡，且又以二氏忽之，此即非真學問人，況既論此事，而于此事反有闕，豈可耶？若根字，則過于推求，竟忘《孟子》有「根心」之文，捕蟬彈雀，指出甚快，但行世已久，不能改矣。

至若《古文尚書》之冤，則凡能救正，即是聖人之徒，況直窮《隋志》，抉致誤之由，尤得要領。即所示《志》文屬讀，正闡發苦心，何容置喙。但僕舊所讀，正亦未嘗差誤者。《志》云，永嘉之亂，歐陽、大小夏侯《尚書》並亡，濟南伏生之傳，唯劉向父子所著《五行傳》是其本法，而又多乖戾，至東晉梅賾，始上孔傳云云。初亦疑以「並亡伏生傳」作句，既而思歐陽、二夏侯《尚書》並無伏生傳在内，不得云亡伏生傳，且伏生傳即今《尚書大傳》也，在永嘉亂時，並不曾亡，又不得云所亡者是伏生之傳。蓋歐陽《尚書》出于歐陽高，爲伏生弟子和伯之孫，自有《歐陽章句》三十一卷，《歐陽説義》二篇。大小夏侯《尚書》，則一是夏侯勝，爲張生所傳，夏侯都尉之族子；一是夏侯建，即勝從兄子，從勝學者。大小各有

❶「河」，毛奇齡《經問》卷十七（清文淵閣四庫全書本）作「阿」。

《夏侯章句》二十九卷，合五十八卷，兼有大小夏侯《解故》即訓詁。二十九篇。是兩家俱自有傳，其所以兩書並名者，以武帝時先立歐陽《尚書》于學官，至孝宣世，復立大小夏侯《尚書》，而分作兩官，故並名歐陽、大小夏侯《尚書》。其云並亡，以永嘉之亂，兩書並亡也，《志》所云「今無有傳者」是也。若伏生《大傳》，原不曾有章句、訓詁，如歐陽、夏侯等，其言反怪誕。惟劉向父子所作《五行傳》，是伏生本法，而向、歆襲之。然又與經文乖戾，不可作《尚書》之傳，故梅氏以《孔傳》上之。如此屬讀，則始于劉向父子一段，方有着落。至于「並亡」作句，恐疑涉今文之亡，則明云歐陽、夏侯之《尚書》，學者留意，自知之，不足慮也。僕從來説經，極其審慎，必多所考據，並不執一以難一，故謬處差少。但限于方幅，不能博設，必俟質難始出之。故凡高明指摘，幸乘僕生前有口時，尚可商量，一當死後，則衆射之的，誰能辨之？況古文之冤，尤口衆者耶！至《洛誥》「命公後」文，則《公羊》「封魯」一段，僕《廣聽録》已載之。何日面受，率復不備。

與馮山公論論孟書

每發椷示，必益我未備，老年終日向暗處行，何幸有道不惜借四壁餘光，時相照映，祇恨彼此異處，良對少耳。

昨有客過寄亭，劇言海内無讀書人，幸研攻八比，惟《論》《孟》未荒落，餘茫然矣。予謂《論》《孟》亦何易明白，客俯首咄咄，似有不肯其語者，然亦不送難，竟去。因憶往冬大病時，通夜不寐，雞唱後，呼兄孫，論《孟子》「禹之聲」章，曷云「以追蠡」？ 曰「以用之者多也」。然則曷云「城門之軌，非兩馬之力」？ 曰「以用之者久也」。予謂以城門一軌而當經涂衆軌之用，正用之者多，而曰「久」，何也？ 遂不能答。

今年春，陳緘菴編修家以母喪請予作題主陪事，坐客有問「公行子有子之喪」，喪子耶？ 抑喪親耶？ 衆俱未應。予曰：「僕亦有一問。滕文以然友反命，始定爲三年之喪，豈三年喪制定自《孟子》耶？」少頃，孝廉馬素菴曰：「以戰國久不行，而今行之，似更定也。」予曰：「不然。據父兄百官皆不欲，曰『吾宗國魯先君莫行』，是周公、伯禽不行也。『吾先君亦莫行』，是滕叔繡亦不行也。此明指周初，非戰國也。然且嗒嗒曰『至于子之身而反之』，曰『喪祭從先祖』，一似乎叛朝典，亂祖制者。豈狂言乎？」一堂十二席五十餘人，各嘿然如喑者。既而過倪魯玉中翰，觀其所著《神州古史考》，載泰山明堂甚析。予曰：「泰山明堂可解乎？ 以爲巡狩耶？ 則東巡燔柴，不事五室，且他岳無有也。以爲王者聽政之所？ 則鎬京共主，必每月東幸，以聽政于十二堂，謬矣，謬矣。」魯玉亦唯唯。後又至其所，説孟子述孔子見陽貨事，謂「大夫有賜于士，孟子直稱陽貨爲大夫，孔子爲士，而《集註》又從之，不置一辨」。時張叔明在坐，但曰：「權臣以大夫自居，而此第因之，以重其罪。」則世無稱新莽、桓溫爲帝，而謂之罪者。且貨在當時並未敢以非禮自居，彼方納改玉之請，正僖、閔之逆，往往借禮法以助跋扈。況大夫士相見，承摯餽問，自有定禮。若果非大夫，則夫子何難以非禮拒之？ 觀記稱陽貨欲見孔子，孔子不見，則亦非苟爲依違，肯無端而拜其門者，乃夫子亦竟以大夫禮事貨，而孟子則直據其禮而明稱之。此在孔安國、馬融、包咸註《論語》，趙岐註《孟子》，皆若視爲固然事，而並不註及，此是何說？最後有問予三家之堂者，予第出《大小宗通繹》示之，便點首去，然《註疏》《集註》亦全不能解。據《論語》一稱季氏，一稱三家之堂，似分似合，原不可訓。夫三家者，仲、叔、季也。三家同僭，不得獨坐季氏。若僭在季氏，則季僭已耳，兩家又安得並受惡名？且三家之祖非他，爲仲慶父，爲叔牙，爲季友也。兩祖以弑逆不得其死，此在祭典，不得立昭穆之尸，食昭穆之牲，而公然用天子禮樂，世無此理。且兩祖之死，皆季友一人所爲。季文、季武何人，肯以成季與共仲、僖叔並坐，而擬三天子？亦必無之事。又且大夫兄弟皆各有廟，孟、叔、季三孫，俱魯國正卿，豈有三祖、三大夫共一廟者？然則三家之堂，究竟何解？若其餘無解之語，櫛比皆是。予第就其已質者，重質左右。

嘗在道南書院説《論語》大旨，有以「子貢問士」「子路問成人」兩章送難者，謂夫子重才而輕德，重有爲而輕有守。使不辱命與小才節文，似不得與孝弟言行、斷義利、死患難、忠臣信友，同類並稱，而乃反超而上之，斯已過矣。然且以言行信果爲小人，以正誼明道，節概赫然，六行五品無少闕者，爲今之成人。不惟降之，又從而鄙夷之。若是者，何也？學者不體會聖人立教精意，妄執臆見，甚至以行己有耻與節文禮樂鋪張盛大以壓勝之。夫行己，不過躬行耳。有耻，不過四端之一。禮樂，不過六藝之兩耳。夫子本舉《春秋》極猥瑣者，爲人士榜樣，而學者必欲張大而壓勝之，則亦小人之腹矣。且此中自有一定意旨。試以是兩章合之兩《論》二十篇，與《孟子》，與《大學》《中庸》一一比觀，其爲學輕重，定有明証，不于此之求，而聖賢意旨，但以「不求甚解」四字置之，可乎？

凡此諸條，皆淺近道理，在童子學堂挾兔園册時都皆知得，而老老大大，反不能了。況《大易》《春秋》，迷山霧海。自兩漢迄今，歷二千餘年，皆臆猜卜度，如説夢話，何時得白？即僕在門者，不乏名下。每恐老死，欲擇一二可傳喪、祭二禮并五聲六律者，而必不可得。嗟乎，已矣！因于裁復之餘，附及瑮瑮，以爲真讀書人當亦必有念及者。何如？不具。

與朱鹿田孝廉論論孟書

向以《論》《孟》數條索馮山公解去，遲久未答，即以其説問語所識，亦多不能了。故僕解六經，謂「自漢迄今，從來誤解者，十居其九；自漢迄今，從來不解者，十居其一」。但彼亦不自知其不解也，及偶一提醒，輒目釘口塞，數日不能答。即一《論》《孟》，而治八比者，仍在夢夢。則八比何用矣。

昨座客謂「三家之堂不是一個廟，是各一個廟」，説見前篇。此不特無據，抑且無理。諸書未有言異廟者，此無據也。同廟，則成季一家，尚可行僭。若異廟，則慶父弒君時，哀姜與聞，尚殺之于齊，主不祔廟，至僖公八年，已歷三禘，而始有致廟之文見于《春秋》。豈有仲慶、叔牙得專廟，僭天子禮者？不惟魯人不肯，季氏亦不肯也。若慶父之子公孫敖者，則又得罪奔莒，請歸、請葬尚不許，豈許專廟？倘又降此，則將以天子禮祀孟獻子、莊子，誣罔極矣。

若謂「魯先君不行三年喪」是近代先君，不是周公、伯禽。説見前篇。此本高頭講章之言。魯自春秋至戰國，無不行三年喪者。僖公三十三年薨，文公二年納幣，相距再期，猶然以喪娶譏之。成公三年喪畢，然後朝晉，晉叔向譏昭公有三年之喪而無一日之慼。何嘗不行？且本文明曰「喪祭從先祖」。先祖者，始祖，非近代祖也。

若「樊遲請學稼」，即禾中孫肖夫、菰城江岷源輩亦驚，顧無一言，此實不可解者。遲既非沮溺，甘于石隱，亦定非真欲霑體塗足作農人者。若以爲粗鄙，則應告之以《詩》《書》《禮》《樂》之文；以爲璅屑，則當啓之以大經大法、治己治人之道，乃徒以君民相感爲言，已難通矣。且其申言疊唤，一似遲欲招徠天下之民而不可得者，豈聖人之言而全然如大霧，至于如是？試問「焉用稼」，「用」字何解？

至「子使漆雕開仕」，則但云「可以仕」。夫「可以仕」，則必如「雍也，可使南面」，明下「可」字，豈有可仕而記者妄云「子使仕」者？是使求仕也，求仕不可也。至若「孟懿子問孝」，子曰「無違」，則「無違」正對「孝」字，即《論語》幾諫章所云「不違」，《中庸》哀公章所云「順乎親」者。此下原不得增加一字，乃以恐涉從親之令，必增數字，則無違于理，「理」不是「禮」，然字音相同，又不得曰前所言是「條理」之「理」，今所言是「禮樂」之「禮」，究竟「無違」二字，在爾時作何口語，作何解説？至于宗國魯先君，謂宗聖人之國，聖人指誰？誰宗之？宗周公耶？抑宗孔子耶？若「城門之軌，兩馬之力」，則車多四馬，所云乘馬也？乃欲張大其力，而反減二馬，何解？凡此數條，請一一告我，候命不俟。

復與朱鹿田孝廉論論孟書

接札驚躍，所訊甫一昔，而《論》《孟》六條捷應如響。此在名下有學者，每遲遲未復，復亦不必得，而一昔了然，少年既夙悟，又且多學，此天生異才，使千聖絶學，于斯大顯。北有李恕谷，南有朱鹿田，德不孤矣。

昨貽札後，客有投予考文者，其中有兩考題不能解。一是縣季考題「冉有與之粟五秉」。以爲夫子之粟與？則夫子設教闕門，並無公廪，安得有宰財用之人可强請支給？且可任意出入者？以爲冉子私粟與？則夫子止與十六斗，而冉子竟五十倍之，與之八百斗，是冉子未仕，已自富于周公，無是理矣。且冉子不得私與粟也。欲私與，則不必請。既請而再請，則雖欲私與，亦不得多。衒富耶？市惠耶？抑矯夫子之吝耶？此其所失將不止「周急繼富」一節爲可議也。此非夫子之書也。一是新學使考題「秋陽以暴之」。夫道德無言潔白者，惟行誼分清濁，别有是名。故夫子稱丈人「欲潔其身」，孟子稱「西子蒙不潔」，又稱狷者爲「不屑不潔之士」，司馬遷稱屈原「其志潔」。大抵獨行自好者，始有高潔之目，此非聖德也。況白則從來無擬及者。惟夫子自云「不曰白乎，涅而不緇」，衹以不爲物汚，與《屈原傳》之「皭然泥而不滓」正同，仍是高潔意。曾子擬夫子，反不若子貢之如天如日，宰我之超堯越舜，而僅云「潔白」，非其旨矣。況「潔白」二字，曾見之《詩序》「白華，孝子之潔白」，此但以物言，並不以德言也。

予因大爲憤懣，❶更從架上别覓時所投考文，則更有可駭嘆者。如「有父兄在」題，據問「聞斯行

❶「懣」，四庫本作「懑」。

諸」，則必是義理矣。何則？子路有聞，未之能行，皆從義理解也。且必是可行，不待審別者矣。何則？以下文「聞斯行諸」，可以聞斯行之也。若然，則天下有聞義理而必稟父兄而後行者乎？曾子聞「一貫」，必請曾晳；仲弓聞「不欲勿施」，必請之騂剛之所生。此是笑話。乃講師不通，謂父兄長老之稱，則諺云「要好，問三老」，以作事言，學問無是也。縱曰欲抑其勇行，則但告之以徐徐已耳，安得以長老壓之？學問非長老所得主也。又有「夫子爲衛君乎」，豈有聖人助拒父者？解者曰：「衛人助公輒，故疑夫子亦助之。」夫君民相助，理所應有，夫子非是也。且衛人助君，與夫子助衛君，當必有實跡，有實據，非可泛然讀過，便撇卻也。至于「雖周亦助」與「盍徹乎」諸題，則在僕亦踟躕不得決。《集註》初以通力合作、計畝均分爲徹法，既又以鄉遂用貢、都鄙用助爲徹法。此于徹法，原不曾有定說，乃又加之以「雨公及私」一詩。在通力計畝，並無公私，而在都鄙用助，則助在徹中，此正是徹法，安得又有「雖周亦助」之解，此非夢書乎？若「年饑盍徹」，是以庶士而受國君之下詢，此老實經濟，足則真足，與則真與，反覆急決，本明白救飢之法，而解者以君民一體混塞之，則儒者真廢物矣。凡此皆藉即爲剖發，無所隱晦，即冬日飲湯，夏日飲水，耆秦炙，耆吾炙，凡兩可仁義、兩可內外者，亦須一爲斷定。蓋八比遵功令，必須照《集註》敷衍，此大不得已之事，故偶以考文訊及，謂八比有礙經學，經學並不礙八比。今且解經而已。

又別有訊者，《論語》兩「子畏于匡」，從不知在何地，即漢宋儒者皆不能註，間嘗與學者論及，亦一閧而散。或謂是宋地。孔安國據《莊子》，謂孔子如宋，游匡，遇匡人之難。或謂是衛地。《史記》夫子去衛，將適陳，然尚未出境，故使從者爲甯氏臣于衛，以解此難，以匡衛邑也。或謂是魯地。魯原有匡邑，舊稱句須爲匡宰者。《家語》陽貨曾暴匡，而子貌類虎，故見圍，則魯地矣。不然虎與衛風馬不及，何由得暴？然則在衛固可疑，而在魯，則又與「去衛過匡」「去匡過蒲」蹤跡不合。若在宋，則直以桓魋之難誤匡人矣。是夫子一遘難所在，尚不能曉，何可？併及。

答李恕谷問琴絃正變書

來問，琴七絃，舊作五聲，與少宮少商，不及二變，然亦有二六爲變宮徵者，則以一絃爲宮，二絃即變宮，五絃爲徵，六絃即變徵。因以五小間作五清，四大間作四清，亦無不可。第五聲合二變，當有二戾聲，故謂之變。今七絃調和，無戾聲也。且其所爲調和者，則先以四五大小間安排七聲。夫清聲爲正聲之應，必先有正，而後有清。今七聲藉大小間而調，則大小間爲七聲之所自來，而謂大小間是七聲之應，似乎難通。況正清四清，皆有限數。今以七六五四三作正聲者，爲五小間；七六五四作正聲者，爲四小間。然亦有一二三四五正聲爲五小間，一二三四正聲爲四小間者。則七絃内外皆可相應誰正誰清，此恐非四五所得限矣。故舊有七絃爲七律，十三徽爲十二律之說，皆按之不合。不如任其自然，隨聲正變爲得當。蓋絲屬人聲，不可爲準。古伶倫伐竹定聲，必以管爲之。故十二管即是十二律，他器皆無有也。曾在福州平遠臺飲次，有清客善彈，使之倚聲，遂以明代郊祀樂郊壇酹酒獻重玄句，用南音法曲彈之。其人信手散彈四四五三七四三，使已成句，使彈北曲《新水令》，即須用左手作按捺聲矣。然則七絃正聲，原無七音，稍矯强，便不是耳。

答施愚山侍講問公山弗擾書

接問佛肸、公山二事，不得確據。佛肸雖見《史記》，然亦只就《論語》申言之。若公山弗擾，則與《春秋傳》全不合，即《家語》《史記》，俱多牴牾，此原是一疑案。故前儒亦有謂此是瑯琊膠東所受《齊論》而雜入之《魯論》中者。然宋洪氏又祇以《季氏》十四章作《齊論》，而《陽貨》篇不之及。

僕嘗與先仲兄校論，深嘆孔安國舊註極其斟酌，而朱氏襲其文，祇改得一句，便是不妥。今足下欲依《史記》而又疑朱註「共執陽虎」四字，謂從《史記》致誤，則兩失之矣。朱註此四字不襲《史記》者，孔註弗擾爲季氏宰，與陽虎共執桓子，而召孔子，朱氏全襲其文，而改「而召孔子」四字爲「據邑以畔」，不知「共執桓子」四字雖可疑而尚有解，至「據邑以畔」，則無可解者。

考虎執桓子，在定五年，傳但曰「陽虎囚季桓子及公父文伯，而逐仲梁懷」，並無公山不狃共事。然尚可解者，以虎之囚桓子爲逐仲梁氏，而仲梁之見逐，實公山氏使之，則囚桓逐懷，皆公山氏所爲。左氏作傳，全得晉楚二策書，而于魯策書反失全册，故一往多混詞，此混詞也。

若據邑以畔，則在定十二年墮費時，經書「季孫斯、仲孫何忌帥師墮費」，然後費宰公山不狃據費以畔，是時夫子已爲司寇，親命魯大夫申句須、樂頎伐不狃，逐之奔齊，而仲由則又身在帥師墮費中，焉得有召夫子與子路不悅之事？此真夢語也。故孔安國但據定五年執桓子事，在夫子未仕以前，其于以費畔，則不過以費宰畔，而不必據邑。蓋既執桓子，則共事亦畔，共謀亦畔，不必據邑始是畔也。惟不據邑，故一釋桓子，便可挾公同盟，陽虎、公山皆得仍居故位，以俟再舉。若是據邑，則一敗而即當出奔，焉有五年至十二年，相距七載，尚得安然在費者？是改此四字，不惟經乖，抑且事舛，《論語》與《春秋傳》諸書皆棼然也。

至若謂《史記》可據，則更不然。《史記》以定八年蒲圃謀弑，誤作定五年囚季之役，云執桓子，而桓子詐之得脱，已是悖謬。乃竟造一畔費事，在陽虎奔齊歸寶玉、大弓之後，則與五年之囚季，八年之順祀，十二年之墮費，並相牴牾。且此時爲定九年，而十年之夏，夫子已作司寇，即有會夾谷之事，然且十年以前，先爲中都宰，一年而後，由司空而進司寇，則在定九年，夫子已仕魯，而猶召夫子，謬又謬矣。

凡此皆就夙所見而附復若此。至考靖難事及傳稿較正，另俟陪乘再請，未備不又。

復陸雅坪編修問降一等書

連以乞疾減面，致同館不諒，競傳予于《鄉黨》篇有異義，而其言不實。每思洒暴不可得，今幸明問辱及，正可藉此一勾審察，惟恐簡幅不足，因取他紙碌續，以憑曲鑒。

日與高遺山從中左歸，遺山對殿陛謂：禮文階級次第，當從上數下，上是一，下是盡。《鄉黨》「降一等」，註曰：「等者，階之級也。」當曰：「一等，階之第一級也。」「没階」，註曰：「没，盡也。」當曰：「没階，階之盡等也。」此在前儒禮註原有之，謂《士冠禮》受冠法，一加降一等，三加降三等，以至于地，皆自上數下，因以爲言。殊不知此非定限。《鄉射禮》：主人升一等，賓然後升。《公食大夫禮》：授食者升一等，而後賓降等而受之。則又皆從下數上。觀《士冠禮》再加降二等時，亦有云「授冠者升一等」，則降是一等，升亦是一等。大抵下階則上一，上階則下一，無常稱也。「盡階」亦然。自上而降，則在地爲盡，《論語》「没階」是也。若自下而升，則在堂爲盡，《燕禮》君饗樂工，則笙人升階盡等，不升堂而受爵是也。特予謂降階一等，是殿陛相接，尊卑相禪，中外相通一大儀位，故《論語》于降階處著此位次，其言頗不謬，而聞者笑之，且有展轉傳問，必以盡等進言詞陳詰誠爲大非禮者。

夫闌階邋級，與堂上人通呼吸，已屬怪事，而況限之在降階一等之地，此非至愚亦必不信，而不謂禮文則實有此。嘗讀《鄉射禮》：卒射，則釋獲代相必升階盡等，不上堂，而告于一等之間。初亦疑之，以爲相距止一級，何難登堂？而搶呼階次，以取倍戾。既而讀《既夕禮》：啓期，則祝者亦升階盡等，不升堂，而告。又既而讀《曾子問》告世子生，《聘禮》君薨告使者歸，無不升自西階，盡等，不升堂而告。則是降等之地，直進告之位，愚人之腹必不可以度聖賢之心。然且更有異者，《史記》世家載夫子夾谷之會，是時在壇坫，不在殿陛也。乃當齊人奏夷樂時，夫子歷階而登，不盡一等而言。其後奏宮中之樂，夫子又歷階而登，不盡一等而言。是豈司寇官卑，不敢上堂耶？抑亦兩君在階間，進告者必竚此耶？然則門屏階等，各有儀位，《論語》之記，一出一入，正復于此地着一位次，與入門、過位、升堂、復位，標作五次，非汎汎升降可比，此非略知禮意者必不能爲此言，而愚山、其年亦復以此爲齟齬，真不解也。

若夫行禮儀位，則《冠禮》之降一等而受冠，《燕禮》之降一等而行酳，《大射禮》之降一等而媵爵，《公食禮》之降一等而辭幣授錦，《喪大記》之降一等而受汲受瀋，祇此尺級間，而行禮要會必集于此，所謂説禮到是處反似非禮，此須藉小暇口謂更悉。若等級之辨，則諸侯之堂七尺，一尺便是一等，其階七等，此不俟通經人俱得知者。設有異趣，幸更裁示勿吝。

西河文集卷十九

蕭山毛奇齡字初晴行十九稿

書六

答蘭溪唐廣文翼脩書

闊問雖日久，然猶在浙河首尾，每思覓蹤跡，不可得。舊夏，貴鄉李紫翔金澤公來，亟詢近狀，又以異縣，不甚悉。但先生年尚富，學問無盡境，某崦嵫之歲，又三經大病，癸未冬，感寒幾死，昨秋，又伏熱幾死，今則寒暖交煎，目不辨黑白，心數不能記一二，居然一廢人矣。惟懼首丘無地，急還蕭山，洗藥城東舊廬者，已及半年。乃遠荷書問，且貽我多物，四顧眙愕，瀫溪名紙，足佐我染板，已大費功力。況復載酒載肉，使老病匕筯爲之失措，且慙且感。

先生著書等身，向俱賜讀過。今從鐫板通讀，尤爲起敬，每所諄諄，皆身心切要之學。子弟效法，足以厚家；天下人效法，足以厚世。向謂聖道不沬，賴寶婺多儒者，今益信矣。第以先生之學，加之躬行，某方撫楷之不足，幸生平奉教，尚非偶合，德之不孤，全藉相長。而左右謙抑太過，稱謂乖錯，使人難任，豈以某不能捧摯，故逆施耶？夫以如是聞人，在身後所許，與當代何異，王虎文一傳，已足嬗世，顧以某之知愛，乘此餘齒，自必附一言以藉綴翼末，祇恐翠華將臨，刻下正西渡，謀所以迎駕之法，其報命之日，則未可預定耳。

外蒙垂問廟制二則，諸侯五廟，分昭穆，每廟不知是二層各三間否？某按七廟五廟三廟二廟，其外皆有繚垣環之，所謂都宮也。其中則每廟又各環以墉，所謂宮墻也。但門雖連墉，亦稱門墉，而自門而堂而室，必列三層，非二層也。門止三間，而堂與室必五間，自兩楹東西階外，又有東西房兩間，一名東西夾，與兩階之堂各隔一墻，謂之東西序。序者，墻也。室制亦然。《禮》所云「藏主西壁」與「尊于東房」者，皆室傍二夾爲之。是每廟之門皆止三間，而堂室必五間。鄭康成謂天子諸侯有東西房，大夫士有東房而無西房，此屬異義，不足據也。

至又問大夫三廟，不分昭穆，則三層一直貫下矣。但不知每層是一間，是三間。則大夫士廟，皆分昭穆。某向論廟制，謂別子三廟，但有祖廟而無昭穆者，非謂不分昭穆也，謂有昭穆，而無昭穆之主以實其中也。蓋大夫三廟有二等。一是父祖合太祖爲三廟。《王制》所謂「一昭一穆，與太祖之廟而三」者，此是別子爲大夫一等。蓋別子是諸侯嫡弟之長者，分爲大宗，其初立三廟，止得立其父一廟，名太祖廟，亦名宗子所出廟，而祖與曾不與焉。《禮》云「大夫不敢祖諸侯」，焉得有祖曾二廟，上瀆先公？是必虛昭穆以俟後之身入之。如季友是魯桓別子，則身爲宗卿，但立桓廟，而昭穆虛主。至季文子爲宗卿，然後以季友入穆廟，武子爲宗卿，然後以文子入穆廟，季友入昭廟，而其既，則以次祧入太廟共祭，爲百世不遷之大宗。故曰立廟之始無昭穆焉。若凡爲大夫，則不立太廟，但列父祖曾而三。如夫子爲大夫，則鄹邑大夫以上惟防叔、伯夏合作三廟。此如《祭法》所云「大夫三廟，曰考廟，曰王考廟，曰皇考廟」者，此又是一等。然三廟則一中一昭一穆，二廟則一昭一穆，無一直貫下者。即漢後同堂異室，亦横貫，非直貫也。若一間三間，則頃已明言矣。此禮頗煩瑣，不能備舉，容續寄以罄其説。

小兒、家姪原通籍仁和，此是先生舊學師門下，而反辱貽問，且小兒館杭州，家姪在京，不惟無報，將兼乏候答，惶悚極矣，統俟將來彙復耳。拙著《經集》四函，藉使呈教，諸俟另寄，不盡不盡。

答李恕谷問笙詩并樂節書

閲歲不達問，日濱于死。接書彊視，雖瞠目亦爲目汁所掩。一則自悲老去，一則何易接此口語。因隨所來訊，略盡欲答。

據問笙詩有詩，則《鄉飲酒禮》笙入三終，將以笙、笙詩耶？抑亦别有歌詩者，而僅以笙應之耶？此問最善。從來辨笙詩，未有辨笙其詩者。夫所謂笙詩，謂笙必有詩，非謂笙詩之必有歌也。凡詩可以歌，亦可以笙。所謂笙詩有詩，謂笙詩之必可歌，非謂笙詩之必不可以笙也。

蓋笙與簫與籥與管四器，皆主聲詩，皆應歌之器，皆在堂下，原無徒器者。但有歌而器，有不歌而器，總必有詩。其歌而器，如《鄉射禮》之工歌于上，而堂上堂下之笙瑟皆應之，即《鄉飲酒禮》之合樂是也。此有歌之笙也。不歌而器，如《大射禮》之管《新宫》，堂下俱不歌，而俱以管笙聲其詩，即《鄉飲酒禮》之笙入間歌是也。此不歌之笙也。是以《春秋傳》有歌鐘，即頌鐘、頌磬，所以應歌，《尚書》有笙鏞，《周禮》有鐘笙，即笙鐘、笙磬，所以應笙。夫笙又有應，則笙即歌矣。此如漢横吹，東西晉大角，皆用之軍中，並無歌工，而曲中有詞，如上之回思悲翁等，則豈有笙管而反無詞者？故往以不徒器折其無詞，謂不如步瑟調笙之憑虚作聲無字音耳，非謂其有字而不歌也。

若又問歌工上下多寡，經無明文，則漢後歌工多而授器少，古則授器多而歌工少。即如飲射一禮，或四工，則兩歌兩瑟；六工，則兩歌四瑟。而笙管之數不與焉。然而歌工必在上，即笙管鐘磬皆列堂下，而皆可以應其歌。是以合樂之法，工歌《關雎》，則堂上之瑟，堂下之笙管，皆群起而應之。其歌《葛覃》《卷耳》《鵲巢》《采蘩》《采蘋》皆然。舊註所謂合樂者，合金石絲竹以歌之。金石者，鐘磬。絲竹者，瑟與笙管也。乃孔仲達誤註《鄉飲酒義》，謂上歌《關雎》，下笙《鵲巢》以應之，則世無有以張家之聲合李家響者。

來問所云：各詩各章，長短不齊，此明了之語，註經之儒于此不曉，宜乎六樂一經，歷萬古如長夜也。但世有過爲分别者，謂歌工必堂上，堂上之瑟必不如堂下之以器器詩。則又不然。射禮至命射時，歌工皆遷堂下，而樂正命絃者曰奏《騶虞》，則瑟工亦不歌，而但瑟《騶虞》之詩以主鼓節，所云魯鼓、薛鼓者。是歌工亦居下，琴瑟亦器詩，上下有尊卑，八音無貴賤也。

至又問歌必在前，舞必在後。特不知舞曲與歌曲同終，抑舞曲之餘又有歌曲？則有以舞曲終者。《春秋傳》季札觀樂，見四代之舞，而即觀止是也。有以歌曲終者。《仲尼燕居》序大饗之九節，以獻賓樂作爲一節，賓酢樂作爲二節，升堂歌《清廟》詩爲三節，下管《象》《武》，即舞也，爲四節，至籥序興，謂以籥吹，又以籥舞也，爲五節，薦俎而樂，又作爲六節，將行歌《采齊》七節，賓出以《雍》，徹以《振鷺》，八節、九節，是歌後有舞，舞後又有歌。況《燕禮》有無算樂，將歌舞迭更，而無算數。即燕饗一禮且然，至于祭祀之徹饌、送尸，其歌《雍》、歌《夏》，皆在舞後，更無論也。

若琴色七絃分正清，向未即答，以病不及也。嗣後即有答書，而又不能寄。今見來書所録，備正清之説于七條十三刌之中，雖與僕説稍未合，然故不礙聲律，所謂汎濫言之，而五六皆見，斯已耳。舊答書并寄。餘來録，俟稍健細檢以復。不具。

答張鶴門論九宫書

昨説九宫法，不能罄析，蒙并示陳君藴先所詢札，覺有未盡然者。

據云世所傳九宫之法，蓋就一二三四五六七八九數，而依次遞數，以一居一，二居二，三居三，四居四，九宫皆各居本數者。考張衡九宫法，曰太一天神，下行八卦。一行坎，一原居正北也。二行坤，二原居西南也。三行震，三原居正東。四行巽，四原居東南也。由此而中宫，而乾，而兑，而艮，而離，皆依八卦方位順次數去。則于位于數，仍未曾解。

世亦知位與數何自始乎？《易繫》曰，天一地二天三地四天五地六天七地八天九地十，此大衍之數也。乃演其數者，則曰天一生水于北，地二生火于南，天三生木于東，地四生金于西，天五生土于中，此正數也。然有生必有成，有四正必有四維，于是地六成水于西北，與天一并；天七成火于東南，與地二并；地八成木于西北，與天三并；天九成金于西南，與地四并；地十成土于中央，與天五并。而五生五成、四正四維之位數定焉。故曰天數五，地數五，此數也。又曰五位相得，而各有合，則位也。然則位之必倚數明矣。乃繫于《説卦》，則直曰坎者，北方之卦也。離者，南方之卦也。震，東方也。兑，正秋，西方也。乾，西北。巽，東南也。艮者，西北也。坤者，致養，謂南方長養萬物，致盡則轉南而西，爲西南也。則是坎一、離二、震三、兑四、乾六、巽七、艮八、坤九，實以位倚數，以卦倚位，確不可易。故曰五位相得而各有合。位者，位此數。合者，即合此數也。

今以坤爲二，而曰二行坤，謂之二居二。四爲巽，而曰四行巽，謂之四居四。推之而乾兑艮離，皆依八卦以順數，則以離二、兑四、巽七、坤九之定數，忽改作離九、兑七、巽四、坤二，其于大易大衍本來位數，俱差錯矣。試問以離爲九，可云地二生火乎？以兑爲七，可云地四生金乎？以巽爲四，不得云天七成火。以坤爲二，不得云天九成金。况六爲老陰，而乾反居六，九爲老陽，而坤反居九，以是爲乾坤互成、陰陽交濟之數，所謂相得有合，實本諸此，而乃曰坤數居二，離數居九，則乾交老陽，離互老陰。易卦之九六不是乾坤，而是乾離，其于八卦已大亂，何況九宫？所以相地諸師，每造《海角經》以誤人世，而世卒未之悟也。然且曰以一始，以九終，始于中男，終于中女，縱横交互，皆成十五之數。夫始于坎，終于離，當是以一始以二終，以天生始，以地生終，以中男始，以中女終，並無以一始以九終之言。此固《易緯》九宮所未有也。

至于縱横交互皆成十五，則以九宮改位配之原數，方是十五。若以八卦配原數，則毋論其他，即在南一重，中離二數，左坤九數，右巽七數，共成十八，焉得成十五乎？且九宮不始《張衡傳》也。自黄帝創九宮法，而周公取其法以作明堂，此在《大戴·感德》篇早已有九字之訣，傳于西漢，至東京崇尚緯學，于是有《乾鑿度》《坤鑿度》《乾坤鑿度》三書，相傳爲鄭玄注者，中有太乙下九宮法，爲張衡所本。又有風角九宮，爲靈樞八風所占驗者，則世並不傳，此從舊註《大戴禮》、鄭註《乾鑿度》一考而即得者。

若云《河圖》爲體，《洛書》爲用，則圖屬八卦，書屬九宮，截然兩分，並不相爲體用。乃又云洛書祗于後天八卦中加一五數，則八卦原無先後天之説，藉有之，亦但減十數，並不加五數，何則？以《河圖》八卦有地十，《洛書》九宮無地十，《河圖》數五十有五，《洛書》數四十有五，直減十數，而以爲加五，則于陳、邵所傳僞《河圖》、僞《洛書》之數，尚未考見，而欲定卦數，不可也。

若云先天後天卦外，別無坤南、巽西、兑東南、離西南之卦，則此是九宮，非八卦也。九宮是九宮，八卦是八卦，豈有既改九宮，而仍以八卦行之，了無分別者？如此，則但稱八卦足矣，何云九宮乎？豈行九宮法者，但呼坎作白，呼離作赤，便足分別宮卦乎？古人造一法，必有一理。八卦之四正四維，無不相尅。故周公造明堂九室，定爲二九四、七五三、六一八之數，改巽離坤兑爲兑坤離巽，而四正四維，無不相生。如八卦南北水坎火離，東西金兑木震，東南、西北水乾火巽，西南、東北金坤木艮，皆彼我相尅，而明堂祇改四卦，而南北金坤水坎，東西木震火巽，東南、西北金兑水乾，西南、東北木艮火離，皆彼我相生。此正天地數位相得有合之轉變，與八卦全反，而欲以八卦核九宫，此方枘而圜鑿也。

至又云陰陽家稱坎山離向者，忽改而爲坎山坤向；稱震山兑向者，忽改而爲震山巽向。不無驚駭而去之。則地師相地，祇當以八卦方位一凖舊説，斷不宜以九宫之説略溷其間。蓋曆本所載紫白，皆近世荒唐之言，非舊法也。必欲兼行其説，則倘相陽居，或遇三楹三重如九室者，或可以九宫法核之。倘相墓域，意者坎山離向，其離來所對有似金形，則坤向可相生矣。震山兑向，其兑來所對有似火形，則巽向可還生矣。相地固荒唐，且斷不宜用九宫，而杜撰求全，或出諸此。

要之，九宫、八卦原不並用，況紫白尤九宫法之邪説，古無是也。請以是質之知者，或不謬也。

答柴陛升論子貢弟子書

前論陳子禽，《集註》謂：「陳亢，孔子弟子，或曰子貢弟子。」其「或曰」一説無據。王草堂作《集註補》，直謂：「二千餘年，並無言陳子禽在端木門者，此朱子臆説也。」時閩中張孝廉在坐，便云：「朱子未必是造説，特引據稍鹵莽耳。」予曰：「何？」曰：「嘗考註疏引鄭康成註『子禽，弟子陳亢也。子貢，弟子，姓端木，名賜』，朱子纔一見去，恰似『陳亢也子貢弟子』七字連屬，而遺卻『姓端木名賜』五字，故如此。」予深服孝廉善讀書有識，而坐客不然，謂從來讀書人豈有此讀法？予曰：「《漢書・地理志》云『錢唐，西部都尉治。武林山，武林水所出，東入海』，而晉劉道真作《錢唐志》，誤云『西部都尉治武林山』，亦是纔一見去，似『武林山』三字與『西部都尉治』五字連屬，而遺卻『武林水所出』以下八字，至今顧夷吾、酈道元輩皆謂錢唐舊治在武林山，即今所稱靈隱寺山者。此千古笑話，客未聞耶？」各眙眄而罷。

今來訊及此，且以淮安閻氏作《毛朱詩説》爲疑，此正可與前説鹵莽相發明者。朱子稱《國風》爲淫風，亦是悮讀《論語》「鄭聲淫」爲「鄭詩淫」，詩實不淫也；亦悮「放鄭聲」爲「放鄭詩」，夫子三百篇並不曾放鄭詩也。而後儒王柏曰：「不然。鄭詩實淫，朱子實放鄭詩。夫子三百篇已燬于秦火久矣，今行世三百篇，是漢儒所僞造者，實是閭巷浮薄之詩，是淫詩，而世不曉也。」其説已載于《宋史・儒林傳》，而究竟無據。明儒程敏政乃改《漢書・劉歆傳》以附會其説。《劉歆傳》云，孝文帝時，《詩》始萌芽，凡諸家傳説，皆立學官。在漢朝之儒，唯賈生而已。至孝武皇帝，然後鄒、魯、梁、趙頗有《詩》《禮》《春秋》先師，皆起于建元之間。當此之時，或爲《雅》，或爲《頌》，相合而成。而敏政云：「孝文時，《詩》始萌芽，至孝武時，頗有《詩》，或爲《雅》，或爲《頌》，相合而成，則三百篇明明是漢儒僞造。」而淮安閻氏則又引敏政此語，著爲《毛朱詩説》一卷，公然雕刻以行世，實不知程、閻二君于「頗有《詩》《禮》《春秋》先師，皆起于建元之間」十五字，果頑鈍失心，祇讀得三字，而不見十二字耶？抑亦效前儒鹵莽，剽裂竄取，但割此三字，而他文可不顧也？況爲雅爲頌，是高叟爲詩，伯魚爲《周南》《召南》之爲，本説《詩》，非作《詩》也。且朱子亦不敢稱淫雅頌也。

儒者强解「格物」爲「格致事物之理」，而實不能格，反毁斥六經，改竄典籍，其鹵莽習氣，亦有駭人聽聞者。朱子闢《大禹謨》以後五十九篇爲僞《尚書》，未有據也。今文《尚書》二十九篇者，出伏生屋壁而先上之者也。至孝武時，魯恭王壞孔子宅以擴其居，然後古文《尚書》百篇出孔子壁中。其時孝武皇帝敕孔子之孫安國作《尚書傳》，而巫蠱事發，其《傳》不曾上而罷。至東晉時，經永嘉之亂，前此伏生之徒歐陽、夏侯凡爲傳註者，其書皆亡，而古今《尚書》經文獨存于東晉祕府間，故豫章内史梅賾得安國之註而上之，此上《孔傳》，非上《尚書》也。乃《隋書·經籍志》明云：「晉世祕府所存，有《古文尚書》經文，今無有傳者。」至豫章内史梅賾，得安國之《傳》奏之，而朱子又鹵莽讀去，謂東晉梅賾始得上《古文尚書》，必是僞作，竟忘卻「安國之傳」四字，以致吴澄、趙孟頫輩竟斥爲僞《尚書》，將五帝三王舊文删之廢之。凡六七百年，其禍烈至今未已。

然且附會之徒，各相沿以改襲舊文爲故事。吴澄遵朱説，直廢《古文尚書》，但録今文二十九篇，名曰《尚書纂言》。據其説，謂《漢書·藝文志》云《尚書經》二十九篇，是今文，《古經》十六卷，是古文。是班固原斥古文爲經，而以今文爲《尚書》，古文不曾名《尚書》也。歸有光作《尚書考異序》，亦引《志》文，詆古文爲晚近雜亂之書。而萬曆己丑會試，主考許國、王弘誨以僞《尚書》策舉人，而焦竑對策，遂陽陽引據《志》文，請删去僞《尚書》一十六卷，而主者快之，竟以此冠會試本房，薦殿試第一，勒其文以爲法式。今考《藝文志》，則稱古文是《尚書》，今文是經，與吴、歸、焦三君所引據正相顛倒，則此三君者，亦各具心腑，各有面目，豈一齊俱喪心瞎眼，一樣顛倒，即欲附會朱子，或不憚毁斥先聖先賢之書，以自坐誕罔，然保無一人讀《漢書》者，而乃一誤再誤，致六七百年間，祇曉儒説，極溥天之下，朝野官民，並無一讀書人。設科取士，録文布式，皆天昏地黑，彼我顛狂，致于如此。此非細故也。此下缺二十三字。故來訊據草堂所論，謂《集註》于浩生不害認作告子，此緣誤讀趙岐註「告子，名不害」語。然趙註于「浩生不害」明云「浩生複姓，名不害」，則顯屬兩人，澹臺子羽非顏子羽也。

若謂前人名氏，原有成註，雖鹵莽，不當有悮，則約略計之，亦殊有不可解者。如曾西是曾子之子，非曾子之孫。子西是鄭公孫夏，不是楚令尹子申。虞仲是仲雍曾孫，周章之弟仲，不是仲雍。孟之反是《春秋》孟之側，不是《莊子》孟子反。蘧伯玉不對放弑之謀，是甯殖之子甯喜，不是甯殖。公子糾是兄，不是弟，小白是弟，不是兄。左丘明是魯太史，不是古之聞人。公叔文子是公叔發，不是公孫枝。接輿與孔子下爲文，不是人名。孟施舍姓孟施，不姓孟。太宰或吴或陳，不是或宋。政逮四世是文、武、平、桓，不是武、悼、平、桓。曹交姓曹名交，不是曹君之弟。太師摯即太師疵，不是師摯。南宫敬叔是孟懿子之弟，故稱叔，不是懿子之兄。南容是南宫适，即南宫縚，不是仲孫閲、南宫敬叔。是即人名一項，各有明據，然亦鹵莽多誤如此，真不可解。

足下有家學，且善讀書，能俯訊及此，此亦不孤有隣之一証。諸有未備，統俟過寓，更悉不具。

與沈思齋進士論薄后稱側室書

據鄭丹書致仁和謝明府札，謂嫡庶之嚴，第嚴于封建之世，以世國世官，防篡竊也。今有何立及，有何襲替，而尊嫡賤庶，婦等傅婢，子比厮養，澆風薄俗，悖禮孰甚。此一説原倡自僕，而丹書發明之。

然僕三輩皆嫡出，不過論此以救世，非有私也。足下既疑其言，又不能據一典禮以駁正之，衹引漢文致南粤王書，謂自稱高皇帝側室之子，其爲名義，一何凜凜。僕嘗謂經學不明，不可論史。生平最恨宋儒史斷，與聖經大悖，急欲通論二十一史，而時不我與，將就木矣。即此一語，在數千年來，誰不嘖嘖。僕獨惡其喪心病狂，悖義害禮之甚。

夫薄姬入魏豹宫，轉輸織室，其爲微賤，誰不知之？但以名義論，則此時是母后，爲高帝皇后，史稱迎皇太后于代是也。夫既稱皇太后，則雖告天地祖宗，亦如此稱。觀其後光武中興，設郊壇洛陽，以高帝配天，薄后配地，直稱高皇帝后，其爲名義，凜凜如此。乃以所生之子，作繼世皇帝，告一反側畔亂之蠻夷君長，而造此穢稱，褻天地，薄宗廟，斥嫚尊親，虧辱國體，爲天下臣民所恥笑，而舉世嘖嘖，何也？曰：不讀書也。《春秋》十二公，八爲庶子，然而其母薨葬，夫子必稱曰夫人，曰小君，人苟讀書，此即名義矣。且天下與母孰重？瞽瞍殺人，身罷國法，舜寧棄天下，必不使以絲毫辱親。今薄后無罪，皇帝賜書，不過一畔夷寇邊已耳，其于天下不必棄也。縱使此語一出，南徼盡平，蠻夷君長並繫頸而致之闕下，吾猶不以彼易此，況區區尉佗，謬去帝號，而仍稱于國，跋扈如故，何苦爲此！況薄后之崩，在景帝二年。景帝帥天下臣民行三年喪，亦以《春秋》僖母成風薨于魯宣之四年，夫子書喪葬，服喪與嫡子嫡孫無異。故儒臣據經而行此禮，歷見之晉儒何澄、徐廣之議。是苟讀書識名義，則薄后本事，亦尚有引據不能盡者。足下好論史，或亦于此一諦觀可耳。

西河文集卷二十

蕭山毛奇齡字晚晴又秋晴稿

書七

復蔣杜陵書此係杜陵先生藏稿中録入

惠寄三札，前後收到。宛陵、陽羡兩君，亦並致意去。因酬應稍煩，懭悦度日，友朋之懷，徒抱胸次。今則史館稠雜，除入直外，日就有書人家，懷餅就抄，又無力傭書史代勞，東塗西竊，每分傳一人，必幾許掇拾，幾許考覈，而後乃運斤削墨，僥倖成文。其處此亦苦矣。又況衣食之累，較之貧旅且十倍艱難者耶。

今同館諸公，分爲五班，自洪武至正德，作五截鬮分，某班秪分得弘、正兩朝紀傳，而志表則均未及焉。某于兩朝中又分得后妃六篇，名臣二十五篇，雜傳一篇，合三十篇。既又以盜賊、土司、后妃三大傳謬相推許，統屬某起草，在鬮分之外，雖此中尚有書可查，然訛舛極多。從前已刻，如《吾學》《史料》諸編，比之大海一漚，百不十具。他若《通紀》《定紀》《法傳》《從信》種種，則又純涉虚假，全不足憑。是以是非易決，真僞難審。此在弘、正以前尚然，況嘉、隆以還，則將何所依據也？

客冬，曾托董無菴彙徵越中諸先賢誌傳，而並不見寄。足下雖寓公，而居越最久，越中聲氣，皆願與杜陵呼噏，凡諸賢後人，無不在杜陵齒遇之末。今專以相託，嘉、隆後八邑名賢，祈統爲彙徵寄某，使某得專任敝郡列傳，其中是非真僞，不妨杜陵指定相寄，則一郡一賢，皆杜陵所表章也。

朱少師傳，在陳大樽集中，尚有實事可録，但稍煩蕪耳。至吴大司馬三世，則不見狀誌。曩者，其曾孫雲章曾示一傳，是孫承宗作，不善碑版，了無可紀，今并此傳亦無有矣。且錦衣再襲，最饒名蹟，曾見莊烈皇帝有親筆東司房敕，而元素先生有救給諫姜埰及舉人祝淵諸大節，俱恍惚不明白，或向其從子伯憩抄一事實，伯憩不作字，即此附囑。若倪文正、祁忠敏諸公，則足下曾作傳，其稿本必具，幸悉緘示。他不能指名，悉藉搜討，其獨于吴司馬公諄諄者，以伯憩與杜陵晨夕易面及也。

及湯太守篤齋公開三江閘事，吕望如進士曾寄湯神傳一本，荒唐之極，太守雖祀越，趨蹌禱賽，然亦祭法功德之祀，而男婦感之，乃僅誇神異，而于山川阸塞，興築利弊諸領要，全不一及。曾記金華浦陽江爲《禹貢》三江之一，其下流由山陰西南入界，東注錢清江，而北入于海。越故稱澤國，又號嘆壤，衆山水易瀦，而瀕于海而善下。瀦，即咽。下，即渫。加之以浦陽建瓴之水，而爲壑于此，稍暴漲，即瀰漫而渫，久而渴，其爲舄鹵也久矣。前此，太守戴公曾遏浦陽之枝流，使之通浙江，以殺其勢。至是，則鑿七堰而排浦陽而西之，且壩于麻溪，以截其西南之來，然後爲閘三江口，以瀦渫全越之水，咽即啓之，渴即閉之。其名三江閘者，以此地本浦陽江入海之處，襲故名也。但其詳不可得聞，其興築始末，又略無可考，遠求指示，此亦諮諏獻老之一端矣。

舊臘，中堂啓奏，原有舉隱逸名賢之意，而地震以後，但從赦詔中作一具文。❶又監脩入告，祇以脩史餘波相及，不成光景，且監脩亦驟爲之，不卜于衆，而足下則多以周之義士相目，疑沮者半，大敬則惟恐某有他意，急作書戒勉，彷彿山巨源之措詞者，總之神龍不見愈高也。

某原揣今年告歸，而益都老師過愛之切，爲聘一貧家女爲後嗣計，是以羈絆不果。頃聞越中有詩文之選，群推杜陵爲政，甚善。某雖戒詞句之學，然食指猶動，但此時宋元惡習盛行長安，某不憚直指其非，幸群公相讓，不敢抗争。此事得杜陵一振興之，必有可觀。

特某遍游宇内，恨無一真讀書人。經學既已響絶，而禮、樂二字，開口便錯。偶與同館官論郊壇之禮，訛舛百出。即嘉靖議大禮一節，雖未分題，然倉卒語及，便一鬨而散。至館長以樂章配音樂下議，則雖淹雅如吴志伊，亦不能出一言相答。某年已漸衰，倘幸歸里，妄思以殘年著禮、樂二書，以存一綫，若雜詩雜文，則篋簏尚多，斷不敢出一字相質，實薄之也。

來札少規語，惟「浮沉金馬」一言，爲好我之切。佩之紳帶，不敢暫忘。今朝廷甚愛儒臣，且聖學最博洽，稍有詞句，必加乙覽。頃西南告捷，同館皆獻平湖南、平蜀雅頌，而某無一言，其緘晦可知矣。令郎買宅于越，將來爲王謝後增一寓賢，吾越何幸，得此佳蹟。總之，杜陵與越人投分深耳。三日前，

---

❶「但」，四庫本作「復」。「具文」，四庫本作「條款」。

隨東海公游摩訶菴，至昨始歸。而真定司農公又以碑文二通屬某捉刀，因燈下草寄，雜亂無敘，總藉道鑒。

與吴廣文論國風男女書

足下以《國風》多言男女之事，且偏執「國風好色而不淫」一語，以爲朱子註淫詩，未必無意，此殊惑也。《國風》男女，大抵皆風人寓言，並非實事，且其事别有在，如《國風》好色，此寓言也，詞也，而不淫，則别有事也。幼時，亦惑于朱子之説，見《國風》無男女者亦似淫詩。如「十畝之間，桑者閑閑」，亦謂桑者是蠶婦。乃不幸而其言已行世，及其既悔之，而以觀《國風》，則凡「彼美人兮」，「有美一人」，皆君子人矣。

予避人至維揚，姜匯思侍御巡鹽兩淮，多結納名士。時武寧侯王君蹈海，門客高孝修跳身破産，扞侯故家事，而名久在刊章未落。侍御聞其來，預貯五百金待之。予深感其事，爲作《寄寇詩》，見七古卷。寓竚望之意，以撫寧侯家妓寇白門事頗相類也。山陰姜質甫見予詩，急向埂子問寇白門消息，直笑話矣。後予避湖東，籍捕幾及，旅主人之子鄧論秀匿予别室，且陰繼饔餐，幾至波累，予作《鄧老秀》一詩，見五絶卷，論老聲轉。託言憲禁客宿，而旅主人之婦鄧老秀違禁請留，以隱記其事，此亦「掩爾壺漿，勿令之露」之意也。而江都宗定九實爲《和鄧老秀》詩十章，此豈知予者？讀《國風》者，能于此通悟，則庶幾耳。

與閻潛丘論尚書疏証書

昨承示《尚書疏証》一書，此不過惑前人之説，誤以《尚書》爲僞書耳。其于朱陸異同，則風馬不及，而忽詬金谿，並及姚江，則又借端作横枝矣。《尚書》本聖經，前人妄有遺議者，亦但以出書早晚、立學先後爲疑，未嘗于經文有不足也。且人心道心，雖《荀子》有之，然亦《荀子》引經文，不是經文引《荀子》。況《荀子》明稱《道經》，則直前古遺文，即《易通卦驗》所云「燧人在伏羲以前，置刻《道經》，以開三皇五帝之書」者是也。又且正心誠意，本于《大學》，存心養性，見之《孟子》，並非金谿、姚江過信僞經始倡爲心學，斷可知矣。

今人于聖門忠恕，毫釐不講，而沾沾于德性問學，硬樹門户，此在孩提稚子，亦皆有一詆陸闢王之見存于胸中，以尊兄卓識而拾人牙慧，原不爲武。然且趨附之徒，借爲捷徑，今見有以此而覬進取者。尊兄雖處士，然猶出入于時賢時貴之門，萬一此説外聞，而不諒之徒藉爲口實，則以此而貽累于尊兄之生平者不少，吾願左右之闕之也。

至若學宫從祀，則從來荒謬，向與尊兄言廟學合一之陋，孔子先聖稱名之謬，極蒙許可。至從祀進退，則大不足憑。漢世大儒，如康成、子政輩，皆以神仙圖讖紛紛罷祀，乃有受華山之書，闡《參同》之祕，指太乙九宫爲《洛書》九類，而公然與聖經並傳者。是以王草堂作《聖賢儒史》一書，頗有訂証，而足下偏執程敏政無學之説，以爲金科，陋矣。

鄙意謂《尚書疏証》總屬難信，恐于堯、舜、孔子千聖相傳之學，不無有損，況外此枝節，更爲可已。何如？不具。

復高雲和尚書

高雲閉關，如龍歸大海，無可蹤蹟。僕又病，不能一顧，獨念荷擔挈鉢，未必無得力處，雖闔户静坐，吾儒多有此者，然究非聖功，此惟公家有此法耳。若來字謂三生石上夜夢與僕聯句，三生石，正此間葛洪嶺也。何不發關來一游之耶？

僕不識李源何許人，而高雲道力不減圓澤，相憶之切，或見夢寐。但僕生時，先慈張太君夢番僧以度牒見寄，醒而墮地，太君心惡之而不言，暨方、馬兵敗，僕髡首匿澤中，太君撫首而泣，始告以夢，曰驗矣。其後出走，至少室已辮矣。有關東賀凌臺先生之徒，見予于嵩山市，授予《大學》，則其人僧也。僕謂此授學之事，一生大節，先慈之夢，當以此時此事爲驗，他皆不然。

特予少論學，溺于儒説，而至此而聞誠意、去惡、絶私利之念，終身行恕，與佛氏之行善，與與人爲善，大意本劇殊，而末不甚悖，因與佛門知識，不大訣絶。而見者不諒，妄謂予再來，原有根柢，一如高雲之所云，此僕久自揣，南轅北轍，彼此正相反。儒之成己成物，本順出，佛之盡人盡己，恰逆入。僕之所僦在杭州，公在高雲葛洪嶺，非相見所也。第隔江日久，不無憶念。舊冬卧病，幾乎永訣，夢寐之勞，雖至人或不免耳。聞人居士望公久，春又過半，湖上風物，漸就暄暖，山中雖苦寒，想可解衲。何時惠來？珍重并詢。

答福建林西仲問韓昌黎一女兩壻書

昨蒙下詢韓昌黎長女兩壻之説。據皇甫湜所爲《昌黎誌》云：「夫人高平郡君范陽盧氏，孤前進士昶，壻左拾遺李漢，㞭集賢校理樊宗懿，次女許嫁陳氏，三女未笄。」是昌黎見存者三女，惟長女已嫁李漢，而次與三尚室女也。其有一壻爲樊校理，不無可疑，因有昌黎長女更嫁兩壻之説。而解之者爲曲釋之，謂《誌》文句讀不同，樊所取者，次女也。所許嫁陳氏者，乃三女也。其文以次女、三女爲讀，而以「未笄」二字屬之許嫁之三女，此亦尚論古人不厭忠厚之苦心。

第僕不謂然者。《曲禮》，女子二十許嫁，笄而字，而《昏禮》與《公羊傳》亦皆謂許嫁始笄，獨《雜記》云「女雖未許嫁，年二十而笄」，則笄亦有不必待許嫁者。然是未許嫁而笄，並未有許嫁而稱未笄者，以古無幼婚，笄者，許嫁之節也。且昌黎三女並非許嫁陳氏者也。在昌黎死時，三女尚幼，無問名者，故稱曰未笄，而其後儼然有昌黎少壻見于太和、開成之間。考《唐書·蔣乂傳》載，乂子名系，官右補闕，爲權門所忌，斥之在外，並及其僚壻李漢。而《系傳》云，宰相李德裕惡李漢，以系友壻，出爲桂管觀察使，復坐李漢，貶唐州刺史。夫僚壻、友壻者，妻兄弟之夫稱也。系得與漢爲僚、友壻，則必以三女爲配，而因爲僚、友，此非許嫁陳氏者所能溷矣。是以長女壻李，次女壻陳，三女壻蔣，明有分屬。雖陳氏之壻無所聞見，他傳載當時朝官有欲改昌黎所作《順宗實録》者，礙其壻蔣系、李漢，得以不改，不及陳氏，然不得謂昌黎無陳氏一壻，此易曉耳。

至于樊氏宗懿，亦以壻稱，則絕無可考。僕寓既無書，且其事隱，又無他書可以轉見，第就昌黎本集觀之。其輯之者，即漢也。集首有序，署隴西門人李漢所譔。而篇中有云「漢辱知于公，最厚且親」，且親者，以壻故也。是昌黎死後，漢方爲昌黎輯集，敦子壻之誼甚篤，而謂其死前乃生奪其妻而予樊氏，不然一也。即《昌黎集》中，載有中大夫陝州司馬李公墓誌名郱者，即漢父也。昌黎爲壻父作銘，惟恐不著，故于子七人之後，不載他子婚娶，而獨于漢曰：「漢，韓氏壻也。故以屬予銘。」其文在長慶元年，是昌黎于壻父作銘，尚自敦舅禮如是，而甫越三載，及長慶四年，昌黎死，而即云有他壻，不然二也。即云此之易壻，本奪生妻，非嫠所改也。是必女有他故，而尊章遣之，其歉在李，不在韓，故女雖改適，而壻誼如故。則出妻大事，其在史傳家誌，並無李郱出婦、李漢改娶一語見于文間。且昌黎爲郱銘時，中及夫人，此宜有微言隱詞，略見大意，而亦未嘗有片言存見棄之跡，坦坦白白，其不然四也。且夫以人情之善移也，漢既親與韓絕，則雖與蔣系爲僚壻，而名實不浹，在旁人所窺伺者，自應以漸而殺，況漢歷仕宦升沉已久，其距昌黎死時，已不知閱幾何歲，而在人之忌昌黎與忌蔣系者，必甘心于漢，則其終始相膠漆，而絕無離異，公然可知。其不然五也。若謂改嫁之例，唐俗不嚴，故昌黎許之，宋即無是矣。則又不然。烈女不更二夫，此前人之言，不始自宋。假使女果被出，則出女改嫁，前固有之，又不始自唐。是以《顏氏家訓》載曾子出妻事，以爲蒸梨不熟，姑薄其過。所謂出妻令可嫁。而《國策》有云，棄婦不出里閈，而人争取之者，良婦也。則出妻改嫁，古亦並無或阻之者。然而士大夫家必無其事，況唐去古遠，于伉儷頗重，而昌黎又斤斤于學術，焉見閨門雍肅不如宋人，其不然六也。

然而皇甫之爲文，則可疑孰甚。使無其事耶，則一女而箸兩壻，其文不通。使有其事而需諱耶，則又不必以兩壻複行，但領一壻字，而後所云次女、三女者。或略泯其數，誰得非之？且從來行文，無連箸兩壻而異其字者。皇甫爲昌黎門人，縱不善文，亦不必出此。僕揣其意，似昌黎有他女，或群從中外之子，撫而嫁之，所云撫女如己女者，然實非其女也，故于稱壻時，特殊其字以別之，而又以三女簡核其數，使知此壻爲他壻，以爲此紀實，非虛詞也。然乎？否乎？

按「聟」，即「壻」字，《昏義釋文》謂「壻」俗作「智」，後又更作「聟」。楊雄《方言》「聟」謂之「倩」是也。但此是古俗字，故《東觀漢紀》《風俗通》《博物志》及《後漢書註》，始有此字。如光武與伯叔及姊聟鄧晨坐語，趙岐爲馬融妹聟類，皆非正經文字所用。然則雅俗並出，或亦故爲此區分以示異乎？此皆曲臆之不必然者。皇甫妄文，姑爲此妄解，何如？頓首。

答章泰占問方百里書

接札，閱近文五首，甚佳，此正時俗所稱第一流文，即此已足頡頏廬陵，且方駕曾、王而上之矣。但其極得力處，總是灌淪于宋人之宿習甚深，凡揣字絜句，造意取息，一唾一吸、一行一站，總有一見成膜胚于其中，能破此而擺落之，便能出人一頭地，否則，猶是未俔衣一健蛹也。

向與足下相見少，但以爲精于舉業，早受世知，是當今高才生耳。今知留心經學，考辨得失，兼能着力作古雜文，此是吾黨一大干城，驟見此喜何等矣。第諸解經處，凡十八條，多以顧亭林、閻潛丘謬説雜釋，此悉前時所駁辨過者，但觀予從前説經諸録，便自了卻，此固不煩再爲喋喋。至爲「方百里」條，有「方百里者，萬里也」語，以未解來訊，則在前儒原未解此，即陳氏《禮書》，作圖繪指畫，仍是罔罔。今請以紙上解之。

方一里者，縱横一里也。縱横一里，衹一里者，以縱之一里，即横之一里，無二里也。若方十里，即百里矣。以方一里，而縱十之，衹十里耳，至横亦十之，則已十其十而爲百里，然猶十倍法也。若方百里，則前所云方十里者已百里矣，今又十其百而縱行之，非千里乎？且又十其千而横行之，非萬里乎？此非百倍法乎？故曰：百里之國有萬井，以方里一井也。萬井之國有八萬家，以一井有八家也。此易曉耳。或曰：信此則舊稱千八百國，勢必有一千八百萬里，無此土矣。且《尚書》「弼成五服，至于五千」，先儒説此，衹以縱横相距各五千里以爲斷，此何以稱焉？殊不知此縱横相距，但分指縱横言耳。若以開方計之，則縱五千里，合之横之五千，當有二千五百萬里，以二千五百萬里而止分一千八百萬里以爲國，有賸里矣。況伯七十里，每國止須四千九百里，二諸侯之國。子男五十里，每國止須二千五百里，四諸侯之國。原有不必盈萬里者乎？故《王制》曰「其餘以爲附庸閒田」，非虚語也，惟審之。不具。

與黄黎洲論僞尚書書

日月不暫留，而道路不加近，何時是相見之日，思之悶絶。前接來札，有議禮數則，草草復過，雖稍有商量，終以未能面請爲憾。若僕所著喪祭二禮，因急于成書，而又畏紙費，不能自盡所欲言，此非知禮如足下，不敢向之争得失也。

近保定李恕谷以問樂南來，寓桐鄉郭明府署中，因與桐之錢生曉城辨《古文尚書》真僞，并來取証。僕向雖蓄疑，然全不考及。今略按之，似朱文公與吴棫、吴澄、趙孟頫、歸有光、梅鷟、羅喻義輩，其指爲僞者，皆自坐失據，誤讀前人書，處處訛錯。誠不料諸公豪傑，且欲詆毁先聖先王之書，而竟出于此。聞足下向亦曾指之爲僞，不知别有考據，抑止此數也。

昨有老友謂，《尚書大序》稱武帝敕孔安國作傳，及傳成而安國遭巫蠱事，因不果上，此大可疑者。史遷《自序》謂《史記》成于太初之年，而安國之卒，則在《孔子世家》末已記及之。巫蠱起于征和年，距太初以後尚越天漢、太始兩號，而謂安國能遭之，非僞耶？僕謂此則《大序》僞，非《尚書》僞也。且此仍自坐失據之言也。大凡讀一書，當辨其書之得失在于何所。《史記》之失，全在年月。往往有一時，而紀傳與年表各異書，有一人一事，而紀傳與年表又各異時者。毋論安國遭巫蠱事非《大序》亂言，在《漢志》《漢傳》《荀紀》《隋書》皆有之，不必深辨，即以《史記》論，謂其書終于太初，並不當及征和後巫蠱事，則《史記·酈商傳》《匈奴傳》及《衛將軍傳》後，公孫賀、公孫敖等，凡以巫蠱族滅者，皆征和後事，而皆載及之，何也？且《自序》既云「述黄帝以來，訖于太初」，乃又云「述陶唐以來，至于麟止」，夫麟止則元狩之號，又先于太初約二十年矣，此時安國不知死否？且此足據否？

人苦不讀書，及予其書，而又不善讀。足下聞此，定不以僕言爲可怪。且此頗關係，僕將確求實據，以一雪此案。尊府多藏書，祈不憚搜討，以示一二。何如？慎後。

與李恕谷論周禮書此係孫肖夫録入

《尚書冤詞序説》中林覿疑《周禮》，來札欲易此語，似以《周禮》非聖經有礙耳。夫三禮名經，固自無辭。若謂聖經，則自不可。

今天下攻《周禮》者衆，總只「周公之書」四字害之。周秦以前，並無周公作《周禮》《儀禮》一語見于群書，亦並無周秦以前群書，若孔、孟、老、荀、列、墨、管、韓諸百家及《禮記·大學》《中庸》《坊記》《表記》、《孝經》所引經，有《儀禮》《周禮》一字一句，則周公不作此書明矣。《周禮》非周公作，何害？《大學》《中庸》不知何人作，其爲經自在也。必欲争《周禮》爲周公作，《大學》孔子作，則無據之言，人將無據以争之，事大壞矣。

天下是非，原有一定。《周禮》惟非周公作，非聖經。然周人所言「周禮」，即周之禮也。其中雖有與《春秋》諸禮不甚相合，然亦周禮也。如《公羊》言禮，全與《左氏》策書不相合，然亦周人之書也。況周禮全亡，所藉此一書，稍爲周備，可爲言禮考據，若又排擊之，則無書矣。如此説《周禮》，方是妥當。

若謂周公作，則雖始于鄭氏，而祖之而表章之者，王安石也。人將以安石目之矣。

近姚立方作僞《周禮》論註四本，桐鄉錢君館于其家多日，及來謁，言語踈率，瞠目者久之，囁囁嚅嚅而退。然立方所著，亦不示我。但索其卷首總論觀之，直紹述宋儒所言，以爲劉歆作，予稍就其卷首及宋儒所言者略辨之。惜其書不全見，不能全辨，然亦見大概矣。若《儀禮》非周公作，且于三禮中倍加訛謬，則予喪禮中所駁士禮者甚夥，皆無理不足道，此更非《周禮》比也。

凡辨必有據，方爲無弊。僕所辨，亦無他人可語可商量，然幼時尚有父兄師友，偶相闡發，今已絶矣。僕記先仲兄嘗言，先王典禮俱無成書，韓宣子見《易象》《春秋》，便目爲《周禮》，此果周禮乎？國家班禮法，衹于象魏懸條件，使里閭讀之已耳。刑法亦然。子產作刑書，反謂非法。即曆書一項，關係民用，先王所謂「敬授人時，與世共見」者，然亦只逐月頒布，並無成書如近代曆本，則他可知矣。是以夏禮、殷禮，夫子謂文獻不足，不特杞、宋原無文，即舊來傳書，亦衹得夏時坤乾，一如韓宣子之以《易象》《春秋》當禮書者。如是，則《周禮》五卷，不必周公作，又是一證。且此所言，亦見讀書法。思之思之。

西河文集卷二十一

蕭山毛奇齡字老晴又初晴稿

書八

復章泰占質經問書

復泰占足下，日以足下病遠道爲念，問至，亟解視，謂病安，頗慰。然以今年比期近，云不來赴比，則是病仍未安也。乃別示書册，令兒子遠宗檢看，是病中觀僕所著《經問》一十八卷，而藉之以較計者，如此則病方增長，焉能安矣。因別令檢核，合五十七條。質疑義者二十四，正訛字脱字二十一，刊誤三，其一辨時氣先後者已録出俟考，正《索解》者四，則答有別紙，餘各草草註來册付去。

乃不揣鄙陋，重申祝告，必徹降心以從者。造物不易生才，即生之，亦未易成就。然且所生之才各不同，生文人百，不及生讀書人一。大抵千萬人中，必得一文人，而至于讀書人，則有千百年不一遘者。是以文章之士，列代都有，而能通一經而稱爲儒，博通群經而稱爲大儒，則自漢迄今，惟西漢有孔安國、劉向，東漢有鄭玄，魏有王肅，晉有杜預，唐有賈公彦、孔潁達，合七人。而他如趙岐、包咸、何休、范甯之徒，皆無與焉。即或博綜典籍，胸有筐篋，如吴之韋昭，晉之郭璞，唐之李善、顔師古，宋之馬端臨、王應麟輩，並于經學無所預。降此而元明，則響絶矣。然且天生此七人，而六經得失尚未參半。《詩》《書》得者十之五，三《禮》得者十之六，《左傳》得者十之八，而《易》，而《春秋》，而《樂》，而《論語》《大學》《中庸》《孟子》，則全無得焉。則是二千年以來，冀遘一大儒，使古王六經，孔孟所傳之學術，全明于天下，亦不可得也。

僕七歲見隣家娶婦，不祖而配，既不告廟、謁廟，復不告父母、見父母，自爲婚姻，而解之者猶曰「不成婦，不廟見」。嘗問之先仲兄，而心竊痛之，即私禱先聖前，願此生得考註六經，刊正謬說，而至今未有遂也。

少好典籍，記憶亦不少。乃稍長避人，垂老還鄉井，而時不我與矣。然憶僕當年，尚遘數讀書人。家有胞兄先仲氏，亦學者也。鼎革後大病，不能著書。而上虞徐仲山多學，爲大司馬公之子。山陰張南士，則大三張後小三張君之一也。論經有定識，每能辟鄭、孔之謬，乃不幸偃蹇而死，死而其所著之書皆不得傳。是豈造物果忌才，且不欲使經學明天下耶？僕雖不才，門下尚多人，然皆文章士也。初得中州王引齋，喜其有經學，而遽已早世。垂老得朱生鹿田，則助我者也。詩禮質難，必多有啓發。第少年上公車，門不耐索米。近忽試仕邊缺，音耗都斷。而東陽李紫翔，則長于《春秋》。其作《春秋》諸紀傳，久已行世，今且爲潮陽令去。所幸遇三章子，雖劇恨見晚，顧猶賴同郡，且值僕東歸草堂，可晨夕主客，而一死一游關以西，三年不返。惟足下在家，年富有學，讀書最精密，敏而且審，其考覈各具專見，能發房開覆，闡前人所不及闡。僕雖垂死，猶賴生活，而乃患喀血，罹此大虐，棲遲白門多日矣。此非吾道之窮，天之有意于厄之不至此。

自今以往，但當求卻病，不當讀書。何則？讀書者，致病之由也。且第求卻病，即是讀書。何則？病既卻，則讀書自有日也。故卻病所以順天，天非無意生我，而我可以病逆之乎？且亦惟卻病而後可以逆天。天不能使我不讀書，故但能使我病，而我能不受病，而使之仍可以讀書，天能禁之乎？

僕書在案頭，幸勿再觀。即觀，萬勿如所寄之煩而析，核而且刻。祇如古所云優游不迫，逌然以自得可也。至別詢治火一法，則在《春秋傳》宋灾諸治法，亦既完具，聞賢伯氏都府公損其奉以多製械物，此正與宋法具綆缶、陳畚畚諸事相合，即王君治火論，君與僕舊識其言，亦博通無可間。但火地不同，治之者必因地設法，始爲有濟。假如宋法，有令隧正納郊保之民使奔火所，此一語用之杭州，便爲大害。何則？杭之火災，半由游民劫火者所撰造也。故僕議治火，專用宋廣平刺廣州法，陶瓦甓以改茨竹，以杭屋皆竹墻也。且截火四衢，禁民救火，而但用正徒之司救者，授之符以驗出入，防劫火也。特其議已勒板，而杭人不能用。今且東歸，有闕板矣。蒙索，無兼本，俟謀另寄。頃平湖陸生刻《聖門釋非録》，成一册，奉去，并前項收到。七月既望日，距接問日越九日。

復王草堂四疑書

來書略云：先生天壽平格，主持聖教，每一言出，則天地局脊爲之一開。❶顧伏讀《經集》卷首，則可疑者四：一云夢番僧到門，寄以度牒；二云以頭陀居士林，歆壞名教；三云高笠僧授古本《大學》；四云以曾髡髮爲頭陀，獲罪功令，遺命不冠襪沐浴。竊意先生本聖賢再出，或星嶽所降有之，何至有番僧授牒之兆？雖高笠授受淵源難忘，顧不必僧也。若遺命不冠襪，則恐非正命矣。斯世多忮人，即象山、陽明以心性立教，猶然以禪宗目之。今以初生、避難、授道、遺言四則，皆歸之僧，後將若之何？先生偶未思及耶？

接劄，具見相念之切，且更拜裹言。昨命兒子讀訖，即憫然自失者累日，足下愛我備矣。顧此有遽難自解者。先慈所夢，明明告之大母，質之先贈君，先贈君即以此夢告廟命名，何敢淹沐。且非謂此見夢者爲所託之身，祇其所貽牒，闌以五虬，因取郭景純詩「奇齡邁五龍」句，名曰奇齡。此即他日高笠僧授學之先徵也。授學大事，番僧，即遼僧也。牒者，《大學》文也。

若僕之髡首，在崇禎甲申年。是時方、馬遺孽，統亂軍東奔。僕以一言爲方、馬所讎，將合江東軍執予殺之，因匿之山寺，屠去首髮，非如佛氏所云出家，且所云落染也。向使不去髮，則方、馬得執之。

---

❶「脊」，四庫本作「蹐」。

假欲辮髮，則江東劃守，人人皆方、馬矣。是以放廢之久，衣緇者八年。至順治辛卯，讎者尚以抗試首官，因有逆陀觗教之訟。夫然後養髮，遵功令候試，此實事，不必諱，然亦無可諱也。

往僕居館中，吴都官請作封公壽文，僕卻之，而策馬至東便門，作《蛤菴和尚塔銘》，學人有疑之者，僕曰：「此豈僧耶？」及僕爲蘖菴作丞相源塔院碑文，江西羅生創言曰：「使不得已而爲僧耶，髡首而已。若傳法，則非不得已矣。今蘖菴以不得已之故，假之爲僧，而忽而傳法，公然作臨濟宗師，是溺之，非假之也。假可以文，溺不可以文也。」曰：「然。」然吾亦不能辨其果溺之，果假之也，吾第以已事較之。蘖菴匪他，前朝諫官熊魚山也。魚山以諫罷官，又以諫受杖午門，因與同杖姜貞毅同戍江浙，而未達戍所而國已亡。貞毅留吴門，而魚山逃之阿迷。往者順治年，偏沅提塘掛過關號，報云：有僧熊開元從阿迷歸。開元是諱。貞毅聞報，長嘆曰：「魚山耶，吾媿之。」既而魚山傳法在靈巖山，靈巖距吴門與貞毅所居不遠，貞毅欲登山詣之，而每登輒止，曰：「吾終媿之。」若是者何也？

若高笠先生，則尤可憫者。高笠固賀凌臺先生之都講生也。關東創聖學以教生徒，惟賀黄門一人，世所稱醫閭先生者。其孫字凌臺，以不自揣量，與生員徐一寧請兵高麗，不可得，歸而伸螳臂抗順卒，死非命，此未嘗爲僧也。今其都講以亡命髡首，究不知爲何如人？何名？何氏？第以曾授一《大學》古本，而追稱之，然固僧也。舍僧何稱乎？且學貴記實，反記僞乎？且此亦何損于學耶？

至于僕之後命不冠襪、不含斂，則實以流離之故，不曾視先贈公棆柎，故痛以自責。且亦以一王之制不能早遵，而髡首八年，總屬罪譴，非敢效楊王孫任達、王休徵反經也。

乃若僕之學問，深媿不足，然自分拂闖洛，不拂洙泗，倖傳後世，則知我罪我一聽之。顧定無有言近佛者，以平日不喜言學，第言，亦並未嘗有一字闌入佛氏。或爲浮屠作文字，得縱横言之，然爲彼家説，未嘗爲此間道也。此猶賦山者，儘言山，水不得而强坐之；咏物者，儘言物，人不得而妄認之也。

且世之闢佛者多矣，僕謂無用闢，且不必闢者。南朝好佛，佛不加增；北朝欲滅佛，佛不加減。儒者一口一手，闢之何用？且人惟不識學，故恐學有類于佛；亦惟不識佛，故恐佛有累于學。僕惟深知學，亦深知佛，因信儒之與佛，如水火，如枘鑿，如蒼黄黑白。水火不相入，枘鑿不相納，蒼黑與黄白不雜比，而相爲錯合。試以其精者言之，儒學善世，佛法亦善世；儒學利物，佛法亦利物。但儒之利物善世，必由身及世，由己及物，而佛則舍身以徇世，舍己以徇物，人從之乎？此必不從也。何也？人雖極愚，鮮有無己見者也。以粗者言之，則生人大欲，惟飲食男女居室而已，以無何之人，而欲其斷滋味，絶牝牡，去家園門巷，而置之槁喪絶滅之鄉，亦必不許。然而其教不絶者，此一等人，非聖賢豪傑，如蛤菴、蘗菴輩，慷慨託足，則必貧老孤幼，疾苦患難，若所云鰥寡孤獨，窮民而無告者，要皆不得已而出此者也。《周官》九職中，原有閒民，閒民無常事，亦且得食人之食，而遺人掌委積，則凡十里置廬，三十里置宿，皆得以待天下之去來而無主者。然且膠庠米廪，或養庶老，或養孤幼，自老及少，各有安設。而乃王政不作，不得已而盡納之佛教之中，此未必非曲爲補救一良法也。向使紛紛者，既無常事，又無常食，群萃而衆處，則其不可問，非自今矣。

僕生平耑見如此，雖解四疑，未敢一信。聞足下著《聖學防微》一書，專爲儒學之闌入二氏者立一大防。此是衛儒，非以闢佛。千秋絶業，正如望歲。俟書成早付一本，以杜流弊。并候。不備。

西河文集卷二十二

蕭山毛奇齡字大可行十九稿

牘

一　寄劉勃安、蔡子搆、黄剡知諸子

韓王孫一漂母耳，猶千古慕之，吾淮陰滿城皆進食處也。昨去家園時，潛行蘆中，天星曉傾，自謂惻愴已過，然尚不若别離此地之慘，則此地踰家園遠矣。廬陵乍還，不能復道淮。他日天涯海角，願聞踪跡。仝好皆知我情。

二　與朱吏部

名士作吏部，惟公爲山公後一人。惜近世無薦引事，故念不及叔夜，然叔夜本非可薦引者。夙在山陽，走不擇地，然猶斤斤辨索食所由，屢返幸舍。第穿井貴中渴，過山陽者，不僅毛甡，而惟甡志感；過秋浦者，不止李白，而惟白見德。作吏部亦視此而已。長安故人無恙？聞碩人釋褐，西樵舉北闈，婁東、大宗、雲子俱訪友都下，想時相見，此悉係山陽舊游，故并詢及。諸嗣好是慰。

三　與故人

初意舟過若下，可得就近一涉江水，不謂蹉跎轉深，今故園柳條又生矣。江北春無梅雨，差便旅眺，第日薰塵起，幛目若霧，且異地佳山水，終以非故園，不浹寢食。譬如易水種魚，難免圉困；换土栽根，枝葉轉頩。況其中有他乎！向隨王遠侯歸夏邑，遠侯以宦跡從江南來，甫涉淮揚，躐濠亳，視夏邑棗林榆隰女城茅屋，定謂有過，乃與其家人者夜飲，中酒，嘆曰：「吾遍游北南，似無如吾土之美者。」嗟乎，遠游者，可知已。

四　復汝寧金使君

使君，吾嚴中丞也。舊稱杜子不得于中丞，僕謂必無之，鄉使有之，要亦杜子中酒耳。今知果無是也。天下豈有真名人，不委曲諒一窮歸者哉！武孫來，復受尊記，徬徨如去家時，開而摺，摺而又開者無僕數，使君于我厚矣。向道養窮士如釋矢，決則邇之，釋則遠之。今知不然。譬如繳矢，近則欲其可遠，遠則欲其可近。僕雖寡情，豈能暫忘此一綫耶？賢季開藩中州，早知使君當引嫌，昨聞潭屬仍寓貴治，可稱田使君在郡，似一家人，第不審何時赴都，要當車下一把彗耳。淮西二碑稿，近始索得，段稿亦欠善本讎對，各多書一本，用備討擇，想當屬之後任者。不具。

五寄丘學士

避人淮市，得與伯仲結獻紵之好。雖星紀屢易，口記心明，未嘗忘也。學士不歸館，分監武昌，比之東坡居士棲雪堂時。特滔滔江漢，將使遠勝蘄黄間，則别駕之功耳。貴門生史君，擔簦造謁，正西門官柳遠繫人思之際。江東毛生，非生長在淮者，一言淮人士，輒如故鄉宗黨、父兄子弟之不可已。順風相詢，並無所事，賢季并諸仝志悉道此意。

六復譚八開子

壚頭别樂工，偶爲不恬，豈有所溺？此猶衞洗馬渡江，王伯輿登茅山，不必不然耳。而從者以作達見嘲，豈知我者耶？《驪珠集》附去，第一卷中，錢牧老「芳草如當屐齒生」句最可念。譚八新詞佳處，亦正似此，作達者當如是耳。俟寄。

七與開子

沈藕庵今之陽城，吾慕其服官，此君子也。詩亦在滄渾上。乃欲賜校名篇，與盲人論色，何可？希謝之。秋風又起，江東步兵想同有歸心，今尚如蝸蜒負廬，行與住俱，桃符一换，定無在趙之毛生矣。開子異姓兄弟，爾來又日親，不知他日何以分去，預爲念之。

八 答周廣文

昨歸已著曙，頗困，廣文先生喜作達，此是學問不任性處。第欲重過聽妓，則不能。古長安狹斜，大抵詠少年游俠一輩，以踽踽當此，甚覺不合。蠻人非不好食酪，恐勉强咀唔，終無定味。況僕又抱中山之泣者耶。昨妓中稍長善眄者，是趙代佳人，惜技未盡善，然僕以爲只此一聽，已是了了。若再聽，反蛇足也。廣文先生能如張禹自畜妓樂，僕當效戴崇就觀，不然，吾南人學問，有牖中窺日而已。何如？

九 答姜生

兩年兩地，思不能隔，則不可隔矣。切靡道理，足慰遠旅。但來牘不泛，微及僕向時逃禪之説，即有未敢承者。儒佛水火明矣。縱歉儒行，亦豈有假途苾蒭，倖邀捷得之理？特愚以爲，今之學者，一意向外，惟恐循習之久，稍于本分不暇，有顧子失母之病，反不如荑稗之有秋，此亦憤言如是耳。不惟不敢立論，要亦幾曾按驗，作取路已經語，他日總須務此，今未敢謾也。然乎否與？此間理學，推孫徵君、張仲誠二人，大河南北，從若影附。其所著亦甚與姚學脗合，第未見蕺山所著，故徵君輯《道一録》，自先儒迨今，有蕺山名氏而無其書，能寄《學言》《聖學宗要》，甚善。率付無緒。

十　回楊監郡

暑雨入郡，定謂與郡使君竿牘，使云買書，窮官客有閒錢耶？文稿全近八家，不棄芻蕘，已妄加點註，豈謂過下，猶辱玄晏。人有羨毛嬙之貌者，自謂能益其妍。于是琢玫瓌之飾，割文錦之帔，濩脂薰木，過市而人爭豔之，嬙乃歸謝，而不知其貌使然也。他日者，里婦起而效爲之，則卻走矣。尊文自佳，而欲加僕文以行，則里婦將竊笑矣。願熟思而已。

十一　寄蔡子莊

去時見譚南村，彷彿道從在許下。後有人自滎陽來，云在睢州使君坐上。近又聞返陽翟，究莫得定耗。昨大敬書來，欲因僕蹤跡，并促南轅，不可得也。今促書又來矣。家人四目，盡懸北樹，足下自揣所遭，與僕全別，遊遨有興，興盡則返耳。況所至不越河南北，嵩汴箕潁，足跡已厭。又此地僕曾經過，春風不出谷，便塵土滿衣，游子何樂？而十年一息，漂然作忘歸之矢，此何見乎？天涯兄弟，各已老去。鄉壤雖僻，究爲魂魄樂思之地，僕惟未得食蓴耳。足下擔囊歸里，何所不得？仲御不專美于前矣。北平趙君，僕曾遇之張給事所。其人質有文采，聞與過容城講學，甚善。若韓君游俠，僕未親睹。足下喜暱頗雜，有似道廣，實則不然。總之，足下精醫學，定當審候，此時此疾，不在遠志，在當歸耳。何如？損鑒。

馬西樵曰：六行連作十轉，如疊浪之催，此戰國事語家奇文。

十二 寄復上蔡張先生

密邇講堂，尚不能一委摯。若非絶物，則其無志可知也。向夏明府去時，藉其便經，寄所屬題楣，不見再索，定知已到。但《大》《中》二序，前所傳示，私謂已抵精藴，今尚有參本，是何義理之無盡也。僕素失學，實不知此中節次何始何卒，即近年稍知讀古本《大學》，然尚以捉摩未定，觸手胡突。頃讀爲學次第一書，知窮理力行之先，原有立志存養二節。江漢既導，而後可以疏沱潛；堂構既成，而後可以闢門户。宣聖之志立不惑，曾參之貞積該通，皆是義乎？行路唯起程一節最難，技學有頭緒，便可精藝。次第既得，聖學不墜矣。向在施湖西講次，有楚人楊恥庵者，單言立志，此是知止一節，先儒已道過，但繼之存養，則是定後得静安耳。就正無日，若到得立志，自當直造廡下，以究指趨。憑紙扶服。

十三 回董子長

在淮不通一札，及遇敬止，知早在都下，裁欲寫問，已著曙將別矣。手記頃及，宛如當面。特怪伊鬱之情尚見行墨，燕臺不乏購馬者，且以陸生游公卿間，宜聲名藉甚，乃猶作趙壹哭泣，何也？意者丈夫磊塊，不可宜于人，必所至窮困，乃爲豪耳。新賦上儷漢魏，下掩晉宋，沈博絶麗，抑何妙也。珠玉在前，反屬糠粃。皇甫士安文，欲使相形見劣耶？西山諸詩領到，鄉人在長安者，頌道近狀。不莊。

十四 與曹受可、何景韓、王千之諸子

接教，以爲丞既有廳事耳，暨覆剳來，始知仍在賃所也。無廳事作《廳事記》，其愛夏公乃爾耶，即此意足傳矣。昨夏公瀕歸，僕詢其得復廳事狀，彼覆云，子不云賃事堂于邑居之民，遊于邑，而爲之賦詩乎？此僕爲夏公詩序語也，啓之爲作一笑。夏公即此道意，捉筆悵惘。

十五 回陳子

淮西官驛，于風雪中送上征軺，迄今匝歲矣。貽詩久未酬和。他鄉廖落，兼託食于人，何暇更及辭句。札示以作詩之法在性情，不在聲律，甚當。但聲律何一非性情？性情所至，即有聲無詞，尚能動物。幾見吹蘆噏管中，必一一作披肝瀝胆語耶？此甚明著者。近聞康臣別有論議，此君于此道頗了知，不致差別。僕偶承明問，因一及此，勿舉示人耳。詞一首奉懷，意欲酬「風雪滿征鞍」之句，幸勿少之。

十六　復杜陵生

聞有新安之遊，金使來，知又返兩水。第不曉今年企脚何所，僕倘相尋，當不出三江五湖外否？前接大敬書，知貧士蓽門，已非所有，故人一載不相見，輒如丁令還遼陽，所見俱別，況忘年之旅耶？僕在外無書閲，借書又不便，便亦不暇，每遇作文，輒悵悵，移時便置去。家中舊爲文，燬無一首，此事已矣。足下盛誇僕文賦，誘我耶？抑亦爲他人道與？或後有所試而譽之也。僕文賦僅免制舉氣耳，其于古人畛界滂洋無所窺。西人截竹一節，便誇得竹。及過會稽，見竹數百里，蓬蓯𧜀褷，拂雲霞，翳白日，始知向所得祇一節也。僕文不近是乎？假使僕得息肩一所，屏絶人事，讀書一二年，爾時得足下左右之，或有可觀耳。鄭世子《樂書》久無從覓，彭詩亦未見，嗣寄更悉所言。

十七　復沈九祕書

臨安西巷，與陸弟對門居者浹月，比見輒念令兄天上人，爾時便擬作《長安道》詩，及再遊淮蔡，則神思惘惘，幾欲半途過蘄黄遊方外去。今又兩年矣。頃尺一來，開展躊躇，且以足下所遇，猶嘆遲暮，有仕學兩淹語，視僕何如耶？垂盡之年，銷于索食，朝陽夜月，過如雅飛，其無所覬望明矣。吾鄉夏仲御買藥入洛，與洛中王公無布衣之好，賈公閭倚太尉貴，猶且就舡與語，各欲挽留之，而不可得。今長安不乏故人，宦遊名士，且遠過公閭，以僕應故人招，亦未必不遂勝仲御，然以仲御之名，洛王公之重挽留之，而終于必出，則何如本不入之爲愈乎？愛僕者念此可耳。賜詩沈著，迥過流輩，第難于擬和，長句非律法，惟繩準之。因白附悉，不遂繁詞。

十八 覆何户部

不見二十年，故人天上，榮問日增，非不能尺素道故，顧自視無好顏色，徒見勉强，不謂足下能念及也。向在豫章，遠蒙分俸，尚未報謝，數年之間，益復流浪。足下乃稱僕文有名，并慶得子。古來名必起都下，故以相如之才，尚屢赴長安，而後名聞于天子。僕褢足帝京，兼不好交近貴，論文則名日銷落。然使文不自振，即長安僕僕，亦安所用？愍皇帝使使徵張西銘，文能如相如乎？此僕深自揣者。至謂得子，則子虛之甚，益驗所傳皆訛也。僕東西無著，生子之人且不能得，安從得子。去年京兆書來，傳足下誕馨，此實有之。從來福之隨人，如浪之隨水，層疊而至，故曰吉人無單福，以此反觀，則僕更可知耳。因覆不悉。

十九 答南士

以言感人，其術猶淺，況以言忤人耶。田叔都讓兄辟召，佯瘖，雖恐灼勿變也。後在田舍，夜雨，其友張子平者，假賊踰垣，持刃迫切，猶然瘖不出一語，子平抱而泣，以爲真也。予初亦佯瘖，忽老母呼之，即應曰諾，乃知瘖不出一語，亦大難也。予生二十九年矣。自三年不能言外，能言者，已二十六年。吾言亦久矣。家人憒吾言，并毁及吾所爲文與詩，而愛我者亦且同忌我者之必欲使予瘖癈而後已。嗟乎，謂予無術，固甘也。不知者乃謂予言妄足賈禍，❶不如瘖癈，則何與子平持刃者適相戾哉！南士，吾子平也，辱詢及，是以又言，總之，負負無可言者。餘左。

二十復曾副使柬末

駱崇仁猶崔秋浦者也，向朱吏部宰山陽時，視吾猶崇仁，然要皆牲友耳。若其他不乏晉接，總知牲者。惟定陶魏文學兄弟、湖東婦鄧老秀、此間黄吉，漠不識魏齊，而遂能解相印偕去，何以得此？

二十一示楊生復修

趙尉稱胡法曹理學中人，向就語，但道得「階級」兩字耳。學問如司馬君趨孟達，説不得到，忽得行到，吾願生勿計程，就步而已。

二十二答友

是非本在人，而謂人能是非。夫身非鬼而欲瞯人室，非虫而欲蠹人之膈，能乎？足下行故無惡，

❶「禍」，原作「禍」，據四庫本改。

而僕又不喜臧否人物，因亦不信人之有臧否，且人不得而臧否之也。足下自驗而已。故有謂盜可設燭者，害盜者也。謂嫫母之不得就鑑，此似愛而實非也。何也？形故不在鑑也。謂迴目不見尻，而凡言尻穢者之有所嫉，則曬其所穢也。夫謂瞽者之可蔽，以其色，而青其藍朱其紫者，必欺瞽者也。謂人必欺瞽而并絶相瞽者之告，以色瞽自欺也。

二十三 寄揚州太守金使君

揚州佳勝地，得使君居上頭，元龍、永叔豈復有前徽也？中春遣使過，而阻于兵行，今則日尋山鞠窮矣。西陵道傍，從戈甲中送乾公赴天寧，因寫拾柹，當憑君傳語之意，其知之。乾公，今之惠勤，與永叔相見，自有投分，他日天寧卓錫水即六一泉矣。嗣君正夏争勝。

三十四❶ 與張文麓

頃惠我，甚謝，腿癰大事，不可出門，且需謹慎，囑切囑切。校正具見明敏，我近昏憒，而講堂諸人竟是寥寥，吾道能傳者，惟張子矣。諸處已湊字命改，再須仔細檢明再改。若《魯頌》「奚斯作」，我亦想起，但不記出自何書，註疏無有，惟再示知，容面不一。

---

❶「三十四」，疑當作「二十四」。下條「三十五」疑當作「二十五」。

三十五寄圭峯十重圖與張文䖴

我辨《太極圖説》，秖以無極尊經爲道家一派，而未言本之禪宗，此全藉推發之以暢其説，是圖宜秘，不可失。

北京大學《儒藏》編纂與研究中心　編

《儒藏》精華編選刊

西河文集（二）

〔清〕毛奇齡　撰

閻寶明

趙友林　校點

馬麗麗

北京大學出版社
PEKING UNIVERSITY PRESS

西河文集卷二十三

蕭山毛奇齡又名甡字僧開稿

箋

雜箋

一

陳元龍，淮海之士，豪氣未除。以登邳人屬淮，《禹貢》稱淮海，又稱海岱及淮，故云習氣未盡也，見舊《淮誌》。信此，則後稱湖海者踈矣。元龍，淮海之士，與徐寧郯人稱海岱清士一類。

二

宋板《萬首唐人絶句》，李白詩「天門中斷楚江開，碧水東流至此迴」，此是《望天門山》詩，因梁山、博望夾峙江廣，水至此作一迴旋矣。時刻誤「此」爲「北」，既東又北，既北又迴，已乖句調，兼失義理，因爲記之。浴佛日記。

三

江上吴氏園小集，競舉疑義，或有舉《世説》「王子敬語王孝伯曰：『羊叔子故佳耳，然何與人事？故不如銅雀臺上妓』」，座中悉據王敬美評文，以爲子敬傷厚，則必是刺羊語，不然，亦微惜羊公清德過盛耳。及觀孝標註有云「此正墮淚之言」，始悟其言之委曲也。大抵深美極讚，而無以自解，故爲翻激，乃有此句，此正指「墮淚」一節耳。若云公自佳，然與人何關？而墮淚如此，故不如「銅雀臺上妓，相向六尺床」得迸涕也。

四

《大學》「物有本末」，以物指明德諸條，究無引據。嘗讀《仲尼燕居》，哀公曰：「敢問何謂成身？」孔子對曰：「不過乎物。」物即天也，道也，則即明德諸條也。格物者，格此而已。又曰：「仁人不過乎物，孝子不過乎物。」

五

《子虛》《上林》本一賦，而分立二名，古文多有之。《書・顧命》《康王之誥》，魏武《薤露》《蒿里》，宋玉《高唐》《美人賦》，皆是也。《史記》直判爲兩時所作，至云帝令尚書給筆札作《上林賦》，則請思

《子虚》篇首明列「子虚」「烏有」「亡是公」三人，而「亡是公」又三人之主也，兩客喀喀，懸詞以待，史之誕何至此？

六

用經中字，雖稍誤，不害。自漢以前，凡周秦間引經，有與本經不謬一字者否？行文自有機械，引彼就我，有不能不更置者。而宋人必斷斷于一字一畫之間，豈有文章哉？

七

今人作詩，以廣輿爲行枕之祕，遂至僻縣孤壤，皆有標識。若指點略闊，翻訾不切，不知古人所見者大，名山巨浸，汎絓人齒，如入吴不逢張子布，渡江不識王茂弘，雖切認無當也。嘗記予鄉雲門與禹穴距遠，而宋考功《雲門》詩「山圍伯禹廟」，靈隱與江亦距遠，而駱丞《靈隱》詩「門對浙江潮」，太湖與七里灘更遠，而喻鳧《泛太湖》詩「灘迴七里迷」，如此不可更僕。甚者，盧綸《憶崔汶》詩，因汶客江西也，故首云「夜問江西客」，而中云「晴日游瓜步」，則在揚州，「新年對漢陽」，在湖，「望嶺家何處？登山淚幾行」，在嶺，「閩中傳有雪，應且住南康」，又在閩。王維《同崔傅答賢弟》詩，爲弟客姑蘇也，故首云「洛陽才子姑蘇客」，而中云「九江楓樹幾回青，一片揚州五湖白」，此九江與揚也；「揚州初發下江兵，蘭陵鎮前吹笛聲」，蘭陵，今常州；「夜火人歸富春郭，秋風鶴唳石頭城」，一秣陵，一嚴陵矣。「周

郎陸弟爲儔侣，對舞前溪歌白紵」，前溪屬湖州地。「曲几書留小史家，草堂棋賭山陰墅」，山陰。❶

八

每欲造仙，而每厭其拙，他不具論。如「仙家日月長」即唐子西「日長如小年」一句也。故前人詩「山中方七日，世上幾千年」，只是日長耳。愚者悮會其意，撰爲王質觀棋、劉晨採藥諸説，反使仙家日月短于人世，拙之極矣。亂離晦冥、旦明幾時，則有中山飲酒、千日一醒之譬，謂不如急度耳，仙何憂患？而刺蹙如此。審然，則廣成安期，到今不越數歲，而有唐鍾離權八君，且生不彌月，欲詩以大椿，而反隣于朝菌，欲諛彭，而反爲殤，非拙如何也？

九

人爲天地所生，而能並天地，何也？天地能生物，天地不能生人也。其不能生人，何也？凡天地生物，則全予其生于物，而生人不然，必使其人自生之。物不褓而藉，不持而行，不扑炙灌熨而能免燥濕疵厲。人有生不抱持，生不繦褓，生不調水火陰陽而得挺然與物爲安全者乎？此非天爲之，而人爲之也。故萬物因天，人法天。因天者，榮落𧓍革，生死動蟄，與天爲轉旋已耳。乃若法天，天有晝

❶「山陰」句下有闕文，四庫本「陰」字下注「闕」字。

夜，而吾法之爲顯晦。天有治亂，而吾法之爲進退。因之者，我無與計。法之者，人自爲功。故曰人爲貴。此聞之臨陽講次者。丁未二月。

十

杜弼與邢劭從東山共論名理，鋒角不竭，要只人死還生一義耳。予謂天能生人，人亦生人。古皇之生，天生人也。羊叔子生，從隣家兒，人生人也。譬之潦水初積，鱗影渴絶，而涵濈稍發，噞喁可睹，水生魚也。託子蘋藻，爲鯤爲鮞，魚生魚也。故蟣虱在體，有自生者，有抱蟣虱生者；草木之在地，有從土萌者，有從陳根宿核作甲坼者。

十一

禹州馬端肅家，有嵩陽道士，能爲越方，時少林無盡禪師在坐，木木無術。客謂：「古多神僧，而今影絶，豈西來之教非耶？」師曰：「吾之教，不能使吾有術，能使術不及我耳。」端肅曰：「如是，則神于術矣，請驗之。」道士遍採人衣袖花菓，而師無所有，既而推人入屋壁，人魚貫入，如壁燭之度影，而師推之不少動。端肅嘆曰：「老僧之不見不聞，真無窮也。」此史禹州爲予語。

十二

周櫟園侍郎云：金沙王伯陶孝廉，順治中上公車，至德州城下，响馬剽銀鉔去，塵尚未遠，解丁徬徨間，城隙二馬馱進香夫婦過，解丁熟視，驚前曰「此某捕也」，匍匐乞救。男子垂首應曰：「賊多許？」曰：「四。」曰：「吾病央，婦人可矣。」婦人摇手，男子轉向逼促，既而咄咄，婦人不得已，撤面紗去，交男子抱兒，束絡斂裙。男子曰：「須吾箭乎？」婦人曰：「彈可已。」已而到，呼曰：「吾某捕妻，索銀鉔者。」賊曰：「雄且誰何？豈況而牝也？」四矢並發，逍拂之落，而以丸摩一人鼻，不理，遽内其目，賊曰：「竟煩奶奶耶！」還之。德州守饗夫婦有勞。或曰：此即于七夥也，伊姓，婦人賣解家女。于七後以叛案籍逮，不得所往。

十三

《小招》：「激楚之結，獨秀先些。」註：「結，髻也。謂鄭衛妖女，工于服飾，髻之殊製，足激楚人，故令之先進。」此王逸本註，而朱子因之。假以此入艾子，有不冠拓纓絶乎？向閲《舞賦》云「激楚結風，陽阿之舞」，私謂「激楚」與「結」，俱舞曲耳。然二曲併合，猶可擬議。既觀《上林賦》「鄢郢繽紛，激楚結風」，註云「激楚，楚舞，可以結乎其風也」，則激楚即結風矣。然獨下「結」字，猶未安。後讀《淮南子》曰「揚鄭衛之淫樂，結激楚之遺風」，則「結」直解「舞」，言激楚之舞耳，結風亦舞風耳。文一字而三訂始合，世猶有以妄臆解古文者。

十　四

丙申立秋日，宿橫山草堂，夢石級遺一書，取視，則《西京雜記》也。中有云：「長卿入臨邛，臨邛女子皆驚曰：『此間有惡惡客。』」既醒，閱《記》中並無此言。

馬西樵曰：惡惡與好好並是妙辭。

十　五

《淮陰侯傳》「漢王欲召信拜大將」，是使信拜，如拜郎、拜尉耳。俗以爲王拜信。江上監國軍拜鎮東將軍爲大將，設壇備儀註，時閣部督師張公國維代監國拜，近搬演矣。古命將出師，原有推轂授律之禮，特爾時不然。觀《傳》云「信拜禮畢」，則信自爲拜，豈拜信乎？

十　六

清師下浙東時，台州馮甦爲亂兵所殺，視同時見殺有未絶脰者，魂憑之甦，因名甦，字更生，别字再來。丁酉、戊戌聯中式，今見守永昌焉。山陰吴履泰太守女早死，越十五年，其僕女田氏未嫁，死而甦，則女也。太守疑田氏有詐，謂覬嫁奩耳，及詰故隱事，作書覓舊弄，歷歷券合。女故許配同邑祁氏，至是，祁亦斷姻，謀續之，女執不可，曰：「父疑我矣。」今見居果園爲尼，家人尚呼爲還魂小姑。或曰履泰向亦爲永昌守。于山人曰：「人死不復生，質耳，若其神明，則固有不然者。」特吴女久而能還，又何也？商雨臣内君爲吴女侄，予時質女事于雨臣所，故記此。然則世謂無返魂者，疑矣。

十七

明崇禎朝，宫中有位號者，止田禮妃、袁淑妃二人，餘幸從者，名新女子。又以嘗居乾清宫後房，名青霞室者，亦稱青霞女子。老宫云。

十八

有承乾老宫云：上稍寵禮妃，而后以大體抑之。妃嘗變製禮服，雜備五采，后遣褫去。又歲賀，妃翟車直入，后故阻之，止門外。須臾，一車入，則淑妃也。時雨雪凍甚，禮妃因泣搆，上以他事辱后于交泰殿，既而悔之，特問后起居，厚賚，而傳旨令禮妃啓祥宫修省，凡三月。其後上御永和門，后請召妃。上不應，后遽令迎之。于是始還承乾，然尋病薨。其五皇子則薨于啓祥者。舊云：因册立皇太子日埽宫，驚禮妃，而妃言不孫，被斥。又云：上欲用廷臣，禮妃甫稱霍維華，而外之薦維華者適至，疑其通外，故斥。雖事皆有之，然修省則不因此耳。

十九

甲申之變，宫人費氏爲賊出于井，紿曰：「我長公主也。」以獻自成，自成曰：「主何號耶？」曰：「昭仁耳。」「何名耶？」不應。驗之老宫，非是，賜帥羅甲。甲輿歸，將婚，費又紿曰：「我雖宫人，實巨家女也，今幸事將軍，請召諸貴客爲嘉會，可乎？」甲大喜，召諸帥豪飲，及醉，費竊利刃，請甲入，舂其喉。出，請行酒，連刺二帥，始自頸死。瀕死，呼曰：「吾之不得殺自成，天也。」老宫云：費嘗給事昭仁宫，因次公主幼無封號，嘗以昭仁主名之，故費稱昭仁。若長公主，名徽娖，封長平公主，豈費時偶失記耶？

二十

張給諫言，崇禎末，汴梁大家多于映壁畫水，汪洋滿目。又有鏤板印趙州水尺幅粘墻，云以厭火甾。後闖賊與大司馬傅宗堯戰于朱仙鎮，宗堯死，遂薄汴城，圍兩月，百計攻不下，而城中食盡。推官黄澍與巡按御史謀決河灌賊，遂決堤三重，水大至，賊徙營去，而城已浸矣。急取河北岸舟，得二十餘，渡人，然渡亦無幾，河遂瀦洗滎汴間，人皆謂前之畫水皆妖云。此十五年八月十六日事。

二十一

康熙庚戌，淮揚水甾，高郵以下，湖決二口，各百丈許。舊制，修堤先椓杙水中，❶然後下竹箱橫闌之。竹箱者，以竹器裹石者也。忽水底浡發，若火之沸鼎者，所下杙與箱皆作灰燼，散浮水面，不得所解。

二十二

呂絃績云：岳州城下，有鐵囊頭五，沈水中，秋冬水涸即見。其製若井字，縱長橫短。其縱之四梢皆外張，長丈厚尺有咫，每具約重萬斤，圜竅當中，宛然囊頭，土人指爲洞庭君枷水怪者，然不可信也。一説前代用兵時作浮艦渡江，此纜艦之具，然亦殊迂，且不考何代？且亦何罏冶爲此？

二十三

呂又云：臨清州村落有大姓祖塋，栝柏森密，集烏鴉萬餘，有年矣。忽過客仰之咨嗟，急詣主者，叩曰：可賣耶？主者怪其不誠，謾曰：可。客遽請值，主者復謾曰：非若干不可。客忻然解橐中金，

❶「杙」，原作「栰」，據四庫本改。下一「杙」字同。

如數予之，遂立券。主者一家大駭，隨往塋間視其所爲，見客出藥一握於塋隙，焚訖，揮手告別。次日，則樹無一鴉矣。姜凡谷云：河間某村亦有此事。其家自鴉去後亦無恙。

二十四

萊陽姜仲子出貞毅先生所藏東坡像示予，則儼予像也。腆頤賁嵦，黄白其色，鼻垂圜根細，而鬚朗然，或謂坡髯，仲子曰：「汪户部曰：『髯不必髭，即關壯侯可驗也。』」史訥齋又稱，山陰朱嶙携徐天池像亦似予。予文不逮二公，而兩與相類，可謂顔厚，然戹則與文長差不遠耳。貞毅先生名埰，以諫戍宣州死。仲子名實節。

二十五

姜仲子僦吴門，藏管夫人硯，緑石，徑五寸，横半之，厚如横，池子與面若兩環互抱，而面侵于池，其蝕繡黝澤，往往四射，予嘖嘖久之。仲子遽邀予過隣家觀宣和紅絲硯，按《博物志》載天下名硯，四十有一，以青州紅絲石爲第一，而宣和尤紅絲之冠也。質瑩甚而朱紋隱起，上如紅羽，下如丹葉，故又名朱雀瓊花。仲子云：「初，吴門陸履長孝廉名坦者，其家得此硯時，以綵輿鼓吹迎歸。每歲時祠硯，帥子姓盥獻成禮，故彭城萬年少有《祠硯圖》，圖子姓男女長幼，傴僂歷歷。而婁東吴學士、雲間陳黄門，皆有詩歌記之。今已兩易主，適所藏者錢氏耳。」予聞之愀然，嘗欲賦以詩，不得，因漫筆此。錢氏字我安，隱者也，亦字卧庵。時乙卯臘月初六日。

二十六

往見李少宗伯于豫章，酒酣，語崇禎末議南遷事，宗伯曰：「爾時主之者，惟李都憲與予二人，他無與焉。」予嘗面争曰：「《易》言遷國，《書》誥遷民，唐世再遷而再興，宋室屢遷而屢復，諸君安諱遷哉？」時熹廟懿安后與周后亦稱遷便，懿安嘗曰：「南中我家尚可居。」惜政府無力持之者。一說懿安惡延儒言遷，在上前極詆毁之，則此時政府無延儒矣，記事之誤每如此。

二十七

《虞書》「帝不任鯀，而岳曰异哉」，孔傳訓已止也，《説文》訓已舉也，蔡傳則從而兼收之，曰廢而復舉也。夫一「异」字而合「廢」「舉」二義，通「巳」「已」二音，世頗疑之。予謂「异」字上巳是止，下廾是舉，蓋廾者，舉手也，則宜兼二義矣。若「巳」音同「已」，「已」音同「巳」，則古文盡然，見予《答王履庵書》。

二十八

曾一日觀唐畫二，一王維畫，不知何圖，與世傳輞川筆墨差類。一大李將軍思訓畫，名《御苑龍舟圖》，又名《御苑採蓮》。精細生動，人長分許，而意態具。衣粉凸厚，皆剥落，而夭冶轉見。其山水林木樓臺，略涉疎野，然工而彌逸，則其遠勝小李者也。或曰，唐畫當識絹。其絹如版松玉色，不辨絲縷。初視之，疑金粟山紙。張丑曰：「唐絹率熱湯細擣，練如銀版，其不能僞以此耳。」

二十九

平西額輔搆園亭于吴，即故拙政園址也。因舊爲之，凡長林修竹，陂塘隴坂，層樓複閣，雕坪曲圯，極崇閎靡漫之勝。予入觀時，方籍入毁拆，非盛時矣。然一步一境，移人性情。但記其一名楠木廳者，大概九楹，皆楠木所搆，四嚮虚欄洞槅，軒敞高闢，中柱百餘，柱各有礎。其礎縱横絜量，通約三尺，而高齊人腎，墨石如鑑，雕鏤之巧，龍盤鳳轉，錦卉錯雜。詢之，皆故秦晉楚豫諸王府物，而車徒輦載，所費不億，不足，則復取巨區石購工摹倣以補之，❶其奢麗皆此類。

三十

可參上人講《法華・普門品》「福不唐捐」，以「唐」訓「空」，言福不虚棄也，意《莊子》「求馬于唐肆」，義亦如此。小至日記。

❶「巨」，四庫本作「具」。

三十一

越中閨秀，以祁湘君、徐昭華爲最，二人爲從母兄弟，其母夫人皆商太傅女，一祁中丞夫人，一徐大司馬子婦，皆閨秀也。湘君年長，倍于昭華，予曾于其初婚時，作《催粧》詩，今二十年矣。昭華年小，好讀予詩，因以師予。其人殆天授，過目成誦，落腕成句。二人才分固相埒，然昭華不可量也。予嘗貽杜陵生書曰：「晚得一女弟子，能爲唐詩。近詩已能逮韓、劉間，過此非所料。」杜陵得書，每每示人，以爲佳言。

回友箋

東林非黨也，有抗東林者，而黨始名。然而不敢顯居于抗之者也，于是甘于抗東林者，必文曰中立。夫使抗之者之不敢顯居于抗之，而乃曰中立，則東林尊矣。今之抗王、李之文者亦然。明明詆其文，而不敢顯居于詆之之列，必文曰都不觀某某兩家之書，則其文益尊矣。吾之抗王、李不如是。必極觀王、李之書，使彼肝肺顯然，一無所逃，而後乃坦坦白白而上之，斯足貴耳，不然，是欲以暗昧勝之也。暗昧勝之，非勝也。若來旨云「東林容有小人，抗東林者，必無君子」，文或稍異，是耳。

二

爭文者，要問其所爭爲何人，假所爭者爲班固，爲劉向，侃侃持議，亦孰誰敢非之？然班、劉則不爭耳，吾不能班、劉，而能班、劉之不爭，孟之反似君子，非與？

三

文貴百變，無容一是，狗固不得，何有于爭？且爭最叵用。第曰爭，則行文便有如許不平之氣，久之，即不至爭文，而其不平之氣猶在也。嚴顔曰：「斬可耳，何爲怒也？」此最妙語。足下念此可已。

西河文集卷二十四

蕭山毛奇齡字齊于又字于稿

序一

《西河集》惟序最多，今所存十之二耳。若其他代人文字，則原無録稿，並鮮簒入。

快閣紀存序

士有所見重于世，即偶然游詠，世争傳之。計然有湖，望諸君有村，下及楊雄、司馬相如輩，彈琴載酒，無所定適。後之人猶必按其蹟而歌詠其地，此猶龍見于淵，龍去而淵以名焉。然而傳之者與有效矣。

西昌有快閣，猶南昌有滕王閣也。滕王不足存是閣，而王勃以一序存之。若快閣，則有宋黄山谷先生所登臨也。前時沈太常實爲斯閣，而先生以試宰泰和，偶成一詩，其後和之者，日積歲累，遂群然以是閣歸之先生。夫文之能重地，久矣。當先生吟詩時，初不意後此能和之也。亦既和之，而祠祀碑碣，記載久遠，遂有輯之成書者，則又不止于和之已也，而惜乎闕軼不傳。

宣城施愚山少參，分司湖西，悉舉往蹟已廢者，次及快閣，且爲修祠記，書之石。蕭君孟昉者，邑人也，賢且好義，每襄所欲作。因復搜前書已闕者，重讐覈而續以新輯，名《快閣紀存》。予兩入西江，三登滕王閣，卒不得登所謂快閣者。曩者牲羈吉州，蕭君屢馳書招予度歲春浮園，則其先太常公别業也。即欲于是時一登快閣，而雪深足寒，卒不果前。今其事已往矣，讀《快閣紀存》，輒浩然若登快閣者。然後知予之不得登快閣，不足憾也。

乃予則又有感矣。考先生之號涪翁也，以曾貶涪州也。其稱山谷也，則又以知舒州，而樂舒山之山谷，標所慕也。乃涪江有亭名「涪翁亭」，舒州亦有亭，不在涪江也，亦名「涪翁亭」。先生以愛山谷而易「涪翁」爲「山谷」，今人必重翁，而且標舒谷爲涪翁。然則斯世之必無所已于翁也，有如此亭矣。而舒亭、涪亭欲求如快閣之片言隻字，而了不可得，則夫後之傳之者之大有效于前人也，獨快閣也與！

雍丘張氏世德紀序

余友丁子菂園，自禮部典河南試，其所得士，有曰張君榮廷者，居雍丘，其制義爲一時選文家所稱。選文家例稱名，則嘗稱之曰張君榮廷。或曰：張君榮廷者，世德家也。考之張之先有授昭勇將軍、宣武衞指揮使，曾以明之弘治間，輸金二百鎰助邊。正德間，官軍勦流寇，過雍丘，又輸金若干。自正德逮嘉靖數十年間，歲凡四饑，四賑之。每賑，出粟千。其子亦以助賑故，授兵馬進指揮使，服三品服。自是以後，皆世有盛德，稱世德張氏。而首之者，宣武公也。宣武公名廷恩，字世榮，顧張君六世祖也。今張君名榮廷，人皆諱其祖，而張君獨不然，何與？

吾嘗觀李獻吉所爲宣武公碑，知公有用世才，懷仁抱義，負彊幹，饒術智，而不得展也。以賢智如公，當國家多故，而阨于制舉，無所于起家也。寵之以爵，父子蒙國榮，而徒以虛位相長其鄉人，無實報也。因嘆國家用人，徒以制文進爲失制。而公以丈夫賫志韜德勿使彰，秉國之過也，抑亦其時使然與？然而蓄厚者，流必長，理也。是故張君曰：「吾非不知諱也。吾先人莘城公，慨世德之勿彰，而故襲前名以期大之也。」今張君稍顯矣。張君將厚其所施于時，而豫爲養潛，遲回公車。予薄游汴南，遇張君于潢河之濱。見其容貌者，恂恂也，而言論駿發，意氣犖犖然有似凌雲。且率其嗣子，令毋忘世德爲念。夫張君豈僅以文章顯哉！

張君出《世德紀》命予敘，予則述其德之可大者如是而已。李獻吉曰：「宣武公居西岡，嘗如杞，還，見路有野馬，奔而噬人，人遂駭，塞不得行。時公袖鐵錘，下馬直前，將擊之。馬張齒鼓鬣，懸蹄向公，公驟揮錘碎其顱，上馬而去。」夫有德者必有用。張氏之世有盛德，而不屑屑爲無用如此。

馮翼遠評曰：紀世德耳，首以叙事側入，中以論議反拓，末以徵引隱躍掉動，下筆愈實，取境愈空，《過秦論》通體排實而虛處，宛然非耶。

張孔繡適吳筆記序

張孔繡將適吳，記途之所行，由貝丘達渡河而迤南，凡朝暮行止，目之所逮，足跡意志之所周知，削木以藏，凡得若干板。及距淮，遇西河毛甡于千金亭，出示甡，讀之。甡乃曰：「人特重去其鄉耳。既已去之，而舟車房皇，惘然隨所往已矣，亦安知道路中乃復有山川風物，耳目睹記如此者也？孔繡有心哉！」杜詩云：「經過老似休。」言將老，則所經不可再也，傷哉言乎！予避人有年，原其所經，本無所取適于心，又勢跼蹐，不能暢然極高下。然且退休于床，思前時汗漫，蹶然興起，每欲目極而足追之，而悁不可得也。則又恨當時不健捷，不即屬記憶，悲哉！觀孔繡所記，可以免矣。

孔繡世家子，代有文章。其先大父曾相懷宗朝，有名。先曾大父儀曹公，文絶似子長，其集爲三百年來行文家所罕見。孔繡以有本之學，彊于記誌，宜其文之著也。吾聞孔繡所居，在笠山之陰，孔繡自號爲笠山村叟，又别啓石谷藏樓焉。夫其有得于游歷，雖家居，猶游也，況游哉！予友杜陵生，游人也，不見者有年。讀記中有贈孔繡詩，知杜陵尚在齊也。夫此之至齊，則猶孔繡之至此也。孔繡且游吴，吾將游齊，與杜陵生相見于笠山之下，以待孔繡一削木矣。

俞右吉三述補序

俞子負用世才，而不用于世，乃亦不欲爲世用，然且讀用世書。自朝廷典禮、文章、制度、品節，凡夫一切爲世用者，考據沿革，下逮枲絲醯醢、摶埴築削之舉廢，無不博極其始而殫晳其末，爲有用也。予遇俞子于當湖者十五年，漸聞所著書，自詩歌、雜文外，更爲填詞，靡篇曼音，相習爲無用。間嘗疑之。既而遇于河，乃得遍觀所著書，且復出所爲《三述補》者，顧而曰：「予之爲無用，類如是也。」昔者弇州作《三述》，曰「盛事」、曰「異典」、曰「奇事」，彷彿唐人所傳卓異小記。自洪武逮萬曆之初，凡二百餘年，而其後未能及也。今俞子自萬曆以來，終于南都，❶補其六十餘年間所未備者。

嗟乎，有明三百年，典禮、法制、文章、品節，昭然與古爲升降者，大抵選舉過苛，而品秩過密。過苛則無踰量之舉，過密則必無卓然尤異之觀，今所述猶烺烺也。昔者鄭桓公、武公相繼爲司徒，《春秋》美之。故漢以三傳司隸、四世太尉爲極盛。而魏晉以後，則或如謝氏之代爲吏部、王氏之代爲御史中丞，皆盛也，而奇寓焉。顧晉宋重門閥，唐後雜聲望，代相襲也，明則無是矣。且夫儀典亦因時耳，初無一成之矩可畫守也。故漢文賢主也，尚以入粟者爲廷卿。而宋泰始初，捉車隸馬，盡授郎將。至齊主，用商闇爲開府儀同。唐宋以來，其于優人作將軍、内侍加太傅者，尤比比也。有明典制，每于曠軼之中，得守常之義，雖曰異典，然恒法因之。且其爲奇事，則初無一人而九選、一士而八科者也。宜乎尋常拘撿之必無可述，而可述者又若此。

在昔唐人記遺事，述開元、天寶曲江杏苑、探花題字諸猥瑣事，不過侈游觀宴飲、盛世娛樂之象，而聞之者，輒徘徊感動至于流涕。今所紀者，雖隣于無用，然以世家大族典文制禮，當時移事易，蕩然無復可存之際，而忽有人焉，鋪張其盛，而稱道其奇，津津焉不可止者，且從此可以得典禮、文章、品節、制度之遺意。嗟乎，其爲無用何等已！

❶「南都」，四庫本作「甲申」。

存心堂藏書序❶

吾郡藏書，推梅市祁中丞家。往欲就讀之，不能也。山陰沈秘書招予白門，偶有校覈，借書温陵黄氏，得六萬卷，索予爲賦記之。梁谿顧修遠家多藏書。故錢宗伯曰：「言書府，則禾中項氏、梁谿顧氏、山陰祁氏、白門黄氏。」黄氏者，本温陵而寄居于白門者也。外此則足蹟所至，篇袠罕焉。嘗于吉州覓《文選》不得。淮西太守謀勒段文昌所撰《淮西碑》，馳檄四出，僅能以韓愈文應，他可知矣。

予少時立讀書約，與友人互窺所有，不足，日匄貸寫記。方恨鄉人寡積聚，無投贄所。今持枵腹出游者，已若干年，所至河間柱下，未能留探。而逆旅荒落，即欲一質舊聞，宛如隔世。蕭炅之不學，豈無書致然乎！及觀何子静子所藏書目，歎故鄉無書，猶有充積如是家者。然後知人苟閉户，即芸臺石室，未嘗非咫尺間也。貧家積錢不足，無遑積書，而富者輒笑爲無用。每見制舉家自八比外，不識一字，蹲鴟未聞，龍星可見，而進取科目。彼方自以爲得意，見何子静子，有不欯欠若失乎！

倦游無賴，每有記憶，得削版相考質。臨平石鼓，其戞如響。世有以海内書府見諮者，予必以存心堂應之。惜予遲暮，不及執贄匄貸，且從而晝掌，爲可念也。

---

❶ 此篇四庫本未收。

新刻銅圖石經序

《銅圖石經》者，宋天聖中禁方書也。範銅象人，分布腧穴于其身，而畫之、竅之，且製經三卷，播之石。案圖考經，其諸視夫藏絡也，亦猶視夫肌髮也。暨其後，而石已泐、銅已漫矣。明正統中，復命礱其石、範其銅，官醫守之，且加詳焉。今則銅再燬，石再裂，醫院所守，已蔑略無有。

友有刻舊本《圖經》三卷授予敘者，喜而嘆曰：此得非長桑所遺者乎！人者生也，醫者衛生者也。軒轅甫火養天下，而即與素女、俞跗輩解難醫療，至今讀《内經》《素問》諸書，未嘗不深嘆古皇之衛生遠也。顧古皇禁方，率皆去湯液醴灑，而或爲鑱石，或爲撟引，且砭且鍼，且燎且熨，因五臟之原，剥解微細，故急能生人。今且湯與爲蕩，丸與爲緩，悲哉醫乎！然而鑱之無其形，撟之無其義。形無與圖，義無與經，雖欲解其肌而爪其幕，其道無由。昔者扁鵲能視人五臟癥結，洞見祕奥，顧其脉絡猶在也。扁鵲能見人之裏，而吾則因象以見其裏；扁鵲能抉人之奥，而吾則因經以抉其奥。吾由圖經而進之，將以幾于見垣視臟無難，而又何爪解之璅璅也乎！雖然，銅圖石經者，勒石者也，銅則猶未也。今天下莫不好生，而湯液多方，至鍼燎常不得其法。吾勒之以傳世，豈無範銅而起者乎？長桑、俞跗不絕于是矣。

贈吴江顧徵君初度序

自古稱傳人，非功名即文章耳，富貴不與焉。雖然，微富貴，則亦安得有功名乎哉！乃吾觀許劭之遯平輿也，身居草茅，且能拔人市肆，擢人賓客；王澄在僻巷，四海人士皆經澄，即文又其次已。

予少時即知吴江有顧茂倫先生，移年而名聞益甚。大抵志氣邁往，身長七尺餘，妙擅經術，且能出入古今文章，其任事幾也，無所遺力，以故人士皆歸之。乃先生初入會稽，予以出游不能從。又移年，而予以避人，易名氏投先生廬，先生以家人禮待之。又移年，從南昌還，值先生初度，復得以賣餅之餘，過從先生。特先生未老，白髮毿毿填幧中。雖生人早衰，豈亦有不得意者存其間乎？夫達志氣者，道行也；經術明者，猷裕也。任今時之事，定古人之文，其神明遠也。今夫人身長七尺餘，俯仰慷慨，可謂能達，而又賢士無多，人聽其節目文章，足以傳後世，世稱長久，誰則過者？

吾即以許劭觀之：劭平輿徵士耳，其兄虔爲郡功曹，行烈可紀，而劭且過之，至使袁紹不敢以車服相見。嗟乎，劭何必不以功名顯哉！至若王澄，諸昆安豊太尉輩，卓卓人譽，然澄何減也。

芹沂何氏宗譜序

《何氏宗譜》，創之六世侍御公。侍御公慎考索，經世緯齒，詳近而略遠，推其例可以爲法，而特不能爲後來借也。

世之修譜者夥矣。名家著姓，類竊史傳爲記牒光，初亦似可聽信。究之遥遥相接，多所混冒，況通顔合閔，尤近習之壞乎！舊傳韓誤爲何，字音轉也。顧王符論興氏九則，不及雙聲。而嵇中散易「奚」爲「嵇」，亦一音而訛焉耳。考之堯時，有何侯隱蒼梧山，實始氏何。即或謂禹後有何，爲杞姒所分，然亦不必在六國韓後初得氏也。無亦遠者當略之而無詳者與？若夫近代昭穆，以紀以綱，表倣諸史，而宗合諸經，譜之可按，具在也。故何氏在蕭凡六世，而侍御公始爲之譜，則前此已闕也。又六世而經察公續爲之譜，則後此又宜慎也。故何氏自浦江來遷，肇居西河。及其既而始遷芹沂，乃其間門閥相仍，入三臺者數世，列諸曹寺者又數世，然總曰「芹沂」，著有辨矣。

自史宬散亡，館録缺佚，啓、禎以來，固無與傳信。而隆、萬舊史，其最著如王元美者，猶且所在荒忽。即以侍御公論：十歲舉聖童，廷誦《大誥》，高祖嘉之，此爲蚤達；釋褐除監察御史，代巡浙江，如嚴助、朱買臣故事，此爲異數。而元美作史《三述》，凡異典盛事，自矜蒐採，其於公前後所遇，總未之及。是雖元美實陋，然亦足徵史傳之難據，而家乘之益不可以已也。

甡先運同公與侍御公同學，而先教授公則侍御公女孫夫也，既忝世誼，而何氏知名士則盡爲甡友。故因静子所示譜而序之如此。若夫後此者之又有譜，則從此推之矣。

桐音集序

毛甡與姜桐音交，桐音蒙難，甡未之救也，山陰張南士爲之救之。及甡以避讎故，徘徊草澤，則桐音實藏之。日與張南士纓冠往來，以出之于阨。故予每讀桐音詩，愧生于心，非愧其詩，愧其人也。

雖然，桐音匪獨其人也。方桐音之未蒙難也，刻詩名《待删集》，流傳海内，予與張木弟實爲序焉。及既脱于阨，而又行其詩，名《詩鈔》也，則木弟爲之序。其詩精深，有非可一辭盡者。今木弟已死，南士者，木弟弟也。南士嘗論桐音詩云：「桐音匪獨其爲詩也，桐音，故公子也。方桐音席世門緒，其先大人司農公，故爲粤藩伯。曩時，宦粤者多槖中金，而桐音食貧三十年，盎無贏糧，斯亦已矣。乃乘輪之裔，一旦行遯草野，頻處虞羅獸檴中，人不急其急而急人急乎。此與夫貴介自持者，旁人能伺其意旨，而已并不識妻孥之有疴癢，其相去何啻百倍！」予嘗聞其言而感之。

今者甡藏桐音家，桐音輯甡詩，且亦自輯其所爲詩。甡讀之，起而嘆曰：使桐音公子也，無所交于甡，而甡善桐音詩，是爲希譽。桐音故甡友也，甡不能出桐音之阨，而桐音能出甡之阨，如是，而甡善桐音詩，是爲阿私。希譽不可，阿私又不可也。乃甡所歷亦多矣，讎甡者與愛甡者比比也，善無如桐音者。即歸而復見我閭里朋友，陰與爲周旋，弔甡累累，因而援甡者亦累累也。詩之善無如桐音者。則鄉使甡不與桐音交，桐音未嘗知甡，起而驟觀其所爲詩，亦必以爲此夫人非常人也。則鄉使桐音以貴介自持，不能下于人，亦不能爲好友緩急，起而誦其詩，亦必曰此其詩非夫人詩也。

惜也，木弟已死，不得與共序其詩。而予以困阨之餘，欲序其詩，而不能如南士之論之也，則予之并愧其詩者矣。

金子㞉詩集序

韓愈云：「學焉而得其性之所近。」談道家彼之，而予獨有旨乎其語者。聖如有姚，不工抑鴻，而崇伯之子以傳；伊、吕用師，興至鳩方，姬旦始修禮樂。豈其聖則有異哉？其性所近然也。是故挽彊者不能使斲，扶輿者不能令算。技各有之，而爲文何獨不然。

嘗論今人治詩以唐爲歸，而今之不能唐者，唐進士工詩，而今之求進舉者戒勿詩也。唐無詞曲，詩工；宋元有詞曲，詩不工。今之爲詞曲者不少也。故今能詩家，必概置帖括，不屑屑調詞念語，一切靡猊，始足臻神景開大，而近于子㞉有未驗者。子㞉爲制舉，制舉工；爲詞，詞工；進而爲文賦，則文賦無不工。若其詩則爲之有年矣，世皆知其工。是豈非其得于性者有獨近乎。屈平近騷，不能近典誥文。江都近對問。扶風班氏近史，又近賦。其他六季諸賢，或近俳辭，或近諷句，要有至不至耳。近即至，不近即不至。

子㞉詞傳人間有年，向曾攜其詞篋中，有疑爲張先作者。今將合輯吾郡詞爲一集，而預以詩示世。世謂子㞉得家學，其大父京兆公、外大父馬少參公，皆有文名。母太君静因集名「遂閒」。今其舅氏馬子玉起詩類劉隨州，若弟子藏則所稱進士工詩者也。先後規樵，互相師取，學固有進，而但以所學之多，進窺其所得之近。時有豢奔鶉而畜擊鷙者，因性就學，不能兼良。而龍麟所生，變化莫測。然則昌黎所言者，以觀子㞉，大概可覩也。

包吕和書畫册子序

吕和於畫無所不能，而尤長于畫墨竹。自喬夫人後，凡吴鎮顧安、文同、萬濟、李篔嶠、謝應芝輩，諸體蕃變，悉能追其崖略，而接其閫妙。當時謂之包家竹，專所名也。

先是，吕和初畫竹時，錢唐僧曉公者，師元時上竺僧若芬墨竹，性嗜錢也，比畫限錢若干，擇其肉豐而好均者，幕且薄卻之。吕和受其技，往往渡江代曉公畫，入錢堆垜，悉歸曉公，而自爲畫不取一錢。既又以曉公畫踈劣，遂變曉公畫，游諸家間，人于是不稱曉公而稱吕和。

今吕和死若干年矣，其畫亦多不可見。予向與吕和之兄飲和爲忘年交，謂吕和畫易得，未嘗取索，及其死而悔之。然猶以爲其畫多在人間，苟購之，當不盡亡也。今飲和繼死，而予亦逮老，流離道路者若干年。吕和子公度忽持其父書畫册來，予捧之甚喜，吕和之畫猶有存焉若是者乎。即又甚疑，曩見吕和畫，其可珍者夥矣，兹豈其自逸者與？且其生平所畫竹猶渭川也，今竟無一節，何耶？急詢其故，則以是册爲他人所得，散漶脱落，而後乃購而歸之公度。則又甚慰，吕和有後，其能不忘其先人手澤，以有此册也。夫世家大族藏珍匿弄，舉凡遺軼者何可勝紀，雖天地神物，往爲冥冥所娼嫉，其傳與不傳固自有數，然亦子孫不能守，故至此。公度能嗣其世學，復能旁搜其所遺，以留爲勿替。吕和畫雖亡，其不亡者猶在也。公度勉之。

吕和詩與書法皆不減畫，且更有絶技，能挽五石射百步外，向就觀之，纍纍然若貫也。嗟乎！公度所述，其不在此册者固已多矣。

青嵓吟稿序

唐宋以來，吾郡能詩家，首推吾邑。故前人輯詩有自武、樂迄弘、正、嘉、隆逮啓、禎者，既已遴爲兩集，鏤布海内。而迄于今，六義之士罕能言之。甚矣，詩之難傳也！

青嵓先生工文章，自申酉以後往往爲詩。雖其始類有所託，而因情寄興，展轉益工。殆所稱「義起言中，境生象外」者與！論詩者謂詩如其人，青嵓性冲容，遇物無迕，宜其與「敦厚之教、和平之聽」兩相肖焉。顧青嵓不欲以詩示人，其趨庭善述，惟恐積久未章，先臚其什一以問于世。夫傳文之有賴于後人，久矣。青嵓代嬗家學，自原禮公後，逮其先子文林公，中間以詩著聲者比比而是，兩集所載可按也。今青嵓詩出，而前人之詩，青嵓悉有以承之。青嵓之爲趨庭者，即又有以繼之。詩固難傳，雖然，夫詩豈難傳也與！

鑑園詩序

王子懷從游于亡友北沙之門，與沈子孚先、傅子德孚争以藝文相雄長。自孚先早逝，北沙旋殞，德孚困于公車，獨子懷者猶且行吟鑑園，爲《鑑園詩》，則非感嘆不可也。

顧前古詩人，多達官貴公，上自誦獻，下逮贈復，其間宴飲游歷，寧無賤貧者相爲厠足。而唐自鹿門而外，明自四溟而外，傳者寥寥，豈非誦美不可忘，感嘆難以繼與？北沙狷介自持，其爲詩多孤憤之言。每偕其及門，互相激唱，以習爲隱深，然終不能出所學以見于世。子懷爲詩，若有日進于和平，而漸忘其鬱紆者。獨是予之選北沙詩，在癸巳歲，既已略見其概于越詩之中，而予選孚先、德孚詩爲江園二子，在乙未歲。今江園二子，或存或殁，介于顯晦者已二十年。而予以出走之餘，乃復爲子懷序《鑑園詩》，詩雖和平，然欲不因爲感嘆，又豈可得哉！

來元成春秋志在序舊刻一篇不同，今不載。

向時學《左氏春秋》，未學夫子之《春秋》也，既久而學《公羊氏》《穀梁氏》焉，然不知夫子之學何等也。授《春秋》者曰：「《春秋》者，有按而後有斷也。夫子之《春秋》斷也，其諸家按也。故諸家之學尤不可以不亟也。」既久而學胡氏學，則胡氏亦斷也。然而授《春秋》者曰：「夫子之斷不可學，則退而學胡氏焉。彼胡氏則斷夫子之所斷者哉。」既而思曰：胡氏之《春秋》，豈夫子之《春秋》哉？國家以胡氏學立《春秋》學，而《春秋》亡。夫胡氏者，以私意而窺《春秋》之微者也，其意深，其詞激，其爲文有憂患，主于悟君而論世，以維持于所謂「名實」也者。循法起例，而《春秋》之旨蕩無存焉。然而學在是矣。故夫胡氏之所學亦《春秋》也。特夫子之所爲《春秋》，則終未學也。

然授者又曰：「夫子曰『吾志在《春秋》』，夫夫子豈有所爲《春秋》哉，志在焉耳。」故夫夫子之《春秋》，魯史也。《左氏》則左氏也。降而《公羊氏》《穀梁氏》，則公羊、穀梁氏也。又降而賈逵、杜預、何休、范甯，則賈逵、杜預、何休、范甯。故夫後之有爲《春秋》者，亦即後之所爲《春秋》者也。惟夫子無《春秋》，則後人皆得以夫子之《春秋》爲《春秋》。惟夫子之《春秋》不預于左氏、公羊、穀梁氏之《春秋》也，故夫後人皆得爲夫子之《春秋》，而不爲左、公、穀、賈逵、杜預、何休、范甯。

故夫來子曰：「吾志在也。」此以夫子之志爲志者也。故夫來子之《春秋》，亦即夫子之《春秋》也，而來子之爲《春秋》在焉。然而予嘗曰：「夫子之《春秋》，夫子之不得已也。使夫子當大用，安所取魯史而志之。夫來子亦豈欲取夫子之志而志之者哉？」然而授《春秋》者曰：「《莊子》曰：《春秋》，經世先王之志也。」予曰：「不然。使先王經世，不有其事而有其志，非先王志也。且使夫子有經世之志，而夫子徒有其志，而來子又徒有其志，非夫子之志也。」

遠公曰：元成先生刻《春秋志在》成，索西河序，得此篇，然無稿，而郵致者失之。復來索，則不可記矣。逮彊之再三，且疑西河之慽之也，不得已，方書一稿去。故舊刻在元成先生集中者，與此竟不同。最後則此稿出黄開平宅，正郵致時所遺者耳。

西河文集卷二十五

蕭山毛奇齡字大可又名甡稿

序二

重修西卓庵募序

西卓菴在清波門外，相傳成都覺悟師從西川來，卓錫于此，故以爲名。而其後有達言和尚得教外別傳于黄蘗老人，寄跡其間，遂建幡以告四遠，而化導興焉。

今元翁大師重來繼席，十方之勤行多依之。顧時值丁癸，物力稍匱，休請之士，恒不能以相周旋。然且刹桓久遠，殿堂朽落，失今不治，將有漸崩圮而不可知者。曩者，湖南勝地多在長橋萬松間，山亭露車應接不暇。今則取徑湖濱，由清波南迤，皆成僻壤，然而幽棲倍勝也。夫以湖南勝地加以幽棲，而西卓實當其奥。人稍有心，孰有不相顧而願興焉者？況大師積行久爲斯世所信從也！吾請世之樂善者，共聞此言。

容安詩草序

容安園有樓臺竹樹，而被以草花，主人日觴咏其中。是以予老戒爲詩，而每過容安，即不能無倡和諸作傳人間焉。

方今詩體累變，容安能不逐時好，自闢爲深微澹折之句，質而不詭，清而不靡，存詩三百首，不以多上人，人亦莫得而上之。獨是詩從境生，曩時念湖山之勝，來僦杭州，而終以年近八十，歲不再三過，容安雖好，亦安能時時相從，然而眷戀之至，思憶生焉。比之良朋之契闊。讀其詩，而不能不想見其人也。然則予之讀容安之詩，即對容安矣。夫對容安而有不快然稱移情者哉！

集興福碑賸字序

唐人多集右軍書以爲碑刻，如攝山寺、建福寺三門及梁思楚、絳州夫子廟堂類皆是。興福，其一也。特興福碑，本吴將軍墓銘，不知何時折其半，闕不可讀。萬君授一離其賸字而韻而讀之，散珠成衣，雜轂合輻，神工之能事矣。集字始《千文》，限字轃詞，與攝山諸碑限詞轃字者不同。顧《千文》詞多謬合，如「磻溪伊尹」「省躬譏誡」，不無倉卒。此于末幅，能隱其姓氏，如漢人離合法，尤出意外。或曰：「『昇舉埤留』莫是『昇舉俾留』否？」曰：不然，日以光上，書以附傳，古人製詞多似此。

訪吴金吾贈答詩序❶

西河毛甡偕山陰張杉、同里蔡仲光，過訪吴先生金吾于州山草堂，赴社事也。古有里社，春秋祈農報功，藉用集飲。而先生以黄冠歸故鄉，課蔬灌秫，同田間翁，因得彷社事侍几杖焉。

方先生起家勳衛，由故大司馬少保尚書任替錦衣，而其嚴君之提督東司房掌衛事者尚在衛也，迨其後更以部試授北鎮撫司加堂上銜，是亦盛矣。且北鎮撫司非常司也，故事：錦衣冠武冠，統緹騎、刺奸，自掌衛下，皆得合司諸京邑豪彊不軌機密，謂之親軍。而緹騎、賊曹一切鉤發，及上所切齒，則必專責之。北鎮撫司雜治具牘，勿關諸曹，故北鎮撫司于掌衛司也，而任爲較重。乃先生由文儒起受斯任，每疏曰：「分别流品，揚清激汙，臣之能也。文致束急，溷鉏稂禾，非臣所應也。」故嘗遇可出，必緩平之，第具輕牘上，勿爲猜深。或上有所恚，害下且死，亦且故遲之，必俟其恚解，而後具牘。然則先生之于詔獄，蓋如是其中且慎矣。

甡嘗慕義從諸君子後，猶記有求于先生者。當崇禎之末，蕺山先生以召對平臺而賜還歸也，祝孝廉淵者爲詣闕遮留，付之官旗。當是時，孝廉之疏，先有在臺者私定其辭，故上益切齒，令根株之。于是鄉之從蕺山游者，皆請之先生之子，願爲導地，故甡于此時一至州山，蓋惟恐先生之籍記之也。乃

❶ 此篇四庫本未收。

請未及入，而先生已預爲解反。凡三具牘，即三出之，公庭考獄捐于哀矜，上亦竟以此動心。至于今，司隸登舟得還鄉里，門生貫械，生出國門，誰爲之也？更有感者，謡詞之興，謀災君子，蕺山、文正指爲沴氣。時姜司諫埰牽裾殿上，遽欲以罔上之律靡爛詔獄。凡造先生之子者，東西步憂之，先生子獨曰：「幾見家公殺正人也？」先生詔獄，刑及其衣而已。雖大君有赫，兩授秘旨，先生仍曲文之，且故爲緩之，伺上怒稍解，幸易前旨，始得以賜杖于廷。然而受杖之際，先生幾以此得罪，何則？以將杖而肢體具完，前時上牘所稱「搒掠備至」者，皆虚語也。

夫錦衣之重，其争相毛執久矣。弘、正以前，往芘天子，嘉、隆以還，始關權勢。故紀綱、門達惟朝廷之依，陸炳、顯純爲權門所用。先生文儒，且不芘天子若此。往者逆奄用事，先生之嚴君副顯純詔獄，顯純受奄指，欲盡殺諸正人，君力爲保護，縱舍四十餘人。錢宗伯曾贈序曰：「免而終逮者，楊、左及高忠獻是也，其終免者，李茂明與予是也。」

先生相繼詔獄，不愧世德，甡幸于里社之末，從諸子後訪先生田間，距先生歸來之歲已二十年。日移星遷，天地爲改，此與向過州山時，已不能無今昔之異。而且蕺山、文正久已死國，司諫、孝廉後先下世，即曩時慷慨請事諸君，亦俱零落無一存者。而獨先生以七十遺民尚在草野，嗟乎，可詠也已！于是訪先生者俱起爲賦詩，人各四韻，名之曰贈，所以誦先生也。時先生之子卿禎與先生季弟侍御公之子棠禎皆高才，有答詩。甡爲序。

東嘉夏廣秦詩集序

東嘉夏廣秦丞于息，而以能詩稱，則其不得志可知也。昔者予嘗遊息矣，息之治無丞官居，賃丞廳於邑居之民。廣秦一見予，則日邀予騎馬，去游于邑，而爲之賦詩，今《蓮渚續集》所稱「松齋游讌」詩是也。

當予之在淮南也，淮南諸名士往往爲予謀所居，予卒辭之去。及來淮西，則思歸時也，勢固無能採食于此土，賃邑居以棲其身。又是地無崇山、巨壑、陂池、丘園之勝，無聲色、貨財、珠玉、狗馬、驅馳之樂，無曩昔戴憑、黄憲、陳蕃、周磐、袁閎諸名士往來標榜以因爲名高。然且逡巡不忍去，寢處於淮西之官居者兩閲歲。其議予者或曰：「其鄉人難與處也。」或曰：「淮西太守賢，相與爲因依而不忍舍也。」或曰：「無所歸也。」而不知其重有戀於廣秦。是豈廣秦之爲詩果有以重得於予也哉？然而戀戀如此者，必其人非甞人，而不必僅見之能詩者也。

雖然，廣秦非好言能詩也。子思曰：「惡其文之著也。」惟惡其著，故廣秦誠不欲以文使天下見。而人之見廣秦之文者則親廣秦，猶之予之親廣秦者不以詩也。然而廣秦工詩，意者詩與文誠亦不得志者所見端而不可已與？抑亦戴憑、黄憲諸君非文章勿親與？顧予以文章親廣秦，而予與廣秦游，其爲文章者闕如也。廣秦則不然，自予至息時，策馬遊遨，浮浮冰雪中，讌飲招呼，無不臚列其人，而歌詠其事。迄于今，渡淮悠然，登城覽觀，凡夫結轡傳觴一往可喜者，歷歷然開卷而得之，所稱「松齋游譓」非與？是豈可及哉。則雖謂廣秦未嘗不得志亦可也。

長巷沈氏族譜序

黄、炎皆一姓之子，然别生分類，自大宗而外，以封以居，以字以官，各殊其氏，而其後始以一氏傳也。乃氏不異姓，而族不同氏。秦趙不異嬴，而馬服之馬或淆于司馬之馬。故唐志氏族，但稽氏始，而將來之族不與焉，自非善譜。族者歲紀而世較之，則長沙之陶判于潯陽，雁門之郭溷于汾水，其不致近瀆而遠遺，鮮矣。

邑之望族推長巷沈氏，其先由文昭食采于沈，而中遷吴興，蔓蔓葉葉。大抵自宋熙寧朝，其肇祖兵曹公以兄弟父子進士顯于時，擇慈孤岵市之傍，累傳元明，由武、樂迨今，凡登甲乙通仕籍者二十餘人。高曾雲礽，歷嬗勿替。其間群從共薦，伯仲聯解，從侍御公下，翼翼可數，衣冠競爽，門閥滋大，可謂盛矣！

乃沈氏族譜在明永樂間已輯其概，至成化中續修之，迄于今又若干年矣。度支郎振豪、文學以祉，輯其後來所未備者，導源而疏瀾，以傳以表，衡直如指人，後者不當如是乎！❶沈自聃季來，《春秋》無聞。楚有尹于沈者，其後爲葉，閩人避王審知諱，而南方之沈匿于他氏。此其爲族，雖各有異，

---

❶「當」，四庫本作「啻」。

然涣亦甚矣。今遠追吴興，而譜亭左右保無浸淫流漫者與？

自親親道衰，《角弓》興刺，杜甫以勿嫌示族孫濟，而泉明贈長沙從祖，至或嘆昭穆之遠爲路人者。夫本源之誼，隨地可見。今有得先人遺物手澤栝棬，必咨嗟涕洟而求之。及得之，即世守勿失，歲時啓視，以爲家藏之赤刀琬琰於是乎在，况其爲先人之肢骸所分而析之者乎？然則睹族譜而動本源之思，亦期使後人之歷嬗于勿墜已也。度支、文學修譜在壬子歲，越一年命序，謹序如右。

虞氏族譜序

虞仲與泰伯同姓，然虞不稱吴，或曰「虞」去「虍」爲「吴」，江寧吴氏之本爲虞也，豈亦虞仲之裔與？虞氏肇祖爲元臨川學士伯生公，再傳來遷，其子驃騎公以明靖難得罪，更虞爲吴，介于婺源之吴者若干年。迨弘治中，有孝子者估于湖，念所從來，始慨然復虞。虞氏衣冠數世矣。

攷郲入于楚，去右存朱；棗據因避讎而更爲棘；束皙，疎廣之後也，其曾祖亡命，陰刑其左；彭城劉氏奔元魏而改爲員氏。此其子孫豈不能爲之驟復，而逡巡隱忍千秋萬世，僅以見之。虞氏之孝子，毋亦哀其志，而不忍遽爲之復之也與？然則反所自始，所以教孝；而仍存其跡，亦所以明節也。

古無不易氏者矣，然紀牒昭然，未之或貿。今一姓相嬗，而反有陰篡于他氏者。宋時争尚譜族，相率爲僞，輯一姓所始，而彙其姓之前賢者，略其姓之前不賢者。竊誌史乘，贗爲之貌，黄麻紫篆，玉軸而金籤，加之朱吕文謝序之贊之。姓之著者皆是也。此與奸生瀆類，冒他人族而以爲己族，相去有幾？而今人購之，奉爲世本，此不易氏而易氏也。都閫修族譜而問予以言，都閫勉之，亦慎其可易而不可易則已矣！

太倉張慶餘詩集序

夫人相見不足喜，不見不足思，固無論已。見即相得，一不見而思隨之，豈非于常人之中當有所過？而獨于古人未見而思，思而至于相得而後已，然後知夫不相見而能相思者，此其人必無與于今人之數者也。

太倉張慶餘未嘗見予也，而思予。予友南士曾攜予詩游嶺外，慶餘見予詩，則益以予爲可思。揀其所刻《張子近詩》與《張子游草》二本寄予，且屬予序。予固思慶餘者，及見其詩，益念慶餘之可思如是也。乃南士既歸，而慶餘寓書南士，仍以予序爲諄諄。予乃嘆慶餘之不欲以今人視予矣。

慶餘詩經文以質，緯物以志，上雕瑶玉，下刻梓杞，能擅安仁輕敏、士衡矜卓之勝。往游淮西，輒攜其詩示人，人見之者，疑爲嘉、隆間作，則其詩豈難超于今人詩與？南士古人也，其稱吾宗名士，首指慶餘。予見太倉吴學士晚，記在梁溪，遇學士飲，偶品目人士，即語其鄉好學如慶餘者。今人自視必勝古人，及語以他人，即十倍于今，猶以爲去古遥甚，貴遠賤近，桓譚不言之乎？南士與學士不愧古人，而稱慶餘則過于今人。予雖不見慶餘，然其思慶餘，一如予之不見古人者思之。思而且至于相得，則雖欲不以慶餘之視予者視慶餘，又豈可焉？

何伯興北游瞻雲二草序

初伯興行三子詩，一徐君伯調，其一予也。予自悔鹵略，漫見毆蔑，贖所已行者不得，念輒汗下。伯調存毁半，而伯興詩逮今可觀，則是其才之尋丈也。今予避人久，漶游于時，而伯興亦寄晦行間，不以詩文酹酢者二十年。伯興乃北南其車，踟蹰金臺。既歸，而徐弛其繘于烏聊白嶽之間，凡所感閲，輒爲歌詩。取而諷之，何境與時進乎！開、大以還，體周格變，縱才所到，不必增損。而就所夙成，驗諸新得，即有風氣之日遷者。予久負尋丈，而近較所詣，且瞠乎莫追也。伯興有丘園之樂，其諸子干立，悉皆才士。予方與其季名倬炎者作阿戎游，而伯興反驅馳南北，寄志篇什，似亦有不得已者。惜倬炎方學史，不暇韻語，而伯調已逝，乃不得共論其詩如疇昔者也。

淮陰蔡母徐太君八十壽序

淮陰蔡子搆，名士也。太夫人在堂，稱賢節蔡母。予嘗浮淮，拜蔡母堂下，人藉藉道蔡母與蔡母之子賢。夫母之賢以節也，子之賢以養母之善也。夫節必愛子，愛則生驕，驕即不能以事母。且蔡子季子也，冢君丘嫂相繼亡去。向使常情處此，得有子幸矣，有何必不愛，愛亦何必如蔡子之賢。而母之愛蔡子者，吾不知也。吾嘗見蔡子之養母，飲酒高會，必俯視日影，一如齧指動心者，踉蹌辭歸，而家之侍夕饍者在帷矣。每讌與歌，必歌曰：「枯魚啣索，幾何不蠹。家貧親老，不擇官而仕。」予嘗聞而悲之。

今母以八十帨辰，予亦持一觴隨淮陰諸名士後，再拜以進。恍然曰：「是亦蔡子之所以養母者乎？」人第貴顯親耳，丁年負管樂之望，天下賢豪長者皆願爲拜母，而又一時品隲，歸我平子。以至河汾之受講、問字于玄亭者，今躇階而趨蹌，棼然盛也。

夫自長非增，自短非損，算由己也。風摇于千仞而巨羽載之，抒顥氣于浮游之波，而洪舟可以運，言利之予自天也。惟母之賢足以致壽，惟蔡子之孝足以壽親。而于此抑若有天全焉者。凡母之有此年，則皆母愛子之年也，而今爲蔡子養母之年，夫養母之年可幾乎？昔有願爲長子者，何也？曰：「以事親之日長也。」今蔡子季子耳，蔡子以季子而爲長子之事母，且蔡子以季子而爲長子之事母而長久，豈非天哉！夫曰天則所以報施其賢者，豈有盡乎！雖然，人之稱「賢節蔡母」者，今已稱曰「壽母」云。

茅夫人生日序

《關雎》道婦人之德，史克頌魯僖而内本之于克配，一則令妻，再則壽母。必若《戴記》所云「内言不出」，迂哉詞也！

茅夫人者，朱子揆敘之配也。揆敘與予友，予知揆敘，因以知夫人之賢。顧私謂揆敘雖久仕，然齒髮鮮妍，裁盛年耳。迄今而夫人以四十告，然則揆敘之踰于强仕可知也。夫揆敘非生得貴者也，揆敘世家子，甲第烜赫，而少且食貧，夫人勤勞于其間。不特此也，揆敘負材藴學，顧詘于進取，其泣牛衣亦屢矣。夫人慰勉之，使揆敘卒忘困頓，且發憤以成功名。夫慰則迪情，勉能勵志，夫人何如賢耶！

世之述閫德者，以爲容也，則曰蝤蠐、瓠犀之姿也；其以爲功也，則曰纂組之奇、機絲之巧也。且也吟柳絮以揚其才，諷雞鳴而鋪張其德，然往非其實。孰有如夫人之令儀嘉德，非之無可非，誦之得所誦乎！且夫揆敘孝弟人也，少而游學，長且游仕，其得往來自適，以無爲晨昏慮者，夫人孝也。揆敘孝母，夫人即孝姑；揆敘友弟，夫人即調于伯仲，以和于娣姒先後。予嘗在山陽官舍見夫人，米塩窺伺意旨，而家人不諒，每致咨嗟動色，如鄉田長幼，恬不爲怪。夫以世家子弟當閨房之秀，而又處之以官居蓬島之勢，其不忘嘻嗃如此。

今揆敘爲吏部矣。昔山濤布衣時，與其妻韓共食貧，故至今稱婦賢者必曰山妻。夫揆敘不愧濤，予不愧嵇、阮，夫人豈愧山妻哉。特濤年四十始爲郡主簿功曹，而揆敘已先爲吏部，則四十已後，其爲服官者，又可知也。

吴母黄太君壽序

邑之稱賢母者，則推吴母黄太君云。今年夏，太君壽七十，顧太君賢也，又壽。少時，與太君嗣子西美訂杵臼交，拜其先大人鴻臚公于庭下，因得拜太君。私嘆太君者，其性婉娩，其貌融融，然事上以禮，御下以慈愛，即撫臧獲僮幼，皆有法度，賢矣哉！「地以柔致寧」，其謂是乎！

乃西美善事太君，毋論洗腆致厚，其奉養有素也。既已徘徊菽林，將覬有用，而乃從江革，負母山阿，暨從容歸鄉里，又不忍截袂去，迄于今。其季君國學，受公府辟，猶且留連北堂，兄與弟皆在側也。

吾聞李司隸，彊毅人也。其所敬者三君：定陵陳穉叔、潁陰荀淑、長社鍾皓，皆以醇謹聞。吴氏家世醇謹，衣冠族處百年矣。今夫木不能滋木而水能滋之，則滋以漸也；金不能鎔金而火能鎔之，則鎔之以積之著也。太君以賢佐忠厚之貽，而西美兄弟又能以退處承太君之志，滋之有漸，而又加之以積厚之勢，金躍于冶，木榮于庭矣。

夫人家聲闇沕，莫克自光大，即稍席前緒，又或時際兵革，未能安其和而享其裕。乃以帨之設于堂，陳漿餽饎，賓朋姻戚，走車轂如流水。觀者嘖嘖，轉相語曰：「安得如太君賢，即安得如太君壽，即又安得如太君之豐前而裕後於休哉！」惟賢故壽，惟壽故所享者全而所著者厚。然則賢者壽之本，而壽者賢之驗也。

甡生也晚，不能知太君百一，而能誦太君者，莫甡若也。故一時親朋咸列名於幛，而俾予書之。乃若賢母之盛，夙稱有宋。而尹和靖母願善養而不願禄養，太君有焉。顧太君諸孫已有超躍而興者，他日陳群、荀彧必以功名報太君，則吾不得而知之矣。

新安王太君八十壽序

夫天予人以德，予人以名，又不惜予人以壽，非報之也。有德者非壽，則無以享此名；彼竊名者非壽，則又何以自別于有德者？故曰：「使周公但居東，而新莽不終攝，則周公爲小人，而新莽終元聖也。」

新安貞孝王太君者，張之母也，氏于王，適張而孀。方是時，居王者十九年，居張纔四年耳。更五十年，而祔姑于堂，撫繼于室。崇禎十六年，旌曰「貞孝」。迄于今，嗣子舉于鄉又十年餘矣。未亡人八十設帨于堂，持觴者在前，稱祝者在後，可謂幸矣。然而猶有惜之者，以爲太君之未易幾此年也。今夫卜夜游者厭朝雞，悲短景者哀寒蛩，其情殊也。以八十年獨居之孀，當此八十年春秋代謝之久，《詩》曰「夏之日，冬之夜」，以言長也。太君亦不幸而予之貞，又予之年矣。然向使太君者，懷此大節，即下從君子，天下安知貞孝若太君者？即不然，而大節已明，不假以年歲，有德不旌，與旌之不久，亦安知以德得名，以名得壽，如太君之彰且顯者？夫周公誠聖，雖在東未還，不害爲聖。新莽誠僞，雖居攝不行，不掩其僞。而天必昭然使著之如是，作德者之必有徵也，而又何疑于太君之爲壽焉！

西河文集卷二十六

蕭山毛奇齡字僧開又字于稿

序三

沈肯齋典試江南序

今天子十有一年，廷臣請定各省主鄉試官。天子念東閣制誥諸内史橐筆勞苦，當預簡命，而是年以諸内史纂修先皇帝實録有成效，於是慰賚之餘，例予分遣。沈子肯齋得予江南主試官，實異數也。先是，受簡時拜命就道，既已引嫌，而交游親切，亦有供張投贈、歌詠其事者。肯齋概屏去，踉蹌乘傳，以故詒言絶少。既事竣，江南人士萃然驩呼，悉公悉明，咸爲天子稱得人慶。然後中外遠近遽起誦述，將以彙其文，而推予爲敘。

予思丈夫生不能爲宰執，得爲主文官，幸矣！手持衡尺，目眂寰海，取斯文而升降之，如鈇之程材而權之準物，斯已快矣！況江南人文所歸也，舂山搜玉，無非至良，且得失以實，一溉從前時數倒載迴黄反緑之説，何其能與。或曰：肯齋之致此非易易也。肯齋之王父，曾以故明萬曆丁酉從應天榜國子入解。而其外王父姜大宗伯，則萬曆甲子曾爲江南主文官。肯齋以爲先人所起家地，當益勤慎，而外王父且同爲此官，是必不負材擇，庶得後先相映，稱爲接踵。且夫鬼神所時有也，文運將啓，端有造物者行乎其間。一若啓牖其心胸，恢闊其視聽。而吾獨于其生平有厚幸者，天下事豈偶然也哉。

昔劉真長爲丹陽尹，種柳廳事，而其孫瓛復來丹陽，袁粲指廳事前柳以爲重見清德，咨嗟嘆息。汲長孺與外孫司馬安同爲洗馬，嬗有亮節。肯齋何如乎？肯齋捆所録文還京師，將颺之大廷，用爲楷栻。而以王父祀棠邑，親渡江爲文灌祠下。姜司諫嘗謂予曰：「當先宗伯主文時，肯齋彌月，未命名也，宗伯名之，錫以銀鵝，且曰：『苟繼我而典文章者，人也。』」嗟乎先之矣！

送夏少尹遷西和令序

昔言游宰武城，交澹臺子羽，而人俗化；漢潁川守韓延壽召郡長老設酒饌，每與爲論説，而民爭愛之。士之仕于其地者，視其地之賢大夫士不與之睞，其比户長年、子若婦不與爲怨怒，而政可知焉。

廣秦夏君以司刑來爲息少尹，其爲少尹不得已也。少尹無他事，而又加之以不得已，日與邑士大夫游飲足矣，安問爲政哉。乃廣秦固未嘗爲政也，而政成。邑所當興力興之，雖剜肉敝肌勿恤也。客至無酒酤，質衣而已。邑所當裁，有不關邑令可獨裁者，畢裁之，縱無利于己，猶裁之也。吾知民焉爾，吾勿計後來矣。

歲庚戌，計簡小吏有行名者，于是以廣秦爲能，遷鞏昌西和令。將行，邑賢士大夫與比户民咸出郭，供張于朝陽門外，擔餅挈榼，攀車而行，一若不忍其去者。予漫游汝南，送君于途，見諸士君子與其比户者皆在也，顧而曰：此即廣秦之所爲政乎！古名人達士衆矣，其出也，每不樂以守令居。故凡出爲吏，率飲酒賦詩，登高臨下，以極其游娱之勝。雖所向不得意乎，然卒無廢事。如懷縣有詩，高陽有酒，降而武丘之伎，環滁之亭，皆是也。是則無故人之曠然于其懷者，必其不能復煩然于其事。事不煩故民和，民和故政清。此無論邑之賢士大夫，與其長年父老有識行者，悉有以資之。而即其浩浩落落，所至無滯，自足膺大事而不亂。廣秦以闊略之懷，處無事之地，而又有大夫賢士以爲之游，有淮閒汝濮山林陂澤以助其勝，宜其政之成而民之和也。

今廣秦行矣，西和之山有仇池焉，羊腸盤互，數里一曲，氐羌之勝地也。下有飛龍峽，曩時杜甫所寄居也。予倦游之客，不能復踰秦隴，以丐築室。顧華渭之區豈無良民秀士從容游飲如此地者。他日政成而行焉，知其所爲供張者，不加于朝陽門外時也。

贈汝寧金太守補任揚州序

予去汝寧之明年，汝寧太守金君以滿俸例遷諸道副史，會其弟方伯補藩河南，君引嫌請辭，遂于次年十月補揚州太守，計其爲太守已十六年矣。太史公曰：「爲吏者長子孫。」此言繼世之優暇也。今則銓法遲滯，郡縣羅四裔，而遷次鱗積，無增秩之榮，又無高乘大蓋加金賜紫之異，其吹毛見瘢，務得汰去以稍疏其壅，所不致朝遷而暮去，幸耳，遑問十六年之久乎！然且人之處斯久者，仍如傳舍，因陋就簡，爲旦夕補苴之計，其能務從容以冀長治，亦鮮矣。

吾不知君之守揚者若何也，第觀其守汝。汝故抏敝，而君以惠政休息之，家人其民，稱天下長者。其自言曰：「爲政去太甚耳。」然而綱目之廢者舉之，不設城府谿谷而米塩凌雜，咨群屬以利害，掾曹從事有通達治理者，以次延問。嘗從夜分進窺其退食之堂，燭光熒悾，重簾自垂，君手較文簿，矻如也。或曰：墾廢土，招流亡，君政也。其建小學，則拳貧士有經術者授生徒其中。客投其治者如同舍然。一切陂梁城郛館廨，日漸修築，又不設畚挶費。即故事宜入羡會璅屑，悉以罷不問。其見守汝政略者，裁什一耳。然則守汝十六年，而勵精如旦夕，有如是也。夫不忽于終者，不遺于始。補揚雖暫乎，其視旦夕有如此十六年矣。

昔者太守高第擢不以限，故能安久任。今毋論旦暮報罷，即遲久如君，量其所遷，衹諸道副史已耳，然猶然砥濯如此。揚州爲東南都會，古稱重鎮者莫過焉。今軍興旁午，嘗恐以盤錯之際，無俟休息。昔有爲汴州刺史，發河南諸道兵征寇河朔，而奮揚往來，仍不失撫字者。《記》不云乎，「一張一弛，文武之道也」。夫苟能弛而張之，則雖以天下長者轉而爲神明，何不可哉。

來氏論表策世業序

韓退之自言：「就禮部試，强顔爲文辭，類優俳者之所爲。」歐陽永叔與人書：「少舉進士，輒穿蠹經傳，移彼就此。」必其後多所更變，始能有立。以彼二公彊材奧思，率其所學，宜無不得于有司。顧屈情拂志，大貶其生平，以求一得當于所爲制舉也者，甚矣制舉之難爲也。雖然，必其上之不以所學求下，而下之亦不以所學應上，是故然耳。假使韓子爲有司，而歐陽子舉進士，其兩無是語久矣。

予鄉來三峰先生，以家學起，自舉童子科以及解省，類無不以其所學應有司舉，而有司亦卒以其所學得之。余嘗退自思，當進舉時，未嘗不以己之所學爲可得也。乃曰：「是少諳練不足法。」或稍自簡摩，希得當矣。又曰：「亦甚阿移哉，何必然？」夫以此卻足者屢。三峰先生每爲文，無所顧忌。嗟乎，丈夫貴自得耳。董子不以天人自陳，其所傳者，《玉杯》爾已；司馬長卿不以見召時爲天子作賦，則《子虛》之言幾不自全。其一時應世之文，又曷嘗不爲生平所貴重哉。

今三峰先生其曾孫元成，亦以家學起舉于鄉，而以進士名天下。其得于有司稱其所學，而有司亦遂無有以其學失之者。將復彙先生制舉文，與己所著，共一家言，名「論表策世業」。而元成，予友也，故屬予敘。因念讀三峰先生文時，嘆韓子、歐陽子皆不幸不遇有司。及讀元成文，且謂自今後更無可容韓子與歐陽子所嘆。今已矣，棄制舉久矣。但當曰董子、司馬長卿其得自見于時者，此有得于制舉者之明效也。其爲韓子與歐陽子之所嘆者，此不得于制舉者之私懷也。天下事亦安所用吾私懷也哉！鄉先輩嘗云：先生舉諸生，得且復失，而其後亦竟以鄉進士老。元成幼偃蹇，進輒困有司，其得且失亦屢矣，乃卒堅忍以成其名。此其制舉何如也。

海寧呂覺我先生傳序

少受《四書訓解》，師曰：「此海寧呂先生之書也。」既長，習制義赴試，因得從家兄受海寧呂雍時所録行卷。兄曰：「雍時者，呂覺我先生之曾孫也。且前此無行卷矣，坊刻止闈卷，合鄉試、禮部，而禮部參詳小試官，分簾二十，各録所選士平生爲文，名『二十房書』。先生彷其體，加之鄉試，名『行卷』。且録諸試卷，與闈卷彷，故今有試卷、有行卷，則先生之爲也。」

予初受《疏解》，謂先生必新安者流，及聞是言，更謂先生且兼有石簣、震川諸先生制義，進取甲乙，不謂先生之不然也。兄曰：「豈知之乎，李唐以六韻取士，猶八比也。然而工六韻者，李、杜、孟、王，其尤者也。唐以六韻取士，而獨失之孟與李、杜；今以八比取士，而反失之先生。是豈先生之八比猶未工，李、杜之六韻猶未善哉，得失之數殊也。」故先生每試，冠邑無算，冠十邑者二，薦鄉試而復失三，膺使學聘，衡文諸直省，若南直隸、若楚、若豫、若豫章、若齊魯、若東西粤、若八閩，凡八，天下誦所録文，服其教。由隆、萬、啓、禎及今，爲年歲約五六十，乃卒艱一第。然且既艱一第，而天下之稱六韻者，首推李、杜，天下之誦八比者，仍首推先生，則又何與？則是得者不必不失，而失者又不必不得也。

癸丑冬，予遠游歸，距昔受書時已三十餘年，而雍時貽先生傳來，屬予爲序。夫雍時操鉛槧，繼先生起藝林，其爲制舉文亦何減先生，然猶賫志逮老，斤斤輯先生遺書，以補所不足。吾今而後然後知先生之宜得而不得者，蓋其常也。先生及門半天下，一時官浙者，自三臺使君，下迄守令，皆先生門下士。故傳文爲黄公石齋所作。石齋者，先生衡文八閩時首取士也。特先生自惜所著書，自《四書五經疏解》外，其所著書不止《四書五經疏解》，然先生特留意《疏解》。傳曰：「先生没後，有方士許生受旌陽籙，扶乩降神，藏宫壇于紫微之山。先生憑焉，留其乩三年，自悔前所行《疏解》未當，藉番于乩，日改十餘番。」向所受《四書疏解》，則所改書也。胡匡嵩曰：「東坡稱杜甫嘗見夢，自釋其生平所爲詩。人苟能傳，不必以違時而祕其所爲，而人之傳其書者，亦不以其見違而諱之，而其人之神明乃遂與所傳之書相終始焉。」豈獨先生已。

榕臺集詩序

自宋人爲集句詩，取前人成語，抽三抵四，易以杍柚，而後之學步者比比焉。此猶構凌雲者，欂櫨欀桷，各有程材，乃按部就班，取之爲一家之用。司歐冶之冶者，買金于堇山，斸銅于耶溪，合陰陽燥濕之精氣，變化吁噏，而後發之爲蓮鉞花鍔之器。蓋以我敏給，取彼綜貫，難乎其言之矣。

榕臺李都官，詩與文往往而工，集句其一也。即以集句論，偶然感觸，有所記憶，雜組而成之，亦暫焉耳。榕臺集唐至千首，已可怪矣。又掇拾新巧，匹配精卓，雖使子瞻舉筆，而魯直、介甫從傍纂輯，無所過之。榕臺顧何以得此哉？或曰：「集詩有二道，一詩學，一詩心也。」榕臺學力之精，輓近未有。其于唐詩，猶哺之於食，而旦之于衣也，所謂學也。顧好學沉思，與心知其義者截然不同。不觀諸集乎，合經史與子而彙之爲文，或傳、或記、或銘、或誦，必貫乎心思而通乎志氣，是之謂集。且夫爲市者，闤闠懋遷，斷斷而訟耳，推之三條之術，五都之衢，四應八達，咸有條貫於其間，而後估商翺翔，各出所贏財，變易熙熙，一若有王府闗石爲之平準，至今北方人亦謂之集。然則集者，亦集其學之從心者而已矣。夫以榕臺之學與其心，即不爲詩若文，其爲詩若文，即不集詩，吾猶以爲編摩之巧。其操奇贏以爲游，未可量也，况其所集如是也。

王自牧集杜詩序

向予孤游，無所遣也，曾創爲翻詩之法。取前人詩一章，磔其字，押其字中之可爲韻者，平陂而就之，輻輳相程，已連者勿再連，已偶者勿再偶也。不然，則又取前人長律，劃句上下，上者吾與應，下者吾與呼也。顧卒未嘗爲集詩者，以從來善遣心者，多集前人詩，窮偶極儷，闔扇轆轤，各極其妙，不惟不能效也，即效之必不能與肩併，因屏絶勿爲。及讀自牧所集詩，則嘆從來集詩者遜之遠矣。

自牧遭逢類杜甫，故喜集杜甫詩。當其目有所接，意有所感，友朋有所況，臨山川、道塗、園林、樓臺有所覽觀，吾所欲言，杜甫已言之矣。特慮其言之單也，從而複之，其已複者，又從而更複之。就其意而得其句，句在意間；就其句而亦得其意，則意并在句外。豈無時與地、與人、與往來眺望之相符者乎，不必時與地、與人、與往來眺望之相符，而以彼媲此，以此儷彼。不知者嘆杜陵該博，人所應有不必不有，而不知其纂裁之妙。譬之匠者，雜梗楠杞梓爲器，渥沐砥礲，不聞求器者之仍歸工于山與澤也。紅女倚繡床，抽青黄而妃紫緑，串韇而五組之間，或規矩圜方，紝圖織字，窮天地之能，極知慮之巧，而猶謂躬桑之婦之能經營、繭繅之御之可以嬗譽，則非理也。

第自牧雖遠游，宜亦不必有所遺，而前人以遺心而爲之，今人不必有所遺而更上之。倘他日者，予所創翻詩諸法，幸傳人間，則世豈無相習更上如集詩者，然則予亦何遺矣。

中州吴孫庵詞集序

今人不必不勝古人。而今之人有言勝古人者，則姍笑之，不惟姍笑之而已，且從而誚之讓之。即幸而遇知之者，以爲是果能及古人者也，而人之視之，仍不啻如今之人。人無不以閭巷之人視予者，則知予之本不能逮古人也。而予之視今之人，亦未敢有踰于今人者，是豈予之識無以越于今人之卑者乎？抑亦天下果無人而無有當于古人之賢名也？若予見吴君則不然。

予初見吴君，常人耳，既而知爲非常人，又既而嘆爲可及古人。顧爲古人易，爲今人難。古人傳文一體耳，今則必具體；古人具體不具善也，今則必具體而善。古有詩無詞；唐有詩亦有詞，然如無詞者；宋則有詞而無詩。今有詩者必有詞，即不必具善乎，然亦未嘗不與善相期也。吴君善爲詩，復以其餘者爲詞，詞又善。因爲之序之，而記予之得遇古人者如此。若夫宋人以詞傳，若張先、若秦觀、若周、若柳、若晏同叔，皆不善他體。歐陽永叔、蘇子瞻，即善他體矣，歐詞不減張，而小孫于秦、蘇，則遂有起而誚之者。吴君雖爲其難與，然安見難者之必不勝于易者與？

雲間蔣曾策詩集序

昔之爲詩者，嘗有爲正變之説者矣，正居其一而變居其九，蓋紀治之音少，憂離之什長也。然則幽、平以下之爲詩多矣。乃説者又謂「自陳靈降而變風息」，夫定、哀之治不登于古，陳靈之亂有踰于昔，然而又無詩，何與？

昔天下之爲詩恒少矣。崇禎之末，言帖括者詩不工，然亦無正言詩者，華亭陳卧子先生遂與其同黨言詩。當是時，先生仕吾郡漳州，黄宗伯過之，偕吾郡士人登會稽山，顧座中賦詩無能者，即他日索之座之外，無能者。維時則竊觀先生座中，有所謂杜陵生者，先生每指之，稱能詩焉。乃不十年，而郡之以詩與人争短長高下詬訐攻辨者，齗齗如市。迄于今又不下十五年，而郡之言詩者仍少，即向之詬辨不已者，亦復稍稍謝不敏去。

蓋詩之爲言，始于志而發爲詞，無所于在心不可也，必怫鬱焉而不得已也，此如濕之蒸於錡而燎之抑于陶，夫然後發爲言詞。而又懼其遺于才也，不然懼其乖物也，不然其所栝者非其文，而其所形者非其義也，其所栝與所形，義以文生，文以義行矣。向之所爲不乖于物者，度物類事，無所譎計，而不足與風也。已足與風，錐角重刻，繩懸以綴，非温平其教、容好其量也，夫如是則亦已矣，求之爲已過矣。又以爲未極于宫與徵也，其弦不可歌、其石不可和也，調之窳聲之訛也，由是而天下之能之者鮮矣。

予昔交杜陵，愛其言詩，然不相見者且十年也。今既見杜陵，而讀杜陵詩，稱善。及其既也，又讀杜陵之子曾策詩，又稱善。夫天下之望治亦久矣，治極于亂而無詩，或亂進于治而又有詩，然以天下之所必不能者，而杜陵父子獨能之，是豈華亭文物固自有殊？抑陳先生之爲教有未渝？抑亦杜陵生家學原有得之于深者而使之然耶？

吾聞《離騷》之興，遠異風詩，乃説者又以爲變風之息，則《離騷》實繼之。其旨譎詭而情不淫，其文奇而其才可以怨。向者杜陵稱予詩，謂「情文流靡，有似《離騷》」，而吾亦謂杜陵父子其寄物肆志，大者得之正，則次亦不失王褒、劉向之徒。夫《離騷》變詩也，然變而不失其正。故正之變而《詩》亡，變之變而《離騷》亦亡。然則曾策亦持其不變者而已矣。

毛稚黄東苑詩鈔序

《東苑詩鈔》者，《稚黄集》中之一編也。稚黄編文不一時，復不一類，各見指趣。而此以苑名，識所居也。稚黄讀書東園矣，東園者，宋東苑也。東苑之詩有云「城東東苑潮鳴寺」者，其地風物蕭澹而人習朴，可以懷古，稚黄樂之。故其詩不盡賦東苑，然爲東苑所賦詩，即東苑名焉。稚黄達於詩而能工，研辯風雅，覃析豪末，要其才分詄絶，足以神明其萬矱，而凌厲於法，故隨境所得，驅遣百有。雖體非一致，而情同可安。沈約稱王筠詩「彈丸脱手」，不爲過矣。

古文耐創始，不好沿襲，每有標寄，必緣物造情，因時設旨，不詭隨于人，而損益經心，使讀者得以進觀其志意之所存。特前人多言苦吟，即偶爾著書，輒閉户深思，絶慶弔酬酢，雜置筆墨，究其所著，裁數篇耳。今稚黄卧病有年，歷盛夏，衣重裘，口語喑喑。而集中諸編分班列部，其爲朝成而暮遍者，且犁然也。今人不如古，彼亦嘗誦吾稚黄詩哉。

歷下張童子集序

予與張黼遇淮上，黼世家子也，其先相國有文名，黼述之，不愧世家子。然吾獨序黼所爲文耳，及讀黼子童子文，則黼又作之者也，童子又述之，益復不媿世家子。異哉，其相繼而能文若此！古有云「醴泉無源，芝草無根」，豈其然乎。

予與杜陵生友善，其次子聖童也，今少長矣。予每憶其人，并欲詢其所爲文。而張子與杜陵友，張子之子亦即與杜陵之子友。予讀童子文，如見杜陵之子，即如見杜陵之子文，異哉，其友朋之相契而能文又若此！童子數月識之，無數歲屬對，近十餘歲而文集成，凡此者與杜陵之子同，繼此以往則不敢量矣。異哉，吾不能以量張子者量其子，吾又安敢以不能量杜陵之子者量童子乎！

西河文集卷二十七

蕭山毛奇齡字大可又名甡稿

序四

道墟十八圖詠序

舊圖詠刻序一篇，係門人邵允斯代先生作者，此從原稿存本改正。

予少時與章君含可同以小試受知于王雪于師，而予以鼎革之際爲怨家所搆，會順治辛卯，章君登賢書，遂于填親供時，爲予訟冤于部使軍門，一時聞者爭頌之，曰「道墟君」「道墟君」。暨予入史館，草崇禎朝都給諫章格庵先生史傳，氣節凜然，嘆道墟地靈產奇士，爲東江冠，而惜乎繼起者不再聞焉。近得章泰占宗之，讀其詩，壯浪跳擲，擺落所拘管，而古今雜文則又矯矯成一家，不寄人藩𣜽以苟爲棲托，而至其爲人，抑何磊落超軼近也。

夫梗柟生于深山而舉世驚其名，騏驥產洼渥而人爭致之，何則？物不以地限也。宗之謂「家有十人，地有十八境」。以人十而厠地十八，流連游息，而歌詠見乎其間，有所爲《道墟十八圖詠》者。予受而披之，紛紛綸綸，致佳哉。生平惡志書多稱八景，而舊爲天衣作《十一蹟詩》，❶爲汝寧西平作《九勝詩》，意有所感，則未嘗不爲應之。而今以老去，久絕倡和，讀其詩而知其盛也。然且十人之中有翁軒最少，實爲繪圖十八，以跨于右丞之所爲山莊圖者，然則道墟之地靈，豈自昔已。

趙都尉弟紀恩詩序

余舅氏大宗公舉鄉試第一，而驟丁陽九。外弟潤菴繼起，早露頭角，年未及終、賈，即以臚唱第三越虎闈而侍禁闥，可謂天馬無局步矣。乃予赴都時，值潤菴出鎮宣府，守畿輔右鑰。而今則立功海外，開幕于湘沅之濱，重以心懸魏闕，猶不能無浴殿西頭、罏烟扇影之思，因之作《紀恩詩》以見志，其忠愛矢報之私，一篇之中三致意焉。昔宋人作唐史，每從元長詩集中搜檢故實。今詩句雖鮮，然讀之可以見興朝掌故，并掖庭記註諸瑣事，即以之比張籍、王建諸詩，亦豈有歉與！

錢塘宋孝婦方氏記傳序

曹子衛公持錢塘宋孝婦方氏并其子《封股記傳》示予，時兩浙督學使下及錢塘令君皆具驗實，四方爲文章詩歌相誦述者，彙之積漸成卷。或疑商周以來，罕傳其事，惟東漢畸節，往相標識。故鄠人

❶「衣」，四庫本作「依」。

之對，韓愈訴之。而有明令甲，至有斥詭異之行，題爲不孝，勿使濫列旌典者。

今方氏以姑以夫兩剔其臂，而四子感奮，亦遂展轉慕效，八臂並創，是豈典例不足法與？予以爲孝無平畸，亦惟其能行而已矣。《詩》曰：「孝子不匱。」又曰：「孝思惟則。」夫惟孝思無量，故極其所行，而皆可爲法。蓋有限者其則，而不匱者即其行也。昔漢原涉吏二千石，以禮讓自修，而一行縱誕，流爲輕俠。其言有曰：「不觀家人寡婦者耶？亦思效伯姬、孝婦，而壹污盜賊，遂行淫失。」何則？所行使然也。晉周處感清河之言，一經更勵，遽成忠孝。今刲股者，亦惟勿法而已，然孝則已行也。

有人於此，其素行未必純孝，其視父與姑未必盡如一體，而呼搶之際，偶然感動，創痛不恤，然而暫焉耳。及其後，家人傳之，鄉里稱之，雖已亦頻視所創，輒爲感奮，以爲人固有可至于純人孝子之事。而諸妄凡也所爲，亦且勉强顧畏，而不敢爲戾。曰：「幾有身創如是，而猶然爲悖逆者乎？不惟不悖逆而已，豈猶然未順者乎？」如是，而謂其行之有過焉，不可也。有人于此，其素行不必不純孝，其視夫與姑不必不如一體，而挾持中正，以爲傷生滅性，古人不爲；未幾，而不必傷生者，亦不爲之矣；豈惟不必傷生者，又未幾，而當爲者亦不爲之矣。一旦遇有危難，其能急君父而致身命者，無有也。豈其法則不善哉，行未力也。如是而謂之中正，不可也。然則人亦貴有行耳，人苟行孝，何惡于過。況其母行之，其子行之，其諸子之展轉慕效者皆能行之，吾將以風夫世之行孝者，而又何典例之是責焉。

坡山朱氏族譜序

自蘇明允講族譜于亭，而宋時之爲族譜者較今獨詳。《書》曰：「敦敘九族。」譜也者，敘之之謂也。顧先王授姓，期于別族；而後人敘譜，重于合宗。是以謝朓稱太傅必曰「宗袞」，杜甫贈杜位亦曰「吾宗」，誠重之矣。

《坡山朱氏族譜》者，有宋之所創也。自宋張侍郎、文丞相下皆有紀序。而族姓攸肇，則自顓頊後可系按焉。特江右之族，由宋學士公出知洪州，而由洪之筠，由筠之坡，自學士公下，歷元迄明，凡德業、文藻、科甲、仕籍，屈指而數，不可蕞會。以故舊譜所誌屢經更易，猶必統其條貫，節其繁委，分之合之而後成。誠哉，苿聊之遠思，瓜瓞之永經矣。

朱兹受先生客游淮陰，往以種嬰男祕痘得禁方書，自漕部使下及于令丞，皆迎而師之，且將赴内廷親王諸大臣召。而予以家嬰之厄于痘而思救之也，謂先生以祕術生天下嬰，當蕃其族姓，以饗其報。而先生坡山宗也，出坡山族譜，屬予爲敘。予乃爲嘆曰：休哉，前王之授姓，則別而漸之于合也；今人之敘譜，則合而實成其別也。不觀木之有根荄、水之有源泉乎？始也以萌蘖，而條之枝之；以涓涓也，而于焉溝澮，于焉江淮。然而遠條之揚，無所于亂。江河之分，介于清濁，此無他，經者綸之始，合者理之端也。昔明允爲眉山大家，而族譜所紀，不及唐眉州刺史，則至洽而至精寓之。故黄渥可以宗婺州，而狄青不可以附梁國。方今天下合同，里版清晳，家之有譜，抑與國之有籍相表裏也。讀其書而知朱氏之盛，且因之可以得古人敦族授姓之義。則内合其情，外分其等，雖先生子姓，必由此更大其宗乎，是亦爲政也。

王甲庵周易圖註序

《易》，易也，變易而數起焉。《易》，易也，亦易簡而天下之理得焉。故曩時學《易》者，大約分理、數二端。而主數者則曰：「《易》者，筮書也，言理過備，反失象數。」朱子學是也。然其敝也，麤而不精。主理者則曰：「理外幾有象乎，《乾》二之德，通于學問；《噬》初之道，進于仁義。」程子學是也。然其敝也，雜而不醇。蓋朱程二學各有由始。伊川之學，王氏之學也。王弼以費直爲宗而好言義理，伊川踵之。朱子之學，邵氏之學也。邵氏衍《皇極經世》之説，該理于數，而朱子乃陰承之。然而朱子言數既承其意，而又不竟乎其説，以爲卜筮本義，無關隱賾，而于是理與數兩不得矣。夫該理于數，亦謂數本具理，不必更立「理」名焉耳。今乃曰數在卜筮，而其言卜筮者，則又專屬之吉凶貞悔，隨所揲獲之語辭，將使數聖人俯仰觀察、後先探索，而究其本義，僅得與筮人、葦氏指可否也，有是理哉。且夫今所傳《易》，皆王氏之《易》也。費直以《彖》《象》《文言》參入卦末，而王弼則又分《彖》《象》《文言》，或冠于各卦之首，或附于各爻之中，名曰「古文《易》」，實「今《易》」也。朱子既不欲以理言《易》，而註《易》則又取言理之《易》，此何意乎？

王甲庵講《易》有年，其旨謂：「理外無數，數外無理，天地之理皆起于數，數即畫也。吾不學朱程之《易》，而學文王、周公、孔子之《易》；且不學庖犧氏之《易》，而學天地自然之《易》。夫庖犧氏之《易》，無字句而有畫，畫即數也。至天地自然之《易》，則將并其畫而無之。夫至于無畫，而意言象數，不既悉于此而兆其端乎！」故其爲書，先圖象百餘，各推其説，側見旁覬，並有至理焉周融其中。自天時、人事、世數、物候，以極之日月、水火、山川、燥濕、道德、風俗、動植、飛走，通變不測之數，皆有形狀。而後分伏羲、文王、周公、孔子爲内外編，合動静之交，通正互之體，參内外、虚實、存亡、進退之迹，凡分策、布指、列序、定位，咸極淵眇。而又旁及于四時、五行、兩游、八極、二十四氣、七十二候，干支循端，分至起例，因象得數，因數得理。大約遠推京房、焦贛、孟喜、梁丘賀諸儒所傳，而去其灾祥占讖之術；邇本邵氏所學，而更廣其天地闔闢、世數治亂之説，洋洋乎幾于無處非《易》矣。近世學《易》家爲予所及見者，自蕺山劉氏、上蔡張氏仲誠先生。而外，俱能各極指趨，自爲其説，然無以過也。即桐城方氏歷世學《易》，已括取諸家彙爲一乘，顧亦未能該是書也。

予嘗因甲庵之《易》而曠觀之，天地之《易》具在也。其名《周易》，一易耳。夏《易》首《艮》，而爲數用三十六策；商《易》首《坤》，名《歸藏》，則以《坤》爲萬物所歸載也，用十五策。原不俟《彖》《象》「十翼」、四十九策之《易》起而後有《易》學。且即有《彖》《象》「十翼」、四十九策之《易》起，而凡爲《易》者，猶復有「漢易」《太玄》，定九九之數，以贊爲爻，以測爲象，「唐易」《元包易》八純之列，有卦無爻，有孟仲而無老少。如今所傳者，則以《易》在天地，使必待庖犧而後有畫，待文王、周公、孔子、程、朱而後有理、有數，則前古聖人之道或幾乎息，而後此諸儒學道之説，且幾乎歇也。此則王子甲庵之所爲兢兢者矣。

史訥齋先生偕德配徐夫人雙壽序

往時爲人壽，每造侑申祝，娓娓泛濫爲巵詞。十年以來，所持匕道强飯、立侍噂啐，皆先後等倫，在兄事之列，顧之驚心，即欲一爲阿好，以稍加諛諛，不得也，况訥齋先生，尤素所師資者乎！

今年冬，先生歲六十，夫先生則又已六十矣。當先生弱年，蜚聲文林，旦暮冠進賢，入長楊射熊之館，佇受筆札。既已，丁亂離，棄置彷彿。然且豪蕩驅遣，領袖東南壇坫間，凡人士讌會，有所譜記，不得先生名不就。特先生過簡亢，不善容接，四方造請者多落落去。然其事纔目前耳，不謂遂已逾歲月久遠，且不謂遂已六十，豈時果難恃與？亦曰「吾爲其可傳則已矣」。夫天下傳人有幾。先生擅家學，以父兄爲師友，嘗侍晉陵公談古今事。其兄曙寅公猶在也，每舉一事，必引根批原，分枝擘流，剖析其異同，而貫穿其初末。經文史語，歷歷成誦。偶或遺闕，則彼此補核，其于輓近事，猶是矣，此不幾似王彪之乎？晉陵公雖睦居家，先生每承之怡愉，不間嘻嗃，有似陳季方。把臂堪託以妻孥，似朱生。見利思義，不因人炎熱，似童子鴻。嗜酒踈脱，每一飲必陶然盡醉，而諸務不失簡則，有似張黄門。訓諸經百氏，鉤深致遠，可使擔囊負笈、執經問字者不絶門舍，雖傾筐倒篋，隨叩隨應，猶然鼠壤有餘物，似馬季長。先生所乏者獨仕耳。今有通名籍、乘軒鑣、服朱紫青緑，洋洋坐政事堂，而名不接耳，行不衛足，學不能章身，教不可澤物，此亦何足比較于短長之數。且夫公孫弘六十爲博士，卒至通侯，先生尚未艾也。

今先生門下凡八九十人，各執漿篚載肴榼，登堂薦斝。會先生德配徐夫人以偕老同齒，設兩坐于絳紗之内，再拜起立，分行滌爵，以次進侑，趨走蹌蹌，一似設饌于安昌而列樂于南郡者，此何如盛與！然則甲辰不爲雌，而戊子未可小也，乃予則有私誦焉。先生名閥廣遠，席南渡相公之後，族之軒冕，往來者各尚結納，而先生閉門卻埽，獨與予爲耐久朋。方予被謡詠，倉黄出走，交游第相視永嘆。先生驅馳之力，在間以爲予解釋。至今譚友誼者，尚得誦艱難懷友之句，其可傳而可誦如此。若夫夫人之淑慎，能賦《江汜》，以共事夫。子華封人不云乎，「多男多壽」，則早有祝之者矣。

姜侍御生日序

夫天之生人不易，而人之得自見於天下又甚難。故大人者，出則必揆其初度，紀之歲月。當其始生，曰「某生矣」，其長曰「某長矣」「某若干年矣」，其遞進而有永也，曰「昔某甲，今又某甲矣」。世以人重，人以時傳，理固然者。

姜子侍御以甲第起家，讀中祕書，乃歷任臺省，綱紀鹽漕，其在今行馬者再矣。人之誦者必曰：「衣斧繡，冠鵔鸃冠，懸豹尾于車，赫哉司隸。」而吾謂不特此也。夫周名「柱下」，漢名「蘭臺」，皆掌治文史，而後始行馬在外。故王僧虔以烏衣自喜，而控制南司，監紀北省，北魏崔、宋所繇相譏。公以中祕爲監察，一似復舊時柱下、蘭臺故事。昔人云：「不爲簪筆臣，當服獬豸以御天下。」而君已兼之。且夫淮揚亦天下一都會也，襟江臂海，控制河洛，斥鹵數百里，積貯攸足，非大重臣不足當此任。吾聞古中丞之蒞中司也，曰：「轂下無所撓也。」其出督諸州也，曰：「整齊之也。」今君在内，則能劾大將軍，彈中書、兩省，以肅百僚，謂之獨步；其在外，則能使簪裾輻輳，作殷劉之譏，而諸州咸震慴，算商榷鹽，了無廢事，其重如此。

夫重其人，即重其人之所生。乃人之誦之皆曰：「御史若干年矣。」其在内與在外皆得計之，曰「御史某甲」。而我友祁子，且偕越中同人，共進爲壽。夫生年窮達有數，昔有爲監察御史，而拭鏡摘白，尚傷遲暮者。今君方四十，而留東堂者若干歲，入臺司者又若干歲，而故人暮齒，乃從衆人後，而數君之年。嗟乎，人之自見豈易也。

河南張公生日序

《詩》曰：「永錫難老。」夫難老而有錫之者，斯其權在天。而王元之作《壽域碑》，且復以修短之機予之王者，是不知壽之爲數，誠有是在己而不在人者，即天又其後已。

張公於河爲著姓，其先人名典禁兵、稱天子親軍者凡數世。夫衞侯累挂，其勢已渥。而又丁廢舉之餘，羅居百族，雖屢散其息於知友閭里，而目語頷瞬，尚有贏貲。公且崇約德而行闓澤，日與世之賢淳者游，于于粥粥然，和以沖，擴乎其有容，謂非得于己者，有獨異耶？且夫教子，其大端也。嗣君已膺薦，置容臺高等，能持禄以養其親。抑嘗以書升受關中聘，高啓龍門于汧渭之間，時稱得人者，皆歸公焉。今其公姓已有接跡而起者。夫人遭逢，亦各有數，公獨際其亨嘉而履其最盛，迄于今，丈人張筵，少婦鼓瑟，倚歟休哉！其席世也，則然明之基、千秋之緒也；其有所繼也，則又伯饒開其前，公超嗣其後也。咸曰「似有天幸」，而吾謂公獨有以致之。今夫山本高而必扶之以林巒之密，則不傾；水本深而必資之以百川之下，則不渫。故淵泉産良珠，而高崗藴名玉。此無他，誠積之者宏而培之者厚也。

公之生日，在河諸名士各屬予一言爲壽。予曰：不其然乎。夫敷德行惠，致之己也。承乎前而啓乎後者，積之匪一日也。是故德彌劭則年彌高，吾知所以壽公矣。匪然，而禮有「引年」之典，自漢唐以來，歲必舉賓筵、七饗以當憲乞。夫以我公之德，僅獲坐膠堂而饜酒醴，而時之頌公者，猶以爲公之所受，皆王者之功，則夫天之因材所稱大德必得者，其謂之何！

雙壽序 爲陳隣軒翁并于太君

漢沛公與盧綰同日生，里中持牛酒賀兩家；鍾瑾與李膺同年，俱有聲名，世嘗誦之。況其爲夫婦之間乎！顧山濤與婦韓同顯，老萊與婦同隱，秦嘉與婦徐淑同爲文章，吴興太守沈君與婦同飲酒，至同生，則可賀極矣。居平相敬如賓，飲食起居各無所偃仰，容容坦坦，則夫婦而友道存焉。嘗嘆世之爲祈年者，大率以富貴相矜高。屏幛卷軸，必擇好文揄揚之，而時之爲文者備極奬飾，雖鋪陳渝溢而不以爲怍。故予于序壽，一切屏棄，而獨于陳翁夫婦有異者。

翁爲邑甲地，好讀書，博通群籍，摩兩王書法，嘗易金錢。且善爲人解紛立梗概，不專務榮利，以故人多歸之。至其婦之婉娩有禮，又性然也。自選舉法廢，聘名禮賢，視若弁髦。必致身科目，入膺大僚，始足夸耀里閈。而翁以東西曹掾糺彈稽違者數十年，既已徵爲録參，旋復棄去。天下聞翁名，争欲一拜庭下，相爲引重。鄉里之飲德而食利者，群倚翁若屏蔽。則是虞翻功曹尊于會稽，參軍孫邵見重北海，非異事也。

夫齒鄉不以爵，禮也。香山居士居家時，其所與游，皆長年不仕，世稱九老翁，非其數乎。若夫其婦之齊年，則《禮》有之。《禮》曰：「婦以夫之齒。」夫婦與夫不同生，尚得以其齒齒之，況爲同生者與！

王孝廉鄉居序孝廉名曰欽

向游汝南，過平輿城，欲求戴憑、許邵所居宅，而不可得也。喟然曰：「特無其人耳，有其人，吾將與之游，況所居哉。」既而與王孝廉游，則其人也。嘗過孝廉家，飲其堂，與諸著名字嘗往來者，日出入於其里門，且嘗拜其諸嗣子於庭下。于是陰記其所居坊曰何坊，其里曰是何里。迄於今越三年矣，猶能心憶而目識之，曰：「王孝廉所居如是也。」今孝廉已移于鄉，而當時與諸同游者，且貽書屬予爲敘。

予向固知孝廉家，今移之矣。向之所爲記憶而不得忘者，今且不及知其鄉田何晝，井榦何向，山林、沮澤、燥濕何度，庭堂、户閾、甃辟、圯霤何所規爲，則倘千載後，望見孝廉不能得，亦僅如今日之思孝廉已也。而特是孝廉者，以彼其才，招致天下士大夫，車徒、冠蓋與其邑令丞以下，假搕擥通恭敬也。爲名高乎宜在邑，爲勢厚乎宜在邑，爲游談之誇而竿請之哆乎宜在邑。邑也者，俋也。凡皆名與勢與游談竿請之所俋聚焉也。邑者，挹也，可以挹取也。而孝廉悉撝之而勿之顧，則豈入商亳者必居莘，耕南岡而可許漢乎。夫龍之將見，以伏江河之溢，旱豬積而渟泓其勢。人之將發跡以有爲，必先遵晦于所行，而後可以速得志於其所有事。宜孝廉之舍乎彼而就乎此也。

乃孝廉則更有進者。昔者齊之市，晏子居之，而至今齊城之北有别宅焉。柱下史所居在瀨鄉，然譙之祠老氏無定也。世亦恃有人耳。古者在國之居名曰國宅，在井之居則曰田廬，國宅與田廬，一也。此地有袁本初，名士也。嘗從濮陽還，車騎賓從，焜然相望于道路，乃方入里門而盡撤之，以爲不當令許子將見。則使孝廉而邑居，亦必不能以烜赫之勢，有加孝廉如俋聚者也。雖然，以孝廉其人而所至可思，即何必以俋聚爲累。吾聞孝廉鄉居後，其嗣子之拜庭下者，已能博學舉茂才矣。則浸假又越數年，吾仍造孝廉之廬，安知其所爲交游者，不更有過於邑居時耶，然則非無挹取也。

西河文集卷二十八

蕭山毛奇齡字僧開又字于稿

序五

送余鍊師居昇鉉觀序

菰城山水甲天下。武康計籌山，則春秋計倪所棲地也，相傳計大夫佐越禽吳，嘗籌畫此山。及句踐還越，范蠡出三江之口，浮海至齊，而計大夫亦歸棲山中。山有昇鉉觀，大夫嘗燒金云。其後二千餘年，觀毀屢矣，然巖岫曲坲，利于幽託。故前此葛稚川、杜道堅、趙文敏、姜白石輩皆遲回此山，山中人能道之。

臨安余鍊師自臯亭來，顧而樂斯，乃葺其廢墜，假之偃息，同人各爲詩贈行，而命予以序。夫鍊師修髯廣顙，身具仙骨，而又好讀古異書，闡經國謀野之學，雖譚衆玅如九術焉，殆章甫而黄冠者與？昔者計大夫年少，于物甚長，嘗因句踐之問，深明于治，歲至分陰陽、水火、甲乙、粢黍諸術，七年而伯功已成，可謂雄矣。然而言本于修身，道要于知幾，行見于居仁而利義，則使以嘉遯之姿，而察于祕計，挾道德之用，而不盡委之餐黃吮白之數，前籌未舉，穴處何時，宜其顧此山而憬然思也。

余嘗慕菰城之勝，思汎苕溪、霅水，以兼求古賢棲息之處，而奔走未逮，錬師先我而遲回焉。世有審時交而諮知計者，燒金之事于是乎後矣。詩限四韻，概所貽也。然而送行多越人，有似乎不忘計大夫者。若月日甡序。

送戴山人入道并募助衣裝序

予邑無工畫者。少時珍吴人戴鶴畫扇，日色薰炙，風氣炎薄，不敢出衣袖間。既而知其僦于邑也，近也忽之。又既而入吴，持其畫扇游東武丘，東武丘人見所畫扇，輒咨嗟曰：「此吾里戴山人畫也，其畫不可得矣。」予因問之，皆曰：「吴中畫數家，知師、叔平、道甫者，其一時同里，有陳遵、盧逸、周之冕、王中立，皆膺能名，山人其一也。今諸君盡亡，而山人遯矣。」予聞之，雖稍重山人，然并不料周、陳諸君如是近也，則并周、陳諸君忽之。夫人之貴遠而賤近甚矣。相如、子雲當時不信爲可傳，矧微伎乎。

向使山人不僦吾邑，即僦吾邑而去斯世稍遠，浸假得山人畫紙藏之，折枝臕羽，其珍重保愛，未必不倍予疇昔，而若何其近也。今山人將入道矣。山人年七十，猶能爲人作寫生畫，玻瓈其目，手挂兩管，爲粒食計。既而嘆曰：「吾髠吾頂矣，誰爲助衣裝者耶？」毛甡曰：「山陰沈祕書有山人方弘者，追人師也。能截犀稍作脂榼，琢山莊圖，四圍豪末不滅，曾屬爲馬腦瑯當鏤十六兒。其人燕人也，髠頂，雲門祕書贈其凡所需者，滿車載去。此寧非近事乎。」

人近則易忽，然亦易感。夫以山人之畫，方之前人，其于陰陽向背、動静榮落，曲盡隨類應物之致，當亦不讓五代貫休、北宋吕拙，而在休與拙，一則爲蜀王賜朱，一則爲太宗賜紫，其爲入道者可按也。遠即可貴，不必加貴于蜀宋；近即可賤，何當竟令其出追師下也。豈無感祕書而興者矣。

張少尹七哀詩序

張少尹君曾隨其從祖憲副君宦京洛，交天下士大夫，予于是時得一遇少尹君。迨少尹君宦吾浙，復宦吾邑，則予游瀨上始矣。君以奉使馳燕豫，轉而甌粤，屢出而屢返者凡五年。會邑多故，七更邑令。又兵興驛騷，海上烽堠相接，君奉臺使檄督造征海樓舡于甬東界上，工贖值大，徵限亟促。既已倉黄斂賦，復解運愆程，期材不給，督撫大將軍刻戰責之下邑，而邑之計徒庸、辦餱糧者，剥瘠狼狽，什百于他邑。君懼一致悮，而邑之引繩批根且萬家也。君乃拂邸壁賦《七哀詩》，飲歌于浮橋，飲訖，委身波濤，兩岸觀者不得救，呼搶投擲。或曰：「似跨紅木泅水中。」或曰：「有物者持之。」自浮橋至桃花渡凡三里，檄救得免，而樓船之役明賴之以稍緩云。

今其事雖已，而君之詩固在也。昔屈平沈湘，爲歌《九歌》；王粲滯荆州，因之有《七哀》之什。夫《七哀》猶《九歌》也，然而以「七」名者，哀止一情，而感哀有七。君内感于心，外感于身，其連累而生感者，則即此萬家之民。夫君爲萬家而感其哀，而欲使萬家之民讀是詩而不哀焉，不能也。君原有詩集名《赤遲集》，「赤遲」其字也，予序之。今附詩于集，而别爲一卷，復命予序，故序。

湘谿集序

《湘谿集》者，蛤公和尚所爲詩也。蛤公生江陵，長參諸方，驅錫燕、齊、吴、楚之間。其既也，從平陽受信器，應分寧席。而第以初時避地在永興也，永興有湘湖，因名湘谿。顧予永興人也，聞蛤公海内名，而不疑其在永興。蛤公知予永興人，而以予避地不得從永興致予一見，及得見而予已暮矣。

蛤公聞道早，其于道，猶渴之于漿而寒之于屩與布也。當其參費堂頭時，髮腐齒落，絶智計之能，即轉而入報恩之枯木堂，猶且形如槁梧、股不横衽者將十年，彼其時豈嘗有文章之念在其中哉。暨乎從大覺老人再赴京師，設難于帝主王公之前，平陽慕其奇，未經接受，而遽以臨濟之金縷、僧伽、黎衣先大覺而争付之，可謂偉矣。乃以不立文字者而轉爲文字，其於終身把鉛槧、沾沾自矜而逡巡以至于暮者，即以文觀，且超乎上之也。昔湯休、沸大、廣宣、竇月、皎然、栖一諸公未嘗聞道，而初祖以來若大鑒、若溈山、若石頭，守清南嶽，俱無文章。蛤公直指本心，証阿育菩提，而第以其餘爲詩，縱使歷下伸紙，而太倉把筆，猶不能踰其所得，而進其所以至也。則夫以溈山而兼杜陵，佛氏之盛，倘亦生民所未有者與！獨是予以避地餘生，不能舉安丘、吴市一一而標識之，而湘谿之名，其不忘所寄如此。

予選蛤公詩兼付剞劂，而重述予言以爲之敘。世有誚予以能選文不能選道者，蛤公有言曰：「詩非道則道非道乎，鴉鳴雀噪非道乎。」吾得而應之矣。

樂生會序

自履道九君爲尚齒之會，而其後踵之者，唯睢陽、洛陽爲極盛。然率皆登朝建名，致所學于民，而功成不居，退而與里社交游，垂老道故，故其生可樂。今也生逢不辰，丁年亂離，視歲月所趨本不甚惜，而乃合里中群材年與相比者，藉飲酒以爲歡娛，題曰「樂生」，得毋我生之靡樂與？

人有各寄百鏹于其藏者，一除而用之，一則除而置之無用之地。夫猶是百鏹，而一用一舍，不可謂非錢之有幸不幸，而要之錢以有用而易盡，以無用而反不覺其頓盡者，是無故。彼流泉如鶩，出入蜂午，初何容早計夫鉅篅之有限，而逮乎將盡，而後憬然于九府之未可恃也。是惟無所用之，而阿堵當前，致可把翫。則是同此百歲而用之而促，反不若不用之而得舒也，可樂也。且耆英尚齒，必垂老明農，而後可以與斯會。今皆得而早計之，又可樂也。故《記》曰：「樂，樂其所自生。」生不自樂，歲月其除矣。不然，五十非大年也，且有不及五十而亦與焉者。《記》不又云乎，「生日不樂」，吾亦何爲勸鼓瑟焉。

金母壽序

夫淳鈞之鋭不絀于切靡，凌厲之蹤不困于偃蹇。故南金勁而百鍊不得虧其真，栝栢堅而霜雪不能移其質。何則？其神全矣。神全者壽，故昔所稱久長者，皆其能持之一日者也，能持一日，則百年可知矣。

金母蔡夫人，雷甲族也。會稽金君九洲，當明崇禎間，隨其從父宦于雷。鼎革之際，從父殉國，則金君家焉，因娶母，生丈夫子一。而金君且歸思理其故廬，乃迎母也。順治戊子，西南兵大起，震動嶺表，凡滇黔猺獠溪峒諸寇所在蠭發。母初避新城，既避舊城，既又避擊雷之諸山，既又避海。蹈火得免，溺于水得免，漂潮上下得免，遇哮虎得免，圍城免，餐粃饜土屑、桐桂、桄榔、椰梨，不火食者月餘，得免。最甚者，偕其從母避南山時，勢不均全，必欲隨無良者爲媮生計。金君去雷六千餘里，問久絶，兵革且未艾也。勸與迫者衆，母仰天曰：「所不自裁者，此兒耳。」攜兒潛奔，卒得遇其父蔡翁，而究竟免。是母之堅持不詘，百靡不可磷者，已十餘年也。今五嶺已平，諸堠已息，金君已更娶，而後迎母歸，已二十餘年。丈夫子已承家能有立，母已老矣。

癸丑夏，謀所以設母帨者。或曰：「勤哉，母之歷嶮巇以得有是也，母之艱也！」或曰：「賢矣，鬻子之閔，恩勤拮据，卒能越五嶺以還歸故廬，雖室有逼處，如兄弟然，可不謂賢！」或又曰：「母之賢，母之節也，今之所矢靡他者，即向之預歌不隳者也。母賢在終身，而母之節則定之三十年之前，而總之合以成母之壽。」夫操力嚴者匪旦暮之所能摇，葆神深者匪春秋之所可量。和羹以辛苦，而益安于醇；盤根因屈曲，而愈貞其久。則是立斷之器無假沉間，高飛之姿勿庸烏鵲，綿綿之神不需仙曆。賢以樹之，節以持之，艱以藝之，則荆南之木也。世之願誦母壽者，何以渝此。

張將軍七十序 將軍字亦明，文鼒伯祖。

少時從家兄游，見家兄所友者，輒心識之，是時早知有張將軍云。顧君與家兄友時，未爲將軍也。爲文章不可一世，思以此致身，而所至數奇，棄去。膺兩浙觀察辟，命爲諸曹掾，糾愆彈違。既承藉有令譽，乃復綱紀大端，簡置文法，使觀察坐嘯以爲能，于是復薦之京師，進觀上選，此故明崇禎間事也。當是時，天下多故，君私負才地，考圖察象，工騎射，知攻取要略，而仲弟爲文章有名，方謂分道進取，可以得志，不當爲參幕限也。乃獻❶寇重躙襄陽，軍需旁午，復棄考選去，杖策説都閫沈君維烈戲下，出守鳩兹、姑孰間，所在有功。清師下江南，鎮軍盡潰，而寧南侯以犯順之兵戈，船方下，君迎之。皖城既已克捷，將控其上游，以次進掩，而潰兵且貫至也，遂以中軍游擊將軍歸命，爲興朝行營擢用，舉二弟自隨。論者謂將軍從此可得大用，乃又復棄去，還歸舊廬，迄于今墻東之居，其爲避世者已有年也。

歲三月，將軍年七十，予適返里門，拜君于堂，已非復嚮時從伯兄所見文章几席，與其壯年杖策時説元戎于抵掌之間，然且矍鑠走趨，周旋顧盼，意揚揚也。少好書射，今不復射也，乃把丈筆書丈餘字。君身材頗短，字倍于身，隱身其中以爲樂。邑中事無大小，悉以諮君，君調之去。西江水濫，邑取

❶「獻」，原作「憲」，據四庫本改。

利病，吏薦君臺使，恃君隄築以慰民命。

君近逃浮屠，有修廬山舊社者，耆英友也，將爲序壽君，而以其文屬之毛甡。甡曰：「君初薄文學不爲，既薄參幕不爲，既又薄將軍不爲，是君惟不爲以延此年也。然而臺使之聞君名者，榜君耆碩，而君受之。今天子龍飛之年，首推郡縣有隱德者，舉鄉飲酒禮，吏以君應，坐君于西北，嚌啐禮備，尊之曰賓，而君復安之。然則以無用爲有用，以不爲爲有爲，呼將軍則應以將軍，呼耆碩、呼賓則應以耆碩，以賓，此皆莊生之所爲長生者也，君得之矣。若夫五福稱富，三祝稱多男，君固可致，然豈足爲君道哉！」

募修北京西山高井村觀音寺序

燕都以西山爲名勝地，四方游仕者車騎往來，曩時紀帝京風物，恒首載之。山之麓曰高井村，距城西四十里，古刹相望，其爲摩騰、爲浄居者無算也。萬曆中，有御馬監中貴何公相村之福地，創觀音寺，門堂數層，金釭玉礎，叢草灌樹，與前後諸名刹互相輝映，每爲游覽者所憩。而歲月久遠，巋然棟宇，未免漂揺于風雨鼠雀之間，住持守心者惄然憂之，將丐予文，而以遍告諸遠近之檀那者也。

夫天下興廢多矣，廢而能興，自昔所難。惟釋則因無造有往，能就初地而恢之劫灰之後。故成梁除道，王政之經，今悉舉而歸之釋氏，誠以概多益寡，累十得百，其爲力不專，而爲功易遍，博施之義，實于王政有重賴焉。況興廢未有已也。聞之經曰：「某國舍人欲興古寺，以金錢不足，入海得貝，而寺卒以興。」此雖寓言，然亦以人果有爲，則神將效焉。故釋迦説四梵餘福，而以補理故寺爲二梵之福。夫誠閔寺將廢而共爲補理，則福臻二梵亦又多乎，則又安必曰「君子不期福也」。

餘姚諸耿衣六十序

十年前爲文壽耿衣，又十年而仍以予文爲耿衣壽，然則予之無已于耿衣也。雖然，當予知耿衣時，耿衣方盛年，懷抱宏略，交游滿天下，天下人争先知耿衣，或得爲耿衣知尤幸。而予以總丱之末，亦且窺其所著文，遥申慕私。安知耿衣志氣猶然詘處如今日哉，且安知三十年以來，予尚浮湛爲文章相餉哉，安知避世哉！

乃當斯鼎革久矣，其出者固已無論，同爲行遯，或當時原無所表建，藉以揜隲，或方洋自廢，過爲儻蕩，或乃更遁于緇衣羽服之間，或貧病代謝，迄于今，其卓然可見鮮矣。耿衣藉忠定之後，世擅氣節。又理齋先生以理學開纘，凡夫文章節概、學問經術，俱已小用于棲遲十畝之間，鹿門夫婦已從容相敬愛有禮，諸子擊鮮，良日數過，擇善田養秫，揃剥湛熾，足假啣啐，而餘苑雜植，流觀娱豫，小婦挾瑟上堂，日暮嬿婉，自友朋雞黍外，復能使衣褐投止者匿處田舍。則憶疇昔避世時，亦安知其至此。

世固有得不必慶，不得不必慮者。耿衣六十年爾，其閲視深，其領袖群賢者久，其詘處田間又非一日，然甫當耆年，其從此而進者無已也。乃曩時交游，其願附壇坫者，或大用于朝，或小試于雜宦，後先貴顯，熏轑震世者纍纍也。三十年來，亦且寥落罕存在者。則是得失之難分，而用不用之未可限也。且予十年之間，其流離也甚矣，然亦尚能爲文章相餉，況進此也。

嶺南屈翁山詩集序❶

予之見翁山，則自翁山遊東海時始也。先是翁山游塞外，北抵粟末，過挹婁、朶顏諸處，訪生平故人，浪蕩而返。夫粟末去内地若干里，遷流者就道，扳輪挽紲，如不欲生，乃獨從容往還若房闥間，斯已奇矣。且其人生嶺南，凡嶺南諸山水，無不畢至。既已觀東海，即又轉之關西，登蓮華之巔，題詩百韻。爲代州驃騎將軍邀爲贅婿，伉儷國色，圍繞珠玉錦繡，睥睨驅斥。宜其爲詩廓然于天地之間，獨抒顥氣，濩濩落落焉，一切齷與齪不以間也。乃翁山還嶺南，貧約如故，獨見毛甡詩以爲可念。會張杉游嶺南，屬寄其生平所爲詩，命甡爲敘。且謂杉曰：「凡甡所爲詩，吾能爲之；即有未爲者，吾皆能爲之。」及予讀翁山詩，則惜予之未能爲翁山之詩也。

夫忼慨任氣，歷落使才，豈非甚奇。而情不極貌，不能寫物；辭不窮力，不能追新。故相如多工形似，而二班簡貴，但以情理爲託，論者即不能無升降所分。況乎温柔者六義之宗，而聲律與物象，又爲八體所推求者乎。獨是作者甚衆，詣入極難。自非趣昭意廣，興高采烈，具汗漫以極周通，吾未見其有得也。予見翁山時，予固未能從翁山游。即不得已，已出游而遲回卻曲，未能坦然行萬里道。雖所

❶ 此篇四庫本未收。

遭不同，然才分亦殊焉。胸無特達，志鮮激越，即終身道路，其爲踽踽者猶故也。世有以予詩與翁山詩並稱者，予曰：「翁山詩超然獨行，當世罕儔，予且不能從翁山游，又安能爲翁山詩！」然而有説于此：翁山游滿天下，其所不足者，非天下之人也。翁山以相如之才，寄物比志，行且與古人爲徒；予雖不才，或得進而隨其後，則予亦第以予之不能爲翁山者，爲翁山而已矣。

西河文集卷二十九

蕭山毛奇齡字初晴又名甡稿

序六

諸暨邑侯朱公治行録序

浙東二暨，爲秦時所分邑，而漢魏以還，惟予邑餘暨屢更其名，而諸暨之稱至今不易。則其邑之重巋然自立，不與斯世爲推移，概可知矣。

邑侯朱公由名進士起家，作天子命吏，出宰是邑，人之望公如望歲，其責備周詳，有非他邑可比擬者。乃不一載，而多士誦之，庶民謳之，覺從來惠化之速，無過于此。然且郵亭父老編輯所爲詞，不遠百里，各不以予爲不當，而踵門而告予以序。其故有三：一則二暨不相隔也；一則鄉官居左塾，教導里門，可以周知列國之政與治也；一則以予年滿八十，其言可信也。

顧予則重有感者。當予避人時，出走維揚，維揚人藉藉稱直崖朱先生爲昭代名賢，能以經術超于人，而其趨鯉庭而習《詩》《禮》者，即公也。暨予入史館，同館官丘君洗馬、喬君侍讀亟推公人倫南國，克領褎群彦，將以學古入官，舒攬轡澄清之志，而逮今，而卜仕百里，以治行聞。夫功德之録，類乎從諛，疑非士君子所宜爲。况朞月政成，似蛾子待化，不無過神。而乃証乎昔而驗乎今，因其已然，而進觀其所未至，則其言有徵，不翅如塾師耄年，可高譚得失，如前所云者然。且二暨雖同封，而究爲兩地。夫編户之民，九親八口，皆隷其分蔀，其因而加譽，或亦應有。而予則垂老隣界，闔户不言事，何求于長官而以詞爲佞？亦又何利？則其言之公，雖微父老請，亦必謂無可渝者。又況輿人有誦，古則採之，入鄉校而議執政之善否，古則書之。然則今兹之録，亦猶行古之道也。雖以之宰天下，有如此録已。衆曰："善。"遂書其言以爲敘。

駱叔夜詩集序

叔夜以詩古文辭會天下豪俊，天下豪俊翕然歸叔夜，南極吴楚，北極燕代，皆稱與叔夜合神契，四方上下相追逐。故其爲詩多忼愾任氣，負才具，鄙視一切。觀其赴都時，辭友感激，作五言詩，憤悢慘楔，情奮乎詞，他可知也。

顧《記》云詩教敦厚，而劉勰論造詩必情爲文經，而詞爲理緯。故情不足以導詞，理不足以敷文，即縟旨星雜，繁詞若綺，無以揚經緯而被文質。而浸假懽愉已甚，愁苦未聞，中鮮鬱紆之情，外無憂讒畏譏、觸類長志之概，又何以抒情摘物、激越其心思而暴揚其志氣。然則情由境發，而理從遇生，道固然乎。方叔夜爲詩，豪蕩振拔，心存乎事物之微，志極乎天地之大，方自謂翱翔馳騁，可以致遠。而惜乎既也上無太常之徵，爲之稱祖功而誦宗德，明堂、郊廟藉爲雅音，次之無叔孫、河間之薦，使《桂華》《赤雁》《秋風》《天馬》諸曲庶得借才情而節靡曼。萬石之鐘，撞以寸莛，用相鰲矣。然吾讀叔夜之詩，自對策大廷、賜酺光禄，以至驅車河渭之間、種柳華池之曲，其間宴飲臨觀、行農芟社而外，紀述漸減，暨雄鳩怒飛，搆者旁午，而後詩工可知也。

韓子曰：「物不得其平則鳴。」歐陽子曰：「非詩能窮人，而窮而後工。」吾聞叔夜在北寺時，其所治署有老親，嚙指悲哀，誠恐晨夕不繼見，爲倚閭憂，其爲詞痛心，難以盡聞。及再令崇仁，重罹網罟，則子長縲絏，幾陷不測，生平交游，多至有掉臂去者。而叔夜獨坐請室，爲雜體詩，彷彿阮籍、陶潛諸作，其繾戀友朋，懷思鄉故，離憂悽愴。予久蒙念訊，往欲以書報少卿而未能也。乃崇仁父老扳豻呼號，舊時三原子弟，至有懷白金數舫，自關以西走豫章獄，歷四千餘里，涕泣跪餉，然則天下有至情感人如叔夜者乎！吾即謂其嬴于才而詘於理不得已。

王文叔嵩峯樓稿序

世惡吾言，吾復以言爲世罪。胠其篋，焚其書辭，知與不知者，咸誠且詘，以爲今而後當勿復令是家爲文。而文叔坦然示《嵩峰樓稿》，以較以敘。予方自畏，今而後予且畏文叔也。雖然，文叔固無可畏者，文叔朝夕言，言必有道，其爲文不怨尤人物，涵瀜而清深，予自愧其淺也。即以持示天下人無所憾，即示予，予第自畏，亦何庸畏文叔焉。而事有不盡然者。今夫窮愁而著書，人之常也。是故非窮愁之所言，則不疾而唔也。窮愁之所言而不得盡，則病而隱且忍也。人方窮愁，不得不爲窮愁之所言，而凡達身而悦心者惡之，是非惡窮愁之所言也，惡窮愁耳。夫惡窮愁而因惡窮愁之所言，是何論言之盡與言之不盡。而吾言之盡而爲世罪，文叔言之不盡而遂得爲世好乎！

文叔，徐徵君門下士也。徵君嘗曰：「言非其時，夙昔所戒。」夫横議之發，而後竟至于黨人，故蘇子亦有云：「憂患雖已過，尚宜慎口以安晚節。」予方師其言，文叔固熟聽而稔記者，而予反爲文叔道。予悲世已惡窮愁，而文叔之窮愁而著書方未已也。語云：「愛其人者及屋上烏，憎其人及其所畜徒。」予畏文章爲畜徒也。是以序其篇而爲之告焉。

春秋自得編序

《春秋》爲經世之書，而意旨通微，義例龐賾，隨所解會，悉得以觸類達志，窺見大略，而究其指趨，則初無確然之見，可葆不易。故漢初四家，互爲抵掎，而最後《左氏傳》出，則各守師説，而迄不相下。雖至劉駿通經、趙匡闢傳，猶不足以發墨守而起錮疾，宜乎胡子文定一舉而盡袪其説也。顧文定是書，道在乎匡經，而志存乎悟主，以彼其時南北勢成，往可與周之東西相比發者，故一偏之旨，原不無有傳無傳並有傳無經之慮。而後之爲《春秋》者，既飾傳作經，復裂經就傳，而《春秋》亡矣。

嚮與甲庵論《春秋》，每喜其發凡新穎，起義開闢，嘗以爲能出儕識，必其能發祕義者。今讀其書，知其得之深而見之大也。甲庵據程氏所言「《春秋》者，猶法律之有斷例」，又引邵子云「《春秋》，夫子之刑書也」，因謂「《春秋》者，有貶而無褒，有非而無是，有懲罰而無勸賞」，間固疑之。暨觀其大旨，則以《春秋》首五伯，而五伯爲三王罪人，經所見者罪焉耳。故齊桓稱人，與衆分之，殺其罪也。晉侯則甚矣，正譎之辨，較之甚明。而其他列國名卿大夫，苟爲聖人所稱許，經勿及焉。管子之才、子産之賢，詎無一事可記述與，且命卿其任政固久也。平仲與聖人交，伯玉爲聖人所夙好，臼犯以仁親見稱，又伯功也，柳下季秉直受黜，爲後世惜。凡若而人，寧難假義例相及，而是書泯泯焉，必其人無與于閱實之數者也。

乃吾則又有進者。甲庵所據者，程、邵語耳。然而程氏作《傳》，兩列功罪，即程氏之先，杜預「五例」，亦以第五爲懲勸，即范甯註《穀梁》，猶曰「臧否不同，褒貶殊致」，而甲庵盡反之。吾讀《孟子》矣，《孟子》有以《春秋》爲比例者，晉《乘》、楚《檮杌》是也。夫晉《乘》不可考矣，檮杌，惡獸也，故前古以目不才，而楚史是名，則必其書本飭惡者。故或曰乘者，治也，治罪之書也。《春秋》固一例也。有以《春秋》爲比義者，抑洪水與戮飛廉、驅猛獸是也。洪水之割，固無不惡其洚洞者也。幾見虎、豹、犀、象驅而遠之爲褒賞者乎？《春秋》猶是也。夫古稱疾惡者莫如孟子，其稱善讀《春秋》者亦莫如孟子。乃以孔子之懲惡而見之于經，以孟子之疾惡而見之于讀《春秋》，以甲庵之爲善去惡而見之于學《孟子》與作《春秋》之註，此其自得爲何如也乎！况其句解而字釋者非依倚者也。

文犀櫝院本序

往從吴人話《文犀櫝》事，且云有院本甚善。踰年至廣陵，得其本讀之，始知爲吾鄉張陸舟先生作也。先生好遠游，朝帆暮車，然所習至者，則尤在秣陵、廣陵、吴閶之間，所至坊曲争相迎，藉先生爲懽，其于娼樂屢矣。暇時爲詩歌，且雜爲填詞、小令諸體，又爲傳奇、院本、雜劇、散弄，合不下數十本。《文犀櫝》其一也。或曰先生滑稽，依隱以玩世，其爲文放浪嘲謔，不可爲法。而予曰不然。稷下士爲雕龍、炙轂之談，而東方先生不嘗騁諧文作《據地歌》乎？夫不得乎世，而至以文詞玩世，則必爲世所不敢道者，而世于是乎略其寓言而師其正旨。然則先生之爲世法久矣。不然，當先生出門時，披緇負笠，與鄉里故人拱手告别，其中懷隱深浩然長往之概，亦可哀矣。然猶流連狹斜、娱意歌曲，倘亦有不安于心者在耶？《文犀櫝》，實事也。先生文雖奇，然先生豈櫝中人哉！

送李懷岵西征序

李子不得志于時，思西走襄武，北抵雍岐關隴之間。道遠苦舂糧也，計無可如何，於是託爲星辰家以自前。惜哉，李子之爲星辰家也。雖然，李子固無事爲星辰家者。李子先世居臺端，門十乘車，其去李子才二世耳，李子固不宜貧，假此事即不得已。既已貧，必欲假此，則亦非專家者流也。璣璿眇芒，偶託而爲之，必不精。乃每發軔中，談者成市，皆相顧眙愕去，譬就質之射疏，而見藏之發覆也。

昔者李生虚中以日辰支干斟酌休咎，此即今代星辰家所自昉者。故昌黎韓子亦口藉藉道虚中不衰，李子曷嘗攻虚中術乎！以彼其才，偶有託且窮神達渺，以臻至極，浸假他日者，使得遭逢良時，其經紀大事，豈有量哉！吾知李子將不終以星辰行也。

雖然，李子自言曰：「吾非欲爲是者，吾欲以四端求天下士而不得也。必求文章如馬、楊，學問如荀、孟者。即不然，則亦抱荆、聶之肝膽，具原、嘗之意氣者。」又曰：「文章期實不期虚靡，學問期真不期該博。」吾初謂李子星辰家也，託日辰支干以相士，其相士爲宿春計耳。不期其復得求士；即既求士，亦日辰支干求士耳，不期其復得以文章、學問、肝膽、意氣求士。然則李子之所必託者馬、楊、荀、孟、原、嘗、荆、聶，而其所不必不託者星辰也。

雖然，李子貧，李子終不能不爲宿春計矣。己亥冬，揭來蕭山，至庚子之春，而又有行也，屬予爲序以送之。吾悲李子之爲星辰家，而告其將不終以星辰行也。乃李子則遂以星辰家行。

贈周先生九十壽序秋駕尊人也

予二十年來，頗以詩文見天下，天下之以生日屬予爲詩文衆矣。顧獨自四十逮七十往往而是，八十即僅矣，至若九十，則有十年罕一遘者。向曾爲海昌沈徵君王父作九十詩。見七律卷。去年客商城，有少時所受知兩浙開府中丞熊公，年已登九十，思爲詩頌之，究以事去。迄于今，始有以周先生九十屬爲文者，然則九十之不易也。

先生生望族，其嗣子皆能以禄養。曩時，次君迎先生養和州，值先生年八十，板輿就道，親朋祖賀，觀者嘖嘖。今次君不幸，而長君宦嶺表，不能從，季君文學，則久棄舉子業，歷隨諸兄爲記室。先生囑之去嶺表心安，故遥承色笑，留諸婦事滫瀡。而先生九十矍鑠，臨覨趨蹌，未嘗手杖，其不令諸子在側以是也，而先生之壽則從此可識矣。

今人相詡者動曰百歲，夫百歲可限乎？鄉使造化者予人以有限，微獨不百歲也，即果百歲，人之當之，亦且指詘心計，嚮前期而多所綣戀，眵眵盻盻，惟曰不足，何則？有限故也。亦惟不可爲限，斯楊烏、姬晉，皆得心安于一日。故德以無所概而德成，年以無所量而年裕。先生之年，豈猶歲月所得量乎！不然，先生已九十，其視百歲直十年耳。惟其非是，故從此以往，遥乎未有盡也。予之所以頌先生者如此。然則予之頌百歲，亦豈有異焉。

陳序生曰：近情之文。

峽流詞序

《經解》曰：「温柔敦厚，詩教也。」夫詩尚温柔，而況其餘乎。《文賦》曰：「詩緣情而綺靡。」夫詩尚綺靡，而況其餘乎。然則「詩餘」者，温柔綺靡之餘焉者也。其言巵匜，其音曼俞，馳情于華滋艧飾，而寄旨于閨幃窈窱之間，似組紃纂繢，壯夫不爲。而自昔才人如龍標、輞川、青蓮、香山輩，猶且争倡新聲，互爲標的。則以詩餘者，其流爲曲，而其源直本于《國風》《離騷》。故《離騷》名辭，詩餘亦名辭。

自非沿波討源，滌流郤會，道天淵而濯下泉，孰能使涓涓細流，一歸浩蕩。故稽水高唐，漸觀百里，流使然也。

王子丹麓，擅掞天之才，華文四發，自著記、撰述外，多爲詩歌雅騷，凡比聲切律、調商按徵，無不啓其扃鐍而開其幼眇，乃復以餘者溢而爲詞。予受讀之，一何情之厚而辭之綺如是也！夫温柔綺靡固始于詩，而以準其餘，如岷流然。齊梁樂府，羊膞之源也。緣崖數百，猶未濫觴，王維、李白，則已湔堋而下矣。瀺嵓灂石，淫淫溶滴，歷峽已盡也。相其勢可以到海，逮大晟以後，逡巡元明間，汩焉而已。丹麓，其峽流之際乎。唐詞肇李白，而白詩有云「詞源倒流三峽水」，以爲「倒流」，但言其滂洋莫御焉爾，然其源可睹也。予讀盛弘之《荆州記》云：「自峽七百里中，春冬之時，素湍淥潭，迴清倒影，備極旖旎。」而宋玉賦高唐更有「姣姬揚袂」之喻。以較之詞，其温柔綺麗具在也。讀《峽流詞》，吾將徘徊于黄牛朝暮之間矣。

徐氏印譜序

開基以毫書之暇間爲鐵書，巀巀乎肆其彊幹博奥之才，而一準于法。説者謂徐氏有兩傳書，毫書者熊瑞，鐵書者開基云。予嘗聞隰西萬年少論鐵書，大抵晉有楷，漢有篆。晉以楷法易六義，點畫增損，雖倉頡弗顧也。漢以篆銅易鼎漆，勾曲變换，雖姬公旦弗得預也。以故鐵書宗漢銅，猶之毫書法晉帖，凡《説文》六書均無用之，而其間填朱瑑白，若正變、偏滿、益減、争讓諸法，確有程量，唐宋以後無聞焉。今開基于古法無所不解，而往往自見其才，譬于虞、褚臨右軍，形橅廓填，而兩家之意居然見也。前見開基篆，謂其才過于學，而今則見才于學。予悲年少已死，不及見開基篆譜。而又惜熊瑞先開基生，竟不得使鐵書與亳書並傳世焉。

施愚山詩集序

予過湖西，與愚山論次當代能詩可嬗後者，合得一十二人，愚山居一焉。因較愚山詩，竟五日，起而嘆曰：「傳人哉。」今人所難言者情耳，情有七，而哀好分之。好能歌，哀能嘆也。歌之有聲，嘆乃復有淚也。外即就裁耳，接其中淵乎微也。雖然，嗜辛者忘辛，習勤者安勤焉，猶懼予之習之而嗜之也，乃復竟一日，若從甌居者之視泋洦也，若千百世後，言遠人洇，追而闕其凡也。鄉所較者，其無有成説已矣，其有成説還求之，若少汎書傳，既長且更探也。乃益復嘆曰：「傳人哉，傳人哉。」毋論愚山所傳者有學、有術、有名實、有行止如是，即使愚山如宋玉之輕浮，司馬長卿之薄劣，陳琳、阮瑀輩離流遷就，漫無足道，猶必傳之。如宋、如陳劉、如司馬成都，不可謂非文章之林囿也，況以愚山之學、之術、之名實行止如是者哉。

愚山刻《谷音》二卷，序之者江右陳士業也。其言曰：「唐人以詩爲詩，宋人不以詩爲詩。」又曰：「仁義忠孝，何惡于高、岑、王、孟，而爲高、岑、王、孟者必諱之。假如屈平、杜甫者皆忠孝中人也，而屈道齊桓、述帝嚳，今杜詩所稱者，可按而得也。」夫洵如士業言也，則必屈之歌、杜之詩，皆誠明性教文也。乃屈以帝妃、簡狄爲淫泆之辭，杜以仲尼、原憲作抵排之語，而讀者終不以爲非，何則？其旨微也。今之爲高、岑、王、孟者，安知其所爲者詩也，而其旨不又有在也，乃必曰「言誠則誠，言明則明」，則固之乎爲詩也。是不特平若甫也，上之姬旦、召奭，其爲仁義忠孝者，有逾于屈與杜，而且爲南風，彼其誦后妃何如哉！鄉使爲仁義忠孝之言，則必曰德之四、從之三，而公不然也。愚山爲仁義忠孝之人，亦且爲仁義忠孝之言，而其言仁義忠孝者，不過如此。假曰不以詩爲詩而詩傳，則何不曰不以仁爲仁而仁傳也。世之爲此言者多于士業，而其高語仁義忠孝者且過于愚山。予故論愚山之詩，而舉士業之語以衡之。世之較愚山之詩者，可以觀矣。

景文沙門詩集序

景文斷乳爲沙門，未嘗誦儒者書也，而能詩。夫詩亦有道，不讀書不工。如築藹然，布蛾子于箔簿，豈能遽邀其啣絲被縷搖首而經營者哉，是必轡枝嘱葉，仰之蟄之，而後時之至而于以化也。故桑不關藹而藹以成，學不關詩而詩以著。今景文未習書也，即習書亦藉記字形而已，未嘗導其藩、引其曲、揚其通變，乃矢口爲詩而詩成。或曰前身無相翁，後身無着童子，此其人宿生人也。故其着筆若秀草、若散香木、若文錦毳段，雖撚髭嘔心、夙擅妙句，無以過之。予謂景文之不宜爲詩，猶予之不宜爲禪也。予幼習儒書，長爲詩，其爲詩宜無所取疚，而抑嘗一懺悔爲口過，而急爲捨去。景文方學禪，何宜遽及于麗詞綺語，以自取支離者哉！顧予學禪而終不能禪，景文不學詩而能詩，景文之才之倍于恒人如是。則向使景文轉而爲禪，其精鋭進取，當有十倍于予之習儒書而爲詩者，則欲不憾其爲詩不得也。

景文，平陽孫，本師破堂，今來參湘谿。湘谿者，破堂之弟，今能詩家所稱蛤公和上者也。

會稽縣志總論序

《會稽縣志》，前此典修者爲山陰張宫諭君，君屬徐渭編摩之，因載徐諸論卷端，未有易也。康熙壬子再修志，會守令遷革不以時，典之者異首目，一時博雅孰掌故諸弟子，各游散滯四方，遂不得一與較覈。曁稍歸而志成，既已無可如何。第卷端分門發凡，各有論統紀，而語頗襲故，且未備也。會稽令君遂以諸論屬俞子賡之，因文施易，剗剔其成版而補録之。且别彙一帙，彷佛徐集中所載者。繙而讀之，何典制已甚也！山川、形勝、户賦、徭役，詳于治術，而議必開始，語具裁略崖岸，而波潏類七國時所傳文。雖限于方幅，而翻覆委蛇，論述之能事矣。賡之以跅弛之才，出會稽令君門下，垂薦復罷，因濩落受督學使聘，躑躅于苴蘭葉榆之間，胸有幅員，可承頦而得也。

予浪游十年，所至乏耳目心志，即詢以丘原、浸灌、丁男、包篚之數，瞋瞋然未有記者。而予邑志于諸邑最劣，益修而益劣，幸而無能計及于補苴之者也，設或計及，敢望有論著如徐、俞鮮矣。

西河文集卷三十

蕭山毛奇齡一名甡一字于稿

序七

曆法天在序

夫物生有象，而數已備焉，矧天日垂象于前，而目不可得而視，心不可得而較稽，幸而藉口曰：「吾儒生也。」向使集博士衣冠于清臺之下，使之考五紀而定六歷，鉤較紬績，安所賴之？ 昔者觀天家大率分見窟穴，占隱物怪，與皐、唐、甘、石凌屑米鹽者略等。 故迄于天地多故，即仰覘彗茀，糾察抱珥，自許有得；而苟及孟陬渝次、攝提乖方，悉莫能究，故仍留其事于司歷。 而凡大法大章，有可以紀出入、察擾正者，翹首喑喑，欠申而已。 夫象之不明，觀者之失也。 機旋道行之不可以爲法，則九會之數或未講也。

朱先生少參分守吾郡，留心于天文家言，其所論著者，曰坤乾、曰陰陽、曰奇門太乙，皆有成書，而尤于分天轉歷之術，稱爲至精。 蓋其得之于家之所傳，與其往來游歷之所探索，殫且備矣。 予井觀有年，不辨早晚，而先生不以予固陋，馳書使束册載幣，立取予一言爲序。

予嘗窺舊曆，與郡之士大夫追論三五，皆云西曆最良。元時西域有《萬年曆》，早行朔方，而郭守敬《授時》私取其説，庶幾邃密。故其儀象謂地輿圓轉，竟與相合。而明初靈臺亦有《回回曆》，與《大統》參伍。今《保章》《時憲》，即西洋也。先生論著雖半爲先世指授，而隨在參訂，不遺一得。三統多取之儒，五部多取之史，合散、盈縮多取之博士所傳，伏見、存亡、短長、先後多取之司天者。而至于圖象之奇、推步之密、衺正闊狹之異同、發斂清濁之得失，則多取之西曆之舊傳，與鈞臺之《時憲》，名曰「天在」。蒼蒼者自有在矣！

顧予有疑者。古曆簡易而西曆煩重。夫賓日在卯，餞日在酉，時次同也。今則不于其所出之時而于其所見之時，不于其所出之次而于其所見之次，以爲燕齊吴楚，出有不同。則向使經峽中者亭午見日，可謂日出于午乎？則何不别穴處之地，而曰此日不所出之鄉與？且日入亦殊，而曆又不載，何耶？若夫候氣之至，必穿土達石，無間厚薄，而以爲隨地各至，迂已！儒生不習曆，而先王恊時，首在正日，且西曆所布，較于日出候至，有倍詳者，因爲讀《天在》而敢爲質之若是。

錢唐吴元符游仙録序

予與元符遇姜京兆坐中，元符知予，予不知元符也。方是時，予避人潛歸，舍京兆之尊人工部君者，而元符試禮部，出京兆門下，躬渡江爲工部君壽，因得一見元符。顧私念元符者，姿形濯濯如臨冰壺，有道人也。既而知與宗友稚黄同巷居，益知元符有道，工爲文章，砥行不負向一見。若他人累稱元符善制義，則未嘗見也，且制義豈得稱文章哉。及予再歸，而遇元符之弟瑹符，猶元符也。然元符已死，又念以元符之文若行，堂堂具天人色，其不幸於年如此。形固不足恃，文與行且安據也。

暨予止里門，而瑹符録其兄《游仙記傳》，且彙所贈文詒予爲敘。予按其狀，大略元符曾降神于鍊室，書方療疾，并道趨避，其言質而可信。且縛竹畫灰，蹤蹟左合，其對鄉人故舊，問無恙外，多得隱券，因傳其秘，若有所爲三華一元諸署掌者。予往游二氏，而特疑于老。以爲鼎湖燒藥、崆峒受書，求不得驗，而求而至死，則漸有託之髮脱形卸、目光不墮爲解去者。故輔嗣朽骨，談玄冢中，稽康離體，援琴海上，久無足信。而近聞海昌吕先生鬼能著書，吴江葉瓊章倚乩成詩，稱璿宫侍書女，則意顔氏子爲修文郎，宋康王舍人作水官騎魚，不必皆亡是者與？

夫人之難于爲仙者，謂其背群遺黨、衣風吸雲，修黄鵠之舉，而終不離于壤虫之蟄，故不屑也。乃若飭其言行，而自有以底于道，則雖曰爲仙，而實不異于爲人。吾向見元符，而第不知其爲仙也。向使吾見元符時知其爲仙，則私幸一見，或有甚于當日者。然借使元符能爲仙，元符不死，其見吾，元符仍無加于其一言一行而止。則是元符雖爲仙，吾仍見吾元符之爲人已也。瑹符工文章，其《游仙啓》，瑹符作。某序。

贈陳别駕遷淮安司馬序

自古有郡守即有郡贊，所以貳守典兵，謂之上佐。顧歷代建置有通名而無異秩，凡治中、别駕、長史、司馬一也，既則分司馬、别駕爲二，而以司馬爲六百石，位别駕上，要其贊亦少異焉。三韓陳君由典奏起家，爲淮西别駕，其稱上佐有年矣。今年秋，天子特簡諸守贊有政績者，念淮西别駕能，遷淮陰郡司馬，以典兵贊郡，兼籌海防，開牙于射陽鹽瀆之間。淮西守以下暨諸邑長，供張于郡東門外，而索予一言以爲贈。

夫郡之有守贊，亦猶地之有江淮也，淮于四瀆爲南條之一，江漢既合，而淮乃鍾之，暨東江漸東，而淮亦因之，獨入于海。君初贊淮西，既贊淮陰，雖猶是贊也，而始終在淮，抑何與朝宗上下有相須者耶？且夫贊亦未易視也。郡守承王化以敷宣于外，而其副之者惟贊也。故守以牧民，而贊以佐守。郡以按縣，而贊反足以監郡。《禮》曰：「四瀆視諸侯。」侯者，守也，以贊侯而參于侯，則夫以贊瀆而列于瀆，其理同也。乃當君行時有執瓚而揚于前者，郡守也；有捧罇罍而傴僂于後者，諸邑長也；有持錢挾食提抱而扶服于左與右者，民也。民之言曰：「君功在贊郡而德在民，民之思君德，即郡之紀君功也。」然而君之功不勝紀也。

夫以君之皦皦著高望也，則流品于以澄也；以君之公忠勤慎能合衆也，則邦國不空也；以君之廉清而無所于奢也，則所謂襆被能自將也；以君之撕煩而剸劇剛克有濟也，則又遇事能斷者也。澄而能勤，清廉而能斷，鑒流品、合邦國而能務凛于出入機事，淮西如此，淮陰可知矣。君伯仲皆仕顯，其仲氏掌樞曹，司校多所建立。而君方以贊淮爲推移，他日移所贊贊國，贊名雖同，而其贊又異。則夫三公五嶽，其爲相視更上者，又豈僅區區淮海間哉！

丁大聲迂吟二刻序

大聲爲《迂吟》，迂且吟也。既而墨然不一吟，蓋號呼躑躅之餘，總咿唔豈能成聲哉！去年三月，灌園于西郊，始出向時所爲《迂吟》者，視之泪浪浪，少吟之輒悲哀動人。且鉏鍤之暇，仰首落日，亦遂多所惋嘆。因復俯仰出篋中筑衣，故時所衣仍坐上坐。

予私喜得大聲一言，而時之思大聲者，亦願一再見大聲詩，此《迂吟二集》之所爲刻與？夫言詩者紛綸于人，然近世言詩仍推大聲，猶恨今所言者，不盡如吾大聲所言。大聲曰："詩本六義，續以八體。"又曰："詩以善變爲上，拘限次之，沿襲最下。"蓋大聲所言直本風人，近未及也。昔有疑《迂吟》爲不迂者矣，憂時憤疾，多激楚之音，其于優柔靡曼、和平嘽緩之節，可謂曰殊。然而邅迴于刺促之間，瞻顧于敏皇之際，以人之可爲，而第因文以見志；以事之必不可爲，而故爲沈吟輾轉，紆徐以風之。而且時有難言，猶盤辟其詞，一似言在是而意不在于是者，凡此者所謂迂也。今以能言之流而泄泄好退，一若遲回却曲之，必不可已，而後杳然而間示以所欲語，此非從容閑誕闊遠而不切于事情者，必不至此。吾故曰大聲之《迂吟》，以迂而爲吟者也；其又迂，則以其吟也。然而大聲于此，將復有墨然不吟者，何也？

閨秀王玉映留篋集序

萃山林川澤之氣以生才，才固未易言也，歷塊而一逢，閲十百年而間一二覯，況閨房也者。夫惟天能愛才，故亦不急于生才，乃生之而人反棄焉，山林川澤，其不如人意久矣。

吾鄉之有閨秀，自謝道藴始，然謝在當時未離梱域，獨王江州以孫恩見害，而謝亦抽刀挾婢登車殺賊，及乎嫠居，則間隱幔與士大夫談義已矣。今吾鄉閨秀十倍于昔，然早見稱者，王玉映也。玉映爲季重先生少女，先生制文傳海内，而玉映繼之，中郎有女，可慰孰甚！乃七八年前，予亦得讀所爲《吟紅集》者。時先生尚在，通家子弟争相傳道，暨乎後而稍衰矣，遭家仳離，即夙昔倚聲聞者，猶以予選越詩時登玉映作，且群起詬厲，在有辭説。今玉映以凍饑輕去其鄉，隨其外人丁君者牽車出門，將棲遲道路，而自衒其書畫筆札以爲活。記去秋鄉田燒自山陰道江，凡一百里，渠腹齾拆，結袂而蒙暵，未及税而風雨驟發，邑市衢巷皆漲，牛馬暴涷。予既聞其事，值有客抱三絃者托屋下，其哀彈與風雨迸出。予乃作長句，既悲閨中之在道，而又自託于箜篌作諷，申無渡之意，其詞至今在也。見《瀨中集·七古》卷。

今渡江已久，丁君且攜玉映詩示予爲序。夫玉映固季重先生之女，而丁君非他，其尊人文忠公所稱以詞官而死于魏監，非耶？文忠爲東林祭尊，復能見概節，其于王、謝兩家，正復無憾。而丁君以三衢法曹，所在乞食，而玉映且不得復爲隱幔之懽，於人意何如也。《吟紅集》詩文多激切，而《留篋》反之，《留篋》獨有詩，然其詩已及劉禹錫、韓翃，閨秀莫及焉。《留篋》者，予爲之名也。

杜詩分韻序

輯詩家有分時、分體、分類、分韻四則。杜詩本分時者，近有刻分體名「杜詩通」，而至于分類、分韻，逮今無之，此西樵《分韻》之所爲作也。古文無盡韻者，有之，《易》是也；詩無無盡韻者，有之，《頌》之《桓》與《般》是也。是故漢以前文，間雜韻句，而東方先生作《據地歌》、後漢靈帝中平中京都謠辭，即詩而反無韻焉。自魏李左較始著《聲類》，齊中郎周顒作《四聲韻譜》，而其後沈約、陸法言、孫愐輩各起爲韻學，而詩準於韻。故三唐用韻較昔尤備，況甫精聲律，其爲押合，尤爲三唐前後所觀而橅之者乎。西樵，沈、陸之良者也。其書法工擅一時，凡六書、四體已極根柢，而韻則起收、呼噏、變化、通轉，輒能析豪系而定幼眇，故與其及門黄大宗者判甫集而聲區之。

嘗曰：「韻本嚴也，而甫能以博爲嚴；韻本肆也，而甫能以拘爲肆。」旨哉言乎！獨予有未辯者。今之爲韻不既分「佳」與「麻」耶，「佳」無「嘉」音，而唐劉禹錫《送蘄州李郎中赴任詩》以「佳」間「麻」，而公乘億《賦得秋菊有佳色》則「佳」倡而「麻」隨之。今少陵《柴門》一章，其爲「佳」「麻」者且五組也，是豈「佳」即同「嘉」？抑唐韻本「佳」「麻」通與？且唐韻「真」「文」與「殷」分有三韻，而今即併「殷」于「文」，夫不併則已爾，併即「殷」韻當在「真」，而不當在「文」，是何也？則以唐人之系「殷」于「真」者，李山甫《賦秋》、戴叔倫《詠江干》、陸魯望《懷潤卿博士》諸律皆是也。少陵雖無律，而于《崔氏東山草堂拗體》與《贈王二十四侍御長律》，亦且雜「斤」之與「勤」，則是「真」「文」二韻，在今與唐韻絶然不同，而第習視之而不之察也。至若「東」韻原與「蒸」通，故「翹翹車乘」之詩，「弓」「朋」一押，而後乃不然。然而「東」轉爲「屋」，「蒸」轉爲「職」，皆入韻也。今未知「東」之與「蒸」在唐韻能通與否？而集中《别贊上人》詩以「職」通「屋」，《三川觀水漲》詩以「屋」通「職」，其他若《南池》，若《客堂》，若《天邊行》《桃竹杖引》，其通「屋」與「職」不更僕也。

韻之可疑者甚夥，而吾之欲質于是集者不止此數。而以吾所疑質甫所是，西樵大宗必有起而剖晳之者，吾敢以細莛撞洪鐘哉！

任千之行稿序

古者取士先行其文，而後乃授之甲乙。故李華《戰場》、杜牧《阿房》久行世也，而一旦爲主者稱，則取之。故省試諸體，行在解先。古云「不得時則蓬蔂而行」，亦以明蓬蔂之猶有行也。今則行文專屬之解者，苟鄉舉有名，莫不挾一卷相問，謂之「行卷」。而其落解者則目爲藏義而擯不行。嗟乎，行不行未可知也！

千之當垂髫時，即梓其所著行世，世笑之，及今而乃得以《行稿》稱。夫千之驚才異姿，少小嶄頭角，入里塾，驚里中兒，偶舉于社，則社之先生輒不敢即與之較短論長。與予同學于予兄之門，而予詘之，予至今猶怖心也。乃千之甚窮，當鼎革之際，不苟隨世，披榛拾橡于山澤者有年。轉而學古學，避人人爲詩歌、古文又有年。即降心從舉子業，猶且蕭條寂莫，歷風雨、霜露、明晦、燥濕之異，杳然謝人世，人世亦相與忘之。而後一舉而辨紆曲，再舉而瞭圜方。向使千之《行稿》不以其已行時示人，人必曰：「是踽踽不可行者。」即不然，見爲可行，亦且心隱之曰：「是當有幾微與行殊者。」乃以不行之文而不終于不行，以不能不行者而不必即見其可行，則向之所爲不行者，安知非即今之所爲能行者也。

寶應王孫晉南游詩序

與王生遇淮市，翩翩者，王謝家子也。既而見王生彈碁擊鞠，馳騁射獵，幽并兒也。又既而與秉燭對榻，縱談古今學術，靡曼披離，搖筆作詩，遽能效少陵驚人之句，才士也。天下有難測如王生者哉！顧王生與予游，好予詩，迴健筆效予，而予亦好其健筆詩。兩人者詠歌于淮市，淮市見者皆笑之。天下之知予者莫如王生，而其知王生者予也。然予卒難知其好射獵而善博擊。夫王生非獨王謝家子也，王生隨其尊大人宦七閩，已而其尊大人死，則寄居于故舊之宦甌粵者，孤且貧也。間游于軍麾，或溷市肆，其徘徊忼慨，不得已而出入于俠游子弟之間。至今讀其詩，又未嘗不惜其數之奇而遇之坎也。夫王生之以才士而至，所至縱橫，漸且與伎戲之流呈能角藝，此有故矣。人有以難測疑王生者，吾請與之讀《南游》之詩。

淮陰馬西樵詩集序

詩無分地也。而齊、秦、唐、鄭，風以國殊，遂謂吴音靡夸，楚音接捷，非也。淮南王招八公作流淫之章，枚皐生淮，不嘗與梁園諸君作麗賦乎。

西樵主淮陰風雅者幾二十年，其詩雅詩也。乃間作歌行，殊有似乎楚騷者。騷亦雅也，曾謂雅騷而竟限之以楚乎？夫詩分時，不分地也，其分時何也？古以琱爲樸，譬之器，追琢繁重，先彝也。今以俚爲質，譬之冕，儉純者時也。維文亦然。先古文多飾，謂之「爾雅」；今文多質，則嘗爲「爾雅」之釋。夫「爾雅」飾文也，釋「爾雅」者質文也。飾既爲雅飾，易之以質，而不爲俚乎，則尚爲古乎。

吾見人之知言古而不知言雅也。西樵雅好古，其爲人、爲文、爲詩無一不古，其古也，以其樸也。然而吾愛其能雅，則未嘗不以其雅也。所謂古器者，琱之樸也，若其聲律風格之變化，則固有主之者也。予知西樵有年矣，今見西樵于枚皐之里，澹如也。且其家亦貧，然且酒湑我而鼓鼓我。夫西樵貧士，而鼓鍾簠簋，不幾樸也，而雅焉也乎。方今吴楚一家，聲氣無間。吾將舉西樵之詩以爲東南唱，而西樵與楚人西之並稱「二西」，何必西哉！南朝有宫體徐氏詩也，而與北庾爲「庾徐」；江南之豔推江總矣，然與彼傖道衡齊名「江薛」。此雖靡夸乎，顧亦何須不爲南也。

南士七律序

少與南士習爲詩，時天下之爲詩者，百千家也。亦既二十餘年，後之爲詩者未減于前，而前此之爲詩家，求其卓然可稱名者，百不一焉，然則後此者之猶前此矣。

南士弟畜予者，阿其所喜，每攜予詩游萬里外，雖西極雁門、南抵儋耳，獨身挾持，冰蟲不去。而予鮮阿私，見南士詩無以異于見諸家詩也。然嘗于高會中，稱南士爲詩，度越前人，高者岑參，卑者劉長卿也。乃聞者若若，各得響應。是豈天下之知南士，竟無以異于予之知之也與！南士將北游，客有刻南士七律者，予曰：「『四始』『五際』，各有攸嬗，譬諸四序，得候者謝。漢魏無四言，而五言之盛迄于六季；唐無五言古，而七言之盛，則由宋迄今未有殺也。今亦莫甚于七字耳。人有觀五字古詩，不辨良楛；偶見七律，即未經卒讀，而淄澠驟分，如劃刀者。」蓋振體明靡，無取壯駭，驅詞昭儷，非假孤出。就其興情之所至，而藴文極貌。苟有標格，即截去瑣繪。自非調音如輾，稍跲疐而即于泥者，雖曰一體，實衆體之趨也。

夫南士詩未易盡也。予嘗出游，南士思予，必尋之走四方。當其逆旅靡悶，闔户聯句，或緣境附物，動無留礙；或比聲切實，相觸争上。予每度一韻，輒爲之妬不及。迄于今，其偶然見傳，爲世口實者，其視七律猶十百也。天下之知南士者即多于予，然以予言而幸垂之後，其于後之爲詩者，苟得稱名，安知不又以予言爲響應哉。

傅生行稿序

山陰傅德孚與沈子孚先同以詩文行天下，稱「江園二子」云。當二子居江園時，好言大節，每曰：「慕義如皇甫規，文章如賈誼，亦可矣。」故兩人者皆兢兢好學力行，行文去雕飾，一時自好之士皆歸之。予嘗題之曰：「兩龍躍雲津，雙珠生浦源。」豈有誣乎！惜乎孚先之死也。今德孚見舉矣，德孚以年少之才遭逢良時，當必立受主知如賈生者。第德孚甫就解，歌《鹿鳴》已，即貽書問予，索予爲孚先誌銘，其不忘孚先如此。鄉使孚先尚在，觀德孚之見舉，較德孚之文，踊躍懽忭，其什倍於予，當何如者。予初與叔夜、武孫較孚先、德孚社義，既與茂倫、麗京、世臣、朗詣、木弟較孚先、德孚詩。今獨較德孚文，予知德孚必有不怡于心者在也，於其行文也，而序及之。

西河文集卷三十一

蕭山毛奇齡字初晴又大可稿

序八

樂天堂集説序

孔子作《易傳》，以「旁行不流」爲樂天之實。夫旁行者，曲成也。士君子讀書談藝，本期出所學以道濟天下，而勢有難爲，則必旁行之以曲成其意，蓋天道固如是矣。

崔子遺山以文章名世，而連不得志，遂漫遊人間，往往以純任自娱，而乃顔其堂曰「樂天」，一似借安居以俟命也者，而余曰不然。古者游仕人國，多藉友教士大夫爲乘韋之先，故東漢諸賢去古稍遠，然猶受郡國徵聘，一展裁畫。今遺山久擅文賦，兼饒經濟，偶一舉足，即縞紵四達，真不減潁川當日羔雁填門巷者，❶從容談笑，治術犁然，此正旁行不流、道濟天下之正説也。不然，「樂天知命」與「安土敦

❶ 「潁」，原作「頴」，據四庫本改。

仁」亦殊途矣。以志在四方假浮家汎宅爲漫遊計，而反與安土者同其歌詠，意固何爲？予耄矣，行權救時，有志未逮，能假歲月，尚思登其堂而與之樂之。

童煒行稿序

古無傳經墨義者，故世謂制科所作與古文辭異。信爾，則是平津、江都之策，不傳于今也。然而遽謂帖括章句之即爲古文辭乎，則詩又不當異賦，賦又不當異策與論也。特世之攻制舉者，習燕烏揣摩之説，以爲舍墨義必相戒，勿復涉一字，即二三場策與論與表判，尚不得與墨義同觀，況其他乎。是必得一研精古學者出而雪其語。

童煒自甲午公車以來，縱觀二十一史并他所藏書，人見之輒掩口去。己亥，既已魁禮闈，以誤字仍斥落，復于康熙庚戌冠庖經房對策。歸里，與邂后于淮西客舍，出其所爲文讀之，然後知向之所期兼古學而得爲經義帖括一雪其語者，煒是也。煒爲文不廢揣摩，引繩削墨，而要自有其渾淪之氣充斥其間，譬之以長沙、江都，詘而爲李程之賦，五色依然，一元具舉，何其壯也！

人苦無才，有才矣苦無學，有學矣苦無時，乃亦有有時而反無才與學者。吾不知無才與學者之得比于無時否也，而特是以不愧逢年者爲煒喜，即以振興制義爲天下慶。《易》曰：「觀乎人文以化成天下。」然則天下之待理，吾于煒卜之。程子曰：「詞麗而旨誇者，應世之文也；編詩書而不愧，措天地而不疑，傳世之文也。」然則經墨義之能傳，吾于煒卜之。

傅生時義一刻序

予隨兄大千讀書于傅元升之草堂，裁弱冠耳。元升每讌會，輒抱子出，偶旅歌古人詩，予見之，私曰：「嶷嶷者後來之秀耶！」然不料其能從游如今日也。自變遷以來，予焚棄筆墨者已八九年，夙昔攻舉子業已矣。即郡邑爲舉子業者，亦曰：「是家已放廢，不復甘爲時義，爲時義亦不當。」予每遇元升讌會，見其髮漸白，然且勞苦道平生歡。彼退雖語人：「兒能文，當從大可游。」予聞之心驚，是當日讌飲出拜客歌詩者耶？然又自歎，故人知我，我恐以不能爲時義者負故人也。

今年春，以鄉里多故，避之橫山，乃復入元升草堂，視舊時桃李棃栗、園魚池竹都有存者，元升乃率兒拜予堂下。予起視之，喟然曰：嚮使予弱冠時，或謂兒聰明，他日者將從予游，予必且恨，以爲安得此久處者也。即既已久處，無所覬望，然一聞是語，猶且恨予安得七八年後，猶然抑鬱無他懷也。今何如矣。予前此所從游者，史憲臣也。予不能時義，而憲臣能爲時義；予不能時義，而憲臣且能以己之時義，使子亦能爲時義。憲臣爲昌黎，予爲籍，子爲湜，互持其教，亦復何恨。予所恨者，故人子弟日就長大，予倘久詘處，予恐七八年後，其所爲拜客謳吟者，且不知其又何等也。

傅生時義二刻序

夫車工造車，而得以車名，則必其車可見于天下，而後閉門爲有餘。假使輪無可眂，輻無可驗，輈轢輢較，無可顧眄，吾見其躚也。曩時爲高文者，率能出其文使天下見，故方其未行，即世已得指之曰：「此某君文。」及既行，而果無所謬，夫而後始得以專家目之。今之爲之者不求可見，躍烏視不出閤，若以爲晻昧無可示者。而一時塾師里朋，率無容以問學相勸勉，銷晦隱抑，命曰「揣摹」。其未行也，墨墨然；其既行也，墨墨然。自號爲車工，而究不使輪輻之可見于天下，終生之肄業，一技勿就，嗟乎惜哉！夫猶之貪天之工以爲倖獲，而有所挾以徼，與無所挾以徼，相去何等。不持直而就博，博之雖勝，與無博同。然且曰：「吾將逢時。」夫果秭缺不見滜于春而知春，廩霜不見下于秋而知秋，是使皵榎不逢夏，皵楸不逢秋，無不可也。

吾生十七年，而與傅子元升讀書于横山草堂。又十七年，而又與元升之子四如讀書其中。白石既旰，朱顔已遲，乃復幪首塗面，選科舉子業。既以四如一集序之行世，更累其近作，次爲續集。夫以終生造車，削衡規輻，合二十餘年，無一顧者，而又令其徒挾持自好，此與夫世之隱閉掩抑、墨墨以幾者，得毋有間。夫春華未發，幽蘭自芬，秋潦既縮，原泉始見。吾不務爲可行而務爲可驗，即使造車者終日閉門，而其學自見于門外。必欲進前而問曰：「閉門乎造車，其行止也何如？」吾勿告也。

傅生時義三刻序

射無所爲羿也，貴能彀耳；御無所爲王良與造父也，貴能乘耳；文無所爲王、唐、瞿、薛、歸、胡、許、湯也，貴能行耳。必曰文章佳惡多與遇違，豈通論與！然而色之美者必辨於目，聲之善者必解于耳。惟文無聲色，是以不能有所視聽，或青黄不分，洪纖晉然。向使色與聲亦皆有命，則未必青之不淆而爲黄，洪之不變而爲纖也。故曰物之憑乎人，則物之不能自有其天也。文章有其天，故雖人事，而亦實若有天焉主之。

予與四如讀書溪山草堂，已二年矣。其前一年，則皆攻苦之旦暮也，自盥水啜食而外，必質疑問奇，窮極微渺，凡時之人有持之以得富貴而卒不能稍得于字畫行墨間者，吾皆有以使之得之。其後一年，則飲酒譚義，以文爲嬉。而其叔氏者，揣摩家也，每出其奇搆，與之相角夫是以優悠春秋，修游止半，然而未嘗不自得也。當其相對角藝時，兩人者顧之而噱，輒使池魚夜踊，林鳥駭散，近村之民，且有纓冠而至者。乃逡巡渡江，相帥就刖，此何爲與？

今年冬，予既辭草堂，將還故廬，而四如咨嗟，惟恐以薛譚學謳，未窮青技，因乞選其文兼爲之序。予思文雖有命，然技至而命立，人盡而天見，故杜少陵云「文章千古事，得失寸心知」。夫惟文在千古，故文之得失心知之，而命之得失文亦知之。向使王良執綏，遇顔泰父而乘之，當亦必無趙簡之殷勤，與夔人之斥落。而伯昏無人立層崖之上，俯千仞之淵，從容決拾，裂眦霄漢，則禦寇雖善射，亦必匍匐而不前，搶地而若失。文亦患不精耳，苟進乎技，則王、唐雖遥，接踵可至，又何患乎射之不入彀、御之不就範哉。

朱母史太君七十壽序

夫稱愛民者必曰慈母，顧慈不自己始也。子有善上之其親，況杜詩稱母，而東海家則郝夫人之法，反稱女師，豈非其慈可傚與？

朱子揆敘爲宰楚州三年矣，太夫人史太君在官舍，年邁七十，楚州民各起爲壽。予思太君名族也，門閥之盛，踰于崔、盧，凡其自歸嬪以至纘婦，其間克嫺克順，均勿具論。獨念揆敘以天下才試爲良吏，豈無在庭之教爲之先者？且揆敘之蜚聲非一日矣，方其北堂甫離，而南游未返，其勉强剔厲，太君之成子之名者，無既也。洎乎捧檄來前，乘板輿以就釜鐘，其成揆敘之治者，又未可悉數也。夫人之稱壽親者，第能養耳，農賈車牛，止用洗腆。而一命自膺，僅得藉冠簪洽比，饋餉薰炙，孰有如揆敘之以善事其親者，況其帥楚州萬户而稱觴舞綵，又從來孝養所未有者乎。

夫揆敘之愛民，則皆太君之爲之也，今揆敘已報政矣。向使當報政，而馭民之無方，養士之無術，明刑弼教之未有其源，撫字催科之各無所效，以至城郭、溝洫、水旱、盜賊皆不足以順天時而靖民俗，于是而稱曰「母慈」，無當也。乃若休民而民安，曰「惟吾母」；養士而士奮，曰「惟吾母」；粟征力役之寬平有制，曰「惟吾母」；獄訟刑宥之輕重有法，曰「惟吾母」；以至蟲鳥時若，邦郊無壘，萑苻戢伏而貙貐不作，曰「惟吾母」。于是而猶曰杜母之慈非其母之慈，則吾亦不信也。

揆敘方强仕年，能事母即能愛民，而太君七十，且以慈子者令其子慈，吾知太君之年與揆敘之善政，俱無盡已。楚州民屬予祝辭，而時方報政，遂有採輿情以當饗獻者，予因用其説而書之于幛。

兖州趙司理生日序

自後唐以兩使節推分屬諸路，而其後有諸州推官，然大抵糾察吏治、審達抑滯，如判官録事已耳。今則專省刑獄，而彈違糺慝，一寄其權于外臺，故獄訟瑣屑，衆致煩刻。今天下刑平，孰有不先之司理者哉。堇溪之銅，加以新硎，我知其割也。

乃趙君之理兖也，不特其政能也，乃其操則玉壺也，其直則朱絲繩也，其胸有冰鏡凛凛然芙蓉之淬于塘也，其與物喜怒，春風之在堂，而夏日之在牖也。予嘗游河，一觀其政而思之。今兖人以君生日製幛壽君，不憚涉千里請予文以爲君祝。夫祝亦何嘗但期其所未至已耳，予不期以未至，而思其所至。兖人舊誦君政，今其來也，又書其政于版。夫以提綱肅紀之地，而濟之以矯矯風厲之資，時之坐爲委蛇者，非其操持之不足，必其劑割之未當耳。匪然，則又但加之刻覈，而綜理無緒，鍥然多鑱思耳。又不然，或其五過之來，誠未足與爲更革焉耳。有如是之湛以清、惠以平也，矯然以有成，豁然以明明也。豈非時與脂韋，我獨爲峻潔耶？時與爲達，我獨與爲立耶？夫登琴臺者，思父事之風；過于公之門者，思平刑之報。今兖州名賢不止不齊于公也，二十七州邑之所及，其政蹟可紀，不啻家有碑、縣有譜也。人之仰君臺而大君門者，衆矣。

予辱與君知，而兖人與君，則實有愛戴之懽。於來請也，予亦馳一觴告兖人曰：「人孰無情，他日趙君之引年，則其政爲之也。今日之壽趙君，則情爲之也。政在人情，情感其賢而願爲之祝，則祝之安焉。」若有請予爲期者，夫兖固河、濟間一都會也，不見夫濟之清而河之長乎？

付雪詞第二刻序

東海何良俊序《草堂詞》，謂詞爲樂府之餘，而不爲詩餘。初亦疑之，及詳其説，則以漢樂府郊廟歌詞及晉樂所奏「相和」「清平」諸調，皆隸樂録，有近乎《大晟》所定，而漢魏後五言，即高如蘇、枚，亦不聞領于樂官，故云然耳。予則謂樂府詩詞本一致，而歌有不同。使以詞按歌，則詞不限聲，三百章句故差池也；以歌按詞，則詞且限詞，念誦一限，唱嘆又一限也。故張衡《四愁》，張載限之；徐陵《長相思》，蕭淳限之。悉依句綴字，宛宛廓填。而梁簡文《春情曲》，似《瑞鷓鴣》，陳陸瓊《飲酒樂》、後周王褒《高句麗曲》，似《破陣子》，他如迎客送客、夜飲朝眠，其似填詞者，不可更僕。則是以歌按詞，故樂府類詞；以詞按歌，故詞不類詩，其大凡也。且夫詩無成名矣，《關雎》之後，不名《關雎》。而樂府所奏，則《鐃歌》《横吹》《雉子》《蛺蝶》，各有名字，限爲歌例，此不與《調笑》《鬱輪》相等埒乎，又大凡也。

陸子藎思爲樂府歌詞，方駕齊梁，其爲曲子，則縱横元明間。宜其爲詞，上掩温、韋，下超歐、柳，合《尊前》《草堂》而一之，從來爲詞家不以過也。特吾謂詞爲詩餘，不必更爲樂府餘者，藎思以詩文雄長海内者數十年，其爲詩體古今，窮極工妙，而後乃爲詞。及爲詞，而初顔「巢青」，繼題「付雪」，今則

《付雪》又二刻也。夫蓋思但窮極工妙爲詩，而詞之渢渢乎不可迫遏有如此。然則爲樂府、爲詞，皆其餘耳，漢魏樂府，不後于《三百篇》乎。若以爲詞在能歌，則題曰「付雪」，必雪兒歌之久矣。❶

賴古堂文集序❷

櫟園先生以少司農出爲督糧使，使江淮間，四方之士慕之者，争願見先生，舟車輻輳，道路爲隘。予向亦願見先生，不可得，聞四方之士如此，乃益自媿，且益重有慕於先生，謂先生何以得此于四方人，則間取先生文讀之，然未多讀也。及予避人走江介，思入見，又不即入，去而之西江，逮其既也，又以乞食將遠行。手把先生所寄書，徘徊摩挲，誠恐溘死道路，或從此漸遠，終不得見，乃始幡然見先生，且得盡讀先生所爲文，作而曰：有是哉！夫人以情相往來，思心冥冥，匪獨血氣所沁屬，眇焉以通，即生植、走飛、蚍蜉、埃壒之罔所知者，蠕蠕焉動而生其誠，此無他，所感者然也。

方先生之爲文也，塊然乎其情，窅乎淵泉，灝乎若沆瀣之浮于天。然後舉古今事物興喪之故，與夫一時名類之顯然于前者，從而頌之，又從而刻覈鋟割之，必得其形也。得其形矣，必致其思也。致其思矣，必求其興之鬱于初與神之濫于末也。而于是讀之者目開而心驚，指爪欲作，而膚膜之不仁

❶ 「漢魏樂府」至「歌之久矣」，四庫本無。

❷ 此篇四庫本未收。

者，皆逡巡癢接，而不自禁。有嘆者，有深長善懷者，有歌且咢者，有起舞者，有從而泣者，如是而先生之爲情深矣。昔者先生嘗治閩矣，閩之人以情愛先生。即微獨閩也，天下之感先生情者，當先生所至，而必車與綏相隨。即又微獨其平時也，當先生或不得志于人，天下之賦「飄風」之詩者，惟懼以跋疐之勞有傷赤舄，攘攘焉，盼望而欲前情也。且夫予之乞食于世者，非偶然也，或投安丘，或依瀨上女，或游匿于酒人，或從王成賣卜河上。天下之憐而招之者，與本不知予而願得予一顧者，皆卻足不往，而獨懷思願見于未及一見之先生，何則？其情深也。夫情深者文必明。今之爲文者，動曰師古，滮青而繢白，而情亡焉。望古人而走，趨于其門，能決其樊，幸矣，能窺其居乎？不能窺其居，能見其人乎？不能見其人，能得其人而與之頌内外、較短長乎？蓋鑒形者遺神，而忘情者寡要也。

予生也賤，所交多窮巷蓆門之夫，懸瓢棲壺，日委朝露。往欲播諸文詞，使略可表見，雖言微不足重乎，然意亦秏矣。彼王公者而語寒賤，則意指之所略也。先生寫按螢之枯，甚于繪龍，彼夫抱甕以死，終身焉將不齒于衆者，而先生討論瑣屑，抉微搜隱，必欲極其愉快而後止。且予遘閔有年矣，其更相詒誤族黨之餘，漸曁友朋，心非不念之而難言也。先生敷腎腸而爲言詞，口血瀾漊，雖使塗之人聞之，亦莫不惄然泣而翕然感者，此何如情乎！夫文生于情，吾于其文之明而益知其情之深，天下未有情深而不動者也。

昔者姬公居東，東人願見之，而且反慮公之將西歸。至有形之詠歌而期以我覯者，向固不信，迨今而知之。然則謂今人不如古，亦何其輕視人也。若夫情深而文明，既已得之于心，宛轉愷發，浩然而行于方幅之間，而猶謂龍門之文，曾師短長，則輕視文也。

畫賦序

會稽董子長薄游京師，以不怡于時，著《畫賦》自娱。上自庖犧，下逮今兹，窮搜極探，旁及無象。其按部繁而譬類賾，遣言多遷，而寄旨斯約，該舉咸有，歸于一致。於是四望房皇，寓書于河西客子亡名瀨中之毛甡而爲之序。

若乃飾志微芒，興情幼眇，多所思而未達，欲追叩而若失，其跡羈乎形容，而神縈乎廖廓。即有耳所不及聞，目所不及見，得之於體按，而遇之於恍惚，于是略悉索之考求，工攬披之頤悦，斯亦書圖之所必稽、丹黝之所咸藉者矣。夫蹠實之輩，鏤目爲虚；抱景之流，畫空非智。故駭蒼龍而不御者，子高之浮情也；斥毛嬙而不睹者，世主之庸見也。故蕭屏以一顧而生華，浮雲因偶視而成色，何則？三漏之形未嘗驗司空，九苞之羽無能諦翔鳳也。是故志有攸辟，可使西施爲無鹽；會有攸乘，可令駑馬爲良驥。非有定也，故曰按圖而相馬，君子謂之不識馬；按圖而觀兵，君子謂之不知兵。何者？飾形審象，無當于昭曠之理也。故霍光觀負扆而昧於復辟，崇伯相九疇而遺于治水，秦王審督亢而忽于機變，漢臣瞻太丘而闇于功德。況乎經營象先，不逮前古，規摹意起，失之輓近。力殫於毫毛，而神疲於方幅。以義而言，烏睹其可。然且緣情昭宣，體物溜亮，遠揆比興，軌于大通。假耳目爲非真，方物章於有幻，儷揖讓于黼黻之施，等辯訟于玄黄之色。雖復騁千目之精，調五指之運，揚八彩之華文，窮萬形之殊狀，而不爲過也。

不見宋人之爲畫者乎，儃儃焉而進，而藴其巧也；施施而退，而逞其神明也。非衣冠之嚴而羸祖之適，非趨速坐作之勤而從容俯仰之爲，得由斯以觀，進乎技矣。又況於進幾微而以簡澹爲歸，會形神而玅轉移之用乎哉。然則精六法者，不必泥三祖之稱；拂三毫者，未嘗袪百家之目。鄙博望之難名，笑東方之傲世，許丘壑之可過，謂雲霞之未蔽。易寒暑于瞻望之間，幻晝夜于晦明之際。比辭類情，觸物長志。是雖謁展、鄭之工巧，屈偃、通之才思，畢顧、陸之玅悟，殫曹、吴之絶技，烏能僢其精靈，通其變化者矣。

會稽倪孝子記傳序

會稽富盛，倪孝子仙溪君曾覓木心石療母心疾，于是同里王大參、陶侍讀、趙文學輩争爲之記傳，而世之聞之者，尚莫得其概也。按概，孝子仙溪君有母沈，心疾心毒，而剜呼不可能，乃以母氏痛湛于子心，孝子若于是魂精幽越，耳目泄敗，似有見也。當此之時，有鹿幘丈夫能診視五色，造門望氣，告言維木心石可療時厄耳。而木心石者，木感月英，孕而成魄，木之灌灌，世不能得也。于是孝子思鋭力蹶，耳營目馳，窮冬春，歷山谿，而後得之中林之伐樸者也，夫而後母疾以夷。其概有如是者。

山陰駱子叔夜者，倪氏倩也。曾示予記傳，謂予宜序，而予未應也。予避人巴山，值叔夜爲巴山令，孝子之孫赤子者，亦以訪巴山令，故先予赴巴山，驟見予，即重謂予序，予終以未應故，于送赤子歸時，爲詩導其情，徘徊悽愴，亦略見以概，然卒未應也。今則駱子以爲令得罪，將罹不測。予計無能救駱子，思駱子又無罪，横被口語，萬一罹不測，予則無以報駱子命。而駱子孝子也，事母俞賢節同于孝子之事母沈，其爲賢節母飾誌幽竁，思欲以誦母德者，世不止大參、侍讀輩也。則凡與孝子言孝必有可傳，而駱子之言孝子，予不傳，世無得知者。則甚矣駱子之言之當思，而予之不可以不爲之序也。

駱子謂予曰：前此無木心石也，孝子之心惄于永疢，其爲方士者，思以解孝子之疢也，而告之。然而咨嗟之聲，浸淫于耳。何則？心也者，以爲神君而正位于火德者也，火當炎上，賁于太陵，熱結氣會，而中腕不平。夫攻腠理以湯熨，而攻藏會以金石，此精論也。拌陰陽水火之齊，而陰齊石柔，陽齊石剛，即又已然之要也。予聞毒之深者不能効湯液，疢之盡者不足濟草葉，惟時孝子者淚若灌霤，汎與睫接。夫五石之强達于五輸，酒酪瀟灑，金鐵朴擊，草木辛臭，血肉轇轕，方之五石，斯爲薄劣。故爪膚不能，割幕不及，匪揚石英，何其啜泣。故石者，木華之盤桓，而土氣之嘘噏也。凝爲砂礫，散爲礬汞，根雲作母，升氣成蝀。其乳化鹵變，柔而得剛；星賈雷墮，靜而能動。子不觀月華乎，月爲水精，濫而生華。木也者，火之母也。火母燿質，乃感水精，火水既媾，陰陽成焉。陰陽不成，大寶不生，故木胚在水，石孕在木，木石含腠，其體斯覯。故外含黄色，而内融真白，中得水而爲水之母，外泄火而又爲火之子也。其味不毒，而其氣不熛。火得水而爲和，火成土而又爲甘也。以甘味攻毒鬱，以和氣而澹其熛土，以洩烈而水以沉焦，心之疢也于是乎瘳。今夫珠玉之生于山海，皆必有所感而見其神明，故明蟾映蛤而珠以生，接水木之潤而凝者爲玉，何則？芬華之所積也。故海漚壅草葉而成石，得水木之際，故水木之際多成石。由此觀之，豈不昭然者與？乃孝子躍然以興，復泫然以思者，此又何故？夫鄧林之木，不必其能感也，即或感之，目不徹其理，視不達其窞也。身之所經不能周伐材之工，足之所至不足窮析薪之崦也。而木感以石，子感以心，感木則淺，而感神則深。夫是以木心之石端在乎心，而不在乎伐樸之中林。駱子之言有如是者。

西河文集卷三十二

蕭山毛奇齡字僧開行十九稿

序九

畫人傳序❶

予過龍江，見櫟下先生，值先生作《畫人傳》。畫人或存或亡，凡百年以内爲先生所及見者，率記其梗概，詳簡任意，一若傳以阿堵，譬畫人之寫生然。今相距七八年，畫人存者若梅村、虞山、浮廬一輩，又相繼亡去，而先生亦逝矣。方先生未逝時，忽捃所爲文付之樵蘇，既而悔之。雪客承先人遺志，重輯先生集，而是傳稍闕，且有虛臚其名者。予再過龍江，訪雪客于遥連之舊堂，得重讀是傳，而命予以序。

夫烟雲木石，非一定之情，蟲獸禽魚，悉冥頑所示。然而含黄把炭，衣解盤礴，極天下賁命之氣、

❶ 此篇四庫本未收。

選蠕之狀，悉見之毫端，而形于肘下。何則？其生然也。先生以寫生之筆，使畫人各有以得其生。猶憶先生傳老蓮，既已徵事及予，復就予考晰，以辨其實，令片言所至，畢睹其毛髮而後已。今予集亦傳蓮，而當時報先生書具在也。夫先生之嘘枯發匿何如哉！乃先生已逝，而親見先生寫生者，終不得寫先生生如先生之寫畫人，則其撫遺文而泫然者耶。

硯隣偶存序

韓退之陳言務去，而柳州于龍門文題之曰「潔」，夫龍門文亦繁矣，而僅以「潔」稱，文豈在侈言哉。西昌蕭孟昉以豪詄自喜，其意氣卓犖，交游滿天下，較有似乎四君者之所爲。且披閲萬家，日録先人所祕書，續續行世。疑其爲文，必恢奇汗漫，潰然于羈繩檢栝之外，乃蕭條高寄，峻削而清嚴，若惟恐點墨之或累我者，一何潔也！予交孟昉有年矣，當予見孟昉于廬陵講堂，相顧忼慨，天下事亦何一足當吾所爲。今距十餘年，而沉淪往來，重合柴車于長干雨花之間，慰勞無恙，又若天下事皆非吾所得爲者。夫天下之去煩難而就簡澹者，豈少也哉！雲霞燦然歸于太虚，百川下渫根本自見。孟昉家有別業，其先奉常著書處，則春浮園也，亭臺花竹，甲于江表，乃蕩無一存。而孟昉于通德舊門別爲營構，名曰「硯隣」。今《硯隣偶存》則所爲文也。天下大矣，四裔渺漫，望之無際，而一身所當，不過萬里。然且萬里所致，極車馬紛紜、驅騁揮斥之稠沓，而究所棲止，仍在一室，若所稱硯隣，非與？夫以天下之大，四裔之廣，極驅騁揮斥之稠沓，而所存者止硯隣，然則硯隣之所存之文，抑可知已。

姜勉中評曰：即從硯隣摩盪迸出潔字，此本地風光也。然其意氣之充斥、辭旨之汎濫，如排山相傾、疊浪相逐，尺幅中具如許境地，非熟于腐史蒙叟文，焉能到此。

青門文稿序

向從蘭陵文選中讀邵青門文，嘆其豪上雋永，昱昱有氣累串其所學，而意旨龐厚，薈然發乎詞，超然乎近之所爲文者。今年秋，避人吴市，則遥題其所寄像，所稱「青門五真圖」者，其貌有五，其人蓋可得而見也。既則吕子紘績攜其稿來，曰：「此青門君之文也，盍序之。」

夫青門者，非即其先人邵平所隱居而種瓜者耶？天下爲文家不少矣，方其操觚特達，與世抑揚，必争相容衒，以求得當乎其時。及其既而文與時會，大者能見于朝廟，小亦得播之鄉國閭巷之間，使觀者有以考其詞而論其世，此所貴乎文也。自非然者，必文不足以乘運，或有文矣，而運會偶不足以達之，斯善藏已耳，焉有少習鉛槧，既已重有聲于人，而藐焉棄去，遊遨乎四遠，返而遁于圃人以自託，夫所爲青門也者。

吾方讀其文，而哀其情之有難通焉。乃人亦有言曰：「豐乎遇者嗇乎詞，文有所達，則時有所違。」是故同一文也，而應世者目文爲時，不應世者不目文爲時。然且習時既久，即未嘗應世，而亦若有時焉移其中者。此無他，誠以今之爲古文者，即皆今之爲時文者也。夫文無成法，隨在可見，而時則以成法糾畫其間，不予文以文，而予文以法，然且曰：「入乎此則是，出乎此則否。」夫必立意以造喙，析股以建體，吁噏其初終，而曳銜乎首尾者，此他文之所通，而帖括之所守也。故行文百變，帖括居一，而乘時之家，耑守一得。即拘文牽義，撿行攝墨，第恃其孱胸而已，可自附于古昔大家之列。此宜超世肆志者之所不爲，而世爭稱之。邵子之青門自居，其有遺世之思乎。

夫天下無難爲之時，有不爲之志。邵子方丁盛年，時際可爲。即以其才其學出而應世，雖南説甌蠻，北平大夏，亦何難急于自見？而掉臂勿屑，宜其時之塞而文之通也。乃人有言曰：「文之有法，猶文之有體也。」文不能舍傳記銘誦以爲體，則亦不能舍規櫽萬度以爲法，顧亦有法與體之未可限者。《周書》「誥」通乎「誓」，史遷傳序似短長家言。張衡《思玄賦》即《離騷》也，阮嗣宗奏記與箋啓何異。任昉爲王文憲集序，或以爲傳，或以爲誌；韓退之作《諍臣論》，彷佛乎答難解嘲；而東坡賦赤壁，微近于記。蓋合歌行引曲吟嘆篇誦謡辭謳詠，而要之皆古詩；合傳記銘誦漢魏唐宋縱横出入，要之皆古文也。夫圃無疆理，而溝塍以分；瓜不飾青黄，而五色以判。人不必有兩形，而屢貌之而屢肖以像。青門之文，其隨地可見如此。

友勝集序

《兑》之彖曰：「君子以朋友講習。」夫兑爲麗澤，不其文與？然而所藉在講習，則是朋友之助之不可已也。顧君子之友，先謀後游；小人之友，先游後謀。蓋合志同術，並立互下，必相稽以賢，相觀以善，而後同心之言可以布華文而成麗澤。否則種木不擇地，徒蔓焉爾。

予少慕結納，甫束髮即願友天下善士爾。時承啓、禎後門户餘習，每一高會，百千成群，甚或召集十五國有聲應者，按籍而勒名，舟車鑫合，山澨皆滿，所至飲酒食肉，累丘填壑。而分埸而列幔者，其考鐘伐鼓之聲，震慴遠邇。要其初本以求友，而浸淫汎濫，物盛而衰。迄于今，天下之蒙禁令而受錮禍者，且二十年也。夫切靡利鈍，本無多人，在昔四友、七賢、三君、八達，其數可稽。而推而極之，梁園鄴下緑池素蓋，自誇盛大，究其所稱，連榻而止耳。夫博交者馳虚，而審友者責實，夫人而知之矣。

今何生卓人輩讀書論文，雅有同好，將欲合里閈交游，爲他山之攻，抽詞比牘，月有較，時有會，礲礪真切，不涉浮薄。蓋一雪從前社事，而更爲斯集。子嘗曰「會友以文」，而他日謂門弟子曰：「賜也，好友其勝己者。」吾聞諸子之所會，則皆論文之事也，其所集者，則又擇取其勝者也。向者西園之彦，不名爲社，而名集。今豐狐之腋，集以成勝。邴原友盧植、陳蕃而德彰，郭林宗友王憲、符偉明而名著，王元之友寇萊公、王文正、馬公樞密而譽問以顯，諸子非其遺乎！若夫黨人之餘，垂老放廢，其諸游處者，已不能無時過難攀之感，而乃復爲諸子輩序兹勝會，即欲不笑于善士，而豈可得也。

余澹心娥江吟卷序

澹心游越時，予方入蔡。澹心之扶杖命檝，登高臨深，與越人相遇于盤盂鼓鐘之間，予不得而知也。及其後予讀澹心詩，而乃知之，信然。則予之入蔡，嘿無一言，後之人其能知予之出入廣柳，食飲于羊圈牛蹄，與淮蔡人亡名一相見哉，然則無言之必不勝于有言也。人有汎江海而來歸者，詢其江海之所見，無有也。其行也，拳攣樓櫇，目不接瀺灂，即接之，第演演而已，夫是以終無所言。而或者過之，憑陵感興，歷記其山川雲物之奇，古今事蹟之異，與夫鰍蟲、蟹魚、黿鼉、兕騂之汸洋變幻，然後知向之不言之非也。

澹心所至輒有詩，累詩以萬，而區其所至，各爲篇帙，讀之而得考見其所游與所詠也。乃澹心入越，不及與予同爲詩。洎予入吴，而始屬予序其所爲詩，越人序越詩，亦復何辭。第予之入吴，仍不能如澹心之入越。祇讀其爲詩，光明皪落，能隱人千百，恢乎其中而游刃乎外。則向使予入蔡時縱有詩，能如澹心哉。詠江海者，見木華郭璞之賦而悔之，以爲雖有言亦猶之無言。夫有言猶之無言，而況於無言也。娥江，越之一名也。

王憲隣游草序

與憲隣相別有年，聞其東來，惟恐顛毛乍改，相見不識。既窺照自審，而又轉憶其言笑顧眄、宿昔慰勞之狀，然後操舟一從之。至其詩文之來前，則暗中能索，不待辨也。及予見憲隣，而形容粹然，仍如城北徐公者。獨新詩之美，較勝疇昔，驟讀之，幾至不辨。則假使予未見憲隣時僅見其詩，不幾反失吾憲隣也哉！夫憲隣之爲詩久矣。方予以避人渡淮，而憲隣勞之，惟時賣餅淮市，未遑出而偕憲隣倡且和也。及其後漸聞憲隣詩流傳東南間，窺其所貽什，意旨厚矣，其詞抑宛麗有法。私嘆淮里自枚生以來，代嬗藻才，予所見憲隣其一耳。

今憲隣來越，予復渡江。而憲隣東西劉覽，不能忘其地，而爲之賦詩。予向不嘗渡淮也哉，江畔壺漿歷掩勿露，而由江溯淮，淮人士之哀予窮而進食者踵相接也。憲隣漫游于吴山越水之間，予不能相從，適館授餐，一切有闕，而僅僅以山川清虚供其盼睞，可謂薄矣。然且勝地無幾，盼睞有窮，而流連不舍，重假諸題咏以藉之生色，夫憲隣之有厚於斯地如此。則即使予不見憲隣詩，僅見憲隣，而憲隣之詩，其爲進形容而稱勝者，豈有既哉。

淮陰戴龍質詩稿序

予以避人之淮陰，淮陰友人争邀致其家而進以食。予嘗有札致友云：「韓王孫一漂母耳，而予之爲漂母者無算。」正指是也。特不見者十年，幸得一見，感生於神明，喜達于色。景大夫見宋玉曰：「不虞復見故人，不虞復見楚山之碧。」予亦曰：「不虞復見我龍質，且不虞復見我龍質之詩之美。」蓋懽忻之極，急不能傳，則悉舉而委之，無如何焉。

雖然，語有之曰：「愛其人者，及屋上烏。」予愛龍質，即宜愛其詩，不問其詩之當與不當，而一以愛之。而予于龍質，則反有推求而不能已者，曰：「此其所以爲愛之者也。」懸黎之美者罕矣，當其占美，必追摩拂拭，若惟恐砆與碈之得見攘者。而初求其瑕，繼指其釁，夫而後乎信特達，一出而天下之英瑶孫焉。今天下孰不好指人之詩，而求之于無可指，而後人之好與不好亦且一見，而中其所喜，夫乃見其美也。

龍質不自好其詩，然爲詩已久，今所存者出游詩耳。當予在淮時，龍質好予詩，嘗編予所爲詩，課其子弟。暨予去淮，而龍質索予書一卷，置之懷袖，且貽札曰：「日誦毛詩，宛如對面。」其好予詩如此。然則予之好龍質之詩，豈以云報哉。夫予食漂母之食，而至今無以報也，而謂能報其詩乎！

東昌倪天章遺集序

方予避讎時，鼓箎渡淮，淮之君子争裹飯飯之。而其載之車而藏之壁者，則天章也。天章以東昌名士，亦不得志而居淮，驚翔之鳥，同集于瀨，其意氣相得，豈顧問哉，獨未嘗以文章之事相切礰也。昔趙太常避安丘，註《孟子》七篇，其自爲詩，約三十三章，而安丘孫生了無所見，顧兩人俱傳。今予之在淮，本不能有所著明，而天章贈予數詩耳。千秋萬世後，其誰知予與天章意氣相得，有能如昔之太常與安丘者乎。乃天章以不得于家人還歸東昌，既而又徙之彭城，憂死于雲龍蜿蜒之間。予在途聞之，徬徨哀哭，以爲天章既客死，生平意氣盡矣。且家産散落，詘然身後，其無所留遺，抑可知也。第恨其常時所爲文，不能早爲之撰定，使可傳世。而淮安劉勃安者，君子也。其交天章先于予，而意氣相得即與予同。當予在淮時，與之飲于天章之亭，亭前薜荔墻高裁數仞，霜棲而葉紅，每飲必酹曰：「吾敢忘此薜荔墻哉！」其後天章以居居勃安，予作詩思之，而未有寄也。今勃安輯天章集，而貽予屬序。夫勃安之爲天章，則得矣。而予饗其成，而加之以序，然敢無序耶。

蓋文有以序顯者，王仲寶遺文若干，加以所撰述《七志》諸書，而至今所誦者，惟彦升之序，則文之有賴于序也。序有以文顯者，滕王輯子山之集，親爲作序，故《子山集》中有所爲《謝滕王集序啓》者，而當時不傳其序，而傳其所序之集，則序之有賴乎文也。天章豈藉序以顯文者哉。獨是前賢感恩，既報之當時，而身死千年，尚惟恐書史之遺其名，而託諸夢寐。而予以貧賤之身，溘然逮死，不能爲良友所藉，而又無文章以爲之傳述，則其把筆心痛者也。

戒定寺乞米飯僧疏簿序

戒定寺僧玄公既已修復戒定寺，功成，乃持鉢之四方乞米飯僧，矢以滿千石爲願。或者疑之，夫僧者生也，以無生爲能生，故資生之具，一概不設，而第以禪爲滋味。故佛初入山，僅食一麻一菽，無所丐施。而經云：「僧家雖飲食，而味在禪悅。」今朝營晚餐，春募夏饗，是以食爲累也。且儒者不云乎，「不耕而食」，此釋氏之所以見祛于道也。而公方乞食，有説則可。公曰：「不然。僧之必耕而食，固也，然有寺田則耕，無寺田則乞，寺亦惟無田，以有此乞也。是故僧之食于人，亦猶人之食于農也。且吾嘗見有得食而自私者矣，終歲勤動，力田而逢年，初未嘗不自食其食。然而内不惠于親，外不漑于人，近不逮于寡婦，而遠亦不顧夫道饑而死者，則亦何賴乎有是食矣。有如高言，大共衣博而游，曷嘗不藉人之食。然而取之不刻，與之不割，拾鼠壤之餘粒，給鼯腹之有數，而且以其所得者，即隨手而散之他人，既不竭人力，而又不自私其有，有人如此，此毋論乞食。迦葉太子已行，循城托鉢，阿難不免，而猶之不耕而食。乃第貰大官之禄，擇其六百石以上、二千石以下可以脂身而豢槖者，而瓜以濟人，是亦秀民之善者也。」予笑曰：「辯哉！」玄公將之吴，而吴有故人可與告斯語者，因書之簿以爲勸。若夫儒者之乞食，則饑來我驅。吾嘗乞食于瀨中，而未敢道也。

甘露亭募序

西陵臨漸江之東，長波湝溨，往有驚隧，謝惠連詩所云「西陵阻風」是也。顧其地西通錢唐，海水兩接，圻垿之或壞而或汩者，彼此相嬗。聞之梁開平中，錢氏武肅曾築捍塘于候潮通江之門，潮汐東首咸奔西陵。幼時父老言，八月十八日觀濤于望京門樓，水之跳者能沾衣裾。今則平沙斥鹵，彌望無極。夫地遼則間以亭，使夫往來輪蹄可藉託足，此即古長亭短亭之遺製也。乃官程負弩，估騎導節，典制所略，而浮屠以利人之念，起而承之。彼長江澔溔，風雨四來，操舟之阨于洶涌者，與提壺牽車之顛連于褰裳與望崖者，非茅茨覆蓋，何以克濟。然則亭者，崇伯之九仞，而大夫之一輿也。

然而名「甘露」，何也？今夫施飲者，利人之一也。昔有苦吴飲而名爲「水厄」者矣。夫同一飲人，而當其急則爲甘露，不當其急則爲水厄。今之翼然而高峙者，豈少也耶？登臨未已，輒棄去勿顧，而獨于是亭徘徊焉。非秋霖戒塗，則春江難涉；非乘障欲留，日曦在地，則升亭四望，浪高于山。其去其所苦，中其所急，一亭之憩，誠不啻暍之于蔭而渴之于飲也。則夫「甘露」之名，亦殊有甚利焉者，況其爲夏水冬湯者耶？予止是亭，浮屠清源者請予書幛，爲行路勸。予願行路者之思其急以成其利，遂書。某月日。

楊園藝菊詩序

古菊無異色。《月令》稱菊有黄花，而《周官》載王后六服有曰「鞠衣」，即黄衣也，色紫者名馬藺耳，陶隱居謂「白菊治眩」，而抱璞丹法亦用白菊，然大抵甘菊入藥，與今之菊種異焉。惟唐人作《白菊詩》，其摹畫纖麗有似今種。而宋人爲《菊譜》，則云：「有以香得名者，麝菊是也；有以色得名者，錦菊也；以像得名，如所云『孩兒菊』者是也；或以葉得名，即金絲菊也。」故洛陽劉氏譜菊得三十五種，而吴門、范村、東陽諸圃各詩所植，約得七十餘種，而漸而廣推至百種，備矣。

今楊子雲士好藝菊，其爲種不越數十，而擇其株好而色殊者，且區蒔得法，漱溉摘掇，歲勞而日瘁。涼秋花發，菶茸滿堂。觀者數百里争造其下，一至再至，悉流連把玩而不能去。于是有貽其詠吟以志勝者，久之成集，而命予序首。

夫詠菊亦難矣。體物瀏亮，古人所重。而今則習汎設之詞，鮮形似之語。試與觀楊氏之園，叢葩若屏，攢卉過錦，雙紋百鐸，高下層疊。毋論菊種稠雜，難以遍擬，而即此以觀，雖使元亮抽思，安仁結體，猶恐未能窮形似之妙，而第令詠菊之煩多于藝菊，則亦有菊者之勝也。或曰菊等蘭杜，不伍凡草。雲士所種，蓋以自況，故種不貴多而貴佳。予每欲區别其種之與俗異者，續爲之譜，而系之以詩，然而難之。

茹大來詩序

山陰二茹子皆以古今文詩詞名能于人。予嘗與小茹子游，亟稱其兄大來今文爲己所未及。夫小茹子以今文取科第久矣，然猶謂不及大來，則豈非大來之文，其所詘者猶優乎，況其爲優焉者也。先施不以不嫁而無容也，況美心爲窈，美粧爲窕，不止作青廬之飾。而匠人入山相木，手無成鐻，雖隱深未衒，或不蒙見者所許，而中心悠然，養其神氣，而足以自見，然後削爲鐻，而驚之如神。

吾未知大來之文其能加于人者何等也。而即以其詩觀之，「四始」「六義」，治之有素，乃思心窅冥，恍悽息于義得言忘之地，若善刀不試而解中窾會，隨所觸而圜轉四應，登臨酧酢，皆成詠歌。是豈大來之詩不欲急見其所長，而所長卒莫過與！予嘗溯大江，道潯陽、蠡浦，思西上灩預，南窺昭潭，一抒生平所欲觀。而徘徊中道，遂致兵戈滿前，竟不能達。大來訪友瀏陽，迴舟夏口，其間賦大隄而弔蒼梧，所稱青蘋、紫蘭者，寓目興懷，諷嘆成帙。則以視小茹子宦游儋耳，行吟海上，其及與不及，又未知公輸墨生其果能彼攻而此卻否也。

陳德宣山堂近體詩序

邑能詩家隤于郡，然自唐賀監後，無傳人焉。即初明諸君子，若任處士、張助教、魏尚書輩，先後間出，各擅時譽，顧欲與高、張、何、李方幅齒遇而不可得，況其他與？予少時得讀曹文學體升詩，私謂其五七律當頡頏宋之問、孫逖、王維之間，而究其集無兼本，後人不能存。司馬長卿即有書，空居而已。至若包淳博、沈七與予同時争上爲著作，相繼徂謝。今人間不傳一詩，詩亦豈易言乎。

德宣與何卓人游，卓人亟稱德宣才不可及。方有事制舉，而以詩爲餘事，然已率能如郎士元、劉禹錫輩。予覽之嘆曰：「良然哉！」夫明月之璧獲于魏野，驔魚之駕取之在坰。然而求馬于魯郊，搜玉于大梁，而世不再見，何也？以生材之本無定也。故神物之生，隨地可見，必謂苧蘿皆美婦，而惡溪無潛魚，豈理也與！邑故乏傳人，然當多才繼起之際，豈無奇文特出，超越前進若賀監以上者。倘假予以年，吾見德宣之能名也。德宣好賈山《至言》，故以「至言」名，而山其堂，然則山堂不僅以詩也。

許君生日序❶

晉高陽許詢以魏中領軍後，自甘放逸，即司徒辟掾，皆不潔就。當其時，所與齊名者，孫子荆也。子荆以文著，玄度何難出所有與之並駕，而乃茹華斂英，徒然以都講相問訊哉。志各有所向，而不暇同也。山陰王子懷稱其鄉許君爲玄度後，玄度寓予邑，而時徘徊于會稽王所，且好與支王輩論辨名理。故其宅在蕭，而其遺裔嘗見之南塘上下之間。乃子懷道君高蹈，孤處林下，厭與物接，掃密室，啓牖燔蕭爇葯，往不習二氏家説，而逍遥閒澹，一似重有避者。然而相其才力，讀書談道，豈不足與當世

❶ 此篇四庫本未收。

賢豪比長絜大。而甘心寂處，夫亦其志有難言者與？

今君年七十，鄉人咸製幛爲壽，而屬予以文。予曰：「予之不能爲玄度，勢也。然而願爲玄度者，志也。予志在玄度，而不能爲玄度。君能爲玄度，而又有不必爲子荆之志。夫天下有寧爲子荆，而斷斷不潔于今之所爲者，豈少也哉。君不爲子荆，然則天下之不足當君之爲者，亦已多也。」予久居北幹，嘗求當日之所爲北幹園者，俯仰踟躕，庶幾見蕭條遺跡，而君以南塘數武當之。子居南塘，予居北幹，君毋以玄度自視，而以子荆者視予，則幾矣。子懷又言，君名溢于鄉，鄉人將推君舉鄉飲酒禮，爲鄉表率。夫三老、五更，自三代以後厥有常尊，且縣官揚觶，立伺饗啐，與州府辟召者本自有異。第吾聞許掾出都時與劉尹數語，聽者謂其無隱心，而以我緘藏。當君憲乞，天下有執爵而受教者乎，其果巢、由之言之不同于稷、卨與？

西河文集卷三十三

蕭山毛奇齡字初晴又春庄稿

序十

重修萬壽等慈禪寺募序

山陰等慈寺創于石晉天福間，賜名「天長」。至宋真宗朝，改建其寺于相墅之西，遂更「天長」爲「萬壽等慈」，聞于廷而賜今額焉。其後熙寧、淳熙代有興廢，逮元季天曆，寺亡于菑，慈室不修者有年。明之洪武初，始得藉檀衛之工，竭勸緣之力，而重還舊觀，今又漂摇矣。吾聞釋氏兼愛，自王公貴卿，下逮輿皁，無不煦嫗然合萬若一，謂之等慈。今山陰縣西凡百餘里間所云「天樂相墅」者，其受慈悲之汎護，非一日也。佛等其愛而我平其施，合萬若一，以此報佛，其可乎！況宋明以來，其爲勸緣正等也。衆曰善，遂書之爲序。

王草堂詩序

春秋士相見，必稱古詩爲贈答，而其後浸衰。然猶有中郎之因訪友而詠《招隱》，殷東陽送甥而誦曹顏遠之爲詩者。今則非己詩不贈。爵里未通，輒投以一卷，古今長短毋論，木李瓊玖，軒輊有等，而第從輕車出敖，必有填車篋而來歸者。故予于近詩概不暇讀，而獨于草堂有降心焉，則豈予之有私于草堂也哉。

夫草堂固修處士之行而擅大夫之才者也。天下尚結納久矣，雲間日下未嘗相見，而縞紵往來，凡知草堂與不知草堂者，皆欲得草堂爲賦詠。故草堂家居足不出闉，而側身四望，其爲贈英瑶而報錯刀者，以詩言之，不啻「零露」之爲歌、「草蟲」之以誦也。予嘗浪游人間，嘆今世無諸侯王虚己下士、得追古稷下碣石故事，而草堂以嵓穴之子，致賢王忘分，每以詩文相傾倒，横槊之餘，從容倡和。夫淮南八公，至今不得其姓氏，而梁園賓客，鄒陽以傳，臨川門下，明遠特著。人苟自立，則青雲在前，當有相附益顯者。夫草堂豈僅爲河間誦詩者耶！

田子相詩序

往餞胡東嵓之汾陽，料其贈行詩，得田子相七律，驚爲嘉、隆間詩人。既從予邑王子文叔見子相所刻方幅，則居然唐詩也。惜予見子相時少，不能盡識其生平所作，爲之甲乙。今子相自輯其詩，次第編摘，將以示于人，而畀予以序。

夫詩之爲思也，窮神幼渺期于中度，故流連咏嘆，而未嘗無止則焉存乎其間。特夫矜情太多，則超詣反少。蓋詩有氣調，氣揚則調振。自非葭灰相發，元氣具舉，其能調音聲而播律吕，鮮矣。夫子相之詩之臻乎嘉、隆，而未進乎唐，則以矜卓之未忘也。然而遂有進也，則以意氣之能開、興情之日上也。故少陵爲詩衰于晚節，其興減矣。予避人有年，而文詞不得揚，氣未充矣。

向在姜京兆許見子相尊人驃騎君，抵掌俠烈，能縱譚天下時事，比之陳同父之見幼安，意思勃發，致京兆以持重緘嘿之資，互相激越。暨予見子相于蠡城之龍山，飛揚跋扈，四坐爲詘。其在今驃騎戈船南下，銜斥于甌餘姑蔑之間，横槊慷慨賦詩而卻敵，其意氣之有效如是。則夫子相以終軍之年，抱請纓之志，而又加之以雄悍博達慷慨激越之意氣，豈獨示人以詩句而已。

朱斯珮五律遺稿序

予詣斯珮，斯珮出五字律一百餘首示予。時盛暑，設床坐林下，索予點定其詩，逮晡而别。别數日而斯珮死。今斯珮所著書無一存者，而獨是詩以予所點定，特爲編摘，乃得存。則是斯珮所著皆可以傳，而惜予之不盡爲點定之也。斯珮初不喜爲詩，其爲詩也近歲耳，而與予論詩，則在今歲一二月間。予漫游多年，逮歸而親朋在者，已無幾矣。其爲詩與文，或十年或二十年，向之所爲同唱和共吟嘆者，今或存或亡，皆不可考。而數月之内，其爲存亡之痛、生死之感，亦復如是。又況乎四海之大，友朋之衆之遥遥而莫可指記者哉。

予痛斯珮死，而蹉跎車過，無輓無誄無虞殯無哀詞無銘狀誌述，而獨斯一編，爲二人手跡，開卷而親娓娓焉，悲夫！嘗謂天下無全文，近之爲古文者，皆非吾所爲古文者也。惟詩則欲各取其所長，合爲一集。往欲得樂府如大敬，擬梁陳以後詩如吴漢槎，七字詩如梅村，七律如葯園、禹峯、南士，五字長律如杜陵生者，以爲善本，而皆未有定。斯珮詩倘幸而終存，是亦五言之選也。至于斯珮之篤行，則予方效之，非敢以斯序爲傳述也。輯其詩者何？自銘也。

倬炎曰：西河與施愚山先生謀選近詩，約得十餘人，終不果選，見序四《愚山詩序》及《題辭》《阮亭詩序》中。

蔡子珮詩序

夫爲詩與爲帖括同一無用，然而寧爲詩者，豈非以詩本于志，内之可以見性情，外之亦可以覘問學哉。第今之爲詩，大率單心帖括，而賈其餘才，比辭摘句，其于詩，固未知精神之依憑而典墳之有效也。

蔡子子珮具絶人之姿，不恃攻苦，輒能爲文章詞賦歌詠論議，即下及書數、繪畫、博塞、游娱之細，無不意志所至，手目畢達。而特其所爲詩，則若有冥心求通、博觀取勝、不甘以才分自限者。夫審時候氣，初亦何與于宮懸，而穿域蹋鞠，超乘投距，其于横行轉戰之事，相去甚遠。然而吹銅布琯，輕齎絶幕，樂人每藉之正律，而當時行軍制陳，反有借斯戲爲訓諫者。此無他，理有相因，則先事所從起也。故種樹非製衣而衣由之成,唧黿非築城而城于以備。必謂調情者爲虚器而旁蒐者非雅材,豈通人之論哉。

夫詩畏言性,懼其誕罔;詩忌使事,惡其拘牽。而有如得之中而資之外,在心爲志而發言爲詞。子珮多才,吾卜其思之成、學之固矣。子珮舊爲詩頗學茂秦,而近詩有進。或曰:「茂秦詩有性情,然亦寡學。」或曰:「性情吾所自有,若夫學,則老子不云乎,『善人者,不善人之師;不善人者,善人之資』。人亦惟不好學耳,人苟好學,則亦安往而不爲資焉。」

胡氏東岡瑣言序

昔《漢藝文志》載雜説家爲書千餘,今並無一存。即世所傳《齊諧》《洞冥》《搜神》《博物》《西京》《越絶》諸記,悉後之人襲其名而僞爲之。故記中所載,並與史傳所徵及他書記註所引據者了不相合。是何雜説之難傳也。然而唐宋元明以來,人有外集,集有别記,篇帙之多,至比之山毛海浡,而厭不欲觀,則又何與?

胡光禄著書東岡,有《東岡瑣言》,自六經九家以迄之街談巷議,書凡幾卷,卷凡幾部。乾象五行、《書》《詩》《禮》《樂》、竺乾柱下、神蛇鬼豖,一一臚列,不啻匱石之探而冢土之汲,紛紛乎雜説之弘覽矣。世每稱雜説家不可爲,其説有二:一則惡妨于大文而養其力也;一則恐殺于大事而不可爲要也。夫文之大小固無論已。若夫雜説家好辨舊文,其載藉字句,考論得失,所繫猶淺,惟是捃摭遺軼,往往取人間所傳而顛倒之，指記混殽，是非莫辨。夫予宵小以平反，借名贗實，此固不害爲廣大；而有時以端人正士纖微無纇者，或間摘數事，爲之點染。嘗讀宋人小記，至范公文正暨歐陽文忠諸隱軼事，未嘗不惜夫野稗之漫傳，而立説之當慎也。

今《瑣言》所及，但有通記，並無偏駁，其聞必取真，而見必貴確。他日者史館有人，當必求是書以備搜採，豈曰補衲是資而已乎！初予避兵時，曾記明季遺事，凡四卷。以示沈七，七善其爲文而疑于其事。既而示大敬，大敬曰：「矢人有參訂而成一矢，訂之不詳，雖挽彊其可追耶？」予乃悟其義而焚其書，《瑣言》無是耳。

张遖可曰：雜説家文序得有關係。雖具讀書論世之識，然非貫穿諸雜説家，焉能博達正大如是。

采山堂詩二集序

予與康臣爲詩時，同之者爲伯調、木弟、桐音、奕喜四人。木弟早世無集，而兹四人者各有刻集行人間。其集以堂名，伯調名「歲星」，桐音名「芳樹齋」，奕喜名「東書」，而「采山」則康臣所居堂也。特康臣刻《采山詩》時，值予以籍捕，夜走吴下，無暇爲較讎，而康臣屢屬予序，亦不能應。暨康臣赴都，遇諸淮而後讀其詩，而相對泪垂。今集中絶句有云「濕盡征衫」者，蓋指是也。乃康臣第進士對策，以稱旨擢高等，白事閣下，入筦中秘書。其爲詩，滌然自喜卻脂藥，檢括不及。嘗寄予書云：「吾方與同舍郎汪君同爲詩，吾憚其伉烈，力追之。吾將以此易天下，而不知者必謂予兩人爲宋人，揚波效滄浪、宛陵、清江所爲，何哉？」其後招予于白門，盡出其十年來所爲詩，屬予點定。私喜五古雄博，雖峭巉不類具茨。七古有開闔，縱一意倜儻，汎軌軼步，猶不足涉都官長史之藩。而近體蕭踈，非歐、黄比也。此猶居明堂者，厭耑見之數，而雜啓左右，移易向背，雖西盪東澹，合宫重屋，逐步爲轉變，而要之不離乎殿陛之間。此猶先施侻衣、毛嬙滌黛，而意密體疏、神光離合，無所或二。蓋絢爛之極，則平澹生焉。而惜乎康臣死而其説不早見于世也。

今康臣遺集，其同舍郎汪君爲之較讎，而以不忘舊，仍名「采山」，且屬予爲敘。夫詩實難傳。康臣幸與同舍偶，汪、沈之名已行人間。而伯調亡後，其《歲星》二集，世多瑕瑜。芳樹之後人，貧不能鬻紙染板。而東書少年戍死塞外，其毀其所爲，惟恐不盡。獨予以一身當五人共逝之後，復取《采山詩》而爲之序之，即欲相對泪垂如在淮時，亦豈可得乎。

俞石眉詩序

《詩》爲六經之一，而謂窮經者不言《詩》，是何淺之乎爲詩哉。第窮經實難，孩提入塾，長而游于師，廣稽博習，尚不足窺其藩墻。而咄明詠露，露未晞而詩已成，此非詩之易，蓋必窮經有年，而後能矢歌于一日。故夫風人者，學士之爲也。

胡子東嵒亟稱石眉爲仲高小阮，工爲詩文。去年遇會城，觀其舉義，嘆八家傳文不廢試論，技良者無棄藝也。既而讀其詩，風旨警上，梗概多氣，雖縱横睥睨，倚天拔地，然要歸于《大雅》。東嵒非欺予者。特石眉年富，方窮經術，究其所蓄，已足撦人頤而折人角。乃降爲韻語，名動衣冠，人遂有疑詩句之不韌學者。夫儒術誠行，即天下之大，尚無寠業，況言詞詠嘆，隰于問學。能殖田而圃可鉏，能削札而絣可組也。人有操瑟而不爲鞉者，世共謂其不能鞉，及改絃布革，按度中律，試爲之，而竟以鞉名。夫鞉且能名，況乎其瑟也哉。

懷許堂續集序

《懷許堂續集詩》者，蔡子聞似祖之所爲名也。子聞之祖青蓮君曾爲詩，名《懷許堂集》，以東晉許掾嘗寓兹土，因以懷之。夫許掾無文，往爲孫楚所見譏，而史尚隱逸，不傳元度，此亦何足繫人懷，而以顏其詩？倘亦「蕭條」是好之意與？許掾詩「蕭條北幹園」。乃子聞痛祖德之云亡，思覿前烈，復以「懷許」名而謂之續。夫孫無續祖集者，續之自子聞始，然而其志可念矣。昔陸機以揚祖駿德，姚珽以紹祖訓義，爲世所稱。子聞有其志，無論其詩之妍蚩，足繫紹述。而第使芰落華膴，獨存高致，若許掾者，當亦不負中領軍後，況乎甫之詩之有似于審言者與。

子聞爲制舉，擅聲于時，將特見所著爲用世計，玄度之續，非其本懷。予獨惜作述之難，自《漢史・藝文》暨唐世書庫所載名目，今罕有傳者。子聞曾大父爲司刑時，曾改撰《册府元龜》諸書，僱胥史抄録，凡若干卷。而大父所著，不止《懷許》。嘗讀其誌狀，尚有《左氏薈》《周禮鈔》《百子韰語》《尚書射覆》《四書摹空》《翠樓稿》《聊爾集》《三一言》《石室籌》《黽陼唫》《甘龐而三解》《醒嗑言》《忘身堇》

《無無説》《蠙衣偶占》《清影軒雜俎》，凡十六名。今兵燹之餘，猶能有存焉否也，而謂子聞之可無以續之也。

王紫凝幹山集序

予隨群公作舉文，社高會于洛思山之耆闍，時摇筆者不下一二百人，予爲甲其三：一選郎朱君，一滎陽丞章君，一紫凝也。乃朱君爲選郎，歷文選、考功、稽勳諸司，掌選者屢矣，而貧不能飾；蓋履丞被謫，幾死；紫凝三十年衣麻，不得卸去。然則舉文之無關于富與貴也。雖然，亦惟舉文爲能致富貴之具，故富貴反得而詘之。浸假文之得無繫貴顯，文之不得亦無與淪落，則雖慶封、宣孟，日臨吾前，其得而操吾文事之善敗哉。

乃由今思昔，其所爲一二百人者，或隱或顯，而要之能爲詩爲古文者，又不逮三四人。紫凝以爲吾既無所見于世，則必有所挾以自見。芍藥之花不生于禁省之中、訏水之外，則退而藏之，别出其材，以合之于蘭桂，調之于羶薌，于以成五味而和五臟。横江之鱣鯨，不能薦寢廟，具饗禮，則枯腊無庸，所當逞其餘技，以鱗飾刀，以目飾珥，以鬐鬣脬膜飾袜韐旍弁、車巾矢服之用，蓋挾持固有在也。第紫凝爲詩，傑孽自得，每不潔潔于規橅，而情深致長，抽牘即合。故隨其所寓，各以名篇，若所稱《螺峰》與《浮峰》，與今之《幹山集》而三也。夫遍紀所游，而仍不離乎桑梓如是。聞之章丞好爲詩，自筮仕山左，繼謫中州，而近且從征乎荆門、夏口之間。其爲集當不止是也，然而其幽愁憂思，有過人者。然則文人之窮達，又安可定哉！

吴應辰詩序

應辰工舉義。舊習舉義者，戒勿爲詩，而爲詩者，謂爲舉義家必不工。應辰同時工舉義者，若張遠、陳至言輩，已能擅長律比，考功盈川，而應辰驟爲之，争相馳驅。故自應辰詩出，而習舉義者不得妄戒爲詩。即窮年爲詩，自誇有得者，不得傲舉義以所不能才人之絶技也。昔人稱詩有難至，如轆轤交往，未易駢媲。而元稹作《工部誌》，謂工部獨絶一時，在排比、聲韻、屬對、律切。蓋三唐取士，悉用排體，而散詩自鮑、謝後，漸趨于偶。故能律即能詩，而能長律則然後能律。然而宿儒老師窮年矻矻而不必能者，而一旦能之，如顔光禄忽聽張鏡與客語，如魯肅就吕子明談議，如石季倫作豆糜啖人，吁噏猝辦，如孟達聞司馬公兵至城下，不意千二百里，八日而到。才之大者，無所不通，應辰可驗也。如謂工舉義之不必即工詩也，世固有已通籍而未能詩者。夫通籍者則必其工舉義也，夫通籍而何必工舉義也哉！

王鴻資客中雜咏序

今之爲詩者，大率兵興之後掣去制舉，無所挾挓，而後乃寄之于詩。惟鴻資不然，少爲詩數百，自書之，而與之雕工。人之讀其詩，兼摩其書，以爲兩絶。予入塾時猶珍之。暨鴻資漫游四方，值天下初亂，中州群盜大起。鴻資獨杖劍挾策，思一得當以展所學，而卒不可得，歸而梓其詩，則皆壯游時發憤怫鬱不得已而仍寄之咏嘆以圖一快者也。

今老矣，凡所爲詩，則皆以奔走衣食，寄諸侯幕下，爲他人揺筆草檄，馳箋驛奏，勞心敝力之餘，暫一偃息，而意氣感發，亦復爲之。故爲之不多，即多亦散去不收拾，乃亦録其賸者于篇。蓋曩時所爲書記者，有位而無事。士君子未至通顯，則先就辟召，而後乃呈身庶僚。故陳琳、鮑照、崔融、高適皆以記室起家，而實則文章箋奏，未嘗責乎其人也。今則位與事午，凡幕下詞章，一以相委，顧追隨屬車，無所聞于外。不惟無位，兼無名焉。

乃鴻資凡三爲詩，一揣摹帖括而旁及之，一挾策求有用而藉以興懷，至于今則皆食苹傾酯之歲月也，然而其爲詩，一若劌心鉥神、窮幽達眇而爲之，沈雄老健，不遺餘力。畫家無所得，即使五日一山，十日一水，經營彳亍，而一丘一壑，望之而盡。而假使輞川龍眠，適意磅礴，雖偶然下筆，疾若風雨，而指未到而氣已舉，房皇流濫，皆可觀也。鴻資詩不猶是乎。若予之三讀其詩而三好之，是雖讀之時之或有異乎，然亦何嘗無同嗜焉。

募裝韋馱金身序

祇洹無金湯之險、兵革之衞，所藉以維護者，韋馱也。無論韋馱所始以七世童真，用堅固毅力作佛干城，而即其岸然强立，歷劫不去，是亦弱門之錚錚者與！

天寧寺韋馱未裝金身，既已戴胄摩杵，雄峙殿堂，而髹漆不施，追琢未竟。雖使黄金布地，一往照曜，而丈八之間，黯然無色，縱曰像教，猶勿像焉。顧裝金實難，雖一身有限，而所費不訾，計追師鏤綴填灰墁布，約有千工。佛以韋馱爲垣墉，而韋馱以檀越爲簸笥，故韋馱稱護法，檀越亦稱護法。第韋馱護法遠在三洲，而檀越以一身而不爲之保護，非護也。況韋馱幻形，何所事飾，彼以像飾教，夫亦飾生人之瞻視者耶？募者索予序爲施捨勸，因序之。若夫以一人助一身與以千百人助一身，其大小寡多原無限量，亦視其一身之能助者助之而已。

募裝北嶺王天君減像序

北嶺崇真道院，爲吾邑福地之一，以其地在北，故祠玄武，協方神也。乃祠玄武者，必先火德，取水火相濟之義。而火德最神，道家稱之爲靈官。或曰：道書曰靈官本王氏名善，即王天君者，能驅邪燭奸，開冤析罔，其以善治不善，而不枉于善，乃以名善。于是世之發憤怨抑無所告訴者，得借其神爲証明，故時俗訟神者多于訟官，而其如神之瘁于奔命，何也？向使神爲生身，金鐵不壞，猶且遲久賢勞，思用歇息。況以香塵和泥屑爲之，外加綵繪，雖披甲胄，土梗而已。住院道某憫神之碌碌，將以減像代增灰礲漆剜，務使嚴重，勿輕令舁輿得離其位，此亦敬神去慢之微意與？人有訟官而反褻官者，官必加怒。而假使尊其等威，張其容色，就訟堂而申辯質，此亦聽訟之欣然者也。靈官果靈，福必有在，吾願世之重其神以集其福，而遂爲是言。

西河文集卷三十四

蕭山毛奇齡字大可又春庄稿

序十一

徐西崖詩集序

天下之爲詩者衆矣，苟任搦管，無不挾一編以吟以諷，而究之嶄然見姓氏于人，千百之中不過一二。然且此一二人者，與世相見，未必如甘蠅、飛衛，抵矢于道中而不之下也。

予知西崖有年矣，前此過西崖，見其詩，未見其全也，今則得見其全詩。自搦管以來以逮今日，合古今諸體，録其可與世相見者，爲「一集」，爲「二集」。夫西崖年不過三十，而其以詩爲當世指名，則近在十年之間，然而其十年以前之所爲詩，即已莑莑蓯蓯。其見于是集者，比類以觀，一如唐之有韋、劉，明之有邊、徐也。則夫西崖之名，其在十年間者，豈有過哉。人有慕毛嬙、先施之貌者，向習見者而詢其人，而習見者妄以爲毛嬙、先施則必以其名焉耳，人不見其貌而已得其名，名不在貌也。夫安見毛嬙、先施之貌之必于是也。于是飾東家以出，濩唇堊頰，而使毛嬙、先施者反蓬首垢項，控壁竊視，然而人之見之，且争舍東家而向西壁，何則？名固不可假也。方西崖少時，席先世門閥，遭時中落，艱苦倍嘗。暨長而裒衣須捷，落托于江湖之間。以彼其時，曷嘗有勢位以結時榮，有禄米以望人腹，謂可邀譽問而致名高哉。然而一鄉稱之，一國稱之，迄于今，其在東西之廣、南北之運，讀其詩，見其志，而悲其遇之于以窮也。

夫材藝能神，各不相下。即以飛衞之技，一出而可以自殊于世，然猶二年三年，卧牽挺之下，目承纖鏃，迨至懸蝨貫虱，操弧以起，而後飛蟲蟄而冥鴻下也。西崖負英異之姿，挾三寸管，即能與當世賢豪度長絜大，況過此以往，未之或限。則試以其技而射于中途，豈無挾棘刺之端，扞之不得而卻而走之者矣。

賁黄理承閒堂集序

陽羨陳其年每推如臯賁黄理爲詩中之豪，予因介其年一見黄理于慈仁寺中。時雜坐之頃，得讀其《望摩訶山詩》，以爲善也。既而宗臣輔國將軍則又介其年與予邀黄理一見，而黄理方以赴太原之招，踉蹌謝去。爾時送黄理，因得與其年共讀黄理所爲詩，又以爲善。今則黄理從太原還，出其游太原所作，予善之一如前此與其年讀其詩，而其年已死。夫即期年之間，而居者游者、生者死者、來而往往而來者，其爲不可恃如是也。

夫詩之在人，譬之烟雲之在眼，一時短長工拙，互相争上而不肯少息者，而待之數十年後，其爲不可恃者，亦復何限！黄理游未竟，其爲詩亦未竟。吾烏知他日爲詩，不更有加于今日？而就今所見，予見凡數頃，而其所爲善則一也。然則黄理之爲詩，其在數十年後，亦一如今兹之所見者而已矣。黄理詩未刻甚富，其所刻《承閒堂》則正予所見者，尚有詞若干首附卷末。

蒼崖詩序❶

《國風》以方異，而自文、武、宣、平，以迄于陳靈，則又以時異。時有正變，而方無正變，然而「四始」「六義」之説無與焉。予幼時頗喜爲異人之詩。既而華亭陳先生司李吾郡，則嘗以二雅正變之説爲之論辨，以爲正可爲而變不可爲。而及其既也，則翕然而群歸于正者且三十年。今其變又伊始矣。朝廷崇儒右文，徵天下稽古好學之士與之揚扢，然且試其文而示以式，以爲時之所準者，端在乎是。宜乎詩與文之一歸于正。而乃群然倡和，彼此牴牾，且有遯而之于變者。推其故，大抵皆惑于虞山錢氏之説，揚宋而抑明，進韓、盧而卻李、杜。而其間才智之士方有先入而導揚者，其説有三：一則厭常而喜新也；一則好矯異以騁絶俗也；一則有歉乎其正，而于正不足，庶幾于變有餘也。

蒼崖姜生善爲詩，然未嘗爲詩，其爲詩也必以正。惟不爲詩，故常無所厭，而爲必以正，則不必絶俗以明矯異。而獨是風雅之資，本乎性成，既不怯乎正，而亦未常不足以盡變。嘗曰夔鼓、明磬、雅

❶ 此篇四庫本未收。

筲、頌竹，其製雖平，而能精其數，則合神人而和物變，不必金槽、鐵撥、王笙、张缶之過爲新聲。而珍膳櫝食，但取和滋，則鴨肝能芳，鵝脝可豢，又何必膾鮮于西海，臛黿于江東，而後謂之爲阿衡之煎、易牙之饗。蓋至常之極，至變生焉。是以正爲變，而非以變爲變也。是以正變爲無與于「四始」與「六義」也。是何其與華亭之説相似也。蒼崖與杜陵蔣先生游，杜陵者，華亭人也。

介和堂詩鈔序

少與待庵誦賈長沙疏，三過能記，及旬日而予忘之，而待庵不忘，人嘗以此定優劣焉。暨予罷兵革，稍爲詩歌，而待庵著《權書》十篇示有用。嘗戲爲《璿璣詩》曰：「吾但爲一詩，而千百詩具是焉。詩何用斤斤爲哉。」顧人有言曰：「居睎篇衺，出睎簿書。」待庵自升賢以洎通籍，中間閒暇日多，然究不爲詩。即爲詩，窮極工麗，擅庾、鮑之勝，然猶且棄去不存。及試仕海上，而後于蟠錯之暇而偶一爲之。若所稱「介和堂」者，則官舍名也。

吾聞未仕則所志在仕，既仕則所志在學。待庵之未仕而不爲詩，其志在仕；即既仕而反爲詩，其志當在學。而獨是詩之爲道，務其大者，不遺其細者。夫大既當務，而細復不遺，不幾兩貿？然嘗觀絲人製錦，唯經緯既立，而後八紃、五組可以隨在而罄其所施。詩亦唯不觀其大耳，苟觀其大，則意閑手敏，雖纂績而不傷于靡，琱刻而不漓于巧。今夫爲政，猶製錦也。吾嘗過海上，觀待庵吏治，優游鎮靜，得字人之大。而基宇澄邃，嘗有過於南金之爲礪、荆玉之爲潔者。然且一絲一縷，唯恐傷民；杯水束薪，不以累物。其得全吾大以復全吾細如此。

每見讀書譚道，自誇有用，及其出而悖之。待庵能不負所學，則雖所學者本不在詩，而即以詩觀，八體相宜，五色俱備，以儗其工，抑亦眉山之遺書、長沙之賸議也。吾故選其詩，而爲之序之。

王枚臣西臺雜吟序

初與枚臣同爲詩，每見而避之，畏其湛深。而枚臣亦中道棄去，口不言詩者數十年。暨枚臣成進士，授西臺舍人，始效謝監吟「紅藥當階」之詩，於是畜所吟，遲久成集。

鄉先進嘗曰「詩與文異，雜文與舉文又異」，故爲舉文者，相戒勿爲詩、爲雜文。而昔之以詩與雜文傳者，皆從舉文有得之後，棄舉文不事，獨事詩若文。如昔信陽、濟南暨近代陳黄門、吴詹事輩皆是也。第枚臣論詩，又與濟南、黄門輩多所不合，嘗選列代詩，自漢東西始，下及魏、晉、六朝、唐、五代、宋、遼、金、元、明，凡二十代，裒詩若干首，合若干部。矻矻歷寒暑，晝夜取置摘摶，數變易籤帙。前一年夏，曾持宋名家詩過予論較，取滄浪、宛陵、眉山、涪翁諸集，上下甲乙。慨然謂有明諸君閎闊過峻，第恢其一門，而凡三衢九術、縱横汗衍、千蹄萬輻之不可紀極者，悉閼抑勿通，是使隘也。夫青黄殊色而齊晻于目，竽笙異音而同調于耳。河水多廣流不廢支漯，鄧林有奇材不翳榛莽。必欲執一元之筦以定中聲，据二南之詩以概篇什，豈通人之事哉！其論如此。故其爲詩，不沾沾于唐之開大、明之弘正，而時之爲開大、弘正者莫過焉。其思沈雄，其氣博達，其情辭高騫，而意旨通儁。雖不涉滄浪、宛陵之藩，而較之嘉隆之際約繩束轍者，稍有變通。

予向謂枚臣能自致，今第吟藥，究推其所到，必能進賦休成，述聖德之詩，奏文始五行之曲，以佐制氏，豈虚諛與。獨念予與枚臣暨任君待庵、韓君燕克，同硯有年，而三君皆前後通籍，策名于時，然後各出所爲詩，爲世指名。而予第爲詩、爲雜文，究之不得成一名，而即其所爲詩與文者，亦將浮沉滅没而與歲俱盡。此則鄉先進之所爲可戒者也。

龐檢討家庭紀懷五律序

雪崕未嘗以五字律見長也。嘗讀其五七字古詩，蒼芒豪矸，如櫰林之結根於秋原，攢柯裛葉，一往挾刺天之勢。人之遇之，率興懷懭悢，浩浩然披襟而前，崔錯焉而不能行。然且調調刁刁，各中音聲，與世之徒歌徒咢者異焉。嚮使雪崕者當故國孝武之間，與信陽、北地相課後先，奇不逮空同，即從容條易，當亦不遽出康、徐以下。此其間參互必有可觀，而惜乎知之者之鮮也。古云「詩言志」，又云「在心爲志，發之爲詩」。雪崕惟原本心志，故言多根柢，比之擢本之木，入地千尋，即拔地亦千尋，所謂凡學貴有本，固如是也。乃雪崕於一本之地尤三致意焉。

往讀故史，歎吾邑魏文靖公以敦倫著稱，仁宗賜之以「五倫」之書。今是書無有也，嘗擬其書大畧，輯古人人倫之事，與夫詩與文之紀人倫者。雪崕詩故多，今先出其《家庭紀懷》諸五字律，梓以問世。此非故匿其所長也，以爲詩自有本，本在是，詩亦在是，而吾即推之爲人倫之書。其前乎此者，則安仁敘家風、康樂述祖德、王融懷叔、陸景寄兄、秦嘉贈婦、左思鮑照贈妹、陶泉明哭從姪、韋應物念弟、杜甫憶諸弟與妹，王彔、柳玭、陶潛、杜甫、盧仝、韓愈，或喻兒或訓子，往往也，吾得而並觀之矣。

兩水亭餘稿序

定庵不屑以詩名，自内廷應制、掖門贈答而外，感時賦事，皆是物也。乃三十年不存一稿，人以詩叩之即不應。至鄉游有年，予始强其録近所爲詩，屢見屢强，乃又遲之遲之，至於今，而始以《兩水亭稿》付之録事，然而餘矣。

人有求道者，于此視眇若博，窺微知著。初未嘗爲朔蓬燕角之用，然而張弓挾矢，雖甘蠅之射，無以過之。何則？本懋者餘自裕也。故魏舒善射，必至幕府狎習，卒未有知其能射，而後一射而發無不中。方定庵兩入諫闈，其忠言讜論，每藉筆札，又何嘗以文章之事爲緒事哉。惟夫經國之言餘于詞翰，是故「永興五絶」每有置詞翰而不道者。間嘗考定庵家乘，自太僕公下光禄宗伯，歷嬗文譽，凡其詩與書，即片紙賸字，争爲世人所寶惜，而列代以後，家無藏文。定庵之遲久不録，夫亦有所受也。

夫夜光之珠，篋笥莫掩；雞斯之乘，不示蹤跡。向疑謝榛題李北地爲詩人，而近代婁東學士反囑其弟子以詩人見稱。是雖自視欿然，然或偶見夫詩句之外，若無庸以自見者。定庵可見者多，而即以詩論詩亦不少，乃題之曰「餘」。餘者，餘也。然而定庵曰：「吾即此已餘矣。」又多乎哉。

家副使秦中詩序

賦詩以事復以地。《采薇》不作，士大夫多橫槊而吟，倣王粲《從軍》、杜甫《出塞》諸作，而録詩者遂記之爲本事之一，然流連興嘆，各有其地。向使烏蘭、上郡地近五原，即軍容不臨，羽檄未至，當其感寄所及，猶且相望咨嗟，起爲憑吊。而苟非其地，則雖淮蔡澤潞，日尋干戈，顧賦詠不與焉。

吾家菉園以金門之才，司馬平涼。夫平涼即古之蕭關地也，其地近邊塞，曩時往往稱第一城者。會王師西征，討涇原叛帥，菉園本司馬駐師高平。乃日捧羽檄，北抵賀蘭，南喻關隴，然猶入撫降卒、出督轉餉，于劍門、棧閣之間，慷慨馳驅，一何壯也！夫菉園文章，本足獻廟堂而光典册，而乃致身行間，徒以摩盾銘銅之技，上馬殺賊，下馬草露布，則其感寄所及，發爲詩歌，何足怪乎。

今菉園以文事顯矣，身爲望郎，天子特簡之校文黔南。甫竣事，而即復有滇南學使之命。文章衡鑒，震卓遠近。乃于瀕行之際，輯舊所爲詩而次第之。悲涼磊落，骯髒拔俗。儻所稱子美《出塞》，作傳讀之，能使壯情欝發，軍士感激，非耶？夫滇南亦用兵地也，昆彌萬里新受王命。而菉園以長卿賦才傳諭之餘，加以教化。則冉駹、僰笮更有詠歌爲本事詩者。泉明重宗誼，吾將進而諷長沙之章矣。

張賓門游西山記序

記遊之習有三：形摩險窄，過于瓅屑，類稗官家一；貪敘故實，雜以沿革，類方輿家二；自愬起居，猥陋齷齪，類簡札記簿家三。故白傅過洞庭無詩，而韓愈登華山未嘗爲記，非無故也。

京師以西山爲名勝地，四方來京師者，必以遊西山爲愉快。當車輪馬蹄揊撲塵埃中，得山青水碧，耳目開滌，誠亦甚善。第前此無佳文一志名勝，而遊其地者，不過吟詩數章，便稱能事。即偶有紀遊，亦第如前之所爲簡札記簿者，猥陋齷齪，不可名狀。予嘗出東華，杖馬箠西望，輒恨不一至其地。即至，亦必不能有文章相傳述，塵襟膩⿰糸翕，自分隔絶。讀賓門紀遊，一何所至朗豁，輒引人入勝，一至此也。

予與賓門遇申江之濱，詩文唱酬。每嘆賓門以山川寥廓，開拓襟宇，故爲詩爲文皆極遐曠，能自闢畛囿，與世之寄廡下隨車後有辨，宜其遇勝地而興情生矣。顧賓門遊時，曾上避警蹕于途，親承聖天子訊問慰勞于千乘萬騎、風發雷動之際，踉蹌扶服，遷延引去。夫相如、揚雄未嘗見天子，先讀其文而後知其人。賓門負作賦之才，驟然見天子，天子已見其人，而未嘗知其爲文。夫猶是其人其文，而見文與見人之不同如此。獨惜身爲侍從，不能周旋橐筆、陳詞作頌、徘徊于射熊、甘泉之間，又不能隨時薦賢，效直宿郎監，使聖天子顯然見相如、揚雄之爲人與文。而徒以未遊西山之故，竊誦其記，以當遊覽，則其猥陋齷齪，有甚于世之爲簡札與記簿者，而又何文章之足云。

資治文字序

自文字起而載籍興，文字者，載籍之先事也。毋論典謨、誓誥、詩史、銘頌所藉不淺，即文簿、板册、札牘、券契，以逮農估、輿隸、竺人、丹師之流嬗記注，有不資文字者乎？向使古無文字，則自今以前，有若夢寐，又何知孰爲虞周，孰爲漢唐，孰爲聖愚賢不肖，以及天時、人事、古今運會、興喪得失之紛紜也者。然則文字之資治，所固然也。

第古來字書不一，而要其指歸，大抵不越形、聲兩端。原造字之始，先聲後形，傳字之後，先形後聲。故先儒謂形母聲子、聲母形子皆不必辨，要之六書所稱象形、諧聲略見之矣。獨是古文、今文既殊其形，辭賦歌㖃復異其韻。在昔揚雄采篆籀諸文，著爲《訓纂》，而東京許慎因之有《説文》之作。暨梁顧野王增爲《玉篇》，輯偏傍所同，悉以類聚。而其後在唐有李陽冰者，修正《説文》。宋初徐鉉取陸詞《切韻》，增入翻切。至金章宗朝，王氏與祕據《説文》《玉篇》二書，集爲《篇海》，而從前《省篇》《川篇》《類篇》諸書，俱爲之廢。此則字形相嬗之大較也。至若字聲所著，則自魏左較令李登創爲《聲類》，齊中郎周顒作《四聲韻略》，梁沈約因之，于是有《韻譜》一卷。其後隋開皇間，陸法言與劉臻等同造《切韻》，唐陳州司法孫愐略爲訂正，更立爲《唐韻》之名。逮宋祥符間，增爲《廣韻》，景祐間，復增爲《集韻》。至理宗朝有平水劉淵者，始括二百六韻爲一百七韻，名《壬子新刊禮部韻略》，則至今用之，而從前《韻英》《韻集》《禮部韻略》諸書又爲之廢，則又字聲相嬗之大較也。顧夫記形者必兼聲，而記聲者亦必兼形。故較《玉篇》者必增音切，較《廣韻》者復限畫段。至金韓允中合爲《篇韻》，則兼形聲二書，而取《説文》之筆畫、《唐韻》之五音、《韻會》之七音、荆璞之三十六母，彙成一編，然而義行其中。明初大校字學，復因襲金元之舊，變易前文，别爲改併，名曰《洪武正韻》，則形義未覈，而韻學亦失。

至萬曆中，宣城梅氏集成《字彙》，則又兼攝形聲，統該義理，世之所爲金科玉律者，莫以過矣。

吾友徐氏仲山，洞精字學，其于《三蒼》《爾雅》諸書，自李程以下，正變沿革，源流輳然。且又博極墳典，恣所考核。乃遍覽字書，而憪焉憂之，以爲安有千百年以來，著書相嬗，踵事不替，而譌謬荒落如是者乎！不特從前《篇韻》偏而不全，而即《字彙》之綜其成者，猶且乖舛回午，千創百隟，雖有增訂，仍復繆盭。間嘗與仲山論字，仲山每一字必戈波點畫，縱横曳戾，豪釐具析。而予則不問古今，任意增減。嘗極訾《正韻》及吴江趙氏所著《長箋》之説之陋，以爲楷書當具楷法，不當泥古法。曾作《答王進士辨字》三書，頗傳于世。而與仲山談，不自知其語之詘也。仲山于古文篆隸無不殫晳，而不以篆律楷，不以古責今，以爲覈古字者所以見本，輯今書者所以考變。

嘗爲繙其編部，觀其發凡，大約有「正字」「正音」「正誼」三端。正字者，正所爲字形者也。夫殳支異用，以義分形；雥隹相隨，以形合母。故牽放稍疎，雖絲縷而得尋丈之判。自夫四體相循，導源疏派，則必先定其規畫，而後以代而降，漸就沿變。如允久之析，必及允粃，而《易》文以明；鉞鏚之辨，極之鏚嘁，而《詩》句始白。至如正音，則即前所爲字聲者。蓋本音、轉音、通音、借音原有區别，世以借作轉，以轉作正，往往而是。且譚談終合，清青轉分，其中正變各有所受。況夫宫宫徵徵，字隨聲造，而律以韻母，則宫角徵商反爲亂音。而是書則特嚴正借轉、慎翻切，其于見溪諸母，則第因《集韻》徒作標識，而不襲其説。然而字從義生，而由字求義，則天地、人物、姓氏、州縣、草木、鳥蟲、日用、事類各有至義。苟一字數解，則以正爲尸，以兼爲從，以通借爲更端，以辨駁爲附著。即至龠合數殊，睍睆説異，亦必窮其參差，而定其是否，其于義之不苟如此。至于依韻分部，部下分畫，畫下分母，前正後俗，始古終今，其訂証之確，引據之博，始而經史子集，既而九流百氏，又既而裨官小説，搜輯窮荒，貫穿山海，洋洋乎天地間一巨觀也。

嘗考其載事所由，自幼時從其尊人大司馬公受《洪武正韻》，甫受即能指摘其紕繆。其後觀《説文》而好之，既而有悟，見人物體貌皆成字形。至甲申後捐去舉子業，講姚江之學，研練經術，擬著理學、經濟合一一書。筮之得《屯》之五曰：「屯其膏，小貞吉，大貞凶。」❶遂單心字學，明晦不輟，凡幾易冰雪，始脱稿合若干卷，名之曰「資治文字」。蓋將以獻之朝廷，佐一代同文之治，豈僅爲載籍之先資已哉。然予又聞之，仲山爲是書雖本學力，顧實有夙悟。其太君俞夫人以識字稍魯，發願惜字，匄鬻一善識字兒。自未歸逮老，見剩字必拾出入羸筥，後習拾之久，遇隟地字影，目過即省，既拾瀞而爁之，囊其灰投之清流。暨生仲山，斂其彌月贈餉之貲，僱拾剩字。仲山生甫歲餘即識字，時柱聯中蝕兩傍存波戾蹤跡，太君抱仲山指訊，應聲而射，即得其字。稍長，學書法，輒能自爲起止，學篆亦然。其夙悟如此。然則以李、程之資，擴沈、顧之業，古學倘行，吾必以是書爲百川之歸矣。

---

❶「貞」，原作「屯」，據四庫本改。

西河文集卷三十五

蕭山毛奇齡字僧彌又僧開稿

序十二

西湖三太守詩序

杭之爲守者衆矣，而獨白與蘇並傳，豈非以兩人並能詩哉。顧樂天在唐，當元和、長慶之間，距宋東坡時已二百四十餘年，其間沙陀邢涿易姓者六，而後兩人始以傳，一若肩之比而踵之接者。甚矣，能詩之未易也。

予僦居西湖，值在園劉君以括倉良守，借箸兹土，西江聶晉人曾選在園詩，而予爲校之，嘗曰：「若在園者，可以爲西湖長矣。」既而蒼石魏君來，則予友也。蒼石以《石屋》《丹崖》諸集屬予篹定，而晉人適至，遂列其兩集于百家詩鈔之間，且于去官後和東坡守杭時詩以寄意。會舊黄守蘇君小眉代蒼石，予曰：「此真坡也。」當其命字時，則既已坡居之矣，乃適守兹郡。相傳小眉詩提筆千首，雖紙竭墨渴，而筆尚未輟。晉人居湖久，將行，還顧曰：「吾無已於湖，吾當爲湖留佳話去。」因遴三君詩並列之，名《西湖三太守詩》。

夫自有杭來即有此湖，亦即有此守。即守之能詩者，亦未嘗間絶于世，而相遇甚罕。今一時而適逢其盛，彙後先三守于兩年之間。而聶君晉人即又能歷取其詩而爲之選之。遂使曩時蘇白閲五百年僅一見者，而今且車連袂結于滄浪之濱，此不可謂非千秋極勝。而予以僦居一老，亦躬承其際，而觀其賦詩，何厚幸也！

來子心聲序

《來子心聲》者，來子哭母之所爲作也。夫來子之所哭不一矣，有哭其猶子者，有哭子者，而總以哭母之哭哭之。夫哭母而何以文？曰：此其所以爲心聲者乎。蓋哀感有七，唯心無飾。故或以義哀，或以情哀，或耳目聞見而哀，或口嘆而哀，而心之所至，則百哀具焉。是以《烏啼》七章，過于《九嘆》，而祭姪、悼兒，較有類于昌黎之爲文、顧況之爲詩者。誠哉靈臺之叫號矣。

少從倘湖先生游，嘆先生以懱摯之性，❶流爲文章，真所謂淳意發高文者。而趨庭嗣興，復能以孝友天性，形諸哀嘆，而不必以文爲文，而其文如此。聞之來子好老氏，放情任達，置身于逍遥之外。凡一切感心觸性，稍有眷戀，急舉而聽之無何有之地，以爲緣神感動，恐傷自然。而獨于天倫迫切，若將

❶「懱」，據文義，疑當作「懇」。

身殉焉而不之顧。且夫撿心者吾得以達心解之，泥情者吾可以釋情喻之。乃以來子之放情任達，置身蕭散，而迫切所至，究且轇結繚戾而至于如是。夫如是，則雖欲寬之以原氏之歌，慰之以曾點之瑟，又豈可得哉。

龍眠風雅序

自昔邦賢國獻，多得之雍、豫、燕、齊諸境，而吴、楚以南，傳者漸少。顧其所爲可見者，即一言一行，致足稱述，又何嘗定以文章爲是邦耆舊高賢傳哉。故七國文儒、東漢名士，原無爵履官閥可資撰引，然且澤不被于人，詞不彰于世，而其名其氏，誦之赫然。今則非文不足以傳人，而史館文庬，無能軒輊。非其人所自爲文足以嬗後，則雖言行之間，原有可見，而其人不傳。然而今之吴、楚，猶之昔之燕、齊、雍、豫，而高賢耆舊，往往不逮，致觀者有古今升降之感。此非其文不足傳，而其文之可傳者，或不能傳之使天下見也。

皖城爲七國楚地，而樅陽入漢即爲名縣。其間高賢耆舊，代不乏人。且晚近以來名士輩出，凡言行文章致足稱述者，前後挽推，互相暉映，可謂盛矣。乃潘子木厓復慨然念宋元以降，自武、樂、洪、宣，下逮今日，有其人其文久傳人間，而風雨兵革，侵蝕流散，漸至洇蔑而不可考者，將先輯其詩爲集。因博採國誌，旁蒐家乘，凡夫故老之遺聞、閭閻之狎識，務必袪其可疑而徵其可信，不汎不偪，以該以審，命之曰《龍眠風雅》。且不以予爲不文，屬爲敘次。

予思江左言詩，首推雲間；近代聞見，頗稱錢氏。當夫黄門崛興，與海内争雄，一灑啓、禎之末䮾獪餘習。而其時齊驅而偶馳者，龍眠也，故雲、龍之名，彼此並峙。若錢氏習故，其于江介諸先正歷歷稱舉，皆有倫有等，可備譜牒。然而明詩一選，稍軼皖上，至《列朝詩集》，則若有詳于彼而略于此者，此生其後者所由輯遺詩而憤然興也。夫里門必式，梓桑必敬，此在鄉之人固然。矧文章大事，宜辯方域。昔有見羊酪而誇蓴羹、覯水嬉而歌河女者，其私其所處，而矜其所祕，即偶然給捷，世且詫之爲盛事，況乎南音之當操，而土風之可播與！木厓著書等身，其所爲詩久爲海内所誦揚，然猶兢兢乎不忘先烈，而具爲搜討。今之所爲後，即後之所爲先也。

予生爲越人，僻處海隅，邑之文獻固無能與寓内頡頏。然嘗考遺載，亦有鄉先生詩共若干卷，自有明迄今，判爲二集，既鏤版行遠近，而數百年間，眇無一存，即故家收藏、兼本副録，亦罕有見者。大抵世近則相形者多忌嫉，而代遠則因循忽略，易致軼落。予往欲輯之而難之也。賦吴都者，矜灌注之能，揚藪囿之廣，荒陬詭譎，旁魄而算，自以爲竭智計詞説，有裨吾土。而忽有人焉，控引逢涬，襲歷坱圠，聚鮫鯔而集跃蔓，舉他人之所憑虚而談、睟容而諳者，而皆有以著其實。則夫按「緑竹」之詩以求衛産，誦「板屋」之章以驗秦風，而猶謂未足攄懷舊之念、發思古之情不可已。

大山稿序

予與滬上二朱子游，未嘗僅以文章也。顧伯氏周望少時用制文冠《毛詩》北闈，其文久爲遠近所稱。而季子大山復以《娱清樓詩》傳之人間，然則其文章且若是矣。大山之言曰：「予欲樂府如參軍，五字詩如陳思、仲宣，律體高藻如考功、工部一輩，而久不可得。」故爲詩，不愜心輒置去，其不得置者，獨其游西江前後諸詩已耳。予薄游滬上，主周望家，因得竊讀大山所存稿。嘆大山前所自期，具能有之，其樂府且足當古三調詞，五字詩追建安以前，律體有微近隨州與嘉州者。第其稿所存止十之三，而予復汰去其半，似乎過約。然予見舊時鄉先達名士，襲隆、萬間遺習，裒然卷帙，自許博大。即彼此互贈，必曰「著等身書」，而身歿而書不傳。雖藏書家偶用備數，或子姓善守護其板，使不斷爛已矣。其于存毁之數，固未可知者。朱氏自九世前後，其所傳集凡十有四，今鏤板尚存，故志書稱鄉先達名士有文集者，莫盛于雲間朱氏。而要其所傳者，僅如静庵公《麒麟頌》、邦憲公《江南感事詩》數册而止。則夫後之繼先達而傳文者，顧在多與！

柯亭詞序

嚮與蒼崖作集字詩，平陂單複，頃刻裁押。予早知其能填詞，及其游大梁，作《大梁竹枝》若干首，愿雅而雋狎，得填詞家遺法。「竹枝」者，填詞中一體也。蓋蒼崖才多，其于學無所不窺，然且未嘗習爲之，略涉即得。故其爲詞，固未嘗知其爲詞，而其詞工焉。況履甲得乙，予已早見其能工者哉。特詞爲語詞，使必效隋唐餘習，刻意組就，將以別于元慶之庸便、嘉隆之佻滑，而其失也，錐而不利。詞爲詞氣，必欲蓄志以藴氣，使氣不横洩，比之詩歌，庶幾免于蘇黄之奡劣、辛蔣之頑誕，然其失也，宛而不舒。蒼崖甫涉筆而二弊免焉。蓋詞如衣然，稱身而裁，不減不浮，而後越布單衣，皆得目之爲佳士。氣如筦然，依聲高下，而不伉不墜，然後街談巷諺，亦且播之爲雅音，而無所或二。柯亭之詞，不如是乎！中郎見竹而知其材。予見其爲他詩，而知其爲詞雅有同量。若夫學仕者之亦爲詞，古有以君子而爲詞者，晦翁也。晦翁且爲詞，而況其他也。有以大人而爲詞者，希文也。希文且爲詞，而況其他也。有以命世之才而爲詞者，蘄王與鄂王也。蘄王與鄂王且爲詞，而況其他也。

王西園偶言集序

往者雲間與東鄉論文，援《大易》修辭之旨，自六經、諸子下及漢、魏、晉、宋、齊、梁諸爲文者，各示體要，與以正的，東鄉不能難，而雲間之説遂行天下。既則吴中耆舊自相操戈，第推盧陵爲鼻祖，而濂溪、震川諸先輩宗分派接，以次礿祔。一時制舉家便之，即使能爲漢魏，猶不足與今之制舉家争衡百一，況六季乎。雖然，亦唯六季爲非是焉耳。浸假庾、徐、沈、鮑，仍行人間，則盧陵、南豐，未必不望而卻足。曾是區區者，而敢與之絜寡多、較細大哉。然則今之不爲六季者，非爲之者少，而爲之而能者之少也。

予與西園王子游，嘆其所爲詩詞，工麗絶俗，以爲雲間遺響，庶幾未墜。近讀其爲文，駢情儷句，具極高勝，猶且轆轤盤辟，能使新裁别杼，往往摇捩乎其間。自非掞天之才爲之摛詞，又安見連珠繁露縈迴錯互有如是者。是得毋所稱庾、徐、沈、鮑者，非與？自初唐諸子工于詩律，雖文仍偶體，而格調全卑。今則名爲四六，究其堆垛，實表判爛段已耳。夫以制舉表判而名爲六季，宜六季之不振也。夫史遷、班固不廢俳詞，昌黎、柳州多有絜字。今毋論包犧一畫，必藉偶成，鍾吕間生，娶妃而得。試觀天地之間，日月、寒炎、動静、往復，凡夫花葉之駢生，鳥禽之媲翼，以逮人事周旋，冠緌扉屨，又何一非奇偶之環爲體者。而西園以文筆之巧，奪造物之能，敏心慧指，纂組成勢。雖使嫘女縈絲，天孫製錦，猶不能擅其文而易其藻與彩也。人即欲誇八家而抑六季，而必謂絲麻之不如管蒯，珠玉之不如砂磑，夫亦孰得而眯之。

募建天衣乾公骨塔疏序

向避人，天衣乾公引予至大悲閣前，鳴鐘轑燭，命予皈法，予約以年歲而未償也。既則送乾公住靈隱。又既則送乾公住揚之天寧。時兵戈滿前，植錫于西陵之路傍，從容告别。不謂别一年而乾公死，死而歸其骨于天衣者，又一年矣。當公未死時，嘗相天衣前大塢名「茶園」者，指而曰：「吾茶毗後當龕骨于是。」而龕久未建。法嗣寄庵爲行脚告募，屬予敘事。

昔孔子有云：「朝聞道，夕死可矣。」夫聞道早暮，初亦何與于死生，而至謂可死，夫亦慮年歲之不姑待以幸有是也。今乾公聞道久，久而可以死，死而可以樹塔于茶園而不之愧。獨予以瀕死之人歸投于公，初謂從此力學，可旦暮計耳。曾幾何時，而公住靈隱，又住天寧，即又死而仍歸之天衣，而予猶然以茫茫之身，爲公敘事。嗟乎，人之生死可待哉！公爲天童之第四世，蓋三峰之孫，而靈隱之子也。靈隱嘗曰：「自五宗淪後，必如公者，始能繼三峰之學。」丁巳秋月，將有事建塔，爰敘募簿，且告世之能助者。

錢唐吴清來詩序

予讀《翦霞詞》，如嫩篁乍調，生絲繫桐，金臆兒女子爲紛帨家人語言，而鸞雛未翔，噦噦于銅屏之隟，意其人必韶年而雋于言情者也。則又慮其人或才高意闊，興會英上，昵于窈窕而曠于交游，況乎以留離之子，當之翠尾之曳而赤霄之阻，其不足副其婉孌之思也，明甚。

乃吾未嘗見其人也，讀其詞，兼讀其所寓書，抑抑乎藹乎若可親者。又既而讀其詩，且讀其和予之詩，則然後知其愛予之深、交予之摯也。古不有誦讀而相思者乎？予讀《翦霞詞》而思清來，清來讀予詩而思予，其彼此神契，亦又何異。顧予久失志，其詩本不欲傳于人間。而疇昔在淮，有王孫晉者，能迴筆傚予作雜體詩。而近則始寧徐媛好予長句，遂展轉摩似，世所傳徐氏《昭華詩》者，則師予作也。予方戒予言，而人不以予言爲不祥，則緘祕之餘，尚當忼慨一吐，出胸中之藴。況清來高才，其爲詩詞，又予之所遜爲未逮者乎。

今清來詩超越凡近，雖直抒所見，不假容飾，而意態横溢，駸駸乎有神駒拓落之致。其和予詩不下十百餘首，顧皆非原詩所得髣髴。惜予逮老，不能與之相唱和，揚風扢雅，以成其所謂誦讀而相思者也。而第以垂髫之年，傳言情之句，則進此以往，其爲情深而文明者，益復何限。吾未見情深而慹然于君父之際者也，而況乎忘年交友，愛好必篤。讀翦霞之詞，而猶恐于赤霄往來，有相疑而無相契者也，曷不取其所爲詩而誦之。

丁少君四十壽序

禮尚記年，自三十伊始，推至期頤，每十年而更名，顧獨不及閨閤。豈非以閨閤無稱，君子之稱即其稱與？我友任君待庵，以初仕爲上海令。會夫人丁少君年躋四十，當君子强仕之歲。夫以君子試仕方在强毅，而夫人以行年副之，亦可慶矣。乃在庭賢嗣，纍纍稱觴就列，屬予一言爲嚌酒勸。

予因思夫人少席門閥，其尊人樞曹君名滿天下，雖不竟厥用，然意氣亢逸，務爲豪上。況夫人尤所愛也，珠襴繡褓，嬌處阿閣，年時姻戚走車，轂如流水。而待庵以名家子，當破産從戎之後，長卿壁立，慮難爲歡。乃夫人處之泰然，復能拮据中閫，仰事俯接，周旋于妯娌先後之間，可不謂賢乎。且夫貴盛難久處也，一人加薉，望者在户。夫人自初歸以迄今日，其間歷境變易，如鮑宣就辟、秦嘉上計，在族里中外得失懸殊，自不無愉戚相形之感。在待庵閲久彌盛者，而夫人一意謙抑，平平居之者數十年。即今劇邑之治，與有佐理，而夫人不以是自矜。向非淑慎作德，婉娩成性，則《葛覃》儉勤、《采蘋》知禮，吾未見其能兼也。

夫閨中之年，修短難計。今無論夫人静好宜享長久，而即以記年推之，自三十伊始，晨昏笄總，猶在子舍耳。曾幾何時而趨庭衆多，歲月易邁，一若當年之誦休洗紅者。然則自强仕服官以逮傳政，其將由君子而進年者，可勝計與。予與待庵束髮定交，爭欲以藝文雄長天下，而爲龍爲蛇，相逢官舍。則夫回鹿門之筆，爲輞川中外揚徽誦懿，雖欲過加以諛詞而不敢也。

張二先生八十序

夫人之躋大年者綦少，而或有其年而不能享受。即致身通顯，席履封厚，猶然刺促，旦暮竭心腎餘力，急公營私，求其優游自怡，衎衎于日用之間，不可得。況下此者而欲其遭逢泰然，終其身譽處，難矣。故《詩》曰「既多受祉」，蓋言受之之未易也。

予少入黌序，即知張二先生以齒長于庠，凡後學始進者，急從之習矩武，稱爲祭尊。而予以舊戚黄小，敘行輩倍親且敬。今予亦老大，而先生之子亦復以學行見重黌序，人之見先生之子者，一如昔之見先生。而先生以今年仲春爲八十懸弧，姻戚中外各捧巵列幛爲先生壽。

考邑之張氏，凡有數族，皆能以門閥甲第啓大于時。而先生之先自曲江來遷，歷安成，而新淦，而永興，代有達人。先生由儒術起，少習孔氏，咿唔相嬗數世矣。乃先生性朴略，洞無邊幅，坦坦以遇物。自少逮老，喜節嗇自將，不事文繪雕飾裘馬盤匜。嘗擲杖行市中，禹步嶽立挺挺然，迄于今八十矣，猶聰聽明視，善起居，矍鑠有如少年。故吾謂先生之壽，厥有數端。夫壽曰全真，以其無可飾也，而先生以任真之性葆其天良，壽一；《老子》曰：「事天治人莫如嗇。」嗇則早服，嗇則重積德，今先生以節嗇自將，是閟之者固而無所于耗也，壽二；《丹經》指太和爲一元之氣，先生之與物無忤和也，而以得于元，壽三；且夫壽也者，常久之道也，故《詩》曰「日升月恒」，言有永也，而先生自少逮老，常久不渝，壽四；人亦有言，松栢之姿，經霜彌茂，世有如先生之體彊而質堅，而謂非松栢之爾承者乎，壽五。

第人之爲壽，茹荼習蓼，未必皆適意之歲。而先生進退無害，翱翔于里門者八十年，市甘而披温。其在庭賢嗣，又能以孝饗洗腆，穿園池灌花爲娱老計，其享受也如此。夫治世之民多和樂，亂世之民多愁苦，夫人而知之矣。先生生神廟太平之日，衢巷清晏，城扉不夜闔，父老垂白，目不見介馬馳騖。而其後驟當鼎革，距錢塘十里，兵如蝟毛，鄉人之仳離于戰鬭者，不可勝數。其在今承平漸啓，壟耕户織，然猶有甌閩烽火之未盡靖者。先生卒能全其年以處之如一，不可謂非所遭之有幸也。夫生年七十謂之古稀，八十則益稀矣。乃以稀有之年當難全之遇，而從此益進，則其享大年而受多祉者，又豈僅八十已哉。

葉氏分書詩韻序

《葉氏分書詩韻》者，慈谿葉天樂以八分書而書近世所習用之詩韻也。昔者葉此君先生擅八分，凡郡縣碑砥、榜閲、屏几，與夫鎔金、琢玉、笵土、摩寵、雕梨、剜棗之事，皆請先生爲之書。今天樂以先生嗣人，既能讀其所遺書，然且紹爲書法，謀集字之專見不複襲者，《千文》而外，莫如詩韻，因書《詩韻》五卷，計一萬一千三百五十八字。大書其韻，而註以小楷，間有字形互異者，則又小書一字于註字之左，且偶芟今韻之不可用，而增正韻之可用者，名曰《分書詩韻》。信乎，偃波之神觀也！夫王氏父子以書並稱，即唐時大小歐陽，亦嘗以字學相禪，謂之善繼。天樂于先人所遺，即一節之美，不忘紹述，則凡奕世以來，其文章名節有重需繼體之追蹤者，衣聞鑾接，亦復何限。

獨是書法與詩韻相表裏，書即字形，韻即字聲也。字形至近代而一變，明明楷隸，悉律以篆籀之法，戈波損益，必准《説文》。而天樂以篆隸之間行之，使知篆隸分體，不得雜出。況乎韻學之衰，自周、沈創譜，渺焉遼絶，即隋唐詩韻所稱《切韻》《唐韻》諸書，亦概不可見，而祇以宋人所限《禮部試韻》傳之至今。且即宋《禮部韻》，亦并非咸平、景祐所定韻本，而僅僅得之南渡以後壬子刊併之殘本，而公然行之三四百年，而莫之能辨。天樂之書此，其亦有考古之心乎。天樂曰：「吾姑書此爲濫觴，他日能重訂其書，加以論辨，吾尚當更書一本，以示有進。」蓋字形、字聲，所宜參互而推求者，未有盡也。若夫書勢之妙，則蛟龍蟠拏，鸞鶩鵠跱，星之羅而雲之布。舉凡先生之遺法，彷無餘力。謂歐陽險勁，定非藐孤所能及也，其誰信之！

西河文集卷三十六

蕭山毛奇齡字春庄又春遲稿

序十三

彭海翼蕭閒堂集序

古今文不相襲，非謂其去書而學劍也。能爲楚詞者，不必仍《九思》《七諫》諸名也，然當其作歌郢中，則吴歈會吟，不得而亂之矣。即善爲楚舞者，未嘗蹈陽阿轉激楚也，然而子爲我楚舞，則巾槃鞞鐸，不得而易其技矣。今之爲文者不然。不能爲「白雪」，曰：「『白雪』不足學，吾學『折楊』焉。」不能爲書，曰：「書不足學，吾學劍焉。」亦坐見其不足而已。

予少時讀南陽彭先生詩，嘆先生七字四韻，能手闢六幕，跆蹋萬類，一如拔華于青天而渫河于滄海者。其意象羅絡星辰之麗空，而聲震氣達，雖播之籥籥而有未盡者。此謂古有其人，則古亦安有，然不可謂非古人之詩也，今其詩不可再矣。先生之後人有能爲先生詩者，予遇之京師。會京師當朝元之際，明堂、辟雝，車書輻輳，賁鼓、大鏞考其左，傑侏、兜離舞其右。予方賦元會，往欲儗似其象而必不可得，而先生後人，其爲詩輒能似之。讀《蕭閒堂集》，一何神之雄而氣之博也！其在先生詩或不必有，而在古人即不必不有。

南陽多傑士，初不盡以文章顯，然而文章其尤傑也。當先生建節南服，開府於牂柯、夜郎之間，曾遇賊靖州，乘夜上馬殺賊，暨歸而斗柄入地，飲酒袒膊以爲快。然而徘徊戎馬，出入苴蘭、葉榆者且二十年，而封爵未加，勒銘有待，嘗形之詩歌，以當浩歎。今先生之子年逾三十，車前無八騶，閒房無炫服千人。父爲九州伯，子且不得爲五湖長也。然且含英咀華，未嘗以拊髀心棘、厭薄毛錐子爲不足爲，而謳吟發越。其在父若子，各能以其詩自立于古人之間，若此世之望古勿及而甘心于輓近何矣。

范熊巖雜集總序

宋張芸叟自署所著書曰「畫墁」之篇，而李泰伯題其集名「常語」。以彼其人，既已優游撰述，可以自見，亦何庸過爲是纖微猥渫之目，徒取相下？曰：「志有在而非所侈也。」方范子熊巖之未仕也，摛然以文章自命，亦既登著作之壇，日以汙陶集天下豪俊，似舍文若友無事事者。暨乎著仕江右，即以節推入南康軍，佐惠文糾察，赫然稱能。既又以信州司馬多植名蹟。乃歸田未幾，歷記其生平、友朋、政事之樂，及出處、進退，襞積成説，曰《譫述》、曰《事記》、曰《枕語》，抑何辭之高而名之下與！

當予與熊巖游時，熊巖方盛年，意氣忼慨。東南爲高會者，摐金伐鼓，捧敦盤來前，千里百里必以熊巖爲祭尊。熊巖雖挾所爲文爲之請召，然取以會友，而非以自衒。其所論列，吾嘗樂得而次第之。

乃予以避人之四方，雖三過西江，然終未能造南康，詣餘汗諸治，以觀其所爲政與事者，其政與事，吾不得而知也。然吾聞鄱陽上下，往往稱熊巖神于讞獄，諸妄出入不能干以私。即讞獄外，尚有平漕、履畝、升賢、講學諸績，藉藉人口。此其爲政，亦安有大小之不可紀者。今熊巖春秋高，結廬柳下，猶且感念生平，回憶故舊，慨然于兩生去就之間，取當年遺事可與政事友朋相間發者，每述之而念其志之歉也。

夫官制之不同久矣。考之節推之制，古無其官，而自宋以後，則歷明迄今皆爲要職。故蔡忠惠送劉總之甌江，即有曰「司理之權重于太守」。而至如郡贊，則自昔輕之，故白傅記江州廳壁，且有等司馬之職于部從事者。今則不然，節推之重既已汰去，而司馬轉二千石，于徑爲迅。熊巖除節推于未汰之前，轉司馬于將遷之際，居津梯要，適逢其盛，然猶毅然拂衣，斤斤以執板爲恥，而棄如敝屣如是，如是而欲其自侈焉，非其志也。故曰其言之不多，而命爲「譫」，歉也；政也而曰「事」，又歉也；摭諸生平之遺軼，而南榴之咨，亦又歉也。不然，世豈無皇甫，乃不以予爲不文，而顧使予合其書，而重爲之序，非歉而何。

公餞益都夫子于萬柳堂賦别倡和詩序

《王制》曰：「大夫七十而致仕。」故韋賢爲漢丞相，七十還政，而宋趙魏公以七十告老，世稱其賢。益都先生當七十時已三上書請致仕，會閩粵初定，聖天子方召天下文學之士試之殿前，一時文教武備，重煩揆畫。

天子親遣滿大臣就家慰留，而予亦得于先生既留之頃，投板一再見。當是時，城東有萬柳堂者，本先生別業，嘗倖從賓客後厠游其中，因得于讌飲之次，攀柳枝而爲之賦之。迄于今又四年矣。先生引年書七上，天子賜馳驛，遣行人送至家，親御瀛臺，賦五字詩，與先生告別。乃賚金章一，鏤以「適志東山」四字，命中人扶先生游西苑，隨諸秩閣肴榼，每坐定，引三爵復行。游畢，中人扶之出。一時朝士及三市、九陌觀者，咸嘖嘖謂隆古未有，則考之長孺之賜宅、趙魏公之賜璽書，皆不逮此。

嘗與朝士及門者志其私感，謀所以留先生，曰：「今之留先生孰如朝廷，然而朝廷不能留也。」無已，則謀所以送先生者。然而今之送先生，亦孰如朝廷，夫朝廷之所以送先生者已如是，其無以加也。因思舊時執政謝事，即垂老杜門，亦必在都下闢宅搆別業，以游居其中，未嘗還里閈。先生以故鄉爲歸，已搆一園于薰冶之上。今京師之所爲萬柳堂，則前時請沐地也。雖先生曠懷，過而不存，原以公諸同游，如予向時賦中所云「顧召奭去相，人有指其所樹堂以爲感者；裴令居午橋，莊洛使每問其松雲嶺樹成長何若」。今皇上賜詩，首以平泉、緑野爲念，御賜詩中有：「海宇銷兵日，賢臣樂致年。草堂開緑野，別墅厰平泉。」而先生別萬柳堂詩，摩娑攀援，重感摇落。

夫草木之微、根荄之細，未免有情，亦遂有流連故舊，徘徊眷戀，而不能驟去諸懷，況乎百歲樹人。今兹門下，皆先生之所栽而植之、灌而溉之者也，因倣在昔都門供帳，集朝士之及門者于萬柳堂，請先生上坐，歌舞進酒以爲兹堂別，而繫之以詩。先生唱四韻二首，及門和成之，蕭山門人某謹再拜爲之序。時康熙二十一年八月五日。

志壑堂集序

漢唐無理學之文，惟韓愈有之，所傳《諫迎佛骨表》《原道》《諍臣論》皆是也。夫愈生平以文章自豪，其居官也，所至無大功，然且立言與立德交歸之，則文之所繫重矣。往讀淄川唐先生疏，其責諫官者較切于愈之責諍臣。而當時以内院史官敕修雜乘，如所稱《真武化書》及《姑藏索盧》《占刺小記》，未嘗與佛骨之迎同年相稽，乃期不奉詔，必折以「三兆」「十易」，古先聖王修身治天下之道何其正也。及予從益都夫子游，竊讀其《志壑堂集》，嘆先生儒術醇粹，皤然一破諸俗學之陋，則比之愈之《原道》，竊謂過之。

自聖教不作，宋人以理道自尊，日出其意見，毁一切古册所傳，梁、孟之《易》，申、韋之《詩》，以及小大戴、杜、黄、李、賈諸《禮》，而斷以臆説。甚有謂《孝經》不經，《爾雅》不雅，《春秋》非孔氏之書，《尚書》爲後儒所篡，《大學》殘舛，《國風》淫失，一湜諸宋人作文習氣，如所云「趙穿不弑君」「李陵無報書」者。而世之不學者附之，保殘守闕，侮嫚前言。在當時以讀書譚理、博稽好古，謬稱格物致知之徒，而其既反便于弇鄙以自文者。迄于今，嘤嚘呫嗶諸儒，其據今兹而詆古昔，往往也。初不過私所便安，僅狃其故常，而艱于一創，而竟至以封脊之駝，爲腫背之馬，而恬然不知爲怪。故以宋人之文而言學，學必不精；以宋人之學而言文，文必不稱。何則？以其有類于今之爲經生者也。

昔先生嘗至越矣，見蕺山之學，而論其得失，其于本體功用，燎然有得。惜予以避人故，徘徊他方，不能親承之而見其所爲學也。乃予入館中，忝居後進，間取其所著而以步以趨，憬然念今人中，亦遂有言德兼至如先生者，則又私自喜，同館後先，與有光暎。方思所以推挽之，而先生慨然授以全集，合已刻未刻詩詞雜文，而彙爲大通，皓皓旰旰，凡理道之言、經方之學、治吾身以治斯世者，無不備之于其書，斯誠先達之表式，後學所罕覯也。

昌黎而後，其諫迎佛者猶有新建。先生之學，本與新建相表裏，而其文則合昌黎、新建而均有之。所不足者，其功耳。新建以抗疏大節，幾死荒服，所賴當事引汲，卒能于坎壈之餘，隱忍焉以成功名。先生志在丘壑，而心存民物，乃羈遲有年，卒未聞有束緼之請過而問之者，豈其時爲之乎？宋前無理學，即以昌黎當之而有餘。宋後多理學，即以文成恢大之，而猶慮其難盡。必如經生家言，新建學術微近二氏，則其疏具在，吾未聞韓愈諫迎佛，而猶視爲佛書也。

孝經廣訓序

《孝經》者，十三經之一也。相傳夫子作《春秋》之後，即著《孝經》，故何休述夫子語有曰：「吾志在《春秋》，行在《孝經》。」而其後焚書律興，秦人顔芝者藏之衣間，暨漢始獻之，於是立學置博士，歷晉、梁、唐、宋不替，而宋相安石忽疑之，而廢其學者已數百年也。夫聖作賢述，何所致疑，明王孝治，千古不沬。獨是經文具在，傳註未一。先是顔本初出，謂之今文，而孔壁之出于後者，翻謂之古文，合古今二文，而參差見焉。雖今文宗鄭註，古文宗孔註，然或疑鄭註與康成不類，孔註非安國舊本。即唐時在廷，互相質難，而究莫可定。其他自后蒼、翼奉後，爲註者七十餘家，或傳或葳，踳駁煩蕆，甚至作《神經錯緯圖義》《傳贊》《正義》《衍義》諸書，紜紜雜出，而愈求愈遠。甚矣，訓故之難爲也！

北平雷徵君，力學人也，其立身有原本，而又博于文，所著填籯溢篋，未經示世。司馬金公幼師之，將出其所著書爲之表厲，而金公孝者也，因先取《孝經廣訓》一書，訂正鋟板。予嘗考其例，大約分章解節，不襲古文，而又非今文一十八章之舊，且盡鏟唐時所增篇題，凡夫析經分傳，移易顛倒，一準朱子所更定者。又附以雜述，暨羅氏近溪所著《宗旨》，導揚未盡，抑何註之詳、據之約耶！姜子武孫每言金公純孝，雖顯貴不廢孺慕。幼時入子舍，效萬石氏親潔厠牏。嘗遘篤疾，竊籲天剔臂和饍，徼延瞬息。雖其事頗祕，不欲示人，然即以是而推，毋論其所致揚名顯親躬秉要道，既能以愛敬佐聖天子孝治天下，立君親之義，而即此見其書而不忍舍去，思以揚義類而廣論説，一如孩幼之承歡而展色笑者，恐亦今呫嗶家所難到也。若夫諸家異同，必求一是，則聖天子親事兩宫，上述祖德，覃恩孝治，將必有立學定經義者，而又何異同之與有。

周亦韓愛蓮堂詩序

良金之在冶也，未嘗自言曰：「吾爲器，吾爲幣也。」其爲器爲幣也，又不必先試之曰：「若者爲龍鈞，若者則褭蹏也。」然而世之爲利兵、爲國泉者交資之。故馬必教駣而後千里，則駑下矣；鳳必先引翼而始備六德，則雞雌矣。

予方爲周子愚亭敘其詩，嘆其負良材，不局于學，所謂名幹無軼支者。而不踰時，而周子亦韓即又以《愛蓮堂詩》屬予爲敘。夫亦韓以舉文鳴海内，少負鉛槧，提抱入選場，見者卻步。出遇文轍，轣其車而先。年未越，子奇即以覃恩拔士薦公車門下。周氏雖多才，中郎阿大，吾必以亦韓爲之冠。乃其所爲詩亦復琳瑯馳驟，上之窺文經理緯之能，下亦不失爲宫商遞宣、廣謐咸通之概，是何雞斯之乘不名一家，莊山之金隨所流寫，有如是也。詩不必備體，試地以轂車，工有餘工，然而其製全矣。御史大夫者，亦韓伯氏行也，掌蘭臺詞翰，爲予前游，其進所未逮而勉之于成，固自有在。獨自聖天子文華首出，開闢景運，爲星雲縵爛之觀。天下之應運而興者不止一二，而以亦韓之才而厠于其間，其爲對揚而進者，豈獨詩已。

高仲友進士新房稿序

康熙乙丑，予以領房官分試南省，得張編修卷，爲本房之冠。越三年，編修亦即以戊辰分南省試，其首所得士，則仲友也。仲友貧且年少，念在堂已垂白，不俟放榜遽歸覲，不知座主爲何如人。故事：後唐馬相于清泰二年爲南省主文官，纔放榜後，即引諸生詣座主宅，時座主裴皥示詩，有「門生門下見門生」之句，世遂相傳，以引見爲盛事。

仲友既南還，而予亦病假未解，乃忽挾刺從若下來，執禮甚瘁，詢之，則以知舉之水木遠溯所由。

予晉接間，乃嘆其惇本爲不可及也。人爲親所生，而進身伊始，即爲君成之所階，故生之成之，兩者交重。然而截裾而出者，不必即嚙指而返，其能戮宣子之僕者，必其不能推陳平之封者也。爾乃庭闈戀戀，不計得失，即春官門下，未嘗爲舉主修謁，而一聞所自，即不間崇庳，不較出處，過田間而講淵源之好，是非惇本者而有是乎！

今仲友以前進之英，將與後來期集者，入而膺臨軒之對，其文章華國，應自有在。乃復以臨塲舊藝，未盡其藴，重輯三年所爲文，以代爲詞業。夫世固未有有本之學，而春華秋實不並著者，況其掉鞅于藝術之塲，而房文闈卷，久蘙人口。江河動而風雲生，筆札所及，渢渢如也。從來達視所舉，而是科舉主，皆一代鉅公，致聖天子以李杜文章目之，戊辰主考，上賜以「光焰萬丈」四字。曩時所謂嘉祐進士，與至和以前端有異者。皇上秉如神之鑒，親預衡尺，而一時公卿大夫，皆能以高眡餘資，争爲獻納，將見景星甫出，而有目者並睹之。然則文章之知己，僅張編修哉！

杭州太守魏使君生日序

益都相公每入館，亟稱給事閣下溧陽魏君，今之正人，獨立無所依，于時舍取不苟，能儉于飾身而優于事親，然而臨事健決嚴重無所貰，一如古之所稱三語箴者。時榜今皇帝御書「清慎勤」三語于堂，公指而告之。嗣是憶公語，嘗坐東朝房，辨明宫鴉噪于門，見有趨左闕端步而入不踰分刻者，必君也。各悚而起立，俟君入闕盡，始就坐。當是時，有願識君者，于大會日使之認，曰：「得之矣。」曰：「何哉？」曰：「鵠立建禮門，衣薄不鮮，自視若卑下，非耶？」迄于今十年餘矣。

予歸甫四年，而君先一年改登州司馬。登州遠，其政蹟在人雖藉藉，不得而知也。顧登人猶能言使君清德，捲握之物不以汙其家。每賦詩，踞望海臺，慨然具澄清天下之志。相海運，訪膠萊故道，市舶至者不以擾，濁吏斂手。夫生貴有用，内之作宰相判官，知軍國重事，外之左右諸大郡，使得于監理之餘，參畫庶務。古所稱忠正直亮，可入掌書命，出爲郡股肱，庶幾無愧。乃一旦進膺帝簡，爲浙藩首府外臺，千里專于所寄。予嘗與友約，謂當事峻潔，不宜諛以詞，即使君亦非能受人諛者。乃閭閻以使君生日，遠近稱觴者，屬予書幛爲先生壽。

予思天生使君爲此邦長，其生也不可不知；人詘指使君之歲，第願其久居此邦，其生年多寡，亦不可不悉。顧使君受任無幾時，而即以目前所見者思其將來，則實有捧觴言之不能盡者。夫使君以折轅之車，單轡到郡，遽與民更始，推心置腹，和易不謾物，物亦不得而謾之。顧府隸行省多上官，易以承伺爲宣布，而使君不激不阿，遇事當將順，每不憚接若流水，而苟其不可，則再三封拒，不以媕娿誤公事。雖都會多豪猾，胥隸相因緣爲奸，而發伏破匿，嚴而不殘，即民有冤抑者，寅受而卯聽，案無稽詞，然未嘗以矜喜之心，流于察察。而會城五達，闤闠棋列。凡駔儈之互爲市者，悉斟酌損益，令滿願去。至于遇士大夫之有禮，又無論也。間嘗僦隘巷，販傭踞門，門壞方仰鏝，而使君手闢隣牖，越竇而訪之，一時觀者如堵墻，嘖嘖稱使君賢，能下士而平交。書疏以儉無記室，必手自裁，復至有對簿時據案寫駢體啓事，以授使去者。然則使君甫下車，而其爲治事已然也。然則予之爲此言，非諛也。然則以使君之年，行使君之事，年無已，治事亦無已。浸假予病痊，復入史館，當爲使君紀成事，以付之籍氏。然則予之壽使君，請從此始矣。

汝南曹氏世賢録序

汝南曹淮湄先生爲儀曹郎時，曾以其贈公在崇禎之末率民徒拒寇而死于城下，既已上之臺而未旌也。其後先生以居太君喪，哭泣而死。于是先生之子郡司馬君以贈公之忠、先生之孝，合請而旌之，且爲輯贈公與先生遺事，攟摭撰述，兼附諸所爲題旌者，勒成一書，曰「世賢録」。嗟乎，曹氏真可謂世賢矣！

昔漢張堪謂「忠者，禮義之所宗」，而《吕氏春秋》又以爲「生人務本，莫逾于孝」。蓋執一善，而凡所爲善，蔑勿備焉。則是希賢者，亦惟於忠孝是視焉耳。況乎父子相嬗，作之承之，於以布朝廷而風閭里，近古以來，未數見也。夫標大節於當時者，大人之行；揚令聞于無窮者，後來之事。贈公以忠唱後人，而後人以孝承之，乃先生之子即又將以後人之孝傳前人之孝，則是世賢之録，方將傳之世世而未有已也。顧予則更有進者。聞之家居者用孝掩忠，而贈公以忠傳；立朝者用忠掩孝，而儀曹君反得以孝傳。則是尋常所居，凡恒理之所難致，而惟懼其相掩者，而贈公與先生則皆有以致之，而皆不能掩，況其可致而不必掩者，當何如也。故曰賢也。若夫先生之子則正所謂象賢者。《詩》曰：「世德作求。」夫其作求者，匪一世矣。

李勺亭摹印譜序

古作書以板、以竹、以刀、以筆，刀者剛，筆者漆也。今則易板竹而爲楮、爲縠、爲繭、爲簾、爲幣，而刀與漆不用焉。于是以刀者皆施之刻符摹印諸作，與世之所爲墨書者絶異。蓋墨書隸書也，即楷書也，而能爲墨書者，或間出摹印以爲戲。勺亭先生能爲詩、爲文、爲墨書，而出其賸事偶爲摹印。至于今其不爲此狡獪伎倆久矣，乃搜諸篋笥，復有染以朱而印之紙者。古才人皆有藝，藝之最下，當莫如鍜與蠟屐，而亦嘗爲之，他何慮焉。所慮者摹印另有體，篆與隸與摹印，各具一體，爲八書之一，而今以篆體爲之，動稱《説文》，吾所不解也。摹印各有質，或金、或玉、或晶、或石、或木、或牙角骨骼，各具形樵，則各有其質。而今衹一石，而曰仿骨、仿角、仿金玉晶木，吾所不解也。

西河文集卷三十七

蕭山毛奇齡字春庄又春遲稿

序十四

吴冠五游上黨詩序

予聞烏聊白嶽間有吴子冠五，其爲人爲詩，爲天下人所推重，而予求其詩而未之見也。姜子武孫謂予曰：「冠五于人詩，每少所可，而獨不能已于君之詩，嘗曰：『天下有爲詩如毛生者哉！』」而予則疑之。夫予詩不爲人見，見即不必憎于人，顧未嘗有稱予詩如冠五者也。是必冠五之詩偶與予近，近則悦，悦則稱之有溢口。而冠五不然。冠五嘗游上黨矣，去而輯其詩來京師。夫上黨介秦趙之間，壺關虒祁，本河朔勝地。予方傳綏盜，嘆前代名將若曹文詔、張道濬輩，曾提甲卒殺賊，驅騁狄潞，旁若無人。予思游其地，而惜予詩不能奇，無足爲雄憤生氣，縿膩狎褻，無能鏤魂鑿影，使神鬼咤嚓。而讀冠五詩，一何琱冥漠而劃虚無如是也。然後知冠五之好予詩，非如當世之苟同，而附己則悦、異己則非者也，然後知武孫之知冠五，猶之冠五之知予也，然後知冠五之爲詩也。不然，好竽而棄瑟，襲青而斥白，便宫徵而毁商角，天下亦安有爲詩如冠五者矣。若夫冠五之爲人，則第就其爲詩觀之，而其人何難知焉。

桐城左仲子暝樵詩集序

少聞左忠毅公死璫事，恨生晚不及見忠毅。會忠毅介弟于崇禎之末以御史代巡兩浙，特渡江詣臺，望見御史顔面，咨嗟太息。指語于衆中，以爲此即忠毅公介弟也。況忠毅諸子曾預籍逮，尤素所願見而不可必得者哉。

去年冬，公仲子暝樵先生來游永興，距向望公介弟時已三十餘年。予與先生相對，各已老大，然猶幸于流離未殞之際，得納履一相見，惜乎去之遽也。乃又距一年，而貽書問訊，兼寄生平所爲詩，屬爲序首。夫先生家世氣節，不藉文章，即文章自命，亦必出入經術，期於有用，不必屑屑以卮詞帨語争英角綺。乃我聞忠毅在北寺時，鼎鑊刀鋸，劙肌爇肉，即魂夢吁嚱，未嘗少爲之偃息，然且含毫搦竹，與魏公忠節、楊公忠烈、周公忠介輩謳吟唱和，爲七字長句，融金叶石，情文俱備，此非故示整暇，誠以意旨激越、呼天搶地之頃，不能無所發洩，則反舉而寄之於詩。今先生遭逢，未必皆順侄也，羈遲俛仰，形諸浩嘆，亦固恒事。況先生所存多歷游詩，往嘗訪弟司刑公於嶺外，早有南游刻卷行世。而今則合諸所游爲一集，寄跡棲棲，不廢嘯詠，倘亦文章忠孝之所必及者乎。先生詩氣惇而詞雄，不假雕飾，洋洋多負道之色，而剴摯刻實，則直欲抉胏腸相向，無優游瞻顧可自解免，蓋天性然也。

予不及見忠毅，見忠毅之子，且得見忠毅之子之所爲詩，幸藉一言以掛名於其間，則以視三十年前渡江竊視其介弟時，不可謂非今茲之厚幸也。況乎後之讀其詩而興起者與！

琴溪合稿序丁克揚別字琴溪。

向與琴溪之伯氏論詩城西，琴溪方以舉進士，走長安道上，未暇及也。暨琴溪筮仕，懷印之下雋，始得竊讀其所爲《楚中吟》者。夫以爲吏之磧，當下雋之邑之敝，宜板稽簿責，惟日不給，而反從容焉而爲之賦詩，則其地之不足與有爲，奚待計哉。第伯氏諭詩雅好刻覈，非備極幽拗，略一過不省，即未嘗動色稱嘆。而琴溪坦然獨行，澔澔然若決陂之灌河，曠然無所芥蒂于其詞，是豈履道之所爲，務爲可曉者與？乃琴溪爲邑，與民休息，終以不善事督郵，投劾竟去。會兩湖用兵，荆岳之劃江而相抵者，合巴東上下，彊弩百萬，烽火照夜不徹。而琴溪以解組未歸，棲遲于武昌楊柳之間，目極晴川，喟焉嘆興。而又時時還下雋，與父老子弟山川城郭重道故舊，其流連賦詠，哀與怨併，讀其詩而見其志與其所以遇也。今琴溪歸里，思彙其所著，若所稱《前後楚吟》與《秋夢》《旅愁》《消夏》諸編合爲一集，而命予以敘。

夫履道任達，本無宦情，而感時觸事，隤然自放，嘗見之投閒置散之間。琴溪遇不及履道，而情文曠遠，往往相近。自夫論詩者好言初、盛，遂致貞元、元和以後，棄置不問。而昔有終身爲詩，始悟《長慶集》之不易爲者。夫從容游娛，易事雕飾，而有如造次當前，痌瘝未解，非大聲疾呼，即徑情自訴而不諒者，猶欲以研練之詞責之。彼夫不病而呻者，謂之欒憂；病而不呻，而故爲巧言令語以達之，謂之飾喜。欒憂與飾喜，同一不倫。則向使伯氏而在，猶必以爲琴溪所言，當有不出于履道而不可者，而況乎情之有相近耶！

蛤庵和尚語録序

蛤師參諸方，自謂有得。及參報恩老人，如捨仙經見十六觀，盡悔諸宿習。穿跏入地者凡十年，遂舉西來所傳直指心印印之報恩，報恩亟許之，而未有付也。既而隨報恩來京，入萬善殿，世祖章皇帝每訊以法，因有所舉似于章皇帝前。會平陽老人相繼應詔，聞師名，急覓見師，而師已南下，遂于其還平陽時，出大鑒以來正法眼藏，馳而授之報恩。嘗曰：「吾芻象十年，而衣纓者在禁門，然豈不足示天下觀哉。」

寧州龍安之兆率，古名刹也。越千里啓請，值賊犯兩湖，官兵從武昌下者，道蒲圻、下雋，而出入於龍安之間。師凡兩往，振已廢之跡而經始之，雖荊榛屢塞，未能闢招提舊境，一還故觀，然而鐘鼓興焉。嗣此則時游三吴，吴中人士每有所啓請，皆不之卻，録中所稱「吴江羅漢」者，其一也。歲甲子，任黄門招師渡湖，會師發願將朝臺，遇于京師，和碩安親王延師于西山隆恩，建幢設鉢，遠近聞者皆宗之。居無何，翠華幸潭柘，召師行在，令賦詩，訊五宗始末，授齋賜含桃，灑以宸翰。時天下大定，闢國日出入之表，皇上大闡治道，自堯湯至文，見知聞知，皆有獨契。因舉心學相質難，至謂佛家之見性，即儒者之明德，直揭千古所授受而明示之。師幸于親承之下，特拈宗教，附以頌揚，一何盛也！

夫佛無與于治道，而言治道者不之廢。然且曇摩、釋安、玄奘、宗泐，雖出入禁廷，未嘗遇堯湯之主，而師以彌天絶學，直取西方古德不化而自行、不言而自信者，上與聖天子參證同異，其道法心印爲何如者！少林無文字，維摩與文殊相對，乃至無有言説，龍安羅漢豈鐃舌哉。則謂是書爲《三洞經》、爲菩提流支十六觀文、爲《大學》明德所傳北海之註、衡州之疏，無不可也。

聽松樓讌集序

聽松樓者，蕭山吴氏别業也，其樓在蕭之北幹山下，山故有松，而築重屋以聽之，因名「聽松」。會吴子征吉偕錢唐許子莘野選文其中，嘗有《聽松樓文選》行世，故雖在錢唐，亦以是樓名所居，蓋其爲友朋高會久矣。康熙己巳，淮陰張子毅文、杜子湘草，與吴門俞子犀月、顧子迂客、俠君兄弟同來明湖，適睦州方子渭仁、家季、會侯寄湖之南屏，而越州吴子應辰、王子六皆、張子星陳、金子以賓皆前後至，因偕丁子葯園輩若干人，高會于莘野之草堂，而以楊先生以齋爲之祭酒，仍題之曰《聽松樓讌集》，統所名也。

少時作蘭亭大會，合郡之八邑人士而集于倪文正公之園，維時三吴諸名士各舉文會，與東江相應，顧東林諸賢實主之。曾幾何時而風流歇絶，至有假應求爲結納，藉聲氣之階爲奔趨地者。此西園之勝所由漸流爲甘陵之禁，而無如何也。聽松諸子久以文章名于人，而大江南北、浙水東西，其文人豪士偶相契合，遂若磁石之粘鍼，與琥珀之受芥，流連詠歌，延爲高會，此固三十來所僅見者。吾既悲斯事之久荒，而深慶友朋相遭、良辰勝地，爲未易遘也。若夫敦盤在前，聲伎間作，諒亦從來良讌所自有者。是集也，各爲文一、賦一、詩二。予老且醉，不能承管硯，越日竣事，因復藉授簡之末，而僭爲之序。

倘湖樵書序

幼時讀《野客叢書》而好之，遂效之作《説麻》十二卷，以未能博晢棄去。既又爲《雜記》，記其耳目所見聞者，亦不就。時傭書長河間，嘗詣元成先生，聽先生譚議，每舉一事，必批根導源，窮詰流末，然後以漸互引依類比見，合古事與今事而串穿之，爲之指其異同而折其是否。然且宛轉觸發，左右旁及，條條然如説家人事，如按驗官府文牘，如自訴肌膜所疴癢，如數壯貝，每聽之輒爲之爽然者累日。而惜乎舍之游而不能盡聞其語者，且二十年也。

今年夏從海上還里，私讀先生所爲文，竊疑先生以如是之學，何難舉所聞所識而編之誌之。乃未幾而果以所著名《樵書》貽予論敘。予受而讀之，一如當日所談議者。書凡若干編，編若干卷，不分部類門目，而任取一類之中、一目之内，臚其事之可相發者，鱗次櫛比。凡夫皃毛、龍鮓、隼矢、牛鐸，畢列其相干而推于盡變，使讀之者時而頤解，時而首肯，時而心開而意釋，時而舌撟然不能下，時而低眉決眥、抶手躅足。夫作衹百行，讀有千卷。故張華讀書遍三十車，而其後作《博物志》，僅存十卷。左思窮搜討之力，遨遊十稔，而其所爲文，不過三賦。先生弆書重屋三，充牣上下，凡繙閱數過，加之以時賢之論述、近事之睹記，參互緯繣，合成斯編。《記》所稱「博學無方」，又曰「儒有博學而不窮」，殆謂是與。

考之稗官著作，原有二家，一則集事以資用，一則考義以資辨。故《黄覽》《類苑》而後，❶在唐時名臣集《群書》《北堂》，作使事資，而白傅列陶家缾于書楹，區分門目，集所記以資六科試帖之用，名曰《六帖》，此皆集事資用所自始。而王仲壬作《論衡》則實創爲考覈駁辨之文，以助談議。故後之爲稗官家者，雜記之外，復有論説，如「筆談」「叢書」「隨筆」「友議」諸書，每可爲談議所藉，如所稱考義資辨者。而是書兼而有之，類事而無方，比義以廣異，此誠伐山之能事，折竹所未逮也。予邑夙推多識者三人，一包二淳博，一蔡五十一子伯，其一則先生也。予兄事包、蔡，而先生以倍年之長，忘分下交，將自厠載酒問字之列，乃蹉跎就老。包二且久逝，今巋然者獨先生與伯耳。

今天子方嚮文章，昭回飾物，徵天下博聞强識之士以充著作，既已敦趣先生，璧帛到門，而先生以年老謝去。予方幸先生之謝，可藉之仍聆談議，而獨是宵燭餘光，既膺照曜，庶幾如曩時之著雜説，而筋力耗頓，又不可得。夫睹是編而不恨十年之不讀書者，寡矣。

❶「黄」，疑當作「皇」。

徐昭華詩集序

閨中傳詩，自三百始。顧三百多采藍、伐肄、執殳、弋鴈之婦，而其後班、蔡、鮑、謝，下及管、李，非名門巨閥，傳詩頗鮮。蓋閭閻夫婦，操作不暇，何暇與之言文章之事哉。獨是金閨窈窕，易於作僞。故世傳李都御史妻陳懿遺詩，半屬贋成，而近年女士黄皆令游于諸家。知閨中所作，類有藉于補鏝者，則夫閨詩之未易工也。

始寧徐昭華以詩傳人間者有年，其人慧生而産于世家，父仲山君席大司馬公遺業，著書等身，而其母商太君則爲冢宰公愛女，稱工詩者。然則昭華之能詩，豈待詢哉。第昭華嬌穉，不屑就女傅，即隨兄弄文史，亦未嘗斤斤爲學，乃驟然搦筆。相傳元夕隨諸娣觀燈曲廊，向月獨吟，遂有詩，今集中絶句所爲《看燈》者是也。乃昭華特好予詩，凡繡枰、鍼管、脂盂、黛鬲，偶有着筆，即漫寫予詩以當散翫，故其後謬呼予師。而予得藉是數數課題，面試以驗其誠僞，嘗窺其落筆時頃刻簇簌，如弱羽之翻窠，而新花之生樹，雖使鄱陽子建强顔伸腕，猶不得與之争新鬬捷，矧詠蒲吟絮，何足相上。予故曰如昭華者，可令班昭爲後先，古稱妯娌爲先後。蘇蘭爲姊姒，非諛語也。

特工詩實難，雖曰閨房之文易于見傳，顧亦視其工何如耳。考風詩有名字者，唯《緑衣》《燕燕》《白華》《河廣》諸篇，其他有其詩而亡其名。至若漢唐以後，凡史乘所載宫闈書目，自班姬、左嬪、道蘊、令嫻以下合若干人，皆各有集名存于目中，多者十卷，少亦不下三四卷，乃數傳以降，殘韋斷竹，或存或没，甚至通集遺軼，有其名而亡其詩。即或統爲選輯，若顔竣、殷淳諸君所爲婦人集若干卷者，今藏書之家，亦並罕有。而《團扇》一詩千古不蔑，則非閨詩之易傳，而閨詩而工者之能傳也。昭華亦勉爲其能傳者而已矣。

山陰陳母馬太君八十壽序

《禮》稱「百年爲期」，亦曰「百年者庶幾可期致焉耳」。而禱頌之詞不曰「於萬斯年」，即曰「萬有千歲」，似乎凡爲禱頌，率淪乎具文而不可爲据，況揚徽飾孅，非誣則諛，而亦有不盡然者。予與山陰陳電章游久，念電章居子舍養事素著，嘗于登堂進拜時，窺其瀡腆備矣。今年余月，爲我母馬太君八十辰，懸帨北堂，族黨姻戚朋友咸起，薦束帛、列笙瑟、設苞苴、筐篚、車馬冠蓋，相望于路。夫以陳氏門閥盛大，加之太君之賢，電章兄弟之友之廣，何難乞言通顯，飾致華膴，爲屏幛耳目光悦。而乃以稱觴念詞，問之居無宿給之毛甡，曰：「此其所爲，非具文者也。」夫事不求諛則質，詞非具文則能實。

方太君在閨中時，扶風本右族，其尊人星寰公與電章伯王父毅庵公同以萬曆甲午膺浙江鄉薦，相擇年家子弟可爲耦者，于是始歸公。乃公以文章名當世，爲藝林遠近推重，卻于内顧。而太君井井家畫，以婦道禔其身，捍于其家。然且于于睢睢，不假言笑，絶方幅畛昹，而務飲以和。以故事舅姑能孝，相夫子能順，御娌妯藏獲能睦能愛，此可謂非得于天者真、而盡于人者摯與？夫貴而能勤，富而能儉，自昔稱賢。而太君幼席寵緒，且隨星寰公宦江右，家世方隆隆起，乃豐積裕施於儉勤之餘。凡閭黨有求，又能以嬴遺相及，使滿願去。及其教子也，躬親課誦，久爲虚詞，唯太君幼知書，通《論語》《孝經》，自爲訓詁，故電章兄弟未入塾時，即共以講論誦讀稱于人間，稍長而聲施藉甚，迄于今，天下之聞電章兄弟名而願爲友者，且比比也。

吾聞名材以樸遬而能貞，良玉以質方而能大。故長久之道，唯在積之者不郛，而後傳之者有永。今太君春秋高，既逮鯢齒，而電章亦正當服官之侯方，將入就選造，膺歲獻于天子，爲事親計，乃其心則嘗以禄養之遲爲憾。《禮》曰：「八十者一子不從政。」電章之弟早已試仕嶺表，驅車于高涼、羅麗之間，獨電章在膝下，則是承歡之切過于禄仕，況禄仕已近也。嘗讀《漢史》至《萬石君傳》，嘆萬石君父子以質行聞于朝廷，致天子以下皆動色，贊誦莫及。然要其大略，則衹以垂老入官，克就子舍。電章尊人伯仲有四，皆嘗夫婦負華髮，爲王父母扶鳩祝噎，後先不替。即在今，群從各已垂白，而電章甫家杖，依然衣綵衣，帥孫曾若若賀太君，羅拜堂下，其久于養事如此。夫享年之長與事親之久同一難致，而今幸致之，則自今以往，雖曰千秋萬歲，從此可得，何爲不可哉！

重刻北斗元靈經序

《北斗元靈經》者，道書之一也。其書敘設教之原，旁及功行，姑假道于生死因應之説以爲世誡，而註釋興其間焉。

予嘗論道家之雜過于他氏，自柱下以五千開基，初不過自示其慈儉、不先，守爲道要，而繼而繹之，爲遣有涉無之論，滉洋瀰漫，然猶是老生之嘗譚也。既乃一變爲養生家言，吞金咽髓，相事爲七還、爲九轉，而由是而降，漸至流鈴噀酒、畫水叱石，趨近狡獪，而于是五符、六甲之術因之以生。是書所載，亦固以步虛履煞爲能事，而其言質慤，一似唐宋以來自厭其學，因欲援儒以入之，兼亦自冥其三景參錯、每變愈下之況，故首以定静心齋，微示祕旨，繼乃翻覆于轉輪往來，六害八難，有似乎釋氏所言者。世嘗以禍福憂患爲釋氏詆，毋論惠迪之語始于吾徒，釋氏爲教，全不在是。而即以是論，匹夫匹婦不畏官刑，而獨于冥冥之間，施報赫然，至有生儒日誦經傳、習聞聖賢之訓，而瞢焉貿焉，得一《感應篇》以爲寶祕，何功何過，遂有實見諸行事而不敢替者。然則聖人復起，亦必不以其言爲可廢矣。

特是書所始，相傳爲東漢永壽，而元時徐道齡爲之註之，然苦無兼本。其刻之者，則奉化州判官沈道宗也。延至明永樂間，其書漸毁。道録徐氏得其本于朝天宫道士，因再刻之。惜流布未廣，終致湮没。至英宗朝有太監鄭和者，得自宫中，而福建都轉運使司知司事者爲懷柔王氏，素受斗籙，見其書悦之，乃繪諸斗像，合爲鏤版，迄今二百年，而存已寡也。吾友沈士超，有道人也。合同志剞劂，重爲流布，將以公世之好道者。非曰「道如是也」，亦曰「世固有言道焉如是者爾」。因爲應其請而序之如此，某序。

西河文集卷三十八

蕭山毛奇齡字初晴又名甡稿

序十五

東園沈庵志圓尼師抄化齋糧功德簿序

東園多尼居，緑塍相接。其在民家好佛如洛陽女子，上請卻髮，率連房以棲，而至于故家遺閥，官姬貴妹，往往自爲畦稜，結廬而居于其中。志圓尼師中年去家，伐茅而編欐，獨以俗姓本沈氏，築名「沈庵」，有日矣。康熙辛未，將勸緣于城，自持化簿膜拜予，而請予以序。

夫閨中耽澹浄，自昔所難。況以朱門華屋之子，餐金拖繡，乃一旦托跡于此，汰其膏而毀其飾，猶復以齋薪供粥經營樵粒，毋乃太苦。予嘗爲家太保題墓門之碑，疏所自出，嘆其舅氏京兆公爲明熹宗朝名臣，當時稱杭州甲族，以沈爲最，其後嗣君輩起，皆相繼仕宦，而第五郎君曾以舉人爲蒼梧令者，則尼之夫也。世事之如幻也久矣，長林高岸，已爲陂池。即數十年來，其間家國之興亡、城隍之圮復，與夫閭閻貧富，宦游荒落，凡夫盛而衰、衰而盛者，亦復何限！夫虹生電過，倏忽遷變，海樓山市，到眼而沫。而當其盛時，炙顏爨手。及其衰而悲之，乃以解脱之情，銷其愛憎。舉凡人世遭逢，或忻或戚者，而一舉而返之空虛，所謂以六如袪六觸，非乎？則夫愛金錢而吝施捨，猶未達也。夫斯世所乏，不獨金錢，而閨中施予，較外人更吝。乃志圓所請，不欲以身之所需，乞之官人，而第倣長安老尼，出入汾陽、臨淮諸閨闥，以匄所有。夫人之可愛者，莫如家室；女子之身，其所甚愛者，尤莫如首髮。而以家之盛若此而棄之，身與髮之所甚愛若此而捨之卻之，由是而思天下之可愛而不可戀，有如是乎，況金錢已。

張編修文稿序

乙丑之役，聖天子親定十人，而《春秋》居二，其一即編修張生也。暨廷對三人，亦既登《春秋》之一，而編修又復次臚句首。故天子謂是科《春秋》佳，特命掌院擇詞臣工《春秋》者彙註傳義，而惜予以遷葬歸也。其後編修遽橐筆入起居注、日講，爲侍從親臣，漸以高文典册稱於人。然而每科舉義必有一二特出者，爲運會主持，微聞天下遴文家往往以編修爲是科公孫僑云。今鄉試典解推及吾浙，禮臣據例，謂編修曾以康熙廿七年分考會闈，不當復開列。天子顧所開，概置不問，獨破例標編修名，使主浙試，是何大聖人知人之哲一至是也。編修居官住編檢廳，既而遷會館，客座傍列土銼、瓦瓿，隔以蓬屏。出入無轝轎，徒行遇朝官舉轎，過避之。其同鄉大僚嘗謀合嬴錢以佐月進，編修量可揞，即卻勿受，若他部寺事座偶言及，輒左右視曰：「吾詞臣爾，敢聞是也哉。」其介如此。天子知其文，又知其人，兼以南巡故，稔知浙人文之盛，必得是人搜羅之，極公且明，庶士以成，是聖天子大造吾浙人以有此舉也。編修文行世已久，坊人復遴其要者而佐以新篇，因爲應其請而序之如右。

雞園詞序

詩餘者，繼詩之樂章也。前此歌詩矣。歌詩之法，取五七字詩，押其平陂高卑，而被之以律，曰宫、曰調，此其法如歌曲，然有拍、有散、有序、有遍，而第其引伸之間限于字數，五字必二揎，七字必四揎，排而摭引，伸而不能變。嘗得唐人所遺五調曲，就其笛色而按之以歌，亦既抑揚句矩，來往盡致。而第以五字之故尋分覓刌，猶不若孤兒婦病，得以散聲而抶掉，以成其曲，此詞句短長所由繼五七字而起也。

湯君鳴友作《雞園詞》。夫詞名「填詞」，則以詞也，然而名「倚聲」，則又以聲也。往予與華亭蔣生搜討唐詞，謂小詞者，實詞所自始，而或曰否，夫詞以具體，第曰詞，則曼體不可少也。夫是故《花間》《草堂》，各不相掩。其後迦陵陳君偏欲取南渡以後、元明以前，與竹垞朱君作《樂府補遺》諸倡和，而詞體遂變。若夫聲，則雖萬君紅友著《詞律》廿卷，其于句讀平陂則得矣，然而與律吕何當焉。鳴友詞纂唐宋，自供奉以迄辛、柳，皆有其體，嘗自言曰：「事至則情生，意遠則品軼。」此爲得之。而至于聲，吾不知其何以諷之而善也。長吟之而以散以拍，殊有會也。被之絃鞉而度以管曼，聲以逐之，而抑揚句矩，未嘗有拗戾于其間也。迦陵，紅友君鄉人也，鄉人皆善詞，而君復能以其詞而進之于聲如此。

若夫三臺紅藥，集有三臺吊曼殊詞，開句云「是盈盈一朵芍藥」。詞本傷心，假使爲歌，將必有哽咽而不能終者，然豈聲病哉。

馮氏壎篪集序

予在京時，與紫燦禮部同邸居，每連茵並馬，輒言其家友悌，諸子在南，並邕好爲樂，而益都師相累稱其族自畢公高後，在晉宋間南遷者，多以文章孝友顯于時，今錢唐馮氏是也。予謂禮部君以經學起家，而一門群從，皆丁年勸禄之際，斯世洮洮，誰解文行，乃就其恒言，以質之益都師相之所稱，中心慕效，以爲世安有古道如是者，脱有之，吾舍此安歸矣。

及予請假還，急訪馮君屺章于有斐之堂，見其與弟重韓輩，闔門怡懌，旦夕出入，忘人而悦天，一似三古之于于然者，而披衿示客，不問合志與同術，而相觀而善，並以無猜之義共爲心期，且歉乎自退，抑抑乎多自損者。會國恤下頒，兩浙開府，闢延賓之館，聘術序有學之士，賦詩作頌，以紀聖孝，而屺章、重韓與同學蘇君子傳、沈君方舟、李君弘載、徐君紫凝輩，所爲胥山諸子者，一時並入，爲西園上客，抽毫攜牘。中丞擁篲前，長跽請教，予然後知文章行誼，其生平稱許爲不可誣也。

昔阮嵇以中原耆舊與王渾爲友，而既而見其子戎，輒忘年而與之交，《世説》所謂「與卿談不如與阿戎談」者，今林下七人，則戎儼在也。予締交于禮部君，遠過王渾，而視屺章與重韓之年，則與濬沖不相及，然齊契從此始矣。屺章兄弟與胥山諸子共集爲詩，而屺章與弟不忍分行，因合而輯之，名「壎篪集」。《詩》云「伯氏吹壎，仲氏吹篪」，言友愛也。屺章之友愛，則于此猶見之。若夫李義山兄弟皆以文名，嘗合輯其詩，名「李氏花蕚之集」，則但以華詞自誇門户，其于壎篪之義何有焉。

陳山堂五七律詩序

少時爲詩，惑於楚人之説詩者，而同曹不平，各私其邦賢，始以徐渭爲越君子軍，不足則又張之以渭南之師，曰「陸游吾越中人也」，久而知皆不足恃，夫然後轉而爲信陽、爲北地、爲初明諸家，又遲之遲之而始進而爲三唐，蓋幾折旋于其間矣。

山堂爲詩則不然，方學四韻，即能以藍田孟亭之勝，縈其腕間。時邑之稱工詩者二人，一張子邇可，一山堂。邇可中年始學詩，山堂以小年，雖時各不同，顧其爲驟工則一也。人有效斵者於此，引繩削墨，久而傷其指，而工倕試操斤，即已刻木爲龍鸞之形。有尋聲者於此，析鐘律，辨銖黍，歌工易其器而不知，而師子野生，不見緼枲，目不睹嶰竹，而偶聞人聲，即審其形之短長與色之黑白，此無他，其才使然也。予與邇可同爲詩，驚而遜之爲才子。暨予赴召應昭代制科，四方之士咸集轂下，然所見不必皆可驚，即同時爲詩，亦不必盡爲我遜。而山堂每寄詩至，則移情累日，不能自已，是豈予之有私於邦賢也與。張子邇可近在都，予欲以邇可、山堂爲吾越張，而山堂方刻詩示世，予喜而序之如此。

或有謂山堂之詩興長而賦短者，張邇可曰：「人不識六義，漫曰賦者賦其事，遂以在前所感者爲興，而以其時所行者爲賦。夫必賦其事而後爲賦，則《叔田》必當補克鄢，《擊鼓》何以無伐鄭也。」若其止刻「五七律詩」者，則以山堂爲唐詩，「五七律」者，唐人之詩也。

城山大拙禪師語録序

蕭山城山爲越王保棲之地，舊名越王城，以山椒有墻蜿蜒如沿盂，因名「城山」。曩時爲比丘所居，築椽蓋茆，而祠句踐于其中，蓋不知幾何年矣。康熙戊申，冷堂老人從雪竇來，相山川形勝而卓錫焉，舉四遊未開、六幕未布之事，而偕其從人，闡導于巖阿之間，不數年而三涂廓然。即將如來所傳僧迦金縷，擕手而付之乘門之長所稱大拙禪師者，使之奉佛衣而授僧法，一何謚也。夫槃阿寸土，不宅龍象。當大師參諸方時，發源天童，歷棲真、能仁，而聆獅音于羯磨念誦殿堂回向之際，師夢中聞羯磨戒，回向念誦有省。且復由奉川跋踄淼漫，而後倚崙扃而居，則斯山狹阸，亦何足以闢神天之門、容泯洹千百之衆，雖亭雲礀水頓非舊觀，而泝所從來，得毋寄跡虛空、截然雲水者，非與？乃師以象王之尊，大踞獅座，獨拈拄杖者，二十餘年。邇女墻數仞，翻之爲大千之界，舉凡石凹、舂虀、雲頭、曬衲者，不計晨暮。然且朝參夕囑，拈古証今，寄喝聲捧影于管硯之間，而録以示世。我聞於越謀吴，當夫椒之敗，戢翼歸來，縮長河浩氣，而暫企之斗城之陰，卒至呑吴震楚，稱伯萬里。而英雄未遇，方且拾芒繩而仰以絷也。然則城山雖小，其爲鍛鍊英雄與鉗錘龍象者，一而已矣。

周春坊新簡兩浙提督學院賀屏序

古惟天子得試士，制科是也。嗣此則試之禮部，又試之門下，所稱明經、進士諸科，隋唐以降，代有沿革。顧諸州解士一聽之州吏，從未有專遣京朝官主試事者。自明增鄉舉之科，入解者毋論得當與否，而先以舉人爲之階，因之立學養士，士之入學者皆有成數，于是設鄉舉主文及比年視學之使，重試事也。第明制鄉舉主文多遣詞臣及省曹以下，惟視學一使，則例以諸曹郎出行諸道，與觀察相長少。獨京師首善地，居重而馭輕，别遣南臺有才望者主之，名「督學侍御史」。惟時江南本留都，與京師等，他無與焉。清興，司列重文學，改侍御史爲詞臣，專行直隸。而聖天子復廑念南浙，謂江左人文夸于他省，宜破例陞道爲院，已授專勅，開轅於兩臺之間。會予同年生周君主文山左，升書最第一，甫竣事，即有視學兩浙之命。

夫知人則哲，前賢所難，况登明選公，尤出司試事者之所僅有也。在昔廬陵爲嘉祐主文，不厭士論，幾不能再參御試。而近且摇脣懷甓，相繼成習。剡山左係鄒魯材藪，累科稱得士極盛者，較難爲繼。而君于井亭葉落之餘，鏁門躑躅，時出其鈞石衡量敁敠諸才士，諸才士翕然受程，一似辨響于謰謱而收金於麩稠。即受裁諸族，無或仰星辰而怨蠶蟻，一何盛也！從來諸州入解，必投業門下，詳審得失，而後過解之賢否以定。今天子明鑒萬里，書論乍升，即立察勤竄，坐析明眯，舉一時得人之賞遲久後酬者，而使之再試于有效之際。吾聞百鍊之銅，不憚屢照，原泉在山，累綆不竭，言其蓄之者裕也。曩者制科之興，實繫曠典，然亦漢唐以後故科目耳。乃君以賈傅之年，應天子召試，拔居高等。夫制科莫盛于唐，然以昌黎之聞望，累赴不售，雖既舉禮部，尤以未登其科爲憾。至宋則東坡兄弟並登制科，然而夷考當時，東坡所登止三等耳，子由且四之。而君且裒然舉首，與郄詵、李郃相頡頏。及天南蕩平，大廷獻頌，人競進詞賦，君獨稡擷六經，攟摭其成文，纂爲百韻詩，而集儷句于其前以爲序，東堂學士動容咨嗟，以爲僅見。至其高文典册，槖筆綸閣，與夫金鐀石室之搜討，所謂擅三長而卻五難者，又其餘也。

夫人少年入學，讀當世之書，原思以文章見天下。暨乎稍稍自見，門巷有車轍爵里之投，各不相下，遇偶有欲懷者揖而問字，即誇以示人，以爲流芬餘瀋，庶幾不匱。而君能出其所學，分廳草制，巋然登著作之林，且復于論秀之餘，復膺是選。夫兩浙本多才，而君以文章宗主，進之退之，毋論江表顧陸、山陰王謝，皆令出我門下。古之以學被世，而復爲斯世興教，以大所學，意在斯乎！故事，學使君至，凡在受治，分應進一言爲賀，因應諸君請而序之如此。

北山無門洞誌序

當予羇丱赴臨安考解，❶在崇禎之末。爾時寓錢湖北山有所謂蕭家莊者，日攜屐追趁，大抵在葛

❶「羇丱」，原作「羇弗」，據四庫本改。

嶺以西，棲霞以北，扳巢而貫穴，初不記其企足在何地也。及予浪游歸，而四顧滌然，曩時叢岡灌嶺，重樓疊榭，悉袒膊裸背，一望而腓腓。而暨乎還山，則遥憶向時所歷，一若記南宋他時事焉。

菊逸大師以《無門洞誌》見示，并謁以序。予展卷嘆曰：「北山勝地，猶有倖存焉如是者乎。」夫「無門」非他，宋慧開大師字也。師曾説法于龍興之山，而龍隨以歸，乃藏龍山間，劃泉而居之，以其色黄，名「黄龍潭」，且闢洞以棲身，其傍因有無門洞在黄龍院中，宋時禱雨者多就之。相傳寶慶中，以歲大災，天子特開選德殿，延師説法。暨淳祐七年，又復以旱故，遣丞相就洞禱祀，丞相吴潛、少保孟珙偕至。因賜師紫伽黎衣，給以平江官田三千餘畝，錫號「佛眼」，并爵龍以侯而祠之。封靈濟侯。今相距五百年矣。夫天下山川因革，經時而變，即以錢湖之勝，歷唐宋元明，相嬗勿替。而當予一身，相距五十年，即已如高陵深谷、浮雲滄海之不可復記。況南朝多寺，寧無灰刼，而無門一山尚能恢其遺業，而授之以誌，自非師之功不至此。

夫天下之思其舊而悵然感者，不獨予也，其不得其舊而思藉誌記以想見夫當日，則又不止此一山也。今入湖者，有能談宋明遺事，而不慨然生懷古之思者乎？乃區區一山，而佛眼興之，香林貞吉繼之，宋時帝主開其前，明之卿大夫各護持其後，而師以太白高僧，巋然説法，復能統餘緒而從容作誌，以傳之無窮。《誌》不云乎：「香林從經行之隙，得佛眼金身于沙礫之中。」而近年杭州禱雨，則黄龍之神儼然示現，蓋洞中丈八之軀，與澄潭故侯，未嘗亡也。則雖所見有時改，而又何患焉。

包氏族譜序

族譜之設，創自蘇洵，其時軾與轍尚未仕也。蘇氏之貴，當自唐蘇味道始，然而譜不之及者，亦曰「親盡則略」爾。今之爲譜者異于是，必賢如子騫，貴如梁公，則雖遠必載。而如其不然，即高曾至邇，猶且記誌恧縮，以爲此何足以光吾譜者。甚矣，譜義之非古也。

包氏始自安陸，代有顯者。乃由南渡後上泝所自，獨以合肥孝肅公爲斷，其相距不越十世，以統以系。而由合肥而山陰而蕭山，則又以蕭山爲近祖。蓋自南渡仕甌越，或分或聚，而蕭山最大，其相距亦不越十世，而爲譜者宗之。蓋其世當元明間，賢哲代起，一時父子兄弟若松坡、東皐輩，皆以明經進士顯于時，凡海内聞人争先結納，若所傳河東張翥、金華黄溍、宣州貢斯泰、南陽迺賢、臨川危大樸、東陽王褘、餘干董朝宗、青田劉基、上元楊融、西江揭徯斯、廣平程鉅夫、東嘉高明，不下數十輩，皆當代名臣偉儒，能不遠千里，並過蕭山與之遊，車轂所至，使市橋左右廬舍皆滿。噫，亦盛矣！夫譜貴親親，由身而推，衹詳所自出，而上本姓生，下聯族屬，未嘗有聲稱官閥之見生于其間，而其貴而且賢若此。

予少時與即山遊，拜其尊大人于堂，降而與即山、吕和、銓平結爲兄弟。惟時同游者皆海内聞人，渡江造請，各以古學相切礲，其一時賢俊，亦不讓河東張潞公、金華黄文獻以下。乃驟當鼎革，相顧伏匿，明清之際，較之昔元明之間，出處頓反。而即山、吕和且相繼賫志，迄于今，墓有宿草者已三十年矣。予乞假還里，值銓平修族譜成，屬予爲序。予思氏族之盛莫如包氏，少時登其堂，景其先賢懿行，往往起敬起慕，徘徊勿釋。而今則觸目悲哀，不忍過其廬、造其門巷，睹見其遺文賸字，況明明世乘，儼然載即山、吕和于其册，而其忍序之。然而譜也者，嬗後者也，今之所作，後之所述也。夫以予異姓之子，束髮與交，垂老而不忍棄去，偶一見其家之所爲，即感生于心。況爲其子若姓者，睹先人遺譜，而不遵之如經、守之若國史，非人情也。譜創于即山，而銓平與吕和之子續成之。前二年，銓平示予譜，予不忍讀，受而藏之衣箱之間。既而曰：「予與銓平皆垂老，倘一旦不測，其何以應？」遂出而書此。銓平，予老友，尚居墻東，此包氏家獻也。吕和之子公度，善文似吕和，吾見包氏之繩繩矣。

史村曹氏宗譜序

宗譜與世族譜不同，唐時岑文本、令狐德棻奉詔輯天下茂族，❶合九百二十三姓一千六百五十餘家，而分之爲譜。凡一姓之中，第取其賢而顯忠、雋而有材望者著于篇，而他不之及，名曰「世族」，猶史稱「世家」、孟子所稱「世臣」也。若宗譜則創于趙宋蘇氏，但以一姓爲九宗，上自高祖，下逮元孫，毋論仕不仕，賢智愚不肖，而各予以系。而其後所宗過長，其所及亦過遠，然且進貴絀賤，右賢退不肖，至有冒他族名達、遥遥華胄爲世取誚者。則宗譜也，而與唐之譜世族無以異焉。

❶「棻」，原作「藥」，據四庫本改。

曹氏爲蕭山茂族，少時見木上先生以第一人舉于鄉，名冠兩浙，嘗追陪游讌，每嘆其器宇沈湛淼然，若淵泉之在望，叩其鐍，抒之不匱，猶藕絲焉。方是時有爲九江司理者，有爲望江令者。予生也晚，不及一一而見其形與其事也。然而名賢輩出，在曹氏一門群從，譽望藉藉。如浴雅先生以詩名于時，時得其片詞隻字，輒規之橅之，轉相傳寫，以奉爲祕寶。迄于今，郄紹之書，其爲法盛之所行，正不少也。而文虎爲文，予嘗私效之，而嘆爲莫及。夫以邑之爲詩、爲文、爲書法、爲理學、政事，而皆于是家取之，此其家真世家矣。

予與其裔孫國學名顯宗者遊，每言其家茂才名錫爵者修宗譜甚具，顯宗將捐橐謀付之梓，而屬予以序。予因諦觀之，簡而覈精，詳而有要，不附混元，不冒巫趙，所云「以族譜而兼史乘」者，是書有之。若其泝武惠王彬者，始之也，繼越州判官，追其所自來也，又繼而判官之子丞，則自越而蕭，所云「占籍于桃源之下鄧村」者是也。而于是以學諭承之，則以遷史村自學諭始也。史村者，今曹氏居里名也。

西河文集卷三十九

蕭山毛奇齡字初晴又名甡稿

序十六

新刻聖訓演説序

古鄰長、遂師各舉其方之戒令，以時宣里門，而漢唐行政多尚名法，❶然猶有以講讀教授爲治理者，暨叔世而浸衰矣。

我皇上躬親教化，首重訓迪，謂大猷之世，必先事化導，而後可以維至治於不替。因於康熙九年特頒上諭一十六條，相率董勸。而兩浙中丞陳公即又作爲《演説》一書，總講分講，使顓蒙愚稚，皆可通曉。已奉旨頒行撫司及府州縣衛所官吏，凡月吉歲正，各集耆老於城鄉公所，依式講授者約二十年。會總制興公、開府張公、學院鄭公再三申飭，且附諸律令，以倣古讀法之制，鄉禁國書相爲表裏。

---

❶ 「行政」二字，四庫本無。

第司其事者，祇責其成於長吏，兼殿最勤竊，而司鐸者不與焉。餘杭訓導王君獨慨然興曰：「此亦學校事也。」夫孝弟禮讓皆本明倫，而崇正學以端士習，則條教之中，儼然載之。間嘗追隨講肆，目擊諸父老攜持負戴，側耳傾聽，若惟恐語言之有盡而誥誡之難遍及者，因損俸鏤版，流布廣遠，使煌煌帝訓，昭如日星，甚盛典也！

昔者文翁興學，僅傳經義，而蘇湖之教，則又以治事立業爲實學有用，然且千古相傳，遜爲莫及。有如是之上承聖謨，下廣憲法，毋論載籍所嬗可蓋經學，而即此一講授間，長幼造聽，咨嗟感激。凡夫有動於心而不能言，欲發於口而不能記憶，即欲歸而互相傳道，使父告其子，兄告其弟，以之展轉於比鄰閭族之間，而不能達者，而一旦開卷而暸然，此不可謂非當今宣教之一助也。

西江唱和詩序

自《國風》有予汝唱和之詞，而春秋晉鄭大夫往往于所會之地彼賦此答，此即履道聯吟、松陵互和之所自昉也。

信安馮使君有事洪都，偕吴子志上、徐子紫凝高會于章江之濱，遂邀之同舟，而歸于信安，因之有西江唱和之作。夫使君才士，其爲詩下掩王維，上追庾信，而一行作吏，中道捐棄。予嘗謂使君裁弱冠，爲文爲吏，皆得以拔擢流俗，超然直上，浸假趁其時年，專事壹志，其所到亦寧有量。而使君仍兼爲之，而兼臻其妙，才士之叵測如是。若夫紫凝、志上，虎視臨安，予每僦其地，而與之觴詠，其風流雋上，固無論已。

向在京時，嘗追陪益都師相，高會諸竺壇經厰，互相唱和，以當休沐。及從大雪游善果歸，酒鎗燭樹，合毯于東堂之右，間使一人唱韻，一人把筆，每一韻落，則筆隨韻絶，唱者未既，而和者已就。今予集格詩猶存其題，可驗也。乃歸田有年，兀坐矬矬，不成一字。而使君爲吏，猶能與二三友朋，踵太傅高致，刻燭擊鉢，以嬗其休風于勿替，則夫讀其詩而寧無感乎！

田子相詩賦合集序

向從胡氏東崑、王氏文叔見子相於吴山之岑，爾時子相未弱冠也，然往往爲五七字詩，登臨詠吟，一時見者多稱之，予嘗題其篇而思其爲人。暨予以應詔入都，而子相方隨其尊人宦游江南者數年。迄於今，予請急里門又三稔矣。錢唐馮屺章兄弟，亟稱子相詩文爲胥山之冠。夫欲知其人者視其友，向時文叔、東崑爲予良友，而近居錢唐，方與屺章兄弟爲忘年交，乃諸公所推，先後若一，則夫子相之爲人，固無容問矣。

獨是子相少工詩，爲古爲今，一如唐人之所稱格詩、律詩者，未聞工他體也。惟夫《詩》有六義，其一曰「賦」，故賦者古詩之流。而登高能賦，大夫是期。方今聖天子好文，首重賦體。作者林立，少能有當睿鑒。大抵高之爲長卿、子雲之流，失之蕪詭；而卑之即降爲試文，遂使李程、王起互起争勝，體裁之雜，莫過今日。而子相以鄒、枚之能，抒庾、鮑之製，高不浮靡，卑不檢劣，隨所結撰，而良材麗搆，一往流曳，體物精而狀意顯，若所謂氣若駢珠、詞如繁露者，子相真賦才之雄也。我皇上經天大文，偶爲儷語，巡行賦物，微示法則，而世無敢爲對揚者。子相進而備承明之選，尚書給札，賢王授簡，其摛文掞藻，必有可以舒國華者，而尚有待也。若夫景運初開，詩當初盛，而流俗卑污，方且競變爲佻涼弇鄙之音。則子相所爲詩前後具在，其力追正始而挽隤趨，端在何等，夫子相非流俗人也。

家明府文山兄七十壽序

予氏無二族。自周王第九子圉肇封于毛，遂表之爲氏，而其後南陽、平丘代有令哲。逮靖康以還，扈蹕南徙，嘗散處于閩越之間，故浙之姚江、新安，閩之玉融，所在顯著，即嘉隆後，猶尚有新安司寇、姚江殿翰與閩之起曹觀察，後先齒序，藉藉通往來，其爲譜記可考而知也。

予于康熙乙卯游閩之晉安，遇文山於道山亭下，彼我慕悦，相持不能别，顧不得譜記，不詳其行輩，但以容髮度長少，第爲伯仲，實不知其幾何年也。既而浙中丞請召至幕，值予滯姚江，不得一見。又既而其門下士何君爲湘陰令，迎之至湘陰，道浙見過，而予以買藥他出，仍不得一見。今年春，從中州還，遘予于錢湖，謂曰：「予七十年矣，歲之首秋則懸弧時也，子可無一言爲贈詞地乎？」予聞而憬然，視其容，轉而自視，私念齒將脱，髮禿種種，膚之皴者多瘇瘃，而文山齦完肌薄，儼塗鬃漆于鬑鬢之隙，行立顧盼矍矍然，而反長于予，然後知老少之不足憑，而向之度容髮而謬予長者之甚可笑也。

昔楚丘丈人年七十，自謂能出詞以應對諸侯，決嫌疑以定猶豫，遂負壯衒奇，以爲莫及。而文山强且過之。方文山少舉於鄉，以文章名世。越廿年而筮仕營山，嘗考其在營時，優于吏治，按察宋君舉良吏第一，凡隣縣有闕，皆藉文山兼其官。夫營固瘠邑，又其地蜀漢相接，當巴渝萬山之間，曩時流寇所出入，瘡痍難復。而文山每坐理之，然且興起文學，其分簾取士，多得名才，所稱湘陰令其一也。乃既經薦剡，川湖開府已上其治行于朝，天子嘉其能，下部取召，而驟丁兵革，拂衣歸里，其在今又幾何年矣。

夫楚丘帶索不出閭里，老萊荷畚徒事畎疆。而文山於歸田之暇，過都歷塊，交游遍天下，即偶然詘處一室，而户外屨滿，凡夫質疑問難、造其廬而諮以事者，比比也，倘所稱身居丘壑，而經術滿寰宇，非歟？至于心思之敏鋭，每當著筆，一若迅雷之及物而江河之行地，汪洋翕忽，不可名狀。憶予在京時，從益都師相作《擊鉢詩》，互相倡和，必倡韻未絶而和韻隨之以爲快。今兀坐摇筆，終日顧盻，不得一字，蓋年爲之矣。而文山著書等身，老而倍進，今世所傳《茱根集》是也。夫容色之粹、材力之强、心思之敏，皆足以壽，而文山兼之，則其難老，豈區區長予爲可怪也哉。

高詹事天禄識餘序

劉宗正父子領校天禄，當時有《説苑》《雜記》諸書散行于世，而後之爲雜説者宗之，如班令史之侍讀禁中而作《白虎通》，蔡邕之校漢典而作《獨斷》是也。嗣此則唐宋諸家短裁促筆，不必盡出自祕府，致長安舉人浄坊佛廠，争相寫記，爲銷夏之舉，謂之「夏課」。而元明以來，山人園客，又往往作稗官野乘，以誇詡聞見。故説者謂談議之盛，至唐後始備，而不知《漢書·藝文》已早有雜説千家見諸書目，特其文不傳耳。

江村宫詹以驚才絶學供奉内廷，其所讀祕書，真有非外人所能見者。嘗笑儒臣進身，偶職詞翰，便自誇禁近，足不涉苑籞，身未嘗一踐闈闥，兩目不經接内府圖書及金匱石室之祕，入直三館，持帔卻足，即宫門侍班，亦不過暫立銅獸傍，以互見其睫。而宫詹日侍至尊，掌禁中文史，充櫳負櫂，皆得而典校之。其中偶有兼本爲皇上所賜，即拜命捧出，故私第賜書，即有爲長安貴人諸藏書家所未備者。是天禄領校，惟宫詹爲能職其盛。顧時奉起居，晨入夜出，負星而趁暝，亦何嘗有頃刻之暇可涉筆札。而乃無書不睹，一若陸倕之竪橱而世南之行笈，隨所記録，皆成卷帙，何其神也。

夫雜説有二，一則騁聞見以討遺軼，即《説苑》《雜記》所自昉也，若此者慮其誕妄。一則誇記憶以肆駁辨，即《論衡》《獨斷》所由著也，若此者又慮其寡陋。宫詹自侍從以暨退食，所在有記，若《松亭行記》《塞北小抄》與夫《東西扈蹕》《金鰲退食》諸書，既已謹聞見而祛誕妄，有成事矣。今以耳目之餘，廣爲記憶，其中搜微剔隱，註疏考室，有駁有辨，而皆于天禄乎得之，因顔之曰「天禄識餘」。則短裁促筆，雖曰供奉之餘，然孰非經國大文、對揚奏記之餘事。而且學山藝海，非容齋、伯厚、弇州、升庵之所能及者，是焉得以識小者而忽之也，而況其大焉者有在也。

重修平陽寺大殿募疏序

平陽即平原也，相傳其地在平水之北，以水北曰陽，故名「平陽」，越王句踐嘗都之。明崇禎間，山陰祁中丞購之爲别業，而藏書其中。其後中丞殉國難，山賊據爲寨，别業頓毁。清興，弘覺大師者受世祖章皇帝之詔，卓錫平陽，構御書樓于上方，而恢大其基，名「平陽寺」，迄于今已三傳矣。嗣席者以琳宫被甾，重爲修復，而堊土刻木，乏稻粒以給口食，因擊板于途，遍匃行路。

吾聞薪盡火傳者，老氏之教也，而釋亦有之。當句踐都居稱霸，東南之會，不知其盛何等，而千年以來，僅見中丞之營建，比之平泉，乃忽爲化城，龍藏象宿，亦云極盛。曾幾何時，而興而燬，燬而又興，薪有盡而火無窮也。人之施捨猶是矣。聞之嗣席者爲天岳大師，師有《直木堂集》行人間。今之以文字入三禪者，人或未信，其覆以予言質之。

霞舉堂集序

王子木庵自第其所爲集，自辭賦、記傳、銘誄、書疏以及雜志、野乘、偶體、諧説與夫論辨、記述之自爲義者，合三十五卷，名「霞舉堂集」，以屬予序。

予受而讀之，曰：文有名家、有當家、有作者家。夫名家秖如書畫家之有標格爾；而金元詞曲，每以平行協時族者爲當家；至于作者家，則毋論當行與及格，而必有作者之意存乎其間。故漢魏六朝文不求盡，凡散題閒牘，皆足自存。而汴宋以後，即文體鉅細、事類多寡，必無所不具，而苟其製有短長、門有枯菀，每零槫孑屑而不成集，自非作者家經營部署，羅絡而不遺，求其以函册示世，難矣。木庵即不然。其植物也閎，其斂材也覈，其功積也千至，而流效也四應而五達。故其質皦晳，其文青黄，其爲幹攫擢，而其聲其色，即雲興于樊，而噫散于壑，即之爲無垠，而放之爲可到，真作者也。

宋後集多而傳者少，初以關石程紙數，而既而銖兩無有。古史藝文之所載，必撕播四訖，歷數代嬗習而後得以存其名，然不可考也。今其書甫出，而塾文不擇詞，國書不弃其文，金匱石室之所藏，未嘗編載其卷目，而人之見之者，皆寶閟珍惜而不可釋，此非傳書乎！

予與木庵游約四十年，每歲過湖墅，必詣木庵，詣必有新纂一卷出而相示。及其讀《禮》也，宣州施少參君方抵杭，與予約曰：「今當詣木庵，寧得有撰著如平時者耶？」予曰：「有之。」及至，甫就坐，而木庵出《孤子唫》見示，乃相視笑。暨予官京師，當會朝日，少宰李公傳木庵書，至發其緘，則所撰《今世説》也。時賢在朝者争起問訊繙閱午門外，各相歎異以爲榮，今諸所存者十之三也。嘗曰生人爲文，得親爲按第，置諸几席，食訖而繙之，一如千百世後，偶得前人集而爲之品騭，亦一快也。予歸田五年，自視舊文，如三伏之綿，提起輒置，而木庵《霞舉堂集》，軒軒如也，然則傳固有數矣。

劉氏水澄傳詠序

自史漢有敘傳之詞，概括諸本事，押韻成文。而更生作《列女傳》，遂贊頌而諷揚之，此即水澄《傳詠》之所由昉也。

顧水澄《傳詠》原始家乘，而家乘之體，大抵襲廬陵、眉州，編年紀世，取其明晳。而水澄舊譜獨詳列記傳，旁及志表，有似乎扶風龍門之爲史者。今乃以史而爲詩，善善惡惡之幾，間出以微言風物之旨，使孝子順孫讀之，而油然以興、翕然以感，是豈非敦倫敘族實有見之于性情間者，所謂以情馭法、以恩掩義，非乎！

藎臣天才縱横，睥睨一切，每下筆滔滔，目無前人，而敘事嚴簡，矢歌舂容，特于纂討呻吟之際，兢兢業業，可謂慎重。獨怪水澄閥閲甲于吾郡，自其先司馬公創譜以迄于今，增修續修，不知凡幾。而藎臣以韻文一二概括之，使知劉氏所始，六族、五忠著于前代，而由元迄今，尚有名臣傑士忠孝俠烈可歌而可詠者，其爲保世亢宗之無已，有如是也。

聽松樓近體詩序

隋唐以詩賦取士，而殷璠選詩，由梁陳以及唐初，則適當詩法極盛之際，然猶云「自大同至于天寶，把筆雖多，而灼然可見者十無其二」。甚矣，工詩之未易也！今習尚經義，而鉛槧之餘，偶押聲律，即自以爲駕王、盧而邁江、薛，豈古以詩求而詩反難，今不以詩求而詩反易哉？亦曰工則難，不工則易耳？

吴生征吉工經義，其以經義冠試士屢矣，一旦以揣摩之久，舍而爲詩。會吴生以《聽松樓文選》行于時，四方過問者車轂輻輳，乃大起文會，與江南北士公讌于吴山之麓，生對客揮毫，一時倡和者皆辟易去，則吴生工詩既有成事。是何古之以工見難者，今以易而反見工與！

聖天子右文興學，一時好古之士争獻于廷。吴生將挾其所學以遊京師，而先出其近體詩以問世。予取而誦之，近體之難工久矣，毋論精深灝博、咫尺難量。而第就風裁以証《大雅》，一如《談藝諸録》所云「簡練以爲思，頡頏以爲韻，圜皦以爲辭，混沌以爲質」者，而吴生皆足以幾之，其以進于唐人不難也。或曰詩以近爲難，不工近詩者，則必不能爲古詩。故凡觀古詩而不得其優劣者也，觀近詩而瞭然。猶之爲文者不工時文，必不能爲古文，故觀古文而不得其通與傺也，觀時文而瞭然。然則吴生之工古文，吾嘗于試文見之，其工古詩，則亦觀近詩而知之。

東南輿誦録序

自子産誰嗣之誦興，而漢晉以還，若漁陽、魏郡、潁川、廣漢，率皆以輿歌巷諺流布史册。故王祥太保而海沂之謡早著徐泗，姚元之爲開元賢相，乃吴陵頌稱悉紀于石。誠以民情至公，感則籲而悦則噱，非有誣也。

金大中丞由綸扉起家，槐堂草制，早已知頗、牧在禁中，乃稡擷經史。嘗佩水蒼玉爲天下宗師，百僚長庶，無一不就教恐後。旋復以諳練經術，仍出參觀察，特錫袋帶揚鑣，而分路爲行省中書者約十年。天子嘉其能，徵典樞要，佐七兵九伐之事，兼使詰禁。當是時，六師張皇，樓船之南下者，藉軍司馬上卿轉餫行間，供調百萬億，收復昆彌。廷臣上功者，方擬以五都伯長專弓矢鈇鉞之權，令宣布德意。會七閩初定，議應遣重臣填撫其地，遂命公往。乃海外蠻荒若高華、彭湖，從來不臣其國者，悉版籍而耕犁之。重以兩浙介在甌粵，爲神州奥區，天南半壁，尤不可無搘柱者，以厚其任，曰「惟公賢」。則是公之敭歷，固已閱中外，備艱大，以迄有是也。乃公甫入境，須江水發，水之逆防上騰者，溢溢洶洶，浮天日而下。爾時公未受事也，即捐金拯溺，賑卹諸昏墊，而後以入告。其于樹栅堰、防離崋、築西江諸塘以修復水利，又其餘也。夫爲民去害而治可以興，顧去害必先其大者。浙右轉漕多，閭左窟穴，因緣爲奸，而關榷譏訶，比之漢之大，誰使然。且方樞庇之，翼虎而藪狼，比比也。公先剔漕弊而清榷税，使橐時陋轍，一切報罷，乃整躬率屬，激揚風紀。凡刑獄賦税，務爲減損，以與民休息。至于教化尤所急。嘗賓興入貢，在閩與在浙，兩主其事。先設立講院養貧士，其中月廩日餼，飭紳士之老成者董之，暇則率僚屬講訓讀法。至于棘闈之底飭，修塗鏝屋，嚴朱謄而寬黈乙，以迄供億之精，科辦之簡，奸胥不得赴，行户無所派，以一事而兼百惠，多有也。

夫民惡貪，而公砥以清；民不樂惰窳，而公礪以勤。民所願輸，公故緩之；民苦于侵蠹，而公則讉之。民田有時乾，公跣祈之；民之室不戒于火，公拜而馳之。夫民患惟盗，而公是飭；民所畏者兵，而惟公是戢。是民好惟好，民惡惟惡，如是而猶謂民之不能歌思而讙嘑也，情乎！夫民實有心，謳吟之來，不能强其所不欲；如必楔其齒而防其口，是猶障風之吹而遏其響也，然則後之紀績視此矣。予忝館職，爲公之後進，敢述所聞而臚之爲序。若夫公之功德，仍在輿誦，予又何能多爲贅焉。

西河文集卷四十

蕭山毛奇齡又名甡字春庄稿

序十七

送汪翰林奉使琉球册封中山王公餞詩序

王者撫存萬國，爰有使問，故《傳》曰：「《皇華》，遣使臣也。送之以禮樂，故遠而有光也。」而魏武著《選舉令》，每曰「使于四方，古人慎擇」，蓋張旌奉珪，馳四乘之傳，以達之萬里之外，期當于是選難矣。

今天下車書一家，薄海來享，凡蠻邦遠處、日出日入之所，德廣所及，去俗效義。而皇帝聖文神武，柔遠能近，諸所動作，悉合天意。既已東征西討，盡驅諸不庭之族，倭泥再闢，雕題盡來。惟是四裔之外，如南夷君長、番禺太子，無不延頸舉踵，想望爲臣妾，雖道里遼絶，阻以人力，猶不能强抑其自致之情。況琉球處東海中，早稱外藩，自王公妃妾以及陪臣長幼，咸願署名負版，拜天朝一命以爲煌寵，是固開國以來所垂袂而臣之者也。康熙二十一年，命册中山王世子爲嗣王，國議遣近臣任使者，捧天子詔敕及金册玉圭以往。按海中屬國開自隋唐，唐遣使官如新羅、日東諸處，悉簡御史中丞負人地者啣命拜節。而琉球爲明初所開，其正副二使，率給事門下及行人爲之。今廷議鄭重，正用翰林官副以中書，僉曰：「檢討汪君能受命不辱，諭國威信，其文章特達，秉志皦皦，已足取驗海外，而儀度秀卓，揚言如鏗金。」翹然上殿，天子以爲可，遂賜一品服，繡以麒麟，而加之尚書之尊，中臺八座。自國門升車，旌旗獵獵，前導關亭負弩者，踵相望于路。上既慰勞出，而在朝諸臣並爲之供張，贈以詩歌，而屬予爲序。

夫居平誦讀，忼慷自期，非爲九州伯統十萬師横行邊庭間，即出使萬里，折衝樽俎，爲國家建堂堂之節足矣。乃以一儒臣夙抱弱翰，給札牘爲文賦，而一旦朱軒緋驂，奉天子威德，陽陽持節，至日出之所，頒布明命，使屬國君臣崩首蹶角，以致其父子同賜，懷抱匹帛之意，是則陸賈之語所不傳，而相如之諭所未逮也。若夫「波濤澒洞，戒我前綏」，則唐臣使海猶尚有受命不私、履險如夷之頌。詩不云乎，「忠信涉波濤」，夫世有信使如汪君者哉！贈詩不限體，從所志也。副使林君同有餞，而各爲贈詩，重其事也。予拙不能賦，僅成五字四韻詩凡如干首，而書其序于端。汪君名楫，字舟次，揚州人。

送張毅文檢討歸郁洲山序

予以入館之七年，請假歸里，未能乞官湖爲棲息地也。同官張毅文以言事去職，自言家海東有郁洲山，即《山海經》所稱郁山者。山周八百里，而四環于海，林洞掩薄，中多良田。先考功思結廬其中而未逮也，予將長往焉。

竊思毅文無言責，其所以謇謇直陳，撞九閽之鐶而不自顧者，夫亦以鄉里蕩析，人將爲魚，思稍籖其災，拯滔淫而出之于溺，因不憚越職言事。乃聖朝既行其言，而徒以封題細故，少就裁抑，反輕去其鄉，悻悻蹈海，以自置于波濤出没之中，豈真謂此邦難與居與？毅文本良史，職司記註，其纂前代事，慷慨落筆。即厭承明，亦當自抱經術，棲遲槐市間，時毅文宜補助教。以出與朝士相周旋。而乃木石是居，下同鹿豕，何其僊也。吾聞郁洲從鬱林飛來，又名「鬱洲」，其山中所植，尚多笏荔柑蕉之屬。曩時，崔季珪遇仙人而悦之。夫以入世之難測，升沉反覆，眇不可定，則睹兹山之變幻，而彷彿與仙人者游。或者陸績之石有時而移，淮流澶漫有時而渫，豈亦依約翫世之微情也乎。

予隨考功先生父子登曲江樓，飲酒賦詩，辟易千百人。越二十年，而考功先生仍然就安車，應建元之詔，率毅文與予同上金馬門，予因得與毅文並授館職。不十年，而考功已厭世，曲江樓傾廢，不可復問，而予與毅文又復于編纂之餘，相繼言去。嗟乎，雖欲不爲棲息地，而何可得焉！

慎餘堂詩文集序

古者傳世之文與問世之文無異也。司馬文園以游梁之賦受帝主知，公孫犀首揣摩短長，終以此見用列國，然三篇之目，則依然具藝文也。今則稍異矣。帖括之精，無預博洽，故有皓首章句，而不涉一韻語、不及一短長言者，況一行作吏，棄如敝屣，百城之相擁，則萬卷所從廢矣。

廬陵劉君試仕來新息，其爲舉文，亦既藉藉傳人間矣，乃抱牘未幾，復以所著詩古文相質。昔者八家之傳，三在江右，而廬陵歐陽且推爲八家之宗。即入明以來，其以舉文稱雄者，代不乏人，然卒皆以經術之氣，兼行之帖括之中。故當時特標爲「西江派」，迄于今不衰。是豈地使然與？抑亦傳世與問世兼資，如所稱司馬之賦、公孫之文與？抑亦歐陽、南豐、荆川諸家有以開之于前，而奕葉以後，遂相嬗不之替與？何劉君之能以舉文見，復能以詩古文見也！予寄居搶卒，不能與劉君論古學，而第披其集，視其詩若文，淵淵乎如大禹之吹筠，而平陽之擊石，含吐性靈，抑揚詞氣，與時之摭葩拾藻者殊矣。且其文汪洋縱恣，不可方限，宜以爲江河之目。而乃顔其集曰「慎餘」，則其不事誇靡，務求弢檢，謹言行而爲世用者，不概可知乎。

虎跑定慧禪寺志序

虎跑在西湖之南，凡由湖越江者，必穿山以通，而寺當兩通之間。相傳唐元和中，有性空師者從南嶽來遷，而苦于無泉，陡見虎跑，地即泉生，而南嶽故居所稱「童子泉」者，則頓于是日枯焉，遂以此泉爲南嶽移來，因名「虎跑」，又名「虎移」，蘇子瞻詩所云「虎移泉眼趁行脚」是也。

特虎跑名泉而不名寺。曩時，大中、乾符各有敕建，而以山得名者，謂之「大慈」；以塔得名，則謂之「定慧」。大抵自元和而後，歷宋、元及明，建置非一，要必有人焉爲之主之。故開山以來，代有嬗受，凡寶洲規爲、慈室營造，與夫帝王之頒錫、檀那之供養，齋田、薪崌、經壇、幡砫，各爲記載之，以傳于不壞。而明代諸志，僅附之西湖之末，闕焉不詳，雖欲考按焉而不可得也。本然禪師以彌天龍象受大鑒大法，繼席此山，其力行化導、振興遺緒，已非一日。乃于説法之餘，惟恐山川灰刼，久而澌泐，急捜諸實蹟，參之聞見，以証以核，以爲之志。其分門立部，所爲建置、沿革、法傳、世護、佃布、樵採，無不抽其端而析其委，自此虎跑有眉毫矣。

夫名山之興，關乎運會。前此大中、乾符，京師遼闊，帝王頒錫，皆未嘗親至其地。即降而吴越，錢氏世王此邦，顧記載湮鬱，不知其施賚何等。而當今皇上于南巡之頃，親幸泉亭，掬流而飲之，睿音稱讚間，泉爲之沸，即井榦所刻金龍，伸爪奮鬣，日光動盪，與聖顔照映，同其晃曜。則祇此一泉，而神虎跑于前，天龍現于後，不可謂非重興之一會。又況兜率化身，久持法海，于以迴髮字而成貝書。即以是爲龍藏之經函，所以助道生法，安之論説，何不可也。

清化廣利寺志序

當予讀書横山時，每渡浦陽江，見江流半青，巋然高出者，氣佳哉，鬱鬱葱葱，此清化山也。顧欲一至其地，不可得。暨予避人歸，或有以清化三十二景屬題者，予以焚硯辭之去。當其時，相傳清化山中有普慈師者，實始興廣利舊刹，一復晉宋以來雙嵩七宇之盛，凡梵室之中落者，則于斯復振焉。康熙己巳，予以歸田之暇杜足江村，而普慈後人乃挾《清化廣利志》渡江再請，願得數言敘其事。

予思名山福地，必有聖僧覺士搘拄其間，所謂山川之精與辟支之力相附而顯。顧慈室易壞，珠藏金乘，不無循日月爲興廢者。考之廣利所始，創于宋大中祥符之間，而歷元及明，毁者再矣。普師以禪德之長，入山有年，一旦出其願力，使久淹浄土，頓還舊觀，不可謂非名山之幸，顧興廢未可料也。住持宗標丐其鄉居士輯爲寺志，歷載開山嗣法諸源流，而附以旃檀、捐助、山場、田蕩之券，冀傳永久，其爲意非不甚善。獨不聞清化之所由名乎？夫「清化」，非山名也，在昔龍湫石室本名「靈峰」，自五代晉時，有純一國師者，曾建院于廬陵之安福，賜名「清化」。及師還越州，而吴越文穆王錫師紫衣，因闢靈峰山創爲道場，而師乃即以安福清化之名名其所居。然則清化山者，本安福舊名，而以之重名其寺者也。夫世有以山名寺，無以寺名山者。今清化之名實始于寺，然而人之稱之者，但知有山，而不知有寺，如予疇昔所稱清化山者，極至山久無寺，而清化之名猶是也。夫至山無寺而尚名其山，而謂山能無寺，謬矣。他日儻能至其地，三十二景當在也。予雖老，尚能題之。

同音字解序

字學有二，一以形學，一以聲學。其在形學者，自許慎、徐鍇以後，悉以篆隸爲根氏，而降而宋元，拘牽波點，其失古楷體之舊，久矣。若聲學，則自唐迄今，皆夢夢焉。予嘗于修史之暇，著《通韻》一書進之御前，其義明指確，已經宣行，而惜未能家爲喻而户爲説也。錢唐沈君取梁周興嗣所著《千文》，而輯其同音之字，以類分聚，謂之《同音字解》，乃復以每字四隅分註四聲，使里門兒童，讀一字而字類之仄音皆備具焉。

考之兩漢以前，以均爲韻，所以均聲之不齊。而同聲之字古無其書。至左校李氏首創聲類，而後字聲之相同者彙爲一家。逮齊梁之間，中書周顒、少傅沈約始造爲《四聲類譜》，實非三古以後、漢魏以前所舊有也。然而聲類既開，則于是有「東」「冬」之部，就其聲音之同者而反從分之，四聲既開，于是有有入、無入之辨，就其有入十七部、無入十三部，而或爲之界，或爲之合。乃沈君所訂，則聲同音異，不拘東冬、有入無入，通合兩界，一若李周諸學，原非古法，不屑與之較是非、絜短長，而第從小學之習字者而參稽之。古者天子世子、公卿適子學于宮閨，而保氏教之以六書之法，謂之小學，今其説不明久矣。誠使入里門者，開卷誦讀，即由是以得夫保氏之教，不必遠稽《説文》，近襲《廣韻》，第隨舉一字，而凡爲齒齶之齊與喉舌之轉，皆有以周知其數，而推類以盡其餘，是亦興復小學之一端也，又何患形聲之不畫一焉。

俞可庵文集序

順治辛卯，浙三舉秋試，是科解文往，以第四人爲一鄉之冠，謂其文峻警拔恒等。選本一出，家模而户程之，一似風發于青蘋，而須臾而遍大塊，詢其人，則可庵俞先生也。既而先生成進士，予嘗于文會中得一再見，然于舉文外，不見有所爲他文者。又既而先生之子復與予從子同舉于鄉，每謂先生有詩集數卷藏于家，已托予從子屬予點定，而予以出遊去，未之應也。暨予官長安，距當時屬予時已八九年，逮歸而先生之子然後捧先生集至，齎咨相示，則儼然遺文焉。

夫以先生之舉文風發霆應，亟行于當時，而獨于詩、于古文詞孑孑焉，若艱于示人，而遲之遲之，一似栝棬之餘澤，而必待孝子之摟剔以傳于身後，似乎嬴于彼而詘于此，何哉？顧人亦有言。方先生爲諸生時，日殫心古學，講求漢魏以來樂府歌詞，或勸之止，以爲與舉文有礙，而先生不顧，且曰：「舉文所以闡名理，無根之言則名理所棄也。所以孜孜于古人者，爲有本爾。」則夫先生之舉文，皆原本古學而出之，豈有本詘而末反伸者。夫先生以爲古學實難，非得畢生之功力不能庶幾，而又惡世之淺嘗而輒以爲有得，故每爲之鄭重不輕就，即就不甚存，即存之亦任其流散不甚惜。迄于今，非得後人之孝思，力爲蒐輯，則幾不能以嬗世。所謂超世之珍，以求全而反見希，非欲嬴而故詘也。夫詩文自漢魏以還，代有流轉，然並無畸衺之習竄處其間。而今則啓、禎至今，凡爲數變，始流于竟陵，而今則漸欲以南渡卑薾上拒漢唐。獨先生詩文則適當兩變之間，前可爲鍾譚，而後亦足爲宋元所惑。乃其詩其文一歸于正，則豈非先生之學，以矜慎而不詭隨，以遲重而不即爲流俗所轉變哉。

若夫學有原本，則皆足傳後。夫先生舉文，則趨庭繼起，亦既承之，而蚤有效矣。至于爲詩，聞之謝氏閒庭能吟柳絮，即康成家婢，亦偶有起而詠「泥中」者，夫東山北海之間，多傳人矣。

楊母九十壽詩文集序

昔陽城爲國子司業，詢諸生之有親者，使之歸養。夫人各有親，方其群居講舍，亦何嘗謂賢聖之業可以坐致，其窮年揣摩，初不過爲勸禄之具，而乃有親莫顧，必以待夫他人之遺之，而况躬膺膴仕，利禄在前，其不至截裾，亦僅矣。

予于康熙己酉從淮西歸，同人競爲詩爲介璜先生母太君壽，是時先生宰府谷未還也。予謂太君年七十，在先生當迎養，不則或乞養以歸，不宜在府谷。而或曰：不然。先生甫赴宰，即迎太君至官舍，凡三年，而以苦寒而返也。府谷將報最，庸詎知所移之必府谷而不爲待之？暨乎遷晉陽司馬，而後踉蹌而辭去，以爲五原寒坂，必不能置養堂于其地。而其後八十之觴，則先生親舞侑焉。今則太君年九十矣，然而先生亦皤然以老，家居二十載，剔黄揃白，而躬披斑斕，尚日以承歡爲事。即其子長幼皆已筮仕，且有佐郡于滇者，而先生鎮居子舍以爲樂。

夫捧檄色喜，入院乞官，爲禄仕也。壽親于京朝，而迎母于軍屯者，以仕養也。先生初爲禄仕，而既不能以仕養，則華膴在前，棄如敝屣。當其歸時，即慨然以子舍終矣。向使乞養之際，逆料後此之歲月甚長，則稍待時日，亦未爲晚。即使孝思懇切，不能姑緩，而太君强飯，則稍爲逡巡，豈必盡歷之苦寒之地，而先生不爾也。先生有是志，必得太夫人之年始足慰先生之心；而先生既有其心，則必天予太夫人之年，而後足以彰先生之孝。則是太夫人之年，皆先生之壽致之；而先生之孝，則必藉太夫人之高年成之。然則太君之壽何既矣。人生九十不易逢，而先生以垂白之年，稱觴膝下，更不易遘。先生輯詩若文而以之承歡，夫詩若文，則安能誦百一哉。

忠義録序

《傳》曰：「忠爲令德。」又曰：「忠者下臣之高行。」而夷齊餓首陽、王蠋死書，皆稱義士。故人亦有言：「有生所甚重者身也，得輕用之者，忠與義也。」顔杲卿赴洛陽，自謂「我世唐臣，守忠義」，然則忠義亦重矣。顧經載比干，傳紀荀息、仇牧，而自漢以後，累誌龔、鮑、巡、遠，暨王堪、温序輩，赫然史乘，終未聞有會萃成一書者。❶

雲間朱先生者，義士也，而工于文。嘗讀《漢書》，作《釋義》，力表其程法，課諸後進。而卬手挈筆，往往近龍門之爲文，振踔鼓盪，一似雲蒸于前而海潰于後。即生人已亡，骨肉漫漶，既已溷塵土，音容歇絶，而揮灑所至，能使衣裳髭髮奕奕若睹。生當啓、禎間，目擊夫國家之故，北南喪亂，有相繼而死其事者。每憶而書之，久之成帙，遂題其編曰「忠義録」。

間嘗厠史館，編纂前代史文，奉天子明命，無嫌無忌，因得遠丐先生所爲書，爲之藍本。而同館前輩，且有延先生于家者。嘗述先生苦心，殫歲累月，將以藏名山而傳其人，而煌煌國史，業經採擇，則千秋已定。而先生猶兢兢慎慎，出其稿相示，先後檢覈。一篇之中，兼行並竄，甚或塗乙至溢格者，曰：「是何事而可以姑忽爲也！」則是是書之成，雖諸公靈爽實式憑之，然其文亦皦然矣。昔人稱忠臣

❶「聞」，原作「開」，據四庫本改。

義士，在天爲日星，在地爲河嶽。而先生以皦然之文，與爲不朽，前賢雖往，可進而與之爲接踵也。日倍明于上，河倍廣于下也。意象髣髴，毛髮動而精英生也。人有慕比干之心、戀常山之舌而不得其形與似者，進而觀是書，其庶幾已。

沈又京行稿序

庚午之役，兩浙舉鄉試，上命編修張君偕民部尚書郎同時主文，而先之者編修君也。君爲予乙丑省試《春秋》房首得士。故事，凡榜放而名次適符者，比之佛氏之嬗衣鉢，若一經相同，而又同爲一經冠，則雖名次不相符，而泝淵源者，亦必以是爲衣鉢焉。

沈子又京以第三人舉於鄉，而其所冠經，則《春秋》也。居恒讀又京文，嘆又京名下，凡比年小試，必冠多士，其文爲遠近所矜式，以之當曹溪衣鉢，庶幾不負。乃從來知舉難厭，士多起擲甓之習，每一榜發，必椰揄訾謷，吹煽索隟，甚至標帖衢巷，以快其憓懣不平之意。而獨是榜發，見又京名，無不唯唯稱得人者。

今又京行稿，又紙貴矣。三年揣摩，去軋茁之陋，而一軌於淳，而世即奉之爲科律，且以祛累科積習爲文害者。特後唐清泰，當戎馬倥傯之會，知貢舉者，猶能於放榜之後，即引諸生詣座主宅以泝淵源。而予以歸田之人，于文明盛開之日，亦得藉重門眇末，以相爲周旋，所爲吟裴皥之詩，而深有歎也。

東皋詩集序

崇禎己卯之秋，予以童年應臨安鄉試，稔知臨安多名士，其最稱于人，張先生也。當斯時，東南以社事相争高，自太倉金壇開其端，浸淫遍海内，而究以臨安爲極盛。予嘗讀先生《社義》，嘆先生以排比小技，造高而窮深，當爲三百年來所未有。而惜乎驟丁亂離，灌園、東皋間，向之所爲人倫長庶各競其華文以爲雄長者，後且閟而藏之，一若銷亡刊落之唯恐不盡。嗟乎，先生之文，其不輕見於世也久矣！

予向赴召入都時，同邑徐徵君與何子毅庵扶杖過予，送予于官亭。予時左右顧，謂老成無幾，且不審後來復何幾相見。暨歸，而故交蕩然，四顧無所嚮。獨先生年踰八十，尚能與顧君侍御、丁君禮部輩講德論道，學者宗之爲東皋先生，然且出其所爲詩屬予點定。夫予以故鄉牢落，將僦居臨安，與少時之就試而藉之以爲應求者，相去有間。況以先生之文，深自戕晦，而偶以行吟之所臢，漫示學人。則今日之誦先生詩，與當日之讀先生文較之，其盛衰今昔，亦復不等。顧予聞王通在隋，著書河汾間，當鼎革之際，刻意自藏，而門徒仕唐，若鉅鹿、河南、京兆、代郡，皆能以一代相業，盡發其師文以爲典則。況先生之學，久而益顯，其在門生兒子輩，自能交相傳述，以不致阨塞。而獨予以七十之年，徘徊故鄉，魏文所謂「鄴宫舊游，零落殆盡」者，而予猶得以遲暮歸來，從容爲高年老友親受其詩，而訂之序之，則其把筆悵然者也。

周千仞八十壽序

予與千仞先生戚也而爲友，少試于杭，每千仞其兄而平山其弟。《記》曰：「十年以長，則兄事之。」予之兄先生與平山之兄予，皆以是也。乃十年以前，予爲其尊大人稱期頤之觴。爾時先生宦高要也，予自視既非盛年，而高要君以杖國之歲，棲遲嶺表，往往于稱觴之次，拜而思之。今予請假歸，而先生巋然以八十大耋，張弧于庭。在昔香山居士作九老之會，東都故人無復存者；司馬温國會耆英于洛，則但敘官閥，而故人未仕者又不得與。予年近七十，舊交尚在，梓里諸賢，幸不以出處相間，而尚齒之會，至今未逮。先生與平山伯仲把臂入林，早已與邑中耆德，時會于幹山之麓，以樂嬴年，然則其年可量乎！予將持一觴以自廁于諸賢之間矣。

西河文集卷四十一

蕭山毛奇齡字大可又名甡稿

序十八

張御史奏疏稿序

三韓張御史以言事得罪，出爲杭州府録事參軍，杭之人自達官長者下及士庶，無不以御史稱之。乃御史深自貶抑，居官極拘檢，甘處卑下，每相見言論，卒未嘗有骯髒之氣見于容色，第公家事了，私取生平入告者，閉閤思過。而其嗣君孝思，竊次第其稿，且過予而請予爲序。

古者言官焚諫草，今臺垣去職，必鏤疏一本，以誇其平日嘉謨之告，類乎自衒。況御史以科目起家，蒙世祖皇帝厠之侍衞，更歷曹員。而今皇上則又加之以非常之目，拔擢之而置之南牀之首。此其入告，當必有大異于今之喁喁者。而乃編次殘文，下同庸衆，此何説哉？曰：此則御史之所爲補過者也。御史以爲聖朝無闕，在乘輿左右，曾何足容吾拜揚，則己所至，無可諱之言。況前代疏出懷袖，不聞近侍。而今則每一疏下，即發諸科，抄以遍示海内。吾即不言，天下未嘗不知也。且也歷代人主厭親章奏，即五日一御宮門，不過令女官輪直，一唱念詞頭已耳，就其中揀擇驗黄，百不一二。而皇上日且負扆，甲納而乙出，大小詞摺，悉經睿覽，然且日左右詢，若成誦者，則亦何一不由宸斷，而尚容以出納嫌疑過爲祕謐。不惟是也，凡御史之所以再三毁棄不敢示人者，亦曰有得罪之言在也。夫善則歸君，惡擅美也。過則歸己，慮委咎也。向之袖奏焚草，兢兢是飭者，惟恐從容入告，不能順外，即有內降，亦曰非我莫能爲耳。若夫得罪之言，正其過也，過當歸己。而御史不諱其過，以存其言，其嗣君即又不諱父之言，以善承其過。則是此一稿，而御史補過之忠，與御史之子幹父之過之孝，盡在乎是，而又何時俗之可比視焉！

戴隱居九十壽序

間嘗應世爲雜文，諸體什二，而序什之八；即他序什二，而壽序什之八。故當未赴都時，禁勿爲序，而予假以來，則尤禁勿爲壽序。然而壽序雖多，大抵在六十七十之間，八十亦罕矣，至九十則生平詘指無幾。故每因罕見而稽之古人，則自衞武、伏勝而外無聞焉。

隱居戴翁以新安名族來居武林，其門閥之大、篸裾之富，不待言也。獨是翁生舊朝，正丁神宗極盛之時，每以英齡睥睨士林，雖屐席嘗下人，而意氣直上。其説經談禮，往往登大傅之堂，而奪侍中之坐，當其時稱少成者必推之。乃閲歷數朝，驟經鼎革，以逵顒之才，而務爲高隱，植林開磵、弄孫課子者，亦復多年，而逮今以九十聞。夫生年滿百，但指大概，而壽奇者不以限。故既臻耄耋，則來日未嘗短，而去日實長。榮啓期曰：「生有不見日月者，而吾臻九十，豈非樂哉。」乃以翁遭逢，子姓繞膝，姻婭滿門，其捧賜絮而上珍饈者，皆不足引爲翁慶。而惟是稱觴之頃，迴想誰昔，凡夫所歷之山川、城郭、朝野、風物，因革興廢，一如麻姑所云「揚塵于蓬萊而藝桑于滄海」者，啣巵扶几，從容而道之，此亦生人之一大快也。朝廷重高年之典，尊崇憲乞，將必聆其名而諮以政者，几杖之錫于是乎始矣。

抑又聞之，大年在躬，必多問學，故獻也，而文因之。考之武公，九十力學成聖，而伏勝以九十授《尚書》于太子家令。翁擁書萬卷，手自纂輯，往往稽稗野，釋掌故，宵燭尺寸《尚書》，作毫端細字爲之評隲，而《家訓》之餘，益復著《格言》《勸善》諸録以爲世儆，其問學何如也。

予生平序壽，上壽最鮮，而頃爲楊郡丞慈親作九十序，今又以壽翁，即一月間而得兩序大壽，以附文于末，何其幸乎，況百年從此臻與。

平臺灣記序

從來不世之功，必藉大文以傳之，虎之詩、長舅之銘、韓吏部之碑，皆是也。

獨是循蜚以還，不臣海邦幅員雖長，漸被有限。而本朝于四征之餘，凡衣靡滄兕雕膺畫頟之族，無不臣伏，衹此海中孤島，從古未經奉耕犁者，而戈船所屆，即驅除而版籍之，然且逋逃四世，由明季迄今，僭妄自大。舉前代孫盧、陳彭鼂輿暮蔑者，且偷安因循至七八十年之間。乃一旦破彭湖，擣臺灣，由銅山花嶼抵將軍大嶼，乘潮而入，斬將奪柵，燔其井而瀦其穴，海外一方，重申吊伐，自辰至戌，揮數世積逋之寇，而平于七日之内，何其捷也。然則廟算之神與師武臣之力，其所宜鋪張而誦揚者，豈顧問哉。

惟是壬戌春，奏凱京師，天子親御端門，受俘獻馘。其時侍班諸臣，徒槖筆立左右，不能歌咏其事，以嬗于將來，但記諸起居，爲聖朝實録採擇。而倪君殿侯親歷行間，目睹旌竿之所及，辟易潮汐，且身當礮石，復能摩盾吮矢，以誌其始末。今讀其文，不啻陳琳之草檄，而韋臯之紀功也。則是廟謨雖大，有載事而德益彰；版宇雖寛，得頌言而績彌顯。斯文果傳，其有裨于聖世者，豈淺鮮也。殿侯既以其文上之，將軍將勒石海濱，而復録其兼本以示世，因次其篇帙而屬予爲序，謹序。

西湖倡和詩序

康熙廿八年三月，吴門顧迂客伯仲偕依園諸子來西湖，時隄水初漲，樹與草皆改新葉，山容之開閉于雨晴之間者日再易。會張太史穀文自淮至，家明府會侯自睦州至，迂客故好客，早已偕錢唐諸子若吴君竇崖、許君莘野輩爲文酒會，至是豪飲，窮山水之勝，凡飲十晝夜不輟。夫以良時如晚春，勝地如湖，高朋佳客相遇如迂客諸子，豪飲不可已如此晝夜，凡有一于是，皆宜有詩，而兹且兼之，其彼唱此和而裒然成集，固其宜也。

獨是迂客非酒人，其家有名園，今人所稱「依園」者，其花竹丘澗甲于吴，會其伯仲以才名致天下士，車轍滿户外，而獨于此地且一再至，流連文酒間，往來送迎，豈此鄉人士獨與迂客有殊契與？曩時十郡大會當章皇帝時，考鐘伐鼓，極交游之盛，今歇絶不可再矣。所幸翠華省方，駐蹕此湖，凡樓觀之望幸、草石之被顧者，稍有生色，或可以助登臨之興。而予復卧病，乃不得一與良會，以自厠于負囊挈榼之末。然且讀其詩而爲之序之，寧無媿與？

鄭彦升棣蕚樓詞序

唐宋樂府本于隋時分宫調者，大概以二十四調之律增減爲法，故詩餘舊譜原有稱黄鐘宫、黄鐘商者，不止小令、長調分部曲名也。然而詩餘初起，在中晚唐之間，其時樂工正盛，尚能按歌。而《大晟樂》録自秦周以前，多中聲律，故其詞雅馴。南渡以後，詞人争爲拗劣、偃蹇、兀奡、瓅屑、扢抐以爲奇，然而樂府徽歌則從此多闕絶焉。

鄭子彦升與其伯仲並馳聲藝林，既以詩古文辭争長海内，復出其餘技，爲《棣蕚樓詞》。嘗展誦之，芳妍秀綺，沖瀜涵雅，如赤城之披霞，與蜀江之濯錦，即比之竇群之聯珠、義山之花蕚，鮮有遜者。予夙諳聲律，近從先大夫遺志，著爲《樂録》，正將按五聲、二變、七始、九宫、十二管之法，編釋成書，而細繹兹詞，正與聲律幼眇，互相闡揚，則謂《棣蕚樓詞》直接《大晟》而上之，其亦可也。

王明府季試文序

朝廷設科取士，三載論秀，以簡于春官，然後策試而用之。要其初，則黨庠鄭遂其載事也。曩時文翁興教，原以吏治兼學術，而其後政教攸分，各有專典。然猶郡縣較季，與司教課月、督學考歲相表裏。蓋鑒迪精良，進升有藉，學臣之責也。比按其生平，時擩而月染之，郡縣長人者之事也。

衡麓王君以楚黄名宿出宰仁和，明庭固非百里才，然且行省煩賾，凡夫簿書之紛紜，獄市之稠雜，户版稽覈徵調去留之糾錯，與夫上官客使、都亭廨舍、芻茭畜牧、監燎監濯之猥瑣，即朝暮刓劃，矻矻不暇給。而乃車茵乍暖，即屢進邑之賢良文學而諮詢之，以爲臨安都會，本人才輻輳之地，秇林華府，争長海内。當此聖天子右文之世，而不以文治，何以善政。于是出其冰鑑，搜網剔抉，覺明珠在淵，有似手拾崑山之石，不揚而剖。第就其所已録者而諦觀之，一若樽俎之陳筵，而楩柟之列肆，雖風會不齊，而度量所及，歸于醇一。即或起昌黎而袪繁縟，出廬陵以斥軋茁，不是過也。

夫丘壤師山，百川學海。凡事有本，故仲路爲政，告之身先。況文章模楷，必有宗工爲範圍。而君以兩湖名魁，其經書墨義，海内争誦之，爲舉文之式，迄于今若干年矣。鞅掌所及，尚能洋洋灖灖，筆落而章成，比之注水之穿錢，彈丸之脱手，極下帷穴硯之工，而悉莫之及。以之棨䉶多士，而多士宗之，未見虎魄受腐芥、磁石收惡鍼也。所謂有本者如是也，然則君之爲政可推已。

高學士花源草堂圖序

宫詹學士高君以侍從入直禁廷者十餘年，會天子觀河南巡，躬禱禹廟，學士仍得叨扈從之班，託之陪乘，以暫還故鄉。皇上乃于問俗之隙，命減羽騎，幸學士山莊，俗所稱河渚間者。上顧忻悦，乃親灑宸翰，書「竹牕」二字以賜之，真異數也。

前此學士先贈公曾授生徒，講學河渚間。而其先數世有菊礀公者，以林湖巨室著書于葛嶺之陽，與河渚近。學士少習其地，猶能記童時往來游釣之所，而有懷靡及。嘗扈從松亭，上命學士登盤山之巔，任其幽探，以慰其丘壑之念。學士因爲記記之，其流連慨慷，未嘗不嘆夫遂初之可懷，而君恩之難遽釋也。今供奉日久，毋論里桑社井榮枯匪昔，而即其河渚往來登臨劉覽之跡，略無可驗。徒以丘樊未改，稍理其竹間數楹，留以爲他日休沐之地，植花種魚，猶尚有待。而萬乘之尊早已幸臨而惠貺之，固屬非分。然且乘輿既還，追憶前事，其所賜詩復有「花源路幾重」句，拜賡之下，詠嘆感激。夫以河渚之間，梅花十里，其間長汀枉渚，一往迤邐，真不啻有武陵桃源之目。乃睿題所及，覺山川草木爛然生色。因供宸翰于其堂，而復取「花源」二字爲斯堂名，兼購畫工爲之圖，以傳之不朽。

吾聞草堂居士營陜河之東，竹樹泉石稍有可觀，而宋宗還祀汾陰，召見不出，詔圖所居以寵之。今學士身居禁近，日在蓬山瑶島間，烟霞錮癖，未嘗或間，所謂「夔龍在側，無異巢由」者。而聖情眷戀，猶且幸其地而爲之詠歌。嗟乎，以視彼巖居圖畫者何等也！

王君慎齋詩集序

人之爲詩，比之大樂之吹簞、工師之斵宲杙，大抵深心厚謀，往往竭蹶于禔躬治世之所爲，❶偶出

❶「禔」，原作「湜」，據四庫本改。

其餘技以爲詠言。亦或殫心著作，高文典册連累乎筆札，間爲短章雜什以簡括其志意。故詩者弛也，弛其所有事也。詩者貫也，貫其散者而使之專、貫其煩者而使之簡也。顧人而不爲詩也，人而爲詩，則好見其技，一；篇短幅促，易以示世，二；夫謳吟諷嘆，初亦何足以自異，而大事未就，則姑出此以爲可見之具，三。是故人之爲詩者不爲不多，而人之自鏤其詩以求衒于世，即不必不少。

王君不然。王君以文章自命，其考求經學，裒然稱著作之林，自馬融、盧植以下，代有模楷。然且才力敏練，急出其學問之氣，以與世相周旋。凡國家大事，兵農禮樂，以及錢刀醯醢之細，無不經營貫串，洞析源委，然後轉見諸行事。自對策大廷，驅車江表，綰銅結綬，以致身于社稷民人之間，于楚于豫，皆是也。然則其爲詩特偶然耳。然而詩之工，春容雋永，功圜而思健，往往語隨興驅，而勢逐情起，所謂「茂先得其清，景陽振其雅」者，是亦何難出其緒餘以遽見于世。而乃藏之篋笥，顔曰「詩存」。蓋以爲凡吾所見，有大于此者，而不在此區區之間也。

今愼齋以居官逝矣。予歸田有年，一時孝子有刻其先公遺集而屬予序者兩人，一俞君友薇，一王君孝先也。夫友薇先公早年以文章經術縱横蓺林，其試仕百里，稍展驥足，與愼齋等，而賫志以歿。乃兩家孝子皆能舉于鄉，以繼夫先人之業。而孝先復能搜討遺文，與友薇相繼，以後先嬗世，一似手澤桮棬之不可釋者。夫孝先孝思固不可及，然而愼齋之不弛其事亦可驗矣。夫愼齋豈甘以文章自貫者耶！

凌生詩序

當明崇禎間，訪友來杭，杭人士塗塗多以藝文相往來，每通刺後，必出所鐫文，互相質詢，顧未嘗及於詩也。即偶以詩及之，必謝去，然而其詩工焉。既則棄舉文習爲歌詩，西泠詩遂行人間，然其詩猶工。今則爲舉文與爲詩者相半，間或爲舉文不利，益復爲詩歌，以攄其不甘之心，於是詩之數每多於文，而詩反不工，何也？夫詩弗易爲也。唐以詩進士，猶舉文也，然而工者少，即山人、木客、尊師、上人，終身絶仕進，刻意爲此，而自唐迄今，傳者罕有。夫生人才質有限，即工力歲月亦復有素，而以舉文之餘汲汲爲此，縱使講求嚴峻，望而卻足，猶恐以慢易爲之。而近之爲詩者，便於荒陋，可以不才、不力、不汲汲歲月，即日習舉文而可以餘工爲詩，以爲詩固有時。近之爲時者如是焉爾，而於是爲詩者愈多而詩愈亡。

凌生繼滄有家學，其尊人鑑含君，以舉文解京師有名。繼滄繼之，不獨舉文佳勝，早能以試事爭長蓺林，即爲詩亦輒矜慎，不輕於下字。嘗持詩過余，反復裁酌，若有不超於輓近不止者。其爲詩豈可量也。凌生將以詩封木，而索予爲序。因序之，而并論其詩之不易爲也有若此。

李使君修復郡治城郭壇廟館廨麗譙諸碑記序

古者以京朝爲右，凡内舉不得，皆謂之一麾之出。而其後位重親民，往往擇京朝偉仕爲名都主，因有以相國之尊乞居外郡者，世所謂千里之師、一州之表，任甚重也。

三韓李使君以從龍世胄暫紆邦紱，其在先朝，曾有以寧前巨鎮，作萬里長城，彪炳史册。而奕葉以後，其以元勳受帶礪之盟者，亦復不少。使君以三省儀同之子，束髮入仕，即以尚書郎受知天子，簡畀斯任，宜其驕貴自暇，不習民艱。而使君自下車以來，飲冰齕蘖，晨蓋而晦轍，程石計簿，瞬息而斷，惟日以小民疾苦，經營胸臆。雖世濟之裔，原有中外治譜，相嬗勿替，然非使君之神明智計，實有以周知之不至此。夫郡事之骫廢久矣，自居官者以所歷爲傳舍，而一二因循之長，又復市名飾貌，動不關心，誰則墜是修而骫是飭。而使君則懃懃諮詢，孰者當舉，孰者當廢，迄于今，其爲振興而可紀者比比也。夫妥神祇、祠賢哲、惠賓客、謹候望，興學、砥材、平庭、息獄，以至觀雲、察物、立防、通堰，此皆爲政所尤重，而使君皆有以舉之。然且自抒其意，布之詞而勒之石，百年因革，班班如也。至其誌記之詳明，情文之闓切，懋于行者粹于言，又無論已。

今夫賈父治洛，刻石伊闕，記其事也。羊公之碑，過峴而泣，則又思其恩也。使君之治行實不勝書，而愛民之情，每有超于記之外者。近以八州澤國，痌念水災，于救卹捍禦之餘，見洪流湯湯，仰天而泣。夫秦越肥瘠，誰爲膚受，而觸目而憬于心，則其極力拯援者，何所不至。然則使君之可紀，豈惟是矣。

趙管亭涉波詩序

管亭詩褰英擥秀，時露騷屑。故其任潭州司馬，當《橘頌》之地，京師同志，咸謂其才與地值，應必有涉江憑吊諸作。而政紀瑟密，悉志時事，間爲嶽麓諸誌，與邦賢登臨詠嘯，屢見篇帙，他不漫及。蓋其胸藴經術，務期有用，一旦見諸實事，遂紛綸揮霍，盡其解剥，而後微言以見意。此載石既行，所以有《涉波》之作與？施侍讀嘗言越人爲詩，能不囿于俗，謂明不襲文長，宋不襲務觀，與世之惑輓近之説者有别。今管亭千騎，將臨雲間，此地爲文章林囿，當三吴靡然、每趨逾下之際，而此地靈光巋然獨存。雖他時政事，其煩賾必百倍疇昔，而公家事了，出與諸越布佳人，談議風雅，振起隤俗，詎不甚快。然則《涉波》亦先聲也。

重修笑隱庵募簿序

笑隱庵在清波門外，相傳古法喜院地，而與學士港爲隣。居人每種花港間，西湖十景所稱「花港觀魚」者，即此地也。鼎革之際，已廢院爲錢氏湖莊。而陳君太蜚以禱嗣而購復之，仍名「笑隱」，有年矣。

康熙丁卯，予歸田之後，訪奕公和尚于其中，見殿堂水閣，四顧軒豁，頗足棲息，而牕户脱落，欄楯敧缺，不無鳥鼠風雨之憾。因嘆是地修復，本有時數，乃不轉瞬間而遽至于是，劫灰咫尺可念也。及再過三過，則綢繆不早，將有不可搘拄者。奕公憂之，思重加整葺，而謁予以疏。予思斯世多眚，四民俱乏財，孰能舍其所無餘而急人之所不足。顧爲事在人，事果可爲，則必有一二人焉起而任之。當順治之末，戎馬甫靖，瘡割尚未復，陳君合鄉之善信搬爲是業。而院無宿糧，薪蘇顆粒，皆給之于外。奕公以太白宗傳，息居此地，未嘗以缾鉢乞假道路，而姚君斐成爲之力營供養，等之月進，迄于今，其運以蒻而繼以粟者縷縷也。世不乏善信，豈無嗣兩君而興者。夫陵谷之難問久矣，湖山如故，而興廢相尋。曩時清波、湧金二門皆予郡名園，若所稱祁中丞、商太傅別業，燈火笙歌，不絕晝夜。而今已盡爲馬塍菜隴，披離烟水間。天下事成之難而毁之易，祇此區區笑隱，聊以存湖山萬劫之一，而猶忍坐視其廢而不之救，吾恐有心斯世者必不出此。❶

❶ 此篇於序三十《陸軼南南游詩序》篇下重出，文全同，惟末「出此」作「然矣」。今删序三十重出之篇。

西河文集卷四十二

蕭山毛奇齡字大可又名甡稿

序十九

彙刻南巡記頌録總序

古巡狩無頌辭，《孟子》載「夏諺」，而頌辭興焉。我皇上德被寰海，一巡而頌辭滿東南，再巡而頌聲滿天下。當其始也，省方念切，惟恐小民痌瘝不一周知，而山川土俗，且相隔而不之浹。而其既，則觀河祀禹，遍顧閭閻，而咨以疾苦。其間省軍減從，凡太馭、掌較、司賓、職會，未嘗有鑾鈴鼓櫜之設，因之羃鼎不張，帷宮不御，田更市販，趨走如故。則夫王通所言「虞帝一歲四巡而國不費、民不勞」者，于斯有焉。然而東漢光武巡行南陽，特召父老吏人，與之飲食，兼復其租賦，他未嘗有。皇上羽騎所至，輒有犒卹，東南大省盡捐賦税，是車駕經行，而民受大賚，真所謂「不游何休、不豫何助」者。謳頌之興即起，帝告、虞舜、夏禹、周成，而一一記之，未有若今日之盛者也。

草臣聶先託跡吴門，親見夫萬户歌思，兆人慨慕，攀鑾留仗，向天號泣，而臣民之陳謳獻頌者，萬紙盈集。皇上慮涉鋪張，屏卻勿納，然而民志殷焉。臣聶先隨遇所見，彙録一帙，不務搜剔，庶存大旨，于以鼓休明而歌太平，不無有助。因爲敷揚之，而題之于篇。

李廣寧課慎初集序

開國之初，天必生勘亂諸賢以拓疆土。❶而繼世稍定，即爲天地闢經緯之資，垔飾民物。故揆文奮武，往往相倚。而當其王氣所鍾，則參墟豐邑，每萃其材于一區，將《易》所謂「嚮離以佐治」，而動爲甲兵，即静爲文明，義取此矣。

我國家從龍之彦，盡出遼海。青山李氏，尤以大勳在王室，勒旂常、銘帶礪，父子兄弟皆仗旄負纛，功名蓋天下。迄于今，即以游仕蒞九州牧伯，不一而足。乃廣寧先生獨擅文譽，比之東吴之有平原、江左之有康樂。自通籍以至課績，所至燕、齊、吴、楚，山川風物，舉凡賓客之往來、政治之得失，悉有以見諸篇章而形之賦詠，渢渢乎文章之能事，稱極備焉。往予在京師，序廣寧所爲詩，猗猗雋永，趣昭而辭壯，韻流鋒發，嘆爲近代詩人所未曾有。今則體裁既偏，卷帙更博，自《鬲津》《楚游》數詩而外，益以《耕露》《元對》諸草，高文典册合爲一集，庶幾哉滄海之洪觀矣。

《易》以山嶽之尊，下于坤輿，名之爲「謙」，而夫子誦其「勞而不伐，有功而不德」，顧往往以語言概

❶「拓」，原作「指」，據四庫本改。

之，故「謙」本從言，而繫以德言、禮言，驗其恭謹。今先生以「課慎」名集，已極卑牧，乃復由渤海專城、東方千騎，不憚越數千里，惠示兼本，索一言以題其篇，何善下也。夫物薄而用重者，則謂之慎；功大而語下者，則謂之謙。故勞謙撓過，每至贊《易》者並提而論，而先生之集有以兼之。讀先生之集，而不嘆爲德言之先資、高文之厚藉，豈人情矣。

顧溪翁拈頌序

嘗與張杉寓天衣，嫚侮知識，戲拈《梁山牧牛頌》以試之，各口占數語，而雜以諸方語録，非知識所素曉者。知識分別是否，乃句割而字析之，如肉之剔骨而白之判黑。張杉始愕然，因而信之，且好之。而予則至今未有省也。會予官京師，天子召知識圜公，令居萬善殿，而圜公以病辭。先涅槃十日，預定行期，爲疏謝至尊，兼作書以別所知者。當是時，其所記莂者，顧溪翁也。

吾聞溪翁居長安，口不言佛，日與公卿大夫抵掌論時政得失，溪翁氣故豪，抑且多學，將游于選人，以見諸行事，不知其所記莂者，抑又何等，得毋以世法當佛法與？乃溪翁歷參諸方，多有拈頌，其先後圜公而願授以法王法者，且比比焉。予請急歸里，而溪翁南來，復得讀舊時所拈頌，茫然不省，一如前之拈《梁山頌》者，予方悔相從之晚。而張杉已物化，假使杉尚在，得見是頌，不知以視當時之所拈又何等也。若其附《棹歌》諸詩，則船子倡和，別有解會歌苦者，非通州司馬詩也。

兩浙提督學政春坊鄭公新任序

自昔三年一比士，每遣使巡視諸學。而宋崇寧間，遂有提舉學事之制，令專興學政，歲巡所部，此即提學之所由昉也。我國家設官分職，一循舊制，獨於學使諸路，天子念東南文盛，特遣江浙兩省，比之直隸，既改道爲院，而以曩時直隸用侍御史者，今更以詞臣爲之。非曰蘭臺、柱下舊本相通，祇向以史館權輕，惟臺省知雜，可以杜怨望而斥鄙薄。而今則堂堂使臣，無敢褻越，第出槐廳學士子，手秉衡尺，以之坐鎮而有餘。則夫向之用御史者，所以重事權，而今之用詞臣者，抑所以崇文教矣。

春坊鄭公由青宫近臣視學吾浙，其生平藝文，固足以上副主知、下慰人望。獨是學習稍弛，以冰清之府而視爲羶薌，雖伯夷仲子之操，皭然不滓，猶必以潢汙目之。在他人之覬覦而干進者，固亦不乏，而屬垣闞室，其將緣窺伺而思以中之，日三至焉。世亦知先生之高行固何如者耶？夫致身通顯，貴乎早成，故有志特達者，往往詘指年歲，競以三年執政、五年持橐爲盛事。而先生垂髫登第，方以丁年爲十九人中之冠，將進此而黑頭入侍，控馬長吟，所爲其年不可及者，而乃棲遲閭閻，踟躕子舍者，越二十年。即戀闕情深，猶且偃仰東園，從容就道，其甘心寧澹爲何如者。天下未有薄於世榮，而猶可干以所私者也。況貴視其所與，窮視其所不取。先生方鄉游，日與諸同志飲酒賦詩、登山臨水，遇遠道客至，必典衣治具爲交游歡。其高談性命，諮諏治術，每有口道榮利以爲恥者。甚至當事見重，有邀以請託、藉之作舟車僕賃之貲，而傲然不屑，卻之如浼。非高懷峻潔、皦然若冰壺之湛於胸，何以得此。且夫先生之得人非今日始也。在昔西南甫闢，昆明乍收，朝廷以揆文爲奮武之畧，特命先生驅車萬里，主文其地。一時文教焕然，麟麟炳炳，即至弢弓擐甲之徒，亦復詘躬摇筆，聽《鹿鳴》而膺論秀，一何盛也。

夫銅街備官亦既多日，其同藉諸賢，已有進持橐而至執政者，而先生方庶幾服官之年，出典文柄。倣之故事，原有下車迎慶之典，況初度甫值，則又舉觴所必及者。竊思文昌六星在魁前，炳燿介於諸府，故天之六府，皆稱文昌。而先生以司命該六府之盛，此與弧南之壽正復相埒。且《詩》不云乎：「周王壽考，遐不作人。」夫文王以官人稱矣，奉璋髦士，無非良材，濟濟烝徒，昭于雲漢，其官人之功，何關年歲。然而誦其詞者不曰「萬壽無疆」，則曰「祈爾壽考」，然則文王之壽以官人傳，先生之年以作人進。在前迎慶，原以朝廷之得人爲吾浙賀，在後舉觴，即又以先生之作人爲天下賀也。因合誌其辭而爲之序。

沈母陳太君壽序師尹、又宗尊人也

古閨中無頌禱之詞。近世尚生齒，凡閨闈内外、懸弧懸帨，概有頌詞。故予自弱冠，即爲親朋閭里行文寫幛，閱五十餘年，其爲文不知凡幾，大率金泥鼎篆，爲屏幛光悦已耳。其文置勿弆，即弆亦百不得一二，而乃有不盡然者。

沈母陳太君以潁川名族而歸于吴興，少時工織紝，婉娩姆訓，且席王父方伯公後，知書嫺禮讓。

不幸而兩失怙恃，相依中表間，然且剔臂和糜，以報其鞠子之勞。暨乎歸而相君受室，餽祀獻饗，仍然以不逮事尊章，屏巾卻御，比之桓少之從夫、樂羊之事親，較有類者。獨是予與太君之子游，在十年之間。其尊人文學公早年有聲，予嘗與其家司法，褐衣席帽，應崇禎己卯鄉試，已知文學公頭角嶄然。暨同遭國故，見公與太君負鍤偕隱，然猶竊誦其所爲文，以爲難及。至若一門群從，都官詞翰，其爲聯丹陛而悖世好者，又無論也。

乃師尹、又宗兄弟，但讀父遺書，以祇服母訓。自予歸田後，而與予益親，若以予爲江左老成，可以備冠冕本源之問，不憚載酒造廬以相爲周旋。夫以師尹兄弟之才，當青陽壯齒，出其所學，何難驟見諸施爲。乃獨莳花藝竹，經營湖山泉石間，日侍太君膝前以娛其志意。然且定交有道，藉其語言，于以壽其親于勿替，此其孝思爲何如者。今夫鳳凰爲羽族之長，翺翔丹山，負仁義而苞德業，其于靈祥四應，可謂極備，然必雙雛羅其前，九子繞其後，然後足以昭六象之華。喬松結根于山阿，上拂浮雲，下凌巨壑，含星辰而麗日月，其于寠藪紛綸、蔦蘿轇轕，可謂極盛，然必五釵之枝附其旁，三鬣之萌挺于下，然後可以成千仞之勢。何則？其所孕育者大也。

方予少年俠游，雅尚氣節，不事家人歡。暨稍長，而儉德避難，益復無所顧戀。今且暮矣，然當斯之世，出處進退無一不可，而特不能優游于門户之間，若太丘之子所稱閨門雍睦者。而師尹兄弟皆能之，毋論他日致身，厚邀揚顯。而即此娱親膝前，茂枝葉以芘本根，有非尋常羽翼所能及者，是則可慶而可頌也已。

仁和邑明府王公治行録序

周制以縣正掌縣政令，而秦漢分國，因之設百里之寄，雖猶仍縣名，而南面方幅與列侯等。故白太傅曰：「今之縣令，即古之子男也，其位與后王君公，有大小而無軒輊，凡一縣之事皆得專制。」故西晉以後，縣有治邑，❶即報以大郡，非歷宰名行，❷即不得入爲臺郎。而宋淳熙中，每用京朝官出署縣事，此其爲任亦重矣。夫以綦重之權，加之以專一之制，稍有偏側，即成畸致，豪氂而千鈞、跬步而尋丈生焉。

衡麓王公知其然，其宰仁和也，務爲坦坦，不務爲矯矯，曰：「爲政去太甚而已。」乃不數年而政成。凡顯義詘惡、舉利斥害，自講律讀法而外，諸如農錢、獄市、都里、術序、水旱、盜賊，凡諸當爲事，無不一一經畫，予以各得。而民已便之，爲之謳其功、誦其德，歌咏其教澤。所謂「所在無赫赫名，而令人可思」，公之謂乎。

生平讀《大學》，怪其所言皆天下國家之事，其所肄業，率皆后王、君公、名卿、秀士之輩，而其言好惡，一歸于平。孟子譏國僑乘輿濟人，而其所救正之者，第曰「君子平其政」。夫以民好民惡，爲民父

---

❶「邑」，四庫本作「行」。
❷「行」，四庫本作「邑」。

母者，而惟以至平之政行之。故《洪範》曰「無有作好」，又曰「無有作惡」。夫猶是好惡，而作之非平，平即非作，此遵王之路，所以一本于王道之平平也。

我國家首嚴治外，每慎簡百里以爲激揚。故三年試士，自詞官外，悉起家邑宰，以覘諳練。而方州伯長，即又廉法自持，倡率諸屬，則亦何得有咈志違道，下干民譽，而有意圖治，或未免蹈賢智之過，公無慮也。蓋爲政得失，關乎學問。公西陽名宿，舉進士者若干年，文章遍海内，其于學無所不窺，即盤根錯節，宰會城首邑，日持衣出入，倥偬不暇給，而一出以學問之氣，從容就理，倘所稱左手畫圜、右手圖方者耶？倘所稱韋抗能理繁，尹賞堪治劇者耶？倘所稱試宰大邑，内可爲臺郎，即外可報大郡者耶？

夫一邑之長與一國之君相等也，一邑之民與天下之民無以異也。一民歌之，衆民和之，天下之民皆應之。然則公之宰天下，有如此録矣。

重修慈濟禪院募序

慈濟禪院者，敕建寺也。其寺在杭州花市中，相傳元至正間，有牧牛孝公者遵母遺命，改其宅爲寺。會其時住僧有以國師爲元主所賜名，所稱「弘慈普濟」者，而節取二字以名寺，謂之「慈濟」，郡志皆載之，而歲久而瀕于毁也。

夫古刹之難復久矣，以將湮之蹟，當不貲之工，加之以金錢四匱之際，欲程株集土，建標飾幹，以力求興復，誠亦甚難。獨不曰「人各有親」乎？昔有過王祥之里而式其廬，入田真兄弟之鄉而願觀其宅與其樹者。今區區一寺，而昔以孝興，今坐視其廢，而不思其孝，必非人情。況金錢雖匱，不必有過于牧牛；倫行雖衰，不必即遜于牧牛之行孝；住僧雖無緣，不必驟幾于弘慈普濟之動帝王而錫名號。則一念及親，而重爲之感激而慷慨焉，未爲無是也。因應寺僧請，而告善信以是言。

聖賢儒史序

《聖賢儒史》者，王子草堂爲學宫祀典作也。夫學宫祀典，而何以謂之「聖賢儒史」也哉？古者有學而無廟，凡釋菜、釋奠皆設位爲之，而其所爲設位者，則一聖數師，而賢與儒不與焉。一聖者，先聖也。數師者，先師如書師、禮師、干戈羽籥諸師，皆是也。故唐虞夏商，其爲聖、爲師皆不可考。而自周以後，則周公爲聖，而孔子參之。若夫師，則《詩》祀毛萇，《書》祀伏勝，《樂》祀制氏，《禮》祀高堂生。即生其時爲學宫教授，《周官》所稱「師氏」者，而死亦祀以爲師。蓋聖重于師，久矣。兩漢六季，猶學與廟異，故高帝、光武皆以太牢祀孔子，則皆在魯廟。而魏晉以降，如咸康、泰始，講經釋奠，則皆在學宫。自唐代以周公爲聖、孔子爲師，詔立廟于學，此廟學所由始。既而以孔子爲聖，顔淵爲師，而然後徐及于諸賢。又既則以向之所爲師者，若毛萇、若伏勝、若制氏、若高堂生輩，復祀于諸賢之下，而于是始又及于儒。則是聖與賢與儒，皆後世遞增之名，而非其舊也。

夫聖與師非溷稱也。在昔，孔子周時已稱先聖，與周公並尊，所謂在周以周公爲先聖，在魯以孔子爲先聖者。即在唐以後，偶詘孔子爲先師，而即已改正，則既裁封號，亦宜獨加以先聖之名。而以諸賢、諸儒可以當五經、六藝之師者，則爲先師。乃明代寡學，以嘉靖議禮之臣而妄改祀典，忽易之以至聖先師之名，而後遂遵之而莫敢易焉。古註，「師」，官名，即學宫之官，故《周禮》學官稱師氏，鄉學稱遂師、族師、鄼師、閭師。故後漢朱浮曰：「天下宗師皆博士之官。」故汎稱，夫子可稱師，如《孟子》「百世之師，孔子」；廟廷可稱師，如韓愈《孔子廟碑》「匹夫而爲天下師」類。而獨于學宫不可。蓋古凡生爲學師，死即祀于學，亦稱先師，見鄭康成註。則先師即學官也。若以師爲無位之稱，則不然。相傳夏商以後，多以堯舜爲先聖，后夔、伯夷、工倕輩爲先師，則皆有位者。且師、保、傅皆官名，亦皆主教訓之官，左右王者。又師，工也，如宗工、宗匠類，以爲一曲皆有師耳。但世有工師、樂師，而無工聖、樂聖，則何如分先師之名，而獨稱先聖爲確當也。夫合師于聖，邈而不尊；附聖于師，轉見輶褻。然且賢儒錯列，前後紊序。舊所列儒，若鄭玄、盧植、服虔、范甯輩，翻以學未顯著，明末罷祀。而乃越級升降，如宋徽宗之陟王安石于顔淵之下，明莊烈皇帝之躋周、邵、程、朱于漢儒之上，而于是爲賢爲儒，皆不可問矣。

且夫學也者，非廟之謂也。今既立廟于學，而上有追祀，下有配食，前以饗先聖之先，而後且逮于邦賢國大夫之報祀，則已煌煌然爲孔氏廟庭。而至于負墻面水、圜橋半池之制，則盡設之于廟廷之前。假使春誦夏弦，詔樂講射，憲老而合語，饗賓而上尊，以及文則授經于堂，武則獻馘于陛，皆行之几筵俎豆之傍，則瀆亂猥褻，不可爲訓。于是不得不別搆一堂以當學宫，如今所稱明倫堂者。而枵然三楹，無墻以依之，無圜橋以進之，無泮林、泮水以周旋之，可謂學乎？今議禮者當于孔子廟庭外或傍，別設學宫，而移櫺星門内圜橋、頖水之制于學宫前爲是。則夫今之爲學宫記、爲祀典誌者，皆非其實也。曰：「吾第以爲聖、爲賢、爲儒者之史而已矣。」然而爲聖、爲賢、爲儒者之史，而列傳一百，列贊三百，自表序譜誌以後，凡山川里巷、封爵年齒、制度名物、禮樂文章，以及諸儒之黜陟、配位之升降，釐正訛謬，辨析毫髮，纂若干時，成若干卷，煌煌乎孔林之巨觀，聖門之盛事也。

草堂幼尚實學，長爲人師，其祖、其父皆以孝友婣睦稱于鄉。予嘗登其堂，聆其教，而敬之重之。草堂一本其世學，履方居正，曾于和碩康親王南征之際，獻以正學，有云：「王之富貴，非今之所謂富貴也。蓋聞富莫大乎蓄道德，貴莫大于爲聖賢。」親王聞其言，而式廬賜蟒，呼爲醇儒。予嘗讀其所著書，嘆其于朱陸同異之際，多所昌明，使後儒顓隅之見，盡爲冰釋。嘗以爲儒林千載，有如此人。而今爲是書，其有功于爲聖、爲賢、爲儒，而以爲史也，其明于禮也夫，其不悖于古也夫。

佳山堂二集序 馮相公詩集也

夫子致政將東歸，予時爲史官，不能從，然心實依之。于其餞也，走馬出長安門外，望後車既遠，猶立大柳下，流淚而返。既而夫子貽書來招予，云：「鄉林雖遥，然有田可畊，有書可讀，城中佳山堂與城外冶湖相望，可往來游從。」于是爲五字詩招之。今集中詩有所爲《寄大可者》是也。予時約小妻曼殊並車往，無何，曼殊死。予嘗過萬柳堂，見夫子所種柳，徘徊思之。嗣是予請急，迂道謁夫子于佳山堂，留連三日，然其于從游之志，終不果去。其迨今，夫子之子爲予郡司馬，以歲薦遷信安太守，瀕行，始出夫子所爲詩，命予較訂。

《書》曰：「詩言志。」子夏曰：「在心爲志，發之爲詩。」當夫子致政時，本期以明農之志，乞還東山。而天子賜詩曰「元臣樂志年」，且復鋟文石爲印記以贈行，有云「東山適志」者。夫人惟心閒故意適，性定故情樂，而皆于志乎見之。志適則無往不適，志樂則無往不樂。故人謂夫子之詩，一隨乎遇，而不知志之所在，詩即因之，毋論薦荷被芰、優游畎畝，其志悠然。而即其槐堂判事，身勞而志適。綸閽參政，所憂者在民，而所樂者仍在志，亦安往而不自得矣。

《佳山堂詩集》鋟自庚申，閱二年而後致政。今之二集，則半猶壬戌以前詩也。自庚申以後、戊辰以前，同一適志，亦同一樂志。所謂夫子之詩，不以出處殊，不以顯晦異，不以勞逸歧，不以安危變，猶造化然。獨是予壬戌歲隨諸朝士餞夫子東歸，閱四年而始請急，過謁通德，又三年而餞夫子之子，椎輪卧轍，始得讀夫子二集，較讎之而附以一言。然猶未得决從游而遂以志也。若夫佳山堂，則已別名爲「適志堂」云。

西河文集卷四十三

蕭山毛奇齡字初晴又春庄稿

序二十

兩浙張中丞監臨庚午科鄉試舉人放榜謁謝公序

皇上御極之二十九年，禮臣舉賓興故事，次及兩浙，分別監臨提調監試考試諸官，而以大中丞張公爲諸使長，監臨全闈，昭舊典也。

前此東南用兵，師武策力，能以克詰方行，❶樹揆文奮武之略，遂致東南禮治甲于天下。我皇上巡方來浙，特廣文教，進諸生而諭以文章經術之本。士子之渢渢興起于黌序者，三物、六行，互相比較，惟恐以浮文虚夸致妨德藝，往往簡練揣摩，必欲使偶然摸索，皆名副其實，而言見乎行，始不負國家求賢至意。故公于闢闈之始，上下劼毖，綱紀肅然，而一經鏁院，遂晨夕戒儆，坊衛周密，使中外官僚參

❶「方」，四庫本作「戎」。

詳校理，無不矢公矢慎，底于有成，公之于監臨可謂勞矣。

聞之宋之嘉祐，以廬陵歐陽專主貢舉，與端明韓君、龍圖梅君輩互相倡和，嬗爲勝事。今之監臨，即古之知貢舉也，然而監塲視卷，今昔不同。夫程材無方，升求有數，則限于材地；風簾官燭，刻日迫促，則艱于審視；參詳分牘，各執意見，則難于合併。而公皆有以調劑之，未嘗爲苛細之行，而合同融化，以前簾而統中簾之務。相傳草榜已定，公遍閱其所取者，爲之甲乙；暨放榜後，尚能記其詞句，而指其瑕瑜。自非至公亡私，以得人爲己任者，焉能至此。

昔者武成榜發，姓稀名闇，即爲時譏。而今則知名之士，前後絡繹，單寒陋巷，皆蒙進取。即間有闤闠子弟，世濟家襲，亦必少見頭角，曾稱藝林，並無衣冠襁褓之藉爲口實。道路之人，不歸之主文之明，而歸之監臨之公；不歸之參詳小試之能謹，而歸之監臨之飭之嚴而倡之毖。則豈非方州大臣，實能以求賢進士爲致主之先資也哉。

公詞臣起家，分闈者再，皆以得人膺冰玉之鑒。而觀風浙河，日省月試，裒然舉首者多登賢書，其惠我髫髦如是。歲在庚午，識者謂庚者更新之象，而午爲文明，離光正中，必有大人焉起而持其運會者，公其是矣。榜發之後，舉人若干人謁公于軍門，例有饗謝，因請予爲文，而序之如此。

蒼源文集序

吾越自陸佃、陸游而後，無文人焉，若徐渭則丘邑之長，豈可與中原伯叔較先後哉。然而概視之天下，與吾越同。間嘗北極燕齊，南抵甌越，東西歷江漢河濟，求若雲間日下，相見如素，渺不可得。即或聞名而思通文詞，以致慕效，亦百不得一二。然後知吾越雖乏才，仍未嘗少遜于天下。人亦有言：「一隅者，四表之則也；九有者，一方之積也。」當予出遊時，有稱諸暨馮蒼源氏爲吾越著作之雄，予嘗思其人而未之見也。暨予歸里，竊觀蒼源氏所著，有《叢笥》一卷，其目列「叢説」「叢記」「叢問」「叢對」諸條，彷彿古諸子家言，而不假連類，不藉影響，直抒諸所見，而精警刻核，語無旁貸，鍥鍥乎論難之能也。越數年，而介予及門，示以生平所著書，兼屬予序。

人有學文不成者，去而學藝而藝成，曰文與藝等也。學文之家不必減于學藝之衆也，然而十人學藝而十藝名，十人學文而文不得一名，豈真藝人贏于才，而行文之家率鑯心鉢智，曠百世而不一覯哉。夫操斤滿前，不可謂工倕也；把筆者滿家，不可謂屈、宋與賈、晁也。藝事易習而難精，文易爲而難以名。然則其所謂無文人者，非無文人也，謂無文人而如農師、如務觀者也。蒼源之詩別于文長，而文則直與農師相頡頏，吾越之人，斯居其一矣。

特予與蒼源相隔衹百里耳，其年齒相去亦不過七八歲以下，而示我所著，則予年七十，蒼源幾八十，然尚未相見而寄題其篇。則猶是四海之大，九州之廣，所謂聞名而思，見所著而起慕效者，而又何一方之足云。

齊母張太君九十壽序齊欽齋徵士尊人也

予與徵士齊君游，其母張太君以大節受旌。爾時有司即以「賢壽」題其門，以爲母年七十，世所罕也。及予爲母作《節壽録》，已届八十，齊君嘗拜予，且喜且懼，以爲世安有長繩可繫如此日者。乃予宦京師以迄予告，中間相距又十年，而母尚無恙，齊君因寓書及予，重以九十之觴，謂予稱祝，予然後知我母之難老正未既也。

夫母不嘗以賢壽稱耶？夫以賢致節，以節致壽，賢與節有定，而壽則無定。向之稱壽，亦徒以七十古稀，未必後來之有進于此，而即此以頌，已云罕覯，乃不意進而八十，又進而九十。則夫向之所爲壽者，在當時以爲頌，而以今觀之，則衹爲祈也；在當時以爲祝其所已至，而以今觀之，則衹祈其所未至也。夫至祈其所未至，而千秋百歲，亦衹于未至間概之已矣。且夫節母之年未易也，冰霜短景，私顧難度，每詘指一歲，可抵十歲。而人之求節母者，常恐以靡他之義，久而生變，每詘指一歲，可抵數十歲。則夫自矢志以至受旌，已不啻百年之享，而況受旌以來，進而加倍。則夫期頤耄耋，豈足復爲我母賀。況從來賢節之稱，多得之身後，幾見榮名大典，及身享受至數十年者，則是所至皆千秋也。

齊君書至，云：「吾母教子之切，垂老不輟，而爲之子者，與故人相隔十年，貧窶如故，是安足以慰母心。」則《節壽録》不云乎，「齊氏自觀察公後，幾墮儒術，而吾母于先公賚志之後，撫藐諸孤，而授一經以爲斯世經術之冠」。此真所謂以善養，不以禄養者，雖絀處何憾焉。

默堂詩鈔序

古者試有甲乙科，而鄉試無之，以鄉第解之南省已耳，未嘗設科也。今則鄉、會試並皆設科，亦並有甲乙。而近反去會試之乙科，而獨存鄉試，故會試無副榜。即殿試三等，皆謂之甲。惟鄉試則但取入解者解禮部，而以其副者貢之成均，即乙科也。

康熙庚午，上命編修張君、尚書郎王君司浙鄉試，而以沈君武抑中乙科。或謂有司明，能知武抑。或曰不然，武抑豈僅中乙科者。予知武抑久，三吴推指名士，首絀指武抑。其先人四世皆中甲科，由父而上，其爲中外執法者三世矣。以視武抑，誠不無慙卿慙長之目，區區是科，誠何足爲武抑重，然而武抑之重是科，何夥也。毋論武抑舉文久爲世誦習，而即觀其詩，體撰閎闓，舉纂紃雕繪而悉返之神明之間。然且質不傷雅，樸不涉鄙，追六義之遺，而一祛近習之陋。嘗謂浙詩頓降，始于康熙甲乙間，而武抑早有以振之。

予初從武康二韋君問訊武抑，在三十年前。越二十年而與陳君興公論文長安，是時武抑居塘西，往往對其友，而未嘗不願見其爲人也。今武抑以主文編修君出予門下，見予于湖濱，時興公、二韋已墓有宿草，而予始得與武抑慷慨論詩。雖知之有素，然亦私幸有是舉以得一見也。然則武抑入長安，其得藉是舉以見其詩，并見其人，猶是矣。予故序其詩，并述其所遇，以志予相見之有幸焉。

借山詩序

前一年折指戒爲文，間或彊勉，偶一及雜體，而于序則戒之盡，以爲生平皆酬應文字，而序居什八，詩序尤甚。人有以詩序請者，必鑿坯閉閤，拒不容息，而獨于借山則不然。借山謂予曰：「凡子之相戒序詩者，亦以絶夫庸妄干進之徒，謬邀虛譽，以馳鶩于聲利之塲，言不足高，祇以取憎，而有如澹然泊然，絶塵離坱，以偶然與風水相遭，而不能出一詞加之，豈古人贈言意哉。」曰：「不然，夫序詩者，序其詩耳，其詩佳，雖非馳鶩可也；❶其詩不佳，雖澹泊不可也。」

往予讀借山《蘭亭》一詩，亟求其人而不得，書其詩扇間。既而遇旡休，則旡休几前亦有其人所贈詩，其佳與《蘭亭》等。夫山臞之作，不習薾茀，必求其高文典册，飛書馳檄，固爲非分。乃若六朝自湯休以下，中晚唐自皎然、靈一以下，方外佳詩，其所至超而至名者，究無踰此二詩而止。則夫借山之爲詩亦可見矣。乃既交借山，嘆借山聞道之早，二十而卻染，不十年間，即已受大鑒大法于平陽門下。夫平陽不二之旨，昭然人間。既已披僧伽黎衣，其于語言文字，宜一如土苴水沫，匪惟戒之，抑從而唾棄之。而借山落筆，儻然有如白毫之自生而丹輪之日見者。

予序釋氏詩二人，一蛤庵，一借山也。蛤庵與借山，皆出自平陽之門，雖蛤庵聞道較借山稍晚，而

❶「非」，四庫本作「或」。

其爲詩則一也。方蛤庵游五臺，企脚京師，爲天子所知，已召之留天龍，而以病謝去。借山承其師之旨，將以祖庭未了事，託之汗漫，其與世往來，必能紹平陽之蹟，過于蛤庵。

而吾第以詩論，今之言詩者有門庭矣。詩無宗教，禪無南北，而第舉心之所得，言之于人，而人亦即以其言之有得者而得之于心，書之扇，書之几案，皆是也。此所謂聞道者也，此非門庭也。夫如是，而何勿序之有。

嘉定李氏功行録序

《書》曰：「天道福善禍淫。」《易》曰：「積善之家，必有餘慶；積不善之家，必有餘殃。」此即桑門因果之説之所自昉也。顧禍福因應，吾儒有其理而無其事。故禹稷得天、有窮被殪，仲尼每置之勿論。而史傳伯夷，且有顔氏早殞、盜蹠考終之疑。而其後桑門立教，著爲果報，遂致《法苑》《珠林》諸録竟與《楞嚴》《法華》並垂佛藏。

予束髮時，或有授予《立命編》者，時崇禎之季，袁氏所著，方盛行於人。考其爲説，大抵昌言禍福因應，而以己事實之，然止袁氏一事已耳。其後數年，漸有條列其事于其書後者。又數年，當鼎革之初，則又變而爲《感應篇》，取道家《太上感應》一書而句釋之，且疏事其下。而於是吾儒與道，亦皆各有因果之録，先後行世。夫吾儒爲善不必得福，爲惡不必得禍。而老氏無爲，原以上德不德爲道德之要。即桑門上乘，亦何嘗有善惡兩途可墮因果，而其理其事，則未必非奬善絀惡者之所見端也。

練川李九蘭，負君子行，少時以藝文雄于鄉，既而避草澤，闔户不出。今老矣，自思獨行無可爲及人者，乃著《功行録》四卷。分「出」「處」「方外」「閨闈」四則，每則則又分若干格，格若干條。其爲格甚具，而爲條頗煩，至每條則又列言論于前，而紀事實于後。蓋合理與事而一之，使讀之者見聞雜出，理事並著，按而行之，瞭若指掌。

夫生人不古久矣，聖王教令不行于世，而國家律法刑政，桁楊刀鋸，顯然在人，以爲入此則生，出此則死，然猶有閔然蹈死不少畏者。夫人畏名義而爲善者十不得一，畏刑法而不爲不善者十不得二，而有如導之以淺近之言，示之以時俗之行，成敗禍福，歷歷不爽，則雖才識過人、素稱特達者，猶然相顧咨嗟，惕焉感興。而況夫婦知能，其矒于昭昭而警于冥冥者，閭巷相觀，蓋往往而是也。彼夫章句之子，守理過拘，惟恐稍涉禍福，即有類于佛氏之所爲，以爲正誼明道，不計功利，盍亦取是書而誦之，可乎？

龍眠方又申游稿序

江左能詩家，舊推雲間龍眠，而方氏則尤擅龍眠之勝，故啓、禎之際，有稱「雲龍」與「方陳」者，陳則黄門，方者，指諸方也。顧予與方氏交頗習，而獨于宫詹父子兄弟未嘗委摯，一被容接。前歲從長干得見侍御，預裀席之好。今則三孝廉君慨然游越，而季子又申特將車以來，承顔受詞，不啻覯安琰而遇莊朏焉。又申固貴游之能賢者哉。

乃又申甫出游，即爲詩、爲詞，紀其劉覽往復山川、里道、車騎、盤盂之概，措語清遥，搆旨激越。吾讀之而知其情之深與才之廣也。夫家襲韋平，身被文譽，在又申固屬本事，無所或異。獨是又申丁門祚極盛之餘，横被謡諑，一若胥、原、欒、郤，❶平傾驟接，雖欲道志事，而難爲情者。而又申于通家舊故周旋樽酒之際，輒流漣慷慨，形諸咏嘆。是即王氏之念銅川、庾信之悲江表，亦罕有過，而又何諸方之詩之不能繼焉。

燕臺醫按序

倉公受扁鵲之書于公乘陽慶，逮其家居，漢帝嘗問其治病所驗者，記之于册，此後人醫按所自始也。顧治十得九，世難其人。浸假得失平參，世必好舉其所失而略其所得。況浮湛湯液，因循取驗，其得失原無成形，安能歷考其所得而爲之記之。

雲間顧先生獨不然。先生以經義治四門學，作選人京師，京師藉藉聞先生善醫。其家居時，每醫人有成績，稱聖儒，其爲聲在崔長史、李慶嗣上，姑請召之，而先生亦復以邸舍岑寂，即應召往。顧京師多官私醫，萃天下之能醫者，而僦于其間，自給事内廷，以至踟蹰幸舍者，比比而是。即有詔召問按驗，亦别有給事在左右者，而先生非其人也。然而所至輒起，亦且有醫藥已病之狀，書之成帙。

---

❶「郤」，原作「却」，據四庫本改。

夫上醫醫國，其次醫人，夫人而知之矣。生平讀書講道，治舉子之學，原不能抉陰陽之精，調燮補助。而即其試仕方州，騍膺民物，其張弛激揚，亦何能展我欲爲。而有如噓吸之閒，就人之死生轉旋俄頃，以與造物者争其權度，此亦吾儒施濟一快事也。若夫其按可驗，則予之家人已列其一，如所爲薄憂女子者，而又何怪焉。

張弘軒文集序❶

雲間才士每多于三吴，而其所最上而最名者二人，徐西崖、湯賓門也。然而二人者皆游于弘軒之門，然則弘軒之爲文可知矣。在昔崇禎之末，主持文教者首推雲間，自虞山錢氏之説起，而陋者襲之。言詩于宋，則渭南、宛陵；言文于明，則濂溪、震川。弘軒與諸及門者，祛其鄉舊習，而又不惑于時人所趨。譬之春秋代謝，燠寒相争，而具四時之氣者，歷冬毛夏莞而不爲之易，何則？題鴂善滜，不能變秋秋之音，烏階易生，無與于九九之數也。

當予游上海時，讀西崖、賓門之文，已嘆其難及，顧未嘗讀弘軒之文也。然嘗登弘軒之堂，見其家庭雍穆，能合族以禮，而里門式序，用相表率。終未聞以逢時不偶，早年解組，露難平之色。日與林下諸賢締方外善士，稱情往來，有類乎泉明之居潯陽、白傅之歸履道者。予嘗推雲間多豪賢，而以弘軒

---

❶ 此篇四庫本未收。

當人倫第一，夫豈或過。乃間與倡和，驚才絶麗，下筆若流水，雖至行不得而掩如是也。今予游長安，每愧竊厠中祕，日給筆札，方恨無漢庭司馬可與言高文典册之事。而弘軒不忘故舊，越千里而寓以詩與文也。予乃爲伍校而參訂之，深嘆弘軒生黄門内史主持文教之後，而又接眕吴門，親與錢氏宗伯抗手論議，乃蓮脱濁淖，皭然自抒其可見，其不惑于所趨若此。則又嘆弘軒素心，顯晦若一，雖踰時越陌，而其爲相惜欵欵，猶一堂也。夫善居時者忘燠寒，善與人者忘旦暮，文亦猶是矣。

予向曾序西崖詩，其在長安則又爲賓門序《西山游記》，而今復讀弘軒詩，而序以是也。以爲雲間之文，所可主持文教者，猶庶乎其可見焉。

蘇子傳胥山詩序

西泠古才地，于文争六季，于詩争漢魏三唐以上。曩者順治之末，會十郡名士于檇李之東塔寺，惟時太倉吴學士尚在坐也，榜文式于墻，並推西泠之詩與雲間陳黄門、李舍人，功出禹上，蓋惟恐六義之指之有墮于畸衺矣。

今西泠者舊渺無存者，而胥山諸子起而踵其盛。會開府好士，闢館設醴，躬請胥山諸同志，按名授簡，並以蘇子子傳爲之冠，而子傳以甾目辭也。予因從馮子屺章私讀其詩，清雄博達，語警而氣軼，古格今律，各極其致，此與啓、禎諸賢格漢魏而律三唐者，又豈有異。純鈞在土，光氣燭于上，無問遠近，卬首交睫而得之，不必斸其涂、破其匱、淬厲其釽華，而後始揚其美也。然而毁壁而飛、翀漢而出者，必有之。特是西泠爲詩，向能式靡，挽之于鍾、譚。既行之後，與黄門舍人争相後先。而近習畸衺，間有流爲打油、爲弨賣而不可底者。胥山諸子之大有造于西泠也，吾將以子傳爲揮戈之先矣。

家文山菜根堂全集序

天之生物何限，丹砂、黄金、瑤琨、銀鏤，不知其幾何也；辰之砂、拘彌之珠、扶南之剛金、林邑之貝，不知其若何所也。其或産于辰者，亦産于宜；出于拘彌者，亦出于大秦。以至硨渠、馬腦、琅玕、瑇瑁，自南番、西竺、東胡、北貉，所在皆有，未詳其得于此得于彼也。惟生才即不然。左顧溟渤，右顧流沙，自日出日入，以及南至北至之際，其一時所生，可以指詘而枚計，如視地、如手探鉅、如坐闕樓數過馬，未嘗有纖悉之遺、幾微之不可辨也。然而多不過十人，少不下七八人，然且此十人與七八人中，求其能嬗後如前人之赫然者，則不得一二焉。

閩之有文山，即閩之一人也。前此周侍郎櫟園每稱文山爲五言，長城宛平王文貞之五言古詩、太倉吴學士之歌行、中原彭禹峰方伯之七言律，與文山五律可以頡頏。間嘗讀侍郎所摘文山五字句而慕之。今文山合輯其序、記、賦、頌，彙爲一集。夫文山之文亦豪矣。予遇文山晚，甫一再見，而予與文山皆已老。計夙昔所爲詩文，亦既止此，欲求其更進，不可得。然而予忝才盡，而文山之可傳者遂復不少。東南多瓌寶，曩時重海中紅刺爲帝子冠衣之飾，相傳其名有所爲「紅亞姑」「青亞姑」者，皆石也。而閩之名山，其新産文石，率五色陸離，光芒璀璨，相其聲價，有遠出「亞姑」上者，此東南之寶之可驗者也。以當文山，其亦間生之一矣。若夫予兩人族誼，則文山方七十，予於他序中及之，而此何贅焉。

胡寅公詩序

工舉文而復工詩者二人，姜子武孫、胡子寅公是也。二人舉文行天下，而顧艱于一遇。武孫垂老舉于鄉，寅公至今日始就試天安門外，除温州教授。夫以其所專工者而知之甚艱，猶俟之遲久之後，況偶然爲詩，安望其驟致聲名，爲當世諷詠家所推重。而寅公出《薊門雜詩》，自計車道路，以及天街馳驟、載刺投贈之作，長安公卿無愚智，皆藉藉道寅公詩工，則豈非龍阿不能藏、夜光無可掩與！

往伯氏大千爲仁和教諭，論文之暇，間亦論詩。第其説以聲律爲主，世無不審聲、不協律，而可以稱風人作韻文者。人初怪其説之異，及按之古人，則往與説合。大抵律與絶，其爲聲爲律，皆易調劑。而至于五七字古詩，則宫商相宣，律吕相應，一推一挽，皆如弦鞉家之有關捩存乎其間，自非明于永言者，其乖舛立見。而寅公豪蕩激越，噌吰鞺鞳，一唱三嘆，居然宫商律吕，互爲宣布，是豈諷詠家所易致哉，宜其並舉文而稱工矣。

西河文集卷四十四

蕭山毛奇齡字僧彌又初晴稿

序二十一

淮陰張儀部農部二鄉賢祖孫合祀録序

自唐貞觀中詔以左丘明、伏勝、毛萇、鄭衆等配孔子廟庭，而其後遂推廣諸儒，以次增入，然第取其有裨于學校者耳。唯明以名宦、鄉賢並厠澤宫，分置兩祠於靈星門外，則興秩之餘，旁有祭啐。顧其始猶不失邦賢祭社之義，而其後浸濫而不可問也。予游淮陰，值儀部郎張公與其孫農部主事同時舉鄉賢。自巡漕開府暨督學使君以下，皆藉藉稱兩先生宜附廟祀，敕郡縣吏及學校經師，各執結給鼓吹，迎主以入。凡鄉官坊騎、三舍子弟，咸衣冠捧輿，由圜橋升，令春秋三獻官竣事，得以例分啐左右，繼諸先儒左丘明之下之後。猗歟盛哉！今相距二十年，予被徵來京師。而農部之子吏部公偕嗣上舍，亦父子同時膺聘幣赴都投牒之次，見予于選堂之牖間，重以予游淮之舊，握手道故。予方念吏部公父子聘幣一時稱勝事，而公則復以其先人合祀一録，令諸同舉者各爲詩歌，而屬予爲序。予乃嘆張氏一門之盛爲未易幾也。夫生莫重乎以名徵，死莫大乎以神饗。故樽俎在堂，羔雁在户，世所難及，而張氏一門兼之。然且祖孫咸秩，父子並摯，數世之間，懿美疊見。嗟乎！其于學校何如也！夫居官能方，有政可紀，是之謂賢；邁蹟顯揚，克誦駿烈，是之謂孝。夫儀部與農部公賢以開之，而在吏部公與上舍，則又孝以繼之，是皆不可以無詠。予宿昔在淮，曾與吏部公父子讌飲、賦詩，至今相傳，有所爲曲江之園、雲起之閣者。曾幾何時，而吏部公安車來京，將仍返故廬。而予亦老病，庶幸徼放歸之例。獨上舍君與諸同舉者，以纂修前史，入承明著作之庭。倘他日二張之傳，成之文孫與同舉諸君，則今日同舉諸君之爲詩歌、爲文，又安知不即爲他日國史所嚆矢與？

介和堂續集序

戊午之秋，朝廷詔丞相御史二千石，舉内外府州縣官暨草澤有學行者，策試殿廷，而待庵與予同在舉中。會天子詰武事，收復西川，不即較六論，留公車門。待庵日爲詩，與長安舊游酧酢往來。今詩集中所爲《帝京》《湯泉》諸詩，皆是也。夫待庵少爲詩，暨通籍而截然不爲，自筮仕以來則間一爲之。至是而意氣坌涌，摇筆如擢枝。既已大具詞業，呈門下兩省，就試殿前，而其後以取數限也。吾聞漢重經學，轅固被黜；唐尚文賦，韓愈受裁。從來得失之數，原未有定。獨是習俗耳受，必謂簿書親切，載籍或遠，幾見狎三善而工六義者？夫天下生才無盡，作者間出，雖摛詞遑韻，家叶户曉，而求其能當于是者，亦復有幾？乃自負名下，裒然藝林，而疏鄙庸劣，茫然不解比興爲何物。即間有識者，亦復浸淫流漫，不能拘正始之舊。而目數蒯隸，手弄錢刀，能自爲篇幅，出短長雜詠，而悉有以軌于法，誰謂懷縣非詩人也？

蘇潭張氏族譜序

古者君子行禮以敘宗族，族之所敘，則禮從生焉。故因孝以推之，因睦以合之，初未嘗不惇本卹末，而其後稍相遠也。嘗按之族服之制，四世而緦，至六世而服已絶，則親亦已盡，是毋論棄德曠宗、塞源拔本者，固于斯有淪遺之感，而即以服推其因禮降而情殺者，亦復何限？然則族譜之設，雖肇自有宋，倘亦先王惇宗敘族之遺意也與？今世家舊閥多著譜牒，而時移代易，廢棄多有。苟非爲其後者有以修之，則三眷之親同于九等，吾未見其能禪後也。

蘇潭張氏，自宋時廉訪公來遷蕭山，遂族于斯，歷元明數百年，代有賢哲，已見之邑乘。而曩時有譜，創于元季廉訪曾孫。暨明永樂間，則郡丞公重修之。自是以後，闕焉罔載者越數百年。裔孫純白由泰州教授歸里，毅然以修譜爲己任。自隋唐以來，方城、曲江、吉水、新淦，各爲疏覈。凡世系前後稍有同異，必親至其地，咨諏詳較，務求殫晳而後已。而乃越二十餘年，而其書始成。夫隋唐宋明，爲世已遠，其爲親幹族屬亦已長久，根株之大，茂木莽莽，乃得收其渙散，聯其乏絶，使弈世衣裘臂指，時地、爵齒皆已彙存之數簡之間。其竭數十年之精力，不爲不勞。而成書以後，予滯京邸，亦復不遠數千里，遣其子孝廉君持書至京，索予爲序。夫上下千載，縱橫萬里，其勢本同，而前考之數千年而不以爲遥，近索之數千里之外而不以爲遠，則自是以後，其爲久長計，而不得以因循苟且之端，任其漓涣焉，可知也。

益都相公佳山堂詩集序

士有一言而足爲天下重者，宰相是也。夫宰相不言則已，言則必爲天下重，則所言不既難乎？曰：言當乎理而言難，以理爲言而言即不難。惟詩亦然。方其溯四始，案六義，博求名物，旁及鐘律，初亦殊覺其漫漶。而源本既得，循行習坎，隨其勢之所自至，如通波赴壑，備極洄演，皆足以見其根之所存。

予誦益都師相之爲詩久矣。方予誦師相詩時，每嘆其言大而旨博，義深而見遠，絪緼闔闢，渾括萬有，渢渢乎大人之言也！暨予以應召來京師，會天子蓄時機，無暇親策制舉，得倣舊例，先具詞業繳丞相府，予因獲隨儕衆謁府門下。適單馬從閣中出，揭剥倒屣，延入爲賓客。當其時，先予居門下，設食授室，粲然成列者，已不啻昭王之館，平津之第也。乃予以受教之久，時執經侍側，見其所爲大文者，代言應制，端坐而卓筆，儼治絲然，纚緒及而縷纚成。而即其氾氾酬酢，日或十往返，彼唱此和，印符取照，莫此之速。則當誦師相詩時，望洋浩嘆，冥兆俱絶，又安知其如此？嘗大雪中請沐歸，取門下從游所爲詩，句繁而韻僻。張燈伸帋，師相口授，門生筆追，形之不逮，聲且尋丈也。文猶風也，風發而噫嘘飀飀，力能載物。夫然後垂天之翼，挾而萬里。文猶水也，水盛而天吴所舉，極魚蟲物怪吞舟撼嶽之奇，包幕不失。蓋至言若桴鼓，而大文無方幅，理固然也。今師相之詩，自樂府古體以迄兩韻，分班定部，類有成書。其間上紹三百，下及八代，就其裁製，皆足統源流而窮正變，乃嶒崚博大，動無細響。上之爲登歌拊詠之音，次之亦不失三調、五聲、出納、治忽之數。自非義藴于中，氣流于外，涵容橐籥，而羅絡紛賾于無盡，則玉臺太一形于樸斲，吾見其敝也。在昔文教之興，每與運會相終始。故三代初闢，渾渾灝灝；漢唐開國，猶不失扶輿之氣。今聖天子大啓文明，賢宰相、百執各展其經緯，以鬱爲國華。習俗偶岐，易成頗僻，而師相重有以正之。《卷阿》《七月》，豈止張蘇論撰已與？明世相國甚尊，無三省之分，又無取旨降敕、覆奏施行之異。其爲政事堂，雖尚書、門下，莫敢參預。獨内廷傳奉，多假之中貴之手。而今則録白、書黄，委之門下，施行、封駁，移于六曹。惟是君臣之間，一德一心，諮諏善敗，往往出一言以爲天下蒼生之幸，其獻納所裨，有過于前代什伯者。況乎文章喉舌，同在司命，豈無讀師相之詩，而愾然思、蹶然而興于道者？然則敦厚之教，風人不廢焉，知師相之矢歌，不即爲師相之所爲坐論者也。

姜武孫七十壽序

唐白少傅居東都，作尚齒之會。其時少傅裁七十，而其所與者，若懷州司馬輩，皆晚年相結，並非宿昔往來之舊。故少傅于履道坊懷諸舊游，往往舉微之、夢得、子厚諸君形諸詠嘆，而九老之數，一不及焉。甚矣，得年之難也！

予弱冠與武孫先生爲文友。其同時鬱起，能以古今文争長海内者，累累也，然必推先生爲祭酒。間嘗舉高會，少長畢集，設賁鼓于壇圻之左，其首執銅盤而啐血以釁盟者，必先生也。曾幾何時，而疇昔之累累者，或散或偶，往往游仕之四方，迄于今其在者鮮矣。先生年已踰杖鄉，而膂力如方剛者。古云：「松栢之姿，經霜彌茂。」非與？吾聞墠墳之生物，本異鹵碣，而籼秥之下，其種易成；江河之渫水，殊于涔汋，而能藴其道，則勢易行。方先生席世閥閲，比之漢之韋、平，晉之王、謝，自光禄、太僕以下，司農、宗伯，各有表建，爲列代名臣。而其家之先後世濟，内而卿貳，外而丞令，不絶也。先生獨晚成，舉文試義傳，譽滿海内，尚艱一售。至趨庭之賢，先雋南宫，而先生始以京闈舉也。雖曰喬木久蔭，必無改柯，而先生終以至德持之。世嘗稱才人輕薄，最易怙勢，故古有多才鮮終之嘆。而先生初專責己，既期利物，又既而根理氐性，直極之知天之學，將近世之所爲以釋詁爲講德者，而先生一反之，其善席寵厚如此。夫自古無祈年之法，而中庸栽培，壽可必得。雖富貴所自有然，而年亦彌劭焉。

去年秋，先生之德配史孺人，以貳膳之歲，親朋爲舉觴壽孺人，并及先生，重齊眉也。今先生臻貳膳，嗣子内史君就選人，將之長安，而以予爲故交也，屬予爲文，書之幛。予思尚齒之會，少傅雖爲政，而以年甫七十羸，厠之座末。降此而耆英、而至道、而真率，在有宋累舉洛中者，長不過七十，次裁六十羸耳。予以六十餘年之交，得與斯會，不可謂僭。而獨是當時故交，如夢得、子厚，無一在者，雖欲舉尚齒之觴，不得也。然則當斯時而得年如先生巋然七十，不可謂易事也。則夫由履道而至道而耆英而真率，雖屢舉可也。

李丹壑進士館選庶吉士賀屏序

宋人作《春明退朝録》，多記早達。而弇州繼之，遂將近代早達者譜入「三述」，謂之盛事。然大抵成童以前，率皆童科膺薦，如蕭何草律，以太史試學童，補史書令史。而魏晉相仍，所稱童子郎者是也。獨是科目之設，隣于發覆，雖年如子淵，齒如項槖，何所別識？以故早齡通籍，代不乏人，而求其十六成進士者，則自明三百年來，所傳衹王庶子一人，而他無聞焉。國家崇儒右文，景運日隆。加之聖天子興復古學，一時摛文掞藻之士，翩翩蔚起，意必有聖童畸質，可爲當代標人瑞者。而學士李公，其令嗣丹壑，以十五歲舉于鄉，十六成進士。時康熙己未，春官列名，赴殿廷對策，擢高等，遂得召問，改翰林院庶吉士，使讀書中祕，以補館學生三十人之列。一時聞之者，無不嘖嘖稱嘆，以爲極盛。吾聞越睒之生，蘭筋宿成，雖紐紲未賖，居然有藹雲掣電之勢。鸑鷟産丹穴，體備六象，質負五采，初未嘗巢阿舞庭，而長離所燭，菡萏興而文章見。蓋瑞應昌隆，固神物所自鍾也。然而崑丘良木，滋以靈露；威鳳雖奇，宜畜嘉德。曩者任咸、黄琬，皆以夙悟力學，卒成大器，故唐宋分十齋教諭，專勩異才。而明時茶陵少師，亦以十七成進士，讀書中祕。究之黽勉奮發，肆情藝苑，以致入參大政，多所建白，至于今鴻文鉅業，追溯前事者，尚藉藉稱茶陵不衰。今之授館學，即公輔儲材之地也。深嚴親近，必用經術有學者，上備顧問。兼之册府鄭重，並以大詞掌書命。則凡經緯黼黻，儲偫以須，莫不預于是時勩之。蓋年少力學，勉在青陽，雖曰揣摩所由終，而實則淬厲之所由始也。夫居寵不驚，履榮不衒，達人之識。而苟其居高而益進于高，席厚而益期于厚，則雖恢台日盛，而卒無日中則昃之慮。今學士致身祕閣，稡擷經史，既已躋玉堂之長，然且周旋入直，勞勩謙抑，未嘗少縱。即晨入暮出，東第稍閒，遽與天下賢俊，傾筐倒篋，談千秋之業。而丹壑于趨庭之餘，覩憮有素。他日爲天子親臣，繼志述事，恐茶陵聞望，定無以過。予故于彈冠之頃，不爲頌而爲勉如此。不然，父子同朝，世掌綸綍，池上鳳毛，古人所羨。即以弇州「三述」觀之，其爲父子翰苑者，亦復有幾？吾又何爲不嘖嘖焉？

星槎詩序

予過上海，與徐君西崖爲忘年交，西崖真才人也。既而友西崖之友，得星槎金君所投贈詩，予愛之不減西崖。顧西崖爲此鄉領袖，而其所與游，悉能文有學之士。其爲詩與詞，尚得追曩時黄門舍人遺響，不與世移易。故其惑錢氏之説，甘入宋元洿下，坎埳汩淖，而不得復濯之清滄之淵者，惟此鄉爲最晚。夫近世之爲詩甚矣，乂爬刮刷，猪櫨鴨蒸，零糟蕺溲，瀰漫紙上。而調必轆轤，不曉轉變；語必起伏，不識對待。袒膊張齒以相習，爲噱嗄咧喇之音，譬諸京師之販傭，終日叫街，而全不解鐘吕宫徵爲何等，則又宋元人所不屑道者，直市儈事耳。吾不意堂堂文苑，爲詞翰標指，而反出于是。乃星槎爲詩即不然。風流涵泳，詞洽而氣清，句必有聲，字必有色，寧爲澹宕，毋入褊棘。此如吴中人士，越布單衣而自足，以據高流之上。世不乏傖人，不與較也。予向許星槎詩，謂爲文房夢得，可當進步。而星槎近入長安，詩體容肆，方超超乎凌厲而上。而復以長安塵鞅，難以久處，將隨官浮梁者爲西江游。夫廬嶽之高，鄱陽之廣，其爲詩境當復有進于是者，慎毋謂茅靡之習，倡自首善，遂謂廣大不足法也。星槎將行，以近詩屬序。予告之以此，并告西崖，夫西崖則已知之矣。

寄贈周平山游嶺表序平山原名玉輪，字秋駕。

吾邑多隱君子。夫隱君子者，非以其好晦而惡通也，又非以用于昔而不用于今也，必其才可爲而不爲，德可見而不見，身可以用世而世不必爲身用，斯足尚矣。今天下不出者，則其才不足用耳，德不可以見諸時耳。非然，則亦身世不相副，彼以是求而我不必即以是應耳。非然，則鮮有能隱者矣。今聖天子旁招文學，以地震求治，思舉山林高隱之士，即已下其諭于郡國守牧與御史大夫以下，而宰相復屬意吾邑，趣邑令按名敦請，使上應詔旨。而邑之君子悉杜門闔壁，謝去若避。惟平山周先生以先在嶺表得免，而其事亦遂已。

予嘗讀子伯、南士《送平山序》，知平山去時，邑君子多以文贈。而予值赴都，不能出一言相别。意謂平山者必厭予垢膩蹴蹐，隨計吏舉制科，公車門下儌幸入侍，以自比于公孫弘、東方、楊雄之列，可恥孰甚。而乃託諸故人貽書，從嶺表數千里詢問無恙，予乃知平山之意氣真而性情遠也。夫訾利者，慕利者也。平山胸中無利，故見利而不以爲利。且夫平山固未嘗晦也。平山少以文章顯，今復以經術知于時，不能自閟，往往爲人入幕以展其才抱，然則金馬門猶是矣。故吾謂平山才德可以見而不見，斯謂之隱。世嘗比平山之德有似陽城。昔者陽城以兄弟友愛，不能暫離，各不忍娶婦。而平山則既娶而從其尊大人游。其繼也，復隨其兩兄以禄仕走四方。所至獨身從，合食共寢，各留其婦于其家，凡數十年。而平山無子，而婦以死也。今其兄歸里，而平山以再娶，復别其婦，作嶺徼行。蓋以隨其兄時官貧，或不能計晨夕，則又間出其才技，爲友人入幕，藉其貲以養。而其後主賓相得，則一如兄弟之相愛而不忍舍也。夫平山于友朋之間，則又如是矣。

人惟性情遠則所見者曠，不責過不及，道廣能容。而亦惟意氣真，則友朋兄弟所在親切。方予初友平山時，裁總丱耳，今相距四十年，中間别多而會少。惟恐形跡之間，將復疎遠少親切，而回思予故人，向之所爲親切者，今復散盡，而獨平山與子伯、徽之、南士數人，僅稱白首。而南士又死于路，則雖書問千里，諮詢無恙，亦猶然疎遠不切，而況出處之間與？平山曰：「盍贈我以言？」因寄之，且以示子伯、徽之之家居者焉。

送登封令江南張君赴任序

洛邑爲天下之中，而陽城又爲洛邑之中。夫陽城即登封地也。在昔姬公卜宅，既已食洛攻位，定爲東京，而又封表太室，端圭于陽城上下之間，定其標而爲之則之，臺觀巋然，使夫土中之實之必有所在。此曷故哉？誠以爲陰陽之和、道里之均必有其端焉，而不可溷也。今天下居重之勢，久在東北，縱不必如漢晉隋唐申畫其地。顧古亦有云：「欲萬四方，先規中央。」夫以天地之中而爲之宰者，百里南面，深其溝而隆其堵，料土中之民而井伍區畫，亦重事矣。

予向時曾游二室，藉隣州使君假我車騎，遍求夫古之所謂步影與測象者，浩然感興。蓋仰觀俯察，人事以起。特未嘗過邑宰而驗其治政之何如也。今相距若干年，予至京師，會江南張君以謁選得登封宰。或謂張君才大，登封瘠，不足以展攄其才。或謂登封雖土中，然故非形勢所在，邑且荒僻非要害，張君無可爲吏治地。而吾不謂然。夫以邑長之尊，寄一方民社之重，銅符軒綬，朱丹其車，豈不惟材幹彊力是視？而宿昔美爲政者，其在前古則稱單父，以揮絃操縵爲能事；而近稱河陽，則居然灌花蒔卉，任娛目快志而略不爲愧。此豈真不足于政事而爲是泄泄也哉？蓋和平者有功，而彊毅者多割也。今天下皆尚名法，凡租庸獄訟、進才絀不肖，皆一以簡覈自效，毋論庸庸者洟涊卻足。而即其勵精鍥志，偶一過當，皆足爲病，有如舉一事焉，在張君長材遠思，豈無一往奮發之概？而徐而思之，凡天下之可以益官者，未必無少損于民；其可以邀譽于百姓者，未必不少夷于政。治而由是，以酌于中，抑有爲以補不及，借調劑之術，以行其催科撫字兩兩難全之意，是即姬公所願聞，而宓子之所相視而歡然者也。若夫自服土中，古有其説，則先之以喜怒之和，繼之以競絿之節，張弛損益，各得其宜，陰陽調而水旱時，遵其道路，而可以幾無偏無陂之治。此豈張君所難爲？然而未敢驟已。

張君將行，京師善詩者各爲詩送之，而請予序之如此。或謂登封，古封禪地，今天子方召文學，將欲登封喬嶽，躋七十二君之盛。他日者翠華臨幸，驗縣令之治，必當同律準度，爲肆覲者所稱首。夫政果能調，又何患天子不見知哉？

西河文集卷四十五

蕭山毛奇齡字春庄又名甡稿

序二十二

李廣寧司馬詩集序

十歲見楊盈川詩，初未嘗知爲詩也，而誦而好之，以爲斯文中固有如是其可娱者。人有以《東野夫子集》問伯兄，伯兄稱其佳，而竊爲不然。伯兄曰：「汝何知？汝他日當知之。」迄于今越四十年，而其所爲不然者猶故也。文之在人，猶雲霞在天，一望而軒然而翼然，雖有他物，不得而掩之；必再顧三顧而後知其爲美者，非真美者也。予讀廣寧詩，目之所接，口之所誦，皆豁達于心。有口所不能道、心所不能發者，而廣寧能道之發之。其思深，其意廣，其語奇調高而一準于法。意向之所爲一見而知其美者，其在斯與？廣寧爲人雅恬，而卑以自牧。其接物恂恂，一如有豈摯之氣行乎其間，宜其詩之温柔而親切有如是矣！或言廣寧治鬲津，政聲藉藉，然不廢吟詠，有《鬲津集》行世。其後游楚，有《楚游集》。今將以魯國司馬特遣開牙于淮沂之間，褰帷而行。予謂爲政與爲詩表裏，政閒故心閒，心閒故爲詩亦閒。他日過魯，必有以魯國風詩採之入奏者，豈僅靈光一賦已哉？

王舍人選刻宋元詩序

昔昭明選文，謂文有變，本不相仍襲。譬之椎輪爲大輅所始，而大輅不必爲椎輪；增冰爲積水所加，而增冰不必皆積水。審如是，則漢魏、六季升降甚懸，然猶不能存漢魏而去六季，而欲以三唐之詩，一舉夫宋金元五六百年之所作而盡去之，豈理也哉！夫唐之必爲宋金元者，水之爲冰也，然而猶爲唐，則冰之仍可爲水也。宋金元之大異于唐者，鉛之爲丹也，然而不必爲唐者，丹即不爲鉛，而亦未嘗非鉛也。曩時嘉、隆間論詩太嚴，過于傾宋元，而竟至于亡宋元。夫宋元必不能亡，而欲亡宋元，遂致竟陵、公安競相篡處，勢不至于傾唐不止。今之爲宋元之説者，過于重宋元而抑明。夫明必不可抑，而過于抑明而重宋元，其勢亦不至于傾宋元不止。

舍人王君惟恐以今之爲宋元者如昔之爲唐，而仍蹈其弊，于是搜討遴録，遍輯宋金元之詩，而以揀以料，揚其粃而汰其礫，取夫宋金元之近唐者而存之。夫丹固亦可爇之，而仍爲鉛也。今無論宋時詩人，如《渭南》《滄浪》《眉山》《涪川》諸集，其見諸編者，去唐未遠。而即取金元之在選者而試誦之，夫不見虛中、好問之近韓、韋，師拓、麻革之近郊、島，趙承旨、虞學士之近錢、劉，鮮于機、薩都剌之近温、李，揭奚斯、太不花之近張籍、王建，迺賢、郭奎、張憲、兀顏子敬之近方羅、近滄渾哉？

理學備考序

聖門無不一之理，而有不一之學。惟無不一之理，故堯、禹、湯、文、皐、夔、伊、散，所行不同，而同歸于理。惟有不一之學，故雖聖人之門同一授受，而四科而外，漆雕氏、南宫子容以退爲進，曾晳、琴子開以無爲爲宗，❶端木、公孫子龍以説辨相矜多，仲子路、澹臺滅明以游俠顯，卜商、商瞿、馯臂子弓以論著討求置身于傳述之列。然而殊途同歸，合源異流，卒不以此開分别之途。若是何也？則以此理之本無異也。故理同則學同，學不同而理愈無不同。逮趙宋繼起，雖其同時言理學者肇于周子，而二程而邵而張，稍有區别外，至涑水、崇安，漸涉踈曠，然猶一理相學，不分彼我。及金溪、紫陽偶相質難，而學者遂以此爲齟齬之端，設立門户，區分畛畔。是欲使吕尚《陰符》黜于《皐謨》，卜氏《詩序》殊于商《易》也，而可乎？夫列聖之不同，列聖之行也，其無不同者，則其理也。理在天爲天，在人爲性，在天與人之所行爲道。故儒者以理爲天，又曰性即理也，又當乎理之謂道，而合性與天與道總之爲學。蓋學以學此而已，雖所學不同，亦學此而已。譬之至都者以舟以車，以趾以蹄，以東西朔南，陰陽向背，而究之至都而止。故日月不並行，而皆麗乎天；江河不同流，而皆見于地；陰陽寒燠燥濕不同候，而皆合乎天與地之氣；所謂衆致者一致之歸，故貴乎學也。今之學者吾惑焉，守支離者訾金溪，崇

❶「晳」，原作「皙」，據四庫本改。

易簡者鄙紫陽。而沿其流弊，遂移之爲河津、姚江、餘干、新會，紛紛牴牾。夫朱、陸尚無異同，而欲以朱、陸之同異移之他人，不亦怪乎？

彪西先生爲河東夙儒，考道有年，乃復以理學相傳恐有闕略，或致是非同異相持不決，因輯諸儒語録，爲《理學備考》一書。夫不裒不減，不羸不匱，備之謂也。備則無偏陂之見存乎其中，備則無罣漏之形見乎其外。而就其學以溯其理，洋洋海若不知南極與北極也。星漢入其中，日月出其裏，陰陽寒燠燥濕皆與爲往來，而藉以消長。理學雖繁，欲舍此而更爲異同，不得也。

顧吾有進者。先生與河津同里，崑崙可溯，百川俱會，定無守一曲以爲獨得。而其書倘行，聖天子經筵進講，時及理學，且諄諄以消朋黨、化同異爲諭。果能進其書以邀乙覽，縱語録纖微，然安知不即與卜《詩》商《易》稱極備哉？

丁孝子身後芳名册子序

《身後芳名册子》者，故明丁東皋先生之孝蹟也。先生爲嘉靖國子生，曾侍父雙槐公疾。將革，百醫不能療。值歲除，先生徒跣禱城隍祠，歸而闔户以泣，既則詣竈詣家廟，衆不知何所爲也。詰旦元日，雙槐公回面謂先生曰：「吾不能再逢此元矣。子孝，舁我至前庭。加衣冠其身，將一謝天地祖父而後別。」即舁第出。先生率諸子姓群從，拜天地祖父畢，焚紙幣，出袖中片牘雜幣中。雙槐公卧視，見若有神物攫幣去者，驚而謂先生。先生唯唯，私喜曰：「事得濟矣。」越五日，先生不疾死，死一日而雙槐公愈。越數月，公與先生子撿先生書室，收諸留遺，見篋中有《讓年算以代父死疏》藁，筆畫儼然。公執藁而泣，始悟元旦焚幣時，其雜投之牘即是也，且又悟神物之攫之者，亦以是故。乃告諸親族。既而外之人亦漸漸有言其事者，府縣長吏争爲題而榜於其門，而好事者復圖繪而歌詠之。于是同邑内史孫公爲書其册首曰：「身後芳名。」今其事已往矣。其五世孫進士文龍，以謁選來京師，重裝潢素册，彷舊圖而書先生遺疏于其上，以乞夫京師之善歌詠者。予思孝者天德，人孰不樂道？况世遠代易，而爲之子孫者，復能誦揚先德以彰夫駿烈，則是先生之孝其不匱者可知也。且此亦身後事也。予在故鄉時已題前卷，今復記其始末而序之如此，世之詠歌者可以觀焉。

張澹民詩序

少時與澹民之弟公授爲詩，未嘗見澹民詩也。既而見澹民之詩，則澹民詩實勝公授。顧公授以客游不歸，而澹民亦日走四方，在故鄉時少。故予極愛其爲詩而求與倡和之，則什不得一焉。今予來京師，而澹民適遠遊過闕，寓于其家人爲都官郎者，因得卒讀其近年所爲詩。夫澹民爲詩不多，而寄託隱深，于古詩得子建法，其近體詩則蕭散閒雋，多自得之句，顧賦寫饒實境，今爲詩者不及矣。予少好宋元人詩，既而隨俗觀鍾伯敬選詩，又既而悉棄去，效嘉、隆間王、李、吴、謝、邊、徐諸詩，則正與公授爲詩時也。今距三十年，海内爲詩家又加于昔，而變易百出，復有竄而之宋元者。而澹民之詩則猶從嘉、隆而進之于唐，其不爲習誘若此。獨是澹民以世家子能襲其家學。詩本小道，尚足繼其先人宫諭公，下及累代名集，究其所得，當不止詩一節。而澹民生長豪奢，自幼迄壯，悉得修服食玩好、宮臺圃榭之美，及圖畫典籍、什器刀劍、金銅鎡石、漆沐雕鏤、追琢冶鑄之巧，以追席夫先世遺緒、朱輪華襁之盛者，三十年來猶未之有改也。而公授客死，澹民則驟丁貧困，至道路瑣尾，具饑人之色，乃猶然泄泄洋洋，下筆爲詩文，慷慨磊落，毫無牢愁憤嘆及局脊踽窮之見于詞句。此予之掩卷而興思者乎！

館擬甲子科湖廣鄉試録序

皇上御極之二十三年，值元會初開、干支初闢之始。禮臣以賓興大典，恪遵成例，開列諸臣應任選者。仰荷睿鑒，特命臣偕臣典試三楚。伏念天下當蕩平之際，東漸西被，海波不揚。而三楚介在南服，自荆門以南，遠至五嶺，中間數千餘里，前代萑苻跆藉，不遺尺寸。賴世祖皇帝方行克詰，耆定武功，江漢之間，幸有寧宇。而潢池盜兵，又適當黔巫之衝，浸淫衡嶽。凡鋪敦師旅，悉集之襄樊、穀、鄧以下，與湖湘爲控馭。卒之六師張皇，皆藉我皇上聖文神武，裒荆罙入，持玉斧而劈之，瀾滄之外，洞庭上下，重見天日。迄于今，文德振興，賢書進獻者，又三年矣。古者生聚教訓，必須時日。而皇上以存神過化，與斯民更始，如風之刁嘹，而萬竅齊發。不數年間，巖居谷處，悉受披拂。臣雖駑劣，亦何致以文命覃敷，不加宣布？獨是三物六行，互相比較。惟恐以浮文虛夸，致妨德藝，是必于程硃較墨之間，使言行相副，始不負我皇上求賢至意，用是惴惴惟謹。乃暑雨宵晨，既底其地，即與二三臣工，載厲厥事。惟時監臨巡撫，中外劼毖，綱紀肅然。而提調則布政、參政經理精詳，監試則參議、僉事防衞周悉。爰集同考試官，決題發策，進提學僉事所取士而三試之。垂簾于堂，合衆視而通以一心，一若心入重淵而目營四海。積若干日，得若干人，以覃恩廣額，增若干人，并取乙卷貢成均者附若干人，而録文若干首以獻。臣謹拜手稽首，颺言簡端。

臣惟國家致治，莫先用人；用人之要，在乎言行。故三代立賢，必以言揚行舉爲旁求之則。而成周三載選士，必大比其德行，考詢其話言，而後升諸宅俊，以貯爲世用。此無他，言者行之表，德者言之本也。自西京取士有舉有試，而分德與言爲二，然且試士之目，猶尚躬行，如所稱賢良方正、孝弟力田者，簡拔之中，仍不失砥礪之旨，故兩漢得人，較後爲盛。暨隋唐以還，廣立科目，但以天子親試者謂之制科，而別立秀才、進士、明經諸科，爲有司所試。舍此以外，別無他途爲進身之地。而于是以行求言而言見，以言求行而行不可必見。夫立言者既欲借言以表其所得，而求言者亦即欲因言以定其生平，則疏其辭矣必矙其情也，矙其情矣必覈其義也，覈其義矣必覘其情之何以通與義之何以立也。夫如是，而衡文之難也甚矣。

曩者漢庭制策，首重儒術，然晁錯内習申韓，外應文學，雖孝文之明，猶不能辨其醇雜。宋代啓高文，闒詭習，顧劉暉私製新體，而應試則謬爲方正之語，以嘗有司，則雖歐陽之聰，亦且爲其所蒙昧，而絕不之覺。況今人之文不逮晁錯，有司之識遠遜歐陽，而欲以尺幅之間燭照數計，坐見其敗也。乃者兢兢業業，殫精敝思，自謂可以告鬼神，而終不能少釋于寤寐者，以爲因言以求人，仍不若因言以求言。蓋言有偉肆而非夸者，終不若醇謹而不流于固；言有綺麗而非靡者，終不若清真而不隣于薄；言有勃窣而非僻者，終不若簡易而不淪于一望而易盡。則文字雖微，亦即爲維持氣運、變易風俗之大道，而況高文華國，正聖天子啓迪文教所有事哉？

夫文體不同，要歸一致。前代取士多途，總皆以登選之一意行之，雖明經、明法不一其科，三年、二年不一其候，兩省、禮部不一其地，帖括、經義不一其業，然其爲求賢之旨則一也。況今者家共一書，人共一藝，上以是求而下以是應，閉門造車，出户而合，登明選公，夫豈有二？姑無論其他，即楚材晉用，起自春秋，而其後三楚人物，漢唐輩出。諸如黄香、孟宗以孝行著，易雄、李芾以忠義見，黄瓊、郭翻之方正，胥偃、鄭獬之氣節，龐德公、劉凝之之高尚，孟浩然、皮日休之曠達，以至幹辦如龐統、向寵，品量如孟嘉、羅友，力學如車胤、潘京，該博如黄琬、李善，詞翰如李邕、歐陽詢，文章如羅含、習鑿齒、王延壽、杜審言輩，何一非生其後者所當法式？而其各不一以歸于至一，有如是也。然則言行雖殊，求之惟一，而至于文體之變，猶次焉者矣。臣之所自勉以勉多士者如此。若夫有事兹役，有吏臣若若，例得並書。

王文仲六十序

予與文仲爲禊洛之會，正始諸賢，未有少于予與文仲者也。既而與文仲之子作河朔游，則河朔諸賢，仍未有少于文仲之子者。夫以阮籍之才，曠視一世，猶然與長原安豐父子前後友好，況以予之愚而幸友文仲，又幸友文仲之子，豈不甚快！獨是以夙昔所齒序者，而其子繼起，乃復與之講友朋之好，則其歲月之所經，亦已多矣。予中年避人，不知文仲之所以處壯者如何也，第觀其少時，意氣蕲然擴乎，其神明皦焉若初日之升于林，其争衡藝文，卓立壇坫，又何嘗不以用行之事爲己任哉？曾幾何時，而三豆之觴即已在鄉曲間也。夫汝潁之士，流離世故，猶有託身天宇之感，而柴桑心悼遠役，尚官百里。文仲以麟龍之姿，處約味道，凡生平取與，過爲降薄，毋論世味。冲子即其自奉之歉，茹蔬斷肉，雜虀瓿几桉，服食顑頷，誠有生人之所不能甘者。予嘗服其行，高其誼，而未嘗不悲其資世之遇淡也。今年秋，以六十生日屬予爲文。夫櫟确無才，棄置能久，此物情之恒。惟是梗梓、珠玉，亦以寡用爲久長。人固各有志耳。李愬以西平之子建功淮蔡，而愿歸盤谷，兄弟異趣。文仲自處隱閟，而有兄在朝，領殿中執法之選，爲天子親臣。人之志量，各自有在。獨予固文仲友也，避人有年，復能偕其子之友，一觴寄祝。天下有耐久如予者，可以爲頌矣。

劉櫟夫詩序

予每誦雲間之爲詩，輒念黄門當日以古學翦辟蓁薉，奪楚人邪説而歸于正，何其雄也！今則宛陵、涪川簒行于世，毋論其所宗者櫟錢氏褻敗，不足深據，而即以難易觀之，夫才人當爲其所難，以千百人爲王、岑，必不得者，而一二人爲聖俞、山谷，而即已大噪于時。然則其所尚者，止藏瘢、廋慝、當逋逃之數，而非丈夫抒才見學之能事也。

劉子櫟夫來長安，予重讀其詩，嘆曰：「此非當時與黄門同事者乎？」乃以當世非笑雲間之日，而櫟夫仍攜雲間詩以遊于世。且其詩則向時遊秦之作也。秦風剛勁，爲三百變體，而櫟夫以正行之，凡涇南渭北，蕭關瓦亭之間，詠歌笑傲，而仍不失四始六義之正。嗟乎！此何如者耶！今天子好文，取天下爲詩文者試之，昭示天下。而間在舉中，猶且習氣未除，半趣弇鄙。向非册府大臣力持文教，申敕再四，幾不能使昌明張大之業行于開闢。然則櫟夫之爲詩，譬諸松柏，本後時之凋，而今且復爲先時之榮，不亦怪哉？

何生洛仙北游集序

人能爲唐詩而後可以爲宋元之詩，如衣冠然，攣手局步，隣于拲械，而後稍稍爲開襟偃裼之狀，差足鳴快。而不然者，則裂冠毁冕而已。顧能爲唐詩者必不爲宋元之詩，如琴瑟然，搏拊詠嘆，已通神明，而欲偶降爲街衢巷陌之音以爲娱樂，則流汗被地。而世人不知，則以爲弦匏無異聲，鐘釜無異鳴而已。

吾鄉爲詩者不數家，特地僻而風略，時習沿染，皆所不及，故其爲詩皆一以三唐爲斷。而一入長安，反驚心于時之所爲宋元詩者，以爲長安首善之地，一時人文萃集，爲國家啓教化，而流俗蠱壞，反至于此。遂一手檣梧以與時之波靡者争。而近則東方漸啓，爝火頓熄。乃吾里爲詩如何生洛仙者，先予入長安，且流連于燕齊趙代之間者至久且遠，獨其所爲詩，廣大和平，不爲時誘，是何其錚錚者與！予門下何生卓人爲洛仙大阮，其爲詩矯然獨立。予方欲馳書示之，使之知郊廟、明堂之音，黄鐘、大吕之調。而洛仙在上國觀光，最近以此倡和南北，吾知四始六義不難復也。此集係一時遊覽所作，然已能見大概。于其過也，遂序而告之。

張芍房摩青集序

日見千百人，不足當所見也。其足當所見者，或數年之間不見一人，或一日見一二人。然且所見不一，有一二見者，有一見不再見者。夫至所願見之人，而一見而不復再見。甚矣！所見之可思也。

予與張子芍房見于汝南之南亭，致相好也，顧嗣此不復再見。康熙乙丑，其猶子舉人偕計車來京，距向相見時一十八年，始接其書問，且間見其近日所爲詩若詞，而其人終未見也。古人能任意，不詘于事，且不爲境遇所稽滯，故每一思及，千里命駕。而予以一官升斗，棲遲京邸，不即歸也。即歸亦覓食鄉里，不得挾餱糧徒步訪友，則其相見，有終未可必者。毋已，則第見之于其詩與詞。而其詩與詞，抑何四顧磊落，忼愾沈摯，其聲情相屬，一若芍房之在前而與告語也。

夫良朋契闊既久，其間陰陽寒煖亦已遞變，即生人齒髮精力亦漸減薄，而其爲文如故也。然則今之視後來，亦猶是矣。芍房有從父廣文君，予見之息縣，與見芍房者同時。而猶子舉人則見之今之京師，其繼此相見與否，俱未可知。聞芍房搆園居，名曰「陟園」，取陟岵、陟屺之義。而中建傑閣，以「摩青」名，則即李白登華時所稱「頂摩青穹」者是也。夫陟園思親，已不再得，而登高四望，有懷遠道，則芍房亦第于君父朋友間，相思願見。而登愈高，則見愈遠，因不憚抵蒼拂昊以求快其志，則其所相思而願見者，安知不即于恒山北望間加之意焉？

西河文集卷四十六

蕭山毛奇齡字僧開又大可稿

序二十三

馮司寇見聞隨筆序

《見聞隨筆》者，司寇馮先生所著書也，一名《兩渠傳》，大抵紀闖、獻始末，自起迄敗，以爲凡有國者所鑒戒。而二賊分列，較尤詳于獻賊入蜀暨夔東割據以後。蓋是時神州陸沉，天下之能言其事者寡矣。

會天子開館，修前代史書，詔徵獻賢所記識者。在京朝大小了無一應，獨先生所著裒然捆載，爲一時所未有。夫西南之變亂極矣，自茶陵喪師，蠶叢失守，夔南萬里喋血者數十年。而先生歷仕，適當其地，由推官以至巡撫，中間所歷瀾滄路賧，山川風物，傍及古今興喪得失之故，無不摭其前聞而驗所近見。即記載附會，必從考覈辨定，以取傳信。故先生之書，其爲前史所取資者，叢薈無算，而是書其一也。予承乏史職，鬮題給札，適得《土司》《盜賊》諸傳，因獲盡讀先生所著書，知先生留心國事，所在詳審，諸凡廟算曲直、戎律修短、地勢平陂、技擊疏覈、征繕堅隙、傳發紆促，軒軒乎瞭若指掌。❶至若野稗之訛舛，評騭之偏頗，抑何其考析不憚煩也！

自漢唐迄明，代有盜賊。初不過販鹽撒豆、呼狐盜驢，如刁子都、瓜田儀、許生、吕母，以逮青犢、白騎、長垣、冤句之輩，究至竊地僭號，貽禍數世，亦云已劇。然未有豖喪人國，痡毒萬姓，櫟揃血肉，屠殰胎卵，如禽獮草薙、焚山竭澤似此甚者。此本循蜚以來，一大混沌。而巖廊乏策，閫帥失制，一切簡稽搢挺、號矢撝奮，不早爲扑滅，坐致此極。而中外大小合一時八比之士，旦暮以門户齮齕，狺狺嗷嗷，以至于敗亡，而徒使有志君子，把筆流連，咨嗟感嘆，而究無如之何也。後之讀之者，可以觀矣。

張邇可蕉園詩序

隋唐舉士，合經問、詩賦爲一。自宋熙寧間議罷詩賦，祇以經問大義舉試，而後詩賦、經義劃然爲兩，然猶有二塲詩賦，四塲子史之旁及於經義論策之外，而不謂明制盡去之也。蘇軾嘗曰：「楊億以詩賦入官。使億尚在，則忠清鯁亮之士也。孫復、石介通經學，而迂闊誕漫，不可爲訓。夫自唐迄今，其以詩賦爲名臣者，比比是也。詩賦何負于天下，而必欲去之？」旨哉言乎！

予與張子邇可以經義投契者二十年。邇可爲經義，輒踞高勝，眇然無倫輩。其試文行天下，天下

---

❶「瞭」，原作「轑」，據四庫本改。

人慕而傚之。予嘗謂使仲尼以經義設科，則邇可入室當不在顔、閔、曾、仲下，而進取尚有待也。今邇可忽迴筆爲詩賦，取唐人詩一册徧觀之，既而復徧觀宋元明之詩，落筆爲五七律，爲古詩，汗漫酬應，皆入微妙。同室居者不知其能比聲，能押韻，而同學二十年爲文章，並未見其有謳吟諷嘆形于筆墨。而一旦信情揮斥，裒然成集，鄉之老師夙儒，皆瞠乎其後，拱手甘讓邇可。而邇可直溯吾鄉先哲若秦系、若張經者，而踞乎其上。邇可其文之梟雄者也！

邇可曰：「吾早歲食餼，雖限年，亦將貢于廷矣。吾不能仍以經義與諸子問長短，明年待我于公車門下。子盍論我詩且序之？」予思明經、進士，同以文售，或詘此伸彼，各有時數，然總爲經義已耳，今則止此二途矣。若制科，所以待非常之才，舉不可再。邇可安于一途，何莫非文章之驗？顧邇可之意，則以爲經義品目，恒不如詩賦之通。則以經義之品目在內，詩賦之品目在外；經義之品目在一人，詩賦之品目在衆人。夫品目在衆人則公，在一人則不公；在外則公，在內則不公。邇可之舍經義而爲詩賦，亦將以求諸公也。乃邇則欲向京師以行其詩。夫京師爲文章之藪，非明經進士，則制科人也。予赴制科時，邇可爲詩送予，重以「茂陵多病、莫頌子虛」爲囑。夫予本弇鄙，不能爲賢哲導揚。即使能爲導揚，而既經制舉，則詩賦、經義去取一例，豈無金玉在前，兩目有異賞，賢能在朝，八統多畸視者？又豈無雞斯之馬，其來有時，襄陽之詩，其稱有數者？又豈無衆人之仍如一人，在外之一如在內者？邇可亦惟信之于天下之通與後世之傳之者而已矣。

江上吹簫閣集序

《江上吹簫閣集》者，爲真州汪君學先作也。學先名家子，弱年以文字爲贄，得麗人揚州，綺羅珠玉，兩相晃曜。四方過之者，則于是有投贈之什，今集中所載是也。特是麗人、才士未易解后，即解后，亦定有造物焉爲之媢之，況千金買笑，價重時年，成都貰酒，無俟典裘爲歡娱。此其適願有異于尋常什伯者，則因而賦之，固所宜有，顧其事已往矣。

學先來明湖，重出其集，以謂予序。予視學先年甚妙，方照映巾飾，而其事已在十餘年前，即集中所載多老友，半已彫謝，展卷一過，不覺三嘆。況予在長安，亦曾以豐臺芍藥泣綵雲之散。今頽然就老，驟得觀斯集，以觸搶于懷。此如霧中看園花，積雨後見初日之出于林。病起汎舟，老人相對，説年少時事，盛夏焅熱中，望長林鬱鬱于清泉之上，雖欲不見獵而心動焉，不得也。

何氏宗譜序

蕭山兩何氏，一居芹泥橋，一居城西崇化里。兩家皆廬江之後，而源同派别。其在明代，則皆有御史臺世其門，而俗稱「何御史家」，則惟城西何氏當之。予從祖教諭公爲芹泥何氏贅婿，而予大母則城西御史公女孫也。少時，大母嘗爲予言御史公復湖事，感激流涕。暨予稍長，作《蕭山三先生傳》，則御史公之子孝子公居其一焉。第其家式微，丁衰祚涼，乘輪之後，降爲草衣。予歸田以來，偶以訪舊過其家，詢從前衍系，悉漫滮不可考，❶悵然而返。今其裔孫長仁搜先代遺譜，力爲修復，較其闕軼，而補其未備，裒然成一集，以請予爲序。

予思城西何氏自宋南渡後，歷紹聖、咸淳諸朝，顯仕六世，皆以科名、爵秩榮于時。即在元代，猶有以禄養爲世稱者。乃入明三世，而御史公父子即又以非常名蹟，振踔鄉里。爾乃繼述寥寥，遽至中落。予初避人歸，早已爲孝子争鄉賢之祀，直揭臺使，送主入學宫，以爲盛事。暨入史館，即又探《孝宗實録》，討其所記孝子事，爲之立傳。頃吾邑無賴仍跨湖塘以圖侵佔，而予以景行御史公事挺身争辨，得復舊蹟。雖曰何氏者予世所自出，然亦以邑有前賢，則生其後者當觀摩其行而表章其蹟，故如是也。况爲之子孫而聽其沈泯而不之顧，豈情也乎？後之爲譜者，其亦視此焉可已。

李侍讀卧象山人集序

往予來京時，慕諸城李漁村之爲人。既而從李學士師宅誦漁村所著《卧象山人詩》，愛之。又既天子試郡國所舉文學，漁村在選中，因得于是時交漁村，且得與漁村同受館職，且同入柱下爲史官。乃嘆漁村非常人，今之人未有如漁村者也。其爲人慷慨，厭世苟薄，以龐達自居。其與人交，不沾激戀戀，多布衣驩。其視得一官如贅肬之附于身，而獨以文章與山水爲終生簿領。嘗思卧象山不得見，

❶「滮」，原作「滮」，據四庫本改。

對酒躅足曰：「吾鄉入卧象，視如室房，每出一步，數顧若辭家人然。今羈此有年，惘惘然使我爲無家之客，何哉？」昔元稹在長慶中與白傅齊名，其爲文無以大加于時人，而當時推之，上自王公以下逮妾婦牛走，無不誦習其所爲，甚有假其文以賣于市者。漁村文過人，人亦以此知漁村。然而相顧豪許，卒無能拔擢出衆中，申其特達以超于恒見之外，是豈今人之善嫉與？毋亦燕見習處，狃視而忽之？實不知其文之果可以禪後于今何等也。

吾聞卧象山爲諸城勝地，分九仙之派，而别爲岑扈，與瑯琊諸山相表裏。然而洪荒以來，未經翳剔，而漁村實開之，一似巨靈之所劈而五丁之所鑿者，其自題爲卧象山人，以是也。夫山水久在天地，孱顔相望，與人境未嘗少隔，而荒忽幼眇，歷百千萬刦，未之或開，而忽爲開之若此，文何獨不然？猶是文賦之末，方幅揣量，别無能軼其寓度。而漁村縱横倜蕩，以尋常而得啓闢之，致詩歌婉附，具風人風文，激亢不可下。而至于記事，絶去回隱，言覈而指直。然而文采爛然，如巨估操良金，廢舉五都，而龍海蠻窟之藏畢陳目前。古所稱記載之文須通五志者，其于史文猶是也。是豈尋常所易及耶？

夫文之有境界，猶山之有岡巒也。文以通見稱，猶山之以奇見名也。請觀卧象，其自賓日門以至元潭，中間所歷，若雷軌、太極、閣霖柱、三天井與夫扶雲瓏塔，凡丘澗迢遞，峰嶂層疊，指未可詘。至有束山如烟，築石若榦，道陒峈之水，使之夾闕以拗其濎瀑之勢。其奇也如此。幾見山澤嶙峿，産物布氣，具神變之略，而猶得以鴻濛掩之也，觀文者可知矣。

沈客子詩集序

予評客子詩，目爲才子，且期其所到當在王維、錢起之間。而蹉跎契闊，不相見面者約十年。當予識客子時，其先子西平公治西平有名。而予以蔡州之客與西平君遥相往來，亦嘗讀西平君詩，疑其驚才絶豔，不類循良吏，而西平君則竟以勞于吏治而死于官。予喜客子能繼武其文章行誼，足世家學，因以交西平者交客子。蓋予之所以期客子者，别有在也。今客子在京師，會其婦翁與予爲同年生。客子寓其寓，而仍與予通往來，道平生歡。予急索其詩讀之，疑其詩小變，一似回北樓之筆而爲宫體，詘輞川之製而辦西崑者。夫美人無凡飾，良馬無劣步。李丞相斯即偶然與師宜、次仲相爲戈波，頗、牧老成，或降而與韋虎、吕姥周旋戎行，亦安至使豎子、庸下得以藉口？獨客子以不世之才，膺繼述之重，所期誠奢，而所造誠大，第區區詩律一端，原不足較長絜短。而即以詩論，西平君亦曾以妍詞麗句争雄藝林，乃考其治蹟，方實沈守躬尚坐廳事，收民間束麻、擔草，以代二税，親較量贏縮，若傭販然。與婦子兒童嘈嘈几案間，猶且課麻授績，剉草備秣，以充之典臬，置驛之所用，使西平數百年荒殘破壞之邑，而漸致生聚。夫世有不必讀《舂陵行》而亦可以寄元者，西平是也。客子可以思已。

趙象九先生德配金太君賢孝册子徵詩文序

自劉向作《列女傳》，范氏倣之，爲史傳之一，嗣後作史者沿以爲例。今天子敕修前史，開東華之館，命詞臣編纂遺事。予每惜明史官記事不足，其載列女衹採摭題旌諸名，而列朝爲實録者又各異其體。順、成、弘、正間，間書事蹟，而嘉、隆以下，則但具名數，且有具名而亡數，具數而并亡名者。嗟乎，其爲闕軼何等也！

予少時早聞山陰趙先生名，嘆先生以文章行世，而不得志于時。家有老親，思匄升斗爲禄養，入伏成均，習四門書業。而京闈秋試，誤以《禮經》中乙科之首，遂拂鬱死都下。明副榜爲乙科，今以舉人稱乙榜，誤也。當是時，先生同舉者皆東林後進，與先生肩隨爲文社，争鳴一時，而皆以是科取中。今通籍中所稱姜侍御匯思、何吏部昭侯、金觀察幼鑣、姜京兆二濱、葉清豐蕃鮮，皆是也。夫生人惟儒生最艱，當其力學，本欲籍進取爲壯行之地，乃垂白在堂，枯魚銜索，旦夕廑念，亦既已指名于時。而一旦斥落，其同時争雄者，皆先我颺去，不幸而冒犯霜露，身羇逆旅，去家鄉又遠，將自此冥冥，永不得就子舍。縱孩幼在抱，未知能成立與否。此時之望婦而不能得之于婦者，而苟其得之，則雖誦之爲姜詩之養親，蘇武之守節，程嬰、公孫杵臼之存孤，皆未有過也。

乃金太君以名家弱息爲先生婦，備極勞苦，其奉事二親，較謹于先生在時，而加之以和。雖其家教本嚴，不假嚬笑，而下氣怡色，必欲曲得其歡心而後已，曰惟恐其念亡人也。其育子之閔，自呱呱以迄就傅，中間婉戀畢至。而其既則督課極嚴，必欲其誦讀繼先業，嘗泣曰：「汝先人所賫志者何事，而可泄泄耶！」會閩海初定，朝廷方命將詰戎，張皇撻伐。太君遽遣其次君又裕從軍海上，稍效其所學，以慰先志于地下。卒之甌粤恢復，武功耆定，而又裕得身拜一命，早通籍，以無負所遺。至太君之操作組紝，經營饋食，抑搔寢疾，刲股投糜，以及含斂之誠信，哺乳之艱辛，又不待言也。

夫斷臂戳鼻，閨中之變，而尋常貞志，養親教子，則又平平無奇，卒不得自比于女宗庸行之列。而以觀太君，雖卒于近年，原無庸載在前史。而本朝旌典，亦復以郡國彙舉，尚逡巡有待，然其蹟則可概睹也。孝子又裕恐母烈不彰，來史闕軼，因屬予序之，而以匃當世之能詩文者，歌詠記載，以爲傳述。嗟乎，太君與先生俱不死矣！

當先生易簀時，曾見夢于太君曰：「吾病矣，來與子訣。」因相視涕泣，無一言。太君醒而疑之，逮一月而訃果至，是先生之不能忘于身後也。夫不能忘于身後而望之太君，然且望之太君而迄無一言，以俟太君之自悟若是乎？太君之承先生者，如是其不可道也。若太君者，可以當列女矣。先生字象九，代有顯仕，爲宋理宗後，詳見太君行實及誌傳。

淮安周母靳太君七十壽序

淮上多名士，其最著者莫如周左台先生。予以游淮晚，不及見也，然猶及見先生之子喬嶽，與之定交而拜其母。夫庾衮兄弟不肯登陳凖之堂，❶以爲拜母同子，其義甚大。而至于隣人褚德，閉門養親，衮每造拜之而不少歉，何則？以其賢也。喬嶽兄弟比之伯仁、仲智，而母則比之伯仁、仲智之母。

❶「衮」，原作「哀」，據四庫本改。「凖」，原作「淮」，據四庫本改。

予嘗謂喬嶽者，匪獨其父賢也，乃其母亦賢母也。迄于今已三十年矣，間嘗爲人誦母賢，必稱善教，其稱善教者必曰知書，然徒虛語耳。惟周母者七歲誦《孝經》，八歲誦《論語》《毛詩》，九歲與其兄茶坡先生學爲文。茶坡先生者，淮名士，與先生並稱，當時所爲靳周二子是也。

第先生設教，多就人延請，嘗留諸子于其家，使受母教。故母之教子，則實能授詞訓義，與人師同，而諸子之受母教，一如人人之受教于其師。此其事，當予游淮時而已知之。顧予自游淮迄今，其所交游者雖甚簡慎，亦不下一二十輩，中間升沈得喪，不無互異，而喬嶽兄弟則日以文章行誼名于人。夫人能事親，兄弟友愛，雖閉門養潛如褚德者，猶足來庾衮之拜，況文章爛然，足以嬗後，其聲名足以震世，江左高流，必詘指伯仲第一，則天下誰不想望風采？以爲是母是子所願見惟恐後者，況母齒無恙也？予嘗數淮上君子，孝友醇謹，吾不如二丘；瓌瑋卓犖，吾不如楊簡霖；嶽嶽饒經術，風流四襲，吾不如蔡子子搆。而諸君皆出自先生之門，登堂受母教，至今猶能道先生在時，與母講藝文，互相發明，使諸子與門人各述敘其説，以爲程法，其爲教如此。

今年首冬爲母七十辰，親朋皆稱觴爲壽，而大丘學士爲廷尉在京，小丘即予同年生，與蔡子子搆皆馳書屬予一言。予嘗登堂拜母，辱廁之同子之列者也。聞之淮上君子廉母之賢，將欲以韋母絳帳故事聞之于廷，著閨闈之範，而學使胡君則又預從而榜之里門。明年，喬嶽當詣公車，使得設養堂京師，令丞相如王茂弘者，望而下拜，則予之修庾衮之好者，固三十年前事也，而進此而三十年猶是也，況乎其受母教者？

瑜珈皈戒放生儀序

皈戒、放生二儀者，柏亭法師所撰儀也。其儀，一爲祀先并度孤，而一爲放生，大抵本瑜珈教法，以密部真言爲利生之精，幽可接鬼神，而明得達于蟲羸，因之使神天魔羅，下及怨鬼，皆得依三皈、五戒以受我普度，而胎卵脂膏並被解脱。此賢首立法，所謂以自證爲利他者。顧前此無其儀，且其教亦中絶久矣。

慈雲柏亭本參不二門，而既而咈然，謂阿難、迦葉同受師教，而少室以不立文字直嗣迦葉，致白馬繙譯棄之若遺屣之絇，惟恐不斷。所恃隋唐以還，賢首、澄觀以華嚴宗旨遍設儀疏，稍得繼馬鳴、龍樹諸法，有所云五教十六觀者，今何如矣？乃歷抽諸藏日記十萬言，垜群經于輪而旋觀之，且加義疏于其間，越十年工成。嘗以《易》太極之説，詢後秦僧肇所論，而隨扣隨應。自晉唐以後，趙宋以前，凡華嚴疏義略及儒書字句者，無不洵口成誦，如數珠串，斯已奇矣。至瑜珈密諦，其語株離如漊蘇訶喇，本非梵譯所通者。一經訛錯，莫可指証。而師能一一正之，考微析眇，以之召神明而通幽讚，非毘盧化身，何以有此？

先教諭同錢君向若倡立仁社，原有祀聖、掩骸、施藥、放生、拾字、贖難、薦祖、度孤諸條。而予以歸田之暇，重請師主其事，師特爲予撰二儀而創爲斯篇。嘗考唐師澄觀爲華嚴四祖，生開寶之初，歷九朝七帝，皆爲國師。及貞元之末，上遣河東節度使迎之來京，開罽賓般若三藏，句之翻譯烏茶國所進《華嚴》梵夾，此與師之譯真言亦無以異。乃澄觀長年當長慶、寶曆間，爲相國齊抗著《華嚴綱要》，爲南康王韋臯著《法界觀》，爲僕射高崇文著《燈鑑説文》，爲節度使薛華、拾遺白居易著《七處九會華藏界圖心鑑》。而師不逢時，不能遇帝王、師相、名人、學士，如唐七帝及韋臯、齊抗、白居易輩，而僅僅爲予撰瑜珈二儀，此則予之每見稱愧者已。

儀凡二卷，仁社諸子如錢君向若、徐君聖修、沈君輝東、周君雲子、魯君民懷，皆重師所撰，合錢而梓之，以屬予序，因直據其事而序之如此。

西河文集卷四十七

蕭山毛奇齡一名甡字初晴稿

序二十四

送潛丘閻徵君歸淮安序

予避讎之淮安，與淮之上下無不交，閻君潛丘在其中。暨之梁，之宋，不能前，復歸淮安，則稍稍有言潛丘君年損而學多者。于是躬詣之，與之登城東程將軍塚，題名而去。顧予變姓名，獨于淮有識予毛生者，予漫應之曰「毛甡」，于是有毛甡與潛丘君游墓之題。當是時，淮、徐之間能言江東毛生事，此其一也。及予還舊鄉，會天子開制科，舉天下彊才有學之士，徵車四出。其在淮則潛丘君首應之，予得相見于京師。觀其所著書，夥頤哉！言洋洋乎，而乃不見用而罷。值司寇徐公承命修天下志書，未成，聘潛丘君掌其局，多所論著，而既而謝去。出其所辨《尚書》二十五篇，廣其文約數十卷，挾之游錢唐。時潛丘亦垂老，毛髮種種。而予則歸田有年，越七十衰矣，乃取所爲文讀之，謂之曰：「吾不知於漢北海君相去何等，若唐之孔仲遠、趙宋之深寧叟，則出之遠矣。」潛丘曰：「知予哉！盍爲我言之？」

予思元明以來無學人，學人之絶蓋于斯三百年矣。生爲舉子文，志下矣，識亦并陋，前無師承，後復鮮讎駮者。幼合四友學古學，予文中每及之，所稱沈七、包先生、蔡子子伯者，其二早死。而包先生號書簏，雜著四十卷，今其子不能守，索之無有也。子伯以文多禁語，匿不示世。予則年未壯而避讎人，間越四十而歸，其不能爲閉户生明矣。且性魯，又不能閲市肆，有所記憶，而以觀世之爲學者，枕藉焉，漁獵焉，其能飛一羽而穴五甲、劙腹而透脢、視肌理而驗癥結者，亦復安有？而潛丘疏其容，復極其裏。自竹木番頁以迄金石、甃甓、浮圖、欐礎，無不蒐刻。于天，識其行；于地，見其理；于人，自疏仡以還，可得其容貌詞氣；于時日，判其晷景；于倫族，無遠近，必析其母妻子姓傅婢厮養；于篇帙，備列其編摘分合、字畫戈波之數。嘗謂予固不學人也，即以求附于學人，而其失有二，其得有一。好大而苦煩，一失也；見其一則不耐，又徵其一，二失也。若夫得，則他之博而不通者，吾不博而通他之學；而或無識者，吾不學而有識，如是而已。潛丘無二失而饒一得。世每言北人之學，如顯處見月，雖大而未晰也；南人之學，比之牖中之窺日，見其細而無不燭也。潛丘乃兼之。禮堂寫定，傳與其人。予雖非桓譚，且見潛丘之能傳矣。于其歸也，遂序其言以送之，亦欲使淮、徐之間其知江東毛生所與潛丘論文者，又如是也。

浙江鄉試鏁院中秋倡和詩序

康熙癸酉，浙江舉鄉試，巡撫御史張公監視院事。舊例，八月十五夜，席舍給燭，監臨偕提調、監試五公座設饌于明遠樓上，綴席醮月。公乃循故實，與同事諸公啣茗具槃槅。雖樓已改製，減去重屋，猶且雁齒坐敞檷下，口占三律，諸公疊成之。即簾外諸司薪膳封録，多有和者。暨撤簾，而主文兩公亦依韻得三首，合并授梓，名「倡和詩」。嘗讀唐人詩話，載知舉賦詩，祇得《井亭梧葉》一篇，他並無有。惟宋嘉祐間，歐陽學士偕同知貢舉者鏁院五十日，得詩如干，名「嘉祐倡和詩」，顧皆主文、參詳官爲之，非監院也。今則鏁院日促且卷繁，主文、小試官各給手目之不足，何暇及詠唫事？而監臨公座于蒞事之頃，從容賦詩，一雪前人所云「三條燭盡，擁枕高卧」者，此又增聖世鏁院中一盛事也。因爲通讀之，而敬題其端。在籍史官某頓首。

張禹臣詩集序

詩有性情，非謂其言之真也，又非謂其多愬述、少賦寫也。當爲詩時，必有緣感焉投乎其間，而中無意緒即不能發，則于是興會生焉。乃興會所至，抽思接慮，多所經畫，夫然後詠嘆而出之。當其時，颯之而悠然，念誦之而翕翕然。凡此者，皆性情也。

張君禹臣少爲詩。予嘗與陳老蓮游，酒酣頹然，必誦禹臣所贈詩，欷然泪下，今「五律」卷中有《贈章侯題》是也。暨予遠遊歸，每見禹臣詩，人有比之羅昭諫者。而禹臣方攻舉文，予亦北去，不相見。會予以年過七十，老且病，就醫會城。則禹臣亦逮老，髮齒俱改，乃不以予爲不學，出其詩請序。

予讀之，詩凡十卷，卷若干首。其中樂府古今體，昭晳清潤，動合榘則，即恭言詵貌，多所縱變，而皆有性情行乎其間，若所云「情爲文經，詞作理緯」者。乃禹臣自言，作詩無他，貧無所事事，觸處生慨，遲暮棄諸生，不得志，胸壘壘矣。又役于他技，爲人相陰陽，延翰之術勞苦，且闕後目前無可爲撫弄者。夫如是，則不得不藉詩以忘之，以陶寫其心。夫以遭逢如是，貧且老如是，困苦如是，而能慨于心，發于言，陶寫于中，而嗒喪于外，則性情爲之矣。世無詩人，謂唐舉詩而能詩，今世舉經文而不能爲詩。觀唐無經解，而今能以經爲文可驗也。夫以經爲文，而尚得謂之解經也乎？唐舉詩而能詩，今不舉詩而猶能詩者，則猶是性情之故，而世顧不察，因于序禹臣之詩而遂及之。

慈雲寺新翻大悲准提二梵咒解序

釋書有顯、密，顯者其經，密者其咒也。自少林傳印不立文字，則并顯者而密之。以爲阿難説法，究歸耳宗，必返之迦葉心度之密，而于是一指之示勝十六觀焉。少時搜佛藏，見《瑜伽儀法》，不得音註，即諸經梵咒，亦並無釋義行乎其間，妄謂密部無解，解則不神，遂致彼傳此受，展轉訛錯。梵音無定字，而既則并其音而移之，口語株離，其了無證明久矣。

伯亭法師通四道大藏，修馬鳴以來法海諸觀，儼日月燈之現于口目，凡顯密各部，無不洞其原而究其裏。方闡《燄口施食儀》，開千古聾瞶，解釋之餘并及諸咒。會司天鶴亭邵君歸田有年，曩時得西僧祕授，博通四譯，間與師考晳論辨，廣所未備，每得之名義諸集之外，因以大悲、准提二咒爲世所習誦者，先爲解註。聞之大悲者，觀音之心體也，准提即諸佛覺性也。大悲之咒譯于尊法，而准提則龍樹所集。二咒奧義，從未翻解，而今忽解之，得毋祕旨之洩爲且明忌？而予不謂然。夫瑜伽通四法，咒字具四悉，夫人而知之矣，然而一指之禪未嘗不洩，觀經日誦未嘗不祕。今所謂密，徒字音字形耳。堯語舜云：「允執其中。」夫執中語字，何嘗不顯？然而舜受之，禹亦受之，他人勿受也。古德云：「諸佛密語，惟聖乃知。」今茲所翻，雖曰一切乘境行果，莫不相應，仙陁婁名鹽器水馬，則莫不稱契，然而其旨深焉。則使誦其文而當前了悟，固所願望。即不然，而憬然于心，犂然于耳目，縱未及其裏，而從此有省疑義生而信心起，何爲不可哉？

馮使君錢湖倡和詩序使君即馮躬暨世兄也

嘗讀西江倡和詩，嘆使君以郡國之長，鞅掌文簿，尚能與坐客賢豪競出其清新之句，以互相贈答。予歸田有年，在籍閒人，出而與使君主賓相見不一，然且所至無一字，讀而媿之。今使君去郡，未補擔囊，來錢湖重與二三友朋簌盤酒榼，敘疇昔之好。往來雜遝，因復有倡和之什傳于人間。夫以使君之才，當二三友朋賢豪之舊，即微居錢湖，其爲登臨詠歌者，自必抽新摘穎，争出所未有，則其詩之工不減西江，固無論也。獨予僦錢唐，與湖隄相去不越數里，亦且偕酒人相謁，執手慰勞，然仍無一字可以相餉，徒把此一卷爲之吟詠，愧乃滋甚。聞之古友朋會合，多所贈答，如鄭僑、晉肸輩見于《春秋》，顧未嘗爲詩也，誦人詩耳。即良時高讌，賓朋滿前，有若庾公在武昌歡飲達旦，然祇稱理詠。理詠者，誦詩也。予雖老去，才盡而齒存，心力衰而口尚健，縱未能詩，讀群公之詩而一如己出。口之所至，心以爲善，則請誦諸詩以當賦詠，寧有異焉？

三韓張氏家譜序

夫輯族之法，先分而後合。其先分者何也？分姓爲氏，分氏又爲族也。國君禪一姓，而卿大夫下則各受以氏而判以族。而後合何也？一姓合諸氏，一氏又合諸族也。國君以一姓統宗，而大宗小宗則又一統氏而一統族，故《禮·大傳》曰：「國君有合族之道。」又曰：「尊祖故敬宗，敬宗故收族。」其或分或合，各具條理，而要必有人焉立書册而稽覈之。《國語》所云「工史書世，宗祝書昭穆」，胥視此矣。自封建不作，氏族不分，而後之爲世系者，第合古之一氏者，而不辨所始，嶓其源，岷亦其源也。或析今之别流者而不知所收，潛不知有江，沱亦不知有江也。

三韓張侍御以科目起家，遍歷三曹、尚書郎，從征滇南，佐王師撻伐有功，隨以言事故遷幕杭州，其滯録參有年矣。生平孝友惇睦，每念及所生，期于無忝。教子弟以詩書之澤，乃復續輯其家乘，而謁予以序。

予思遼左諸族，皆從龍之胄，世甲地大，巋然當豐沛宛鄧之鄉，其通侯代興，冠金貂而錫履陛者，不可勝數。而侍御家聲爛然，獨慨念先烈，上溯之千里之侯，百里之長，以著所自來。而所輯家規，則又以砥行、飭法、勤學、務業爲兢兢，是何席寵而思遥，履貴盛而重本根，一至是也。夫圖系傳述，仿之史氏，以爲家國雖殊，記載則一。而近爲譜者，第準之唐之氏誌與宋之族譜，著爲科律，而不知支派分合，當遵古法。夫清河曲江，代顯閥閱，凡連天之姓，誰不視之若崑崙？而侍御悉屏卻之，而第肇基于醫巫之丘，是分者不輕合也。然而萊子之國，東近營州，明時遷青齊巨族，以實遼海，四郡雖大，究以膠萊爲涓涓之地，是合者終不可分也。然則工史之書世，與宗祝之書昭穆，悉視此矣。

夫侍御以用世之才，不竟用之國，而區區經畫，僅見之家門之内，固爲可惜。然而工祝之所書，較之太常之所紀，未有歉也。則即此一書而頒之國門，永爲凡有家者所取法，何爲不可乎？

梅中詩存序

世無甘蠅，非謂辭金僕而卻銑珧也；又非謂河中無弓人，而封父無繁弱也。方其家居，懸蟣虱于牀梔之間，閟其耳目而忘其筋骸，初亦何敢謂天下之射必無過是？及一出，而朔蓬之抵所向無敵，然後知射者之絶人遠矣。惟詩亦然。挾《平水》一本，購《劍南》《石湖》一二卷，意氣溢溢，摇筆滿天下，出以之爲摯，而處以之爲徵名傲物之具。人之望之者，亦且辟易卻顧，莫之敢抗。然而十餘年間，自都市以至陬僻，指詘心計，求其得當于是者，率刺促㓾屑而眎若無有。是豈操觚果無人而倡酬絶于世哉？其所爲詩者非詩，而所爲射者非射也。

予久知蔣子梅中與其兄嵩臣各能以詩文名人間，每見其投贈而思之，既而得其所纂爲《律韻》一書，嘆其深于詩而并及夫詩之所爲押。四始雖絶，當必有起而續之者。今讀梅中詩作，而曰：「甘蠅哉！世無射者，而今忽有之。世已無詩人，而今乃得而一見之。斯時也而有斯人，詩之幸也。斯詩也而見于斯時，則又斯時之幸也。」江河而日下矣，袒膊以爲容，詬誶以爲言，溲滕糞壤以爲所居與所處。而梅中以爾雅之才，展揮戈之技，去噫而進史，去駁而進醇，去薉臭而進薌馨，去其近今而進于前古。言格格精，言律律妙。是非有鉏之彊力所幾也，是非吴太史之神臂所能至也。世雖多詩人，吾必以爲叔田之後無飲酒矣。詩名「存」，言可存也，然吾以爲所存者，不止是也。

倚玉詞序

詞成于宋，舍宋無所爲詞也。然而人好宋詩，不以宋之爲詞者爲詞，而以宋之爲詩者爲詞，而于是宋無詩亦并無詞。夫詞雖宋體，然自唐後，樂府減四十八調爲二十四調，而後詩餘曲子由大晟以迄金元，其所爲九宫十三調者，皆二十四調之遺。則上自齊梁，下逮金元，無不以是爲宫懸、戛擊之端，原非北宋一代所得而限也。故予鄉曩時有創爲西蜀、南唐之音者，華亭蔣大鴻也，其法宗「花間」。而人之爲「草堂」者，卻而不進。有創爲德祐、景炎之音者，禾中朱竹垞也。竹垞客予郡，覓予郡之景炎處士，所稱菊山唐珏、蘋洲周密、後村仇遠輩，而效其倡和，相率爲愬急偪剥之詞，而人卒局步而不敢前。

迄于今又三十年矣，杜陵梅中以風雅之宗領袖篇什，乃出予鄉《倚玉詞》屬予一言。夫《倚玉詞》，許君又文之所爲作也。鄉人爲詞者夙稱雪舫，而又文接踵而興，標新領雋，萃草堂之精，而一軌于正，有近晚唐者，亦有類德祐、景炎者。要之，皆大晟之聲也。越中乏詞宗，而前有華亭，後有禾中，今得梅中而三之，宋人之詞，于是有真面目矣。予老去，不能爲詞，居錢湖之濱，而目盻西陵所謂「青驄油壁」者，皆惘惘若隔世矣。觀又文之詞「細犢車回，小蠻人去」，雖逮老，猶想見之。

長生殿院本序

才人不得志于時，所至詘抑，往往借鼓子調笑爲放遣之音。原其初，本不過自攄其性情，並未嘗怨尤于人。而人之嫉之者，目爲不平，或反因其詞而加詘抑焉，然而其詞則往往藉之以傳。

洪君昉思好爲詞，以四門弟子遨遊京師。初爲《西蜀吟》，既而爲大晟樂府，又既而爲金元間人曲子，自散套、雜劇以至院本，每用之作長安往來歌詠酬贈之具。嘗以不得事父母，作《天涯泪》劇，以寓其思親之旨。予方哀其志而爲之序之。暨予出國門，相傳應莊親王世子之請，取唐人《長恨歌》事，作《長生殿》院本，一時勾欄多演之。越一年，有言日下新聞者，謂長安邸第每以演《長生殿》曲，爲見者所惡。會國恤止樂，其在京朝官大紅、小紅已浹日，而纖練未除，言官謂遏密讀曲大不敬。賴聖明寬之，第褫其四門之員，而不予以罪，然而京朝諸官則從此有罷去者。或曰：「牛生《周秦行》，其自取也。」或曰：「滄浪無過惡子美，意不在子美也。」今其事又六七年矣。

康熙乙亥，予醫痺杭州，遇昉思于錢湖之濱，道無恙外，即出其院本，固請予序。曰：「予敢序哉？雖然，在聖明固宥之矣。」予少時選越人詩，而越人惡之，訟予于官。捕者執器就予家，捆予所爲詩，爨毀之。姜黄門贈予序曰：「膏以明自煎，所煎者固在膏也。然而象有齒以焚其身，未聞并其齒而盡焚之也。」昉思之齒未焚矣。唐人好小説，争爲烏有，而史官無學，率摭而入之正史。獨是詞不然，誣罔穢褻，概屏之而勿之及，與世之所爲淫詞豔曲者，大不相類。惟是世好新聞，因其詞以及其事，亦遂因其事而并求其詞，則其詞雖幸存，而或妍或否，任人好惡，予又安得而豫爲定之？

左季折衷序

《左季折衷》者，時賢之書也。明嘉靖間，山陰季本字彭山作駁《左傳》書，名曰《私考》。而生其後者又駁之，取左氏之文與季氏之駁，兩相較辨，名之曰《左季折衷》。然不知何人作也。其書本雜論經史之可疑者，倣王仲壬《論衡》、徐偉長《中論》，而雜是篇于其中。顧行文寬博，使才氣，微涉宋人論辨諸習，然而其議工焉。今其書已亡，不可考矣。

亡友徐伯調之孫，文士也，謂予曰：「故祖歲星堂所藏書，有抄集六本，云得之祁氏東書樓藏書中者，忽何有之人攫去。越十年，聞其書已刻他氏名。又五年，聞刻書者已死，又聞死時其人每寢，有丈夫者據寢間，百遣不去。既而死，逮死不得証其書爲何人作。且其書無兼本，罔所據。又踰年，歲星堂移居，遷故祖書，得《左季折衷》十三篇于廢帙間。是竊刻中所有者，且係祖手書，非從刻後抄得之。是宜可據，而不署名氏，雖欲刊正焉，而仍不得其所爲人。抑者先生冠以序，幸存之以俟他日之自雪，何如？」予曰：「有是哉！晉向秀註《莊》，而郭象據爲己有；南史郗紹著《晉中興書》，何法盛欺其無兼本也，竊而署己名。二事聞者深恨之。然而秀與紹其爲名，未嘗亡也，今乃盜其文，而其人遂滅。」

東陽盧元夫嘗言，著書者集他人之説而不署其名，比之盜人。蓋諸儒老死，著書亦欲有所傳于人。而後之爲儒者，述其語而不著其名與氏，千秋萬世後，又孰知某説爲某所云者？雖以盜比之，而不爲過，況果盜哉？或曰盜書與盜財異等，況非剽人賊，而索之抵死，已踰量矣，尚何憾之有？而曰：不然。今夫居計者，生平積汗血以收錙銖，而一旦攻剽胠篋，奪其所有，然且戕其人，滅其口，子姓不得知，隣里不及與聞，易氏禪代，而終不得其存亡起居。人必曰忍人哉，雖抵之，亦何足償？而乃有劇其心，鉥其骨，刳其腎腸，銷亡其年歲寒暑、精力魂魄，忻戚歡宴之所忘，飲食男女之所不給，陽陽攫之，而其人亦遂窅冥歇絶，如蠛蠓影響之不可復睹。此在旁人聞之，猶震心慘耳，而況其受之者也？鬼神有知，將必重雪之而重還之矣。吾故書之，以俟夫後之雪之而還之者。

其所抄目，曰「左季折衷説」，曰「亂臣賊子辨」，曰「編年辨」，曰「三傳學官辨」，曰「晉文公」，曰「隱公」，曰「秦穆公」，曰「衞成公」，曰「公子叔牙」，曰「首止之會」，曰「王子虎」，曰「趙盾」，曰「武子來求賻」。

道源田氏族譜序

道源田氏稱蕭山右族，其里踞東南近郊，水環其樊，分庖而同涂，前坊後廬，無三眷之殊，無丞相、司空益宅減宅之弊。予每于歲時行禮，一過其家，輒東西眺視，不能去云。暨鼎革以還，世家大族率相顧淪落，曩時所謂太傅之澤，尚不能庇及五畝，況其他乎？顧宗事亦稍曠焉。

姊子三上，係中憲公嫡派，凡數傳，而服屬未絶，慨然以因睦合族爲己任，謂族大以禮，禮合以序，譬諸衣裳，別之以冠純，而望之而儀生焉；譬諸宫室楝宇，標之以閈閎，分之以闒閱，而就之而黨以辨焉。于是倣有宋諸譜，勒爲一書，追溯其本源而條其枝流，有表有序有譜有傳。往來稽核，閱若干稔而工成，可謂勞矣。

夫邑有世族則邑重，族有聞人則族愈重。吾蕭在晉朝尚有望計、望孝諸族，與會稽埒。而唐宗檢正世譜，合九百二十三姓，則吾邑夏、郭二氏公然居右。今户版衰減，門望寥闃，❶而爲人後者尚能述其先澤，以下聯族屬，此非克家所有事與？嘗簡邑乘，係前朝嘉、隆間東源先生與芝亭張君、龍泓錢君所共編者。東源先生即中憲公也。中憲在前朝以文章顯。及啓、禎之末，予方垂髫，尚得見中憲諸孫，衣冠方幅，若所稱楚府典儀、上林監正、内殿中書以及明經歲薦、司教司訓者，不絶于時，曰：「此田氏聞人也。」無何，轉瞬間已相距五十年，老成典型，並枵然無一存者。而姊子以諸生繼起，率能繼志述事，以承先人所未逮如此。嗟乎，吾見田氏之嗣興矣！

❶「闃」，原作「闃」，據四庫本改。

西河文集卷四十八

蕭山毛奇齡字大可又名甡稿

序二十五

重刻荀悦漢紀袁宏後漢紀序

六藝家史家失傳久矣。皇上搜經學之在章句外者，侍衛成君應詔，梓經解數十百卷，而隋唐以前抄括無有，秖一《子夏易傳》，而侍衛原序尚三嘆爲宋元間人僞書，則他可知矣。襄平蔣蘿邨、梅中兄弟嗟史學之闕，謂自典午後，八書南北合成十史，而五後十國五十餘年間，寥寥數策，僅傳歐陽氏。家居馮億之所爲得一失伯，倀倀然若游之無何之鄉，將取扈氏、盧氏梁、漢、周三史所未傳者，合之十國編年諸書，以備五後。因之先梓馬令、陸游二《南唐書》行世，而以爲未足，復溯自二《漢紀》《舊唐》，以迄宋遼金元逸史之全，將循次編補，滙成大觀，而惜乎以他事沮也。

余嘗就蘿邨、梅中聆其談議，謂兩漢二書，皦若日月，迥非二《紀》之可比，顧各有相發。荀豫《前紀》作於漢初平、興平之間，已習見班氏成書，而應詔减省，創立五志，以補「春秋考紀」所未備。若袁虎《後紀》，則先於范氏所作五十餘年，其中多范氏所删取而不盡録者。二《紀》之當具，比之《易》之有荀九家，《禮》之有熊氏、皇氏，所應重標其書，爲逸史倡，故不憚亟爲梓之如此。

至其所讎校，則初購善本於吴門宋開府署，得明嘉靖間姬水黄氏所勒本，續得宋版《前紀》於項侍郎宅，又續得明南監本《後紀》於吴宫允宅，互相參對，補其漏而更其譌，疑即闕之，不妄填一字。起自乙亥冬十一月，訖於丙子夏六月。會其尊大人由兩浙行省左移參知，從杭州寄居吴門，中間多曠月，凡八閲月工竣。

自古學淪失，士子習一經，競爲舉文，茫然不解典籍爲何物。即一二知名之士，槖筆載牘，日以文賦相矜高，而巾箱五經，匿爲珍秘，一遇史事，即司馬光《稽古録》，無不張口呿呿，不能略辯。而蘿邨、梅中年不踰終、賈，胸懷萬卷，其能綱古今而羅百氏如是，是非古學將興，有應運而先開者邪？吾願天之假以時，而得盡踵其所爲志也。

五雲唱和篇序

《易》曰：「方以類聚。」《詩系》曰：「才人當叔伯，而予汝以興。」故白傅守杭，元九爲越州觀察，始製詩筒。而涪翁與眉山則各以著作爲丹禁詞官，因之有蘇黄唱和之作。蓋吹律用同，而躍劍當合，理固然也。

浣廬彭君爲襄平異才，當未通籍時，即能讀等身之書，出其所爲詩，與京門賢豪争長藝壇有年矣。

顧往往取法最上，擷漢魏晉唐而踞其高步，睥睨宋元，下如蛙鳴鴟啃，唾棄不屑。予嘗聞其人，而思一見之。乃筮仕縉雲，寄蹟山僻，固知龐公非百里任。然且一行作吏，文簿鞅掌，雖才大不擇，而種花種秫，究之與鄴宮酬唱之事稍有分别。顧下車未幾，而刑清訟簡，仍然以詠歌風雅當揮絃之理。會吾友蕉園，擁臯斯地，珪聯璧合，叔伯予汝，因爲唱和詩而録以行世。

吾聞東甌山水以括蒼爲勝，而括蒼山水則又以仙都蓬萊擅全郡之勝，道書所稱一十八洞天，此其一也。地所鍾靈，必産人傑。乃計之前代，自趙宋王伯厚後終鮮文學，而近則劉君在園以括州刺史名過北海君，復得以縉雲之長超李陽冰而上之，而蕉園尾欅山後並厠不朽，覺一時名士共集其間，不可謂非山川之勝事。而予以七十四叟，寄數言以題其端。延津飛劍，千里必合，世之見之，豈止占類聚之爻、諷《韡兮》之什已乎？

雪園集序

予與昌其比隣居，兒時同學于塾師沈四先生之門。予九歲爲文，十歲出赴試應童子科。而昌其小予三歲，甫九歲而即應試，嘗曰：「吾無以過君，然先君作舉文者，穀一熟矣。」既而丁國變，燕京不守，留都之建號者，相繼潰。西陵烽火達甌粤，里中奔逃。予方避南山，與沈七、包二先生、蔡五十一子伯爲四隱，闢土室，列藏書室中，刻日遍讀。而昌其方竄處山陰之馬社，不相聞也。及王師東略地，風鶴稍定，予出爲文社，考鐘伐鼓，號召諸名士，始得偕昌其領東江之會，飲酒歌呼，流涕道故舊。然而昌其已就試，每試輒第一，聲名藉藉，雄長諸試者。諸試者見之，輒相下呼爲先生。當是時，昌其間爲詩，曾以一卷示子伯，刻之問世，世多稱之，然實未見其全詩也。暨予避人去，周流淮蔡，不相見者越十年，而昌其已厭世，不得赴。嘗謂昌其賫志歿，恨無表見，舉文不可驗，而生平詠吟且無所聞于時也。乃予請假歸，杜門十年。而昌其令子能發其先人所藏，較讎篇什，搜簡諸闕軼，付之梓，而屬予爲敘。

方予與昌其游時，沈七早殞，而子伯與包二先生則各有詩文數十卷，藏之子舍。乃數年以前，沈七所遺子折而無嗣。而今年八月，則子伯之子不幸，已娶婦而天祝之，其所遺集且不知棄于何所。祇包二先生孫枝已成長，其別集中有所爲《蟲弋編》者，約三十餘卷。予囑之早刻，而其孫不戒，爲無賴子弟竊數卷去。而昌其之子獨能保愛父書，遍收其瀋澤而使之嬗後。夫昌其之過人者，不止舉文彀一熟矣。

袁春坊試浙紀程詩序

當在史館時，與袁子杜少分廳起草。每牕紙日落，必撤筆，相對吟一詩，然後騎馬出東華門。計長安聚首，及今相別，南北各異地，掄指約十五六年。會丙子大比，皇帝從撻伐還，允撫臣所請，擴鄉試額。而杜少以青宮近臣，奉天子簡命，主文吾浙，因得于榜發之後，循例謁謝。見杜少官亭把袖，如不相識，其毛髮容齒，皆大減于昔，知其以終養復入官，勞苦久矣，然猶四顧轢落，意氣慷慨如平時。

自道無恙外，愬言中簾燭短，晝日閱試卷，無暇與參房賦詩，倣嘉祐時事。惟是乘軺南來，津亭記程，合得絶句若干首，以問吾子。

予受誦之。其風骨峻上，覺與當日相對時不甚相遠。而乃身踐修途，心懸魏闕，就其所經，無不以承詔品目，偶佚繩簡爲兢兢。未剖蚌而愁得珠，宜乎青嬰滿車篋也。夫罔象入水，不辨龍魚，況以漆室探麩金而稱量璅屑，錙銖不爽，此豈易事？杜少自言曰：「予甫入公舍，而撫軍以廣額見咨，遂喜爲口號，以附之紀程之末。而揀所爲詩，適得七十一，與撫咨廣額之數合。」其通于神明如此。

特予則重有感焉。昔有謂長安之月明于鄉縣，洛陽之花燦過他谷者，非花月之有殊，而所見之地異也。今杜少啣使異于曩時，而予則歸田有年，遠不逮騎馬紅墻、相對詠歌諸舊事，而杜少爲詩，與予觀杜少之詩，前後若一。夫杜少千秋，豈復以頃刻爲今曩者哉？然則繼此相思，其觀杜少之爲詩，亦猶是已。

重刻楊椒山集序

少讀《王章傳》，涕泗被面，驟出對客不能飾，客訝問故，曰：「吾讀《王仲卿傳》故也。」既而讀楊椒山自著年譜，驚曰：「此非仲卿乎？」仲卿學長安，獨與妻居。疾病，無卧被，入牛衣中，與椒山讀書無卧被同。仲卿爲諫大夫，進左曹，訐宦官石顯，免其官，與椒山爲南部員外、進北部、劾咸寧侯鸞、降典史同。仲卿起司隸校尉，進京兆尹，遽劾帝舅大將軍輔政王鳳，下廷尉獄，既而死，與椒山起刑部員外，遷兵部武選司，遽劾相嵩、下詔獄辟死又同。然且仲卿之封事以日食，椒山入奏亦以日食；仲卿之得罪以指斥張美人故，椒山之得罪亦以扳援二王故。所不同者，兩人之妻皆沮其上書，而椒山張夫人乞代夫死，仲卿未有也。然當仲卿下獄時，妻女皆同時收繫。女年十二，夜起號哭，曰：「平時獄上呼囚，數常至九，今八而止，先死者必君也。」及旦，而仲卿果死。妻女徙合浦，則是其妻之罹慘較有甚于椒山者。

予嘗入史館，詢《椒山傳》。同館官曰：「未屬也。」曰：「此一代有數人物，當特爲起草，而俟鬮分乎？」同館官不答。既而微聞同館有進劄子者曰：「孝宗非令主，陽明非道學，東林非君子。」謂「夫儒者言事，但當以迂全，不以激骫。東林之争，每始于意氣，而終于朋黨。此皆嘉、隆間戇直諸習有以開之。」蓋暗指椒山言也。予曰：「然則如漢王章者，非君子耶？」曰：「章不識輕重，亢言殺身，何有乎君子？子不讀胡氏致堂諸史論乎？其于兩漢人物，率詆之不直一錢。是以朱氏傳王荆公爲名臣，而稱秦會之太師爲致有骨力，何則？不輕舉也。夫以岳忠武之死，而猶譏其横，刺其直，向前厮殺而無所于變也，他可知矣。」予氣塞而罷。然而歸邸撿舊史，見趙宋兩朝當君國之慘死事者，不下十百，而《宋史·忠義傳》並無一講學之徒厠身其間，然後知薄事功并薄氣節，皆宋學之陋，而非恒情也。今予去史館又十年餘矣。

康熙丁丑，同邑章子鈺有感于椒山之爲人，取椒山所傳年譜與其生平詩若文，合上下卷，將刻以示世，而屬予爲敘。予讀之，泪滴滴下，一如疇昔讀《王章傳》時。雖不講學，不汨其本心。而章子以藝林之豪攻經生家，年不及賈生，獨能發奮忼慨，聞椒山之風而興起焉。且復輯其遺文，惟恐其不傳于後，而汲汲示世，此非君子所用心乎？夫椒山文士，其于聖學未知其有當與否，然而讀其疏而知君臣焉，讀其諭兒文而知父子焉，讀張夫人代夫疏而知其夫若婦焉，讀王繼津書與弇州王氏所爲狀而知朋友之交焉，至于兄弟，則年譜所記彰彰也。近之言學者，動輒輕事功而賤氣節，至有訐陽明之學以明得意者。夫陽明事功固所宜薄，然而氣節者，君子之梗概也。椒山不幸與王章同，兩漢儒術久爲宋學所不許。而陽明又不幸，而龍塲以前同于椒山。道學既難言，而兩人氣節又百不如權相之骨力。然而猶尚有讀其書，感其爲人，惟恐其不傳于後而汲汲示世如章子者，則是人心之未亡，而君子之猶可爲也。世有見斯集而興者乎？其亦以予之讀《仲卿傳》者讀之可矣。

郭總制觀風集序

古總制方州之任，雖宰相遥領，而雄藩鉅鎮實專武事。惟幕府辟士，其聘舉之盛，每與公府置吏、王國命官相表裏。而今則文武並憲，三載論秀，首列其銜于貢版。即下車伊始，亦得課士文而驗士習之善否，謂之觀風。此典自開國至今，彪炳久矣。汾陽郭公膺天子寵任，由直隸中丞總制閩浙。甫朞月間，即能揚清激濁，振肅綱紀，使官吏望風知所取法，循良者相勸，而貪墨誥誡，灑滌自效。父老謳思，謂公駐閩疆，旌門間隔，但願一見公顏色，捧公衣若履，瞻公眉展頤揭、嚬笑叱咤不可得。而多士何幸，遂得邀公試，奉公教誨，受公簡拔而拂拭，則是四民之所先，莫如士也。乃士亦感激軍門頒賚，即藉之以梓其文，傳播遠邇。且復以予職詞翰，屬記事以弁其首。

夫文事升降，關乎氣運。至治將開，則其文昌明博大，並歸雅正。浙地雖多才，而一經指授，文教丕變，固不待言。特予聞去秋北征，皇上從黑魯命還，念公勞苦，命畫苑從臣，繪關山堠望圖于扇，并手書御製凱旋詩一章，勞賜之，且諭以閩地濕熱，解以清風。雖君臣相悦，情愛實深，然亦見聖治無偏，其于武備稍間，即不忘文治如此。今小醜蕩平，要荒來王，邊關數萬里皆我輿服，六師奏凱，正普天歡慶、仰賀昇平之日。而公以試義一編，敷揚文治，且即以此當歌詠黼黻之具，則是録雖微，似亦報清風之諭之所自始也。吾知文武憲邦之誦，將從此進矣。因于編輯之次，謹搢筆抃舞而附以是言。

彙刻小試文卷序

唐宋赴試舉子，先以詞業進所司。詞業者，舉子生平所爲文也。明即不然。士當應舉，即自閟其文，不令與所司相通。而居常肄業，往往群連類集，創社于枌榆之間。載筆無幾何，輒板其文以行世，較之鄉舉之行稿、禮部之房牘，倍爲張大。苟非社業有名字，即見舉禮部，仍不得預館局侍從之選。而今又不然。士子不創社，不板文出其詞業，不得與行稿、房牘並行藝林。然而行稿、房牘之爲文，則皆其文也，禮部無房本，而鄉闈撤簾後行卷不齊，坊選搜未售之文，僞爲舉業，而見舉者亦復遍假諸他人以自文其陋。雖未行，然行過畢焉。

徐子二吉偕同人爲文，聲應氣求，未嘗挾敦槃贊牲醴，鼓鐘燕飲，徼盟會之習，而聲氣所感，群焉以興，其文早播諸遠邇。其應試而見舉以去者，不可指絀，乃不假詞業，不需社文，簡生平小試諸牘板之行世。夫試牘與闈牘一也。試于鄉，試于禮部，與試于州縣，亦一也。見舉者既得挾二試以行于時，而已舉未舉，亦各得因諸小試以自見其技。九鼎在門，無異于在廟，而太阿有神，可以剸兕虎，即可以揮晉鄭之兵之衆。則雖小試文卷，自當與兩闈朱墨並行于世，又何有于唐宋詞業、有明社義之紛紛者爲？

吴司教偕許太夫人八十雙壽序

庚午之秋，吴子介臣以第一人領是科解首，而予兒次之。故事，同榜者敘年録，録其井里、氏族與二親之存若否，而以兩存者題爲「具慶」。時開卷得具慶二，人羨之。顧予杖鄉久，而兒以類我，未免懷本生之嗟。惟介臣承歡在堂，白首無間言。予嘗讀《孟子》，疑君子三樂，上及父母，中及俯仰，下及教育，而獨不得于一身出處之間分别顯晦，豈薄仕進哉？以爲仕進者用以樂親，而非吾所爲樂之之具也。乃介臣自言曰：「吾敢以父母之年徼榮顯哉？夫父母何年耶？幸而兩附計車去，不登于禮部，猶得以負米歸來，着煸爛之衣。萬一通籍而致身，則此身君身也，其將乞此身以事親，難矣。」于是端居子舍者又六年。會天子從北伐還，偃武修文，仍然以鄉比當解士之歲。而介臣尊人先生年七十有九，明年方杖國，而太夫人許太君則正八十時也。親朋謀所以爲壽者，而乞言于予。

予聞先生籍婺源，族甲地大。兒時親見其祖伯以太常卿抗疏劾魏璫，救楊忠烈，直聲震天下。而先生弱冠受四門博士，貢留都，相争上進，以不負門閥。乃鼎革以來，僅得充分水教諭，即以孟安人在堂，乞養歸里。而太君少貴，本中丞女孫，而鞠育于世父大參公家。其時一門濟美，方遭鼎盛。而太君之兄由副使分守蘄黄，爲憲賊所脇，不屈被害。雖已經贈卹進太僕卿，而終以一身許國之故，家世中落。太君每言之，而疚然于心。故先生平時讀書訓子，未嘗不汲汲仕進。而其終生拮据者，專以奉養孟安人爲兢兢。是以兵革甫定，連值歲歉，而太君以珠玉錦繡之身，爲貧家操作，不少懈怠。然且以先生當幼子，不能晚歲承二親爲歉。今先生暮强，耳目聰明，骨縏而筋堅，手無所攜持，而足能闊達。衣冠方幅，率士子談道娓娓，終日不少休。予嘗欲舉耆英之會，追隨步後塵，而尚有待也。太君盛母儀，諸通家子拜堂下者，摳衣問起居，畫冠緑髮，步履飲食如平常。凡此皆人子之所願望而未易幾者。

夫年登八十，一難也；齊齒，二難也；身其康强而不爲歲月所耗蠹，三難也。況乎以稱觴之年，當解士之歲，介臣與諸士同登建禮，使仍首兩試耶，則入官禁近，當築養堂于京師。而苟其從槐廳學人選入東館，則邸舍迎養，亦正不廢，是三樂之外，抑别有所以樂親者。

而吾即于是而進思之。初歸田時，厭爲壽辭，擇其年之高者，八十、九十，間一應之。而近則概不一應，以爲年踰七十，安可以番番之老，捉筆媚人？以故繡屏錦幛，皆任人爲辭，而署名其間。獨于先生與太君，忻然橐筆，此豈以予兒同籍之故，阿所好哉，夫亦以推之古今而未易覯者，則泚筆其間而深有幸也，而況家人之當此者也。

龍山祝矜删詩序

予自乙丑歸田後，年踰六十，老且病，不能爲文辭。遇有親知作慶弔屏幛、鏄石及詩文集序，聽其自爲文，署年月名字與印記去。且有僞爲予手書以付碑版者，予見之，俯首稱不敏，不敢直，如此者又十年矣。祝子矜删偶出其近詩，屬予爲序。予愛而留之，不辭又不使自爲，然又急切不能應，弆之案左者越半年。自忖古書畫家見名人蹤蹟，眷戀不釋，然又不能弁其前而躉其後，點次其佳好，則但爲署一名曰「某觀」。予之讀矜删之詩，可無署一名以厠其間與？近世爲詩者好談二宋，而今則又當小變之際。明時郛廓既已灑滌，而二宋佻哆諸習，亦復去之恐或後，則迄今以往，自宜有獨闢意境、推陳出新者爲之更始，而矜删先之，予觀而知之。然則觀之無以異于序之也。夫以矜删之才之學，其爲古文今文，無不超然獨得，一往多上人，而予皆得以觀之而知之也，而況于詩已！

胡飛九詩詞集序

學者乏兼才，伸于彼者或絀于此。張平子無五字佳詩，而使梅都官與柳屯田易地相觀，則詩詞闕然，況近代舉文别爲一科，又復方圜、黝堊，必不能相通者乎？以予觀胡子飛九即不然。飛九，名家子，席其世學。甫結髪，即出與藝壇長者相爲雄雌。嘗自號「潛九」，又號「飛九」，雄鳴雌伏，吾不能測其飛潛之所至。然與之相對，如泰華奇峰，陡立千尺，而沕然穆然，與之偕忘于無言之天。至感時賦事，偶爾觸發，即指爪飛揚，興會勃勃。然且匠心紬折，比于纂組機織之巧利青黄藻米，抑何神也！去年冬，飛九以小品詩詞文草示予，予留諸几案，不能舍去。惜年老無賴，每言念舊交，愸然傷懷。而飛九集中諸贈答，皆當時耆舊，四十餘年所離别、生死契闊而不得一見者，而皆于是乎見之，即此間名下若宇台、景宣、秦亭、野君諸老友，洛濱禊飲，相對慨忼，猶宛宛若昨日事，而況其他乎？然則飛九之詩文與詞，其久爲耆舊所稱許，有如是也。

吴中書廬墓序

古倚廬在中門之外，苟無故而夜居于外，則見者弔之，是以《禮》曰：「父爲衆子則不次于外。」凡以明廬次之必在外也。今門不設廬，庭以外不設堊室，有就墓堂寢枕者，輒以爲廬墓非孝道。然則未卒哭而反于寢，始爲孝與？夫古之不廬于墓者，非謂墓不可廬也，亦曰死徙無出鄉，凡葬親者，必不出井里之間。而古之葬法，不令妨田，縱去棺有咫，猶且起而蔂梩之。夫是以不壤不樹，雖欲辟苫塊之地，而無所容也。

今吴子以宰相判官上其母一品夫人，塋之空山而廬于其傍，人以爲怪，予聞而善之。夫斯禮不行于今，幾三百年矣。幼時聞先君守墓，駕言種桐，而借宿于墓，隣盛氏之門。而司空張嵿且復以愛楓爲名，自號楓丘，因徘徊楓間以寄慕思，何則？恐驚聽也。今天子純孝，當太皇太后賓天之年，曾具巾葦，廬居于乾清門外。而臣工化之，相公李公遂歸廬，即廬江。而廬之北門之岡，而予友祭酒汪君，就西湖壠間而堊室焉，乃吴子復相繼起。是數百年來，今始知廬墓之無所否有如是也。夫里門厭居，即山陬海澨，猶思張幮幙而寢處其間，而況先人之樂丘，朝斯夕斯，其與夫望都亭而馳哨堠者，且有過也，然則此亦安問矣。世有謂此爲不孝者，且讀《論語》註，有曰：「人性止有仁耳，曷嘗有孝弟？」予久深惡之，而無所發，因題其篇云。❶

❶「題」，原脱，據四庫本補。

西河文集卷四十九

蕭山毛奇齡字大可又初晴稿

序二十六

重修族譜序

予族以魏尚書僕射孝先公爲遠祖，南渡直言敢諫科進士侍御史叔度公爲兩浙之祖，元初處士貴誠公爲餘姚祖，明贈朝議大夫福建都轉運鹽使司同知坦然公爲蕭山祖，衣冠逮予十世矣。自明正統、景泰後迄今康熙，凡一百五十年間，其登仕版者世世有之。而在姚則丁多而族繁，在蕭則丁匱而族復不充。鼎革以後，譜牒荒焉。

幼時聞族祖禮部公云，寧七府君墳在餘姚師姑嶠冬青樹傍。當石阡公征苗時，值餘姚參政公爲貴州提學副使，兄弟行也，同時仕貴州，歸而墓祭于師姑嶠，樹旌竿嶠中。暨榜眼公以嘉靖己未官翰林編修，相墓者曰：「師姑嶠墳在後六十年，亦當有以鼎甲官翰林者。」及萬曆四十七年，又值己未，而其言不驗。至康熙己未，予乃以制科應召，凡取中者，倣宋制科例，悉以上卷官翰林，一如鼎甲之不必由庶常而授編檢者。然則墳墓之所蔭，其歷久不隔如此。

今族既散處，惟藉譜記，而譜又闕落，予弟大觀乃力任而增修之。予告之曰：「古貴分宗，姓分而爲氏，氏分而爲族是也；今貴合族，族合仍爲氏，氏合仍爲姓，蕭之五大房即一房，姚之三大支即一支是也。合則如磐石，牙齶相互。合則如葛藟，如瓜瓞，根株與枝葉相轇轕，而多所倚附。僕射雖遠，昭假如在矣。」於其成也，因舉蕭之與姚，其祖宗墳墓雖歷久而不隔者，書之于端。

合肥相公千首詩序

合肥夫子自汰其詩一萬首爲一千首，曰：「吾家多文相，然自深之明遠後，所傳詩率不滿千首。」蓋世無萬首詩相公集也。某嘗謂夫子三不朽，德與事功早見諸天下，至于言，聖人曰：「其代予言久矣。」然則此言戔戔耳，大言行則小言可省，而亦有不然者。

當夫子以侍從櫜筆爲天子所知，日草千百言，每計年枝幹而編其詩，比年必編詩千首，或贏或絀，如是者約十許年。某于請急時，乞録夫子詩南歸，名「還町雜録」，今所存尚千有贏也。往處門下，見夫子以學士參知入政事堂，中夜呵門出，雞未鳴也，至日仄而始還第。故事，參判詞頭伺日上鴟吻，刷廐馬行傍。已而散，間有申入而酉出者，崔相所謂「薄暮出端門，上馬詠詩」是也。今必駕以夜而税以晝，然且由元月以迄除月，略無闕日，無輪辰，知印無三日五日，一坐磚位，無兼旬註門字。自左右相至六事府三府皆然。而夫子皆歷周之乃復，所至優暇。方倪巾小寢之後，門館閑閑，白日明静，取韻牌集字以當茗愽。遇有酬唱，則押紙疾書，連篇而累什不計也。夫應事拙速，不關勞軼。夫子處性沈嘿，而抽思朗捷，既熟于朝，常晨夕待顧問，無所檢點，而所押群務即踰時越歲，偶一詢及，無不響隨莛鐘而應若桴鼓。以故心閒而思敏，發奮泉湧，雖欲過簡之而無可簡也。

嘗考三公宰相，舊多兼官，而不必實親其職。周公以太宰兼太師，江左置政府作司徒官，唐以三省長官爲左右丞相，皆屬兼官。而身歷其任，則山巨源閱吏部、司徒兩府之政，杜佑以檢校司空入中書門下平章政事，世每加稱。而夫子歷四部尚書，由冢宰以入東閣，雖主知實隆，然其卓捷爲何如者！古曰黑頭，曰其年不可及。鄉使夫子以逮今之年，留意聲律，猶能以度越前進，跨常侍而上，而夫子不爲也。

夫子曰：「詩有以相掩者，李德裕是也。德裕處慶、曆之間，以文章名，而其後不傳其詩而傳其人。相有以詩見者，張説是也。燕公踵姚、宋之後，足可繼軌，而當時不稱其人而祇稱其詩，然則詩亦可省矣。」某從在籍之末，竊夫子所爲，百務簡簡，而天亦即以簡德報之。方太夫人歸葬時，天子奠以酒，題曰「貞松」，而不奪其情。然而三公不備，台司闕其位以待之三年。甫服闋，而就家起之，其爲天下重輕如此。乃喪車渡譙，水乾膠舟，所至省民徒，而家無伍伯，相國綰雉繩前行，不移跬步。既而譙西水滖滖，初不知其所自來也。某嘗赴義，躬詣墓林，見夫子廬居，棲舊茨三楹，卑且陋也。第治司馬公泉臺，經營高廠，念無可爲環蔭地者，橫岡百里外無夭喬焉，乃姑移前山梌蘖，略具左蔽，而釵粒駢茂，鬱然成修林。墓左宜園，司馬公讀書堂也，稍稍理之，作饗祭之室。不蓄蔬菓，不安禽鳥，而方春而白燕來巢，未既而復有南方翡翠重棲于丘樊，謂非簡儉之格天，有如是者乎？

夫萬，盈數也，夫子去盈而就歉，而歉亦滋大。《漢志》曰「大于千」，故千人之長曰仟，田與錢則皆以阡計，大焉。集文者以千字爲率，《史記·貨殖傳》凡棗橘薪茜羊魚醯醬，準以千爲數，曰千亦足矣。則是相公之詩之千也，蓋去盈而就歉也，然而詩之大亦見于此。

孫繡姑表貞録序

《國風》首邶、鄘，而邶、鄘之首則又以兩《柏舟》，詠婦人志行之不可奪，然則婦人之關于民俗久矣。獨是表勵之責，曩時率歸諸監察御史，以故巡方，每歲必上所聞見孝友、廉節，覈實以題旌。而今則悉聽之開府儀同，彙請事行之合例者，三歲一上，而他不及焉。

以予所聞，錢塘孫繡姑有絶異者。繡姑十五，一穉女耳，毀齒作人婦，以貧家而爲樣婚，少小過門。雖與家人合屋居，而笄簪未加，則又一室子耳。乃其舅其婿販笠他鄉，而與狂夫爲比隣。杭俗，貧巷多連房界，一壁以分兩家，而朝夕厮唤，男女不能避。狂夫每侵女，女拒不受。至是以溽暑闔户湢浴，而狂夫穴壁而撓其足。女詈，姑訴之隣人。狂夫素自豪，往往以盛氣凌四隣，于是率黨來咆哮。隣有老者謂之曰：「何必然？杯水可以謝百過。過在君，何難寫杯水謝之？」狂夫手杯前，名爲謝過，而實借以爲調笑。女乃擲杯，中其面，面血。狂夫率黨排闥入，將捽辱之，隣人解而罷。然詬詈不已，其語有不可聞者。女乃紩其衣，撮鹽而滷之。侵晨進羹于姑，聞詬聲，泣，而曰：「不幸而遭此，能事姑乎？」既而狂夫詬至門，女仰滷氣絶。隣人聚衆首之官，會開府張君甫勵治，以興教化、正民俗爲己任，聞其事，覈實，乃破格入告，而先置狂夫于理。或言女柳劣且豁，不蟲不穢，青蠅四飛，無近者。開府爲置棺，複而畫之，重爲文，遣中軍致祭。而布政使趙君、少參李君、按察司副使卞君，皆前後爲弔詞，懸之棺傍。里老爲葭舍覆之。凡郵亭、鄉官、士大夫之家居者，及郡縣學博士，相率爲詩歌文賦，粘之葭舍。而里巷謡諺紛紛四起，好事者作搊彈唱本，譜其事爲韻語，使盲婦負絃而唱于市，聽之者人一錢。時康熙戊寅六月一十六日，越數月而李子完東、何子漢霞輯諸詞而授之梓。予自傷老去，不能爲一詞，綴葭舍末，而猶幸開府諸君其能砥民俗以繼採風有如是也，因應其所請，而力疾書之。

顔母朱太宜人八十壽序

《易》以兑承坎爲節，而其所謂安節與甘節者，反不在兑悦之二三，而在坎險之四五，何也？則以遇險而能安，遘窞陷而能甘之，夫然後坎險去而節以著焉。獨是安節者，甘于節也。甘于節，則雖節也而安矣。

予官京師，值顔先生澹園以編修領袖史館，而予追隨之，因得于橐筆之次，竊聞顔母朱太君者，爲兖州鎮國將軍息女，歸之贈公考功郎。當前朝崇禎間，河北大饑，山東、畿南皆被兵，贈公父河間太守以嬰城死官。而家居魯東，兵之環城者潰而入，悉俘其閭左而疾驅之，且云緩者剸以刃，急即免。時太君在俘間，故不行，曰：「此生須臾耳，何緩急爲？」遂到之城下，而幸未殊也。越數日，家人有救之而歸之者。方是時，贈公家已破，然猶狼倉走河間，奔赴請卹，大司農倪公卹詞所云「忠孝節烈，萃于一門」者是也。予嘗聞其事，而爲詩記之。

暨先生母弟修來君入爲天官考功郎，則太君次子也，幼負才譽，好以文章爲交游，東曹邸舍，車連而轡接。予嘗隨衆赴請，召茆菹、鸁醢，出其故鄉所進盧酒者，而飲酣咨嗟，必與編修兄弟謀造養堂于京師，以迎太君，謂太君春秋高，人壽幾何，每以兩官奉庫薄，深惻惻焉。今予方歸田，而太君三子世稱學山先生者，復由檢討充兩浙主文官，其所得士率一時名下。而予兄之子忝冠一經，遂藉同館兼通家往來。及書上，天子嘉其能。會功令督學院使暫禁坊局，參以貳卿諸重臣，而先生獨以史局官破例，特簡爲兩浙宗師，建茄鼓，開牙禾中，乃忻然迎養太君。張幃設幔，躬帥門下士扶侍後堂，而太君已八十矣。

丙子五月，值太君生日，予既合鄉之搢紳，彙爲詩册。而門下舉人偕予猶子輩，復製幛爲壽。予曰：「此即前史館所稱朱太君也，即編修、考功所共謀迎養而未得者也。夫當太君未行時，其自視此生祇須臾耳，距今五十年，而已臻八十，是須臾而千秋矣。」夫以前須臾言之，不可爲不險；以今八十年觀之，則又不可謂不安，夫太君固甘于節者也。而今以節而得甘，又安于節者也。而今反以節而重得安，是節固坎也，而一變即爲艮。坎者，險也，百川之至也。艮也者，貞也，安也，既如岡又如陵也，而統于節乎該之。今夫天無節則不成歲，地無節則不成理，草木無節則不能發榮華而致盛大。第觀夫百丈之松，結根山阿，凡勃窣、輪囷、喬然不拔者，皆恃有節目以鼇乎其間，則是險者安之基，而節者壽之本也。

孫氏族譜序

周制，工史書世，宗祝書昭穆，每以同姓所系，載其世次于簡册，以合之宗廟昭穆之列。故雖別生分族，姓氏屢易，而終不失其本源所自，何則？有所以記之也。

吾邑孫氏，肇基于樂安，而大于富春。其自奮威將軍領丹陽太守以來，歷居吴陵有年矣。暨趙宋南徙，仍還江上，相邑之湘湖而僦居其中。至明世宗朝，有禮部春溪公以文章爲世指名，而其弟東莞公登嘉靖甲辰進士，當時榜之爲湖中雙鳳，比之雲間之兩龍而不爲過。予嘗過湖濱，慨然慕思，嘆前哲風徽未嘗或沫，而惜其族之無可詢也。今吾友爾猷，誦揚先烈，以康熙辛酉登鄉書，赴公車門還，隨彙其族人，溯本星宿而派之胡蘇馬頰之末，不佚不濫，仿工史所記而葺爲族譜，使煩有所總，散有所紀，遠而疏者皆有統彙，而孫氏之工史成焉。

予每見時俗之薄，不親之至流于不遜，見族人不問，問亦不記，間有詢其服屬者，輒曰：「工史書世，爲天子諸侯言之也，庶人何足當此數而簿之籍之？」而予謂不然。不見《論語》之「式負版者」乎？夫民家口率何與至治？而《周官》司書每以邦中之版籍記諸名數，而少宰聽事，即又取其所稽版以驗其是否，《論語》所稱敬民數是也。則是天子至尊，猶得取下民之數而周知之，況同宗已？

兩浙布政司使蔣使君民懷集序

昔姚元崇去荆州時，民遮擁馬前，百計思所以留之者，雖折鞭截鐙、填門塞巷不可得，于是爲謳歌以送之。今行省蔣公之將去浙也，士子叩幕府，慷慨陳辭，農輟耕于野，商人罷市三日，咸裹糒躡草屩，將諰呼闕下，願還我公。會皇上親統六師，征遠塞之不庭者，無暇啓九關以延清問。然後民之懷思者相率爲詩歌，以志其不忘之意。此其事與姚相之去荆門等，然而何以得此？

吾聞公以從龍起家，由官閥名員出佐巖郡，卒之以行軍司馬竭蹶效力，于東甌再闢之際，亦已多年。會戈船出海，南擴溟渤，舉彭湖、高華從來不臣其地者，悉舉而爲我郡縣。念非偉略素著，足以撫綏其地者，未易勘此鉅任。而公膺天子特簡，軒車露冕，爲海外長城。其間軫民隱而恤民瘼，不爲不久，顧與浙人何預焉？暨公以西江觀察分路揚鑣，賜朱旗繡袋以榮其身，遂得以參知政事行省此邦。然而承流宣化，不過兼總大綱，與斯民相倚賴，舉凡政刑璅屑、獄訟煩賾，悉委之諸屬，而已不與。惟是舉賢升秀，底慎財賦，以攬其户版之成，未嘗家餔人餕，與爲咻噢。而民之愛之戴之，不忍頃刻而暫離之，若疾痛之聯膚而甘苦之共咽者，此曷故哉？則以至誠之相通，而剴摯之忱實有沁浹于心而不可已也。

夫民可虐而不可欺也久矣。驩虞之治，未嘗不足以動人，而肌膚未浹，神髓未濡，往往農人野婦忘長吏之尊，對若家人。然且鄒鐺夏楚不忍相加，哀矜涕泗以轇結其情，而究之所居有名，及既去，而茫無可思。蓋違道干譽，徒邀民聽，而民終背而去之。有如是之愛之深、思之切，無所爲而爲，無所强而終致之，比之孺子之慕其母，呼于途，號于里門，雖其母以得罪去，猶不禁其子之期年而猶哭也。《書》曰：「皐陶邁種德，德乃降，黎民懷之。」又曰：「民罔常懷，懷于有仁。」題曰「民懷」，紀其實也，然而何以得此？

安郡王詩集序

曩游梁時，值大雪，過孝王園，嘆寒士寥落，不能入平臺曼館，橐筆爲文詞，而棲遲道傍，所稱鄒、枚安在耶？因下馬長思久之。暨應詔赴制科，濫厠親近，劇聞桂山蘭坂間多維城之英，龍種諸孫，率能以多學仿周家分子，賦詩睦族，兼與賢俊相介接，而又以身爲朝士，不敢越典例。一登其門，然後知遭逢有數，人非鄒、枚，雖日伺東邸，而無所用也。今請急歸里，已踰十年，乞閑下士，不妨入日華之館，校論古者。而長安相去三千餘里，痺軀曲足，何能自前？即當時休沐，曾與王孫博公者唱酬主客，已唶唶成往事，不可紀矣。獨念出都時，客有書安親王世子一詩，登之障面，其題爲「秋江夜月」，用十四寒韻。某愛而和之。其詩至今存集中，然實未嘗令世子知也。乃數年以來，大江以南藉藉稱古香主人詩，禮堂書牖輒能寫其句入鏝壁間，識者指之曰：「此即安親王世子安郡王也。」詩本之温厚而出入風澤，辭輯而氣懌，一闢長安俗好、南宋俚慢之習，似與景運有重繫者。

丁丑嘉平，某醫痺杭州，僦居仁和義同里。忽有客從長安來，扣門而入，出所攜書，授之曰：「此古香主人教令也。主人以近所爲詩抄謄一卷，令校次而敘論之。」某叩首捧讀，作而曰：此非景運弘開之一太元會乎？皇上以神聖之資，大啓武功，使薄海内外，咸入版籍，而文教則誕敷久也。從來功成樂作，必以四始六義爲五聲八音之本，是以中和丹陛，皇上曾釐定樂章，播之歌詠，且復昭示群臣以生聲製律之法。某嘗對揚之，作《皇言定聲》《聖諭樂本》二書，而未有進也。今諸王大臣皆能起而昌明之，長吟短句，一唱三嘆，可以鼓休和而曜文德，何其盛與！昔楚元王好詩，因自次所學爲元王之詩，而漢代文始之樂于斯以備。即其後河間獻詩，入對三雍，説者以爲此天人協應之助。今主人所學，亦猶是也。某雖不才，猶得于鄉居之次，奉揚聖教，爲一代文運所始。即使臯陶颺言，后夔典命，亦未有過，而又何鄒、枚之足云？

索太僕晴雲集序

詩有性情，初非質言之爲性，實愬之爲情也。當其情之所發，根于至性，始之兆朕于無何之鄉，探之難明，即之而無形。既已刺刺焉不可自已，而稍渝而遽失之。而于是見之爲言，有漠然不解其所自來者。而人之見之，怵焉而驚，罶焉而感，嘿焉而神傷，以爲疇昔曾有是而阸不能言，即或偶言之，而不能委晢焉如是之邑，而此能言之，且一若爲我言之而邑之。夫乃所謂情矣。是以作者于此，鉤不爲深，灑不爲淺，琱鎪鍥刮焉而不失其靡煩怨亂之節。屬詞比事，觸物而連類，此在《九辨》《懷忠》《四愁》《怨友》諸作，時時有之，而不知者動以玉臺、西崑相比方，豈通論與？

猶子季蓮以偕計赴都，與太僕索君飲酒賦詩，把臂金臺間，攜其所著無題詩若干篇，歸以示人。人見之輒慕效，以爲天下詩有如是其可思者，吾何爲不爲之？乃爲之，而倍見其不可能。有匿者，有自慚形穢者，有爽然失者。猶子爲集其見存者若干人，人若干篇，彙作一卷，將以質之長安之言詩者，既已付之梓而載板以行。予因于是時附一詩焉，而惜其死于途而不能達也。

今予餞錢湖，而太僕乃遠貽以詩，緘其所藏稿而屬題其端。予乃發其册，再三讀之，益嘆太僕之不可及也。太僕席台司之裔，年幾終賈，早能以其詩上膺主知，應制之作，裒然冠諸篇。且復唱酧雜沓，藝塲、文圃皆遍寫其詩，粘之屏幛。而不遠數千里向請急老人，而揚風扢雅，一何善下。予自歸田後，往往訊日下近聞，皆云長安高髻，頃刻變幻；車轂名士，一時相尚爲謰謱之音，反脣爲歡。而太僕獨眇不一顧，專以胇腸爲纏綿，人多稱之。惜予老去，未能藉美人所貽，特爲酬報。而疇昔和篇，乃不意隨衆人無賴，亦謬附一詩，寄思君之意，一若冥冥感通，有無端而啓其機者，是亦言情者之所未解矣。

柳烟詞序

少年讀人詞，如聞清歌，如衛洗馬渡江，如從王伯輿登茅山，心思靡煩，覺白日莽莽，而不知此身之何歸。逮老而幽巖涼潦，不接朝旭，壞衣無暴色，散痺肢而沃之湯泉之間，苛癢不復關，寒煖不得相知，雖日讀新詞，何益？而鄭君丹書以詞示予，且請予言序其詞。予思魏公文靖年八十餘，尚示門人何穆之曰：「晚來讀《離騷》，殊動人思。夫宋詞者，唐詩之餘也。齊梁清商曲詞、吴聲歌詞者，漢魏詩之餘也。楚詞者，《三百》之餘也。」文靖讀詩餘而思生矣。不觀柳烟乎？春雲羃䍥結初黄，而曼布之長條細縷，芊綿而可愛。而至于秋潦，至于冬烈，武昌官渡樠梢都盡，而朝暮黯黮，猶尚有霏霏之色舒卷其際。詩之餘不猶是乎？然則讀詩餘而以爲可思，老少無二時，宋人與楚人無二詞矣。丹書以「柳烟」名詞而意有在也，吾故敘其詞而告以是言。

始寧陳璞菴言志集序

詩無成法，祇自言其志而歌詠出之，故曰「詩言志」，又曰「在心爲志，發言爲詩」。是詩者，志之所發。而往往得志之士，其文不彰。《詩》三百篇，大抵賢人君子不得志於時者之所爲也。

陳子璞菴以始寧名閥，寄居杭州，其爲人忼愾卓犖，不詭隨流俗，而與世之漠漠者游。嘗過其所居，席門蓽牖，庭外多軌轍，而高堂熙愉，家室雍睦，間與一二友朋商古今得失，予嘗聆其言而敬之。今觀其爲詩，情能緯物，文足被質，散辭觸事，取之爲歌咏之資。雖古今殊體，而各極其致，非所稱風雅兼行，短長並見者與？又非所謂心體明密，故出言而能通；居己端誠，故輕浮之盡迸者與？或曰：「陳子失志而詩自得，即有時得志，而詩亦無所不得，志之無與于詩也。」而予曰不然。陳子自號璞菴矣。始而見刖，不爲璞傷；終而見收，亦不爲璞幸。曰：「吾志有在，失者志，不失者亦志也。」又嘗以摽梅自居矣。松竹勁節，雖歲寒樠槭，而榮瘁不形。惟梅有枯菀，而芳華之時，不厭摽落。曰：「吾志在是，得者志，不得者亦志也。」然則陳子之爲詩，一陳子之志爲之也，而他何與焉？

西河文集卷五十

蕭山毛奇齡字秋晴又晚晴稿

序二十七

新纂蘭亭孤山二志序

康熙丙子，皇上萬幾之暇，偶書《蘭亭序》及《舞鶴賦》二通。而廷臣有請之者，謂蘭亭本王右軍修禊所記，當奉御書勒石于紹興山陰之蘭亭；而以《舞鶴賦》勒石杭州孤山間，以宋林處士曾有放鶴亭故址在孤山麓也。當是時，蘭亭、孤山諸名蹟久已洇塞，而宸翰忽及，山川焕發，觀之者皆有登臨慷慨之思焉。予友王君草堂目睹兹勝，因之作《蘭亭》《孤山》二志，以備稽考。其費編摩成一書，已三年矣。

歲在己卯，恭逢聖駕觀河南巡，駐蹕杭州。于三月二十五日，諸在籍臣工朝行在。畢會，各有進獻賦頌册子，敕黄門收入。而草堂以草莽臣，亦得將二志抄謄，逐隊呈進。此真異數，爲古今史册所罕覯者。乃越二日，而掌較官屬索草堂名甚急，遲久不至。值予詣扈壘，大學士張公宣予至行在朝門，傳諭奬勞，兼出草堂所進書，敕其改行，謂既名爲志，自當先事蹟而後題詠，況兩人之集，衹應附後，非本志也，遂付予轉授傳諭改去。其諭之宛委昭晰，至于如此。夫草莽微言，上邀天睹，斯已奇矣，乃褒嘉之餘，重以訓迪。陋巷窮士，一旦被都俞之盛，儼若嚴父師之教弟子。此在後世聞之，猶感慕嚮往，以爲難得，而況躬逢其際者也！草堂從此可自慰矣。方予捧册還草堂時，微問其故。草堂曰：「予纂二志時，欲倣常璩作《劉先主志》，因以兩人世系文字列之在前。而既而更名『蘭亭』『孤山』，而仍不之正。睿鑒如電霆，早已燭及，敢不稽首改正，以報明詔？」

曩者東甌初闢，和碩康親王還師江干，廉草堂文行之卓，蒙賜蟒衣。草堂謹閟之篋笥，不事焜燿。而今復爲天子所見知，特賜嘉與，將成其所著以嬗于不壞，一何慶幸！嘗觀草堂所著書，尚有《四書疏解》《聖賢儒史》《朱陸異同》，并《大學》《孝經》諸辨證，皆有關儒術，可以嬗後，安得盡獻諸當宁而爲之正之？

李生試文序

李生白山抱卜夏之痛，效楚人作《哀子詞》。而讀而善之，請與之游，因見其人狀貌非凡，發言多驚人。而尚困有司，阻下士之試，每見必訝然，意者長于古文未必不詘于今文也與？及觀其試卷，然後知伯樂之難逢，而鹽車之下之所由泣也。文教而日衰矣。主者寄其目于人而以肥自利，間或借名採訪，下及寒俊，往往濫被之輿臺皂隸、公乘姑布之子，而欒、郤之後必不一顧，亦安知世間有錦心繡腸，下筆如繙花，而龍沉蠖屈，猶偃蹇有待如白山者耶？

白山，名家子，世嫥學海。其王祖我存先生，以太僕卿爲啓、禎名臣，著書數百卷，所傳乾象、輿地、禮樂、算數諸册，爲天下宗法。而王父工部公早登建禮，其闈房諸牘，衣被海内。今白山起而承之，陸平原即不入洛，亦安敢謂世德駿烈，必無誦揚？況春郊不終蟄也？

錢先生者，白山之九方也，憐其才，惜其遇，梓其所試文以問世。然則天下亦尚有知己如先生者矣，於其成，喜而序之。

李白山續刻試草序

向白山刻試草成，愛而序之，且以不遇知己爲憾。乃未幾，而都運李公知之，三試其文于籌商之堂，拔取第一。又未幾，而上其名于學使者，學使者又知之，取民籍第一。未已也，取商籍又第一。夫都運公本侍從名臣，初以第一人解南宫，而學使對策，爲臚唱第一。以衣鉢言，則白山之第一，或不僅止此小試，而即此小試觀之，蘇氏子謂淳于髡曰：「人有賣駿馬於市者，市不知也。伯樂驟見而顧之，其價十倍。」今不既見伯樂乎？然則價亦何可量哉？續刻成，喜而又序之。

盧樹侯詩集序

三古詩與文並傳。漢制科無詩，而三唐兼之。宋初遵唐制，而既而去詩，當時争之者，如蘇子瞻輩僅曰：「唐以詩取士，而賢人君子未嘗乏也。」其爲言止此而已，然猶有文也。至明則不惟去詩，乃於文之外又别有所謂文者，而於是詩與文皆亡。夫使詩可亡，則詩不宜列一經，且不宜以此立學官取士。夫既以詩立學官取士，而謂士不得爲詩，可乎？惜當時議貢舉者言不及此。若夫文，則上自朝廟，下逮閭巷，凡鐘石、旌常、碑板、竹册以至移告、質券、柬札、簿牒之細，皆未之學。於是通籍以後，悉請召記室，明明傭賃而不以爲愧，曰：「吾所學無是而已。」

盧子樹侯恥其然，自趨庭受書以迄出郭負笈，爲今文，爲詩，爲賦，爲古文，爲雜文，無不探其郛而入其奥。不爲詭隨，不任朴畧，不好務通倪而趨一切，其寄託深長而譬類廣遠，燦燦乎質有其文焉！予入館時，日步趨西寧先生以爲楷橅，嘗謂高文典册，能爲國家職紀載之事者，惟先生一人，而樹侯繼起如是。漢人以詩傳，韋氏是也；唐之以詩兼文者，張蘇父子是也。進而三古，則不可量矣。夫樹侯之必不止以今文爲世稱，可知也。吾縱不敢以宋後詩文目吾樹侯也，然又安敢以漢唐所傳者爲樹侯限哉？

重修北渡橋募序

北渡，要津也，扼南北之隘以導其往來。其諸舟車之恃有橋也，猶之腹與口之賴有吭也，今吭亦稍哽矣。從來國有大役，則必邦大夫主之，邦賢佐之，井里小民群起而趨之走之。今邑有賢父母爲政，而薦紳先生復相助爲理，亦何患大役之不驟底于成？而猶有進者。曩者泉州瀕海，城東洛陽江漂没行路，太守蔡襄爲建大橋以渡之，後所稱洛陽橋者是也。其時奏請水衡，并捐月進，又且合平海諸邑而共爲匡濟，然猶官錢居其半，募錢居其半。今其橋砫尚勒僧衆名，以示獎勸，記載可睹也。然則茲役之重，有藉于募之也，夫復何言？

西泠唱和詩序

老不能詩，況能讀人詩哉？顧唱和詩即不然。唱和有興會唱和，則于詞于韻皆可比絜焉，而見其短長。夫老年寂寞，遇有興會事，即趣之，況短長品隲，尤予生平所願聞者乎？司成汪先生同官同籍，向與之唱和，而畏而避之。今暫稽鄉邑，門庭清疎，日與其門生兒子作唱和詩。予受而讀之，既而掩卷不敢讀，其故有二：一則唱和之體始于中晚，而靡漫于宋，今世不争爲宋人詩乎？吾懼其以皮、陸之濫觴而及蘇、黄也；一則短長比絜，踟蹰未決。吾既已避司成矣，顧其所與唱和者匪他人，露湑、山侖，皆當世名下士，而趨庭二子，詩復争上。嘗見楊公侍郎和其所和《十寒》詩，而嘆爲莫及萬一，短長之間仍稱司成在，知我者謂我爲暱，而不知我者即謂我爲讇。夫暱與讇，予則何敢？而既讀其詩，一何超中晚而更上之也，一何相顧寡短長也。子不必恭父，弟不必讓于師也。時而棋置，上與下若一也；時而入平林，長松與短栝無參差也。幸而老去，不能詩。不然，其爲畏避者何多也！

嗣音軒詩集序

古來談閨門之盛，無過班、謝兩家。然而班昭續父兄之史，而其夫曹壽全無文章；即隨其子轂作陳留長，曾賦《東征》，而爲之子者並無一字傳于人間。謝道蘊與群從唱和，及其婚江州，則天壤王郎，世嘗惜之。然則班、謝之所爲盛，固班、謝之盛，而非昭與道蘊之所爲盛也。人莫大乎有家庭之樂，而家庭之樂尤莫大乎父母、舅姑、夫妻、子婦之相歡。故《内則》講扶侍之節，其在飲食，則臐、膮、醢、炙必求其精；在衣服枕簟，則衿纓、鞶袠、牀梔、衾禂之必求其備。甚至樂府歌三婦，或美容飾，或工織作，或援箏操瑟以娱于丈人之前，卒未有起而談藝文者。而苟其北堂几按，長幃短榻，抽書而授牘，承頤接欬，以與寢饍相周旋，則雖三婦、三息綰銀黄而拖繡紫，亦何以過？故吾謂班氏一家以叔皮爲父，孟堅爲子，而又得惠姬、道蘊輩以爲之姑婦，則其爲一家之文，必更有異，而惜其不然也。

予向讀柴季嫻詩，嘆季爲沈君漢嘉之配，秦徐夫婦，鬱乎可觀。既而與其子方舟君游，則已輯爲沈氏一家文，凡門庭内外，裒然成集，而柴夫人詩則儼在其中焉。又既而讀《繡帙餘吟》一卷，則朱順成之詩也。順成爲方舟之配，與柴夫人爲姑婦，前後暉映。予曰「太姒嗣徽音」，此其是乎？又既而果以《嗣音軒詩集》屬予爲序。

人有好友能文詞，即望衡對宇，不厭屢從。而苟或兩地相隔，則聞聲相憶，雖復千里命駕，不爲過。而乃近處之房室之間，以朝夕相規摩，則其爲友朋之樂，已越尋丈，而況夫妻、子婦之聚于一堂？此亦生人所希覯之事，而沈氏有之。予年近八十，友朋凋盡，偶有質難，出門復入門，茫茫安之？聞沈氏當日中之際，不無稍仄，柴夫人已厭世。漢嘉居窮巷，忽兩目不見物，而方舟夫婦每侍坐談義，遇漢嘉欲有讀，輒夫婦遞讀，以當目及。即漢嘉性耽書，日願十百讀，而子婦之侍坐者，亦十百讀無厭，此亦家庭一盛事矣。若夫順成之詩，則詞質而意達，有似乎杜甫之言情者。柴夫人詩多凌厲，有似太白，與順成之婉而摯，各有所到。予門有徐昭華者，會稽女都講也，頗工詩，是集成，當貽一本示之。

胡國期詩序

能詩者不必能文，而能文者必能詩。李、杜無文，而昌黎、眉山，其詩並爲世所稱。蓋銘頌賦誄，以詞爲文，故古善文者，往往著有韻之語于散文之間，況舉文八比，尤以偶對爲章程者乎？

胡子國期從予游，每見其舉文劌心鉥腎，❶託其身于眇漠無朕之鄉，而乃由窈冥以達高明，淺者深之，直者曲之，疏通者假羃䍥以彌縵之，使尋常畦徑爲之一開。以是而爲詩，其大者入于杜陵之奧，而偶然結撰，亦動以盱眙、昌谷爲法，鉤隱剔密，而不屑屑于任華、彭伉之末。嘗爲長律百十韻，推挽頓挫，世之舍單行而窮比步者，莫敢先也。昔有操瑟過齊門，而門者叱之，謂：「王好者竽，子操者瑟，雖工，非所好也。」而其人亦即趦趄卻步，而懷瑟以退。予謂亦其瑟未工耳，苟工瑟，則洞庭張絃，通于嶰谷。夫猶是五均、七始、九歌、十二管之各以類應，而舍嶧山之桐，吹雲門之竹，亦必有鳥驚魚駭、感神人而和上下者。夫聽師曠之彈而尚疑其有遺器，必非知音；則讀國期之文而尚疑其有遺詩，可謂之知文者乎？曰未也。

---

❶「鉥」，原作「鉢」，據四庫本改。

讀書堂詩集序

初僦杭州時，辨論《禮經》，與汪司成君主客于錢湖之濱。其時，汪次公無己每有質難，厠其間，以司成君廬墓讀禮，而爲其子者亦復就廬講習，以抒其晨昏之情，皆孝思也。今司成服闋還京，其長公無亢扶侍邸舍，而無己獨留家門，如所稱讀書堂者，則凡克家與持門，其爲任較重于昔。而乃應舉之餘，復出其所爲詩，以示予取正，曰：「詩與禮，總讀書所有事也。」

予聞夫子教伯魚曰學詩、學禮，夫亦以讀書所重，首在詩、禮。顧學有不同。學禮惟講習而已，無自爲禮者，而詩則可自爲之，故夫子亦曰：「女爲《周南》，爲《召南》。」吾不知今之爲詩與古之所爲，有合與否，然而爲二《南》，爲《三百》，爲漢魏六代，爲三唐宋元明，其時固殊，而其所爲之不同亦已久矣。三十年前，予選越人詩，而杭人爲詩者不一家，其時重標榜，赫然于人，然且守雲間、歷下諸胚膜，定爲成法，謂入此則是，出乎此則不是。向使以今所爲詩，使昔人觀之，必瞠目撟舌，駭爲異事，觀者遂以定今昔之優劣。然使在昔佳詩，陡出之以示今人，亦必嗛嗛然相顧以起，何則？氣志未通，則胚膜不相接也。外氏謂生人自少至老，形貌有殊而中心不殊。故善爲詩者，毋問在前與在後，而讀其詩，而作者之心宛宛相屬。則雖起王子安讀《琵琶行》，必以爲善；而使履道坊人各仰首而讀《滕王閣詩》，誰敢不俯首稱莫敵者？

初讀司成詩而動于心，今讀無己詩而又動于心，此其爲詩必有不與世進退者。《記》曰：「無體之禮，氣志不違。」夫以氣志爲禮與以氣志爲詩，其胚膜不同，而心則一也。無亢、無己，南北各處，而不違于孝。前時學禮，今學詩，而不違乎學。司成父子各自爲詩，而不違乎氣志之合，讀書而已矣。雖然，讀書者匪直詩也，然詩可觀也。

嘯隱偶吟録序

奕公以息慈之年受平陽記莂，爲乘門高足弟子。予羡其聞道之早，每以聖門之子淵目之。乃平陽所期，極其遠大，嘗招之繼天童之席，垂手東方，演彌天大業。而奕公多方辭去，棲遲于錢湖之嘯隱者，凡若干年。予就醫會城，往往造其室，見所居穹如，即敗椽改葺，楮柱歲月，依然廓落無四壁，安見所爲一塢白雲、三間茆屋者？而奕公處之泰然。然且閉户不出，致絶粒啖柏如休糧僧，而饑癯不形，貌澤而神融，宛宛有太虚之在吾躬，浩浩乎，空空乎，豈非吾儒之所云戰勝而能肥者與？自少林以不二法門直指心印，將從來十六觀禪一切埽盡，以爲一真不立，何況文字？而平陽狡獪，往往以神通游戲，偶拈句子，而從之者效之，遂或以湯休之業唐突圭峰者，不可勝數。乃奕公視一切所有，總若塵土，而偏欲實諸所無，亦以文字爲游戲。

夫以奕公之才，向使讀儒書，智高于身而力多于髮，以之爲學事、爲世業、爲儒門經術計藝，未知與鄭玄、盧植輩相去何等。然且勤息于彼而屏跡于此，猶能出其餘資于不二法門之外，回偈爲詩，回梵字作師宜小楷，世之爲詩爲小楷者，無以過也。然則奕公之所到，豈有量矣？奕公居嘯隱，録《偶吟》一卷見示，凡詩若干首，佛家所謂大海之一滴者。奕公請序之，因序。

西湖蹋燈詞序

往作《京師蹋燈詞》，而京師無燈，惟廊房百餘家各燃燈兩楹間，並無山棚露欄并棘盆綵竿之見于街陌，而九門喧然，蹋終夜不徹。好事者遂各爲之詞，以紀勝事。今杭州燈市不減曩昔，獨西湖無燈。馬君逸千乃作《西湖蹋燈詞》六十首，傳于人間，豈亦京師蹋燈之意乎？孔子告子夏有無體之詩，無聲之樂，以爲心存禮樂，則不藉聲容之發而皆得其意。西湖固勝地，又值燈節，則凡樓頭紅燭，塔心佛火，與夫漁炊嵓竈、船星隄月之相爲照映，皆足當九枝百炬。而逸千一一而摩畫之，東棖西觸，情思滿前，此豈南渡以來，上元紀事之可相彷彿者？幼時宿湖濱，三門不閉，笙歌燈火，中外相接，今不可得矣。邇者聖駕南幸，宮車先後從三竺還蘇白二隄，皆籠燈樹間，晃朗如晝，雖京師安福門觀燈迎仗，無以過此。此則西湖之所當蹋歌者也，逸千亦進而補之乎。

何氏二童子擬應制詩序

何氏二童子者，何曾園東部之季子也。東部擅世學，其長君慎言既以藝文噪于時，而晚得二子，先後競爽，觀者謂其有三珠之瑞焉。特東部宰桂東時，攜二子從，予嘗聞其名，而未之見也。康熙己卯，上觀河南巡，駐蹕杭州。會東部君以內召需次已，攜二子還江干。迎駕之餘，朝賀行在，二子因得隨父老往觀，擬應制詩若干首，將懷之進獻，而以年幼未能上，趦趄而罷。予乃過二子，出詩讀之，一何高文典册超等倫也！杜甫有云：「往昔十四五，出游翰墨場。」讀者每嘆其夙悟。而既復有詩又云：「憶昔十五心尚孩，健如黄犢走復來。」則未有童心而能以翰墨爲馳騁者，得毋所言非實録與？今弦石年十五，韋江年十四，實能挈筆伸紙，揮灑顧盼于座客之前，湯湯涌涌。然且大篇短章，皆成栞籆，羽翼成而文彩備，此非健犢往來所能到也。在昔天子巡狩，賜高年粟帛，而童聖兒哲亦得間引爲鵷雛鸑鷟，表人國之瑞。惜二子趦趄，未能有先之而使上聞者。然而夜光之珠，終不可掩，杜甫不云乎：「丈夫生兒有如此二雛者，名位豈肯卑微休！」吾將拈其詞，爲二子贈，豈有過焉？

就正篇序

猶子遠公偕計車行者十七年，兩爲南省首拔士，而詭得復失，遂操筆爲歌曲，遊于酒人，出入王門間，幾不得歸。暨歸而悔之，乃復俛首爲舉文，鉥其心，劌其胇腸，必幾經頓挫而後快然而出之，故文窅然以深，復曠然以解，世之謀篇者莫過焉。夫繳鳥者得鳥而棄繳，意不在繳也。柴魚者既取魚而漂其柴而不之顧，何則？以所求不在柴也。今以入林臨淵之暇，進無所得，退而修器，猶復就傍人而較器之利鈍，一似沾沾乎繳與柴而不忍釋者。夫亦以矰繳雖細，傍觀極清，蓋必魚鳥之見親，而後傍觀之利鈍于以出也，結網者，忘筌之前事也。

丹井山房詩集序

予以殘年住杭州，思得宿好者與居，因僦竹竿巷，與老友顧侍御君爲比隣。而侍御君辭我去已七年矣。吾早知侍御君有後，杭人無大小，皆能稱顧十八郎，第甚弱，不得而與游也。間過其所居，見其户外屨日益滿，其先人所藏書日益增多，榻按間瓦漆銅竹諸器物日益完且好，其吟篇寫軸日益富。七年之間仍得安居竹竿巷以游娱其中，非東隣有人不至此。昔人謂阮嗣宗與王涼州游，既而與其子安豐爲文酒之友，世所稱林下諸賢有阿戎者，十八郎非其倫與？今年秋，以文戰得勝，將攜其文游長安，而以所著《丹井山房詩》示予點定。

予廿年不爲詩，故亦不能閲人詩，然而好與惡，心所知也。少時出游，必載己所爲詩與世相唱酬，比歸，必捆載盈車篋而後返。爾時心儀者，豈伊乏人？然而五十年間，傳者益少。雖詩固難傳，然其跡亦陳矣。丹井詩上追初唐，而以中晚爲門户，雖資州、棗强、松陵、東野，亦復窺其樊而闖其奥。然且推陳出新，若惟恐塵言之殢其筆者。予嘗謂文章千古事，原不宜妄逐時好，而性每喜新。老年減滋味，雞猪魚羊日溷，乃公可厭。聞明季白門有盒子會，每月節勳坊貴官以鮮味相餉，有沙菘、土藕、銀餅、法鯽諸物。每一念及，輒饞然朶頤，思厠身其間而不忍去。何則？以其新也。吾讀《丹井山房詩》，而喜其新而不可厭也，因漫取其篇而爲之書之。丹井山房者，侍御别業，在葛洪井傍，非竹竿巷居也。

鐵庵詩序

古文無言時與景者，日記游覽記皆漢後之作也；亦無言情者，寓書贈答序皆近代製也。其專言時與景與情者，在三古以旋，惟詩耳。然則賦詩而能静領節候，體會境地，終其日閒觀性情，以與世往來，宜在釋氏。而自唐迄今，傳者多有，顧求其顯著一時，與李、杜、王、岑争先後者，卒亦罕有，則以寫景搶卒便涉疏俚，造情嘐朴反成鄙弇也。鐵庵和尚爲平陽付法子弟，而下筆爲詩，如湯休，如靈一，如賈浪仙，辭致結屬，韻句纍貫，就其體撰，而皆得其言情言景之趣。劉夢得有云「片言可以明百類，坐地可以役萬景」，此其是與？鐵公住平陽，與越人游，越人無言宋詩者。今將歸淮南，行脚道路亦定無有以弇鄙、疏俚之習污我念誦。惟是淮南舊游地，且多勝景，而其中人士亦往往與予有疇昔之好，他日能憶我，未免有情，當復記其所游覽，而示予讀之。

日南和尚增釋感應篇序

無所爲而爲善，不必有所爲而不爲不善，世有幾人？下此則第以有爲之學分别善否。雖夫子不答南宫括，佛氏言因果即是下乘，而要之福善、禍淫與三緣、五覺之説，彼此並行，惟道教言太上者則不及焉。自趙宋理學祖述老氏，濂洛大儒皆以華山道士爲之宗。于是談道教者小變其習，諱爲我之學而講大同，因之有《感應》一篇流傳人間，而《宋史》之輯《藝文志》者，遂編入之。迄于今，天下之舍因果而談感應者非一日矣。

越州日南和尚繼弁山之席，闡導諸方，將以不二法門絶一切因緣，而乃較論《感應篇》以示世，世遂疑西來心印降而爲道士無賴，變言禍福之所爲。而予不謂然。少時聞二氏之學，輒起攻訐，而既而悔之。三教本不同，而同歸于善。雖道之所謂善或非吾之所爲善，而其爲感應之善則無勿同也。《易》不云乎：「積善之家必有餘慶，積不善之家必有餘殃。」此爲陰陽言之也，性也，繼之者善也。《中庸》不云乎：「禍福將至，善必先知之，不善必先知之。」此爲至誠言之也，道也，明善所以誠身也。《伊訓》不云乎：「作善降之百祥，作不善降之百殃。」此爲凡爲君者言之也，治也，合天下而同歸于善也。然則三教無異同，道術無大小，以此見性，以此誠身，即以此治世。善之爲用亦大矣。

日南自作百善圖，以爲修一善心破百種惡，修百善則惡亡矣。夫以有善無惡之性，修爲善去惡之身，進而治盡善無不善之天下，吾未見以善爲事之爲禍事也。吾未見以善爲言而猶曰非吉人之言也，然則道書何害焉？

西河文集卷五十一

蕭山毛奇齡字初晴又大可稿

序二十八

盛元白詩序❶

越自康樂侯以五字作六朝之倡，而三唐以來，遂寥寥焉。今海内宗虞山教言，于南渡推放翁，于明推天池生。雖皆張越軍，争雄海邦，而要之三唐之步，仍卻而不前。少時與木汀徐緘、梅市祁班孫、白魚潭張杉、南城沈九胤範、姜十七廷梧，作五七字會，思一破夙習，庶得間出于三唐六朝之間，以雪吾越人掩抑之氣。而班孫戍塞，胤範死于官，張、姜與徐皆相繼亡去，所藏遺集曾不得與務觀争先，何況康樂？今則響絶者又三十年矣。

元白以經生之業從事八比，偶然吟咏，即能倣古今雜體，自蘇李五字、《燕歌》七言以及漢魏長短

❶ 此篇四庫本未收。

句，無不就其題以賦其事，鉛槧之隙，卷袠成焉。夫以予垂老之年，江郎才盡，又當此文章響絶之際，入空谷者聽足音而喜，即稍稍表見，亦足以慰我願望，而況元白之日嚮乎上，駸駸乎有超世遺俗之概，豈非快事？

方今讀書人少，海内可指者並無幾人。而且草野疏啇，好爲囈唿，一當朝廟大文，輒相顧眙愕而不敢近。加之經學晦蝕，六藝凋喪，即禮樂名法，《春秋》《易象》，猶且錮蔽乎時俗，而訛舛相承，莫或訂正。是豈無豪傑間興，一舉而盡規于道者？元白有志，自當從此而進求焉，毋徒以五字七言爲斯世指名，其亦可也。

勤郡王詩集序

詩者，文之一體也。世雖好文，必不能按體而具爲之，而獨于詩，則爲者什九，豈篇短易成，抑亦好者多而趨之衆哉？夫亦以詩能達景，無問身所值，身所不值，而皆得見之。詩能移意，不必思有所及與思有所不及，而諷詠焉，而皆有以遇之。且夫生人之遭逢亦大殊矣，或悲而離，或歡而併，舉凡登臨游讌，感寄觸發，其爲事不一，而其爲情也屢遷，而乃一展卷而無不得，夫乃嘆夫詩之不可已矣。

予歸田以來，老不能詩，日有事于《書》、于《易》、于《春秋》、于《禮》、于《樂》，其視門外事，偃然若泉壤之相間隔。乃忽有客從長安來，賜我以紅蘭主人之詩，拜而讀之，一若瞍而明，充耳而復聰，喑啞而剪剪然，諞諞然，景所不值者值之，意思所不能通者通之，彷佛置我于二山之間，平臺之側，西園冠蓋之地。嗟乎，何其快也！夫予之思主人者，匪直今矣，紅蘭之名遍于寓内，然卒無能覯其休而睹其盛。少時以避人，奔走道路，勞瘁之餘，每思及長安，輒以爲天上人間，迥不可到。即登朝以來，密邇禁近，居然入蓬山瀛島之間。而一落江湖，陡絶夢寐。而乃使崦嵫匿影，重登扶桑，非筆墨有神，焉能至此？今夫友朋往來，偶不相值，初以爲雲散雨歇，而忽通一介，越數千里道而授以片言，猶必感奮流連，視爲難得。而况以天潢之裔，桂山蘭坂之英，攜天上人語，而振之蠮螉呦嚶之穴，有不喟焉長思慷慨焉而嘆興者乎？方今聖人御宇，文教滿海外，天章雲漢，昭然在人。予雖老去，固有誦揚之恐後者。獨是丁儀之文，陳思所定，而庾蘭成集，則滕王實爲之序。予少嫥文賦，垂老棄置，乃卒不能定其集以邀主人之一顧。讀主人之詩，而媿可知也。

静念堂稿序

曩者猶子驥聯謁建禮，歸自言游諸王之門，平臺曼館，往往曳裾于其間，嘆長安風雅，總歸帝室，舊所稱好學賢宗、爲世指名者，不一而足。予深感其言，自傷老去，即欲如當日朝回，過積善坊邊，偶一駐馬，而不可得也。

今猶子物化，予亦倍老，華胥之夢，自分永不能再作，而静念主人倏貽近年所著詩，而屬予校定。予思《國風》與二《雅》不同，皆以時地所居處，而于焉分之，王朝爲雅，列國爲風，此非好爲是區殊也，誠以風雅有體。詩雖言志，而崇庳之體即現乎其際。今有談京國行事，而不要之以大體也乎？高文典册，廟堂自别，而況《鹿鳴》《四牡》《皇華》《杕杜》，無非介弟姬旦、分子召奭之所作。如所云「因一事以紀一詩，其目二十有二」者，此非閭巷老人所能道也。乃静念主人抽思迪慮，隨心之所之，而指顧裁通，辭采畢發，第出乎性情而止于禮義，遂使閭巷所不能道者而道之，而中人之私，開人之隱，此不止如前人論詩，徒以時地分正變已也。

十年以來不能作詩，而祇能讀詩，今并讀亦不能矣。予受主人之詩而深有感也，因爲校其篇而序之如此。若夫五王宅畔，候問歇絶，縱徽冠蓋，亦定無能出一詞以紀其盛者，而又何風人之足云？

沈方舟詩集序❶

世鮮實學，取其易簡者而爲詩。而爲詩又鮮實學，取其尤易簡者而爲今人之詩。是以今人爲詩者什倍疇昔，而愈多而愈形其不足。非謂卷帙疎而篇什寡也，蓋《詩》《書》之氣減矣。

往者予來杭州，每與陸君景宣、丁君藥園主客論詩。其時持論太峻，尚墨守嘉、隆間人「不讀唐以後書」之説。而既而于役海内，則時局大變，陰襲虞山宗伯之指，反唐爲宋，而陽飾之以元和、長慶之體，曰：「吾唐人也。」向使有學者爲之，則涪江、眉山亦各有時，熙寧、元豐何遽不即如元和、長慶？而苟曰詩有别腸，非關學問，則不如墨守八代之爲愈矣。予遲暮還里，以醫痺來杭，而故交凋喪，景宣

❶ 此篇四庫本未收。

已行遁，而藥園先我而逝，四顧無復可論詩者。而方舟繼起，爲胥山詩社之長，禀風酌雅，以領袖群彦。予每見其詩，雖不能測其所學何等，而祇覺諷詠之餘，不必言盡于此而意殫于彼，未嘗矯爲卒搶之音，而詞旨容衍，不鍥薄以爲深，不務坦暴而能自形其所得，此其中有物焉。方舟席京兆世學，其太夫人與其内君皆有詩集傳人間，先代遺書，家人共讀，此非今人爲詩者可比方也。

夫必讀詩而後可爲詩，則學箕者必以箕，學裘者必以裘，俗士之拘墟也。然而任所讀書而皆有以得乎詩，則飼蠶以桑而能嘔絲，食南方之獸以丹砂而能唾黄金而噴紫鏐。通儒之善用也，吾亦第觀其所嘔與所唾者，而其所食者可知矣。蔣静山、陳亦昭者，方舟之讀書友也，其附以詩，比之元之附白，涪江之附眉山。而静山明倪，亦昭豪碭而多靚色，各有所到，因序方舟詩而并及之。

臆言序

俗儒習八比，不通一經，其能稍窺六學者，尚猶難之，若躬行之士，則千室一鍾矣。且聖教衰歇，行方萬正，斂手足以敦踐履，遂稱罕有。苟求之身心性命之際，而能道所見，則萬室不一逢矣。吾不知吴子殷書其爲人端在何等，而乃介所知而投我以書曰《臆言》。大抵上闡「三易」，原本象數，雖珠林玉闕，多所旁及，而究歸于陳、邵之學，好學人也。既而推之言行之間，日用出入，教家治世，皆有繩檢，且慇于勵俗而急于勸物，篤行人也。而至于原始，至于原性，則實實言之，一若有所見于中者。予童年講學，稍長棄去，暨游嵩少，而得受聖教于醫閭先生之後。顧追隨影響，每欲自疏其所見，而究不可得，而《臆言》能言之，此非豪傑之士乎？

或曰：「無極太極，先生之所疑也。《道德》五千文，先生所麾而外之者也。陳摶、邵雍之學，雖新安所遵，而先生則歷辨之而未之許也。今一舉而盡反是。」曰：「不觀夫鬻脂者乎？盜蹠鬻之爲濩樞也，而曾參鬻之以養老；粢醍麯蘗，妹邦用之爲長夜之歡，而文王用之可以備洗腆而供饋祀：道一而已。」

映雪堂牘篇序

西河自言曰：「吾生平有三幸：一不爲繼子，一行文無宋人論體，一無負郭田作衣租食税男兒。」夫宋人論體，則亦何害于行文，而惡之若是？以爲好翹人過，吹毛索瘢，有害心術；故翻成案，變亂黑白，有害是非；摇脣鼓舌，抵掌言事，有害文筆。自三唐以前，並無此體，而宋人倡爲之，而害不可道。人有以論文見示者，隨手還謝曰：「非所好也。」乃一見元襄先生文而怪之，三復三嘆，曰：「此非天地至文矣乎？議不觖于正而中人之綮，浮薄者既非所道，而迂儒繩檢，率膩緰而不敢近，出其知見，實可以上下千百年史事。」而惜其書之不盡傳也。

先生在明季，試必領喿，早已食下士之禄，吴越間士，望而歸之者如影響。而終以避人之故，隱居當湖，遂不屑以文自見。今幸與先生之子游，急搜其文，而全卷已亡，即牘論一體，亦復零散而不具如是。予既悔前言之過，而深嘆名山大篇，其滅没于斯時，而不可考者將不止是文已也。因爲鏤其篇而又序之。

沈瑶岑集千家詩序

自集詩法興，而繼之者集古，集唐，集三百篇，集陶詩、杜詩，集樂府、詩餘長短句，而獨無有集宋人詩者，則以宋人詩之記之者之少也。蓋不記則不能集，不記則讀之者亦不以爲集之者之巧，是以集詩萬首，莫如泗上施助教。然除所記外，漠漠而已，如此則與自作何異焉？

今人好宋詩，而皆不能記蘇、黄、楊、陸，掩卷茫然。予嘗取《千家詩》示之曰，「一團茅草亂蓬蓬」，此宋詩也。沈子瑶岑乃取是詩而集之。驟讀之而驚，既而頤解，又既而心曠神豁，拍桌叫快事，猶是孩豎所誦，諳于心而熟于口。而乃曳白妃黑，移子而換午，耳目變幻一至于此。今人好刀，大食、百辟，豈有畸製？乃雜取莊山之銅，歷山之金，冶百以爲一，涣然若冰釋，爛然若芙蓉之出于塘。今人亦好裘，剸豹以爲襘，刲貍首以爲袪，綴千羊之皮，以爲三英五紽，而浮光集翠，千純百結之名，其價什倍。然則集詩雖小道，其亦足以見其裘、見其冶有如是也。

張介眉八十序

當湖有蒹葭圍，聚家而棲于水鄉之中，菰蒲茭茨，四嚮而環之以鬱，爲名人高士之所都居。詩人所謂「蒹葭蒼蒼，在水一方」者，一若爲斯鄉詠焉。第是詩本招隱之篇，而序詩者謂秦襄繼霸，不能取岐西之地，以復周業，因慨然以「道阻且長」藉之興懷舊之思，豈其然與？

介眉張君爲當湖望族，而舉家居圍。圍之中亦多他望族居之，而張氏之居圍則甲于湖。雅坪學士曰：「吾家南陸世與張氏爲婚姻，介眉吾親家，其子子益，吾婿也。而蒹葭蒼蒼，每欲溯洄焉而不可得，即間一至之，而媿其爲人。」夫以雅坪賢君子，出處不苟，生平多大節，其于世無一可愧，而猶抱嗛，則必其瑰行異軌，大過乎恒人，而乃詘體焉而居于是，夫是以每溯洄而嘆莫從也。

今介眉年八十矣。當七十時，學士贈以文，載雅坪集中。不十年，而學士乃先我反真。予以七十八年之友，未能溯洄一相從者，而亦贈以文。嘗嘆久爲人作壽序，而自檢其篇，八十者裁八人，九十四人，百歲者一人耳，上壽之難也如此。學士文有云：「張氏之世，幾百歲者二人，踰九十者二人，幾九十者三人。」夫向之幾百歲與踰九十者，今百歲餘矣，即幾九十亦幾百歲矣。此無論其皆存與否，而上壽之易則又如彼。是豈隱者多壽？抑亦身居之蒹葭之間，而逍遥溶滴，天即以仙人之日月授其人與？

夫文獻之重也久矣，老成典型，當鼎革之後，易于放佚。而介眉以肥遯之軀，閱世長久，舉年時所見所聞，興廢得失，皆足鑒往昔而儆後來。加之多識大小前朝之掌故，嘿識胸臆，此在聖天子下省高年，猶當造門而憲乞之，而況子姓登朝，其爲賜鳩賜玉者，方未艾乎？少時聞里有長年，每就之聽百年間事，往有聞神廟太平貴家往來諸遺蹟，以爲咨嗟。而今則啓、禎之間，能言者鮮矣。夫鼎鼐、簠簋、奩匜、舟刀，苟雕陶冶漆，在宣、成、靖、慶所製，即什襲拂拭，尊爲寶祕。況人惟求舊，誠有如《蒹葭》之詩所稱懷故都而嘆興焉者，則以老成之尚在，而稱觴百里，相繼恐後，夫豈異事？而苟曰十年以後，誰爲贈文，則又予之詠溯洄而茫然者也。

高雲和尚四居詩序

佛家有偈而無詩。偈也者，揭也，揭其旨而已，非爲詩也。自中峰以詩爲偈，而偈乃一變，然而所揭之旨仍在焉。高雲工爲詩，及受法爲平陽弟子，則棄詩爲偈。而既而居山、居水、居市廛、居舟楫，則又重仿中峰《四居詩》，而以詩爲偈。夫爲詩爲偈，是亦何所于分別？而以予視之，以爲四始六義，靡一不備者。而明眼者見之，則又曰三門八正，無少欠焉。夫釋無文字久矣。天童直指，一傳至三峰，而旁及言語。然而平陽與三峰則竟以江漢目之，雖同宗于海，而岷嶓之見未嘗亡也。今平陽一傳，而文字之盛遂爲古今所未有。予不會佛法，而老年註經，遂厭文賦爲宿孽。而高雲寓書于予，謂葛洪井畔當邀予話三生事，蓋夙契也。夫予不爲坡，而高雲應現，實有如源澤之悟三身而得化身，則其慧業結習，固有疇昔之難忘者，予讀《四居詩》，而并爲及之。

魯緗城詩序

予避人還真州，值山陰沈九康臣以丞相判官主文江南，藏予秦淮之複壁間。其時潤州司馬魯君謙菴造戈船江濱，與康臣同學且同官，每以文酒相唱酬，而不敢與也。暨予還里閈，遇謙菴杭州，相見慰勞。而康臣以都官郎赴玉樓去，予方悲故交淪落，鄉里後進，無復擅詞業如曩時藝苑，與謙菴三嘆。

而既而江東同志無不藉藉稱謙菴諸子有學，而次君緗城尤工詞賦，往以五七言長城争雄于時。時之唱和者率相顧咨嗟，以爲莫及，是何平陵之裔多才士也。夫世家名閥，豈乏賢儁？然挾其所到，多以仕進相矜高，求其一二有學者，卒亦甚罕。今謙菴以粤西觀察進參知行省，開藩于五嶺之南，而緗城赴覲，與諸同學登臨感慨，合離分併，往來之頃，饒有篇什。

予年七十後已不能操筆爲詩，其故有三：一則江淹才盡，筆豪脱落；一則楊子雲方草《太玄》，悔實學不早，概從廢置；一則鍾期既逝，雖高山如故，而聲音歇絶。康臣亡後，便不能無黄公壚下之感。而近觀緗城諸詩，有不禁酒傭之技癢者。第崦嵫迫促，仍如避人複壁中，雖欲爲唱和，而仍不能也。

蕭山令鄭侯生日序

越浙而東出者曰蕭山，其地丁句餘、甌海之衝，土瘠民貧。尹之者非具管、樂之才，秉夷、叔之操，皆相率謝去，開府憂之。會天子南巡，簡供億之官，蘭溪令鄭侯以能名，徵之，掌太馭鈴鑾扈軍前較之除道者，設帳于衢數十里，刻日而辦，不費民一錢，開府註其勞。值蕭山闕員，東曹上選格已有人矣。開府曰："此地繁，非是君不勝任。"破例請調侯蕭山，部臣厄于例，格不下。天子見侯名，特降中旨曰："可。"命至浙，蕭山諸郵亭、鄉官齊渡江謝開府軍門。而蘭溪民大怨，集父老子弟數千人，譁曰："何爲奪我官？"撾鼓兩轅間。開府初勞之，既而出上諭曰："敢抗耶？"蘭溪民不得已，咸悻悻去，阻江扼官渡，百計謀所以留侯者不得，乃以數百人送侯至蕭山，脱侯袍韡，號于途而返。

侯自奉調後，詢民疾苦，先去其害馬者，大抵以行所無事爲休息根本。除催科之外，訟堂晝闔，獄市不得作。而究之官無廢事，民便之。然而過于砥操，絶苞苴，屏餽問，辭饗謝宴，並不受鄉官以下一蔬一菓，而薪米出入，官值卬于民。是地無閒田贏賦，可陰資日用。而一切耗羨，杜無遺隙，幾幾有枵蟬槁蚓之患。士民聞者，無不惻然其念之，顧無可如何。至于重文禮賢，恭敬而下士，其于試事無所苟，又其餘也。

夫四民者，士民與工商也。四民並重，而士與商居其二，宜無所軒輊其間。而輓近之弊，重農而抑士，且重士農工而抑商，名爲損末，而實于本無所益。蕭山本産鹽之鄉，牢盆煮海，而盜販充斥，害國禍商，并累司事之考成，而漠不相關者，尚復以紆繆之説故爲撓挫。而侯力持之，其于四民之輕重，無偏畸焉。

歲之秋仲，邑人以侯之生日製幃稱祝，而乞予文書幃間。予曰：《中庸》推至誠，每以不已不息爲悠遠博厚之徵，謂夫誠民有基，即久安長治所自始也。然而上之得君，下之治民，中之信友，必要乎誠身而極乎明善，以爲發乎邇而見乎遠，功建于此而效成于彼，可久之業，端有由致。而君之治民，既已所在有成事矣，爾乃上自天子，次之開府儀同及參知行省、提刑觀察以下，而無所不獲。然且塾門之老所稱郵亭、鄉官者，即朋友也。朋友雖甚疎，而偶爲賓僎，即備言其事，一往可信，此豈旦夕間事哉！千秋百歲，于是乎徵矣。特所慮者，侯資俸已深，在黼座既知其名，而使相以下，又必以明試之蹟有所薦引，祇恐黄麻之下，即欲集父老子弟，一如蘭溪之留侯，又豈可得哉！

西河文集卷五十二

蕭山毛奇齡字初晴又秋晴稿

序二十九

唐人試帖序

當予出走時，從顧茂倫家得唐人試帖一本，攜之以隨，每旅悶，輒效爲之，或邀人共爲之。今予詩卷中猶存試律及諸聯句詩皆是也。暨歸田十年，日研經得失，桑榆迫矣，尚何暇及聲律事？客有以詩卷請教者，力卻之。康熙庚辰，士子下第後相矜爲詩，曰：「吾獨不得于試事已矣，安見外此之無足以見吾志者？」必欲就聲律諮詢可否，不得已，出向所攜唐試帖一本，汰去其半，授同儕之有學者，稍與之相訂，而間以示人。

夫詩有由始。今之詩非風雅頌也，非漢魏六朝所謂樂府與古詩也，律也。律則專爲試而設。唐以前詩幾有所謂四韻、六韻、八韻者，而試始有之。唐以前詩又何曾限以三聲、四聲、三十部、一百七部之官韻？而試始限之。是今之所爲詩，律也，試詩也。乃人日爲律，日限官韻，而試問以唐之試詩，則茫然不曉，是詩且不知，何論聲律？且世亦知試文八比之何所昉乎？漢武以經義對策，而江都、平津、太子家令並起而應之，此試文所自始也，然而皆散文也。天下無散文，而複其句，重其語，兩疊其話言作對待者。惟唐制試士，改漢魏散詩，而限以比語，有破題，有承題，有頷比、頸比、腹比、後比，而然後以結收之。六韻之首尾即起結也，其中四韻即八比也，然則試文之八比視此矣。今日爲試文亦日爲八比，而試問八比之所自始，則茫然不曉，是試文且不知，何論爲詩？

夫含齒戴髮而不知其爲生人，不可也；知爲生人而不知生人之有心，尤不可也。夫爲詩爲文，亦何一非心所爲？而乃有其心而不審所用。詩有性情，人實不解，而至于八比，則敷詞貼字，而並不得有心思行乎其間。今毋論試詩緊嚴，有制題之法，有押韻之法，有起承開合頷頸腹尾之法，而即以用心論，窮神于無何之鄉，措思窅渺，雖備極工幻，具冥搜之勝，而見之而頤解目觸，一若有會心之處遇于當前，夫乃所謂詩也。則是一爲詩而飽食終日，無事他求；即道路憂患，猶將藉之以抒懷，況文心霏霏，又烏能已？

舊本雜列無倫次，且科年爵里多不可考。會先教諭兄有唐人試題寫本，略見次第，因依其所列而周臚之，并分其帖爲四卷，而附途次所擬者，綴諸詩後。

家會侯選本詩序

會侯以舉文爲世楷模。世有甲乙舉文於會侯之前，會侯不讓也，古文亦然，而獨于詩則世之楷模猶是，而會侯反嗛嗛焉。予往與會侯同被召京師，唱和邸里。嘗謂君詩高警而劃滌，上之無故朝郛廓之習，而下之與時俗卑弇，卻之恐浼，非嬗世何爲？而惜予之未讀其全詩也。及予歸田後，老不能詩。而會侯亦汎汎置之，人有以詩請者，偶應去，亦不大屬意。間詢其舊作，則曰亡于火甾者久矣。

康熙四十年，客有請刻會侯詩，不得。無已，取其舊時被選者，一鄧孝威《詩觀》，一王景州《離珠集》，合收其選刻而併作一卷，屬予裁定。夫選詩未易事。夫子定《三百》，尚失《貍首》《新宫》諸什，而昭明太子録建安詩，後多有議其饒軼美者。兩家選本，又安足甲乙吾會侯全詩？而乃以亡篇之後，搜討舊章，如覩真《越絶》于群書註中，輯伏生、夏侯建逸傳于《洪範五行》《春秋》二類之内，較全詩所見，倍爲矜惜。而且好其詩者將必由此而倍思其全詩，則雖謂全詩不亡，可也。

壽昌禪堂刻周鄮山文集募簿序

甬東周鄮山以能文稱，海寧查孝廉嘗爲予言之。予時求其文，不可得。既而予出走四方，不相見而殁，實不知其人之學之果何等也。壽昌菊禪師與鄮山舊，將勸緣于人，而鋟其集以行于世。夫釋門空空，每欲損所有以益所無，然不過以虛化執，以福利化仁，謂佛家緣業如是耳，從未有爲儒門作檀那者。夫吾儒爲文，嘔出心血，原與釋氏之攻苦、鉗錘、爐烙相去不遠。而乃篇殘簡脱，輒共燎草爲灰滅，則雖慈海相息者，亦且並生其悲憫之心，而況居同方而行同倫？其爲鄮山所生平，當不止查氏一孝廉已也。菊師居壽昌，曾得天童開山塔而重爲新之，其作佛門之旌幢者，已非一日，今復爲是舉，吾方慶吾學之窮有旃檀海矣。

重修示農亭合賦册序

示農亭者，戒示農事之所也。故事，孟春祈穀，遂大布農事，而戒而示之，于是乎有亭。蕭山出東門數十步，舊有亭三楹，合門房兩重，佐以夾室。每先春一日，迎句芒之神暨土牛駐于亭間，然後邑長帥僚屬，吉服盛樂鹵綵仗，就亭迎之，給春花東聽，俗所稱東營房者。而反而宴于縣東之東司，翼日則勸農于亭，而申以訓戒，加勞酒焉，謂之示農。則是前王制是亭以重農，故其爲邑要廨，已不待問矣。況亭之爲用，每不止此。吾邑當東浙之衝，上官往來者絡繹于路，嘗設亭餐，須亭燎坐上官中楹，而休伍伯于門之兩傍，因呼亭前水階曰「東馬埠」，門左勒一石，曰「輿隸息肩」。是其爲迎春、爲示農止一二日，而其爲郵驛之用，日三接焉，如是其不可已也。

鼎革以來，亭傾者屢矣，民間既多侵蝕，而縣長惜費，修廨乏帑錢，其于迎春儀節又崇尚簡略，且視勸農爲贅事，遂漫置不理。而至于上官送迎，則又以謙謹太過，謂馬埠逼城，每越至百步以外之武安廟前，而其亭遂圮。然其基壓猶在也。自修志者不肖，受侵蝕貨賂，其于官廨志中陰削去其名，以漫滅之。而于是告朔一禮，無有司羊矣。

康熙四十年，邑長鄭君蒞吾縣，多舉廢事。城東士民謂廢之當舉，莫如斯亭，因合詞議復，而縣上其議。太守宋君急許之，移檄到縣。士民首事者踊躍趨辦，先立一册書，而謂予以序。予曰：「嗟乎！

不圖行年七十九，尚得見斯舉，以迄于瞑也。」

往者城郭、廬舍皆繫官築，而今則國家多事，諸有興作，第責之民間，而民又不足。當此十室九空之際，雖好任事，鮮有克集于成者。考之古築室之法，惟賦、力二者。賦者斂財，力者任役也。是以《召誥》營洛，周公必賦功屬役，以爲之書。此即《左傳》命役賦于諸侯之法。而力役所任，必先賦斂，非豫斂其賦，必不能任其力以致有用。況今所謂力必當合力，今所謂賦必當合賦。合者，衆擎之謂也。夫示農公事，非東城之所能私，而東城士民既爲之倡，則以勻夫同邑士民合其賦而共成之，毋論公家大事，多寡惟命；而即以寡論，能輸一金，以視夫修志之徒，僅婁一金而甘削舊章以滅其跡者，其賢不肖何如也？首事者誰？四門國子莫時蕁諸君也。

淮安袁監州七十壽序

自六十歸田後，悔經學未攄，杜門闡《書》《易》《論語》《大學》及三《禮》、《春秋》。曰晚矣，惟懼不卒業，日暮途遠，卻筆札疇酢。客有以詩文造請者，直再拜謝不敏。以故碑版銘誄及諸屏幛所有詞，率人自爲文而署予以銜，雖詞有好惡，勿計也。而獨于淮陰故交，則思之憬然，語及之而惺然。有道淮人事于予前者，則心目俱瞿瞿然，雖醉亦醒，夢亦覺。即倉黃造次，亦必徐理其說而後已。而況徒委我以文，其但曰文惡不足重，不如不文斯已耳，其敢曰無文哉？

兒子遠宗從淮歸，道監州袁君年六十九矣，明年丁七十。戴子西洮、劉子嵩藩輩謀所以壽監州者，而遠屬一言。予方卧疾，把《素問》一卷，急起，憶監州當日相遇何所，往來何歲月，其爲予較計者何事，其鬚髪何等。惜相别之久，而垂老之容未及見也，然而意念深矣。夫天涯萍梗，其所會合亦偶然事耳。而身當憂患之日，則望人倍切，乃監州當日一似重有切于己者。夫切于己者仁也，切于己而厚遇之，則不薄也。夫嘉木以厚實成仁，而石薄則磷。是以《論語》曰「仁者壽」，而《中庸》言誠，則每以博厚而進于悠久。乃以監州之厚予在三十年前，則其臻斯年也，予必以爲此積厚之效。顧此三十年中，其爲厚于物而應食效者，又不知凡幾也。

劉勃安先生者，予老友也，十年前爲監州作序，其言曰：「翁歷落人也，矜于取舍，而竊鄙夫澆漓之習，不苟且然諾。其于人也，必使得于情而遠于不情。且夫財賄羶逐、權力啖張之世，止見金耳，翁特于義利之際辨之甚晰，寧利物而不以自利。以故興于身，發于後人。譬之梓材，翁塈茨，而其子且丹雘焉，所謂久也。」則是予文不足重，而勃安之文其爲可傳也如此。

予嘗憶淮陰故交，每引領不可見。其幸厠同朝而追隨有年者，爲李君太常、丘君洗馬、張君檢討、吴君中允，以至劉氏兄弟，如吏部選郎、山東督學使，無不聯轡長衢，講疇昔之好。而勃安、昭華，則僅把臂于天安門下，觀其對策，而既而别去。迄于今又十年餘矣，勃安年八十，而予亦七十有八。雖不能追隨耆英，附至道之會，而老人一星，彼此同照。然而尚有扶杖相憶如監州者，則浸假十年以後，予倘幸存在，能挈筆，猶願與勃安先生先後致詞，而況于今也？

鐵庵游黃山詩序

生平乏濟勝之具，過岱勿前，望匡山而不能登，即已陟太室，而中道旋返，未嘗越數峰而上，宜乎藉觀覽以代游歷，而乃篋無《山經》，且曾謂人曰：「僕最不喜觀近人游記。」人遂有誚予無登陟情者。顧少時讀《漢官儀》而驚心，偶閱謝客入康王谷詩，輒把卷，惟懼其盡，則是能言山水者，亦未始不好之矣。

鐵公居焦山數年，而後入黃山，既窮其勝，抑復退居雲谷寺，作黃山主人，因之有《游黃山詩》，越千里相示。夫鐵公，有道者也。曩者于無何之中不知何所見，而太白山人以爲見道而許之，使如來無象者，而忽著之爲有象。而況山容儼然，極人世變幻之形，視之如指螺掌壑，當下可信。而且見之真而言之切，舉所見示人，而人必不以爲不可見之事。則雖謂謝客之詩、應劭之記畢陳于吾前，當亦未有非之者，而乃以予不善游，將并世之言游者而盡屏之，豈其然與？

經義考序

《經義考》者，諸儒説經之書目也。古經定于六，春秋以前惟有「易」「書」「詩」「禮」「樂」「春秋」六名見於《經解》。而其時夫子傳《易》，子夏序《詩》，虞卿論《春秋》，各有經説行乎其間。即至燔書以後，尚有《古五子》十八篇，《周官傳》四篇列《漢志》中。而嗣此諸儒之説經者，遂紛紛焉。自宋人倡爲論曰「秦人焚經而經存，漢人窮經而經亡」，而後之僞爲《文中子》者，直伸其語曰：「九師興而《易》道微，三傳作而《春秋》衰。」于是談經之徒各大掃儒説，而經學不可問矣。考漢武倡制科，以經義爲對策之首。而漢後説經之文，皆稱經義，今貢舉家猶以經義名舉文可驗也。獨是予之爲經，必以經解經，而不自爲説。苟説經而坐與經忤，則雖合漢唐宋諸儒並爲其説，而予所不許，是必以此經質彼經，而兩無可解，夫然後旁及儒説。然且儒説之中，漢取十三，而宋取十一，此非左漢而右宋也，漢儒信經，必以經爲義，凡所立説，惟恐其義之稍違乎經，而宋人不然。《孟子》曰：「盡信《書》則不如無《書》。」書可信乎？吾所信者義而已。第先立一義，而使諸經之爲説者，悉以就義，合則是，不合即非，是雖名爲經義，而不以經爲義。有疑《文言》非《十翼》文者，有疑《顧命》非周公所制禮者，有疑《春秋》非夫子作者，有疑《春秋傳》非左丘氏書者，有疑《孝經》爲六代後增改、非七十子所舊傳者，而至于《士禮》則廢之，《周官經》則明斥之，《王制》《月令》《明堂位》諸篇則直祛之詘之。然且有誤讀《隋書·經籍志》，而謂《尚書》爲僞書，誤讀劉歆《讓博士書》，而謂今所傳《國風》爲僞詩者，是無經也。無經，焉得有義？予大聲疾呼以救經，并救經義，而不諒者遂謂予遵漢而惡宋，豈不甚冤？

然而儒不説經，不知書之有經也。經説不備，則并不知説之以經爲義、不以經爲義也。朱子竹垞知其然，先定其爲經，從前人所增七經、十經、十三經外，而更廣一《大戴禮》，曰此皆經也。定其爲經，而凡以經爲義、不以經爲義者，而既已有説，則并從而共臚之，曰此亦義也。有説而義明，有非其義者，而其義倍明。予方慮世之埽儒説者，駕言窮經，而故蔑其義以圖自便，而又何暇乎左右而取舍之？于是竭搜討之力，出家所藏書八萬餘卷，輯其儒説之可據者，署其經名而分繫其下，有存佚而無是非，使窮經之士一覽而知所考焉，洋洋乎大觀哉！

嘗按《周禮·春官》，以外史掌五帝三皇之書而志其書名，此列代史志所自昉也。乃漢武藏書名之曰策，而成帝求書天下，命總其群籍，而合爲縱略，其在經義，則所云「六藝略」者是也。至後漢以「四部」立名，而以經部爲甲部，歷魏晉六朝，或稱「新簿」，或稱「舊簿」，而要之皆部記之名，此趙宋三館所以直稱爲「書目」而無有他也。然而在官輯者，如劉歆奏經略，班固著經部，王儉撰經典志，唐儒鄭覃輩之修經書四庫。而自爲輯者，則如謝康樂之編經目，阮孝緒之分經典録，各有機軸。

竹垞曾館内庭，爲天子典祕書。會其時方用兵，滇黔再闢，固未暇檢校而籤帙之也。其後下徵書之詔，敕天下經義之在學官外者，皆得盡入祕府，而説經之書于斯爲盛，然而未經甲乙也。今竹垞于歸田之餘，乃始據疇昔所見聞，合古今部記而著爲斯編，曰《經義考》。此真所謂古文舊書，外内相應者。乃其所分部，則敕撰一卷，尊王也；十四經爲經義者共二百六十三卷，廣經學也；逸經三卷，惟恐經之稍有遺，而一字一句必收之也；毖緯五卷，緯雖閟，説經者也，夫緯尚不廢，而何況于經？擬經十二卷，此則不惟自爲義，并自爲經者，然而見似可瞿也，其與經合耶，是象人而用之也，否則罔也；又有師承三卷，則録其經義之各有自者；廣譽一卷；立學一卷；刊石五卷；書壁、鏤版、著録各一卷；通説四卷，此皆與經學有微繫者，然而非博極群籍不能有此；家學一卷；自序一卷；補遺一卷；共三百五卷。書成示予。

予曰：「嗟乎！少研經學，老未能就，不及見諸書，而年已七十九矣。《孟子》曰：『觀于海者難爲水，游于聖人之門者難爲言。』《荀子》有云：『不登高山，不知天之高；不聞聖人之言，將不知學問之大。』今經學大著，聖人之言畢見于斯世，而生其後者復從此而有所考鑒，則既寶其書，爲盛朝慶，而又喜天下後世之知有經，并知有義也。」因卒讀而謹爲之序。

張中丞勤雨録序

歲六月不雨，至於秋七月，中丞張公偕行省觀察以下暨郡縣諸司，並起禱祀。雖雩壇多處所，而要以城隍爲之歸，以爲城隍者，實五方五示所分主也。乃自六月既望至七月合朔，亦既見霡霂，而禱祀不輟。當是時，予方病瘰痢，僵卧西溪僧舍間，未之知也。暨七月望後，天愈燥，禱祀者愈切，一日兩詣壇，卻輿蓋，屏左右伍伯，閉訟停獄市，禁戒魚獸諸屠殺。予既病轉劇，不能從。而坊民愛公者，各出丁迎土龍，十門諠然，以爲公從此可息肩也。乃公翻止之曰：「此我事，何爲廢民業？且徒衆雩請無費耶？」諭坊民令歸，而民乃散去。其曲恤民隱又如此。既而公留壇，謝師巫里老，謂：「吾生平呼吸通帝庭，頗受神荅，今若此。」乃爲奏書曰：「寧損年，無無年。」奏訖，卜之，報曰：「天書有成矣，犬豕日當有雨。」既而壬戌、癸亥日果雨。於是鄉官偕士民營壇於城隍之祠，爲公祝釐者三日，且有願減年以還公年者。乃合著爲《勤雨録》，而附之以詩，蓋有取乎魯僖勤雨之義也。

夫甘霖立沛，往屬諛詞，御史隨車，襲爲故事。矧以里門鄉官而頌當塗之賢勞，非誣則諂。而獨於公則實心實意，格乎天而感乎人。此在爲編氓者，雖合兩浙千萬户，鉥心劌腎，亦安足以酢公德！徒藉區區齒舌間，以言詞誦公，爲誼已薄，而況明明口碑，因避嫌而翻諱之，則人各有心，必不出此。

壺山草堂詩集序

予僦杭州，凡詩人文士無不把臂，修往來之好，而獨于吴君介庵，生未嘗相親，迨屏世，而始以《壺山草堂詩集》屬予弁詞。叩其故，則以愛吴趨之勝，築草堂居之，十年以來，未嘗返樟林舊桁，以故蹤蹟太稀，聲問不相聞。夫以錢江柳浦，日搜探不暇，而乃舍而之吴，且相樂丘于東武之側，一似子真之居吴市，童子鴻之請墓于要離塚傍者，斯其人固已殊矣。乃披其詩，則登覽十二，贈答十三，讌飲酬酢與感寄觸挽者十四，而鯉庭倡和之作，反十居一焉。然且直抒其所得，落落自好，不詭隨于人，幾不知世之有唐宋與元明者。夫人席朱輪之裔，服食翫好，悉狃于便安，未能拔擢以超于人，況儼然爲是邦名士，文譽翔藝林，而乃龜解蟬脱，舍榆枋之控，而一壺自適，文詞爛然，逡巡與在庭之賢，鶴鳴子和，此其曠懷何如也！其猶子尺凫，吾小友也，攜其詩來，因率爲題此，而且以告之。

朱氏易韋序

舉世皆言《易》而《易》亡，然惟《易》可以舉世言之。倘舍《易》而言《詩》，則邶、鄘、唐、檜至今尚莫解其名。舍而言《禮》，則祇「爲人後」一節，而定陶、濮國積爲千六百年必不可釋之寃獄，況其他乎？

第《易》雖廣大，任人可言，而《易》之爲《易》，卒亦未有言及者。予嘗謂言《易》有三，一則《易》辭有着落，一則與《左氏》史占相合，一則包犧氏、文王、孔子同一《易》而無兩《易》。而世之言《易》者皆不然，名爲言《易》，而實自言其《易》；不惟自言《易》，而且自爲作《易》。《易林》之自爲爻辭，司馬《潛虚》、阮氏《洞極》之自爲卦畫，楊子《太圜》、衛元嵩《元包》、蔡沈《洪範皇極》之自爲策數、爲蓍數、爲揲扐之數，可謂《易》乎？如是而欲《易》之不亡，何待已？

朱子贊皇作《易韋》，不必言《易》也，亦自言其《易》已耳，而《易》可以見；亦未嘗于《易》外自爲《易》也，亦就《易》言《易》已耳，而其自爲《易》亦可以見。贊皇嘗與予講伶州鳩七律之學，汎濫不竭，其好學善辨，有非尋常涯涘可窺見者。今此言《易》，其洸洋猶是也。而口可得道，指可得畫，舉《易》之廣大，而悉歸之書不盡言、言不盡意之中。生平搜祕藏，每恨史蘇《靈臺》、無名氏《翠羽玉闕》諸書之不著于世，以爲《易》學雖煩，亦饒缺落，何可當世有此書而不急覯之？

湖州府志序

天下不可信者三：一道經，記黄帝君臣；一姑布子家，談人相有休咎；一天下志書，所載山川疆域、人物居處。斯三者皆不可信。而或者疑之，《周官》職方氏掌天下圖籍，并辨其人民、財賦、獸畜之數，爲作志書所自昉，縱或未具，亦安至如方術形法，同類併斥？而實有不然者。小藝荒略，無足取信，斯已耳。公然作訓方形國之書，則凡疆埸佩離、道里阨塞，皆有居馭之勢繫乎其間，而況風土之記誦、四方之傳道，其爲王朝所採摭者，觀物新舊，並關掌故，于此而叵信，則天下無信書矣。

曩時考吾浙諸志，嘆其紕繆。即職方首載九州東南，其隸吾地者，一會稽巨鎮，而不知所在；一三江大川，而于浙東浙西並不識分屬何所，遑問三男五女、獸畜、穀稻之璅璅者哉？是以疇昔記載，如顧夷吾之記山川，劉道真之記錢唐，酈元註《水經》，孔靈符著地志，以及唐元和郡縣之記、宋淳祐咸淳臨安之志，皆誤讀《禹貢》《史記》及兩漢《地理》《郡國》諸書。以秦始東渡爲取道餘杭，以漢西部都尉治在武林山，以晉咸寧中開臨平湖爲浦陽以西、錢江以東，以劉宋泰始間從海寧進軍趨蕭山回浦，爲從海鹽進軍趨錢唐同浦。予在蕭作《蕭志刊誤》，在杭作《杭志刊誤》，亦何嘗不歷歷置辨？而無如騺駮之極，不可以條件争也。《湖志》亦然。湖之地始著于秦漢，而大顯于南北六季之間，自三國以後，人物之盛甲于西浙，而其中記載失實，則自明萬曆以迄于今，作志者不乏，而訛脱謬誤，前後一轍。

鄭子芷畦者，博雅士也，胸有書卷，曾讀廿一史而隱括之，而出其餘技，輯湖人之著于史者。自序、紀、列傳以至表、考，分其門部，兼别其義類。先合仕寓土處諸人物，而彙以成編，夫然後遍及象緯、山川、郡縣、田賦、户口、徭役，以至食貨之煩，穀畜之細。圖記十二，表八，考八，列傳十五，藝文十二，共一百二十卷。夫志莫難于人物，而山川次之，其餘又次之。予向受寧紹分巡之聘，請修吾越人物志，而辭之不得，至鑿坏而遁，何則？人物去取，恩怨之府也。今湖中人物什倍于越，而當前世家大族，其卓然名氏無容甲乙者，亦什倍于越。雖芷畦受郡使君之屬，再四諄切，乃不憚一身肩之，殫心於新舊碑版之間，會萃以成，而三代直道，皦然不渝，則其才力之敏贍，志意之峻潔，亦可見矣。至于山川户口，興廢沿革，則又精于考核，不復可疑，如前所云者。獨是故明《一統志》肇乎洪武，而成于景泰，其間歷文臣學士，共相纂輯，而仍不可信。今國家文治大啓，已敕諸儒臣開館，撰一代之志，賜名「一統」，此必有大異于前者。會王師北伐，未集于成。倘進芷畦之書而參稽之，則以信徵信，定鮮擬議，其即以爲天下可信之事自志書始，未嘗不可也。

隝里張氏族譜序

宋人立族譜，稍合於先王收族之誼，故世每遵之。特是作者初意，務在詳近，惟恐悖敘有闕，因之造譜亭，以會生人。而踵其事者，誇氏族之盛，祇彙一姓之名，且顯者記其官閥而考其事蹟，不問九河與九洛，各有流派，祇繪圖立系，以冠之卷首，而于是遥遥華胄之譏，所不免焉。

吾邑張姓皆名族，而源委不一，隝里之派冠簪者累世，越宋元迄今而詩書不替，可謂盛矣。顧歷世久遠，難以考據。即其先有神人，當汴宋初年爲工官，捍江以死勤事，一如《祭法》所云「冥勤其官而水死」者，列代援報功之典，列在祀版。此亦吾邑一大人物，而即縣誌乘不載始末，不注爵里，甚至有諱而無字，有使銜而無授秩，史書、家紀兩茫茫焉。裔孫二監，搜元時所著族譜，得殘策數簡，力任修葺，偕其弟南服，仿所見所聞之例，合遠近而增損之。顧遠不加詳，近不過畧，傳信而闕疑，不檢不濫，即其顯著如神祖，亦且斟酌擬議，不加杜撰于其間，何其慎也！

予老，不捉筆，不作序頌，而譜像紛投，尤不敢漫附一字，而獨于張氏是譜有諄諄者。世鮮才士，以二監兄弟之才，將必有文章大顯于時。後人立言，正當與前人立功有相需者。此在吾邑且嘉賴之，豈止鄭穆七族之有公孫、羊舌十一族之有叔譽氏與？

東陽杜雍玉詩序

當世有文人而無學人，而今則并文人亦無之。自避人山中，曩時四方枉訊者，多以五七字當乘韋之藉，近且寥寥焉。顧殘年相對，由同里舊游外，獨與東陽學人王虎文父子暨盧子遠輩，間以學術相往復。而子遠競推其鄉人杜君雍玉爲文章之雄。予嘗爲其先人杜見山先生作《悔言録序》，嘆是家有學，其後必有繼起者。而雍玉果以文名，且出其所著《楓莊詩》，遠屬論定。

夫詩之升降，非一日矣。漢魏不作，降而三唐，既而漸降爲宋元，每況愈下，而世争趨之，何也？以其便于不學也。初尚謂詩有别情，非關學力，而今翻以學爲累，曰抒意而已，致使市肆袒裸，争相齗齗。而雍玉以學行之，上自六義之三，原本風雅，而下逮兩京安世，三朝相和，與夫黄門鼓吹、軍中短簫諸樂録，皆能就其詞以彷彿其概。然且古排律絶，各有攸歸，日與二三同志唱和予汝，内飭其情文而外循其體製，吟咏之間，秩秩如也。或曰：「子研經有年，客以文序相屬者，必瞑目摇手，曰：『吾研經，安暇？』而于斯獨娓娓焉。」曰：「子亦知斯文中之有學人乎？」

西河文集卷五十三

蕭山毛奇齡字初晴又秋晴稿

序三十

陸孝山詩集序

當予避人湖西時，以滯久難安，將投嶺表，依故人之官韶州者，而故人不欲。值孝山爲南雄太守，招之曰：「來南雄，亦可居。」時予既已赴崇仁之招，雖不果往，而聞而壯之曰：「孝山哉！夫哉！」既而予與其弟義山同官京師，距向招予時已一十三年。而孝山以補思州太守，重來會京邸。予每會，必與義山相咨嗟，謂思州難行。而孝山慨然就道，曰：「不聞王尊之過九折坂乎？」予揮手而別，歸而嘆曰：「夫哉！孝山哉！」迄于今，義山爲東閣學士，以參知軍國還田而逝，而孝山竟卒于官。義山所著《雅埤集》，久已行世，而孝山之子乃始持其所爲詩，屬予點定。

夫以孝山兄弟席世家之遺，競讀父書，各能致身通顯，以功名與文章互相争勝。而孝山復饒于憂民恤俗之辭，自之官蒞治，詢方諮土而外，流連今昔，無非爲斯民請命。而即其水旱禜雩，吁嗟而咏嘆，哀于言而慗于氣。讀者知其爲志切九閶，情通萬里。此其政治之足傳與文詞之足録，固不待言矣。

特予少爲詩，必力排基壂，先擴其所爲地步者，而後論裁搆之法。格取其高，卻諠卑也；氣取其壯，絶薾弱也；調取其噌吰，斥嚶咿也；律取其渾涵而周謐，去纖以弛也；意取其刻覈，而旨又取其有餘慮，思維之易疎而諷嘆之又易竭也。至若詞取其雅，韻取其和平，則將使誦者不愧于口，歌者不跲于響。向使起田更而著三豳，則學士必口恧；進株離而講五均之法，則工歌者必張口而不能闔，夫人而知之矣。乃不學之徒厭常喜新，一變而爲京師叫賣之音，村言市詞，動以褻嫚相往來。而既而厭之，就其形之弇嗇者，而拭其脣，拂其眉宇，易如山如河之貌，而假以修容；即其言之謱謱者，而巧之俊之，改黃鐘而爲瓦釜，何其細也！今夫生世爲丈夫，必當有昂藏七尺之概行乎其間，故相如追琢，楊雄纂組，猶以爲壯夫不爲，而況研衣膠鬢，收貨郎把翫以爲寶祕，似非士君子所宜爲者。而以視孝山，則正當累變之際，乃獨堂堂坦坦，直抒其所言，而不詭不隨，皇然爲正始之音。其調之高而氣之博，雄沉廣大，詞雖簡而意甚長，其浩然自得，爲何如者！夫不爲時移，夫也！自抒所言而高明爽闓，昂然自立于天地之間，又夫也！若孝山者，豈非文章政事大丈夫哉！

嗟乎！孝山與予年不相上下，而予以崦嵫未入，猶靦然敘其所爲詩。而特是齒衰意耗，四顧滄茫。孝山能招予，而予于蓄哀之後，距孝山死時又若干年，即欲向西南荒徼作招魂之詞，而不得也。冥冥之中，吾負此良友久矣。孝山諸子皆相繼有文章名，故既敘其詩而并爲告之。

江皋草堂應試文序

予避人以前，曾授徒于會稽姜京兆宅一年，凡七人，而售者五，曰希輅，丁巳。曰兆熊，癸酉。曰兆驊，丙子。曰之琦，壬子、壬戌。曰公銓，丁巳。皆姜姓也。其明年，授徒于蕭山，裁八閱月耳，凡九人，而售者亦五，曰張燧，丁卯、庚辰。曰李日燿、日焜，壬子。曰遠宗，丁巳。曰文，戊午。則兄子與孫也。驟言之，豈不甚盛？然而不以予爲功，何則？非當年也。夫苟非當年，則蒙師鄉塾中，豈無售者？敢謂其售由蒙師哉？

江皋草堂即不然。草堂一先生而聚生徒于其中，堂雖寬，多不過十許人耳，然而當年應童試，其在辰年拔三人，而在巳年則拔至七人。然且諸生録第一，與夫督撫、藩臬、府縣之會課，其拔前茅者無算也。夫小試實難。會城學徒以萬計，其學舍如草堂者應以千計。至于童試，則未經定籍，四方纂纂來焉，能以一草堂與衆學争上而拔擢如是，則其學之精，督之勤，先生之啓誘與學徒之鼓舞，有不可量者。或曰：先生善課文，每課如考校，必闔坐而躬臨之，榜以甲乙，故知所懲勸。而憶予總丱，從予伯氏于任氏山莊，時學者多人，擊鐘會食，亦以課文比考校，題名中堂。而是年爲崇禎丁丑，祇予一人取童試，而他皆不得。然則先生之教有異矣。故曰河汾之門多開國名臣，蘇湖學徒皆出之爲經術醇儒。悉後此之事，而非當年也，草堂非是也。草堂諸生若干人，名具試帖，予不得而指數之也。先生爲誰？仁和何泗音也。

翠柏集序

《翠柏集》者，許夫子之子巨山先生所爲詩也。夫子負蓋代之才，以副相行省開藩中州，而竟卒于官。當是時，嗣夫子者有人，相距寥廓，未知傳夫子之學在何等也。既而予歸里，四方來至者，藉藉稱巨山文章超于時，得夫子一節。而予以年老僦杭州，聞其言甚喜，顧四望茫茫，不能一相見，悵然久之。

康熙辛巳，予以秋節渡江，省西陵墓田。有以爵里刺見投者，驚曰：「巨山耶？」急返棹來杭，謁巨山旅亭，昂昂若駿馬之出于林，意氣轢落，慷慨道先烈，儼然吾夫子在前，咳唾顧眄，不自知其泪之垂而膝之下也。夫人生感恩何限？避地多歲月，其受人衣食、承人色笑者，必倍于衆，然未有如吾夫子之感予深者。顧瞻覲幾何，而匆匆一訣，倏忽已二十餘年，詘指巨山于是時不過在童丱之際。浸假予年不長，則没齒冥冥，焉得親見吾巨山，相對話舊如今日者！然則大德雖不報，而尚有人焉，口能道之，不可謂深恩之不在人矣。

乃巨山瀕行，出其近年所爲詩，屬予論定。夫論詩有二：一則長安貴交，千里馳示，必假溢美以張之。夫貴交孰如吾巨山者？一則心所愛好，無由申致，必藉奬譽以阿之。夫宜阿所好，亦孰有如吾巨山者？而進論其詩，不惟不阿不溢，即刻核以求，而裁搆之高，學植之富，意指之精淳而博大，顥溢感激，一袪夫宋元近習之陋，而不爲苟趨，不爲捷附，即此數篇，而知得吾夫子之學深也。嗟乎！賢者必有後，夫子可謂有後矣。

第其題以「翠柏」者，夫子無家，往以官爲家，亦何曾有一枝之可名？而巨山遠述祖德，其在前朝有從高皇奮興者，以軍功授遼陽左衛，世襲都指揮使，從五河東遷，遂爲遼左之巨閥。而鼎革以來，又復從龍繼起，南開百蠻，保世且滋大矣。因不忘故鄉，仍以「翠柏」名其篇，蓋故舊之不可忘本如是也。翠柏，先人所居山也。

東皐二圖序

錢唐有名士而寓于醫者三人：一陸景宣，一沈謙，其一東皐徐君也。景宣以東林都講賣藥長安市，不知所終。謙家故業醫，顧國初詩人有稱錢唐十子者，謙其一也。東皐席名臣之裔，豪于藝林，與兄西泠、弟北溟稱徐氏三珠樹。而西泠試仕昭陽，東皐脱青衿，隱居養母，間採藥療母疾，遂以其餘伎療人，取贏錢爲負米資。相傳入山中，遇異人，授公乘陽慶之術，以醫仙名。康熙庚辰夏六月，不雨。至秋七月，民間苦疫癘，東皐車所至，隨步而解。時中丞張君招予禱雨，而予以疾辭。中丞寓書曰：「使欲得太倉醫耶，則隨地有之。必欲得蘇耽耶，非東皐，誰屬焉？」蓋不知予之爲東皐友也，然而已仙之矣。

昔者左思丁典午之初，厭王侯齷齪，而慕許由之爲人，謂由能冲修好道，學于齧缺，得仙術，因爲詩曰：「被褐出閶闔，高步懷許由。振衣千仞岡，濯足萬里流。」雖名「詠史」，實游仙也。東皐好其句，間嘗爲之圖而置身其間。顧其時猶少年也，朱顏青鬢，投足滄浪，一似先除垢而後可以超于世人。此即洗髓先伐毛之一端也。乃越若干年，而後作振衣之圖，躡崇岡而攬雲物，其形容先後，邈不相識。然且交游衆多，題詩滿幅，一展卷而存亡今昔之感生焉。

吾向者友景宣在崇禎之季，兵戈亂離。而既而與沈生游，亦復倉黄避人，歷十二諸侯舊都，終不能與韓康偕隱。及還鄉，而予已老矣。太冲慕許由，而東臯效之。天子聞東臯名，召見行在，欲處之丹臺紫庭之間，而東臯力辭，此非真許由乎？予見真許由且與之友，而年滿八十，筋弛力衰，思學仙而不能成，乃徒取游仙二圖，靦焉爲題，今而後媿可知也。

馮氏永思集序

《呂氏春秋》稱孝爲五帝三王之本務，而漢詔賢良，亦曰凡賢以孝爲首，則孝故重矣。馮氏復鐸以孝稱，所著《永思集》，率哭母詩，而乃持其集介于予所親者，❶而請予一言。夫學重力行。予方恨俗學之多論議，而思舉一躬行者以爲之砥礪，馮氏非其人乎？夫言爲心聲，文爲行表。假有哭母者于此，其聲甚哀。而欲舉其聲而辨其音節，以審定其哭之可與否，必非人情，則夫《永思集》者，不問工拙，而知其詩之可傳者也。乃吾復有説于此。昔者，楊忠愍以諫諍死，哀之者僞爲「王勃然變乎色」文以表

❶「于」，原作「所」，據四庫本改。

其忠。今復鐸赴試，實以「父母在不遠遊」題，爲有司所賞，豈天之欲著其孝而故表之乎？或曰：「事親不以文。哭母有詩，其情已疏，況百首耶？」予曰：「《蓼莪》《陟岵》，自古有之，特百首則太過耳。屈平忠而過，復鐸孝而過，過亦可已。」

陸軼南南游詩序

軼南有家學，其爲文爲賦，單詞複句，皆能慷慨作一家言。而至于詩，則工于排比，淪漣往復，尤爲時流所卻步焉。獨是此數詩者，皆春朝出門，稽遲途路之所爲作也。夫以軼南茂閥，承副相之後，將訪其先公所欽友，南游晉安。而乃中道旋返，三閱月而不能前，則其遇之奇與世事之不可問，概可見矣。予方欲爲之賦五交之詩，歌行路難之什，以慰其骯髒，而軼南詠吟自得，登臨酬酢，了無幾微之見于詞句。是則和平温厚曠于心而達于事，不止詩教爲可法也。夫彦升龍門，不止公叔，古道在人，豈無讀其詩而感興焉者？吾又何能重爲贅之。

唐七律選序

前此入史館時，值長安詞客高談宋詩之際。宣城侍讀施君與揚州汪主事論詩不合，自選唐人長句律一百首，以示指趨，題曰「館選」。其祇選長句律者，以時尚長句也。其曰「館選」者，以明代論詩尊主事而薄館翰，故特標舉之以雪其事也。既而侍讀死，其手寫選本，同邑高檢討受而藏之，增入百餘首，仍曰「館選」。當是時，同館諸官有争先爲宋詩者，檢討嘗曰：「侍讀作《館選》，非館閣也。貧不能受邸，假宣城會館而翹居之。會館所選，其敢借館閣爲昭文地哉？」康熙廿五年，予請急南歸，將選古今文作《還町雜録》。檢討瀕行，寫一本授予，曰：「此侍讀志也。」其逮今已十六年矣。予歸，懼年促經術未立，日研經不暇，即古今文録亦棄置不復道。客有請問以詩者，悉謝之恐後。然而世尚遷變，向之舍唐而爲宋、爲南渡者，今復改而爲元、爲初明。會予方老去，作《春秋傳》畢，意敗力歇，不能事經學。客堂同志重有以詩諮請者。

予謂詩本小文，其得失升降，亦何足關繫？且夫沿變所時有也，漢魏無《三百》，晉後六代無漢魏樂詞，唐人無六代俳比古詩。而欲今之爲詩者必墨守三唐以爲金科，一何不達？夫事有由始，詩律始于唐而流于宋元，則循流溯源，將必選唐律以定指趨，誠亦無過。而特是隨時遷轉，勢所必至。春之不能不夏，猶之初盛之不能不中晚，三唐之不能不宋元明也。今但就其隨流者而自爲砥止，減高髻爲五寸，而恢蜾蠃之細腰，而易以杵把，則後人抖擻，未必不可駕前人之轍，而委勢隨下，焉能自振？

嘗校唐七律，原有升降。其在神、景，大抵鋪練嚴謐，偶儷精切。而開、寶以後，即故爲壯浪跳擲，每擺脱拘管以變之。然而聲勢虚擴，或所不免。因之上元、大曆之際，更爲修染之習，改鉅爲細，改廓爲瘠，改豪蕩而爲瑣屑。而元和、長慶則又去彼飾結，易以通悦，卻壇坫揖遜而轉爲里巷俳諧之態。雖吟寫性情，流連光景，三唐並同，而其形槪之不齊有如是也。是以宋襲長慶，元襲大曆，嘉、隆襲開、寶，皆欲遞反舊習，而自趨流弊，翻就污下。彼不讀書者，每稱吾爲宋元，不爲三唐，則蘇、陸、虞、趙、高、楊、張、徐，原深論唐詩，極爲趨步，其言不足道。而即矯枉之徒，必欲張元、白以表宋元，揚王、杜以祖何、李，皆不必然之事也。夫團扇之擯，以時器也；松筠之不壞，以不與物候相轉環也。昔有擇嫁者，東家富，西家貧，然而西家美婿也。問女何擇，則曰：「吾願東家食而西家宿。」是以夏商不同治，而講治道者則必曰夏取其時，商取其輅。今三唐諸律亦何一不可取擇？葠苓固足藥，而牛溲馬浡，古人嘗用以和劑。世之不自爲詩者襲其形橅，則遷流不一。而苟自爲詩，則性情光景，由神龍以至天裕，皆通觀也。

因就侍讀所選本而大爲增損，約録若干首，去「館選」之名，而題之曰「選」，既不必與主事校，而同館出入，并無得失，侍讀、檢討，抑亦可以自慰矣。初擬倩同輯者作釋事註于行間，而既以卷促，且亦本明了，無事多贅，觀者諒之。

一等公皇太舅佟公六十壽序

自昔軒耆御世，必有五雲四山之佐，爲之長保其治。今天子富于春秋，在廷諸賢豈乏壽耇？惟是去留有數，❶其以親臣兼世臣之誼，得與國家蕃翰同久遠者，則非貴戚之卿莫與焉。

我皇太舅上公佟先生，以鼎司之重領中外朝參有年，此即《詩》所稱「王之元舅，文武是憲」者。而

---

❶「惟」，原作「推」，據四庫本改。

乃深自抑損，折節好學。從來文臣以八比起家，鮮有以聖賢之業自期待者。即一二儒生縱談濂洛，亦徒託空言已耳，曾何補于理道？而先生爲業，必曰聖賢何在，五百年見知聞知何等，無務夸詞，第躬求實，得以應名世之運。凡工虞禮樂，必根柢六籍，佐以諸史，窮源而竟委，不特學古入官，賴之底治，而即此焦心恤事，自强以維國，此豈尋常小成可絜量與？夫經營天物，代執膚功，從勘亂以及昇平，其爲綏定者何限？然且忠貞世篤，往往致身疆埸，仗不二之節，非止服勞王家，得以奉揚鉅烈者。

今先生位極人臣，以太后仲弟，加之先皇后中宫所自出，金根玉輅，歷正坤極。近復英姚相繼以元妃爵九品之一，掌掖庭璽綬。而文孫又且尚主，進之爲彤衔副馬。其餘子姓登屬籍與試授詞翰者，比比而是。則以恒情論，其爲周京尹姞，亦豈有歉？而先生自視欲然，嘗曰：「世禄之家，面墻不學，蒼頭緑褠，乘堅而驅良，欲求内里皆賢家，難矣。吾將一挽其習以正之。」生平讀《郭子儀傳》，輒掩卷太息，以爲世嬗休戚，豈無遭逢肺腑，前後相類者？然而恩澤有之，勳名則未也，君子處此，要當立勳名以居恩澤。一若燕譽自處，全不知從龍師保，建成績以紀太常，有過于汾陽十百者。其謙退如此，此豈旦夕之業也哉！《書》有之：「天壽平格。」史亦有之：「視日則增輝，方山則並長。」

歲在壬午，值先生周甲之辰，同館諸君謀所以壽先生者，而書以當祝。若夫先生理學，爲時賢領袖。某雖衰老，而志尚未敗，儻桑榆可待，其願捧一經爲受教地者，於以視斯世事功孰輕孰重，當必有説以處此。

新都太守盧舜公詩集序

文章何與于政事？而《書》曰：「學古入官。」《論語》曰：「誦《詩三百》，授之以政。」一似非此不足以致治者。景陵盧舜公累世以詞翰起家，而舜公繼之。一出而交河治，再進而清苑無廢事。又進而皇畿西路，鮮探丸伏莽之子。又進而六師輂輦，三關餫饟，方行塞外者，不闕于供。又進而符守熕郡，尊之如神明，而愛之若慈父母，使名都千里，盡成化國。然且天子褒之，庶民誦之，太史書之，中外大臣各手剡而交薦之，若是者何也？則以文章之澤，概被之政治而無不足也。

是故行文不一。而即以詩論，前此爲貢舉議者，有曰唐以詩取士，而韋臯、裴度以功顯，段秀實、顔杲卿以節顯，陽城元結、何易于、韋景駿以循良顯，詩亦何負于國哉？舜公爲詩，不襲舊，不詭隨于時，其家景陵而無竟陵之習。自京國出守，值宋元弇劣草竊横行之際，而日游其中而不爲所動。上追漢魏，下法三唐，取材博而擴思遠，此真古所云「在内無遺情，在外無軼象」者。是以皇上每嘉其能，且稱其騎射，而大臣所薦，不曰撫字清勤，即曰轉運勞苦。夫「我任我輂」「王事鞅掌」，《小雅》之所歌也。「民之父母」「慘慘劬勞」，詩人之所由慨而誦也。召伯以乘其四騏爲能事，而衛武賓筵，必以張弓挾矢作百禮壬林之慶。蓋學詩成效，有先事矣。

當予入館時，其尊人亨一先生，予前游也，曾侍之講杜陵之詩，娓娓數千言，予拜而受教。而先生特膺主知，開府湖南，即以説詩之法行之，撫治至今。浣花之説與峴首之碑，共勒之湘山蠡水之間，未有斁也。特念予受教當日，舜公方總丱，坐先生膝前。曾幾何時，而予已病廢歸老，舜公乃隆隆由良二千石取治行第一，即其詩亦超軼儕輩，多卷帙至于如此。則他日再進，其出其家學，以發其治譜，吾又焉得而量之！

西河文集卷五十四

蕭山毛奇齡字初晴又晚晴稿

序三十一

重修横河張氏族譜序

原夫世繫之説，惟天子諸侯氏族未分，則工史必録其所屬之牒，以備參稽，因之禪代生卒具見乎書。而外此而庶姓庶官，即夫子之祖弗父何儼然宋卿，猶不得定爲何公之子，其父鄹邑大夫竟不記葬所，況下此乎？自宋人大作氏譜，遍及庶姓，衡門曲户皆得張其譜于亭，其于睦屬大義，可謂周悉。而獨是家無工史，記多斷續，倡于前者或不能嗣之于後。所藉世家巨閥，代有聞人，然後可繼起而纂修之。蓋作之重有賴于述之也久矣。

横河張氏席門第之舊，其在前烈以兩廣都府進之爲司空尚書，加以簪纓前後，遲久勿替，其爲國史邑乘所表志者何限？予嘗作尚書公傳，久已行世。而既入史館，則又以同里先賢謬屬起草，❶其間搜採實録，旁及野稗，真有爲家藏狀述所未備者。此其與工史所載，寧復有歉，而無如後此多闕略也。今其裔孫式玉，由文安邑宰受聖天子隆眷，擢霸州守，將以大用。而憂服歸里，既擴尚書舊府，闢爲宗祠，乃復受先所遺譜而親承纂修。從向時牒記已後世數未具者，悉爲補入，覈舊損而訂新益。諸凡志傳詳略，圖表同異，與夫男女出處，功德祧殤之是否，旁行曲上，勾繩縷絡，必誠而必信，非孝子順孫，而何以有此？予嘗嘆繼志實難。考是譜緣起，在嘉靖五年，司空公任留都時，實手倡圖稿，而未成也。至隆慶庚午，相去四十餘年，而族孫衡川公乃始受而成之，然而祇寫本，而剞劂未聞。暨萬曆四十八年庚申，又越五十年而始付梓也。

今式玉以康熙辛巳隨修隨梓，較之向之越數世而始成而始梓，可謂勤敏，然其距向授梓時又八十餘年矣。夫以一氏之譜，經名臣巨公手創而手畫之，然猶八十餘年而後梓，又八十餘年而後修，作之難，述之果不易也。後之觀譜者，亦第思其難而勉爲其不易焉，可已。

徐寶名詩集序

往者見寶名于姜侍御座間。會侍御創詩體，祛風雅舊習而易爲謾言，一如刋宋人語録而假以韻

❶「屬」，四庫本作「爲」。

者，此即後此學宋者所嚆矢也。座客争效嚬，以强寶名，寶名曰：「吾自有詩，吾能壞吾顔以逐人矧哉？」當是時，固已知寶名之詩不詭隨矣。及與予同舉制科，長安言詩者大抵拾侍御餘唾，而自稱宋詩誂膠焉，詬明而訿唐，物有迂夸不入市者，輒以唐人詩呼之。時赴舉諸賢各以詞業投相公幕下，予從高陽、益都兩相公許讀寶名詩，怪其違時而孤行，見而詢之。曰：「吾違時乎哉？時有恢厭，而舉廢憑乎其間。厭端委者文其身，厭倮而綷纅其衣，就時之理也。今時方倭倮，而吾特盛吾衣裳以待之。天下有舍建寅之時，而可云知時者哉！」予嘗是其言佩之。

暨予歸田後，僦居杭州，其在疇昔同方講藝文者，皆老死無復存在。而寶名巋然，往往相見，道故舊外，自傷年及桑榆，經學之不明，又何暇及藝文事？而寶名之詩則正當厭倮求衣、厭市門字語而改爲莊言之際，自稱爲元、爲初明，一如曩時之所云「盛衣裳而服綷纅」者。而其詩遂裒然爲學者所宗。蓋詩自景、隆以還，擺落拘管，而上元、寶應相率爲研練親切之音以持之，隨州與播州是也。至長慶諸君，始漸降通倪，而俳諧興矣。寶名上不附郛郭，下不流弇鄙，倡乎招摇，而遂爲叶蟄、倉門之所不能動，豈非主乎時而不與斯時爲低仰者與？

寶名抱長才，重與時違，而四方羔雁不絶于門，聲名播寰寓，其作述之盛何止聲律？嘗爲貴陽使君作《龍番》諸志，其書出，而西南鴻濛爲之一闢。惜先我而逝，徒以遺詩數卷拭泪眼。而爲之校讐，則又車未過而腹痛者也。

中洲和尚黄山賦序

向過無可大師于青原，見其以轉輪皮經而鏇觀之，詢曰：「大師尚繙經耶？」曰：「達磨當使之讀書。」夫以大師舊史官，胸藏萬餘卷，其所著《通雅》諸書見有成事，然且學佛爲宗師，乃猶出于是。暨予請急歸，爲亡友佷亭公作塔誌銘，誌其所著儒佛書一百餘品，合爲卷二百三十有四，公然入佛藏，夥頤哉！此非吾儒之讀書者乎？夫聖學不可問矣。五穀之不熟，不如佛氏。惟是讀書能作文，必藉儒服者爲之。乃生斯世者閱八十年，其間足跡亦幾半天下，獨同時數友頗稱讀書，然亦未見其能成，而求之後來，寥寥無有。合肥相公嘗言古學一也，而隋唐以後分而爲二。小司馬無文，而燕許巨筆不足辨記注，劉攽、洪邁無篇帙可傳述，而歐陽九實不讀書。今予厭詞業，恨經學不明于世，欲求一言《禮》通五教，言《樂》得四清、二變、七音、十二管之本，言《易象》《春秋》知三史筮法與二百四十年記事之在簡而不在策，在經而不在傳者，署于門曰：「能以是來教，當長跽受命。」而佇望勿及，日之夕矣。

康熙三十九年，居杭州，客有言黄山中公善文賦者。予謂中公受福嚴記莂，儒者也，而入于佛，其工文賦，本事耳。且以道法兼文字，在平陽多有之，此習氣也。其明年上巳，禊飲于杭州之東園，四方至止者三十人。晉江郭河九攜中公《黄山賦》來，讀而驚曰：「佛不立文字，而今兼之，然而文與學仍兩事也。佛門無博學者，中公是賦極博矣，何以致此？」時予欲題數語于其上，以搶卒舍去。

又明年，中公乃寄一本，介吴山道士黄方城投予屬題。曰：「吾素志也。」急起而應之。夫以黄山之奇，登之而賦之者遍天下，八十年來寓目者，亦何翅十百，曾無足爲黄山重。而中公出生平所學，集成句而爲之賦，其爲纂組薈萃，誠不知其如何也，乃就而觀之。自賦額以迄頌末，上取六經，下及百氏，前之爲《七略》《七録》之所遺，而後之爲四部、十二庫之所未備。長詞短句，榜攢而車轃。凡夫駢聯轤轆，疏謚單複，宜均而均，宜助而助，一若涌化城于中天，散青嬰于平地，所謂神爲輪、鬼爲運者。往者，太常周君曾集四書五經作《瀛臺賦》，爲至尊所賞，究之取資有限，易于爲功。若近代狡獪家，徒集唐詩，以爲詩不過挹彼注此，移易方幅，而一經對仗，動多乖反。誰則能連蜷偶儷、坱莽無盡至于如是？然則黄山藉是賦傳矣。

予衰老，不能濟勝，又不能千里命駕，親見有道，猶得于八十之年快覯斯文，以一雪夫前此難兼之恨，可謂厚幸。獨是中公，吾儒也，而入于佛。吾溯三賢，吾所由三嘆息也。

浄慈寺舜瞿禪師語録序

佛不立文字，而阿難以教傳；維摩詰屏絶語言，示不二法門，而馬鳴、龍樹偏以語言爲之教。即蕭梁以後，初祖已西入中國，倡直指之宗，而唐僧澄觀尚有闡三量、五教、七處、九會、十覺、十六觀以代佛説者。此豈真能秀殊途，南與北有異量哉？天下有不言而言存，即言之而仍如不言者。此不惟教有言，即直指亦有言。不惟教有文字，即直指亦有文字。吾嘗爲禪德序語録久矣。生平過方丈，問其所得，比之詢暗者以食，其飽饑甘苦，豈不自悉？而必不能爲我道。暨撤席以後，則言詞堆垜，輯一時答問而會萃之，名之曰「語録」，一似占冤于訟庭，折闠于市肆，盈庭既不關，而過市而仍不之辨，曰爰書而已，貨簿而已。

浄慈舜公紹大鑒遺業，從婺州來開席者三十餘年，不言而躬行。其嗣法諸公，累請録法語以導諸方，而公力卻之。及示寂，而始以《寶林》《浄慈》兩語録請予爲序。予讀之，嘆曰：此豈文字哉？夫經有密、顯。密者咒也，顯者則佛説也。然而密未嘗不顯，何則？菩提吾知其爲性，薩埵吾知其爲情也。至于佛説，則雖顯而未嘗不密。天下有誦諸經幡《華嚴觀》數十萬言，而遽能蹴蹋之如穅秕者乎？此如儒書然。其曰「予欲無言」者，密也；然而無言而時行，而物生，則猶之顯也，所謂無行而不與是也。其曰「吾道一以貫之」，則顯也；然而夫子言之，曾子知之，及門者未之知也，即推之而至于今，其不知者如故也，則猶是密也。是以佛度東土，不廢䭾經，禪德化導，仍立文字，此其間蓋有故矣。方其引手入室，必斷絶往來，如鎔金錮關，纖飍不通，而竹篦榔栗，又並無筍芽木甲可微度消息。其間漆室受毒，真有同居不相聞、偶坐不得見者。而及其登鐘樓、撞鼓閣，一吼而天下萬衆皆知之。此非有真實文字可以告人，則一指一喝，焉知非籠統之形？而乃既用乳藥，復加腹擁，時而挈導，又時而揮散，或語或嘿，覺千百言不爲多，而不言而不爲少者，自非具神天之力，振出世之功，大呼入鄽，而一闠之市終歸寂静，不能到此。

昔人云舉一不得舉二，夫既已舉一，焉得無二？讀斯録者，亦惟知萬舉而仍無一焉，其亦可矣。

詩易存乎？唐以詩取士，而檢其試帖，合之登科録所載姓氏夥夥，而求其詩與名並存者，竟亦無幾。幼時倡詩社，各録所爲詩，越國争勝，以爲致足嬗後，而迄于今寥寥焉。是以金谿耆舊作江西派文，不以詩名，亦第衡論諸名物，如短長家言。然而自定所爲文，名曰「留書」，蓋亦幾夫姑留之而姑存之也。

偶存序

方子伯陽藉乘輪之後，世其家學，早以今古文指名于時，而出其餘技，偶然爲詩，因題曰《偶存》，以爲是所存者偶焉爾。夫文無久暫，終日爲文，或不得佳篇。而都堂臨宇，風雨頃刻，忽定爲數百年必不可易之程式，惟詩亦然。拈髭嘔血，不必過于人，而偶當良時勝地，感寄所或及，而六義成焉。是伯陽存此，無關久暫。而即其所云《偶存》者，吾反覆讀之，而斷其必存，何也？蓋詩之下也久矣。明嘉、隆諸子假爲唐詩，而不得三唐用意之法，徒襲其外象，有郛郭而無鍵鑰，顧其形模厭厭而已，然而軌度猶是也。自陋者倡爲趙宋之習，争趨弇鄙，每以農喭當《良耜》之詩，而市脣儈吻率相矜爲《貨殖傳》，不數年來而遽已厭去，非棄如骨餘，即嘔若糞薉，其爲長安之高髻且安在也？乃補救之徒重加鏝頀，飾細詞而摷璅字，舍宋而元，舍元而初明，以爲元長以後，光咸以前，原自如此。夫高山大河，不磷而不渫，以質具也。含齒戴髮，昂然自立于天地之間，以體全也。今體質俱微，才氣亦盡，上之爲口脂、面藥、熨衣、膠髻之態，而下之竟如門攤貨郎、勾欄子弟之不可名狀，瞬息未安，何有存在？

伯陽之詩，格莊而旨純，律之高而調之逸，極三唐用意之法，而體質、才氣無不具足，亦既歷諸遷變之時而不爲所動，閱江河之下而傲然得以自立。此真疾風勁草，獨存本性者，是非偶然而已也。

杭州慈雲講寺志序

釋寺之有志，仿于洛陽之記伽藍，而世之爲郡國志者必採之，則亦重矣，顧從來郡國諸志大不足據。而釋寺紛賾，即又無所于稽核，靈隱許現墓訛爲許由，此易正也；江寺爲江總所捨宅，而訛爲江淹，則雖知書者，亦鮮有不爲其所惑者也。惟慈雲之志不然，作志者爲灌頂法師。師本達心，其于儒者書無所不通，下筆朗朗然，而又習不詎之教，其言可信。且其地開山未遠，創于五代周顯德，而大于南渡，其間沿革興廢，未甚泯滅。即前朝宗教互傳，兩兩遞代，而世系一綫如曆數相禪，一望而聯若旒絡。然且先冠門部，有褄有褷，彷佛三句法門之可以分三，又可以合一者。條條哉，真殊觀也！

予與師論難久矣。杭寺多講律，而今統于宗。自師出，而慈雲之教爲衆宗師所皈仰，似乎龍樹再生，反一祖直指，而仍通之阿難之所傳，鳩摩羅什之所繙譯。慈雲雖小，其繫于門庭豈細故與？予嘗觀《高麗寺志》，知慈雲晉水曾以説經雨雪花于高麗國中，其雪中片片有「晉水」字，因之使世子入侍，兼受教慈雲，而建寺居之，今湖南高麗講寺是也。灌頂開講于江傍古崇壽院，會浙潮日上奔揚，潟瀑壞錢塘二十餘里，而師所講處，潮卻而過。此則慈雲之志所未及者，予因序志首而并及之。

周允開文稿序

允開詩文無不備，俱足嬗世，而吾尤愛其爲文。大抵遇時涉事，無問登陟、游讌、離合、酬酢，莫不有至性行乎其間，慷慨俯仰，便成文章。然且意興所屬，緣情而綺靡，其于時序遷移、山川興廢之際，未嘗不流離三致意也。予僦杭州，四顧無可語者，幸與允開對門居。自傷老敗，不敢窺户牖。而允開閒居自喜，日守其先人老屋，巡檻涉徑，與花塍菜稜相盤旋。當斜陽在牕，竈烟生壁，予偶過之，先生把卷自得也。嗟乎，可以知其文已！

兩浙江南都轉運鹽司使高公治行録序

聖天子念東南鹽政重大，特用外臺請，以岑溪高公由井陘令遷補兩浙鹽運使司鹽運使，重其任也。先是鹽政之設，以經商銷鹽，紀商銷引。而引有年額，即或銷不及額，亦必先報滿銷，而後追課以填之。以故前後接任，每逋課至十餘萬，而壅引山積，血杖無如何。夫以未銷之引而報銷，是欺上也。引且未銷而血杖以追其課，是虐下也。公至，大驚，曰：「安可使吾任而有欺上虐下之政？」乃力爲根柢立。提塲官之闕，煎巡官之縱私，與夫地方官之容捕蒯而不力緝者，各加申飭。然後寬其追填，特設一良法，使各折其引，而令銷鹽之商多其鹽以帶銷之。然且堅持其事，雖衆商阻撓，不爲動，而于是十餘萬逋課之引，爲之一空。

予嘗以貧故，僦居杭州，賃引六百餘，藉以謀食。而私販充斥，縣官不行銷，每以饑僕應課比，股無完膚，而傍觀之不諒者，且曰窮民販私救饑耳，古王重本而抑末，何必左商？而不知商亦民也。窮民銷官引，祇每筋加數文錢耳，從不害民。而一經販私，則害國課，害商筴，害鹽司大政，欺上虐下。而且擔負横行，結合數百輩，弓戈操殺，戕官兵，刼行旅。以窮民而縱之爲寇爲盜，前之黄巢、朱温，後之錢鏐、董昌、張士誠、方谷珍，皆是也。予遭逢賢使君，得免斯累，釋逋課千餘而還其賃，比之拔虎口，逃烈燄，脱然事外，豈不甚快！夫居其中而言此，謂之妬口；脱然事外，傍觀若秦越，而猶爲此言，則謂之公情。予公情也。特惜予之言公者，祇此一事。而公之爲政不半載，而商人歌之，庶民謳之，士大夫之傍觀而睥睨者，皆誦之詠之。此其治行必有大過于前所云者，而特予事外之人，終不能一一而指數之也。

夫不知後效，當觀前事。方三藩弄兵、西南震警時，公祇孱然一書生耳。土官攫縣印，乘間竊發，而賊將之侵東粤者，且埋竈岑溪，越疆據險。公無尺寸藉，并非附地爲左官，而舉幡倡義，驅市人而使之鬭，先迸土獠，後斬賊將，懸竿聚檁，以待王師之至，止斯已奇矣。暨王師既届，遂憑其伍符，不俟請纓而執戈以從，一斬賊渠于藤縣，再擒賊帥于封川。及鐔江兵撤，岑溪再失守，而土官再據，公再恢復之。然且容岑之破，賊圖報怨，盡殺公鄉里親戚，思以脅公，而公稍不爲動也。夫上馬殺賊，下馬草檄，丈夫之能事也。累至而行明，難至而節見者，忠臣之極則也。公逆順早定，九死靡悔。即其聲罪致討，發爲文章，真有抽誠瀝膽，理直氣揚，出言如秋霜，而敷詞若烈日者。又況料敵成敗，宛如指掌，幾幾郭嘉之料江東、韓究之料汴賊，平滇三策，昭然人間，此不止決勝千里已也。夫以殺賊之勳，守死之節，重之以文誥，加之以謀畫，是亦何負于家國？而策功課實，僅僅以攝官承乏，爲都講代庖。甚且不識獎例，給門旌以了故事。即其後量授百里，銅章墨綬，曾何足以酬忠貞十一？而皇上明聰四達，驟舉而加諸高位，爲外臺垣翰所表率，則治行多端，又豈無註彤屏而紀奉常者？此非傍觀所能道也。

姚母楊夫人節壽録序

世之誦閨房之年者，多稱節壽。夫節有甘苦，宜與長享不相合。而稱觴介祝，好舉生平不愜事，以爲祈年有方，必本乎婦德，而後可以徼久長。節之言賢，壽之言年也，然而幾此者鮮矣。

節壽楊安人者，姚子音上之配也。其父介璜公，由晉陽司馬解組，事母以孝聞，予嘗爲文亟稱之。安人爲人婦，不幸早寡，守女貞之行，鬻子成立。長君舜揚即呱呱所撫，次君卧子則腹遺也。今二子俱力學，標名藝林，而安人已五十矣。在本朝典例，自五十以上，行將表懿行于廷，建坊里門。而舜揚、卧子亦即以安人大節，請鄉邦之有聲者，著爲詩文，以鋪張其事，顔曰「節壽」。夫孝事之則，人各不同。貧者以力養其親，釜漿豆肉，再拜承歡。而有餘之家不難設珠玉錦繡、鐘鼓管絃，列長筵而烝大鼎，賓朋傴于前，姻戚僂于後，行觴進筭，爲閭巷光。而乃慇慇勤懇，必得諸佳言以志不朽，今而後吾乃知二子之孝，而安人義方爲不可及也。

今人論孝養者，但曰力養、色養。力養者，前所言者是也。色養，則《論語》曰「色難」、《禮記》曰

「愉色」「惋容」，不一而足，然而皆孝子所得爲也。惟孟子曰志養，則其志在親而不能自達，必俟善承者爲之達之。夫安人之所志者，節也。匹夫有善，必歸之親，況在堂大節？此即母所自爲善，而乃初勖爲志，繼見爲事。而爲之子者忍湮没而勿使彰，謂之賫志。然而欲伸其志，則其窮年累月，請謁于名人學士之門者，夫豈易得？夫拾薪負米，拮据于筋力之細者，庶人之行也。摭微摷隱，表式于簡篇之大者，士君子之概也。《孝經》曰：「夫孝始立身，而終于揚名，以顯親後世。」母年秪五十，而志在千秋，無疆之壽莫大乎是矣。吾故誦安人之年，而并嘉二子之孝行如此。若夫安人之大節，則人能言之，吾無贅焉。

胡奐庭紉蕙集序

奐庭負異人之姿，而善與人交。座客滿前，往往勒詩箋以當珮璲，故彙其全詩，題曰《紉蕙》，誌攬結也。昔者卜氏作《詩序》有云：「在心爲志，發之爲詞。」夫人各有志，任其生平所遭，而偶當感觸，則慷慨寄之，是以諷其篇什，即可以得其中懷之所存。今奐庭志在友朋，則《雞鳴》《風雨》無非佳詩。天下有誦淇南之《瓊瑤》，詠泰東之《金錯》，而不爽然興贈問之思者乎？特是好尚不齊，長安高髻，時有更易。而奐庭自行其志，不以習俗爲變遷。人有問奐庭之詩爲何如詩，予曰：「『矯菌桂以紉蕙兮，非世俗之所服。』《紉蕙》之謂與？」

西河文集卷五十五

蕭山毛奇齡字晚晴又二晴稿

序三十二

湯潛菴先生全集序

予避人睢川，值潛菴先生以關西參政請十旬假，就之論知本之學，與關東賀凌臺先生知本説合，因留睢半月，且屬予記其太夫人殉節事去。既而舉制科，與先生作同年生，且同入史館，遂得辨前代得失，并古今來禮教名法。知先生裕經術，外擴而中堅，體用咸備，真所謂應元運而興者。會天子重其學，進青宮保傅兼領參知，入東閣作宰相判事，遂以春官侍郎開府江南，使敭歷中外，❶爲聖朝儒術之冠。予乞疾南還，過其境，見關門坦坦然，農安畝而估習市，武吏與暴客刷跡而徙。闤樓夜鳴瑟，游媚貴富，皆嚮晦闔外巷。予顧之嘆曰：「儒術之效如此耶！」乃未幾還院，補冬官尚書，而驟遭棟折，先

❶「敭」，原作「剔」，據四庫本改。

生且騎鯨矣。

其在今距先生捐館舍將二十年，而京朝先後思之者如昨日。江南之民一若服税服，雖相隔多歲月，而偶然斂衽，必哭泣。因有慕其人、稽其事、願讀其所遺書者。聞河撫閻君曾爲梓其集，而未備也。王子孝先者，先生門下士也，家世習理學，早歲見知，而授受親切，其視扶風之于北海，不啻有過。然且筮仕吴城，正值先生所屬地，遂輯舊集所遺軼，購其全，捐奉而付之剞人。而以予爲先生友，并具書幣，屬其同門生沈子昭嗣踵予寓，而請予以序。

夫世之所謂三立者，謂夫德與功與言也，而實則一立而無所不立。古未有聖賢而闕事功者，況文章乎？即宣尼抱至德，每傷世之不我用，而退而著書。然而書既成，而聖德愈顯。且有讀其書而謂功在萬世，雖堯舜莫能過。則是文章之無間于德與功也。先生踐履篤實，務爲善去惡，以求慎獨。而出而應世，則入參宰執，出領方州，明明有實效見諸成事。此其功德爲何如者！而即以文論，與子言孝，與臣言忠，不必飾講席之跡，而發言中道，不偏亦不矯。其爲群儒之所取正者何限？然且言議慷慨，周旋政事堂，多所建白。而至于外臺入告，則請賑請蠲，尤極剴切，嘗曰：「吾受天子命，以出爲民吏，目擊痌瘝，即過爲激褉。寧得罪死官下，亦何敢緘默，負天子命？」而天子神聖，亦即以是優容之。然則先生之言，其有繫于世如此。若其高文典册，揚廟堂之盛，則綸扉判詞，槐廳起草，舉凡應制應試之作，往往而是。夫既已舉于春官，橐筆三館，而復登制科，膺鴻儒博學之選，則文可知已。孝先輯其書，復爲編類，曰語録，曰奏疏，曰序，曰記，曰書牘，曰賦頌論辨，曰碑版文，曰雜文，曰告諭，曰詩詞，而總附年譜、誌狀于其末。嗟乎！世之求先生書者，可以觀焉。

兩浙行省石公從祀杭州名宦録序❶

自古名臣奉使，必以民間報功覘所建之節，故周公作邑，先簡從王之臣，記其功之尊顯者，而定爲元祀，謂之功宗。暨其後禮廢，而欒公之社與巴郡之廟，聽其私祀于里巷，而官家之典無與焉。逮夫郡縣立學，而報功之祀與鄉先生之可祭社者，一舉而歸之學宫。《春秋傳》所云「觀于學校而可以知執政之善否」，概謂是也。然而能幾此者鮮矣。

三韓石公由從龍起家，其先忠勇公以一等伯爵兼青宫太保。公襲授佐領，進之爲尚書正郎。既已奉使作山東觀察，并提刑江南久矣，乃忽改江浙都轉運鹽使司，轉兩浙行省。當是時，予承乏史館，歷聞其治行，而未之悉也。及予請急歸，而公已開府江夏，移鎮滇池，進兩廣都督儀同，且以勤王事殉于官矣。此在元勳陟降，宜上配廟社，以紀膚功，即所在報饗，亦應專有祠祀。而獨是兩浙民懷在轉運行省時，實有成績，因仿古祭法，法施勞國之典，上諸臺使。諸臺使下其事，祀於兩浙首府杭州之學宫，禮也。

夫鹽法至今日壞矣，牢盆熸水，本配商課，而今貯之爲私販之用，官紙日積，悉商人補闕，而公力

❶ 此篇四庫本未收。

挽之，使官販得行。且夫行省大藩也，以參知副相經理版籍。當甌越用兵之後，十一州斂穫半入荆棘。而又且行營初撤，其芻茭竹木軍需與供億，未嘗屏絶。甚至户口逃亡，以民版而隸尺籍者，所在莫辨，而公以贍幹之材，復饒明察，兵民既不溷，而餔饇徐施，垣堵漸復。即其時衢嚴水甾，但捐奉以賑，而飢不爲害。此非實具郇召之烈不至此。予聞公守襄樊時，能親貫甲冑，越嶮岨以發戎莽。而至其啓幕兩粤，開疆百蠻，則一征傜蛋，再擣黎岐。而連陽之役，則竟以全師深入瘴洞，歷寒暑不去，其勞也如此。然則公之所在享祀，比之漢王堂之祀巴東，宋張忠定之祀西蜀，應復有過。而學宫置主，抑亦功宗之噧矢耳矣。

公之猶子刺史公適守杭州，其家有治譜。而吾浙之世被其澤者，又復目覩新政，而心懷舊績，不禁其思之長而呼之遠也。因于籲請之餘，復序其事隨諸賢後。

東皐詩集序 宗藩輔國將軍博問亭稱東皐主人

詩有高其格，閑其辭，藴其氣，依約其意旨而均調其音聲，在三古謂之雅，在兩京謂之休成，在魏晉六朝以後即謂之清和，謂之善平，謂之登歌上詞。此即都尉、屬國降之逮晉唐作者，猶自歎難能，而東皐主人優爲之。嘗從施侍讀愚山、汪編修鈍翁、陳檢討其年輩，與東皐主人唱和。每唱輒自愧不及，不敢和，録其詩而歸。迄于今越三十年，天下誰不知東皐詩者？然而見其詩，恍旅舍對千頃陂，恍過江市人逢衛洗馬，恍長安安樂坊觀海外玉樹。即偶然觸及，亦覺私顧形穢。而東皐示我渢渢然，吾何以測其涯涘也乎？文章五百年一興。皇上以經天緯地之作，彪炳萬古。而諸王龍種皆能各攄其所長，以互相映發，光天之下斯文且爛然矣。獨是長安高髻，時多異尚，高文典册，往往間雜以句欄小曲，私誇新様。而東臯獨軒軒自得，每彷御製《豫和》，以滌諸佻璅絾，翕振之作清廟、明堂之盛。大海蕩蕩水所歸，吾無間焉。惜予年八十有一，生平論文者，百無一存，即愚山、鈍翁、其年輩皆先我而逝。而每憶東臯，比之膠之結于腸，長庚之遠附于陽烏。即中夜念及，亦若隨之在後先，而不踰寸步。是非深有感于心，而何以至此？

蕭山史氏世譜序

予與蚩菴、覺菴兄弟訂同硯交，因得拜其尊大人兩世于堂，而其子其姓即又從此而齒遇之，迄于今往來不絶如家人。此猶之親親之典，由一而三，由三而五，以一身而得與五族相周旋，況乎四親在壟，其當前可見，有非一三五九所得而概量者乎！是以宋世造譜，最重生人，往往懸譜而録其可見者于亭，名「族譜亭」。而其既漸溯所自，一如氏族志之統諸著姓，以力搜往昔，于是有非所自而自者，而譜法變矣。

今天下氏族之盛，無過史氏。往者吾郡司刑從溧陽來訪蚩菴兄弟，而序爲雁行。而鼎革之際，有東閣部堂開幕揚州者，以摯幣聘覺菴，稱曰宗仲，而覺菴辭之。當是時，文章聲氣遠近無不通，而凡氏史者，則又以同宗故時相訪求。其在明州與姚州，則原屬本支，公之讓而私之燕，東西相從，不待言也。

昢菴嘗謂予：「予家世譜詳今而畧昔，詳于是邦而畧于異地，顧四方之遠居者仍呼吸不隔，而惜譜不修，世系之闕畧有難稽矣。」今其孫吉先承祖父志，合遠近而並修之。肇自成周受姓以來，當漢孝宣時杜陵侯以帝戚開基，傳襲五世。及東京而溧陽侯繼之，遂以家于封而世滋大焉。至南渡以後，則忠定越王與忠獻衛王兩世知政事，散處東鄉，其在蕭山，則忠獻五世孫也。乃自漢至今，歷年一千七百有奇，歷世五十有七。而自元明迄今，由明州以至蕭山，亦歷年三百三十有奇，歷世一十有八。然且有參知行省開藩于河南、山西若蕭之第五世者，其自兹以往，被簪紱而長方州，且不乏也。

夫往昔難稽，而譜之序之者，前後無闕，若夏之繼春，而甲之授乙，當前可見。而譜之記之者，生卒不爽，一似太史之載策書，而宗祝之判昭穆。且復區畫有方，詳畧有法，分之合之，以不失列代相傳敦宗睦族之意。向使吾友尚在，亦必以是譜爲不刊之則，而況乎後此之繼之者也？然則譜法雖變，其不變者猶是已。

丁茜園賦集序

賦者，古詩之流也，惟原本古詩，故在六義之中，與比興同列，而實則源遠流長，自爲一體。班生《藝文志》于歌詩之外，載賦目千篇，而惜其文之不盡傳也。乃嗣是而降，孫卿以規，宋大夫以辨，王褒、楊雄之徒，或以諷，或以頌，要不失六義之準。即六季佻侻，猶然以緣情體物之意行之。至隋唐取士，改詩爲律，亦改賦爲律，而賦亡矣。登高大夫降之爲學僮摹律之具，算事比句，範聲而印字，襞其詞而畫其韻，既無忼慨獨往之能，而稱名取類，就言詞以達志氣，亦復掩卷殆盡。❶本之亡矣，流于何有？

丁子茜園，胸有卷帙，其于載籍根柢，多所究竟。故爲詩爲賦，皆一往奮發，有自得之致。循其流而溯其源，滔滔灪灪，因之取賦體一卷，屬予論定。予嘆世之學者畏難喜利，寧謝隆古，必守輓近。不惟詩不知古，舍格爲律，而即其爲律之中，猶且闢景、開而習和、慶，而況乎賦才特上，煒爍縱横，誰則能上備援稽、下工攄寫者？而茜園揮手而成之，鋪文揚質，以方之矜宋元之詩、襲試埸之賦者何如也？吾故曰：「賦者，古詩之流。」世之見之，慎毋以詩律律詩，并毋以世之言賦者律是賦可也。

弘道録序

孔子曰：「人能弘道。」謂夫大其道之在乎人也。而特是道之爲名，言人人殊。惟《中庸》以率性爲道，則始以天下達道，屬五常之性。而孔子答哀公，即又以司徒五教稱五達道。是必合五性五教，而道乃立于其間。是以向溯五教，祇有父母兄弟子，而無君臣夫婦朋友，有天合而無人合。而孟子則直以君臣五者當之，曰「人之有道也」。向辨五性，或以一恩二理三節四權表明倫之則，或以元善、嘉禮、

❶「復」，原作「後」，據四庫本改。

利義、貞信著盡性之要，而孟子直舉五性而歸之五教，曰：「仁之于父子，義之于君臣。」以人性合仁類而曰：「仁也者，人也。合而言之，道也。」則是道之爲道，已如白日之昭于天下。而無如拘牽輩起，刻舟以求。門内多掩恩，而門外義合，有理無志，致使親義序别，多泥于一節而不能周通。至道在人，其不能弘也久矣。

弘齋邵先生，儒者也。由八比起家，而以弘道爲己任。方其入解，即以赴部舉人上武宗皇帝疏，約二千言。及成進士，而世宗入繼，又復上《陳八事》及《中興保治》諸疏。然後授冬官主事，使榷荆州。當是時，朝廷甫議大禮，廷和與璁、萼各持異端，致撼門哭廟，天地皆震動。而先生方拘于官，無一言也。暨再補都官員外郎，則正值璁、萼被劾去而復留之際，先生乃于十月日食，假災變言事，直斥璁、萼，兼有「禮守可變，禮成可毁」諸語，攖世宗之怒，遽下詔獄，發邊遠充軍，不復賜環者越三十年，其于道也亦幾矣。先生以爲既不能行道以弘道，亦當立言以弘之，乃著《三弘集》，曰弘道，曰弘藝，曰弘簡。藝者文也，簡者事之册也，而總以弘道爲要琳。蓋其録五教，有鑒于明倫大典之誤，而亟亟以道正之，使教之與性互爲經緯。或以性該教，則以一經包衆緯而有餘。或以教配性，即以一緯分衆經而亦無不足。取説于六經，而實之以二十一史之事，一篇之中三致意焉。

乃文孫戒山先生，亦以八比起家，既已成進士，讀中秘書，出之爲江介宗師，抑復以力學舉制科，重侍講筵，作東朝保傅，于以揚世德之駿，誦先人之芬，豈復有媿？乃校《弘藝》《弘簡》録而續其未備。而至于《弘道》，則踵事增華，隨類加訂。其引據既該博，而考辨論析，往往折群書之奥，執兩用一，必至精至當，以補前人所未盡。此固古今上下，闡明性教一大録也。會天子念河功未成，特簡先生理南河。于負薪之餘，重爲檢校，既已成一家之書，而復刊行之，爲天下後世所矜式，此其于道爲何如者！

夫道之藉人也甚矣。曩者孔子言道，《中庸》闡之，然祇以性、教言道已耳。其後七十子之徒各祖前説。或推五教爲十倫，而隨舉一倫輒曰仁者仁此、義者宜此、禮者履此、貞者信此，則已一倫而得備五性。或廣五性爲十義，而祇舉一性即曰父義、子義、兄義、弟義、夫義、婦義、君義、臣義，則又以一義而得具五教。是《弘道》一書，固祖七十子之徒以爲説，而前聖啓之，後賢擴之，顯祖作于前，文孫述于後。夫弘道之在乎人，有如是矣！

擬元兩劇序

蕭山王叔盧，曾譜唐人事，擬元詞兩劇。吴江沈長康見之，謂不合宫調，令其改作。及改之，而仍不合，乃亟商之予，謀再改，而叔盧死。予時哀其志，私爲更定其詞，藏之城東之草堂，未行世也。會白頭兵起，掠予盧而胠予篋去，遂失稿所在，若干年矣。嘗夜卧嵩山土室，夢叔盧來曰：「予詞寄君所，藉君竄定，而稿未見還，不能忘。」醒而泫然，謂才人習氣，自愛其所製，雖魂魄，猶戀戀。顧無以報之，如之何？康熙三十年，予歸舊廬，聞鄉人有得其稿者，急遣人購至，故紙儼然，獨闕首二頁。時予痛經學晦蝕，日疏衍不暇。且悔幼嘗爲詞，損正學，思壞所刻，雖亡友叮嚀擬亟行，而尚有待也。暨四十一年，遘大疾，幾死。死時仍夢叔盧來，相對咨嗟，且曰：「脱不幸，奈何？」一似慮予死則其詞偕亡，有不及待者。因中夜坐起，重爲檢校，且補綴前頁，而梓行之。

予思曲子仿于金而盛于元，本一代文章，致足嬗世。而明初作《元史》者，竟滅没其跡，並不載及，祇以仁宗帝改造八比，爲元代取士之法，以爲崇經義而斥詞章，可以維世，而不知記事失實，已非信史。且經不嘗録《國風》乎？男女相悦，或不盡如朱子所云，而懷思贈答，温柔宛孌，以之陳忠信之道，通君父之情，不必二南即是，十五國即非也。况樂府科例，不盡輕薄，以後人譜前人事，豈皆淫濫？聞叔盧作此，一傷蓮勺之棄故劍，一慨武成主者並不識司空氏族，皆有爲而發，原非汎汎。即其間優游按演，動中窾會，前儒所云言情深而寓旨切，忠愛悱惻，兩皆有之。然且下筆高卓，摛文浩蕩，于以方前此爲詞，未敢謂龍笛長、鼓子短也。夫文章之事，難言之矣。曩者靈均作《涉江》《懷沙》，慮其遺亡，乃于晉咸安之季，白晝見形，向吴人顧珏自爲誦之。夫才人之愛其詞，獨叔盧也與？

徐沛師詩序

昔嵇、阮與王濬沖父子同時入林，後之以名士而訂世交者，率稱林下。而予與世臣先生訂交，在崇禎之季，其時趨庭者尚有待也。乃既而與武令交，又既而與沛師交，皆相嗣以文章往來，較之安豐末坐徒以談義相把臂，似乎有過。然而交武令，而武令早世。及交沛師，則又以予還山晚，在沛師亦非盛年，而予竟頽然老去。屈指崇禎己卯，與先生角試塲文，真隔世事也。

乃先生高蹈，早隱墻東。而沛師亦復以歷試偃蹇，有睥睨一世之意，遨遊四遠，藉登臨贈答，作詩古文詞，而間以示予。夫徐氏有家學。曩時，鄴宫諸賢稱偉長之文爲一家言，而士秀父子又以駢詞擅世濟之盛。先生自棄試文後，著書數百卷，媲美前哲。予嘗銘其墓，而嘆其似續之弘且大也。沛師讀父書，其于辭賦諸雜文無所不工。而即觀其詩，蓬蓯燁煜，奮筆而直前，所在辟易，世之以習俗爲轉圜者，其敢與之争衡也乎？特是歲月易駛，向之論文于崇禎之年，自己卯至甲申，往來主客。而今又復遭其際，星紀一周，存亡兩世。雖欲不爲之興感，而豈可得焉。

韓邑侯生日序

嘗讀《豳風·七月》之詩，嘆豳公以儉德治民，爲八百開基，猶且羔羊朋酒，公堂躋饗，受介眉之祝，以爲父母于民，其饋食之節所不廢也。邑侯韓公自下車以來，廉于於陵，日啜蕭山一勺水以度朝昏，即一蔬一菜，必不苟入之官廚。以故四民引領，祇盻公生辰，以稍伸饋食之私。而公于是日亦始怡然舉一觴以爲歡。則是民之懸懸此一日，非易事矣。獨是稱祝之頃，必有致詞，而予以齒長于衆，必請予一言，爲捧觴之藉。

予惟古稱三壽：上壽壽國，其次壽民，其次壽身。以故前儒作壽域碑，謂大宇熙熙，四衢坦蕩，舉生人子婦而盡登之春臺之間，風雨不能蝕，矢石不能壞。夫然後身享永久，無拮足瘏口之患。今公于四民寧衽席而長養之，庇以閈閎而授之扃鑰，民之域之，祇覺化日之倍長而恩年之倍永也。夫上施以德，下報以心，心不能達，則口以達之，未有上施如是而民心如石，不能報之以口者。是以尊之呼嚴君，親之呼慈母，而未已也。蓋民生多端，生以食而道不饑，生以衣而嘆不寒，生以煦咻而始無鞭笞獄訟之嗟，生以捍護而然後無水旱、盜賊、兵刑、水火之告。故仲尼至聖，亦有歌詞；子産大賢，不廢輿誦：以爲報也。

今則何以報之哉？吾仍考之《豳風》之詩。夫千百爲期，人世罕有，而豳詩之頌之者且曰「萬壽」，誠以心之所至，口即隨之，心願其永久，則不覺其詞之迂而語之過。蓋施報相等，古人所以云「報稱」也。施者不訾，而其所以報之者祇一言語間，而尚或有吝，則豈斯民之本心也哉！他日公年果高，民年亦進，京朝需人，必將以公爲天壽平格之選，則即此壽民之盡，于以壽國且有餘，而況于身與？

盛玉符詩序

少選越詩，越無多詩人也。既而作《越州三子》詩，三子之外，往來倡和者，仍寥寥也。及避人吴中，吴中人藉藉稱玉符盛子所爲詩，予亟索觀，不可得。曁乎赴都，同館沈學士道玉符詩佳，時老友西疇在坐，實其狀。予于始歸田時，作《還町雜録》，覓得其詩。會玉符以禄仕司鐸大雷，不數數相見。顧以數十年相憶之人，經南北諸名下耆舊嘖嘖之久，而朱顔茂齒，年尚在彊仕服官之間，然後知玉符之知名早也。

獨是詩至今日，争以南渡陋習加三唐之上，庸劣俚鄙，自以爲能。夫以前人所品目，阮生優緩，猶病簡率；劉楨錐角，便訾割曳；陳思勢隨情減，伯喈意盡行間。彼其聲望卓犖，偶有所見，已空絶前後。徒以檢校偶偏之故，遂多優劣，何況今日之紜紜者？而玉符獨慷慨任氣，磊落使才，挾清潤之姿，而行昭晳之致。結體撰詞，全歸風雅，此豈時流所得媲與？玉符家有别業，等于蓬瀛，而近復啓教于方城、華頂之間，擁臯授經，望若神仙。則自此以往，其爲槐堂所頌獻者，又豈止學士稱嘆已乎！

西河文集卷五十六

蕭山毛奇齡字大可又晚晴稿

序三十三

萬壽册序

皇帝御極之五十年，溥天下臣民争呼萬歲。臣奇齡在籍，即已率家人北面叩首，仰祝高天，俯祝厚地。而兩浙布政使司布政使臣郎廷極恭彙近屬臣民禱頌諸詞，裝成一册，將抃舞以進，猥以臣齒長，居臣民引年之首，謬屬臣序次其事。

臣竊惟聖人之壽，自與天地相終始，原無一年一慶、十年再慶之典。故自循蜚以來，黄帝、少昊、帝嚳皆百十餘歲，不必有誦揚之文傳于人間。即三多之祝進自華封，而帝堯辭之。召虎以萬年詠周宣，而其詩不列于《頌》。縱或君臣相悦，稱觴上壽，亦未嘗以誕彌之辰立常度者。惟唐宗以生日建千秋節，❶

❶ 「宗」，四庫本作「明皇」。

而有宋倣之，因之有天申、瑞慶諸節，畧見章表。是聖誕拜揚，曾何足爲我皇重？而無如臣民之心之不能已也。夫大衍之期，即天地之數也。天五地五，必五位相得而各有合，亦元會運世一初基也。彼夫一年一慶者，天一之始；十年再慶者，地十之積。則是五十年而稱大慶，正合天始與地積，而共成一元，其在臣民之肝膈，並未有過。獨是從來頌禱，定多浮詞。而惟我皇萬壽，則刺人之骨，沁人之心，探諸懷而出諸口，有千百言不爲多，而一二言不爲少者，蓋五十年之恩深矣。

曩者史臣頌堯，首曰「欽明」。我皇上敬天尊祖，燔祼必親；即端居宸極，亦時時以嚴恭寅畏，凛諸咫尺，豈非欽乎？且夫庶政亦殷繁矣，天下臣民亦衆矣，大君耳目，焉能一一而周知之？而皇上萬幾具舉，百務秩然，即中外臣工，亦孰有不親别其妍蚩而灼知其良楛者，一何明也！乃考伯益之贊舜，則又曰：「乃聖乃神，乃武乃文。」夫以我皇上之濬哲，何所不通？毋論大經大法，洞徹微眇，即軒帝三墳、倉頡六書，亦且窮源竟委，動爲世則，而至于旦明，則並由精一以進于中，是聖且神也。然且天威不假，撻伐四出，既已南平葉榆，東埽溟渤。又復親犁北庭，以大拓屬國于流沙萬里之外。而究之文命誕敷，聲教四訖，出經天緯地之學，躬秉天文，然後觀人文以化成天下，是既武又且文也。臣民雖愚，其敢須臾忘聖神哉？又豈敢有一時之不仰文謨、不承武烈哉？乃若《夏書》之「敷土奠川」，即我皇之軫念河淮，殫力疏濬也。《商書》之「克寬克仁」，即我皇之三驅舍逆，四網解慭也。《周書》之「上下勤恤」，即我皇之巡視方岳，吏治日以修；圖繪耕織，民事日以奮也。夫三代無侮聖之君，而今則尊崇闕里，倍于疇昔。古王饒興賢之治，而今則闢科廣學，優于前時。雖斯世不乏矜寡，而我則從而惠鮮之；即民間亦多老弱，而我則因而懷保之。捐租賑荒之詔，每歲必下；而且罪疑惟輕，災眚斯赦，省刑薄罰，以全其好生之心。是禹湯文武，凡有一于是，已足稱揚史乘。而我皇且兼之，然則我皇固兼堯舜禹湯文武而合爲一人也。夫兼堯舜禹湯文武而合爲一人，則我皇之壽，將必兼唐虞三代之年而合爲一人之年，斷可知矣。

臣年八十一，幸覯昇平，雖夏蟲不當語冰，蜉蝣不能知春秋，而逡巡里閭，猶得仰化日悠長，以私慰瞻戀，慶孰甚焉。因于兩浙臣民祝頌之末，謹臚其次第，而序之如此。別有頌一篇，亦附卷後。臣奇齡臨序，不勝踊躍歡抃之至。

佟國舅一等公周易註序

《易傳》有辭、象、變、占四義，而後儒説《易》，每以此定五易之準。故東京建學，首以施、孟、梁丘并京房四家分立學官。大抵施氏、梁丘氏同出于田王孫之門，以小章句起家，專主《易》辭。而孟喜、京房則別以卦候、五行、陰陽、災異刻劃夫象變以訖于占。而其後賈直説行，❶梁丘與施氏並亡西晉，而孟、京諸書僅採入漢《五行志》，畧見百一，而世之爲師承者，于此絶焉。顧費氏説辭，猶尚有古義存乎其間，是以鄭玄、王肅輩習費氏，學者彪蒙殰互，其爲舊辭之詁訓，未嘗乏也。王弼起而盡掃之，不

❶「賈」，當作「費」。

特象、占亡，即辭亦無一存矣。宋學代起，并四義而分之爲二，曰理，曰數。以爲辭者理也，象與變與占數也。❶ 程子言理過于王孫，而邵氏堯夫且復著圖象于孟、京之外，而漢易四學爲之一新。予嘗謂學有遞趨，而難于驟返。經師授受，但當就近儒所説以徐通指歸。漢易殘闕，自不如宋易之備而可徵，而無如後此者之仍紛紛也。

皇舅佟公，闡精一之秘，世嬗理學。因謂三古先聖奕代相傳之道，莫逾於《易》，乃博討群書，溯源竟委，上自儀象以下逮名物，無不周知其義。而又妙簡于諸儒所學，專以程氏之理、邵氏之數，定爲指歸，謂非親見三聖，特摽夫五易，而能若是乎？我皇上遠紹羲農，合墳典丘索之書而萃于一身，開運會以衍《連山》，擴地軸以繼《歸藏》，統天地、民物、家國、政治以隱脗乎乾、坤、坎、離、咸、恒、既、未之《易》。而爲之輔者，復能發明理數，剔抉幽微，表兩經十傳爲天下後世法則，此真循蜚以來一啓闢也。

朝廷下搜書之令，凡天下鯫生家有禆經學者，皆得獻之禮官，進充祕府。夫聖人出世，自有圖書。四庫既開，吾必以是書爲河洛之先事也已。

來木菴詩賦集序

夫良材不琢，非謂人工之無可施也，以爲此固有天焉，而不可强也。予少時與來紫垣游，見其爲

---

❶「與」，原作「無」，據四庫本改。

舉文，不費刓劃，毫管裁脱戴，而信手揺捩，輒文采爛然，此可謂非天乎？顧早歲成進士，由判事東閣，出之作萊州司馬。而乃以武人狂瘈，怨學使之軋己也，懷刃闇向之，而誤中紫垣。予嘗嘆文人無命，即巖墻之立而不能避。名爲得天，而亦安所得乎天！每欲呼天以問之，而無可如何。

乃其子木菴痛父之亡，寄居城南桃源村，自稱桃源旅人。雖已升俊入四門學，而以王父吏部公當崇禎之季，曾罣誤編管，與其父兩世俱以舉文顯于時，而皆遭不幸，遂絶意進取，卻試塲若犴狴，第爲詩爲詞賦，而不爲舉文。顧天才横絶，不砥而平，不濾而清，不翦刻暴染而進乎菁英。予每誦其賦，讀其詞，覩其五七字諸詩，必以六季三唐許之，然不自信也。嘗過予杭州，故遺其稿去，且易書，不知爲誰作也。長夏卧簟，拾而展其編，曰：「此非木菴詞賦乎？」投珠于市，雜毛嬙、先施于藩姑井婦之間，而終不可掩。在木菴過自韜晦，傷先人不幸而不欲自見其所長，揣其情，亦固有大不得已于其際者。然而今文與古文不必同工，而同于不學而工。雲霞在天，朝披而夕攬焉。東塍雜花與南園毬毳，初未嘗有所檢點，而春秋遞代，時既至而文自見焉，天實爲之，謂之何哉！

孫肖夫詩序

詩有沿革。革四字而沿五字、七字，革律之六韻而沿四韻。而人必從沿而不從革，此易解也。顧詩有升降，升厚而降庳，升雅而降俚，升博大而降纖靡。而人亦必從所降而不從所升，此不可解也。

肖夫詩質本大雅，不屑俚諺，而意境空闊，所至無局步。且復浸淫于黄鐘大吕之音，未嘗槭槭與瓦釜争響。以故作五字、七字，雖仍沿舊物，而隨所遇而得詠嘆，鮮升降焉。往謂肖夫有家學，其尊人元襄先生豪于藝文，向嘗見其遺稿，祇論、序數篇，而學術之洽，器識之廣，上下千古之充斥，無一不備。今肖夫工雜文，兼長于詩賦諸體。而第以詩論，亦似有卷帙之氣溢乎言間。人有擁巨貲而閎其閈，周其藩，掩蓋其曁茨，初若不足于所觀，而中藏擴然，仰之而卻步，以爲此未易窺也。過門攤市肆，而青黄雕琢，絢然在人目，而求之而一往而盡。然後知所降之必不逮夫所升也，而從之何也？

平澹人德配陶夫人七十序

予束髮與澹人游，在五十年前。維時郡城好結社，每社譜出，予與澹人必聯名，有若榜帖。以故予至郡，必主其家，因之能道其家人事，顧未悉也。逮予避所嫌，藏澹人複壁，越十日而後出門。當是時，丘嫂陶夫人主晨夕餐飯，凡粢醴涼煖、脯糒乾濕，皆一一口受而心記之，至于今不能忘。乃予年八十有一，回顧曩時所游者，百無一存，即澹人已先我去，而夫人則竟以七十聞。

予嘗疏夫人生平。以賢門弱媛，年少婉孌，歸之我友之名下，其于伉儷間亦又何歉？而獨于夫人有難言者。澹人雖世積，兄弟鼎盛，而其所後者，世父也。在堂餘老嫜與所生舅姑，孝養兼責。每歲時伏臘，輂轎舟楫，東西至如流水，而夫人以一身周旋其間。雖劇易不齊，必得其樏理而後已。況群從滿前，多望之長伯，遠游饒結納，而姻婭戚族，槃匜饋餉，又雜遝無歉日。加之家室多故，叔隗尚未絶，而戴、厲相續勤于下。逮其爲佩刀之遞授與衣絮之咸被，于以費經營而煩剞劂，蓋不知凡幾也。

而夫人一以敬順將之，謙沖其中，而和愉其外。在本性鮮嫉娼，而孝先慈後，畧無墮闕。自持門至翕幙，并絶佻侻陜輸之習。世嘗稱石簣家學，歷産賢哲。而夫人以閨閤善承其後，以故八荀三薛，前後相繼，即門楣宅相，亦且競秀如他日。今而後乃始知夫人之教澤長也。

夫歲月幾何，榮落有限。曩時結社諸大家，或贏或絀，往有嵸嶐若丘山，而數十年來頓夷爲培塿而不可止者。予與澹人訂交時，即自忖所至，亦不輒料其止此。乃一轉瞬間而相顧倏忽，夫人且已老矣。予力憊，不能身入郡城，親捧錦帨，爲夫人壽。然意念所及，高門閥閲恢大于舊，而膝前奮起，各能以文章馳譽遠邇。然且友朋踵至，所云拜母庭下者，多于疇昔，不翅名姻貴戚、酒漿筐篚之接跡于道，則異日在廷之褒，遲久不厭。夫人達人，當必有曠然于其際者，予故馳一觴而獻以是言。

地理心書序

《地理心書》者，張子禹臣所著書也。《周官》族師氏有相墓之説，謂古有葬式，須視其封窆以合軌度，非謂此中有吉凶當審擇也。自陶侃、羊祜相傳有陰陽家言，指亡人坎埳以爲生者休咎之驗，因之地理一門肇于東晉，而盛行于宋之南渡以後。蓋嗣是而在庭楄柎，欲早安窀穸，難矣。

張子禹臣知其然，謂撥沙表竹，言人人殊，景純、仲祥動多荒誕，亦顧其心何如耳。于是著地理數卷，而顔曰「心書」。蓋心有二義。一則俗師冥頑，心本不靈，焉能覗土？禹臣以博通之懷，精于名理，豈區區阪險而猶不能直抉其徑與遂者。一則心乃仁術，苟巧于依違，則外而狥人，内而狥己，皆足自壞其本心。而禹臣一以至誠行之。故吾謂《心書》者，禹臣之達心與其心術相附而成焉者也。然則讀是書而倘有會焉，亦會之以心而已矣。

寧晉邑侯去思碑記序

古之爲吏者自通籍後，比年觀政，三年而報績。其善者，留其屐而懸之縣門；不善者，唾其輿，噪而驅之。今稍不然，居官長子孫，動輒十年，毋論善與不善，初立長生牌，而繼即爲祠而塡牌其中。及其去也，詛者詬者，怨憤而譁者，咸集祠下，甚至焚其牌，毀其所爲祠，而後愉快。是曷故哉？則以民心之難欺，而愛與戴之不可以勢力取也。

邵君二峰之宰寧晉也，吾壹不知其居官何等也。其治行在人，人能言之，吾不能壹壹而疏布之也。乃計其受事之日，裁數稔耳，自下車以至乞疾，裁轉轂間耳。迄于今相距已七年矣，邑之人尚能思其人，念其平生，詠嘆其所行，糾錢買石，❶思樹之五達。而邑之士大夫即又起而件計之，礲之勒之，彙諸所詠歌，合爲之文，以傳於不壞。人皆曰寧晉民良，能不忘舊官。又曰官毋虐視士大夫，士大夫尚能以遲久之言相於有成。而吾謂此皆君之有以感之。夫懷餺之俗，今所同也；挽攸推謝之謡，不必寧晉士大夫始能言也。況恩久必息，思遠則忘；變穀改燧，不待來復。而乃感愈積而澤愈長，日彌遠

---

❶「糾」，原作「糾」，據四庫本改。

而思彌切。夫驩虞之術，可以暫而不可以久，假借之恩，可以頃刻而不可以終年。彼苛政無論已，間有假以小惠者，初與民噢咻，遇草衣芒戴之族，言語呴呴，涕泗相慰勞。而乃陰料其貧富而利其財，每事爲氏印，貧者軒之，富者輕之。其始也，貧者多快心，可肆忮害，而究之人匱財竭，而同底于盡。甚或摧抑士大夫以悦愚昧，而等威一喪，强者暴者率能自恃其憑陵以加寡弱，而其爲禍反不在士大夫，而在百姓，此害馬之政也。此違道以干百姓之譽者也。

君居官坦然，行所無事，而四民安之。邑有瀝城，即滹沱水也，周環數百里，一望洋洋，饒蒲葦、魚鱉、菱芡、茭菰之利，男婦日游居其中而相與爲樂，嘗指之曰：「吾侯澤淠然，有如此城。」此非涓滴沾濡之所能邀矣。《漢史》之頌循良者有曰：「所至無赫赫名，去後嘗令人思。」邑之思君，其得之去後如此。吾故樂題其請，以爲世之爲吏者勸焉。

吴母章太君壽序

嘗讀《易》，至節之六四，嘆節以三陰當水澤之交，互相推移，而惟六四爲不易，是以身處艮中，雖震動未已，臨以坎陷，而安于互艮而止而不遷。君子以是卜其能安貞焉。予年老，不喜作壽序，第遇七十以上則偶然應之。以爲年老杜門，庶幾説長年舊事，猶得置身童稚間，强爲笑樂。而獨于吴母章太君，則重有感者。

太君爲吾郡都掌諫章公愛女，方公忤權相，編管均州，正值崇禎之季，國事大壞。雖莊烈皇帝究已用吴太常請，令復公故職，而倉卒不逮。當是時，公荷戈渡江，叩浙撫軍門，興師勤王，太君牽衣不爲動。而既而遯于四荒，太君偕其兄尋父不得，彷徨墟墓間。則在太君家居時，已歷坎矣。且太君所配非他，即宫允吴公之次子也。公與宫允公本同年同館，且同爲黨人，因訂婚姻。而鼎革以後，宫允公亦披緇入山。大兵屯杭者且圈其居而伺其出入。以故太君來歸時，年衹十五，而公子之親迎者，且御輪草草，不止桓氏挽鹿車焉。乃公子弱冠，即與其兄星叟皆以文章爲東南領袖。而群小叵測，往往窺兩家踪跡，陰相恫喝，以致發憤鬱結，驟赴玉樓者又三十四年。

夫以世家門第，煌煌鼎盛，鄉里望之若崇墉峻闥，而一旦夷于草萊，席門窮巷已不堪矣，況覆巢危卵，幾至不保。而又仰黄鵠而誦單栖，遺孤孑然，迄有成立。此其憂患爲何如者？彼夫水澤汗然，亦云坎險。太君以艮止當之，既承上道，復昌後來。然且嗣君大賢，能令坎離震兑，各馭時序，《彖》所謂「天地節而四時成」是也。夫節者，賢也。以一節而成四時，則賢也而進于壽矣。歲之載陽爲太君誕辰，戚里飾漆屏，虚其右，以待雕琢于其上，乃執一觴，就其請而慨然應之。

吴静及詩序

吾越當鼎革之際，曾作《越郡詩選》若干卷，遍搜越人之爲詩者而選之。而杭州不然，限人數于十，名爲西泠，而外此勿録。以故予來杭衹與十人作倡酬往來，一似舍此無詩人者。今其事往矣，名才相望，各出其咏吟以摯于人，雖牋版數行，亦復相遺若束帛，況篇聯卷接者乎！

吴子静及好爲詩，所至題郵畫壁，散作方幅。嘗介友人示予，并請予序。而予以剖析經學，弃之篋中已久矣。長夏臥床，始得卒讀其爲詩，而附以數語。向過杭州，與所識者論詩，其言畫一，雖十人而仍如一人，了無出入進退于其間。而今則離奇錯雜，極唐宋元明，平陂、正側、雅俗、濃淡之各有所到，以大體言之，不無過賾，然而四時雖殊，寒煖則一。今試過鄉縣，蕭條閭巷，千里一色；而一過都會，則臺城參差，車轂紛出。要其爲四民之所居，則無勿同也。静及力趨大雅，本不爲時好所逐。即偶然遣放，亦復去故就新，歸于正則。是雖十人相遇，亦未嘗不忻然把臂，而況予之不立選格者矣。

錢姚三子獻萬壽頌序

西林多軼才，其所爲詩古文詞，甲于他郡。會皇上萬壽，行省徵治屬工文賦者，多爲祝詞，合書册以進。予嘗竊觀，至二姚子作一賦一詩，嘆其工麗曉體會，可稱才士。而既而得錢子集唐三十首，依《平水》所併上下平兩十五韻，淪漣詄蕩，對精而屬切，以爲聲律之極事，莫過于此。顧其册以彙遲，稍闕略，未入獻也。乃皇上以觀河之亟，星言至浙。群臣在途，多獻頌者。三子亦循例録所著，捧之至鳳山門側。蒙駐輦垂問，歷訊其官銜版籍。且乙覽移刻，命其親賫，向行在投入，已異數矣。及投訖，而傳旨侍衛，引見于中堂張公，且同仁和王錫等五人，一體奬勞，抑何至尊之優視文士一至此也！

予嘗嘆桓榮被服，誇稽古之力，而經生年少，即親承咫尺，面受温言，爲高文典册生色，此其于稽古寧有歉與？予垂老僦杭，衹閉户窮經，無暇及詩文一字，而錢子升巖、姚子立方，皆數以經學與之往來。今錢子景舒，正升巖之子，而魯思、彦暉，即立方猶子也。三子有家學，且同巷居，古皇見佳賦，喜與同時。他日以同學而同進公朝，其爲同時而獻賦，又豈相遠焉。

邵時來先生七十序

人生以百年爲期，而十臻其七，已稱稀有，況閨闈合德，中外齊齒，而又有名父以居其前，有順子賢孫以隨于其後，此雖孟子三樂、周詩九如，亦于此遜不逮，而先生實躬逢之。友朋姻婭其屬予一言以稱慶者，屢且滿矣。

予嘗從其嗣君在掫，觀所輯《邵氏世譜》，嘆閥閲盛大，爲東江望族之冠，而先生父子皆以多學爲藝文領袖，乃高蹈不出。先生且嘗游京洛，爲王公鉅卿所敬禮，争相館饗，而終以歸養之故，辭之南還，其德配孫太孺人則又以南臺之後，世席贏餘，舍珠玉錦繡，而挽鹿來歸，第日主中饋，佐先生洗腆。然且束髮與難兄孝廉君同硯，稱詩説禮，迄于今其膝前奮發，早能以文章娛事二世，皆太孺人教也。夫先生七十，不敢言老。而上有忘年之耆英，岸然在堂，下有不可不知年之嗣子，且獻觴庭下。是毋論親朋姻婭稱祝無既，而即此一堂雍容，合三世中外，以爲吾先生稀有之慶，慶孰有大于此矣。因就所爲幛而并書之。

西河文集卷五十七

蕭山毛奇齡字秋晴又晩晴稿

序三十四

兩浙開府中丞張公生日賀屏序爲武科新榜舉人作

當宋元豐間，文潞公以太尉留守西都，值司徒富韓公治第洛陽，乃集洛公卿爲耆英之會，一時慕效者咸趨之。是必世際昇平，而又有天子重臣以出綏外藩。人之詘指而相慶者，曰：「天下誠寧，于今若干年。其長兹土而爲萬室所取安、八州所取則者，其人若干歲。」蓋深幸夫是人之年富而致足以有爲也。又況善人百年，王者必世，其所致治，又天下之所月較而歲計者乎？

平州張公，由行省儀同開府兩浙，東南十道往往倚毗爲長城者，方五千里。父老子弟于行部之頃，咸相望而手額曰：「相公盛年迄于今，相公之涖吾土者，穀已三稔。蒼龍之東轉而揆皇覽絓綵弧者，已三授籌矣。」獨是三載，論秀列國，獻賢能之書而升之禮部。其間賓興三物，續食上計，皆方州使相之事。而今則監臨鏁院，比之宗伯之知貢舉。凡主文閱卷，第總其成效，而不侵其細。惟是古節使之制，分麾授律，設壇而拜職，以仰受天子之寵命，謂之軍門。雖文武並憲，而方行海寓，以克詰戎兵，則尤開府所專司也。是以翹關車騎立期門之選，三班入試，自行營校射以及摩盾獻策、圖上方略，皆目給而面勘之。以故武科榜發，兩浙之讙呼而相慶者，咸集榜下，曰：「頗、牧皆入彀矣。」又曰：「衡量一何精！遴選一何公！自非天地之無私，日月之無蔽，中羅星辰而外苞萬有，何以得此？」歲之夾鐘，門下之給牒而赴夏官者，咸感恩投地，願稱一觴爲公壽。

予曰：「公之壽豈惟是也？古聖人之開壽域也，非土木爲版築，而不湯而池，不金而城。晝不設鐍鑰而關市以清，夜不俟聚櫜而四裔以寧。山嶽不加高，溟渤不加深，而雉堞、溝隍藉之以安平。故能上之體聖主無爲之治，而下之即予十一州七十五城以無事之化。其日坐政事堂以發號施令，而闃寂寧静，邈若無有。苟非旌門大闢，笳吹鏗鍧于梐枑之側，❶幾不知有中丞公之居其中而填撫其地者。《論語》曰：『仁者静。』又曰：『仁者壽。』蓋惟静故壽，此固我公之自壽，以並壽此兩浙民，不待言也。乃即以取士論，《詩》不云『周王壽考，遐不作人』乎？夫文王以知人之明，倬若雲漢，使之爲章于天地而照曜四海，其得人之盛，爲有商數百年以來未有之事，然亦何與于壽考？而以是爲祝，誠以十歲樹木，百歲樹人，周王樹多士，以爲王國之楨，而濟濟多士，即能報成周以百年之治，所謂壽也。然則公之自壽以壽人，亦以是矣。」特是曩時留守，創耆英之會，凡鄉官在籍者悉携鼓樂，就軍門行觴。而好

---

❶「笳」，原作「茄」，據四庫本改。

事者致圖畫像于資聖寺院，爲後來觀法。即司馬温公改爲真率五行酒食，亦必彙鄉老同餐，以爲盛事。而今則軍門鞅掌，無暇飲讌。且司涓清絶，矢不受鄉官一飲一勺，致予以近耋之年，猶不能預真率之會，以追陪一觴，此又時勢之無可如何者也。

遠宗曰：先生戒屏序，以幅讀字多，故每辭之曰：「吾不能生駢指，塗漆版間。」故不作屏文。藉作之，亦必不存。此文早刻之張公《北歸録》中，且爲諸武科門下所請，故留之。

東陽李紫翔詩集序

今世有文人，而無學人。夫文人者，非謂習延祐舉業，能挈筆作應試體也，將以摛辭賦詩，并發之爲碑版、札牘諸雜體文字，則雖千百之中，偶一有之，亦屬倖事。而況經學茫昧，誰則能開扃發覆，探五學之精，窮六籍之奥，使《易象》《春秋》《詩》《書》《禮》《樂》悉曉然于天地間，如七十子者乎？

予早知東陽有李子紫翔以舉文見知于時，時之誦其文者咸稱之，而予獨謂其有古學。嘗竊觀其論《春秋》策書，按時度物，其于三家之是非，多所考駁，即妄附謬説如予者，亦且一一正定之。此不可謂非當今有學之一人。乃相見投贄，衹以所著詩篇若干卷示予。予讀而嘆之：「此非學人乎！」昔論詩者云：「詩有别才，非關學術。」此非知詩者之言。夫詩肇于漢，沿于六季，盛于唐，而衰于宋，夫人而知之。而今之詩人必且舍盛而趨衰，何也？不學故也。天下惟雅須學，而俗不必學；惟典則須學，而鄙與弇不必學；惟高其萬步、擴其耳目、出入乎黄鐘大吕之音須學，而裸裎袒裼、蚓呻而釜戞即不必學。則是今之爲宋人詩者，不過藉文人之名，以自掩其不學之實，非有他也。紫翔以學爲文，即以學爲詩。温柔敦厚，一本經術以出之，而風雅翩翩，上追漢魏而下不失乎三唐之法。即其主客盤桓，倡和予汝，擬蘇李之遺，而情旨親切。于以篤厚誼而厲薄俗，無非以《三百》至意行乎其間。此豈與世之文人争肩併耶？夫四海雖遥，風聲不隔；文人雖鮮，有必識之。譬之瞻華于河，拔干霄之木于鄧林，遘僑如兄弟于侏儒之鄉，雖千百必不失一。而獨于學人，則終恨罕見，乃及今而一見之，則是予之所望于大山、喬木與出群之人，當不止詩篇數卷而已。

會稽章晉雲壽言録序

唐以前無祈年之文，而今則世尚浮詞，每十年一周，輒預飾屏幛，而書祝贈之言于其中。予初鄙之，即有求者，不之應。而或曰此亦爲人子者之用心也。彼人子者以爲父母之年日臻老大，雖鼎烹在前，子姓戴觴，每無可以娱其意志，而祇此贈言數行，則忻然承之。而特恐言之者之或不得其人也。

予與章子泰占游，深信泰占之爲人，博通經術而工于操持，其作古今文，久爲斯世所矜式，而尤兢兢于家人之行。此非有得于義方不至此。乃聞其尊人晉雲先生，席世閥之餘，高蹈自喜。早年以孝友著于宗族，而既而婣睦任恤，爲鄉里嘖嘖。雖鼎革以後，不好進取，而或以棲遁目之，則嗛然道不敢，曰：「人亦各有志耳。曾市門皆墻東君，而甽畝之間，無非南陽躬耕者哉！」以故北走燕臺，南游吴楚間，第遨遊不輟，而不爲浮名所逐。嘗念先人北渠公砥礪名節，爲蕺山劉先生表誌其墓。而祖仰渠公兄弟則又以效丁蘭刻木事，陶半村先生爲之立傳，間書兩文于其堂，令子姓觀之。

今年八月，先生方六十，泰占思乞言以慰親心，而羇遲白門，屆期始得歸。乃人之知其年者，在故鄉，則親朋遠邇預爲詩歌，以致其禱頌之情；而在江以南，凡與泰占游者，聞先生之風，各願出一言以誌其盛。夫人亦自愛其文，凡金錢粟帛可以推予，而必不肯爲不情之詞，妄相附和，以自貽慙慝。而乃盈篇累幅，知與不知，皆願附一言以相籍爲名高，此非先生之賢與泰占之名均有以致之不得也。嚮使唐以前早有是風，則庾信摛詞、杜甫握筆，亦必有以傳其贈言如今日者也。然則世之以屏幛娛耳目者，請以觀其詩何如也。

素園試文序

昔曆、禎間，社業與房書並行。而今則房選行牘，率皆坊人僞爲之，而社刻無有，惟取學使以下及諸司考校文版行坊間，則猶存社業之遺意焉。金子素亭久以舉文名于人，而友教日衆，乃與趨庭都講輩各出生平見知文，彙以示世。因人之重素亭者名所居園爲「素園」，遂稱其文爲「素園」之文。夫以素亭多才，其于古今文何所不得，廟堂無欒櫨，而但取廡房之榑櫨以爲美奂，寧無餘憾？然而高文自在也。間嘗選唐人試帖，嘆都堂試士外，其爲國子京兆及州縣所解帖無算也。夫隋唐試法，惟舉省試爲最重，得即爲士，否則仍爲途之人，無舉人、諸生名目可以託足，無行書社業爲四方行估所藉手。而試帖之傳，大小畢備，曾是知詩者而僅僅于「行不由徑」「湘靈鼓瑟」間争得失哉？

金華杜見山悔言録序

幼時講學龍山，見劉忠端《證人社譜》，疑「黑白兩的」出之《禪源詮集》。而蔡子伯曰：「豈惟是哉？周茂叔牕草不除，何異乎庭前柏樹子也？程子謂顔子所樂何事，則衲子下句『什麽是受用處』也。朱文公論太極，以一陰一陽爲形下之器，則即心即物；及註《論語》，則又云『洒掃應對便有个入神事』，則即物即心也。世但以禪學歸陽明，而不知有宋學者實有以啓之。聖道之可疑于天下，非一日矣。」

東陽多名儒，而舊所推者爲杜見山先生。相傳松嵓盧子講學五峯，先生乍聞而驚曰：「有是乎？」大遂從之，相依不歸者閲四年。既而還故里，人事間隔，自恨放廢之久，日書所不足，曰《悔言録》。大抵生平得力，惟主静立極，直本濂溪。而自抒要旨，則又以良知爲本體，致良知爲工夫，與陽明當日天泉授受者正相表裏。見者因遂以近禪疑之。予嘗游嵩陽，得賀凌臺先生知本之教，謂聖學切實，祇一誠意，而意之得誠，祇止善以去不善，並無「窮物理」與「致良知」兩途可以抄變于其間。然而「良知」二字，出自《孟子》，「致」之一字加于陽明，即不必以此參釋《大學》。而第就三字徐思之，夫所謂「致良知」者，非謂推虚靈之識以進于覺也，謂夫知能之良，可推之以進于無不良也。蓋知則莫良于孩提之知愛親、知敬長矣。先生以愛親敬長爲教，而後人之繼起者，即以是愛親敬長承之。聞杜君雍玉素以孝稱，乃憫其先録之亡，力搜其殘編，細爲較輯，而重授之梓，使先人所學復傳于世，則即此良知之致，不必佛説四恩，舉父母之親與方丈國王争先後也。世之讀是録者，但以親長求聖學，而又何疑焉。

甘州行省朝勿齋先生松岑集序

《松岑集》者，朝勿齋先生所著詩也。先生詩早行海内。予嘗序東陽李紫翔集，每見先生唱和詩，而心儀久之。乃先生以三輔分刺兼督理河務，爲天子所嘉賴，遂由參知行省出巡邊衛，開牙于酒泉、張掖之間。而家弟之子甘州軍司馬，其屬官也，因出所著詩，不遠萬里使驛予，而命之以序。

予三復之，嘆先生勤勞王事，自行役盡瘁外，大抵皆屬車扈從，賜衣賜膳賜什器珍琢，并聖篇御藻，種種班賚。而先生亦深感刺骨，往往紀其事而播之以詩，一如唐人之所稱應制體者。夫詩學之流移久矣。長安高髻，不計尺寸，而世儒無學，方且以草野哩唆之習，易我高文典册，以自掩其劣。而先生一以廟堂之體製出之，就正大以合雅頌，其爲華國之文章，力挽狂瀾，固其所也。

特念喬松之名，皇上嘗以賜大臣，以爲天壽平格，貞松似之。昔者聖主賢臣之頌，有云「萬年之久，過于喬松」是也。今皇上書「松岑」二字賜之先生，而先生即奉之以名其集，不特徂徠千仞，萃我高岑；而疾風勁草之志，于此驗之。蓋亭亭山上，厥有本性，盡瘁之節也。心懸魏闕，高枝西靡，懷君之忠也。有臣如此，其于聖主得賢臣，亦復何媿？然則先生雖盛年，甫探二毛，而他日壽考之稱與夫詩篇之久傳而不可沬，不即于是名均見之哉！

奇姓類考序

黄、炎本一姓，而父子兄弟各不相襲，誠不知當時之仍其姓者限于何等。暨中古以降，則惟有地之君得以仍之，而他皆易姓。是以天子諸侯必析其弟爲大宗，而分氏别族，爲姓不一。然且易姓之法，以官、以賜、以字、以謚、以居、以采、以伯仲、以長幼倫序、以所聞所睹所齒遇遘，併隨意立氏。故曰姓分而爲族，族分而爲氏，氏又分而爲庶姓、爲庶族。自天子諸侯而外，人各有姓，不啻萬也。自開闢生物以來，生人造事以還，及古皇立文字置書學以後，凡物凡事凡字，皆可爲姓，又不啻若干門若干部也。

曩者予友蔡子伯，將輯古今氏族譜，已有成説，聞予言而遽止之。今吴門徐子南沙取其姓之奇者，編爲類而分以門部，題曰「類考」。世不盡姓，姓不盡人，窮搜極討，而總限于類見者，開卷而耳目所接，似乎豁然一改觀者，此非異書乎？夫讀書深者，所言多怪。即以氏譜論，《公羊傳》云：「古以王父之字爲氏。」予嘗非其言，而人多怪之。是不特魯之季孟、鄭之罕駟，皆以身之字與父之字爲氏，並無孫氏王父字者。自此言出，而東門襄仲三世皆以子作孫，以兄作父，一門倫序，全受禍烈。此非細故也。乃朱子論氏，又但知「王父之字可爲氏」一語，而不識謚亦可氏，反曰「謚焉可爲氏」，「此必誤讀王父之字，『字』字爲『謚』字，而因以謚氏」，則不特桓莊武穆顯見經傳者，俱不之識，而即其註《論語》《孟子》，豈不知三桓爲魯桓之謚、戴不勝爲宋戴之謚？而以爲謚不可爲氏，無怪乎《論》《孟》姓氏十餘處，無不錯註，此又非細故也。

重修祇園寺募序

祇園寺在縣治之西，實不知創于何時。相傳晉咸和中，高陽許詢客居永興界，因捨其寓宅爲寺，載在誌書，然不可考也。唯是明代盛時，實爲江南第一山，五字係當時扁額。周環若干畝，寶坊嵬然。凡官家大慶賀，如萬壽、元旦諸節，縣之令丞輩率于此習禮合樂，勒爲令典。而四方至止者，舟車甫税，即蜂臺鷲室，往往以是爲游觀之所，一何盛與！自江東不守，戎馬蹂躪，而後彼黍離離，且六十年矣。國家休暇，闢補陀後山爲祝聖之埸，敕禪師便菴開堂其間。而其徒止公，則嗣法者也，見祇園之圮而憫之，遂發願修復，簿其募而謁予以序。

予思物有興廢，本循環之理，況珠藏金乘，神實護之，此固無慮其久堙者。獨是彈丸三里，四業艱難，似乎時尚有待。而幸值天子神聖，宰官賢仁，井邑蔥蔥然，覺有起色。以芥粒之施而成丘山之業，想亦通邑老穉所相顧而忻然者乎！城有三古刹：一竹林，一覺苑，一祇園也。竹林喜久復，而覺苑甫興，勢必以祇園繼之。是天時人事與宰官耆闍，輻輳而來，不可謂非此山鼎新之一會也，因爲然其請而勸以是言。

先正小題選序

從來應舉之文，始于制策，而既而詞賦，又既而經義，帖括止矣。自元仁宗朝實創爲八比之法，改去帖括，首以四書文取士，更名書義，而别立體製，曰「破題」、曰「接題」、曰「小講」、曰「官題」、曰「中比」「後比」、曰「原經」、曰「結尾」。而于是書契以來，遂有八比一法在人世間焉。然且主者命題，多下小籤。相傳延祐解士題用「子曰」二字，其首解破題襲韓愈文「匹夫而爲百世師，一言而爲天下法」，以爲能事，其在明初，載之《元文矜式》間，曩時老成人能道之也。乃選家無學，稱八比文爲制藝。夫制科取士，皆天子親試于庭，八比試有司，並非制也。又以爲八比始于宋，僞造爲王荆公、曾子固、蘇子瞻、子由諸文，以誣惑斯世。夫八比矜式，元實始之，宋時書義尚未行，焉所得八比而預用之也，人日循墻而不知爲序久矣。

予友高介石先生，博學彊才，少年主藝林，即以舉文雄于時。近方選古文行世，而間及書義，因遴取先正小題爲之嚆矢。念斯世書義屢變，學人倀倀靡所適從。而先生胸有準的，考八比所由，溯諸《矜式》。且以歷搜夫成、弘、正、嘉、慶、曆、啓、禎諸遺文，而究其根抵。閲之博而遴之精，不輕加月旦，不濫施點黈甲乙，使學者一望而繩榘儼然。此非近代之矜式矣乎？先正多小題，一仍元延佑遺法。而先生亦以小籤先之，雖曰以便學課，亦以見元明以來污抔載事有餘意焉。

應和堂試文序

予僦杭州，學使補諸生何泗音江臯草堂，從學者十人，而補其七，以爲盛也，丐予序其文行之。今予歸城東，而比鄰數武，補之者三人，曰莫東怡，曰張南服，其一則予宗來初也。三人同有聲，試必同列，且同出于莫子蕙先與英仲應和堂之門。而東怡爲英仲子，且冠軍焉。《易》曰「同聲相應」，《詩》曰「倡予和汝」，言相孚也。莫氏兄弟以文章領袖群彦，而一時應和合門生兒子而萃于一堂。竹箭不異苞，而冀野馬群千里同皁，此相孚之盛，亦何足怪？獨恨予老去，不能減年以追隨，而尚有吾宗一人得附其列，即不可謂非幸事也。因復披其文，而爲之序之。

石艇詩集序

天下幾人負重名，比之睹恒星于天，數亨山大浸于輿圖，千不得一，顧亦未嘗失一也。然而生年有限，予年僅八十，而四顧茫然。回憶同時得名者，或年長于予，年少于予，卒無不先我而逝，而惟石艇李先生減予四五歲，而巋然獨存。予嘗謂良朋千里，宛若一室，顧見面實難。生平避人走四方，足跡汗漫，縱南至閩海，未能車過東陽，一訪所謂石艇堰者，而先生又高蹈不出。即謀通姓氏，而日暮途遠，每恐還山不相識，爲猨鶴所誚。而先生之子亦當世名士，今所謂東陽李鳳雛者，遇予講《春秋》，因得詢先生所著書。而先生竟不以予爲不肖，寄《石艇詩》來屬予論定。予卒讀之，然後知先生之過人遠也。

先生以文苑豪傑，世紹家學，一旦丁喪亂，閉門卻物。其所居本山水之間，而性好咏吟，往往矢口即成句。昔人謂山人之詩多于山葉，不待言也。獨惜生平苦易度，而山中日月反長繩繫之，猶是晨與暮，而朝曦夕暉雜之，冬夏之早晚，而光景遷變，誰能一一傳寫之？況山川長在，風物無恙。賦詠匪一朝，而隨所感觸，千態萬象，一似雲霞有性情，而峰壑有面目。縱同此，即事有前後，若異地焉者。人嘗謂輞川、杜陵工于抒寫，千年以後必無其二，亦嘗讀先生詩乎？予老，還故鄉，研經不暇，屏一切詞句。雖敗箱之中尚饒殘帙，而必不敢示一字，則即詩以觀，而其有愧于先生者，不既多與！

北京大學《儒藏》編纂與研究中心 編

《儒藏》精華編選刊

西河文集（二）

〔清〕毛奇齡 撰
閻寶明
趙友林 校點
馬麗麗

北京大學出版社
PEKING UNIVERSITY PRESS

西河文集卷五十八

蕭山毛奇齡字初晴又名甡稿

引

《兼本雜録》列引在序跋後，今另分一卷。

迴文集引

迴文者，詩中一别體也。幼時製雙帶子，喜遷鶯詞，故作迴文體，以示狡獪，而既而悔之。然而才人伎倆，何所不有？璿璣雖不可再，而五七字間偶一顛倒，是亦文心縱變所有事矣。張子東亭每以是體爲倡酬，動輒盈卷。聞舊刻已付鬱攸，而近復合格律二詩并樂府絶句，總彙之爲一家言。才人豈可量乎？山陰閨秀張楚纕工于是體，曾過始寧徐大司馬傳是齋中，把筆作迴文古詩。而予門徐昭華者，即司馬公女孫也，爲題其篇曰：「曲江比下筆，流水作迴文。」書十字訖，便輟筆。時傍觀者訝之曰：「是底言？何爲不置可否？」蓋不疑其亦迴文也。予恨老去，不能復作詞如幼小時事，而題筆又艱，未遑猝應，祇遠述舊聞，以留此集中作一佳話，傍觀者或亦諒之。

陶篁指頭書畫引

本稿無此篇，此從《陶小羞集》録入。

凡書畫以指而必有具。古用刀，今用筆，皆具也。自心書意畫之説起，有畫腹者，有壁掃作字者，有用指戴爲虎爪文者，有以頭濡墨寫草書者，有脚蹴手捫成潑墨畫者，而具亡矣。陶篁曰：「吾安用具哉？得魚亡筌，行千里者棄其行縢。吾請以指頭行之。」天下有攘工倕之削、折逢門氏之弓，與之相遇于中原，而以爪觸巠，以飛蓬相抵擲，而猶有藉者，此非一指頭禪乎？吾見之喜，而爲之書。

徐克家涉江草引

毛甡游江表，不得已也。徐子亦不得已而游江表，乃以十年來所不能逢之故國者，而日相遇于荆關楚水之間，登臨唱酬，積其所爲詩，名曰「涉江」。徐子其有繼騷之心乎？當徐子居越時，鷹揚藝林，與薄海賢豪争雄長。假使魏太子仍開鄴園，徐子非徐幹哉？越二十餘年而不遇太子，冠切雲之冠，紆遲南荒。《涉江》云：「淹回水而凝滯兮。」豈非其凝滯有足悲者與？建安諸君子並起辭藻，嘗自謂能比蹤騷雅，而既而中落，致令孔璋擬相如而不得也，所傳者偉長一家言耳。毛甡當勞憂之餘，損其所爲心，惟恐思煩情敝，驟致隕落，故于其感興而輒棄去。此如醉裏聽蠅聲，波間翫花色，嗒然而已矣。徐子獨流連興會，于情之所至而文隨之，雖猶是偉長論世之思乎？然以之繼騷，有何憾焉？

季跪小品制文引

韓愈爲《毛穎傳》，人皆笑之，獨柳州刺史嘆爲奇文，此則《梓人》《槖駞》之所由昉也。第今之爲文者，好持大體，動以語句之偏全而分爲鉅細。彼其心思質木，摶折無象，遇危言正舉，猶且趦趄囁嚅，格格不下。苟一旦頬頣將承，齒牙未盡，足欲步而過卻，目方馳而若留，涓涓初下，江河具來，鱗爪未全，風雲頓起。則雖素稱哲匠，窮極窈渺，孰不相顧咨嗟，拱手謝去？然則文之有大小，亦猶心之有敏鈍也。季跪爲大文，久已行世，而間亦降爲小品。嘗見其座中譚義鋒發，齊諧多變，私嘆爲莊生、淳于骨稽之雄。及進而窺其所著，則一往譎譺，至今讀《西遊續記》，猶舌撟然不下也。技之小者非大匠勿任，文之小者非巨才勿精。向使季跪所作，非四子書題，爲時所習，亦但若向之所爲續《西遊》者，則安知世無見毛穎而笑者矣？

重修息縣協天祠右廂觀音閣募引

息之治東南有協天祠，古也。祠側樹碣，志明萬曆間重修，而不詳所始。及搜廡下斷石，得宋元祐辛卯雷跡碑記，雷車之文剥蝕隱隱，然後知其從來遠也。但祠舊有左右廂，而中丁兵灾，左廂則先成三楹，右廂闕然，觀之者左右臂不齊，如偏痺焉。住持開悟者，戒僧也，禱之協天前，謀廂其右，且因而層之，下祠火神，而以其上爲觀音閣。火神以戒觀音者，所以感與？息連歲不登，地蕪穢未治。居民良而苦瘠，雖好施乎，將曷厝諸？然而語有云：「累黍而成尺，累土而成室。」當明萬曆間，有長吏鄭君者，實爲率修，而士大夫和成之。今之長兹土與士大夫之居是邦者，毋論善作者善感，睹兹偏痺，有不興鍼灼之思者乎？則爲累黍而累土焉，必也。予游息，與息之士大夫交，遂以交息之長吏，知皆賢好施者。且假寓兹祠凡三十日，知住持亦賢可施，予因應住持請，而爲之告之如此。

懷山書言引

懷山相對時，若深山道流，絶無音聲。及其發之也，而洋洋然傚晉代清談，能作數十萬言。懷山口授，僧開手書，不自知其手之狎而板之續也。往見懷山有《書言録》，既而得見其歷游所記，布棋測象議若潰捍。又既而窺其裝，則遥篇曼册，穴紙而編焉。于是懷山彙其秩，請爲之敘。予嘗疑步兵、中散，既淪鑿埋昭，以嘿成爲道，似不得寓詞託諷，致與物忤。及觀其夜中不寐，起坐彈琴，流連于安樂利貞之間，忼慨于代謝差馳之故，寄言蓬池，眷念山阿，然後知其情深也。懷山志懷天下事，其所可語者語之，其不可語者手劃而心開已耳。爾乃踥跦道路，一發其情于談天指日之間，是即不必與物忤乎？然何致所在謇塞，竟與廟中之金狄共銘背者哉！

聞人山人印章譜引

杜預作峴山碑，一樹之巔，一湛之淵，惟恐其不傳也。故山雞見影而喜，緱山之雉必留其跡而後去。回道人過巴陵，使巴陵市人圖其形容。蓋工其工者遺其斲，理固然矣。聞人山人工印章，自鼎鐘秦漢以逮唐宋，皆能心憶而手追之。且復譜所勒以傳于世，一如古人之編韻而集氏焉者，何珍惜已甚乎！世人好古文，每欲變殳隸而雜以篆籀，予甚疑之。山人皆慷慨魚睨，棄置勿道。至其把鐵如杜，號呼礲礴，恍前有峋嶁，後有石鼓，極離奇譎怪，而不舛于法。以彼其技宜隨所摩畫，當無所不得于世，而復乞予言以爲之引，亦曰非予言，或不足以動巴陵市上人也。

黄大宗曰：任地有機括。

合置社頭張十一郎官二祀田引

《月令》擇日命社，所以祈也。而《良耜》之詩，秋而報功。今社無祈報矣。比社則第遴歲之良日，不分春若秋，設爲社祀。而吾邑首社，則猶在元夕之旦，吹笙設燔，婆娑而饗之，此豈元辰擇社之遺與？顧八蜡與社表裏，而田坊、水庸則嘗列之六、七之數。今無蜡并無坊、水庸也。邑瀕海近魚，禾稼是憂。考邑有護堤侯張十一郎官者，在吴越王時，其父亮爲刑部尚書，而侯以任子起家。宋景祐間，錢唐水淫，侯由工部郎統捍江五指揮使，護堤有功。因侯而没乃祠之，今俗稱張六五侯，則十一之互文也。夫祀典能捍大患即祀之，況侯死而所在能神，則生其後者殷其禮，亦以明報。而社祀在首春之十五日，侯祀在末春之六日，里中人有秩其文、奠其典例而預合其錢以爲祀田者。夫猶之通報于祈，而在春則暇而可行，在秋冬則不暇而不可行。而以司穀抵社，以侯之護堤抵八蜡之二，但舉夫春祈而若竟忘其秋報之意，夫亦神惠廣廣，丐其所施，而不敢自名其何以答也。則夫合兩祀而置以田，豈無義焉？

姜武孫曰：隨敘隨議，以一氣轉合爲能事。

何孝子傳奇引

人不識申包而識伍胥，不識京兆三王而識包待制，不識孫賓石、王成而識公孫杵臼，則以爨演之易傳也。古來正史所未詳者，多藉之稗官。而稗官又闕，辭人騷士咏嘆以傳之，所稱鼓子詞非耶？今其詞又不可得。而傳奇、雜劇登場爨演，較之咏嘆之播揚感發尤捷。故予每欲以近代軼事或有裨于世而不盡傳者，皆假是法以傳之，而未之逮也。鄉之先有何孝子者，其事已見于故明孝廟實録及府縣志。而惟恐新史未採，浸久失實，予向已爲傳傳之，復擬作長短歌句，編記其本末，若謠若諺，彷彿古《焦仲卿妻》，以當夫調笑鼓子諸詞。而近觀謝氏所爲傳奇，且有先我而爲此者。人雖不欲以孝子爲伍胥，以曹大理爲包待制，以王鼎參政爲公孫杵臼，不可得也。夫爨演之感人甚矣。今有家不悦于親，出不順于朋友，冠裾回慝，秉性忮害，似非保惠、誥誡所能引激。而一旦過勾欄，見忠孝節義遺事，目觸而心悲，初絢于眶，既而溢于睫，又既而涕唾垂頦雪前襟。而觀口訟心怨，一若身處其地而必欲爲之較量而不可已者。豈其人則善變哉？誠觸之者有殊，而感之者有異也。時之爲傳奇者，第極合離，而正史所載則又懼以演義失實，致掩本事，有如此之愷覈而詳明者乎？昔元詞以十二科取士，原有忠臣烈士、孝義廉節諸條，不盡崔徽麗情也。讀《孝子傳奇》而不知其有裨于世也，則請過勾欄而觀之可已。

任千之曰：寫觀劇一節動人。

修建十種功德募引

佛乘多名目，四流、五衍、六度、八正，不可稱數。而其近人情而可舉行者，則惟十種功德爲良云。夫功德以十計，合之則已細，而分之又甚煩。然而九功三德，先王已先佛言之，故空門非空，而功德所建則空也。而實行焉，如曰行不捨之檀，唱無緣之財，可以資萬有而利百物，是匱守也。

恒公，空門之賢者也，以十種功德發願修建。予按其目：福國，報本也；修圮橋修路，則除道與成梁也；接行旅者，郊里之委積以待賓客也；放生不殺蟄，不殀夭也；施老孤，先無告也；飯獄者，恤獄也；賑饑、濟渴、藥疾，一則懲荒，一則救暍，其一則掌醫政令以治六癘也；設櫝而掩骼，除其胔而給其器也。凡此，何一非王政之大者？而王者不行而佛氏行之。佛氏不必行，而恒公以佛氏之意果行之。人不知佛，獨不知王者乎？夫大功不獨成，大德不獨舉。學士好言大同，而王政之行必操之自上。惟佛家求助，即使卓地得水，開盂指米，猶將藉之給孤之施與波斯之捨。則夫君子耻獨爲九功三德，何難各分之而載半去與？

東亭文稿選引

叔氏御先與予讀書于城東之東亭，初未嘗不思有用，既而俱不用。乃予以亡名，棄筆墨如敝屣。而叔氏避人山阿，不忍以不用之故盡捐其技，于是輯其平時所爲文，選爲一卷。予受而悲之。古有不必用而預爲有用地者，伊、吕是也。彼其視天下之事一如己事，初何嘗有用舍之可分？而用而行之，一不用而摩厲以須。此其人即獨處一室，猶然家國之是謀、而君民之是計也，是亦何藝文之可自遣者，而不敢俶也。乃亦有不用而即自甘于無用，嵇與阮是也。以彼輕世肆志，惟恐文之有耀於其身，而務爲緘嘿以終流年，盱盱墨墨，舍雕而刊華，所稱達生，非耶？然又非吾所欲處也。夫田父以作勞而談往事，學士以無用而弄筆墨。譬之獵鳥禽者，材官蹶張，既無所從施，而又不忍自棄其翹關之用，于是拈絲繳矢，徘徊于林莽，以仰飛鴻而左右射。此即在旁人見之，猶不能無沉淪之感與牢落之思，而況其與俱而與棄者也？然則世之妬其技而不早爲用之者，亦獨何矣？

殉難録引 崇禎甲申年

石介云：「人有死，物有盡。其氣烈烈然，亘萬古而長在。」非殉難諸公之謂耶？死者澌也，人孰不死？死而即于散。獨諸公炯然在天地，君薰悽愴，雖僅竹册所記述，相對奕奕，即欲與天地同其開闔，與日月同其顯晦，與江河同其通塞，不可得也。少時與兩徐子游，每聽口道諸殉難事，輒心驚。今二十年來，失足濁淖汙泥中，中陷者屢矣。讀小徐子所輯録，得再聆曩時所稱諸君子者，槭然動于心。嗟乎，諸君子不朽矣！小徐子亦不朽。石介不云乎：「在晉爲董史筆，在漢成帝朝爲朱雲檻，在唐爲段太尉擊朱泚笏、爲韓愈《論佛骨上表》。予謂在宋爲文丞相《正氣歌》，在今爲小徐子《殉難録》而已矣。小徐子勉之。竹册所紀述，神靈憑焉，慎勿輕，予以增損而務爲傳信可也。

重修文昌祠引

自文昌一星位天樞上，躋三階而排太一，宣布經緯，而後之行文家必稱曰文章主云。然嘗攷他書，蜀之梓潼有神名北郭生，實掌文昌職貢舉司禄事，故更名文昌曰梓潼君。而《文昌化録》又稱張氏孝仲張弓挾彈，彷彿古高禖氏者。而彈音同誕，誕子者，禱之要其神，即文昌也。然則文昌之爲神舊矣。

城東有文昌祠，舊在漢前將軍祠右，以世之祠將軍者必偶以文。而道家每稱將軍受帝命監試闈事，與文昌典桂籍，實相左右。以故士之膺鄉舉里選以文進身者，嘗並祀焉。而其後以兵燬也。夫鼎革以來，時移事易，凡夫所見所聞，均非其舊。而第當高臺既傾、曲池既平之後，猶復有神祠廟貌，幸還故觀，即其際已不能無流連今昔之思，況祠禖祈禄，尤生人之所不能暫已者與！祠舊榜梓潼，而梓潼當西蜀亡時，無所因依，遂神游崆峒，飄颻不歸。今蕭山雖褊，而神來最靈，崆峒遼遠，非神所安也。且文昌位天樞上，雖天街焕然，明星仰首可接，又何如攝衣而親承之爲愈矣。邑人修祠者已立簿書，而屬予爲引，某月日某引。

何伯興曰：筋節全在中一段，以感舊立論，甚正大且妙，是重修意。後層層收拾，似莊似諧，與鄉人言恰如此，極有地步。

百步寺募齋板引

埭之南有山曰筆峯，其椒之陰有紺宫巃嵸，曰百步寺，寺所始不可按也。僧曰舊藏寺谷間，而其後中廢，而遷道左，去故址焉。鼎革以後，復建其寺于故處，而聚其徒以居。又曰：「吾故處安在哉？吾可徒處此而坐，使面壁之學同于面墻？」因鍵白板，獨鍊五門而闕之，迄于今三年矣。夫寒嵒幽壑，本已寂歷，而又闕之以玄關獨叩之地，其有所得，吾不得而知也。第其事方圓而其願已滿，則因功証功，固將闡八正以究三乘。而假使摩竭啓室，大集其徒而利導之，而香積之飯不施，伊蒲之餐不設，縱有般若，其何以濟？昔者祇陀舊林，如來受供，凡無漏以下悉得食。波斯施飯而阿難無分，遂有沿城托鉢之憾。今其徒坌集，未必皆無漏也，持鉢來前，得毋有無分而興悲者乎？予嘗寓埭上，一詣其寺，知其僧類有道者。而居士黄君則又有金剛講會，曾請予序之，而今以募齋而重爲請也，故既爲引端，且書其板。

弁首

姜尚父行書續刻弁首

尚父再挾策隨計車走魯及齊，宿清泉之浦。爲文若干篇，心思要眇，穿土達石。就其所到，可使清浮下陵而風飈上舉，制義之絶事也。往時尚父闈牘并行書爲天下所稱，其受《尚書》一經者，則又私相傾倒，以爲秘本。予念其生平，每嘆文章貴獨行耳，揣摩無爲也。揣摩而遇，不失楚人量權測情之旨；其不遇，裘敝而已矣。尚父文非其驗耶？今尚父逡巡計車，乃益復倔强，爲此續刻。古云：「啾發投曲，徒感耳之聲；因勢合變，徒偶時之技。」夫宫商善徙，時數遷而不易其音；審飭易更，工屢移而不渝其器。豈非黄門之佳弄、英雄之奇技哉？

王阮亭詩集弁首

往在湖西，與施君少參論輯天下諸名家詩，指所一折爲新城王阮亭。既已購阮亭所刻集，闔石溪佛寺晝五日程，遴録標置，略當就緒，會以他事去湖西，遂不果決。暨予暫還臨安，重與丁儀曹論踵其事，而未得也。今年春，從汝南還，道經吴江，訪顧子茂倫于維舟之頃，因得重讀阮亭所爲詩。蓋茂倫方輯山左四家集，而以阮亭詩示予，掎引者也。

予往讀阮亭詩時，嘆阮亭詩軼氣凌上，曠情絶物，環彪被炳，雲族霧散，擷枚、馬之麗藻，抒曹、王之風流，亦既上擬安初，下陵開寶，當代詞場罕有其匹。今乃知其鬱于情者深，萃于文者備也。夫世所謂情逾于文者，謂其披質無華，導思寡藴，經露之色刊諸賦詠，探幽微于一隙，揮萬有爲無事，自恃筋力，鮮章程矣。其或文不逮情，則必修詞靡曼，無當體要；哀豔兼工，難于中曲；夸往烈之有餘，飾今思之未至；徒逞姸文，坐得躓理。豈有才高意略，舉體流美，情深婉約，而詞旨疏亮，兼怨雅之能，極崇庳之致，猶謂潘、陸並美，無尚平原，顔、謝同稱，匆推康樂？未敢出也。夫茂倫者，人倫之雅鑒，品目之善裁也。其評阮亭詩，猶夫翰林之于士衡，上人之于客兒也。使他日者從山左諸家而廣推之，當復標置新城，鋪揚海内。夫譜詩于江西者，非江西詩也。

吹香詞弁首

屈平、宋玉不爲散文也，假爲散文，必能爲子長之史、賈誼之策；平原與康樂不爲詞也，假爲詞，必能爲温韋之小曲、周秦之曼調。蓋才不必其兼通，而亦無所於偏致，東不責之西，方不棄以規也。今天下多畸尚矣。習散文者斥儷辭，好詩歌者憎曲調。已即不足而嘗訾人之有餘，猶之饜辛椒之烈者，翻嫌芍藥不善和；襲賁蔴之疏者，必謂纂組無所用：有是理乎？

吴子伯憩工儷辭，既已克揚壯采，頡頏雕龍繡虎間，乃復遺其弱采，爲喁喁之音。壯弱不同，同準于豔。此真挽鑿山爲琢脂，傾陸海而流膏者與！唐時温、韋稱才子，而韓、柳、李、杜反不與焉，以其獨能艷也。伯憇掞華披藻，豔才特絶。世或以喁喁少之，予謂伯憇所歉者，非是也。伯憇世嬗勳爵，志在有爲。平原以不嗣遜抗爲憾，康樂以祖德未述致慨，其生平紆鬱，應自有在。若夫棄柔情而譚正，則非謝、陸所難也。閨房粉黛，賢豪寄感，夫不有望暮雲而動京國之思、詠瓊樓而起宫闈之嘆者乎？

西河文集卷五十九

蕭山毛奇齡字大可又名甡稿

題

西河出游時所題，尚載一二。若都下作，則並無一存。

此本空□日抄。

舊與題詞合一卷，在弁首後。

題王文叔詩頁子

文叔身隱，而文遨遊吴楚諸侯間。吴楚諸侯争欲傳其詩，因刻詩。人見之者，以爲近于襄陽云。少與文叔共鉛槧，長各游散，不相倡酬者已二十年。襄陽少七律，而文叔偶然以七律示世，非有殊也。向選文叔詩，世人争誦其排律百韻。近文叔製《樂辭》一卷，陵轢漢魏。文叔不乏他體，猶襄陽不必少七律也，夫文叔豈僅擬安陽城樓詩哉？

題宋搨聖教序帖

宋搨《聖教碑》，海内能藏家差少，大抵小斷便佳耳。此本鉤畫清穎，風骨朗然，真神物也。使君爲北平趙君所贈，趙君云嘗得之劉帥幕府，帥平豫章金虎符軍，全活兩儒，儒懷之以報，蓋用此效生者。儒不與俱没于軍，帥不使終溺于幕，皆有神助。乙巳二月日。

題雞山諸子五言詩卷

《越絶書》載，雞山爲句踐飼雞、豢士、謀伐吴處。徐生正我、王生子懷偕二童君讀書其中，因作詩，有所感也。正我爲故友伯調長君，子懷曾從游故友來君北沙門下，童在公明府駿止進士，每稱其族人二童君工詩，其詩之妍好，無足疑者。近士相見，比取詩文爲將摯，全詩卷繁，即先録五律，當紵縞之用。第昔人謂五古不可有律詩氣，五律亦不當有古氣，此妄語耳。五字昉于漢魏，漸趨三唐，雖曰律詩，實古詩之歸也。能爲五律詩，他詩可知也。某月日書。

題雞山諸子七言詩卷

七字律詩自唐神、景迄開、大，有如晨星，中晚稍具矣，宋稱極備，逮明而勸醻贈復，非是勿作，豈時會使然乎？然而昔以少見工，今以多見拙，又何也？然則多固未可恃矣。雞山諸子既出其五律問世，復取七字詩彙爲斯帙。雖偶然故不得多，然而其工存焉。吾友沈子先揀弇州七字律，憎其浮雜，曰：「安用是夥夥者？」既後閱《贈戚將軍作》，始嘆曰：「能如此，即少亦何害？」則夫讀諸子詩，亦安患少哉！

題周子鉉所藏董尚書臨聖教帖

《聖教》終是唐人字畫，第于右軍清真大意，如咀鹽見滷，妙有尋味。若董尚書臨《聖教》，則又如下豉見鹽，轉本轉脱，然要其不爲法縛，不爲跡窘，自具名馬軼步、好女卸頭之致，則亦能矣。往晁美叔謂黄涪翁學右軍書，僅取其韻，至如戈波點畫，殊不相似，尚書有之。予見尚書臨《聖教》凡四本，唯嵩山廟市所見與此本差似。此本幼見之黄刺史家，今復爲子鉉所有。子鉉妙書法，得此，恍右軍之洛得梁鵠書，欲令書法不精進不得已。某觀并題。

題吴夫人評閱明史卷首

陳何亟稱吴夫人善文，且饒腹笥。予與商生游十年，而不知其内家有是，雖善匿，抑亦稱者過耶？丁未春，其闥左有牡丹一本。向當予寄席至是，雖邇闥，但花時仍假一觀。逮觀則臨軒覆茵，圖書燦然。就中《明史》半部，丹黄初下，夫人筆也。其評隲前後，具見秤量；書法婉麗，類衛櫟。夫以有明人物言議概節，久未論定，而夫人以閨中較觀，可感已。夫人名芝楨，其兄卿楨，弟棠楨，俱有文，世襲司馬、勳衛，如遜、抗之有機、雲也。閲一歲，予内陳何假史觀，因題之。何知狀。

題身後芳名卷子

《身後芳名卷》者，丁孝子東皋君死孝録也。萬曆辛巳臘，孝子之父病胇喘，已中死法。孝子禱于除，請身代之。歲朝又禱，匿其文紙幣中。俗，歲朝謁神焚紙幣。時孝子之父分必死，顧不欲失謁禮，輿而前，見紙幣中紙，掣讀，怒曰：「欲我依孤孫耶？」投之别火。越十五日上元，又禱如故。距禱之十日，越二十四日而孝子病。孝子初未嘗病胇也，至是病胇喘，中死法，凡五日死。當是時，孝子凡三禱，禱之文皆不可得而見也。及乎小祥，孝子之父敕諸孫收父書，撿故札中得禱文稿一，廣尺，詞旨哀酸，字如大菽。而書疾，旁有點竄，則至今存焉。

予傳節孝衆矣。去秋，程孝廉以節母狀來，稱母封臂肉啖姑，而先禱于夫之木，請延姑三年，其後果三年而姑始死也。夫古禱無必信者，而今且一信于節母，一信于孝子。曰非信則無以别夫世之爲禱者也，且勿使自便者得藉口無用。

萬曆癸未，山陰朱太常既爲之傳，而一時名公鉅卿争爲文以誄、以弔、以頌、以述，凡若干篇。邑禮部郎孫公爲之題「身後芳名」四字，合一卷。越百年而歷世相嬗，幾燹矣。裔孫日宣者攫于火，重爲裝潢。今紙尾有焦，則燹之爲也。夫止一稿也，而初不盡焚于紙幣，今復不揃于火，天之信孝子何如耶！康熙乙卯，遇日宣會城，語其事，又一年而以卷屬題。牲盥手卒讀，并題如前。

題三孝卷

孝無成名，而有成性。士君子既鮮克厲，而一二閭巷椎樸之夫，知本不慮，任其性而爲之，雖未盡合，然亦未可非者。予久聞金閶有沙孝子，其先子升曾于先朝天啓間，擊魏璫所遣緹騎，被逮幾死，以末減，僅存其軀者若干年。姚孝廉爲《沙仲昌傳》，謂仲昌善娱親，有似養志。蓋沙氏聲名數起矣。今沙氏三孝子復能刲臂和糜，築廬守隧，以各見其志，豈亦感子升大義、仲昌孝養而接踵而興者與？當先朝輯會典時，世無敢以畸創之行仰干功令，故廬墓封股，皆目爲非法，抑勿使上。然而居廬倚壙，刺肝鈹骨者，所在都有。夫上不以是旌，而下之爲之者衆。上必以是置法，而下之爲之者必不以是而少有所卻，則是不求旌不畏法而爲之也。夫不求旌不畏法而爲之者，性也。孝子見性矣。予寓金閶，客有携《三孝卷》屬題，因題此。世之狥孝名者可監耳。

題皐亭曇廬鳴和篇首

予渡淮，交皐亭、曇廬父子最晚，然而最親。嗟乎，吾能忘皐亭與曇廬也哉？皐亭踞東湖之勝，傍亭而廬，即曇廬。予寓一漚亭，與相隔也。顧予過亭廬，必留詠，亭廬過亭，亦必爲間歌。《易》云：「鶴鳴在陰，其子和之。」《詩》云：「叔兮伯兮，唱予和汝。」夫亭廬爲鳴和，亭廬與亭而敢忘唱和焉？

題湘溪唱和詩

昔北來道人與支公、竺法深集瓦官寺，各有談義。當其時，則長樂在焉。今放公卓錫浄土，而蛤公從兜率還湘谿，會諸路道人，各以瞻平陽靈骨。于是道場兀公、中嵓節公俱問道造訪，一時天龍咸集斯地，能無吟乎？諸道人嗣法平陽，東土偶會，真不減會稽遺事，獨予不能從。而諸公懷予，且録予和詩以附卷末。嗟乎，諸公之不忘長樂如此！

題秉鑑圖

予游巴城，戲爲駱明府夫人作麻姑圖。閻公過明府，私臨之歸。閻公筆墨秀人間，而乃爲是，可惑甚矣。予同武孫公叔訪閻公于碧峰寺，彊予畫，予辭不能。出所臨畫揶揄之，因大慚，便復作此。閻公方登文選樓，且夙善藻鑑，爲秉鑑志贈也。十日前，適爲櫟下老人戲墨題曰：「生平無繪學，戲爲者，裁第三程耳。」此又四矣。戊申十月日。

題止園詩方

止園踞東湖之勝，幽清渺漫。予向思賦之，未能也。大宗居其中，其爲詩如輞川、杜曲，優游日涉，遂領佳要，諸如「嵓根瀉瀨」「浦口迴橋」「卧内山光」「空廊人語」諸句，此中人語言矣。大宗嗣兵曹家學，從西樵游，所往來多高人軼士，是詩之傳亦欲得和詩如裴秀才者，可共題之。某題。

題雪中游勝果續詩

石公避地于城東之東園，天大雨雪，四顧而興生，負蓑渡江，登鳳凰山絶嶺。逮晚，止宿勝果。因勝果有詩，故續詩。石公謂予云：「勝果果勝。其通天、望月諸巖，率皆有前人詩句鐫之巖間，雪中洗觀之，滌滌然。」予曰：「可以續前人矣。」短至日。

題客詠

予與天章遇于驛亭，時朝雨初過，負弩者訶之，予方徬徨起，而天章吟不輟也。既而與游于春申祠下，同游者悉困升陟，而天章摇筆，思至腕落，天章何如才矣！謝客兒有游覽詩，讀者謂宜于作客，故名客。然則予之不宜客也久矣。雖然，獨不宜讀客詩耶？

題汴梁竹枝詞

「竹枝」爲巴東折竹之音，北人勿宜也。自鐵崖倡「西湖竹枝」，而後之詠方土者輒效之，于是有《汴梁竹枝詞》。予數經汴城，見輪蹄轣轆，攘攘都會，往欲諷隋唐以來汴州東京諸勝，而蹤蹟泯然，杳不可得。讀蒼崖諸詞，抑何渢渢有餘思也。南人好捉搦，生爲吴聲，每欲效變吟作幽并馬客，以爲豪快。風之自南而侵于北也，聞竹枝而有不廢然返者乎？

題淮陰郭氏有筠亭詩卷子

郭子錦伯以「有筍」名亭。甲辰十月，毛甡登其亭而觴之。雜坐若干人，乃接風日于筍中，風閑日流，郭子顧同游而爲之賦詩。夫淮南招隱之地，深林叢薄，自昔所推，而今已望之而曠若無有，區區「有筍」亦何足致人詠思？而吾不謂然。吾嘗勞于其塗矣。車遥遥以長征，或僵或暍，不必珍囿之在前，而平臺之在側也，但得都亭而止之，猶宛然袵席。今淮流雖夷曠，第當淮市貆卑、北南轣轆之際，而偶登斯亭，其不動山中之思而願爲淹留，鮮矣。夫錦伯者，楚人之材也。「余處幽篁」者，招隱之句也；「路險難而後來」者，游子之悲也。以楚人之材當招隱之地，而又厠之以路險後來之子，即欲不賦詩其中而爲之題之，奚可焉？

舒漢雯曰：勞人易憩，意拈出精到，然要是其閱歷深處。

題羅坤所藏吕潛山水册子

壬子秋，遇羅坤蔣侯祠下，屈指揖别東昌坊五年矣。新詩已能到劉河間，平視近代邊徐一輩。獨其文大率紀所游，雖小品，顧善摩畫，每讀一首，如展畫一幀。及飲酣後，探得橐中所攜吕潛畫，則居然似也。吕畫妙人間，不能名其所自來，坤藏之如藏其文者。坤曰：「吾與别東昌坊後，南經苕霅，北過燕代，見多山水，始知名畫之妙，一如司馬之爲文，必多所閱歷，始得精到。」然則其文猶是耳。

題　詞

托園集題詞

自律文興而古文絶，書義興而小品之文亦絶。王氏矜式其不能下殷源之籤久矣。托園盛君以書義起家，每試高等，食下士之禄。而特以司成薦《早策對天安門》，遽爲擁臯比而服介幘，遷轉槐廳者越二十年。乃所至慷慨，落筆成文章，而尤傾情于小品。昔所稱「長篇固自佳，短篇尤超然」者，非耶？庾肩吾箋奏數行，過于駢麗。而眉山雜文，即又不能無坦率之誚。能緣情體物，不事轆轤，而句鎪字剔，仍渢渢若御風行，則雖托園數畝地，而謂就之有千巖萬壑之勝，誰曰不然？

孫天驤試文題詞

天子以大賚選天下士，貢公車門。孫子天驤考仁和第一，領選，將由長安出其所試文以質于人，予讀而善之。夫以天驤少知名，曾作五經七藝，補博士弟子，隨試高等，食下士之禄。其席先世御史臺，後嗣龍山十洲諸公之業，猶惟日不足，則亦何有于是選？而正不然者。天驤孝于親，友于兄弟，其惇誠慈愨，篤于同師同序，而見信于比長閭尹之良者，下里而澆澆矣。朝廷重實學，六德之獎必先行之京師首善之地，而天驟得遊其間。吾知見其人者，即未見其文，猶且起而模楷之，況見其文也與？

江園二子詩集題詞

自春秋《詩》亡而雅頌已衰，洎陳靈而變風息，然尚有賦比興可尋求也。故《離騷》，賦也，而近于比。《子虛》，比也，而近于賦。枚叔之《發》，東方之《答》，賦也，而雜出于比興。故都尉辛苦之作，婕好哀怨之音，莫不原本風騷，咸歸六義。彼摇蕩性情，形諸舞歌，指事造形，窮神寫物，非因情喻志，無以見端。寓言書思，何以竟體？故夫鍾嶸之品初古猶曰：「建安以後，元嘉以前，弘斯三義，酌而用之。使耑用比興，患在意深。但用賦體，患在意浮。」而殷璠之選近今亦曰：「自大同至于天寶，理則不足，言嘗有餘。都無比興，但貴輕豔。」蓋比興賦者，意之所生，而理之所立也。意生則文明，理立則調起。庸音雜體棄于高聽，挈缾膚受終涉平流，良繇情文散煩，六義未舉。故曰賦比興者，風詩之則也。

江園二子以終、賈之年，賦班、揚之質，經緯文質，遺思粹雅，前古迄今，各擅標勝。譬之歌者依永而就班，舞者循聲而蹈節。爾乃託言體物，比晰連類。玄覽者無直情，耽思者無傾訊。抱景光而彈寂，懷聲響而招鮮。嘉會等諸南皮，懷人優于栗里。望遠擬霜閨之作，將離賦纍臣之辭。流連世故，朔客吹哀，感慨亂亡，衰伶淚盡。已足比蹤楚謡，接跡夏咏。斯誠感寄之殊軌，興觀之能事矣。

夫江園者，二子之所居也。二子言同簹篋，行並車轍，友朋之樂，渝溢伯仲。其高言嘆興，懷憤所至，亦或應如拾芥，契于合竹。故其所著言，偶爾鱗輯，已若二龍蜿蜓于雲間，雙珠隱約于合浦。吾言雖輕，定亦不謬。若夫纔能定辭，遽許入奥，我睹淪平，彼觀警策，揮萬有爲已麗，置六義於未服，竊資遺沫，轉相矜詡，口衆我寡，孰能奠之？記室所謂「膏腴子弟，淄澠並泛」，殷璠所謂「勢要賄賂，輕薄相取」。此固品目所羞稱，掄録所不道也。

黄皆令越游草題詞

吴門黄皆令以女士來明湖有年，既而入越，有《越游詩》。其外人楊子云：「皆令渡江時，西陵雨來，沙流温汾。顧之不見斜領，乃踟蹰于驛亭之間，書奩繡帙，半棄之傍舍中。當斯時，雖欲效扶風槖筆撰述《東征》，不可得矣。迨入越而舉止稍定，始慨然懷悲，去故就新，喟情自違，酌酒弛念，於是有《遺懷》諸詩。顧唱醻贈答，十八九也。」予曰：「予鄉閨秀，梅市其最也，以客居之美，千里比肩，迭相賡颺，此甚盛事。當别録梅市倡和爲一集，而存其所餘，乃爲斯卷。」夫越游者，游越者也。越多名山水，雲門若耶，以皆令當之，應必有異。乃用貧流離，不得已而寄跡于書畫之間。既已善疾，藥鐺瀰然，減良諷也，益復爲名家閨闥，譚讌廢日。鄉使皆令居明湖有年，往來吴越，不以委瑣攖其心，得怡情物感，放志玄覽。嗟乎，其所撰述，吾安知「永初之有七」，非黄氏賦矣！

續本事詩題詞

自《圻招》止王，左丘誌始；《墓門》負子，屈氏更端。于是韓嬰有記實之文，劉向得徵情之序，此即後人本事之所自昉矣。顧漢魏以來，代有踪蹟，而旁引曲述，迄無成本。都尉録别，附見史文；郡掾贈言，彰于《詩品》。晉樂載《桃葉》之詞，吴調列《明君》之曲，從未有彙所見聞裒爲一集，如唐孟啓所傳者。蓋唐人爲詩，猶近風諷，有其言在此而意在彼者，有題鮮緣情而文實多寄旨者。自非晰所從來，用爲標識，則《緣珠》之篇無與左司，息嬀之吟但詠楚事，幾何不倫于《白華》之疑、《采唐》之訟也？夫切類指事，所以附理；起物擬議，所以植情。故詩爲樂體，事爲詩志。無疾而呻吟，聽者謂其不能吟；無指而怨刺，識者謂其非所刺。蓋物觸者理通，而事形者志起也。特録事之文藏于篇什，本始遺軼，徒具諷嘆。而近且大雅不作，載述未聞。

吴江徐子電發因有《續本事詩》之選，所以備輯題序，媲諸記事。予惟是近代以來，時移物更，景與會遷，其間閲歷遭逢，感慨都有。南皮酣飲，不廢盤桓；西塞流離，自傷羇紲。王粲起登樓之製，陳琳成記室之言。塞姑昨日，都護難歸；驛騎明朝，逐臣將去。然且世際因革，遇有興喪，就其上聲言聞變調，豈無帆開牛渚，歌用莎持？人在彭城，道逢播掿。絶弦聲苦，猶懷五日當年；破鑑光分，虚過上元子夜。又況才人淪落，意氣忼愾，高逸未就，怨憤斯作。《汾陰》無西顧之悲，《明河》增北門之誚。簾前燭影，歲月依然，北闕書成，故人休上。天下有事故流易、坐丁憂嘆如今日者，即微斯編，亦必以爲序、傳之當興，向、嬰可與嗣矣。

刻姜左翊文稿題詞

夫絶節高唱，凡耳勿悲；端綺芳華，庸目勿善。哲者隱心于鉤曲，愚者飾情于曈曨。譬之仰翔禽于千仞，緒晰毫芒；俯泳鱗于三涔，坐遺泃沫。端木得其平林，顔氏遊其深谷，所繇來矣。然而眇志瘁深，漸臻娱樂。抱景者拊形而嬉，懷響者循聲而逝。始躑躅于樊墻，終翺翔于寥廓。桃花既盡，忽睹桑麻；蓮葉乍舒，遂通箭栝。鑿龍門于天上，開鳥道于雲間，使夫耳目攸窮，心神欲絶。匠氏運斤而不知，屠者藏刀而若失。過行雲之譎詭，宛御風而逍遥。此雖窮年皓首，竭智殫精，楊雲思絶于攡玄，周子韻成而戴白，猶然七襄未報于牽牛，五棨難調于乘馬。

左翊以絶代之才，爲遺時之製。左圓右方，不煩餘指。中紺外素，罔襲前袠。啓巴蜀于行間，汎蓬萊于紙上。峙東頭之屋，比跡士龍；押西京之書，追蹤司馬。枚臯辭賦並古爲雄，叔寶風流于今不墜。黄絹勒曹娥之字，朱花開江令之辭。故偶然而掣筆，亦飄飖以成文。斯固謝家之鳳羽，王氏之龍驤也。自耻學殘，況當才盡。已興減于南皮，復心慙乎北海。竽笙濫耳，驚聞嶰谷之吹；絺綌爲膚，羞睹錦江之濯。爾乃妄希珠玉，漫倚蒹葭。乍捧新編，頓生夙感。猶夫魯門雜縣，聽鐘鼓而悲摧；洛水魴鱮，藉風雲以起勢。得毋拜手于嫏嬛、遊神于板桐者乎？

阿蓮瓊枝集題詞

乃若蘋生調緩，不如《折楊》。《苓落》聲亡，原非續竹。因之房中起送遠之音，封内識歸來之怨。雖南朝學士雜稱曼辭，洛陽宫人踏歌新體，猶且普通變聲于五引，海山嬗調于八闋。則亦風會之攸趨，淫靡之漸逮矣。夫翰林憶秦，司馬思汴，六季餘也；故主呈詩，相公遺曲，三唐軼也。洎乎大晟增諸宫而體弛，政和翻新譜而節變。溯其沿革，厥有升降。夫諷嘆所及，限于宫調。歌詠既成，辨在絃筦。曩者漢宫近調，編諸府丞；秦樓舊詞，填之河卒。故柳綿以婢響增哀，松菊唯童歌是樂。自夫順郎失葉底之傳，樂世亡桂株之唱。江南花落，不復逢君；塞下霜繁，徒憐送客。然而舍伊羊之可叶，藉句字以争新，偶然抒感，自具章繩。凡屬推懷，豈無填綴？

且夫按節調宫，疏絲滌筦，樂人之成也；究體崇庳，觀風正變，學士之功也。當其美人既往，荔草興思；孝子將歸，稷苗生感。鬱孤臺下，多江流不盡之悲；長樂宫前，作春去人間之痛。亦復有情，誰能自遣？爾乃按崇庳以定體，依正變以成聲。假玉樹之哀情，傳金荃之靡韻。晴郊挾殘酒，用斥酸詞；太液有翻波，祛其險字。摩訶鶩綯水之風，沙際重回潮之夢。豈無瓊樓玉宇，感諸内庭；桂子秋香，懷來異地？則夫身慚大阮，誰得當微雲佳婿之稱？爾過潘尼，何必減花影郎中之譽？

陸蓋思新曲題詞

夫新聲乍起，僅有《黄華》；餘懽未亡，始歌《白紵》。故議郎存協律之思，主簿起定情之則。《三洲》將變，《阿子》空聞。一曲相迎，就姑無恙。此非情有固然，誰能思而不已？間嘗誦南粤之新語，想雲間之麗材。東吴名勝，首指横雲；入洛風流，群推如海。是以《甘泉》未賦，《緜竹》誦成；梁甫長唫，分桃念少。抱臨邛之瑰質，懷沅浦之離憂。雖聞歌輒唤，王子堪憐；顧曲多情，周郎自妙。然尚以巴東之激訐爲濫耳，江南之調弄爲變聲。内人舁出，不復《霓裳》；弟子部中，誰工《阿鵲》？因復寄指尋橦，編情舞柘。

夫擣麋香滅，紀摩支之散辭；折竹音傳，倣紇那之閒韻。秦川一半，獨想夫憐；江上三臺，總言客到。自古聲律攸通，原關至性；謳唫相嬗，雅稱才子。故魚家舊譜，皆其點拍纔成；都子新歌，每道典刑猶在。况五言一遍，調韻頗遒；幾疊六么，管絃斯急。其中因革屢殊，短長互掩。乃以我眇思，細繙宫徵。豈獨龜年新樂，傳李白之宫詞；何勘舊人，誦王維之絶句而已。

姜肩吾倣金元樂府題詞

且夫大晟既變，遂肇昇平。爨舞相仍，比之欹段。此雖科泥拽棒，别有當家；然而按徵調宫，總歸作者。故樂府繼《康衢》之遥，葉兒爲梨園之散。摸魚戀蝶，爰作俑聲；白馬王雎，争先創體。若夫解元失絃鞉之譜，花郎亡板沓之傳。大都、甌海，尚多戾辭，宣城、臨川，豈無劣調？姜子肩吾思緩聲之當續，假麗唱以相宣。《鬱輪袍》不作，縱恥王維；《醉蓬萊》未傳，亦懷柳七。顧乃聽風聽水，識所由來；序散序中，詳其沿革。長卿多別製，都是高文；奉倩有深懷，原非妄想。僦感甄之能賦，幾慕宓之可詒。熊湘張樂，將寄洞庭青草之思；帝渚吹笙，願發澧浦紅蘭之詠。遂使空舲峽内，兩度聞歌；嶽麓山前，一時詭語。夫羈臣善諷，引唱巴人，明審聲矣；嫠婦沉冤，急呼都護，揚妙節矣。惟公瑾之諒曲多方，故李煜之製樂有本。肩吾辨定鐘律，別有成書；鼇晰宮調，盡破習論。解趙人之牛鐸以諧鐘，取蜀中之魚桐而擊鼓。宜其尋聲按節，窮極微渺。況乎學滿辭山，才通曲海。邊城晝李益之詩，宮掖繡元稹之句。機邊紅錦，久藉鮫人；酒肆烏衣，已隨龍女。則其高唐薦枕，何必假房中太傅之名；玉笥爲歌，誰得進曲子相公之目？固已聘星渚之幽懽，攬妃巖而咸媾矣。

題　端

爲吴君卿楨合諸君集滕王閣賦詠題端

若夫登臨抽好古之思，羈旅發將歸之什。則黄陵峽下，極望生哀；白岸亭邊，詠歌自好。況南州高士，已詣陳蕃；北去孝廉，往留陶尉。此豈猶六軍駐節，偶賦層樓；九日開筵，故誇勝會？宜其俯章江而懷愁，感滕王而興嘆。

爲諸君秋日登北山懷友寄答題端

乃時當九秋，集兹多士，登臨騁望，觸搃增懷。淮南慕類，援叢樹以淹留；江畔懷人，把芳椒而太息。劉遺遷白社，當時傳雲靄三章；應璩去西園，何處見月明千里？

爲張驃騎君朔游贈復題端

一江新雨，時懷淥波南浦之詞；萬里長征，遂有胡馬北風之詠。夫丁年作別，半在干戈。馬上相逢，難憑紙筆。在昔河橋日暮，故人各執策以贈言；只今塞北春還，游子復聞笳而流涕。則夫射上林之雁，應有書來；啼白下之烏，寧無腸斷？

爲商景徽閨秀詩題端景徽字嗣音，商太宰季女，徐大司馬次君咸清配也。

是以纂繡床之五采，着處能文；掃黛椀之餘青，畫來成字。才名踰謝女，不羡因風柳絮之辭；夫婿是劉臻，自傳元日《椒花》之賦。

西河有詩序，已亡。

西河文集卷六十

蕭山毛奇齡字僧開一字于稿

跋

史訥齋曰：西河諸跋，要是不着意矜鍊，而鍊極而後得之。故雖信意掣掉，波瀾溹然。

新刻五浮山人詩卷跋

歐陽永叔讀班氏《藝文志》暨有唐《四庫書目》，計其所列，謂秦漢以來迨今，其著書不傳，磨滅散澌而不可稽較。文之不足恃，言之無能爲久長也。予曰：「亦賴有傳之者耳。鄉使漢不志藝文，唐不爲四庫藏書輯目，亦焉知古人有著書若是者乎？是故司馬長卿無書，黄憲不著書，《相如傳》：長卿已死，家無書。黄憲《天禄閣外史》，明正、嘉間吴人作。然而世能誦長卿文，至今思叔度者，謂如子淵，是豈千秋萬世，前可授以口，後可接以耳哉？以文傳德，以文傳功，亦以文傳文也。」文之不能傳者衆矣。吴江鈕皃溪先生，生明正、嘉間，隱于湖，與山人孫太初者爲吟嘆游，號「五浮山人」。所著有《五浮山人詩》，今其詩泯矣。其孫孝廉君曾于萬曆中刻其遺稿，❶而未甚著也。四世孫斯來謀之顧子茂倫，會茂倫撰《明詩乘》，遂以《五浮山人詩》當乘詩之一，且輯諸記載、評隲以引其簡。嗟乎，茂倫其傳之者乎！世不乏以文傳文如茂倫者，獨是前人幽光，子孫揚之。予固未能讀先世書，然豈無先人遺集如山人詩，可得當茂倫所傳者也？聞斯來而媿可知已。

史書巖猶奕堂詩跋

山居苦藿食，囓噓非時。一行作吏，便倉黃簿書，口絶吟歎。書巖尚能爲四五七言詩耶？雖然，書巖有摯性，爲親捧檄。即迢遥禄養，猶自抱歐陽闔人之恨，故嘗發諸辭。而一時毆蝨、貯穀、傴人、澤地而外，潘枝陶柳，皆歗歌也。心閒故政暇，政暇故文富，不猶奕乎？游歌自安，勝所用心，其謙之矣。間嘗慕全齊之區，謂一登泰岱，下俯歷下，可瞰今所謂白雪樓者，輒藿食不逮。書巖雖視己所歷猶奕然，然既吏齊地，則進此而翱翔六宇。即一唱三歎，但呻吟黃金、白雪之句，亦豈有量哉！

相溪外集跋

相溪參公演法于湘湖之沚，人共聽其法。予初過而惜之，法何庸演與？暨公辭湘湖，携所著《山

---

❶「稿」，原脱，據四庫本補。

居別記》并《古本大學一貫》諸書，丐予爲敘。予以公爲不二門，不宜立文字。即立文字，亦不宜遽及吾儒格致并聖門曾氏子一貫之學。此與夫唱演教法更復有異，而公且津津而不能已。公嘗爲儒矣，少家于苕之相溪。相溪文章爲天下稱。而一旦以兵革之後，去家捨飾，即就証無上菩提，受寶壽師法。則是公之爲學，其以繪而返於素，非夫以素繪者也。夫以繪爲素而欲其繪之不稍存焉，得與？則夫公之居不二而僅爲演法，其猶非公之心。夫集本名「寶壽外録」，其名「相溪」，予更之。

何伯興曰：以繪返素，猶存繪影。要是至理，然拈出解頤。

韓燦璇璣圖跋

璇璣規運也，方則扞矣。自蘇蕙以錦方行世，而五代迄今，僅有僞爲規圖，以爲西來所傳者。燦復多其字數，極盡其致，然則燦其繼蕙而興者與？蕙錦若干字，得詩若干首，以有扞未盡讀也。燦圖若干字，詩若干首，讀而盡之。其字數繁簡，讀句通塞，則規簡矩繁，規通矩塞，理固然者。予嘗謂蕙不遇滔，其遇滔也，亦無不得志于滔，則不能有斯錦。向使燦不遭詘抑，雖鬼神實好事，亦不能藉燦有斯圖矣。

何歸三贈遺草跋

唐人以詩制舉，然流覽眺望，贈寄簡答，皆是物也。文即不然。窮年矻矻，雖獨居一室，猶若有刮磨勘覈者伺其旁，況往來贈答，何所用之？嗟乎！使杜陵必以省試體傳，而昌黎諸公必以禮部諸試文示之天下，則三唐無文久矣。予讀歸三文，自愧莫及。即匪獨予也，天下之人偶見所作，亦孰不三嘆稱勿逮者？蓋其爲文，譬則錢體成圜，鈎形作曲，總心機之妙，而形爲羨變。以故置思若連絲，摛詞似繁露。近之可代縞紵，而遠之將託爲英瑶金錯之用。文雖非詩，有詩情焉。今世爲詩者必歸杜陵，爲文者必歸昌黎。而窮年矻矻，乃不知昌黎、杜陵之制舉有如是者。詩云：「將以遺遠道。」吾欲取之爲歸三誦也。

籲雲集跋

籲雲文類有道者也。其爲言，神氣散上，入理泓然，不習于世，亦不喜爲世習，世莫得而名之。予聞籲雲居吴門時，曾問字于文文起先生之門。一時名士若管園雪、楊維斗輩，皆後先争雄。今諸君久謝去，而籲雲猶棲遲人間，布袍繩屝，意興盡矣。顧籲雲少時，曾以稗官家作齊諧小説，盛行當時。及其既而悔之，盡捐棄夙習，一變其風雲抵掌之技，故其文孤高自行，鮮有近者。夫以譚天滑稽自喜，而至一進于蕭蓧閒澹。游俠少年不事家生産，轉而爲置貯，候時出物，逐什一之利，此其爲利亦豈有過之者哉？

陽坡詩跋

陽坡詩游覽居多焉，似非詩勿游者，亦其習也。顧予游湖西無詩，小至夜與陽坡集湖西幕，陽坡刻燭授簡，比之梁園之有鄒陽游，非詩亦勿豪能者，豈嘗域于習耶？昔者戰國多游人，擔簦伏軾。而是時詩亡，學士皆挾辯以行。然而孟軻、孫卿道古稱先，雖習辯，勿習于辯焉。陽坡，汪文節公後，兄弟舉進士。陽坡者，宣州治中勝地也。

寄庵詩跋

道人無所住著，眎世皆寄，與張子生寄意同，況其爲詩乎？故詩則寄之尤寄者也。雖然，道人啓不二門，耻立文字。雖曰寄，不宜寄於詩，何爲拈五七字而吟之諷之？曰：「子不觀草枝之寄於缾甂者乎？徑寸枯菀，陶笵者不問也。」慧公詩不減休上人。予向與之遇天衣，今寓靈隱，頃讀其詩，其爲蹈丘山而汎江海者，無盡也。題曰「寄庵」，然則慧公之所寄可知矣。

陳老蓮詩跋

古有畫詩，無題畫詩。顔真卿贈張志和詩五首，志和依其詩作人物、舟檝、烟波、鳥魚以答之。唐人謂李十郎詩畫，人争爲畫是也。元後多題畫者。沈隱居另有題畫詩，爲一集。老蓮畫多不題，間有題者，付之去，亦無稿本。姜綺季，老蓮老友也，與晨夕處，遇有題，輒記之，久得若干首，彙爲一卷。老蓮見之，喜而爲之序。自予選越詩付此稿來，今二十年矣，老蓮死二十二年。綺季與予各出游，亦不減十四五年。友人有請刻老蓮詩者，仍付之去。世但知老蓮畫，不知其詩。顧陸雖無詩亦傳，況有詩乎？惜予與老蓮交晚，見老蓮五年而老蓮死，乃不及爲詩令老蓮畫之，如志和也。

姜价人文稿跋

歲九月，與姜生渡江。姜生出所製文稿，請予弁首。予視之，清空寥然，一何與「秋之爲氣」殆相似也！憶予在暮春修禊山陰，與姜生詠歌，朝夕致懽且樂也，其文亦率多是時所作。今廪秋變衰，登山臨水，而文亦對之有寒色。予所爲文，大約多得之歲寒道路之餘，他日起凍僵而呵之。匪風揭車，或得變觀如春陽大道，天下事豈可料哉！

朱參藩文集跋

自古文章以專家名者，大抵無所倚藉，自樹櫨構。故亦有門户區分之論，實則體雖殊而旨無二也。昔人稱漢文如矩，唐文如規，大概或然。嚮使詘賈、晁爲游覽自足，記西山姑姆有餘，而起昌黎、柳州日備顧問，安見不足疏積貯、陳兵事哉？介庵朱先生分藩吾郡，于受事之暇，間爲詩歌。其于古無所倣，而動與古合。爲文亦然。予嘗誦之，宛如日月之麗天，而江河之行地，燦乎其離也，浩浩乎無所區畫，而坎以達也。浸令先生者日侍承明，其因時論議，當必與西京諸子争課後先。即不然，著書天禄、石渠之間，龍門、扶風或轉爲稷下。而乃直指西北，埋輪東南，登車攬轡，與天下蒼生謀治安事，是豈事功之奇，將與文章分位置哉！夫事功、文章倫不同而理同，漢魏與唐宋文不同而文之旨同。

先生以事功兼文章，其不爲古文而自爲古文，亦曰兵事、積貯姑待之以俟自見耳。夫先生豈于賈、晁有歉耶！

文社跋

文之有社，以文社也，而世之社者不以文。鄴下冠蓋，梁苑讌集，佚游已爾。夫文社非古也。國有六鄉，鄉有五社，所以興行也。今易行誼爲文章，既已非古，而況行誼而文章，文章而佚游，江河滔滔，其有既乎？然考之《周禮》司徒之職，族師春秋祭酺，書其孝弟婣睦與有文者。夫文社雖非古，然以族師敦社事而至以文藝與孝弟婣睦同類並舉，則文雖非行，猶興行也。以之名社，亦猶行古之道與？里有以八子爲社而字以文者，予既繹其義，而并記以言。

秋唫跋

江園二子詩既行海内，其一沈君，則大遠先生之猶子也，曩從冠山寺壁間讀先生詩，時小阮已噪于人。至是始嘆爲先生家學相嬗有素。詩雖小道，不授受不工也，則又嘆先生懷才，于文章無所不備，而猶自忝于行世。今年秋，乃輯其爲詩，固請予序。予曰：此即先生之志也。王褒曰：「蟋蟀俟秋唫。」夫方春載陽，不能以時鳴，及乎秋而啁哳西堂，聽者每自深惆悵之私焉。先生以有用之才，乃不能乘時進爲世用，而秋而變衰，當其時能無唫耶？且先生授猶子以爲詩，而乃使猶子先行其詩，豈非有所俟耶？《秋唫》本二集，今合行之。月日某跋。

西寺語録跋

居石頭多年，而不知其路滑者衆矣，況復得不滑耶？世傳道林在西寺時，王、許決論，嘗至相苦，而道林從容解之，因得不屈。今至公所居，正西寺也。至公語比之林公，天空爛然，聚花而雨，亦安有苟子、元度之不可解者？惜世無王、許諸子，因不得不語。然亦幸世無王、許，雖有語，亦不致相苦如當日西寺時事。然則予雖好辯，聽師語一如聽無語。語與嘿同，并不知嘿。石頭路不滑，師曰滑，予終謂不滑可也。

北牕詩跋

避世而行歌與避曝同，故蔣生爲詩，名《北牕詩》，有所避也。昔祖士少企脚北牕，得天際真人之想。蔣生非真好閑澹者。予與蔣生交有年，見蔣生時少，知蔣生浪游人間，能睥睨一切王侯貴人，宜假其未盡之才，得馳書巴蜀，奏語南粤，而兩未之見。獨挾其窮巷寂莫、咿嚘北牕之什，豈真違時寄志者與？生平慕班仲升不專讀父兄之書，而乃徼馳驟之功以爲名。當此世而不急于馳驟，徘徊行歌，寧爲固毋爲超。吾知其有所避已。若夫詩之工，則新思幼眇，紬繹清則，外似簡刻而中懷融暢，近世好言詩當知之已。

皖游詩跋

予訪梁溪錢徵君，徵君亦訪友未還也。其門有吴州程爚者，嘗往守其廬。予過之，見程生焉。夫徵君訪友北行，去其廬凡若干年矣。程生嘗往守，不忍去，則夫程生之爲人亦可知矣。昔者吴州程棅者，予友也，予每思見之。暨予走瀨上亡名，凡三過吴州，不一留。即或留，曰：「我王彦也。」是以卒不見。是無論不見也，第見亦卒不得道名氏，不知爲何人。而爚者，棅猶子也。今予得自道其名氏，顯然游于世，而不見徵君也，然而見徵君之弟子；不見棅，然見棅猶子。是一見程生而且見徵君并見棅也。程生年少，負殊才，嘗往來訪友，所著詩滿筐篋。今其來守徵君廬，自皖江也，乃輯其近詩，名《皖游詩》。夫程生亦訪友，浮沈往來，而其不忘徵君廬如此。《傳》曰：「温柔敦厚，《詩》教也。」又曰：「《詩》以導性情。」夫不忘舊，厚也。夫厚，性情也。夫厚有性情，程生惟勿詩已耳，詩可知矣。西河出游時，大敬指壁間王烈名曰：子名王彦，字士方。他日天涯相問訊者，王士方耳。

馬生詩跋

詩者，藝文之一體也，然能當于是鮮矣。《三百篇》無越風，而漢魏以降，惟謝客傳詩至今，他無聞焉。馬生詩與謝客不類，而忼慨激昂，磊磊多氣，其猶烏鳶、採蕺之遺乎？予避讎乞食，方思走荘浪、嘉峪之間，蹙蹙不得達。馬生尊大人挾奇策歸河西軍，凡燉煌幕府、開邊略地，必下馬草檄。而馬生以少年趨庭萬里，往來如平平，此在强有力者所難爲，而馬生能之，則其爲詩，豈猶然尋常掇拾者乎？

梵公書輯跋

古今無相襲者，不第書法也，而書法亦然。王不襲鍾，鍾不襲中郎，即王不襲王也，《蘭亭》《曹娥》迥然已。顔公《家廟碑》與麻姑壇、恒山蹤蹟判絶。即草書家若懷素上人，幾見《千文》《自序》諸書，有因仍者乎？予嘗惜董宗伯書似不能轉變，各出形模而合萬若一。至其臨舊書，又何强也！夫鷹化爲鳩，不爲鳩也。樂人抵掌而效楚相，又不似楚相也。夫弦匏以不移成拙，而染夏以失染見棄，兩無得焉。臨清倪之煌曰：「昔無合手書。宋人《淳化帖》贋成焉耳，不如考金石而集之爲當。」予嘗疑其言，今信之也。梵公輯近書而有合乎其旨也，故于其輯成而記之于端。

蘋書第三集跋

少年與元公讀書溪山草堂，爾時元公便爲詩，予方習和之未就也。及甲申以後，予乃廢舉子業，稍效爲呻吟。然恨不能與杜甫同時，親見其爲詩。今又稍棄去矣。而元公方自示其所爲詩，且俾予敘，然後知向時溪山讀書之未易得也。向不嘗爲溪山吟耶？泳魚于前池，深林鳥鳴，當雜花初生、碧草環橋之際，每爲嘽緩慢易之音，互相唱歌。今茲所吟，抑何嘸于聲而殺于氣也！杜甫好言愁，摹畫悱惻，而元公以甫之詩爲其詩。予見元公，親見杜甫矣。曰「蘋書」，言寄如蘋也。元公遠游與予同，而爲文過之。

周秋駕閩游咏跋

求詩于山水而不得也，求山水于詩而得之。得山水易，得詩難也。求山水于詩而得山水，求山水于山水而不得山水。得詩難，得山水又難也。予故曰：「隴人生隴上，不知所謂隴上曲也。即征行者過之，隴水流離，覩之生悲，顧欲求其記一辭而不得也。」夫世之見山水者多矣，惟不得山水，故終無詩。然或有詩，而人之見之，反不得山水焉。周子游閩還，著《閩游咏》。予見之，得閩山水也。而周子則先以得閩山水者得此詩。不然，極東南皆閩人也，世之游閩者又衆也。

來式如易占跋

貧者賣漿值天凉，讀書數十年而值亂離，其情同也。當斯時，欲覆漿而不可也，然欲衒于市而又不得也，故其所言擯擯然不見條理，蓋亦昧所去就矣。然嘗見前人有卜居者，心煩情擞，不得自決，是以極盡辭説。而後之人讀其辭、索其趣，則其所去所就仍亦瞭然不失尺寸。式如當亂世，避兵野祠。而野祠之人有來占者，爲解説與之占之，以其占之爲易解也，名《易占》。原其始由，失所去就，瞀亂則肆言。其生平所盡見人情物貌，佹僪錯雜而與裔裔焉。而自世人觀之，則吉凶得失，其分明在言辭間。其以是爲去就者之所歸從矣。《易占》初成，合百章，既成，續二十八。以六十有四推而偶，備内外也。自跋一，合一百二十有九。時順治丙戌，越二年始來示，則曰跋之。己丑五月日跋。

顧侍御合集跋

漢陽顧西巘先生言滿天下，天下之推詩古文家者，必推顧先生。先生以其學進之蘭臺，嘗冠豸冠，按廣漢矣，今又按吾浙。白筆之外，詩卷存焉，予因較之。巘巘者，先生之《涉園集》耶，《椭書》耶；滄然以深者，《山中吟》耶；謬然者，《以寫》耶；營營而後平，《既戒草》耶；摐金伐革，峩峩然應制矣，其《燕臺》《手鈔》耶；揮絃于浮山横水之間，其清涇然，先生《探梅》耶；愛以健，《鵜城詠》耶；燭燭乎承明之庭内，《徵草》耶；諭邛筰以華文，驅碧雞之膠膠，則《入蜀詩》《出蜀詩》耶；宫闈省闥，山亭驛店，搜殘掇賸，《録遺》耶。喟然曰：「嗟乎！吾今而乃知顧先生也。」先生襟懷若白雪，峨嵋蕭疎，而意氣之發，蜀江春水，流灘四來。雖簪筆臺端，鋪張宏象，而殷勤補獻之思勿釋焉。故其遇于物，如條風之瀏瀏于青蘋而放乎海谷，觸物感會，宏且多也。古之論詩者，莫如舜之告后夔，其曰「詩言志」，則性情者也；曰「歌永言」，則聲與調與氣與格也。今之言性情者，每遺氣與調與格；而言格與調者，則曰性情刁嘹耳。先生豈其然耶？昔有以雍州參軍爲侍御史者，曰：「御史供奉赤墀下，接武夔龍。」先生以武夔之職繼夔稱詩。嗟乎，盛哉！先生謂予曰：「不可居吾部而不一敘吾全詩也。」因重爲之跋。月日某跋。

嚴中丞集跋

天下無名山水而不奇者也。且無神物不奇者。顧亦無大文章不奇。故山奇于華，水奇于河，人奇于神禹，文章奇于墳典以下。然以奇遘奇，則奇益生，如神禹導山水、作金簡玉字是也。中丞，襄之奇士也，少有奇行。聞其撫贛南也，有奇蹟。今既歸東陵，又復有奇節。懷奇如是，故遘奇山水，遇奇人，而奇文生焉。古云：「奇文共忻賞。」又云：「語不驚人不肯休。」則夫奇文者，忻在是，驚亦在是。中丞之文，得毋同我者見之而賞、異我者即見之而驚乎？而遇賞勿加喜，受驚勿加恐，則中丞之爲人也。集刻「人」作「文」，誤。少時讀《漢中記》，記鴻都坂之奇，謂：「峻崿千重，躡萬尋之壁。既已拔峰而登矣。私意當必超隴過華，而復瞻前嶺，即又倍過之。」是真能言奇者。吾讀《中丞集》，而有懷是言。

修栢葉橋募簿跋

《春秋傳》曰：「水涸而成橋，王政也。」而釋氏以修橋爲八福田之一。故宋蔡忠惠造萬安渡橋，矜爲奇功。而其間勒石記名，即浮屠與焉，下此可知已。崇仁之有栢葉橋，舊也。南自豐淦，北達閩粵，以梯以彴。而乃建于昔而隳于今，輜車躊躇，褰裳不前。夫使黿鼉不能架，而烏鵲飛飛，啣尾而無用，則雖周穆不足以涉荆。而天孫至巧，其技安施？此釋氏之子所爲顧斯橋而憂從生與？夫釋氏之所以異於吾儒者，亦徒以禍福之説有殊焉耳。夫禍福無恒，而釋氏徼福于未然，儒者見禍于已然。是無論除道成橋，在先王之政固然。而即以福田之説推之，吾未見坦坦之非福，而傾偃之反爲福也。況往來車徒，繩牽木負，利害甚析，而瀕于害而不瀕于利。古先王福善禍淫之説倘行于時，吾必以是爲溢禍之溊淹也已。崇仁縣令，儒者也，好言王道。栢葉之修，令實爲政焉，故于敘募簿而爲之告之。世之養福者，共傳此文。

重修鎮潢橋跋

光州兩城跨潢，而北南貫以石橋，曰「鎮潢」，蓋隘津也。戊申之夏，淮西水災，潢河隘而馳，橋壞于水。先是橋本比舟笮以濟，名爲「浮橋」，費繁而濟緩，且不測也。有明萬曆年間，守是州者始更爲甃石。而今茲之壞，守州者實咨之。夫兩城之有藉于斯橋久矣。民以城爲蔽，城以橋爲貫。而橋傾城隔，筋骸不通。且古王不嘗云設險乎，前者流寇之來，實合兩城爲守禦，恃以無恐。今未雨勿戒，而烽臺相望，臨河而岐，萬一廢弛未復，遇一旦有梗，倉皇瞻顧，何以濟之？此非秦皇所能鞭而公孫所得據也。第昔之守州者創之于豐豫之年，而今之守州者將恢之甾荒之際，則修艱于造，斯亦攻築者所宜念耳。守既捐俸倡，而監州以下曁紳士助之，於是載簿書將以記事，而屬予以跋。跋如右。

任王俌詩集跋

王俌有三絶：詩一，書一，其一則鋟摩之技也。能扼三寸鐵畫石作八體，書勢精良而結捷，雖李、程以下莫過焉。然而王倩往匿其所能，自甲申後，間示書法，莫見其所爲詩者。而至于鋟摩之技，則折鐵詘指而閟不傳。予從臨川還，王倩忽貽詩屬序。予得之喜，曰：「此又一絶乎？」及予繙較，則見有所爲「漫憶」者，出游詩也。其詩多得之荆山、笠澤之間，以憶而得之，故名「憶」。有所爲「愁吟」者，東園詩也。王倩居東園，幽愁憂思，積晨夕所感而鬱爲吟，則名「愁吟」。今而後吾始知王倩之不欲見其絶，有以也。予出游無詩，暨還舊廬，其愁有過于王倩者。王倩東園在郭東，去予廬百步爾。其半在野，垣之隤于耕者久矣。中有陂塘，雜花覆楹間。予倘久處此，當日從咏吟其中，王倩肯盡示其技乎？吾將買一石，使書是文，鋟之摩之，以與是詩而三焉。

浦東詩跋

嘗讀唐人選唐詩，自《極玄》《又玄》以外，私歎今人稱李杜以爲極則，而唐不爾也。唐人且不必神、景與開、大也。然則世之必神景開大、必李杜也，愧矣。浦東全君之爲詩也，爲唐詩者也。爲唐詩而不必爲神、景、開、大之詩，故其詩清而遠，雋永而多致，有似于《極玄》《又玄》之爲詩焉。雖然，《極玄》《又玄》之爲詩，則中晚人之爲詩也。中晚之爲詩，夫是故遠乎神、景，遠乎開、大也。夫中晚爲詩而遂遠乎神、景、開、大，則生乎中晚千百年後，而必爲神景、爲開大也，愧矣！

建大悲閣募跋

佛家以乞物爲行惠之功，故以物予物而物無不利。向使如來挂偏袒不施一錢，欲以建祇洹精舍，開利生之門，不其難哉？吴淞庭柏渡胥江來，年已六十矣，生平弘願，祇期建大悲閣，禮懺其中。而遲久不就，因丐予一言，以爲善信勸。予思大悲懺者，乞福并乞慧也，合檀那之金錢，而各報之以福慧。雖愚且貧，宜無不踊躍恐後者。況以富益富、以智益智。人但知乞物，而不知物之有乞于大悲。吾未見有求而不應者也，而況所求止金錢也哉！不然，庭柏年已老，縱得建閣，其爲居幾何？而謂庭柏爲利己而爲之乎？是何所見之不慧與！

書何氏册子自跋

予不善書，然似善書者，以予能言古之爲書者也，且識今之以書名者。癸巳寓何氏，何氏自銘索予書，乃復出佳紙良墨，且索且壽。予曰：「使以予之書爲堪此者也，韋仲將曰：『得伯英筆，得臣墨，又得臣手，始可大龍蚚而細蠅蠁。』予則無以手也。使以壽予書，蘇子瞻猶謂魯直不良不工書，而得人之精紙良墨，以藏錦袋，必攫取之，況于予乎？予其舍予書而貸今之善書者以償，其謂之何？」曰：「雖然，其跋之。」予曰：「予方舍予書，而又俾予書之。雖然，予懼夫他人書之而有類于洮之與汰之也。」遂書。

周雪山集跋

夫登高山者，穹隆轇葛，上之而慄，一何其艱！而及其習也，遂遂然以御風行，俯睞岞崿，猶波濤之洄澓于平地者也，覺其瀜洽，不覺其岨峿。習夷者忘庳，習高者忘危而已。周子雪山爲古文辭，率攢蘩磧硌，一顧萬里。雖捫地欲就，而雲關在望，頓絶凌歷。乃三休倒景，驟接夷曠，浩然若長風之信行，羽翼之生肘，遂遂然。其爲文雖自闢其境，而盲左以下、腐史以上，時時就之，左撫屹崒，右絶澒湧。此譬之登天台者，冥觀萬象，同體于自然。昔人云：「皎皎之子自獨立。」雪山之謂乎！予夙慕天台，雖相去止三四百里，然未嘗一登，故亦不欲言天台之奇。及讀孫興公賦，知興公作永嘉守時，初亦未嘗登台也，圖台狀而爲之賦台。予然後嘆曰：「倘世人之知天台，無過予者。」方予至海陵時，未見雪山也，雖相去止六七百里，究未嘗一過。然讀《雪山集》，則又嘆曰：「倘夫人之知雪山，亦無過予者。」故人或詢雪山何似，予必曰：「幽迴冥奥，似荒忽不可近。」故興公亦云：「舉世罕能登陟，王者莫由禋祀。」然而釋域中之戀，暢超然之情，既契誠于幽昧，履重險而逾平。天台雖奇，不同體自然矣哉。此則予之知雪山者也。

王石庵墨園小草跋

苧蘿佳山水，居其地者率能比詞儷句，咏唫自娱，石庵其一也。石庵與予友來北沙游。北沙嘗指苧蘿，謂此叢坱者，幽鮮競爽如石庵詩。今讀《墨園草》，北沙豈欺予哉？作者滿天下，源流蕩然，能循流溯源，雖涓滴未絶，而不壅于波瀾，石庵之以微而見之于其著也。「小草」，歉文耳。就其歉而極觀之，苧蘿其緜緜之綢矣。

采山堂古樂府跋

魏後擬漢《鐃歌》者，皆易其義類，更其詞，轉變其音聲，所仍者獨名耳。今則襲其義，而比其文短長而橅之，故迄今無樂府。即有之，以古樂府爲樂府，無樂府焉。夫詩爲樂心，聲爲樂體。達心者，君子也，徵聲爲工。故苟能達心，則言之而促而舒，皆能成聲。必曰平陂有度，三七有節，是曲于阿工，而反棄置吾達心之辭。使漢唐以後樂府一變而爲填詞，不可嘅乎？且夫樂府之變爲填詞也，猶曰此變者也。今直稱樂府，仍填詞焉。《樂録》云：「《鐃歌》數曲，其文相雜，不復可分也。」今必并其雜而故擬之。向使晉人札牘必如今板碣之所摩，則此以札往，彼必不解，此猶然結繩之世也。夫樂府本于《騷》，《騷》本于《詩》。《詩》之義情阿曲而文昭晳，蓋必有所遇于中而假以達之。故其旨長，其辭磥砢，播之聲而聲成焉。漢工能歌長短，魏工不能歌三與七乎？采山，沈舍人所居名也。舍人爲樂府，與予説有契也，故於其屬予跋也跋之。

楊童子稿跋

維則以童子隨二親遊四方，其嚴親好結客，車裝所税，即户屨滿焉。而其慈親則又以書畫歌詠，應購不給。微論童子失學，幼未入塾，繼不接于序，即欲于都亭稍間，紆徐執經而不可得也。乃童子爲詩，駢娟好麗，有慈親風，而又時發其年少争上之氣，趯趯儁勇。間爲賦，爲七，爲歌辭，爲記，爲序，隨所抒弄，皆成章焉。夫古無不學而能者，而童子實能之，童子其夙悟者乎！漢曹世叔妻隨其子轂爲陳留長，因賦《東征》，而其子之文至今不著。今童子之母即黄皆令也。皆令能文，童子又能文，見之者謂童子過陳留長矣。夫以童子之才未嘗學問，但加以年歲，即以其文章、詠歌遨遊四方，宜無不足以自見。彼四方之人習見童子未嘗攻苦爲誦讀，率能以文章家名世。世固有純任天質而可以有成者，質之不可以自棄如是也，而況乎學之也。

九蓮山彌陀寺募造佛像疏跋

金刹者，佛之所居也，是故五金布而像教生焉。嚮使青蓮下承，藻井啣之，而中無華鬘之形容，得乎？山陰天樂鄉舊有九蓮山彌陀古寺，中湮者久矣。一聞師起而恢其刹，紺宫梵殿、鐘鼓鈴鐸，重尋故常。而如來之像闕如，爰復爲募之。或曰：「佛豈在像耶？且何處非佛，而必于是？」予曰：「否。昔西竺佛生，身長丈六尺，而黄金色。故後漢明帝夢金人丈六者，飛至殿庭，而然後迎佛。則夫佛之入中國，本以像也。此如日在天，然天下何地非日之所照？而人構宫室，必穿户鑿牖，使各得其光，以爲吾室中之日如是。且夫人有日見日，而若不見有日者，豈其目則不可見哉？亦曰生乎心者觸乎目，見固不在目也。夫生于心而可觸乎目，則觸乎目而不愈生于心乎？」一聞，行僧也，其專心像教，似亦可信。且其侣静修與予游，故乞予言之。若九蓮山山川之美，群山萬壑必有弘忍鏡臺生乎其間。倘能略其跡而見其心乎，則吾何必執像教以教之矣。

西河文集卷六十一

蕭山毛奇齡又名甡一字于稿

書後

書張司獄卷册子後沈舍人請作

古者敬獄。周公曰：「其不誤于庶獄。」獄不重乎！顧重獄者，謂夫都官作士，明刑司法，可爲平亭簡閱焉耳。至司獄眇矣，職圜扉啓閉，灾痍死生，以逮箯輿搒掠之數，日譏而月較之，平反不可，啓占而參豫之不可。然且世重焉者，豈非以獄吏之尊，爲位易傷，其爲勢又易虐也哉！然則欲其不誤，難矣。江寧張司獄，世傳其有隱德。自方侍御、吴學士、魏督學、季司諫以下，皆藉其給事御史臺時，多所周旋，侍御、學士皆爲文記之。予至江寧，江寧人傳其近事云：康熙辛亥，江寧郡灾，勢已延獄。君料囚，别囚無死法者，釋之令歸。鐍死囚如干，呼與坐共飲，身具衣冠，把酒望火，嘆曰：「嗟矣！釋囚死，火囚亦死，寧釋之，勿火也。死法死，死火亦死，寧火之，勿法也。」既而火滅，君與死囚俱不死，而前釋之者不可還矣。于是復詣獄撿舉，請死于法。自卯逮酉，所釋囚穰穰先後奔至，且有中道返不至家者。及料之，少一人，則其爲君獄訟臺者也。君曰：「公等何爲矣？豈吾釋公等時中其心耶？」皆叩頭，曰：「非也。方君之釋之也，雖好生耶，詎無臨難懼變之情爲之先乎？且囚東西走耳，假使以釋去之故，偶然動心，縱或來歸，寧能一一約無遺哉？夫吾等之所以如此者，誠不忍公之生平哀矜惻怛，一旦且爲我死也。」君曰：「善！」張君彙贈言爲册子，索予書，遂書之。且告世之典獄者。

書任叔連遺墨後

此叔連君遺墨也。幼時聞叔連名，以生晚，不及陪几席言笑。聞其書法最精，亦不及見。康熙癸丑，予還舊廬。其猶子青巖君拾其遺墨數番，則平時所書《南華》兩篇及《試岕》一歌，皆取閩中竹楮，任意抄録。書法清真，具有氣韻，而藏穎身中，運神象表，似乎做元常而進王氏者，真楷書之雄矣。昔人評字學，謂金注不如瓦注。散手振刷，矜卓都盡，故偶然標寫，生平藴奧藉之流形，意不在書也。顧青巖謂予云：「《南華》本全抄，遺軼流散，僅得是番。」則其勤縝于書法又若此。唐武后向王方慶家索王氏遺蹟，方慶以九代三從伯祖諸書紙進之，青巖可以觀矣。毛甡記。

任氏家藏劉誠意札記卷子書後

予從澹生孝廉觀其所藏先人元禮公與故明劉誠意往來寓復并誠意投贈卷子，深嘆元禮公以處士被元明諸路辟召，掉臂不出，矯然超于物；乃獨偕天下豪俊，一時應運從龍之彦，周旋起居，意氣縝密，此其聲實必有大超于倫類在也。抑又嘆前人所貽，後人守之爲不易，而是家獨完葆之，甚善。迄觀青嵎所藏卷，則益驗元禮公之賢與後人之能世守，均可念矣。卷列青田札記及學士蘇伯衡、助教張經諸跋。按其語，微與史忤，似青田當至正癸巳，本以行軍參謀，應江浙行省左丞鐵里帖木爾之辟，征海喪師，遂自投劾，奉其太夫人避越，止元禮廬。是札其既去之謝也。又一札有「奉别兩載，山寇漸平」諸語，則又在至正丙申，青田復受江浙丞相達識鐵木而之聘，諭其鄉青田、遂昌、縉雲諸寇，遲久未效，而是年樞密諸使將加之兵，故云云。則意古來命世者，當未遇時，其初無一定，而與物浮沈若此，況乎以庸才而當季世之艱難者乎？然則時未可爲而責處者以有爲，不可也。聞任氏尚藏《山堂記》稿，今《青田集》所載《蕭山任氏山堂記》是也。又有《送元禮東歸序》稿，似從龍後招元禮京師，將予之官，而元禮復掉臂歸。其卷有高啓、王偉諸公送詩，予鄉時曾見之。至乎畫《長江風雨圖》，題其端以贈元禮，則予未見也。名家卷軸，守有三難：兵革燥濕，攟摭不預，一；友朋愛好，傳觀漫漶，二；彼我分拆，漸至零落，三。以前二難，則任氏所知也。至于三難，則一家數藏，恐或不免。爲語孝廉，其亦合併而傳于勿替可矣。同里後學毛甡謹記。

史訥齋曰：史稱方谷珍用賄徼降，而青田議勦，遂以專擅坐罪，未嘗言喪師也。至平括寇，則撫討悉歸。青田與此迴别。且兩辟都事，一遷院判，亦微不合。伯衡爲同時史官，其可信必有過于後來者。此亦有識論世之一會也。

書朱指庵詩集後

指庵故詩豪，其言雜謿謔調笑、懷人慰藉。遇酒徒，晝夜飲，爲憤奮不羈之詞。雞禽啁啨乎其前，市井讕謱乎其側。賓從指斥，侍姬婉孌。❶中感外觸，咸能調其語字而飾以音聲。夫如是，雖欲不稱爲詩豪，不得矣。或曰指庵非豪也。指庵故丞相後，世嬗華麗。一旦以離亂之故，遭逢困頓，其慷慨任達，辭旨縱誕，較有似于豪焉者。當其情深渺瀰，一往而遥，憂思哀悲，急不得解，他人當之，木然不仁，獨爲心通乎詞，思隱乎句。爲詩，詩深；爲詞，詞哀。嗟乎，指庵豈豪人已哉！論詩者謂内有意，外有象。論文者曰情深而文明，情思所至，文采焕發。賈子弔屈平，鬱爲文章，不事琱飾。王叔師擬楚人詞，揚雄作《反騷》，無所于懷，徒文焉耳，指庵幾有是乎？指庵念姜綺季客大同，從里門策馬，浮渡河訪之。值綺季從大同來，遇之澠池。綺季故將還轅已南也，復卻之，反走過大同。兩人者豪飲于定襄、雁門之間，晝夜不已，閲十旬日始返。以此誦其詩，詩可知矣。

梅市倡和詩抄稿書後

《梅市倡和詩抄稿》者，閨秀黄皆令女君所抄稿也。皆令自梅市還歸明湖，過予室人阿何于城東

❶「孌」，原作「娈」，據四庫本改。

里居。其外人楊子命予選皆令詩，而別録皆令與梅市所倡和者爲一集，因有斯稿，蓋順治十五年也。既而李子兼汝已刻《梅市倡和詩》，復命予序。則此稿遂不取去，遺篋中久矣。康熙己酉，予暫還城東里居，偶揀廢篋，則斯稿在焉。距向遺此稿時約若干年，皆令女君已亡于京師也，兼汝與梅市祁子奕喜又同時戍塞外，予亦棄家去，不復得至梅市。而其稿中所列如胡夫人，已物故，其爲詩最工。若修嫣者，爲王子舍人内君，聞死前歲，以視向序此稿時若何矣。陳何知狀。

書來度詩後

不幸丁亂離，委棄年歲，有若骨餘，不知春陽之在道也。如彼窮嫠坐深闥者，朝暮組紝，日覺衣重。及見乳燕飛，而後心驚，則已暮矣。來子之情毋乃類是？故往多慷慨，其言詞錯見無緒。雖良辰勝游，高朋快會，笑語之頃，其愁若有餘者。雖然，來子有大節。其大兄爲國死，予曾讀其臨刑詩，而私爲傷之。今來子辱交善也。來子天下士，其爲人流離感憤，其撫時傷逝外，更有壯烈。某月日。

書李匡詩後

李子詩似李賀，人謂之小李賀，然賀勿似也。賀鑿多恒理，不喜用事，而李子反之，李子遂異賀。李子嘗自言曰：「作詩時，似有物入其室者。雖長夏白日，亦若霜雪撲落傳屋柱間。」故其詩陰峭多儉氣，雖使事亦不覺。嘗怪鍾記室云：「若自然英旨，罕值其人。詞既失高，則宜加事義。」似乎使事者悉中才所爲，然其中自有善敗，不可同也。李子自言曰：「予非好使事也，予第厭世作者，雖募兒歉腹，亦皆抱東野意氣。」爲此言庶幾近之。

書張司空傳後

予既應張君請，作《張司空傳》。凡有互異，已爲參擇。文獻不足，存其可徵，復恐見者之不量也。且予所謂慎言餘者，復攄其所見，漫書若左。

公初爲刑部郎，時隆平無嗣，有争襲而賄逆瑾者，公拒不許。暨正德戊辰，出守興化，瑾又欲奪戴君妻，而妻以弟之女也，公復拒之，遂誣以他事罷歸。此郡縣志傳同一辭者。及覈公歸狀，則仍摭隆平一事，無他事也。瑾以正德丙寅改元始入司禮，擅大奸，而誅于庚午，裁五年耳。隆平事在弘治乙丑，時瑾尚未横，故第啣公不得發，而頓發于此。此猶民部覆李東陽疏，但及糧餉，而瑾撟旨，忽并責韓文、謝遷一例耳。

至公爲江西左藩，與逆濠相忤。史載數事，皆與行狀、志傳參差互見。獨創陽春書院于城東南隅，壓天子氣，則在八年癸酉四月。而公以八年七月始自南雄守遷江西右藩，此時公未至江西也。年譜既列其事，而費文憲爲行狀，復不審覈，有曰：「濠欲拓府居以擬大内，創陽春書院以招逆黨，奪官池以賂謀主，公皆拒之。」則誤矣。丙子秋，公出自棘闈，濠遣承奉饋四菓，公啓視之，則棗梨薑芥也。

公曰：「是欲我早離江西界也。」此史載甚明。而其家傳則又曰：「濠謀害公。其妃婁氏者憂之，饋公夫人戴以四菓，蓋隱令公去也。」此稍齟齬，然未審孰是。至公去任，則史載暨郡縣志、諸傳皆曰濠懼妨己，賂陞南京光禄卿以遠之，則大不然。公屢考第一，至爲江西右藩時，期年之間，朝廷復加之旌異，遣使勞問，此已非望。及其轉左，再考第一，且賜宴首班，先諸方面，則超遷決矣。濠始大懼，恐要擢妨己，然後賂錢寧，囑吏部遷南京光禄卿散地以抑之。此因公已居上考，當大用，勢已無可奈何，故賂置閒散耳。此亦揮戈之挽矣，豈有惡其人而反賂之使陞之理？不然，濠所拂意者，如胡世寧、范輅輩，若何摧排，而此獨賄之陞耶？

若其進副都，巡撫保定，與彬、寧相抗，復罷去。及彬、寧伏誅，然後復起公右都，總督兩廣。則公之再起，實由彬、寧伏誅故也。而行狀則㡯記南京巡江都憲劉玉疏薦，而不及彬、寧之誅。其他志傳則記誅彬、寧，而仍及疏薦。按劉玉之疏在己卯歲，公之起官在辛巳歲，此正彬、寧伏誅歲也，中間相距亦已三年。是己卯一疏，武宗漫不之省。而傳者必以是爲起官之由，此何也？

若公任兩廣，則勦上思州土官黄鏐時，公密疏田州太守岑猛之惡。猛聞大懟，遂日伺公隙，思中之。及猛叛伏誅，兵部疏公功，特賜銀幣，已推公總制三邊。而公頓致仕，則猛黨之譖入之矣。且以公功德不秉樞要，以公爵望不賜易名，此皆有説。則猛黨行間，正公事興廢一關鍵也，而記傳未之詳載。

及考史料重地，開府大臣表序云：「正德中，韓雍以右都御史總督兼巡撫于梧州，開設總府。正德十一年，改總督爲提督。至隆慶四年，詔改復總督兩廣。」❶則公在正德辛巳夏起都察院右都御史總督兩廣軍務，兼理巡撫，許便宜行事。此在十一年以後者。家乘既多未覈，而儼名爲史，復後先謬戾而無可據，則又何也？至公知上饒六年，而行狀、縣志皆稱三年。公以三十三歲知上饒，而行狀稱己酉，爲三十二歲。公以丁亥允致仕，而年譜稱七十歲乞休不允。此又謬戾之已甚者。世無信史，誰與闕文？吾作《司空傳》，而有感于後之記事者也，因書之。己酉書。

越絶書書後

《越絶春秋》，亡名氏書也。辭文高上，紀志荒衍，近先秦間所爲文。自篇首隱其所爲人，而故爲推求，以爲子貢作，又以爲伍胥作。故自漢迄今，皆莫得所爲人焉。嘗讀末篇，篇中皆隱語，有云：「紀陳厥説，畧有其人，以去爲姓，得衣乃成。厥名有米，覆之以庚。禹來東征，死葬其疆。」蓋會稽袁康者也。又曰：「文屬辭定，自于邦賢。以口爲姓，承之以天。楚相屈原，與之同名。」其屬辭者，蓋同邑吴平者也。昔王充有云：「會稽吴君高。」又有云：「君高之《越紐録》。」則豈君高者平字也？越紐故越絶也，則前人亦偶有指平者矣。逮明楊慎跋其書，推袁、吴名，矜爲獨得。蓋自漢迄今，貿貿者且千餘年于兹矣。徐受之注《吴越春秋》，前後引據，反覆于是書，猶且猶豫，必得升庵始解之，誠亦甚怪。然

❶「詔」，原作「詒」，據四庫本改。

升庵猶未審，似于其中文未遍觀也。升庵云：「東漢之末，好作隱語。黄絹碑其著者也。又孔融作離合詩，以隱辭見郡氏。而魏伯陽作《參同契》，亦隱其名。是必其人與同時者。」抑知其末篇則明云，「句踐以來至于更始之元五百餘年」，又《記吴地傳》云，「句踐徙瑯琊到建武二十八年，凡五百六十七年」，則東漢初書也。而以爲東漢之末，猶近鹵略。因特補出之。

三輔黄圖書後

《三輔黄圖》，不知何人作，著書家多引之爲據。嘗讀《漢書》至《元帝紀》，稱元帝「好度曲，被歌聲」，私嘆曰：「是天子者，而有技若此。漢之衰于元、成間也，信也。」及觀《三輔黄圖》，則且曰：「宣帝亦能度曲。曰宣曲宫，在昆明池西。孝宣帝曉音律，嘗于此度曲，是故名。」則又私嘆曰：「元帝之技，宣實啓之。」漢之昭、宣間極盛矣，其天子皆有技，若梁陳五代時，豈漢之衰不在哀、平而在元、成，抑又在昭與宣也？則又恨《漢書》不詳，《宣帝紀》不載宣帝能度曲事，班史多缺失，失史官體。一言而漢數世君臣書史俱有闕。及又讀《漢書》，然後知《黄圖》之説之謬也。《漢書·東方朔傳》有云：「武帝嘗從宣曲以南十二所中休矣。」則又云：「長楊、五柞、萯陽、宣曲尤幸矣。」且又有長水宣曲校尉，在《百官表》矣。不幸而「宣曲」二字偶合于孝宣之謚，求其曲而不得，則私曰：「元帝曾度曲，豈其有技也？而宣實啓之。」遂以漢先世所建之宫室而加之後人，以子技而上之父，以二字之私，而遂誣古君臣書史父子數世之惑。嗚呼，讀書者可不慎也！

三輔黄圖書後二

予既書《三輔黄圖》宣曲宫事，以示凡著書者以一二字而重誣古人者不可爲，著書者不可不儆，讀書者宜益慎，不可以不有所辨。故既已書之，而《黄圖》之誤不勝書也。予嘗爲客道，而客不信也，乃復舉一焉。客嘗曰：「細柳營何在也？」今按《黄圖》曰：「細柳觀在長安西北。」《三輔舊事》云：「漢文帝大將軍周亞夫軍于細柳是也。」若然，則是以長安西北之細柳觀爲細柳營矣。予嘗聞之，漢有三細柳在長安西，而兩在西北，一在西南。其在西北者，則細柳觀與細柳倉也。其在西南者，則細柳營，而與西北之細柳觀實異地焉。嘗攷細柳觀，即古徼也，在長安西北，即所謂渭水北者。而細柳倉在古徼西。獨細柳營者名柳市，在長安西南。《漢書·漢文紀》顔師古註與張揖註同，皆云在昆明南，而昆明則長安西南也。西南之不可得同于西北，亦明矣。且夫《上林賦》不有云「登龍臺，掩細柳」乎？此則細柳觀與細柳倉也，此西北之細柳也。《西京賦》云：「東至鼎湖，斜界細柳。」此西南之細柳也，此細柳營也。嘗讀《漢書》矣，《匈奴傳》云：「置三將軍，軍長安西細柳、渭北棘門、灞上。」夫曰長安西細柳耳，復曰渭北之棘門、灞上，向使細柳仍在渭北，則細柳固與棘門、灞上軍並軍也，《漢書》何得以渭北别之？棘門、灞上得並于渭北之細柳觀與細柳倉，而亞夫之細柳必不得並于棘門、灞上，亦可知矣。天下讀書者如客之求細柳營者不少。書之註細柳營者，不獨《黄圖》。使不讀《漢書》，皆疑漢是時長安西南何以獨無軍，有以議漢世用兵之不詳也。又書之。

三輔黄圖書後三

天下有事本纖微，説之似無關大體。其説之是與否，抑不足當論世之一得。而好古者每顧之而不忍釋，則無如《黄圖》矣。予辯《黄圖》再，而客復請進，以爲書之是與否，非三復不足定也。且夫人著書，垂千百年，而欲以一言而非其書，非偶然也。

《三輔黄圖》云：「建章有神明臺，上有承露盤，有銅仙人，舒掌捧銅盤玉杯，以承雲表之露。魏文帝徙盤，盤折，聲聞數十里。」曰：「此又非也。」按《漢晉春秋》曰：「明帝徙盤，盤折，聲聞數十里。」此魏明帝事也。故《魏略》亦云：「明帝景初元年，徙漢長安諸銅人，至灞城，遂留之。」而唐李賀作《金銅仙人辭漢歌》，其敍云：「魏明帝青龍元年，取長安捧露盤并仙人，載之灞壘。仙人臨載，乃潸潸淚下。」夫魏明帝始徙漢銅盤矣，魏文焉得先徙之乎？客曰：「予今而知子言之不足徵也。子亦知漢有兩銅盤乎？」曰：「然。昔者漢宮有兩銅盤，一在建章神明臺。按《廟記》曰：『神明臺有銅仙人，舒掌以承雲表之露。』此即明帝所徙盤也。一在甘泉通天臺。班固《漢武故事》云：『築通天臺于甘泉，去地百餘丈，望雲雨，悉在其下。上有承露盤，仙人舒掌擎玉杯以承露。元鳳間一旦無故自毁，榱桷悉化爲龍鳳，從風雨飛去。』夫惟建章銅盤始得傳之魏，而爲魏明所徙也。若甘泉銅盤，則在漢時已亡也。夫魏明徙其一，漢時已亡其一，而謂魏文徙銅盤，是三盤也。」客曰：「然則魏文不嘗徙銅人乎？」曰：「魏文固嘗徙銅人也，何也？昔者長安所徙者，一則始皇銅人也，一則漢武銅盤，一銅馬物也。應劭稱漢明徙長安銅馬物，置西門外，此銅馬物也。《魏略》稱明帝徙長安銅人，至灞城留之，此漢武銅人。《水經注》注灞水云：『魏文帝黄初元年，徙長安金狄，重不可致，遂留灞城。』秦銅人也。」「夫魏文徙秦銅人矣，而徙謂是銅人乎？則徙之乎？」曰：「殆非也。今夫魏文之徙金狄，秦金狄也。」「然而《水經注》亦曰：『魏明徙金狄。』夫金狄可兩徙，銅盤獨不得兩徙乎？」曰：「魏明徙金狄，非秦金狄也。金狄焉得兩徙乎？夫魏明之徙金狄，即魏明之徙銅盤也。金狄而銅人，混名也。」曰：「然則何以知魏明之必不徙金狄也？」曰：「以金狄之數知之。昔者始皇二十一年，長狄十二見于臨洮，因作十二金人像之，坐朝宫前，此金狄也。然而漢之董卓已毁其八人作錢，其得留之及魏者，祇三人耳。然而其三人者，魏文欲盡徙洛陽，以重故，留之灞城，此魏文事也。故曰『魏文徙金狄』。若夫後趙石虎，復還二人還長安，毁作錢，而以一人沉陝城河中，則又後乎魏明之爲也。然而十二金人之爲數，則固已盡也。故夫金狄之爲所徙者，概可知也。假使魏文徙三人，而魏明復得徙一人，是十三人也。」

書歐陽永叔秋聲賦後

歐陽子作《秋聲賦》，中情悽愴，感與時興。貧士夜讀之，則飲泣；旅婦朝歌之，則謝去。歐陽子得意文也。客曰：「是文特未善，理其辭，似乎賦秋風者。」予初疑其言，既得其説，似有當，因記之。其言曰：

曾讀《風賦》，與是賦同可指計者。《風賦》云「飄忽淜滂，激揚熛怒」，則所云「淅瀝蕭颯，奔騰砰硑」者也。《風賦》云「鼓千尺之濤瀾，襄百仞之陵谷」，則所云「波濤夜驚，風雨驟至」者也。《風賦》云「送夕鼓而傳音，埽晨鐘而付響」，則所云「鏦鏦錚錚，金鐵皆鳴」者也。《風賦》云「憯悽惏慄，清涼增欷。聃聃雷聲，迴穴錯遻」，則所云「淒淒切切，呼號奮發」者也。《風賦》云「列萬馬而並騖，會千車而争逐。類鉅鹿之戰，似昆陽之役」，則所云「赴敵之兵，銜枚疾走。不聞號令，但聞人馬之行聲」者也。《風賦》云「飄玉蘂之濃草，零圭葉于哀桐。捎桂樹之間，獵芙蓉之精。離蕙草，披秦蘅」，則所云「豐草緑縟而争茂，佳木葱蘢而可悦。草拂之而色變，木遭之而葉脱」者也。凡其所言，無一非賦風者，而以爲賦秋聲，則謬甚也。且夫言聲者，不必其果有所聽也，亦不必彼之砰磅鍧鎗之果有以入吾耳也。故凡言秋聲，則白日微薄，涼夜遥永，徘徊閒庭，展轉華省，皆能有聲。如必哀鴻晨鳴，鵾雞夜咏，梧桐蕭條，觱栗嘲哽，然後舉耳聽之，斯已晚矣。譬之望登高者向而指，若得其笑言，故未聞其響也。尊者目動而舉頤，蓑然得其所使，然未嘗使也。縣琴者嘗有清泠之音，畜利刃者若吼。夫聽瀑于廬山之顛，既去而神色不定，猶硃砿而心徬徨，斯其時則已遠矣。聞雁鳴者既滅没，而猶在于耳。所云有聲者無聲之止，無聲者有聲之始，此貴乎賦聲也。且夫聲之所在，無往不得，嘘咻噏叶隨物而起。故賦秋聲者，即如劉夢得所云「驚綺疏之曉吹，墮碧砌之涼月。動塞外之征行，顧閨中之騷屑」，是亦聲矣。吾意歐陽子所居，不在山，必在水；不在閭閻，必在田野。外有籬落，内有井榦。床壁機杼，餅罍筐籯，蟣蝨畜牧，渢渢如也。獨曰「聲在樹間」，非風而何？

田伯瀛曰：辯賦有賦情。

書圖繪寶鑑後

《圖繪寶鑑》合四卷，元吴興夏文彦著。文彦字士良，即雲間義門夏氏，蓋其先吴興人也。其書譜列代能畫名，自前古迄元，固無所裨于問學，而説者備焉。昔王弇州撰《陶九仍傳》云：「又籍古之善書畫者而紀之，曰『書史會要』，曰『圖繪寶鑑』。」嘗疑是書固陶九仍著者。然考孫作所撰《南村先生本傳》有云：「其所著書，時所傳《説郛》一百卷、《輟畊録》三十卷、《書史會要》九卷、《四書備遺》二卷。」曾無《圖繪寶鑑》之目。蓋嘗簡是書所敘，則楊君維楨敘也。敘云：「吴興夏氏集是書成，介其友天台陶君九仍持之示余。」則是書固夏氏所作，而曾介九仍，以乞楊爲一敘之。弇州不識是書與九仍展轉，而不考夏氏，遂爲九仍所著書也。事不深考，誣所從來，乃無作者久矣。且夫爲人傳，抑不可以無實録。丁未書。

西河文集卷六十二

蕭山毛奇齡字齊于行十九稿

碑記一

息縣雷跡碑記

息縣市東祠有雷跡碑，宋元祐所立碑也。碑在祠東廡，高三尺，石裂而剜，字剥泐不可誦。大略：元祐七年辛卯夏六月巨旱，燒禾數百里，驟得大風雨三日，淮北岸舟人張乂者操舟前聞雷聲，見雷焰焰從東北來，出舟，墜于地，火氣爗烈，轉旋猶車輪，久之，似有物舁而去者，既視其地，短草被灼如烙馬毛，烙跡入泥，寸圜爲輪，輪納八輻，輻杪各兩歧，凡八而倍。是日，弋陽有震人，則是雷之爲也。記者張其姓而名漫滅，不知何爲人，且其文亦不具，然而事奇矣。

予游息寓祠下，祠僧引予拂其石，且就其漶字而索其義，將重爲之記，記諸陰。予因慨然曰：雷也者，先王象之以作樂，崇德者也。然而亦嘗用之以辟惡，是故天地解而雷雨作，雷雨作而萬物始動。故《繫》曰「動萬物者莫捷于雷」。今天下有聞殷雷而不慄然動心者哉？動則奮，奮則爛然若有見。

故智者不見鈇鉞而得所畏焉，愚者畏威而如見鈇鉞焉。故夫孔子聞迅雷必變，非迂也。故雷奮而識崇德之象，夫崇德有象，雷跡是也，然則雷跡之不宜泯也久矣。

昔者稗官家記雷車事，涉乎誕罔。而李肇補國史，至謂雷州有雷楔，每雷即得之田間，佩之者用以辟惡，此猶近鑿。若夫元祐之爲雷，則似非偶然也。聞之，建中靖國間，樹元祐奸黨碑于宣和殿前，他日者，雷怒而碎其石。夫以德爲邪而至攖雷怒，然則雷之必欲爲崇德而不爲長惡固也。然則元祐之早爲此碑，有爲也。然則天下之見雷跡而知感者，不獨元祐矣。或曰數之以八，則陰所由成也，雷于天地爲長子，故少陽而陰成焉。其又歧，則推之而盡也。自太極歧，而極之無勿歧者，歧德不專，故用以生物，而即以殺物。故曰軒轅爲雷雨之神而卦以生，豈無義也。

重建賞祊戒定寺址碑記

自後梁開平間大興古刹，修律戒而習禪定，于是越州城西多戒定禪寺，賞祊其一矣。嘗考賞祊戒定較諸戒定爲最雄，而往多興廢。當梁時有賞祊善士全君允忠捨宅恢寺，别名「從善」，顧「戒定」名猶故也。允忠以象教裝金，自明浄宫，命道人邵良操持其中。迨宋至道中，而允忠之玄孫仲修出爲南昌府教授，與其女夫南昌府太守徐儼之子踵置寺田，將以弘祖德而闡玄義，遂以天聖六年重請于朝，勑賜加額，更號「積慶」，命僧人趙文廣住持之，然猶且立「戒定」名。傳至景祐，則徐踵全事，有稱昊一主簿者，重捨田蕩，始創寺譜。而昊一之孫九明爲後軍都督府都督，其夫人全，則理宗皇帝太后娣也，夫人親賫奏乞皇帝降勑。淳祐八年，皇帝親降勑爲御書，而太后請加之璽，標額并軸，實藏諸寺，而于是「積慶」之名掩「戒定」焉。迨明崇禎間，城西戒定各燬于兵火，其在賞祊者，址猶可考也，❶而寺田及譜蕩不復存。

按元至正時，寺燬于兵，有僧會椿者收御軸及譜，藏之族家。逡巡至弘治，仍復戒定，而徐氏之後尚有揀獲原譜以歸之寺者，因有嘉靖十八年勒石之誌，而惜乎其湮也。釋子玄潤名海印，矢志恢復，植香于釋迦之前，將布金故地，復梁戒定，而以曩時徐與全之不能再也，乃告諸全、徐之後，并告善信，以徒杯而募四方，上下桐陵苕水間，砂積而黍畜之。會苦歲，自順治十二年至康熙元年，募甫合。先立寺址界，增寸闢尺，于是攻位。凡若門若坪若殿若房，共若干畝，東至若西至若南至若北至若。位成，僧衆將勒石，而以記告之蕭山毛甡。

毛甡曰：有是哉，是由梁而五代而宋元明以傳之于今日者也，是刺史之請，後軍之復，帝主后妃之勑名，僧檀那之維護，而興而廢，廢而復興者也，是屢易其名者也。夫以帝主、宰官、檀那合興之于前，而不能免于廢；以一僧人徒募于後，而即幾于興，然則何記乎？亦記夫興之者之可繼而已矣。衆曰善，遂臚其說以爲記。

❶「址猶」，原作「猶址」，據四庫本乙正。

旌表徐節婦貞節里碑記

蕭山貞節里者，明旌表徐節婦所居里也。里在儒學左而北旋，户沿流居爲縣西，舊名西河里，曩時稱甲科家里相望，節婦居其中。

傳節婦者曰：節婦故李姓，閩縣儒學教諭徐公黼繼妻也。公筮泉州晉江縣訓導，故有妻氏周死晉江。弘治元年，月日無考。再娶泉州永寧衛李指揮女，則節婦也，節婦年十八。逮明年，公遷閩縣諭，領符，忽遘重疾，傳誌稱二年六月。時距娶節婦時尚未及朞也。公先有一子，係周出，非節婦生者。至是，指其子謂節婦曰：「蕭山去泉州三千里，吾即不還者，如是何矣？」節婦曰：「事君未及朞，然事君矣，其不即先君死者，爲三千里君與是也，何不還者矣。」公時已疾亟，乃復强起，拜節婦蓐間，節婦坐饗之。

先是，節婦父母之許節婦時，逆公必家閩，故以許。至是，怨失望。迨公卒，節婦慮父母不聽歸也，先公訃一日，潛遣齋生長丁儀者告之縣，封識其篋笥，歸縣以鑰，而後訃父母。父母既偵節婦意，大恨，計誘之，復不可奪。乃置酒，集宗黨紿節婦，别而鐍諸室，節婦起自絞，父母不得已，始聽之。乃復集宗黨姑姊妹數十人送之上道，故爲放聲哭，牽衣而行，如是者十餘里，欲動節婦，節婦稍服臆，縈泪于睞，不少動。既而舟抵暮，各泊以處，節婦乃始仰天連呼曰：「天乎，吾豈不知父母别我悲耶，獨念悲則行阻耳，且不可使他日得憶我矣。」于是遽犒操舟者，乘夜潛發，不令送者覺，遂扶二櫬攜一孤歸蕭。時兵部尚書錢塘洪君爲閩布政使，廉其事，移檄蕭山，令恤之。節婦乃營壙，掩公及周。葺故廬，自寒食省墓外，足不躡畿木。日治紡績，比篝燈績，罷甚，始就寢，覺即遽起，篝燈績如故。或問之，曰：「勞則寡所思也。」盛夏不單衣，衣必重袛。所居置一閣，比浴必攜盤内閣間，登閣去其階，階兩竿級也。後所撫子亡，遺二孫在襁褓，撫之。既而孫婦亡，遺曾孫襁褓，又撫之。

正德丙子，知縣伍希周上其事，監司獎其門。嘉靖庚寅，郡司馬孔君攝縣事，上諸臺，時節婦年六十。嘉靖十年辛卯，知縣張選踵前事，請于臺使者，于是臺使者請于朝，命下，詔旌其門。會張以遷去知縣，蕭敬德踵而奉行之，給禮部勘合，世復其家，勑縣爲摩石立碑。又倣魏孝烈勘合，優子孫，免人田四丁。後大司馬趙君故爲侍御史，按浙，勑有司月給米、冬夏布帛各有差，終身。至嘉靖四十三年，年八十八，距公死六十九年，卒。邑御史致仕翁君五倫爲誌銘，山陰工部郎黄君猷吉傳之。自《浙江通志》以下，至郡縣學志皆有載。至崇禎二年，知縣陳振豪始名其里爲「貞節里」，竪碑于儒學左三元樓側。時節婦五世孫晉台公明徵舉于鄉。又十五年，而邑人毛甡與節婦六世孫芳聲、芳烈友善，乃爲之記。

毛甡曰：吾見邑之游于學者衆矣，讀孔氏之書，修明堯湯伊吕之道，教以百行，而不能以一行名。且夫里居者，皆曩時甲科家也，門閥相望，致足伐施其鄉人，逮死而不能稱于巷，里草陳根，歲爲衰菀，呼其里者，無變也。嗟乎，可以興矣。或曰：《周書》云「表厥宅里」，旌其門而綽楔之，表其宅也；碑而名其鄉，表里也。三代後無表里例，且其事亦偶不多見，漢時稱「鄭公鄉」，非典例也，然亦且私不得濫，其爲時慎重如此。蕭山又有夏孝鄉，爲晉夏孝子里居也，在城南，與節婦貞節里俱載志中。

永興道藏櫝碑記

嘗考《周官》蜡氏掌除骴者，遇客死道路則埋之，而置楬于其傍，大書歲月，且縣其衣服任器于有地之官，以俟其人。而漢制闊略，亦復有給櫝還鄉之令。自世之漸降，重生輕死，于是有暴骼不藏者，有徒櫝不得歸、棄不及埋、捐不能恤其灾者。王政之多亡，亦仁情之不備也。

永興道多往來暴櫝，自望京門樓以達江滸，平沙斥略而蜒蜿道左，其爲無主者纍纍焉。嘗念此木中人亦即夫道之駿驛車轂人也，行營出户，每多疾病，一旦之事，而黄口牽衣、白首倚閭者，仰視滄浪天，未知死生。乃復骨肉墮地，漸漬草木，衣裳絞襪悉化爲塵埃野馬。其幸而就木，猶且見棄斯土，寒風野火，寧無怨傷。夫道多疵癘，天之行也，殣于其地而不使之有所歸，邑大夫以下之責也。長河來孝廉，義士也，捐貲百金，將聚諸櫝爲藏俟之計，而邑侯黄公割俸成之，但其事須次第舉也。畫地坦衍，覆上而填下，區以五楹，累令辟若梁周四楹，中置楬櫝其上而鱗次之，中供大士，募僧者守焉，大略已成。然而啓閉畜發，或以時修撤，且爲蓋藏，而油燎漆木，旁及錢鈸，日遼而月長，皆有費也。夫邑大夫創之于始，而鄉縉紳士民各承之于後，情也。

昔者文王作靈臺，掘得陳骨，王命瘞之，而六州以誦。唐節度使劉昌瘞涇原將士，奏之于庭，給衣賜塚，夜夢將士者各謝焉。邑大夫有地之官，或不應求報，而報之自至，人不得辭。夫濟人者得福，神道也。鬼則近神矣，能濟鬼，不更得福乎。夫王政何嘗予仁以全，而以餘者予福報，無不可也。因合具二石，磨其一以俟登士民之第，月與日車守之，而以稍任其諸所費者。乃爲頌，頌曰：

維永興之道，有露其櫝。藏之俟之，以均載爾福。

白龜圃記

中州講理學者二，其在河南，則爲上蔡張先生。先生與徵君孫鍾元交，徵君家信都，而講學于故衞之凡城，在河北。予往欲渡河訪之，未逮也。歲己酉，避人之淮西，會淮西守金公者飾書幣，躬除故所，搆天中書院，張帷設燎，將卜迎先生于蔡，予幸于此時當得一見所爲河南張先生者。而部使按故藩廢采，巡視汝南、南陽間，車蹄訝導，不絶于路，既館所除書院去，予亦適南下，遂不得委摯一見。越明年，復來淮，則西和夏令曾令蔡，適將過蔡，造先生廬，予謀與偕前，而夏令不能待也。夏令還告曰：「先生方讀《易》于家，搆圃而椽焉，題曰『白龜』，請記之。」

吾聞先生家蓍臺，則包犧氏畫卦地也。昔者包犧畫卦時，有縞龜曳河傍生蔫蓍，故後題其臺曰「蓍臺」，而三代職方，至表其邦以爲蔡。先生方取義于畫，而攡文于象，非物之神，孰與爲識？故六龜之掌，或雷或獵，各以其方色辨定物名，而雷者白也，于名爲𪛉，于方爲西。夫先天之西不云坎乎，文明之生兆于天一；後天之西不云兑乎，生成廣大迄于少女。故翕闢既備兆于白，而亦迄于白。蓋華文者繼起之象也，然而亦先物而去其跡。故貞白之守尊于玄也，原始反終，要于無終，此或先生讀《易》之微義矣乎。孫徵君曰：「先生自言曰：吾眼前地，固見有不得讓堯舜者。」然則先生之爲包犧久矣。予嚮以避人湖西，得三入湖西講堂，以質予曩時所聞于姚江、蕺山之學。今復以避人故，獲爲先生作圃記，倘避人不已，將必造先生于圃，且渡河去，一質之徵君，以肆求先生所爲讀《易》也者。

爲辭曰：

天户之闢，是名包犧。察民興物，神明以齋。觀鳥獸文，與其地宜。著苞于陸，蔡浮于河。越千百年，神靈閟之。相彼玄文，尚汨其辭。誰是縞介，而游之波。離火爲物，屬復爲雷。表水成澤，生成之資。隨時轉應，章于神蓍。惟我先生，乃生蓍臺。嗣犧而起，當逢其期。編韋既續，樊圃是居。觀象觀法，白龜還來。

吴西美曰：上蔡蓍臺舊有白龜廟，仲誠居近之。仲誠所著，有《道一録》《大中説略》諸書，爲時所宗。若《龜圃易説》《圖書秘典》，正圃中所成也。「吾眼前地，實見有不得讓堯舜在」，本孫鐘元序中語。

重建息縣儒學大成殿碑記

《禮》曰：「凡始立學者，必釋奠于先聖先師。」吾未知三代以前其所爲先師者何人也，嗣此者則祠孔子。故曩時稱孔子廟庭，又或爵孔子爲文宣王，稱文宣王廟，既久而始更爲大成殿，爲先師殿焉。息之有學，前此可誌者，始之宋之慶曆間，以是時天子方好文，始從范仲淹建學議也。若先師殿五間，則重創自元至元二十五年。而逡巡歷明三百年，以迄于我興朝開國建學之始，增修者八，改修者四，庶幾相延補苴，不致墮壞，而不謂其即于圮也。康熙七年夏，大霖潦，横流之不由道者，夾城而奔，殿頹及廡，捧神藏而廬居之，欂栌瓦确散不可拾。春秋興秩，舍菜明禋，趨蹌者負星行事。邑宰劉君、丞夏君、尉章君、學博張君于行事之次，相顧咨嗟，謀所以恢是殿者。會弟子員差擇與祭有行名者皆在列，于是何子朝宗、王子復旦、全子嘉胤、黄子錫珍輩起，矢志休復，用書量事，程材慮功，約費若干金。劉捐若干金爲倡，而丞夏君者願盡捐歷年以來所食俸，合得若干金，且任爲相役。凡學博以及薦紳諸生，各捐費有差。始康熙八年五月，迄九年六月，凡一年，工告成。自殿庭及廡、及門、及屏，递相標揭木巧之飾，層欒浮柱，瓴翔榱翬，堿平闔扇，文墫雕臒，啓庠側出，戟門兩張，櫺星東西，增樹雙闕，翼翼延延。揆之以日，將妥神告虔，駿奔其中，而先爲飾石，用誌其初終，以備載事。

《春秋傳》曰：「鄭人游于學，而可以議執政之善否。」夫執政善否，何與于學？顧吾聞之漢文翁時，私置學宫于成都市中，此非遵漢令也。宋胡瑗自爲齋舍，時亦未經行文正之議。建郡縣學，而兩公倡爲之，而朝廷方且下其式于郡與縣，至著爲令。今學宫之立雖準前代，終以天下初定，未遑修舉。故一旦有廢，博士不必白于師，師氏不必以諮于邑長，邑長不必告于臺，臺使者亦不必以聞之朝廷。而邑長以下乃不憚咨嗟成之，上不耗國，下不朘民，斯已難矣。況興廢所時有也。古不云乎：「論堂有廷，接于圃草。」三館之門猶之論堂，曾不踰年而休復如故。獨不聞學耶，進修之業，勿綢而弛；振起之功，不植將落。嚮之增修者，則日新之資也；今之創興者，則震動之藉也。然則優游之未可爲功，而風雨之反不足爲厲也。繼此可觀矣。殿南面淮水，前當南城之龍門，唐列樹栢四，北負湖。舊有明倫堂五間，尊經閣三間，倉厫、射圃、齋房各三間，敬一亭三間，皆久廢未復，在殿後，以俟後之繼此者。

蕭山毛甡爲文曰：

翳惟三代，首建學宫。九房八闥，逮之男邦。大昕入奏，先師是崇。漢唐而暨，惟尼山宗。震此發蒙振瞀，如日之瞳。報諸祼瓚，饗之鐘鏞。諸生以時，習禮其中。日月既積，風雨攸降。既勤拔梁木，漂于湍瀧。誰其興之？長贊之功。又誰成之？師儒以共。鴻材博植，以匠以工。周擢，乃資垣墉。櫨丹桷赤，山雕木礱。翠錢結牖，黄金爲釭。堯文禹樂，顔和曾恭。九筵七筵，周衺有容。長吏以逮，束修其躬。諸生奕奕，將爲蛟龍。朱干可執，蒼琚可攻。布之後來，以昭明臨。❶

洞神宫記

會稽馮經以制舉争雄齊郡者二十年，不得志也，去而游嵩洛。其同邑章貞者謫滎陽，貽予書曰：「有仙源君來，將以洞神宫屬子爲文。」予未審仙源君者何人也，既而知爲經。念經居齊郡者久，嘗七

❶「明臨」，四庫本作「無窮」。

登岱矣，或者天孫之區足以棲神，覆其壇而宮之。經曰：「不然。會稽山者，東南之福地也。昔者大禹藏會計之圖，謂之『苗龍』。而周職方氏以楊州之鎮封于其山，此其山有神。山之前曰鑪峰，其傍曰陽明洞，折而宛衍有泉渻然。洞，神之所基也。」

余怪經以制舉争雄，將出其文章以馳騁天下。而忽爲是蹈虚蹠遠之舉，是必有説。而經曰：「吾嘗觀趵突泉矣，趵突泉者，齊郡七十二泉之一泉也。其上祠吕仙，吕仙者，純陽也，世恒禱而夢卜焉。予方潔躬告于掌夢。當是時，將欲急見其文于當世，而以不即見決所趣也。有物挾而奔掠之，瀾汗四顧，瀸瀸然若匒匌而鼓作焉者，其勢㶑湱，聞如驚雷。驟見神人于連延之坪而舍之，語之新訣，命棄其故，于是急變其名字而許以身，從今所稱『仙源』是也。」

夫游物外者，輕去其鄉。仙源以出應制科遨遊青齊者二十年，一旦以失志之故，游心翀舉，乃反趣還之故山之麓，而重與之謀息陰撰辰之所，倘所稱歸來，何期與物終始，非耶？然則予之好遠遊而誦《涉江》，聞仙源之言而後感可知也。

宮在鎮宮左，禹井之陰。祕殿横崖凌臺而張，枌栱奕奕，鏤其英而追其華，瑶壇墳然，樹以芳草。旁有丹竈，將俟燔鍊貌仙于其中，以報其所夢，題之曰「洞神」，仙源者從之。然予聞仙源又言：「嘗從少室還，遇苾蒭于道，授之丹經。」私臆苾蒭者，仙所幻也，則似仙亦所在有之，無定所。若月日。

山陰上方山長生庵碑記

長生庵者，在山陰上方山之麓，比丘尼慈修之所創也。尼故名家子，年十八而亡其雄，又無嗣也。家以其無嗣謀奪之，不可，鍵室辟纑者凡八年。一日，忽哭辭其栗，自翦首髮，偏體弛足而矢爲尼。或問之，曰：「吾痛我生也。」然義無入他阿藍理，又其勢不得復家處，因出所辟纑，嬴錢搆一椽居。當是時，其家之欲奪其志者則稍息焉。又十年，尼乃言曰：「吾生十七年，事人一年，辟纑者八年，尼十年，合三十六年，吾生亦長矣。」乃就所搆居廓而大之，堊壁塗杝，稍稍翦闢，養佛母其中，傍築一楹棲其身，前後厨房、圊舍、圃場、林麓各有差，名「長生庵」。乃遣女奴越百里，介其所戚，踵西河之門，而請爲記。且曰：「凡所爲記，將以墐夫人之欲虐之而奪之者也。」

吾聞尼故名家子也，所歸又名族。夫以名家之子歸名族爲婦，宜無所樂乎爲尼。然且爲尼無厭心，是豈花氏之城果可悟道，空明在前，則女身得度乎？良以禪定而心一，則心不奪；尼定而志一，則志不奪。然則尼惟無所奪，以有此生也。且尼所生亦幸耳，以十八年未死之嫠，又十八年而不意其尚未死也。則自今以後，亦嘗如此十八年中已耳。彼釋氏之教，必極無生而後乃至于生生，尼非其人乎。且夫生之爲言姓也，爲所生者即爲之姓，尼且無姓矣。《阿含經》云：「四河入海無復河名，四姓入釋乃無姓氏。」夫以尼故名家子，又名家婦，而至所至以尼名，歷三十六年所生之久，而終不得以存其姓氏，則是尼之必無限於所生也。夫既無限于所生，而凡有姓者又安得挾所生而非干之矣。乃爲記，記曰：

翳碧麓，開金田。有遺嫠，爲女禪。飯黄蘗，栖紅蓮。憑未亡，留餘年。以短景，當長生。生如何，惟永貞。

讀畫樓藏畫記

好文必好畫，畫猶文也。司馬子長稱寫生家，而長卿《子虛》直欲以何有之人摹意爲賦，此非畫乎？顧好畫不甚耳。

今之好畫之甚者曰周先生。先生積心好畫者凡若干年。持購走四方，其有善畫者招來之，海内無遺畫者，汗牛而充車，歲得若干箱，箱得若干梱。易歲則損其與心迕者若干，乃爲之甲乙，或降若干乙、升若干甲。于是裝潢成帙，凡若干帙。其未成帙者若干紙、若干絹。其善畫有名，自隆、萬以後到今若干年，合得若干人。或其無畫名而能文，爲薦紳大夫、爲隱君子，願爲先生偶然畫入妙者若干。所畫山川、雲物、人馬、花樹、竹石、鳥禽、虫魚以逮吹噓榮落、冬春凄皎之若有若無者若干境。其爲倣古、爲摹舊，爲唐、爲宋元，爲倪、黄，爲荆關、董巨，爲范寬、李成、夏珪、馬遠，爲文待詔，爲董宗伯，爲法若干，爲規模若干。而凡題之者，或楷或行，或鉅若指，或細若毫毛，或填上下方，或書左右，或詩歌記序，或藻品，又凡若干則，則若干字。合并而藏之一樓，名「讀畫樓」，畫猶文也，先生曰：「吾以文爲畫而讀名焉。」

戊申秋，予從江上謁先生，先生出畫册命讀。予讀之，栩然若游板桐焉，翼翼然若翺翔于廖天而徘徊于九環與十洲焉。予避人出走，所至名山水，間覽登之，然處壁中時多也。嚮使趙岐在壁中十年，得是畫讀之，其所著書，當不僅釋《孟子》七篇。而予也栖栖廡下，早得藏讀畫樓，讀先生畫册，必不至胸胃結轖、髮焦項槁、車曳其踵而豚圈其衣若今日者也。然則讀畫之感心蓋如是，其不可已也。或曰：「先生當蒙難時，出陳待詔畫凡若干幀貽之友人，乃爲兩題于其側，睠戀悲愴，如判所私者，如剜其肝腎、析其指爪，顧望痌痛而不能恝者。」夫先生之蒙難亦甚矣，虎跅于前，狼疐于後，❶舉赤肉而投之鑊湯之中，在彊無畏者，亦且瞻首顧末、傍徨躑躅之不暇，而先生獨沾沾焉留心于斡皴、渲染、丹堊、績黝之鎖屑而不之置，然則先生之爲文何如也。先生號櫟園，名亮工，大梁人，當世能文家之所推爲櫟下先生者也。所畫人冗冗不詳其名字。先生曰：「記之。」毛甡記。

息縣丞廳壁勒石記

予游息，聞息丞名，懷刺入縣門，求所謂丞廳事者，無有也。市之東，僦居喧卑，門僅容馬，馬首接于庭，不能旋。撤所憑桉，❷下饌饗賓。既而娛之以搏摘投擲之具，圜方雜遝，即又撤所下饌去。他日

❶「疐」，原作「疌」，據四庫本改。
❷「桉」，原作「按」，據四庫本改。

又過之，則不然，或移饌置榻前，揖讓飲食。他日又過之，則又不然，或拉登馬，遍飲諸名士往來家，日一易其處，如是者累月而罷。先是，丞本有廳事在縣堂東，歲久就圮。丞具狀願復向所謂廳事者，郡已下其狀，顧視諸帑藏無羸官錢，賦民錢又不可，遂寢其狀。會廷議析海澄軍由七閩以還，屯之汝南、南陽間，任地墾草，官給房與居，乃樹垣、椓杙、陶土、笵井。丞請爲監工，思欲以此時録其餘材，庶幾復廳事于舊址中，卒不可得。

庚戌秋，予再游汝南，息名士曹子鑄、王子復旦各遺書來請爲丞作廳事記，予喜曰：「丞已得復有廳事乎？是何月日？何藉而得有此？在何所？」則索其所復狀。越五日，復遺書曰：噫乎，是即向所謂撤桉下饌者也，即所謂恒徙食者也。今夫有道之長出而休于樹，此偶然耳。人之謂斯樹也者，一若爲之終居之，曰「此公舍也」。且夫人登山四顧，悄然傷于心，初非有擇乎其地，而後之望其山者，仰淚雨面，以爲此公之所游之山，況處其中有年乎。丞愛民也切，與民日嬉游于庭；慕士也篤，與士日吟諷于房；好賓客也摯，與賓客日飲饌于其中。而不可忘丞之德在心、丞之風流在此堂也。丞雖去，猶或將祠丞于此，而謂非丞之廳事不可也。且丞亦何事之有？向之丞無所不承，今之丞承糧而已；向之丞承糧而親糧，今之丞承糧而不親糧。然則丞至今日雖有廳，亦無聽事者。則即無廳事，而或謂之有廳事，寧或過乎，且將以此風乎後之有廳事者也。予曰然，請記之石，嵌于壁。

君夏姓，名聲，字廣秦，浙之東嘉人也。由司理左補爲今官，性好飲，工詩，所著有《前後蓮渚詩集》，曾攝令上蔡，上蔡人德之，爲勒石。

西河文集卷六十三

蕭山毛奇齡字僧開又春庄稿

碑　記二

越王峥創置寺田碑記

越王峥者，越王保棲會稽地也，其地在山陰東偏。元至正間，有甌兜禪師從錢唐來，其師雪庭授以橙，囑之曰：「當向月行。」既渡江，聞越峥名，曰：「師命我矣。」遂結茅于峥之巔，而遺其蜕焉。暨明萬曆十六年，鹽官鶯窠頂僧有寶峰者，與其徒慈舟開山伐石，架木而繚以周樊，爲精廬若干，前祠越王，而飾甌兜遺蜕于其中，且請《大藏》諸經，設寶坊弆之，而再傳而衰。會年飢，行僧過堂者日繁，而餐流啖栢，比之休糧。遠明禪師乃募諸檀那，創置寺田若干畝，補捨施之乏。夫化僧禮佛作大香，積慮成虛願。而儒家拒佛，則必以不耕而食爲伊蒲罪案，有如依山穡稙，事家人産，不必累攜鉼鉢，而福田常滿，則亦桑門檀海所共當世守者也。因于其衆請而誌之于石，其田畝字數與化主姓氏例列如左。

琴室勒石記

崧高多穴居者。土埴不石，鑿土而横穿之，宛轉連空，如堂如房，就其横際而竅以光明，俗名「土竈」是也。顧其傍，不藉瓴甓，崖覆土薄，裁尺許耳。上有鋤植，而下無榱承，居之者鮮疵癘焉。崇禎壬午，土賊李濟宇拒闖于洛，據少室南名「御寨」者，而誘殺少室僧，遍發崧高左右冢宅，遂于同泰北發得二穴，相連如環，中無祕器，表裏側折，合以埏門，門石刻「琴室」二字，然實無琴也。相傳賊于室中得銅盎二，一實開元天寶銅錢五枚，而一貯淺水，撓之無物，遽捨之去。康熙四年，潁川戴尊師經久居崧陽，得是穴而移就之，傍啓一牖，以當長松，引小水到門，設几闞竈，斲二石琴藏其中。予游少室，遇尊師于少林後院，因邀予過室，使誌其事。予讀《水經注》，載潁上葛陵北有楚王瑟城，瑟者琴也，楚人謂冢爲琴，而六安大冢舊名「公琴」，即臯陶冢也。則意室之名爲琴，或室本近冢，如古者墓樓者與？抑亦有象于冢者而爲之名也？經曰：「夫既名琴，則因而藏琴，何過焉？」乃命經鼓琴，牲爲詞。詞曰：

穴乎吟者，有石其音。泠泠乎翳，戴逵之琴。

埂頭茶亭勒石記

會稽二十八都曰「埂頭」，剡川路經焉。崇禎間，商君周嗣創茶亭路傍，樊以竹埸，延僧日濩茶其中，以餉行人。乃商君以國事死也，人哀商君之死，且悲亭之廢，思興是亭。而亭址故版，藏之商君之僚壻傅氏者越二十年。今商君之配胡願續前志，遂謀諸女弟，仍清故址，延僧人心空復爲構亭，而惟恐後來之有所侵也，請記之石。雖然，天下之能死國事好善如商君，其不忘前志，善成事，能遂施予如商君之配，其見其所遺，誰不思復，而其忍侵之？月日勒石。

志雪堂記

周子鉉讀書西村，名所居之堂曰「志雪堂」，實古今書史圖畫于其中。繚塍爲樊，間以立垣，椌虚延光，軒平接陰，沐檻移塵，積瓦飾漏。修鱗躍于池，候禽翔于山，時有新卉，停紅上下，四時雜植，沃緑若灑。于是周子相顧而嘆，且曰：「吾獨不得毛甡爲記耳。」會毛甡歸里，過飲于堂，中酒把筆若有所感。

昔者孔融《薦禰衡表》有云：「忠果正直，志懷霜雪。」夫以周子之質，粹然嚮道，何難以孔孟遺行砥礪其志。而乃因情標旨，僅同狂生，是豈韓公之堂，不廢醉白，諸葛未逢，且言微管哉！夫亦有所取也。生人之不潔也甚矣。洟涊被乎其形容，垢薉未涓諸行事，亦何物焉可以藉之爲溉汰者？吾聞謝生作《雪賦》，託枚叔爲歌詞，至謂「白羽」「白玉」無所比方，陰凝以霏，不昧其潔。韓愈赴裴尚書宴，座中指雪，忼愾獻詩，亦云：「自下何曾汙，比心明可燭。」然則天下惟雪之無所于累也，志此而已矣。周子方少年，席其門緒，其家之入承明掌綸綍者，方將策功良時，爲風爲雲，而周子翻是之志。或曰：

何幼則高尚自喜，不屑驃騎，然第五之名已遠矣。袁夏甫累世公輔，築室蔽體，而彭城之業藉以不墜。周子豈真與正平争好尚哉。」《雪賦》曰：「縱心浩然，何慮何營。」韓愈云：「隱匿瑕纇，增高未危。」志雪之謂也。

特旌誥贈湯母趙恭人崇祀祠記

予過睢陽，問昔所稱樂羊子妻遺跡，無有也。既而還江介，睢州湯斌以其母恭人崇祀事狀過示予，且屬予爲文。予讀而嘆曰：「嗟乎，何必樂羊矣！」

恭人姓趙氏，故明崇禎十五年三月二十二日，李自成陷睢州，恭人義不辱，死之。順治五年，睢人上其事，河南提學僉事李震成命知睢州事房星建祠于故居之東。十三年，其子斌由進士改翰林院庶吉士，授國史院檢討，遷陝西按察司副史，整飭潼關兵備，兼分巡關内道，贈恭人。十七年，巡按御史李粹然請于朝，建坊旌其門。是年，知睢州事戴斌以故祠湫隘，乃改今祠。

予昔過睢，睢人亦有言恭人死賊事者。賊入城，恭人絞衿房間，其族不諒者解之。入井，井燥。會賊大至，環而驅之，恭人叱咤不聽行，手捃什器提賊，且曰：「爲國之赤子而作賊乎？勿謂吾弱，爲鬼當健耳，吾見汝櫟絶矣。」賊大怒，遮迫以刃，遂事刃。方城未陷時，先二日，賊破開封之西華，破陳州，又破太康。太康去睢九十里。其子幼嘗從母學，夜作共爇脂讀。至是，遣從從父學城北。逮歸而城閉，父登陴哭，恭人擗而曰：「事在闔睫，不即爲姑謀，而爲是穉子哭乎！且賊所向城耳，去城必得免，此易解也。吾向者遣兒學城北，而不爲君子誦其意也。」撝之去之龍塘，而其子得免。及其既也，恭人乃立紉襁褟，促夫負其姑藏葦中，斂旨蓄爲鴟囊。葦蔽淺泄，度不能俱全，請夫奉姑，而己居留，好言辭姑，且謂賊勢方薦處，宜不久住，食三日糒可免也。後三日，賊徙寧陵去，果免。予聞是言，嘗謂恭人者是不獨能死也，乃亦賢有智者也。今讀其事狀，知恭人讀書通大義，由來舊矣。婁東吴偉業、容城孫奇逢各爲之傳，兹不具記，獨記其死節者。睢人又有言，當恭人之死，賊攻開封不能下，開封守者決河水灌賊，河大徙，洪流湯湯潰城郭廬舍，恭人殯堂汩于水。每歲禁日，其子號水傍，水興，陰雲寒雨四面來集，中有旦明，隨波澒濘，震怛晝夜。睢人逢是日闔户悽愴，比之罷社，其神如此。

康熙七年，蕭山毛甡感母事，再拜稽首而記以詩。其詩曰：

不見穀丘欒羊子，其妻養姑擷甘旨，一旦乃爲賊所死。予嘗過之雙淚流，欲弔其地悲無由，居人爲指今睢州。翰林有母曾死節，皎與欒羊比風烈，葵丘之石作碑碣。書其懿蹟螭首崇，勑賜建祠祠里東，年年寒食梨花紅。擔漿灑醴嘗恐後，當日睢陽潰流寇，隔城子母不相就。阿母入闈方雉經，救之出井智井平，賊至叱賊賊頓驚。長刀夾耳落如雪，濯錦池頭洗寒血，翰林呼親夜不輟。顧念在堂有嚴君，願爲穀養兼報恩，以此大節能上聞。只今予告湯翰林，曾使關内蕃嶺陰，拂衣歸省全初心。我思翰林不得見，忽遇江南汩如霰，自言母饑鬻釵鈿。獻姑修瀡私饜糠，滅燭授兒誦古章，中原苦兵先苦荒。遂使賢母成永訣，我聞此言亦流血，小人有親賢且哲。教兒不成走道路，日盼西陵舊墳墓，可憐孝子能自樹。爲親作祀祀孔林，哀思何必援鳴琴，不見睢州湯翰林。

徐徽之曰：末以詩代銘頌，宋文多有之。故詩亦故爲隤唐，與銘頌别，文之變化有法如此。

范督師祠記

范司馬以督師失事死于法。其中軍將軍左府都督同知陳君之驤瑩以木丹朱其名，私祠于家廟之别楹，感故恩也。

當督師之失事也，人怨其重衂展轉不復，于是有引兵鄉導、縱士焚鹵之謗。是不獨武德有揭、撫按有疏、給事吴履中輩有彈糾已也。特予嘗從吴祭酒飲，祭酒能言故國事，嘗謂督師才過中上，而僨于好用。當其戰界嶺也，憑城以确軍，纔數千耳，從臺頭左右環繞分截，勢更單瘠，而補苴抵掎，指撝馳驟，一似擁數萬軍者。暨開平之戰，縱軍横截，思東扞灤永，西保豐玉，遂以見卻，然猶能救敝。以鼓鐲爲縱止，礮石紛拏，縱止不亂。故莫府馳聞，尚有全疆勵師之敕。及其後衆寡相軋，殺傷過當，遂不支耳，要其心豈有他也。且天下未有兵食不給而可言轉戰者也。合烏爲募，既即駴散，車輜徒頓，難可言食。以虚枵之旅而輕承謾用，夸不自量，我知其壞也。且夫引兵鄉導者，即有之矣。斗入之師，一則遮之，一則距之，此節制也。遮爲當前，督范以之；距爲遏後，督趙以之。趙光忭也。天下又豈有當前而不爲之先焉者乎？名爲先人，實以自卻。然而先之者固官軍也，官軍所至，必開闉撤塹以待軍入，乃甫入而轢者至矣。城不逮闔，兵不逮走，官不得爲備，民不得爲守，倉皇轉引，所在迅埽，然則向之先之者，乃其所以爲導之者也。故德州之守，則武德兵備，雷演祚也。閉城不内，而城賴以全。然而武德之訟，遂有不能爲督師解者。蓋兵備登陴，伏弩中脅，環軍露宿，攖城而譁，則齮齕所由生矣。

嘗按督師爲民曹時，軍興饋餉，先後莫措，司農侯君侯恂也。急謀諸司，而督師無軍興之責，毅然身任，及其後卒以無失。暨其爲關内道也，修垣繕堡，著戰守攻拒之策，且屯田疏渠，廣任地力。至鎮城兵譟，則宣示威信，令攝之去。則是督師非妄爲而好僨事者，卒之以敢爲而遇難爲，以赴事而致隕事，一經喪師，殺身以報。將軍之祠，毋亦有痌心于其間與？督師善駕馭，凡所爲用，輒能盡其才以收其效，故一往知感。將軍入嶺表，身禦炮火，爇其半身，半尚無恙。

順治七年八月日，刱督師祠，并祠督師標諸將舊死事者：左將軍李君輔明，癸未九月，前屯失陷，戰殁；前將軍黄君斐，以南京總督疏調備邊，乙酉六月殉九江難；監記軍前兵部職方郎中蘇君觀生，丙戌，死粤中。乃爲之記，記曰：

事有得喪，功有成敗。勢不可爲，死亦何害。李廣責簿，亞夫縲紲。死鬬死辯，總爲執節。裨將散立，偏校嗣起。龍頷燀渠，合騎陟軹。三仁一心，死即不同，彼殪駿者，乃真鬼雄。

觀音閣種柳記

汝南城南有觀音閣，故明崇莊王奉敕之所建也。閣前曰南湖，湖坦而抱閣之凸出者，如璧之環好。下有龍潭通汝流，而陰爲坊以閼之。相傳莊王曾禱雨于潭，見好女者屣波來，故建閣。或曰：不獨閣也，當莊王建閣時，在嘉靖二十四年，其時太平久，争以奢靡相矜誇，亦既奉敕建閣，厰博閎麗。而莊王世子于萬曆甲申歲重爲請敕，得太皇太后懿旨，增恢阿藍，頒賚金銅器物并珠旛畫像等，周羅其中。其前後宫臺房廡之擁衛，與夫桫欏菩提之環樹者，曾不止是閣已也。而迄于今，唯是閣巋然獨存。

北平雪公自南嶽來，卓錫于閣中，朝夕披衣從閣觀。凡所爲高明之象，遠與天併，游波間呈，茭菁被水，其諸流怡者無過也。而特四顧拔起，兀焉軒峙于層臺之上，朝陽薄其東，夕陽薄其西，神明蔭樾，于斯減焉。閣東西有廣畮若干，幅員周折，緑塘爲坪，曩時雜植之所棲也。雪公曰：「吾將被以柳。」乃咒萬黍，結萬人緣，每人施一柳，合萬人而萬柳成。彌望曖䨴，混水漂碧，高不踰閣，而芊眠于蒙蔓之野，新飈微曳，柔條毿毿，遥山帶映，遞相變色，含暉浮彩，以鬱雲氣，盼睞之間，飊然凌物。遂練良日，邀予與客登閣啜茗，坐而樂之。雪公曰：「客亦知予種柳之説哉？」客曰：「以柳之易長而易爲凉也。」予曰：「不然，柳者留也，析其揚而留其莖，遠不翳目，近可衛足也。夫遠不翳目則眺踈，近可衛足則臺不孤。」而雪公曰：「豈爲是與？客亦知莊王之建閣者乎？方莊王之禱于潭也，旱方蟲蟲，見屣波女，疑爲神降，許覆以楝，雨滂于陂。既夢丈夫，惡其忘之，首冑而杵，責王所許。于是建閣，而閣有神。夫神之所應王者，雨也；其所垂者，潤也。執柳而灑之，可以潤物，是故種柳以爲髣髴。況夫覽河柳之豐茂，既蕭槮以奮揚；緬人情之感舊，乃于焉而增傷。廓落崇臺之步，思麗藍之故處，吾見攀條者之多延佇也。」記曰：

惟此有取，以勿折此柳。

陸藎思評曰：風華流奕，雜叙雜議，六朝詩藻，西京賦情，兼而有之，嘗欲覛柳州一記頡頏之，不可得也。

又曰：不□橅八家，故是善爲八家者。

郡太守平賊碑記此崇禎末西河爲王使君所作碑記，今有竊移其詞爲他碑者，故不載使君姓氏，文亦與舊稍異。

浙之東藩，披江帶海，負山以𡑞。饑年之後，民多逋逃。既逋于江，復援于山，移剽江濱，潛以山蔽，顛越所至，爰貿兵鐵。太守憂之，乃舉前古版甲之令、團練之法。會東浙苦旱，自永興達鄞四百餘里，河竭以路，苗草燒熱，荒萌乘之，稂竊蔓附，遂日以大。案之太守之職，惟典治民，此秦制也。晉永嘉中，東南郡守皆稱將軍，後加持節，節諸軍事。而今不然，太守論課勸功已矣。外臺分守，建置旗鼓，稍假節制，太守不與焉。

時太守以攝理分守寧紹台道，可兼領武冠，用統軍行。于是公曰：「此邦恢恢，左轂于會，良民秀疆，何使逋厲。」乃具告警狀，上之大中丞，大中丞即檄之分守，且遣中軍裨將等令與公會，公拜檄行。若日禡馬。若日案沈村。又若日絶中嶺，踵軍漁山。又若日踰大塢。初，賊伏沈村以下，聞官兵來，走曁。若日，敺至曁。乃分三隊蹈陶姚，公冑夜行。天明，賊以五隊來，公先衆殺之，遁。是時，曁地皆先受公命團練，遂遣團練追捕，鹵僞監軍等。若日斬飛虎大將軍等。若日躡漁裏。若日中軍等會大橋。時暨之團練又捕鹵僞先鋒等。又若日而山陰西鄉復偵錢清江，賊大來，蓋賊之枝遁，而荒萌之乘而和之者也，若日復度錢清江。又若日返臨浦。乃遣前軍守備把總等歷駱家沙與中軍會而捕賊，燒其砦，轢其關門，蹈其滾石擂木，若日鹵僞左軍都督等。

自若日至若日凡四十四日，鹵僞監軍一、左軍都督一、先鋒一、兵三百六十二；陣斬僞飛虎大將軍一、總兵官二、首級六十四；獲大將軍印一、馬五、驢十、牛羊豕五百八十、犬三、大旗六、令旗九、藤牌十七、弓二十、箭千六百一十五、長鎗五十七、刀七百、子炮十三、眼鎗二、馬釵、鑞釵、鐵釵、苗鎗等共十四、黄蓋一；燒砦二；降僞中營總兵官等百四十，賊平。

先是，公行時，父老皆攀援曰：「公毋往。」及其旋也，而父老讙呼，且有逆拜于郊者，齊曰：「非公領武冠，焉至此？」或曰：「公返臨浦時，降者日至，公悉遣歸里，間有願留者，始籍記之。」又曰：「公敏于行略，方賊之敗螺山也，次日，公謂中軍曰：『徐家閘，賊歸路也，盍守之乎。』及其既也，則果有賊從閘來，其略如此。」若日，郡屬吏并諸父老請爲碑記之，繫之以頌，其辭曰：

越之瀕海，徹海于山，是芽山蘖。況今三江，與五湖關，具區壤接。古魏都會，宜以苟良，爲魏太守。浙東熊熊，誰其能疆，稱諸郡首。郡公之來，既餘仁教，又修禮樂。蠢兹小盜，何能鷙鷔，復用如昨。銅虎符五，竹箭五枝，時刺史職。何幸九伯，攝是總師，布司隸檄。天假我公，釋耑袪悍，并畀外臺。我公慨然，神武乾健，真撥亂才。曩者渤海，亦遺寇盜，賣刀買犢。賢哉太守，少卿之教，比及蕭育。治其南郡，受策殿中，盜用絶跡。何必涼州，畏見我公，然後喙息。漁山之傍，雞嶺之下，會食以進。挾絮相温，傾醪相瀉，士卒亮信。蒙霧戴月，身先甲盾，誰敢或後。兼裨經術，保甲是問，鄉練壯茂。三旬之餘，無用逆命，此公之德。愚民投戈，遜視邇聽，半藉來格。殺伐立威，太守之武，襁負争趨。太守之仁，願受安撫，相顧而嘘。寧忍棄置，誅其不伏，赦其歸降。是以克勝，拔諸渠毒，餘者散亡。昔公初行，父老愛戀，祝公有濟。今公之旋，子婦歡嘆，助公樂凱。公功在史，銘厥旂常，升爾廟坐。惟是微文，聊布土方，以告來者。

西河文集卷六十四

蕭山毛奇齡字僧開行十九稿

碑　記三

新建東來禪院碑記

城東便飲庵，不知刱于何時。相傳明萬曆間，結團瓢路傍，覆路以茨，而施飲其中，其後稍門焉，而爲之堂，易茨用瓦，作亭桓三間，内祠武安，今俗稱「關王廟」者，蓋其舊也。桑門慈公自六歲薙染，即已隨其度師蓮臺住持此庵，暨天啓乙丑，創觀音大殿于故祠之後，公實首募。逮崇禎建元之一十有三，而武安祠圮，則公改建之，公之繼蹟亦勞矣。

乃祠本北嚮，臨渠而衝。鼎革以後，官兵征海者絡繹蹴踏，梵井不潔。公乃割祠亭，堵以甃甓，轉觀音大殿，使負祠，别爲三重，南其門，由門而入，而地藏，而大雄，其一即觀音也。堂殿清肅，法象映曜，佐以廊廡、寮舍、井厨、樊圂之屬。自順治乙未爲大雄，至康熙癸卯而地藏殿成。猶憶創斯殿時，先君子太君早爲信施，而其後始合募也。乃落成之後，更名「禪院」，顔以「東來」。按初祖以東入中國稱西來矣，今院㭊于東，而其來有自，彼以西而來，則其所來者不在東與？且夫往來安有定也。公名某，字慈光，郡之餘姚人，精嚴戒行，嘗從法師受諸法，高坐演説。且勤于院事，自創建外，歷置常住田若干畝、燈油田若干畝、桑園、静室各一，其徒衆林立，皆有名號，是可銘。銘曰：

惟師繼蹟，實惟蓮臺。乃以東土，紹彼西來。祇園既啓，寶坊以開。開山者誰？尚其傳之。

重建隆興寺碑記

自漢明于東都門外㭊精舍以處摩騰，而世之爲伽藍因之。顧開山卓錫，多據勝地，而其後歷刼不毁。至有毁而旋興者，豈亦有神物持其間與？

隆興寺在金泉井東，去城西一里，負蕭山之麓，而前撫支渠。舊傳晉隆吉將軍所建，歷唐宋而元而明，興與廢互矣。然嘗考將軍無「隆吉」銜，而南陽隆姓至今不絶，則意將軍本氏隆，而以表寺者。乃其後更名「接待」，募田飯衆。而在宋乾道，且有力請于朝，使仍還舊額。則夫初事之難沫，豈待問哉！特寺廢于元，復興于明，其自至正以逮永樂，中間年歲相距不遠，而永樂以後，不知又廢于何時，而逡巡變易，漸至經數主而不之正也。

德師明然從婺州來，由西吴渡江，處于湘溪者數十年。既已，修復浄土西方諸院，巾幢相映，鐘鼓遞答，乃復慨然以隆興再興爲念。會其地爲丁氏别業，丁君大聲者，夙嗜苾蒭，且與師爲方外交，因師請次，遂盡捐故址，半爲信施，而師亦稍償以募金之半。順治十六年預訂信約，至康熙建元有六，度地立程，簡材陶辟，凡舊時亭檻細宲纖杙翳于荒埒者，概從徙置。而近城居民，獻力薦貨，稍稍應募。遂于無射之月，陳梁立棟，爰暨寶坊。自後院始工，由漸而前，衛之廊廡，且礲且沐，以潰于成。然後丁君手勒捨牘，付嬗不朽，大抵繚垣中外圃塲竹木皆爲寺有。則丁君履道之施，固不可忘，而師以繼蹟爲開山之業，非元度再來，未能肩也。

師初過別業，夜夢五丈夫者胄而前，交以所住，曰：「爲汝守若干年矣。」師猶豫，五丈夫曰：「此本公故居，而寧忘之耶？」後果如其言。師東陽人，八歲薙染，既長，歷參知識，文句蟬脱，自處尊勝。或欲授信拂，而師不受。其所度弟子多披伽黎，湘溪蛤庵，其一也。

記曰：

蕭山之麓，湘湖之濱。舊有招提，奕葉以湮。考其攸始，晉之將軍。紺城初建，蓮峰肇新。既更接待，漸就荆榛。何幸大師，重開祇園。因方丈地，竪不二門。青山白社，中還璇宫。雖其所守，不無鬼神；亦緣長者，有如珣琨。黄金布地，白象承輪。凡所繼蹟，等諸開山。歷劫有盡，弘功難泯。後嗣興者，視此碑存。

甘露亭施茶版記

佛家以布施爲功德，茶其一也。夫德貴相忘，一茶之餉，予者不見惠，受者不見感，然而心脾之沁莫過焉。望京門内舊有禪院，名「茶亭」，以檥舟去門近，路縮飲少。今則數里增一亭，臨江之亭所藉最亟，風雨昏暮，假以延憩，飲者尤衆。比丘清源既募以建亭，復發弘願，爲施茶募，冬湯夏水，相嬗不絶。夫醍醐甘露，稱爲至味，故《晉史》謂「甘露，仁澤也」，又名「天酒」。今一茶之餉，比之甘露，其澤溥矣。而善信以隨手成之，則是未央之降不足奇，而楊枝之灑爲已勞也。亭成，于諸當事大護，另有載石。此專記施茶姓氏，以次臚後，爲永永勸。某日記。

吴江宿蘆庵碑記

夫初地有二：一曰精舍，如祇園之布以黄金是也，若是者助衆居之。一曰浄居，如古德之賁飦于草茨是也，若是者自得者處之。松陵惺公少而落染，歷參諸方者二十年，既已浩然有得矣。乃好爲獨處，不欲受大鑒以來諸宗記莂，還歸北麻，結庵于皀水之南，一時善信共成之。始自乙未，終于己亥，迄于今又二十年矣。其間治絢飾墁，增團改標，滙畜水虫爲放生會，各有建制。而獨其命名有曰「宿蘆」，若類乎《蒹葭》之詠在中者。及詢其所自，則以公參諸方時，凡報恩、平陽各欲授公以信具，而平陽過金粟已示衣拂，公便遯去，故平陽贈公，拈舊案云「佛祖位中留不住，夜來依舊宿蘆花」，遂以名庵。則是公之爲古德而不必爲助衆，有若是也。夫比丘好修，非云自足。故入廛隨手，原欲以入世行出世之學，而公獨夷然去之若浼，一似甘心于草茨以守其所爲廣嚴家風者。夫同一出世，而自得之處，仍不同于助衆之出，則即一出世，而出處分焉。陸佃云：「蘆即葭也，高者爲蒹，宿蘆之避法，不猶之蒹葭之避世哉。」湘溪蛤公從麻來砥石索記，蛤公爲予言：「當公從楊山落染時，摩頂者五人，四受記莂，而公終堅不肯受。」公志可知矣。記曰：

誰謂道人，而有其家？吾爲之詠，《詩》之《蒹葭》。或曰不然，如彼玄沙。但持瓢笠，不着袈裟。焉知所處，南麻北麻。三間茅屋，一片蘆花。

崇祀何太守義愛祠版記

何公治郡之明年，民愛之，僉曰：「何公愛予，夫予所不得于天地父母者，而得之于公。」如潦之下澤，如徂暑之啓向，如勞者之就息于桓東林樾之間，渴之趨水，提抱者之于煦嫗，蟣蠓蠁螘之于靄然以滃。于是天有愆時，曰「公能回之」；人有不得意，曰「公能慰之」；國家兵刑甾祓、繇斂征剋、馬牛韭豉之日瀆于其境，曰「公實能捍衛而保護之」。會公遭大故，將去越。田父輟耒，工估罷市，肆女下機織，讀者散編摘而卻術序，爭趨督撫，號跣請留，自會城泝江，匍匐金衢戈戟之間。督撫憐之，簡古四制，獲門外之治，斷義以權。且郡方用兵，得倣三代弁冕服金革遺事，而公故辭之而不之受也。于是民愛益切，謀祀公義愛舊祠，貌公像而勒版其側。

夫爲民師率，無過守令，顧令親而守尊，故居高遠睞，俯而摘發，唯神采激越是尚。而從來吏治循良必推兩漢，以彼其時，凡英君偉輔盈廷卓犖，何難取爲吏，而矜張之而咨嗟獎勸，一則曰「長者」，再則曰「長者」哉！誠以吏在親民，慈惠者多功，而操切者寡要也。公治本至誠，其愛民一如己子，興實利去實害，剖悉情隱，煦煦然無訶斥擊斷，有懷匿弗得白，使緩上之。其引譬諄諄，惟恐傷民意，而丁寧告戒，即弗悟不忍遽絶。其愛民如此，此豈古之所稱「長者」非與？ 夫公實愛民，而民之愛之有何疑焉？ 若其臨大事，忼愾不回。其御彊兵鶩吏，必振掣不少借。下至會羨、緡算、城梁、館廨、郵置、坊築諸妄璅屑，必不容干以非分。以惠愛若此，嚴毅若彼，世所傳勸農、興學、簡訟、卹獄、戢兵、弭盜、招流、贖鹵、卻縑、辭肉，皆公之緒事，而非所記也。

按吾郡循吏自漢劉公後，在宋推范文正公，故祠名「義愛」，實愛祀二公，而民以爲義，今且得我公而參之。嘗嘆守令勒銘，多用民諛，而我聞在昔以閣臣二十人分典大郡，宜無所不得于民，而其後還閣，惟二人政績得記之石，然則貞珉之未易冒矣。公諱源濬，淮安人，由建寧府别乘入覲，值甌閩兵變，遂留京，改爲今官。嘗謂公曰：「覲君免亂，痛父去職，此忠孝兩全之道也。」今且驗其能得民。因爲頌，頌曰：

相彼錢江，曰惟祖榮。亦越清白，文正以名。於赫我公，遠用嗣興。若耶之水，倍爲清泠。涖郡無幾，愛如所生。耿純卻任，山公直情。銘勒有盡，義愛未央。庶幾永祀，以昭德馨。

曼倩曰：此文代余侍御作。西河代文不入稿，此獨存者，因何公好西河文，囑郡人曰：「倘有記事，須借西河爲之。」因郡人勒石，復有更易，故重用西河名，爲之勒版，而録入于此。且公之名蹟，不可無是文傳之耳。

重置掩骼公田碑記

宋元豐間，陳向以朝官爲開封界使者，請斥官地葬無主稽骸八萬餘具，每三千爲一坎，環以溝洫，什伍其坎而圖表之，畫地之一區，蓋寺貌佛，令住僧一人掌其籍，此即漏澤之制之所由昉也。今其制不行，而漏澤故址浸圮于佃，兵燹之餘，其爲暴露者多矣。

明崇禎間，郡南郊有擊竹庵，守者恒鑒白之道使者鄭公，爲掩骼會，大抵醵錢作社，集枯藏朽，而一時邦賢若都御史劉公、司農倪公、開府祁公、左庶子周公共成其事，而其後稍替也。今恒鑒弟子圓行愍先業之隳，募諸善信，遂合虞君咨牧、吳君飛羽、金君自昭、劉君孟雄、姜君汝臯輩，同爲信施，置公田如干畝，就城闉山麓，塈其坎而覆以龕。坎如干骨，地如干坎。歲給工役畚鍤，四向捃拾道路之不藏者，穴龕以下，畝鍾所息，出入惟記，如是有年。康熙甲寅，剡川上下山寇竊發，延燎不揃，遂至薄郭。時官兵驅殺，多所俘鹵，而城南居民有在鹵中者二十餘人。圓行傷之，嘆曰：「埋死與救生一也。」遽鬻田請贖。而是時驅殺之餘，血肉糜漫，然既鬻田去，知已無可如何。山陰何君調之爲鹽運司判官，算商于揚，圓行匄姜京兆書，持鉢竟往，謁君于真州，而告其事。君慨然予金如干，且握其手曰：「師當再來。」歸復置田如干畝，重爲掩骼，而請記之石。

昔都御史劉公爲京兆時，值崇禎初，畿輔方不戒于兵，督師崇煥敗績，洎罷而公瘞陣亡將士，自德勝、蘆溝諸處，埋骨三萬。蓋戰争之際，瘞掩尤亟，故後魏汲郡、賀蘭、荆州皆以戰鬭謀藏骨法。而宋汴多事，所由元豐之制，較詳于後來者也。今太平有年，而東南用兵遂已及此，此豈可視諸君之助爲細行而委之釋氏，而不一思復漏澤之制？某記。

修復福清禪院碑記

向予觀梅西溪時，已從徐氏莊直抵安樂，將欲過福清而不能也。或曰：「福清在安樂山之陰，右接永興，❶其地環九龍而負層崖，當西溪之勝，故游西溪者必過福清。」而其後從秦亭還，仍不一過。今年秋，周子子鉉攜西溪僧來謁予爲記，曰：「予方游福清，而福清院主介香城院主以記文請。」因詢其所遇及所知見，然後知福清之從來遠也。

按院創自唐貞觀建元，以「竹院」名。而僖宗中和間，有禪師性空者居之，改名「傳教」，種竹萬餘竿，遂爲勝場。歷傳至元、天曆，復暨殿堂于萬竹中，間以雜梅，一時游者多爲詩鐫其堂。逮明萬曆之末，則尚書陸公、太史馮公以及了凡袁先生、訒公嚴先生、德園虞先生輩共爲護持，虔請禪師桂峯駐錫其中，重開浄居，恢復舊業。而以師從天台來福庭，清涼與之相埒，遂易今名。若其竹則未知其與舊何等，而不謂數十年間之興廢已疊至也。

今律僧自慧偕其徒濟生竭蹶匄募，仍還故觀，凡殿堂、寮舍、趺蓮、承藻、魚鸁、鐘杵、巾盂、幢幕，

---

❶「右」，四庫本作「左」。

燦然一新，而梅花而竹仍獨擅西溪之勝。且其地四界，自兵火後，半爲有力者占佃，而師盡復之。夫佳山佳水，原足係人之流連，況儼然初地，歷唐、宋、元、明，累刼不毁，而又加之以十里之梅、萬竿之竹，當西溪之地之勝。向非慧公師弟力爲修復，其爲天下所懷思而不得見者，蓋不知凡幾也。然則師之功可少哉！吾他日乘興，尚當入西溪，重抵安樂，以窮其所謂福清之勝者，而記之以是。

傳是齋受業記

予避人時，以詩傳人間，人爭誦之，愛予者至爲予鏤板，使行遠。會七閩兵變，閩中造紙番者槽廠俱廢，板爲之枯，人之誦予詩，思得一印本傳觀，日貽牘走使，取索不應。

予友徐仲山曾得予印本藏之家，其女昭華者好之，請于父曰：「吾讀唐後詩不恰于心，獨是詩者惝然若有會，吾思以學之，而不知其爲何如人也？」父曰：「嗟乎，此吾友西河者也，其人窮于時，流離他方，吾方欲爲文招之。而若好其詩，他日歸，吾請爲若師。」女曰：「諾。」其後予歸里，而仲山貽予昭華詩，予讀其七絶，大驚，以爲吾向學唐人詩時，偶有得，庶幾類于是，今不能矣，而若人能之，吾不信閨閣中果有是。仲山曰：「是人已師子，故詩頗類子，而子翻未之知耶？且安見閨閣中必無是也？」未幾，越中果有疑昭華詩非己作者，聞于昭華，昭華怒，乞其父招予，請自試。予時以他往，不赴，貽試題二：一《擬劉孝標妹贈夫詩》，一《賦得拈花如自生》，則摘范靖妻詠步摇句也。時昭華未嘗爲古詩，學爲之，其製效原體，而下句妍婉與原詩埒，蓋昭華天才也。乃仲山復貽書曰：「以試題遥示，是豈吾父子意哉？夫閨閣亦人耳，少苟誦讀，與男兒何異？而必謂閨閣中當有僞，向使吾家無此女，將不得復張吾門緒乎哉！顧事有實然不可謾也，他日倘入郡，尚俟子過我，了此一案。」

又一年，予入郡，過傳是齋。傳是齋者，仲山尊人大司馬公所居齋，而司農倪公贈名者也。其上爲青未閣，昭華向居之，與其母商太傅女名景徽者曾爲《青未閣十景詩》，流傳人間。予嘗和其二，而未竟也。今齋與閣皆爲仲山著書處，而予過是齋，昭華出受業，謁予爲師。既罷，仲山復請試以詩。時予方就飲，甬東仇石濤在坐，會昭華爲其祖從母范郡丞夫人作畫幃，予喜其畫蝶，遂命題畫蝶五絶，而以坐有甬東客，限以東韻。語未絶而詩至，誦之，一座稱嘆，予喜而和之，且爲二絶句記其事。

夫天下閨閣多矣，貧寒者既鮮誦讀，而大家帷幙易于掩翳。且嬌稚好閦，自女師保傅外，鮮肯執學，即或執學，而非女齒卑幼與通家世好如予者，則亦不足爲女師。夫是以粉飾者多，而湮没者亦復不少。顧吾聞在昔，唯伏生之女以傳經爲晁家令師；而班氏居東觀，朝士各請受《漢書》閣下；衛夫人授王逸少書法；若韋氏宋母，則以絳幔授生徒封宣文君者。而閨中受業，千古未有。唯予以老大陋劣爲昭華師，然則予藉昭華以傳矣。昭華有夙悟，始寧山川，唯徐氏門閥代踵偉望，而昭華尤獨擅山川之秀。仲山曰：「昭華幼不喜針刺。及問名後，其家名族也。姑遣喻昭華習女紅，略習，輟去。暨歸，而小姑攜繡床令繡，曰：『不習也，無已，請小姑繡，吾學之可乎？』及成，以所學繡與小姑繡共呈其姑，令辨之，姑指昭華繡曰：『是最善。』」其慧如此。予暮齒無嗣，流離還里門，其詩文荒落不足傳。而昭華枉師予，昭華必有以傳予。若夫受業，則昭華已能詩多才，予敢有所加于昭華哉！昭華兄曼倩、外君駱子佳采皆侍予，執猶子禮。其所試數詩暨予詩已載別篇。

附《畫蝶詩》：蛺蝶翻飛去，翩韆綵筆中。雖然圖畫裏，渾似覓花叢。餘見《詩話》卷。

何使君九日龍山張別記

何使君以外計至去官，人之留之者，湛舟塞路，呼告于兩臺使君，兩臺使君憐之，許題請起復，而使君從甬東還走辭。過曹娥江，痛娥以弱女能殉父死，而身爲刺史，乃不能以終制去，慟哭，書哀詞一篇投之江，徒跣遂行。于是兩臺使君諭止之，隨例報憂。

先是，郡署有亭在龍山之顛，其亭當郡臺而敞，可四瞭，名曰「越望」，即唐時望海亭故址也。今傾廢有年，而使君方修復之，會九日將落成，僚佐咸集。而民之呼留不得者，請得于此日一見使君，作張別狀。時使君以候代，既爲位納弔後，尚棲郡署，乃應父老子弟請，慨然登亭，與之告別。自亭以下，每一坡置酒一盎，施以杓而佐之以蔬。時集者數萬人，蔽山填壑。使君拱手持盃，及脣而不釂。初與僚佐語建亭事，坐中嘈嘈，及從容言別，民皆翹首屏息，耳察蠮螉。已而慰勞父老子弟，争持盃再拜，呼聲遍山麓，及其既而各請垂訓，伏地流涕，至不能仰，山下遠近望見，皆太息，有泣去者。

予時以外邑不能赴，聞其事，輒恨以爲千百年無此事，而今偶有之，然又不得親見。越數日，而人之傳之者，藉藉若睹。夫人居平隴畝，比户相對，初亦不覺其可親，及其背而思之。即或偶然邂逅，相視嚄唶，未嘗有金錢相留遺、酒食相厭飫，而傾蓋而親。既久而相憶，又久而執手咨嗟，不能相別，即別而終其身記念，不能相忘者，比比也。況乎深上下之情，而浹肌膚之愛者哉！昔鄧攸去吴興，與父老子弟連舟並行，話别三日。而白傅去蘇與杭，則張之武丘之路、湖水之濱，其一時流連之情，皆形諸詠歌而見之記載。今吾郡太守與父老子弟相告别者，前有劉祖榮，今有何使君，然則龍山之張别，其可已哉。一錢之江與九日之亭爭先後矣。郡人士各有詩歌及賦序傳之，而屬予以記，因記。使君名源濬，即淮之梅莊先生，今治郡以慈，郡人又有稱何母者。

西河文集卷六十五

蕭山毛奇齡字僧彌又春庄稿

碑記四

重修雙關廟碑記

雙關廟在京城四并園南，祠漢壯侯前楹，而兩侯並席如聯璧。然相傳其一從城南來，丙夜據此，而城南之祠虚焉。其後三楹養大士像，則比丘尼静元者實爲之。静元，故前朝宫人。相傳萬曆間，當福邸出藩之際，有尚寢局掌設女官，送之城西，見道傍小女姣而皙，擲以金罌，遽抱之入宫，即静元也。其後隸坤寧答應凡若干年，而以嗣君清禁侍隨例番出，則捨飾養佛，庶幾宫人入道之遺焉。迄于今老矣，積向所賜金搆椽習誦，而猶懼爲勢所奪也。在昔，洛陽伽藍半屬尼寺，而何充以大家婦女祝髮者夥，因捨所居宅以安尼衆。今静元自飾所居，未嘗藉長安貴人爲之化主，而丈室自安，一巾一盂無與人事。然且上陽白髮，老入空門，即廬江捨宅，猶恐棲息之不足，而尚忍奪之。壯侯有神，神倍則呵護亦倍也。静元徒不住介隣嫗之有道者，稽首請書石，遂書此。月日。

紹興府太守今遷兵巡道許公見思碑記

守視古侯伯。而《周官》建侯，不越百里，郡所轄地，封堠壺檯，每千里而一闢，其間生牧教訓、錢貨獄市，歲會課甲乙，煩不能紀。況乎頒銅領節，凡當帥兵鎮團練所有事者，規模宏且遠矣。然讀《漢・循吏傳》，往稱吏米鹽靡密，得民驩心，故所去見思，何與？公守吾郡者滿一歲，察廉，爲寧紹兵巡副使，民思之，自郡逮各邑鄉官郵亭，爭勒石紀功德。而吾邑所標石，在西城之郛，因砥碓摩銳，屬載其事。

邑於郡爲八邑之衝，右翼全會，遮莽而負濕，軍興往來，所被最棘。公下車甫數月，會撤藩兵變，近郡之響答而影傳者，南闌甌江，東越句章、章安之間，烽火接海涘、導邑界，饑寒無厲，揭棘矜，青茆介襏，赤其腓而馳，所至蟻附螽擁，麾臂長嘯，漲山谷如毫毛。遂於鎮兵失利之次，追奔薄郡城，城閉。先是，公已戒閭左民徒户，設油燎、給木械，至是慰之，而戢鎮兵之以奔還者。城中估販無朝夕儲，穀驟貴，諸豪家乘急鬬其贏，民無所得食，皆張拳洶洶，公急捐帑藏賑民，民定。然圍者益急，門兵突出，如刀劃水，城端磩石逮盡，勢已無可如何。公登城諭之，皆呼曰：「吾良民也，官兵不禦寇而寇我，吾何爲哉？雖然，吾不忍負許公。許公子我，願得一見許公面，請死。」公露其頰于堞間，衆驚，諗曰：「公耶！」皆投刃，相顧泣曰：「安敢負公？」遽散去，而邑藉以安。既而會城兵大至貫邑，而東邑子婦走避者如鳥獸散。公發帑犒，遣乞毋驚民，而身請入山撫賊。賊見公至，皆曰：「無負公。」自山陰至諸暨至虞至嵊，占業若干，其以籍降者若干，而邑又藉以安。

迄于今，公辭郡事始矣。當甫辭事時，台衢用兵方未已，邑車騎徵發，以及軍儲餽餉、轉芻秣兵間，間關險阻，悉責之邑之里畝之民。公私驛騷。嘗解台餉至郡，恐勒里解，甘給解費，乞郡亭轉運，遂于餉額之外，羨輸若干。公立督解發，而還邑所羨，且著爲令，令勿以輸輓煩邑民。邑民受羨，散斗斛于衢，每給一户，輒大聲一頌公，至百千乃已。公嘗曰：「守所以子吾民也。吾嘗乘高車，訶途而驅，施施坐政事堂。而傴僂偃伏、鳩形而鵠面者，皆子姓也。今有子姓饑餒，或衣帔藍裂，出不耀于人，長者輒引爲己羞。況弄干戈、蹈不測，彼豈嘗甘爲之哉？而身爲長吏，而不急爲之救拯，子民之謂何？且政務闊略，第去其已甚。而至于爲民之際，雖一絲一粟，必得使鄉部書言可爲之區處而後可已。曾見長者治家，不爲子姓計纖微者乎？況積微轉成鉅也。」故其爲政類如此。

公賦性恬澹，而見事最敏，因閒于治理，嘗手植桃李郡署彌山被畝間，造一小舟，載書其中，每行部，則卧舟以行。嘗至蘭亭，慨然思右軍故跡，修其亭去。

公名弘勳，由世爵恩蔭爲今官，今現遷副使。當公遷時，督撫嘉公能，請遷行間副使以覘其功，民聞之，争渡江乞留。自親王、部堂、督撫以下，各匍匐入呼曰：「願還許公。」親王以下皆動心，因仍留寧紹兵巡以慰民志。雖所去，見思如未去者。毛甡爲記。記曰：

見公之碣，以知公之事，亦惟民思之，以至于是。

兩浙開府中丞陳公轉運碑記

兩浙開府中丞陳公，由藩方特簡加授節鉞，不數月稱治。夫開府之制，合治兵民，而其後督理軍、撫理民也。今則東南用兵，天子重撫，任使統軍，容顓誅殺，一復古節鉞舊事。于是公得便宜置開府僚屬，招募壯勇，刺以爲廂軍，遂設行幕，樹六纛于兩牙之間，論者謂安撫之尊加于九牧，公寔始之。

乃公則有以撫軍爲撫民者。自夫諸道驃兵咸集斯會，白晝張弓刀行掠入市，或挺劍欙撞門，剽私室蓋藏。公令捕至，遽戎服立表下，各以軍法狥諸道軍，諸道軍咸慴去。由是檄金嚴流移，諭使來附。修城堡，穀繕甲械，作攻守法，凡門下諸生有能言扞衛事者，禮之。一切硝炭，莝棧，筋膠，芻束，勿煩估辦。且密廉行間有陣鹵僮婦，悉贖之以給主者。公之撫治如是也。

獨是諸道安撫與諸路轉運，相爲表裏，曩時軍興往來，特重糧道。而唐宋以後，未免以用兵稍劇，別設諸路轉運，而于兵行之處，則更置都部隨軍諸使，然要之皆在官也。今台州兵餉分委各郡，而郡人轉輸，有運米一石而給運至十餘金者，有七八金者，且有斃于礮石、死于險阻者。古稱粟行三百里，則國無一年之粟。而漢武輓輸，動至萬人，率十餘鐘致一石。以今觀昔，得毋有同情者與！乃公勤官解，不令擾民，至有私派里役者，嚴爲檄禁，且給買平值，分別水陸，以限僱運，大揭榜示于郡縣，俾絕其壓派里役、給買失值、强勒長僱、蒙上剥下之弊，是何恤民已至與！父老苦兵久矣，累卵之勢不摇而傾，況縮徒負輦，衆有慼色，能如是之概以官，而民力緩。然則轉運祇一端，而其爲治者且十百也。

公名某，由恩選起家，歷任大使。爲今官，嘗舉尤異。廷賜袍帽以嘉其功，今復考第一。爰爲頌，頌曰：

惟公授鉞，控制雄關。開牙建纛，在吴越間。平輯百辟，俯循諸蠻。分寄在閫，就拜于壇。啓兹幢幕，總其師干。神旆鶡羽，琱戈虎鞶。編蒲藉民，仗節詰奸。亦越陽九，章安兵起。賴公常武，鎮斯浙水。馳鶻伺敵，秣馬厲士。諸道響應，爰集其所。戢兵用威，馭衆以禮。其惠愛民，逾于父母。至若師行，首重督餫。三軍負鐎，千里餽餕。曩者輓輸，使有常分。中都給粟，外鄙行陣。是以元凱，引漕于晉。河内軍需，責在寇恂。今則輸發，下于諸郡。但僱官夫，不擾民畯。費無畝鐘，饑鮮道殣。舟車連營，徒輦繩峻。猶懼下吏，蒙昧不問。飭諸鄉亭，榜示以徇。憶昔羊怙，開藩襄陽。衆爲立碑，峴山之岡。望者涕泣，觀而徬徨。唐有行儉，鎮之西荒。將吏勒石，于碎葉傍。君曰文武，民是乂康。我公嗣興，與之相望。礱堅抵鋭，民志乃章。庶其拭之，思公之功。

張推官勒石記

自昔推官之建，理軍事也。今即官以刑，雖稱佐獄，猶專官焉。紹興，衝壤也，民之良者與莠頑雜居，加之甌越用兵，獄市四起。張君自中州來，興剔利弊，達幽散滯，嚴出入之科，苞苴者不得行，請謁無自，甫期年而獄市息。人皆曰：「張君哉！張君哉！」又曰：「張乎出我以生乎，吾氏張矣。」又曰：「人亦會有遇耳，吾獨不得。當今日而覯祥刑之治乎，君不見張君哉。」于是父老感激，謀勒之石。夫是石也，尋丈耳，使以紀君之功耶，則煩不勝紀也。且君之隱德，能名言乎。使汎爲誦耶，則又未可厭父老情也。吾乃舉其略，爲父老告。

夫推官非第諸州察推也，以内臺刑讞寄之外臺，而外臺又寄之諸郡推官，是推官臺史也。是故以爲省讞，則爲臺使者慎庶獄也；其在郡，則爲小民撤冤情也。然而民情之冤，孰有如誣命者耶？殺人抵命，律也。而越俗善誣，謂之誣命。誣者，始用檄，繼用蔓。檄者，決也，決則情棘而驚決以起；蔓，慢也，慢則緩結證而延縲以致于斃。夫以刑官之尊，而又加之臺臬之嚴重，緩急相煎，烈濡等也。君則拯檄以緩，陰鞫其真，而不急予之勘驗；其救蔓也，即以檄，或抵或坐，片言折焉，無使滋蔓，而誣詐者以屏焉。何其能乎！且夫刑之逮人，或名勾提，其法用殷著者主之，爲勾頭而從以無厲，伺事之鉅細，而夤諸吏，所以買勾。然且一提出而無厲諸勾從之，以薰、以灑、以詬、以慰，每下縣，而縣之添勾者，搆其間設科圈錢，曰見面、曰常例、曰船飯、曰偏手，故理刑爪士酷于虎衛，而越爲尤甚。君易以勾牒，緩名風，而急名雷，編紙而飛提，即不能，而第責之縣之上，不親勾也，又其能也。獄訟非一方也，裹糧候讞，荒其耨，弛其估，任胥之利便，而先後庚甲，尅簿不必理，懸版不必序。君則隨訟而隨以讞之，庭無宿版，案無宿簿，又其能也。

獄訟當已讞已得生矣。然讞必有刑，刑必有贖，是雖數鍰以上，必囚縶以候于盡。夫獄吏之尊，可攖乎？罪止金作無死法，而得死刑，冤與？君則輕者捐鍰，重者押外，且有立起解赴者。未也，追賕之根株而無以給也，擇犯者所親可代償者而脅以抵之，枝其所枝，乇其所乇，君每斥不行。未也，夫察推爲外臺行察，察郡中豪彊爲厲者而上之臺，臺未嘗鞫得其情也，法之已原其初，即察推亦未嘗果行察也，胥以爲察之。已懦也而彊之，多藏也而目爲得罪，人情乎？而君輒禁之。未也，臺讞駁覈動輒再三，奸胥藉之以爲利，而請謁所至，兼有朝定而晡更者，已讞也驟而覆讞，求其剛正不阿，守成而不詘，難矣。而君每讞定，屹如山立，雖百參駁，不少動。

夫息奸誣，知也；慎行察，仁也；戢役胥，勇也；減贖鍰，撤監候，惠也；速結讞，絶株累，斷更反，明也，又武也。既仁又知，既知又勇，既知仁且勇，而又進之明與惠與武，君足傳矣。君名某，由進士起家爲今官。

神告記

康熙十六年三月，安西估魏丙貿卉布上海市中，夜就旅，主人宿醉卧，風雨大作，失橐所藏金三百兩盡。先是，旅主人俞甲相橐金估布料其數，而以他事入鄉，屬其季俞乙守舍。至是，捕驗賊不以穴入而以門出，謂乙盜金。乙不知所爲，經于梁，出舌，力救得甦。

上海令任君素善讞，至是疑之。方庭鞫時，卧一垂死人篋間，刑無所施。而估失金盡，哀號有如窮猿。獨念此二人者，生與死未可知，然且必根株其人，掠肌膚、析骨肉以求實。即得實，而推求之下，所傷已多，萬一不得，則自今以往，其爲無何而受害者，將不止二人也。踟躕久之，命舁去。獨詣城隍廟，禱于神，請以實告。而留捕隨往者，使待命于神寢宮。俗神祠得置寢宮殿後，羅列帷幔、榑椸、巾盂、屏几，如生而虛其位。時十九日，捕夢伏寢宮下，私念此位中當得神至，而久不至。少選，有幼婦出，呼曰：「神已詣縣去矣，留衣賜汝。」遂右手抱細女，左手挈衣與之。及接視，則裙襴也。歸以告君。君是夜亦夢神，幞頭緋衣，前戟手，云：「已得賊，而君未知耶？」其云「神詣縣」者，正以神來告是語也。質明則估又入報，夜分時，賊已還金一百兩，投旅舍去。君是時方疑乙慮罪，或姑還金。至得捕語，則俯首再三，仰而曰：「夫賜衣而得裙襴，則非衣也。非衣者，裴也。豈有裴姓其人者耶？」捕叩頭曰：「似也，閭左有裴愛，無厲，不事家人產，其人僦旅舍傍，而得出入于其舍，即欲得裴姓，此當是。」君曰：「然。然則其抱細女者，抑可知矣。夫細女，愛女耳。吾聞納音之數，陽姓從左。今左非衣而右愛女，其爲裴愛，無可疑者。雖然，吾懼以私臆入人罪。」使蹤跡之，無實。復命捕詣神，再候命。既則捕復夢伏寢宮下，見一吏呼曰：「神至矣。」至則實其所虛位。已而復入，見前婦出，持敗褌與捕，而以米筐遺少僕隨老僕攜去。乃復告所夢于君，君曰：「是已。仍與褌者，果非衣也；敗者，已露也；米則八十有八。禮，凡出，老者先之，今少者繼出，意者賊當敗，續出金八十八兩。」遂收裴拷之，得實。其狀云：「風雨夜，先入舍，匿，盜金。至十九日，夢神勅還金，因先投舍金一百兩。今續存八十八兩在泮中，餘各有所。」遂泅泮，得金，定招伏，而追給餘金所未全者。

邑人張錫懌曰：「《晉史》載成都令察奸如神，唐順陽劉君神于摘發，而李果宰洛陽，獨曰『古今正人能達鬼神』，則又何與？ 君秉性正直，往合神聽，且誠于格禱，祇以一念好生之隱，委曲求實，致鬼神聰明，亦委曲覈實以告之。 若其解斷明晳，能抉《周官》掌夢之祕。 雖君實多學，然亦君清潔寡嗜慾，神啓其智，有如是也。」當君初涖時，爲七月二十五日。 越三日，而火燔民居，是日，大風作，燎如揚箕。 君竊念：「甫下車而菑及吾民，豈吾實不德耶？」徒步拜火所，泥啣于衣。 時正焚輪間，風不息而火息。 嗟乎，神已！ 君名辰旦，字待庵，蕭山人，由丁未進士爲今官。

蔡大敬曰：待庵有異政，不減古中牟、廣昌諸君。 西河嘗稱：「近同志就仕者，惟待庵不負所學。」非謾詞也。 張弘軒刺史爲其邑文獻，故其文曾署弘軒名行世，然與代作有別，因録存之。

觀音庵送子記

上海城南有觀音庵，邑人祈子處也。 朱公子簪原曾禱庵，歸夢丈夫子冠裾來前。 生一子，慧甚，易朞而死。 復過禱，則夢甲士排户入，擁一兒至，曰：「送官哥來。」及見，則前兒也。 既而果有娠，將彌矣。

丁巳三月十三日，予過上海，主簪原家，因予與其尊大人司刑公有舊故也。 甫入門，即聞内讙譁聲，怪之。 既而，主人出迎予于堂，熟視錯愕，亟詢其故，則曰：「内人適産兒耳。」于是起賀，然未知其錯愕者何等也。 越數日，作湯餅會，酒酣，簪原始語予：「夙昔祈子時，所夢丈夫子者，其鬚眉軀幹暨冠服，儼然如君，然已死。 及再祈再娠，則居然前兒也。 然而君入門而兒生，豈君實有神，能化身爲人？

抑亦大士者重君，姑假君以示信耶？」予思古有愛其人而願爲子者，自註：唐白樂天愛李義山詩，願爲其子。予愛司刑，則爲其子姓，固亦無怪，然予儼然生人也。昔予避人時，曾寄居法華山中，許大士捨飾而未償也。迄于今，易十五年，其証明乾公已死維楊。而予忽病痁，見大士呼予前，出紅紙三寸，令讀，讀竟怖甚，以爲已死。逮寤，而紙中字眯如漆室，獨記口語云：「許捨飾而久逋之，何也？」今又一年，而湘溪蛤公命予誦法華普門品，以延其願，然則予之神爲大士所役久矣。

世固有飲食日用而離奇變幻如平平者，大士欲示神，且假生人以示神，其幽明相通，本屬可信。况仲春祠高禖爲祈子始事，而《詩》言寢夢，《史記》載吞鳦躡跡，其爲奇誕有過于此者。吾感大士之神，而告夫世之供大士而祈子者之當有驗也。因從簪原請，而爲之記之。康熙十六年五月日記。

西河文集卷六十六

蕭山毛奇齡字春庄又名甡稿

碑　記五

陳氏家廟碑記

古廟祀之禮，自天子九廟外，諸侯、大夫以漸而降，而士庶則或二、或一、或祭于寢。夫一廟止禰，即已不得及其祖，而況無廟而祭之于寢，則祭禰之外，更有何及？然則高曾之祭，惟諸侯、大夫有之，而況由高曾而上者也。今則諸侯、大夫、士皆不立廟，其立廟則皆族屬衆多者合金錢爲之，若鄉社。然而其所與祭之數，則無分祖禰、高曾，爲神、爲鬼，凡始祖以下，祖禰以上，族有死者皆入焉。吾聞漢無廟制，自魏晉及唐，亦漸以官階差次爲世數升降之等，彷佛乎古之立廟然者，而其後不可考也。夫族之大者，亦原有子姓通籍，可等于諸侯、大夫及士官師，其立廟，亦不爲僭。而獨是三代以前，世爵世禄，故立廟以世。而今則父爲大夫，子忽爲士；子爲官師，孫忽爲大夫，則朝而增焉，夕而減焉，時而廢墜，即時而修舉，楹桷成毀，既不勝其煩難，而昐蠁出入，亦茫然無所依據。吾故曰：「禮由義起，制以情通。」在宋諸儒亦早有「祭禰必及祖、祭曾必及高」之説。則合祠比祀，夫亦孝子仁人之用心然也。

山陰陳氏，其先世自石晉時爲朝太尉，再傳宣教郎，三傳至記室參軍，實始居山陰北塘之下方橋。而遷延入宋，有登進士科爲樞密直學士者，將立家廟于寢側，而以制未定，因捨所居書院爲下方禪寺。乃終宋之世，至紹興、嘉泰、嘉定諸年，則每爲秦太師、韓平原郡王、史丞相輩歷請立廟，而士大夫無朝命不得私建，且恥踵其事，于是立廟之制，遂至今無仍焉。鼎革以來，其二十五世孫有仰南君者，曾捐金五伯兩爲立廟記，而逡巡未逮。暨二十六世孫子修君，于己未春復捐金五伯兩，以踵其事。而于是諸子群從共起襄之，上爲妥侑，下爲惇敘，以次昭穆，以合族姓。其規制一彷于昔，自堂而室而房而兩翼而廡而門而齋坊庖廚，及省牲展饌視滌贊盥之所，皆已備舉，且釐定祭器，壺、樽、鉶、鼎、豆、籩、筐、篚、勺、冪諸物皆有繩檢。將以是年嘉平奉神板于堂，而乞予以記。嗟乎，夫孝子仁人之用心如是已！乃爲之銘，其詞曰：

皇皇饗廟，惟神攸棲。執膰縮醴，代展孝思。古者祀數，限于尊卑。以故廟祀，親盡則遺。今合先後，分帷同粢。千秋萬禩，永勿替斯。

吴江泊蘆菴碑記

吴江當太湖之委，烟波四暨，其中多隱君子者，遺世負俗，不得已而遯于緇黄之間，假水草自蔽，結瓢鏝堵以自安其身，若所稱泊蘆菴，其一也。

顧泊蘆之建，肇自前紀。而千仞太師承先人遺蹟，恢宏舊觀，自乙未、丙申以迄壬子，凡五年而工成。自祠殿場宇下及寮宿，以至芳廚、蕺坎之屬，各有位置，蓮莖、鷲羽、華瓔覆之，其六時盂餅之扣食者，聲徹水裔，豈非浄居之優游者與！乃師自求法以來，操履上輩，曾質所見于福巖老人，福巖老人亟可之，將舉大鑒迄今所秘而不與者，而與之于師，則意爲師者，當演法出席，據祇陀自尊，即不然，而出其所學，漫游中土，亦得如道安毗耶之可以自見于斯世。而乃棄去不屑，獨歸而與斯地謀折鐺焉，此曷故哉？吾聞泊蘆在兩麻之間，界東西草蕩，人有至者，非舟檝莫渡，其所處亦僻矣。然而蒹葭在前，鳧鷖日來，憑軒而觀，則菰茨菱芡垂手可探，儼然世之爲隱居者，每望之，而愛其心之閒與志之有所在也。

丁巳秋，介吾兜率師謁予爲記，而予以事未應。至戊子春，遇兜率弟子于申浦之上，遂書稿去。予思泊蘆者，泊于蘆也。昔者大覺世尊以旅泊三界，爲度世因緣，惟所處無着，遂謂之泊。然而以虛附實，以動附静，故舟可附岸，而岸不可以附舟。今乃舉所處而盡泊之，則是虛實之難齊，而動静之罔據也。夫人生世上，爲渥爲泊，又豈有定哉！其地有宿蘆，予嘗爲文記之，而泊蘆與隣。他日予從海上歸，當特過兩蘆，且以視其泊之者何如也，是爲記。記曰：

松陵之濆，麻水之濱。禪宮獨啓，離于諸塵。有師處之，如祇陀園。方師力學，能杜五門。辭彼授受，絶諸聲聞。飄然避地，作旅泊因。以斯自度，有如世尊。樹茲棟宇，環爲丘樊。户牖所向，烟波是隣。蓮蒂坐象，菱舟渡人。我欲折蘆，宿蘆之根。蘆碕有盡，斯文無諼。

半樓記

王子鴻資挾其文以遨遊天下，自燕、齊、代、隴，以暨荆、鄧、甌粤、嶺海之外，率驅柴擔簦，坦坦如衡術者，凡四十年。曾歸而築小樓于隘巷，名曰「卧游」，而卒之舍而去也。予嘗作《卧游樓詩》以留之。暨其後從五嶺歸，慨然念故里不可去，乃復買宅于沂川之間，環沂舍傍築層樓其中。前可瞰城南諸山，而北幹一峰，適當北牖，且隣園之蘩薈而翳蔚者，松楸木莽，晻映左右。于是判樓而分受之，顔之曰「半」，而人或疑焉。夫以鴻資之足跡幾遍天下，其目之所通，耳之所接，心思意旨之所周知，固將以二室爲奥居，百原爲行唐，蓬丘滄江爲洿池林囿，而乃局局于櫺軒之末、櫋幔之細，是必有説。顧吾聞逍遥萬里，不越搶榆。當其肆志寥廓，游心浩蕩，可以窮天地之大，斥萬類之廣；而及其退藏一室，飲食偃仰，不過肘之所布與趾之所量而止。夫鴻資風塵在衣，顧之將澣，豈真好窮大而忘歸者哉。今鴻資薄游海濱，而予以訪舊之餘，與之晨夕，蓋嘗飲予酒，而告予以將返而居是樓也，遂述其撰事而乞予以記。

夫暍者望叢社以傾心，勞者睹藁砧而思憩，何則？情固有所安也。今夫人身居廣厦、層臺、累榭，尚以爲隘，而苟當躡屩之爲勞，驅車之已瘁，見棟宇而願安焉，此亦何暇問其地之或廣或陋，而況時事紛糾，未能百全。吾游于天下，而知天下事之未可以意量盡也。鴻資雖所至特達，然秦、趙、越、貊，行或未遍，山川雲物，覽有未備，詩文溢寰宇而多所散去，黄金滿行橐而不盡收拾，然則天下事之不能全者，有如此半矣。若夫一枝之棲，可以娛老；一椽之遺，可以裕後。則斯樓雖褊，是亦得半之道也。鴻資曰：「善，請飲君是樓，勒其文而嵌之于壁。」

滿聽樓記

予至宣城，偕張公荀仲訪東渚先生不得，觀張公所畫東渚草堂圖而思之。夫宣城山水甲天下，既已登敬亭，溯雙溪，觀柏梘麻姑之勝，亦既快心娛目而顧伈伈焉，重有懷于東渚之一圖，亦可怪矣。既而先生築樓于草堂之傍，顔曰「滿聽」。相傳樓成時，有鷙黄栖于梁，緜蠻而啼。同里施侍讀爲之題之，而其家舉人淵公復爲之繪圖，傳來京師，京師好事者且爲之歌詠其事。

予少游倪文正園，有庭軒然，以其橚爽之在楹也，風生刁調，經耳而滿，名「滿聽軒」。今相距四十年矣，先生是樓之名，適與相合，豈釃酒伐木與鳥鳴求友，其情有同然者與？方先生從沈徵君游，正值徵君與文正同時頡頏，相與持黨人之事，而先生以高弟子周旋其間。迄于今，讀先生序徵君遺集，未嘗不嘆先生之毗輔嚴而步趨正也。夫聽亦何常，目不睹鄧林之柯，足不踐板桐之陰，而瀏莅卉歙，求之而倏然，又求之而飂然，情之所之，一似風起于青蘋，而河放于泬寥者。況間關啁哳，因時而更，故有聆燕竽之音而以爲齊笙者矣。世不遇文正，世不識先生之效文正，而見草堂之圖而思之，聞滿聽之名而歌之記之。他日聞聲而起，相爲應求，安知後之倚音者，不猶之今日之傾聽者也。吾耳屬之矣。

重建仁賢祠碑記

仁賢祠者，鄉人爲先吏部作也。古無鄉人立祠祠鄉賢者。嘗考漢朱邑爲桐鄉吏，暨拜司農，天子賜黄金百斤，使家置祀。而邑以爲「家人祀我，不如桐鄉民」，蓋自信桐鄉之有得于己也。今則官祠皆故事，上以是唰，而下以是諂，其不足取信明矣。獨鄉人稍公難以勢奪，亦難以利誘。然而自漢迄今，雖更里名如王烈閭師，争畫像如陳實父子，卒未聞立祠而爲之祀之。蓋鄉人易與，易與則多求；鄉人又易形，易形則多娼。故有高車駟馬歸馳里中，里中人忌之，至相與共事，則往往苛求而極于怨望。

吾不知遂之人何以得于先吏部，先吏部亦何以得之于遂人，而合錢于鉐，合材于涂，合筋骸手足于閭左子弟，而構以祠，飾以貌，于椵于祝，題之曰「仁賢」，倣惇宗殷禮，而載在祀典。雖曰公之德著之里甲，凡邦比版藉、出入租役，一切輕重高下，律之官府之八成而未有稽者，而公力清之。祀法有功德于民，固當祀。然非公之生平實有以感人之心而中人之隱，亦安能致此。迄于今，祠稍圮矣，公之孫會侯爲祥符令，已經取召，而忌者中之。所稱祥符民思之如桐鄉民者，慨然念祖德而重爲建之。夫祀典有二：祠于功德，所以勸善也；祠于祖考，所以廣孝也。今仁賢之祠，在鄉人創之爲勸善，在後人建之爲廣孝，均得之矣。

族孫奇齡拜祠下，而系之以歌，乃爲系曰：公諱一瓚，遂安人，官吏部文選司郎中。歌曰：

婺之山兮幽幽，公之出兮駕雲虬。婺之水兮差差，公之來兮湫然以思。爲公作廟兮建華榱，靈旗上下兮山風四吹。惟公疇昔兮感鄉閭，鄉人戴公兮願爲尸之。陶土甓兮築堂簃，孫爲祖役兮子爲父來。紅粱兮烏黍，風飄飄兮神靈雨。爲採明粢兮薦筐筥，春祈秋賽兮長此終古。嘏稱降福兮祝告以虔，胥蕭四達兮年又年。蒸禋如故兮昭事不僭，几筵重飭兮貌廟鮮。宗功可述兮祖德以宣，吹簫擊鼓兮彈神絃。苾芬孝祀兮通後先，執籩捧豆兮有如鄉人。嫛之山兮嫛之水，碧雲如衣兮白石如髓。惟公駿德兮堪與之比，山水可移兮德不可以徙。廟有蓋兮石有底，勒嘉名兮昭萬祀。

寧州龍安山兜率寺重興碑記

佛書載兜率夜摩宫殿在諸天以上，璀璨弘麗，可居能仁，故名山法地有所創建，每借之以顔其刹，如梓潼、分寧皆有兜率是也。顧分寧兜率創于隋開皇之末，山名「龍安」。其地由豫章西山而西去豫章遠，而龍安委迤，反與鄂之下雋之畛相爲犬牙，則又去分寧遠，蓋山之興廢，其不可按者亦久矣。

湘溪蛤菴禪師本楚産，而遊于越，會吴越用兵，師乃傚浮屠奉親故事，披緇負母，避于湘湖之麓者若干年。後累遷上輩，自福嚴、報恩、平陽諸宿歷伺勘驗究之，平陽、報恩交欲傳法，而卒受傳于平陽。撫期之雄，出而振錫，有何足怪。獨是師久在越，毋論浮杯四達，非所依戀，而即其兩赴京師，隨大覺老人説法御前，幾欲留内庭薦福，若所傳萬善殿者，而猶然卻足，惟以湘湖之一曲爲念，則其不輕于應物如是也。乃其初，以越中故人出宰下雋，延師于下雋之鳳山寺，而下雋去龍安較近。惟時有兜率之僧名師亮者，承隱賢静師之後，稍葺元明以來兜率之既廢而漸復者，建堂五楹，奉鬘華而藏貝葉，將以次翦闢，冀還舊觀，而詘于時之未有合也。

康熙十二年癸丑二月，住僧師亮同龍安護法匡君鼎、雄君奇遇、萬君正瑛、陳君欽鼒等，白諸當事，共賫禮幣，迎師于鳳山，擇日入院，乃大建旛幢，漸興工役。當斯時，兜率之既復而稍合者已駸駸乎有其基焉。會兩湖用兵，諸旗張皇四出，悉駐荆岳。而下雋當平江臨湘之間，爲荆岳衝。龍安近下雋，烽火相接，戰守所必争。適師省平陽，負錫東渡，暨還，而前途梗塞不可通，乃往來湘湖，自稱「湘溪道人」者又若干年。雖其間三吴巨刹各來迎師，師亦曾一應吴江黎里之請，然非其意也。丁巳之秋，龍安兵稍解，其住僧檀越堅請師往，將驟完舊緒，一光前席。其勸駕之篤倍于肇事，而師亦久念寶地之當急復，遂于榛莽之餘，毅然許往。于是增視延袤，就其高下，庀徒量材，遂事有日。乃使謁文于予，爲紀石用。

予三入西江，未嘗一過龍安，不能詳兜率遺蹟。又記誌荒略，亦無從考覈故實，以備因革。然嘗聞兜率初興，有司馬頭陀者來相是山，預記若干年後，必當有聖僧先後相繼開演。故自隋、唐、五代，代有德士。而延至趙宋，則臨濟、雲門兩兩分見。其在慈明之後者，則曰無證、曰志恩、曰從悟，而在匡真之後者，則曰擇梧、曰景常、曰維顯，前後記驗，歷歷不爽，及其既亦少替矣。今師之重來曠世接跡，雖曰人事，然孰非山川爽睿，實有以啓之也哉！蓋祖庭興復，端藉大力，自非挽綷日月，開揭天地，具鑒道之能而擴劫摩之會者，未易勝任。故師念湘溪，而今以當日之念湘溪者轉念兜率，夫亦以兵革之際，興復倍難，遂不憚矯願力屈事任，以有此役也。考之宋宣和之末，兵興旁午，中外戒備，而朝士張君商英尚有追謚兜率悦師之請，以其運漕隆興時，曾從兜率座下一言有悟故也。今師之道法不減從悦，而兵革之連，且異曩昔，法寶當興，豈無商英其人踵其事者，吾于兜率有厚期矣。寺址訖，各具畛域，前後殿堂、門廡、寮舍各具規畫，程功、餱稟、民物、人力、簿書、歲月，各具計數，例書之碑負而綴以銘。銘曰：

惟此神宮，名兜率陀。招提象之，以安騰摩。有如祇園，對此恒河。庭生苾草，座成蓮花。乃者龍安，亦有斯寺。闡兹五衍，開自六季。白馬遷經，黄金布地。彷彿曹溪，掬水嘗味。云俟時日，當出化導。爲天人師，弘佛祖教。是以數世，能攝衆妙。相繼説法，具大辯才。星羅寶殿，雲滿香臺。鷲羽旦拂，優羅夜開。領其中趣，比之西來。無如象教，稍墮後葉。道岸傾崖，慈航失楫。曠然前期，丁此浩劫。何幸大師，早授弘法。迦葉一嬗，大鑒再宗。遠恢臨濟，近嗣天童。日月並德，山河比功。馴象騎素，傳衣賜紅。初住湘湖，中棲黎里。曾隨大覺，入見天子。辯晰八正，在醮園裏。爰請法駕，整是道席。將邀舍衛，興我兜率。寶樹牽身，金花捧足。復太子園，修利王國。不悟詰武，兵來洞庭。龍安烽燧，間于荆衡。湘溪一曲，雖署師名。終還初地，言完化城。增累疏浮，薙蕪崇槁。旛爲風生，圭作影表。丹甃蟠螭，赤桷飛鳥。矛戟戈鋋，棄之如掃。修水東流，夏汭西折。祝融堆霞，彭蠡泛雪。鶴不争山，龍請避穴。縱復兵行，江漢有截。安以金輪，鎮之寶杵。普濟禽虫，廣喻徒旅。門闔四流，燈燃一炬。珉石堅貞，永樹其所。

家貞女墮樓記

家貞女者，祥符知縣會侯女也。貞女已成婦三日而猶稱女，或曰：「昔荀爽之女爲陰瑜妻，雖既死而稱荀氏女。」或曰：「祥符民父母會侯曾上貞女事于臺，以父母故女之。」

貞女許字方翰林渭仁之子奕昭，方、毛故世婚，比之羊、鄧。而會侯與渭仁又以文章相親好，其訂爲婚婭，故無所負，獨是奕昭久病瘵。當會侯以被召來京師，予見奕昭于會侯之寓，疑其肌清而損，容澤不外著，恐不年。而會侯再任祥符，其明年夏，奕昭就婚祥符官舍，則負病往。自京師達祥符千餘里，鞍轡道路，病愈劇。會侯初難之，然既已至此，無還理，乃遂于病中强爲脱褵，甫脱即就外舍。當是時，其病中之扶侍起居、嘗藥和歠、雪垢擱蕆，其重有累于貞女者不待言也。至病革，奕昭泣曰：「吾此來百悔，亦何及矣。雖然，吾敢以三日誤汝終身哉！」女曰：「子不讀《芣苢》之詩乎，其夫有惡疾，雖未婚，猶不忍去也，況三日耶！」既而易簀，女不食，父强之，始食。初，女少時以食蒸羊致病中死法，久斷不食，至是忽食之，以爲得速死也。

會會侯以卓異再被召，將赴考選，而謡諑適至。會侯居平頗鬱鬱。女伺父不懌，陽爲好容，施施然如尋常。初欲自材，有二傅婢同卧起，及是稍懈，嘗坐私室，淚縱横被面。母至，强拭曰：「不謂小寒，遂嚏唾。」至此時二月，易冬服，女僮請擇其擱澣者，曰：「吾能再御此耶？」女僮怪問之，隨亂以他語。康熙二十年三月六日，日暝登樓，呼女僮執燭隨後，示不疑。行至牕欄將閉牕，委身而墮。樓去地二丈許，下甃以石，摟擲之將必靡碎，而肢體不壞，惟口嘔鬬血，眸子黑白溷數日，一若有鬼神維護之者。噫，異矣！

祥符鄉三老感會侯者，爲會侯勒石頌去思，而并上其事于臺表之。雖女年尚少，未當旌，然而靡他可知矣。祥符紳士皆有詩，而予爲記之如此，且以告夫後此之爲詩若文者。

五賢崇祀鄉賢祠記

古者祀邦賢于社，韓退之曰「鄉先生殁而可祭于社」是也。其後社禮廢，而州縣祀社，不及鄉里，且亦無復有祔祀者。惟明制建學，自成均以下，遍及州縣，較前代之建置無常格者最爲周悉。于是哲配遞降，由廊廡以外，特設名宦、鄉賢二祠于宫門左右，當欒公鄭鄉之祀。原其始非不鄭重，而其後稍冒濫也。夫惇宗大典，要在事功，然或祔于廟，或享于大烝。而鄉祠以賢，賢則無問出與處。而惟賢之祠，不特事功當在所略，即顯晦仕止，亦何足爲邦賢較。而明代中葉，多取宦達者填于其中，既則漸及于贈君、于封翁，又既而貲豪者皆得以夤緣而篡入之，故以至重之典，而輕于鴻毛。相傳啓、禎之間，長洲陳太史請别搆一祠，祠言游、季札，而禾中魏給諫，至有捧其先人主矯然而出于祠者。

武林有五賢，皆明季隱君子也。隱君子而何難于祠？顧非賢之難，而祠之爲難。彼隱君子者，勢分不足以動有位，家貧不足以將禮幣，其子姓將必達，顧猶未達，不足以致往來請問之好。然而一鄉賢之，一國賢之，天下後世均賢之。自會城一府二縣三學，舉人沈佳及貢監生陸寅、三學生員王丹林等合二百二十人各發憤蹶起，毅然以古道自任，懷公揭上之學使。會學使王君由翰林春坊來，改道爲院，出微尚，惘然念時俗之有非，思一反其習，遽以其揭下府縣取給取事實，即同巡撫趙君敕府縣官迎主入祠。于是五賢者同時爲神木，府縣官敦請到門，五家子弟各捧主鼓吹迎于途，城之士大夫各冠衣詣祠下再拜，自院使以下各致祭。于是好事者競爲詩、爲歌、爲圖畫、爲五賢誌傳記其事，以爲此近代二百年來所僅見。而五家子弟復不以予爲不文，而屬爲之記。

當予見五賢，在崇禎之末，維時己卯、庚辰間，修里社之廢，而集鄉之文人學士以爲社。在五賢立社，則有所爲登樓與攬雲者，其人尚氣節，以東漢諸儒爲宗，而其爲文，則精深奥博，破陋學之藩，而一歸于古。予時以總角附敦盤之末，同應鄉舉，因得交于五先生，五先生視予則少長而肩隨之。乃驟丁國變，五賢皆盛年而遺落世事，闔土室以儉德避難，間有寄于釋、屏于山林、託跡于交游之幕以爲生者。獨予以亡名走四方，不相見，即見，偶然相值道故舊，序坐頃刻。不謂入都裁幾年，而五先生者即已騎鯨上升，與鄉先達周旋于黌序之間如是也。夫予見五先生于崇禎之末，不謂其至此也。向使五先生者不即遭世變，不處出而用于世，不祀于社，當必祀于廟，享于大烝，必不止于是。雖然，以視予出者何也？五賢者，一汪渢，一陳廷會，一柴紹炳，一沈昀，一孫治也。

思硯齋記

予少時聞父老言，合肥許中丞守吾郡時，臨去郡，别父老于錢清江，指所攜硯齎咨曰：「嗟乎！此吾守此郡以來所得物也，吾不能有裨於此郡，而乃攜此去，吾媿焉。」是言也，吾嘗聞而感之。暨予入京，距前事若干年，讀施侍講所爲《思硯齋詩》，輒掩卷曰：「是物已失之耶。」即又嘆廉吏之所遺，不能下逮于子孫，一物且然。及見公文孫今户部君生洲先生，每道其尊大人思硯事，且屬予爲記，然後知公之廉、贈君之孝思與户部君之表揚駿烈，俱不可及也。

公嘗夢東坡于郡亭手授一硯。亭枕種山麓，種山者，則越大夫文種所瘞山也。東坡曾守杭，去此百里，或往來游居，俱不可考。惟是夜甫見夢，未及明，而即得一硯于蒯棣之手，以爲曉受公命，種竹亭下、巖窔之間，應鍤而出。公取澣之，則儼然勒坡像于背，一如夢中所親見者，蓋公之去郡而不忍釋，以此也。乃公歿而硯已亡矣。孝子思之，作思硯齋，晨夕居齋中，以誌不忘。夫思其所嗜，思其所好，事親固然。然而在前之人，無故而忽授其所好者于漠漠之中，而後之受之者，亦復于漠漠之中，忽若適還其所好而去，古人之投報，類如是矣。乃東坡當日受硯之切，求劍灘之石，誤以爲鳳山妙材，價過龍尾，而其後復求龍尾于方君彥德，則又甘爲作詩，自懺其失。其愛好如此，然猶不能守而棄之種山之麓，而況公之偶然而得之，而欲即傳之世世，不無甚惑。顧其子思之，其孫又從而記之，比之手澤、栝棬、弘琰、赤刀，觸之于目，藏之于心，瞿然惻然，歷數世而不可解，此其孝思何如也！夫廉于官、友于古人，與孝子順孫之慕其親，而展轉揚顯以求傳之于後者，皆可記。公諱如蘭，前朝中丞，初爲敝郡守。生洲先生諱孫荃，曾授翰林庶吉士，于予爲同館前輩，今視漕通州，所稱户部君者。

西河文集卷六十七

蕭山毛奇齡字春庄又初晴稿

碑　記六

兩浙巡撫金公重修西江塘碑記

浙江爲三江之一，自姑蔑導坎歷婺州、睦州以迄章安，而陡作一折，謂之浙江。蕭山西南偏則折流之衝也，其水北注，澔㴝抵所衝，而詘而之西，于是築塘以捍之，以其地之在縣西也，名西江塘。明正統間，魏公文靖躬修之。歷一百餘年，逮天啓改元，秋，潦水暴漲，決塘而奔，民之骴衣漂漂者相望千里，顧隨決隨築，不致大壞。今則五年之間且兩決矣。先是，二十一年，決二百餘丈，山、會、蕭三縣盡成澤國，鄉官姚總制捐貲修之。至二十六年，決二十餘丈，急畚壅間，復決三十餘丈。非前此墇堅而今墇疏也，又非墇之者不力也。前此北注涍涍，以漸而殺，其折也，勾而不矩。勾而不矩則水少力，水少力則增防易固。今則折流之西抱者，有沙生脇間，水之循沙而折者，沙轉出則水轉猛，水轉猛則向之挽彊以西者，今徑矢而東，而于是承之者，以横亘尺土當長江徑矢之衝。初如撞闔，繼如擣臣，下穴而上積，欲其墇之久，難矣。

大中丞開府金公視猶己溺，一日檄三下，舉三縣民生嘻嘻處堂者，而公悉驚爲灼體剳膚之痛。先審料形勢，若潭頭、若張家堰、若上落埠、若諸暨瀆、若於池、若大小門臼，歷求其受患之故，且務極根柢，必以築老塘，勿僅築備塘爲斷。曰：「不見夫塞河者乎，河之患未有減于江。然而先之以石菑，石菑者，石臿也。繼以楗，楗，杙也，下淇園之竹以爲楗是也。而後加之以籍，籍者，欐木而横之者也。而後填之以竹落，竹落者，河隄使者刳大竹爲落，實以石，夾船而沈之是也。夫如是，而工亦幾矣。徒以老塘柢深，虚擲民間金，僅築備塘，此黄葉止啼耳，且棄民田、棄廬舍，何益？自今伊始，毋怙舊，毋憚煩，毋補苴目前而隳棄永久。」牘十上十反，甚至集官民里老共議可否，必各使心伏，令畫押上。乃衆議嚕然，反謂築備塘便，何也？以爲河隄無正衝者，旁決易補而正衝難塞，一也。且河身高于隄，其決也隄耳。此則江深而隄高，隄亘于地，抵衝者以地不以隄，故當其衝時，先齧其隄地，而後隄隨之以傾。方春水發，隄地如蜾潭，不特捧土難塞，即填以巨舟，投以篰石，隨濤而捲，等于飄蓬。故菑楗之設，但施于隄而不施于築隄之地，所謂不與水争地，其説二也。且水能決隄，不能決地，地藉隄以禦漲水耳。能遜地于水，地不即渫，則隄不即壞，其説三。夫江流有定，而沙之遷徙有定乎？沙徙西則西衝，徙東則東衝，築一定之塘，不能抵數徙之衝，保無東向之沙，不仍徙而之西乎？其説四。要之皆非公意也。是何也？則以公意在久遠，而順民之情，則仍近于補苴也。乃塘工所需，有云「得利民田者民利之，民自築之」。蕭山得利田計十六萬畝，而山、會二縣計一百萬畝有奇，則其利六倍于蕭。

然且蕭山地高而山、會地下，傾盪之害，亦復不啻數倍。天下未有利奓而功慳、禍重而救反輕者。考之嘉靖間，三縣通修曾無氏印，今則山、會合金，僅足抵蕭山之一，似乎畸重。乃公復如傷爲念，惟恐民力之或不足，既已議輸四千金，蕭山半之，山、會二縣共半之，而公特倡率司道捐金二千，卻三縣之半，計程立簿。猶恐董之非人，則其工不固，且或來中飽之患，復簡屬吏之廉能而勤慎者，共推郡司馬馮君。會馮君以清軍兼攝水利，遂董其事。塘距水五丈，底七丈，頟二丈，高一丈五尺，長二百一十丈有奇，餘悉增庳培簿，內桓而外殺，礬之椓之，諒工役勤惰而親爲之犒。計楗若干，❶土若干，節與石若干。自二十五年十月至二十六年三月，凡六閱月，工成。

夫方州大臣興利除害，固屬本分，然往往視爲故事，遇修翰所關，一委之都水，聽其便宜，從未有己溺己飢如公者。且民利民築，嚮有成例，而公以冰清之操，卻苞絕匭，然且惟恐民力之或竭，爲之割膃而剖腊，以資于成，繼此者可風已。

公諱鋐，字冶公，別字悚存。壬辰進士，由內翰林起家，改祭酒，歷按察、布政二司使，進兵部侍郎，巡撫福建，調繁爲今官。頌曰：

於越同利，有如三江。北流而折，在餘暨傍。馮修蒭匌，江姚洄湟。縵地逆防，民爲鯉魴。我公仁愛，宛如身創。負土作埭，捐金捍防。前者策堰，龜山仲房。我公嗣興，以頡以頏。公之

❶「干」，原作「千」，據四庫本改。

功德，煌煌版章。祇此澤閭，一何汪洋。沙漫可泐，江積可擋。公恩蕩蕩，千秋勿忘。

重建宗慧堂記

法相寺在西湖南高峰下，五代時長耳和尚舊道場也。其傍有宗慧堂，相傳趙宋時所建，而今亡矣。

嘗考法相所始，不得其實。或曰：「法相即長耳院，又名宗慧禪院，實即定光佛寺也。」夫定光與宗慧、長耳何與？及按舊跡，得宋翰林侍講范楷所撰碑文，而碑燬于元，即文亦闕失不甚備。惟明嘉靖中，有蘇州太守徐節所樹一碑，尚存西楹，其文爲翰林庶吉士王穀祥所譔，拂讀之，彷佛其概，而惜其時月多未協也。考師泉南人，生于唐昭宗景福之元，其母夢吞日而生師，生則兩耳垂及肩，名長耳兒。長耳兒七歲不言，忽一僧謂曰：「何鈍置耶？」師答曰：「不遇作家，徒撞破烟樓耳。」當是時，人早知其爲應化身矣。其後游方外，祝髮金陵瓦棺寺，而歷參諸方。至後唐同光二年，始至杭，見西湖南山而樂焉，依石築室，以乏水，咒而得水，今名「卓錫泉」是也。自同光二年居此，閱二十六年，至後漢乾祐三年十一月二日。永明禪師者，聖僧也，居净慈寺。吳越王生日，飯僧，問永明有真僧乎？曰：「有，南山長耳和尚，則定光佛應化身也。」王趣駕至山，禮師，直呼定光佛，師不答，但曰：「永明可信乎！」趺坐而化。則是法相之建，或在此時，或過此已往。而碑云「石晉時建」，則石晉二主共十一年，正當師所居二十六年之中，是時未嘗知師也。且即此二十六年中，石晉多事，大梁去此遠，毋論不知師，即知師，必不能賜院至吴越境。即或賜院至吴越境，或吴越王自知師，當石晉時，王自賜院，不必出石晉敕建。則長耳之名，已著南山，何必待永明而後聞也。且夫宗慧之建何自也？舊以爲是寺所始，本名長耳，而宋始更名法相，且賜長耳爲宗慧大師，則是宗慧名堂，必始于宋，第不知在宋何代。而碑云：「師遺蜕不壞，膚革津澤，月必三浄其爪髮。而金人侵境，刃所傷處，皆流白血。因于崇寧三年，應僧司之請，然後覆以髹漆，而錫以今名。」夫崇寧者，徽宗年也，其時天下稍安，燕閒所至，表錫及此，固未可知。然而當其時，金人未嘗侵境也，即謂金人侵境，後此之事，是時但賜號，則又不得謂僧師上其事而後得之，蓋上即上其侵境事矣。予謂是寺所始，必始于五代之漢，宋僅易名耳。若堂所由建，必在南宋，而世誤以崇寧實之。事當因革，即基構見存，尚多倪伉，而爲文不慎，致有以已成之記爲謬誤者，此興復之所當亟，而爲之文者，倍不可不爲之審也。予重詣法相寺，求所爲宗慧堂者而不得，因考其故碑而重爲辨定若此。

若夫師之應化，所在皆有，天台文殊、囊山之辟支佛、池之金地藏、鶴林之布袋和尚、靈巖之智積菩薩，皆有顯跡。而師在生時，杭人以水旱疾疫及禱生求嗣，曳其長耳，無不立應。今遺蜕歸然，尚能趨四方之士。碑不云乎，蘇州徐使君以禱而生，所爲三致意而報以碣也，世之有事于堂者可知已。康熙己巳，住僧方謀興復，因丐斯文爲勸緣之舉。越一年堂成，寺僧請書碑，乃即書其文于石。某月日。

兩浙提督學政右春坊王公試士碑文

自昔無學使之制。明始出曹郎爲提督學政，分隸諸道，而以兩京爲首善地，特遣侍御有聲者陞爲院使，賜茄鼓，開轅建纛，設丞令官屬，視諸三巡，特未嘗舉詞臣而懋其選也。清興，專以直隸用院使，而盛京則但令京兆兼之。乃敕詞臣自講讀以下、編檢以上，充直隸督學院官，而盛京及他道使皆不與焉。

歲乙丑，天子念學使任重，非詞臣莫承，而江南兩浙，人文蔚興，宜破格陞道爲院，群臣循例，列銜者紛紛上，天子獨慎簡先生，謂先生品譽高，當拔諸方局，越資俸，使任兩浙，凡一切幕府行事，與直隸埒，可謂重矣。乃自乙丑至丁卯，三年之間，一歲一類，合八十郡縣，文人學士甲乙而差次之，無不頫覼仰息，狂讙劇譁，謂稱量之精、去取之公，真國朝四十餘年所未有事。嗟乎，亦何道而得此！夫士人生平，攻苦力學，祇期得當乎主文。而一旦出我所學，斥拔人類，極一時英俊皆得厠我門下，斯已快矣。乃甄鎔搜剔，必欲使璠璵金錫並收之筐篚而後已。故有謂國家旁求鏁廳之得人百，不如案學之造士爲有要，而先生皆有以幾之。嘗觀其兩試吾越，每一榜出，士人爭來觀轍，群相指曰「某貧士」「某名士」「某遲暮士」，始而驚，繼而慶，又繼而咨嗟感嘆，且有至涕泣而不止者。自兵戈相仍，誦讀少，又户口多薄瘠，功令嚴限入學，歲無幾，志灰敗，漸有舍此改他業者。其一二學究不得志，課塾爲生計，自視無色。而有司狃習俗，更有相因爲請託者，夫是以特達者罕。今一旦反是，皆曰：「世亦有至公如是者，事固未可料也。」則又曰：「人亦患不學爾，學則得之。今此可驗也。」則又曰：「語有之，力田不如逢年，此非有年乎！雖然，吾懼其不易逢也。」于是吾越之士，進三字以頌先生，曰「窮通翁」。窮通翁何也？曰：「先生所取皆窮士也，然而皆通人。夫文至今日而變甚矣，縱横之家紛紛競起，而先生一以渠錯繩之，涵溶雋永，悉準乎度，豈非通乎？然而齒亦稍進焉。夫日暮途遠，將老死牖下，日與乾螢枯蠹相爲因緣，而先生驟起而祓濯之，如顛蘖之生而蟄蟲之振，矍鑠哉翁乎！」夫天下未有窮而不通者也，夫能通，雖翁猶通也，夫至翁而公至矣。翁者公也，因而天下之人，亦稍稍相傳爲「窮通翁」者。

予承乏史館，忝與先生爲先後進，而請急歸里，則正值先生試士時也。邑之人士謀勒石頌德，而謁予以文，因爲書所見而應之如此。先生名掞，字藻儒，日講官、起居注、右春坊、右贊善，兼翰林院檢討，奉使爲今官。世爲江南太倉人，自曾祖文肅後，歷世顯仕，三傳至先生，皆以文章名蹟稱于時。

創建羊山石佛寺大悲殿碑記

越有二石佛，一柯山，一羊山也。二山産石，石工取石者，割剥壘甴，周刳其四圍，而留硈于中，就其形撫坳凸而刻之爲佛，高五丈六尺。相傳隋開皇間，有石工發願爲此，畢生石不成，以禪之子，子復禪孫，凡三世訖工。或曰石工死而生，生而死，死而又生，以願力之堅而假胚此鄉者三世矣。乃就其石窞而衺延之，以甍以築，名石佛寺。康熙二十三年，大樹禪師從京師還，卓錫于其寺，募金造大悲大殿于舊寺之側，址之樹之，上陶而下甓，減木增漆，須大悲像而索予爲記。予乃拱筆作偈，且誦之曰：

如此大慈悲，無處無祇陀。乃假憩于此，以與壘凷俱。是爲大悲力，千手千眼目。照鑒此一方，無福不翔備。我今作慶讚，勸此十方衆。惟是石龍龕，石幢石鐘磬。鑿石與鏤木，妙相無有二。謂石爲大悲，謂大悲即石。是殿是石龕，籍此大悲力。

馮太傅適志堂記

太傅引年時，天子念元臣復辟，無以命寧于其行也，御製五字詩，灑之宸翰。中有「元臣適志」之句。維時同頒者有螭領文石，復鋟「適志東山」四筯篆于上。太傅感焉，遂于歸田之暇，築室藏弆，即以「適志」二字顔其堂，且屬宮詹學士沈君爲之書，紀聖恩也。

人各有志，當其入居槐廳時，志在致君；即其統宅百揆，平章軍國，出與斯世建平成之業，志在安民；而今則杜門卻謁，逍遥桑苧，日與匏瓢薦芰者優游出入，以自明其志。此其間有何一之不自適，而事有不盡然者。夫居優總方，第爲所得爲已矣。乃或中有未靖，在當日機務緯繣，未之或覺，迨習静思之，而無以自安。又或朱組繡裳，徒取尊榮，一旦退居晏閒，則晃日之目，難于燭幽。鄉人有市歸而緘然若自失者，何則？寂擾之勢殊也。且夫人境未有盡也。富貴已至，當復進冀所未至者，餐芝茹蘂，不能即效，則復轉而覬人世之寵。或造廬特存，或起家再入，未免元纁白璧、安車蒲輪之想，皆足以擾，而太傅均不爾也。

太傅嘗自敘矣，七十老人，生平無不可自示之心，然且澹泊寧静，出處一轍。聖天子既以明農許之，而優游歲月，皆足自適。浩浩乎，蓋樂天知命，先憂後樂，志有在焉，境固不得而限也。故蕭條高寄，往往于執政之時，每寓其意于東田西塞之間。致聖天子賜詩，猶以平泉緑野爲辭，而太傅自若也。太傅之所適者，此一堂而已矣。堂五楹，倍之而十，凡兩層，旁無挾廡，每以左右兩楹爲藏書之所，而左則别爲重屋如書樓。然堂除廣甃，皆以文磚相亞次，高敞燥潔，可坐千人。高軒過者，碚碚然，欲一投止而不得也，有當事掃門，拒勿入。太傅曰：「盍記之。」謹記。

重建宣城徐烈婦祠碑記

宣城徐烈婦，生而許字其同鄉兒施氏。稍長，邑豪湯一泰者豔其色，倚從子官翰林烜赫，謀之徐之無賴者而委之禽，烈婦父拒之勿受，然慮有變，立趣施娶女去，豪大怒。湯族居洪林，獨翰林以貴故郡居。會翰林從郡還，呵于途，湯族傳豪者佯聞而唾之曰：「止，家有婦而不能庇，而第呵族人，何耶？」翰林初不解，及詢知，亦怒，使訟之郡。郡太守張君直施，則復訟之臺使者，使下郡覆讞。當是時，兩造各詣縣解，豪張甚，麾僕捽擊施，徐之在解者，血蔵濩落，甚至篡取其媒氏匿之，勿令解。及解，而施之父諸生也，諸生有不平者譁而起，各執詞詣郡亭，豪亦賂諸生相持。太守見諸生者各有直，然未分也，令曰：「諸生直施者居墀左，直湯者右。」則多居左者。豪益怒，麾僕伺郡亭擊居左者。烈婦時就解，既已怖甚，至是泣曰：「湯横如此，吾不終爲施婦矣，萬一暴篡之，如之何？」其姑聞其言不省。夜同祖母寢，逮曙，忽失烈婦所，時四月晦日雨後，跡之，則遺一履在青魚塘傍，既明，出其屍以告太守。太守方坐廳事，聞之，仰而曰：「有是哉！賢乎，得死所矣！」趣駕親驗，則自領巾而袒而襦而縑袜，連紉不解，太守與觀者數百人皆掩泣。既而謀所以停棺者，近塘有張睢陽祠，衆欲殯于祠，而祝不可，請卜之神。卜襲吉，祝猶難之。衆曰：「然則惟祝卜之耳。」俗卜，剖篿以取向背，其象衡，拂神則縱。祝擲之，篿縱，於是衆閧然簇擁而入。

萬曆二十七年，郡太守張君德明請于督學御史陳君子貞操、❶江都御史耿君定力旌之，建烈女祠。未幾，督學御史熊君廷弼者，翰林門下士也，其按宣城，則盡反前事，毀祠，褫諸生之左施、徐者而箠之，人凡六易箠，漢制，箠令即今之竹板也，當箠者箠臀，每箠五數爲一易。箠竟内之獄，有瘐死者。既而督學御史賈君繼善踵至，則又反前事，旌瘐死者，題以官而給廩餼于諸生之未死者，使得按年貢，其按年自被害日始。崇禎元年，巡按御史田君惟嘉聞于廷，復祠，名「不泯香名」祠，在迎春巷東。至康熙二十年，侍讀施君閏章屬某爲記。

記曰：予至宣城，宣城人多能言烈婦事者。云烈婦名領姑，其父子仁與諸生施大德者同里閈，相愛不能已，遂爲婚姻。湯故名閥，然施、徐亦不相下，時徐尚有司寇君名元太者鄉居。當烈婦之死，盛暑，桐棺如苴而蠅不敢近，衆奇之。弔之者垛其香路傍，如丘山。司寇君亦冠大布受弔祠下，時以爲

❶「操」，疑衍。

榮。然且湯、徐之争，其勢力不敵如此，祠此者可鑒矣。重爲詞曰：

惟此祠，以烈名，豈與勢，争毁成。祠再成，名不毁。祠此者，以世世。

剏建古越鄉祠碑記

古難于出鄉，非謂五土異宜，遷于地而弗能良也。夫既各君其國，則百里内外亦遂有分疆别族之思，況傳餐委積，建亭築館，皆君國者事，而下此無有。今則天下一家，溝涂四達，民之梯航而至止者，所在輻輳。然而上無贈勞，下罕飧給，即至往來揭櫝，猶且盱盱倀倀，徘徊乎中衢，其能振顛踣而收暴棄，鮮矣。

予居京師，竊怪諸州入仕，皆設會館爲棲沐之地，獨吾鄉闕然，每思倡興之，而未有便也。人有從大梁來者，告予以汴渠之陰，鄉祠落成，將書事于石，而謁予以文。夫大梁固畿輔以南一都會也，鄉人之萃斯土者，京朝而外，以此爲最，其爲之鳩度而周居之，亦固其所，顧誰則載事而浸至于是。前此，姚江王君爲中州觀察記室，其同邑余君曾挾長桑術以懸壺市門，而溘焉長逝，其婦寡且貧，復無嗣也，然而矢志不可二。王君憐之，爲之立募簿，募于吾鄉之宦是邦者。約得若干金，將以設官舍置園田，而并以處于嫠嫠之以鞠而以居者也。乃垂成，而嫠辭之，以爲衆惠多寵，非嫠所受，稠房雜閣，嫠不以息。王君嘉其志，分嫠别居，使自食其力。而以所既募之金自捐若干，悉置爲鄉祠義田，且旁及瘞貍之地。按簿而稽，自别駕、大尹，以及丞簿尉幕，無不列其名而紀其數，即他省宦此與夫肇牽遠服之操贏者，皆合細成鉅，各有記載。遂于東城外割畝頃之半而中廬之，曠可掩骼，而于城中濟瀆廟街購宅之有廳事者，凡三楹，祠鄉神其中。然後增屏門、置廊房，可以居鄉人之至止者。夫以王君之好義，厚于鄉人而樂于成善，而嫏嫠之矢志者，復能堅持苦節，不受寵恤以迫成其事，皆可感也。遂因鄉人請而記之如此。王君名安夫，字復古，餘姚人，余君婦胡氏，與之同邑。

曼殊回生記

曼殊以壬戌十月十一日死，死而有息，顧僵噤不内藥，眼鼻血迸出，醫者謂中死法不治。會十五日入朝，同朝官藉藉稱高郵葛先生國工，在孫黄門家，盍診之。既診，曰：「是氣壓也，肝衝以逆，極憤不得洩，擁周身之涎與血而填之肺俞之間，故氣不下接，竅不上闢，❶五藏八會皆結轖而不得其通，是非湯液所能攻也。然而何以致此？」先是，予來京，相國馮公，予師也，憐予無子，擇取曼殊爲小妻。及予室南至，以屋窄徙居曼殊右安門，而馮公憐之，惟恐曼殊終失所，囑予遣曼殊，而迎曼殊至其家，親勸之去，曼殊執不可。座有旗下婦辮髮，曉譬甚至，曼殊謝之，泣，公亦泣。既而公乃推按起曰：「賢哉！請月致米石薪蔬銀五金以佐不給。」曼殊歸，詘兩膝躇地，匄勿遣，予慰之。既而予戚媪有居京者，假予言遣之，不信，重強之，且曰：「汝之去就何足關，而堅拗乃爾！」曼殊聞其言，大憤，且誤以爲

❶「竅」，原作「覈」，據四庫本改。

果予意，號咷曰：「命至此耶！」擭身而擲之，其婢持救之，不得。躑躅氣絶，曼殊之死以是也。葛先生曰：「有是哉！有人如此而吾不爲之急救，吾負吾術矣。」乃治匜鉢，理錡鬲，湔木焆石，手研而指調之，先以物刷眉間，絞桑皮蘸末探鼻竅中，焚石炭于盎，澆以醯，用巾覆首，接盎沿，使臭沸而騰入于鼻。初不爲動，而遲久而眉小皺，又既而鼽嚏。曰：「可治矣。」乃以酢梅刷其齒，撟錐齒間，研丸子嘸之，不内，再嘸之，且撏雞翎之翹者探喉間，忽涎涌如泄，乃濩藥注之，涎盡，然血尚未下。當是時，病者拳手拆，目稍開動，而日已逾午，葛先生飢，乃就隣人買不托食之。于是和齊市衆香雜煑令嘸，時日已墜地，曰：「吾去，但煑渣食，當能言，預貯茗汁和他丸待之。」聞隣廟鐘聲，若有唏噓在床者，急取火視，大哭，已而服臆，果能言。

初曼殊善病，嘗夢奶奶喚之去，不肯，曰：「俟汝三年。」奶奶者，大士稱也。至是復見奶奶至，曰：「吾憐汝，飲汝葛婆水。」一啜而醒。葛婆者，疑葛陂之訛也。然而先生果葛姓。方予下朝時，卜前門武安王祠，其卜詞有「碧玉生來」字，❶碧玉者，小妻也。生來，生之也。又曰「正是人間第一仙」，則在武安已呼先生爲仙矣。嘗讀《倉公傳》，嘆古有聖儒，能起死人令之生，今無是矣，葛先生非耶！先生名天麐，國子生，淑承，其字也。父寅谷，以醫仙去。十月二十記。

❶「詞」，原作「祠」，據四庫本改。

西河文集卷六十八

蕭山毛奇齡又名甡字春庄稿

碑　記七

萊陽姜忠肅祠堂碑記

萊陽兩姜公既已建祠于虎丘，其明年，學者將推所自出，立兩公之父忠肅公主于祠之誃房。會商丘宋君開藩來吴，元旦謁祠下，謂祠隘誃祀不敬，乃重爲擑掮，别搆一祠于兩公祠右，相望百餘步，顔之曰「忠肅公祠」，從學者請也。

先是，兩公之祀，中丞湯君實主之，以爲貞毅廷諍得罪，戍宣州，乃甫出都而國亡，宣州亂未達也，不得已退居吴中。而其弟貞文即又以黨人難發，亡命于句章、章安之間，歸而謀其兄，奉母來吴，因之授生徒講學，學者思之，殁而祀其地，宜也。若忠肅者，見危授命，然故萊人也，足不出城市，生平未嘗來吴，車轍不及于雞陂、鶴市之間，然且前朝卹典既賜祠祀，而乃復籩俎于此，吾亦疑之。間嘗緬想，當日貞毅下詔獄，濱死旦夕，而忠肅以城亡不詘，闔門殉難者二十餘人。方是時，臺省交章請釋貞毅歸奔喪，而貞文上書，乞以身代獄，使兄得東歸一拾骸骨，而朝廷未之許也。其後貞毅以杖戍分無還理，而貞文即復以故鄉難居，奉母東西馳。夫生死之際，人所難堪，況一門罹難，以瘡痍拳械之身簁捆就道，而家之血肉漫漶、漬草涂地者，且不能歸一省視，猶且國亡君喪，不得效季生反命之哭，埋骨戍所。推其情，豈不欲丘首哉？自詔獄聞訃，以迄于死，豈不念父哉？即貞文豈不欲偕兄歸哉？不得已也。夫不得已而不可以歸者，或可以來；不得已而不能以一見父者，父或可以使之一見。則夫崇祀于此，夫亦曰神明往來憹悦者，將在是矣，生相離，死仍可相聚矣。故曰忠肅之祀，凡所以慰孝思也，祠忠肅猶之祠兩公也。且夫至德亦難繼矣。人第知兩公大節皦皦在人，而不知忠肅實有以啓之，忠孝廉節，萃于一門，非作之在前，何以嬗後。況忠烈之氣，充塞天地，下之爲河嶽，而上之爲日與星，凡有血氣，皆得而瞻之事之。夫忠肅豈萊之人哉，祀于萊，祀于吴，雖祀于天下可也。若夫學人之意，則將以祀子淵者祀顔無繇，祀貴推本，夫豈無義哉。祠三楹，中祀忠肅。而以其詒祀蘗庵和尚，蘗庵和尚者，前朝行人熊開元也。行人與貞毅同入諫，同戍，而無子，附于此，曰「貞烈之友」也，亦慰之也。後有諫草樓，則正貞毅所依憑者。若傍有房曰「思敬」，貞毅之仲子曰：「此吾齋居也，過廟思敬，《記》固有之，且吾敢一日忘敬亭山哉！」敬亭山在宣州，貞毅葬于此。

康熙二十四年，祠成。越三年，貞毅之仲子疏所載事，而屬奇齡爲之記。記曰：公諱瀉里，謚忠肅，萊陽人，以崇禎十六年清師破城死。是年，登萊巡撫曾化龍疏于朝，贈光禄寺卿，賜祭葬，賜祠。兩姜公者，公之子，一禮科給事中埰，一行人垓也。公尚有二子，幼者從公死，長者被創後亦死。乃爲詞曰：

維四嶽，實封齊。族世衍，大于萊。公之生，以嶽基。亦曰宿，當張箕。砥忠孝，傳禮詩。有經教，無篇遺。仲子廉，作諫司。碎首血，塗龍墀。以爲戇，將死之。弟大行，觸虺蚖。名已列，奸黨碑。天地裂，梁棟頹。公秉節，值數奇。城既破，樊不支。口絏啣，胸刃剚。家耆死，二十餘。爲鬼雄，真人師。司諫戍，宣州治。搶厚土，扳長離。徒招魂，將焉歸。嗟有弟，奉母馳。同授學，東武陲。身葬戍，魂祀斯。推所自，爲公祠。以教孝，并立義。瞻仰間，深人思。陳修肴，薦明粢。風此世，垂後來。

重建碧山禪院并刱置食田碑記

姚城西北陬有點碧山，修峭碧色，望之如點，因名「點碧」。相傳晉龍驤武士逐孫恩至此，點兵山下，因以名山。碧之爲兵，俗傳之訛也。予族居姚者綿亘十里，而散其爨火于諸村之間，合名之曰十里毛村，點碧，其一也。曩時族人有託蹟釋氏，改號石愚，造庵于山間，名碧山庵，以爲村人祝福游憩之地，而址偏宇隘，道廩不給，時興時圮。泉州慈勝師曾以募緣從平陽來，族叔經一、大功等共十二人，迎師山間，爲修復計，而師力承之。越三年，拓地恢宇，繚垣結閣，爲堂爲房，爲厨爲坎，且爲鏤佛而止客，建幢設鼓，一切具足。舊有食田八畝，自耕自穫。今續置四十畝而贏，雖旃檀化主不可暫忘，然師力亦瘁矣。

儒者闢佛，謂：「不蓋而處，不耕而食，不力而娛游以嬉。」師自誅茅辟土，以及塼埴鈣鏝而外，皆任其手足胼跰胝拆。即致所助田畂，亦必水火銍刈，以自爲作息，然且發願利濟，將以食夫遠方之至止者，而村人士女，並得以歲時伏臘相羊焉，以遊于其地，其以視夫漫居而苟食以自安于娛嬉者，何似已。因爲記，記曰：

一點微碧，百丈精藍。彌天可致，量地自安。師主化導，旋開泜洹。獅音可誦，烏稼以餐。慙予焚魚，未歸碧山。緬想屹崹，宛然躋攀。黄雲數頃，青螺一彎。高風克繼，千秋難刊。

重修得勝壩天妃宫碑記

古以得勝，厭北字京之門，京師北門名得勝門。北關之壩皆是也。特京門迤北直抵塞垣，故舟車絶少。而此則臨安以北，通潞以南，水陸並發，然且水倍于陸。相傳明洪武間，祠水神于壩，以爲官艚估舶禱賽之所，意甚善也。乃未幾而稍圮矣。成化辛丑，鎮守浙江司設監，太監張君實始捐貲恢拓，高其殿欐而擴其垣廡，使當日之捧觴獻豆、灌薦拮挶者，坦然可效駿奔于其側。然猶須神立碬，按簿勒石，令列朝鎮巡以下，凡仕其地，皆得補苴焉，以傳于勿替，而後且陵夷而莫之顧也。

夫捍患之祀，急于祀功。今天下河防爲甾，耗内府金錢不減疇昔。至官軺往來，若册封、贈吊、通使，溟漲者日蹴波蹈坎，出入澒洞，以濱于不測，此非神保不爲功。況商船峨峨，其爲越三江而跨九河，未有量也。曩時經理之費仰之在官，故順而易就。今大吏小僚，率皆躬勵廉潔，朝不謀夕，而踴躍好事，曾無多金如中官者，以爲之領袖，則苟且補苴，非合并群力，曷其有濟。因具疏設募，各爲小效，使微塵秒末，積爲銖兩，是修是葺，以稍還故觀，不可謂非衆擎之有埤也。

若夫神名天妃，舊傳秦時李丞相斯于登封之頃出玉女于岱山之巔，至今祀之，所稱神州老姆是也。特以地祇主陰，故妃之，而以所司河海爲職土之雄。逮宋元祐中，俗稱莆田女子契玄典而爲水神，此則後人所附會者。康熙甲子，同官汪君曾爲册立，使封琉球中山，馳波傾檣，幾于不免，乃禱天妃再，而舟竟以渡，其神如此。因于其饗祀而續爲之歌，歌曰：

翠羽帔兮雞翹，駕靈虬兮渡洪潮。青山作幛兮碧烟爲旓，神之來兮雲旗飄。吹簫兮擊鼓，南塘風來兮北湖雨。明粢在豆兮殽在俎，靈巫酌酒兮醉代神語。舳艫兮相催，官艚既濟兮商船後來。沙蟲遠避兮黿鼉迴，負檣唧檝兮鳴鉦以隨。浪不使漰渚兮風不使喧與。厖鴉不噪兮人不甾，神降嘏兮福孔偕。

修復平山堂記

平山堂踞維揚之勝，岡巒竹木，蔭映四野。相傳六一守揚時，公事之暇，率賓朋讌集歌詠其內，是以逡巡數世，皆歷歷可紀，而其後不能繼也。夫天下興廢多矣。考之六一去揚，其距建堂時相去未遠。然當婺川劉公來，而六一送之，其繾綣故蹟，屈指年歲，戀戀于所爲庭前手植，而叮嚀浩嘆，一若彈指之頃，早有古今盛衰之感生乎其間。暨東坡再來，三過平山，乃復徘徊憑吊，託諸夢寐，猶後此者也。蓋物盛則衰隨，事興而廢踵，理所固然。而第當循環遞至，則湮廢已久，將必有人焉爲之興復；而方其極盛，亦遂有起而持其後者。乃堂介浮屠左右蔽虧，始未嘗不相爲倚恃。而其後堂既毁，而浮屠獨存，然且故址昭然，遲久未復，予嘗過其地而悲之。

今太守金君自汝南來遷，重守是邦。計之有宋慶曆間，相去甚遠，且治揚甫匝歲，即復遷江南副使，倉卒引去。又其時適當六師張皇、禁旅四出之際，揚之疲于奔命、往來芻秣者，日不暇給，乃登臨感慨，毅然修復于所謂平山堂者，是豈僅爲是游觀地哉！蓋亦有感于前人之所爲，而興而廢，廢而復興，汲汲以成之，惟恐後也。予鄉蘭亭自永和修禊，傳之迄今，數千年間，廢日多而興日少。當君守汝時，汝無名蹟，然猶考淮西舊碑，勒段韓兩文于碑之陰陽，而覆之以亭。蓋古今賢哲，風流相映，非偶然者。第堂成命酒，賓朋歌詠，已非一日。而予以訪舊之餘，續游其地，不朞月間，一若賓主去留，後先頓異者，昔人所爲登斯堂而重有感也。堂以某年某月成，越一年乃始歆于堂，而屬予爲記。

葛山石幢勒石記

清化廣利僧買葛氏之山與田而葬親，其中復畫其賸地，盡捐之爲僧俗義壠，而以甃以甓，道其坎而覆以石，名爲「石幢」。考之儒者之惡佛，動謂佛氏無父母，不可訓。間嘗窺佛藏，怪目犍連以慈室之長穿地求母，而經載四恩，其所矢報者，首惟父母，其次第在傳法師長與國王、施主之上，是佛未嘗遺父母以爲教也。今僧以暴親之故，買山負土，以躬承凶事，虆梩掩蓋，凡期年而葬以成，可不謂孝焉？乃掩骼埋胔，王政攸重，儒者以古王不作，往往置義壠爲補救之術。而僧復自親親而推之以及于衆，捐其地以瘞夫無主之骸之委于道者，此利濟之心，倘亦親親及物之意與？佛氏以比丘爲乞士，乞慧養性，乞食養身，一身之内無所不乞。而今以石幢工煩，益復乞錢以成之，則是孝于親澤於衆，復不憚以身之所乞者兼爲人乞。而欲以高語孝弟、空言博濟之徒，利人之所乞，而以乞爲奪不得也。地在天樂鄉四十二都，所謂葛氏山者，連山碪與田共若干畝，值共若干兩。康熙年月，僧交值葬母，自母墓外皆義壠。僧名德揚，字宗標，廣利寺住持也。後凡繼此者視此石。

通玄觀崔府君祠禱嗣記

丁禮部以六十七歲舉一子。其前一年，亦既舉子矣，而未育也。泣曰：「吾已六十六年矣，今而後能再舉哉？」夜夢轝轎行，由巷而門，拾蹳登，覿神于中庭而列炬焉，詢之，曰：「崔府君祠也。」拜且起，見槃舉一兒，置神按閒。私念此兒儻抱與，誰則受之，頃之有盛服而拜于下者，小妻也，喜而醒。以問左右，左右曰：「有之，此閒崔家巷有崔府君祠，當是也。」及至巷，不是；入其門，不是；登其庭，不是；見庭所須神，俱不是，再拜而出。居無何，以他事至通玄觀，觀傍有神祠，則崔府君也。自入巷至觀，目甫接而心記之。而由觀而門而庭而神，則歷歷皆昔所見者，即按舉一槃，尚坐一兒于槃閒，遂禱之而歸，而婦有身，及彌月而生一兒，所謂「六十七歲舉一子」是也。乃予甫歸沐，亦六十六年矣。其前一年，生一女而育之，年老難再舉。禮部曰：「崔府君神，可禱也。」因告以夢，且曰：「府君以壬子日禱之，當應，雖然，宜有以酬之。」予曰：「吾將爲文記此事以代酬，可乎？」曰：「可。」因禱之，而彌月而亦舉一子，恍神授者。

予思古祈子詞，原有「釋老降生、宣尼抱送」之説。顧三代所祀，動稱高禖，予不知高禖爲何如神。而嗣此或祠子母，唐皇甫觀察祠九子魔母，爲生一男是也；或祠神嫗，齊張敬兒拜三公，爲妾祈子于新林廟嫗是也。母與嫗職孕，則祠之宜。府君何如神，而所司在是？按府君諱珏，彭城人，唐磁州刺史也。少曾舉孝廉，爲淇縣令，能捍水灾，以生有異政，死而爲神。相傳安史之滅，神實祐之，故在唐世，已早有護國威靈之封，祠之河濱。暨宋高南遷，禱宿祠下，而神助以馬，俗所稱「泥馬渡康王」者是也。故宋祠府君，一建顯應神觀在西湖傍，一建白馬廟于吴山之麓，以爲白馬、顯應，當兩祠之名勝之地以答之，杭之有府君祠，實自此始。若夫崔府君巷，則展轉分祠，雖至以巷名，而非其舊也。然而禱嗣何也？考《通玄觀志》，府君之父諱讓者，五十無子，禱嗣于北嶽，夢上帝賜之雙玉，因名府君珏，而字以子玉，實隋開皇三年六月六日事也。神以是日生。暨南渡祠此，則高宗張后夢府君饋羊，而孝宗以丁未年生，因以府君爲列朝祈子之神，累封護國顯應昭惠王。逮元嗣統，復封齊聖廣佑王，敕遍祠天下，視之五嶽。暨明代，錢唐少宰李旻亦五十無子，禱于府君，夢賜之棋，因生子名棋，乃厚德府君而別祠之，今通玄之祠是也。祠近白馬廟，而觀地高敞可饗神。少宰李君白之杭太守滁州孫君，太守孫君又白之參政蔡君，乃于嘉靖壬子，搆祠三楹于觀之東偏。而大鴻臚錢唐張君亦以禱嗣故，親刻神像而供于其中。然則禱嗣而應，固神所從來。而禮部所云「禱以壬子」，則以壬子所搆祠，而不于他祠于通玄者，則又以通玄之祠爲禱嗣設，故在此不在彼也。然則府君之有神，豈獨禮部矣，自宋明迄今，凡禱祀者無不應。康熙庚午五月日記。

重修卧龍山越望亭記

越望亭在龍山之岑，相傳前守湯君曾于明嘉靖間修復此亭，因名「越望」。歷八十餘年，暨崇禎之末，海風颼然，遂發硅而檼以傾，迄于今又三十年矣。山陽何公于守越之明年，登山四觀，隱見瓴辟于叢棘間，遂從井儀右拾級而上，❶得識亭故址，重思修復。而郡值多事，四隣之露鶻而震境者，日再三告，且山澤逋萑苻飢萌，思因緣伏莽，方陰爲解散，而民力未固，恐興作滋擾擾，逡巡又久。兵之往來而鴟義者敉之，民之無告者慰之。乃割俸經始，子來之衆不事鼛鼓，合工而程材，遽仍舊貫，築基于垣間，而補其罊，楮柱牙角，累重欄而翼之，亭成。乃集僚屬飲之酒，酒半，言曰：「而亦知夫修亭之意乎？昔越臣范伯以生聚教訓，撫國都而建樓窺吳，顔曰『飛翼』，彼固有所用耳。然而漢唐以後，元明以前，其爲因革，亦既非一，而時毀時復，彼豈真飾游娱、恣眺聽哉！夫仰觀雲物，俯察土方，意固有之，而非其實也。間嘗于聽事之暇，一登其亭，慨然興居高臨下之思焉。況山川風物，終古猶在，而官居若寄，欲以一時之跡，可以紹往昔而待來兹，此昔者羊公所由登峴山而泫然悲乎。且吾聞種山居

---

❶「級」，原作「趿」，據四庫本改。

中，其上應南斗，而下臨井垣，凡闤闠之廣、闤闠之𧷤，皆一攬可盡。今試遠觀四郊，近視五達，其或臺城宫室，烟火相接，雞狗鳴吠，並徹于遠邇，則熙熙攘攘，望之色喜。而苟其愁嘆之聲聞于上，顛連之色見于下，則憑欄愀然，百端咸生，是亦有官者之所當爲考鑒者也。若夫亭之爲名，以代更易，昔有稱『飛翼』，爲望海者矣。唐時觀察率賦詩是亭，皆名『望海』。而入宋而更名『五桂』，則或以植桂得名，而其既亭廢，而桂亦亡。于是有建樓而仍稱『飛翼』者矣，嘉定之汪綱是也。有建亭而仍稱『望海』者矣，嘉祐之刁約是也。前守興廢經歷凡幾，而後乃『越望』以傳。蓋是亭爲一郡所望，而守是邦者，即于焉望越，是毋論望之而或得或失，如前所云，而即以湯君觀之，彼治行相傳，其有造于越爲何如者。而登其亭而思其名，是亦景行之一端也。」衆曰：「善，請書之石。」是爲記。

嚴禁開熣郡南諸山碑記

古建邦立社必審察地道，以爲經營卜食之本，如宅洛者瞻伊闕，都渭者料太乙。況吾越爲計倪、范蠡所相度者，其陰陽向背，必重爲可信，明矣。相傳郡治爲勾踐建國之所，其地祖鵞鼻、宗朱華，乃由陳伽嶺穿茅陽、殷假諸山而蜿蜒盤澓，分條舒幹，踵爲斯治。其間羽飛介伏，迴翔偃護，有似真龍，故以「卧龍」名其山，載之誌書。凡府廳縣署、城隍祠廟，以逮薦紳之第宅、士民之居廬，實憑且賴，以故越中宧蹟邦賢，較勝他郡，非無故也。

明季崇禎間，居民無厲者開鑿陳伽嶺山，熣其石而燼收之，以灰以堊，民多灾傷。郡守王君與推官陳君立爲禁絶，復恐山籍奸民耆利再鑿，隨將籍之蘭字自十二號始，至二十六止，凡若干號，捐帑估贖，追由在官，以杜姦慝，其先事豫防，可謂密矣。至鼎革之初，舊禁稍弛，徒以修葺禹廟之故，偶假開燔。而一時道府廳縣，相繼解綬，土寇之延蔓而伏莽者，頓起剽殺，村市爲虚，其懲咎之不爽如此。乃奸民乘機發鑿于前，而土豪之射利者遂大開于後，燎原不揃，幾至燬室。按本朝申禁，一在順治十一年，爾時盜偶開鑿，而當事發覺，遽行敕止；一在康熙十年，爾時以公作所需，致薦紳士民同起請命，不數月間旋已報罷。今則盤踞焅烈，不由公作，夫竊據官山爲己，利盜也。椎埋剽攻，發蓋藏，毁道隧，大憝也。今以大盜爲大憝，而其所爲民賊者，又非止一家一室之爲禍，乃猶相視施施，不加嚴剔。夫鈹木之榦而欲延其英，刳人之項背而欲其負府藏以生，無是理也。況盜官擅利，比之鑄山，其爲官刑方大耶。

文學某等以其事白之邑，邑白之府，府白之道使君，道使君命勒石永禁，垂久遠，且以告後之守此土者。石凡二：一植府治，一植盛塘之上埠。邑令高君、郡太守何君、道使許君皆有名氏，勒禁末。

張水部雷琴記

琴者，樂器之一也。特琴德甚尊，其器不盡列于樂官。故自三絃至九絃，大樂雖備，而師延拊一絃之琴，京房製十三絃琴以定七均，則但藏内府，而考擊之數不及焉。

幼時謁明代諸王于杭州，見潞王北徙，出莊烈皇帝所賜琴，付北使去。其衣琴爛然，有若雷錦，潞王泣指曰：「是雷琴，故宫人以雷文刺衣，而惜當時之未及啓視之也。」水部張君得琴燕市中，其上暉下準、齦頟長短，悉中古法，池有宣和印，嘗疑爲汴京故物。及膠敗木豁，姑蘇琴工爲析其肌理而窺其中，則鏤款于臟，曰「大唐雷氏製」，而其下即附以「宣和養正」之記。然後知水部所得，實唐時雷琴，而宣和之印，則收藏家所爲款也。

夫神物顯晦，亦各有數，顧非其人勿歸。水部古情，則古器歸之，風雲之從蟉，抑又何怪。獨是雷氏爲琴時，覓琴材于蜀山松雪之中，經營心苦，而後斲之以成器，而傳之宣和。五六百年間，其中什襲珍重，不知何等，乃或存或歿，迄于今，又五六百年。一爲天子之所不能私，諸王之所不能保者，而一爲水部有之。此其遇合，豈細故與！古以琴倚歌，如絃鞉然，《虞書》所謂「搏拊琴瑟以詠」是也。雖學士操縵，不用唱嘆，然皆自爲歌，如舜歌《南風》、仲尼歌《龜山》《猗蘭》，皆無若近代尊師，端坐揮手，但以有聲無字爲絶調者。水部雷琴詩已遍人間，浸假取其詩而播之琴，一人長歌，一人揮絃，並如絃鞉之倚曲，而有聲有詞，彼此相應，則斯琴有神。焉知不能發古音如堂上器者？則雖謂雷氏琴即樂官琴，亦可也。琴者樂器也。

西河文集卷六十九

蕭山毛奇齡字大可又名甡稿

碑記八

兩浙布政使司政事堂歌咏勒石記

政事堂者，布政使司堂也。其使用宰相之副爲之，謂之使相。俗稱方伯連帥，❶非是。前代無其官，明初設中書行省，而以參知政事領其職，即元時所稱中書參知政事行省者。晉唐以中書監令爲宰相，而以參知政事同平章事副之。明洪武初設中書行省，出參知政事爲大使，至九年始改布政使司布政使。故名路曰省，名堂曰紫薇，而名其官曰參知政事。即後改布政，而其名省、名堂、名參政如故焉。今司官仍有參政名，下大使一等。第漢制外郡自刺史止以爲親民之官，當久于其職，使上下淪浹，然後覘積勤以資不次，不宜朝遷晡擢，等之傳舍，故刺史以上別無他使，致有進刺史而爲三公者。自隋唐以降，封軺四出，凡廉

❶「帥」，原作「師」，據四庫本改。

訪、轉運諸使皆得加大府之上，而其後提刑、觀察比于外鎮。及元設行省，明改布政，而使官之尊極矣。故自大府至行省，猶之刺史之進三公，而其階迂，其陟緩，其受事反不得久，而獨于吾浙有不然者。

上郡馬公從尚書郎來使榷杭州，至一麾而復守其地。會天子南巡，旌其才，使提刑全浙，分外鎮赤幢曲，蓋以宣布使指，復未幾而進浙行省，析圭擁節，爲外臺長，有似乎刺史之進三公者。乃仍歷諸使以登于副相，其階迂，其陟緩，其受事仍未爲久。而乃躐大府以臻大臬，不爲不徑；數年之間，而由分部以進乎全轄，不爲不速；自使榷行軺尋至斯土，歷方州大臣而尚不離乎其地，不爲不久。是豈天之巧于愛公，而位彌紆、陟彌迅與？是豈皇上之曲于衞民，而名爲遷移，實久于撫治與？是豈此方之民別與我公有冥漠之私，而由父而祖，戴帡幪而長子孫，一似藩鎮之分封其地，而君斯國、子斯民與？夫名郡之主進爲都君，其間親民惠物，不一其事。即間爲提刑，皦然清白，坐赤棘于五都之會，其爲安族而悦衆者，亦復何限？而皆于我公得之。如是而欲禁民之愛戴而歌咏焉，不得也。

夫大府有政，政可歌也；大臬亦有政，政可歌也。今巋然敷政媲于開府，其内躋執政而外掌儀同，特跬步間耳，乃四民歌之，百城歌之，諸州萬户俱歌之，凡飭綱陳紀、舉善絀惡、敷言輯瑞、賓興論秀、水旱災荒、關梁獄市、租調版籍、陂塘亭障、觀風造士、延師正樂、質契平價、育嬰保赤、卻請拒餽、掩骼埋胔種種也。《書》曰：「爾有成績，紀于太常。」嗟乎，太常之紀績，從此始矣。是爲記。康熙辛未十月日。

趙使君補山閣勒石記

管亭趙使君以良二千石守松江，還里，築閣于宅之西偏。方落成時，其湘潭門人陳君鵬年登而樂之，因拾宋人「又補青山入座來」之句，顔曰「補山」，紀所見也。

夫以管亭所居，在山水之間，柯亭當其前，瓜渚環其左。未有閣時，山未嘗少減，及建閣而山不加多，而乃曰補之。蕭山毛生曰：凡所爲補，所以補使君之不逮者也。夫使君非不足于山與水也，弱冠卻柔翰，杖策出門，值東甌用兵、賢王入粤之際，摩盾戎馬間，遂以試仕啓東南之治。暨遷潭州司馬，則又當滇南初定，車徒轉餫，不絶于路。予嘗謂管亭賦才，官靈均頌橘之鄉，而迫于公事，逮之官而後有詞，正謂是也。及守吴淞，會國家嚴吏治，方州大臣率餐疏衣敝，寅作而酉息，程文簿以鈞石。其間勸德絀惡、觀農升俊，讀法于里門，而平争于聽事，日不暇給。是其生平所自歉者，祇此拄頰觀山之興，而今後而得補之。是閣中之所見猶是，而使君之所見者有獨加也。夫時有不足，端賴于補；人亦自思其生平所不足，而有待于補救者，亦復何限。而使君所補，惟是，可以思矣。

康熙壬申，予與同館查君庶常前後登閣，庶常曰：「《傳》曰『進思盡忠，退思補過』，使君今日之事也。然《詩》又云『衮職有闕，惟仲山甫補之』，則又後此者所當勉也。」予曰：「善。」遂用其言以爲記，且乞庶常書之石，以示後之登斯閣者。

笑隱庵碑記

笑隱庵者，笑和尚所隱庵也。其址在杭州清波門外，舊名「法喜院」，而中丁毀廢。大耆陳氏購復之，以開住者爲照福笑魯和尚，而笑近于喜，因以「笑隱」名其庵。

康熙二十二年，奕是和尚從平陽來，會靈巖翼庵將退院，而以奕公曾落染此庵，遂合檀越及僧衆，啓請願爲奕公量笏地，而奕公應之，今十法臘矣。吾聞釋氏以退晦爲名，雖持燭破暗，而未嘗自炫，即或勤于精進，而究之無所于先，若此者所云隱也。幾有釋氏而猶未隱者，而未可概也。人有絶人世而仍不得稱爲處士者矣。生平挾持，原無可恃爲世用，即不見物，物亦安用爲見之。此如田更市傭，其爲袒膊而箕肱者，傲物也與哉？禮不足耳。惟我固自有繁飾之具，而以爲無益，「躬化謂何」而去之，夫然後可埤堄曰「安用是拘拘者爲」。今天下沙門千百，槁項黄馘，其東投西驀，何關出處。惟夫禪法之雄，爲龍爲象，既已披僧伽黎衣，高睎人世，將出其所學，樹之大寶幢，以告四遠，而仍然詘處如面壁然，此可謂隱矣。

公少通儒書，一出而參諸方，即付以大鑒之法，年未及子淵，而早聞大道，宜乎高坐名山，岸然揮麈，以進退夫三皈之衆，而乃退居一室，詠歌以自娱。吾嘗讀其詩，觀其所爲書，而深慕乎公之才與公之道之廣也。夫可以用而不用，斯之謂才；可以不及而無所不及，斯之謂道之廣；可以不處于此而猶處于此，斯之謂隱。公非其人乎！若夫笑者，舊所名，而今復仍之，曰：「吾以知靈山之笑之别有在也。」公笑曰：「記之。」遂爲記。

兩浙公建育嬰堂碑記

王者有慈少之文，而順時行惠，則春育幼稺與秋養衰老，往往並布之《明堂》《月令》之間，此後世漏澤之制所由養無告而先以孤也。顧曩時育孤，大抵在保抱以後，如《孟子》所云「幼而無父」者。而至于胎娩之餘，甫離葸絡，則前此並未及焉。

自鼎革以來，京師丁兵燹之後，道多遺嬰，益都相公曾啓之章皇帝前，開育嬰堂于崇文門外。畿南數百里車攜擔負、口哺手繃者，日踵踵至。及益都致政還里，而宛平相公復繼之，其式遂遍于天下。吾浙育嬰舊堂在吳山之麓，地偏而棟陋，所輸貲糧，嘗不足以給日用，乳婦各散處，無所稽攝。巡撫張公顧而恤之，于公家之暇，往往咨及。而布政使馬公遂力任其事。會方城五達有皇華舊驛，本駐使節，而鞠爲茂草久矣。乃址而堵之，闢堂三楹，而列甲乙舍于其傍，分坏别牖，設牀而鋪墼，冬鑪夏翣。料居乳婦于舍間，有夫者共棲之，使之忘内顧之憂。凡竹車絮藉，所以供兒之坐卧者，無勿周具，且延醫師之良者以護其疾。其于保字之用心，可謂極矣。然又恐遲久不繼，買田數百畝爲儲偫需，而立首事鄉官，月稽而日核之。嘗讀《周書·康誥》，以武王之聖、康叔之賢，治妹邦之地之大，而當時分封伊始，所諄諄告誡者，曰「如保赤子」。夫民猶嬰也，寒煖燥濕、饑渴勞佚、口所不能言、心所不能達，而爲之上者，以己意而宣之達之，予所好而去所惡，有如嬰然。則是合帝王保大之心，而後可以養一嬰；極都伯重臣上下經營之全力，而後可以保一赤。推之萬姓，何異矣。

康熙壬申之三月甫載事，而五月工竣。當事者請爲文以布之石，使他日繼此者有所視。因爲之記。某日某記。

兩浙布政使司布政使遷江西巡撫都察院政蹟碑記

今天子御極之三十一年，上郡熊公由兩浙使相進秩大中丞，開府西江，爲外臺垣翰之長，建牙樹纛，設茄鼓節鉞，一時士大夫咸拱手爲天子稱得人慶。而下民哀號，謂奪我公去，扳車卧轍，不得已，乃歷數公政蹟凡若干條，琢石雕朱于行省之門，仰睎流涕，一如羊開府之在襄陽者，誠曠世事也。

夫善政在得民，得民在獲上，夫人而知之矣。然而二者嘗不能兼。京朝左右，日親近幃幄，而澤不下逮。其在專城制閫，去君門萬里，即曰御屏多記注，徒虚語耳。獨我公由一軺使權，早合輿誦。至皇上南巡，駐蹕兹土，親見公趨事勤敏，所向無稽業，而民之愛戴者，衢巷歌呼，無不曰「我公賢、我公賢」。以故公凡三進秩，皆不出兹土，以慰民望。而終遷峻省，重之都府，以彰我懋簡，從來方州大臣，未有得君得民若我公者。然則遷之者君之恩，而思之者則民之情也。

考之三代封建，設官不同，而郡縣相仍，大率以兩漢官制遞爲沿革，漢法最尊者莫如宰相、執法暨郡國相守，故凡有大舉，則必以丞相、御史、列侯、中二千石爲之領袖。今之大府即二千石也。上而布政使司，布政使即丞相之副，後所稱參知政事者也。又上而巡撫都御史，則御史大夫也。漢以丞相、御史隸之京朝，而歷代重使臣，則往往以京朝大僚出之爲垣翰之長，故使至執法，則使之極事矣。公自大府而觀察而行省而御史中丞，以一身備諸使，而且得久于其地，其獲上之專與得民之深如此。第民心惟一，而其類有四，其在官屬，即士類也；凡承流宣化、整綱肅紀，與夫飭法明計、杜賮絶請諸條，此所謂「勵官常以儆師士」者。至于士，則講讀考課而外，爰有監鄉闈、建義學諸條。而農長諸民，諸如舉孝獎廉、粥孤養老、恤菑捍患、調争減役，以及耗羡之除、常平之置皆是也。若夫工估，則凡釐漕平關、築隍濬甽，與夫行户所必裁、承應所必捐、牙埠所必格、輕減子錢、均平物價，比比而是。因件其實蹟，疏爲若干，而但存其目于左，以俾後之蒞此者有所取法。且曰：「此民志也。」若夫公之德，則概以政見，且有非斯石所能記者。

皇華使館瞻御書記

康熙三十五年，皇帝遣刑部員外臣宋駿業手捧御書，將至紹興山陰之蘭亭。車過杭州，在籍兵部左侍郎臣楊雍建、詹事府少詹事臣邵遠平、國子監祭酒臣汪霦、翰林院檢討臣毛奇齡、翰林院編修臣凌紹雯、中書科中書臣顧之璿等詣皇華之館，叩頭問皇帝起居，畢，跪復請匄御書瞻仰。駿業不可，曰：「此非臣等所敢擅也，皇上未嘗有旨令汝等觀也，且亦未嘗以書法教天下臣也。皇上以爲自昔巡幸，皆有祀古帝王賢臣之典，載在史册，故漢帝祠黄帝橋山、祭魏信陵君、封樂毅後；而東漢建初，且有祠本朝臣桓譚冢者。朕觀河南巡，東祀神禹，而獨不得一訪問先代賢臣之在其地者，朕深憾焉！

因于萬幾之暇，曾憶晉臣蘭亭舊蹟在禹井東西，涸沫不彰，遂手書《蘭亭記》一通，將以張諸石而補祠其地。汝等誤以爲皇上文武神聖，乃區區與右軍將軍較書法乎？」臣雍建等俱伏地曰：「何敢然！何敢然！第聖人御世，動無過舉。在國家行之爲典禮，而在臣民見之，即爲法式。此如天然，在蒼蒼祇以自舒其陰陽之功，而在天下人即仰之爲金輪、爲玉波、爲霱翹華蓋，不可名狀。今有景星慶雲出于天，而薄海内外，不争先願睹者乎！有醴泉生于山、甘露降于林，而鄉城老幼，不扶杖襁負，願少須臾毋死以冀得一見者乎！今皇上加惠東浙，龍文遠頒，臣等身居浙西，方私相怨望以爲獨後，而瞻天仰聖，尚閟抑不前，恐亦皇華所未忍也。」駿業乃仰而告、俯而祝曰：「惟皇上惠之。」敕設几，行叩頭禮畢，甫展軸，而天氣清朗，日色相照耀，庭前草木雞犬，皆爛然有光色，彷彿見黄帝垂衣，倉頡布象，龍跳虎躍，鸞鷟而鵠峙，滿庭皆踊躍歡抃，觸首呼萬歲不能起。「臣伏見三古之世，極重書學，故《中庸》曰『書同文』，又曰『非天子不考文』。蓋古凡入學，則天子頒其書法于學官，使天子胄子與公卿、大夫、元士之適子皆習其書，是以《大戴·保傅篇》諄諄記書學之事，而《漢志》有云『《周官》八歲入學，保氏即教以六書』，是書之爲重于天下久矣。今皇上書法前掩千古，後掩萬年，雖神禹手書峋嶁、武王親銘几杖，皆莫之及。自宜頒其書于天下，使後世臣民永爲法式，今日之瞻，則百代規摩所自始也。」衆皆曰：「然。」遂以臣奇齡原職史氏，當備載其事，以俟採擇，因略敘始末而記之如右。臣奇齡稽首頓首，謹記。

趙開府六事圖記

兩浙巡撫中丞趙公開府杭州，予與同鄉官出餞之朝陽門外。暨予請假歸，而公已移鎮江南，尋且還臺遷部堂去，其撫浙之政，值在京不得而知也。然杭之人每思公，其有得于心，必曰：「此公澤也。」其或不得于心，必曰：「公何在耶？」又曰：「向使公在，不至此。」以故范公貌劇公治行，以廟以碣，其在今已十年所矣。猶有繪公六事圖屬予記者，曰開河，曰築十觀臺，曰刑奸，曰代民還營錢，曰講道學，曰移鎮。公事不止六，且「移鎮」非事實，衹以紀朝廷倚重并浙人留公之意，然而大者具焉。

夫開府無細事，官其地當使山增高而水增深。杭昔苦壅塞，前哲鑿八井不足，其穿城水關，有渠而陻。公開中河十餘里，西小河十里，南自慶封關，北達清湖，尅期而工成。乃築城十門觀臺，高廣若干丈，墻樓參差，且增坏諸障隧，令城中士女偕觀，撫埤堄，循墻而游，如是者三日，今所繪城端纍纍是也。夫東南四民生于逐末，賣漿負飴者，貸營錢爲餌，旬日倍子母還之，而風雨疾病，或不幸不售，縲係敲朴，鬻妻孥逮死，比比也。公代民償責累巨萬，而禁其將來。至于土豪作奸者，詰殺之，曰：「吾去其害馬者而已。」念無可與士大夫往來請益，于是借講堂論議得失，以予觀世之爲政者。高其牙、盛其伍伯，日與下吏候門者，罄折問詢，相對移日晷，而士大夫之車轍若冬雷焉。民之暴亂非法者，矜之以爲恩。遇有大事大役，即惴惴不敢任，聽其脞廢，曰清静，曰以不治治。或百不得已，任之而動輒箕斂，曰設法，以至重農驅惰，抑奢崇儉，不務識大勢，而概以袪末之見，任意摧割。雖賢如湯斌，其治吴闐不免也。有如是六事，而猶謂不足以砥世也乎！吾記之，猶思之矣。

海竺庵食田碑記

海竺庵者，吾族蜜修之所也。從來四恩報主，各稱檀海。今以海濱隟地建旛量笏，爲衆生修覺之場，則雖小莽，而海以名焉。前此族弟尹儔與其婦周倕雅好施濟，曾築室數椽，濩茶歃喝有年矣。今尹儔夫婦垂老無嗣，遂拓之爲庵，且以此爲他時樂丘，使翦茅其前，培龕其後。生時焚且誦，而百歲之後歸于其室，此固鐘鳴漏寂，劃然猛省一大機也。因族叔遐伯、從弟鎮還夫婦皆有同志，則自此而推，將必有踵其事而增其華者。故特延禪僧高修爲之住持，作開山之師，而以尹儔夫婦爲之山主，乃爲述其事而記之如此。庵坐落祖宅之南，相距一里許，後有田如干畝，即尹儔夫婦歸藏地也。别有田如干畝，爲常住食田，皆尹儔、周倕身施之，族之人毋許估者。某月日。

祁夫人易服記

姜桐音先生以疾死，其配祁夫人服三年喪畢，不易服。先是，先生易簀時，其諸子環列，先生指謂夫人曰：「以累子。」以故諸子無長少，皆夫人教之。至是諸子請易服，不許。家人請于祠，不許。少京兆定庵先生，其猶子行也，拜于庭，爲陳大義，謂非先王法，且先人亦莫之行，反覆論説，終不許。

會鼎革既久，郡之以世家保家門者日隆隆起，而先生席列卿後，獨家食不出。于是諸子有乞試者，屬京兆君爲之請，而夫人許之。康熙辛酉，次君貢于鄉。及癸酉，長君登賢書。方是時，距先生之死已一十六年，榜帖至，家人仍有以易服請者，邀予至其家，語之夫人，夫人怫然曰：「謂此區區者，遂足以易我心乎！」而予曰：「不然。方予之與先生交也，約四十年矣，始爲患難遊，既而以文章爲伯仲，又既而音容闃絶，莽莽若隔世。而夫人非他，巡撫蘇松殉難、贈太傅、謚忠敏公之長女也。予少至東書堂，時夫人從母商夫人學詩，而以予通家子，每出諸閨中詩屬予點定，以故每讀夫人詩，而爲之賞之，其後與先生倡和，更名《静好集》者是也。今商夫人已即世，東書堂已毁，當時所點定詩已俱散失，《静好集》已殉棺去。即夫人所授《四子書》及經義，諸子售後，已厭晦，將抵之牀下，天下亦何事不從遷變？高門華屋改爲蓬茅，滄海之波移而爲塊壤，而祇此絲蒯之縷縷而不之易？且未聞易服而即可以易心者也。世可易，心不可易也。」夫人乃忻然稅服，而曰：「可易矣。」遂詮次其語而屬爲之記。

雖然，《離騷》云：「進不入以罹尤兮，退將復修吾初服。」夫進不罹尤，退不修服，君子之過也。初服安在？吾作《易服記》而重爲思之。

重修臨安縣學明倫堂碑記

明倫堂者，學宫之一堂也。古學與廟二，釋奠先聖，每設主帛以行事。而學宫甚廣，由垣而門而堂而室房而館舍而圃林，凡讀書養老、興師貢士，以及上功上齒、序飲序射，皆集于其中，而名之曰「學」。自隋唐以還，間立周公、孔子廟于學中，而元明更制，遂以孔子廟爲學，而别立一堂，題之曰「明倫」。無米廩、無瞽宗、無論庭射圃，二館三舍，祇一圜橋、一泮林，亦列之廟前，而堂無與焉。則此一堂者，固合全學所有事而存焉者也，使此堂而尚任其圮，則全學廢矣。

郇陽郭侯存齋舉鄉試第一，以揀選知臨安縣事。其莅任也，見聖廟巋然，而啓聖宫壞，捐俸修之，未竣也。及集多士于明倫堂，將習講誦，而堂本五楹，而墮其三，棟欹而壂礫，慨然傷之。念邑爲西吴奥區，代産偉人，即今衣冠濟濟，科名相繼起，而顧令本源之地，荒蔑若此。古不云乎，「學始于不足，而成于克奮」，苟能奮興，雖經費不足，何害？因敕諸生鄒偉元等，使先竣啓聖宫功，而徐議堂事。康熙三十八年夏六月望日，侯首捐月進，不足，請輸于紳士，又不足，則以贖鍰佐之。凡陶土、刻木、負繩、運槼，一切任材效力，聽擇所便，不苛亦不濫。乃請練事紳士如許君、胡君、駱君、盛君，典司出入，而縣尉任君董視之。越五月工成。侯因會諸生于堂而課以文，且舉鄉飲酒禮，并讀法焉。值侯將引疾，未暇記事。又二年，而諸生礱碣，請爲記。夫學之賴修成久矣。《君陳》曰：「簡厥修，亦簡其或不修。」《學記》曰：「凡入學者，七年而小成，九年而大成。」向使廢墜不修，毋論是堂無幾，即漢唐國學，往有二百四十房，一千八百餘室，而諸館之門，墾爲菜畦，即初授廣文一職，有雨淋屋塌而不可入者，況官居相嬗，等之郵驛。計侯之莅治才五年耳，初衣之遂，本諸夙抱，祇此數年間，何難膚膜置之。而多方經畫，以集于成，然且瀕行頃刻，尚不忘斯舉，而就許、胡諸貢士而三致意焉，其不令或闕如是也。聖天子崇儒右文，其將稽士成以稽官成，胥視此矣。乃爲文曰：文缺。

西河文集卷七十

蕭山毛奇齡字大可又初晴稿

碑　記九

兩浙提督學政翰林院檢討顔君試士碑記

國家三載一論秀，而三載之内，必一歲一類，取民間俊秀而填之學中，故曩時科目有所稱秀才科者。而填學之士，即假以是名以爲俊秀者，即論秀之所自始也。但從來試例，四民之子，不露名籍，貧者固無容自白，而高訾厚稸，亦並無可爲物色之地。以故每一試出，縱令至公，亦定有一二紈袴居于其間，❶凡樹碑五達、乞貴官諛文，雕朱鑱素，較易爲力，試而頌之，再試再頌之。

今學使顔君，吾不知所鑑何等，其在杭已兩試，計所得士，兩縣三學已不減百十有餘。而乃衣卉而食藿，一若漆室揀火，吹纖塵而揚大秦，舉高訾厚稸之子而盡卻之，囊無一金，通衢大涂，不能購一

❶「袴」，原作「褲」，據四庫本改。

石。乃相與群聚而咨嗟曰:「猗嗟,我公欲頌,何從頌乎? 公乎能瞢瞢乎?」于是一人四銖,合兩人而成一錙,三人十二銖,合六人而成一兩,計若干人,得若干兩,糾工瑑塊,將樹之明倫之堂,而屬予爲文,曰「惟公文之足以嬗後來也」。

予嘗考明制,學使悉用監司,惟兩京首善之地,始以南臺長官兼董其任。監司,道也,而臺則以院名焉。今天子以兩浙文盛,改道爲院,使東南一區,得厠之三輔之後,斯已幸矣! 顧院使新開,初但以坊局之能者充之,謂中贊以上,講讀以下,堪荷斯職。而皇上崇文右學,惟恐狃于成習,即不足以大非常之典,因故爲不測,内而尚書副貳,外而樞臺使相,開府儀同,皆一時互相擢用。而獨于君則侍從臣也,檢校秘書與討論國史,尚將有事于草制之班、記事之列,而聖眷優渥,即與中臺侍郎同參其選。夫上以非常遇我,即當以非常報之。此時君之報主知,不啻如士子之報君。然且簡畀稠疊,今兹之使學,即昨歲之主文也。癸酉之役,君主文兩浙實爲得人,因之甲戌首春,即以是任當先茅之獎。三載升秀,與兩試課俊,並舉而萃之一身,是在朝所必不能已于君者,而草茅在野,安能以心所難已而反已之。且夫士風而日下矣,從來清論是非,出于學校,故《左傳》有云「鄭人入學,而執政善否于是乎定」。今則旌揚贊誦,視爲故事,士子進身,即以此爲諛人之藉,銘功紀德,不可信矣。有如此之慷愾踴躍,吹涬而賦海,把簞土而頌丘山,此非尋常碑碣所可例也。明倫堂者,公學之堂也。

兩浙布政使司布政使蔣君左遷去任碑記

王者建邦辨治，設諸道以領庶吏，無非爲斯民通上下之情。是以卿長率屬，每建行省于諸道使上，初不過飭綱紀整官方，升賢舉才，編織户版，以統諸筦鑰之要，一若居高處尊，不必與民間子婦披瀝情愫，而民率呼吸歸之。況兩浙爲東南要區，賢能財賦甲天下，民之望大吏如望歲焉。

襄平蔣君，由西江觀察開藩杭州者越五年，亦已綱舉而目張，官不即于衺，户口生齒已溢于圖版，三年論書者已得良士，歲月舉倉庾會要，而任土作貢已倍他日，四方軍需及一概坑冶錢幣薪奉頒賚之典，俱已權衡度量，各得其理，而偶以庶司關移檢校稍疎之故，捲槖而去。民之聞之者，男廢耕耒，女罷蠶績，商估闤市門，士子撤學損課讀，百計思所以留之，不得，乃相率爲畫像、爲侻屨、爲立祀版、爲謳唫哀思，而終之勒石以紀其事。

予思蚕蚩之俗，祇趣膻附煖，往往長吏遷官，則樹碑以應故事，未有拂衣以行，而復爲之疏往昔戴恩膏者。夫虛公之言，其言可信；不諂之辭，其辭足録，夫人而知之矣。乃較君生平，以行軍司馬開闢東甌，會天子威行海外，舉溟渤而耕犂之，復簡君爲長城之寄，龍鱗馬齒，井畫其地。則自兹以往，豈無天風之動，築其禾而起其木者。況前事者後事之規也，民聽者天聽之本也。夫以尚書僕射兼門下中書，兩相之任，推爲行省，古所稱左右丞相開政事堂者，縱有蹉跌，進可爲開府儀同，退之仍不失爲大小參知之職。而苟其規前事以策後效，即民心以覘天意，白石在前，不必伸桐鄉之思、下峴山之泪也。吾是以應民請而樂爲之記。

長山心庵自置食田碑記

長山心庵者，新建之庵也，其義以新舊得名，而住持者曰：「吾將以求吾心焉。」顧地近海塘，前此山界于海，潮汐抵山麓，桑田萬頃在洪波中。而今則延袤百里，皆良園美蕩，茭葦之外，間産竹木。故傍塘而居，好善者歸之。乃住僧凡白嘗爲我言，「開山者非他，予法弟慧彰師也」。彰與白皆長山人，且同師落染，而彰長于白，徒以桑門次第先入爲兄，故白弟視彰，而實則開山大事，皆彰主而白輔之。乃彰本氏富，白本氏金，彰俗猶子，有兄弟三人，實捨得分地以爲庵基，因于康熙甲寅冬十一月，彰與白同剏此庵，閱今二十有四年，而彰已逝矣。特庵有食産，皆兩人自置，不佈施，不經識，各攄其力，積銖粒而賈買之，播植藝穫，量所入以給僧衆，終歲之用，皆于兩族無與焉。夫捐金布地，不還所捐，募錢以造像，不復翦蓮片以作錢用。況釋已捨姓，一切身受，非本姓所有，豈有給孤餘地，自耕自食，而人猶得以覬覦之者。夫茫茫滄海，已爲桑田，而欲其遽就刼灰，不得也。夫心庵者，心不可壞也。凡白名某，自置沙田如干畝，沙地如干畝，後有再置者列此末。

重修蕭山縣儒學文廟碑記

漢制，諸侯王相及郡縣長吏之官，必先赴廟謁而後從政。至隋唐定例，往往以春秋二仲釋奠責之州縣。而惟宋及明，則又增之以朔望行香之禮。是廟學之設，創自朝廷，而其仰承之以延其制，則實州縣所有事也。第居官遞代等之傳舍，典禮十廢難于一舉。況三征九賦惟正不足，必欲統會計以戒功事，則秦瘠而越視之矣。國家建學垂五十年，釐定典制，整飭廟額，而皇上復臨雍講經，親理帟羃，其于崇儒右文之意，可謂備至。乃郡縣學宫每易傾圮，大抵殿宇崇閎，成艱毁易，加之官府工作輕于審辨，諸凡輂銅、合土、脂膠、圬鏝，所至以一切從事，故子鑄而丑三釁焉。

桐城姚侯菼吾蕭有年，自廟謁以迄釋奠、釋菜，其爲屈折盡禮者已非一日，而獨于棲神之地尤廑俯仰，蓋十年以來凡數修矣。今遷官在即，而瀕行之頃，猶不無徘徊而警未雨者，乃首捐月奉經營載事，損廉入而考出之，稽器倚具，皆有程法，自殿庭兩廡以及戟門垣墻，凡刻桐、畫梓、笵金、飾木，皆量其疏密以辨工濫，上眡櫩楹，下審坪墄，朱丹而髹堊，次第塗濩，一若橋增其圜而池益其潔，計長功中功，閲兩更朔而告成。予乃于餕奠之後，拜觶言曰：「不觀學乎，學貴有補修之者，所以補也；學貴有繼重修者，凡以爲繼也。」顧其説尤有進者。夫天下之以因循而隳吾學者，豈少也哉！事當可爲，其始未嘗不欲其急行，而既而逡巡，又既而以爲此非吾事，可俟之將來，而于是退諉之情生矣。向使侯當政成，其視此未雨之事可姑待也。且夫春秋遞嬗，成功相推，吾第從容焉留此成效以俟後之繼此者，夫亦孰得而非之。而乃奮焉勉焉，不假瞻顧而興焉，夫然後知當仁之不讓與見義之必爲，固有在也。他日任國事有如此廟矣。因爲記其事而復爲之詞，其詞曰：

惟昔闕廟，在魯觀右。兩漢幸學，别作妥侑。唐改廟祀，于州縣學。澤宫巋然，上有榱桷。

從此聖宇，較殿陛隆。几筵籩豆，乃實其中。特因嚴事，饗薦有時。銅槽瀏晚，金鋪啓遲。邑設學在，文明門内。璧水東環，筆峰南峙。幾千百年，勿詠茂草。鳥鼠既去，風雨殊故。獨其嵬聳，長藉修築。比之藝業，不殖將落。我侯戾止，胡然念之。彼高坐者，實惟吾師。雖當政成，早賴神祐。敢廢羹墻，以自貽咎。乃滌范釜，用飾顔廬。天宇方澄，地軸載舒。從來頌禱，矢棘翬革。試觀櫩楹，如萬斯翼。礲碣砥砫，綺欐香橑。自兹泮林，有梅無鴞。在學言學，不教而教。業無推諉，此是領要。式瞻既往，言規將來。斯文無僭，庶嬗勿衰。

湘湖水利永禁私築勒石記此文縣申藩、臬二司敕勒石者，縣復以不便于己，假他紳一文刻縣志中，後改正。

蕭山湘湖，宋邑令楊公所開湖也。公據熙寧、大觀間縣民殷氏等，有請築湘湖之奏，而下議未決，公決議成之，遂開此湖，用以灌九鄉田一十四萬六千八百餘畝。歷南渡高、孝兩朝，邑令顧公諱冲者，以九鄉争水，度地勢高下，定諸鄉放水之則，算毫釐、酌多寡，勒石縣門，因有劃堤斷臂、穴水鈇趾之令。而其後郭公淵明于嘉定之末來宰斯邑，則益加疏濬，凡湖傍山足，尺寸皆湖，所謂以金線爲界者，謂山足黄土外皆湖水也。自明弘治間，湖豪孫全等漸起侵佔，鄉官致仕尚書文靖魏公力爲恢復，而御史何公舜賓繼之，不幸御史被害，孝子伏闕。孝宗皇帝親遣給事李舉、郎中李時、大理寺曹廉同外鎮巡官反覆審理，置孫全于辟，敕邑令楊公鐸勒石湖口，毋侵、毋佃、毋私築、毋蝕水涘、毋倚圩傍岸以漁以草以栽以畜，犯則重者辟，輕者釘，發遼東衛永遠充軍，載在《實録》，播諸誌傳，彰彰也。

今康熙二十八年，距向勒石時幾一百八十餘載，恪遵舊制，無敢越者。乃忽以秋暵湖涸，湖豪孫凱臣等糾集畚鍤，一麾而千人，不鳴官、不暴衆，築堤數里，自湖西至東，兩山之間，横跨湖面而攔截之。邑令劉君據水利衙報文申請，而無如阻之者之衆也。夫湖職蓄洩，不職行走，況兩山陀塞，從非五達，揣其用心，不過爲風水計耳。夫兩山墳墓下有關沙，可以動勢家巨族相助之心，而實則倚圩而栽，匯巖而漁，正曩時侵佔所由禁也。夫湖分爲三，其于上湖下湖不無偏曲，然且放水早晚，限有時刻，堤截水緩，則于限刻最少者，每有水未出提而即行閘止之患，然而九鄉泄泄，獨澇湖蔣棫等争先控告。會郡伯李君初下車，時惑于阻撓，屢敕集議，而卒之用予末議，始敕令剗削，榜杻示衆，而豪黨多力，抗拒官法，府復據縣申之藩、臬二憲司，藩、臬二憲司仍下之府縣，剗削按律，且爲之永禁，以勒之石。

夫創始之難不如守成，開之者一時，而争而守之者乃在萬世。第宋代敕法，皆當事主之，故洪武祀功，尚有楊、趙、顧、郭之祠建于湖濱。而入明以來，則藉鄉官爲力持，故弘治賜祠，特敕名「德惠」，以祀楊、魏，而其後何氏父子得祔其傍。今鄉人委蛇，動多退諉，築堤變制，無一人爲之争執，而一二州縣守令，儻惑于豪强，而動多變法，此則生斯土者之一大患事也。夫以宋世侵牟，雖郡王之尊、招討之貴，一丞尹持之而有餘。而孫氏一佔，即極之尚書、御史門生數世之恢復而猶不足。今遺孽復興，幾壞大事。及此不戒，將何底止，因爲布諸石而禁之如右。❶若其禁條，則具見宋淳熙十一年、嘉定六

---

❶「因」，原作「囚」，據四庫本改。

年、明正統五年、景泰四年、弘治十三年、正德十五年、今大清康熙二十八年禁罰各例，載《湘湖水利志》中。

沈氏放生池碑記

沈氏放生池在大芝巷沈氏宅前，池方五百步，廣長于袤，其西角通他陂，而平橋鑠之，有長林、修竹横其南，當宅門之屏，凡過其門者，停車而觀，如登濠梁焉。崇禎七年，沈澤民先生捨其池爲放生池，而曰：「此池非他，吾母袁宜人陪嫁産也。先大夫痛宜人之早世也，而思歸袁氏，既而袁氏絶，無可歸矣。吾何忍據此傷父母心，請捐爲衆有，以長存此池。」當是時，先生手書「放生池」三字，并書《金光明經》「流水長者子」一卷，又請李次公爲之圖畫，共勒石池上。且曰：「後之人有食此魚者如食吾肉，取此值若析吾骨。」而不謂甫易世而不能守也。沈八公者，先生之季子也。與客飲于池而醉，而流涕，客詢之，而告以故。客曰：「傷哉，顧質值幾何？」則以十五緡錢質貴門矣。客慨然曰：「豈有沈八公無十五友者！」友各賫一緡贖之。康熙三十七年，重標其池，曰「放生池」，復書《金光明經》及圖畫爲卷册，而大書十五友于其上，曰胡氏，曰朱氏，曰鄭氏，曰三王氏，曰馬氏、杜氏，曰又胡氏，曰陳氏、張氏、羅氏、兩劉氏，曰沈氏。

其明年，將勒石垂久，而請予爲記。予曰：「世之能垂久者，莫如佛氏。天下名山，其自晉唐迄于今，豈或暫易，而亦有不然者。夫惟其爲名山也，名山而城市則覬之者衆矣。向者先生亦知佛法不可守，而動以孝思，曰人孰無父母，而世不顧也。乃以輓近衰薄、友朋凋喪之際，而尚有人焉慷慨好義，以善全此兩世之孝，此在他人聞之，猶逌然感興，而況沈氏之子之親承其後者也！然則是池也，將與孝與義並存，而安用守矣。」衆曰：「善。」遂書其説以爲記。

方示神應記示音祁

古有方示，今之城隍是也；有土示，今之土穀是也。顧土示之祠遍于里民，而方示則官祠之，然且行省郡縣每以上下分氏卬，故都會城隍較郡縣加等。況吴山嵯峨，左江右湖，尤神所依憑爲昭昭者乎。

康熙三十九年六月不雨，大中丞平州張公帥諸官屬暨師巫、里老登山而雩，初卻車自山麓，既而斷腥從軍門，徒步歷戊夜以至高春，吁嗟以祈之，如是有日。公慨然曰：「吾從來索雨，三日而驗，今如干日矣，豈德日下耶？抑亦索之不以誠而徒具文也？」乃立册書，請減年以救焦灼。翼日，師巫大言曰：「爲我謝軍門，今年夏甲雨，當爍地千里，兹者鑒公誠，且降雨矣。」公遣官籤問降雨何日，籤有「天書」「豬犬」字。籤曰：「連年久暗漸分明，所用天書自有成，從此出門無阻滯，相逢豬犬辨枯榮。」時七月二十七日，越四日辛酉，值八月合朔，二日旁死魄，壬戌，犬日也，晚而雨。三日癸亥即豬日，則大雨傾晝夜，東自鄞鄮，南自新安、江西，北訖浙所有地悉霶霈，溝澮皆滿。杭人讙謼頌公恩，公曰：「此神惠也，我何有乎！」爾乃手題大榜，曰「有感必應」，懸諸祠以旌其神云。

先是，仁和學諸生袁樞，貧士也，有黄冠草衣者到門，請偕之海濱，耳飀飀行，生挣揣曰：「吾有親，吾何能從君！」言畢，棄之塘西之市閒，已去家五十里矣，然而口喑不能言，苦之。仁和令君廉其事，以告公，公爲召生，使具狀立爲文，據狀檄真人府切責之，覆以印，護以官簽，驛之至江西取覆狀來，真人不敢辭。且有别牒令生賫詣城隍祠，焚之。生夢城隍神告曰：「是非妖也，願軍門毋怒，詰旦，當以予言告軍門。」生如言詣轅，已能言矣，遂以言告公，公久神其事而未啓也，然杭人早知之。

至是索雨應，杭人比户傳其事，且一闐至予門，曰：「此實公至誠有以感之，然神應不可沫，是非君文不足以傳此。」予曰：「《書》曰『至誠感神』，此言公誠能感神也。又曰『天壽平格』，此言公之平居有以感乎神，則天必壽之，不惟還其年，且益其年也。然而《中庸》曰『神之格思』，又曰『夫微之顯』，此不言鬼神之來格，又如是顯乎！」吾多公之誠，而併嘆夫神之應之能相與有成而不可揜也，因應杭人請而書之爲記。時八月十九日。

都轉運鹽司運使李公賜御書記

古天子賜大臣，多用彤弓、盧矢、圭瓚、秬鬯，然必先之以文命。如周宣錫召虎圭瓚，《詩》稱「肇敏」；平王錫晉文侯秬鬯、弓矢，《尚書》稱「惠康」是也。

司鹽李公由詞臣起家，破例爲臨江太守，考清廉第一，因擢兩浙江南都轉運鹽司運使，以牢盆煮海，積骫難治，且亦以徵其廉也。會天子南巡，嘉其成績，遂賜宸翰榜于堂。予趨覲行在，急過瞻仰，私謂以我公介節，將必表之以清忠，作百司倡，而乃書「惠愛」二字填綾榜以賜，一似親民之官了無所用吾心計者，夫乃嘆聖人之用意深而垂訓遠也。夫世治亦日踈矣，擊斷者以毛舉爲能，而撟枉之徒又復尚農田而抑商市。夫四民皆民也，自不學者爲政，衹以農爲民，而士工商不與焉，初視商政爲膚膜，既爲贅疣。以農與士校則士絀，以士工而與商校則商又絀。甚至學校、鹽法與親民有司分立門户，一應文咨簿質，各相爲左右，不止如漢庭鹽鐵使大夫、文學剖判低昂于論議之間。而公鑒其弊，每揮戈而倒挽之，喣咻滋養，使四民同情無所畸蹠，其恤商之苦，甚于自恤其肌肉，此何如惠愛乎！嘗讀《月令》云「行慶施惠」、《論語》云「節用而愛人」，夫惠澤所施關于財用，惜財者即愛人所由生也。不觀鄭公孫僑乎，鄭以小國而供强晉之歲賦，所定車甲，每加于魯衛六七百乘之外，而僑以節嗇而裕丘甸，夫子一則曰「惠人」，一則曰「古之遺愛」，蓋惠愛之厚繫于理財，有如是也。大哉王言，其鑒于此矣！

康熙三十九年，公礱丹于石，搨諸紙而裝爲卷軸。因得于重瞻之次，謹記之而書之卷末，且以告後之繼此者。

慈雲灌頂法師開堂碑記

嘗避地少林，繙三藏文，知釋有三學，原具禪與教與律三家。而近崇禪學，第守臨濟一棒喝，而教與律無傳人焉。考之摩騰入中國，馱經以隨。而八代高坐如鳩魔羅什輩，皆以闡繹文字爲唱導宗師。即西來面壁後，亦復有圭峰論學，舍天龍一指而修《十六觀經》者。然則三學之必有藉于教也審矣。

是以兩浙名山，三宗悉備，如靈隱爲禪、上竺爲講、靈芝爲律類，所在比比。而至于慈雲舊刹，則初祖大休觀公應李鄴侯相國之請，以講宗爲開山一代。而次祖寰中空公，則白傅爲刺史時實延繼之，蓋禪宗也。洎三祖普濟覺公則律宗，而爲吴越國王所師，迎住此山。是慈雲三祖實三宗相嬗，迤邐次第，而灌頂法師以三藏真印起而統承之。予嘗辨儒佛異同，與師相質難，歷舉從來經論與吾學相離合者，娓娓數萬言，如燎飈之發與決河之瀉，聞者皆屏息撟舌而不能前，非深于三學而得有是與！

康熙庚戌，杭州紳士請師入慈雲講堂。越九年戊午，順天府丞戴公請師于本寺講諸經論，遂開雕師所著《五教儀勢》，至鈔《五祖記》，并會《起信論疏記》。越八年乙丑，應興福之請，講《楞伽經》。戊辰，赴戒壇演《法華》。明年己巳，宫詹學士邵公請師主上竺，開十期講，遠方來聽者舟車不絶。會聖駕幸講堂，褒之。時毘盧閣告成，上竺之舊燼者，師爲之一新。越四年壬申，聖果請講《報恩盂蘭盆經》。工部侍郎徐公請師復還院，開戒三壇。他若仁社諸君請説瑜伽皈戒、西資皈戒、崇壽説諸經、潮音説《般若經》、曹源説《法華》、蓮居説戒。且著《瑜伽儀》《施食儀》《疏燄口經解》及《萬佛懺彌陀經註》，凡三藏三學，圓通顯密，無不周其外而徹其裏，于以爲僧林佛苑之冠，其繼觀、空、覺三祖有光矣。

師諱續法，字伯亭，别字灌頂，仁和亭溪人也。少習經書，能文章。年十九好禪，忽入浄慈，參豁堂和尚，有悟。其時兼律學，進具大戒，豁堂深契之。既而辭去，過城山聽講，悵然謂「一指昆侖，吾習阿難教，以進于如來，啓然也」。康熙五年，德水大師以師性相兩通，遂付衣法，而師復精進，更以三學研練，入三藏之奥，而三宗門庭統爲之闢。三藏者，經、律、論；三宗者，戒、定、慧也。

重興崇壽院碑記

崇壽院者，唐至德中慧因法師所建院也。其地在龍山之北、鳳凰山之南，舊名龍崗崇壽院。以師曾説法于此，崇無量壽佛得名。而歷後唐長興、石晉天福，則嘗有教觀諸師繼席其間。是以吴越國王特迎志通居崇壽，與浄慈、永明同爲國師。而趙宋熙寧間，則道鴻通辨，實爲杭州僉判蘇軾迎住此山。遷延至明初，而法師慧炬并開大之。當是時，崇壽之名甲于諸方，前庭海日樓巋然江瀆，佐之以紫竹之林、放光之井，而山後石竇，則珍珠泉出其中焉。相傳「泉石間」三字，東坡之所題也。院有八景，則杭州太守王興福所爲詩也。迨其後而蕩然矣。

康熙甲辰，有僧照然者募，其兄何氏捐貲復之，俗名何庵。越一十九年，而旭如法師卓錫于兹，請灌頂大師講《般若經》、演《盂蘭盆》于其中，以址隘于昔，購項氏山地益之。會仁社錢生迎灌公説瑜伽皈戒，并溥施法食五壇，遂裝金、刻木、熖土築基壂，而社中諸君則又各施以金錢。丁丑開功，韋馱殿告成。明年闡《金剛經》一期，建彌勒殿，重開山門，雜置客堂、法厨、僧房，而繚以藩垣。工部侍郎徐公飯僧衆于院，會者千人。又明年，復辟朱龕，裝竹林三大士像，重講《華嚴行願品》《法華普門品》及《彌陀尊經》。乃以宋雍熙年晤恩開法，曾改崇壽爲仁壽，而今合仁社諸君重興此山，則崇壽、仁壽可間稱焉。

聞之梵刹之興，雖有因緣，然亦惟修持克實者得以致之。考古德有云：祛邪皈正爲治心之實，識果明因爲操履之實，弘大道接方來爲住持之實。至于親賢之實，則必察古今以定可否，用人之實則必合短長以均利鈍。而以觀旭公受法于慈雲，親仁實也；傳戒于資福，正心實也；隱開佛説于衆中，操履實也；恢金乘之廢墮，住持實也；程材量能，隨所應而各盡其義，用人實也。夫以丁癸之年，加之東南財匱之際，不事勸緣，未嘗有齋板募簿傳之于人，而千年舊業，不三載而底于成，自非躬修之克實不至此，旭如超于人矣。又有異者，當明洪武初，海潮壞堤，慧炬法師爲説三皈戒咒，水所滴堤住而不壞。今江門不扃，洪濤澒洞砰訇蕩山麓，而每當灌公説法之日，則澶演而退，其前後之一轍如此。因應諸檀請而并記及之。

西河文集卷七十一

蕭山毛奇齡字初晴又名甡稿

碑　記十

兩浙開府中丞張公去思碑記

古使相之職，原以參知重任加開府儀同，合外臺垣翰而統轄之，其受轄多者，初不乏五州防禦、四路招討諸名，而要其最重，則莫如以一使而遍歷數圻。如李西平之六遷大鎮、柳仲郢父子之九易名藩，爲千秋盛事。蓋地大者恩多，而遍歷則澤廣也。

大中丞張公以詞翰起家，更御史執法、提刑觀察，進爲江南行省者十餘年，乃以文臣領節鉞，析圭建纛，開幕于閩海之間，朞月大治。天子念兩浙巖疆，必藉公一綏理之，遽于三十九年之冬移鎮杭州，一時十郡七十五州縣無不靡然嚮化，浙東西數百萬户，悉登之春臺而安于樂囿。天子嘉之，謂治有成效。惟是西江地瘠，不得填撫如公者，不足以勝兹任，因復使駐節南昌。此其倚公之功、徹公之德，可謂深至，而不謂民情之未諒也。夫下之從上，原無向背，祇以遠近爲親疏。故曩時方州分牧，但以梁州遷漢陽，而兩地爭之，魏民之留伯長者願其在秦，即不願其在晉。雖天閶萬里未能呼叩，顧其爲何武之去思、謝公之遺愛，則固所優也。乃十郡父老咸礱板琢石，號呼集軍門，願有所以紀公者。而公辭之，謂「我何功德而煩紀爲」。曰不然，今夫父母之于子也，鞠鬻焉，顧復焉，雖欲報而罔極焉，而苟其頌之者，必枚舉而件計之，曰某時一衣、某日一食，是滄海而涓涘之也。且夫皇天后土，朝夕履戴，未嘗有朝露之可稱、春風之可誦也，又未嘗有土膏之思、地澤之感也，然而履戴如是矣。況乎公務克己，不期衒外，其絶苞苴、卻簠簋，呵流飲冰，而人不必知也。其朝而輟沐、夕而廢寢，日孳孳勤政，而人或未之覺也。然而民安于甽，估安于市，吏端而儒良，農錢漕粟既斥其贏餘，而防兵關隸又別無攔索橫征之害，以致貪墨解綬，駔獪絶而姦民散，待化之速何其神也。他不具論，即以捍患一節言之，浙潮之澒洞其來舊矣，今且江門不扃，集皓旰之水而奔之城臺之坳，撞闉擣匼，將曩時華功曹所築數千年之塘一旦傾毁欲盡。而公力揞之，月費斗金，刲肌肉所有，運薪轉石，闕即補而圮即築，不費官錢，不藉民力，不設立護堤一軍、捍江一使，而期年之間安全無恙，誰之力也？然則公之不言而躬行，均視此矣。聖天子鑒公之勞，將欲播公功而大公績，必使天南鉅省皆遍歷之而後已，是豈無瞻言而遽出于此。故曰輿人之誦，而太常之紀因之，勿謂峴山一石爲無所憑也。

公諱志棟，號青樵，山東濰縣人。康熙癸丑進士，由庶吉士授監察御史，巡視兩淮，分守冀寧道，遷福建按察司使、江南江蘇布政司使，進福建巡撫，移任爲今官。

客堂冬夜説經記

康熙丁丑，卧病杭州之客堂。適日將南至，長夜如歲，每升牀，苦魂夢易醒，撑兩目達旦。侍者謂昏時略飲酒，邀客語數頃，入更而瞑，或可幾一覺。會兒子遠宗、兄子文輝下第從京師還，而文輝子詩以十歲通經，適過江，在坐因呼詩前，使説經。

予曰：「『高子曰「禹之聲尚文王之聲」』，何以言之，曰：「以追蠡」』，何謂也？」曰：「謂夫禹之聲，其鐘懸之追有若蠡也，用之者多也。」「『城門之軌，兩馬之力與』，何謂也？」曰：「涂軌淺而門軌深，非門馬獨多力也，用之者久也。」曰：「豈其然乎？豈其然乎？夫涂軌之淺，馬力少也；門軌之獨深者，馬力多也。夫以三門而合九軌之馬以爲力，則真兼人之撞趌矣。故同在一日之間，而九軌行一，門軌三之，九軌行三，門軌九之。文王得其十一，禹得其十九，誰謂禹之聲不足尚文王聲乎？夫以禹時而較之文時，相距者越八百年，其亦久蹔之極致矣，而乃舉一同時而同行者爲之比儗，然且曰用之者久。夫門軌則何以得久也？夫匠人營國，方爲三門，即爲九涂，城門之軌與經涂之軌，未嘗一日有先後也。即行車之頃，國馬繕闗，公馬給賦，兩馬行涂畢，即行城門，其相接受轍，又未嘗頃刻有參錯也，而一深如此，一淺如彼。高子之言得此倍顯，儒者可謂不善説經矣。」遠宗、文輝各訝然，曰：「有是哉，夫子之于經也，儒者日有説而日夢夢也。」遠宗曰：詳二語，孟子第解追蠡非考擊所致，猶之城門之軌非馬力所造，使徐悟年深積久之意，並未比及九軌較用多少。略一比及，則門軌用多，九軌用少，高子之言得矣。予曰：「雖然，經第示以意，而不明言其久與蹔也。儒説雖不善，抑亦經本，非切喻也。古人示學，有宛諷、有罕譬。罕譬者，切喻也。經言第宛諷，而吾輩切喻以明之，可乎。」皆曰：「善。」少頃，遠宗曰：「舊穀先腐，春扰之多與？」又頃之，文輝曰：「夙霤早泐，滴瀝之倍與？」既而予曰：「故井易竭，綆缶之奢與？」時已入更後，因命孫詩合書之。次日遠宗臚其説，遂爲之記。

重造餘姚縣學文昌樓碑記

《隋志》以文昌天府爲選舉之所自出，故凡科目家多祀文昌。而特是幽禜所享，端必假重檷複屋，俾幽也而致于顯，況魁南第四，尤爲文命所昭融者乎。吾姚學宫在縣治東偏，曩時巽方原有文昌一樓超于宫墻，以爲故城卑隘，是必翹然拔起，足以標文巒之秀，然後新城在前，無所壅蔽，而惜乎址之跼而瀕乎圮也。今韓君、邵君輩擬擴故壂，架以重樓，而祠司命于其巔，使文光四射，曠遠無礙，凡都講以下同隸學籍者，各自捐膏火之資，以共成焫烈，豈非勝事！或謂文昌宫星，未列祀典，且非頖宫官祭所必及。然而《周禮》以槱燎祀司中、司命，而《王制》《祭法》皆以司命爲五祀之一。夫五祀，則士大夫所有事也。不讀《九歌》乎，「登九天兮爲民正」，夫欲藉登進以啓崇巘，而不于司命九天之登加之意焉，非所聞矣。因于落成之際，書其事而記諸石。

行在東朝並賜御書睿筆記

康熙四十二年，上南狩至浙，駐蹕杭州。予以在籍鄉官，隨制撫諸臣候安于行在朝門，謬蒙至尊垂問，曲賜慰勞，兼敕予與侍講學士徐倬、誥封侍讀學士陳之闇三人年老，令起立奏對，予謝不敢，并命在傍同館官掖予以起。是日，諸當事并在籍臣求御書者，競開一摺子啓奏，予獨無有。上遣侍衛出諭毛奇齡應一體賜書，着伺候。而既而日昃，各退朝去，未頒也。明起趨候，侍衛先捧御書一道，呼奇齡拜。賜訖，然後齊出昨所開摺子諸有名者，御書十餘道，一一頒賚。會皇太子隨行在東禁，亦召徐倬、陳之闇并予三人入，慰問良久，且不令行禮，各賜睿筆一道，屏聯二條，拜捧趨出，此則專賚予三人，凡内外大小臣工俱不及者。

夫御書、睿筆，人世罕有，奇齡何幸，以衰老之年，得遭逢聖明，濫承異數，此固應寶之，世世瞻仰無斁，不待言矣。特是予别有感者，生平以避人流離道路，遇晴霽則喜，滰翳則戚。至暮年衰落，日近陰霾，則望晴尤甚，故乍歸田時，自號「初晴」。既而曰「嗟乎，予晚矣」，更之曰「晚晴」。凡碑版、屏幛、書册、箋牘，應署名處，往往以二晴雜署其間。然而世人知之，皇上與東朝未知之也。今展讀宸翰，爲初夏登樓所製，中有「處處晴花風拂起」句，既已有「初晴」二字，而東朝對聯則儼曰：「晴香邀步澗花發，晚影逼簾溪鳥迴。」公然以「晚晴」二字題之聯端，一似筆下有神，隱鑒乎臣衷之所願望。而一聖一睿，其賜字所及，偏能於無意之中，暗相脗合，此豈偶然之乎契也哉！然則予之大病不死，得苟延以見晴光，天錫之已！因拜手稽首，而謹紀殊恩，以垂不朽。翰林院檢討臣某記。

新建黄山雲谷寺蘖菴和尚塔院碑記

蘖菴和尚塔院者，前朝熊魚山先生埋骨所也。先生名開元，湖廣人，中天啓五年進士，由知縣行取考授吏科給事中，以疏劾權相罷官。歸九年，崇禎壬午，詔求直言敢諫者，起先生，官改行人司副，召對中左門。重以劾權相下錦衣獄，杖午門一百，不死，因于次年之八月，謫戍杭州。當是時，賊騎入都門，先生甫至戍所，而國已亡，遂北向號哭，竄之匡山之東林寺，聞其已爲僧而未審也。越數年，相傳西南有僭號者，待先生以都察院左都御史，而先生辭去，走之阿迷，提塘官掛號，忽于某月日，叩偏沅軍門，有僧能開元，行脚從阿迷歸，報以聞。于是湖人藉藉稱先生已落髮，歸其鄉，住祝融峰云。既而蘇州靈巖山有作務頭陀苦行，備極楚毒，自順治癸巳至康熙癸卯，凡歷十穀熟。而中忽有省三峰繼公者勘驗之，遂伐鼓告衆，授以衣盂，即先生也。或曰：「先生爲僧，本有託而逃，非其實。」或曰：「先生性誠篤，每爲一事必務究根柢，不肯姑試，故其進倍速。」若此者吾不得而知也。

乃先生既開法，以素行頗苦，自號蘖菴。蘖菴居吴中，曾受丞相源雲谷監院之請，住之三年，吴中屢邀之，不忍去，且令築石函其地，指之曰：「蘖菴埋此足矣。」已而卒于吴，歸骨于三峰之左山，而黄山學人争之，謂師有成命，安得悔，且石函具在也，虚此何故。移詞至吴中，吴中人無以應。先是師居黄山時，金太史子駿，師友也，有女道超，以童身來學，已得法去。至是，挺身前，密具資糧，跋涉數千里，以航以車，迎舍利來歸藏于舊所築石函，而碣其前，已廿四年矣。康熙己卯，平陽鐵夫大師從焦孝然山來，建旛兹刹，見蘗師塔而咨嗟，謂石幢巋然露立烟雲間，不棟不茆，急顧監院等吉、等慧、正悦、正受，謀所以覆蓋之，而逡巡未果。越明年，鐵師乃發願，旋爲開工，相木石所須，琢于山而陶于壑，植屋三間，中蓋所藏，而養師像于左楹，并聚生平所遺箋奏、語録合罌瓢錫杖而雜實其中，面懸琉璃燈，晝夜焦灼，舊所稱光明幢者，設司香行者執司之。肇其事于辛巳春，至壬午之冬始落成，而謁予以文。

予惟蘗師爲三峰法孫，鐵師爲平陽喆嗣，要之皆天童第四輩也。其相接住持，互爲輝映，雖先後而實伯仲。然且道法巃嵸，各出其鱗爪，爲斯山建開大之業，一燈遞照，可謂難遘。獨是予修《明史》時，深痛蘗師與萊陽姜貞毅公同忤權相，且同杖、同戍，而一戍宣州，一戍杭州。貞毅葬宣州敬亭，而予居杭州，不能奪蘗師之骨而葬之杭州之吴山，雖予輩之弱，然亦地靈之有幸有不幸，不可强也。乃蘗師言事，捐軀殉國，在前朝壬午而迄于癸未。而逮今而塔院之成仍在此年，是雖忘情如予者，猶不能不相顧興懷。而況山川陵谷，轉眼變易，即此六十年間，而前爲魚山，後爲蘗菴，此中所藏，其爲宰官與僧伽，洫乎其未有分也，然則巋然雲谷，何異杭州。蘗師有靈，抑亦可以自慰矣。時康熙四十二年癸未五月日，蕭山毛某謹拜手記。

西河文集卷七十二

蕭山毛奇齡字晚晴又春晴稿

碑　記十一

浙東三郡望幸圖記

古者天子巡守，每一歲而周行四岳，于以朝諸侯而考制度，凡班圭輯瑞、明禮飭法，皆在是焉，以爲建方弼服，多所分晝，非藉是以振攝之，則無以綜事權、昭大統也。今則天下一家，車書會同，三載一肆覲，協律、準量、審權、謹度，並無參互于其際。而聖天子復厲精圖治，名爲垂裳，而實則萬幾躬親，周知吏治之賢否，如燭照數計，凡一黜一陟必有明斷。其所巡幸，不過省方問俗，因之以慰勞疾苦，原不必周行四岳，一歲畢徧。即或彼或此，惟其所指，而乃東行西怨，南征北盻，山陬海澨，無不願見屬車之塵坱，以爲祓濯，民之望君，如望歲焉。

嘗考周官底治，軼不忘勞，往往以戎兵之詰撫視九有，若所云「陟禹之跡，方行天下」者。我皇上恢疆闢土，南開葉榆，東擴溟渤，合日出日入之所而歸我版籍，皆願以新藩之土，仰邀怙冒。曩者彭島初收，高華窴跡，鑾輿東狩，登苗山而望蓬海，凡兵行之所，咸駢首引領，惟恐攝提所指，不至其地。近則西羌屬國，偶弄戈甲，七校親發，絶大幕以北，犁其庭而罄埽之。勒銘于伊吾、望鄉之間，夫然後罕東、哈密以次簞迎，而三秦且捧蹕焉。今三苗乍服，洞庭再靖，凡馬王、魚復諸鄉軍民宣慰，皆與之更治，因之荆門以南、夜郎以北，旋有「山海諧諧，徯我后來」之謡，播于民間，甚盛事也！然而望幸者從此起矣。

考之帝告東封，不辭里禾；虞廷四巡，僅班執玉。即禹征有苗，東巡會稽，自治水之外，復循其轍跡而徧行寰寓，《夏書》所云「東漸西被，朔南暨訖」者是也。然亦未嘗有捐珠賚布記于史氏。及讀《孟子》，則夏后遺諺，公然以耕斂補助爲世法則，所云「不游不休，何豫何助」者，然後知古王出游，不乏恩澤，而記事者或失之也。我皇上車駕所届，勞民疾苦，觀風俗厚薄，相寒燠以較豐儉，歸市不止，耕芸不變，父老扶杖來觀者，加以咻噢，高年者賜粟帛，在籍去職官咸復其職，然且捐租之詔屢下，至于再，至于三。兩浙已被賚，而兹復特攤額課，于四十四年正供，概賜蠲免。此較之古王豫助之盛，不無太過！夫以天子之尊，加父母之親，原以天下爲一家，以六合八荒爲一圜之帟，朝夕出入，使老稚男婦，得時時望見顔色，懽忻踴躍，豈非甚快！亦何必有所推予，始著闓澤。況我皇神聖，所過之地，山增高而水增深，雨暘以時，雞犬不爲甾，禾稼豐熟，闤門之懋遷者較倍于昔，其有惠于民爲何如者。

前此駕臨東浙，神魚上江門，麒麟夜見于鄮山民家，鳳凰山南甘露降草木，如冰凌之綴于瓴，日出而斂，是天亦欲我皇之涖止以爲慶矣。兹者恩詔初下，兩浙七十二州縣皆歌詠載道，作迎鑾賦頌。而浙東三郡父老子弟，悉銜尾叩縣門，拜聖恩訖，乃復出西陵渡口，北望舞抃，希顧復以當乳哺，因有繪爲圖以傳觀者。臣謹進曰：「古王以事行，則謂之巡，巡者事之則也。今主以恩行，則謂之幸，幸者恩之著也。巡尊而幸親，巡嚴而幸寬，幸可望而巡不可望。今幸矣，可以望矣，恩之至亦望之至矣。」因題曰「望幸圖」，而并爲之記。臣奇齡誠懽誠忭，稽首頓首謹記。

新開吳淞閘碑記

昔周《職方氏》以具區爲東南之浸，而《夏書》禹治震澤，先導三江，則是三吳之水，雖曰具區能踵之，實則三江能下之也。第三江在昔，分滮下洚，争相入海，而今則東江已汩，唯婁江、淞江尚存古蹟。然且婁之爲劉，僅存一綫，而吳淞自宋慶曆後，堙閼者屢焉。夫瀦之受水卑于習坎，而江之入海亢于久閼。以習坎之卑當久閼之亢，則入之者如建瓴，而出之者如拉釜，其爲震盪，固不待言。又況吳淞一江，尤爲蘇常以南、嘉杭以北六郡之水之所灌注而靡遺者哉。

今天子御極之十年，三吳水甾，臺使上請開吳淞故道，發水衡十萬，由五渡迄上海，亦畚亦鍤，凡七十餘里。飢民之廩役以丐活者，萬有千計，不期月而告成。其六郡圩田，變漸鹵就土膏，耜之趾之，已有漸矣。然而朝潮夕汐，脅沙而奔，擔水斗泥，遲久易壅。曩者范公文正創謀，立閘設坊于江海之會，板障之，使濾濁而後入；「板」字下疑有「以」字。門以餞之，使挾滓以並出，猶且僱撩缺一字。之夫，造鐵帚之櫓，是以終宋之世未嘗全閼。暨入明以來，夏公忠靖開濬于前，海公忠介疏瀹于後，初未嘗不殫心修復，而閘制未講，旋啓旋塞，因復建閘于上海縣北之黃龍口，橫截海浦，而無如海波之撞搪，而易爲圮也。十五年秋，大中丞慕公開幕斯地，睹兹閘而惄焉憂之。前此議葺者，僉倣治河之法，用柳筲斷流，戽水使涸，然後楗木石而爲之坊。計柳筲若干，每一筲約費至四五十緡，合計不貲。而役夫戽水，日需千人，且爲日未易限也。又役在農隙，時當寒沍，民艱贏躬以入水，而朔風吹波，衝筲濺石，窅蕩叵測。公向令錢唐，聞浙地多水坊，匠氏先範石陸地，記其甲乙，而次第縋水，善泅者從而理之，一如陸範所置，力省而功倍，且耐經久。會上海任令浙人，敏于相事，立募浙匠之能者，用其法，先壘而作埂，橫亘閘址，如拾級然，加板而縱覆其上，則水無留行而易下。而又楗木于埂末，使免塌瀉，然後樹三門而梁之，廣左右護堤，束水就道，令不得汎。具牒申約，悉照規畫以從事。始乙卯之臘，迄丙辰陽月，工竣，民不知役，帑不知費，胥史不按籍而派夫里，工估不踰疆而運薪石，三吴平土，得籍耕耨；六州黎庶，並被沾溉。于是此郡人士請勒石以記其事。

夫本國家之咸和，播民見士，于以急公而奉令，不可謂非諸有司之力。獨是疆域大事，難于倡始，既已計工按法，扼持其要，而迄于潰成，猶且度支委輸，必上省國課，下惜民力，使晝夜經畫，期于百全而後已。其灑澮鴻功，于以慰聖天子南顧之勞，與夫三吴數千里經久之計，較之文正、忠靖諸前烈，又豈有媿！夫以宋元明迄今，或行或止，歷數世而必不能興復者，而一旦徐起而興之，其亦偉矣！後有興者，庶亦有鑒于斯文。

重脩蕭山縣學碑記

古興作必書，春秋二百餘年間，凡城郭、宫廟、門臺、廐囿，其或興或作，無不歷書之于册，而獨不及于學校。然且《子衿》一詩，刺學校之廢，以爲膠庠不修，學者所恥。則是立學之重，等于立國，原不必以類書册，而一當有間，則必飭化以葺之。蓋作之有藉于修也，明矣。是以唐宋之記學，記立學也，以其時里塾未定，廟饗未合，夫固有倡之者也。今此之記學，則記修學也，以成廟而合成學，但修之而事已畢也。顧作易而脩難，作簡而修賾，作在一日而修之者在百年。古云「力學貴自修」，豈虚語與！

邑之脩學在二十年前，其時縣侯姚君以記文屬予，貽書京師，而予爲應之。今予甫還里，而文廟榱桷，間有闕于蝕齧者，兩廡且瓦豁，仰見星日，頖之環門者，如田坊圜橋于陸已久矣。完石徐先生與昌亭謝先生秉鐸于兹，力能以文教啓迪才士。一時才士爲都講者，各發憤趨事，以材以力，稽器而考度，任其物而就其功，闕者補之，仆者植之，抑闕者疏而通之，自殿而堂而廡而門而池而祔祠，凡宦蹟邦賢，與聖所自出，皆一一整理，而各依于法。會學使按部已歲除矣，故事，暮冬興役，不妨農政。而特以日偪短景，由亥月以迄寅月，謂之下功。乃即此下功末旬，甫班程簿，而不日告成，届二月上丁，而即可祼瓚以從事。自非兩師率作，諸都講咸和以協勞，不至此。然則是脩亦力矣！

第司事多人，不能備載，而較其尤著，則吴子升、金子書、何子西堰、王子錫晉、趙子昂發、來子賡虞、孫子曰發、家從孫端，皆都講能任事者。

山陽畢家溝勒石記

山陽城南五十里曰畢家溝，衡漕而枝，而西接高堰、洪澤諸湖之水，然猶之漕也。漕故北南行，而溝抱西湖，而北與漕合，曰新漕。故一溝也，東受漕，西受諸湖水，中則沿漕堤而捍湖田，雖田坊實繫之，然故與漕渠相始終焉。

康熙四年夏，恒暘之後，繼以恒雨，凡浹五晝夜，諸水暴漲。漕與湖憤溢，抵諸溝而決堤而奔。漕使以他故不暇視，急檄山陽令朱君禹錫使治事。君蓐食行，傕諸庸水者，臨潰堤杙之，水濫不能下，又杙之，躬先負薪，輿隸各畚諸土石，戴漏踏坎，砥其蕩而艮其植，凡閱五晝夜，築堤二，一故堤，一護堤也，堤凡三十有九丈，護差之。堤成，君告衆曰：「爾亦知都府之所以急是者乎？淮之有漕也，漕之有溝也，溝之有堤也，雖尺土而全漕與田坊均繫之矣。都府汲汲于衛漕，乃不暇選擇而使予，予雖不職于水庸，然終以此爲坊田之事，故不自量其不能，而急受都府之使而不之辭。《詩》曰：『念我獨兮，我事孔庶。』吾願後之治此者，幸勿以事庶多推阻也。」衆曰：「善。」因記其言，書之石。

西河文集卷七十三

蕭山毛奇齡字大可行十九稿

傳一　一名蕭山三先生傳

明南京吏部尚書進階一品榮禄大夫謚文靖魏公傳

公名驥，字仲房，蕭山人也。先爲光之固始人。五世祖文昌爲宋江淮總制司制幹，扈蹕臨安，因家焉。高祖有聲，宋承直郎，常德路判官。曾祖應，元臨平務副使。祖毅，元廣東鹽課司提舉，以公貴贈正議大夫、資治尹、南京吏部左侍郎。父希哲，明承事郎，上高縣知縣。自文昌至毅，五世皆居臨安，獨希哲以蕭山俗厚，洪武庚戌由臨安遷居之。公其仲子也。先是，希哲有兄伯雅，在元時爲録事判官，入明徵辟，累官寶鈔提舉司都監，今贈同榖者，卒于官，無嗣，而希哲哀思之也。希哲長子騏宜後伯雅，因愛公，遂舍長子騏而後公焉。

公生而端重，嗜學，九歲居生母李喪，能哭踊如成人。弱冠通五經，初試於鄉，聞父病，不徹棘回。公生七歲而伯雅死，此父，生父也。永樂甲申，其兄騏中甲科，已授翰林院庶吉士。騏以庶吉士遷刑部主事，縣志失載，誤。而公以次年乙酉舉于鄉，丙戌會試中乙科，甲乙科皆進士科，《文集》稱「乙科進士」是也。是年爲永樂四年，府縣志以鄉舉爲乙科，遂稱永樂三年，誤。授松江學訓導。公至學，以真知實踐爲訓，課諸生夜誦，非諸生畢寢不就寢。比甲夜聞誦，給茶一器，丙夜又聞誦，給粥一器。與諸生遇，雖丙夜，未嘗不冠也。既而召修《永樂大典》。甲午，江右同考。縣志作「典試」，誤。以明年滿九載，諸生楊珙等詣闕請留。時仁宗監國，命留三年。丁酉，江右同考。十七年己亥，《簽宰紀要》作十四年，誤。用吏部尚書師逵薦，遷太常寺博士，陛見，太宗謂曰：一作「謂逵曰」，誤。「劉履節爲御史九年，高皇帝方授是官，勿卑之也。」是年，隨侍皇太子北上，留行在太常署事。次年，營建畢工，始行郊壇、宗廟諸大典禮，並充公導駕官，累賜金繒。甲辰，從征至榆木川，會太宗上賓，預議喪儀。仁宗改元，召公至御前，諭曰：「久不見卿，思卿，朕將作弘文館，必卿與楊溥共任之。」賜太乙金丹六錠，御書封識，曰：「魏仲房收用。」其見重如此。公善書法，至是復遺修撰曹曼齡賫手敕曰：「書『澹然』二字付曼齡來，用東宮圖書覆其上。」宣宗嗣位，稍遷吏部考功員外郎。宣德二年丁未，同考會試，留行在吏部署考功事。次年，持節充副使，赴寧夏，册封慶王府安化、真寧二王并妃，賜金銀、綵段、表裏、鞍馬、裘帶、貂狐等物無算，不受。及返道，又追賜常衣、銀相、鏤花、銀帶、鞍馬并詩三章，不受，受其詩。復命，上以不受親王賜，特殊賜白金、綵段、表裏、光禄、酒饌。庚戌，同考會試。越二年，遷太常少卿。縣志作「爲少卿時修《永樂大典》」，誤。正統元年丙辰，同考會試。越二年戊午，此正統三年也，《藏書》《獻徵録》皆作「宣德」，誤。召試行在吏部左侍郎，孜孜以進賢退不肖爲己任。踰年爲真，時進士有未終制來欲爲考功者，同官許之，公毅然曰：

「選法不可欺其親，況欺上邪！」庚申，持節充正使，往代府行册封禮，其賜予不受如前時。壬戌，畿甸蝗，奉敕巡視，問民苦疾。凡公所至地，蝗爲之息。于是杜淫祀、崇正典，復漢漁陽循吏祠，重立洪武望祭北鎮碑，昌平修狄梁公祠。癸亥，以老辭，不允，調禮部，巡視如故。已而請老益篤。先是，公在吏部時，中官王振怙寵而驕，每出，公卿以下皆斂輿避道。公與遇于崇文門，不顧，振啣之，《通志》《府志》《塵談》《言行》《賢奕》諸録此下有「譖于上」三字。衆爲公危。後上以問公，公具實對，且慷慨曰：「臣不才，備位六卿，如臣犬馬不足惜，奈何朝廷。」上温旨慰勞。至是又辭，乃特改南京吏部，以優視之。公豫爲斂具，所屬郎中殷時暴亡，即日往弔，大暑，即贈以豫所爲棺。乙丑，滿六載，復以老辭，弗允。間命讞獄，時大旱，當減刑。有王剛惡逆當刑，或憫其年少，謀緩之。公曰：「此婦人之仁耳，『天道不時』，正謂此也。」獄決而雨。十三年戊辰，滿九載，詣闕上章，乞致仕，弗允。遷南京吏部尚書，賜《五倫書》《五經》《四書》《孝順事實》《爲善陰隲》等書。明年，寇犯順，公寢不去衣，時率諸生條安攘策，凡三上。景泰元年秋，寇退，始以南京吏部尚書資善大夫致仕，時年七十有七。縣志七十三，誤。

先是，公以尚書進表，大學士陳循，公同考江西首取士也，來謁請曰：「公雖位冢宰壙尊，未嘗立朝，願待之事，在循輩而已。」公正色曰：「君爲輔臣，應爲天下進賢才，而乃欲私一校文主耶？」循大慙。公爲人端慎簡飭，清苦自勵，嘗貽書戒其子完曰：「端重祇慎、簡嘿廉勤，此吾生平得力處也。」好别流品，辨君子小人不遺餘力。嘗曰：「《孟子》有云，『無是非之心，非人也』。」同列後進有過，必面折之，❶怨誹不恤。所至崇正抑邪，務持大體，山川壇獲雙白兔，圻内升瑞麥，皆卻勿奏。雖羸不勝衣，嘿不出言，而峻望素著。驕若王振，亦雅重之，呼爲先生，贈振用帕一方，振不爲怪。顧性鮮猜物，嘗奉使南察，攜一僕行，留貯歷年所積俸，付同鄉同年子爲刑曹郎者，其人請封鐍，公曰："是何待前輩薄乎。"刑曹郎舍人《維風編》作「子壻」，《畜德録》作「家僕」。竾僞易之，公揀俸，疑部司所爲，及揀柴薪銀，又然。竾工曰："有某曹舍人嘗爲此物，幾是也。"公曰："止，是安足知之。"已而，刑曹郎遷辰州守，瀕行，請誨，公曰："以君才，何郡之足爲，特親近纖密，所當閑矣。"辰州佩其語而未審也。暨舍人以他事露，并及前事，辰州感之，急攜俸來償，公不受，曰："銀具在耳。"其厚如此。公事兄騏如父，騏嘗以謫戍還，還泰寧諭，過南京時，公爲侍郎，年七十一，迎騏于塗，涕泗交頤，然趨承恭謹，時方隆冬，汗浹紗幞。公遇鄉人言家事，遇有官者言官事，悉本樸實。自歸田後，履芒戴笠，布衣糲食，其所日奉，人或難之，與野畯處，不少崖異。是時杭州太僕卿王榮、布政司夏時輩，倡恩榮會，郡守胡濬亦與焉。公先塋在杭，將伺公渡江埽塋，邀以入會，伺之不得，以公行無輿從也。公詣闕歸，嘗乘小舟，阨于要津，其子稍設儀仗，公見命撤去，曰："豈藉是乎。"嘗過杭，野服舁籃，遇錢唐主簿于朝天門，急不及避，簿遣隸追訶之，公曰："蕭山魏驥者也。"簿曰："蕭山會稽，何耶？"公曰："蕭山致仕魏驥者也。"簿惶懼不知所爲，匍匐請責，公急爲引咎，扶之去。天順八年甲申正月，憲宗嗣位，是年未改元，故碑誌皆稱「天順

❶「面」，原作「而」，據四庫本改。

甲申」，而《筌宰紀要》《藏書》諸書俱稱「裕陵復位」，誤矣。若《先德録》竟稱「成化元年」，亦誤。詔進階一品榮禄大夫，仍令有司給食米、羊酒、綵段如數。

成化七年辛卯，監察御史梁昉上言曰：「臣先任浙江紹興府蕭山縣知縣，有本縣致仕南京吏部尚書臣魏驥，歸老居里，與里人稠處，帥子孫耕且讀，務本。及民間旱潦，剔心區畫，增堤淘湖，弭辟鄉患，如或作「始」，誤。其身創。於凡所行動合禮法，爲彀爲矩。嘗説理學以勖後景，知務正經。雖在家閒，有補宇治。原其在任之時，如訓導四考成材，有祭酒陳詢、編修楊珙等；考試五科取人，有學士陳循、劉定之、周收、尚書何文淵、祭酒蕭鎡、翰林尹鳳岐等。兩入太常，祀事備飭；再任吏部，銓選公平。其餘事蹟，悉載朝史。年過七十，凡五乞休，仕經五廷，無一有害。竊惟本官生平學行醇篤，心術正大，且暗于世事，轑即瞭明也。于國體。臣在蕭山之時，以爲師法，即今致仕二十餘年，見年九十八歲。四方卬德，有如卿雲，誤作「鄉靈」，改正。百年化育，滋此人瑞。臣讀前史，有以歸老賜禄畢身者，有尊養三老五更者，有安車蒲輪召者，有賜延年杖封公爵者，上齒德也。本官齒德有餘，爵亦不纖，以曾、孟語，可稱達尊。洪惟聖朝垂憲，如蒙乞敕該部，損益前代故事，奏請施行。或下安車之召，諮以治道；或遣存問之使，慰其養躬，此盛事也。」奉旨禮部會多官議，皆言自洪武以來終今，猶言反今也。臣居重任，德望遐壽，如臣驥者，實所罕有。惟是期年，難以召致，殊恩自上，未敢擅材。八月戊辰，上御奉天門，召尚書鄒幹、右侍郎劉吉、雷復等曰：「尚書魏驥壽及百齡，兼有德望，朕深嘉悦。」其寫敕遣行人存問，并賜賚如數。九月丁丑，遣行人張和存問，敕曰：「卿以醇篤之資、正大之學，歷仕累朝，官登八座，歸安田里，壽屆百齡，進退從容，體履康裕，緬惟風采，嘉嘆不忘。特遣行人存問，并賜羊酒，仍令所司月給米三石，贍之終身，卿宜倍加調攝，益隆壽祉，佇聞讜論，得慰殷思，卿其體朕至懷。」敕甫臨浙，公以是月己丑卒于里第，是年爲成化七年辛卯，《獻徵録》作「八年」，誤。時年九十有八。

公少過相者，凡三過，既而相者褰簾曰：「爲我語向來人，勿需相也，貴與壽無度矣。」詰之，曰：「吾見其屨來，屐不改跡，坐不移袵，以是知之。」及將卒，齒髮不變如嘗時。先卒五日，悉揀親朋所請卷軸，題識酧答，預書囑其子辭朝野祭葬、唅襚、賻贈。先一日，夜有大星隕于其隣王文政家。質明，盥漱，就枕，逮午有紅光熊熊自寢闥出，衆驚爲延燎也，就視無驗。既逝，復起坐，舉手加額若答謝狀，連言曰「無以報朝廷」。或曰「此預爲存問謝」云。邑人聞訃皆哭，他郡縣知不知皆爲嗟嘆，松江人士爲位而哭，有赴義者。學士錢溥合舊門下士及庠序師生，咨諸當路，如胡安定故事，以少牢祀公于學宮。明年正月，上聞悼惜，遣官諭祭二埏，并賜營葬。既而其子鴻臚寺序班完，以公遺言，詣闕請辭營葬，并乞以有司所存工價銀一千七百兩轉濟饑民。上憮然曰：「老臣清德乃爾邪，死尚然乎！」許之。是年，蕭山縣知縣李犖請謚，賜謚「文靖」。又明年，縣民沈安等一千五百四十人奏曰：「有已故鄉官、致仕吏部尚書臣𩥉，歸農建績，千百爲民。邑地瀕海，苦于傾溧，上流易蕩，下游易槁，蕩則堰閼，槁即瀦牐。宋令楊時創有遺制，以蓄以洩，既而浸湮。本官力尋舊踪，著書勸導，清復侵占，身爲怨椒。其所奏攻，有西江塘、北海塘、湘湖塘、徐家閘、螺山閘、石巖閘、股堰、大堰、畢公堰、麻溪、瓜瀝諸處，皆設法提蔽，昭著永遠。湖利以沛，江患可捍，祠稿原有開湖、築塘二事，今縣志、府志僅指修湖，又以修湘湖爲防水患，誤。以兹旱澇皆能有備。前此壬申年，大雨霆霖，圩岸隤倒，水如奔馬，人將愁魚，本官身共畚土，家供楗竹，至丁丑年亦然。今藉臨命遺言，辭免營葬，勾其工價，以救大殺，生呣巨澤，死溉其漏；不有享祭，何以報德？乞請降敕賜祠，與宋縣令楊時久久合祀。」可之，敕合祀德惠祠。

公長于詩文，四方求購者不絶于路，山刊木刻，幾徧天下。且好談理學，所著有《南齋集》《素履集》《理學正義》《水利切要》諸書。公初號梅居，又號南齋。其不由翰林而得謚「文」，崇理學也。後孫尚書貞出鎮兩浙，取《君奭》「平格」之義，尊稱之曰「平齋先生」。何静子曰：「《文集》稱門人何御史爲之，孫作記。」

毛甡曰：予嘗謁公像，見公和以熙，詘然如不勝衣。及讀史載，至爲少宰時，慷慨殿前，不避權倖，一何壯也！王元美疑《墓誌》不載其事，且謂振雅重公，當或無譖公理。不知振之重公者，憚公嚴耳，彼豈嘗有愛于公耶？且公召見即請老，先幾自危，而時亦遂以公請。初調祠部，繼出留都，名爲優禮，實以踈之。葉文莊爲誌，偶舉大略，不務摭實，而論者遂以是爲齟齬，誤矣。嘗搜公家乘，得商文毅所爲《神道碑》、葉文莊《誌銘》、王文端、姚文敏所爲《像贊》。若其子寧國君《記事》有云「詳見年譜」，《碑誌》有云「禮部尚書鄒君斡所述《行狀》」，今無有也。公七世孫振宗懼記載散漶，終就軼落，且曩時爲郡縣志者，皆畫于方幅，記事繆忽，因遍考記載而屬予爲傳。若其記載之廣，自《通紀史料》《藏書》《吾學編》《法傳録》《從信録》《一統郡縣通志》而外，其一言一行，彼此毫舉而不可極者，《名臣》《獻徵》《大事》《言行》《維風》《憲章》《筌宰》《畜德》《先進》《古穰》《塵談》《紀録》《治世》諸書，叢叢也！

嗚呼盛矣！

何孝子傳

孝子名競，蕭山人。父舜賓，成化己丑進士，擢南京、湖廣道監察御史。嘗理畿甸渠道，與權有力忤，謫戍廣西慶遠衛，遵赦還里。邑有湘湖，宋縣令楊時爲溉田作也，歲久浸湮。前此，魏文靖驥已經擴復，而豪家不法仍肆牟食。舜賓，故文靖門下士也，至是慨然曰：「吾不能治渠，吾當治湖。」遂發湖民私占者，揭縣具奏。當塗鄒魯以御史謫宰蕭山，弘治九年，從寧羌衛經歷遷此。湖民憾者，爭賂魯謀變其事。舜賓語侵魯，魯恨，誣以「盜署事官印妄奏，不經由署事官；且身絓戍逃，無遇赦牒，冒濫冠帶，應押解原衛廉理」。《古今孝子集》作「舜賓長子棘忤逆，以赦文盜與魯」。揭下所司治，所司不可。魯念舜賓終害己，且宿驕悍，惡舜賓敢枝柱；《紀録彙編》載魯自號蕭然逐客，改牧民堂爲寄豸堂，舜賓譏之，成仇。又詗舜賓陰具實封，將入奏。會舜賓門下士、憂居訓導童君顯章知魯陰事，魯陷以他罪，有掘冢、佔倉等。論絞。獄上，憲司疑之，更下府覆驗。道舜賓家，魯嗾解人押顯章過舜賓，《實録》作「顯章入謀」，誤，今據招詞改正。隨遣里老、皁隸、蒯捕等五百餘人尾而迣，執器圍其家，曰：「舜賓篡取重囚。」毀門而入，剽所具實封，并成化二十三年原給赦牒，及緣例冠帶、憑照，縛舜賓、顯章去，各箠以八人。每箠五爲一人。下顯章獄，立爲文解舜賓原衛廉理，不俟詳覈，拲械舜賓，狼狽督蒯捕、任觀等十一人執器押就道。魯必欲置之死，續遣田敏、胡紀等十三人，諭意追之三衢，屏去服食，驅侵之。過玉山，屏舟，押之步至餘干，宿昌國寺，反禿袖蒙面，氣絶，乃故爲白官相視，楬置而歸。一作「厝上荒坪，魯押其子棘載歸」。此弘治十一年戊午七月日也。

先是舜賓就道時，魯捕其家人者四出。孝子方患癰，力疾負母朱，提其妻虞，入夜伏莽中。凡三夜，達其女兄夫福建僉事縣長山富玹家。既而捕者危及之，孝子仰天者再。念其父爲御史時，有同年友嘗熟王鼎，爲南京刑曹郎，相親重，嘗于廣坐中指語人曰：「吾生平交滿天下，所可託妻孥、寄死生者，吾元勳一人而已。」元勳，鼎字也。至是已爲廣東布政司參政，歸里。孝子念父語，以手搤臂曰：「吾可投止者，其是乎？」由龜山渡江，凡五日，達王鼎家。諸志傳皆稱餘干凶問後孝子奔吳，此據墓誌改正。方是時，孝子思安置母妻，跳身扞父，及餘干問至，孝子乃擗踊頓絶。鼎號泣而讓之曰：「競，爾即死，如狗豕耳，誰爲汝復讐者邪？」孝子甦。既而孝子跽辭曰：「請歸復讐。」鼎曰：「孺子何言之易也？方翼虎而思批其爪，大難！且爾非其人也。」居久之，察孝子鷙可用。孝子晝侍母坦坦，夜閉一室，繞床周遭行。枕匏褻蘆，雖就寢未嘗寐；第寐，從外呼之，未嘗不應。如是者數月。一日，孝子曰：「如競者，斯可以報讐矣乎？」鼎曰：「殆可也，顧有母在；爾兄懦，存亡未可知，壁中婦雖有娠，尚未分也，念誰爲何氏後者？且聖天子方在上，庸詎無國法乎？待之！」既而魯遷山西按察司僉事，鼎乃曰：「可矣。」顧孝子曰：「交友之讐，視從父昆弟，吾當執兵以從爾，顧爾能不煩吾行也。」餞于庭，豫爲圜緋骰，投之，得六緋，遂行。

弘治十二年四月二日，魯既已禪印，詣省取憑，藩輿而西。孝子先一日歸，匿族父何寧家，假族父命，召故人親暱飲之酒。酒行，謂曰：「魯酒將行，而御史獨飲恨未泄，邦植孝子字，縣志作直，誤。流落，報酬無所，奈何？」皆曰：「豈無共酬之者乎？」因相顧泣。再行，又曰：「酒至則令行，脱邦植在，必欲甘心，此魯酒，將誰應之？」皆曰：「有令而爲之應，誰辭？」三行，主者出席跪，衆皆跪。遍釂以觴。既坐，又曰：「事急矣，吾與諸公決，脱邦植果在，云何？」曰：「在，即從之。」孝子躍出，叩頭曰：「競在也！」于是除二室，請曰：「願從者左，否者右，幸勿歸！」皆左。至是，魯出，伏道傍園。在盛家港陳習園内。導盡，將過輿，孝子手鐵尺直前，衆二十人白衣手杖皆前，騶從分散馳，掀魯仆輿，羸之，杖一齊下，呼號震天地，矐其目，剔其鬚髮，相更溺之，取食檈，盛溲灌中，偃篾登舟。孝子拔佩刀呼曰：「殺吾父者，賊耶？」斫其左股。衆止之。抵渡，用鹹水濯其血。孝子與魯並項鏁，預令族父何澤二負黄袱赴闕訟冤。度出關，鼓鳴，控按察司。時鎮守司設監中監、巡按御史及布政分守諸司咸聞變，眙愕不知所爲。而按察司判狀發分巡僉事蕭翀簡閱。翀故黨魯，至是，乃刑孝子，令其誣服。孝子不堪，蹶起，大言曰：「必欲殺競，競固非畏死者也。顧人孰無父母耶！且競既已訟于朝，恐非爾所得擅殺者。」噬臂肉擲案上。魯引手摩案，若將厭肉。孝子乃大呼，含血噀翀面，一堂皆驚，翀亦拂拭動容，顧念魯已盲廢，絶助者望，而孝子氣直不可詘，乃視魯曰：「是肉非爾所能食矣。」遽起。于是鎮監御史各委司道等會質，孝子與魯各執詞不相下，審者不得決。獨布政司楊峻一作岐。慨然具由，略曰：「伏讀律例，部民毆本屬長官，杖且徒，傷而後流，折傷而後絞；若毆非本管，則三品以上，傷者徒，折傷而後絞；其五品以上，減二等矣。今鄒魯久禪印，何競之毆乃遲之給憑之際，此非本管也。且魯聞遷後，競母及競各出籲詞籲守巡所，特未理耳，則兩造而已，此非平人毆五品以上官也。所争者，施讐之由耳。」時鎮巡以下聞者慢動，然終忌之，日参論，斷斷不已。

而何澤二訟闕下者，《實録》作「魯遁去，孝子走闕下訟冤」。今據奏疏改正。遣郎中李時、給事中李舉會巡按治之。審者既各持兩端。而胡紀等亦私念罪重，隱其實，乃擬：「魯故屏人服食，至死。競部民，毆本屬長官篤疾。俱絞。」孝子不伏。其母朱赴鼓院撾鼓，復命大理寺寺正曹廉會巡按覆治，廉曰：「爾奈何毆縣官？」孝子曰：「競知父讐，不知縣官，況去任者也，但恨毆之，勿殺之耳！」相傳有「奈何毆縣官，曰『印不在手』，奈何毆僉事，曰『憑不在手』」諸語，以記載不詳，不敢入。言畢，涕淚俱下。廉爲之惻然。乃曰：「獨念致死無所從，音踪，義同，又如字，由也。如何？」遣杭州前衛指揮僉事同本縣知縣就楬櫝驗。孝子故疑櫝有詐，將易棺，已具斂具。至是啓櫝，孝子號呼，嚙指血瀝骨，驗其真。觀者皆哭。然後耤仵易衣斂，報傷。而解人任觀慷慨撿實，具言其狀，且出舜賓臨命所付血書若干字，于是衆皆伏。左驗無異。乃改擬：「魯造意謀殺人，斬。競毆傷五品以上官，加凡人二等，徒三年。田敏、胡紀，絞，其助魯爲惡。及競親黨當充軍者十人，擺站六人，贖徒杖及枷號五十人。餘所逮二百餘人，准徒贖杖有差。」獄上。上令法司議。刑部尚書閔珪等議：「魯罪當，獨競宜倣唐孝子梁悦例，充軍。《實録》作「宜坐聚衆持兇器傷人，徒以上例」。其前審官舉、時等審勘不詳，各罰俸。」准擬。于是辟魯，戍孝子福建福寧衛。或曰：「凡孝子所爲，一稟王鼎，如素定者。」正德改元，赦歸。又九年，甲戌卒。孝子自復讐至是，凡十六年，服衰終其身。

先是，舉、時出勘時，已改正湘湖，奏請勒石，其略曰：「湘湖八十餘里，宋令楊文靖草建瀦水，勒有舊石。本朝成化中，魏公致仕，加意恢復，著有成書。今鄉官何舜賓重爲廓清。原于弘治八年白縣上聞，已遣布政司分守參政勘驗明實。清出湖民孫全等侵占田一千三百二十七坵，堰池九十六口，地二十六片，瓦窑房屋無算。因委本府經歷到縣追理，并設耆民等八名，專一譏攝，而挾持污貨未之匡改。今幸藉明命，一復其舊，棄害就利，前緒有績，但當預監夙昔，杜之後來，其命知縣楊鐸據案勒石。」嗣後遂無有敢占者。後張尚書復清占，但力較易耳，張即御史門下士。

毛甡曰：翁文曰：「邑之有湖，創于龜山，復于文靖，而終以其身爲廓清者，御史也。龜山、文靖兩得祠祀，而公以身殉，顧不獲與一席之享，人固有幸不幸與！」予按故實，得嘉靖三十六年，鄉人請名宦蘇琳及孝子鄉賢祠祀，各有執結，自督學使下業具覈實，有提學畢、知縣魏詳結。而祠典未載，何耶？孝子事已登《孝廟實録》，在弘治十四年。暨諸志傳，《通志》、府縣志皆有傳，府志傳係湯篤齋太守作，又福寧州有《復讐編成傳》。而疇昔鄉人且有遺孝子并御史傳者。嘗讀孝子之子世復揭詞，哀其志，并録之。世復字景襄，邑諸生，孝子避讐時，生于王參政家，參政命名，所謂「齊襄復九世之讐」是也。嘉靖二十三年，世復揭曰：「故父何競，邑諸生也。故祖御史，以清復湘湖水利，爲縣令鄒魯阨絶道路，湖恢本境，身沈異鄉。故父力爲報讎，置魯重辟，百年史録已載實事，三修志書均爲立傳。今蒙本縣重勒縣志，而妄者陰肆刊落，至于湘湖之下，則書曰『弘治十二年，邑人奏聞』云云。夫復祖之死，死湖也。父之訟，即訟湖也。此湖之所以復也，不潔書父名，而改曰邑人，則用心刻矣。且夫復讎者，雖人子所不願聞，然君子立教，即嘗以此爲激勸，亦曰獎忠臣所以教忠矣，獎孝子所以教孝矣。故李唐張瑝、張琇、梁悦爲父報讎，《綱目》書之；魏邑人朱恭明父爲烏傷長陳顒所殺，而刺殺顒子，史册不去。凡以爲人理所在，不可泯也。彼獨無人理耶？原其設心，但以爲迕長吏耳，殊不知《春秋》之義，父不受誅，子復讎可也。是以楚平王，君也，子胥鞭其屍，而後世不以爲非；趙師韞，縣尉也，元慶刃其首，而先儒以爲得禮。若父之與魯，以禮爲不共之讎，以律爲謀故造意首論之惡。況魯已去任，非本管也；父執其讎，非推刃也，豈以毆長吏而非之哉！夫不忘讎，仁也；能報讎，義也；居心積慮以剸讎人之胸，勇也；束身歸罪而不奸擅殺之律，智也。一舉而四德備焉，父誠君子所許者。故大理評之爲報讎，司寇題之爲孝子。藉曰不然，則使伊人者身處其地，將忘親以事讎乎？抑猶未乎？夫論在千載，書不足重，不書不足輕，特人子爲親，不容緘也。」郡下牒縣學，訓導楊鋭等執結：故御史何舜賓，恢復湘湖，一人殺身，九鄉受惠。故生員何競，爲父報讎，洒恨已往，垂名將來，允合補傳，無忝竹册。隆慶二年，一作「嘉靖三十六年」，俟考。世復揭曰：「故祖何舜賓，監察御史，久入縣志，屢修不刊。而賕官罷閑，妄以其父冒濫攙入，思名臣行數方幅有限，遂刊去復祖，益入伊父。殊不知伊父以貪暴去官，計典昭然，未可溷也。若復祖爲諸生時，卻補餼廩；及登科甲，兩辭坊銀。其爲行人，則著聲蜀府，曾建皇華清節亭于成都；其爲御史，則抗節京畿，復樹南臺風憲碑于白下。徒以迕勳戚而致謫，攖豪吏以殺身。豈嘗有纖微之跡，可爲國法簡稽者耶！是以屈平沉而楚户哀思，范滂死而漢人隕涕。且其所爲殺身者，非無利于邑人者也。百室享其利，而一行不使存其跡，以情而言，固爲刻焅。若夫是君者，又名教所難容也。父既叢僭，子復貸惡。昔者狄梁公爲魏州刺史，人已立祠，及其子景暉作魏州參軍，稍行污虐，而梁公之祠頓爲人毁。今其父之行羞比梁公，是君之惡浮于景暉，縱有故載，亦應芟薙，况本無是也。《孟子》云：『殺人之父者，人亦殺其父。』於此緘嘿，非人子矣。痛予孝之不終，每顧名而思義，復名具在，尚其鑒之。」縣學公議，諸生毛瑚等、由化一等、都里老孫寶等皆執結，直其揭，仍去是人傳，立御史傳。御史字穆之，號醒庵，自高祖以上五世皆仕宋有名，三世祖爲端平進士，四世祖宗可、道可兄弟舉咸淳鄉薦，登進士。御史在時，有家藏宋試印，曆見家乘。

張大司空傳

張大司空嵿，字時峻。俗通籍者易其字。公成化癸卯膺鄉薦，丁未第進士，歷官南京兵曹郎，耻易字也。無何，以艱歸，弘治庚申，丁中外艱。日省墓，墓傍有楓，攀楓悲號。比歸，徘徊楓間，不忍行，因別字楓丘，以志不忘。或曰其所著書有《楓丘子對》云。予初傳魏公文靖，繼傳孝子，考其系皆自杭遷蕭。公先世家錢唐，元提領興甫徙居蕭之横河里，爲蕭山人，凡六世。今贈資政大夫、都察院右都御史、總督兩廣軍務兼理巡撫清及孔殷，其祖、父也。

公初知上饒縣，奏績考天下第一，取擢南京兵部車駕司主事，遷本司員外郎，歷遷刑部貴州司郎中，考第一。正德三年，以外轉出守興化，明年罷歸。當公遷車駕時，南京内守備太監故例，部司進謁，長跪。公至，揖不跪。太監怒，詰以故例，公曰：「此何例也？如以例，則請不跪自嵿始，以是爲例，可乎？」監怒甚，中一人私謂曰：「此故上饒令也，予鎮江藩時知其人，容之。」例内降至留都，主事手録，呈内守備。公置不録，尚書趣之，公曰：「主事豈史胥而任録爲？」後遂爲例。及爲刑部郎，隆平侯張佑卒，無嗣，争襲，賄瑾，瑾囑公，不聽。暨公守興化，瑾遣使巡省郡，假以盤府貯財物，遍索貨賂，預致公手記，饋以金顔，香名，一作金香。公不報。會興化進士戴大賓及第第三人，弱冠，瑾欲奪其妻，妻劉傑女，年譜作瑾姪女。公復執不可。瑾大怒，遂摭隆平奪爵事，罷公職。或曰：「初公上考，得外轉，皆瑾爲之。」

庚午，瑾伏誅。起公守南雄，既遷江西右參政。時逆濠張甚，聞公名，預遣其黨王泰、郭宇私要之，使附己，公拒之去。濠不悦，出公領饒州兵事，以饒寇方横故糺公。公請之鎮撫，親統官軍，勦獲萬年賊首王重七，上猶賊首龔福全等，散其衆，旬日復鎮撫，鎮撫奇之。會左布政使以述職赴都，撫命公署布政使事。是年冬，司災，濠乘間劾公，且賂權豎錢寧、張雄謀罷之。大學士費宏素賢公，執不可，處以過誤，勿問。甲戌，考第一，遂遷本司右布政使。遣使旌異，賜綵段、羊酒，破例彰其尤，自開國以來所未行者。時左布政使鄭岳以不附濠，誣受賕賣寇，羈候别署，寮屬過者莫敢視。公至，入敘故。及三堂會勘，公白其誣，得減罪。濠怒，授以意，使公去。公初求去，既而曰：「此地陸沈久矣，錚錚者行殆盡，吾不可復去，使一往淪陷。」乃任事益力。濠脅三學生徒保己孝行，諷公具勘。公卻之曰：「豈能舉孝子，不能舉孝王也。」此正德九年事，後十三年舉孝行，公已去任。會遣造内用紙劄，公領其役。故例，督内造紙劄，槽户償料，而以官價錢盡輸之。濠揀濾收裝，復多尅索。公親舍玉山，給估辦料，予槽户工廪如法，監造得羡錢數千緡，儲爲司災、營建之費。濠怒，密令鎮守太監黎安劾紙番敝劣，尅給自盜，而以餘番盡入之己。先具稿呈司禮監太監蕭敬，敬曰：「張君故彊項，然中外頗廉之。此勿行也，且事無爲已甚者。」還其奏。明年，轉左。校尉戎信家有母彘生象，獻諸濠。濠以爲瑞，其黨白全等賦詩頌之，擇吉開宴，諷鎮巡以下諸司郡縣同日進賀。既集，公毅然曰：「以爲瑞耶，當賀于政府，不當賀于王府；以爲妖耶，省之不足，何賀之有？」衆爲悚然。既又曰：「安禄山化猪爲龍，猶禍不旋踵，況豕象乎！且豕，亥也；象則十二位皆屬者也。以一陰而生十二位，細不翳鉅，害立至矣。」遽止。丙子開生員援例監，濠令引禮丁瓚者，捧金如干，從甬道躧入，爲其内戚徐生大才援納，且稱有旨。公曰：「何旨耶？」瓚以故對。公曰：「以納例而犯廳事，以引禮而闌甬道，可謂旨乎？」將參之。濠令長史入謝過，乃已。然終不與例。三月，史作「九月」，誤。濠將踞官湖，史作「池」。賂其謀主李自實，徐以語公，公曰：「侍郎自實侍郎致仕。能占王土耶？此非崀所得聞也。如其不然，則崀無敢以官湖私侍郎理。」濠色變。公出，濠大詈曰：「張風囚，吾固知其不足語也！」或曰「風囚」者，即「楓丘」之變音云。五月，濠以故府隘，欲四拓其地，擬之大内，將撤民居、槩府居，群情洶洶。公憂之，直入争曰：「故府有舊制，必拓之，非制也。且江西民窮甚矣，盜賊蠭起。殿下身爲藩主，休戚與同，今府居七八重，繚垣十餘里，猶欲廣之，撤民居一丈不足一楹，而小民八口之椽廢矣。此令一行，男女流散。殿下縱不念百姓，獨不念朝廷乎？且殿下即欲自大夸于諸藩，又何藉此尺寸土爲？」辭旨愷切，便便不已。濠屢麾之出，不顧。會營建災司，司址王府右。故例司府高比埒。濠加司已倍，至是增司十五尺，與府略等。濠知拓地必不得，乃抵曰：「司何得與王府等？必忝此地。司何得以高于舊事？且此何制？」公曰：「以殿下爲争衺狹耳，乃争此祟庳也耶？謹受令矣！」趨而出，遽割司五尺。而濠怒不徹，陰詗公他事，且鉤索營建出入之數。八月，公例監鄉試，已入棘，濠遣官校二十人破司後廨出，夫人戴并童婢等列廳事，盤撿帑畜，得衣冠、文書數竹箱，無鐍鑰，錢數緡，日用薪米而已。濠計無所施，恚曰：「勿再言風囚，徒擾我心，遣去之已耳。」公出棘，乃遣承奉劉吉餽以菓，公啓視，則棗一、梨一、薑一、芥一，公呼吉曰：「我知之矣，是欲我早離江西界也。夫臣子受命于君，行止豈人所能預哉！」是冬入覲吏部，考第一。賜宴内府，位列天下方面官上，朝野傾動。濠大懼，恐膺要擢益妨己，急賂錢寧等，謀置散地。遂遷南京光禄寺卿。《明史紀事》及郡縣志皆稱賂陞光禄卿，誤。衆議嚚然，有論薦者。明年，擢都察院右副都御史，奉敕巡撫保定等處，兼提督紫荆等關，本年罷歸。

前是，江彬，宣府人，欲挾上自誇，誘狩宣府。至是，就宣府建鎮國府第，復誘西狩，所至省郡縣索金璧、裘馬、婦女等，名曰供應。公所統轄無供應，張忠責之。公曰：「故制巡幸，恐無以金錢子女爲饗獻者。且此間地瘠，不産他物，民貧不保夕，婦女皆民妻室。必欲供應，則嶺實不職，嶺請歸。」忠曰：「都府公欲歸耶，歸已耳，請之何有！」矯旨令歸。明年己卯，濠伏誅南京。巡江都御史劉玉奏曰：「逆藩蓄異，戕害撫司，原其不臣，本非一日。今幸蒙顯戮，則開沈理抑，在所宜亟。先任巡撫都御史今致仕林俊、先任布政使今致仕張嶺，此則抑其非分、見諸行事者也；先任副使今充軍胡世寧、先任御史今降職范輅，此則糾其不法、見諸章奏者也。既鑒前節，當策後用。」不報。明年，浙江巡撫都御史許光庭復疏薦之，不報。行狀稱「以薦起」，誤。辛巳，彬、寧伏誅，乃起公都察院右都御史，總督兩廣軍務，兼理巡撫，一切便宜從事。年譜又云是年赴任，又以盤榷鹽廠題准先斬後奏事例。

兩廣自成、弘以來，蠻寇飆起，屢勦不靖，至是益甚。凡陽峒、柳慶、藤峽、南詔諸處，叢篁菁棘，歷狃險阻。且廣西土官田州、太守岑猛，累藉世緒，繕器毅介，驕蹇莫制。從前進勦，自韓雍、李承勳諸督，多藉犄角，故益自負。而公羈縻之，不令借援，得邀功伐。預于嘉靖元年壬午密疏其惡，思以漸揃滅，而嚴勒將較，陰別營伍，盤鹽課椒，以充糧儲，于是設奇四出。是年三月，平廣西融縣賊周克亮。六月，平廣西上思州逆賊土官黄鏐。敕遣賞銀三十兩、紵絲三表裏。十月，進階資政大夫。二年四月，平福建賊江小、范四，江廣賊梁八尺、黄萬山、賴廉。十月，平廣東新寧賊嚴阮、蔡猛三，拔寨二百所，斬獲二萬餘衆。敕遣賞鈔萬貫、紵絲三表裏。三年三月，平廣東賊李文積。公以疾辭，旨曰「卿望老成，總督重任，正藉委託」，不允所辭。九月，考滿，廕一子入監。是月，召掌南京都察院事。公又以疾辭，旨曰「卿歷有所勞，方借南臺觀風紀耳」，不允。公又辭，旨曰：「老成年力未衰，委任方切，留臺掌握，正東南重寄，願占讜節。」七月，仁壽宫災，公復以消異請辭，旨曰：「咎當朕躬，詎在多哲。」十月，進南京工部尚書。明年丙戌，詔賞先事疏惡功，以廣西田州逆賊土官岑猛征勦克捷，及照先任總督張嵿曾于嘉靖元年疏猛逆惡，宜先事預防，功亦難免，兵部以聞。敕賞銀一十兩、紵絲一表裏。時三邊缺總制，給事中管律論曰：「今之總制，即古之大將也，國家安危、藩鎮得喪，皆于是繫，詎可藐哉？臣訪得尚書張嵿、孟鳳、侍郎孟春、都御史姚謨、陳九疇，此五臣者，允協斯任。」剡上會猛黨廣東通番官陶鳳儀、郭畀，并掌南察，時所黜巡江都御史譚魯、都指揮陳璠、内守備舍人曹顯等，各以宿懟賂言者，誣公輸官賕爲己有，糾之。上素知公廉，得急白，然寢其薦。丁亥四月，公引疾力辭，乞以資政大夫南京工部尚書致仕，許之。年譜作「不允辭」，誤。明年，詔進一品階榮禄大夫，遣有司賫綵段、羊酒問勞。越二年辛卯，用廷臣薦，將起用。正月十八日卒，年七十四。

浙江巡撫都御史胡璉、巡按御史李佶，各以訃疏：「故大司空張嵿初聲邑長，嗣表曹郎，節勵藩方，功成開府，晚著輯寧之略。時亡將相之人，欲報忠良，宜崇優恤。」奉旨：吏部文選考功，并兵部職方，歷勘累任上考及撫督軍功賞賚，與奏畢合，照例行翰林院、工部依級祭葬，兼行浙司備物遣祭。時禮部尚書兼學士夏言題請賜謚，于是遣工部主事羅餘慶營葬事，布政司參政党以平參議姜儀，諭祭二壇。或曰：公遺言曰：「吾得以楓丘易名字，足矣。」其子遵公命，勿復請謚。而是時行孝廟典例，謚由内裁，故遲久不發，蓋中有沮之者云。公罷興化歸，饔飧不繼，其夫人每食，必故曰：「清官食粥糜。」及爲江西左藩，時逆濠盤撿無所有，公歸語夫人曰：「此非清官之效乎！」後督兩廣，有獻珠母海青嬰珠者，公取大珠三貽夫人，曰：「所以酬粥糜也。」公歷任多政蹟，上饒立社倉，裁浮驛，清漁畝，造舟梁，濬瀦捍陂以防暵霪。興化疏行估，禁漂市，鉏暴剔弊。南雄罷賽祀，節夫里，修復庾嶺張文獻祠，改郡縣兩學，《武宗實録》載郡縣二學共一文廟，故改建他所。以盤鹽榷椒代民虛賦。其去嶺也，民送至嶺，遂祠嶺。又勒石學宮，解元李昕爲記。南京開金城溝。其從巡撫保定歸，清復鄉民吴瓚等占佃湖田如干畝。居鄉不乘輿。西江塘、北海塘、毛山閘圮，修之。公師孝子之父御史，御史師文靖，自文靖以下，師生三世相繼復湖。或曰：「有所受也。」文靖忤王振，御史忤鄒魯，公忤内守備太監、忤瑾、忤濠、忤彬寧、忤岑猛，其剛正相似如此。公有集，亡。初，公第進士，以文名。簡公纂《憲廟實録》，又奉勑往蘇松諸郡採纂政務、民風、人物，期年復命，始筮仕。

贊曰：公兩以開幕出督軍務，而不得樞要。其時爲之與？抑亦有所掎也？千鎔之鏐，歷試不折，忠果正直，志在霜雪，公實有之。顧累公功德，尚靳易名，豈易字有志，不欲更掩其稱與？公誌傳俱闕，其族孫廷弼、弼成，各以公譜狀示予屬傳。因旁搜他乘，述其載事可徵信者。惟是邦賢之望，亦魏、何與張耳，皆用至剛。雖文靖善全，御史不臧，互有得失，然得公乃章矣！

西河文集卷七十四

蕭山毛奇齡又名甡字春庄稿

傳二 一名越州先賢傳

吕訓導傳

訓導名不用，初名必用，字則行，紹興新昌人也。十三歲應元至正鄉舉，未午而出院，主文者奇之，索其次場文，不得，既而知其不終試。時不用講學，念己宋忠臣億後，不當仕元世，因改必用爲不用，字則畊。每以疾居石鼓山，未聾也，曰「吾聾」，遂自號石鼓山聾。學者宗之，皆稱爲山聾先生及山聾子云。

不用傳孔孟之學，而故以文豪，嘗與天台陳東之、會稽王宗成、廬陵曾伯曼、金華宋濂、青田劉基爲文友。會基以青田寇起，奉其母避蕭山包與善家，不用與之游。時基罷參謀，征海已喪師，乃復將應達識帖木爾之聘。時人漸薄基，謂：「基何人？先生乃相結若此！」不用笑而頷之。洪武初，基首薦不用，不用辭之，曰：「吾已不用矣。」既而再薦，不得已，姑以明經行修辟授本縣訓導。時兵革初靖，士不識文藝。不用疏六緯、四籍、諸史之學授生徒，且身爲率先，一時芔然嚮化。是時居珠浦之里，遂稱其里爲善政鄉。鄉人嘗相語曰：「即有不平，叶蒲姜切。莫入善政鄉。」後引疾解官，累辟不復起。乃以遷居東窌山，改稱曰窌西牧。所著有《牧坡稿》《得月稿》《力田集》行于世。

論曰：不用精理學，新昌、餘姚、山陰、會稽、蕭山多能言心性，自不用始。若其文則汪洋乎李杜，渢渢乎翱翔班楊之林。景泰中，祭酒蕭鎡曾頌之，而惜乎不用。雖然，已用之矣。

明左僉都御史恭惠楊公傳

公信民，本名誠，以字行，新昌人。中永樂十三年鄉試，授工科給事中，使江西，疏諫五事。正統八年，遷廣東左參議。高、雷、廉諸府盜起，信民親統兵進勦，斬其渠，盜平。按察使郭智行不法，信民劾罷之。既而黄瀚代其任，其不法乃甚于智，信民復具劾，而瀚受智指，還訐同詔獄，既而直信民坐瀚罪去。當是時，廣民赴闕爲信民奏辯者凡萬人。無何，英宗北狩，詔以信民守白羊口有功。黄蕭養之寇廣東也，圍廣州數月，守土官不能禦賊，但閉城毋出入，鄉民既無所逃匿，而城中民出覓食輒爲賊殺，民苦之，群思信民在不致是。會賊下令毋殺楊參議家口，有縋城者，必詢曰：「非楊參議家耶？」以故廣民在京者伏闕乞信民，上乃遷信民左僉都御史，往撫之。信民晝夜馳，及至，從賊營中藩輿前呵之，曰：「舊參議楊公來。」賊驚愕，環輿願得一親見公面驗其真，信民乃撤藩坐露車，賊見，羅拜泣下曰：「是也，公在，奴何敢爾？今請伏椹質，聽公所爲。」信民撝賊卻十里外，開城發庾廩給民，佩木牌縱使出入，賊見牌曰：「此楊大人所給也，不敢犯。」既而遣吏齎檄入賊營撫諭，賊大喜，簪花設宴，約曰請聽撫。信民復單騎出城，遍慰諸民之逃匿者。賊衆見信民，皆倒旗伏地，各泣下訴狀，信民坐諭之。是日，降者數萬人。未幾，信民將題請議安插，驟病，死。廣民縞素，號哭不知所爲，賊亦統衆入哭祭，而于是廣州復圍。其後董興討平之，上乃思信民，諭祭，謚恭惠。

論曰：二正賊多以撫誤。信民故能殺賊者，至是獨用撫，其信之者深也。勦撫貴務本。董興以勦勝，究之根株未靖，賊禍延蔓者且二十年。廣人思信民，奏請立祠，宜哉！

家忠襄公傳

公諱吉，字宗吉，餘姚人。少舉生員，教官以贄薄扑之，公不平，起碎所衣衫，辭先師出。乃以儒士中正統九年鄉試。故事，中式不由生員者，謂之儒士入埸。

既而中景泰五年進士，授刑部廣東司主事。例，十三司分理在京諸司刑獄，惟廣東司則并治錦衣衛卒。錦衣故虓横，而是時衛長門達尤縱惡，日陰持司事卒付司，司好遣之，無敢以怒容加者。公獨治所犯如他犯，卒大憾，至詈公曰：「毛葛刺。」公嘗遇門達西街，諸官避馬去，公過之，以一手舉鞭，達愕然，顧左右曰：「此非刑部毛葛刺耶？」於是百計求公過，無有。會公以病誤朝，參下衛，衛卒聞之，譁且走，報其長曰：「毛葛刺至矣。」掄巨杖及彊有力者待公，公至，杖不過十五，骨見。適有僧同繫，傅以良藥，得不死。

既而例復職，循次陞廣東按察司僉事。時嶺外多流賊，而公以分巡嶺東，督戰守，陰除其奸宄可爲患者。嶺東民仗之，於其將去，鳴鼓控撫按，萬首拄地，願借公一年。先是，程鄉民有羅劉寧者倡亂，爲官軍所滅。其黨楊輝逃贛之安遠，陰集餘寇于江廣之界，會官軍征廣西，不及勦，公不得已招之。暨公去，而輝等復聚，張幟肆剽殺，雖急借公返題留，而賊勢已成。方是時，輝據上下寶龍峒，其黨曾玉、謝瑩者，一據龍歸，一據石坑。次第寇安遠，并福建上杭，破之。于是將尅期攻程鄉。公還任，立召縣官，料民壯，并檄旁近官軍，得七百人。裹糗倍道行，即日越三站而舍。度去石坑近，辯明掩至。坑賊有負米入坑者，覺之，出，三千人陳山下，官軍見賊衆，驚卻。公乃呼譟，抽刃先官軍行，官軍涌而進。公連斬二人，力戰，自辰至午，賊敗走，追之，生擒曾玉及其徒二十餘人，斬首三百級。既而乘勝連破龍歸及寶龍諸峒，獲謝瑩。前後擒斬計一千四百有餘，而公士卒無一傷者。狀聞，未報。會高、雷、廉三府苦賊殺，請公往。往則數百里間無民居，分守都指揮官嬰城，賊或十許人，或三五十人，驅脇子女百千過城下，無敢問者。時海康知縣王騏能殺賊，爲衆所嫉。公至雷，賊劫大體村，移都指揮出擊之，不應。再檄，再不應。公即督騏領民壯躬戰賊所，賊敗，斬首數百級，奪回被擄子女無算。既而賊分三支來攻吴川縣，公諜知其一近河，即命騏乘小舟出賊不意，破之，斬賊首六十餘級，而二支已遁。至是，朝廷嘉公勞，陞本司副使，降勅奬諭，委以全廣軍務，使便宜調度。而騏亦得陞本府通判。

成化元年，賊從惠至韶，寇翁源。公被新命，遂帥官軍二千人兼程進，斬獲百餘級，賊西奔。既而新會復告警，時王騏已戰死。公召都指揮焦用、指揮孫璧帥官軍三千人、民兵倍之，至火嶝，與賊戰。賊走，斬獲二十餘級，乘勝追至雲岫山，去賊營十里而舍。時二鼓，召諸將曰：「賊營前畈而後箐，敗必入箐，明當分兩哨，陰據箐後，而我以精鋭衝畈前，可盡殪也。」遂期曰：「雞鳴蓐食當進兵。」是夜，雲霾無月星，後期。不得已，三哨並進，賊果敗入箐。公命潘百户者帥精壯千人據賊營，而賊多遺財狼戾，官軍争取之。賊俯瞭見官軍争且譁，以爲可圖，遂擁衆馳下刺潘。官軍亂，争營門出，賊迫之。右哨指揮閻華者力戰，公命他指揮援，他指揮不從。華馬躓被刺，諸哨潰竄。公勒馬持刃呼遮之，不止。從吏廖振請公走，公叱曰：「事至此，走將安之？且予可先衆去乎！」且殿且戰，賊合力趨公，公猶斬數人，刃折，遂遇害。先是，嶺表無殺賊者，惟公與王騏協力。騏大理人，正統貢士，由胄監出知海康縣。至官，即日以忠義激其民，遇賊輒擊，民賴以安，獨守將惡之，乃以力戰先公死。至是，有司聞公事及騏，贈公通議大夫、廣東按察使，謚忠襄，而騏亦得贈本府同知。

初公出師時，布政以犒銀千兩委懷遠驛丞余文者携之軍中，自出師至是，已約用十之三矣。文憫公之死，貧無以喪，密以餘銀七百兩付公僕歸。是夜，僕之婦忽出廳事據席，舉止如公狀，呼左右曰：「請夏憲長來。」夏憲長者，按察使夏塤也。家人驚走，告左廨經歷。時僉事胡榮急來視，婦瞪目拱手曰：「非也。」頃之，塤至，乃起揖，言曰：「吉以身死事，無憾。獨是吉生平清白，公所知也。今吉死，而余文以所羨官銀七百兩密付吉家，是欲使生前清白之身，而反含垢入地也，而可乎？願亟還官銀，無污我！」言畢，仆地甦。明日，其子科具詞捧銀還官。而文坐監守自盜，以原情免罪。知縣陶魯、巡按御史葛萱上其事，且請祠祀。大學士丘濬等核之，予祠。子科由廕監生登成化十四年進士，歷官雲南按察使。其捧銀還官時年十二。

奇齡曰：順成之盜，盛于南服，然皆守撫養成之。嚮非弘正儒臣爲之掃除，則蔓草難圖，何翅綏寇？然則公之忠勇，其亦先守仁而興者與！《論語》曰：「德必有鄰。」王騏從吉討賊，先公而死，其于臨難致命之節，有同契焉。世傳卻金事以爲怪異，而致忘伍胥、杜伯之有前烈，則亦未入宣室哉！

附録　忠襄事載諸書甚備，然總無異同。惟浙按察使曾蒙簡所爲墓誌不得見，所見者丘濬《傳》、柯潛《墓表》、方獻夫《祠記》，及其子科所述《優免帖文》耳。若《帖文》又云：丘濬、楊守陳、劉定之皆有文記其事，則亦未見。

忠襄死于雲岫山賊營，諸傳皆然，獨墓表云：賊黨二萬餘自他所至，遮官軍歸路，前鋒閻華戰死，公被害。而《優免帖文》又云：兵科抄出廣東監察御史涂斐據新會申文，某統官軍與賊對敵，斬開賊排柵，放火燒毀賊巢，烟起不見，賊伏四面起，當陣殺死副使某等。因各有不同，今從丘濬《傳》。《分省人物考》云，「楊輝、程鄉據上下寶龍峒」，似程鄉亦賊名矣。楊輝本程鄉賊耳。又墓志有平海寇李斌一事，今以不見墓志，不敢載。

僕婦請夏憲長時，傳稱吴希仁來視，而《優免帖文》稱胡榮，今從《帖文》。

祠敕有「生前盡節，死後卻金」諸語，見《建祠公議》，因不見全敕，故不録入。

忠襄官止嶺東而勦賊在全省者，以天順八年所降敕中，原有：「凡廣東所屬各府州縣地方，但有流賊土賊，即便同總兵、巡撫、三司等官，設策督調官民人等，相機勦捕。其領軍官員不聽調遣者，逕自參奏拏問，治以重罪。凡勦賊良策，隨便施行。」則其權已重于巡撫矣。以一人之力而勦全省之寇，以伍伯之少而禦萬千之衆，位微任重，寧無敗乎！

予承乏史館，分題偶得先公名，即以此文點竄付録史生，故有附録數條，今并記此。

明少傅謹身殿大學士文正謝公傳

公遷，字于喬，餘姚人。成化十年鄉試第一，明年會試第三，殿試復第一，遂由修撰陞右諭德充經筵講官。二十三年，孝宗嗣位，以官僚恩陞左庶子兼侍讀。御馬監少監郭鏞請豫選女子入宮或諸王館中，習禮誦書，爲册封諸妃地。遷疏爭曰：「伏聞陛下用内官言，欲預選后宮以廣儲嗣，誠善。但山陵未畢，諒陰可哀，陛下富春秋，中宮得人，則其餘嬪御以貫魚進，未晚也。臣聞九經之義，遠色爲先。陛下嗣服伊始，奈何以宮闈細故爲首德累？」帝善之。時帝方嚮學，遷務積誠以開聖聽，每進講，必先期習誦如在侍，及講，從容詳警，甚稱帝意。弘治四年，加少詹事兼侍讀學士，憂去。八年，詔以本官入閣辦事，時尚未終制，辭之。服除，始拜命。十一年，皇太子出閣，加太子少保、兵部尚書，兼東閣大學士，賜章服。十六年，加太子太保、禮部尚書、武英殿大學士。孝肅太后崩，禮官舊擬與孝莊太后並祔太廟，至是遷請别祠，如周祀姜嫄禮，立奉慈殿祀之。時承平日久，政令漸弛，内官驕縱成習。遷思豫遏之，故于皇太子出閣首疏，以親賢遠佞、勤學戒逸爲皇太子勸。且裁抑諸内官，立科設禁，將以是廓清近倖，而勢未逮也。帝大漸，召遷至御榻，執遷手受命。武宗嗣位，加少傅兼太子太傅。遷于是時即乞去，薦吴寬、王鏊自代，詞甚切摯。正德元年，逆瑾等八閹號八虎亂政，言官劾下閣，遷與閣臣健堅持必殺瑾等。會尚書韓文帥百官伏闕，論約遷等，中持語泄，事遂敗，遷等連疏爭，不允，遂乞去。

先是，遷力抑近倖，凡瑾所欲爲，皆遏勿與。時内府各庫及諸倉塲、馬坊、各司内侍，多作奸集賄，而御馬監軍士，自以禁軍不隸本兵，空名給食。遷既已條奏請禁，復勑曹司搜覈開覆，必逐事布飭而後已。瑾等銜之。至是，憾甚，下遷疏，令去。然猶以顧命臣，尚頒敕給驛月廩歲隸，臨行賜金幣、衣履如故。及既去，而吏部尚書焦芳繼入閣，嘗憾遷舉寬、鳌自代而不及己。瑾又以閣議時遷嘗呰謷，刺刺切齒，欲甘心于遷，遣偵四出，伺遷事，無有。會詔舉懷才抱德，餘姚周禮、徐子元、許龍、上虞徐文彪應詔，同試吏部，中有文用恭顯語者。瑾大怒，詔獄榜掠剟刺械之，戍鎮番。而以四人者遷鄉人，其草薦舉詔，則健爲之，矯旨黜健、遷爲民，而逐遷弟兵部員外郎迪，子編修丕削籍，榜禁餘姚人並毋得爲京朝官。

五年瑾誅，詔復職，致仕。至世宗入嗣，言官始連薦，遣存問，起弟迪參議，子丕復翰林官。遷乃遣子正入謝，疏曰：「臣猥蒙孝宗知遇，顧託之重，思圖報稱，乃不自知其力之不足。既而格心無術，輔導不效，引身退避，杜門省愆，自分與草木同腐。幸溝壑未填，得覩聖明，如臣衰朽，亦荷軫恤，不加之負國之誅，反錫以優老之典，顧兹恩厚，效死何時！惟有一言，少資獻納。仰惟聖性睿哲，本屬生知，而聖德成就，當加問學。是必謹一暴十寒之失，而後可積以日就月將之功。夫一日萬幾，未易周通，而一心萬化，惟在知要。若夫軍民利病，政治得失，則所司者能言之矣。」疏聞，帝温旨慰勞，蔭子正中書舍人。嘉靖二年，復令有司存問。五年，用楊一清薦起于家，進少傅、户部尚書、謹身殿大學士。然遷以老疾即求去，嘗在舟中繕二疏，不上。而帝待遷厚，每天寒，免朝參，除夕賜御製詩，以郊祀賜織錦大帶，及以病告，則太醫賜藥餌，并給酒米。而遷竟以疾辭去。十年卒，年八十三，謚文正，諭賜祭葬。

遷器量弘達，而處事敏決，每中機要。火篩寇大同，遷爲決策驅去，而部計以邊警加餉，每議增南折銀三分之二，遷力沮之，然警亦尋息。荊襄流民激變，遷撰旨區置，急令附籍，附籍則流者自止。時編户約三十萬，會有阻其事者，忽中止，而餘衆遂叛。其審要如此。遷爲晉謝太傅後，致仕時居東山第四門，著《東山誌》。子丕亦以解元登進士及第，歷官吏部侍郎，贈禮部尚書，世其家。

論曰：弘、正間多名臣，而遷不務爲赫赫，自處方幅，衆莫之撓，故忠誠敦慤，始終不渝。此當時誥詞所稱「清白之操，百鍊愈精；剛毅之氣，萬人必往」者與！遷在内閣，與劉健、李東陽同官，顧健敢任事，而資遷之謀斷；東陽善文曲，而遜遷之亮直。出處可否，不激不阿。夫其抑昂于二君之間者，概可睹已！

附録　諸書載謝文正會試薦第一，因本房是兵部主事趙瑶，名位輕，故抑置第三，而墓志稱主考丘文莊賞之，拔置第三，則矛盾矣。世但以文正兩踞第一，而會試稍抑，故爲此説耳。然文正子亦解元、探花，而會試第四，亦是僅事。

餘姚薦舉人試文，用蕭傳恭顯語刺瑾，故瑾怒，下詔獄謫戍。而史料云：四人上疏求用。天下無未試求用者。況止求用，則瑾何必一怒至此！

兵部侍郎吕公傳

公獻，字丕文，浙江新昌人。成化進士，授刑科給事中。孝宗登極，擇可使交趾者，賜獻一品服，應詔。獻至交趾，頒誥諭，宣朝廷德意，交趾悦。濱行，相率爲餽饗，至捧珠貝填槖中，獻不受，人未知也。龍川土官趙源者，索交趾金錢，使者上其事曰：「天使回，禮有餽遺，猶峻拒不受，趙源何人，乃黷貨無厭一至此。」上聞其言，訊之，然後知獻卻餽狀，而宣之于廷。太監李廣擅選富兒爲駙馬，受賂，廷臣莫敢發，獻劾罷之。時京師雨雹，日食，東南諸省皆大疫，又孝陵灾，獻抗疏陳闕失。會壽寧侯張鶴齡兄弟倚宫掖，勢熛灼，每游宴後庭，出入無禁忌。前後李夢陽、羅玘皆得罪去，廷臣久嘿嘿。獻乃反覆極論，上怒，詔杖三十，下鎮撫獄。既而以言直釋之。遷禮科，轉應天府丞，復改順天。武宗耕籍，獻爲執事官，率保介趨蹌，儀甚備。上顧之曰：「是官善行禮，寧不可作禮尚書耶？」時瑾用事，獻無賂，不調，雖上諭，置不問。久之進爲尹，又久之進南京兵部右侍郎。劉六寇江介，凡三過南京，以獻有武備，不敢入。既而致仕。

論曰：史嘗謂「清畏人知，然未嘗不知」，獻則有之。獻歷官三十年，無贏財，止搆一室，榜之曰「清白」。

贈太僕少卿原雲南道御史狷齋謝公傳

公愉，字如卿，上虞人。嘉靖進士，授浦城知縣，行取擢南御史。武定侯郭勛奏請復天下鎮監，愉劾勛妄奏，勿議復，天下快之。尋使雲貴，疏論兵部尚書張瓚、刑部尚書周期雍、大學士翟鑾，皆相繼罷去。獨論嚴嵩最激切，上不用，然亦不罪愉。時嵩爲禮部尚書，值其自陳時，愉以大臣巧辨誣罔痛責之。且言：「兵部尚書張瓚貪而優柔，以本兵而壞天下之兵；禮部尚書嚴嵩貪而狡狠，以掌禮而壞天下之禮。二臣雖不同，其欺君誤國則一也，宜其莫逃聖鑒。而任用不衰，必陛下真知其智識足以集事，取其才而略其德耳。乃嵩以貪墨非聖主所惡，而日益污濫，一時臣工，亦復以廉静非聖主所尚，而競爲貪婪。風俗下趨，歲異而月變，欲望世太平，難矣。今夫郡縣小官犯贓，或三五錢，或數十貫，必繩以峻法，而大臣狼藉鉅萬，置不以聞，真所謂縱豺狼而搏雉兔也。」疏凡數千言，嵩見而憚之。會愉自雲貴還臺，一時稱古之遺直，薦留雲南道。嵩亦百計要結，且啖以美官，愉不顧。既而按四川，聞邊警，遂上疏曰：「堯舜誅四凶，而鑾芳率俾。今之四凶則郭勛、胡守中、張瓚、嚴嵩是也。陛下已誅其二矣，何難盡屏之，以全堯舜之功哉！」不報。會愉以母老乞歸，未允。嵩乃乘京察除愉名。愉歸奉母，所居室最隘，名狷齋。世宗崩，詔録前言官，未拜命，卒。

御史周弘祖爲特請于朝，贈太僕少卿。其疏有曰：「臣嘗輯録嘉靖以來章奏，見原任監察御史謝愉所論武定侯郭勛及禮部尚書嚴嵩，皆人所不敢言者，乃爲逆蕃父子切齒中傷。退閒之後，且不知存亡，下落未識。彼省撫按亦曾舉及本官否？夫如此忠藎，際此明聖，而使與草木同腐朽，而不得被一命之榮，殊可惜也！」

論曰：誰毁誰譽，三代之直道而行，不其然與？愉之劾嵩、弘祖之薦愉，皆古遺直。而愉自名狷，惟直故狷。朝有如此臣而不能用，嘉靖之業可問耶！

張中丞傳

中丞名元冲，山陰人。以嘉靖進士授吏科給事中，拜命而泣。或問之，曰：「吾祖爲是官，曾以直諫萬貴妃擅寵，賜杖。吾父逢禁日必出血衣陳祀之，且涕洟曰：『子姓有爲是官者，其毋忘此血衣哉！』吾今爲是官，是以泣。」蓋其祖以弘本科都，其父景琦則以部郎知桂林者也。時嵩初入閣，元冲首疏嵩心術不光，不宜在帝左右，不報。先是，九廟災，上刻意營建，曾以木工郭文英有技，愛之，加工部帶俸右侍郎。至是，工成，廕其子文思院副使，而文英嗛嗛復請辭己所受俸，改廕兄子，乃復以其兄子爲鴻臚序班。元冲疏争之，謂文英賤工，本以繩墨斧斤之能奔走冬官，忽遭逢廟建，致濫名器，以無何廝役而帶俸竊銜，其爲非分已甚矣！今復冒叨恩廕，在文英者，宜慚悚引咎不暇，乃復敢狎恩抗求，自處非法。小人之貪肆，一至於此！且文思院非他，文英出身之所也。工技必各安其業，而後有濟。今文英既已踰越，而復不使其子弟安于其業，此何意乎？上怒，不納。會織染太監以上用羊羢未給，請尚衣孟忠齎敕儧造。而元冲復争之，謂嘉靖元年既已停罷中使儧造，歷至二十年間，始遣尚衣李鉞偶一督辦，然即已徵還。此在神聖愛民，其爲防微杜漸者如是其至。而小人罔上，重溷聖聽，其罪可殺。且内官之出，必有京師巨黠投充家人名色，于其奏帶常數外，增一二十輩，依附撥置，需索騷擾，甚至輘轢司府，箠縛官吏，此所係匪細也。上益怒，不納。然卒以其言直，轉外爲江西參政，既而進廣東按察使。巡海，擒海賊徐碧溪、何亞八，敘功賜白金。大計考天下監司第一。補江右布政轉左，尋以右副都巡撫江西。時閩廣流賊犯境，元冲疏請便宜統參議趙鏘、副使陳柯暨指揮屠塤、杜喬、廣東都司孫敖、浙直冠帶千户龔綸等，各領兵堵勦，日有斬獲，遂驅賊出境。而其渠犯贛者，殺官吏、劫倉廩、焚掠，贛撫得罪。内官與政府憚元冲直，畏其入用，并囓之，勒回籍。

元冲少從王守仁游，與同里錢德洪、王畿、徐珊共闡明良知之學，而元冲尤以氣節自勵，曰：「人之生也直。」守仁嘗稱曰：「吾門不乏上知之士，至于忠信質諒，無如叔謙。」叔謙，元冲字也。又元冲嘗讀書浮峰山寺，守仁顧而登其巔，嘆曰：「此山卓絶不群，叔謙似之。」爲題「浮峰書屋」而去。嗣後學者遂稱元冲爲浮峰先生。

論曰：元冲祖、父皆名臣，以弘以建言得罪，而景琦爲郎忤中官，謫判始知桂林。元冲其繼志而興者與！姚江之門有二，一以領會，一以踐履。元冲與畿、珊同學，而元冲冲然已！

西河文集卷七十五

蕭山毛奇齡字僧開又初晴稿

傳三　一名越州先賢傳

明太子少保兵部尚書吴公傳世職、孟明、邦輔附

公兑，字君澤，少倜儻。本紹興籍，以例入北監，中嘉靖三十八年會試，授兵部主事，越十五年陞爲郎。莊皇帝即位，内監乞門廕，持例不可。司禮責部易兑疏，兑怒，將奏之，司禮惶恐，謝。會北部入塞，掠榆林、太原，議徵宣大兵入衞。兑獨抗言勿徵宣大兵，寇當退，不過灤一步，邊兵擊其歸，可得志。而廷議已決，寇果去，無邀之者。

隆慶三年，轉湖廣參議。值大征古田，將調麻陽兵制其奔軼，兑直遣土司遏之。明年陞山東按察副使，備兵霸州，立保甲法，塹涂布壘，亘木斷道以捕盜。是時北部新附，諸邊覘叛服以定嚮背。總督王崇古應代，廷議難其人，咸推兑，即于是年擢僉都撫，治宣府。乃先減屯額，墾荒土，繕垣繚臺，别築外十三家。邊起滴水崖，訖于黑漢嶺烽堠，屯墉咸甓而崇之。昌平陵園無捍蔽，護陵軍駐山南，其東

北挺出塞外，單弱。兑拓其城障，北自龍門所，東至靖胡堡，横絶北地三百里，還嘉靖間所納史車諸部屯實之。時北部多孱，黠嫚漢吏，而俺答弟把都兒、子黄台吉尤梟悍，喜鬬薄市賞心，非父兄所爲。每貢，俺答以己馬代進，得賜物，抵地不肯受。兑于市日值俺答與諸子弟獵百里外，窺其營近塞，與我軍相望。兑率五騎出，導二旂直趨其營，北部錯愕，咸控弦。導者呵之曰：「軍門來北部。」咸拜跽問狀，曰：「按爾軍且行犒耳。」北部乃獻酪行禮，請遍觀其軍，薄暮返。王崇古聞之，大駭，遺書規之。兑報言：「是行有三利：審料虚實，一；推心置腹，二；彼常輕中朝無人，吾以隻身入虎穴，指揮十萬衆，示以無恐，使彼知所畏，三。若夫意外之變，則其酋在遠，請命無及，擅謀妄動，又非彼中法，吾豈不籌之哉。」初，黄台吉娶婦，生扯力克，無寵。又妻大成台吉之母，生五路台吉，色衰，復棄之，盡奪其所部萬騎與他庶孽。乃復東掠史車，就婚于朶顔。值扯力克請賞，兑叱曰：「爾父反，不畏誅，更乞賞爲？」對曰：「父棄吾母，吾無如何矣，能止父反乎？」兑召前，語曰：「聞爾兄弟皆失職，吾取爾部騎歸爾，爾能報我忠朝廷乎？」泣而對曰：「能。」曰：「爾父腹心惟革布耳，布誅奪爾部騎依姑多羅，而五路兄弟亦奪故騎，合大成台吉。彼二家者，素與爾父郄，力足抗也。」扯力克唯唯。遂殺革布，而約擺腰兀慎，盡奪父部騎，而于是台吉頓衰。兑又使其將邀把都兒，酖之。其子青把都怒，請絶貢，擁兵至塞，要以十三事。兑召前爲開譬禍福，曰：「汝能貢，仍賚汝。否則，試聽吾礮聲可耳。」言畢，千礮並震，人馬皆辟易，乃乞貢去。貢市初起，無制度，兑始定番部貢儀與通使之禮。我使用白衣，至北庭隆重，北使入遇，參游于途，避馬下立，言事則跪，置譯館，以五鋭士夾一使，加扃鍵焉。每市阻酋長墻外，按部犒給，所市馬良者，予直七兩，七軍共領之，遞而殺至三兩三軍而止，其法最密，後來惟謹守繩度而已。番部習侵盜，雖款塞，亦且辞于市。或潛盜所鬻馬以去，兑使挾棓伺擊之，曰：「孰令汝爲市而盜乎！」哈不慎盜馬，擒三人，哈獻馬請釋，不與，哈奪之去。兑閉關停市，告諸部命發兵討哈，諸部懼，共追還所奪，以哈馬九九謝死罪，乃舍之。打剌名安執關民要貨，兑聲罪諸酋，共收其畜千獻之。表聞，詔以賜諸部，諸部愧服。

兑居上谷久，威信素著，且嘗以不測賞結諸部心。東貴者，青把都女也，嫁東部。隨父入貢，與邊吏言稱己貧。兑諭貴昆弟，每一馬取紬一畀貴，貴得紬二千，感泣去。後東部入寇，命兑偵之，諜從東貴帳中來，具知土蠻生于亥，避太歲不寇。其弟莊免兒病，不能騎，令掠岔河以東者，特零騎數千耳。始遼帥恐敵用衆，且未知所向，軍廣寧以待之。及得報，亟以兵趨西堡，擊其歸，斬數百級，賜兑金幣。朶顔操蠻以其姊妻黄台吉，挾賞寇邊，攻毁鴉鶻寨，殺二將。薊督奉詔責，問策于兑，兑報曰：「上策惧之以形，姑解之以驕其志，俟其弛備而擊之，上；中策奪之以聲，薊門先出師，以明必討，而又料軍于宣雲，若合擊者，乃示意台吉，俾得禽獻以自贖，中。」上令從中策。果縛阿都赤等十七人，梟鴉鶻寨。先是，宣府屯粮溢，故額至二十一萬，軍多積逋。兑疏請赦逋罷汰，令流人歸業者原其負，給以牛種。由是耕者雲集，穀賤于中土。兑善制火器，造將軍砲百、滅鹵砲千、三眼銃萬。舊砲重，難轉，兑創雙輪車，隨營轉向。舊砲楔木，多震死，兑易以乾土，氣完不震。北部嘗笑砲如雷，然災者當之，能再擊耶。器成，引北使觀之，砲舉若連珠，移時不絶，乃嚙指去。

萬曆元年，陞右副都兵部右侍郎，四年遷左，七年以原官總督宣大。俺答佞佛，將西謁番僧，寄帑于兑，留旗箭表信而去。道出西涼塞，諸邊震聳，兑使繞賀蘭背行，勿近邊。第恐既西，必以兵力併瓦剌。陰求得瓦剌爲俺答俘者，勞遣之，授以計，令好迎俺答，而陰襲其後，俺答大挫，至西部不歸。將與爲婚，兑聞大驚曰：「果爾，且續其斷臂矣。」復密遣人厚遺西部，令絶婚。時俺答以契召諸部兵，將釋憾瓦剌，諸部不應。兑乃發金幣，修書遣通事金鳳、彝使羊羔兒賜俺答，勸之東歸，俺答大喜。而舊使珊瑚、戈陶等監俺答西行，亦皆斤斤爲俺答信，俺答乃歸。遣海大首領扯兒克上表稱謝，獻黄駝、白駝、刀甲、氆氌。而番僧滿頓失禮，亦附貢銅佛、舍利、車渠、海螺。兑爲之進。當是時，兑經紀有法，縮軍費、節客饟，積幾五十萬，屯穀二百萬。省太倉太僕銀歲輸邊皆百萬。凡儲峙穀勵，足以控制諸部，故諸部愈畏之。先是，俺答以長女啞不害之女三娘子美，自娶之。而其子黄台吉鄙而淫，每奪諸彝婦過百人，而聽其索食外奔。獨憾三娘子擅富厚，詛詈三娘子，每入貢，宿兑營愬其事，兑思以結之。兒視三娘子，賞賜宴犒無所吝，嘗以番王哈屯視中國夫人，于貢日親賜八寶冠、百鳳雲衣、紅骨朶雲裙，感之，指其心誓以必報。而黄台吉諸婦如五蘭比妓、且沁比妓、威兀慎比妓，以饑餒歲盜葛峪堡小軍盔甲、牛羊，必罰不赦。其後黄台吉、扯力克子孫襲王，皆妻三娘子，三世修貢不絶，封忠順夫人。

九年，以原官回部，扈從上大閲進陣圖兵略。十年，復以右都總督薊遼。瀕行，執政詢邊事，對曰：「速把亥爲害久矣，其滅此朝食固也。第五路統于一酋，可款以修備。東部紛雜，各自爲主，利用戰以制款。」于是首議固險。前此塞垣取弦直，突則割之，又山長多陴，可騎而登。兑令依山爲壁，復曾家寨之割棄者五十里，以犄古北。乃遣薊帥逐朵顔趕免，碎其帳，俘其軍馬，及所被掠者合數百人。其明年，遼帥禦速把亥于鎮彝堡爲覆待之，伏發，斬大酋八，亥死焉，生得額孫兒，斬首百級。于是亥弟炒花、侄老撒卜兒，悉遠伏不敢近。乃進兑兵部尚書、太子少保，廕一子，世襲錦衣千户。逞加、仰加攻海西，虎兒罕阿台應之，兑遣遼帥截勦，敗于曹家峪，斬首三千餘級，鹵獲無算。其年入掌本部事，乞骸骨，疏七上，報可。

兑負氣任達，嘗曰：「行文以氣勝。」當其居幕府，軍書旁午，必張壁酣睡，意飽乃起，而後據案汎應無不當，其氣全也。爲諸生時，倭寇至，所調狼兵數剽掠，人莫敢忤。兑獨聚衆守戒，曰：「第勿殺，聽吾呼皆呼。」大譟震天，兵果走。然後追執一二人，以告主者，徇之，其識略如此。子有孚襲錦衣世職，陞都指揮同知，進南鎮撫司，轉總兵，死。孫孟明襲，有名。

孟明字文徵，鄉試擬第一副榜，再試，再副榜，遂棄去，承襲錦衣正千户。天啓初，忠賢用事，掌司許顯純其黨也。孟明進北司理刑。中書汪文言以事詔獄，忠賢欲假文言獄羅織，顯純承其意，設五毒勒文言蔓引，已書高攀龍、楊漣、左光斗二十六人爲一通。孟明接視之，叱曰：「囚不畏死耶？諸人安肯與汝通？而希以株連圖巧卸乎？裂之！」文言連呼曰：「誠然，獨冀緩死耳，安有是也！」顯純亦語塞。遂指孟明匿亡命，矯旨下孟明本司拷訊。會田爾耕亦閹黨，適掌衛事，惜本衛邊幅，遣削籍去。崇禎改元，起原官，進掌衛事，提督東司房，卒。子邦輔襲，邦輔字元素，亦以正千户進北司理刑。崇禎末，給事中姜埰以言事詔獄，而行人司副熊開元因面劾延儒，同日收拷。當是時，上怒甚，密旨促具牘速上，蓋意欲置死地也，邦輔故緩牘待之。既而上怒稍解，令刑訊，然必欲根柢開元所主使。時都掌劉宗周、僉都金光宸俱以此得罪，朝議洶洶。邦輔念其冤，故爲開導，記口語，刑及其衣，即具牘出之。上猶怒不已，予杖各百，臨杖膚體完具，無刑訊狀。杖者大訝，舉朝爲邦輔危。既而杖者亦念二人者無罪，邦輔心無他，予杖畢，竟不及邦輔而罷。後舉人祝淵以疏留宗周詔獄，邦輔復全之，在《宗周傳》。

論曰：款事初起，疑信未一，檻虎絷猨，保無終駭。語曰：「始非難，終之實難。」向非兑者，則猶是俺答，萬曆之保關，安見非嘉靖之市塞也。邊臣以鎮重爲功，而機變翕忽，所在控制，卒能使保關市塞皆能有成。自此以後，歷三四十年不爲邊患，是雖李魏之守雲中、韓范之鎮西塞，何以加焉？宜其閲數世而猶烈已。

姜光禄公傳

公名鏡，字永明，餘姚人也。萬曆十年，舉浙江鄉試第一。明年成進士，授行人，陞禮部主事，進主客員外郎。哱拜據寧夏，而兵圍之三月不克。寧夏城環湖，湖四高，廷議決湖水以灌其城。鏡方爲主客，職四裔事，慮其事不就，兼有害也，遂上書曰：「諸將計水攻，必謂寧夏城卑下，在西北隅，與金波湖近，在東南隅，與觀音湖、新渠、紅花渠近，如釜底然。將遶城築堤以灌之，如智氏之灌晉陽，策非不善。顧寧夏城中百萬户，不盡賊也，即不得已與賊處，不必從賊作薦居也，一時爲所篡，無路可奔，而使之一朝盡爲魚鱉，於皇上如天好生之至意，得無有惻然者乎？孫武一書深明五間，古之名將多用間以成大功。前哱拜因劉東陽、土文秀並起逆謀，雖同惡相濟，而反叛之人各懷叵測，始則相倚，終則相猜，近聞東陽殺文秀，隙已見矣。今哱酋與許朝、東陽三叛鼎立，必有不相下之勢。若遣權譎之士入城招降，而乘機搆會，以離其腹心，使之自相疑貳，然後重兵以臨之，三叛之俘，不當獻之闕下哉！」書奏，上頗偉其言，不即行，旋陞本部精膳司郎中。既而堤成，賊劃之，水泄功不就。然後用跛者李登懷蠟書，三入城説哱拜，而間以書携東陽與朝，承恩果殺東陽、朝，而三叛就殲。兵部敘鏡功，題准以京堂員缺推用。

萬曆二十年，皇長子年十一，未建儲。貴妃與司禮田義潛蓄異謀，宰輔莫敢言，廷臣亦未有言者。鏡上疏劾奏，其略曰：「祖制建儲，有嫡立嫡，無嫡立長，聖聖相傳，無異議也。皇長子春秋十有一矣，當璧之徵久已表著。而主器有待，凡出閣、講讀、選婚、加冠、册立諸大禮，未經舉行，此必有左右爲之沮者。竊聞司禮監太監田義希附皇貴妃意旨，往往妄測神聖有所轉移，微陳兩可之端，潛施蠱惑。凡內官中與義合者，共進密謀；而其不合者，每巧激聖怒，啓皇上嚴刑峻罰，用以箝攝左右，絶中外之議。種種邪謀，如鬼如蜮。臣以爲田義一日在側，則國本一日未定，社稷一日未安。內閣大臣既畏義權威，首鼠兩端。而廷臣宴處，亦未有能救正者。皇上大奮乾斷，立斥田義，庶陰霾消散，天日自開，國是正，主器定矣。」疏上，義大怒，條旨杖午門外。上以其言直，改票革職。時鏡年三十有八。越十五年，而太子始定儲位，乃推册立恩，予鏡冠帶、閒住。又越十二年，卒于家。又二年而光宗即位，追直諫功，特贈光禄卿。以子逢元貴，累贈資政大夫、太子太保、禮部尚書。

論曰：鏡禮部，未有言責，乃于寧夏則密進奇謀，于國本則首申讜論，有引裾折檻之風焉。先是，鏡曾祖榮以工部劾逆瑾，貶外；父子羔以忤相嵩父子，罷歸；及子逢元以修《三朝要典》忤魏璫，見屏。姜氏世以直節聞，而鏡尤卓卓云。

明吏科右給事中周公傳

公洪謨，字宗稷，山陰人。中萬曆進士，授福建延平府推官。時福州推官周順昌負清名，洪謨與之埒，稱二周。會福建鹽運使司委掣鹽，懲墨吏骫法，使洪謨、順昌司掣事。嘗曰：「自二周掣鹽，而鹽政以清。」

天啓二年，舉卓異第一，行取補户科。明年辦事，忠賢以傳奉杖死屯田郎中萬燝於午門外，而捕御史林汝翥於葉向高第，破闥入，捽汝翥予杖。中官王體乾附忠賢，每疏至，必鈐以片紙，條其意略，而閣臣廣微遵行之。洪謨到科，即疏曰：「臣自家抵都，見一路災荒備矣。夫吴淞澤國也，而加之霪霖；青徐槁壤也，而重以旱魃。臣嘗疑上天恩威，每多偏任，何所感召，而竟至於是！及見我皇上，震霆迅雷，非不擊斷，而乃重施之失勢之言官；溢寵濫恩，非不優渥，而乃盡被之浸淫之内侍。是豈春霖不足施，夏日果可畏哉？燥濕之勢殊也。今萬燝已死，汝翥幾斃，而向高毅然請去。猶幸執政柄用方新諸臣，九死不折。萬一不幸，而拂衣者旋踵，畏威者結舌，將明旨所謂孤立者，不在内侍，在近臣也。皇上誠能回惠威之施，一生殺之柄，納大小諸臣之諫，詰萬爆之何以死，究汝翥之何以杖，察首輔向高之何以即去，立斥忠賢，毋使以媼相之權，成騎虎之勢。然後大張祖訓，并勑王體乾等，勿開市交之門，參票擬之柄，違干政典兵之禁，如此而天變不回，人心不固，社稷不安，請治臣以妄言之罪。」不報。

會瑺事讎斂，叨憤者思媚不止，意欲重困東浙人，曰：「越猶吴也，壤比粟均，舟習水次便，應詔東浙税畝粟若干蚪，如蘇淞例。」主漕者已行單徵發，東浙人比户惴惴，若中風狂走，顧莫敢訟言。洪謨曰：「此吾事也，幸覆疏未至浙撫，第疏來，吾當死生争之。」及疏至，洪謨駁抄曰：「越淅鹵，仰給他郡縣，東北環海，而又有三江之阻，義雖當輸，顧安所得粟？且蹴舟踰險，涉錢塘，越風濤，種種不便。」時印在掌科，洪謨用白頭抄參以上。人爲洪謨危，顧詞直，終莫能奪，議遂止。是年十二月註籍。至明年二月始一出侍班，而周順昌被逮至。洪謨乃嘆曰：「二周不獨全矣。」自劾去。先是，洪謨論熊楊失律、廣微失禮事，詞義凛凛，久已觸瑺怒，會洪謨同鄉有勸瑺收洪謨爲己用，故瑺姑銜之。洪謨嘗笑曰：「吾豈不欲爲官乎？顧何以爲人？」至是自劾入，廣微陽謝曰：「毋我故。」而瑺竟加以久依門户之旨，勒令閒住。

崇禎改元，起吏科右給事中，陛見，首薦劉宗周可大用。時吏部尚書王永光變亂銓法，洪謨疏參之。其疏留中不下十餘日。無何，上御經筵，諭講官云：「周洪謨言是。」發閣票旨百餘言。明年，陞兵科右給事中。皇太子生，充御書使者，歷潞、周、趙三藩。又明年，御書差竣。時政府屢易，用事多新進。洪謨乞身去，將行，詿山東試差，洪謨曰：「已告病矣，復膺差，謾也。」遂去。洪謨在户科時，以新餉缺乏，曾疏言：「不得已之取贏有八：曰鼓鑄、鹽法、屯田出之於地，税契、典舖、散官取之於民，冗役、郵傳節之於官。至於多方裁省，責之三方督師之臣。使司農之所輸者，以飽猛士，不以供闒茸；以勵鋭師，不以供坐客。凡兵馬器械，一若貧家之拮据。絲粒皆期實濟，而後國計爲有裨也。」上亦是其言，而終不能用。

論曰：李應昇劾楊熊失律而死，魏大中劾魏廣微失禮而又死，洪謨兩劾之，豈復有生死之見存於心與？媚璫者思擇彊項士以張璫勢，而致黜以官。洪謨二十舉於鄉，念父通城令年老而留事之，至五十而成進士。彼其不屑屑於一官者，寧一日矣。

明特進左柱國少師兵部尚書都察院右都御史總督貴湖川雲廣五省軍務兼巡撫貴州朱公傳

公燮元，字懋和，浙之山陰人。萬曆進士，授大理寺評事，遷寺正。慮囚山西，土豪殺七人，輦金京師，屬貴人爲請寄，燮元論殺之。出守蘇州，蘇州治。遷廣東提學副使。御史以巡按至，自貴倨，於所録士外，自取二十人，檄布政司填册與鄉試。燮元不肯，曰：「侵官非法。」立壞其册而榜爲首者於市。御史恨刺骨，誣指他事。朝論直燮元，而以劣罷御史，勒令去。燮元乃請養，家居十年，起爲陝西按察使，分巡隴西。越二年，遷四川右布政使。先是，朝廷以營建殿門，採川木，令右使董其事。凡大木生絶險遠，州郡吏督工徒入山，覓得之，報官，報已，斬伐之，斬伐已，運之，置大壑中，候暴漲，然後得出，集於涪州。然而吏因緣爲奸，類言不中程，如是者二十年，費水衡數十萬，官吏坐繫至沈命不可數。燮元疑其事，立趨駕至涪，第其上下而簡料之。凡五日竣事，得大木一千七百餘章，盡釋諸纍囚，而以不及選者給高貲，商算其直，由江淮達京師，官無資焉。乃復清川田漏籍若干畝，歲抵川新餉七萬五千有奇，川人德之。

天啓元年，奢氏反。奢故猓種，世居藺，爲川外徼，與黔徼安氏爲界，皆爵宣慰，而世相仇殺。奢崇明襲爵，猜鷙蓄不軌。聞遼左有警，自請援遼，陰藉之治兵械，遣其黨樊龍等出兵重慶，陽以餉弗給激其衆，殺撫道以下官吏，據重慶城反。時燮元以左使入覲，方就道，蜀王率士民遮道留燮元。燮元頓還，立遣使持符發石砫、羅綱、龍安、松潘、威茂、建昌諸道兵入援，下令募民徒繕城，斂米粟薪芻之在城外者，穀甲煅器，凡兵械所需，若金鐵、麻枲、油燎，遍督所産于州縣。如是二十日，而賊已至，所過州縣下三十有七。前所遣將屯守諸險隘悉潰敗。燮元誓衆，率民徒登陴，賊百計仰攻，不得志。乘賊懈，直闖賊營，斬馘千餘，生擒賊目數人。乃遣人決都江堰水灌濠，濠滿，賊治橋，藉其少息，急清在城民之與賊通者，前後疏捕得三百人，誅之，出示賊。賊氣大沮，乃更集諸猓，疊爲雲樓、爲旱船、爲陽橋，以瞰城中。大抵駕竿爲屋，而施懸梯于其背，雲樓如樓，旱船如船，陽橋如橋。高比麗譙而出女墻丈，城中人望見大怖。燮元覘其機所運如牛車，然用牛數百頭牽之，乃爇砲，擊牛，牛奔，竿折而屋傾，矢石雜集，守門軍殺而出，大敗賊衆于城下。會援兵至，賊增屯而守，相持無退意，如是三月。羅乾象者，賊梟也。諸生有陷賊營者，乾象遣之歸，輸意燮元招之。乾象來，燮元與之飲。乾象雄猜，左右顧，爕元示以易。傾酒數斗，啖炙彘肩一，酣然假寐，鼾齁如轟雷，不解胄，不辟刀劍。乾象伏地曰：「公天人也。」縋而出。自此，凡賊營舉動無不悉。賊大疑，待左右束濕，衆心倍攜。爕元復使牙將周斯盛僞爲書，約内應以誤之。賊以名馬饋斯盛，斯盛乃潛出與之盟，而設伏以待。崇明果自至，甫懸一人上松潘，守兵不知爲誘也，大噪，崇明驚走。伏起，獲其從者數人。城中氣百倍，力戰，燒其旱船并攻具。而援兵益集，乃造水牌百，投錦江順流下，令所過州縣嚴兵截賊歸路。夜半，乾象等内變，賊營火起，崇明父子策馬走，乾象等來歸，餘賊奔潰。時已擢爕元都御史，撫川。朝命甫下，乘勝逐北，定敘州，復重慶城，斬其梟將樊龍，賊渡瀘水去。

而其時有水西之變。水西本安氏，與奢氏世仇殺。宣慰安位幼弱，安邦彦佐之，聞崇明反，亦乘間竊發，解奢氏仇，相約爲唇齒，起兵水西。爕元既已復瀘州，進兵部侍郎，總督三省。乃復整兵入永寧，破藺州，燒其九鳳樓，蕩平其巢，開疆千餘里。遂上奏以外四里膏腴之壤歸永寧衛，隸敘州；内四里深險墝瘠，分給降將，各守其土，爲天子保塞。當是時，水西賊鋭甚，方覆官兵于大方，殺巡撫王三善，貴州大震。奢寅遽返藺，借水西爲聲援，招餘蘖抗戰如故。爕元乃重購降苗拍登等，令所部阿友佯爲叛，歸居賊營，輸賊情實。寅初不之疑，既而覺之，縛阿友，搒掠備五毒，以刃穿友足一晝夜。友不伏，寅意不自得，痛飲。友乃乘寅醉，呼其衆殺寅，焚其屍，以首來獻。先是，朝廷以水西事急，加爕元兵部尚書，賜尚方劍，督貴州。至是寅誅，爕元移鎮渝，部集分兵，一意討水西，而以父喪歸。

莊烈皇帝即位，録平藺功，加少保，廕一子錦衣衛指揮使，世襲。是年秋，敕總督貴、湖、雲、川、廣五省軍務，仍巡撫貴州。燮元即上狀，大簡諸將，更易署置，一反前督所爲。乃檄滇兵下烏撒，杜安邊。助逆路蜀兵出永寧，抵赤水，扼四裔要害。而親移師駐六廣，逼大方。鬼師莫德説邦彥曰：「安邊在烏撒，滇人不敢南下，永赤之兵牽制我後，我當先破之，取永寧以畀奢氏，取建武六縣以畀法舍，然後挾烏鎮以臨遵義并黔及滇，大事可圖也。」邦彥從之，以歹費等防六廣，小阿烏謎等防遵義，阿鮓怯等守鴨池。三岔各自號元帥，而邦彥號四裔大長老，崇明稱大梁王，先抵赤水。燮元諜知之，密令守將許成名佯敗，拔營走永寧，且戰且走，誘賊深入。薄永寧城，乃令林兆鼎從三岔入，王國楨從六廣入，劉養鯤從遵義入。邦彥聞王師四集，恚甚，恃其勇，欲旦夕先破永赤兵，還拒諸王師，急索戰成名，與永將侯良柱、鄧玘等約夾攻。賊玘等兵始交，成名與羅乾象繞出其背，奮擊之，賊大潰，自相蹂跆，死者數萬計。遂斬崇明、邦彥等將，乘勝勦捕安位及餘賊。而蜀將以爭級拔營先歸，餘賊稍稍遁。乃移檄安位，諭以内附，許自新。位不能決，其群目復集兵，迫脇諸餘蘖號二十萬以抗王師。燮元會諸將，且誡之曰：「水西地險，谿谷多霧瘴，莫辨昏旦，箐林悉蝮蛇猛獸，即不戰鬬，而兵易疲。前督陷賊中，率以此敗。困獸之噬，未可輕也，是必扼險以斃之。」於是焚蒙翳、剔巖穴，屯兵近地，相持百餘日，稍稍出游兵引戰，而漸促以進。焚其窖粟，斷其樵採，賊且饑且困。别將劉養鯤又密遣人入大方，燒其宫室。安位大恐，乞降，公弗許，要以四事：一貶爵，二削水外六目之地歸朝廷，三獻殺故撫王三善者，四開通畢節等驛路，而位皆唯唯。遂率四十八目出降，誓不敢叛。

而黔人自軍興來，歲食餉百萬，不樂罷，殺其使，奪其所獻馬。燮元斬數人始定，乃遂上善後疏曰：「臣惟邊徼，雖安不可忘戰，制苗之法，必先固本。水西自河外六目、九司之地，亦頗廣衍，今已悉入版圖。沿河要害，臣築城三十六所，近者控扼苗地，制出入，遠者聯滇蜀，通商賈，皆立邸舍、繕郵亭、建倉廩，使不敢卒入爲寇。鴨池安莊計河旁可耕之土通溝洫者，不下二千頃。事定之後，無慮，常屯萬人，人賦水田十二畝、旱田六畝，稍益之，使自贍，❶鹽酪芻茭出其中。諸將士皆身經數百戰，披草萊、立城郭，咸願得尺寸以長子孫，即割新疆授之，使知所勸。謹條便宜九事：不設郡縣、置軍衛，不易其俗，苗漢相安，一也；地益墾闢，聚落日繁，經界既正，苗不得以民不耕地漸侵軼，二也；黔地險瘠，仰食於外，今自食其土，省轉輸之勞，三也；國用方匱，出太府金幣以勞諸將，不足，以爵酬之，爵轉輕，不若以地，於國無損，四也；既許世其土，各自立家計，經久遠永爲折衝，五也；大小相維，輕重相制，無事易以安，有事易以使，六也；春夏治農，秋冬治兵，耀旗河上，揚威武使，苗日備我，七也；從兵民之便，願耕者給之，且耕且戍，衛所自實，無勾軍之累，八也；軍耕抵餉，民耕輸粮，以屯課耕，不拘其籍，以耕聚人，不世其伍，使各樂其業，九也。」疏聞，詔可。

崇禎五年，加少傅兼太子太傅，七年加少師，蔭一子錦衣衛指揮僉事，世襲。八年，一品再考滿，加左柱國。九年，詔出師，誅擺金、兩江、巴香、狼壩、火烘五洞叛苗，悉平之。乃又通上下六衛并清平偏鎮四衛道路，凡一千六百餘里，設亭障，置游徼，商賈露處，道不拾遺。滇中沐氏土舍普名聲作亂，

❶「贍」，原作「瞻」，據四庫本改。

朝廷命討之，名聲伏誅。龍塲壩者，水西地也，水、藺相仇殺争此地，時屬藺，時屬水，其後二姓盟以其地假藺。其地抵大方七十里，去永寧且六百里，山箐峻險，不産五穀，蜀人欲爲設官屯兵以自廣。而故帥侯良柱貪横，燮元劾其罪，良柱修怨，借拓界以責燮元。燮元疏曰：「臣惟禦苗之法，治以不治。今水西既納款，藺殘孽安敢負固？夫守邊者，但聞扼險，不聞入險。此地陡臨苗穴，四面孤懸，而中限以水，必築城守渡，則轉運煩費，多所未便。然且内激藺苗必死之鬭，而外挑水西以扼吭之嫌，兵端一開，未易卒止，非疆埸福也。」書上，下詔詰責之，燮元持其説，上無以難。及安位死，無嗣，朝議必用兵郡縣之。燮元復上疏曰：「水西各苗恃其險固，向阻聲教。今安位殄絶，踈族遠條紛然争立。臣奉明詔，一切禁止，聖威遠暢，有苗來賓，納土獻印，相繼於道。臣惟水西有宣慰之土，有各目之土。宣慰公土，宜還朝廷。各目私土，宜畀分守，籍其户口，徵其賦税，殊俗内嚮，同於編氓。大方、西溪、谷里、比那，要害之地，築城戍兵，亦足以丕振國威，永銷反側矣。夫西南之境，皆荒服也。楊氏反播，奢氏反藺，安氏反水西，獨滇之定番，彈丸小州，爲長官司者十有七，二三百年未聞有反者。非他苗之好叛逆，而定番之獨忠順也，地大者跋扈之資，勢弱者保世之策也。今臣分水西之壤，授諸苗長及有功漢人，咸俾世守，凡苗俗虐政苛斂，一切除之，使參用漢法，可爲長久計。」制曰：「可。」

十一年春，燮元卒。天子震悼，賜祭葬。燮元軀幹宏偉，年七十飲噉如少年，室無姬媵，性介潔不苟取，所至人服其介。鎮川貴垂二十年，軍資贖鍰不下數十萬，皆籍之於朝。居處節約，儼韋布士焉。其爲人明敏而有度量，雖矢石之下，軍書旁午，從容應之各有理。居軍中未嘗置記室，知人善任，人樂爲用。其禦苗一以恩信，不妄殺一人，故所在親附。既殁，皆罷市，巷哭不輟。内江有牟康民者，隱士也，佯狂。當兵未起時，嘗語人曰：「蜀且有變平之者，朱公也。」及亂召之，不肯至，凡有軍事，或咨之，悉中。後不知所往。子兆寧襲錦衣衛指揮使，次兆宜襲錦衣衛指揮使陞南鎮撫司僉書管事，次兆憲襲錦衣衛指揮僉事，次兆宣後軍都督府都事。

論曰：劉宗周曰：「燮元沉毅如魏公，忠誠如汾陽，練達如文饒，廉正如孝肅，而將略大類趙營平。」陳子龍曰：「夫自漢以來，通西南徼者，大率疲所恃以事無用。燮元不侈言功名，而力抗郡縣之議，有嘉折首，不窮兵威，偉哉！」或曰：「天啓之季，政在閹寺，燮元不歸功闈闥，而以是失侯。嗟乎，何必侯矣！」燮元建石城三十五：曰省會北關、曰開州、曰龍場、曰虎場、曰鎮西衛、曰犵狼、曰息烽所、曰劄佐土司、曰九莊、曰詰戎所、曰陸廣、曰乾溝、曰簸箕隴、曰鴨池、曰樂平、曰鐵王旗、曰廣順州、曰雞場、曰青岜、曰馬場堡、曰烏江、曰連雲、曰有嘉、曰板橋、曰恬波、曰馬場、曰亦資孔、曰清豐、曰定頭、曰尾洒、曰石基、曰小龍場、曰黄絲、曰楊老、曰涼傘、曰廣興鎮、曰隴落堡、曰巴香。修舊城十三：曰普定衛、曰安莊衛、曰新興跕、曰查城驛、曰普安州、曰甕安縣、曰施秉縣、曰烏撒衛、曰赤水衛、曰永寧衛、曰普市、曰摩泥、曰平壩。

姜尚書傳

公逢元，字仲訒，會稽人，萬曆進士。父鏡，光禄卿，臨卒遺言曰：「立朝勿植黨。」時逢元已官翰林，進中允，而其弟一洪亦成進士，二子佩其言。故當崔、魏時，逢元、一洪皆自言非黨人。既而逢元進國子司業，充講官。科臣楊所修建言，宜纂定要典，倣世宗朝《明倫大典》故事。而呈秀矯旨開館，敕大學士顧秉謙以下二十三人分總裁、纂修、謄録、收掌。而以逢元非黨人，可用，列逢元副總裁官。例總裁官入館，據上座，舉筆判諸館務。逢元舉筆忽長嘆，衆愕然問故，逢元視所舉筆示衆曰：「吾持此有年矣，今欲用之而有違于心，吾敢違吾心以强持此哉！」遂閣筆出。先是，逢元爲講官，講《虞書》「退有後言」，大聲曰：「『後言』非他，謂既退而小人間之，則大臣有言，言小人之得持其後也。」御史趙南星曾用其語入疏中，忠賢銜之。至是矯旨，謂呈身門户，革職。

崇禎元年，起詹事，仍充經筵日講官，尋自禮部侍郎進禮部尚書。凡九枚卜，不用。後上親御門，出諸章奏，召廷臣給筆札，各試票擬。次日，傳逢元及陳子壯、文震孟、張至發以下九人，吏部録年貌履歷上之，上已用逢元，而内侍曰：「孰有講官如逢元者？」復止。至九年，致仕。逢元少時夢斗魁贈詩，中有「金殿簪花」字，自謂殿試必第一，既而不驗。至是，將去，會皇太子行冠禮，充逢元三加官，簪花殿中。逢元乃嘆曰：「然則吾之終此官，豈人事哉！」

論曰：逢元在禮部時，唐王弑從父，越關入都，都人洶洶，群以宗藩事責之逢元，逢元啓閣密處之，而人不之覺，何縝敏也。顧逢元以閹去官，而逮乎既用，則仍爲閹沮。主有明闇，煬竈則一，異哉！若夫西州豪傑自言爲黨人，今自言非黨人，嗟乎，可以論世已！

西河文集卷七十六

蕭山毛奇齡字大可又名甡稿

傳四　一名五忠傳

周文忠公傳

公名鳳翔，字儀伯，山陰人。以大興籍爲督學左光斗取生員第一。崇禎改元，登進士。歷官司業。許士柔者，祭酒也。爲翰林時，曾撰故左都高攀龍誥文，有年矣。至是謂失當，降其官，調之。鳳翔曰：「臣故翰林也，例翰林撰詞苟不當，則閣臣竟裁之，否則駁回使另撰。❶而士柔于十年前，初擬之詞，未聞駁回使改撰也。今忽曰失當，是以閣臣之罪罪士柔也。且誥詞非不當也。當崔、魏肆餤，❷不臣節幾盡，含血負肉，誰不畏死樂生。而攀龍首以身殉，皇上既憐而褒之，中外相望以爲褒忠獎烈，不

❶「否」，原作「則」，據四庫本改。
❷「餤」，原作「飲」，據四庫本改。

知宜如何鼓厲。今徒以中書科先入寶簿，及其子世學不諳事理之故，反指摘誥文，遲其贈卹。夫褒謚之典久奉于王言，而綸綍之詞未頒于尚璽。使泉壤悲殊恩之久稽，而輿情咎載筆之有失，則是以世學而累士柔，以士柔而累攀龍，恐非陛下褒忠奬烈之盛心也。」不報。

既而遷諭德，充東宫講官。是時賊勢迫，召對平臺，問滅寇之策，言論忼愾，上爲流涕。會軍需告急，議税民間間架錢。鳳翔曰：「事至此，是宜收拾人心時也，尚可括民財以揺國勢耶？昔賢謂民心一失不可復收，國勢一傾不可復振，正謂是也。」尚書倪元璐亟持其言。亡何，京師陷，有傳駕出狩者。鳳翔思扈蹕，倉皇奔探，見賊據殿坐，而魏藻德、陳演、侯恂、宋企郊等各帥百官入朝賀。鳳翔至殿前視之，大哭，急從左掖門趨出，百官皆驚怖，不知所爲，而賊第顧之不爲問。庶吉士張家玉者，鳳翔會試所取士也。抵賊書詬賊，賊縛之，夾兩刃脅降，不屈，且其言辯愈侃侃。賊怒甚，曰：「是何物子，急取其父母來，刳其腸觀之！」家玉心動，乃陽爲好言謝賊，賊舍去。歸而詢鳳翔，鳳翔拒之，曰：「安有此事！而問我者，吾父母猶在也夫！吾不能爲二親生矣！」家玉出，鳳翔作書辭二親，其詞甚哀，書畢，再拜慟哭，自經死。其題壁詩有曰「白頭二老哭忠魂」，蓋痛之焉。南都僭號，謚文節，贈禮部侍郎，祭葬、封贈三代如其官。大清順治九年，追卹前朝殉難官，贈禮部侍郎，祭，謚文忠。

初鳳翔爲司業時，監進溢米，則諸生廩也。鳳翔獨不受，儲之，得數千石，賑飢民。靈璧侯家奴辱諸生，鳳翔撰封事，侯徒跣，拜大成廟伏罪，不聽，必捕其家奴付刑部乃已。其清峻如此。其後張家玉起兵廣州抗王師，累破龍川、博羅、連平、長寧諸縣，退屯增城，轉戰凡一年，力屈死。

明少傅兵部尚書前巡撫蘇松都察院右副都御史祁公傳

公彪佳，浙江山陰人也，字幼文，年十七舉于鄉，中天啓二年進士，授興化推官。瀕行，跪其父故參政承㸁請教，承㸁不答。或問之，曰：「不見夫誨泅者乎？縶壺而扶甕，人藉以肘，終其身不能泅。一旦挾諸清泠之淵，翻壺卻甕，摟其身入水，而泅成矣。今者入官，則翻壺卻甕之時也。」彪佳去，果以賢能稱。嘗出撫亂兵，斬其渠狥于軍門。崇禎四年考選，擢御史。時京營操兵，遣七太監主兵政，彪佳激切諫。久之，巡按蘇松，預以十革、十四申、九詢檄下屬。革者，革其弊也；申者，申其所當行也；詢者，詢其何者可行、何者在所革也。乃據屬所答，覈之定黜陟。會蘇州無厲名「打行」，廉其稔惡可殺者四人，械于衢，集鄉三老詢之，曰：「是可殺否？」鄉三老曰：「可。」即又詢諸觀者，曰：「是可殺否？」觀者曰：「可。」于是掄大箠，箠末量五寸，積一寸半，每箠十易操箠一，箠至死，驗之，陳其屍。而宜興鄉官陳一教奴客播虐，怨家刑牲焚其廬，劫肆其屍墳。彪佳先捕諸奴客正法，平衆心。且盡追還所佔掠男女田產，而奏奪陳氏父子官，然後治諸怨家之爲亂者。時彪佳回道，居上考。而舊輔延儒與陳氏僚壻，怨彪佳執法，陰嗾中官駁彪佳，下其等降級。上親索筆，改罰俸。當是時，人憾彪佳冤，而猶幸上之知彪佳云。

彪佳爲人，修長潔白，風度奕然，而遇事敏斷。時乞病家居，猶立賑災法賑東南飢，寧、紹、台三府十九縣皆倣行之。乃以病假過八年自劾，請照過五年閒住限例。而詔起掌察，召對，賜茶餅。會吏部吴昌時破計典，任意出入。彪佳遇于朝，面折之，叱昌時陰陽攬權要骫法。疏參昌時，昌時故叵測。而彪佳是時又以疏留掌院劉宗周，爲上所忌。至是疏入，恐從此重得罪，人人爲彪佳危，而上疑昌時，謂彪佳言是。既而昌時敗，彪佳循差例刷南京卷。國變，諸臣援宋高故事，擬以福王爲兵馬元帥，彪佳曰：「監國，本朝故典也，何遠引爲？」議遂定。未幾，有傳正大位者，彪佳抗言曰：「甫監國而遽登極，何可？且群帥勸表未至，即有忠如陶侃者，尚以不預定策爲耻，況其他乎！」然是時邀功者，駕言本兵史可法有二心，可法懼，雖是彪佳言，不敢持，遂以蘇民變謂彪佳素德蘇，出彪佳安撫蘇州。彪佳所至，設先帝位，率衆哭，即諭以大義。且言中原已無賊，國有長君，使人心得安。乃揭榜于路，曰：「叛逆不可名，忠義不可矜。毋借鋤逆報私怨，毋假勤王造禍亂。」斬丹陽亂民三人以狥。

先是，蘇民以鄉官項煜從賊剽其家，而嘗熟亂民遂借討叛名焚鄉官時敏宅，燬其棺之未葬者，而暴其陳人。彪佳至，捕其爲首者，斬之。而嘉定華生家奴客爲亂，合他姓奴客同時起，縛主杖之，踞坐索身券，所至數萬人。彪佳盡捕之，斬數人，餘悉掩獄，令曰：「有爲原主所保者，貰其死。」於是諸奴客家皆膝行搏顙，匃原主赦免。遂募士爲蒼頭軍，親教戰。適興平兵攫丹陽市錢，浙兵勤王者不平，鬬而傷。軍民大譟，城閉。彪佳率蒼頭馳治，斬興平兵。興平伯傑夙憚彪佳名，至是忌之，揚言且移兵丹陽，以恫彪佳，彪佳卻以牒，復約會傑于大觀樓。時傑踞瓜步，大觀者，瓜步樓也，傑謂彪佳必不至。至期風作，傑笑曰：「祁撫不至，有辭矣。」頃之，隔江帆起破浪，頃刻達岸，傳呼曰：「祁都堂至矣！」撾鼓入。傑聞之，大駭，衷甲出迎。及門，見彪佳角巾單衣，攜胥隸各一人，又大喜，手揮部士去，勞且拜，坐語久之，起指江誓曰：「公鉅人也，公在，傑敢越尺寸以溷公者，有如此江！」乃屠宰饗彪佳，彪佳一舉箸而別。

既而士英憾彪佳。適劉宗周劾士英，阮大鋮謂彪佳同爲之，嗾其黨張孫振劾彪佳二心，阻監國正位，爲潞王地。彪佳不與辨，衹疏辭定策功所陞都察院右副都御史，竟去。大兵下江南，貝勒以書幣聘宗周、彪佳，彪佳沉水死。死時，别家人，駕言應聘，將渡江。宿所搆山園，夜開牖望南山，笑曰：「山川人物，皆幻形也，今山川如故，而人生已一世矣。」詰旦，家人失彪佳所在，見柳陌淺水露巾角，曰是耶，蓋入水端坐云。後唐王僭號，贈少傅兵部尚書，謚忠敏。

俞御史傳

公志虞，字際華，浙之新昌人。登崇禎七年進士，授四川順慶府推官。故事，推官爲巡按耳目，卑而要，每新到官，奸胥于此覘夷險，即甚簡易，亦先爲煩苛，令可畏憚。而志虞平平，且曰：「此地當奢氏之亂獮薙，民苦兵久矣，誰謂治蜀必嚴者？」乃大發滯囚，釋積繫，開司獄放去，獄爲之空。無何，流賊入成都，道經順慶，鄉官請集民堵禦，而志虞不可，曰：「寇之深入，必有大兵追蹙之，以民迎敵，徒棄民耳。吾堅城以待，正恐追軍之尾此，當不遠也。」已而果然。會重慶闕推官，調志虞往。民哀留不得，乃令志虞兼攝之。十五年，行取召對平臺，親策安邊、弭盜數事，條對稱旨，授貴州道御史。乃復上輯盜、練兵、選將、任賢、屯田十餘疏。遂奉使巡山海、居庸兩關。故事，先東巡山海，巡畢，報命。

然後復西巡居庸。而志虞于十六年十月東巡已竣，乃于十七年三月赴都將西出。而闖賊警至，吏請志虞行，曰：「官出使則無與他事，即使前途有梗者，可假此避也。」志虞叱之曰：「人臣不爲王事死，而借王事以生乎？」不行。十九日城陷，志虞自縊。其子泣救之，曰：「未知聖駕在何所，探而後殉，未晚也。」志虞不得已，姑唯唯。然已不食，坐露地，不入室處。二十三日，賊出梓宫于東華門，志虞匍匐往，撫宫而慟。賊詢之，曰：「此關院也。」舍之去。入夜，遂縊于新昌會館。衣有紙，云：「死固吾分，吾不死于院，而死于此者，吾已在巡，且耻院中有此官也。」南都尚書張捷請贈卹，贈太僕少卿，謚節愍。而以其在巡，比之身死封疆者，復與衛景瑗、朱之馮三人同賜祠祀。

明左都御史蕺山劉先生傳

先生名宗周，未生而其父秦臺公亡，念之，號念臺。起東，其字也。少無衣綿，外家爲之製緼袍，拓落如襏，長猶衣之。嘗從外舅學壽昌，走烈日百里，攣一足。萬曆辛丑成進士，授行人。故事，舉人入國子，始預謁選。宗周急禄養，冀以舉人得早授，就國子試，乃釋褐，而太夫人逝。服闋，以薦起原官。疏東林學，不報，因告歸。先是，宗周於服闋之隙，曾講學東林書院。東林者，宋楊文靖祠，而顧選郎與高大行講學其中，後所稱「東林黨」是也。時選郎已死，朝士從大行游，務持清論，别流品，而小人不便，攻之。宗周負清望，政府之銜東林者思借以引重，且擬處宗周選部，以奪其志。及疏入而攻者四至。時宗周以行人告歸，御史韓浚糾其後，且欲中以考功法。考功郎趙士諤訟之，免。熹宗初政，盡起廢籍諸君子，諫官惠世揚薦宗周，而大理卿鄒元標繼之，起禮部主事。自二十四歲釋褐，至是已四十四歲，始一遷，凡二十一年。

時客、魏將亂政，諫官言者相繼去。宗周起九日，拜封事，糾魏進忠、客氏。進忠，忠賢也。時多言客氏，而進忠之糾自宗周始。進忠銜甚，然終以勢未横，傳旨杖六十，輔臣葉向高力救，改罰俸。於是遷宗周光禄寺丞，未幾，遷尚寶少卿，又未幾遷太僕寺少卿。宗周以一歲三遷，未安，且客、魏勢轉盛，疏辭，三上，不報，以病行。故事，三品以下無辭官禮，宗周獨辭之。太宰趙南星重宗周，起宗周通政。會副都御史楊漣劾忠賢，忠賢怒，盡逐東林諸君子。宗周甫疏辭即革職，奪其誥命。於是大興鉤黨獄，緹騎徧天下。御史惠世揚被逮，辭連宗周，王侍御業浩救之，乃止。崇禎改元，忠賢誅，給削籍官誥，起順天尹。宗周集諸師儒，示聖賢爲學之要。諮三老嗇夫，興利剔弊。所屬奸胥有乾没帑金狀，論如律，勳戚家人及豪强不法，抑之，絶中貴請謁。盡驅伎童、優女，焚權家所畜戲仗、炫服。武清伯奴客争道毆諸生，直入武清第捕得之，搒掠加三木，示長安街。

會清師大入，邊所屬老少奔都城。乃請撤九門諸税，發内帑賑給平糶，立保甲法。其法十户爲甲，甲有長；十甲爲保，保有帥；十保爲鄉，鄉有伯。由鄉而坊而城而畿，各以五爲數，而攝以官。一户容奸，九户舉之；一甲容奸，九甲舉之，不舉者坐。適遵化失守，而近輔之流移者日千百至，廷臣慮藏奸，議勿納。宗周曰：「此京兆事耳。」遣屬籍姓氏居業，記以篆符，宗周驗符，入分插之，而聯于保甲，發贖鍰設粥，僵者使就火室，道殣給槀，其閭左單户，令富民互相賑。時清師攻德勝門，督師袁崇煥抵之，不勝。上不視朝，而中旨辦布囊八百，内官進馬騾。宗周曰：「是必有以遷幸之説欺上者。夫與斯土爲存亡者，京兆也。」疏請臨御，自卯至酉，跪午門不去，諭遣之。乃集京兆官屬暨鄉大夫士、父老子弟于城隍廟，設于忠肅公位，哭而祭之，布死守之誓，衆皆哭。清師退，宗周瘞戰亡將士，自德勝門、涼水、蘆溝諸處，瘞骨三萬，標以柳榆。乃復陳善後之策，曰：「選有司，撫流亡，聯保甲，練民勇。」已下部，而宗周於保甲之法尤加申飭，曰籍、曰政、曰教、曰禮、曰養、曰備、曰禁，輯書以獻。乃復裁京兆冗費一萬六千餘金，而大興、宛平費額尤甚，悉裁以舊籍，權貴無敢難者。於是陳祈天永命之要，爲更化之端，其旨在除詔獄、捐新餉，而要歸于化門户意見，語侵輔臣。時上方持法切責黨人無財賦以佐軍興，而宗周所言，適中之，怒曰：「必捐新餉，則軍需何措？着奏。」宗周覆奏，謂：「遼左額兵、額餉原自相副，若緣邊州縣，各選土兵，自三百以上，至千而止，量給食械爲兵餉，給爲農餉懸，何至如新餉五百餘萬之多哉？且京兆裁冗萬六千金，抵之續派萬二千三百金而有餘，推諸天下猶是也。且陛下修德，廷臣孰敢私其利者？」上終以爲迂，責之。宗周疏乞歸。

越五年，上以體仁在閣久，專務刑斂，致民窮盜起。且念前此置相不得人，乃大破資格，進大小臣工，親試之，且推在籍堪任者。廷臣推禮部尚書孫慎行、侍郎林釬并宗周。而慎行道死。陛見有日，承旨范仁誤傳令宗周先見，上不悦，論仁城旦。及見，而宗周以修德、舞干爲禦敵計，上顧體仁曰：「滿桂之敗，宗周在朝也，此時能舞干羽耶？」因相釬，改宗周工部左侍郎。宗周乃直陳時政，思轉亂爲治，其要在抑宦侍，不使侵政，去市井言事若陳啓新者，而下尺一以招流亡。上怒甚，輔臣因争指其隙，上反改顏曰：「宗周直臣，不度勢量時。夫盜賊遍天下，而欲以尺一勸除，何也？」會推閣員，三推皆不報。上意在宗周，而究以迂闊，且謂宗周學有餘而不足於用，遂止。既而體仁修黨人隙，擠文震孟諸公去，循吏如成德、申紹芳輩皆得罪。宗周復請告。自起用至是，凡百日。瀕行，貽體仁書數之。會清師再入，宗周在道，聞復用中官監軍，馳疏諫，中官恚甚，群詬之。而體仁復指以爲黨，革職。

越六年，復起吏部左侍郎。甫就道，復改都察院左都御史。召對文華殿，退集御史于庭，嚴飭之，臺中肅然。乃申巡城職掌，察九門官吏不法，設鄉三老，揚高皇帝大訓。即以鄉老行保甲法，咨五城御史，著爲令。無何，上惡諫官姜埰言，已下吏議，而行人熊開元糾輔臣延儒，縛開元并埰付詔獄。宗周思救之，時上方召對，或傳中旨斃二人獄，宗周昌言曰：「刑人于市，禮也。焉得私斃諫官？此不可不諫。」衆許諾。及對竟，户部尚書傅淑訓頓首請釋埰、開元，上不納，餘無言者。宗周直前争之，且曰：「言官可用即用之，不用即置之，縱或得罪，亦當敕法司擬議。而遽下詔獄，是朝廷有私刑也。」上怒曰：「司衛皆朕刑官，何公何私？且朕不得自問一在廷官乎？」宗周争不止，上大怒，乃曰：「吾固知開元疏有主使也。」宗周免冠，廷臣爲宗周謝，僉都御史金光辰特申救之。上怒甚，目爲朋黨，敕革宗周職，而光辰亦降調外。次日，有舉人祝淵赴公車，疏留宗周。上益怒，坐淵妄言朝政，下吏議，而宗周以掌憲六十日去。

甲申之變，宗周荷戈號跣呼督撫討賊，而南都新建，以原官起。至丹陽，劾輔臣馬士英，責其不討賊而變亂新政，士英怒。會浙撫黄鳴俊提卒入覲，抵京口，與防江兵争道鬨，事聞朝廷。士英遽指宗周與鳴俊懷異，將入清君側，爲廢立計。宗周入朝，不聽見。士英乃修黨人隙，特薦逆案阮大鋮知兵，既而起大鋮兵部右侍郎。宗周糾大鋮，不報。拊膺曰：「吾不可復居此矣。」遽歸。清師入浙，將軍孛羅遺書徵宗周，會宗周絶食死。死前一日，門人王毓蓍自沉柳橋，上宗周書曰：「毓蓍已得死所矣，先生早自決，幸毋爲王炎午所弔。」宗周得書，呼其字嘆曰：「元趾，吾講學數十年，得子隨之，足矣！」

宗周幼學外大父南洲章公。既而師事許孚遠，分别理欲。遂與同籍劉永澄詣高大行攀龍受古本《大學》。及歸，魏給諫大中造講。既而同總憲鄒元標講首善書院。至避璫難，輯《皇明道統録》，始遜志，終陽明、涇野，大抵所學由刻厲而漸就涵養。嘗曰：「吾今而知主静之要也。」崇禎辛卯，由京兆請告，立證人社，同郡祁彪佳受學。是時弟子日衆，乃著《第一義》等説九篇，輯《聖學宗要》，以濂、洛、關、閩、姚江爲合一學。及爲少司空，每於在官頃記所獨得，曰《獨證篇》。于是辯太極之誤，闡《大學》誠意、《中庸》未發之旨。大抵一中和，兼動静，合本體工夫，而要歸于立誠。晚年著《讀易經説》，著《易鈔》。既又著《經籍考》，遍輯十三經、諸子、史傳之有裨于教者。其言逾博而旨逾謐，夫道一而已矣。宗周家會稽蕺山，稱蕺山長。居貧，食不兼蔬。入官，寓朝房。嘗起少宰，道乏食，臨朐令以十金餉，受之。至前途，得故人所遺金，趣遣還令。及罷總憲歸，不能行，朝士斂賻餽之，不受。其後赴南都，以冠服久敝，假冠于從子之宦者，歸而還之，笑曰：「吾不可掛他人冠也。」其介如此。

明吏科都給事中章公傳❶

公正宸，會稽人，字羽侯。崇禎四年進士，改庶吉士。以鄉、會試俱冠經有名，體仁私招之，不往，出爲禮科給事中。王應熊與田戚畹通，降中旨入閣，不出廷推，廷臣莫敢言。正宸疏諫曰：「豈有枚卜下傳奉者！在皇上出此，必謂特用易感恩，卻衆議則衆絶窺伺。顧天下未有不順人情而可以有濟者也。夫應熊亦唯非人情，故不可用。夫狗情與順情，名同而實異；振作與操作，事近而用殊。今廷臣縱乏人，奈何使傲狠之夫，贊平成之治哉？」上大怒，詔獄，鎮撫曰：「新進妄言耳，無他肺腸。」正宸仰而曰：「新進直言則有之，未妄也。」時詞臣馬世奇爲解于應熊，應熊遽離坐，擲茗椀去。會科臣莊鼇獻等力疏救，革職。既而應熊敗，起户科。先是，正宸未起時，賊犯鳳陽陵，應熊以曲庇鳳撫爲上所怒，廷臣遽有薦正宸者，體仁抑之，至是起廢。體仁囑吏部條上至百餘員，不及正宸，上曰：「中何以無正宸名？」親筆取一十二人，而乙名其間。當是時，體仁務刻深，結曹、王諸内侍，毛舉苛細，至軍國大事，概置不問。科道官箝嘿，每諛曰：「聖朝無闕。」正宸並以此責望輔臣。甫復官，拜疏灑謝，痛言左右葺闒，宰執上下皆惜身家、保禄位，與内侍相關通，名爲線索，其言不可聞。上親標其疏，付閣票旨，令通行嚴飭。而于是閣臣内官皆切齒。值襄陽告警，遂充襄藩册封使，事竣復命。

❶ 此篇四庫本未收。

是年體仁出閣去，引國觀自代。而楊嗣昌通中人，會熒惑人心，火藥局災，嗣昌託妖祥摇甋中宫，引漢立馬后爲言。而科臣何楷駁之，謂心爲明堂，前后星皆太子之屬，恐奸人借此爲東朝危。正宸大不平，乃上疏直劾閣臣。以爲：「火于五德爲禮，禮者，别宜而從地，臣象也，臣失職則禮教不修，禮教不修則致灾。今臣之無禮于君也，甚矣！夫陛下未嘗以沽名市德疑大臣也，而大臣以揭救鄭三俊、錢謙益，則先爲是言以嘗陛下，是無禮也；史堃被劾，而曰『時局』，夫在唐虞爲唐虞之時，在桀紂爲桀紂之時，今在上何如主，而偶不遂意，而動稱曰『時』，是又無禮也；在官無私謍，以計處之，張槤芳徑欲借城工以復銓職，藉非陳啓新早爲參白，則天下疑考功大法可金錢賣也，是又無禮也；磨勘試卷，該科職掌，今閣臣即舊科臣也，有批抹而無糾參，是骫法也，骫法亦無禮也。古今災異疊見，僉人無狀，竟謂善言不可退星，猶揮戈不可卻日。而甚者即欲借端媒蘖，妄有指斥，其爲無禮，孰大乎是？」諸正宸所劾，皆直指嗣昌、國觀。而上方嚮意嗣昌，因諭曰：「輔臣不必苛求。」然終韙其言。

西廠者，累朝弊政也，屢革屢設。崇禎中，中官專權，伺臣下長短，羅織收捕，公卿以下仰鼻息，倖苟免，所刺舉無論枉直，皆麋爛。京師無厲子弟，竄身籍末，白靴帶刀攫市井，相與邀求金錢，每一指大符下，畿輔州縣無不滅門者。正宸憤然曰：「弊有大于此者乎！」急具疏上。上覽疏心動，以紅勒西廠字，付閣票旨。而閣臣范復粹擬，正宸不合，上發閣改擬，仍擬如舊。上不得已，仍令發改，而密召大璫戒之。語稍稍聞外，乃始改票，着廠監回奏，罷廠。于是外所倚藉廠焰者，一夕散。時正宸已再遷禮科左給事中。

正宸生伉厲，不苟言笑，雙眉隱起，如着霜雪。所至鮮詘意，屢蹈不測，賴上維持之，而閹臣中官，其窺伺者日益至。正宸鄉試主考爲閹臣姚明恭，其未入閣時，囑正宸因緣其鄉人長吏部者，而正宸卻之。明恭援時昌以入，而主之者國觀也。國觀、嗣昌、明恭皆修憾正宸，曾以他事奪正宸級。及國觀敗，明恭亦乞去。故輔周延儒家居，則正宸會試主考也。時議起延儒，正宸曰：「不聞處爲遠志乎？」延儒聞，大憾。會吏科都給事中缺，群推正宸。正宸嘗謂臣職當隨在盡力，其視太倉銀庫及催趲漕務，上喜其辦事，已復原級。而是時方督餉江南，事未竣，命下，力辭之。不許，乃遂掌吏科，而延儒適入。十五年元日上朝賀畢，宣閣臣延儒上殿，東嚮長揖稱先生，曰：「先生其輔朕，朕將端冕以求之。」正宸聞之，遂歡呼入頌聖德，且責延儒以報稱，累數千言。上深加嘆賞，稱「漢子」。而延儒見疏，大驚曰：「是劾我也。」嘗過正宸，執其手嘆曰：「朝廷事，大家可爲，何必執意見以與物忤？」正宸悚然曰：「正宸亦唯視爲大家事，故不敢狥以私耳。」延儒色變。既而欲復舊輔馮銓以冠帶。銓，延儒姻家也。正宸復争之，延儒大怒，曰：「吾固無師生已矣，而欲我無姻親耶？」會推舉閣員，延儒迎上意，欲驟用修撰魏藻德，而難其議。召對中左門，語不合，延儒譖上謂「正宸與尚書李日宣等把持枚卜，罪不赦」。次日，復召對平臺，賜酒食。上服青袍，率皇太子、皇子左右侍，群臣各奏名，叩頭起立。上大呼正宸及尚書李日宣、左都御史房可壯、侍郎宋玫、大理卿張三謨、河南道御史張瑄至前，大詬曰：「枚卜重典也，而把持之，何耶？」立叱駕前衛士捽頭褫衣冠，縛出午門候處分。夜一鼓，緹騎傳呼，送法司拷訊。而中官修憾者，捕家奴槖饘爲詗察獄情，切責法司。于是闔扉扃鐍，白日倍急。或曰非上意，閣臣實爲之。或曰上意有所屬，而壓于清議不得伸，故發憤爲此。顧意祕不得而知也。既而具牘擬杖贖。中旨加正宸、日宣、暄遣戍，正宸乃編管均州。

十七年三月，太常吴麟徵以掌科内遷，薦正宸自代。命甫下而京師陷。正宸同左都劉宗周縗絰哭杭州，責浙撫黄鳴俊起兵勤王，而以丁艱歸。廬墓凡一年，大哭三日，别墓。髡其首爲僧去，不知所終。

西河文集卷七十七

蕭山毛奇齡字初晴又名甡稿

傳五 一名分纂同郡循吏孝子節婦雜傳

紹興府知府湯公傳

公紹恩，安岳人。生時夢神捧兒至，而拜之曰：「吾紹興城隍神也。」既生，峨嵋僧過門，施之飯，請名。僧以指詘計曰：「當以紹名。他日東方有承其恩者，其在紹乎。」因名紹恩，字汝承。嘉靖五年登進士。釋褐衣越布，覆以父官參政時所遺絲袍，終其身不之易。十四年，以郎中出知德安府，旋改紹興。甫到，謁禹廟，周視其欂櫨，若故識者。

先是，紹苦地漸，《春秋》所稱「澤國」也。水濫，地在浸中，水驟下而齇其腹。山陰縣東南有浦陽江者，爲三江之一。韋昭有云：「三江者，松江、浙江、浦陽江也。」浦陽江上接金華、浦江諸水，北流百餘里至諸暨，與東江合。北過峽山，東匯山陰之麻溪，然後盡注錢清江，而入之于海。當是時，浦陽已通浙，第口隘。浙當高時，水反入浦陽而灌麻溪，而錢清之入海者勢若建瓴，則又傾潗而不可復止。

其所以既苦潦又苦暵者，概爲是也。紹恩至，相浦陽上流，恢前守戴琥所開績堰，使浦陽之通浙者坦而易洩，而乃塞麻溪以遏其來，不使浦陽之水得復入山陰東南。而於是相其尾閭，凡在紹諸水，濫則易澌、渫則易竭者，爲水坊海濱，將以伺瀦瀉而定啓閉，而無如海波之澒洞，而難爲坊也。初，錢清下流原有二閘，歲久湮廢。紹恩相下流，仍得之三江之口，其地夾兩山，爲浦陽入海故道。下有石峽，横亘數十丈，泅水者得之。乃伐石于山，依峽建閘。石牝牡相銜，烹秫和炭以膠之。石之激水者即剡其首，使不得與水争。下有檻而上有梁，施横坊其中，刻平水之則于柱石間而啓閉之。兩隄築土冶鐵而澆其根。閘凡二十八，應二十八宿。隄數百丈，而大閘之内又置備閘數重，曰經漊、曰撞塘、曰平水。閲一年工成。共得良田一百萬畝，漁鹽、斥鹵、桑竹、塲暇亦不下八十萬畝。而紹興於是稱大府，沃野千里，紹恩之力也。

初，紹恩築隄，隄潰，有豚魚千頭乘潮而上。衆驚告紹恩，紹恩曰：「此隄成之兆也。在《易》之《中孚》，『豚魚吉，利涉大川』。吾以誠信格豚魚，尚患涉乎？」立令入水築，人多怨讟。又其時潮大至，見者洶洶。紹恩堅不顧，且請禱于海，潮忽下，望隄而卻，以爲神云。後以次遷去，歷官布政使，年九十八卒。

論曰：漢後言水利者，率水工穿渠，注填閼之流，以漕以溉，用能稍入餘税，濟少府錢。未有鍾大利久遠、惠一方民若紹恩者也。循吏稍有益于民，民得吏治一二年，稍蘇息，猶藉藉稱惠政，以爲罕見。得紹恩是治，而有不尸祝之世世也乎？宜紹興祠之爲湯君神矣。

明廣東按察司副使分巡廣南韶道殉節前紹興府知府王公傳

公名孫蘭，字畹仲，無錫人，中崇禎四年二甲進士。故事，二甲授户、工二部主事。時太監張彝憲奉新命總理二部，其尊視尚書，諸司郎以下皆叩頭行屬禮。孫蘭羞之，請改授他部，遂以刑部主事出決江北獄。進員外郎，考選，擢四川成都知府。成都自奢氏亂後凋瘵，又宗藩錯趾居，宦豎往往索民錢，激變，嘗聚衆劫蜀府。内江王叫譟，將殺之，孫蘭亟馳救。衆見孫蘭至，環擁雜訴，孫蘭遽掖王同車，曲諭揮衆散，然後請擇宦豎之横者與亂首同正法。

無何，艱歸，至十三年補紹興。會紹興飢，御史祁彪佳鄉居，孫蘭與彪佳定賑救法。預爲分區，使鄉官分主之，籍記飢民之受賑者，合萬九千六百零口，立廠二百七十六所，設散米、給錢、粥廠、移粥、藥局、病坊、官糶、民糶、官積、民積諸事，共二十六則。浙東三府十九縣皆行其法，所全活以千萬計。彪佳遂著爲《救荒全書》，合一十八卷，可歲行之。如官積，先闢廒，于秋收時征米，每畝征升，以時直給契登廒，次年官出如舊直，謂之官積。民積，計民田積米，凡三十以上，畝積五升，六十以上，畝積七升，百以上，畝積斗，三百以上遞增，而米藏其家，不俟官驗。明年計畝，以時直糶米于本圖，謂之民積。其法如此。

尋陞廣東按察司副使，分巡廣南韶。下車勦連州猺，連，故分巡轄也。猺久爲寇，至是愈横，縱焚掠。孫蘭統官軍進勦，破三栅，降之。御史柳寅東以聞，上喜，將大用。而獻賊犸至。韶故與湖南接壞，獻賊寇宜彬，逼樂昌、乳源，而蘄楚諸王以避賊踰庾嶺。孔兵譟而南，南韶大震，城不守。其所轄連州守將楊守諫據州城叛，降賊，將導賊至。先是，孫蘭聞警，誓死守。即率府縣官爲文告城隍廟，以舊所用連州兵破猺寇者不足，募民兵七百人，鎔所束金帶爲軍貲，奉撫檄監軍，欲以嬰城。至是，連州叛，所募民兵已調去，而樂昌、曲江所在設僞官，行牌公座。韶民驚逃，手劍當門不可止。飛檄請督府援兵，不應。孫蘭乃嘆曰：「連州、曲江，吾屬也。吾屬失守，守將叛，而兵備監軍泄泄然，既不能守，復不能救，將俟此爲迎降計乎？」遂北面稱拜，自經死。臨死有勸之者，曰：「賊尚未至，縱連州失守，猶可圖存，何自苦如此？」曰：「吾知死封疆而已。」南都建國御史祁彪佳、禮部管紹寧題請卹録，予祭廕。

論曰：君死社稷，則臣必有死官守者。孫蘭真攀髯之先與！當孫蘭巡廣南韶時，本以兵名官，且加監軍而分巡，則又當五嶺之衝。其爲兵官者，不能守其官，而使其屬連州、曲江守將叛陷。即欲緩須臾之死，得乎？雖然，使其稍瞻戀，顧影徘徊，其不致留此姑待、以藉口于將有所用之者，其亦鮮矣。彪佳疏曰：「獻賊逼臨，援兵不至，連州失守，樂、乳告危，能爲社稷之臣請殉封疆之守。」諒哉是言！

吕孝子傳

孝子名升，字德升，浙之新昌人。少以孝稱，顧性介。當元世將亂，奉父與後母避地，居沃州山，躬耕，非其力所致不以養。逮後母死，父老在堂，人無婦，且多病，出入起居必賴升扶侍，猶蛩距然。旦日盥櫛，奉匕箸，乾瀡鮮滑以次第進，時時相衣裹增損。行則承以肘，即所卧處過傍舍纔三四武，非升在不往。升偶離側，必呼升如嬰兒。當是時，升非盛年，而父復享上壽，將百歲，稱百歲翁。以故升雖垂老，猶日抱父雙足卧，終其身不入寢室。父嘗得瀝洌疾，夜必八九起，自躋圊雪惡以及澣牏，其間詘伸、撋灑、搔抓、按抑，竟以升體爲其體，如是有年。方國珍據台州、新昌亂，升負父避鸕鶿山，出覘賊，爲賊所得。知其爲孝子也，留賊中與之飲，不飲，坐而泣，賊哀憐之，請升歌。升乃爲青天歌、浩浩歌，賊聞之感動，送之歸。升園有杏，父嗜之，隣之豪者奪杏去。值杏熟，升乃市他杏以進，父辨非己杏，不食。已而升轉就隣市，隣復不與，升不得已呼于天。隣忽病，疽背，其婦夢神曰：「以杏還孝子則已。」旦則其婦請還杏。其感神如此。洪武十三年，詔舉賢良孝弟科，升再辭，不得，乃曰：「臣老矣，請以布衣返。」遂命布衣使山西，稱旨，强授職，升辭疾歸。二十三年，詔還老成。有學者復舉升，升至，復辭。乃教授一室，曰小小齋、曰半村癯、曰沃州畊者。手著《六經箋註》及《小小齋稿》。與從子不用歌詠倡和。士大夫東西行，必問小小齋，至輒留信宿，酌酒論文然後去。不用别有傳。

論曰：史稱賊不殺孝子，又稱棲烏躍鯉能動鬼神，良然哉！顧孝有難易，閔損、伯奇爲其易者，此爲其難者，説在公孫杵臼之語程嬰已。升子珮亦孝，其先世曰蒙、曰琰，以孝旌，人稱爲吕氏四孝。蓋孝亦有教云。

劉孝子遂安公傳

公名謹，山陰人。洪武中，父坐市民充吏法戍邊，已赴貴州烏撒衛。法，府縣吏投充，但許鄉井力田者，而禁市民，世稱吏農民是也。時謹方六歲，問家人貴州何在，家人以西南天指之，謹望西南天拜且哭，朝夕不輟。已而年十四，矍然曰：「西南天雖遠，吾有身猶可至也，天下豈有無父之身哉？」遂辭家人行。會烏羅開思南鎮遠，由烏撒以通邛蜀，道路匈匈，家人勸沮之，不聽。閱六月抵貴州，踰月遇父於烏撒亭站。父病痺，謹泣告官，請身替父戍。法，戍邊者，年十六以上嫡長男，許以身替。時謹未成丁，且伯兄謙早以督運死京師。謹，次子也，非例。於是歸携兄子往，顧兄子亦幼，謹請以身與兄子共替，不許，則又歸。於是悉鬻其家産什器，竭所有三往，百計謀所以歸父者。雖其所以歸之者，事秘不得而知也，然而竟奉其父歸。及歸，家貧甚，謹力辦甘旨，晨昏必進酒，供笑樂。嘗曰：「吾今而遂安親之志矣。」自號遂安。提學張倬上其事。

論曰：孝子必遂事，向使三往不父歸，其能安乎？遂安所以志也。他書載孝子事甚備，此即史館所傳稿，諸誌同。

詔祠孟貞女傳

貞女名藴，字所温。其先爲鄒縣孟氏，入宋有封信安郡王者，判紹興府事，家諸暨，爲諸暨人。藴父鋋爲明初生員，嘗夢女官送雲冠、繡裳于庭，遂生蘊，絶慧，讀書過目不暫忘。會同里蔣文旭者，年十七，膺洪武二十九年鄉貢，授河南道監察御史，性耿介，與方孝孺遊，孝孺重之，作《味菜軒記》以贈，名大起。時巡按湖廣，以未娶託媒氏聘蘊，而請歸親迎。值陳時政十二事，中有暱戚殺平人一條，忤旨，賜死。蘊聞訃，大慟，請于父曰：「大人昭信，踐蹇修之言，問吉以通。是蘊爲蔣氏婦矣，文旭之不幸，即妾之不幸也，願得一履蔣氏庭，奉侍舅姑，他日可以見文旭地下。」父母未許。蘊私念文旭柩歸必過己門，乃密爲衷麻而蒙以絲，俟柩過，從門間躍出，裂所蒙服，長號扶柩去。終其喪三年。既而文旭父母死，無嗣。蘊服除後，乏食，分餓死。蘊父始憐之，迎蘊歸。擇宅後崮間，搆柏爲樓，令蘊處其中，曰《柏舟》之意也。聚書百餘卷，供晨夕觀玩，足不越梯一步。歲時兄弟姪姒皆一至樓前問候去。嘗見樓後崮石間老梅盛開，賦《老梅詩》一百首見志。

宣德六年，巡按直隸監察御史蔣玉華、翰林院侍讀黄文瑩等疏曰：「竊惟原任河南道監察御史蔣文旭妻孟蘊，未婚守志，經三十三年，今已五十有二矣。臣等思叔世之婦，甫諧伉儷，遽誓白首，乃一旦夫死，而改絃易轍者往往而是。即或終始不渝，亦必激于夫情，眷戀子女，家世榮盛，原可依倚。未有夫存未面，煢然一身，家世零落，了無可藉，而矢心明節如孟蘊者。是即君子無所爲而爲之義也。夫無所爲而爲者，在女爲未字砥節，在臣爲未字矢志。是當與殷夷齊、齊王蠋、漢袁閎、龔勝、晉王裒、唐周朴、宋順昌山人、唐義士共表異者。奉旨旌其門，建坊，立祠於亞聖孟氏祠側。年九十三卒。

論曰：古有《貞女引》，蘊其爲賡歌者與？文旭抱志節，無傳，傳于此。

晉江訓導徐黼妻李氏傳

蕭山徐黼妻李氏，福建永寧衛指揮李正女也。黼于弘治改元爲晉江訓導，妻周死，遂于其地娶李氏爲繼室。未及一年而黼病，當是時，黼已遷閩縣教諭，未往也。私念前妻生一子，甫數歲，非李氏出。李氏年十八歸黼，至是纔十九。晉江去蕭山三千里，道遠氏弱，度不能扶柩返。乃于易簀時，撫其子謂李氏曰：「吾竟負汝，吾即死，聽汝自斷，吾敢望此兒爲徐氏後哉！」李氏曰：「不然，即不幸，吾當扶汝棺、撫汝兒，以從汝于蕭山耳。」黼曰：「有是乎！」强起拜李氏，李氏受之。先是，李氏嫁黼時，其家謂黼家于官，必不歸。至是，聞其死，且喜且憐之，將取其裝携李氏去。李氏乃豫檢箱篋，緘縢之，而歸其鎘鑰于縣，逮李族人至，明赴縣告之，請北歸。父母百計沮不可得，不得已乃託之告别而扃于室。李氏裂其裙自絞，氣幾絶，賴其嫂知之，救免。乃聽之歸。逮歸，集宗黨男女數十人送李氏上道，放聲長號，牽衣以行。李氏以齒齧舌，噤不出一聲。福建布政使洪鐘移檄蕭山，命縣官存卹之。李氏歸葬黼，撫孤，以針繭自食其力。孤死，撫其孫，孫死，又撫其曾孫。正德中，知縣上其事于道，予之榜。巡按至縣，命縣官月給米帛。嘉靖十四年，用御史張子立奏，詔旌其門，給勘，合優免如例。年八十八卒。

李氏勤且嗇，初甚貧，後竟置田百畝，爲撫孤資。自寒食展墓外，足不出户，所居闢重屋，沐浴，登屋去其梯。盛暑必襲衣，夜爲女紅，非罷極不睡，睡覺即起。或問之，曰：「勞則寡所思也。」其慎如此。

論曰：節本不易，李氏更爲其難者。《詩》曰「我心匪石」，夫石豈易轉，然尚或轉之。浸假將歸時，長途漫漫，牽衣未絶，雖巉巉之石，其不致兀臬，鮮矣！扶死撫穉，仁；緘貲辭縣，智；斷親割欲，勇。仁、智、勇，賢矣哉！

詔賜特祠崇祀貞烈竇孺人傳

明詔賜特祠崇祀貞烈竇孺人者，餘姚姜工部榮側室也。名妙善，又名妙惠，世居京師崇文坊，年十五歸榮。榮中弘治壬子鄉試，與同邑王公文成、孫公忠烈同見舉，有名，稱三君。壬戌成進士，授鳳陽五河縣知縣，稍遷工部主事。以忤璫，徙興化府通判，尋改瑞州，攝府事。

正德四年，江西盜起，南贛賊執參政，挾靖安、華林、東鄉、饒南諸賊，並起爲亂，而華林賊陳福一最驍，破瑞州。瑞故疲癖，又府縣不得設兵備。公既攝府事，躬帥捕蒯，潛出城，將制其險。賊驟入，執孺人倪暨婢等，使告榮所。貞烈在别室，急衣孺人衣，來前語賊曰：「吾爲官人妻，尚不知官處所。」遂指孺人倪曰：「此婢也，焉從知之？」賊見貞烈美，且衣異，固已疑爲孺人，及聞其稱官人妻，信之。遂釋孺人倪，而輿貞烈。貞烈泣曰：「不幸官在外，必輿吾將安之？可已則已，不可已願得吾從人同行。」私顧所驅隸中有盛豹者，高安人，素以愿聞。遂指之曰：「是人善事我，願以從我。」賊許之。先是，賊入時，貞烈衣孺人衣訖，念榮所攝太守印留置卧間，復入攫得之，而投之官池。至是，呼豹前，使近輿。初語他語，少間曰：「噎，吾所以呼汝來者，爲太守印在官池，官未知也，汝能歸告之官乎？吾即死，官豈無以報之？」豹以齒囓指，遂縱之歸。時至花塢鄉，有頃，度豹行遠，乃言曰：「吾以丐諸君，吾口燋不可能，假使前塗有井者，吾思飲焉。」既而果有井在道傍，貞烈已下車，賊伺貞烈意，見貞烈下，争爲之綆。貞烈從容勞之。既而前，若掎綆者掎綆，踊身而入。賊驚救不得，悔且恨，填井以礫。既而榮入保，遇盛豹歸，告印所，取之。左都御史陳金、右副都御史俞諫調廣西兵征諸賊，榮隨至花塢，于是起貞烈井中。

越七年，瑞州府知府鄺璠、高安縣知縣翁素等上其事，詔旌貞烈，勅春秋祀祠。其祠有二，一在城東迎恩門，一在花塢橋，各置祀田。而城東之祠，則配祀高安婦死賊者，曰塞口熊氏女貴貞、曰新陂張榮一妻蕭氏、曰太平門黎玉亮妻殷妙慶、曰雲岡況太學夔妻、曰廖足貞、曰坡山朱應恢妻、曰陵上黄暖妻幸氏、曰港西朱治一妻梁雁貞、曰斜橋熊武六妻胡氏、曰社山朱丑四妻熊以桂，凡十人。後賊尚猖獗，南昌府知府李承勳同按察使王秩誘殺華林賊。逮文成王公以都御史撫南贑，勦之，賊平。

論曰：江西群盜起，而荆揚以震。由前觀之，猶崇禎之寇也。雖野火燎原，究至撲滅，然勢亦危矣。嚮使進討者稍能如貞烈之從容警敏，設機變于俄頃之内，則制勝倉猝，又何至參政被執、副使受害有如此甚也？夫閨房致身，自昔所難。矧貞烈智濟其勇，易衣在前，擇人以早保主完印，宛如素定，難乎哉！難乎哉！榮與文成同邑、同舉、同劾中貴，又同官斯地。而榮以兵柄未歸，且賊之蹶起，瑞當首嚮，遂不得與文成同其功名。亦遇也夫！

舊有分宜相公碑文，是在館時詔爲之者，分宜固瑞屬也。又李獻吉有五言古弔詩，中有「罵賊志已決，藏印智仍妙。沉身一何易，下與流珠耀」諸語，見本集。

西河文集卷七十八

蕭山毛奇齡字春遲又名甡稿

傳六　一名崇禎二撫傳

明正治卿中奉大夫兵部右侍郎累加一品服俸徐公傳

公名人龍，字亮生。其先人卜居管谿，插折管于地，管生，遂定居焉，是爲上虞下管徐氏。徐氏自明洪武己卯迄崇禎癸未，多由甲科登顯仕，齒序不闕，以故郡之稱望族者先之。獨其以一經第高等，爲《易》、爲《書》、爲《詩》、爲《禮記》，而第闕其一曰《春秋》。公父鄰首以《春秋》中萬曆壬午鄉試，而公繼之，自萬曆丙午舉《春秋》第一，遂與其同母兄宗孺同以《春秋》成丙辰二甲進士。而于是徐氏一門得備五經高第者，自公父子兄弟始。

公嘗曰：「吾嘗爲婿于陶文簡先生之門，稍學爲文，而文已日進，吾復安事吾微文也哉？」會中原用兵，每出入劉覽，或臨貺，輒留心兵事。特公成進士時，值神廟以視朝日少，竟輟館試。僅改公工部主事，使荆榷。榷未及竣，而遽有湖南督學之命。以爲公能爲文，湖之士大夫争請之。乃公之試湖，一歲一科，未嘗啓客幕較文，獨身携僕日閲卷千百，皆竟閲。試之明日，榜甲乙，無一失者，其所甲士應舉多中式。先是，湖北文盛，每科得解額十七。湖南雜傜獞荒略，僅得十三，以爲例。至是，湖南舉四十九人，爰有謡曰：「龍德何盛兮，鳳德何衰。」其所謂鳳，則以湖北學使者顧君名起鳳也。獨其初権荆，蜀寇樊龍等殺撫據蜀，江漢震動，公與楚撫日議戰守事甚具。暨受命督學，悉力文事，顧中心刺促，嘗以武備爲念。故事，學使者使車僅止義陵，凡義陵以南，辰、沅、郴、靖諸地，皆就試，率官師子弟，行縢結屩，從無一按其地者，公毅然請往。或難之，公曰：「豈有乘使車而中稅者？」自桃源南入，連山接嶺，争高競險，頹垣牽木，間以叢篁。初偃轝行，至有挽轝不得前者，步趾裁通，其榛梗冥接、藤盤筀錯之間，屢絶供應。或勸公還，不許。然公每度一關，必徘徊相視，詢其形勢。及度辰龍關，徒行，則盡得其要害。其後勦臨藍大盜，預知其險易廣隘，以是也。乃公凡所至，居人驚喜，以爲開國來無此事者，遠近争來觀。及試，則惟辰郡與盧辰二溪能爲文句，至漵沅則俚歌、傜諺雜成之，靖川與峒彝相半，能通《論語》一章者，即舉茂才。時辰苦黔難，文士皆從繕應門，公拔其一二稍俊者蠲之，且風之曰：「是朝廷之所以重士者也，士無地無才，苟能讀書通經術，則朝廷方舉而用之，亦何至趯趯叢篁間哉！」士人聞其言皆感動，且有嘆息泣下者。自長沙終衡，遍歷五千里，凡八閲月而試成，再試如之。尋遷，分巡湖南道參議。會瑠難大起，公大收士。時有策問數題侵瑠，爲瑠所銜，因乞予終養，凡十二年。

崇禎乙亥，服未闋，即起嶺北分守道，服除拜命。公乃增拓贛南五城，以舊城庳隘，寇屢陷，遂增南安城高廣各二尺，興國城高三尺，拓安遠城七百餘丈，龍南城八百二十六丈，寧都七百五十九丈。

諸增高與興國城等圮者，更築。朝廷嘉其能，已遷蘇松兵備道按察司副使，而虔民留之，詔可。于是三臺合舉尤異，而大巡劉君復特疏薦公邊才。會郴桂賊起，其渠劉新宇、李荊楚等分據牛矢、蝦塘諸寨，以數十萬賊累陷衡澧、茶攸、湘潭、祁陽之間。凡四省壤接，如吉袁、韶樂、寧永，所在告警，獨虔以公在，多戒備，無犯。既而圍長沙，復攻衡州，兩藩之封于其地者，呼救闕下。上怒，命兩廣江虔會楚合勦，而檄公監軍。舊例，監軍非分守任，僚佐皆難之，以諷公，公不許。時沅撫陳君首請議撫，公曰：「兵未動而遽議撫，此寇之所以窺我也。夫先勦後撫，行軍之常。縱愛民不忍加斬殺，亦必厚集兵威，摧堅陷險，力足以死之，而後得以情生之。苟不先用戰，而謂驟可以撫者，未之前聞。」沅撫然其言，遂斬桂守所誘賊曾冬保等若干人以狥。公乃陽言：「楚兵當勦，我何爲先之？且暑不興師，盍散馬，俟秋風生，長嘶而前。」時六月二十一日，天雨夜晦冥，忽下令鼓三入牛矢寨，賊不虞兵至，大潰，焚其寨。牛矢爲桂陽賊寨之冠，聞牛矢破，諸寨皆膽落。先是，文吏極輕武弁。公督學湖南，爲甲子科武闈總裁，其策問痛言文武軒輊之弊，武士皆感激。及至虔，首擢游擊將軍謝志良及參將董大勝，❶嘉其壯勇，常引之後幕，計治盜事，間或脱所絓食刀以賜志良。至是以志良爲前軍，大勝繼之。志良遂自效，乘勝連破數寨，曰佃裹、曰銅梁、曰猴寨、曰蝦塘。擒賊雷天召、蔣明宇等，其帥劉新宇則脱走者三而後獲之。遂以七月從臨武與楚兵合。于是參將大勝以偏師繼進，其所破寨曰茶山、曰香花嶺、曰竹坳。

---

❶「志良」，原作「良志」，據後文乙正。

志良復從木灣鵝王寨黄沙寺轉入，并破二寨，曰芹寨、曰姜山，生擒渠帥劉紅鼻、劉思榮等。八月與粤兵合。既又破高獠、紫獠二源，并搜擅源山，破寨一，曰石門。其餘走羅願者，願輸萬金犒軍中，以求免勦，不許。會大勝自藍山還，道經羅源，公指授方略，破殲之。大勝以數騎追獲李荆楚于大板冲。自六月至九月凡四閲月，破寨三十八，生擒賊帥十有八人，斬級萬餘，撫而歸者無算。公嘗謂虔撫曰：「兵無分制，分制則其勢扞格而不可行。今合兵四省，統制惟一，蓋必規畫定而進退不疑，號令一而期會不爽，儲峙專而飢渴不貳。」虔撫然之，遂悉以機務屬公，使便宜行事。故公得專意肆志，以至于成。捷聞，初已遷公武昌道，晉參政。至是，上特召公至京，賜對。故事，道臣無特召者，召之自公始。

時嗣昌以起復執政兼本兵，念公曾官楚，冀相引重，再拜，執公手，指所坐曰：「以此待公。」公初上應召題疏譏時政，與嗣昌忤。至是見嗣昌墨衰絰在坐，連矚之，愬言已十二年予終養事，伉愾激切。嗣昌眙愕，不知所對，遽引退。旋會朝房議邊務，嗣昌議增兵内防，公謂有進禦而無退守，晝宫而守之，是欲閑腑藏而棄榮衛也，且未有增兵而兵可用者。嗣昌怒。次日，公復上疏，力言驅之室中，不若拒之門外，其利害難易，相去甚具。上御平臺，詔公對，初及守贑賑饑民事，公曰：「飢民非可以概賑也，夫發帑則病官，開糴則病民。臣先示之以發帑之意，且過稱廪庾豐裕，兼可給糴，使富户之閉糴者争減值出，而後定規畫。取閭師之識饑户者别之，約爲三等：矜寡老病者賑；力耕而餓者貸之，不責子；能自全者平糴，而于是全活者衆。」上素寡言，時同對三人，皆無問，獨問公：「全活幾何？」公曰：「以十萬計。」上色喜。及對他事畢，退，上猶顧左右咨嗟曰：「活人至十萬，亦幾矣。」時嗣昌在側，遽曰：「虔户版幾何，而動言十萬，此罔上也。」上嘿然久之。然終嘉公能，諭吏部，遇督撫闕，推用，遂超拜都察院右僉都御史。奉敕巡撫山東登萊、東江等處。陛辭賜銀兩、紵絲、表裏，遣中使四人扶肩輿出都，觀者榮之。

及至鎮，歲飢，題免積逋銀四萬七千兩，捐本年租，增修昌邑、濰縣諸城，改築平度州爲石城，一如守贛之五城者。孔兵引朝鮮船至旅順，鳴鼓告急。公方治文書，展卷不輟，密檄津門、山海之爲犄角者。乃令標將余國祚預貯火筒以焚其船，至夜襲破之，獲大銅礮三十餘架，東海之覬伺者自此頓息。特慮流寇横，勢將阻漕。且臨德之間，每邊兵闌入，以妨轉輸。意欲疏膠河故道，傍通海運，既已親歷相視，見有成畫。疏入，嗣昌銜夙怨，謂漕非公職，嚴敕之。初，公撫鎮時，屢以他事奪公俸。至是奉嚴敕，知事不可爲，自陳奉職無狀，請告歸。無何，嗣昌以督師死，衆望公起。會兵部增設右侍郎，備邊關制督之選，廷推公爲副，以覘上意。上見公名，即報可，疏辭不允。甲申，復首推公户部尚書。時倪文正司計，力薦公可用。故事，官計無浙人者，上特用文正，今復用文正薦，特旨兵部，馬上催公入京。至淮聞闖變，慟哭，草檄討賊。劉忠端見公檄曰：「信矣。」遂詣浙撫黄君，同舉義以應。弘光朝士英兼本兵，公仍爲副，每同堂坐，機事一決于士英，公不平，求去。且每在堂，公正色危坐，士英踧踖不自安。遂分部事，判兩堂，命公督理駕庫漕運。暨公諫罷朝，語侵士英。且極言：「安寘四鎮，不宜以廬、鳳、淮、揚，祖宗湯沐重地，遽予之擁兵自衛之人。夫帶礪之盟，俟有成績，即事在急遽，争先歆賞，亦必策以自効。使恢一城則予以是城，復一地即授以是地，當前激勵，未爲不足，乃兵未即動，而遽剳内地以界之，江南尺寸土，可勝刳哉？」士英惡其言，諷臺臣劾公，無可劾。乃使御史何綸論公耄，失拜舞儀，勒致仕。時公年六十有九，矍鑠，進止步履，無少悞者。江東監國，起公工部尚書。及閩中僭號，以武英殿大學士、兵部尚書起公。遣公門下士閩撫吴君春枝賫詔諭促公入閩，不答，杜門卻埽者七年。臨卒流涕曰：「吾頗知兵事，且官兵當國家需兵之時，乃不得效死爲國家用。」

毛甡曰：公既優文事，又擅武備。顧文事已驗之督學，而武備則在守贛時偶見之，何也？豈時實使然，抑亦用之有異與？考公守贛日，粤督張君鏡心雅重公，每移書虔撫王君之良，以爲此事非公獨任之不可。後沅撫陳君亦一切聽命于公。故雖事屬四省，而統馭聯絡如出一人，故一往有成功。後四鎮之出，人自爲政，即一同堂決機者，尚齟齬不合，欲其命將出師，制勝廟堂，難矣！予少謁公于行間，值公從江上軍還，知事不可爲，忼愾累嘆，憂見容色。予至今能記之。公仲子仲山與予游，以予知公事，屬予爲傳。第年譜稍闕，而余君若水所撰公狀則旁及璅屑，反有爲記註所不能備者。嘗讀《守虔紀略》《留虔紀實》《監勦隨記》及《召對記》諸書，知公規畫神敏，不減文成。而其後卒不得竟用，以至于棄置，而隨國以盡。夫文章之不易見于世，亦猶是矣。

自記：此徐氏宗譜中傳文也。史館所徵書，早有其稿，故禾中徐中允草公列傳，即以此文爲藍本。特予爲盜賊、土司諸雜傳，而公平郴、桂諸賊，❶因崇禎年少實録，且是時長編未備，遂致缺然。因記此以志餘憾。

❶「郴」，原作「彬」，據四庫本改。

明提督雁門等關兼巡撫山西地方都察院右副都御史忠襄蔡公傳

公諱懋德，崑山人。七歲讀《大學》，能通其意。二十一歲中萬曆丙午舉人。是時公氏陳，天下爭誦陳維立文，維立，公字。蓋公系河南新蔡遷吴，而祖贈君者曾祔姑氏爲陳云。公嘗讀陽明《傳習録》，嘆曰：「道在是矣。」是故學日精而文亦日進。

己未成進士。館選者欲邀公置館首，公卻之，不與館試，乃以第三甲除杭州推官，立讞盜、讞命、清獄法。刑平，臺使者能公，頒公所條定兵事、關政、鹽法、驛傳、鑄錢、救荒諸大政。滿六年，行取第一。崑山相公同鄉，慕公名，急欲致公門下，處以吏部。公拒不與通，部已擬公給事中，遽改擢禮部主事。時忠賢建祠京師，本部堂上官帥諸曹謁賀，公中道歸。三殿告成，首忠賢功，在京官以次進級。公獨揭吏部，辭無功不受。會使封光澤王，請行，使畢還里，榜其室曰「不隨室」。崇禎改元，忠賢誅，復補本部，歷員外郎、郎中，出爲江西按察司副使，視學政。凡學所試稱得士。于是極昌明陽明之學，刻《傳習録》于白鹿洞，標洞規八條。纂《真朱子録》，以申朱王合一之旨。創書院禮，請鄉大夫力學者主之，日與諸生往復其中。著《筦見臆測》若干言，大抵統良知、合至誠要格物致知，而以知及、仁守、莊涖、動禮爲階程，以發憤、疑問、深造自得爲功效次第，自陽明以前、周程以後，兼綜條串，而正學昭焉。

既改嘉湖兵備，進布政司右參政，兼按察司副使。屠阿丑者，湖盜也，踞湖有年。陝西道御史謝君疏：「丑剽攻轉入叵測，請設隘浙直界地，增參戎置兵而合浙直諸厢軍勦之。」已經撫按覆奏，而公曰：「賊可縛致，必黷兵擾民，何耶？且海寇劉香游船屢來，萬一迫而與之合，勢無及矣。」密捕窩盜家，貰其死，散歸湖濱，約曰：「有捕至湖者，第舍之。」假捕卒爲估賣兒，先後踵至，届期而烽生。丑義兒沈千斤者，有驍名，捕分趨賊營，沈左右救，力敗，遽趨沈，沈大創，丑奪氣遁。捕卒散估者，扼于隘，互持陷水澤中，追者生擒之，盜平。督撫上公功，廷臣皆薦公知兵。無何，以艱歸。時公已復姓，民留之，哭曰：「還我蔡公。」

服闋，補井陘道，進左參政。甫三月，而調寧前。初，寧前道闕員，已除有人。而遼撫方一藻特疏薦公，公耻關寧總監高起潛之當會疏也，疏辭曰：「寧前重地，臣不諳兵事，未敢任也。夫知小而謀大者凶，萬一試而不效，臣不足惜，如封疆何哉？且臣與監撫有何生平，而謬謂臣知兵。」不報。公乃與家人訣曰：「吾不顧矣。」于是選間諜，寬文法，革濫冒，備修軍政，貸商錢以濟軍餉。時祖將軍大壽鎮邊久，士卒頗横。公交歡將軍，嘗與語，乘間蹙然曰：「將軍信令行于時，而反有不盡行于幕下士者。將軍何嘗令幕下得侵民哉？今將軍愛民甚，而幕下士反之。某請爲將軍治違令者。」大壽大喜，遽戢士卒。而起潛以制府自大，公貽書曰：「職與貴監相見之禮，《會典》無考，大抵高下從義起耳。然而貴監稍傲則爲凶德，職稍卑則爲諂節。與其執凶德而臨諂節，何如職伸朝命之尊，而貴監嘗受親賢慕士之樂，爲兩相得哉！」起潛不能難。當是時，山東、河南、北直隸名城失陷者不一。公初守松山，再禦寧遠，抵掎于開元、定遼之間，胄甲者六十餘日，而八城以完。廷臣議松守功，在文職應敘者，一撫一道一判。遂加撫一藻兵部尚書，加通判朱廷楸按察使僉事，各𢉖。而公獨勿及，反謂公清修弱質，宜調腹用。或曰，閣部嗣昌以公不附其款議，故抑公以示意云。先是，詔以災眚言事。公極言「省過莫如改過，而治平之要，則在研《大學》明德爲内聖外王之學，究之天心之復，係皇上一心之通。豈有聖心朗若中天，而朋黨不消、災眚不弭、制敵不勝之理」。疏上，上以爲迂，而執政多齟齬，奉旨切責。至是調濟南道。

濟南甫殘破，公攝兩司使及三道事，日撫創、招流、舉諸廢墜。有泰安知州好斂，知不免，因公生日，懷金帶入壽。公提所束帶示曰：「吾十餘年一銅帶耳，且此何地，而能得此？」州大慚，立解綬去。御泰山香税羨金如干，修泰安城。大寇李青山爲亂，公勦之平。遂于次年遷山東按察使，隨進河南右布政使。公具文乞休，而撫按以規避格不上。適河南饑，斗米三金，人相食，催科無所應。而闖賊流言，降城免征，民日夜望賊至。公曰：「此非催科時也。」檄停征，抗疏自劾，落職七級。會山西巡撫員缺，上特命公，而召見于中左門，賜饍，問撫綏之要。公初言：「山西與河南界河，則先當防河，然餉宜亟也。臣所部兵已缺餉九月，而災荒日告。臣今往撫，當先使窮民有食耳。」又言：「學無大小，而爲治之要，必從《大學》，提綱挈領，而衆目畢舉。」又言：「臣今往撫，願使民不爲盜，而臣無可見之功，不願殺良民以成一己之名。」上悦，賜表裏、銀兩。

壬午春，公至山西，榜其門曰「願聞己過，求通民情」。于是興屯以足餉，防河以禦寇，建干城社以招來智勇之士。復講學于三立祠。大寇王冕等先後爲亂，平之。《别録》作「王綱及五臺交山諸寇」。寧武鎮將許定國援河南兵叛，而薊將任國奇等統譁兵盡入晉地，公密授機宜，且勦且撫，亂爲之定。是年九月，京師以邊警徵天下兵入援。公已應徵，而遽有扼防龍固之命。按龍固三關，居内禦外，轄之保撫，今敵入内地，反居外禦内。其間山勢綿長，凡千五百里，各設烽臺扼關隘，馳騁堵捍，敵不敢近。自十月設防，至癸未五月撤防，凡七月，以罷勞請告，旨未即下。而闖賊已陷河南，將渡河。公禦之蒲澤，不得渡，乃西向潼關。先是，公防河時，止扼其界河南地，若垣曲、若平陸、若芮城，僅南河數百里耳。至是，秦督孫公傳庭以十萬精兵守關，天連雨，士饑，弓矢不張，而朝議督戰甚急。一戰而潰，三秦皆陷。于是河西之界秦者，南自芮浦，北迄保德，延袤二千餘里，所在可渡，且河冰通馬車。賊初渡大慶，繼渡風陵。公兩以奇計擊敗之，賊稍卻。會高傑統潰兵入汾州攻剽，公甫調戢，而賊西破榆林，岢嵐告警。公急上疏，以爲「賊聚而攻，我散而守，是以一往無堅城也。自今以往，請分發禁旅，并調真保大營諸兵，合之晉衆，背關一戰，尚可有爲。否則畿輔以西，恐成破竹之勢矣」。不報。初，公在平陽，留巡按御史汪宗友守太原。至是，太原警，宗友馳羽書促公歸保，而晉王亦請救備至，使者相望于道。公不得已，分所部三千人，以千人自隨，而留二千人守汾州、平陽。平陽大懼，相驚以寇至，道將以下皆棄城走。既而賊不至，恐得罪，乃反迎賊渡，而平陽陷。公先遣部將馳救，復自爲後應，將行，而晉王及官吏士民數萬人遮留馬前，不得行，嘆曰：「賊之得至此，天也。」乃爲城守太原計。而宗友先促公歸，已巡他邑去。既而聞變，思委罪于公以自解免，反劾公不守河而自歸太原。有旨解任聽勘，且命郭景昌代公，而以閣臣李建泰督師援太原，皆不前。先是，公在寧前拔裨將應時盛于衆中，忠壯能折衝。至是時盛以副總兵領中軍事，與材官段可達皆隨公，因諷公當循例出境候代。而公辭之曰：「吾死封疆耳，且此時何時，而藉口解任以圖自便，縱令代者至，吾猶將共死于此，君言誤矣。」率衆哭誓于關壯繆之廟。

甲申正月晦，自成聞降者交誦公，乃遣使持牌招公。公立碎其牌，斬使竿于堞樓。自成怒，悉其衆五十萬薄城下。公豫瘞大礮城下，賊營燒，夜發延火中藥，殲賊數千人，益大怒，肉薄之。時賊營蔽扉，矢石不入。公命部將惠光祚縋死士掣扉，投之濠，而南廂報陷。中軍時盛力射之，不退，賊遽冒扉鑿甕下。公命材官可達用火揭其蓋，發萬人敵。直甕口縋爟，凡發四十有一，殲賊千餘。而東南角樓所貯火藥器忽自裂，樓爲之燬。一稱「叛將張雄先伏人，焚樓火藥」。次日，風霾作，拔木發屋，晝晦，守陴者不能立。公預草遺疏藏衣間，而中軍時盛者馳歸，手刃其妾并幼子，持矛登敵。適新南門守者與賊通，每白事鞸皆前向，方議調他門，未及調而賊已入。公北向再拜，授遺疏于贊畫知縣賈士璋曰：「臣力盡矣，願間道奏天子。」引佩刀自裁，而諸將奪公刀，擁馬西行，欲刼公出走。公叱不可，遽下馬徒行，入三立祠。時時盛持矛巷戰赤突，手殺數十人，尋遇公于炭市。乃同材官可達已先公馬斫出城，回顧不見公，復斫而入，從公入祠下。公從容拜先賢，自解袍帶，縊祠之東梁，身輕不即死，時盛脱鐵甲覆公肩，氣絶。時盛亦拜公，東向絞以弓弦。一時從者十餘人皆自殺。自成購公尸，離其首棄之海子。可達廉得之，斂瘞于新南門外東崗，私題曰「雲怡公壠」。雲怡者，公別字云。後南都以禮部尚書顧錫疇請表，賜謚忠襄，予葬祭建祠，而祔以時盛。會柄臣士英修怨錫疇，而媚士英者并劾公失守，且有指公未死者，以故下卹典，而贈廕不行。

初，公還太原，寧武鎮將軍周遇吉者，公所薦士也，貽以書曰：「公忠義性成，吾與公同心破賊，豈顧問哉？萬一不然，即賊得渡河，願與公約。公死守寧武，以扼其北，吾死守太原，以障其東。兩地牽掣，則畿輔得延，以俟援集。此睢陽之烈也。」至是公死，賊從保德渡者，圍寧武城二十日，城陷。遇吉貫甲運槊，躍馬入堅陣，手殺賊豪百餘人，掛矢滿甲，大創而死。其妻蒙古人也，《綏寇紀略》作「劉氏」。帥蒼頭百人，先縱火焚其居，而跨馬挽弓，衝斥亭桓間，自辰迄未，所殺傷過千人，矢盡赴火死，蒼頭無一降者。

毛甡曰：予讀《三事録》，嘆材官王永魁等能同時自殺，而太原民數十萬既從公死，尚有遺民傅從高等尋哭公屍于殭屍漫野之際，非公之忠誠素浹于心，何以有此？然則感奮成仁，不止門生故將也。公全晉拒守已經二年，向使公在平陽，則賊不必渡，賊不渡則太原不必陷。公一去就而全晉之存亡係焉！顧公事如此，而國是未清，猶有格贈卹而快私怨者。公仲子方炳所由狀公實，而授予述之如此。夫匹夫慕義，何處不勉。公獨講學，而藴之平日，授命致身，肇于愛敬。知之良將與文成比烈矣！吴梅村曰：賊以三道渡河：下流由蒲坂趨平陽，中道由延綏趨汾晉，上流由樓煩趨寧武。既破延綏，則不得不返顧根本。豈得以去平陽爲公咎與！

西河文集卷七十九

蕭山毛奇齡字大可又字于稿

傳七

沈七傳

沈七名禹錫，字子先，邑人，居崇儒里。其先七世連舉于鄉。七生而好奇，期大用。崇禎己卯補諸生，以國亂不得用，乃棄舉子業，讀書，著詩古文辭。當是時，浙上軍大起。永興以東畫溝土爲壘，自西逮戍。七嘗爲相視其間，卒厭其柢柾，私念負才不得用，當或有所爲，而視諸所爲不道，又不善用奇計，棄不復顧。讀書漁林間，鍵門遍讀十三經、諸子暨兵符、陰陽家書，以逮漢、魏、晉、六朝、唐、宋諸名家集，合萬餘卷。城南蔡五十一仲光、城東毛甡、市東橋包二先生，與七爲四友。時七念甡，甡避近漁林，七得之，持而哭。而蔡五十一避芝塘，相去五十里，即欲取道往芝塘。中道而雨，隱麻中，七搤甡手，拊其首長嘆曰：「古有云：頭鮮惡骨，而予也骼骼然者。」而不知其瘦也。既而鄉中不可居，復居崇儒里，益悉力讀書。畢發生平所好書聚一樓。嘗讀二十一史，以板枯不能復購他本，乃手畫其板，自朝迄夜，漏下十餘刻不衰，而七不以爲苦，以爲常。既而嘔血，旋愈，旋嘔血至數斗，復愈。時治之者以爲七困厄不平，不得已讀書，是必血逆妄上行也，無大故。既復嘔血如粒米，復愈，復嘔壅血塊，而軟不可卒破。遇錢唐醫者，曰：「嗟乎，是病鬱也，治期月當愈。」七素恃己精力無敗理，遂傾信之，喜過望，數服益信之，遂至敗。然是時醫者十數輩，皆殊其候，竟不得定七病，而七病凡五年，以戊子十一月二十七日死。死之日，其母哭曰：「兒將死耶？」七以右手拊左手，審視尺寸，曰：「不死也。」時年二十七。

七貌瘠薄，兩手盛夏不煖。性穎，口好爲微辭，尤喜觀劇。八歲作文，鄉里奇其才，多稱之。後每一文出，必傳誦鄉里，而七故秘之不以示。及病甚，或詢所著書，大怒，以爲預己死也。及死，而愛之者以爲七負才不得用，用抑鬱死，憐其才，將輯其爲文，刻傳於世。而其母又哭不示，曰：「其遺意也。」乃刻其寄友詩若干首。因憶七病時，作《雜詩》遺其僕寄予。時來蕃在坐，共詠之，蕃愀然云：「沈七數詩皆哀絶，似非生人。」時聞之不以爲意，不悟其言驗也。予與七就醫錢唐，推七命當死。予初惡聞其言，且七病中多嫌畏。既歸，爲變其説，而意不自樂，七未之知也，長嘆曰：「嗟乎，人生有命，胡爲不樂哉！」嗚呼，乃竟不知予不樂者也。

楊孝子傳

嘗讀典例，無有以刲臂割肝旌孝子者。故西河出游，人以刲臂事屬傳，必謝之。或不得已，稍見之雜文，如題吴門沙孝子卷、如新安程舉人母事狀、如爲京口汪將軍記事、如錢塘方氏母子五人節孝録序，而獨于上海楊孝子則不然。

孝子名文蔚，本浙之上虞人。其父榮，生員，在明天啓間，隨其所親宦上海而家之。康熙丁未，父病，時年八十七。孝子走厠牏，嘗其糞甘，號于天，請身代，不得，竟死。越十年，母痢見血，中死法。醫者凡數輩，皆前後相顧去。孝子獨念父危死不救，今復然，生男何爲也？世已無鍼石爊灼，豈湯醴亦告絶者？闔户刲左臂，以其肉雜葠汁濩之，三濩三進。母初進而體下，再進而沵滓以去，三進而愈。時康熙丙辰九月二十一日。又二年戊午，上海令任君廉其事，請告之臺。將奬之，孝子泣曰：「是欲重我以迕德也。且予何如人，其敢以迕德越典例。」再拜固辭，固强之不受。乃爲之題其門曰「以身壽母」，而請西河爲之傳。

西河氏曰：予兩過上海，未得訪所爲孝子者而見之也。予友丁明府曾與之游，每盛稱其人謙而和，恭而能容，輕財好義，而不自放于俠烈。人以孝稱之，必變色踧踖，卻不受。每月吉，必詣城隍祠禱之，願減年以益母年。然祕不令諸兄知，若惟恐以獨行傷兄意者。方母病時，體羸甚，又年高，將彌八十，耄而瞶，以爲不療。即療，必不能康彊如平日。乃既愈，又健，皆眙瞤不知所爲。丁明府曰：「孝子將刲臂，夾臂以兩麻，令肉墳起，然後迫噬之，而脱之以刀。故其創甚鉅，骨露凡一百二十日始合創。人不知也。」又曰：「初以臂肉鉅雜葠濩之，揚其膏令竭，屢濩屢竭。今所餘腊肉，猶有重至八銖外者。嗟乎，孝已！」别有雜贈詩文卷附傳後。

曹太常卿别傳

山陰曹君太常卿，與予内從祖南京五城兵馬指揮陳君爲姻交，陳君爲之傳。傳者，置也，謂其行事可傳置也，則傳置可已。且曹君舊有聲，其號秋水，名惟才，人能稱之。其以第一人舉于鄉，成進士，仕泉州司理，歷兵、禮二垣給諫，進太常卿，人皆能指之。其仁于先、和于閭門、勤于供官，而竭蹷于國家多故間也，人又能數之道之，然則何傳乎？傳其軼事。

君之初仕時，以泉州司理攝漳州也。漳故多寇，而君以泉州理來，咸望君。且郡闕兵備，寇之將至，嘗佔守未備以乘其隟。君出廳事間，服鄙袒衣，偃仰四顧，而命課夫漳之儒生。儒生雖强起應之，然竊笑，且有怪之者。乃益復召他郡，他郡亦應之。當是之時，大宗伯黄公道周適鄉居，講學芝山。君復服鄙袒，覆以深衣，導隸詣講所，麾諸儒生進其廡，而環坐以聽。既復往。著《榕壇問業》，黄公深許之，且贈言曰：「文治之有華實，猶黍稷之有馨香也，豐儉不同，享祀不可失也。」其重如此。于是此漳之人怪之者，咸更起而笑之曰：「此翁儒者也。」各棄去。及其久，始無笑者，而寇竟以是徫徨不前。

及其去漳州而返泉州也，君本理泉州，泉州于是復有寇，居民相驚。議事者謂：「泉州，閩衝也，非司理君不可。」于是檄司理，趣命駕返泉州，或進曰：「司理君儒者，講芝山者也，恐不足當寇。」或乃因而阻之，且竊言曰：「天下事豈得數數倖矣。」君返，日坐廳事，按簿書，若無知者，悉禁諸譁言，陰爲扞掫。而寇且登岸，有來探者，故疎其坊，音防。令之入。入城晏如故，窺廳事、簿書、䠞隸如故，乃曰：

「唏，此易與耳。」于是賊稍縱，漸因居民之爲内應者散伏焉，將乘隙而舉以入。君乃令黠者陰伺之，已得其處。閲日，令假爲賊藏甲所，忽召諸坊民及偵者曰：「甲所應有賊也。」皆相顧愕，偵之，返曰「然」。又令藏乙所，復曰：「乙所賊當獲。」衆皆笑，頃之則捷，而獲者立庭下。于是皆相視不知所爲，以爲司理君儒者，言事且中。而君次日急召諸衆曰：「賊今日當敗，可擒矣，盍與我出城。」則衆皆伏地曰：「諾。」如公言，夜半薄賊營，縛其渠，泉州平。則凡閩海間知與不知，以爲司理君儒者，講芝山者也，能縛賊，預識善敗，儼若鬼神者，若有物依之，能預人禍福事者。而于是咸服之，曰：「司理君神。」

齊于生曰：君嘗自言曰：「擾人者，將以定人之擾也而擾之，是擾者也。官人者，我將有以官之而使人官，我則不官也。」故其爲官如所言。嘗憶黄公游會稽，與郡司理華亭陳公多道君事。君爲諫官，值國亂，及其後，始以太常卿治軍。閩故多海寇，在漳與泉州尤甚，人無敢任其地者，是故嘗乏員，而君之仕閩最久。君嘗曰：「寇漳者，劉香；寇泉州者，林瓚元也。更有僧，不得其名字。」

徵士包二先生傳

蕭山包二先生，名秉德，字飲和，別字即山。與同邑崇儒里沈七禹錫、城南蔡五十一仲光、城東里毛甡爲四友。沈七長于甡，而少包二先生一十五歲。每高會，包二先生坐上坐，口欬欬，體憨而目卑，己欲言，忸怩，人以言及之，亦忸怩。而沈七坐將末，摘擲號笑，四顧無坐人者。曾與包二先生作《酒賦》，沈七四顧談，不即屬詞，已而持几出，從容扶几，伸白而吮黑，自恃讀書萬餘卷，當必無或過。而包二先生向隅坐，小息，私納紙入博袖。沈七不疑其遽成也，笑探之。先生乃大慚，已而探益急，不得避，掣紙尾出，誦之，音詞琅然。沈七驟輟筆，捲白而去。次日，又賭作《琴賦》，先生小息成，不加點綴。七故以捷勝，既已屬詞，然惡其速成也，又去。由是邑之推古學者，必推包二先生焉。

戊子，沈七死。又四年，壬辰，包二先生死。死時其尊大人猶在也，先生面中赤，勉起，扶伏于簀，叩頭，若有言者，卒無所言，竟死。先生系出楚申包氏，世居安陸。其後有仕宋尚書虞部員外郎者，遷合肥，生孝肅公，爲宋天章閣待制龍圖直學士。子繶早死，得出媵生子綖贖以爲嗣。凡七傳，有台州醫學教授次子榮，從兄宦游，遷于蕭。其時有兄弟五人，俱仕顯，稱五桂包家。其一名大中，住包家衖，則先生之宗也。

先生補諸生第一。崇禎末棄去，徵爲郎，贊江上軍。復不應，授書里閈間。年既長，與弟秉衡各娶婦，産子女。身無私錢，比歲懷授書金跪其尊大人，慙獻之。獨甲歲，跪，赧然不起，良久曰：「兒于中擅取數緡矣。」偵之，周甲貧也。又乙歲復然，易書也。其謹如此。先生與沈七俱好讀書，而七以遘病作輟。先生獨坐讀有常候，比讀必過丙夜。嘗授書友人宅，其宅高樓當城隅，販傭僦焉，每丁夜渡江，其婦睡醒，聽先生度紙聲并竹中鴟，輒曰：「鴟未呼，包二先生尚拽書起徐徐。」而七當病時，夜寢勿讀也。後販婦聞先生死，出涕。先生所著詩十卷，賦一卷；讀史詩二卷，倣西涯樂府體也，雜文二卷，雜志五卷，雜輯古今名物事理，别爲一家言，名《蟲弋編》，三十卷。其《酒賦》與《琴賦》，集不載。先生謚淳博。

毛甡曰：「予與先生爲四友時，邑之稱最博學者，無過蔡五十一仲光。沈七思勝之，故日夕讀書過萬餘卷，惜已死。然且兩人者，皆自謂不如先生，然則先生之學何如也！自昔十室相許，必將成名。予四友者，當衰時相結，嚮榮而枯，而先生與沈七更相繼以死，悲哉！先生之尊大人與其弟各以其傳誌屬甡，以甡爲先生友也。嗚呼！先生曾爲詩定交，效《國風》體，詩曰「香草」，曰「桑扈」，曰「松與柏伍」，各四章，一自勖，一勵友也。予向思和之，而未就也，予至今慚之。

家義門彦恭公傳

義門毛彦恭，浙江遂安人也。本名文爀，以字行。祖希成，好行義，篤于倫敘，誡子姓勿析産。傳至彦恭，族愈蕃，計男女二百餘口。恐不能繼，乃創立同居家規，雞三號，男女齊起問安于家長，各就東西舍操作，漏一下罷去。自冠姻瘞祀以迄衣被饋食之細，分甘均荼，釐毫必悉。中外罄欬不敢忤。且復建義倉以周閭里。凡遠方來學者，延師儒以董教之，而給之以薪膏之資。兄弟五人共營一瘞地，中穿其壙，使達氣不隔，而别瘞妯娌于山之麓。曰：「吾欲使百年後，吾兄弟魂魄猶相依也。」嘉靖十三年十月，太保禮部尚書夏言請于朝，詔旌曰「六世同居義門」，給官銀三十兩，建棹楔，優免丁田、雜差如例。嘗入夜，見東西舍操作燈火熤熤，如舉子號屋，譁笑之聲不達户外。歲時男女候家長，從東西舍搴帘出，男各覿其婦，不甚辨，驟見恧縮，以平日無晝面故也。其家規之肅，有如是者。

太史氏曰：予與祥符令會侯爲兄弟行，會侯每言其先人吏部公爲義門曾孫，與其子司訓、次子文學並以孝稱。予心儀久之。暨予入史館，草義門傳，然後知孝義蓋有本也。義門後頗大，而大以此。

尼演傳

平陽翟煇商銅于江寧，女殊色。浙軍正藍旗强委之禽，女初不從，既來旗，則辮髮革眡。二月十九日，隨衆女騎至上天竺，控驛行前，道驚，盡回面，騎迥呵之。中一女騎朗言曰：「本欲朝奶奶，北人稱觀音曰奶奶。而生奶奶從道中行，寧無觀乎！」既而孀居，旗争奪之，女自刭再，聽髡爲尼，遂名道演。天童忞公以國師乘傳衛，使貴人掌導者，止吴山觀。尼將參公，步經花市，一市皆驚，漸有攔觀尼前者，尼怒，遽返。既又參靈隱禮公于郭童園。公曰：「是未可與言也。」逮前，作色曰：「從誰來耶？」曰：「身獨來。」曰：「身與和尚有何親而令獨來？」尼不能答，羞之，紅界于面。公喝曰：「狐情尚不滅，何用參爲！」尼嚙臂鍵户。嘗有盜入尼室，驚其豔，屏息伺大士座傍，見尼入静，將易衣，蔑火，復搆火，掬鉢水塗掌，咒，炷蓮片投體大士前，登床結跏，儼若大士者，香氣葉葉繞上下。夜分，盜熟視，悔之，直前叩頭曰：「姑姑，佛也，吾見佛，從此懺盜矣。」朞年，尼忽曰：「早知如此。」靈隱禮公深然之，將予之衣，不受，無疾卒。

西河氏曰：邑有蔡氏女，許山陰余氏而未歸也，余死，女爲尼于余。山陰張南士曰：「有姑許邑王氏者，亦未歸王也，王死喪之，亦爲尼。惜哉其爲尼也。」雖然，若尼演者，則又幸爲尼者與？不然奪之矣。張，名族，與蔡有戚，蔡大父萬里爲刑官，余從父煌死國難，有名。近異教有女子髡髮不嫁者，郡有某某氏，此則悖理蔑倫之甚者。予懼得與二女事，且爲例也。距二女事十餘歲，然後有此教近歲中。璜曰：「蔡氏尼即蔡貞女也，西河別有詩，見五律卷。」

陳老蓮別傳

洪綬好畫蓮，自稱老蓮。數歲，見李公麟畫《孔門弟子》勒本，能指其誤處。十四歲，懸其畫市中，立致金錢。初法傳染。時錢唐藍瑛工寫生，蓮請瑛法傳染，已而輕瑛。瑛亦自以不逮蓮，終其身不寫生，曰：「此天授也！」

蓮游于酒人，所致金錢隨手盡。尤喜爲窶儒畫，窶儒藉蓮畫給空。豪家索之，千緡勿得也。嘗爲諸生，督學使索之，亦勿得。顧生平好婦人，非婦人在坐不飲，夕寢，非婦人不得寐，有攜婦人乞畫，輒應去。崇禎末，愍皇帝命供奉，不拜，尋以兵罷。監國中，待詔。清師下浙東，大將軍撫軍固山，從圍城中搜得蓮，大喜，急令畫，不畫；刃迫之，不畫；以酒與婦人誘之，畫。久之，請彙所爲畫署名，且有粉本。渲染已，大飲，夜抱畫寢。及伺之，遯矣。

朝鮮、兀良哈、日本、撒馬兒罕、烏思藏購蓮畫，重其直。海内傳模爲生者數千家。甬東袁鵾貧，爲洋舡典簿記，藏蓮畫兩幅截竹中，將歸，貽日本主。主大喜，重予宴，酬以囊珠，亦傳模筆也。

蓮嘗模周長史畫，至再三，猶不欲已。人指所模畫謂之曰：「此畫已過周，而猶嗛嗛，何也？」曰：「此所以不及者也，吾畫易見好，則能事未盡也。長史本至能，而若無能，此難能也。吾試以爲文言之：今夫爲文者，非持論即摭事耳，以議屬文，以文屬事，雖備經營，亦安容有作者之意存其中耶？自作家者出，而作法秩然，每一文至，必御毫吮墨，一若有作者之意先于行間，舍夫論與事而就我之法，曰如是則當，如是則不當，而文亡矣！故夫畫，氣韻兼力，渢渢容容，周秦之文也；勾綽捉勒，隨境塹錯，漢魏文也。驅遣于法度之中，釘前燕後，陵轢矜軼，搏裂頓斫，作氣滿前，八家也。故畫有入神家、有名家、有當家、有作家、有匠者家。吾惟不離乎作家，以負此嗛也。」其論如此。

蓮畫以天勝，然各有法。骨法法吴生，用筆法鄭法士，墨法荆浩，疏渲傅染法管仲姬，古皇聖賢、孔門弟子法李公麟，觀音疏筆法吴生、細公麟，七佛法衛協，烏瑟摩法范瓊，諸天、羅漢、菩薩、神馗、鬼魌法張驃騎，道經變相法公麟，衣冠士法閻右相，士女法周長史昉，嬰法勾龍爽，倭墮結法長史，髾髻長史，衣帶、盤薄法吴生，金璧、宫臺、林泉、湍峙、長陂、豐卉法大小李將軍，雲山法浩，水法董羽，溜水法河陽郭熙，几幛、尊卣、鉼罍、什器、戎衣、穹廬、番馬、駱駞、羊犬法趙承旨、馬承旨，小馬法承旨之子。竹石、窠木法趙大年，鈎勒竹法劉涇，墨竹管仲姬，折枝桃、牡丹、梅、水仙、草花法黄檢校、錢選，鳥睛、❶花鬚、點漆、凸厚法宣和，蠭蟬、蛺蝶、蠐螬、螗螂、蟋蟀法宣和，亦雜法崔、徐、黄父子，鵪鶉、鳩女法閻助教士安，雀法雀兒黄，蓮法於蓮，於青年以蓮稱。莆嬴法毋延之。

董无休曰：周櫟園曾爲章侯傳，徵事于西河，故西河有報櫟園書，見書卷。章侯事不勝紀，是傳祇紀畫，且略蕞大

---

❶「睛」，原作「晴」，據四庫本改。

抵，此皆西河寫生處。

又曰：章侯博古牌爲新安黄子立摩刻，其人能手也。章侯死後，子立晝見章侯至，遂命妻子辦衣斂，曰：「陳公畫地獄變相成，呼我摩刻。」此姜綺園爲予言者。然則蓮畫之貴，豈獨人間耶！

湖中二客傳

饒估彭萬年禱吴城之張令公祠，夜夢令公授之坐，詢曰：「剽人財而室人室，何等律乎？」答曰：「斬耳。」頃贏一人反，接至使畫字，萬年畫「斬」字于背，及獻級，則其伴鄒三也。先是，萬年與三伴，分舟而行，萬年避風檥蠡左，三舟渡湖。是夜，盗刦兩舟去，一三，一黄壽，三與壽俱被殺。而壽舟有吴人秀才趙瑩者，匿壽子并婢，載他舟行。蓋壽者，襄陽估也。萬年寤驚，覓三舟湖口，知三已死，哭之。遂斂三木，挈三家人置後舟，偕之維揚。

暨回舟，而飲三婦于艙，詢曰：「夫人非三妻，而得隨三，何也？」婦愕，失箸，既而視僕。萬年令三僕避後，婦流涕曰：「妾建昌追工妻也。夫積工值攜妾歸，附三後舟，夫病，而三據妾身并值有之。夫棺在板子之沙，家遺老姑，存亡不足知，君何得詢及之乎？」萬年曰：「吾唯稔其情，以有此詢也。雖然，亦思歸乎？」曰：「思之。」萬年遂呼三僕語，劄贏財千金，半與三家人，而以其半給婦歸建昌，使養姑焉。

方三舟之渡湖也，三聞壽舟絃鞉聲，及窺之，則有婢福妮善彈，别名瑟瑟，因與之聯舟。暨被盗，而秀才趙瑩者，傭算者也。藩估購妓樂，黠婢容髮，競卬值以購。❶既筮日有成説，婢急謀瑩，瑩亦爲婢計，顧自視無槖中金，而前後舟悉秦越，無可主者。乃懷刺謁九江守，告之，守謝藩估去。牒瑩押婢并其子與家人等還歸襄陽。瑩乃爲歌，令婢彈，名「瑟瑟彈」，匄諸故人之有財者。詞曰：「大堤估兮襄陽商，風吹鐵鹿兮渡潯陽，何人刼公兮身首以戧。遺末婢兮蘆之傍，低無枒掕兮高無檣，夕不藉絮兮晝不咽稗與糠。孤兒無恃兮惟末婢之將，將歸洞庭兮還故鄉。洪濤洶洶兮青天茫茫，願假羽翼兮翺且翔，一彈再鼓兮心悢悢。」

齊于生曰：瑩以匿婢故，曾見予舟次，且不疑予爲無財，謀資婢歸。蓋其人長者也。西河有《瑟瑟詩》，見排律卷。江右王猷定嘗言：觀察宋公能道張令公見夢事，其人爲士人，非彭姓。今覈之，則萬年者實跡也。豈事偶相類，抑亦傳聞之訛與？夫天下衣冠方幅藉藉稱士人，而錙銖成市，所争豪釐，生死頓易，其爲萬年所不潔者，則亦何限。萬年雖估乎，估而士人行，即士人矣。張令公者，或曰唐真源令張巡也，其祀湖所始，則無可按者。

桑山人傳

山人許氏，汴人。少舉茂才。崇禎中，嘗獻勦賊三策于閣部，督師楊公不用。既而爲東平侯劉澤

❶「卬」，原作「邛」，據文義改。

清幕客，與澤清語不合，辭去。鄉人怨家發其隱事于清師之鎮汴者，走匿桑下，因姓桑，號桑山人。山人乃與嵩陽曹道士游，夜坐耳鳴，絲竹徐發，若有物拔其頂，聳身丈餘，骨節皆通。嘗賣藥嵩山廟市，以水酌喑者，能言；許州小男爲狐所苦，呼狐斬之。既還汴，怨家見曰：「此許澄茂才也。」帥捕十許人跡至，山人乃獨身指揮，盡縛諸捕者，揖怨家去，謝之，而身游衡陽不返云。

何顛傳

何顛非顛也，有顛名。爲人潔居，冬夏衣絺衣，裂緯蓑蓑，顧自以爲姸好。人佯唾其裾，則急揾之。嘗揾衣日影中，飈塵揚揚，揾勿得已。每踰梱，❶攝前後衣，左足預箸梱中，履危杌然，以右躍之，跋如也。旦起，靧水濱，引手左右捉水，駭躍，若捕泗蟲，然後激灑其首項，以面霤焉。越食頃，攫懷中幘澣之，引著頂去。小復至，如之則又復至。冰雪不間。日食斗黍酒百餅，然不必得也。夜不就枕。與人言輒了了。予與顛遇來氏，其中表也，揖讓進退如常人。或曰：「其曾大父爲明世宗朝南京工部尚書，其大父鰲爲刑部尚書，其父以垢厠摩槭累日死溷中。」

于先生曰：是畸志者也。屈平不潔其族人，日三濯纓，顛近之。柳宗元傳李赤，至曰「以世爲溷，

❶「梱」，原作「捆」，據四庫本改。

以溷爲帝居清都」。❶唯世澳濁若溷者，則唯處溷中，然後潔清之極致也。前人外記多寓言。予目徵之，言之實，故語特猥瑣。世或以何氏父子相繼顛焉，何哉？

❶「居」，原作「君」，據《柳河東集》改。

西河文集卷八十

蕭山毛奇齡字初晴又名甡稿

傳八

列朝備傳凡屬史館所分題，而與史文有異同者，謂之「備傳」。

吴　寧

吴寧，字永清，歙人。年十一補府學生。永樂十八年，以《春秋》中應天鄉試。宣德五年，成進士。上御奉天門，親發策問，退而御武英，謂從臣曰：「朕策士不尚虚文，欲得忠鯁能抗言者。」賦《策士歌》示讀卷官，讀卷官勉奮争先摩索，得稱旨三人：一廖莊，一劉實，其一寧也。時寧尚年少，越五年，始授行在兵部武庫司主事。會正統改元，陝西涼州鎮臣以西番、回回、迭力諸族薦居内地，徙實兩浙海上。寧憐其貧，奏給以月饟，大者月四斗，小半之，因著爲令。已進職方郎，充副使，持節册封楚府通山王暨妃周氏，卻餽餉。還部，言于尚書鄺埜曰：「北部瓦刺也先意叵測，京衛兵單殘，猝有豕突，何以爲禦？宜留山東、河南二都司，暨江北直隸衛所儹運官軍，隸五衛操練，以備非常。而以前所調湖廣、南京征楚、川凱歸之兵，使撥充輓輸去。」埜然之，奏行其言。

十三年，福建沙尤賊大起，命都督劉聚爲總兵官，而敕寧同豐城侯李賢簡南京驍騎實軍伍。寧閱尺籍，盡發諸權勢所隱占者，人人賈勇往，賊平。會明年，也先破獨石，犯龍門、洗馬諸城。至秋，大舉，上親征。鄺埜扈駕行，留寧佐侍郎于謙理部事。寧招募報効人王敬等五千名，分撥留守五衛，附之操練。仍督向所留隸京營者，授以兵仗，使并力防禦。已，土木失利，寧慮犯畿甸，急陳備邊十事於謙。奏留山東更戍都指揮衛穎等，請遣廷臣分巡江南北，選募鄉壯及巡漕未回官軍，持械登城，而檄河南實操官舍軍餘暨海防兵悉赴京演操。鞍馬、鈹盾不給者，敕禮、兵、工三部廉取民間所畜，俟償之直。九門要地守以孫鏜、雷通等營。諸軍郭外，而徙郭外民入內。凡通州倉糧及諸廠馬芻，給軍自運，取有不盡則焚之，毋令飽敵。赦諸將之才勇而繫讁者，如楊洪等。謙次第舉行。遂進謙兵部尚書，而以寧爲右侍郎，佐謙掌樞務。

皇弟景皇帝即位，也先復入。謙出戰卻敵于德勝門外，擢項文曜爲右侍郎，而以寧掌部事。寧奏雁門爲西邊咽喉，所設關隘數十處俱通人馬，乞敕都督孫安等增障濬湟，墐墻闕，而令指揮石彪、孔明于代州伏衆爲援兵。值福、浙鄧茂七、葉宗留、廣之黄蕭養及貴州苗獠所在蠭發，皆屬寧居中調度，命將征討。也先挾上皇從紫荆關抵都城，景皇帝遣寧出城與謙及諸將計議。還及德勝門，敵驟至，門扃未啓，敵充斥滿前，居民悉奔潰塞路。而寧大坐霖雨中，指揮顧眄，意氣閑雅，敵疑寧有備，不敢近，寧乃復入。時畿南民多南徙，大臣有請詔天下勤王兵者。寧獨不可，謂如此則人心愈駭，事愈不可爲。

莫若露布告官軍得勝，通示海内，庶安天下心。至賊之得勝而驕，驕必敗，無容慮也。已，敵遁解嚴，寧乃出慰勞，嚴緝京師無厲子弟得乘間者。且責山東、河南諸撫臣，使益儆備。而發帑賑被寇諸隘，遠近以安。

明年，景泰改元，寧力主迎復，不合。乞骸骨，優詔許之。及上皇狩回，寧乃曰：「微臣心事畢矣。」杜門卻賓客，絶口不更談土木事。其後謙罹禍，而寧不及于難。寧素饒冰鑑。初在兵部時，謙與寧厚，嘗屬寧爲女覓壻。久之，以兵家兒報謙，從之，聞者駭愕。及謙赴西市，親屬賓客各鳥獸散，獨兵兒冒死收葬，當時所稱錦衣千户朱驥者也。其先鑒如此！

張　瑄

張瑄，應天江浦人也，字廷璽。少貧，喪母，受書于姊氏李侃之妻。稍長，即受書于侃。正統七年，乃與侃同登進士，由部屬出知吉安府。吉安俗尚巫，刻木像神，丹漆而冠衣之，聚衆送迎，導以横簫。瑄途遇，大怒，叱收像投水中，而寘首事者于法。無何，瑄遘重疾，衆哀泣，請曰：「此神祟也，禱可免。」瑄復大怒，不許。既而疾愈。會大飢，瑄申白不報，遽發廩賑。乃建祠祀忠節，葺文廟，修築府廨，治橋梁道路，以救飢者。

吏部考第一，陞廣東右布政使。時廣西流賊越境，寇屬縣連山。瑄督官軍擒殺賊首莫文章等，遂築城堡，大治兵。凡陽江縣賊周公轉、新興縣賊鄧李保等歲久不勦者，悉勦之。時兩出師，征大藤蠻。

給綵段、銀牌以旌軍功，瑄累受綵段十一疋，銀牌十四面，特賜瑄大紅織金雲鶴衣一襲，銀錠、寶鈔無算。乃造預備倉六十二處，修理陂塘圩岸四千六百六十二處，增築廣州新會等府縣城垣一十二處，民賴以安。

成化四年，轉左布政使。明年以滿九載，當赴京。軍民千餘呼譟，走鎮巡，匄請題留，詔許之。至八年，始奉敕陞都察院右副都御史，巡撫福建。初，瑄所屬州縣多無宿糧，瑄命各建倉，勸民出羨粟貯之，以備荒政。沿海官軍因事裁減支俸三十餘年，而遲久爲例，貧無以生，瑄爲盡復之。閩安鎮出海口二港，元時用鐵纜横截港口，而其後遂廢也。瑄命所司造鐵纜三，每纜長百餘丈，兩岸樹鐵杙維持之，中駕二十筏，小港如制，而纜差縮于大港。由是海寇遠跡不敢近。至山賊久逋，如林壽六、魏懷三等，皆以計擒之。而福安、壽寧諸縣地隣江浙，多竄聚者，瑄捕其賊首葉旺、葉春，餘盡散去。朝廷以爲能，降敕褒之。乃劾去鎮守太監金勝之暴横不可制者。未幾遷河南巡撫，首薦按察使何喬新、副使陳選。改置河南餫倉于彰德水次。會汴梁飢，設法發官廩，賑粥于城四門外及各鄉寺觀，出官庫衣布，查關廂、空屋、土窯可投止者。流民存活者，不啻萬數。十四年，改南京刑部左侍郎，以刑獄繁重不得決，添廣東司主事一員，而親決諸要囚，旬日即遍，問擬皆如律毋枉。十八年，進本部尚書。二十三年，年七十有一，遂致仕。

瑄知吉安時，巡撫都察院韓雍威望烜赫，屬官皆望塵羅拜，瑄不少詘，然雍甚敬之。暨瑄爲布政廣東，地方多盜，瑄等皆戴罪殺賊。而雍復受命提督軍務，瑄事之甚謹，人以爲瑄禮貌詘伸，皆有權度。獨其師事李侃，終身不改。侃官至都察院僉都御史。

潘　蕃

潘蕃，初姓鍾，字廷芳，嘉興崇德縣人。從父京師占籍，留守前衛。中順天鄉試，已而登成化二年進士，復姓。授刑部主事，歷郎中。山西沁源王與知州金澤互訐，久不得解，蕃往治之。核知王左右李成撥置，直坐成死。雲南鎮守太監錢能攫金鑾部，而指揮盧安輩復諂附之，幾啓邊釁。蕃往，正盧安輩法，并請治能，聞者壯之。已而出知安慶，要路者不便，改鄖陽。時鄖陽初開，與陝洛壤接，流民多歸者。蕃盡撫之，土著成府會。四遷至右副都御史，巡撫四川，兼提督松潘軍務。因上五議：請擇守備、免徵解、折鹽課、理屯政、嚴禮法。常單車行視松茂，邊人畏服，莫敢輕出。歲罷假道金以千計。仍戒守將月出行邊，諸凡捍禦撫輯，積五歲而朝廷無西顧憂。

乃轉南京刑部右侍郎。無幾，改南京兵部。又無幾，陞右都御史，總督兩廣。故嶺外尊鎮，撫臣威重，自韓雍開府後，蒞其地者，率建牙吹角、列戟擁纛，軍門沉沉。然被組練而夾甲帳者幾萬人，其戈矛子弟紈綺相錯起居護導者無算。蕃量留數人，僅給麾下使令，向相沿自衛者悉遣征發。其與諸將大吏約凡科條，如舊無事更擾、有以密封白事者，一切禁罷之。至其節制特嚴，一號令出，即大將不敢喘息。方面官下稍違約束，必召軍正治以法，不少貸。會黎寇符南蛇等肆禍海内，聚衆號數萬。蕃前已授方略，至是親統兵逆擊，大破之，生獲首酋，磔于市。於是論功進左都御史。而思恩知府岑濬與思州知府岑猛以叔侄爲土官，争地相讐殺，濬攻陷思州，猛窮走軍門乞援。蕃諭濬罷兵，濬不從，且據地反。蕃會奏請討，密計其所居道里遠近險易，調集兩廣官軍及土目諸兵，分六哨以進。濬大窘，伏誅，餘者殺降殆盡。而豐湖十三猺寇及惠州古三仔、唐大髻等，憑恃獷戾，阻兵肆亂。蕃督率部兵，左右掩擊，殲古唐二渠，而餘黨盡散。凡五年間，計前後斬獲共一萬三千有奇。且節縮驛傳，省冗費不貲。又奏裁其冗官二十七員。請改思州，設流官，陞河池縣爲州，而割歸德州，使隸之南寧，以控制海徼。嶺表大治。

值正德改元，蕃與中官忤，乞去，不許，召拜爲刑部尚書。而瑾復憾蕃，蕃再乞去，于是命乘傳歸里。初，岑濬既平，蕃議以思恩改設流官。而岑猛失守府治，則宜降同知。時尚書劉大夏議獨相左，乃奏徙猛平海衛，降千户，而思州亦從改革。及蕃去，而猛不行，據思州叛。瑾遂用此爲蕃罪。逮蕃及大夏下獄，將論死，姑從減永戍甘肅。瑾誅，詔復官。歸里，凡六年卒。卒之日，屬其子曰：「吾貧不能喪，衣裁被體，庳其封，毋先爲葬期。吾不拘陰陽，以卜趣避。晴日無雨漏下窆，可也。」其子收涕從之。至嘉靖十八年，用御史傅鳳翔請，乃賜祭葬于石門鄉。先是，蕃從兩廣軍門陞尚書，歸無宅，税他人宅居而隘。每與鄉人飲，必露坐花下，醉任所之。時有詩曰：「尚書歸來無第宅，税地種花兼種魚。舉網打魚魚换酒，花前醉倒老尚書。」蕃得詩笑。及被逮，鄉人同游者皆相送，蕃械繫拱手就道，觀者流涕。

論曰：名臣惟清節與經濟不能相兼，故汾陽歲入不下二十餘萬，而張氏無名錢遍滿都内，然皆不以此損望。蕃獨著績南服，赫赫都府，而至不能治其居與其葬，此何爲者也？古尚書多田不入政府，而蕃反從此去官。雖宵小實爲之，然亦足以覘世變也夫。

吴　洪子山附

吴洪字禹疇，吴江人也。年十二爲生員。同學有訐教官于學御史者，洪曰：「師可畔耶？」不署名。成化十一年，中式進士。由南京刑部主事，歷員外郎、郎中，陞貴州按察司副使。舊例南部無遷副使者，遷之自洪始。未幾，改廣東巡視海道，革海舶貢獻例，人德之。尋陞福建按察使。將行，海防將軍以犀珠走間道餽洪，謝之。其人曰：「公將行之官，而顧餽此，其無所干亦明矣。夫區區之心，凡以爲有不忘于公者在也。且行者餽饍，古今通情，是亦何損于公名而必卻之？」洪曰：「君不知洪耶，雖百珍珠何益？徒利之耳。苟知洪，則何必是？」卒不受去。洪在福建多善政，提刑有法。會建寧、延平潦，民飢，輒便宜發粟賑之。而汀漳軍餉缺，急取征商之羨賑汀漳軍。既而遷太僕寺卿，進工部右侍郎，入視部事。逆瑾誣尚書劉大夏罪，下大臣議，洪頗非之。時部長缺，資望已及洪，瑾故勿與，出爲南京刑部尚書。寧河王鄧愈之後兄弟争所賜田宅，詔南京三法司覈之。其兄倚瑾求勝，洪不報，瑾怒，勒令致仕。嘉靖改元，進資德大夫、正治上卿，卒贈太子太保。子山、次子巖同登正德三年進士。而巖以參政先洪卒。少子崑登嘉靖十七年進士，最名。

山字静之，以進士授刑部主事，歷員外郎、郎中。諫武宗南巡，跪五日。擢山東副使，四遷而陞都御史，巡撫河南。初，河南運額兑在小灘，久之，民勿便；正德初移之臨清，民又勿便。乃移兑回隆，而運官受臨清重賂，呈御史奏勘，山堅持之。成化間，親王居河南者纔五府，已而漸盛。自郡王、將軍而下幾數千人，歲入不足，以需常禄。山請以歲運之羸補所不給。時伊王素庸懦，宦豎保金等肆虐不法，而王反怵之。山疏正保金罪，使王自新。臨漳王府將軍祐梀者，招納亡命，奸法軌，時侵掠民間。即祐梀至，❶無不惴惴恐，罷市肆，閉户竄匿。前後諸撫臣至，莫敢問，山疏免爲庶人。于是宵小被劾者，争遁之京邸，搆山短。左遷山浙江參議，已復轉參政，進南府丞，仍以僉都御史巡撫四川，再遷至刑部侍郎，進尚書。會翊國公郭勛撟虔播痡，諫官上其罪，下議，議首鼠。山憤然曰：「人臣有直節，無遂垢。以勛之惡，即令驟誅之，猶以爲後，而尚皆咋舌叉手雷同，豈稱法吏意哉！」乃陳其不軌，論棄市，黨附者有等。獄上，久不報。洎秋當報囚，而勛竟瘐死獄中。帝怒，詔山去。山聞命即行，道卒。初，山使山東時，有塞井復濼。民爲謠曰：「彼泥者泉，弗浚而復，錫我則福。」及爲福建按察使，吏民懷之，以其父洪嘗居是官也，爲之語曰：「鳳之棲兮，其雛來儀，民具是依。」蓋既歌其惠，又美其世濟云。

論曰：明時父子官尚書者，不過一二十家。然第世其官耳，至于世其德，則十不得一二焉。洪在官多治行，而山能繼之。觀其父子去官時皦皦，前後宛如一轍。史稱「身斃而名立」，又云「鸞凰代匿，

---

❶「梀」，原作「掠」，據前文及四庫本改。

而弗傷其彩」，洪、山則有之矣。

白　昂子圻附

白昂字廷儀，武進人。天順元年進士，爲南京刑科給事中。劾户部尚書張鳳不法，自南京械至京，詔獄。人以爲能。既而歷應天府丞，陞南京大理寺少卿，進都察院左僉都御史，兼管操江。仍巡捕沿江盜賊，勦巨寇劉通，受其降衆于太倉學宫。進本院右副都御史，尋陞南京兵部右侍郎。鳳陽皇陵白塔壽春墳圮，與平江伯陳鋭治之。會東南歲歉，興大役。初，賦工者計費若干萬，期以七年竣事。至是二年竣，省初計費之半，且以贏錢賑恤災民，民反獲濟。遂以弘治三年改户部左侍郎。河決金龍口，漕運多沮，昂奉敕往治。初至河南，從上游相度水勢，慮水趨張，秋發卒數萬，自陽武、封邱、祥符、蘭陽、儀封數縣築長堤捍之。遂導河，自中牟決口，至尉氏縣下潁川，經塗山，合淮水入海。於是修汴堤，令高廣如一，樹以萬柳。乃命郎中婁性于宿州濬古睢河，入運道；命主事謝緝築蕭縣、徐集等口。復自魚臺歷德州，至吴橋，修古河堤，自東牟至興濟，鑿小河十二道，引水入大清河及古黄河以入海。每河口作石堰，則水贏縮以時開闔。由是河竟不爲害，而漕運以濟。當是時，高郵之甓社湖震蕩覆舟。有知州毛實者，請開復湖于東岸，以避其患。昂時正治河于倥偬間，立令開渠五十里，名曰康濟。雖衆争之，不少動。其彊果如此。乃以署掌院事，進右都御史，陞刑部尚書，歷加太子太傅，致仕。卒贈太保，謚康敏。昂性尚圓通，而遇事機警，然尤長治水。知州毛實亦以善治水爲昂所知。實，餘姚人，成化進士。嘗補知霸州，以霸爲九河之交，舊多水患，乃自黄岱口至清河口，共築堤九十餘里，以防桑乾河之衝，自莫金口至苑家口，共築堤三十餘里，以遏中亭河之溢，皆受昂指云。子圻。

圻字輔之。年十八中應天鄉試，明年登進士，由主事數遷至浙江參議。時有承璀旨議開處州銀坑者，圻執不可。不得已請以贖金充内帑匄免，事得寢。鄞少年爲日本館甥，隨使入貢，鄞人執少年，使大噪。圻曰：「中國亡此人，何損治體，而乃以璅璅啓邊釁！」縱逸去。長興有田嚙于水凡八十頃，而税仍在民，民病甚。圻爲奏免。轉福建參政。汀漳盜起，圻率民兵至大田驛，相拒二十餘日。會鎮東官軍至，合擊之，賊解散去。進山東左布政使，遷應天尹，遂擢都察院右副都御史，提督南京糧儲。上便宜七事，皆切時務。時京儲歲入一百二十七萬，而所出者反至一百五十餘萬。圻以爲根本重地，儲蓄減耗，所出多于所入，何以持久，請革冗費冗食。劾武臣逋負不法，坐辜者若干人。旋以母憂，得疾卒。子悦，字貞夫。初以廕補國子生，後推廕與弟，登嘉靖進士，歷官尚寶司司丞。

論曰：洪、宣後爲京朝官者，多視南京爲散地。而昂、圻父子則皆以南京著功，地固未可限哉！明時河患與漕運依倚，歲費度支、水衡金錢累幾千萬，而迄無成效。以觀之昂，雖復王延世之塞決河，何以過矣！

周　季　麟

周季麟字公瑞，寧州人也。成化八年進士，授兵部主事，清禁軍及圻内山東西邊軍，得健卒八萬。

歷員外郎、郎中。弘治初，陞浙江參政。武康山群盜起，躬往招之。遷河南右布政使。

嘗曰：「爲官須稱職。」既至，籌國計，搜剔隱蠹，豪釐不取，除歲解外，嘗貯銀四十七萬餘兩。撫按交疏薦，凡七八上，乃以甘州警進右副都御史，巡撫甘肅。至即勒兵戰，斬賊首六十四級，捷聞。先是，哈密忠順王中絶，其所立王每爲土魯番王速擅阿力所擄，部落數千人來奔甘肅。弘治五年，有安定國王者，冒哈密族，請立其姪陝巴守哈密。時阿力已死，其子速擅阿黑麻嗣王，仍襲哈密，擄陝巴去。于是邊陲不靖者有年矣。季麟宣德意，并脇以威，阿黑麻慚伏。遂于十二年夏，送還陝巴并所擄原給敕印，詣甘州。季麟受之，乃請立陝巴，給以原敕，而還前所留番使寫亦滿速兒等，諸部帖伏。即陝巴之族凡曲先、安定諸國，亦慕義來享。當是時，帝悦甚，賜季麟金綺，奬勵加等。第季麟久病胃，至是以苦寒劇甚，然不之顧也。

北庭小王子擁衆數萬入河套，往來波羅、賀蘭間。季麟厲芻秣捍禦，不爲患。因劾總兵官恭順侯吴鑑怯衄，罷鑑，而以武安侯鄭英代之。時西安設防冬民兵五千，以舊警偶召民城守，而歲久爲例。季麟裁之，每歲用千人，春秋番，而罷四千人歸農，獨勢人有役民兵者稱不便。未幾，閹臣薦季麟。召還，調薊州。薊州草塲御馬監京營牧地，與民田接畛侵蝕，往往争訐。季麟考圖籍，據景泰間奏案，改正疆界。衆愜服，然權貴侵蝕者不便。十八年，武宗嗣位，以病寒乞去。既而瑾憾之，搆以他事，奪其職，罰米千石。瑾誅，例復官，未用。乃以正德十三年卒，贈右都御史，謚僖敏。孝宗嘗問劉健、謝遷曰：「周季麟何如人？」對曰：「季麟好官。」

論曰：季麟論處官無分大小，務稱其職。故歷官所至，皆能有功。而卒以守正爲僉人所抑，官不竟其用，惜哉！明三百年多文臣用兵，而季麟以畏寒之軀黽勉邊陲間。觀其處哈密一事，張大國體，濟以德威，使諸番搆禍于此暫息。其以方之魏尚之守雲中、李勣之督并州，又寧有憾焉！

附録《分省人物考·周季麟傳》稱土魯番之叛臣速檀阿黑麻。按阿黑麻即速檀阿力之子，繼阿力爲王，何爲叛臣？及考哈密本末，知哈密有臣馬黑麻叛去，歸土魯番，是誤以馬黑麻爲阿黑麻矣。又稱國人擁立陝巴爲哈密王，亦非也。陝巴係曲先安定國王族屬，冒稱哈密族，而尚書馬文升誤信之，遂立爲哈密國王，因復啓土魯番之釁。若國人所立者，爲罕慎，非陝巴也。又云：陝巴之弟安定國王干奔。按陝巴爲干奔之姪，實録明載。《人物考》之舛錯如此。《皇明實紀》論哈密功，甘肅總兵官都督彭清、巡撫都御史周季鳳而下，陞賞有差，則誤以季麟爲季鳳矣，誰知我是伯楷耶！

傳載哈密與土魯番搆兵一節，云西陲結怨者四十年。考是時弘治五年，去成化九年始事之時，不過二十年，傳不深計耳。

賀欽

賀欽字克恭，義州衛人。成化二年，以進士授户科給事中。會陳獻章被徵來京師，聽其論學，嘆曰：「至性不顯，寶藏猶霾，世即用我，而我奚以爲用？」即日上疏解官去，執弟子禮事獻章。既别，肖獻章像，歸搆一室懸之，朝夕瞻事者十餘年。

弘治改元，用閣臣薦，起陝西參議。檄未至而母死，乃上疏懇辭，且陳四事：一曰資真儒以講聖學，二曰薦賢才以訪治道，三曰遵祖制以處内官，四曰興禮樂以化天下。大略謂：師友之臣當求真儒，檢討陳獻章學可大用，是宜以非常之禮起之，使任内閣或經筵官。而内官驕恣，裁以祖制，如内府、監司、局庫衙門，載之祖訓「内官」條中，察其職掌，不過灑埽供奉、關防啓閉而已。近乃參預機要，干犯政令，非招權納寵、叢奸府賂，即邀功啓釁、流毒邊徼，甚至引左道以蕩上心，進淫巧以盜府庫，此其陷君誤國、蠹政殃民，既已鑒諸已往，尤宜毖之將來。内不可使職掌奏牘，得預政事，外不可使鎮守地方，掌握兵柄。至若奉常正經、教坊俗樂，沿革去取，尤宜慎重。疏凡數萬言，奏入報聞。

正德四年，逆瑾括東田，東人驚恐，而義州以守臣貪故思變。至是先發聚衆東西劫，顧相戒曰：「毋入東街，驚賀黄門。」欽聞之，身往諭曰：「公等吾鄉人也，今不幸至此，良苦。然吾竊爲公等憂，鎮城兵不即至耶，如之何？」衆初洶洶，既而有省呼曰：「願教之。」欽曰：「惟不殺人而已。守臣激民變，民無辜。今不殺一人待命，是良民也，良民何畏焉？」未幾，有言鎮城軍果至者，衆復譟曰：「賀黄門無嫚語。」環跪欽里門。欽曰：「吾固知有是也。雖然，汝仍不殺人，誰則殺汝，是在我而已。」衆散去，遂定。邊將有誘殺邊人罔報功者，按之不得實，一見欽，即慚伏曰：「他人可欺，吾敢欺賀先生耶？」

欽學以爲己爲本，方見獻章歸，閉門静坐，有來學者輒辭之曰：「己之不治，何以治人？」既而從游者甚衆，然于是人人知爲己之學。其後薦引相屬，終不起。卒，鄉人祠之凌溪釣臺。其所隱處在醫無閭山下，號醫閭先生。子士諮，能傳父學，嘗陳十二事論王政，不報。辭疾歸，終其身不仕。

附録　賀欽義州人，屬遼東。諸書皆作遼西，誤。遼西在今永平府，且籍貫無稱古地名者，不如直稱義州爲當。

欽疏中稱白沙爲新會縣歷事監生，諸書皆然。按是疏在弘治元年而白沙于成化十八年已授檢討，則此時不宜稱監生矣。近觀史竊所載改稱檢討，遂從之。

西河文集卷八十一

蕭山毛奇齡字初晴行十九稿

傳九

列朝備傳

李夢陽

李夢陽字獻吉，生時，母夢日墮懷，以爲吉也，名字之。世爲開封扶溝人，其曾祖戍慶陽，死，家焉。而父正爲周王府教授，則仍還開封。夢陽束髮就河南試，不利。年十八乃以故籍走試陝，陝場且閉，夢陽大言曰：「塲無解元，何爲閉也？」主者奇其言，試而納之，遂以慶陽籍中弘治五年鄉試第一。明年舉進士，連中，授户部主事，遷郎中。

嘗治關，立通商法，痛格勢人求。勢人不便，搆下獄，尋釋。十八年，應詔上書，陳二病、三害、六漸不可長，凡五千言贏。中言：「神機三千，五軍三營兵數十萬，至正統己巳，纔數十年間，僅拔得一十二萬，爲十二團營。而今則料衆北伐，不彀三萬，腰鞬弓刀不全，騎士牽露骨馬，官不恤其軍，豪勢侵蝕，食之增而用之寡，是兵害也。且夫騰驤四衛者，非今所謂內兵耶？外官既不稽其數，而征役不調，富豪而氣驕。夫以內官之貪狡，而率富豪而氣驕之人，其爲害可忍言哉？是必查往年李玉事例，仍置總兵官參掌內兵，而禁團營把總、號頭等，俱不得置私人，而後積弊可徐銷也。」又言莊場之害：「曩時，直隸拋荒田地，聽民開墾，未嘗起科。今輒指之爲官田，皇親家聽無賴投獻，而朝廷復允其請，占其田土，犁其墳墓，撕伐其樹木，民則何堪？且薊州牧馬草場與百姓爭阡競畝，尺分而寸剖之。百姓連年坐勾攝，轉相牽聯，廢本業。以尺寸之地失黔首心，乞勅户部查。景泰六年，勘官馮譚奏内事理，以前項田土仍給民徵租，但以空閒草地牧馬便。」末又言貴戚驕恣之漸：「夫皇親，至戚也，然必以禮防之者，則保全而使之安也。今陛下至親，莫如壽寧侯；所宜保全而使之安者，亦莫如壽寧侯。壽寧侯招納無賴，罔利而賊民，白奪人田土，擅拆人房屋，强擄人子女，開張店房，要截商貨，而又占種鹽課，横行江河，張打黃旗，勢如翼虎。夫川潰則傷衆，萬一法行，陛下雖欲保全而使之安，焉得乎？此非所以厚張氏也。」書上，侯奏辯，謂夢陽罪斬十，其最著者，斥皇后爲氏。時張皇后寵有權，皇后母金夫人日夜泣帝前，帝初令回話，不得已，乃下詔獄。掌詔獄者牟斌爲夢陽具牘，議罰俸，左右請杖之，不許。金夫人復請帝，帝不懌曰：「張氏謂張家也，張家皆后耶？」推案起。帝初與劉健、謝遷論夢陽，謝遷曰：「夢陽心無他，所謂欲効忠於陛下者也。」至是，帝語劉大夏曰：「或謂我杖夢陽，推其心欲殺之耳，吾能殺直臣快左右心乎？」當是時，天下賢孝宗，而慕夢陽之爲人。

故事，館閣習文翰。夢陽以諸郎倡起，號召爲詩古文詞，館閣笑之。顧夢陽所爲文，鳳矯而龍變，旁若無人。同時何景明、邊貢、徐禎卿、朱應登、顧璘、陳沂、鄭善夫、康海、王九思，號十才子，而夢陽則更以氣節超諸郎間。嘗遇壽寧侯大市街，乘醉數侯過，雜罵舉鞭梢揮擊之，落二齒，侯隱忍去。正德改元，堂上官韓文每退朝，輒與曹屬語閹等而泣。夢陽進曰：「公大臣，不除君側奸，徒泣何也？」文曰：「吾亦思除之耳。」夢陽曰：「除之則何必泣？夫閣中皆顧命臣，公所知也。今言官劾瑾等，閣臣持其章甚力，將必除之，特其機未釋耳。公誠能手疏帥百官伏闕下争，則勢成，勢成則機釋，機釋則一發而殪。是合諸公卿，内外比掌而拊一蝱也，過此勿再也。」文曰：「善！君爲我草疏，然疏勿文，文則勿省；勿長，長則勿竟。」草具，文懷之入。會語泄，中變。健、遷並辭去，文坐落職，而以疏草爲夢陽所爲，謫夢陽布政司經歷，勒致仕。既而羅織夢陽事，械繫之，論死。賴康海救，得免。語具海傳。當是時，天下人人稱夢陽，顧夢陽益喜自負。

瑾敗，起江西提學副使。甫到官，與總制陳金約曰：「公治軍，夢陽治諸生，無相尼也。」舊例，監司五日一會，揖御史所。夢陽不往，日教諸生砥氣節，毋諸生就上官謁，❶諸生謁上官，雖都御史，毋跪，但長揖，上官毋許加諸生者。時御史江萬實與諸生迕，夢陽拽黑縲帥諸生親往，鎖萬實。會淮王府校争諸生於途，夢陽途笞之。淮王奏聞，適以所奏下萬實按狀，夢陽乃訐萬實，雜奏下陳金。金檄布政司鄭岳勘之，夢陽疑岳祖萬實，因復訐岳。時逆濠重夢陽甚，而岳以迕濠，濠爲夢陽執岳，吏令報

❶「毋」下，四庫本有「許」字。

岳子沄與群吏通賍，奏聞，繫沄掠治。而參政吴廷舉謂夢陽侵官，亦上疏論夢陽掛冠。而吉安知府劉喬嘗殺一諸生，爲夢陽所持，亦互訐劾。喬乃手僞疏一通示萬賓，曰：「此非公劾陳金疏耶？」夢陽僞爲之，將以惡公於陳公。」而復示金疏，以激怒金。金乃還所下，不復勘驗。更遣大理卿燕忠出治，諸生數萬環廣信獄。忠至，召夢陽入，團手据案罵。罵已，且誚且讓，謂夢陽未講老氏，無學問，不知雄而守雌。遂還奏夢陽欺凌僚屬，挾制撫按。敕冠帶閒住，還里。而岳、喬以賍私削籍，充岳子沄戍，廷舉擅去官罰俸。

夢陽嘗作書，上座主楊一清曰：「陳士賢曲庇諸生，諸生有爲盜者，舍勿問也。敖静之拳毆唐御史，唐御史憤死。楊繼宗罵賍官不去口。雍世隆爲按察使，途辱知府；爲都御史時，鞭參將。當時數公，人莫加惡名焉。夫激濁揚清之中，當寓扶陽抑陰之意，使知朝廷有不可罔之法，天下有不可詘之節，古今有敢爲之男子，無能逃之法吏。夫然後懾伏勢雄，繫涣散而泯亂階也。」夢陽既家居，賓朋日盛，嘗從汳洛少年射獵晉丘、繁臺間，自號空同子。海内慕空同子名，多造廬請，顧時時以侮嫚謝去。五年，御史周宣論夢陽親濠，逮詔獄。大學士楊廷和、刑部尚書林俊解之，得免，乃以爲濠作《陽春書院記》削籍。先是，夢陽有甥曹嘉，能文章，以御史諫武宗南巡，廷杖。其負氣陵轢，人嘗謂其似夢陽。至是，以抗諫謫四川茂州判，過夢陽，相對慟哭，同爲《謁逢干廟詩》以見志。子枝，進士。

論曰：聞之燕忠責夢陽曰：「方君彈壽寧侯時，斷螯搤猛，動至尊之心。及其爲韓尚書草奏，忼慨抽筆，氣陵朝宁，庶幾李元禮、范孟博之流，而惜乎不講于道也。」旨哉言乎！《語》云「鉥以礪缺」，夢陽砥名節，矯厲太過，遂流爲悖慢而不之覺，坎𡒄終其身，悲夫！明初，金華諸子開藝文之門，蓽路藍縷，而夢陽、景明繼之，大起古學，鬱然爲文章，當時已遂有蓋代之目。乃自是以後，振焱揚波，非不甚盛，然終明之世，究無出其右者。舊傳《弘德集》《空同子》諸書，後彙爲《空同集》六十六卷，所當與李、杜、柳、韓争雄長矣！

附録　夢陽與鄭岳相訐時，濠左袒夢陽擠岳者，而年譜反稱燕忠出勘，承濠風旨，公且不測。獨何景明上書冢宰楊一清，乞爲申解，遂得閒住。此欲出脱夢陽比濠一節，而故稱濠擠夢陽。年譜之護衛過當如此。

繁臺即吹臺。諸書稱夢陽射獵繁、吹兩臺間，雖錢牧齋《列朝詩集》亦然，何其疏也。

瑾欲官康海吏部侍郎，海力辭免。諸書稱欲官夢陽吏部，此是因海而誤之者。瑾此時欲復官夢陽，則未可知，然非吏部也。

年譜記夢陽甥曹嘉以諫謫四川茂州判官，而《名山藏》謂抗論楊廷和、喬宇、彭澤，因列廷臣五十八人爲四等，坐貶昌邑知縣，兩不相合。考《空同集》有《送甥謫四川茂州判》詩，豈昌邑之謫，又在茂州之外與？姑記此以俟考定。

仇鉞

仇鉞，鎮原平泉里人。以傭卒給事寧夏總兵府，總兵者愛之，使之襲仇指揮職掌其兵，遂爲江都仇氏。既而戰甜水河，有功，陞僉事。正德二年，用楊一清薦，充遊擊將軍。五年，寘鐇反，都指揮何錦、周昂、指揮丁廣等從之，殺守臣，以討瑾名舉兵。鉞駐大壩聞變，將東行。時反者預撤黄河渡船於岸西，以拒來者，而參將楊英屯河上，復盡奪船歸東岸，使反者不得東。鉞東西望間無如何，顧念妻子在賊中，遂從大壩歸，垂弢覲寘鐇，詐稱病發，急分所將兵隸賊營，掩宅卧。于是賊時時就計議。會與武營守備保勛家陷賊，遣蒼頭泅入，駕言楊英等合諸路兵將渡河，鉞聞之大喜。乃謂錦、廣宜急出守渡口，遏東岸兵，勿使渡。且横城堡近河，聞有決河灌堡者，非固防之，恐倉猝未可狃也。錦愕然，急偕廣傾營東出，昂獨守城。鉞又稱病亟，昂問病，鉞猶堅卧呻吟，言旦夕且死。蒼頭驟起，捶殺昂，離之。鉞乃披甲横刃提其首，躍馬出門一呼，諸遊兵壯士坌集。遂圍安化府，擒寘鐇。而城外兵聞之，俱反正，縛錦、廣獻。自寘鐇舉兵至此，凡十八日敗。先是遣將時，議以鉞爲副總兵。既而傳鉞在賊中，悔之，將追敕。未幾捷聞，敕署都督僉事，佩征西將軍印，鎮守寧夏。及論功，封咸寧伯，歲禄千石，與世券。

七年，霸州賊趙鐩等寇河南，横甚。命鉞討賊，稱平賊將軍。鉞督副總兵時源等涉河而進，敗賊七里岡，乘勢四追，斬獲四千八百餘人，乃擒鐩于六安州。無何，山東賊劉七等從河南流剽入湖廣，復命鉞進討。時賊已沿江下至鎮江，退保狼山。鉞駐兵鎮江，而令諸將劉暉、郤永等分軍並進，與賊戰，大敗之。賊自崖趨下，將奪舟，官軍乘之，七溺死。進侯，增禄千石。八年，大同警，復命鉞以平蠻將軍禦之。未至，警息。先是，鉞從江南還，即乞去，前後凡十三疏。至是以病歸。時帝好武，每御豹房，召諸將入侍，鉞辭不入。十五年，世宗入嗣，以言官薦起鉞，提督三千營，掌前軍都督府事。卒，謚武襄。初，鉞歸田間，剽者指之曰：「此仇游擊莊也。」斫而入，鉞暗中注鏃，無一虚者。子恩，病。孫鸞嗣侯，以罪誅，有傳。

論曰：鉞，傭卒起家，以功封侯，偉哉！雖狐雛組火，扑手易滅，然而智略遠矣。惜乎，嗣之者之隳其績也。世傳鉞有謀，審于料敵。自從軍至侯，大小數十戰，未嘗不利。邊人每言鉞一出而綵繒估倍，言功賞多耳。至若辭疾屏居，避勢晦跡，以終全其名，則雖古名將何加焉。

附録　諸書皆稱仇鉞江都人，惟趙時春爲《仇鸞本末》，敘世系甚詳。時春同鄉人，與鸞頗密，故知確爲平泉里人。第他書稱寧夏者，亦有之。至若楊廷和爲墓志，稱江都，實録亦稱江都，則原狀既冒姓，其無能改正，不足怪耳。

寘鐇殺守臣，實録作鎮守太監李增、少監鄧廣，而《昭代典則》稱太監趙弼，無據，今略之。

實録稱賊撤黄河渡船于横城岸西，以絶來者，不記官兵奪船一節。惟《昭代典則》稱廣武營指揮孫隆焚兩壩，掃捲河舟，盡歸東岸，使賊不得東。《仇鸞本末》又稱陝西總兵曹雄、靈州參將楊英盡收黄河船濟師歸靈州，二書不合。攷實録敘靈州奪船功則官軍奪船洵有之；但其牒稱副總兵楊英、遊擊史鏞率都指揮韓斌、陳恂、尹清、鄭廣、吴山、韓逵、李完、韓連、蘇勇、黄正，鎮撫温良，副千户郭春，凡十四人，並無孫隆名。若曹雄，則陝西總兵，以擒寘鐇之次日，援兵始至，安能奪船。故知二書所記皆謬也。

諸書載鉞殺昂後，皆云鉞奪城門，擒寘鐇，大謬。斯時鉞與寘鐇皆在城，何奪門之有！

墓志載鉞討趙鐩賊，止言先聲奪之，而不及六安之降。及討劉七賊，則反云襲破之于六安，是誤以趙鐩賊爲劉七賊矣。六安是趙鐩，與七無涉。時趙鐩賊中有劉三者，亦指名，豈誤三爲七故然耶？

涂　禎

涂禎字賓賢，新淦人。弘治十一年進士，知江陰縣。舉卓異第一，遂擢監察御史。巡長蘆鹽，復命。時瑾用事，御史有獻割没銀者。因以責禎，禎無有。瑾怒，下禎獄，然猶望其獻也。遲之，禎終無有，矯旨，杖三十，戍肅州衛永遠。以坐杖重，未行，卒。先是下獄時，江陰民痛禎，願合錢贖禎，如御史所獻銀數。禎不許，遂遇害。

王承裕附王恕傳後

承裕字天宇，兒時即重厚如老儒。七歲能詩，成化二十二年舉于鄉。始婚，自著《婚禮用中》，呈父擇用之。弘治六年登進士。時父恕致仕，即歸養，授徒于弘道書院。正德初，歷諸科給事中，以正直名。有時政、先務、勤政、任將等疏。逆瑾用事，以上書罰米三百石，輸邊。八年，陞太僕寺少卿，奉命點視京營馬疋。十一年，進本寺卿。上偶降旨大閱，用戰馬二萬疋，皆應命，時以爲能。既而陞南京太常寺卿。嘉靖元年，以憂闋補任。無何，陞户部右侍郎。卻其舊例公堂銀千兩貯庫。言官論禮部尚書席書賑濟不明，往勘，當上意，欽賜睿筆「清平正直」四字。六年，陞南京户部尚書。奏鈔關商税羨銀解京，查累歲逋租至一百七十萬石，而還收貯所羨銀凡四萬八千餘兩。七年致仕。卒，謚康僖。論者謂能繼恕業，一如范忠宣之嗣文正者。承裕體肥澤，廣額豐頤，性孝且友，能悦親養志，教人以禮爲先，凡弟子家有喪祭事，必命率禮而行。所著《婚禮用中》與《論語蒙讀》《談經漫語》諸書，共若干卷，合詩文集行于世。

伍文定　邢珣　徐璉

伍文定字時泰，松滋人。父琇，官貴州參議。文定年二十，以弘治十一年進士，授常州府推官。剛直好斷，與提學御史抗，諸生群捶之，幾斃，猶曳衣襬行鑠鑠然。

正德初，陞成都同知。以忤瑾，追誣在常州時勘魏國公徐俌爭田失實，逮繫詔獄，勒爲民。瑾敗，補嘉興。桃源賊寇開化，檄文定與指揮他知府追勦于江西之淄田。指揮他知府皆敗被擒，而文定獨能斬賊首及其黨一十二人，而全其軍。未幾，擢河南知府，計滅河南賊張勇、李文簡等。乃以江西吉安多盜，調吉安。到日即奉贛撫王守仁檄，擒永豐寇賴招壽。而大茅山洞賊方熾，隨勦平之。宸濠反，文定已城守，值守仁還贛，道吉安，文定帥健兒迎之峽江，控纜請曰：「賊悖逆不道，自取橆絶，明公舉義旗相嚮，何讎不克？第燎原之熢利于蚤揃。明公何不即起兵吉安，先此大事？」守仁初西行，尚思還贛整軍旅，而後聲討。及聞其言，大喜，遂與乘夜返吉安，閉門草檄，集兵食繕甲，旬日而具。文定告社，設孫燧、許逵位，爲文哭之，動衆心，舉兵至樟樹。知府邢珣等各以兵至，合八萬餘人，號三十萬。分隊七，令各攻一門，而以文定爲先鋒，攻廣潤門。時濠去南昌，守未固，砲門，門者走，遂攻門入。既而追濠及樵舍，濠反兵鋭甚。會知府鄭瓛逃歸自賊中，詣文定營，語狀。文定乃乘夜帥所部先進，徐璉繼之。時濠舟蔽江面，前後數十里。文定進戰不利，舉砲以風逆燎鬚，灼左臂，衆卻。文定遽引退，賊乘勢追之，至黄家渡，賴援兵解去，乃與濠隔江而軍。濠舟聯岸爲方陣營。時北風烈甚，忽反風，有請火攻者，文定不應。既而請者衆，文定怒曰：「風善變，南北未可定，而欲狃赤壁成事以擾軍政，何耶？」衆不敢言。文定乃密啓守仁，爲火攻具，募舟四十艘，填藁灌油，勒竟夕辦預。分隔江軍自下流潛渡，繞出濠舟後伏之，而更以他軍補隔江軍，平明火發，諸舟乘風入，文定帥衆隨之，頃刻薄濠營。先夕，濠令人誘降，惟不赦守仁、文定二人，餘待以不殺。至是縱火，人人殊死戰。濠舟膠淤沙，舳艫聯絡，倉卒不得發，又蓬笮多葦竹，火及輒爁，烟焰蔽天地，焚死無算。而伏兵復起鼓譟，邀擊其登岸逃者，濠大敗，乘他舟遁，既而就擒。論功推第一，進江西按察使。閹人張忠帥禁兵討賊，賊平無與，忌其功。因見脇跪，不跪，執而撻之。乃乞歸。嘉靖初，起廣東右布政使。以平濠功，陞南京都察院右副都御史。久之乞歸。既而起兵部侍郎、右都御史。雲南土司鳳朝文反，加兵部尚書，督雲、貴、川、湖四司軍務，兵未至而朝文死。時芒部多不靖，文定欲乘勢勦之。四川巡按戴金力言其不可，遽降旨罷兵，召文定。文定復乞歸，卒。當文定勤王次樟樹時，贛州知府邢珣、臨江知府戴德孺、袁州知府徐璉，各以勤王兵赴吉安軍。其後論功，惟文定授副都，而珣與德孺與璉三人者，皆以陞左布政使致仕。而德孺死于水。

邢珣字子用，當塗人。弘治六年進士，嘗爲户部員外郎。以忤瑾，褫職爲民。及起南工部，會歲歉，宫寢營建輸辦不給，而中貴人敕織造襬衣樂器，累費數萬，且督趣甚緊。珣劑量供繕，悉準以法，中貴人無如何。

正德九年，出知贛州府。贛壤接閩、廣，嶺嶠險絶，有劇盜滿總焚剽爲害，久不能制。珣下車即親詣峒穴，推誠而撫諭之。總率衆歸降，且願效用他盜，翻藉以抵禦。于是立古鄉社約，大新學宫，修復鬱孤臺。會都御史守仁檄勦横水、桶岡、浰頭諸賊，調官民兵萬二千人，分十哨，以珣領之。是時將進兵，議先桶岡。珣獨謂「桶岡諸巢爲賊境咽喉，而横水左溪實據心腹，今湖廣徵兵未集，賊不爲備，不若出其不意，速擊横水，而然後移之桶岡，蔑不濟矣」。守仁是其言，遂破横水，進桶岡。時守仁陰遣人説賊使降，賊猶豫間，會大雨；珣冒雨進兵，賊潰走。乃以平賊功陞俸二級，賜鏹金、文綺。十四年，濠反，遣使賫重貲誘滿總等兵助逆，總執使戮之，將其貲幣詣府。珣大喜慰勞。會守仁偕文定起義兵吉安，珣即日部兵與總赴之，次樟樹。時諸府兵徐璉、戴德孺等皆至，同抵南昌。諸兵入城縱殺，珣立白守仁，令禁之。既而戰樵舍，文定先進不利，返之黄家渡。珣倉皇馳援，率滿總執大旗麾兵，進刺其渠帥，追斬數十人，賊勢稍卻。然後隔江陣，文定以火攻直入而珣擊其左，濠擒。陞江西右參政。世宗入嗣，首議賞格。會有嫉守仁功者，嗾言官論沮，削其世券歲禄。而一時勤王諸臣，斥廢殆盡。珣陞左布政，乞致仕。既歸，口不言功，有問者亦不答。嘉靖三十年，南昌人立報功祠于學宫之左，專祠守仁，而以珣曾白守仁禁殺，得配祀，他不與焉。

徐璉字宗獻，朝邑人。弘治十一年進士，由户部出知袁州府。濠反，守仁偕文定起義兵吉安。璉聞，謁守仁歸，而召民兵五千人，與臨江知府戴德孺、贛州知府邢珣同以兵會吉安軍，從之下南昌，遂躡樵舍。時濠勢甚盛，璉師寡，守仁署璉爲衝鋒官，與文定俱。文定先衆擣濠軍，璉繼之，不利。濠乃懸重賞厲士，盡發九江、南康兵以益軍。守仁陰囑文定爲火攻，而令珣擊其左，璉與德孺擊其右。濠敗，璉所獲賊計一千二十八級。守仁疏其功，次文定，進參議。既而論功，陞左布政使，候缺。逾年乞歸。後守仁受封，白璉功。文定進右都御史，亦請以己位讓璉。時尚書霍韜等復奏論璉功未酬。帝命御史王鎬核之，以實聞，俱不報。璉退居後，絶口不言功。所著《玉峰集》《群書纂要》共若干卷。

論曰：文定以文臣勦賊，不減守仁；而勤王之舉，則守仁實賴之。雖守仁忠果自有成算，然初下南昌，繼擣樵舍，卒之火攻制勝，陰定計議于俄頃之間，豈懸瓠之捷，非李愬不爲功與？邢珣、徐璉同時並起，偉伐未酬，均就閒散。夫功立而忌生，事定而謗興，在守仁已然矣。

附録　伍文定墓誌稱，濠薄兵江上，安慶被圍，文定士卒殊死戰，賊敓漸遁，乃夜引兵入省城，則先戰樵舍，而後破南昌，誤矣。且稱守吉安時勦賊，反遣桶岡、永豐諸賊，而爲南京都御史時，則反稱其平海寇，皆屬不合，今考正。

徐璉爲西安朝邑人，一作武功，誤。

徐璉墓誌稱虔州知府邢珣同以兵會，「虔」字是「贛」字之誤。

西河文集卷八十二

蕭山毛奇齡又名甡字春庄稿

傳十

列朝備傳

馬中錫

馬中錫，字天禄，故城人。三歲識字，七歲能爲詩。父偉，唐府長史，以直諫忤王，拲械來京。中錫方毁齒，隨母徒跣訴闕下，事得白，見者憐之。

成化十年舉鄉試第一，明年登進士，授刑科給事中。萬貴妃弟通驕而侈，中錫疏斥之，予杖。再疏，再予杖。公主侵畿甸民田，奉命往勘，以其田還民。乃劾中貴汪直不法十數事，直怒，使賊曹詗其門，無所得。滿考調雲南僉事，以憂去。服闋，改陝西，督粮延綏。革歲例，不受一錢。弘治二年，遷提學副使，入爲大理右少卿。南京内守備太監蔣琮豪鷙，擅誅殺。怨家上其事，累治不决。中錫請按之，抵琮于法。八年轉左，九年陞右副都御史，巡撫宣府。革鎮守以下私役工匠，使隸尺籍。凡芻粮、馬匹舊爲勢家所奪者，悉歸之官。會北部入寇，督軍擊卻之，斬首五十九，獲馬二百。賚金幣。尋引疾去。武宗即位，以薦起撫遼東。勢家所佔屯田便利者積數百頃，役卒以畊。而卒所受皆虚籍，益復爲勢家賠畝税。中錫疏于朝，奪田給卒，而除其虚籍。鎮監招商市馬牟民利，諸弁效尤，各爲立草行魚户，設斪投責。中錫密覈之，一裁以法，且謫其尤甚者，遼大治。正德元年，召爲兵部右侍郎，尋轉左。有朱嬴者，瑾黨也，冒邊功勾陞，蔓列無賴，脅兵部爲之請。中錫持不可，瑾大恚，矯旨改中錫南京工部，尋勒致仕。家居越一年，恚未已，忽内降謂遼倉米損腐，減軍積，前撫不職，就家鏁捕，送遼東獄，變田廬償米，削其籍。

五年，瑾誅，起巡撫大同。會河北賊劉六、劉七與趙鐩、齊彦名等前後倡亂，流刼山東、河南間，屢勦不效。廷推中錫爲右都御史，提督軍務，與惠安伯張偉統禁兵討之。中錫至軍，謂：「盜本良民，由酷吏甯杲與中官召賄相激成，❶人豈無良？吾當推誠以收之。」下令賊所居勿捕，所過勿邀擊，飢渴給食飲，視如估客，降者待以不死。賊初聞讙譁，戒勿殺、勿焚、勿椎埋。行且就撫，顧猶豫無成説。而偉紈袴子，將吏承中錫風旨，卸手觀望。賊大熾。值武清賊宫太保與劉六合兵犯天津，副史陳天祥擊敗之，獲宫太保，上其功。中錫遂于是時進左都御史。然賊流漫衍，六從河南還山東，而鐩與彦名則由江西流入湖，仍返河南。當是時，諸府縣官軍間能破賊，而賊善衝突，往來儵忽。後之稱「流賊」，自

❶「召」，原作「名」，據四庫本改。

此始。中錫復縱之，賊勢已成，然後不得已，主兵者謂禁兵弱不足辦賊，請調宣、大、延、綏諸邊兵，聽中錫節制。顧中錫欲戰，則非其意；欲撫，則時嚮時背，終不得要領。雖其後亦稍悔之，然終負成臆，不即變。先是，賊攻棗強，中錫遣救之。失利，賊屠棗强去。知縣以下死者七千人，中錫有創心。至是，賊稍挫，邊兵所至皆克捷，已追劉六等南徙至德州桑園。中錫舉轎入賊營，反覆慰諭，與之宴。賊且拜且泣，遞起爲壽。劉六慷慨請降，劉七仰天咨嗟曰：「騎虎不可下，今内臣柄國，人所知也，馬都堂能伸其約乎？」會賊有自都還者，探中貴無招降意，徑去，焚掠如故。獨至故城，戒毋犯馬都堂家。由是謗起，謂中錫通賊，言官交章劾中錫，降詔切責。已，中錫仍以乞降請。尚書何鑑謂賊誠解甲則貰死，即不然毋爲所愚。既而不然，鑑遣侍郎陸完代中錫。議中錫與偉受命徂征，乃計護身家，不以一矢相加遺。師老則詘，仍倡爲招撫之説，爲賊所謾，致賊破郡邑、擄男女、燔漕艘，洒邊郊保，震驚京師。罪在不貰，逮下刑部獄，論死，死獄中。

十一年，巡按御史盧雍追訟中錫冤，謂賊實聽撫，僉事許承芳忌之，陽請益兵疑賊心，及賊已受約，尋至軍門，而檻車已就道矣。朝廷是其言，復官，賜祭，廕一子監生。

鄒　昊

鄒昊即馬昊，寧夏人，宗大其字。其先本鄒後，而冒馬氏。少喜揮霍，長身驍捷，善射。弘治十二年，由進士爲行人。正德初，選授御史，遷山東僉事。尋以御史時忤瑾論罪，謫真定推官。降夷騎多爲盜，剽攻，人莫敢呵。昊懸賞募善射者，不數月，游徼卒皆善射，遇降騎剽攻，輒獲之，盜乃止。瑾復用前罪，謫判開州。時真定吏民感昊恩，伏闕留昊，上許之。

六年，川賊藍廷瑞、鄢本恕方劇，合四省兵進討不效。以昊才，擢四川僉事。昊至，閲所部，笑曰：「將不知兵，其何以戰？」于是擇驍卒千人，分四隊，隊各立長，教之。會賊方四應，本恕寇江津、綦江，進薄重慶。時昊方駐重慶城，乘夜出百騎，舉火擊賊。賊驚潰，相蹈藉。昊乘之，斬首四千級，軍中皆賀。昊曰：「何賀？尚未見大敵也。雖然，宜及鋒用之。」遂并合玀猓土兵，直前搏賊。賊方陳左，而伏兵于右爲應。昊以正兵當左，而身率百騎直擣其伏，伏潰。復趨左，左亦潰。于是合擊，火其柵，大破之，斬首捕降者近萬人。西奔婺川，而別將所獲獻俘。進副使。是時，廖麻子、喻思俸再寇川北被創。川撫高崇熙舊主撫，至是復招之。賊要質駐臨江市，且勿徙市民。崇熙輕信，遽請之。兵部睗復，已有成議，昊乃力争之，謂：「是地爲全川咽項，上達重、敘，下連湖、湘，今悉已委之賊，是絶吭也。夫飢鷹之附可信乎？」崇熙不聽，昊乃立賞格，飭部伍觀變。會彭澤以總制調土漢兵會勦，崇熙請散還，而遣副使張敏買臨江田宅插賊。賊囚敏，屠臨江市，官軍與戰皆敗績，遂圍中江，逼成都，畏昊不敢東。崇熙懼，急檄馳援，昊乃提勁卒五千赴救之。賊聞昊至，皆散去。時土漢兵既遣還，而官軍又無可用者，乃始請邊兵辦賊。擢昊右僉都御史，代崇熙，與彭澤、時源共追賊，至平壩，賊潰爲二。廖麻子奔羅江，昊遣指揮閻勳捕斬之。而喻思俸奔金堂，北走陽平，復由昭化渡江還，趨東鄉，招鄢、藍餘黨自益。時源方卧病，昊乃言于澤曰：「東鄉山險，不便騎射深入。賊爲主，非計之善。幕下誠能統諸軍，使昊得據險遏出入，賊困，可不戰詘也。」澤從之。昊以一軍軍九真，諸軍環向，賊窮蹙，降散殆盡。思俸遁，追及之于竹木溝，負十創死。時遂寧、渠縣諸盜皆視思俸爲進止，思俸敗，衆散，賊首駱崧祥、范藻皆相率就擒。因以平賊功進右副都御史，巡撫如故。

其明年，西部亦不刺寇松潘。昊與副將張傑謀，招大信、小信土番爲間，取道夜襲之，亦不刺遁去。加俸一級。烏蒙芒部所屬葛魁諸寨與高、珙、筠、連接壤，僰羿、苗仲、猓猓居其中，僰人普法惡者，蓄妖術，僭號，煽諸蠻叛，富順謝文禮、文義應之。指揮杜琮出與戰，敗績。文義手奪琮胄去。千户胡翔、百户潘輔皆戰死。昊乃督指揮曹昱統官軍討之，賊大敗，降者萬計。乘勝搗其巢，法惡率衆保青山寨。昊追及，望曰：「山高而無泉，絶其水道，當自斃。」乃分據水口，而闕南方圍待之。賊果渴，偵南圍薄，薄暮突圍出。官軍遮擊之，俘斬萬計，法惡中流矢死。諸蠻奔，昊撫定之。已班師，值珙縣知縣步梁承昊風旨，誘殺降蠻苗阿尚。而琮恥亡胄，檄諸蠻取文義頭，文義方激諸蠻變。昊又議吏增賦法。諸蠻遂大訌，集衆破高與慶符二縣。而琮匿不救，及昊聞，與張傑往討，乃大衄，官軍失亡者三千人。昊又移軍攻小東路番，而茂州核桃溝上下關諸番不平，並糾白别羅打鼓各寨生番以叛，殺吏攻城堡。張傑與指揮龐昇皆戰死。自黎雅以西天全六番，皆相繼亂。巡按御史盧雍、黎然先後劾昊，詔逮昊下獄，免官。世宗即位，以楊一清、胡世寧薦起復職，然與璁、萼殊不合，仍致仕去。久之，卒。當世寧薦昊時，其言曰：「昊方今名將，可用。松潘之敗，非其罪也。昊長于用兵，惟輕用其長，故敗。臣短于用兵，惟重用其短，故勝。」時謂名言。

論曰：磽磽者易缺，皎皎者易汙，豈不信哉！林俊始批逆鱗，繼殄劇賊，抑足以成名矣。瑾敗而進疏，以掩緘嘿之非，不已拙乎！昊所樹立，差足方俊，而松潘差跌，訖以不振，亦喜事之鑒也。俊爲僉都御史時，李承勛方爲部郎，俊語之曰：「昔三原王公在南都，無一日無賢士大夫在門。今吾豈不能詘己耶？何賢者之不至也？」承勛因問俊所交賢者幾何，俊以張敷華、楊一清、楊廉對，且論其長短。承勛曰：「于公何如？」俊遜謝，以質承勛。承勛曰：「公生平所言，多節義文章，而未嘗及學問。意者所長在彼，所短在此乎？」噫，是可以得俊之爲人矣。此似林俊馬昊合傳論，今缺俊傳。

洪鐘

洪鐘字宣之，浙之錢塘人。成化十一年，由進士授刑部主事。時進士習經生業，不諳練。鐘獨負實學，堂上官林聰重之，使之總諸司章奏，聲驟起。二十三年，江西、福建賊新定，奉使安置。既歸，上言：「福建武平、上杭、清流、永定及江西安遠、龍南與廣東程鄉，率流移混雜，習鬬争，以武力相高，故易亂，譬若群豺虎而失所檢，欲其無相攫噬，難矣。是宜及其平時，令有司立鄉社學，銷兵器，日教之詩書禮讓，以化其姦慝。」時謂之知本之言。

弘治二年，陞江西按察司副使，既而陞四川按察使。所在發奸摘伏，無所撓避。自土官宣慰司下，皆恪奉約束。時安氏世踞馬湖，恃力蔑朝命，爲一方患。鐘設策去之，而請吏治其地。九年，進江西右布政使。明年，轉福建左。又明年，陞都察院右副都御史，巡撫順天等府，兼整飭薊州諸邊備。

時朶顔猖獗，鐘建議增築邊墻。自山海關界嶺口西北至密雲古北口黄花鎮，直抵居庸，延亘千餘里，繕復城堡二百七十。且悉城沿邊諸縣，使各有所守。又奏減防秋官兵六千人，歲省輓輸犒賞之費以數萬計；毁永平陶窰，無令軍民有横役者奪民田；及牧圉草場之入于權貴者而悉還之。遠近大悦。然權貴人之扼勢失利者多未便，數短于帝。遂出爲雲南巡撫，尋改貴州。頃之召還，督理漕運，兼巡撫鳳陽諸處。

正德二年，陞右都御史，仍董漕政。明年，命掌南京都察院事，尋陞南京刑部尚書。又明年，改北京工部，復改刑部，兼都察院左都御史，加太子少保，賜玉帶。五年，特令出總川、陜、湖、河四省軍務。時沔陽、洞庭水寇丘仁、楊清攻掠城邑，其鋒甚鋭，官軍屢失利。鐘調土漢官兵統都指揮及宣慰舍人等分道進勦，乃敗賊于麻穰灘，擒斬八百人，俘獲不計，賊平。藍五、鄢老人倡亂，二三年間，烏合十萬餘人，僭稱王號，置四十八營總管，攻城殺吏。鐘與巡撫都御史林俊督兵進勦，賊敗求撫，然意在緩師不至也。及至，依山爲營，預邀裂營山縣地，且欲得旗牌官爲質，刼掠如故。鐘詳許之。會藍五以所掠女作己女，飾嫁永順土舍彭世麟以結驩。世麟白軍門受之，鐘令藍五所親鮮于金説五及老人帥賊衆王金珠等二十八人來會。伏發盡擒之，衆聞變，大潰。鐘遣諸路兵分道追勦，擒斬七百餘人，招降十餘萬，露布以聞。其後土官楊友、楊愛相仇，激爲變，衆至三萬餘，流刼重慶、保寧諸州縣。鐘隨調兵勦平之。朝廷七降敕奬勵，賜白金、麒麟服，進太子太保。未幾被劾，乞歸。進榮禄大夫，録其孫一人入監。嘉靖改元，詔進階特進光禄大夫、柱國，遣有司勞問。既而卒，謚襄惠。

論曰：孝宗嘗爲劉健、謝遷、李東陽曰：「洪鐘在薊州時，以潮河川開山，致損人命，故人論之不已。」時健、遷各善鐘，而東陽則極贊之。豈功之所集，其即謗之所興者與？孝宗又曰：「大臣須剛正有氣節。而人言鐘務卑諂，當退。第無實據耳。」夫鐘之城邊，史稱「民不知勞而官不妄費」。及其平鄢本恕、藍廷瑞賊，運謀設奇，一何壯也！蓋功實有據，而卑諂無據。然則論人者其亦務求其實據而可已。

附録　洪鐘誌銘爲王文成先生所作，頗爲可信。但其敘擒廷瑞處，較《實録》諸書稍略。今從《實録》。《分省人物考》以正德六年五月擒藍廷瑞，考《實録》是八月，不合。又兩加太子太保，俱訛謬之甚。今俱考正。

陳金

陳金，字汝礪，德安應城人也。成化中，繇進士知婺源縣。以最擢南御史，巡按浙江。弘治三年，改山西副使。巡撫張敷華檄金增河東鹽鹽，補宗人禄。會年饑，民他徙無守池者，金發帑賑招池丁歸業。不數月，課竣。居六年，遷貴州按察使。已，調雲南。父老遮道留金，金揮扇卻之，父老持其扇而泣，遂留扇都亭去。就擢左布政，督兵平竹子箐蠻，進禄一等。尋遷右副都御史，巡撫其地。時孟養思陸寇蠻莫，屢勦不定。金請合蠻兵大征，朝議不可。金使使諭之，即輸服，願返侵地一十三所。已，督貴州兵，破普安土婦米魯。進禄一等。滇池水溢，淅官民田。金以法疏濬，復田數千頃。召爲南戶部右侍郎。

正德改元，以右都御史總督兩廣。金故有幹局，喜建立。比至，則慕韓雍之爲人，多彷其制行之。柳慶、馬平、洛容獞叛，金集土漢兵一十三萬討之，分爲四翼，以總兵康泰爲帥，從柳州三江舖入，直拔其巢，斬首六千六百有奇，俘獲無算。以兵威風諭古田酋歸侵地，輸賦如他日。會斷藤峽賊阻山久，畏罪，願通江路自效。金喜，上其事，改名「斷藤」曰「永通」。因以功進左都御史，尋遷南户部尚書，復改左都御史，掌院事。未至，以憂去。

先是，江西盜起，有桃源、華林、東鄉、大帽諸賊久不能制。巡撫王哲坐失事，以董傑代哲。至是，兵部復議遣大臣總制，乃奪情起金官。趣令即家就道之軍，凡江西、浙江、福建、湖廣、江南北、廣東鎮巡聽其督發，三司而下悉受節制，餘郡縣長吏皆得以軍法從事。時大帽山賊大出，攻圍武平，連陷建寧、寧化諸縣。贛撫周南已破賊。金復督副使王秩等疏捕山谷，獲賊帥何積欽、劉斌、陳鳳球等，俘斬一千七百級，破寨二十四。會所調土漢官軍皆集，乃下令征東鄉賊。參議徐晟、都指揮陸潮與土官岑鑾、岑猛分道勦撲于熟塘、于南撩、于赤岸廕嶺，所至皆捷，斬賊帥徐珏五、揭瑞一等。前後俘斬以萬計，破寨二百六十有奇。是役也，目兵功多，然實性貪好剽殺，金不能御，致有縱賊取賂者。給事趙官劾金師出無律，詔切責。而是時，華林賊羅光權徧掠州縣，金檄參將趙鉞、按察使王秩、知府李承勛等討之。先後敗賊於局州、貴塘，擒斬千餘級。賊恐，分立仙女寨以拒官軍。副使周憲戰，拔之。復連拔雞公山寨。乃始移兵討桃源賊。參政董朴、吴廷舉、都指揮高賓分守要害，俘斬數千。而副將張勇復統諸目兵，毒弩機張，所向破竹，斬賊帥殷重十、洪瑞七等。金喜謂功在俄頃，值良日與諸將置酒，高會慷慨。賊偵知無備，悉捆所載賂諸目兵，乘夜遁。時賊已創甚，廷舉力追至弋陽。將及賊，而目兵所至攘攘，居民遮訴滿馬首。金乃大沮爲招撫計，會朝議亦厭兵，聽之。遂名降賊爲新民。即東鄉立爲縣，隸撫州，並立萬年縣隸饒州。州資給新民，使居焉。然後返擊華林賊，張勇復以目兵破其寨，斬羅光權等。金積前後功加太子太保。而新民王浩八叛，破萍鄉，執參政。廷舉賊勢復振，乃劾。召金還，削宮保，以俞諫代金。既而議者謂金功大過小，復所加官，請終制，許之。

十年起，再督兩廣。比至，首復鹽利，開鐵冶佛山堡，補南雄、潮州逋賦，定田州官田租，平海寇饒平外洋，而焚其僭用服物，聲大起。先是，府江諸苗有大小桐江、洛江、仙回、古茂田衝、斷藤峽、朦朧三黄，出入行剽，綿亘二千餘里，積久未服。金乃發兩江土兵及湖廣官軍征之，斬其酋王公珣等，俘斬萬級，諸苗定。會流賊龔福全寇連州、連山、樂昌，并討平之。捷聞，召還，加少保，復掌院事。時王璟、張綸並以左右都御史在院，金入而三，人稱金中都御史。居一年，請歸。又七年，卒。

金歷官至五十餘年，多在行間。所至以功名顯，顧劾者多言金茸闒多嗜慾競進。其征江西賊時，民謠曰：「土賊猶可，土兵殺我。」初開永通峽，民與蠻市，既而蠻有役民者，金不能禁。民大恐，時爲歌曰：「永通不通，來葬江中。誰其作者？噫，陳公！」其怨金如是。

俞　諫

俞諫，字良佐，桐廬人。弘治三年進士，授長清知縣。值旱饑，諫徒跣禱，且賑其不能存者，每歲首給牛種，勸之耕。以治最，擢爲南御史。同官有匿喪者，劾罷之。既而遷河南僉事。雪花崖賊吕梅聚衆亂，諫率兵擒之，而俘其黨。是冬，丁母憂。正德三年，起補山西。瑾嘗出内降遣寺丞取緣邊防兵爲他用。諫慮其叵測，白巡撫，寢不報。瑾怒，欲中以法，不果。遷江西參議。平大帽賊鍾仕高，以功進廣東副使。中道召爲大理右少卿，尋轉左。亡何，擢右僉都御史。治水蘇杭。時太湖浸渫，倡築圩塘以扞水，作歌諭民，民賴之。

已而河北賊劉七走江上。擢南右副都御史，專理搽江，備賊患。會東鄉新民王浩八叛，總督陳金被徵去。詔諫往代金，督兵江西，以便宜從事。時浩八自萍鄉流刼諸縣，衆復踰萬，轉入浙之開化，而石埭生章仁挾妖書與浩八合。副使胡世寧統新民艾茹七往擊，茹七亦叛去。會陶琰發所部兵，命參將李隆、同知伍文定等戰于華埠。賊少挫，遁還江西，陽乞撫。隨撫隨叛，殺千户鄧俊，連營十里。諫乃合大軍攻之，分遣王秩軍方家墩，胡世寧、高賓各據其山岡，吴廷舉從賊中還，軍武山右，斷其歸路，李隆與指揮賈鑑率大同兵乘夜冒雨前進，出賊不意，大破之，俘斬千計，遂獲浩八。而餘賊劉昌三等奔玉山，據隘，且復推浩三爲帥。諫督兵追擊，斬首二百，生擒五百餘，昌三與浩三殲焉。越兩月而有萬年之變。先是，陳金插新民于東鄉、萬年二縣，各設管轄。東鄉雖已叛，而萬年尚未動也。既而東鄉平，萬年疑勢必及己，而副使李情復嚴酷，獨胡念二者畏李鋐，屯餘干不敢發。至是鋐卒，賊首王重七素狡悍，遂鼓衆叛殺李情及指揮、千户、府縣官以下，縱火焚廨舍，諸賊響應。諫乃調湖廣官軍二千并永順土兵討之，獲重七。而茹艾七叛東鄉者，至是亦就擒。乃復討平臨川、安遠、新淦諸餘賊。論功進右都御史。既而，建昌撫賊徐九齡復叛。諫追討之，九齡奔湖廣。亡何，復還醴源。副使宗璽及同知汪穎、知縣吴嘉聰合圍之，斬九齡等，班師。上手詔褒慰，加秩一等。

先是，宸濠蓄異謀，聲言得上賜，欲撫臣以下朝服入賀，諫不可。且時治其左右之不法者，濠久嗛之。至是，諷所親御史張鰲山劾諫，言「江西劇賊，自用兵以來，日奏斬獲，其所奏之數日以萬計。誠如是，宜數月間賊無遺種。而乃至今未殄者，豈天之生賊過寅螘哉？虚冒之使然也。夫撫之而叛，所恃在勦。今勦之而愈叛，則我將安恃乎？夫賊久不殄，民盡爲賊，請罷諫，代以能者」。章甫下，而捷音至，得不問。既而南給事御史復追劾諫如鰲山，乃召諫還。引疾，以中旨奪官，家居久之。嘉靖初，用原官起督漕運，平河南賊之流淮上者。既而召入理院事，尋致仕。卒，贈太子太保，謚莊襄。

論曰：治盜無良法，斬艾不可盡也，又多傷良焉。而縱舍之，其能無蓄患乎？陳金、俞諫之功章章矣，乃皆被論劾，其所以處之有未盡善故也。雖然，文法之議，賢者不免。而史又云劾諫者，寧王爲之，然乎哉。

陳　天　祥

陳天祥，字元吉，吴江人。以武功左衛籍中弘治九年進士，授青州推官，召拜御史。正德改元，巡按雲南，遷西安知府。五年，以副使備兵天津。

當是時，河北賊大起，畿南州縣相驚以賊至。天祥練卒伍，塞要害，列營築堡，爲戰守計。六年五月，賊首宮太保突犯天津，鋒鋭甚。天祥親督兵迎敵，兵既習戰，無不一當百。自旦迄暮，大破之，擒宮太保及其黨。事聞，賜牢醴，進禄一等。尋以御史蔣瑶言，陞天祥少卿，仍駐天津，理兵備。未幾，條上六事。大抵以賊流山東，當遏其所向；德州守備必駐兵東陵、韓村，而後可以防河東；河間守備必駐兵故城高州，而後可以防河西。會劉六攻德州不克，將之霸州。臨行歎曰：「吾獨不敢犯陳少卿耳。」天祥聞其言大駭，謂：「賊雖徙霸，將必襲天津以牽制我。」于是益設備，分兵布伏，斷賊要路，凡通津往來皆植木絙鐵，使賊舟不得前。又慮賊衆我寡，急請都督張俊率千人待之。賊果至，天祥遂與俊夾擊，賊大敗，斬獲甚衆。乃以功進左僉都御史，領兵備如故。時吏部尚書楊一清謂天祥邊才，當歷駐他鎮以盡其能。而廷議謂賊逼畿甸，非得其人抵要地，則樊蔽單弱。故賊未即殄，天祥雖遷而不能去也。賊平，移撫貴州。會程番苗亂，天祥調各路土漢官兵分哨進勦，苗驚潰。遂破其寨，擒斬六千級。捷聞，賜白金、文綺。明年，召歸，理院事。宣大告警，廷推天祥督軍務。敵聞，遁去。天祥奏言：「守邊在設險，今雖禁伐林木，而豪强多闢山塲立莊田，以致邊無阨塞，宜勅令禁絶。」報可。既而敵又寇延綏，復推天祥以左副都御史，提督陝西諸路軍務，敵又遁去。詔賜九綵衣，加禄二等。尋徵還，已奉命理浙閩鹽政，道經吴江，卒于家。贈南京兵部右侍郎。

初，天祥按雲南，有左道號阿吒力朶兮薄者，自宣德間賂中貴授官，蔓延至今，輒聚徒數百人，祠鬼禹步相煽誘。天祥請發所司編管，如軍民例。時論韙之。天祥臨事能斷，所至有聲，其在天津功尤著。已而科道交章劾，賴上知天祥，得置不問，益委任焉。然天祥卒後，諸子争訟積貲至十餘萬，人以是疑之。

叢　蘭

叢蘭，字廷秀，文登人。弘治三年，以進士拜户科給事中，巡視光禄。上言：「禁中齋醮，係當年繼曉李孜省以邪術誤先帝者。陛下既已置之于法，而光禄供器，依然註備皇壇之用，是自誤也。請罷之。」報可。京師正月上元四月八日，軍民婦女多炫服行道路。蘭適以巡視，禁止。而太常卿崔志端自稱道流，不願受禮部統轄，蘭面斥之。會清寧宫災，以陳言請去，侍郎林鳳、巡撫錢鉞、太監梁芳、都督吴安等聞者心惕。時奉命揀選官軍，提督陳良請勿選守門者，蘭持不可。既而預選者仍充門軍，蘭復奏止之，言：「國初諸軍皆隸三營，其後選鋭爲十二團營，不應差役。既以邊方稍寧，凡土木之興，團營諸軍皆疲於奔遣，不習操練。往歲調大同，悉不堪用。今臣任操練，原許以專事簡掾，無復差撥。乃命下月餘而猶然被役，非所以示信也。」已，遷通政右參議，轉左。命經略邊關，自紫荆至倒馬。正德初，由左通政督理延綏邊儲。會有寧夏之變，上書陳十事。瑾惡之。及瑾敗，遷通政使，改左僉都御史，督儲寧夏。

會河北賊起，兵部言鳳陽陵園地，宜重臣防守。召蘭巡撫廬、鳳、滁、和，而其時歲饑，兼行賑。蘭至鳳陽，值賊已壓境。蘭督吏士防緣河津隘，而躬擐甲胄，❶先吏士馳擊，俘斬二千，溺死者以萬計。乃行賑，所全活又十餘萬。事聞，璽書嘉勞，賜金帛、牢醴，進秩一等。以邊警巡西路諸關，兼督宣、大，遂以右都御史總制其地。是夏寇轉急，詔京軍出禦，中官監之。而蘭駐陽和，節制諸軍。寇分道自偏關薄大同，進犯懷安，轉攻白羊浮圖峪，入宰武關，略陽和、定襄，復自萬全右衛從蔚州轉掠而南。蘭督軍追擊，陰使炊黍于諸堡，雜以毒，乃設礮石火矢于陽和天城，伏卒其傍。寇飢食，毒發。伏者乘之，中矢石奔潰。遂陳斬百人，而奪其牛馬什器。捷聞，顧與監軍者不合，薄其功。

明年，改督漕運。權貴不便者請罷漕，專理巡撫。中官劉允迎佛西域，過淮請見，蘭辭之。及濠反，蘭督兵江上，捕賊諜。武宗南巡，識蘭名，曰：「是爲總制時禦敵，嘗墮桑乾河者也。」蘭所治供張，不能當他郡十二，上不之罪。久之，遷南工部尚書。世宗初立，自陳求去，不允。御史陳克宅劾其附中官陰事。而其時治彬寧獄，法司亦有言蘭撫鳳陽時，阿奉失察，不宜處位。詔置勿問。既而致仕，給夫廩二年。卒贈太子少保。

論曰：明亡于流賊，而賊之流自河北始。趙鐩嘗教劉六爲影響，影勿使踐，響勿使追。天下有不宿粮、不薦居，而人猶得困以疆埸且詘以芻稗者乎？吾因地而食，官軍不能指民積；吾易馬而馳，官軍不能窮馬力。以故漂流蕩潔，展轉澒洞，而國卒以亡。然涓涓之始，誰爲濫觴，而卒抵于是？論者

---

❶「擐」，原作「環」，據四庫本改。

謂有明三百年間，凡三更賊禍，而勢若一轍。王振用事，則葉、鄧以起；逆瑾干紀，則趙、劉發難；魏閹厚毒，則闖、獻播烈。中人盗賊，氣類相召，理固有然。第當其時，則皆有指名自好、經術素媢者爲之耆定。故二正之間，自新建、咸寧外，若項忠、彭澤、林俊、馬昊諸人，由此其選。而啓、禎以還，則握廟算者，既非其人，即閫外驅馳，又不能無從流愈下、履扁愈庳之勢。則以人定國，謂非用世者所當鑒與！故平賊名臣，鉅細不一，而第彙其略可考見者，鱗比櫛次，以覘得失。若夫中錫風采最爲矯然，而過持偏見，遂致禍敗人國，幾不可拾。馬昊克敵制勝，略比韓雍，而松潘小挫，喜事之戒。彭澤、洪鐘、陳金、俞諫，皆能以勦撫並成功名，而議者多有。夫不詘不招，中錫罔聞；已降不殺，馬昊昧之。無尸無從者，不庸議勦；時嚮時背者，難以言撫。則陳金、俞諫輩皆不能朗然有所别識。故時與遇合，不必以人國僥倖，而尺長寸短，瑜瑕顯然。至若功名末路，幾于垂成，而物必敗之。前後相觀，儼若霤滴。雖忌之者實然，然而生平審處之際，亦大概可睹已。

西河文集卷八十三

蕭山毛奇齡字初晴又春遲稿

傳十一

列朝備傳

郭東山

郭東山，字魯瞻，萊之掖縣人。母夢吞鶴卵而生。弘治六年，登進士，知紹興山陰縣，以憂去。服除，補濬縣，薦第一。十六年，召入，授陝西道監察御史。首論英國，并以天象陳權倖、交通數事，觸時忌，奪俸三月。正德改元，使頒賞于陝西三邊。二年，出按宣、大二鎮。時邊寇犯獨石，宣兵畏縮，乃趣令進，而調大同兵犄角禦之。寇遁，追斬數百級。捷聞，賜金綺。如是者數。逆瑾亂政，邊儲歲一覈實。受命往察，有欲苛刻迎合者，東山執不可。瑾銜之。時巨璫開三廠偵事，勢焰薰灼。其昆弟厮養卒冒名尺籍，以邀功賞。東山在鎮，復裁抑之。于是奸黨搆陷，逮東山，詔獄被笞，免東山官。七年起廢，擢四川按察司僉事。鴇賊寥麻子、喻卙横甚，時以受撫插臨江市，既而復叛。朝廷命左都御史討之，而以東山爲監軍，由德陽至劍州，累捷。東山料賊勢必走潼川，伏兵起江。賊果至，半渡擊之，俘斬甚衆。及次射洪，遇前賊，親督行陣，斬右掖長不用命者以狥。諸軍奮勇，縛其首蠻端公，轉戰至牛山及三乂溪，連有俘斬，獲赳妻子及輜重。賊狼狽不支，轉而奔北。乘勝長追，行縢鐵澁與士卒共。賊計窮，乞降。十一年，擢副使，撫治東達。適僰彝普法煽亂，東山署川南道事，討之。抵葛魁諸寨，擣其巢，元惡授首，其烏蒙部諸寨亦隨宜撫輯之。奏聞，加俸一級，仍涖東達。十三年，擢右參政。以疾疏乞歸，卒。

張士隆

張士隆，字仲修，安陽人也。弘治八年，舉鄉試不第，携母妹就太學。卒業，遂與三原馬理講學。至十八年始由進士出身，授推官，入爲監察御史，巡鹽河東。當是時，光禄卿李良曾以女字劉健，孫諂健，既而健爲瑾所去，乃詐言女死，謀他適，士大夫多薄其行。而鹽法運使劉瑜貪狡壞法，人人側目。士隆劾罷良，復劾罷瑜，時皆快之。

正德九年，乾清宫灾，士隆疏曰：「陛下前有逆瑾之横，後遭薊盜之亂。既不知警，方且興居無度，狎暱非人，徹夜燕游，外見烟燎。内官取貨于外，武臣黷亂在位，扣尅軍糧，名曰進貢，織造龍幄，科害靡極。賢黜而奸進，翫至則患生。夫袞衣博帶之雅，孰與市井狡穢之群？廣厦細旃之娱，孰與邊徼驅馳之險？」不報。巡按鳳陽，織造太監史宣者，出荷黄梃二，列之騶前，名「賜棍」。有抗令者，輒杖殺之。自都御史下皆莫敢問。士隆按列其罪狀，疏之，令去。

暨還院，而大猾張順往隨中官使雲南，殺人，仍匿之京。雲南巡撫移逮甚急，不得已出官，押以二隸。至桃源，貨隸，招淮上病丐斃之，告順死，勘實給文，歸已二年矣。士隆疑其案，密廉之數月，乃忽得順于淮上，而坐之以辟。時廖鵬附錢寧爲奸，初兄事廖堂，僉守河南，積金如丘山。堂敗，又以鸞爲兄，謀子鎧守陝西，而己入錦衣理事。廖氏父子名隆隆起，京師元臣師保皆降席相接。士隆率僚屬疏劾之，其疏有曰：「堂前鸞後，兄弟擅勢；鵬内鎧外，父子作慝。鵬毒河南，既招群盜；鎧虐關右，必召邊釁。朝廷豈無他才，專用一家？兩省亦有何罪，罹此百害？」疏入，寧大限。會寶坻薛鳳鳴以罪削御史籍，無賴諂諸佞倖。而寧以通其妾，故尤曲庇之。嘗與從弟鳳翔訐，嗾緝事發其私，收詣刑部，論死。部疑有冤，并捕鞫鳳鳴，鳳鳴使其妾懷狀自殺長安門。狀聞，仍坐鳳翔死，而立出鳳鳴于理。且詞連寶坻知縣周在并素所讎者數十人，逮赴都察院，院長下士隆暨御史許完先後雜治。士隆乃重掠鳳鳴取伏，而釋周安等數十人。寧怒，令鳳鳴女告治獄偏枉，下士隆并完詔獄，復謫士隆判晉州、完判定州。時院中周鵷、潘倣等皆被議，悉賂寧，免。而士隆毅然獨行。

既而陞知州。嘉靖初，始復御史，然忌之者猶擬以知府缺用。尚書石瑶曰：「凡官居以資深超用，而謫者罷者反以淺資拘常調。是佞者常伸，而忠者常詘也。」乃以士隆爲漢中兵備副使。會漢中賊王大、王三、閻仲良結回回入寇，官不敢捕，所在立親識，急則投匿，號曰賊主。士隆至，首諭之曰：「能擒賊者爲良民，有功受高旌。不能即爲賊，至殺身，屠其妻子孫，而瀦乎其門。夫一反手間，而是二者于禍福何居?」民初聞之憬然,既而猶豫。乃取賊主怙惡者十家破滅之。于是賊主争獻賊,無一遁者。無何,卒于官。

附録 《獻徵録》《分省人物考》皆稱薛鳳鳴以殺人爲巨盜被逮,又夜自殺二婢子,置朝門外,懷牒訴其冤。而實録稱與從弟鳳翔有怨,收詣刑部,又使妾自縊長安門愬冤,與諸書稍異。今從實録。

楊旦

楊旦,字晉叔,福建建安人。太師榮曾孫也。登弘治三年進士,授吏部主事,歷郎中,以剛直聞。嘗考察京職有被黜奏辯者,奉旨再覈。尚書馬文升欲改擬,旦獨持不可,曰:「改擬非例也,且倖門一開,後將謂何?」既而陞太僕少卿,尋改太常。正德初,予省還京。逆瑾要一見,不見,遂以違限例出知温州府,有能聲。時瑾偵邏旁午,府縣苦誅求,旦獨鎮以静,民賴之安。遷浙江按察副使,提督學政。瑾誅,起應天府丞,進順天尹。貧民有負内供不能償者,請以贓罰并帑藏之羡者,代充其逋,仍禁縣吏無重科。四方流民薦食京師,道殣相望,因募人爲叢塚收葬之。

明年,陞南禮右侍郎,尋轉北,改户侍,總督京通等倉。西羌回賊犯順,甘肅繹騷,奉敕總理糧餉,所在充足。開中鹽課,以其餘均給三邊及賞賚哈密有功人,哈密推戴上恩,誓不敢負。當永樂時,其曾祖榮從文皇帝西征,過甘肅,人德之。今旦至,甘人舉手曰:「是楊太師後耶?」率遮道來瞻,以獲識爲幸。無何,陞都御史,總督兩廣軍務,兼理巡撫。會蘇岡十八山、滴水巖、青龍岡、帽子峰等寨猺獞負固稔惡，大肆焚掠。乃調集官軍分道並擊，斬級一萬一千有奇，俘獲四千一百有奇，奪回擄掠男婦二百三十有奇、牛馬輜重無算。捷聞，璽書褒之。逆濠之變，南贛撫治都御史王守仁已咨援兵，旦即委兵備僉事王大用、朱昂、都指揮董禎、馬英率驍勇五千，直薄南昌，前後凡九咨守仁，未幾，濠就擒，始徹兵歸。

田州土官岑猛初以岑濬亂得罪降級，請謁權要，希復職。會龍州土官趙源亡後，以姪相嗣。猛乘間黨源假子韋璋，以計襲破龍州，逐趙相。遂賂本兵及當國者，使璋冒趙宗奪龍州，且欲藉是復己原官。請託于旦，旦執不可。而當國者廣人也，子弟素與叛人通。又本兵擅威福，凡巡撫在外，歲有厚餽，而旦獨無有。當國者與本兵交怒旦，乃嗾巡按廣西御史曹珪誣劾之。幸吏部持公，爲駁白，誣卒不行。未幾，丁内艱。服闋，起掌南院，陞南户書，又改南吏書。踰年，又改北。會桂萼、張璁以傳奉陞學士，旦率部院諸臣上疏論列，語極激切，一時悚然，用是忤旨。遂爲給事中陳洸誣奏，致仕，年七十一，卒。

俞　敦

俞敦，字崇禮，江都人也。以進士改庶吉士，出爲刑科給事中。首劾江彬不軌事，聞者憚之。其後次第陳禁門、守衛、緣邊、賞賚及薦舉、臺閣諸弊，皆有裨時政。正德十三年，特旨行勘河南總兵張璽等。夜夢巨人授「天理人心」四字，後按罪狀具獄，衆懾伏。錢寧重敦名，求與交納。敦峻拒之，且不爲延接。時上亦特賜銀牌、金織衣以旌其直。既而遷禮科右給事中。世宗入嗣，敦首疏四事：一去壅蔽，二親儒臣，三立紀綱，四惜名器。後賜麒麟服。與翰林院編修孫承恩奉詔敕犒幣、諭賜安南國王黎晭，道聞其國叛，晭遇害，還，行至梧州，病卒。敦生四歲亡父，其後居母喪，痛母勞苦，不盥、不櫛、不食稻、衣絮者三年，人稱其孝云。

李紹賢

李紹賢，字崇德，其先巢人。洪武初，有李文者，以軍官隨湯武襄王戰采石，有功，籍隸泗州衞。紹賢生有大志，正德二年舉于鄉，十二年中進士，觀政户部。例户部鑲邊銀有火耗如干，觀政者皆得分其餘，紹賢卻不取。釋褐，授行人司行人。遂奉使賫孝貞皇后遺詔詔江北，至徐州開讀。徐州太監與州衞官不得並行禮，命撤太監席，太監帖然不敢動。會上謀南幸，兵部郎中黄鞏、翰林院編修舒芬等已具疏留，而紹賢偕行人司司副余廷瓚等復同詞入諫。上怒甚，詔獄，尋梏拲跪午門五日。而終以語侵中官，怒不解，遂于釋跪日杖舒芬等三十，而于紹賢等加至五十，紹賢死。嘉靖元年，遣鳳陽推官吴璟諭祭，降敕贈監察御史，建顯忠祠。初杖紹賢時，彬等密伺之，慮不死，陰遣醫者市杖膏，而傅以毒。是時，死者十一人，行人司居其六，而紹賢最烈。

戚　杰子仲附

戚杰，字世秀，中都泗州人。❶父昂，神武衛經歷，生杰，有異徵，八歲通一經，十三歲補州生員。嘉靖四十四年，會試中式。隆慶改元，除河南上蔡知縣。上蔡故多盜，民嗜訟。杰到官日，大書「民之父母」四字于堂，約與民更始，力行教化，督閭胥振鐸，以儆舊俗，俗爲之變。巡方御史頒其所條上十事，檄庶司受成，著爲令。大計，舉卓異第一，擢吏部稽勳主事。當是時，進士重京職，薄令長，既行召，即棄去若侻。杰獨經畫所未盡者，設立丈田法，竣事乃去。會稽勳正副郎缺，杰以主事攝司事。有革職知府謁選，陽言贈書，投一匱于邸，鑿書而空之，實以金珠。杰啓匱大驚曰：「傖何敢然？」舁匱五達而疏諸朝，治之如律。無何，調考功。忽思親，以歸養請，不許。遂稱疾去，事二親三年。神宗嗣位，起原官，既歷選司員外郎。會進退天下群吏，以盡瘁得疾。萬曆四年，遷考功郎中。是年復當計，力疾視事，著《吏部職掌》一書。既而核各省學政，攝四司事，瘁甚，疾陡發不可治，遂卒于官。杰有概節，幼聘花氏女，女盲且罹風疾，婦翁以杰舉于鄉，請自罷，不可。既而女亡，始他娶。子仲。

仲字起蓁。方杰死官時，仲才三歲，母教之讀書，儼夙誦者。九歲舉童試于鄉，督學御史奇其才，乃屬以對曰「九歲童生」，仲應聲曰「萬曆皇帝」。既而以選貢入監，與嘉興錢士升輩爲文友，稱七才

---

❶「州」，原作「川」，據四庫本改。

子。故事，南監試居首，例進于北。伸兩居監首，遷北監。萬曆四十六年，舉京闈鄉試。次年，會試中副榜，伸不受選。顧性孝，侍母疾，嘗糞、刲股、請身代，無所不劇。及親故，而刻木爲二像祀祠側。崇禎改元，登進士，除户部主事，使榷滸墅。時兵餉不足，榷稍嚴。伸獨寬其榷，坦坦然，吏無譏訶，才足辦解額，不贏一錢。當事已薦伸，而中貴有索伸名刺以爲重者，伸不與，遂乞假去。先是，伸未去官時，日不給。吏有指無名官錢爲可取者，伸笑曰：「吾授經里門，貧未嘗減于今也。嘗夜坐婦兄蕭君書舍，見白光如流往來亭桓間，以告婦兄，婦兄掘地得良金千鎰，請割其半以謝予，而未有取也。夫即人間無名錢，而不之取也，取官錢哉！」

焦　芳

焦芳，泌陽人。天順進士，李賢以同鄉故，引入翰林。芳曲意仰事賢，陰遣妻入侍，歲節視酒饌，同于子姓。時將以侍講遷學士，或語萬安曰：「不學如焦芳，亦學士乎？」安哈之。芳聞大恚，曰：「是必彭華間我也，我不學士者，且刺華長安道。」當是時，翰林纂大訓爲東宮進講。其書皆華等爲之，芳恥不與。至是遇進講，芳故摘其疵揚衆中。同館夙以禮相齒，芳獨猜狠無文，又多口，衆頗畏避。會芳黨尹旻父子，旻敗，株累謫桂陽同知。芳疑出華、安二人所爲，銜入骨。弘治初，陞霍州知州，尋陞四川提學副使。上書乞憐，調湖廣副使。乃百計謀復翰林。未幾陞南通政。以憂歸。會南祭酒李傑服闋待除，傑亦故出自翰林，錢溥欲遂以翰林還傑。劉健不可，曰：「焦芳伺此久矣，今日援傑，明日能拒芳耶?」溥不聽。及傑入,芳兼程至,亦授太常少卿,兼學士,尋擢吏部右侍郎。日于衆中嫚罵健,其在禮部,行文書有不可意,即引筆抹勒,不關白尚書。俄改吏部。時馬文升爲尚書老臣,亦並加姍侮。且陰結言官,使抨劾素所不快及在己上者。因求入内閣,爲謝遷所抑,尤怒遷,每言及餘姚江西人,輒罵。正德初,户部尚書韓文疏論會計不足,詔廷臣集議。僉謂理財無奇術,唯勸上節儉而已。芳知上左右有竊聽者,大言曰:「庶民家尚須用度,況縣官邪?諺云『無錢揀故紙』,今天下逋税、匿税何限?不是之揀,而但云損上?」上聞之大喜。會文升去,遂以芳代之。給事中劉蒞、陶諧等共劾八閣,韓文將上疏,疏當首吏部,走告芳。芳曰:「我大臣也,知格君心而已。」既而文伏闕,上召諸臣左順門。芳故曳履徐行曰:「今日之事,爲首者當之。」而乃預洩伏闕謀于瑾,瑾德之。健、遷去,瑾援入内閣,累加少師、華蓋殿大學士。凡瑾所以濁亂海内、變置成法,皆芳導爲之。芳過瑾,稱千歲公公,自稱門下,每事先得瑾意,出言如一口。且寡學,其閱章疏不大了,而伺瑾頤授。四方賂瑾者先賂芳,立應。

芳子黄中,亦傲狠不學,舉進士,廷試必欲得第一。李東陽、王鏊爲置二甲之首,乃言瑾,徑授翰林檢討。又一年,驟改編修,録黄中策,與一甲三人並列,然尚時時以不得狀頭移怒東陽,駡詈之。瑾聞之,曰:「黄中昨在吾家,吾試之榴詩,甚拙。顧恨李耶?」瑾嘗怒翰林官傲己,欲盡出之外,張綵勸不可。及纂修《孝宗實録》成,瑾復持前議,綵復力勸,瑾意良平。而芳父子與其私人檢討段炅輩,文致諸翰林,密投瑾,乃以擴充政事爲名,出編修顧清等二十餘人爲郎屬。餘姚薦舉四人,以試文忤瑾。

瑾持文至閣，必逮遷，且籍其家。東陽解之。芳厲聲曰：「縱輕處，不當除名耶？」乃黜遷爲民，而榜逐餘姚人之爲京官者。滿剌加國王所遣使亞劉，本江西萬安人，名蕭明舉。以罪叛入其國，而與其國人端亞智等來朝。既又謀入浡泥國索寶，殺亞智等。方下勘奏，而芳批其尾曰：「江西土俗，故多玩法，如彭華、尹直、徐瓊、李孜省、黄景等，多起物議。宜裁減江西鄉試解額五十名，通籍者勿選京職，著爲令。」且謂：「安石禍宋，吴澄仕元，宜榜其罪于朝堂，使爲他日用江西士人之戒。」楊廷和解曰：「以一盜而詞連通省試事，至裁解額，亦已足矣。恐宋、元兩朝人物，或不便併案否？」乃止。芳大都深惡南人，其于江浙尤甚。既裁江西解額，乃復增河南、陝西、山東、山西各三十餘名。而會試南北，并以四川入南卷，而分南北各一百五十名，令均。意猶不足，每退一南人，進一北人，輒喜。雖尚論古人，亦必詆南而譽北。嘗作《南人不可爲相圖》進瑾。其與修《孝宗實録》，亦以筆惡南人，若葉盛、何喬新、彭韶、謝遷皆肆情誣詆。反自喜負曰：「今朝廷之上，有誰如我直者？」始張綵爲郎時，芳薦以悦瑾，覬共奸利。既綵爲尚書，芳父子納賂薦人無虚日，綵不能滿其意，遂有隙。而段炅見芳勢衰，轉向附綵，盡發其陰事，互搆于瑾。瑾大怒。

先是，土官岑濬没入家口，當給賜大臣。芳聞濬妾美，求得焉，嬖之。與其妻反目，至操刀殺。而黄中乘芳卧病逼通，妾淫毒囓臂。時就寢，醜聲達瑾，瑾常于衆中斥芳父子。會南司業缺，芳乞瑾擠汪俊，爲瑾所斥，頗愧沮。而寘鐇初平，禮部以黄中充頒詔使。瑾復于左順門斥芳不聽行，芳乃立乞歸。黄中疏請送父，并匄閣廕，以侍讀隨父還里。瑾敗，科道交劾芳父子黨瑾，當正法，以尚有奥援，僅削其散官、月米，黜黄中爲民。而芳使黄中大賫持金寶，分饋權貴，上章求湔雪復官。吏科駁之，且歷數其罪。于是吏部覆奏，謂：「芳當瑾用事時，首先附和，蠹政亂法，黷貨淫刑，援引儉邪，殺害忠正。一切欺君誤國之事，瑾意未發而未遂者，倡引助成，無所不至。本當急正典刑，偶蒙寛貸，已屬漏惡。不知慚悔，反肆奏辨。殆鬼神震怒，驅令就誅。乞將芳父子械繫法司，彰天討之公，雪人心之憤，爲萬世奸臣之戒。」覆上，隨令緹騎捕黄中。黄中棄貲重，狼狽遁走。及得旨，始免。

芳居第宏麗，治作勞數省。大盜趙鐩入泌陽，火之，發窖仆墻，多得其藏金，乃盡掘其先人冢墓，雜燒以牛馬死盜骨，曰「使無擇也」。求芳父子不得，取芳衣冠被庭樹，面縛如首罪狀，歷數之厲齒，拔劍斫其首，而使群盜争糜之，曰：「吾得手斬此賊，幸矣！」鐩後禽德安，臨刑呼市中曰：「吾非反者，吾欲誅焦芳父子以謝天下而不能也。」瑾姪劉二漢亦曰：「我死固當，第吾家所爲，惟焦芳與張綵耳，今綵與我處極刑，而芳獨晏然家居，豈非冤哉！」

附録　諸書載焦芳比尹旻父子，而《弇州别記》稱尹龍，要是旻子名耳。獨弇州于其官爵遷次，不甚考据。其云擢吏部右侍郎，則是禮部右侍郎轉左改吏部進尚書者，吏部但爲左，不爲右也。且其云進尚書後韓文疏會計不足，則尤誤。芳之得代文升爲尚書，正爲議會計一節耳。又云黄中授翰林檢討踰月，遷侍讀，則誤之甚。黄中不由庶吉士授檢討踰月改編修，至芳告歸時，始陞侍讀同歸。此實録與他書彰彰者，而弇州悖謬至此，亦可異也。

西河文集卷八十四

蕭山毛奇齡又名甡字春庄稿

墓碑銘一

故明大學士前兵部職方司郎中歷九江道僉事孫公墓碑銘

順治三年，清師下浙東，職方孫公以抗戰不勝，蹈海死。死時海未靖，未能浮海而問所殯也。越二十八年康熙乙丑，天子命諸旂渡海，搗彭湖逋寇。自明季迄今百餘年間所未櫟者，一旦翦樸而版畫之。于是寧波上下初界于海，今皆入附，而比于藩落。公孫監州君踰海尋公死所，得公揭櫝于滃洲之間，遂啓櫝以歸，而葬之燭湖。燭湖者，公里也。先是公入解，知縣梁佳植夢公坐上有狀元額。而公當兒時，屢夢狀元與之遊，私喜自負，謂先達自忠烈公後有解元、會元，而無狀元，即從曾祖榜眼耳，應待己以具其數。而既而不驗。及監州乞銘，自言啓櫝時有張信墓在櫝傍，蓋有明開國登殿試第一而葬于滃洲者也。然則公之死，豈偶然矣！

公諱嘉績，字碩膚，浙之餘姚人。自五始祖燧以右都御史巡撫江西，死宸濠之難，追贈禮部尚書，賜謚忠烈，而名臣代興。高祖墀，尚寶司卿，與兄都督堪、弟禮部尚書謚文恪陞，皆以孝稱。于是墀所生者爲上林苑監鏊，與太子太保吏部尚書謚清簡鑨、南京禮部侍郎鋌、太僕寺卿鍒、太子少保南京兵部尚書鐄，實兄弟行也。鏊生如游，少保、文淵閣大學士謚文恭，是惟公祖。時公之從祖，尚有光禄寺卿如法、池州府知府如洵，皆以名進士蟬聯而起。而如游生應本，工部郎中，應本生公。

公以崇禎丁丑進士，授南工部主事，改遷兵部職方司郎中。方是時，以氣節見，每立朝，剛果不阿不附。其于大事，喜負荷，無瞻顧意。己卯五月，烈皇帝知其才，召對觀德殿，詢武庫軍器。大司馬口蹇，不能對，公一一指陳。上悦，賜綵繒二匹，糭一盤。公跪謝，食糭竟，敕再賜，再食之，捧繒而出。會高太監起潛乞世蔭，公格勿與，起潛怒。上方閲尺籍，起潛假以隟中公，遽下公獄。時黄公道周以廷諍予杖，敕獄吏屏一切服御，意叵測。公推己所有虔事之，且從而受《易》。政府楊嗣昌指爲黨，取同獄黄文焕、文震亨等雜治之，詞連及公。公卬首抗言曰：「昔夏侯勝在獄中受經于黄霸，不以爲罪，獨奈何寬仁之朝而苛乃出漢世下？」大司寇忠襄徐公故知公，遂出公于獄，而轉薦之。已而起爲九江道僉事，命未下，國變。公狼倉歸里，不自量，與鄉官熊汝霖破産括閭左，揭竿稱孫熊兵。會故魯國避紹興，拜公左僉都御史，進大學士。劃江而保者凡一年，力竭不能支。且天命有歸，江枯，王師渡。公遯之滃洲，忼愾嘔血，遂不起。

公以順治三年六月二十四日卒，距生萬曆三十二年九月十四日，享年四十有四。配陳氏，封夫人。子延齡，中書舍人。孫六，長訥，州同知，即葬公者；次訓、次謂、次誠，諸生；次謐、次詮。因系之曰：

古族氏，稱金張。惟世德，袁與楊。三公襌，皆貞良。盟王府，紀太常。國恩在，誰報將？公之興，以職方。斥閹豎，清軍防。繒賜綵，經受黄。用未既，國已創。傾大厦，扶修宗。雖昧時，不自量。謂車轢，可臂當。顧其心，猶可諒。鹿逐秦，犬吠唐。聖浩蕩，能恕狂。不觀漢，釋蒯通。乃數盡，孤臣亡。蹈海死，亦可傷。彼殮者，洲之傍。所與居，殿首張。翳鬼物，知興喪。今來歸，瘞舊疆。燭湖水，何泱泱。公之魂，翺以翔。但假此，留公忠。

故明户部尚書原任廣東布政使司左布政使姜公墓碑銘

公姜氏，諱一洪，字開初。其先餘姚人，曾祖工部公遷餘姚之南城，祖行太僕公以他嗣徙杭州歸宗，而父光禄公由曹郎出爲知府，贈光禄寺卿，移家會稽。至公兄大宗伯，即以會稽通仕籍焉。

公二十三歲登萬曆丙辰進士，越三年辛酉，謁選請就教職，因以武學教授，遷南國子監博士，陞南禮部主事，調南吏部考功司郎中，皆閒曹。與同官魏仲雪、申青門爲文酒會，三君皆丙辰釋褐，且同以學博起家，今又同部好之，自稱曰「南銓三友」。已而改江西副使，分守九江道，駐節饒陽。當是時，海内眘眘，所在徵民兵加饟。凡鋭意功名者，率以揚厲擊斷、催科督役爲能事。而公獨捐去苛細，一切以寬簡治之。令有司從尚德教，察鄉民孝弟力田者，核其實。府縣敦促赴道治，次第立堦下。公乃出廳事，降階勞問，賚金帛獎厲。鄉民入城觀，無不相勸爲良民者。第饒俗多溺女，女少，士民或中年不得配。又惑于形家言，停舊木不葬。下令：溺女與殺子同律；停舊木者與暴棺棄屍者同律；里隣不舉，坐。居三年，大治。乃遷河南禹州分巡道右參政。值霪雨河決，民大飢，流賊犯隣郡，飢民多揭竿應者。縣捕之急，逋逃滿道路。公曰：「此良民也。飢不得食，故爲盜耳，奈何復驅之？」速罷諸捕卒，設法以賑，民稍稍還里。賊逼葉縣及鄢陵，見所在有備，不得入，于是賊帥老回回分犯河北。巡撫知公能應變，以軍事屬公。公乃遣老弱，張幟分布要害，而自將捕卒千人前行。賊詗知公能，舍之去。會巡撫樊公以艱報，將舉公自代。公已遷福建按察使。閩吏習輭緩，公一以勤慎自持，八屬肅然。凡滯獄疑讞，立爲之決，囹圄皆清。遂遷廣東右布政司使。故事，布政惟左筦賦税，右第伴食，徒兼清軍名，無職掌。粤襲承平久，軍丁多爲諸司所役，凡衛所存空牒，給餼而已。公力清核，得千餘人，别立隊伍，訓練以待用。既而進左。粤素饒沃，而布政又財賦所自出。公準量平衡，約受裕與，卻羨而塞耗。官吏輸餫者，朝至夕發，完納甲諸省。入覲，舉廉卓，會推虔撫，以政府格之不行。前後在粤凡八年。歷丁丑、庚戌兩薦，至壬午，撫按並疏舉，奉旨候京卿缺推用，值艱歸。甲申國變，江南柄用者推公太僕卿，不赴。會唐王入閩，僭位號。公亡從之，連進吏部右侍郎、户部尚書。是時國家方南闢。閩所賦者悉鄭氏所有，獨雲、貴、廣西諸道，賦裁足給軍。唐王仰賴，惟廣東一區，而虔撫復便宜截留之。版圖所計，雖尚及七省，而司農無一錢。公措置盡心力，恐民匱遷延。間值王師踰浙，唐王使鄭氏守關，自將兵三千，從延平移之汀州，命公前行，峙糗糧以俟。而仙霞兵潰，唐王走。公四顧無所得馬，初坐肩輿行，既而散去，徒步次興國椰木村，去贛百餘里。時相隨止二僕，枵腹，足盡裂。公仰天嘆曰：「嗟乎！天意有在。雖偷生，何爲矣！」遂赴水死。時丙戌十一月六日，諸生鍾國士見而哀之，與榔木菴僧了緣爲含殮如禮。越一年，公二子南奔，得公殮，因載歸葬故阡，而屬予以銘。

公長身白晳，廣額秀眉。爲人簡重，有德量。或以非意相干，未嘗小怒。至大義所在，淵停嶽立，有確乎不可拔者。言不妄發，發必婉而中。見事敏而慮事密，❶艱巨不沮，至瑣細亦未嘗厭薄。故所至不動聲色，而事事就理。配王氏，封夫人，係舉人教授鼎和公女。男二：長天植，貢生，娶陳氏，吏科給事中陞太常寺少卿襄範公女；次廷梧，庠生，娶祁氏，巡撫蘇松殉難贈太傅兵部尚書謚忠敏世培公女。女二：長適兵部尚書峩雲王公子貽模，次適户部尚書殉難贈太保禮部尚書謚文正鴻寶倪公子會鼎。孫三：長燦，天植出；次承、燕，廷梧出。乃爲銘曰：

時天水後，代爲王臣。徒席世寵，誰報國恩？謂當集菀，而丁于屯。何以自處？惟有致身。緬稽古昔，殷有三仁。大者遜荒，小者卧薪。雖昧時命，未度周親。其道固儥，其心則純。蜀之伯約，思邁等倫。惜乎其志，至今未伸。興國之集，榔木之村。彭咸若在，相從水濆。東海烏喙，西山草根。何以招之，南方之魂。

敕贈文林郎家明府君暨高孺人墓碑銘

予修《明史》，作《先忠襄傳》，嘆忠襄以死事崇祀嶺表，且名其地爲忠襄里，報卹何厚！然猶藉後

---

❶「密」，原作「蜜」，據四庫本改。

人侍御，恢大其祠。而香山子姓有爲茂才者，復于明崇禎間，訟所侵祠地，給帖勒石。後之有禪于先烈如是也！既而天子臨軒，策士于天安門外，見貢自香山者，詢之，則前訟祠者之孫也。予方慰勞問，而香山選人由舉人授丹徒令，以兄弟行來見。且手狀再拜，將表其先人之墓而謁予以文。予拜讀之，始知向之訟祠者，爲予族父行，而對策者其孫，謁選者即其子也。夫予偶感其爲人，而其子其孫一時並見。然則孝思之不匱與情感之自通，兩有然矣。

公諱濬，字孟深。其先由浙人入湖，從明開平王定江西，以世職調守廣東之香山縣。至高祖茵尚以茂才襲百户職，祖鳶封文林郎，與父元鈺皆以茂才廩于學。而父有足疾，公生純孝，日侍父疾，不出户。當五歲時，能治母陳太君喪。暨十五，父亡，公泣必見血。每遇禁日，終其身易服而哭。嘗以父在時疾不能赴讌會，公亦遇讌會不赴，終其身。公幼慧，試童科冠軍。其于諸歲類亦然。繼母麥太君生遺腹弟鞬，公撫之如父，而身教之。弟亦慧，每試與兄争雄長。且貢于廷，而公益推甘與弟，如兒時。顧公性狷介。當明崇禎間，從父可珍者，浙令也，行取有名。浙人多宦粤者，自方伯下以令故，人人物色詣公。公不見，即請召，亦不往。及身所受知當事，自外臺迄州縣，皆重公，索公竿牘，不可得。時公弟及公次子定周，皆以文章知于時，公各戒蹴縮，毋請謁。嘗云：「生人惟躬行而已，其次讀書，外此非吾有也。」又云：「人自敬天念祖而外，當約以持身，寬以待物。」又云：「自重者無辱，知畏者鮮禍。憬省則寡過，謙虚則受益。」以故鄉邑無賢愚，皆稱長者。里中有悍子迕逆，公頻往諭之，卒爲孝子。少嘗與隣人黄亦亨善。亦亨子被賊鹵，貧不能贖。公亦貧，賣宅傍菜園代贖之。有先世所遺田莊，數百年物也，豪家忽佔去。公不與争，獨訟其先世祟祀忠襄祠地被豪佔者，閲州縣數年，必請復乃已。久之，豪慙悔退還。公嘗入山覓葬親地。夜行多虎，見前有光曜如燭，導之數里。及得路，光滅。人以爲神所佑云。

公配高孺人。高孺人者，名家女也，幼讀書，能通《女箴》《列女傳》。曁歸公，與公合德，宗黨多稱之。順治九年，山賊起，破城殺官剽庫藏。平南兵驟至，巷戰。孺人覘事迫，恐及辱，念所生女已適郡司馬蕭君子茂才，而所居同里，急呼女至，衽衣顧宅傍井，齊投之。男新周，崇禎改元以茂才守忠襄祠者，縋城入覓母。見母死，亦慟哭而湛于水。某月某日合兆于某山，而表以碣。康熙癸亥，次男定周請書碣。定周，順治丁酉科舉人，即新授丹徒令者。乃爲詞曰：

惟是懿哲，先以峻行。讀經談義，曰惟方正。孝乎惟孝，友弟爲政。施之鄉邦，必共與敬。以是孚達，早播桑梓。比之王烈，在孝弟里。雖復文翰，卓犖無比。次仲書勢，鴻鶱鵠跱。世所珍匿，皆其技末。獨此躬修，如星如日。言成標蕝，行萃科律。況當家庭，皦皦大節。中閨姱姮，❶言容德紅。披帷吟誦，有林下風。如何于毒，與尤來通。慨然致身，瑩于寒冰。所羡子女，俱秉令教。女既殉母，子亦死孝。盱江是浮，汨羅可弔。不媿忠烈，世禪廟貌。自古至德，爲裘爲箕。誦芬揚駿，俟之後時。凡銘貞石，汗簡之資。繼爲史者，尚其思之。

❶「姮」，四庫本作「姤」。

刑部廣西清吏司主事沈君墓碑銘

君典江南試，撤棘，招予于烏衣，自言：「入衡鑑堂時，見按側賢書，例鐫從前論秀名。應手開揭，則先王父玉梁公名籍。出所揭版，蓋故明萬曆丁酉以國子從應天榜入解者。既而飲于堂，堂例題名，列典試先後。自本朝開科逮今，爲一石，植至公堂右。而故明自洪武庚戌劉誠意爲主文官始，迄崇禎壬午，爲一石，植是堂側。乃就坐仰視，則適刺萬曆甲子先外王父姜宗伯公名，❶怵然動心。予生于甲子。是年，宗伯公適撤棘歸。值予彌月，已命有名矣。宗伯公曰：『以予闈中見是子，非是名也。』因改今名。且曰：『是子宜嗣我。然嗣我于此已耳。』遂取宴時所饗銀鶔，佩之以爲券。今予忽覯王父籍，而外王父所先鑒，不幸左驗。然則予數止此乎？」予笑慰之。次年，招予于京師，不果。又次年，君轉都官。又次年，訃至。時予方游吳門，哭于旅。又次年，而君之柩自京師歸，始就哭于喪次。于是君子五杲出狀，請表碣，不敢辭。

君諱胤范，字康臣，別字肯齋。自唐成德節度使由蜀遷越，爲越人。歷宋郇國公、元昌平提領公，下至明素庵公，徙山陰之隆興里。君生而英敏。四歲就王父索一硯，奇之。弱冠餼于庠，例諸生補餼者，輪年貢舉，倣古者天子之制，諸侯歲獻貢士于天子，謂之歲貢。明初，歲貢者爲正途，科目次之；而

❶「外」，原作「父」，據四庫本改。

其後科目重，而貢且輕也。今三途並用。貢所考選與科目無異，君猶不屑，當貢及棄去。援例入國子，就北雍試，一試獲薦，再試拔進士高等。君素擅書法。至是，凡南宮主文、參詳小試官，俱素聆君名且工書，各屬意君，擬廷對處君及第，而廷對卷偶誤，墨不撿洗，以容刀傳臚賜出身，拔授祕書院撰文中書舍人第一。時新例以内閣親切地，勿用貲郎，特遴進士有才望者充之，君首應是選。會上兩宫徽號貤贈，遂以纂修世祖章皇帝實録，充史館收掌官，五年告成。且開代紅本悉經撿點，賜金幣加級。壬子典江南鄉試。先是，天子念東閣制誥諸舍人槖筆勞苦，當與簡主文官。而是年適纂修實録有成效，遣君，遂用爲例。既而復命，嘉其能，内轉，乃以資格稍遷刑部廣西司主事。

君自文林君、贈君，歷世鼎食。少豪侈不撿，揮金刀如流泉，結納天下賢長者。且游于聲伎，後房充陳，供具服食不能嗇。既仕，而家産散落，鬻所居廬爲入官釜庾。家如單寒，而君不纖悉芥蒂，益刻苦自厲。自國子就試暨入官，凡十年，思還故鄉。江南試事竣，計去家千里而近撫環，輒泣曰：「吾入都時，親朋餞于郊，且有贈以衣裝者。今歸，而無一錢爲雜報資。縱人不我責，吾能覥然行鄉里間耶？」遂不歸。君篤于友愛。仲弟華善病，貽書憂勞。既招華江南，同卧起。時友人毛甡在座，比夜必飲，飲必着曙。向與甡飲家采山堂，甡善歌，君吹洞簫和之，能曲折倚其聲。至是置一笛，比夜必數弄倚歌，至一月乃罷。嘗泣曰：「吾髮種種。吾入長安後，求兄弟友朋如此會，鮮矣。」君好學，尤好過人。嘗與同郡徐緘、張梯、姜廷梧及毛甡爲詩文角勝。中秋夜苦吟，作《明河篇》數千言，輟筆而血嘔，自太陵出漫銅盎，卧病幾死。比文戰不勝，鍵户揣摹。有日者告星過癸卯，後當不利，君惡其語，益發奮，必以丙午售。後入秘省，與同舍郎汪君相倡和，争去恒體。今《采山堂續集》，則當時所爲詩也。汪君嘗語君勤于酹應，比辨事之暇，有以詩字索者，輒應不苟。其主文時，凡退卷，皆親閲。至遷刑曹，例以新遷者視獄。晝簡囚隸，夜宿犴狴外，三月而代，名爲提牢。時朝審秋決諸重囚，日未得蔽，而滇閩適亂，囚且溢獄。君驅伍伯供隸事，食寢不給。會天寒囚饑，貸錢市衣米，散活瘐衆，而君卒以是瘁死。君嘗曰：「吾畏親獄，少時過訟亭，聞敲骭聲，輒驚悼累日。」夫以慎獄之人而親獄，宜其瘁也。君所著《采山堂詩集》八卷、《續集》十卷、《擬樂府》一卷、文一卷。其試策雜文集不載。銘曰：

謂才足恃，科目以幾。何爲入官，厄于曹司？召公是似，郗家見奇。惟生與死，鏁院而知。只憐官貧，生不能歸。死而凴者，墓門之碑。

西河文集卷八十五

蕭山毛奇齡字初晴又春庄稿

墓碑銘二

故明中憲大夫太常寺少卿兵科給事中來君墓碑銘

君諱集之，字元成。曾祖日升，以嘉靖甲午舉人，官雲南師宗州知州，有文名。而君繼之，早歲通諸經，稍長即能以詩古文詞争雄藝林，而阸于童試。崇禎六年，始以附學改學生，廪食高等。八年，禮臣請特科舉天下士，每學取廪食高等者，設兩塲試，分經義、論策，硃其書與鄉試埒。而君舉第一，貢之南京國子監。遂以南京國子監領己卯鄉薦，庚辰成進士。時房官陳函輝能文，有名。同房所收皆一時名下士，聲大譟。而館選數阸擠之，改南京安慶府推官。會天下多故。憲賊破蘄黄，流及旁郡，沿江烽火接安慶。君力搘拄之，晝營儲峙，夜率伍伯邏雉堞間。顧兵民雜糅，楚帥防江者駐安慶營，日以蒭茭不即給，糗糒闕然，洶洶懷亂心。而前後撫軍擁幕府自大，鮮所獻替。君獨竭忠誠以告，陰爲調劑，得遂所陳請，以故羈縻之。雖賊三薄城，而得以不壞。方是時，二京臺省聞君名，疏記其所爲，争起薦之。章凡十數上，而畿輔蹂寇，留不下。乃以壬午鄉試充南京同考官，薦戚藩等凡九人。平賊鎮帥者，寧南侯左良玉也，遇賊湖湘間，不利且匱餉，大掠而東。舳艫銜于江，聲言勤王，師所至讙譟，不可測。君駕舟見良玉。良玉擁櫑具，躡屣出接，嘖嘖稱君爲推官有名，握手深結納，由是下江悉無恙。既而賊犯闕。事棘，南京拒賊者取君爲兵科，君不就。先是，鳳督馬士英以招永城賊募兵黔南，道徽州，兵饑，剽食于婺源村民。民拒且鬬，殺傷黔南兵。士英大怒，特檄君往治，欲以亂民律掩殺。而君撫諭之，覆言民殺刼人賊，非殺兵，無罪，宜勿問。士英心恨之，而外憚其直，顧無如何也。至是，君取召。而士英方以故督入柄政，反言君可用，署以兵科，將欲收之爲私人。而君耻不附，遽改兵科爲兵部。後以他臣薦，仍改兵科，且並進太常少卿，而清師已南下矣。

初，君父舜和公亦廩食于學，課君及君弟于儻湖之濱。❶ 君嘗過，念之曰：「此先公授書處也。」至是髡髮匿湖濱，以著書自娱。購古今載籍弆其中。日與客論文及古今興喪得失，兼近代掌故與夫身之所聞見者，燃薪繼景，娓娓不能已。四方請教者，踵趾相錯，共稱爲倘湖先生。

明制輕武士，遇獸衣，輒熳易之，視若厮隸。即季世用兵，稍稍敢自桀，而終壓于制，不得遂。方君爲推官時，安慶帥馬君投糧儲道以名刺，以爲鎮將與參政可平行也，參政責易板不報。既而參政驟開府，巡撫其地，乃修宿憾，將置帥于法。而君力解之，且薦用焉。至是帥歸命，略地江東。世祖皇帝

❶「儻」，按下文多作「倘」。

嘉其能，賜之以名，且令提督江南兵，開牙吴淞。于是擇使拜書幣，乞君況臨。君以角巾往。開轅迎君，饗于堂，膝地行酒，臚列山海，不可識。人以爲此國士之報云。康熙十七年，上開博學鴻儒科，召天下才學官人可備著作顧問之選者。撫軍以君應，君辭之，且曰：「吾年七十餘，已傴矣，尚能爲成君作衣補耶？」

康熙乙卯，君自爲誌銘，以爲他人莫能言，且多諛也。越八年壬戌，君始卒。又三年，其四子燕雯以己酉舉人赴公車門。值予直史館，鬮分《明史·文苑傳》，得君名，已起草去。燕雯適詣予，具言：「窆門之石，先公已自銘之矣。惟是嘉懿未盡，學者將勒文于饗醴之版，比之顔光禄之碑靖節。此非先生文不足重，亦惟是先生與先公爲忘年交，文章親昵，足徵信勿諛。」予曰：「諾。」又十年，乃始爲此。

君所著書目備載《明史·經籍志》。其在經曰《讀易隅通》、曰《易圖親見》、曰《卦義一得》、曰《春秋志在》、曰《四傳權衡》，在籍曰《倘湖文案》、曰《南行偶筆》、曰《南行載筆》、曰《倘湖近刻》、曰《倘湖詩餘》，在雜著曰《樵書初編》、曰《樵書二編》、曰《茗餘録》。君嘗曰：「《讀易隅通》者，一隅之通也。」然予是時方嬰城，藏燈木樵，每從塹隅旁通之。自爲誌曰：「予所著有某書，及雜劇之《兩紗》《秋風三疊》而已。」案《兩紗》《三疊》，史志皆不載，以雜劇故也。顧予知君事。君以崇禎己巳赴童試，縣斥之，粘其文于門。庚午再試，再斥之。然而府試拔第一，時年二十七，始附學。于是作《兩紗劇》：一《紅紗》，謂以紗幛目眯五色也；一《碧紗》，則紗蒙其舊所爲詩，貴與賤易觀也。夫通塞之難憑如此！

子六人，皆以文名，具劉氏《補誌》，茲不載。銘曰：

君功在一方，而名垂四涯。其文可傳者，則藏之倘湖之湄。誌而銘，君自爲之。遺言軼事不可既，于是乎有墓旁之碑。然而遲之以至于今，曰非諛墓辭。

汪贈君墓碑銘

汪贈君以康熙改元之一十有四，捐館舍去。予方赴徵車，未皇弔也。越明年，予以史局留京師。又十年，告歸，始與贈君之子游。嘗從舊文社祭酒在先朝訂交，若柴君虎臣、陳君際叔輩，藉藉稱贈君爲人，時用知物，善推有以益所無，與貧賢者往來，不私其居，出物鮮留吝，而終以不匱。今其人不可見矣，而善子繼之。見其子，則一如見贈君焉，以故予與贈君之子交稍通。即予身所遇偶爲他誤，亦嘗藉贈君之子以補鏝其間。予因而好之。乃距告歸又十年，而後以修贈君墓謁予爲碑，予何敢辭！

予按贈君狀，知贈君生于前朝萬曆之三十六年。當崇禎改元，海颶發三日，東洋水高，挾陂塘而奔，而上江蜃蟄四起，洚洞之出山者濯濩而下，山海相摶擊，骴浮蔽江。會贈君齎載歸，駕所乘舟率長年拯溺。每拯一人，則量橐所載，懼不容也。及拯滿，而載已盡。暨十三年秋，旱蟲南飛，斗米五百錢。冬大厲，贈君賑以糜。凡執厲來者，悉納之。或以傳厲告，君不應，乃飢活，而厲亦無恙。當是時，國運方百六，天變日至。父老嘗言「辰水辰旱，土敗而民散」，則以洚水當戊辰，而蟲在庚辰。予少，每聞之，而怵于心也。然而天有災，人則弭之。國固不可支，而閭里草莽乃相芘而依維之。自鼎革以後，贈君每于故交之貧者，倍相周卹。家人戚友，凡有婚嫁死喪者，求即應之。里中寒士每歲除，各贈以卒歲之貲，如恒課然，雖歷久不已。夫天地生財，莫之短長，然而人每生于贏而死于絀。當夫五金在地，過而勿視；而一經筐篋，則遂資之爲口體服食、舟車棟宇之具。乃其贏者嘗至揮棄，而不足者銖銖焉。此在平成俱有之，而喪亂尤甚。幸而挾詩書作長吏，可矯語廉節，陰相撕取。而户牖之子，家室單弱，歲時無以給祭祀，進醻修梃，每不足以自通。彼夫豪奢之俗，冬食萍虀，晦布星月，一飯十金，猶歎于茹啖。而有如儋石不充，暫假升斗，即以之摩腹而有餘。是升斗之惠，重于千倉；一勺之濡，寬于四溟也。世有贈君，吾知閭巷鮮饑溺已！順治十六年，於潛盜起，刼君父于呰而索其貲。君至呰，即羅拜還之。嗣後，凡在家在客遇有盜，輒相戒勿犯。

贈君諱廷瑜，字汝待，徽之休寧人。其所居西鄉名西鄉汪氏。西鄉汪氏初以勳爵起家，而既而甲第遍天下。今徙居杭州，顧在杭猶隆隆也。子肇華，次肇昉，又次肇齡，則世所稱善繼君者。君有聲成均，而肇齡以諸生入國子，不墜其學。諸子姓婚嫁俱具狀。銘曰：

既豐于德，而又不嗇於所藏，斯進可逮物，而退亦自臧。乃通財化幣，而推恩于鄉邦，使閭里貧乏，雖居亂而不及于荒。則凡少丁百六、長罹更革者，而聞其言而不能相忘。是君雖在地，而其可傳者仍在人也，曰君何嘗亡！

徵士徐君墓碑銘

君仲山諱咸清，上虞下管村徐氏。歷世以科目爲京朝官。祖諱隣，萬曆壬午舉人，僦居會稽。父大司馬諱人龍，與伯父諱宗孺同母兄弟，同登萬曆丙辰榜進士。伯父還下管，而司馬公留會稽之稽山門，家焉。

君生而慧，一歲識字，五歲通一經，甫畜髮，即能以官監生應鄉舉，入塲有文章名。仲商夫人者，大冢宰商公諱周祚女也，國色，與女兄蘇松巡撫祁公夫人俱能詩，近世能詩家呼爲「伯、仲商夫人」。冢宰公還朝，值司馬公以副都御史巡撫山東，見君于官署而愛之，許爲婚姻。會國變，司馬公以大司農起用被召，中道旋返，破産與兩浙巡撫黄鳴俊募閭左勤王，不利。南都建號者，仍以公與馬士英同掌本兵。而公怒卻之，提一旅歸，與故總兵官王之仁屯之西陵，名西陵軍。王師下江東，西陵軍潰。司馬公狼倉走海上，家人東西竄。暨稍定，而君方重病。且以國難遘家難，意托落無生人趣。及行嘉會禮，卻扇，驟見商夫人，大驚曰：「吾以是爲王覇妻足矣。」乃就故居稽山門，辟寢前廣庭，搆以藥欄，設長筵當中。發故所藏書散堘之，而對坐縱觀。暇則抽牘各爲詩，如是有年。天台老尼從萬年來，遥望見夫人，合掌曰：「此妙色身如來也，蓮花化生，相好光明。」既而咄嗟曰：「善持之，善持之，幾見曼陁長人間耶。」于是君與夫人約，請各爲課程。「吾當著一書銷此白日，而子且從老尼請，發願寫《妙蓮花經》三部，以延其年，何如？」夫人然之。乃復自揣著何書。「吾研練經術久矣，請合并群籍而正定之，以勒取其意與事之裨世用者。」筮之，得《屯》之五，曰：「小屯吉，大屯凶。」曰：「猶之《屯》爾，寧爲其小者而已。」于是著《小學》一書。博取楊雄《訓纂》、許叔重《説文》以及梁顧野王《玉篇》并後儒《川篇》《篇海》諸書，以正字形。取陸法言《切韻》、孫愐《唐韻》暨宋祥符、景祐間《廣韻》《集韻》諸書，以正字聲。而于是縱考十三經子史文集暨漢唐宋元諸大小篇帖，凡有繫于釋文者，悉旁搜博採，以正字義。自一畫以至多畫，分若干字，合若干卷，名之曰「資治文字」。而夫人齋蔬，性不喜肉食。至是斷之，日給粥一瓷，酪一瓷，金菊湯一瓷，焚香滌指，以辰申二時寫梵頁三番，計三部，合計所寫字二十萬八千有羸。凡三年寫成。會廣孝禪寺大殿工竣。三目尊者，君方外友也，率僧衆披衣拜于庭，乞施二部去。供其一于殿極甍間，周以朱木函，而毳結之，使風雨蟲鼠俱不得蝕。而納其一于毘盧遮那世尊腹中，綴以金銀寶珠，而冪以錦紱，撾鼓，集大衆宣揚之。其餘一部，則送之天台萬年龍藏中，以老尼從萬年來也。

康熙十七年上開制科，令京朝内外各舉郡縣有才學而堪與試者。道撫爭薦君，君辭不得，遂赴京。先是，閣中判詞頭，照前代典例，多用「查議」「查覆」諸字。而高陽相公精字學，謂字書無「查」字，縱有之，不作「察」解。此必原判是「察」字。而北無入聲，呼「察」聲如「查」，故訛「查」耳，訛字何可用！因啓奏御前，凡判詞「查」字俱改「察」字。然終不解「查」與「察」沿訛之始。至是，應制科者紛紛至，每至，必合數十人謁相公門下。君進謁，高陽相公徐詢曰：「『察』聲訛『查』，有始乎？」在坐無對者。君逡巡曰：「《漢書·貨殖傳》有之。顧『查』爲『在』聲之訛，非『察』聲訛也。」高陽矍然曰：「何言之？」曰：「古『在』本『察』字。《爾雅》曰：『在，察也。』《堯典》『在璿璣玉衡以齊七政』是也。第三聲呼『在』爲『查』，以『查』與『槎』同。《漢書・貨殖傳》『山不茬蘖』，即槎蘖也，而字乃從草，而諧以『在』聲，故『在』聲爲『槎』，『槎』轉爲『查』，則是『查』者『在』聲之轉也，猶之『在』之又轉而爲『裁』爲『財』也。若曰『察』之轉則是『叉』也、❶『差』也，『察』豈能轉『查』乎？」高陽遽色變，乃復進曰：「『察』聲不轉『查』，然而『在』即『察』也，改『查』爲『察』可乎？」曰：「不可。《老子》曰：『其政察察。』亦惟『察』名不可居，故以『在』字隱『察』名而轉聲爲『查』。若改『察』，仍察察也。」「然則『查』可乎？」曰：「可。」曰：「此則僕之所未聞也。夫字必有義。『查』字無『察』義，而有『在』聲。使徒以聲同之故而不顧其義，則『道』可『盜』也。」曰：「『道』固不可『盜』，而『在』則可『查』。不觀『在』又爲『裁』乎？『在』之爲『裁』『察』義同也，然而『裁』之又爲『財』，則無義矣。『裁』可『財』，則『在』可『查』矣。『裁』之爲『纔』僅義同也，然而『纔』之又爲『才』則無義矣。『才』可『纔』，則『查』可『察』矣。」高陽憪然謝而起。其後三相録試卷糊名，然終不用。益都相公薦于廷。上曰：「有著乎？」曰：「有。」曰：「何著？」曰：「《資治文字》。」「《資治文字》何謂耶？」曰：「字書也。」旁一相曰：「字書，小學耳。」遂罷。既而益都擬再薦，不得。君曰：「小屯吉。吾向不爲大而爲小，此《屯》也，然而吉矣，吾幸得歸矣。」初，君到京時，益都相公欲館君于邸。會邸客將滿，中有一客，鄉人也，作《字補》一書，內有「鱖」字，註曰「水雲角鱖」，

❶「叉」，原作「乂」，據文義改。

遂音妻，而入角部中。或以問君。君曰：「《吕覽》曰『水雲魚鱗』，未聞『角觲』也。」客大恨，遂沮之。至是欲再薦，則同舍者再沮之。君歸而逍遥，仍與夫人相對坐，戀花觀書。越十年，庚午七月七日微疾卒。

子東，女昭華，皆有才名。越中閨秀舊稱伯、仲商夫人，其後伯商夫人女有祁湘君者，繼夫人起；而仲商夫人，則昭華繼之。既而昭華名藉甚，過于湘君。嘉興曹侍郎曰：「自左嬪蘇若蘭後，文章之盛，無如徐昭華者。」昭華婿駱生，名襄錦。乃爲詞曰：

平原康樂，席世勳兮。將率妻子，居之吴市門兮。闔户著書，其閒情兮；如何翁思，復舉明經兮？區區小學，等曲禮兮。食肉食肝，不如歸故里兮。特負畚者，非鴻妻兮；老萊童鴻，反比之荀倩兮。七月七日，黄姑上天兮。窻門虚左，將駐此竗色身兮。君有子，過中郎兮。千秋之室，堂堂兮。

誥贈奉直大夫都察院監察御史張公墓碑銘

張公諱鎮，字庚生，世居武强之王家莊。初以子星耀貴，贈户部山東司郎中。其卒時，相國李公爲誌其墓門久矣。既又以次子星法貴，贈監察御史。會户部君以俸滿，出爲寧波府知府，飾幣造請，謂：「舍奠之石已礲墓左，而獨不得文其陰。念先生與任丘龐君同館同年，而龐君之舉制科，則實予所薦士也。今龐君有素書，敬問先生起居。予敢藉龐君之請，乞先生一言，以大予工祝世世，何如？」予不敢辭。

按公以文學顯。明制重文事而輕武備。及其季也，盜賊充斥，始飭督學，使凡試高等者，必較射學宫，以定甲乙。然率具文耳。公弱冠，督學曹溶試真定，已取第一。及校射，九中，大驚，謂此文武才，超其等。值崇禎癸未，河北大亂，盜賊剽鄉閭。公乃集蒼頭設橐，登臺四瞭。且出奇計襲賊營，捕賊梟。桀賊第聞王家莊兵，皆卻去。既而京師陷。公奉母闔土室，棄文事武，備不道。每嘆曰：「吾兄弟三人，皆以文章雄于時，而予以稍健，思出知計，爲救時之豪，乃終不得遂，豈非天哉！」順治三年，稼部圈畿甸莊田爲旗丁屯，將入境，公策馬赴行幕，畫地抗論，謂武强土陿，居民並無厲阡畝，再易不足稼，圈屯未便。反復詰難千餘言，稼部義之。當是時，畿甸圈屯數千里，獨武强免。

公家素封，自謂推財不能如田文，居鄉行義不能如王彦方，則家食何爲矣？乃焚所責券，詢族戚中無子女者，爲之似續，而分貲財以給之。有不能婚葬者，爲婚葬。修學舍鄉祠之圮，發粟賑歉，代償官錢之不能輸者。元氏平姓婦老寡，有操，無貲，不能達于朝。公集諸生告督學，使請旨旌之，并爲造棹楔以高其門。上谷劉生因葬親南遊，凡附身諸物楄柎俱具，獨不得一美大槨，歸然高侈，以陰娱其親，徘徊武强界。公聞之，感其意，立予百金，使買槨，砥沐游之通途，致遠近來觀以爲榮。東明袁中書，宦家子也，不得于縣令。縣令刓剥之不已，羅織他事，蒯捕數輩出，家人竄走。公坐賈人車，跡中書所在而苫蓋之，匿之車間，驅而歸。乃爲舍養于旁縣，營救備至。伺事解，陰爲治貲裝赴都。值特開制科，詹事府詹事沈君聞中書名，薦之入試，中上卷，授翰林院編修。時中制科者，北直五人，而編修居其一。爲之詞曰：

公以文章顯，而不于其身。亦有武略，而惜不能救國家之屯。乃散財肆志，慷慨任俠，而其志終不得伸。吾所題者，嗟乎！此思賢之墳。

刑部員外佟君夫人石氏墓碑銘

夫人氏石，遼東人。曾祖諱漢，以滿洲籍，當定鼎之先，從龍入關。生子三：長國柱，阿思尼哈番；次諱天柱，即夫人祖也，爲關東總兵官，有名；又次廷柱，固山額真。夫人父諱瑾，即總兵公子，以副總兵官守孝陵，進都督僉事。母李太君，誥封夫人，則故名將諱成樑曾孫、大同參將殉難諱向堯女也。

夫人生最長，其弟文郁，侍御史；文燦，驃騎將軍；文賢，候補筆帖式。獨夫人少有異姿，且知書。僉事公愛之，密爲擇配。會大中丞佟公巡撫四川，其子賦斌爲刑部員外郎，賢而有文，遂歸焉。

當夫人歸時，刑部君大父以宣府掛印大總兵，家居。中丞公撫蜀，未能養也，留君與夫人扶侍。而宣府公卒，中丞公聞訃，將北還，而奉旨留任守制。君復以覲省，從任所還發，未及到。諸凡視饍嘗藥以及含斂殯奠，皆夫人一身主之。其間豐約贏歉，無不中度。然且大母王太君春秋高，不能隨任，日夕藉夫人進養，寒暖勞逸，審伺之不輟。如是有年。以故王太君臨終流涕曰：「世焉有扶侍之勤如吾婦孫者乎！」既而中丞公移鎮中州，薨于官。君與夫人偕奔喪。所遺幼弟稚妹，皆在襁褓，夫人乃接受而鞠粥之，以丘嫂而兼保姆，自毀齒垂髫以至笄丱，未嘗頃刻離左右。迨治粧送姑，登車結褵，而夫人始以瘵病終也。夫金閨之子，生長嬌穉，不習家人事。又所至名門巨閥，兩家彼此各以富貴相矜高，誰則甘勤苦而嫺法則如夫人者？然則夫人亦賢已。

先是，京師大厭，時有師巫過門，言某日當災。至日地震，以爲驗。夫人曰：「地震豈一家災乎？此偶中耳。」斥之，不與語。及夫人有疾，俗言師巫善祠神，名曰「跳神」。每跳，師巫被錦繡念誦，手擊神鞞，腰繫諸鈴鐸而步搖之，使聲與相應。至跳畢，覘神意當否。不當，然後扶病者徒跣至神前，恕罪，無不愈者。或以强夫人，夫人堅拒之，曰：「死生在天，豈一師婆能制之？且吾生平無大罪，自視瞭然，乃欲以百年歸藏之身，而徒跣衆前以延須臾，吾不能矣。」

乃于康熙甲子十二月初七日卒，距生崇德庚辰八月二十日，享年四十有六。以覃恩誥封夫人。子一，時傑，候補主事，娶總督倉埸馬公如驥姪、昭勇將軍雲漢女。女三：長適湖廣巡撫張公朝珍孫、刑部員外聖猷子枚，次適佐領公畢拉子、户部員外薩木哈，三適内務府郎中張公萬禄子鼎鼒。係以銘曰：

孝乎親而不惑乎神，此庶士所難也，而得之閨中之人。雖豐碑華窆，睪然墓門，其瞭然歸藏者，視此身。

西河文集卷八十六

蕭山毛奇齡字僧開一名甡稿

墓表

誥授奉政大夫翰林院侍讀加一級施君墓表

上之二十二年，侍讀施君死于官，將擇月日歸葬于宣城城南之牛喜冲。以病臻時曾與予泣訣，屬予爲表墓之文。而恐失記，顧檢討高君知狀。至是檢討帥孝子彦恪來，再拜述君命。予思予與君締交有年，今又同館，微命，猶將以哀唸重累其生平，況君命乎！

君諱閏章，字尚白，宣城人。順治己丑，由進士授刑部主事。當世祖章皇帝大婚禮成，上皇太后徽號，頒赦天下。君奉使廣西，謁定南王于桂林。王爲君治裝，發樓船，灘江送君，君辭之。會永明兵犯桂林，殺定南王，而東略地及平樂。君還至平樂，聞變，哭王于官亭。將嬰城，其守尹君揮君行曰：「君使臣，無嬰城理。」君乃行。抵家，以承重居吴太夫人喪三年。服闋，補員外郎。大司寇劉君重君名，一切部事皆屬君。君引經折獄，所平反者盈十百，而大憝終無倖者。會章皇帝右文，拔曹郎尤者充學使。御試得七人，而君爲首，因提學山東。君嘆曰：「吾世嬗理學，三傳而皆絀于諸弟子。吾一旦抗顔爲人師，進退學者，吾惴焉。吾敢以俗學負家學哉？」故其取士，必先行而後文。且所在講學，重儒術。嘗過鄒平，謁伏生墓，觀其祠堂壁間所畫鼂錯受《尚書》狀，慨然久之。臨去垂涕，示諸生，謂經學已絶，其授受宜亟如此。已奉命分守湖西，所轄吉、臨、袁三州，故殘破。袁無土著民，聽流民占籍墾土，而集其壯者萬人，曰「麻棚」。吉閥閲家聚文昌、折桂兩鄉，多保險。吉水令捕其梟，長髮廣袖，檻車膠軍門。君陳兵摐鼓金若赴市者，叱縛其人，屠首髮，割其所衣廣袖衣而盡釋之，予約令悔罪，能招致諸所與者，得不死。其人流涕，願如約。于是自爲文，使持之諭兩鄉民。兩鄉民感激，争請得一見君歸命，而麻棚之在袁者亦散去。方是時，永明兵猖狂，轉餫最亟。御史以逋賦檄君征輸。君乃作《勸民急公歌》，垂涕而諭之。遍歷崇山峻谷間，悉窮民狀，作《彈子嶺》《大阬嘆》《竹源阬》諸篇，以告當事。當事咨嗟，比之元道州之作《舂陵行》。而民亦輸賦，毋敢後。君乃務休息。每日昃一視事，但對閤皂山，支頤賦詩。築愚樓于官廨之傍，環以橘柚。暇即與過客登臨其中，出入屏干。擲行部所在，設講堂講學，學者無大小，從之如市。會廷議裁諸道使，民留君者咸醵金，建龍岡書院，如祠君，請君講學，三日去。初君駐臨江，有清江環城下。以其清也，民過之者咸泣曰：「是江如使君。」因改名「清江」爲「使君江」。至是民送君使君江上，不能别，復送君至湖。會湖漲，君所乘官舟，御史所贈物也，輕不能渡，民争買石膏填之。已渡，乏食，賣其舟而歸。

康熙己未，上初開制科，詔丞相、御史及諸郡縣，舉天下學士備顧問者。三相上君名。御試，授翰林院侍講，充《明史》纂修官。會日講員闕，上親出君名令補，忌者沮之。辛酉，典試河南。明年陞侍讀，奉命纂修《太宗文皇帝寶訓》。時筆札既煩，復以哭叔父訃時過哀毁，神氣澌散。值望日，朝下端坐，草《馮恭定傳》。自午迄酉，移按就櫩隙，草罷不能起，左右掖之至榻間，若形存者然，而卒無病。越數月，沐浴卒。

君數世以理學顯。祖諱鴻猷，曾從陳九龍先生暨石城焦澹園、吉州鄒南皐游。既死，號「中明子」。中明子子二，長諱謩，以君貴，贈奉政大夫山東按察司僉事，稱述明公，則君父也。

君生而仁讓，于物不忍。好自下，勤學而博。于酬接，口吃艱語詞，顧論理便便。聞忠孝事及羇人才士有失職者，輒感憤忼愾，涕泗隨語下。嘗與同邑吴君赴春官試。吴有老母。下第，君已在第中，相持而泣，一若與之俱擯者。友朋窮無歸、疾病、死喪，自經給膳療以及殯轝，必周必具。嘗禫服謍友人窆，慟如天倫。且有梓其遺文、碑其壟、買田置宅以贍其子若姓者。平樂守尹君嬰城死，其子三十未娶，君爲娶之。君嘗曰：「吾去平樂時，放舟中流，迴望尹君送予還，其前後伍伯忽獸走，旍蓋散盡。獨一髩眇眇，隨決皆没。吾至今思之，而痛于心。」

方君之道平樂也，吴太夫人踰八十，日計官程，思以嬴日歸侍太夫人。而太夫人適以是年死，然而猶幸及歸侍者。初，述明公孝，日與君母馬夫人謀所以事吴太夫人。吴太夫人偶病洟，以爲失温，叱馬夫人歸其家，而馬夫人卒。君初字屺雲，以是也。其後述明公悔之，然亦卒。君從鄉薦還，謀與叔父祗園公歸馬夫人主祔廟，而重傷父心，將俟吴太夫人命祔之，惟恐吴太夫人將一日不懌，可如何。

至是使歸。會覃恩，贈馬夫人爲宜人。賀者在門。君以手據地號哭，匄吴太夫人命。吴太夫人命設豆上坐，而坐述明公主于其傍，食而囑之，且令爲文告于廟。太夫人白首親挈馬夫人主同述明公主入祔，焚黄，贈宜人。當是時，君手據地行，伏主前號哭不起。左右皆哭。賀者徬徨不敢進，爲之罷賀，乃事畢。而吴太夫人始減饍，若有待者。君家世孝友。述明公兒時侍王父食，食肉，退而見吴太夫人以鹽韲膠餰，驚且泣。嗣後王父召之食，不往。王父怪，問故，嘆曰：「新婦有孝兒。」遂併賜肉。君少孤，育于叔父砥園公。已就外傅，冬月隨群兒履冰。砥園公杖之，而逐居塾外之土山寺。塾師王君，中明公老友也，讓曰：「兄一孤而忍出之？」砥園公泣曰：「正惟兄一孤，故然也。」雖然，命之矣，乃親就寺抱而歸。君嘗官湖西，砥園公視君，君跪迎之。有不悦，必服冠跪終日，俟其解乃起。自中明公歷世創義田，不就。君仕，無贏財，獨積俸，置義田二百畝繼其業。

君好忘分友天下士，天下士多歸之。典謁日入刺，雖臨事，必屏去，趨迎，與談移日景，非語竭氣敗，不忍已。後進有佳士，力獎誘以成其名。至所在善行，興舉利濟，其事煩，不可得而載也。君爲文，數易其稿。客在座，即諮之，推求施易，或竟體無原稿字者。要其文一歸于正雅，其講學以體仁爲本。

子二，彦淳、彦恪，能世其所學。乃爲詞曰：

惟君先閥，起自石渠。粤至尊道，建坊于閭。懿則代嬗，以孝友于。歷世而大，爰産斯儒。當其通籍，陳汝臬事。賦《白雲詞》，于赤棘下。朝重儒術，予觀學使。程文自齊，講德于魯。中秉玉節，分藩湖西。餞殤之後，以呴以嬉。獨其介節，餔餔茹藜。過清江者，泫然而哀。乃者天子，由制科召。置之講讀，式是來學。云何前史，編纂未就。特乞撰紀，如歐陽九。以兹筆墨，雜置籓溷。手足皸瘃，況戀親串。于是哀樂，中年大傷。迄暮而衰，亦惟其常。君之文章，已貯石室。君之德業，堪表象闕。其澤及人，户口能説。矧其世學，昭于月日。今啓輿旐，將還故阡。琢石載事，繼之以文。惟愳石徧，載罔克全。謹標概節，以垂墓門。

誥授御前二等侍衛拖沙喇哈番原任兵部郎中加一級達君暨誥封淑人錫克特勒氏墓表

皇清御前二等侍衛拖沙喇哈番、原任兵部郎中達里虎者，龢齡族也。少敏鋭捷給，善應事。世祖章皇帝器之，授以内法一旦筆帖式哈番，即漢所謂内鑾儀衛者。君出其知計才技，典金吾諸衛，以兢以業，内深其籌略，而外肆其投蓋超距之能。不數月間，遽進君本衛他赤哈哈番，即他齊哈哈番。當是時，君始以佛保名，改達里虎。敕文所云「初任内鑾儀衛筆帖式哈番佛保，二任本衛他齊哈哈番達里虎」是也。乃君甫受事，值東人多逃，舉向時開原廣寧攻城略地所收鹵者，往往掉臂去。已設督部侍郎于兵部，專理其事，而以君爲副理事官。君制軍詰奸，佐大司戎糾邦國禁令，比之列代軍司馬、夏官大夫之選，頗得其任。乃復以開國天潢，所繫良鉅，遷君宗人府郎中，分司戚事，掌金匱玉牒。上嘉其能，仍改君兵部郎中，復令以夏官大夫，參司戎之要。君竭忠辦事，部無稽牒。因累遇覃恩，膺誥授者凡四。而其妻錫克特勒氏，亦從公累次進封以爲榮。會擦哈爾布爾尼弄兵塞上，君以候補司正官挺身勦賊。時遇賊大魯，擦哈爾布爾尼率賊三千人，用鳥鎗爲前茅，以次杭戰。而君遽策騎麾兵度嶺。忽賊伏發嶺右，衝而前，衆倉皇間，君率先奮擊，且遣甲喇衡馳之，大敗賊衆于大魯之溝。特授君拖沙喇哈番，准襲一次。明年進二等侍衛，又明年進二等侍衛拖沙喇哈番。而其妻錫克特勒氏亦得以是時進封淑人。

康熙二十一年，君女夫巴爾翰，今户部郎中，以君訃并狀來，云某月日將葬君某塋，而附錫克特勒氏于其傍，請表之。嗟乎，君之刑于可考已！因表之曰：公初名佛保，繼名達里虎，即達里胡。錫克特勒氏，即西克忒克勒氏。系曰：

惟君令質，發跡卞韓。從龍而起，爲開國藩。初授衛尉，嘗冠虎冠。既佐司戎，遂歷夏官。爾時五屬，金枝玉欒。藉君司戚，以資奠磐。爰相雎鳩，翩翩羽翰。九伐正邦，圻父是觀。乃遘小蠢，盗兵塞垣。敗之大魯，獻俘天安。特厠親近，爲楨爲幹。肇事羽衛，終于期門。况君治内，厥有可聞。庶揚寵賚，以傳貞珉。

西河文集卷八十七

蕭山毛奇齡字大可又名甡稿

墓表二

誥授嘉議大夫陝西督糧道布政使司參政趙君暨誥封恭人許太君墓表

君諱廷標，字叔文，别字雲岑，杭州錢唐人，趙姓。高祖孝廉公諱登官，興安州牧，從餘姚遷杭，家焉。孝廉公生光禄公，諱珙君，曾祖也。光禄公生龍驤公，諱鈺，爲君祖。龍驤公生中憲公，諱維清，則惟君父。君父官光禄寺丞，而以君貴，累贈中憲大夫、按察司副使，且以别于曾祖之爲光禄正者，因稱中憲公。中憲公生七子：一都督僉事；一都司僉書，授明遠將軍；一鎮江府知府；一沔陽州同知，殉難西山；一甘肅鎮右營游擊將軍；一江安縣知縣。而君生第三，以明經起家，除福建汀州府永定縣知縣，遷湖廣衡州府同知，改擢長寶分守道。落職，復從征南兵督師軍前，題授安普兵備道。進布政司參議，管通省驛鹽事。調廣東按察司副使，分巡廣肇南韶道。以憂去，服闋，補長沙驛鹽道，併理粮儲道事。康熙戊辰，遷陝西督粮道布政司參政，而以病乞去。君饒于治術，蒞事有體幹，遇倥偬造次，輒能顧盻給辦。而受性惇誠，袒胸膈示物，所至感激。故當試仕時，海國初闢，日扞寇卻敵，皆足以忠信來格。即歷仕儲備，多與强軍爲周旋，而不悮軍政，不竭民力。量其才地，實可以大用，而惜乎以監司終也。

方予在都時，值君以服闋，補長沙驛鹽道。將行，餞君彰義門。君偕其兄子進士承烈在座，後至者見君風度灑然，濯濯有儀表。計其年不下六十，猶前後審視，與兄子不辨長幼。暨予歸三年，驟聞君乞病，已還里。急過之，即不能一見。若君，真所謂盡瘁死王事者！今某年某月，將葬君某山之原。既請予爲文，誌諸幽矣。禮，卿大夫葬，必幽述其繫而顯著其德。孝子不以予不文，重請予表墓。而予難之，曰：「有是乎？」曰：「有之。宋歐陽子之表李殿直，眉山蘇氏爲司馬温公撰神道碑銘，❶皆其人誌狀，而重句其文表之，可按也。」然則何辭矣。

君少以文章名，年弱冠，未嘗習武事，然而所在戰克。以永定强寇介山海之間，三覆而驅之，且有束身歸命者。當圍城時，忽有人從賊中來。曰：「何哉？爾之以賊間我也。」曰：「非也，吾以戍爲賊。然當吾犯時，感公之不死而戍之也，故來歸焉。」于是盡輸賊中情，而賊遂以衰。至若湘江多盜剽，及官吏既已籍捕，得其多人，然猶諭以禍福，貰之以自新，第斲其渠一二人，而餘俱散釋。今之扶犁而爲農者，即昔之揭竿而爲盜者也。聞之安普之役，土官爲梗，君以監軍平維摩、彌勒之亂。一時將帥怒

❶「公」，原作「國」，據四庫本改。

諸城之爲賊守者，將殲之以絶後慮。君巽言譬之，不聽；推几而訶之，不聽。則大呼曰：「朝廷好生，踰于虞舜。今以民命寄戎行，而忍以殘逞負聖主意？吾將啓督師，使上聞矣。」時督師洪公經略五省，諸帥怵其言，已之。及君任廣肇，肇俗喜爲亂。當西南多故之後，榛莽塞行路。君行政之暇，覘過抵所在而曲諭之。伺衆多革面，然後捕其尤者，伏之法。及臨刑，皆仰首稱君仁，立囑黨羽使散去。其感人如此。其後湘東之變激于催科。時公司驛鹽，不相聞。巡撫韓君亟檄君諭之。君往，而亂民皆涕泣悔罪，一夕而罷。至于鹽榷之覈，郵傳之清，粮儲之調度，機宜緩急各中，精勤而敏練，古大臣莫過也。

君文具體要，儗之西京。凡文教書檄及親賓去復柬札，皆手自濡削。末年力小減，藉手掌記。嘗令其子爲移文，以事周章，累數十詞不能達。君篹以二語，❶而簡暢明析，若以少勝人多許者，其才思然矣。

配許恭人，名家子，助君政，有成績。孝于姑，惠于宗族。其事多别載，以合葬，故得並書。有子八人。以一後游擊將軍，早卒，餘七人皆仕，有文名。孫十六人，或仕或幼。曾孫九人，未仕。所謂能世其家者。因爲表之，而並書其名于石，曰某等。

❶「篹」，四庫本作「覈」。

敕授江寧北捕通判吕公墓表

當予入郡爲文社時，有以兄弟指名者，曰「三張」「三吕」。三張者，張梯、張杉、張檮也。若三吕，則一爲鉅烈，一爲相烈，一爲洪烈。兩家皆世家子弟，而文采爛然。每入社，軒軒若豹羽之張于岡。觀者竊指，視如迫火爁，離立不敢近。而既而三張皆就木，相烈客死，鉅烈爲鹽官訓導，貧不得歸。惟洪烈以記室從嶺南來見予，而咨嗟曰：「先公死二十年矣，方康熙辛亥，已與先繼母龔安人合葬于孟葑之原。獨先母祝安人以先先公卒，預葬于謝墅之棋子山，不能遷。記先公葬時，曾虚左一槨以待，而未果也。今已書安人支幹，覆以生時所御衣，而填之壙中。獨是墓門之石，將以俟冢兄之歸而並請之。今老矣，子猶吾兄弟行也，吾請自爲狀而子表之，何如？」予曰：「然。」

按狀，吕系出四岳，唐河東節度使延之，其遠祖也。自宋太師正惠公端二傳至中丞公誨，有子守襲慶，死金人之難。而其孫大理寺評事公億，負父骨南渡，家于越州之新昌，爲新昌吕氏。其後有貴義公者遷餘姚。餘姚吕與李同音，明初定户版，里長謬呼吕爲李，遂姓李。嘉靖間太傅文安公諱本，以李通籍，相世宗朝十三年。及將致政，乃始啓奏，請復姓。方是時，世宗重太傅甚，先于餘姚建相國里第，爲别築一城居之。復于郡治山陰地，更造行府，延袤若干區。自廳事外比視爲堂室，從以謻房。凡旁櫚離舍，皆可容若干筵。且作永巷從横之，使負販叫賣者，得周行其中。以故太傅公後一傳爲祠部柏陽公諱兖，再傳爲銓部少參姜山公諱胤昌，皆居山陰。

自銓部公子茂才公諱天成，高才早卒，生公而穎異，蚤見頭角，以爲吕氏至公當益大。故公母史太安人爲郡守公諱繼勳女，知書能授經。而祖母孫太恭人爲尚寶公諱塀女，嘗與兄冢宰公諱鑨、弟大司馬公諱鑛者同館學，博極群籍，下筆成文章，遂教公爲文而身師之。公既善記憶，一目可兼行下。復以受太恭人教，年十一作放膽文，頃刻千言，觀者皆咋舌去。既而就童試，適史太安人服未除。及除，而府試已畢，不得已，冒仁和籍補諸生。仁和，故省會，太傅故有宅在省會間，爲舉人何氏所佔，而公訟理之。會學使歲試，臚名八。何氏買伍伯搜挾書爲姦，陰以簡摺納公袖，隨探而出，以首公。公抗辯不伏，曰：「有嫁之者。」學使不能決，下之府判。府判受何賄，遽于訟庭給筆札令試。試題既艱甚，乃故出重囚刑于庭，譸譟嚎嘈，既以讋公心且撓亂之，使思不得屬。稍間，囑伺者以曳白報。公伸紙疾書，略不加點，庭鞫者未竣而文已成，且直拄何陰禍狀。判大駭，揖公而退。當公被陷時，適祝安人以疾卒，公四顧快快。及娶龔安人，往往以文戰不利，❶且不善事生産，家中落。會國家多故，中原飢饉千餘里，流寇四訌。自恃世家後，慷慨當有以自效，而進取無地，無所用。

崇禎癸未，入北雍，旋以流寇破京城，南歸止山東。時南都建號者畫河而守，不得渡。適季子洪烈有婦翁徐公者，監靖南侯軍，迎公渡河，居軍中。順治二年，王師下江南。靖南侯死，公與徐公還江南旅居。會族父隨王師者授高淳縣令，邀公同行。時浙東五郡已括民徒抗王師。公念家浙東，旦暮

❶「以」，四庫本無此字。

不保，高淳去家近，或得隨王師東渡，作保全計，因忻然偕行。及抵縣，縣典史遣隸持文書來迎。隸私抵家，以後時當笞，公固請免之。既而問故，隸以婦娩對。時暮食，公勞以匕肉。隸食竟，連目公去。明日下薙髮令，市民集無厲譟于訟堂。公促族父出諭之，族父遲回間，忽壞門入，棓擊者雨集。公以腦受棓，仆而僵，儳跳身負屋梁者，俯見體横地，裸其衣，將加以刃，怖甚，幾致墮，幸刃不即下。衆洶洶擁族父去。抵暮衆散，覺身冉冉從屋梁降，目瞑無所見。頃之體蘇，曰：「魂附矣。」急踰垣出，則典史署也。時衆已殺令，典史知不免，將竄去，見公而驚。既知爲令客，遽嗾兩隸牽公出，遺獻以媚賊。未曙，坐月下，公自念無死理，且既已生之，寧又死？仰月咤嗏，拾敗紙拭面血。臨拭，一隸熟視，叩頭曰：「恩公也。幾誤公矣。」詢之，曰：「公不記後時隸耶？公生隸，而隸忍殺之？」遂語他隸，各解衣衣公，乘夜負公出他境，得免。居無何，江南開試塲，試流寓生可以爲江南官者。公試得第四，授江南江寧府北捕通判。先是，縣隸救公時，公問其姓氏，曰葉正甫也。其後官軍平亂民，兼戮縣隸之從賊者。正甫以救公解，公族父之子在軍問狀，曰：「吾兄也。」釋正甫，勿殺。至是公以高淳爲府屬，因檄高淳令，求正甫所在，而正甫病死。

江南舊無督捕官，因獄煩創設，諸務山積。公行以仁恕，凡閱囚，無輕重曲直，多用貸免。以爲江南當喪亂之後，民貧易犯法，其罪皆可矜，勿使冤入。一時翕然頌公仁。會内院洪公，故明兩浙督學使也，公試高等，至是將薦公。值頒春治春宴于堂，江寧故留都地，設京兆府。自治中、别駕以下，皆屬吏。每宴，京兆席南向，餘東西向。今改尹爲守，則守判敵體，宜雁行列。而胥史尚遵故京兆儀註。

已設席，而公執不可，將就坐更席，守心銜之。未幾，甲有訟乙入舊内剽掠者，公按之無有，遂直之。是夜，丹徒簿解帑金藩司，昏黑不能前。以公同鄉，負金投公署，辨明輸去。守陰偵得之，疑得剽舊内者財。讞事不實，遂摭以告臬。及勘驗實訟，不得財，報無罪。而臬已先驗一日，遽劾公去。順治三年，王師渡績溪，將下江東。適徐公在内院軍中，公亟趍軍門，謀所以全江東者。徐公初難之，公以跪請。徐公言無他，第遣父老詣軍前請命。公曰：「諾。」及渡江，入山陰界，父老迎且拜。徐公從容在傍，向大將軍乞哀憐，願勿屠城。大將軍許諾，立令封刃，不復戮一人。公是事頗秘。至今尚相傳城隍神寄夢父老，令迎于錢清之太平橋，故封刃。真隱德也。既而大軍進婺州，❶内院補公三衢教授，隨軍行。及至衢，而徐公奉大將軍令，先入城撫抗命者，爲亂兵所殺。公乃徒行，求徐公屍。時屍僵横路，血胾狼藉，無可辨。公乃求其可記者，辯得之，爲請殮請卹，護之歸。公在衢，經年葺學舍，修文宣王廟，招徠諸生之竄伏者，課以文，文教大起。内部聞公名，移咨學使，謂衢州教授與舊時江寧北捕通判同名氏，是一人否？學使遽以私人易公名，公不置辨，拂衣去。公嘗曰：「吾兩次去官，皆宜辨，而不之辨。且前此蒙不韙名，猶嘿嘿，豈甘以污自居乎！古者降其志，辱其身，夫猶是也。」又曰：「吾世受顯爵，思以紹大，而竟止于是。以視靈運之述祖德，平原之揚世烈，不無有愧。然予與平原、靈運同遭喪亡，而予以卑棲，獨保全首領，以安其天年，不可謂非不幸也。」其言如此。惟是世禄之家，多産才士。而公承茂

---

❶「婺」，原作「嫠」，據四庫本改。

才公後，繼以三呂，皆曠代軼才。而茂才公早卒，公坎壈不偶，三呂者鷹揚虎峙，非不足蔭映一世，而卒之蹉跎就老，竟賫志以終其身，悲夫！

公諱師著，又諱王師，字謫名，客星其號也。爲人才大而意不薄。少于學無所不窺，下筆銛利，如鐵英之發于鉎。而居之以厚，好解人急，每欲于人死中，曲求其生。嘗入友人幕，平反大獄。友人誚之曰：「君坐是失職，而欲以是遺我乎？」公曰：「能生人，雖失職，何害？」間擅岐黄術，起友人死。當江南亂時，從高淳之蕪湖，見道傍死人。既過，思救之。及還視，則故僕也，負之歸，投藥而起。

先是，茂才公少時，工填詞，别號「蔚藍生」，著《樛木園詞》十數種，爲吴江沈詞隱及同郡方諸生所推伏，然雅不善歌。公獨能歌，且能言五聲、六律、七始、九辨之學，故他著作甚夥，皆屏去，惟以傳奇七種行人間，曰：「此羊棗也。」

康熙甲辰七月三十日，以微疾卒，距生明萬曆己亥，享年六十有六。配祝安人，州牧金陽公孫女、烏程教諭心嚴公女，年三十一卒，生子三，即三呂也。繼龔安人，台州水師營游擊將軍某公女，年五十卒，生子一，煌烈。孫七。銘曰：❶

惟公之德，闕不以揚。知公後人，必保大以昌。其子之友蕭山毛奇齡謹書其文于墓石之陽，曰時呂公之藏。

❶「銘曰」，原脱，據四庫本補。

西河文集卷八十八

蕭山毛奇齡字僧彌又初晴稿

墓表三

勅封承德郎雲南永昌軍民府通判林君墓表

予入史館作《土司傳》，歎西南徼外哀牢、金齒諸域，要荒萬里，第鞭箠之已足矣，乃復版户而長衆之。曩時所爲流官者，今且堂堂選人試仕其地。士君子讀書談義，亦安所自恃。會予請假歸，而故人之子林生兆哲，赴東曹選得雲南永昌軍民府通判，則正值斯地。時合餞國門，微視林生，將之官，了無難色，獨咨嗟，謂家有嚴君，惟是晨昏遠隔，可用爲慮。而其既之官，即以兼知新興事，積逋六七萬。林生受其尊人教，不忍敲朴。而前任之在繫者，纍頸無所愬，咸謂蠻地果難治，其尊人儒者，迂遠不足以利世用，林生遵教且太過。忽恩赦自天下，凡全滇七年逋負銀米，蠲貸殆盡，逋官之在繫者皆得釋。人因誦林生賢，能徼天子恩。天子神聖，能使下吏得自愛，惠澤滂湃。儒者雖迂闊，未必不見利於世也。越三年，而其尊人以疾卒於寢。又一年，林生歸葬，涕泣請表墓。嗚呼！

君諱瀾，字觀子，杭州人。先世自宋末由莆田來遷。其始遷祖均仕元，初爲提領官，居於杭州之大井巷。三傳至榮，當明洪武，初贈官通議大夫。長子才，次子文，永樂中官監察御史。又次森，封太常正卿。森生章，景泰改元，舉神童，召試，授中書舍人。天順間，遷儀制員外郎，歷山東布政使司左參議，進太常正卿，與修《憲宗實録》及《大明一統志》《續通鑑綱目》諸書，進階一品榮禄大夫，詔祖父如其官。森生應禧，正德中授内閣中書舍人，以忤瑾歸。瑾敗，起大理寺副，歷尚寶卿，遷湖廣布政使司布政使，進順天府丞。應禧生奇，贈刑部員外郎。奇生梓，嘉靖壬戌進士，由刑部員外郎改延平府知府，遷雲南按察司副使，整飭金騰等處，進階贊治尹。崇禎十年，請祀延平名宦。梓生逢春，萬曆甲寅舉明經，廷試受官，則君曾祖也。君世居大井巷，繼遷緒堂，皆歷世仕宦。暨祖長蔭、父宗震，承曾祖遺訓，遷居倉橋，閉户争著書，各以文章氣節見於時。世每稱遜、抗之後，繼以機、雲。而君復承之。

值鼎革之際，既以成童補諸生第一，便棄去。遍讀諸藏書，目兼行下。搦筆爲文章，瞬息千萬言，同硯者辟易不敢前。君自薄小技，每脱藁，不一再視。第與坐客談孤虚之學，駁之不勝。退而盡發諸河東郭公、南陽許氏之書，討練有年。忽大悟，遂肆幡演禽、六壬、奇門、太乙、遁甲及圖緯、占候、風角，以逆刺諸物，通驗若神。每曰：「數雖小道，能探精研微，可以補造物不全之憾，發生民未見之隱，所繫豈細！若夫君平布算，激貪勵俗，亦在人爲之耳。名士有學，何者不可以自見！必以八比取富貴，雖吾前人嘗爲之，顧吾非其人。且夫人各有志也。」既而曰：「郎仲綴襲京氏《易》，徒善天步。袁客師播星曆之筴，要皆失師傳，不得所始。夫始之者，天也。惟齊姑臧侯爲神武所封，得金韜、飛候、玄象、渾蓋諸術，吾將用之以探其本源，而知其所始。」於是窮古今天文七十二家之説，倣璣衡舊軌，按其圖目，分躔而别氣。其言災祥，能使書墨入版。而言晷漏，則左右司晨司刻，可以時應。每於清夜子分，登臺察雲氣，占星辰順逆，以之辨風雨明晦、燠暘遲速之節，且用之以定一歲陰陽損益之道。其言多先見。人或以西學難之，答曰：「使吾爲五官正者，吾能講太乙、五紀、八象、三統諸曆，以折取於中。雖然，吾甘與西學較尺寸哉！」乃以杭俗好相地，中外姻婭，多藉口竹策未定，露柩室不掩，連年累歲。君過而咨嗟，覓海角神經，唐世所秘爲金匱玉枏回元天機者，搜討其論説。登山臨水，躬驗諸吉凶離合。即以五行生尅，二氣王衰，推諸地道。周親歸葬者多得效去。而于是葬者日以告，即鄰人柩室，皆爲之空。乃復痛夭札疵癘，無由拯救。曩者軒轅著書，上窮天紀，下極地理，中知人事。其間府藏陰陽、經絡生死、運會升降，皆可窮抽極繹，發我神智。漢張機云：夫天有五行，以運萬類；人稟五常，以辟五府。玄微莫徵，變化不可擬。自非才高識廣，安能剖晰幽遐、盡其理致哉？第洞垣湔脘，世無其人。鍼石熨焫，其法又不授。雖諸家《内經》，搜討極備，而論議浩博，考索難竟。即盧國《難經》，與皇甫士安《甲乙》諸著，俱未能析其指歸，而得其要領。惟元人滑壽作《素問鈔》一書，頗稱簡切。顧《靈樞》真經，實先《素問》，而未得並著于世，以相爲表裏。非闕事乎！雖明末張氏彙作《類經》，已嘗蒐入，而義例煩賾。乃仍倣滑氏，分類十二，約文五百，汰其冗而貫其錯，合《靈樞》《素問》爲一書，名《靈素合鈔》。自攝生以至運氣，定十有五卷，爲醫學宗。

然而黄岐不作，凡伯高、雷公、少俞、仲文及長桑、扁鵲、公乘、太倉諸學，皆别爲一途，金石也而代以湯液，耳目也而代以尺寸，辨府俞而釋草木，周秦以後所可考按者，獨東漢張機一人。夫証之難理，莫如傷寒；言理之可信，則莫如張機之書。今《傷寒卒病》諸論，俱在人間，雖前後倒置，篇帙錯雜，其中三陽三陰以及太陽、少陽、太陰、少陰諸部，皆有紕謬，乃博搜典籍，自《靈》《素》而下，凡元化《中藏》，稚川《肘後》，北齊褚氏，唐人孫思邈諸所著，以至中朝《聖方》、外彝《醫鑑》，合數千卷。彼此相訂，因採擇而論辨之，以法次証，以方次法，即以説次方。割塵析眇，輯爲《傷寒折衷》一書。取二十七篇，症外合二百五十七法，一百一十二方，共十二卷，加《類證》八卷。鏤版行世，世争購其書，以爲準的。一時名流，如卿子張氏、亮宸沈氏、子由盧氏、易園陳氏、夔師潘氏輩，皆互相發明，以昌大其説，而於是醫學得大成焉。先是，兩書鏤板成，凡數千葉，爲估人所藏。而不戒於火。時漏已三下，家人欲往救板者。君曰：「吾殫精力、費歲月，以成是書，爲利濟耳。今鍥木甫竣而遽燬之，是必有不足於利濟在也。否則，必勿燬。」詰旦，估人來告曰：「居以内無不燼者，而板乃獨免。坊人有救他板者而誤出之也。」

君爲人沉默，而談理侃侃，若河流之東注。然故下物，動以古爲期。雖博極群籍，有叩必應，未嘗以此詘坐客。坐客雖不勝，亦慰之去。生平不二色，不喜事家人産，産日廢。顧志意高遠，襟期落落。然門以外事，悉屏絶不以聞。與學人遊，學人皆稱之爲萊庵先生。晚年耽于内典及養生家言，澹泊寧謐，與釋氏相對，具有見解。嘗曰：「肢體弛，則誦《黄庭》以振之。意見起，則諷《楞嚴》以消之。」其多學而達如此。

君著書等身。所存者，于詩文有《滄門集》《自娱集》《秦川雜詠》《酉冬雜著》《壬戌新鈔》，於經學有《學庸集説》《論孟彙解》《古今聖賢録》，於史學有《古今名臣經濟録》《讀史寫琰録》，於雜著有《武林雜志》《武林英賢志》《西湖逸志》《林氏家乘》《輿圖津要》《廣輿志考》，其於天文、地理、星曆諸學，則有《五星辨難》《火坑珠寶圖説》《點穴歌》《地理微旨》《天玉正傳》《秘旨示掌》《曆較正元》《經餘編纂》。未就者不可勝紀。

康熙三十年四月二十三日卒，距生天啓丁卯年六月十一日，享年六十有五。以覃恩勅封承德郎、雲南永昌軍民府通判。娶沈封安人。子六：長即兆哲，判永昌者，君之封是也；次聖則，見任雲南黑鹽井鹽課司使，以他後降服；次兆異，太學生；次兆杰，貢監生；次兆琪，次兆德。孫五，啓瑚、啓璉，皆監生，啓璿、啓琛、啓璵。女三，女孫七，其所適所娶，皆名族。詳誌中。乃表以辭。其辭曰：

古之鴻學，以多藝名。藝十得五，而名已成。至于百氏，則匪所營。彼談天者，下逮九瀛。紛綸噂喈，有如集蠅。況當瘵物，上嗣阿衡。誰爲爲之，以著準繩。君之先世，代爲列卿。乃獨高尚，同魯兩生。以博墳索，不止嚶嚶。果能觀察，得天地并。上撅天隱，下達地靈。中洞人則，救災掖傾。造化有憾，而君不攖。茂先景略，先後媲稱。誰謂貞白，不足與京？孝子筮仕，能述父行。墓門之碑，千秋永貞。

故明兵部車駕司郎中黄君墓表

君諱運泰，字開平。當明亡之日，破産募邑中死士，得五百人，渡江叩巡撫黄君于軍門。黄君閩人，受其衆，以同姓，故弟呼之。請于江南僭號者，授君兵部車駕司郎中。久之不得意，視一時所爲殊不道，卻而歸見予于土室，曰：「幽州有真王矣。」會馬士英奉福王、太后奔杭州，與故鎮東將軍方國安敗軍合，拒王師于西陵渡口。因在江南時與君舊，君饗之萬人，山中諸養舍困廩一空。已而嘆曰：「與我餵此賊，何如餵沙中蟲哉！」乃挈眷藏南山間，闢其先人所搆園名文園者，種桐養漆于其中。晝課傭作，夜即飲酒近婦人，達旦不寐。江東監國有以故官召君者，卻之。

順治三年，王師下江東，君乃出山，以文章會天下名士。天下名士東渡者悉館其家，日以百十人，設長筵于堂，隨到隨就坐，咄嗟而遍窮海陸珍錯之饌。每大社入郡，一切供張厨傳，皆其所治。時嘉興南湖作十郡文會，君連舟十餘，鳴鉦吹鐃，越郡名士皆載之以行。嘗與予撰《越郡詩選》。庶常王君選四詩中一詩，爲《郿城夜走》題，則明亡時庶常從賊中遯歸作也。予爲哀其遇，因以右丞司户評其詩簡間。而庶常家人謂譏其從賊，搆予怨家，陰中予以隟。然後遣人密諷君，改所評語。君曰：「此不可改也。予與毛生共爲此。毛生即不幸，有予在，予能賣吾并賣吾友哉？」愈易購多紙，染其板不絶。居常無聊，召能飲者一人，不問其所來，與對坐，各不出一語，徐徐飲。自朝至晡，隤然不能動，坐寐鼾齁。客去，不知也。自後家寢落，良田廣蕩，半屬蕪渫。文園數千頃，亭臺池館半傾圮，不復理。或勸之節嗇，君持杯長嘆曰：「當吾叩黄軍門時，衷革者一月。脱此時出關死于兵，吾尚能嗛嗛飲此酒哉？」既而有病，不能食。危坐卻飲噉十日，一夕大醉，卒。方君卒時，予尚未歸里。君泣曰：「吾友在天涯，能知別予在今日乎？」顧其子曰：「毛先生倘歸，當請一言誌予墓，他勿請也。」康熙十年，予客淮西，君已出葬于天樂鄉應駕尖黄州府君之壠傍。其子致書請誌墓，不達。曁予歸，而墓門已闔，乃承君遺志，其子再拜，口授狀，請表之。

君所居名黄竹塘。父上舍，諱衍祚，席世富厚，以豪俠自喜。而其祖諱可師者，以國子籍中萬曆丙午北京鄉試，丙辰登進士。其鄉會墨義，俱爲世傳誦，有名。初仕行人，遷刑部員外郎，陞黄州知府而卒。曾祖諱初元，由監作上林苑苑丞贈刑部主事，與弟希元中天啓辛酉鄉試者，俱以詩文名于時。高祖諱世厚，以國子籍中嘉靖戊午南京鄉試，授江夏知縣。時充湖廣鄉試同考官，江陵相公陰囑以少子入解，不許，罷職歸里。六世祖九臯，中嘉靖戊子鄉試，戊戌登進士，拜魯王相，與王左右不相能，謝去。七世祖懌，中正德癸酉鄉試，授安溪知縣，崇祀名宦。君曰：「吾累世通籍如此，吾何如矣？」君年四十二，子五女二，所娶所嫁皆名族。康熙十九年，友人毛生表其墓。且爲傢曰：

西有黄竹，今在東渡兮。族居以黄，比江夏兮。世本隆上，君適丁其污兮。子房破産，不用爲家兮。亦有良友，天之涯海之角兮。墓有宿草，尚不能一哭兮。今者歸來，車過腹痛兮。欲識其幽，反爲之題其寵兮。身其深深，名者其聳聳兮。嗟乎！是樗里之葬兮，苟無恙兮。嗟乎！此柳下季之藏兮，苟無傷兮。

錢唐李記室墓表

嘗從家明府許讀李東琪文，嘆其博植，不卑貶于雜文，有邃氣，是名才之鮮時習者。及予官京師，見其弟上珍于馮儀部宅，意度翛舉，須骨見如瘠鶴，多讀書。而往與山人者游，若于衣羽家有所遇者。暨予歸，而東琪已厭世，獨與上珍爲主客，聯校往來久之。上珍忽言曰：「予將游成都，歸期未可知。先生文致足禪世，恐從此卓遠，相見罕。念先人有隱德，當鼎革之際，徵書四下，不得已應徵爲檢校大使，卒以非其意，旋棄去。而生平好古，疏記天下事，無所試。以康熙八年己酉五月二十六日，賫志以歿，距故明萬曆癸巳生時，春秋七十有七，而無所傳述。即次年九月七日，卜葬于錢粮司嶺之新阡，亦並無誌石匿于墓，不孝之罪著矣。今幸交先生，先生能無出一言表之？」遂手狀，再拜。

予誦狀，稱居譙李氏有武毅公者，從明太祖開國，積戰功爲將軍。而虎賁公繼之，遂領虎賁衛，世禪勳爵。奄至武略公，以食采于浙，始遷錢唐豐寧里，凡十世，以詩書代興數矣。自北渠公傳敬渠公，而公生單傳，鮮兄弟。娶謝，生式金，早卒。其次式玉，即東琪也。又娶馬，生式璉，則予所交字上珍者。又娶沈，生式瑚。凡四子，皆名下士，而二爲予友。至公卒之歲，遂有孫十，曾孫八。而十孫之中有名成輅字弘載，以康熙癸酉登兩浙鄉榜者，則又予兄子同年生也。然則予之于公，其世交若此。雖不文，又何敢辭？

獨是公在前朝時，抱其所學，思有用，嘗爲本省巡鹽侍御史記室參軍。值崇禎改元，秋，颶風發，海水上涌。浙東西田廬皆蕩于水，即滷地湏渫，牢盆竈䆿，盪若浮梗。公把筆繕疏，力請巡鹽者馳奏，捐課若干。既而鹽運司菑，邊引官牘悉爐于火。運使將得罪，而公代爲疏寬之。會倭寇初平，海上籍鹽徒若干，指爲盜，皆坐以辟。讞上，爰書堆垛，不能釋。公晝夜檢閱，所上凡萬紙，刻求其可平反者，遂徼減其半。新安巨估吴氏以觸忤海虞鄉官，囑侍御史殺以事，以侍御史同年生也。公執不聽，曰：「豈有以私怨僇無害者！」時私販充斥，法漸弛，公力爲整飭，使積引泉流，不少壅滯。嘗清覈帑庫，有贏金萬兩，在常賦之外，皆疏引之。後所增入者，而公仍具疏，請給邊軍。總制傅宗龍義之，移書曰：「邊實壙積，士氣不先久矣。若朝廷得士盡如君者，何憂兵事哉！」其經術有用如此。公嘗居貧，與友人共估。友亡，司計者侵蝕其貲本殆盡，友家請各歸所贜。公曰：「不幸而友亡，彼寡也，所餘何幾而尚忍分之？」乃不取一錢，振袖歸，若無有者。

公諱干霄，字卓如，初諱立志。表曰：時李記室之塋，表而述之，以見其平生。

西河文集卷八十九

蕭山毛奇齡又名甡字春庄稿

墓　表四

浙東招撫使故明工部員外監靖南侯軍徐公墓表

公諱準，字式平，會稽人。當崇禎之季，士人争以八比取科第，而無益人國，相顧淪禍敗不可救。公既被試，忽集平時所爲文，熟視曰：「是何物？于治事何所與？吾學在是否？」既而曰：「天下從此壞矣！」碎裂之。

别婦至京師。其弟有從事倉曹者，好博，負博進。博徒合少年登門追償，畢一尪者坐上坐，譟且罵。公怒，批其頰，應手而斃。公突走出門，不反顧。裂行縢裹腓，至山海關，登高長望。偵者以爲奸，拘之寧前。寧前者，清師下遼陽而明兵據之爲守禦地也。自營薊連岬後，清師鋭甚不可當。幸養晦不即入，藉爲榰梧。會調上機事，開府馮君有指畫，詞不能達。掌記數易草，不得。公在羈中，以數語達之。開府大驚，曰：「誰爲此者？」衆遽以公對。遂引入，請爲幕客，凡機事必以聞。如是有年。

楊君嗣昌撫永平，虚恢自用，于寧前諸官悉婢視，不一屑屑，而獨于公多許可，曰：「奇士！奇士！」嘗由閹臣出督師，勦獻賊于湖。會公歸里，即家召公行。嗣昌湖人，欲敺賊入川，而迫而殲之，使湖故鄉無一賊。故巫夔上下疏守禦，使賊得輕入，而既而官軍躡賊後。公曰：「勿躡也。夫賊易入，亦易出。第并力躡之，而疏其防，保無繇他道出者。」嗣昌迂其言，悉力追躡。而賊果繇他道返，自雲陽至夔，一晝夜行四百里，且留衆于鄖，而自以輕騎破襄陽，殺襄王及諸官屬，而全湖以震。于是嗣昌乃自材。一軍上下往往誦公言，而恨嗣昌不能用。

繼督丁君聞其事，搜公于行間，購得之，引與計事。顧事不可爲。會闖報獻隟，統群賊來湖，遇官軍于水坡間。敗績，督府單騎走。公與同幕十八人皆縛送闖營，闖令洗之。洗之者，俘獲無少長，皆斬也。于是奴賊曳十八人，雜衆跪，抻項，刃齊下。公私念：何至死于此？給奴賊曰：「汝能縱我一謝闕乎？」奴賊曰：「官耶？」曰：「然。」喜而解其縛，送公闖前。賊例，凡獲官，有賞。其所獲官砣而殉諸衆，不曹斬。故官每被獲，寧就僇，必勿言官。而公詭言官，信之。至是闖詢曰：「何官？」曰：「慚愧，第參軍耳。」「參軍何官耶？」曰：「慚愧，參軍，司幕府文書，而未嘗爲官。」闖念幕府司文書必有才可用，而是時河南李信每勸闖勿殺文士，收人望，因付賊目李之綱。之綱與語，大悦，縱談天下事，慷慨無忌，脱械飲食之。夜則校其足而覆錦于牀。公問故，曰：「我敢疑公哉？曩者王命監一俘，如公才，縱而遁之，幾誤我大事。吾特前車之惴惴，以有是也。」公曰：「諺曰：利所都，旅亦家。此間利，吾安歸乎？」之綱乃餌公以貨，盛供御，且擇俘婦之姣者以羈留之。因告之闖，闖令與計事。公攬鏡必挽髭，嘆曰：「參軍，參軍，今入賊幕哉！」崇禎十六年正月一日，天文生楊永裕謁闖于軍門，黄冠野衣，捧圖讖以獻，謂闖宜建號改正朔。闖悦，使見公。公心恨之，不與語。永裕還見闖曰：「以臣觀徐生，此野鷹，非終縶者。」闖啣之。會再破襄陽，永裕勸闖改襄陽名京，設官行間。武臣自元帥、權將軍以下有差，文臣自上相、左輔、右弼及六政府以下有差。乃以永裕爲侍郎，而授公以官，公力辭。永裕曰：「何如？果如臣言。」闖立召公。公辭，語不倫，闖杖二十。次日，復召公，公復辭，又杖四十。公曰：「此其時矣。」會官軍破賊寶豐及唐縣、郟縣間，倉卒拔營走。公即挈故蘭陽令山東來儀與之騎，陰覓保寧王于他營，不得，乃夜與儀兩騎遁。邏者訶之，公手執龍文大牌，指儀曰：「此右弼也，有公幹。」急策馬去。時儀受賊官右弼，龍文大牌者，出入之符，蓋預購得之也。第是時賊雖他徙，然名城殘破，一望七八百里間皆曠無官司。惟土寨據險隘，自相固結，白晝行殺略。雖竊奉朝廷名號，而獷虓與賊等。公晝匿草間，夜輒望昴星東馳。如是有日。及至河，操舟者窺客裝有無，以卜生殺。公故挩衣卧得渡。

抵歸德，故督師丁君家居，見公而勞之。公備陳賊中事，計擒通許、太康二賊官。丁君令其子解賊官入京，而使公伏闕上《十陳寇情疏》。蓋公在賊久，日察其機事，并用兵虚實、設策疑信及守禦攻取、分標立營諸法，詳記之，爲官兵滅賊地，而事勢已去。且中外諸官，其拘牽轇固，牢不可破。公深痛，無如何。然既已疏入，莊烈皇帝驟見之，大駭。時漏已二下，即命兵部堂上官，次日于演象所面詢機宜。公曰：「賊勢燎原，人心瓦解，非望塵而奔，即倒戈以叛。數千里名城如無人，數十萬甲兵惟束手而已。」「然則奈何？」曰：「國家兵力既不足，而統馭方略，似又無足爲挽回計者。夫藉攻勦者，惟人與餽耳。今兵耗于邊，餽亡于甾，夫人而知之。乃或大破宿習，多爲權詭以亂之。且稍分事權，使便宜可行，意則庶或可救。夫文臣原無學術，在中在外皆伯仲之間，而彼此牽掣。統兵者必受命督師監軍，督師監軍必内承廟算，馳奏方略，一往返間，而敵之形勢變矣。前之所籌，後不足用，況乎漂焱叵測如此賊者。今幸其設官司，分土地，遲回關隴。爲今之計，當亟爲用間，使其自相猜貳，以賊制賊。縱或無效，猶得藉其瞻顧，以小緩其東向之勢。不然，發機已亟，京師其正鵠也。」廷臣上其議。上初尚未信，及見此，遂飛騎往南都，取永裕妻子，果得賊諜蘇二，並因之來京。信公言實。值保寧王從賊中復退，爲用間十二策，中有速取楊永裕妻子及賊諜蘇二之在永裕家者，當取之作行間用。上初尚未信，及見此，遂飛騎往南都，取永裕妻子，果得賊諜蘇二，並因之來京。信公言實。值保寧王從賊中至，上召見，得公不屈狀，益重公，敕吏部授公職，因授河南開封府同知，贊畫軍前。

會閣臣李建泰督師西禦賊，請公同行。上許之，親餞建泰及公于大明門。甫出都，所隨羽林軍忽散走，無一留者。建泰駐居庸，躅足狼狽。公曰：「事亟矣。羽林烏獸合，亦烏獸散，此無足深怪者。第國家已無力募，藉募，亦但如羽林朝合夕散。不如再請命整師，且迎且待。某當先往河，聯絡故督河之土寨可用也。」及抵河，而都城破，遂倡義結河諸土寨勤王。與故督丁君已刻發，而南都稱號者以詔至，即移師至江南。仰天曰：「事不可爲矣。雖然，吾總無所歸浮沉焉。苟有利于人，吾猶爲之。」時閣部史君鎮揚州，已留公幕中。而靖南侯黄得功與公在寧前有交，向史君乞公。史君許之，遂題公監靖南侯軍。會興平伯高杰兵留潤州，與兩浙勤王兵競道相讎殺。公力爲疏救。而靖南與興平有隙，至是復争，鎮兵大閧。公復爲調之。靖南乃移鎮無爲州。公在無爲軍，遷廬州府同知，奉命聯絡西江，進工部員外。時馬、阮用事，諸鎮鉥内亂，思一湔滌，乃合東平、廣昌、興平、靖南四鎮爲公疏，而列靖南名居首，請誅君側姦。靖南以語公，公知勢已去，外患侵偪，恐徒清内變，不及竣，翻藉爲口實。乃詭爲儒者語，令解之，悉力外禦，事已寢。而寧南侯左良玉復飛檄，率兵南下，清君側。靖南翻奉命西禦，遇于板子磯。忽報王師下江南。靖南戲下有刦靖南迎降者，靖南自刭，軍遂降。公在降衆中。當事者聞公名，趣授之官。公曰：「天命固有在。第吾敗軍將也，雖努力，難以自效，多爲人耻笑。」辭之，避潤州。

越一年，會江東民徒抗王師，畫江而守。公知江東事必敗，敗則千里無噍類矣。吾族鄰親戚皆在中，何可不一救！時統兵向江東者，有内院佘君，久知公，言于貝勒王，招公同行。公許以自效，曰：「江東必破，破則第勿殺，吾能招之。此皆吾民也。」王唯唯。及破，大軍皆從績溪下。而偏軍亂流由西陵聯舟，至蕭山空城，屠無所施，舍而趨錢清，至太平橋。公預遣父老具牛酒，迎拜馬前，曰願勿殺。公故爲詢曰：「此何地耶？」曰：「太平橋。」曰：「自此當太平矣。請封刃。」王曰：「善。」遂拜招撫使，往招故閣部朱君大典于金華。大典不受招，闔宅自焚。城破，轉而之衢。衢守將越人，初不知兵之已臨也。公在途，被刦，所賫符信書命俱失去。比至，無所憑，第言孤城旦夕危，宜決趨舍。而守者不信，遂殺公。公死三日，兵薄城，守者出降。以殺公故，盡殺在城官吏之降者。公友吕公，故北捕通判改衢州教授，收公屍。

公性孝友，爲人忼慨，不矜飾，好與人財。與人言，必盡其肝膈。博學善文，下筆數千言，而耻爲八比。初名士奇，惡流俗畸致，改名「準」，取以儆也。體肥白，好奢衣，不再擱。嘗曰：「吾行年五十，當不知死所矣。」至是驗。

公卒于順治三年七月廿六日，距生萬曆三十二年七月十日，享年四十三。子嘉慶，以父難廕官，辭不受。女適吕洪烈，則余友也。其孫源，曾以國子遇予于京師。及予歸，出所爲狀，拜請表，則其狀爲洪烈尊大人、北捕通判公所撰，即當時收公屍者。乃爲表而系之以銘。銘曰：

公習于五典，稔于七録，而耻以八比名。好談天下事，善用奇計，而自式于準與繩。當國家興喪之際，驅馳四應，所至常有效，而無所于成。曰此時數固然也，究之爲鄉邦，爲里閈，纓冠往救，而不能自庇其所生。嗚呼！此徐先生之塋也，而爲之表其行。

敕授文林郎仁和縣知縣王公墓表

康熙三十二年，知仁和縣事王公以疾卒于署。卒之日，囑其子曰：「予承命知此土，已盡職，死節官下。顧青衫出門，今以白木還，念無可爲飾木地者。蕭山毛太史僦居仁和義同里，工文，而知予。其文能噓枯，而不能于媚人。苟還骨故地，棺無朱緑，應藉其文以飾之。」而子泣曰：「諾。」會予甫東渡，大旱，渠底龜坼，舟壅格不得行。暨歸，而哭公于署，則已踰月日，駕柩于車出關，將以詰朝解舟綍去，乃故檥其舟。孝子扶服登岸間，適同里丁君以訪故來杭，其尊人與公同出自瀏陽劉公門下，世誼，遂介之詣予寓亭，泣拜述公言，請所以表其墓者。予泣，詢其狀，而無有也。因抆泪就坐，敘其語以表以狀。

公諱庶善，字衡麓，湖廣黄陂人也。始祖彰卿公，明永樂間仕太僕寺卿，由豫章遷陂，家于陂之石陽城，閲十餘傳矣。公祖之遇入成均，有名。而伯父鴻臚公立偁與父國子公立份，俱以文章聲于時。而鴻臚公無嗣，以公嗣之。會陂當明季憲賊蹂躪，蘄黄間破産禦賊，家中落。暨鼎革，而豪民巨族且有妄占公産者。時公年十三，從容對簿于提刑之訟堂。廉使李君奇公言，試以文。公倚訟按，援按間墨筆，迅書立就。李君大奇之，留公讀書于官署中。第公少孤，事母黄太孺人孝。每疾，必告于祖，請身代。人每以「孝童」稱之。

康熙癸卯，登賢書，以一經冠于鄉。計車數上，家貧不能給，乃乞署秩歸教事。俸滿，遷杭州仁和縣知縣。會天子南巡，出水衡所掌統爲儲峙，不費地方官一錢。而仁和爲兩浙首縣，帥諸司起居，自車駕所到，行在止茇，以及楫筏橋道、梐枑鈴欜之設，晝夜措畫。雖入官伊始，未嘗一諳宫府事，而動合法令，所至無誤。臺使深嘉之。乃于下車之會，相視所治，謂仁和省會地，比户闤闠，四民皆街居，交利而計其贏，日以財貨相主賓，舉目無禾稼，與循良吏興農勸功之意絶異。乃首興學校，創葺大成殿，延諸生試之。其後庚午領解者，即首取士也。于是漸及估販及官府工作，若所云工與商者，調其争，平其儈牙，簡覈其木石銅鐵、黍角絲枲諸物價。大略治之以不治，曰：爲政去太甚而已。假有刧訾者，斷還之；負責者，償之；質子女鬻家口者，則贖而完之。如是而已。其一切瑣屑，俱置不問。他司有所索，不應，即不諒者，或指爲慢，事急操之，漸至徵于色，發于聲，而究不之顧。嘗讀漢史，嘆循良爲政，痛百姓苦吏急，寧爲寬平。彼刻轢是視者，亦何嘗不念及小民之艱！然且假公廉不發私書，問遺、請寄，俱一無所聽。而究之嚴酷所至，重足一迹，不至生民不盡禍不止，是曷故哉？大抵煦煦嘔嘔，祇及之霑體涂足之民，而市籍商販，給衣浹食，即目爲輕薄，動加摧抑，則愚者相顧稱快。既而漸及于文儒，以爲衣冠侮人，當辱之大吏，則時之不爲儒者稱之。而至于郵亭鄉官，以及士大夫之家居者，吹毛而求疵，文致之，故曲其法以明直。而椎魯無知，爲之嘖嘖，以爲平政者如是，而不知斯世之猜禍遂不可底。何則？裁富以悦貧，則富亦貧；詘尊以立威，則威愈酷也。公之治杭，無是已。公賦性和厚，而不善于修飾。處己潔清，而不爲皦皦之行。遇士大夫必以禮，而相對落落。自朝至昃，公家事棘棘。偶有間，即推按飲酒，或賦詩一章，以遣其靡煩之意。嘗和臺使《觀海》詩，臺使愛之。時屬吏多篇，獨取公詩附之石。公治以慈勝，而至于弭盜，則不遺餘力。城北湖市爲舟車輻輳地，嘗患盜。公捕其渠朱新者梟之，而城北以安。至鄉之大鎮，如喬司，如塘棲，皆居積坌集，而盜每陰行其間。公遞鉏其渠，曰丘二、曰趙三，而萑苻無乘間者。至若苕之積逋，甌江之大呰，攻剽近境，公悉密捕掩殺之，而杭之四境逮今晏然。至于近旗之民，因緣無厲，至有鬻身入旗者，公悉禁絶之，而爲之贖，比比也。

公生于崇禎四年十月十七日，距康熙三十二年八月二十八日卒，春秋六十有二。會是歲亢旱，公晝跣走烈日中，夜露宿以禱，大瘁。稍間，則文簿堆垛，秉燭不能給。又日伺上官，執板奔馳之。其有不合意指者，遂引躬受不韙，抑鬱成疾，哀哉！卒之次日，四民皆市哭。予在越聞訃，有杭人客越者，相對哭不止。予詢之曰：「有所舊耶？」曰：「無有。」「德之耶？」曰：「無有。」「然則何哭？」曰：「吾哀夫公之至于此而民安之也。」

公配陳氏，又周氏，皆封孺人。子四：長堦，庠生，陳出；次式緒，國學生，次式載、次式域，周出。女七，三陳出，四周出。孫三：長文鏊，國學生，堦出；次文鎮，次文鐸，式緒出。其所娶所聘所適所許，皆名族。乃爲表之。其詞曰：

以公之首斯丘也，而歸其身。其歸之者形也，而浙人依其神。蓋公之處己以介，而治人以仁。雖抑鬱死官下，而其志未嘗不伸。曰此公之生平也，而并以告之桐鄉之民。

西河文集卷九十

蕭山毛奇齡字春庄又僧開稿

墓表五

金文學魯孺人合葬墓表

君以崇禎十四年卒，卒之時，知山陰縣事。周君輯君善行傳人間，名《晤善録》。予時受其書，而未省也。越二十年，君遺子子闇重取録鋟木，屬予爲序。且具言宿昔爲善賫志之狀，涕泗滂霈。予時已爲文記其事，終以其事涉隱昧，罷去。康熙十年，君配魯孺人以單居三十載，從君地下。子闇復寓書，屬予銘墓。會予從淮西轉徙嵩少，不得書。暨予應詔從京師歸，醫痺杭州。子闇乃以對策赴天安門，請宫詹學士朱君填銘壙中，而麗牲之碑尚有俟也。且朱君之銘與予友吕子紘績所爲傳，仍以待予表墓語行之文間，然則予又何辭矣！

崇禎十三年，兩浙凶饑。君父太常公以監察御史典南京學使院事。事竣歸里，❶發粟賑里門，然後還臺。其明年，雨黄雪十日，斗米千錢。君立救饑法，預開坊局，遍畫諸坊之在城者，與四鄉表裏。擇鄉士官師主之，以籍記受賑口數。先設散錢給米局，以安其家。然後分别遠邇，自官糶民糶、官積民積諸大法外，條列出粥、移粥、驗病、傳藥諸碎事，凡若干則。立廠若干所，每廠分主若干人。且徐徐于經畫之暇，勒《荒政全書》，凡若干卷。會紹興府知府王君、推官陳君，皆悉心任事，舉君爲倡，而簡其能者副之。時在城諸坊，惟城南大雲坊名。概有弗串，則以君爲主，而胡君諱鑑者爲之副也。乃是年五月一十六日君卒。越十日，二十六日胡君又卒。坊人奔走哭于路，號于里門，比户驚相告曰：「善人亡矣！善人亡矣！」雖然，善人不可爲，如之何？無何，胡君甦，大言君居鈞天甚樂。鈞天穹窿，别搆一堂以居君，名「善人堂」。堂布千坐，坐止百餘人，而君居其中。顧見鑑，即呼與坐。而既而卻之，曰：「胡八兄何庸至此耶？」八兄者，胡之行也。時傳道其事，或疑或信，即其家人亦皇惑。越十日，六月六日，俗六月六日浴貓犬，曰貓犬生是辰，爲之沐蘭。君外弟吴君，年十四，浴貓。吴所居宅，則玉虚道院左也。貓走院，依神，而吴就神捕得之，神擊之，顛。既而神憑以爲言曰：「非善人相救，其能生哉？」且曰：「善人願致太夫人，太夫人無恙。穹窿之間將建堂，以居善人太夫人，善人行也。請貽金，爲工師勸成。」太夫人者，君繼母，吴之姑也。言訖而起，如平常。時坊人龔動、章啓初、胡銑、項

❶ 「竣」，原作「峻」，據四庫本改。

發、張先聲、王龍光輩上其事。知府王君、推官陳君、山陰縣知縣周君，各拜稽首，曰：「善夫！」即以其事輯記之，名「晤善録」，且敕載府縣志中。

金氏爲西京大姓，然日磾族也。君氏出漢裔，避莽篡，減劉爲金，既而復之。至吴越王時，有爲民部尚書者，諱王嫌名，仍氏金。南渡後，遷于賢莊，既而遷觀港，爲觀港金氏。君爲太常公長子，生六歲，而母王太夫人卒。是時太常公登賢書。暨君年十四，乙丑，而太常公成進士。然君已能補學生食下士禄，早以藝文噪于時。其配魯孺人，則戊辰進士翰林院修撰公息女也。年二十八而單居，一子六歲，其一尚在腹，即子闇也。子闇生而弱，甫期以驚仆，孺人狼倉走庭外，不識户，以未嘗窺庭也，既而悔之。王師下江東，邑里奔逃，男婦唧曳走出城，一城皆虚。孺人曰：「嫠婦何之焉？」指所佩裙刀曰：「脱不幸飲此已耳。」塈四垣鍵户，獨攜二兒居重屋，而竟已得全。太常公嘗曰：「兒善而死，新婦善而不死。死而樂與不死而苦均等耳。然而苦可知而樂不可知，善何可爲矣！」予嘗怪魏晉以後多言鬼神事，不之信。子闇在廣坐曾争之曰：「君不讀《春秋》乎？《春秋》多怪事，而夫子修之。何也？」遂雜引《春秋》時事并列代史文，一如邢劭之論名理，娓娓成説。予嘗載其言别篇，而《晤善録》所記事終不敢多及，然而概可睹焉。

君諱樞，字伯星。或曰此斗星精也，而泄以名，宜其行矣。君生于萬曆壬子三月二十五日，卒于崇禎辛巳五月十六日，享年三十。孺人生于萬曆甲寅十月七日，卒于康熙辛亥七月二十九日，享年五十有八。例守志五十，許建坊。越中紳士與子闇游者，請學使題旌。而孺人辭之曰：「吾敢以羸年沽寵譽哉？」子二：焯、烺。銘曰：

誰昔未造，❶天降鞠饑。豈翳公子，而解信施。乳瘵用藥，餔餒以藜。不報黄雀，反夢白雞。人事已矣，天道何知？古亦有言，善不可爲。上帝示意，此豈有差？彌羅饗善，與穹窿齊。玉樓既召，金臺可梯。鈞天廣樂，趙簡所知。應遣蘇韶，回世説之。十日兩告，千秋不疑。脱或未信，名字足稽。鄮侯歸昴，傅相乘箕。矧瞻閨中，實共伯妻。思君心苦，有子腹遺。世德務大，家聲是基。東山談理，西園賦詩。感兹異事，作搜神詞。廣彼晤善，助我孝思。越五十載，猶念先懿。礱石以待，將爲豐碑。身藏兹土，神升雲霓。尚疑藏者，惟冠衣兮。

左史記事，與干寶《搜神》、應劭誌怪不同。

文學洪君偕張孺人合葬墓表

洪孝子綱不幸生四月喪父，越一年，不幸又喪母。又不幸父母享年少，父年止二十有一，母年止二十。又不幸綱以五月五日生。諺云：「兒生五五慎勿舉，身長及户刑父母。」今乃身不必及户，而其言又驗。生平既不見父母，又每懷是恨，自戕不可，自悔艾又無所用。又韓退之爲《李干墓誌》，誌當世名貴誤服金石藥，求生而致死。著之篇，藏之地下，爲後世戒。而綱父以寒疾食梔屑，母病熱而誤

❶「誰」，四庫本作「維」。

投以葠芪之湯。向使子長，能嘗藥，不至此。又席世寵後，地大難繼，或得嗣駿烈以慰賫志，而時命未逢。詘指身生時，逮今已二十七年矣，抱此數不幸，而展轉無計。計惟有刊石書德，藉名言以誌不壞，使銘埋墓下，表傳人間。而人亦有言：「王庾舊家，必得孫綽文，而後家人治葬事。今康熙辛未，合葬二人普福嶺。既已謁祥符知縣遂安毛先生文，填墓間矣。蕭山毛太史，遂安同譜兄也，曾爲先司寇公作《明史》列傳，予家世德之。太史能復賜表文爲人間觀乎？」

予乃見孝子。哀其志，發其所爲狀，嘆逝者無所事事，遂安文已具，何用綴餘言以重示于世？而既而思之，自昔奇行異節，鴻功偉伐，可以嬗于後，是固賴世之能言之者。而苟其深悲極痛無可傳述，明知其人之無所事事，而即傳述其可悲可痛不能自已之志，譬之遇剥割熨烙，伸臂坦腹，嚙齒舌忍患，而呻吟唔咿，不絶于口，亦足以抒其所苦而驅其所不耐。然則孝子之爲此，豈得已矣！

按狀，君諱潰，字天如。總角能文，十四歲即以未補諸生爲晚。會學使試台州，曰：「此先忠宣判官地也。忠宣生于此，仕于此，當必有籍，請往試。」其兄壯之，挈之行，果見取爲台州學生。其明年十五，即贅于張孺人家。孺人父諱仲安，錢塘學生也，無子，贅君而身殂。君童年經紀其家事，持籌佩鑰，視垣墉周遭，夜督家人數幺貝，不失竹箇。有催科吏來譙于庭，張僕抗不遜，吏持之。官例，逋糧抗官者，朴而枷于市。君親入縣門，與縣官拱揖，侃侃辨，具言追呼急，良民不給應，辭旨倨傲，其在草野則有之，未聞得罪也。且催科與撫字孰重？官見君年少而氣直，語有理解，遽釋僕，謝之歸。邢吉人先生者，君受業師也。無賴子弟有以婚姻負先生者，先生憤至死。君獨伸大義，呼同門生移檄之，已而置其人于法。先生雅善姑布術，嘗相君曰：「子才大于軀而血不膚，其能長乎？」乃以康熙乙巳八月廿四日卒。

先是，張孺人贅居張氏，暨君卒時然後來歸，不復往。而張母顧太君屢以車來迎，必流涕謝之，曰：「今以後則吾事舅姑時也。」既而君母周太君力勸孺人，暫歸寧復來。孺人扶車，不能登，肩顧乃去。至是病劇。顧太君詢曰：「兒有言乎？」曰：「無有。但有不能自決者。昔者事舅姑，不能從夫子。今幸從夫子去，又不能事舅姑。生死之際，當何爲情？」言訖而瞑。時康熙丙午六月九日，距君卒時衹十月一十五日。嗟乎，其可哀也如此。

君世籍錢塘。宋徽猷閣直學士忠宣公由樂平來杭，一傳爲同知樞密院事文安公，留錢塘家焉。迨元興，有浙東安撫使諱某者，徙越之上虞。入明，而襄惠公諱鏜，成化進士，官刑部尚書、太子太保，以軍功賜白銀、麟服，復起家錢塘西溪。襄惠公生澄，弘治庚午舉人，中書科中書。澄生椿，政和縣知縣，贈都察院右都御史，君高祖也。曾祖諱瞻祖，萬曆戊戌進士，都察院右都御史巡撫南、贛、汀、韶、惠、潮、彬、桂，以平賊功贈少保兵部尚書。祖諱吉暉，萬曆戊午舉人，中壬戌甲戌乙科進士，未仕卒。父諱超，例以廕受官，不就，爲杭州學生。世咸謂君承世閥，才高，當益大，而不幸賫志。孝子綱，錢塘學生。銘曰：

惟君世勳賢，歷嬗開府業。立功西與南，兩建銅柱臬。宗衮既殊望，康樂亦佳嗣。東京四世楊，尚識黃絹字。如何芝蘭生，早已剬其芽。日象殞丹穴，星魄墮渥洼。有子生背親，四月方哺乳。比之徐節孝，匍匐解覓父。世第見嵇紹，❶不見紹父形。況兼謝阿母，孤早若寄生。惟是塡墓文，不用戒金石。玄衣罕遺㐮，黄口未嘗藥。縱謂鳹鴒鳴，陽五劫此月。但逐葫蘆生，何用名鎮惡。獨憐魂婉娩，相隨在重泉。嗛嗛作伉儷，于今三十年。墓下塡所哀，墓上標所痛。譬猶病呻吟，勿謂佷無用。世德久愈熾，孝感身必興。聞者儻不信，請以視此銘。

山陰金氏女滿願墓表

金氏女，山陰南塘人。父鎔，上虞學生，家貧而無子。當女生時，值小滿之滿日，父以爲女也，棄不視。既而嘆曰：「金能滿吾願畢矣。古有沈滿願，試以名之。」七歲能讀書，從父之塾，塾中兒無過之者。隣童吴登家頗殷，請婚于父，父許之，而未聘也。白頭兵起，燔吴登之家而簒登去，既而返之，家無賸一錢。登年十五，無生計，請倉橋之賣紈扇者而爲之繪之。日繪三十紈，得百錢。會女父死，女亦繪紈以養母。登儻不給繪，女給之。康熙改元，侍郎王君祭禹陵，搜城之丐婦，而諭以意買姣好女，酬以官金二十觔。丐婦來女家。女母曰：「金果滿乎！」持華衣，披女身。女泣拒之，一日三往復。既而女病，約以日至日衣華衣。登過送之，請于母曰：「先生在時，某向有成言。雖無禮，而有其意。今則已矣，願别之，可乎？」曰：「可。」登見女曰：「不謂子之幡然也。」女曰：「吾籌之矣。吾死則誰養母

❶「嵇」，原作「稽」，據四庫本改。

者？往之而之死，則金可入也。否則子能養母乎？」曰：「吾叔父在處州，以千金販木，呼吾尸之。此後有贏錢，未可知也。」女曰：「諾。」謂母今日病，請中一日。遂經死，年一十有七。登迎其母之處州，家復大起，三十方娶妻，生一子。葬女于南塘之湖南山，而請表之。

時始寧女士徐昭華有詩曰：

南塘嬌女玉琢身，黃金爲姓家復貧。生當四月小滿辰，兼之金滿千枝分。命雖無缺願未伸，但耽文史厭寶珍。山環十里桃花津，兒家住近山後村。青蘿作髻雲作巾，閉户不聞尨犬狺。曾賦《映水》當洛神，何媿滿願稱後塵。沈滿願有《映水曲》。祇憐兔絲牽麻蕡，小童韓重居北隣。越羅裁素張曲筠，團圞如月虛無文。雖與題扇非右軍，相邀同染蛛絲紋。點花簇翠掃黛痕，遠山着處香螺新。有時滴粉調朱脣，呵指把筆凍不龜。東家作畫西家皴，兩兩腕袖相粘粈。畫紈三百錢一緡，才觳晨夕供老親。狂夫無賴千騎臨，千金買笑萬買春。不識桑下羅敷秦，白茅强委半死麕。盤龍四角穿車茵，爲予判作載柩輴。衣箱五彩花組紃，不須换卻填襦絪。阿母呐呐徒好金，叩户一別肝腸鋟。雪花螺旋鋪官銀，縱然金滿缺在人。日有時蝕月有輪，豈如紈子長圓匀。盧江小吏御苦辛，販材貿木羅漆杶。黃金亦有滿願晨，世事完缺何常倫！湖山萬仞高嶙峋，下有清水清且潾。封茅藉草薦水蒓，夏澆清酒春酹醇。瓦棺土甓安穸窀，相過泪落前湖濱。

蠡吾李孝慤先生暨馬孺人合葬墓表

李孝慤先生以康熙二十二年八月卒，葬有年矣。其子塨登康熙二十九年庚午鄉書，明年試禮部。既歸，而嫡母馬孺人即以是年閏月又卒，與先生合葬。服闋，慨然曰：「《禮》云：『居喪未葬，讀喪禮；既葬，讀祭禮；喪復常，讀樂章。』今古樂並亡，誰當讀者？」客有以予所著《皇言定聲録》《竟山樂録》二書餽之，讀而悦然，即束裝越三千里，就予受樂。凡三日，盡得舊所傳五聲、二變、四清、七始、九歌、十二律諸遺法去，且能正予書訛謬二十餘字。瀕行，再拜曰：「先孝慤，儒者也。不孝身親凶功已一十五年，未有片石填土中。而先慈從之。幸而封甫乾，將復琢柱于壟傍，且以麗牲。先生其可無一言褒施之乎？」予曰：「然。」

按保定多儒者。容城孫奇逢以奇節講學蘇門間，祁州舉人刁包聚生徒里閈。先生獨篤行，卻講謝弟子，謂學貴實踐，合內外期于有用。乃闔門，從謹身始，型于家，惇于所親，漸以及邦人。邦人信之。大率貌樸而莊，衣布袍，覆瓦壟巾，或高胎羢巾。而禮容溫然，言論伉直，而吶吶不即出。性嚴介，而予人以和。當太公在時，雞鳴盥漱，率馬孺人拜于庭。然後登堂聽寢聲，徐徐問安。顧太公春秋高，日必五六食，每食必燥濕甘苦，察所宜，手捧持之。會天寒，雞鳴而起，瀹豕羹于陸稻之間。先燃燈于堂，反持羹而燈已熄。念置羹取火，羹必寒，如何？正徬徨間，而燈燼忽燃，若神助者。或曰此孝之感云。至其自奉，則礲粱連覈作饔，和菜菹，而沃以沸水，頃刻一二盌，不知其麤也。先生嘗慨世儒悖詭，求身心不實，舍求事物。乃求事物又不實，徒窮致物理于古所編摘之書。而註事説物，益復不實，乃遂屏棄事物不道，漸至兵、農、禮、樂，由、賜、求、赤，皆斥之爲舍己爲人之事。然則學亦安用矣！因與同邑王法乾訂身心之學。又感五公山人王餘佑大節，與之論有用之學，録《孔聖全書》及《通鑑》事蹟可施用者。顔習齋者，博陵儒也，謂聖人無心學而有其學，乃自立爲學次第，雜取《少儀》《内則》諸篇，定幼學之凖，而以古文《禹謨》、李氏《周官經》所云六府、三事、三物爲節目究竟，彷彿班氏五學限年責功之説，而心學闕焉。乃謂先生崇實學，與其説合，齋宿過先生，先生不與見。既而見，不答。先生於諸客之過，未嘗不答，而獨不答于習齋。即習齋亦不以先生不答而不之過。嘗過先生，值他出，見按前所録書，大驚，歸而書先生姓字于屏，每出入，必拱揖焉。顧習齋籍博陵，而寄僦于蠡城之東村。先生由里居之鄉，由鄉之里居，必經習齋門，不一入也。然而先生遇雖疎，終以其學切實，遣子塨與游。塨雖秉家學，然亦學其所學云。

先生諱明性，字洞初。「孝慤」者，學人所易名也。少與兄成性、弟盡性，皆蠡縣諸生，有聲。鼎革初，先生不出試。客有以出試勸先生者，先生飲之酒。既醉浩歌，使客不得言。順治八年，兄以覃恩貢于廷，授府判官。而是年恩詔郡縣，舉學行兼優一人。時已推先生，先生辭之。初居城東曹家蕞，圈田令下，廬舍彊畊皆受圈于旂，獨奉太公入城居。太公卒，復奉母居鄉之臘盧。及母又卒，而兄弟之子有不幸者，復爲之經理遺幼，往來鄉城間。嘗在邑里，修比師閭長之教。凡婚喪、祭祀、養老、讀律，必躬帥盡禮。而其在鄉，則出民入民，各有程度。暇即與鄉人較射，每鉤弦，目光箕張。鄉耆老見之，輒流涕曰：「李二公少時，當崇禎之季，群盜蠭起。二公從太公帥鄉人保守，戒勿爲盜。鄉人感之。即他盜過二公門，插幟門左，禁勿入。當是時，二公揮利兵，用長木箭，跨生馬疾馳，可敵萬人。惜今不見也！」

先生生于萬曆四十三年，少馬孺人二歲。而先孺人九年卒。孺人有懿行，無子，副以易州世襲錦衣衛指揮使馬公斌女，生子五，孫一。埰其長子也。孺人同馬姓而殊系，歡如姊娣，推讓所生子而同懷之。埰乞銘時，累以馬孺人懿行爲言。嗟乎，賢已！乃爲銘，銘曰：

嗚呼！此蠭吾李仲之墓，而以德配祔。

北京大學《儒藏》編纂與研究中心 編

《儒藏》精華編選刊

西河文集（四）

〔清〕毛奇齡 撰
閻寶明
趙友林 校點
馬麗麗

北京大學出版社
PEKING UNIVERSITY PRESS

西河文集卷九十一

蕭山毛奇齡字齊于又字于稿

墓誌銘一

沈君墓誌銘

予友沈七禹錫，二十七歲死嘔血。其諸宗沈功宗與予前後友，亦嘔血二十七歲死。死時作書曰：「先生肯爲我作誌耶？」其弟在宗持書泣，屬誌，且云某日將葬苧蘿山東崗。啓其書，其遺筆也。嗚呼！

功宗字孚先，蕭山汀頭人。其讀書處名「江園」，稱「江園沈子」。後山陰傅宗者慕之，就君同里居，師事來蕃，讀書江園中，又稱「江園二子」。君十歲，著《大臣論》。稍長，尚風節。嘗讀《漢書·黨錮傳》，至度遼將軍皇甫規自以西州豪傑，不得與黨人，上書自訟，君捉筆填其下曰：「時蕭山沈功宗以童子同將軍上書。」其慷慨如此。君善書法，遇縑素，必移易書滿。好談。每夜分，列廣氊，置蠟檠其中。箕坐談，達曙不寐。時其師來君、同學傅君亦皆好談，故嘗與談，無厭情。一日來君書同邑毛甡詩示君，曰：「此何人詩也？」君應聲曰：「此嘉州也。」又示，曰：「此白太傅也。」來君咥然而起曰：「何哉？此城東里毛甡者也。」君曰：「有是乎？」次日，遂走城東里問甡。值甡過埭上，君亦走埭上，相與語，甚驩。當是時，毛甡過埭上。埭上黄君好結客，日接遠方履，置酒高會。毛甡既指君徧告座客，座客與君語，亦大驚。後客有爲問難者，君著《答客難》數千言，頃刻成。客傳寫去。至是客至者，必詢江園沈子焉。君嘗夜思甡，逐月隨一僕走埭上，凡二十里，語達旦。及甡過横山，君復隨一僕，乘夜走横山。横山去江園三十里，中界以江。呼江漁刺舟，亂于江。時雞將一鳴。江岸有踞虎，兩目如燐，接江水。君信爲燐也，叱之。虎遁，杖追之。時近江村民驚以盜，一村皆起。

江園前有苧蘿山，西子所居處也。旁有浣紗溪，溪祠西子。其祠前爲越王走馬崗。君嘗行崗上，悵久之。著《越紐遺書》，不就，乃與傅君合刻所著詩，共十四卷，名《江園二子詩集》。吴江顧有孝、臨安陸圻、徐繼恩、山陰張梯、慈谿魏更與同邑毛甡，皆有序。後傅君出試，君不從，與之别。傅君出試輒第一，庚子舉于鄉。而君以戊戌十二月嘔血死，死葬苧蘿山。無子，遺一女，傅君告諸木，娶爲子婦。銘曰：

猗乎崇蘭，馥馥其華。扃之幽巖，凜霜來加。嗚呼昊天，曾是不瑕。焚芒灼蘖，剸榮刳葩。維兹苧蘿，有懷著書。畜志不逮，言還其墟。材優覇服，思成王圖。其人即亡，其心不渝。宗有沈君，風流相似。鄭鄉即同，楊冢亦邇。能通祕埏，相語玄里。夜月尚縣，江園之水。

姜桐音墓誌銘

君諱廷梧，字桐音，明大司農仲子也。司農死國事于贛。長子國昌走五嶺，負楬櫝以還。行至閩，征南兵大索于路。漢旗徐帥者，捕生人爲逃丁兒，械國昌手，載之行，將以鬻鏃。斯時有總角少年膝行馬前，求代兄，即君也。君幼給捷，行文不起草，口所誦即成句。大宗伯黄公道周曾與司農謀國事，勸司農行。夜宿君宅，聽君詠詩而怪之，疾顧司農，連言曰：「君尚難爲陸荆州耶，此非平原乎！」君歷世仕宦，而無籯笥。然性喜中友之急。蕭山毛甡避隟人于君，君歷之，日與山陰張杉往來拯𢷎。山陰徐緘家嘗被賊，賊質其子男而要之贖，徐不能贖也，君卸婦頭上粧贖之。

君世爲炎帝後，姜姓，師尚父其宗也。自蜀漢鎮西大將軍後，如干傳，歷宋南渡，有從一宣教者家姚江，爲姚江姜氏。入明益大。高祖考榮，以工部主事左遷通判，則嘗劾逆瑾得罪者也，時徙居姚江南城。曾祖子羔，有文章名，由禮部郎歷陝西按察使，進行太僕寺卿，與分宜相公忤，致仕。祖鏡，解元，中禮闈試，自禮部出守，爲建儲上書，罷職。既而例贈光禄卿，徙家會稽，又爲會稽姜氏焉。父一洪，則司農公也。司農公初參政東粤，遷太僕卿。以國故，偕大宗伯黄公入閩，參機事。尋由吏部侍郎進户部尚書，而走死于贛。君曰：「吾世受朝廷恩如此。」

鼎革初，世家子保家門者悉應徵出。君獨義不出，闔户而居。會稽故瀕海，大將軍統征海旗丁，輦徒以東。自永興達例有供役，日括坊民爲夫。君已循例，而賤值莫僱也。倪文正公長子者，君女兄夫也。有喑奴客居民間，以賤值傭旗丁者，虐奴客，泣而不得語。既辨其喑者也，利其喑，指爲旗丁兒，逋逃有年，是家敢藏逃，法當死。法，藏匿滿洲逃亡，新舊家人不主首他人爲勾稽，名窩東人。東人鞭之還旗，窩者斬十家，家連坐，流徙塞外，當赦不赦。君既家被抄，無遺金錢。而奴客喑躅足，竟不得辯一語。于是桎梏君解京師，赴督捕府讞。而君以道病，有坊民義君者願代君，不可。其兄國昌自道還，急詣縣府首，自被桎梏，解督捕府。督捕府亦竟以君枉命釋君。君向與兄共户居，既各娶子婦，以居隘，兄僦道南居以居，君獨居。既而兄亦貧，力不給僦，乃還道南所僦居，仍與君居。君乃穿户傍賃族人所居。居久壞也，立四泥垣埒，汙泥踊其中，而獨身居。時夏方溽甚，泥水中體，客濕淫于腎腸，腫發于幕。鑱石湯火治，不可救。戊申十一月若甲子死，距生年若甲子若月若日甲子，四十有二。君少遇筮者，曰：「君當有大節。惜乎蹇也。」晝《蹇》卦于紙。且曰：「六九其遇二四，其數也。」君初不解，今解之也。蹇也者，蹇也。六九者，六九也。蹇六之九，所謂不事王侯者也。二四者，倒探之，猶云得策十八者四十二也。

君長于文章，而無成稿。所存詩《待删集》如干卷，《芳樹齋集》如干卷，《甲乙詩抄》一卷，皆已刻。其未刻者藏于家如干卷。詩類何景明，近爲詩者莫過也。

娶郡祁氏，名𤦎英，明巡撫蘇松殉難贈太傅兵部尚書、謚忠敏祁公長女，賢有文章，每與君倡和。或君遠遊，則必詒詩相問訊。有詩一卷，藏于家，名《静好集》。子男五人：長兆熊，郡文學；次兆鵬；次兆驊，邑文學；次兆驥，次兆鵠，俱幼。女五人。兆熊娶邑董氏，明尚寶卿董公懋中孫女，生孫一，允垣。

若甲子若月日，將擇葬若所，兆熊、兆鵬、兆驊同持狀造蕭山毛甡，跪請爲銘。甡以言微辭。兆熊泣曰：「先大人易簀時，呼熊前，囑曰：『守身誦讀，奉慈慈幼。此八言命固也。西河毛先生，吾肺腑交，而流離走四方。吾不能與之訣。吾念之，汝執筆記吾言。』是先生與先大人何如，而忍無一言于先大人？且先大人隱者也，隱而何以顯者銘。」甡曰：「然，可以銘已。」銘曰：

系惟四岳，兆天水宗。既遷既大，大于姚江。歷世顯仕，垂珩佩璁。各礱名節，咸鏳鐘鏞。翳惟夫子，實紹司農。退秉大義，詎爲苟容。蕨食成饌，土室是封。衣翦薜荔，詩裁芙蓉。其同王考，猶有敷庸。或侍闕廷，或登鄉邦。而君不然，永謝世徵。曩予攀鳳，以君腹龍。果逃海上，見稱遼東。仲尼有言，君子固窮。嗟其命詘，不如文豐。既歷坎坷，亦罹罦罿。貧無室居，死于泥中。穴乎有窆，惟君之宫。硃之瘞之，利其後乘。

張梯墓誌銘

山陰有三張子，張梯、張杉、張楞也。王正義先生以詩文會天下士，三張子俱幼小，坐末坐。天下聞三張子名，各争起問訊。已而見三張子在坐末，輒相顧嘆息去。順治三年，征南兵下浙江山陰。鄭遵謙率民徒抗之江濱，張楞死焉。張梯乃髠髮游澤中。性不嗜酒，至是飲，飲必劇醉。嘗與弟杉過維揚。維揚人聞梯兄弟名，争邀梯兄弟飲。梯既以劇飲稍成疾，至是益甚，歷晝夜下血不得止。杉事梯如父，不脱衣履，晝夜坐梯傍篝火假寐，聞呻吟聲，輒前按摩之。扶上行清，不能拭惡，杉爲手拭。日十餘上，灑穢釁臭，豪氂不見。如是者五六月。及歸，而杉亦敝極幾死。是時醫者多人，不能得效。有山陰倪君、蕭山俞君、錢唐張君、戴君，皆名下醫，願爲梯效醫，争造其家，餉藥致餌，晨夕調伺，終不效，遂死。既死，而張杉獨行人間者若干年。前此三張子與蕭山毛甡友善。甡避人，渡江未歸。至是杉尋甡于汝南城南之蔣亭，酒酣，泣曰：「吾四兄死若干年矣，天柱之麓是其墓也。顧無爲之誌其墓者，誌之者其在君乎。」甡曰：「諾。」乃誌之。

君行四，字木弟。世居山陰之白魚潭，稱白魚潭張氏。九歲能屬文，名聞當時。爲人孝友慈愛，然好立名節。從游于劉忠端公之門。嘗入市，有武人私詆公理學，君直前批其面。武人初斂手避，既而啣之，然卒畏君名，不敢前。祁中丞殉後，其家寖落。里中豪侵中丞寓山莊田，君挺身爲理之。其人雖素豪，見君前，輒惶恐，謝還所侵去。方鄭遵謙之起兵也，兵無舂糧。遵謙素與讓簷王氏不相能，王氏家有多藏者，遵謙將以是報籍其家。君抗言曰：「讓簷王氏者，非他，吾舅氏王正義先生之族人也。明公方假義旗相向，而先以私怨使正義先生不得庇其族，何用示天下！」拂衣而起。遵謙頓請過，狼狽乃止。其爲人方正，類如此。

君代有令名。其先數世皆以甲第著大節矯矯于時。六世祖以弘，明憲宗朝進士，由庶吉士授兵科給事中，以萬妃擅寵，疏諫得罪，廷杖。後遷江西布政使司參議。五世景琦，以進士授刑部主事，治太醫院姦獄，忤逆瑾意，謫通判。歷官廣西桂林知府，有清德焉。高祖元冲，進士，由庶吉士授工科給事中，歷江西巡撫都察院右副都御史，平江西賊。曾從游于王文成公之門，讀書浮峰山。他日，文成思之，指浮峰曰：「此山卓犖不群，有似叔謙。」叔謙，其字，今所稱「浮峰先生」是也。神宗朝進士曾祖諱一坤，刑部主事，歷官江西布政使司右布政。祖諱鎡，晉府左長史，與劉忠端公講學。及卒，忠端率學者私謚「正學」。三張子出，而聲稱藉甚，論者謂張氏益大。乃驟當鼎革，相繼落拓，悲夫！先是，其五世祖景琦，有仲弟景明，世廟長史。以入繼大統召拜相，抵閣而死。季弟景暘，爲侍御史。皆以進士貴顯，世稱「前三張」「後三張」焉。乃系之銘。銘曰：

於皇先生，命世是期。既邵義德，尤工文辭。氣並川流，臭如蘭颸。踵武前哲，貽規後來。誰曰孝友，祇在周鎬？亦聞奇偉，將邁漢造。乃逢陽九，旋遘百六。中含霄澄，外蔽泥濁。紆其養仁，厲于嫉俗。生同時衰，用致膚剥。曩者晉彦，首推孟陽。與弟景季，號稱三張。曠代而下，兩與頡頏。前爲達著，後當貞明。固將飾節，爲時所方。如何喪斯，永閟不彰！峨峨天柱，惟先生藏。表之樹之，以揚令名。

何静子曰：木弟兄弟以氣節著，中所舉特其概也。予輯諸銘誄，往有未盡。此真中郎表有道文耳。

禮部精饍司主事曹公墓誌銘

予游汝南，聞曹先生孝名。自郡使君下悉以狀上之臺使者，臺使者以上之朝廷。予怪詢之。或曰：「子浮江來，獨不聞奉母江淮間曹孝子乎？」蓋先生曾于避地時稱孝養云。既而先生之子與予游，持狀來示予，泣且請曰：「此先大人儀曹公狀也。先大人以孝死，未有誌也。惟窀之幽賴碣以彰，翳孔寵之閟而君辭是揚。」予曰：「何哉，君之爲誌者？夫飾碣于幽堂者，以爲光也。砥文石于玄埏之寵，以爲寵也。汙洩之沚，光無所于施；放廢之詞，寵之而益鄙。誰則用賤而語貴，欲語賢而用不賢者？」而曰：「不然。使先大人而尚書諸曹事耶，則語貴由貴也。使先大人而孝子也耶，則是將以賢語賢也。且先大人有言矣：『吾慚吾德焉耳，胡可使貴官達人得我譽也？』蓋懼夫飾者也。」乃爲誌曰：

先生諱琪，字玉度，别字淮湄。世居息之臨淮里。故明崇禎癸酉，舉于鄉。鼎革初，奉母王避之江淮間。當是之時，以爲母獨處，驟罹兵革，乃一旦輕棄墳墓，流離遠土，恐不得慰母心。江淮間風土樂耳目甹豫，可用忘歲月。乃窮意極娱，畢致江淮諸玩好什物，婾靡鮮華。雖親朋貺臨，其在母前，驕張施爲，詘人力無所顧。此即當時之所爲養母曹孝子也。而母曰：「亦獨思歸耳。吾不能去親戚墳墓居此鄉矣。」先生曰：「雖然，柰公車何？」母曰：「兒爲母而就公車，不亦可乎？」於是歸，上公車。遂于順治六年己丑成進士，策三甲第一。釋褐復告歸，曰：「願養母，不願仕也。」越三年，母曰：「爲母而仕，可乎？」于是仕，授行人司行人。然居嘗不樂。每以迎母就養，母不許，鬱鬱。屢請，使思藉以歸省。順治十年，始奉使詔延綏軍。既辭行，仰天曰：「吾欲假南覲而得西使命也。」乃兼道行。詔畢，南馳四千里，荒山隃河，得覲母于堂。而留不行。母叱之行，于是行。《世賢録》曰：「先生嘗請假歸省，不得。請終養，又不得。乃爲書，詒所親者當路曰：『汝南周磐讀《汝墳》之卒章，用養母而始就辟也。既已赴辟，歷三縣長。即又以思母，而棄之歸。然而朝廷不因之而無良臣，草野不因之而無令子。汝南人士即又何負于國乎！』」十三年，再請使南贑，拜母于閭，立赴使以還，而稅諸家，復不行，醉而誘之行。

狀曰：方先生之使贑還也，自十三年丙申逮十四年丁酉，而猶遲遲行。值歲鄉試，先生例當典試闈。或勸之行。先生曰：「得門生百，曾如我娱親刻也？」遂不行。適闈撤，而較文者以不肖得罪。凡無分大小分闈咸伏誅去，而先生以遲行免。或曰「此孝之報」云。既而稍遷禮部精饍司主事，復迎母就養。母不許。蓋母重去土，天性，猶之昔之避江淮時母思歸也。然而是時在廷官，例鮮予養，蓋以杜趨避僥倖。故先生于兩使時，思以此得罪棄去，因留之家，而又不能也。既而母卒。先生曰：「今而後果不得養吾母乎！」曰：「嗟乎！欲如向時奉母江淮間，得耶？」負星而奔，道病不能行，舁之，既而又奔。至柩側，坐卧于其下，哭無時也。上食必哭，哭必盡哀，及至後不能哭，則以腹傅地，呦如也。既而大哭，卒。嗚呼，孝矣！

或曰：先生故不止死孝者也。先生歸省時，陳邑中利疾，邑賴之，如折畝，如減夫，如減繇，皆有成效。或曰：先生久當爲孝死。《世賢録》曰：先生之父象乾公，用先朝覃恩，授訓導。今贈文林郎行人司行人，祀鄉賢者。當崇禎十五年二月一十二日，闖賊攻邑城。城無守者，公踴躍呼士民，登陴守之，不克。戰于闉闍，不克。戰于衢，不克。戰于巷，不克，殊扞而死。先生拽棘前繼之。母哭止之，曰：「母在而子繼以死，母何依乎？」乃嚙指礪掌，晝夜嚎躃。晝殺賊狀，賊敗乃止。則是先生之願死孝，不止一日，惜乎時不見用。雖已成進士，而仍以親殉，猶然與孝廉色養時同見稱也。雖然，孝天德也。

稱曰孝，可以止矣。

先生以順治十七年八月六日卒，年五十七。以康熙元年十二月二十一日，卜葬于邑城東鳳鳴崗先人墓側。有子男一人，曰鑄，由廩選甲午拔貢士。能文章，有名，爲原配彭生。彭早卒，以覃恩敕贈孺人。女子一，適光山前進士、應安巡撫程世昌子謙孚，爲繼娶孺人馮生。有孫男二：曰澄，曰濟。女孫四：一適儒士崔嶷，一適池州府同知宣紹中子汝楫，一適前進士、陝西布政司左參政劉四端孫澍，一適固始前進士、新任湖廣按察司副使分巡辰沅靖道祝昌孫日恂。先生有題旌、崇祀諸典，見《世賢録》。銘曰：

至德云亡，世無孝子。嗟哉先生，用孝而死！南陔草柔，北山杞長。有親未祀，何爲方將？初幼讀《汝墳》，長游淮涘。白華絳趺，以紛以斐。亦歷銅街，亦登金馬。握蘭前墀，護衣中府。乃遘輾星軺，嗣揚饍𩟄。以爲靡家，不在母側。賜羹誰遺？厠牏誰滌？半菽勿承，萬鍾何益！勿譏曾閔，風木，遂歌山蔚。哭踊辟朝，袒括就位。符表不食，並母以喪。吴恒臨祭，乃慟而亡。敢媲荀何。苟能殉親，皇咨其他。有山可錯，有刀可礱。翳誰記之，孝子之宫。馬蹢道傍，鳥鳴樹側。翳誰記之，孝子之宅。郭宗有道，蔡喈無詞。萬年是窆，千秋爾思。

西河文集卷九十二

蕭山毛奇齡又名甡字大可稿

墓誌銘二

誥授通奉大夫廣西布政使司布政使顔君暨誥封二品夫人田氏合葬墓誌銘

君諱敏，字乃來，别字澹叟，曲阜復聖裔也。其先初明間，有以軍功襲錦衣者，籍宛平，爲宛平顔氏。君少爲諸生，與其弟諱斆字斆五並名。鼎革初開科，君出試，中順治乙酉舉人。當是時，贈君鳴鴻公娶馮太夫人，生君而卒，獨楊太夫人生斆五者尚在堂，而家貧。時君已娶田夫人，日辦菽水，事楊太夫人，不給。君乃謀之弟，願以舉人就新安教諭，思匄升斗。而臺使以君賢薦君。會己丑大比，君于正月遷閩縣令。將領憑，乃復慷慨詣吏部堂請會試。部以非例沮，獨掌堂者奇君言，許之。時君弟已先一年中順治戊子舉人，與其兄同試春官。而君以是年成進士，授刑部主事，進郎中。

海寇闌入内江，江介士大夫多爲所誤，興大獄。君典江南司。江南臺使奏報下部，屬君定爰書。君披牘，着曙不寐，必求得其可以生者。入報每力解，即迕堂上官不顧，獄藉之成。乃以一麾遷池州守池，故宋包拯所守州也。君至拜拯，曰：「豈有繼公官是邦，而敢負公者！」三年考第一，民思君如拯，並祀之。遂遷湖北按察司副使，上荆南道。會義王孫可望由西南來歸。我兵迎勦者大將軍貝子固山以下，皆牧馬荆南，而以供億厚責君。君爲廣儲餱蒭茭糒糗，一切支放皆有法，軍無譁者。既而遷本省布政司參政，分守下荆南道。大經略内院洪公夙知君，至是以君能，題君貴州按察使，攝布政使事。時大軍進滇者必道黔。值黔飢，斗米錢十千。前此轉餫每至黔，以道險，手牽足挽，幾三十鐘致一石。因改黔秋糧，令折本色。至是民不堪，土司奔逃。君請之撫軍，仍改如舊賦征銀。民便之。不數月，即遷廣西右布政使，隨以轉左，改陝西。君赴陝至岳，值弟敷五亦由刑部郎爲岳州守。楊太夫人正在署，君不見有年，急欲見楊太夫人，趨而入。楊太夫人出迎之，遇之屏門，牽衣啼。遂留岳，與弟共被，伺色笑浹旬。終以限嚴，不能別竟奉楊太夫人，西入秦。時兩湖未靖，慮楊太夫人或念弟，每當令節，田夫人必謀之君，假弟家書，從洞庭來道無恙，率以爲常。舊評曰：復點田夫人一句作眼目。康熙二年，王師征西南，大會各路兵，分隘進勦。而大將軍獨取道關隴，士馬之集興安者，日以萬至，多不給。君立疏險易，别水陸，措夫辦饟，按程而應之。事平，上嘉悦。會覃恩，授通奉大夫，封贈召回京改補。適弟從岳歸，仍共被事楊太夫人。當是時，君通籍才十餘年，而九遷其官，所至享能名，且主眷位駸駸上。他人處此，鮮有能卻足者。君乃與其弟家居，闔門色養者十三年。

康熙庚申，君弟起四川敘州守。而君以八桂亂，大兵方南下，議非重臣轄其地不可，特詔君開藩廣西。時田夫人以疾卒，不顧行。舊評曰：急完田夫人一句。大將軍賴公統征滇兵，從南寧道入，藉君籌挽得底定，而大軍告捷。舊時定南王藩下官兵家口約數萬，盡遣還京。凡舳艫長年無正鑲可辨，君立出帑金僱募。逮起發，而後捐輸以補之。乃以力瘁并病瘴，上書乞身。而代事者以薏苡危君。君嘆曰：「吾通籍以來，家居與游仕相半，惟此國與家兩不能已。今主恩究未報，太夫人在堂不終事，有弟在川而竟不能與一訣，憾可知已。」遂不起。

君生于萬曆丁巳正月八日，卒于康熙甲子四月二十六日，年六十八。田夫人者，世襲錦衣仰吾公女，賢而孝，善事楊太夫人，而先君逝。生于萬曆丙辰十一月二十六日，卒于康熙庚申三月十九日。君兄弟三人，而伯早世。生子二，不禄，因以弟數五子伯虎爲之後。伯虎官監生，候選兵馬司指揮。娶顧氏，太常寺博士雲門公女，辛丑進士、現任江西貴溪縣知縣啓祥，其兄也。女二：長適丙戌舉人、河南汝寧府知府濟之臧公長子，現任江西贛縣縣丞炎；次適荆州總鎮子淵馮公次子、山東平度州知州庭棨子淵，故涿鹿相公孫。妾嚴氏，生女一，幼。君世本聖裔，而兄弟赫赫。時聖裔在朝，有太史天官大夫兄弟最名，而君兄弟在外爲方州大臣，與之埒。乙丑嘉平月，將合葬君夫人舊阡。而孝子伯虎介天官大夫拜予狀，而謁予以銘。銘曰：

覬禄仕，娱親顔，乃以王事，而厠之戎馬之間。雖持節三苗，開蕃百蠻，公之功在四裔，而公之志仍不在一官。是以白雲在望，不無慊慊。而有弟和協，且隔之蜻蛉之川。庶子弟之子，而内闢宫寵，外奉几筵。曰此君與夫人之阡也，而于以大其傳。

敕授儒林郎山東都運分司運判俞君墓誌銘

山陰兩俞君，工文章，謂易菴與余菴也。易菴以儀曹郎死于官。而余菴入成均，殫志舉子業，歷癸卯、丙午、壬子三科，屢薦不得。會八旗教習員闕，余菴乃上書，謂舊制充教習員，惟恩拔歲副四行，而今已俱停，請得以官廕准例補四行選。獲旨，授鑲黄旗教習。創學規，嚴鈐而厚誨之，遴録筆帖式，夥于他旗。大司成陳君、少司成宋君咸異之，薦爲能。將以正印官用，部議狃成格，不許。值朝廷狩幕北，沿途上書。上特爲慰勞，敕所部議敘出常格外。當是時，天下聞君風采者，相望冀一見。至有傳簡牘致慕思者，酒問各聚語，得悉其事以爲快。予嘗與蕺山駱明府游。明府，君姊子也，屬予作一詩寄之。暨予官京師，而君以都運分司山東。聞其初至官，有司例金錢，爲前官所格。君直白御史臺曰：「分司有規例，猶州縣有火耗也。州縣無火耗，無以養廉。分司無規例，則無以絶貪。夫當此月進不給、歲薪日減之時，而獨有一人焉斷火耗、黜規例。挈母妻子女、賓朋奴客及閤中幕下之效才者，而相率爲蟬爲蚯螾，能乎？夫知其不能而猶斤斤焉，惟規例是黜，此非不情也，詐也。夫詐則何不可爲！夫詐則必求之于恒格之外，而其爲規例不可問矣。夫詐則何可以受國事！」臺使善其言，許復其舊例之半。而其言亦稍稍傳都下。乃予請急歸，而君已先期首故丘，將葬矣。君之子於予歸也造廬，手君狀，涕洟請曰：「歲之首冬，謀筮兆于山陰葑溪之鳳凰山，乞誌之。」

按狀：君世從剡遷累，以詩書嬗其家。大父兩谿公，生六子，並餼庠。而君父以成均聲于時，生子三，次即君也。君生而警敏，七歲就學，善誦。聞塾師講黄童事，歸而温衾，思效之。十歲能文，下筆越尺幅。十二歲，以女兄出嫁，隨父行揖讓禮，旋折中規矩，觀者嘆去。間因母瘍訪醫，不得療，發《黄》《素》以下書精研之，遂洞見幕理，幾以醫爲世名。又因相地得《青鳥法》，祕之。既長，修髯而偉幹，言論慷慨。凡事朒縮不能決，君數言決之。任天下彊界不即紕者，見即沮落。生平尚氣，重然信，且諳于時事。利害當前，無所顧，變故猝乘，隨事捷給。即親戚交遊，有所干請，無不令滿願去。以故人人稱之。

初筮仕河東運判。河東鹽池綿亘百餘里，鹽盜來者以千數，莫能攖其鋒。君命蒯數輩伏要害，盜至，縱之去，第邀其最後者數人，執訊之，悉得群盜名。于是始籍捕，無或遺者。然故從末滅，翻覆慰諭，令自新。而群盜之感激者，争爲良民。運城地屬安邑，而門者縣隸也。民間婦姑偶誶誶，無暇訴長吏。門者立馳報木板，到門需求之，縛其雞豚而傾其所蓄之缾與罌，民不曰便。君語安邑令，使立徙去，曰：「安邑自有城，運城自有官，何至煩貴役爲！」既而議裁河東闕。康熙十九年，改補山東。其所轄六場延袤廣，每場舊有隸催趲，名坐差。而巡綽例按季换牌，凡一牌繳費如干，以爲常。君既除坐差，而復革巡綽之繳費者。每獲大夥私販，則依律科斷。其以一二十觔易米薪者，概釋之。鹽艚自蒲關抵雒關，相銜不絶，君但于隘地設一人守之。立串票，註引鹽數目，一存查，一給艚司使，雒關按票驗行，而鹽政大治。乃以復攝河東事至蒲。會蒲臺歲灾，縣令催科過嚴急。民有竄者，令收其族屬，不分男女老稚，悉縶之獄。獄滿，分縶之門堠。民既已飢餓，而縲絏之後繼以扑掠，死者道相望。

君捐金代輸，而以焅虐責蒲臺令，蒲臺令慙謝。是年以覃恩贈其父如君官，母張、繼母董皆進贈安人。無何，以他事歸。君嘗念其曾大母苦節未旌，已格于例，乃于初任河東時請之。裕親王手書「節孝」「貞操」二匾額以旌其門。至是歸，將改祖宅爲家廟，而建坊以塡之。且念其母董安人家無嗣，曾于其故里立一莊，名「蕭莊」。置田如干，爲董氏祀産，而未竟其業。因于其歸時重至蕭莊，將恢擴田畝，作祀産。而溽暑馳驟，遂得疾以逝。哀哉！

君諱鳳章，字九儀，别字余菴。嘗顔其堂曰「未能」，曰：「吾于斯道有未能也。」生于天啓乙丑十月六日，卒于康熙丙寅四月四日，年六十有二。由鑲黄旗官學教習，歷任河東都運陝西分司、山東都運膠萊分司，運判加一級，敕授儒林郎。配王氏，封安人。子二：長雲溥，附學監生，娶王氏；次雲沛，附學生，娶章氏，繼娶朱氏，皆望族。朱即山陰相公曾孫女也。女四，孫五。君博極群書，而工于詩，所著有《余菴集》行于世。乃系以銘。其詞曰：

惟自命士，入關棄繻。況同東方，慨然上書。宜其判事，環煎沮洳。開軒衡論，折漢大夫。乃溯丕績，劖之碱砆。輕貲重信，斯民所無。況兼孝友，閥與德符。嘗痛大母，苦節孕孤。以故穉髮，飽蚊戴烏。歸爲母祀，亡于奔馳。惟此葑溪，山銜鳳咮。孝思不匱，乃生兩雛。堂雖未能，菴則在余。伊墳然者，先生之廬。

沈母胡太君墓誌銘

山陰沈君，筮仕得粤西泗城軍民府參軍。自言亡怙恃，雖遠使萬里，與百蠻爲長少，王命也，亦又何怨！獨是母有令德。故事，矢靡踰五十，已奉詔，得舉行旌門建坊之典。而家貧無貲，屢乞鄉大夫謀告于朝，而迄無主者。今之官海徼，恐從此違故鄉益遠，鄉大夫之謀入告者當益紆滯。夫猶之嬗後而上膺綸綍，與遠播碱砆，一也。縱馬鬣搶卒，得史氏一言以壽之于石，則猶是顯揚之事矣。乃于南行日介所親而謁予以文。予何足辭！

母氏胡，父孟昌公，席閥閱，爲郡名士；母夏太君能文，母與兄俱從夏太君學。以故夏太君寢疾，母未笄也，輒能侍湯藥，衣袵不倪，以孝聞。年十九，歸式菴公。式菴公，邑名士，讀書等其身，顧卓犖有大志。嘗以食貧，有太公在堂，年且老，已屢試又不售，遂與母别，裹糧至京師。會崇禎末盜賊充斥，四方來京者，多游仕幕下。遵化撫軍聞公才，厚幣聘公。公應聘而死。母隨公三年，生子一，即參軍也。太公春秋高，然且遺子二，長者弱冠，次襁褓。女一，尚未字。堂上餘一老，而堂下之羅坐而環立者，皆穉兒弱女，啁啾然。母乃斷肉食，事織紝，以膳太公。太公所遺子與己子皆侍太公學。太公赴館請，則隨之與俱。如是十年。暨太公死，而太公之子與己子以嫁以娶，皆視之母，母悉有以周支之。而其所謂小郎細姑妯娌先後之望之者，匪一旦也。乃參軍既長，亦屢試不售，别母赴都凡一年，而母死。母瀕死時，值十月朔。晨起，沐浴更衣，請召親族。至告曰：「予守身二十七年，今幸無失墜，可以見夫君于地下矣，第吾兒在京。」詘指曰：「後二日則正吾生兒日也。吾欲以是日告别，使兒遇生日，嘗憶父及我。」遂于月三日不疾卒，年五十六。越十年，參軍將之任，急歸葬母，而以墓銘告，乃銘。其詞曰：

賢哉母德，孝于女居！與兄同硯，具觀詩書。工侍寢藥，兼滌厠腧。以故歸公，饋祀洗腆。尊章悦懽，兒女宛轉。仰事俯育，慎終追遠。獨憐夫子，屢泣牛衣。遠應客幕，長留帝畿。❶春路草發，秋林葉飛。亦既抱子，克嗣徽烈。何以數奇，雅並前哲？以兹冰蘖，閲歲月日。今者細睒，受符西南。君子涖止，言冠其簪。因念先德，將誌墓林。蟠螭于碑，屓贔在石。窀幽彌章，泉冥不隔。千秋萬春，爰視兹室。

程贈君墓誌銘

嘗讀《顔氏家訓》，每惜士大夫輕去其鄉，或忘所自出，不啻泉明所稱「昭穆既遠，夷爲路人」者。然而燕越源流，惟責之肯搆之子，少爲振興。夫亦曰自今以後，可無遺下治之思。況記幽表窀，尤繼世所皇皇者乎！

程氏自重黎之後，有程伯休父者，以國爲氏。至東阿程鄉，各有世系，而以河南二程故，多冒河南

❶「帝」，四庫本作「邦」。

族爲門閥光。惟余門下士清源君，其先世自山右洪洞遷于清豐，譜牒散失，不倚附他族，惟曰清豐程氏。清豐程氏者，自遷祖至清源君，凡八世，其七世則贈君也。贈君之父以孝聞，生贈君，而貧。贈君出就外傅，受書讀，讀過，輒記憶不能忘。推解書義，以此悟彼，謂科名可即致。忽慨然告其兄曰：「父耄矣，貧不能奉養。而吾兄弟皆守儒啖根呵流，脱一旦有不及餐，可如何？獨奈何以難恃之養僨父體也？」遂請兄自讀，身爲估。早作夜息，出其智計，以求當于白圭、計然之術。如是有年，家遽起。日視洗腆，惟恐不遍食。人稱曰孝。乃贈君則聚其嬴，與兄共之。兄子女七人，皆贈君任婚嫁。自清源君上祖若父，下及其子，四世皆合屋居，無分别竈井杵臼。時推其所有，以賑救閭左之不足者。今清源君以邑宰起家，治清源有聲，嘗迎養贈君官舍。贈君對食流涕曰：「吾不能以禄養父，而吾受禄養。」每飯必捧匕箸，上其父如養生者。且謂清源君曰：「昔周磐讀《汝墳》之卒章，涕泣求仕，以爲父母甚邇，不可無禄養故也。夫以父母爲所必當養而急求仕者，孝子之志也。顧既仕而即以己之愛父母者使民愛己，則又凡父母之情也。」以故清源君之愛于民，有如父母。康熙十九年五月二十五日贈君卒于治，年六十有六。其子清源君既扶柩還清豐，乃以葬事馳狀來乞誌銘。

贈君諱世顯，字配周，爲大名之清豐人。娶趙氏，先卒。子二：長道徵，次維屏，即清源君也。孫若干。銘曰：

自昔孝子，多爲禄仕。越三古後，仕不可恃。是以牽車，服估以待。何期嗣業，爰篤爾祉。

涿鹿曾遷，卬駒于此。❶揮弦其中，百務具理。則是何故？父母孔邇。乃嗟山隤，亦曰哲萎。梗陽之民，如喪考妣。孝思所至，礱石莫擬。惟此微詞，歷千百祀。

❶「卬」，原作「印」，據四庫本改。

西河文集卷九十三

蕭山毛奇齡字齊于行十九稿

墓誌銘三

誥封金太淑人楊氏墓誌銘

予過秣陵金觀察署，觀察每言其從弟孝，以失怙事王母如其母。往欲録賢節爲王母旌，而未逮也。曁予官京師，觀察弟司馬由學士爲予官。前游時，時相往來，倍知其從弟國學工文章，善事王母，蓋晨昏冬夏無間焉。越明年，司馬授節鉞，出撫七閩。而觀察以致仕北還。會其從弟承重，居王母憂，觀察乃爲介，而持母狀來謁銘。

按狀：母楊姓，順天大興籍。父鴻臚丞夢叟啖以松，生母，愛之。念金氏世婚，相其諸子中有茂才君者，以爲賢而遽許之爲繼妻。顧茂才君高才，通經術，遠近造請者不絶于閭。且意氣豪上，無暇理家人事，家人事一切皆責之母。母司鐍鑰，啓藏室，無錢貝。啓篋，無繒帛絲絮。及啓橱窖，並無粱菽膏膳充什器者。第所在牣圖史，堆垜狼籍。母大喜，以爲家清白，不事封殖，益勉勵勸爲學。會茂才君女兄夫曹君，廉訪崖州，以臬事重，非茂才君掌幕記不可，迎茂才君往。而茂才君死。母乃撫前孤，一如己出，力教之。以京師俗奢飲啄煩，恐一婦持門户或不給，乃遷之易水，杜門絶囂瞶，謂可以教子，且嗇費也。既長，子豐以翹關授北直馬水路游擊管都司事，封昭勇將軍，死于官。母撫次子復與諸孫，皆成學。次子爲茂才，有聲。而諸孫鍈與鍹，皆以國學授監郡。向所稱孝孫能善事王母者，即鍈也。鍈嘗曰：「先君司漕時，曾飾饗食、製衣帔以進王母。王母拒之，曰：『我守寡存孤四十餘年，食不甘口，衣不文體，凡以傳清白而揚世德也。今汝甫自立，而即以温甜易我志耶？』」其儉如此。夫母以節爲儉，而爲子姓者即能各行孝，以上承母志，可以觀已。

母生于萬曆己酉月日，卒于康熙甲子月日，年七十有九。以覃恩誥封淑人。子二：長豐，次復。孫五：長鍈，豐出；次鍹、次鑣、次鏓，復出；次鎔，豐出。女孫一，豐出。某月日葬于某阡。銘曰：

西京著姓，曰惟金張。乃其世婚，惟潘與楊。淑人緼德，秀于閨房。是以請繼，得亞少姜。截髮勸學，陰教以彰。況當訓子，敢違義方！惟此洗馬，陳情孔皇。雖無式閥，尚覲養堂。豈謂螭首，作幽竁光。慈亦無竭，孝何渠央。圖史千軸，誰爲鋪揚？煌煌夜臺，當識是章。

敕贈内閣中書舍人高君暨敕封孺人丁太君合葬墓誌銘

中書舍人爲宰相判官，入掌制誥，與東館相表裏。予從編纂暇遇舍人高君，與語，君每嘆禄養之艱，僱賃馬僕，僦居三市傍，斛水百錢，致太孺人就養，穀薄不給。將仍歸故閭，與兄弟家食者居，所稱養堂安在焉。予嘗悲其言，且爲歌《河上之歌》，以爲詞翰不可近，居官亦然。既而高君以艱歸。其明年，予門人蔡生，君分校京闈所得士也，持君札及狀，告以某月日卜葬其贈君暨太孺人于其鄉之新堡村，而匄予誌石。

予聞君兄弟五人，皆能以文章才技見稱于時。其長君善文，膺壬子鄉薦，詞義風起，蔚然爲晉陽通儒。次即君也。君以丙辰中禮部試選，授綸閣。其在官精于書命，有文帥之目。諸季力學，居學省見名。而其一復出其餘技，從甲子翹關，升于司馬。君之兄弟其各能自立如此，顧一一皆贈君教之。而贈君嘗以身董訓不足，延邑中之堪爲師者，經營槃槁，辦朐脒惟謹，甚有粥太孺人珥飾以典饍者。而太孺人亦兢兢，其教諸子一如贈君之教之。贈君嘗卧牛衣中，踟蹰不起。及見諸子，輒忻然顧太孺人。太孺人來前，輒相慰，每曰教子一經而已，籯金何與焉！其在今，君方營葬事，負土築宫。而其所貽札，痛悼咨嗟，仍以家計庳薄、無財不悦爲憾。且曰：「里居之艱，艱于長安。」則甚矣贈君與太孺人之教之善也。

贈君諱登第，字步雲。祖千始，占籍于山西太原府清源縣南鄉之新堡村。父春，生二子，次即贈君。君由太原府學生以覃恩敕贈徵仕郎、内閣中書舍人。而太孺人氏丁，亦以是時蒙恩封孺人。兩家望族，同里居，早爲婚姻。而贈君以康熙丙午冬先逝。當次君舉鄉之歲，與太孺人甲子冬卒相距二十年，始得合宫于衣薪之藏，所謂「一與之齊，終身不渝」，非耶？贈君生某月日，卒某月日。太孺人生某月日，卒某月日。子五：長聯元，次聯璧，次聯芳，次聯璋，次聯桂。女一，孫六，女孫十二。

銘曰：

伊惟梗陽，左恒右河。踵于吕後，在陶之阿。方山孤竹，施爲女蘿。誕作以室，爰成厥家。相彼丹穴，曾生五雛。各長羽翮，蔚然而華。鄉推國舉，右垣是居。以其餘駟，爲龍驤科。今者壽堂，開諸南谺。金鐙有熠，玉版可磨。煌煌朱篆，如螭如蚪。千龝百昏，尚其佑之。

台州教授何公墓誌銘

台州府儒學教授何公既死之四十二年，孝子之裕、之祚始以庚申之中春，卜葬城南蜀山坂。時予居京師，孝子馳使賫書狀，請予誌石。予與孝子交三十年，孝子每述其先人遺事，流涕。雖遲久，猶能記憶其百一。況四十年間，鄉之人亦多有道者。

邑當郡上流而渫，民無宿炊。其所通官河，則宋丞相史君所鑿渠也。彼時以葬親達鄞自便，不顧邑形勢，弦流而奔。越三百餘年，閩人陳君宰予邑，坊其渠枝之曲，而南接水故道，而後復北而之渠。當是時，築鉅梁故道，名「大通」，鎮以浮屠，而創三重之屋于渠坊之間，曰「文昌臺」，予少時猶及見之。顧誰則任其役者？任其役者，公也。公産本殷厚，而以任其役而破産之半。乃邑東接郡，西與北則襟江而戾海。崇禎元年秋，北海塘圮，浸城及雉，而汩夫城之室廬，溺以萬計。其明年，西江塘又圮，幸預備，不爲患，然已漂矣。公請邑大夫力任經度，修翰兩塘間，甚至鎡肩畚手。日出筲中金，破産復半，而其役始竣。予親承灾患，嘗與鄉之人竊嘆公隱德，謀志之，而未有間也。既而會稽太宰商君以還朝，夥頤取自便，毁渠坊而行，邑人無敢抗者。夫人居鄉多相形，相形則盈絀生，盈絀生則盈者易矜，而絀者必至于忌。且又易較，較則勞逸見，勞逸見則勞者不甘，而逸者必肆，其蹈藉而不之顧。以故遇公事而能任者少。迄于今，西江再三圮，十倍他日。而泄泄連歲，至有取私決自便，且致大壞而不之救者。夫止一坊，而邑大夫創之，公成之。然而權相開其先，庸太宰毁其後。止一江塘，而鄉人築之，鄉人圮之。其賢不肖何如也！夫四十年間，而其爲興廢如是也。

公諱汝尹，字克言，又字太衡。由貢士授台州教授。其先自浦江遷于蕭山，數傳而有御史善。永樂中，敓嚴助故事，巡按兩浙。又數傳而復有御史供奉世學，則公世父也。公端性豐頰，善讀書，以經術自命。少受知于提學使蘇君，以文鳴于時。生平重然諾，好推予，排解導地，當世稱長者。生于隆慶改元六月，卒于崇禎十年十二月。子四：之禎、之祺，早世；之裕、之祚，與予友。之裕讀書如其父，家藏書數萬卷，而自幼食貧，曰公所貽如是。乃系以銘。銘曰：

公生七十年而倪其身。又四十年而始就于穸與窀。謂公才高而未嘗列陛而陳。謂公擁世貲而予兒以貧。公之生有利于鄉，而既死，而鄉人思之。雖歷久而猶感于神。曰此公之藏也，而益以見公之爲人。

誥授通議大夫江南提刑按察使司按察使金君墓誌銘

君姓金氏，諱鎮，字又鑣。其曾祖諱朮，誥贈光禄大夫巡撫福建等處地方提督軍務、兵部右侍郎兼都察院副都御史，由紹興遷京師。生子四，季諱大濂，以君貴，累誥贈通議大夫江南按察使，加贈光禄大夫巡撫福建兵部右侍郎兼副都御史，則君祖也。君父諱晉，以君貴，累誥贈江南按察使司按察使，如君官，加贈巡撫進階光禄大夫，與母孫氏累誥贈一品夫人。生子三，而君次之。少有夙悟，與兄鈇庚子副榜貢生，考授知縣。弟鋐，壬戌進士，由翰林院庶吉士累遷兵部右侍郎，今巡撫福建，有三珠之目。嘗舉國門大社，四方名士集京師，考鐘伐鼓，冠蓋屬于路，而君以兄弟三人束髮主壇坫，觀者榮之。

崇禎壬午，君舉京闈試領解。會鼎革，搜京闈見舉者，授以官。遂于順治改元授山東兖州府曹縣知縣。旋艱歸，補河南陝州閿鄉縣知縣。覃恩，敕授文林郎併贈。而是時，巡按、巡漕、巡鹽諸御史交薦君，改鑾儀衛經歷司經歷，隨陞刑部河南司員外郎。奉詔陳言，得優旨，乃于康熙十三年進本部郎中。會上方慎獄，復矜恤之典，分部使循行郡縣。以君使河南恤刑。自本年十月至十四年四月，凡七閱月，計所全活約一百一十人，矜疑半之，援赦又半之。以是年秋七月、冬十二月，兩遇恩赦，多肆宥。回部考核，紀録一次。旋以覃恩誥授朝議大夫併贈。遂于次年轉河南汝寧府知府。時淮蔡多盜，兼無年，民田荆榛，道殣千餘里。前代真陽、西平諸遺蘖，根株未清，往來萑苻間。而新蔡李樊與泌陽郭三海，據平頭寨相結以起。民争逃，村墟坧落皆虚。君一意撫字，除苛細，下墾土之令，生聚教訓，示民以自新，取「爲政去太甚」一語書之訟堂。而親統鋭丁勦李樊，除其根株，一切勿引蔓。會清理藩産，躬驗丈尺。而海上投誠兵適安插真光之間。凡開屯升税，極意調劑，令民兵相安。至于興利除弊及一切津梁祠宇，宜毁宜復者，皆受整理。當是時，君勤于簿書，每夜垂幨，爇二炬于椠，屏息刮目。左右伺户外，耳察蠨蛸，移時聞内有扣奩聲，始搴幨入。晝接民事，與男婦對語絮絮，若家人子。顧好禮名士，東西往來投刺入，吐食跕屣迎之，啓傍院，讌飲貺贈，日不暇給。予嘗過淮西，館予于署堂，躬率諸子設厨食撰，捧衣履，爲予治裝歸，而未有厭也。夫人牢落去鄉里，望門相投，惟恐不得當。而爲之主者，見挾刺前，輒撝去。即或不得已，行人請介，爲之一禮接，而顧盻他屬，詞意多怠忽。既退而無復有餘思，去而恝焉，比比也。夫是以所至落托，至有困道路不得歸者。然則君何可及已！君治汝十六年，以覃恩誥授中憲大夫併贈。而巡按、巡鹽諸御史與總河部院俱有薦，乃以督催所墾地暨徵輸有效，加一級，共紀録三十二次。會其弟補河南布政使司布政使，君回避，改補揚州知府。值撤藩兵變，長江上下風鶴相驚。而維揚適當其衝，城中相震恐，一日三徙，至有爭門而奔者。君力爲慰諭，且以威怵之，始安。然而兵馬驛騷，君處以鎮静。嘗招名士游讌，修復平山堂，作文誦之，乃事治而民得不擾。遂陞江寧驛傳鹽法道副使，遽以優薦兼署鹽運司事，陞江南提刑按察使司按察使，以覃恩誥授通議大夫併贈。

值大計，入覲召對，令敷陳時事。時所對有二。其一，請定盜案嚴減之例。謂江左連年菑，盜賊多有，三載之中，題報八十餘，而其中饑寒逼迫可減者衆。如一時窮困被誘，並不傷事主；或得財未俵分；或于事主家雜取棍械護身，原未嘗攜帶器仗，皆宜敕部分别量減，永定爲例。至捕役營兵豢縱勒財，以致先取贓物，然後報官。甚有指稱打點代行錢、令行劫償還，是盜有時盡而捕盜之盜反無窮也。

如此得實，宜從竊盜律，一體重擬，則犯盜者少而民得安矣。其一，請定旂下買人及獲盜審訊之例。謂江寧、京口二旂買人，多有無籍者自立賣契，旂主但送上元、江寧、丹徒三縣用印，而並未行文原籍。察其真僞，多有展轉掠買而不之知者。嗣後請三縣用印官，將所買之人申報巡撫，巡撫按季報部，隨即行文原籍，出示招驗。其有可疑者，令旂主還契追價。其用印官不報，照新例治罪。至于旂下逃人，奉有承審官夾訊之例。獨旂人爲盜被獲，難以刑訊，其狡賴展脱，將何底極！嗣後旂人爲盜，倘夥証甚明，贓仗已確，許承審官徑行刑訊，則奸宄畏法，而盜風息矣。疏聞稱旨。

時君以足疾被議，上不聽，敕令回任。然終以勞勩，筋力小敗，至明年引疾，又明年卒。時康熙乙丑十月十二日，距生天啓壬戌十一月二日，年六十有四。配何恭人，山西平陸縣知縣幼卜公女。子三：長兲；次敬敷，官監生，授北城兵馬司指揮候補主事，娶胡氏，誥封四川提刑按察使澄宇公女，都察院右副都御史貞巖公妹；次敬致，官監生，候補國子監典簿，娶王氏，文學德公公女，巡鹽兩淮監察御史千里公從女。女四：長適奉天府府丞定菴姜公子坦，次適山東肥城知縣廷虎何公子琮，次適明宇陶公子鞏縣縣丞穎發，次適衡州府知府愼伯譚公子宜振。孫四：兆璋、兆珩，未聘，敬敷出；兆珂，聘黄氏，廣東海陽縣知縣崑瞻公子、乙丑一甲進士翰林院編修硯芝公女；兆琚，未聘，敬致出。女孫一，許字翰林院庶吉士芷岸沈公長子，敬致出。

君性厚，與人以和，而好文。予在淮西時，嘗索予書《唐淮西碑》，欲以韓愈、段文昌二文並勒陰陽。而段文多誤字，未較遽去。及君還籍，邀予于京邸，距向勒碑時一十八年，尚道其較誤諸字，一一指數之，而請予爲跋。當其爲觀察，公家事了，率子敬致築樓于秦淮之濱，名「餐勝樓」，聚書其中以自娱。至是爲予道其事，兼請予賦。予未有以應也。曾幾何時，而君子敬致且述君遺命，而遽以誌請。嗚呼，可銘已！銘曰：

嗟君之族，肇于西京。奄至實婺，三賢以承。由越及燕，從再遷興。蕃如椒聊，大以鶺鴒。獨君歷仕，克用明刑。始自欽恤，終于廉平。以故敷奏，庶云得情。蘇公用譽，釋之可稱。乃以清談，得江左名。修禊汝水，張筵蔣亭。一時佳士，如鶩斯趁。人生適志，交遊足矜。不見鳴鳥，尚求友聲。今君後嗣，如螽薨薨。彼家人事，亦又何營？我思良友，爰題佳城。念君冠珮，于斯藏焉。

西河文集卷九十四

蕭山毛奇齡又名甡字僧彌稿

墓誌銘四

趙少府墓誌銘

山陰趙少府曾於崇禎十七年筮仕成都之郫縣，而驟死於賊，家未知也。康熙五年，成都守冀君修《成都志》，檄州縣父老有能言二十年前死賊事者，將薦於臺，而久而不應。無何，他邑藉藉稱少府曾死賊。成都舊民無在者，郫又最薄，城中屠且盡。間或僦居自外來結竹木，比屋不滿三户，不能徵其事。且微聞少府死於灌，而不死於郫。不解其故。既而其子麒從成都還，謂曾覓父于郫，不得，既而之灌。有向應泰者，郫人也，故爲灌堰夫。遇麒與語，驚曰：「君趙少府子耶？少府官於郫。郫有都江。都江者，粉江也。粉江之水可以注錦江而溉蜀田，而其堰在灌。少府者，司堰者也。少府甫受事，即以司堰故入灌。而獻賊適至，脅之降，不詘，因射死，而沉之於江。今堰傍有安家口，則少府死所也。」麒乃走堰，求父屍，不得。號咷招魂，以衣衷之，取堰傍土塊而納諸懷。而冀君者則先爲之記，且載之《通志》以表其事，今《志》所稱「趙嘉煒以知郫縣事死賊」是也。

予官京師，其子貽狀來。予竊讀之，憬然曰：「獻賊將破蜀，中丞龍文光設守遣將。劉佳引出戰而敗。時城濠枯，賊謀渡濠薄城下。文光預遣人決都江大堰，使之注錦江，以益濠水。水未至，而城已破。然不知當日所爲遣之者何人也。少府之死，豈即其時之決堰以益濠者與？」吾聞忠臣在天，其靈爽足以自著。故君蒿上泊，皎若雲霓。雖其事已久，而昭昭耳目，終不可掩。縱或同時並事澌滅殆盡，而終有人焉爲之紀其文而覈其實。而遲久愈烈，原不必過爲尋求。展轉曲發，而後人得而知之。乃予方奉詔纂修，摘前代忠烈入之史乘。而其子復刻木被衣，懷堰傍之土而瘞之。且已礲石，將樹之墓門，而謁予以銘也。予乃發史册，書於端曰：成都之死事，先之者，御史劉之渤也，又繼之中丞龍文光、總兵官劉佳引、推官劉士斗、華陽縣沈雲祥也。其誤傳已死而初未死，成都縣吴繼善也。獨少府之死不得月日。《成都志》第記其事。而冀君作記有曰八月三日者。夫八月則賊在重慶，是時未入成都也。賊以十月五日抵成都，越四日城破。計少府決水，當在十月六日，佳引戰敗之後，則實惟七日，故都已破。國既無史官，而蜀人血肉溅地，耳目櫟絶，未能於影盡言湮之後，考月日而爲之記之，得毋忠臣靈爽，必遲久益烈者與？

少府諱嘉煒，字景思。其先世，宋理宗後，所謂福王與芮子者，世居山陰華舍村。父柱，官四川成都經歷。母陳太君同之官，生一子，即少府也。崇禎癸未，少府由監生授成都郫縣主簿，《志》稱知縣，亦無考。銘曰：

是何所有，而碣以斯？夫亦安所有，而可不係之以其詞？蓋少府之忠魂。不惟是也，而於是乎思。

敕封文林郎内閣中書舍人劉先生墓誌銘

曩渡淮時，謁劉先生。會先生著《茶史》成，甫就坐，即詢茶銙之製。且以未見皮襲美所記太原温從雲、武威段碣之所補茶事十數節爲問。時先生方七十，手輯書千卷，填一橱，務極根柢。其于經史子集外，復註《首楞嚴經》《參同契》以及飲食服飾諸瑮瑮書，《茶史》其一也。是歲，解舉人京師。先生之冢君六皆，以第三人中禮部試，四方來賀者滿庭下。予于是時隨衆中賀先生去。越十年，六皆以參軍領從征尺籍，隨撫遠圖大將軍入安西欅涇原叛帥。既已奏捷，從涼州還。值先生病痺，六皆方草奏間，聞耗，急馳騎歸省。軍諮促奏者踵至。先生笑曰：「吾兒能破賊，吾何憾矣！」遂易簀。時四方會弔，合數千人。予方走巴山，即欲致生芻，而未能也。又十年，六皆補都官來京，與予對巷居。相見流涕，自言先生已卜兆，將掩石于幽。而以予受先生教，屬爲誌。予惟近代多諛墓，非好爲佞，亦以其人無可述，不得不張門閥、鋪官階、夸飾所無有。獨顔光禄誄《陶徵士》、蔡中郎作《郭有道碑文》，第約舉大概，而其人已見。先生非其倫與？

先生守正學，以篤行勖淮人士。淮人士受教者出而問世，比之房魏之于河汾，皆卓卓有治行。其爲舉文，方正博大，一如其爲人。值先朝光廟間，方尚弔詭，相争以諸子茁軋，襲取富貴。而先生屹然不變，然其門徒亦往往售去。當是時，上頗重儒術，詔舉孝廉，仿漢晉故事。江淮間開藩者皆得自辟士以官。州邑吏持板到先生門，有司親造請，執羔雁，敦逼再四，先生終不就。然而人士競奮，以譽望相矜高。其在道路，見有度莊而意沈者，必詢曰：「子從劉先生來耶？」其或佻達，輒引避去，曰：「毋爲劉先生見。」其推重如此。先生與高年者爲尚齒之會，每禊飲，不輿不蓋，龐眉而修髯，偃然集東湖之濱。人争觀之。獨與謝先生名古修者尤密，居恒以行誼相礲礪，有擇言必告。時稱好友者，必以二人爲之歸，至爲語曰：「交道不偷，有謝與劉。」初，先生父明暘公官粤西懷集縣，有賢名，以勞卒于官，貧不能歸。先生方成童，哭愬于兩粤。開府許揭櫝置驛。既而渡湖，將抵岸，忽颶風作。同舟者多溺，至有竄他舟以免者。先生抱棺，哭請殉，風亦竟息。少侍王母秦安人疾，百治不效。先生閉一室，刻臂肉，和糜食之，疾遂愈。人以爲孝感云。

先生諱源長，字介祉，山陽縣學生，以子貴，封文林郎内閣中書舍人，加一級。七爲鄉大賓。娶徐封孺人。子三：長謙吉，即六皆也；次履吉；次晉吉。女一，孫六，女孫七，娶嫁皆名族。生于萬曆癸巳六月二日，卒于康熙丙辰十一月一日，年八十四。銘曰：

維德可砥身，而行又足以及人。時古之君子也，而世已奉之爲人倫。迄于今，讀其書，過其里門，而思其居處服食，猶足以起敬，而況其穸與窀！嗚呼！予所不愧者惟此文。

敕封胡太孺人徐太君墓誌銘

予與别駕胡君爲文酒歡，知别駕在漳爲郡良股肱，曾以征海功聞于朝，嘉之。會入計，别駕乘計車，捧瑞來覲，在京上下藉藉稱别駕賢。乃别駕過予，道平生外，謂：「有母在仲弟博陵官署，顧春秋高，予以七閩遠，不能迎養。幸覃恩兩及，得邀予與仲弟同封。而仲弟官貧，尚不能具蔮帔，爲母稱慶，予何以爲人！」乃詣市，買良珠爲冠，被以重錦。紆道赴博陵，舉觴，跽獻母前。母喜，爲一展齒。既而咨嗟，謂：「吾年七十有奇，稱未亡已久。慮旦暮從爾父地下，而須材未備，得毋倉卒多違踰者？」别駕遽居起，急顧門外，舁文木内之廡下。母見再喜。蓋别駕是時豫以京師多名材，陰購之爲具，而不敢告也。博陵去京師近，傳其事美談，且益知别駕兄弟孝，能先意伺志。而既而聞母訃，疑别駕已還任，或不能待母當大事。而别駕使至，請予先誌墓，爲歸葬用。然後知别駕之孝，復能以覲生者送死而兩無憾也。然則予之誌之者，又安辭矣！

按狀：母徐氏，會稽望族。父承林公，負奇氣，生子五，母齒居長。見母帥諸弟承家事甚辦，嘗嘆曰：「惜哉！我女女也。假爲丈夫子者，吾當授之室而游人間矣。」以故歷相攸，不令蚤適人，至年二十三而始歸贈君。贈君少母年五歲。會贈君父即世，其姑亦悉以家事畀母，曰授室，母不之辭。母生三子，皆母親課誦。嘗勉之砥名節，謹廉隅，爲用世學。謂家自姚江來遷，代有賢哲，贈君又賫志，徒讀等身書，無所展，宜各自奮以纘遺緒。于是仲君明府先以覃恩薦于鄉，出宰安平，而長君、三君繼之。當其時，明府入官，長跪乞母教。值其縣多盜，母告之曰：「從來盜賊皆飢寒所驅。夫民安則盜自息，此本論也。汝毋治盜，但治民而已。」明府之任凡數年，而盜果息。既長君之漳，母以道遠不能從，然每詢其政，往有言能事上官者，母不應。既而以征海積軍功多級，開府大司馬計兵秩。一時稱監郡者，往往聞母耳，而母復不應。暨入覲去漳，漳民刻不能離君。且恐以尤異，一旦爲銓人徙去，父老攜持遍郊野，願留君無行，因饗君于留珮亭。留珮亭者，宋郡判鄭樵被留處也。母詢君新政，君以是告母，母爲之慰。至是易簀，呼諸君，語曰：「諸兒皆起家下吏，親民務，亦知愛民在省刑乎。勿第謂一荆一楚無傷天和，即偶或過之，而心體虧矣。心虧而事善者，未之前聞。蜉蝣且知生，草木亦有氣。」語畢而逝。嗟乎，賢已！

母生于萬曆辛亥六月二十五日，卒于康熙癸亥四月十五日。以覃恩敕封太孺人。子三：長宫，漳州府通判，功加二十三級；次宣，安平縣知縣；次宗，候選州同知。女四，適名族。孫三。母口不言錢，病中以白金三百兩出篋中，謂諸君曰：「此吾一生勤苦所積也，爲我買良田三十畝，歲税之以供祭祀。」又曰：「汝父曾收贍族人之貧且老者，及死，合一塚。其塚具在，汝即以祀祖之餘遍祀之。此亦先志也。」乃爲之銘。銘曰：

於昔婦教，著在婉娩。維母持門，所見者遠。自古訓子，亦以其慈。母之嚴也，有如父師。既秉家政，兼識官方。勖子吏治，一何煒煌！潘生養母，不徒以食。班昭就子，爰勵厥職。我母畜德，有邁前賢。況理饋祀，豪系不僭。頃者玉棺，降于官署。萬户撤歌，四州裂布。第以虞殯，將返江郭。齊女望丘，滕公發宅。從此豐碣，賁于原阡。窀門之石，千秋勿刊。

敕贈承德郎陳先生墓誌銘

予成童時赴崇禎己卯鄉試，見山陰陳先生以廩餼高等，率先諸試人。諸試人咸藉藉稱先生藝文不置。既而傳先生高蹈，焚所著書。且盡發生平所藏諸經史載籍，拉雜鬻市門，嘆曰：「書生何益于人國，而擁此纍纍爲哉！」予嘗聞其言而悲之。今相距三十年，與其嗣君州司馬、參軍兄弟游于京師，知先生尚健。好故鄉山水，嘗登種山，樂之，爲層樓相望。間與客汎鑑湖，竟夜忘返，逮曉不能别，因自號「鑑湖逸民」。予謂先生以高才碩學不能行于時，懷抱鬱鬱，宜假此自遣，以銷支干。及接其猶子廣文來京，謂先生已謝世。且持其嗣君書幣并狀，以請予誌墓。予啓讀之，然後知先生篤行。其生平壘塊，原有不得已于中，而非以自放已也。

先生諱長吉，字履謙，小名緑衣，以生時有緑衣客來故云。乃生甫週歲，而驟罹家變。其父工正公隨兄太僕公官京師，而留其所娶于家，則沈孺人也。沈孺人實生先生在襁褓。而先生王父少府公家居，王母馬太孺人性素嚴，沈孺人事之失歡。偶以細故，女僮譸張之，大怒，出沈孺人。當是時，沈孺人脱先生于懷，置地去。先生不知也。及稍長知之，嘗出外傅，長跪請就里門學，冀以往省，不許。遇伏臘，親串有慶弔，必長跪請遣行，不許。時先生嬉戲，百計謀所以過省者。雖馬太孺人知其情，故禁勿往，然間一自往，而沈孺人則竟以是怏怏死。先生隱痛，既不言，顧私自哭踊若居喪者。而見馬太孺人，輒收涕如平常。幸先生少慧，且鞠于馬太孺人，馬太孺人故愛孫。而先生承伺之曲至，偶有過苦之，必跪曰：「請易以杖。」問之，曰：「恐傷大母手也。」馬太孺人以是亦憐之。嘗侍馬太孺人于京邸，就工正公養。時年甫垂髫，帷燈夜讀，達曙不寐。人勞之，曰：「吾不敏，故然也。」且肆力古學，日就太僕公繙諸古文史。每遇前人處人倫之變，必反覆流涕，求其得當而後已。嘗讀《新序》，宋襄母歸衛，襄每欲省母，而不能也，託言：「兒有舅在衛，嘗愛兒，請省之。」慟哭曰：「吾獨無舅氏哉！」因作《懷舅》詩十章，日諷之以見志云。既而工正公再娶，則馬孺人也。馬孺人齒少于先生。馬太孺人愛馬孺人甚，惟恐先生事之不能如事母。而先生事馬孺人，無異事馬太孺人。會先生娶婦俞，其事馬太孺人、馬孺人無異先生。然後馬太孺人大悔恨，謂前此誤聽女僮言，出沈孺人，沈孺人無過。先生乃乘間涕泣，請立沈孺人主，且請合兆于陳氏之墓，擇日發喪，遷于盛塘之上埠。而于是沈孺人還陳氏焉。

崇禎十六年，獻賊破武昌。先生奉馬太孺人歸自楚，以就工正公養也。既而馬太孺人卒，先生終其喪不出試。會國變，人有以先生名入薦者。曰：「吾安庸矣？」先生性近物，不好訐人過。人以逆至，必受之。顧介節，不事干謁。里中人以庸調列先生名，先生起自直，乃免。邑長吏有舉先生鄉飲酒禮者，先生拒不許。至金錢往來，必自損，寧予勿取。歲歉，里各設粥廠。先生請馬太孺人設粥紫金里。當工正公仕楚時，人多貸其金，雖家居甚貧，而不之責也。嘗曰：「生丁不辰，吾所得于天已歉，若金錢，豈吾所宜有哉！」鼎革以來，先生既以高行稱。而諸子游京師者，争致所得賣賦金，爲奉養貲。先生悉均諸弟，馬孺人所出者。且爲族譜，自溯家世。從潁川後迄宋中葉，有宣和進士拜録參大夫，扈蹕南渡，移家上虞，閱七世而還郡城。有正一公者仕元，爲紹興路副提舉，實居山陰紫金里。乃爲宗祠，祀一世祖，自上虞以下。稍合錢于群從之有財者，而身成之，然猶以未置祀田爲嗛。臨卒，顧諸子而嘆。諸子曰：「豈以兒輩不盡在側耶？抑祀田未置耶？」曰：「吾六兒，而在側者三，何憾？若祀田不置則誠有之，然不曰有兒輩在乎？吾所苦者，幼不得奉沈孺人一日歡，老不得待馬孺人百年後耳。」

先生生于萬曆年月日，卒于康熙年月日。娶俞孺人，則前山海關游擊將軍闇然公女也。子六：士鐸、士銓、士錦、士錫、士鎬、士鈺。鐸與銓則前所云以廪監爲州司馬與參軍者，餘悉具狀。

狀又云：先生聰敏多技，然不好用。當其在京時，有異人授祕書，能避刀劍，爲隱形法。先生薄爲幻屏去。然間以易數射覆，多奇中。同舟客畫銜書雀于紙，請射之。兆成。笑曰：「鼓翼無聲，傳言不明，畫禽之銜簡者也。」其敏如此。銘曰：

於惟君子，顯德被身。慮物用義，居心以仁。修是天節，篤于人倫。豈謂少小，遭生不辰。阿母投杼，慈闈拾塵。漸起中搆，因之反脣。銀床斷綆，金車覆輪。大歸在嬀，絕兆于陳。哭止孔伋，養亡曾元。所藉孝子，周旋其間。北歷燕齊，南游楚郢。冥爾視聽，親爲寒暄。至誠所感，克孚于神。珠還就浦，璧完自秦。唾地已滅，煉天無痕。況經多學，夙稱博文。珪璋特達，形聲斯聞。將獻司徒，入公車門。驟丁陽九，遽屏典墳。絕跡仕進，甘心隱淪。鑑湖一曲，忘乎冬春。坦抱好予，達節任真。才智狡獪，概勿以先。潛光彌耀，隱德倍宣。堂構日大，子孫其蕃。爰溯世德，肇自潁川。近代祖述，興于南遷。作譜敦族，爲祠妥神。三鳳同薛，八龍成荀。趨嬗詩禮，侍垂冠紳。薄禄致養，小輿迎歡。顧菀虧復，何足以言。少微載殞，雕梁乍騫。甫聽虞殯，應歸原阡。潘誄永叶，郭碑新鐫。閟宫孔揚，以貽後人。

何母王太孺人墓誌銘蓋石❶

虞山錢宗伯爲王太君墓誌銘，時歲在辛丑，即太君就木之明年，尚未定瑕丘也。先是，光禄公原配曰單，繼曰瞿、曰來。單、瞿早世，無出，而來又繼逝。議兆分合，太君莊言曰：「二母無嗣，恐離窶遲久失饗，當合來共附窀穸，而别予于兆。」是以厥木在殯者十七年。今丙辰某月日，奠宅于山陰青化之大甲山，負應駕面申，右伸左絀。似有眠牛，因置銘于隧，而命予書石。方太君含斂時，予適以避人，遠之梁陳，不及睹伯興倚廬扶杖容色，然嘗見伯興從江上軍歸，以師潰欲殉，而忽念太君，遂奔還。太君亦勉之以儉德避難之義。時相對哭泣，哀動旁人。其慈孝兩得如此。今置銘書石，距卒哭遠，而悲哀懮摯，當日可知已。何氏數世入臺諫，因居芹沂，稱芹沂何氏。伯興以功舉，授兵部職方郎監軍，娶甲戌進士王公次君京兆幕公次女。孫仍炎娶兩淮運副朱公長女，次佐炎娶癸未進士金公長女，次倬炎娶大中丞忠敏祁公長君三女，次任炎娶丁卯孝廉徐公次君次女。因誌略，故復書此。曰：

此王太君之墳，後之考閟者并觀斯文。

---

❶ 四庫本無此篇。

西河文集卷九十五

蕭山毛奇齡字大可又字于稿

墓誌銘五

傅母陸太君墓誌銘

歲乙丑，奉天子簡命，分校會試，領十八房考。維時所首薦者，則傅生也。傅生以《春秋經》先多士，天子親策之。已賜出身，將入保和殿，親赴館選。適陸太君訃至京，使者遷延閒豫投其從父太常公邸，覬稍緩一日，令無誤選期，而後告之。傅生忽察得，大慟，厚責其使者。臨至午門，匍匐出，披髮徒跣，望星而南奔。京師見之者，皆以爲孝。暨予請沐歸，傅生流涕迎馬前，謂太君已小祥，將卜葬於梁諸之原有日矣，請錫以銘。

按太君陸姓，山陰宋右丞後，代多名臣。崇禎間有以進士爲邑宰，知時不可爲，而掛冠去，即太君季父也。太君歸贈君爲繼室。當初歸時，贈君母袁太夫人已疾棘，太君甫施帳，即帨衿佩入侍疾，連晝夜不寐，凡九閱日。每嘗藥，泣曰：「吾不事姑以羹湯，而事以藥，痛何如矣！」既而袁太夫人終不起。太君喪盡禮，然究以不得生事姑，終其身志憾焉。太君嘗卧起外宅，兒不戒于火，家人東西竄，不知所嚮。獨太君趨贈君所，亟呼贈君暨傅生先行，而身遽入廟，手捧廟主從烈焰中出，一切籯笥皆不顧，觀者稱之。贈君初娶王太君，而亡。傅生者，王太君所出也，是時年十二。太君鬻之如己出。稍長，爲延名師，督之學。以所居貆卑，築别業居之，今所稱「横秋别業」是也。傅生學稍就，太君以所生二子隨傅生學。每朔望歸覲，必詢曰：「兩弟率教否？」傅生應聲答則喜，否即以督責隨之。杭俗不事蠶，獨袁太夫人性好蠶。然太君歸晚，未之見也。太君每思姑所嗜，自以不得生事姑，聞太夫人性如此，每歲辟蠶室，躬率子婦入室中虔祓而事之。事畢，即以所獲繭與絲饗之先姑，隨散諸子婦以逮臧獲，廣姑惠云。

太君生于崇禎辛未七月二日，卒于康熙乙丑三月三十日，年五十有五。子三：長光遇，康熙乙丑進士，即傅生也，娶江，繼娶吴，又繼娶沈，四川按察使心泉公子龍驤衛參戎君育公女；次牧，太學生，娶張，繼娶邵；次光昭，太學生，娶張，繼娶張，福建漳州府同知顯侯公女。女四：長適嚴渶；次適茅應茂前，一甲第一名、内閣學士見滄公，其曾祖也；次王臣望，次朱裕德，皆候選知縣。孫四。乃系以銘。銘曰：

猗彼晉淑，嗣服維姜。獨憐入侍，姑淹在床。進此苓朮，如調羹湯。焚乳致感，摧躬自傷。曰修饋祀，以孝饗彰。縱值造次，猶臻帷堂。伯姬尚在，捧主以翔。但因佐餕，恒懷躬桑。原蠶不替，園繭並將。嗜好有素，孝思難忘。至于訓子，廸之義方。燃膏績室，鬻書巾箱。螭篆其額，牛眠在傍。穹然何爲，維夫人藏。

陳太孺人墓誌銘

予承乏入史館，作弘、正朝傳，鬮題得先忠襄名氏。夫世德駿烈，本難誦揚，況煌煌國史，將垂及萬世。而以後人而爲之紀述，雖子姓之幸，然非先公實有神，曷克致此！會忠襄諸裔有刑部郎孫，以大名主簿解車京師，則予兄弟行也。因詢忠襄事，兼搜討忠襄長子廉使征土司思陸遺蹟，惋嘆久之。越一年，主簿弟同兩弟國子判官以太孺人訃來，踉蹌將南歸，急走予邸，再拜哭泣，口述太孺人遺事，而請予以銘。

太孺人氏陳，前朝布政司使諱廸女也。其兄充曾爲吴淞驃騎將軍，守平望有功。太孺人少倚閥閲，又習視開府豪奢，未嘗事操作。聞其來歸，克以儉自持，弋綈不厭，且能以禮得尊章歡心。迄于今，其先後姻戚在堂群從與夫臧獲竈下之養，尚能道太孺人慈愛。所至有禮，每刻于檢身而和于御物。惜予析處，不得而知其詳也。第予觀諸弟在京，皆篤實友愛，相顧怡怡然。或爲上轄，或爲參幕，或就學四門，而索米九市，無不處之以其宜，而持之以其厚，大略得太孺人之教居多。從父嘗曰：「吾身游四方，而貽健婦以持門，且能代予爲嚴君者，太孺人也。」又曰：「予以幼具羸疾，積十年不愈。太孺人親侍醴熨，以衣著席薦，窺伺體驗，一如子媳事尊章者。卒致羸疾霍然，而垂老彌健。」然則太孺人之賢何如矣！

太孺人生于若月日，卒于若月日，年七十五。子四：長士弘，直隸大名府滑縣主簿；次士奎，國子監生；次士學，出繼；次士遴，考授州判官。孫四，女一。銘曰：

是太孺人之阡，志之封之，以無洌乎其文。

王徵君墓誌銘

君諱攸寧，字公遠。先世氏謝，以後王爲王氏。初家山陰之住墅，年十四隨伯兄僦新昌長潭。兄命入沃洲山販炭，檥舟嵊南門。會王師下江東，江上兵從西陵來潰，且奔争門，殺所居民，而略其稚且艾者。君已隨衆竄，獨念炭在舟，舍之，畏兄責己；守而不去，慮不免。乃擇叢莽之近溪者，晝伏莽瞭舟，而夜守之。時嵊民被鹵，自十四以上二十以下，鮮遺者。而君以警敏免，且不失一炭。俟稍定，鬻炭會稽市，利倍。兄大悦，使下上行販三年。

祖姑之子周繼芳，以進士改户部主事榷北新關，素愛君。會君奉仲兄之禾詣關，繼芳乃留君，使典商錢，而令仲兄獨之禾。及繼芳還部，厚贈君。君悉以上兄，且尋兄于禾而奉之歸。時君已娶婦。兄乃用君所贈貲立盡，忽挈己妻去，第予君夫婦以匕箸，使自居。當是時，君痛己少孤，不逮事父母，鮮所顧恃；又失學，昧先世所傳詩禮之緒；且交游少，其于親黨士大夫，乏方幅齒遇。乃復以貧故，不能得兩兄歡心，深刻責。入市買書，執問于所親之學者，久之忽有悟。乃卜居南鄉之鳳凰山，環水而堵，以漁以佃。家稍豐，即所學亦日進。乃遂與士大夫講道論德，務躬行，而間爲文章以自娱，當世稱君子焉。

久之，兄復謀合爨。或曰：「指斷，可復續乎？」君曰：「吾惟不能續，故求續也。豈有願續而不聽續者？」又久之，兄復挈妻去。君痛自悔責，謂事兄無狀致有此，乃事兄倍謹。又久之，復來。然兄已病，遷居于玉屏山側。親執湯藥，如事父。仲兄死，其伯兄僦新昌者，亦折閱致病，挈妻子從新昌來住君宅，君讓己所居居之。伯兄既病，又以貧不得志，性懆急善詈。君夫婦承順之，朝夕婉伺，竟其死，無忤色。

康熙十四年三月十五日，君卒，年四十四。子緒思，有文章名。當君卒時，宗戚里黨皆會哭于社。既喪，言及君，皆欷欷泪雨下。是年州縣已薦君，不及。其後，族弟光禄君亦孝友，敦行誼，多推解于世，稱君子與予善，因率其子請誌石而系之以銘。其銘曰：

孝乎孝，友于兄。古有之，惟君陳。伊稚弟，銜火薪。佔而士，敦人倫。曰禮教，萃厥身。臂與指，斷復聯。彼喬者，君之墳。貽邁種，與後賢。

敕贈文林郎家明府君暨孺人方氏墓誌銘

明府君以子貴，占閩縣籍。其先閩之福清人也，自宋南渡後，由陳留來遷，分處浙閩。歷明嘉、隆間，有民部、觀察兩公先後繼起，與越之侍御殿翰暨睦州司馬、三衢司寇，一時鱗接，皆以姬所出，合譜通敘。而府君仲子若孫，則皆由閩縣公車占籍而起，于是族之稱鼎盛者，必曰閩縣毛氏。往從大梁周司農許讀府君仲子文山君詩，嘆近代詩格能鴻明亮闓、直入三唐壼域者，惟文山一人。而合肥龔宗伯至以揚雄、宋玉相期待。且聞其筮仕西川，撫循有法，當獻賊草薙之後，而與民休息。天子嘉其能，已經行取，而以他事拂衣去。其才高，其遇致，可惜也！乃予過八閩，自閩中丞下漸至輿皁，嘖嘖稱文山至德，足鄉里法。且能救灾捍患，爲邑大夫扶掖所未逮，比之太丘彦方。而文山則正丁營葬，將遷府君與孺人柩室，歸之福清，曰：「此先志也。」因以予厠從子行，屬予爲誌。

嘗讀《魯語》，謂「宗族稱孝，鄉黨稱弟」，事本至常，而聖賢論士必及之，以爲是根柢所自出也。府君兄弟三人，各以讓産爲世指名，而文山兄弟繼之。聞府君課文山兄弟誦讀，必述祖德，道家世艱難。至語及先人遺事，必垂涕反覆以爲常。以故文山兄弟皆肯堂肯搆，能世其業，倘所稱古之爲士，非與？至于輕財仗義，撝斥所有，爲他人贖子及婦，皆餘事也。府君已占籍閩縣，而不忘首丘。其推而上之，凡一本之所出猶是矣。

府君諱一森，字應立，别字位東。生于萬曆庚寅月日，卒于順治辛卯月日，以覃恩贈文林郎，年六十二。配方太君，賢而有助，後府君五年卒。生于萬曆辛卯月日，卒于順治丙申月日，贈孺人，年六十六。子三：長獻瑞，閩縣學生，先卒；次即文山也，初名獻球，順治甲午科舉人，授四川營山縣知縣，今名鳴岐；季用鑣，侯官縣學生。孫五：長翼坦，康熙辛酉科舉人；次廷對，府學生；次廷奏，國學生；次廷講、廷諫，俱幼。曾孫七。

方文山兄弟葬府君時，以閩海多故，兵戈相尋，距府君死時已三十七年。而予隨諸親黨後，執紼于官亭，親見文山兄弟伏柩室傍，哀號如初歿者。嗚呼，孝已！是爲銘。銘曰：

肇稽姬穆，以子圉封。典午而降，僕射是宗。越兹庶譜，于陳留通。判牒楊左，連支甌東。已祛人曹既長，使憲則雄。西臺南省，親如同堂。乃者贈君，孝友並稱。推甘餍苦，培荆比棠。段蔓，毋亂晉行。以故哲嗣，三珠在庭。克嫿詩禮，還追冠纓。業誇二阮，猶存兩馮。獨羨仲子，文章宗工。繡褓吐鳳，珊竿釣龍。翱翔左海，徘徊南宫。彈琴朗池，燒丹大蓬。錦官花發，甲于巴充。天子遜聽，書之扆屏。將行取召，而歸鄉邦。所藉寵贈，上明府翁。北堂笲繭，以珈以瑛。頃因虞殯，將還先塋。佳山鬱鬱，開于香城。紫雲新鬮，青碑舊銘。善爾合祔，于斯承之。

誥封淑人張母章太君墓誌銘

余從子舉鄉，出聞喜侍讀門下。其于江陵司徒公，則主貢所自出也。嘗聞從子從司徒公大令今麗水君歸江陵，讀書于江陵之柳間，屢稱章太君家居程檢有法，一切印取俯拾，絲黍不貸。而内而鍼管，外而梧盂，速父潔客，無大小，必躬事怵惕。❶而龖膏畫荻，所在尤警。會滇黔用兵，王師之撻伐與四方之輓輸者，❷咸來荆門。居民鳥獸竄，不災而殣。司徒公以冏寺羈京師里，帑無贏財，廪庾穹然。

❶「惕」，原作「惕」，據四庫本改。

❷「伐」，原作「代」，據四庫本改。

而太君檢損諸日用，廢纂組，絶烹剥炰割，推服御所有餘與囷箱之稍可繼者，以施以給。凡癃蠱惸獨，不能嗑食，往往藉太君延飼喘息，以幾于存活，如此甚衆。以故諸子各率教，無帬屐之習，在寵知畏。而太君則益督教之。嘗親入蠶室，舉澡瀹組練以下，及洴澼之細，示諸子曰：「亦知衣被所猶來乎？必具物積功，以次層累，而後經之緯之，以幾于有成。學亦猶是矣。」予嘗聞其言而旨之，命從子書之。暨予官京師，而公之大令適以選人筮鄉之麗水，稱麗水君。予餞之横門，以爲鄉有賢大夫，梓桑之慶。而既而南歸，則麗水君方以憂服歸江陵。而以予通家，且能累太君之行，而屬以誌也。予何敢辭！

太君章姓，江陵人。幼慧，通劉向《列女傳》。司徒公就塾，必抱書嗛過太君門。太君父見司徒公，愛之，即以太君許字司徒公。而太君父卒，時太君有二弟提抱，一切家人事責之太君，不即歸。而司徒公父贈公曾爲司徒公聘馬太君，特以馬太君羸弱，不宜子，故又通媒氏，委禽聘太君。暨馬太君歸，而太君繼之，一切家人事則亦惟責之太君。故馬太君卒，而太君勞勩，終始不得徹。嘗以不解主中饋自憾，及主之，而精洗逾等。楚俗本尚儉，而太君未嘗以奢教，然而炊菰煑雪萓蘇蓴芼，遠過大庖。而至于⿰牛蜀腴鱻鱠醯鹽餖飣，凡爲賓供者，率和齊調浹，以極于其法。以故予在京師，每于請沐過司徒公，索司徒公饌啜，饜飫摩腹。而司徒公于退朝之隙，遇有烹炙，必折簡邀過，相顧饕餮以爲常。蓋飲之食之，而不知中饋之教之有由也。方予南歸，在康熙二十五年之秋，而麗水君聞太君疾，早于未訃時，即抱牒愬臺使君，願乞終養。臺使君不即許，而君復彊之。麗水距杭州近千里，朝夕匍匐，至形之寢處，每夜夢歸闥，往往隔垣一方聞太君聲。而呼之，而不之見也。夫至于聞聲而不獲一見，其瘠寐之形，可謂已切！而太君于設纊時，手書遺誡，貽麗水君，曰：「毋上傲，毋下陵。務使居世，皆長厚名。」夫以君之粥粥若處子，而猶以傲爲戒。以君之治麗水撫字忳懇，視子婦如一家人，而猶懼其陵下。以君之敦龐不佻，惟恐以鍥刻予物，而猶督以厚。太君其真賢矣！惟太君賢，故君孝。古人云：「非是母不生是子。」有以夫！

太君生于崇禎乙亥九月二十一日丑時，卒于康熙丙寅十月二十日戌時，年五十有二。以覃恩誥封淑人。子二：長毓瑞，拔貢生，見任浙江處州府麗水縣知縣，娶王氏，戊戌進士、原任河南光山縣知縣諱起岱女；次毓蕚，江陵縣學生，早卒，聘胡氏，見任翰林院庶吉士諱作梅，其兄也。孫二：長錫蕃，❶次錫爵。女孫一。俱幼。乃爲之銘。銘曰：

自昔南郡，首推陶桓。曰有湛母，以教子傳。惟茲太君，克配賢哲。幼誦女經，長飭婦節。歸之司徒，爰奉蘋藻。持門訓寢，如掌邦教。以故顯嗣，賢于黄童。登朝試仕，卜章安東。乃以道遠，養堂未築。執板告歸，望垣而哭。伊母之慈，怡然安之。子果式穀，請從此辭。特憐母德，指難詘述。卹災拯寡，浹雨沐日。鶴飛何所？龍蓋何求？佳城鬱鬱，將延千秋。懿績既彰，恩綸未已。藹被在公，禮宜從子。惟是子孝，倍徵母慈。貞珉有盡，汗簡不遺。乃展筮祥，兼兆卜食。焉審百興，視此片石。

❶「錫」，原作「鍚」，據四庫本改。下「錫」字同，不再出校。

西河文集卷九十六

蕭山毛奇齡字僧彌一字于稿

墓誌銘六

曼殊葬銘

曼殊小妻，張姓，京師豐臺人。十八歸予，能食貧，人謂之糟糠之妾。既而大婦至，徙居右安門墳園，累病不可解。嘗夢隣廟阿母喚之去，牽予衣不忍。醒而惡之，飾桃梗貌己，送廟間，若代己者。乃復圖其影於幃，而自題之，名「留視圖」，觀者哀焉。

先是，曼殊將歸時，相國馮公，予師也，爲予擇娶之，而憐其慧，視若己女。至是公將致政歸，謂曼殊曰：「本以毛生無子，故娶汝，今三年不身，而大婦忽南至，汝自料能安其身耶？抑否乎？且毛生年大，家故貧也，蕭山去此遠。貧不汝鞠，家去此遠則叵測，年大棄汝早。黄鵠口噤，則其摧挫有難言者。汝曷不請去而貿貿爲？」蓋公愛是人并愛予，以爲爲予兩人計，無過是也。曼殊聞其言，大驚，反覆泣謝，執不可。且曰：「本謂公教以禮義，不謂其出此也。獨不聞女不嫁二夫耶？」當斯時，有婦辯而坐于傍者，笑而曰：「有是哉？誰則以妻汝而夸謾若是？」顧曼殊曰：「毛先生非汝夫也。」曼殊乃大恚，號咷呼曰：「天乎！人不以我爲妻斯已耳，乃謂我無夫，不如死！」擲身擲于地。公急止之，曰：「賢哉！」嘆而起。曼殊歸謂予。予曰：「然。惟公亦爲予言之。汝試思，予豈欲去汝者？特爲予汝計，無出此便。獨需汝自決耳。」曰：「吾決之矣。君果遣予，則予請先死君前。不然，尚憐予而終收之。」言訖，詘雙膝箸地，曰：「以乞君。」既而有戚媪居京師者，假予言遣之。初不信，重强之，以爲果然，哭踊氣絶。一婢持抱之，不得死，三日，高郵葛先生力救得活。然嗣是氣匱，血上壅，涎液結轄不可下。嘗泣曰：「吾死固分，獨不能爲君生一兒。」指婢曰：「俟此子長，可當夕，吾無憾矣。」又曰：「吾病不可耐。病小間，吾當從阿潘居尼寺中。雖然，君南行時其能掩面一揮手耶？君毋嫌予，他日願以尼從行。」康熙二十四年五月二日病發，卒，年二十四。初，曼殊有二婢，一名金絨兒，即予師馮公所遺媵也。一名來子，光禄王君買贈者。後以乏食賣來子，惟金絨兒存。至是金絨兒年十七，曼殊所稱「俟此子長」者是也。前一月，金絨兒亦病。及聞主母死，不能起，匍匐出伏苓牀下，叩頭哭，越七日亦死。

初，予將葬曼殊于豐臺張氏之阡，黄門任君謂予曰：「生不忍相離，而死棄之？」予曰：「然。」遂攜櫝歸蕭山，將附于藏予之地，而系以銘。銘曰：

生矢相隨，豈既死而魂無不之歸哉？歸哉！汝在斯。

金絨兒從葬銘

金絨兒者，曼殊婢也。十一從曼殊，如花藕之有枝葉。越六年，金絨兒病。初以月事閟，腹下小痛，醫者誤下之，遂中死法。曼殊在病中聞之，泣曰：「是婢死，吾無生矣。」既而曼殊死，金絨兒驚起，以手據地行，哭七日，口血漉漉，隨死。哀哉！因攜其櫝，偕曼殊同歸，而葬于其側。曰：

魂乎來乎，從之者金絨兒乎。

曼殊別誌書磚

曼殊，豐臺賣花翁女。陳檢討維崧序云：「疎籬織處，青門種樹之翁；纖籠携來，縞袂賣花之嫗。」汪主事懋麟詩云：「荒村侍婢賣花回，補屋牽蘿曉鏡開。怪底紅顏如芍藥，妾家生小住豐臺。」汪春坊楫詩云：「春到長安芍藥開，尋花曾一到豐臺。自從解語歸金谷，不是花時客也來。」張學士英詩云：「聞説豐臺住小姑，百環新髻世應無。又添一段游人話，芍藥開時説曼殊。」生時，母夢隣嫗以白花一當一根也。寄使賣。其前隣奶奶廟也，後隣錢氏，疑昔者乃錢氏嫗，因名阿錢。周贊善清原《續長恨歌》云：「張家小女名阿錢，種花家住豐臺側。生成骨格一枝香，斟酌衣裳百花色。」

阿錢慧甚，能效百鳥音。京城販兒推貨車行叫賣，嚶嘟不可辨，阿錢遥聞便知之。十歲，前村學針線，把翦即能刻花種人獸，不搆譜，儼熟習者。客有以千錢購蕃繡旛燈于前村家，阿錢方學繡，立應之去。既長，色白，目有曼光，十指類削玉，黝髮委地可鑑。《續長恨歌》云：「十枝春笋扶釵出，一寸横波入鬢流。銀蒜雙雙垂綵索，曉日曈曨射妝閣。」張編修廷瓚詩云：「子夜清歌醉不醒，曾看寶髻倚銀屏。菱花掩後香雲散，腸斷春山一様青。」才攏頭，作十種名。最上以髮弗，綰作連環百結蟠頂前，名「百環髻」。《留視圖》自序云：「飾予生平所梳百環髻。」王舍人嗣槐詩云：「東風吹羅衣，空園自摇曳。採將千種花，攏作百環髻。」《續長恨歌》云：「八幅湘裙初拂地，百環雲髻早宜春。」方編修象瑛詩云：「自製新妝號百環，春風摇漾畫圖間。無端夢逐空王去，凄絶豐臺舊日山。」張中書睿詩云：「百結雲鬟别樣妝，曼殊花放下巫陽。祇今留視圖猶在，減卻生時一段香。」喬侍讀詩云：「百環髻就玉爲神，别有穠華領好春。斜傍青山長不埽，有誰堪作畫眉人。」顧性貞静。十二從廟歸，路人觀者嘖嘖稱好，姑則大愠，歸不再出。

予來京師，益都夫子爲予謀買妾。有以阿錢言者，豫遣二世兄往視。不許。吴文學闡思詩云：「爭似豐臺解語花，臉波春色襯朝霞。盈盈碧玉年嬌小，不愛青齊宰相家。」喬侍讀詩云：「村莊無復住東墻，但對名花引興長。莫道小家劉碧玉，一生不嫁汝南王。」先是阿錢病，西山尼師過其門，咨嗟曰：「阿錢不年，不宜爲人妻。」或曰：「爲小妻即免。」遂決計作妾。然往請者率驕貴，深不自願。及二世兄往，謂猶是相公家也。越數日，予親往。詢予，喜甚，且有謬譽予善文者。李檢討澄中《曼殊》詩云：「守身堅擇對，偃蹇已數夫。不惜充下陳，但願嫁通儒。毛郎富文史，作賦邁三都。」《續長恨歌》云：「紛紜粱肉皆塵土，不願將身入朱户。蘭生空谷人自知，嘖嘖張家有賢女。毛君一賦奏凌雲，柱下才名天下聞。」龍檢討燮詩云：「湘湖詞客毛先生，日昨捧檄來燕京。《子虚賦》獻官侍從，閨中兒女皆知名。」李中允鎧詩云：「毛子鑾坡彦，文筆五色鮮。造訪出花下，驚鴻何翩翩。豈有十斛珠，乃訂三生緣。盈盈賦麗情，慕義良獨難。」是夜，予夢大士取盎中花手授予。次日插戴。北方以下定爲插戴。《續長恨歌》云：

「疎籬野徑多閒暇，落花無人碧牕夜。天然芳潔不由人，優鉢曇花是化身。」胡文學渭生詩云：「媒氏新傳玉帳音，定情何用百黃金。簾前一見如相識，爲插蓮花玳瑁簪。」丘學士象升詩云：「昨夜優曇帶露開，簪花迤邐到豐臺。湘簾一控春如海，萬朵花光入座來。」其母兄與其母疑予年大，又貧，且相傳婦妒，欲悔之。阿錢不然。陳序云：「原思入仕，仍然環堵之家；仲路居官，不離縕袍之色。況乎桓家郡主，性極矜嚴；吴國夫人，理多貴倨。王茂弘將膺九錫，時來悠謬之談；劉孝標永憾三同，屬有紛紜之論。而乃情堅一諾，面許三生。」《續長恨歌》云：「相國馮公重古風，爲訪名姝到韋曲。韋曲春花爛熳生，求婚三唱踏莎行。忽傳婦妒幾中止，官貧復恐離鄉里。阿錢卻喜嫁才人，委身情願同生死。」劉文學錫旦詩云：「夢授一枝和露種，肯教連理被雲遮。」及娶，檢討陳君就予飲，更名曼殊。曼殊者，佛花也。汪主事詩云：「昨宵夢乞楊枝露，從此更名號曼殊。」陳序云：「僕于阮婦之新婚，曾學劉楨之平視。屏前乍見，遽訝天人；燭下潛窺，已驚絕世。值此同官之被酒，屢爲愛妾以徵名。以姬夙悟静因，親躭禪喜，遂傍稽夫梵夾，肇錫之以曼殊。」姜州丞啓詩云：「曼陀花散到人間，色相端然菩薩鬘。」蔡修撰升元《月上紗牕烏夜啼》詞云：「檀心蕙質玉亭亭，解語識迦陵。慈雲一滴楊枝露，訂三生。卻向天花落處認前身。」《續長恨歌》云：「同官往往停騶御，欲拜青娥不能去。迦陵太史爲徵名，曼殊本在西來處。」

曼殊既歸，執摯即贄。願從學。取書觀，有悟。才把筆，即能畫字。其字每類予，見者輒謂予假爲之。任黃門辰旦傳云：「檢討善詩文，能書，曉音律，曼殊心習焉，輒似檢討。」方編修詩云：「夫子江東早擅名，學書學字儘聰明。」吴文學陳琰詩云：「學書不學衛夫人，別有簪花體格新。争怪拈毫似夫壻，燕釵作贊仿來真。」施侍讀閏章詩云：「夫人才把筆，便作逸少字。如此好夫壻，何處不可似。」朱供奉《葉兒樂府》云：「檀板能歌絕妙詞，銀鈎學寫相思字。」嘗爲予書刺。早起呵凍，連作十餘刺，心痛遽罷。陳序云：「於是雜弄簡編，閒親文史。畫眉樓畔，即是書林；傅粉房中，便成家塾。學新聲于絃上，詢難字于枕間。硬黄紙滑，竊書夫子之銜；縹碧釵輕，戲作門生之贄。」張檢討鴻烈詩云：「瞥見仙姝漫七年，每聞素腕寫鸞牋。」潘檢討耒詩云：「學得簪花字體新，蠻箋十幅簇芳茵。修成外傳多情思，爲有燈前擁髻人。」予有《曼殊病》詩云：「黛椀誰書刺，銀床想挈壺。曼陀花一朶，看向日邊枯。」予生平好歌，至是酒後歌，每歌必請予復之，三復則已能矣，按刌度節，絲黍不得爽。尤喜歌真定夫子《祝家園》詞。梁司農夫子《桂枝香》曲：「開句賞心樂事，祝家園裏。」馮太傅夫子《長歌》云：「從來繡閣惜娉婷，紅牙欲按聲轉停。聞君雅擅周郎顧，妾若歌時君細聽。」《續長恨歌》云：「學書便倣簪花格，偷曲初成按拍時。」又云：「拙宦中年何草草，但看曼殊愁頓埽。酒闌一唱祝家詞，温柔鄉裏真堪老。冰絃檀板兩怡然，花底徵歌月底眠。」田編修雯詩云：「百縐雲鬟巧樣成，淡黄裙子稱身輕。清歌按板偏能會，不數紅紅記豆名。」胡文學詩云：「新翻子夜與前溪，顧曲周郎總不迷。一唱黄雞嬌欲絶，簫聲同徹鳳樓西。」王光禄三傑詩云：「歌殘金縷不勝悲，記得南園卧病時。夜起與郎花下坐，含顰一唱祝家詞。」曼殊自爲詩云：「階草啣虚檻，亭榴接斷垣。酒闌携錦瑟，請唱祝家園。」第苦無彈者，不可已，呼盲女街前琵琶，聽數曲，諦視其攏撚刓撥，遂能彈。朱供奉《洞庭秋色》詞云：「想暗通心曲，朱絲絃裏，盡携書卷，玉鏡臺前。」尤檢討侗《新樣四時花》曲云：「羅敷趙瑟儂家占，子夜吴歌近日諳。」袁編修佑詩云：「郎自豔吴曲，儂自緩秦箏。雙栖梁上燕，解語弄春聲。」馮檢討勖詩云：「細拋紅豆譜相思，腸斷金槽一縷絲。誰道梁塵驚散後，酒闌猶唱祝家詞。」吴别駕融詩云：「淥水春來豔，金槽夜自彈。市樓盲女在，莫作段師看。」

顧得奇疾。初書刺心痛，謂脘寒也。既謂傷肝，輸東風木揚，春作而秋止。又既謂中濾，有瘕癖，在胃傍，氣積不行。歷數載，審候，終不得其要領。每疾作，徧體若焫。使婢按摩之，不足。以帔作兜負之行，又不足。縋筐而坐之，東西推挽，若鞦韆然。任黄門傳云：「然而有奇疾，疾劇，則必約綵爲兜，有若花籃，坐其中，懸諸空際，左旋右轉，乃少可，特終不可治。嘗遍搜方術，不治。遂立願捨身，作佛弟子，不治。乃召繪者圖之，名曰『留視圖』云。已而竟不可治。」陸文學弘定詩云：「病倚籃輿挹翠霞，後庭編徑曲欄斜。綵兜行遍雖無跡，猶長金蓮處處花。」嘗夢隣廟奶奶喚歸去，一日攜兒至，曰：「汝本吾家物。我擠眼，汝當隨我行。」其兒曰：「家去罷，不去，奶奶幺喝。」醒乃刻桃木爲偶人，飾之衣，被以生平所梳百環髻，流涕送廟間。趙編修執信詩云：「淡紅香白好容顏，寶髻堆雲作百鬟。喚作佛花元自悞，如今爭肯住人間。」吴文學陳琰詩云：「阿錢生小態嬋娟，多病皈依繡佛前。不信曼陀花一朵，忍教憔悴夕陽天。」又云：「妖夢頻隨阿母回，香檀分影禮蓮臺。百鬟巧髻親留視，畫裏真真喚不來。」沈文學季友詩云：「雕香分送淚模糊，六尺生綃便作圖。認取白衣龕外立，前身應是小龍姑。」予《送偶人》詩云：「且送青娥去，言隨阿母歸。荷花開作面，菊葉翦爲衣。淚盡中途別，魂離何處依。他時香案下，相待莫相違。」曼殊自爲詩云：「百計延醫病轉深，暫回阿母案傍身。此身久已魂離殼，莫道含顰又一人。」乃復圖其形，名「留視圖」，而題詩焉。梁司農夫子詩云：「百朵雲光綰髻斜，焚香小坐澹鉛華。畫圖展向春風裏，好護豐臺第一花。」任黄門詩云：「捨身現在禮慈雲，月月纖腰減半分。何事畫工還染色，澹紅衣褶藕絲紋。」沈明府皞日詩云：「彈窩石畔冷如冰，消得春風數尺綾。一自檀雕分影去，夜深只坐佛前燈。」阮庶常爾詢詩云：「新鏤香檀舊夢頻，碧綃留供佛前身。由來仙骨原無二，不信雙毫寫玉人。」汪春坊霦詩云：「寶篆依微繡佛前，香臺欹坐髻鬟偏。夢魂縹緲知何處，只在蓮花秋水邊。」高徵士兆詩云：「百結雲鬟委陌塵，一函玉骨瘞江濱。可憐遺落春風影，挂向花前還妒人。」鄭驃騎勳詩云：「細雨難滋天上花，春光杳渺白雲賒。可憐粉黛空留視，腸斷當時油壁車。」

初，予婦將至，徙居南西門墳園，慮不容也。益都夫子憐其窮，强予開閣，而曼殊難之。其後有假予意逼遣之者，曼殊死，復活。《曼殊回生記》云：「曼殊以壬戌十月十一日死，越三日，高郵葛先生治之，復甦。」李檢討《曼殊》詩云：「食貧二三載，兩情如斯須。何意南來者，事變出不虞。舉家色慘悽，丞相謂曼殊：毛郎生遲暮，官貧徒區區。改圖便爾爲，作計莫太迂。曼殊一無語，淚落紅羅襦。」又云：「始至相逼迫，既乃復揶揄。郎意久異同，計事一何愚。曼殊大悲摧，天乎我何辜！郎今負義信，慟哭聲嗚嗚。氣結腸欲斷，死生在須臾。倉皇覓良醫，强起事跏趺。藥餌徐徐下，數日魂始蘇。」李中允詩云：「踟躕貯別館，咫尺明河懸。脉脉但相望，郎言遂浪傳。謂當羽翼乖，聽續鴛鴦絃。聞言一悲憤，氣絶如絲聯。已乃泣吞聲，仰首呼蒼天。」《續長恨歌》云：「食貧三歲恩情重，恩情衹道長相共。桓家郡主驀地來，驚散鴛鴦夜深夢。深情無賴金門客，愁煞飃風蕩魂魄。倉卒墳園貯阿嬌，將使犢車無處覓。那料流光迅如電，好信不來飛語遍。野花村落白楊郊，安得仙郎日相見。含情一動倒玉山，杳杳冥冥去世間。葛翁投藥雖扶起，那得桃花還結子。畫圖試展舊時容，玉貌花姿全不是。」孟監州遠記云：「其初歸也，則不以遲暮爲非匹，而惟以得偶乎才子爲幸。其濱危也，群言紛搆，猶矢若金石，惟願得死于才子之手。」彭侍講孫遹詩云：「優鉢從來不染塵，無端號作斷腸春。憑誰地下三彈指，唤起迦文坐畔人。」張文學闇然詩云：「曾説南園卧病時，金槽猶撥祝家詞。新聲不向豐臺度，付與啼鶯戀舊枝。」曹學士禾詩云：「芍藥初開驟委泥，豐臺猶見草萋萋。甘心遠葬西施里，苦戀貧官與忌妻。」楊文學卧續《張夫人拜新月》詞云：「拜新月，拜月在前墀。死魄回生後，殘眉未埽時。」至是病轉劇。嘗曰：「令吾小可者，吾當爲尼懺除之。」李中允詩云：「古今傷心人，慷慨以永嘆。庶幾法王力，遣此長恨端。灼灼青蓮花，阿母夢所搴。因之綺羅中，愛參清静禪。」《續長恨歌》云：「從此香奩日日扃，長齋頂禮願難成。綵兜虚約香塵滿，伏枕空房小胆驚。」既而謂予曰：「向阿三病時，予從子阿三死京師。予藉其園居，邀君日來以爲幸。今君將南行，而予以病殘留尼寺中，其能來乎？」泣曰：「他日君歸者，吾請以尼隨君行，惟君置之。」既而病發死。曼殊之死，京朝争作挽弔，自梁司農夫子暨張、曹諸學士下，詩詞文賦不可勝紀。又有作皷子詞，同韻唱和成帙。如雲間李欞、李榛、顧士元、馬左，西泠何源長、魏里、周珂，同郡成肇璋、達志、金振甲、馬會嘉、王麟遊、陶篚、劉義林諸君，至同館生有託碧虛仙史作《盎中花雜劇》者，皆彙載別集。死時羸甚，及斂，面有生色，坐而衣，骨節緩澤如平時。任黄門詩云：「垂簾無力倚闌干，怕見庭花易早殘。偏怪瓦棺將掩處，海棠猶作睡時看。」初，陳檢討孺人死，索予爲墓銘，而貽予以絹。絹淺黄色，爲製裙而喜，囑曰：「假使貽絹有桃暈紅者，當復製一裙。」越四年，無有貽者。既斂，乃賣金槽，裁一裙，納柳棺中。《續長恨歌》云：「去路茫茫在何處，矯首空濛隔烟霧。金槽賣卻剪紅裙，大叫曼殊將不去。」高徵士詩云：「羅裙淺澹剪鵝黄，一束纖腰白玉床。長恨無人十洲外，飛行爲覓返魂香。」吴文學詩云：「減盡纖腰勝小蠻，淡黄裙子帶圍寬。可憐紅絹空裁剪，不付金箱付玉棺。」

西河文集卷九十七

蕭山毛奇齡字僧開又名甡稿

墓誌銘七

陳翰林孺人儲氏墓誌銘

孺人姓儲氏，翰林院檢討陳君妻也。齊國相臣基開青土，開元才子，家住丹陽。祖江西按察使，著績南州。父太學生，垂聲東序。孺人生而婑婧，性兼明慧。刺朱幃于帳裏，弄粉絮于欄邊。學書操管篆，略作丹黄雜技，按楸紋便知横直。第名嬌女，未字令人。其母陳太君，爲陳君父姑。君祖少保公，即孺人祖舅。兩相歡愛，願合葭莩。阮甥兄表，抽碧軫以徵情；劉女姑兒，用玉臺爲聘物。遂使羊鄧婚姻之好，加之郗王中外之親。八緜初著體，倍見同功；九蕙未分根，依然並蔕。謂鴻妻之可託，詠鳩配以奚慚。

獨是衿褵乍結，新婦居儀，珮帨將貽，尊嫜寢疾。君母湯太君病，而孺人扶持之。厨無茧蜜，猶堪三日爲羹；盤裕棗修，誰使七年求艾？乃曰老親方患苦，思食江魚；敢言夫壻未分明，心同幙雀。伺燕帬之澣滌，伸烏爪以抑搔。

不意君過澄江，太君遽逝。桑枝未捋，秋胡有遠道之行；木李難投，秦掾少新婚之戀。上黄世子不共游仙，下軍大夫仍爲生客。痛臯魚之哭母，賴趙孝以斂姑。

于是君父贈君分田授室，責孺人奉養。蕭娘初得壻，略辨酸甜；左女在兒時，早營盤槅。擊殊鮮而傳食，斥他肉于當餐。酒漿汎濫，不疑溢浦。留賓宰割從容，奚翅安東歸獵！

其奈家世仕宦，不事生産。作客窮歸，門巷迷失。孺人好慰之，使毋廢歌詠。百尺樓陳氏劇厭求田，三十歲王郎安知問米？但驅饑于彭澤，恍失路于天台。柴門月色，不辨誰家；荻港烟生，全迷舊徑。錦文當户織，自下機來；翠襴出簾迎，剛逢帶解。庭能漂麥，直須把卷房中；爨有樵蘇，何必行歌市上？

孺人每顧視嫁時衣飾，典賣不郄。嘗燈下出金簪一枝及羊脂小玉合子，是八九歲弄物，估值相示。三英玉合子，宛若凝脂；七寶鈿頭釵，非關曜首。簪垂黄粟，小年興炊鏗之嬉；帕裹青梅，數歲作繞床之弄。每嘆長門之末草，因之補屋以牽蘿。招靈廻短髩，誰從井底收來？私語記長生，那許波斯買去。

當春末夏初，牕前黄杏樹爲君從祖殿元君手植。子熟將脱，夜半謳吟時，聽觸地一聲。孺人輒令婢啓扉，拾以啖君。金門未入，有誰從西母偷桃？銀扇嘗關，無復向東家撲棗。惟此房陵三色李，和嶠栽成；似兹廊下九英梅，元稹種在。喜均亭之既熟，儼巴旦之能甘。味逾巒奈，生垂嘉慶坊邊；響似霜桃，聽落華林園裏。雖酪需寒食，未足充饑；而果出天漿，儘堪解渴。

乃君應制科，置身翰苑。每欲迎孺人到京，一語昔昔，而舟車蹉跎，竟至奄忽。門來羔雁，徒致府侯勸赴之詞；身入承明，原無僚壻相欺之意。黄鵠已摩天，未銜雌去；青嬰方出浦，難見珠圓。贈紅衣于騈蔕荷間，寄尺素在一流泉裏。塞垣别鶴，未貽徐氏瑶琴；禁樹棲鸞，空詠義安錦帳。游宦度年時，悵關河之阻隔；思君如日月，託晝夜以還生。東瀛將涸，可知床半封塵；北地常寒，不用庭中取冷。

遂于康熙十九年十二月六日終于陽羨私第，越某月日葬于某阡。祝英臺畔，宜多佳婦之墳；玉女潭邊，即是其人之墓。文褕應錫賚，姑掩泉門；華表待歸來，相從地下。嗚呼，哀哉！乃爲銘曰：

粤稽肇族，厥惟營丘。諫議持節，名賢是求。由漢迄唐，世嬗彤騶。開元詩體，高超眇儔。惟是孺人，門閥蔚薈。瓠父陳思，韞從阿大。秀稱顧婦，親即鮑妹。鬱金成床，迷迭結帶。盤載纂組，案據荼菽。縑書覆紅，螺字刷緑。以其餘技，時展玉局。坐而談之，有如姑媳。乃持門户，能欽尊嫜。但咨傅姆，不杖小郎。夜蚌作燭，春蠶着湯。亦既辛苦，名爲糟糠。有時灑室，人歸自遠。山畔賣珠，市中鬻盌。肉杏可食，如棗纂纂。牛衣雖單，馬齒未晚。何晤獻賦，旋登皇闈。買臣無婦，相如有妻。只嫌顣顣，金門苦饑。是以迎子，徒勞驅馳。河行亡梁，陸驟匪輛。甫畛三塗，遽隔重壤。塞北花飛，江南草長。子荆有詩，亦復增伉。金蝶閉壠，銅棺掩墳。離山埋日，長蕩飄雲。碣藉龜守，泉從蟻分。睠言誌之，以紹來聞。

舊評曰：庚子山有數之文。必如是，方能洗盡初唐以來四六習氣。

王給事孺人張氏墓誌銘

孺人張氏，西安人。其父興由大同來遷，生孺人，即以官柳州城守都司，攜孺人柳州有年。逮歸，道荆南。會郃陽令給事王君，知潛江有聲，而亡其雌。荆南道使君知孺人賢，謂兩家同鄉，請合好爲婚姻。孺人遂歸君。時官居，無廟見禮，然猶奠菜扱地，問尊章起居。乃以不逮事老姑，臨扱垂涕洟，人稱賢焉。既而君應取赴京，天子嘉之，命給事門下。隨以丁外艱西歸，且承重先王母，與孺人共執三年喪有年。先是，孺人夢姑來褰帷坐，陽陽召孺人飲食而慰勞之，言語于于。醒而舉似君。君大驚曰：「此真吾母容也！」至是孺人甫有身，復夢姑來，喜且慼，不語。時孺人已病，咨嗟曰：「姑之喜以此身也，其慼者豈以吾病，有難言者耶？」既而産一子，越七日孺人死。死之日，孺人所手藝秋花，參差雜列于盆盎間者，繞帷幔几榻，扈扈然一夕死。時康熙十九年九月一十三日。嗚呼！孺人生二十二年而歸君，一年還郃陽，越二年而相繼服三年喪，四年而生子以死。死二年君始再赴京，補給事門下，乃始葬孺人，而命予以銘。銘曰：

維時孺人，少稟婉孌。天連張姓，地即秦産。字秀于閨，以範著壼。雜弄文史，并力組絸。箱貯玉尺，裙繫金翦。雪桃洗膚，雲葉作鬟。有時敕厨，用饋洗腆。倏陳績筐，龑瀹黛椀。乃隨父宦，日至柳池。翡翠設屋，鬱金裁帷。傍神女山，去司户祠。秋採蕉實，春銜荔枝。雙角舊井，誰投珠璣？五嶺荒服，難以匹配。用是有美，獨居愆期。詎謂欝林，載石歸來。芙蓉之館，瀟湘之臺。乃停兩槳，爰憇三澨。所謂伊人，在潛江水。種花自娛，揮絃而治。黄鵠夜飛，文雉朝逝。何有用藉鳩媒，申以鳥綵。江妃有亭，既名解珮。君侯之堂，可以燕喜。擷芷于湘，採蘭于澧。何有何無，以續以似。如何冀州，奏課稱神。河陽縣令，已爲黄門。青蒲未伏，堊室以存。解弘託疾，杜暹辭還。羅裸負土，著釵枕薪。獨念姑嫜，與魂相親。茧豆未獻，脯臚攸陳。誰思笑語，難求生平。孝思所感，瘖瘵以宣。且慰且勞，或慼或忻。舉貌審象，如説築焉。何悟呱呱，癸甲辛壬。盦山化石，鈎弋喪身。從來良婦，本亦可悼。奉倩神傷，安仁詞紗。況孺人者，既順且孝。長繫人懷，不止婦貌。缾墜豈挈，釵折鮮耀。埋玉塵坌，置鑑漆窖。是以時易，屢改燧燎。擊缶無韻，彈琵有調。尚繁哀情，如在初弔。豈惟伉儷，增重寡姚。亦粵壺德，歷久彌劭。最可憫者，秉性明滌。屏斥繁煒，房布清格。光垂九枝，芬蘙五木。瓤核茗藥，雜列盤槅。尤愛藝花，作千種色。紅羅造亭，青油立壁。猊采駝褐，鱗接插堨。戎王異名，浄友殊殖。不翅旖旎，號十二客。以故盤盎，衆列紛藉。櫚忌風漂，繖慮日炙。當其花時，紅紫黄白。但有開落，而無斷續。雖極秋末，霜降土坼。猶然鞞韖，蓼蕙蘭菊。一旦枯萎，如彼殯殈。草木有靈，且爲之惜。天長地久，此恨何極！孫子荆文，所爲嘆息。

故明特授游擊將軍道州守備列女沈氏雲英墓誌銘

夫驊騮牝牡，必殊其馴健；翡翠文質，而被以雄雌。故禮兵不同命，諒無並官；揆奮無共功，何有兼設？況坤輿載物，不麗日星；陰教分儀，判如水火。其能笵金鉸之鋮管用貯豐狐，脱貝琢之裙刀以跨銅爵，此高才之嬗也。若宫中女隊從親報國，軍前娘子爲夫闔幕，又至德之發也。

有明列女蕭山長巷里沈將軍雲英，生于華閥，長厥名閨。弱體僅足以勝衣，薄力較難于舉臼。然而女紅則蜘蛛孫其巧，貌素而芙蓉失其色。其父昭武將軍，諱至緒，辛未武中式進士。初仕湖廣，遂守道州。崇禎之末，流寇東訌，朝衝夏口，暮逼營陽，陳其孽妖，劘剥千里。君至緒誓師厲衆，刑馬于塘，陷勍摧堅，磔鼠在道。而天步少窘，王略中沮。州伯望風而旗靡，府軍彎月而矢盡。君再射裨將，捐其大黄；將殄渠魁，縣諸小白。而馬驚外埒，身殞中野。元戎已殉，千夫將亂。于是列女束髮用胄，覆羅以韐。刷金箱而斬秣，溉黛椀以傳餐。朱旗拭淚，盡作臙脂；素鉞矢心，勿縣巾幗。乃率十餘騎，奮呼突隍，直趨賊壘，連斬卅寇，頓驚五校。奪父骸于車上，拔賊幟于帳中。裙披馬腹，浥似桃花；齒嗑箭頭，碎爲菰葉。歸而啓營，示以再戰。寇避其威，立徙鄰郡。

湖撫王君聚奎以其事聞，遽邀寵命。故湖廣道州守備沈至緒力守營陽，臨陣卻敵，斬殺過當。佻身授命，生爲長城，死作國殤。其贈至緒昭武將軍，賜祠麻灘驛，春秋祀之。有女雲英，閨房之秀，奮其弱臂，以呼殘衆。求屍殺寇，不用城頹。誓命哭父，如浮江出。大復讎以報親，肆弭亂以衞國。殲敵全軍，保疆恢境。其授雲英游擊將軍，仍代其父湖廣道州守備，領其軍。當斯時，睢陽之死可以遏寇，龐氏之車又足報怨。廷降異數，國有同德。爾乃踰城荀灌，小女救父；抽刀謝蘊，爲夫殺賊。自逾壽陽孟妃之能，竟攖内史陸妻之苦。會其夫賈萬策，四川人，故閣部督師標大勦營都司，鎮守荆州南門。賊陷荆州，賈亦遇害。因哭辭詔命，領軍俟代。雖身統士卒，亦逮三月。然而我師早敗，不免司徒；有夫繼傷，誰呼督護？不喜貔貅萬隊，受君新策；惟願明駞千里，還兒故鄉。乃乞卸巾鞲，始扶槥櫝，舍厥丹旆，張兹白旐。因葬親于原阡，旋匿形于漆室。而饑無朝爨，採蓍爲難；寒鮮時衣，賣珠不足。于是傭書族里，筆落簪花；課塾閭門，書垂帶草。摹李衛之妙楷，進鼂君而授經。既缺班氏青藜之假，終鮮韋母絳幔之設。乃以赤祀壯月，小疾長畢，年三十八，葬于龕山。

昔者忠孝義烈，定爲綴詞。中外武文，亦需揚誨。將軍于父爲孝，于國爲忠，于夫爲節，于身爲貞。此爲女德，又擅婦訓。文能傳經，武足勘亂，而猶不得援故典，託微文，導淑施于既往，揚清芬于後來，匪惟舊史之缺遺，抑亦學人之寡陋也。西河毛甡有友沈兆陽，名士也，爲將軍族人，曾從將軍受《春秋胡氏傳》以爲術也。將軍從弟婦，甡姪也，乃屬予爲誄，并匄作誌而系之以銘。其文曰：

猗歟將軍，世顯名材。九葉冠緌，工居豸臺。顯考棄繻，爲翹關魁。拔于樞曹，智計以開。少閑豹韜，生實龍媒。詣闕請纓，和門授裁。棼棼饑寇，時爲盜階。初折萁桿，冀梗于野。繼抽橛櫨，思以擣舍。若火薰穴，翻壺之瀉。不思撲滅，乃半天下。由陝及湖，延蔓雍豫。誰鎮江漢，可無南顧？懿爾顯考，雄略有素。群推出守，營陽之路。維兹營陽，爲楚南服。陶侃屏蕃，周郎都督。結艾爲門，伐材作輻。外整牙關，内安部曲。不悟寇來，如蟻如蜎。噆血盈囊，舂肝溢碓。公乃奮武，襲其不備。殺伐衆醜，漸殪厥帥。醜衆他顧，擬于此棄。次日戴胄，當門而出。維兹志士，激于攻殺。吴戈倒揮，秦弓逆折。左驂受蹶，右馬被刺。高天滄茫，平原超忽。身委泥沙，首受箭栝。維兹將軍，實維嬌女。意慵比雲，眉淡如雨。好弄書翰，間習纂組。何謂有美，亦諳觀武。如彼荆珍，既柔且栗。如彼湘草，有靡其茁。乃砥其矢，乃蒻其馬。束髮誓師，哭于戲下。左垂燕箙，右把蛇戟。介服帥師，哭于門側。選騎勿多，利在赴敵。以此一二，抵彼千百。突如奔流，矯羡飛翮。賊方飲樂，中賊之隙。春虹走馬，秋雨垂鏑。斫旆用刀，裹屍以革。賊佔女鋒，人駭兵色。攻殺争先，三十餘馘。闟營旋旅，衆皆感激。昔也觀公，今也觀女。灼灼紅顔，爲千人主。賊始驚顧，旋乃猶豫。莫測所由，棄之而去。自兹營陽，藉女少休。何謂夫子，復喪荆州。父夫死國，亦又何求。擐甲羅氏，無兒可留。上書陸婦，難殲夫讎。捋其指筈，以解臂韝。燕嘻還越，狐死首丘。長此鬼雄，曜靈河洲。爲厲殺賊，方神且遒。雖明天子，降以殊恩。既榮死亡，亦賚生存。自昔閨中，鮮牙其門。維兹嬌女，乃稱將軍。死不敢受，歸諸丘樊。方賊小蠢，藐焉窮梟。以沸以揚，國爲之摇。拖紳戴弁，經營滿朝。誰能摩厲，有如此嬌？貧拾蓬笛，寒披女蘿。經傳狩麟，書成换鵝。交交黄鳥，亦集于柯。人苟可贖，遑知其他。

西河文集卷九十八

蕭山毛奇齡字初晴又名甡稿

墓誌銘八

敕封邑大夫劉侯德配葛孺人墓誌銘

邑大夫劉侯將之官，別予于京師，詢邑中利害事惟審。且言先王父曾以尚書郎榷使北新，浙舊游地也。太孺人扶侍久，將賦東征。而孺人之御潘輿者，鬻簪鐻以從，惟恐水程日不給，不受餞去。既而鄉胥旋來京，藉藉稱大夫到官，帡車者以道瘴殞于官舍，則孺人也。然而邑之德大夫者，徒跣而將事，其子婦裂帛且接踵至。予私爲拊額，以爲大夫裁下車即治已感人若此。越三年，予請急歸，而孺人帷輀還廣川。又一年，將封殯堂于舊宫之傍，而誌以石。

予惟上古首婦教，房中鼓瑟，每播之邦國。而西京以還，尚有述閨中遺跡，申以頌詞，如劉更生父子者。故東京母儀獨冠前代，而國史亦遂起例作傳，傳列女，布之藉氏。何則？陰治者，陽治之佐。必曰內言不使出，徒拘語也。今則宫闈乏女史，前代后妃既眇無賸懿，而稽之民間節孝，終歲所上，自成、弘以前尚載實録，而既則列氏焉耳，又既則氏且不列，但曰某歲所上合若干焉耳，而于是閨中之跡，即名氏且不得傳，況其他矣。今孺人顯德既已彰彰，即微屬猶將誦之。而大夫不以予不文，屬使書石，予何敢辭。

獨是大夫所爲狀，情文甚備，略不能損加于其際，徒飾靡言無所用。猶憶大夫自言曰：「予之不能已于孺人者，無他，孺人以名家息女來爲嗣室。先之者曹孺人也，曹孺人以名家子婉娩有則，而孺人繼之，相形之際，每易軒輊。且曹孺人已有子及晬，而孺人哺乳。以息女而婦而母，迄于今孺人舉子三，合得四子。而家之人不知孺人之非曹孺人也，曹孺人之子不知己非孺人子也。孺人本弱質，首不勝鬟，乃甫殯，而遭先王父觀察公喪。邑社車乘經紀走趨者，塡衢巷。加之四方會弔，日饟食贈珮無暇。而孺人身承之。至先大夫内翰公相繼喪葬，自元頽呼復以迄組窆，一切苫草中所不能顧者，悉責之孺人。孺人哀毁之餘，持簿算典，管鑰出内。伺倥傯稍間，猶必日三詣慈闈，慰問無恙。往往升枌榆脂膏，跪起佐餕，使尊章在堂，必忘其倞慼而後以已也。乃水陸扶侍，間關數千里，一如太孺人之扶侍吾太恭人者，而盡瘁以死。哀哉！」當孺人病時，值大夫行車至鄞，去縣四百里而遥。家人謀追還，孺人急止之，曰：「公家事未了，何有婦病？且徒亂人意，無益。所不能即瞑者，以未獲終事吾太孺人耳。」其明于大體如此。狀有曰：孺人授室後，善典家政。雖室老歷練，咸遜出孺人下。一切組紃修洗、晨昏寒煖，能先志承意。佐大夫所不逮，處妯娌若姊姒，教子女以禮，御下寬嚴不相過。無少長，咸愜愜滿願去。其事大夫，能順正不妒如是，可以佐外治矣。

孺人以康熙二十二年閏月十三日卒，距生順治十三年六月二十三日，得年二十有八。子四：長宜振，曹孺人所出也；次麟振，又次儒振，又次名振，皆孺人出。而曹孺人所出者，聘户部員外郎李公諱孔嘉姪、湖廣衡州府通判諱廷亮女。孺人所出，則長者聘内府中書科中書蘇公諱俊女，次聘候選同知申公諱元翰女，餘幼未聘。女一，孺人出，則許字提督浙江通省學政按察司僉事張公諱衡之子、拔貢生諱澧子。系曰：孺人氏葛，直隸景州望族庚午科舉人拔苑公諱上林女孫也。父本初公，諱潔，以廩生早世。拔苑公憐女孫之孤，大爲治奩具。而孺人卻之，其言婉而正，見狀中。乃爲詞曰：

猗矣梱德，堪君子齊。不厭華燭，爲之嗣曦。方衛叔寶，遺冰清姿。山簡雖傲，重爲妻之。乃者持介，屏飾以造。鹿車來歸，有似桓鮑。獨憐少姱，頓責慈母。結綳翦髦，不異哺乳。以是條發，四衢一柎。彼繩繩者，惟君子女。況兼明哲，相夫有光。尹姑而降，斯爲令望。既閑洗腆，爰修烝嘗。不止饋祀，勤于喪葬。所幸君子，爲百里后。佐之陰教，比諸室友。先人舊游，有丹陽柳。大家東征，用是以賦。何期扶侍，脱簪粥鐻。舟車間關，筋力以罷。下車之雨，甫霑其旂。四境裂帛，如喪厥妣。君子清節，斯世罕希。然而傢者，必歸中治。代乏彤史，内德不紀。煌煌懿行，曷敢或遺！頃還輤軸，于廣川涘。佳城鬱鬱，有梮有杞。爰爲闢之，礲石載事。金缸熒熒，銅椀泚泚。其石可泐，其德不劖。

徐徵君墓誌銘

君諱芳聲，字徽之。天啓丁卯，與父晉台公諱明徵者同時舉鄉試，主者斥君，取晉台公卷爲《書經》冠。晉台公曰：「吾冠一經無所媿，所特媿者，吾兒耳。」當是時，君甫弱冠，自學使君下，凡大小試必第一。四方人至蕭山，無遠近，必挾刺至君門。其投刺必先君，然後及君父與弟。而蕭山人偶出境，有問名者，自君外無他及。太倉張溥集天下有名士爲一社，至東浙每不愜。已而得君名，大喜，指示衆曰：「此蕭山徐徽之也。」長洲楊廷樞、金壇周鑣嘗選天下社文，不得君文不敢選。松江陳子龍爲郡推官，將入境，即以札授君，邀一相見。其他仕紹者，如無錫王孫蘭、宜興蔣星煒、華亭錢世貴、金壇周銓，皆造請，每見，忘主客禮，且亦不辨其宦此土也。君每出市，市中人聚觀嘖嘖。偶與人語，聽者皆屏息，耳可察蚤蝱聲。顧君語不輕出，出必中倫脊，有條有竅。既已會古今，切理絡，乃從容抑揚而出之，巨如挺洪鐘，而細若抽藺。有叩必應，無跆躓，無嗥嗄咽嗢，環而聽，等之觀塲，惟恐其盡。同時出門者鮮與偕，即偕亦鮮與肩併。步履卓犖，顧盻端且肅。所過處，人各自視若形穢。惟同里翁德洪才地頗相似而儀貎略等，每與行，人謂之雙璧。即君亦惟與德洪親好，與之行。山陰劉先生講學，得君兄弟，喜曰：「吾見二程矣！」其同時學人首推張鼇、黄宗羲及君兄弟而四，顧蕺山之學，合婺源、姚江，不名一氏，而君與君弟則專主朱氏，守朱氏章句不輟。

崇禎十七年，闖賊陷京師。君帥諸同學哭孔氏廟三日，既而隱潘山，稱潘山野人。闔土室，不預世事。遇親朋死喪，輒出弔，慶則否。嘗曰：「讀書貴有用。」痛己具經濟才不之試，當以言嬗後。因著兵、農、禮、樂諸有用書，而尤詳于兵。嘗輯兵書數十卷，自運籌指顧以及制械造器、開屯設竈諸所有，無不簡覈，以闢從前之虚言兵者。嘉興徐仲威鄉試赴三場，慮策及兵事，夢關壯侯謂之曰：「蕭山徐生善言兵，爾盍師之？」醒而矍然，以爲蕭山徐生向于講次曾見之，此朱子儒也，未聞其知兵也。及至蕭山見君，與言兵，大驚，向所見者君弟耳。因述壯侯語，請師君。君亦以侯語有感，授之盡。他人雖勤請，勿授也。

君初與翁德洪、蔡仲光、何之杰、張杉友善。及德洪以義死，同邑毛甡、周晉民每過君，君善之，作忘年交。甡善音律，嘗就君講五音、七始、九聲、十二律之學，歷十晝夜，大有契。既後，甡受聘應制科，君留甡不得，乃爲文一篇授甡，寓切劘之意。甡佩之至都，都人士問君者踵至。嘗謁益都相公于私宅之後堂，升階，見左廂朱扉大書「蕭山徐芳聲字徽之、蔡仲光字子伯」十四字于扉中。會天子恢復西南疆，大赦，詔徵天下山林隱逸之士。侍讀湯斌、侍講施閏章各以君名薦之益都相公。益都相公將上之，適部頒舉例，當由外入，責之郡縣官。蕭山知縣姚文熊，益都相公所取士也。公特發書幣，遣文熊親造請到門，而君與仲光並卻之，乃已。

既而君卒。君高祖母李氏，節婦也，已建坊旌門，名所居里曰「貞節里」。君臨訣嘆曰：「吾得卒于貞節里，幸矣！」時康熙二十六年七月三十日，享年八十有四。以是年八月十九日葬于湘湖之井山隖。會毛甡歸里，君二子請誌墓，不敢辭。君娶陳氏，繼顧氏，皆無子。最後納側室高氏、朱氏，生三子。高所出者，長安仁，娶蔡氏，太學生紹棨君女；次利仁，娶陳氏，本學生員景文君女。又次志仁，係朱出，未聘。女三：長適候選布政司經歷吴任聖，陳出；次適仁和學生員何任炎，即伯興季子；次適山陰太學生金爣，高出。銘曰：

君志在百世，名在四海，而歿而藏于一抔。大之經術，小之文字，俱未之試，而奄然于故丘。後之人多下馬酹酒者，而吾獨掛劍而爲之泪流。曰：此貞節里中人也，而他又何求！

吴文學暨烈婦戴氏合葬墓誌銘

吴與戴望族，而爲婚姻。吴氏有子，四歲讀《通鑑》，括録數過成誦，五歲能論列代史興亡治忽并人物臧否，七歲通《詩》《書》《易》《春秋》《左氏傳》《國策》《史記》《漢書》及諸子之名者，八歲習舉文，九歲應試。家人抱内之辰，授題已，即繳卷。提學使憐其幼，曰：「是能勝衣巾乎？」待之次歲，再試，文益工，遂補錢塘學生員。當是時，吴氏子聲藉甚，目爲聖童，且曰此非天所錫不至此，因名「錫」，字「天與」。而比隣戴氏女十歲矣，父死，女哭泣過哀，幾失明。鄉中人以「孝女」呼之，曰：「孝女不當爲聖童配耶！」因聘焉。十六歲合巹，十七歲病。

先是，天與十五歲試于鄉，以斥落憤懣，倣李賀《送沈亞之下第》詩以見志。至是年十八，偕其弟鑰同赴甲子秋鄉試。天與既自負，弟亦年少相繼起，以爲必得，乃並就斥落，則益憤，吟孟郊《再下第》詩「一夕九起嗟」句，曰：「吾何用起矣！」晝負枕卧書，空百餘字。或强飲醇酒，不自適慷慨。既而屏舉文，鍵其户，出所讀漢魏古文賦，兀坐矻矻。又所居山齋過寂僻，朝暮林莽，多草木蒿弇之氣，浸淫薄蝕，遂致病。越三年，病劇死。

當天與病時，戴侍湯藥，不税衣。賣所飾珥環，祈佛禮斗籙，冀以少濟。知不治，請死天與前。天與曰：「吾未死，而汝先死以待之，是以死促我也。」戴泣而止。至是天與將屬纊，呼弟鑰曰：「吾察汝嫂將必死。我死，囑家人伺之。脱必不可奪，則聽之耳。」天與死，戴果泣不止，以首觸柩，碎首血被面。家人環伺之。絞以巾，刺以裙刀，凡求死者七，最後仰金不得死。母慰之曰：「兒素以孝稱。今母在兒死，何也？」曰：「兒在家死父，今死夫，命也。兒不孝，兒不能復事母矣。」乃密壞玻璃乳餅，吞其廉，斷腸，嘔碧血數升死，距天與死時凡四十二日，今喪家所稱六七辰者。鄉人趙佩等五十八人與杭州府仁和、錢塘二縣三學生員王大成等四十五人，齊詣府縣公，揭舉烈婦。府縣以其揭上之督撫及提學諸使。督撫、提學諸使復下之布按及府縣，取給并事實，題旌建坊。而以吴戴籍新安，由世業鹽筴來杭。杭之商籍自新安者，合紳士楊大生等一百人復舉之巡鹽御史，咨請會題。而先給榜額懸其門，且捐金辦物，親爲文，祭于柩堂。其親黨同籍復合錢，搆祠于西湖葛洪嶺之陽。而以次年己巳四月四日卜葬于祠側，使來請銘。

予聞自昔言婦道者，曰「從一而終」，又曰「一與之齊，終身不改」，然亦言從一、言不改已耳，未聞其以死也。即或不得已有奪之，有侵且辱之，則必矢死以明其靡他，然亦矢志則然。或不必即死，即死亦先示以死，或戳鼻，或劵面，或斷臂割髮，不必其竟死也。乃未嘗奪之而矢死，矢死而必于死，且必于竟死，無乃太過。然而自陶唐以後，趙宋以前，凡忠臣孝子，弟弟信友，往往爲非常之行、過情之舉，以徑行其志。進無所顧，退無所忌，無一不與烈婦之所爲相爲合符。夷之遵父、伊之見祖、王子之致身、泰伯虞仲之讓弟、左桃羊角哀之死友，皆是也。自不偏之説起，審身度物，動多絜量；左顧右盼，惟恐或過。于是以伯奇爲從親，豫讓爲任俠，霍子孟爲不學，田叔都、鄧攸爲畸行，郅君章、荀巨伯爲輕于殉友，以致忠孝廉節，舉足有礙。雖以二宋之慘烈，君亡國破，而講學之徒，無一人爲之死者。幸而其説不及于閨中耳。予少入鄉學，學師説孝行，埋兒刻母，不一而足。初聞之惕然，既而慨然，又既而中心怦怦，以爲世固有至行如是者，吾何爲不然！歸而述其語，遍告家人，至有語及而頤戟，言未畢而泪已傾者。而先教諭兄講學日久，聞予言而惡之，謂：「少年誤學，是非正行，不足道。埋兒斷嗣，出妻傷恩，刻木虐隣，卧冰毁性，凡有一于此，即爲不孝，而况從彙之！不觀有明之功令乎，傷生滅性，剜體廬墓，得加以罪。而子方奉爲至行，過矣！」予聞之，爽然而失，隤然而自廢。迄于今五十餘年，卒不得爲孝子、爲弟弟者，一言之誤也。觀烈婦所爲，可以返已。

天與以康熙二十七年二月十三日卒，而烈婦即以是年三月二十四日殉之，皆享年二十有二。天與之父孚中君，嘗謂人曰：「烈婦十六歲而歸吾子，二十二死。吾樂有子者十六年，其樂有子婦裁六年耳。乃吾子以二月死，而烈婦之死以三月。三月以前吾痛吾子，三月以後吾痛吾媳。是吾痛子祇一月，而痛烈婦者且終身也。」又曰：「烈婦每求死則每救之。然而多一救則多一苦，至苦極而罔救矣。哀哉！」乃合爲銘。銘曰：

初謂孝女，可配聖童，詎意修文之婦，而竟以烈終。其生同歲，其死時又同，今又同穴，曰惟一之從。葛山之麓，西泠之東，中有塚焉，樹之以梓桐。惟鴛鴦栖之，以雌以雄。其朝夕相隨，翺翔乎西東者，或分而合，或違而從。所不可分違者，惟塚中。

駱明府倪孺人合葬墓誌銘

君駱姓，諱復旦，字叔夜，山陰人，義烏駱賓王後也。九歲能文。里師疑其僞，面試之，題曰「因不失其親」。君開比謂論交者不争一日而争百年，答比則又謂論交者不争百年而仍争一日，時大奇之。順治四年，府縣牒諸生不肯赴督學試者，君名在牒中，出試取第一。會明年南郊禮成，奉太祖高皇帝配祀。覃恩敕府縣各拔貢一名，督學以君應。辛卯廷試，取上上卷，授推官。君遽歸，不受。甲午新例改知縣，乙未赴都。世祖章皇帝復命試身言書判，且分州縣爲上中下，凡兩事入一等者授大縣。君四事俱一等。上悦，引見太和殿，賜茶、賜宴、賜瓜，立授陝西三原縣知縣。

三原本繁劇，而君以安静治之。貧苦不取民一錢，日與薦紳諸生爲文字交，講道論德，而諸務畢理。直指嘉其能，薦第一，令兼攝涇陽、藍田諸縣。當是時，君有太夫人孀居，生君甫五月而孤，寢茶茹蘗若干年。思以藉升斗稍裕晨夕，而其食貧者如故也。君每入，長跽觳悚，伺太夫人意。太夫人意安之，嘗曰：「有子爲清白吏足矣。」以故君在署與家居時無以異。會三原有奪水利者，君峻卻其賂，不聽奪。而巡撫反之，謂奪之是，并奪縣印。覆帖後，巡按以聞上，乃逮撫并及君。部讞坐撫罪，與君無涉，然終以君受脅故，革職。先是，君被逮，三原民遮留不得，争進米肉，奉養太夫人于署，而涇陽、藍田佐之。至是君還，將奉太夫人南歸，而太夫人以病死。太守胡君倡同官治裝，各捐俸。而三原、涇陽、藍田三縣民設鉦于五達，任寡多投錢，合三百萬，以餉君。君取三之一爲輂櫝具，就道。而三縣民復負戴牽引，送君出潼關返。

康熙二年，君服闋。太宰孫君疏君冤，請還君官。政府初難之，既而察君果無罪，議復職，補江西崇仁縣知縣。君至，招群盜散之，務與民休息，一切詞訟不爲理。獨募修城郭，創復縣治堂并官廨書院，與邑之亭障橋道有關繫者。巡撫董君薦第一。值撫州新知府至，議增解餉費，每兩五分。先置酒壽諸邑，諸邑唯唯，惟君持不可，中酒出，遂以逋賦陷君獄。八年己酉，遇恩詔赦免。獨其所逋賦，出君獄三日，責令償。君自顧無一錢，請再入獄。而民争輸金，五日報完。當是時，民以赦君故相慶，各貰酒飲。酤每觔，增值錢一文，人謂之駱公酒云。十七年，上開制科，副使許君以君薦，巡撫已彙疏，將入奏，而君力辭之。越七年卒。

君生而俊挺，儀狀卓犖，目光如流星，每顧盻，輒閃閃動左右。語言歷落善辨，縱譚古今事，聽者辟易。每讌會，遥見君至，軒軒如會稽王來，争避席踧踖。當牢愁闃寂時與君對，輒如十百人充閭，氣頓熱爔爔然，所謂一人隱數人者。顧性伉愾喜友朋。少讀李膺郭泰傳，即慕效自喜。越中當順治初年，好爲文社。每會集八縣，合百餘人，鐘鼓絲竹。君必爲領袖，進退人物，人物亦聽其進退，不之難。嘗同會稽姜承烈、徐允定、蕭山毛甡，赴十郡大社，連舟數百艘，集于嘉興之南湖。太倉吴偉業，長洲宋德宜、實穎，吴縣沈世奕、彭瓏、尤侗，華亭徐致遠，吴江計東，宜興黄永、鄒祗謨，無錫顧宸，崑山徐乾學，嘉興朱茂晭、彝尊，嘉善曹爾堪，德清章金牧、金范，杭州陸圻，争于稠人中覓叔夜。既得叔夜，則環而拜之。越三日，乃歃血定交去。

配倪氏，封孺人，婉娩相助爲理。方君知崇仁時，有老舉人逋賦，粥其孫以償。孺人聞之惻然，請出己釵鈿代償其逋。暨君罹于理，孺人慮不測，則太夫人苦節，將終不得聞。急遣僕遍告君執友并門生之已仕者，揭之兩大中丞。范君特疏題請，奉俞旨給銀建坊。其中申請、反駁諸費，皆孺人貸親友償之，君不知也。生平好佛，自奉儉，茹素，第積所有餘行施捨事。至于君結客，門外屨滿，則太夫人與孺人皆能莝薦截髮以成之，可謂賢已。

君生于天啓壬戌，卒于康熙乙丑，享年六十四。孺人少君一歲，而先君死。生于癸亥，卒于庚申，享年五十八。男二：長彦驤，邑庳生，娶詹事府少詹事、禮部右侍郎印趨丁公孫女、户部主事伯弦公女；次彦驄，國子生，娶庚子科舉人候選知縣子御王公女。女一，適湖廣湘陰縣知縣栩巖史公子國子生璣。皆孺人出。孫男一，士潑，彦驄出。

君長于詩文，所著有《溪山别業詩集》《山雨樓集》《駱叔夜詩集》。其詩朗雋，落筆有才氣，博大而卓犖，越中爲詩者未有及也。

初予與君同被薦，而予獨赴京。聞孺人之死，馳弔之。既而君以遊山東便道來京，予與之盤桓，且賦詩送之。暨予請急歸，而君已死。越二年，二子驤、驄將合葬君與孺人于故阡之傍，來請銘。予何忍不銘！銘曰：

以君之才，得主知而不爲世知。以君之治，兩見之劇邑而不能竟其施。君之性情在友朋，而交遊結納遍于海涯。君之學問偶形之文字，而謳吟詠嘆爲之而不盡其詞。所可恃者，涇河之碣、灞滻之石與汝水之碑。雖復琴臺寂寂，其合祔者猶得曰民之父母，于斯唱隨，誰謂廉吏可爲也而不可爲！

吏部進士候補内閣中書舍人王君墓誌銘

君以康熙己酉舉于鄉，庚戌成進士，是年即考授内閣中書舍人。不即補，歸而家居。越二十年死。死時，其子壇以西山之麓君嘗徘徊焉，顧而樂之，將以其地爲瑕丘。而以予密友知君，恐一旦還京朝，不能待，誰則能傳君者，因再拜涕泣，請予爲銘。

予思君舉鄉時，君之子壇同入試，人疑壇中式而不疑爲君。暨壇以辛酉副榜貢于廷，領八旂教習者三年，考授縣職，今其歸又四年所矣。君尚以吏部進士棲遲家庭間，不少動。其澹于仕宦如此。前此予在京，值王師平滇黔，西南再闢。朝廷受其俘，獻之九廟，頒赦于天安門外。凡覃恩所及，中外見任官均有貤錫，即未任者，許援例納粟，請誥敕。而君以例請。予難之曰：「君仕自有在，何難延一命，需之異日，而遽出于此？」君堅請不輟。當是時，君蓋自分以家居老矣。然又恐失時不爲，將過此以往不再遇。稽先人贈典不孝，雖後悔亦何及？因汲汲于此。乃既膺錫命，而即以鄉人之請，捧牒迎贈君尸木，祠諸黌宫，使春秋有司例享之，以上躋于邦賢之列，抑何豫與！

君賦性遲重，深醇簡慎，言詞不妄發，不爲已甚，毋務爲新奇可喜之行。初若悶悶焉無所短長，而既而思之，未嘗先人，然争先者無以過。雖重緩，究未嘗以重緩敗事。凡機事之來，必鎮定有先見，從容暇豫，初若無可恃，人卒以此恃之。顧尤惇倫類，族饒仕宦，一門郡從多以意氣相矜高，君處之泊然。嘗以立家廟，鳩工庀材，君力任其事，自始至終，雖盡瘁，不以已。遇邑有大事，水旱修築，君素不欲先人者，獨挺身先之。其教子弟以身授，不動容色，慈逾于嚴，而子弟之速化者纍纍。生徒負笈，如坐春風中。善飲，顧不喜豪飲。每飲，少年任氣者舉觶揚斗，翻缾䙝讙噪，霑灑狼籍。君未嘗不飲，飲不三五，啐不釂釂。而繼進不三五，謝不受。受不三五，舉不及脣。及他人以醉去，或欹或側，而君從容踞席，飲未艾也。

君生平以文章名，少與予同硯，游于先教諭之門。先教諭每課文，日三義，見獨收其文。擇其不完者黜之，預儲從人之給寫者，而寫其完文以進。緘名。坐中庭點閲，閲竟，甲乙之録簿。然後遣都講開緘，而第其有名者于是榜于庭，鱗次給筆札受獎，若大試然。當是時，惟君多第甲不乙。孝廉韓君者次之，若任君廷尉則甲乙半，予則乙九而甲一。及赴試，而君果以第一爲諸生餼于庠，每歲類必高等。嘗謂詩文不一規。而少學之人隨時轉圜，初奉唐明爲指歸，而既而厭之。于是有創爲宋元之學者，舉凡宋元之唼形蕺貌、噭嘷不堪者，而反襲之爲金科，全失《三百》以來温柔敦厚之旨。因選漢魏六季而唐而宋而元而明諸詩，取其可法者彙録之，共四十卷，名《古今詩統》。復集諸古文，將比其例爲《文統》。不就，卒。時康熙二十七年十一月十二日，距生萬曆四十六年十二月八日，享年七十有一。以康熙二十年覃恩，敕授文林郎内閣中書舍人。

娶蔡氏，處士敬雲公女，敕贈孺人。生一子，即壇也。繼娶來氏，前福建布政司使馬湖公孫女，敕封孺人，生四子，曰圻、曰埴、曰垣、曰垍。壇以副榜貢生正藍旗教習，考授知縣，娶蔡氏，庠生大敬公女。君與大敬爲密友，大敬死，君爲經紀其喪事，與都尉趙君、檢討毛君請之督學使，迎其主入鄉賢祠。繼娶丁氏，見任廣西南寧府經歷亮生公女。圻庠生，聘蔡氏，候選州同德輝公女。埴聘夏氏，前吉水知縣梅梁公孫女、庠生寅公公女。垣聘吴氏，候選布政司經歷以重公孫女、廩生仲榮公女。垍未聘。女二，俱來出。長許字廩生征吉吴公子，次未許字。孫二，長仲旦，次仲華，未聘。女孫四：長許字陝西鳳翔府知府起莘丁公曾孫、庠生天敘公子，次許字太學生公協傅公子，次許字庠生廣榮陸公子，次未許字，俱壇出。乃爲系曰：君諱先吉，字枚臣，别字毅菴，王其姓也。因爲之銘。其詞曰：

江東舊閥，首推烏衣。況嬗駿譽，青箱是期。誰謂蓬轄，沙行需遲？安徐静重，乃德之基。所惜晚達，緩于從時。衣沾豹霧，書留鳳池。有經可授，有文可貽。孝友媚睦，鄉評庶幾。彼丹文者，千秋之碑。只憐椷書，用乙者辭。

西河文集卷九十九

蕭山毛奇齡字僧彌又春庄稿

墓誌銘九

毛稚黄墓誌銘

當甲乙之際，士君子棄置今學，學古人爲文辭，往往萃一二指名者，互相標許。維時臨安諸君則有所謂西泠十子者，實以稚黄爲項領云。嘗與山陰張杉、始寧徐仲子過稚黄，許與稚黄論古韻不合。座客陸圻，西泠十子之一也，嘿而視，不置臧否。仲子曰：「景宣寧獨無一言乎？」曰：「二毛難降，予之所以不禽也。」蓋戲以兩人爲不相下矣。及予官京師，高陽相公迎詢曰：「聞君有難兄，稱大小毛子，今安在？」意謂先教諭也。予以稚黄對。相公曰：「非三毛乎？」時嚴州毛會侯以推官改祥符令，薦京師，工古今學。京師爲之語曰：「浙中三毛，東南文豪。」故以云。則又以稚黄與予及會侯而三也。予既逡巡謝不敏去，然私念會侯與予以被薦名京師，而稚黄家居，尚爲人稱道如是。暨予請假歸，會會侯來臨安。按察佟公遣兩公子擇良日，請召賓客治巨艦于湖。延予三人坐上坐，而稚黄以年長祭酒。

當是時，四方賓客在坐者多請教稚黄，稚黄各有以應之。既而稚黄死，會侯哭曰：「三毛已亡其一矣。」康熙庚午八月日，孝子熊臣等將卜葬于西湖青石橋先塋之傍，扶服請銘。

予考毛氏譜，大抵汴宋以前無二族。而予族以南遷後徙居餘姚，謂之浙東毛氏。惟君與會侯俱居浙西，而君自爲族，其族譜爲君所自著，可信。自宣和御史扈蹕而南，九傳入明，有平易公者，其兄鳳儀公舉洪武鄉試，官教諭。平易公再傳至孟遠公，其弟竹軒公舉景泰鄉試，官南安府知府。孟遠公四傳至繼齋公，則君父也。君祖慎齋公篤行，而君父繼之，號繼齋。生君時，母許夢虎登于牀。占之者曰：「大人虎變，其文炳也。是兒後以文顯乎？」君六歲能辯四聲，八歲能詩，十歲能屬文，十八歲著《白榆堂詩》，鏤之版。華亭陳子龍爲紹興推官，見而咨嗟，於其赴行省，特詣君。君感其知己，師之。時復有《歊景樓詩》質子龍，子龍爲之序。後因過紹興，謁子龍官署。會山陰劉中丞講學于蕺山之麓，君執贄問性命之學。

當是時，君方棄舉義，與諸子賦詩談道。而專于力行，事父母色養，遇父母有疾，告廟請代，居喪盡禮，一切凶功皆身自歷之。臨饗祀以誠，禁日雖遠，歲必衣帽。其于從父昆弟及族黨親里，雖葭莩，皆以厚遇之。嘗賣所居屋償責，忽念女兄與其夫未葬，出所賣屋金營葬事。或難之，君曰：「假使女兄爲兄者，則此賣屋金固均有也。區區營葬事，而又何有！」康熙癸亥，浙撫王君修《通志》，請召諸名士，勾以屬筆，次及君。君所登載，必擇忠孝節義事。及乙丑，繼撫趙君每月朔望，講學明倫堂，令三學司教咨請德望素聞者。司教以君應，君力辭之，不獲，曰：「昔子夏設教于西河，使人疑其似夫子，而曾子責之。今東皋張先生，吾師也，吾敢背吾師以膺此任？」卒不就。其慎如此。

君作詩以大雅爲主，文不一格，自兩漢以暨唐宋皆有之。至于辨析，則反覆侃侃，必本經術，往有鄭玄、王肅之概。嘗曰文須具根柢，❶根柢者，如草木之有根荄也。然而根柢無他，誠厚虚静而已矣。誠通天心，厚養元氣，虚則受益，静乃生慧。「誠厚虚静」四字當記，文章本根，端在乎是。每自頌之，爲作文箴云。君自執贄蕺山，後即有志聖學。始嘗傍覽二氏書，久之，以其説濫漫棄去。究觀有宋諸儒習語，取其有裨實行者，題曰《鍼心慎鈔》，蓋以自爲鍼砭也。其論學，以宋學爲歸，獨《大學》格物則專主去欲，謂欲去則理存，所謂「閑邪而存誠」「克己則復禮」也。《大學》首功莫大乎是。且朱子註首節亦曰「物欲所蔽」，又曰「無一毫人欲之私」，是亦未嘗不以去欲爲首功，人顧不察耳。嘗以斯旨與學者往復辨難，約數十萬言，觀者嘆伏。

顧生平好談韻學，著《韻學指歸》，以爲字有聲，有音，有韻，而韻爲尤要。顧韻有六條：一曰穿鼻，二曰展輔，三曰斂脣，四曰抵齶，五曰直喉，六曰閉口。又撰《唐韻四聲表》及《詞韻》《南曲韻》諸書。其大指與柴氏《韻通》、顧氏《韻正》相表裏。其他所著有《思古堂集》《匡林》《巽書》《螺峰説録》《毛馳黄集》《小匡文鈔》《聖學真語》《格物問答》《東苑文鈔》《東苑詩鈔》《蘂雲集》《晚唱》《詩辨坻》《韻白》《鸞情集選》《填詞名解》諸書，皆鏤版行世。其未鏤者，存于家。

❶「具」，原作「其」，據四庫本改。

君少無宦情，後以父命爲諸生。及父歿，仍棄如故。顧有奇疾。夏月，衣重裘，如五石匏，首戴幘數重，疊蓐三十層于牀上，干覆斗而偃其中，聲息嘣嘣然。每呼人，則以手擊椸。然卒不死。後忽得脾疾，自夏六月至十月不起。

君初名先舒，字稚黃，錢唐人。既而名駿，爲仁和諸生，更字馳黃。娶胡氏，副娶王氏、曹氏、朱氏。子三：長熊臣，次鳩臣，次豹臣，皆曹出。女三：長適徐鄴，即世臣仲子也，胡出；次殤；次適金大章，王出。君生于泰昌元年十月十五日寅時，卒于康熙二十七年十月初五日子時，享年六十有九。乃爲銘曰：

浙之東西，有三毛生。比諸管邴，以君首龍。惟臨安初，士煩于林。後逮苓落，徒存典型。乃復棄此，何用爲情？所賴力學，格致説精。生平著書，且不一名。嗣子克衍，既已振振。夜臺無燭，亦可以暝。生不滿百，三二而嬴。相去何幾，而猶涕零。南山之石，原非堅貞。所不磨者，第視此銘。顧爲銘者，三人中人。

誥授嘉議大夫布政使司參政趙君暨誥封許恭人合葬墓誌銘

故嘉議大夫陝西督粮道布政使司參政趙君，請疾，歸杭州。康熙二十八年己巳十一月七日卒于家，距生明萬曆癸丑，享年七十七。孝子承熿等稽首請銘。先是，君配許恭人，以康熙二十一年壬戌四月十一日，已先君卒于長沙官舍，距生甲寅歲減君年一稔。曾謁予宗仲知祥符縣事際可，誌其文，柩堂未書丹也。至是謀合壙，而並請予銘劼于石。

君諱廷標，字叔文。少就試于兩浙提學副使黎君，補諸生。值父光禄公卒于官，君丁年走京師，持父喪歸錢唐。清興，世祖章皇帝建年之三，詔選天下奇才異能者，授府縣官。君鄉貢應詔，除福建汀州府永定縣知縣。縣久藪賊，又天下初定，甌越疆新開，居民易飢氍爲奸。君嬰城一年，府例頒春，將迎之東郊。守者難之。君覆甲隍間，而集諸耆老，率兒童伎樂，張綵設仗，闢闉都以迎。賊不疑有備，群趨之。覆起掩殺，撤環數十里。會學使行部，君復樹新志，前導獵獵，出郭迎學使。賊皇惑不知所爲，相視不敢前，已而散去。遷湖廣衡州府同知，至則知府、通判、推官皆以事去，君攝府廳事。湖南烽火接嶺徼，當獻賊草殺後，胔膏原野。君設法捄卹，外扞逋寇，而内養遺孑，如是有年。會閣臣洪公經略五省，駐節長衡間，諮詢文武有用之士。督撫以君應薦第一。時賊衆踞武岡州，踰十萬。寶慶告急，遷君長寶分守道，開牙寶慶。會文武將帥多不和，君極力救解，不得。適君以事還衡州，寶慶陷，君遂落職。今天子御極，王師平西南，經略洪公請君從。康熙辛丑，奉簡命兵備安普，撫爨僰諸蠻。而寧州彌勒州各土官誘諸蠻反，征蠻軍四出，請君監軍。君決策行間，復故時維摩地，安慰巴盤、八甸間，諸蠻以寧。進布政司參議，管通省驛鹽事。

無何，調廣東按察司副使，分巡廣肇南韶道。安普民暨盤州西堡諸蠻，塹其路，發巨石塞君所出城闉，曰願留君，勿以君行。君慰諭之去。會川湖兩廣八排嶺大讞未決，君臨界會折定，爰書具題，彌月事竣。連州寇起，鎮臣失勦捕，方略以委之君。諸寇聞君至，即就撫。督撫嘉其績，方會題間，以憂去。服闋，補長沙驛鹽道。當是時，長沙陷賊久，甫及恢復，而王師進辰龍關。軍書旁午，一切芻茭械杖、舟師笮役、征繇去來者，絡繹于路。君秪力給辦，不誤晷刻，而民之被調者不致流散。然而心力竭矣。時滿學士暨兵部督捕侍郎董鍕湖南，薦君能，使併理粮儲道事。會湘東有司催科亟，激變，巡撫韓君四顧曰：「事棘矣！此非趙副使往不可。」謂君曰：「湖南民望君如慈父母久矣，忍不一行慰斯民心乎？」君曰：「諾。」遂乘一騾戴星往。民望見君，皆投竿涕泣，訴悔罪狀。君散遣之返。乃大修嶽麓書院，營堂室，市田蓄廩米，使諸生讀書其中。湖南文教爲之一開。自今上踐阼，早爲監司，歷西南烽火二十八年。中間兩攝司事，而未即于真。每調劑闕乏，卹荒補灾，籌軍政所需而計其贏絀，雖兵興之際，所至無争取功，而轉饟不絶，軍賴以振。乃三遷監司，未經大用，而遽至于病。康熙戊辰，遷布政司參政，督陝西粮儲道事。君聞報，以病牒上。九郡耆幼争先詣督撫軍門，投牒請留。會武昌兵變，羽書來湘潭，君强起視事，晝課儲偫，夜巡警，以防竊發。如是者累月，而病愈甚，乃匄督撫請于朝。疏未及覆，遽去，時戊辰冬月。明年春抵家，病不起。

君趙姓，世居餘姚。高祖登由餘姚遷錢唐，以舉人官陝西興安州知州，授奉政大夫。曾祖珙，光禄寺大官署正，封承德郎。祖鈺，龍驤衛經歷，授徵仕郎。父維清，光禄寺丞，授文林郎，累贈中憲大夫，湖南按察司副使。母金氏，累贈恭人。繼母張氏，累封太恭人。兄弟七：長廷樞，廣東高雷廉總兵官都督僉事；次廷機，江南泗州都司僉書，授明遠將軍；次即君也；次廷楨，江南鎮江府知府；次一柱，湖廣沔陽州同知，殉難鄖襄，贈奉政大夫；又次廷相，陝西甘肅鎮右營游擊將軍；又次廷林，四川江安縣知縣。

配許氏，封恭人。恭人者，東安望姓，以高祖官蘭谿知縣，遷杭州。曾祖應亨，刑部員外郎。祖仲譽，山東鹽運司同知。父文胄，福建泰寧縣知縣。皆以甲科世其家。明萬曆間，君父光禄公入成均，與泰寧公爲同舍生，友愛，願以子女爲婚姻，恭人年十六歸君。既隨君赴永定任，值賊圍城。城外火光燭官廨，矢集于幃，侍婢皆失色。君入室，恭人正容謂君曰：「妾之殉君，猶君之殉國也。」即城破，引案間佩刀曰：「吾了于此，誓不以此軀剸賊刃矣。」蓋堅君志也。先是，恭人事姑孝。當君遷衡時，幼弟林爲江安知縣。張太恭人者，君繼母也，愛林，赴江安去。恭人以不得迎養，嘗恨恨。及君遷安普，恭人前請曰：「聞安普地和，宜養老。太恭人在川，久失扶侍，是地去川近，迎養之便。」遂迎張太恭人至安普。已而君弟柱以鄖襄寇亂殉難。太恭人聞變，將歸沔陽。恭人曲留之，越數千里，周衈其子婦。及皇恩賜祭葬，將理葬事。于是太恭人決意東下，而恭人隨之，事太恭人于沔陽若干年。暨君任廣東，恭人念太恭人老，不欲行，太恭人迫遣之，登車而下者三。居常不樂。聞訃後，一慟而病，遂于奔喪之次，哀毁不能起。嘗設饗，鋪薦于庭，女奴掖之，跪即以手承恭人顙，稽首搏地，伏且泣，薦爲之濕。已而卒。方君任衡，衡民多流亡。君外理戎事，及入室，必聞恭人以招徠爲言。有婦女被鹵者，必勸贖之。君大度，而疏于財，且坦白無城府。與人謙讓，不小立崖異。而恭人復教之施，且屬以和平下物。故筦鍵財貨、出入金錢者數十年，而身無兼衣。至親戚故舊以孤嫠待給，與配偶失時、喪葬無力者，即舍養以應。而當夫横逆之加，置之不校。恭人之善成君志如此。

子七，皆恭人出。長承熿，考選知縣。次承煒，後弟相游擊將軍，早卒。次承燦，考選知縣。次承焯，候推都司。次承煊，考授縣丞。次承熺，次承燾，次承燝，皆考選知縣。孫十九。長大坤，考選州同知。次大堳，考選知縣。次大陛，錢唐學增廣生。次大環、大塊、大墀、大均、大垓、大坊、大圻、大堪、大墉、大壑、大埏、大塏、大垍、大在、大埜、大畿，皆未仕。曾孫十。業鉉、業鋐、業釗、業銑、業鐸、業錡、業鎬、業錚、業欽、業鍾，皆幼。自承熿以下，所娶皆名族女。女六，孫女十六，曾孫女四。其所許字，皆世家子弟。

某年某月某日葬于某原。銘曰：

翳天水氏大以杭，歷仕數世同袁楊。君兄弟名跨五常，弱把柔翰彊曲斨。❶殉城治郡凌彊場，何者非國疏輔行？惟君起家以才望，揮絃卻敵閩海傍。青幡插花階羽揚，文教既揆來衡陽。曾檄巴蜀通夜郎，樓頭賧並諸羅戕。手伐銅鼓平竹王，夜散鈴欞晝聚粻。十年心計留湖湘，流澤寧讓杜與羊。書勒巘與版並詳，及其死也杵不相。恭人助德不易量，慈母出牧模在房。飛矢集鑑羽集箱，尚譬大義同勗勷。只憐孝行過欒龐，萱堇餳蜜佩帨纕，猺苗萬里猶相將。越四十載孝事嫜，竟以孝死尤可傷。楚郊蘭秀杜並芳，足媲大節中外良。以茲子姓咸茂長，亦與蘭杜好比方。予忝國史歸梓桑，橐筆僅此載柩堂。羲輪舒馭迴且翔，且歸若木同埋藏。

❶「斨」，原作「斦」，據文義改。

西河文集卷一百

蕭山毛奇齡字大可行十九稿

墓誌銘十

思舊銘

王諱孫蘭，字畹仲，無錫人。壬戌進士，由刑部郎中出爲成都知府。艱歸，補紹興，遷廣東按察司副使，分巡廣南韶道。崇禎十六年，獻賊破連州，孫蘭死。蕭山毛甡爲孫蘭門生，康熙癸亥，爲仿古作《思舊銘》。其詞曰：

昭陽協洽，元英之首，明故中議大夫、廣東兵備副使王公孫蘭，殉難于南韶之官署。嗚呼哀哉！兵摧晝邑，脰絶桑枝。官守滎陽，身煎柳火。彭府君能殉賊，太守何功？周將軍乏援兵，梁王不救。以致睢陽之死爲厲鬼，豫州之出犯妖星。況復聽山既邈，孰與調商？削石云亡，無能爲質。醉裏過西州之路，哀來卻内府之漿。苟有同懷，誰無私臆！乃感兹疇昔，言念當時。對策春官，人誦公孫之學；起家秋士，文無屈突之辭。旋分益郡之三刀，遂領東方之千騎。奬循良于越國，假節鉞于韶陽。

績著湟中，猺獞授首；風生嶺外，羅甸歸心。當百城相傾陷之時，以片石補東南之闕。夫何獻賊逼臨，連州失守；湯楊繼叛，梁化將降。堅壁五旬，縱斷指，無乞師之計；孤軍萬里，以捐軀爲卻敵之謀。三呼殺賊，再拜投繯。箕尾歸天，丹青入地。南還憲使，空餘馬革之屍；東土門生，長抱鼠思之泣。痛山陽之吹笛，返嶺表以聞琴。招魂有賦，藉夢巫陽；哭墓無文，書名隧側。因爲銘曰：

峴岡巀嶭，羊城崔嵬。五嶺是蔽，三山以開。維此長藩，控彼南越。楊僕樓舡，孔戣節鉞。三瀧猺歸，百僰羌逸。何期寇流，由蜀而出。亦踰五嶺，既破二禺。云誰作虐，曰惟獻忠。桂陽不固，曲江復陷。兵澌若流，城空可闞。況有二將，相繼負降。由此擣虛，類梃以撞。儲峙餱糧，料簡乘馬。竄滅勾沙，壁撤清野。徵兵不來，乞羅無力。惟有一死，足以退賊。下作河嶽，上爲星辰。諸猺畫像，群雛覆巾。惟我夫子，越州刺史。揮斤撫絃，逮予小子。羈丱受知，❶弱冠相失。夫子知我，空用唧唧。所幸恩卹，予于聖代。既肆豐埏，復表幽窾。謹陳烏臆，附之牲碑。蕪詞不章，以抒甚哀。

二友銘❷

昔庾信爲梁觀寧侯作《思舊銘》，未嘗置幽也。予友來君、徐君皆于予入豫州年，先後下地。來君

---

❶「丱」，原作「串」，據四庫本改。

❷此篇四庫本未收。

門下士來學、徐君子誼,同時請予爲銘。予思二君雖未藏,然亦無能琢石,標美于隧。古有不穿土而飾用誌者,因述其行略,爲之銘云。

君來蕃,字成夫,邑人。來氏族甲地大,君鄙其軒冕,獨居貧空,敝衣樓裂,所儲圖史外,惟缾盎十餘,實米鹽紵絮于其中。每出行,書衣筆袠,手自持抱,至有掛兩肘纍纍,蔽以博袖,儼五石匏者。遇故人,當意,拱揖避道左語;不當意,去。嘗授書江園中,與其徒沈君、傅君名「江園二子」者,夜秉燭,藉廣氈箕坐,縱談古今興喪得失及漢魏以來理學、藝文、人物,徹三晝夜。及遇軒冕與不當意,或相過,或邂逅,廣坐端視緘嘿,雖終日不出一語。問之,間亦不對。以故值君者多卜君語嘿,以示臧否,至爲語云:「言勿言,視來蕃。」蓋重之焉。

君夙穎,十歲出試,輒冠軍。甲申以後,棄去舉業,爲詩古文詞,始以博大自喜。既好爲瑰奇倜儻之語,既又力追先秦間文,崇尚奥衍。然終不能録所著行世,有《北沙集》藏于家,以别字「北沙」也。幼精六書,能作古文、魚籀、大小篆、殳隸、八分,不輕爲人寫,人亦竟不匄寫之。嘗作故明《二畿賦》,其文雄博頡鶩,抵轢前古。初不示人,及示人,人以口路厭讀之。既知爲君作,則益置去勿讀。惟虞山錢宗伯見之,稱曰:「此馬季長之賦也。」君好立名節,每道東漢人物。人有以東漢人物擬君,君喜。少游于劉蕺山先生之門,先生曰:「子袁夏甫也。吾初以子爲狂者,今知之猥者也,子有所不爲。」君事父孝。父困于諸生,老得心疾。君備飾甘脆,父怒,必蹴棄之。甲申以後,彊君出試,以不能禄養,箠楚幾死。時蕺山先生自南都還,講學于家。君問曰:「有子于此,貧不能養父。而父責子以不擇之食,如之何？」先生曰：「子不聞樂羊妻之語乎？『自傷居貧，使食他肉』，其姑感焉。二親之不諒，子者之辠也。且夫厲人燭其子，而畏類己也，天下亦安有人父而責子以非是焉者？子言盭矣。」君聞之悔，瘠不食，乃作《反栢舟》詩以自明，蓋反其「母也不諒」之辭云。仝邑毛甡與君善，嘗與君赴東江大會。浙以東數郡皆在坐，朝士若蔣學士、胡侍御、徐行人輩皆至。君緘嘿就坐。時學士方主文兩浙，君以不試抗坐。酒行樂作，絲竹幼眇。君聆之稱善，頹然假寐，鼾齁徐發，及醒竟去。姜侍御會十郡人士，爲志學社。甡與君往。君敝衣揖讓，與人士欵欵道故。既就坐，祭酒則已亡矣。甡出游豫州，君卒。來學曰，卒之歲大雪，君憶甡遠游，覆笠登香罏峰，四顧蒼茫，吟所製山陰張杉、徐緘、臨安陸圻、江都韓畺、華亭蔣平階、吴江顧有孝、同邑徐芳聲、毛甡八君詠詩，慟哭乃歸。江園傳孝廉，門下士也。君授書江園時，故友陳清家下浦，每相憶，約同日過，輒坐語中途之柳間。至是君死，孝廉經其地，作《柳下詞》以哀之，比《招魂》焉。

予與徐君伯調先後出游者若干年。丙午秋，遇于撫州崇仁之東明寺。君既徙去，爲予止三日，臨別約曰：「爲我寄詩，吾當寄以序。」越數月，予離崇仁，憶之寄以詩，而君亦寄序從泰和來，譽予過古人，不敢當，且中或過謷，軒冕中士。念與之面諮，一定其文，而不可得也。己酉秋，予赴豫州，而君以次年若月日卒于家正寢。嗚呼哀哉！

君諱緘，家山陰之木汀，又家梅市。初擅舉子文，爲雲門五子之一。既以詩古文争長海内，海内人皆知君名。方是時，郡詩文自靖慶後沿趨不振，而君力反之，一歸于正。君出游所至，飾厨傳，争相爲歡。四方請教，日益輻輳。而君以蹇傲，未能委曲隨世氐仰。且韋布軒冕，相形轉驕，每見之詩文，以寓忼慨，以故人多媢之，間有困者。宣城施少參，君子儒也，其詩文爲今人所推。少參獨重君，雖少參所爲詩文不下于君，而視君如不及。嘗欲得君歡心，凡君意所欲，且曲致之。君每責以所不堪，輒應。雖微忿少參軒冕士，睨之而交故久也。自少參爲都官郎，歷任監司，所至必迎君，君亦竟往。他人者褻習之，而少參重君無二色。他人重君者雖多，皆不及也。君好鍊冲舉，餐氣嗞液。嘗自厭毛髮不潔，作游仙詩以自喻。及與金山人游，則盡得其呼噏旋轉之法。蕭鍊師者，長年人也，從衡嶽來止梅市。君既家梅市，與證之，大信。嘗與君坐，自喉鼻以下若海潮汐，澒洞有聲，其骨節摇捩珊珊然。予在豫州得施少參書，告君死。次日既有人自山陰來者，曰君將之長安，神氣煩渫，急歸，而癰發于尻，創癢不切。其氣綿綿然從尾閭來，谷神浮游，亦既愈。而竅肉呀呷，精力潰敗，竟死。君初爲祁中丞公愛重，使二子從學，故邀君家梅市。至是中丞已殉國，其兄孝廉、弟司法猶在也，與永訣曰：「讀書種子絶矣。」君自著《讀書説》，九經：《周易》程傳、本義，《尚書》蔡傳，《詩集註》，《春秋》左氏、公羊、穀梁、胡傳，《禮記纂註》，《論語》《孟子》集註，《大學》《中庸》章句，共二千八百四十七葉。史：《資治通鑑》胡三省註，葉氏《前編》，《續宋元通鑑》，合《國語》韋注，《戰國策》正文，《史記》小司馬註，《漢書》顔師古註，《甲子會記》，共一萬七千七百九十八葉。以一歲日力計之，除吉凶慶弔、祭祠伏臘外，可得三百日。每日以半治經，限三葉，以半治史，限二十葉，閲三年訖功。其勤如此。然尤富聞見，雖口吃不善辨，而傍通曲引，歷歷穿貫，叩之無不鳴。與人語，纖屑不略，語過輒記憶。每見之行文，以滋辨論，然要歸于正。

往與嘗熟錢宗伯爲論文書，宗伯曰：「少爲舉子，偕李長蘅公車，見僕爲文，嘆曰：『子他日者爲李王輩流已矣。』僕曰：『李王而外，有文章乎？』長蘅爲言唐宋大家與俗學異，而略指所以，爲之心動。近與練川諸宿素游，得聞歸熙甫之緒言，與近代剽賊雇賃之病。臨川湯若士寄語相商曰：『本朝勿漫視宋景濂也。』於是始覃精研思，學唐宋大家爲文，以及金元元裕之、虞伯生諸家。非敢矜創以譁世也。」君覆書曰：「長者教思，敢忘佩誦？但歷引長蘅、若士之言，以規橅秦漢爲俗學，不如奉唐宋大家爲質的，則不然。夫學無古今，真與贗而已。學《史》《漢》者，正如孔廟奏古樂，琴瑟柷敔，僅得形模，故難爲耳。若夫學大家，則古樂之遞變者也。《三百》、漢魏樂府而降，如近世清商、梨園等曲，雖去古已遠，其窮情極態，亦復感動頑惠，故可爲實。則彼以古而難追，此以今而易襲，未可謂易爲者爲古，而難爲者反非古也。夫真能爲《史》《漢》者莫如大家，然大家之文，不類《史》《漢》。真能爲大家者莫如先生，然先生之文，不類大家。此無他，真者内有餘，故不求類；贗者内不足，故求類也。若夫景濂、熙甫之文，鄉者亦嘗略觀之。今因先生之言，復從南昌人家借得《學士集》，反覆覽觀。竊以爲惟聖人之文能兼德行、言語之盛，下此即《國策》《史記》詘于譚理，濂洛關閩不善行墨。今景濂思起而兼之，取理于程、朱，而掞詞于遷、固，惘然自以爲古之作者莫已若也，而不知其去古者正復坐此。今其集具在，凡文少理蔽、稍橅前古，猶卓然可觀。若明明言理，則皆卑藺熟爛，老生學究振筆有餘。由此觀之，二者之不能合併也決矣，景濂之不及古人明矣。遂欲縣此爲質的，使後學咸宗焉，緘不能無少惑也。且夫長蘅、若士之言亦安足据也！」君詩十卷，文六卷，已刻，名《歲星堂集》。其未刻者藏于家。君與蕭山來蕃善。蕃鄙軒冕，每見輒引去。君思以抑之使重己，故反激昂軒冕間，與蕃異。予誼有文章，比之孝穆。乃合爲銘。銘曰：

湛淪乎文，嶇崯乎時，惟二子之以思。

故明靖南將軍德配李夫人墓誌銘

予避人淮陰，淮守備張君請召賓客，西鄉上坐長者，目接不語。及更衣牽予，暗中認之，則故靖南將軍兄有俶也。次日過將軍委巷，夫人曰：「何不載叔之彭城，同就舍養？」予以故人山陽令挽留，不果。越七年，予游淮西，得夫人訃聞，且曰將葬彭城之雞鳴山。恐丘首無日，久且失也，乞誌之。予曰：「固然。」

夫人籍京衞，氏李，祖克詔，父榮，爲衞將軍，稱世衞李氏。少夢神授之筆，既長適靖南公。靖南公本餘姚毛氏，景皇帝時高祖裕、高從祖祚，以兄弟同舉順天庚午鄉試，因隸籍焉。乙酉之變，靖南公偕兄保定伯有倫，移定海軍，同武寧侯王君之仁軍西陵渡。夫人在帳中。時南都初敗，馬士英奉太后奔臨安，既而竄身鎮東將軍方國安營，稱方馬軍。夫人曰：「士英，逆賊也，棄君來此，此地難與守矣。武寧軍軍西陵，君何不移軍之龕山，遠方馬軍乎？」既而吴中吴易、陳萬良輩各以偵諜從龕山渡，陰爲聲援，欲引龕山軍從海寧入。夫人勸之行。西陵軍潰，保定公以入護監國相失，全軍歸命。而靖南公偕夫人止海寧，既遷淮，又遷彭城編户，夫人力也。夫人以監國恩封一品夫人，年四十六，康熙庚戌若月日卒。子衡，非夫人出。銘曰：

惟夫人之能賢兮，饗軍鬻釵鈿兮。惟夫人之善見兮，如乘錦車，又如張繡繖兮。避老萊兮，君子與偕兮，如何孟光兮。噫兮，反先亡兮！吕母之冢傍兮，惟夫人之藏兮。

瘞水盞子誌石銘

水盞子者，越器也。其器不知造于何代，亦莫按其製。相傳隋萬寶常析鐘律，能叩食器應絃，後人即以水盞入樂。或曰，古有編磬，與水盞同。古金以鐘，不以鉦，今以鉦易金，雲鉦即編鐘也。編鐘一變而爲方響，再變爲鉦。水盞子雖不必以瓦，然由變而推，則易石以瓦。或亦非無然者與。《陳詩》云「坎其鼓缶」，《史記》秦王爲趙王擊瓦缶，而莊周子乃鼓盆而歌，雖或以節音，非以倚音，專聲赴奏，有如柷然，然而猶瓦爲之。明興平伯從子高通，畜婢住子，能叩食器爲《幽州歌》，筝師搊筝在傍，能曲折倚其聲。姑蘇樂工謀易以鐵，不成，乃購食器之能聲者，得内府監製成化法器如干，則水淺深分下上清濁，叩以犀匙，凡器八而音周，强名曰「水盞子」。順治乙酉，清師陷安平，江都隨破，家人之在文樓者皆散去，住子投射陂死。康熙甲辰，予遇通于淮陰城，託鎮淮將軍食。食頃，懷二盞出，供奉器也。中挏水級，叩之泠泠然，語其事而三嘆。鎮淮將軍命瘞之淮城東唐程將軍咬金墓側，如瘞住子者，而使予誌于石。其文曰：

編竹爲簫，編石成磬。方響不傳，水盞可聽。破十六葉，更爲八瓷。中流深淺，高下因之。既越玉邸漸安，犀槌自撚。戛即函胡，挑將宛轉。試斟渌酒，遥倚素曲。半袖縈錦，五指琢玉。既越蕤板，亦邁徵弄。中曲擗扑，能使神動。吹角出陣，鳴笳在疆。北鄙好殺，南風不揚。烏啼失林，雹裂震地。官渡戰亡，安西軍潰。已奪都尉，將邀昭妃。錦車翠幕，驅馳何爲？昔者杞梁，妻赴淄水。朝鮮有婦，墮河而死。或援箜篌，或形操暢。彼美善懷，與之相向。身同波澄，技乃響絶。殘金斷絲，方寸不滅。爰歸黄土，仍歌青臺。英雄粉黛，千秋同埋。昭華之琯，藏于幽隴。元康阮咸，乃閟古冢。鼓缶無路，招魂有詞。彼美而在，尚其依斯。

單昌其曰：古雅是建安後小品，與唐沈亞之一輩有辨。

瘞珍誌銘

兒珍，三先兄子也。予出游時，恐從此不得歸，是以後予。督撫以下分守郡縣，籍捕疊出。珍隨母被繫，東西簿較，瘁矣。予歸，而珍以瘵死。予嘗曰生平可幸者三：一行文無宋人論習；二無負郭田，作衣租食税男兒；三不爲繼子，慈孝兩隔。蓋有所感也。今兒服瘁死，而予於慈養闕然，兒憾可知矣。三年前除夕，珍死，母抱呼曰：「吾與兒罹殃亦極矣，盍俟汝父歸而死，可乎？」越五日，珍果甦。問之，曰：「吾感母哭哀，將俟父歸。」然則予之歸日，正兒之死期也，哀哉！珍七歲後予，十八歲死。銘曰：

瘞者珍，翳予之後人。

西河文集卷一百一

蕭山毛奇齡字大可又名甡稿

墓誌銘十一

自爲墓誌銘

先母張太君夢番僧持度牒來，懸于堂，其牒四邊以五螭相啣爲花闌，醒而生予。因檢郭璞《游仙詩》，有「奇齡邁五龍」句，名「奇齡」。五歲請讀書，無師，太君口授《大學》。已訖讀，問其字何等。太君買市雕《大學》一本，令循所讀自認之，一再周無不識者。時以篇首「后」「後」「厚」三字異形爲問，太君曰：「後先厚薄，音諧義戾。后與後同，婦德不前。」總角，舉諸生，一月中取小試第一者四。爾時先兄萬齡先在學有名，人呼予「小毛生」。值明亡，哭學宮三日。會稽山賊紛紛起，市里奔逃。予竄身城南山，與同縣沈七、包二先生、蔡五十一仲光爲四友，文集卷有沈七、包二先生諸傳。闔土室，聚南、北、唐、五代、遼、金、元史暨諸書其中，縱觀之。

順治二年，王師下江南，杭州不守。山陰鄭遵謙乘間起間左，括民徒爲兵，劃江抗王師。時餘姚熊給事、孫副使同時起兵，不數日，寧波、台州、金、處、温五府皆鼓衆相應。適武寧侯王君之仁、保定伯兼鎮海將軍毛君有倫，原以備倭軍寧波，聞變，挈其軍而西，屯之西陵，與民徒相合，名「西陵軍」。保定者，予族人。予族譜中有毛裕、毛祚，曾于景皇帝時以兄弟同科登北平榜者，其祖也。時故明諸王争渡江，江東民徒已共推故魯王爲監國，統諸軍軍。而保定至蕭山，訪同族之居蕭山者，移檄購大小毛生，出予于土室，啓之監國，授予爲監軍推官。予力辭之，陰與沈七行，行間覘諸軍所爲不道，不足與計事。且天命已有在，沈七著《辨亡論》見意。匿不復出。會鎮東將軍方國安以江南新下，收敗軍東奔，狼倉渡江。而馬士英奉故福王、太后奔杭州，竄國安軍中，名曰「方馬軍」，與西陵軍相峙而居。大司馬徐公犒軍西陵，公名人龍，即徐仲山尊人也。曾題予監軍不就，其題詞有「年逐終軍，才逾公瑾」諸語。國安邀保定共迎之，保定以諂予。予曰：「方、馬，國賊也。明公爲東南建義旗，何可與二賊共事？請絶之。」國安聞予言，會出戰，敗于朱橋。以保定坐視，遷怒移兵向保定，搆辭及予，且有指予譏兵事者。時江東軍着大帽，沈七作《大帽謡》，和云：「將軍愛蒼頭，不若愛危腦。危腦小易收，蒼頭大難保。」又諸軍每出戰，必半渡返，因作《少年行》，末云：「少年欲渡江，江面多少路。接岸十里長，五里不可渡。」予被獲幾陷，脱之龕山。時保定弟有僞爲靖南將軍，軍龕山，名「龕山軍」。就之住一月，復還西陵。清明節山中白桐花生，保定家人夜召予。春雨，移帳桐花間，予與朔客觀星者危坐。天收雨，星見，出帳四望，咨嗟曰：「事已矣！」滅燭流涕。會故唐王亦僭號福州。客有以漳浦黄宗伯道周蠟書招張杉者，張梯、張杉、張楞兄弟皆名士，楞死于兵。張杉持示予，邀予南行，且曰：「方馬軍可勿避耶？」予曰：「生死，命也。且行亦何能爲？」亡走山寺，寺僧爲予屠首髮，衣緇，匿坑中。王師破江東，戮山市之留髮者，予以髡首免。歸，覓家人于褚里。太君撫予首，泣曰：「吾向夢僧寄度牒生是兒，今竟然矣。」

時東南新定，文士野處者踵前代積習，好爲社。每社高會數千人，撞鐘伐鼓。得與者爲名士，否則無所齒于衆。予品目過峻，且好甲乙人所爲文。先與山陰徐緘、同邑何之杰爲三子，他以文見質，多卻去。會選郡人詩，鏤板行。會稽王庶常從賊中歸，投予以十詩。予録其四，乃以右丞、司户評其篇，實譽之，不知其得罪。王庶常名自超，有《夜走鄆城》及《哭周介生赴西市》詩，而評之云云。聚怨家歃血，布張罝羅，與同邑舉人以文社被黜者，集親串怨隙聚謀。謂予逆抗命，今又抗試，且以頭陀居士林，骫壞名教，罪當死。讞者察其妄，不坐。值順治辛卯，浙三舉鄉試，同社章貞登賢書，偕同籍舉人，昌言毛生在江東抗命時，義不受職，故當時奪其籍。今不試，髡首，特無籍耳。倘能予之籍，以旌其義，是人必能慷慨爲朝廷效命，豈甘鬱鬱自廢棄乎！提學翟君是其言，立還舊籍，令辮頂待試。而怨家洶洶。會布政司使張君以從賊歸命爲今官。搆者謂予評文時，曾及君六等定罪之狀，援僞朝典例。君大恨。提學張君阿伺君意指，仍奪予籍。予少好爲詞，至是無賴，取元人無名氏所製《賣嫁》《放偷》二遺劇，而反其事作連廂詞，謂可正風俗，有裨名教。提學購得之，誣謂：《放偷》，縱從賊也；《賣嫁》者，歸命本朝，不待聘而自呈其身也。狂生失志，訕上官，不敬。上之制府，下寧紹分巡王君籍捕之。制府以爲冤，釋置不理。怨家讐憤不得洩，瞯予姻戚有負責于營而相訐者，忽攫予于途，謂予當償。擁予將渡江。隣人識予者，追之至西陵渡口，篡之還。次日，購道殣横所篡處，指爲營兵，毛生聚人殺營兵，宜重典。籍捕四出。

隣衆千人争渡江鳴冤。營將疑其事，檄寧紹分巡王君廷璧雜治。怨家復羅織，私之分巡游客許君名三間者中傷之，遂援重典，案籍捕逮。友人蔡仲光急過曰：「怨深矣，不走，將不免。」指壁間所書王烈名曰：「請名王彦字士方。吾他日天涯相問訊者，王士方矣。」

過吴，投顧有孝家。值予病，有孝賣書買蔆蘂食予，夜送予渡湖。遂寄宿楊明府宅。明起速客，忽座中附耳，或指或視，一人直前抱予曰：「子非江東小毛生乎？」相向哭。時有詩云：「書行蘆中遲，夜行瀨上淺。江東舊知予，故呼我王彦。」又云：「座中有客向予指，此是江東小毛子。」去之靖江，旅亭近關者，有搊箏客住東廂。過門，聞箏聲，中心惻惻不能行，遂止宿焉。予世于樂律有神解。家傳《竟山樂録》四卷。先忠襄子副使當明嘉靖間，得寧王所藏《樂録》于王文成府，中有雞婁鼓譜及箏笛色五尺，曾記其一節。至是客彈有誤處，微指之。客大悦，邀住十日。瀕别，請爲予償諸房蓐錢。予曰：「豈以予爲賣伎者耶！」謝之去。

先是出門時，仲兄與三泣送予，謂曰：「古賢處憂患者必知《易》，汝知之乎？」予跪而受言。及過吴，匄《朱子易義》一本于顧有孝家，每竊讀，茫然曰：「三聖之學如是乎？」于是筮所之，遇《節》之《需》，乃以己意自斷曰：「《節》者止也，《需》者有待也。《節》與《需》皆坎險在前而不可行，然而《節》三當互震之中，已將震動，而乃動而得《乾》三，則出險矣。剛能出險，故不敗。非然，則需矣，致寇至矣。」乃急行，而躡者果至，遂匿海陵。越一月，曰：「可出險矣。」《經》曰：「利涉大川，往有功。」大川，淮也，淮可往。過淮，淮守備張君與予舊，一見即邀予過飲。西嚮坐客目攝之，中酒，牽予于旁舍勞問，則故保定弟靖南將軍有俶也，具言保定死，武寧已殉節，而已以亡軍倖免，詰朝將攜予至彭城舍養。值山陽令朱君禹錫故善予，聞予至止，爲予開館驛，擇日請召諸賓客，讌飲爲歡。而吏部張公偕今檢討鴻烈父子闢名園于東湖之濱。八月十五夜，水亭隄榭，張燈布幔，雜設妓樂及色藝孌弄，而集寓淮諸名士凡數十人，賦詩游飲于其中。酒再巡，清歌間作，絲竹幼眇。予倚醉，扣槃賦《明河篇》，凡六百餘言。及旦，則淮上諸家傳寫殆遍。湖西施使君還自京師，見之，驚曰：「此必予友毛生者也！」使君名閏章，見詩題云：「但知王烈是名人，不信毛萇本才子。」淮人從此物色予。予念《需》象云「君子以飲食宴樂」，今出險，已宴樂矣，過此將失位，急舍之去。于是之齊，之楚，之鄭、衞、梁、宋間。嘗登嵩山，越數峰，遠望悽愴，不能上，曰：「吾力衰矣！芒芒者安歸乎？」

會稽姜黄門，故友也，名希轍，時內陞在籍。爲言于中丞蔣君，將雪其事，讐者借他隟重陷之。乃復之禹州。州使君，予邑人也，延署中，署爲故懷慶王宅，後有白雲樓最高。楊花飛飛，登其樓，大醉。手捻楊花，不能哭，作《白雲樓歌》。已而邑人至者多知之，去之嵩山，匿道士土室中。夜起徬徨。少讀經，稍長讀史。史自唐以後無可問者，而經則六籍皆晦蝕，《易》《春秋》爲尤甚，二千年來，誰則起而考正之？青春白日，銷亡盡矣。惟《毛詩》可記憶者，璅璅作問答，散録成帙。稍不可記憶，即已之。且念生平無建立，事功既無可期，而乃德不脩而學不講。假寐而泣。忽有人告曰：「何不之嵩陽問之？」予曰：「諾。」仰首四顧，無一人。夜半辭去，止少林僧房。踰月，過廟市，見鬻書者傍一僧，高笠，取《大學》一本，教予鬻。予曰：「是書亦何異而教鬻之？」曰：「書有異耶？」曰：「有。恒書不能讀。」「讀異耶？」予聞而驚，且憶昔所告，動心，跡其所，住于嵩陽院南，則遼人而寄于此者。曰：「予非僧也。天啓之末，全家死于兵，獨身刑髮而竄于金州之海濱。少受學于義州賀凌臺先生，爲醫閭先生之孫。賀欽，義州人，官給事，講學醫巫閭山下，學者稱醫閭先生。凌臺授《禮記》《大學》，即古本也。泣曰：『儒者無實學，于今八百年矣。《大學》不云「壹是皆以修身爲本」乎？身統心意而該家國天下于其間。北宋祖陳摶之學，高談性命，而略于事爲，周惇實、程顥皆陳摶門人，主陰静，立無極。以孝弟非人性，窮經籍爲喪志，不尚氣節，而薄事功，虛而無用。其敝也近乎忘身。南宋宗程頤之學，就事物以求心性，究之事物無一得，而坐失心性，朱熹從李侗，私淑程頤，格物理，主形器。註《詩》《易》《四書》《離騷》《參同契》，輯《儀禮》、《家禮》、十七史，究卦變、太極、皇極、律吕、諸象數，而不考事實，不求真是，一往謬誤。其敝也過于有身。夫格物者量本末，本諸身也。黎立武曰：「格物者，格物有本末之物。《倉頡篇》：『格，量度也。』但度其本所在耳。」致知者審先後，以身先之也。致知，致知所先後之知，故古本曰「壹是皆以修身爲本」，即接曰：「此謂知本，此謂知之至也。」誠意則辨理欲，而明善以誠其身。《易》曰：「閑邪存其誠。」誠即善，不誠即邪。故誠意者，但分别理欲，爲誠身之本。正心則驗存亡，而心存則身存，心亡則身亡。修身全在存心，孔子操則存，孟子求放心，皆在乎此。但正心而曰存心者，以心不在焉爲不正，則存即正矣。心在事物，則存乎此者勿移于彼，心無事物，則存乎中者勿馳于外。久之則心有主，而無所違矣。乃于以修身，則凡有裨于心意之學，吾學而修之；有裨于家國天下之學，吾學而修之。凡《詩》《書》六藝、經術、經濟無所不修，故爲體用兼備之學。此大學也。」予爲受學三日去。特予幼所學，爲朱熹改本，誤以格物窮理爲正學首功，遂以研索典籍、詳究事物爲極事，遇有言心學者輒唾之。今始知統該于身，覺中有根柢而外鮮遺落，涉艱履險皆泰然焉。

已而應湖西道之招，即施君閏章也。經竇家瀆，有紅字李店，燕不托食客。隣棚賣漿婦目予不輟，予就問之，則故保定伯家婢也，軍散時失身于此，已若干年矣。因坐棚下言保定家事，各流涕，遂解身所衣罽衣勞之去。時作詩云：「錦帳雙鬟貌似花，河陽軍散各天涯。可憐紅字三家店，不賣青門五色瓜。」乃赴湖西住一年。初，湖西有舊講堂，王文成講學處也。外有白鷺洲，使君新設講會于其中。時楚人楊君耻庵從東來，率其徒講文成之學。使君與之辨《詩》、辨《禮》、辨《尚書》，皆不能詘，予辨而詘之。使君以爲其學疎，遂以新安之學抵其隙，謂學在事物，不求之事物而求心性，非空門乎！耻庵不之辨。少頃午食，使君曰：「子淵不遷怒，何易？昨怒官庖闕供具，責之宜也。今治魚留乙，而又責之，則遷怒矣。」耻庵曰：「若此者，可得求之事物否？」予聞之，大悟，即下拜。歸而惺然坐，通夜不寐。乃以使君將移治辭之。轉之崇仁，崇仁令駱君歡留之。其隣人黄吉日餽予酒脯，且邀予故人朱三、徐二十二游飲北城、巴山間，凡數月。臨行，估馬匹賫糧，送予至石牛渡，再拜而別。別詩有云：「天涯最難忘，莫若石牛渡。渡頭花樹紅，是我别君處。」乃復應淮西金使君之招，留之三年。

先是，予在淮，淮人有知予毛生者。予曰：「雖然，予毛甡也。」即所更名。又曰：「予瀕死屢矣，幸而生。甡者，生又生也。」又曰：「吾生十年，瘍五年，兵戈者十年，奔走道路二十年，能再生乎？所謂甡者，亦冀夫生之者也。」會赦屢下，而救予者日益至。黄門姜君慨然謂當事者曰：「毛生幾嘗與族忤，特以無所用落落，故讒得輕入耳。今年四十餘，老死可惜。幸學籍有名，吾當以原廩生籍上之成均，使知愛羽毛願效，則謡諑自免。」乃以奇齡名援舊廩籍例，輸貲入國子，謂之廩監。嘗居白門，夜卧，夢黑衣持銀鐺來前曰：「當行矣。」有丈夫者止之曰：「是人辛苦亦備矣，生平學未了，請留此以了吾學。」曰：「雖然，亦何能了？今當籍一物以應之。」少頃，見一緑鸚鵡項被鏁去，鸚鵡回顧而泣。旁人指之曰：「此子魂矣。」遂大病。會稽徐允定贈詩云：「莫愁隴上飛鸚鵡，夢裏應吞五色雲。」後西河在館中，甬東葉天樂作《上林鸚鵡》詩寄之，其答詩有云：「三尺紅絛空自繫，不如還向隴山飛。」少時與大理任君出賈生《治安疏》，角讀之，各五過成誦。自見夢後，苦憶必不得，即再讀至十餘過，不成誦。

康熙十七年，是年與張杉客上海，任明府署，未回。上特開制科，天子親試者，謂之制科。俗以進士科爲制科，誤矣。《通考》特分制科、進士科兩門。制科如漢武策試董仲舒、公孫弘類是也。或曰：進士殿試，亦天子策試，故亦可名制科。則殿試起于唐儀鳳間，然唐自儀鳳以後，直至宋朝，仍别開制科，未聞稱進士科爲制科也。敕吏部遍咨京朝官，自大學士、九卿、科道以下，及外督撫司道郡縣，各薦舉才學官人可以膺著作備顧問者，入應制試，名爲「博學鴻儒科」。時福建布政使吴公興祚，已揭薦首予，會巡撫楊君病，故不果行。而分巡寧紹台道許公弘勳，力薦予于兩浙撫軍陳公暨布政使李公，凡十一郡所薦合得數百人，僅遴取六人入告，謬及予。六人顧侍御已辭免，惟魏副使、徐林鴻、咸清、吴農祥五人赴試。予三辭不獲。有《三辭揭子》，見本集。是年戊午，舉鄉試。撫軍將監臨廻避，而慮予不行，乃以覆部咨文當驛入者故，令本人親賫之，遣官吏持咨到家，從門中投入竟去。不得已就道。相國馮公知予至，預飾厨傳，辟館相待。而内閣學士合肥李公設榻，邀予主其家。時四方應召者堵長安市，即王公邸里、幸舍皆滿。城東萬柳園，馮公休沐地也，擇日開宴，遍請諸應召者來，令賦詩。予爲作《萬柳園賦》。時同賦者十餘人，獨以予賦與宜興陳生文並稱之。生名維崧。内史喬君萊，工賦者也，然熹事，與同舍曹君禾好臧否人物。喬君佯寫予賦作已賦，以示禾何如。曰：「此非君作也。」「然則誰作此？」曰：「必江東毛生者也。」值試前數日，右臂忽瘍發，腕脹如瓠，五指不可詘，特詣冢宰暨掌院學士驗病，求免試。冢宰執不可，選郎楊君，淮人也，朗言曰：「是人免試，則此舉爲不光矣。」又曰：「此必藥誤之耳，洗其藥則指必可詘。」蓋疑爲僞也。及試日，挂臂至午門，請弗入。學士曰：「第入，脱果不可爲，已之未晚也，有何難焉？」遂詣太和殿受試。晌午，司饍者强予把金筯，指小詘，時賜宴故云。是日得陳太士醫，驟愈，故以爲僞。完卷。上幸覇州，攜諸卷以從，親坐帳殿。閲至十餘卷，風起遽止。予卷在閲中，且夾一紙籤。翌日，盡付三相公暨掌院學士。訖閲，及呈入，以予列上卷。上忽問曰：「媧皇補天事，信乎？」蓋以予卷中有「匪鍊石之可補」一語故也。試題爲「璿璣玉衡賦」。衆未對，閒馮公進曰：「《淮南子》有之。」上曰：「徒記事耶，則《楚詞・天問》早及之，何止《淮南》？第未知傳信何如耳。」衆相顧駭伏，叩頭退。乃倣前代制科例，上卷比進士一甲，並授館職，因授予翰林院檢討，充史館纂修官。而以勝國之史未修，開明史館，給筆札，令纂修《明史》。鬮題得弘、正兩朝紀傳及諸雜傳，先後起草，得二百餘篇。

先是制試時，上精于韻學，兼以韻押定甲乙。凡旂旗逢辭，剖析極嚴。予因于修史之暇，據臆所見，稍加以考識，著韻書十二卷，名《古今通韻》，進之御前。時區別賢否，特召同館百餘人試保和殿中。閲卷者置予文先後之間。上親拔之，相距三十名，註卷面曰「拔若干名」。值乙丑會試，欽點予同考第一，領十八房考官唱名午門外。入鏁院，分簾閲《春秋》房卷。及放榜，得進士一十二人。是科上頒題，進士一至十，皆送上親定，而《春秋》居二。至殿試傳臚，仍以《春秋》一卷爲一甲之二，二卷爲二甲之一。上以是科《春秋》房得人，隨命詞臣攻《春秋經》者，投名作《春秋傳註》。是時房首甫教習即並與編纂，皆異數也。先是，予入鏁院時，上幸南海子，攜予所進《通韻》者隨御幄行，覽之稱善。遂發其册，貯閣中，令本官繕疏，從通政司并書册奏上，已有日矣。及撤棘，謝恩賜宴禮部畢，閣臣遣供事官宣予至閣門。將入閣，滿中堂望見予坐起，道上欽覽所進書，大喜，謂有才學，着繕疏另上，指示向漢中堂領書册。宣旨明日，通政司上書并疏，上乃留其書，復降旨，使宣付史館，并敕禮部知其事。

方予出亡之前一年，先太君死。暨避人淮西，則先贈公又死。時先兄以推官改仁和教諭，厝兩棺于杭州之六和塔，而先兄又死。予請假還葬，值言官以修《明史》未成，阻之甚力。上獨重孝治，可予請。暨葬，則畚土負石，身親事凶功。得痺疾，兩足膖脹，不能立，遂乞病在籍。越三年，上南巡至浙，以躬禱禹陵渡江。予扶疾迎駕于西陵渡口。上臨升御馬，遥見予，遣侍衛馳馬至前，呼：「毛奇齡，皇上遣問你病好否？」予答曰：「未好。」答畢，叩頭謝。侍衛曰：「有他奏乎？」曰：「無有。」上升馬去。暨還，仍送之望京門外。上控馬直前，呼予名，問病何如。曰：「未好也。」曰：「何以不調理？」曰：「調理未好。」曰：「是何症？」曰：「是兩足瘋痺，不能起立之症。」上復有所問，予以聽卑不能悉，第叩頭曰：「小臣微末，何足當皇上垂問。皇上恩厚，小臣何敢當！」上慰勞去。有紀恩詩，見五古卷。越二年而病遂劇。

予族自周王子圉分封于毛，遂以此受姓，然未詳其繼也。相傳魏時僕射玠曾家陳留。而其後宋靖康末，有侍御叔度從陳留南遷，謫居餘姚，爲餘姚毛氏。逮明，而福建都轉鹽運司同知貞偶治别業于蕭山，家焉。先是，九世忠襄公吉，當明正統間，以兵備副使殉廣東雲岫山賊，與其子雲南參政科、從子刑部郎傑，各有成績紀史册。餘姚毛氏稱一時極盛。自刑部公一傳爲湖廣按察使副使憲、湖廣道監察御史巡按廣東復。再傳爲順天府治中文炳、河南滎澤縣知縣夢龍。三傳爲雲南布政使紹元、福建興化府同知子翼、嘉靖己未榜眼翰林院編修惇元。而高祖貴州石阡府教授淵，勦許龍保苗賊有功，祀貴州名宦。高從祖福建汀州府同知公毅與參政、編修，皆一門群從。當是時，毛氏以科目登仕版者，自順、成以後，嘉、隆以前，約二十七人。至祖岐山公諱應鳳，其從兄鳳鳴舉萬曆丙子餘姚鄉試，鳳起借嘉興籍，舉萬曆辛卯鄉試第一，從弟汧借秀水籍，舉崇禎丙子鄉試。而餘姚仕籍至是亦衰。先檢討竟山公諱秉鏡，以邦賢崇祀學宮，《浙江通志》《學宫崇祀志》皆有傳，餘見本集事狀卷。與先太孺人張太君生子四，其季，予也，長萬齡，辛卯拔貢，授推官，改仁和教諭。次錫齡，高隱不仕。又次慧齡，早世。娶陳氏。以無子，娶下妻三。初買淮婢，不宜子，遣之去。既而娶江寧林氏女，名繁條，攜之至江西，死。及官京師，娶曼殊，又死。曼殊張姓，見墓誌第六卷。暨請假歸，則又娶杭州馮氏女。子三。予出游時，懼予不得還，以兄子珍後予，未成丁死。有葬銘，在第十卷。既而以其弟遠宗繼之，康熙庚午舉鄉試第二。先是，從子遠公舉康熙丁巳鄉試，從孫文舉戊午鄉試，皆蕭山籍。而兄子文輝舉癸酉鄉試，與遠宗皆以仁和籍見舉，則以先教諭官仁和時所借籍也。及予六十七，生一子，呼老得，錢唐倪璠贈名壹。數月識字，時予方註《易》，能以指作卦畫，四歲死。

予生年早衰，嘗奉先太君避村舍。太君令誦壁間字。時暝，不能視，恐慼太君意，信口誦舊人詞，而竊書所誦于其後。及旦，太君視之，曰：「妄哉兒！吾令之誦壁間字，而乃越右而及左，何耶？」至四十餘歲，驟得心悸疾，健忘，而眼忽明晳。時尚滯淮西，醉中卬首，讀息夫人碑，無一誤者。予少病瘍、病痎、病虮絞，而老而皆愈。當方、馬被誅時，其餘孽尚留蕭山之管村。予避居巖壤，爲賊兵所截，不能歸。其隣俞亮者，寡婦子也，無食，謂予曰：「計賊三日當徙去，吾倘得八溢米，則母子俱活。不然，母寡子獨盡此矣。」予貯米數合，不及八溢，并槖底乾糒盡與之。而自食竹萌三日，幾死，因得虮絞疾，而其後亦漸漸解。故人謂予健未死，不謂其不起也。

方予病劇時前數日，感皇上恩厚，不能報，每叩頭簀間。會同年大司成汪君霦書至，曰：「嶺表楊生進沈《韻》原本，上疑其誤，特令政府出君所進《通韻》本與之參對。上知君如此。」予讀之，一慟幾絶。予少失學，于凡學無所窺見，獨嗇于音律。孩抱時，聽客搊彈，能辨其和謬。康熙癸酉，上諭群臣以徑一圍三隔八相生之法。予曾作《聖諭樂本解説》《皇言定聲録》及《竟山樂録》，思進之太常，而阻者甚衆。會上復南巡，于行在進已刻《樂本解説》二卷。大學士張公傳予至行在朝門，頒諭獎勞，并敕改誤刻字，而宣付專行。于是音律之學稍得施驗。特聖教未明，且五學六籍久晦于天下，予稍有論辨，而諒者寡也。祇予所爲文偶見于世，則世多稱之。少時，華亭陳子龍評予文曰「才子之文」。其後予出游，則多有論序予文者，顧甚煩，不得而詳也。杜陵蔣生曰：「蔣生生勾吴文物之都，父事言游，兄事季札。瑜昭榮卓，一往傭劣，而獨于西河毛生多所慕悅。每憂思結轖，熱病內發，鍼石不可，灌漱不得，遽發毛生文，一再讀之，霍然而病釋。」種山僧超睿者，董旡庵也，旡庵之言曰：「蓋自西河氏出，而越水越山頓爲改觀。此何如人者！然而幼丁亂離，中遭困詘，甲兵徙走，垂數十年。嘗衣緇山中，遭厄而廢。其所嬰患，或致籍名網羅，鉤捕延縶。細君躅足，東西簿比。雖破柱倖免，而嗣子逮斃。凡其所游歷與所遭逢，窺其文，往往而見也。乃偶然酬應，思若江河。遇有訂證，博極殫晳，古所稱『漱滌萬物，牢籠百態』『蛟龍翔而虎鳳躍』。比于武事，可謂雄偉不常者乎！」桐城存齋何先生曾爲文曰：「夫天之生才，使之漸漬停毓于名都大區，而又洊歷之于坎坷湮鬱之途，以激爲要眇之音，恣肆其旁薄駘宕之氣。雖遭逢世妬而沉滯，久則寄托益深。跋涉多則究晰益密，夫然後尺土之埋，不得而掩焉。」山陰徐緘曰：「近之學古爲詩文者，擬步而後馳，省括而後釋。琢磨繩削，浸淫擩染。始猶陽貨之類仲尼，久則曾雲之肖祖父。西河無是也。第觀其波瀾之所盪汩，氣燄之所陵轢，鍼縷之所穿穴，芬薌之所淫泆，其于古人如養由基命中于百步之外，既已達胸貫革矣，其餘力所及，猶能摩腹拂脊、射麋麗龜。又如卜式已出私財助邊數百萬，爲縣官賑流民復數百萬，而其廩庾緡錢之貫朽紅腐者，尚鱗鱗沉沉，不可貲量。」會稽姜黃門曰：「雖然，事亦有未易知者。夫世之因才而獲困詘者有矣。木文而戕之，甘其井而使竭焉，顧未聞并惡其文木與甘泉矣。且夫煎桂者以愛膏也，焚象者以利之齒也。浸假棄液而擢桂，憎之齒而焚象，摧其珠而刳剔其蛤與蚌，此則古今來所必無之事，而西河獨有之。有之而惡其人者，安知不并惡其文而屏之毀之？而事有不盡然者。夫秋霜之殺茅，不擇蘭杜也，而澤已芬矣。震霆之扑物，不必盡朽确也，然佳材或免矣。夫以西河之才與其學，雖在數世後，聞其窮者，猶起思拔濯，掩卷太息，惟恐不得當。況生逢其人，與之寢處周旋，朝夕以言詞心思相聽命。而振拔湔祓，豈無一覯。人能以才詘，而才無之詘也。此如李將軍者，其才氣爲漢代無敵，乃不能取軍功侯。然而孝武惜之，孝文又嘆之。以一人之窮而不能不得于兩天子之知也，此之謂才矣。今西河之窮逾于李廣，天子之知十倍漢主。人亦有言，生平得一人知己，可以不恨，今天下知西河者，孰有如皇上者乎！匹夫之賤當天子之知，而又值聖神御世，超堯越禹，經文緯武，掩蓋百代之一人，而倖蒙睿鑒。此則剞劂之所不能加，秋霜之所不能殺也。」合肥李相國師曰：「西河不可及者三。身不挾一書册，所至篋笥無片紙，而下筆蓬勃，胸有千萬卷，不可及一。少小避人，盛年在道路。得怔忪疾，遇疾發，求文者在門，捫胸腹四應，頃刻付去無誤者，不可及二。讀書務精核，自九經、四子、六藝諸大文外，旁及禮樂鐘呂諸瑣屑事，皆極其根柢而貫其枝葉，偶一論及，輒能使漢宋儒者悉拄口不敢辨，不可及三。至其理學，則予固未能窺其涯也。間嘗以其詩比之少陵，以其所爲文擬之吏部，覺少陵與吏部俱無以過。且即以其學而較之唐之孔仲達、陸德明、小司馬、李善，宋之劉攽、洪邁、王應麟、馬端臨輩，而諸公所著，西河皆能指其瑕而摘其纇。然且才不能相兼。杜歉于文，韓遜于詩。而才又不能兼學。韓、杜、歐、蘇典籍稍疎，而孔、陸、劉、馬輩則又徒事博洽，而無所于著作。而西河皆有以兼之。有臣如此，是亦一代之儒，可以少報主知矣。」

特予有大痌于心者。往者，陸機入洛，已踰壯年，即庾信去國，亦居然在强仕之後，然猶哀嘆其遭逢而傷其淪落，況乎少秉大節，長亦思有所論建。彼文詞小道，何足比數！而乃德既不立，學復未備。曾與仲兄與三相訂生平，與三名錫齡，明亡時自沉泮河，救免，終身不出試。即癸酉舉人文輝本生父也。將統著九藝、四子諸書，因以補禮與樂之所未逮。且廣輯唐後諸史，芟其蕪而苴其闕。何意丁年遭難，垂老登朝，及還歸而仲兄逝矣。禮堂凄然，誰可質問？朝暘未親，而西日已落，不亦悲乎！友人收予所存稿，合不下四百餘卷。予囑留十一，而餘俱去之。惟詩與賦爲友人所刻甚多。大抵雜佻盪之言，與俗浮沉。即以此諧俗，故飲酒披猖，每多不檢。而詞則淮西金使君按題而索，坐爲琱鎪靡慢之音。雖屈宋寓言，不無寄托，而學人無賴，未辨六義，恐或以是爲籍口，如此概不可録。獨經學數卷，若《易》，若《春秋》，若《詩》《書》《禮》，若《論語》《大學》，若《孟子》，此即千聖相傳之用心也，然而存此亦鮮矣，愛我者當爲我惜之。

予出處未明，不能于朝廷有所報稱，徒抱經術。幸遭逢聖明，而未著實用，致空言無補，于心疚焉。予死，不冠不履，不沐浴，不易衣服，不接受弔客。銘曰：

少不死于兵，長復不死于刀鋸之刑。又不死道路，公然出世，而赧然而登于廷。其得歸全，亦幸矣。雖然，乃虛此生。

西河文集卷一百二

蕭山毛奇齡字初晴又晚晴稿

墓誌銘十二

吴徵君德配傅孺人墓誌銘

吴徵君孺人以康熙三十二年十一月卒。其明年，將筮藏于錢湖之濱。徵君自爲狀，示予何如。予曰：「寧有周季自爲文，而猶待問者？」翼日，孝子毅裕復持狀造予請銘。以予與徵君同文會，且同徵京師，故通家也。然而徵君狀已具，予又何能益一辭？

按狀，孺人傅氏，金華義烏人，監察御史公諱巖第三女也。監察公與徵君父宫允公諱太冲，同以天啓改元覃恩貢成均，而後相次成進士，好之，爲婚姻。當是時，國家方多事。監察公知歙縣，拂衣，而流賊破長安。江南之建號者且大婚，詔選良家。徵君年十三，搶卒飾館甥拒之，而未婚也。會清師下杭州，幕府籍搢紳之有名者鉤止之。宫允與監察俱在籍中，兩家聲相聞。忽監察獐徨叩宫允門，呼徵君乳名：「某何在？吾欲一執手。」門者辭以扶侍太淑人，乘夜東去。監察乃仰天流涕，不還顧，脱之走金華，與督輔朱君合閩左，破産四募，思一伸螳臂。而東揚不守，有告者曰：「金華破，監察公已殉難矣。」又曰：「監察有三子，而二從之死。」問其家何在，不知也。順治四年，其一子偕弱妹扶侍太孺人來杭州，徵君母張淑人哭迎之。乃始草草議婚儀，御以柴車，縮屋爲油燎，倩淑人兄弟作賓客。告于祖堂：「以家之不造，六禮不具，曾孫某同新婦某一切爲婚。嗣孫某屬某以告。」告未竟，徵君偕孺人噭然而哭，左右皆哭，不能止。

宫允公嘗曰：「吾新婦姼姼提提，吾見每憐之。此非舅禮故常也，吾撫孤而已。」十一年，張淑人卒，明年，宫允公又卒。孺人哭曰：「今而後誰惜我者！」方淑人病時，孺人有身，將彌矣。暨卒，而族人姻戚以婦車來者，孺人悉主之，哭泣稽顙不少休。或勸以身解，不應。已而殰，曰項以下皆折敗云。徵君少儻蕩，家無管鑰。宫允公鮮留遺，惟故第一區，在圈屯中。生平服御珮玩無所賸，獨遺書若干車，躬自輦藏之。衣澣敝窮，日夜讀書，每書必自首迄尾丹黄之。既才高寡可，而又以牢愁故不自檢，嗜酒，所得賣文錢應酒券去，以故孺人終其身稱糟糠焉。康熙十七年，上開博學鴻儒科，司空薦徵君于廷，巡撫復奉吏部咨，以徵君應。而孺人難之，脱左手指環約徵君指曰：「以君之才，宜何所不得！顧有大不宜于時者。妾有三言規，願君迴環而熟念之。一有酒過，一言直，一不謹于結納。」徵君以爲然。既而三相公重君名，取君詞業觀之，皆曰可，日飲之酒。暨試，取上上卷，而既而斥之，不知故。相公再獻之，不得，歸而大病。孺人具慰之，病不已。自庚申八月至辛酉八月，卧牀畫空，能作賦，日數萬言，與客倡和不少誤。嘗魂行户外，穴墻穿楄，見市中物。自言曾渡江至淮，多所見。然而倚孺人爲命，眠漱唾嚏，頃刻不可離。雖行厠牏，必與俱。如鼎與鬲，繩牀衲絮皆敗盡，而賴孺人救，亦竟起。孺人寡所嗜。鍼縷筐篋，非先人面賜不取，凡先人所遺篸笄，悉推讓姑姊女娣，不受。操作拮据，蔬食，衣履變裏色。然而親鄙之來寄者，惓惓然。徵君狀曰：「則亦非尋常女婦所能及矣。」

孺人生于崇禎癸酉之七月，距今癸酉適六十又一。子九，而四殤，二又早卒。今存者曰毅、曰裕、曰亮，皆能以誦讀傳徵君學，亦孺人教矣。女八，孫七，女孫三，皆具狀。銘曰：

猗嗟孺人閨房姿，兩家同舉婚嫁宜。青白相顧無我伊，館甥且飾淳于奇。千門入箭五馬馳，驟丁陽九廟社移。石頭繼破臺城攲，倉皇跳身憐總持。擁師蕭勃將往依，何人刼公賣犢希？護軍既死及子尼，還憁玉女方仳離。元同家屬從嶺回，荆門迎者衣裝齎。告廟奠菜扱地遲，宛如荒政殺禮儀。棗脯欲獻雙涕洟，況當歸馬包虎皮。嚴城闕處環長圍，圈屯故第夜插旗。倚弓樓柱刀掛扉，惟有十架書潛移。所痛太傅喪墅西，五畝不保甘棠非。畫宮受弔杞殖妻，傷哉殀血淹裙縗。公孫年大牧豕豨，一朝羔雁填門畿。上書徒受三相知，翻然歸卧南山陲。入秦早已炊扊扅，歸來何用藏牛衣？蔡人惡疾身不離，爲君翻誦《芣苢》詩。暮年舉案勝《五噫》，況經訓子長停機。銀臺竊藥奔未幾，松城將閉哀無期。愀愴一展孫楚詞，簌簌泪落長河糜。泉門遂古千年思，門傍有文應鑒之。

清故年貢士正白旗教習候補知縣邵君墓誌銘

君諱方平。少與兄解元奏平、宫詹君遠平同文硯。宫詹君與予以康熙己未同時舉制科，嘆前代貢舉以八比定鄉會試，士子失古學。「獨予家藝習稍寬，兄似弘與弟真菴皆足膺是舉，而似弘即世，真庵尚困于八比，無薦者。」其所云似弘者，奏平字，真庵即君字也。當是時，予益思似弘，而并知君非常人，思一見焉。暨予請假歸，值君以食廩之早，齒未踰服官。而即以年貢行省，第君名解京師。越明年，吏部同國子考取君，官學教習，以候補還里。予于是時始得一見君于會城之東。伉伉然論辨而思深，高盼闊目，舉春顔而納之明鏡之中。予嘗曰：「士有學問氣，每視時習爲不潔，豈其必有加于人而人自辟之？」康熙壬申，君以補及赴官學，别親知造都。相傳騎羸馬，踸踔天街間，習而安焉。越三年，其子忽捧狀踵予而泣，謂君以官學教習盡瘁死。顧屬纊時，遺言齒髮歸故鄉，儻牴以石，得某數言書其陰，始翕睫焉。予驟聞而驚，驚而躅其足，嘆曰：「嗟哉，有是乎！生平劇載籍，斷韋絶摘，穿穴列代諸版竹，固已無所用之。但工于舉文，其視八比若斤鈇之脱于鼻，若長竿巨組之披拂于懸跟與鏇腹。而所至鮮效，甚且賷志以追死。予所與游比比是，而君復蹈之。雖欲不爲之表之，而安忍矣！」

按君邵姓，仁和籍，其先世從餘姚來遷。高祖弘毅公與弟泉崕公，在明正德、嘉靖間先後登進士。而弘毅公以都官郎劾世宗朝時相，予杖謫戍，即以著書終其身，今所傳《弘道》《弘簡》《弘藝録》暨《學史會同》諸書皆是也。乃君當幼時，父翼雙公爲啓、禎朝名士，受知故經略洪君，屢被房薦。而卒丁國變，屏舉業，課君學古學。曉鐘初動，遽以杖叩梔，家僮開扉。君起坐幔間，默料昔日所授書，貫串聯絡，然後納履入問安。歷詢諸所習，汎應如響。自經史古文以及列代諸名集，皆標舉新異，即應舉文字，亦必務去積習而後已。嘗曰：「昔人之精藴于古爲然，今復竊以爲能，是所謂厭人之糟粕而已，庸詎知天地間有無窮之藴乎！」其學如此。以故君出試，輒冠軍。十八補諸生，十九受廩食于庠。越二十年，以年貢考官學，補正白旗教習。越三年，康熙甲戌冬十月，報滿以知縣用。而是月病卒，距生崇禎庚辰六月二十日，共得年五十有五。

配馮孺人，前壬午舉人野渡公孫女，今壬子舉人、奉政大夫晉階資治少尹、真定府同知同野公女。子二：長錫瀛，候補縣丞；次錫周，郡庠生。二子與予子同文硯，學古今學。吾見世學之日增也。或曰三世絀志，後必伸。吾見二子之伸也。乃爲銘。銘曰：

古學以四術，其次探七録。詞賦併頌語，亦自三古作。降此代異製，經與詞賦兼。假欲廢詞者，請觀三百篇。不謂後儒劣，就經使立義。仍得倣偶詞，長股以爲儷。前代取士微，條作貢舉法。聖明思變更，屢掣不得決。因之起制科，超越三百年。誰料薦未博，于是多遺賢。君家舊簪裾，世擅古今學。立朝峻封章，教塾習禮樂。青陽入武庫，應世惟一編。已食下士禄，且復貢限年。對策天安門，教習八旗下。清晨跨官驢，傍晚宿學舍。以兹得顑頷，忽爾賫志歿。所學不得伸，瞪視亦何説。獨是翕瞑者，全在一石埋。首丘異延陵，諛墓徵伯喈。君今有賢嗣，崢嶸立子舍。華表留空題，將以俟來者。

敕授文林郎沂州郯城縣知縣金君墓誌銘

君諱煜，字子藏，金姓，山陰人，天啓乙丑進士、太常寺少卿楚畹公次孫也。太常曾以監察御史充院使，提學南京。天官家云：學使司文命，當文昌六府，而與斗下四星相表裏。故太常所生子曰樞、曰機、曰權，皆取斗星名，而以伯星、仲星、季星分字之。仲星次子即君也。君生有奇表，目黄而通瑩如琉璃珠，闔睫，光外射，且一目有重瞳子。會命名，太常曰：「草以木盛，木以火榮，理也。吾名蘭，從草，而諸子之名適繼以木。今木盛，又生矣，諸孫當火行。而是孫目熊熊然。揚雄曰：『日昱乎晝，月昱乎夜。』日月者，目也；昱者，煜也。當以『煜』名之。」馬玉起者，君母弟也。君母馬太君爲萬曆己未進士、江西布政使司參議芝嶠公女，與玉起兄弟皆以能文名。玉起有客從嶺來，善扶乩，能降神言于庭，忽言君前身乃南唐李後主也。後主見馬太君詗而喜之，願爲之兒。第惜是兒所遭逢遂不能遠過後主，得乎戊，失乎戊，誌之誌之。乃呼玉起命縛乩，以筆書一詞去。太常聞其言，惡之，曰：「山鬼惝知書，彼知後主亦名煜，與是兒同，故妄及之耳。誰謂山鬼敢言事？」及繙陸游《南唐書》有云「後主字重光」，則與命名取日月義同。且曰「煜有異表，一目重瞳子」，乃大驚，然既已名之，無可如何。

值鼎革，仲星兄弟俱不出。君年十九，已能讀十三經及兩漢三國三史并八書矣。世家子弟多以保家門出試，不得已始强受舉業，遂于是年五月，就童試有名，爲諸生。八月鄉試，遽以《春秋》冠本房。明年戊戌，試禮部，聯捷。計自童試歷諸生、舉人以至進士，裁九閱月耳。于是始歸娶。其所娶者，爲順治己丑進士兵部職方司主事童在公女。康熙二年，除山東兗州府沂州郯城縣知縣。縣小而衝，爲南北通衢。上自州城，以下接宿遷、清河，車輪馬蹄日不絶于路。本縣糧少，又驛遞多曠遠，每藉他縣爲協濟，而濟不以時，往往需本縣賠墊。及事過，詣所濟領銀，輒掯不發，即發亦不能如數。前後逋欠，屢經臺使者議，謂當設腰站于劉馬莊。而地介兩省，視之若秦越。因之騎縣馬越站，馬罷無補。乃力請具題，改設郯站于紅花埠，設宿遷站于峒峿。兩所需銀計九千六百兩嬴，皆銷之本縣，無俟撥補。而縣經兵燹後，田疇荒蕪，一遇暵潦，即攜妻擔兒遁他縣。既屢缺正供，而君又以惠爲政，勿事箠楚，甘心居下考。而監司之陰鷙而饞者，又惡其無所餽，吹毛索瘢。賴臺使憐之，數與爲平反。而展轉益深，誰訶者踵至，乃終以負租褫其官。其所闕額或抵兑，或那用，或開銷不准，或民欠無可追，以至站銀鉒銀自二年癸卯以至七年庚戌，凡六年之間，鬻家産以償，至一萬餘兩。嘗飲酒數升，涕泗被面，嘆曰：「舉世皆醒，何妨獨醉！」乃乘醉捉筆，便爲詩歌。遇隟板牘紙及粉墻堊壁，書寫殆遍。其爲詞悲涼妙麗，謬然若哀琴，然非其意也。歲壬申，同年爲京朝官者多貴顯，念君貧不得志，招來京師。時吏部尚書熊君、兵部尚書杜君、户部左侍郎王君、禮部右侍郎王君、刑部左侍郎鄭君、刑部郎中潘君，館君于邸舍，日飲以酒，居三年。以族人有居天津者，過飲之，夜起長嘆，書數詩于壁，遂卒。

君生于崇禎庚寅十一月二日，卒于康熙甲戌十二月二十一日，享年五十七。先是，乩神降庭時，謂得乎戌，失乎戌。按後主以建隆三年壬戌正月葬元宗，後始由吴邸正位號。至開寶七年甲戌，宋師下江南，乃削開寶號，降書甲戌，而南唐遂亡。今君以戊戌通籍，庚戌去官，而天津之逝則正在甲戌，是戌得戌失，兩兩正同。至其所書詞，有曰「天津橋上望歸舟，又是黄花水落秣陵秋」。以後主幽洛陽與君游京師，同一客殂。而燕之天津猶之洛陽之天津，其所謂招魂望鄉者，黄花水落兩候適符也。嗟乎異已！君所著詩詞合十二種，俱未刻。馬太君詞有《遂閒堂集》行世，君每醉，必讀一過。子埴，能文，又善繼志。乙亥春，徒跣走天津，負櫬南歸，葬山陰之土井山，而屬予爲銘。銘曰：

嗟君異表，實惟重光。前身所自，安定郡王。亦越千載，烏飛兔藏。重以詞孽，結習未忘。捨筏遥海，探環空桑。獨憐宿慧，博通舊章。間著詞賦，方駕齊梁。翻以作吏，如羈鋃鐺。雄思傑彩，同爲銷亡。古重緯讖，其説不彰。如何闒茂，相符混茫。燕京之客，猶之洛陽。天津遥遥，千秋望鄉。瓦棺土井，兩相埋藏。所不埋者，此晝夜光。

誥封奉政大夫直隸順德府同知李先生墓誌銘

先生諱采蘭，字秀揚。世爲濟南長山人，以避軍籍，遷新城之石家寨，貧而耕田。萬曆中，仕版重科目，讀書補郡縣諸生，即超然人倫間。會鄉舉，諸生歷録赴試者道經新城，衣篝書簏，厭四蹄前來。雖鳴金張黄，解帑蓏，東西過皆避道左。諸生角巾坐廣輪，談笑慷慨，陽陽然。先生望見，乃長嘆，棄鉏而歸，謂何宜人曰：「生此六尺軀，不能讀書，而弄鎡錤爲？」先是，先生數歲時，曾就學里門，已讀《論語》，未竟讀罷去。至是二十一歲，取向時所讀《論語》，迫視之茫然。何方濱先生者，宜人兄也，爲新城諸生，有名。迎之來，具告以情。方濱先生大笑曰：「耕田尚不給，一旦徙去受儒術，能得食乎？且子何年歲而可爲是？」曰：「吾志決矣。」遂强留方濱先生于其家。顧無書，就市粥敗書，糊綴殘缺而重編摘之。讀終月，以乏食不能留方濱先生，方濱先生終謝去。先生乃益自發奮，忘寢及食，晝樵薪于山，夜爇薪以當膏鐙。宜人親灌園佐之。嘗對書膝牀，口訟心詰。憤悱所極，設辯難甲乙。反覆不得，則視註。又不得，則視他旁説。然後取舉文與經文對勘，備觀其反正離合之蹟。踰月，竊效之作舉文，懷而見方濱先生。方濱先生大驚，曰：「有是哉？是果子所爲耶？語曰：『有志者，事竟成。』信乎！《傳》有之：『思之思之，鬼神通之。』自非憤發于心、劇決其神明而洞開其元，其能驟通之如是哉！」于是人共稱先生有志。遠近聞先生如此，謂先生何如人，願一見先生。里中小兒漸有向先生學者。東武家請先生往教。會寒沍以渡濰水，裂其足，先生乃嘆曰：「吾讀書未能榮親，而反以父母之體行，殆非孝也。」遂不往。人多就學，築書室舍傍，既而學者日益衆。先生以無師自傷，故苟有教人，每不憚身先劼毖，乃學本心得，指示親切。其善入人如祖襟披箭，洞其胸而貫其膈，以故受教者輒有得去。

天啓元年，先生始占新城籍，補諸生高等。而其諸子受教者，遂相繼起。崇禎十五年，先生仲子鴻雷舉于鄉。清興，季子鴻霔以順治十一年舉人，中十七年會試。而鴻雷之子嗣真又以順治十六年山東解元，至康熙三年而成進士。先生曰：「當吾棄鉏時，不過欲得明一諸生耳。今爲老諸生二十四年，縱未通籍，而子孫之通籍者有人，于吾願足矣。」遂受鴻雷始封官以終其身。初，先生讀書，中夜見有丈夫者指示之，且云：「大禹惜寸陰，周公坐待旦。」醒而書其句于門。至是雖卻試，猶手不釋卷。卒年九十五。

康熙戊午，季子鴻霔以内閣中書典試兩浙。家之群從有幸出于其門者，至是窆葬，援通家之誼，屬予爲銘。銘曰：

以耕而讀，前有兒寬，後則有皇甫士安，而先生乃厠身其間。雖卻農而仕者，匡鼎最著，而先生復矯蹇而不爲之官。是古稱豪傑之士，無文猶興，而先生真拔擢奮發，而無假于羽與翰。縱或叔皮之子文能逮父，仲弓有孫不必嶄卿長，而士有微尚即返，而仍藏之石紐之岡，有莘之野，而又何間然！

誥授奉直大夫都察院湖廣道監察御史何君墓誌銘

監察御史何大夫，以巡鹽河東卒于官。孝子方羈丱，不能請銘。户部尚書梁公，以舊堂上官爲之手題其旌銘，載之而南。予時職史局，出郭，奠生芻旌前，視解纜行，距今一十二歲首矣。甲戌之春，予赴義合肥，孝子謁予于杭州，不值也。既而予歸杭，以避病入郡，孝子重謁予，捧狀扶服，謂：「先大夫墓草宿矣，而薦牲之石尚闕書焉。當順治甲午，先大夫始貢于鄉，與先生伯氏爲同年生，嘗與先生主文會，手銅槃歃血屢矣。先生文章震環海，獨不能爲先大夫具錢版之末？」時有介之者進而曰：「狀云：大夫當贈公亡時，值鼎革之初，避兵始寧。甫還里，棺衾裁具，不能致美好。族父有川木，俗所稱『沙枋』者，價溢二百鏹。大夫泣跪族父門不起，遂貽之。此已事也。今其子第跪不起，先生忍無以應之乎？」予曰：「何必然？」

憶予與大夫游時，裁弱冠。王師下江東，予避兵走南山，而大夫奉贈公居始寧嶕中，渡溪採葵。值方馬潰兵東奔者略始寧諸山，遇于溪，揮刃如雪。大夫障贈公，以膊承刃，哀祈之，兩膊幾斷。予嘗以孝稱之。及大夫爲户曹郎，會康熙甲寅有詔，撤三藩。尚書梁公受詔使廣東，撤平南王軍。大夫請偕行。時爲尚書司官。至則王拜詔，起坐序主客禮，無一言。逮夜，環帳房館垣，卻刃服，弦弓築矢于旌門。鼓三下，聞介馬聲，大夫曰：「事棘矣！」卧起，叩尚書白事。耳語移時，出爇燭草疏，鼓未絶，草成。詰旦，王率世子奄笪公并諸將領詣館，閒瞪目露齒，語嗒嗒來前，未就坐，齊聲愬啓行艱難。尚書遽起，拄司賓口曰：「止，拜詔尚未竟，而遽言啓行，何謂也？吾陛辭時，上密諭留王，謂王勞苦異諸藩，當永鎮南疆。而昨以通詔不可異，故竢兹密宣。今所撤，獨平西耳。王未行也，曰啓行，何也？」王錯愕，各相視曰：「何信乎？」尚書曰：「脱未信。」手自裂其懷，揣疏出懷間，曰：「此覆疏也，請視之。」王與諸將傳視畢，尚書曰：「吾已宣諭訖，可以覆矣。」叱具按鼓樂，遽拜使，使負疏行。王乃色頓下，率諸將詣按歡謝。奄笪徘徊間，王囑奄笪指，曰：「幾負聖明！」遂謝訖，張宴者三日。越四日，而平西反報至，尚書顧謂大夫曰：「此行不辱命，君之力也！」予嘗謂大夫讀書，砥名節，得此二事，其于子臣間可以慰矣。然則予之碑之者，雖微請，猶將爲之，況請乎！

大夫諱嘉祐，字子受，世居山陰之峽山。明正、嘉間，有工部尚書者，與其子刑部尚書同官于朝，俗稱其父爲老尚書。老尚書三傳而參政繼之。至大夫之祖，以世父書臺公貴贈前朝監察御史。而大夫之父贈公，則又以大夫貴贈監察御史。一時三世皆侍御，人以爲榮。大夫由甲午拔貢，知江西奉新縣事。以尤異行取入京，擢户部廣東司主事，監督寶泉局。癸丑，京察一等稱職。時本部江南司闕員，敕大夫兼理。會頒撤藩詔，敕以尚書官屬陪使廣東。及還，用尚書薦進本部員外郎。旋病歸，起補本部江西司奉使，監蕪湖鈔關。使竣，陞本部山西司郎中。值覃恩，授奉政大夫。其得稱「大夫」以是也。新例，年終令舉劾賢否，以定黜陟。尚書念使廣東功，又薦。奉旨改授都察院湖廣道監察御史，巡視西城。辛酉秋，監順天鄉試。明年，特奉命巡鹽河東。壬戌十月，以病卒。大夫治奉新，不取贖鍰。每歲終，移他所贏錢解之，曰：「暮遺且不可，況晝刼乎！」予嘗過奉新，見民間每里各有倉，詢之，曰：縣漕輸省者，舊例設一倉，縣城俟報滿，統解省。而縣所轄十二鄉在萬山中，近省而遠縣，解省逸而解縣勞，且解縣則耗羨生焉。大夫令每里置倉，并選里中之耆老有望者專董之，比收竣，趣徑解省，民大便，至今猶稱之曰「何公倉」云。

大夫卒于康熙二十一年十月二十八日，距生天啓四年六月十六日，享年五十九。娶劉贈宜人，繼陳封，副朱，生子二，曰偕，曰載，皆國學。乃爲銘曰：

於乎大夫，峽山之英。出即曜物，如甫曙星。當其友善，負美子名。洛濱修禊，滄浪濯纓。忽丁陽九，與喪亂并。奉父嵁窞，避兵始寧。江革背負，潘綜手拯。賊衆相顧，皆以孝稱。爰赴四科，曰升一經。初侍建禮，旋厭承明。百里授治，三河表能。與春比和，如冰斯清。禮教用浹，金錢不行。遂膺詔取，爲民曹卿。年計歲賦，一惟公平。雖當議租，不使耗盈。重以良使，奉君命行。應變不辱，奸回皆驚。因轉右司，兼遷南廳。繡衣飾節，烏臺著聲。執法殿上，巡鹽河東。瘁于官守，奄然病傾。溯其世裔，嵬嵬門庭。上承八座，下接三丞。今兹啓後，詩書滿籯。孝子雖幼，方幾有成。賢聲懋蹟，載之常旌。蒐其遺者，庶視此銘。

西河文集卷一百三

蕭山毛奇齡字秋晴又晚晴稿

墓誌銘十三

盛處士墓誌銘

盛紫瀾游長安，不挾門刺，騎驢詣所親者。所親者多坐客，見紫瀾，好之，各飾厨傳相邀，卒亦不挾門刺往，以故知交藉藉。自達官邸里以下及旅舍，多游居者，而紫瀾處之若無有。宛平相公喜下士，見紫瀾，辟館召之，使其孫與之游。未浹月也，聞尊人寢疾，心動，遽辭相公，奔而歸。暨歸，而尊人果死。乃于三月後畫地將葬，嚙指血書事狀，扶服出門。觀者謂紫瀾從長安歸，長安多貴官達人，必藉其爲文用以飾石。而紫瀾特造予寓，稽顙再拜，而謂予以辭。

予聞其尊人處士君，當崇禎甲申，生十四年矣，痛明之亡，取所讀書史及舉文並卻之。越三年丙戌，王師下江南，開科取士。其父向日公，老諸生也，召處士君前，謂之曰：「爾十歲爲文，今六年矣。興朝方招賢于鄉，吾逮老，不能試也，于爾何如？」處士君跪曰：「嚴君髮皤然，累試而卻，其不足取效審矣。且家室遭兵災，八谷不熟，試亦何益！兒廢學三年，正爲今日。自今以後，願市儈以養父母，稱爲墻東君足矣，他非所願也。」向日公笑曰：「善！雖然，天下豈有丁年兒處士乎？」于是人以「兒處士君」呼之。其後紫瀾方弱冠，跪請試，君曰：「第試之。」由縣府及道，三試皆第一。紫瀾嘗曰：「予自補諸生、升廪食下士之禄及年貢試公車門，家君無喜色；屢擯于有司，無愠色。」嗟乎！此非壙中一石所能諛矣。

按狀，君諱應奎，字聚森，本延陵之後，吴姓。由宛陵雲梯轉徙臨安，遂依母盛氏嗣其家。曾祖東亭公隨祖叔氏宦西川，卒于官亭。祖雙槐公越數千里負骸歸，乃生向日公，而貧，賴君廢居有羸錢，遍周諸父兄弟之不足者。康熙十一年，臨安大饑。隣邑多遏粟，估商不通。君懷金之維揚，買米數百斛，汎舟而還，貸諸邑中之饑者。約明年谷熟償所直，不熟捐之。歲己巳，有司舉鄉飲酒禮，衆以君名薦于臺，敦請者在門。君辭之曰：「予年五十九，❶未老耆也，鄉飲何爲乎？」衆曰：「十六爲處士，未六十而爲國賓，未爲不可也。」君又辭，有司設飲于其家。紫瀾名下士，坊人聘之選舉文，甲乙諸所已舉者。君聞而責之曰：「子月旦今人，亦能月旦古人乎？今試以問子八書二史，其間所當品隲者，若何人？爲予誦之。」紫瀾不能答。君熟于司馬《通鑑》，歲一周視，與人言，不遺脱一事。

康熙三十四年十二月二十三日，君卒，距生崇禎四年八月二日，年六十有五。娶俞孺人，子三：長

❶「五」，原作「六」，據四庫本改。

弘邃，歲貢生，即紫瀾也；次弘進，又次弘暹，皆諸生。銘曰：

惟此處士，幼工舉文。長不願試，爲墻東君。計本量委，就時所因。用以臧鏹，且藉養親。旱枯螽蝗，并裕里隣。有子負譽，超超人群。摭其懿行，書之墓門。彼裒然者，先生之墳。封之樹之，以貽後人。

處士蔣君墓誌銘

君以康熙三十七年六月卒，將以是年十二月卜葬錢塘王姨嶺，已匄予族弟祥符君爲之傳矣。孝子奉遺命，必欲得予言誌其墓，屬予友方舟沈君請之。

君諱名登，字高卿，明侍郎蔣驥後也。驥在前朝有名績，與其子御史中丞琳、孫法司銘，三世爲顯官。而君高祖朴以隱居不仕，家中落。至君父維賢貧甚，讀書好博奕，晚得疽疾，脣弇不可合，日需猪肉一筋許，掩疽脣銷之，方安寢。崇禎十一年，歲大饑，斗米千錢。市肆斷屠割，入市不見肉；見肉，量非多錢不能得。君年才十五，家無一錢。百計求所以得肉者，乃亦竟得肉。如是數月，疾良已。越三年，而君母與父始相繼没。其孝如此。君幼讀書，❶鼎革後棄去。吴玉涵者，太和堂主人也，以良醫官京朝舍人歸里，賣藥竹竿巷。一時隱君子多託之爲墻東地。而君往與語，舍人大喜，立授其所學。會

❶「讀書」下，四庫本有「博涉强記」四字。

王師下江東，西陵軍敗。故中丞王君病欲死，醫者不敢往。君渡江，從亂兵中入其營，投劑而返。聞者義之。乃君懼以是得罪，復棄去，爲估于吴。吴人陸君爲傺估，合致千金，將分之，折券之半，令來杭取金。既而陸亡券，竟與金去。乃復之維揚。征南將軍從閩還，有略婦行間而載以歸者。其夫與父隨之來，跪闕門，乞施爲贖婦錢，市人日斂錢予之。以多婦不足，君割貲贖之。北平韓畺，高士也，避亂來揚，以鼓琴自娱，然不肯爲人鼓琴，至是爲君鼓數曲。時慕畺琴者積數月不得聞，聞其當鼓琴，纂纂來，隘巷皆滿。聞已，咸嘆曰：「今日所聞者，蔣公琴云！」嘗估齊梁間，垂槖還，乃上泰山，登繁臺，涉河溯淮而歸，喟然曰：「吾以斯世爲估人，雖身無贏錢，顧以此遍觀天下，得攬名山水以娱其身，不亦快哉！」君狀貌偉然，高顙而侈頤，眉有壯毫。性遲樸，不好語，而言論篤實。人有過，不容，必面折之，以故人見之者多憚去。崇禎末，義烏諸生倡義誅不平，有司以叛民告，斬十八人于望江門外。衆遂爲厲，白晝出攫人，夜即聚嘯門樓間，不可登。當事者設醮遣之，不效。君登樓叱曰：「以若輩爲義士耳，今爲厲賊也。賊安得處此？」言畢，厲遂絶。

君生于天啓癸亥，得年七十有六，與予同年生。予七十不作墓文，有乞文者，謝之曰：「吾七十矣，吾不乞人誌予墓，而誌墓人？」至是聞其同年生，動心曰：「吾亦可誌吾墓矣。」因自爲墓誌，而始誌其墓。君娶沈氏，早卒，繼沈氏。生子二：弘德、弘道。銘曰：

惟君生乃遘世荒，入市乞肉療父瘡。父亦竟愈斯孝彰，因感是故飯藥王。其如物色吴市傍，兒女皆得知韓康。棄此遽走齊魯梁，分金不礙契券亡。卹甾救難聞在揚，能使高士生感愴。蕪城彌望草樹涼，夜彈緑水絙空桑。贈君一曲意轉長，聞之道路生傍徨。人生朝暮等電光，五湖四海真難量。今來何幸爲估商，一齊收入胸中藏。特爲誌者年齒當，存没修短知何常？既書此石填墓堂，亦復自誌書他方。

敕封文林郎軼秦錢君墓誌銘

君諱封，字軼秦，又字松崖，吴越王後也。吴越自忠懿王改封會稽，遂家之，爲會稽錢氏。既而太常博士貞明公徙居杭州。君曾祖文谷公爲明熹宗朝進士，官禮部儀制司員外郎。其子鴻臚寺少卿式韋公，與會稽相公文貞公爲群從，同朝有聲，則君祖也。鴻臚公生子三，長赤霞公，爲仁和諸生。當鼎革之際，棄去舉子業，不試。生子五，而君居長。

君嘗曰：「爲子愛居長，以事親之日長也。」顧君有夙悟，五歲通《孝經》，六歲通《毛詩》。早爲諸生，而遽授室主家政。赤霞公既自放，不屑事生産，一切皆委之君。當君入塾時，禮部公夫人杜太君春秋高，君日侍卧起，故不暇讀書。而君嫡母徐太君，君所出也，外王舅爲興化通判。赤霞公攜君至興化，而徐太君疾。時君年十三，急馳歸，而徐太君死。君執喪，哀禮俱至，人呼「小孝子」。未幾，而赤霞公繼娶林太君，則雲南副使懷玉公女孫也。林太君來歸甫四歲，生一子。而林太君又死，復繼娶林太君女弟爲後林太君，生二子。當是時，君以一身事三母，并撫五弟。赤霞公任誕，第責衣食，而家又中落。君所娶王孺人生一子，年甫三十而王孺人以瘁死。君泣曰：「吾不娶矣。昔陽城兄弟五人以友愛不忍離寢處，約兄弟各不娶，全友愛也。今吾已有子，而兄弟四人各娶婦，保無繼之者之有間言，使友愛不終。」遂執意不娶。赤霞公詰之，且曰：「家可無冡婦耶？」君對曰：「家所以重冡婦者，爲祭祀也。今大人主鬯，母佐之，兒第捧豆籩，足矣。脱不幸而百年後，兒之子已長，不患無冡婦也。」赤霞公頷之。于是單居者四十年。先是，外王舅徐公判興化，再判歸德，而徐公以殉難死。君親迎徐公衣冠葬焉。而舅氏爲南韶兵備副使，道梗不通，因養外王母許太君并舅母湯夫人于家。而林太君父文學公爲雲南副使，公子無嗣，其二女皆君母也，老無所歸。君爲築別宅居之，蒔花種竹，以游娱其中。死則亦葬于君家先壙之傍，命世世子孫祭之，且爲例焉。君之于家庭之間如此！乃君素好學，工爲文章，每小試，必高等。鄉試中乙科者再，❶以無恩例不授官。居常讀書有根柢，而最重實學。雖色養不暇，而四方造請者無虚日。間以菽水不給，或應聘去，然定省無闕。順治十六年，廷議以江浙抗糧，率以釐毫定完欠分數，凡滿十分者，必坐重讉。而分數難覈，多有以無妄坐者。會巡撫朱君將入境，君帥紳士迎于途，辨論侃侃，衆得釋。而所居坊民以户丁門攤，逃亡不給。君捐貲，并匄里中之有貲者共置田取租，而代輸其逋，一里獲安，以故遠近多歸之。遂安毛紹熊者，大司馬曾孫也。其祖母汪太君爲三邊總督汪公之女，避兵來杭州，僦居于君所居傍，遣其孫從君游。覘君方正而單居，使其孫買婢奉君。君笑曰：「吾父令吾娶妻尚不從，乃納妾耶？」辭之。君嘗侍父饍。父喜食鵝炙，至是索

❶「鄉」，原作「卿」，據四庫本改。

之。會歲旱，縣官禁宰殺，奴客數輩入市必不得。君邪行隘巷間，廉得之。屠者見君衣冠入，大怖，藏愈密。而君以情告，屠者察君情果實，乃出炙。且復左右視，慮或躡之。然後納炙入博袖，而箸之于脇。既而道逢所知，不敢揖。自忖曰：「此非竊乎！竊豈君子所可爲！」而既而爽然曰：「啬夫孫性竊民錢，市衣以禦父寒，人猶諒之，曰觀其過而可知其仁。是父苟患饑，雖竊炙，亦仁也，況本非竊乎。」及攜歸，而父始饍。父不知也。予嘗語其事以諮伯兄。伯兄曰：「里有王叔者，講學人也，霖雨二十日，饑且死。方未死時，其子亦講學。或告之乞食，不許，曰：『是貽父以乞也。』或告之取露棲之食，又不許，曰：『是以不潔上吾父也。』而于是蜿蜒以死。夫饑而乞食，自昔有之。草食雖露棲，非我所有，然以救父饑，亦復何恨！且不潔之名祗以自予，而乃曰上父。是殺父之賊借講學自文，不欲以親故受汙辱名也。觀君之市炙，而義可推已。」

君卒于康熙三十八年三月二十二日，距生天啓四年三月二十四日，其得年七十有六。然而居子舍者已六十一年，其爲人父祖才十四年耳。當君六十時，赤霞公年八十有四，親朋謀所以壽君者，不可，曰：「不敢以子老傷父心也。」會君子明府君以覃恩貤封父若祖，君乃奉一觴獻赤霞公前，且謂其子曰：「諺云：人生父子，罕得六十年聚會。今幸叨聖恩，且及期矣。然而日中則仄，吾懼焉。」越一年，而赤霞公卒。君所云事親之日長，非與？子一，名彥雋，即明府君也。孫二：長彔，十三歲，爲杭州諸生；次幼。于是乃爲㥩而假之以銘。㥩曰：

方予還町時，與君遇東里。士苑誦學人，宗黨稱孝子。以予平生歡，招之汎湖水。座有遠道客，槃採近江芷。迤邐尋樵漁，慷慨論文史。冬煖氣不寒，月出興未已。于今十二年，相憶如夢裏。人生譬朝露，一死等暮鬼。況復七十餘，存者一二耳。嗟君已反真，而我尚爲�。�文亦何爲？銘石總藉此。四角才半埋，千秋發長喟。

誥授明威將軍進封昭武將軍王君墓誌銘

君以順治辛丑中武科進士，出少司農禹航嚴公門下。予與少京兆姜公訪司農杭州，會君未謁選，家居。杭俗，中元節放燈船于湖，火爆笙歌達晝夜。君故選教坊聲伎及市樓爨弄張雜戲，與同年生汪君爾泰聯舟角勝，彷佛南宋諸遺事。司農即席作長句，屬京兆與予相和爲樂。暨予京師還，而司農即世，汪君爲故物，獨予以康熙乙丑閱會試《春秋》房卷。而汪君子司諫出予門下，重得彷舊事放燈船于汪園湛中，紅橋水亭，迴環着曙，四顧故人無在者。而君方行惠，建育嬰之社于吴山之麓，購禁方攢藥，施濟行路。然且修橋道，掩埋枯骼，與緇流積行者游，宛如丁令來歸親串，所見非故者，蓋人事之滄桑久矣。康熙己卯，君子廷瑚等以君赴來告，且匍匐哀泣，請所以誌君墓者。會前一年，姜京兆亦死，適以大葬屬予表神道，爲文付去。而君狀適至，爲掩卷累息，不能屬筆者越一月。

君諱之策，字殿揚，杭州人也。先世籍河南。自唐常侍公爲洪州刺史，其子秘閣校正，由江右遷宣歙等郡，初僦澤富，既而徙婺源武口。迨宋慶曆間，有教授公者居徽北市，越數傳而遷于王村之西皋，其村以王氏名有年矣。君父仲毅公以子貴贈明威將軍，又以孫貴加贈昭武將軍。始以業鹺來兩浙，居杭州柴木巷，生子四，三即君也。

君生有殊相，志意闊達。太母余恭人每繩責之時，王父太學公在堂，必解曰：「吾他日隴上見旌旗揚揚然，必是兒也，盍貰諸？」當是時，勝國多遺寇，所在竊發，新安烽火遍山谷。君身肩幼弟，親涉其帑，匿他所，而獨身還西皋，集西皋之未逃者，得悍丁數百人，設方法拒寇，出不意。賊以爲有備，遁去。西皋上下並無恙。遂喜論兵事，讀七子書，並淹貫。而贈公即世。歲丁酉，始以武科舉于鄉，偕計赴都。會鹺政未修，自鼎革以來，一切經制總未得畫一，部司下鹺稅，恣意軒輊。君偕爾泰汪君同詣部陳説，剖晰利害，且備道商人困苦之狀。當事豁然，得免課若干兩，永以爲例。而諸主季商者，皆仰籍君德，竟謂鹺故君舊業，强之共事。凡會計出入，並非君主張不可，而君亦率惓惓于其中而不能釋。是以君秉大志，將出所學以見效于世，兩赴司馬門獻策。第殿試高等，意欲有爲，而逡巡鄉曲，終不輕出者約三十年。先是，三藩弄兵，杭之昌化諸縣，❶聚紫溪群盜，攻城踞邑，而饑民附之，洶洶然。太守王君，君族譜兄也，行省受中丞祕指，檄太守進𣛻。而太守傍徨，乘夜詣君門，邀君與俱。君不得已，應之行。然大言此非勍敵，何難撲滅之而後朝食！而第恐崑岡火炎，玉石罔辨。夫此新城、昌化間皆民也，民何可與賊共𣛻？乃先定約束，戢諸旂之有紀者，使就我節制，而後作其氣而分翦之。賊平。會鎮海大將軍馬公奉命征閩，聞君名，特以聘幣開行幕，將推轂軍門，而以次題授。君力辭之。

❶「杭」，原作「抗」，據四庫本改。

時君子廷瑚亦以武科舉于鄉，君遣之受命去。軍行始括蒼，而靖南僞總兵官徐尚朝者，横據碧湖鎮，截石塘爲阨塞，拒浙師入閩之路。仰攻不能拔，記臨行時廷瑚受君指，謂前堅不可攻，當攻其四瑕者。乃相其右偏之隟，有間可楔。陰以發其扃，而譟而入之。石塘潰，碧湖不能守，遂爲征閩發軔之首功。而其後隃仙霞，恢復八閩。廷瑚遂以軍功興，從嶺表至湖湘，所在效能。而君終不出。當是時，總制郎公開府西江，以征南諸軍從虔贛還京師，舳艫啣尾，不能給。頓强君至湖口，沿江上下數百里，爲按部而標馳之，如陸站。然郡縣所司，搜括至萬艘，半置不用。時商貨坐艘者悉堆垜沿岸，願賄艘求免，不得。及釋去，尚請捐百金爲一艘值，而君重釋之，商人讙呼震天地。制府聲大起，留君共事。而君以家室念切，遽辭歸，杜門不受聘。

乃大建祠堂于西臯，几筵樽俎，煌然一新。增置祭田爲烝嘗資，重修族譜之近而可據者。值年饑，西臯穀不熟，道殣相接。君發所蓄囷，移粟于空村大宅，而左右貯之，籍村之饑者，分地輪給。擇日啓宅門，由某村始，驗簿，人一籌持之，魚貫而入，詣給所受給，仍魚貫從後門出。他村復然。自日出至日入，有不足則請扃其户，而朝日再給。村人千百至，無一譁者。其部署有法如此。居常慷慨，好爲人解紛。遇可導地，輒纓冠不暇。與人謀事，必侃侃中窾會。遠近請教者無虚日。顧好客，闢廣堂爲延賓之所。予嘗登其堂，而㦗然思也。世無良宴會矣，貧家既不能治飲，而一二富貴者憂譏畏譏。巾車方入，夜伺者得而誰訶之。然且囊無嬴錢，視杯槃落落，皆羞澁之器。是以湖波千頃，每相視，無刺篙者。方予與司農飲時，君弟聖木猶在也。入夜，作酒明府令，每當飲，必暗呼姓氏以授籌。

如曰夫子一籌，先生一籌，太公一籌，則司農、京兆與予各持觴焉，以所呼者爲嚴忌、毛遂、姜子牙也。緩者罰，誤應者倍罰。而其既直云釣者二籌，兩公既相顧愕然。乃復曰名詩者一籌，則京兆緩應焉。又曰傳詩者一籌，予未循觴，而即曰緝詩者亦一籌，則雖博洽如司農，亦幾忘宋嚴粲之作《詩緝》矣。其以讌飲相勸酬如此。既而聖木先君死，君語及，未嘗不流涕。

君生于崇禎庚午之七月十二日，享年七十。以覃恩授明威將軍，既而以子廷瑚貴，封昭武將軍。配程氏，封恭人，又封淑人。子六：長即廷瑚也，次廷璉、廷珏、廷珪、廷璵。銘曰：

太白之精，家有贈劍。應時挺生，皻目如電。幼攻儒術，校舍問辨。經通《春秋》，銘具盤鑑。特是才廣，任事矯健。入里釋結，爲俗操券。束火用緼，射書以箭。乃從翹關，入對金殿。禁有頗牧，梱得遵奐。智勇足該，文武是憲。卒不輕試，潛伏閭閈。玉在櫝彰，刀以藏善。仁杆能標，筆陣罔間。借箸前畫，所至功建。從期門出，作幕府觀。萑苻竊發，曾何足算？惟此薄伐，以兒輩先。比之幼度，淝水可戰。無如冥鴻，俯仰堪戀。藉急流退，與人世玩。錢作苔鋪，肉以荷薦。獨念明湖，雪色如練。笙歌燈火，終古不斷。而乃寂寂，恍僻鄉縣。南官北客，東道誰辦。七十年中，風物一變。嗟我舊友，前後化幻。今復喪斯，焉得不泫！本應築土，祁山之冠。乃對封鬣，不無太儉。所喜旌旗，揚揚隴畔。雖萬子孫，千載猶見。

孝子聲遠王君暨節婦汪孺人合葬墓誌銘

予舉制科時，遇王毅菴進士於長安。詢其子弟之有文者，首以兄孫聲遠對。適是年當戊午，兩浙舉鄉試，房官薦其卷於堂，幾得復失，因嘆遇合有數，非盡以才雋也。乃僅越七年至甲子歲，而聲遠已死，爲悵然久之。今予以病假在籍，初僦杭州，既而歸草堂，距向在都時已三十餘年。孤子洪源手捧陳太史、沈吏部所製狀，伏地請曰：「先大人以甲子棄世，越十年癸酉，已筮葬於城東大義里之前司畡，二十年矣。今將扶先慈柩車，行合葬禮。念墓前無麗牲碣可容題字，而窀門一抔，尚留封石。惟先生吾祖父行，痛子姓夭札而噓咻之，是猶起楊童而使之秀也。」予久聞毅菴言，知聲遠賫志，自應表著。乃檢其狀版，有云君性孝，嘗侍父疾，脇不親席者閱三月。終以不起，哭之，幾至滅性。顧居喪未久，而母疾相繼。因鑒前之失，謂養疾有疎闕，日禱於室神，請以身代。且曰：「從來封股者有效，有不效，吾寧信其效者。」乃謀之婦，急刲股，瀹糜以進，母疾竟愈。親串聞者皆大驚，以爲非純孝所感，不至此。予掩卷嘆曰：「嗟乎！即此一事足傳矣。」

君諱軾，字聲遠，王姓。系出瑯琊族，而中遷會稽，當時所稱「王謝」者。迨元明之間，復有贅蕭者，爲蕭山王氏。嘗入史館，較蕭山氏族。其以名臣入《明史》列傳者，惟魏尚書、張尚書二人，而他無聞焉。其在萬曆間，祇王公茂槐贈司空少尚書，曾以尹京兆時督理渠道，載其事實録。而猶子玉皍公亦以進士作司空郎以繼之。以故閥閲之盛，繩繩勿替。自鼎革以來，贈内閣中書舍人，崇祀鄉賢。慎之公粤生二子，長亮臣公，諸生，與弟毅菴内翰並有名。亮臣公生中卧，補國學生，有子四，其次即聲遠君也。伯叔皆貢生，而季以國子候補州司馬，共相友愛。君嘗讀《斯干》詩，及「兄弟式好」語，爰取前文，以「竹苞松茂」題其門，且終君之世，不異寢食。此正《君陳》所謂「令德孝恭，惟孝友於兄弟」者。若夫鄉黨姻卹，還金卻券，餉獄囚而救道殣，事固有之，顧此不能詳，且亦非所重也。

乃其德配汪孺人，則尤可感者。孺人本名族，世嬗閥閱，其父兄皆有聲藝壇。而孺人知書，以賢淑稱。顧遭時不偶，二十始來歸，裁五年而稱未亡。且即此五年中，又復以舅姑養疾，扶侍之餘，繼以含襚。其艱辛荼苦，較有甚於孝子者。然且遺孤方四歲，女甫襁褓。而君之兄弟復以君亡後，各析匕箸，一切男女婚嫁，悉責之持門之婦。其豫營君葬，相地下窆今所稱前司畈者，不知幾經畫而後有此也。然而當教子時，以嫠婦延師，中外不接。乃飾書幣，請山陰之閨秀、素以文字相往來者，曰金先生，出子女事之，相與授《孝經》《論語》，一時講讀之盛逾外塾焉。且念君耽書，曾輯《左》《國》以下，傍及子史與諸家集，而未竟而卒。慨然謂遺金滿籯，曷若傳一經，以成父志，乃命孤洪源陸續積書。遇有秘本，即購之，合得數萬卷，藏之一樓。從來東江書府，極推范氏天禄閣及山陰祁氏東書堂，而今皆散盡，惟蕭山王氏書巍然獨存。孺人所見亦大矣！

君以康熙二十三年八月五日卒，距生順治十六年十一月三日，得年二十有六。孺人以康熙四十九年十一月十九日卒，距生順治十七年四月二十五日，得年五十有一。子一，即洪源，國學生，候選州同知。娶山陰周氏，左都督浦口總兵諱方蘇公曾孫女、工部虞衡司郎中諱襄緒公孫女、候選州同知諱俟公女。繼娶錢塘吴氏，廪生諱國梁公女。女一，適同邑來之燦，康熙辛卯科舉人。孫二，宗柱、宗楷，幼。乃爲銘。銘曰：

是惟茂族，本瑯琊宗。數傳益大，遷禹井東。翼翼京邑，晉階五工。内翰繼起，著綸扉中。翳君善述，令德孝恭。析肉療母，❶感通蒼穹。況兼友愛，有共被風。年雖不足，德則有終。佐以内助，閨房之雄。少嫻七誡，長協三從。痛君好學，誦讀未逢。教子蓄書，如聚沙蟲。樓藏弘正，閣開李邕。縑緗四壁，與東觀同。慢言墳索，比馬鬣封。彼名山者，傳之無窮。

❶「析」，四庫本作「刲」。

西河文集卷一百四

蕭山毛奇齡字初晴又秋晴稿

墓誌銘十四

江西饒州府浮梁縣儒學教諭王君墓誌銘

君鄞人。祖養吾公，諱朝，試杭州。樂之，與其兄萬曆戊戌進士在吾公諱猷者，割所居，居杭州西城。生子五，皆錢塘諸生。其次子夢發公諱一焜，君父也。又次諱一虞，即以錢塘生中天啓辛酉鄉試，遂下籍爲杭州王氏。夢發公生子四，亦皆錢塘諸生，君爲第三子，諱起芬，字芳人。而長子諱起彪，亦以錢塘生中順治丁亥進士，而于是有德興縣殉難之事。

按狀，起彪，字虎子，以興朝丙戌開科舉鄉試中式。其先一年，君東渡西陵，省墳墓于鄞，未還渡也。西陵舉民幡鎮海將軍守寧波者，移軍屯西陵，阻江而守。時首事者多鄞人，强君共事。而君辭之，匿于海濱者越一年，王師下江東，君始還渡。值虎子賓興，歸見君，執君手泣曰：「吾將爲興朝官矣。」明年成進士，又明年除江西饒州府德興縣知縣。而江西守將金聲桓反，虎子捧檄行，謁征南大將軍譚君行間，而譚君留之。新令，諸官未赴任留軍前者，事平，以軍功超本級擢用，名隨征官。隨征官本捷徑，人争趨之。虎子不欲，曰：「吾赴任官耳。」既而賊平，請赴任。方是時，賊渠雖授首，而餘孽猶未解也。饒州故山僻，多逋寇。而僞將董三合饑民，乘之與婺賊張天麒、樂平賊許宥等重聚洛口，四入德興城。民無守者，巡撫朱君留虎子南昌待之。既而賊稍散，虎子乃馳檄徧諭德興民之附賊者。而民皆感之，多還歸來迎。時虎子駐府城，先行牌調伍伯，取圖籍稽坊里户口，報之行省。行省以爲能，已促之行，而居民之來迎者又踵踵至。虎子遂赴任。總鎮穆君、饒九道吴君請以兵從，而虎子卻之。己丑六月，下車于五垣，八月入城。越十日，僞將董三衝城入，篡虎子去，幽于十三都之天君廟。廟後通弋陽，一僧背指曰：「弋陽去此三十里，可逃也。」虎子曰：「吾死賊官也，吾以逃官死賊也？」時賊勢稍衰，無主首，將欲得仕官之賢名者爲之號召，故百計脅虎子令降，而虎子不從。已而張筵請觀伎，酒半，扮武安王舞。一賊持杯遽來前曰：「武安云：『降漢不降曹。』誰謂漢耶？」曰：「吾奉天子命以來知此邦，非漢乎？」曰：「是滿也，非漢也。」曰：「堂堂天子，蒞中國而撫四夷，中與外誰非漢者！」曰：「然則請君還漢耳。」遂戕之。

先是，君送虎子時，訣曰：「吾以身許官，官所亂，此行存亡未可知。諸弟能養親，吾無慮矣。第吾倘不測，非子，誰當周旋之？」而曰：「諾。」以故君聞變即走德興，收其屍，歸葬杭州。隨獨身之江西，號于江西巡按監察御史米君及饒九道吴君，請題卹。而御史難之。君灑涕陳説，侃侃數千言。一時聞者皆相顧嘆息，稱其賢。遂謂君儒者可用，使之署饒州府浮梁縣儒學教諭，曰：「署此，然後題。」蓋將以羈君也。既而新令撤按差巡撫，以變亂初定，數更易，終不得上請。而君以稱職，行省詳院使當請實授，君投傳嘆曰：「吾所以羈此者，爲死者請卹耳，豈爲此縣博士耶！且兄不爲捷徑官，而吾爲之？」遂拂衣行。已而德興縣士民舉名宦，崇祀學宫。君復至德興學，奉主哭于祠。康熙二十七年，浙江巡撫金君、提督學院使王君，以君請崇祀杭州三學鄉賢祠。又十年，君持虎子狀詣予寓亭，再拜請表墓。予時病腹下，未應也。其明年，君卒。越二年，君子國子生之麟，且持君狀來告曰：「亡父卒于康熙三十七年十一月七日，距生明萬曆四十八年九月二十七日，已八十年矣。將以某月日卜葬某所，而銘詞闕然。當彌留時，囑曰：『吾向者乞西河文，表吾兄墓，而病未遑也。雖然，人亦有言，死後能得西河文，庶或幽德無泯淪。吾兄節未白，而吾又賫志，幽德也而泯淪矣。吾一生用心，祇此兄事，如屓屭不可解，盍亦請之，或者能銘其一乎？』」則何敢辭矣。

間嘗出西城，訪寶石山房，觀君與夢發公讀書處，湖光山色，照暎胸臆。在崇禎之季，山陰劉忠端從京師還，過君而樂之，與之論辨理學，往返若干日。曰山川人物，各擅其秀，今不可得矣。西城舊所居已歷二世，而國初下圈城令，自錢塘湧金以至清波三門附城居，皆圈之去。時虎子捷禮部歸里，而女兄夫戴京兆岵瞻君，方會試下第還，爲婿贅君家。乃露處衢路，徬徨無所依，既久而後賃有屋之家居之。君嘗曰：「人生丁亂離，則拂意之事皆能安之。」少從夢發公游楚中，憲賊陷麻城，略地廣濟、蘄黄間。夜走山市，里仁會者，湖民之甲保者也，指爲賊，縛而俘于官。官初不省，既而呼恕之，然後大驚，急令釋所縛，而導之歸，其坎壈如此。故後每遇拂意事，必曰「此非里仁民乎」，蓋通觀云。君臨卒，其子請曰：「脱不幸，將以之易名乎？否乎？」初曰否，既而泣曰：「吾初以請卹受此官，志在請也。今可得耶，名此所以志矣。」因名教諭君，而附之以銘。銘曰：

矯矯大節，千古不刊。更革之際，始多難言。太公夷叔，東西異轅。惟以官死，聖門皆然。所嗟伯封，尋兄郊原。軹深雖烈，悲名不宣。因之扶服，三驅江干。不幸賫志，留名以傳。誰言幽閟，墓門此鏄。煌煌日月，在兄弟間。

凌處士墓誌銘

凌氏，予世交，有同官者，有先世同籍者，有與兒姪輩同計車者。獨于悦菴君，則少年避世，與予之早歲避人走四方正同。而其子子健君，又往以六藝相諮請，有同學之好。惜予老，未經方幅，而悦菴已辭世而去，且十一年矣。

當君生時，丁崇禎之季，中原群盜如豪毛，顧東南猶晏安也。其時生齒盛，四民熙熙，士大夫以勢位相矜。而杭州稱繁華之鄉，苟名家者子出而問世，又誰不慷慨思奮興者？況凌氏甲第冠于西浙，公自視固殊，人亦不敢夷視之。而乃自成童以後，弱冠以前，嶽嶽然將致萬里。而一旦驟罹鼎革，舉生平所學而盡屏之，斯已難矣。矧君非無意進取者。生既抱異姿，承父兄之教，家學有自。而志又鋭上，終日挾一卷，歷長晝不輟，雖傍晚，猶俯首竚櫚隙。此其汲汲爲何如者！而遽捃所誦，束所爲文稿，再拜而投之爨間。嗟乎，豈易言與！是豈尋常學士所幾及哉！非古之所謂高自蹈而薄于功名者乎！迄于今，其家之群從出試者，或登賢書，或第進士出身，或召館試爲翰林官，即其子子健君，亦以康熙己卯中鄉試乙科。而君獨廢居，治生業，徘徊市門，人皆稱之曰「墻東君」云。顧君聞「墻東」名劇喜，嘗曰：「吾家數世爲顯官，而食廉吏貧。不幸早失怙，七歲衣麻衣，何以將母？自非居墻東，其能爲人子、有今日哉？」以故公事母數擊鮮。杭俗，時物非最初出者，雖貴值不名嘗新。君必以新進母，未嘗于口不食也。兵革之際，人間多傳聞，每日夕必陳其晝所聞者以爲歡。母嘗嘆息，謂：「吾不出門，而周知天下之事，可驚可喜。較之矇瞍之彈詞，亦何以過？第不意世故翻覆，其爲滄爲桑，遂至于此。」君有兩大願。一大父與父棺俱未葬，君營葬兩山，至足趼股裂，而卒以竣事。一先世閥閱在新宫橋南，初被兵災，既而毁于煬，因寄之望仙之左，而久不能復。君獨復故居，且造家廟爲合宗地。兩願俱畢。若其自處之嗇，則幼讀乏薪燎，每坐暗室，必辨色而起，以補宵課。學書不用紙，以退筆蘸水，臨帖于琴磚，日必千字。至其身之所衣，則自潔服對客外，易以博綈之補綴者。或詰之，曰：「吾忍忘吾母手紉乎哉？」君勤于祭祀，每以少不及事父，遇諱日，輒孺慕如兒時。或其日偶值陰雨，則尤愴然，謂家人：「吾雖少，猶記是日微雨，寒烟起如縷。今不猶是耶？」言訖，泪隨下。嗟乎，如君者可謂孝乎惟孝，隱君子矣。

康熙二十四年，君年六十，召家人謂曰：「古人有云：『人至六十，須多爲之貌以傳于後，使子孫繼起，可以想見其形容。』夫見其形容，何如直聞其謦咳之爲快也！」因自爲詞以爲壽。其詞曰：「余生不辰，七歲喪父。稺也伶仃，母氏荼苦。誰曰朱門，不異蓬户。埋首誦讀，仰承傴僂。經帖苟明，青紫可取。事乃大謬，兵燹錯迕。辭我管城，而業商估。嚴寒不冬，酷暑無午。漫擅奇贏，庶給二鬴。于歸我室，奉我筐筥。舉男子三，摧折草莽。祝融肆焰，惟餘燋土。獨行煢煢，託足靡所。誅茅望仙，苟且楮柱。劬勞罔極，又賡陟屺。枯骨未安，遑問跋股？幸妥先魂，委蜕山塢。乾也豐也，嗣續豆俎。孰云其佳，已乎猶愈？澹泊素秉，勿躭歌舞。食取其飫，何必魴鱮。衣取其適，何必楚楚。恤其匱乏，胡分爾汝。資其嫁娶，曰余是主。凡我子姓，亦或稍補。拂逆之來，理以自矩。事得其平，雖讎可侶。謙謙君子，人或相許。鹿夢縈縈，蝶飛栩栩。花甲一週，頓欲輕舉。所俟式穀，在乎善樹。以此垂訓，兼之作譜。」越四年卒。

君諱克闇，字步騫，别字悦菴，錢塘人也。代有顯官。自五世祖刑部公後，高祖諱立，嘉靖癸丑進士，官建昌太守。曾祖諱登瀛，萬曆丁丑進士，官禮科給事中，與其兄太平太守諱登名者，同舉鄉試，而公居第一。祖諱德，國學生。父諱龍徵，杭州府學生。配陸孺人。子二：長乾，康熙己卯鄉試乙科，充國子貢生；次豐，國學生。公卒于康熙二十九年十一月，距生故明天啓七年十二月，享年六十四。乃以某年某月將葬某阡，孝子乾，即子健也，告予狀，而謁予以銘。銘曰：

惟君挺生，席高門兮。方之靖節，爲南郡曾孫兮。兩世家食，居丘樊兮。群從紱珮，猶然紛綸兮。黄門之孫，尚有爲京朝官兮。君特急退，甘肥遯兮。潯陽處士，足相比倫兮。予少進取，長而沉淪兮。棲遲道路，乞食者三十年兮。驚翔之鳥，念及同瘽兮。俯仰悼嘆，等之予之身兮。今兹老去，方校典文兮。惟君之子，每與之講論兮。相君之室，若堂壇兮。宜爾子孫，其永無謖兮。

誥封恭人湯母王氏墓誌銘

恭人無諱，王姓，故明崇禎進士、直隸淶水縣知縣元建君女孫也。父旋一君，補諸生，早卒。母凌孺人，以苦節著。兩浙巡撫上其事于朝，奉旨表之，建坊旌里門。

恭人生而端整，有賢名。會誥封中憲大夫湯君，其原配錢恭人卒，求得一良助宰内政者，聞恭人賢，遂聘且娶焉。方是時，錢恭人所遺，一子三女，皆幼。穉子裁七歲，即吉安府知府諱修禎者也。提攜襁褓環膝前，恭人以一身兼保傅之任，斯已難矣。暨修禎出就外傅，君既饒結納，交游紛然。加之在庭之師友，往來請召。其間酒漿珮璲，不絶于御。然且男女婚姻，親串酬酢，皆得揆人情而中禮節。觀者謂嗣徽祚胤，兩不媿焉。據君狀，君累經坎壈，迄無寧息。至是外宅有洋估市海舶者，以犯通洋禁，爲怨家所發，而其人亡去。大將軍捕逮，謂君歷海人，藏匿資結，當連坐。恭人投閤救君，不可得。犴狴祕密，恭人輸奩具罄所有通之，且謀出身鳴君冤。會當事廉其情，驟加省釋，然後已。康熙十六年，修禎以年貢授内閣中書舍人。二十年，出補常德府同知。值西南蕩平，覃恩封宜人。越五年，遷江西吉安府知府，晉封恭人。其時恭人家居，佐君宰家政，秩如也。既而修禎罷官歸，越五年卒。先是，君兄弟四人，各有子。而君子最長，其娶工部都水司員外郎勿箴徐君女又最早，以爲似續可無慮。而修禎無子，其卒時君且七十三矣。君以議立後諮之恭人，恭人曰：「古有是禮耶，于古稽之。其無耶，則稽之今之令甲。」乃以君弟洪九君之孫涵，爲修禎後。其時會宗人、集親鄰、告家廟，恭人實主持并調護之。其事瑣不能悉也。乃越二年，而君又卒。恭人向撫子，今又撫孫，兩世保抱，無異焉。當君卒服闋時，恭人年六十。親鄰請爲恭人壽，而恭人辭之。然而其誦恭人者有云，恭人佐君以寬厚，遇事出意外，必曰：「君厚人，君不負人，義也。人薄君，人負君，命也。」以故君每歷險阻，得自解慰。而修禎受恭人教，自成童以迄筮仕，晨夕出入，惟恭人言是聽。以故兩歷大郡，而皆免于議。至是則艱辛荼苦，向之秉政于內者，今且兼攝外事。毋論樊櫳鐍鑰、廩棧簠簋，持飾惟謹，即一盂之饋，一剌之稱，亦必再四衡量之。然而中外井井，各有程度。即至盛衰遷變，前後榮落，不少易。其善于持門如此。

恭人卒于某年月日，距生某年月日，享年若干。其子女婚嫁，具君誌。康熙辛巳，將合葬于甘溪青龍山錢恭人墓。哀孫涵介其外大父禹臣張君來，再拜乞予銘。銘曰：

翳時有淑，基于太原。亦越數傳，而嬗聞人。實産名貝，掌中之珍。庭梅有摽，歸于商孫。禮重嗣室，宗貴肇禋。乃甫脱帨，遽抱繡幱。以鸞車降，將雛弱翰。既秉懿榘，復饒慈顔。雖當中道，頗遭險艱。庾臺脚短，文姬首鬌。終致完卵，覆巢仍全。因之嗣子，獲獻天安。五花再進，六珈晏然。如何鞠凶，聯喪不旋。不止上計，以事去官。大樹既撼，孫枝并殘。自非巨力，誰能仔肩？所幸式穀，薪薪相傳。臧爲鑄返，子家晉還。宗祊克紹，箕裘再延。秖嗟禄食，半出蕪田。曩時車牛，誰爲輓牽？恭人處此，要爲極難。爾乃黽勉，蓋藏不愆。盤盂皮幣，準挍金錢。

出入禮度，皆云至便。古稱持門，非健莫擄。云胡不造，公然棄捐。今兹袝瘞，於龍山阡。將俟朝賚，以賁重泉。歌礲片石，長存墓門。與並存者，此石中文。

山陰張南士墓誌銘

南士張氏，名杉，山陰人。父灝，不仕。祖鎡，天啓辛酉舉人，官晉府左長史。曾祖一坤，萬曆甲戌進士，歷官江西布政使司右布政。高祖元冲，嘉靖戊戌進士，由庶吉士授工科給事中，遷都察院右副都御史，巡撫江西。五世祖景琦，成化丁未進士，歷官廣西桂林府知府。其兄景明，弘治庚戌進士，太子少保、禮部尚書、文淵閣大學士，謚恭僖。弟景暘，弘治己未進士，福建道御史。六世祖以弘，成化己丑進士，由禮科都給事中歷任江西左參議。其弟以蒙，成化辛丑進士，除江西廬陵縣知縣。南士兄弟四人，兄曰柷、曰梯，弟曰楞，皆有才名。而自梯以下每出主文社，人呼曰「三張子」。三張子當明季以其文行世，名噪海内。而楞甫弱冠，與同邑鄭氏舉民幡蹈海而死。梯病卒，南士隱居白魚潭。

性孝友，事兄若父，撫兄弟之子過于己子。講學務躬行，砥礪刻苦。其于人倫間，細大必周，無毫毛敢疏忽，而尤篤于視朋友。嘗隨兄客維揚，爲兄執御。巡鹽御史姜圖南，遍餽名士之過訪者。杉捧兄刺投御史門，而己無刺。御史知杉兄弟來，雖無刺，各餽六十金。會江陰王雙白以避人故髡爲僧，至是同杉寓，乞門者通刺，不許。及通，又無餽。南士曰：「豈有王雙白來而無餽者？此必誤也。不然，使君何繇知我至？我當爲使君補此一誤。」遂移餽己金换一簽，付雙白去。宣城施閏章督學山東，以山繭三十丈屬山陰徐緘寄南士，緘悉爲家人辦衣，不之寄。或有言于施君者，施君再寄之。南士封還所寄，曰：「已拜賜過矣。」施君大喜，急持書示座客曰：「人言安足信，吾固知伯調無是也。」伯調，緘字。餘姚魏莐以臘月渡西陵，旗兵戍者剽其裝。束衣過蔡子子伯。蔡子飯之，裹之以越布單衣。時南士居蕭山，莐并過南士。南士脱身所衣絮袍衣之，且貸隣人金爲理裝。或問子伯，曰：「吾亦思有以助之，而以念群從，其不能卒歲多矣。且家人雪中，皆無兼衣。而以厚所薄，不忍也。」以問南士，曰：「友以急投我，而我薄視之，則安賴有友者！若夫吾所厚，則生平事也。生平不厚厚，而臨急而較量及之，徒薄而已。」聞者以是定張、蔡優劣云。康熙二年，海上大獄起。歸安魏耕走蕭山，復走梅市。大將軍刊章遮捕之，獲耕，兼逮蕭山梅市之藏耕者，以鋃鐺鏁李達、楊遷并祁忠敏公次子班孫。家人莫敢問，道路離立。南士挺身走三家，爲經紀其事。縣官遣伍伯戍守，懼漏所籍。而南士乘夜爲涉帑，且時時渡江，入司獄，通犴狴往來。獄吏怪之，執以告提刑。提刑大驚，初以爲異姓非家人，窺探資給，擬坐。而既而察其無故，慰遣之。及耕伏法，南士陰匄之錢塘孫治收其屍。而班孫與達與遷並徙塞外。黠解，多一人，則杉也。解官斥之曰：「汝欲偕往耶？」曰：「當魏耕逃時，亦思至某家，而徒以舟楫未便故，某幸免。今某不忍三人者獨行，欲送之過河，而執事以爲欲偕往，吾豈畏往者耶？」解官義之，勸之返，乃嚎咷牽衣而别。既而蕭山毛姓者爲怨家所陷，以殺人律負死罪在逮，出走十五年。中道遇赦，潛歸，將到家，而怨家跡之。南士親飾爲舟子，待之白魚潭，而藏于家。越一年，遠近多有知者，乃徙之南山之天衣寺，出入瞭睬。每以茹蔬久，私市肉炙之，擣魚蝦，雜菜而合之爲菹，日捧餰，如家人。顧終以暴露徙去。康熙十四年，南士過禾中，聞甡在汝寧金使君署，念甚，遂獨身持被，涉江溯淮，由潁亳而西，直趨汝寧。遇于城南之蔣亭，相抱痛哭，云國家屢有赦，籍簿已滅，怨家亦散亡盡，黄門姜君爲君雪其事，可還矣。遂大游淮蔡十日，攜甡而歸。其後五年，甡被召赴長安。而南士以猶子官廣東鹽市司提舉，過其任，疾卒。

君貌樸而氣直，語鮮回曲。然視天下人物，皆如一體，無彼我間隔。而至于朋友，嘗曰：「末儒以十倫五教衡量厚薄，則君親至重，孰有及于朋友者？此執一之學也，時中則不然。時當所重，雖朋友而等于君親，無少磷焉。何則？中故也。非然，五品不並列矣。」故其交友每如此。若其讀書，則博篤而辨，于載籍無所不窺，然各有根柢。嘗講學留軒，座中論禮不能決，南士引《禮》註及漢晉儒之言禮者，數言決之。當居蕭山時，知縣羅明祖係京朝降官，而有文名。是年值崇禎己卯，大集名士于河陽館，鐘鼓笙瑟，一若舉文社者。先課文一篇，題爲德行顏淵三十字。課畢，復揭一籤于卷末，曰：「漢人有諸賢，名曰顏子、曰曾子、曰仲弓、曰子路、子游、子夏，何人也？」座中百人無應者。南士提筆書其下曰：「顏子，黄憲也。仲弓，陳寔也。張曾子，張伯饒也。城頭子路者，東平爰曾也。子游，張騫之孫猛也。漢同時有兩子夏，一杜欽，一杜鄴也。」羅君屈膝再拜曰：「名士哉！」蓋其年十九云。子燧，康熙庚辰進士。乃爲銘。銘曰：

聖學久熄，誰能躬行？儒墨貽絣，棄若蒯繩。同此倫類，妄分重輕。敢謂朋友，與君親并。張仲孝友，天良性成。人我一體，不狥虛名。其于行事，歷歷有徵。況兹甲族，袁楊東京。世嬗冕紱，家無鉼罍。不幸五會，與陽九丁。三張抱才，委諸棘荆。我恃良友，濟危扶傾。北海鉼甖，徐州酒傭。天涯莽莽，黍離相尋。既平急難，孰念友生？四時位哭，徒然屏營。百身願贖，于斯塚中。

何毅庵墓誌銘❶

毅庵長于予二歲，崇禎十年與予同入學，爲諸生。越七年，明亡，與予同哭學宫，同被薦于監國魯王，爲西陵軍監軍。而予避南山，君避之潘泉之濱，各不應。王師渡江東，予髠首爲頭陀，而君病咯血。又同爲隱居，各不赴試。當是時，君年二十三，與同邑徐君芳聲從游于劉忠端先生之門，講理學于留軒，其于詩文泊如之。予時薄理學，以爲徒事論辨，非躬行無益。乃與仲兄錫齡、同邑蔡仲光、始寧徐咸清、山陰張杉，窮《易》《詩》《尚書》《論語》《孟子》及三《禮》、《春秋》三傳。而與同郡張梯、徐緘、沈胤笵、祁班孫、姜廷梧，縱横爲詩古文詞。既已選越郡詩若干卷行世矣，及見毅庵詩，愛之。大抵其詩，在崇禎之季，曾作贅婿于留都京兆王盤峙公之幕，與留都知名士往來唱酬，故有詩。因出己所賸與徐緘與君合爲一集，名《越州三子》，實不知其詩之有避忌與否也。

毅庵故自負，不善下物。遇所好者，雖百詆毁，不爲動。而意稍不合，即不少假顔色。且喜于任

❶ 此篇四庫本未收。

事，遇鄉里有公幹，必身任不少卻。當三藩弄兵，凡東甌進勦者，一切糗粮芻秣，轉運軍前，悉責之閭左，而罷官解，民力不堪。值和碩康親王統王師南征，毅庵叩馬訴其事，且侃侃有論説。親王韙之，立敕改官解，并切責州縣官。州縣官皆恨切齒。邑有西江塘，爲海潮所衝，漂没廬舍。每修築，不能起，而近塘居民益復開霪洞，以灌嘆田。毅庵争于官，民以多金餽毅庵，毅庵拒之。由是塘患息，而怨者四起。

有言毅庵作詩刺當官者，州縣官得其詩，無如何。乃搜其舊稿，深文其詞字而指摘之，謂犯國禁，死罪，係累之，押以官兵，渡江赴軍門，下杭、紹二府，會勘于吴山之城隍廟，毅庵對簿，無所詘。有吏大聲曰：「《日重光》何也？」曰：「頌禪代也。東朝繼世與興王嗣國，凡有光于前代者，當時皆頌曰重光。《虞書》曰『重華協于帝』，《孟子》曰『於湯有光』是也。此樂府題也。」「何以曰《紀遼東》？」曰：「此亦樂府題也。隋帝征遼東，而詩紀其功。凡後儒之頌功德者，皆得和之。我祖不嘗下遼東乎？夫遼東，勝國之地，而謂當諱之，吾不解也。」「明朝者何？」曰：「詰旦也。以詰旦而爲勝國，則會朝清明，不惟在明朝，且在本朝矣。」「清戎者何？」曰：「清軍也。以戎兵而爲戎敵，則『整我六師，以修我戎』，不惟戎徐戎，并戎周宣矣。」「然則曷爲夷？」曰：「裔也。舜東夷，文王西夷也。且夷與夏對。今我有方夏，煌煌三祖蒞中國而撫四夷，誰夷我者？夷我者大逆，當反坐。」「曷爲虜？」曰：「擄也。成爲王，敗爲虜寇。不敢以明爲虜，以明本王也。寇雖勝，然亦未底于成也。若我，則成之者矣。且我自敗寇以來，南征北討，其自中及外，有何一非我所虜！而反以虜我，大逆，當反坐。」詰者無以應，乃曰：「評選汝詩者誰也？」曰：「一徐緘，死矣。一毛某，見爲侍從官，恐非此所能詰者。況行文舊習，評與選皆身爲之，並未嘗出二人也。」時巡撫金君、提督學院王君皆儒臣，各言諸所詰不當入官，無學術，徒多事，貽笑士類，聖天子儻聞此，將以我輩爲何如人？ 而按察使佟君直據嘉興錢氏例，凡舊刻文卷，有國諱勿禁，其清、明、夷、虜等字，則在史館奉上諭，無避忌者。康熙乙丑會試，外簾官不曉事例，尚有以日月夷虜字爲疑者。及見上命題，有「如日月之代明」「伯夷聖之清者也」，遂止。 乃責紹興知府胡君、蕭山縣劉君各紀過一次，使自新。 而毅庵竟免。

先是，康熙癸亥，行省修通志，聘毅庵入志館，纂修人物。 其有不得者，悉思于此際齕之，至是散去。 會上謁禹陵，毅庵迎駕于望京門外，獻《南巡頌》十章，上命收其帖。 及還京，特註毅庵名，并書其頌，敕總督王君訪里居所在，奬之。 乃屏跡東郊，與同邑武進士張君、道士蔣君，講參同之學。 對坐蓄氣，夜卧能見物。 然終不效，年七十九卒。 所著文爲家人所燬。 同邑蔡仲光、山陰張杉與予家所藏稿，俱于是時里族相戒，擲于爨，鮮有存者。

毅庵諱之杰，字伯興，又字毅庵，邑人。 其先三世入御史臺，有名。 父鴻臚公好結納，家有園亭，其在里曰「百尺樓」，在郊曰「梅花樓」。 賓客至，多游二樓間。 今百尺樓改爲祠宇，而梅花樓廢。 子三：仍炎、倬炎、任炎，皆文學。 銘曰：

人生亦何嘗兮，摶丸撐壓，徒比蜣蜋兮。 嗟嗟百年，吾親見滄與桑兮，有何恩怨，到此應偕忘兮。 其所難恃者，亦惟此文章兮，與其埋石室，又何如藏火房兮？ 君嘗夜坐見有光兮，試觀寢室猶煌煌兮。

西河文集卷一百五

蕭山毛奇齡字晚晴又秋晴稿

墓誌銘十五

陸三先生墓誌銘

先生陸氏，諱堦，錢塘人，梯霞者，二十字也。父夢鶴公，諱運昌，明崇禎甲戌進士，官吉水知縣。與其弟毖中公，諱鳴時，官兵部郎中；夢文公，諱明熼，官理刑推官：俱以文章氣節指名于世。明季尚文社，每府縣官人各彙其所在指名者，板而刊之，曰名士，較試塲所取榜帖士，尤爲嚴重。而太倉張君天如以翰林院庶吉士家居，秉月旦，輯海内指名與東林諸都講，共採録者合得如干人，定爲復社。時杭州一郡，唯公兄弟三人裒然列社首，而他皆不與。人之造其廬者，比之河津之有三門山，曰此陸氏三龍門云。乃吉水公生五子：長麗京，諱圻；次鯤庭，諱培；先生其三也。崇禎己卯，舉兩浙鄉試，先生偕兩兄，合梓其社業行世。而鯤庭君于是年中式，一時購鯤庭行書，并兩人社業並行之，號「三陸體」。當是時，先生有兩弟，曰紫躔、曰左墄，皆名士，而年未成也。人第指三君繼三龍門，後遂以三陸豔稱之。

予是年初赴試塲，從祁君奕遠舉蘭里文社于湧金門外，杭之名士，唯徐君世臣、張君用霖、吴君錦雯先後至，曰：「三陸君何在？」既而麗京、鯤庭來，而先生不赴。次日，訪先生于板兒巷，予之見先生，從此時始。而次年，而鯤庭君成進士，官行人司行人，曰三門又啓其一矣。及壬午再試，三陸君艱居。國變，王師收杭州，下令鄉官在籍者，各投名授職。里胥到門時，行人君避兵横山。老母裘太夫人尚在堂，夜起呼先生，徬徨曰：「是地去横山遠，將欲使汝至横山，促之來。非吾意不來，此吾家門事。且此隙所繫大，死忠死孝，未可以母命亂其意。如之何？」先生俯首，不能答。詰旦，而横山訃至，曰行人君死牛鼻繩矣。先生乃扶母告廟，爲位而哭，遂奔横山收其屍。投牒軍門曰：「行人司行人陸某身死。」取驗狀訖，并詣錢塘學，告大成殿，右階下盡等。歸而奉裘太夫人隱于河渚之駱家莊，以圃以漁。間受雞林估人請，選舉文甲乙試帖并房牘，名《龍門集》，取其所酬金，爲菽水貲。

而伯兄麗京則賣藥苕霅間，每月一歸省，每歸必牽一舟，奉母居其中，飲食歡笑以爲樂。如是有年。先是，陸氏以文章爲東南領袖，先生之選《龍門集》，繼先人志也。會督學使谷君倣張君天如作《明史紀事始末》，以金幣聘麗京作史論，已辭之矣。烏程莊氏輯僞史，豔麗京名，陰竊同時指名者，曰范君文白、查君伊璜與麗京，作參定姓氏，不告諸本人，而標名卷端。適周侍郎從閩還，見其書不實，畔亂無狀，又不出自館局，犯功令，以告文白。文白大驚，亟偕麗京、伊璜合爲詞檢舉，由烏程縣達府，將入奏而未遑也。烏程知縣吴君者，以他事去官，不得于知府，且怨莊氏不遂賂，首之部堂。會今上改元之歲，平章者怒甚，緹騎四出，逮知府以下，籍莊氏，檻其首者，三君披鋃鐺就道。家人無少長，皆繫獄。先生乃先麗京行，倍道至都，匄其舅氏裘公之都居者，備極營救。且謀納橐饘爲刺讞地。而家之籍捕者以不得先生，覆追至京，大索長安街。適文白之子魏公呼冤于西臺，謂檢舉有前詞，不得罪。議遣京朝官就浙按讞。先生急南還。時叔父兵部公以高年在犴狴，且無嗣。前此裘太君生時，議以先生爲公後，有成言矣。至是先生曰：「此即吾父也，焉有父在獄而子掉臂者？」遂詣獄乞代。守者曰：「代耶？律，父子俱死，無代法。念君自來，不異牖可也。」既而讞上。上憐其無罪，得不坐。康熙二年五月，獄解。先生奉兵部公歸，立爲後。越二年，兵部公卒，先生行三年喪禮。而麗京自獄還，輒鬱鬱不自樂，每曰「幾以我故覆宗」。至是居公喪，服除，嚎咷拜公墓，辭曰：「猶子不肖，幾使叔父死于牖。今縱不能從叔父地下，其忍陽陽居人世哉？」遂託以遠游，不復歸。先是，三龍門公惟吉水公有五子，而兩公闕然。因預奉裘太君命，以先生後兵部公，而理刑公則紫躔嗣之。至是紫躔、左城皆相繼不禄，獨麗京承吉水公祀，主祼器重大，先生將尋兄稷苗，而風刺于骨。惟兄子寅旁求之，見公于徽州，已爲僧矣，牽其衣不即舍，遂奉之歸，乃爲先生療風疾。且日會鄉人道故舊，示無去意。伺先生疾稍愈，頓失所在，嗣後再覓，不可得。而寅於康熙丁卯舉鄉試中式，戊辰成進士。然終不能再出門，身死。先生乃孤居里閈，授生徒，四方從游者如歸市，自東西浙至他省，多有景行不得前者。同郡貧士覘閩中慕先生名，乃飾爲頊丑，懷爵里，投閩名士。閩名士爭闢館舍，執一經請委摯門下。值莆田魏君虎上以北行經杭州，造先生廬，驚曰：「此真陸先生耶？」先生乃笑曰：「彼亦名士，徒以貧故借僕名，且安見僕非僞也？」

初，先生生時有文在手，曰「才人」。暨弱冠，曾卜夢於于公神，公餉筆一斗，始竊自喜，至是嘆曰：「才者材也，吾將籍管城材多子弟矣。」兩浙開府張君運青者，裘侍御本房師也。侍御諱充美，爲裘太君之姪，與先生中外兄弟，以言事得罪，居于家。開府謂侍御：「吾欲延陸先生爲國人師，能曹丘耶？」曰：「能。顧先生守段干節，必肅以禮幣而先于門，然後某從容導之。」開府如其言。先生初甚拒，既而諾，又既而皤然以從。開府乃大啓義學，搆書院于萬松山巔，集通省學士讀書其中，奉之爲十一郡之師。每大會，赴試者數千人，惟先生進退焉。事竣，輯其所講《四書録》，顏之曰「大成」，而梓以行世。當是時，世固重先生，而兼誦開府之好賢能興教云。

予醫痺來杭，就人問先生起居，曰：「此三先生也。」杭多學人，不敢以二十字呼先生，而必尊之以五十伯仲，曰三先生。三先生不相見四十年矣，前此二十年，予避人湖西，見麗京于廬陵城下。問之，從贑還也。既而返南昌，再見于吉水之水次，曰：「拜吉水公祠也。」惟三先生不可見。然而少壯出門，垂老還故鄉，曩時親朋，並無一存在者，而猶得見先生于七十之年，不可謂非厚幸。乃相見無幾，而先生以八十有三遽先我卒。然且卒之之年計之，即當時見之之歲，則是百年而一日矣。

先生初娶趙孺人，賢而早卒。生子二，曰豐、❶曰兆爵。而紀孺人以賢繼之，生子一，曰正夫。皆

❶「豐」，原作「豊」，據四庫本改。下兩「豐」字同，不出校。

以諸生能文章。當時群從指名者，長繁詔，行人君子也，高才不試；次寅，麗京子，進士；又次冠，左城子，以康熙庚午中北埸鄉試。豐兄弟皆與之齊名，而豐尤著。銘曰：

從來名家，出自禮官。因義責實，嚴于申韓。當其盛時，載書雞壇。文章烜若，氣節皦然。降及末季，猶以名先。平輿品目，界休引延。譽士霧會，大義日宣。張覇曾子，黄憲顔淵。爵刺遠布，盟詞高懸。君家前游，實領百賢。豹達五里，龍開三門。以是兄弟，饒爲文篇。五常未著，三賈遽傳。懸圃積玉，乃超雲間。驟遭鼎革，朱門改觀。王蠋縊樹，龔生抗咽。賣藥韓休，採薪百年。乃謀養母，終棲林泉。何意不弔，榮名招督。象齒忽拔，蘭膏自煎。叔緣伯及，黨因鈎連。五屬異獄，三親同簁。公冶圜土，夷齊皇天。將輸金矢，兼謀槖饘。籍兹呼救，因而矜全。于斯肥遯，亡名變顔。夏氏林慮，焦先海壖。鴻飛冥冥，弋何篡焉？仲死伯去，孤居里閈。爰授生徒，鳴鼓設筵。授中國室，進都養餐。開府捧几，侍御執鞭。大闢講院，萬松山巔。明經四十，習禮數千。七十縣士，咸呈簡編。輿無歌鳳，堂有唧鱣。外市公超，東家鄭玄。某也半生，匿蹟人間。老而相見，因思從前。奈何頓别，有如朝烟？惟君大名，千秋不刊。亦惟有道，無慚此言。

山陰金司訓雪岫墓誌銘

越中以詞禪世者三人：一吕君絃績，一吴君伯憇，一雪岫也。雪岫爲絃績館甥，曾學古今文于絃績，其治古今文不啬餘力。顧愛雪岫之爲詞，因間亦爲之，而與之並名。當是時，雲間蔣大鴻爲蜀詞，宜興陳其年爲南渡詞，各闢門桁，以不襲草堂爲能。而雪岫則上自六季以下迄金元，殆無一不有，而《綺霞詞》稱焉。嘗游嶺表，與紘績、伯憩三人者爲兩廣都府吴君上客。吴君故善詞，而三人者以新詞與倡和角逐。四顧無座人，府中優僮充四廂樂部，各能歌三人詞。教頭曳長拍，優僮扮演，而民間效之。凡里巷孌色相竊歌新番院本，嗜嗜稱盛事。時都府以良日請召賓客，呼外廂孌色承應。三人坐上坐。都府把金斗約曰：「吾欲倣樂工唱《涼州詞》故事，覘所演誰詞，以卜甲乙。」及登場，則雪岫《紅靺鞈》詞也。都府擲斗，令群優實酒環獻，讙譟達内外。左右廂軍爭引領觀，嘆以爲豪云。予歸田，而伯憩死，兩人故無恙也。康熙壬午春，紘績又死。予以不得訃，不能哭。暨冬，而雪岫即以其年死于官。是時，予大病幾死，未知也。越明年，孝子渡江持狀，請所以題其墓者。予乃爲位于寄堂之門哭之，延孝子就坐問故。孝子曰：「亡父客年官湖學司訓，而湖無官齋，賃居于天寧禪寺之僧房。甫入門，恍然曰：『若吾故游者，何也？』乃于長至後忽不懌，命榻萬佛閣左石壁所刻馬祖像，係宋元符年從江西靖安所傳摹者，展對久之。次日，索清泉滌齒，取曆書視，云午時吉。至午時，遂起坐，不語而卒。是時頒白久，及五日殮，髭鬚四張，忽變正黑色。汗珠顆顆起兩頰間，不拭而曉。」嗟乎，是豈偶然也哉！

君諱烺，字子闇，明太常卿楚畹公之孫也。生子四，皆以遭鼎革不仕。而諸孫多通籍者。予嘗爲君從兄郯城君誌墓門石，深羡其群從皆高才好學，以文章表見于世，而雪岫尤最。顧性孝，每以父早世，不及躬視養事爲大憾。而父伯星公則又以好善，于崇禎之季，賑救飢餓，死而享其魂在天帝所。

予亦有文紀其事。而君于先公所行，必踵而傚之，推所有以濟不足，友朋之賴之比比也。意廣喜結納，座中罇酒無虚日。而又以門高譽遠，天下之識之者衆。嘗作觀文大社于龍山之麓，築觀文堂，以接遠近之至止者。自浙東西以及三吴諸名下，皆與通爵里，訂氏籍。而紘績是時則又以耆舊爲前游，實領袖焉。君嘗之白門，太常公曾以侍御史督學其地。其所拔諸賢，或通籍，或不通籍，尚有存者。而君又復以縞紵與之往來，一時投贄者塞衢路，觀者慕之。君美儀度，意氣慷慨，每與坐談，具典午風概，咄咄争上。紘績夙善諧謔，當之蹇澁。顧善于行樂，每疏勝地爲居游。予嘗過其宅，并過其所搆竹屋，必有花草書卷酒具，及座客斟酌，詞意勃發。其尤可念者，宛委山邊闢廣園如干畝，葺太常公所築亭榭，而散植竹樹，引泉鑿石于其中。暮春雨歇，黄沙漲天。早食後登臺，四望南鎮祠。桃花與初日迸出，灼然若朝霞之晃于衣。因大書「綺霞」二字于石壁，而以名其詞。

君生于崇禎十四年九月二十日，卒于康熙四十一年十一月八日，受年六十有二。以前一年十月由貢士勅授儒林郎、湖州府儒學訓導。元配何，繼吕，即紘績君女也。子八：曰垓、曰埜、曰堪、曰圻、曰埏、曰垂、曰坊、曰均，皆能文有聲。某月某日將葬某阡。故人毛甡者哀之，其哀詞曰：

昔者三閭氏，以英詞自文。降此調六季，變作江南春。惟有崔蔡徒，耀采驚殊倫。用是屢施易，五旦六間存。少偕姜公子，倣作蜀體新。出走旋悔之，棄置勿復陳。山陰金雪岫，時會西都賓。觀文出麗賦，諷旨追楚均。四家駭謡俗，三峽傾河源。偶以調笑弄，雜入鼓子絃。因之譜技録，竊播勾欄間。節度開幕府，八部承賓筵。獻觴走臚頭，羅拜驅梨園。嗟君本孝友，晤善之子孫。乃以鄉貢入，對策公車門。吴興舊學舍，借作司訓官。明經類匡鼎，治事超胡瑗。如何十閱月，竟卒于竺乾。應是再來者，新巷猶故阡。結趺且拱别，面目如生前。獨予年八十，左顧誰比肩？老友獨紘績，亦既返我先。賸此柴木質，詎足金石堅。我將賦招魂，附爾宋玉篇。老年戒爲詞，以此當俍言。

敕封儒林郎玉宗徐君墓誌銘

徐氏爲杭州右族，其先人以舊朝勳爵從上虞來遷，代禪簪紱。越三世，而門巷新闢，即以衣冠著于鄉。先伯兄司教仁和，曾倡仁社于錢湖之濱。徐氏與社者不一人，而其翹然而最名者，玉宗君也。

玉宗君寄籍湖州，與其弟玉天君皆以名諸生爲文壇要綝。曾于甲午、庚子間悞中副科，慷慨不得志，嘗寓其意于皁通之餘，相視以時，而趣日中以爲業。其言曰：「士人居牛衣，困匪今矣，顧逮今而困尤劇。仕進無日，本無學術之可見。而仰有事，俯有鬻，關匪細也。身安于蓬户，而子姓因之，根苦則瓠苦，亦何足怪？獨是先人在寢，應有妥侑。夫盡物盡志，非禮不將。夫所謂禮者，謂物也，具也。物具不足以將意，則禮安所施？是以禮有四舉，曰恩、曰義、曰節、曰權，而必一營之于物，然後其禮辦，其志行，其事備，所謂一營得而四舉見焉。故夫孝子之事親也，樂豫其心，不違其志意；娱其耳目，而安其寢食。向非備物，則敦牟巵匜，何所充實？枕席杖屨，何所撰擇？稰穛蕡稻，何所需？桃李梅杏樝梨薑桂，何所給？又況賓朋姻婭，盤盂饋饗，車轂刀錯，皆與在堂爲周旋，得之則愉，不得則戚。而極之養疾，又極之送老。縿幕錦帾、薦車薦馬，自非廉者三之、貪者五之，料多少而通有無，不得也。」其言如此。以故自遷祖至今，恢其里門，雖曾遭祝融，而故爲完葺，塈茨之，又丹黄之。其在扶侍，則燂瀋斂襡，執牀而舉几，靡勿盡力。而至其累營喪葬，自飯玉熬蜃，以迄荒齊苞載、嵤蕭膰爨諸節，無不殫其儀刑而備其名物，世嘗于此觀禮焉。然且父兄子弟、後先妯娌，熙熙泄泄，雍于門而肅于宇。至于婚嫁歡宴、玉帛往來，豐己而嗇人，推有餘以飾不足，其餘事也。嗟乎！若此者可不謂身名俱泰大丈夫哉！舉世而窶貧也，讀書居士林，忝膺一命，而家無儋石，祭衣之敝而寢櫨之壞往往矣。夫經財無赢，必不能以攫卻秠之粟。而乃在野無亭林，在園無里宅，雖胡必不生于墻，江鯉必不躍于水。苟非揚一釜之金、湧七年之穀，欲其敦五教而洽百情，安可問也？吾讀君狀，而重有感已。

君本四子，而長嗣兄後，次子瀾，聞人也，曾以年貢對策于長安門外，司教分水，分水文學，遂因之大起。此固克有家而善繼志者，乃不以予爲不文，介張君禹臣，徒跣而謁予以銘。禹臣云：「吾生平服君者三：一侍親孝。方太翁養疾時，禮應禱司命井竈以及家廟。而杭俗尚祠斗，設星壇而禮拜焉。君搏顙階下，臚臃于血疕，而不知痛也。一遇物厚。家不戒于火，廬井銷爍，庾廩蓋藏多所失。而時適斂租，君反減其租，以謝天譴。彼受減去者，相率上指曰：「天無親焉！」一持事斷。王父母棺穴于蟻，遷葬丁家山。其擇地也，腫胝趼足而後得之。乃既葬，而君兄弟家遇小眚，且有牽訟于官者。遂謂地不吉，復議改遷，而君執不許。夫葬以安親也，親骨受虫蝕，不得已而發所寢。今寢處已安，徒以生人小失利，而欲借朽骼以徼非分，何可！堅不爲動。及其既事寢，而議亦遂息。

系曰：君諱之璉，字玉宗，歸安縣學生也。以子澎貴，敕封儒林郎。元配沈氏，封安人。生子四：長濆，爲長房嗣子；次瀾、次津、次澎。女二，孫三，女孫八。先是，君父紹川公生子三，君其次也。長兄玉衡公，爲前母蕭太君子。及蕭太君卒，而後君母王太君繼之。然而君兄弟三人如一母子。及玉衡君生子瀚，已將成丁，而玉衡君卒。君其時推財與瀚，且爲瀚娶婦，冀以有立。而未幾，而瀚又卒。君乃告祖廟，而繼以己孫，使長房不絶于祀固也。特是家産本三析，而己得其二，不安，乃商之王太君，謂三兒儉德，好讀書，治家無所贏。六經不載人後禮，三房倘生孫，請同爲瀚後，而均其財，何如？王太君曰：「善。」乃集宗黨姻戚，以母議爲禮議定。其友讓所及又如此。君卒于康熙四十一年二月十四日，距生明崇禎五年八月八日，享年七十有一。乃以某月日葬于某阡，而系以銘。銘曰：

惟士術學希聖賢，降而詞業以舉牽。君并善讀保傅篇，首以蒼頡六法傳。每作書勢成飛騫，試事得失何足言。誠惜謡俗衣啄專，穴書鑽紙難逢年。山深獸往魚赴淵，時用知物同流泉。勇能決筴仁可全，無財不悦敢晏眠。乃能乘暇師計然，孝友任卹從所便。推甘讓肥共煖乾，饋食何俟不擊鮮？既肯堂構災無權，況有嗣子能繼旃。出車有鹿庭有鱣，箕裘從此爲冶弦。相彼如斧如屋椽，前列牲石載不刊。壁唧鐕衹苞韋編，春秋享祀年復年。

山陽劉勃安先生墓誌銘

山陽劉勃安先生，名士也。予避讎之吴江，顧有孝謂曰：「張元節出門，其所投止皆名士，得不敗。倘至淮，勃安可寄也。」及渡淮，而山陽令朱君，予故友也，舍予天寧寺而飲食之。因得匿姓名，與淮人士相往來。湖西施少參以入覲還，見予所賦詩而驚曰：「此非吾友耶？何以至此？」遂遍覓不得。而淮城訾訾，漸有刊章布府門者，先生亟藏予。而家無簃房，設葦榻而張之屏牖之間，家人斯養聲相聞。顧日夕備酒脯，潔旨恭敬，如是者一月，且爲縫綻衣乃去。予嘗曰：「去家别親廟，仰星而行，牽衣者呱呱，可謂慘矣。然猶不若去淮之苦，三往三復，不能決。」蓋有所感云。先是，郭君禹玉爲先生文友，貧而無子，其所遺妻女以指食不給，先生謀于其所親周君，掄月給籔米，至其女得壻乃止。而桃源田子綖，先生弟子，亦以家難狼倉走京師，遺父兄嫂妻四棺空屋中。旗丁豢馬者覆其棺，而埋馬棧于棺傍，先生貸錢葬其棺。然其諸生籍在學，不試將削籍。先生復貸錢懷之，賂學師，學師初受之。及再試，再賂。學師幡然卻之曰：「仁哉，劉先生！我亦師也。先生既獨爲君子，尚忍受先生貸錢以充我賂哉！」倪天章者，臨清名士也，寓于淮。予與先生時過之，過必飲其堂。堂前薜荔墻，丹黄爛然，每飲酣，必面墻而立，嘆曰：「吾所難忘者，此薜荔墻矣。」及予寓蔡州，聞天章割其堂與先生共居，堂前薜荔墻兩家同之。又既而聞天章不得志于其家人，獨身出游，暴死于馬陵。家人以無子故不能留，發其財散之。獨以先世所遺宦游什器、卷軸并書册狼籍，邀先生一觀，且令先生擇所好取之，先生不少顧。

既而并請以所居之堂損其值以貽先生，先生仰天曰：「當蕭山君去淮時，指此墻曰：『吾他時來淮，仍當與君共飲此，以無忘此墻。』今若此，吾能獨對此薜荔墻哉！」蕭山，予邑名。乃急移他所，遍搜其遺集而題其墓，歲時祭之。先生一貧士，而中外親戚并師儒相識，往往仰先生周旋。然且三黨多坎壈，每以身後事孤墳孑廟，厚集而遺于其人，使其人逮死，猶誦誦子姓，一若逋積之不能了者。豈天之好責仁人，特畀此重累以成其名？抑貧士數奇，偏遘此耶？先生本代州名族，其先人六世仕宦，皆以代州衞通籍，而中遷于淮。祖父伯仲猶以諸生還代州試。惟先生與從弟雲中暨壬戌進士洛中，始爲山陽籍諸生。而伯兄演中則又以矯矯分所居，寄籍揚州。顧群從在淮多貧者，而揚州兄尤甚，垂老無子，夫婦飄然歸先生。先生喜且泣曰：「吾兄弟少而合，長而分，今又合矣，此連理枝也。《千文》曰：『同氣連枝。』其是之謂乎！」因以第三子後之，而養生送死，忳忳焉。嘗爲子婦病治棺具，而病愈，不用。群從有婦死，已給棺去，而先生從外歸，不知也，聞有從婦死，急向內曰：「何不以棺物與之？」曰：「與之矣。」外大父杜公與舅氏廣文公，兩世以經術鳴于時。先生嘗從杜氏學，而已而中絶，惟餘外王母董太君于堂。時先生方喪母，痛母不可見，遂迎董太君歸養，曰：「此吾母母也。」其後葬董太君于杜氏之兆，率諸子共往，曰：「吾何以使汝等偕來？此絶墓也，汝共識之矣。」鹽城王公爲前朝護軍守府，見先生少時有文名，慕而妻之。及歸，而王孺人賢知書，與先生同心。先生之得爲君子，實孺人共成之。顧鹽城水災，王氏良田數千畝浸于水中，官吏追呼無虚時。公年七十餘生一子，未晬而公卒。先生先爲經紀其喪，命孺人攜其子及諸妹之未嫁者來山陽，而身以營葬事。重還鹽城，忽清水潭決，且霪雨浹旬日，鹽城廬舍盡淹没，而棺爲水漂，不能救，徒手而歸。乃遺孤數歲，與其孫同時痘發。先生大呼曰：「吾劉氏尚可無此孫，王門不可無此子。」因併力治痘，痘竟愈，而復以他疾殀死。其後先生易簀時，舌僵不能言。諸子請命，初不答。及再請，則愀然卷舌言曰：「吾惓惓者杜公墓、倪處士墓、某墓，其歲祀法則久已命汝等矣。獨汝外王母壙在浸中，外王父柩爲洪水漂去，于心終不忘。或于石塘祖墓傍畫一隙地，治兩櫝而瘞其魂，題曰『故明某官某暨孺人某』。與杜公諸墓共勒一祀典，而隨祖墓以祀之，是吾願也。」嗟乎！先生至死猶惄然于親故間乃至此。

先生諱漢中，字勃安，又字拙安。少時舉諸生第一，既而院試復第一，食下士禄。當是時，試無出二三者。康熙十七年，貢于廷，至三十九年始入選格，敕授江南池州府東流縣儒學訓導。曰：「吾老矣。」以疾辭不赴。越一年卒。時康熙辛巳，距生天啓辛酉年，八十有一。配王孺人，先卒。子五：曰仁勔、曰義勉、曰智勵、曰信嘉、曰誠務。智勵爲兄後。而此四子者皆能以文章爲諸生，或餼于學，或貢于成均。先生既以身爲教孝弟忠信，而諸子能繼之，以父爲師，以兄弟爲友朋。其意旨諧合，一若陶土之依模，而冶金之就范者。予兒每隨計過淮，必進謁先生于床下，與諸子齒序如一家人。嘗見先生蓄皮秩，夜必三食。諸子雖大寒，至其時必群起而環奉之。嗟乎，天之報仁人則亦厚矣！先生貌莊而氣和，于物無競，而必不好諂。即簡亦匪傲，一切坦坦去牙角。而每當大事，則嶽嶽不可動。家如黔婁，而舍養親故，且過于薛公之所爲。即有時遇盜蹠，亦必以仲尼之誠待之。

予往誌墓無溢辭，至于先生，則筆短幅窄，百不悉一。然且年老詞竭，墨未燥而淚已結于誌踈矣。

乃附以銘曰：

噫乎先生，惟人倫宗。才越公幹，德過祖榮。矢將剸象，羞爲雕蟲。展也好學，而惜屢空。氣當壁立，言無雷同。世争買駿，君方首龍。奈何坎壈，艱于遭逢？爾乃篤行，聿砥厥躬。出入乾陽，家門肅雍。齒與道劭，文偕教隆。高朋遠來，如雲相從。吴隱孝義，裴楷清通。訓足導物，譚皆發蒙。況敦睦恤，時懷瘝痌。雖乏恒蓄，還輕素封。好籍緩急，力周貧窮。所痛張儉，曾投孔融。掩漿牖下，受書壁中。嗟彼歸趙，猶酬居嵩。我獨愳然，深慚此衷。淮山峩峩，淮水淙淙。猗翘然者，先生之宫。

西河文集卷一百六

蕭山毛奇齡字老晴又名甡稿

墓誌銘十六

皇清敕封文林郎弗菴盧公墓誌銘

予避人東歸，在康熙一十二年，值邑之師氏爲定海盧公，以丙午中式第五人解省，典教蕭山。予執摯復業，見其坐皐比，慷慨談議，磊硌而光明，真人師也。顧懷抱充斥，時時以學問之氣形諸面目，一似不安于鱣堂者。然且領解未幾，兩詣公車門，甫展利器，而善刀而藏，心竊疑之。暨予召京師，丹徒相公以學士方掌院事，即曩公中式時主文官也。見予，驟詢公近狀，且促公赴試。不報。會上開制科。故事，科目惟制科最重，凡有學術者不限已仕未仕，皆許入試。掌院已薦公，而公復辭之。且公長史學，熟明代掌故。方試浙時，上厭薄八比，改書義爲策對，首以明史大事次第列問。而公卷巋然冠一經，條對甚晰。至是制科所取中，悉授纂脩官，敕撰《明史》。凡靖難、奪門諸大事，多奉公文爲藍本。而翻以未試，不得共編纂，爲史事憾。嘗舉此意竊問公同鄉之仕京朝者，曰：「公云：『吾本無宦情。』昔有乞授知院官爲禄養計者，曰：『有母在也。吾方爲養母戀此苜蓿，而舍之安往？』」以故日侍太君側，不離寸步。暨太君亡後，即改授百里，而棄若敝屣。其一出一處，始終爲太君若此。乃予遽請急，而公已先我還里，舉生平經術諸可以爲世用者，悉不竟其用。抑且旌丘誕節，馳使拜候通德門。而孝子覆劄，徑以公喪下穸碑，屬門下記事，曰先生命也。予始爲位哭，齋宿銘石。

按狀：公盧氏，在前朝以氏族顯，入明有諱壽者，以元代平章閣下元帥從龍有功，世襲爲軍官。越三傳，諱全，調守寧波衛，遂家于官，占鄞籍焉。逮公祖諱世，由諸生改襲，論征海功，進本衛都司。公父諱望龍，生子三，公其長也。公世以軍官傳，雖誦讀不輟，間爲諸生，而文譽未顯。獨公兄弟皆嚮學，秉性特達，博習古今文，矯矯出儕輩上。既各補諸生，而公復高等餼于庠，較有視世廕若疣贅然者。

當是時，公父已里居，厭棄俗務。且驟丁鼎革，張弛得自在，日以父子兄弟講論古學，晏如也。而同衛嫉之，强公父起視事，且責捍漕，督轉粟京師。公告官請身代，不許。竊念父春秋高，中途服勤，誰克代手足烈者？乃抛書卷隨之行。舊例，漕粟覈盈欠，遇有虧縮，主漕者償之。至是下新令，并責餫官，使旗丁分帮共償。而公父所欠，雖較他帮爲末減，顧亦不下數千金，遂留公父京師。而公以匄貸驅馳其間。嘗大雪，從通州還，雪深埋馬膈，一步三蹶。而公涷面向北風行，鼻垂冰若檐凌，指裂，不能把鞭策，下馬僵卧。群扶至坑間，而公父傍徨，雖捧酒灌公齒，而身先齒戛。且故爲歌詩，以示整暇。臨灌臨歌，而意色慘烈，聲咧喇不成詠，公慟而起。甲辰，丁父憂，幾至滅性。既而曰：「吾養吾母而已。」乃以康熙丙午舉鄉試，經魁領《易》房，解尚書省。時新改書義，争梓公文，作多士法式。一時五策對風行天下。傍人皆手額，而公痛父不及見，不少展容色。且竊慮解省，當違母側，踟躕不即行。及既行，一再赴省試。才滿六年，遽乞以署教諭事，得藉迎養。然且既署事後，例仍許赴試，而公執不赴，前所云典教吾邑及辭試是也。

乃其教吾邑，則實有可記者。邑有楊中立祠，名道南書院，前時魏公文靖曾講學其中。公率諸生祠兩公，必考辯經術，取其有裨于世者。雖名講學，實以大用策厲之。且士習日靡矣，主教席者，多以桑榆暮氣飾其惰歸。而公負偉略，儼然若堇銅之發于硎，隨所裁割，皆能使下邑士風爲之一振。然且保全善類，不遺餘力。故事，督學使行部，必敕所屬學舉優劣，以示懲勸。而公所籍報，衹以優而不以劣。詰之，曰：「他郡自有，平原自無也。」及其再行，部屬再舉，而公再藉報，仍以優而不以劣。詰之，曰：「牧者失所牧，牧何罪？牧者之罪也。」以故終公任，並無一生以劣報者。至于宫庭之嚴、膠序之肅、禮器法物之整齊、鐘鼓筍簴之修飭，以及圜橋頖泮、戟門星陛、改墮壞而就鮮新，其餘事也。

乃自壬子涖吾邑，至辛酉才七年，而太君又逝。太君八十二，而公年亦五十三矣。雖猶是服官年，❶而壯行强仕，早已不逮。向者爲升斗之養，不擇委吏司檝，而今則風木累接，釜鐘安賴？且天生公才，有似終吝其用者。甲子補嘉善學教諭，其明年遽授貴州鎮遠府鎮遠縣知縣。公本不欲行，顧以

❶「官」，原作「宫」，據四庫本改。

縣遠辟，嫌于擇肥瘠以定去留，遂捧檄往，曰：「吾此行以爲民也。雖期月而已，亦欲使民霑口沫去。」因徧相其地，大抵洞深箐密，雜苗獠其中。前有石屏山，而瀰水界之。府治蕭然，枕山麓而隔水爲縣，誅茅作廳事，外無城郭。舊以兵燹故，曾招湖民實其地。顧村岸廓落，念無可以惠民者，獨計此地爲滇黔門户，郵驛如織。自上官往來與客使之至止者，凡軺傳置遞，多以居民任力役。而亭堠闊略，間有擾及廬舍者，公一切禁之。民役以官傭，而公私置舍，各有界畫。居民闐然，謂數百年來所未有，伐石屏山石，勒碑于縣治西、中山之陽，乞侍御劉君記其事。侍御謂公曰：「此君侯一片石也！」既而公以疾告歸，民留之不得，各率婦兒送出境，嚎咷而返。

公家饒藏書，自先世所遺并公續置，合不下如干卷，悉分籤弆之。及還里居，出所弆于庭，慨然曰：「吾以此消殘年可已。」生平諳國史，并多識明代事。既以策對明史起家，而究不得入史館撰史，終抱怏怏。乃就嘉善錢塞菴所作《表忠記》而爲之續之，徧搜明代名臣諸列傳，取其有預于致身者，或生或死，或分或合，既勿誣，而又勿軼，鉅節不得遺，而纖細畢備。初成八卷，名《續表忠記》，刻之寄園。而既而再續，復得八卷，刻之江右藩轄署中，假予爲序言。乃更以搜討餘力，網羅未盡，遂成三續，則未刻而卒。顧臨卒時，猶復以校讎之疎、義例之缺，把卷浩嘆，似乎文章一道，亦仍不竟其用者。然而忠孝性成，必求盡志。如同邑李君，向以寶慶太守死獻賊難者，既已作專傳，猶于歸田後節嗇其詞，入府縣誌。甚至里人有侵其居者，必清而還之，且題之以石，曰「忠節里」。蓋好善之誠如是其不可已也。

公卒于康熙四十七年六月四日，距生崇禎己巳五月二十五日，享年八十。系曰：公諱宜，字公弼，又字弗菴，函赤者，五十字也。世家于鄞，以定海籍由署教解褐，知貴州鎮遠縣事，封文林郎。配俞氏，封孺人。子三：長遠，寧波府學增廣生，次選，定海縣學生，皆繼公起，有文名；次進，先卒。女一，孫三，娶嫁皆名族。銘曰：

猗嗟吾師，人倫楷模。秉德最上，賦才特殊。寧謝勳衞，言攻詩書。學冠柱下，文通石渠。以是米廩，遽升公車。初緣服勞，代父轉輸。繼因奉養，隨親辟纑。縱膺一命，已届三餘。生平抱負，偃蹇莫抒。賴兹鴻冥，家遺鳳雛。雲津並躍，鯉庭争趨。徽榮綸室，琢石泉閭。百行罔缺，千秋不渝。南山崔嵬，東海縈紆。翳墳然者，先生之居。

皇清誥封恭人方母曹太君墓誌銘

予舉制科時，與部試進士同歲解褐，且與是科館選者并同時入館，以故稱同年、同館兄弟，兩相合并。而維時有寧國二先生者，在合并中。一宛陵施侍讀，世擅理學。而一則南陵方位齋先生，以初讀中祕，有君子名。予嘗入宣州會館，聆其鄉人月旦曰：「文章孝友，二陵均之；至于踐履篤實，則南陵且争上焉。」予時見先生，倍敬禮之。暨予請假歸，而先生歷仕方州，彼此間隔者三十年。今康熙辛卯，予年迫九十，卧病山中。而先生以恭人竁葬，屬予誌墓，遣孝子帥使，不遠千餘里，手捧書幣，館于杭州之郵亭。而使者渡江，踵門請命。予久廢筆硯，凡以文字相屬者，概所屏謝，惟此誼不可卻。且念老年遲鈍，又采薪未愈，但請稍假時日，使歸再來，以漸圖報命。而主候于館，僕候于塗，知先生家訓嚴整，有凛然不敢越者。且主僕警肅，惟恐逆旅久稽，有悮使事。因急爲發册，讀孝子哀述并先生自爲狀，嘆敦倫篤紀，其于母子慈孝、夫婦伉儷間，志意舒促、膚膜寒煖，無不周知刻切，洞徹肺腑。愧蕪詞不輯，無能收羅十一，以表懿德。但口授倉卒，付録史去。

按恭人曹氏，宋武惠王後，家于太平之蕪湖。十歲而孤，依母駱孺人以居。稍長，始擇配，無當意者。許寧野者，陵人也，而授書于湖。陵之學人，捃諸會課文以匄許甲乙。恭人叔父螭班公工衡文，而與許交善，嘗就許所，觀諸文有乙而無甲。及得先生文，大驚曰：「誰與作者？」曰：「此吾陵方氏子也。方氏故名族，而是子失怙，祇與兄嫂侍母李太君，丁年未聘。顧王父旭日公以宿儒家居，雖席窶，而家聲猶然著陵邑間。」曰：「得之矣。」遽懷其文歸，告駱孺人，且强壻之。駱曰：「孤貧柰何？」曰：「子女各無父，天也。若夫貧，豈有作是文而長貧者耶？」因藉許蹇修，遂委禽焉。會譌傳官選，民間相争爲婚姻。駱請壻來湖，親迎之，一備不虞，一即藉此以覘壻也。先生不攝盛，不御墨輪，不服爵弁與纁裳，祇衣故時衣，騎驢到門，別具笱轝爲迎車，登堂奠摯，遽行壻見禮。然且書生不支飾，舉止闊略。時親串來觀者咸曰：「此儒家風格也。」或曰：「官娶儉，故如是也。」惟恭人一門心安之。暨歸，而家無東西闈，祇與兄誠齊、嫂陶孺人聯翼室爲闈房，一切奩栫什器，合而不分，雖姒娣，如姊娣然。

當是時，恭人以弱年間關來歸，不特是地土風本未諳悉，即其家行習，亦且茫然不及覺。所恃秉性莊淑，婉娩而有禮，一時王舅與老姑，交稱爲賢。顧其間有大難者。方氏世孝友，家教嚴切。老姑李太恭人曾以刲股療先太姑疾，服勤逮死，實有委蹟難告語者。以故御家無嘻嗃，不略細小，每不示意旨，而使之自省。雖恭人敏慧，能曲體，且不惜詘意乞陶姒指示，然猶偶失老姑意，跪恭人牖下，不令起。賴隣嫗適至解之，終不知怒何在，且亦未嘗告先生曰君家婦難爲也。恭人與陶姒分侍姑寢，且分主饋食，而勞勩尤甚。嘗冬夜入爨室，料檢諸鬴鬵匕箸。燈未燼，而紡車與緯籆隨之，乃衾甫浹脇，而荒雞鳴四野。間嘗曰：「歡娱嫌夜短。吾未嘗歡娱，而夜翻短，何耶？」至于饋食之將，倍加曲謹。李太恭人善痰疾，蓄佳茗作良藥。恭人日濩茗，顧未嘗以涓滴入口。或問茗味何似，曰：「不知也。」先生以耕讀相嬗，原鮮負郭，至旭日公逝時，李太恭人孝，治喪過厚，鬻膳田以供斂襲，遂至乏食。先生爲經師，濟以脩脯，枵如也。會歲祲，斗米千錢。恭人儲米供老姑，而身把糠籺瀹藜藿羹以和之。先生見之，不自安，曰：「何不損粒米入藜藿中耶？」曰：「姑米有幾何，尚堪減損？若我輩則何不可？年不長飢，米食自在也。」先生誦其言而去。已而家日落，入夏無帳，太恭人撤舊帳與之，而麻縷疏裂，不能受鍼紩。恭人綴紙番以糊其隟。至冬夜所覆，猶是嫁時衾。而其面以産兒時裂作襁褓，今所存祇臬着耳。先生嘗館歸，以兩足入臬着中，坐而涕泣。恭人慰之曰：「不猶愈于牛衣乎？」康熙丁巳，先生舉于鄉，己未成進士，以部試第三人冠一經，改翰林院庶吉士，名震京師。乃甫入館，而先生念太恭人，遽思請十旬，不得，因羈館間。不幸未終館，而太恭人已疾革。時誠齋與陶孺人雖同視易簀，而附身諸事，一切通責之恭人。自屬纊以迄帷殯，了無遺憾。暨先生奔歸，而坐饗成事，唯苦塊而已。及甲子服闋，而覃恩適至，太恭人與恭人例有封敕。恭人泣曰：「先姑昑子貴，幸及一見，顧恩封已不待矣。今冠帔雖榮，衹吾姑画像中事耳，我何忍受之！」其孝如此。

先生補曹事，暨使東牟，第勤勞王事，不名一錢，雖稱宦游，無異學究，而家用艱難，則反倍疇昔。膝前男女，俱已成立，婚嫁之餘，加以師傅，無非恭人周支之。暨先生守汀州，始一隨行，稱官夫人焉。既而汀南海溢，蛟蜃翻窟起，城郭廬舍半泅于水。先生驟出境，相地抵捍，而民間之呼救者，聲連數十里。恭人親帥僮僕，召蒯隸輿皂，募官舟百餘艘，四出救之。且曰民飢矣，沉竈安爨，命諸子煮糜餉民。而諸子難之曰：「如懸帑何？」曰：「儼然爲民上，而民死不救，罪將誰貰？若以懸帑罪，則雖鬻官身以補官廄，亦而父志也。」及水退，滿城民命皆無恙。越三年丁亥，恭人卒。汀之人，男哭于衢，婦哭于寢。及喪歸，滿城子婦皆攀柩哀號。時諸子皆匍匐行，民爭扶掖之，且大呼曰：「公子毋苦，夫人之德，上通于天矣！」各手飯一盂，奠之柩前，曰所以報官糜也。

恭人以康熙四十五年十一月廿七日卒，距生崇禎十六年七月二十二日，享年六十有四。康熙甲子，以覃恩敕封孺人。己巳，誥封宜人。庚午，誥封恭人。子二：❶長于璟，歲貢生，娶王氏，同邑山東都轉鹽運使司兼理鹽法道副使諱奐之女；次于琬，歲貢生，娶胡氏，同郡陝西西安府華陰縣知縣諱岑齡女；次于珣，邑庠生，娶劉氏，同邑候選教諭諱璧女。女二，所許嫁皆名族。乃爲銘。銘曰：

恭人氏，以魏基。中閒系，出武惠。遂籍蕪，湖之湄。由閥閱，啓門楣。本窈窕，求匹居。何

❶「二」，據後文當作「三」。

幸值，非常姿。文章伯，忠信師。甫問名，未請期。遽親迎，而來歸。匪無酒，飲庶幾。惟之子，其家宜。高堂賢，推思齊。有徽音，當嗣之。雖健婦，門户持。出蒙袂，入餔糜。縱寠乏，不克揞。仍殫力，事盤匜。洗與腆，何敢違。況牖下，季女尸。瀹蘋藻，潔明粢。修饋祀，咸藉兹。即媦卹，撫孤嫠。曾不吝，舍與施。其鉅者，相夫子。奮羽翮，翔天池。展文軸，占斗魁。登槐堂，入綸扉。徼寵榮，拜顯懿。受六珈，與副笄。然且隨，閩海涯。拯民溺，救民飢。布衽席，登災黎。每稱説，猶痛咨。今膝前，皆名士。傳孝友，敦書詩。以世濟，紹前徽。比丹雘，加塈茨。應次第，膺贈貤。矧恭人，下窆碑。將琢石，蟠龜螭。祇封樹，非僭侈。祔此室，億萬斯。脱不信，視此詞。

孫監州君墓誌銘

君世孫氏，爲姚江八族之一。八族者，前四族爲毛、邵、徐、韓，而後四族則孫、王倂吕、謝也。後四勝前四，而孫爲尤勝。自前朝正德間，忠烈公燧以江西巡撫殉宸濠之難，其繼之者，一傳爲宗伯公陞、尚璽卿公墀、都督公堪，再傳爲太子太保冢宰公鑨、少宗伯公鋌、太子少保司馬公鑛、太僕寺卿公錝，皆以父子兄弟爲三公列卿。而三傳而少保公如游，直以東閣大學士爲嘉靖朝元臣。其間臺省相接，以群從進士爲京朝官者，指不勝詘。以故諸孫聚族，多在東浙。惟司馬公後有月江君者，偕其子安山君以豪華遷杭州，挾日中術藉群從宦游，通車牛于趙代之間，累致千金。次子仲安君，則君父也。

崇禎十六年，君生，敏甚，五齡就塾學，即能兼塾門之讀。而時丁國變，米脂賊犯畿輔，歷壞賈區于隆平、寧晉諸邑，輦所有入關。君三世居積之在趙代者，悉輦之以去，而家遂濩落。會鼎革，君束髮就試，無意進取，但以保家門自視，而扶侍南徙。即仲安公之菽水漸無所出，力葵負米，雖把數卷，無所用，乃四顧嘆曰：「仁義與禮所由生，非財莫任，固也。然而端木賜賢人也，其亦何道，而讀書仕衛，復能觀物于曹衛之間？豈生其後者必失之？」遂決計北行，就四門國子，入試成均，名曰進取，而實爲積著之計。當是時，君在都多交游，即朝貴如曹司成、王太僕、高宗伯輩，亦以藝文相往來，嘗曰：「以君之才，安患不虎躍？而沾沾蠅殖，夫何爲？」而君謂：「不然。四民困極矣，士尤困。知鬪以知物，不能也。守縵田以作庸犂，無其具也。立五均之官，樹六斡之法，以與泉府爭周流，則又非儒者事也。煮木不可食，豢蟫魚而不可爲畜。力不能採莊山之銅、耶溪之金，智慮不足以收南郡梗楠、洱海之蟲貝齒革以爲利，則亦有説于此。嘗考古經，嘆時用之物，有爲唐虞三代所未備者。《爾雅》釋檟木，謂晚取可羹，顧未嘗爲飲也。自魏晉尚荈飲，而南檟北酪，世嘗以南方水厄與北地奴酪互相抵抗。今則大河以北且合化酥與檟木而共調之，而檟值之徵已侔于酪。吾欲使南北之市大爲周通，不令酪徵賤于南，而檟且不得徵貴于北，何如？」已而果驗。蓋積著之法，亦自有學問存其中云。

君賦性明達，而篤于孝友。自在堂定省、洗腆必周外，凡歲時饋祀，苟物力所需，纖悉備具，然後百族通，百禮洽焉，猶且忳懇之情歷久勿替。嘗寢堂祼薦，撤俎泪垂。及過墓而瘞埋已畢，依然撫松楸，徘徊涕洟。雖相沿數十年，卒如一日。獨不諱言利，而不苟于利。故事，越疆而會金，雖相隔千程，所會者越千鎰，祇寸劑憑耳。投劑誤，縱千鎰，不還算。而君必析而還之。方入都會金，客誤投劑越百鎰，而君請還算。一時遠近争稱曰：「君子！君子！」顧時際昇平，自康熙丙子後，連遭六沴水暵而螽蝝，木未穰而金已飢矣。世家子弟皆隱身門巷，作告貸計。而君悉應之，其故交窮居，且有裹飯而往者。予東歸草堂，四方之渡江而見訪者無虚日，東城旅館忽爲之增闠。予既已埽軌，匿跡謝去。暨歲祲，而故人老友日告監河，其爲戀綈袍而憐葛衣，❶蓋亦鮮也。然則予之負慙于君者豈惟是已！誌曰：

君諱□□，字□□，杭州人。由國子生考選州同知。元配王孺人，即君受業師王行可君兄女也。行可以器君，仿南容事，以兄女妻之。續配盛孺人，又陳孺人。子四：長之潤，次鵬程，同時舉諸生，有聲；又次尌，又次杲。所娶皆名族。孫七。康熙四十六年丁亥十月，君卒，距生崇禎戊寅六月，享年七十。越二年己丑，孝子之潤等卜葬某阡，砥墓門之石。而以予世串，忝有葭莩。且夫姚江八族之傳閥相並也，因涉江脩摯，而丐以銘。銘曰：

嗟君茂族，甲于東江。前媲金史，後亦袁楊。凡列九等，所恃舊望。新門之劣，以寒畯妨。乃膺世錫，乘堅策良。驅騁南北，斬蓬自强。驟丁陽九，綏寇四張。燎原不翦，遂延崑崗。黄巾踐闕，白波啓疆。越趙代間，賈區皆亡。君本慷慨，好談文章。加之藝林，既揄且揚。其如憲也，

❶「葛」，四庫本作「褐」。

不厭糟糠。縱有負郭，四體併僵。力不能取，金銅山莊。況涉嶺徼，琛珠夜光。亦安足致，衹憑服商。師子范子，棄取較量。獨是櫝木，三古善藏。其名茗柯，魏晉以降。維時水厄，徧吴楚鄉。今且煎和，以燕以享。阜通之利，在三五上。因辭璧沼，入試饘堂。藉隣星肆，兼觀棘場。從國子學，授監州行。顧其摯性，最惇倫常。晨昏寢饍，冬夏温涼。既謹洗腆，復虔烝嘗。寢庭聞見，墟墓悲傷。五十猶慕，千秋不忘。爾者天沴，頻年甾荒。士人之困，倍于飢倀。闕閲子弟，疏衣裂裳。所至閉埽，誰與之將？惟君戀戀，爲友朋倡。今君二子，元方季方。將紀君行，寘之窆傍。墓門伐石，需填丹黄。譜載綿邈，崦嵫渺茫。懿德在人，安用周詳？有軒者石，有幽者房。惟兹片言，幽而靡彰。

西河文集卷一百七

蕭山毛奇齡字大可又初晴稿

神道碑銘一

誥授通議大夫通政使司通政使楊公神道碑銘

皇清誥授通議大夫、通政使司通政使楊公，于卒之三月，祔葬虎跑進龍浦山先塋之傍，遺命勿上謝疏，勿乞恩賜，祭葬勿飾石人獸、望柱于墓。獨是東南神道有桓楹分樹，仿延陵題墓之意，當有文字，而以予舉制科時，爲三相公及翰林院掌院學士所讀卷，掌院學士者，今已故都官尚書葉公，公會試同考時所得士也。重門相禪，誼應操筆執其役。又以予曾職史事，即以此當史氏之誌，因再拜稽首，案狀。

公諱鼐，字靖調，别字西巖，仁和人也。其先籍江南合肥，以勳衞授世職杭州。曾祖諱憶，其伯兄諱恒，由選貢生任山東臨清州教諭，遂家于州。公祖松坡公，諱大化，誥贈通議大夫。父仲卿公，諱元貞，敕賜徵仕郎，誥贈通議大夫，皆居杭州，而仲卿公以臨清地勝，曾挈家人僦其地，故公母顧太君，誥贈淑人，生公于臨清别宅。會顧太君父萍實公爲山西平陽衛參軍，攜公之任所，至八歲而始歸顧太君膝下。適仲卿公遽棄世，仍扶柩還杭州。當是時，公家以屢徙中落，且親族鮮少，公與長兄峻明公考授經歷，仲兄如之公邑文學，相依若肩背，夜共被，晝易衣以出。仲兄每授學，所得館禄僅八金，必兄弟分之。

公幼不好弄，數歲如成人，而天資高。少有文譽，既早年爲諸生，而以國初鼎革，毁儒服，溷跡商人車，仍僦居臨清别宅。自分抛舉業，爲親知勸，重以臨清籍就童子試，由州而府而道，三試皆第一。順治十一年舉于鄉，明年，成進士，除大名府推官。

先是遷臨清時，間以乏食應直隸王參戎幕下之請，至是參戎以詿誤落職，而案尚未結，公爲白其冤，得末減，且捐俸爲折贖，周恤甚備。乃任甫朞月，世祖章皇帝廉其能，行取授户科給事中。會值鼓院有辨復降革官職濫擊登聞者，公大言，鼓院之設，所以呼大冤，詘大枉，軍國民瘼久抑不治者，藉是伸理，豈容以一己予奪上瀆天聽，斥疏通政去。而文武官開復，舊有定例，至是吏、兵二部于開復之例，任意參變，公特糾正之。值己亥會試，公以同考官取士十七人，皆名卿，如馬光、劉如漢、蔣弘道、葉方藹等。已轉刑科右給事中，明年，轉工科左給事中。

今上登極，充頒詔官至寧夏，覘邊郡疾苦，軍旅疲困，謂：「西川初闢，抽撥秦兵鎮其地，戍守之制，豈容暫緩？特其地叢箐險阨，爲憲賊所草殺，白晝千里無生人，虎狼都其中，倉黄戍守，本屬艱難，今復盡遷其家屬以實其地，夫鎮兵自月餉外，原有田畝室廬以豢家口，今使捐田畝，抛室廬，千山萬水，以填此虎狼之鄉，劍閣棧道，曳脚而行，此非徙之，實死之也。古有踐更番休之法，今一仿其制，迭相轉調，不必遽遷其家室，而限期遞代，亦不廢事。至平涼屯地，設苑馬一卿，專司孳息，原以備邊郡攻守及内地驛站之用。今關塞所需，取之茶馬，而鄉亭郵遞，動輒支驛站銀兩，以補倒斃，致孳生馬匹悉散之游牝蹴踢之地，水草既不給，而騰驤無用，翻累閑牧。夫市馬防戰，畜馬亦防戰，無以異也。支銀買馬，與領馬抵銀，其相去不少間也。是必苑馬與茶馬一體分撥，而附近驛站則直領馬匹以抵銀兩，庶閑牧寡累，而孳生不至于無用。若夫邊兵月餉，給之藩司，而秦地遼闊，邊鎮去省數千里，每一領給，動經歲月，則邊縣解司似不如徑解軍前之直且捷也。」上深然其言，乃以覃恩封二代。公捧敕傍徨，念顧太君春秋高，請歸省覲，上許之。

越一年，假滿赴闕，補吏科左給事中，使稽察吏部事務，乃以獄訟繁蔓，請上飭部臣分別發審。會康熙二年癸卯，順天鄉試，以經題訛錯，諸生紛紛訟闕下，公上疏曰：「竊惟三載一試，本求賢盛典，故事，凡闈中試題，例皆本經同考官所擬。今《春秋》經題，則同考官羅繼謨擬進者也，乃《春秋》第四題，經係郲子而題訛郲人，夫以《春秋》本經閱春秋房而題有訛錯，其人固已疎矣。且此第四題，即己亥科會試之第二題也。己亥是題亦曾以郲子誤郲人，隨經知貢舉與監試諸官題參，而考試官亦自檢舉，請奉旨改正試録，因將同考官范廷魁、孫承恩處分在案，此人人共知者。己亥至今，相隔祇一科，不宜遺忘，而繼謨者，又己亥《春秋》房中式士也，以己中式題而擬以試士，既屬可怪，況已經訛錯之題，而重爲訛錯，在前此之誤，猶曰坊本相沿，偶失檢點，故孫、范參罰可從輕擬，今已經更正，敕改試録，煌煌然見勒功令，而乃以是科中式之人，題即是題，錯復再錯，是前爲過誤，今且怙終，前固違經，今復悖勅，此其所係匪細故也。然且前時舉人哄堂而争，則内簾受過，凡反題紙寫郛子者，概使録入。今之諸生亦哄堂而争，而内簾必不受過，凡反題紙寫郛子者，皆帖斥不録，則遵經士子反受黜落，去取盡乖，詘抑誰贖？毋怪乎叩闕之多譊譊矣。」上閲疏震怒，着從重處去。而公亦即以是時敕内陞京職，需次回籍，扶侍顧太君者又八年。上俯念舊勞，特旨召用，以正四品京卿服俸，仍管禮科給事中事。且謂公等係先皇帝所用諫臣，必諳練國事，請各進一言，以佐盛治。公乃極陳小民疾苦，連年甾荒，設救恤之典，商捐助之法，開罪犯折贖之例。又且另疏積儲定制經久，并請追在官贓贖銀兩及中外所奪月俸以暨關税溢額、鹽觔割没，總移之爲賑民之用。仁人之言，其專于惠民如此。

康熙十一年二月，上躬耕藉田，敕和碩親王以下，文官四品以上，各齋戒入先農壇，公屆期以蟒服侍班，已而陞鴻臚寺卿。值癸丑，欽賜表裏帑金，充殿試執事官。未幾，遷通政使司通政使，乃以積疾發，兼念顧太君在堂，累疏乞予告，蒙温旨許之。會顧太君年八十，賀者填門，而恩綸以榮封三代，頒官誥適至，太君冠帔拜于庭，觀者羨之，因顔其堂曰慈慶堂。既而太君卒，服闋，即具疏自陳衰老，恩准以原品致仕，遂杜門卻埽焉。康熙十八年，欽賜《日講四書解義》一部。二十年，欽賜《日講書經解義》一部。二十四年，欽賜《日講易經講義》一部。二十六年，值太皇太后大行，公扶疾赴闕哭臨。越明年，上南巡狩，公朝于行所。及還宫，特傳在籍大臣自開府以上十人，使所在官存問，公居一焉。三十八年，上復以河工未成，駐蹕清江浦，公同在籍諸大臣恭請幸浙，即迎送朝見如前時。乃以暮年家居，得重瞻天顔，喜溢過望，舞抃郤杖，一似較昔增健者。越五月，無疾卒。

公性孤介而龐和，與人齒遇無畛畛，而未嘗有汎濫交。孝親友兄弟，惇睦鄉族，而疏遬者不加薄，固窮而不侈于宦達，致身通顯，而家無雕室，榻按不設實玩，日食戒梧杓，而柈無兼殺之饌，所衣敝裘，嘗解之以與貧者。每讀律講寶訓，公必往，而非然者，即終歲不入府縣門一步。遂安張公以巡撫使浙，雅重公，嘗昏夜親詣公所居，遍觀門巷，無閥閱，無屏繚管鑰，無外宅男兒，警櫝蕭條如寒冰，嘆息而去。公坐卧一室，不出户，僅以小童住户外，令司啓閉，嘗曰：「人生幾何？東墻之陰，有寸移寸滅而已。」

公卒于康熙三十八年九月七日，享年八十。以順治十一年賜進士出身，授直隸大名府推官，欽取考選户科給事中，已轉刑右，于十六年己亥充會試同考官，越三年轉工左，宣詔寧夏，以覃恩敕授徵仕郎，轉吏左，奉使稽察吏部事務，以考滿一等勤職内陞京堂官，重以正四品京卿頂帶食俸，管禮科給事中事，陞鴻臚寺卿，康熙十二年癸丑，充殿試執事，經筵侍班，進今官。元配沈太君，誥贈淑人，繼張太君，誥封淑人。子四：曰湘，曰濤，曰濬，皆國學生；曰淇，歲貢生。孫六：曰士楷、士標、士權、士杞、士梗、士樞。女二，孫女三。所娶所嫁皆名族。乃系以銘，其詞曰：

維此哲人，生超于群。如鳥有鳳，而魚有鯤。其言可法，其行可尊。兩朝耆碩，受不次恩。澤下海國，身歸丘樊。以其所居，名通德門。剡兹夜臺，爰藏衣冠。過者下馬，澆酒墳間。日月有盡，其墳長存。翳東南道，時游清神。片言不泐，敢告後賢。

誥授中憲大夫奉天府丞前禮科都給事中定庵姜公神道碑銘

姜京兆公以康熙三十七年五月十二日卒，予扶服哭之，且爲作事狀，附公所著《姜氏譜》後。其明年，卜葬于褚里福全山之陽。禮，君卿大夫皆有二碑以下窆，而墓門東南爲神道出入之所，當以一碑移其地，且勒銘焉。予惟京兆公以司諫内遷，奠天子都居，作帥于京師首善之鄉，然且舊京根本地，並邀公坐鎮，以倡九有，其爲中外所倚毗爲何如者。乃溯公在司諫時，疏數十上，值世祖章皇帝闢門伊始，諸草昧荒略，名法未備，相視爲鍥刻毛舉，而君以寬大處之。會兩河地荒，敕直指按視，清丈諸衛所屯田，歸併藩産，廢斥諸地。君請稽舊額，核全書所載而準其數，勿令妄有增益，使州縣弓尺得上下其手。夫增額爲益課計耳，乃不思地力有限，正課幾何，在有司不過誇一時智計之能，而永貽朝廷以加派之名，不可也。上深然之。

當是時，地方新闢，民錢多積逋，催科者合新舊而並征之，而公任户科，力請勿征，謂量地所出，一年衹得當一年之輸，移新補舊，將必并其新而逋之矣。夫今年之新逋，即明年之舊欠也。第有司考成，既以完欠爲殿最，而完欠之數，定限十分，凡十分所核，不論煩條瑣件，毫釐偶闕，即議處隨之。自順治十三年諸王會議以後，勒爲令甲，諸科條件既多，而有司經承，動輒罹網，朝至夕行，無半席煖者。公請盡合諸項之十分而總作十分，則毫釐細故不致輕去，且分各年之十分而各作十分，則捱年遞察，不致重累。上既是其言，而廷臣上下皆以爲便，遂立敕舉行，永爲定例，其在今四十餘年，無變更焉。

乃西南用兵，兩廣撫臣報始興、曲江兩縣知縣皆同時自裁，不知所由，在朝相視，毋敢言。公惻然曰：「人孰不樂生？乃甫儆一命而輕生如此，此非將隸吹索之，即守臣儲備之不豫，以致有是，務根株所由，勿使行間、居守兩得委卸，以飭國法。」書上，聞者皆咋舌。

公嘗曰：「大學以理財爲本，而理財之要，實惟用人。今國家旁求，亦云孔亟，而一時吏治，未登于古，豈其賢實不足哉？良由求治太亟，進身之途寬，而真才反多蔽也。夫弭盜催科，輸貲辟土，亦臣工恒事，而乃開荒有陞，捐俸有陞，漕務全完有陞，多獲逃人有陞，浸假邑無荒田，糧無漕件，四封無旗人，官貧無餘俸，則既無與于斯數，而苟其興賢勸功，課農養士，修禮制而興教化，有十百于此者，將何鼓厲？然且捐俸急公，本屬臣誼，而獎之太過，將必有糜費金穀，竭他有以足此數者，此非所以厲廉，而適足以獎貪也。至若逆賊歸命，遽受顯職，則厲民尤甚。夫穿窬駔儈，狂逞海澨，一旦計無復之，叩首軍門，不過匄朝夕之死，初非有湔滌祓濯之能可立後效，而乃監司守令，冒濫名器。夫居官必貴通經，非謂柔翰之有良于弓矢也，以爲天下惟讀書者始能明理識義，燭民隱而飭官邪，而況錢穀之稽核，獄市之裁決，機務之參預，無一不究之平時而施于一日，否則，茫然入官，四顧無術，勢必假手幕客、諮請胥吏而後止，此事權所由落而線索所由生也。且用人之途亦既不一，國家縱乏才，亦何可使狡獪雜進，至于如此？」其言皆侃侃切于時政，而上方好賢，力求敢諫，故公得盡言，稱一時盛事。至于調繁簡，轄兵馬，窮私販，廣會推，清改折，蠲賠椿，緩征欠，均銓法，復勘合，豫揀選，重律例，察關政，凡三十八疏，皆一一議行。雖諸部所議，偶有齟齬，而上未嘗不反復其詞而念其直也。

乃公方入户科時，關西參政吴允謙以督撫專薦，既已遷太僕卿矣，公發其爲道時貪跡，立下吏議。而其在兵科，則海寇陳敬容以僞軍門投誠，授山東兵備僉事，公奏奪之。至畿輔失盜，有供義王家人李進才及范二達子爲之因緣，有司莫敢聞，而公爲發覺，請直清盜本而後愉快。至旱災求言，公首以罰鍰入告，謂旱者，歲不熟也，乃民不苦凶歲之不熟，而苦貪吏之酷罰。向者贖杖，分别有力者四兩，稍力者一兩五錢，撟虔之吏，猶嚴刑以濟其惡。今者贖杖，一名動輒三十四十兩，然且以意毗睢，不拘律令，在皇上不過期無刑之治，而反開不肖者以貪黷之門，甚非行法之意也。夫年豐歲稔，徵需稍急，猶或有剜肉補瘡之嗟，況當災旱之餘，二麥不登，何堪重鍰，敲朴之下，其不爲鳥獸散者幾何矣。及海寇縱横，沿海震動，公疏請撻伐，具有方略。已奉章皇帝密旨議勦，未及果行。而今上克詰，加以六師，遂耕犁其地而版籍之，與公之所告若合符契，其先見如此。

公諱希轍，字二濱，别字定庵。明禮部尚書箴勝公之孫，工部都水司郎中紫環公之子也。世居餘姚，六世祖春軒公以工部主事劾逆瑾，貶瑞州府通判。高祖對陽公以行太僕卿忤分宜相公致仕。曾祖翼龍公由禮部郎中出守，以建國本上書罷職，贈光禄卿，遂徙家會稽，爲會稽姜氏。公少穎異善文，崇禎末，都水公以出使張秋，治故河詿誤，下刑部獄。公徒步入京請救，會是年舉京闈鄉試，公以諸生例咨監入試，中式，乃出公于獄而奉之歸里。會鼎革，下令搜京闈見舉者授以官，公以南歸免。歲丙戌，王師下江東，大將軍貝勒檄公出授監司，而公辭之。乃循故例補温州教授，攝縣事，因以民兵大破海寇之寇温者，陞元城知縣。隣郡饑，流民至者如蝟毛，時逃人令嚴，曳衢道路無收者，殍殣相望，公憐之，乃察其男無東人語言，婦耳無三環穴者，悉留之，墾集北荒地，受傭得食，活者以萬計。臺使下其法，使隣郡效之，地之荒者悉以墾，而饑民活者以數十萬計。乃于順治十四年卓異賜章服，陞户科給事中。明年，轉禮科右給事中。十六年，轉兵科左給事中。遂于是年冬，陞禮科都給事中。會今上登極，公以禮臣襄諸大禮，充辛丑會試同考。康熙元年，内陞京堂官候補，歸越，八年，始赴都，上以公爲先皇帝言官，重之，謂其言必有裨于今政，破例仍補户科都給事中。乃連具三疏，一請增科員，以防壅蔽；一請撫臣仍轄兵，以防地方竊發；一請緩期奏銷，使催科不迫。是年，補順天府丞，以憂歸。又八年，奉天府丞闕，就家起視事。三年，以母疾予終養歸，旋丁内憂，服闋不起。自十八年至三十七年，凡十九年，無疾卒。

公丰儀峻整，瞻視越恒量，懷抱犖犖，然見事急捷，如飛隼之及物，而予人和坦，好推解，能拯人之急而出人于厄。予中于所隟，流離展轉，屢言諸臺使解之。郡江防不守，民居困于沈湛，設法救援。其于宗黨之惇睦，凡鄉祠義學、墓田亭譜，皆一身修舉，無稍遺闕。至于友朋之相卹，其得所告而去者，踵踵也。嗟乎，賢矣！

公配朱恭人，爲行取科員澹明公女。生子二，曰垚，曰坦，庶子塽。垚以年貢補杭州府昌化縣教諭，陞國子監學正。生子七，長公銓，丁巳科舉人，餘俱列庠序，有名。公銓已有孫，繼君五世，稱極盛。而垚以文章著，自太僕公下，文章經術，至公益大，而垚克繼之。坦早卒。銘曰：

保氏箴尹，見周季時。宋人無學，謂無專司。兩省四品，補闕拾遺。有未便者，因而去之。

不審韜鐸，所以納誨。匡輿正軸，全在于是。是以十論，不削一二。時謂良臣，用使言事。公之立朝，侃侃盡職。少具亮節，更抱蹇德。每事進言，爲古遺直。聖本無闕，諫亦有力。矧當草昧，朝陽始曦。宜以忠厚，開萬世基。竭我愷惻，還于丕熙。千秋國史，猶應鑒斯。特公歷世，累顯文教。太史傳書，夏侯作誥。惟公有子，繼述大孝。清芬是揚，駿烈克紹。況其成績，早勒太常。邦詞里頌，亦云孔揚。惟此片石，雖表末光。拜墓下者，思之難忘。

西河文集卷一百八

蕭山毛奇齡字大可又初晴稿

神道碑銘二

皇清予告内閣學士兼禮部侍郎雅坪陸公神道碑銘

予與學士公舉制科，時學士以官取，如鼂錯以太子家令見取，改爲中大夫是也。予以人取，如董仲舒以博士見取，擢爲江都相是也。以官取者，其志在于出。夫既已官之矣，亦安往不官？而以人取者，其志恒在處。子大夫從田間來，則亦歸之于田間已耳。是以明詔所及，亦直云「博取天下才學官人」，以示有分別，而學士不然。制科榜發，即騎驢出城，自謝闕外，不謁相公，不題名京兆府，不赴五十人衆春園宴，不奉朝使。先，予請十旬假，俟予歸五年，臺臣有以規避劾在籍官者，始于康熙二十九年仍補本院官，凡五年而遽超遷，入台司，爲副丞相兼部堂尊官。越一年，告歸，一若在官之志之無異于在人者。乃又三年，而遽以疾卒，臨卒，謂其子凌勳曰：「予與西河君，其官與文與行誼不必同，而獨同于志。《禮》所云『合志』，《孟子》所云『舜與文王，其得志若合符節』，予兩人有焉。必誌予墓，非西河君不可。」而曰：「諾。」特其卒時，不繕遺疏，不令請卹典，不訃臺使以下官及親戚僚友，踰月即葬，即以同志如予者，亦無從赴義乘素車一哭，尚忍靦然爲操觚而不可已也。

公諱棻，字義山，原名世枋，雅坪其别號也。吴中陸氏皆始于雲間，而大于嘉興，其在平湖諸陸，悉世官累爵，門閥冠西浙，而公爲南陸宗。其曾祖，南京通政使陞兵部侍郎津陽公，獨以理學嬗其家。公幼孝友，年十四，值江南初下，王師之分狥者略平湖而東，公父未庵公爲鑲黄旗帶子阿什兔所俘，夾鈹于項間，公哭泣抱持不聽行，乃舍未庵公而俘公至京。誠順伯者，阿什兔主人也。馬姓，爲固山，見公，異之，試以文，大喜，命拜爲父子，而使其諸子爲兄弟。會永平舉人李茂春授生徒于遷安之龍起寺，公與馬氏往受學，值歲試，公偶應之，自遷安至永平，縣府二試皆第一，馬氏慮其過著也，急沮院試，不令赴，留于旗四年。適公兄世楷以開科選貢廷試于天安門外，除平陽府通判，尋公于李舉人家，會之他寺，而公父未庵公又以丙戌中式，赴公車門，親詣誠順伯里第，乞放公歸，許之。乃以世枋名補平湖諸生。當是時，公兄陞南雄府知府，未庵公亦謁選爲宣府理刑推官。公自分守家讀父書，徒以浙鄉試不利，因改今名，援例入國學。及赴考，即以高等授内弘文院辦事中書舍人，遂赴任。而誠順伯適于是年寢疾卒，公爲侍湯藥，奉含斂，疏麻服喪。公嘗曰：「吾受公大恩，無以報，迢迢隔三千里外，得躬親送死，以慰生平。誰謂天理非人情哉！」

乃復以國學掞中書銜舉順天鄉試，聯捷，登康熙六年進士第二人，爲原官。是年，以原官京察得一等，隨駕至灤州，奉恩詔加一級，題管内祕書院典籍。越一年，甄别留任。即請葬親假急歸，詣南雄，與伯兄議其先妣譚太恭人葬事。會其先司馬公曾在前朝以湖廣按察遷江西左布政司使，有祠堂在章江門外，而圮于兵革，公謁當事清復之，值理刑公卒于家，遂偕伯兄歸，合營葬事于廣陳之千字圩，服闋未補也。

康熙十七年，天子開制科，詔内外大臣各薦舉才學、官人赴部應試，公以廷臣薦，御試一等。故事，三等以上悉授翰林官，而新令止二等，除尊官授講讀外，有原官者授編修，否即檢討。公以官典籍改授翰林院編修，充明史纂修官，撰《成祖文皇帝紀》及漕河、水利、藝文、選舉諸志。會西南蕩平，獻《平蜀詩》一百韻，《平雲南表》一道，凱歌十章，上優納之，每賜魚，賜筆，賜蓮藕，賜宴瀛臺，賜綵緞表裏。復于康熙壬戌乞病假歸，居于家八年。時崑山相公憐公貧，不能還京，檄浙江布政司使使助以金，公卻之不受。乃以《明史》久未成，謂史官規避，公被劾就道，會是年庚午舉鄉試，即命公爲福建正主考官，凡薦卷、廢卷皆親閱，無一遺者。

越一年，轉左右春坊贊善，復以癸酉舉鄉試，命公爲順天武鄉試副主考官。新令，翰詹諸官儤直南書房，承旨書二扇，宣至乾清宮閣内，賜坐，出五臺金蓮花命賦，限以韻，立賦，呈草，上嘆賞不置，退就南書房，出御製金蓮花詩賜讀之。康熙三十三年，特開豐澤園試翰詹諸官八十九人。先設宴于勤政殿前，宴畢，就園試「豐澤園賦」「理學真僞論」，停午，賜酒菓，晚，賜茶餅，及上親閱卷，取公第一，且面諭云：「連次詩文並無出汝右者，而從前薦引並未之及。」始知上聞故多壅也，遂由宫贊陞内閣學士兼禮部侍郎。越數日，復宣至乾清宮，撰闕里孔子廟碑，賜鮮荔枝，并頒御筆所臨米芾綾字一幅于懋勤殿，嗣此入閣。嘗于一日獨坐判紅本七十有奇。每啓事暢春苑，撤御饍以賜。間以病休沐，上輒問云：「陸棻何在耶？」公感激，思有所獻替，嘗撰「恭陳管見」諸疏約數萬言，不果上。乃充續修《唐類函》總裁，《三朝國史》《平定方略》《會典》《一統志》副總裁，經筵侍班，武殿試讀卷官。

會六師北伐，勒銘于黑魯侖河，獻北巡頌詞，而東南所闢海島，自丁卯、庚午連科論秀有中式者，作《臺灣載舉賓興記》，上倍加器納。重以侍從應制，恭和上所製詠史詩、視河詩、宫門聽政詩、覽貞觀政要詩、時巡近郊憫農事詩、觀渾天儀詩，無不稱旨。如是者一年，忽嘆曰：「可歸矣。」夜起繕疏，略曰：「臣本豎儒，去年六月初十日，謬荷皇上知遇，遽由贊善陞今職，雖捐棄首踵，不足以酬萬一。顧念臣學問本疎，而又無寸長可以表見，年近七十，衰脾頓發，儻有隕越，其仰累主知，負罪莫逭。伏祈俯賜休致，則在廷少一素餐之官，而在野得增一鼓腹之人，誠盛事也。」疏入，摺其本不下，公陛辭益切，然後奉旨以原品致仕。次日，治裝。鄉人望公者，謂公以參知歸里，九斿八騶，必有異于衆，當謀所以迎之，而公乘吴船到門，會天雨，躡長齒屐登岸，咸嘆息去。

公兄弟四人，皆友愛，以長幼爲師友，而長與三先公卒。少從伯兄讀書于郡東之碧漪坊，其同硯者，一譚太守璁，一譚給諫瑄，一朱檢討彝尊也，三人皆同朝，而兩爲郡守，五人者皆有文章名。公嘗作《正統論》五篇，與四人論議，各不合，而論成，而皆韙公言，其論至今存集中。幼聘楊氏，及在旗，誠順伯爲計婚姻，將問名侯氏，而黄總兵者見公慧，亦許以息女妻之。是時歸期未可知，失此，年大，恐難爲配偶，而公謂：「吾不可負楊氏，儻不歸，即勿娶已耳。」再拜謝誠順，即誠順亦義之。暨公歸，而楊淑人已及笄，且少孤，移居公外宅久矣，乃又越公歸一年，公年二十一，始成婚，而先公十五年卒。公生九子，皆不育，嗣子凌勳，則伯兄太守公子也。

公體粹而貌莊，舉止有常度，雖無驕志，無惰容，而亦不故爲矜嚴謙抑之色。性簡坦而厚于與物，不媕婀而親，不好爲深察而無所于汗漫。其生平行事，雖同室與千里皆可信。益都相公嘗曰：「吾于近人多疑事，而獨不疑于義山。」居常論議，不抄變人詞説，然又耻附和，侃然有至理見乎言間。讀書務精察，而不計卷帙。行文未嘗拘一格，顧必中于格。嘗曰：「《緇衣》曰『言有物而行有格』，格者，法也。車塗有九軌，仍一軌耳。」至于出處，則高官顯爵，日居金馬門，而難進易退，欿然若無有，曰：「志有在也。」嗟乎，若公者，可謂光明磊落君子人矣。

公卒于康熙三十八年四月一日，距生明崇禎三年十一月二日，享年七十。所著有《雅坪文稾》十卷，《詩稾》四十卷，《詞譜》三卷，《御試進呈詩文合刻》一卷，雜著若干卷。乃爲銘，其詞曰：

平原肇族，以孝行多。鬱林而後，大于嘉禾。派别南阮，宗同諸何。門閥長盛，冠紳偉俄。公獨有志，如居巖阿。家國多故，爰尋干戈。代父俘纍，投身網羅。孝感天地，珠還泉渦。甫傥夾戟，旋聽鳴珂。摛頌獻賦，有如夙哦。公家敬輿，已登鑾坡。復就制舉，中拔萃科。後先嗣響，宛出一窩。況逢聖眷，夔龍賡歌。屢宴承明，頻居駊娑。躬近銅鶴，盃啣金鵝。日判紅本，大若蚪蝌。而乃告歸，急流廻波。行乏雙引，車無八呵。病鮮餽櫝，喪誰行儺。高官顯爵，奈非志何？幸其傳文，尊于刻犧。金液常燦，玉粹不磨。矧行誼高，猶登陂陀。動而益上，與雲日摩。即此可信，遠近罔訛。曾母三告，亦不投梭。展也君子，崇山大河。雖嘆馬鬣，何須封駝。祇愧微文，交螭未踒。以代豐碑，從東南過。

西河文集卷一百九

蕭山毛奇齡字僧彌又僧開稿

塔誌銘一

洞宗二十九世傳法五雲俍亭挺禪師塔誌銘

俍公以義士而託于僧，然竟受僧法。于其死也，仲子鄴偕叔子克堅、季子魏既已受遺命，翦其毛髮指爪，衣斂之，而瘞之先塋之傍，顧此不壞身在僧龕也，其法嗣智玹築塔龍居隖，藏而養焉，乃續孝子所著《逸亭公年譜》，自四十七歲爲大僧後，别著爲《俍公年譜》，而匄予以銘。

予思童時從先教諭兄讀公考文，所爲仁和學異等者，功令，提學考士例分等六，自一以下無出一右者。福建許平遠先生，名士也，破例設異等居公，不令與諸生齒，鏤其文首城爲榜樣，將以踵及。乃歷十一郡七十餘縣，竟無能踵例而止。歲壬午鄉試，推官唐階泰薦公卷第一，主者抑之，中副科。予時與試，見公與同年生會湖上，志意种遠，歸而揖與語，間及時事，大感激，爲定交去。越五年，南浙舉大社，合二十餘郡名士會于會城之東園，伐鼓摐金，極宴饗之盛，時名同方社，推公主之。因與張梯、徐緘尋公于市門，見公與儈牛伍，遮豨衣，俯首數竿格子，較計錙銖，相見不交一言。俟其數竿畢，然後拱揖道故舊，顧竟不與社。又十年，姜給事歸里，與公壬午同年生，乃邀予訪公顯聖，則公已居然僧矣。又十年，予以一官羇京師，而公已死，《譜》所爲涅槃者。悲夫！

公名浄挺，號俍亭，即仁和徐世臣也。世臣諱繼恩，别字逸亭。十歲能文，天啓中，魏監亂政，惡之，作《宦者論》。稍長，補諸生，擢茂才異等，壬午副榜。弘光帝舉明經，首公，公爲文刺馬士英，士英怒，趣官旗逮公，大行陸培争止之。當是時，公聲稱藉甚，四方士過杭者，争造公，巷爲之滿。先是，文社大起，婁東張溥、漳浦黄道周並屬公領袖，公爲社名登樓，又名攬雲，聚臨安名士于其中，主東南壇坫凡三十年。至是，焚書，埋筆札，鬻羖，市盆簝漿酪，間或鞣馬牛之皮，與鞄者雜作。方伯張君就見之，不得，請以百金爲公壽，峻拒之。惟門徒日來，遠近從游者僦隘巷居。諸暨錢孝廉執贄請講《易》，公倚市門口授之去。既而嘆曰：「吾生時，吾母夢老僧，皤然杖于堂。吾昔昔見夢，亦如之，此豈吾前因哉？」西湖愚菴受洞宗法，公與之游，有契，遂落染，設三壇浄戒，時年四十七。

初居花塢，錢塘令張君建精舍河渚，名雲溪，嚴侍郎迎公居之。禾中資聖寺，名刹也，歲歉，生徒皆飢，公應請之禾，躬持鉢乞米飯僧，凡三年，全活萬衆。去之武塘，修武塘慈雲寺，剏建鶴勒菴于北郭，説楞嚴其中。時設大戒，夜夢伽藍神，乞戒，易衣謝，乃以雲門顯聖爲洞宗中興祖庭，自萬曆乙卯逮今，閲五十餘年。凡嗣其法者，輪居之。越中士大夫交章迎公，住三年，增飯僧田畝，特建祖堂，供曹溪洞山列代諸祖于其中。然後退居雲溪，受諸方之請，魏君副使舊有淡園供佛養公，而錢君學使特搆緑谿園，兼市全藏爲公翻閲地，公應之。

公以爲生平稽古，讀聖賢書，將以天下爲己任。而既已不克，徒託此優游以潛消其壘塊不平之氣，即與浮湛傭販何異？且是亦有道，吾將藉是爲見道之具，而大擴其教，而集之成，以示吾儒者之有用。因内極其奥，外極其象，舉西來至今意言俱盡者，而合三幡四諦而並運之，以爲摩騰以來特達之業，而惜其以蓋代之才而出于是也。

曩時，西湖諸禪刹皆有知識，而宗派所垂，各具妙衍，惟天竺雲峰，在隋時爲真觀道場，顧其後中落，源流歇絶，雖子儀辨才，偶然知名于吴越王時，及趙宋元豐、慶曆之間，而曠席既久，且殿宇亦稍燬矣。士大夫迎公者道路相望，本欲徼公作振興之計，而公亦慨然以恢復自任。乃入其門，無殿，獨一毘盧觀音像，金鑄，長一丈六尺，露處其中。公乃居雲峰，建大殿，金輪寶欐，次第完具，然後樹齋房，設僧寮，鐘鼓幢幔，置諸所應有，期年工成，時年已七十。乃于甲子年九月二十二日説辭世偈，更衣。越二日，端坐而逝。嗚呼，公遂以僧歸矣。

公幼著文賦，大略載《逸亭十集》《揮麈録》《十笏齋詩集》《十笏齋文集》，其已見于世，如《危論》《范蠡論》《西湖詩》《西溪賦》，散見，無兼本，則間有存者。維時以寢疾，憂道法不明，著《易象攄空》《軒傳略解》，明羲文周孔之傳，黄帝岐伯之旨，陰陽死生順逆之微，進退盛衰之變，其言一本乎太極，而託意最遠。及游吴還，見浪杖人，與酧酢，著《答問》一篇，既又註《南華》《淮南鴻烈》《太玄》《法言》暨京房、焦貢《易通》，郭璞《地理》諸書。其見愚菴時，著《洞宗剩語》一篇，《頌古》二百首，又作《金剛十頌》，并提《金剛經》十卷，乃更著《四書偶言》《周易雜論》，《春秋》《尚書》《毛詩别解》，《三禮異同考》《經濟指南》《博物辨》《唯識删繁》《四教儀直指》，且作《家誡》，修《家譜》一編，而後落染。暨落染後，居花塢，著《學佛考訓》，并《周易略解》。居雲溪，著《雲溪問易》《漆園博通》《參智證傳》，以舊有《智證傳》而又參之，乃復著《洞宗綱要源流頌》。其居資聖，著《華嚴頌》《梵綱戒光》《楞伽心印》《維摩饒舌》《圓覺聯珠》《楞嚴答問》《藥師燈焰》《彌陀舌相》《金剛隨説》《金剛别傳》《金剛拈心經句義》《法華懸譚涅槃末後句》，共一十二種。當是時，公已棄文字，而四方以文字請者不得絶，間亦應之，名《溪流文字》，其在乞米渡江時，賦詩名「涉江草」，至居雲門顯聖，輯洞山价祖廣録著《世譜》，作《五雲頌古》六卷，參訂《人天眼目》，使五家綱宗瞭然言下。于是居淡園，有《園居詩》五十首；居緑谿園，閱全藏三年，有《閱藏偶録》；最後居雲峰，賦《山居詩》四十首，《除夕詩》十首，《天竺續八景詩》八首。其所在説法已經撰述者，有《雲溪語録》十八卷，《資聖語録》十二卷，《雲門顯聖語録》十二卷，分上下二集，《雲峰語録》二卷。至若雜著紛然，陸續彙載，則自雲門返河渚時，有《全録》一百卷。

公生于萬曆四十三年十月四日，卒于康熙二十三年九月二十四日，世壽七十，法臘二十四。所授法弟子智琮等三十人，子姓皆有文章世其家，詳行狀、墓誌，兹不載。公與陸大行、嚴侍郎、汪孝廉、孫處士輩，皆同硯爲文章，各以至行大節顯于時，暨死，而皆得以邦賢從祀學宫。而公以僧故，提督學使暨督撫以下，各具文迎主入勒公講堂所祀啓、禎兩朝忠義祠末，而録其行事于通誌，以表其人。乃爲銘，銘曰：

誰謂道法，孔釋同符。惟不得已，逃于毘闍。當其避地，寄情屠酤。譬彼元鱓，而膠于沙。乃忽解脱，作金精色。不疑魯叟，頓入慈室。前身兜率，所記歷歷。何必臨水，照影而出。且量十笏，還參維摩。雖或有情，如菩薩埵。卒証彼岸，延之多羅。蜂臺鷲頂，逌然以居。所嫌枯拈，比諸乾矢。啓不二門，屏絶文字。十六觀禪，悉棄于地。安事琅函，使馱白馬。因徹内外，擴拓其教。集之大成，以合衆妙。仁化智化，治國有效。況本經術，行此化導。獨憐儒德，爲人天師。文爲行表，言乃德基。奪彼金紫，作僧黎衣。奚止歸竺，道場光輝。今此色身，寄舍利此。與無盡量，同滿世界。惟其名行，早著四海。有過此者，瞻仰何已。

傳臨濟正宗三十二世蛤菴圜禪師塔誌銘

師不知其姓，❶嘗自贊云：「出身無姓是也。」母氏張，生師而啼，一日至佛寺，師見佛大喜，嚮之笑。會崇禎末，獻賊破襄陽，兩湖皆震。師本楚族，居荆州江陵，江陵避兵者多東下，散僦下江，而師獨隨母之浙，擇居蕭山之湘湖，以湘名類楚，曰不忘楚云。

師姿性超絶，就童學，不屑屑書卷。隣寺名隆興，晉隆吉將軍所遺寺也。僧明然，具戒行。師十六請母謁然落染，然命習經論。師晝習夜坐，嘗中夜頽體爇木，禮大士數百以爲常。既而慕三衣登

❶ 「姓」，原作「性」，據四庫本改。

具，出參諸方。時福嚴爲諸方名師，詣嚴，嚴拈竹篦子示之，有省。去詣天目，參大覺國師于枯木堂。大覺者，報恩通禪師也。時未爲國師，見師，大喜，留之枯木堂，鉗錘之，凡十年，備歷苦毒，至有死而復甦者，師嘗曰：「吾能忘十年枯木堂哉！」

當是時，報恩欲付師而故有待也。既報恩以虛空落地勘師，師應聲答，報恩復勘之，師掩耳去。之平陽，平陽問：「幾時離天目？」師曰：「和尚道某甲站脚何地？」平陽曰：「汝還識平陽門麽？」師曰：「平陽若有門，即道離天目。」會報恩赴世祖章皇帝召，復携師入京，侍萬善殿，每于御前問答之際，稍稍及師，師微言承應，輒當聖意。時報恩侍者多湖人，而師年最少，章皇帝以小湖廣呼之。暨平陽相繼以弘覺國師赴召，師隨報恩歸，平陽欲留師，不得，至平陽還山，覓師于湘湖之濱，呼師入室，覿以機，出章皇帝所賜金襴袈裟并白拂子，手書列代源流于玉軸付師，師乃留平陽有年。俟平陽示寂後，始以楚故鄉還湖。湖通城令丁君，蕭山人，與師舊，延師鳳山寺。寺隣寧州，寧之龍安山有兜率禪院，故黄龍分席也。叢月禪師者，曾受張商英之請，大興其庭，而代久而圮，居人聞師至，踊躍集千人走鳳山迎師，遂于康熙癸丑春入院。不踰年，即伐山冶土，率居人薦力者，度故址營之。前坊後寮，而居大雄于其中，革魚金板以次整設。

值西南弄兵者從巴陵來，越蒲圻下雋而抗于郢城之南，師拂衣東下，仍止于蕭之湘湖，曰：「吾湖人，此猶吾故土也。」遂自號湘谿，而題所著詩曰「湘谿集」。既而湖中慕師者聞師歸，渡江迎師，住吴江黎川之羅漢寺。一時學徒相從者如歸市，然終以不忘兜率，伺兵革稍間，即往來化導若干年。後命嗣嵩菴居之，而自携一笠，將朝臺。癸亥，辭羅漢，由商亳渡河，道京師，暫憩翊教。和碩安親王聞師名，延師住西山隆恩，師辭不得，遂于甲子三月入隆恩安禪。越明年，皇上幸潭柘，謂潭柘勝地，當以知識居其間，敕侍臣召師，引見于玉泉行在，賜飯命賦詩，徹所薦含桃食之，問得法所由，且曰：「和尚于先皇帝時曾入西苑，此時西苑所住者尚有人相認者乎？」師舉椒園所住容舒、純素、真牧諸禪德，曰：「皆臣僧法姪行也。」又曰：「先皇帝御前李國柱，常隨駕内道場者，識臣僧，今猶在御前。」上乃問宗旨，甚契，既而曰：「如何是道？」答曰：「以聖智行聖政者是。」又曰：「如何是心？」答曰：「乾綱獨斷謂之心。」上曰：「佛家以參禪爲上乘，儒者以明德爲上乘，是否？」答曰：「禪以覺見心，猶之儒以明見德。」上顧左右曰：「原是一理。」答曰：「不惟三教，即九流百家，亦無二理，所謂統江漢以朝宗也。」上大悦，親灑宸翰，書禪聯賜之，遂傳旨曰：「和尚可能住此方乎？」師對曰：「臣僧以朝五臺來，今尚未往也，且臣僧母骨藏湘湖，曾負之歸楚，而尚未封土，臣僧了此願，乃敢遵旨。」許之，復敕啓奏後朝臺。師還山，陞座，作謝恩法語，見《語録》。遂于是月辭隆恩，入椒園啓奏，西行出龍泉關，禮五峰，作二十偈。還京，憇萬泉，值滿大學士以嗣君侍衛即世，詣萬泉請師説法，師以腹下辭，不得，既而病痢，遷天龍精舍，遣侍覆奏。上敕御醫劉元辯胗視，親閲療方，時十月朔日。次日，復遣侍臣翟進忠問疾，兼有留師化導之旨。師手草奏謝，上覽嘉悦。至廿一日再遣侍臣問疾，賜參藥櫝食。十一月朔，師作訣書示左右，爲歌名「咄咄歌」，示椒園諸法姪。次日，師問明幾時，左右以三對，師曰：「三，期至矣。」至三日，晨起，沐浴更衣，作辭疏謝恩，略曰：「臣僧卻染即遭鼎革之際，爾時已知瞻雲就日作化導計，既而隨報恩國師赴世祖章皇帝之召，得侍巾盂，枉蒙顧問。草野區區，已願從披瀝久矣。今皇上福庇環海，行脚之人，幸來京國，特以九衢蕩蕩，掛搭未定，濫膺親王之請，暫憩隆恩，自謂焚盥之餘，可藉此仰祝聖躬萬壽，兼擬夏首朝臺，禮文殊塔，然後南還湖中，以了未具。何意皇上敕召慰諭，留此化導，還京候覆，頓染脾疾。累蒙皇上遣醫胗視，兼賜參藥櫝食，而歸期頓至，扎挣維艱，誠恐溘焉朝露，有負皇上汪湛之恩，爲此伏床稽顙，惶恐申謝。」乃作垂問法語與示禪徒語，語畢將逝，時法姪元熹、書記覺紳與嗣法居士顧元登俱在侍，曰：「和尚可無偈耶？」復甦，索筆，手書偈曰：「屙了喫，喫了屙，百萬人天嗅不多。香臭十分原有價，莫教後代有譊訛。」書畢，微笑而逝。時已夜分，當戌亥之際。暨明，進遺疏，上覽慨然，即命侍臣翟進忠弔問，奠以茶。師遺言勿哭，勿封龕、舉火、入塔、説法，且曰：「兜率、湘谿，吾住處，他日掩龕，于二所筮之。」

師名本圓，字蛤菴，別號湘谿道人，生于崇禎壬申七月八日，示寂于康熙乙丑十一月三日，世壽五十四，法臘三十八。嗣法兜率嵩菴元基、大坑師亮元密、行端元勤凡三人，師逝時俱不在側，嵩菴住兜率，心動，忽徬徨來京師，至日，值五七舉火，若預定者。其居士嗣法，則州司馬雲間顧君昌洛。師住隆恩時，曾舉龐居士公案有契，知爲法器，隨鳴鼓上堂，説法付之，易名元登，至是隨寂，問末後以何法供養老僧，顧應聲答。是日陰霾，其所答有「凍雲吹不盡，寒雪欲飛花」之句，師甚嘉之，蓋顧君老參也。及還天龍，大司成翁公曾問道于師，師重其品行，而窺其見地超卓，陡舉手所弄如意，倣古德分芋事，與之曰：「領取十年宰相去。」若劉居士元辯，則贈偈以勵其志，其他剃度弟子元導等，約數十人。予以籍蕭山與師舊，而黄門任君曾延師住别業，故于垂寂時同往一訣，乃以予知師，面屬予誌塔如右。

師三坐道場，各有《語録》，其所著詩有《湘谿集》《湘谿别集》《朝臺十二偈》行世，諸凡參訚機緣及簡札可紀者，詳見《語録》。銘曰：

師説無生法，乃至無有姓。無姓亦無法，一切惟身量。以是受具足，遍參諸方賢。手覆天目雨，脚蹋平陽門。當日帝王尊，曾召舊禪德。一時天龍幢，並樹萬善陛。聖智發威音，與師解清净。師出大慧力，陳説無盡藏。因之兩覺師，争付正法眼。紫金袈裟帔，盡作心印觀。乃以湘山僧，遠住兜率地。西行禮文殊，南還瘞佛母。念彼京邑鉅，投體作瞻覲。以企足無所，躉應國王請。何悟聖主知，召師與師語。于海淀行幄，命説相見偈。師亦何因緣？得蒙降恩旨。當留諸巾錫，化導兹方所。或入住萬善，或闢大慈寺。尊爲大導師，亦復何思議。遂發普濟願，朝臺復來是。以之報聖恩，兼祝千萬壽。具足妙相成，聽爾拂衣者。師乃展摩睺，頓欲空諸有。不知何所苦？詘指滅度日。當在月三候，作書别親故。御覽遺疏慨，以爲妙禪悦。遣侍奠清楨，用首諸方供。獨是師所生，本在楚南郢。蕭山有湘湖，名與楚郢近。出席在兜率，兩地設思並。我今占所寄，莫如兜率便。因築崇梵龕，建此光明幢。疊土斂骨骼，鑿空流音聲。是則無上德，證明于此中。此中亦安有，藉此證明者。

傳臨濟正宗三十二世彌壑澧禪師塔誌銘

今皇帝嗣服之二十年，西南再闢，四方有道之士咸觀京師。于時彌壑大師從開化來，應和碩親王額駙尚公之請，卓錫城西延壽寺。會益都相國馮公修無遮大會，請師設戒于長椿寺中，京朝官假沐聽法者車駢轂疊。予隨總憲徐公、宮詹沈公後參訊焉，而恍有遇也。既而師疲于應接，游嵩洛去。時大梁開府王公留師住汴，師固辭不得，因于次年甲子赴大梁。越一年，其嗣法樹南忽携訃來，兼傳師遺命，曰師已示寂于大梁之相國寺，以願游二室，命掩身龕于嵩山玉柱峰南古法王寺後，而匄君以銘。予乃釁手展狀，嘆曰：「善乎！」

按狀，師諱行澧，字彌壑，寧海胡氏子也。祖鳳陽別駕，父國學生，生師而慧，厭肉食，尤不喜飲酒。重九讌客，父兄令侍席，憎師不飲，罰誦詩一句，師應聲曰「重陽九日菊花新」，座客大驚，詢所由來，師嘿不能對，此即汾陽昭禪師頌中句也，師洵口若夙記者。嗣後名閥來請婚，師固辭，會雪竇僧過其居，談禪，師聞而樂之。時年十七，適父母齊逝，遂以父母所授産悉歸之兄，趨雪竇，投石奇雲禪師薙染，務力作。雲見師文弱，甘攻苦，恐其或懈，示以偈，勵之，師乃留三年。辭往寶華，受具足戒。時木陳忞禪師居天童，師往參忞，留方丈，聞舉「禾黍不陽豔，競栽桃李春」句，忽有省。會忞應詔入都，師辭，往福嚴參費隱容禪師。容問何來，師曰：「天童來。」容伸掌曰：「我手何似佛手？」師曰：「瞞他不得。」容頓足曰：「我脚何似驢脚？」師曰：「不勞再勘。」容大笑，命師典知藏。而容忽遷化，乃復參報恩浮石賢公。賢問曰：「床脚下種菜，你作麽生會？」師曰：「不假春風力。」賢曰：「鐘樓上念讚聻。」即呢字。師曰：「也要大家知。」賢曰：「汝可住黄蘗山矣。」師拂袖便出，賢乃命師領西堂事。

康熙乙巳，吴中士大夫敦請賢公住楓橋法華，遂以師應請席，開法上堂。時太傅金公躬詣師，言下甚契，稱莫逆。會賢公以丁未示寂，召師還，封識衣器，候弘覺國師即忞禪師也。至，啓封授師，師仍住法華七年。當是時，嗣法樹南最有聲，遂以法華授樹南，别赴景山興福、彭城開元之請。

開化禪院者，宋惠元禪師所遺址也，在彭城，歲久而圮，居人聞師名，謀請師，會副使戴君、總戎張君與師舊，乘師住開元，詣師聽講，因于次年癸丑請師至開化，遠近相望，如慶雲在天，鑾從影躡，不召而至。師乃集方衆，摶土翳木，重樹梵刹，佛宫僧舍，有若海湧。方是時，師大開法席，直闡宗風，江淮嚮化者踵趾相接。北方禪習之盛，未有若此者也。

既而曳杖北上，至京，適城西延壽精舍以隘故，延師蹔駐，爲擴大計。師重加締搆，布金飾象，遂改寺額，與諸門下士砥礪其中，凡二年。值修復長椿，延師説法，一時禪德，各趨走如鶩，然終以煩劇故去之嵩洛，時癸亥春月。次年，復之汴，應開府王公、副使祖公之請。自知時至，於冬仲之朔，晨起諭剃度弟子隆律等，傾鉢金爲其先師刻藏塔銘，命書記書訣檀那，散巾鉼杖錫諸物貽贈故舊，乃囑門人隆示、隆杲，定以初八日巳時長往，而令樹南名隆祚者作行狀，遂于期至時，書辭世偈云：「朔風凜凜天猶冽，四十九年無别訣。不將生死決去來，萬里長空一片雪。」復自製封龕云：「嵩嶽嵬嵬聚曉風，棲行隨處自安豐。涅槃後有大人相，百尺崖頭第一峰。」又入塔云：「不入蟭蟟大力王，草枯鷹眼漫。

缺二字。應思少室真風在，一塔而今柱大梁。」書訖而逝。

師生于崇禎丙子四月五日，示寂于康熙甲子十一月八日，世壽四十九，法臘二十七。荷法者二十餘年，六坐道場。嗣法樹南祚、毒符學、孚尹峻、旭菴、玉柱輪、朗咄菴、永夫隱機、曇紹杲、霖沛渗、晦嵓封、自嚴律、燕林榮，共十二人；守塔弟子天如澄、聞性月二人；剃度弟子數十人。所著有法華、興福、開元、開化、延壽、長椿《語録》，并《方外英華集》行世。歲乙丑，建塔嵩山玉柱峰，而系以銘。銘曰：

得離朱户，而入紺廬。造戒煩館，服無垢衣。乃以慧業，証彼空相。指水在中，陟巘而上。由此尊勝，出領妙覺。山石點頭，天龍詘脚。因五蘊度，立萬法宗。錫飛海際，盃浮土中。爰憩二室，以歷百劫。三花晝風，五岫夜雪。天柱不折，法王可依。高峰突兀，千秋在兹。

西河文集卷一百十

蕭山毛奇齡字春庄又初晴稿

塔誌銘二

越州西山重開古真濟禪寺傳曹洞正宗第三十世以揆道禪師塔誌銘

師諱智道，字悟通，又字以揆，杭州仁和胡氏子也。母阮，生師而孤。會崇禎之季，東南尚文事，士子能通一經，把筆爲文辭，毋論仕與不仕，即睥睨一切。師已習舉義，爲人所稱。自念處濁世中，跼蹐若負羈靮者，每欠申不自安。且驟丁喪亂，杭故繁華地，燈火笙瑟徹晝夜，外户不闔，忽兵革饑饉，市里多流亡，四顧蕭條，當娶不肯娶。適避難得痛心疾，乃奉母居南高峰下。嘗過古洪法寺謁諸佛，有省，因發願誦《藥師經》一萬卷自懺。時道林離愚者，洞宗師也，住静與寺隣，師往參之，無所得。嘗與禪客語，不契，悶絶，幾欲剖其心。乃危坐一室，越三日，夜分，風大作，門扇忽自闔，聲如轟雷，師大驚，汗下，❶似

❶ 「汗」，原作「汙」，據四庫本改。

有省，往見道林師，呈偈曰：「倏聞門響若雷聲，打破當前一座城。驀地歸來重顧盼，此聲依舊是門聲。」道林師不許，但笑曰：「子從此悟入，可通矣。」即于是日令薙染，字曰悟通。

順治辛卯，三宜和尚講《首楞嚴經》于鐵佛寺，師往聽講，并具戒，喜之，請侍和尚，和尚更字曰以揆。既而離愚還道林。道林者，蕭山河上店山頂寺也。離愚初居之，名道林寺，又名兜率寺。至是，住静久，蕭山檀越重請道林師還山，乃招師並還，遂署師理監院事，師乃變俗産爲常住用，且開關道場，增設一切佛藏并種種法仗。如是三年，會道林師從弁山埽祖塔還，示寂于北關之紫雲庵，師迎龕至道林，建塔。是時，道林繼席者爲鏡愚和尚，鏡愚即離愚弟也，同父亦同法，仍命師監院如舊職。至乙未，和尚赴顯聖埽湛祖塔，問師云：「一路以來還有奇特事也無？」師曰：「衹是黄泥伴石塊耳。」和尚云：「也只尋常。」師曰：「已多矣。」時顯聖主席者，百愚和尚也。百愚見師而奇之，云：「此何人耶？」鏡和尚云：「此吾離兄之嗣也。」曰：「曾有囑否？」曰：「不幸兄已故而未遂也。」曰：「吾代爲離兄囑之。」因以衣拂并源流授師。越數年，鏡和尚亦示寂，付師以道林，師不受，避之臯亭獅子窟，迎母侍養，兼禁足三年。

康熙丁未，蕭山、諸暨諸檀越渡江迎師，師辭之。暨戊申，迎者日踵至，師不得已，始進院開法説戒。時蕭山東山有接引精舍，師過而樂之，乃復退院，居其中。既而聞西山有真濟禪寺，舊刹也，相傳唐武德七年所建，而中毁于火，師過，動心，夜夢伽藍神來前，醒而見之，遂矢志恢復。預建團標于殿前，逮癸丑冬，造方丈五楹，甲寅，殿成，雜設講堂、僧舍、齋鍾、誦板，而刻木墁金，并養護法聖賢于其傍。每安禪説戒，四遠宗之者如歸市。辛酉，兩縣諸檀越仍請師還道林，乞長住法席，師不得已，復住道林，且增修道林所未備者。甲子，道目和尚偕湖州當事縉紳各以啓至，請師住弁山祖堂，不赴。乙丑，退院，至西山陞座，一時問佛法因緣相踵于道。未幾，過東山，慨然留之。七月十七日，晨起，諭諸禪德以法門，鄭重授一應院事，作書別檀越，并以示衆。午刻，居士倪君設齋食，擕至饗師，師坐食，作別如常時，既而曰：「予行矣。」拱手合目，少頃，鼻垂雙筯，長尺餘，已而收入，于是弟子迎龕至西山歸塔。越五年，而屬予以銘。

每怪儒者誦讀，循咿唔，遇有講解，如謳師賓白，未嘗于當身有所干也。師嘗見居士沈君誦《首楞嚴經》，而示之以意，以爲楞嚴法界，一切衆生心身之本也。夫心身本是廣大無邊際，而含萬有，昭昭于心目之間，非大徹之目，離識之智，未能見此靈通矣。世之迷者，若大海之一漚，有廣大而不能用，倀倀然自投于籠檻韄絏而不以爲苦，故世尊初成道時，嘆曰：「奇哉！衆生皆具佛智慧而不能證。」以是法界性説楞嚴神妙，于以見諸法性相理事，儒者所謂由窮理而至盡性，職是故耳。向非自證，何能披其文見其法哉！

又與居士田君論《宗鏡録》，謂圓宗所示，皆是未了文字，自必性離，始名解脱，倘徒以識心求之，則《圓覺經》云：「以思維測度圓覺境界，如取螢火燒須彌，欲求其燃也，難矣。」故從來思維徑路不可入道，不如少林云：「惟墻壁，乃可入道。」果能于徑路絶處竭力追究，若喪考妣，則迸開光明，如紅罏烈焰，涣然冰消。又如斫樹去根，再生枝葉，此時此際，作何捉摸？況向上一路，極盡玄微，去粗存細，末後工夫正多也。其言論親切如此。

師卒于康熙乙丑七月十七日，距生明崇禎己巳七月十日，得年五十有七，僧臘三十九。開法二十餘年，爲西山真濟禪寺第四代重興大師，次爲道林兜率禪寺開山第二世第一位住持。位下傳法者二十餘人，西山繼席者翊南，其餘各化一方，凡剃度授戒者所在多有。乃爲銘曰：

師本清浄妙法身，無三毒無五濁業。以此蟬脱污淖中，獨得勤向息慈地。佛言救溺當出水，嘗入漆室把火苣。忽然風作霹靂響，何人奪門使門閉。一聲吼落天龍驚，頓使甕裂桶底下。非風非門亦非心，此聲宛轉無覓處。乃知不二衆妙門，因聲得度幾有是。遂于此日取尊勝，立受五戒離壞濁。從來捨俗非易事，生龜脱甲牛解角。果能離性見德智，何難就證無上道。乃傳佛義得真印，受取如來正法眼。千江明月萬户春，指示世間諸色妙。雖遷慈室種種地，東山西山非有二。皆與道林兩相對，同時埋影入雞足。將收此入法輪藏，以此文爲妙解義。若以此作文字觀，因聲得度豈有是！

少林傳正衣優婆夷香林湼禪師塔誌銘

師香林，名無湼，京師人。俗姓鮑氏，夫俞爲鏝工，早亡。臨訣時謂婦曰：「吾賃工尚不給，每減其口以養母，今何能矣！汝年小有貌，請召婿于此而贅養之，何如？」婦不許，曰：「吾以指力養，不足，取之吾家之稍贍者。」諾而瞑。

隣有惡少，豔婦色，强娶不得，訟于官，又不得，謀壞其操。婦所居者爲西便門外之八里莊，值燕九節，俗聚男女于城西白雲觀，設祠，陳百戲，相傳是日，丘真人來降，當邀之。婦騎驢從母家歸，徑觀前，惡少望見，遥指曰「此仙姑也」，迣尾之，人不之疑。至月壇，惡少挾下驢，使群少健者力持之，蜿蜒草間，將蜕衣，值慈壽寺老宫從西山運石炭來，車徑壇西，救婦而訶之，群少散走。老宫乃詢婦所由，彈指曰：「此終非久長事也。去此保明寺，爲天順皇帝爺御妹薰修之所，盍姑婦捨髮而匿身焉？」婦從之，遂爲尼。

初，尼不識字，不習禮拜，第挑菜釋米任雜作。既而發願，訟之佛前，曰：「吾向食指力，自晝迄暝，今曠手度日，滋罪孽，且居此何爲矣？自今後，請日習經課，禮拜一過，持佛號萬聲，夜即趺坐，勿令寐。」如是五年。風穴僧有知識者，以朝臺來京，企脚于萬壽之番經樓，保明主尼央老宫延之，設齋，風穴驟見尼，呼尼與語，頓有省。既而少林國師請部印，候旨天寧，老宫介尼見國師，乃付衣焉。

天啓七年，信國繼大統，例番宫人出，有年大無家願爲尼者，送保明，于是雲還師以宫人落染，拜尼爲師。居無何，雲還謂保明嘈嘈，自出所畜金搆園于寺北數里，而迎師其中，虔事之，以師號香林，而香山又適在前，名見香園。既而雲還亦刻苦有省，師即以少林所付衣付之，師遂卒。時法臘十八，合之世年二十一，共三十有九。

康熙己未，雲還建師塔于園，介天寧僧普照者乞予以銘。予嘗謁方丈，見師懸象，朱衣而杖錫，垂兩目趺坐，面如瑩雪，其眉膴間猶不失閨閣中色。而雲還年六十餘，白髮種種，指師象謂曰：「此曹某畫。」蓋武英殿中書，而中貴私請之繪面者也。傍一塔，則瘞其姑者。乃爲銘曰：

師本無涅，涅亦不緇。譬彼蓮脱，濁淖污泥。初用指力，繼絶心想。欲觀心印，仍在指掌。特憐保明，安樂堂側。就宫人斜，建諸佛塔。須知妙香，不在鼻觀。有聞無聞，賴此見者。

傳曹洞正宗壽昌下第六代慧通浚禪師塔誌銘

康熙三十年，予送慈聖賢禪師入高麗寺上堂説法，爾時宰官士民若干人羅拜堂下，皆言師得法高麗，其本師授法者尚在方丈，思併作瞻禮，而求之無有。既而飯訖，隨喜至浴堂，見老衲垂白，擁鑪，被壞絮，翕目僂坐，從者指之曰「此老禪師也」，時觀者十餘輩，皆敬而佇立，不之警，移時，皆嘆息解去。嘗考高麗本禪宗，天成二年，吴越忠武王實倡兹刹，敕名慧因。至宋神宗朝，有晉水法師者，傳馬鳴大士之教，疏釋《華嚴》諸經義，流傳人間，致高麗國王世子航海來朝，乞留侍沙門，以受師法，而于是高麗稱焉。至于今，其所存法派，自高麗世子而後，已十七傳矣。其在神宗朝，左丞蒲宗孟撫杭，有以慧因易高麗、以禪易教之疏，奏請勒石，而其後宗教間出，《傳燈録》所稱「懷祥義寧」者，則禪宗也。

師以烏傷舊族，丁明亡之際，辭家捨飾，即以參宗爲能事。曾學制于越州雲峰山真香禪院，無所得，去。順治十六年，得戒于杭州祇堂院。會靈隱具公闡三峰之教，弘開覺場，勸緣數百萬，大興工作于北高峰下。其時監院者，妙詮言禪師也。妙銓曾與師司錢會出入，典籌握策，而既而辭去，退居高麗，接祥寧之統。因以曹洞參宗兼歷觀教，與馬鳴龍樹諸法相爲表裏，乃復辭三峰而就壽昌，所謂三緣既空則宗教不二是也。乃師久習觀，與客論太極五運，往復再四，客拍案大叫，師忽仆地。康熙六年，妙詮遂以曹洞正宗壽昌下第五代高麗堂上五色僧伽黎衣舉授之師，師乃于十六年高麗堂上開罏傳戒，一時禪德多歸之。越十七年，甲戌六月十九日，晨起，僧衆聲鐘，告觀音成道日，請師禮佛，師合手曰「道果成矣」，翕目而逝，閲世六十九。越三年，丙子十月廿日，嗣法慈聖禪師等六人塔師于南山之十八澗，而謁予以銘。師名法浚，字慧通。乃爲銘曰：

自昔五覺，由聲聞通。及列三乘，分眼耳宗。既不蹠有，何庸填空。第借言説，以警聵聾。是以高麗，馬鳴從風。笵金立塔，摶沙鑄鐘。蕩蕩大海，比之鴻濛。雖分江漢，同歸海東。惟是觀音，見道未終。以聲辨色，雖聰亦盲。因玆炎夏，宛然隆冬。我今視響，如觀豐隆。觀音何在？十八澗中。

重建天童開山義興禪師塔誌銘

今天下禪宗之宗太白，比之梁大同中之宗少室，唐永隆前後之宗寶林，較爲尤盛。第溯所由來，則但以宏智、元音兩禪師爲開山之宗，而傳至密祖，始大闢門庭，爲天下宗師，而前此反無聞焉。

甬東三佛國，舊原有諸佛化身應現其地。相傳太白得名，在吴赤烏年，有義興禪師者，實住此山，倪其身而居，歷晉永康間，忽有童子侍其側，拾薪擔水，執桑門之役，凡三年，曁辭去，詢之，曰：「我非他，即金天太白星也。帝慕師勤息，使執爨焉。」當是時，事聞于朝，因改名其山曰太白山，而别名天童，是天童、太白並以師名，而歲久而未之考也。

康熙八年，壽昌璿公結茅于寺南之右隝，掘澗得石幢，八稜如櫝，洗而視之，則儼然有「開山興禪師塔」六字琢乎其間，且去山數百步，舊有塔基，豈興禪師者既開天童，而復息慈于此山，道固無所不在與？特舊傳師所闍維在四明山中，謂師曾杖錫其地，而既而西歸，至今杖錫寺傍有太白塔名，因亦疑師塔之在杖錫。而既考郡誌，則寺建于唐昭宗年龍紀之元，其時有紀禪師者從天童杖錫于此，因名杖錫，而以其從天童來，故亦名太白。是太白者，紀師之塔，此真師塔也。獨是師在當時，初祖未入，凡東南名僧，率以高坐講論相矜高，而師獨孤居山僻，倚徙于岭巒蓊薈之鄉，不見不聞，一似初祖之面墻而東禪之坐碓者，則是天童閫奥，❶師實開之。宜乎雞足之藏，歷數世而彌顯也。然而璿公翳剔之功，則何可泯已。

歲在庚辰，因重建塔院，且築塔其中，而請爲之誌，遂作頌曰：

維是清淨身，化作千百億。枉名爲三身，究之不得一。如何紫金藏，留此不壞跡。髮相等墨雲，骨象變金色。得非太白光，結是大慧力。藏室無幾延，甃石不盈尺。仰視六幕間，鴻濛總開闢。

❶「閫」，原作「捆」，據四庫本改。

湖南浄慈寺舜瞿禪師塔誌銘

師諱方孝，字舜瞿，江都王氏子也。父槐卿，母洪。當師生時，夜夢大士乘船來，抱一兒并兩蘭付之，因名雙蘭。讀書一過便成誦，年十四，見婁東僧説法而慕之，私念曰：「予何不爲僧乎？」遂不食肉。十七，作贅婿雲間，越三年，國變，其明年，王師下江南，江都潰，師歸，尋父母兄嫂不可得，將殉之，道逢一僧慰之曰：「以身殉君親固然，然不云『佛能報四恩』乎？且安見君家之非散亡并見俘者？刀槊之下，惟僧可免，第髡首而入營伍以求之，未晚也。」師曰：「然。」乃盡發蓋藏，以千金贖難民于旂，而兄在其中。既知父母死，有兄在可以爲後，且世事已如此，乃頓發前念，投白雲院，從雪石薙染。次年，圓具于天寧禮和尚。

師不騖虚名，求力行，即以本分事進請，天寧曰：「子慧性非常，然而未受金圈與栗棘，命根猶未斷也。」是夏，到古南參牧雲，一見即器之，使之看物不遷義，未省。去而參焦山，又參能仁，參箬庵，俱器之。及冬，詣臯亭參豁堂先和尚，而頓有省，然未快也，忽聞僧有舉「物不遷義」者，而快然，已呈偈矣。明年元旦，侍和尚陞座，聆法語，一若府藏俱脱者，和尚遂付之。自順治四年春圓具，至五年元旦，不一年而遽受莂，聞道之速無如師者。乃發長隨願，隨和尚赴海虞三峰，及此祖庭，自侍司、客司以至分座接納，長隨者一十八年。

當是時，和尚以他事搆難，幾瘐死，而師越犴狴救之，其事祕，不得而知也。然而四方聞師名，争削牘延請。師初不答，既而聞婺源寶林席久闕，嘆曰：「釋氏以擴大門庭爲能事，未有把茅不蓋而可以談白雲講家風者。」乃應，去之萬山中，刀耕火種，以本色住山，其來者以本色接之，鉗錘之下，不假辭句，不輕作肯諾，以故歸者如市，座下嘗三千指，置田畝，修殿堂，恢寮舍庋庋，如是八年。乃于康熙十一年繼席祖庭，是年次壬子，榦窮而枝始，占者謂有中興兆焉。

先是，兩湖巨刹，南浄慈而北靈隱，俱燬于兵。靈隱再興，當國家初開之際，東南尚富饒，諸旃略地者，多擁金銀瓌寶，而具公啓募，即輸刀輂泉，堆貲累萬萬，以故靈隱覺塲爲之一新。浄慈積圮久，雖先老和尚以天龍撐拄此山，然未能復也。師繼席晚，連年征甌海，民間空虚，半不能施米盂，加之丁癸相仍，齋厨咽沸水旋度六時，而師不設募簿，不更立化梆勸版，不令沙門持沿途鉢，長官至止者，晉接談道義，口不言布施事。自壬子開法，越一年，而興大工，首建天王殿，嵬然插雲，既而築隨山和尚塔院，比鹿苑焉。至二十六年，而毘盧閣成，兼啓藥師王殿于其傍。明年，開浴堂。越七年，修大雄寶殿，焕然還故觀，是爲康熙三十三年。越三年，而建鐘樓，造來翠閣。又明年，復古宗鏡堂。堂在山後，由殿而閣而堂，凡三層，以次拾級一望，❶山半無闕焉。越三年，爲三十九年，建準提閣。以前一年車駕幸方丈，賜以宸翰，建宸藻樓。又建延壽堂。凡三十年中，度材而鳩工，燒甓轉石，覆之以布漆，而丹黄之計，所費不下數十萬緡，而司庫枵然，無神運，無鬼輸，何以至此！

❶「級」，原作「扱」，據四庫本改。

予嘗入道場觀師所爲功，住僧有言當師建毘盧閣時，四壁乏夯石，而官以南山隣省治，禁不得採。會上方伐松者，發其根，得萬石，蟠互若蓮座然，適足甃夯石無闕。而閣無架樑，臨安山村有連理木，已度及之，而村民不許，中元夜，合村夢僧百爲浄慈乞施樑，且云「脱不許，將自伐之矣」，逮曉，而風拔其木，村民因感而施之，故上樑法語有云「樹生連理之樑，地湧積刼之石」，蓋實録云。

是年秋九月，師忽曰：「期至矣。」十七日，陞座辭院。十九日，召嗣法護國溥溢至，使之繼席。二十五日，以書辭部使行省諸當事。二十六日，説偈畢，乃曰：「老僧三十年興建此山，衣鉢蕭然矣。一切封龕入塔諸事，皆老僧自爲之。各留一法語，至于開弔送龕等所行，無錢，不必也。」師示寂以前，不輟工築，且有斲堊待施者，及示寂，而無一錢。或曰獨不記師生時夢乎？大士乘船來，普濟也，付兩蘭者，以兩蘭若相付託也。然則師凡兩出席，而彌天普濟必兩興道場以託芬香，天定之矣。

師生于前朝天啓五年正月十日，距今康熙三十九年九月二十六日，世壽七十六，僧臘五十四，坐三十七夏，得法弟子靈於鑑、化雨溢、楚恒蓮等凡二十四人，薙度弟子四百餘人，受戒者無算焉。前此己卯春，上南巡至浙，以聞師名，幸其堂，賜御書中極，并書柱聯，且即召師入行在，復賜寺額。暨送駕，而上留之，使聯舟以行，然後別師于前途，慰送還山，一時觀者皆榮之。第知識習氣，多梓語録以行世，且以此徼貴官之知，而師並無有。時嗣法溥溢嘗以輯語録爲請，師曰：「學道在見地，行道在機用，未聞在語言也。且今時語録，不止白馬，解文殊獅象，皆不足以馱之矣。亦思于此事有稍當否？昔雲門出語，如九轉丹，尚曰『吾不存一字』，矧下此乎？」暨溥溢繼席，始從敗紙苦搜之，輯《寶林》與伊昔刹利開梵埏，中有老覺名瞿曇。三幡消入漢顯年，始載語説來中原。維時迦葉已再傳，尚餘八百阿難仙。從兹高坐據法筵，卑者流入晉代言。初祖頓示直指禪，宗教自此分兩端。無何埋口謎囈間，有句無句翻諞諞。吾宗兆畫羲與軒，孔孟相繼無間然。其後多以講論偏，異同彼我成拘牽。高山在望身未先，誰讀《魯論》躬行篇。今聞師語真不刊，力學何必藉口便。況師得法鋭且專，智珠皦皦當胸圓。然且忠孝出肺肝，破産救世兄得全。從師廿載志願堅，患難不棄相周旋。比之獻地納橐饘，於大節無豪釐愆。因而福集饒衆緣，祇洹法界龍蜿蜒。雲雨四布江河旋，珠宫寶藏蓋大千。赤地陡湧黄金蓮，普門大士曾乘船。親手抱子付兩蘭，婺源之北南湖南。中興兩地豈偶焉？今當慈息雞足邊。九有六幕張空卷，惟賸侍者磨塔塼。居然一塔標重玄，塔影高出天中天。

傳臨濟正宗三十四世松居開山古山音禪師塔誌銘

師諱上音，字古山，彭姓，湖之邵陽人。幼習儒業，會流寇陷兩湖，國隨破，師念世事遷變不可定，乃于順治二年隱南嶽之中山寺，已而祝髮。父敬吾，母林，跡至寺，邀師還家，師再拜，辭曰：「能報親耶，則佛祖報四恩，其一即父母也；不能，比之寇至時亡此兒矣。」父母執不可，乃踟躕曰：「請邇之。」因隨之歸。

郡有高掛山，山多崑壑，覓石屋居之。出則省父母，入則危坐，如是三年，嘆曰：「此身如木石，不刻不斲，非遇良工不可也。」往參西山邃谷和尚，已領戒矣，忽思此事未易竟，吾父母垂白，安可待？請奉養畢生，而後決志了此事，未晚也。乃復還家，承歡膝前者若干年。至服喪畢，始行脚遍參諸方，歷兩湖及江介，諸尊宿多器之。最後參萬杉剖玉璞和尚，和尚曰：「僧何號？」曰：「號鼓山。」曰：「何以不鳴？」曰：「鳴則驚人。」和尚復進，師復答，遂命入室，使之典藏。每以臨濟綱宗痛加錐札，即古今公案，無不一一勘驗之，因付衣拂，而師猶業業走吴越，覘所未足。平陽弘覺師奉召還山，見師，問何來，曰：「南嶽來。」「見讓祖麼？」曰：「見。」「讓祖何面目？」師喝，而平陽奇之，屬留師，師辭，平陽贈以偈曰：「送爾返南嶽，徑上祝融峰。讓祖久相待，炎日剛正中。」時靈隱具老和尚，師師翁也，與師語，怪之，詢其所由，翁笑曰：「外寇易禦，家賊難防。前門出虎，後門進狼。」乃命師掌書記。越一年，師過錢塘長壽山，見其山秀麗，層巒複巘，松風飀飀然逈出塵外，加之清溪甘泉，瀠帶左右，遂以杖拄地曰：「吾菟裘矣。」遽辭靈隱，翦茅住其間。

康熙四年，檀越楊君顯吾、王君麟長，偕里中諸善信登山造謁。初擔水運米，給以資糧，既而擴其居，搆殿庭門垣、寮舍廊廡，以及厨庫藩溷，無所不具，乃馱經鏤像于其中，鯨鐘魚板，四山相聞，儼然一寶坊焉。于是應衆請開鑪説法，在居士多有省者。

歲戊辰正月十二日，師謂王君麟長曰：「老僧世緣已盡矣，欲化君下褚中衣一件以留記念，何如？」王曰：「諾。」然不喻其何意也。至十三日，索筆作書，别檀越及諸山舊友。十四日，麟長送衣至，師甚喜。是晚，召衆入室，衣其衣説法。次日元夕，至晚，復召衆入室，説法如常時，既畢，復垂問云：「虚空撲落成三片，且道幾時得完全去？」衆遲疑間，惟書記培以坐具打圓相，師云：「畢竟如何？」培云：「正當十五解制。」師云：「卻是十六。」衆莫解。至十六日，早起，師曰：「老僧時已至矣。」乃説偈，并自説封龕、舉火諸偈，且書遺語，并囑兩序及護法檀越各數百言，書訖，復説偈曰：「生也湖廣武岡，死也浙江錢塘。且道一生一死，何如地久天長。」合掌而逝。時康熙二十七年正月十六日，距生萬曆四十八年五月廿六日，壽六十九，僧臘四十四。時王君麟長已省法受付，預建塔後山，奉龕歸藏，而謁予以銘。嗣法四人，惟真東、徹莖、培雪、印仁，其一即麟長，秀也。《松居語録》二卷。銘曰：

師本儒者，留心簡編。乍丁百六，國運以遷。南嶽是止，北顧愴然。祇念二老，中途來還。一缾苾供庋下，蓮跏膝前。燃燈受記，等目犍連。及棄一切，在天監年。暫棲江介，獨步漢南。一鉢，到處滿圓。竿頭更進，逼兠率天。乃登祝融，炎火正燃。藉以開鍛，彌天生烟。且營菀裘，漫坐祇洹。水迸嵒際，松移嶺間。穴虎受戒，山魈安禪。一旦時至，拈花翩翩。不生不死，相忘無言。特是三身，化百億千。何身可藏？于彼岸邊。

西河文集卷一百十一

蕭山毛奇齡又名甡字大可稿

事狀一

武林處士吴先生遺狀鏄

當先生易簀時，其子寶崖方成童，未能舉先生行事而狀述之也。顧寶崖夙慧，能以兒時交海内士，海内士争欲得見寶崖，訂縞紵去。以故先生之逝，少司寇高公、太史唐公、憲副曹公以及家明府孝廉輩，競相爲傳誌，著其生平，比中郎之于有道，而屬予以狀，鐫之鏄。

予嘗訪寶崖，過先生所居載墨舫者。相傳先生故居杭馬坊里，順治初，旗人圈其居，徙之武林門柳間，顧好施，赢金隨手盡，既已營新址，度木陶甓，僅樹楹土中，腓其椽，錢匱，不能繼，掩樊而卧。親交之德之者，争醵錢決樊助成之，今所稱載墨舫，又稱墨艇是也。但當時以「載墨」名，緣先生嗜翰墨，如曩時所謂寶繪者，而弆書畫于其中。乃聞先生所珍祕，搜宋元名蹟暨近代邊、吕、文、唐輩，凡值佳好，不惜多其金購之，已積累成軸，盥手摩挲，以爲生平適情事無過于此。偶裝潢，無厲竊衒其一，急貸金贖之，不使闕，因爲顔其居，志勿復忘。而無何有者，忽過其所居，負之而趨，先生笑而曰：「夫物之得失，有如此畫矣。」夫先生之儻蕩壘落，不爲世芥蔕如此。

先生諱盛祖，字宗彦，别字適情。嘗自稱墨舫主人，則志所嗜也。先世家新安，有將仕郎遷于杭，始爲杭人。高祖忠一公，爲獲鹿縣簿，有聲。祖玉成公，兩以舉文中乙科。先生岐嶷，受書，目兼行下。年十九而孤，負薪事母，慨然有高世出塵之思，俗人雖與交，不知也。父書以圈居散去，重購千餘卷，劉覽經史暨諸子百家之言，每有論辨，輒雜題上方，顧未嘗彙輯，任其零屑。所著文無兼本，今存笥者，獨《幽夢軒雜詠詩》百首而已。高司寇嘗曰：「先生詩在陶、韋之間，詞左揖和仲，右揖改之。」而唐太史亟稱先生所著《桃源圖》《滿江紅》詞，依其韻和之。夫《桃源圖》者，即載墨舫中所弆之一也。今其圖何在，而詞至今猶嘖嘖人間世。嗟乎，其所著足重如此。然先生之視其文，與視所弆畫，則一而已矣。

先生生于明天啓辛酉五月八日子時，卒于大清康熙丁巳六月十二日未時，年五十有七。性好山水，居近西子湖，當風日暄妍，嘗携諸子遊其中。或駐舟柳塘，藉草而飲。或挈榼蹠山麓，自歌所爲詩，響振林木，望者疑爲神仙中人。晚復闢草堂于斜橋之西，雜植花蘤，張油幕其旁，自題旌聯，招所好賦詠，不徹宵旦，以爲常。配李孺人，生子二。長陳琰，即寶崖也，娶王；次芳，娶沈。女六，四適名家子，二未字。寶崖舉茂才第一，嘗遊齊，人有指道傍金謀發之，以告寶崖，寶崖笑不言，其同行者卻之曰：「寶崖之先人嘗居馬坊，有主于居者遺黄金一囊去，追之不及，其後客還，來取金，封識儼然。夫金投其家而不之取也，況道傍金哉！」夫先生之介，其爲世誦述如此。

誥贈翰林院侍講學士高公崇祀鄉賢主陰事狀

公諱厚，字古生，先世餘姚人，以游學徙居錢塘。少博群籍，有聲藝林間。崇禎末，中原寇興，公絶意仕進，受生徒，講學里門。先德器而後詞業，言坊行表，爲後進領袖，東揚遠近多宗之。

嘗居喪，過哀毁，三年未嘗去衰絰，人勸以勿過，公曰：「先賢子羔，爲吾宗所自出，三年泣血，當時不以其踰禮而貶其賢，吾嗣吾宗賢，幸矣。」事伯兄如父，所遺猶子三、女一，公爲之嫁娶。親黨有貧者，恒饍之，或給以産，隣里有所乞，無勿應。會越大飢，郡守王孫蘭、司李陳子龍，令所在設粥厰，公特立厰于里門，貸錢燒糜，全活甚衆。且復儲槥柳，掩胔骼，以廣德意。臨殁，書「忠孝」二字，呼嗣子以勿忘君父爲囑。所遺詩二卷，文一卷，《格言》一卷，《朱陸異同論》三首。

康熙二十五年，以子貴，誥贈奉直大夫、翰林院侍講學士。二十七年，巡撫金公、提督學政王公、巡鹽常公，從士民之請，崇祀杭州府學及餘姚縣學鄉賢，奉主入祠，後學史官某謹撰事狀，而勒之主陰。二月朔日謹狀。

敕贈徵仕郎翰林院檢討先君竟山公崇祀鄉賢事狀

一、本賢事母何太君孝，家失盜，什器一空，慮太君知，晨起，急貸銀買什器，補設如所盜物，一若未有失者。太君下樓失足，磕去膝膚肉，公頓割己膝膚肉填之，立愈。後太君葬湘湖，公移住墓隣盛靖三宅，三載不預家事。

一、本賢席先岐山公舊業，有大屋一所，在北幹村章堰，時兄弟三人小有分争，公立讓屋與兄弟，自賃下岸小房居住，今季子檢討所居即是也。

一、本賢身無二色，有寡婢，遣隨姑嫁，婢不肯行，詢之，曰：「主人賢，此間無暴客見犯故也。」

一、本賢少與陳咸五讀書，亡銀廿兩，疑咸五取去，遂成大隙。時北嶺廟吴道士能巫蠱術，名下煞，可致人死，因下公生辰干枝于地，鎮煞之。公夜齒戟，逮曉，有告之者，急詣龍虎山見天師，天師解之，以未滿七七，得不死，遂請天師符持歸，爲護宅終身。或謂此讎當必報，公笑謝之，曰：「煞可解，怨何不可解也。」相好如初。

一、本賢少諳音律，其先汀州司馬聽齋公孫啓吾公，極善等韻，兼能擊鼓作等韻聲，使隔墻聞聲，知翻切字，或曰即諸葛鼓之遺。公盡其技，著先天字母之學，名《竟山等韻録》，一卷。又曾受起吾所藏涵虚子譜唐五調曲二首，笛色工尺，皆近代音律家所未有者，見檢討所輯公樂説，名《竟山樂録》，凡三卷。

一、本賢長子，仁和教諭，爲推官陳卧子先生試取第一；季子檢討，爲太守王雪肝先生試取第一。二公敕縣給榜送公，曰：「今之太丘。」公藏而不懸，曰：「不敢也。」及鼎革後，知縣黄畏菴先生迎公作鄉飲正賓，仍以此四字給榜，不得已，懸之舊居，後燬于火。

一、本賢事蹟略載《浙江通志·孝義傳》中，餘不備録。

附録

紹興府蕭山縣儒學廩增附生員等公揭，爲誌傳已載其人，享祀宜膺其典，公請崇祀鄉賢，光俎豆，勵風俗事。竊聞國憲攸垂，典莫隆乎饗德；王政所載，禮莫大乎尊賢。是非出學校而始公，毁譽至鄉邦而後定。惟積行近聖人之域，斯崇禋表至德之師。伏見已故誥贈徵仕郎翰林院檢討毛公，姚江舊閥，餘暨耆英。五世紹忠襄，家餘碧血；六經傳殿翰，代嬗青箱。趨庭聞詩禮之風，亢宗勤閔曾之行。幼敦孝則，曾廬墓于湘濆；長篤友于，實推居于章堰。目睹襄陽寇亂，長棄毛錐；身辭江上行間，潛歸鷸室。囊有遺詩，步芳規于萇亨；里名君子，追淑德于荀陳。推至誠而及物，不媿兒童；慎幽獨以提躬，無慙衾影。非公不至，標子羽之清風；有難必排，尚彦方之高義。郡給太丘之榜，讓而不懸；縣崇桓傳之賓，領之猶歉。以故義方成教，長君授司理以改鱣堂；燕翼能貽，季子進承明而登虎觀。數世門生，多推籃轝；繞庭孫子，半在公車。《浙江通志》，録事實于《孝義傳》中；越社遺編，列姓名于《耆英表》内。況恩榮之載錫，孰禋祀之可遺？謹籲公情，原非阿好。伏乞鼎惠鈞評，俯從輿論，推惟德是親之意，弘教人以善之心。敕縣吏以敦迎，紹邦賢之崇祀。庶幾楷模足式，允生黌序之光；冠履長存，永沐蒸嘗之澤。提督浙江等處學政、日講官、起居注、右春坊兼翰林院王據詳，本賢鑒重君宗，行高模楷。枯王哀之檜栝，墓繞慈烏；推薛包之田園，庭交讓木。踞藝林之高目，睹戎馬而傷心。見機拂袖，長辭幕下之羅；吹律成書，堪作枕中之祕。惟汝南之月旦，儗人必于其倫；斯太丘之品題，定論允乎乎衆。況且王家龍虎，早擁風雲；兼之謝氏琳瑯，漸成珪璧。❶凡此家門之昌熾，即皆盛德之儀型。

❶「璧」，原作「壁」，據四庫本改。

學校既有公言，俎豆亟宜崇祀。仰該府行學遵例迎主入祠，仍取給册事實報。

姜司諫治外事狀

姜司諫君用治吏起家，世祖皇帝持召諸治吏二十三人，各予兩省官，令入諫，而司諫君稱首，于是君得謇謇爲直臣，凡五年。今皇帝踐阼，念其勞，以列卿詔進。君乃乞假，覲省水部君于堂，鄉游。而其友毛甡，以避人故主君家。會守越者來請君諫書，兼録君爲吏時事，取其大都一二則可爲典者，而屬甡以狀。謹狀：

君自言曰：「治内者，綱也；治外者，理也。綱以制理，往用意；科以列紀，往用事。事之所在，而政舉焉；意之所至，而法以張焉。」

君筮仕司教，在浙之温，温于漢爲東甌王國，其地北當海而環山可藪，多寇。君以司教攝瑞安縣事，適寇至，時寇輕瑞安，用少嘗之，君帥鎮兵之守門者數十人，驟殺而出，賊遁，時戊子五月。

六月，賊大至，渠劉姓，有名，環城以營，餘盡伏仙山間。君帥衆登城，未固，稍爲補苴，裂衣標于竿，闗舉門礮發城之南端，城久敝也，震之，崩一角，衆大恐。君乃復撿諸門礮，得最大者，遍搜城硝炭，及七十斤，盡實之大礮中，闗舉城中山發之，以稍仰踰賊營，不甚傷賊，然賊乃大恐，卻之，環數里外。君乃斂民家醻瓻，凡百餘，丹紙泥其脣，以脣四嚮架陴間，賊望見瓻，驚以爲列礮，不敢近。然賊且尅期，必三日下，又益召諸賊，衆恐甚。君時登陴瞭望，示無懼意，安衆心，而陰募丐僮，裂竹衣方寸，作告警牒，覆以縣符，絇履之蒯繩，使夜出之。丐經賊營而請于郡，三日，郡兵至，乃合諸門兵殺賊，賊又遁。

君還元城縣令。縣西接衛河，自衛輝達内黄，河受淇及漳及沁，下與滹沱、直沽合，多水患，而沁時暴漲入衛，東下湯湯。縣故附郡，郡之協守者率鎮丁隨郡坊築于衛之上流，思遏之，而留君捍城。君躬先負芻，結芻于枋之木間，以板以障，城賴之燥，而上流坊築者不得成，水怒且奔，勢洶洶，居民大恐。忽一鎮丁狂言曰：「予河神也，予方請帝命，將瀦爾城，而元城令姜君，仁長者也，又善治水，必姜君親禱，予瀦可免。」趣鍛琅璫，環首項間。當是時，民固已望君，至是，聞狂丁言，望益甚，踵請于路。君夙不肯神，且慮中狂詩，不應，顧民心宜慰也，乃命潔于社，設水土神祠之，若禱社者，竟不一顧狂丁，水平。

順治壬辰，畿輔饑，且近畿下圈田令，施易民居，遂多流民，及其嚮諸郡而各不内也，則流益衆。方是時，立逃人法最嚴，凡去旗歷人訟，匿勿出，勾稽者得之，十家坐，故他郡來無名數，悉不敢以内，而流者貫于道，僵如毫毛。鄉民既鍵户居，即叢祠社宇，亦閉以土，流者多仆櫩下。君憐之，召集諸父老，諭之使留。父老曰：「如逃人何？」君曰：「可辨其攜子婦者，耳三窟于環，逃婦也，否，則留。而以卻其獨行者，則且可無慮，且獨身易生也。且夫郡亦饒閒田，各任而亞旅，而教以墾土，待年升科，是公與私均利也。」衆曰：「諾。」于是留者以萬計，井里皆滿。既而督撫廉其事，下其式諸郡使倣行之，流民以安。及其既也，流者或不得于其所主，又其勢不可以去，初以饑來附，既或飽而生其心，則或自指爲逃人，覬與所圈田之旗倖相認，則坐主以法，不然，則亦押子婦還里，可自便，于是有撿舉稱逃者。時特設督部府司逃事，君每聞稱逃，立爲文押赴府，使不得瞻顧爲奸，然猶懼審詐，則狡者猶得押還自便也。君復移之曰：「審詐得還縣，還縣則嚴治以罪。」或從解喻之，而于是稱逃者亦竟以息。

論曰：司諫饒治蹟，即此觀之，亦管樂之材也。或謂司諫對闉時，多行仁以意，如預積貯以備荒政，緩並徵而甦民貸，傷心宅流，告以祥刑，目瘝士窮，促之揀選，皆惠愛也。即其他戢兵弭盜，調銓佐儲，無一非實效。而此悉不載，獨載其治外者。時復有催科法最良，至今西北俱效之，見別録。

趙孝子遺事狀

予與山陰趙甸游，慕其爲文，嘗兄事之。既而丁國變，髡頂披緇，更其名壁雲，今畫題稱壁雲，甸是也。甲寅，甸死，其門下士劉世洙已爲之傳，名「趙孝子傳」，予採其遺事而狀之：

甸九歲時，其父游學歸，大雪，不能舉火，出古畫一幅，命甸詣友所易米，不得，家人悵然。甸閉户，乃吟詩曰：「吾家有古畫，其價重連城。不易街頭米，歸來雪滿罌。」父聞之，笑曰：「有子如此，饑亦何憾哉！」

甸幼執爨下，灑埽瀚濯，以餘工讀書。既而念所以治生者，嘗爲姊描繡床，至是請試爲之。遂與姊對床繡，針刺精妙，每持以易米，人争奪去，曰「趙家繡」。隣兒誚之，勿顧也。夜讀一樓，文日進。

甸母性嚴，小不豫，跪請備至，嘗出妻數月，感悟始返，里中稱趙孝子。

程節母事狀

程母氏吴，休寧商山女。歸程自康，年二十二而孀居，思以殉程，毁瘠絶奉。既而率其孤饍姑于闈，見姑中身，方嗛嗛食菰而甘，乃泣曰：「吾死，誰食吾姑哉！」遂努力晝夜組績，指敗，繙四子書視兒讀，讀頃，復組績如故。崇禎庚辰，歲大饑，姑已八十，卧病。初，覓姑嗜，百計購所難致，而身與孤屑柳榆。及病久，而姑嗜衰也，夜分視藥，背不藉茵，衣絮，彌月解澣，而繩髮縷結，如是一年。既而病棘，乃號于程之栗，曰：「吾無以療姑矣。吾將饗姑肉，倘能籲天得延姑三年者，吾以匄汝。」遂封臂和汁進，强啜之，甘，啜竟，竟愈，三年始卒。臨卒，姑曰：「婦孝事我，吾死後，吾陰遺婦孫之孝婦一如婦也。」後九年，母卒。

西河甡曰：如母者，正旌典所稱節與孝也，而未旌，雖然，旌之矣。母之子名斯敏者，乙卯舉孝廉，與吾邑來給諫遊，吾嘗思其賢，今而知爲得母教也。斯敏曰：「吾兄弟三人，各冠婚，次與幼，皆不以累長，則皆母自操持之。」母禱姑而神，既能假天，而遺命勿事禪誦，其善持大體如此。嗟乎，賢已！斯敏以狀屬予傳，予自以不文，仍爲具狀，乃狀。

西河文集卷一百十二

蕭山毛奇齡字初晴行十九稿

事狀二

嚴貞女狀

嚴貞女者，上舍嚴君長發女也。許嫁同學柴君斂硎子際洛爲婦，而際洛亡。貞女年十五，聞訃，陰卻繡綺朱碧衣，而以縞繩束其髮，父母初惡之，未之問也。越一年，俞氏來請婚，父許之。先是，貞女卻衣時，減食卧牀，咯喉血。居常喜竊繙父書，針黹小暇，即與女弟弈，至是屏去，且與同居嬸氏沈道從一之志，嬸氏累勸之。乃聞俞氏請，僵卧不肯起，父大怒，詣卧訶曰：「未嫁而守志，禮乎？」且曰：「審爾，吾當立譴汝至柴氏門。」貞女聞語，據牀起，請行，父復揶揄之。時七月，天大熱，貞女乃屏食，出絮被蒙面，使汗竭，得就死法，母見而憐之，請以次女應俞聘，父不許。陳夫人者，鄒明府端木之妻，貞女之祖姑也，謂貞女曰：「女子從一，謂夫已嫁夫而從夫者也，世無女在家而語從一者。夫夫之未從，一于何有？」貞女曰：「不然。未嫁之夫即已嫁之夫，無二夫也，無二則一矣。夫在家與出嫁雖不同，而守志則一。兒以爲守一之志，當從許嫁之日始。夫彼固求之，此則許之，成言不違，何謂非從？故使許嫁而非夫也則已，許嫁而夫，則兒方恨許嫁之不幸有二，而夫人謂一夫之未從，兒不解也。」陳夫人無以難。時嬸氏在坐，泣而曰：「吾亦寡婦也，爲嚴氏守志已二十年，豈不樂成汝志哉？顧我有嗣子可恃，子安恃耶？且何必死也。」貞女曰：「歸柴則所恃在柴，在家則所恃在家，何謂無恃？且嬸氏視兒豈願死者哉？夫亦有迫之者，而非得已也。」時聞之者悉流涕。越數日，貞女皤然曰：「吾不死矣。以吾處重緆之中，一日不再浴即形穢，死則更穢矣，吾不可以穢自處。」遽起彊食，家人咸相慶，謂其有變志也。越三月，復不食，父母屢喻之，不聽。康熙三十一年十月二十七日，咯血死，死之日，告其母曰：「兒年已十六，當有訃。顧訃稱柴氏婦耶？則彰父過也；稱俞耶？非兒志也。勿訃便。第兒志未明，即死，必告柴氏，使知兒之死有爲也。」既而父猶豫，貞女既已瞑，復瞪目曰：「父憐我，必告柴氏，否則，吾死不瞑矣。」父曰：「諾。」遂瞑。

太史氏曰，予乞病會城，所僦仁和縣祖廟巷傍，與貞女居近，故知貞女事最詳，而特爲之狀。方予在館時，曾修《明史》，鬮題作《孟貞女傳》，孟之夫蔣文旭者，以童年爲明高帝朝監察御史，因言事賜死，而未婚也，孟守志不嫁。其事在洪武二十九年，而宣宗朝特旌之。時同官張烈者，儒者也，謂：「貞女非是，不當傳，獨不聞先儒之爲戒者乎？有云『未嫁而守志，與淫失同』，夫守志，善行也，縱未嫁，亦何至等之淫失？夫亦以學貴明理，當未嫁，則不成爲夫，不成爲夫，而爲之守，與非夫等。蓋惟恐世之好爲畸行，而故爲甚詞以杜其後也。」予曰：「否否。夫天倫有五，而人合者三，謂君臣、朋友與夫婦也。然而不成爲君臣者，爲君死，而世未嘗以爲奸；不成爲朋友者，爲友死，而世不敢以爲僻。何則？貞淫不兩立矣。故王蠋不仕齊而死，齊謂之忠臣；龔勝不仕漢而死，漢謂之義士。張元節與孔文舉未嘗爲友也，而文舉藏元節而幾爲之死，謂之良友。若夫婦許嫁，則定名矣。定名，則與臣之未仕、朋友之未交者，迥不同矣。乃以未仕之臣盡臣道而不爲奸，未交之友盡友道而不爲僻，獨此明明夫婦，正名定分，既已許嫁之爲婦，而反謂不成爲夫，許嫁之婦既已恪守婦志，而反謂未嫁守節等之淫失，是何儒者之好誣善，喜刻酷，其不樂成人之美，一至于是！」時同官聞者皆稱快去。今相距有年，較之孟氏之事，其在洪武至今者，約三百餘載，而僅此一見，世鮮畸行，其不煩垂戒之殷切可知也。即未婚守志，不列旌典，其在宣德，一舉行而繼此而沮，獨行者不求獎，更不藉禁令之杜絶，抑可驗也。即獨此天理在人，其説不著，往往躬行君子，逡巡未逮，而閨中偶行之，即文人學士，老師宿儒講習有素，亦不能暢舉其義，而巾幗年少，不數言而決之。善哉，貞女之答陳夫人之言也，此天理也，此王者之教不絶于人世者也，此聖學也，此非畸行也。吾故備述之，以示後之言人倫者。若夫孟貞女不死，而貞女死，則貞女亦自言之已。

大理寺寺丞前兵科掌印給事中任君行狀

康熙三十一年十月一日，原任大理寺寺丞任君卒于家，距生故明天啓三年五月廿日，年七十矣。

予與君同年生，俗例，年七十，遇所生辰，親朋攜酒榼相饟，謂之賀壽。君久厭俗例，避不納，且囑予踵其事。予方避賀間，會同邑周先生，爲予同館前進，以通政使司通政使死，受朝祭，予歸渡作行擯，便過君，而君已病瘧五日，坐起，握予手于牀，備訊予行禮狀，言詞忼慨，據案接殺核，一如常時。又五日，而訃音至，承重榮登等擗踊哭，拜使西渡乞狀，謂：「登等昏迷，不能出一言，且棘遽無記憶，即記憶亦不具。先生，先大夫良友，同生，同里閈，同學，同官于朝，又同時歸田，其知先大夫莫先生若也。古有狀以良友者，先生忍不出一言爲先大夫狀？」予聞之，哭于寓亭，遂索筆拭泪，稍述其概。

君諱辰旦，行四，字待庵，世居蕭山東門外。近祖元禮，當元明之際，豁達有大志，嘗破産任俠，結天下豪士，天下豪士争歸之。會青田劉基以行軍參謀受浙江行省左丞鐵里帖木爾之聘，征海喪師，乃奉其母遁蕭山，而自投劾去，遂與元禮訂刎頸交。一時名賢陰以舍養來從游者，如東陽王褘、河東張翥、西江揭傒斯、東嘉高明、臨川危太樸，皆前後相過。及高帝龍興，始皤然退耕于野，辭諸路辟召，散其財以濟難民，難民稱之爲長者任氏。

長者任氏凡八傳而君生。君父贈公生四子，君其長也。幼慧，與予並總羈就里門學，學師令角讀，出漢賈生《治安疏》讀之，各五過，各不誤一字。中書舍人王先吉、舉人韓日昌，嘗偕君與予同受書于予伯兄仁和教諭東壺公，公每坐講，必左右視曰，此四傑也。會國變，江東民徒合方馬軍抗王師，君族人有封爵于軍者，與予家保定伯合武寧侯王君軍西陵，君嘗與予詣行間，覘事必敗，去之。君父贈公已破産，從西陵歸，貧且死，而君竄馬谷，與予所匿坑相近，顧道梗不能從，賴王師東渡，得歸里。乃從故明諸生籍應試，順治丁酉，以第四人舉于鄉。先是，君母韓太君，以君封孺人待贈恭人者，吉安推官韓公女也，君以外氏籍名韓燦，附紹興學，至是以韓燦名謁公車門，值朝議改八比取士易策論，丁未會試，以策論中式，殿試，成進士，遂奉旨復姓，改今名，授江南松江府上海縣知縣。

上海故難治，户甲十萬，歲所入田丁租税不下四十萬，而漕復半之。民田産木棉，不給漕粟，每賣棉買粟以填漕舟。其在冬及春，凡四閲月，棉梗未釋土，而漕舟二百餘遮浦而下，其帖追簿比，如疊浪之發。而君調以意，不緩不迫，絶追比諸費，加以咻噢，民雖苦輸將而不至于困。值新令撤海濱防軍，慮軍發時必乘間剽民財，君密請將軍，預懷令符之趲行者，故邀軍主飲，請展其期，次日，忽下令促之行，且盛具牛酒以勞前軍，軍乃捃鐎釜帳棧及馬匹械仗不給，毋敢遷延他顧者。

吴淞江者，《禹貢》三江之一也，受具區之水而下注于海，闕則溢涌，多水患。前此，中丞馬君行省慕君，以疏濬入請而可之，且復建牐于黄龍浦口，以啓以閉，而牐成而圮屢矣。君力任修築，謀于邑之曉事者，皆云修必盛冬，伺水稍卑減，急築兩塘，戽其中乾之，然後量楗石而加累埰焉。然而用籍若干，用木石若干，欄之爲塘，然後用牛車若干，桔槔若干，夫領夫役若干，既稟若干，伍伯督視與差押監課若干，然且沍寒無幾時，春水將至，儻度臘不就，則前工盡隳，從來建牐，其坐糜金錢而率無成，以是也。君乃倣浙之爲梁者，命匠先範石于陸，第其甲乙牝牡之，而以次入水。然後募善泅者暗理石而累埰其中，一如陸地所範者，短長合椉，不築塘，不戽水，不下籍楗，傍作剡柱，而上覆之以横梁，且壘石作埂，鱗布牐下，如揩級然。廣左右護堤而約束就牐，使水無横溢，而又善下，其經畫若此。君初到日，以廉稱，身衣木棉，履疏履，棧馬不食豆，日買水二百錢，屋腐不葺。臺使嘉其廉，將薦之，至是伏其多才能且富經術。

會天子右文，設制科招天下有學之士，使彙送于公車門，擇俟親試，名爲博學鴻儒科。臺使以君薦，入京，賜宴于體仁閣下，呈卷，而忽以數限，復故官，臺使乃特破例請，謂：「是官清廉，有治行，徒以蘇松多逋賦，例不令薦，則是劇縣無遷官矣。夫循例而薦者，庸人也，破常格而使進用者，良吏也。臣竊謂逋賦可償，良吏不可失。」疏入，上遽可其請，不俟例，乃命取召，以科員用，康熙癸亥，補授工科給事中。

當是時，君深感聖恩，思竭蹶報稱而無所恃，意者身爲言官，惟盡其言職，即足當矢效之地，乃連上五疏，言過急切，上嘉其梗直，優容之。大抵君以廉進，本破格，而君謂奬廉者當用爲例。又身苦繁賦，親見蘇松租額溢于他郡，思欲爲比較，使江南諸郡，地力户口勢相仿者，稍爲均一。又當爲縣時苦軍興之費，無可設法，遂謂設法非長策。其云核廉貪，酌賦則，籌經費，皆其平時所欲告而勢不能者。會天子神聖，功成治定，念四海遼闊，撫字者幾三十年而不一周知其地，則綏要四訖，何自通浹？因用廷臣言，先省南服，而不設掌較，不具扈壘，不辨宫城梐枑及壇壝禮覲儀仗，不譙訶民衆，此真王通所云「虞舜一歲巡五岳，而國不費民不勞」者。予時備史職，因撰《司賓答問辭》，一破俗儒拘牽之見，而君過忠愛，有所指陳于上前，上復容之，既遷兵科掌印給事中。

會甲子賓興，欽點湖廣正主考，得解士宋如辰等六十三人。先是，君任上海時，值丁巳鄉試，司使辟君爲房官，其所拔解，若今省中劉國黻等，皆名士，至主文，亦如之。丙寅，内轉，改授大理寺寺丞。

方謀省覲，而太夫人遽謝世，遂奔喪歸。湖撫張君以事敗，其爲副使時曾分守吾浙，有能名，故當廷推，詢保薦于諸卿間，而君應曰善，至是以牽誤落籍。

嘗讀君疏，有請酌裁兵利弊者，其略謂：「兵冗奉裁，得以核實數而杜虚糜，載戢載櫜，豈不甚善，然而裁不盡散，散不盡插，皆足爲害。夫逍遥河上，固屬可虞，乃以游手之人而一旦使失其職，饑寒切膚，務爲攻剽，此其所係，匪細事也。向者屯田汝蔡，既有成説，今拋荒之土，所在都有。請查官兵，若有裁而未散，散而未插者，着督撫察明，檄行有司，撥給荒田，資以牛種，俾之耕墾，三年以後，償還所給，六年起科，賣刀買犢，皆爲良農，不兩利乎？」又有請酌藩司護印者，其略謂：「督撫均封疆重臣，其體統同，故督撫員闕，可互相護印。若有撫無督，其應用何官署理，須奉旨定奪，以明鄭重。近巡撫偶闕，藩司遽自取印符，升堂排闥，甚非體也。夫藩司雖應陞巡撫之官，然不得陞本省巡撫者，所以防其彌縫任内事也。其所管錢糧及諸妄事體，平時皆申詳巡撫方得施行，今一旦綰巡撫之篆，申詳之官即允詳之官，可乎？且藩司與屬吏較爲親切，因緣甚便，萬一乘勢市恩與逞威脅衆，將行私叢弊無所不至矣。今竊計各省惟直隸、山東、山西、河南四處無總督耳，其有總督者，雖道里遼遠，不難兼攝。若山東、河南，或照前部議，令總河帶管，至直隸、山西，則現有長蘆河東御史可權宜也。」其經畫明皙且諳于大體如此。

君性孝友，而峻于遇物，不屑屑言貌。其視親串，情甚摯，而外近落落，且有不假以色者，以故愛者多，即嫉者亦不少。少以文名，自通籍後，即殫思吏治，不暇及，即偶及之，亦棄去，所著詩文有《介和堂集》各一卷。

君嘗入東華，執予手曰：「予與王内史及君四人，同受書于東壺先生之門，三人皆通籍，而韓君亦領解，此盛事也。今韓君先死，内史猶家食，惟予與君各登朝，而予主封駁，君以善文職詞翰，可謂相副，然兩君何如矣！」予嘗聞其言，傷之。今予年七十，内史王君亦厭世，即予邑京朝官，一時共事，惟君與周先生及予三人，而兩年之間，兩人皆先我而逝，獨煢煢一老，猶黯然搦筆而爲之狀，悲可知已。

君父某，以贈如君官，母韓太君，封孺人。初娶蔡，繼丁，即予友大聲君女也，大聲與君爲忘年交，既而愛其才，妻之以女，曰：「樂廣、衛玠，未嘗非友也。」子六：衡、華、恒、岱、崧、海。華嫡，早卒，以其子榮登承重，即拜使乞予狀者。孫六：長即榮登，次崙、介、和、葵、寰。女二，女孫七，諸所娶所嫁所聘所許嫁皆名族。

西河文集卷一百十三

蕭山毛奇齡字初晴又大可稿

事狀三

德州文學李先生狀

先生諱潤，字静嵐，德州衞李氏。父監臯公爲郎時，以儀部督少府行錢生先生京師。先生生有異稟，受書不再過，目兼行下，顧兒昚，五歲始行地，迨就外傅，誦不得過午，過午輒肌熱，家人子爲日程，寅往卯退，終一日之誦，而同學之聚誦者終六時皆不之及，然亦終不能日往。會監臯公督清江船政，歸里，復入都，留先生于家，既而以諸道使之廣西，家人不能隨，則復留先生武昌。先生既善疾，且又以隨養故，往復道路，雖與兄編修公年上下，相逐同硯，究未殫于學，顧且試輒高等，予食廩，每舉必應有司薦，而卒以他故舍去。康熙乙卯，兄編修君領鄉薦第一，先生書義皆完好，人之見之者咨嗟賞嘆，謂此行伯仲必並濟，而復以失點不令謄卷入，先生乃慨然拊其首曰：「吾知命矣。」于是究黄符之術，呼噏沆瀣。嘗視兄京師，歸，語人曰：「年來析性命之旨，頗得其要，始知七還九轉，茹芝餐醴之事非虚語也。顧時不我與，而老冉冉將至矣，謂之何哉！」

先是，先生就試時，從武昌還歸，雖善疾，然思殫于學，散書一室，闃然若無人者。人隔軒檽聽，少頃度一紙，霅然而響，而既而仍寂，其勤如此。顧其所旁及，凡揲蓍、數草、推歷、算步，以及姑布子卿、公乘陽慶之學，無不畢備。嘗以方書療家人疾，立效。會太夫人病下痢，先生侍湯藥，謂必以梅諸治之，群醫不可，既而病劇，先生濩藥時，覓諸藏袖間暗投之，果愈。先生性警敏，而意甚容暇。東地震，家人争竄走，先生堅坐曰：「將安之乎！」書室不戒火，先生從容率家人運書，運畢，整衣冠而出。十歲時，與兄編修君隨父監臯公于郊，晝晦，雷發聲，家人恐雨至，促亟行，望村而避。先生獨否，曰：「徐之，晝雷鬱律，不成雨，縱雨，不必久，況未雨耶？」既而果然。

先生以癸亥五月年三十七卒。卒之明年甲子，而其兄編修君屬予爲狀。編修君諱濤，字紫瀾，予同館前輩也。嘗謂予言先生孝且友，五歲時，監臯公以繕部提督兩窑，居琉璃廠官署，而編修君疹疾發，懼傳染，不令見也，先生日尋兄，哭泣不食，不得已見之，時編修君痂未雪，瘢耆滿頰不可識，先生對之，挽其頸號啕，在旁觀之者至不能仰。及編修君官京師，先生隔歲必詣兄，留十日去。癸亥夏，將復來，忽意不自樂，揲蓍得蹇困，以爲不吉，遽止，而逾月而卒。卒之日，編修君在京，夜夢右臂折，醒而臂痛，而既而訃至，其友愛相感如此。

先生席累世外臺之後，以州牧、編修兩君爲之兄，而身抱奇器，獨不得少展其志，以上承先業，誠爲可哀。而編修君于卒服之后，歲月已移，尚恐其弟之不得嬗後，而哀思涕洟，房徨躑躅，以向夫同館之後進而爲之狀之，嗟乎，此其兄弟何如已！

臨海葉贈君狀

贈君諱維藩，字价叔，别號翰生，浙之臨海人也。讀書尚躬行，自齠歲爲藝文，立作數千言，觀者器之。而贈君志冲然，以爲爲學不當徒藉藉作進取計。時母陳太君弟寒山公間亦授贈君舉子文，怪贈君志如此，嘗以問贈君，贈君曰：「曾吾舅氏而亦以科名重耶？」寒山愕然。既而贈君同硯有周大參者，與贈君中外兄弟，共爲文，詘然讓贈君，及大參成進士，謂贈君曰：「吾文不及君，然讀書事幸已畢，君將如何？」贈君曰：「吾讀書而已，以視子，則進取已畢，讀書事正未畢也。」

贈君志高而善下，刻意謙退，終其身未嘗見喜愠色。其庭訓諸子，未嘗不嚴，而出之以和，遇人無少長，稱己必名，與人行，肩而不併，有來者，卻立讓之過。其冲懷偉度，爲學者所橅范，而每臨大事，遘大節，斷斷不苟。

嘗講學里門，紹其曾王父孝廉公理學之傳，以躬行爲本，手註《孝經》《大學》二書，穿弗通析，有裨實踐，學者宗之。乃創修方正學祠，賣食田廿畝，作春秋二祀費。復建義學，養四方來學者，而請知名士五六人爲之講解。不足，仍賣食田繼之。崇禎之末，寒山公以大宗伯蹈海死，贈君哀之，爲不食，未幾亦死。贈君曰：「吾第行吾事而已，家所傳仕譜後有繼者，吾能禁子姓之必吾若哉？」

先是，贈君之父典膳公仕楚府久，贈君念身已長大，不能親饋食，躡革走三千里，覲典膳公。會典膳公方思歸，贈君流涕作啓事奏王請假，王許之。當是時，贈君以少年爲文章動王，父子陽陽然扶侍歸里，人以爲孝。至是，贈君之子州牧君以其官上之贈君，順治十四年，貤贈湖廣安陸府潛江縣知縣。康熙六年，又貤贈湖廣直隸郴州知州。二十一年，提學使劉君、分巡張君、台州府知府鮑君輩，合詞請先生從祀膠宫。而贈君之孫别駕君由廬江任賫表來京，請爲之狀，狀之者曰：「予與贈君之子州牧君游，嘆其學問淵粹，著書等其身，爲詩且能追三唐間，而今給諫，前潛江令黄湄王君，嘗爲余言州牧君治潛江事，知贈君後人皆嘗躬行，非僅文章之士也。别駕年少，其治廬江即不減州牧，而父子共揚駿烈，以廣錫類，古所稱『孝子不匱』者，以是與？」

贈君不求聞達，而其子姓以善繼繼之，必謂貤贈非贈君志，不可，吾故爲之狀而反稱之曰「贈君」，嗟乎，可觀已。

柴徵君墓狀

君諱紹炳，字虎臣，前朝侍御史醴泉公孫也。父洞山公，以恩貢授福建莆田縣學教諭。故事，教諭子許隨任赴試，君垂髫于崇禎癸酉赴莆田縣試，取第一，府試，再第一，已入學籍爲諸生。會任滿，福建督學使特移牒改歸仁和，而仁和不受，時浙學使方試仁和，君已更名試，恐不得當，兼以他名試錢塘。案發，兩第一，乃棄錢塘名而就仁和，爲仁和生。值鼎革，君集同社生哭于都亭。其社名登樓，君與陸行人兄弟主之。方行人通籍時，君爲序其文，各以氣節相矜高。至是，行人赴水死，君欲應漳浦黄宗伯檄召，不得，乃屏居南屏，以理學經術授生徒，不入城。

嘗以哭父過自嘆曰：「禮有卒哭，謂不設行哭禮耳，豈制其涕泪耶？」又曰：「士不入朝者，親閈闠也。其不歷城市者，以應與墳墓親也。吾安親矣。」乃時過墓林，徘徊哭泣以爲常。里中兒有避父杖出亡者，君遇而止之，曰：「父杖將焉逃？」還自指曰：「是雖欲乞一父杖，其可得哉？」言未已而泣，乃爲《遊子遇》《孤兒行》以勸之，其人皤然歸，卒改悔爲孝子云。海寧吴太常、山陰劉掌憲、漳浦王宗伯、華亭陳黄門，皆東林君子，千里馳書請爲友。君嘗慨然謂：「明亡寡實學，大率通籍致身，並以八比相惑溺，即究心章句，喋喋談性命，何益？」遂于理講外，更肆力于象緯、輿地、律歷、禮制、農田、水庸以及戎兵、賦役之事，與及門子弟共相砥礪，曰：「毋使後世襲經生空言，徒誤人國也。」

時東西各郡尚社事，每立社必推君爲首，君謝之去。顧伉直不媕，遇有不韙，必力折其非。陳際叔者，同社友也，嘗于高會間辨論人物，或過爲矯異變黑白，際叔面叱之，其人驚顧曰：「是必柴先生也。」起，逸去。

公渺于軀幹，行步涼涼，而氣沛然不可禦。有大吏欲致公附己，不得，忽遇君凈寺，或指之，其人訝曰：「若是其小乎？」君聞之笑曰：「欲令其附己，則方苦其鉅，何言小也？」君家無長物，四方名公卿遇有餽餉，悉麾去不受。嘗卧南屏山，有偷兒入其室，君覺其爲隣人也，嘿勿言，既而搜捃及卧被，徐曰：「獨不能留此爲我禦寒耶？」偷兒始驚，拜牀下，君備慰之，且勸其自新，乃檢枕中錢百枚及案前銅器一二，具使持出，其人泣受去。

康熙二十年，西南再闢，下詔舉山林隱逸之士。巡撫范君屏車騎到門者再，君力辭之，且請雕其所著書，不許。先是，君贍古今學，自九經諸史以及秦漢魏晉六朝諸家文，不及唐以後，故其所著書亦往往以秦漢六朝爲指歸，而宋元以後不及焉。時同社吴君錦雯、丁君飛濤、張君用霖、孫君宇台、陸君麗京、陳君際叔，皆以古文詞名世，而君爲倡始，自前朝啓禎以迄今順康之間，别有體裁，爲遠近所稱，名「西泠體」。故終君之世，不敢以宋元詩文入西泠界者，君之力也。

君所著有《翼望山人集》二十卷、《青鳳軒詩》十卷、《白石軒雜稿》四卷、《經史通考》十二卷、《柴氏古韻通》八卷、《省過記年録》二卷、《家誡》四卷、《家傳》二卷、《明理論》二卷。及卒，督學使春坊王君敕令有司迎木主，崇祀學宫。越數年，葬于南山花家圩之陽，督學使春坊周君題其墓曰「崇祀理學名儒柴先生墓」。又越數年，孝子世堂、世臺因修家乘成，請予爲狀，狀曰：

崇禎之末，嘗見君于陸行人坐間，意氣忼愾，縱談天下事，雖比之祖生之渡江，越石之聞雞，亦無以過。暨予避人歸，相逢湖濱，除道故舊外，形神索莫，執手無一言，抑何瘁也。君嘗寓所知曰：「近惟着一裘，垂幕擁火，此身如寒冰，衹覺墻東皆附熱地。」傷哉！當崇祀時，既爲《五君崇祀記》，乃復爲此狀，以孝子幼孤，未嘗狀也。孝子善繼志，有文章名。

施母王孺人墓狀

禮：「佳婦不通私假。」又曰：「不假亦不與。」此言授室以前男女别嫌之一節耳。若古者，中外媚卹，則九夫共井，原有同巷相從之誼，所以通貧富而合習俗，况緩急賙助，尤主饋者所有事乎。

施母王孺人，以望族之子歸于清門，當時積著未彰，守中人恒産作田氏分荆而不足者，自孺人歸後，家稍起。會崇禎辛巳綏賊亂，天下陰陽流𤰞，浙東西旱蝗，溝中之僵仆者，日以百計。孺人解奩具，發蓋藏，勸君子行惠，散錢設粥，鄉里全活無僕數。既而疫作，人責施無已，力竭無所繼，孺人咨嗟曰：「爲德不卒，古所戒也。」減膳節費，盡括其所居，掩骼埋胔，間有可療者，則合藥以起之。在昔清臺之築，自擅其利，徒以涪陵丹穴起家，不呰，世亦遂相與傳之，以爲用財自衛，不見侵犯，將以抗萬乘而顯天下，而况推其所有，公以與物，救𤰞而卹患，雖至艱窘無所恡，此鄭僑之所難而端木之所歉者，而孺人優致之，可不謂賢焉。

今孺人之子以藝文著矣。義方之訓，勵之于早，因得以文學而肄成均，作明廷之獻，授以監郡。其子姓之知書者，復相繼以起，古之所謂「擴其閈閎，以待夫高車之來」，其是謂與。若夫婣婭之相卹，群從之相賙，其爲給嫁娶而養孤惸，固時時有之，不足夸也。

孺人舊居在錢江之濱，鄉人感德者至比之家媪，朝夕問訊相慰勞。及其後，而兵革屢興，播遷者再矣。即鼎革之後，郊市安堵，甫得還舊居。而三藩弄兵，居復丁甌閩之衝，仍徙之在城，而久而屋壞，孺人意不樂，嘗曰：「不見門柳下坐群兒。」意錢比之夢寐入金臺，雖廣厦何益。而鄉人之思孺人者，每過門必左顧頹屋，重以不見我母爲唧唧。監郡乃復購土木，大修故居，迎母還居之，與鄉人慰勞問訊者又十年，而後，母以八十卒。

康熙二十八年己巳秋八月，將葬母某阡而乞狀以謝親知之迎殯者，狀如右。

敕贈文林郎益園沈君遺事狀

贈君長于予二歲。順治三年，王師征海者，間左括民徒爲夫，有舊家子誤僱旗人應夫去，得罪，粥産以贖。予以通家故，爲挾券導地，彊贈君授值，而贈君應之。既而其家謀益值，駕言佔産，訟之官。贈君乃益所值金，并出券，左右操之，告其家人曰：「以爲佔耶？則請取券去；請益耶？取金去。何速訟爲？」其家乃大慙，領金而謝，一時聞者多賢之。當是時，贈君長八尺，鬑鬑下垂，日能行百里，顧予孱然，而慰之曰：「君神癯骨清，當饗大年，所歉于予者，他日相逢在道間，君扶藜我拄肘耳，于君何如？」予曰：「有是乎？」及予出游，三十年不相聞。康熙辛酉，贈君之子舉于鄉，值贈君六十，同里所親者皆爲贈君慶，謂稱觴續食，兩喜相輻輳。而予以官京師不及賀，寄之以詩。暨乙丑鏁院，予忝預考事，及發卷，而首予郡者，君猶子也。繼之者，君子也。兄弟喜同榜。而唱榜之夕，每呼名，主房者必嚮同郡者而問其生平，時兩呼予郡名，兩相問，知爲一氏子，則滿堂稱快去。而予則益因所答而倍念贈君之爲人。逮予歸鄉里，值贈君杖國之歲已七十矣。予尚挂肘行，而贈君肅揎拜跪，不藉扶掖，顧盻卓犖如平時，予祝而笑之。乃相距四歲，而贈君以微疾逝，時丙子六月，距生時天啓辛酉，年七十有六。越一年，其子由四川屏山縣知縣歸治喪，已著有行略，而復以予言可徵，將以其言徽世之爲銘誄者，因于丁丑之夏，緇衰到門，向七十有五之老人而屬爲之狀。夫狀，則行略已具矣。今所狀者，遺事耳。特予前一年，于病隙之際，已自爲墓文，將以辭世，而家人勸之。雖刻其文，不令行。今又遲一年，而復爲長予二年者爲之文，惄不自安。雖然，猶愈于少于予而文焉者矣。

予嘗謂今人不及古，而勝古者三：古祭不及祧，而今則四親以上同堂共祀，于禮爲黷。贈君曰：「吾寧爲其黷者。」古一姓而分數氏，一氏而分數族，族愈煩則分愈遠，而今則上聯遥冑，下通疏屬，不無太濫。乃贈君修譜，偕族兄度支員外名振豪者，統宗而合族，自晉唐至今，異地散處者，纖悉不漏，曰：「吾寧爲其濫者。」古父子異宫，兄弟遠房室，故緦麻之服，不及五世，至六世而親服俱絶。而今則兩世共財，三世公爨，甚至七世、九世、十八世，猶然同居而合處，謂之畸行，亦謂之異節，而贈君與兩弟，公財共居，垂老不分爨，曰：「吾寧爲其畸且異者。」夫祀遠，孝也。惇宗者，睦也。兄弟不忍分，友也。孝友因睦，至德何加焉！世見贈君不自愛，刻于自奉，食監門而衣犨褐，攜持戴負，每以是爲贈君惓。嘗過界塘矣，界塘故坎險，舟車難通，而贈君梁之。界塘故疎僻，萑苻多出入，挾挺刃以戹行路，而贈君爲築亭設櫜，募僧人施飲，而防之守之。至今呼其橋曰益秀橋，其道傍之庵曰益秀庵。益秀者，贈君之字也。夫嗇以視己而厚以待物，益秀有惠蹟，惓何害已！

贈君諱以庠，字秀之，别字益園，世居蕭山長巷里。有宋熙寧間，兵曹公某，以父子兄弟顯于時，擇慈孤山傍而家之。入明，而侍御公某，伯仲聯解，以甲乙遞嬗者，凡九世。贈君生遭鼎革，避居墻東，以積著自喜。長子士本，由乙丑進士授四川屏山縣知縣。次子士灝，邑庠生。行略曰：「屏之民有聞訃奔哭，填門擁巷，如喪考妣者旬餘。」又曰：「屏邑士民，無遠近老幼，皇皇總總而趨赴者，無不相望而哭。」夫屏之民何與于贈君，而哭之如是？以爲贈君喪，則贈君之子將去此也。然則贈君之教子又何如哉！例，哀詞銘誄，皆有韻語，惟狀以質，故省之，且以俟世之銘之者。

温節婦墓狀

烏程温隣翼以文章名，示予家傳三：一徽州府推官死義寶忠公，一相國文忠公，一節婦也。節婦事早傳人間，有傳五，序二，紀略一，書後一，大抵皆生時所爲，豫誌之以待旌者。而今已卻世，復出節婦所自爲《示兒文》一篇，詩詞若干首，并孤子所爲狀，請傳于予。曰：「予安能傳哉。節婦事諸傳已悉，且他日者必更有國史爲之傳之。予在籍日久，固不當爲史傳，若家傳又非吾事，獨狀云事尚有不能言者，非不知也。夫亦以知之而仍難言者，固就其所言重言之，以當誌墓，曰墓狀。」

按節婦温氏，大學士太傅公母弟、刑部郎中幼真公子貢士梅士第四女也。温氏與沈氏世爲婚姻，沈工部侍郎端靖公子刑部尚書何山公，爲大學士文定公母弟，其子舉人文五，亦以第四子文然聘節婦爲妻，然未娶也。順治十四年，鄉試榜發，文然兄始然名在榜中。有謡詠者，羅織諸名籍，指爲請託，懷覽之徒搆蜚語，洶洶四起。先是，文然伯兄重熙，已早登賢書，而怨家唧之，將投以所隙而無自也。沈氏以世濟之故，貲産盛大，怨者與忌者交伺成釁，伏其名于江寧之逆案間，至是籍捕，謂通逆，法當死，家口財産入縣官。當是時，文然名已填册去，查律，兄弟過房者不坐，文然少曾過其伯氏都御史彦威公房，得徼免，而科塲情重，南北搆獄市，朝堂議者皆執法，遂奉特旨，兄弟連坐，戍塞外，雖過房不免。時文然年十六，收之，繫按察司獄。

或謂梅士曰：「君女幸未嫁，猶可謝也。」梅士曰：「不然。」歸謂室人韋氏曰：「不幸婿當遠離，吾女雖未嫁，然許之矣，他日將更嫁之乎？抑守耶？」曰：「豈有吾女宜更嫁者？且庸詎知去者之不復還也？守之。」曰：「雖然，未嫁而守之，無名，且何以繫其心？吾欲先嫁之而後守之。特時不久留，如何？」曰：「譬之甫成婚而夫驟亡，無如何也，今遠離等耳。果能婚之，則雖婚一日，猶愈于已矣，寧計久暫焉？」曰：「何哉？能如是乎？雖然，後將無悔與？」曰：「後亦何悔？祇今不能出諸獄，可奈何？」曰：「吾當句諸官。」呼節婦出，告故。節婦號咷無一言。遂愬其情于按察司使錢君朝鼎，許之，立遣伍伯押出獄，就婚于溫。是日，轎至門，親戚遠近咸來觀。越七日，返獄。會差官到湖，察財產家口，册籍不得清，發遣無期，乃復乘在獄時句之官，月或一出，或再出。自順治十五年三月至康熙二年四月，凡四年，生女一，其一尚在腹，未生也。及文然解京，而生一男。越明年，出關發尚陽堡。又明年，文然卒，是爲康熙四年五月八日。又明年，訃至。

先是籍入時，晨溪大姓將乘隙計奪其雙林絹莊，而土豪蕫集，❶無厲子弟坌坌興，謂欺匿官物，有王式者，擊登聞，不可，遽告通政司，咨行浙撫，遣杭嚴兩刑官清查隱漏，易册者九，換審官者八，更番

❶「蕫」，四庫本作「薆」。

批駮者三十有六。❶前此承問多降革，詞連温氏，梅士解京師，賴親王庭鞫，知其寃，王式伏誅，然而兩家髓竭矣。然且胥役塘保日催索各費，并徵皇租，自順治十六年至康熙八年，共十年，並科該米九百八十餘石，而節婦手無一錢，符牒一出，鷹搏虎噬之隷咆哮到門，輒魂喪膽裂，幾欲自裁，而孤子牽衣，手執裙刀不能下。予少丁亂離，既而狼倉走四方，見世家右族横罹慘禍不一矣。彼盛衰之數，相爲倚伏。沈氏當極盛，三公九列，珠玉錦繡甲湖郡，而適逢其衰；温氏雖地大與埒，而未向衰殘。向使梅士稍依回，其慘烈之禍可以不及，而危墻將傾，以袒膞當之，吾讀節婦狀而痛其所遭之不良也。

夫死節死烈，所在都有，而守節之慘，則莫有過于此者。吾故略其節不論，而獨申言其苦阨如此。若夫年老歸田，畏聞畸行，身處太平三十年，而復爲此狀，輟筆流涕，悲夫！

節婦生于順治乙酉十二月一十五日，卒于康熙丙子七月九日。子一，琬，琬者，完也。節婦少慧甚，梅士爲之延里師陶君震孟者授之書，故能爲詩文，特以多難不欲存，梅士爲之存七律四首，七絶二十四首，詩餘十九首。

❶「批」，四庫本作「比」。

西河文集卷一百十四

蕭山毛奇齡字大可又名甡稿

事狀四

奉天府府丞前禮科都給事中姜君行狀

君希轍，浙之會稽人，其先五世皆列卿。明崇禎十五年，君以國子舉北京鄉試，弱冠，祖禮部尚書，故在朝。父工部都水司員外，以奉使張秋得罪，君出之請室。會鼎革，舉人循例敕受職以杜規避，除温州府學教授，值瑞安縣闕，攝縣事。海寇大至，舟尾高堞樓丈餘，俯瞰而礮，君募乞兒麇印牒于屨，請府兵，乘間殺而出，大破賊衆于齊雲江。

順治九年，遷直隸元城縣知縣。畿北災，五種不一熟，饑民牽子婦就食，日以萬計。時八旗張逃人令嚴酷，所至閉户，雖僵仆不使傍檐下。君憐而收之，察其雄非東音，牝耳無環穴，使大曌隰北荒地，地闢而饑民以活。顧縣多部件，經時難理，君決之如流水。凡督使及諸道營將，公同視折，以君當皆是君，所受決皆不恨。三省諸詞，多有願質元城者。督使嘗曰：「元城能，吾欲覓元城一詞再訊之，而不可得也。」因以尤異召爲工科給事中。

會畿盜充斥，探丸鳴鏑無虚日，勢家陰相杖，爲賊囊橐。前撫請莊頭廬兒概行保甲，不報，至是發覺。賊曹供義王家人買馬資賊，而廂白旗丁爲之因緣，舉朝側目，不敢問，君獨抗言：「義王孫可望無横草功，徒以去卑辱奥渫來歸本朝，宜湔滌不暇，尚敢收亡命作闞通賨盜之事。至身爲旗丁，豈復應桀驁自居，抵冒殊扞，而刺奸簿理，昭昭如是。夫盜有根氐，主者是也；盜有黨羽，憑藉者是也。臣請破柱索義王家人及旗丁主子窮詰之，以清盜本。」上爲下其奏，飭部臣嚴議抵法，聞者皆屏息噏舌去。

時上厲官方，以廉貪爲殿最，巧吏並公借罰鍰以濟其貪，撟刑曲罰，公行追比，君曰：「是暮夜而白晝矣。吾向吏元城，未嘗入一贓錢也，而公私厝費無所誤，今何便至此？」乃于題恤旱災時，極言酷罰之弊，謂：「年歲不登，咎在貪吏；貪吏營私，尤在酷罰。向者贖杖，分别有力無力，其所輕重，不過銖兩之間耳，撟虔之吏，猶或畸重以峻入。今者贖杖本輕鍰，而倍五倍十，不拘成數，小不應，而敲朴隨之，是罰以省刑而反濟刑矣。且其鍰未盡聞也。近者，直隸撫臣疏稱昌黎贓錢隱匿不報，則其餘可知矣。夫以大有之年，需惟正之賦，徵求稍急，猶且痛剜肉而嗟補創，況當水旱頻仍之後，加之二麥不升之時，鬻兒賣婦，尚餬口不給，而加以重贖，繼之敲朴，民何以堪？」乃飭還前例，永遵不改。

會西南方用兵，舊給馬疋有期限，不及期而倒斃者，有賠椿銀兩。南方風土熱，水穀不良，易于顛仆，加之征行之際，汗血勞苦，請大江以南概減其半，而征行之地盡蠲之。然而軍需孔棘，南贛撫臣報曲江、始興兩縣知縣同時雉經，廷臣皆相視咨嗟，然莫敢言者。君曰：「人誰不愛生？況見爲郎官，已邀一命，而輕生若此，必有大不得已于此者。夫大兵所集，米豆草束，槽鍘鍋口，自所必需。然必先時傳檄，使之豫備，應用什器，明開數目，如一槽飼馬，可容四疋，一鍋更番，可煮擔豆，十馬芻稈，祇用一鍘，本縣不足，濟以他縣，事訖交還，不許隳壞。至于水程舟楫，陸程轝轎，亭餐驛飯，各有限度。此外則一絲一粒，無容需索，否即坐主者以放縱之罪，則供億雖艱，何至絶吭？而乃以前軍猝至之頃，揞拄不及，遂至捐債，則其立法之不豫，亦可見矣。夫行兵不嚴，責在督；立法不豫，責在撫。二者必居一。」于是請咨察前件，并圖後效。上深是其言。既轉兵科右給事中，旋轉左，無何，轉禮科。

先是，諸王大臣立會計法，凡錢糧完欠，每項各限十分，以定考成，條件煩賾，動輒罹綱，有司救過惴惴，無數月留者。君請總歸十分，但以一歲之徵收，統完一歲之條件。頭訖既清，稽核亦便，嗣此部計稍紓，有司得久任，不致輕去。又恐查欠未定，應停陞轉者，或不經稽核分數，與例符合，而先咨停止，始行稽核，保無已停之官，其拖欠未及一分，或已欠而即行補完，或欠有公抵相應免議者，而一經停止，則部撫咨覆，動越年歲，雖不停，已停過畢矣。是必先查分數，而後停陞轉。至于完欠責成，祇在藩司府州縣官，于諸道無與，嗣後稽核諸完欠，不并及諸道，永以爲例。顧當時陞遷之法，雖有一定，第旌功奬能，多有躐等。如挐獲逃人，開墾荒地，漕糧報竣，則不論俸滿，即行躐陞。君于遷兵科時，力疏止之，謂：「此三者，皆臣子職守所應爲之事，倘翫湈不舉，則自有罰以懲其後，而紀録不已，又復加級，前已驟遷，後復踵蹠，此非國家勸賢意也。夫此三者，非有異能卓犖可以膺不次之陞者也，徒以地當畿輔，官近轉餫，逃人、漕糧，得以施設，而推之他省，即不能矣。且國家縱乏人，庸詎無勸農顯善、敦禮興讓、勤兵訓旅，有什百踰于是者？而皆未聞有凌躐之舉，獨于此三事，斤斤加意，如倖進何？」

又其時有以捐俸爲紀録者，君曰：「捐俸辭利，紀録勉名，固亦良吏所可爲。然而營俸外之金，冒非分之級，漁地斂民，僨進不已，是紀録非旌賢，捐俸亦獎貪也。是豈盛朝鼓厲之初心哉？」方是時，世祖章皇帝急于求治，其于闢聰達明，惟懼不盡，而君又公忠，敢于論事，雖骨鯁倜儻，每優容之，故嘗得以盡其言。

前此，太僕少卿吴允謙，以參政内陞，君已劾其貪，列其贓私，下部議法。而山東兵備道陳德容，由海寇歸命，降授今官，而君復劾之，謂：「駔儈穿窬，不當使冒濫名器，爲用人羞。」至是進君禮科都給事中。復糾禮部巢雲林及主考莊朝生科塲指詐諸事，而淮倉主事熊焯，榷關病商，特劾治之。會上以災異求言，君連上六疏，一時風采卓越，無如君者。今天子登極，君以禮臣職掌請謚號、條典禮外，謂：「天下無事，惟逋寇鄭逆。以東海一隅，游魂未褫，遂使江浙、閩粤沿海郡縣，所在戒嚴，墮名城，毁要害，東南海壖，貽累無已。是豈賊之必不可滅？抑任事諸臣不勠力，以馴致此也？夫海賊之衆，不抵東海一郡縣也。其揚帆得意，不過乘風汛之便，逞剽竊之技者也。彼其寄身命、藏妻孥者，獨厦門區區一中左耳。夫中左之距漳泉，海面不過二十餘里，何難多置艨艟，相機進勦，直入鼠穴，而江浙左右，則各謹守禦以防其衝突。是閩兵任勦，江浙任守，而勢已定矣。于是造船艦，以馬足不蹈海也；練水師，以陸兵未嘗操櫓檝也。縠矢石以摧其鋒，❶設犄角以遏其軼，置應援以制其變，選游哨會哨以偵其來去，賊衆雖狡，斷未有不成擒者。」時疏入，值世祖皇帝不豫，已奉密旨下該部議，而逡巡未決。暨今上親政，西南再鬮，遂決計行罙入之舉，距君所請日，已閲十年，前後廟算，如合契券。今已犁其族，版其民，郡縣其土地，東漸之化，遂越溟渤，然後知君言之果先見也。

君内陞後，遽回籍，時水部公尚在堂，承歡者八年。至康熙九年，始赴都候補。值京堂闕員，上諭，先皇帝言臣必能皎毖舊事，大禫于今政，仍以原官補。數月，每入侍，必温言禮之。嘗于班行呼君名，詢君鄉居。君乃具三疏：一請增科員，防耳目壅蔽；一請撫臣仍筦兵，防地方竊發；一請緩期奏銷，使催科不迫。會浙撫范君承謨以疾告，業奉有俞旨，而君疏留之，乃由浙遷閩，以總制監靖南軍，遂殉難云。既而補順天府丞，以艱歸。服甫除，會奉天府丞闕，上念盛京根本地，須君往，就家補之。三年，以病請假歸。杜門謝賓客，立宗祠、義學，講習禮教之有禆于鄉邑者。康熙三十七年五月十二日，無疾卒。

西河太史爲狀曰：「汪司成有言，司諫主封駁，侍御史主糾彈，今則條陳事宜，一里師耳。惟君不負此官云。」嘗讀君疏稿，凡四十餘篇，骯髒激切，得古諫臣風。其所抗疏，必中綮要，非大關國事民命必不言，言不令可行不進。且相其立意，欲挽世鍥刻，而歸于廣厚。故其疏刑罰，惟恐失入；疏清丈田

❶「縠」，四庫本作「備」。

畝，惟恐溢故額；疏舉人揀選法，三年二年，惟恐其不早；疏勘合，惟恐不復。至于審法律，商酌流徙，其踟躕于寧古塔、席北之間，徘徊悱惻，宛轉囁嚅，每一展卷，未嘗不流涕也。言事至此，賈長沙、陸敬輿瞠呼後矣。若其居鄉之善，自宗族隣里鄉黨以及友朋，無不藉藉然。予曰賢，衆人亦曰賢，非阿好矣。

洪贈君事狀

君諱超，字玉宋，别字逸庵，杭之上庠生也。先世籍樂平。洪氏自宋忠宣公以徽猷閣直學士賜第杭州，其仲子文安公與兄尚書右僕射、弟端明殿學士同中博學宏詞科，而公以同知樞密院事就賜第家焉。入元，有浙東安撫使徙居上虞，至明成化間，襄惠公諱鐘，仍以杭州籍中乙未進士，官太子太保、刑部尚書。子諱澄，君高祖也，由弘治庚午舉人授中書科中書。曾祖諱椿，政和縣知縣，贈都察院右都御史。祖諱瞻祖，萬曆戊戌進士，歷官都察院右都御史，巡撫南贑，以平賊功贈少保、兵部尚書。父諱吉暉，字星卿，萬曆戊午舉人，中壬戌、甲戌乙科進士，未仕而卒。乃以世父諱吉修、字真長者，爲官廕生，無子，以君爲後。顧君九歲時即遘母黄太孺人之變，越三年，而星卿公相繼逝，當是時，少保公猶在也，然君以孝故，養生送死，備極哀瘁。乃未幾而事真長公，真長公以少保公仲子，負才學，不屑屑官廕，屢試不售，即發憤成痼疾，而君以嗣子扶侍醫療，不離寢餽者，幾二十年。君弟潤孫者，有學人也。感兄孝，裁簿記君事，君見，驚燬之。特君席世寵之後，如在蓽門，少保公亡八年，始葬星卿公，遽慮居，出已所住房，推以與人。且少保公無祀田，會叔父載之公爲德安推官，遺命以公産所羸分諸兄子，而君力請之叔母，得置祀田，使忠宣以下，共享祀焉。

君少以文名，性敏給，博通經籍，注《四書》《周易》《通鑑》諸書，皆各得領要，而獨薄於仕進。大學士黄文僖公者，君母黄太君弟也，雅重君，每邀君至邸第，晨夕講議。而君亦每懷渭陽之痛，數往依之。文僖曾以子翰林公女配君三子，而其女早卒，雖重君，未析其隱也。及文僖予告，所居邸第將取值他主。舊例，中價並所值，而輕亦半之，此第值千金，則中者例三百餘金，固授受以來沿至今者。今已胖所羨，作白薄貲矣，餘者皆君有，而君並不取，益之值中，文僖驚曰：「曩值止千金，而今翻益以三百，何耶？」鄉大吏爲臺臣所糾，匄君導地，君直辭之，曰：「大吏無罪，當事已白之久矣。」匄者曰：「果爾，何不即以此爲先生壽？」君怒曰：「子以我爲詎金者耶！」文僖每爲人言之，其介如此。

君居鄉和厚，好周人之急，與物無忤，而方正自持。里中有倡邪教惑衆者，君力排而痛斥之。或云：「彼固多力，子縱不邀福，獨不畏其爲禍耶？」君曰：「吾見其立敗，禍且及身矣，能禍人耶？必有禍者，則吾請當之。」既而其人寘於法，稱先鑒云。君長子潢，以高才蚤卒。次承祥，中康熙戊辰武科進士，已授寧夏鎮守備，又卒。又次承禧、承祐、承禎，皆諸生，有名。

西河文集卷一百十五

蕭山毛奇齡字春庄又大可稿

年　譜

文華殿大學士太子太傅兼刑部尚書易齋馮公年譜

謹按，先生諱溥，字孔博，别字易齋，山東青州府益都縣人。世籍臨朐，明洪武初徙實遼左，遂爲遼之廣寧人。數傳有誾山公諱裕者，從賀黄門講學，有契悟，中正德戊辰科進士，復還青州，家焉，後仕至貴州按察使司副使，則先生始祖也。誾山公生五子：長惟健，字汝强，别字陂門，舉人，所著有《陂門集》。子子咸，舉人，以德行聞於鄉。孫士標，崇禎庚辰進士，仕至閩海道。次惟重，字汝威，嘉靖戊戌進士，仕至行人。子子履，隆慶戊辰進士，仕至參政。孫琦，萬曆丁丑進士，禮部尚書，謚文敏，所著有《北海集》《經濟類編》諸書。又次惟敏，字汝行，别字海浮，稱海浮山人，舉人，仕至通判，所著有《山堂辭稿》，王弇州所謂「北曲惟馮海浮擅場」者也。孫瑗，萬曆乙未進士，仕至遼東開原道。又次惟訥，字汝言，嘉靖戊戌進士，仕至江西布政使，内陞光禄寺卿，所著有《詩紀》《風雅廣逸》諸書，則先生高祖也。又次惟直，早卒。曾祖諱子臨，字仰洲，隱居不仕，皇清誥贈光禄大夫、文華殿大學士兼刑部尚書。祖諱珣，字璞庵，仕至陜西漢中府同知，皇清誥贈光禄大夫、文華殿大學士兼刑部尚書。父諱士衡，字于平，仕至浙江湖州府孝豐縣知縣，皇清誥贈光禄大夫、文華殿大學士兼刑部尚書。

萬曆三十七年己酉，先生生。

四十三年乙卯，先生七歲。就外傅。越一年丙辰，先生八歲。孝豐公取《左傳》《國語》及秦漢唐宋諸雜文命先生讀，先生初難之，塾師謂非幼學所宜，孝豐公不顧也。已而塾師謝之去。又二年戊午，先生十歲。孝豐公延先生外王父白公諱采者授先生書。白公爲諸生，有盛名，顧性頗嚴刻。先生讀書務領會，不事攻苦，白公督責之。時太夫人在堂，憐先生，爲涕泣請貸于白公，白公嘆曰：「汝之子，吾之甥也，吾愛是子寧必不如汝？顧是子穎悟非常，而使之優游以就狎習，非所望也。」久之，先生誦讀忽有解，取孝豐公所給《書經》，❶《左》《國》以下皆卒業了了。❷又久之，先生乃發憤，窮極經史，旁及外氏，六通五覺、十祕九府之書，目追手録，以至俯仰觀察，推步占驗，期門遁甲，三命六壬諸學，皆親爲圖畫，張之屏幃，以求必得。又久之，棄去。故先生學如左海，元元本本，隨處流見，而未嘗

❶「經」，原爲墨丁，據四庫本補。
❷「左」，原作「本」，據四庫本改。

輕于一用。

天啓五年乙丑，先生十七歲。娶夫人房氏。

十八歲丙寅，補益都縣學生。時提學使者爲夢原項公，頗簡重，不可干以私，覆試日，執先生卷亟稱之，且謂先生曰：「幸自愛，他日非凡器也。」

二十二歲庚午，孝豐公筮仕，得湖州孝豐縣知縣，留先生守家，先生往來定省者凡數年。

崇禎元年辛未，先生二十三歲，子治世生。

二十四歲壬申，孔有德反，青州戒嚴。

二十五歲癸酉，補廩膳生。

二十八歲丙子，孝豐公以治最行取入都。時司馬公春秋高，孝豐公不欲仕，遂謝病歸。無何，孝豐縣典史解錢糧京師，與户部書辦博爲厰衞人所持，其書辦誣服云：「非博也，實典史解錢糧來，賄我銀八兩耳。」事聞，孝豐公以原任堂上官詿誤，入都辨白，先生往來都下者又二年。時四川花君上苑、廣東宋君兆龢，亦以詿誤留京師，與先生游覽唱和無虚日。會刑部尚書鄭公三俊者，君子也，謂孝豐公曰：「典史賂書役，毋論其事之有無，藉有之，與縣官何與？汝第歸，吾自爲汝白之，勿復累也。」於是先生得隨孝豐公歸里。

三十歲戊寅，先生以累赴鄉試不利，賃城西藥王菴僧舍，讀書其中。住僧璽文者，高年有行，見先生禮佛，從坐驚起云：「老僧甫入定，見東方紅光熊熊，雷聲硿硿然，悸而寤，不知是公至也。」先生疑僧諛已，頷之。時僧舍淺狹，惟門前列數松，長且茂，中有磐石可坐，一水從南來，直流數里，當寺門。先生每盤桓石間，以觀流水。壟文忽告云：「願公毋坐是也。」曰：「何也？」曰：「不觀在傍土地祠乎？夢以不安告，而匄予言之先生。」曰：「此世俗習語耳。安有是也？且夢亦何足據哉。」數日，復來云，如是者三。先生曰：「果爾，亦壘一墻以遮之。」至今祠前蔽一墻，以是也。時録科青州舊例，學使將案臨，府縣先試之，而上其名。知府錢君良翰者，紹興人也，由進士起家，閲卷，拔孫文定公廷銓第一，先生次之，又次則今少司寇高公珩也。大言云：「三人者，必以是科中，否則，不復相天下士矣。」是年大兵破兖州，又破濟南，擄其藩王去，青州戒嚴。

三十一歲己卯，先生與孫、高二公同舉於鄉。報至，先生方熟睡，家人呼之不醒，太夫人大驚，令扶先生起，以水噀之，亦不醒，舉家獐徨。時先生夢登泰山，似有召者擁雰氣蓬勃而上，迴視十八盤天門，歷歷如平時所見，至則張蓆殿，懸錦繡於門，衆樂齊作，鼎鬴漿醴俱設，元君親揖讓酬酢，成禮將退，適聞雞鳴，海中紅日如車輪涌出，遂輾然寤，寤則鼻息猶酒氣焉。

三十二歲庚辰，先生會試下第，值王父司馬公卒，孝豐公高年哀毁，得怔忡疾。是冬，葬司馬公堯山祖塋側。

三十三歲辛巳，孝豐公卒，時太夫人遘重疾，方愈，聞變一慟，亦卒，兩喪相距祇六日。先生哭，晝夜不止，亦氣絶如屬纊然，醫者云：「是哭泣傷藏耳，五氣結轖，匪藥可療，俟其偃蹇一二日，當醒也。」已而果然。是冬，葬孝豐公、太夫人於雲門山之新阡。

三十四歲壬午，大兵攻青州，州人懼城陷，皆挈家避城外，先生云：「出城將安之？且家口露處，安所得食？生死俟命可也。」既而出城者皆被害，而城内無恙。

三十五歲癸未，先生守制，不會試。

三十六歲甲申，即大清順治元年，青州人殺闖賊僞官，時先生在山中，不與聞。既而户部侍郎王君鰲永奉命招撫山東，駐劄青州城。時闖賊前鋒趙應元、參謀楊王休尚擁精兵五百餘，詣城詐降，王君受之，左右執不可，君不從，應元等至，即馳入察院，縛王君斬之，且據王府，以恢復爲名，招集亡命數千人，張僞諭遍撫屬縣。越十七日，大兵至，陽與賊講和，遽入城，屯北門城樓。是夕，斬應元等并其頭領數十人，遍搜城中賊，盡殲之。城中人多被剽鹵，先生以勞敝熟睡，未覺也。大兵越門過，一若不見有門者，及啓門，則門外之屍滿矣。

三十七歲乙酉，有司敦請謁選，先生至京師，既而歸。

三十八歲丙戌，會試中式，時以乏資費，未放榜即歸。

三十九歲丁亥，復行會試，先生至京補殿試，得二甲，授庶吉士。

四十歲戊子，讀書館中。

四十一歲己丑，散館授翰林院編修。

四十二歲庚寅。

四十三歲辛卯，先生奉使頒詔江寧并蘇松常鎮諸府。

四十四歲壬辰，會試同考，得張暥等二十三人。

四十五歲癸巳，陞司經局洗馬兼修撰，未幾陞侍讀。

四十六歲甲午，陞國子監祭酒。舊例，考課、撥歷、出咨、給假皆有獻，先生悉禁之，惟按期課士，親閱試卷，務使學術一底醇正。會秋試録科，或謂每科監元必以當科中式爲勝，今搶卒，恐未必得，先生笑答曰：「安知一顧無良馬也？」既而以全椒吳國對卷置第一，果以是科中式，戊戌廷對第三人。

四十七歲乙未。

四十八歲丙申，陞侍講學士。

四十九歲丁酉，轉侍讀學士，考四品滿，賜幣二，羊、酒各一。

五十歲戊戌，是時世祖章皇帝屢幸内閣，一日，指先生謂諸大學士曰：「汝等以何者爲翰林？朕視馮溥真翰林也。」

五十一歲己亥，陞吏部右侍郎。新例，學士皆兼内閣銜，不得復陞侍郎，故先生以侍讀學士佐銓焉。是時尚書爲孫文定公廷銓，左侍郎爲石公申。先生到任日，二公皆以目眚暫假。值各省學道缺，部郎不副，以知府補之，已經吏、禮二部會同議放，而給事中張惟赤妄以狗私劾先生。有旨命先生回奏，先生奏略云：「臣初任吏部，此事同禮部公議，非臣一人所得私也。且狗庇何人，張惟赤既能發覺，亦何妨指名題參，而故爲懸揣之詞以快私意，何以服衆？」世祖章皇帝云：「吾固知馮溥不爲也。」置不問。

五十二歲庚子，京堂三品以上官自陳，忽奉嚴旨，黜去滿尚書科爾坤及兩侍郎，而獨留漢官在部。先生偕孫公等上疏云：「部事滿漢同辦，今滿臣得罪，漢臣安得免？臣等無狀，伏候皇上一體處分。」有旨，着供職，不必求罷。會滿堂官缺，將以漢官考滿官，未便，復疏請補滿堂官，奉旨令先生等得考察滿州大小官員，而先生等復疏辭，謂：「漢人官員，臣等不辭嫌怨，自行考察。若滿州，則素無生平，第令其人當前，猶不能別識其面目而記其姓與氏也，況得而定其優劣哉？」奉旨會同五部尚書及都察院考察。此一時破例，其重先生等若此。

五十三歲辛丑，世祖章皇帝升遐，今上幼冲登極，四大臣同秉國政。有御史李秀者，旗下人，先以京察被黜而怨之，至是夤緣復故官，遂列四款參先生，謂先生爲故相劉正宗黨人，其主銓選時，尚書孫廷銓目昏，不能視文書，侍郎石申多病，不進衙門，而某以一手遮天，部事狥私任行，改易舊例。其言皆荒謬無實據。先生一一面奏，奉旨，謂李秀誣奏大臣，肆口横詈，殊不合理，着嚴飭行。

五十四歲壬寅。

五十五歲癸卯，先生給假回籍。

五十七歲乙巳。

五十八歲丙午，五月，入都。七月，復補吏部侍郎。時四大臣欲各省差大臣二員，設立衙門于督撫之傍，以廉督撫。吏部滿尚書阿思哈、侍郎太必免議設衙門於各省東西，一切書役擁隸人員，聽其招募，頒與勅印等項。先生執不可，謂創造衙門，費將不貲。内之傷度支，外之勞民力。毁房壞屋，勢必不免。且國家設立督撫，皆係重臣，今又不信，復遣兩大臣，實逼處此，東西相望而稽察之，甚無謂也。夫權太重，則勢相軋，勢相軋，則當之者碎，保無下屬仰承，左右譏苛，爲民害者。時太必兔蒙古人，性暴無禮，聞見先生語，則大恚，瞋目起立，張拳向先生，先生徐應曰：「雞肋何足安尊拳哉？夫爾我等也，既係公議，汝必不容吾兩議，何耶？且議之可否，自有聖裁，豈爾我所得而專主之？」時四司滿漢官皆恐懼股栗，率書吏人等環跪先生前，請先生稍貶損，從滿議。先生曰：「國家大事，非汝等所知也。」堅執不可，疏遂上。上是先生議，其事得止。其後太必兔反修好，每事就先生商酌，然終以貪緣得官伏誅。先是，先生入都時，諸翰林以新例有五部員外與翰林較俸陞侍讀者，毋論翰林俸不能較，且部司雜處，彼此不安，又翰林論俸不論資，即前後倒置，亦非所宜，乞先生改正，先生許之，至是盡改從初例焉。

五十九歲丁未，會試主考，得黃礽緒等一百五十人。時建育嬰會於夕照寺，收無主嬰孩，貰婦之乳者育之，就其傍買隙地，種柳萬株，名萬柳堂，暇則與賓客賦詩飲酒其中。是年，長孫肅生。

六十歲戊申，陞都察院左都御史，掌院事。先生首具《王言不宜反汗》一疏，謂當慎重于未有旨之先，不當更移于已奉旨之後。以是時盛京缺工部侍郎，多規避，已會推奉旨，不旬日而三易其人，故首及之。次有《廣東盜賊充斥總兵宜嚴加處分》一疏。是時首相爲班布爾善，惡先生言直，但擬旨云「知道了」。上取先生疏閱之，即云：「此二本俱說的是，何以批知道了？」令改票，因得旨云：「這本說的是，該部確議具奏。」時逃人法最嚴，先生疏根本之計，終及逃人，大略謂：「初年所逃，皆係八旗戰爭所得之人，故禁之當嚴。今天下承平日久，或係投充，或係新買，或係入官，似此人等，即在地方有司，尚難稽察，愚民無知，鮮有不爲其所欺者，此非敢于抗朝廷之法也。臣以爲，若逃者係舊人，則當用舊法。若係新人，亦當稍示寬典，使督捕詳議分别，以爲定例，此亦本治之一端也。」又疏謂：「國家重兵多在閩粤，但各處駐防過多，恐轉輸易困。古者防邊之士不帶家口，及期則换。今皆攜家而往，約略計之，十萬之師，便有百萬，途中口糧人夫及到地方一切養育之資，無一不取之朝廷，故藩王提鎮，其各處貿易，雖曰擾民，其實不可禁止也。且室家重，則難于轉動。夫兵隨將轉，將到便行，使一旦他處有緩急之調，而此家口重累之將與兵，能符到即行乎？則伍籍定額，所當與軍政計通變也。」又疏請有司初授不當限年：「近見吏部選人，進士舉人以及廕生等項俱論年分，進士則壓于歷科揀選之餘，舉人則待之五科不中之後，非遲數十年之久不能預選，保無有老耄昏瞶不堪民牧者乎？如其有之，則自上京領憑赴任，道路貲費，不知凡幾。及履任，而上司以昏瞶去之，即或姑留嘗試，事敗聽參，而地方被害，各案羈留，至有老死他鄉而妻子代累者矣。是官與地方兩受其病，乃吏部雖有臨選面驗之例，而參摘未嘗多見也。廕生應得州縣者，部例准十八歲選授。夫天生人才，少年早成者，自不乏人。然上智不常有，保無有童心尚在，操刀使割者乎？如其有之，是以知識未諳之人，使之驟膺民社之重，内不得不聽之主文之導引，外不得不聽之衙役之指使，及既敗，而官與地方兩受其病。乃吏部但有計年授職之例，而考試未嘗講求也。臣請勅吏部，當截取投供之日，照兵部考驗弓馬之例，略試其身言書判，取其堪授職者以次銓除，而不堪任者，則予以應得之銜，頂帶休致。其幼稚不通者，或停其授官，寬以年限，待學成再補，或照品改授佐領，待練習世務，照常陞轉，則遲速老幼均得之矣。」又疏請申嚴内外職任之要務，謂：「六部堂官，于事之合于例者，照例行之，持守必堅；于例之不符于事者，據理行之，擔當必力。惟于疏内題明，公私自見，若各部司官，滿漢同辦，其賢否進退，總在本堂鑒别之内，乃京察六年之後，陞遷轉易。計其時堂上執筆所註之人，半皆素昧平生之輩，懸揣定評，勸懲何處？臣謂宜倣外督撫糾劾之例，一年摘參一次，則賢智盡勉，而愚不肖無所容矣。若夫朝廷之委任在督撫，督撫之委任在司道。總覈錢粮者，藩司之責；訊讞刑獄者，臬司之責。惟守巡各道，乃承上發下之官，皆有激揚表帥之任。倘或私收餽遺，詭其踪跡以明廉；實政廢弛，文其告條以欺衆。官吏之貪汙不問，百姓之疾苦不知，迨有司敗露，乃急補一揭，以避平日狥庇之罪。今大計在邇，臣謂宜首嚴此輩，以儆官常。即督撫尋常舉劾，果係揭報，始列其具揭名銜，或別有訪聞，不必定列府道公揭，以爲此輩掩飾之地，如此互相覺察，則賢者不敢蔽，不肖者不敢容矣。」又嘗因遵諭陳言，請寬刑税，如曰：「省刑者，非謂其犯罪而姑寬之也。古者罪人不孥，今一事而連數人或數十人。此等人非其本身犯大罪也，雖事終亦必省釋，但其候審之勞，盤費之苦，至有本犯尚未完結，而牽連者先朝露矣。且問官貪懦，不即審結，多有遲至二三年或七八年者，縱或未死，而抛家失業，棄妻離子，可矜孰甚。乞皇上勅部嚴禁，諸凡案件，除叛逆外，❶不得牽累多人。其無益証佐，概免提究。有寬限者，即治督撫以

❶「叛」，原爲墨丁，據四庫本補。

才力不及之罪，則刑可省矣。且薄税者，非謂其應納而姑免之也。古云『二月賣新絲，五月糶新穀』，言在上徵收之急也。今者正月即開徵矣。慶酬未已，追呼已至，舊逋未償，新貸又起。而有司之不肖者，更設重刑以懲之。臣前有緩徵一疏，部覆未准，乞皇上再行酌議。夏税定于六月，秋税定于十月，上緩國脉，下寬民命，則税已薄矣。」其餘敷陳時政，有關民瘼者，不可勝僕。即密疏入告，尚有《請禁三藩貿易》《酌議三藩買馬》諸疏。其稿不存，然載在政府，可稽也。

六十一歲己酉。

六十二歲庚戌，陞刑部尚書。先生甫到部，即有《愚民犯法日衆朝廷教化宜先》一疏，上嘉納之。未幾，以年老疏請骸骨，不許。

六十三歲辛亥，授文華殿大學士。有《首薦原任光禄丞魏公象樞兵部主事成性》一疏，又以歲豐穀賤，有《宜廣行積貯》一疏，上俱嘉納之。

六十四歲壬子，先生復上疏求去，有曰：「臣今年六十有四，筋力衰憊。機務何地，堪此昏憒？臣前任刑部時，會以老病乞休，❶未蒙俞允，今相距又二年，精力愈衰，不得不冒昧再瀆天聽。」上曰：「不肯相助爲理耶？朕豈不知卿年高？但六十四歲未衰也，俟卿七十乃休耳。」

六十五歲癸丑，武會試主考。冬十一月，吴三桂反。時閣事旁午，先生早入晚出，不敢言去。

❶「會」，疑當作「曾」。

六十六歲甲寅。

六十七歲乙卯，夫人房氏卒。

六十八歲丙辰。

六十九歲丁巳。

七十歲戊午，福建平。時先生以蒙上許可，又上疏求去，大略云：「禮曰『大夫七十致政』，今臣年已七十矣。臣向所以不即請者，緣時方多事，皇上宵旰不暇，臣何敢以犬馬餘生爲自便之計？今四方漸次平定，皇上盛德大業，與日俱新，而臣以衰朽之軀，溷玷朝右，此臣所夢寐不寧者也。且皇上曾許臣七十乃休，息壤在彼。」不許。

七十一歲己未，會試主考，得馬教思等一百五十人。時兩廣平，朝廷徵天下文學之士，倣古制科例，名博學鴻儒。先後詣闕御試，賜酒饌優禮，選取五十人，皆授以翰林官，餘高年者，間授中書職銜，遣回籍。闢門之典，于此爲最。但是時，上親閱卷訖，糊名付閣下覆閱，先生審慎甲乙，所取盡名士，一時伏先生冰鑒。是年五月，先生嬰熱疾，乞疏益切。上遣翰林滿學士喇薩里就家問病，且傳諭調理，稍痊即出供職，不必求去。及小愈，先生復入閣面奏，請乞。上親留先生，仍遣還宅調理，俟强健入閣。

七十二歲庚申，四川平。

七十三歲辛酉，雲南平。先生復求去，上曰：「朕知卿年高，顧朝有老臣，不綦重耶？」因以其疏還先生，不許。

七十四歲壬戌，元夕前一日，上賜宴大臣及詞臣講官以上於乾清宫，許群臣至御座傍觀鰲山燈，上親賜先生巨觥，命釂，先生不能飲，遂大醉。及先生捧觴稽首，登臺獻觴，旋下臺，復稽首候釂，上止先生曰：「汝老矣，登降不便，即在此候釂可也。」及出，上命二内侍扶掖，又傳令先生家人輩用心扶侍到家。是日，上命賦栢梁體詩，上首唱云「麗日和風被萬方」，群臣各續成之。既而上東出闕，祭告諸陵，先生日入閣，不敢怠。暨上歸，先生復上疏請。奉旨：「卿輔弼重臣，端敏練達，簡任機務，效力有年。勤勞素著，倚毗方殷。覽奏，以年邁請休，情詞懇切，准其原官致仕，馳驛回籍，遣官護送，以示眷懷。」及先生謝恩，上賜飯，復傳旨云：「卿自今後，無有職掌，可常至瀛臺一看。」越數日，先生至瀛臺，上令人引至上所御閣東小閣内，賜飯訖，命先生遍遊西苑，遣内侍二人，扶先生登舟，歷諸亭臺及曲檻迴廊巖壑之勝，内有御書「曲澗浮花」四大字。迤邐登陟，至浮杯亭，上遣侍臣携酒菓隨先生，令每至一處，坐飲三爵，力倦且稍憩，勿遽出。游畢告歸，即以酒菓送至家。先生遂有《微臣去國戀主》一疏，内列五事：「一曰皇上不宜費財，二曰皇上不宜遠出，三曰皇上勿輕遣官，四曰臺灣不宜輕剿，五曰關税鹽課不宜增額。」上嘉納之。上遣翰林院掌院學士牛鈕、陳廷敬、侍衛二格到宅，頒賜御製詩文一軸，内云：「内閣大學士馮溥，贊襄密勿，著有勞勩，乃以高年，數請歸老。念深箕穎，頓謝簪紱，悵別之心，聊書四韻：『環海銷兵日，元臣樂志年。草堂開緑野，别墅築平泉。望切巖廊重，人思霖雨賢。青門歸路遠，逸興豁雲天。』康熙二十一年八月廿六日御筆。」又印章一方，上勒「適志東山」四字。又墨刻《昇平嘉宴詩》一册。次日辭謝，上遣中書舍人羅映台護送到家，京朝官數百人同餞之彰義門外，祖帳相望十餘里，京城小民有牽車泣下者。時值太宗文皇帝實録告成，賜銀幣鞍馬，加太子太傅，一時榮之。

七十五歲癸亥，先生家居。

西河文集卷一百十六

蕭山毛奇齡字初晴又秋晴稿

記事

李女宗守志記事

予修《明史》，曾載女子未嫁守志者一人，爲高皇帝朝監察御史蔣文旭妻孟氏。暨僦杭州，適遘隣人嚴氏女事而爲之狀，餘所聞雖多，不敢載，以爲其事難，然實未嘗中禮也。

李庚星者，予門都講生也。嘗問曰：「孫鑛曰『《鄘》之《柏舟》共姜未婚而守志』，信與？」曰：「未有也。共伯，武公之兄也。衛武四十始爲君，然猶待父僖之死，國人殺共伯于隧，而後武公得繼立，則共伯豈少者與？而未婚與？」「然則何以稱兩髦？」曰：「子信以爲兩髦者童子之飾乎？童子飾鬌。鬌者，角髮也。及長而後代以髦。髦者，結鬌以爲飾者也。故男子娶婦，共事父母，則拂髦而冠緌纓，必父母没而後脱之，《禮》『親没不髦』是也。誰謂髦者童飾也？」曰：「若然，則父母爲子女成嫁娶，既納幣且告吉矣，而不幸而婿父母死，或女父母死，則男可改娶，女可改嫁與？」曰：「惡，焉得此不仁不智無禮無義之言乎？父没觀行，以父母所成之嫁娶，而一死而遂背之，不仁。婿父母不並死也，一死一改，娶已不勝娶。而苟其所聘之女氏皆有父母，則凡其所聘者，皆非其所得娶者也。男終身改娶，女終身改嫁，凡爲此言與聞此言而信之而述之者，皆謂之不智。且此何禮何義而可爲之？」曰：「歸有光曰：『未婚而守志，非禮也。』古父母死即改嫁，不待婿死也。曾子問曰：『婚禮既納幣，有吉日矣，婿之父母死，則如之何？』孔子曰：『婿已葬，婿之伯父致命女氏曰：某之子有父母之喪，不得嗣爲兄弟，使某致命。女氏許諾而弗敢嫁，禮也。婿免喪，女之父母使人請，婿弗取而後嫁之，禮也。女之父母死，亦如之。』若此者何也？」曰：「此所謂不善讀經者也。經之言此，以爲此告吉而遭喪之變禮也。使遭喪而未告吉，則免喪之後，詣女氏而請吉期，何必致命，而無如其已告也？已告，則女待嫁矣。女待嫁，則必于既葬之後致命不娶，而後女氏弗敢嫁，謂不敢來嫁也，蓋愆吉也。既免喪，可即吉矣。然女氏臨嫁，又必請婿且勿娶，及來娶，而後嫁之，謂不忍即吉也，蓋承喪也。此則告吉遭喪議禮之盡美善者，而康成偶不能註，而孔氏之疏之者，又誤以娶之爲别娶，此經遂不明矣。夫此經尚不明，而可以之証他經乎？」于是兩問各不決，怏怏而退。

當是時，生意蓋有在，而未敢間也。既而三衢王杲者，以江山陳氏未嫁而守志，請題其册，予謝之曰：「非禮也。」而李生蹴然避席而請曰：「生家于禮者也，王祖太僕公著禮樂疏，而王父工部公述之，見者不以爲非禮，不幸家亦有此事，而疑與禮悖，然既已如此，且其事頗可憫，父嘗咨嗟焉，不敢告人，今十五年矣。誠不知于禮在何等？」曰：「試言之。」曰：「李婈者，女兄也，仁和人，父勉庵，茂才，以貧故，授生徒外舍。有友張斌客武昌，使其子仕華來學，十三能文，與婃同年生，父每思妻之，未言也。康熙十五年，相傳有詔選良家女，民間争嫁娶，州師里長窺于門，父患之，謀之母張，母懼。甲媪者，司判者也，導于士華家而酌以婚，士華母蔣喜，甚出意外，遂以轝轎來，擬假行配以待之，婃過士華家，行見姑禮，且與姑同卧起，如是五日，姑愛之甚，擬留婃，不得，泣而送之返。既而其舅還家，婃往拜舅，又返。又既而姑念婃病，婃再往，姑留之，越數日，泣返，婃惻然告母曰：『姑婦尚有日，而姑每見兒必泣，得非不祥耶？』其明年，姑大病，病中念婃不可已，曰：『安在？安在？』其家復來迎，曰：『請一相訣。』婃聞之，急往，未到門而姑死，遂留之，視含斂，視殯，服喪服返。當是時，其舅尚在客，而士華仍留學外舍未去也。越二年而士華病，病數月死，死時年十八，舉家獐狴。婃初請視斂，不許，既而請易服，父踟躕間，初阻之，然而義不可絶，且此終身事，將謀之一旦，未易定，以詢親串，親串曰：『此未成婦也。禮重成婦，不成婦，則不告祖，不拜舅姑，不見兄弟姊妹，死則絶之，何服之有？』或曰：『服亦何不可？特不宜終服耳。禮，娶女有吉日，而女死，則婿必齊衰而弔，葬而後除服。夫必齊衰而弔者，不忍絶也。葬而即除者，謂可以絶也。』言未既，婃脱色衣出，跪且泣曰：『吾不諳禮，不知宜何如，特念死姑遇我厚，痌于心，此生不能忘。且吾李氏女也，無故而入人之家，拜其母，并服其母喪，而猶謂非其婦，何忍言？惟父母哀憐之。』父曰：『然禮在家稱女，在途稱婦，吾豈不知？往彼已稱婦？獨不曰此名也，非實乎。且百年甚遥，而兒以搶卒決之，保無悔耶？』曰：『百年時也，決之搶卒者，志也。吾志決矣。衹念生女當外成，兒以不祥之軀，累父母終身，第懼取憎，又何敢悔？自今以後，願住父母廡房一間，且食父母食，不足，以十指補之，如是止耳。』言訖，父母哭，家人皆哭，一若與之訣者。會其舅奔歸，倧喪服出見，舅嚎咷躅兩足，曰：『吾不忍死兒後復見有此。』且嚎且走，去武昌不返。倧乃辟一室，立姑主及士華主，歲時祀之。」予聞言大驚，曰：「賢哉，此禮也，非未嫁守志者也。吾將明此經以正俗禮，而不謂倧以躬行之，誰謂閨中無知禮者？」迄于今，又七年矣。

康熙四十一年，倧年四十，予乃遂言曰：「此古今言禮一要會也。」今人言婚禮，必以夫婦同寢處爲斷，名爲成婦禮，蓋誤以子婦爲夫婦也。不成婦者不廟見，婦車至，即牽婦而入于房，御衽請趾，不祖而配，不奠幣而男女交受，不告之父母，而婿爲主人，三飯三酳，以生倫大禮而等之野合，而禮亡矣。古禮即不然。當婦至時，必以婦見、廟見爲斷，名爲成婦禮，謂成子婦禮也。假舅姑而生耶，則質明婦見，以棗栗腶修拜舅姑于堂。舅姑而亡耶，則三月廟見，以扱地奠菜之禮拜舅姑于廟。夫然後謂之成婦。苟未婦見，未廟見，而不幸婦死，則雖至日已合巹，三月已致女，夫婦寢處非一日，而仍非我婦，不立主，不祔廟，歸葬于女氏之黨。其不重夫婦而重子婦如此。今倧拜姑，復拜舅，行婦見禮，而姑且念婦以迄瀕死，則正其成婦而不可絶者，所闕者獨夫婦一寢處耳。賈、服《禮》註異義曰：「禮婦至不成婚，三月而配，故《春秋》譏先配後祖爲非禮。」而熊氏論禮謂：「婦至三月，然後共寢處，故《春秋》三月始致女。」則假使此三月中而婿死，可謂不成婚而當改嫁乎？是此之守志，祇比之三月中之婦，而謂其未嫁而守志，不可也。謂其不成婦而不當守志，尤不可也。夫婦見，則其婦也。既婦見而成婦，雖未婚，亦其婦也。此禮也。吾故備論之，以正夫世之妄言禮而悖于經者。或曰：「禮，女嫁稱字，今無字，何也？」曰：此所以尚爲女也。雖然，婃者，女宗也。昔者鮑氏妻以善于養姑而稱爲女宗，今婃行實過之，而名適與合，天字之矣。因題曰「李女宗」云。

家孝子記事

孝子名周尹。予族分浙東西，而浙西名族以江山、遂安爲最，孝子遂安族而居于泮塘。曾祖肖環公，萬曆壬辰進士，官吏部，有名。而從兄會侯，順治戊戌進士，則與予同舉制科，予嘗弟視之。會侯每言孝子事，屬予爲記，未應也。既而同館官方君若韓復以其事徵詩文及予，予因按其實。

順治十二年，婺源山賊大起，焚掠四出，隨地結行砦而薦居不常，每篡人家男女，以要質贖，多者千金，少亦數百金，名爲助餉，否則殺之，解肢體掛樹間。孝子父爾久，謂泮塘不可居，謀匿山僻，使孝子涉帑而己居守，寇至，縛爾久去。孝子聞變，藏母婦婦翁家，而隻身走山砦，號哭叩首砦門，乞釋父，曰：「徒手耶？」出其父將殺之。孝子踉蹌返，謀之婦翁王君介明，得百金，捧之往，曰：「是區區而思以助義餉大難？」收其金，驅之。孝子乃變産，且悉變帑中所有，又得二百金，捧往，而賊已移砦，號哭走蒺藜到砦，跪砦門求釋。復不足，然則請見父而返，曰：「足即行耳，何見爲？」孝子已出山，中途聞官兵將至，大驚，念賊暴，官兵至，必殺質以行；即不然，火炎崑岡，玉與石亦安可辨也。哭曰：「然則吾父死矣！」急返，紿寇曰：「吾年幼，力至此竭矣，吾父出，尚可得百金，盍質吾於此而貰父歸，餉可全也。」賊曰：「諾。」遂留縶孝子而返其父。官兵至，寇大殺掠去，而孝子不歸，不知其死于兵、死于賊也，今若干年矣。

康熙二十七年，孝子所遺子名超倫舉于鄉，與予兄子遠公同上公車門，重語其事，且乞記于此。孝子死時年二十二，距此三十二年。或曰：「孝子婦王氏，其節亦不可及焉。」

重裝何孝子三世畫像記事

以影幛祀，非古也。顧司馬遷見留侯像，謂如好女。夏侯孝若爲像贊，贊東方先生。古名人傑士，赫然于時，而曠不相接，則思得其貌而瞻之。至其子孫之想象髣髴，又其餘也。邦植何先生，孝子也。予既搜遺乘爲之作傳，而瞻拜闕然。王子鴻資，偕其族孫静子者，詣其家請影幛觀，得六壞幛于毀軸間，風雨虫蝕，麋漫幾盡，顧其像猶儼然也。鴻資請持歸，合錢補苴，糨其背而藉以縑繒。予過謁之，孝子瞛其目，瞿然有求，挺挺然丈夫者也。妻虞椎髻帞而纇，有助容也。其尊人御史公，白晳鬑鬑，鉅君也，一似重有思者。太夫人頩然多驚容，儼撾鼓時，其能可睹也。贈君夫婦，秩秩也。嗟乎，有靦面目而視不可得，孝子三世，獨能赫赫然若平生，千秋想見，于是乎在矣。第天道無知，孝子後鮮嗣興者。今贈君所遺，纔八臂耳。守祀勿失，雖在其子若孫乎，然里中賢豪，豈無相繼感興如鴻資、静子其人者？孝子之像，從此其不可壞也。像故有江西道監察御史陳褒讚詞，因幅欹半，静子以續讚屬牲，牲辭之，姑爲記其事，而書之如此。向予作傳，謂孝子服衰終其身，今像故冠衣牡麻，雪如也。嗟乎，孝也已。

范鋐入川勒石記事宜入碑記内

范鋐，少時屢入川，予不及見也。知之者曰：會稽范鋐，其曾祖崇明縣令，生其祖孝廉君，孝廉君生其父别駕君，而孝廉君死。孝廉有弟，由武進士爲四川敘馬瀘總兵官。崇禎八年，擒佘寅，獻俘京師，留别駕君幕府，而别駕君又死。方别駕未死時，鋐念父久在川，餘姚鄭君者，授成都縣令，勾爲記室。尋父于瀘州江安之怡樂莊，此少時事也。别駕君死，鋐殯其木莊田中，十四年，將負木歸，而賊破瀘州，殺其莊田家人二十餘口，路阸不達，鋐獨歸。十六年，再入川，李自成破成都，不得前，又歸。及又入，獻忠殺川民數百餘萬，盜賊四起，塞路以屍，即又歸。及其又入，則寧南兵蔽江下，遇湖廣道士服，道士服，地名。剽鹵已及，急取衡州道，從貴州入，復不前，歸。時鋐病，鋐有兄貢于鄉，冀選授近川，可隨入，且鋐有祖母與母，皆藉鋐養，鋐扶病覔扇估入川者，與偕入，臨行，辭祖母及母，跪不能起。祖母曰：「吾不以生孫易死兒也。」牽鋐衣，鋐號且行，至江西，西南兵大鬨，不得前，哭曰：「吾三次入川，而卒不得前，豈非天乎？」嘔血而歸。迄于今，鋐老矣。

康熙辛亥，予遇鋐于汝南郡署，恠其老而遠游，且傭書也。又明年，鋐請入川，汝南金使君祖道于懸瓠樓下，予曰：「諺有云『老不入川』，君入川，何也？」鋐泣不語。逮暮，有同行者，叩其意，同行者曰：「鋐將以負父木也。且夫鋐之來汝南也，鋐父木殯江安，江安令張君，爲開封之通許人，與汝南金使君善，鋐之傭書于金使君者，且三年矣，冀爲寓意于江安君。今江安君有家人信，鋐懷之行，且江安距越一萬餘程，積傭書所直錢以爲贏糧，蓋其人以入川老，而非老而入川也。」予悲其遇，而又憐其用心之委曲且摯，沉毅果鋭，以求必得，人雖老，其志可爲也。

越一年，予還里門，而鉉負木歸。艤舟西陵，訪予于城東之故廬。值予他出，告家人曰：「殯木者三十五年，不得其處矣。兵荒瘞掩，歷歲移易，江安君給以牒，遣縣吏押之搜林間，凡土中無主木俱許搔視，旬時得夜夢于江陽兒祠，忽五搔視而得之，硃木標識，尚存左和。」江安張君、夔州熊君、成都錢君、藩使者金君皆爲贈還，且勒石于故墓側，令土人李姓者守之，而屬予記其事。

鉉三十五年中，凡四入川，不達，暨可達，而祖母與母皆老病，其兄以候選死京師，逮三畢喪，而後毅然以入也，故鉉入川時已老云。

濟寧關壯侯祠記事

濟寧關壯侯祠，壯繆稱壯，猶諸葛忠武稱武也。與回之禮拜寺鱗齒而列。禮拜者，回以習教，猶杭之回回堂也。先是，回種散天下，天下都會多回估，而濟尤盛。其俗白帽，挺棓持貲走四市，徙物絜利，雖與居民共稠處，而自爲族名教門焉。

崇禎壬午，流賊剽河南，東及濟。濟舊有開府總河旗兵，所以捍運，而久而弛也。回聚族摩厲，請徙入保，時歲大歉，而回合貲糧部署，以驅以禦，城賴之全。回衆素驕蹇，至是益甚，遂大拓禮拜，議撤壯侯祠以益其地，是時開府方論其功，唯唯。而濟寧諸生陳君者，約州民同詞揭開府，力持不可。回初難之，率衆詣陳君，恐脅備至，不得已，復餤以利。陳君曰：「威我尚不可，若以利，豈有以金錢私賣吾侯祠者哉！」回怒甚，忽一人猝前篡取去，衆回争從之。至北城，日已墜地，衆回嘬集，棓朴雨下，腦陷，肌肉滷瀝，家人呼于官，請救，僅以屍還。及將還，主者復剔其兩瞳，始聽舁去。于是主者乘夜聚謀曰：「陳君已死，吾有功于州，諒無大害。然殺人抵罪，律也。寺旁有厲兒，吾種也，家僅一母，盍贍母以金而令抵之？」衆曰：「善。」遂螽擁詣厲兒，擲金母前，噪言厲兒殺陳秀才，罪當死，厲兒不知所爲，子母股慄跪衆前驚號，主者搗以臂，令鐍其母，驟牽厲兒去，棓之，立舁其屍于陳氏門外，反曰陳君殺回，回報。君相當開府以下，皆無可如何。衆回歸，尚集主者，主者忽仆地，已而大怖，若有誅之者，竅出血死。而陳君之以屍還者，夜分，聞有人來前，按其肌，砭腦漱毒瀌瀌，恍傅之以糝者，然後持物内兩眶，寒甚，有如丸冰，甫内，彷彿見侯引甲卒負一筐，珠光溢于筐，即内眶物也。家人見君生，駭甚，急移燭視兩目，目如故。逮明，州民遍傳君見侯狀，于是回衆亦悔懼，願復侯祠。甲申，清兵下濟寧，命大司馬楊君鎮之，回衆稍斂。而陳君以明年舉于鄉，丙戌成進士，除貴池令。其同年友兩浙觀察王君曾語其事，而山陰陳曾塤與陳君交，爲作記。陳君名益修，字偉如。嘗曰：「吾兩目視物都不異，特差小耳。」曾塤以舊記互異，乃屬予更記之。别有楊司馬卜祠事，在曾塤記中。楊司馬名方興，甲申，河決荆隆口，遂以大司馬兼大司空事鎮濟。時歲灾多盜，楊欲治河，往河北，恐州民襲之，思洗其州，素聞壯侯祠神，乃卜于祠。卜法：縶牲碑間，酹酒于牲首，首動則神許之。楊故命鑊酒，酒沸，灌頂及項，而首不一動，遂寢。及視牲首，則麋爛矣。楊鎮濟十三年，與州民漸親，始語其事。後楊亦大新侯祠云。

贖婦記事

清師破江陰，殺其民以城抗者，而俘其婦。戚三鈹項仆城下，得不死，獨念婦王氏俘去，嘿禱于神。周櫟園作戚傳，稱戚禱關侯祠。夜夢神授字曰：「爲汝贖婦者，戚三也。」寤而嘆曰：「即戚三耳，尚誰贖婦哉？」明，遇人于蕩間，則尋婦盛三者也。戚憶夢「戚」字，中糜糊，有似於「盛」，遂同行。至江寧，二人者揭訪于亭，或有告戚婦所者，索酬金，戚曰：「吾實不持金，吾向所揭，誑耳。」曰：「然則贖亦無金耶？」曰：「無之。」曰：「然則雖告以所在，而安庸也？」去，戚挽之泣，其人視其揭，思曰：「若苟善書，客有傭書《首楞嚴》百部于報恩塔者，可得值也。」戚受傭而半貸之，得十金，贖之緑旗郝將軍。將軍婦受金，陽爲不解，鞭逐之，且不肯還金，時盛三同往，泣曰：「此金非他，江陰戚三傭書以贖婦者也。城陷家破，所不憚瀕死以匄此金，爲婦在耳，婦未還而金又失，豈謂城陷時不能死耶？吾盛三也，今同戚三來，終不令戚三獨死此矣。」號而譁，震于諸旗，將軍者出，義之，許還婦，及還，則盛三婦也。先是盛婦被俘，來密書驛壁曰「江陰盛三婦，在郝將軍旗」，而「盛」字中蝕，有似于「戚」，故是時告者竟誤「盛」爲「戚」，而指以所也。盛三曰：「柰何以戚三金而爲盛三贖婦耶？願夫婦鬻旗，還戚值，而佐戚覓婦。」郝曰：「吾勿庸，紅旗張將軍者，若主也，需役。」薦之張，得值二十金，盡予戚，而留戚旗間。晚除馬通，聞傍室婦里音，盛乃操里音歌曰：「二十一是七三，託我尋汝來江南。」少頃，内婦亦操里音微吟曰：「一十一是王氏，願爲七三告七四。」盛聞之大喜，曰：「是矣。」急呼戚躡至，婦已去。次日，盛偕戚語郝，郝預爲過探，得實，遂同詣張請贖之，張執不可，且曰：「是婦有色，値卬，金固不足，且已留此婦，而何贖焉？」二人者固争，郝亦力解，勢無可如何。久之，盛乃揮己婦出，訣曰：「吾與戚三同來，矢不獨還。今戚三以僱書金贖汝，書尚未盡償，而吾與汝空鬻身，無以報戚，何用獨贖爲？汝仍還郝，吾與戚同去，赴江水死耳。」交郝以婦，返張値，拜郝及張，二人牽臂出，且號且行，而戚婦與盛婦俱號。時張之旗有願出金代贖者，有迸涕者，至是張心動，謂郝曰：「止。吾安惜以一婦全兩家也？雖然，婦値不止是，而減値以贖，則無以示來者。且此値盛値也，盛爲戚鬻身，而吾何能獨遣戚而反留盛？」因並遣盛、戚，而以二十金令分之，爲歸里貲。于是各懽呼謝去。過償書所，二人夫婦皆善書，請各書以償。主者感之，不聽，乃合書一部，貯報恩塔。

胡道開曰：「江上戚揚與予善，曾屬記戚三事，未應，後士大夫亦稍稍有道及者，其言多脗合。」戚揚云：「當書經時，盛三夫婦所書卷悉署戚三名，夜夢神持盛書示戚，令戚改盛字。」嗟乎，神也。順治丙申，道開以記屬西河僧開。越五年，僧開記事。

王憲隣曰：「敘瑣屑不落小品，真龍門之筆。」

周子鉉游天台山記事

少與來蕃約登秦望山高峰，逮蕃死，一十二年，而至今未有登也。向從許還，間道出陶丘渡濟，欲觀天孫，既已馳書導泰安守令之待，而中途疾作，竟不遂前。是雖勝游有數與，然其志氣之不決，亦可見矣。

周子鉉，學道人也。顧年少，足不踰閾外。癸丑冬，予遇于城東之酒壚，見其負卧具，探橐中錢，若將貰航頭夜行，而四顧跉跰，傍無一人，方疑其年少獨行，當有所爲。及詢其所之，則曰游天台也。台距此五六百里，寧有以紈綺無輔，趑越往來之理？是必不得于其家人，而投袂悻悻，一往而跐。于是力阻其所行，彊相勸勉，自日昳至暝，俟其家人者至，見其訣辭，而後聽其去，而不之顧也。乃越二十日，忽來過曰：「吾已度石梁矣。」詢其狀，則以獨身詣磴，傍丐僧之能度此者而導其前，拱翼且胝，翾然而度，既度旋返，心不少動，舉所謂「搏石屏而援長蘿，傍有絕壁，手可扳倚」，以今觀之，皆誕妄者。夫以萬仞之層崖，臨不測之長溪，縣雷灑散，絕壑谺呷，半趾所據，茫然無倚攬之能，而任意往來，非冥觀萬象，超然獨行，釋域中戀戀而契誠幽昧，何以得此？此吕梁之能神，而伯昏爲有道也。

予嘗慕天台之奇，思一紀其勝，而久而不得。及讀孫興公賦，知興公亦未至，而圖其狀而賦之。今子鉉所遊，自楢溪以往，凡四明五界，九里萬年，無不造其幽而窮其祕，然且上至華頂，側臨金庭，即赤城霞標，雙闕雲竦，極前人之所稱者，皆一攬而盡，其度石梁，一節耳。人苦不自決，繞指性成。初以爲從容應事，或無大過，而一旦遇機變當前，脂韋荏苒，抽刃未斷，其爲惜因循而嘆失時者，比比也。子鉉可免矣。

予十年前送白門向陽游天台，觀其所記游云：「至石梁時，見一健兒挾彈來，躧足而度。夫見石梁不足奇，見度石梁者乃真奇耳。」又云：「予以他道蒙茸，經石梁右，呼梁左人曰：『吾亦度石梁矣。』」其重度石梁如此。距子鉉所游甫一月，而章安兵起，後遂有不及游者。

東陽撫寇記事

越司理陳君子龍，嘗薦東陽諸生許都于浙撫，不用。都世家子，祖達道，入御史臺有名。都見天下亂，私喜自負，嘗以文章交三吴名士，三吴名士多稱之。華亭徐孝廉見而嘆曰：「使用人如都者，天下事安足定哉。」

婺無賴人有假中貴招兵者，事發覺，東陽令文致都，求賂，都以無實，怒不應，令持之急。會都葬母，遠近赴者萬人，或告都且爲亂，令密具道，道使者王濴驟遣捕就葬所收都，方就縛問，客馮隆者掖都前，麾衆而譟，衆大哄，喪車四馳，山市灌沸，中一人名戴總，手格殺捕，都止之，不獲，知已無可如何，遂于葬所裂白布裹首起兵，名白頭兵。

先是，浙撫會子龍所薦狀于直指使左君光先，而撫以他事落職去，至是直指遣游擊將軍蔣龍江者統廂軍進勦，檄子龍，使監軍自效。時都已下東陽、浦江、義烏三縣，將犯郡，而郡人姜應甲爲給諫，與罷歸淮撫朱大典共議城守，已集閭左，給衣械，而應甲欲出戰，大典不可，應甲就大典借芻粟，不與，應甲怒，麾衆逆戰于孝順街，大敗。賊薄城下，會龍江兵至，破其圍，賊稍卻，保紫薇山。

初，龍江進兵時，以兵多東陽人，先與約曰：「若衆與賊皆同鄉，今日相見，非親戚即里隣耳，能以刃相加乎？」衆曰：「能。」遂進兵。賊見官兵多稔識者，相望間，官兵遽前，得乘其不意，解而去，然終非敵也。直指望子龍，而瀠以激變不安，思藉子龍招撫可自卸，至是應甲亦陰相勾重。子龍乃單騎請詣都，直指不可，子龍曰：「都故好義，今聞其破城邑，豪毛無犯，第白衣冠謝長吏，部署而去，其人可義取也。且都素以不見用怏怏，使能貰其死，用之勦寇，責令立效以自贖，譬暗宦赴火耳。」直指許諾，子龍乃直詣都營。都驚問狀，子龍告以故，且讓之曰：「本以君爲國士，故薦君，今乃賊耳，如何能自改者？中州寇亂且十年，贖過以功，萬户侯真汝事也，不則，人鈢汝影矣。」都初不應，仰曰：「已如是矣，復何贖？」既而繞案走數匝，趨入，復出，咨嗟曰：「故人諒我，能明我爲墨吏所誤，無反心，雖就死何憾哉。顧人不能諒，如之何？」子龍汎以酒，矢曰：「以百口保君。」都出諭衆，衆不可，皆曰：「陳君紿我耳。」露刃環向，都呵止之，且笑曰：「豈有紿人陳司理哉！」召所親議帳中，皆猶豫，移日不決。馮隆拔佩刀斫地，謂都曰：「今日子璵出，明日如約請散去，未晚也。」子璵，都字。于是以三騎隨子龍出，夜詣瀠，乞免死券，瀠難之。子龍争曰：「殺降不可，失約尤不可也。且賊衆未散去，專伺吾券信以爲向背，今必不與，賊衆中豈少都哉？」瀠悟，與券，仍令子龍復挾都入山，散其衆。都降，從者八十人。直指迎都于正陽門外，收斬之。臨斬，都仰天曰：「乃爲豎子所賣。」徐孝廉知都死，讓子龍曰：「都本以我故降君，君不争其死，今而後人敢友君哉？」或曰，司理以薦故，不敢争。或曰，司理固争之不得者。

予爲諸生時從司理游，聞其事。順治丁酉，蘭溪方君語相合，因記之。浙東土寇後起者皆稱白頭兵，豈慕都得名？抑亦都之餘黨與？都結客百人，山陰鄭遵謙抗清師不勝，蹈海死，在客中。

周氏家藏三代誥命記事

明吏部文選清吏司員外郎周公順昌，既以死璫難，贈太常寺卿。其子茂蘭刺舌血上書，請封三代。故事，贈官死忠諫經卹廕者，其父母妻室俱准給封贈，予以應得誥敕，而不及其祖父母，故三代之請，有旨命所部查《會典》具覆，而《會典》無是例也。茂蘭曰：「嗟乎，當吾父從福州推官赴行取時，嘗縫布囊，貯所積俸銀如干爲禄養獻，而潸然泪垂，顧茂蘭嘆曰：『安得即貤封吾祖若父哉！』茂蘭聞其言。今追贈在邇，而例止父母，柰何？」慟哭繙《會典》，自夜達曙，忽得一例，云「凡以死勤事，抗節不屈，身死綱常者，其卹典取自上裁」，踊躍曰：「然則唯上優之耳。」遽揭所部，句據覆，而上果破例，令所部從優給贈三代。一時死忠者皆得援例請全給，其例從茂蘭始，而易代而未之改也。

乙酉，南都破，茂蘭捧誥軸，啣以黄幞，彙軸三而合襲之，告其季曰：「此地爲東南四達，兵戈所經，蓋藏不可保，苕溪岨而僻，倘免焚爇，庸詎知蛟龍之必爲害者？吾守故廬，汝攜家人入苕溪，負此行矣。」季曰：「諾。」及其既也，故廬無恙，而在苕之受剽者，誥失其二。茂蘭泣曰：「先人之寵命，守之不卒，何以爲子？且聖恩已全給，而今反不全。」摽嘔出血。無何，清兵自閩還，夸藍大振凱者帥介騎覓周氏廬，一里皆驚。家人漸有竄者，或勸茂蘭勿出見，茂蘭曰：「吾安逃矣。」挺身前，夸藍大者僂而拜，探箙出誥軸捧還曰：「此君家物也。」茂蘭跪受之，既而别去，詢其名，不告，以乞從者，曰夸藍大王得勝云。

予初同杜陵蔣生過茂蘭，茂蘭語其事，且索予記。既同姜京兆再過之，得觀其誥軸三，真世寶也。時京兆作血疏書後。又既而茂蘭過予，爲記事。方逆閹矯逮公，鄉人擊緹騎至死，公卒就道，後有書示茂蘭曰：「吾渡江後，凡郵夫販子兒童女婦，皆攀車哭泣，而狰獰憤恨若是曹，亦皆流涕。然則大義之易感也。」若王得勝者，則又至性過人者矣。誥軸外有黄宗伯道周所贈序，手書，皆無恙。

西河文集卷一百十七

蕭山毛奇齡一名甡一字于稿

説

伊尹告仲虺説

毛甡居壁間，讀《新莽傳》，竊嘆新莽以還，其爲禪受者凡一十三家，蓋亂臣賊子之利階也。劉漢、唐、明，本明爲征誅，而維唐之始，則猶不能亡其習焉。嗟乎，禪受可勝言哉！昔商湯伐桀，告臣以慙，亦惟懼後人藉爲口實，而唐虞之爲口實，逮今未聞。善哉，孟氏之罪燕曰：「子噲不得與人燕，子之不得受燕于子噲。」其垂戒遠矣。

嘗按《仲虺之誥》，本有伊尹告仲虺説，疑在新莽時，莽大夫輩阿删之不令傳，西河毛甡乃重考石匱之書，得其文，爰補録焉。

其文曰：「成湯放桀于南巢，惟有慙德。曰：『台恐來世以台爲口實。』伊尹乃告左相仲虺曰：『嗚呼，我聞在昔放德，惟其遂德，不惟其遂事。遂事之效，乃至于敗。維昔三后丕禪，允績不墜，厥無馬牛之奔，墮爾永命。乃有夏三世，弗堪于憂，惟乃率循先典，丕窮受命。越在有窮，其勿詢于龍圉，惟風乃純狐，亦惟薦我封豨之膏，聞于上帝。越在于今，其誰敢知？曰：「匪上帝之德，錫于窮門。」今王遠宅不常，媿乃禪德，台恐後世禪德之誣流或甚焉。』仲虺曰：『厥勿以告余，其以上帝大命，用爽惪德。』仲虺乃作誥。」其後誥亦亡，始有僞爲百兩篇者。

齊于生辯日遠近說

孔子游越，齊于生御車，道逢兩兒辯日遠近，不能決也，以告孔子。一兒曰：「我以日出時遠，日中時近。日出時滄滄涼涼，日中時如探湯，此不爲近者熱而遠者涼乎？」一兒曰：「我以日出時近，而日中時遠也。日出時如車輪，日中如盤盂，此非遠者小、近者大乎？」孔子不對，齊于生言曰：「吁！是何見之穉，言之易也？夫日之有涼燠，日之行也。日易朝晡行，而寒暑因之。且夫日有旅矣。自土見土，凡歷三旅，是名昢明，昢明之後，更歷三旅，謂之早食。方其未見土，藏之地中，其道里將不得旅也。然而我聞自昔王禪泰山，爰登日觀，雄雞初鳴，日見海底，未汎暘谷，其徑三丈。既而出水，晞于扶桑，倍丈有差，暨于見土，尚及十尺。《漢官儀》記雞一鳴時，見日出，凡三丈許。吾未聞土中之道近于見土也。是無故月有盈虛，日有舒斂，其體固然也。且夫日之有舒斂，則非見者所得定也。當其見舒，見遠亦舒，見近亦舒也。當其見斂，近見亦斂，遠見亦斂也。見且不得定，何論遠近？」于是御者呼兒前，告之曰：「皆非也。日之在冬也，滄滄涼涼；其在夏也，如探湯。可謂近者熱而遠者涼乎？日之初出也，東極視之如車輪，西極視之亦如車輪；其在中也，土中仰之如盤盂，東西仰之亦如盤盂。可謂近者大、遠者小乎？」

上巳説

成問于齊于生曰：「上巳干名？抑爲辰乎？」齊于生曰：「上爲上旬，巳乃干名。古人卜日，用干爲準，凡其數月，然後以辰，故三正建月，爰定子丑，四時分日，乃始甲乙。不觀之禮乎，上丁習舞，仲丁習樂。又不觀之傳乎，上辛大雩，季辛又雩。其云上者，以上旬也。仲者，中旬。季，下旬也。其云丁辛，則以干也。蓋旬準于十，十干妃之。日有循環，干無遺數，所爲可定以上也。若辰以十二爲準，則惟月十二可以妃之。使以辰準日，則日有常旬，辰贏二數，上難等矣。請遂言之。當其上旬，朔在子丑，則此一旬乃無戌亥。假使上旬朔在午未，則此一旬已無辰巳，既無辰巳，上無巳矣。然必用巳，巳在中旬，將名此巳爲上巳乎？抑中巳乎？是數之貿也。故沈約《宋書》曰自宋以後，但用三日，不復用巳，惡其貿也。故《風俗通》云：『巳者，祉也。』惟巳可止，故用祓除，此爲巳也。故《爾雅》稱巳月爲則月。則，亦止也。」

此篇出蔡州曹氏《月令考》。

壽人説

若雲庭之松，經廩霜而不變者，夫何故？則其静也。吕梁之石，砥之波瀾而不泐，夫何故？强固者不移也。今夫琴庵先生之爲人也，吾不得而知也。始爲雷州法曹，繼而遷司馬于汾陽，又繼則守淮。其爲政，吾亦不得較稽也。吾嘗與其季游矣。郡爲宦者，必大其閈閎，高其門廬，而先生之桁不容轋，門閥不可以爲仰。吾嘗入其庭，漂漂乎，洫乎，然而安焉。得非静而不移者，其是耶？先生之季，静者也。以學道爲都居，其嗣君宰松溪，有名，人比之陽城，吾皆游而知之。故曰先生宜静者流矣，故曰其道龍變，其心虵行，故曰惟静可以爲久常也，惟静故壽。右董琴庵先生。

且夫絲繩之繳物也，必先卷而懷之，不盡舒也，必遇物而後緪而舒其繳。故其未盡舒者，則非其時也；舒，則其時矣。惟至人爲能因時。故夫冬荷而夏鞠，違時也。蟪蛄無春秋，蜉蝣無朝昏者，失時也。彭鏗之晝于八百，殤晝于朞，拘于時也。至人後時而生，不先時而成。不必先道德，而道德名焉。不先功名，而時之爲功名者著焉。吾故曰此李先生之能壽也。故曰千魚在淵，一罟收之，則罟勞矣。一罟收十魚，而猶以爲牣，則罟全矣。居得爲之時，行可爲之事，事嘗有餘，而猶自以爲未盡，則時全矣。右李司馬。

舊有三段，今不存。

胡方叔字説

胡方叔，初字匡叔，以兄弟多人，有似匡裕兄弟，故云。觀其别字匡巖，可知也。然其初本字玉叔，玉叔名璲，玉表之，璲者玉也。既而舉于鄉，危舉之而後失之，且家徒四壁立，無何，盜復瞷其室，玉叔曰：「吾韞吾玉矣。荆山之英，刖之固也。既已遇楚成，而復題曰瑕。良玉不辨，必有負之而投淵者。且魯之陪臣又已竊吾寶玉矣。吾安所字玉哉？《小東》曰：『鞙鞙佩璲，不以其長。』璲本無長耳。生長東海，居近東山，東之又東，誰謂東之不可名也？」因號東峕，吾嘗作《東峕先生被竊》詩以謿之。見七古卷。今方叔曰：「吾其更字方叔與？丈夫生而有志于四方，故《詩》曰『經營四方』。鄉游不樂，何必鬱鬱，懷此都矣。雖然，家有老母，吾不可以無所嚮。《論語》曰『游必有方』，吾將爲方游，則吾得字方，所以志也。」于是送之者皆稱曰方叔先生。或曰：「方叔元老，克壯其猶，此行有之。」或曰：「昔東方先生少擊劍，學詩書，受孫吴兵法，得攻戰守備之具，既長而游長安，天子偉之，命待詔公車。今方叔所學猶是也。然而放言而卒軌于正，滑稽侮嫚，毀觚爲圜，而不詭于至方，雖高自矜詡，洋洋執戟，而終不類于衒才沽玉之所爲。是東方可方，在此行也。」方叔之爲匡叔，爲玉叔，爲匡峕子，爲東峕先生，而終成其爲方叔者，其以是與？方叔曰：「然。」作《方叔字説》。

李氏兄弟字説

李子兼汝，以二兒曰煒、曰焜問字于齊于，齊于曰：長字一煇，次字次煇，維煒與焜皆煇也。《漢書》「青煒登平」，註曰：「煒之音煇，言乎青氣之光煇也。」司馬長卿作《封禪頌》，有云「炳焕煇煌」。而唐五臣註《文選》，即以煇煌讀焜煌。蓋煒爲煇，焜亦煇也。鄙意以爲長君、次君，名異而實絜，但有長幼，都無差别。維彼二難，可比烈焉。且自一而次，于以進于學，有緝熙之業，何煩吾日之已昳，假餘光而燭于昧與？月日。昧叶蔑。日煒後更名日燿，與日焜壬子同薦。嘗從學于西河之門，晨夕課授者二年，西河辭其弟子禮，若不屑以師自處者，別有《師説》一篇，今不存。

蓮城説

曹君連城，以中年嗜道，斷酒卻肉，更所字蓮城，而問説于于先生。先生曰：是即太史所稱蓮之脱淤泥而嚼然者乎！夫連城，璧也，而更爲蓮，蓮者，連也，連偶而相生爲蓮，然則蓮亦猶連矣。且不特此也，蓮之脱于泥，此非連連者所敢言也。其不字連而更蓮，是故惡夫連也。夫連城以嗜道之故，一旦捐人世之紛紜而返于澹滁，豈猶有流連不已之意介其間乎？則夫碎千金之璧，而寄之一枝之安，蓮峰化城，于是乎觀矣。

不群説

今夫梧桐之生也，特立于朝陽，而鼂然何依？松之託徂徠也，無附枝，鶼鶼不並列以處，而罦罿遠焉。雉子之耿，畫墳衍以分經界。蓋天下本有不同于物之行，而苟同之，則爲附也。吾友包飲和，作德本性，好學倂力，而惜也抱宏材而賚志以死，其死，則徐君芳烈謚爲「淳博」，蓋取古人友朋易名之大義也。而徐君復榜其故廬曰「不群」，或者疑之。方飲和幼時，群于鄉。及長也，群于友朋。讀書論世，上群于古王聖賢。往來贈答，歲時燕飲之次，群于峩冠側弁之夫。居家，群于親親，言笑無遲，辭旨愉懌，自生迄死，凡若干年矣，悉群于所愛，于所敬，而以爲不群。嗟乎，世亦知夫柳下季之比，居于魯而有以異于臧孫、季孟者也。歆和名秉德，行二，予別有《包二先生傳》。

詩餘譜説

會稽陶燕公定《詩餘譜》成，屬僧開敘，僧開既敘之，且爲之説。其説曰：

古詩異近體，近體限句字，古詩不限句字也。詞異詩，詩句字不限聲，詞限聲也。夫詞限聲而可不審聲乎？雖然，詩亦限聲矣。古詩之限聲者，梁武之《采蓮》《龍笛》，徐勉之《迎客》《送客》是也。近詩之限聲，則王維之《青雀》詞，李賀之《休洗紅》，韓偓之《嬾卸頭》，劉禹錫之《瀟湘神》是也。詩限聲而無譜以紀之，故失聲。詞限聲而無譜以紀之，不幾并失詞乎？雖然，《花間》之輯，則歐陽舍人譜之矣；《大晟》之釐定，則屯田、待制并譜之矣。然而又有異者。《花間》之《江城子》《南鄉子》諸詞，字猶可增減，聲猶可下上也。《大晟》之《虞美人》，減于唐，則終減之也；其《臨江仙》，增于唐，則終增之也。《花間》以不定，而尚近于詩；《大晟》儻不定，而不又降于曲乎？雖然，樂之易亡者，聲難嬗也。今則可嬗矣。字則伊吾、令吾，器則魯鼓、薛鼓矣。然而更有異者。今之稱淮海者，曰「山抹微雲」，其稱東坡曰「大江東去」。夫「山抹微雲」之《滿庭芳》，固無戾聲；即「大江東去」之《念奴嬌序》亦豈有變聲也，而疆爲優劣若此？然則求詞者之當不僅在聲也，而況于聲乎？

王景略不智説

王景略將死，苻堅問之，景略曰：「晉雖僻陋，然正朔相仍，勿可圖也。鮮卑羌虜，時我仇，宜漸除之。」景略死，堅伐晉，鮮卑、羌人共殪之，秦亡。毛僧開曰：景略之智也，而非也。知兵之能傷人也，則必曰是兵也傷人，而曰兵也利，聽者勿憚也，況其欲玩兵者哉！景略曰晉不可圖也，智也。然不知夫晉之必不可圖也，且不知夫堅之將必欲圖晉者也，則曰正朔而已，此兵利之説也。兵利之説，非智也。然其曰鮮卑羌虜可患也，而卒爲所滅，抑不可謂不智。夫鮮卑，慕容垂也。羌，姚萇也。夫景略欲去垂矣。欲去垂而不得，嘗多其術以去之矣，多其術而又不得也，則夫其所言者，或者又多其術之言與，而欲堅之聽而去之哉，則又非智也。

西河文集卷一百十八

蕭山毛奇齡字初晴又名甡稿

館課擬文

三江考第一課，范檢討擬題。

三江之爲名久矣，其在經傳，則雜見之《禹貢》《周禮·職方氏》《爾雅》《國語》《水經註》《史記》《吴都賦》《吴越春秋》諸書，而特其所爲註，言人人殊，卒莫得而指定之。夫讀書通大義，自昔已然。況古今山川，陵谷遷變，耳目踪跡，未必悉合。泥古者無所于通，而揣摩臆度之見，又未可爲據，然而大概可睹也。

考《禹貢》有曰「三江既入」，而孔氏爲傳則曰「自彭蠡江分爲三江而入震澤」。夫彭蠡未嘗分爲三也，且彭蠡亦未嘗入震澤也。《周禮》有曰「其川三江」，而賈公彦爲疏則曰「大江至尋陽而合爲一，至揚州，入彭蠡，而復分爲三，而後入于海」。夫公彦雖不以三江之入爲入震澤，然而彭蠡在尋陽之南，幾見江漢之分，至尋陽始合，而大江之合，至彭蠡又分。且聞彭蠡入江矣，未聞彭蠡能入海也。至若

《禹貢》導水，則復有「東爲中江，東爲北江」之文，而《漢・地理志》附會其説，遂以吴縣南一水，東入海者爲南江，蕪湖西一水、東至陽羡入海者爲中江，毗陵北一水、東入海者爲北江。夫毗陵北一水，即大江也。夫仍以大江爲三江之一，既已不倫，而又其所謂南江者，則經無明文，徒以北江、中江而推類言之。且經之所稱中江、北江，無非大江。今但以北江爲大江，而中江不然，則又何也？乃若郭璞註《爾雅》，則以岷江、浙江、松江當之。夫浙江、松江固矣，岷江即大江。按《周禮・職方氏》，其在荆州，則曰「其川江漢」，而于揚州，則曰「其川三江」。夫猶之岷江、江漢一江，而既以表荆，復以之表揚，不其紊乎？乃若《吴都賦》註，則以爲松江、婁江、東江，而宋儒註《禹貢》因之。夫松江似矣，而東江，則自昔迄今，必無其地。且《史記正義》但云婁江入海已耳，亦未聞入海之江有三也。不善讀書者泥于《禹貢》之文，曰「三江既入，震澤底定」，則必震澤之定有藉于三江之入而後可。夫文無定形，或對舉而分標，或連稱而轉見，彼我參合，亦各有義。如必以既入爲泥，則《禹貢》兖州有曰「雷夏既澤，灉、沮會同」，青州有曰「嵎夷既略，濰、淄其道」，將必雷夏澤而後灉、沮同，嵎夷略而後濰、淄道乎？抑非乎？夫事不証今，仍當考古。夫三江之説，于今已不合矣，請即以古較之。

夫揚州之域，其地甚廣，其爲川爲浸爲澤爲藪，亦甚不少。如必拘既入之文，而限于一地，則《職方氏》云「其澤藪曰具區，其川三江，其浸五湖」，假使具區爲五湖之始，而三江即五湖之終，則猶之五湖也。五湖，太湖也。揚州何地？職方氏何掌？《周禮》何書？而問其澤，曰太湖也；問其藪，曰太湖也；問其川，曰太湖也；問其浸，曰太湖也。不幾小揚州而笑《職方》之陋哉？

然則如何？曰：韋昭曰：「三江者，松江、浙江、浦陽江也。」夫揚州之水，亦有大江。其言彭蠡，則已該大江之勝矣。而于是南及松江，則震澤之下流也。而于是又南及浙江，浙江即錢唐也，即《水經注》所爲漸江者也。而于是又東及浙東之水，曰浦陽江。浦陽江者，與錢唐異源而殊流者也。其後雖同流，然其殊者自在也。蓋浙之入海，力大身雄，其爲水，長亘千餘里，湯湯下渫，歸于尾閭，此易曉也。松之入海，則吴淞支流，分而爲婁，雖其入海處蹤跡未明，渺不及浙江之萬之一，然猶易曉也。惟浦陽入海，則酈元《水經注》南國頗略，遂訛爲入江，不知浦陽者，發源于烏傷，而東逕諸暨，又東逕山陰，然後返永興之東，而北入于海。其在入海之上流，即今之錢清江也。其接錢清之下流，即今之三江口也。故明世紹興知府戴君、湯君導郡水利，則上遏浦陽之入山陰者，而使之注江，下濬浦陽之入海者，而使之注海。其在錢清相接之口，名三江口；其在海口之城，名三江城；置衛，名三江衛；建閘于其上，以司啓閉，名三江閘。其尚名三江，則自古相仍，幾微不斷，餼羊名存，夫亦可以爲據矣。至若《水經注》記臨平湖，則又曰「湖水上通浦陽江，下注浙江，名曰東江」，則疑庾仲初作《吴都賦》註所稱松江、❶婁江、東江者，未必不即指松、婁與浦陽，而後人誤釋之，而求之吴淞之左右，毋怪乎求之千餘年而終不得其地也。

要之，浦陽本獨入海，而由諸暨而山陰而蕭山，其中經流，雖多沿革，而入海之道，依然如故，此可

---

❶ 「註」，疑誤，因三江正文即具。

驗耳。若非浦陽，則岷江、松江、婁江皆吴地也。《國語》曰：「夫吴之與越，仇讎戰伐之國也，三江環之。」夫松、婁則焉能環越哉？且《國語》又曰：「與我争三江之利者，非吴耶？」若非浦陽，則盡屬吴地，而反曰吴將與我争吴地之利，是妄語也。且不聞范蠡之去越乎？《吴越春秋》曰：「范蠡去越，出三江之口，入五湖之中。」夫惟浦陽爲三江之口，則蠡之去越，將必出浦陽而入海，由海而入松，由松而入湖，《國語》所謂「遂乘輕舟而入五湖」者是也。如以爲松江、婁江，則松、婁者，五湖之下流也。豈有出松、婁而反入湖者？古文具在，而學者貿貿，究至堅持其説，必欲執《三吴水利》以註古經，夫水利焉能註古經矣。

九江考第二課，施侍讀擬題。

《禹貢》九江，不知所在久矣。其在趙宋以前，皆以彭蠡爲九江。如班固《地理志》，于廬江尋陽曰「《禹貢》九江在其南」，而司馬遷《史記》有「余登廬山，觀禹疏九江」之説，則以彭蠡在廬江之南，廬山在彭蠡之側，故云。是以應劭謂「廬江尋陽分派爲九」，而鄭康成則云「九江者，廬外之尋陽也」。雖廬江尋陽舊在江北，而其所爲九江者，則或曰廬南，或曰廬外，總之彭蠡焉已矣。

夫《禹貢》揚州，既有「彭蠡既豬」之文，而其在荆州，又别有「九江孔殷」之句，則彭蠡在揚，九江在荆，分明兩地。況《禹貢》導水，于導漢下則曰「東，匯澤爲彭蠡」，而于導江下則曰「過九江，至于東陵；東迤北，會于匯」。夫江之迤北而會于匯者，即漢之匯澤而稱爲彭蠡者也。先過九江，後會彭蠡，前後秩然。況中隔東陵，斷難溷爲一水者，此後儒之疑所爲紛紛而起也。第原其始，誤自秦漢郡國借水爲名，歷代沿革，遂致貿亂。

按九江水名，原在荆州，而秦時名郡，相傳在西陵、鄿春之間，正荆州境也。至漢高革九江郡，而孝武復之，于是漸移之壽春，若所爲潯水城者，然後有尋陽九江之説，則揚州境矣。然而猶在江北也。自劉歆謂湖漢九水，入于彭蠡，謂之九江，而新莽信之，因改壽春之九江爲延平郡，而以豫章爲九江，且改豫章之柴桑爲九江亭，于是九江之名在江南焉。其後，東漢九江仍還壽春，而晉改九江爲淮南郡，至元康之初，復設江州名，而割揚州之七郡、荆州之三郡以隸之。方是時，其設名江州之義，雖不必專以九江，而秦時九江，治在鄿春，實荆州之境，晉復設江州之治于江北，在鄿春界内，他時所稱蘭城者，此即九江蹤蹟之見端。而永興以後，忽移江州之治于湓城，且分廬江之尋陽、武昌之柴桑，置尋陽郡。又置九江、上甲二縣于郡内。至隋改郡縣，則直改尋陽爲九江郡，而于是江南九江雖至今猶不易焉。則是九江立郡，原在荆州，而或東或南，漸移之揚州之境，遂以爲郡名、水名俱在彭蠡，而不知《禹貢》九江，實在荆不在揚也。

乃宋儒註經，既知其非，則宜虚懷考析，實求其所在，而不究根氐，不辨沿變，務出己臆，以妄爲憑斷，于是有胡袐監旦、晁詹事説之輩，創言洞庭即九江，以洞庭爲荆州地也。乃問其所以爲九江者，則雜引《山海》《博物》《水經》《地志》諸書，而究無實據。乃據桑氏《水經》，謂洞庭受水，有微、資、湘、沅、澧、漣、漉、沬、瀏、潙、瀆諸名，合之爲九。夫微、瀆諸水，名有十一，以十一名而割其二名，以合于九數，不可也。即別引《地志》，以爲《水經》所記，各有參變，惟沅、湘、濱、澧四水相同，而他志所載，別有元水、漸水、辰水、敘水、酉水，以合于九數，則《禹貢》九江，其上文曰「東至于澧」，夫既以澧爲九江之上流，與九江異名別出，而復雜澧水于九江之中，則仍是八水，並非九數。且巴陵之上有三江口矣。其名三江者，以大江爲西，澧江爲中，湘江爲南，而皆會于此，故有此名。則是澧、湘二水，皆獨行入江，可與大江相等稱，此非元、辰七水可得比列者。況酈氏所註微、濱諸水，皆先注洞庭而後入于江，亦後此之形，而非舊時之水道也。

且夫地名無臆測者。《禹貢》曰「過九江，至于東陵」，所爲東陵，見在也。今以洞庭爲九江，而東陵無有，遂以臆測曰洞庭之東，有巴陵焉，其西上爲夷陵，夷陵者，西陵也。夷陵爲西陵，則巴陵自可名東陵，此毋論夷陵在澧水之上，與巴陵遠隔，未嘗相峙，不得以東西對稱。而即以巴陵言之，今之岳州，即古巴陵也，在秦楚爲長沙郡地，而自漢至梁，皆名巴陵，惟隋改岳州，而至今因之。然而大江在其北，洞庭在其南。其在北者，相隔祇五里，而其在南者，則相距數步已耳。舊云相去五十步。假使洞庭爲九江，巴陵爲東陵，則九江即東陵也，曰過曰至，何所間別？且導江所記，較闊于漢。其自沱以上，道里修阻，不可畢計，而自沱以下，約五六千里，而後至于澧，即澧至洞庭，未必果九江舊地，而第以洞庭爲九江，亦已五百餘里矣，未有九江至東陵纔跬步者。夫至者，自此而達之彼也。至于者，則行之，行之而後積漸以及之者也。故自朝至于日中昃，則自曉至暮。我自南海至于北海，則自南至北。若謂左足所經至于右足，此在孺子猶嗤之，而宋人註經，其于彭蠡之非九江，辨論極析，而至此而皆茫然，何也？

夫天下有明明歷歷顯示其地，而人顧不之察者。孔安國云「江至荆而分爲九」，則在荆下也，江水至荆下而自分九派，故桑氏《水經》曰：「九江在長沙下雋西北。」夫岳州在秦漢本長沙郡地，而岳之巴陵、武昌之崇陽、通城，皆下雋地也。九江在其西北，則江水分派，正當在荆州之東，岳州之北，以迤至于黄蘄之西之間。故張僧監作《尋陽記》，列九江之名，有曰申，曰烏蚌，曰烏臼，曰嘉靡，曰畎，曰源，曰廩，曰提，曰菌。而樂史《寰宇記》與李宗諤《九江圖經》，雖與僧監所記九名相同，而曰分流于江鄂之境，則正云荆下、岳北、鄂陵、江口諸地。故張滇《九江圖》，名稍不同，曰三里，曰五洲，曰嘉靡，曰烏土，曰白蚌，曰白烏，曰菌，曰沙提，曰廩，然其曰九江參差，隨勢而分，其間有洲，或長或短，百里至五十里，始別于鄂陵，終合于江口，則正言大江之自爲九派，而分之合之。故唐陸德明曰「九江隨水勢而分」，而杜佑曰「是大禹所疏，桑落洲上下三百餘里」，皆歷歷可指數者。蓋即一江而分之爲九，如一河之爲九河，而其後水道變遷，溷而爲一，亦如九河之仍爲一河，是不必以播九河與過九江疑其異文。夫播九河者，是禹疏之使爲九，曰此九河者，本禹之導之而播之者也。過九江者，是大江原分爲九，而禹之導江從而過之，曰此九江者，則禹之導之而過之者也。未分而導之，則爲播；已分而導之，則爲過。又何疑焉？故賈躭九江則又曰：「江有八洲，曰沙，曰人，曰九江，曰葛，曰象，曰烏，曰感，曰蚌，此八洲者，曲折而與江爲九。」雖其言不可盡信，然雜九江名于諸洲之中，而且連江爲九，則亦可驗其九江爲一江所分，而非別有瀦澤焉，斷可識矣。

間嘗考之經文，「又東至于澧，過九江」。夫澧者，今澧州也。以澧水從此入江，故名其地爲澧州。此在今荆州之東，岳州之西。蓋江水自蜀至荆，已五千餘里，又越數百里而至澧州，則在荆下矣。故顔師古曰：「澧水在荆州。」今隸岳州境，而實與荆近。自《史記》作「東至于醴」，醴、澧通字，而漢儒以醴陵當之，誤以澧之源爲澧之流，是非澧入江與江水所經之地，固無容深辨者。乃大江東流，越五百七十里而至岳州，即又北流，經岳之臨湘而後至鄂州之界，所謂江夏、蒲圻者，皆鄂州境也。然而從岳至此，又五百里矣。然而九江在其地，則是東至于澧，過九江，自至澧之後，凡一千餘里，而後經九江而過之也。乃經文又曰「過九江，至于東陵」。向使九江爲洞庭，東陵爲巴陵，則跬步之内，曰過曰至，世無此理。然而何者爲東陵？曰：東陵者，廬江之東陵鄉也。《水經》曰「東陵在廬江金蘭縣西北」，而酈氏所注則又曰「江水過下雉縣北，邔水自東陵來注之」。所謂下雉者，即今武昌之興國州也。言江水至鄂，而廬江東陵之水則自東來注之，則東陵在廬江明矣。故今黄州與麻城、黄陂，皆漢西陵地，而西陵在黄，東陵在廬，上下相對，名稱歷然，此與巴陵之臆斷爲東陵，有大異者。且自鄂州至東陵，凡六百里，歷江州尋陽，今改爲德化縣者，而後馴至于廬江之東陵，則道里相去，上下相接，周齊均等，而然後東北而會于匯焉。所謂匯，即彭蠡也，故曰彭蠡之非九江，此不待言也。若宋儒傅寅云「東陵在荆州，今隸鄂州」，則誤以下雉興國爲東陵，而妄指之。下雉爲東陵之水所注、非東陵也。蓋惟九江在江鄂之間，黄蘄之上，則秦郡治蘄春，晉郡治蘭城。即蘄春界内，水名郡名，亦得相證。即黄州有九江城，在黄梅縣内，爲九江王黥布所築，亦隱隱可考見。即推之宋儒所引《楚地記》，巴陵在九江之間，洞庭之淵，非謂洞庭即九江也，言巴陵北負九江，南俯洞庭，則其地在兩水間耳，亦彼此相脗合。

自宋儒註經，動輒改竄。初辨彭蠡之非九江，既謂彭蠡非江漢所匯，後且謂東匯北會，必經文有誤。夫彭蠡之非九江，此漢儒之誤，非經誤也。彭蠡非江漢所匯，則夏時至今，水道變遷，或非近今所能測也。至于東匯北會，則漢匯而江會之經文秩然，乃以不解經之故，而遂欲改經，引鄭樵邪説，以爲「東匯澤爲彭蠡」與「東迤北會于匯」，俱屬衍文。而其後元儒如吴澄輩，阿意承旨，竟改「東迤」句入導漢「東匯澤爲彭蠡」句下。萬或以東陵、九江求之不得，始而改九江爲洞庭，改東陵爲巴陵，又既而改敷淺原爲廬山，改東會于匯爲居譙之湖，而再求不得，勢必并九江、東陵而盡删之。《禹貢》幾何堪此割剥？故予之爲此説者，非好辨也，以爲此固有在焉，而非可以臆説斷也。臆説者，改經之漸也。

西河文集卷一百十九

蕭山毛奇齡字大可又名甡稿

折客辨學文

客有作《讀傳習録辨》者，刻其書四卷，裝潢示予，予謝之曰：「予不能讀也。子言語株離，無主客，無首末，無針黹綿絡，❶指不能達心，而學復蒙眯，如入大霧中，惛惛莽莽，但自作己説，其于所辨之人之理豪釐不接，且時時以一己之腹强坐君子。」此固無容置喙者，然聖賢大學，豈可泯也！姑記其平日往復與予所質難者數條，即名之曰《折客辨學文》，蓋以不辨辨而辨亦得焉。世之好學者幸鑒之。

嘗在錢唐倉吴氏宅飲次，客縱論嚚詉不已，予曰：「徐之，子第提一主語使我可解。」曰：「知行不偏廢，纔説致良知，則便無行一邊了。」予曰：「此非陽明之言，孟子之言也。孟子曰：『人之所不學而能者，其良能也。所不慮而知者，其良知也。』良知有良能，何謂無行？」曰：「正惟良知有良能，而專言良知可乎？」曰：「然則子不讀《孟子》矣。孟子又曰：『孩提之童，無不知愛其親也。及其長也，無

❶「黹」，原作「蔴」，據四庫本改。

不知敬其兄也。』孟子何嘗言良能乎？孟子不言能，而能在其中。何也？知愛敬，知也；愛敬，即能也。陽明不言能，而能在其中。何也？良知，知也；致良知，即能也。然則陽明之言孟子之言矣。」予嘗謂「致良知」三字，聖學首功，祇不宜爲《大學》致知作解註耳。《大學》格物者，格其物有本末之物；致知者，致其知所先後之知。此在宋儒元中子已明明言之。陽明但以生平所得力，認作首功，此如《春秋》賦《采蘩》，意在薦享，而聞者認作大國恤小之義，各言所得，非訓詁也。此皆不足爲言者病也。

丙子秋，在清和坊飲次，客忽作心性事物之辨，時平湖陸義山在坐，顧而問予，予曰：「予充耳久矣。無已，試再理前説，可乎？」曰：「君臣父子，物也。以孝以忠，事也。陽明《答顧東橋書》云：『事父不成在父上求，只在事父之心上求。事君不成在君上求，只在事君之心上求。』殊不知事父明有個父在，明明有個事父之事在；事君明有個君在，明明有個事君之事在，若教人在心上求，則舍事事物物，將這心求在何處？」曰：「此但知主説，而全不知有客説者也。夫陽明何嘗謂無事物但有心乎？事父不在父上求，非無父也。只在事父之心上求，謂只以此事父之事求之于心，非舍事父之事而但求心也。客明明曰『事父之心』，而主但曰『心』，可乎？且心不能在事物上求也。陽明謂事物在心上求，則有事物，而子必謂心當在事物上求，則不惟無心，并無事物。何則？心能有事物，事物不能有心也。請觀之天。夫天，一物也。四時錯行，日月代明者，物之事也。然而目不見碧落，耳不辨氣候，日星不知何所綴，風雷不識何所發，其物與其事，幾乎冥絶。然而即心求之，而千歲日至，可坐而致。

向使必求之事物，則夸父逐日，有渴死已耳。故閉門造車，不見九道也，而動合軌轍；陋巷簞瓢，❶未嘗服周冕乘殷輅也，但其心不違，而用即可行。若謂事父必在父上求，事君必在君上求，則此心未通而天倫已絶。何則？人不能皆事君也。向亦謂君在心上求，故人人有君，今必在君上求，則君門九重，求在何處？即子亦曾上公車受職，然並不曾立君朝，踐君陛，任君事也。事君之心不可求，而求之事君之物與事君之事，則又皆非子所有，是即子一身，而君臣大倫，早已廢絶，尚何暇嘵嘵講事物乎？」

嘗讀徐仲山《傳是齋日記》，其中作事物心性之辨有云：「紫陽説知行俱向外求，故知則格物，行則求事物，未免馳騖向外，若與聖賢存心知性之學有所不合，所以陽明以事物在心上求，對照挽之。然俗儒猶嘵嘵者，以爲反求心性即禪學也。」吾謂陽明多事，尚周旋俗學，故有「事物在心性上求」一語，孔孟即不然。孔孟絶去事物，專求心性。《大學》不云乎：「心不在焉，視而不見，聽而不聞，食而不知其味。」心逐事物，便是不在，故聖賢爲學，專求此心。孔子曰「操則存」，非操此心乎？「舍則亡」，非言此心不可舍乎？孟子曰「求放心」，則惟恐其舍之，而專求此已舍之心。此一聖一賢，斬斬截截，千秋萬世，又誰敢以禪學非之。惟性亦然。《中庸》「不睹不聞」，此中並無事物也。《孟子》「平旦之好惡」，此中並無事物可參求也。故《大學》言心，衹曰「慎獨」。《中庸》言性，亦衹曰「慎獨」。獨

❶「簞」，原作「篳」，據四庫本改。

者，獨也。謂一物不交，一事不接，獨有此，而無有他也。慎者，謂即此而加之功也。然則聖賢之爲學，其專求心性，必不容有一毫事物參擾其間，亦已明矣。

往者施愚山作湖西道時，講學于廬陵書院。楚人楊耻庵與其徒來，正作事物心性之辨。耻庵咨嗟曰：「事物在心上求，則有心有事物，萬物皆備，即反身而已得之，孟子之言也。若在事物上求，則天下事物必不能求，而此心已先失矣。《千文》曰『逐物意移』，此在兒豎能誦之，況學人乎？」時聞者嘈嘈而起，目之爲姚江之學，且有昌言孔顔學徒定無心上求事物者。愚山亦不省，唯唯而别。次日，愚山自言曰：「講學甚難。只一顔子不遷怒，必不能到。昨會中多人，盤飧闕具，吾已取官庖責之。今晨治魚不去乙，吾又取責，則未免遷怒矣。且昨所責者，誤公也。今以口腹而責人，公私謂何？如此者，將何以治之？」耻庵曰：「治之以心而已。」衆方愕然，耻庵復徐徐舉手肅四坐云：「如此者，請列坐各道一言，可能在事物上求乎？」四坐數百人，皆俯首無一言耳，可察蠮螉，半晌，愚山皤然折膝曰：「先生言是也。吾講學二十年，憒憒久矣。今知所歸矣。」時廬陵學徒有羅姓者，自言先輩有從姚江舊講會中學得歌法，請試之，乃歌《孟子》「牛山之木」篇，衆皆悚然，歌者亦慷慨悲哀，涕泗被面。歌畢，衆各起揖謝，乃罷。然則儒者求心，有必不能在事物上求者如此。

或疑心在事物上求，他無可見，然夫子與仲弓言仁，曰「出門使民」，則曷嘗僅求之心？不知此正求心之極功也。向謂周子主静，尚非聖學，以但求之静邊耳。聖人静固求心，動亦求心，無時無刻而不求此心。所謂無終食之間，造次必是，顛沛必是，況出門使民乎？是以出門不在門上求，曰「如見大賓」，則并不在賓上求，何也？以並無賓也，心也。使民不在民上求，曰「如承大祭」，則並不在祭上求，何也？如祭，非祭也，心也。夫出門自有事物，況使民則更有使民之事與使民之物，于此而不求事物，則無處求事物矣。立與在輿亦然。世幾見事物之來，可以影響倏忽，一如飄風之當前，鬼倀之掩至者，乃曰參前，曰倚衡，此則非事物之求，而心之求矣。曰：「惟心之求，豈不是佛？」曰：「聖與佛不同，而人則同。人與人不同，而此心則同。此非佛法入中國而後裁生此心，亦非佛法入中國而後裁言此心，求此心也。『正心盡性』，《大》《中》言之。『存心養性』，《孟子》言之。今以佛家有明心見性之説，遂使聖賢正心盡性、存心養性之正學反不敢道，裁言心性，便類佛氏，坐使上天所生，吾身所有，千聖千賢所共講共求之心性，而一旦委而歸之佛氏，可乎？夫佛氏不患其相類也。人之不類于佛氏者何限？自此心性而外，即此身已自不類，而況由身而家而國而天下而萬物，有何一可相類者。吾儒求心，有體有用。佛氏求心，有體無用。其體同，其用不同也。吾儒求心，有功有效。佛氏求心，有功無效。其功同，其效不同也。今陽明以有體有用、有功有效之學專求之心，毋論陽明所求之學與佛不類，即使有類于心，而由身而家而國而天下而萬物，全體大用，弘功極效，仍與佛氏毫不相類。則即此求心，其亦吾儒之心，聖人之心矣。況佛家求心，單拈句子，原是空求；陽明求心，存理去欲，實是誠意。即其體其功，亦原有截然不同者乎！張南士嘗曰：『吾儒用心，不同于釋，然而同此心；人與蟲獸，則絶無一同者。』然而虎狼父子、蜂蟻君臣，其心亦尚有偶相類處。今舍物求心，惟恐類禪學，而棄而勿求，則君臣父子，將必恐其類蟲獸，而盡棄之，是蟲獸不若也。」

客曰：「陽明致知，是個做不得的。但言以之事父，自然大孝。以之事君，自然大忠。以之應萬事萬物，無不中節。其效驗廣大如此，便把聖人教人學問思辨勉强積成的工夫，一切埽盡。且自説此旨埋没了數百年，不知未埋没之先，那一個聖人賢人曾説過，曾做過？無論見效不見效，請陽明説出來，好做個榜樣。那知是斷斷没有的，是斷斷做不得的。」曰：「如此，則喪心病狂極矣。夫知貴乎行，儒者空講理學，有知無行，陽明真有知有行者。事君則忠，事父則孝。臨事接物，無不汎應而曲當。如此做不得，則將誰做得乎？且陽明未嘗言致知是生知，必迸去學問思辨勉强積漸工夫而獨致此一知也。子徒以一己之腹强坐君子，固已奇矣。且知之有行，以行此事物也。求心在事物，謂當求此心于事物之間也。今陽明力行，已有明效，陽明于事物又得大驗，而反謂無論見效不見效，千古聖賢無此榜樣，詰使陽明自説，則假使陽明自説，必曰：『堯舜周孔，其榜樣也。』使吾輩代陽明説，必曰：『陽明即榜樣也。』萬一陽明使詰者自説，恐腼腸面目，大有不堪爲榜樣者。況近世攻陽明，全屬門户。子欲傍其門户，彼門户多人，未必肯受。且至尊大聖，最惡門户，視蔭之年，何苦爲此？若謂陽明逼拶門弟子，苦苦勸人，將聖賢大路從此阻絶，故欲以此救之，則又杞人之憂矣。予嘗作《土司傳》，方陽明在龍塲時，土司安貴榮暴横無禮，自恃從征功，欲并諸官驛作土司地，陽明貽一書示之，彼即歸罪恐後。夫陽明何嘗苦勸人，而所至嚮化，此即躬行有效之一証矣。嘗見貴鄉道學有在敝郡開講肆者，適敝邑有道學門徒兄弟争繼，其人立作數千言判之，陰陽反覆，實不知其中有私與否，乃自此判出，而兄弟各執，反挑釁成隙，兩相搆訟，以至于死。然則勸人之效，誰得誰失？聖賢大路，誰通誰塞？請平心易氣爲一省之。」

客又曰：「陽明有存理去欲之説，不知欲是去不得的。耳目口體，與生俱來，無去之理也。《書》曰：『惟天生民有欲。』《記》曰：『感物而動，性之欲也。』此豈可去乎？若作虚字説，『欲仁得仁』，是好一邊；『生亦我所欲』，是不好一邊。然未有説去欲者。惟佛家以六欲爲六賊，不可不去。儒者無是也。」曰：「『存天理去人欲』，此舊儒嘗談，未嘗始陽明也。子第拾《書》《記》一語，謂欲不可去，而于《書》《記》之全文，仍未嘗讀。《書》曰『惟天生民有欲』，不又曰『無主乃亂』乎？《記》曰『感于物而動，性之欲也』，不又曰『滅天理而窮人欲，此大亂之道』乎？夫使無主以又欲，則必亂；不窮天理而滅人欲，則必大亂。此正言欲所必去，而子盡反之，此非《書》《記》語也。夫欲者，惡之别名也。存理去欲，猶言爲善去惡也。惡可不去乎？即朱子亦云『好善惡惡』，皆務決去，而求必得之。故《易》曰『閑邪存誠』，干寶謂『去其陰非也』。《論語》曰『克己復禮』，朱子謂『克去己私也』。蓋邪惡與私，無論所生非所生，而必有以去之。克己私，則克在私，而不在己。去人欲，則去在欲，而不在人。此皆于身與己並無礙者。若謂耳目口體即是欲，去欲即是去耳目口體，則朱子謂『己是身之私欲』，得毋克己是克身乎？且欲不可在去留之間也。學者用功，貴在斬截。吾儒言理，最忌鶻突。左揰而右挪，則百事骫裂。既謂之欲，則斷無在去不去之間者。夫好善不用，惡惡不去，郭所以亡，況在用功之際乎？上蔡張仲誠讀蔡沈《尚書註》有『道心嘗爲之主，而人心聽命焉』語，嘆曰：『此害道語也。既曰人心人欲也，欲可聽命乎？』推蔡沈之意，必謂欲即心，心不可去耳。昔者孟子三見齊王而不言事，門人疑之，孟子曰：『我將攻其邪心。』朱子《孟子註》亦引此。夫心尚可攻，豈不可去？有賊于此，律當迸逐，乃不幸而引經折獄者曰：『此民賊也。』不通者遂爭之曰：『然則此賊不可去，何也？以賊是民也。』則將逐賊乎？抑留民乎？引經之不通，何以異是。」

「克、伐、怨、欲不行焉」，不行欲即是去欲，未有禁絶之而尚留中者。朱註猶曰：「克去己私，則私欲不留，而天理之本然得矣。若但制而不行，則是未有拔去病根之意，而令其潛藏隱伏于胸中也。豈克己求仁之謂哉？」則是去欲之説，起於朱子，欲尊朱斥王，而不識所尊爲何等，子欲附朱子，朱子不屑也。且儒、佛不同，然不礙有同者。以佛有六欲，而不言欲，則佛有六道，可不言道矣。且佛祇薙髮，猶尚有耳目口鼻，子何不戳鼻滅口以自異于佛？嘵嘵何爲？

客又曰：「知行兩事，並無説合一者。經書所説，無一不以知行分作兩件，如『言之不出，耻躬不逮』，『其言不怍，爲之也難』之類，于知處説得緩，于行處更説得急。從未有能知自然能行，不行只是不知的説話。惟佛家教外別傳，纔有此等言語。」予曰：「子欲辨知行合一，歷引言行相對者言之，則以言屬知，以爲屬行，此是書理未通之故，不足辨也。只『知行合一』四字，予前已明言之矣。孟子曰：『孩提之童，無不知愛其親也。』孩提知愛親，無所謂行也，然而行矣。且孩提只愛親，無所謂知也，然而知矣。故孟子前説知能，此只説知，以知能合一也。此其義紫陽亦言之。紫陽註《中庸》曰：『由不明，故不行。』此非不行只是不知乎？又曰：『顏子惟真知之，故能擇能守如此。』非能知自然能行乎？然則陽明此言，即紫陽之言，而子妄謂教外別傳，何與？」往在史館時，同官尤悔庵鬮題得《王文成傳》，總裁惡傳中多講學語，駁令删去，同官張武承遂希意極詆陽明，予曰：「何言之？」曰：「知行合一，聖人之學乎？」予曰：「知行合一有二説，皆紫陽之言，然紫陽不自踐其言，而文成踐之。其一説，即予前所言者是也。其又一説，謂知是理必行是理，知是事必行是事，此即紫陽註《中庸》所云『知，所以知此也；仁，所以體此也』。知在此，行即在此，凡所知所行，當在一處，亦謂之合一。乃其註《大學》，于格物則所知在物，于誠意則所行又在意，在物少一行，而在意少一知，何也？有人于此，曰吾格禮，節文登降所當習也；吾格樂，鐘鼓考擊所當事也。知禮樂當行禮樂，乃曰吾知在禮樂，而所行在意，可乎？且知禮樂只知禮樂，乃曰吾已知禮樂，而凡吾心之所行更不必再知，可乎？是此知非此行，此行非此知，一知一行，斷港絶流矣。此非合一之病，不合一之病也。此非陽明之言不合紫陽，紫陽之言不自合也。」武承大怒，愬之總裁，歸即作《訐陽明》一書，將進之，乃連具三劄，一曰孝宗非令主，二曰東林非君子，三曰陽明非道學。三劄齊進，同館官並起而譁之。會徐健庵庶子方入都，總裁咨之，健庵大驚，曰：「陽明已耳，孝宗、東林豈可令史館是非顛倒至此？儻在明代，京朝内外共得以逐之矣。」總裁遽毁劄而罷。其後武承不甘，復與湯潛庵侍讀争辨格物，上書潛庵，潛庵但致書于予，竟不之答，而武承已死。既而文成一傳，館中紛紛，有言宜道學者，有言宜儒林者，有言宜勳臣者，總裁斷曰：「勳臣而已。」又曰：「前史無《道學傳》，惟宋有之，今何必然。請無立道學名，但立儒林，而屏陽明之徒于其中，何如？」衆皆唯唯，獨予不謂然，然而不能挽也。總裁嘗召予曰：「聞子説知行，右陽明而左紫陽，有之乎？」曰：「無之。從來論文成者皆謂其不合紫陽，而予獨曰否，請試言之。鄭端簡作《今言》云：『人但知陽明《大學》不合紫陽，然平情以觀，恐不可便以宋儒改本爲是，以漢儒舊本爲非。』王弇州題《正學元勳》卷云：『陽明直指心訣，以上合周程之説，所未合者朱子耳。』嘉靖中，曾以新建從祀策山西鄉試，其議有云：『朱子訓詁章句，爲不失聖人之統而已，未必盡得聖人之心。新建致良知，簡切痛快，實有接乎孟子性善之説，即其他訓詁章句，小不盡合朱子耳，非不盡合聖人也。』萬曆十二年，詔申時行等定論新建從祀。時行上言：『守仁致知出《大學》，良知本《孟子》，未嘗禪也。或者謂崇守仁則廢朱子，不知道固有互相發者。且朱與陸並祀矣，朱學不聞以陸廢，今獨以王廢乎？』時神廟得疏，嘆曰：『皇祖嘗稱王守仁，有用道學。國家能得一有用道學，雖不合宋儒，其又何疑？』時有議進王端毅者，曰：「今人疑文成而去端毅，爲其專事功也。」夫孔子不薄事功。何也？孔子轍環天下，歷七十二君而不遇，退而删述六經，然猶曰：「我欲托之空言，不若見之行事之深切著明也。」然則舊儒論王學，皆謂與朱學不合，而獨予則倡之曰：知行合一，實朱子言之，而王子述之，且朱子不自踐其言，而王子踐之。是右朱學者莫如予，而反曰左之，何也？」總裁推案起曰：「此事非吾輩所能定也。」他日，總裁諸儒臣于内廷供奉之次，問論諸儒學術同異，皇上諭之曰：「守仁之學，過高有之，未嘗于諸儒有異同也。」衆皆俯首頌揚而退。蓋至是而文成之學有定論矣。予嘗觀天童僧《北遊語録》，載世祖皇帝稱守仁之學有似孟子，初不信其書，今皇言大哉，昭昭如此。然則知行合一，其幸爲歷代帝王所許可，豈易事乎？

先仲氏嘗云：「天下論理論學，皆不可有爲而發。」當時攻陽明，不知何意。總裁諸大臣，皆抱虚公，並無所爲，今則頓成時局矣。往讀《鄭端簡集》，謂：「宸濠之變，江彬、許泰、張忠輩既耻大功爲文成所先，必肆加羅織，而忌功之徒又附和之，反謂文成通濠，功成詭遇。當濠反時，予年二十一，應試杭州，見諸路羽書，皆不敢指名濠反，或稱兵變，或稱寇起，或稱南昌告警，或稱江西巡撫被害，並不及濠一字，何則？恐事成後受族滅也。及文成檄至，直曰寧王反。當是時，文成直以全家生命授之濠矣。小人有所爲，倡爲邪説，何足惑衆。」王弇州《史料》亦云：「《正德實録》翦抑文成功不遺餘力，雖今已暴白，然未有摘發當時史官握筆之心事者。蓋《實録》之始爲總裁者楊文忠廷和，繼之者費文憲宏，而以副總裁專任者，董文簡玘也。楊公與王恭襄瓊有郄，恭襄雖陰譎，然能識文成而獨任之。在南贛時，假提督軍務之權，便宜撫勦，以故前後平賊及平濠之疏，皆歸功兵部，一字不及内閣，楊公切齒久矣。費文憲久與濠忤，文成平濠後，未嘗薦及，費亦恨之。董最名忮毒，于鄉里如王鑑之輩，盡力巧詆，又内忌文成之功，而外欲以媚楊、費，作此誣史，將誰欺乎？後文成之天定復爵贈謚，而董受不根之謗，至徹聖聽，未必非鬼責也。」觀此，則陽明當時議論未定，亦尚有名儒大臣洞心剔骨，推見隱慝，使讒邪之徒無所容蔽如此，況近代陋學，肺肝如見，稍有所爲，即十目十手未有不知所自者。嗟乎，可不慎與！當時策議文成者曰：「新建膺閫外之寄，建百世之績，而嬰權幸牙角爪距之鋒。柄在悍帥，則悍帥攩挜之；柄在中貴，則中貴揶揄之；柄在輔相，則輔相媒孽之。」皆極言受侮群小之事，並無一正人起爲難者。若同時誦揚，則在朝在外，比比而是，皆屬君子。予嘗略記明代實録，其薦從祀者：一則尚書舒化、左都趙錦、侍郎倪光薦、右通政陳瓚、大理寺卿曾同亨、少卿何源、諭德吴中行、都給事中齊世臣、御史俞文煒、龔一清、陳遇文，再則侍郎周子義、洗馬陳于陛，三則大理寺丞羅應鶴，四則給事中顧問。其他萬曆年詔議諸臣，不可記數。至若道學統宗，則自餘干、新會而後，凡海門周氏、浮峰張氏諸學者，俱以新建直接周程之統。即崇禎末，東林學長，如念臺劉公，所在講學，立聖學統譜，以周、程、張、朱、王五子相禪，但録《朱子晚年定論》于譜中，以示合一。即國朝學儒，如容城孫鍾元、上蔡張沐輩，纂《聖學宗傳》《道一録》諸書，其説亦然。然則王學之在天壤，昭昭如此。況道學是非，已定之至尊聖鑒之中，涇渭秩然，譌言雖多，不足揺惑。吾願子之且休也。康熙丁丑閏月録。

西河文集卷一百二十

蕭山毛奇齡字大可又名甡稿

答三辨文

一孔氏三世出妻辨　一泰伯三以天下讓辨　一井地辨

月日，平湖陳佑以同邑陸琰卓字蘊崑三辨寄訊，予耄病不能答，已踰時矣。猶子文輝見之，謂此亦學術中事，彊予口授解義，且書之，以便復去，因存稿焉。

辨：人道之大倫有五，曰：君臣也，父子也，夫婦也，昆弟也，朋友也。五倫具而人道全矣。聖人，人倫之至也。孔子三世出妻説，不知作俑何人，而《家語》附會之，遂使萬世聖人竟缺五倫之一。程子以爲出於漢儒謬説，真知言也。追厥所由，衹誤解《檀弓》「不喪出母」之「出」字始。

答：方今士林有文人而無學人，能作是辨鮮矣。況辱遠訊焉，敢不答？第有不能不直答者。古五倫只父、母、兄、弟、子，並無君臣、夫婦、朋友，此在《尚書》《春秋傳》，凡所稱五品、五典、五常、五教皆然。今之五倫，是朱氏註《中庸》，錯認五達道爲五倫，以致沿誤，此不可不考正者。

若以孔氏三世出妻爲疑，則其説出于《檀弓》《家語》諸書。六經惟三禮最叵信，《家語》出于王肅家，大不足據。但不當臆斷，墮宋人説經習氣。如謂聖人不宜缺夫婦一倫，則在真五倫，止五人也。然而堯有兄摯，有子朱，而舜且父頑、母嚚、弟傲、子商均不肖，于五人無一全焉。可曰堯舜非聖人乎？

如程氏謂孔門出妻出于漢儒謬説，則《檀弓》《家語》並皆戰國人所作，非漢人也。明明有張罪而故刑李，尤不可也。若謂悮解《檀弓》「出母」之「出」字，則《檀弓》自誤容有之，無悮解也。

辨：不知出母云者，謂所出之母，猶今所云生母耳。子思曰：「爲伋也妻者，是爲白也母。」子上之出母庶，非嫡妻，故子思不使喪之，厭于嫡也。《儀禮》「公子爲其母練冠、麻衣縓緣，既葬除之」，不敢並尊于嫡也。王子母死，其傅請數月之喪，可証也。

答：古禮並稱被出之母爲出母，並無以生母爲出母者，此並非誤稱，且亦並無溷稱也。若以生母爲庶母，則尤不可。生者，就其所生而言之，若庶母，則嫡子之稱，猶言諸母爾，幾有爲其所生而可稱其母爲庶母者。且本文明云此原是伋妻，故當爲白母，今已出，非伋妻矣。白安得母之？則此不爲妻，從出母言。若指妾，則非伋妻者，正是白母。何則？其生母也。生母正其母，而反曰不爲白也母，則又何説？且生母之服未嘗厭于嫡也。古喪服禮衹屈于父，而不屈于母。父在，則嫡母亦在所屈，禮，父在爲母期是也。若嫡母，則何所厭屈？惟朱氏註《孟子》，杜撰無學，謂厭于嫡母，此千古笑話。今襲《孟子》註，并引《儀禮》「公子爲母喪服」文，而亦斷之曰不敢並尊于嫡，則豈可訓？且《儀禮》所稱公子，是諸侯之子，一如《孟子》所稱王子者，與大夫士又不同。故既葬除服，若大夫則父在當爲其母大功，士則父在當爲其母期。子思，士也。能使其子弗服生母喪乎？正惟子上之母是被出之母，可服可不服，故姑且已之，此與子思喪嫁母，《鄭志》載張逸問答，考核服制，彼此未定一類。若生母則父在服期，父没三年。禮文具在，而子思獨廢禮而弗使服喪，亂矣。

辨：伯魚之母死，孔子使之喪生母之喪，子思所謂道隆則從而隆也，至期而猶哭，則幾于匹嫡矣。故嘆其甚，而魚遂除之。孔子十九歲娶丌官氏，六十六歲丌官氏卒，則孔子無出妻事。

答：惟出母可服可不服，故有隆汙。若生母，服喪在禮，不在道矣。且孔子十九娶丌官氏，諸書有之。若六十六歲而丌官氏卒，則祇見《闕里志》，係後人所撰，不足據矣。若《史記》《家語》，則較可信于《闕里志》者，然云「孔子十九娶丌官氏，二十而生伯魚」。向使伯魚是庶母所生，則十九所娶者，妻也。而期年所生，又是妾子，將孔子甫及冠，而一年之間，妻妾並娶，豈有此理！

辨：子思之母死于衛，子思哭于廟。門人以爲庶氏之母，不當哭于孔氏之廟。其曰「庶」，正所以别于「嫡」也，故子思受過，而哭于他室。而解者以爲伯魚死，其妻嫁于庶氏，不知又何據也。按伯魚年五十而卒，其妻亦應四十餘矣。四十餘改嫁，此在恒人猶無之，而謂聖門反有是乎？若以死于衛，遂解爲嫁于庶氏，則子思嘗仕衛，其母獨不得從其子而受養乎？且既云嫁矣，則與廟絶矣，胡爲柳若猶以四方觀禮而欲其慎之也？此皆自相矛盾不通情理之論，而二千餘年曾無一人駁正之者。

答：此適有庶氏，遂疑爲庶母之誤。不知庶母不得稱庶氏，且庶氏與孔氏對文，明是庶姓，不是庶母。況庶母焉得不哭廟？禮，凡妾先死，必中一而祔于妾祖姑傍，無妾祖姑，則又中一而祔之高妾祖姑之傍。是廟原有妾，而後妾之主又得祔入。庶妾當祭廟矣，誰謂不當哭于廟？特孔門皆出母，而此又稱作嫁母，似乎有誤，但不容哭廟，則雖非嫁母，而出母或容有之。故前儒亦饒疑義而未敢定。若云改嫁，則「伯魚五十而死，豈有四十餘歲之婦而尚再醮者」一語，斷定無疑也。至于《檀弓》之矛盾，不止「四方觀禮」一語。既曰子思之母死于衛，赴于子思，則思不在衛，故以訃來，且云哭于廟，則惟魯有孔廟，是時子思在魯不在衛明矣。乃又以柳若衛人，戒思慎禮，是思哭在魯，而戒思之人則又在衛，真矛盾也。且子思衹哭耳，即不然，亦衹以齋衰期服喪服已耳，而乃以禮與財較量厚薄，是以含斂棺槨爲言，一如凡子之喪母者，是又矛盾也。來辨矛盾二字，已啓其扃，而尚未發覆，然惟此節最明快，故曰六經惟三禮叵信，何況《家語》？但當有實據，窮極根柢，不然，宋人杜撰無益也。

又辨：泰伯三以天下讓，朱註：其心即夷齊扣馬之心，而事之難處有甚焉者，不知何爲卻有讓周之説。據朱子明註，季歷生子昌，有聖德，太王因有剪商之志，而泰伯不從，遂欲傳位季歷以及昌，此本註也。有疑《閟宮》詩人爲推本得天下之由者，朱子曰：若推本説，不應下「實始剪商」，剪商自是周人説，若無此事，他豈肯自誣其祖？左氏分明説泰伯不從，未知是不從甚事，小註如此。夫朱子下字，斟酌盡善，豈無其志而肯故入古人之罪耶？

泰伯所讓，是讓季歷，則不必云讓周，而自不得有他讓，此在漢迄今，由註疏以及行文家無異詞者。獨朱氏一人倡言讓商，此是武斷，而反謂讓周之説不知所由，此是何解？凡人不讀書，欲造説以説古事，亦當就本事略一諦觀。從來三代世系，載之國史本紀者，自有明文。乃本紀云，泰伯亡之荆蠻，以讓季歷，則讓字有實落矣。孔子是言，正因史文「讓」字推言之，而曰豈止讓弟國哉？此經文來歷，蛛絲馬跡，極瞭然者。是以漢儒去古未遠，即三讓「三」字，亦有實落，如一採藥，二聞訃，三斷髮類，在王、鄭輩，皆能言之，雖不必盡信，然讓則無他解矣。

故先仲氏謂，朱氏説經，總不顧前後，不惟亂經意，即己意亦自亂。太王以季歷生昌，而謂爲可興，不過痛己亡國，冀倖圖存，並不敢稍覬此全盛之大商。而朱氏以爲志欲翦商，則其所云能翦商而欲傳位者，正季歷也。泰伯欲讓商，而反逃之，以使之必傳此能翦商之季歷，可謂讓商乎？

乃杜撰無理，自造故事。又且自加解辨，以曲爲回護，而究之一往紕繆，徒爲經禍。如註云：「太王有翦商之志，泰伯不從，遂欲傳位季歷以及昌。」夫居岐之陽，實始翦商，此《魯頌》文也。忽添「之志」二字于其下，已自不通，乃又撮《春秋傳》「泰伯不從」四字以接之，則不通彌甚。按「之志」二字，猶徒抱其志而未嘗翦。及另造一説，則太王直自翦之。其説云：「《閟宫》翦商，有謂詩人推本得天下之由者。」朱子曰：「若推本説，不應下『實始翦商』語，翦商是周人説，若無此事，他豈肯自誣其祖？」信然，則太王自翦商矣。夫翦者，滅也，謂滅商也。太王何曾滅商？豈曾以翦刀翦商幾刀乎？太王爲狄滅，尚不能翦狄幾刀，而謂能翦商，直夢囈中語。然且謂周人自説，周人自誣祖，亦嘗就本詩一讀之乎？此詩係魯僖祭嫄廟，而史克作詩。雖是周人，然周人之通者也。翦者，滅也。滅商者，武王也。

武王之滅商，實從太王始基之，此猶《武成》云「我太王肇基王迹」，肇者，始也。王迹者，武王滅商之迹也。「肇基王迹」，正是實始翦商。一史克言之，一是武王自言之。爾誣他，他不誣祖也。

若「泰伯不從」直接「太王有翦商之志」，則尤爲不通。夫古經未易讀也。「泰伯不從」，出之《春秋傳》宫之奇諫虞公語。其曰：「泰伯、虞仲，太王之昭也。泰伯不從，是以不嗣。」以不從接太王之昭，原自難解，然正須解説，以求經義，乃强接之「翦商之志」之下，而于本文仍不解，反曰「左氏分明説不從，不知是不從甚事」。夫祇有志而不從，已不可訓，勢必添不從父命爲言，而「父命」二字又添不出，何則？古兄弟讓國，惟泰伯與夷齊，而夷齊有父命，故伯夷曰「父命也」，遂逃去，而泰伯無父命，故前儒註經者惟恐有誤，特于《論語正義》專下一疏曰「文王有聖德，太王欲傳之，而未有命」，竟以「未有命」三字絶之，其慎重如此。朱氏既無學識，又堅愎自用，反爲回護曰「不從個甚事」。蓋原不解《春秋傳》不從之義，而復强抵一句，一似伯之不從，舍從父一事便無他事可解者。

不知「泰伯不從」陡接「太王之昭」句，正讓弟實解，而世罕識者。古工史書世，宗祝序昭穆，而孔氏《正義》曰父子異昭穆，兄弟同昭穆。然而同昭同穆中，有先後焉。先後定，而位次因之。順其位次，謂之從；倒其位次，謂之逆。故《春秋》文二年經書躋僖公，而《國語》宗有司曰「非昭穆也」，正謂閔、僖兄弟，閔先立，僖後立，而升僖于閔，非昭穆位次也。孔子譏之曰「縱逆祀」，所謂逆也。其後定九年經書「從祀先公」，則以陽貨是時易閔、僖之位而順祀之，即謂之從。從者，順也，所謂順而從之也。今泰伯、季歷，同爲太王穆考之昭，而不依長次，舉國讓弟，謂之逆而不順，不順即不從，故曰不從同昭之位次，而不嗣周國。此正讓周讓弟實解，而舉世不識，何也？

辨：意伯此時，隱憂惻怛，必忱思以感之，不能，則幾諫以動之，正諫以格之。夫得罪于鄉黨州閭，寧熟諫也，況君臣間乎？伯于此時惟有逃之一着，而然後父子恩全，君臣義盡，非陷父不義也。

答：此直推廣朱氏説而縱言之。宋人經禍，當此益浸淫矣。古事人多不曉，然亦顯顯在人，而人並不講，且並不體察。如伯與夷、齊，其事亦何嘗秘密，而皆不能察其苦心。觀《伯夷傳》云「其父死，叔齊讓伯夷」，是兩人之逃，必父死而後行之。其生前隱諱，必不敢悻悻求去，以見諸形跡當何如者。惟伯亦然。伯深體父意，而隱忍不發，至太王疾亟，而後托採藥而幡然去之。此並是實事。而乃儼然撰事，曰「幾諫」，曰「正諫」，父子兄弟幾幾鬩市出一門矣。曾宋儒經禍，而可尤效之如此？

又辨：井地之制，在夏商以前不可考矣。即夏商以後，有貢助名，而其爲五十、七十、百畝之制，則全不能解。夫經界有定規，溝涂有成域，各自少而變多，必將移易其封植，更改其疆畎，煩擾已甚。竊意夏后氏時，洚洞方平，人民尚少，一夫五十，不過隨其力之所至、地之所出以爲貢。商人始爲井田之制，以六百三十畝之地，畫爲九區，區七十畝，其間溝洫道涂，必尚廣裕，廣裕則必有間田隙地，棄之無用，故周家百畝之徹，因之以成。大抵因商之舊，斟酌其溝洫道涂五等之廣狹，而蓄壅，而墾闢之。夏商尺度已無可考，周人以八寸爲尺，履畝而計。則商人七十畝，以八準之，八九七十二，幾當周九十畝，而遂、廣深各二尺。溝、倍遂。洫、倍溝。澮、倍洫。川受上四則之水。

分廣陿而蓄壅之，徑、廣容牛馬行。畛、容大車。涂、容車一軌。道、容車二軌。路容車三軌。分廣陿而墾闢之，又可得十畝有奇。則井形悉仍商舊，不必有改作之勞，而周人百畝，可按數得矣。

井地創于黄帝，古有明文，乃朱氏獨曰商始爲井制。無論《毛詩》「維禹甸之」，《春秋傳》「少康一成一旅」，《王制》「夫三爲屋，屋三爲井」，總夏后氏制，而即辨中所開溝、深廣倍遂。洫、倍溝。澮、倍洫。川，受上諸水。出之遂人職文者，皆夏后氏親治之。《虞書》禹曰：「予決九川，距四海，濬畎澮距川。」而《論語》亦遂云：「禹盡力溝洫。」是明明夏有井制，而註《孟子》者敢曰井制始商，將欲舉《毛詩》《虞書》《春秋傳》《禮記》《周禮・考工記》，并所註《論語》，而盡付之祖龍，可乎？

且其所云「夏后氏時，洚洞初開，人民尚少，至商後始漸次開闢」，亦未是也。夏后非洪荒之世，洚洞爲災，不過丁數百年治亂一轉運耳，故阨運未幾而即已平復，如《禹貢》記揚州之貢，曰「厥田惟下下，厥賦貞，作十有三載乃同」，正言井制有九等之田，九等之賦，九等任墾之人，而耕作十三年後盡復如舊，所云十三年者，並是堯年，即舜年五十載，亦尚未及，何況夏后氏？故此一説，在前儒亦曾言之，總無當也。

乃若以尺度減短，作朝三暮四之説，前亦有之，然未經推算。今既推算，則應有實數，而仍然不合。如云「商人七十畝，以八準之，八九七十二，幾當周九十畝」，此大謬者。據商七十畝，以周尺八寸計之，當云準七，不當云準九。夏制夫九爲井，以八準九，不能合五十，且既夏商尺無考，何得以今尺作商畝之準？且以八準九，則所伸十八，合之猶是九十畝，不得云幾當周九十畝也。夫必減尺度以伸畝數，則以周八寸之尺，準商人七十畝之數，八七五十六，先以五十六畝抵商七十，而所餘一十四畝，又得伸二百八十步，增出二畝八分之數，合之可得八十六畝八分，然欲以之抵周人百畝，則究竟不合。又且畝數以步準，不以尺準。周制六尺爲步，步百爲畝，則在商必六尺爲步，步七十爲畝，猶之今制六尺爲弓，弓二百四十爲畝，但改弓步而不改尺數，似乎地畝長短全非尺度所能限者。

乃又于減尺之外，另欲壅溝洫，闢涂路，以爲增畝之法。因引遂人職文，謂井地水道，有遂溝五等，可填水兩傍以拓之，井地經界，有徑畛五等，又可鏟界兩傍以恢之，則煩擾滋甚。從來水道通塞，陿者可使廣，而廣者反不能使陿，況以丈尺之水，欲但存中流而畚土以填其兩傍，則世無此事。若欲削涂路，則車徒牛馬，量所行以定廣陿，自容牛容馬容一軌以至容二軌容三軌，矩步截然，縱善鏟削，欲其削車軌，鏟牛馬足，毁成法以恢此尺寸之土，勢又不能。向以爲改疆界，變封植，由五十以更七十、百畝，力有難爲，故刻求良法，而今此變更，仍然不減。又且有大難通者。人第知九夫爲井，井間廣四尺，深四尺，謂之溝；倍之，廣八尺，深八尺，即謂之洫。亦知溝附于井，止得十夫。千畝之地，而進而爲洫，即爲方十里之成，爲百夫萬畝之地，而進而爲澮，即又爲方百里之同，爲千夫十萬畝之地，能割此水邊幾尺，路邊幾尺，以分給此方百里千夫之家，使各成百畝，以合充此十萬畝之數，雖鬼神在前，亦且卻步。而猶曰「可得十畝有奇」，吾不知此「十畝有奇」之地，從幾溝幾徑得之，而得之而分給之千夫之井中，將安給也？此又難通之甚者也。

釋二辨文

三族辨　一叔嫂無服辨

予歸草堂，與莫子蕙先觀歸安鄭芷畦所寄《婚禮經典參同》，謂《士婚禮》于請期一條，有云「惟是三族之不虞，使某也請吉日」，註：三族是父母、兄弟、子，言幸無此三族意外喪服，可以擇吉行嫁娶禮。據此文，則三族祇身族上下，斷非父族、母族、妻族之説。何則？以母妻黨服，僅功緦之末，不礙嫁娶也。況六經稱九族，皆註高祖至玄孫之親，並不傍及親黨，豈有三族反傍及者？其説甚善。

會張風林從館來，咸集草堂，坐客因嘆自循蜚至三代，何許年歲，雖苗民播惡，不及族誅，而暴秦倡之，致斯、高之徒延及親黨，一何酷烈！而風林曰：不然，雖暴秦亦無此事。案《史記·秦紀》，文公二十年，倡族誅法，張晏曰：三族，父母、兄弟、子。則正與《士禮》同。惟如淳無籍，妄註爲父、母、妻三族。然其言無驗，在當時已不行其説。觀李斯誅咸陽市，無父母兄弟，則祇及其子，所謂「牽犬上東門」者，正父子受誅時語。況如淳不學，但悖誕立説。即註《史記》，而不識《史記》。《記》于《張耳傳》趙相貫高明云：「人孰不愛父母妻子哉？今吾三族皆論死，豈肯以王易吾親哉！」實實以三族指父母妻子，此是《史記》大文，無容更註也。且「三族」二字不止見《士禮》也。《周禮》小宗伯「掌三族之别，以辨親疎」，明指親族，而《仲尼燕居》直曰「閨門之内，三族不和」，世無母妻二黨在閨門内者，此尚何疑惑！而舉世夢夢，至今未了。

予因念儒説爲禍，宋明實甚，而前儒已開之。雖耄荒健忘，胸無一字，猶記九經之註，早已明白，然亦有異義，如夏侯勝、歐陽和伯釋《書》九族，誤據《爾雅・釋親》，以母、妻二黨可稱兄弟，且《詩》有「兄弟婚姻」語，遂解九族爲父族四、母族三、妻族二，合而爲九。其説與如淳不異，而又推廣之。殊不知《爾雅》所釋，謂母妻二黨，雖繫親串，然引而近之，可有此稱，並不以此釋族屬。若《角弓》所云，則正以族屬疎遠，致等九族于婚姻，故戒胥遠。觀平王不親九族，而《詩》直刺曰「終遠兄弟，謂他人父」可驗也。且以九族分三黨，尤極無理。即一父女昆弟適人者，子即姑子也。姑子視舅子，猶之舅子視姑子，一例也。則母族中亦宜添出母昆弟之子一族，而今又無有。若母之父母爲一族，妻之父爲一族，妻之母又爲一族，則何以母父母祇一族，而妻之父母則分而爲二，此直是孩稚無稽喪心狂病之言，可一笑擲之者。但三族、九族，既繫經學，且厚繫國事，不敢不藉此辨定，以了其説。

世亦知三族、九族，歷見經史，而三、九之外，尚有五族、七族乎？《喪服小記》曰「親親以三爲五，以五爲九」，謂己上及父，下及子，三也。又以父及祖，以子及孫，五也。此三之推爲五也。若五之爲九，則中已包七而略言之。乃儒説便云曾高同齊衰，曾玄同緦麻，故無七族。及讀《史記・鄒陽傳》，則云「荆軻湛七族」，而張晏亦註曰：「七族，上自曾祖，下至曾孫。」若然，則三五七九皆親族矣。蓋同姓爲族，異姓爲黨，故《爾雅》于内宗曰族，于母妻曰黨。禮稱母之黨，妻之黨，妾服女君之黨，反葬女氏之黨，無稱族者。大抵族與氏相聯，國君傳族，每一君爲一族，如曰桓莊之族、桓戴之族。有時分氏爲族，如高陽一氏而分爲一十六族，然合之止高陽一氏。有時分族爲氏，如魯桓一君而分爲孟孫、叔孫、季孫三氏，然合之止爲桓族，他氏皆不得而參預其間。然且族有寡多，而總以服爲之斷。自三至五，自五至七至九，總皆以服推及之。若但以族言，則鄭之七穆，初祇罕、駟與國氏、游氏，而後復分爲子南、少正諸氏，皆穆族也。魯之三桓，初但有孟、叔、季氏，而後漸分爲子服，爲南宫，爲叔仲、公彌諸氏，皆桓族也。然則族亦煩多矣。惟三族服始，九族服盡，以是爲斷，則族屬雖繁，而各有限制。雖族誅之法，三古迄今，早已廢絶，不必更爲過慮，而儒者論學，最貴嚴確，亦安可使天地之間，有無稽亂道至于如此！

古叔嫂無服，至唐初變制，始有小功之服，見《開元禮》。此在學禮家皆能言之。近歸安鄭芷畦作《喪禮經典參同》，疑《士禮·喪服記》有云：「夫之所爲兄弟服，妻降一等，似夫爲兄弟服期，而妻降大功，爲從兄弟服大功，而妻降小功，類如是，則叔嫂有服矣。將欲據此文，一雪從前言禮之誤。」予與莫子蕙先見而疑之，謂《士禮》大功傳明言叔嫂無服，且故爲問答以著明之，豈有一傳一記，自相矛盾之理！時張風林在坐，曰：「此但以恒稱兄弟解士禮，非士禮例也。」士禮自有例，凡恒稱兄弟者，皆變稱昆弟。如同父之子曰昆弟，從父之子曰從昆弟，以至從祖昆弟、族昆弟，而凡同姓之所爲伯仲者盡之矣。若「兄弟」二字，則不論同姓、異姓，與凡繫屬之稍疏而有服制者，皆得稱之。故鄭氏于「大夫之子于兄弟降等」文，註曰「兄弟，猶言族親」是也。然必有功緦末服，一如從祖昆弟族昆弟者，始當其稱。故《傳》曰「小功，兄弟之服也」。若《記》則直引《傳》作問答，以明其說。曰「何如則可謂之兄弟」，曰「小功以下爲兄弟」，其説之再三，而確鑿如此。似未可以恒稱兄弟强解之矣。但此條兄弟在賈公彦疏單指是夫之從母之類，則頗費解。按從母係母之姊妹，其不他及者。據疏云：「妻從夫服，其親族在前傳已有諸祖父母、外祖父母、世叔父母、昆弟、昆弟之子類，凡傳之所載，記不重出，故第補此親以類推之，則但舉從母，所以補其闕，非謂族親止從母也。」此説良是。特明稱兄弟，何以同姓、異姓、男氏、女氏皆得稱之？予曰：《周官·春官》以飲食親宗族兄弟，而《秋官》刑族人，亦曰不使國人慮我兄弟，則宗族稱兄弟，固也。若《爾雅·釋親》，曰母黨妻黨爲兄弟，又曰，婦之黨爲婚兄弟，壻之黨爲姻兄弟。則即此數語，而異姓男女稱兄弟皆可見焉。且他經亦有之。不讀《詩》乎，王不親九族，而《詩》曰「終遠兄弟」，此宗族兄弟也。乃王舉族燕，以異姓爲賓客，而《詩》曰「兄弟具來」，曰「兄弟甥舅」，是公族與賓客皆兄弟也。然且古有飫禮，《國語》「每歲必飫」，或「祭畢行飫」，大抵以宰夫爲主，異姓爲客，王與族人飫于堂，后與内宗之屬飫于房，内外交飫，然而《常棣》曰「儐爾籩豆，飲酒之飫。兄弟既具，和樂且孺」，《楚茨》曰「諸宰君婦，廢徹不遲。諸父兄弟，備言燕私」，是男氏、女氏俱兄弟也。

西河文集卷一百二十一

蕭山毛奇齡字老晴又名甡稿

辨聖學非道學文

聖學不明久矣。聖以道爲學，而學進於道，然不名道學。凡「道學」兩字，六經皆分見之。即或併見，亦衹稱學道，而不稱道學。如所云「君子學道」「小人學道」，蓋以學該道，而不以道該學。其在《論語》則曰「君子學以致其道」，而在《學記》則曰「人不學，不知道」，如是而已。

惟道家者流，自鬻子、老子而下，凡書七十八部，合三百二十五卷，雖傳布在世，而官不立學，不能群萃州處，朝夕肄業，以成其學事，衹私相授受，以陰行其教，謂之道學。道學者，雖曰以道爲學，實道家之學也。

故《隋書·經籍志》明云：「黄帝大道，但傳之其人，而不立師説。惟漢時曹參薦蓋公能言黄老，而文帝師之。」于是有道學一派，倡始兩漢，而魏晉以降，六季最盛。如《陳書·儒林傳》載梁簡文嘗置宴殿堂，集玄、儒兩家之士，先命道學互相質難。此正清言肆出，道學盛行之際，然猶玄、儒兩判，無溷雜者。

是以道書有《道學傳》，專載道學人，分居道觀，名爲道士。士者，學人之稱。而《琅書經》曰：「士者何？理也。身心順理，惟道之從，是名道學，又謂之理學。」宋儒言理始此。

逮至北宋，而陳摶以華山道士自號「希夷」，與种放、李溉輩張大其學，竟搜道書《無極尊經》及張角《九宫》，倡太極河洛諸教，作《道學綱宗》，而周敦頤、邵雍與程顥兄弟師之，遂簒道教于儒書之間。其説詳見予《河洛原舛》及《太極遺議》諸文。又佛書《禪源詮集》，亦載太極圖，名阿犂耶識。相傳周濂溪亦受之了元禪師者。今《遺議》不載。至南宋朱熹，直勾史官洪邁爲陳摶特立一名臣大傳，而周、程諸子，則又倡道學總傳于《宋史》中，使道學變作儒學。凡南宋儒人，皆以得附希夷道學爲幸。如朱氏《寄陸子静書》云：「熹衰病益深，幸叨祠禄，遂爲希夷直下孫，良以自慶。」又《答吕子約書》云：「熹再叨祠禄，遂爲希夷法眷，冒忝之多，不勝慚懼。」是道學本道家學，兩漢始之，歷代因之，至華山而張大之，而宋人則又死心塌地以依歸之，其爲非聖學，斷斷如也。

向在史館，同館官張烈倡言陽明非道學，而予頗争之，謂道學異學，不宜有陽明，然陽明故儒也。時徐司寇聞予言，問道學是異學何耶？予告之，徐大驚，急語其弟監脩公暨史館總裁，削道學名，敕《明史》不立《道學傳》，祇立《儒林傳》，而以陽明隸勳爵，出《儒林》外，于是道學之名則從此削去，爲之一快。當是時，予辨陽明學，總裁啓奏，賴皇上聖明，直諭：「守仁之學過高有之，未嘗與聖學有異同也。」于是衆論始定。即史官尤侗作《陽明傳》，其後史斷，亦敢坦坦以共學適道，取「學道」二字，歸之陽明。特聖學何在，則終無實指之者。

予謂聖學之中，原該「道」字。初學聖人，祇謂之學；學聖既成，即謂之道。學者，道之始；道者，學之終。既非兩途，又非兩事，且並無兩功夫。第從事于此，而學在是，道即在是焉。是以聖學、聖道，只在忠恕，雖子告子貢「多學一貫」，祇是「學」字。惟告曾子「吾道一貫」，則全現「道」字。然而道在忠恕，學亦在忠恕。忠者，中也，執道心以去人心；恕者，推也，去人心以推道心。此本堯舜禹湯相傳之道，當時所稱「道經」者。而聖門諸徒，則皆受之以爲學。是「忠恕」二字，合之《道經》十六字，舉千聖百王、賢愚治亂、古今一貫者，而祇以「精一允執」成學者之事，則聖學之該聖道，概可見矣。

然且「允執」之忠，全在去人心，盡屏其自私自利之心，以推其道心。是道全藉學，而忠又全藉乎恕。道學、忠恕，總是一貫。是以曾子忠恕，曰「吾道」，曰「夫子之道」，一何鄭重！而子貢以學該之，祇一「恕」字。如子貢曰「一言而終身行」，一貫也，道也。曰「其恕乎」，則祇恕也。且以「不欲勿施」八字示之，曰學恕已也。又曰「我不欲人之加諸我也，吾亦欲無加諸人」，恕也，而進乎道也。曰「非爾所及也」，恕固可進道，而時則未也，須學也。乃終以博施濟衆爲聖仁。堯舜推忠行恕，立聖道之極。而夫子終以「能近取譬」歸之强恕，謂忠之必藉乎恕，道之必藉乎學，有如此。

道學則不然。並一道家，而各立名目。其在北宋，曰主静，清静教也；曰立極，無極之宗也；曰涵養用敬，則養以毓其氣，敬以定其神，葆秘之事也。世無審動静、探主宰，且葆秘神氣，而可云行聖學、入聖道者。至南宋，云格物窮理，則又竊儒書名目，以陰抒其萬物之奥，聖人至賾之道教。其並非儒學，早已顯著。乃一聞聖道、夫子之道，而相顧茫然，徒以萬殊一本當之。夫萬殊一本，佛家之萬法歸一也。且亦籠統，何着落？及聞「忠恕」二字，宜憬然矣。乃猶疑借端，曰此不過借學者盡己推己之目以著明之。夫明指本心，明明以學道一貫，直本之堯舜以來共推共執之道心，而猶曰借端，是于當身且不知，而欲其知道知學，得乎？

況博施濟衆，正推己之極，爲子貢終身行恕之終事，並不高遠。《大學》「明德」必至「新民」，《中庸》「成己」必至「成物」，《論語》「修己」必至「安人」「安百姓」，《孟子》「獨善其身」必至「兼善天下」，即《學記》記學，自「九年大成」後，忽接曰「夫然後足以化民易俗，近者悦服，而遠者懷之」。是博施濟衆，正聖道之成，爲聖學中所有事，而乃以子貢徒事高遠斥之，則毫釐不知學道者，故曰道學非聖學，大須辨也。

然且以能近取譬，亦作借端，謂如釋氏説，如標月指月，雖不在指上，亦欲隨指見月，須恁地始得。夫推心取譬，求進聖仁，亦甚平易切實，何至如指月恍惚，盡付借境？況忠恕既借，取譬又借，一身所有，並無着落。七尺男子，直等之隣人之醯，已屬怪事。又且指月之解，出自《圓覺經》脩多羅教。不惟道學，兼唱佛説。及其唱畢，久之，又云「二三子以我爲隱乎？吾無隱乎爾」，翻然出席。如此行逕，直是佛氏舉動，以宗門而行道教，聖學掃地盡矣。

若聖道、聖學，諸書一貫。《論語》一部，無非忠恕之道，且無非恕學，其在前文，已明白可見矣。乃以《大學》言。誠意，忠也；其止善去不善，而無自私自利之心，則恕也，此即學也。乃即以其學爲絜矩，推心度物，極盡忠恕，而明德新民，由身心意知以推之家國天下，道皆一貫，然而只一「恕」字。曰

「所藏乎身不恕」，曰「所惡乎下，毋以事上」，無非恕也。《中庸》亦然。至誠，忠也；由明善致曲，以推之動變，即恕也，亦即學也。于是「成己成物」，「盡己性以盡物性」，「天地位，萬物育」，何者非一貫之道？乃其學，則始于忠恕。曰「忠恕違道不遠」，又只是恕。曰「施諸己而不願，亦勿施于人」，且隨以「所求」「未能」，鋪排恕字。至于《孟子》，則「萬物皆備」，一貫也，道也；「反身而誠」，則忠恕也。然而「强恕而行」，只是恕字。蓋學也，而道在其中焉。自孔孟不作，道學專行，聖道聖學，其不明于世者，越七百年于兹矣。今一旦指出，上自堯舜，下及孔孟，始終本末，到處一貫，時時可見，人人可行，無借無雜，不疑不惑，學以致道，庶幾無媿。後有學者，其亦從此而進求焉，可耳。

辨忠臣不徒死文

忠者，事君之則也。《論語》曰：「臣事君以忠。」以者，用也。謂事君則用之。然而何以用忠，則經無明文。惟《春秋傳》曰：「凡忠者，于公家之利，知無不爲，即謂之忠。」一似用忠不一，凡所爲之事，苟利君國，則無論大小難易，無往不可以見忠。是以《韓詩》有云：「以道化君爲上忠，以德調君爲次忠。」而《春秋傳》又曰：「楚子囊臨死一言，不忘社稷，便可謂忠。」故忠臣已事，自唐虞至春秋，不多概見，乃由龍逢、比干外，經傳罕有，祇《左傳》稱季文子相三君，妾不衣帛，馬不食粟，推爲忠臣。《論語》問令尹子文仕、已不喜愠，舊令尹之政告新令尹，而夫子特許其忠。夫第家無私畜與不私其官，不忘諸官政，亦初無化君之大，衛社稷之重，而六經表忠，以此推首。則夫事關君國，隨地見忠，其不擇細小，并無一定，斷可知也。

乃不學之徒，誤讀子夏所云「事君能致其身」語，而謂爲「捐軀」。夫致身者，服勤致死，以身許國之謂也，而捐軀也乎？且誤認「見危授命」「殺身成仁」爲忠臣之事。夫志士仁人，隨在立名，凡君親兄友與一身名行皆是也，而止忠臣之事也乎？乃後儒無賴，竟鑿然以必死歸之忠臣。如魏徵有云「但願爲良臣，不願爲忠臣」語，一似忠臣止有死者。夫忠臣不必死，前亦既言之矣。然而間有死者，則必厚係于君事與國事，而不得已，而後死之，未有君死亦死，徒死其身而于君國兩無與，而可言忠者。《禮記》明曰：「爲人臣者，殺其身有益于君，則爲之。」殺其身無益于君，則不爲也。蓋死君、死國，至不得已而死之，謂之殉難，不謂之殉死。其殉難奈何？

一曰死諫，龍逄、比干是也。三代忠臣，此爲最著也。然而《韓詩》以周公相孺子、管仲相桓公，俱不必死，因有以伍員伏劍爲死怨。而汲黯戇直，反得與東方諷諫同享忠名。是死亦忠，不死亦忠。伊、管不死，不必遂遠遜逄、干下也。

一曰以死衛君。齊無知弑襄公，徒人費禦賊而死于門；嵇紹以晉帝蒙塵，❶挺身捍衛，而端冕而死。此死君之無可議者。顧公叔文子，衛侯親許其以身捍君，可不謂忠？司馬《續漢書》極稱楊仁忠勇，能持戟以嚴衛宮門。第文子與仁未嘗死也。

❶「嵇」，原作「稽」，據四庫本改。

若夫齊逢丑父，以貌類頃公而代公死；漢之紀信，假漢王之車以代漢王。此皆身代君死者，其亦忠矣。然猶曰此必君佞幸，與齊孟陽代諸兒同，故左氏與漢史俱未稱之。

至于晉惢受毒，登床哀號；宋欽褫衣，抱持哭泣：此死君難者。豫讓圖趙氏，不憚漆身；高漸離觸祖龍，甘矐其目：此爲君復讎者。然而晏嬰不死君難，《家語》稱晏嬰忠臣；張良復讎不死，人尚稱張留侯始終忠于韓者。凡此者，雖皆殉難而死，皆不得已而後死，豈曰非忠？然而有不死而亦仍曰忠。以爲無益于君，則雖死、不死固有懸殊，而其爲無益，則無以異也。

況夫國事多端，殉難不一。齊莊公襲莒而杞梁死之，魯師戰乘丘而縣賁父死之。此轉戰而死于鬬者，然未嘗與我戰則克者有等差也。張巡守睢陽而百折不回，李玄通管定州而屢誘無所詘。此保地而死于守者，然不必與開疆辟土者分同異也。

是故忠臣大節，最重託孤。荀息立奚齊、卓子，當濟忠貞。然而季友之忠，歷立般立閔，而此身凝然不少動。至散輔諸公子，亡臣狐、趙輩，不失爲忠，而召忽殉難，夫子反等之匹夫匹婦之諒，其死重有益而不重無益，至于如此。

至若宋人文信國、謝枋得之死，雖止一身名行，不關係國事，然大節所在，不是徒死，正是殉難。與齊王蠋之死燕師，漢龔勝之死新莽之召，前後一轍。特是魯連不帝秦，王裒不事晉，不皆身死。且祇名義士，不名忠臣。此與殉國難亦微有别者。

向時從六經諸子求一唐虞三代忠臣國亡身死者，而必不可得。無已，庶或以夷、齊當之，然殊不相類。按夷、齊避紂，久已歸周，並非以商亡作殉死計者，祇因諫周不合，幾被殺身，則義不可留，因逃首陽。然且採薇而食，並未求死。即死，亦有爲而死，與今所云「國亡身死」者大别。且此正是義士，不是忠臣。又且當時未必死。《論語》祇稱「餓首陽」，不稱「餓死」。其曰死者，郭象曰《莊子》之誤也。

乃自宋以後，皆謂忠臣必死，且無故而死，並未嘗殉難，而祇是殉死，謂之徒死。夫父子不殉死，禮有明文。滅性傷生，等之不孝。若君臣殉死，則三良殉秦，詩人以婦寺目之。未有徒死稱忠臣者。而乃禮教不明，江河日下，無論在官在籍，祇君死亦死，國亡亦亡，但知以一死塞責，全不計與君事國事毫厘有益與否。此則唐虞以後，宋元以前，並無此等，不待言也。

然且身不在官，名未通籍，以無何之人，苟非韋布即是襏襫，目不見君王，足不履殿陛，亦復棄父母，拋妻子，以覓一死。夫事君以忠，謂事君則用之，幾有不事君而亦用此者？不讀《孟子》乎，以顔淵而救民飢溺，亦有何害？乃論者譏之，至比之披髮而救鄉隣之鬬，題之曰「惑」。夫惑者，在本身爲狂惑，行事迷亂；而在旁人則爲駭惑，以爲凡事有分，伊何人斯，可妄作至此？今無端求死，以生前限分，必不許其得共事者，而今且捱身而入，公然身死，則其爲狂惑，爲駭惑，宜何如者？乃今作《表忠記》者，多載此等。且更以用兵所在，不幸冒刃者，皆稱忠臣。如此，則長平之卒盡國殤矣。顧作《表忠》者，假冠予序，恐觀者不諒，謂顛倒名義自我輩始，則寃抑尤甚。故予于通辨之末，一併及之。

西河文集卷一百二十二

蕭山毛奇齡字大可又名甡稿

古禮今律無繼嗣文

古繼嗣一禮，從無明文。所可考者，惟

天子繼嗣雖經史亦無明文，然自《帝紀》夏中康、商太丁，《漢史》惠、文、昭、宣後，尚有宋濮議、明大禮，聚訟不已，此固無容議者。

諸侯繼嗣

《中庸》「繼絶世，所以懷諸侯也」，《論語》「興滅國，繼絶世」，俱以諸侯言。

《禮運》：「大人世及以爲禮。」鄭註：「大人，諸侯也。」《正義》曰：「世者，父子相繼。及者，兄終弟及也。」

《史》世家：「吴泰伯爲吴君，無子而卒，弟仲雍繼之。此繼爵也。及武王克商，始使仲雍曾孫周章繼泰伯爲後，而别封周章之弟仲于虞，名虞仲，奉仲雍祀。」此謂繼絶。

宗子繼嗣

《喪服小記》《大傳》俱有曰：「別子爲祖，謂諸侯長子爲君，其次子名別子，使別立一宗而自我作祖。繼別爲宗，而世世繼之，名爲大宗，即宗子也。繼禰者爲小宗。」自次子後諸子，但父子相繼，各自立一宗，而並統于大宗，爲一族，則名小宗。今多誤解，詳見《大小宗通繹》。

《儀禮》傳曰：「大宗不可絶，故爲人後者，必後大宗。」

《公羊傳》註曰：「大宗無後不可絶，小宗無後當絶。」

《喪大記》曰：「爲殤後者，以其服服之。」《正義》曰：「宗子之子若殤而死，猶當繼殤，然而殤子無繼禮，則凡爲宗子殤後者，仍繼殤子之父，而但以殤服服殤者。」其委曲如此。

此三者有繼絶禮，餘無繼者。《射義》：孔子射矍相之圃，使子路爲司正，有曰「與爲人後者不入」。與者，干預也。正以當時公族大夫不繼嗣。有干預繼諸侯者，謂之支庶入繼，干預繼大宗者，謂之繼別之後，皆不使入射，蓋專指此二者言。

《雜記》云：「大夫無子，則但爲置後。」《正義》曰：「置後者，謂借他大夫之子暫爲喪主，一若爲之後者，而喪畢即撤，仍不立後，謂之置後。若宗子則立後矣。」他大夫之子不拘同異姓。撤者，還使歸也。

《喪大記》曰：「喪有無後，無無主。」謂大夫士庶，凡有喪者。《正義》曰：「主所以接賓，無則攝之。若無後，則身自絶嗣，何關于人？故可無後也。」然且攝主有制，若本族無主，必不令妻黨得以攝之。《雜記》曰：「如無主，則東西南北家主之，無有，則里尹里長。主之。」其嚴如此。

他若《論語》「臧武仲以防求爲後」，《左傳》「不可使叔段無後于鄭」，季友酖叔牙曰：「飲此，則有後于魯國」，皆繼爵，非繼人者。

今非封建之世，無諸侯宗子二者，則有何繼嗣？而民俗紛紛，終年争繼，且造爲律文，有以長繼長，絶幼不絶長諸説，勒爲金科，致殘害骨肉，攘奪財産，訐訟不已，一如六季諸王争篡，有所云願世世勿生帝王家者，則慘毒極矣。今試以律考之，其必繼絶者，惟

官員襲廕此與封建時諸侯繼絶相等。

律　有嫡立嫡，無嫡立庶，無庶則然後以同族之倫次相當者繼之，如不依倫次、攙越冒襲者，杖一百，徒三年。

軍官襲職辦事

其律如前。如異姓養子詐冒承襲者，杖一百，發邊遠充軍，其當該官司知而聽行者，同罪。

丁役

此條在兵律，即唐人相沿庸調一法。大抵重有子而規避不先立者，故不稱繼嫡子法，而反稱立嫡子違法，責其不遵法預立，以承丁役，開手便云「立嫡子違法者，杖八十」，蓋罪其規避也。隨又云：「如嫡子年五十以上無子而不立庶子者，罪亦同。即亡子者已立同宗之子爲子，而是子捨之而去，罪且加等。」是此一兵律，專責有子而違法不立，未嘗責無子而令繼立者。是繼立之律惟此三者，而皆與民俗繼嗣絶不相干。則律無繼嗣文，有明據也。

乃律既無文，而《會典》所載，且有「庶民之家，不必立繼」二語，則顯與禮合。惟條例有許民繼嗣一條，

謂無子家有願承繼者，許之。然必昭穆相當，先儘同父周親及子姪之有服者，如俱無，方許及同姓遠房，聽其擇立，並不許同姓紊昭穆及異姓亂宗祧，則秪是願繼之家，倘告官司，則官司許之，非律令也。然且此許繼之子，若不得于所繼之親，即許其告官別立。則是其所已繼者，意苟不欲，尚得告官司而棄絶之，況未繼者。則是繼嗣之文，在條例亦秖此一節，而即此一節中，亦且官許其繼，亦官許其絶。其爲不必繼，亦甚了了。而民俗險薄，必妄揑無影響之律例以脅制官司，而官司不察，亦並不實據律例以折此獄，致無子之家，稍有財産，必多方訟訐，極至戕害周親，雖人亡産絶，而恬不知怪。盍亦就禮、律兩文，一省觀之。

古今無慶生日文

古有賀生文，無慶生日文。其有賀生文，何也？自昔帝王聖賢，必表其所生之地與生時之瑞。如

《孟子》：「舜生于諸馮。」

《帝王世紀》：「堯母慶都，出觀三河，寄于祁氏家，有神感之，懷孕十四月而生堯，故堯姓伊祁氏。」

《世本》：「禹母修己，吞神珠如薏苡，胸坼生禹。」

《毛詩正義》：「契母簡狄，以玄鳥至日吞鳦卵，生契。」「稷母姜嫄，以祀高禖日之野，履巨人跡，欣而生稷。」此似皆有生日者，然是契、稷受生日，非生契、稷日也。故俗儒無學，誤以誕彌厥月爲生稷之日，

因以生日稱誕彌，不知「彌」作「滿」解，秖懷孕滿其月，不惟非生日，並非生後滿月如晬日者也。即漢後諸史，亦多載此等。如《史本紀》稱：「漢高母劉媼息大澤之陂，雷電晦冥，若有蛟龍覆其上，生高帝焉。」《南史》：「梁張后方孕，吞菖蒲花，生武帝。」「隋文帝生時，紫氣集庭。」他若《詩》「非熊非羆，男子之祥」。禮，生男則設弧門左。晉賈充生時，有充閭之兆。陳徐陵母夢五色鳳集肩，唐李白母夢長庚星入懷類。因而有賀生之禮。如漢《盧綰傳》，綰與高帝同日生，里中以羊酒賀兩家。秖是賀初生，非慶生日也。

又且古有祝壽文，亦並無慶生日文。如華封人三祝，曰多壽；《洪範》「九，五福，一曰壽」；周人九如頌曰「如南山之壽」，皆非生日進此頌者。若《雅》《頌》所載，則隨地稱祝。如《棫樸》以官人而曰「周王壽考」，《行葦》以賓客飲射而曰「以翼壽耇」，《載見》以諸侯朝王而曰「以介眉壽」，《江漢》以方伯征伐而曰「天子萬壽」，《閟宫》以祭廟述祖德而曰「俾爾壽爾富」，《楚茨》《信南山》以祀田祖禱歲而曰「壽考萬年」，曰「曾孫壽考」，並與生日無與焉。

即或實以引年加禮，如六十杖鄉，七十杖國，六十養于國，七十養于學類，或自爲宴會，以私誌慶幸。如唐白傅作香山九老社，宋宋琪輩有至道九老社，以及文彦博有耆英會，司馬温公有真率會類。

要皆重年歲，不重生日。故漢後倣古引年，如漢文賜八十米肉，唐玄宗七十八十賜帛絮几杖，仍以十計。即社會中人，計年不計十，如耆英張壽年七十，富弼年七十九，至道李運年八十，張好問年八十五類。其爲非生日，前後總一轍也。

此惟唐玄宗時，張説請于上，萬壽日名千秋節，此實古今慶生日之始事。然而諸王大臣以下及士庶，皆不之及，則仍是古帝王孤行一節，其與明代以後，比户稱慶，無是禮也。《春秋》記魯莊子同生，是記生日始事，然不立慶禮。

故予謂自古鍾生，宜有生年月日傳于世者，獨孔子一人，他可無有。然而孔子生日，猶無實據，至今不得明定爲何年何月何日。考《春秋》三傳，《左氏》但記其卒日，不記生日，而《公羊》《穀梁》則並記之。乃《公羊》于襄公二十一年冬記云「十有一月庚子，孔子生」，則明與《春秋》本經月日大相悖謬，《經》云「冬十月庚辰朔，日有食之」，夫以庚距庚，相距十日，今由庚辰至庚寅，由庚寅至庚子，相距秖二十日耳，《經》以庚辰爲十月朔，而《傳》乃以庚子爲十有一月，是一月秖二十日，天地無此時，古今無此曆也。

《穀梁》不記十一月，似乎有見，但于十月後間記「曹伯來朝」「公會商任」兩條，盡十月之事，而後及孔生，則仍在十一月内，與《公羊》同。

若《史世家》則云「魯襄公二十二年而生孔子」，直差一年。司馬《索隱》曰：《公羊》作二十一年，而此饒一年者，以周正十一月屬之明年，故誤也。此尤可怪者。從來三正推法，祇以後月屬前月，並無以前月屬後月者。周正十一月，第能爲夏正九月，未聞又能倒而爲夏正之正月者，真笑話也。至作《通鑑前編》者，且直造云「周靈王庚戌二十有一年冬十一月，孔子生」，則不可問矣。

故古年月日無全見者。《秦始本紀》始皇以秦昭王四十八年正月生，故名政。「政」即「正」字，然不知何日。《孟嘗君傳》田文五月五日生，以爲不祥。顧不知何歲。若夏啓，呱呱在辛壬癸甲之後，屈平自敘「惟庚寅吾以降」，則且有支干，而無月日。

惟六季後作墓銘者，記卒葬之日，必逆記生時，則往往及之。然史、集殊文，慶、弔殊禮，墓闕之言，非所常道。故明代喪禮，亦妄據墓文，直以所死之生日，謬稱忌日，古忌日不祭，而今且生忌、死忌分作兩祭，此在作婚喪禮者，尚有知其非而痛闢之。秪生日之慶，無敢議者。予嘗曰：此明代惡習，亟宜屏絶。即以文集觀之，唐後作序者，無所不序，而獨不序壽，近即儼然有生日序見文集間，則其非古法，端可驗也。

予不幸犬馬齒長，客有以慶賀來强邀者，予卧床口授而敬謝之。

西河文集卷一百二十三

蕭山毛奇齡字初晴又名甡稿

禁室女守志殉死文

自古無室女未嫁而夫死守志之禮，即列代典制所以褒揚婦節者，亦並無室女未嫁而守志被旌之例，則直是先聖之禮，後王之制，兩所不許者。況六經、二十一史、諸子百氏及名人文集，可爲學士大夫所稱道者，亦並無此等。祇樂府有《貞女引》，琴曲有《處女吟》，前此作《樂録》與《古今註》者，皆云魯室女作，然亦並無守志事。且亦小説家言，不足據。又且貞女即貞婦，如鮑蘇妻稱鮑女宗者是。此既違禮，又畔制，又爲主持名教端風勵俗者所不道。且又循蜚以來，下至宋元，百千萬年所不必有之人之事，而不謂近世好異，比肩接踵，且愈出愈奇，而未有已也。

少與蔡子伯遊，見其族姑有未嫁夫死而守于室者，年已五十矣，未能旌也，祇匄學士大夫以詩文旌之，而世多未應。惟子伯重族誼，兼念姑祖龍池公以名進士爲推官有聲，而姑之夫，則父與伯叔父皆狀元進士，或殉死，或守義，如所稱余忠文先生兄弟者，以故子伯强作詩，而予亦依回從之，以致後之索詩文者，遂不能絶，然未能破旌例也。既而諸暨孟氏以先世孟女屬傳，謂女名蘊，在洪武初爲同邑蔣文旭所聘。文旭年十七，爲監察御史，請歸親迎，值陳時政十二事，中有暱戚殺平民一條，忤旨賜死。女哭告父，謂文旭既親迎，有吉日，禮應往弔，不許。又謂，文旭死，其父母無子，請往事舅姑，又不許。乃瞯柩過門，躍出隨之。俟舅姑亡後，仍歸室，築一樓以居，名「柏樓」，比柏舟也。時請旌不得。歷洪武、永樂、洪熙，至宣德六年而始旌之。雖已破典例，而仍不爲例。予念文旭賢，死事可感，縱傍人猶憐之，以通名之婦，而與之齊一，亦復何過？又且請命歸娶，事聞朝廷，告母往弔，早有吉日，因爲之作傳。即後入史館，作《明史·列女傳》，亦力持其説。即以此傳入史傳中，曰雖非禮，已有例矣。當是時，予論列侃侃，内省無媿。顧嘗自忖曰：表章太過，得毋有效尤而起，竟破其例，爲論列罪者？乃未幾，而果有仁和計二姑事。二姑許同里陳桓爲妻，桓以貧從軍，于康熙甲寅隨總制姚公征閩海，而身没于陣。姑過桓家，親爲操作，且絡絲糊錫，日取傭值，以養桓二親，逮老死，杭府縣屬遂有據孟女柏樓《明史》立傳已事，請特創旌例，以擴典制，即當事亦以此上之，雖廷議破例，而終不爲例，然亦岌岌矣。

今康熙辛卯，予年迫九十，卧病城東草堂，客有以六安潘女事屬表章者，其傳云：「夏舉人諱聲，與潘貢生諱瀚者爲婚姻。夏子死，潘女請隨母往吊，不許。暨母歸，而女已投繯死矣。」大驚曰：「今室女守志，又復有死焉者乎？」古有殉難，無殉死者。況夫婦無殉死事，不惟室女不殉，即已嫁守志，亦何必殉？此惟女遇不幸，有奪其志者，不得已偶一死之，韓憑妻是也。《樂録》：宋康王好色，築臺于青陵而奪憑妻，妻投死臺下，此惟奪志有然。然此即殉難，非殉死也。然且有殉難而仍不死者。周郁妻戳鼻不死，魏溥妻割耳不死，王凝妻斷臂不死，清河崔氏截髪不死，以至曹文叔妻刈耳復割鼻，梁之高行婦戳鼻復劈面，而皆不死，即共伯之妻，明云父母不諒，將之死，然仍不死也。故父母不殉死，親死亦死，謂之滅性，又謂之以死傷生，名曰不子。不子者，不孝也。惟君亦然。三良而殉死，即斥爲不忠，與婦寺等。夫倫類之尊，莫如君親；忠愛之切，亦莫如君親。向使君親當殉，則人孰無君？孰無父母？一君二親，將見薄海之内，民無孑遺，縱有三身，亦掄不及夫婦矣。況夫婦則斷斷不可死者。夫婦不言情，故曰夫婦有别。又曰關雎好逑，鷙鳥離立。惟小説家言情，則然後有暱情身死之事。如謁漿乞飯，裂塚返魂諸事，生而死，死而又生，此則離經悖道，蠱壞風俗，大非士君子所宜言也。

生平寡學識。予族弟會侯以祥符知縣還里，與予同年同館友方君渭仁結子女之好，已嫁娶矣，忽子死，而女爲殉之，投繯不死，墮樓不死，而絶食而死，予無狀，有文傳之。既而新安吴、戴，皆名族子女，吴死而戴即吞金以殉，且祠于墓間，名吞金祠。此全類小説家事，顧謁予爲誌銘，予曲爲之説，且多方解譬，以明其義，而實則不可爲訓，徒强詞以奪正理，骪壞名教，雖曰已嫁而殉，説猶可原，然亦無故覓死，仍亦循蜚以還所未有事。況室女殉死，公然作俑，此尤急宜救正者。乃其傳又云，太守州牧議以女棺歸夏氏，與其子合葬。則更非禮之甚，顯然與先王之禮、孔子之言，大相刺謬。不惟破例，抑且蔑禮，不得不大聲疾呼者矣。

不讀《曾子問》乎？曾子問婚禮，而孔子答之，其言曰：「三月而廟見，稱來婦也。擇日而祭于禰，成婦之義也。」此何説也？蓋婚禮頗重，一禮未備，即謂之奔，謂之野合，故自行媒、納采、納徵、問名、卜吉、請期而後，有三告廟禮。一曰告迎，告親迎也。一曰告至，謂婦車至又告也。一曰謁廟，則主人主婦帥新婦而謁之于廟，即朝廟也。有兩見舅姑禮。其有舅姑在堂者，則名曰婦見，謂婦至之日舅迎于門，謂之主人，姑迎于堂，謂之主婦，但交拜行賓主禮，而次日質明，則婦以特豚之鼎、棗栗修脯之筐，拜舅姑于堂，而舅姑受之，夫然後醴婦、饗婦，而婦禮成焉。脱不幸而舅姑偕亡，則于是行廟見禮。俟成婚三月，新婦始菜盂、素服、扱地而見之于廟，謂之廟見。雖向謁廟時，舅姑二主亦儼然在廟，然是謁廟，非見舅姑也，惟此一見後，夫然後擇日專祭禰廟，而婦于以成，故曰廟見始成婦。乃或已婚三月不廟見，而不幸女死，則孔子又曰「不遷于廟」，謂棺不殯廟。「不祔于皇姑」，謂不令立主而祔之祖姑之傍。「反葬于女氏之黨」，謂其棺反歸女家，循其黨類而葬之。何則？示未成婦也，謂非其家之新婦也。夫奔與野合，固不成婦。若禮儀未備，比之奔與野合者，明有間矣。況祗未廟見，其在前此諸禮，亦何一不備？雖主人主婦不在，亦必有世父伯母爲之主者，諒從前致辭，從後致命，必不少缺，又況同牢合巹，請衽薦趾，已越三月，徒以廟見一節有乖大義，遂曰不成婦，直使棺不殯廟，主不祔祭，生非其親，死非其鬼，其禮之嚴毅而剛斷如此。今以平白不相干之人，生不見形，死不覿面，上無主婚之尊長，下無請衽之僕婢，既不婦見，又不廟見，不特非取婦，并非來婦，則亦何道而可使歸棺合葬，聯楄柎，通窀穸，冬夜夏日，至于如此？此明明與孔子所言，一水一火，一朱一墨，一東一西，的的相反。如此而可爲，將見亂臣賊子，邪説暴行，凡可以反先王悖先聖者，將無不爲之，禮教從此掃地矣。

故合葬非古，但自周公創始，而其禮倍嚴，他倫皆無此，而惟夫婦有之。一男一女，合并匪易，原有較婦行得失作分合者。《春秋》葬哀姜，齊桓以其尸歸齊，而僖請歸魯，一離一合，是非判然。故禮當合葬，雖生不得合，而死必合之。周大夫之妻，無過而爲夫所棄，既已異居，然而妻必請合葬，所云「穀異室而死同穴」者。苟不當合，則雖同寢處，而亦無合理。郃陽季兒，其兄爲其夫所殺，雖不復讎，而共衾不忍，因自經，而請不合葬。是以歸尸及棺，必有着落。荀爽之女，至臨死而以粉書壁，曰「尸歸陰氏」。即韓憑之妻，倉卒赴難，亦且預書裙帶，曰「願以尸賜憑」。此等大事，原非可以杜撰作臆計者。又且傳女事者，重爲曲護，更有隱就禮文，以謬合其義。如云「禮：取女有吉日，而女之夫死，女斬衰而弔」，又曰「婦人不二斬」。既謂之夫，而爲之服斬，固不二斬矣，可二夫乎？予初不記有是禮，而既而記之，此即《曾子問》「不廟見不成婦」之次一章也。曾子問曰：「取女有吉日，而女死，如之何？」孔子曰：「壻齊衰而弔，既葬而除之。夫死亦然。」據此，則是取女有吉日，與室女在室不經請期者，仍然不同。且並無斬衰往弔之文，惟《禮》註有之。即《禮》註亦祇云「弔服以斬」，非謂服三年斬也。乃接云「婦人不二斬」，爲之服斬，則直服斬服終三年喪矣。是不特與《禮》註「未有三年之恩，故不服斬」語不合，且明明與禮文「既葬而除之」一語正復相反，是改禮文也，改禮文不可也。又且「婦不二斬」，出自《儀禮》子夏《傳》。《傳》曰：「婦不二斬，不二尊也。」女在家從父，則祇尊父，故室女爲父斬三年。及既嫁從夫，則尊夫矣，爲夫斬而父且降期。是不二斬，謂不二斬服，指夫與父言，而乃以父爲夫，以不二斬服爲不服兩夫，是既改《曾子問》，又改子夏《傳》，聖經有幾，堪此數改！又況曾子所問，尤宜審慎。前文已有合吉日而壻父母死之問，在女家已遣弔過矣，然而既請吉日，則必爲致辭，故壻當已葬，必乞伯父致辭女家，使女家許諾而弗敢嫁，禮也。此壻致命女家也。及壻既除服，則女之父母必使人請壻勿娶而后嫁之，禮也。此女致命壻家也。是男女將婚，已經擇吉，徒以親喪間隔之故，致男辭勿嫁，女辭勿娶。而爲之註者，且曰女可改嫁，男可改娶，此雖註之誤，然亦見室女未配，則其易離而難合，遂致如此。

今陰竄禮文，竊改禮註，拗曲揉直，以伸其説，不過謂近代無學，經宋元訖今，毁經蔑禮之後，必無有明指典籍，直言其非者。予乃舉一淺近禮文盡人當知者，一指示之。三禮有《周禮》，雖未必如宋人劇尊爲周公之禮，然與《禮記》《儀禮》同出戰國，實周朝禮也。《周禮》媒氏掌男女之判，不云「禁遷葬及嫁殤」乎？舊註云，男女未婚者，有男死而女求歸之，謂之嫁殤。若男女偕亡，而合兩棺而葬之，謂之遷葬。是堂堂典禮，條例灼然。今室女求歸，與死而合葬，兩禁俱犯，既骫名教，復蔑典禮，且又犯三代先王所製禁例，是歷求之而無一可者。予之言此，將以扶已骫之教，植已蔑之禮，稍留此三代偶存之律例，于以救秦火未焚私竄私改之載籍，并保全自今以後千秋萬世愚夫愚婦之生命。世有識者，當共鑒之。

西河文集卷一百二十四

蕭山毛奇齡字大可又字于稿

賦一

江柳賦

桓大司馬自江陵北行，見向時所種柳，垂條毵毵，攀枝援條，涕如淦矣。至若柳既如此，人何以堪？自傷摇落，棲遲漢南。況乎毛甡渡江，行當暮春，楊柳依依，遠覆江津。拂乎緑波，揚乎青蘋。凄迷兮，朝烟之蔽遠天；縹緲兮，輕雲之過渚。其宛衍江岸，嫋嫋而難定，一如翠幃之牽風兮，濛濛兮，恍春山之含雨。春山覆兮水陰生，水波動兮陰未成。吹萬條之如拽，宛千縷之自縈。又況三月楊花，春江柳絮，飄飄浦口，低徊江路，流水鋪茵，平橋積素。毿毿不落，宛轉徐度。停游子之車，拂行人之袂。暖烟微分，輕風乍起，踟蹰偃仰，思不能已。則或鬱鬱園中，青青客舍，江北江南，别離相藉。乃流連于江津兮，覆垂垂之碧葉；沾飛絮于前襟兮，綰長條于輕檝。曾不知隋堤之有千里兮，乃痛江亭之一别。

二

若夫三條陌上，萬里橋西。乍牽玉勒，遂綰金羈。綠楊婀娜，行人凄迷。斜陽出樹，晚風吹枝。樹無雨而欲滴，枝因風而漸低。則有翠烟如絲，碧枝如縷，蓬蓬茸茸，千條萬緒。江皐有人，悵乎延佇。楊花飛，其茫茫兮儼春江之飛雪。聽哀歌之嘹唳兮，渺欲和而紆結。楊花不因風，飛來沾帆子。春風但吹鐵鹿行，知下江陵幾千里。和曰：楊花可憐花，但沾帆子飛。莫教中道落，飄飖在江涯。于是客子聞之，汩若流涕，有如楊花，點點墮地。因徘徊乎江邊，復留憩乎柳内。攬青絲之長垂，翳碧葉以自蔽。何況武昌門前，永豐坊底，彷佛當年，依然踠地。悵官路之逶迤，睇塞垣而難至。折之于青門，攀之于渭城。望江南兮思如結，懷故園兮心自驚。誰不躑躅金堤，徘徊朱軸。帶緩垂絲，淚開啼眼。笛裏飄颻，曲中宛轉。千里懷人，三年望遠。

涪漚賦

夫何毛甡，經行瀨上，游滯江表。羈行人之舊館，入將軍之幕府。亦有去國才人，思歸王子，咸集臺端，同棲幕裏。望朝雨之盈泜，見涪漚之初起。若乃前形既剖，繼點復圓。乍興乍滅，旋來無端。心幾懸而不斷，眼隨啼而自穿。至若萍根未反，蓮葉如溜，駢旋炳燿，圜轉輻輳。散疊跡而匪重，躍前軌而恐後。注成東海之濡，滴若泰山之霤。恍有佳人，于焉止覯。熨冰縠之未平，碾晶丸而欲就。若乃鏡規屢碎，璧沉有瑕，文魚吐沫，繡蛤縈渦。既浮浮其相值，乃漂漂而漸賒。帝女賣漿之櫂，江妃弄珠之槎。手拈滋而成泡，口吹浡而爲花。匪去留之足審，何存亡之有加？左貴嬪《涪漚賦》云「亡不消長，存不久寄」，❶故云。

木芙蓉賦

湖西節鎮，幕府之庭。有木芙蓉，倚乎東楹。根株盛長，枝葉縹碧。鮮葩皆敷，殷泫欲滴。當茲涼秋，佳月白日。爽塏清都，葳蕤標致。繁會宛若美人，摇摇天際。斂脣揚蛾，流影揄袂。飄乎多思，靜若有待。座客抽觴，與之相對。于是翠竹群扶，丹蕉互倚。當晚霞之明墻，恍叢條之臨水。蘂帶露以生妍，花薄寒而增斐。使君顧之，翩然以喜，遂屬毛甡爲之賦。

乃若習氏池頭，蜀王宅裏，玄霜霏霏，寒飈間起。江上彫百花之館，臨川撤茱萸之幕。有紛然其旖旎，翩焉而婥𡣕，儼芳華之既施，值清英之初蕚。乍臨風而有懷，雖經秋而未落。則有王儉相依，謝客自好。淥水能浮，初日相炤。美人木末之搴，才子涉江之採。步南皮之通川，劈西峰于天外。況乎近在署中，值之幕裏，摻手能攀，迎眠而起。供座客之賞，得主人之顧。維時爛若披霞，微有墜露。當百卉具腓之時，九櫺將凋之候，乃獨望亭亭而欲前，炫煇煇其恐後。攬修姱于盈庭，揚娥媌于清晝。

❶「存」，原作「有」，據《藝文類聚》卷八改。

調頳粉之輕綿，剪緋紗以爲袖。目顧影而自憐，眉礙目而微皺。東家登墻之前，西子倚牀之後。豈非托根得所，藐焉眄睞。遂其婀娜，勿怨遲邁。薄涼颸兮傷素情，敷韡曄兮揚修榮，抱秋蔕兮得所生。時有座客，雅不善賦，乃爲詩曰：木荷本脆質，生在秋水邊。涼風採蓮後，花葉何翩韆。何當近中庭，與之揚令妍。

彈箏賦

淮南桂樹之瑶堂，城北椒花之麗館，有朔客修髯，彈箏哀吟。毛甡客游，聞而淚滋。次日，流歆于枚生之里，徘徊于曲江之園。將軍梁姓者，遺歌僮八人，翦髮塗眉，撫箏而歌。簫笛琵琶，越琴燕筑，相和以起，游魂戃怳，于今五祀。歆之王君，游于賢王，每留行間，雅入戎幕。量郭氏之珍珠，買荆南之佳娣。有青琴、絳樹之能，史妠、盧姬之技。形體便婉，光景妙麗。時年正當，修短中態。眉綣欲揚，波渺善睞。被輕袿之淺碧兮，曳修裳之薄紅。揚蕙花以作色兮，翦杏葉而爲縫。綴銜釵之玉蝳兮，懸墜珥之金蟲。掩薌澤之微聞兮，點脣膏而自融。儼朝雲之徐度兮，宛晚色之方籠。縈燕尾于領巾兮，看垂髾之有雙。厭深房之曲闥兮，辭連鎖之高椌。欲渡江而裁櫓兮，乃牽絲而作繩。捐佩環于澧浦兮，拾裙帶于江陵。藉周游之餘日兮，于真州吾以逢。

於是暄日良和，柔景樂易。飛花度城，踠柳垂地。江轉雲容，澤有蘭氣。譬趙李之經過，喜娵娃之猝至。於是拂面彈綿，飾髮用溉，倪衣易裝，小立徐待。乃出繪華琢藻之芳桐，合以垂文錯象之彩木。被諸園絲越繭之轇纏，集之倕指輪斤之刻斲。架以雕金鏤漆之鈿杖，解以繡鸞刺鳳之錦幭。爾乃柱澁將膠，絃燥欲脆。舉袂怯拂，促柱微置。甫躊躇而卻立，旋倚徙而還視。

於是皓腕呈釧，纖指蒙甲。翠衿暗理，錦帶重押。音欲就兮絃屢調，曲未將兮思先接。若散戞兮閒撥，但空彈兮虛捻。若乃秦聲趙曲之妍，楚豔吳歈之妙，啼烏叩閣之聲，別鶴商陵之嘯。採蓮葉于將田，詠竹竿之垂釣。園中蛺蝶能飛，塞上哀鴻欲叫。甫蘆有窮士之吟，羌笛換明君之調。無不哀氣含商，清音流徵。怨入霜脾，聲縈皓齒。裁欲進而復留，甫將行而乍止。右甲鏦鏦自摧，左指條條不掎。曲以挫而難連，音以悲而善徙。聽哀歌之久絶兮，彈正繁而未已。歌已絶而徐續兮，又相和而好理。歌有絶而彈終不絶兮，視條條之五指。至若新聲變節，中弄改度。或棄爲他，或尋于故。盈縮殊施，長短同趣。嬈嬈自憐，詻詻猶訢。七始還生，六音交屬。急擊危扣，追赴遂作。言語吣嚌，意氣踈索。初似忼慨，一何壯怒。既而愴怳，又似遲暮。減素女之哀，感秦將之遇。無射嬀其律，太簇節其數。心抽歷亂之絲，情繞參差之柱。諒兩象之難均，孰六龍之可爲御。

爾乃擗絃之指如削，出歌之脣若勻。絃隨指而聲妙，曲通脣而氣親。理釧聲而停腕，爲衣繚而卻身。逢可憐之佳節，發雅奏于上春。廊有虛飄之瓦，梁無不落之塵。詎要復之難昧，亦嘽唌之有神。況乎家本秦川，生同趙里。人比金珠，顏如花綺。因遭亂離，自傷流滯。視此迢遥，有同捐棄。效張女之哀彈兮，顧荆王而喟氣。任操縵之成文兮，潛撫心而隕涕。遂有惜別慶卿，孤居顏叔。愛弟稷苗，纍臣修竹。戴南冠而晝吟，倚秦庭之夜哭。何況趙王山木之歌，王粲登樓之賦。愁望鄉之有臺，欲思歸而無路。但使寫入新聲，傳之哀嘆。俯矚秦吴，仰視河漢。薛君聽之雙淚流，中山聞之寸心亂。無論玄圃有得筝之詞，臺城出贈彈之句。逢梁蔄之妖姬，識陶融之佳婦。亦憯悽而增欷，且盤桓而不能去。

張南士曰：既妙抒寫，復工形似。附物宛轉，緣情綺靡。真驚才絶豔之作也。簡文以下尚遜其妙麗，況近代耶。

又曰：節節新變，每逐境由繹，惟恐其已。

任屏臣曰：次梗邋遢，赤水稠濁，必如此裁是妙絶組繪。

鳴雞賦

秋中臨潁，夜半荒旅。街無漏下之銅，巷絶紞如之鼓。嚴霜已棲墻，明月又入户。吟蟲唽嚦，秣馬齟齬。悵清秋之闃寂兮，悄遥夜之無聲。悲征行之孔邁兮，夢還歸而未成。何雄雞之腷膊兮，將以踐乎司更。忽延頸而引吭兮，旋促距以奮膺。遽竦身而拍肋兮，振中宵之一鳴。涼風于以下襲兮，繁星因而西傾。動羈人之不寐兮，意徬徨而自醒。至若初鳴喔咿，庶類將舉。䎀起墻間，聲縈樹裏。發函關之羈客，警司州之主簿。傳餐刷騎，悼嘆燈下。其或膠膠角角，撫翮再唱。銀河低瀉，珠斗偃仰。霜華轉濃，啓明未上。逐行隊以驅馳，猶夢魂之懺怳。乃涉荒程之多路兮，聆遠塒之三號。傍衰蘆之嗫喔兮，間寒蠻而喝嘤。恍草間之遥和兮，類車下之相詨。但前途能戒旦兮，孰羡夫深江之伺潮。爾乃嚶嚶噢噢，因風長追；啁啁唽唽，落月未幾。沙際蟄發，林間宿飛。路凝光以晻靄，人辨色而熹微。

烟起則遥山復冥，霧平而灌木皆低。盼紅輪之將作兮，看丹霞之漸霏。閉金闥之緑扇兮，掩山寺之朱扉。蒼蠅既不可同夢兮，黄鵠又不可與栖。徒聽鳴雞以夙發兮，將躑躅其焉之。

黄洲橋落日賦

何長橋之蜿蜿兮，跨溢漭之黄洲。觀洲前之落日兮，徐淫演乎中流。曠山河之浩渺兮，間雲樹之綢繆。悵游子之登臨兮，魂黯黯而自愁。若乃木末紅生，檣邊熠起。影亂波間，光流水裏。綵霞能横，明雲善徙。水射日而生花，日浮波而散綺。儼赤璧之沉江，宛丹輪之渡水。目流眄以遷延，意徬徨而徙倚。至若山銜判規，沙隱窮轍。墟里烟生，波間影滅。行旌乍收，長帆半摺。烏鳥飛還，牛羊下括。車路蕭條，村語幽咽。故國三年，佳人一别。目斷荒洲，心焉欲絶。

觶賦

梁孝王游於忘憂之館，進抽詞之士，飲以美酒，授以札牘。於是鄒陽、枚乘、羊勝、公孫詭、路喬如之徒，各有所賦。獨韓安國賦几不成，鄒陽代爲之。陽與安國揚觶並罰，於是羊勝進前，謂鄒陽止。罰乃得飲，中其所喜。不如勿飲，且爲賦觶。成即受酒，不能即退。於是鄒陽左手執觶，右手操管，口諷手追，而爲之賦。其辭曰：

一升曰爵，三升曰觶。三爵之來亦以云賜。獻者用爵，酬者用觚。酬倍于獻，豈爲辜乎？

若夫器有大小，量有多寡。或角或壺，或散或甒。或暗而藏，或暢而吐。合體名朋，跂足成釜。犧用背載，象乃鼻取。鑿泰岱之雲，法靁霆之鼓。賢王秉瓚以臨，小臣戴觴而舞。斗雖大而能容，觥其觩而不舉。自非缾之罄矣，孰云罍之敢自許？且臣聞之語曰，雞勺不如鴟夷，便便之畜，不如滑稽。口谽谺而不祕，腹轉欬其能移。堯、舜之千鍾鮮溢，莊生之五石皆宜。飲之百榼亦不醉，賜之卮酒安足辭？臣竊以爲王之愛之者，是必別取金罍，再揮玉斝。女將捧而薌來，妓共啣而津落。鄭室之鐘已鳴，齊臺之火繼作。衣多暗解之襟，冠無不絶之索。浮之大白則不怡，出之童羖即不樂。詎有趙酒本厚，反受肆伐？鄒陽能文，重被戮没？無九醞之尊，有三升之罰。杜簣爲之色變，公乘因而怒發。且夫飲酒者，齊聖之稱也。醉酒飽德者，有君子之行者也。能飲者飲之，不能飲者已之，謂之醧。齊顔色均衆寡，謂之沉。沉與湎，君子不取焉。是王將并安國之酒盡賞之臣，而又何斯觶之足言？

王曰：「善。」與之安國之酒，鄒陽遂不退。

秋菊賦

予于秋節，重當遠行，蔡子大敬作《秋菊賦》贈予，其辭哀焉。越一年，又遇斯節，縈河之後，慨而和之。

於是季秋九月，白露如泚。朝馳朗陵之臯，夕泛潢河之水。休于林坰，税而有待。顧見墻下女花紛斐，低枝圓靨，粲倩都有。或寫莊金，或佩素玖。華黄藹碧，緑葉縹蔕。煌煌曄曄，郁郁泥泥。熒明晻藹，綿蔓猗靡。望之欲親，就之可採。斯草之奇，逾節不改。涼芳寒茂，于斯爲久。乃憶故縣城南之子，滄浪垂釣之友。與久離而蹔合，復攬策而把袂。送我涉江之辰，爲我道出之時。遥睹治薵，散被廣畝。爰摘爲贈，對之不喜。爾乃作賦，好語灑灑，藉以慰我，亦用自視。藏之于篋中，于今一年矣。若乃涼颸吹林，園英蕭條，沃葉將脱，芳卉就凋。物含商以作響，氣行金而易銷。則或澤楊遡風，臯蘭墜露。青蓬既結，薌萁垂秀。九日候時之花，百歲延年之樹。質英英兮麗華，體便便兮修姱。披曲室之纖阿，綴連岡之廣步。既遥裔乎水邊，亦蘩生乎籬下。於是陰威耀靈，晚景暢遂。清芬鬱紆，佳色微緻。貫玉繩之明星，撒金錢于在地。碾轣轣之雕輪，琢鱗鱗之編貝。把瑟𤥭而團生，墜珠瑙而巧備。布雲葉之葳蕤，映晨光之瑣細。其在詵詵仙徒，奕奕高士，借染爲衣，餐英作食。酹之酒中，揚于頌外。人皆先榮，我獨後出。任幽玄之通神，曾顑頷而不爲意。若夫游子天涯，羈人道路，緑髮已稀，朱顔非故。悵鶗鴂之不來，眄荆姬而勿顧。雖復和惠休之吟，續潘尼之賦，能勿遥怨陽春，近傷遲暮者也？

徐徽之評曰：入手參錯，帶詠帶敘，音旨悠然。自後有散寫，有實倣，有推合，有比擬，曲盡賦情。

白石榴花賦

爲二傅夫人姑婦作也。邑文學蔡一蕚與子士翹俱早死，二夫人爲守節。

太山之旁，魯女有獨榮之木焉；洞庭之濱，湘君有斒璘之竹焉。若夫城南蔡氏之婦，横山傅室之子，杜預曰：女子在室父天，故稱室。姑婦並孀，不雙而處。年少執節，矼軻爲久。既寡衣𥁋，終鮮親嗣。比次室之嫠，並任咸之婦。其庭有石榴，素質縞衣，翩然而茂，相對感發，若有知解。雖經易居，仍灌左右。有猶子仲光，修名秉志，獨居之賢者也。爲詩嘆曰：「婦姑存至性，草木類人情。」輯曰：「孀居不記歲，曾見幾枯榮。」時聞之者，莫不仰視石榴，俯隕涕淚。其友毛甡，淚下如泗。況夫石榴者，本王母白雲之根，爲漢使銀河之載。同蒟醬而來歸，異蒲萄之可採。固蜀都之饒奇製兮，亦塗林之有變彩。將移緗的于東園兮，發青房于西海。雖夏侯所不得賦兮，孰傅玄之能解。若夫春陽初謝之時，暄風乍來之際，嗟青幡之轉天，笑紅英之墮地。林鵲無改調之思，山蜩有高吟之意。陌上之桑自求，墓門之梅如棄。逢大夫而麾之，惜使君之多事。于是緑荑已拆，碧葉方吐。翠茸成幃，縹蔕如乳。條柯漸苞，敷蕊衆夥。冰綃細疊，霧縠漫裹。緬霜姿之皎皎兮，美玉質之瑳瑳。垂皓帶之蜷蜷兮，披練裳之婀娜。分銀勝于釵梁兮，散珠翹于髩朶。經烈日而罔顧兮，轉輕霞而未可。莫嫌六月之懷冰兮，空道雙鬟之如火。至若大麥小麥，婦姑未收；采芣采苢，夫壻焉求。貴嬪以鬱金爲頌，令嫺惟薑橘之羞。莫不心感芳華，意傷覫葉。中藏蔚英，外鄙熤爗。韓朋之木未連，焦仲之蒲可接。吟松同林下之姝，采苦過山中之妾。獻武陵而六實皆虚，薦趙郡而百子未合。何況種當櫺檻，開近鞦韆。弱榦窈窱，叢條蔓莚。花邊得路，葉隙窺檐。一榮一落，十年五年。澤銷緗莞，塵縈翠鈿。淚盡暑雨，思爲朝烟。蕙帳未啓，苴繩暗牽。釘無粉絮，桁有衣綿。齊紈本素，秦珠不妍。睹蘢葱之佳木兮，實有似乎貞賢。

渺物類之相感兮，每攀條而泫然。上枝既不能污兮，下枝復不可搴。匪匹蝫之所近兮，何孤鶒之足親。思白榆之宛在地兮，痛黄姑之上天。徒望秋之有實兮，心已碎乎珠盤。信予情其芬且潔兮，吾見斯花之可憐。

秦淮吹笛賦

吴興祕書君嘗與西河毛甡宿采山之堂，西河度曲，吴興吹笛。及爲内史，撰制東閣，典文江左，西河過之，仍邀一弄，既而嘆曰：「吾不爲斯有年矣。」昔者王郎于秦淮舟上，望見桓伊，不相識好，使人邀曰：「聞君善笛，試一弄可乎？」伊時貴顯，便作三弄。至今斯地名爲「邀笛」。今者祕書亦蹈斯蹟，其所弄處，正在于此。西河于是重爲感嘆。

夫祕書君者，有梁園賦柳之才，入謝生吟藥之館。其出也，賜以仁壽殿前之金鑑，加之璿璣臺畔之玉尺。挾持炯炤，玅得裁量。至若東陽舊文，久行建業；永明新體，已號吴興。開江左之風，變城中之製。白下諸賢，並稱座主；烏衣子弟，半屬門生。況江左人文之區也。拔椅梓于鄧林，而工輸爲之顧；選驊騮于渥洼，而孫陽騁其辯。數錢新市，販綵萬端。維舟合浦，載珠徑寸。宜乎鄭君起五倫之敬，袁氏植四世之德。若夫毛甡，久當曳尾，無假山楹，來因避風，豈思鐘鼓？徒以襄陽耦耕，龍門同硯。鄭司農之佳客，平津侯之故人。藜床獨卧，久别子魚；匄卒將車，終逢嚴助。遂乃追隨于秦淮之上，流連于邀笛之步。風流未忘，感嘆斯作。

至若三秋佳日，九月新寒。桑枝初落，桃葉將殘。秋胡既去，王郎未還。帝主埋金之瀆，君侯開府之山。索東廂之長笛，過西州而夜闌。爾乃清商徐激，三奏成弄。白蘋風來，黄菊露重。停鄂渚之舡，引秦庭之鳳。紅桃出兮哀嘆興，赤玉號兮怨聲送。何人樓上生愁，少婦城南有夢。縱復孌童在左，妖姬在右。秋風甓社之魚，夜月宜城之酒。南隣北里之彈，千金萬年之壽。怨東墻之窺遲，喜中筵之佇久。駕文魚于青草之湖，望栖鴉于白門之柳。亦且聆宛轉而向子移情，按凄清而潘生摇首。況乎樓當結綺，門對秦淮。紅欄夜敞，朱屏晚開。龍鱗作瓦，雁齒爲階。益母並種，宜男獨栽。幛明螺之槅，塗紫貝之灰。虹有美人之色，石如新婦之排。海燕棲梁不定，河鼓當椌自迴。乃楚竹微吟，吴床高據。雖非王子之舟，正是桓生之步。拭華琯于西秦，眄柯亭于東渡。自當淮水波興，方山石裂。一響悲來，再聽恨絶。

況夫牲者，本墮泥中，枉來幕裏。惜燕河之遠别，過而生哀；類楚老之相逢，因之下淚。又且身非孝章，長爲不樂；時無季重，多有愁思。題翟門而貴賤殊情，畏謝公之出處異致。是故中山王有聽樂之悲，孟嘗君無聞琴之喜。爾乃逢督郵于平陽，值伯通于吴市。憶故事于當年，眇言情之甚旨。居然濠上之風流，彷彿洛中之倚徙。豈知聞歌輒唤，仍來譙邑桓郎；登山而哭，有似瑯琊王子。

西河文集卷一百二十五

蕭山毛奇齡字初晴又名甡稿

賦二

瀛臺賜宴賦 應制有序

皇帝御極之二十年，六幕既熙，萬象咸晳。內有憲稽之治，外宣班敘之文。講筵通合語，時闢三雍；受社謹咸劉，用申九伐。將奏要荒之耆定，進觀海寓之清寧。然猶處治思危，萬幾克毖；居高善下，一德相期。緬兹九重宵旰之勞，翻以百職後先爲念。君無忘幾康，臣無忘喜起，同有賡颺；子爲我蹲舞，我爲子坎歌，何如僚采。因借《卷阿》之醴酒，暫臨曲水以浮杯。大酺合樂，偕來興慶宮前；文喜開筵，不在長春殿裏。當此金昊乘秋之際，玉衡指兑之時。九龍門外，梧樹長陰；百子池頭，荷花初落。蓬臺萬頃金波，與帳殿俱開；閬苑千重紫水，共樓船並轉。晝橈齊舉，還看水面鳧鷖；錦纜同牽，原是班中鵷鷺。挂長綃于汾水，不待爲歌；汎碧琖于昆明，非關習戰。乃以黼藻裳華之錫，展兹吹笙鼓瑟之情。龜甲青羅，傳于掌賚；麟文紫錦，出自司闈。依然束帛之承筐，儼發衣裳于在笥。襭袍未覆，慢教韋綬裁成；霞綺難名，第遣封敖領去。草頭鋪紫罽，竈就瑶漿；林下蓋青油，判將銀埒。夏屋設公家之鼎，秋蘭發王者之香。乳中分蟻，烹爲龍鳳團花；茶内加酥，散作琉璃細眼。朱虬堪入脯，需賚同昌；縹玉可當醪，曾呈裴令。乃敕酒正掌須醹之禮，大官習餳饍之儀。鵝脖鶿髀，排從錦帶羹前；玉鱠金齏，裹在紅綾餅内。雖漢南之鶉雀，不入腥肴；而東海之蠵螺，久淹葅醢。肉泥流翠釜，看調朔塞明駝；肌雪落霜刀，幾化秋林飛蝶。況復大梁貢米，舊號金鎗；太液登鱻，新批玉鬣。炊彫享豆，擷露稗之通莖；聶鱠加釧，瀹河魴于在藻。匪獨侍餕饗天倉之粟，將使從官饜蓬島之魚。爾乃醴設六清，無煩監史；飲過三爵，尚授催籌。謂堯仁之浩蕩，一日非狂；而舜澤之澶洄，千鐘猶淺。縱曰有偕其飲，僅聞之大射筵前；其如不醉無歸，亦載在朝元詩裏。戀三升之學士，羞比王生；擅兩美于當官，誠如臧盾。然且藕船十丈，玉井留甘；蓮露三危，金盤獻乳。簇蜂房于繖下，洗象骨于波間。擘園薾則清灌俱流，嚥壺冰而沉疴頓減。種同雁賓，頒之覲雁歸時；窠覆馬蹄，捧向馬頭載出。此固上林之寶植，罕到人間；亦惟聖世有金莖，長貽天際。在昔鎬京燕飲，詩誦嘉賓；洛汭觥觴，史傳盛事。溯軒皇之張樂，紀蹟于容成。即陶后之斟膏，授籙于籛子。是以鄴館著抽詞之美，柏梁誇儷句之能。如澠有唱，侯服尚興；迴波作詞，後王不鄙。豈有珪璋韍韐，同在游歌，嚴樂淵雲，並叨讌賞，而不矢音于高岡？稱詩于華薄？將使衮裳筐筥，無須采菽爲吟。陳饋分饎，未見其桐作誦。南國鮮鱨鯊之可麗，北山乏杞李以相歡。則是式金式玉，在型民無醉飽之心；而如阜如山，疑天保缺罔陵之祝。亦何以俾匡時之佐，負鼎俎而説王功；嚮化之民，援土桴而歌帝力。是用捃摭荒蕪，對揚優渥。借東頭之牘管，紀西囿之鴻恩。臣奇齡不勝踊躍歡忭，稽首頓首而爲之賦：

夫以台室冲嬴之會，天街晃朗之辰，六合八荒受治，九州四海稱臣。僸佅有同聲之俗，黎羅無抗景之倫。前年楚蜀俱定，今歲羌髳盡賓。顒士之媪輿既闢，明堂之王會應新。爾乃君儆無虞，臣歌訪落。上法天行，下導民瘼。昕切求衣，宵戒聚欜。利在必興，疑則廢格。喜豢鵷鸞，怒翦鯨鰐。田董甾畬，室務丹雘。在宮在府，一以振作。聖心乾乾，既勤且恪。翻謂臣工，勞者惟若。從來官師，規用木鐸。温綸諄殷，有如砥錯。將藉游豫，庶展酬酢。爰設酒醴，相與宴樂。

時則攝提初指乎金方，夷則乍轉乎銅律。清露徐塗乎階除，涼風時起乎天末。皇帝御少皞之宮，臨蓐收之宅。將以理白藏，調素節。司秋啓駕，顒正按法。時惟秩成，道在相月。霜柯澄鮮，清景渙發。瞻上林之堧壖兮，睹太液之滄茫。迤三洲之藻薄兮，揚萬頃之波光。石鯨偃而低掉兮，湖雁飛而南翔。顧隰荷之赩翕兮，喜臯蘭之正芳。媿千葉于華井兮，滋九畹于江湘。佳人掩其翠蓋兮，君子發乎幽香。雜皃茨而暵蔚兮，拔藏莨而獨存。于是俯拾虹梁，傍依璚樹，雕航峍巇，紼纚廻互。汎漭沆之流波，向蓬萊而問渡。旌銜鳳艦之垂，竿有龍綃之布。駕雲母以迎風，輯榜人而擊素。拂出水之菰蒲，起前汀之鷗鷺。林間敞殿齊明，雲隙危樓微露。仿祈年之在前，眄函德而難泝。總蒿宮之既成，猶采椽之如故。渚雖轉乎滄浪，石未移乎灩澦。任錦纜之所牽，望瑶臺而不知處。爾乃葱綾雪罷，貝錦雲明。天孫剪就，鮫人織成。八蠶並滌，百繡齊縈。團花間綴，繁纓相生。繢或朱而或黑，絲一縱而一横。絢播龍鱗之彩，纖如鴻翼之輕。覆黄羅于玉篋，開畫袱于金籯。揭尚衣之記印，罥長籤而署名。襚以表乎貞素，綺乃發其崢嶸。温比毳旃之荷，寵來華衮之嬰。較翠錦而自失，何盤雕之可營。

若夫掌和受齊，大官奉饍。鬴有鍘芼之羹，案設楚苗之饌。割鶗海之鮮蠡，膗藩園之斥鷃。煎惟芍藥能和，腊以萱蘇爲薦。接雲鴻于罼羅，驚霧豹之芻豢。象膏白以瑩霜，猩脣紅而染茜。矧鳳液之嘉魚，爲靈沼所僅見。范鱗甫躍于梁，詹餌依然在線。分鰓雜蘆筍之枝，切鱠落桃花之片。爾乃採江陵之藠以爲虀，淅粱山之黍以作飯。玉菽星攢，金麩霧散。擣罌菹于紫海之泥，濯籠餅若春江之練。馬醯羊酪，覺甘露之俱生；雀舌龍芽，雖厄水而無患。

況夫珠林塏塲，布以氍毹。銀塘綽絙，青幢是舒。太清之酒，灑如珍珠。瑶漿玉醴，瀼瀼露濡。金盤甫繼，雜出雕觚。居然大斗，以燕以娛。監正屢勸，仰傳聖謨。謂此旨酒，好樂不渝。有即湑我，無亦可酤。不聞輓近，猶有賜酺。金門下士，幸非淳于。張昭雖醉，容止自如。起拜稽首，不掎不扶。含芬咀滑，拊躬而思。

皇恩灝淼，真如江湖。獨憐小臣，何德當諸。乃企淵淪之深廣兮，嘆滄波之不測。被翠幔與碧衣兮，想瑶池之所植。渺秋風之颮颲兮，澮曉露之霢霂。上有蓮房之戢戢兮，下有藕枝之濯濯。外備七星之羅胸兮，内含衆竅之在臆。詔其遍賚此臣庶兮，匪止爲佐是酒食。一片固足消疴厲兮，三漿可以解鄙嗇。獨是菂薏之周通兮，即汙泥亦不費拂拭。宛高節之多梗刺兮，亦素絲之能直。雖其心苦之自知兮，乃根柢而見牙角。第湛敷之當矢報兮，兼禕惠之不宿。謹捆載而親捧持兮，慢縮滋而破薏。

念此涓滴之難嗛嗛兮，于眇忽乎何力？乃錫予之有加而無已兮，佇滄瀛而曷極。

湯泉賦 應制有序

臣謹按遵化湯泉，在州北福泉山下。明萬曆間始甃文石爲池，分上下二層，而覆以房，塞則充之，決溜而更之。亦粤世祖皇帝嘗灑濯明德而坐澡其中，銘盤之後，爰築宫焉。今皇上純孝，曾迎奉太皇太后養滌聖躬。會康熙辛酉，以仁孝、孝昭兩皇后山陵之役，敕扈從諸臣，仰瞻其下，併令賦詩，勒之巖户。臣奇齡于沙河迎駕之次，不揣鄙陋，亦拈筆爲賦，以「慈孝並隆甘泉呈瑞」八字作韻，其詞曰：

毖彼靈水，厥名神泉。火生自地，源通于天。合德在坎離之際，棲神介丁癸之間。名八柱之要穴，實三輔之東偏。控之而關塞可守，仰之則園陵在焉。蓋陽氣之回，原有黍谷；星精之播，隣于玉田。或上瑩而爲飛霧，或下徹而成通川。其灑之霎霅，儼若霖霤；其氣之羃䍥，本非雲烟。乃觸石而霔注，遂如湯之泳漩。堪爛毛與瀹卵，亦煮絹而濯弦。手甫探則寒冽減，身已漑而痱疴痊。是固焦釜之所不能沃，又豈神炭之可得而煎？

爾乃上轉翠華，下承彩衞。帳殿方懸，巖阿未閟。浴日池邊，流虹天際。虎躅泉來，雞籠潮至。回沂上之歌，修洛川之禊。慶六疾之齊蠲，喜百神之俱侍。流惠澤于四隩之中，播薰風于九環之内。于是因山作宫，就水爲砌。重門曲檻，灑榻澡器。兩湯供奉，各有位置。不翦不斲，三古遺意。鄙驪山之營，陋華清之製。減泛水之珠皃，卻凌波之石芰。祛醴泉于建武之朝，決神水于咸康之世。浮紋而綵繒揚其華，拾級而雁鴻張其翅。恍咸池之自温，非神鼎而長沸。固井冽之能春，抑滋泉之多瑞。

至若虎鬚初射，蟹眼未烹。山含玉潤，水作金聲。路移仙蹕，雲擁霓旌。苔衣銖薄，縠被紗輕。露緣嵓而乳墮，日瀉影而珠呈。沙白而星榆墜莢，波頳則山桃落英。永信馭金根之輦，中安駕紫闕之軿。問起居于長樂，請湯沐于慈寧。秉璿燭而瑶池汎雪，褰雲簾而華渚流星。翬翟舒光，覺金壺之燦爛；璁珩解珮，恍玉液之瑽琤。保養聖躬，袪除久傳夫河洛；澡溉明德，混瀣已接于蓬瀛。遂使上谷流銀之窟，漁陽灼水之潭，炎質藏暉之壑，蒙情出險之嵓，石分蟾而倍紫，水洗髮以增藍。勝盤盂之取潔，比沆瀣之能甘。芹捲[王空]瓏之帶，蘋抽瑇瑁之簪。龍鸞之所自甜，鱗介之所不潛。扶輿因而上届，和粹于以中含。烟已消于銅浦，汞遂積乎鉛嵐。白礬漂而遠散，硫黄爇而下湛。王廙藥石之頌，張衡珍怪之談。蔑不遐慕溯洄，近思游泳。滌慮清神，除煩卻病。測深淺之無端，擬寒暄而莫定。指玉酒以善諠，謂英泉之難並。滑如雍伯之脂，清似軒皇之鏡。經冰雪而彌和，汰泥沙而愈浄。能歷坎而守沖，自虚中而外映。

况夫一人以錫類爲孝，兩宫以解澤爲慈。瞻上陵而臨幸，詔侍臣其觀之。搴五花之藻井，挹三露于蓮池。玉龍蟠而妖矯，珠雁列爲參差。想日馭之每住，盻天光而自思。儼淑氣之頓至，捐煩襟于此時。何恩波之下浹，似闓濊之旁施。紫雲生乎玉牖，黄沫溢乎金隄。臨清流而湔胃，俯崇岡而振衣。雖子雲之獻賦，無以媲其光輝。豈長湯之十六，可得而盡其漣漪。爾乃接浪雲川，通神員嶠。屯轉三河，衛連五校。綵仗常懸，紅旃遠照。鬵沸一泉，永無旱澇。土蝂鮮躍，天馬未蹈。春風乍來，人跡罕到。導穿石之光，發藏珠之竅。時祲可以漸消，民瘠于焉得療。推國母之弘仁，廣聖人之純孝。豈徒遠飾游觀，邇資聽眺。尋源主簿之山，試浴吴郎之廟。氿泉上下，攬新陽玉女之裳；雲氣低佪，窺姑射仙人之貌。又況温湯扈從，不是離宫。賚慈臨御，全非濯龍。幔城相接，暫轉新豐。殫心孝養，以贍肅雍。上池可飫，仙源自通。維此泉水，産在無終。橋山上寢，虔思有熊。矧當嫄簡，同啓龍輁。遂褰鳳扆，爰駕豐隆。他時化浹，煌煌東封。千乘萬騎，諸方景從。麟游鳳至，山高澤容。捧大安之輦，聽長樂之鐘。漱瓊漿于密蘼，採甘露于芙蓉。搜銅井于幽薄，駕漆船于遠峰。嶂啓萬年之碧，花開千歲之紅。紀岣嶁之沐浴，欲簪筆而安庸。

西苑試武進士馬步射賦應制有序

自古文教之興，必有武備，至治之世，不廢兵革。故黄帝設縉雲之官，西伯拜非熊之將。彀弓日下，官可射烏；征楛蠻中，庭來貢鳥。我皇清肇造方域，廣被九有。遂下郡縣，以致四訖。初間神武開國，陟禹方行；繼之叡文承歷，紹堯出治。毓聖德于少陽，宣哲猷于元輔。校文講藝之官既集班聯，欵闕聚橐之臣復走闕下。然猶四征六伐，遠過洞庭；五壘三門，長驅沫若。日聞獻馘之令，尚以拊髀爲懷。乃倣唐代期門之選，六郡咸臻；爰使諸方教押之英，三班入試。翹關既舉，不用馬槍；長垛能嫺，觀其步射。當此屠維恊洽之歲，值兹元英在朔之辰，上幸瀛臺，實惟西苑。親觀較射，以當臨軒。恍旗鼓之在前，躍闕二字而奮起。盤旋金埒，馬散桃花；送去銅竿，手攀楊葉。海西侯之千里，盡是名駒；奚康生之八尺，無非彊弩。梅間貼鳥，能驅紫燕以俱飛；斡裏糊魚，更望丹烏而釋步。則是鷹揚所至，雲滿三驄；猿臂能伸，日穿五甲。毋論争先控鬣，已過蕭梢；縱使退而釋弸，原非鏁換。是固登臺九日，不足誇戲馬之雄；曲水三朝，未可擬射堂之宴者也。惟時衛士，許載旆以咸觀；乃命詞臣，各抽毫而作賦。

于是時方陽朔，律中應鐘。勵節在水，執權司冬。文治既浹，武功聿隆。帝圖遠廓，聖德謙沖。嶽瀆效順，荆蠻來同。甫復甌粵，旋收僰筰。宣夜挈壺，辨氣吹銅。乃思召虎，爰占非熊。天人向背，偏伍彌縫。曰有武試，馬步以通。因開桂苑，特啓蘭宫。雲旂揭地，星旌蔽空。句陳五衛，崇臺九㝜。吴亭射虎，夏后養龍。平池浴日，圜橋跨虹。乃謂多士，校武其中。緬蓬瀛之瑶島兮，闢太液之鴻濛。建露臺于平籞兮，接芳林于上墉。飾欄杆之綺麗兮，列草樹之青紅。溯璿宫之窈窕兮，合藻殿之玲瓏。布修塲以檢校兮，觀多士之蘴茸。

于是寓陳于人天之間，閱技于巧力之際。適干戚之乍揚，敉韎韐之咸備。騎士有公孫之徵，校尉喜蘇建之至。祛永隆策武之迂，略景祐授書之制。原非尋橦舞鏇之觀，絶異超距攀繩之戲。跨蘭筋而驗其短長，拭茨菰而較其鈍利。使宰輔皆曳珮以從，飭詞官亦槖筆以俟。聽鼓鐘之既作，爰載簿以審視。

乃控善馬，云自月支。渥洼以北，越睒之西。是羈是紲，以驅以馳。足如翻雪，翼可乘霓。騁流光于疋練，按舞節于傾杯。楚莊裂文綺之帔，王濟拭連乾之泥。散九花于黄金之陛，逐八駿于白玉之墀。曳緑尾則碧絲指地，霑赤汗而紅蓮繞蹄。霧鬣風鬃，既已遇方歎于冀北；流金噴玉，恍將駕西母于黄池。乃復彎弓似月，發矢如柎。省括而釋，決拾以注。矯並繁弱，疾過灉灝。幹分七材，訂有三互。電景高駝，雲氣肆布。鵠小能飛，熊堅可度。朱組未奔，銀翎已赴。弦帶管以俱揚，馬隨誚而善騖。吴太史抽蘭不虚，瑯琊王射梅無數。驚鶩翼之乍來，解魚文而遽去。麋筋不足助其力，烏號無所施其嗉。但望日以穿楊，儼方春之落絮。燕角開則海鶻翻身，鵲血濡而山猿卻步。仰戟而發，奉先自有其機；飲石而没，李廣不知其處。又況分曹而入，偕偶來前。審固久視，和容不愆。獸堋遠列，虎韔高懸。量當百步，樹以萬旃。香象作弭，鶡雞在卷。駿馬解絡，嬌龍不鞭。珠繩繚圃，金鋪滿埏。箘簵牽合，矰茀糾纏。舍釋欲直，持挽必圓。縱不虚鏃，發即應弦。雖無七札，已中連錢。考鐘隱隱，伐鼓闐闐。簳含氣而得響，羽乘風而作烟。邁漢代材官之選，勝熙寧鎖試之年。

于是六郡良家，五陵俊彦，解罫懸衣，灑塵拭面。如迴馬邑之兵，甫罷龍城之戰。牽紫騮而巡唐，負青莖而下殿。至尊含笑，歡然式燕。白虎鳴秋，黄龍晝見。星繞靈旄，雲馳寶幔。六武按節，八風合變。忻猛士之得人，羡勇功之可戀。且迴鳳闕之斿，更啓爵園之宴。較記註于當前，每咨嗟而稱善。

西河文集卷一百二十六

蕭山毛奇齡又名甡字齊于稿

賦三

皇京賦有序

此西河《二畿賦》之一也。西河少時，作《南畿》《北畿》賦，名爲「二畿」，而人争誦之。及出游後，有何人者竊《北畿》一賦，改名「皇京」，梓之而傳于長安。康熙戊午，西河以徵車赴京，得其刻本，弆于篋中有年矣。今《南畿賦》已亡，舊所刻《桂枝集》賦三卷，亦亡二卷，即是賦有被竄處，或與舊本有同異，亦不可考。西河歸田後，但留心經學，而于詞賦一類，竟棄置不問，遂致闕失。此照竊刻本録入，不易隻字，然其改竄之跡，十居一二，有目者可共睹焉。

古帝王定鼎之地非一，其最著者，曰秦關，曰洛陽，以秦有百二之險，洛爲天下之中也。然而據肴函褒斜者，既失陰陽風雨之和，均道理舟車者，又無太華、洪河之固，是二者不可得兼也。明仍元之舊而都燕，襟海憑山，已得居重馭輕之勢矣，而未免界在邊隅。今天子德威遐被，率土咸賓。自燕而南抵海濱者數千餘里，自燕而北控滿州者數千餘里，有秦之險而兼洛之中，幅幀之廣，疆里之宜，古未有也。是不可無賦，雖然，《三都》《兩京》，敻絶千古，余何能文，亦聊以紀聖朝都會之盛云爾。其詞曰：

原夫帝居辰奠，斗車運儀。閎中玄覽，匡衞周維。惟聖皇之建國，軌太極以定基。土圭正乎咮翼，寶鼎協於卜蓍。彼夫涿野會百神之瑞，城陽迎五老之躅。雷澤焕玄龜之文，星洲流赤烏之燭。德輿固，故岡阜周墉；澤流浥，故崥崹回瀆。及乎巽羽化而華芑萎，震鼇澌而玄疇蹙。憾偏據則迫槃弧，悲墊瀉則艱綰轂。若夫洛宅暱館於宓妃，鄴邑溯祥於卜叟，結緉苞業於巴庸，翹閶結慶乎江藪。或以猰貐戰衝，或以黿黽穴守。咸期式化三雍，猶是分棲九有。苟其宅中圖乂，必俟亶聰元后。

維大清之初受命也，創業東維，天作陘阻。雷流於樞，虹降於渚。三年成都，聿廓疆土。臨釜山以合符，坐岐陽而綏宇。嘉折首於群醜，闢重關之膴膴。來神烏於玄宮，鼓靈鼉於丹浦。開松棟以錫侯，築蒿宮而烝祖。慨自綠林苞蘖，毒波滔天。爰張撻伐，赫兹幽燕。惻匹夫之予辜，誓渠魁之必殲。廸勝類上帝以興師，萃萬民而秉虔。吹角應氣，而蚩尤飛廉之屬擒；建車破霧，而握炭流湯之卒潛。國之舊都，膺籙圖而建國；致九土之咸歸，遂定命而作則。斯時也，五緯相汁，四靈咸臻。曰止曰時，萬邦維新。顯比諸侯，萃涣施仁。南瞻吴會，西睇蜀道。閣麗結綺，標廻飛鳥。藻摛江總，政屬黄皓。於是命將出師，貞吉止戈。總干山立，四征荒遐。渡桃渚而應占，徑桐盧而連槎。沉麗華於景陽，神護兒於浙河。琮欵附而歸境，超遥竄於岷嶓。露檮星馳乎巫夔，角巾迎降以婆娑。維弗庭之既寧，洵神都之肇家矣。

乃敷聲教，布神寰。普天樊周，率土石磐。越裳贄雉，西勝奏環。辰韓航琛，丁靈欵關。向明發政，則炎海遥綰。返始宅土，則幽漠是纘。咸廣輪以數千，維京室之是中。應紫垣以定極，維列宿其環拱。攷振古之攸處，莫聖朝乎能同。雖周漢其猶偏，豈元明乎比隆？

載觀燕都之爲封域也，其東則靈海廓區，朝宗百川。析木流津，暘谷吐烟。冲瀜雲嘘，瀲灔雷騫。澒溶飈馳，滇㴐星聯。梗浮商箕以跳沫，蜃宅秦福而迴漣。顧菟猋淼乎樂浪之宇，翔鳥仳傂乎平壤之巔。崇滀泚而植錣騈敲，盤沸潗而琲珠磥磌。窟銀樓列芝田，鸞歌奏蜃市廛。騰羽觴而遥格，静潗潑而澄泉。詎張鏃乎巨蛟，咸獻祉乎群仙。其西則太行群崗，儼焉侍止。鸑鷟翔儀，駮驎環倚。層巒重阻，蟬聯迤邐。崴嵬積陰，崛崎攡趾。溪谷谽谺而垂溜，陵阜巀嶭以錯芷。閎澤布濩，廣原貏豸。蘼蕪錯鎣，莄莎結藟。金桃含曜而競榮，碧檎墜枝而垂纚。其南則大河交流，清濟匯澤。巨靈安驅，迅騎委策。漕渠會其輸，陂隄歸其壑。江淮扼其吭，汶漯經其魄。三川縷聚而珍怪并紩，五都貨殖而輪蹄啣尾。飃檣百幅而芃茂若林，囷積億屯而培塿亘址。其北則居庸之阻，天險綢繆。峻坂碅磳，層巖料嵺。經途積幽而靆霸，窄石攢鋭而輷軥。車不得方軌，騎不得並驅。前茅已極乎修原，中權尚繫乎松楸。振嵦上騰以湝霄，窪蕤下究夫潛蚪。翠柯廻轡乎日御，朱榮錯彩乎星稠。及乎黄花特峙，紫荆分布。古北濬深，山海滕怙。既修德以峻陛，必藩籬之是固。

其山則西山爲衆巘之尊，群岫之祖。罕山玉泉，蒼麟若組。裂帛望湖，芙蓉殿嫵。金山嵯峨，石甕若甀。玉帶白檀，琴峽是撫。戒壇八洞，魚龍吞吐。鬼谷孫臏，石龜守户。白猿聽泉，紅螺盤岾。九龍翠屏，三嶮銀乳。石經洞穿，火龍爰怒。舍利光瑩，玉函曾斧。金山桃葉爲口，珠泉鐵柱作股。

異哉駐蹕，章宗擊球，群石起舞。其水則九省建瓴，大通橋河。七十二閘，宗小聖窩。先皇行幸，宰輔賡歌。次則盧溝，源出桑乾。雁門雲中，厥流湍湍。畿城之垸，有二水關。北湖所豬，玉河所闐。西湖如鏡，泡子增瀾。别有海淀，婁兜不刓。金魚池水，舊名魚藻。琉璃波澄，錦鱗躍淖。温泉凡三，畫眉彎彎。惟戚將軍，甃石而環。他若黑龍潭静，白犬雷奔。金鰲蜿蜒，彩鷁繽紛。鴟吻出而潭柘宅，虎眼見而瀑布瀏。玉壺投而桃花碧，仙鼠飛而赬鯉遊。滿井之時上溢，渾水之獨西流。是皆川原之間氣，寰朔鎮而來哀。其花木則舍夫凡卉，擷其尤異。報國矮松，横拏倒跂；顯靈雷栢，榦碧枝髮。銓司之藤已古，以吴文定手植而彌摯；延祥之栢已枯，以丘真人頂摩而復翠。景園之槐，秋榮而冬脺；天壇之榆，秋錢而春榴。優鉢羅花金佛色麗，婆娑樹葉纓絡委璲。曼陀羅産百花陀而璨璀，愬題草生石經山而蔵蒔。是皆冥佑之神工，特爲聖朝而表瑞。其物産則珠玉珍奇，聖所不材。日用飲食，此則畢該。江豚海稀，王鱣叔鮐。魚牛飛涎，虎蛟暴腮。紫蚢負雲，洪蚶倚萑。石蛣散蕚，瓊蚪聚茭。腹鱰侔食，目蝦周迴。若其首春氣和，涼秋届寒。鸛鴻鴿鴇，長鳴交讙。鴛鴦鶩鵝，戢翼振翰。隨風唼藻，溯淪茹萑。巢居交柯，依渚吹瀾。亦有橐駞騏驥，飛咮厲足。鵰鶻鴖鸌，搏剛乘燠。龍脊連錢，銀蹄踏烟。拳毛瘠骨，錦韉金鞭。少君青騾，隋公赤驔。叢榆挺隘，孤竹翹碣。涿鹿戒戎，盧龍列茀。相其膏腴，黍稷翼翼。廪庾所儲，坻連隝積。洵皇輿之奥區，誠天府之沃壤也。

天子於是憲璇宫，止路寢，崇宸居，示規準。程體陰陽，御臨卿尹。衮衣稱朕，鳳樓列軫。皇極乾清，作所惟廪。文華武英，妙選其品。龍騫標而建甍，虹垂楹而俯楯。雕栭玉碣以縝縵，倒茄含葩而輪囷。列碧皎月而爌煜，中璣星輝而瓊昣。辨方正位之必嚴，體國經野之是黽。爾乃首建太廟，遹追來孝。雲楣合漠，霞軒靈爽。合萬國之歡心，仰昊穹而蒼蒼。篹列松實於堯樽，樂登玉琯於舜梘。金扉啓而龍輅降，芝蓋浮而鸞茀往。雖彤日其無私，尤奉先之是享。臨玄武以建楹，冀孔邇之肹蠁。亶視膳其如生，絢寢殿而日晃。南甸之有郊也，尊於穆，祈上皇，擇吉日，融青陽。八神肅太乙之旌，三靈舉鈎陳之常。魏童鳴金笳以前驅，征僑輯翠幰而遠揚。華轙軌趨，金鍐矩超。玒天門而整紘紞，駙青壇而握神蘏。載詳厥制，昊天專位。中壇七政之座，外壝五岳之墟。羲和戴若木之華，望舒襹沆瀣之襦。箕伯澄洟泌之埃，屏翳秉霃霖之符。離熛擅紫海而泫沄，玄冥發寒門而并淩。招拒籍汪氏而貢龍魚，威仰航弁環而陳冰鏡。爾乃路鼓雷聲，九變合樂。槱燎斯煬，上炎帝幄。榮光爥爚，鈎庭焯爆。爰薦馨而叶德，降休祚而優渥。皇社后稷，繚以周垣。土輯五色，覆以黃原。維朔方之祚吉，尊勾芒以永年。農祥正而躬耕，奉千畝於天田。發冢土以攸行，用玄牡以奏籩。陋靈星之特祠，咨龍見於黎元。尤念隆一本之孝思，宜兩儀之同位。惟祖德與宗功，亶作配而肆類。爰是陟降在庭，體清寧而致醉。馨香維德，協覆載而承饎。斯誠曠古之隆儀，允閱萬禩而垂庇。

內則慈后之宫，母儀是承。壼祥所基，嬪德攸憑。虔奉長秋，顯號乃登。塗山夏肇，太姒周興。門窌寮兮高密尊，殿嶢峴兮猗蘭升。玄雲入户兮鳳閣侍寢，赤日曜闥兮龍樓有蒸。森背樹而仁壽慶流，轉長椒而宣慈祉凝。後則瓊島懸旋，式象崑崙。琳珉敷蕊，珷玫舒曆。注潤白水之漿，阪陵玄闕之澶。芝垂鍾山之琨英，卉炳珠澤之奇芬。倒波紋於瑶櫨之端，濺鱗响於金鋪之軒。暘曜引景於巖窔之曲，陰暉朗徹於高光之欒。又復澄湖淡澹，御苑菁薈。雙橋駕虹，五龍雜緯。藻荇紛披，菱芰交靡。雲深華媛之榭，露挹玉女之髮。澄菡萏以拭鏡，遊龜蠵而唼穗。鷁首啣坻而歕露，螭尾臨渚而分味。皇心暇，聖慮怡。張黼帷，建羽旗。弘舸列，巨檻移。華樓佇暈，飛雲曳綏。周青岑之麓，徑滄瀛之維。歌雅琴而迓天休，鏡靈胥而招遠祇。爰有太學，制通虞周。成均鼓宗，壁水環流。陳岐陽之石鼓，懷宣王之大蒐。内修德以端本，遂耀武而振猷。暨南征而北伐，致四國之是遒。乃肅肅乎釋奠之儀，藹藹乎橋門之聽。集百濟與新羅，咏鶚音之既正。是日也，陳簠簋，列冠裳。鼓鐘訇鉉，簫管和鳴。伯夷相儀，后夔吹簧。史克作頌，奚斯奏章。倚相獻箴，卜商奉常。顗達沈思，安國列侍。皎日陳經，清風正義。天子於是倬歷載之文弊，思釐典而訓德。矢二帝之鴻章，程三王以作極。即先臣之儒者，考中和以矜式。維河東與新建，爰表章而思澤。敷順治之寶訓，允如金而如錫。

別有黄冠舊宫，上清籙圖。紺宇赫旷，碧殿睢盱。蔭翳結阿，髿髟綺疏。迅枝藻蘋，披裛荷渠。虎豹拱衆而躩泥，虬龍承桷而騰趨。朱鳥奮翥而擁節，白鹿孑蜺而啣書。青琴操縵，赤斧獻壽。偓佺屑菌，安期剥棗。左吹簫兮嬴女，右擊鼓兮河叟。玄霜凝而墨甍，絳雪飛而朱牖。鳳膏液而九微炮輝，麟脯佐而千里旨酒。維聖治之垂于萬禩，遂清都之廓乎永久。若其玄緇之教，開士允宜。鷲嶺景崇，鴈塔垂慈。化城覆宸，德水浮澌。發睿音而問道，衆翻貝而啓辭。斯直襄城之訪靈牧，亳都之諮下隨。内勵王憲，外勅國事。陋秦莨之豢圖澄，梁衍之寵狂誌。

歲維戒寒，糾戎講武。乃就海壖，周陆植櫓。於是按太白之占，詔中黄之伍。烏滸狼睆之徒，張竿殳於莽罠之坰。鷹瞵鶚視之衛，稱罜羉於詭恢之土。朱鬣蒼鬉之士，樹乂簇於度朔之山。金隣象郡之隸，控矰繳於不周之岵。天子於是駕紫燕，㻇黄龍。轙雕軫，繁縵幢。樹明星，垂宛虹。建雲旄，啓雄鋒。插忘歸，彎繁弱。魚須萌，龍淵躍。洪頤旋，祠姑揜。袀服振振，賦甲曄曄。水犀組練，山兕獶狹。青驪颺猋兮，若三山之乍浮。赤標驫驫兮，若九疑之參合。玄騅鬐鬛兮，若石密之闇峙。素騧駊騀兮，若銀臺之遥趿。爾乃緣蹊罝罻，逐原列幔。獠徒霧集，彀士雲散。養睇猿號，李發虎判。簇揚星隕，機擲電爍。還鞚杓廻，弁簳濤洴。青骹霄逝，黄耳雹按。曳文豹，掩飛狐。拖狒猬，搼獑猢。戟食鐵之喙，矛噬毒之腴。戾貙氓於巉嶮，彈言烏於榛棝。列缺熾攻而焚熊，蒙公流彗而追鼯。許少巧構而疊彀，秦成力制而縻雛。於是明司馬之律，尊大閲之法。收轒輼之衝，集鍦鍛之揭。晏三事於貜貐，犒六軍於茇蕝。張組樓，規綺閣。陽馬綈結，相烏瓊約。鬵箄鳴，箜篌拍。撞虡鐘，振秦鐸。歌白狼頌德之章，咏赤雁介休之作。風毛蔽野而賦雪，雨血灑坻而鏡澤。炙炰盈鼎兮分薦，清酤溢觥兮同噓。皇恩溥兮徒御厲，丕德衍兮四方格。

既而聖思欽明，儆戒靡寧。諒强武之克張，固封守乎帝京。廼旋觀四郊，具惟成鑒。懷古勿諼，作聖克念。彼夫廣川蕪治經之廬，軍都掩受書之室。韓嬰説《詩》，外傳擯斥。邵雍明《易》，元會荒軼。嵇康彈琴，華陽聲寂。閬僊祭詩，石樓人闃。則右文之朝，興繼絶學，旌閭購篇，披闈式幄也。張華博物，故劍靡存。徐樂鴻篇，舊里已淪。鄒衍吹律，黍谷奚温。萬川别流，疇知酈經。四傑著譽，疇惻盧庭。蕡生不第，徒封昌平。愈能原道，莫崇峻膺。則甲夜興感，顧問所須，恨不同時，握手躊躕也。又有涉溪俞兒，哲智濟師。山屯狐兔，守正設奇。棘津垂釣，夢叶匪羆。李廣射虎，石亦飲羽。細柳設營，軍令如山。衛國舞劍，英風尚桓。樂毅報燕，駿骨不蹦。中山教戰，將臺如磐。則維聞鼓鼙，乃思將臣，每飯不忘，維靖煙塵者也。若乃平津有封，漢治以熾。狄公作令，檄虎隨麑。楊震三公，玉環是貽。柴市教忠，元宮秉燭。希憲重文，萬柳若沃。少師禿髮，遺像朱幞。奇童作相，西涯屨亍。少保殉忠，火中形矚。則維聞笙琹，乃思義聚，股肱惟人，良臣如遇也。荆軻擊筑，巷其無人。田光促坐，室亦有鄰。漆園夢蝶而逃桀，王仲化鳥而守素。蒯通汲井而徉狂，孔巢投竿而寡慕。則維聞球琳，乃思立辨，意志較然，古今同羨也。

嵬嵬乎，壯九閽以爲室，混四海以爲家，與兩大以偕儀，乃日致乎天和。德化風馳，愷惠雲流。光被九垓，誠孚十洲。驅三王而轍蹇，參五帝而轡流。溯勝朝而猶恧，豈振跡燕雲者之敢侔哉？矧夫聖主之意，日新無已。上享天心，俯軫民依。望空同之山阿，懷軒轅之問道。體虛無以爲極，乃永錫而難老。臨藥王之研池，祈前民而嘗草。涉涿鹿之鉅野，效炎帝而肆掃。次則表樓桑之丘，念其寬仁孔懷，造次靡回。過碣石之宫，好士如渴，乃相與談天而喧豗。登黄金之臺，喟其尊德樂善，使遐陬之英，乃不誠而方來。減服御之飾，薄膳修之薦。行寬大之政，罷珍異之獻。勅皐陶以欽恤，惟五教之弼輔。申儒術以禮樂，俾浮靡之是去。恭己無爲，公孤論道。典謨考中，玄默幽渺。南面而治，自求天保。固日躋乎土階不琢、茅茨不剪者之肆好也。自是以往，則將萌蓂莢於城隅，隆芝莖於殿側。豐朱草於中唐，柝華苹於垣域。蚪黄龍而宫沼優游，育玄麟而林囿寢食。其隆儗夫上帝之大庭，配層穹而與之無極者歟。

萬柳堂賦有序

西河徵車赴京時，益都相公大開閣請召諸門下士共集于城東之萬柳堂，即席爲賦。時作者三十人，益都以是篇壓卷。次日，侍讀喬君爲傳寫一通，謬爲己作，以示曹峨嵋司成。峨嵋曰：「此非君作也。」「然則誰作？」曰：「此非西河不能也。」一時競傳之，以爲佳話。其後益都致政去，西河致書有云：「昨以修禊，復過萬柳，雖風物猶昔，而追遊非故。攀援柳枝，不覺泪下。」

萬柳堂者，益都相公馮公之别業也。其地在京師崇文門外，原隰數頃，污萊廣廣，中有積水，渟瀯流潦，既鮮園塵，而又不宜于粱稻，于是用饔錢買爲坻埸，垣之塈之，又偃而瀦之，而封其所出之土以爲之山，巖陁坱曲，被以雜卉，構堂五楹，文堦碧砌，芄蘭薢茩蘞蔓于地。其外則長林彌望，皆種楊柳，重行疊列，不止萬樹，因名之曰「萬柳堂」。歲時假沐于其中，自王公卿士，下逮編户馬醫傭隸，並得游讌居處，不禁不拒，一若義堂之公人者。昔都城門外，多群公所置别業，如樊川、金潤、謝墩、韋谷，以及富鄭公園，田游嵓宅之類，並有山亭水榭、魚鳥花竹之勝。然數傳以後，或存或毁，未必當時爲世通也。今以公所營，而較之于昔，不無朴嗇，然而曠澹之懷，與物同之，且去此數里，穿池放魚，豢畜乳婦，而鬻無主之嬰兒，其于游觀自得之外，更有會焉。故其街曰「太平」，其坊曰「興隆」，而其途之榜則曰「教養」，蓋取東南近藉教倈之養之義。至若元時豐臺有萬柳堂，與此異地，雖其名同，非以襲其事也。因爲之賦：

若夫城南杜曲，郭内張田，坊名履道，地類平泉。上宰欽賢之館，相公獨樂之園。開丙舍于廣陸，尋午橋之通川。緑野匪伊闕之舊，藍田出輞水之間。豈若謝氏東岡，潘仁西宅。林繞桐園，溪連梓澤。花飛會老之堂，草滿藏春之域。圖竹木于游嵓，拾槐枝于李石。安邑之玉杯易碎，永寧之金盞可擲。築日華之館，而縻其貲；奪沁水之園，而減其值。乃若院因起草，巖有退思。星辰相聚，雨露攸滋。谷口暘逍遥之榜，池邊吟醉白之詩。誰不遠企槐堂，近規薇省。閬苑千重，蓬池萬頃。豎三山之亭，倒九柱之景。李下無愧賢之名，竹中有解經之請。喜鳳侶之棲遲，待鸞車之行幸。又況心存公物，道在開濟。彷内府之無闌，效重門之撤備。韓滉作夾廡而更隳，裴垍欲垂簾而無計。總鮮鄭侯垣舍之心，原無陳仲掃除之意。是用經營甌窶，規偃瀦澤。除地町町，築墻橐橐，編棘爲樊，牽蘿作箔。立蘘荷之柱，開金杏之閾。魏勃爲之掃門，陶侃于焉運甓。夸娥之丘望而可就，愚公之山移而即得。穿林置放鶴之亭，鑿渚見藏魚之壑。蜀女因照水而屏開，越王將渡溪而屐落。于是徑設朱欄，橋成紅板，雁齒堦長，蹲鴟柱短。天垂吸水之虹，岸接通泉之筧。遂使山髻如螺，峰頭似繖。粉浪冬遥，紅泉春淺。編錢作溝，操琴在磵。嵓共壑爲七盤，水隨山而九轉。乃致人疑皇子之陂，客訝鄭公之谷。呼白雁于山阿，泛紅鹽于水澳。在庭有蘭杜之軒，在水有芙蓉之舳。既梁麗以來游，亦柴巾而競逐。錢鏗之斟雉方馨，函鼎之烹雞已熟。燃蚖脂于白水之濱，聽鳥語于青柯之麓。啣杯據王氏之牀，倚檻和燕人之筑。元規當此處而興生，文正且因之以爲樂。

然而梁亭之瓜不分彼我，牛山之杏無間飽饑。故魯國有行惠之樹，清平畜濟生之池。甯成給陂田，以游以燕；元琰治蔬圃，如取如攜。又況靈囿蒭蕘，頗供樵採；芳林草木，可娱心耳。故其爲樹也，以千章之材爲百年之計。郁郁菲菲，狎獵旖旎。綏山一桃，渤海九李。堦下來禽，林間新雉。乃有紅羅館後之梅，碎錦坊南之杏。青門五色之瓜，烏椑八稜之柿。潘家以大谷成名，庾信之小園難比。擷碧薤于書帶之間，繡緑草于裙腰之裹。笑蘿女之垂釵，留宛童之遺屣。緣峊分竊衣之花，繞砌種摇車之藟。將欲捋蒲以求仙，何止拔茅而進士。又況東門之楊，其葉湑湑。漢宫垂柳，千株萬株。長條短榦，茀鬱依紆。絲絲縷縷，或結或舒。參天踠地，傍苑臨渠。如帷如幔，一區兩區。行列成門，蓬童似廬。低堪繫馬，深可藏烏。彭澤之家園盡蒔，武昌之官道皆除。葉葉蔽長康之目，條條染李子之裾。張緒之當年無時不見，王恭之春月何地能渝。是固合平丘之種而不加其盛，增元豐之植而轉見其疎。

況乎藋谷殊名，樫河異地。南垞之浪難平，官渡之城未閉。章臺失眉𦟛之青，楚苑嘆宫腰之細。節度移振武而驚其成林，司馬過金城而羞其破涕。又況春半飛花，日長飄絮。灎灎池塘，漫漫江路。雉啣蘂以爲童，鳩裝綿而逐婦。釀酒來蠻女之思，點袂起貴嬪之妬。雖復種移郎省，賦試貢士。接九列之衙，望三衢之市。猶且徘徊緑天，淪連碧沚。塞谷相望，宫墻遥倚。青眼垂來，黄鶯啼起。枝着雨而低迷，葉迎風而披靡。恍淑氣之移人，攬遥情而自喜。置身冥栢之鄉，曠望熊山之阯。離塵垢之紛紜，與天地爲終始。因錫之以嘉名，渺躊躕而不已。

西河文集卷一百二十七

蕭山毛奇齡字初晴又秋晴稿

賦四

此《桂枝賦集》之第三卷也。西河出游後，《桂枝集》已亡失，不可得矣，惟吴江顧茂倫家藏此第三卷。今勻録之，連首卷共十八篇，分作兩卷。又遂安方氏、吴門顧氏復貽三篇，并録于後。

書堂賦

伊南沙之浩渺兮，麗嵯峨之石城。擷芳丘之蕙華兮，采尚湖之香蘅。播清芬于北麓兮，揚駿烈于中楹。綣春秋之長俎豆兮，用以祠乎先生。考先生之多懿則兮，羌獨遺此令名。遠以闡三古之墳籍兮，近以紹百年之典型。弢隱德而勿使彰兮，進虚谷而勿使盈。鍾世績之紀平原兮，述高蹈而媲乎東陵。但纓冠宿烏鳥兮，感在原有鶺鴒。既敷青氊而讀《易》兮，復啓絳帳而傳經。邑近言游之宅里兮，家有包犧氏之蓍莖。宜盛德之昌厥後兮，乃受詩禮而獻諸彤廷。夫何明綸之既已飾寵兮，又饗祀而爲此銘也。豈翳苾芬之靡所于方兮，亦好修之徵也。

重曰：虞山之崢嶸兮，先生之高與之衡兮。南湖之清兮，先生之節與偕澄兮。惟兹廟貌，爲書堂兮。春蘭秋菊，祀無疆兮。

千頃樓藏書賦

乃詣温陵黄子俞邰于秣陵之故城，登千頃之巍樓，觀其先人海鶴先生所藏之書六萬餘卷，判爲六部。曠然興懷，惕焉有悟。夫其經史異林，官私殊列。堆垛盈廛，捆載連轍。四類已啓，五庫未閉。緹巾重袥，華匱遍揭。玄錦爲囊，青緗作帙。牙籤直垂，繡帕横結。帘捲入雲，椌映如雪。舊軸新縢，間色以別。是以複斗蓋大，文瓻盛小。積勢焚輪，周視縹緲。紅菱之紙未濡，白蟫之魚欲掃。筐衣分董仲之帷，書帶有鄭玄之草。隔墻之燈影難明，繞屋之月光初曉。既已抄文竭北海之螺，雕木罄東家之棗。白驢以負簏成疲，黄犢因掛韉而老。小史之掌故多年，太乙之星精在卯。適仁壽之棲遲，入嫏嬛而拜倒。

乃始遍觀于蓬萊之府，游神于宛委之墟。税老聃之遺宅，過共王之舊居。群玉飲仙官之酒，蘭臺攬侍史之袪。廣宗正之七略兮，增惠施之五車。合當陽之外庫兮，廓河間之前除。既遴九種于石渠兮，復聚八萬于金樓。雖張儀畫掌所不能記兮，曾蘇秦刺股而何足以資？于是挍用鉛黄，題分朱紫，旁置巾箱，中裝羅綺。飾鐵擿與金鉸，炙湘蘭與沅芷。郝隆之曬皆厨，蔡亮之觀如市。王仲壬多户牖之標，張司空無米鹽之徙。發金帛而採于淮王，貫丘索而知爲楚史。雖復一嗤二嗤，四部五部，咸陽之火未焚，天禄之藏如故。史策有一家之成，易象無九師之蠹。得總龜于祕府之餘，辯亥豕于渡河之誤。猶且睹兹殷繁，遂爲極盛。幽經不傳，恠籙自騰。閣下芸生，杖頭火炳。北堂鈔録，東觀訂定。田氏名樓，白家投甑。李充校有萬篇，皇甫請非一乘。杜元凱之無所不該，齊王攸之有求必應。折竹寫之多所遺，懷餅讀之未能竟。河東之篋真亡，柱下之言難罄。豈況議郎練達，徵君雅量。豫州之辨慧非常，江夏之博聞無恙。去紫帽之高山兮，寄烏衣之深巷。渺千頃之在懷兮，凌百尺而獨上。似馬遷之承談兮，儼子歆之繼向。傳御史之緘箱兮，發中郎之祕帳。

慨江陵之多燔燒兮，痛砥柱之又覆溺。經亂離其獨能存兮，過史宬之遺册。嗟生平之好典墳兮，近書淫與書癖。未能入集賢之三館兮，幾曾登侍中之重席。擬客作之去無門兮，鮮官書之可擇。任流浪而罔所遇兮，徒望名山而求索。何期偃蹇此南邦兮，竟徘徊于東壁。世無仲宣可語兮，覓桓譚而不值。苟閉户其在何年兮，撫横欄而嘆息。

九月九日觀戲馬賦

且九秋之將暮，登高丘而覽觀。修迅商之故序，爰藉飲以爲歡。乃望鄉關之邈邈兮，俯平原而有嘆。夫何散爵，酒既盤兮。別命作伎，輟優弹兮。是以遷坐亭皐，薄致粔籹。顧盻廣衍，將以戲馬。視其傍，有材人陽阿之女焉；執其列，有驊駒銅爵之圉焉。于是望者傑傥，趍者繹絡。左右燕昕，前後鴟顧。人既圜墻，車亦輻輳。相迢迢之永埒兮，審漫漫之修塲。預周營以量步兮，徐控鬣乎以行。繞素踦之蹴踏兮，飾葱鐙之煒煌。旋扶女以試上兮，宛罄控之不良。身微鞸而抱其鞍兮，人在前而曳其繮。渺前溝之難卒越兮，且卻足而若驚。于是結絞纖，束匼匝。約綵繁，刷朱鬣。下女斂髾，倩媟裹褭。侻華袿而易裲襠兮，卸紅裳而表以袴褶。爾乃按勒欲前，翻抑使後。攏鐶拉鐵，拔撥傾奪。横舉盤辟，而作其怒。樹骨猶挺，歕沫類布。乃釋轡而縱繘，頓撒踠而擲胯。鬱跳踃之未追，迅漂騰而驟去。儼風雨之乍來，恍波濤之急下。猋揚倏忽，非目能睹。搶捍凌越，接息而到。騁便嬛之妙技兮，奄踰曳乎驁騶。摩倭髻而側植兮，拔雙跗而倒投。欻踈擢以鴻翩兮，遽翔羊以鶻游。錦標揚而譎坐兮，珠竿偃而傍招。邁風追與景躡兮，疑電激與星流。心徒憿乎岌岌兮，耳但聞乎飅飅。任當前之累詭兮，曾不假乎逗遛。乃帥爾而奄逝兮，亦霅然而中收。或藏身于曲鐙兮，或緤足乎長鞦。偶偏倚乎半髀兮，更分懸乎兩鉤。旋通臂而舞雙帶兮，遂俯躬而搴百旗。當夫迴身而若灌折兮，忽鳥集以驅也。及其震踔而近摩趺兮，又孰爲之扶也。爾乃紅游頓掣，鬱怒未息。驤首浮雲，蹋足西極。膺門生風，汗溝出血。怵心摇神，驚魂墮魄。能經其觀，鹿駭而格。回視婉孌，眉有微澤。揚鑣擗摘，恍飛翮者。蹠地未幾，復將驀者。

陸藎思曰：怔魂動魄中細按之，仍是目接神授。西河豔情乃爾。

王丹麓曰：能于古賦中見紀事，復見演説，委委曲曲，親切不隔。體貌神變，心力微緻。亘古創事。

寶鑑賦

汝南劉使君持衡于茲，猶鑑監物，應而不藏，動得不偪，光景有曜，型模畢見。有負局之奇，兼容成之觀。于其行也，指璿臺寶鑑以爲之賦：

乃若軒轅擊槖之時，黄帝捧罏之際。召龍神而下之，謂玄冥之可恃。洞庭有夫夫之金，畢方起熊熊之燧。晞日月之光儀，察雷霆之髣髴。蚩尤裝炭于其傍，祝融摩笵于其列。爾乃就諸翕闔，縱之駭躍。溢爲波濤，揚于煇燿。初視之如芙蓉之發于塘，既視之如列星之旋行。一照而江海得其清霽兮，再照而天地亦爲之低昂。至若水心濯濯，火齊熒熒，壺冰欲泄，盤露將傾。驚霹靂之閃，似蟾蜍之生。鬼神因而悚視，魑魅于焉變形。燭之垣間既不隔，蝕之泥中亦不冥。遂使光涵境中，明起象外。毛髮不私，圜方無礙。已洞隱而燭微，且窮工而極態。動佳士之低徊，增美人之眄睞。鸞鳳拂舞乎其前，蛟龍盤旋乎其背。日去珥而長懸，水浮光而不碎。因觀察之紛加，故砥磨而有待。況乎仁壽宫前之鑄，凝陰殿上之銅。邁咸陽之舊製，擅明光而愈工。薫金烟之煜煜兮，洗玉乳之淙淙。淪珠膏以爲之淬兮，擷晶旃以爲之礲。順西庚之多蓄德兮，藉東冶之有餘功。繫鞶組而揚珮帶兮，琢琲璣而賁其形容。遠瞻國史之留青兮，近照宫衣之賜紅。又況廣陵素書，赫連墨篆。冰華有紋，雪色如練。五日是成，千秋可鑒。歷試臺閣，時荷顧眷。既不疲于御物，復不昧于自見。遘妍得妍兮，遘蚩得蚩。我獨何心兮，惟物之來。鉅以見鉅兮，杪以見杪。我獨何心兮，惟物之照。豈獨背負圖書，影飛烏鵲。阿房星明，耶溪水涸。鳳摶廓外之毛，螭展蟠頭之角。圓規之望已成，長壽之名可樂。縈桂樹而能明，拂菱花之不落。

松聲賦

是以亭亭山上，鬱鬱溪邊。潁川驛畔，張良廟前。長松千尺，偃蜷連騫。恍龍蟠乎道左，似蜺飲乎通川。就而視之，則青針乍長，紫蘚初蝕。節帶霜皴，膏隨露滴。茯苓盤其根，蔦蘿施其枝。上凌清漢，下薄回谿。崇柯羃䍥，曲榦低迷。喜映日之成蓋，每牽雲而作衣。則有青蘋生風，赤峪延籟。風繞枝中，聲流樹外。呪呪焉齟齬之在林，咿嚘焉山蟬獨吟。漸轉而增揚，喊吰焉，如松根斷石，千年而火發兮，歘吸焉鼎湓湓其沸淫。爾乃草裏泉鳴，竹間雨響。蜀布春裁，吳絲夜紡。接殘息之呦嚶，漱芳流而偃仰。其或箏纂暗調，竽笙間發。銅脆能御，絲長可紇。雲間有贅婿之臺，海上去從師之楫。嘆吹笛之無從，悵援琴而自合。至若沙崩頹岸，堰決荒堤。喈寒朝涉，呼涼夏畦。烏號澗底，鼉吼江涯。車轉蓬而颺遠，矢拖翎而過遲。舵有揚帆之駛，馬如拽練之飛。薛御囀喉于鄴下，孫登長嘯于山陲。又況噫氣蓬蓯，搏颸梢樾。驟聽嘌呼，再聆嗃呷。商山之路既賒，泰岱之封難接。緬九州之遙遙，望百川之渫渫。恍西陵之上潮，聽未終而嗚咽。

抽思賦

惟憂思之鬱鬱兮，獨永歎而增傷。思蹇產之不可釋兮，願還歸吾故鄉。悲夫秋氣之觱烈兮，眄修途之孔長。睹兹六幕之難與居兮，欲淹留而未能。崋兮岌，崪兮屼。山高嵢峣兮，以崱以岃。隈兮隩兮，伊虎豹之室。茫茫兮遠渚，溟濛渺沔兮溯此極浦。往既多風兮，來又多雨。伊龍蛇之都居兮，渺不知其所處。矰戈遥布兮，罝羅四張。任蹇塞之遍天地兮，又安知予之相羊。擣申椒以爲糧兮，春桂花以爲黍。苟椒桂之饒遺粒兮，受之以筐筥。朝涉予于淮汝兮，夕予濟于江湘。苟予情之信芳兮，雖僻遠亦何傷。寧不知去故而争就新兮，何不變此態也。誠不忍循俗而爲詭隨兮，猶有曩之志也。夫苟同轅而不異軌兮，又何必離此伴也。乃驅衺而忽馳廣兮，又何以爲此援也。少歌曰：吾思兮美人，依風穴兮上崑崙。晝噉珠玉兮夜餐以珍，層臺萬仞兮繚金銀。吾思兮美子，嘗乘雲兮去來駛。身披薜荔兮首戴蘭芷，君不歸兮奈何此。倡曰：長行瀨中，嘆無衣兮。棲遲此鄉，三年不歸兮。無冬無夏，但視草生與草衰兮。路何北南，指星馳兮。身居此地，腸能九廻兮。景短夜長，邈予還故墟兮。煩冤流滯，所賴此抽思兮。神游四荒，周八垓兮。古昔賢哲，往以此娱吾志兮。吾今效之，抒爲言詞兮。獻歲發春，渺無期兮。聊假白日，度年時兮。

秋雨初晴賦

惟兹西役，道出江下。兼旬霪霖，阻于逆旅。時值秋節，天漢傾注。一日而二十四風，一月而三十六雨。曜靈挽不來，萍翳推不去。櫚隙殆將百窺，門前不出一步。壞道不得平，前村幾時赴。衣被漫漶，神思湫濕。沙市夜沉，城漏晝滴。聽蜀道之鈴，鞭夷陵之石。痛故鄉之凄迷，眄長途而嘆息。爾乃夜雨暗收，朝光乍起。屋角熹微，牀前晻曖。林柯之響暫停，瓦霤之鳴亦已。陽久伏而邅廻，日將升而倚徙。隔江驚漁唱之來，枕畔有鵲聲之喜。于是霏霏龍燭，遠與烟連。團團雞子，恍在霧間。犬因疑而思吠，蝸將避而屢遷。西壁之棲霞未定，東牕之漏景將圓。遂乃斜啓林扉，大開江閣。遠浦蒸烟，奔流赴壑。眉小礙以微舒，體頓輕而欲落。槐宫有趨燥之移，江浪起負暄之躍。攬蘋蓼則滴水流枝，搴芙蓉而含滋在蕚。于是驛馬散步，林雛試飛。莎雞鼓翅，鸕鷀晾衣。半岫掛機頭之練，長塘簇屐齒之泥。箏解潤而柱緩，筦懸帆而纜低。水盈溝而土螾滅跡，浪映壁而金蛇作輝。况乎廟社稱竿，酒旗换布。折禾耳于中田，決溝脣于當路。黄綿熨炙背之翁，繡闥謝掃情之婦。蛛綱破而絲短未牽，荷溜傾而葉乾如故。又况金風凄絶，白露泠然。秋晴可愛，尤宜曉天。宿雨歇漢陽之樹，新烟生綿上之田。時屢淹而惡伏，夜方長而厭眠。銀牀動則轆轤發，銅關啓而舟車牽。草蟲宵吟不斷，山蟬夜嘶復連。廟市啓攤門之路，村酤索開甕之錢。客境惟乍游爲可樂，主情以初見而相歡。又况三載淮西，兩年江介。前月洲邊，今朝浦外。恨王孫之不歸，悵美人兮安在。過江州而太守難依，入西川恐使君不待。天涯酒保，那便知音？複壁餅師，著書可怪。吟下葉之詩，思湘蓴之菜。竿未曝而衣紕，河過涇而橋壞。惜牛渚之窮游，幸幔亭之雅會。縱令雨畢長途，日當亭午。光紀凌寒，元英起素。一陽吹緹室之灰，八載換雕時之絮。緬短景之易馳，惜流年之虛度。

健松亭賦有序

武疆之傍有名園焉，花竹臺榭，雄于新都。贈公方先生爲遂安相公仲子，曾于崇禎之末，避寇鄴郡，得括子松于黟山許氏之舊園，植之齋前，朝夕灌剔，蔓葑而橚爽，累經冬榮，不厭春德。康熙甲寅，常山開化寇起，園復燬于寇，所有花竹，無復槎枿，松獨無恙。予同年生方君渭仁，以制科試授館職，遂于誦芬之次，慨然念先烈未沫而手澤尚在，因搆亭而楔之，名曰「健松」。蓋取唐詩「松涼夏健人」之句也。然亦曰松公老健，可永芘吾宇，乃自爲之記，而屬予以賦。賦曰：

夫何長松之離離兮，稟上崖之清神。甫鬱鬱乎在澗底兮，遽亭亭乎覆康干之門。天風起而吹其枝兮，野雲裛葉而纏其根。上分五釵與三鬣兮，下蟠四荒之與八垠。固其磥砢嶢勁節兮，抑亦崔錯焉而多蒼鱗。吾知支離之得爲叟兮，又何必夭蟜之有如人。乃張湛所不得而植于庭兮，自非鄭遨之可栽于軒。獨移樹于方干之故居兮，云遇之元度之舊園。爾乃扶蘇偃蹇蒙連卷兮，攢欒欐梔詰詘盤兮。團可爲蓋修可爲旃兮，其影如屋其聲如波瀾兮。皴皮溜雨霜榦摧湍兮，龍攣虎跛猊攫而鯨爲翻兮。不繫馬羊以待棲鳳鸞兮，志在丹霄而第託跡乎青巒兮。何有夏貢，又何有乎爲秦官兮。若其枝繁葉拏，輪囷偪側。柯類青銅，根似白石。仰欲扶輿，俯若戴幘。見之徂徠，名爲柜格。時化青牛，每憇黄鶴。超然櫚楹，表出林薄。朱衣披其巔，寶劍掛其脚。家鄰仙橋之山，人在桐君之壑。儼雲霞之自來，恍風雨之間作。此固非培塿之所能生兮，又豈匠石之可得而量度。然而方儲種此，亦有年矣。朝夕摩挲，得此茂猷。膚理條暢，骨骼嶔顗。本性勁直，乃其節爾。曲池既已平，亭臺既已圮。盎無服食之粒，墓有拱把之梓。南州之樹早已下垂，東平之枝亦又西靡。乃復寇起樵蘇，兵加翦伐。喬木摧爲薪，擢莖截如髮。建木之影俱消，鄧林之茅不茁。五陵之蒽蒨顧眄已非，八公之草木驚怖未決。何石楠之端正猶存，豈樟公之仁壽不殺。毋乃高頴所倚，世勿能移。萊公所種，人不忍拔。宜乎見橋柯而興俯仰之思，睹梓桑而起敬恭之節。夫几筵勿越者，孝子之永思然也。播植勿遷者，先人之手澤存也。況乎有元輔以開其先，有太史以繼其後。開者作之，繼者守之。推斯旨也，可以永久。是故齊武留舍南之桑，劉尹蒔丹陽之柳。錦衣以禪代而辨其榮枯，羽葆亦逾時而卜其安否。吾聞樗櫟之在澗也，本以無用得全。散木之置地也，多以不材見棄。而兹之哲匠不施其斧斤，虞人不加以撕薙。匪溝中之刳剔，無道傍之鍥鑽。材非梨柚，未嘗稍殞其纖榮；質即梗柟，不敢争收爲重器。是豈上黨有木，焚之不燎，拘尼之材，翳而不敗哉！蓋貞榦之或殊，而孝思之有異也。

鹿車臺賦有序

昔東京鄭弘出蒞方州，忽遇兩鹿隨車而行，或前或後，有如夾轂。于是觀者咸相起賀，卜其徵休，則曰：三公兩轓，畫鹿其間。弘故入召，領參崇班。今者中丞某公，開府三吳。山河帶礪，冠于睿符。八牙並建，六纛咸啓。風和雨時，擴治千里。乃者閒暇，車過藩鎮。彤麾分道，白鉞如陣。前驅末呵，蟲蟄以震。獨兩鹿者，出自涂莽。驂轂儦儦，驤首就路。武冠甲仗，驅不得去。竟隨車而還轅，儼争道而歸幕。遂留蘭楯之間，從之栢臺之下。因是有感于心，爰爲行臺。錫此嘉名，題曰「鹿車」。屬吏爲之抽牘，賓從因而賦詩。借三旌之先闢，俟兩轓于後來。

某也不才，亦爲之賦：

乃若麟符屢授，貘屏乍設。茜旆熊飛，柘袍鵲襭。加獬豸于元冠，集鸞鳳于高闕。巷已逐夫虎蛇，扇能驅乎蚊蠛。出門無訴冤之鴉，在囿有含生之麜。璽方獻而鳳來，圖將呈而馬出。仁禽下應夫宫懸，天廐上追乎太乙。此固勝祝烏之楯郎，過卻鷹之樞密。宜其黄鵠舉而風雲以隨，大鵬飛而海水皆溢。若夫呦呦之食，天子饗賓；甡甡之友，以俟群臣。飲白雲之汁，戴七星之文。名在丹臺之上，生于紫水之濱。饜腊者長年齒，佩質者宜子孫。雖羨門之當豢，亦籞宿之可親。是故毛具章衣，皮緣藻線。角帶銅牌，蹄環寶篆。既包體以爲儀，亦摇尾而作扇。含毫成茀禄之斑，蹋地作蓮花之片。漢王捷足而得之，鄭人藏身而不見。是豈斑龍之有神，抑亦仙鹿之善變。吾聞麐之來也，一鹿引之，群鹿從之，雞斯之馬將駕，而鹿游乎其間。蓋神物之出，百靈在前。山澤有曜，仙驥可牽。故宜春之鹿，遘唐興而出芙蓉之苑；塗循之獸，懷漢德而進太液之池。況乎撫舞鶴之舊市，巡鬭雞之長陂。一出而蛟龍並翔，再出而麟鳳相隨者哉。故夫御史在臺，烏號于棨；侍中入陛，蟬集于冠。神雀布鱣堂而關西入拜，鸜鵒啣魚袋而少監改官。張氏封侯，青鵲化印文之石；望之作相，華蟲立車較之端。況乎筮仕虎林，驅車龍海。使鮫島以揚威，樹蜺旌而布采。雄藩作吴下之封，幕府鎮平江之壇。自宜即鹿無虞，標枝尚在。跂跂斯奔，俟俟而會。傍彼兩轓，誠有如畫。因之隨車，返于官廨。張月在前，營室以待。乃美輪而美奐兮，誠可游而可娛。喜燕雀之能賀兮，更鳥鼠之攸除。闢堂前之旋馬兮，徙車中之載書。且疏畦以種竹兮，復通渠而灌花。至若坐有華茵，筵開綺席。傍列鼎鐘，前連棨戟。有鹿當前，分蒿而食。彷彿善警，其角外格。或背負夫印牀，或口啣乎書册。但尋祇苑之花，不觸西昌之壁。假臺柏爲朝餐，藉幕蓮而夜息。襲杻陽之佳名，追鹿洞之遺則。又況賓載鹿車，談成鹿嶽。澆旨酒于鹿腸，啓修樊于鹿角。指囷鹿而百室盈，開涿鹿而庶邦屬。篋有鹿首之瓊，則名玉在懷；庭有鹿蹄之草，而寶劍在握。是將進泰階而覘其有異瑞兮，又何如作斯臺而與萬物以偕樂？

黄桂生紅桂賦有序

大夫望海之樓，符使專城之署。種淮南之叢桂，先賁禺而試花。滿林黄雪，忽絓彤雲；萬疊金砂，偶噴丹屑。八樹得之以爲奇，四民望之而成瑞。維時坐客吴江，顧樵抽牘作賦，百里命和。夫古有和詩而無和賦。顧肖材形物，同于頌聲；授韻摛詞，方之律體。但知諷有主賓，誰曰倡非予汝。因承來劄，稍綴成文，儻示通都，勿嗤學步。

何南方之珍木兮，經汜谷之冬榮。飫朝來之墜露兮，欻秋高之緒風。邁皐涂之窅窊兮，駕岑嶺之菁葱。爰挺質于天闕兮，遂分香于月中。於是移種郡亭，植根官廨。宛委山前，蓬萊閣外。樓名飛翼長存，堂貯清泉猶在。爾乃日映團團，風生颸颸。霜娥所栽，吴剛是守。黄糝爲糧，金鵝作酒。塗蜜餌于方橱，摘松花之盈斗。祇陀金粟難名，玉洞仙蘼無偶。僅此東堂一枝，已勝寒巖十友。夫何鮮支如纈，有朱棖生其間焉；高櫰作筴，有丹芬匝其榦焉。吾聞弱河紫蘂，實大如栗，群仙之所餌也；慶元紅犀，殷于甘蕉，中禁之所移而植也。故八柱之盛，四色均備。三種之次，以丹爲最。今以十洲之英，詘之作專城之長；五都之伯，進之領九列之會。固宜爍丹砂于上林，錫朱綎于在陛矣。而乃黄帕之捧，三鳳廻其顛；黄麻之宣，五花判其側。布衮衣而藻火潛移，垂繡裳而絺絺頓易。欲祛黄霧則天半爲之生霞，將祀黄雕則山城爲之標赤。坤貞效土順，每以丹棗抒其誠；兑氣兆金行，尤藉朱絲表其直。則夫嘉禾雖共穎，徒羡多莠；縱使麥穗能兩岐，猶嫌一色。

西河文集卷一百二十八

蕭山毛奇齡字齊于又字于稿

九懷詞

昔屈原放于江潭，見楚南之邑，其俗好祠，而善爲哀歌。每祠必師巫男女婆娑引聲，歌神絃諸曲，以悦于神，而其詞鄙俚。原乃作《九歌》十一章，變其詞，大抵皆憂愁幽思，中心靡煩而無所發，不得已託兹神絃哀彈之，以攄其抑紆之情。其聲橙橙，聽者生故居之思焉。予避人之崇仁，寄宿于巴山之民家者越一年。過客祠華蓋山者，不遠百里，舂糧負之，巫者吹簫度深林前去，且行且吹，聲斷續呦咽，不忍聞。思故鄉越巫與楚相埒，而詞鄙尤甚，士君子猶歌之。當晉武惠時，予鄉人夏統以採藥入洛，洛王侯貴官争物色之，欲强之仕，統乃歌土風三章以見志，聞者曰：「其人歌土風，不忘故鄉，當不願仕矣。」遂争致酒醴而去。土風者，一《慕歌》，祠舜也，謂舜能慕親也。一《河女》之章，祠孝娥也，以孝娥爲盱江女也。一《小海唱》，祠伍大夫也，大夫不良死而屍于江，哀之。江也者，海之小者也。雖其詞不傳，不知何如，然亦神言矣。今蕭俗祠神尚有伍大夫，而舜帝與娥不與焉。且其詞不記，不能如仲御之能引聲，而故居之思則未嘗忘也。因憶鄉祠當歲終，巫者祝神名甚夥，皆不可考，而其有特祠而略可疏者，名凡有九，雖其名多互異，展轉訛錯，亦且以意考証，并述所傳聞，定詞九章，以遠附于《九歌》之末。縱詞不逮原歌聲間，奏必不及仲御，而憂思紆鬱，前後一轍。爰仿漢大夫王褒舊名，亦名「九懷」。曰：「吾懷之云爾，歌也乎哉！」

水仙五郎

蕭山俗祠水仙神。每歲秋節，上湘湖水仙花開，湖邊人家家祠之。其神有五，一名水仙五聖人，又名水仙五郎。相傳是鄉有五兄弟，事母孝，傍湖而居。當水仙花時，其母思魚餐，戒勿擾水中花，五人念滿湖面皆花，定無可取魚者，乃各衣鵂鷗之衣，入江水取魚，以潮至並漂去，因爲潮神。嘗乘白馬于水仙花開時還故鄉望母，故上湘湖傍有白馬湖，是其蹟也。杭俗祠三郎神，其祠在候潮門外江塘邊。一日，神巫于祠時大怖，言霍霍五郎當來看三郎矣。須臾潮至，壞廟一角。問是何五郎，莫欲奪其廟否？曰：蕭人嘗祠我，無廟，吾廟在江中，不須也。按伍相杭人，亦稱伍郎，此「五」字當是「伍」字之誤。伍相爲吴主所殺，煮之于鑊，盛之以鵂鷗之衣，而游于江。伍相大恚，乃倪去鵂鷗衣，當潮上時改乘白馬，坐于潮頭。吴人望而認之曰：「此伍郎也，今爲仙矣。」故紐書曰：伍胥死，吴人呼爲水仙。或曰：靈平死，楚人亦呼爲水仙。蓋水神之稱云。

前江兮風生，滄波浩渺兮江門不扃。須臾水上兮風雷并，排山而至兮遥天晝青。砰磅訇磕兮儼樓船之進兵，銀戈組甲兮紛縱横。驚濤築壘兮立海以作城，若有人兮推之行。一間鼉鼉兮擂鼓，天吴譁譟兮馮夷舞。前毆海若兮後逐水母，蝦官鱉卒兮不知比數。中有人兮騎白馬。二間早潮初落兮晚潮又催，江流上下兮無窮期。潮有信兮江有涯，望夫君兮君不來。三間江流兮不住，朝從此來兮暮從此去。望夫君兮何處所？四間春日兮西馳，楊花撲地兮漫天雪飛。江烟羃䍥兮江雞啼。平沙草煖兮薰人欲迷，迎神不至兮打漿遲。五間榴火兮將燃，着單衣兮無綿。迎神不至兮潮欲乾。神指水仙爲期兮，今告予曰不閒。謇予將先期以要君兮，謂荷花爲水仙。六間水仙兮奈何？秋霜未降兮花開滿湖。神騎白馬兮張靈弧，解鞍歇馬兮在前山之岨。神之來兮待日下。七間水仙兮芳香，秋風淅淅兮花開滿江，神騎白馬兮靈弧張。西山射虎兮東山射狼。神之來兮山月明。八間泉清兮酒旨，斫龍斮蜃兮炰鱉鱠鯉。神左顧兮不躋齒，但聽清歌兮颯然以喜。金槽玉捩兮銀甲指，琵琶三奏兮神醉止。旋風來四壁兮神去矣，白馬將行兮花猶在水。水滿堤兮花滿沚，望水仙兮思無已。九間

沙蟲王

八蜡總百蟲之祀，蕭人以祠蜡爲祠蟲，非也。於越都海涯，其地爲水蟲之國，而越世王之。當句踐伐吴，敗歸，吴兵追之，保棲于西陵之山而築城，其巔曰越王山，以其有城，名爲城山，俗名越王城。方是時，句踐意僨，命婦人采苦葉爲藉，卧于其上，懸膽于梁，而仰即含之。乃合義士五千人滅吴，而瀦以爲池，歸令義士着錦衣散游江濆。一日風雨集，義士悉化爲沙蟲，句踐鳥喙有蟲像，亦死，名沙蟲王。蕭人就城處立越王祠。相傳祠物凡三獻及列豆菹醢鱐腊，皆水産。或

曰：錦衣義士，豈化蟲蜾？或亦曰水國之王，應長魚鱉也云爾。

若有人兮披猖，脱介馬兮渡錢唐。左持弓兮遺矢，右帶斧兮缺斨。望深林兮延佇，爰託足兮高岡。聽烏號兮心驚，每左右兮顧望。右滔滔兮江水，左演演兮湖湘。世蹴蹴兮安之，將還歸兮故鄉。一間 巑岏兮崒嵂，磈磊兮崛岉，中有巉窔兮可以爲室。二間 葺茅爲蓋兮繚以蘠，傍阿築闕兮羅修篁，摶沙甓土兮環之以城。三間 方春兮采薪，春花滿谷兮正愁人。人擷花藪兮吾樵棘榛，晝當坐薦兮夜以作第與茵，使我賤體兮不得伸。四間 前山兮采苦，春花滿山兮不入筐筥。取此苦草兮絓庭户，朝出啣之兮入亦不吐，使我心兮苦兮苦。五間 天開兮空濛，乘虎豹兮駕豐隆，左抽吴劍兮右秦弓，恢疆辟地兮奪黿鼉之宫，驅斥萬里兮霸江東。紛紛甲士兮如沙蟲，散游江濱兮類初晴之蠛蠓，裁蟄發兮飛爞爞，君王千歲兮長有此邦。六間 迎神兮何所？東溯十洲兮西極三楚。傳言傍海兮進樓艒，南開甌粤兮北寇齊與魯。句章汰沫兮何處所？迎神不來兮心獨苦。君不聞西陵兮有風雨。七間 五木兮都梁，雜肴蔬兮進山堂。山城石豁兮猶有女墻，有鳥長喙兮來啄糧。蛆菹蠣醢兮請遍嘗，薰蒿滿屋兮風悽愴。靈旗還海兮車留宅傍，吾與君兮共樂康。八間 女巫兮紛若，身被錦繡兮首帶瓔珞，目含江光兮光射乎林薄，願與君兮共安樂。九間 華鐙兮明燭，遥夜如晝兮千枝間發，樂倡遞奏兮宛不知夜漏之滴，雞將三號兮神屢出，東方欲明兮樂未畢。十間

下童

下童者，夏童也，名方，邑人。年十四，遭大疫，父母伯叔群從十三人皆死，方夜哭，晝負土葬十三屍，三年訖功，遂廬于墓傍。年十七，吴帝拜仁義都尉，遷五官中郎將，人争附之，名其所居鄉曰夏孝鄉，年雖大，以孝童稱，因曰夏童。及晉元帝時，江陵有祠明下童者，以「下童」聲同，遂以吴聲明下童採蓮童曲詞，誤作此神迎送歌，而雜以神絃。今其聲猶存，每隔屋聽之，哀然焉。

蓮葉兮田田，初出水兮如錢，朝迎神兮塘之邊。一間 夕宿兮塘下，思夫人兮盡人之子蓀，何爲兮獨勞苦。二間 陽烏兮高飛，思夫君兮下棲爲君，愛烏兮棲君之衣。三間 野獸兮騰騫，思夫君兮來前，住君之屋兮就君喙，眠感君兮而獸自馴。四間 迢迢明下童，千里還相迎，早潮發瞿塘，暮潮到江陵。五間 江陵荷花開，吹笙過江渚。迎神歸湘湖，花開吾思汝。六間 奈何許，勸君進酒黍。沙豘雖不肥，煏之可爲脯。勿食浦子蓮，蓮心苦。下童。七間 奈何節，勿採蓮蕅葉。葉面珠泪多，葉根蕅絲結。珠泪有日乾，懷絲那能絶。下童。八間

江使君

江使君者，梁會稽郡丞江革。居官甚清而有惠政，徵拜都官尚書。瀕行將渡江，嚻然一身。值風作舟輕，濤涌不能渡，還取西陵岸石數十片填之，始行。鄉人搆亭于江邊，名「取石亭」，過者

祠之。唐天寶間，有客將南泝婺州，已僱舟，見有神鴉集柁樓，心竊疑之。傍晚老翁求附至此舟，舟人招之，翁曰「是舟明五更開後當有甾」，忽不見。舟人乃祠江使君，密取亭傍石藏舟中。夜半開舟，風果作，舟人臨把柁輒作送聲云江使君，舟便帖然。後人依其聲作和聲，曰江使君去復來，風發當復來。

片香兮三焚，符官入奏兮上天門。須臾風起兮神降爾庭，東方千騎兮羅甲兵，旌旗蔽天兮夾鈹以行，君不見形兮試聞人馬之聲，屏息兮而嚶以嚶。一間　椒酒兮三澆，女巫進舞兮奏雲璈。天開巨⿰舟麗兮靈旗飄，舳艫啣尾兮風行如潮。長綃絓船門兮樹之以兩旐，闐闐擊鼓兮在舲䑸之突。君不見燒紙船兮陰風四來。二間　賽修還兮致語，使君留兮江渚。一葉兮如屨，不能來兮不能去。三間　車前無八騶，車後無伍伯。漂漂上江亭，前頭風波惡。四間　我欲迎使君，睹此滔滔那能息。使君倘能來，但願江流變成石。五間　菊旨兮蘭芳，羅六食兮進三漿。留使君兮成享，爰以躋兮公之堂。六間　雕壇兮砥廡，逼丹霄兮爲此棟宇。留使君兮居處，臺有九成兮宮有九柱。七間　湯湯兮流波，留君不住兮當奈君何。長帆欲絓兮錦纜拖，相風下指兮神鴉過，神鴉未飼兮君不可以去。八間　江波兮瀰瀰，留君不住兮君何以爲。相風斜指兮前舟未開，紙錢拋去兮神鴉迴，神鴉雖去兮君當復來。江使君。九間

苧蘿小姑

西施住蕭山之苧蘿村，其地在蕭山城南二十五里，前有苧蘿山，山下有紅粉石，斜傍溪流，相

傳西施居其間。章懷太子註《後漢書》,引故《越絶》曰「蕭山,西施之所出」,孔靈符妄據異説,謂在諸暨者,謬也。《舊唐書》又誤以蕭山爲諸暨所分,亦並無其事,詳見《蕭山縣志刊誤》。施亡後,鄉人思之,爲立祠溪傍,以其爲鄉所出女,名小姑神,比之鍾山蔣侯妹稱青溪小姑之例。時苧蘿南去界水,鄉有浦陽江,環繞西南,而從其東北入海,俗名西小江。江岸牛頭山與苧蘿遥對,居舟行過者紆廻山下不能去,長年把柁,見北風生,輒歌曰「牛頭、苧蘿,一日三過」,蓋思之云。其後宋淳熙年,敕封施爲土穀神,曰苧蘿村土地先施娘娘,村人禱賽者日益盛。明萬曆中,邑祠城隍神,于九月廿三日爲城隍慶生日,集廿四鄉土穀神而游之于途,每鄉扮尸,聘色妓扮娘娘神。教官應君,偶被酒,不敬,妓作神言,取酒盞擲其面,血出隕地,幾斃。知縣劉君代請罪,久之始得起。後以鄉中室女扮其尸。暨崇禎末,因國變罷會,嗣後無復有游神者。

山村兮苧蘿,西去兮誰家?沿門兮溪斜,中有人兮浣紗,溪邊桃樹兮時落花。一間花落兮溪濱,細草生兮如茵。風吹莞葉兮翻羅裙,青苔石上兮吾思美人。迎之不至兮徒延佇乎東隣,吹簫歇兮但噏唇。二間朝不語兮夕不言,神欲告兮彈紅絃。聽鳥啼兮處處,看花落兮年年。三間年年兮歲歲,倏而來兮忽而去。桂酒兮椒漿,欲留神兮不知處。四間時仰眄兮朝光,黄沙漲霧兮山頭渺茫。村人賽社兮過前莊,神旗未樹兮晴沙晝揚,神之來兮衣緗黄。五間擊鼓兮敲鞞,朝日出兮似臙脂,薄雲遮日兮山前雨飛。村人賽社兮過溪西,神之來兮濕衣。六間小姑本明姿,生長此村裏,今作村中神,事事得較計。七間牲畜共粢米,滋養藉神力。風吹苧葉翻,兩面有顔色。八間岧岧牛頭山,下江通苧蘿。感兹相通

意，相望以作歌。九間朝亦望牛頭，暮亦望牛頭，三朝復三暮，牛頭望如故。十間

張十一郎官

張十一郎官者，宋護堤侯張六五老相公也。名夏，邑之隖里人。初以父亮爲吴越王時刑部尚書，入宋歸命，遂由故任子起家，授工部郎中，稱郎官。既而海溢颶風發，錢唐蕭山堤總壞，相公充護堤使者，統捍江五指揮使，護海堤有功，封護堤侯。乃以護漕當決河覆舟，旗丁繞河覓相公不得，翼日有大黿負相公屍浮于沙。巫者狂言相公已爲神，其屍歸葬于蕭山之長山牐，而立祠牐傍，負山壁爲楹，面海滔滔。每雨歇，見神燈數隊，沿山而歸。宋景祐間，禮部請于朝，封英濟王。蕭俗呼十一爲六五，呼官爲相公，以侯王故呼老相公，至是呼老相公廟，邑人來祠者呼老相公會。每歲三月六日，係老相公生日，各鄉賽會總在三月間，鄉集若干人，殺牲設酒醴，樹神旗張蓋，坐屋子船，吹銅擊鼓到廟間，有神巫導念迎神還船歌，侑之飲食，終日以爲樂。及入城，則燈火滿街矣。明末，民殷富，每鄉設賽會田，掄租割胙，以争勝爲事。今其田俱分賣，不可考矣。父老相傳，祠盛時，相公神最靈。江塘首會家嘗殺神豬，先以豬肝奉其母，其婦從旁竊食之。及到廟，神巫呼使前，密云：「汝以牲飼母，孝也。婦何得竊食？歸當詛之。」其人大驚謝去。當是時，神顯赫如此。

撞天闕，撅雷鼓。男旁招，女拂舞。冬贈堂，春弭拊。來無方，去無所。雲爲船，烟爲馬。一間白烟霏霏兮，碧水洋洋。鴟龜曳銜兮，以堤以防。芻龍初駕兮，茅旗畢張。西行弱水兮，東通扶桑。彭

咸何在兮，冰夷久藏。啣木不可以填海兮，鞭石不可以爲梁。逝將灖浪兮，遠放之無何之鄉。斯世既不可與居兮，聊逍遥以相羊。二間鹵兮斥，望衍圻，犍石爲甾兮海不溢。三間山之曲，有神宅，神燈歸來兮，夜雨如漆。四間刲羊剥豕，薦腥羶兮。芟毛薙土，築堂壇兮。祓除釁臭，具湯盤兮。金柂玉笥，藏衣冠兮。四招以茅，願神之還兮。藉館包肉，無敢先嘗兮。春秋饗祀，長居此故鄉兮。海水可竭，神不可以忘兮。五間

北嶺將軍

蕭之北幹山，舊多種松，深林如神居。山頭有嶺名北嶺，祠厲將軍神于嶺間。或曰神以驅厲名，或曰此秦人厲狄也，隨項羽入關，歸葬此山，稱將軍，以祠在北嶺，稱北嶺將軍。相傳山前刨地得石穴，骸物俱壞，惟顱骨尚存，大如車籠，即將軍墳云。宋徽宗朝，睦州方臘反，將寇杭州，艤舟于蕭山西江之濱。吏民恐，禱將軍神，忽東北風發，壞其舟，夜半見甲士列岸傍，中有巨人，介首衣虎豹皮，長出衆數尺，驚不敢近。知縣劉韐上其事，封武佑將軍。暨元至正間，東南寇起，西陵烽火徹晝夜，有從賊中來者，云賊思分遣寇東浙，以江岸有兵故止，然實無一兵也。漁船涉筣者，深夜見神燈滿江岸，如列營然，以故賊終不敢渡。時青田劉基奉其母避兵蕭山，值縣修將軍祠，基爲文紀事，勒石祠左。北幹村人每歲于正月初四日祠將軍，至今不絶。元陶九成載，元時至正某年，大旱，禱于廟，得雨，俄有降乩于廟者，云將軍自言，吾有德于民，民不忍忘我，俾血食

于此，幾千五百年矣。蓋祠久能神，《吕覽》曰「五世之廟，可以觀怪」。神之至，則近于怪焉。

翳北山之崒岦兮，種落落之高松。合千章以爲屋兮，連五叙而成叢。上拂飛雲之窈窕兮，下蟠曲藟之菁葱。遠觀紅廟在樹中兮，近乃識乎將軍。一間松門兮如椽，毿玉趿兮挂朱榜。黄驪爲旆兮白狼爲旂，頸披鏺鍜兮臂介以釬。紫茸飾鐙兮琉璃鞭，勃盧之刺兮鋈金之錞。二間西行兮秦關，羊腸萬里兮環如曲盤。將軍一去兮復來還，江東父老兮猶知令顔，千秋扞我兮戴將軍之恩。三間松風兮颸颸，將軍之出兮駕靈虬。松風兮颸颸，將軍之入兮靈旗蔽之，不見將軍兮使我思。四間松花兮如蕡，新開社酒兮醉將軍。社樹兮松椏，社糕三獻兮松陰未斜，請拂將軍之帽兮簪以花。五間連年累歲兮禾未登，楊枝三起兮蠶眠不成。烏鵶攫肉兮鼠覆罌，雞雛失伏兮牛羊又眚。生年何幾兮遭時甲兵，官吏到門兮驚又驚。六間但願兮今兹，倉庚鳴兮桑葉肥。耕牛叱叱兮長負犂，空村啞札兮惟聞繅絲，桔槔掛左壁兮清泉滿畦。高楊歇日兮涼蟬嘶，秋霜未降兮先授以衣。新收禾黍兮足供神之饎，王孫遊兮皆來歸。七間

蕭相公

蕭相公行九，少時讀書雲峰山，或授之法。及長，爲吴越王時詞官，掌文史事。旦日在朝，夜輒還家宿。其家人竊聽唧唧，疑房有他男聲，妻羞之，伺其行時，見蹋雙鵲去，即屐也，乃匿其屐，不能去。事發棄官，住雲峰山巔。邑有旱澇，能興雲致雨，且能以咒療諸疾。一日城有疫癘者請

召至，將入城，忽失所在。鄉人思之，塑其像于各廟院潮神之間，以其無專祠，故雜附之，非潮神也。每臘盡歲初，鄉人召巫讚年祠者，入夜讚蕭九相公，以三巫婆娑。一巫司唱念，擊雞婁鼓。二巫男女各一，無女則以男飾之，作相公與夫人問答，念採茶歌，攢摭蕭人鄉俗鄙語，他縣所不解者，吶吶爲笑樂。其舞，男女各旋轉，其身若旋風然，名曰罡頭旋。以神曾蹋雙鵲，又名喜鵲罡頭旋。相公失名。

望雲峰兮崔嵬，扳蘿捫葛兮與雲齊，獮猴爲家兮狐貍宿棲。深林如幄兮邈不可以居，願無忘兮君之閭。一間七寶兮象牀，九光如晝兮照修房。下莞上簟兮湘屏四張，君之居兮無相忘。二間來不聞兮去不知，靈芬欲告兮拙言詞，空彈寶瑟兮吹參差。三間蹋空而來兮蹋空而去，靈芬欲留兮不能住，徒秣其駒兮枉縶其馬。四間雞婁兮鼕鼕，爇螺甲兮熒熒。釃清泉兮乍汲，煮香稻兮方春。把蘭芳兮舉步，避苔滑兮斂躬。五間斂躬兮進舞，烟蛾側促兮不勝楚。倏而鸞翔兮忽而鵠舉，紅帬遠颺兮儼翻風之羽。履墻窄略兮不踐土，東西搖曳兮莫知處所。蓮花鏇兮等急雨，請君看兮胡旋女。六間左昂兮右低，隨風上下兮烟霏霏，下貼土塊兮上拂天池。緩看翻蝶兮迅看雕隼之飛，霎然而罷兮不動衣。風生滿堂兮如神來斯，惟明神兮能鑒之。七間

荷仙

荷仙者，俗云即荷擔僧。相傳來蘇十八都有雲門寺，即僧宅，僧每出，人問曰：「念佛何用？」

曰：「成仙耳。」因亦名荷擔仙。今神巫讚年祠終，亦讚僧，如曰「昔日有個荷擔僧，前頭擔母後擔經」是也。但僧與俗何涉？俗安得祠僧？且僧安有宅？即荷擔僧亦安見爲蕭山人？舊以問之先檢討，先檢討曰：此賀監也。監，吾邑人。少名知彰，取「知微知彰」義也。字瘴生。瘴者，彰之反，取「彰善瘴惡」義也。舊居來蘇鄉，鄉有周官湖，嘗請唐宗乞周官湖，而宗以鑑湖與之，今周官湖俗訛稱周家湖，正在來蘇鄉，與雲門寺相近，則「荷」是「賀」之誤，「擔僧」是「瘴生」之誤，「荷擔僧宅」是「賀瘴生宅」之誤。其曰仙者，知章爲飲中八仙之一，名酒八仙。又爲道士，俗所稱仙官者也。且夫知章，唐學士，一旦高蹈遠引，卻其官歸里，拔乎世俗之浮游者，則亦仙矣。

擊石兮硿硿，神之來兮有風，試看燭梢兮搖搖兮。一間吹簫兮唔唔，神之來兮先以雨，女巫噀水兮如霡霂之下。二間乘船來有舠舷，騎馬來有紙鞍，君來騎馬似乘船兮。三間皂帽來是朝官，黃帽來是羽官，君來皂帽兮又黃冠兮。四間嘆西堂之不扃兮人不能違，笑東館之無闌兮誰則能辭之以歸，君今來還兮豈非仙兮？五間朝行齊魯兮饑無餐，暮行吳楚兮席不能以蹔安，朝朝暮暮兮徒辛酸。君今來還兮，嗟乎豈非仙兮？六間城南有秫買千斛兮，城北有窟爲君築釀室兮，濁者爲沛清者爲醽渌兮。七間迎君前湖，移之還南塘兮。左有柳姑廟，右復置道士莊兮，請君飲酒在此莊傍兮。八間採菂爲核，縮藕以爲漿兮。荷花百里，風來聞香兮。如歠沙落，又如飲烏鄉兮。晚來微醉，聊宿之荷之間兮。謂君酒仙，又謂君荷仙兮。九間荷有蓋兮蓮有房，君有友兮名釀王，分茅錫爵兮不如守此醉鄉。吾欲並祠兮君之傍，春祈秋賽兮祠有常，千年萬載兮長持此觴。十間

西河文集卷一百二十九

蕭山毛奇齡字僧彌又初晴稿

誄　文

家烈婦誄文有序

康熙二十九年十二月二十七日，遂安方公子妻毛氏以殉夫身死。其舅氏編修君與予同館同籍，而其父明府君則又予同譜弟也。當予官京師，正值公子就婚、烈婦守志之際，在庚申四月。維時目睹心怛，曾爲文記墮樓事，示京師屬文者。暨乙丑之冬，予與編修君先後南還，而烈婦亦扶夫柩室歸里門。距守志之歲又踰十年，烈婦年二十七矣，乃請營高丘，矢與同穴，絶食廿日，畢命一旦，嗚呼哀哉！

夫以同里閥閱，歷世婚姻。論羊鄧，無顧我顧伊；在王謝，皆佳兒佳女。既百年之有定，真兩小之無嫌。爾乃兩家宦蹟，各在天涯。三月婚期，移之夏首。止逆女于燕河之北，議館甥在汴水之間。臨川内史，應過郗氏成婚；稷下淳于，甘作齊庭贅婿。借河陽之花樹，暫結交廬；開彭澤之酒罇，充爲合昏。無如嬴女多姿，蔡夫有疾。星橋初駕，便言河鼓將摧；蟾鏡方圓，忽報藁砧欲碎。徒設芙蓉之枕，相視猶虛；任歌《芣苡》之詩，守而不去。倒玉樹于瓦棺之内，折金釵于鈿盒之間。茂陵何在，誰爲上封禪遺書；函谷未還，猶似聽鈞天雅樂。用是志切儀雙，理惟從一。賢名如謝藴，自合嫠居；夫婿是陰瑜，豈容再嫁？是固然已，徐而思之。彼夫驅車吴市，祗重時年；解佩湘皐，勿需歲月。然猶神女以三秋爲刻，麻姑惟千載之期。至若樂羊游學，一歲遄歸；秦掾新婚，經時始别。商陵操别鶴，同居者尚五年；罽國獻離鸞，比翼者匪一日。豈有片時莞蒻，便覆黔衾；三日羹湯，僅嘗許藥？計寶帳拖身之日，正靈絲續命之年。禖暗解而身未分明，鏡欲開則眉仍鎖結。而乃餐茶未既，腊毒頻施。樊姬不擇肉，端爲腐腸；向母反攘羊，恐其留舌。吞秋胡之金而不死，懷荀氏之刃以自戕。然且地出窮泉，天無生路。貝州婦本無賴，絞頸車簾；皇甫妻亦何爲，懸頭欄楯？偶見星河之燦爛，且乘傅婢之迂疎。憂時倚柱，漆邑長號；入夜登臺，楚符不至。千秋金谷，居然墮向樓前；數仞青陵，竟爾投之臺下。肱三折而未絶，魂九死其奚還。計無復之，故爲好語。自昔下宫之難，全在立孤；授室之誠，不嫌負子。既有嗣，備三從之列；可皈空，具八覺之依。況復温生有夢，難免思鄉；連尹之尸，未經歸楚。魂離湘浦月，到處堪愁；柩在華山畿，何能遽返？姑秉燭伴隣家之績，豈攜琴效陌上之彈。持齋逾百日，譬如還侍太常；卻愛斷三塗，不過仍如處女。詎意息夫人之居室，終日無言；賈大夫之如皐，三年不笑。靈輀南載，宛然車轄來牽；虞殯東歸，尚用吹簫爲節。執丹紼于牽絲之手，幕紅墻于卻扇之人。

乃復疏麻作帔，已過三年；擷藻陳羹，又經十祀。樗里子之墳塋未造，夏侯嬰之石室安存？請營吴市之西門，少釋殷楹之左殯。急求吉兆，移時聽白鶴歸吟；遂有佳城，不日協青烏相法。乃言季武子之西階，固當返哭；然而平陽侯之北郭，原有同埋。考夫合葬之禮文，加以同棺之遺命，昔固有之，今所願也。于是捐仲子之餐，因而受翳桑之餓。形容盡毁，何嘗愛楚國纖腰；肉食都捐，猶自令條侯閉口。顧婦本張玄之妹，因之致辭；左殯以太冲爲兄，于焉相勸。生如露水，誰能百歲長存？庭有桑榆，何忍半途相棄？帨衿裁小絓，已誤終身；豚饋有全施，未膠半齒。痛辛壬之幾日，比丁癸之無年。膝前方朔，吐哺裁周；泉下仲卿，牢羞有在。當視尊章之奉養，無嫌丞令之多言。而乃痛至摧肝，裒如充耳。女嬃來北渚，徒令頞顣陳詞；淑媛上西山，翻共夷齊卻食。爰授兒以范喬之硯，且報夫以劉令之書。生辭愛嗣，不能織屨長安；死別舅姑，一似屠身淮市。乃于除夕之將臨，坐令仰天而長逝。嗚呼哀哉！

原夫一齊著禮，祇爲生倫；兩姓成歡，不皆死義。然而忠臣多殺身之節，賢閨饒殉難之文。惟恐伯姬貞行，厲之不終；長舅謙恭，幡然而改。是以梁高行之刺體，君子無譏；楚昭妃之喪身，前賢所重。蓋死生大事，患在因循；貞淫之幾，分于俄頃。自末學以偏畸爲戒，庸流惟陋簡之安。塚中小吏，未免過情；縣上慈親，目爲矯性。以致孝子鮮剖肝之贈，令妻無斷臂之旌。帷房多曖昧，暮齒皆孀；術序有常型，捐軀非訓。是使狙兒飾面，得冒榮名；精衛填河，長懷幽怨。雖或風俗之有殊，抑亦教化之未備也。

某忝居下史，遍閱前文。范蔚宗之新書，劉更生之舊傳，懿行孅節，代不乏人，如烈婦者，誠亦罕有。將欲追諸往昔，傳之後來，鋪揚聖化，以勵末俗。因摭其實行，疏其苦心，倣前代遺編，而敬爲之誄。其詞曰：

石英之村，婺星之里。有美一人，于焉鍾止。中郎好女，太史高門。崔盧舊締，潘楊世婚。未頌椒花，先吟柳絮。既擅研黄，復工織素。乃隨父宦，遠過滎汴。忽聽鳴鶗，于此奠雁。何悟洗馬，渡江而疾。三日未周，百端交集。顔敗叢蘭，冉歌《芣苡》。寶扇誰開？金匱難啓。從此生别，遂成死期。楊雄投閣，蘇秦刺肌。最難堪者，少得羊錮。聞彝便危，偏啖不吐。乃幸保傅，多其捍閑。孤立趙氏，身隨阿潘。爰把素縿，且扶丹罼。梁鴻去吴，杞殖在路。遠相牛眠，近聽龍耳。小吏新墳，貞娘舊塢。將瘞銅劍，忽卜金釵。周公合葬，齊階並埋。瞻顧傍徨，早夜悱惻。黔婁有餐，揮而不食。嗚呼哀哉！秦臺鳳散，吴市鶴歸。自兹遥夜，兩棺相依。嗚呼哀哉！天上人間，幽恨何極！我爲此文，雙泪霑臆。嗚呼哀哉！塚號並翼，山名比肩。千秋萬世，試視此間。嗚呼哀哉！

原評曰：烈婦峻節，不可無此文傳之。時西河歸田後作，載方氏家乘中。

勅封禮科都給事中前工部郎中姜公誄文并敘

康熙十一年六月二十七日，皇清勅封禮科都給事中、前工部都水司郎中姜公卒，嗚呼哀哉！惟公以故明工部郎爲太僕之曾孫，光禄之文孫，宗伯之令子，而今司諫之嚴父也。公爲工部郎時，督視北河，河水暵竭，漕軍愆期，動責渠使。公移諸南河，疏理穿貫，衛河有水，可用灌救，第以溉畝所瀦，坊庸私密。公力請總憲，躬按蘇門，周視機要，手啓閼牐，凡發三板，頓浮千艖。時當事用公疏請衛河之傍專設分司，轄斯濟運，以剔漕害，到今賴之。而衛鄘巨家水田減漏，椒怨良策，飛語蝨至，遂乃得罪。今者以司諫君貴，優游閭里近三十年，揣摩金石，淪湎辭賦，卹餧問疾，鬻孤嗣夭，國稱遺耉，人詠耆英。如何神察，殲此民望。春秋七十有五，偃然遽逝。嗚呼哀哉！惟予小子，與司諫君游，同侍言笑，謬蒙下逮，一如等倫，均于宴歡，忘其貴齒。每丁閒日，酒食醉飽，兒童賓客，虡虡衎衎。曁予蒙難，置之田舍。諸妄領會，並爲拯愬。誰謂壽享，勿用傷毁？自昔先哲，每因後生銘德纂績，以表旒旗。今公贈終，豈得無誄？嗚呼哀哉！用爲辭曰：

皇矣工部，於惟國楨。名垂海寓，生應星精。喬木既折，泰山其傾。影駒載駛，陽烏不明。聞訃相唁，登牀皆驚。遠隨鶴吊，親當驢鳴。猗與先乘，踵之岳靈。上邽天水，判由齊庭。尹姞周代，袁楊西京。司空邁蹟，太僕是承。疏貽光禄，史著春卿。公生紈袴，有繼錦名。皁羃天驥，紗盛夜螢。曾遴藝圃，甲乙論程。世聆月旦，家爲笵型。初游蓮幕，參畫中丞。繼遷虞曹，分司水衡。張秋奉使，官冬受成。衛河肇濬，肥泉底平。桃花爲浪，楗竹如楹。輓漕獲濟，封碑作銘。亦越家造，能傳一經。育兹國器，居然兩銂。風揚玉樹，氣接金莖。掖垣再入，平臺七争。佩紱總赤，依蒲能青。勝彼張湛，稱白馬生。是故京兆，虚席以迎。方忻禄養，累加恩榮。龍章早賁，鳳書頻徵。誰知一旦，乘雲上升。嗚呼哀哉！微聞伏暑，晏眠桃笙。牀環子姓，庋列餅罌。吟詩説偈，伸蕉展藤。俯仰遐憇，無疾而崩。又何遺言，從善如登。是詎易致，當有夙行。因思疇昔，恒承歡情。動如風拂，静猶淵停。看花戴阜，載酒蘭亭。一時遺老，首推耆英。臨池忼愾，更饒軼能。大將籠鵝，細且綴蠅。況獎善類，好扶替陵。方牲歷坎，力爲救拯。至今莫報，中心怦怦。嗚呼哀哉！若夫宗鄙，以孝友令。撫孤紹絶，春秋養嬰。嘗覓遺婺，爲續螟蛉。曾是不德，恒懷歉誠。惟其孺慕，終身不更。偶譚先哲，紛紛涕零。久思所嗜，尚視無形。以是推極，無非可稱。嗚呼哀哉！今當錫表，大彰封塋。後人奕奕，于焉嗣興。皆可慰藉，無庸屏營。特是徐孺，長思黄瓊。蕪文列旐，以當著銘。嗚呼哀哉！

北京大學《儒藏》編纂與研究中心 編

《儒藏》精華編選刊

西河文集（五）

〔清〕毛奇齡 撰
閻寶明 趙友林 馬麗麗 校點

北京大學出版社
PEKING UNIVERSITY PRESS

西河文集卷一百三十❶

蕭山毛奇齡字于又字大可稿

填詞一

原調

本稿雜列。今照詞例列小令、中調、長調。因析隋唐題特作一卷，名「原調」。其中《菩薩蠻》《小重山》等，微近宋調者，悉分列之。

填詞源于隋唐，沿于五代，流于宋，近益流矣。河右借徑温、韋，直溯庾、徐，是卷尤絶流探源之作。

埈曰：河右詞一本詩教，故温麗其體，而精深其旨，若其語則工麨備矣。他如陌上侍中、朝鮮計吏、宜城採桑之篇，極浦賣珠之詠，此固純標自然，不假琱繪者。至若户網粘蟲，枕聲停釧，訝霜明爲曙光，驚星摇之夜水。孤居鍵户，祇對牕鐶；隔舍聽歌，誤裁宫錦。吹篇苦脣朱之落，夢歡愁臂紅之銷。幽巖春竹，冷公子屏前；夜雨採蒲，歸女墳湖上。則或填足如鉤，斷簾垂露。夜坐燈前，惜後裾之成褶；朝來沐罷，擥前衫而自思。腰間慵結帶，時作縈迴；鏡裏喜看花，暗相轉側。屏外閒情，漫調㛹語；夢中祕事，難與婢言。此真靡曼之瑋辭，夫豈纖庸之佚調。

❶「西河文」，原作「毛翰林」，據全書例改。下同，不一一出校。

南歌子

鐵鑊生梁子，銅樞種棗花。楊柳正藏鴉。閉門春晝静，是誰家。

前調

茜染墻頭艸，烏飛陌上桑。三十侍中郎。自矜拖紫綬，茜花香。

前調

蕙幌春前雨，花竿晚後虹。解珥墜青蟲。去年曾借宿，宋家東。

前調

蕊撲鴉頭淺，鬟梳蠆尾輕。鏡裏未分明。勻殘紅粉絮，掛簾釘。

前調

高屧宜墻窄，長裙愛襇多。風起動江波。隔江風更急，奈裙何。

前調

舊苑羅羅在，新教略略成。殿上暗呼名。鍍金黄甲子，墮銀筝。坦曰：「略略」，曲名。白太傅有《彈略略》詩。

荷葉盃

雙槳紅舡欲度，荷路，向前溪。葉摇傾下露珠子，菱刺，又牽衣。荷路韻，菱刺又韻，他作無韻，誤。

其二

五月南塘水滿，吹斷，鯉魚風。小娘停櫂濯纖指，水底，見花紅。

章臺柳

楊柳枝，莫教折。留綰衫前散巾結。祇恐飛花上紫綸，認作揺郎鬢邊雪。

前調

花漏深，春睡醒。二五窺蟾半邊影。燒殘蠟淚泛銅盤，一尺珊瑚沁心冷。

南歌子又一體

燕尾捎輕霧，花柎涌落潮。朝鮮計吏附書遥。三月隋堤楊柳，暗河橋。

前調

驅馬東郊道，提筐南陌頭。桑枝欲盡且移鈎。日暮蠶饑歸去，好難留。

前調

蠟暈眉間粉，裙縈履上珠。陽雲樓上教歌殊。吹煖鳳梢雙籥，卸脣朱。

前調

漇杼嫌經密，殘絲畏鑷欹。織縑織素總難期。獨對支機彩石，有誰知。

前調

溘匣箱金斷，青紅鈿暈殘。狂夫塞下幾時還。時見瑣牕蜿蜿，墜雙鐶。

前調

搊溜愁蘋捲，投竿喜藻開。蓮舟櫂女夜歸來。争照水中髻子，落金釵。

漁父詞

篗篗銀鈎掛竹竿，珊瑚車子鐵連鐶。蓮葉渡，蓼花灘，烟波淼淼幾時還。

其二

菰葉菱根罥網絲，曲棢單板立鸕鷀。前浦約，隔江期，江長浦闊暝歸遲。

摘得新

河没時，霜繁月已低。錯驚銀楇曙，起來遲。扶上髩梢隨意綰，亂絲絲。

其二

日滿檐，蟲飛逐檻邊。紅衫腰後結，洗粧鉛。指拂額黄時轉側，鏡臺前。

其三

欲上牀，卸頭留半粧。殘膏銜獸頸，且縫裳。晶環繞指先知冷，偎誰傍。

其四

漏盡移，還將繡譜披。碧牕連鎖下，響朝雞。坐得畫裾千百褶，夜何其。

瀟湘神

湘渚頭，水北流，麥天風雨緑崖秋。蕉葉緝紗仍染緑，荆門紅樹好生愁。

其二

邛竹枝，生古祠，叢叢峭壁鷓鴣啼。朝雨過來還暮雨，不知神女幾時歸。

蕃女怨

吴娥窈窕初拂舞，堂下春雨。柳垂鋋，花轉轂，煖翻紅燭。只憐卻舞汗衣乾，又春寒。

前調

胡騰起作石國語，愁殺蕃女。罽韡尖，銅帶軟，蹵踏宛轉。迴頭忽憶舊安西，兩眉低。

憶江南

江上路，橫曼小長干。日炙水花紅灧瀲，烟浮堤艸緑綿蠻。高閣尚春寒。

其二

江路遠，艸際暗塵消。紅藥園深朝墜露，白蘋渚淺夜添潮。人醉畫欄橋。

其三

堪憶處，曲巷試單衫。菱井啄泥懸社燕，桃根熨火種春蠶。風景是江南。

其四

風景好，菰葉滿横塘。碧帶帩頭騎馬客，紅釘屐子攏舡娘。兩兩見鴛鴦。

其五

臨大道，金碧遶天涯。出郭危樓雲作埒，抱江小檻幔垂沙。記得那人家。

其　六

前浦去，何處最能留。黄鳥换枝啼不歇，落花細逐往來舟。微月上汀洲。

其　七

粧裹淡，時世在江淮。裙襵緩韜雙籠襪，髻根鬆貼兩梁釵。驅鴨去還來。

其　八

頻悵望，耶水與梧宫。誰浣素紗窺越女，因歌白苧號吴儂。總在石蓮東。

其　九

歸去好，長聽子規啼。紅藕城橋風脉脉，黄梅江閣雨凄凄。愁思望中迷。

其　十

江上市，帆落度橋來。兩岸娼樓懸水柵，平舡擊板暝烟開。漁火夜相猜。

其十一

芳艸軟，朝暮藉車輪。鸜鵒蚤寒調婢子，琵琶夜雨賽姑神。愁殺浪遊人。

西　溪　子二首。稿中低一字列，或疑非河右作，俟攷。

襡禣對襠一抹，帕幞兩頭八擸。抱腰身，牽帶孔，持帶孔。卸到燭光浮動。煖烟濃，瀉輕紅。

其　二

碁底紅编履子，低襯砑羅如水。夜填時，重解袜，重束袜。坐久欲填還脱。忽見月如鈎，使人愁。

思帝鄉

撥捩，遲歌挑舞又催。半折紅衫遮柱，柱初移。慢揳銀彄絃急，恐難支。不念中宵起，上絃時。

其　二

紅帉，紫帉藍緑帉。翠帽玉鈴珠串，壓金裙。垂手正巾徐步，毯毛深未分。倏見煖風吹繞，一堂雲。紅帉韻。下首霓裳同。

其　三

霓裳，羽衣譜未詳。玉貌何人無力，繞珠璫。曳得鈿纓纍纍，屐蹺裙自揚。猶自曲終徐立，聽聲長。

浪淘沙

仙橘山前看橘花，單衫裁就橘山蔴。春江空作揉藍色，浪裹淘來那得紗。

其　二

杉木爲簰竹作檐，江潮能苦雨能甜。連朝只飲檐頭雨，翻道江潮錯着鹽。

南鄉子

蕉葉領，橘花翹，紅藤篾子束裙腰。私念鵁雞顔色好，從誰道，裁作大郎頭上帽。

其　二

藤菜煖，荔枝乾，青蛉河畔碧魚餐。頋絞桄榔皮裹肉，炊烏木，暫與小郎充晚腹。

前　調垵曰：此前後句調各異，然不分二體。見歐陽舍人、李珣諸作。

賽起祠叢，木棉花發野椒紅。記得丁郎山下路，敲銅鼓，九孔紅螺扇遮舞。

前　調

盧橘催酸，風生蔞葉瘴烟寒。自賣明珠歸極浦，心苦，白氎單衫着秋雨。

甘州子

銀牀金井曉啼鴉。簾額上，襯紅霞。同心梔子夜開花，和露折來斜。無好意，送與謝娘家。

其　二

織金衫重懶提箏。雙扼臂，釦來輕。平頭吹蠟炙銅笙，葉底弄鶯聲。無好意，唤與順郎聽。

江城子

赭門東上海潮青，古西陵，雨冥冥。越王宫女，着履在樟亭。亭下教兵遺竹矢，秋日晚，墮鴉翎。

前　調

日出城頭雞子黄，照紅粧，動江光。采蓮江畔，錦纜藕絲長。欲問小姑愁隔浦，長獨處，久無郎。

前　調

江深不畜伺潮雞，春和出户遲，浣紗稀。雙橋釵子，瑱粟綴紅泥。裁得荷花新樣好，羞比着，嫁時衣。

楊柳枝

花蕚樓前楊柳枝，美人翦綵自尋思。千絲萬絲誰作樣，翦來總似一條眉。

其　二

白蝶愛翻輕粉絮，黃鸝偏上縷金條。雙眉葉葉憑君看，無奈低邊是細腰。

踏歌詞

園裏花成子，梁間絮作泥。風鳶移柱線，雲母貼牕衣。漫摘髩邊篦，上有鬧蛾兒。

其　二

網户粘蟲翅，簾旌壓柳條。整釵時對鏡，結襻屢迴縧。漫折井邊桃，上有合歡梢。

天仙子

蠟炬乍開紅芍藥，枝頭又噪星橋鵲。還疑蕩子蚤歸來，蛛網錯，勾眼角，昨晚下堦裙帶落。 埈曰：「昨晚」一抄作「向晚」，誤。權德輿詩「昨夜裙帶解，莫是藁砧歸」，王建詩「忽地下堦裙帶解，非時應得見君王」。「昨晚」「下堦」兩用其語，今改正。

前　調

玉繭牽絲纏寶帔，當胸繡出承恩字。朝朝獨自捲衣裳，蜥蜴尾，長繞臂，誰識牀頭有龍子。

前　調

珠雀五層宮髻直，紅縧盤委花磚級。太平天子用恩多，艸露潗，裙裹濕，猶許蜻蜓上裙立。

前　調

墻裏花枝墻外影，嘶騧緩踏飛花冷。隔墻見得不分明，金甃井，銀絡綆，井面看身見斜領。

前　調

新殿前頭騎馬去，射生籍裏名初註。紅襠垂鐙手垂絲，廻盻處，風繞絮，羞抱夾金鞍子住。

前　調此下舊有賦題，今缺。

魚網劈來螺粉滑，臂痕細壓金條脫。背人寫就兩行歀，花勝纈，銀縷結，纖指斜封惹脂沫。

前　調蠡城爲王郎記事

城上春雲城下雨，倩人留壻傾春醑。偷將壻袷障春寒，烹雪黍，炊玉杵，調壻鄉音隔牕語。

前　調

鍼管紅抽丹鳳鋟，螭頭金錯裁雙枕。誰家白苧夜歌來，人未寢，霜又凛，誤翦葡萄紫絲錦。

前　調

斑簟紋生雙腕纈，夢中欲笑開嬌靨。醒來記得許多情，檀獸爇，釵燕熱，侍婢相看那能説。

長相思

長相思，在春晚。朝日曈曈熨花煖。黄鳥飛，緑波滿。雀粟銜素璫，蛛絲斷金翦。欲着别時衣，開箱自展轉。

其　二

長相思，在秋節。複斗垂垂怨蜻蛚。錦紋砧，素絲鑷。夢苦見參星，關深落榆葉。欲識夫壻寒，花堦映微雪。

遇　陳　王

枇杷花裏誰家院，近叢壇。青漆左廂開繡户，坐雙鬟。着地畫簾飛燕燕，當堦碧艸映蘭蘭。車輪未必成三角，扠住門邊那得還。

其　二

阿侯十六南隣女，對門居。相視欲申無限意，口中朱。朝起青烟縈獸爪，晚來紅燭透蝦鬚。牙箱實裹冰蠶繭，骨裹相思豈是虛。

其　三

金斗熨開魚子襭，襯紅裳。銅瓶注煖獅頭炭，理黄粧。頻呼小玉因聲巧，欲寫泥金恐恨長。那見瑶臺成粉幛，果然銀漢是紅墻。

酒　泉　子

風攬紅簾，愁損隔簾人影。倩秦娥，纏越縈，唱吴鹽。黄鋪白鎖春相望，高閣魂驚難上。那更堪，花滿桁，柳垂檐。

其二

可惜春歸，換得好花成葉。啓金箱，疊絮褶，熨單衣。銀鈎翠籠南隣女，日暮採桑西去。怕秋胡，回道路，返遲遲。

其三

寧掃空牀，怕見滿欄月色。寫金緘，縈象尺，坐燈涼。屏欹漏月燈猶悄，坐遠影兒較小。爲孤單，長伴曉，似雙雙。

嬾卸頭

紇紇珠臂繩，宛轉轆轤上。那知雙穗條，夜夜空垂帳。楚雀緣釵橋，胡蜂咂衣桁。製得嬾卸頭，殷勤與誰唱。

定西番

校尉新開疎勒，旋右地，返輪臺，未歸來。奪得燕支萬里，艸青春已迴。誰道于闐還有，野花開。

其二

月落武陽碑下，控鵑血，挽牛翁，看烽紅。夜半軍中女子，鼓聲寒不雄。恰是深閨人去，夢魂中。此首得之商采臣本。

醉公子

是誰過上苑，試馬歸來晚。雙鐙武威銅，櫻桃馬頰紅。百枝燈並起，解馬歸花裏。花底碎金篦，珊瑚錯燕泥。

其　二

杏園初試酒，挾彈遮楊柳。醉裏困金吾，教姬倒玉壺。　綬絲如鷊子，翠帢團團刺。花片綴衣巾，衣花看轉新。

生　查　子

緑棕匝茱㮙，皂角穿蘿屋。犀槅釘明螺，眼底分朝旭。　沅浦長，淇水曲，處處難追逐。欲見有何由，簳蠟成紅燭。

西河文集卷一百三十一

蕭山毛奇齡字大可又字于稿

填　詞二

浣溪紗

碧玉蒲芽短短針，雀羅波底刺當心。拔蒲歸去水淫淫。　檝染緑苔疑掩袖，幔漂紅露似湔襟。晚風吹轉北塘深。

其　二

溪女粧成出若耶，芹絲蓱蔓逼流斜。青苔石上浣新紗。　愛把單鬟捎竹葉，羞將雙臉近荷花。緹油前覆夜來車。

其　三

軟緑江波鴨子清，日遲游女遍江城。紅橋度燭緩相迎。　細馬隔裙穿鐙子，平舡素手撥簾旌。大堤春日往來情。

其　四

嬌女新粧村艷濃，四枝鬟插石榴紅。出門還怕隔溪風。　石鏡暗飛山後鵲，荻屏銷晝水邊洪。西施臺館碧波中。

其　五

緑滿南園乳雀栖，重花疊葉不通飛。小姑獨出採薔薇。　珥底珠兒徒刺臉，帶穿貝子恐磨衣。行行立立自尋思。

其　六

叢髩輕籠象格紗，麴塵巾縐翳朝霞。愁聽江閣按紅牙。　簪管杠鉸銀蓋葉，繡牀空釘白團花。游絲飛絮近天涯。埈曰：「繡床」一抄作「繡枰」，即刺繡架子。

其　七

水繞空江葉繞枝，竹郎橋畔豆娘祠。佳人邂逅最堪思。　燭近只將遮幔子，風前長自斂衫兒。梨花初落酒闌時。

巫山一段雲

篠壁含烟澹，椒花滴露稀。風吹細雨曉雲低，十二碧峰迷。　神女祠前泪，清猿峽裏啼。瞿塘新水麴塵微，行客自依依。

其　二

寒雨蘿衣濕，晴雲蕉帔開。空舲峽下近陽臺，誰向夢中來。　叢笛江妃廟，孤舟新婦限。山花石竹不須栽，看作小姑釵。

女　冠　子

上元少女，誰授玉函金筥，倚香壇。晝帔藤花淺，璚鐘橘乳寒。　南宮除牒子，北斗動旛干。猶見春歸燕，似青鸞。

其　二

玄都清曉，坐間碧堂紅艸，女仙家。玉鈴量星豆，金鐃煑雪花。　駐顏丹作粉，繫肘籙垂紗。凂凂溝頭水，盡胡麻。

其　三

上清仙夢，恍到十三春洞，玉顏紅。月下隨王母，花前別寧封。　黄巾潛解佩，赤舃緩弛弓。稱名多誤聽，爲呼儂。

其　四

仙房寂寂，戲採瑶林珠實，是何鄉。紅尾梢花犬，青衣覆石羊。　鮫絲裁綬短，鵝管呷笙長。倘得逢燕使，問昭王。

其　五

平明受事，堪惜玉笄初侍，小茅君。薄霧籠青髻，輕烟曳縹裙。鳳銜琪樹蓋，虬使玉堂雲。恐逐童男去，思紛紛。

其　六

碧簫初弄，暗想秦樓雙鳳，幾多情。玉鍥分蘆節，金箱貯棗餳。蕉花含秘閣，松影落層城。誰擣玄霜盡，見雲英。

其　七

短花長葉，到處翠軿相接，洞中春。衣炷熬丹錫，脣脂瀹水銀。盤囊閒繫虎，麈尾笑遺人。總隔蓬萊路，也生塵。

其　八

金巾姣好，長佩玉砂瑶艸，受清虚。粧鏡殲山鬼，香奩撿道書。緗眉遮羽蓋，素手滌仙厨。每當三五夜，望蟾蜍。

其　九

赤城紫府，閒貯玄瓏妃女，小仙才。節擁藍絲葆，冠抽緑玉釵。蜂房融日粉，蝶夢遶天涯。何事劉郎去，不歸來。

山花子

蟬翅宮綃傳體寒，琵琶掩面夜歌闌。插得鈿頭新撥子，是紅鸞。隔舍紫姑星會淺，開門烏臼雨啼殘。曾卜金錢今始驗，拆和單。

其　二

小院風摇九子鈴，臨河長對牸牛星。欲上玉機愁杼短，織難成。擲縷燭翻嬌鳳出，縈絲泪盡濕花生。誰道錦文無様子，看廻程。

春曉曲

小屏山上西江曲，深處落梅寒簌簌。曉鑑菱開赭粉紅，殘燈穗卷香脂緑。艸頭堦剗襪衩金，花裏碧鈎旛勝玉。繞鳳雙簧蠟炙新，蚤春驚破霜溪竹。本稿另列《木蘭花令》一首，即此首廻讀者，今附後：

竹溪霜破驚春蚤，新炙蠟簧雙鳳繞。玉勝旛鈎壁裏花，金衩襪剗堦頭艸。緑脂香卷穗燈殘，紅粉赭開菱鑑曉。簌簌寒梅落處深，曲江西上山屏小。

菩薩蠻

含桃着雨花如雪，井邊吹落春雲葉。鸜鵒結釵樓，新娘半上頭。裁衣繙様子，壓線盤金篚。十五小裙腰，能留線幾條。

前　調

山雞栖罷烏啼樹，迎人燒盡柑紅炬。複鑰下銅魚，車前一幰除。褥花嘗對縫，羞見雙鴛控。漸滅玉罏烟，人眠故未眠。

前　調

宜城二月鶯啼蚤，羅敷十五雙鬟小。錦帶約桑鈎，使君南陌頭。　連錢嘶日暮，共返宜城渡。莫是看羅敷，羅敷自有夫。此詞蔡大敬隱居坐上作也。或云「日出」「城頭」二詞懷山陰張南士雛隱、姜桐音諸子，「河瀆神」寄楚友，「高閣近花」遇楊維斗嗣君吴門作，「黄帕銜鼇」則贈梁溪趙翰林者。但唐調本無標題，且已經削去，不敢增入。

前　調

輕雷鹿鹿宫車轉，晚涼偷弄邠王管。雙甲小蠙蛦，黄鸝處處啼。　春風吹欲遍，盡作西清怨。暗裏换歌頭，伊州似石州。

前　調

一株柳樹千條葉，桃根巧向梅根接。花塢暗相通，新花隔幾重。　寶函春信杳，水漫紅魚小。半格軸頭絲，環環無盡時。

前　調

日黄不上粧山面，露圓難綴珠簾線。種得鬱金花，將來浸木瓜。　枕屏山六扇，上有江南岸。岸盡是吴關，關前人未還。

河瀆神

楚雨歇殘陽，滿庭新月瀟湘。松花濕影墜山黄，帝女花竿廟旁。　瑶瑟洞簫來極浦，風吹桂酒椒漿。夜半烟寒翠斂，幾人能上高唐。

其二

丹殿俯嵯峨，洞庭秋水湘娥。深房鬼火暗青蘿，嗚咽神絃自歌。文木漆光絲纏腹，蕉花影裏婆娑。祇爲相思美子，燈前一斂雙蛾。

採蓮子

風起蓮江縐緑羅，舉棹並舡歸唱採蓮歌。年少畫屏只見金鸂鶒，舉棹不信雙雙水鳥多。年少

細萍點點釘花舡，舉棹荇綫飄飄縛畫竿。年少折得小蓮羞並蒂，舉棹紅靴鈎入錦裙邊。年少

更漏子

棗屏深，樺燭冷，複壁照人雙影。魚墜管，獸銜環，一牀衾枕單。更漏咽，樓頭月，偏射小牕明蛤。紅幕掩，鵲橋低，銀河又向西。

其二

小檀槽，新捍撥，彈就夜堂秋月。銀箭斷，玉釵涼，燭槃紅泪長。寒角動，霜風送，驚起金微殘夢。關戍柝，女郎砧，城南秋漸深。

其三

幔鈎繩，複斗穗，寒夜美人半睡。雲掩絮，月朧明，枕函亭釧聲。蠶燭耀，飛蛾遶，門外烏啼難曉。燔蕙燼，隱紗籠，罘罳劃碎紅。

其　四

剪鮫絲，量獸錦，寬窄燈前自審。鈿尺短，錯刀殘，晚來多少寒。　園霧薄，林花落，水面星摇池閣。山犬吠，艸蟲鳴，曲房魂暗驚。

其　五

井梧陰，庭樹暝，寂寂畫欄人静。蠟子焰，蟹衣筐，隣家夜績涼。　芭蕉露，零如雨，記得暗中歡去。宵漏盡，曉鐘催，碧牕殊未來。

木蘭花令

曉鶯娓娓流粧閣，日上燭吹紅繡幕。束將方帶玉芙蕖，裹就半韝銀芍藥。　尋花露冷臙脂薄，花底暗翻釵子落。誰開鴛錦抱輕雲，誤使丁娘枕前索。垓曰：「日上」別抄作「日下」，非是。「日上燭吹」猶吴宫詞「見日吹紅燭」也。

小重山

春殿香銷鎖碧空。夜涼宫漏悄，咽銅龍。銀河瀉地水漴漴。粧初洗，殘粉膩溝紅。　雙鳳宿梧桐。小桃金井上，露華濃。長門枉自閉重重。珠闌迥，時拂玉堦蟲。

其　二

芳艸茸茸翠輦遲。昭陽初日影，散彤墀。銀旛綵勝戴雙纚。金錯小，翦出萬年枝。　御苑落花時。祠前祈百子，漢家池。承恩唯有臂紅知。中宵夢，頻起視臙脂。「起視」一作「恐墮」。

其　三

黄帕銜鼈結象牀。捲衣長拂面，侍君王。衫襟深惹御篝香。綃幛影，隱隱見鴛鴦。　別院罷霓裳。衆中新賜着，殿頭黄。年來獨繫絳紗囊。江南路，四十杜秋娘。

其　四

鳷鵲高翾負日温。春冰融太液，細流渾。嬾調黄子漬香蓀。羊車近，竹葉滿金盆。　十載見承恩。踏青隨例出，望春門。卻收銀鑰暗銷魂。梨花落，深殿又黄昏。

喜遷鶯

榆葉裏，楝花前，燒盡白礬烟。嬌龍自走不須鞭，最喜是鶯遷。　歌羽歌，舞羽舞，人在掌中飛去。霧絲裙子本蹁躚，何處更留仙。

其　二

杏苑北，曲江西，殘雪尚依依。輕輪輾絮着人衣，拊馬夜歸遲。　蓬宴遥，蓮漏淺，紅燭萬條深院。曉來唯聽乳鶯啼，移上緑楊枝。

臨江仙

澧浦紅蘭開日暮，美人倚徙空亭。幽巖春竹雨冥冥。長思公子，愁絶翠雲屏。　碧水尚傳瑶瑟怨，棖棖夜鼓湘靈。蒼梧南去晚山青。楚江遷客，憔悴不堪聽。

前調

秋藕絲裙春樹面，龍安寺裏爲家。時來空館倚欄斜。欄前新水，日日浸桃花。　素手自撩金索動，腕繩輕約紅紗。東風相見各天涯。道傍愁思，散作日邊霞。

前調

高閣近花紅影合，繞牀還種青梧。西施嬌小似無夫。黄金梯滑，不見有人扶。　芰葉菱根遮浦暗，含情但採菖蒲。金閶門外夜啼烏。女墳前去，寒燭照東湖。

前調

晚渡潮生野火静，叢祠深對江波。垂鬟接黛一青娥。寶冠珠絡，花帔貼銀鵝。　估客往來争禱賽，隔舡吹鳳鳴鼉。山低如帶水如羅。螭頭黄絹，隱隱畫雙螺。

前調

睡架荼蘼紅刺軟，霧中恍蔽輕紈。幾番覓釧坐花間。香山未煖，石炭擣烟寒。　薄絮裝衣縈背胛，空懸辟凍金環。武溪雪浄尚征蠻。杜鵑聲杳，莫是未教還。

竹枝

十二峰前竹枝十二灘，女兒嘈嘈急水竹枝渡來難。女兒瞿塘看似竹枝桃花馬，女兒只少裝成竹枝八寶鞍。女兒

錦江春水竹枝白浮浮，女兒擔水嬌娘竹枝踏水愁。女兒洗面好來竹枝清溜裏，女兒洗足當尋竹枝濁浪

頭。女兒　舊抄後截各異，并録後。

峨峨白浪錦江西，濯錦年年上錦堤。誰使負鹽桐髻女，銀花如雪照汙泥。

雙帶子

紅藕香銷暑殿涼，玉梭横枕墮釵長。東樓賦得新來怨，中夜看沉龜甲黄。黄甲龜沉看夜中，怨來新得賦樓東。長釵墮枕横梭玉，涼殿暑銷香藕紅。

其　二

君在教頭歌昔昔，妓看垂手落摻摻。裙襉半將遮屐點，柘竿長是拄腰纖。纖腰拄是長竿柘，點屐遮將半襉裙。摻摻落手垂看妓，昔昔歌頭教在君。

其　三

樓高是處盡烏啼，柳外烟同翠眼迷。流水落花春寂寂，浮家一檻近前溪。溪前近檻一家浮，寂寂春花落水流。迷眼翠同烟外柳，啼烏盡處是高樓。

其　四

春缸玉酒細鱗紅，怨鳥啼花隔數重。銀子蒜垂簾押静，新開背面兩鸞櫳。櫳鸞兩面背開新，静押簾垂蒜子銀。重數隔花啼鳥怨，紅鱗細酒玉缸春。

其　五

誰向粧亭亭後别，望中烟雨帶帆開。絲回漫水藍如襖，黛繞横山青似煤。煤似青山横繞黛，襖如藍水漫回絲。開帆帶雨烟中望，別後亭亭粧向誰。

其　六

紅荷短間白荷長，細細風來細細香。濃露滑篙聯艇側，同來到處問家鄉。鄉家問處到來同，側艇聯篙滑露濃。香細細來風細細，長荷白間短荷紅。

其　七

寒雨江汀隔斷橋，去時當似不來潮。蘭浦憶人愁渺目，漫漫夜夢合花梢。梢花合夢夜漫漫，目渺愁人憶浦蘭。潮來不似當時去，橋斷隔汀江雨寒。

其　八

鳩浮白水踏歌虛，髻捋蟲珠雀畫裾。樓上捲裳龍女侍，溝前御宿卸粧初。初粧卸宿御前溝，侍女龍裳捲上樓。裾畫雀珠蟲捋髻，虛歌踏水白浮鳩。

甘州遍

青槐路，迤邐返長楊。暮雲翔。銀魚立胛，金鵝仗帶，曾騎黄馬射黄羊。歌肆側，酒壚旁。調鷹牽犬歸去，愁殺羽林郎。花剗帽，往往賭毬塲。暗風揚。薰衣透縷，隔巷細生香。

其　二

金槌去，長箖棗紅騮。五陵遊。純鈎蒯繞，縵胡纓曲，冰梢獵獵似星流。兄執戟，弟長秋。射飛逐没嘗見，便殿賜衣裘。年正少，花發醉娼樓。錦纏頭。幾行歌舞，一曲遍甘州。

其　三

甘州遍，羌笛又將殘。聽聲寒。黄花碎葉，琱戈鐵馬，茫茫飛雪滿燕山。邊角静，戍衣單。紅閨萬里夢斷，都護請生還。雁帛遠，風急墮旌竿。望長安。甘泉鐃吹，何日達蕭關。

其　四

秋風起，展轉事長征。出邊城。彎弧鵲角，佩刀犀首，趫趫斥突願擒生。收敕勒，捲攙搶。夜涼頻擊刁斗，空磧答遥聲。轉戰苦，車騎未成名。塞魂驚。琵琶孤塚，春艸日青青。

西河文集卷一百三十二

蕭山毛奇齡字于又字大可稿

填　詞三

小　令

河右小令、中調宗李、秦、張、晏諸君，長調稍及周、柳，總取其當家者，以花間、艸堂不同時，小令、長調又不同體也。或曰：宗花間宜屏艸堂，則作古體者必無近體；宗淮海宜卻柳七，則作沈、宋短律，必務絶盧、駱諸曼章矣。河右隨體填合，不務一格，要其斷不爲辛、蔣諸惡習，則自有坊域耳。

十六字令近調宜列賦題，但本稿多不列。今不敢增入，後倣此。

花，下影跟人上玉墀。誰推倒？横着半氈兒。

搗練子

青草軟，綠波長。日暮鄉關思渺茫。吴苑隋堤何處是，滿江垂柳又垂楊。

前　調泊山塘作

雲淡淡，雨絲絲。舊日真娘何處祠。横笛短簫聲漸遠，藕花塘子夜來時。

夢江南 當《緩緩歸曲》。埈曰：按吴越王妃每歲歸臨安，王遺妃書云「陌上花開，可緩緩歸矣」，吴人用其語，爲歌凄然。又蘇子瞻有《緩緩歸曲》，然用「清平調引」，與此異。

臨安去，陌上已開花。扇影似翻江上羽，車簾剛拂艸頭沙。緩緩好歸家。

其　二

臨安去，陌上已花開。繞路烟絲籠煖去，清江日影帶潮回。緩緩好歸來。

法駕導引 送一苓和尚還羅浮

江帆暮，江帆暮，六月水西頭。竹子牽來黄蛤履，荷花汎去白螺舟。送汝返羅浮。

憶王孫

東風吹柳覆金堤，夾岸紅樓望去迷。日映游絲捲幔低。畫橋西，一樹嬌花鳥自啼。

前調 遊西施山

西施歌館舊城東，畫棟朱欄映碧空。花絮陰陰趁晚風。翠重重，石上臙脂墮雨紅。

翦半 舊無此曲，疑分一翦梅之半，故名。

光宅坊前十字街，桃子花開，杏子花開。鈿頭櫟子有人猜。恐是銅釵，不是金釵。

其　二

縛竹纖纖似女腰，欲上溪橋，怕上溪橋。黑雲遮住北山坳。昨日風潮，今日風潮。

其　三

木槲花間乳鵲栖，鵲也能飛，花也能飛。臨行空記艸花期。二月當歸，三月當歸。❶

長相思 泛舟西江即事

一橋低，兩橋低，棗樹灣頭西復西。江深雨欲迷。　早烏啼，晚烏啼，兩槳歸來烏未棲。相逢半路溪。

前　調

雙頭釵，獨頭釵，一樣金鵝兩樣排。釵梁起四臺。　烏帽來，白帽來，湖就磯頭望幾迴。菖蒲花未開。

點絳唇 送春

惱殺啼鵑，逢人還道春歸去。留人不住，誰要留春住。　花絮茫茫，萬點愁人緒。歸何處？春歸無路，莫是人歸路。

前　調 姜亦興、汝長庚邀聽琵琶❷

抱出檀槽，金絲撥子輕輕落。淺圍羅幙，月上欄杆角。　夜半嘈嘈，緊手驚相錯。敲銀索，夢回

❶「三」，原作「二」，據四庫本改。
❷「庚」，原重出，據四庫本删。

粧閣，花底飛烏鵲。

前　調采蓮曲

南浦風微，畫橈已到深深處。藕花遮住，不許穿花去。　隔藕叢叢，似有人言語。難尋泝，亂紅無主，一望斜陽暮。

相見懽

倚牀還繡芙蓉，對花叢。牽得絲絲柳線、翠烟籠。　愁思遠，拋金翦，唾殘絨。羞煞鴛鴦銜去、一絲紅。

前　調

花前顧影粼粼，水中人。水面殘花片片、繞人身。　私自整，紅斜領，茜兒巾。卻訝領間巾裏、刺花新。

前　調懷人

秋風嫋嫋登臺，强徘徊。兩兩鴛鴦飛去、幾時回。　錢塘路，西陵渡，總天涯。不是蚤潮又是、晚潮來。

霜天曉角仝丁大聲、史憲臣、徐徽之、蔡大敬、來成夫登望京門樓

平沙十里，滚滚江潮水。横下秋鷹如削，短艸岸、朔風起。　欄杆人共倚，舊關何處是。記得西施去路，殘陽外、碧烟裏。

前　調 曉起

柳烟如織，病起逢寒食。昨夜東風吹緊，花梢上、雨來急。　曉開銅鏡立，鏡光涵曉色。驚見濃雲堆下，梨花月、一輪白。

醜奴兒令 妓席送酒

玉瓶春煖酴醾淺，艷殺青哥，窄袖摩抄。蚤把空栖弄鈿螺。　擎來悞濕雙條脱，重瀉金波，斜對銀河。唱罷甘州奈若何。青哥，妓名，自註。

前　調

珠繩初絓銀河瀉，花滿中庭，露滿中庭。嬾向庭前看月明。　山屏幾褶孤眠久，夢也難憑，醒也難憑。翻願今宵夢不成。

減字木蘭花 桑婦詞

城南暮雨，尚有採桑秦氏女。低繫桑籠，獨倚桃花一樹紅。　青驄西去，口裏銜絲銜不住。歸到燈前，一任三眠與四眠。

前　調 仝姜八孝廉有訪

陸公祠畔，十里橫塘行未半。花港深深，王四娘家何處尋。　醁醅初注，又是孝廉舡欲去。怕照菱花，對面分明又一家。

卜算子

小鳥踏花枝，花落如紅霰。花樹朦朧一徑迷，中有佳人面。　愁見落花多，欲去還留戀。扇子盛來仔細看，點點桃花片。

前調

門外緑楊堤，門裏紅粧女。何處金羈美少年，故綰垂楊縷。　風起攪楊花，飛作廉纖雨。眼底迷迷不見人，且聽黃鸝語。

阮郎歸春暮

櫻桃子熟竹初肥，南園晝啓遲。蜂房濾粉暗成脾，晝垣生緑衣。　蒲雨漲，柳橋低，鞦韆深院迷。杜鵑啼歇最高枝，有人還未歸。

前調秋暮見曉粧者

拒霜花發傍粧樓，樓前細水流。隔花初日上簾鉤，美人樓上頭。　開碧篋，瀉紅油，鏡邊長坐愁。鴛鴦瓦熱露華浮，玉釵寒未抽。

浣溪沙和任二王傰迴環韻

陰柳垂庭山枕斜，禽鳴自上檻邊花，深屏午夢隔牕紗。　甕啓冰牙蛆瀉酒，襟披雪眼蟹瀠茶，臨粧晚掃淡黃鴉。

迴　前

斜枕山庭垂柳陰，花邊檻上自鳴禽，紗牕隔夢午屏深。　酒瀉蛆牙冰啓甕，茶瀠蟹眼雪披襟，鴉黄淡掃晚粧臨。

武　陵　春 登仙桃山

溪口桃花紅欲暮，淺水泛胡麻。行盡空林散紫霞，來到上清家。　縹緲香壇松飯熟，石鼎醉丹砂。歸路殘陽噪晚鴉，回首亂雲遮。

菩　薩　蠻 即事

花前鼓瑟花間聽，紅燈低照新粧靚。侍婢唤行雲，高唐曾見君。　玉籠香霧繞，怕見青銅曉。井上轆轤聲，翻教睡畫屏。

前　調 咏枕和友

珊瑚鏤枕珠闌細，盤雲散澤香衣膩。枯壓鬌邊花，花紅印一些。　與誰同轉側，繡出雙鸂鶒。將枕付陳思，陳思思不思。

其　二

嘉文小裹雙絲紐，單窩認得孤眠久。淚浥口脂融，相逢一夢中。　花函遮短帔，中有相思字。銀燭夜來新，深憐抱枕人。

前　調商霖臣納姬

溝頭流水山頭雪，春江幾度迎桃葉。桃葉渡江來，江花兩岸開。珍珠量幾斛，買得雙蛾緑。衫子緑于蛾，雙蛾奈緑何。

前　調爲楊生催粧者多見紙落，緣上官知書也。最後弟子周風遠索牲和詞。

丹楓葉葉迎春小，錦茵開處香鸞繞。銀扇隔瑺櫳，燈花百子紅。櫚前烏鵲曙，休遣催粧去。賦得夜來珠，昭容攬鏡餘。

其　二

雕籃細壓花毬小，金箱疊鎖蛛絲繞。畫燭滿簾櫳，雙樽琥珀紅。芙蓉清漏曙，曉鳳銜烟去。慢撒帳頭珠，香奩貯有餘。

前　調顛倒韻，伯兄大千、姪阿蓮仝作。

藥欄勾墮銜釵雀，雀釵銜墮勾欄藥。花落畫屏紗，紗屏畫落花。曉山關雁繞，繞雁關山曉。人遠惜殘春，春殘惜遠人。

其　二

軟鋪銅甃飛紅淺，淺紅飛甃銅鋪軟。深巷柳摇金，金摇柳巷深。爚篝香霧薄，薄霧香篝爚。門掩半黄昏，昏黄半掩門。

其　三

去春三鳥栖來曙，曙來栖鳥三春去。邊塞絶秋千，千秋絶塞邊。　錯彈哀抵角，角抵哀彈錯。樓倚謝娘秋，秋娘謝倚樓。

其　四

井榦雙斷金絲綆，綆絲金斷雙榦井。城上響啼鶯，鶯啼響上城。　綺園南去騎，騎去南園綺。遲日墜鳴機，機鳴墜日遲。

其　五

簌錢金壓花裙唾，唾裙花壓金錢簌。斜日鬭鈿車，車鈿鬭日斜。　酒胡雕列缶，缶列雕胡酒。孤燭醉當罏，罏當醉燭孤。

其　六

熨香沉斗珠繩屈，屈繩珠斗沉香熨。花鴨睡籠紗，紗籠睡鴨花。　減絲荷漏淺，淺漏荷絲減。長夜好難量，量難好夜長。

其　七

燭檠深影春幗曲，曲幗春影深檠燭。迷路入花溪，溪花入路迷。　枕函空覆錦，錦覆空函枕。遮莫苦悽鴉，鴉悽苦莫遮。

其　八

刺桐花滿高橋寺，寺橋高滿花桐刺。魂斷幾家村，村家幾斷魂。　去騧嘶落絮，絮落嘶騧去。娘度夜中霜，霜中夜度娘。

其　九

小姑村映青溪曉，曉溪青映村姑小。家是就磯斜，斜磯就是家。　返舟蓮櫂遠，遠櫂蓮舟返。儂識舊娃宮，宮娃舊識儂。

其　十寄友

上潮春漲西陵望，望陵西漲春潮上。寒雨渡來難，難來渡雨寒。　燕泥銜斷檻，檻斷銜泥燕。時苦作蠶絲，絲蠶作苦時。

其　十　一訪所歡作

路旁廂板烏桲樹，樹桲烏板廂旁路。尋處甚陰陰，陰陰甚處尋。　縷絲千點雨，雨點千絲縷。何若別情多，多情別若何。

其　十　二落帆亭送女士黃皆令遠行

窄帆輕落亭前驛，驛前亭落輕帆窄。紅露浥花穠，穠花浥露紅。　渡淮臨雨暮，暮雨臨淮渡。長過莫愁鄉，鄉愁莫過長。

攤破浣溪紗懷張七雛隱粤東未歸

黄木灣前蘆雁稀，琵琶洲畔竹花飛。南去陸郎烟瘴裏，幾時歸。　翠鳥羽長臨鏡遠，章魚海闊跳波微。看到木棉紅又白，好裝衣。

少　年　游過陵下感舊

當時邂逅，凌家山下，桃樹滿前津。今來又值，桃花開後，不見那時人。　香輪翠幰陵前路，日影動飛塵。流水横斜，鳥啼哀怨，愁對武陵春。

南　柯　子鬪艸詞

喜摘唯紅豆，難攀是白榆。百花亭外展氍毹。藏得宜男臨賽、又踟躕。　綃帕牽藤刺，緗幱裏露珠。朦朧卻把翠鈿輸。暗揀花枝插補、鬢邊虚。

前　調和楊王客賦得玲瓏隔牕語

青漆垂銀鑰，丹紗映玉櫳。隔牕嬌立小芙蓉。兩地分明細語、一燈紅。　好鳥音初剪，幽蘭氣轉濃。相看枉自唤玲瓏，一寸明螺槅子、萬重峰。舊註：玲瓏索改云「相看錯恨萬重峰，一寸明螺槅子自玲瓏」。按，玲瓏，姬名。

前　調落花

粉蕊飄來薄，紅英落處稀。一團并作屐頭泥。卻是桃花飛過、李花飛。　殘粉留青蒂，零紅斷碧枝。落花那辨蚤和遲。空自曉風吹了、晚風吹。

前調飲龔氏

梧子叢臺敞，荷香小幕開。冰漿雪瀣滿罇罍。時見梁間雙燕、自飛回。　覆艸傳螺盌，藏鉤覓墜釵。閨中柳絮謝家才。姤煞王郎私遣、隔簾猜。

鷓鴣天

絳帳迢迢結作雲，東風吹縐石榴紋。芙蓉弄色調金粉，蛺蝶尋雙認繡裙。　花冪歷，思紛紜，游車歸去日斜曛。不知唱得難忘曲，十二釵邊若箇聞。

前調過女教場有感

銀甲琱戈小隊工，内家宣敕教從戎。山蘿覆鏃縈金細，野火燒旗閃幔紅。　宫月静，陣雲空，鳳凰山下抱龍弓。珠毬玉鞁團營路，小雨寒花何處逢。

前調賦得鴛鴦沙路遠

翠鬣紅翅金蹠低，藕花多處一汀迷。誰憐比翼琴臺瓦，枉織雙絲錦字機。　銀埒遠，玉塘稀，天長海闊幾時歸。相離只解相思死，那解相思未死時。

其二

蓼浦蘭江隔遠涔，彩毛飛去信音沈。十三絃上鏤金柱，二八髩頭琢玉簪。　無處覓，好難尋，空留雙影繡羅衾。幾回欲向沙頭路，到得沙頭路轉深。

玉樓春　姜汝高公子迎婚武林

梅花開滿清江路，北府夜涼新轤度。誰開扇上五明羅，只掛燈前九子璐。　西陵水削廻潮暮，雙戔乍傳天欲曙。開元新賜小金錢，撒在帳中無覓處。

前　調　八月宿姜真源憲使後院，夜飲，仝小農、汝旦作。

紅蕖小幙開深檻，微雨乍收涼漏淺。酒淹罏火帶霜吹，風攪燭油和焰翦。　銀缸交泛明河轉，玉樹當軒共婉孌。夜深空憶廣陵濤，水繞曲江知近遠。

前　調　題《詩緯》，有敘。

乃若金箱填字，遠過縹囊；鏤管成文，勿需黛椀。秋金懷寶鍼之篇，晨鏡挂玉臺之咏。則有寄旨蒲生，興情紈素。藏明月于篋笥之中，望悲風于臯蕪之末。雖或華釵曜首，難間兩思；澁布縫衣，徒傷十指。誠哉托累歎以敘情，惟導揚之撫志者矣。夫陰陽麗居，玄黃以間；奇偶環生，鍾吕惟錯。故物情以抒播而相宣，幽思緣咏謡而就闡。曩者盦山嬌女，創始南音；於越小君，實憐西往。周官諧淑女之章，尹姞重都人之什。則夫學士稱詩，不疑備録；閨中揚誦，能無軼音？洎乎倢伃似徽於有漢，令暉振藻于齊代。烏聽三姝，未誤吹桃；蘭偶二媛，不生上葉。縱左兒金艸，數樹遺馨；陶氏鈿箏，幾行斷線。亦且修肴扶寸而成味，繭絲雜組以爲色。況復盤中屈曲，刀尺所未傳；錦上迴環，機絞所難及。以至翾風多仙去之思，著日起忘歸之樂。即新聲苦耳，子夜歌來；舊地驚心，陽春看去。妓童且戀其金鈿，嫂婢竟操夫團扇。沙門留少婦，色比苕華；湘岸送嬰兒，號爲蘭杜。斯亦叢撸所難遺，稛穜之必備也。且夫古之稱採摭者，豈徒掜長飾孑、周流美好云爾哉。蓋將以離合衆多，區别媮妙，而善用其所至擾也。雜花非一色，而皆釀于目；紛割非一味，而皆蕩于齒。故混絲匏于條貫之會則扭矣，列黼畫于纂組之班則殽矣。故夫囊帙既備，搜討易爲功；近載未詳，賓陳難爲力。苟其故杼之纏綿，自必殘絲之紹屬。然而空織無緯，求匹自難；絲子未生，春蠶已化。當日婉兒選士，帳殿珠飛；惠姬授書，藜屏火爟。加以婦功而受婦絲，則絣紹不失其文；以女士而作女誡，則窈窕不傷其體。矧玉映嗣本中郎，家餘鮑照。紅唫未斷，還傳醴面之詞；緑篋堪留，實儲傷心之句。曾攬珮纕于澧外，已散珠唾于雲間。則其堇銅照物，鏡裏花開；魏尺量衣，燈前錦爛。紅蛾著樹，必當收園客之絲；綺瑟停歌，誰謂減嫘妃之鑷哉！吴山曉閣粧螺子，山木倒開鸞鏡裏。筆牀閒寫竹衣紅，書帶自垂藤菜紫。機頭小軸穿花綺，纂就散絲盈絡緯。秋波千頃照芙蓉，無數綵雲江畔起。

虞美人 九日蠡城遇雨

龍山秋曙官亭冷，烟鎖茱萸井。西風吹雨雁南來，何處還登戲馬宋公臺。　美人壚下桑郎熟，細把金錢菊。遼東皂帽墮堪傷，不道滿城風雨又重陽。

前調 廣陵李宗伯寓觀女劇作

蕪城新曲勾欄淺，覆地氍毹軟。小鑾金管雪兒箏，二十四橋明月照人醒。　三朝不作衙書鳳，但舞江南弄。曉風散去彩雲愁，可是竹西歌吹舊揚州。

前　調喜來我平歸自江右，寄詩并詢徐大文、張祖望、吴雲章消息。

布颿婀娜江州至，貽我相思字。懷中一日九開看，記得舊時風雨夜闌干。　潮平若泛西陵渡，須把滕王賦。南州榻冷劍城涼，借問延陵何日下南昌。

前　調寄懷鄒訏士

宫鶯細囀皇州路，花煖金盤露。春風巵從賦長楊，策馬歸來重醉酒壚傍。　錢塘五月冰壺曉，别館新荷小。瑶辭百幅重南金，思煞梁園客子到如今。

西河文集卷一百三十三

蕭山毛奇齡字初晴又字于稿

填詞四

青玉案 渡江有感

夕陽江上丹楓暮，看車馬、紛無數。當日西施從此去，城山出海，樓船近岸，中有更衣處。　平沙十里長亭路，空留得、花如霧。最恨江流流不住，暮潮初下，午潮還上，今古西陵渡。

其　二

片帆絓處蘆花白，痛年少、經兵革。庾信江陵歸未得，教兵城下，高遷屯畔，一夜寒濤坼。　東來西往看如織，問誰是、當時客。睹此芒芒百思集，素車何在，烏鳶散盡，猶有人霑臆。

瑞鷓鴣 合《虞美人》調，和姪阿蓮。

梨花彈鵲驚春雪，柳曲迎車怯曉風。籃外蝶衣籠畫粉，樓頭鳳蠟瀉珠紅。　燻迷銀葉憐粧坼，露壓金槽滴睡濃。無奈景陽鐘隱隱，數聲和月到簾櫳。

其　二

春還繡陌桃初落，日映璚綃幙半遮。黄點額頭花勝結，紅抽靴子蒯繩芽。　姤娥箏合矜秦趙，細犢車香繞狹斜。空有侍中誇易識，難忘一笑在東家。

其　三

吴娃窈窕裁芳紵，楚竹參差聚列星。歌扇影廻屏半褶，舞裙絲挂箔頭釘。　觴迎水曲翻龍鼊，車轉花梢動鴿鈴。天上舊曾聽鼓瑟，歸來幾度暮山青。

其　四

董賢館外驕騧騁，班氏門前冷烏啼。湘浦芰裳迷蔡北，秦臺蘇合出烏西。　鍼縈鸞縷愁丹纏，燈滿蠶塩怨赤蹏。難與故夫攜束素，重逢但唱杞梁妻。

踏　莎　行題《梅市香奩集》後

寶扇横時，玉堂深處，開奩齊唱金鍼句。漢陽少婦解璇璣，孝標令妹工詞賦。　欝艸名金，柳花成絮，滿闌種就珍珠樹。欲聽緱氏海西謡，須尋仙尉江南路。

小　重　山

麥壠青青菜壠黄，野棠花滿路，日初長。誰家女伴鬭新粧，蜂來往，刺得口脂香。　三五暎垂楊。見人還卻步，背方塘。小姑不解斷人腸，看花落，又看浴鴛鴦。

前　調鞦韆詞

繡柱紅繩曳彩雲，雙雙懸畫板，對斜曛。風吹襪子小鴉分，重扶下，低繫水羅裙。　天際映虹紋。抛來香帶薄，繞氤氳。空園人散欲黄昏，驚鴻墮，花落自紛紛。

前　調尋鎦氏姬人彈琴，時正學織縑，催促始出。坐後彈《幽蘭操》，指弱苦絃逼。又私顧坐人，每彈多誤，頻視指爪，云爲翦鑷所傷。賦小令即事，讀示之。

花裏重尋趙璧彈，流黄朝日映，織初殘。停機暗下理雙鬟，調絃請，莫是喜幽蘭。　絃澁苦難安。機絲曾裂指，沁心寒。思繁錯記寫離鸞，彈多誤，頻脱指環看。

前　調得友書

青鳥銜來雙錦鱗，背人佯撇下，小重茵。口脂紅淺浥香津，緘題處，印得指螺新。　素字小泥銀。簪花新樣巧，衛夫人。鴛鴦格子翦江蘋，波紋細，恍見淚粼粼。

前　調

一過東湖深又深，石橋啼不斷，午時禽。柳黄曾壓絞兒金，雙朱户，流水晝沉沉。　有女暗相尋。紅衣羞淚濕，洗前襟。東風吹放小桃心，吹難住，吹落滿庭陰。

調　笑　令馮二

馮二，馬洲當壚者也。倩鍾子由解甡《桃枝詞》而就甡焉，甡渡江行，不得從。按《桃枝詞》今亡。一名絃。

蘭陵酒壚江縣前，壚頭小妓名阿絃。粧成好咏晚桃曲，手持雙帶黄金錢。金錢綰帶隨手斷，願絓銀牀幔頭蒜。桃枝本是紅紫枝，翻作當年柳枝怨。怨怨，柳如線，青漆鴉頭紅脰燕。背人偷弄金條釧，一曲桃枝相戀。落花飛滿春江面，飛過春江何限。

前　調胥苓弟

鄭人伍鱗，字介。伍親亳之胥，吉人。吉女弟苓弟，嫠居，彊之婚伍，苓弟辭。既，苓弟慕伍才，比教傅姆竊伍詩取誦。吉迺效諸葛令婚江虨事彊納之不就也。江右王于一記其事。甡嘗私問伍，伍曰：「苓弟愛才者，雖峻甚，然外似夷。曾教婢索書白紈子，妄意婢攜也，付艷語二十字去。次日，婢誦，得詢之曰：『昨主紈子教予也。』」又曰：納伍時，苓弟倚燭樹哭詈。時卸頭粧，髻旁膚倍絲色，肩披絲裲襠，色不及也。比睇瀏欲落。又曰：苓弟博文史，筆才最敏。吉以手寓之，覆寓云：「夫者，天也。天固不可逃，夫固不可忘也。」又曰：「彼天下男子，不幸瞰予闥，當稱兄娣善矣，他勿敢聞矣。兄之情既已知，心如石，不可移。」又寓云：「昨伍夢娣同器食，何也？豈天耶？」又覆寓云：「羞人，何緣使人得此惡夢！」

張玄小妹閨房姿，傾城能作顧兔詞。孤鴛文彩本相惜，只憐花鴨難求雌。幨幗熊熊燭光動，悞泛桃花到花洞。天青地白何所關，愁煞江郎對牀夢。夢夢，晚花涷，小妹閨房原解誦。窺幨偏愛求凰弄，恰是琴心難動。琴心裊裊春風送，豈是琴心難動。

前　調王琴

人言吴雲章悦江右妓乳燕，妓比作越髻，願從歸。張參軍席上嘲之，下坐者曰：「章少時任子就北試，諸父勞酒設東院，兩妓迓之侑，一王琴，一王筝也。琴年弱，好章，章時例著紗帽、藍衣靴，臨行，琴私呼曰：『紗帽郎！』背以一觴。別後十年，再入都，見琴院西，曰：『非紗帽郎耶？』諮章寓，告以猨隘，且思漏大人側，琴立謀購別所安置。詰旦，有叩寓婦人聲，則琴也。潛徙去，且曰：『昨誤作官人妾，苦贖之，今自由耳。』且曰：『今乃幸酧一觴，願居移月。』章王太君，太君聞之，諷俱歸，琴泣曰：『不復爲人妾矣。』章歸後，都破，不得問。」下坐者，章妹壻商子。

真珠洛下排銀觴，停絃暗呼紗帽郎。金鈿花合入侯幕，重逢仍在光延坊。光延坊南泰娘路，別住街頭有欅樹。傾觴一顧十載心，化作片雲無覓處。處處，繞飛絮，紗帽郎今何處去。章臺折盡長條樹，欅子街頭重遇。玉鉼金琖燈前注，愁煞夜烏啼曙。

中　調

臨江仙 沈康臣生日席上作

五月海榴紅照眼，美人初佩丹砂。金堂綺席啓朝霞。暑衣裁葛葉，冰椀浸菖花。賦就《子虛》將入奏，漢庭狗監先誇。秋風錦石動星槎。但懸金似斗，那羨棗如瓜。

其　二

細結五絲仙勝縷，屏間艾虎交懸。願郎如虎復如仙。山公曾典簿，四十正當年。男子生難跨萬乘，也應日數官錢。他時花拂錦連乾。欲看三島雪，更泛五湖船。

前　調送董琴菴司馬之任汾州

紅旆遠迎汾上路，樓船還賦秋風。兒童騎就竹龍蔥。塞烟含柳碧，關雨墜楓紅。　漢相江都三策貴，勿需司馬軍容。琴臺撤幕敞芙蓉。高山千萬疊，流水兩三重。

前　調贈任石友初度

記得蜀葵花發後，一樽長對花前。鳴鳩初拂杖鄉年。紫簾開碧篠，丹竈有青蓮。　十畝綺園還自賦，彦升當日詩篇。玉鉤金犗釣魚船。枕來滄海外，潄向赤城邊。

蝶　戀　花

蠟子櫻兒飛綠鵲，午睡裁醒，倚遍雕紅藥。青映遠山迴雨脚，殘虹幾暈臙脂削。　滿院繁花看漸落，日暮風生，片片吹來薄。粘得斷絲絲又弱，重重絆住鞦韆索。

前　調

日煖穠桃紅照水，粉蝶飛來，水上銜香蕊。映水雙雙低復起，影兒也在花窩裏。後缺。

唐　多　令嘲柳兒

隋苑覆依依，行人迷又迷。風前空惜好腰肢。待得長條堪作線，蠶箔下、又繰絲。　折盡渭亭枝，年年送別離。滿欄空自撲人衣。待得飛花堪作絮，交領下、煖風吹。坦曰：曲領巾名交領，見《逸雅》。

江　神　子送柳兒

紅亭細柳碧條條，解輕舠，渡春潮。沽酒簾低，春色滿河橋。送得柳枝南浦去，人漸遠，楚天遥。

臨行重繫緑絲絛，拂花梢，望迢迢。柳絮飛飛，偏惹柘黄袍。春去那堪還積雪，點點下，未曾消。

前調

花銜日色柳銜烟，畫樓前，水連天。緩櫓輕歌，鴨嘴小娘船。新載摇郎湖曲裏，不願取，渡頭錢。前山深樹有啼鵑，恨年年，未歸旋。紅板人家，猶自掛鞦韆。日薄餘寒春又晚，溪路遠，艸芊芊。

祝英臺近

畫欄低，斜日暮，睡起甚無緒。蛺蝶游絲，陣陣惹飛絮。是他梅子生心，櫻桃辭蔕，著甚箇、五風三雨。　隔墻樹。聽葉底鵑兒、不住叫誰去。看又黄昏，寂寂閉朱户。夜來明月何如，幾時回顧，記不出、初三十五。

長調

滿江紅 商雨臣彈琴作

猊火初紅，抱緑綺、夜堂三弄。漸秋老、亭皐木落，晚雲流涷。紫稗霜田翔寡鵠，碧梧涼葉棲雛鳳。似蘭娘、峽裏聽流泉，當時夢。　幾曾是，商陵痛。何須作，雍門慟。但前軒月下，手揮目送。三尺冰絃看似雪，有新聲逆入鴛鴦綜。恰七條、總似一條絲，絲絲動。

前　調施愚山憲長招仝韋劍威、六匠、陳集生、張南士、徐伯調、平載問過岳王祠，觀宋高宗手敕，用文待詔、王弇州韻。

第六橋頭，四望裏、水青山緑。柳陰下、幔舟艤岸，管笙低蹙。過雨曉移東嶺盡，清鐘午度西林曲。趂紅裙、同拜岳王祠，閒追逐。　雙熊仗，排花谷。交螭字，横荒麓。啓玉函珠璽，鳳鸞飛簇。漫道明湖春去久，聽子規尚叫南枝木。痛玉毫、散寫作南枝，枝枝矗。

玉漏遲白門張修崖、京口吕錫馨遊越，仝人公讌于右軍祠下即事。

右軍祠下路，勝友高朋，一時雲集。修竹崇嵓，遥想蘭亭當日。車轂驟如流水，交履舄、滿堂笙瑟。何處覓，華鐙影裏，管兒歌澁。　蚤是千里相思，更命駕能來，四愁都釋。南國佳人，邂逅相逢車笠。梁苑鄴宫難再，金樽滿、倒傾安惜。漏轉急，今夕不知何夕。

滿庭芳公望遺牲以潞國之琴

漢室淮南，藩封澤潞，紅絃久擅空桑。携來海甸，寶匣散珠光。碧軫瑶徽璣額，龍門樹、斵羽鏤商。人傳是，乾清供奉，曾遺賜諸王。　崇禎題歲月，横紋印緑，蘇帶流黄。自王孫散去，淪落江湘。故國軒懸何處，燒桐好、付與中郎。誰知得，紅絲繫足，還是舊宫粧。

前　調

海燕争春，城烏啼曙，叢叢花滿闌干。虹梁日照，碧葉露初乾。昨夜新衣裁就，薰籠煖、翠簇紅攢。頻提視，羞人難著，只説曉粧寒。　長干西去路，春江鴨緑，新水漫漫。蚤青牛朱轂，驊馬金鞍。

江畔垂楊萬樹，風吹繞、貝帶斒斕。粧樓望，翩躚水底，疑向鏡中看。

前　調壽諸耿衣五十

紫嶠鸞飛，銀河鵲去，南園長抱金巵。蓮塘晝煖，花影散紅衣。種得兔頭新熟，閒唫望、繡滿町畦。扶瑶瑟，佳人醉擁，日照畫欄西。回思當日事，雞壇會鼓，鶴市吹箎。歎蹉跎隔歲，屈指俱非。但對百城圖畫，家瀕海、有友安期。憑酣飲，朱顏未老，翹首絳雲低。

前　調聽商生徵説彈琴永恩樓

微雨涼收，風翻橡葉，女墻斜點三星。永恩樓上，躡履暗中聽。何處瑶琴初發，珠簾外、流水泠泠。停聲久，千崖忽墮，玄鶴舞青冥。汾亭遥奏後，簫憐秦女，瑟怨湘靈。奈晚風吹角，秋雨淋鈴。此際琴心到處，東家女、誰在銀屏。屏中睡，今宵無夢，有夢也應醒。

前　調沙緑妓，一名沙六，商氏姬也。度曲稱妙一時，既乃爲尼于果園，名谷虚矣。亡友祁兵憲姬弱雲，初北里有名，兵憲亡後從六云。　甡飲桐音齋，詢其事，賦得長調，金秉叔和歌焉。

石氏懸樓，王郎開閣，傷心睹此芒芒。上官碧玉，本是舊名倡。繐帳空懸日暮，西陵下、幾曲滄浪。如何地，漳臺望久，回首見空王。　雙雙尋侶伴，幽唫梵磬，彷彿伊涼。把楊枝滴露，暗洗朝粧。滿目天花散盡，雲牀冷、夢斷高唐。褰幰坐，水田衫子，不疊舊衣箱。

倦尋芳寄駱叔夜明府

渭南萬里，三載携琴，人誦廉潔。爲葬慈親，歸卧溪山別業。道遠勿辭高士吊，哀來時涌丹徒血。

苦思君，又蹉跎相失，暮秋時節。游望冷、薔薇洞口，絲竹蕭條，遠過前哲。兔苑雞塲，還攬舊時英傑。艸㷂唫成樊水調，花飛夢散華池雪。聽西堂，幾何時，又鳴蜻蛚。

桂　枝　香姜桐音芳樹齋留别

去冬冬至，剛雪霽梅花，山樓殘醉。兒女燈前感歎，宛如夢寐。春來重訂王孫約，竟淹留、又攀叢桂。青陽下榻，玄霜解纜，頃刻間事。念晨夕、盤餐並對。更寒雨雞鳴，㷂風花墜。巴里聯唫古調，遜君佳細。雲門舊誓尋難度，頓陽關衰柳摇曳。幾時還看，賓鴻萬里，碧天留字。

喜　遷　鶯祝贈

錦堂清晝，恰瑶箋傳來，玉荷開後。齊岱基祥，甫侯嗣懿，盛世相君遺胄。吕文安公後。皇覽揆予初度，看綵鳳翔雲岫。況世載，有千金一字，國門之購。前侑歌緩處，脆板清絲，花下排紅豆。竹秀聯唫，波流送羽，觴詠蘭亭依舊。當日醉鄉何在，教好女揄長袖。恐有客，飲淳于一石，與君爲壽。

長亭怨慢賦得春日凝粧上翠樓和葉蕃鮮

春已暮、畫奩頻啓。朝日穿來，又在眉際。粧粉將施，彈綿先拂鏡兒裏。木瓜漬了，又添上、新紅子。爲要好情多，還則向傍人、問箇匀未。　晝長繡褶煖，换卻箍羅淺綺。薰嫌石葉，疊下欝金細細。臨行道、履綫將殘，踏不得、樓頭新蘚。誰曾顧樓前，樓外暮春餘幾。

念　奴　嬌集張登子南華山館

蘭亭秋暮，眺晴原、並到南華山墅。畫檻横塘看兩岸，多少斷紅殘紫。鼇禁當年，鷺車昔日，休沐時來此。其先人宫諭、侍御兩公先後創此館。蒼梧顥嗣，至今長讀秋水。閒備彩纜青絲，玉壺携酒處，錦鱗鮮美。吴下阿蒙何日至，時金沙吕内翰在坐。相對鄴官才子。舞鳳雄圖，放龜遺跡，衰柳頻低起。耶溪相望，不知去幾何里。

前　調示姜芑貽留別

謝庭玉樹，乍臨風、摇曳烏衣巷裏。何處羊車還洛市，皎皎雙瞳如水。洗馬清神，黄門雋格，少小能文史。玄亭問字，慨然逢故人子。　相對芳樹高軒，青鐙殘夜淺，流螢娓娓。轉盼河橋解纜去，搴盡江臯蘭芷。燕翼堪憐，鳳毛有待，西水浮新芑。春陽努力，眼中吾且老矣。埈曰：「老字宜平，惟蘇子瞻《中秋詞》『江山如畫，望中烟樹歷歷』亦仄字，可例。」

前　調爲白孟新仲調母夫人壽。此係商采臣抄本。

□□缺二字。白下，嘆何人、不識白家兄弟。長者賢良方就辟，仲舉孝廉相繼。有母年高，北堂娱養，蘐樹長芬斐。及時捧檄，如君孝弟能幾。　幸遇八十華辰，稱觴遠近，各具登堂禮。曾讀前朝黨錮傳，一一白齊名杜李。弘光中，南相捕黨人，時宣城沈眉生、桐城方密之與白氏兄弟皆被逮。滂母賢哉，從容告誡，籍籍盈人耳。風流無恙，百年今且伊始。

春從天上來擬昭君詞送友出塞

河水東流，看萬里寒風，塞外驚秋。誰遣傾國，遠嫁邊頭。辭鳳輦下龍樓。記臨行上馬，賜與錦帶共箜篌。卸宫粧，向深深毳幕，徐换貂裘。　平沙那堪曉發，似露下長門，日墮金溝。滿地燕支，萎紅枯紫，巧勝畫筆塗勾。羨年年塞雁，歸渡海岸與沙洲。願仍還，上林舊宿，同叫更籌。

花　心　動 寄大敬

蝶裹花欄，微雨後、深苑荆桃如菽。紅粉堆邊，露瑄冰箏，並起是誰華屋。楝花風發前村暮，空巖畔、有人如玉。牽蘿罷，天寒倚遍，一庭修竹。　私唱開元舊曲。見林外、春紅暗翻秋緑。昨夜驚烏，夢裏還啼，向日對筵蕉燭。玉猧盤地銀絲繞，吹松粉、墜來金粟。那須聽、黄公鳥聲斷續。

西　河

春後雪，衫兒因甚難熱。緑叢啼鳥聽吹來，嫩簧小舌。可憐穀雨是明朝，又當花謝時節。　翠蛾子，誰與貼。雀花鏡裏誰折。珠娘西去唱楊枝，怨歌幾闋。長干斷處苦相迎，桃根桃樹桃葉。　枕屏疊下三四褶。攬流蘇、帶子雙結，枉對金缸明滅。但轆轤、井上咿啞，相接恰夜烏，城頭啼歇。

望　海　潮 越中懷古仝秦淮海韻

東南都會，會稽形勝，居然晉代風流。宛委赤書，蓬萊紫氣，天連星宿牽牛。佳境任優游。向山陰道上，秦望峰頭。萬壑千巖，當時曾此鎮揚州。　依稀舊蹟還留。悵蘭亭人散，蕺里歌遒。九曲風光，五湖烟雨，望中處處生愁。時泛小犀舟。看西施西去，花謝粧樓。猶見若耶春漲，緑草遍芳洲。

金　縷　曲 壽商樞郎

正小春花煖。繡屏開、碧觴乍舉，黄眉初展。玄扈干雲太宰後，猶見征南季簡。且載酒、閒聽絲管。緑野蚤成江上宅，況採芝舊日商山遠。問海水，幾回淺。　古來七十原希罕。更菁葱、滿庭玉樹，琱盂金版。荀氏八龍齊下食，不羨瑶臺瓊苑。是何處、馳歸輕轆。大婦流黄中婦錦，最可憐小婦調笙緩。榆歷歷，棗纂纂。

蘭陵王

想前此，閣下薇花乍紫。横欄曲，半臂荔紅，鬖髮新梳理黄子。按鵾絃第四。忽地，吴頭楚尾。看看遠，海雁又來，眼底空留數行字。思量那年事。不合啓廂東，夜雨燈暗，桃花悮賺劉郎至。奈三載寒食，一朝歡聚，手把窄襪弄花綺，那知夢兒裏。倚徙，病初起。況翠帳寒生，晚秋天氣。暮暮朝朝向誰是。縱迢遞關山，夢魂堪寄，知他去處，是百里，是千里。

西河文集卷一百三十四

蕭山毛奇齡字初晴又字于稿

填　詞五

此諸調雜列者。前四卷本姜汝長所選刻，名《當樓集》，此未刻本，從散抄中輯入。李丹壑嘗謂初晴詞極艷，而情甚悱惻，古所稱哀艷二字，初晴有之。女士商雲衣曰：讀初晴近詞，每使人不怡。

少年游汝南官署七夕作

看看又是，銀河清淺，織女乍停機。不知何事，今宵殘醉，還聽汝南雞。　庭前瓜菓粧成巧，暗裏結蛛絲。記得年前，小罄山下，乾鵲夜來時。

前調過淮城口占　有序

予去淮久矣。康熙十七年，徵車入京，從淮城下過，遂駐馬流涕，占此詞。

馬蹄纔發，陽平門外，望裏是淮安。可憐此地，曾經流浪，一十五年前。　曲江高會知何處，秋水晚生烟。惟有垂楊，千條萬縷，還掛酒樓邊。

二

行來但覓，旗亭舊蹟，下馬駐城闉。請看當日，淮流如故，雙泪落征輪。淮陰市上諸年少，相憶總沉淪。誰料衰年，徵車北去，羞見市中人。

陳梓湘曰：初晴出走時，徘徊淮陰，嘗曰：「淮上吾故鄉。」故此詞多流連嗚唶之音。

此詞書淮舊城西酒樓壁，不署姓氏。後有人書扇至烏聊，時司教蔡子搆本淮人，讀之，流涕曰：「此必吾友初晴詞也。」會劉吏部還京，子搆貽書詢及之，果然。陳檢討有雜記記其事。

前　調　題陳檢討小影，傍有侍兒，坐蕉簟弄笛。

十年苦憶，元龍顏面，夢寐恐難親。不虞相見，長安道上，并見在傍人。停毫一顧踟蹰久，欲待按歌匀。碧鴨消時，紅蕉坐去，何處不傳神。

南　柯　子　題胡明府小像　後闋缺

江縣看花後，山城種柳時。布袍竹杖鬢如絲。今日畫圖相對、繫人思。

前　調　題寄史蝶庵卷後

水漲芙蓉粉，烟含楊柳絲。幽人家住五雲溪。行過東坡書院、孝侯祠。篋有中封帖，吟成東去詞。荆南相望一相思。恰又晚村花埰、夕陽時。

前　調　淮西客舍接得陳敬止書，有寄。

驛館吹蘆葉，都亭舞柘枝。相逢風雪滿淮西。記得去時殘燭、照征衣。曲水東流淺，盤山北望迷。長安書遠寄來稀。又是一年秋色、到天涯。

惜分飛答吴江徐菊莊見憶原韻

楓葉吴江長橋畔，别去年華又换。聞在湖南岸，蓮花幕下閒庭院。　幾欲從君秋過半，寄到新詞讀遍。何處尋還雁，暮潮但見平如練。

朝中措平山堂續詞　有序

揚州平山堂，傾廢久矣。康熙甲寅冬十月，予過揚州，值太守金君從故處建堂，命予以酒，且勒歐陽修《朝中措》原詞，使坐客續其後。予思歐陽公贈劉原父時，平山欄檻方盛，然猶睠念手植，若有感于春風之易度者。況距公千載，而興是堂，其藉于世之爲原父，豈鮮也。因被醉書此詞，附坐客後。

青山猶在畫欄空，人去夕陽中。不道十年重到，還披此地清風。　蜀岡無恙，堂成命酒，一聽歌鐘。未審後來太守，是誰能繼山翁。

西江月續東坡詞　有序

此予續東坡詞也。東坡憶歐陽公而爲是詞，予復憶坡而重續其詞。雖然，予豈能坡哉！太守金君重勒坡詞，與歐陽公詞並列，故予並續之云爾。

聞道歐公當日，賓朋載酒堂中。後來三過有坡翁，長使林花飛動。　此事已經千載，我來重挹高風。眼前莫放酒杯空，恐是東坡殘夢。

虞美人九日同姚庸庵、張德遠、左夔友諸君汎湘湖，登越王城，和庸庵韻。

平明載酒登高去，湖畔停船處。幾株烏柏未全紅，猶喜黄花開遍小橋東。　長江一望環如帶，放眼千山外。開罇更上越王城，多少夕陽江上晚來情。

前調過江寺和友

江郎祠外中秋月，城角吹將徹。十年長記此宵中，豪客相過深巷有微風。　今來君宿耆闍下，又值中秋也。題將麗句最紛披，恍見當時桂樹晚依依。

前調題畫爲李都官壽

是誰畫出潘家菓，百琲珍珠顆。羡君原是柏梁才，記取桃梨橘栗李榴梅。　玉䴵金鏁琉璃甕，且作和羹用。須知仙樹本蟠根，欲借花前一醉石州春。

前調早行口占

秋風槭槭敖陽路，草屋方垂露。當壚夜起數金錢，獨對寒燈此夜不成眠。　廿年岐路今方息，又是徵書急。柳梢斜掛月朦朧，不信還來騎馬月明中。

前調己未四月，宣城施少參寄雲樓下梅樹忽發二花，值是科殿試榜發，同邑孫予立、茆楚芬以一甲同授館職。既而又發二花，則少參與同邑高阮懷並以制科授館職。一時相傳，以爲草木之瑞，非偶也。舉人梅淵公繪《瑞梅圖》寄至京，同館各爲詩頌之。予和少參詞，書圖卷末。

敬亭四月梅花發，正值清和節。慈恩寺裏曲江邊，新舊郎君争占一枝先。　紅羅欲寄無由寄，空寫泥金字。樓頭長贈碧山雲，恰取花枝中半兩平分。

前調題《天台採藥圖》爲淮安劉六皆比部

桃花又發臨淮渡，錯認天台路。行來莫笑太奔忙，知是赤欄橋畔舊劉郎。　平明入直迴西寺，幞被雙娥侍。含香誰問夜歸遲，只恐桃花回首望中迷。

前調爲劉比部題《天禄閣燃藜圖》

圖書萬軸牙籤滿，辟蠹燒芸暖。果然子政是前身，羨煞當年天禄閣中人。　白雲司判西曹事，薇省曾留字。胸藏冰照宛如犀，絶勝西堂終夜對燃藜。

小重山自涿州至琉璃河達京，和同行韻三首。

草店雞鳴酒未醒。馬槽聽囓粟，漸無聲。燈前盥面促裝成。車塵起，疑在霧中行。　渡水石橋平。秋風聯轡過，涿州城。鄉關回首暗心驚，遥天盡，愁見一雲横。

二

貰酒前莊日漸低。鞭梢斜掛壁，卸征衣。同行三俊喜相依。垂楊下，長許控金羈。　河水碧琉璃。壚頭風物美，近京畿。徵車欲度且遲遲，沉吟久，三輔故人稀。

三

閶闔嵯峨天際開。賓門方四闢，重招徠。將車纔到莫相猜。諸王邸，誰道買臣來。　九市共三街。彩雲遥起處，見蓬萊。秋風歌詠柏梁臺，承明内，原有掞天才。

前　調題吴江女士沈關關爲顧茂倫清繡《抱甕丈人濯足圖》

欲繡平原幾度思。園蛾初作繭，絡成絲。前溪水滿雪消時。波紋起，綠似小桃枝。　投足散漣漪，夜來開繡譜，度鍼遲。一痕青影暮烟微，啣絲細，不用洗臙脂。

前　調失題。似爲人題畫像詞。

朱顔綠髮畫圖中。丹砂長飫酒，醉溶溶。前身王母舊青童。干將佩，花鍔散芙蓉。　羽嶠有誰從，蓬萊剛水淺，渡蒼龍。他年笑入杏花叢，瀛洲近，折取一枝紅。

首句平陂失拈，要是别一體格。

前　調過舒漢雯中書官邸有贈

當日吹篪兩渡淮。感君長貰酒，醉高齋。十年分手各天涯。頻頻望，紅葉喜當堦。　高詠謝家才。綵毫裁詔罷，鳳池迴。徵書白首苦相催，平津第，勿厭故人來。

明月棹孤舟題吴江徐檢討《孤舟垂釣圖》

甫里先生何處是，家住近、垂虹亭子。著罷新書，開門閒望，但見一湖烟水。　放棹偶然垂釣餌，人道是、松陵漁史。若問羊裘，投竿何所，應在白蘋洲裏。

千秋歲和王丹麓自壽原韻

青幡纔換，又是春過半。聽啼鴂，聲將變。能令歲月增，真覺黄金賤。更那顧，秦王有女將衣卷。　但赴芳林宴，一任花零亂。年半百，休三嘆。文章堪自信，富貴非吾願。君不見，比來世事皆如幻。

臨江仙 題畫

姊妹相逢何處是，朱欄斜倚雙桐。坐來委抱鬢籠鬆。畫裙欹履窄，金釧隔紗紅。　寂寂春園人不到，看時多少朦朧。緑坡生草細茸茸。銀猊閒戲逐，翻向緑坡中。

前調 申江署中題麻姑獻酒圖，爲丁夫人初度。

三月暮春春雨後，申江初放桃花。忻看錦帨掛官衙。名姝如謝女，夫婿是秦嘉。　製得香奩粧百福，珠屏爛若朝霞。麻姑曾過蔡經家。仙廚將進酒，圖上見來麽。

前調 徐東建納姬，自題《臨江仙》詞，即用其原調并韻嘲之。

何處玉臺堪倚鏡，徐陵原有新題。今來同住巷東西。門迎桃葉渡，人勝苧蘿溪。　散擲明珠安有價，無錢多買臙脂。只愁初製夏侯衣。茜裙裁剪未，簾外杏花飛。

前調 壽姜綺季

五月榴花開似錦，一尊長對花前。看看又值杖鄉年。蟠溪多壽考，綺里本神仙。　雖則東方能玩世，無須金馬門邊。君身何事不堪傳。吟來忘歲月，筆下有雲烟。

前調 田公子二十生日

海上青臙看負角，丹山鳳翮初成。男兒二十建修名。陸機剛作賦，方朔正談兵。　自愧蹉跎多去日，羨君先請長纓。南箕不用詠三星。錦筵香薤發，官閣早梅生。

前調賀徐公佑明府舉子

客舍燈花開似錦，寒屏有夢惟魚。新來喜得弄麞書。藍田秋産玉，碧海夜生珠。繡褓畫幱初試浴，遥看紫氣充閭。君家原有舊鵷雛。他時湯餅會，啼聽是何如。

前調祝蔣文甫壽

洛下久無同甲會，試看江左耆英。年來七十誦黄庭。孫芝千朶艷，兒竹萬條青。怪道探書多緑字，閒堂代有傳經。桃花染得綵衣成。杜陵誰最好，吾愛蔣元卿。

糖多令詠窩絲糖　有序

梁尚書上元席上出窩絲糖供客，云是崇禎末宫中所製，今久無此矣。西山静室有老宫人爲比丘尼，尚能製此糖。每上元節，必餉以銀椀合子。其製如扁蛋，外光而面有一凹，嚼之粉碎散落，皆成絲。尚書乃唱《糖多令》詞，命予和之。

擣盡笛頭泥，春蠶已蜕衣。片餳裹作彈丸兒。不破彌羅三寸繭，誰解道、一窩絲。粔籹漢宫遺，餦餭久未施。開元宫女尚能爲。今日尚書花燄會，銀椀合、使人思。

菩薩蠻題蔡天聲《桃花流水圖》記年

溪流雨過增新漲，春山處處桃花放。中有武陵人，花前一問津。幅巾裁白氎，坐聽溪流咽。寫入畫圖中，桃花映面紅。

前調淮上閻牛叟娶姬，作詞索和，原韻。

釵頭勝字裁方幅，定情彈作鶯蘿曲。聞道薛家來，燈花夜自開。　清淮一别久，誰解雙垂手。佛日會摩多，取姬在四月八日。香山老去何。

二

買金欲鑄鴟夷像，頻年憶汝江湖上。何處採名花，西施不及他。　白頭吟自在，詩寄錢刀外。恰似遇桓伊，聽歌輒喚時。

前調索贈　有序

客上海數月。歌妓玉烟者，又名玉嫣，解佐酒，日日在坐。張南士有贈妓詞，妓甚愛之，因索及予。時晚春新月生，剛作妓罷，遂出便面書去。其詞後闋，各隱玉烟、玉嫣字。

雲鬟綰就青鴉小，春山畫得雙蛾巧。衣翦杏黄羅，紅牙試按歌。　錦屏香作霧，慢把金樽度。玉煖起烟絲，申江春去時。

二

榴裙縐褶花千襉，地衣紅襯弓鞋軟。銀箭下來遲，當筵舞柘枝。　玉櫳華蟎裹，新月朧朧起。何處最嫣然，花前一笑間。

行香子即事

晚色烟和，鳥散庭柯。聽街頭、擊鼓吹螺。酒闌送客，夜火星羅。幡幢引處，看蝶演，似鶯梭。

法輪常轉，五方何處現維摩。試問禪那，作天魔舞，于意云何。香壇行過，隨嘯咏，且婆娑。

蝶戀花客上海，過楊生玉衡聽妓作。

寂寂暮春楊子宅。昔在烏聊，今在申江側。玉衡本籍新安，故云。座上綵雲迴錦席，門前幾樹桃花色。　乍雨乍收櫚溜滴。坐擁雙鬟，爲我彈瑶瑟。醉後倚歌還弄笛，醒來微月當牕白。

鵲橋仙即事　有序

邑甲聘戊女，有彊委禽者。明府姚公斷歸甲，合巹訟庭。其斷詞駢麗，世多稱之。既而訟者争不徹，太守何公復斷歸甲。時予方從兩公游，兩公並命予爲詞紀其事。

東牀先訂，西家願宿，何事穿墉穿瓦。縱教彊委後來禽，卻不道、子南夫也。　明府風流，使君瀟灑，兩斷可妻公冶。莫言河漢鵲橋乖，看合浦、在訟庭之下。

天仙子賀生子

韋氏雙珠真可喜，芝蘭欲在堦庭耳。春園況值有鶯遷，人道是，天仙子，曾見宣尼抱送此。　里號高陽從此始，鳳毛麟角紛紛起。我來正值浴蘭時，看取𩞄，金盤裏，半是桃花半雪水。

青玉案山陰金母，隨夫宦南海。三藩之亂，與夫、子並相隔，流離數郡，百折不詘。暨轉徙歸里，已五十矣。其子乞予文爲壽，予不能應，書此詞卷間。

東揚不用占星婺，是家有、真賢孺。曾隔兵戈遥海路。合州城外，雷陽驛畔，多少仳離處。　千山萬水歸來暮，看膝下人如樹。但得朱顔能久駐，蟠桃花發，蓬萊水淺，誰道流年度。

喜遷鶯

荷風乍煖，恰紅版橋頭，驪駒唱緩。待詔公孫，彈琴司馬，挾策争游上苑。萬里鵬飛在望，看翠幕傳金琖。況前路，有漳臺花柳，鄴亭絲管。　迤邐攬轡處，大道秋光，不覺長安遠。丞相延來，通侯載去，户外車嘗滿。他日玉堂堪繼，喜大小皆賢阮。裝衣待來年，紅杏爲君裁剪。

前調 寄贈陶燕公移居，奉和何毅庵、張邇可原唱韻。

隔江人遠，一别幾何年，髩毛都换。但卜柴桑，難尋句曲，到處堪留堪戀。衣上黄塵不落，望壠首浮雲變。猶相憶，在廬江舊第，芹泥橋畔。　可念書畫室，半榻琴簫，幾樹花零亂。人寄南牕，詩傳北郭，莫道未還東苑。我亦西泠借住，須有日，烟霞結伴。隣居好，看墻頭過酒，那時相見。

百字令 客滬上，爲王鴻資初度。

秋風乍起，桂花時、又是東亭初度。四十年來彈指頃，閲歷山川無數。倚馬成文，磨盾音旬草檄，殺盡中山兔。侯王以下，一時趨走如鶩。　誰道梁苑歸來，故人官滬上，歡然相聚。有弟同行勝小陸，共作平臺詞賦。弧矢高懸，長庚何在，遥指星明處。壯心未已，莫言歲月遲暮。

前調 寄壽施愚山少參六十

林花初放，捧霞觴、遥望敬亭山色。繞地珠繩箕宿轉，光滿謝公樓側。闕里遺賢，石渠繼世，曾講諸儒易。廿年節度，一身高寄如客。　督學齊魯之間，湖西作鎮，到處稱申伯。天下山川游覽遍，無數文章堆積。前遇吴關，今過甌海，千里長相憶。纔過甲子，爲君重數疇昔。

綺羅香用原韻答贈甬上錢蟄庵見贈

古鄮名家，彭城遺胄，所至公超成市。文傚元和，詩以景龍爲體。論學識、雅似顓孫，羨經術、精于楊起。第無如、棄世逃名，竄身長向瞿曇裏。　君家歷世仕宦，況祖禰忠孝，名傳黄紙。每輯殘編，尚見泪痕如泚。尋歡會、偶在申江，嘆孤游、有如愕里。又誰知、廿載相思，見君自此始。

萬年枝梁司農師六十續娶

臘盡春還，御河冰未泮，苑枝如沐。柳又生稊，雙雉朝飛遨遨。花甲週時花燭。啓寶帳，粧成百福。由來原有，尚書三娶，東山名族。　萬年觴卜。道從此，天長地久，鸞弦終續。華亹披來，副髮有珈皆玉。池上歌添黄竹。好探去，金桃再熟。那擬人笑，桃花洞裏，劉郎初宿。

西河文集卷一百三十五

蕭山毛奇齡字春庄又初晴稿

填　詞六

沁　園　春即事　有序

三月四日，曹緑嵓明府，張弘軒州牧，周謩凡孝廉，趙愚公監郡，朱服萬别乘，羅木桓、徐西崖文學，招集群公，修褉于滬城之南園，有女妓三人行酒。即席朱别乘作《沁園春》詞，予依韻次其後。

已度三朝，忻逢四并，重對春波。看楊柳堤邊，羽觴汎去；薔薇洞口，油壁來過。北地賢賓，江南名士，人物加于晉永和。況雜坐，有美人相間，齊畫雙蛾。　興來酒瀉銀河，恰巖畔斜陽照緑蘿。看環擁楸枰，目縈琢石；暗抛博具，指印紋螺。紅袖香生，碧桃花放，此際春光可奈何。華燈起，見樓頭纖月，徐上林柯。

前　調答王西園見贈之作

丁巳之春，我來滬瀆，喜遇西園。念當日聞聲，有如日下；今朝高會，竟在雲間。江薛才華，庾徐藻采，所著佳文是《偶言》。《偶言》《吹蓬》《折竹》，皆新著篇名。箋題外，有《吹蓬》小令，《折竹》新篇。桃花初漲平川，又風起城頭撲柳綿。自畫閣攤書，談深燭下；閒堂贈妓，腸斷樽前。兩次三番，風晨雨夕，是處相逢非偶然。溝頭水，問東西會合，知在何年。

姚蒼叔曰：諸詞皆客滬所作，以是時傳寫者衆，故多兼本。若客淮蔡時作，則盡失之矣。是詞纏綿處，爲周、柳長調所不及。嘗曰春庄本恨人，蓋即此可見耳。

前　調送葉天樂游吴門

涼月啣雲，清風出谷，秋滿人間。況出水芙蓉，詩篇絶麗；環溪修竹，酒興將闌。子羽湖頭，伯通橋畔，好友相思嘗往還。揚舲去，見停來顧渚，望去吴關。　橫塘暑氣將殘，更微雨初過銷夏灣。只陂有雞棲，人歸畫舫；丘當虎去，寺在青山。疇昔曾游，石城深處，夜月清樽酹未乾。舊有酹月詞。歌詞罷，向旗亭試聽，可有雙鬟。

前　調題閻容庵《青谿傳》後　有序

予夙爲調笑詞，紀馮弦事。惜弦雖令材，而事近于媟。渡淮十日，晤容庵粉巷，出彭生詞讀之。初以爲賦古耳，及讀竟，始知爲容庵少時事也，容庵真今之君虞、樊川矣哉。《青谿傳》辭致幽斐，其所答寓札，亦復激宕可誦。因爲括諸詞合作一首，詞雖不工，事喜不媟，世毋以予詞入調笑可耳。

桃葉堤邊，琵琶巷裏，人字青谿。本博陵舊氏，愁窺燕幕；汾陽公子，共聽烏啼。春寒愁又度，落盡東園幾樹梨。空回首，正江南烽火，塞北征鼙。　相誓盈盈兩地，奈仙源雞犬望後都迷。況渚下書沉，誤排雁影；章臺人去，遺恨桃枝。隔巷空還，繫臂便鈿合金釵。何處思，只蠻牋數幅，堪付新詞。

姚蒼叔曰：此似又一體。

賀新郎 蕭山縣署贅壻詞

正河陽花滿。秋水芙蓉，艷紅如翦。贅壻淳于千里至，早已題詩齊苑。喜今日、光生銀管。古署催粧開錦席，看一堂紫罽鋪香軟。雙琖暮，酌來淺。　萬條紅燭燒將短。更庭前、幾行畫扇，遮來宛轉。洗馬文章當日事，樂令風流不遠。況種得、藍田瓊琬。最羨今宵乘鳳處，聽秦臺幾曲簫聲緩。烏鵲到，喜何限。

滿庭芳 南園公讌即事

初過清明，纔逾上巳，群賢高會南園。花巖接檻，洞口瀉紅泉。移得行廚竹裏，琱欄曲、雜坐金鈿。擎觴至，紅兒嬌小，猶弄剪刀錢。　樓前，争作伎，枰楸壺竹，游詠依然。看玉釵紛絓，薌澤微傳。醉煞蘭亭舊侶，華燈外、新月纖纖。當筵賦，園如金谷，人似永和年。

前　調 爲汝南張廣文題傳奇卷首

夏里開基，清河啓郡，曾燃秘閣青藜。高齋寂静，夜聽汝南雞。仿佛神人告語，他年事、枕畔留題。長弓後，貂蟬奕葉，不數舊關西。　黄粱炊未熟，翩翩蝴蝶，醒後多迷。託梨園象板，羽殿銖衣。千載鳳鸞佳配，華茵煖、共酌玻瓈。聽吹罷，一聲長笛，無數綵雲飛。

前調題《玉妃獻册圖》爲汝寧金使君夫人生日

琳畹瓊妃，瑶臺金母，當年曾駕蟾蜍。因披玉册，還御五雲車。絓去廬江錦帨，閨房秀、早被霞裾。淮西路，春城千騎，夫壻上頭居。　五花裁作誥，香奩百琲，總是珍珠。看平頭擎履，編齒吹竽。獻得龍泥舊簡，傳經後、莫問居諸。閒相視，山桃片片，飛滿玉牀書。

貂裘換酒題吴寶崖《停鞭拂劍圖》，和其自題原韻。

想此爲圖者。計生平、嵚嶙壘落，未經揮灑。富貴何時思量起，凡事盡如此畫。縱滿地、才源傾瀉。但頻年驅馳南北，到頭來抹卻當時話。惟此劍，鎮無價。　從前只向車前掛。看中原、平沙萬里，儘堪馳馬。建禮門邊題名後，便到晾鷹臺下。且自解、雙鐶重把。多少英雄今安在，遇甘蠅莫折飛蓬射。窮與達，有時也。

姚蒼叔曰：東坡骫髒處，每自有此。徒優孟稼軒，便誇磊𡵆，失之遠矣。

念奴嬌即事　有序

暮春二月寒食夜，胡繩先招飲上海署中，聽妓，酒半爲詞。

申江官舍，看桃花、開後柳絲如織。伯始風流纔啓宴，此夜剛逢寒食。燭下新粧，榴裙百褶，翻盡深紅色。那堪小妓，病來歌舞無力。　聽蓮漏將殘，玉觴嬌瀉去，脣脂俱濕。夜雨初過花毯上，尚見翠鈿狼藉。明日清明，來朝上巳，到處春堪惜。勾欄未散，慢言今夕何夕。

前　調徐都官裁枕函實詩，名爲詩枕，製詞索和。漫次其韻。

撚髭無計，喚奚兒、長向水邊山麓。蒲簟横陳將偃息，好句吟來斷續。授册嫌頻，開緘已緩，紙片紛零碌。游仙欹處，斲成五色文木。　試啓小籠中空，方欄連袥，大似青油襆。豹首雞鳴俱不用，但取便便豕腹。夢去無論，醒來何事，栩栩相追逐。蝶庵詩就，此時午睡方足。

桂　枝　香即事　有序

馬丹谷伎席有小鬟後至，病不能作伎。坐侑間詢何名，曰未也。弘軒張先生以其氏李，且病中遲至，取「翩何珊珊」之句，贈名「翩來」。同席者各爲詞記之。予與張南士、朱拜石、丁殿生、徐西崖、莫蕙先並作《桂枝香》詞。時康熙十六年二月三日。

夜堂聽伎。正絳帳花垂，玉罏香細。蓮炬光中兩兩，舞裙拖地。忽來金雀鵶鬟小，算纔堪、瑣兒年紀。欄邊歌緩，油車暗裏，翻然而至。　便手把、金尊徐遞。似嫩葉裁衣，幽蘭吹氣。病起遲來，問取小名尚未。風流京兆偏憐惜，道延年女弟如是。珊珊可念，何如竟喚，翩來爲字。

滿　江　紅題吴墨舫《桃源圖》，步原用文待詔韻。

圖畫當年，正桃樹、生花時節。有延州高士，酒顔方熱。南浦風光何所似，西畸興會由來别。恰聞人、洞口憶當年，頻頻説。　舟過處，涵冰雪。花落盡，同榆莢。嘆青芝白鶴，一時都絶。凡事總隨風裏絮，披圖恍對雲間月。幸前賢、手澤有傳人，思來切。

水調歌頭詠鹿脯 有序

家會侯邸舍以鹿脯食客，方雪岷、陳其年及予有詞。

加豆得乾腊，釃酒莫踟蹰。奈何置身巖谷，其命在庖廚。不是籠驢炙豕，豈是牛犢鵞胛，此物本清虛。但束白茅去，安問綠蕉無。　人一食，壽百歲，試何如。陳蕃設脡相食，慢作魯公書。皮不必爲藻幣，腸不足爲酒器，祇噬此些須。客座手能擗，何用倩麻姑。

陳梓湘曰：忼慨壘落，微緻周到，詠物至此，無賸矣。其年得詞，格筆叫莫及，以是耳。

雲仙引壽王鄂叔進士

蘭渚亭邊，蓮河橋畔，高門乍啓朝陽。丹紱繞，彩雲翔。云是攬予初度，爭獻仙人九醖觴。何限才名，今纔四十，江左王郎。　宫衣試着來長。有花下、新裁小樂章。回首京華，難兄執戟，同是東方。待補山公，正當典簿，努力功名看未央。他日烏衣，黑頭還聚，重醉秋光。

上西平譚開子貽畫并賦《西平樂》詞見訊，志謝。

嘆年年，看不盡，短亭花。更冬殘、雪後停車。問誰相憶，寄來滿幅是烟霞。分明指有，西陵渡口人家。　滄洲近，知何處，空歷遍，路途賒。念君也留滯西平，思時便望，望時還見暮雲遮。何年攜我，向青山、麓碧湖涯。

慶清朝慢湖墅高會，同王丹麓、陸藎思諸公即席。

候屬添絲，人方繫纜，還逢高會南皮。閒堂夜來，紅燭倒映金卮。爭投博箸，妓簾不掛夏侯衣。

頻傾看，有葡萄釀，色似臙脂。夙昔祇愁間闊，長從紙上汗，漫寄相思。今夕不知何夕，能預斯期。城頭紞如五鼓，傍筵耿耿玉繩低。那堪與，曹劉沈謝，即席爲詞。

醉蓬萊 題贈徐涵之小蓬萊別業

是南州高士，東海名家，西河舊里。茅屋數椽，縱亭臺無幾。墻外疎桐，檻前薟蔓，到處成陰翳。人道蓬萊，逍遥散誕，不過如此。堪嘆年時，燕齊吴楚，汗漫天涯，倦游知止。一任人間，似桑田海水。家有山妻，門無雜客，架上餘書史。安樂窩成，吾其從老，于是鄉矣。

蘭陵王 別譚開子

淮南路，正值嵩陽歸去。梨花晚，寒食初過，與汝東湖最深處。夜涼傾斗醑。聽撥銀箏無數。扶紅袖，酒醒回時，長是城頭鼓聲曙。恨一別如雨。更南北東西，春還秋暮。許昌宫裏留君住。任作賦繁臺，題詩梁苑，何期此地復相遇，彷佛似前度。看舞郡中署。便圖遍屏山，歌殘燭樹。送君還上棠谿渡。望長淮千里，依然東注。那堪言別，况緑柳，漸飛絮。

風流子 答和桐城何令遠見寄

浮山如在眼，樅陽路，時望大江遥。想當日長瑜，曾爲四友，今聞子季，仍號三高。從誰道，十年黄令閣，一別湛郎橋。湖上風光，全隨蓬轉，江南春信，半在梅梢。幸新來無恙，詞中尚記得，醉卧甘蕉。不道安成前度，良夜迢迢。自白鷺洲邊，歌殘纖月，紅螺澤畔，酒散寒潮。試問梁園賓客，誰憶枚臯。

南　浦和徐西崖贈别

最傷心處，是紅亭、載酒上河橋。多少畫欄干外，楊柳正垂條。五兩南風欲度，趁申江、幾曲暮歸潮。奈離筵人散，贈鞭情重，雙泪落征袍。　此地遨遊堪戀，遍亭臺、春意鬧花梢。長載佳人油壁，深夜教吹簫。況值歌成南浦，也爲君、重撥紫檀槽。且和歌一闋，問當前誰最魂銷。

西　河答和王西園送别

春去久，怕逢客館長晝。寄君書到正街頭，濯枝雨後。那堪黄浦晚潮生，一帆吹下如溜。　憶當日，方邂逅，按歌新記紅豆。酒間移燭和予詞，霎時草就。匆匆散去鎮蹉跎，蜀葵花發時候。　驪駒唱罷頻把袖，看江流、如許顰皺。遥指垂楊渡口，更短亭、東上酒家，依舊欲放歌，何時還又。

滿庭芳又一體。　失題，似爲同館沈氏生日。

梔子開殘，宜男採遍，日長深院啼鶯。正荷衣被暑，裁剪初成。曾向慈恩寺裏，春池淺、蘸筆題名。人争看，風流拔俗，第一吴興。　相驚，舊時八詠，東陽雲起處，藻思縱横。恰衣盤雕錦，紙染紅菱。羨煞絲綸世掌，鳳池上、綷羽争明。懸弧處，堂前花發，海上雲生。

剔銀燈詠米家燈　有序

梁尚書席上有燈，爲宛平米氏所製，堆紗疊縠，作山水花鳥人物。座客各有詞，屬和焉。

百尺冰荷可喜，況滿壁、盡張羅綺。翦縠爲欄，堆紗作樹，不數米家山水。隔屏人指道，人在隔花屏裏。　金粟玉蟲纍纍，光到處、轆轤齊起。雞戴珠竿，龍啣火籥，總是數條紅紫。燈前且醉看，燈影照人何幾。

題姚將軍五圖詞姚茂孳將軍繪其像爲五圖，各繫以詞。　今存一首。

相　見　歡《桃源採藥圖》

何來採藥仙源，問當年。云是伏波橫海、舊登壇。　麟閣裏，滄洲意，任相看。一似桃花流水、向人間。

臨江仙合詞題爲奉贈何梅莊使君夫子作。因使君初守越，既使牂柯後，復爲兩浙督糧少參，因有此詞。但合二闋爲一首不分，又同一韻，故照本抄入，不敢移易。

當日虎符初下處，桃花開滿山阿。萬層絳帳覆來多。驅鹽投峻阪，拔羽出虞羅。　一自龍山高會後，春江曾哭曹娥。天南萬里到牂柯。帝鄉把餞去，錦里盼車過。　誰料十年星紀換，延津還汎仙槎。江淮轉運使如何。金笳開越嶠，繡棨動吴波。　幸得閒堂仍聚首，清樽頻把玻瓈。劉郎前度喜重過。公門桃樹老，猶有舊枝柯。

十　美　圖　詞爲汪蛟門主事作。　今存三首。

減字木蘭花《燈下收書圖》

合歡成被，鋪就鵁鶄單枕膩。豹髓全融，肯負饞燈入夜紅。　壁光如曙，翻恨袖梢遮不住。收卻殘書，何用掀翻壘算珠。

菩　薩　蠻《午睡圖》

玉欄長夏金塘裏，軒窻四面荷風起。菀蒻織花紋，盤盤散緑雲。　柳帷褰未閉，隔水窺人至。待起整釵鈿，郎今未可前。

虞　美　人《紅絲拂子打檀郎圖》

樂陵臺下看紅藥，底處曾相謔。苔衣掩盡石欄花，辜負東園杏子數枝斜。　紫龍髯拂珊瑚柄，禿袖紅相映。郎身豈有赭頭蠅，暫作吴宫點墨白螺屏。

兑閣十詞有序

予游淮時，閻子牛叟與丁少君敦伉儷之好，作《兑閣》十闋，索予和詞，予未有以應也。閱一十八年，予赴召至京，值牛叟年七十，丁夫人已亡，其嗣君百詩重貽書并幣，專使赴長安，請和前詞。蓋欲以承尊人歡，當稱觴地也。予始理其詞，對使和去。其十闋皆有題，依題演義，不自解工拙，牛叟知我，定有以諒之耳。

南　歌　子齊世家彤史

閻牛叟少君丁氏，牛叟字之曰少姜，又稱濟陽君，從郡望也。其女兄弟中屬季，又名其所居曰兑閣。

朱閥迎齊女，金箱貯楚雲。高閣傍斜曛，阿誰居閣上，濟陽君。

鵲　橋　仙證前生

牛叟之尊人仕閩，曾禱九鯉湖而生。後思楓亭荔枝，丁少君爲治裝，卒不果往。

蓬山小吏，上清舊籍，曾控九仙朱鯉。若非花下認前身，幾負郤、雙成久矣。　楓亭何在，治裝東去，請食宋家荔子。縱然置驛未能通，也勝看、忠州畫裏。

小　重　山雙魚問

避地時，一居金陵，一居吴門。每以書問，偶爲輕薄子偷視。

兩地烽烟天一隅。蔣山西盡處，莫愁湖。誰言流水隔姑蘇，春潮上，中有一雙魚。　緘處印含朱。澤蒲裁作線，界蜘蛛。簪花小字畫來疎，憑偷看，傳作寶家書。

荷　葉　杯維摩天女恰同參

曾參訪耆舊，究向上一層。

乃與阿潘同住，何故，花月映江潭。問誰還宿普明龕，參麽參，參麽參。

天　仙　子病榻閒情

丁少君鮮婧容，雖病亦薄粧讀史。牛叟嘗調之：「提學未至，女秀才矻吃何爲？」❶每庭前花木茀灌，牛叟謂丈夫當埽除天下，少君曰：「請從一室始。」

長向花前攤女史，一榻自安花蔓裏。儘教春去病還留，捐藥餌，弄筆底。全似建安女博士。　堦下雉童摇葛藟，滿院月明清似水。慢言蓁莽辟除難，君意氣，且已耳。汎埽請從一室始。

❶「吃」，據文義，疑當作「矻」。

十六字令佐家

丁少君以五千金佐先世鹽筴。

齊代遠，空吟《乘馬》篇。真珠釧，解作算商錢。

柳梢青聯吟

牛叟製《杏花天》三闋，少君索書帕，出入懷袖。

錦闥閒心，緑牕幽興，得句相調。何意東園，杏花開遍，又是春朝。丁娘且索揮毫，甚處見、歡情久要。幾闋清詞，數行細字，一幅生綃。

西河琴弈雙清

少君好琴，善弈，與諸女角，必招牛叟曰：「君但事此，當自解。」

且慢記，琴心當日何似。只看緑綺繞孤桐，素絲未理。高山流水有誰聽，離懷此際如寄。況花底，楸樹子。舊枰在斷垣裏。空留遺掛紫檀心，琢成纍纍。横横直直試躊躇，幾曾閒卻纖指。是中意誠莫已。良人惜未能此。追憶爾時佳致，或庶幾，鼓瑟湘靈堪比，何況圍棋張良娣。

臨江仙逮下

少君曾爲牛叟取一妾，今亡。後牛叟又娶一妾，同懸夫人像，以爲菩薩人，各製《菩薩鬘》詞。

不辨黄鸝能卻妬，臨溪且採茵陳。文園能聘茂陵人。君心難問取，我見也憐生。今日秦淮相接處，當年桃樹桃根。門前流水記前因。鬘陀花下影，同拜繡幢身。

瀟湘逢故人慢採菱

常向湖西，率諸女採菱。當夕陽下舂，翠袖紅粧，與清波碧藻相映。後秋中期再踐此約，而不可復得。

採菱歌罷，見紫角新翻，緑苞初卸。問灌湖前汊，女伴恁來遲，停船相迓。紅袖風吹，剛一望、夕陽西下。唤侍兒、慢捲朱竿，菱刺又牽羅帕。　舉棹去，南浦夜，嘆洲盡含霜，灣名銷夏。此事思如乍。待舊約重尋，流光不借。幾度秋風，看浩浩長淮東瀉。好愁人、翠藻清漣，猶是參差如畫。

樂府補題和詞《樂府補題》者，南渡越州諸處士所作詞也。卷首載玉笥王沂孫聖與、蘋洲周密公謹，以及菊山唐珏玉潛、後村仇遠仁近，共十三人，同于宛委山房諸處詠龍涎香、白蓮、蟬、蓴、蟹五題，其調爲天香、齊天樂、摸魚兒、水龍吟、桂枝香，合一抄本，在梅市祁宅藏書中。禾中朱竹垞爲序之，而鏤板京師，且屬同館作和詞各五首。初晴歸田後，其五詞俱亡矣。後陳其年遺稿中有《白蓮》《蟹》二詞，❶是初晴作，註筆甚明。因匄其年手抄稿附載于此，共二首。

水　龍　吟白蓮

前湖十里芙蓉，到門皦皦明如練。波光雲映，蘆碕鷺下，宛然一片。緗葯含鉛，青房濾粉，素珠成串。便採蓮紅女，絳裙千褶，遮葉住、有誰見？　只爲社中人散。倚遥空、削成難辨。赤欄橋子，無端愁，把碧天遮斷。月下飛香，霜前落葉，容華將變。但秋衣未製，剪來朶朶，不須染茜。

❶ 據下文，「蟹」當作「蓴」。

摸魚兒蓴

但秋風、有誰還憶，夏瓜冬菜春韭。兒家住近横塘曲，長在柳姑廟後。相邀取，借隣女花竿，挑起紅絲瀏。摘來盈缶。任九月豬毛，百莖雉尾，總貫一壺酒。　晶瀡甚，慢説白如瓊玖，下將鹽豉烹就。鈿頭釵脚難形似，只顧流匙在口。還念否，料拾鱠分鯖，未是和羹手。躊躇良久。便羊酪能勝，龍酥堪敵，歸去也何有。

西河文集卷一百三十六

蕭山毛奇齡字僧開又字于稿

擬連廂詞❶

❶ 本卷依《儒藏》收録體例删去，僅存目。

西河文集卷一百三十七

蕭山毛奇齡字大可又字于稿

二　韻 即五言絶句　一

西河五絶有《江行》數十首，似倣錢吴興者，今不存。絶句刻本惟《越選》數章而已，其他悉從《空居日抄》與《鴻路堂》本。樂府題從唐者，皆作絶句，唐人本爾也。其從古調者，列前集樂府卷。

王孫遊

桂樹他鄉少，王孫故國稀。天涯春草遍，處處待人歸。

排　遍

曉月三關落，秋風萬里來。將軍開馬邑，戰士下龍堆。

舟行望九華山

溜水下江關，輕帆天際還。望中雲欲滿，知是九華山。

晚泊二首

晚泊大江沙，烟生紅蓼花。船頭鳴賽鼓，船尾飼神鴉。

二

紅蓼垂牕暗，青楓接岸平。村翁迎舶語，還問下江兵。

無　題

燈下裁遠衣，堦前墮秋雨。爲惜藁砧名，遲回下雙杵。

苧　蘿　村

西子吴宫去，溪邊少浣紗。緑蘿相伴女，空自貌如花。

二

苧葉風吹白，蓮歌水面寒。前溪花滿地，不敢過溪看。

陳肇曾孝廉歸閩詢周六玉輪

夫君歸閩海，應上越王山。東吴年少在，爲問幾時還。

漢　宫　曲

漢苑高如斗，天星出似瓜。後庭千種色，前殿九衢花。

二

羽騎長楊苑，靈臺太液池。六宫新位號，最貴是昭儀。

摩多樓子

三秋行保塞，八月詔移軍。近見沙如雪，遥看陣似雲。

二

八月天山雪，沙場蚤見寒。廻看雲盡處，秋日滿長安。

江行聽潘六絃子

不聽桓伊笛，翻催趙璧彈。三絃纔一曲，看過幾重灘。

飲陳吉孫宅適紫蘭當筵盛開客有寫生者率題其上

共就陳遵飲，當軒樹紫蘭。問誰圖茜影，留向醉中看。

二

灼灼流霞杯，臨風映芳蘂。移之上雲屏，滴作紫泥水。

看伎

曲水園頭伎，扶風帳裏名。中州馬端肅家姬。一看西子舞，重起故鄉情。

龐湘

蔓草生西苑，殘花滿洛陽。清涼臺下過，尚有一龐湘。

北行口號

春風生馬頭，春雲生馬尾。不是春雲生，知是烟塵起。

二

美人乘騾車，相顧烟塵中。新花著輕霧，脉脉花影紅。

一本作「對面烟塵合，高車錦幔斜。分明輕霧裏，一顧道傍花」。

早　起

勿作還鄉夢，徒增逆旅情。中宵驢鐸響，早起趁前程。

爲趙司馬題五雲移棹圖

曉日虔陽樹，秋風贛水船。片帆横北斗，看入五雲邊。

二

綵鳳横天去，蒼龍倚棹開。漢庭雲滿處，知是趙熹來。

古　意

醉裏能留客，愁多最滯人。誰將三婦豔，歌作大郎神。

上　田　花

青青上田花，朝日揚花英。路逢折花人，見花不分明。

二

折得青梅枝，送郎渡河滸。花落子始結，郎今未知苦。

輪臺歌

大漢三秋草，輪臺萬里榆。天邊新屬國，塞外古單于。

綵花歌

莫翦昭陽綵，良人本麗華。能將半面色，散作四時花。兆熊曰：漢女職有「良人」號。

塞下

燎燭照秦關，將軍夜獵還。寒更刁斗静，飛雪滿陰山。

二

金矢玉花翎，沙埸舊有名。一歸光禄塞，三上李陵城。

古塞下

烽火甘泉月，旌旗灞上雲。漢王能奮武，偏召李將軍。

小長干曲

小小長干下，相逢擊絮人。春風吹緑髮，春水濺朱脣。

二

風發南湖裏，蓮舟去漸稀。阿儂因有約，須趁暮潮歸。

題張君畫像

紫石環修竹，丹鑪煮玉蓴。葛巾相對坐，知是曲江人。

查繼佐客淮復買小鴉頭自隨短句爲壽或云嘲焉并命鴉頭歌之

莊生本蝴蝶，日日宿花裏。釀得黄粉兒，欲寫白毫子。兆熊曰：李白有《淮南小山白毫子歌》，仙人也。

二

小草莩俱緑，寒花蒂亦香。鼓鐘淮水上，水落自湯湯。

三

團團桂樹枝，能令八公還。捲幔拂螺子，分明見小山。

四

淮王是佳名，碧玉是好影。後園金井牀，前頭素絲綆。

五

舊部能吴舞，查舊畜女妓數部。新人解楚歌。楊家龍舸過，無復唱開河。

六

擘破真珠樹，分成結緑釵。漫游無限興，只看酒如淮。

絶　句

買得長門賦，盛將緑玉箱。春波涵太液，浴盡野鴛鴦。

採芝三首

欲向商山隱，還尋瑶海來。玉田三百畝，祇見一花開。

二

深谷原無種，齋房舊有歌。九莖連四葉，葉葉奈愁何。

三

玉殿披圖晚，瑶林驂駕遲。願將三秀草，移取種銅池。

羽　林　郎

扈從獵長楊，彤旆豹尾黄。當車能搤獸，道是羽林郎。

宿傅一新溪上草堂招憲臣

竹短溪亦淺，月明山正深。草堂前夜雨，思汝到如今。

錢清江和韻兆熊曰：此唐張仲素《春江曲》韻也。宋王兵部《錢清江掘石》亦得此韻，故稱和韻。觀詩意，謂錢清江已湮耳。

三月正陽春，中流共採蘋。妾居江下久，不記上江人。

來生過訪余適游陵下不值卻寄

泛水尋瑶牒，登山啓玉書。到門無鳳字，去路有羊車。

二

挾彈還清洛，横琴過大陵。蒹葭難倚玉，展轉媿毛曾。

嘲採蓮者傷其遲暮不能已而坐得困也

綠水浮來淺，紅蓮採去遲。衣牽殘梗刺，櫂結野菱絲。

古　別　離

綠殺門前柳，空言似畫眉。自從折柳去，螺子不曾施。

覽　鏡　詞

漸覺鉛華盡，誰憐顦顇新。與余同下淚，只有鏡中人。

二

皎皎金鵲光，熒熒紫菱色。爲理雙雲鬟，垂首作轉側。

江行絶句三首

欲上蟂磯廟，空憐神女嬌。長江秋晚後，日日有風潮。

二

彭澤江邊石，行人説馬當。片帆吹浪過，不復數瞿塘。

三

采石横江浦，當年起戰爭。至今江上路，尚有舊軍營。

聽吴歌有感

少小經吴會，吴歌一棹行。五更殘夢裏，啞軋兩三聲。

二

落月寒林鳥，明星野浦雞。榜歌遥倡和，春思隔江迷。

三

晚歲雞塘路，秋風鴨嘴船。吴娘纔引曲，雙淚枕函邊。

露 觔 祠

行露多蔓滋，委身貴能早。修黛揚緑烟，羅裙裏青草。

二

日炤銀書榜，沙衒石闕詞。高郵州上路，争認露觔祠。

上 滕 王 閣

避地尋江表，看山到豫章。何王登此閣，千載在南昌。

重登滕王閣

柳色春城霽，風光南浦新。憑欄愁騁望，猶是賦詩人。

徐徽之評曰：滕王何足傳此閣，閣之傳，獨王子安一詩耳。上首略一激唱，妙在不露；若下首則羈遲不堪矣。地以才人傳，然才人究淪落，何也？

白洋河道中

燈火春宵盡，鞦韆上巳過。馬頭殘照裏，又渡白洋河。

予經歸德城女墻塌地埏埏如丘樊與同行者下馬賦詩

睢陽一丈城，半爲賊所拆。我今過睢陽，城板高五尺。

二

汴水方流漫，崇禎尚太平。張巡空塚側，截截半竿城。

晦　日

村店開紅杏，溪橋漲緑蘋。途中逢晦日，思煞故園春。

途中絶句

未上楊家集，先過棗樹林。棗針能刺手，莫繫白花驔。

哭江陰楊生

抱器無成日，多情憶去時。君山明月夜，何處不相思。

二

水落看予度，霜清别汝寒。年年驥亭北，花發滿闌干。達曰：楊别業在靖沙，名驥亭。

楊白花

楊花不如人，隨風任東西。願教雙燕子，銜作梁上泥。

長安道

長安十二衢，日日走車馬。那堪主父偃，日走車馬下。

二

九曲環秦甸，千門啓洛陽。宫前馳馬巷，城北鬭雞塲。

洛陽道

洛陽故都城，轆轤絓長綆。但見白玉欄，不聞緑珠井。

仝諸公集吴錦衣宅雷雨邀妓不至

高會錦衣堂，春宵雨萬行。油車何隱隱，只在葛山陽。

二

東海安期夜，西堂道助樽。燈前雙舞鶴，不復下雷門。

三

玉犖春前雨，金吾殿上才。天街曾勑燭，呼取念奴來。

咏雲嘲友

捧日遮嘗滿，隨風結轉濃。終朝嫌似狗，何日好從龍。

塵

但恨車前少，猶憐甑裏稀。日光流壁隙，一道雨絲飛。

同聲歌懷友作

繡帶粘香薄，紅綿着粉銷。願爲羅袜子，長束謝娘腰。

二

團扇函秋冷，屏山掩曙寒。願爲銅鏡子，早晚自相看。兆熊曰：《同聲歌》云：「願爲莞蒻席，在下蔽匡牀。願爲羅衾幬，在上衛風霜。」

詠枕記事代友四首

弱莞流雲薄，香羅刺面新。小鬟時抱與，真見洛川神。

二

繡裏封花絮，湘紋浹粉膏。不知結束苦，看取抱持勞。

三

誰作通明製，裝成八寶餘。中郎多秘語，藏就一函書。

四

警夜攜來苦，游仙夢自疑。芙蓉繡兩面，那得並頭時。

題畫幛

緑幘粧野花，青藍倚山石。欲煮黄鵠羹，舉頭看秋色。

題畫像渡江圖

水瀫看成線，荷花卷似杯。道人何處見，記得渡江來。

二

道人欲渡江，荷花滿江沚。坐將花片來，影落一條水。

遥題梅聖占像

何處逢梅子，蕭疎一布袍。相看無語笑，白眼向青霄。

題　畫

孤桐抱山丘，榮期坐其側。爲有清風來，泠然枕危石。

病起贈李君

自愧無金骨，終年苦鉥膓。❶ 少君良厚意，飲我葛陂漿。

二

七十懸壺叟，函關舊著書。只今懷玉蘂，猶識李公居。

三

誰療糾宮雜，應憐洛市還。火珠橋下路，方篇九還丹。李住名火珠橋。

漢　邊　思

漢軍屯句注，邊馬渡陰山。羽書飛上郡，烽火達蕭關。

❶「鉥」，原作「鉥」，據四庫本改。

二

蘇武持旄節，夫人下錦車。甘泉呼保塞，非復舊休屠。

隴上歌

不見隴頭水，但聞隴上歌。歌時雙淚滴，可是隴頭多。

採蓮曲

蓮葉將衣緑，蓮花比面紅。採蓮蓮已盡，别有採蓮儂。

二

採蓮愁日暮，舉手攀荷枝。荷珠如淚滴，是妾憶君時。

醉中語妓調宋三

吹笛唇脂落，彈絲腕帶寬。背人重料理，莫倩宋三看。

蘭溪棹歌

春水碧泱泱，春蘭覆水香。中流不用棹，直度浦江陽。

泊牛渚有感

夜月横江思，秋風牛渚情。舟中無謝尚，誰聽咏歌聲。

江行無題

落月石帆限，孤篷曉未開。岸浮移纜上，知是早潮來。

二

泛水浮新葉，流波漾束薪。可憐江口月，不共故園人。

三

水國蒹葭老，江城橘柚香。烟中同醉起，惟有櫂船郎。

四

山雲低復起，江鳥去還飛。借問舟中客，何時可得歸。

五

風起泊江皐，江聲徹夜號。不期鄉夢遠，猶聽浙江濤。

送黄媛介令子歸伊舅氏

王粲登樓日，曹昭作賦時。將歸無限意，只在渭陽詩。

囉嗊曲

染絲作帆繂，收拾帆子廻。鍮石裝篙頭，下篙莫輕開。

二

君買西地錦，應須到蜀城。蜀中春鳥語，語語自分明。

估客樂

朝望襄陽商，暮望真州估。不如隨販兒，朝暮拾錢數。

二

鐵鹿須東下，蒲帆莫上牽。那知上江女，也望到家船。

譚開子曰：東日西雨，歡怨不殊，妙情通理。

稍　婦

稍婦立棚子，蕩稍清江濱。故自稍輕櫂，廻頭不看人。

二

夜起風水惡，早梳弄船子。聽歌如有猜，微笑入烟裏。

書　壁有序

遇桃二枚皐里中，從珠湖會也。重九日復集雲起閣，曲江主人扶醉，再携榼蹋歌，同過桃家，乞書二絶句于壁。

菊琖分燈暗，葦門繞路斜。烏啼深巷裏，巷口是桃家。

二

燭下憐紅粉，霜前墜白榆。官街戍鼓静，愁煞夜啼烏。達曰：桃本氏陶，珠湖奉觴時，西河詢之曰：「桃耶？」陶然焉，遂氏桃。故查伊璜《曲江樓詩序》曰「曲江之會，陶姬者晚至，燈爲倍明，絲竹益若人聽，坐客爲之慨然，謂姬桃也，姬心識之」是也。又伊璜詩曰：「妾家舊泛五湖濤，座上相逢認作桃。」張宗緒詩曰：「劉郎錯認天台路，卻向桃源去問津。」張孺懷詩曰：「那知不愛籬邊菊，且看玄都觀裏桃。」皆指其事。　桃無字，後字淺緋。

西河文集卷一百三十八

蕭山毛奇齡字春庄又名甡稿

二　韻即五言絶句　二

渌水曲

渌水前溪漲，横塘收碧痕。拔蒲塘水上，那得見蒲根。

朝來曲

朦朧捲羅幙，微坐若有憶。楣際生曙光，髣髴見容色。

史憲臣曰：朝光容色，相接生艷。

二

宿露滋花葉，殘星墜草叢。東方纔放白，西壁又生紅。

絶句

絡甕纏絲苦，青綃與絳綃。如何春汛遠，不及上江潮。

二

宋子新秋意，胡姬遥夜情。金槽曾壓酒，點滴記分明。

戲作麻姑獻芝圖并題爲白母壽

不向吴門去，新從滄海廻。翛然雙鳥爪，摘得紫芝來。

聞蟬

碧葉吟風細，青枝吸露凉。桃笙初睡起，愁聽一聲長。

二

嘒嘒臨粧閣，微微曳晚風。佳人雙鬢薄，不復挂青蟲。

翻和宫詞有序

旅悶咄咄，一壁舊粘王龍標「昨夜風開」宫詞，呼旅主人兒有文者，屬截離翻接，移七作五，妄名「翻詩」，兆熊曰：已連勿連，已偶勿偶。見五律卷。較詩牌爲玅。愛其給捷，率接「春風夜月露桃寒井」諸字，而略未成句。予便爲成之，使渠唱云：「夜月開宫殿，春風舞露桃。承輪寒井外，新賜錦簾高。」牲和云。

月殿承歌寵，寒袍賜錦新。簾前風舞夜，井外露桃春。

守歲

何處懷家苦，他鄉守歲時。長將一夜坐，并作兩年思。

二

守歲逾終夕，鄉思度萬山。家人應蚤睡，恐我夢中還。

臨川水

臨川石上水，是我清淚滴。激激流草根，宛轉看成碧。

二

臨川灘上水，是我清淚流。一灘一日上，日日上灘愁。

寺東廊見叔夜詩

古寺經行處，香烟滿上方。同遊人散盡，猶自竚東廊。

謝舒漢文贈佳履名酒

翦毳紅籠襪，傾雲綠滿盃。羈愁如未解，乘醉踏歌來。

劉珵餉法酒諸食物

釀花開螘榼，臛食進羊臕。既醉應忘客，臨餐轉憶君。

花橋舖

碧草馬蹄遥，春衫繫柳條。看花長下淚，不敢過花橋。

除夕有感作

臘管莫教催，椒盤次第開。恐將除舊意，看作望新來。

三月晦日

姑洗將移管，清江未浣衣。如何羈客路，又復送春歸。

二

九十春光盡，三年客路遥。黄鸝江柳上，啼殺是今朝。施愚山先生貽書曰：「『黄鸝江柳上，啼殺是今朝』，千古斷腸語也。」

刺促詞

黄金長被毁，白璧苦遭疑。但詠流離子，無歌刺促詞。

沐浴子

沐冠棄蘭澤，苴履藉蕙草。蹴蕙徒自傷，采蘭不言好。

山居雜詩

朝日東林静，新秋北砦清。螃螂衣上落，鳥雀路中行。

二

溪静聞滴葉，山空響落椽。微風裂門紗，宛在剪刀上。

三

林菓堪時摘，山家偏晚嘗。收櫧需夜雨，剪栗待秋霜。

四

多難親朋少，長遊内侍稀。東林女道士，替我製秋衣。

五

楓落林蹔紅，草疎路微白。墻低落澗光，門静入山色。

六

杉路雲停過，茅堂煖入來。幡竿看日影，西去又東廻。兆熊曰：西河每坐視日影東起西落。見別集文序。

七

前溪深林花，轇結滿溪樹。採花入林中，始知有人住。

八

女冠不出林，忽採鐘乳碧。昨日青苔間，驚見履絲跡。

九

夜夢同張五，前溪一汎舟。莫嫌猶是夢，醒去幾曾遊。

十

伐棘團作籬，編茅織成屧。種花不知名，採藥當認葉。

十一

落花流前溪，溪石擁花住。浣女不解愁，素指撥流去。

送倪齒東歸有序

送山陰倪齒將東歸。憶齒之先，有孝子仙溪公，侍母痛心疾，每痛叩頭嚙指流血，出求代，百計不足爲療。有道士告木心石當可。自百里内外，冬春晦明，隆寒毒暘，入溪山覓伐材者，跪候之。如是數年，有伐杪樸木，候之逮晡，鋸聲急，叩頭曰：「此中有石，幸丐末人。」已果然，疾由是療。石圓如鳥雀卵，中色正白，著木處燦爛如黄金。會稽陶學士大臨、陶少司馬譜、王大參泮、山陰趙文學甸，皆有記傳，曾屬予序之，未報也。今送齒時，自痛輕去墳墓，羡齒之返桑梓地，得孝子之意，因末及之，且誌梗概，以爲引者焉。

把酒驛亭西，春風送馬蹄。愁君歸去路，草色正萋萋。

二

我尚覊江表，君先返越州。故人如訊及，道我賦登樓。

三

倪子擁烏裘，幡然作歸計。碧雲生長途，黄馬去蕭寺。

四

君是仙溪後，當還孝子閭。王陽長在道，送爾一沾衣。

過上陳店

夜雪不能寐，蚤行過上陳。不知寒雪上，盡是夜行人。

江南雜詩四首

十里秦淮水，曾經送泰娘。紅船停淺瀨，畫閣覆垂楊。

二

聚寶門前路，長干寺外橋。市帘斜掛處，山葉下蕭蕭。

三

幕府重開後，江亭飲眺還。路人争墮淚，一望蔣家山。

四

何處重相憶，青溪小妹家。種將烏桕樹，噪殺白門鴉。

林下口號

烏衣鎮西林，林下路縱横。相逢採薪女，各自拾路行。

騎驢

騎驢聞雞號，日出清沙東。初出沙路白，再出沙路紅。

二

黄頭小蹁驢，日暮解宿處。土棧横草門，一步幾回住。

八角井

鋪南八角井，井上雙轆轤。左繩扳大婦，右綆牽小姑。

自浦口至潁城途中

浦日將帆落，江亭對酒濃。日邊明橘柚，江上秀芙蓉。

二

秋黍銜風響，朝林壓霧平。紫游斜控去，初過壽州城。

三

馬上傾盃緑，亭前獻菊黄。殷勤無限意，只記杜秋娘。

題陸隽記年圖

蓮葉裁爲幘，松風聽在林。東吴推陸弟，抱膝且長吟。

二

碧樹移曉陰，清神濯秋水。誰使謝幼輿，寫置嵓石裏。

題畫爲櫟園

雨過不放晴，積陰濕林葉。野禾生前圩，蒸耳似馬鬣。

二

山抹如螺碧，波紋似縠紅。帆檣嵓寺外，知在夕陽中。

蔡州宿除三年矣飲次感賦

栢酒官齋宴，梅花客舍情。殘年除不盡，三在蔡州城。

走馬引有序

穎城西六十里櫟頭店宿，夜聽琵琶絃，徬徨不寢。過請更彈數曲，到明别去，與同行相失。於是躑躅作《走馬引》寫其聲，馬上悲吟。聞者泣而過，謂失路矣。

穎州城西路，路馬蹠且跼。歌苦傷馬心，行苦傷馬足。

二

穎州城西路，路馬悲且辛。只因長失路，能感路傍人。

壽淮陰楊母

楊母真女師，幽芬蔽淮浦。我今淮陰來，不敢拜漂母。

二

庭下王喬舄，天邊穆滿車。願持三尺釣，上母楚州魚。

題張梧乘槎畫像

碧樹難裁屋，清泉好濯巾。相逢圖畫裏，❶知是汎槎人。

奉題王言憲使畫像卷子

先生青雲姿，挺若千丈松。置之丘壑間，矯矯成游龍。

---

❶ 「裏」，原作「裹」，據四庫本改。

二

少小飽文史，說劍五陵下。草成西夏書，取將大宛馬。

三

幕府開江左，長藩啓建康。人歸朱雀里，家本太原王。

四

我來謁先生，夜宿歸田廬。高譚卸紅蠵，誠有如斯圖。

五

將採莊山金，鑄成少伯像。名垂四海間，心在五湖上。

六

不然買絲線，繡作平原君。祇恐赭脂女，污此玄錦紋。

七

一顧神骨俊，再觀意氣豪。分明瞻五嶽，豈是畫三毛。

日南至

今日日南至，日南當北還。如何南楚客，只在楚江關。

題麻姑擷芝圖爲駱明府夫人初度

麻姑本神人，曾到臨川山。竹葉爲衣帶，桃花插髻鬟。

二

麻姑到臨川，擷珮獻紫泥。衹因鮑靚女，能作令君妻。

毛甡行湖東旅主人孟君依新檄禁客宿其少婦鄧老秀請而可更爲擱浣諸衣裝臨行徬徨繫之以詩

瀬淺誰漂絮，春寒有釣徒。湖東鄧老秀，爲我進彫胡。兆熊曰：宋玉賦：主人之女，爲我炊彫胡之飯。

七夕望牛女翻截銀燭秋光冷畫屏一絶與旅主人鄒君

銀扇畫羅輕，螢光燭卧屏。天涼牽小女，秋夜看牛星。

代　答

街燭流水銀，螢光冷如織。撲扇看小星，夜涼卧秋色。

附姜汝長詩：涼夜燭屏秋，天星撲女牛。銀光輕扇冷，如看小螢流。

寄俞九十四文起

久愜滄洲隱，還期汗漫游。天涯相問訊，誰不識韓休。

重登釣臺懷大敬達曰：大敬先生號漁父。

東望家何在，西陵潮欲來。衹因念漁父，重上釣魚臺。

二

誰是被裘客，登臺一望間。天邊垂釣處，應念故人還。

望南士不至

望門入秦望，日日如望秦。白日寢落盡，吾思漁丈人。

秋山送僧

曙旭啓杉關，逢僧問八還。白雲留不住，相送下秋山。

與何八十七國仁飲次書贈

但作他鄉飲，從君不願歸。祇緣行役久，故國反相違。

二

臨汝江邊酒，巴山署裏雲。十年纔此會，莫道不思君。

長至語當壚鄧上

長至還爲客，開樽淚欲流。勿言添線好，客路轉悠悠。

楊進士賦臣小盆松

萬粒小松盆，龍孫又種孫。石臺開寸壁，蒼翠滿天門。

就亭鸚鵡去而復返

脱鏁辭雕檻，銜縚返緑衣。隴山千萬里，何處可言歸。

雞冠花

每遇秋花發，傷心絳幘紅。故園深樹裏，翹首待墻東。

留别駱明府

我愛駱明府，西游汝溪曲。來時秋風生，去時春草緑。

二

明府文章貴，今來政事清。江邊看渡虎，署裏聽啼鶯。

三

我與明府游，習習忘晝夜。吟詩出竹中，飲酒醉花下。

四

王生依江表，豈不懷家鄉。春江碧灕灕，念此江水長。

五

一日辭巴山，十日不能決。睹見楊柳枝，俯首淚如雪。

别黄吉有序

巴城人黄吉，給甡酒脯者四月日，且時延甡所親友朱三、徐二十二輩作郊游，其家穹然耳。臨行，估馬匹齎糧送甡，辭不得。更爲留兩日，賦詩以别。

策馬去江關，春花照别顔。臨行三繫馬，不是戀巴山。

黄吉送甡至石牛渡

天涯最難忘，莫若石牛渡。渡頭花樹紅，是我别君處。

聽子規

嶺外春雲合，潯陽曉樹迷。高安三月暮，休聽子規啼。

臘月望夕喜旅客翻王建翫月絶句云合望月時常望月分明不得似今年仰頭五夜風中立從未圓時直到圓偶感其言且傷時暮亦爲效作

望明常夜立，時時得頭風。從今望圓月，不似五年中。

二

時望不圓月，望時常月圓。五明今夜合，直得到明年。

附徐克家詩：明月未得中，不時合分仰。圓似常年圓，望從今夜望。

鄧上詩：直似分風立，常明不夜年。時時從望望，月月得圓圓。

吉州守除三首

但守薪槃在，毋令栢酒虚。他鄉有限歲，又見此宵除。

二

虬箭消殘夜，雞鳴報曉春。故園如祝歲，應祝蚤歸人。

三

昨歲留河外，今來滯吉安。年年隨斗柄，此夕向東看。

將度玉山閟宿旅亭翻王之涣涼州詞閒遣

白楊一萬片，遠度何間關。不怨春城笛，孤雲上玉山。

又翻涼州詞别鄧上

玉山不須度，關門遠孤笛。春城萬柳間，片雲一何白。

附鄧上詩：孤笛關城怨，黄楊間白河。片雲春度遠，不上玉山何。

舟夜翻張員外楓橋夜泊詩得姑韻

落月寒楓外，江城啼夜烏。霜鐘天半寺，愁客對山姑。

附陳瑞之詩：楓聲山外寺，月夜對江眠。客到霜鐘落，天寒火滿舡。

和送春曲

芳草茫茫路，春光任去遥。生年苦離别，不復上河橋。

二

日飲江亭酒，誰來歌送春。歌時雙下淚，只有未歸人。

天衣雜詠詩并序

乃者久行思歸，潛身渡江，幾罹隙孽。從張五宅轉投入法華山天衣寺中，觀李邕碑，感東晉曇翼誦念《法華經》，有普賢菩薩化優婆夷娌變相，覘堅道心，遂乘六牙象騖空飛去，因名法華山，建法華寺。暨梁武實徵惠舉不起，昭明太子賜縷金木蘭袈裟、紅銀澡瓶、赤貝留犁子，西域阿育王女鑄金銅維衛佛像，輸供殿堂。有張僧繇畫普賢菩薩變相，供普賢臺門外半月泉，照見半月有雙烏棲宿，天衣杜鵑花異他常種。逮明惠王重賜有千龍紫金袈裟、宫妃繡字法華尊經，并亡兵寇。賴乾公從靈隱東渡，卓錫兹地，頓還故觀。公見甡握手，類遠公之遇彭澤，休上人之逢鮑昭。借宿禪寮，爲予懺釋，晨暮鼓鐘。因奉和乾公十峰詩，并易他蹟名《天衣雜咏詩》，覽觀云爾。

法華山

靈鷲飛來迥，高僧誦去閒。南朝四百寺，猶有法華山。

月嶺

明月生西峰，幽巖桂花發。舉手拈桂枝，仰頭看秋月。

普賢臺

竹院豨筐杳，金臺影幃微。前山風雨夜，如見畫龍飛。

望秦嶼

秦皇鞭石至，遥盻咸陽宫。我亦愛山色，悠然一望中。

半月泉池

蓮池像月弦，見月與池等。如何落萬川，虧此半邊影。

積翠峰

寺古雲容合，山深翠色多。收將龍女黛，綰作佛頭螺。

天衣

天柱開吴越，神宫肇晉梁。金衣頒太子，華藏錫賢王。

天女巖

碧草緑雲鬟，翩韆下天女。朝散三壇花，暮行一溪雨。

天衣杜鵑花

只唤歸家好，還憐去國賖。瑚壇雙淚落，并作杜鵑花。

伏龍坳

高座金輪轉，當關鐵鎖重。誰持天半錫，來伏嶺頭龍。

雙烏

青山白項烏，年年送雛去。祇爲戀丹輪，雙棲貝多樹。

客悶同諸公翻李白少年行

何年市鞍馬，笑度金陵東。游盡五胡肆，春花落酒中。

附張南士詩：春游盡少年，鞍馬風中度。市酒何肆姬，東陵花落處。

又翻王龍標從軍行

漢將在秦關，征吴人不還。月明飛萬馬，陰使度龍山。

附張南士詩：月度萬山明，時時飛馬征。秦關遠漢將，不使在長城。

張維起曰：時西河避予里，與余道升、楊雪崖輩燈下翻此詩。又有「人」「秦」韻一首，不存。

寄趙明府三首

種柳山城外，看花江縣西。風流賢邑宰，人説趙棠溪。

二

每讀棠溪文，臨風起懷想。廬山千片雲，片片集几上。

三

海潤廻波緑，江深受日紅。山陽車上客，流涕謝滕公。

月夜翻王建中庭地白樹棲鴉詩并作唱和

露白鴉棲冷，秋庭桂樹花。誰知明月夜，無地不思家。

姜定庵先生和詩：人誰不望月，露白濕庭花。地冷思中夜，秋聲棲樹鴉。

二

誰地夜無月，花中白露明。家人今在望，庭樹盡秋聲。

胡唯一和詩：庭花白露濕，中夜盡人聲。桂樹誰知冷，無家月不明。

三

花月無家在，秋庭知望誰。露鴉棲樹白，不盡夜中思。

張南士和詩：月望花明樹，家人盡夜思。庭中棲露白，秋桂冷誰知。

四

夜盡鴉不棲，地白濕秋露。花庭明月中，人家望桂樹。

史晉生和詩：思冷盡知秋，鴉棲聲在樹。人家明月中，庭桂濕花露。

五

庭明夜棲人，盡思月中桂。誰知秋樹聲，露冷花在地。

商霖臣和詩：露白冷鴉棲，庭明月在地。望人花樹中，秋夜誰無思。

又翻前詩原韻

明月在人家，棲庭冷白鴉。望中思不盡，夜露濕秋花。

二

冷月白庭花，今秋誰在家。夜明棲露地，濕盡樹中鴉。

姜汝高和詩：夜月秋聲冷，庭棲白露鴉。明知桂樹濕，不在望中花。

西河文集卷一百三十九

蕭山毛奇齡又名甡字初晴稿

二　韻即五言絶句　三

題松陵文石師橉隱卷子

曲轅有櫟社，其樹能蔽牛。匠石不一觀，散之松陵流。

二

道人宿蓮花，夜卧若蝴蝶。若遇南郭生，何必示枝葉。

嚴藕漁與王武合作畫扇藕漁畫杏武畫竹

君家有名園，花開若金谷。徐熙與黄荃，各自寫紅緑。

二

淇苑青篁發，東林紅杏開。春風吹半面，折取一枝來。

題何使君望雲圖

朝解會稽章，夕昑山陽盧。頃刻不得前，寸腸如轆轤。

二

辭郡多賢名，幾欲奪禮制。清風起衣間，白雲在天際。

三

繞舟并卧轍，千載見圖畫。何如望雲人，泪滴畫圖下。

張恒像別字北山

我愛張北山，讀書抱絶悟。揮羽坐深林，不入大航渡。

二

酒朋興何減，詩格峻莫攀。流雲如波濤，動盪胸懷間。

吴閶儂歌

阿儂住揚州，不若住吴閶。前樓姑蘇臺，後園脂粉塘。

四日吟舊傳淮俗嫁娶用大禹辛壬癸甲四日

只盼辛癸至，圖作千年歡。何悟别離此，只在四日間。

題像

但到深嚴地，翰林院後廳書「丹地深嚴」四字。長逢著作家。取將夢裏筆，寫出院中麻。

二

蘸筆支玄玉，鋪茵翦緑蕉。槐廳書敕罷，放眼向青霄。

題何君畫像

刷髮浹蘭蕙，開顔生芙蓉。披圖一相對，有似何敬容。

二

久擅三高譽，曾聞第五名。冰壺携處曉，山石坐來清。

三

廬江有高士，覆幘把玉斝。橋枝生堂前，芝草長庭下。

四

濯濯王忱影，峩峩和嶠身。寫來松石上，一見一相親。

送楊卧之豐城訪周明府四首

揚舲下柳浦，散轡廻椒丘。祇爲思雷令，時時望斗牛。

二

豐城有遺劍，聞在龍門山。君往試探之，當令莫邪遠。

三

洗馬將渡江，芒芒百端集。曾與彦輔譚，清潤似玉立。

四

少小才名重，賓朋欵宴稠。石門雲起處，應上劍江樓。

傅大四十飲次

自入桃源路，于今十六年。故人今四十，醉我蓼花前。

過童君店

雨後童君店，停驢一問行。鞦韆雙女下，欲答不成聲。

孟　山

旅宿斟珠酒，同行贈寶刀。孟家山下過，須避此中豪。

渡遲村二首

風急水波昏，漁家晝掩門。前莊不可宿，買艇過遲村。

二

夾岸柳毿毿，菱根繞曲潭。遲村湖上過，彷彿在江南。

姚文燚舉人畫像

聞譽仰高躅，披圖識令顔。置身白石裏，託足青雲間。

二

鳳德攬有神，虎頭畫不俗。魁梧過張良，倜儻類方朔。

三

獻賦還江表，看花憶上都。手中玉如意，似欲擊珊瑚。

雯水師像

百尺青松絲，一枝紅杏子。萬象獨露機，得此畫圖裏。師在南嵒時，得「萬象之中獨露機」句。

二

老僧袒右肩，結跏在危石。東渡何所聞，南嵒似相識。

三

如意指揮去，天花滿空山。當年參石雨，曾坐天花間。師參石雨和尚天花寺。

花燭詞爲郁雲山作

鳳凰鳴鏘鏘，從來協懿卜。雄鳴聽三三，雌鳴辨六六。

二

嘉木發珍囿，祥蓮産天池。駢華與並蔕，總作連理枝。

三

九光燎不滅，百燼花自繁。不識寶炬高，看取雙銅槃。

四

卻扇難再藏，施螺未全拭。焰焰華燭光，有人伺容色。

送蛤上人住黎里羅漢寺

披衣辭越嶠，飛錫下吴關。何以贈君行，白雲相往還。

二

上人絶凡流，好住湖水湄。經傳五門子，花落七條衣。

三

君曾住湘溪，蓮花滿溪沚。借問湖上蓮，何如在湘水。

四

黎里有故人，聞在雪灘住。他時杯渡還，應過釣魚處。吴江顧茂倫，名雪灘釣叟，有贈詩，見七絶卷。

寄贈梅古愚八十

因攬雞山勝，曾隨鹿幘賢。斵輪方七十，記得十年前。

二

緗帙藜牀展，青裙菰葉裁。長安舊游子，猶倓杖朝來。

三

宛上多哲行，丈人饒古風。千秋老梅尉，八十面桃紅。宣城有千秋嶺。

題　畫

柴門眇何所，薄暮幽人還。夜霧散林隙，秋蟲吟樹間。

曹生彈琴圖

陳思本驚才，高坐彈緑綺。就聽寂無聲，聲在圖畫裏。

爲同年李漁村侍講題把釣濯足圖

我友負古貌，放情在山水。晞髮蒼崖間，濯足碧流裏。

二

生平號漁村，其志不在漁。手抛一竿竹，胸貯萬卷書。

三

布水盪若雲，目光籦如電。千載素心人，開卷一相見。

四

交友滿天下，既乃得此人。何當放瑯琊，同釣滄海濱。

書郭生嶺表詩卷後

龍海看雲客，羊城返道人。葛洪携笈遠，陸賈著書新。

二

欲問羅山好，行將柳述俱。題詩當錦石，得句似明珠。

夜宿阪上草堂同南士作秋風起隣園詩倣韓孟體阪上在山陰埭南，有王氏別業，今圮。

秋風起隣園，移過阪上桑。南士早起視阪上，黄葉滿草堂。甡

二

秋風起隣園，槭槭在屋角。甡隣女紡木棉，秋雪夜半落。南士　時有隣女，守志苦織作，不嫁，故云。

雪夜宿阪上同南士倣韓孟體聯句即事

夜擁阪上絮，恍卧清水裹。南士早起見雪花，抛落若鶩子。甡

二

竹折帶鴉墮，牕白先雞啼。甡布絲織門隙，認作隣女機。南士

姜京兆七十友人索書幛爲壽

京兆乞身早，還林不記年。違時懷柳下，竟日坐花前。

二

香山七十翁，所會非舊友。君今對飲者，尚有元共柳。

三

三萬六千日，强半彈指過。十歲一捧觴，何止限三度。

題同年汪宫坊讀書秋樹根圖

終日削汗簡，不若對珍樹。秋山枳句間，中有讀書處。

二

檻林倚絶磵，直下清流泉。呼童瀹雲膏，把卷心悠然。

三

鞠色縑乍開，柹葉書亦滿。瑯琊藉稻名，知在第幾卷。

四

君方沐東墅，我將乞官湖。前崖添蒲橋，後廟祠柳姑。

五

春坊且裁詩，秋樹勿負米。功成有時還，讀書何日已。

題燕巢藏書圖

弆書築書巢，有若入幕燕。日穴紙絮間，涎涎鎮相戀。

二

設庫自羞養，插架儼壘封。豈如宛委書，但置巾箱中。

題　畫

峰廻碧雲合，澗落蒼松寒。何處携素琴，高山流水間。

題　畫

碧樹分碉東，青山翳雲外。江閣連草亭，此中有人在。

題畫扇

春風野田花，青紫碧紅白。蜨蝶雙雙來，與之比顏色。

題屏間畫蟬

負緌入深林，翳葉不能蔽。吁噏墜露間，唶唶作秋思。

伊勒兔親王召見賜飯賦謝二首

國邸苴封早，平臺賜召遲。虚啣梁孝酒，不誦楚王詩。

二

柳賦抽殘簡，芹絲擷上尊。身慚戴安道，飽食在王門。

題同年喬編修桃花汎舟畫像五首

漫水緣溪漲，桃花照眼新。誰將蓬海客，圖作武陵人。

二

紅糝落芰衣，青菰冒蘭槳。但從魚港遊，莫作蟻陂想。

三

樹裏茅堂遠，船頭酒甕虚。一編横膝上，猶是禁中書。

四

借沐逢花雨，尋春向柳塘。最憐檥棹者，家在射湖傍。

五

蹊草緑似裙，山雲白如絮。若過大夫橋，同訪志和去。

題採蓮圖

雙雙採蓮船，並返芙蓉湖。大姑擲蓮子，小姑弄舒鳧。

二

烏帽窺岸側，紅裙濕舷邊。拋蓮有人覺，弄鴨衹自憐。

金生索題畫像名秋林詩思圖

南國新詩好，西京舊姓傳。秋林閒坐處，吾意亦悠然。

題太倉王奉常畫石

泗上興雲晚，潼山帶雨初。醉中看不極，何必在中書。

二

誰呼鬱林船，取之落星渡。我欲問斯圖，君平在何處。

題青門五真圖五首

展　卷

金桐遠相披，鐵摘坐堪展。誰道僕射書，衹讀十二卷。

課　耕

烏犍去前坂，白鷺下晴川。睹此碧柳下，何似青門前。

游　嶽

宗子愛五嶽，畫之同卧起。那知觀嶽人，亦復在畫裏。

垂竿

龍額不可居，羊裘渺相望。著書西塞間，投犗東海上。

蕉團

裴楷三毛勝，嵇康四字難。相看俱有會，只在此蕉團。《世説》云：覺神明殊勝。

過易亭

吾愛楊公子，相尋過易亭。盤間菰菜緑，池上柳條青。

晉安藍漣自畫竹影兼題詩持示爲書其後

緑竹不蔓生，猗猗滿江沚。誰知子敬來，尋在月明裏。

二

藍生善畫竹，羞學管仲姬。不解落筆妙，請看題詩時。

何生讀書雙桐軒

面白不傅粉，日長能讀書。雙桐生井上，長覆讀書廬。

二

百尺曾無路，梅花尚有香。百尺、梅花，皆何氏樓名。高樓讀書處，不見舊何郎。

予遲暮歸里徐二咸清命其女昭華師予飲予傳是齋酒半請試予喜其畫蝶即以命題昭華拈筆立成詩曰蛺蝶翻飛去翩躚綵筆中雖然圖畫裏渾似覓花叢因和其韻

滕王有遺譜，描之深閨中。羞煞東園蝶，翾翾滿緑叢。

續畫蝶詩

爲倣徐熙蝶，閨中畫隔牕。牕前花蛺子，飛撲類雙雙。

二

謝女本吟絮，比來兼畫蝶。點黛作翅花，塗粉上衣葉。

三

繡帖拈花譜，香螺撲畫欄。莊生雖老去，如向夢中看。

集恭壽堂觀多羅惠王書額

玉版垂鈎勁，金枝倒薤清。書成爲善字，令我想東平。

二

賢王竗圖書，睿翰布金石。一見龍鳳文，羞探蟲鳥跡。

秋日假沐慈仁寺聽王生琵琶

秋風來上苑，落日登高臺。誰作婆羅曲，江東曹善才。

二

杜曲看花晚，慈恩載酒遲。宜春高弟子，尚在市樓西。

入湖堤口號

高柳絆游笮，濕草沾墜釵。江南梅子熟，湖上風雨來。

二

入湖逢三梅，閉寺坐半月。青堤一條長，緑水兩面闊。

寓言七首

何處丹唇女，行來白紵衣。雲陽西去路，恐是華山畿。

二

未唱江都樂，先逢吴絳仙。鏤金雙櫼子，一駐柳州邊。

三

蘗塢經行苦，高唐藉夢成。徒懷甄后枕，不解枕中情。

四

白石投寒水，紅顔組苧裳。客衣曾綻補，梁燕語難忘。

五

翠帳朝雲動，瑶臺春雨寒。草生磐石合，先遣侍兒看。

六

喜着羊欣練，甘烹龍塞魚。閒來無所索，只索數行書。

七一作遲同行不至

碧玉啼難忍，青霄望未來。木棲牀不穩，一坐五徘徊。

石明府以小像請題

素襟欲披風，碧葉方藉地。持梧弄清泠，俯仰有深意。

二

捧檄結雙舄，將至龍門山。如何謝幼與，寫置巖石間。

三星圖

綵鳳名將起，青麟紱乍留。比來仙侶會，相結在瀛洲。

二

何地尋蓬島，分明見畫圖。三星同照處，其一是南弧。

題朱拜石司理記年圖

長松鬱嵯峨，下有清流泉。君子秉高躅，抱膝以偃然。

二

白石礪齒疎，丹砂駐顔好。投杖還深林，趺坐藉芳草。

三

太末佳山水，攬轡曾司刑。朝看藐姑雨，夕飲薌溪冰。

四

廬山金輪僧，相顧説罔象。側身瀑布傍，何如此圖上。

五

我來值暮春，宿君東南軒。開軒展斯圖，宛坐花樹間。

題蔡鍊師畫像

白玉垂紫縧，黄金躍丹鼎。成都老畫工，親見手摩影。

二

法果人難老，仙桃山有名。鍊師所居山。他年留畫處，應在岳陽城。

吴　晉　畫　像

夫君本佳士，濯濯冰霜姿。何處傳幽思，秋林獨坐時。

二

黄葉翻白雲，清神映寒水。我來頻見君，如此畫圖裏。

迎鑾曲十章

夏后重巡日，虞庭肆狩年。省方行縣寓，望幸遍山川。

其　二

羽騎鈴鑾滅，帷宫梐枑稀。穿塍移左蹕，避路解前騑。

其　三

楗石觀河遠，鞭虹渡海長。但能開馬頰，何用詠宣房。

其　四

旭日驅龍輅，春風布鳥田。吴疆連越嶠，西至怨東先。

其　五

蠲租同海谷，復賦遍江淮。不是君王至，何由補助來。

其　六

雲蓋連星羅，草茵襯花織。造舟當六龍，江水共一色。

其　七

翠華將南臨，含齒齊望幸。神魚泳中江，麒麟産旁郡。是年正月，海門神魚至；二月，餘姚縣民家産麟。

其　八

瀼瀼甘露降，習習四靈至。況兹姚姒鄉，舜禹所巡地。

其　九

一人自遊豫，萬姓齊樂歡。江東皓首翁，扶杖咸來觀。

其十

戴德望堯轍，感恩樹嵩碑。微臣職紀實，製此迎鑾辭。

西河文集卷一百四十

蕭山毛奇齡字大可又字于稿

七言絶句一

楊賦臣評曰：七絶推盛唐，以高塏也。然如中晚諸詩，綿綿宛屬二十八字，中具百言累嘆，亦諷詠絶事矣。大可七絶，于三唐無所不有，融情雋旨，流風眇靡，祛宋之嗇色，捐明之飾容，興會所屆，浸濫入妙，即以之律唐之三調、五調諸樂詞，亦寧有戾音焉。

舊選評曰：抒清怨之風思，擅文明之雅調。

發采石

天門相望楚江秋，采石磯邊舊酒樓。醉裏乘潮牽纜上，不疑江水向東流。

小孤關下作

小孤江畔海門關，日暮孤舟自去還。神女廟前雲乍斂，秋花開滿宿松山。

伊州排遍

清商新曲唱伊州，才唱伊州泪欲流。拂雲堆上看青雁，回樂峰前跨紫騮。

水鼓子

燕尾螯弧鵲尾旗，從征三十羽林兒。秋來莫過胭脂嶺，怕見閨中顦顇時。

婆羅門變曲有序

唐開元中，西涼節度楊敬述進《婆羅門曲》，即《霓裳羽衣》也。毛甡游河朔，與客共擬此曲，不知是何調。及繙按，乃知是商調曲，乃不知二三章雜角調矣。欲更以他題，非擬意也。仍係此曲，不欲飾疎。或曰宜更名《婆羅門變曲》。劉昭華曰：未入調以前，以調就詞，如李賀《申胡子歌》可入善平弄，劉中山創《竹枝詞》，聆其音中黃鐘之羽，是也。既入調以後，以詞就調，如《甘州》，羽調曲，不得似《伊州》之商；《嘆疆場》，宫調曲，不得似《濮陽女》之羽是也。後人不識音，妄疑音在章句間。至歷下作俑，遂以《古樂苑》倣金元曲子，照句填入，昧者因之，可笑極矣。殊不知曲之宫調在歌音，作曲者不必知音，照句填之已耳；詩之宫調在語音，又在歌音，作詩者須審音，反不必照句填也。何也？如《涼州》七言，然亦可五言，《王明君》五律，然又有古詩、有絶句也。至其中契注送聲、散序入拍諸法，則真樂人事，不容解耳。劉勰云：「樂體在聲，瞽師務調其器；樂心在詩，君子宜正其文。」《北史·文苑傳》云：「江左宫商發越，貴乎清綺。」陸游云：「依聲製詞，起于唐之季世。」此皆言作者當審詞定音，不當依音立詞之辨。西河于音律不學而曉，是序甚有微會。予將與反覆究成一論，而卒未有間。因附數言以俟知者。

漢家旌旆繞漁陽，驃騎將軍出朔方。但過擒狐山後路，莫教長遇左賢王。

二

蕭關烽火徹神京，塞上乘秋正用兵。將軍已過黃花戍，河内還屯細柳營。

三

車騎新從吐谷渾，寶刀如雪照烏孫。男兒自矢穿金峽，邊將何須入玉門。

逢黄大飲

二十年前江夏黄，相逢各訝鬓毛蒼。閶門菰菜蘇州酒，錯指夫椒是故鄉。

予與張四兄弟作雁序游久矣今來石陽遇令叔三先生于施公湖西署中值其初度湘潭王生索共題卷軸以賀倉卒書獻情見辭語

清河先輩杖鄉年，十月寒花照酒筵。恰是西江秋泛後，石陽城下米州船。

二

少年曾與阿咸游，苦憶黄公舊酒樓。不道步兵裁六十，它鄉還得醉扶鳩。

三

先生近倚謝宣城，未返山陰道上行。六十年來最可念，石陽重遇舊毛生。

四

小春初見拒霜開，同醉湖西幕府來。願借使君亭下水，爲君重洗百年梧。

送劉博白之任

蒼梧萬里碧天迴，君到天門瘴自開。不識舊時賢使在，雙山曾採緑珠來。

二

新懸黄綬向南天，獨上交州萬里船。我欲從君游覽去，緑珠井上燕山前。

和建康宫詞五首

朝天宫閣敞芙蓉，御輦曾經駐六龍。每至三元稱壽後，宫前尚聽景陽鐘。

二

六代宫城古建康，青溪流水遶宫墻。登城一望靈和殿，無數長條掛緑楊。

三

三臺鐘鼓望中徂，綵仗長環碧草鋪。鳳閣只連芳樂苑，龍舸還尋玄武湖。

四

蓬萊金闕負江濤，萬户千門壓海鼇。東方日出紅輪近，北顧天臨紫極高。

劉膚士評曰：「甘泉宫詞最高豔，然王建時亦有之。此真是嘉州、青蓮絶調。」

五

龍蟠虎踞舊山河，八百離宫閉碧蘿。越客不知頽廢盡，春風二月冶城過。

種蓮號子

青螺江頭種木蓮，紅蓮種在白蓮邊。大姑愛紅儂愛白，相看總是一般憐。

晚泝章江上峽江口

章江西上峽江開，巀嵲山城峽口廻。兩岸青林懸落日，不知身自剡中來。

觀洧有感

洧水來觀已暮春，高梁千尺覆通津。楊花陣陣飛如雪，誰是當年贈芍人。

一公自雲門來過

春雲熠熠海東生，擬泛浮杯渡海行。偶向五雲門下過，便教雲氣滿江城。

戴金索書詩卷留别書後

毛子將行别戴逵，留書新句慰相思。空庭一片清宵月，照見秋蛇綰草時。兆熊曰：龍質最好西河詩，時手一通反覆，雖疾病不去。後寄西河劄曰：「幸誦毛詩，宛如對面。」

江上吹笳曲

楊柳青青覆淺沙，西陵江上暮吹笳。前旌已渡猫兒口，後部還尋師子花。兆熊曰：渡頭名猫兒口。

入破

燕支萬騎獵交河，白白銀鐶红錦韝。賭得生擒都尉去，雕弓一射兩摩挲。

排遍

西來老上駕青驎，獨上龍堆夜告神。前歲奪將飲馬窟，今年亡卻射雕人。

妓　墳

葛洪井畔麗人家，隔歲山前葬女媧。幾寸緑羅衣上土，春來開作野藜花。

施又王評曰：埋玉著土，蔓草縈骨，累度最恨，此詩乃至不堪累度。

章江舟夜題趙文敏文姬歸漢圖

數尺吴綾凍女裁，王孫幽意使人哀。朔風吹角章江静，恍見文姬塞上迴。

蕭伯升邀姓春浮園度臘不果將赴蕭江覆寄見懷

欲赴蕭江傴歲除，燈前重寫别君書。久行不道離家苦，説到東歸泪滿裾。

二

秋風相約泛仙槎，許過西昌蕭絳家。寒雨一帆頻夢見，春浮園上雀梅花。

三

東行歲暮役車休，回望西昌愁復愁。此去思君還不遠，蕭江仍在贛江流。

和燈夕詩有序

友與當壚者會燈夕，已當壚者他從遠矣。次年是夕，重貽詩和韻者，友人之請矣。或曰丘隨事。

碧雞坊裏聽吹簫，紫嶠紅泉隔路遥。萬樹銀花一輪月，依然今夕是元宵。

黄家亭子

黄家亭子傍東溪，碧樹紅欄面面低。曾繫幔舟亭子外，藕花初落水禽啼。

二

八月涼風起畫橈，滿塘楊柳拂秋潮。春還欲別王孫去，思煞亭前紅板橋。

三

西樵山人隔巷居，黄園東去種栟櫚。聽山堂好吾曾到，竟日開簾讀素書。馬西樵聽山堂在黄園左。

四

翩翩江夏舊黄童，只向東隣事馬融。冰雪獨留絳帳下，山茶開盡滿園紅。此首贈黄二公子翰也。

題皃亭爲欒六舞也

茇花四月滿前汀，對水柴門畫自扃。幾曲湖光烟棹裏，何人不識是皃亭。

二

皃亭高榻枕清虚，亭下還留子敬廬。鳴鶴在陰應有和，只愁驚起石潭魚。亭下曇廬爲令嗣功昭詠室。

送周翁赴令子和州官署是時十月值八十初度

先生八十老林丘，擬作淮南八子游。蘋葉蓼花牽錦纜，西風八月上和州。

二

横江官閣蓼花生，畫舫紅簾相送迎。正值小春初度近，彩衣應舞歷陽城。

秋夕懷友

黄榆落盡薊門秋，都尉臨關换罽裘。只有嚴寒蘇屬國，還持旌節海西頭。

題朝陽松鶴幛子

瞥見浮丘仙驥才，松枝掠羽雪霜開。錦屏七尺朝陽影，時有啣珠破壁來。

二

衣裁白雪頂裁丹，萬里長風動羽翰。浮浮日影連滄海，片片松花落紫壇。

興慶宫詞 一作開元宫詞

興慶西宫夜未央，梨園新笛奏漁陽。誰將凝碧池頭月，吹出并州塞上霜。

漁山平賊凱歌四首

江東千里巨藩開，疊鼓鳴葭振外臺。白日羽書三奏捷，漁山小寇夜平來。

二

節使行軍出鑑湖，銅魚符間木魚符。虎爪山頭馳牧馬，雞心嶺下射飛狐。達曰：前後皆東揚地名。

三

單車刺史舊行邊，山郡飢來寇盜連。降幡齊出蘭陰砦，解劍争歸瀨上田。

四

襜帷昨歲賜明光，凱樂今朝奏上方。誰道萑苻多竹箭，悠悠旌旆返東揚。

寄京兆杜二游雲間二首

西安杜預武昌侯，曾向山陰鏡裏游。長日榴花歸去晚，尋君只在澱湖頭。

二

青龍戰艦白龍沙，玉鱠金虀醉晚霞。卻憶若耶春泛後，淥波長映杜陵花。

送客入蜀

西到成都未有期，春江淼淼接天涯。須知莊蹻三巴路，不在秦王萬歲池。

送高公之任惠州

嵩螺山下古龍川，瘴裏花飛繞翠田。前去陸郎須記得，尉陀今是漢家年。

舟中聽祁兵憲歌兒

桃花新水木蘭舟，一曲春波水自流。夾岸垂楊牽不住，東風吹過白蘋洲。

二

停船捲幔立雙娥，按拍重爲宛轉歌。只聽簫聲翻淥水，那知山色似青螺。

元夕樟湖渡看迎燈口吟

樟湖古渡暮登臺，火嶠星槎看渡來。千條紫電江心轉，萬疊紅龍水上廻。

古意

五原烽火夜猶驚，莫道王威不在兵。但使將軍屯細柳，何須年少請長纓。

涼州詞

漢家天子射熊歸，晝祀神宫夜有輝。金馬門前留執戟，銅駝觀裏侍充衣。

二

涼州一闋朔風高，彈成金屑紫檀槽。出塞馬銜青苜蓿，入關人載碧葡萄。

何紫翔女弟子鎦姬彈琴

裁拂朱絃花又開，洞庭秋思聽悲哀。從教認得鎦姬在，猶道湘靈鼓瑟來。

二

青鴉髻子絳羅裙，紅燭燒殘夜未分。忽聽一彈盧女曲，階前紅藥墜紛紛。

黄開平四十初度

文園丈人南澗邊，千頭橘柚萬頭蓮。秖緣誤食中山酒，醉卧湘湖四十年。

二

軒轅曆日記來無，但見蘋花滿上湖。不使山公爲郡簿，頓令四十老菰蘆。

北新號子

北新關前銀杏黄，小船風起大船涼。只愁日日秋風順，吹殺樓頭新嫁娘。

二

高官大估坐樓船，小艇嬌娘最可憐。關前採菱關後賣，也須出與鈔關錢。

同江右王猷定禾中朱彝尊越城汎舟赴姜國昌廷梧暨承烈啓埈三令姪南華山莊讌集即事

輕舟共泛越江春，句踐城邊採緑蘋。右軍已作山陰客，買臣本是會稽人。

二

十里春城柳未黄，青絲笮子拽波長。城南載酒還城北，尋煞祠前王四娘。

三

春城日煖櫂歌迴，乘興姜肱載酒來。隔岸桃家舊亭子，東風絃管使人哀。

四

南華山館比逍遥，句踐城南泛畫橈。張説題名渾舊事，闌前春水漲紅潮。兆熊曰：韋嗣立山莊賜名逍遥谷，見張説敘。南華山莊爲山陰張宫諭别業，故云。

桐城孫中龍中鳳游越歸里

荀氏如龍馬氏騋，憐君兄弟本高才。抱郎山下時相見，盡道機雲赴洛來。

二

樅陽兄弟舊知名，零雨還來賦子荆。日暮江潮如乳白，看君歸去吕蒙城。

吴門宋孝廉實穎游越將歸枉過

相逢朔雪下江城，歸去姑蘇草正生。八百湖橾無限路，君來何處不知名。

二

舊會蘭亭未有期，西陵潮上繫人思。如何君返支硎日，又是予尋阮裕時。時予將東行。

題老遲畫幛

圖畫新鮮見老遲，琱弓玉鏃小蛾眉。嚴粧不辨宮中樣，那道昭陽射粉兒。

桃花村

馬湖西頭桃花村，當湖一曲有桃根。春三二月人不見，桃花開時雙閉門。

二

春桃花開馬湖裏，三年桃花四年李。女兒嫁時看種桃，幾度桃花落湖水。

口號達曰：口號，口吟也。近作曲名解，誤。

堪笑凌雲作賦才，還從梁苑伴鄒枚。成都司馬今歸去，將到臨邛賣酒來。

二

賦爲違時多散落，家于避地益卑微。春寒日暮淮徐路，青草蒼茫何處歸。

長門怨

玉殿金釭晚色新，殿前少使繡麒麟。夜來恐索長門錦，要賜平陽歌舞人。兆熊曰：漢内職有少使之號。

揚州看查孝廉所攜女伎七首

内部新歌教欲成，幾年湖上聽分明。醉來忘卻揚州路，猶道西陵風雨聲。

二

新翻樂府最風流，簇拍新歌拂舞鳩。當日紫雲來錦席，今朝杜牧醉揚州。

三

金釵十二正相當，剛寫蛾眉十二雙。着就舞衣臨按鼓，一時填滿碧油幢。

四

氍毹布地燭屏開，紫袖三絃兩善才。旦色末泥善彈。二十四橋明月夜，争看歌舞竹西來。

五

新歌教就費千金，歌罷重教舞緑林。年小不禁提趕棒，花裙欲卸幾沉吟。

六

青臚細齒絳羅單，作伎千般任汝看。獨有柔些頻顧影，猜人不欲近闌干。旦色名柔些。

七

是處瓊花開滿枝，瓊臺歌舞正相宜。就中别有夭桃嫩，開向東風遲復遲。小旦色名遲些。

西河文集卷一百四十一

蕭山毛奇齡又名甡字春庄稿

七言絶句二

上海縣新年樂詞爲任明府作

官舍辛盤列繡茵，桃符又换一年春。令君本是潘懷縣，能把椒花贈故人。

二

玉曆初從翠幕開，三陽齊向斗邊廻。朝天散後賓朋集，恍有春風度海來。

三

裁成方勝五花鮮，各佩潘郎月進錢。祇爲鶯啼仙署近，春花插滿印牀邊。

題　壁

十里隋堤看柳花，旗亭南上玉鈎斜。紅螺杓子葡萄酒，醉殺揚州馬佩家。馬佩，舊院妓名，時避兵居揚州。

申江守歲詞

申江守歲夜筵開，夜半休啣柏子盃。嘗恐客中愁不斷，一年未盡一年來。

卧曰：是詩南士嘗書扇，錢宗伯見之咨嗟勿釋，遂誤傳爲南士作。西河有詩話，見《壁中録》。

甘泉宫詞

漢苑通天拂羽旗，平明駕幸集靈池。紫衣使者持瑄玉，候祀甘泉泰乙祠。

二

建章前殿擬蓬萊，玉輦金輿發漸臺。侍臣竊聽神君語，道是甘泉好會來。

三

黄帝青靈駕栢梁，甘泉宫闕舊林光。黄金欲就黄河塞，自有靈芝産殿房。

四

漢家十世大蒐田，百子池頭禱嗣年。不享上玄祠泰畤，從官那得賦甘泉。

重和絶句有序

予既和載花船長句，復彙集諸詩見示，重和四章，從友請耳，韻亦因之。

燕子樓前雙燕飛，舊時桃葉渡頭稀。只憐尚有秦淮水，載得花船緩緩歸。

二

水滿春江花滿舟，秣陵西去使人愁。渭南亦有昭陽觀，花裏重尋女弟遊。

三

嫩柳夭桃不用尋，可憐兩槳結同心。橋公重説周南郡，漳水空留銅雀吟。

四

蘭橈桂楫度江雲，欲採芙蓉染絳裙。帝子再來江水上，可憐阿姊是湘君。

韋使君美人彈琴

高張紅縵洞湖濱，蘆藕苗間一美人。静撫流徽堪念處，十三學得漢宫春。

飲馬城邊曲

燕臺北望薊城山，飲馬城邊驅馬還。前度錦車休出寒，將軍近在草橋關。

二

城邊飲馬莫辭遐，將採燕山二月花。日在陣前誰見敵，薊門關外盡風沙。誰一作難。盡一作有。

西　海　曲

萬里昆陽水上浮，紅螺紫貝結爲樓。未有唐蒙開僰道，從教馬援在交州。

二

虎威門外撞華鐘，白嶠烏蠻並舉烽。夜點水軍三十萬，雕題續出海中龍。

絶　句

馬當山下小姑神，獨立江心不計春。上江水來下江去，朝朝風浪好愁人。一本作「江鳥啣魚飛欲盡，晚來風浪好愁人」。

清芬閣方夫人初度

樅陽大家舊能文，高閣嵯峨映碧雲。七十年來玄覽賦，憑將千載誦清芬。達曰：家讀故。

奉答白門向遠林枉過闕候贈詩

春山十里野櫻開，朝採櫻花暮未回。蕭寺也知向秀到，蓬門不道遠公來。

代摇船號子

小婦摇船襖子紅，早行湖北暮湖東。連朝怕見風潮惡，湖裏雲生愁殺儂。

二

小婦摇船江水深，晚來江路好難尋。分明記得雙橋宿，日出相看在皂林。

送宋臬臺由紹興道赴任杭州十四首

東南觀察古諸侯，玉節臨關擁上游。藩府舊曾開八部，千艫萬舳向杭州。

二

金幢百里曉雲開，浙水東流去復來。一道星飛吴子國，群公帳飲越王臺。

三

明時栢府外臺臣，浹日楓宸中眷新。久使南行勞叱馭，誰知東郡早埋輪。兆熊曰：「中」一作「寵」，誤，詩中多全偶，此一也。

四

鳳凰山下豸堂高，憲使西行仗羽旄。兩岸桃花迴錦纜，春風徐渡浙江濤。

五

清霄鶚度壓江濆，遥海鵬飛簸曲雲。漸水豈因吴越限，使星不逐斗牛分。

六

越東八察元才子，浙右雙旌李鄴侯。轉運倘能懷左臂，金章犀帶鏡湖秋。

七

褰帷露冕導江沙，攬轡登車問海涯。全轄名都一十二，望風解綬是誰家。

八

兩行豸節駐錢唐，萬仞龍門起故鄣。明聖湖光同皎鏡，紫微山路比秋霜。

九

望京門外挽金車，鎮海樓頭展玉笳。幕府政成多問字，春江相送共侯芭。

十

三秋熊軾望來遲，十里樟亭繫去思。惆悵過江羊叔子，東風一路野棠碑。

十一

提刑大使玉津宫，舊日刑官是大馮。二到兩丁何足羨，試看今日廣平公。宋玉仲先生舊爲杭州司理。

十二

錦棹春江西上時，吴山相望鬱參差。他年紀績能懷古，應到錢王武肅祠。

十三

白羽青絲間虎符，豸堂驄路隱龍圖。時至謳思連十郡，暇來賓從滿三吴。

十四

使星才發會稽山，獻石懷錢滿市闤。只恐内臺相望久，浙潮一日兩回還。

過徐十五茶肆出張六四丈隱居所贈絶句云丈甚惜此詩必屬毛甡書筆藏之爲慰臨書亦賦二絶句

附後

南州高士縣西街，長掛官茶舊市牌。欲向黄公尋故侶，卻憐宋子在天涯。

二

垂老張融未卜隣，同時徐穉亦長貧。新來寫得相思帖，曲渚停舟錯認人。

爲錢唐王生題畫竹

碧篠娟娟倚翠苔，高岡雙鳳羽毰毸。空庭月落誰相顧，知是當年子敬來。

題仇英畫幛二首

南朝蕭寺暮雲間，漁父滄浪鼓枻還。樹杪亂流遮暝色，不知何路向前山。

二

屏間長見十洲圖，珠樹瑶林近有無。釣艇欲歸溪路暗，碧天空掛水糢糊。

寄寇詩有序

白門妓寇眉，故撫寧侯曾購以千金寵之。侯被俘北行，鬻婢妾從旗謀賂，魚貫逮寇。寇曰：「予安從旗矣。且鬻予數金耳，請得歸。」歸則丐諸侯故人，得千金，未足，重爲妓繼之。侯由是免。張荀仲先生曰：「寇非無知者，語及故侯家事，輒慟哭。」王雙白曰：「江以南遥情似寇亦罕。」予時寓廣陵，寇將來，或曰寇復不來，擬寄之。

莫愁艇子載琵琶，慢向青溪摘藕花。舊日侯門君記否，廣陵城下邵平家。

張二丈七十初度自咏小像松菊圖索和

清河居士卧東籬，松菊閒吟酒一巵。猶喜春前方七十，勿嫌秋老探花遲。

二

庭前松菊自行歌，畫裏柴桑雙鬢皤。散寫新詩編不盡，可知甲子記來多。

口號

孤舟殘夢帶霜開，十里山塘雞唱廻。幾處隣船棹歌發，悠然客思夢中來。

伯兄雲間歸攜讀章大司馬閨淑有閑香奩詩因作時七月七日

秋棠花發鵲鴒還，攜得金箱劉令嫺。此夜曝衣樓上望，萬重錦繡滿雲間。

即事

緑蘋翻葉水生紋，青雀低飛日漸曛。南莊風來北湖雨，太守祠前一別君。

姜公子希軻誕兒

太傅堂前玉樹新，香襴繡褓石麒麟。從容伏日傳湯餅，爲有朱衣拭面人。適伏日招飲。

二

丹山九翮鳳凰車，五色銜來掌上珠。夢裏熊羆驚莞簟，君家舊有渭川書。

從軍行

龍城積雪熠蒲離，壯士從軍建羽旗。此去渡河剛二月，燕支花發到車耆。

二

將軍夜獵向南山，暗把雕弧射草間。聞道甘泉初備寇，五原烽火達蕭關。

弔喬公故居

皖水茫茫繞碧渠，青天環映石樓虚。漫嫌江北無春色，只在喬公一故居。

樂六舞功昭父子邀集皁亭予以別集未赴閲日復爲詩見招兼屬訂日率筆酬意

皁亭一望水中遥，細藕長蒲阻畫橈。落日滿湖人未到，爲予重上赤欄橋。

二

東湖深處藕叢青，邀我重傾白玉缾。今日南園明日醉，也須後日到皁亭。

楚州除夕三首

羈客天涯值歲除，楚州城下舊精廬。薪槃燒罷紅燈暗，翻盡頻年篋裏書。

二

客歲將除夜漏長，屠蘇酒煖贊公房。只憐故苑椒花頌，不共天涯一漫郎。

三

爆竹明朝歲復新，桃符又换一年春。淮流不斷東歸夜，猶有淮陰度歲人。

元日

蒼龍初轉斗初廻，僧舍初銜栢子盃。四十年來殘歲月，不堪還向客中來。

頃以家冗獲咎暫去鄉里枉荷山陽令朱公極留三卻三挽臨行感激念其廉材惠民而未嗣因寫鬻兒圖留贈并爲作詩

看花三載住淮南，白鹿銜花傍兩驂。最是淮民善相祝，春田緑草種宜男。

二

淮南有子盡名朱，淮水應生照乘珠。不信但看銀幛子，野棠花底鬻兒圖。

北塘席上送潤公之鴛湖寄朱彝尊二首

錫杖袈裟古善才，北塘深處重徘徊。如何龍象波中度，不見羊車市上來。

二

臨湖曉閣北塘深，五月荷花送道林。百里波光長似雪，可能乘興到山陰。

宮　怨

裁成紈扇擬修容，曾賜昭陽繫臂紅。一自上皇巡幸去，空留春燕鎖南宮。

二

金井鵶栖玉殿秋，鴛鴦樓上夜藏鉤。生來不解君王寵，夢去還尋女伴遊。

吴宮怨

吴王秋到便生愁，長作姑胥百里遊。縛火熠龜還上海，牽旗走犬過長洲。

二

百尺銀釭獸爪垂，梧宮夜闔萬重帷。浣紗溪上東隣女，聞嫁西家稏角兒。

何水部小妓

小小鬟雲宮髻新，紅絲初拂舞衣塵。呼來只向屏間住，怕惱司空坐上人。

二

上宮碧玉攏頭新，短袖單衫染麴塵。教就曲房揚袂舞，好娱官閣看花人。

三

慢上蓮花舞柘枝，偶傳清響最堪思。自憐繁簿無佳句，也遺名園聽瑣兒。

張司理陛秋水園席上作

秋風吹雨照龜臺，白藕紅菱水面開。博望南還重載酒，天河真見使星廻。

二

南徐軍鎮海門青，十載分巡舊理刑。歸假不忘三徑樂，雨餘秋水上空亭。

録別次韻

南風吹雨一舟輕，百里隋河載雨行。恨别涇園沈公子，陽關只唱第三聲。

二

裁向嵩陽看落雲，青楓江上又辭君。此行將到衡州去，只恐衡南少雁群。

姜十七宅食魚得湖西節使施公書并有所貽率然代意成二絶句

江風吹暖石芙蕖，午幔清樽鱠鯉魚。時開篋子頻頻看，爲有湖西節使書。

二

湖西節使擁旌旄，尺素殷勤問紵袍。怪底魚梭能破壁，銜來金錯美人刀。

題影幛

玉樹蘢蔥照緑苔，鴛鴦湖上石城隈。是誰寫出滄洲意，錯認麻姑渡海來。

過張六四丈草堂看菊作

梁父行吟七十年，草堂居士興蕭然。重尋舊院秋花裏，知在横河古樹邊。

二

西上横河舊草堂，尚書庭院菊花坊。門前銀杏如相待，才到秋來黄又黄。兆熊曰：張爲大司空後，住菊花坊。

姜承燦曰：張天月先生爲西河前輩，癖愛西河詩畫書法，忘年下交。時獨居草堂，留一稚外女孫作伴。每寂寂，便令女孫吟此二詩，或長嘆。後西河有哭先生詩十二韻，惜亡之矣。《過徐十五茶肆》絶句亦失稿，適徐索重寫，竟得之徐扇頭。徐字君實，與先生最好，其書法嬗有家學，皆蕭之墻東君也。

泝宣城青溪過響山作

宣城城下泛清溪，苦竹黄茅兩岸低。行到響山山盡處，清猿野鶴一時啼。

登寄雲樓懷愚山

謝眺高樓倚夕曛，樓頭長寄敬亭雲。我來吟盡雲齊句，那得臨風把似君。

送友之崇陽

二月春風吹客裝，故人西上古崇陽。武昌門外新栽柳，何處相思不斷腸。

客　舍

客舍桃花井上飛，主人小女善縫衣。只憐千里江南路，換盡春衫未得歸。

鎮江城下作

每度吴關增客愁，江山無恙古徐州。萬歲樓前雲乍合，千秋橋下水争流。

同徐二十二胤定朱三驊元馮大之京商二十八袞黄吉出巴山北城晚眺口號

巴山城外晚生烟，一望寒林興渺然。何處野祠延佇久，黄坡西下北門前。

二

丘樊幾疊暮棲鴉，楓樹南頭舊狹斜。落日巴山歸路晚，與君同醉杜秋家。

三

朝天門外路漫漫，錦樹丹楓醉後還。最是望中愁不盡，一重雲樹一重山。

姜九幹畫寒鳧聽雨圖見寄

五月南湖泛野鳧，田田荷葉間青蒲。雨中多少相思處，寄作寒鳧聽雨圖。

雜　詩

汴水西園值暮春，雍丘古道駐征輪。道上久無盤埒馬，園中尚有看花人。

平臺漫感

司馬西行狗監猜，鄒陽新上一書回。可憐千載賢王客，不爲平臺賦雪來。

清豐江梨花

清豐江上馬頻嘶，萬樹梨花曉渡迷。記得瀫溪寒食後，落花如雪過溪西。

爲張公子玉樹贈字并詩

菁葱玉樹映朱扉，太傅功名世所稀。欲問比來江左事，謝家子弟在烏衣。

題畫册

茅屋遠開修竹外，板橋初見杏花時。前村野老争相過，流水灣環幾度思。

題櫟園藏畫頁子

溪山羃羃路綿綿，不到雲門已十年。認得數株黄杏樹，辯才墳畔寺橋邊。

達曰：西河題畫多不存，此係讀畫樓所載詩。

西河文集卷一百四十二

蕭山毛奇齡字大可又字于稿

七言絶句三

送金二敬敷覲省汝南官署

紫游金勒控雙鐶，公子思親江上還。十月丹楓吹似錦，看君西度朗陵山。

二

汝南公子本翩翩，覲省將歸醉别筵。君去若逢袁夏甫，莫教徒步府門前。

題畫

東溪草閣吾曾到，傍水寒生山樹秋。今日畫圖相憶處，春山澮澮水悠悠。

中州張興嗣寄示南遊詩有感賦贈

丹陽不復問劉惔，少室山前掃石楠。一自君歌傳洛下，頓教人憶望江南。

二

幾曲梅花傍女墳，當壚猶是舊紅裙。武丘東畔題詩處，每見花開便憶君。

息縣雜詩

淮河東下古揚州，桐栢山高一望愁。自笑濯纓三過早，涓涓不斷是溪流。

二

伏波城下草斑斑，銅柱功名海上還。若欲遠遊餐薏苡，城南尚有濮公山。

三

毛甡北走大河濱，隣女三年尚眄臣。不是故園相憶苦，爲誰腸斷息夫人。

四

溪山曲曲法堂開，白日長從塔影廻。曾與老僧溪上别，清鐘送過石橋來。

五

柴車到處苦流連，官閣開時只晝眠。愛殺風流夏少府，長攜樽酒出花前。

六

氍花臺在舊城西，臺畔粧樓一徑迷。爲憶故園長不語，莫教花外乳鵶啼。

與臨川王君禊飲有贈

永和三月禊堂前，看泛桃花年復年。今日持盃翻記得，王家内史在臨川。

題墨牡丹畫

一枝初向洛橋分，漠漠春山淡淡雲。恰似漢宫新賜浴，風前試着墨絲裙。

題畫有序

周侍郎藏畫頁中，有春林薄日，前山雨來，茅堂臨流，護之修樊，何人男婦，筍輿油蓋，次第散出。題者疑爲冒雨問友之圖，嗣題者笑之，詎見攜妻問友朋矣。逃林不深，移家更往，差相似耳。然西谿古姜，無須舁出，楚鄉萊婦何爲雨中，豈其蒴蒿西墅，課韭東田者耶？村父拾明月，三家識者環觀而估，此可莞顏耳。

攜家出郭蒴蒿萊，雲薄初看日影迴。齊上筍輿山雨下，午橋莊上晚歸來。

留淮西金使君郡樓三年晨夕聽伎多陽陵西巴之音有吴中舊部亦蕭散不整大雪晚宴江南新伎至觀之生憶因爲賦四絶句并雜歌侑時座客童煒尹坪韓肅皆有和詩

朔雪高吹懸瓠池，郡堂留客夜彈絲。分明身在江南路，伍相祠前酒醒時。

二

淮西雪夜酒筵紅，太守風流過馬融。看到舞闌樺燭下，教人思殺石蓮東。

三

十載尋橦看未真，每聞吴語便傷神。座中總是江東客，何處還尋顧曲人。

四此首專贈伎童唐郎也

順郎十四學琵琶，十五新聲遍海涯。家在九龍山下住，生來洗面是桃花。

客中送陳無名入燕作

相逢衣褐在淮西，走馬關前日欲低。此去一尋遼海雁，何時同聽汝南雞。

二

寒風落日醉當壚，燕市還尋舊酒徒。君到安州若相憶，爲予重寫慶鄉圖。

喜遇俞汝言汝南官署是日微雪

當湖對酒快論文，十載相思看雁群。不道朔風吹雪後，汝南官舍又逢君。

二

籃車遠度蔚州山，聞到靈丘觀射還。欲贈青琅愁雨雪，爲君西望雁門關。

三

中原相遇朔風寒，萬里同看隼影盤。此處掃門煩長吏，只因客卧有袁安。

四

五關木落露河秋，雪裏逢君在蔡州。莫怪陳蕃長入坐，汝南太守最風流。

九日飲雲間朱司馬使君官署二首

雲間司馬古朱家，九日開樽罷晚衙。只道茱萸堪解阨，爲予縫就臂邊紗。

二

維舟三泖度清秋，古署黄花泛玉甌。家在滄洲看不見，何須更上郡東樓。

三

落日東吴古郡臺，登臨須借大夫才。獨憐漢苑騎魚客，也向秦山戲馬來。

飲泊石門贈同行王丞初度

桃花如幔棗如缾，莫向吴門問阿經。載得餘杭山下酒，與君同醉女陽亭。

書畫頁後

千尺冰荷散似銀，草堂習静總無塵。他年若買吴中室，願在墻東作比隣。

山陽別沈秘書時各泪簌簌下不止後辱貽四詩中有云九日淮城悵別筵舳艫西送雁横天濁河浪捲

臨岐泪濕盡征衫已四年予誦之愴然私顧所著衫猶是舊時因重爲揾泪賦詩自嘲匪云報章耳

上苑秋高雁影寒，帛書何幸寄長安。今來衫袖重重濕，不是當時泪未乾。

二

一別淮城書漸稀，故人相憶在金扉。他鄉四换黄花節，猶着山陽拭泪衣。

任屏臣七十

裁廻甲子度春風，又見園花歲歲紅。幾欲移家歸海上，還來避世在墻東。

二

先生七十正懸弧，長對青峼舊畫圖。恰似渭陽歸載早，海鼇百尺掛珊瑚。

有伎童將歸過索予書絹抒筆志感

渭城將唱不堪聞，醉後還題白練裙。懸瓠樓前雲漫漫，石羊橋畔雨紛紛。

二

三載行歌汝水春，故鄉東望轉逡巡。如何細草沾茵處，又送桃花靧面人。

汝寧城外送伎童還江南并序

伎童唐郎，吴中有名。安西潘將鎮紅水者奪之以行，汝寧金使君爲贖，留之蔣亭三月，送還故鄉。予恨沉淪與相似，而猶不得歸，似有感焉。予初贈詩云：「家在九龍山下住，生來洗面是桃花。」伎童得詩，請名「靧花」。至是使君憐其慧，以「慧憐」字之。予友張杉者，尋予汝上，聞其事，似恨不及送，亦有和詩，見乎情詞。

彈遍琵琶九曲詞，蔣亭東去雨如絲。明年待我夫椒下，應是江南花落時。

附韓聞西詩：雪裏相逢曾幾時，今朝别去柳垂絲。何當夜月黄溪上，重唱新翻白苧詞。

譚開子詩：對酒重歌拂舞詞，荆桃花下駐青絲。春來怕見東亭柳，況是亭前折柳時。

張南士和詩：若爲送别賦新詞，東冶亭前折柳絲。獨恨靧花人不見，風流思殺按歌時。

有　贈

偶向丹山採石英，攜來長劍是星精。他時海上桃花發，看汝餐霞到赤城。

題周在浚記年圖

不羨紅絲繡公子，不羨黄金鑄大夫。只羨淞江三尺絹，寫作東吴年少圖。

二

高松百尺拂春雲，濺濺泉聲石上聞。豈合丹青圖歲月，祇應丘壑置夫君。

秦淮老人

秦淮高閣擬臨春，中有仙翁髩似銀。話到陪京行樂處，尚疑身是太平人。❶

金子岆曰：此贈丁寄枝詩也。丁九十所藏多諸公贈詩，有「秦淮老人卷」。

同朱曾鎏登燕子磯飲

燕子磯頭江浪開，江風萬里逐人來。臨流一唱横江曲，能使荆門水倒廻。

夜雨同朱曾鎏江寧郭宿逮明羅坤送酒資至

石頭城邊夜泊舡，清江夜雨不成眠。只有羅坤解相憶，平明送到酒酤錢。

沈方鄴評曰：太白絶調。

簡江寧主考

棘院重關閉夕曛，故人相隔在青雲。但聞裴令膺知舉，可有劉生試雜文。

---

❶「太平」，四庫本作「六朝」。

何之杰以舟居記顔有贈

菰蒲淺碧漾清秋，一葉蒼茫水際浮。不道滄江歸卧後，依然擊檝在中流。

二

何胤求爲棲遁身，春江渺渺問前津。須知此日揚帆客，仍是當時破浪人。

三

新從解劍渡江天，瀨上曾乘漁父舡。何似故人雙槳去，柳姑廟後浪亭邊。

即　事有敘

宿竇家瀆，賣漿婦連連目予，問之，曰：「非毛氏小郎乎？」曰：「何以知之？」曰：「妾故保定伯家婢也。向屯西陵渡時，主嘗屬郎，郎不解食生炙梟，索脯淘之，妾以笑被杖，寧能忘乎！」予聞之憮然，因就飲，解槖中金餉之去。伯籍北平，毛氏同姓，故嘗食其營。大兵下江東，全軍歸降，爲提督京營標官，守京城西門，家遂散失，婦善擘阮，汾州人。

錦帳雙鬟貌似花，河陽軍散各天涯。可憐紅字三家店，不賣青門五色瓜。

別朱生

開元法曲有誰傳，秋雨江南罷採蓮。淮水濁泥初凍後，停船一別李龜年。

二

桂樹叢生淮上秋，西風高會曲江樓。水亭誰唱伊州調，記得蘭陵朱粹修。

三

寒風縵管脆如絲，欲別歌予桂樹詞。此去江南望江北，淥波青草繫人思。達曰：桂樹詞疑即前詩。

秋日登江樓有懷

茫茫落日半銜山，萬里江流往復還。獨上高樓愁望遠，秋風九月穆陵關。

二

大江東下日西馳，渺渺江樓接海涯。隔岸秋風吹不住，白狼河北雁來時。

逢陳老蓮季子飲贈

江上逢君蘆荻秋，樽前落日重淹留。狂來滿眼滄洲興，思殺江東顧虎頭。

渡錢唐贈戴山人

錢唐高士剡中才，日暮銜杯江上臺。萬疊寒濤通夜白，依然雪後見君來。

贈柳生有序

柳敬亭，説書人間者幾三十年，逮入越，老矣。楊世功曰：「敬亭將行，不得大可詩，且不得一會祖道，似恨然者。」予時病，彊起將從之，汗接下，不果可往。敬亭書至，云：「如相會者，早問世功言及相會，惜言相會衹此。」是時寓沈康臣宅，發緘皆笑。後二日，敬亭止梅市，予與康臣遂赴焉。再説書，聆之感于心，然實病不能賦詩也，口吟二絶以贈行。

扶病來看柳敬亭，秋花開滿石榴屏。江南多少前朝事，説與人間不忍聽。

二

枚生未作梁園賦，吴客將行越水濱。怪底觀濤能解病，原來君是廣陵人。

晚宿江村即事

行行暝色起江沙，借宿江村野老家。夜月炤來東隴樹，秋風吹發上田花。

二

村田漠漠晚烟稀，野老提壺坐釣磯。日落牛羊從嶺下，月明烏鵲傍江飛。

伯調將西行疑予留妓飲不爲供餞馳詩劇謿因妄爲答謿焉

史妠盧姬並有名，高秋野寺坐彈箏。一從掩袂辭巴里，不復當筵唱渭城。

黄河客舍見故人書名壁上

黄河滚滚向東廻，下馬重銜客舍杯。忽見新題雙淚落，未知故友幾時來。

二

寒燈孤館淚潺潺，萬里波濤夜自還。上馬欲行還又住，故人名字在墻間。

平載問評曰：西河故一往有深情。又曰：前首對仗，與《過張六四丈草堂》諸詩俱極渾脱，得杜宋法。

九日示趙八十四弟

楚王宫外菊初生，九日銜杯淚欲傾。君去登高須盡醉，愁君東望永興城。達曰：蕭山舊名永興。

古決絶詞有序

古決絶詞者，毛甡爲朱三作也。三爲巴城妓小小所暱，忽正白旗他使者購小行，小通三不得。會大霪雨，江漲流溢，從漲江解舟滔滔去，斂小帛囊貯錢一枚，燈心草一枝，箸寸許線一條，作十許結，屬他妓送者貽三，且曰：他日當哭我江流間矣。三傷之，因爲作此詞。時同游者六人，有和焉。

銀瓶挽斷井中絲，嫋嫋曾無決絶時。只有巴山城下水，滔滔東去最堪思。

二

巴山城下送娘船，夜雨猶彈蜀國絃。不道曲終歌決絶，新來翻入緑珠篇。

華蓋山

清江百里繞仙關，華蓋山頭村賽還。橘樹蕉花天半路，洞簫吹出暮雲間。

送客

送客春城柳漸低，千條萬縷市亭西。從今勿折長條贈，恐有歸人繫馬蹄。

雨後觀牡丹即席和愚山韻

春燈幕府夜漫漫，細雨清樽傍藥欄。莫道名花容易見，十年三度客中看。

漢苑行

綵燕初翻百子池，宫花齊發萬年枝。但知上苑寒歸早，不道人間春到遲。

二

秋風歌罷栢梁材，上苑春回承露臺。朝來殿使探鶯去，日暮宫官試馬來。

寺館夜看龔中丞香嚴齋詩集

臨江孤館寺堂東，蓮闔花關閉晚風。祇爲中丞詩句在，東堂燈火夜深紅。

聞沈九北闈捷音

聞道金臺收乘黄，故人聯轡驟驌驦。秋風十里長楊道，中有山陰舊沈郎。

二

清秋烏鵲度巴陵，上國賢書今又升。聞道舊人推記室，已將新體用吴興。

雨中送沈築巖還姑山

春帆東下雨潺潺，千里江南送客還。此去應逢寒食後，杜鵑花發到姑山。

西河文集卷一百四十三

蕭山毛奇齡又名甡字初晴稿

七言絶句四

客南臺送高兆之粤東

南臺節候近端陽，客裏逢君去五羊。欲解五絲爲纜去，可能暫繫女螺傍。螺女江在南臺後。

二

餞飲西園酒未醺，平船先載隔江雲。閩南荔子今應熟，五月嘗時不共君。

三

陸郎不用跨班騅，前路逢迎知阿誰。趙德門邊舊程里，看君乘興一相追。時君先到潮故云。

四

三山五嶠總天涯，擬向番禺汎海槎。此去肯留蓮葉寨，待予同看木棉花。

盤谷先生歌爲陳舍人上善書扇

盤谷先生好作書，年來右肘病難舒。當軒傾得三升酒，便上雞林估客車。

二

盤谷先生書勢良，鴻都新碣比中郎。可憐老興渾難盡，屈鐵更爲丞相章。

三

西平仲子去何年，近見先生賢復賢。但著一篇盤谷賦，從無千頃洛陽田。

四

盤谷如盤花似銀，中書君老不勝春。那知玉笥山前草，猶坐金華殿裏人。時舍人流寓江西

雪中別二友

梁園客散暮雲低，閼伯祠前重解攜。愁見馬蹄殘雪上，兩行東去一行西。

和苑中遇雪應制

龍馭春遊仙苑深，祥雲曉幕帝臺陰。若非霰集先行旆，只道花開滿上林。

同友游南阜山憶何道安詩

南阜蕭條最可思，夕陽山木晚來時。從君一望清秋色，只當重吟何遜詩。

題畫幛子

江城碧草正芊眠，細雨南湖阻畫船。纔是錦堂懸曉幛，便教白鷺滿晴川。

二

碧渚翩韆集鷺翿，新蒲片片映青袍。原來共滯南湖曲，別有凌霄一羽毛。

除夕作

旅館椒花紅欲然，椒盤愁向客中傳。如何纔聽金雞唱，便唤今宵是客年。

同友柳下作

東度吳關值暮春，關前楊柳暗長津。行來相向垂雙淚，不是江陵種柳人。

雨夜就亭送客觀芍藥即席和施公子彦慤

花間送客暮登臺，急管嬌絲且慢催。君聽堦前正風雨，莫教别後憶花開。

二

何來玉樹謝家兒，夜雨能歌送客詞。華燭滿欄人盡醉，一時回首看將離。

予再赴湖西講堂已暮春矣聽座中歌孟氏牛山篇不覺出涕因賦懷家園詩一章見意

三彈歸鋏楚天涯，日望西陵不見家。痛殺江南春夜雨，還開井上旅葵花。

湖西講堂作

臨江草色滿前汀，玉節諸侯自講經。慚愧十年岐路客，空隨車馬上汾亭。

淮市柳與同行者

淮市西頭西楚祠，祠前楊柳亂垂絲。攀來不忍貽君看，記得樟亭折柳時。

王二漢書予詩館壁

進士坊邊花巷春，烏椑門巷寂無塵。誰家能寫毛甡句，只爲相如臣里人。

西湖竹枝詞

斷橋西去杏花開，年年橋上送郎回。分明一片連橋子，何日何年斷得來。杭人呼橋子猶曰三橋子也。

二

昭慶祠頭春水生，大船長傍小船行。湖東日上湖西落，湖裏何時不是晴。

三

小姑十五壓花鈿，長抱琵琶坐小船。借問小姑何處住，陸公祠下岳墳前。

四

十錦塘前好拔蒲，十錦塘上百花鋪。可憐八尺斜斜路，隔斷南湖與北湖。

五

湖心亭子近三潯，儂日思郎思不禁。阿郎好比湖亭子，朝朝暮暮在儂心。

六

小姑梳頭日西時，不到山前到水涯。屋裏插花湖裏炤，山前歸路有風吹。

七

水上花開水底紅，東風吹水水濛濛。水上看花猶自可，水底看花愁殺儂。

八

誰道湖波鏡子同，看花須看水中紅。船邊水動花難見，不若船頭看阿儂。

九

阿儂不上採菱船，只買白藕種紅蓮。蓮花有心長得藕，藕根無心長得蓮。兆熊曰：蓮花有心，藕根無心，最是妙語，與他作襲蓮藕者有辨。陸蓋思刻本誤根爲花，遂至難解，今改正。

十

青驄油壁漫相尋，只在前山松樹林。山雨不吹裙帶濕，乾將絲子結同心。「乾絲」隱語，他刻「空將」誤。

十一

湖頭闌干一樣鋪，湖上一色好當壚。莫尋橋畔紅闌子，只認門前白項烏。

十二

莫道西湖好浪游，南山雲斷北山頭。莫道妾心能間隔，外湖水入裏湖流。

十三

飛來峰前花正開，蝴蝶探花飛幾廻。高峰不似花蝴蝶，不識因何飛得來。

十四

石新婦在釣漁磯，桃花爲面竹爲衣。面上桃花有時落，湖邊望郎何日歸。

十五

油車宛宛度西林，日暮歸來懊惱深。曾在第三橋上坐，金釵失落不曾尋。

十　六

買得甘瓜又買虀，莫道甘苦不相宜。前山空有臙脂嶺，不上唇來那得知。

十　七

湖堤風起便生潮，裙帶斜牽堤路遥。女兒上堤欲歸去，可憐緑草抱裙腰。

十　八

蘇小門前楊柳新，西林橋下水粼粼。琵琶只在盲婆手，不見西湖愁殺人。湖西刻本此首稍異。

遇蕭錬師梅市

上清仙人紅玉腮，冰漿分貯紫霞杯。他年若問青牛使，梅福山前曾見來。

二

自返青華歷翠微，千年縫就五銖衣。相逢偶説前朝事，親見英皇北狩歸。

看玉田觀道士棋

玉田道士井公才，白日分星石上排。總是還鄉人不識，儘留洞府看棋來。

雨　淋　鈴

望京樓上月亭亭，興慶宫中草色青。舊日張徽今在否，春風不奏雨淋鈴。

史四廷柏五十飲席

閒園初發拒霜花，賓客盈堂泛紫霞。一石餘杭仙媪酒，千秋南渡相公家。

二

畫檻丹楓熠綺筵，楓花片片墜朱錢。東方二十嫺兵法，不道蹉跎三十年。

陸藎思評曰：只五十，如許激宕妙絕。

欲上臯亭看桃花不得因題吴九彦聖竹院桃花幛子寄慨

欲上臯亭細雨來，春江渺渺夜舟廻。那知竹院重逢處，尚有桃花千樹開。

蓋羅縫

瑶林玉闕啓金扉，仙女親縫雲錦衣。當時誤聽天雞唱，失在蓬山不得歸。

二

瑶林玉樹摘青房，仙女親縫雲錦裳。跨來緱氏山頭鶴，看去金華道上羊。

鎦姬彈琴得平沙落雁曲請賦

重重簾幙捲霜華，西望衡陽音信遐。何處青桐流響急，一行塞雁落平沙。

二

金罏香盡夜堂清，過雁咿呀指下生。最是琴心堪問處，從頭撥拉兩三聲。

南鎮春遊詞

春船兩槳白蘋開，十里横塘晚未回。南鎮祠前北風急，夏王陵上雨飛來。

二

鵲頭艇子鹿頭車，山路深深雨又斜。何處相逢增懊惱，凌家山下看桃花。

三

香罏峰峻少人登，兩兩三三上禹陵。陵前草深花似霧，山頭風急雨如繩。

南鎮後春游詞同南士祇臣桐音作

晴江演漾動輕橈，夾岸垂楊去路遥。九十春光八十雨，横塘水滿晚生潮。

二

金書玉柱鎮宫牌，畫舫紅裙鑑水涯。春草年年陵下路，行人拾得雀頭釵。

三

上宫碧玉駐青油，自洗湘裙杜若洲。落日横江不歸去，還尋窆石殿東頭。

四

陽明洞口鎖天關，瑶草琪花掩髩鬟。欲覓雙成探玉蘂，教人長上會稽山。

寄徽之大敬代書時聞沈九胤范邵二懷棠雋南宫

春雁歸時未有書，三年思食漸江魚。親知盡獻長楊賦，誰道還乘廣柳車。

吹臺懷陸大進張四綗孫毛五騤

汴水東流去復來，大梁城下重徘徊。西游不見賢王客，三月花飛滿吹臺。

天台僧夜話

海州東望海門關，玉洞桃花謝往還。夜半老僧彈指後，恍疑身在赤城山。

王使君席同陳内翰贈歌者

江城四月柳如絲，錦瑟彈成入破詞。太守筵前争認得，大功坊底杜紅兒。

二

槐廳入夜燭屏深，試舞新衫是縷金。座上詩成誰最早，鄴宫倚馬舊陳琳。

宿東溪山寺遇雪

東溪山寺暮鐘天，借得生公一榻眠。早起欲行溪口望，雪花堆滿寺門前。

槿　花

紫槿東籬慢曲盤，朝昏榮樂詎須看。憐他相伴秋光裏，傍暑開花直到寒。

寄沈九秘書

吴興才子掌文詞，日草黄麻共紫絲。誰念十年烏鵲侶，裁書一寄鳳凰池。

溪亭懷舊

清溪深處一亭幽，曾傍闌干洗玉甌。二十年前亭下水，至今猶帶落花流。

舟中見張園鶴

紅橋畫幕勝青田，獨鶴翛翛瞰碧川。過客不知波下影，長疑兩鶴住洲邊。一抄作「青田羽客隔秋江，紫蓼丹楓畫木杠。水面聽聲如欲斷，波間看影似成雙」。

内叔陳大憲祖付予詩歌妓玉華因復拈贈

翠幄朱欄覆綠池，西園公子夜裁詩。自慚抱瑟同盧女，不敢將歌付雪兒。

李少宗伯更名臨江城外清江爲使君江感施分司之清也予去臨江因徘徊使君江上慨然成詩兆熊曰：施愚山先生與高阮懷、陳元水、徐敘公、王公搢禮北皆有使君江送西河詩。

蒲帆五月去江城，城下江流清復清。酹酒欲行重繫纜，最難忘是使君名。

二

五月榴花炤地丹，離筵重聽五絃彈。使君江上多情水，還載孤舟下信安。

過新安殷浩宅示田甥有序

浩北征廢徙後，唯韓甥隨經年，因詠曹顔遠「貧賤親戚離」送甥江上，涕泗横流。予過信安城南宅，乃不覺有傷于心，亦示甥云爾。

當年殷浩南遷日，無復親知相伴行。今日一過殷浩宅，教人流涕對韓甥。

予閟居法華寺偶閲梁山牧牛頌乾菴大師問如何是忘牛存人夙不解禪戲拈舉依韻金絲籠絡卸前山，山北山南處處閒。驀地擘開拽鼻手，了無繩子在中間。**師稱善他日舉似金輪僧僧曰李白自稱金粟王後身徒誑語耳子真是耶因笑而成詩**

咸陽宮前金粟山，金粟花開只等閒。若許傍人認金粟，如何金粟在花間。

予夙得惡夢徐二十二慰以絶句因答

他鄉故國兩茫茫，春草春花總斷腸。但恨情多過王子，敢言才盡比江郎。徐詩末云：「莫愁隴上飛鸚鵡，夢裏應吞五色雲。」

發紖詞爲舒城黄母胡太君作

蕭山城南白雨傾，蕭山城北白雞鳴。龍舒王姥將歸去，白鹿銜花不忍行。

二

黄門將母板輿中，樹得山花浙水東。不道河陽九秋月，北堂萱草墮霜紅。

三

翩翩丹旐出城西，暫駐湘湖第一溪。駟馬不行踣地哭，平橋衰柳一時低。

四

金章墨綬綵衣新，次第堦前看雉馴。自是王喬飛舄早，玉棺先獻太夫人。

五

已聞邵伯曾爲父，不信王戎尚作兒。子姓裂裳隨太母，牽輀挽紼到江湄。

六

樟亭古渡引旌幢，望裏飛霞接上江。披牡戴苴皆玉立，從來江夏本無雙。指其孫平十也。舒城有飛霞亭。

七

治從門外禮文新，藩省稽留倍苦辛。翟相總無踰制事，山濤豈是奪情人。

八

晨軑曉蓋望中遐，擬泛西陵江上槎。痛煞野棠官路裏，近前還發數枝花。

同陳柱國將軍張杉赴商命説徵説舟集雨宿即事

江城度雨細如烟，翠幕金尊雜管絃。越女避人窺錦纜，將軍下馬入樓船。

二

爛柯山下石磐新，錦洞秋花落繡茵。行盡深林歸竟晚，卻疑身作爛柯人。

三

將軍抱甕坐胡牀，夜雨輕寒覆鸛鸘。百尺冰荷紅幕裏，風流重見杜當陽。

四

商山兄弟謫仙才，灩瀲金缸汎玉醅。一日邀予湖上去，十年藏我壁中來。

五

南塘十里駐青絲，正是南湖入暝時。中夜舵樓重作吹，張衡高詠四愁詩。

未獲識邑明府趙公顔色途次感激愀然成詩達曰：公脱西河于厄，見七古卷。

家在平原歸去遲，欲瞻趙勝更無期。如何千載秋蓬客，竟買紅絲付繡兒。

過魯連村懷大聲

荒村寂寂散朝烟，何處還尋魯仲連。欲向村前騎馬過，一時泪盡緑楊邊。

哭趙弟

李子東游春復春，王成賣卜死河濱。最憐旅舍埋金客，猶在徐州作酒人。

奉陪姜太翁觀燈宴作

綵炬千枝列錦城，畫堂高宴夜吹笙。爲看火鳳山前舞，卻上星橋樹杪行。

西河文集卷一百四十四

蕭山毛奇齡字初晴又名甡稿

七言絶句五

集晉安朱氏山亭題壁

閒亭高枕劍山阿，暇日登臨此嘯歌。幾曲山城萬重磵，晚來青翠滿牕螺。

二

栽花種竹傍東籬，邀客同啣錦蠣卮。忽見黑雲迷似海，樣樓山半雨來時。前山有樓名樣樓，宋時建。

署亭春雨和李觀察原韻

山亭雨過暝烟平，亭下春池水自生。但得司農頻置驛，何須谷口再聽鶯。

二

空向嵩阿問尚平，春雲帶雨檻邊生。亭前自有桃花片，不用啣來隔院鶯。

奉陪姜京兆赴李觀察席酒間命歌者韓希捧觴乞詩遂口占用觀察春雨韻兼邀同席姜九别駕爲書詩于扇歷陽徐泰畫背以寵之

宜春子弟奏昇平，御史筵前錦鏇生。唯有韓希花字舞，就中能作囀林鶯。花字，舞名。

爲尤悔庵悼亡時悔庵以召試在京

金門未許遂幽棲，隴首先亡王覇妻。試向玉河橋上望，溝頭流水自東西。

二

慢記簾釘掛緑裙，當牕曾織竇家文。春還不見璿璣轉，愁殺遼西舊使君。悔庵舊爲永平司理，故遼西地也。

三

銀牀斷綆素絲懸，每讀新詞泪暗牽。不道顧榮貽婦句，竟成潘岳悼亡篇。

奉寄張陸舟先生二首

白魚潭水暮生烟，長繫張融岸上船。何日東歸重相訪，開牕閒倚白雲天。

二

林下曾同倒玉壺，君家小阮得歸無。聞張五南士死嶺外。朝回一望山河遠，痛煞黄公舊酒壚。

胡生之撫寧署

相逢燕市酒重携，漫向金臺覓駃騠。六月炎風吹似火，送君仗劍到遼西。

二

少年意氣本縱横，兄弟相過在撫寧。舊日臨榆如可問，清秋一上五花城。

長安遇輪庵和尚即三十年前文園公也

三十年前角勝塲，今朝相會藉慈航。不知投筆辭文府，可似從軍返武昌。輪公回武昌軍前入道。

二

生年只合着袈裟，悮向長安度歲華。一夢春明猶未醒，眼看落盡曼陀花。時予小妻曼殊將亡。

和邊詞有序

番人有請牧大草灘者，爲守者所卻，政府誦之有詞。

大草灘前秋草腓，燉煌無復玁焉支。不虞四郡河西地，尚見三州瓦剌兒。

二

甘州賓兔肅州羌，大草灘前撤舊防。一自湟中開衞去，有誰牧馬到莊浪。

家明府以徵召赴御試下第還任祥符爲詩送之

宜春門外柳絲長，欲綰雙輪返大梁。祇爲漢庭尊吏治，不將王吉作賢良。

二

薰風冉冉動高旌，空道宏詞繼永貞。篋裏文章雄八代，當時猶失退之名。

三

吹臺南上夏雲移，父老歡迎卓茂時。千里雁行相望處，爲君一誦角弓詩。

孫嘯夫歸錢唐

託跡蒼崖未易攀，風吹海月弄珠還。忽聞天畔金雞唱，知在蘇門一嘯間。

二

雪滿平臺各賦詩，枚生歸思未嫌遲。朔風吹徹東湖水，正是寒梅欲放時。

入直即事

平明入直噪宮鴉，傍午花陰一榻斜。卻笑玉堂無管籥，尚令清夢得還家。

清明日請沐西郊與同館汪春坊喬侍讀汪檢討主事作

朝回並馬出城西，城畔垂楊一望迷。卻怪曉來分火後，輕烟飛作馬頭泥。京師呼塵爲泥。

二

阜城門外有荒臺，紫幙紅茵競舉杯。多少縱横林下路，花竿挑送紙錢來。

三

畫輪丹轂犢頭車，珠髻銀環覆碧紗。馬上相逢春欲盡，東風催放野桃花。

四

百尺紅墻鏁玉扉，望舒壇下换春衣。青驄偶向林間住，粉蝶争從草際飛。

五

謖謖松風古道塲，摩訶庵供大音王。誰知世上三生果，只在關前八里莊。曾與王五別駕關外有訪，故云。

六

杏粥榆羹出佛筵，石蓮花座法幢前。西堂載酒曾留偈，回首春風又一年。

七

華表崕巇高入雲，摇車猶覆内官墳。沙門指點前朝事，讀罷殘碑日欲曛。

八

香臺坐處是香山，地名香山鄉。長笛頻吹鶴未還。一道紅塵歸騎遠，莊亭半在夕陽間。

春詞四首和覺羅博公所貽原韻

御溝垂柳暗殘春，柳外聽歌河瀆神。自笑蓼蟲長食苦，縱啣花葉不知辛。

二

油幕重重匝地青，散垂螺片作牕櫺。那知霧幛三千幅，絶勝湘山十二屏。

三

晴空映日颺游絲，金水橋邊獨坐時。愁煞隔墻深樹裏，黄鶯啼歇最高枝。

四

宣武門高十丈塵，馬蹄踏盡未歸人。故園桃李如相待，爲我花前問呵新。

白雪紅梅詞限韻倣長慶體和枚臣

雪裏誰歌白雪詞，紅梅開得似臙脂。雪花堆在梅花上，半是桃枝半李枝。

二

白雪紅梅有慢詞，梅如紅粉雪如脂。慢言霧幛遮華燭，慢道冰綃裹荔枝。

三

春來只唱雪梅詞，不唱歡聞阿得脂。誰道石家綾幔裏，珊瑚擎出一枝枝。

予舊夢一緑鸚鵡被鏁去以爲魂也暨來京師甬東葉吟以上林鸚鵡四詩見寄遂感而和之見者幸毋哂爲夢中説夢可耳葉詩四首見倡和合刻卷

翠衿紺臆去還非，但聽宫前唤緑衣。三尺紅絛空自繫，不如還向隴山飛。

二

洲邊靈鳥隔三湘，長寄新詞到故鄉。欲脱雕籠無别意，只言有友武游郎。

三

三年憶别在江東，清泪霑成畫柱紅。采翼未分臨鏁去，回頭猶是夢魂中。

四

紗體金精世莫知，金房安用羽毛奇。肯留林邑丹脣在，且詠吴江青草詩。

題夫婿早朝圖爲汪主事作

疊鼓傳朝火樹紅，龕鬖車綱去匆匆。爲郎刷盡膠清髩，猶在高丘一夢中。

恭誦安親王世子秋江夜月絶句依韻奉和

秋入澄江白露寒，月明夜静水無瀾。茫茫一片冰壺色，只作青天萬里看。

帝京蹋燈詞

毬場花帽打三郎，重戴朱竿學教坊。何處大鼇山最美，三條火巷在廊房。

二

勾欄缺處接燈棚，五色番花四角擎。蹋斷麻鞋歸不得，永安門外老田更。

三

放夜金吾首戴翎，紅纓白馬駕朱軿。月明只覺天星少，撒作車盤兩面釘。

四

夜涼蟬髩貼金貂，漏滴銅缾水漸消。忽聽盒中千礮發，襄陽城破在中宵。火盒科數有礮打襄陽城名。

五

一道燈輪去復廻，瓜囊鏤作八仙臺。走橋婦女呼教住，好讓秧歌唱過來。

六

靈佑宫聯祈穀壇，蠣糊紅紙坐坊官。露珠滴盡壇前樹，綵翦蓮花偏耐寒。

題觀瀑圖唐寅畫

幾多隔塢新花谷，無數臨江舊草亭。對面插來千仞碧，從頭界破一條青。

下車東華門無馬步行解嘲

上直東華負曉暾，飛龍廐馬竟安存。步行且學歐陽九，不跨疲驢入禁門。自註：唐學士入直，例許借飛龍廐馬匹。

呵　筆

寒夜憑將信史裁，虛堂銷盡夜鑪灰。頻唧三品湘東管，那得宫嬪呵凍來。

漫示景文沙門

額上珠圓見有因，雪山童子是前身。慢投修水巖邊去，且作巢雲閣上人。時沙門將遊寧州，故云。巢雲，湘溪閣名。

二

會有三摩觀自然，何須五字當隨緣。請看帛氏從師日，正是阿難得道年。

蛤上人還住湘溪

一從擲錫中峰去，二十年來溪路迷。今日重尋朗公樹，白雲依舊滿湘溪。

二

淨土門中清淨身，珠繩百八掛來新。西河居士將西渡，此後誰爲問道人。湘溪有淨土寺。

山陽縣署歲飲

古署青雲繞歲幡，屠蘇宴罷不知還。莫辭漉酒當筵盡，尚有懸魚在壁間。

徐允哲讀予文稿辱貽二絶微及予舊事感生于心依韻奉和

素衣何幸變爲蒼，長就安丘壁裏藏。今日逢君頭似雪，依然度歲在他方。

二

生平空自號文雄，衹向天涯賦送窮。羨煞滬城徐孺子，題詩多在落花中。

梁令索賦

梁竦聲名著有年，臨安試宰豈徒然。多才自作三都賦，乘興還揮五色絃。

餞姚公子世兄歸桐城

山棠花發越江春，公子空留廉吏貧。自痛十年優孟客，歸來還送負薪人。

二

一錢亭下换征裘，陣陣楊花點素甌。此去皖城春漲後，思親應復上階州。尊人以予邑令遷階州牧。

題同年李澄中中允所藏明月蘆花卷子

秋風淅瀝起菰蒲，明月當汀雁影徂。此日晴牕開卷後，頓令清興滿江湖。

二

瀛海蓬山幾作塵，月明猶得認前津。白花黄葉依然在，誰謂菰蘆無此人。

寄祝湘潭沈使君八十

琵琶峰頂企朝暾，玉杖扶來好弄孫。怪道行厨仙醖美，法曹曾使在吳門。使君曾爲蘇州推官。

二

楚澤行吟八十秋，長看織女會牽牛。初度七夕。醉來錯記前朝事，猶道慈恩寺裏遊。

高檢討同年假歸

太史將歸敞別筵，臨岐執手泪潸然。慢言夙昔相尋久，同館追隨又六年。

二

清秋過雨濕衣裝，出宿難留冑貴坊。南望碧山何處是，謝公亭畔北湖傍。

三

初衣換去驛樓斜，扶侍南還有阿楂。令嗣長君同歸。但到故園應認得，十年前種馬蘭花。

四

山莊休沐慢徘徊，策府猶需良史才。暫向東田訪朋舊，十旬假滿且還來。

五

白首聯鑣春又春，退朝長約乞閒身。何期詔下還鄉日，仍是罇前送客人。

同朱宫允王内史眺郭外雙林庵後院河水次壁間韻

荷風吹度暮秋天，越客同登説法筵。祇爲道林相憶久，晚來如上剡溪船。

題乘犍讀書圖

深林牧犢曉烟新，露下松杉滴滿身。不識比來工畫客，因何寫出帶經人。

二

春草深林細雨初，烏犍下坂不曾鋤。恰疑人向緱山去，獨坐蒲韉看漢書。

飲王大司馬園林八首

緑野堂成野興濃，開罇長對碧芙蓉。閒尋翠嶂纔三疊，便隔紅塵幾萬重。

二

玲瓏石洞覆丹蕉，洞口紅泉瀉去遥。記得曲梁斜渡處，賀湖南畔馬臻橋。

三

潛行複壁忽天開，石上琱盤汎白醅。不是羊裴連榻坐，卻疑誤入洞中來。

四

廻廊屈曲畫欄低，紫蔓蒼藤到處迷。十月晴光翻葉盡，尚餘清影幔亭西。

五

石樓高處一壺懸，萬樹秋花接禁烟。欲覓三山瑶海外，但看雙闕彩雲邊。

六

松臺月上待龜黄，八節灘前再舉觴。佳客總歸履道里，名園原在集賢坊。

七

東都賜第近宸居，誰道韋家舊谷虚。時啓嫏嬛微探去，滿牀散疊李筌書。

八

冰荷開盡簇朱茵，鶴露澆成馬埒銀。紫嶠丹山何處返，夜來愁煞醉歸人。

漫和尤太史馬上口占原韻二首

家在江南楊柳村，村前有客每停軒。爲栽洛下潘家果，長到吴中顧氏園。

二

家在江南楊柳村，每逢佳節斷人魂。今來無酒澆寒食，猶典朝衣出便門。

西河文集卷一百四十五

蕭山毛奇齡字春遲又名甡稿

七言絶句六

下直東華門遇雪

蓬觀寒生午漏稀，掖門東出乍添衣。宫墻柳色俱凋盡，那得楊花撲地飛。

二

萬里霦雲羃四隣，寒風刮地總無塵。誰憐玉樹花生候，尚有金門裘敝人。

寄田使君督學按部雲間

薄海文章有幾存，淮南詞賦自言尊。何如軺使相臨處，江左名流盡在門。

二

掄才按部遍江關，佳士菰蘆自往還。誰信龍津人去後，顧雍猶自在雲間。謂徐允哲也。

陸明府有水晶一團中含水草影碧色名萬年冰屬賦率筆

一團清水瑩遥空，萬里昆明泧道通。卻訝春江蘋藻影，何年收入玉壺中。

二

誰割林圻碧玉泉，中含水草尚鮮妍。無如官到陳彭冷，惡説寒冰有萬年。

爲如皋冒生題册

公車巀嵲倚天高，何似揚州江上濤。紫氣千重南望遠，有人把卷在如皋。

二

生平三至廣陵城，作賦曾無東部名。今日爲修高士傳，題詩一寄冒先生。

奉和裕親王園林題壁三絶句原韻應教初秋

小苑寒林初作花，苑墻西上接東華。那知隆慶坊邊柳，只在岐王舊賜家。

秋　聲

秋到長安思渺茫，五王宅傍御街長。一聞葉向林間下，頓覺風來水殿涼。

荷葉池

荷花開盡葉猶香，雨後傾珠似夜光。但使恩波留太液，何須折作蓋頭粧。

寄答上海徐允哲

敝衣羸馬結黄塵，待詔公車又一春。遥憶申江新雨後，晴牕深坐讀書人。

二

御河楊柳甫垂絲，寄到徐陵宫體詩。日探懷中吟未了，天街四月賣漿時。

三

槐堂初入暑風清，梅雨江南一望平。記得滬城相别處，青龍浦口夏雲生。

四

制詔求賢空復催，金臺終自待君來。晉庭縱授王康第，漢主還思徐樂才。

題同館王檢討桃實畫幛

玉洞桃花碧葉陰，紫文緗核間黄金。分明一片綏山景，何日移來到上林。

二

桃實如拳裹繡苔，琱盤尚未薦瑶臺。金門自是神仙侣，故遣東方偷得來。

無　題

華堂錦宴夜吹笙，仙女盈盈下太清。莫道彩雲無覓處，隔簾聽得和歌聲。

二

華堂錦宴夜吹簫，仙女盈盈下碧霄。莫道畫簾相望遠，銀絲隔得兩三條。

閩江送許遇之豫章

黄雀風生笋簟涼，蒲帆四月下康郎。閩南多少鮮紅荔，散作船頭碎錦囊。

二

細雨濛濛好濯枝，五月有濯枝雨。長途節候最堪思。遥知南浦傳觴日，正是東湖競渡時。

三

迤邐秋屏攬勝多，旌陽原是舊巖阿。莫憐丹竈無人問，須記陶缾有客過。南昌許遜爲旌陽令，陶缾遇書室名。

四

紅蘭開盡緑蘭開，我亦從兹去越臺。君到潯陽倘乘興，可能還泝浙潮來。

雪灘釣叟歌四首

白雪灘頭舊隱淪，雪花深處一垂綸。蘆中來往人争識，道是吴江顧茂倫。

二

松陵東下水瀠洄，浪花都作雪花堆。投將牸子衝舟去，釣得鮦魚似屋來。

三

白荻花開笠澤東，移家住在荻花中。前身疑是滄江叟，後身疑是紫溪翁。

四

西塞漁人未著書，清灘萬疊雪來初。松陵原有天隨子，早向吴江學釣魚。

敬製仁孝皇后孝昭皇后輓歌詞十四章有序

康熙辛酉春仲，臣奇齡恭送大行兩皇后梓宫于沙河城東之竇家莊，敬隨諸臣後，迎仗而泣。爰思古者虞殯必有歌詞，近世執紼不止鈴鐸，故濯龍望幸，朱嗇進詩，筮龜而行，潘岳作頌。乃以二年如喪之期，加之百辟啣哀之日，沙城舊殯，齊赴陵園，館閣諸臣，共扶纚綍。仰覩畫雲之蜃輴，頓傷墜露于帷衣。馬頭祕器，宛若神携；鵲尾明旒，凄然目斷。則愉皇之舞，可以稍遲；引殯之辭，在所不免。雖前人哀體，多用短章；唐世輓詩，率皆五律。顧白傅之輓元相，亦用七言，即江淵之哭宣妃，僅成兩韻。況乎絶句本清商遺調，按之可爲歌；曼聲傳《薤露》新吟，聞者易以感。因不辭鄙陋，爰爲此詞。世有知音，或無貽誚。

二

金幢畫翣導龍輀，挽紼争傳虞殯歌。雙輦一時歸玉隧，千官齊送在沙河。

三

帷宮曉度慢吹簫，鹵簿開時宮仗遥。京兆寢園須有護，君王且輟未央朝。時上親護殯至山陵。

四

紅椿矗處纜墻低，筥藻筐蘋薦御妻。蜃輅未離沙澗外，雲旌已過竇莊西。

五

古堞徐開殯殿尊，容衣先已駕輬轀。當時玉燕藏幽篋，此日金鬘繞羨門。初兩梓宮俱殯沙河。

六

幡幡旒旐夾朱徽，疑是英皇並狩歸。天半曉霞明象物，車前清露濕靈衣。

石竇曾通明月彎，潞亭東去舊橋山。六飛排作三屯衞，五校行來幾換班。

七

羽葆千重映霧明，駕將雙鶴負銘旌。太常不用吹茄去，仗馬交啣祕器行。

八

親王命婦各班排，纔見龍輴便舉哀。不信敷天愁思切，試聽動地哭聲來。

九

璇宫節儉本天然，生貸貧人脂澤田。幾日六騩臨御處，尚拋貰路紙黄錢。

十

獨孤卜宅建陵園，遺命因山葬長孫。兩后後先真聖善，皇情痛悼有何言。

十一

彤管徽章定母儀，並誇婺德共嫘師。縱饒左氏爲哀曲，猶少揚雲作誄詞。

十二

遵化陵園輦路通，先皇曾此葬遺弓。移旃不憚宫車遠，長恐昭丘在望中。

十三

雉尾高搴逐繖廻，白雲千里障瑶臺。羽霓歸去原無跡，惟有山前青鳥來。

十四

法駕東行過玉田，清塵除道百神聯。哀歌恐助皇情惻，不把銅鈴引殯前。

祝母詞爲羅氏兄弟作

芙蓉花發射陽湖，日景南廻歲未徂。何事綵雲留不去，祇因庭樹有三珠。

二

莫道庭闈樂事非，羅含兄弟世應稀。襄陽耆舊知多少，共採荷花贈舞衣。

歲暮入史館書感用家太史韻

日從東觀討遺編，坐弄鉛黄度歲年。自笑中郎生子晚，縱修漢史有誰傳。

二

千門爆竹歲將除，尚跨三花進石渠。中夜草成群盗傳，教人泪濕一牀書。時闖題中有盗賊傳，故云。

何使君畫軸

天際芙蓉有路通，梅花莊上鉢池東。使君曾守東揚郡，身在千巖萬壑中。

花燭詞爲馮公子協一作

相國堂前花燭開，趨庭洗馬洞仙才。移將海上連枝木，琢作人間合巹桮。

二

深房畫柱夾金釭，時有霧雲覆綺牕。枕上芙蓉梁上燕，怪他事事總成雙。

三

親迎北府控驂驔，何事炎風理鏡函。只爲榴花能結子，愛將萱草種宜男。

四

結就紅絲暗裏牽，華燈慢把百枝燃。但懸甲舍新裁帳，好撒開元舊賜錢。

五

試着單衫别様紅，鄉音遮莫學吴儂。麻姑衣繡西施屧，家在蘇州鹿埭東。新夫人爲崑山徐宫坊女。

六

孔雀筵開汎客巵，日長猶恐促粧遲。誰知綵筆題奩處，只在銀屏卻扇時。

送徐仲山南歸

當時郡國舉才賢，獨詣公車思黯然。記得秋潮初漲後，與君相遇大河邊。

二

太常策奏本無期，司馬門間召試遲。誰使公孫留北闕，偏教轅固返東淄。

三

西風吹柳御河黄，出宿街南光宅坊。思煞故園殘暑後，荷花初放賀家莊。

四

曉日横門設錦茵，繞朝此際贈鞭新。中書門下停車久，曾薦徐寧第一人。益都夫子拆卷時，特執卷薦之御前。

五

周官湖口舊漁磯，回首江皐事事非。欲送故人歸里閈，頓令清泪滿朝衣。

六

九門地震尚諠闐，何事還登惜别筵。能用士如王吉輩，不教人憶漢宣年。

七

雙鳧北嚮一南翔，悔見溪雲出岫長。寄語君家女都講，莫將新句貯金箱。謂及門昭華也。

和王侍讀索梅庚畫片原韻

擬作蓬山萬里游，小牕松竹繪清秋。不知塵世餘多少，此地能安十二樓。

龔節孫以種橘圖小影索題二首

金衣素袖曉烟籠，家在荆溪水榭東。不道長安舊圖畫，雙顔猶帶洞庭紅。

二

朱盤橘柚剖霜天，但對斯圖意惘然。幾見蓬萊移種去，誤傳天寶十年前。

答和陸大嘉淑見貽原韻

憐君垂老客燕齊，落日重逢禁苑西。何處相期最相信，錢塘江上伺潮雞。

二

曾共登樓眺碧空，平泉佳興有誰同。可憐閣下千株杏，留得溪南一樹紅。

三

銀箏促促慢教搊，萬仞黄埃起暮愁。舊日酒徒今散盡，燕姬雖好不須留。

題劉生抱琴圖

伯倫意氣道真才，手把枯苕埽緑苔。此際長安好風日，肯攜雷氏斵桐來。

二

誰倩長康寫令顔，深林日夕自來還。當前無限滄州興，只在高山流水間。

同年丘檢討予養歸里

一紙黄封出九重，聖人教孝每優容。只因膝上需文度，故遣雲間返士龍。檢討爲學士南齋難弟。

二

刺史堂高覆白雲，其尊人曾爲刺史。河流千里接淮濆。羨君衣上三花錦，散作庭前五色文。

三

金書百軸裹彤幨，載去猶存修史銜。借問錦堂樺燭裏，夜來半臂有誰添。

四

榆火初傳百子池，横門幾兩送丘遲。最憐朝罷貽鞭日，正是清明折柳時。

送友人歸苕溪

京洛相期願已違，前溪猶認舊柴扉。只憐通潞亭邊柳，無數長條挽客衣。

二

平津東閣住多年，歸汎菱湖雨後船。回首故人烟障裏，還騎羸馬薊門邊。

上巳同王二光禄修禊即事

細雨新吹九陌塵，桃花又放曲江春。同來柳市傳觴客，仍是蘭亭修禊人。

二

駿馬郊原籠碧絲，紅竿挑餤踏花時。如何兩度芳林宴，不作王融上巳詩。

清　明　二　首

百兩驟車輾翠鈿，單衣試着便門前。秪因漢苑先傳火，宫柳千株總帶烟。

二

新裁寶幞障平蕪，折得楊枝插鬢無。此日故園風雨後，畫船開滿賀家湖。

題顧眉生校書畫蘭册子眉生，曲中伎，有名，後爲龔尚書妾，名横波夫人。

莫愁湖畔緑雲鬟，手碾香螺畫遠山。擷得洞庭花數本，好留青影在人間。

二

一幅生綃金錯裁，幽蘭寫出仲姬才。兒家自有千花譜，不藉黄荃粉本來。眉生自註：倣壁間馬湘蘭筆。

三

九畹叢生淺碧紋，畫來香氣尚氤氲。只愁幾片蘭蘇帶，難繫三條杏子裙。蘭蘇，帶名。樂府：何用結歡忺，三條杏子裙。

殉書詩書陳媛傳後有序

陳媛，沈計掾妻，工佐餕，以堇萱飴蜜得尊章懽。年二十三死，死時囑取生平所誦書殉塚中。嗟乎，是可傳已。因拈殉書詩得四首書之云爾。

荆桃花下駐塗車，莫向空箱揀曲裾。窄窄銅棺纔數尺，尚留一半葬殘書。

二

誰道泉臺冷翠鈿，銀牀猶是抱書眠。卻慚入塞文姬老，空記遺文四十篇。

三

秋風團扇裂齊紈，落葉虚疑響珮環。賦得盤中人不識，欲留四角與誰看。

四

白玉深深箸地埋，紅綿粉漬畫螺灰。只愁繡字侵衣處，化作金蠶出墓來。

西河文集卷一百四十六

蕭山毛奇齡字僧開又名甡稿

七言絶句七

題及門金公子看劍圖二首

淮西風雪苦流連，篋裏還留寶劍篇。今日龍阿看出匣，教人長憶十年前。

二

神清洗馬耀霜提，束髮從游愧放麑。竹裏琴書猶在眼，不須重聽汝南雞。

題𢫬絹看竹圖

長向吴中擬卜隣，王家樓子竹溪濱。練裙葛帶尋常見，錯認平原是繡人。

重簡講官引見即事

君王便殿早傳宣，重簡詞臣入講筵。黄帕覆牀纔咫尺，親呼姓氏至尊前。

二

曉禁彤雲捧日晴，詞臣幾度選承明。柳邊歸院千門静，聽得宫鴉三兩聲。

寄懷錢太史同年

五年視草對朱扉，墨汁看翻緑袷衣。一自東廳人去後，海山屏下到來稀。

二

新披初服總同鄉，謂尤、沈二太史也。秋到江南橘柚黄。詘指武丘西去路，相逢應笑酒壚傍。

三

上苑秋高曉籞開，洞庭白鶴好飛廻。至和未就新唐史，尚待歐陽撰志來。

贈趙司馬初度時正月十日將赴任長沙

銀幡賜罷甫成旬，又見雕弧絓彩新。暫借春盤當壽酒，錦筵雙插縷金人。

二

蒼龍乍轉照星沙，壽酒闌時已及瓜。爲待潭州司馬至，秦人三洞早開花。

依韻答隣友聽曼殊吹簫絶句二首

新安江水傍烏聊，春去楊花滿地飄。縱使秦臺堪弄笛，難忘吴市是吹簫。

二

國士新書慢射聊，杏園纔見酒旗飄。李謩不到人間久，誰使宫墻度玉簫。

題姜實節歲寒圖

雪裏尋君續舊歡，金昌亭下重盤桓。相看多少蕭條意，恰好題來是歲寒。

二

朔風吹雪滿姑蘇，濁酒傾來不用沽。松竹院過梅樹下，與君同入歲寒圖。

劉大廷俊客死湖北同人哭于夕照寺有詩和姜二承烈原韻

玉河秋水下高粱，南望荆門道路長。不見童鴻還闕下，尚疑劉尹在丹陽。

二

大隄南去慢徘徊，招得巫陽且暫回。縱到燕臺非故國，❶欲于何處望歸來。

三

一世才名擅越東，休將時數問窮通。醉來但説狂時酒，醒後何曾識次公。

四

修文天上誦彌羅，古寺翻經柰梵何。痛殺西華方衣葛，夕陽亭下一相過。

三山驛送友之汀州

同向三山理客裝，海舸先到柘湖傍。楓亭荔子長汀酒，一樣傾來不共嘗。

---

❶ 此句四庫本作「江漢湯湯流日夜」。

奉和裕親王絶句六首即用原韻

苦　熱

紅日歊歊麗碧空，宫槐蟬噪夕陽中。楚王自有蘭臺樂，猶使廷臣賦大風。

得　雨

雷車初度雨初傾，十日三時自有程。此際一聞甘澤下，何人不愜望雲情。

晝　寢

九疊屏風敞殿安，桃笙卧去水晶寒。卷衣侍女遥相待，尚作前宵月下看。

秋　聲

西苑纔廻少女風，便聽寒烏叫雌雄。夜來奏盡清商曲，只在宫前幾樹中。

秋　夜　雨

空堦滴瀝暗心驚，夢去猶聞決霤鳴。總是銅池懸左掖，卻疑銀箭下西清。

射　獵

平原草色帶霜威，出塞將軍號射飛。風裏直驅沙磧盡，夜深方向灞陵歸。

楊青五十初度元月初四日

憶昔閒堂對簡編，子雲才藻正翩翩。不疑學盡相如賦，尚守玄亭五十年。

二

裁度三朝賀玉墀，故園東望一相思。遥知畫矢祈年日，正是銀幡祝歲時。

題王武爲吴山人畫武爲文恪公裔，其畫意即山人詩也。

但言李益詩堪畫，不道王維畫有詩。一幅生綃題不盡，粉團芍藥與黄鸝。

二

金閶邂逅朔風天，不見吴生已十年。卻喜畫圖相對處，草堂三月暮春前。

弔姜貞毅詩有序

萊陽姜給諫埰以劾權相得罪，杖戍宣州衛，未至戍所而國破，遂寄吴市。逮死，屬其子移棺葬宣州。四方觀者各投詩弔之。予最後至，亦成五首，并詒其子安節、實節。貞毅者，學者所易名也。

曾披閶闔扣天關，垂死孤臣未賜環。遺命一棺何處葬，宣州城外敬亭山。

二

叢叢馬鬣覆柴青，壠上荒碑未勒銘。大鳥欲來雲乍起，昭亭何似夕陽亭。

三

唱盡門生薤上歌，道傍虞殯已無多。殿廷若個能攀檻，圖畫依然是荷戈。公像有荷戈圖。

四

吴關不傍要離塚，南鄭難爲太尉墳。回首故鄉歸未得，可憐曾戍水西軍。

五

長窺封事泪如流，千里生芻愧未投。欲向江南訊遺跡，德公兄弟在徐州。謂兩嗣公也。

遂安方大明府有舊琴失而復得紀之以詩

焦桐本是道山材，彈向霜風聲最哀。一自前溪相失後，是誰相伴幾年來。

二

響泉亡後斷冰絲，何幸重彈渌水詞。猶是山牕初睡起，東墻紅照夕陽時。

予詩謬爲商景徽閨秀所誦題詩過情因用其原韻自謝兼以志謝其外人徐二咸清吾好友得貽與之

複壁藏書二十秋，空箱蠹盡有誰收。那知長史南遷後，猶有昭容上綵樓。

二

幾斛青螺傍鏡臺，題成麗句百花開。生平何幸交徐悱，得藉三娘藻鑑才。

附原詩

芙蓉露下小池秋，金鴨烟消宿雨收。讀罷毛甡瀨上曲，都梁艾蒳滿粧樓。

綵筆翩翩傍玉臺，頻將繡帙向風開。可憐杜甫驚人句，不數陳留曠世才。

和徐昭華讀瀨中集原韻有感

秋霜如雪裹冰蠶，石闕高時口重含。不道美人居洛水，能憐才子在昭潭。

二

欲唱廻波未有詞，鹽車無復騁雞斯。若非道藴真才女，若個能吟中散詩。

附原詩

臙脂花落覆紅蠶，獸頸初垂火自含。坐對西河才子句，渾如秋月照澄潭。

少小曾吟白日詞，蘆中人去竟如斯。溧陽浣女空相殉，悔不先吟瀨上詩。

題畫爲壽

仙山萬仞接樓臺，溪口遥從草閣廻。因祝西池王母壽，銅缾盡貯紫芝來。

書王編修母朱太君旌節録後

京陵有子母爲師，丙夜猶爇白玉脂。傳得一經長自嘆，只因中有柏舟詩。

二

東堂禄養度居諸，鎮向蓬池鱠鯉魚。棹楔在門旌未已，聖恩方錫紫泥書。

過任丘清水湖作

棗林莊前清水湖，滿湖菱藕并菰蘆。馬頭錯問任丘客，誰賣松陵秋汎圖。

二

湖水漣漣清且深，長堤十里跨湖心。行看堤上招商女，但唱幽州馬客吟。

三

碧柳千株傍水栽，紅橋萬柱逐堤開。祇應人在江南見，那道車從趙北來。

王進士新婚詩

瑇瑁堂前雙燕飛，王郎初向曲江歸。携將舊賜三宫錦，翦作新娘百子衣。

二

試佩開元賜宴錢，故邀夫婿看勾綿。但知藕葉生江上，不道蓮花在鏡邊。

徐昭華乞試命題畫蝶喜賦二首

四十年來老自驚，新收門下女康成。不知書面縑花好，試看階前帶草生。

二

深堂樺燭照卿巵，隔幔吟成畫蝶詩。不是小鬟頻乞試，那知閨閣有陳思。

秋杪重送秦太史假還山陰

共入東堂已七年，碧山南望意悠然。羡君兩度還鄉井，不藉青龍寺後船。

二

秋花初發約同歸，何事君先秋雁飛。一曲鑑湖能乞與，明年相待浣春衣。

和憶鶴詩

長因賣賦結秋蛇，右臂文離類凍茄。何似藹園仙驥好，只將雙爪畫圓沙。時予病臂，故云。藹園，葉氏園名。

陪諸公集宛平相公園林十二首有序

時當二皞，候届三商。開平津東閣之門，招鄴下南皮之客。聖主重元臣，親題光德，時上親題「席寵堂」三字扁額，手書以賜。詞人依上宰侍宴芳林。集賢里北，車過裴相家園；細柳營南，席設岐公別業。藉片時之請沐，許延景以賦詩。潘生陪梓澤，不廢廻谿峻坂之詞；公幹在西園，每慙菡萏芙蓉之句。因成短什，便紀良游。

山莊請沐駐驂驔，曲徑通街出巷南。纔到射堂門啓處，門紗映出一山藍。

二

青溪百折泚流低，不見桃花路已迷。欲向巖前尋舊跡，漁舟尚在洞門西。

三

赤欄斜度暗杉關，樹底吹笙鶴自還。行過摘星崑畔望，紅亭高出碧雲間。

四

丘壑新題集慶餘，剛逢宸翰賜來初。不懸宮左游巖榜，爲有元和石鼓書。唐元和間，賜李寬石鼓書院扁額，非韓愈石鼓詩也。

五

潞公水曲一陂穿，華子岡從百谷連。丹竈曉移修竹裏，繩牀晝設石壇邊。

六

小雨初過景倍清，山堂設饌午烟晴。緑腰唱罷彈俱歇，滿耳惟聞流水聲。

七

行厨斮桂煮雕胡，淥酒清漿瀉玉壺。粉黍細摶粱父雪，金虀雜剪碧沙蒲。

八

草花續樹晚猶生，石棧連雲斷復行。怪道午橋光景別，一花一石手經營。

九

平門近市亘修廊，西北高樓傍粉墻。桂檻下臨光德里，柳絲低拂永豐坊。

十

尺五城南逼斗魁，丹霞麗日晃樓臺。翠華若幸汾陰返，定遣山莊圖畫來。

十一

前林赤槿後烏椑，㵐㵐流泉繞北陂。記得籃輿曾養志，潘生西宅賦詩時。相公先人文貞公曾頤養于此，舊名怡園。

十二

石上窪樽就飲頻，座中綺里髮如銀。十年未得還商洛，願作留侯門下人。

青未閣十景之二和徐昭華作

郭外春山

城邊高閣起嵯峨，城外春山列翠多。只爲倚牕描不盡，尚留一半在青螺。

城頭夕照

百尺珠簾捲落暉，畫欄初换晚粧衣。如何城畔丹鴉色，偏照樓頭青鵲飛。

閶門舟集别施使君閏章有感

當時惜别使君江，清泪雙流滿玉缸。今日金閶重話舊，夜深紅燭照船牕。

二

閶門夜汎酒盈巵，後會兵戈未可期。何處流連心最苦，虎丘山下泊船時。

尹坪以琴譜并詩寄予依韻賦答時小妻曼殊將亡

十五年前汝水濱，爲彈清角每相親。一從君作蘇門客，頓使身慚柳下人。

二

正向朱絃哭素心，感君遺我舊徽音。如何遠道將離曲，雜作商陵别鵠吟。

過姚江俞石眉宅

東行不逐海濤魚，爲覓雙鈎一駐車。記取龍泉山後路，秋花猶覆子雲居。

題閩縣溪麋老人偕隱卷子

誰謂藍田好避秦，鹿門猶有未棲身。何如負甑仙山下，夫婦同爲採藥人。

二

黍臼閒從紝器排，相携一上釣龍臺。十年虚逐東方隱，我欲從君汎海來。

題佟二公子記年圖公子善書畫并詩是圖把筆伸紙踟蹰未下

鄭虔三絶有誰猜，一幅籐箋帶笑開。未醮墨潭先問取，是書是畫是詩來。

二

蕭蕭梧竹映清姿，畫裏逢君最可思。彷彿舊年湖舫醉，孤山亭上畫梅時。

孟生南歸

四月輕裝出帝都，秋來我亦乞官湖。到家若遇茱萸節，同向山陰訪柳姑。

二

天安門外上書遲，頓折宫墻碧柳枝。北闕敝廬休詠去，篋中應載孟亭詩。

碧山庵

團標八尺掛長幃，雨後斜翻松頂暉。山半沙門持鉢下，碧天片片落僧衣。

病臂辭試讀棠村先生新詩呈簡

禁城花柳日芊眠，左臂書空思黯然。挾得棠村詩一卷，不須更詠鹿門篇。

二

肘上生楊欲覆身，春衣换去只懸鶉。諸生薦達雖無分，猶是司徒門下人。

陳迦陵妓席予不得與因索題扇賦此時予以病臂赴部辭試用簡棠村夫子詩人字

右手從來慣詘伸，翻因賦洛坼如龜。從今幸免娥媌妒，何必低頭見美人。

題徐髯畫像髯字祐楨

枓木長蘿掛紫絲，溪山深處坐題詩。試看石上含毫處，何似參軍入幕時。

二

挹水烹泉蘸澗苇，掀髯抵石踞來高。不知相對滄洲客，頰上于今添幾毫。

丁澎採芝圖

葯園先生冠幧冠，深林負杖斸芝還。袛因相見還相憶，手把斯圖看復看。

二

獨向深林採玉芝，林端駐杖有何思。須知屬國南還日，猶是顛毛未白時。葯園從塞外歸，故云。

集侯官莊明府園居即事

數畝閒園逈絶塵，丹花碧樹蔭通隣。最憐薛老峰邊石，偏對蒙莊座上人。烏石山上有薛老峯，正當園南面。

二

雞臛黿灸酒如霪，幾局棋枰傍晚霞。啼鳥不知山客去，雨餘猶坐刺桐花。

西河文集卷一百四十七

蕭山毛奇齡字春庄又名甡稿

七言絶句八

懷友

雪滿空山夜未分，燈花初落酒微醺。不知良友何時别，野寺鐘殘一夢君。

陪益都夫子長椿寺觀劇奉和原韻

春色融融起化城，楝花風發坐來清。當軒一奏開元曲，滿院如聞上苑鶯。

二

香臺深處敞朱筵，梵唄時傳兠率天。花外莫驚歌吹發，謝公舊墅近東田。

三

沐日追游古道場，宜春妙伎進多方。慈恩原有金錢會，錯認新聲奏太常。

東朝房閲廷試卷

左闕門通曉禁春，晴牕日上水流銀。桂林多少名材在，誰是東堂第一人。

二

芸臺應召共鳴珂，聖主臨軒肆網羅。争道目中無五色，掖門花發彩雲多。

奉和李使君行衛即景十詠原韻

重重春色鎖長橋，萬柳參差覆石壕。欲上隋堤南去遠，教人空憶廣陵濤。

右衛河傍柳堤

汶水遥從天際廻，商船半向夕陽開。長帆一帶秋光裏，甯母亭邊片片來。

右汶上帆來

風迎翠蓋碧亭亭，響滴荷珠静夜聽。恰是梅崖讀書處，藕花香畔誦金經。書院與古寺相接。梅崖，使君字。

右書院荷花

拏攫霜天龍虎姿，林間石闕未㘅碑。儘教釋氏經行後，猶似宣尼手植時。

右南林檜

晚風吹雨送江舟，傍渚斜臨百尺樓。過客莫歌囉嗊去，有人望遠在樓頭。

右津樓

瓠子長流散澤陂，朝來顧免眼迷離。誰言東郡驅車日，不是南樓理詠時。

右曉月陂

寶地紆回水一方，白沙紅樹兩茫茫。岸傍一座金輪塔，長帶鐘聲伴夕陽。

右塔岸鐘聲

鳥散空林静遠鐘，雞聲茅屋曉烟封。遥看天半瓊花發，知是高唐第幾峰。

右平岡望積雪

荒原凸凸似龍堆，薄暮携筇去復來。自昔坐看雲物後，寒葭吹出萬重灰。

右灰山

纔過東村日欲斜，停車到處問桃花。看來紅廟支竿處，便是黄公賣酒家。

右東村酒帘

吴冠五自上黨還重赴渭南

雪夜宫鶯啼滿枝，平臺水色緑差差。比來不作横汾賦，只爲新看上黨詩。

二

上黨詩成天下驚，春風重送渭南行。王孫無限天涯路，愁見車前細草生。

題金十四烺畫像

柳絲垂處綰成絲，緑汁還堪染布袍。欲識胸中羅八斗，何難頰上畫三毛。

二

京洛重違已十年，披圖相對笑依然。園花開盡東風裏，猶把殘書坐石邊。

數過任黄門邸舍看菊留三絶句志感

秋到園林歇衆芳，罇前相對一霑裳。老來自信無顔色，誰道秋花晚更黄。

二

紅白高低一色栽，闌干上下幾層排。屢從西掖看花去，可似東籬載酒來。

三

三過閒堂倒玉巵，團團不落使人思。秋風幾度催霜盡，猶自低頭戀故枝。

題沈客子春山絲竹圖記年

坐擁西園絶代姿，風前吹竹又彈絲。縱教瘦盡休文面，尚似東山年少時。

二

爲聽吴興舊妓童，身披鶴氅坐當中。宛然人在天台路，萬朶桃花夾面紅。

同館茆君以母訃奔宣城

仙姥新遺七誡篇，芸臺有子泣花甎。衹憐化鶴無由到，難奠生芻在墓前。

二

翩翩丹旐引雙鬟，愁見臯魚江上還。欲望故鄉何處是，白雲飛滿敬亭山。

奉題張學士賜金園圖有序

康熙二十年，張圃翁學士請假歸龍眠，以上所賜金割其半買園，搆四軒其中，名賜金園，同邑姚耕壺繪圖傳之。越三年，上召學士仍入供奉，暇日出圖，索同館爲詩，予賦八首續畫卷後。

買山何用費追尋，洞壑長啣聖澤深。但得繪成千嶂碧，不須還散二疏金。

二

浮峰東下水灣環，彷彿鷗汀傍鹿關。當識此中横榻處，有人紗帽坐花間。

三

圖成誤筆點垣衣，賜號逍遥看去非。日侍禁林還記取，李公㟁下好開扉。

四

黄金築室四軒通，不羡編錢馬埒中。南洪岸移春漲緑，西廊壁掛夕陽紅。

五

還朝無俟乞官湖，遥指東山意自娱。當日汾陰陪祀去，可曾詔繪草堂圖。

六

芳塘低處着闌干，村女提壺近井榦。只恐君恩難遍及，故留圖畫與人看。

七

平泉築館莫嫌遲，況值黄金未鑄時。籬竹已抽前度笋，山花又發隔年枝。

八

前軒竹樹手親栽，㟁畔春風度幾迴。一自西清重詔入，畫圖一日百回開。

題畫松爲姑蔑使君生日

瀫水東流皂蓋迴，九龍山峻比徂徠。長松偃蓋垂千尺，疑是東方千騎來。

二

謖謖風生五粒鮮，郡樓開處起朝烟。他時廊廟搜樑欐，看汝長�天漢間。

題蔣生畫像册子

青桐花發最高枝，一縷茶烟裊似絲。中有杜陵三徑客，金雞石上坐題詩。

二

月旦新從入洛還，重携仙驥扣仙關。竹山芹澗應難覓，何意相逢巖樹間。

爲雲間沈白書賣文字約後

蕭寺兩書當百鎰，長門一賦值千金。慢誇此日朱提貴，載酒籠鵞何處尋。

任青嵓七十

曲巷蕭條近市廛，白頭遺老尚依然。尋花曾飲鄉人酒，扶杖相過又十年。

二

裁廻甲子度春風，又見園花歲歲紅。幾欲移家歸海上，還來避地住墻東。

三

先生七十正懸弧，長對青嵓舊畫圖。恰似渭陽歸載早，海鼇百尺掛珊瑚。

壽友

巀嵲金門寄此身，翛然吏隱得仙真。何年再與西池會，笑對桃花萬樹春。

二

層巒縹緲度雲璈，玉露遥分碧海濤。日出曉霞紅爛熳，有人闕下獻仙桃。

汪園水亭觀荷同佟二公子靳吉明府張文學于康暨汪傅二進士即席

水亭開處晚荷鮮，水面紅橋似輞川。賀老段師俱在坐，可能還唱想夫蓮。時座末工伎樂者九人，皆老供奉也。「想夫憐」原名「相府蓮」，「憐」「蓮」字聲之誤。

二

荷花傍檻卷成卮，樹裏殘陽欲墮遲。怪底新歌吟未了，西園公子正裁詩。佟公子詩先成。

送佟公子鍾山赴其尊大人江南行省和靳允安韻

莫厭河亭暑退遲，秋風又掛布帆絲。懸知阮緒寧親日，正是崔從出鎮時。

二

多君作賦本天才，況復船裝書畫回。公子擅書、畫、詩三絶。此去登臨儻乘興，停船一上妙高臺。

三

但向河橋嘆執袪，深憐一載對門居。回思當日相逢處，尚有孤山道士廬。

四

白門秋到雁初鳴，落日浮雲看上征。應念故人難遽別，雅琴休作雀飛聲。時有鼓琴者在座。

董生杖履圖

縫荷躡葛興翩翩，帝里相逢豈偶然。我欲邀君柳市去，杖頭添掛百文錢。

二

虎頭妙筆費尋思，雜綴衣麻並履絲。別有示人阿堵在，青青兩眼向天時。

關中沈君爲覲親晉安值亂未達遂客死吾越其子扶柩西歸過別挽之以詩

先生家世本秦關，萬里趨庭客未還。一自巫陽招謝後，靈旗長駐會稽山。

二

諸侯博士老平津，曾向天街振履塵。到死難忘甌越路，先人兵備在南閩。

三

遺書萬卷好重編，有子賢名過彦先。無數道傍虞殯者，爲君時誦露晞篇。

同姜京兆寓繆修撰園吴江徐崧枉過闕候有詩見謝依韻奉答并以代訊

名園晝鏁不曾開，門外輕車碾緑苔。自失吕安河上去，從無太守雁門來。

二

梅花初發武丘東，兩度尋君古寺中。聞道談經曾不住，我來何處載郫筒。

沈篤人母陶太君壽

錦帨垂垂罥繡牕，宫袍初試舞來遲。遥知綺席傳觴候，正是泥金報喜時。

二

朱門旦啓勝朝霞，流水街填畫轂車。一自春風張錦幔，滿庭開作武陵花。

三

東皇西母鎮逍遥，長見青裙戀翠翹。只爲金門饒曼倩，當軒一奏白雲謡。

題李木庵太史早朝圖

宫鵲初飛曉禁開，常參班裏幸追陪。一枝樺燭籠烟近，認是蓬山李嶠來。

二

金華入直早凉時，長探牙籤索口脂。今日畫圖相盻處，教人頻詠上官詩。

藩伯李公從貴州遷浙于其初度飲次賦呈四首

從違馬帳一趨丹，羅賴朱旗相送難。何悟紫微環照處，重開行省到臨安。舊以方伯爲中書行省，名紫薇署。

公初從杭遷黔，故云。

二

屏藩高啓浙河清，河上應留三過名。當日驛樓題詠去，到來惟有碧紗明。

三

槐堂相憶嘆華顛，建節龍番又七年。圖就五湖還有待，鶴飛莫近晝筵前。

四

鈴閤斜臨湖寺東，兔葵長掩壽王宫。祇因前度劉郎在，尚見桃花雨後紅。時予同門生傅、汪二進士在座。

丁禮部舉子

苕華終喜出藍田，隔巷忻看佳氣連。爲赴葯園湯餅會，桂枝先發巷門邊。

二

莫嫌三美不同期，老蚌生珠尚未遲。不信蟠桃須晚熟，請君一誦播州詩。劉禹錫贈樂天詩有「海中仙子果生遲」句。

東華門遇瞿庵和尚感贈

蓬池萬頃接天開，曾作紅樓大辨才。卻自曇摩歸汎後，謂平陽也。禁林不見此僧來。

二

東華日撲軟紅塵，雪後長思鑑水春。忽對沃洲山下客，恍然身遇故鄉人。

題方山子畫像册頁

十年相憶在江湖，讀盡樵雲百種書。方山所著書名。今日相看同一笑，南高峰下舊精廬。

二

一卷楞伽石上排，日高雲影落香臺。分明一個方山子，畫作維摩入座來。

題張鞠岑吏部年伯採菊圖記年

淮干一別意惛然，十載相思會面慳。何事虎頭纔寫照，便令張緒記當年。

二

先生高卧在東山，乘興東籬採菊還。此日旁求遍天下，有人圖畫入嵓間。

三

東湖九日共題詩，座滿黄花酒滿巵。畫裏不知年歲改，看來猶是醉吟時。

題丁灝秋江獨釣圖

秋風嫋嫋竹竿長，紅蓼花開傍夕陽。一自洞庭垂釣後，至今不復咏滄浪。先生新從南嶽還，故云。

二

七里灘前楓葉紅，桐君江上釣臺空。身爲鄴下文章客，也着羊裘卧澤中。

送黄徵君虞稷喪母還里

黄香辭辟不嫌頻，只爲高堂有老親。誰道徵車二千里，頓亡帷舍百年人。

二

北闕何須再上書，見星前路舍皐魚。聖朝教孝原無極，忍使泉臺更倚閭。時有謂徵君宜疏辭，故云。

三

寒風梢檝下林柯，此去冰堅好渡河。痛煞望鄉行哭處，蔣家山下白雲多。

四

生芻一束路漫漫，送子將歸欲別難。只恨毛生亡母後，依然捧檄在長安。

易亭贈楊筠和董四瑒

楊柳垂垂覆遠汀，楊烏方註《太玄經》。相過永日開罇話，能使薰風滿易亭。

二

緣城一徑柳凄迷，柳下談經手重攜。第弔忠文過茂苑，那知楊賜在關西。忠文係維斗先生私謚，筠其孫也。

平太翁初度載問，次山尊人也。

芝蓋如雲棗似瓜，秋風八月桂爲槎。原來河上神仙宅，只在懷州刺史家。

二

著書何必向函關，避世墻東也駐顔。不信但看樊仲父，火珠橋下九還丹。先生所居名火珠巷。

三

先生寄興瀔溪邊，暇日長吟東峴篇。八月秋花開似錦，萬層羅綺滿前川。

四

近見耆英在鑑湖，閒來挾瑟且提壺。庭前自有三珠樹，座上寧無九老圖。

高士母壽

莫問三山與十洲，長離應向碧梧留。海門紫氣横千尺，中有君家文選樓。士選文行世。

二

清防華燭接明星，七誡由來抵一經。莫怪高堂將八十，達夫五十早知名。

西河文集卷一百四十八

蕭山毛奇齡字齊于又字于稿

排律 即長律。又名聲律。唐取士用此體，衹六韻耳。 一

西河自抄稿名《空居日抄》，蓋取《長卿傳》「時時著書，人又取去，即空居」也。出游後家人又毀之，它人有存者則匿之矣。故已刻、未刻多未合，且有爲人更篡移易者。惟七律、排律二卷不甚缺畧，但别稿舊有《靈隱寺》詩，有《春雪》詩，皆膾炙人口，今又不存，則遺落可知也。

排律爲五古沿變，晉宋以來排體之漸也。五古拗之排，排體調之古耳。然則排以六朝初唐爲歸，可多韻耶？此《鴻路堂》論詩語。

近體聲律盡于對偶，不能爲排，則諸體可知矣。特初唐無多韻，自試體六韻始，至多二十韻耳。少陵增韻，且多徑露之色，他惟白傅頗充容，餘不逮矣。西河增韻、減韻皆風華流軼，洋洋自得。嘗曰：排體難精，融唐人試體，最不易到，以此爲思，則多寡輕重瞭然耳。

西河論詩嘗曰：詩必能盡其才爲妙。能盡其才，則歷情盡理，如登高臨深，難猝竟矣。古來能盡其才者三人，梁簡文、杜甫、白居易而已，李白勿與焉。李雖如神虬獨行，超然眇儔，然能語大不能語細，亦知能之憾也。予擬論註簡文、子美、香山三家詩，而時與會蹇，竟不暇逮，悲夫！將以俟後之知予言者。又曰：簡文篇法不高，長慶七律、五古

真調卑格陋，然就其佳處讀之，幽微驚詫，光怪萬端，非發物理之秘，開人情之精，何以有此。世必襲宫體爲簡文，倣打油爲樂天，傖父也。舊評曰：大可律詩如金市驊騮，風輝滿前。

金谷園花發懷古得春字

梓澤廻朝日，花林發上春。誰爲臨澗客，思殺墮樓人。長阪迷紅藥，連珠散緑蘋。霜條捎幔錦，露蘂落車茵。讌飲追王詡，風流想季倫。繁華餘艷影，顧盼最傷神。

送龔舍人歸湖覲省

朝雨灑行車，春江送伯魚。斑衣看外著，銀詔自中書。勝里方廻轍，高堂正倚閭。帔分清禁出，羹上太官餘。湖橘將花發，湘蘭帶露舒。黄香江夏士，孝行有誰如。

寒食夜集施公就亭分得湖字同陳一上善高四詠徐大崇倫麻一乾齡諸子

高讌同金谷，清宵啓玉壺。錫盤存令節，榆火散平蕪。對酒傷春暮，裁詩及夜徂。賓門交履舄，宦達似江湖。磬筦沉官閣，鞦韆記客途。梨花留醉看，莫聽樹頭烏。

賦得秋日懸清光換韻何堂曰：换韻非題中韻也。他倣此。

帝顥司秋肅，陽烏啓曙新。三竿懸有象，萬里浄無塵。熠壁融丹粉，流波蕩水銀。孤光廻暑氣，涼影動蕭晨。但得清時馭，金天一轉輪。

大將軍西伐詩

萬里絶塵埃，將軍天上來。聲名驚外域，節鉞授中台。司閫三軍命，分符七校才。熊旗收敕勒，猿臂射輪臺。日暗刀如雪，沙空鼓似雷。巡山宵擊斗，度隴晝銜枚。戰急前軍集，行遲後命催。霜高兵氣肅，風落陣雲開。紫塞秦城遠，黄河漢使廻。西征看略馬，定爲取龍媒。

顧茂倫評曰：結撰超卓，排摭精融，行跌蕩于密麗之中。凡意境氣調，深淺開閤，無不從容入妙。此等詩謂非沈宋不可也。又曰：西河排律，篇篇精警，真絶人之事。

宿東明寺十二韻

寶地棲靈異，香臺枕翠微。龍銜秋雨過，客共暮雲歸。一鉢留殘篆，雙松曳落暉。蓮開太子座，草長遠公扉。秋老蟲争響，烟寒烏自飛。堦前翻貝葉，樹裏掛僧衣。寺古鐘鳴早，林深人到稀。榻懸新莞簟，燈暗舊紗圍。鐵杵時誰舉，金裝夜有輝。尋真思未冥，入道志多違。潮湧來仙梵，霜空得妙機。可憐漂泊久，暫此一皈依。

梁園感懷

才子蕭條甚，乘春游大梁。草青連日暮，不見舊賢王。荒甸傾朱榭，長陂秀緑楊。天寒剛灑雪，人去幾經霜。上館開樽冷，平臺射兔涼。諧文跨漆吏，雅賦待鄒陽。汴水開河淺，鄢陵去路長。曜華宫首望，何處不蒼茫。

寄大聲徽之桐音南士大敬憲臣代書

避地家千里，懷人思百端。鄉關春邈邈，郡閣夜漫漫。馬走時依棧，鴻飛敢漸磐。貧交投趙勝，曼語報任安。卻載辭秦使，操兵謝漢官。舟車窮兩越，書信斷三韓。謂塞外諸君。旅婦縫衣綻，江漁解劍寒。東亭悲聚散，北斗望闌干。海闊從垂釣，河清好伐檀。授詞當尺素，反覆道加餐。

吴宫教美人戰試體旅悶效作

名將觀兵略，賢王試女戎。陰符先閫内，秘計定宫中。金甲擐衣紫，琱旗捲汗紅。攢眉羞畫戟，錯步笑彎弓。魚貫看難列，梟刑豈待終。軍前娘子隊，端賴霸圖雄。

夜到真州

旅泊驚銷夏，江行入早秋。涼風吹甓社，夜月上真州。露白沙俱浄，潮來水自流。燈檣圍翟賈，酒市記秦郵。瓜蔓横江步，礬花映石頭。女郎歸浣浦，太子去書樓。野鵲棲前渡，飛龍過此洲。只憐亡楚客，吹笛尚悠悠。

登汴城即事

不作名王客，徒深公子情。烟花三月暮，一上大梁城。舊苑樽盤合，繁臺歌吹縈。春隄紛繫馬，午樹敞啼鶯。世鮮捐虞相，時無救趙兵。賓師淹孟子，關吏困侯生。亭戍層烟晚，河沙壅地平。九門新浩蕩，四術故縱横。士女看都雅，金錢在市贏。繁華追往事，重與説東京。

謁嵩嶽

太室開天表，崇丘奠土中。主名高四域，受秩比三公。日月環區宅，陰陽割溷濛。歌崧揚峻極，望祀體昭融。華蓋標方嶺，金壺啓上宫。翕河承漢禪，卜洛載周工。别觀翔修鶴，層城倚大熊。藏書憑玉女，過澗遇青童。洞閉能圍雪，梯長恍御風。群山咸拱嶽，萬歲自呼嵩。槐弟封嶤爵，菖羊採少翁。浮丘閒駕羽，子晉妙吹簫。石酒龍精白，嵓花鳳首紅。烟霏春渺渺，水滴午漴漴。虛壑涵深鑛，空梁拔斷虹。天關應再闢，帝座儼相通。險塞分河内，靈祇屈岱東。神京懷舊服，終古賴攸同。

廬山

崷崪東嵩勝，蒼茫南斗間。倒傾彭蠡浪，雄出豫章山。駭谷驚難度，奇峰秀莫攀。星光流電閣，日影上天關。石鏡懸孤照，屏風疊九鬟。蓮花開社白，杏子墜林殷。雁陣迷遥渚，鵰垂暗大寰。分流遮七澤，越嶺控諸蠻。雙闕游來迥，三宫望去閒。陶潛真遯客，匡氏本仙班。赤豹司金鎖，青猿獻玉環。危梁跨兀兀，飛瀑下潺潺。刹轉金輪扇，巒封錦石斑。清飈廻一氣，散岫簇雙鬟。吴楚區分大，乾坤到處艱。幽棲能託跡，應見白雲還。

憇華嚴寺後院

既入三摩地，還尋不二禪。長林分化域，高閣會諸天。橘壠成香徑，松門倚翠田。龜趺留篆小，龍女抱花妍。紅綱穿殘日，黄金布昔年。臺端翻覺藏，湖外恍迷川。龕石瘞唐祖，廬峰景晉賢。無心常擊磬，得語自忘筌。衣敝猶懷寶，盤空不施錢。開垣看緑樹，赤地長紅蓮。南郡饒新刹，西林續舊緣。晚鐘相繼起，歸路夕陽邊。

蕺山寺

東晉千秋宅，吾嘗思右軍。南朝四百寺，汝以奉龍君。灑墨飛花雨，清談起佛雲。名門成雁塔，道士戀鶩群。白社前賢散，烏衣隔巷曛。此山嘗採蕺，歌苦不堪聞。

黄剡知評曰：對起駘宕甚，只十二句已備極風流之致。

南　鎮

古鎮封東越，名山表會稽。周官頒令册，夏禹錫元圭。丹殿憑嵓迥，紅墻入路低。天關懸畫額，地勢控雕題。代遠圖書杳，雲深竹箭迷。春還尋秘蹟，長望草萋萋。

黄甫及鴻臚書院前竹

修竹映虚堂，菁葱入座涼。筍多緣砌隙，枝曲避檐長。日影移紅幔，風梢出畫墻。連苞如洗露，剥粉類彫霜。近榻繙書静，穿林度酒香。徵歌宜夜色，高嘯動秋光。葉密藏鳩雀，花開待鳳凰。由來江夏郡，清絶勝瀟湘。

憲臣招飲曙寅園萬李樹下

萬李白皚皚，雙樽啓白醅。地從瑶海入，人似雪園來。樹密盤根遠，花繁帶蘂開。彌天遮作幔，點地便成堆。綺勝隋堤絮，光浮庾嶺梅。霧深剛五里，風舞必千廻。過鶴憎裙黑，拖鷴愧色灰。坐迷雲母榻，持晃水晶桮。觸席傾烟粉，沾茵襯土苔。日明斜欲炫，暮色緩堪猜。衣晚添綿著，賓稀待月陪。香隨銀甕倒，影共玉山頹。漢將緣蹊集，王公棄道栽。華林能夜宴，應見謫仙才。

紀使君生日

良牧驅熊旆，仙郎授虎符。襜帷褰上郡，竹馬候當塗。星曆廻珠斗，春冰飲鑑湖。百城尊巨守，八邑啓鴻圖。假節平戎莽，揮錢減榷酤。豐年饒比屋，佳日洗行厨。介壽豳公酒，傳籌玉女壺。庭鸞翔獸檻，車鳳綴魚珠。家擅千秋雋，仙留九節蒲。攜將生甫誦，聊用當歌呼。

贈何仍炎舉秀才入軍

玉靶角弓弦，終童正妙年。一人安用敵，萬里竟爭先。投筆驅戎莽，披圖識陣田。風號雙躍劍，雲滿五花韉。用世書生貴，趨庭孺子賢。茂才因國舉，燦曰：《晉書》逸少國舉。驃騎是家傳。朝氣能懷組，秋期早着鞭。蓮花開處舞，楊葉望中穿。秀士思稽穆，從軍憶仲宣。他時隨定遠，攜我記燕然。

二

少年懷大志，慷慨事橫行。弱冠羞垂帶，乘時願請纓。鳳雛分片羽，驥子起長鳴。納履聞三畧，傳經諳五兵。張良如好女，杜預本諸生。淬劍流波動，彎弧睡石驚。樽前飛疋練，花下解重英。矍相曾觀射，輪臺早勒名。贈鞭豪士氣，貽珮故人情。率土非忘戰，遥天尚輟耕。烏衣兒輩在，此去定專征。

殘月如新月試體

仄景連晨發，幽光類夜闌。女驚粧罷拜，人似醉歸看。雞唱重栖塒，烏飛尚繞竿。升階宵讀永，出渚曙吟寒。鉤曲懸相比，弦虛上轉難。羈人無早暮，一樣凭闌干。

程杓石舊評曰：只弦虛五字，殘月與新月分處劃然精確，唐人府試作遜此遠矣。況語語妍密警妙耶。

賦得秋菊有佳色有序

九日雲起閣各賦陶句，其不得秋字，從險也。唐人試是題，有唱得佳字而承以花者，豈誤佳爲嘉與？抑佳、嘉本同，今不然與？好學者稽焉。

九日東籬菊，三秋色自佳。金英開蘂屋，玉露滴花堦。細碧攢幽幹，圓黄掛采牌。白衣慙把袖，青女笑留釵。味汎龍山酒，香盈彭澤懷。今朝良燕會，燦燦在高齋。

宿玄妙觀書范道士榻

借宿上清家，松壇日影斜。白歸天際鶴，紅掩洞門花。羽駕留雙節，玄經貯五車。春星排玉豆，晚飯進胡麻。海嶠丹砂遠，函關紫氣賒。相逢仙室秘，爲我授瑶華。

西山黄菴主下小尼師

十四小尼齡，蓮花貯雀瓶。衣裁桑眼緑，眉掃佛頭青。禮懺蹲還立，迎人進復停。供盂盛苧績，齋板斷葷腥。身長撩幡帶，聲清憎閣鈴。問家心憶姓，無字口傳經。荒磵迷春草，閒房閉曙星。六時山磬響，愁轉化王庭。

曾退公貽西河詩曰：「東寺鐘鳴後，西山月上時。比來嘗失笑，爲誦小尼詩。」

聞蟬

雨歇驟聞蟬，南園欲暮天。影藏青葉裏，聲出緑楊顛。群噪當殘日，孤吟曳晚烟。互聽踈復密，接響斷還連。韻促從風急，音遥帶露遷。長鳴繅白縵，暫咽下紅泉。嘒嘒匀如節，調調沸欲煎。侍中喧墮珥，齊女嘆遺鈿。隔唱頻相應，餘嘶静自延。烏銜拖喉去，蟲網抱喑牽。枵腹歌難繼，遺形語並傳。秋山悲去國，空賦螗蛄篇。

贈東牟王弘昌

王子東牟士，能吟西塞詩。貧依漂母飯，閒過楚王祠。妙技柯亭篠，新書虀臼詞。聯吟秋水暮，把酒雪花時。方國推新譽，天涯似故知。同來覺汝儁，别去繫人思。芳甸抽青草，遥波汎白陂。登樓纔賦罷，不忍贈將離。

河橋驛遇阿真詩

晚驛聽殘瑟，停船問阿真。十年深巷柳，一夕異鄉人。櫓楫迎難定，衫襦認轉親。波流縈睇遠，燈火炤愁新。石路滋紅草，天河瀉紫辰。雞鳴開榜去，相望滿江春。

元日登淮陰城樓眺望同黄大世貴劉二漢中蔡二爾趾童大衍

首旦招同契，乘城眺遠空。淮流千里逝，楚服八州雄。曲磴摇星閣，城有魁星樓，在角樓左。層臺控帝宫。烟花明滅裏，形勝去來中。萬瓦飛鱗脊，諸圻錯繡叢。横欄虚隱霧，高鐸響迎風。隔岸烽墩合，前樓戍鼓通。天連平楚白，日射遠波紅。繞郭廻檣櫓，翻雲翳雁鴻。丹牀憐斗粟，食邑重良弓。魯地原迤北，吴關宛在東。升垣誰屬耳？劃界笑重瞳。栢酒留時令，椒盤驗歲豐。登臨能賦詠，端的藉群公。

經姑蘇作

舊苑長洲路，依然澤國東。我來秋正好，看到館娃宫。梧葉經霜白，蓮衣覆水紅。帆開婁浦月，舟趁洞庭風。鶴市憐吴女，臯橋想伯通。經年流浪意，羞向緑波中。

潤州橋懷古

落日南徐晚，秋風北固遥。連岡横繞堞，溟海漲通潮。鐵甕鈐三楚，金陵界六朝。江關吴后塹，軍府晉時標。謝眺吟清句，桓伊弄洞簫。凄其河右子，俯仰潤州橋。

舟泛金華瀫溪界至桐江道中

三年思故國，二月下新都。歌詠曹顔遠，山川孫伯符。錦沙廻細浪，繡嶺接平蕪。地闢仙關險，天標女宿孤。沿洄紆短棹，涕淚迸修塗。七里悲遷客，雙臺訪釣徒。赤亭淹處少，玄暢詠來無。漂似縈溪縠，傷如負土烏。青春隨境變，白日與波徂。那得留江郭，終當蹈海隅。

重由南浦達湖至貴溪途中懷徽之涵之昌其憲臣大聲大敬并山陰張五杉董三鑑商大命説吴二卿楨姜十七廷梧姜大兆禎金二鎏史大在朋吕四洪烈

南浦逢梅雨，東行及麥秋。康郎來暴漲，病客下孤舟。白浪粘紅岫，青天挂碧流。晴霞升似錦，曉月墜如鈎。貰酒停津館，鳴鉦度戍樓。前灘初上險，舊地屢經愁。節近懸江艾，村深見海榴。無家雙槳逝，續命一絲留。採藥迷遥磵，分瓜想故侯。群傾蒲筵熱，定集竹林幽。河朔違光禄，山陰隔子猷。連年同契闊，終歲媿沉浮。伍相空憑弔，三閭尚遠游。窮途鄰午日，引領遍芳洲。

飲陳石麟進士

名士推陳寔，留賓識孟公。良遊追洛社，好酒瀉郫筒。檻外楓林白，盤間柚子紅。山雲歸漢北，江月下巴東。客思迷前硐，君才簡上宫。相逢饒意氣，不盡玉栖中。

飲丘象升學士賦贈

藉甚瀛臺侶，忻逢楚水陽。清樽開晚露，甲第啓朝陽。良讌同王粲，豪游過杜良。西園羅廣舄，東井汲寒漿。伊昔金閨秀，曾跨翰苑郎。起家由粉署，幾葉授青箱。玉字傳書古，珠崖使路長。丹花尋翡翠，紅酒醉桄榔。嚴助還東越，王褒税故鄉。書成前席語，金散橐中裝。侍寢勞三問，隨行是五常。名高枚氏里，宅近廣陵王。幸解陳遵轄，嘗披荀令香。淮流千載興，鐘鼓最難忘。

同王侯服進士歸宿下城賦贈

結轡踰河水，從君到黍丘。村前分野醖，馬上共乾餱。問道經睢口，看山繞宿州。風號開鹿鞘，霜冷借貂裘。歸國勝王粲，窮途惜馬周。登龍酬昔願，驚蟄起春愁。紅甲花將坼，黄枝柳暗抽。懸竿逢社首，迎斾見莊頭。連坂家相比，平橋路轉幽。到門林日墜，開閣晚雲留。滿座來群玉，盈盤接庶羞。繩牀安别檻，畫燭映重樓。縶客煩芻束，憐予似水流。繁臺思遠吹，京洛想同遊。地主羈難住，天長去未休。臨岐繾綣意，爲我贈吴鈎。

過禹州呈史廷桂使君

南渡元公裔，西京國士雄。分符來潁上，領郡出天中。騶菈韓王國，屏高汴帝宫。瞻君如岱北，贈我自山東。史曾令山東，有所貽。十載音書闊，三年夢寐通。游梁追漢馬，過闕效童鴻。古署雲天碧，平臺花樹紅。客因公子重，禮以孟軻隆。攬舊慚秦賈，匡時識禹功。采山人比玉，加節虎垂銅。桑甸飛神爵，芝圖負有熊。弘才方入用，廉吏豈終窮。上秩需黄霸，徵車到郭公。平津饒布被，且與故人同。

春暮飲湖西署同陳二舍人沈二徵君即席

春色壓江來，招攜上署臺。青峰雲外出，紅藥雨中開。過燕廻書幔，繁英簇酒梧。遷筵如宛洛，有客擬王裴。望眼鄉關暗，驚心節序催。相逢花滿樹，不醉肯言回。

李大司馬生日

上秩兼三事，中臺重五兵。文章呈象緯，軍政在機衡。業以山河著，人從海岱生。鷹揚猶北峙，虎拜即南行。節鉞縱横見，甌鑾次第平。地看支半壁，國倚作長城。講幕閒彌肅，戎車過不驚。蒼頭三舍捷，赤手一天擎。樞策煩中制，徵書返上京。金輿新就駕，銅柱舊來銘。詩列申侯頌，鄉留羊祜城。衣襦猶戴德，草木盡知名。何意楓階列，仍通蔀屋情。如山驚岞崿，于水見滄溟。仙李承家遠，綏桃出洞明。千秋安用祝，史册正嶒嶸。

西河文集卷一百四十九

蕭山毛奇齡字初晴又名甡稿

排律二

同任明府赴張弘軒州守牡丹飲席和明府韻

潘令丹花宴，裴家緑野堂。春袍青似草，午飯白于霜。是日先飯後酒，故云。錦石遮修幔，琱欄倚靚粧。叢多揚鳳彩，苞淺露蜂黄。上客題雲錦，佳人散國香。時有妓在坐。當筵愁易起，惟有醉爲鄉。

和待菴看牡丹南園原韻

别院移芳宴，叢臺簇異葩。樽傾若下酒，人坐午橋花。淺暈含朝旭，分紅鬬暮霞。葉添官綬縷，瓣翦妓衣紗。翠幄香偏遠，硃竿影易斜。醉來裁麗句，誰得似任華。

霍緇雲之官有贈

仙都新作宰，蒼嶺遠之官。桃樹分三隘，蓮花折九盤。縣符星瀨急，民力蔗塘寬。地僻聯甌越，山虚抱井榦。驅鯨頑自化，種秫課仍完。玅令稱强項，收人貴挈肝。才名羞短馭，家世重長安。郡本開巖助，人如望李繁。王程方峻切，努力渡河干。

平津宅九日

高館成良宴，閒堂静舉觴。清秋逢九月，佳節是重陽。地煖全開日，天寒早降霜。遥山楓葉紫，對檻菊花黄。菡萏裁爲幃，茱萸結作囊。登臨追峴首，蕭灑過柴桑。隔歲依淮郡，連年滯楚鄉。芳亭懷内史，戲馬憶前王。返國鷹猶擊，還林艾復張。孫嵩留屋壁，漁父掩壺漿。詎意茹荼苦，重聞漉酒香。違時乘短景，度難逐長房。座整龍岡帽，歌廻江夏牀。醉餘生感激，只爲戀平當。

天寧寺

香刹倚岧嶢，琱壇聳碧霄。石龍環勝地，鐵佛認前朝。閣岫憑欄豁，江雲到座遥。齋鐘縈野竹，禪榻覆甘蕉。榜復先賢蹟，門停過客鑣。登臨懷未極，春雨正瀟瀟。埈曰：閣岫，閣皂也。

同諸公游竪相寺

出郭尋初地，高原隱法堂。三車懸寶樹，一徑入幽篁。竺閣圍龍象，山門繫驌驦。天神長捧鏡，佛獸自銜香。清淨真名刹，圓通古道場。唐咸通中更名圓通寺。江山連楚豫，興廢歷齊梁。妙偈祛先劫，殘碑誌太康。傳衣從善子，竪相得空王。倚錫登金檻，翻經到石牀。四禪留塔影，八水動湖光。華蓋炊烟繞，幡竿食鳥翔。籖投支遁室，酒載遠公房。灌莽簾俱碧，瞿曇面正黄。甘蕉高向日，苦菜軟經霜。萬象成虚觀，諸賢散上方。孤鐘催晚色，歸騎帶斜陽。白霧穿林迥，青山夾路長。何年捐世網，重與載慈航。

戲聯白傅題東武丘寺詩有序

閉旅寺孤游一日如一歲。寺僧童妙喜敏姿而效吟，倣初學八比法，舉粘壁白居易《題東武丘寺六韻》，回互起對，爲上下偶，雖稍訂童句，故亦童粉本耳。武丘，虎丘也。

香刹看非遠，自呼白句靈丘到自遥。童對龍蟠松矯矯，童呼白句虎去路蕭蕭。自對怪石千僧坐，自呼白句寒峰七級摇。童對海當亭兩面，童呼白句池以劍圍腰。自對酒熟憑花勸，自呼白句臺荒恨草銷。童對寄言軒冕客，童呼白句勿忘此招邀。自對

二

化徑行還近，童起祇園入始深。自對白句金生蓮片片，自起玉立竹森森。童對白句寶殿三車會，童起靈池一劍沉。自對白句塔懸天外目，自起山在寺中心。童對白句講下呼龍聽，童起詩成倩鳥吟。自對白句慢尋蓬島去，自起此地好抽簪。童對白句

徐武令曰：「海當亭兩面，山在寺中心」，虎丘名句，與宋延清「樓觀滄海日，門對浙江潮」題靈隱正同，虎丘去海遠，尚可曰當亭。靈隱去江近，猶有疑「門對」者。何也？楊巨源詩「曾過靈隱江邊寺」，正指今地耳。或謂靈隱舊臨江，至有易「對」爲「聽」者，俱不然。蓋「對」是活字，與「觀」異。且古人見得大，今人見得小，陋者不解耳。

賦得宿烟含白露示旅寺童兒

湛湛籠烟滴，霏霏墜露涵。清光隨練合，白影散珠含。夜氣蒙瀟瀣，山滋夾彩嵐。長林迷警鶴，隔葉卧冰蠶。望去思原上，行多畏召南。朝陽旋欲起，瑞藹莫忘探。

江樓望月分賦

試眺雲間月，還登江上樓。波光頻映壁，簾捲似垂鈎。暮鵲當牕度，寒星入浦流。憑欄愁鏡破，拂水見刀頭。吹笛關山道，清歌胡渭州。涼秋明永夜，俯仰思悠悠。

詠春雲聯句换韻

春至占天景，雲開見物華。自來從緱氏國，行過楚王家。寺童移草如馳蓋，縈花似障紗。自浮車翻羽翼，嘘蟄起蝦蟆。童日暖同烟散，風輕帶雨斜。自陽和方布氣，輪囷望無涯。童

送兩浙臬憲移任江南

聖代推司臬，周官念準人。東南稱要地，覲訪重台臣。外輔承三獨，中朝遺四巡。豸庭江上啓，驄馬路傍新。夙衞思羊祜，雄藩借寇恂。行郊曾露冕，當道早埋輪。遥海清鯨鰐，荒城剪棘榛。四時分雨露，八越浄烽塵。玉節移廉省，金笳起畫轔。九霄翔鳳肅，十道使星神。祖席摇青旆，迎舟轉白蘋。舊時需似歲，此際感如春。下澤淪丹轂，鴻名動紫宸。暇游如有興，幸待武湖濱。

郡守憲朱公行敝縣枉問并召舟集呈贈

良牧光天寵，分藩澤國春。内廷需侍史，出使是王臣。舊德傳東海，華文掞北辰。褰帷行郡縣，憑軾渡江津。方岳三丘麗，陽和一道新。里先徐穉訪，人喜賈琮巡。隔巷迎干木，同舟並角巾。遥來珪璧映，那棄薜蘿紉。牛鼎仁人粟，鯨紋上客茵。自憐長附驥，不敢避懸鶉。

奉送張方伯遷少司空赴都

蕃服三年最，台司八座雄。旬宣勞牧伯，綱紀賴共工。民賦東南重，王居中外崇。蕭何停轉餉，神禹作司空。夏土遷屏翰，冬官宅會同。南行留召父，北部返毛公。時轉蒼龍宿，身歸玄武宫。督郵需驛傳，賓從滿艨艟。車騎臨江滸，旌旗閃道中。離筵人似雨，别賦氣如虹。廷翩卷阿鳳，家懷中澤鴻。尚書元凱績，宰相李筠功。繡脱犀鞶緑，工裁雉尾紅。願從舟楫便，早爲濟江東。

上浙撫軍壽

至德生乘運，元功體應辰。司麾咨北護，把鉞授南巡。要地兼吴越，名都壓海閩。殿邦需大使，開府重親臣。召虎分藩遠，岑彭建節新。廟中方制筴，閫外暫推輪。妙術安江甸，真心與浙人。股肱來岳牧，嘯詠淨烽塵。戟纛行營簡，戈船下瀨神。六幢齊引玉，雙鬢尚無銀。上齒期師望，中原藉寇恂。願言隨獻醴，長得似兹晨。

入塞曲　爲陳左軍作

薊北新班旅，關東早陷圍。秦城金鑰啓，漢將玉門歸。龍旆朝雲捲，狼山秋草腓。沙塵埋馬勒，風雪滿戎衣。左顧遮鵰落，前行指雁飛。開疆舊地闊，返道故人稀。全節還平樂，論功拜武威。普天饒戰事，暇日定邊機。西塞呼鷹疾，南山射兔肥。封侯知不遠，相與俟春暉。

宫中樂詞

瑤臺興悦豫，琱輦起巡游。粉黛三千女，金銀十二樓。秦封增式廓，漢主富春秋。西海張波幔，南山轉霧斿。銅烏棲殿桷，玉樹夾宮溝。爪士嚴鑾衞，神仙指鳳洲。諸王隆慶第，方士樂通侯。甲館排瑶帳，靈池集翠舟。殿前新射覆，花裏舊藏鈎。五柞紛馳獵，三郎醉打毬。舞裙雙帶子，歌曲六幺頭。監御傳供奉，才人換點留。射生懸虎韔，宣賜出雞裘。宸興隨時發，皇恩浹露流。昭陽同進幸，團扇莫辭秋。

吴調昭君詞

詔遣良家子，更衣自下朝。征行威塞域，寵禮賚宮僚。關吏開邊驛，單于叩渭橋。甘泉花滿樹，灞曲柳垂條。玉輦看辭豹，金鈿勑賜貂。寒螗遮鬢薄，去馬抱鞍嬌。沙裏隨鳴雁，雲中逐射鵰。臙脂顔色改，烽火黛烟銷。北度踰甌脱，南看負斗杓。星稀通夕落，草短及春燒。苜蓿宮名遠，葡萄帳影遥。愁逾當日侍，形減舊時標。上舞三朝奏，閒絃七曲調。吴聲纔一弄，雙淚落漉漉。

河亭妓席有贈得遲字

柳氏茱萸女，王家菡萏池。秋星迷渚鵲，夜色動河麋。叢鬢撩雲幔，雙瞳瀉酒巵。鈿銜山竹葉，裙裹石榴皮。善舞勝謇姐，能歌似雪兒。桐絲牽腕帶，笛孔拭脣脂。屏短眠難穩，杯深飲較遲。花欄偷照鏡，尊鼎醉翻匙。五斗聞薌澤，千條爛燭枝。玉釵明似雪，知掛阿誰綏。

雪

朔氣銷寒日，同雲合暮天。亂鴉鳴集樹，野牧凍歸田。村旆摇風急，簷絲有霰先。梁園方作賦，郢下擬調絃。枯柳驚飄絮，遥山儼帶烟。林虚低舞蝶，衣冷細裝綿。點地融還濕，飛空斷復牽。撒鹽時密密，浹水故溅溅。閣敞填鏤瓦，牕高綴綺錢。映奩憎粉潔，貼鬢助花姸。崑玉爲崑秀，齊紈布土鮮。不愆常歲月，頓改舊山川。放眼增遐曠，渾身似洗湔。清光舒短晝，結溜挂長櫋。枝弱鳩巢折，塗荒馬跡穿。層柯交愈晰，棄笠覆終圓。壁削時傾糁，篷摧屢扣舷。平沙疑炤蠟，遠塞且吞氊。候近青雲吕，歌傳黄竹篇。愁吹關隴笛，思泛剡溪船。好景懷童齒，長貧願瑞年。酒傾三雅外，裘敝數冬前。望隰欽劉繪，登臺愧惠連。蕭條窮巷裏，誰與共高眠。

奉祝馳黄尊大人生日

杖國諸宗父，閒居百歲翁。教兒聞海内，垂老避墻東。江橘承筐碧，園花插鬢紅。倒探金簡字，時憩玉津宫。至德師鍾皓，祁年重鬻熊。崧高原有誦，長此播清風。

登宣城徐司寇山樓眺望同張荀仲、施次仲、梅古愚三先生作。

傑閣成高眺，名園接勝遊。天低宛水暮，風落敬亭秋。丹嶂横欄聳，青溪繞郭流。雙橋飛練合，萬井亂烟浮。翠竹迷南磵，寒花映北樓。玉臺徐氏業，高郡謝公州。洞壑棲雲志，鄉關落日愁。登臨傷極目，揮涕滿滄洲。

奉贈來十五集之給事

東省推司諫，西垣重議郎。攀龍歸舊服，鳴鳳起朝陽。獻納開青瑣，艱難引皂囊。船軍規武事，帳殿坐文昌。赤堠淪官渡，丹函反帝閶。角巾申浦楫，故第午橋莊。好遯祠黄石，尋真煸紫房。秋蘭遺楚士，暮雨詠吴娘。張湛辭朝馬，陳登對客床。談經隋五庫，作隸漢三倉。焚草罏皆白，懸冠鬢未蒼。傳家踰七郭，有子邁諸王。庭煖花絲細，門高柳線長。屢從看鑑録，長得近衣香。

徐徵士初度之作

陶令嘆歸去，正當五十時。偉長今著論，又歷九秋思。繞室栽叢桂，登山賦紫芝。干雲開意氣，烈日炤鬚眉。久檀南州譽，羞傳左衛詞。百年纔得半，努力紹前期。

贈汾州董司馬六十初度

授節膺南服，驅車轉介州。百年方外辟，六十薛城侯。岸幘開金鎖，移床泛玉舟。刀傳王覽珮，琴向子牙求。渭幕緋魚曉，汾關白雁秋。蘆花生九月，三節爲公留。

吴二太保初度

中府推三事，南司近九重。青宫環衛虎，黄錡護真龍。埈曰：錡，禁旅戟門也。一本作綺。神策留丹禁，天兵罷紫墉。金魚垂野葛，繡被卧山松。甲第連雲遠，雕盤拂露濃。秋堂懸桂子，朝日艷芙蓉。石匱經辰啓，金書異代封。鴻文貽顯嗣，開烈肇神宗。門映三千履，歌傳十二鐘。弟兄齊列戟，少小獨追鋒。負氣卑田叔，前籌過耿恭。違時嘗磊塊，杖國正從容。小鳳庭前下，名花谷口逢。百城圖畫裏，長對舊鑪峰。

施公視學山左歸過湖上有寄

三物開齊地，雙旌返敬亭。迎恩需北闕，假沐過西泠。歲序逾人日，春船載使星。鵬來雲路碧，龍到海潮青。城郭連蕭寺，樓臺出晚汀。水邊聞錦瑟，花裏集朱軿。擬過黄金刹，同傾白玉瓶。高天廻馬首，小雨阻鴉翎。望眼遮群岫，傳心有六經。幾時從泰岱，爲爾賦滄溟。

同南士訪愚山寺寓作

爲訪施夫子，因尋古戒壇。高雲横海上，新水漲湖干。把袂風塵苦，登樓雨氣寒。五經游自載，雙鬢醉還看。佛寓分龍藏，人逢盡鷫冠。題詩抽玉簡，剔燭换銅檠。暮鵲驚喧客，春鶯待使官。只愁明夜月，相憶在長安。

奉和姜太翁虞部東池别業原韻

金谷分花磵，殊亭下水關。空簾啼鳥静，曲渚散鷗閒。朝日穿林迥，春雲繞座還。環橋牽紫幕，倚檻見青山。緑野行吟外，蒼生想望間。幸逢開閣便，及爾一躋攀。

次揚州八韻

八月隋堤柳，三秋揚子波。南朝曾作鎮，大業舊開河。螢苑銷花草，瓊臺尚綺羅。雷塘宫北舞，水調竹西歌。高旆京漕粟，長船蜀估艖。重闉如合璧，交埂勝連珂。京口雲生晚，淮南木落多。蕪城吾有賦，騁望意如何。

渡瓜洲次宿明到高郵將達淮先呈朱禹錫明府

北涉蕪城路，前逾瓜步州。晚雲移古驛，朝日到高郵。湖鸛翔烟淼，風鱗蹙浪流。梠榆村埂闊，秔稻水鄉浮。露重沾牕幔，烽多間戍樓。撈魚童子罾，賣藕女郎舟。蓮渚翻黄梗，蘆花辨白頭。勞歌增客思，土語亂方愁。茂宰安淮服，神君動楚謳。横琴鳴素節，深閣卧高秋。地以蠙珠重，人因桂樹留。登臺林下友，乞食漢時侯。余亦千秋士，來從八子遊。涼飈衰柳內，誰識過邗溝。

徐伯調評曰：連讀七八韻，恍置身于淮揚道中。詩之神于標境乃爾。

送淮安俞使君陞禮部赴都

淮水開鐘鼓，河橋解驌驦。五年司讞吏，四十客曹郎。綬映林花綵，詞成山桂黃。仙門將戛玉，官邸早含香。驛騎搖旌旆，湖民餞鯉魴。客途無所贈，相送在朝陽。

閻園雅集贈劉昌言進士二十韻

八月正良辰，閻園集上賓。平臺張翠幙，阿閣展朱茵。過楚隨狂客，依劉作主人。敦盤貽好遠，几席見情親。踏徑通峕細，憑欄摘樹新。星枰沙嵌玉，花甃水流銀。作伎飄華瑱，圍棋俯角巾。西垞銷陌柳，南浒響風筠。度曲縈三疊，飛觴轉數巡。孝標思亹亹，公幹語恂恂。促座聯瑤璧，趨庭駭鳳麟。二令嗣皆孝廉，有名。名材跨二陸，下食驗諸荀。石甕開重釀，晶盤貯五辛。炰將鍚作澳，炙以蠟爲薪。鼎熟寧濡指，羹翻恐滅脣。擊鮮如陸賈，投轄過陳遵。絳燭環瓊砌，青油卻畫輪。銅籤驚短漏，繡被笑平津。啓謔曹公子，裁詩石季倫。頹然徒醉倒，只有一毛甡。

陳虹縣席上作陳海士先生以別業延客

甲館重筵容，高門駟馬來。幽欄花影動，叢樹桂枝開。楚甸聯豪客，淮南集賦才。熊羹浮鼎鼐，蟻跡滿樽罍。籥舞屏鐶轉，歌翻燭樹迴。月華移別席，露氣釀新醅。仲舉三宗譽，元龍百尺材。鳳城搖彩筆，虹縣有琴臺。暫把中林臂，長留北海杯。通家延李郭，外苑盡鄒枚。銀漢縈中夜，黃星映上台。主賓歡既醉，吾欲咏臺萊。

謁于廬陵作

既攬名山勝，重聞茂宰賢。文章行海内，花樹滿庭前。江雨長隨轂，山雲自拂絃。孟嘉從事日，劉竺入官年。縣譜方垂楚，家聲本在燕。傳經踰魯郡，獻賦重甘泉。綵筆雄千古，高門啓再傳。分毛跨鳳沼，飛舄繞螺川。荒郭皆留茇，他鄉願受廛。每懸孺子榻，喜泊越人船。水落烹魚釜，霜枯釀秫田。西遊雖浪蕩，東道借遷延。劍合交爲氣，砂成令是仙。柴車真趙壹，懷刺豈無緣。

登取亭并序

泝贛江揚帆到廬陵城下，有亭翼然。亭下瀏水泠泠，施使君碣云：「前二年使君酌泉而亭之，是之取爾，乃名取。」又據酈元《水經注》：贛水，經石陽有金井水。廬陵，晉石陽也。俗名金牛泉。井、牛，形譌耳。或云有仙人騎牛渡水，謬矣。乃亭瞰螺川，川畔白鷺洲，横亭勝處，妙矣。予登亭，慨然念使君，因爲賦詩。

落日秋風裏，悠然登此亭。到來雙澗白，看去萬峰青。粉堞環高嶂，香山映翠屏。章流方浩蕩，金井故清泠。引興廻江郭，探奇問水經。千秋從倚檻，薄暮喜揚舲。野寺横天起，寒花帶露零。騎牛知渺漫，采藻想淵渟。枉渚浮螺子，芳洲濯鷺翎。此中攜不盡，因見使君馨。

楊園聯句有序

毛甡與淮南名士作晨夕游，臘月游楊園，亭臺雅勝，友朋好合，因請聯句，環相限韻，頃刻而成。

策杖尋幽壑，攜尊渡野塘。張礽禕堤開楊柳幕，徑轉薜蘿墻。周龢良會追金澗，名園是辟疆。甡步方通草閣，香已拆梅房。劉漢中合屐廻山徑，抽琴到石牀。童衍懸崖留墜雪，枯樹落寒霜。戴金瀨淺魚全伏，天空雁自翔。黄世貴平臺虛掩幔，曲閣静飛觴。施有光對酒躭思僻，看山引興長。蔡爾趾遐心通埤堄，高韻起簷篔。世貴飲勝杯浮羽，歌豪曲遶梁。金開欄調野鶴，汲水煮河魴。衍峰轉流雲碧，亭銜落日黄。礽禕歸人争晚渡，夕鳥下斜陽。爾趾客藉應劉美，詞凌鮑謝香。有光閒堂分履舃，暝吹起笙簧。龢一水横烟鎖，千村帶霧藏。漢中驪駒方待駕，明月早相望。甡

旅主人好射每邀觀飲以舒孤悶因吟爲贈

四海媿懸弧，閒看挍緑蕪。銀翎拖筅笛，金鏃綴茨菰。暗響星流急，紅標日暈孤。專堋河朔將，穿幛子南夫。偶發皆停鵠，單棲莫射烏。平郊還燕飲，何必繼投壺。

奉贈嚴都諫賢母江孺人壽

華閥多賢母，黄門善養親。曾參真令子，嚴助本親臣。夏日丹花茂，朝霞綵袖新。麟孫東壁顯，鳳誥北堂春。仙女餘杭酒，嘉賓丞相茵。張筵懸錦帨，千載重兹辰。垚曰：時方貽在弘文院，故有東壁句。

贈夏丞

才子方趨府，仙郎舊請纓。家聯梅福市，人在白公城。緑草當廳長，青雲拂綬生。客投金錯麗，官比玉壺清。遥海推龍卧，空壇聽鳥鳴。潁陽春色轉，同有故鄉情。

題汝南郡西堂牡丹

官閣分朱檻，名花長緑叢。深房含曉露，修幹怯春風。薄粉匀綿白，輕衫疊縠紅。苞藏金瑣屑，瓣剪玉玲瓏。簇葉同雲護，留香待日融。重英欹宿蝶，曲蒂小懸蟲。傾國來宮裏，姚家擅洛中。自傷流漫甚，不敢近墻東。

寄贈姜京兆一首

首善稱三輔，雄圖啓八垓。須知天府重，應借月卿來。地轉高丘黍，庭安夾道槐。訟田留傳舍，走馬過章臺。主爵分中尉，清都接上台。張王如可繼，賴汝救時才。

聯續元稹詩三十韻一首并序

汝南蔣亭閲唐元稹會真詩，深鄙其事，并笑樊川所續不足，因謂元稹非續詩也，即其詩耳，杜則真貂之末矣。擬晚食外重戲續之。會張杉尋予，蔣亭與金公子敬敷共留倡偶，故知所偶必愈不足，私慶生平既無此事，而古人遭逢，乃不幸偶類于是，可以爲恨。或曰：其友人有索爲之者云。

夜色隱虚櫳，杉春星度遠空。人摇墻外杏，甡燭畫水中龍。暗理雙纏錦，敬敷曾挑百尺桐。長鬘拋鏡靨，甡小語隔屏風。擷珮思公子，杉裁詩付伎童。柿奩香襲襲，甡花路影濛濛。鸚鵡窺金鎖，杉鴛鴦繡綺襱。慵粧疑宿蝶，甡拾帶儼垂虹。欲度迷蕭寺，杉相期在上宫。似曾邀代北，敬敷原未嫁湘東。翠鈿殷勤卸，甡瑶環宛轉通。愁聞金釧落，杉嬌藉錦衾蒙。皓月穿丹槅，甡香雲散緑叢。横波流枕纈，杉微火住薰籠。怯甚衣頻攬，敬敷啼時粉自融。馨含江芷細，甡蕊拆露桃豐。靚飾方留臂，杉朱襴宛在躬。河流猶灩瀲，甡曙影漸蘢葱。桂樹停輪久，敬敷蓮花下漏窮。窓雞號不斷，甡園藹緒難終。何計酬良會，杉無言是隱衷。褰回簾額淺，甡結去縷心同。寶篆消寒獸，杉明螺觸暗蟲。高唐風乍霽，甡遥海日初曈。帝女還湘浦，杉靈妃返岱嵩。庭莓銜履碧，甡溝水墮脂紅。泪滴徒滋草，杉腸廻似轉蓬。填橋思渡鵲，甡別曲有離鴻。夢斷知難續，敬敷波長豈易沖。綿綿千載恨，杉長在此宵中。甡

單學博七十有贈

至德標荀里，高名著鄭鄉。徵車花滿路，書帶草垂堂。鳩女安琱杖，蛇魚象繡裳。諸生虛李謐，有子對陳亢。七十稱中壽，三公憲上庠。自今耆舊傳，不獨在襄陽。

來母孫太君初度

南牖朱鶉啓，西王綵鳳飛。母儀傳錦帨，官誥出金扉。篋理樞臣疏，庭披柱史衣。八龍皆令子，七誡踵賢妃。叢樹羅青桂，新枝擷紫薇。其孫膺秋薦，季子新受舍人。忝隨榆舞後，稱祝敢言違。

沈九秘書典試江南于撤闈日邀予過敘率爾有贈

聖主求賢詔，名都選士場。人間朱雀里，天上紫薇郎。盛事追嘉祐，高文領建康。方山占地氣，斗野辨星芒。棘舍軍旗赤，風簾官燭黃。鏁成監試局，判就至公堂。置酒楊家第，栽花陸氏莊。先茅酬臼季，上駟賴孫陽。獨是淹蓬蓽，曾經共板床。多年忘撤幕，無計誦阿房。孰意裴君舊，能憐劉子狂。樽前疑夢寐，宦後惜參商。是地逢龍躍，彌天看鳳翔。後車涼日度，別幕錦雲張。綵筆披南國，

朱衣戀帝鄉。暫將邀笛處，私挹令公香。

重過任四辰旦書館因憶王十六先吉韓十七日昌並于此館同受書家兄門下今三君皆先後通籍而予獨羇遲于此徘徊睹觀遂有斯詠

楊子居猶在，黄公壚已非。故人通籍久，游子到家稀。幾度移書幌，重來訪釣磯。花前低置榻，竹裏暗藏扉。緑水圍丹竈，青苔繡石鐖。時乘争獻策，夜讀記添衣。北面師盧植，東頭坐陸機。回看著書處，唯有暮雲飛。

黄母生日

山鳥飛烏鵲，河魚躍鯉魴。中閨生左妹，有婦比周姜。擷佩湘東碧，從夫江夏黄。起家膺隼羽，入陛擊貂璫。黨錮成王國，靈均返帝閶。黄忠端公死璫難。覆巢餘破壘，漆室置懿筐。窺壁知名士，張帷助小郎。最憐懸帨節，猶得傍端陽。

西河文集卷一百五十

蕭山毛奇齡字齊于行十九稿

排　律三

從大江口將入石頭作并寄金二公子敬敷

北瀆新軍府，南維古帝鄉。波濤連楚越，形勝在齊梁。紅寺浮江闊，青山出岸長。磯摇飛燕子，風便逐龍驤。鉦鼓來吴會，宫臺入建康。曉雲生海谷，秋雨過帆檣。吹笛邀桓叔，揮兵想顧郎。石頭方在望，對此轉芒芒。

汝南金太守席書事一十二韻不揣下里同座上諸公和得東字

别幕連雲起，高軒傍晚通。樽開官舍北，客至日華東。飲勝追河朔，游歡過鄴宫。瑂欄翻藥紫，甃井墜榴紅。葵煖烹梟汁，漿寒漱馬醴。行厨藏竹裏，置席在花中。几潤衣沾露，槊欹燭有風。翰林清作聖，太守醉爲翁。弦下開新照，梟成得故雄。時曹學士博投得六緋。興能追庾亮，序已讓王融。擇木飛宵鵲，談冰愧夏蟲。當筵無好句，空道和儀同。

贈曹爾堪學士

鄴下曾傳賦，淮西始御車。視餘金殿草，載滿玉除書。過日看華省，浮雲蔽直廬。夜郎流李白，茂苑病相如。慢世悲持戟，隨時避接輿。東堂猶喚鵲，北海定遷魚。紅藥吟真好，黄童記不虚。學士强記，一過終身不忘。如何相對晚，此地詠茹蘆。

奉送張使君之任和韻

皂蓋江城守，青衫水部郎。手攜工市劍，腰有會稽章。旌遠翻逾赤，堂高望正黄。蠻鄉需教化，漢制重循良。馬竹遮秋嶺，鞭蒲出晚塘。使君千騎去，從此向東方。

呈郡司馬孫使君

才子生虞阜，郎官使越州。家垂吴地志，名在晉陽秋。岸幘爲司馬，操刀佐解牛。高牙分建隼，廣路待鳴騶。綵筆題江館，青山映郡樓。辟來書笛茀，詔下賜緹油。宦蹟先甌末，鄉思近石頭。治中雙驥足，身外一狐裘。鳳德原卑攬，魚珠豈暗投。避譏違衆女，遊説及諸侯。就道時觀海，還隣暫首丘。孫陽纔一顧，何以慰驊騮。

過訪無錫縣吴興祚明府有作時已遷行人將次赴都

上宰當初試，延陵第幾傳。起家由北海，劇邑近南天。人地踰彭澤，君才過潁川。銅章新長吏，綺里舊神仙。客履懸珠日，軍儲散錫年。種花官道裏，流水縣門前。吴女争桑訟，參軍賣蔡眠。校開通市塾，税起傍湖田。碧烏長啣綬，青蒲好製鞭。鄉亭方執板，廳事早揮絃。徐穉南州榻，袁生下渚船。宴修單父鱠，俸割沈郎錢。天子神爲眷，行人命稍遷。題名金柱右，典謁玉堦邊。求友曾遺紵，懷君似攬綿。愛餘申浦樹，清乞慧山泉。過艇留吴芮，登堂拜薛宣。井桐看翥鳳，溪葉笑懸蟬。坐列尚書席，馳觀太子牋。只憐華省彦，對客尚烹鮮。

别閔衍

官舍聯吟早，閒堂對酒濃。汶陽歸未得，安邑去何從。過市偕仙尉，尋山到麗農。青裙縫薜荔，錦柙繡芙蓉。日下廻鳴雀，天邊老卧龍。别君淮蔡路，愁思轉重重。

送夏明府之任西和

結綬遷龍峽，除書出鳳城。家人留傳去，縣吏到門迎。遶郭春田坼，前關曙鼓鳴。彈琴邀子賤，酌酒送淵明。餉婦攀車軛，翔禽擁斾旌。横雲飛舄過，就道典衣行。隴水天邊杳，淮山雪後晴。未昏官堠静，到日印床成。亭下辭孫楚，筵前醉禰衡。秦州回首處，應看柳條生。

呈郡别駕張公

寵命銜方國，雄詞播海溟。人間推别乘，天上見張星。驥足方行地，龍門恍建瓴。題名來鑑曲，載酒過蘭亭。畫軾朝看下，嚴關夜不扃。銅符分作瑞，玉海著成經。攬德同威鳳，希光及暗螢。萬間垂棟宇，一道倚簈篁。赤日堪藏簡，黄絲待勒銘。錢投江水白，案繞郡山青。龐統多聞望，王祥富典刑。大臣親吏事，强半在僉廳。

沈棻明府治西平有名欲往從之不果值予南還以絺紵見貽因寄并謝一十二韻

每念郎官重，因思陶令賢。長人唯省事，出宰已多年。舍樹平鄉訟，收茅作稅錢。香分欒社酒，清聽武城絃。鼓角弛亭下，兒童戲縣前。閒看飛雉過，病藉落花眠。君治雄淮服，吾行去楚天。將尋青草渡，願賦木瓜篇。望去雲山隔，貽來縞紵鮮。感深螺趐澤，思殺濦陽田。故國鱸方美，高枝鳥自遷。他時稱八友，應附隱侯傳。

譚開子曰：藕庵以撫字致疾，其在西平，畢力休育，民賦未完，即肩茅束苧纖悉收扺。詩中所稱，實録也。昔人以催科政拙爲能事，今不得矣。能于此際勞心，便成撫字，此實今人勝古人處，不可不察。

奉題孫藩處士卷子

偃卧方遵渚，風流似過江。家居推第五，國士竟無雙。草際藏珠匱，花前啓玉缸。千秋垂卷軸，三十棄旌旛。履宦兄如渾，其兄爲孫沂水使君。躬耕人姓龐。學成王佐器，何必待爲邦。

郡太守平寇有贈

畫戟開中府，朱旗展外隍。威行三郡蘖，兵勵九秋霜。杲日橫江浦，妖星隱暨陽。牙官環綵幕，田馬耀金裝。露冕專師祭，單車典教場。股肱營地遠，黼黻陣雲長。虎翼交鸞彩，魚鱗擁雁行。紅巾朝授幘，斗米夜舂糧。東海依滄薛，西堂紀潁黃。干城真足寄，慎固在封疆。

大敬宅牡丹

江上棲賢里，城南處士家。春風三月雨，晚日一欄花。覆地垂枝重，當堦散影斜。叢苞含粉絮，卷蘗蹙衣紗。葉潤沾黄蝶，臺空落紫霞。早涼丹蔕合，晝煖碧油遮。清興同欣賞，閒情任麗華。誰言招隱地，定爲詠蒹葭。

少與包二秉德蔡五十一仲光沈七禹錫爲鄉遊道古論文視若兄弟今包二死十四年沈七死十八年矣獨蔡五十一與予居人間世予又瀕死道路曩時交游文章悉亡兵災憶包二尚存集數卷未行世予泊舟餘干城下爲賦此詩

向吕游河内，陶劉散澤濱。十年生死路，萬里去來人。抱痛同沽酒，虚懷薦負薪。繁花孤館暮，宿草隔江春。司馬無書上，黔婁到死貧。一吟懷舊賦，涕泗滿青蘋。

亡劍篇哭姜坦并序

姜公子垚買兩劍牝牡，以一佩弟坦，比神物也。予出游，公子垚攜寶刀并一西入晉陽，坦年少爲天帝召去，悲乎哉，莫邪安在耶！予傷公子之死，有似亡劍。二月初九日泊舟南昌府豐城城下，感華事即傷公子之佩一劍以死，亡鐵英也，著《亡劍篇》。

越國有神物，干將與莫邪。霜鋒飛毳羽，寶鍔泛蓮花。黿鼉争三楚，龍阿聚一家。陰陽分日月，水陸斷蛟蛇。坐見飄揚近，行隨拂拭加。百年開地氣，一劍失天涯。薛燭臨罏慟，風胡抱器嗟。鐵英傷魍魎，玉柙掩泥沙。漁父江流遠，徐君墓木賒。清霄思蜒蜿，終夜哭蒹葭。函石銷牛斗，溪銅涸若耶。豐城投汨裹，❶何處問張華。

閨中春曉得量字有敘

壚婦早起，忖夜所縫衣，有裁衣句，揀唐試題成之耳。

五夜金微塞，三春玉洞房。梁間飛宿燕，花下理朝粧。拋瑟方收拾，裁衣再忖量。星芒銷太白，日影射流黃。昨歲收疎勒，今年徙樂浪。早行知漸近，切勿誦東光。

賦得起晚誦經遲謿小尼師也

西院女沙彌，春眠曙不知。聽迷傳板候，起失誦經期。幔捲身還倚，壇深步懶移。潄脣看上日，開卷立多時。記慢成篇少，心慵下字遲。偶然思夜夢，坐弄念珠兒。

賦得鳥散餘花落聯句

暝鳥分飛後，張杉春園返炤初。枝空摇未定，甡花落漸無餘。散毳連英下，杉零紅逐翅虚。喧停飄去静，甡踏久墜來徐。點絮曾銜雀，杉鋪鱗似鱠魚。芳華誰不惜，甡流眄轉踟躕。杉

張南士曰：此係啞題，境陋而象窄，對舉易離，合拈易複，且二平韻無一實脚，予與大可擊鉢爲此，頗訝棘手。暨揀唐人詩，無一語及格者。因知佳題易生嗜也。世多作者，或當一雪此言耳。

姜之璜識曰：此與「宿烟含白露」詩俱出《浮江録》。

❶「汨」，四庫本作「泊」。

空梁落燕泥聯句

翠幕辭春燕，張杉雕梁墜宿泥。鏄花長不掃，甡文杏舊曾棲。草腐懸絲細，杉塵銜剩點迷。墮看銀豆碎，甡行污繡裙低。故國盧家女，杉空房竇氏妻。雙飛何日返，甡夫壻在遼西。杉

杜陵杜杜若會宴駱明府別業

杜曲舊名家，相逢在若耶。風生欄外馬，水濯劍頭花。翠幕看紅藥，金尊泛紫霞。春遲三月暮，日落半輪斜。澤畔吟陶令，丘中戀子嗟。醉歸應秉燭，莫問早棲鴉。

同施參藩王使君温別駕張司刑屈明府暨諸公游慧力寺

幕府乘春出，琳宮攬勝遥。山川開法地，賓從滿僧寮。騶馬同獅舞，珠幡夾旆摇。樓臺横碧嶂，歌管遏青霄。瑞竹籠烟靄，仙芝似火燒。築亭依壠樹，瘞鶴表山椒。寺山名瑞筠，後更名紫芝。築亭是日，施公瘞鶴亭側樹銘。刹映銜林日，江流別浦潮。霞翻紅隔塢，花落碧垂條。嬌鳥從人語，飛絲接地飃。道心來對境，慧力想前朝。洛下追游淺，人間歲月銷。蓮生棲竟晚，草長隱誰招。遁室陪殷史，他鄉寓鮑昭。雲深歸路杳，還上使君橈。

宿雲門廣孝寺呈三公與南士分得灰字

東晉標靈刹，西王竪法臺。山環雙樹入，門傍五雲開。丹檻連峰落，清溪逐路廻。竹房懷舊蹟，蓮葉得新栽。林下尋支遁，橋邊遇辯才。安禪聞不住，妙義見如來。石乳傳甘露，金堂認劫灰。晚風吹擊鉢，秋月濯浮杯。佛課稱三寶，吾生賦七哀。離家還楚豫，入社羡宗雷。五術超凡諦，諸緣盡聖

財。鑪烟分渺漫，燈影共徘徊。齋椀擎黃葛，經筵坐綠苔。宵深鐘磬寂，相對果悠哉。

題宿道林山寺兼贈離上人

紺殿開丹壑，金臺敞碧梯。人來支遁室，虎界遠公溪。雙樹晴林迥，三天曉閣齊。龕花閑鳥雀，旛影掛虹霓。峻澗盤檐曲，明河到地低。心廻空磴外，目極大江西。講啓祥龍下，神藏怖鴿棲。香壇縈白氣，佛壁畫青泥。鐘動飛龜組，經馱散馬蹄。雁王留寶塔，魔女墜珠笄。九品分華藏，諸門斷壁題。付衣聯杍柚，掬水咒闍黎。入夜廻廊静，尋春出洞迷。道場雲寂寂，仙嶂草萋萋。蓮葉擎獅口，松苗養麝臍。缾深闐貝粟，紗暗罩玻瓈。方井規裁衲，横梁欹杖藜。瑚盂供石飯，甘露洗山虀。玄義非關解，黃拈欲止啼。殷源籤未下，願得叩招提。

途中喜從丁儀曹得周侍郎亮工分藩覆書感紀成篇

尺素來千里，雙金授八行。丹雲披海郭，白雁度江鄉。置驛丁儀部，裁書周侍郎。高函分四庫，妙牘並諸王。起草連鈎軸，安花押篆牀。懷人從漢隴，譽我過齊梁。地隔彤騶馭，天高朱雀桁。吴臺空繫練，蔡澤未持粱。羈客逢殷羨，司農念鄭莊。三年懷袖裏，漫滅可能忘。

奉送姜侍御起復歸臺

漢制優方進，蒼生望謝公。直情完讀禮，移孝可成忠。棄繻踰鑽柳，含毫似轉蓬。思親淄水縣，釋服竟陵宫。拔棘應驅豸，無廬合避驄。恩沾春草綠，淚減暮花紅。卜子推琴縵，山濤擲土籠。巡天看擊隼，獵地待非熊。持斧三臺厲，鳴鞭一道通。星軺回薊北，祖軷遍江東。辔攬鄉關外，詩題驛路中。後車隨澤豹，下客逮梁鴻。自分漂流苦，難追行步工。送程攀細柳，書刺摘新桐。已見徵桓傳，無須憂阿戎。公還多廟建，我輩且途窮。鵲發逢春雨，烏飛逐曉風。長安應近日，從此望曈曨。

山樓對雨同南士桐音暨姜生兆熊得絲字

黄菊濕東籬，高樓對酒巵。窮交來魏相，賢主是姜維。幔捲侵寒早，林深入午遲。重陰垂埤堄，細雨亂罘罳。合坐秋霖唱，遥山夏后祠。登臨愁思起，時繞玉壺絲。

垚曰：楚詞「網户朱綴」，即罘罳也。城闕俱有之，見《考工記》。舊誤註作屏，遂有疑宫殿獨用，非也。

秋晚新晴登桐音山樓飲宿聯句

高閣快登臨，甡憑欄敞積陰。斷雲歸遠岫，張杉斜日漏疎林。近郭驅沙馬，甡橫塘散水禽。山青絲霧斂，姜兆熊砌紫繡苔侵。濕竹流寒碧，杉叢花簇碎金。牕晴光卷帙，甡絃燥急鳴琴。鑑水浮霞動，兆熊宜城待月斟。暗催雙樹蠣，杉響起萬家砧。避俗廻青眼，甡論文愜素心。趨庭慚孔鯉，兆熊開覲啓劉歆。養澤成玄豹，杉耽書類白蟫。逢時違北轍，甡待價重南琛。道洽寧分席，杉途窮賴盍簪。頻年遲好會，甡一夕侍清吟。蘆葉吹笳斷，兆熊蓮花下漏沉。歌生披別緒，杉醉去理塵襟。雁過秋聲杳，甡星廻夜色深。山牀還似昔，兆熊應共伯淮衾。

甬東李屺源西渡有贈

十載蓬山隔，三秋桂樹前。裁留關令史，又送李膺船。倒榼呼金液，輕裝載玉篇。才名摧虎豹，家世本貂蟬。交謝填門轍，貧無負郭田。幽尋豪士鍛，醉共酒人眠。羽服來員嶠，香壇訪竺乾。將車元季美，獻紵友朋賢。遠道班荆楚，清江採木蓮。行頻愁驪馬，歌苦類烏鳶。爾達爲廣武，吾懷是謫仙。相期棲息遠，分手倍悽然。

贈清江屈明府

百里郎官治，千秋茂宰情。嚴關雙舃迴，古縣一江清。歲課增遥服，春田勸耦耕。揮絃存子賤，漉酒似淵明。人誦黄門賦，天分都尉城。綬連芳草結，車碾落花行。邂逅承嘉顧，周旋識令名。誰言荒邑小，已兆泰階平。

贈張法曹

特簡出彤庭，秋官一使星。子房真有學，張釋本明刑。授第升三策，成家在一經。龍媒驚廣步，駿服負修翎。曉日涵冰鏡，春花映玉缾。神羊游外廐，屈荚指當廳。西倚曹爲法，南行訟可聽。高才分竹傳，佐郡接簩篁。羈旅難投李，清江偶聚萍。聞聲來茂郡，招飲過芝亭。藉草連身碧，看山到眼青。天高雲自合，春去雨初零。好客傾醽醁，尋仙採茯苓。曠懷如可共，吾欲望滄溟。

集臨江黄氏園用佳字

夏雨歇山齋，清樽倚樹槐。丹花飛曲牖，碧水上空階。地僻無常客，風生動遠懷。高歌殊自遣，小住最爲佳。樓隙雲如幛，盤中酒似淮。馳箋呼趙璧，謾語雜齊諧。遷坐踰龍澗，新莊彷鹿柴。誰憐黄叔度，把臂在天涯。

遠懷詩

織錦經營短，從軍道路長。懷人傷晚歲，思伯怨朝陽。地隔新烽火，天低古戰塲。閒房收鏡冷，渫井墮釵涼。有字排鴻雁，無書致鯉魴。寒風催擣素，落月射流黄。蒼水稽秦使，青陵謝宋王。城南秋草斷，隴首暮雲翔。絶塞依玄菟，空村徙白狼。深閨徒有夢，只解渡江湘。

游仙詩

避地追遐隱，登山訪列仙。重門五府外，方駕十洲邊。蓬島環宫闕，茅君有洞天。海波傾紫液，石火燒丹鉛。授册三門訣，分符六甲篇。雲車推曉霧，羽蓋散春烟。芝籙長懸肘，松喬可比肩。靈童占藥好，姹女勝花妍。四序如三月，終朝竟百年。家藏釀酒甕，人佩剪刀錢。華頂成閭里，淮南鑿井泉。母來桃作饌，虎守杏爲田。驅日將投杖，乘虹甫着鞭。辭家憑野鶴，遺世共秋蟬。東望招徐福，南行挾稚川。帝鄉千萬里，一舉遂翩然。

擬艷詩聯句

晝閣緑楊邊，張杉東墻度日妍。花明上巳候，甡人在艷陽天。簾捲翹紅袖，商徵説粧成壓翠鈿。重奩函寶鏡，杉雙帶結金錢。遥靄籠修黛，甡輕雲作半肩。香生緹縵舉，徵説影動步揺偏。壁煖塗椒粉，杉牕虚撲柳綿。博山時起麝，甡深院乍聞鵑。凝望移雕檻，徵説含情理素絃。朱枰閑握搠，杉紅版墜鞦韆。遠道思盧女，甡離宫貯絳仙。幽懷應比玉，徵説皓質詎施鉛。楚國愁窺宋，杉陳王賦感甄。最憐貽菜日，甡長憶破瓜年。蕩子曾留玦，徵説從軍久控弦。聯鑣依勅勒，杉徵曲到于闐。海燕棲懸㲉，甡蟠

螭隱甃鎛。王孫歸未得，徵説春草又芊芊。杉

埈曰：楚人懸穀囊于梁，故梁名懸穀，見《廣州記》。

定交詩爲胡以寧方中通堵鳳蒸

異地聯車轂，雙江對酒尊。班荆逢國士，獻紵識公孫。龍劍蟠星斗，鸞吟起谷門。擔簦同汗漫，戴笠自寒温。木落求鳴鳥，冰澌值化鯤。舊游三俊譽，端賴數君存。

宛陵汪節母詩

高節標南國，賢名擅北堂。封碑新炤日，冰鏡舊流霜。兩髦詩堪矢，千秋人未亡。釧羹蘋葉紫，庭樹桂枝黃。著誠追皁弋，❶傳經貯蟹筐。最憐譙國裔，猶上報劉章。汪爲文節譙國公後，其孫觀進士燦孝廉遍乞詩誌。

月身牟尼羅漢詩并序

西域伽毘羅國月身牟尼羅漢者，趺坐大航頭，夜行從寧波歸，遇甡暨從子遠公，並舟，自稱羅漢菩薩，華音朗然。時苦蒸鬱，罕風，羅漢仰視，言是當有風從東南向來，已果來。又言，月翕將有闌，已果有紅闌闌月邊。且言伽毘羅國西竺國稱大西天，多羅漢菩薩，結果者能驅山填海，掣風雷雨，騎獅象豺虎，衣火蹈浪，不食生熟物，即食勿禁也。其不爲羅漢菩薩者，爲王、爲卿相士

❶「誠」，四庫本作「誠」。

官民賈商。其所居有金樓銀闕，銅鐵瑤石，諸宫臺殿堂，一由旬外，望見金光明色。耕畬六穀，巨米顆碩，具紅黑黄白四覈，稌黍薺菽無較量賈，車渠瑪瑙琳碧氍毹罽瑣伏金剛刺蜜珊瑚琉璃諸物，鉛錫赭堊桑漆麻紵等等器仗，珍怪鳥獸鳳凰獅象翔行道路，有芬花異果，丹青普徧，一山延外，便聞香氣，且多李蓮。羅漢發願進中土，經歷百餘國土，凡一十萬八千零里。虎棲狼役，踰罽賓葱嶺，經小西天回回哈密，入伊吾廬度婆息。足涉流沙界，朝五臺山，屠去首髮。其未屠者，繞華鬘頂，有似黄雲，唐世呼菩薩鬘矣。已屠羅漢結束肩胡孫藤，搤臂鑌鐵兩彄，環金剛寶念珠子三匝于頂，所衣名達磨衣。今所衣繡偏袒，則大都統爺所供矣。懸一鏤金瓢子挹水，自諸王公卿貴人下，皆有供養。曾賜息椒園，蒙賜金錢施與，行路與牒，勿受一絲一縷，隨地更易，本國所居名雷音寺。其進中土時，日十五歲首矣。朝華二室岱，所謂朝四大名山者也。岱、華卑狹，西域入天不可望矣。今朝海不得渡，緣禁海也。都統以下軍府遣兵士護渡江，設菜菓烝饙，人各饗軍府所齎耳。指所坐航頭曰：國亦有之，其道西洋涬泥者用此舟。或詢羅漢菩薩到天童見今國師耶？不應。羅漢菩薩何耶？屈右足胝上指，右手拄右頤，立胝上作觀世音像，又屈右手從脊拽右耳環云羅漢像，復大笑，作梵語數千言，皆不解。甡曰：「甡請從羅漢菩薩游耳。」曰：「予識子，子不識予矣。」再請，笑曰：「汝不從襄陽靈炤女兒游耶？」終不解，後撇然負藤去。

佛國名天竺，胡僧號跋陀。百年來内地，數歲見恒河。鉢有黄龍繞，經無白馬馱。偏衣裝七寶，番語誦三摩。坐向尼拘律，行爲悉達多。周天踰海谷，踏雪上岷峨。挈履隨雲度，懷瓢作鏡磨。但留獅守塔，那用鳥爲窠。妙羽思雕鷲，新花記曼羅。趕將行地牯，送去聽經鵞。持咒能移物，安心便伏魔。錫飛分瘴癘，杯渡偃鮫鱓。入世三洲遍，還鄉萬劫過。中原希德士，是處有檀那。未示西來意，仍看東逝波。神州吾欲往，負杖意如何。

贈蔡山人岳陽

金匱傳神術，青囊揀秘書。桑公池上鵲，涪父漢時漁。斸藥歸林莽，懸壺向市閭。五金權造化，九鍊到清虛。杏廩朝司虎，銅盤夜罩魚。横梁依鳳堰，小卷是蝸廬。❶爾邁淳于後，吾尋華子餘。膏肓符晉夢，湯熨去齊墟。丹訣從羅絡，黄熊快翦除。橘踦三樹鶴，苓破五門豬。蟾杵憐長動，蛇珠媿未儲。那堪司馬疾，時御濟陽車。

贛州周司理令樹回任舟次

上洛名材馭，清江司讞船。孤心懸北闕，薄宦返南天。好客追梁苑，移家去廩延。賜錢周舉詔，力學少卿篇。黄鵠憑高羽，朱絲鮮曲絃。初銷刑鼎日，重命甫侯年。郡樹崆峒外，官臺章貢前。金灘留信宿，皓月向誰圓。

---

❶「卷」，四庫本作「巷」。

西河文集卷一百五十一

蕭山毛奇齡字僧彌又初晴稿

排律四

楊州金太守修復平山堂讌集和曹侍郎韻

東閣人何在，蕪城賦未傳。每游隋苑去，只愛蜀岡前。地擅江都勝，堂成慶曆年。風流聞舊守，登覽挹前賢。山遠平如掌，墻低甫及肩。折荷分四座，種柳並三眠。漸覺春風度，還看歲月遷。重來送原父，三過憶坡仙。廣牖通樵爨，空壇傍竺乾。賓閒甓社酒，妓散廣陵船。何幸文章牧，方從汝潁旋。乘時聲籍甚，懷古意悠然。行部朱旂繞，尋幽錦纜牽。雲樓恢佛地，月俸解官錢。文杏安珊檻，團花隱甃磚。龍蛇遺字古，魚鳥近人憐。翠甸宜圖畫，紅橋度管絃。同舟携郭泰，開館得田駢。我本平臺友，忻觀鄴下篇。淮西三歲別，江介一星躔。末乘陪常晚，長筵醉不先。旌麾開北府，烽火阻南天。良會他時少，高風此地偏。到來追賦詠，何似杜樊川。

從湖口入彭蠡舟次登覽書事

水國秋程澮，江舟曉樹涼。晴霞滿溢浦，破浪入潯陽。碧水葭初老，青天雁正翔。廬峰橫九嶂，星渚並三湘。擊确聽鐘阜，懸花繡石梁。閒僧太子寺，神女大姑塘。斷壁開連塢，流雲過近檣。洲平浮茭宅，瀨淺折蓮房。鼓角驚殘戍，琵琶惜異鄉。褰衣吹薜荔，酤酒對柴桑。高詠慚吴客，名山重楚疆。臨流隨騁望，我欲誦滄浪。

行次左蠡放船出南康已來舟中寄蔡五十一仲光姜十七廷梧張五杉并呈施湖西趙司馬駱崇仁何奉新諸公

流浪還齊地，蒼茫向楚隅。何時經夏口，此去是洪都。鄉信淹江雁，生涯寄水凫。仲宣思故國，阮氏泣窮途。早歲棲中露，頻年詘負塗。書曾降故將，行獨後諸儒。才淺人争忌，貲貧志亦愚。山萁書有罪，梁燕語當誅。張儉將歸塞，童鴻反去吴。相君真解綬，浣女果捐軀。走險胡全跋，昂霄尾畢逋。有家憐季布，易氏識陶朱。讌序傾金潤，詩成博錦褕。宅猶留鮑照，壻欲贅淳于。北顧空騏驥，南行覓湛盧。浮名偕草木，放跡在菰蘆。彭澤宵經縣，鄱陽曉渡湖。清秋涼襲袂，白日醉提壺。避地依五老，環波洗二孤。籃輿邀栗里，宫錦謝當塗。每念同袍士，還思舊酒徒。探書登夏穴，修禊遶春蕪。不見三秋艾，相思兩地莩。風舷時轉側，霜柳暗凋枯。虚羡雲間鵠，恒隨檣上烏。懷人難命駕，無道但乘桴。緑水愁徒涉，青天想共呼。高峰追白社，寒浦泣蒼梧。妄踞洪崖室，還尋卓氏壚。無端依水馬，何處憶蓴鱸。去國曾捐冕，通關不棄繻。歸裝輸陸賈，游仕愧秋胡。最恨生多劣，仍憐世善誣。涼才宜刖石，暗地豈投珠。嫉翠連殘羽，摧翹及棄槫。狂書焚蒯子，遺論毁潛夫。分鮮金箱秘，情甘溷厠污。張蒼三曆盡，司馬一書無。貿貿忘榮落，悠悠度曉晡。拂龜亡決策，借箸昧前圖。愁聽歌商女，驚看秀木奴。荒城頻鼓角，末技厭吹竽。抱璞思俱寂，書空手自摸。羈棲同燕雀，輾轉似蜘蛛。海闊從浮泊，天高趁遠徂。留情追沅澧，投老近番禺。市舶諮梁賈，❶仙山訪藐姑。甾車需載輔，相瞽賴匡扶。猶幸逢知己，先經宦此區。剸魚跳幸舍，漉酒濫軍厨。兔苑嘗裁賦，龍門願捧樞。蕪文煩噴噴，汎愛首區區。南埜應過眼，章流久浹膚。固將憑永久，且復倚斯須。飄蕩廻蓬荻，遭逢任轆轤。時方捐苧葛，節又採茱萸。率曠知依棧，穿林念守株。草留寒蝶栩，波逐細魚濡。多淚啼猿狖，難行喚鷓鴣。孤懷誰告語，長望起躊躇。

彭蠡湖達南昌將適廬陵訪施湖西途中有寄凡三十二韻

久念廬陵勝，還爲彭蠡遊。湖天廻遠日，山葉動高秋。星子聯迎櫂，康郎曲上舟。溪吟過栗里，野泊近椒丘。烟塞抛魚罩，霜籬醉酒篘。風生朝解笮，水冷夜添裯。赭岸尋遺堞，青山榜舊郵。橋看三峽雨，亭瞰百花洲。玉笥懷丹牘，珠泉掛碧蔬。檣鈴遮鴿浦，旅笛傍龍湫。漢將城臺迥，秦人洞壑幽。峰前紅嶂合，江畔綵螺浮。鼓柮橫章口，攜書到石頭。虛名傳白社，浪跡剩烏裘。鐵轆翔雲鵠，干將望斗牛。故人今節度，分守舊諸侯。重鎮雄蠻服，嚴關控上游。陳蕃推豫郡，陶侃在江州。但借印亭宿，無需禰刺投。❷入吳忻見導，避楚故依劉。浙右曾分袂，淮南值税鞧。經冬陪飲讌，首夏約過

❶「賈」，原作「買」，據四庫本改。

❷「禰」，原作「禰」，據四庫本改。

求。歷覽慚靈運，相思負子猷。因探梅尉岫，始憶庾公樓。何處鳴葭鼓，先將釋蒯緱。榻緣徐穉設，坊定范逵留。興到開仙室，文成寫吉流。層臺閑繡棨，後幕捲青油。我放同安道，君廉過褚裒。草堂背有待，蠟屐計安週。西上呼黃鶴，南行駕紫虬。此間何路達，爲我一諮諏。

自南昌踰峽江入廬陵界再寄施湖西并諸幕府四十二韻

清江猶曲泝，溜水幾回沿。甫入章中路，旋踰峽口船。回颿知幾日，看桂又經年。時轉青山外，朝行緑水邊。周郎雄鎮下，漢尉舊城前。虎踞横洲險，鸞吟舞岫聯。無書藏玉笥，有驛住金川。廬阜難回首，洪崖未拍肩。前程逾浩渺，上浦正遷延。疎葉穿楓塢，寒苗映蔗山。秋高雲度煖，冬近日行偏。宿草紅晞露，平沙緑浸天。石攢飛鳥毳，渦曲斂蛟涎。柾渚難齊榜，層灘只上牽。磯封猶疊壁，浪碎恍連錢。妙景紆還望，忘機醒亦眠。長征鄰去馬，偶詠效哀蟬。篷暖衣從晾，罏欹酒更煎。霜棲尋蓼雀，水食進槎鯿。捲簟抽蒲莞，添衾愛木棉。琴聲浮浦藻，劍氣解冰蓮。寂莫匡君隱，昭靈屈子篇。丹虛慚羽服，賽起恨神絃。高德屏藩業，才名幕府賢。安危煩重鎮，優暇即神仙。地已成維服，民猶解倒懸。群方追嘯咏，我亦誦旬宣。獻瑟羞膠柱，劇刀痛着鉛。自當依謝尚，敢曰寄劉焉。寓擇郗公舍，披餘謝眺氈。逢迎隨浪蕩，奔走任風烟。特是忘歸矢，天涯縱轉旋。未知誰税駕，江畔漫流漣。風急愁來雁，波澄看下鳶。年華空冉冉，流水自濺濺。此處祠梅福，吾行媿魯連。孤游標鹿豕，健舉負鷹鸇。汎梗憂中斷，枯花憶故妍。天章徒似錦，茨影笑如椽。規我曾遺襚，隨時悔佩弦。寧終浮玉桂，逝欲採香荃。洲鷺漂逾白，川螺轉最圓。懷人兼寄志，游泳自蒼然。

投寓天衣寺謁乾公和尚同張五杉用宋之問韻

祇苑開山峻，王城入路遐。層臺連萬壑，到寺識三車。中藏遺金葉，前人誦法華。南朝傳聖果，東渡守毘闍。化雨飛千界，神天感六牙。國王呈瑞像，太子賜袈裟。代革燈彌焕，巖空覺未賖。十峰環處聳，雙澗度來斜。寶誌重飛錫，曇摩又泛槎。龍潭融佛乳，珠樹散天花。下士行多劫，非時害有瑕。周顒來不意，張儉返無家。翹首瞻獅象，甘心逐麏麚。忍將同草辱，羞復道蘭奢。詎悟依孤獨，居然啓七遮。隨時聽梵籟，是地見恒沙。蓮室仍栽竹，桑門暫獻瓜。山田過夏雨，林洞卧朝霞。勝蹟標秦望，同游在若耶。相逢留白社，去住兩無涯。

送蔡漢舒北游

我厭東歸轍，君摇北去裝。渡江梅雨暗，入夏柳條長。寶帶蟾蜍白，金臺駿馬黄。乘時開韞櫝，利物重干將。緑草愁南浦，青雲羨帝鄉。只憐流蕩久，不忍上河梁。

早春殘雪

麗景春偏早，閒庭雪尚殘。風微融地濕，日薄過林寒。柳絮沾還墮，梨花落自乾。碧流波底凍，臼見草頭瘢。興盡山陰久，吹停黍谷難。暢和窮巷起，應有問袁安。

奉贈嚴都諫十韻

高座入文昌，天官駁正郎。開函勤對闥，起草静焚香。翠殿春摇珮，青娥曉近牀。題詩留籞宿，諫獵過長楊。國士稱堯闕，家聲在禹航。燕臺新讌會，吴地舊文章。别計開南粤，前身事孝王。依蒲通禁鎖，連葉誦齋房。讓士逾劉寔，邀賓類鄭莊。木門天上路，誰不望倉琅。

擬艷詩

東井匏瓜爛，西鄰棗樹完。苦心經蘗塢，無力度桑乾。黃鵠翻雲遠，青溪得路難。秦家愁織錦，班氏怨裁紈。莞蒻承牀薄，芙蓉掩鏡殘。食禾根可共，結膝履嘗單。白帽門前杳，烏頭樹裏寒。嶢關如得返，辛苦望燕丹。

哭沈生功宗詩

時事有長短，交情無死生。同君埋草澤，先我返蓬瀛。器大如顏子，才高過禰衡。登臨廻北顧，詞賦本西京。早歲方懷策，終年竟請纓。人間金殿阻，天上玉樓成。鵬爲長沙至，麟來曲阜行。痛心君鳥逝，轉眼我驢鳴。庭有雙親養，田無一子耕。桓譚多緒論，朱穆但空籯。屬誌羞孫綽，臨尸負子荆。今朝發哀次，何似武昌城。姜垓曰：孚先病中囑其弟乞西河誌，又貽書西河云「能如王武子哭孫楚否」，故末云。

送邑明府韓公櫬歸遼陽

蕭縣花齊落，樟亭草正凋。櫬歸遼海月，魂斷浙江潮。化鶴思華表，飛魚戴石橋。桓伊哀引曲，周勃泣吹簫。河北迎長旐，江南賦小招。如何薤上露，不與泪俱消。

螢聯句

古寺見秋螢，甡流輝映晚庭。向明還澮澮，僧成珙入暗更熒熒。點亂因風轉，張杉光凝似火停。拽來投竹路，甡旋去觸蓮屏。拂座侵衣袂，珙黏絲綴甌瓴。散縈花底露，杉添作水中星。每恨臨開卷，甡

翻宜炤誦經。上方千個白，珙後夜一林青。布彩連行蠋，杉微文媿負螟。那堪同腐草，終歲但飄零。甡

秋雨聯句

高閣雲初合，甡平林雨乍齊。聽來松葉上，張杉吹滿竹橋西。密灑當牕暗，甡斜飛入户低。冰繩懸急溜，杉瀑布下回溪。沾翅墻留蝶，甡梳毛檻聚雞。珠銜花底泫，杉碧瀉草頭泥。烟斂微峰露，甡湍翻故道迷。斷雲斜漏日，杉複彩曲成霓。濕鳥飛還住，甡風蟬暗復嘶。罏閒含篆獸，杉欄捲壓簾犀。晚炤移梧甃，甡秋陰間稻畦。攜尊重待月，杉何事轉栖栖。甡

奉贈萊陽宋公分司寧紹十韻

北極中垣啓，東藩左轄開。旬宣膺八命，節鉞近三台。漢使分章出，汾王上考來。通侯符顯秩，重地授雄裁。繡轂臨江滸，金牙控海隈。丹書懸宛委，紫氣滿蓬萊。廟佇巖廊器，庭輪竹箭才。龍門留到陸，兔苑共鄒枚。朝鳳翔雲表，春風動草荄。南行懷郇伯，頫首重徘徊。

壽李翰林母太君商夫人十六韻

大海環銀嶠，遥天種白榆。崧高連北斗，婺彩耀東隅。仙李函關遠，生商景命殊。前庭吟柳絮，雅會乞蜘蛛。閥閲逾騶馭，門闌啓豸塗。李大父爲都掌院。母儀班孟範，女史郝鍾模。案舉同鸞曜，堦陳繞鳳雛。花塼開錦繡，粉署布氍毹。舞列金閨彩，籌添玉女壺。漢官驚曼倩，吴苑笑麻姑。萱草摇蘭渚，薰風起鑑湖。紱麟遺繒縷，食鱠是菖蒲。端午後初度。夜露仙人掌，朝陽帝子梧。畫屏懸雉茀，綵鷁動魚須。東觀延新籙，南山有令謨。誰傳三祝語，獻作九如圖。

將遠行時賦得復堂堂曲一百二韻有杜陵蔣生白魚潭張五城南蔡五十一夙喻我意可寄觀

堂堂復堂堂，當歌秖自傷。曼聲來北部，掩面似西涼。折竹吹生箻，燒銅作熟簧。烏鹽新世曲，紅子舊時粧。紅子一抄作丹的。鄴下哀盧女，閶門住泰娘。佳人稱絶代，有壻早專房。篋底菱花鏡，江邊竹子箱。堂深棲紫燕，車左繫烏羊。刈葛牽蘿蔦，餐魚重鯉魴。青衣爲鳥使，黄粉貯蜂糧。宅傍丹雞井，人歸朱雀航。秦家多種桂，蕭巷有垂楊。三髗推中婦，雙綏美孟姜。斑斑通玳轂，扣扣致香囊。聘出鳴珂里，燈纏碎錦坊。渡江迎晉媵，入月見吴剛。夾路煎龍腦，連盃注鹿腸。纖腰懸茝珮，洗手進桃湯。假髻如盤捧，真珠用斛量。百枝分菡萏，比翼坐鴛鴦。獸纈葡萄錦，龜擎翡翠床。金莖盛露乳，玉草縮天漿。帖展三花樹，篝餘五木香。搜鈿裝鳥毳，翦蕊落蜂芒。織貝剛縈髀，裁瓊似截肪。貴官彈錦瑟，賤妾獻明璫。蛾翅塗膏白，鶯衣寫額黄。螺紋闌幛柱，璣粟綴釵梁。扇裏齊紈小，襦閑魏尺長。抛毬花剗帽，度埒紫游繮。豐草迴修帶，明霞絢下裳。流蘇雙宛轉，絲履五文章。褥合三千縫，釵隨十二行。金鶯啼錦陌，銅雀起清漳。碾玉安重轆，雕楹飾兩廂。承塵浮井藻，刻土樹沙棠。雲滿留裙沼，風生響屧廊。交歡聯屈戍，避影入清防。壁帶銜多寶，庭懸墜八琅。牽鈴翻拒鵲，搊管叶求凰。拊馬羞張敞，雄雞鬭賈昌。穿鍼朋枏啓，博珥一鉤藏。技士偷宫譜，神君授禁方。春花延四炤，午食近三商。窈窕還京洛，繁華過建康。❶定情河内相，好色汝南王。橘實垂遥岫，蒲生拔野塘。

❶「建」，原作「逮」，據四庫本改。

山螢徒熠熠，溝水漸湯湯。平虜將軍去，❶廬江小吏亡。才人隨養卒，嫖女背尊嫜。口苦茹成蓼，顏酲酒似糖。子難藏蔓草，余竟處幽篁。渺目同波漫，攀髯類戟張。丹湖遺宓氏，白芷怨娥皇。東素魚誰剖，張羅鳥自翔。南行饒夜露，東望失朝暘。賓祙抛三暈，銀河罷七襄。漢宮無史妠，越俗擯毛嫱。巷有妃春黍，家留叔食糠。服將巾藉履，色以白爲蒼。獨鶴憎群蹠，諸鳩嫉衆芳。涼颷閒暑帔，遲日寘懿筐。閣下悲鸜鵒，車前泣驌驦。歲華渾未駐，歌豔亦何嘗。塍壤全無臭，裙刀不用鋼。約衿譏好楚，緩髩笑迎唐。缾墜繩難續，珠燒灰易揚。同心分縷結，割體判珪璋。鐘鼓捐傍舍，蠨蛸布近塲。送郎黄蘗塢，辭母白雲鄉。門幾留單闔，舟無刺兩檣。登車思礰碌，唾井顧滄浪。相見中書苦，驅來司馬狂。徐娘睽上郡，宋玉絶東墻。箔鮮同功緒，釭遺四壁光。杼投機絞下，器碎酒壚傍。脂藥傾新甕，衫襟掛舊桁。獻夫存旨蓄，爲客煮彫藺。草碧勝荷紒，萱紅奪蕙纕。善懷方襞積，宛步卻鋃鐺。屐畏擎奴子，衣嫌捉小郎。帟維張四角，詩句讀中央。頳尾游離徙，玄禽去頡頏。棄妻疑得路，眷主痛沈湘。暮雨迷神女，天星墮樂娼。寒房瞻顧兔，側室聽鳴螿。結綺園中柳，彈筝陌上桑。懷金調故隴，蘇玉會空倉。黄鵠追陶寡，青陵謝宋康。旅葵從穀熟，苦李代桃僵。鳳失生何匹，熊來死可當。持門行自健，夾轂問難忘。去故悲搖落，尋真暢杳茫。絳芝紛外苑，紫蕈折中溏。鈿覓元妃合，酥空

❶「虜」，四庫本作「遠」。

長史觴。扶摇翻北嶽，妖麗入西荒。羅郁裾成霧，麻姑髩有霜。三神方汗漫，九寡重徬徨。紉袺終雙度，❶升輪且對望。采蓮逢阿子，撲棗返王陽。上調區遥促，中工辨苦良。可憐千萬歲，持此誦無疆。

❶「袺」，原作「祮」，據四庫本改。

西河文集卷一百五十二

蕭山毛奇齡字初晴又大可稿

排律五

送周儀曹奉使安南册弔一十四韻

星使頒雙節，春官駕一軺。恩綸綏異域，册弔出中朝。嶺嶠飛蘭旆，關樓見柳條。賜麟金作繡，坐馬玉垂絛。銅鼓迎山驛，香船渡海潮。宅居義仲古，地拓季犛遥。瘴薄開泓濘，風炎近沃焦。國王行饗重，蠻女拂塵嬌。靈祝陳方譯，神歌引洞簫。饌盛瓊海貝，酒縮荔江蕉。奠幣霜鋪紙，傾珠泪織綃。還朝酬浩蕩，歸路記招摇。沛國華文在，都鄉舊蹟超。他時歌四訖，誰敢後南徼。

賦得拈花如自生觀内家所製翦綵花作

何事深閨巧，能傳舊苑名。花從心裏發，香傍指頭生。柳線非搓就，荷衣豈織成。春風吹不定，曉蝶撲還驚。散蘂聞多氣，飛絲絆有情。翻嫌枝葉上，裁剪費經營。

上寶坻相公

坐論安公府，平章啓聖朝。開疆逾漢鼎，致主並唐堯。殿借山爲棟，樞隨斗建杓。身紆丞相紱，世插侍中貂。宅俊區三事，班行絶百僚。才名張道濟，器識李文饒。金節籌還直，彤弓賜轉召。瓊臺熒玉燭，土戍息銅鐎。階峻依辰極，門開近午橋。登龍争曳裾，走馬亦啣鑣。好士同三吐，寬人減八條。量能容海嶽，言且詢蒭蕘。寶籙傳千祀，祥鸞下九霄。祈年諸誥在，應使勒青瑶。

滿洲中堂生日作

上宰乘元會，台司領百官。帝圖開景亳，相業邁貞觀。地接三階遠，天擎八柱寬。進銜跨殿右，正色立朝端。在昔需楨幹，先時奮羽翰。鍾靈當五際，作德兆三韓。位陟行前省，名高柱後冠。裴遵頒誥紫，尚父受書丹。日馭排雲動，星文射斗寒。蜼裳加緑綟，貂錦賜黄盤。坐見諸荒闢，真成一德歡。開疆踰鹿海，通貢到烏丸。社稷彌安祏，江山似奠磐。四征恢賧渡，一日下瀧湍。宣力舒肱股，推誠見肺肝。修鱗游善下，行馬出常單。衡直知輕重，羹和辨苦酸。憐才收駿骨，赦過傍雞竿。鑄鼎鎔成鉉，鏁圭秉作桓。勤能移苑甓，儉且節堂餐。劍重今皇錫，門弛漢相闌。生當箕尾度，歲值昴星攢。❶甲子週方始，箕疇衍正繁。觴傳衣弄綵，紱絓矢垂組。旭日躔南陸，秋花發上蘭。三青如寄祝，好傍帝臺鸞。

上巳申江修禊和任明府韻

久惜春過半，剛逢日在三。湔裙雙檜里，放槳百花潭。碧浪將螺寫，紅桃似酒酣。觴傳流水曲，

❶「昴」，原作「昂」，據四庫本改。

歌擬望江南。雨歇烟逾斂，雲開日尚含。廻車沙漫漫，觸屐草毵毵。寶瑟當胸豔，香餳入口甘。隔花逢姹女，採藥笑童男。近郭生寒火，遥山障彩嵐。當筵雙進舞，非復舊何戡。

送梁京兆之任奉天兼訊姜少京兆

峻秩遷京尹，高名過趙張。青雲連北鎮，赤伏兆南陽。居重安如石，官清凛似霜。玉麐新作篆，銀菟舊爲章。地入三屯勝，軍從九衛防。渾河廻障遠，澄海度遼長。屬國踰平壤，降番處兀良。城垂荒徼路，廳傍故宫墻。朝日沙間白，秋花雪後黄。通關持虎節，候吏着熊裳。王駿留三輔，韓維置八廂。端寮吾友在，好爲寄芸纕。

賜筆紀恩和韻

黄紙傳深禁，丹毫賜上宫。文章三館貴，頒賚九霄崇。前史修方始，尚書給未終。時以修《明史》月給筆札。牀聯雙𧝩下，帕用五絲籠。綵鳳題名重，筆有文犀、綵鳳、赤刀、緑字諸名。青羊作被豐。跗含膠似石，頸截竹爲筩。析穎堪垂露，吹毛擬旋風。澤研桃洞碧，鋒透衍波紅。久負簪疏劣，長慚荷槖工。編摩難按實，感慨但書空。誰望衣裁紫，翻教珥是彤。班僚封薛稷，墻壁置王充。嬪御頻呵凍，兒曹未發蒙。鋭頭靈壽伯，秃髮管城公。起草依簾外，生花憶夢中。敢言金玉飾，三品贈湘東。

夜飲施少參邸舍同諸徵士作

論學申公邸，銷愁阮氏巵。烹魚設僎早，射雉應聲遲。觸幔驚槐葉，燒爐揀桂枝。案間文似纈，少參有上宰相書，極言諸徵士寒苦，座間索讀。檻際雨如絲。禁苑鐘傳後，天街人静時。徘徊紅燭下，何處不堪思。

張通政初度八韻

北斗轉珠綸，南山倚殿新。班聯親帝座，出納羨王臣。珮委看皆玉，臺高望似銀。受書開畫掖，司命出丹脣。雲闕争扳翼，冰廚善劈鱗。百年忻得歲，四坐喜同春。平子名逾盛，張憑論有神。長庚秋正焕，莫問柳邊辰。

恭送仁孝孝昭兩皇后哀詞有序

康熙二十年二月一十九日，仁孝皇后、孝昭皇后兩梓宫啓自沙河，將遷葬于遵化陵園，群臣送之者，齊集于竇家莊之西塍。惟時龍輴乍移，鑾衛先發，曉月未落，悲風斯起。皇帝親臨祖饋，躬奠殯階。六衣在筵，雙帟載道。啓翳軒于宿隧，擁蜃輅于新沙。將欲使八神警引，五校戒跡。宫紈數十列于仗内，閟器百雙載之馬首。自親王、滿漢諸大臣暨福晉、❶公主、格格、奉恩將軍之妻，皆俯伏輿傍，哀號道左，天慘地裂，山鳴雷動。咸思仰攀黄帷，俯挽朱紼，眄翬褕而莫逮，駐鸞蹕以何由。因祗送縞輀，私抽彤管。下述愚情，上頌懿德。恭惟我仁孝皇后，位正宫闈，教先嬪婉，紘綖既組，穜稑是親。乃以璇宫啣燕之姿，當兹畫棟盤龍之日。六騩馬上，長輸繭御筐箱；百子池邊，早帶高禖弓韣。廼生殷于癸乙，人望流星；暨誕啓于辛壬，母先化石。飾椒塗于天上，展

❶ 「晉」，原作「巾」，據四庫本改。

蘭殿于雲間。亦越我孝昭皇后，進承璽玉，繼賜褘衣。重看貫月之輪，真是俔天之妹。長秋宜配，有司將玉輅迎來；皇夏堪聽，命婦用璁衡佩入。聽雞鳴而警旦，馭翟衛以朝元。崑山和麗水，頓見前碑；璧帳與金根，竟成晏駕。兩度皇情之創痛，六年臣庶之哀思。雖揚雄之誄漢后，麗筆難傳；即錢起之挽貞懿，徽章未罄。恩留府事，無須莊憲慈仁；化起宮人，不數長孫節儉。遂于上軫旋幽之際，抒此左言敷善之情。敢曰黼筵在御，仍修念詞；庶幾旒旐當前，還同振鐸云爾。

梓禁分行帟，椒塗引去輧。祖成雙殯啓，后出百靈從。壼德無先後，喪儀備吉凶。鳴鑾頒五校，拂翟謁諸宗。鹵簿迎朝旭，陵園建上冬。連年停纚紵，一旦轉碚礲。路饌唯三獻，泉臺尚九重。靈幢遮蜃飾，禮服覆翳容。扇導當乘鳳，車臨儼濯龍。環山圍畫翣，配地捧黃琮。寶獸如雲擁，金蠶向日鎔。朝官呼槭槭，命婦泣淙淙。妣喪真堪痛，嫘賢豈易逢。人方師儷淑，史已誦偕雍。纘女承先姒，生商賴有娀。脱簪弛髮鬌，鳴珮聽瑽瑢。曉月移蘭殿，悲風起桂茸。姚墟餘舊德，華渚式前蹤。兩組傳旒旐，雙函閟册封。笳開金鬣簨，鑑掩玉芙蓉。藻輂終辭載，桑壇久罷供。渭橋哀舉紼，長樂厭聞鐘。虎衞嚴中馭，蟾光掩下舂。心纏河畔草，目斷道傍松。製策踰齊敬，題碑羨蔡邕。誄詞懿未盡，歌挽痛安庸。林露銷青薤，軒星入紫墉。英皇齊駕去，盻煞九疑峰。

翰林院掌院學士生日

丹地掄才子，朱衣引近臣。天威嚴咫尺，師表動班隣。位列槐廳長，人從香案親。百年昭黼黻，早歲掌絲綸。鷺集堂皆玉，螭盤印是銀。録裁時政切，史總大綱陳。祕記唐司馬，徽文漢獲麟。寰中瞻海嶽，柱下見星辰。北苑黄花發，前關紫氣新。集賢能祝歲，安數曲江春。

甘霖應禱恭頌二十韻

四月分龍少，三農望歲長。汗邪曾未溉，雲漢久爲章。少女吹難定，司巫舞欲狂。天無升隮意，人鮮賣雷方。聖德同於穆，精心感顥蒼。爲壇供太乙，酌酒禮東皇。郭北祛燔骼，街頭禁暴尪。朱絲縈漢帝，金鼎告殷湯。雩祖分壝碧，祈官入幄黄。甫看浮蜥蜴，頓見舞商羊。有滰啣衣起，流雲作蓋張。衝泥成畎澮，鞭石勝江湘。仗濕甘泉潦，盆傾洞府漿。不稂歌帝力，多黍祝神倉。洗甲傳荆楚，停囚在洛陽。春秋曾誌喜，宵旰已如傷。忝御諸司嗇，言觀古太常。雨來慚東皙，菑去笑京房。林翳遥山色，花漂上苑香。須知畿甸廣，從此慶茨粱。

寄祝董太史尊人七十

東國衣冠在，西堂几席連。千秋雲伴侶，七十地行仙。肇氏來千乘，通儒繼廣川。晚能遺世寵，早爲領時賢。遠道廻車轍，長橋理釣緡。才名齊顧劭，干請卻任延。庭有三珠樹，園藏九疊泉。膝前看鳳翥，物外得鳶騫。花石新探乳，蓬池遠獻鱻。數從金簡發，書以玉杯傳。嶽降逾良月，林居獲大年。群瞻華髮曜，屢舞綵衣鮮。家餉餘杭酒，門停甫里船。一觴遥寄處，敬誦白雲篇。

秋夕周金然編修招諸名士集張氏園分賦得銀漢倣唐試體以題爲韻

顥氣經秋肅，衡潢入夜新。周天雲作埒，倒地水無垠。風逐蟾車度，波從鵲路堙。低垂千尺練，斜嵌一條銀。輦下星辰合，筵前瓜菓陳。南皮高會去，何減汎槎人。

又賦得白榆

商節司青女，秋山下白榆。月中看去静，天上種來無。蔭久門成列，鑽還火在膚。危巢飛赤鵲，夾巷壅青蚨。赴社歡俱集，眠牀嬾未扶。鄉心千萬樹，總向酒中攄。

喜遇王二光禄有贈

我愛王光禄，同居幸比肩。學成荀況日，策獻買臣年。石匱家如寄，金門吏是仙。大官留熟釜，好客散饔錢。歲共登朝履，人懷入剡船。他時醉春酒，相待鑑湖邊。

上李相公

相室開三運，師臣總庶官。紫薇長啓曜，仙李舊能蟠。天子尊伊陟，蒼生倚謝安。鴻文標正始，嘉績邁貞觀。位極平章府，名通泰乙壇。君臣同德易，父子上公難。韋笥傳來久，虔刀佩去寒。迓衡真穆穆，尚父自桓桓。職衮將絲補，堤沙共黍摶。山河排作繡，日月捧如丸。麟擾黄扉外，鸞廻綵筆端。引經千佛會，押字百花攢。綬曳圭恒輯，金鎔印豈刓。招携開閣邸，吐哺罷堂餐。九宇遮成幛，三街望似磐。明心垂寶鑑，密語傍金鑾。鍾傅驅車小，蕭何賜第寬。年纔臻葛恪，學已過甘盤。論語行將半，丹青寫未完。他年靈壽杖，會作應龍看。

集閩縣方京池亭同鄭宫坊前輩高兆陳日浴定國即席分韻得花字

良讌千秋勝，方塘十畝賒。飛飛天際雨，的的水中花。古荔蟠雙磴，空亭枕一涯。壺冰傾醴酪，甕醢雜魚鰕。香繞雕檽直，牙翻鏤字斜。時戲翻詩牌行酒。呼盧驚浴鶩，出燭及棲鴉。客盡來蓬島，人如汎海槎。女螺纔咫尺，何必問蒹葭。

賦得紅藥當階翻

曉日穿朱網，春風拆絳房。重臺方漸啓，兩吧正相當。翠發年前種，紅添午後粧。繙芭疑婦繡，落蘂帶官黄。淯水貽香遠，邗江舞袂長。孰憐偏反意，留詠在東堂。

過汪二檢討新居和馮三郡丞韻

履道坊仍僻，安仁宅不譁。閒官楠紫陌，逸興繞丹霞。市隘門逾静，庭虚徑自遐。近墻新種竹，隱簟舊安花。劍買秦王寶，文袪左氏誇。屏風排紀亮，書乘載張華。擊筑娱心意，啣盃漱齒牙。高談時據檻，下直當歸家。禁裏分題秘，簾前起草賒。蘭臺聯柱下，何用達南衙。

陳開府生日

出處原乘運，安危久繫身。十年膺節鉞，六度轉星辰。海國存元老，方州憶重臣。孤懷如執玉，兩鬢未垂銀。頌起桐鄉近，碑傳峴首真。殊方猶戀主，軫念爲生民。日出浮雲散，時廻大地春。翟公門下士，誰是報恩人。

八月三十日上賜翰林院諸臣御河鮮藕恭紀一十八韻

曉日瀛臺敞，秋風水殿涼。賞花開寶幔，收蔤薦銀塘。敕使宣中秘，分甘出上方。宫僚皆受賜，翰苑獨先嘗。種獻蓬山遠，根蟠太液長。紅衣銷紫漫，緗葯墜青房。埰去如堆雪，横來似截肪。蒲枝聯作帶，菰葉織成筐。嚼入冰淘冷，烹疑茗粉香。慢剸包筍白，且掩覆虀黄。洗骨廻仙島，虚心答昊闐。纏深知節苦，折處見絲颺。鼎俎堪呈質，汙泥不染腸。量材逾七棗，挫瀋得三漿。不畏相如渴，何愁孔凱狂。盤傾金掌露，七割玉臺霜。華井誰含片，天池甫佐觴。願將千歲碧，早晚進西王。西王母進千年碧藕。

何使君紀績詩

秦望群峰峻，耶溪萬壑流。專城居刺史，千騎擁諸侯。望族鍾洪澤，聲華冠鬱洲。才非平叔下，名與敬容儔。振筆翔鸞鵠，摛文射斗牛。起家由祕省，出守監炎州。五玉桓蒲寵，三山鼓角愁。憑忠歸漢節，含笑佩吴鈎。重簡東南牧，長寬社稷憂。清風吹畫鹿，甘雨拂鳴鳩。井邑桑麻潤，宫墻桃李收。蒲鞭裁緑梗，花篆沁紅油。虎自江流渡，魚從廳事留。餘波沾鮒轍，砥柱宅龍湫。邁德傳經遠，昌圖錫祚優。盈巢皆鸑鷟，當道見驊騮。河畔桃花發，淮南桂樹秋。門高容上駟，庭敞列行騶。進秩褰帷出，匡時借箸籌。子牟懷北闕，嚴助闢東甌。自愧龍丘老，曾陪兔苑游。微文當紀績，聊備史官搜。

慕中丞起湖北巡撫有贈

東海珠仍合，中天日自開。謝公真再出，寇氏喜重來。敕自皇恩下，裝憑使者催。建牙襄鄧表，移鎮楚江隈。半壁恢雄建，長城仗鉅才。民皆思雨露，帝用感風雷。嶽勢蟠南盡，湘流至北迴。萑苻看驟輯，魑魅敢還猜。馬識前時路，烏飛舊日臺。思君何所似，江漢水瀠洄。

春晚曹顧菴學士過天中署夜飲即席和見贈原韻

侍從雄東觀，才名擅北宮。與君違越嶠，過我在天中。華省書仍祕，長沙賦轉工。清缸新釀緑，古署暮花紅。把臂憐時逝，談心及漏終。群游懷鄴下，三篋記河東。每望天垂斗，相逢月似弓。賜緋真熠熠，時學士投瓊得六緋。結珮莫匆匆。合座皆枚叔，空罇媿孔融。陽春纔有和，切勿笑巴童。

十月朔午門頒曆侍班恭賦

鳳律開平朔，鑾輿啓未央。祭時歸太廟，是日以時祭太廟迎駕。頒曆坐明堂。道夾珠旛轉，庭開寶籙長。司常將舞鷺，掌餼不供羊。疊册裝縑麗，闟車覆帟黄。用人輿十餘乘載曆，覆以黄帟。背封箝押小，面記印泥方。殿上呼三壽，階前奏八琅。五官陳夏令，百辟奉春王。數合軒轅紀，班隨星宿行。授書馳赤縣，開卷遇青陽。葉向蓂堦拆，花含黍谷芳。敬天方嗣服，歷數正無疆。

駕幸温泉恭賦

羽肅句陳外，波開帳殿中。咸池長浴日，華渚自流虹。曉度榆關遠，春從黍谷通。慈寧扶葆馭，時太皇太后坐湯。神策駕豐隆。磐溢銅仙露，牕含玉女風。青泥分太液，紫氣接居庸。浄可捐煩慮，温能養聖躬。醴源逢處合，仙井鑿來空。衣藻沿渦碧，巖花入照紅。濴堦將赴壑，聽水似呼嵩。鐘乳浮銀椀，松雲鎖玉櫳。起居長樂輦，扈從華清宮。舜德時存坎，湯田歲轉豐。甘泉徒有賦，未敢擬楊雄。

題耕隱卷子有序

邑前進單能重先生，名瑺，隱居西山下。自明洪熙至成化，杜門絶仕進，別號耕隱，同志並爲詩贈之，迨今幾三百年矣。康熙戊辰，其裔孫廣宗爲修其遺卷示予，予捧而誦之，中有二洪先生，一名鐘，一名鏞，皆洪、宣間詩人。其詩類元和、長慶諸名家，而其字不傳，并不識住何所，其子姓于今誰似。惜前人輯詩家不能旁搜，而邑有前進如是，不能一表微，爲可憾也。因取仲洪先生名鏞者長律一首，依其韻和之。雖慙續尾，顧私喜一日附兩賢後。乃應廣宗請，而復爲識其大略如此。

舊氏傳江表，前賢住郭西。此山曾豹隱，深巷有烏棲。地僻難迴轍，春陰自洗犁。隨時觀塞馬，翫世等醯雞。但辨麻和菽，能忘筌與蹄。壇邊松障合，門外柳枝低。乳犢啣芻出，新鶯繞樹啼。商歌留白石，叢話記青溪。奕代存風節，居家鮮傲倪。川廻魚汕藻，堂改燕巢泥。筆篋餘花譜，衣形想稻畦。閒看三徑菊，貧授一莖虀。茂族開於越，高風著會稽。詩題王霸友，隱並老萊妻。故老行堪式，賢孫卷自攜。遺文追往哲，流譽滿中閨。

附洪鏞原詩

吾邑西山下，君家住更西。百年忘寵辱，終歲樂幽棲。沃壤資三熟，生涯在一犁。呼兒勤飼犢，戒僕早聽雞。高棟縣龍骨，衡門絶馬蹄。來牟連屋近，桑柘覆簷低。花外提壺語，林間布穀啼。沾濡天雨澤，灌溉水分溪。托蹟堪隣鄭，窮經合並倪。不辭身滴汗，寧憚足塗泥。曉摘蔬盈圃，秋收稻滿畦。甑香炊白飯，甕澹釀黃虀。禮讓誇淳朴，經營笑滑稽。相親多野老，主饋有山妻。静裏詩還覓，閒邊杖復携。優游太平世，何必慕金閨。

西河文集卷一百五十三

蕭山毛奇齡字春庄又名甡稿

排律六

聶明府生日

荀藐來榆次，言游在武城。愛將花自種，操與水兼清。飛舄瞻鳧近，圜扉見草生。亭邊三老約，指下五絃聲。楚户全輸版，甌蠻尚用兵。賣刀同虎渡，懸鼓中雞鳴。白望聞俱斂，黄巾戒勿驚。仙郎真列宿，神父比長庚。棠舍千秋意，桑弧四射情。登堂無可獻，折取早梅馨。

雙壽篇贈餘姚諸徵君

丈人稽郢後，垂老舜江邊。自昔稱三俊，于今踵七賢。占爲鴻漸卦，註就馬蹄篇。隱向梧中據，閒來柳下眠。銀牀穿碧甃，寶鼎發丹田。藜杖鄉初設，桑弧牖自懸。庚寅皇覽日，甲子義熙年。物外餘幖帙，閨中喜緼絃。龐公偕伉儷，鮑女本神仙。河鼓牽朱軥，初度在七夕後。江魚列綺筵。相思何所寄，唯有綵霞篇。

遥同淮上諸公九日遊裕親王園林登高限韻得徒字有序

予于九日過舒南宫舍人邸舍，值淮上丘學士兄弟、李明府、張孝廉諸公車馬四集，將以是日游裕親王園林，作題糕之會，呼予共載，予適以他集不能從。既而諸公各有詩，即席分字，限一十二韻，彙録見示。昔梁孝王闢兔園召客，自睢陽爲複道，屬之平臺，凡四十餘里，而河間王德嘗築日華宫，置客館二十餘區，以待學士。今親王爲帝室賢胄，肺腑枝葉，其開園築館，原足爲賓從厠足，而諸公以鄒枚之才，偶接蘭坂，即能啣盃抽牘，以當獻頌，此在鄴宫讌集所稱良辰勝地，賢賓盛主，莫過于是。而予以無分不預，則其爲悵恨，可勝道哉。嘗讀韋學士和唐主九日詩，知學士亦未嘗預會，强顔作和；而李白九日不與崔侍御同遊敬亭，然猶有寄侍御詩，見之本集。予效矇附和，亦請限韻，顧未知其與古人何如爾。康熙戊午重九後一日某識。

九月入皇都，秋高海雁徂。將車來舊邸，懷刺向當塗。紅蘂頻年憶，黄花滿地鋪。宋公方戲馬，陶令正提壺。期赴尚書遠，筵陪侍御無。賢王開碣石，豪士進彫葫。積善坊邊柳，高颷館後梧。留題雲作牘，分佩水爲符。帽落違江夏，巾摧記義烏。登臨還倚樹，附載豈編蒲。梁苑饒詞客，燕臺盡酒徒。相逢能唱和，清興未曾孤。

寄祝同年汪編修尊人雙壽

三壽函金册，雙星轉玉繩。裔傳汪仲舉，兒似柳吴興。天上絲綸展，人間歲月增。桑弧懸鵠血，門帨絓龍繒。國老扶來罕，閨閑得未曾。登朝惟齒尚，舉案與眉凭。鼓瑟歌方並，開樽酒是朋。千年桃實結，庶品蕙肴烝。鳳喜翔新竹，鳩看集古藤。傳經貽碧檢，染紙用青菱。瀛海濤千頃，丹梯路幾層。一觴慚寄祝，頫首誦岡陵。

奉酬董公子致平貽贈十六韻

紅杏園初啓，青槐路未遥。高門逢勝集，公子踐佳招。碧浪迎人酳，紅泥坐客寮。車迴攀柳傧，茵藉落花朝。誼以雷兼鮑，名如董共鼂。文章横蓋代，意氣上干霄。八斗才無敵，三餘工不佻。虚懷嘗抑抑，玄箸本超超。東閣張筵遽，南皮發興饒。庭聯天廐馬，世插侍中貂。衣染墻葵汁，書縈帶草苗。琴心傳鳳曲，劍鼻刷犀膠。酒榼頻添漲，薰罏欲上潮。邀朋皆黼黻，投我是瓊瑶。道在雲嘗合，詩成星暗揺。雙飛看鷺羽，不忍度河橋。

許使君詩

聖代推觀察，雄藩重列侯。雙旌開鎖鑰，千里藉懷柔。勵治資良牧，平情簡督郵。巡軍星照海，行部雨隨輈。碑接山陰道，屏高甬上樓。旬宣踰八越，保障近東甌。鑑遠無疑牘，刑寬省要囚。廉辭原憲粟，儉着晏嬰裘。勸稼乘羸馬，耽書卧小舟。亭遺黄絹字，道鮮赭衣偷。入市携刀賣，當筵借箸籌。捐金輸士困，貸粟賑民流。自媿樗材劣，曾經藥籠收。宫墻傳五教，稷下闢三鄒。絳帳依南郡，青雲起道周。微文難紀績，聊以代方謳。

題傳經堂詩

至德聞荀里，高名著鄭鄉。人方垂繼世，家本住横塘。門對新花嶼，經傳舊草堂。青山迴幔檻，綠帙滿巾箱。書帶牽隄遠，袒衣繞砌長。生徒閒授几，賓客静傳觴。詞業延中祕，忠言肇侍郎。其先侍郎公爲靖難建言，有聲。一門追顧陸，四世見袁楊。駿烈遥堪誦，清芬久自揚。艤舟停下去，豈是戀滄浪。

蒙孫國公徵灝請召西園讌集有贈時予將南歸舟次奉答 國公係義王之子

西邸恢前緒，東吴紹世修。標名同燕頷，覿面在螭頭。爵過平原秩，人如康樂侯。田猶頒鄠杜，文已駕曹劉。家自傳盧矢，門無詠蒯緱。張錢長卻會，禰刺竟先投。突室琴罇静，閒園竹樹幽。高談驚遠聽，散帙恣冥搜。醴向晴軒設，車從智井留。鼎脣沾雀蛤，褥縫對犀牛。憑袂先王几，觀銘舅氏卣。當陽褰武庫，弘正醉書樓。宴比東堂勝，詩方南面優。公詩名《擁書堂集》見示。天才傾八斗，國士感千秋。金券文難紀，銀泥緘未酬。柳城相望隔，思煞潞河舟。

寄祝劉母王太君

錦帨開雲縵，朱門對水澄。清罇傾綠醑，峻節著青菱。晚歲能餐桂，當年重飲冰。硯瀠提甕水，書照辟纑燈。身是陶貞烈，庭趨劉孝陵。笄珈頒錯落，棹楔表崚嶒。甲子人間換，初陽地上升。環葭飛玉瑱，覆斗結珠繩。衣舞新緺綬，堂鋪舊髦㲪。桃花開有日，坐見歲時增。

看菊聯句 爲楊雲士菊圃作

北苑尋幽鞠，甡東籬見治蘠。佳名渾不辨，張杉妙植想多方。種集伊川盛，甡泉通酈縣香。銅鐶鋪處白，杉金盌鍍來黃。龍腦蟠銀埒，甡猧絲旋錦囊。輪啣千輻廣，杉錢取五銖良。蠟朵紅兒髻，甡檀窩青女粧。苞沿舒茗甲，杉瓣底綴瓜瓤。敞類仙盤舉，甡圓同佛面張。微紅名馬藺，杉小臭似蛇牀。塢闢辛椒外，牲園隣苦竹傍。穿鶯疑住久，杉報雀欲啣將。高士裁爲佩，牲夫人染作裳。分花餐屈子，杉釀酒送長房。合蜜團松餌，牲和英煮桂漿。翻叢祛蛺蝶，杉啄蕊妬鴛鴦。暫吸枝頭露，牲潛窺葉上霜。候遲猶猗狔，杉風動自低昂。重疊排成幛，牲離披布近墻。記時存小正，杉遺興在重陽。賜鄰悲將老，牲橫汾誦有芳。秋葩應晚歇，杉爲我罄餘觴。牲

送任生北遊有序

春草初碧，朝雲欲馳。集江上之離亭，送樂安之公子。千里名高，遠度黄金之館；三洲歌苦，同啣緑玉之卮。趨庭須早計，但作方遊；即席有貽言，不拘句韻。

客路饑驅遠，離筵酒上微。關山方漫漫，楊柳正依依。市劍吹花鍔，征衫換葛衣。燕臺需駿久，塞館度鴻稀。薦引思嚴助，遨遊重陸機。高堂頻慰去，勿使傍柴扉。

贈胡少宗伯八韻

南省推常伯，東華景從臣。披雲常見斗，有嶽必生申。祕閣專詞翰，崇班領搢紳。典從三禮貴，賓與四門親。伯始才無敵，蘇湖學更醇。名標仙闥上，家在射湖濱。秩序追前哲，文章奬後人。升堂纔咫尺，相望轉逡巡。

寄祝王匡廬先生七十初度即新城王禮吉、東亭、阮亭三先生之父也

甲地開華閥，高筵啓玉壺。人間瞻岱嶽，天上見南弧。第五名偏重，無雙譽不誣。孝思懷牧伯，至德紹司徒。書繫堦前草，冠栖城上烏。交遊同郭泰，論議近潛夫。皂帽龍垂尾，丹山鳳有雛。卻官

成八俊，教子得三珠。賜饌長遺膾，徵車好載蒲。鸞書天外錫，鳩杖國中扶。奕世多傳寶，群賢有繪圖。一觴隨獻遠，未敢效吹竽。

吴楷招會湯餅聯句

湯餅傳瑶席，張杉金錢壓綺襦。石麟摩外士，甡河鯉饋中厨。主爵催浮白，杉賓衣有拭朱。試啼知大器，甡占慶見充閭。九子烏生好，杉三嬴馬相殊。高虹天半玉，甡滿月夜來珠。父子吴中復，杉階庭謝幼輿。他年詩禮貴，甡看汝早追趨。杉　吴氏，又氏謝，故有幼輿句。

禹　陵

夏后南巡日，茅山啓閟宫。九川方灑潞，萬國已來同。宛委藏書古，衣冠輯瑞隆。群侯遵會計，江漢仰朝宗。祀重陪方鎮，功成抑下鴻。層欄廻綵鳳，畫地有黄龍。藻染梁紋緑，花啣碑字紅。千秋新貢賦，八越舊登封。頫首滄江外，摳衣饗殿中。翹瞻明德遠，去此欲何從。

郡太守許公遷寧紹兵巡副使賦贈

中巡加八使，上秩賜通侯。控地連滄海，開轅在越州。金茄吹外幕，玉箸借前籌。民事關心切，兵行錫命優。專城原倚重，治郡早推尤。草檄憑馬首，封書裹箭頭。盗因虞詡息，人願賈公留。攀軾同蟻附，遷枝相烏求。碑横剡上路，靴掛郡東樓。俗凡留官者，脱其靴掛于庭。神武調軍騎，星文割女牛。寇恂需歲月，杜預註《春秋》。公註《左氏傳》付刻。自愧編遥服，深蒙顧弊裘。釋冤開蔀屋，解澤到荒丘。曾諭治先壠最切。茂樹陰方接，高天戴未休。江湖千萬頃，誰敢賦涪漚。

丘大參年伯七十初度

南極分樞久，東山屬望專。名高公路浦，家近射陽田。雲閥青齊舊，星垣碧漢連。司民延世澤，參岳領時賢。漢署常紆紱，淮流自理緡。井公六博戲，韋氏一經傳。玉樹圍瓊砌，金英燦綺筵。座中朱履集，階下彩衣翩。蓬島依兄弟，槐廳入後先。看雲還棘寺，曙戒先生以學士左補大理。愛日度花磚。謂季貞檢討也。佳氣浮簾幕，輝光照里廛。門楣揚鳳翮，地冑引蟬聯。共有稱觴慶，寧忘授几虔。相隨群從後，敬誦白雲篇。

奉謁通政楊公林居感贈一十四韻

上闕標雲路，高門啓道鄉。詩書傳百代，名德冠諸楊。臺出金銀表，官居喉舌傍。天書垂左掖，卿月照東堂。假沐還泉石，因閒問梓桑。往來申浦楫，偃息午橋莊。自愧紆三策，曾經泝九方。予讀卷舉主出公門下。袁公四世植，陸氏一田荒。種杞孫枝詘，傳衣祖製亡。到門慚舊主，開宴謝新昌。爲仰千秋鑑，來窺數仞墻。一時依斗曜，三日接衣香。人望年來屬，天星曉自張。徵車應在道，執策敢相忘。

葉使君六十

會見黄星燦，長疑紫氣連。應鍾方啓籥，甲子又周天。族是諸梁裔，家藏虞仲篇。論文誇魏晉，對策入幽燕。製錦潛江曲，專城桂水邊。郡留黄霸蹟，人謂寇恂賢。音問三秋隔，相思兩地懸。誰知違俗久，頓使杖鄉旋。設矢逢初日，稱觴祝大年。金門邀曼倩，同望赤城烟。

贈副都御史金君

北闕推司憲，中臺肅準人。兩京傳舊族，三坐見親臣。上殿呼張綱，諸曹拜郄詵。朱衣長拂面，蒼珮儼垂身。抽簡如凝雪，驅車總避塵。五花堂上列，六事御前陳。道可孚中極，清能敕外巡。時君有以清廉敕外臺疏。文緣章奏重，治驗紀綱新。在昔瞻雲切，于今披露親。埽門徼典客，觀國利來賓。啓署通南省，依垣近北辰。槐廳慚後起，還展舊絲綸。

康熙乙丑予奉使分校會闈得士二十二人竣事恭紀兼呈同考諸公三十韻

試士開三省，徵書下九重。名標文德殿，宴列武成宮。同考班行盛，諸房領去崇。翦金花插帽，浴鐵馬安籠。魚貫先開闥，蜂攢後捲篷。座如聯宿上，堂以聚奎雄。內簾中廳名聚奎堂。布棘藏知雜，垂簾示至公。硯分新靛液，題拜小黃封。是科上頒書題，用小黃封硃書接出，上寫「御封」二字。使席供旃細，官厨責桂濃。吹鐃來堠北，擊櫜在墻東。畫壁皆麟鳳，標籤類蛞蝀。卷排千字蹟，闈限五經通。到晚門箝赤，中宵燎舉紅。九龍天上現，萬蟻穴中攻。啓簿覘多例，未閱卷時，先檢科場條例。焚香矢寸衷。主司愁失實，進士苦雕空。「棘闈深鏁武成宮，談天進士雕虛空」，係黃魯直詩。文獻都堂內，神枯號舍中。有蕉難覆鹿，入牖敢窺龍。所藉千秋鑑，曾無五色幪。三呈皆白璧，萬選得青銅。勒帛藏雙管，收囊會九緵。草編時有次，花判月將終。編號次第即草榜也，每日各房判紙封卷篋。北斗魁爲首，南宮禮是從。人方安夏課，長安舉子落第者，率浄坊度暑，曰夏課。誰敢道冬烘。進録盛箱窄，題名散炬融。書吏填榜名，圍以萬炬。闈開雲葉葉，榜放日曈曈。宿館袪甎甓，升鑾伐鼓鐘。賜袍披織綺，開宴舞尋橦。放榜後賜宴禮部，教坊奏伎樂，賜花、賜綵段表裏。因謝同荀誼，翻慙獲狄功。井亭深鏁處，長昣隔牕桐。

鏁院簡王編修同考兼呈難弟侍郎主文十韻

龍並雲間躍，人同馬氏良。弟方司主校，兄反作參詳。舊以房校，名參詳官。禮序廻鸞列，温言下鳳章。時院中接旨，令勿嫌避。隔屏分上座，授尺首東廂。四闢優三館，群空賴九方。同臨戰蟻穴，忝受獲麟房。宋嘉祐倡和詩有「萬蟻戰酣春晝永」句，予以領房官鬮閱《春秋》，故云。藍汁文千點，樺烟燭幾行。位因同考近，分以後塵相。館規，予與兩公相爲前後輩。海闊容流細，天空任羽翔。聚奎堂畔月，相對意難忘。

過劉少參宅有贈

北海標通德，東田返近臣。白雲仍在望，絳節舊曾巡。賭墅非閒地，歸湖有上賓。擣茶花院静，讀易草堂春。丹鼎招仙客，金魚付酒人。題詞俱咳玉，封册總泥銀。禁闥思嚴助，台階讓賀循。長干初置輦，白下慢垂綸。❶跡共潯陽隱，交從北府親。有誰司國舉，唯汝秉人倫。納履龍門峻，披帷燕賀新。思深猶望歲，游滯已兼旬。霜雁飛黄浦，秋楓動紫宸。欲因徵詔切，從此捧車輪。

趙弟舉茂才書扇志喜

雅度如搴芷，晴江賦采芹。父爲晉成子，兄即趙觀文。珠玉方呈彩，驊騮迥出群。開襟飛紫電，跬步上青雲。佩重摇金穗，衫踈映繡紋。平原佳子弟，知向武陵分。

❶「慢」，四庫本作「漫」。

送家僉事提學雲南

司命開南詔，除書下建章。經傳宣聖里，名冠鄭公卿。久列螭頭仗，曾含雞舌香。縹箱疑武庫，珠斗見文昌。比士昆池外，衡文洱澤傍。猓閒垂甫掖，瘴裏判干將。八代唐文重，諸生段氏良。國書傳杜佑，家學本毛萇。東壁舒光遠，南溟得路長。雁行廻復處，相憶在瀾滄。

丹陽別羅坤

作客鄉關遠，懷君歲月深。過江逢管仲，入幕見陳琳。代北方馳騁，苕南久滯淫。未懸腰下印，長散槖中金。入俗饒玄度，憐予得素心。烏衣人共訪，白下酒同斟。世已嗤求駿，吾將效展禽。天低垂去轍，雲滿未分襟。龍跳難爲友，鵷栖不擇林。丹陽重惜別，相對起沉吟。

胡副憲生日

烏府垂標峻，青陽感氣新。藏書柱下史，執法殿中人。入陛長連臂，居官善逆鱗。週天剛六甲，練日及三春。指直冠如鐵，風清簡似銀。明時無可誦，但願作良臣。

二

憲長垂三坐，端公擅外臺。春風吹海甸，曉日近蓬萊。使作儀同貴，生占宰相才。程琳饒氣節，王儉著風裁。珮有蒼龍繞，門呵驄馬廻。祇因留柱史，紫氣滿東來。

寄吳制府廣東

妙略雄南服，鴻恩賚上京。五年專棨戟，獨坐領簪纓。册授金鼇勝，兵摧玉洞平。三門新壁壘，八克舊家聲。重地深分履，前韓早樹旌。詔從雙鳳闕，節授五羊城。谷轉桄榔暗，旗翻翡翠明。趙佗終北拜，馬援且南征。操得貪泉厲，名因裹石成。朱方行處樂，白雉貢來輕。磐石詛茅土，河山倚保衡。八行難盡意，長使寸心傾。

吴門喜遇郭襄圖飲次留贈并謝所貽聯句

作客當三伏，甡懷人在一方。啣鑣逢茂苑，張杉把酒對金閶。意氣干雲上，甡追游度日長。高名通宛洛，杉近歲返炎荒。藥採安期澗，甡金携陸賈裝。賢王驚賦彩，杉時郭以詩百韻贈俺荅公，每一字酬一金。蠻女授衣香。家隔鴛湖遠，甡山看虎阜良。歌迎桃葉渡，杉居近百花坊。金屋嬌還貯，甡瑤山謔未忘。尋仙同許邁，杉結客過吴光。何幸貽歐冶，甡兼之贈楚纕。峰前瞻縹緲，杉亭下詠滄浪。座愛林宗友，甡行陪郭伋觴。臨岐乖報諗，杉爲我俟河梁。甡

挽陸母

萱草移金闥，蘭旌返玉樓。太君如湛母，孝子是王修。機織恩難斷，杯棬澤自流。堦前黄鶴去，天際白雲浮。至德傳閨訓，餘哀減巷謳。只憐赴吊晚，偃蹇愧南州。

觀徐昭華畫障作

吾郡閨房秀，昭華迥出塵。書傳王逸少，畫類管夫人。紫水和泥染，青山帶露皴。蝶衣聯繡褶，花片滴朱脣。閣上烟雲曉，階前草木春。衹愁頻對鏡，圖作洛川神。

西河文集卷一百五十四

蕭山毛奇齡字大可又字于稿

七言古詩一

西河七古較他體易輯，大抵鴻路堂抄本十之八，諸選刻本十之二。特諸刻互異，參錯不合，以選時爭相改竄故也。今悉從原稿改正。

七古空居本尚有存逸者，如《駿馬行》《柳橋行》《江東游女歌》《冬青樹歌》《神堯皇帝大閱圖歌》《從軍行》《軍中行路難》《隴頭吟》《樹中草》《燕歌行》《哀江南》諸詩。

巫山高

君不見，巫山叢叢高插天，前臨蜀道廻長川。君不見，巫山窈窕似好女，朝見行雲暮行雨。朝朝暮暮巫水濱，碧蘿紅樹荆門春。幽嵒生風吹雨色，迷卻當年夢裏人。夢裏迢遥渡三峽，十二峯頭暗雲葉。風起難留巫氏家，山前那遇荆王獵。荆王巫氏相遇稀，春禽暮蝶争飛飛。天半無雲粧緑髮，風中有雨濕羅衣。羅衣緑髮等閒變，誰語荆王使相見。若爲淫澦蕩人心，判作琵琶蔽君面。琵琶峯畔雲影長，湯湯淫澦流瞿塘。共言臺下棲神女，共道丘中伴楚王。楚王宫裏細腰女，争望陽臺起歌舞。不惜高峯化作神，但恨春雲變成雨。春雲蕩蕩流滿山，椒花紅映青苔間。南行若箇知才子，空使春雲江上還。遠公曰：「若爲」，誰爲也？崔仲方《巫山》詩亦有「若爲教月夜，長短聽猿吟」句，唐人盡如此，近誤用。

七夕曝衣篇

明雲初起芙蓉殿，半月將開五明扇。青女當秋看又來，黄姑此夜期相見。璇車自出絳河濱，芝蓋遥迎紅粉人。錦石拋時通錦字，鍼樓啓處有鍼神。星橋熠熠百枝動，雲路迢迢七香擁。夜半秦王欲捲衣，天邊蕭史先乘鳳。六宫羅綺張玉臺，千盤錦繡開雲堆。暗香畧動知風發，好影頻移待月來。千頭飛雉壓花綉，九子盤龍帳中覆。珠帔垂將露滴餘，仙裙留向烟飛後。此時穿線最難成，此夜乘槎最有情。幾看鍼孔雙絲度，裁問支機百思生。支機載去連太液，幾處衣樓耀寒碧。不疑綵女夜能舒，翻似天孫曉來織。別有豪華富貴家，金箱玉篋寶鈿車。争道紅綃如閃電，争言紫幔似輕霞。紅綃紫幔不曾襞，遠公曰：「襞」，一抄作「擘」，誤。不曾襞，言不曾摺也。王勃詩「錦衾夜不襞」。更有娼樓望靈匹。玉指泠泠展素衣，翠帶盤盤廻錦瑟。重有佳人怨秋暝，雕鵲填河暗通徑。只將雲錦連七襄，只將月帳爲五詠。七襄五詠處處新，錦雲帳月家家春。誰憐畫閣懸衣外，復有長竿摽布人。霖曰：襞字不用韻，凡换韻首句倣此。

擬古意贈襄陽李調鼎明府過訪

大江日夜緑，春草日夜滋。美人渡江來，正值花開時。花開灼灼滿江渚，白舫青簾舊明府。載得襄州郭外雲，吟來秦望山頭雨。東京元禮本是仙，孟亭歌曲襄陽船。恨無明月真珠佩，解送春風大

道邊。

集東書堂即事兼呈祁五祁六兄弟

棲烏遨遨起高樹，大星落落流通波。平船刺河冷著曙，早來如此良會何？晨光滿檐花滿谷，窈窕虚堂映修竹。牙籤三萬甲乙殊，仍列中丞舊書軸。當軒進酒羅綺黄，朱花夜池華燭光。苦吟哀嘆愁人腸，銅笙玉琯藏曲房。東山高洞久傾謝，新墅難廻紫庭駕。春日曾彈市閣間，落月誰歌墓林下。相看每惜良會稀，庭前又見朱花飛。冰巵清接露華墜，蠟槃横繞珠繩低，烏棲未棲烏欲啼。

淯川楊花歌

洛城東行淯川裹，簌簌楊花墮流水。不似龐湘送我時，西園但折緑楊絲。淯川涣涣採蘭去，不見蘭花見飛絮。垂楊十里春晝陰，騁馬驕嘶不能住。春船三月淯水多，下江千里行難過。漫天撲地楊花落，馬上躊躇空若何。霖曰：龐湘，洛中妓。西河又有詩見五絶。

奉贈吴金吾七十初度❶霖曰：吴元素先生爲吴大司馬冡孫，傳襲錦衣。

朱榴花發紅藕香，鳴珂舊第薰風凉。彤庭遺老俯崧嶽，絓紱始知麟綬長。殿前夙昔重環衛，天子親臣執金貴。鳳轂嘗憑仗下符，鶡冠時埽關頭彗。鈎陳肅肅位望尊，六閑八舍如雲屯。虎官爪士盡奇傑，當街食艾愁王孫。天心日月正陽午，久指山河誓鐘鼓。内府丹書螭首新，滿牀赤芾貂蟬古。悠

❶ 此詩四庫本未收。

悠時事不可期，角巾徑自還烏衣。琱弓既抱玉髯墮，空留珠靶長相隨。清江藏龍霧藏豹，七十年來並漁釣。隱吏誰傳紫氣來，避秦剛值桃花笑。蓬萊高閣近東瀨，揄舞揚觴進蘭茝。自憐顯晦年歲殊，真見桑田變滄海。君家世胄不可當，東京楊鄧西金張。弟兄三戟喜重見，蘭臺御史翊衛郎。況兼膝下有令嗣，交友四海多文章。君不見，君家司馬事神廟，坐略西戎静邊徼。市馬輸來老上金，擐刀搏得賢王鞘。紅山墩前錦靴窄，忠順三娘欵關譯。燕支萬騎齊解降，毳幙千年少顔色。先生七十真古稀，高勳世世留常旂。只今司馬邊頭月，猶炤尊前舊錦衣。

搓挪行

秋高夜明天雨霜，黄河水流東湯湯。丈人暮年戍疆埸，家中老妻夜徬徨。小兒三十羽林郎，丈人去時呼阿唐。黄河水邊倒枯楊，根株垂萎枝葉颺。行人撫枝徒增傷，好枝無根安用長。白日澹澹沉黄河，清霜入水同流波。行人早行過滹沱，心思故鄉悲如何？馬足凍折車婆娑，辛勤慰悦徒旅多。前飛鶖鶬後駕鵞，荒城投汩愁綱罔。城邊當壚雙緑螺，入門便酌金叵羅。秋風野池吹朱荷，酌酒不飲當聽歌。歌成一曲新陽阿，聽之雙泪同沿渦。少年苦貧但搓挪，何爲遠行心煩苛。

打虎兒行有序

禹州民朱兒救父打虎，史使君廷桂奬勞之，予識之禹署。

打虎兒，乃在汴梁之禹州，禹州城外朱家樓。小兒十一隨父耕，深林有虎斑毛成。颾颾黑風吹草根，乘風攫人誰敢攖。小兒不識虎，乃亦聞虎名。虎來小兒怖欲啼，掀脣見虎銜父肢。咆哮草際風來吹，兒啼向風不得父。把杖打虎截虎路，三尺童子五尺杖。打虎落毛傷虎臆，虎驚顧兒舍父逃，深林風草皆無色。禹州刺史呼小兒，裹之以帛飽以糜。予時在署識兒面，耳髮稺弱真兒嬉。問兒打虎何似，舉手張齒作虎勢。假虎隱幔恐小兒，小兒復怖將啼歸。當時見虎得無怖，此事我亦昧其故。禹州刺史省得知，是日小兒知有父。男兒七尺傷父心，天寒辭墓行求金。安得棄鋏抱長杖，與之同日還深林。我所思，打虎兒。

入少林書事

嵩陽宫前山翠濃，西行縶馬金牛峯。新鶯啼歇緑楊裏，潦水倒入清溪中。春寒衣袖晚來薄，細雨濛濛灑幽壑。林杪高穿雙樹行，巖前時見三花落。崔嵬紺宇本金布，上界鐘聲出雲霧。殘碑萬堞讀未成，暝色空廓坐來暮。山深寂静鮮人語，松頂微聞住春雨。深厨野藿供晚餐，竹牕新月明前塢。老僧趺坐爲我言，北朝舊是祇陀園。精藍洛下總稠雜，此中絶壁無攀援。嵩丘相峙藏貝葉，列祖持衣寡言説。阿閣翻經降露華，中亭斷臂飛寒雪。聞言憬然動我心，恍對秋潭卧冰冽。夜夢胡僧折予指，不記前身迦葉子。難尋澗底三昧泉，且飲當前八功水。蘧蘧卻枕蝴蝶飛，晨光養樹看熹微。滄滄赤日上瓊壁，太室少室争光暉。出門欲問來時路，策馬悠悠何處歸。霖曰：五律中有《宿少林寺夢跋陀飲予水》詩，夜夢一段意指此。

游石淙

游石淙，石淙不可渡。倚翠屏兮有雲，躡流泉而無路。流泉激激上有臺，叢嵒疊石嶂中開。嵒前合沓流霞起，石上玲瓏瀉水來。玲瓏細水瀉危石，絶壁參差望來隔。觸溜微牽莎草紅，翻漚似覆蘋花白。當年侍宴碧澗隅，金輿玉漏開雲衢。離宮祕苑游仙女，石畔嵓邊到帝姝。儼流泉之調瑟，比鳴鳥于吹竽。今來獨上雲錦闕，俯瞰長河跳流沫。碧草薰開帳殿烟，青蘿捫待珠宮月。珠宮帳殿不復留，青蘿碧草緑溪流。望美人兮何處，悵獨立兮山之幽。山之幽兮水之曲，春色芊眠兮水波渌。看蝶舞兮中林，聽鶯啼兮深谷。鶯啼深谷柳暗催，銜衣蛺蝶及春來。只有流泉無旦暮，年年石上自瀠洄。

桃源圖

桃花灼灼開千樹，不記當時問津處。明霞一片連白雲，中有漁人捨舟去。捨舟欲入志未違，桑麻千頃迎朝暉。武陵溪上東流水，時見桃花片片飛。

九月十九日登淮陰城東程將軍塚程咬金塚在紫霄宫南

層雲盪晴空，涼風薄枯草。我登淮陰城，秋衣振縹緲。淮陰城東有高阜，九日初過又重九。閻君父子好探奇，閻修齡、若璩父子。邀我登高共飲酒。籬頭黄菊堆酒巵，風前重把茱萸枝。雙攜銀榼墜鸚鵡，頻開鏤椀燒蟲蠵。飄飄千里試一望，射澤鹽陂減秋漲。烟浮蒼藹到海平，日湧黄河向天上。紫霄高闕凌貝宫，霓裳羽節吹長風。圯橋再見赤松下，淮王自坐丹霞中。前臨巨塚近千尺，半倚城根半葦陌。水落難知王氏墳，道傍猶睹滕公宅。閻君本屬唐相餘，稱言此是將軍墟。神堯定鼎畫麟閣，程氏高勳析珪爵。曾留淮海鎮徐方，因釋金龜葬繁弱。千秋甲胄掩黄土，猶抱旍旗走風雨。介馬嘗隨龍虎號，銜花近見牛羊舞。秋風酹酒瀉玉缾，幽思還視飛鴻翎。昭陵西望久寂寞，鼎湖南去愁青冥。銅笙一曲倚鞦竹，戲馬臺空散黃鵠。把酒頻看琥珀紅，拂盡殘碑不堪讀。

朱明府禹錫生日作

梧桐生朝陽，不與棫棘群。鳳凰翥高岡，燕雀徒紛紛。我行淮陰謁朱博，正值朱絲紱麟角。關令長看柱下書，豳民自奏公堂樂。當年束髮珮玉琚，皎如初日開芙蕖。行文皓旰薄江海，結交磊落填車輿。須臾挾策動天子，一旦聲名滿燕市。買駿時登百尺臺，懸鳧竟下雙飛履。臨淮百里著奇績，前邁于公後師伯。雨後甘城疊翠錢，花開射浦臨瑶席。嗟予自視四十年，長途索食蒙君憐。蒯緱不唱苦寒月，絮袍解贈嚴霜天。此地有漂母，向曾飯韓信。君豈一飯恩，淮流本無盡。淮流蕩蕩到海闊，種樹忻能解人暍。況有含桃墜宿紅，真藉臨邛買消渴。氍毹錦段要素情，方春爲汝聽啼鶯。持栝欲勸山陽酒，只看東流淮水清。

霖曰：西河出游，以揆敘先生爲當塗令，故感之最深。中云「含桃消渴」，則指曲江奉觴人也。見五絶卷。

卧龍山太守歌

卧龍山前春草肥，卧龍山頂秋雲飛。不知太守是何氏？唱殺卧龍山下兒。卧龍山高起東越，上有黄堂過天闕。云是當年句踐亭，望若雄虹駕雌蜺。高門鎧仗排虎獅，有人坐中如母慈。摩頤撫頂善鞠育，一顧三復千回思。去年官兵戰東海，白日蒼黄徙軍壘。嬰兒奔走哭上城，慈母從容爲分解。今年官兵鎮海碛，日負長刀走如簀。慈母週全最苦辛，旦出餔糜祗安夕。嬰兒無知乃有心，口能作語還能吟。龍山井頭掛銀綆，綆絲知淺尤知深。君不見，井邊枯魚苦摇尾，竟入井中食井水。

採蓮曲

採蓮花，花高葉復遮誰家？採蓮女，移舟徑入葉中去。不見採蓮人，但聽葉中有人語。葉中語，不可聽。水漫聲將斷，風多響易停。欲將花紅比花頰，欲將翠袖聯花葉。可憐葉溜珠欲傾，可憐藕斷絲難接。絲難接，珠欲傾，可憐蓮蒂並頭生。並頭花蒂根中出，比翼鴛鴦水上行。鴛鴦飛自遠，荷柄曲還擎。擎將荷柄出荷浦，何處相逢採蓮女？蕩槳難教水鏡明，分房不道花心苦。亦有江邊解珮人，蘭橈桂楫傍江春。折荷恐刺手，濺水畏沾茵。逢人如照影，連榜似比隣。不愁風起湖難度，只恐江高堤易湮。更有堤邊游蕩子，揮鞭摇曳垂楊裏。一時菱唱逐堤遥，幾處蓮歌向風起。蓮歌菱唱起江沙，蕩子歸來近若耶。争向堤邊馳玉馬，何如江上採蓮花。蓮花復蓮花，花葉何葳蕤。花摇知手摘，葉動識舟來。花紅豈可染？葉碧詎須栽？栽花不採摘，花葉自摧隤。採蓮須語蓮舟伴，及此蓮花江上開。

蔡大敬評曰：大可《採蓮曲》繁妙可結，鮮濡欲流。　舊評曰：初唐七古詩大抵本之江淹《西湘》、沈約《八詠》諸篇，倏無定姿，按多散緒，信陽所謂調之流轉者是也。王子安、劉希夷諸君後，惟太白近之，西河于王劉得其佳要，故一往神妙。近爲初唐者，徒以纂組稱工，此繇誤讀《長安》《帝京》耳。「水漫聲將斷，風多響易停」，一作「雨洗紅將落，風多響易零」，非是，今改正。

和載花船詩并序

渭南令張萬青納青谿姬美，其既姬疴，屬女弟以迎，將望來舟而瞑目。令爲之神傷，作《載花船》篇。闕里孔孝廉示予，并屬和章。

勸君莫唱楊柳枝，楊花飄落無還期。勸君莫上桃葉渡，桃葉青青在何處？君游渭陽值春月，遥望江南柳如雪。誰家城角種石榴？不見平船住花埒。白楊深巷野鵶曙，十字南頭小樊素。門前脂石解筰行，花插文魚駕船去。鬱金香汗染絳雲，瓦棺玉樹埋紅裙。緑珠井上冰初結，紫玉湖邊日漸曛。昭陽女弟死相屬，眼見花間繞銀燭。鸞弦既絶難再牽，幸有鑾絲細能續。漳河銅雀飛復飛，大姨既嫁娶小姨。只今張君作新壻，清江重載花船歸。我行江南望江路，舊日烟花在何處？西陵松栢風雨來，但見青驄繫江樹。涼秋月没星代時，遠公曰：李義山詩有「月没教星替」句，「星代」恐即「星替」也。珠房多擘秋蓮枝。君能載花對花語，道予曾和花船詩。

登白鷺洲高樓值施使君留蕭江有懷霖曰：施愚山先生分守湖西。

石陽城邊白鷺洲，萋萋碧草環洲流。層樓百尺俯寒潦，有客獨登樓上愁。樓前寂歷衆山暮，萬里江流自來去。天半横吹贑浦帆，雲中恍辯虔陽樹。我來眺望九日餘，芳洲猶採紅茱萸。遥山不斷故鄉雁，沿流時羡清江魚。故人乘興久舒嘯，千載南樓鮮同調。看月寧分佐史牀，臨風空着參軍帽。相思渺渺縈素波，秋花開映波中螺。凭欄欲作登樓賦，不見夫君奈若何。

夜分聽江聲浩然有故鄉之思

我家住西陵，慣聽西陵潮，涼秋八月江關高。西陵潮上時，巨如波底長鯨號。細若寒風來，落葉相飄飖。西行渡江不聞此，曾宿嵩山少林寺。寺傍長松踞溪水，千樹萬樹香閣邊。夜來聽聲不得眠，宛如秋潮耳間落。坐起行空林，但見露華薄，山頭月弦清漠漠。月弦漠漠清欲流，此時思鄉生暗愁。迄今渡湖涉江水，去家已是四千里。江水滔滔向東去，涼秋水削流不住。日行無潮夜有風，侵舷透幕吹漴漴。水波欲瀉不得瀉，搏激持回卒難下。中流起澎湃，❶圻岸忽頹蕩，孤舟本已在波浪。到此那得避衝激，橫流溢洲渚，直下礙沙石。遠公曰：孤舟句緻蕩韻復起激韻。初駭驚飇動地來，既道鴻雷向天拆。狼頭鹿角相迸奔，白月初落天星昏。天星欲墜雨颯颯。推篷仰天星，仍見水嗑噆。洪波雖斂水尚躍，舟中徹夜聽水落。又如溪邊松，習習響萬壑。不疑身在大江裏，萬里波濤去無已。望中方擬過瞿塘，夢裏忽憐歸故鄉。歸故鄉，聽江水，江水有時轉，故鄉何日返？故鄉欲返不得遂，夜聽江聲忽流泪。

憶昔寄華亭吴山人懋謙到武林并憶沈翰林

憶昔華亭翰林夜飲吴山堂，滿堂灼灼華鐙光。豐鐏巨罍排幾疊，妖絲脆竹分兩傍。嚴城伐鼓下魚鑰，高雲沉沉墮烏鵲。把酒論文四座傾，薪槃蠟樹交花落。東飛羈雉鵲西避，今來已是十年事。君游京洛我自還，羡君辭賦留燕關。翰林久作大梁使，霖曰：沈蕙庵以翰林分守大梁。至今尚滯峒陽山。羡君獨登黄金之臺擂鼉鼓，左集漁陽右檀土。挾鳳扳龍恣往來，展蒯遵銅並歌舞。遠公曰：陸機《赴洛》詩「撫劍遵銅輦」。劉生意氣不可説，司馬文章更奇絶。君今貽我尺素書，自數詩篇滿車篋。吴山童童吴水深，君來仍宿吴山岑。渡江無檝兼無櫓，還憶當年沈翰林。

❶「澎」，原作「溯」，據四庫本改。

西河文集卷一百五十五

蕭山毛奇齡字初晴又春庄稿

七言古詩二

飲王大參邸舍有感

越東節度瑯琊公，赤幢曲蓋紅鬛驄。皎然清白不可犯，二十州縣争承風。時當北府徙軍鎮，部騎牙官擾民畯。公嘗執簡拄虎門，夜草封章曉馳進。彤廷震怒驅短狐，直聲藉藉驚階除。誰知民命甫休息，反遣賜車去海隅。今逢天子重儒術，束帛玄纁召公入。東堂進士推郤詵，西漢諸儒薦王吉。自慚六論不一通，徵車礰碌空相從。多公奬譽溢齒頰，令我感激填心胸。春宵月出勸杯杓，坐聽宫門下魚鑰。罏火圍來炭餅紅，山屏遮處燈花落。芳菰精稗肴核鮮，大梁之黍華池蓮。高文雄眎絶流輩，坐客縱譚驚四筵。啣觴脉脉念夙昔，十載相逢苦相憶。何期此地得追陪，一見裴公舊顔色。人生聚散會有時，都亭高會真堪思。獨憐垂老東華客，醉裏騎驢何處歸。

短　歌

廣陵城下波粼粼，吴家少女名阿真。桃花爲面日爲影，當軒一顧愁行人。春桑初發采桑去，五馬城南使君住。烟絲漠漠吹碧林，前路踟蹰日將暮。鴛鴦雙飛江水傍，蓮枝已折蓮絲長。他時自有連根藕，莫道空聞蓮子香。

明河篇有序

毛甡游淮陰，查繼佐孝廉並轡過張吏部曲江園，觀百戲。時秋八月十四日，江南北名士十百來集。凡水亭當湖，樓臺館舍，刺史諸王軍府伎樂畢出，驚見妙幻，目不及瞬。自曙起烏啼，迨夜漏盡，日初出兩竿，迭呈絶藝，如灌河接魚，勿得已矣。絲竹綺羅，霏微幼眇，自傷淪落，未易遘此盛會，樂極哀生，易于感慨。又當烟竿熱，層累遞上，狀城郭宫宇、人物狗馬、簾幃釭幛，士女觀者，填塞渚港。亦有簫管燈紗相間，映水烟模糊。奉觴女郎從烟霏霏中載它舟去，亦又凄已。蹋鞠者閻生、搊箏王生，有清歌絶妙。錫山朱生、吴門孫生，皆一時絶技擅場。幸一遘觀，明當散去。聊從諸君後，賦詩三篇：一樂府，一律，一此題也。時賦詩者十之二，甡與張公子礽禕詩先成，人誦之。劉漢中贈甡詩曰：「詞人罷唱曲江樓。」王孫晉曰：「賦傳明月夜，詩動曲江樓。」張慕曾曰：「今來同上曲江樓，崔顥題詩衆莫酬。」餘載《東山釣史集》中。霖曰：查伊璜，號東山釣史。時西河詩成，一時好事者争相傳寫，凡閲二十日始還稿，遂有他本，小異十許字，見倪天章序。又施愚山先生入賀道淮，題其篇曰：「繁絲雜吹，靡靡傷情。若大可者，真是才子。」

明河潔潔秋夜長，草頭露白生微霜。淮陰客子感秋節，愁坐各言衣帶涼。東山釣史卧淮浦，私喜涼秋及三五。蹈海誰牽八月槎，臨淮須伐三洲鼓。三洲鐘鼓淮水濱，八月乘槎好問津。邀得江南流浪子，迎將河朔冶游人。江南河朔兩相望，河水星光兩摇漾。西園冠蓋翔緑池，東第笙簫啓華帳。張家舊院倚水陂，珠湖千頃漾琉璃。霖曰：珠湖，一名東湖，在張園傍。紅橋碧柳通油幕，叢臺複樹繞金羈。緋紗籠蠟安花裏，綵幔懸毬似霞舉。漢代名王久愛山，曲江吏部今開墅。初開湖墅接湖蓼，重起烟樓布烟燎。將立星竿火樹枝，將貯三硝五花爆。懸竿貯爆俟斜日，列艇分燈晝如漆。但留幻舞到庭看，待駕明河泛槎出。斯時濯燕稱最輕，此際投竿舊有名。絙懸傀儡戲東郭，鈎藏神祕來西京。誰翻竹簡弄漁史，誰聽皮靴拂絃子。巾角彈碁四座驚，花門蹋鞠三郎喜。別有秦箏老朔客，曼節長吟變促拍。何事哀彈塞上聲，使予翻動江南情。江南一望欲起舞，前亭又打閶門鼓。内部新分刺史家，明童盡出諸王府。晚風乍起烟滿湖，月輪推湧湖中珠。明雲薄霧繞河漢，蘭橈畫槳環菰蘆。燈前紫幔開杯斝，水面紅粧照綺疏。紅粧紫幔兩相映，水面燈前看不定。明河將月蕩爲烟，皓月連湖瀉成鏡。明河皓月乍流没，彷佛天星墮天末。吹將星籥燎花生，看到烟樓火竿發。烟樓星籥繞槎轉，甲燭鱗釭散珠遠。衹因畫舫隔烟多，翻使紅龍踏波緩。香燔銀葉炭迸添，箭下銅盆滴將滿。別浦還營曼衍場，重城已下葳蕤管。大舸小艇歸不歸，霜寒月白烟霏霏。吴謳越唱本超絶，静對流波一聲徹。繞屋驚翻桂樹烏，滿船涼浸冰壺月。只有傷心小樊素，看繫榴裙坐花路。不識初從何處來，幡然忽入烟中去。明河垂垂露華溢，良會何時再能得？賦就明河夜未闌，皦皦東方又將白。

蓬池篇

蓬池渺渺耶溪邊，耶溪美人齊種蓮。蓮花蓮葉何田田，風前日下長暄妍。東江節度文且賢，朝來招我尺素箋。時朱介庵分憲招飲。紅欄屈曲初張筵，圓方遞代羞新鮮。孌童皎皎垂帶年，滿堂拂舞愁管絃。銀陂倚欄坐欄前，宛如身在荷花船。伊昔蓬池多列仙，朱顏緑髮青嬋娟。荷珠作珥荷鏡圓，風衣雨鬢浄可憐。今來侑酒真茫然，微波著襪飛朝烟。蓬池如盞酒如泉，醉時欲蹋蓬池穿。誰聞薌澤碎珠鈿，晚來灑雨荷花邊。

奉贈蔡二爾趾并爲訓別

淮陰蔡子嘗負奇，鴻名將使侯王知。鬑鬑白晳美鬚髮，有時出語驚人兒。我來淮陰問奇士，日探懷中彌衡刺。首謁城東蔡子廬，恍若長途遘騏驥。西風斜日同酒酤，流霞灼灼抽冰壺。汝南黄憲漫相媲，只言江左生夷吾。相從晨夕惜歸去，願作浮雲繞江樹。秋雨裁飛圯上花，春冰又滿臨淮渡。蔡子矯蹇莫自疑，遭堯舜禪非無期。❶黄金築臺久相俟，況當冀北長驅馳。君不見，淮陰故侯釣淮水，渺渺流波散花蕊。一旦能驅西楚王，頓挾千金散閭里。又不見，淮王好文作奇句，只詠淮南桂之樹。後園汲水得寒漿，白犬丹雞不知處。方今蔡子世所聞，騶彭絳灌難同群。只應高語爲秦相，不羨明堂是漢文。

西樵山人歌

馬生自號西樵子，家住東湖藕塘裏。朝雨看沉屋角雲，春風吹上堦頭水。閒來著書還種花，隣園

❶「遭堯舜禪」，四庫本作「空群之顧」。

日聽啼慈鴉。長鑱短鍥置不用，自名樵者真浮誇。西樵大笑爲我說，曾夢羊城見高闕。青螺壁絶抽紫霞，黃木灣深瀉紅雪。羽衣前度指一山，山高與汝同難攀。西樵名山亦名爾，自今爾是西樵子。我思南中有奇嶼，萬仞羅浮障春霧。夢裏長從嶺徼尋，醒來仍在江村住。西樵何幸得此名，此名竟與名山爭。騎鯨欲去不得意，枕柯將爛非無情。念爾東湖濱，日日放船好。隣園有泉亭，西樵有聽山堂，在黃圃左，西河《黃家亭子》詩：「西樵山人隔巷居。」幽清似瑶島。前堤採蒲根，中流滌蘭草。就君長向東湖路，時聽流泉不能去。今來翻作西樵歌，恍倚空嵓桂之樹。西樵今亦名鸖樵，薪烟蘇雨當凌霄。西山縹緲不可見，翺翔争比他山高。南還將上匡廬嶺，看爾西飛一羽毛。

放歌爲劉二漢中留別

王孫來時桂花發，王孫去時春草生。問君何以久居此，只言爲有劉生情。劉生意氣邁碌碌，好我逾于好金玉。解褐頻酤市酒紅，剉牀不用霜芻緑。我本羈旅人，天涯任奔走。驛店聽曉雞，旗亭折秋柳。彈鋏辭里門，吹簫渡江口。渡江潛作瀨上行，驚翔之鳥傷予心。何意君能好我摯且深，令予忘卻蘆中吟。朝來共藿糜，前廡無用粱生炊。晚來共紅燭，街鼓沉沉倒醽醁。一日不見亂心曲，祇有倪寬相對坐牛角。謂倪之煌也。此際驩歌樂相樂。❶自此勿言淮水長，濁泥數斗淤難量。勿云淮城有千仞，當此高懷不堪準。我今將住劉伶臺，寒風斗酒長徘徊。不然攀爾桂枝樹，且與劉安共晨暮。無如唧

❶ 上「樂」字，四庫本作「且」。

卿鄉井情，方春竟逐王孫行。臨行不識中心苦，試看萋萋春草生。

渡河寄大敬徽之憲臣并呈張五杉張七梧姜十七廷梧丁五克振吳二卿禎顧大有孝

河水將流澌，東行渡枝津。寒風吹襟裾，使我思故人。故人在何所？云在舊鄉縣。炎天三伏時，送我走江甸。晝行蘆中遲，夜行瀨上淺。三吳舊知予，故呼我王彥。渡江旅集燒燭枝，前楹歌發如流絲。酒酣銜泪不能下，低頭自弄黄金卮。座中有客向予指，此是江東小毛子。張禄更名識袯袍，梅生變姓詳居市。直前把袂愬疇昔，賓客盈堂盡前席。銀缾高瀉傾一時，金管豪吹快終夕。自此至江介，車轂日來諗。渡江一百日，九十就人飲。就人飲酒可奈何，他鄉歲月真蹉跎。渡江王彥今仍在，曉日寒風又渡河。

霖曰：西河出游時，指壁間東漢人名曰：「當名王彥，字子方。他日天涯相問訊者，王彥耳。」故云云。按詩中事，西河渡江，飲楊明府宅，忽座中群起慰勞，遂不能諱。西河别有詩云「陶朱游子姓，毛遂野人名」，李邂民贈詩云「名在何愁范叔寒」，皆謂是也。

觀滄海歌讀愚山觀海集作

我欲登天孫，俯視踏滄海。躊躇志不決，展卷發愧悔。展卷忽讀觀海集，滄海蒼茫水波溢。前開岱嶽捫天關，下撼洪河蕩奔日。魯源村北闕里開，聖門觀者難爲才。巴西作傅詎仁術？田何受易無文裁。愚山慷慨董絶學，朝發魚臺暮姑幕。斗柄千年指玉衡，龍門萬丈飛銀鰐。覩于海，弄海水，只有鴻流亘天起。浮雲瀉其中，星漢簸其裏。前臨海嶠自凌躐，那用江淮理舟楫。青天泛浮槎，片片似落葉。浮槎一過海鏡亭，還看岣嶁蒼苔青。女郎山下丹花發，驛使詩邊紅泪零。集有《禹廟碑》《海鏡亭記》《登女郎山歌》《和嵫陽驛女子題壁詩》。獨憐此地李歷下，欲倒滄溟向天瀉。歌成白雪好名樓，題卻黄金豈無價。宣城浩蕩不可數，自有文章變齊魯。渡海何須漢將船，驅潮不用秦皇弩。宣城好我如好璞，鼠魄還題卞和玉。我知宣城知其深，滄海滔滔涌陵谷。當年刺舟還海中，成連既逝波濤空。今來我亦望洋去，隨君觀海乘長風。乘長風，渺以漫，但知觀海易，不悟爲水難。奔濤澒洞震星嶽，微流浩渺揚波瀾。我欲從之水潺潺。瑯琊並歷下，盡作臨崖觀。不信但觀觀海曲，躊躇浩嘆蒼烟寒。

陳州村人或賦上陽白髮人者毛姓過聞而感焉

河南河北不種麻，上陽宫中無好花。玉溝流水載花出，從此宫墻不能入。宛丘東路桑落村，漂流近在村東園。黄門持鷂晚歸寂，公主望鄉朝負暄。西山盜賊走春雹，花落重飛舊巢燕。舞鷺翻垂籞宿衣，漚麻添作西宫線。金輿入蜀未得歸，道傍不用傷蛾眉。上陽白髮誰家賦？能使傍人雙泪垂。

食熊蹯口號呈姜黄門

坐我兩水亭，飲我五雲館。中庖出熊蹯，鮮濃滿螺盌。青梔花發桐樹涼，紅魚刺尾游銀塘。南風吹吹拂巾袖，下箸一食神氣揚。主人告我是難熟，澳釜爍蠟三晝長。晉侯枉咎宰夫暴，老龜須用千年桑。

再食熊蹯口號

易牙調苦辛，伊尹負鼎俎。熊掌亦我欲，食之快起舞。翩韆舞罷雙泪流，餔藜含藿肝腸羞。争剸夏后兩龍肉，未厭君夫六駁牛。清絲嘈嘈酒滿鍾，食熊并食熊蹯菘。何時借宿長楊館，更向山頭一射熊。

即席贈安陽許三禮進士南華山莊讌集仝朱大士曾沈九胤范令弟華葉大雷生祝弘坊金熹諸孝廉作

鄴城才子東揚客，新着單衫楝花白。因尋神禹治河經，遂跨秦皇纜船石。當年獻賦意氣雄，奇文驚動明光宮。夷門結客滿河朔，蘭亭高會來江東。炎風六月雨初歇，澹日熹微障雲葉。樓船出郭柳港涼，遠聽啼鶯駐輕檝。紅箋曾約西曲人，油車空返東城闉。船牕四啓信流發，大山小山如錦鱗。南華山莊石橋裏，句踐傳來照龜址。叢英茂木深滿園，獨立空青一亭子。紅蓮落蒂挂石槎，長竿曲上交藤花。清漿凍酒雜瓜李，高欄曲檻生雲霞。過江許掾思如髮，魯國朱家髯似麻。葉公好龍有奇氣，中酒清譚更超詣。杜秋有約恨未來，蓮衣水面空相裁。風流沈郎善吹笛，倩我爲歌古惜惜。幾番涼氣襲袂生，一片流雲滿山白。江東王謝未易期，奏觴疊鼓稱南皮。菰蘆吴傖一何幸，重逢鄴下黄鬚兒。藤花初落日初暮，畫檝還尋若耶渡。漫賦漳河銅雀詞，但飲前山炤龜處。

寶刀歌送姜垚遠行并序

姜垚公子游晉陽，挾寶刀以隨。

寶刀千金裝，捽若朝芙蓉。攜之入晉陽，翼翼驚游龍。晉陽古地負朔易，簫鼓汾川動春色。砥柱峯高竹箭横，天門關外楊花白。翩翩公子裘馬新，幡然願作西都賓。奇文準擬拔河嶽，灝氣直欲凌雲津。春風二月固陵渡，九坂羊腸太行路。古署從教倒屣迎，前途莫怨班荊暮。我登君榻裁兩朝，夜譚新史傾洪濤。徘徊忽綰柳絲別，令我醉酒心酕醄。我不能爲雲，君已能爲龍。追君那得隨長風。去年曾買兩刑劍，揚華一辨雌與雄。雄者自佩儼星列，雌以與弟同追鋒。垚二劍，以一與弟坦。今持寶刀漫嘍嘈，但使揚華似冰釋。從容麾示晉鄭間，西去何人不相識。

睡石避兵上塢作

毛甡睡石石如馬，漴漴水聲走背下。豫章葉密風四來，葉摇隙開日灑灑。老人釣水跪雙膝，石穿膝穴釣不得。北山山頂有白雲，早歸好避鴉頭軍。

浦陽江南五十里仙人崑與百藥山相對峙毛甡登陟之慨然成詠

十三始登山，見山如見鬼。十五見山久，踏之似牛豕。仙人之崑對百藥，驟見猶然起驚愕。魅頭類足何處來？頓使崑前倒行脚。當年策彊執神鞭，欲驅此崑神山前。彊項不得卒到海，仙人就居近有年。四圍削琢作門闥，轟騰熇爚鑪竈闊。攢空岝㟧起萬焰，燒出丹砂紫花片。在旁有石類駕鼇，前當巨石鼇將逃。修鱗入溪淹鼇足，昂首絲絲細噴玉。或傳此鼇腹虛空，仙人産兒坐當中。八月水枯穴溪底，硃旗石竿羅青葱。枯查倒海插石罅，千年海生石山下。祇恐此鼇負崑去，黑風驟雨駭秋夜。楓橋山人老蓮子，曾畫富春江山水。一日畫得一幅成，當此一月不得似。我今勉强攀天關，仙人作歌留樹間。向前倚樹和歌去，西呼茅狗聲斑斑。

山有石翁嫗

樸父不死東南隅，千年老病無衣裾。黄河不清父不死，卻在前山緑蘿裏。緑蘿垂垂坐兩石，石裏生成有骨格。世傳老父好此山，挈嫗同來作家宅。早間洗頭玉女盆，晚偷鬼火燒松根。紅杉紫杪藉衣履，乳麑鷇雀成兒孫。琵琶灣頭有少女，紅裙猩猩對風雨。黄姑卻上天漢邊，日盻流黄最心苦。老翁宴坐絶朝夕，春花滿頭秋月白。天吴欲牽老嫗去，只挽嵩頭桂枝樹。山有翁嫗桂有枝，羡君婀娜長無知。

題倘湖讀書圖爲來十五集之給諫初度

倘湖先生讀書處，幾疊湖山繞春樹。綵檝初爲錦汧游，隱囊高踞繩牀暮。皖江司讞曾守城，登陴註《易》退賊兵。還歸青瑣頓辭去，封章七十留篋篇。湖山盤盤築書塢，臨湖幾度清明雨。碧柳朝開彭澤樽，紅衫夜伴香山舞。前年居我此湖北，檜槳蘭舟蕩瀲灩。月明水静語有聲，日上岡寒炙成色。先生晨夕湖水濱，披圖恍對滄洲春。羡君原有藍田筆，寫出山中唱和人。

山霧引并序

予自江上還，避人樓家沓上塢之石橋莊。早起觀霧，初泛絮海中，既爲雺雨，劃然裂響過，濡洒而畢，則早食後矣。日涉山中境，不能悉記，寫此寄與舊游故人，用代敘語。

山中大霧暗高閣，咫尺不辨閣前竹。朝光初上欲破難，蒼茫如在環瀛間。須臾日色拔松頂，將破松枝漏光景。忽聞一響裂萬壑，大霧驟斂如雨落。我來閣中觀素書，窗紗几漆疑水濡。竹根初青日初出，此時已及數竿日。入山數載恐不深，大霧欲破驚人心。我將深隱共玄豹，藏入霧中誰得尋。

擬古曲聽商生徵説彈琴作

太傅府中銀燭光，永恩樓上月輪涼。珠徽璧軫甚的皪，新聲舊韻何悠揚。年少商公子，彈成夜度娘。欲踏園頭雙蛺蝶，恐驚門左兩鴛鴦。金烏薄栖墮翠林，公子披衣拂綺琴。梅花調發春月起，楊柳渡暗暮潮深。名姝妖女判不寐，聞聲銜恨獨相尋。子期真善弄，田連猶知音。颸颸閣中風，脉脉絃上語。海鳥汩緑波，野鴨翻清渚。銅壺咽咽流春聲，玉馬轇結生夜情。手指擽捋不終曲，心想寂寞難爲聽。春花已靡熳，春月又分明。莫將卓氏屏間意，寫作雍門道上行。朱絃七條琴上絲，白石一闋口中悲。楚妃愁坐久無主，王昭望鄉不得歸。從君一唱復三嘆，坐令春草生繁滋。

閉門行

湖南風生湖北涼，買酒湖北吹酒香。湖中女兒渡湖去，船頭雙載黄竹箱。前湖荷花蔽湖路，誰唱蓮舟買荷渡。❶紅船看入荷葉中，欲採荷花恨遲暮。明朝伏日須閉門，莫行荷路傷荷根。後漢令伏閉盡日。

草堂花枝詠有序

避人後七年，暫得歸城東草堂，睹見花枝爛然，不能哭泣，乃爲之咏。

---

❶「渡」，原作「度」，據四庫本改。

草堂三月花枝紅，東風細雨春濛濛。夜來燈影動花葉，炤見棲花緑蝴蝶。墻東高閣翳紫霞，隔墻一樹紅梨花。隣家少婦捲燈幔，坐對梨花起長嘆。幼時北里看鞦韆，梨花吹落衣帶前。今來拾花種花子，又是花開碧墻裏。

飲祁中丞東書樓同張四梯張五杉姜十七廷梧蔡五十一仲光觀祁五理孫藏畫書事并呈祁禮部豸佳姜別駕幹

清江細雨暗遥郭，浮雲杳靄居上頭。銀缾美酒瀉行客，招我東壁藏書樓。樓頭遍插李侯架，玉軸金籤滿前絓。嘗餘幛子寫丹青，更見屏開舊圖畫。滕王蛺蝶銜緑苔，江都駿馬飛黃埃。龍瞳欲點風雨下，虎頭落筆滄溟開。憐予畫理本未晰，金錯三過頗疑惑。遠公曰：宋唐希雅畫學李後主金錯刀書，有一筆三過法，此是以書法入畫者，故云疑惑。張杉同我快指觀，恍若洪濤盪胸臆。于今只愛陳老蓮，蘇州待詔吴興錢。烏程關思亦超絶，君家尚有祁蟫仙。我欲雨中摹一幅，姜九西游賦黃鵠。主人便起經且營，細拂鵞溪柳條緑。酒清肉美催飲頻，檐前驟雨傾盆缾。畫成相視頓開霽，生綃捲出秦峯青。

寓高家亭子午日後黃大世貴蔡二爾趾舒四起鳳戴金劉二漢中舒章周麟童衍劉三琯移尊過飲率賦兼呈黃二翰樂大六舞高儀淑光淑

天妃宫南一窪水，前有高家小亭子。女墻青草環曲沙，幾疊紅欄傍沙起。水光如鏡千頃多，風來吹縐波中羅。波心一徑似裙帶，横橋結束分沿渦。橋邊野花夜棲鶴，此地曾經種靈藥。白日昇仙舊得名，湖中有昇仙橋。緑鬟姹女今難索。我來亭中值夏初，菰茭接水生紅魚。開欄移榻近沙岸，沙邊一望真清虚。黄梅未過又重五，空亭尚對黄梅雨。珠傾艾葉垂碧波，血濺榴花墮遥渚。良朋好我移酒尊，烟雲萬疊迷黄昏。斜陽暫啓炤東壁，明霞遠映廻孤墩。酒酣鐘鼓寺中發，野火前堤乍流没。清歌幾曲聲滿湖，黽吹蛙吟一時歇。東湖深處黄氏園，臯亭依倚園東軒。樂六舞所居，名臯亭。雨餘嘗就野臯飲，亭中蕭灑誠難言。此亭縹緲有奇趣，亦在南湖最深處。良朋四坐皆盡歡，恨不同留野臯住。清明上巳醉裏過，他鄉午日還高歌。酒酣起望南湖水，欲泛輕舟奈雨何。

同王徵士聽楊太嘗彈琴篇❶并序

毛甡未識楊太嘗，亦未聽太嘗彈琴。江西王徵士每稱太嘗通明音律，尤善彈。崇禎十六年，用軍功轉爲太嘗官，使令正樂。嘗曰：「五聲乃亡角，民流至耳。」所攜有二賜琴，一爲唐開元年供奉樂器，祕保勿彈，時取他琴操數章，或出涕。徵士有詩十篇。和曰同也。遠公曰：「和」亦稱「同」，如盧照隣《同紀明府孤雁》、王維《同崔傅答賢弟》、張説《遥同蔡起居偃松篇》、崔泰之《同日知光禄弟冬日述懷》類可見。時以沈佺期《遥同杜審言過嶺》解作「同過」之「同」，甚誤。

成連入海不復返，人間尚有雍門周。呼天搶地抱焦木，一鼓再彈雙泪流。晉侯清徵召祲禬，楊氏宮亡失行在。五音升降得喪殊，何事民流角聲敗。蕭郎左衞本戎伍，能定明堂五行舞。誰憐故器抱殷遺，遽使新聲寫淇浦。開元供奉燒尾琴，上皇賜比雙南琛。梨園既散海青死，但留篋底空沉吟。當

❶ 本篇四庫本未收。

年大合駕象輅，尚對皇娥鼓瑶素。鼎湖龍去竟不還，自抱烏號哭晨暮。毛甡家畜潞國絃，諸王頒在崇禎年。欲貽太嘗共搏拊，天涯修阻思茫然。從今大雅日淫漫，莫遣風流使中斷。他日相逢袁孝尼，願得先傳廣陵散。

放歌酬王孫晉詒別

東行不得觀滄海，策馬復至南昌亭。將浮沅湘入衡嶽，悠然萬壑踰青冥。南風五兩泊河渚，酒酣日落將揚舲。忽言欲别王子去，中酒起坐醉復醒。王子當今一人傑，少小能文過江薛。十五彎弓射浙潮，二十裝金返南越。無端見我喜我狂，傚我黛筆書堂堂。千秋知己莫過子，他日青雲藉君爾。此間好友倪與劉，霖曰：指倪之煌、劉漢中。憐予詩句時追游。小弟戴金更多事，日訓兒童使彊記。龍質録西河詩授子弟。争知心雜指爪枯，錯應紛酬總非意。那如王子八斗才，落筆滔滔等閒視。君不見，毛甡策馬濟上來，夜涼獨上韓王臺。車裝暫税小亭子，亭下周遭蔽泥水。朝亦渡水出，暮亦渡水入。車轂不得通，褰裳坐相失。猶然方幅滿几案，蘸墨濡毫日揮汗。可憐貧賤不自繇，役思勞精受人慢。逝將西上黃鶴樓，先遣樊素廻江州。仙人天上不可待，白雲足下還悠悠。憑君送我千秋意，瀉作舟邊新水流。

遣侍兒歸舟江口午日相待

王郎自迎桃葉船，我今送汝還江邊。水芹如帶曳艇子，波面晴帆共霞起。宜男花發紅滿枝，深江莫理絃鞦絲。渡頭喚買豆娘子，正是我來江上時。

西河文集卷一百五十六

蕭山毛奇齡字于又字大可稿

七言古詩三

上巳與故人二首❶

他鄉既度清明節，客裏重逢上巳天。當此暮春將盡日，不知歸國是何年？可憐修褉蘭亭侶，正值流觴洛水邊。

洛城游騎行春晚，曲洧晴沙盪日曛。客子採蘭紆紫珮，女兒贈藥洗紅裙。途中製得甄神曲，讀與陳王不忍聞。

會川吟濟寧會通河也

君不見，會川溮溮東南行。千艘萬艫輓漕粟，朝光未動鉦鼓鳴。滎澤既已堙，沇河不可量。通塞寧有分，浩嘆會川上。會川樓觀雉堞高，前臨闤闠穿長壕，平欄斜抱濟上橋。欄邊紫蔕花千朶，橋上

❶「二首」，原無，據本卷目録補。

青絲柳萬條。千條萬朶花共柳，狂客樓頭舉栢酒。紛紛車馬争水流，疊疊芻糧過丘阜。樓中有女貌似花，長裙八幅裁朝霞。持栢善唱採蓮弄，能使江南客心動。大官駕舸艥，球樓捲珠箔。巾車并明駝，幪紗映雙目。嗚鉦伐鼓上都去，滿目川光起烟霧。更有東西估客豪，鈿篋金箱不知數。娥娥紅粉最可憐，朝朝暮暮娼樓邊。酒酣雜坐理瑶瑟，斜陽散落紅簾前，令我舉首心茫然。君不見，東會川。

夜飲倪之煌一草亭放歌并示劉二漢中王二弘昌

十日九過草亭坐，一日不過思殺我。檐前況復梅花開，啾啾鳥雀啄蘂來。鐵盤燒燭閉柴闥，駟馬巷南街鼓發。廳罏着火淹酒紅，菜瀝菘虀下匙滑。蕭蕭風起短袂寒，醉歌一曲那呵灘。屏前積水見星墮，暗中孤雁號雲間。罇浮琥珀燭光度，起看梅花繞涼露。東邸賓筵恍舊時，南鄰主第今何處？相過莫使相見稀，劉生斗酒能忘機。只憐王子清江去，三過草亭人未歸。遠公曰：倪先將軍多座客，又《彭城行》亦有「先人李廣」諸語，「筵賓」句想指此。

登天門山望江

晨登天門巔，俯瞰大江渚。江流浩浩環石根，細激嵓花散成雨。嵓花灼爍當水關，秋棠石隙青苔斑。盤旋曲磴越叢莽，峭壁直下波濤間。峨嵋山亭倚博望，與此東西屹相向。世人相視稱天門，我來已據天門上。天門巀嶪朝日開，峨嵋窈窕烟霏廻。小鬟十五共追陟，前凌縹緲超塵埃。青天萬里瀉空闊，欲上天門躡天闕。憑將峰嶺看浮雲，不向波間捉明月。横江江館千古愁，蟂磯牛渚思悠悠。振衣獨上天門望，惟見長江不斷流。

白雲樓歌有敘

游飲禹州州署，楊花飛飛，望白雲樓爲嘆興。

白雲樓，高接天，雕甍玉柱相鉤連。上看挾飛鳥，漠漠翔雲烟。下看垂溜懸飛泉。憑欄欲數城外山，卧聽潁水流潺潺，郡王夙昔居其間。啓禎之際藩府稠，郡王十七留禹州，當時各請建飛樓。敕地命名巨細分，博聞爲最次白雲。白雲者誰懷慶君，仙人樓居饗王孫。嶒崚金碧日月昏，鈞天之樂歌管翻。青娥紫袖抱瑟彈，迴若細雨吹雲間，聽者若寐欲寤難。天陰晝晦歡宴促，蕩蕩城門烏啄肉。一從流寇亂中州，萬瓦千楹總陵谷。白雲樓，今尚存，下有斷垣上有軒。土中金絲盌，井邊玉絲琖。一絲直萬錢，萬絲十千貫。摧碎棄井邊，土澁石錢滿。闞樓植瓦作州署，重鑿青天入雲住。山頭日出揚曙光，風裏楊花落飛絮。使君拾楊花，飲我樓外亭。通池引曲溜，激激樓前鳴。持觴一望樓頭絮，幾欲登樓百感生。

贈隴西羅生

金城河北飛黄雲，隴西豪士天下聞。結交意氣重然諾，令人不數平原君。白臚赤鬣騁寒磧，卻到徐方作賓客。許汜難同下邳樓，羅侯舊有東川宅。涼風吹劍水一行，南遊莫宿陽平娼。四維原是雷塘侶，只問塘西十八娘。

飲廣陵舊城酒壚同胡五舍人張十四判官醉後作

黄花開盡朔風起，買酒揚州舊城裏。沿城數里有狹斜，十五當壚對梧子。溝頭水淺不炤衣，開元才子旗亭稀。江南雁歸不識路，日暮且來江北飛。

攜條兒宿謝墩書感

謝郎東墅春融融，春鳩日啼高柳中。小蠻朝粧裹花葉，開箱自揀春衫紅。烏衣桁南緑波繞，簫鼓盈船度春曉。不惜聽歌都護哀，但道彈筝貴官好。過江遊客遊且吟，草堂無復留山陰。小蠻空上江南路，欲賦江南傷客心。

結交行贈卞生利南

結交亦已遍，那知有若卞利南。洛陽劉生騎黄驃，當此匿影不敢前。毛甡居都亭，鬱鬱抱足眠。東鄰有阿侯，十二學得彈箜篌。酒徒載酒挾雙枕，將買箜篌誘我飲。先期桑下逢金夫，踟蹰那得石氏珠。卞生利南未識面，驟雨衝泥似銀箭。白騾氈蓋油裲襠，奪卻黄金擲珠串。爾時在座酒未巡，忽攜鴉髻來如神。毛甡素矯蹇，詎敢當此情？酒徒相顧喜且驚，毛甡辭讓不得成。平明相約訪卞生，乃在南城之南曲巷裏。前對市門後臨水，水亭深深出水底。水波浮動嘗有風，四顧乃在菰茭中。横欄複閣水面通，閣中紅袖千芙蓉。生平與少年，相逢白鼻騧。不意歷此都，乃過卞生家。君家最易知，易知復難忘。但唱結襪子，莫歌團扇郎。結襪當結君，團扇徒自傷。自傷仍欲渡江去，謝爾要予種桃樹。白魚總駕蓮藕船，且醉城南狹斜路。

霖曰：西河避人時，争爲作室家計，丘季貞千里爲覓妾，卞生其一也。曾詢卞生事，云生實奇，債弁鬻家婢，爲金夫所有，西河之約稍争後先耳。謀諸陳給事，思挽之，未決。生于暴雨中着油裲襠策騾奪弁金擲還，挈其婢來前，衆大驚，翻以嫌意多未便。西河亦謙讓至再，復辭之，然生誼不可少也。聞是詩成，或録之，粘秦郵旅亭。閩張孝廉元夫，豪士也，咨嗟曰：「是何時人！」復泣曰：「是吾友詩耶？」收之去。然是詩則已傳江北久矣。

重集閻園醉宿賦贈劉昌言進士暨始大始恢二令君

去年來此園，荷根出水枯葉寒。今年來此園，雨餘又見荷珠團。此園久别亦可念，況復園中主人面。春風送我入洛陽，上巳清明不相見。新禽啼遍蝴蝶飛，畫梁乳燕捎紅泥。蒲葵滿徑草花落，執手慰勞還歔欷。坐我桃竹茵，飲我木瓜酒。西亭懸葛巾，東厨滌粱籔。石枰分踞恣酬酢，樹裏斜陽散幽壑。暝霧初開華燭明，留我溪南最高閣。閣邃翳月光，燭明炤深樹。我念主人情，流連不能去。流連高閣月樹涼，捲簾欲倒黄金牀。主人本是金閨客，將赴長安曉馳驛。有子承明獻賦還，同向天衢展飛翮。我念主人不能去，主人好我且還住。空園寂静溥露華，落月幽清滿江路。園花開盡當復開，江南歸客猶能來。夜深相對情無已，更盡亭前酒一杯。

灌湖聞笛

灌湖西路風蕭蕭，湖心晚來生晚潮。孤舟回泊漣下橋，横橋枯柳垂長條。忽聞橋畔笛聲發，遠趁風吹乍幽越。入耳疑聽塞上鴻，回頭不見關山月。我今將上黄鶴樓，烟波渺渺思悠悠。樊山再啓謝生宴，蘋溪重汎洪崖舟。此時一聽桓伊笛，能起千年江漢愁。

秋風來辭寓居吴陵後遷九龍岡作二首

秋風來兮吹客衣，芙蓉閣邊秋蝶飛。我行吴陵不得歸，故園八月荷花稀。荷花有紅又有綺，可憐不作游子衣，秋風吹吹墮流水。衣與稀韻，綺與水韻，此是創調。

秋風來兮吹客裳，九龍岡邊桂樹香。我行海陽過江陽，廣陵八月秋濤揚。秋濤雨來漲官閣，可憐不得還故鄉，日上西陵看潮落。

宴秦郵逢故人將歸

膠西廟前見新燕，秦郵亭邊折野桃。相逢故人解黄綬，可憐細草抽青袍。盂城幾曲假行幔，甓社一湖横小舠。北來寓客有王、謝，南皮佳賦推劉、曹。高館尚縈紅叱撥，美人正抱紫檀槽。飲酣促坐倚酒樹，氣合欲行遺寶刀。白晝翳雲翻碧落，春風吹水漲紅濤。仲宣避地登樓好，枚叔爲郎去郡高。今朝聽歌不盡醉，明日看花空自豪。

江行感懷

石帆山下秋風起，燕子低飛渡江水。越客乘舟趁上潮，倒泝江陵幾千里。龍江關徼下水遲，可憐五馬浮汀涯。江南王氣總銷歇，山前幕府空逶迤。我將浮江拾蘭葉，西上峨嵋看飛雪。夜汎長江無限情，獨坐江波望秋月。

艷曲爲友作。一抄作「感寓」，似寓言也。然當如駱賓王《艷情代郭氏答盧照鄰》《王靈妃贈李榮》類。

吴姬二十粧正濃，横江甲第葡萄宫。鬟垂倭墮鬢雲黑，天開曼臉新花紅。屏前屏後不相見，欲顧還憐掩團扇。翠黛遥分雨後山，湘裙低捲風中練。金張家世五侯宅，大者侍中小執戟。門左鴛鴦飛未連，坐中桃李看成碧。陽春麗日炤階𠾏，曲幕重簾兩相啓。錦瑟斜牽寶篆明，銀牀背樹銅盤紫。夜來明月海底珠，江魚尺素天邊書。五都密意投宋玉，茂陵多病懷相如。沉沉夜漏發魚鑰，先遣雙成恣驩謔。赤鳳青鸞婉戀殊，❶女師太傅然疑作。烏啼著曙火蠵黄，風吹雨霽愁山陽。喟音宛轉屢哀歎，歡情失據還高唐。瑶袿綵服九華帳，不是人間是天上。漢女燒珠減怨思，曹王撫枕增惆悵。扶桑有木西有枝，雙鶼到死猶相思。竹竿孏孏溝頭會，挾得錢刀當對誰？

集宋中即席贈梁園諸子

夏城西望春雲輕，大蒙小蒙花欲生。晚來飛雪灑寒兔，誰著梁園舊時賦。茅堂風細酒復香，江東才子還遊梁。故園賓客久寂莫，魏生雖老猶康彊。謂魏敏祺也。東過太丘里，曾訪練公子。公子亦遠遊，空看鄴橋水。我今將上商丘驛，一宿侯生著書宅。四憶堂前吟未成，無數松楸繞南陌。當年侯氏嬗耆舊，更羨忠貞練司寇。中原遺跡總草萊，況復微文落人後。菁花被地靡葉開，座中猶是梁園才。茫茫一望傷心處，只有梁王舊雪臺。遠公曰：練公子，石林司寇子也。四憶堂見侯朝宗詩集。

投寓長橋蘭若聽竺蘭上人彈琴

我行太湖傍，不見太湖水。長橋蜿蜿如斷虹，横卧青茅白茅裏。天風騷騷吹客衣，我行不住增心悲。湖邊蘭若種蓮葉，中有竺師作蓮説。香氣吹開一片雲，涼陰堆作千年雪。飄飆攜我入深處，湖口相逢宛如素。笑彼漁郎花底來，憐予窮士蘆中去。秋庭日落當夜陰，竺師爲我彈鳴琴。青天澹澹湖

❶「戀」，四庫本作「孌」。

水深。秋蹌初作玄鶴舞，噤吰再起蒼龍吟。我聞黄華子，秋風生古道。客子時一聽，日夕傷懷抱。又聞走馬引，躑躅荒山曲。草根纏其魂，蒺藜傷其足。豈如竺師之琴悠以閒，上有千仞之高山，下有萬里之波瀾。客子聽之心連連，竺師爲我記其然。須知我意千重遠，只在君彈一掉間。

遠公曰：叔氏之投竺公，由顧茂倫也。時竺公以彈琴截叔氏瘧，另有一詩謝之，今不存。

桂樹謡爲劉進士謙吉尊人雙壽

射陽湖畔清淮陰，團團桂樹環深林。大枝駢榦翔緑禽，小枝千蕊千黄金。大枝小枝高雲深，高雲熠熠滿庭户。前列層城後玄圃，葛葉裁裙拜木公。桃花䫲面隨王母，木公垂老髮未皤。西來王母能高歌，歲星掩映動瑶闕。婺光燦爛縈青螺，雙雙相對驩如何。君不見，劉伶臺下有劉子，七十高堂共甘旨。舞袖新披宫錦袍，稱觴況挹仙厨醴。人生有子貴如此。君不見，劉家桂樹漢代栽，淮南千載猶花開。

集淮陰舊城醉中送白門任金吾北行

鳳凰臺上金吾子，醉藉寒風卧淮市。列戟曾扶春殿前，❶幽居近在秋花裏。蕭蕭蘆葦徹夜鳴，悲歌一上韓王城。黄河倒浪赤鯨動，青天曳日孤鴻驚。兹方卑濕不可住，欲看燕臺築金去。短帢還羈

❶「戟」，原作「錡」，據四庫本改。

一飯亭，長帆竟掛三洲路。我同衆客解佩刀，攜罇共餞青龍橋。花宮百八總寂静，胡姬十五猶妖嬈。❶我欲勸君酒，漫歌折楊柳。楊柳垂細條，霜花着人手。霜花撲簌淚滿裾，相思嘗寄加餐書。竹竿籊籊任公子，莫向長安只釣魚。

春日同史使君遊潁上過張良洞作

鈞州官署曉日紅，披衣騎馬遊城東。環溪斜度石橋闊，春風吹入幽嵓中。嵓前有花下有水，巢父由來此洗耳。當日張良未報韓，側身學道長居此。玲瓏破壁啓雙洞，旁有訾仙抱醯甕。金時訾亘仙居洞旁。洞閉長留碧海雲，嵓傾不下丹山鳳。使君慷慨起開鑿，重見幽棲舊丘壑。二月良辰天氣新，士女同來種紅藥。我慚巢父對水流，使君立志需封留。鳥啼花發水漠漠，山空日静春悠悠。流連雜出酹酒醑，將共使君返州府。女伎能爲楚漢吟，且向嵓前再歌舞。

洛州寒食二首

洛州城東李花白，遊子他鄉遇寒食。晴絲百丈罥馬蹄，留滯嵩陽歸不得。道傍欲折楊柳枝，手把長條三歎息。

洛州寒食柳葉明，春衣騮馬城東行。遥天風息鳥啼緩，薰人日暖蟲飛輕。女兒欲上鞦韆板，愁煞江南孤客情。

---

❶「胡」，四庫本作「吴」。

於黄中光禄宅豪飲

楚州多賢名，首推光禄君。譬如鶚在霄，矯矯離人群。我來楚州甫三日，便向甘城訪遺逸。叔度能傳外史書，潁川曾進通侯秩。罇中酒滿座不空，酪漿傾出桃花紅。金砧緩切鹿頭鯉，銀匙細攬熊蹯菘。酒酣有佳客，清歌理蟋蟀。呼彼座下人，吹笙鼓瑤瑟。時龔三鼎蒔擕善笙瑟者滿下座。吹笙鼓瑟揚素歌，盤中瀉酒如懸河。大官庖廚久無餗，我愛樽前舊光禄。

河隍司馬吟贈王司馬

河隍司馬金閶客，家住蘭州大河側。入塞驚聞竹箭聲，沿門盡漾桃花色。東流近海瀉入淮，鹽溝鐵樹難疏排。龍隨九畫驗神術，魚山屢塞真奇材。臨淮千里慶平土，誰識陽平舊明府。濩澤帆檣任往來，江都父老還歌舞。夫君係屬本右軍，嘗書白練羊欣裙。力持鐵帚埽輕霧，高懸銀榜如浮雲。霖曰：拙菴妙書法，能援丈筆作丈許字。生平文酒過五絶，況復肝腸對冰雪。廣武城頭發浩歌，金城關外驅寒驥。我尋舊友淮水濱，慕君高誼高嶙峋。枚臯有里皆佳客，劉安滿座盡仙人。曉衙初啓幕烏媛，淮海相逢在秋晚。歲宴難聽越客吟，晨炊又值王孫飯。秋風瓠子天馬來，從君一上劉伶臺。大河積石從天下，河水東流亦壯哉。

楊童子歌有序

楊進士才瑰童兒九歲，文諷俊妙玉膚色，持觴隨楊君後，相驚神也，坐語「新叶燦燦妙，理書嫛面長」句與之。思少時亦自見頭角，今就暮落故鄉，故人子李焜、李曜長大，蹉跎無復識知近狀，見童兒不覺生有羨意，未請字，曰楊童子。

楊家童子方九齡，錦襠朱帽垂銀鈴。清神皦皦濯寒玉，眸子瞭若秋雲澄。當軒傴僂出拜客，騏驥銜花鳳梳翮。滿堂一顧嗟嘆生，出席驚看墮雙舄。逡巡行酒有神矩，屬對吟聯盡好語。胸中了悟懸鏡光，言下相通似桴鼓。坐來咽項當酒巵，欄邊群嫗思攜持。羊欣未長衛玠小，何物生此寧馨兒。我聞關西楊伯起，學術能明號夫子。數世皆生倜儻人，皆與楊童妙堪比。又聞楊雄誦綿竹，有子童烏出塵俗。楊童今且勝阿烏，況彼非烏總碌碌。醴泉有根草有本，進士楊君擅材分。奇文海内争頌揚，事親庭下能温問。宫袍初着春宴稀，高堂念切曾馳歸。三年重對董鼂策，至今侍養藏庭闈。楊君孝親宜有後，嘖嘖楊童豈常遘。銜君美酒復羨君，不惜長歌爲君壽。楊童子真罕稀，手籠金鎖金花枝。他年把筆看花發，願寫毛甡座上詩。

彭城行送倪大之煌之徐州❶

彭城介芒山，中有歌風臺。倪子將往游，又值秋雁來。嘹嘹秋雁不可數，遠過雍門度河滸。漢帝宫前未敢行，豐人醉後猶能舞。枌榆舊社咨隱淪，嗟君本是聊城人。計然奇祕願興越，魯連浩氣能逃秦。河流馬頰下難返，遂去銅駝赴徐苑。卜宅長留伍相祠，同行尚與韓王飯。先人殺賊苦未封，藍田射獵曾稱雄。王孫負薪久寂寞，猶堪破産周蒙茸。吴鈎涣涣可截蜺，手把芙蓉散冰雪。況有新詩似

❶ 本篇四庫本未收。

少陵，長趨短豔俱神絶。子居淮河頭，我居浙水涘。相思不相見，唧唧兩無已。相思千載秋樹生，今來見汝淮陰城。娑羅百尺風雨掣，射陂千頃波濤驚。午橋把琖且脱幘，夜堂秉燭來吹笙。朝昏相對啓羅幕，一草亭前覆寥廓。時見墻頭薜荔紅，幾陣風吹似花落。霖曰：倪所寓名一草亭，前有薜荔墻，見濟南張孔繡記。青芻滿皂衣滿籯，聞君欲作彭城行。我持一樽勸君飲，當前況有王、劉生。時劉漢中、王弘昌在坐。劉生本任俠，王子未仙去。芒山日蕭條，豐沛不可住。君行豐沛我欲還，與君期遇東朐山。大風歌罷黄雲暗，記取千秋徐泗間。

西河文集卷一百五十七

蕭山毛奇齡字大可又初晴稿

七言古詩四

黄浦午日作

海榴花發日正長，我游滬瀆逢端陽。朱絲乍綰艾符小，畫舫欲開蒲葉香。南風吹水水波動，簫鼓中流遠相送。入浦疑投碧玉壺，滿盤堆出黄金糉。連橈並纜宛結筏，驟見戈船遶堤發。横矛舞槊戲艖間，紫旆紅旌映天末。須臾甲士振臂呼，盤旋五色蛟龍趨。拔幟似將驅海若，哀歌直欲驚天吴。主人徐幹發清興，況復風流對仙令。碧醑頻傾細璏廻，紅船幾處新粧靚。當筵絲竹次第陳，沐蘭剪艾申江春。十年未續羈栖命，欲繫新繒愁煞人。

秋潦接友紀事二首

六月無雨河岸枯，七月雨水填居廬。墻頭巨樟低接葉，傍水但穴鼃與魚。錢唐潮水漲沙足，上潮不共下潮落。君今晚渡當晚潮，到門又值風蕭蕭。

積水在門月在水，主人明燈炤平地。僕夫倚壁馬嚙芻，相逢握手還欷歔。楚生遠游橘爲頌，杜若爲衣蕙爲縫。主人酤酒榆作錢，出門三借蓮葉船。

抱鴟出門行答王兵曹

抱鴟出門苦無力，棄錤欲鉏鉏不得。君家南面過百城，令我時時動顔色。前年就君觀祕書，秋霖十日仍空虛。茅山未許抽金篋，柿箑安能寫石渠。交交桑扈本食肉，有時食粟人不覺。謂我嘗甘蘁菜香，此事從頭總教錯。君今譽我非尋常，敢方李杜高文章。山前曉幙秋風起，那得寒釭焰影長。王贈詩云：「李杜文章光焰短，只因座上有毛詩。」

題周昉畫楊妃調笙幛子

宣州長史筆有神，貌花工貌丹州春。風神妖嬌絶凡近，徐熙崔白非等倫。開元天子重傾國，曾把名花比殊色。清平三調倚玉笙，一唱沉香舊亭北。太真仙去上皇老，此事千年等枯槁。御苑秋風落紫槐，曲江春殿生青草。悠悠蓬島相見稀，名花再顧無光輝。宣州妙筆寫一捻，花樹蘢葱映雙頩。恍若錦幔中，晴風繞蝴蝶。下坐妃子嬌似春，花間紅露寫朱唇。頭上金鶯釵，腰邊霞綺裙。手持玉笙思紛紜。便將釵脚子，挑入玉笙裏。炙簧塗蠟曲有方，竹管銅匙細堪理。不審寧王笛裏聲，與此參差又何似？三月三日洛水邊，我尋紅藥游晴川。凌波遺珮杳難續，姚黄魏紫空嫣然。誰展此圖向我前？名花傾國重新鮮。花繁映瑶席，障此蓬萊仙。比之虢與秦，合坐争媗妍。只愁調笙度遲日，花蕚樓頭呼不出。我欲重吟供奉詩，興慶昭陽總相失。崇禎待詔陳老蓮，妙筆往往傳人間。安得倩掃吴溪烟。頓使宣州三絶筆，寫作浣浦雙流泉，與之重對開元年。

題吴趨唐解頭畫贈四明周廣文山水幛子

灌莽日靄迷，晴雲共洄潏。山亭故幽遐，惻惻人上慄。吴趨解頭唐六如，寫來贈作雙瓊琚。四明無數佳山水，恍見東窻幾洞書。

畫竹歌有敘

崇禎中，陳二待詔洪綬爲沈胤笵畫鉤勒白竹，題云：「萬曆乙未，法華山貌竹數種，在無用老人卷。」李長蘅見之，嘆曰：「小浄名醉墨矣。」後爲權要得去。關中人張道民脱白驔馬易之，是畫一種耳。西河毛甡觀畫采隱堂，咨嗟爲歌。

昔時蕭悦愶律郎，曾畫白竹稱擅場。豈如崇禎陳待詔，别爲沈郎寫佳妙。分叢疊葉竹莖坼，剥粉滮青縱鈎畫。宛如塗隸手底枯，横挂霜毫作飛白。翩躚逸落勢宛轉，玉櫛銀鈿素紗軟。淇女粧成一笑寒，湘妃雨後雙眉淺。當時記得住初地，偶借生綃寫幽意。拾去人誰等法王，年來自哂供豪吏。關中張生頗俠烈，八尺霜蹄易寒鐵。風梢勁鬣相估當，正與斯圖鮮差别。驊騮既死健筆亡，迂兒蓮子盡摧藏。活禽生卉暫相見，青天碧色回花房。勸君展圖綷庭户，白鳳襹褷掣毛羽。駿馬黄金何處尋？一望函關泪如雨。❶

❶「一望函關泪如雨」，四庫本作「滿林瀟瀟聽秋雨」。

鞦韆辭

二辭凡數刻，稍被改竄，此從商雨臣抄本。

東園紅繩百尺長，花竿繡版懸畫墻。春風鶯語吹緑楊，桃花飛映花竿傍。阿侯家本邯鄲倡，紅裙八幅裙帶颺。扶裙理鬢顧鮑郎，倩郎催上鞦韆塲。東園有女藏曲房，拋絲擲帶盤繡牀。時當寒食呈新粧，曾來旋舞雙鴛鴦。于今相對羞頡頏，自憐不如繩上娘。初翻曲桁孤鳳翔，旋廻巾旆胭脂香。驚看欲墜低復揚，桃花滿竿飛夕陽。

又鞦韆辭

北來小妓善懸絚，春風翻花弄花影。南人長裙掃堦除，依稀學得亦不如。少時曾看鞦韆戲，紅繩百尺遠垂地。此時正值桃花開，畫版斜懸擲繩妓。驚鴻舞燕花桁明，盤絚飛旆蛛絲輕。闤墻觀看頓成市，一時傾動蕭山城。十年兵革固陵口，寂寂東園散花柳。紅繩畫板不復存，此妓城南作人偶。春深三月猶坐家，脚能踏地手績麻。草青日出各不見，翩翩吹落紅桃花。霖曰：一時、十年二語是接對句。

來北沙有詩曰：「誰賦鞦韆妓，桃根碧葉生。東隣嬌女在，無限故園情。」舊評曰：前辭邢尹相見時耳，後辭則潯陽對泣矣，情文之妙乃爾。

與朱山人飲

山人好飲耶溪濱，布袍角巾隨隱淪。有時入山採苓术，白日過市歌荆榛。❶方春邂逅廣寧路，云

---

❶「白日過市歌荆榛」，四庫本作「手持樱杨披荆榛」。

返姚江百官渡。踏翻紅藥欹晚霞，傾盡青囊瀉朝露。耶溪溪水流復流，紫花初落丹花抽。何時製得長房酒，還飲龍山最上頭。

送駱復旦明府補任崇仁

橫秋官閣江日紅，三巖散瀑生微風。飄飄傴令挾黃綬，還乘彩鷁臨川中。臨川山前曉衙啓，橘樹蕉衣蔽堦戺。雲滿欒巴太守亭，人來謝客諸王史。關中曾食華水魚，丈夫四十專城居。長輿扶杖久將起，浮雲蒼蜧愁當車。黃金馬頭珠匼匝，直上天門撞雙闕。合浦仍還海上螺，巴亭又掛山頭月。義烏詞賦矜久傳，黃門花樹猶新妍。揮絃夜坐琴高石，種玉春耕蕭氏田。朋樽祖軷下江滸，相望相思似秋浦。他日人傳逸少書，盡是臨川墨池雨。

和張公子花騾嘆并序

仝張公子飲康氏園，芍藥蔽晦，半萎藉地。花騾跼足避紅，行遇塞紅，乃長鳴不前，客有嘆者。

張公子，騎花騾，踏花長向花下過。張家園裏舊有花，遠公曰：洛陽張家園、棠棣坊諸處，唐時牡丹特盛，見《洛陽風土記》。今來且醉康少家。青黃被地總難識，中有嫣紅好顏色。洛陽方春明，溱洧已涣涣。芍藥家家開，紅白互相眩。白花蘘蘘散千蝶，紅蕊熣熣映雙頰。一夜東風起上林，彷彿霜宵墮丹葉。康園邀客開錦巵，落花繞路生紅衣。客來迸作香車泥，車塵撲撲飛馬蹄。花騾入門獨遥顧，不走亭前落花路。❶筋力雖瘦成嬌好，視行步步來嘗惜。萎羅綺恍度，扶風馬嵬里。土中聲結香未零，石上連環碎難理。初看散蕊不忍蹴，繼見堆紅罷躑躅。誰將獵獵快燒珠，頓使深深見埋玉。「頓使」，一抄作「誰使」。哀鳴駐隴上，有似王伯輿。茅山一嘆息，千載生躊躇。更如衛洗馬，愁心著江樹。視此春芒芒，流連不能去。客作仰天嘆，我爲蹋地歌。蹋地休蹋紅，我欲騎花騾。騎花騾，休蹋紅，可憐紅落汙泥中。汙泥落紅亦無幾，願騎花騾醉花裏。

淮上逢施少參閏章自京邑還任抒意

朔風吹雨短袂寒，都亭遊子加晨餐。皇華使官苦乘傳，前驅羸馬來長安。飛蓬索索墮遥梗，此地相逢最堪省。韓信城頭白雁飛，淮王宅畔銀牀冷。蕭條古驛絮語親，薄游同是隆冬人。百篇詩句驗予拙，十年宦跡愁君貧。臨江分守界西楚，閣皂山高望來苦。何意天涯對酒巵，前事今情又重數。君行當及休役車，我留淮水還躊躇。追陪不忍暫相失，晝談竟及宵燈餘。重尋湖口渡湖檝，烟水蒼茫遞明滅。衹愁南去見梅花，驛使將歸遇冰雪。廬山崒嵂倒水青，相期還發清江舲。莫言知己重逢處，只在淮陰一飯亭。

❶「亭」，四庫本作「花」。

喜逢南安趙司馬開雍入京率贈

去年渡馬湖，便欲登君堂。蹉跎入秋節，流浪過海陽。今來本欲下横浦，爲訪湖西阻秋雨。不見芙蓉渡口船，空摇白鷺洲邊櫓。拒霜花發紅滿城，洲前白鷺争飛鳴。涼天清霽日初出，忽聞司馬重還京。贛江浩浩向東瀉，馳驛相逢贛灘下。我爲湖海老逋人，君是江州舊司馬。天涯嘗苦相見稀，相逢各道長相思。丈夫忼慨爲知己，此地逢君感何已。梅花涼未開，春鶯又將語。承明定留君，爲君酌斗醑。匆匆斗醑恨未揭，萬里王程更前發。綵纜高牽贛水寒，相望秋山見新月。

人日途中登高作

去年人日馬上過，今年人日浮江波。沙頭草色又如此，故園柳條今若何？嵯峨江閣蔽江口，强起登高飲春酒。獻歲才看七日還，離家已是三年久。江城送客綵燕新，家家門户沙頭春。誰裁百福銀花勝，還贈三年未返人。

古　意

木波城北霜霏微，玉狼山下烏欲啼。黄榆蔽關落平渡，白月夜上高平西。高平少年騁游騎，仰視雲中雁來至。迴身卻射榆影中，忽睹刀環暗流涕。刀環鹿速東隴頭，霜清月白雁門秋。清霜秋下稷西塞，白月夜落城南樓。城南樓上落寒月，拂拭寒砧擣秋節。玉杵敲殘雁浦星，金雞唱盡交河雪。交河雁浦何處尋？銀欄綉帳夜燈深。燈下縈鍼長嘆息，機中織素自沈吟。沈吟但坐露華濕，藁砧玲瓏珮環澁。四壁寒螿聽去頻，重城哀角吹來急。去年遠寄到龍沙，脉脉黄雲去路賒。今來塞雁歸飛早，應見于闐秋草花。

柳花歌寓燕城作

春風濯濯江南路，吹過邗關到瓜步。邗關三月春草長，市樓大道怨春陽。陽春初開日杲杲，大道花飛一何早。清明漸近細雨來，繞樹游絲墮縹緲。游絲縹緲繞如霧，綰入隋堤柳條住。隋堤柳色青瓏璁，娓娓流鶯啼不去。流鶯啼處停玉鑣，依依拂面盡長條。揮鞭既度紅欄曲，驅車還上緑楊橋。紅欄緑柳心斷絶，隋苑隋堤有離别。新聲三疊何處吟，弱線千條倩誰折。可憐草青及春暮，可憐緑柳低還仆。青樓曳翠縈酒壚，白馬連錢繫歸渡。低枝毵毵接長坂，高枝蓬蓬白花滿。茫茫飛雪繞去遲，冉冉輕綿罥來晚。翩隨晚蝶罥朱花，緩向春烟拂玉鴉。幾時飄飄落西苑，幾時流蕩去南家。南家西苑兩相棄，流蕩飄飄日顛顇。春風吹去不上天，春燕銜將復垂地。初翻積雨障輕塵，更度粧樓裊素茵。滿眼離披不知處，愁殺東西行路人。

小補陀畫幛子歌并序

紹興城東二十里許曹山，陶氏放生池，凌子天翰將更名此山「小補陀」，報母養佛。令楊明府作畫幛子，董孝廉爲歌，謂甡曰：翰母禱于佛母而生翰，翰痛母之亡，故擬報慰云耳。

君不見，曹山巀嶪東郭東，中有巨磵開琳宫。澄潭千尺插横嶂，潭水濈滓潛魚龍。巉巖兩楹架巨石，石蓋倒水空玲瓏。踰波入石石四啓，小舟蕩漾穿當中。相傳神禹舊開鑿，手遣巨靈剷碧落。斷鼇刳臂挂水心，獒象抽牙倚崖角。風傾雨削如有神，清鐘梵磬交冬春。天花散綺布松壑，好鳥説法通雲津。會稽凌翰探幽渺，記得前身竺僮小。慈王抱送稱善才，仙姆留馨似阿保。凄然思報顧復情，青山碧水空冥冥。滄洲萬里巨波闊，靈伽一片蒼烟平。瀆淪海藏拔平陸，欲翳此山議修築。祇苑恒河到處名，何必蓮花坐暘谷。君不見，宜興楊挺生，丹青妙絶無等倫。又不見，常州董元愷，落筆超然起物外。一爲圖繪一作歌，披圖當奈清歌何？越州萬壑千巖裏，不信城東有補陀。

遊西施山園亭將歸題壁山爲越王勾踐教美人歌舞處，即土城山也。今爲商太宰別業。

西施山館倚東郭，曾住西施教歌樂。複閣還留翡翠香，前池自洗胭脂薄。我來醉酒正陽春，大琴小笙壓上津。春寒日暮欲歸去，一樹桃花思殺人。

上浙撫軍東巡詩

元精鍾嶽瀆，勳望聯台堦。分符專外閫，授律尊中臺。雙旌白日映，六纛青雲開。雙旌六纛連天起，白日青雲繞江沚。虞廷九牧咨上公，唐世諸藩建長子。藩屏牧馭捍衛良，司靡正值東南强。斗牛區野拱神服，吴越都會躔奥疆。春潮初發固陵渡，二月東巡啓戎輅。錦纜新開龍鳳城，飛梁自駕黿鼉路。金牙翠羽並沙轉，將指滄溟闢廣遠。樓船下瀨揚漢軍，弩石連山運秦輦。蛟門蕩蕩海上開，從行願賦東蓬萊。桃花飛作春前水，自有金鼇渡海來。

錢生行送錢霍也

黄槐花落堆路隅，錢生醉借東城居。翰林主人曾問字，朝餐還饋金盤魚。涼風團團逐雲走，白馬紅軒蔽高柳。秋霄健鶻思入雲，擻眼摩挲薊門口。薊門萬里薄塞城，此中那得留錢生。王侯邸第將軍幕，虚裁折簡相逢迎。大兒乘槎上天闕，小弟裝金使南粤。祇留屠狗抱關人，燕市悲歌看明月。春山西馳不可待，金馬門前歲星在。玉女空簪鷲頂花，蒼龍枉耨麟洲菜。綸衣膩帢抱史書，欲行無翼難追趨。鴻飛冥冥附天末，弋人纂纂將何如。昔慚柳季漫相許，今愧錢生更超舉。兒童攔路牽錦袍，賓客當車致綺語。持栝掔榼送遠程，翻然竟逐錢生行。秋風淅淅秋雲散，江水東流空復情。

錦筵桃花歌爲周公子玉忠初度

桃花初發清江春，朱門又值懸弧辰。汝南公子瑶島客，長與桃花比顔色。庭前春酒一百盃，麻姑買向餘杭來。泠泠如玉白如水，願汎桃花獻公子。持之欲飲泪滿巾，先人曾作金華臣。❶鼎湖龍去叨侍從，留得丹砂滿銀甕。❷蕭然高寄四十年，綵衣又復桃花鮮。年年二月春風發，看折桃花上錦筵。

壽邗上王夫人

邗江潋潋連淮浦，有母賢名播江滸。弋雁晨炊隴上星，丸熊夜坐燈前雨。年來八十齒轉高，稱觴舞綵皆賢豪。西河游子懷芳節，猶望楊州廿四橋。

湘湖採蓴歌

鴨烏山前春欲暮，阿子前湖採蓴去。藕根菱葉生滿湖，艇子灣灣不知處。晝竿十尺挑碧絲，香蓴

❶「先人曾作金華臣」，此句四庫本作「武陵杳靄誰問津」。
❷「鼎湖龍去叨侍從，留得丹砂滿銀甕」，此二句四庫本作「當時露井懸月輪，爲求勾漏辭侍從」。

宛轉生華滋。山前山後人難遇，採得盈筐欲寄誰？

單廣文初度

先生手挹仙盤露，早向南山拂烟霧。篋底新藏柳粲書，人間争誦張衡賦。絳紗深處自傳經，久有安車詣伏生。堂下御魚曾卜象，庭前綵鳳舊知名。今來喜共香山飲，通德門高到來諗。不信樽前奏綵衣，試看天邊散雲錦。時七月八日。

李日燿日焜同解省試有感

生平自恃鸞凰姿，❶不與凡鳥同宿棲。所交老成皆特達，少年不敢争雄雌。有友名高被謡詠，曾徙塞外二子遺。早驚夙慧肯委贄，敢云左挈而右携。一朝顧眄刷毛羽，摩天拂日同時飛。自憐老大困車轍，兼之良友羈邊陲。轉因二子驟發跡，拭眼不覺雙泪垂。上林飛飛有歸雁，春來繫帛嘗相追。他年扈從陪羽獵，萬一得傳使者辭。

赤毛行贈姜之琦公車

赤毛生神鶵，磔磔稱豪鷹。騏驎産洼渥，削耳杉竹成。會稽才子姜武孫，揮毫灑墨如翻盆。進賢八代好家世，垂老未入承明門。生兒晞髮甫就試，便向金臺獻名氏。内苑轟傳奇木文，草堂羞教侯芭字。古來傑物生有因，櫪邊老馬真英神。

---

❶「凰」，四庫本作「鳳」。

壽王將軍

高牙百尺橫江啓，獨坐中權繡幢裏。劇孟肝腸熱似雲，嫖姚風骨清如水。龍韜虎略轉戰開，男兒三十真雄才。春江千頃桃花浪，瀉作軍前酒一杯。

青雀吟爲祁中丞德配商夫人壽

爛柯山前楓葉黃，西來青雀銜玄霜。翩翩神女雕錦裳，長懸玉珮寒花香。上堂拜母曰母疆，提壺願進青瑤漿。元英之始十月良，明飈暄日當春陽。黃金爲罍玉作觴，維予亦得瞻苾芳。伊昔司憲抒紀綱，夫人每預緘青箱。靈修浩蕩還帝閶，碧霞遽授刀圭方。遠公曰：顏魯公殉，時云陶八八授刀圭碧霞仙去。舊作紫霞，誤。夫人偃蹇稱未亡，從容勉子爲范滂。況曾幼侍太傅堂，喜吟柳絮因風颺。只今顧婦盈閨房，金箱玉篋分象牀。東方日出照杏梁，少者挾瑟中理粧。從來三婦成豔章，其中鮑妹尤非常。寒花燦燦錦幌張，滿堂應製天孫襄。微文乏彩慚飛鳳，願同青雀低相羊。

附西河《越詩選》例曰：若閨秀，則梅市一門，甲于海內，房中顧婦博學高才，庭下謝家尋章摘句，其他巨室名姝，香奩綉帙，董、陶、徐、鄭，詠覽頗多，玉映、靜因，流傳最久。又西河詩評曰：忠敏公以大節自見，闔門內外，悉隔絕人事，以咏吟寄志，侍妾家婢皆能詩，真盛事也。商夫人與子婦楚纕、趙璧，女修嫣、湘君輩，講究格律，居然名家。嘗見奕喜曰：近方共作選體，然已能彷彿，惠連、道蘊非其比。

西河文集卷一百五十八

蕭山毛奇齡字大可又字于稿

七言古詩五

樂府新歌仝伯兄大千擬謝功曹應教作

漢家伊洛本京畿，梁王樓閣擅闉闍。大道雕甍十二翼，曲房繡幔幾重圍。日出紅櫳疑鏡炤，雨飄翠網似絲飛。蘭牕玉女争妖豔，雕鞍公子鬭輕肥。北里笙歌新宛轉，南隣桃李舊芳菲。何悟流雲能作黛，判將新葉看成衣。鳥鳴私弄昭華琯，花影重移帝女機。碧波欲漲眉痕淺，斑竹初生泪點稀。游童挾彈從教騁，蠶妾移筐始畏饑。才子五侯中第返，使君千騎上頭歸。不信羅衣半夜襞，詎知華轂詰朝違。疇能結帶非雙縷，若箇沉釭無九微。團扇障聲猶障面，長琴連軫亦連徽。生兒年少爲盧婦，上客吟多是楚妃。拋繩舊事隨春雹，覓釧殘粧及晚暉。莫向屏前怨日出，自有花間歌露晞。

宋憲使雪中飲席

越王城頭白雪墮，宋公臺下朱旗翻。毛甡抱刺走滑滑，開轅交棨謁者煩。宋公望見倒屣出，後閣重開雪如織。瑶裾珠履填滿堂，共見毛甡動顔色。沈沈官舍止且留，恍疑身在蓬瀛洲。梁園賓客重嚴馬，鄴宫飲譙來應劉。當杯卓犖論今古，睥睨如虹氣如雨。天人要妙多可陳，輓近紛綸少相許。青箱縹軸萬餘疊，世本從頭細標揭。韋相能傳楚傅詩，楊公自授關西碣。清譚滿座酒滿罍，當前誰是乘時才。嘆生五際大文作，歌成四壁悲風來。自憐置身苦不早，世事浮雲總繚繞。未識南樓詠裹情，徒傷北寺車中草。公自愬蒙難出北寺車嘆息。逡巡欲退轉蹩躠，何幸相依邁前哲。剡川早有戴安居，南郡將留仲宣轍。君不見，宋公暫止會稽署，將赴臨安臬臺去。第五難遲浙上車，寇君不借江東路。寒風相對飲醇酒，朝發山陰暮湖口。東西相望去住難，一聽清歌一回首。君不見，平臺飛雪賓客多，毛甡對酒呼如何。

維揚贈姜侍御圖南巡鹽并祝初度有詩

長淮浩浩出桐栢，上引江流下邗澤。揚徐舊地斥鹵遥，炙素熬波海濤坼。當年齊相計利開，吴王煮海雄齊臺。木華作賦無遺句，桓氏成書有軼才。蘭臺侍御掌文史，更作巡方繡衣使。巋然霜陛二三人，治此鹽官幾千里。高冠柱後平準書，豸頭豹尾懸商車。烏衣監部識門第，白簡彈人工走趨。此方懷舊得遺烈，漢代張綱棄車轍。君今攬轡頗有餘，況復從游盡英傑。良辰游讌載美酒，長向隋堤看楊柳。自笑毛甡淪落人，乘輿還能厠奔走。蕪城草黄時苦寒，城邊游子衣裳單。多君理財日無已，天下未有如財難。東西繹絡征戍繁，可憐轉粟江淮間。書生開口理民用，不登要路言亦頑。男兒有才須早立，姜君侍御方四十。

里中貴君金書幛子，來生卻之，於其塊情。

須邪行有序

須邪復須邪，巷裏生諠譁，瓦确撇撇墮烏鴉。近前問何人，云是來生行歸家。寒風西北來，吹出衣中紗。入門何所有？石甑浮魚蝦。門内何所見？不見蟲蠹鳥毳與蝌蚪，但見滿壁縮結成秋蛇。東隣有好女，本是邯鄲娼。練裙八幅不刺花，願生爲書之，生乃對此長咨嗟。西隣有賈人，日暮載一車。美酒百甕黍千斛，爲我大書雲錦如朝霞。我乃前致辭，願君勿爲呀。君不見，鹿幘堆左壁，飛蓬索索垂鬢髟。又不見，鹿韡堆右壁，着履踏地胝紋斜。嗚呼！須邪復須邪。

遠公曰：來盛夫善大小篆，工詩，尤好叔氏詩。時與游，然最貧僻。叔氏嘗曰：「見盛夫，祇覺磊塊無平事。」

將渡江贈日者過訪

道人過我青谿堂，荷花滿池白日長。我知凡事皆有命，君能縱譚我能聽。十年躍馬志未成，今來重向清江行。君歸若遇秋風起，莫問江東張步兵。

陳黄門台孫病中招飲賦贈

兩年兩至淮陰城，敝衣懷刺羞禰衡。幾回欲問元龍狀，百尺樓高那能上。今年我從中州來，清江未渡猶徘徊。元龍豪氣果無敵，況是文章老宗伯。我來此地不一逢，枉作梁王倦游客。平明挾帚到門遠，正值陳公病偃蹇。門生扶病籃舁前，深恨從前見來晚。青蘭繞屋芝滿堂，金壺玉椀傾寒漿。座中羽客傲五嶽，庭前佳子超諸王。斜陽冉冉拂高木，細雨鬆紗度紅燭。擲麈揮梧總樂方，挾矢張弓坐追逐。夫君今作臺諫臣，當時曾宰春江濱。霖曰：黄門曾爲富春宰。春江江郭跨東越，萬里廻潮瀉飛雪。每到三秋水落時，一望西陵最愁絶。西陵游子去復來，逢君又是榴花開。病中記得觀濤處，愧少枚乘《七發》才。

宿山寺書壁

小溪淅淅覆草裹，大溪滮滮長松間。高嵓雨聲落松葉，一夜冷徹桐君山。山中寂歷忘近遠，再宿始知路深淺。南朝寺僻春到遲，我來四月猶花飛。

黄姑取妻詞四章有序

毛甡已渡江，與友飲馬洲城東村，村人兒贅前村家女，匱婚儀，議離處數年，至是年七月六日適合。甡見此，戲爲作此詞，有生倫比似者，稍稍諷解。

黄姑取妻美爪指，日倚天河織文理。取妻操作理固然，傷心只在天河水。河流秋清白如雪，爪指簇簇心腸絶。人間小女較優劣，嘗恐乞巧坐成拙。

黄姑取妻多綺緆，黄姑兩髀赤見骨。牽牛入市賣不成，歸坐營室泪如刺。當時被驅河水邊，衹少二萬青銅錢。取妻無儀不得前，從來天上亦使錢。遠公曰：《荆楚歲時記》云：「嘗見道書，牽牛娶織女，取天帝二萬錢下禮，久不還，被驅在營室。」

黄姑取妻，妻嘗在東夫在西。妻立機上晝夜啼，黄姑飯牛牛不肥。七月七日河滿隄，呼車渡河汩汙泥。河深無梁艇子遲，着履拂面坐低帷。歛歛隔河聞牛齝，天帝有命夜渡之。城頭烏鵲争枝棲，銜脣結羽造履梯。露零襪泫烏背欷，誰知天河今渡來。

黄姑取妻賣黄牯，七月七日洗頭雨。雨乾水枯黄牯乳，黄姑取妻共一處，黄姑上堂拜阿姥。

試茶歌

東吴種茶白石株，建州數處皆不如。漸西漸東總甘辣，會稽日鑄天下無。春雷殷殷雨花薄，瓜蘆小頭暗生肉。風吹枝亞甲拆長，鵲脣鶯嘴捎雲涼。我來試茶值社後，少婦入雲緑洗手。山頭爛石膏沐多，雪礫霜崖絶枯朽。青絲籠子翦香葉，箬裹焙成卷銀鬣。不需木桀共桑砧，何用銅匙并鐵鋏。相攜且試耶水濱，青黄黑白甘苦辛。粗柑細蘖似難較，雞蘇狗棘非其倫。須臾地罏活火起，沸向花堦石蘿裹。半杓疑分乳窟泉，滿船剛載南泠水。傾來清瑩作冰雪，掃卻黄瓷細漚沫。分明眼底見幽蘭，驟使胸中斷消渴。昨年曾向顧渚回，一槍試後棠梨開。宣州瑞草雜紫笋，蒙山石花猶緑苔。會稽新茶真莫並，搨腹頓教肺腸静。亭前風落增永摇，山頭日色皆清冷。今朝歸去踏葛蘿，明朝飢渴知如何。喉焦舌燥且勿苦，聽我開口歌茶歌。

逢姜九飲

昔年遇爾春城東，山前十里桃花紅。今年逢君值春雨，幾樹桐花落寒塢。壚頭汗漫傾酒巵，與君曾賦春游詞。夏王陵東南鎮西，紅粧灼灼如朝曦。朝行採花暮歸遲，緑楊鶯語春晝迷。可憐春晝鶯語澁，君欲行春待春及。君來能宿酤酒家，爲我且醉山桐花。

桐江王生長身幹一丈餘二尺遇于城東里有長句

君不見，伍胥挺然一丈身，猶能挾弓報楚人。又不見，王商八尺坐未央，單于仰視皆獐徨。君今一丈乃有餘，獨行道路垂衣裾。丈夫困窮亦時有，東方瑰奇挾兩肘。日棲金馬索升斗，不如侏儒飽食且醉酒。毛甡自視負七尺，仰頭看人乞衣食。有時春至戀春色，頹然將老終可惜。我今願君東到蓬萊山，山頭日上花徧斕，挾予兩翮同追攀。又不然驅車仗劍出天外，坐予車下吸沆瀣。與君俯仰且有在，焉能傴僂還曲鉤。依時逐例爭封侯，食糠食肉兩不休。

山居莊家女種蓮子許粒小鉢歷日五銖隱然有鉢底忽花鴨啑去惜哉作蓮子

蓮子有心能作花，女兒採蓮先採蕸。分蕸擘花得蓮子，欲問所遺隔花市。若耶溪頭千葉蓮，風吹蓮葉葉田田。年年上巳自抽葉，不用栽根理雙檝。盆頭有水焰衣履，長洗釵魚作風雨。投將蓮子裹燕泥，囑子泥中發辛苦。團團小鏡貼波出，隱見荷根起抽立。風前捲鬘粧不成，雨下抛珠佩來澀。當堦花鴨睡花穩，竊入瑚欄覓新菌。不念紅衣晚歲稀，竟使朱顔早時損。耶溪五月芰葉涼，畫船兩槳艤横塘。女兒只向東隣坐，不採蓮花心自傷。

鎌麥詞

鎌麥鎌麥，斷篿束剌，來子歸家，初夏四月。早起着犢頭，看田左右皆陸稛，獨我滿田盡羊角。暮歸着接羅，看屋左右皆剥穳，獨我滿屋盡羊蹏。三春風雨亦嘗有，力田卒歲難逢時。壠頭小鳥日呼叫，架架格格曾何資。來子告我當鎌麥，恐歸如我鎌麥詞。君不見，前村老翁收麥斛，一甌兩匙貯筐篚。官車栗陸争載趨，尚揭空筐覆車軸。君不見，少婦今朝鎌麥歸，明日下田食瓜菑。

湟川詞贈别

趙王城邊百粤臺，湟川渺渺連州開。羡君南上湟川渡，五月驅車嶺頭路。繁花滿縣雜荔枝，迎君勿訝君行遲。今年竹布裁五褌，明年椒穗垂兩岐。紅亭酒香日炎午，五兩薰風動南浦。他日貽君陸賈書，莫向人間道《新語》。

長歌送顔泰颺北征

黄雀巡檐游，不及蒼鷹飛。神虬雖夭蟜，不若駿馬馳。丈夫慷慨負奇骨，左顧流沙右溟渤。手持寸莛撞重關，足下浮雲蓋高闕。當年定交三市東，緑巾碧髮雙顔紅。輪心對面指山嶽，仰天嘘氣垂霓虹。力持壇坫十年久，獨捧銅槃殺雞狗。飛蓋争馳鄴下才，揮毫共集梁園友。倦游曾著亡是篇，世人拾得驚相傳。珍臺珠樹散霞綵，青霄白鳳翔雲烟。馳驅河洛結瑶珮，徘徊宛委搜瓊編。縱飲那知有時代，同舟便足稱神仙。横行萬里渺難顧，奪得宫袍展雲路。卞玉誰教暗裏投，邢顔卻被宫中妬。子房豪氣不可除，一椎誤中秦王車。舉頭大笑蹤衣履，清江細浪開芙蕖。倉黄萬里帝京道，挾册長安待明詔。幾疊黄金臺上雲，一群冀北風中踔。丈夫相對意氣真，飛揚跋扈皆殊倫。晴郊一送顔光禄，思殺鏤金錯彩人。

送姜二承烈之都門

丈夫居家不遂意，翻然拔劍游帝京。滹沱萬里白雪盡，薊門千頃黄榆生。輕車揭揭走析下，燕市風雲起叱咤。懸金時上九成臺，挾册當來五侯駕。我從君行祓君轍，讀君雄文嘆奇絶。向使馮唐早濟時，魏邴蕭曹豈堪説。春風吹開楊柳枝，同舟元禮神仙姿。時與史尚轍進士同行。會乘虎觀青雲去，莫忘龍山夜雨時。

訥齋詩題史四廷栢南園新居

訥齋先生好園居，前庭一池長種魚。垂幔或臨右軍墨，滿牀盡疊張華書。廬蝸車蠋苦未展，更闢南園重修翦。泥水空纏鄰下垣，丘樊自衛山中鐍。當堦紅藥映虚牖，桂樹團團拂清晝。徑外争看求仲來，墻東誰是君公後。君今弟子喜更彊，公超成市非虚揚。絳紗前後鬱相望，悠然絲竹彈深堂。堂中顧盼總芬潔，别榜一軒名煮雪。童子飢然土銼寒，袁安醉抱冰壺裂。南山敝廬空自憐，陸居非屋舟非船。❶難尋西瀼浣花去，僅留北幹松風前。從君願續小園賦，兼賦園中桂之樹。他日能同汗漫游，應記南園讀書處。

看月書事有序

七月十五夜中元，偕吴二卿禎飲商太宰宅樓，酒酣望月，去廣寧橋，顧見龍華寺説法事鬼食，漂燈流燎，幡幢鈸鐸，男女鱗脊如畫，便相走觀。卿禎躅足顧予曰：「子才士，需立賦所見，務其覈實，使人省得知，勿以虚叶何如？」予傚元白長句蹋歌，使商命説、徵説各記憶書于篇。

❶「舟」，四庫本作「水」。

七月十五天氣涼，酒酣浴罷單衫長。出門連臂看月去，同到廣寧橋下路。廣寧橋上坐萬人，項背軋札如魚鱗。廣寧橋下水波淺，大船小船波上轉。船中所有更奇絶，云是中元鬼時節。明燈灼灼浮水來，萬盞千甌乍明滅。初疑火樹蔽江渚，旋道流螢墮秋雨。横波落石飛彩星，極浦銜珠散龍女。旌幢高引紙蓋揚，旋風吹蓋陰燐翔。吹螺擊鈸撞法鼓，迎炤當年淨飯王。飯王大坐正設食，盆供盂蘭有名色。龍華作法甘露殊，細灑楊枝散涓滴。橋邊婦女坐相待，各守亡人紙牌在。女爲爺母婦爲夫，焰食從教滌清瀣。呦呦壯女向天哭，少婦羞人隱牌宿。苦無紈扇障燈紅，幸有珠旛裹頭緑。吴生顧此發長嘆，謂我長才屈柔翰。相逢若此賦不成，空復從前惜良旦。我歌數句月自來，終歌此曲纖雲開。廣寧橋上人無數，忽聽歌聲首盡回。

雨中聽三絃子適女士王玉映將之吴下過宿蕭城西河里因作長句書感卻示

汝不聞三絃聲最悲，啁嘐哳軋誰所爲。天心雨落風迸裂，坐客一時雙泪垂。三絃初開彷鞉鼓，萬曆年來重張甫。遠公曰：張甫，張聘甫也。父少塘，祖野塘，俱以三絃傳。曹剛不作甫不傳，何處新聲到江滸。當前撥拉如訴説，漴漴嘈嘈漸相接。絃聲復雜風雨聲，拍散音繁語嗚唈。江東女士當代希，會稽王氏留烏衣。著書不讓漢時史，織素自憐機上詩。清暉閣中父書在，綵筆長濡舊螺黛。吟成紅雨滴口脂，行得青藤繞裙帶。王季重兵憲所居有清暉閣，後玉映徙居青藤書屋，徐文長故宅也。所著初刻名《吟紅集》。風流遺世姿獨殊，將從秦氏聽啼烏。朝行賣珠暮無粟，天寒袖薄涼肌膚。可憐兵革滿衢路，欲望西陵過江去。崎嶇宛轉進退難，衹恐行來且多誤。昨宵行李深巷宿，聞汝空奩脱車軸。今朝寂歷風雨來，令我停絃撫心曲。梧宮木落愁復愁，女墳湖畔今難留。君行渺欲向何所？長江浩浩還東流。蛾眉掩抑自今古，況復哀彈最凄楚。今朝自雨乍自晴，不盡三絃此中苦。從來出處難復難，願君絃絕勿再彈。

半面將軍歌贈陳左府左府名之驥，西河別有《陳將軍傳》。

半面將軍年四十，南戰羊城北馬邑。歸來十載青門前，可憐立功尚少年。當時投筆出關去，萬里鳴沙暗雲霧。弭節曾留都護邊，連營不倚將軍樹。乘秋代馬向風發，烽火蕭關動京闕。判將陷陣入邊雲，誰道張弓效關月。長驅汗血仗蝥弧，撤卻腰間金僕姑。論功較戰課先後，不讓唐李那讓吴。諸公皆當時邊將。十年埋劍在田野，欲向蠻天洗花馬。嶺樹叢叢蔽眼來，瀧川浩浩當胸瀉。樓船南下共楊僕，射獵重教起軍曲。從燔礮火燎顛毛，不拊珠褌泣髀肉。焦頭滅耳志未成，獨留半面哀人情。誰憐射柳亭邊住，竟使垂楊肘後生。

汝陰蕭大行將赴關東渡過訪抒筆贈別

君不見，中牟丈人本負芻，與君並坐氈氍毹。又不見，郢人堊鼻頗未潔，相對揮斤嘆奇絕。丈夫有才貴知己，伯樂鹽車兩依倚。何況蕭君司馬之鑑且無比，鸞鳳集門亦可喜。時殿頭二人出門下。吾聞蕭君奉使持節南海頭，還鄉彤馬將淹留，忽當繩纓菅屨呼啾啾。迄今負土已成室，漢相三年將就職。我讀《愁吟》尚慘悽，況復哀號在疇昔。君家忠孝真莫當，趨庭又有烏衣郎。相隨千里學詩禮，在道一時稱驌驦。與之偕上謝安閣，洞口薔薇正花落。急返平臺拜紫泥，勿教同舍占烏鵲。陽春三月風雨多，離亭樽酒應高歌。胥江渺渺烟波裏，欲別蕭郎奈爾何。霖曰：《愁吟》，蕭著詩名。

書意贈西昌蕭伯升白鷺洲高樓

北風吹雪下江郭，白鷺洲長暗寥廓。蕭郎開幕燃桂枝，重飲洲頭最高閣。江天飛雪千古情，蕭郎意氣踰平生。清飈遥洗蜀江峽，流雲欲撼西昌城。連朝高會來鷺渚，争躡湖西講堂履。我登傑閣望江河，君向空亭攷鐘鼓。荒洲相接千百人，東西十郡雙江濱。寒能予衣飢予食，悠然歌詠忘昏晨。丈夫誰不重意氣，揮斥千金偶然事。獨成良會向千秋，那羨平原與無忌。春浮園頭枯草香，雙江雪霽開春陽。奉常舊有好花竹，至今人説平泉莊。期君更作春浮醉，誰道雙江雪路長。

霖曰：孟昉爲今之四君，交滿海宇。春浮園，其别業也。時施愚山先生講學鷺洲，孟昉獨任值饍給，傳爲勝事。

西河别有講學詩，見五古卷。

集曲水即事

青山百屏向南郭，積翠横開曲池曲。高樓一望秦山陽，流雲斷續梅雨涼。夜來布錦錯燈火，列坐庭深對歌舞。行童十二唱柘枝，招摇背袖低參差。酒酣徹幔燭垂地，薌澤微聞墮環細。主人潦倒脱絳幘，尚引清樽炤容色。交盡海内爲名高，相逢不醉徒自豪。驪駒在門車在路，看殺庭前石榴樹。

送任雲蛟公車

九月芙蓉蔽江渚，孝廉船載江頭雨。金樽相把潮欲來，一曲離歌醉南浦。公車十載憐計偕，懷書屢上昭王臺。旗亭雪煖紫貂墮，薊門酒醒黄雲開。春官新制改書義，漢帝臨軒策奇祕。郄氏中林選一枝，平津東閣推高第。長安春轉花又紅，玉騧鞭落驚游龍。秋江潮上金魚美，盡在任公一釣中。

金鑑冰壺吟爲張推官作

金鑑挂高闕，百里無近光。冰壺貯前庭，徹底成清霜。龍山嵯峨起東府，别搆蓮堂建鐘鼓。金鑑朝懸紫嶠曦，冰壺夜滴清江雨。冰壺金鑑絶世清，皐陶淑問稱明刑。外臺分節下神讞，朱花緑雀摇空廳。張衡機密弃文網，張釋寬平析民枉。從來張姓本連天，何必張星在天上。君不見，張公金鏡獻宸聽，高鑒千秋著爲令。餘光并炤寒士廬，伏櫪長鳴解馳騁。又不見，庭前綆綆朱絲繩，銀牀百尺縋寒冰。冰花井乳相映發，一時誰與同廉凌？持壺壽公公飲冰。

讀荔裳集安雅堂集感賦

當今作者誰擅場，山東趙王與萊陽。王公士楨趙進美，妙與萊陽正相峙。崇禎以還大雅絶，遠溯嘉、隆紹前哲。總是山東李白豪，能使人問歌白雪。今來三子起方駕，不數風流舊歷下。幾回東岱互稱雄，一出中原便成霸。黄河九曲到海灘，東臨碣石流漫漫。天垂百折亂雲霧，風吹萬里廻波瀾。丹崖山前日初曉，真見蓬萊接瑶島。漢武看成朱雁來，秦王渡處丹龍繞。君文初著名荔裳，集成安雅斯爲堂。大文既布錦貝息，黄鐘在御瓦缶涼。瑯琊天水渺難即，惟見延清好顔色。到溉從御史游，王筠故受昭明識。每惜今人事工巧，大雅當前罕分曉。但道江郎雜擬工，誰言謝客新聲好。往讀衍波詞，輒思王禮部。長憲與大參，鬱若兩珠樹。可憐同體異工曲，白玉分沙桂分木。從教鳳羽蔽天涯，寧止鷹揚距河朔。于今大雅煩若林，鍾嶸三品空沉吟。東看無數滄溟水，一望蒼茫何處尋。

别王恒

蟋蟀方在堂，倏忽歲云暮。窮冬雪霏霏，游子戒歸路。東亭酒煖草葉稀，臨行欲换征人衣。城南王恒負意氣，慷慨向予歌式微。躊躇上馬不能别，韓信臺前看飛雪。

將歸贈丘四象隨

昔飲江南伯通里，便記淮陰有丘子。我今轉作淮上吟，贈君愧乏雙南金。淮河蕩蕩淮水濁，丘子風流絶凡俗。一見應教勝郭生，再觀何必推羊叔。逢來三四是子淵，傾樽暢飲黄花前。道傍不數假王釣，城頭空覓甘羅錢。涼風蕭槭度秋暮，倏見寒冰滿江路。芳草萋萋春又生，愁殺王孫欲歸去。君家兄弟真不群，元方曾侍金華君。在堂循吏未白髮，中閨金母摇青裙。最憐丘子本孝弟，欲渡廬江見毛義。問寢嘗踰世子篇，敬兄不辨鄉人至。況曾仗節急朋友，一死一生見要久。白馬南馳范巨車，炙雞遠酹橋玄酒。丘曾千里赴胡介喪。吁嗟友道不復持，東行杵臼將依誰？見君不忍辭君去，我欲從君那得知？

毛甡將行張公子礽禕贈甡踏冰行率筆酬之

我行淮陰非得已，不共王孫釣秋水。乞食潛行射澤間，避人還向珠湖裏。曲江才子好我奇，謂我落拓誠相宜。中秋高讌并重九，人前往往稱予詩。飛光如流歲如鶩，渌酒黄花等閒度。火樹長留烟水寒，美人竟下蕪城路。嚴風朔雪旅食涼，倦游客子思還鄉。躊躇不忍遽分手，君還贈我哀歌長。窮冬孤客易生感，況復哀歌更繾綣。一曲秦青雁鶩飛，數聲羌笛關山遠。嗟君家世本曲江，趨庭得侍尚書郎。茂先有叔總博學，蒼梧無弟非文章。君才獨絶鮮儔侶，淮海相逢驟相許。曾來夢裏遇江淹，頓使花前憶傖父。贈我長歌真有神，恍若寒宵對君語。對君語，感君情，此曲名作踏冰行，層冰皓皓環江城。踏冰我欲冰中度，忼慨徘徊百思生。

西河文集卷一百五十九

蕭山毛奇齡字春庄又僧彌稿

七言古詩六

題畫

薰風乍起午夢長，石榴花發薔薇香。枝頭好鳥最宛轉，啼破一聲枕簟涼。誰持并翦翦江水，繪出青黄與紅紫。醉卧閒亭日墜時，幾度含毫思無已。

奉和葉掌院夫子亭下雜花原韻

先生有亭最爽塏，倚檻如坐春風中。况當三月艷陽發，夸條蔓枝匝地紅。綷縩不用金錯翦，䩞韘豈與凡葩同。始知大匠貴自得，巧者不若拙者工。有時薄醉坐花下，門紗旒裂遜馬融。豈徒紛紛隔堦覩，宛若女樂填廂櫳。褒衣發藻光愈燦，摇砌擢秀神所鍾。寧題丹棘作野客，不使翠羽稱殊翁。論化羞比漆園蝶，吐飯偶集蒲盧蜂。情閒有觸便生興，道大于物何不容。長安花少客無賴，蒔塲藝圃真難逢。但留階戺一顧盻，煌扈安辨澮與穠？子房門下多薦達，當時尚有東園公。

和理椓杙歌并序

卓炈閩中僮，徽之曾與之渡湖，思不可得，王雙白言見在金陵儀鳳門，能寄之，徽之起製歌，令王歌，授名曰理椓杙，因而屬和，言卓炈當理焉。

只在石頭城下住，莫過長干小橋去。但恐年年細草生，不識青溪舊時路。桐花緌緌夜雨多，三春又盡花如何？可憐同在罝罘側，猶自城頭理椓杙。

雙　珠　篇有敘

潁川隣宣公晚喪子，哭之哀。然曾用佛蓮花經一奩供楣間，至是還經。甡以内家過慰，並爲文祈之。迨再過公，褓一兒，攜一兒，出拜曰：「君記之乎？舉此六齡矣。」

誰家老蚌生雙珠，大秦明月皆不如。圓泉璧水産有殊，老翁垂白多根株。前年怳逐隋侯趨，今年又入鮫女廬。小珠焜燿照里閭，大珠灼灼盤中居。暮年有子稱商瞿，我翁得此豈晚乎？畢逋共哺頭白烏，龍門百尺孫枝扶。老人得子草得荂，況復老健彊肌膚。漢家禱嗣張玉弧，靈池百子宫臺孤。採蓮西海蓮未枯，蓮花今且開東湖。雨餘花底珠淒淒。

羅　三　行有敘

羅三百駢，杭州教歌頭，有稱名。甲午集紹興東昌坊，羅三率孌童十六人按歌。酒酣，執酒起爲壽，慷慨言曰：「羅三非優人，盍贈我長句歌，使人知羅三苦沉淪也。」甡唯唯。乙未，復集紹興九曲里祁兵憲第，諸伎畢奏，羅三復引聲，乃悲懷激揚，顧笙笛絃索均失執，歌竟，爲言：「寧得憶贈句乎？」牲時頗失意，聞其言感動，驟起援筆，丐兵憲展絹，憶唐元和白居易與元稹作霓裳譜歌，惟恐湮失，歌句中且藏譜數，猶可按切影響。今亦畧溯緣要，便可尋按，故益多曼吟耳。

周秦以後古歌絶，漢代延年尚能説。逡巡魏晉中再亡，杜夔左騏徒倡狂。開元神武興法曲，高頭教坊譜相續。華原驃國雜塞胡，❶立部聲喧坐歌促。金元起創爨舞辭，因之變伎歌參差。九宮分譜限南北，一十九韻音調微。明興一代本無樂，胡吹番謳苦交錯。❷優伶爨弄習轉深，南曲浸繁北浸落。相傳南曲始吴下，梧苑風流宛如乍。吴儂創調絜古歌，翻出新聲美無價。當年絶唱稱崑山，松常折嗓浙齒頑。張芸朱美魏亮父，至今嗣續猶艱難。杭州羅三重意氣，誓欲尋原奪高第。攝聽絶慧通鬼神，一雪從來品題異。依聲按律節奏奇，宫商相接復相離。涵融便捷鶯語澁，急決嗷嘹鵾鳴遲。聲沿板定寸爲拄，韻七字三前與後。新生故死黍粒分，迫度緩稽肌理輳。一聲將發坐客定，數變將終動神性。流離遷客涕泪傾，窈窕新娘怨思迸。掬箏摘阮徒自豪，吹師失管絃工逃。吴中譚如并張燕，到此不敢争鳴號。譚如卿、張燕筑數人，著聲吴中。東昌坊頭合歌板，首坐毛牲泣何滿。哀吟失職貧士情，那問終趨共前緩。羅三歌罷拉瑶瑟，手把金巵揖牲出。自言不是尋常人，耻作當年李協律。生平好酒名酒徒，結交滿座皆屠酤。上之不屈古王者，其下詎嫌今大夫。千金散盡獨長嘯，故作歌吟雜啼噪。

---

❶「塞胡」，四庫本作「甘凉」。

❷「胡吹番謳」，四庫本作「鼓吹鐃歌」。

孌童十萬蒲伏前，不足當予日調笑。毛公落筆能有神，悲能寫哭怒寫嗔。貌予令予使不朽，至今予作忘言人。昔年聽歌及寒食，桃花滿樹風前拆。歌來倏忽又一年，今夕聽歌是何夕？今歌既驪且復苦，坐者停聲立停舞。寒蟬數弄咽柳條，孤雁一聲墮江浦。洞庭秋風剛葉下，去春在晝今在夜。霜繁露白月欲明，竹斷絃弛鼓初罷。宛如花底摘生葉，少婦繰絲自成節。嚴鋼鍥處銀鍔涼，冰甕開時水晶裂。又如石齒決金薤，刓核吹蘆擘風籟。屏高燭短坐嘆愁，昔日梨園近何在。蹉跎相失淹歲月，非我能忘棄前説。我亦沉淪年又年，顑頷相看總離别。東昌坊裏九曲園，高車駟馬填前軒。聽歌滿堂勿相問，此中惟見毛甡冤。毛甡沉淪本無極，那復羅三又失職。羅三當復歌此歌，莫道聲繁歌不得。

憇螺川胡推官虞胄過訪因贈

策杖登嵩高，遥望天中山。羽翼不得前，薄暮空來還。南行入匡廬，逝將上衡嶽。浮舟渡螺川，遂憇川上閣。螺川濯濯古司讞，山木清秋曉行縣。云是天中馳檄來，知我窮愁且來見。天中岞崿産異人，振衣獨對清江濱。宛如嵩高上登日，鬱然相望真嶙峋。嶙峋萬仞動寒色，玉井冰花映天白。不向空廳列鼎書，長懸孤榻留行客。我曾讀君文，嘆君似長卿。金門獻賦後，當入承明庭。今來江上作司理，讞獄如君復有幾。伯始從教博似雲，胡威只是清如水。越人久作汗漫游，横江又見紅螺浮。清秋一飲郇公酒，醉看朝霞江上樓。

題秋山讀書圖送舊京鄒山人還紫微兼詢沈耕嵓徵君

晨星漠漠東陽路，斜傍雙溪晚來渡。耕嵓何在高復高，云是秋山讀書處。秋山巖業跨紫微，相看同着青荷衣。王孫遠道怨遲暮，春草欲生歸不歸。

題抱甕丈人濯足圖爲顧有孝徵君

君不見，彭城畫工有奇技，姜肱擁被終咨嗟。又不見，華陽高士善圖畫，籠頭齷齪空隨車。羡君孤處笠澤中，世人誰得窺君容？巇如岌岌千丈深巖松，置之茅屋長蓬茸。吴山之長水之冽，浩浩溪流白如雪。瀠薄高隨萬里風，沿洄皎帶千山月。君來抱甕畜畦水，日傍清泠思無已。新蒲早薤紛渺瀰，碧芋青蔣覆溶濟。躊躇落日猶彷徨，頹然濯足清溪傍。觸埼激石共奔迫，浩歌睥睨投滄浪。瀟瀟隱見溪流長。

醉歌行同周司理令樹飲于廬陵作北平于藻爲廬陵令

贛江冽冽吹朔風，司刑官艦沙棠紅。廬陵古署倚江郭，漉酒夜傾花樹中。中原才子薊城傑，佩劍争看截鏐鐵。草屩牛衣共繡茵，銅槃獸火飛寒雪。司刑自言苦志乖，江高不道能重來。秋鷹脱臂朱雹削，神鯨掣浪青天開。聞言坐客醉起舞，我亦哀歌勝梁父。紞紞城頭夜漏長，起視明星落如雨。

謿胡東嵓被竊詩并序

甲辰首夏，胡子東嵓從郡歸，夫何暴客者，伏隱東嵓之室，竊貲以奔。西河毛甡聞而笑之曰：

東崑有十盜而無四封，向氏探其前而司厲不得揭其後，東崑殆困哉！雖然，銀船雖化，鐵公尚存。筐篋久罄，何曾予壁間之兒；杼柚其空，不能贈梁上之子。幸青氈之未亡，何赭衣之可問。所懼者，未揭篋而縢已絶，甫穿牖而垣已頹。竊裝者，祇覆其書；懷璧者，但看其舌。似茲窶士之形，將來主人之憎。于是慰其薄失，而謝以放言。

東崑先生家四壁，夜有何人壁間匿？杼緯機絲總是空，缾麻罌菽悲無色。從來胠篋羞擔囊，野廬賓客徒相翔。但將國士虛無意，説與河東王彥方。

雨夜斷橋聞笛聲和丁起曹

楊花飛飛落江渚，蘇小墳前夜來雨。平船兩槳何處尋？東風吹落楊花深。前湖水滿欲歸去，草暗裙腰濕花絮。斷橋西上繫錦舷，何處一聲徹雲路。初疑江徼吹胡笳，旋聽索索箏琵琶。野塘無復折楊柳，春山自有落梅花。咿啞水面斷還接，反覆分明訴天末。龍吟潭底水淺清，鶴唳寒灘雨嗚咽。紅樓高對十二重，夢回三峽流淙淙。隴頭萬里碧天外，武陵一曲清宵中。我聞桓伊夜吹笛，愁煞清溪赴都客。扶風夜聽洛下吟，尚在平陽里中宅。杭州千頃西水頭，新聲吹出伊涼州。樓船簫鼓日無盡，長笛一聲愁不愁。

贈商繪

商生太宰之幼孫，風流卓犖隨諸昆。珊瑚寶鋏映明月，蘢葱佳氣開朝暾。永恩樓高百餘尺，旦暮登臨藉遺澤。玉樹還榮謝傅庭，朱衣自繞韋公宅。生裁二十意惘然，蹉跎深悔終軍年。手持一編已了了，心中萬事空懸懸。自言少孤遘荼苦，鷇乳低飛罹網罟。析理難教兄子知，無才不爲家公數。輜軿冠蓋恥追逐，日對遺書冀能讀。池上需爲彩鳳吟，燈前私啓青箱哭。我之從游商雨臣，王孫矯矯其兄倫。慚予不盡柳下學，多君猶慕相如人。從來琥珀謝腐草，惟爾中情最堅好。縱使成連到海難，卻憐侯氏求玄早。君家兄弟定無敵，良友爲龍驥爲匹。荀文未獲侍諸宗，商子終當棄三術。丈夫有志百事能，少年何用哀無成。高樓百尺且長嘯，會看萬里風雲生。

留别劉瑄兄弟

昭華兄弟雄楚州，一時藉藉稱諸劉。論文偉麗過鮑謝，興酣意氣凌王侯。西陵游人看秋柳，邂逅逢君大淮口。拂麈高聽真長譚，刳匏直飲公榮酒。層冰落落解棹歸，嚴飈吹折黄綿衣。他時若問江南信，只看春鴻向北飛。

别戴大金黄大世貴

淮陰城南有飛雁，游子窮冬返鄉縣。雪滿孤舟戀戴逵，波連千頃思黄憲。寒風截截霜滿裾，臨行出入還躊躇。傾罇不盡此時語，開椷頻訂他年書。淮流一曲下江滸，渺渺長帆去西楚。何處思君最愴神？三月江南楝花雨。

送沈九胤范同姜啓赴都

紈綺游上京，翩翩盛裘馬。丈夫貴立名，飾志取相下。懷珠恐迷時，抱匵以待賈。所念在得朋，唱高和靡寡。徐樂論甲兵，歐陽策風雅。歐陽受詩章句成，上書欲共嚴徐行。漢京力學五十士，惟此乃得當賢名。抵掌不爲辨士策，拂毛直作驚人鳴。三街九市五衢道，列轡聯車並騕褭。時向尚書省裏行，誰來丞相門前掃。我本羈遲子，羨君似飛鳥。横雲一去幾千尺，送汝將行動顔色。江館留題夜火紅，揚州去路春衫白。桃花初開柳葉新，春江細草波粼粼。作歌當飲餞，欲别還逡巡。到京若問嚴生薦，勿道行歌朱買臣。

古歌詶贛南嚴撫軍過訪

白羅無緇裙，白玉無赭釵。黄帝還鼎湖，尚見容成來。❶容成汗漫走荒谷，❷越女灘頭種山麓。衣懸貢埜春繭絲，目斷湘南舊叢竹。當年饗帝上鬱孤，至今越女聽啼烏。❸

仲秋既望得蕭行人嗣奇訃適向陽將歸過别各抆涙哭以長句并寄孝子荃以使者行促援筆煩亂無所次序

八月既望白日微，坐客向陽將遠歸。爲言夜夢頗凶惡，故人信音傍烏鵲。荆門剥啄野花墜，忽傳合肥訃書至。行人蕭君六月死，有子哀號數行字。白日在上客在前，分明絹素疑雲烟。星軺曾餞廣

❶「白羅無緇裙，白玉無赭釵。黄帝還鼎湖，尚見容成來」，此四句四庫本作「挺之抱偉畧，武也多高懷。悠然滄浪興，卻遇子陵來」。
❷「容成」，四庫本作「子陵」。
❸「當年饗帝上鬱孤，至今越女聽啼烏」，此二句四庫本作「手把長竿坐鬱孤，城頭啞啞聽啼烏」。

陵驛，廻飄寧返浮槎川。詢之四月乃還棹，五月居廬病難療。太君先赴白玉樓，痛殺王戎死親孝。天乎蕭君君果亡，行人更作修文郎。顧榮璧軫已摧絶，庾公玉樹真埋藏。生平有心感知己，邂逅曾逢故都市。鳴驢動地幾失聲，化鶴沖天恨無翅。遺書數篚過孔融，嘗唫君賦秋風中。桓譚自能惜遺軼，平原何用憂窮通。但道棘人漫哀毁，扶杖觀棋鎮爾爾。我欲貽詩寄慰言，使者旋行不移晷。中心煩亂寫無句，頃刻封將泪如注。欲晰當年知己心，更問將歸向陽去。

党太守挽詞

薤上露，一何晞。城頭望，烏欲飛。烏飛不飛叫將曙，月落城西白楊樹。不見車驅鎮海臺，但見旌摇汜橋路。汜橋西去江水清，蒭錢懷送何爲情。

舒城黄母胡太君輓歌辭有敘

夫謳來斥苦，莊生引紼之章；歌在輓留，漢史吹簫之節。則辭銘未盡，藉以申哀；碑碣難忘，用彰遺德。無他，母儀已極顯融，史誦必開幽窀也。黄母者，龍舒黄畏菴先生之母，平子先生之大母也。閥閱攸傳，本嫺家訓；英華所鍾，餘及閨則。故謝家《柳絮》，詠之庭前；姬氏《葛覃》，習諸壼内。不惟扶風之誡，且晚堪型；抑且德曜之光，後先難紀。宜乎經貽子而有丸熊之風，硯與孫而具戴鼇之慶矣。乃當先生出宰西陵，憶太母咸來湘水。潘郎西去，共傳板輿御母之文；曹氏東征，猶有農野安民之句。雖萊蕪介吏，貧自生魚；奈潯陽哲幃，力能封鮓。以故人之稱之者，可謂使衆以慈；而已之推本之，必曰伊予有母。無如月蝕中閨，星流古署。玉棺降于鄴下，白帽裂之南徐。陶侃自亡母，潯陽二客欲沖天；安石未還山，江左遺民如喪妣。故既禮奪苴麻，節哀邳國；權移金革，屈職山濤。然而靈旗摇曳于江令之祠，丹紼牽援于許公之宅。龍門雖遠，芻前奠酒多人；馬鬣未加，石上留題有字。返舒江而會葬，發哀者定多武昌名士之車；渡浙水而停綏，留殯者豈無杜曲驚人之調？況乎洛陽賈誼，久著膝前，江夏黄童，並推孫子。歌《鹿鳴》而嗣服，騁龍駒于再傳。是則百藥因大母命名，文若以小孫起譽。猶且心摧洗馬，不育于母而育于劉；腹痛元卿，不慈于親而慈于祖。四齡哺育，口授毛詩；十載艱難，躬先顔訓。彼撫琴長慟，本多罔極之思；乃負柳將歸，又有陳情之請。則仁人孝子，安少蔡邕罔愧之辭；曉蓋晨輼，可乏袁子難行之唱哉。因作哀歌，各成長句。

塗車且勿行，芻馬且勿追。勸君摇大鈴，聽我歌輓詞。君不見，尸鄉從人惜朝露，白日婆娑郭東路。又不見，潯陽處士怨空水，湛湛春觴夜浮緑。人生修短安足知，芳名要在能留貽。不見舒城黄母今還歸，輤帷縹緲江之涯。江東士女咸哀思，不減伊吾執紼爲歌詞。問母何以竟得之？母之扶桐倚車者，曰蕭之父母躬導親輿蒞兹土。墨綬垂來掛綵涼，清泉夐就遺羹苦。方春山縣花滿堂，後庭有母來稱觴。冰魚自貯雕盤獻，綵鳳還銜紫誥翔。雕盤獻饍接晨暮，綵鳳飛來倏飛去。人云東海亡所師，我亦西州哭何怙。冢孫平子對我説，四歲慈幃舍呱咥。情苦難教李密陳，心慈早爲元卿竭。流離十載兵革間，旅茅斷舶荒烟寒。毛詩口授甫了讀，蜀帽手縫猶未安。我思太君初太息，更復聞言重唧唧。賢哉有母長若兹，萬載千秋似一日。君不見，將歸召父不可求，一時臺使争相留。又不見，膝前孝廉最憔悴，不作陳情亦流泪。

爲商生贈吴太保詩西河代人詩俱不存，此係商雨臣抄入。

鑑湖八月秋水融，金塘十里青芙蓉。越中遺老盡耆俊，其中尤健推吴公。吴公少小射猛虎，羽獵曾經負彊弩。奪得翹關第一人，望重燕城數千户。金書鐵券累代傳，中朝司馬前名賢。紹衣兩世公再振，鉤陳羽衞相盤旋。東宫出傅長宴見，至尊復召南薰殿。晚食嘗餐祉帳糜，朝陽親賜雕輪扇。予之内舅公難兄，同官先作金吾公。公之難弟懸豹尾，侍御南臺掌文史。嗚珂舊里三棨列，相見還留半牀笏。悠然故國山澤肥，共返金塘看新月。沉沉甲第繞鑑湖，花間晝戟垂朱弧。酒酣耳熱尚拊髀，青天白眼誰吾徒。生平負氣喜壯節，每嘆袁絲少奇烈。信陵何處訪夷門，越石終教解縲絏。公家事業留史編，公家世緒長聯綿。獨難志節永皦皦，秋霄健翮争攀騫。君不見，芙蓉八月鼓蘭棹，七十吴公似年少。

古薊門行

少年結束從邊游，腰懸寶帶金吴鉤。新隨彊弩出懷衞，躍馬欲行雙泪流。青天銀鶻渡榆水，昨日羽書來薊丘。烽烟四起塞垣動，朔風一夜關城秋。燕兵索戰破紫嶺，漢將近前踰白溝。此去定追朱鬣馬，臨行不换黑貂裘。但隨彊弩後，何日大刀頭。羽檄起疆埸，神兵下朔方。誰言無所恃，大將出中堂。驅車揚風沙，拔劍銷欃槍。北經月支窟，西抵樓煩王。薄暮宿南亭，朝行過東光。戰陣踰驃騎，軍營作護羌。寒風效矢急，白日同沙黄。殺氣薄寒鐵，敵運猶枯楊。可憐流蕩三城戍，復有招來六郡良。突騎不收司馬節，擒生羞逐羽林郎。採花判結于闐女，醉舞新成石國裝。但教塞外春風發，那道城南秋夜長。

西河文集卷一百六十

蕭山毛奇齡字齊于行十九稿

七言古詩七

此卷自「巴亭放歌」以後，舊刻入第二卷，今復分此，删若干首。

董閬石評曰：西河詩氣骨全似少陵，而妙麗精工，無美不備，體曹、王之瓌瑋，抽徐、庾之清新，如丹山鸑鷟，光彩陸離；如建章神明，挾雲飛雨；又如匡盧之瀑、赤城之霞，標舉上出，絶無依埒。讀西河詩，益歎其高且遠也。此閬石寄西河書中語，今附識此。

泛舟過秦園留贈秦翰林松齡有作

芙蓉湖上曉雲生，畫舫還爲湖上行。碧草千絲含日映，紅粧幾處照波明。平橋入路開朱榭，曲澗潨潨林裏瀉。泰伯城隨南浒廻，春申祠在東峯下。祠前流水自年年，宛轉瀠洄最可憐。不從梁氏花溪度，只在秦家桂樹邊。秦家桂樹生烏子，文石爲池蕩秋水。別巷應通解玉坊，前關並築燒金壘。烏榫紫木夾層樓，大府錢堆馬埒溝。北谷繩床春自偃，西園翠蓋夜爲遊。暗通瓴甓銜環轉，❶細激連珠波面捲。出地疑分太液來，去天不道承明遠。滄洲自古惜沉淪，花底偏逢翰苑人。潘岳娱親推緑輦，謝公攜妓坐紅茵。風流盡日開三徑，自笑多年隱名姓。門投張儉已還鄉，廡下梁鴻豈亡命。一自浮家願屢違，吴中築室故人稀。君家尚有清泠水，何日重來一浣衣。

鴛湖黄子錫自號麗農住苕南癸亭種瓜自給予在淮西道遥題此詩

黄公最愛菰城山，攜家避地嘗往還。自辭楚相不得意，荷鍤欲老青苔間。平田十畝啓幽壑，招客還留癸亭宿。春半開炊松飯香，晝長卧看瓜花落。烏皮小几拂紫絲，興來每欲圖東菑。嚴關醉卧淮西客，爲汝題詩思復思。

息縣阻雪同諸公集何景韓梅花書院有作

我遊淮西三遇雪，買酒一醉懸瓠池。今來雨雪阻新息，出門泥濘無馬騎。高陽好友漉清醑，争道梅花發前渚。繞屋頻燒五木盤，捲簾邀看三花雨。辛蒸蕙錯羅苾芬，豕鬻蚍醢青羊臕。興來高詠和集霰，酒酣嘘氣爲同雲。周燔獸炭澆酒熱，重見寒空攬冰冽。幾斛明珠撒瓦檐，萬條翦毳抛銀埒。相逢同是作賦才，夜深秉燭還登臺。洛陽縣令煩趨走，莫遣明朝掃雪來。

---

❶「甓」，原作「辟」，據四庫本改。

射獵歌爲金公子敬敷作

汝南公子好射生，天寒射獵城東行。申陽一關跨九塞，招來游俠俱有名。平原積雪滿叢薄，上蔡新羅縱搜索。黃帝祠前雉漸肥，白牙岡上桑初落。雙韝壓臂掣皂雕，桃花叱撥嘶來嬌。銀翎割就穿珠箙，碧血凝將淬寶刀。鞭梢倒插如蘆管，新織罽衣偏後短。腰帶横垂海貝寒，指環細夾霜貂煖。虚彎明月過雁驚，忽然箭落秋雲平。青天毛血灑如雨，韓盧宋鵲空營營。枯蓬爇肉當寒燒，地冽沙冰阻長道。望得黃熊驅不前，擲卻瑚弓自調笑。斜陽入地馬若飛，懸禽帶獸盈金鞿。歸來但索駝酥飲，醉卧花前金地衣。

金公子射虎詞

蔡州城東夜飛雪，公子朝裝絡寒鱲。錦柙抽將練影長，角弓開處霜膠折。平皋木落狐兔稀，風吹淺草蒼鷹飛。近前雪窖有猛虎，暮寒攫雀嘗苦饑。中原神物應樞運，樵採年年不相問。豈是將軍在北平，只因太守爲南郡。圍場突出公子豪，從來豢虎將終驕。同行雄帥伏强弩，獨遣健兒燔枳毛。般般三獸起鬬格，吼入深林蟄雷拆。觀時朱亥尚倉皇，射得張昭動容色。長楊羽獵會有時，汝南公子真雄姿。請君暫息長鯨飲，聽我爲歌射虎詞。

送史尚輸進士過夏口兼寄丘學士時學士爲武昌别駕

晨裝欲動海雞鳴，日出河橋相送行。繫馬未辭王粲宅，前旌先指武昌城。河橋日出輕攜手，爲食嘉魚過夏口。去隺秋翻北渚雲，啼烏夜宿西門柳。故人遊宦滯江鄉，十載還辭白玉堂。共道秘書懷謝監，翻令别駕得王祥。從君昔在枚臯里，憐我貧依漂母傍。飲酒不嫌車下醉，逃名時就壁中藏。漂流歲月同虚棄，惻惻相思成往事。況汝春官舊主司，杏花開後慈恩寺。史禮闈出學士門下。官齋對酒洗征鞍，醉後應看江上山。若問行來何所見，但言遊子不曾還。

丹陽城下作簡郡司馬

丹陽郡裏秋楊緑，不見當時舊劉穆。鐵甕徒懸鸛鵲棲，金盤不貯檳榔肉。岧嶢雙闕古郡臺，丹陽司馬今奇才。方輿偶屈陳蕃坐，錦幘真看謝奕來。高牙傍海發葭鼓，萬疊寒濤散艘艫。典兵自昔重南徐，雄鎮只今推北府。江東遊子歸較遲，登樓賦罷將從誰？重來丁卯橋邊路，欲把垂楊幾度思。

過江南奉謁周侍郎值其行部留詩代訊

我懷周侍郎，忼慨不得見。手把三年袖裏書，漫字紛紛落如霰。蘆碕夜走江路長，東浮淮浦西潯陽。侍郎久作南藩使，每過江南願投刺。踟躇側促終不前，將投邛棘行蠻天。姜生呼我汝南去，路出龍江幾回住。斯時正好謁侍郎，又當行部留維揚。我昨渡江來，巨浪高于山。天風萬里吹不定，鳥雀飛飛空自還。前灘岞崿擁波白，獨駕孤航片帆窄。海豕江魚轉鬭争，篙工柁女愁顔色。昔讀侍郎文，怪其有如此，浩蕩奔騰勢無止。直下如傾七澤濤，横來不斷三江水。孤航相向宛如睹，恍與高齋覿晨暮。江邊況有蔣侯家，小妹青溪舊曾顧。十年出處同嶮巇，懷人何必吹參差。倘尋結襪留歡處，只在乘船破浪時。

楊將軍美人試馬請賦

將軍航頭載美人，春行晚泊横江濱。斜陽墮地草塲闊，酒酣欲試紅麒麟。美人常服雙袴褶，青錦鴉幱紫絲結。蟬鬢當風捲似雲，馬毛散汗吹如血。金錢壓口玉袜膚，馬前細立秦羅敷。見人羞上還將墮，壯士驚前不敢扶。調鞍整轡坐不定，忽見桃花滿春徑。將軍似妬九華轎，在傍休視雙金鐙。明霞片片争繞林，紅游落處桃花深。回頭失卻真珠櫟，春草蒼茫何處尋。

曹受可舊評曰：以見人二語對仗成文，可謂入化。至若華轎起妬、金鐙生嫌，幾于魂與，何止色授。文至妙處，即偶然調笑，俱臻神境。

飲巴亭放歌并謝朱三驛元馮大之京王十文鼎王二漢

泥泥草頭露，不浥春桑枝。傷禽驚離弦，不解彈緩絲。可憐數載滯江滸，暫得相依駱明府。集木難教逐烏烏，當筵詎敢題鸜鵒。盤中食梅長苦酸，冰絲還結絺袍寒。誰攜美酒召我飲，居然高會巴亭山。金盤玉笋勝三雅，兩兩鵶鬟似謇姐。小字曾爲明府知，清歌不在王郎下。行觴雜坐飲未闌，玉釵錯掛微臣冠。流離之子久失意，那復斗酒能爲歡。從來聽樂惡哀嘆，我未聞歌已腸斷。嘈嘈絲竹空滿前，誰使飛鴉渡河漢。三條裾子染竹黄，一雙素手如秋霜。擎將碧玉欄邊酒，傾出真珠甕裏漿。傾漿重起歌結襪，渺渺愁心過緑髮。座中可惜是毛甡，莫遣巴亭待新月。

巴山酒壚送王十孝廉北行

巴山秋市懸青帘，市中卻逢王孝廉。當壚十五洗桮杓，眉間撲粉如紅鹽。楓林百尺日初照，惱煞王郎尚年少。五上公車十二年，碧髪重遮緑羅帽。巴山城下秋水清，壚頭醉送王郎行。明年我亦來燕市，看汝春風馬上生。

將出巴城道寄徐十五緘

春風吹葛條，蘞蔓被溪曲。巴城舊酒罏，又見雙幔緑。酒罏雙幔緑如草，將去巴山出東道。記得來時秋雨零，我投蕭寺徐生行。秋雨淹寺門，徐生行且住。惜也三日留，仍向雨中去。雨中一去秋水寒，聞君久滯豐城間。至今草青及春暮，不識君今又何處？十年奔走不得志，道路相逢偶然事。南北東西各自馳，誰復風塵訊騏驥。我數游南昌，潦倒無一詞，羡君慷慨歷落千回思。去年雨中讀君句，恍捲長河向天注。一任秋霖汩馬牛，半入寒空散烟霧。登臨若此真可惜，何處天涯少蹤跡？但使能留高士亭，無須更作名王客。巴城二月春草薰，城頭黄鳥啼紛紛。我行記得君行日，欲出巴城轉憶君。

春夜飲就亭花下見施二公子彦慤當筵賦詩有贈

神龍墮地便生角，鳳雛出林成羽毛。不見宣城施彦慤，少年特達傾人豪。春花初開啓官舍，豪客當杯酒如瀉。錦袍緑髪衣帶紅，摇筆熒熒燭光下。燭光映筆筆花落，展卷生風動油幕。滿座咨嗟倒白波，一庭風雨翻紅藥。高陽舊里擅才子，元季雙慈近誰似。毛甡夙歲曾渡淮，但見楊家一童子。西河《楊童子歌》見前。宣城文章將起衰，庭前卓犖真龍媒。毛甡自傷徒老大，見此不覺心爲摧。强顔捉筆擬酬和，舉手落盞空徘徊。看花愁見新花開。

紫芝山歌有序

施公分司築亭于臨江城南之瑞筠山，忽紫芝數百本繞亭叢生，南昌李宗伯碑爲之記，且更名此山爲紫芝山而標諸亭。越數年，毛甡登亭而歌焉。

毛甡走天涯，歲歲厭春草。曾採三花不得還，空卧嵩陽歲將老。踟躕地上苦未閒，西游重到匡廬間。湖西丈人倚青嶂，宛若姑射難躋攀。丈人有佳興，云在城南山。城南山頭有亭子，紫蓋團團碧雲裏。背阜横當古郡臺，前林直傍清江水。丈人築亭年復年，當時異事今還傳。紫芝本靈草，斯地瘠難種。亭前忽見湧，銀甕。❶ 彷佛丹霄間，九彩睹翔鳳。又如珠焰發丹穴，芝草芝花滿丘垤。採之亦不窮，斸之亦不竭。如盤如梡復如蓋，輪囷離奇壓車載。悔不當時負耒來，飡以當糧紉當帶。以此呼此山，亦名爲紫芝，靈蹟嘉名又一時。未須四皓返商洛，先看三秀生銅池。迄今採芝已不早，尚見山頭此亭好。毛甡慨然登此亭，幾度亭前聽啼鳥。清江初漲江水長，山風細拂林花香。游絲飛絮裊衣帶，遥天望眼空茫茫。我將舍之去，念此芝草芳。紫芝之草有時歇，芝山勝事無時忘。君不見，紫芝山頭勒碑處，有客哀歌不能去。

姜承烋曰：有施愚山先生删本，見《湖西倡和集》。此熠原稿多六十一字。

---

❶ 「銀甕」上，疑脱三字。

陳柱國將軍期宿鎮山遂汎舟集南塘同張杉平津李章姜埈商命説徵説兄弟作

天星出地馬出關，將軍夜宿城南山。深林列火忽如晝，與我高會叢祠間。平明鼓吹結珠勒，毳幄重重映波白。合艦同尋賀監湖，毛生真作平原客。湖亭日上林影疎，金刀自鱠秋湖魚。西園才子分彤管，南國佳人披錦裾。平山十里勝金埒，頻挽睢陽弄鵲血。獸炭燒成越嶠雲，駝酥點作燕山雪。歡娱短景苦難駐，秉燭還題樾臺樹。皎鏡東飛錦纜開，將軍夜唱廻舟句。時廻舟聯句，陳爲首唱。十年長避追吏馳，還鄉尚咏平林詩。滕公豪氣真無敵，羞煞山陽衣褐兒。

西江送春曲

送春歸，春歸在何處？江草茫茫江水長，不識春陽去時路。楊花墮地吹復飛，草間蝴蝶沾人衣。游絲百丈綰欲斷，平沙白日空遲遲。江邊酒壚十五女，不解春歸客心苦。紅帘日落熖眼明，猶唱陽春當金縷。陽春唱罷思復思，可憐又是春歸時。

漫歸復行書孔雀行關樓謝趙明府趙棠溪先生時爲蕭宰

孔雀披金花，南飛畏剸尾。白璧光芒受世疑，子長縲絏非其罪。東門拔劍不顧歸，十年還視桁邊衣。廳花結網無鶯度，户草張罝有隼飛。張罝結網遮無路，欲渡蘆碕行又暮。趙相真看解印來，外黄重見操兵去。南飛孔雀北度鴻，將垂巨翼乘長風。臨行不辨銜珠處，啄盡關前花樹紅。

沈華席上同張杉王鎬錢霍王元愷平津祝弘坊并憶沈九秘書時九月八日

吴興沈華宴賓客，毛甡晝逐朱家來。相逢衣褐把美酒，當筵意氣爲之開。連年變姓滯江表，衣上風沙不堪掃。高陽滿座相顧殊，只有沈郎顔色好。帩頭碧髮裹緑羅，銅槃灔瀲傾金波。阿兄簪筆掌文史，方蓄新菱染麻紙。翱翔入作親近臣，家留賢弟能娱賓。紫薇院裹張紅幔，白玉堂前鋪錦茵。憶昔山陽度廣柳，曾別難兄釃杯酒。今來江上覓蘆碕，尚藉平原匿好友。平原好友真足誇，姜肱繡被平當家。時予留姜桐音平載問宅。玉椀甫看分碧藕，金錢又見拆黄花。黄花滿地中心苦，忽集華堂思如雨。明朝倘約採茱萸，莫負山陰柳家女。

予屢歸不得釋冗屢過湖西施公苦相留日留日刻留刻適就亭鸚鵡三脱三復返予刺傷于心因爲賦鸚鵡還詞

鸚鵡還，鸚鵡還，相思只在隴西山。隴西萬里思歸去，休挂人間畫欄柱。畫欄雙柱玉籠垂，金鏁連環控紫綬。欄邊言語應憐汝，心裏分明卻訴誰。卻訴誰，應憐汝，早知苦，分明何如不言語。潛潛啄我紫絲縧，密密捐予金鏁條。潛潛密密終教去，金鏁紅縧何用住。且避玉榿林，且上石榴樹。初疑小樹上無力，既道長林遷不得。別苑猶牽紅兔羅，遥天只墮蒼鶻翼。蒼鶻紅兔走復飛，躊躇去此將安依？他鄉好主應難遇，故國多艱那得歸。一去復一還，主人相對啓歡顔。相思仍向深林避，再去再還非主意。主人破柱且開籠，不道三回仍未逝。仍未逝，主且憂，尋殺欄邊紅石榴。石榴墻外行難測，手執紅縧淚沾臆。縧亦漸就促，鏁亦漸就短。一縧三續尚堪披，萬水千山何處返？鸚鵡還，鸚鵡還，願君仍住石榴間。石榴啄罷傷紅觜，願君仍住紅縧裏。紅縧臨繫翠衿住，主人淚落不能顧。

徐敘公曰：西河暮春在臨江思歸，愚山先生哀留之，日過寓相慰，且假以他意，捱日延月。不得已放歸，則又假他使護之行。暨歸，而幾墮于隰，愚山强留，有爲也。窮途賓主，流連可哀。三覆此詩，雖千秋萬歲後，猶應破涕。

姜垚招登香鑪峰絶頂同姜十七廷梧商二徵説

秋山崒嵂海日紅，浮暉倒映金芙蓉。蒼崖負杖招羽客，攜我直上香鑪峰。楓林黄葉下幽壑，杖底風吹草衣薄。石屋高看洞鳥翻，横梁斜度山花落。秋空望海海色飛，赤城萬里烟霏霏。越王臺上青烽起，夏后祠前白鴈稀。玉函金簡探難得，況蹈嶇嶔未曾息。北谷空標承露臺，南還竟負凌風翼。蒼崖四顧意氣開，吹笙跨鶴真仙才。何年乞汝盈箱藥，共俟安期海上來。垚號蒼崖子，時修玄學。

霖臣招予汎舟三日夜同雨臣、大聲作

商霖好探奇，攜我汎青翰。日日南湖汗漫游，恍若乘槎度河漢。山橋畫柱溪洞門，夏王臺殿西施村。碧江開錦簟，緑草藉金尊。檣鈴榜吹雜柁鼓，朝日西飛暮來雨。五木燒殘江鸖飛，千花開處山雞舞。君家兄弟真絶倫，攜予一避桃源春。山中七日家應改，幾欲還家愁殺人。

聽流鶯歌

聽流鶯百囀在春城，宛如舊苑花枝裏。曙色將開弄曉晴，此時玉櫳猶未啓，此日金屏夜如水。夢中隱隱聽緜蠻，起見墻東映日斑。墻東映日花枝煖，睍睆緜蠻啼漸緩。乍穿錦葉蹔停留，移到金牕更宛轉。可憐宛轉最多情，可惜間關寫不成。秦女簫中三四弄，吴娘曲裏百千聲。今來百草翻紅色，今日聽鶯度錦陌。誰解參差遠趁人，自傷漂蕩還爲客。參差漂蕩逐流鶯，百變風前斷續生。金刀細剪流鶯語，依徙春城不忍聽。

和張夫人拜新月詩

拜新月，拜月出簾櫳。天際分蛾碧，花稍觸甲紅。拜新月，拜月粧臺側。覆斗鉤自懸，斜梳墮無力。拜新月，拜月暗傷悲。記得少年時，南園同伴侶，裙帶一垂垂。今看井桐及秋暮，燕子西飛鵲東去。夜静花堦緑蘚間，羞向低低影邊顧。冰輪半掩當復明，婆娑桂樹暗中生。那能拜得新生兔，長與金烏作隊行。一本題下有「懷友作」，末「那能」二句作「如何月下紅閨婿，歲歲長留木葉城」。

西河文集卷一百六十一

蕭山毛奇齡字僧彌又初晴稿

七言古詩八

杜陵蔣梏游淮曾讀予淮上舊詩有感今枉過不值蒙留長句見寄詞旨哀酸予適滯海濱率賦酬意兼示淮上故人以當一慨❶

憶昔避地淮陰城，吹簫乞食更姓名。山陽縣令争認得，呼我車載還都亭。爾時秋風度淮水，高會名園在河嘴。入夜鐘鏞動地來，當筵詞賦驚人起。從兹日飲淮市傍，酒徒到處争相藏。元王廟後杏花閣，駙馬巷邊薜荔墻。人生聚散等朝露，二十年來彈指過。醉裏難忘鼓瑟時，花開不記留題處。杜陵高士有蔣生，先後曾同淮浦行。見予舊事每興感，貽來新句何多情。嚴冬結駟過江縣，柳下尋予不曾見。雙扉久閉緑蘿軒，千里尚投青玉案。但言時事多變遷，黄公壚下尤堪憐。稽劉已謝竹林去，臺館半傾河水邊。故人存没久心惻，況讀君文泪霑臆。夜月彈爲海外琴，寒風吹送山陽笛。我今將欲

❶「枉過」，原作「過枉」，據四庫本改。

尋杜陵，東西南北隨元卿。他時若溯長淮路，何處還攀桂樹生。

中秋山寺作

清風吹林當素秋，碧空灎瀲金波流。可憐二七又三五，獨坐繩牀月當户。初籠輕霧幛冰紈，旋破濃雲出翠巒。花壇斜倚青銅鏡，松葉高穿白玉盤。生平待月啓華帳，稍掩浮霾便惆悵。林表今來閉寺看，樓頭誰復開簾望。去年雪浦弄清暉，前歲湓城烏鵲飛。此日山中無可翫，夜深霜雪滿秋衣。

天馬行送崇仁吴孝廉公車

吴生本公孫，大道騁騏驥。云是天閑舊賜駒，我友孫陽識名字。金絲羈子玉花靮，將上燕臺振高策。大道相逢秋漸過，正好長安看春色。君家舊有黄閣臣，吴爲崇仁相公孫。閣前絡得生麒麟。從來開閣歌天馬，原屬公孫第一人。

奉贈顧將軍七十并呈嗣君澄

吾郡顧元嘆，少曾封遂鄉。讀書擊劍跨鞍馬，横行絶塞驅賢王。歸來直棄雲中守，右臂茸茸生細柳。好學嘗經蔡伯稱，貧交但飲孫權酒。藜牀高卧七十年，過江子弟皆名賢。庭前多少烏衣客，最愛江東顧彦先。

守歲姜掌諫宅值太翁虞曹公上日初度酒酣有感因即事成句并呈掌諫君書次幛末

連歲浮西江，三朔翦華勝。曾飲巴山山寺中，夜走郎官集車乘。今來守歲依諫公，猶藏複壁東垣東。堂前老都諫，愛我如孫嵩。輝輝夜燎徹銀霤，坐對銅槃儼晴晝。莫道椒花媚少年，須知栢子添長壽。雄雞叫罷閶闔開，招摇初轉蒼龍回。紞如嚴城打五鼓，諫公衣錦三進舞。須臾魚鑰啓重闉，萬里扶桑綴遥雪。云是三朝賜勝時，正逢七十懸弧節。當年都諫趨紫宸，仗前冠劍稱親臣。八風吹入金門曉，萬壽呼來玉殿春。忻承假沐留覲省，通德門高愛光景。上日陳筵紫氣生，元辰進誥黄絲迥。諫公披賜袍，銀青雜緋紫。丈人本冬卿，珮履紛若水。諫公膝立親捧觴，鳴珂列戟盈華堂。越中四姓攀麟紱，浙上諸侯侍雁行。相國持漿脩拜母，縣官負弩重還鄉。宛如張尉迎京邸，絶勝虞譚賀武昌。慚予流浪頗畏約，枉厠親朋把杯勺。戢鳳難傳祖德明，椎牛不逮親存樂。酒酣浩歎溯所始，七葉貂璫代相啓。太僕捐民賦，光禄匡儲君。尚書甘去職，要典持微文。始知申蟠本非罔，太丘何必名鉤黨。司隸忠臣應代興，虞曹竟嗣春垣長。春垣禄養世所稀，只憐座客言詞微。願持三朔銀幡勝，長傍千秋戲綵衣。

將遠行曲

將遠行，乃在西南阿㚇間。昆陽池外千重水，闞索樓前萬仞山。我將爲沈犁之鬼，蒲刺之蠻。蠻中轉深曲，乃與鄉井辭，天寒日暮行安之。仲尼居東海，莊蹻留西夷。將遠行，無窮期。

王元愷將之巴山有贈

寒不披豫章絹，饑不食萊蕪魚。韓康范史日不足，誰能刺促分其餘。巴山令君本廉吏，自艾青蒻作賓餼。敝井難浮花下罇，空亭長擁車前篲。故人相誡勿復前，王生欲去仍流連。王生抱意氣，食力苦耕稼。長貧念同袍，千里將命駕。可憐命駕不得達，斗盎無粢衣無褐。集蓼終愁楚雀迷，横江誰把枯魚沫。桃花乍發柳乍青，河橋一步三留行。毛甡進前願致語，座客紛紛醉起舞。君不見，君家阿齡貧且饑，烏程陶令争求知。滿船白粲收不得，願索窮交鎮西食。又不見，毛甡乞米走江汜，賣卜王成暗相倚。豈少荆南幕下詩，但飲巴山署中水。解襦不敢衣顧郎，易衣并食翻尋常。生人苦饑值春節，黄花白絮填空倉。君不見，毛甡南避入蠻部，萬里滇雲黯如霧。金馬關前無故人，竟逐王生過江去。

訪劉息縣并讀周櫟園侍郎所詒文序因爲書贈

劉郎本是神仙姿，手揮五色春桑絲。中都偶爾作試吏，望之不見長相思。昔年曾逐湖西使，一訪廬陵老從事。命駕空隨曲巷車，留題無復高門字。躊躇東顧還蔣山，暫依櫟下官臺間。櫟翁老人出君句，爲君諷詠開心顔。秋鴻飛飛信羽翼，重向嵩陽看山色。桓良未獲遇浮丘，賈父何期在新息。長途宛轉思一顧，不道寒風薄冬暮。日落天低潁上城，朝來雪滿淮西路。夫君獻賦標石渠，尋常痛飲留柴車。吏歸自戀空倉雀，客到還烹掛壁魚。十年相憶苦紆結，相見忻逢歲寒節。息子墟邊嘆轉蓬，白公城畔猶飛雪。高談今古詩典墳，篋中所載方紛紜。君能不忘湖西客，且與同觀櫟下文。

過息夫人粧樓遺址有感

荆門不種章華樹，此地還留洗粧處。紅粉銷殘澗道花，翠蛾飛作山城絮。澗邊白日自悠悠，城畔粧臺秋復秋。回首故園長不語，鎮教淮水向東流。一抄作「淮流千里一望長，誰家高閣映斜陽。故園相憶都無語，回首萋萋空斷腸」。

遊濮公山作

毛甡居息不得意，揞頤日望城南山。東甌夏君今贊府，策馬邀我遊其間。出城風日稍暄霽，朔風吹面面不寒。淮流本出自桐栢，到此漸覺横來寬。前呼亭長先渡馬，幾曲淮流下如瀉。渡口方看載一航，道傍争欲開三雅。須臾繫馬入櫪林，濮公仙洞難追尋。幽嵓尚自留丹竈，過磵誰能採碧芩。相隨野鹿度空谷，便啓清樽坐蘿屋。紅樹彫時未放花，翠屏高處曾懸瀑。重披荒徑啓前路，策馬直臨峯頂住。長淮一帶渺如環，萬里蒼茫盡烟霧。從來黄白不易得，梅尉當前總仙客。況有張王諸孝廉，曾經出入蓬瀛宅。長林落日客未歸，平田夜火光霏霏。嚴城欲下葳蕤鑰，尚見山前烏鵲飛。

飲郭將軍竹下

萬竿修竹臨清流，竹中留客郭細侯。短簫横笛向風發，居然身在蓬瀛洲。行厨斫桂煮芍藥，玉甕桃花泛清醅。近郭天低散馬牛，空亭雨過飛烏鵲。酒酣倒載折角巾，繡衣卸出紅麒麟。將軍本是蒼山客，不數悠悠世上人。

定情歌飲秦二保寅醉後作

數歲遊吴闗，不逢臯伯通。長擕杵臼少相識，獨行畏約何終窮。更衣夜起自擊筑，暫就梁溪酒人宿。❶深念秦嘉是麗才，久知王氏無癡叔。飄飖挾刺隨禰衡，風流學士相逢迎。未從隘巷窺孺子，便向東家訪步兵。東家桂樹生前路，秦氏從來桂中住。朝起金丸寫畫欄，夜來烏子栖庭樹。庭前列烏羅酒漿，酒徒相顧稱高陽。羈人辛苦易爲醉，午日欄邊只將睡。我昔歸明湖，誦君秋帆辭。愛君不得見，一日

❶「酒」，四庫本作「主」。

千回思。思君見君恨不早，悔見秋帆去縹緲。同時嚴忌最高才，況復君家仲容好。嚴蓀友與令侄留仙同爲詞。美人何在愁復愁，芙蓉開落經三秋。今來但泝春申浦，何意還登秦氏樓。請觀杵與臼，與君指皎日。在上羅廣衾，在下蔽蒻席。與君戴笠還下車，相思莫惜加餐書。倘愁越國無歸雁，此地吴王善鱠魚。

汝南郡亭飲次贈譚八吉緯

汝南城上曉鴉啼，王粲宅傍春燕飛。故人千里一相見，越布單衣白如練。春陽艷艷汝水邊，桃花樹樹郡亭前。清明初看鞦韆戲，上巳還吟芍藥篇。自憐蕩子多離别，愛汝中原遍車轍。彩筆能圖五嶽遊，金丹自受三茅訣。伊昔相逢淮水頭，酒酣同過謝家樓。今來重憶當年事，手把金樽泪欲流。

廣文先生歌贈張學博

廣文先生讀《尚書》，客來有鳥嘗銜魚。花間促坐絳帳舒，不須歸去河汾廬。當時獻賦誇子虚，十年勾卒將公車。我今相遇沈子墟，春風冉冉吹衣裾。莫嫌高論與衆殊，此間已是張融居。

將過松江先寄朱大用礪使君

探書出林屋，放舟遊吴淞。欲觀海上袁公壘，不問雲間陸士龍。雲間勝地推吴下，有友驅車最瀟灑。劉毅嘗爲郡股肱，謝生今作軍司馬。風流司馬是何人？共識當年侍從臣。丹鳳樓邊攜綵筆，紫薇花下展紅綸。❶紅綸綵筆紛相映，侍女留題請名姓。起草時聞長樂鐘，整衣不避昭陽鏡。可憐厭處

❶「綸」，四庫本作「輪」。

承明久，解玉坊南私縱酒。兩省通傳翰苑書，一麾竟佐江城守。江城千里蔽東吳，黃綬金章一大夫。嘯咏全爲方外客，從容分得郡中符。果然祖父爲三事，方信男兒長五湖。使君爲朱少師公冢孫，大金吾子，故云。君到只如棲枳鳳，我來方欲覓蓴鱸。已辭梁苑新車騎，況遇高陽舊酒徒。高陽夙昔輕相顧，梁苑從教騁辭賦。片輿何必假陳蕃，八俊由來重朱寓。陳蕃無事朱寓閒，題詩應滿干將山。秋高正值鱸魚美，我欲維舟三泖間。

湖上贈何生倬炎何伯興季子也

秋湖十里生芙蓉，湖邊卻逢何敬容。緋袍相對儼翔鳳，綵筆欲落驚游龍。廬江自昔嬗才子，前有司空後侍史。洛下清談宛舊時，元嘉樂府傳新體。秋花灼灼秋水清，道傍又見驊騮鳴。苟羊本是長瑜友，羨爾趨庭有令名。

送李生并序

乃歲屆祝淵，時當顓冥。甬東李生屺源，稅駕于都督李公之舊第。維時白日窮次，縞雪凝壁。長松倚嵓其信芳，寒梅蔽扉而釋萼。仝人咸集，各贈以詩，志永懷也。原夫淇泉木李，本貯瑶情；澧上香蘭，互申縞結。故仲宣贈子篤于飛鸞，正叔指河陽于逸驥。苟懷悃愊，豈乏呻吟。李生抱苦心之行，仝儕起定情之什。以義而言，固其宜矣。乃戴逵入剡，未聞買山；阮籍當車，於焉就路。陳元龍淮海之士，梁伯鸞傭賃爲生。將騎驢出門，惟其所之；牽舟上岸，亦無可住。王孫遊遠道，睠春草之萋萋；彼美在何方，誦山榛而掩涕。是伯陽適西戎而留字，文羆遷斥丘以受言。凡屬親串之所經，誰勿咨嗟其善誦？况李生沉淪之士也，家本閥閲，世濟開府，棄朱門而勿盼，甘白晝以長征。胸羅星漢，每推烏績之紬；節撫雄雌，潛識秭潨之擾。于是正棋旋栻，辨才子之孅趨；發策兆機，啓靈均之浩蕩。定箕張而斗揭，任蚗伏與蠪伸。則是帝女睠蜀都而抱石，大夫拜楚人以獵冠，江南投老，應賦逢君，稷下談天，喜稱贅壻者也。夫心企東山，意傷南浦。蘭亭原倡，既擅糠粃；海谷遥吟，當來璣璧。維兹軼士，預爲風漂伯叔之詞；既屬同人，應續雨雪英瑶之句。

先生本是青丘子，直走塵埃過都市。脱屨朝看圯上星，乘槎暮宿天河水。梅花初發雪滿襟，相逢醉卧東城陰。天涯淪落知無定，北斗南箕何處尋。

淮康行贈别

元龍百尺樓頭客，又向淮康奏嘉績。監郡能分五虎符，題輿不假雙熊軾。九重丹詔下青霄，十月黄鸝度翠條。朝日褰帷鹽澤雨，春風送艦射陽潮。開樽暫飲如淮酒，漸入天街見星斗。若問人懷峴首棠，但看鴉栖掖門柳。

潼　川　歌有序

丹陽賀先生胤選，崇禎十六年，受資陽縣令，夫人請從，叱馭而行。李自成破成都，資陽不守，先生及夫人慷慨就刃，自成怪之，命釋以俟，屢脅之順，畢不能屈，縶之别營，猶欲處焉。越二年十月，賊敗于南鄭，懼中有應，乃指而嘆曰：「留此輩爲梗矣。」殺之，同行十七口，並日死于潼川州。越十二年，先生二子雲會、雲舉倈西道通，尋之不得。有彭君退庵備述其事，復詢之資人蔡文學，語與相合，號喝而歸。雲會爲司馬，與予善，予乃作潼川歌。

鹽亭何高高，梓水何連連。四座且莫喧，聽我歌潼川。潼川州南射洪渡，天柱雲封七盤路。不見潼川繞地來，但見南津上天去。南津令君負奇節，夜泛桃花暗流血。桃花江上草初青，一夜寒風白如雪。相傳此地殲令君，招魂萬里呼南雲。睢陽齒落白崖裂，萇弘血墮高梁焚。令君家世本吴楚，北固山頭射猛虎。興酣聚米劃地殊，愁來投筆長心苦。縣官續食計車發，便請長纓繫南越。嚴助三年厭舊廬，龐公百里懷新割。驚聞盜賊出巴下，玉壘珠江廢耕稼。白帝終成躍馬王，紅巾時起鳴狐詐。慨然請行一星入，夢中曾見三刀集。崎嶇九坂誰肯前，忼慨王尊赴何急。閨中有婦孟氏賢，從征作賦同車軿。解綿繫樹苦食芋，封魚滌釜長生鱻。倉皇烽火接城野，急繕亭隍料牛馬。轉戰空聞笛裏哀，升陴誰是搴旗者。天心不解遂人志，人事良難勝天意。縱教南八是男兒，難免西川盡捐棄。丈夫死官久不屈，春磨呰邊自强立。完城蔓子刎已遲，斷頭嚴將生難執。霜刀環視驚罕希，誘以好爵啖以縻。赤繩馬頭縶有待，無如南鄭傷還歸。天陰雨凍地冰裂，乙酉之冬月初缺。令君罵賊身死亡，正在潼川此時節。君不見，令君同死十七口，仝行死盡皆無有。彭子退庵眼見知，長望桃花酹春酒。又不見，令君二子遠相失，十六年來尚尋入。難持齒髮向天涯，疾走潼川自悲泣。潼川潼川西近秦，桃花水落青春新。我今歌罷潼川曲，還想潼川赴死人。

西河文集卷一百六十二

蕭山毛奇齡字春遲又大可稿

七言古詩九

寒食直史館奉和同年李漁村太史兼呈同館諸公

春城日出鴟尾紅，下馬入直東華東。忽言今日是寒食，愁入萬條新柳中。陽春初過一百六，日趁車塵苦追逐。大道時聽賣野餳，宫門無復傳官燭。溝頭水漲花尚稀，早寒猶着春前衣。庭槐幾見火新改，故國六年人未歸。同儕相顧起愾忼，此地前經設東廠。今史館即前朝東廠地，李太史是日有詩，故云。斷烟祇爲惜亡臣，殺竹何堪謝鉤黨。鄉園日夕風雨賒，沿門幾樹春桐花。明朝畫舫門邊住，好入春山焙早茶。

送同年尤侗南歸

東堂著作誰擅聲，一時並讓尤先生。群公隔舍争問字，天子殿前長唤名。今來慷慨賦歸去，家在東湖最深處。堂上重裁薜荔衣，門前自種垂楊樹。吴中築室志未成，集賢坊下還留行。堪憐五載追隨意，頓有千秋萬古情。

予向渡湖時更名王士方宿竺蘭聖宣二上人房去今二十年後予過上海聖宣貽書兼索書舊日所題詩句感生於心賦此志謝并呈蘭公代訊

昔有王士方，曾經擾精舍。雨後潛行菰葉中，病來借宿蓮花下。其時高座有聖宣，上人佳句繇來傳。烹葵時餉白雲塢，拂軫夜彈流水篇。秋風一别過湖去，從此天涯隔晨暮。歲月難教古寺留，夢魂猶向長橋度。蘭公垂老能著書，不知舊客非文殊。毛甡廿載尚淪落，時代士方傳起居。只今海上望雲日，欲訪巢雲舊禪室。常恐紅顔今昔殊，對面相看總相失。蒙君貽我緑綺琴，并邀一寫蘆中吟。愁心欲記當時事，幾度含毫泪滿襟。

宣德窑青花脂粉箱歌爲萊陽姜仲子賦

君不見，宣皇宫中脂粉箱，青花素瓷出上方。陶模笵埴好形像，燒胚爗塼非尋常。曼身穴腹判兩截，一道坎中周四旁。融脂瀹粉恐膠結，泂漩複壁流温湯。宛若麗華鬭粧罷，宫溝淺膩縈苑墻。何年此物坐棄擲，竟置姜郎硯塘側。隔奩微聞金粉香，開奩尚帶臙脂色。摩抄日劇但把弄，未審甄人定何用。賈胡欲認不辨名，盧女相看宛如夢。連昌宫監老不堪，落花時節來江南。見此忽爾驚嘆息，云是先朝舊承值。曾賜昭陽繫臂紅，玉函脂粉在其中。盤間花貯甘泉露，鏡裏衣穿仁壽銅。良人少使望春樹，百子池前早祠去。額畫銷硃點暈重，指尖碾玉當窩處。由來摘掃最煩紆，惟此當膍好匀注。紫水開脣恍瀉丹，紅綿撲粉如飛絮。因之瓦甒獨見親，珠械寶柙皆非倫。履箱銀鑰擊奴子，鈿合金釵付貴嬪。誰知世事頗難測，金狄銅仙雨中拆。拾得皇孫繡褓錢，抛來魏后緗紋尺。昭華翠璫摧井榦，道傍團扇遮彌寒。庫名宜聖總散失，獨留金盌傳人間。承恩當日授佳器，前後紛綸尚能記。花箱雖好何代貽，知爲宣德年間事。我來吴會當歲除，東湖水落西流魚。姜郎酒後出示我，令我抱之長欷歔。黄鐘土釜本反覆，幾見桑田變成谷。半世紅顔委道途，上陽白髪誰膏沐。箱空脂盡粉未調，當前若個真娥媌。君家陳寶世無算，爲汝一歌宣德窑。

汪主事以藍羅裙子束纖腰畫卷索題

紅羅衫子身材窄，裹得長裙楚絲織。麴末飛爲海上塵，蔚藍染就春潮色。闌邊楊柳空拂衣，手中紈扇釵頭璣。請看雙帶迴環處，長抱纖纖知不知。

錢編修所藏司馬相如玉印歌

漢庭司馬梁園客，早歲爲郎晚馳驛。因慕邯鄲舊相賢，借取高名註屬籍。當時原有摹璽書，大者礱石小瑑玗。螭首龜膊總啣帶，碧文緑籀皆施朱。相傳解玉刻小記，四角中央搆名字。檄使填將喻蜀文，酒徒印作當壚契。于今相隔年又年，不虞此物留人間。土衣苔繡半斑駁，銀鉤玉筯還新鮮。截肪徑寸覆玦紐，何必黄金大如斗。錢郎得此真罕希，每與秘書通繫肘。會當天子好古文，相如已是同時人。尚書給札令繕賦，落筆殿前如有神。遂登著作入金馬，名在何須更相假。對策姑令董仲先，容才久爲廉頗下。長安秋盡寒欲來，驅車一上昭王臺。酒間出示争把翫，令我懷古生徘徊。前人意氣不長在，況復微文等光怪。何物雲英護此符，歷刼千秋不曾壞。龍門遺册嬾未收，圖書堆垛能生愁。我今欲借文園篆，一惹桃花紙上油。

雪中陪益都相公請沐善果寺即事奉和原韻

長安佛寺稱最麗，洛下伽藍鮮殊異。請沐長從丞相游，祇惜香山遠難至。上冬十月大飛雪，禁苑層層凍雲結。捲幔驚看花絮飄，點衣化作緗紋纈。朔風吹攬勢轉濃，特尋古刹烟嵐重。封將塔上千尋荔，寒到門前幾樹松。香厨設饌飯尊客，啼煞慈鴉日將夕。更上毘盧閣上觀，萬里山河一時白。晚來頮水甘露盤，椒蘭被體能忘寒。何期太子浴堂内，竟作春風沂水看。我今逝欲埽塵幭，到處追隨傍車轍。縱使宵深歸路迷，敢道足寒傷馬骨。

題袁孝子負母看花圖

東園花發好顏色，白髮欲看行不得。負母能傳江革心，娱親自竭曾參力。春花已落不再攀，高堂老去扶來難。只今負手花前子，長把斯圖帶泪看。

葉主事歸黄州有贈

宫槐初落秋雲飛，天街雨來塵漸稀。金門待詔苦寥寂，索米欲炊饑復饑。黄州進士子高後，十載通籍猶羈遲。郎令丞博許就薦，高文足匃聖主知。誰審司事去取異，清河轅固翻令歸。長安苦寒兼苦熱，走馬流汗食不肥。炎歊退後喘稍定，頓覺晨氣侵絺衣。綠楊橋畔有故館，雪堂竹樓皆莫幾。逝將去此作請澣，後會重與春明期。人生出處貴快意，出貴急決處莫疑。何爲鬱鬱守冰坎，天寒日暮空嗟咨。時呼翰林爲一條冰，故云。

陪益都夫子游怡園假山奉和原韻❶

佳日雪乍霽，倍侍游名園。到門翠巘列，入徑蒼雲翻。蒼雲翠巘矗千仞，靈掌丁牛較難認。拔地神虬挾霧騰，攖人健鶻摩天迅。何須占業沁水頭，卿杯且作南山謳。他時春漲沙棠發，巖下重爲汗漫游。

寄祝興化李映碧先生廷尉初度❷

少聞甬東李司李，神鑒皦若海上日。越州比士借校文，取予兄萬置第一。予時六歲胯婢肩，斯事已在崇禎年。久傳司李作名諫，既進廷尉猶犯顔。石頭初下大航渡，曾使章安出東路。浮海長爲蓬島游，還家羞著蕪城賦。彤廷策舉郡國賢，忝予捧檄來長安。先生掉臂廛坱外，與客放情山水間。即今史館辟遺獻，尚向通門集羔雁。符使親求司馬書，蘭臺終藉安陵傳。獨慙兄仕止廣文，予亦老大非青春。先生華髮尚彊健，有子早爲東觀臣。從來皇覽重初度，欲寄清觴展遐慕。不知柱下一星明，但誦函關五千數。

題方田伯躬耕養母圖

先生把筆如把鉏，擷芻負米行江湖。偶因嗑指得心痛，幡然歸去南山廬。春田過雨緑初漲，隴上

❶ 本詩四庫本未收。

❷ 本詩四庫本未收。

炊烟喜相饟。叔豆應披王覇衣，耘瓜尚荷曾參杖。高堂白髮負日暄，江魚水荇堪承歡。抄書過市當晚讀，綯閣近山防早寒。廬江孝行本千古，他日登堂拜賢母。重展斯圖對酒看，莫望南山愬辛苦。

相逢篇爲李公子作

豪不馳玉勒馬，俊不挾金彈丸。所貴結交重然諾，久要不負平生言。錦袍燦燦振長袖，李子相逢宛如舊。肝膽嘗傾劇孟前，聲名不在劉生後。當年把臂意氣遥，酒酣同射西陵潮。追隨燕客且擊筑，歸來吴市還吹簫。只今奔走困前路，謝爾清光展雲霧。解得吴刀持贈予，價值千金不相顧。世人交友只在錢，舊游散盡心茫然。隴西公子幸無恙，與之共賦相逢篇。

題曹石莊滌硯小影

吴中高士曹石莊，建安詞賦超劉王。倏然植杖坐林麓，尚着秦人舊時服。書成欲换道士鵝，春池灩灩環清波。小童持硯濯波去，清影滿前如影何。

送同年范太史還吴門

秋風颯颯南雁翔，昭文才子還全昌。横門一道軟塵發，令我黯然懷故鄉。軒車數隊駐柳下，野祠設幙留供張。啣盃徐起贈鞭策，意氣歷落不可當。華廳分草登左榻，山池賜羹出上方。況握竹管記前事，高踞柱下稱三長。其如温飽非所志，曼倩日餓東郭僵。亦知史局本異量，兼荷制舉羅非常。璽書曾答太子令，侯相争道申屠剛。縱令种卻使覆對，猶拔仙室冠望郎。而乃掉轡古薊野，從此覓路秦餘杭。我家東浙鮮剡宅，回憶北山空草堂。他時得返越州去，爲汝一停吴市傍。花飛渡口遇慧曉，草深墓下尋真娘。買隣縱未近樂圃，訪友定能通野航。朝霞幾縷開上谷，流水百道傾高梁。故人分手自兹别，縶馬欲行看緑楊。

書馮二世兄學正卷子

稽葵結葉蔓河渚，曉露唧衣當秋雨。爲予欲取茂陵人，同看城南賣薪女。長林嘶去騂馬嬌，百金裝出珊瑚梢。揮來代作定情物，相門之子真賢豪。明將入學教國子，年少能傳四門史。昭遠從來善解經，公超所至應成市。予方就飲學戴崇，閒游重覓山桃紅。不疑老作金門客，仍在成都酒肆中。

翁司馬之任黄州以詩留别有贈

横江館前江水清，臨皋亭畔春花生。黄州司馬甫到郡，八縣一州官吏迎。都亭飲餞策去騎，争羡當塗好騏驥。人如仲舉入官時，郡是東坡舊游地。天涯邂逅意氣真，相看本是同鄉人。多君惜别留賦詠，愧我出游忘隱淪。昨聞巴水大破賊，萬里江流盪胸臆。倘能汎艇過黄州，便可相期在赤壁。❶

詔觀西洋國所進獅子因獲徧閲虎圈諸獸敬製長句紀事和高陽相公

古皇慎德開四譯，内被綏侯外蠻貊。貢物區爲王會文，共球載在賓庭册。河鏐畎翟獻上方，兜離僸侏陳明堂。三靈既應百神洽，般般之獸皆翺翔。康熙戊午十七載，神武聲名播遥海。五時從教白澤來，千門真見黄龍采。鵕翎習習負矢飛，雞斯之乘歸林支。諸方執贄儼相列，東漸溟渤流沙西。于

❶「壁」，原作「璧」，據四庫本改。

中有國名古里，曾渡瀾滄作海市。魚眼看波射水紅，鮫絲織浪翻雲紫。地當申未産獸雄，金精傑出毛群中。啣緣飾組獻天子，裁貝作章辭禮恭。從容檻致射熊館，不爲珍禽爲懷遠。虎落時看接上林，鷹房秋到移南苑。廷臣侍從欲賦詩，皇恩有詔徐觀之。圓目昂鼻有筋力，懸星掣電無雄雌。獨憐耏髮未卷曲，曳尾紲紲若散絲。衣被欲成鞠色見，牙齦不使鉤形施。爾時群檻柙諸獸，木壘槍樊列前囿。熊羆避路不用當，虎豹攀欄有時吼。青鸞赤雀相對栖，豪猪野馬争游嬉。張昭見此不動色，朱亥在傍何所思。聞之有熊狩暘谷，獲得狻猊比牛畜。漢時安息亦獻斯，形似麒麟但無角。從兹郊祀播樂章，射烏格鹿非尋常。鐃吹已陳朱鷺曲，徽歌還及白狼王。何如儲峙未完緝，詔遣求賢共來集。東堂甫布網羅成，西域剛逢旅獒入。招摇乍啓禁籞開，白麟有對皆奇才。請看太保卷阿賦，恍見文王靈囿來。

朱運副七十

南陽朱季絶凡俗，曾破黄巾苑河曲。車茀題來錦字紅，商船載去滄波緑。居平忼慨能任天，但行直道歸林泉。洛陽若有耆英會，誰謂張燾非少年。

玉瑀篇爲黄母作

鹿門先生好讀書，百年之範閨中居。手披文史衣佩琚，穿針不纈雙蜘蛛。當年太僕扣閶閭，夕陽亭下悲欷歔。黄瓊終爲黨錮誅，曾贊夫子呼階除。迄今講學河汾廬，練裳木屐相巨儒。席門猶過王公車，缾有美酒盎有魚。時當初度獻玉瑀，攬之日月同居諸。庭前又見丹花舒。

醽雞篇贈藍漣

閩江豪士藍公漪，白晝踞牀啣酒巵。有時祼袒抱銀甕，翻糟蹋滓眠清醨。生人慷慨貴行樂，❶百歲促刺能幾時。不見東隣有王者，罔誕擬作劉安辭。西家小侯亦何用，拔山驅土填海涯。以兹感激俱作達，日事餔歠唯恐遲。長恨書篚非釀具，欲使畫簾當麯衣。良朋總在履道里，妙地絶勝高陽池。醉來倚壁且塗墨，興發對人長賦詩。一花兩葉倍精爽，千言萬字皆離披。高堂名父過八十，口能啖肉手不藜。閉户尚作擘窠字，小如畚簸大若箕。承罍捧缶作甘旨，花前月下恒娱嬉。子父相對指白薄，八斗一石何足奇。顧視越客忽大笑，甕傍那得來醽雞。

山中再宿

小溪淅淅覆草裏，大溪㵽㵽長松間。高岩雨聲到松葉，一夜冷徹桐君山。山中寂歷無近遠，再宿始知路深淺。瀟瀟衣露若散絲，松墻日出歸來時。

中秋後風雨連日蒙馮老夫子賦苦雨吟見懷依韻和答

毛錐處囊不立見，空道南金與東箭。日上師門苦未通，況復相違比墻面。憶昨三五侍帷幄，酒花燭樹紛歷亂。那知月没霎䨷生，豐隆屏翳起鬬戰。衢巷水大車馬没，檐溜衝階有泥濺。連朝瀝漉喜蹔霽，尚有絲雨似𧝎線。安得東海天雞鳴，攜我飛騰到日觀。秋高雲隙收斷虹，風急嵩前送歸雁。忽

❶「生人」，四庫本作「人生」。

讀夫子苦雨吟，令我口齒重漱盥。情親恍續謝客愁，調警似聞楚女散。晴雨燥濕亦恒事，讀書所貴在合變。只慚才劣和轉難，不及劉楨賦公讌。

奉贈李公子鄉舉入試長句

海上五旒鳥，三日生綷毛。雞斯有良駒，蹋地騰雲霄。廬江才子擅宿慧，數歲能通秘書字。人世驚看豹彩生，❶兒時不好鳩車戲。雙瞳皎皎鸞鳳姿，清神宛濯秋河湄。攀楹早著鸚鳥賦，對客自吟梔子詩。行年十五舉進士，獨對《春秋》解微義。擢科不藉賈童名，上殿竟隨楊億試。黄紋袍子短稱身，紫騮騎作紅麒麟。君家奕葉掌詞翰，玉堂仙李嬌青春。從今直上紫霄去，萬里風雲起前路。欲問慈恩誰少年，但看春官乞詩處。

又和益都夫子雪中游園口號原韻

雪飛滿園夜若繡，誰云夜雪不到晝，況有季彦後來秀。追陪几杖四座春，招携總是平臺人，抽牘授簡真良辰。冰凌結花不即謝，入林恍坐萬花下，祇訝入夕花未夜。斜陽陡射雲隙開，傍檐鳥雀啾啾來，坐花肯向花間回。

奉和益都夫子雪中游祝氏園林原韻

三輪出游忝陪從，燕山一夜雪成凍。遥尋古寺塔樹深，近見平林酒旗動。孰期名苑環木坪，幾曲

❶「生」，四庫本作「光」。

層軒繞松楝。欄邊花竹娱晚晴，盤内蔬蒲擷午供。寒鳥偏教谷外啼，冰凌故作枝頭弄。酒傾百杓輸阮宣，裘敝多年過平仲。墮地陽烏欲射難，有月如弦那能控。

戴公子生兒適大理君遷京兆信至

秋風瑟瑟玉露滋，庭前桂樹生新枝。朱櫚噪去烏鵲侶，錦堂抱出麒麟兒。執手命蘭已擇日，探丸拜麻當此時。筵開湯餅雜三雅，滿座朱衣正瀟灑。有客能傳京兆書，阿翁已走章臺馬。男兒倜儻似長文，儼然頭角生風雲。當筵況有清都信，不試啼聲便識君。

過宗藩輔國將軍邸第留飯兼蒙賜詩賦謝長句

擁彗不入齊相門，挾刺不謁長史宅。紛紛花柳看滿城，那有停車道相識。掖門東去蘭坂長，五王舊第環宫墻。平臺遠屬諸國邸，複道自連興慶坊。瑶林玉樹蔽階戺，帝室名駒總千里。講易能踰沛獻賢，好詩不減元王裔。風流大雅真絶群，愛予曾誦予爲文。每稱予詩文皆成誦。相逢倒屣宛如舊，入座縱譚驚未聞。金杠璧帶掛珠幔，日射牕螺恍流電。百軸牙籤夾畫欄，一庭花影翻書案。繁肴錯核難具陳，紅肌紫翼青絲鱗。湖筍盈柈如切玉，山粱作飯似傾銀。逡巡授簡發毫素，示我新篇出雲霧。麗句曾開瑪瑙屏，清音漸啓金笳路。長吟短詠皆有情，黄麞罷舞鷺停聲。西園徒厠賓客履，梁苑竟慚枚馬名。御溝春水晚嗚咽，暝色重重暗林樾。惟恐漁舟難再尋，坐對桃花不能别。

夜飲梁尚書宅有贈

宣平門前吹朔風，大車小車如轉蓬。縵冠挾刺向何所，爲謁鉅鹿司農公。司農文賦早名世，高啓龍門似司隸。七序傳爲梁氏詞，一臺寫出尚書字。藝林雄視四十年，走趨幕下多豪賢。愛才不減天倉粟，列屋曾無月獻錢。見予倒屣設餐飯，竹席蓬屏坐來晚。燈前分牘避逡巡，酒後高談驚近遠。山茶花發紅滿墻，夜看賜劍皆文章。司元本是中樞宿，欲返天街一望長。

北京大學《儒藏》編纂與研究中心 編

《儒藏》精華編選刊

西河文集（六）

〔清〕毛奇齡 撰
閻寶明
趙友林 校點
馬麗麗

北京大學出版社
PEKING UNIVERSITY PRESS

西河文集卷一百六十三

蕭山毛奇齡字初晴行十九稿

七言古詩十

戲贈徐曼倩畫扇

徐生妙筆似魏華，又似趙昌能畫花。東家嬌女白團扇，乞畫墻東落花片。紛紛蛺蝶趁滿林，我亦見之生愁心。故人有子得如此，何用滿籯純是金。

紫庭篇奉贈張庶子史館總裁初度

自昔至人生有爲，河游龍蔡山出雲。紫庭五象不恒見，含華苞德離人群。清河夫子本峻閥，户排三戟門十輪。況揚世德誦芬烈，絲綸入掌推金昆。櫝傳鳥策結碑版，字譯馬馱增典墳。館草詳略總新意，庭花燦爛皆奇文。伊予薄學恥操瑟，外郡不知枉薦纁。入都挾刺但局促，登堂納履爭紛綸。盈柈飯落麈尾屑，列鼎氣函犓膳焄。微言要旨均有會，窮蒐極撿真難聞。恭逢天子重文學，議修前史藉討論。首推東觀作楷栻，如平有準直有紋。又如杞梓任裁割，一一得施大匠斤。憶昔浙省論鄉秀，曾發策問如所云。明史諸按互得失，對者不若問者神。爾時予以避人去，恨未考辨似向歆。今膺編纂得主者，宛然弟子師河汾。長嬴既至遘皇覽，天門日出烈若焚。張星儼在翼軫列，公子時見倉琅根。但識四矢冒綵箙，那知三烏拖青裙。江左舊族本最重，淮南有文當自尊。千秋得志苟長在，世人安用徒紛紛。

贈王舍人赴常州幕

去年同詣公車門，有司藉藉推公孫。雄文博藻騁偉辯，開牘殿前驚至尊。須臾授職令著作，不及郎官並丞博。獨憐垂老軼清河，但入中書詠紅藥。天街對酒冬復春，高梁柳色侵衣新。師門相倚頓分袂，令我黯然傷遠神。蘭陵酒熟野花發，此去江南好時節。那堪嬴馬夜歸來，空望金臺一輪月。買田陽羨心自閒，莫嫌蓮幕春風寒。他時憶我新詩好，應在荆溪水榭間。

奉和崑山葉掌院夫子題翰林院壁用東坡清虚堂韻❶

翰林院前堆北沙，翰林院裏通南衙。填廳衆制但分草，列館一區長種花。崑山夫子秉文府，授易遠探七十家。日繙縹册傍銅鶴，幔掣鈴索驅饞鴉。敕令掌筆定前史，美刺不雜萎與葩。秪慚諸子濫藉氏，昫紕收穢煩鉤爬。從來道潤鮮塵濁，菊苗蘆菔不換茶。況傳五教警聾瞶，隻手肯卸懸田撾。秋風院落久積塌，驟見補葺翻嘆嗟。時新修院成。學人績學有如是，請看壁上揮丹霞。

---

❶「壁」，原作「璧」，據四庫本改。

輓歌詞送盛廣文櫬旐還里

君不見，潁川陳仲弓，公卿會弔縗麻同。又不見，南州徐孺子，獨抱生芻走千里。由拳夫子學術明，早年兄弟同成名。漢家應辟推楊震，秦代通經重伏生。偶然曳杖歌延佇，遂賦雄文玉樓去。堂上鱣魚躍未能，墓傍大鳥歸何處？生平感慨不得訓，空吟華屋還西州。天寒紼錢唐路，滿目江濤涕泗流。

金匱仙人歌贈陳子太士有序

陳子太士與予共文會者將二十年。曾登選樓，甲乙諸試帖、墨義、雜文示天下，天下人争奉爲金科玉律，疆估藉之起市門利。既而撝去，得葛洪金匱術遨遊長安。予被薦就試，試之前三日右手病痹而潰于尉，腕脹如長瓠，五指僵矗，告吏部不聽，告監臨掌院不聽。隔試一日，將夕矣，遇太士于途，驚曰何不早示我，令至此。急市藥二升許，濩之令濯，自温至涼。再濩之，指漸有文。至漏一下，又濩之，漸皺。次日赴試泰和殿，腕仍發痛如艾焫暗下而指詘可書，因勉書完卷出，出則病亦減。是雖天固厄之，然太士醫療之神，何可沬也。踰月，予從諸君後，蒙聖鑒取中，且用古制科例授館職。因感太士術，作《金匱仙人歌》謝之，詞頗不敘，致其意。

昔者葛洪得神術，著書金匱稱仙人。千載以後鮮繼起，肘後有方空復陳。潁川才子擅文藝，月旦時賢等操契。海内皆知伯玉名，樓頭只許元龍憩。學深二酉通九淵，夢隨鴻術游鈞天。長桑與客意氣合，種橘啖人淮海間。天街二月花正發，忝詣公車向高闕。斵手徒令拙匠嗤，寸心久爲貧交竭。時當召試入玉除，大官將賜蓬池魚。九重前箸欲借挾，一時左手難空書。公乘交臂頓有省，迎鳳坊邊酒初醒。煑藥惟燒王質薪，澣肌不用蘇躭井。深慚手指重五斤，非時能詘還能伸。多君九折作良宰，惠我一劑真有神。上醫醫國本恒理，況有高文比秋水。他時金匱獻書成，當復逢君杏花裏。

送吴農祥徐林鴻二徵君南歸戲傚宋人體詩兼示王二内史徐二布衣❶

由來徵士仿劉漢，雖經制策無去留。唐宋以還較文賦，大科異等區其尤。國家貢舉三十載，未有博異入計郵。天子下詔舉文學，外責大郡中列侯。忽當選引及亭左，魚龍鵠雀紛啾啾。不才捧檄固辭謝，徵車疆載豈自由。同時得謁丞相府，王吴兩徐世莫尤。念我宿好頗相愛，十日五日登酒樓。秋蒲冬菜及春韭，爛醉倒坐驢馬頭。豈知聚散各有數，孟夏殿試當螭蚪。尚書給札大官饍，雜席簾陛稱博搜。諸子落筆似飈發，吴徐六論尤最優。丞相執卷三嘆息，已置祕閣第一流。予值臂瘍綰秋蚓，斥落不敢仰與儔。黄封既進徹御鑒，倏移後乘加前矛。臨拆帝命索名下，猶執數卷争獻投。何期屢獻總不得，遂令殿後成懸疣。韓愈三刖名豈惡，蘇轍四等文更遒。獨有空疎陳彦古，進退不識汗面羞。春風初斷夏雲熱，長安塵土如蒸烰。沿街呼賣紅芍藥，傍檐倒插黄石榴。江南四月下雀雨，道左一望成鼠憂。況逢二子欲還里，執手相對雙泪澁。我有草堂在東郭，垂老亦欲居優游。久别但使猿鶴怨，還歸不厭花木稠。豈可據地久淹此，駕言受事濫纂修。潞河百里掛帆去，慷慨不得同方舟。猶幸將

❶ 此詩四庫本未收。

歸王内史，適與徐仲行且休。丈夫偃蹇就遲暮，得失間出如水漚。此行莫怨得復失，天下豈有猨臂侯。文章千載自難沬，世事百變何所求。臨岐對酒且復酌，看君腰下雙吴鉤。

何蕙藏書詠❶

王修畜經數百卷，張華載文三十車。自從舉士不好學，人間無復藏書家。廬江萬軸比册府，時藉鉛黄較魚魯。日映籤頭五色紋，風飃簾下雙垂組。從來善後慎所遺，籯金有盡還周饑。我今枵腹願早計，莫笑借書無一鴟。

送吴明府超遷觀察之閩

溟魚十歲不掉鬣，一掉直上天門間。從來神物有異量，豈與世數同往還。夫君百里本寄跡，要使殊才破庸格。司隸何妨拜茂陵，通侯久已稱褒德。一朝治行天下聞，果然第一推番君。聲名特達播閶闔，頓令平地生風雲。丈夫入世貴倜儻，攬轡登車氣何爽。望去雙旌擁幰輪，行來八察加廉訪。東風二月度七閩，溪花海樹郎官春。嚴生自足開甌越，何必平津解笑人。

慰尤司法喪婦作悔庵初爲永平司理

秦嘉垂老上計車，閨中無復紅羅襦。長卿獻賦不歸去，那得有婦留空居。煢煢白兔走且顧，南北東西隔長路。挽鹿難追司隸驄，隨鴻先傍要離墓。金刀劃水斷不成，悼亡賦罷顛毛生。從人但道婉

❶ 此詩四庫本未收。

娩節，使我頓增伉儷情。當年司法北平右，共識使君自有婦。今來被召入帝京，不道寒房夜炊臼。桃林關前桃樹新，東風吹作灤河春。相尋倘認盧龍路，應遇金臺夢裏人。

項學士招沐益都相公萬柳園同諸公即席

朝上金商門，暮宿永寧里。翠帔結烏頭，黄塵障驢耳。同鄉先達項槖師，嵬嵬副相居黄扉。見予落托頗矜惜，往往引手相扶持。連朝待漏趣入侍，看倚金鑾判封事。御饍盤分錦菜羹，宫衣袖惹硃花字。旋從請沐呼飲間，便尋杜曲城南端。紅泉舊有昇平宅，緑野新開裴令園。長樊介隴辟廣畝，種得垂垂萬株柳。九列頻教汁染衣，三眠不用枝生肘。青絲碧縷布作帷，今來正值東風吹。珠軒玉勒請載過，名賢豪客紛追隨。紅橋初度入磵曲，木末空亭接林隩。平原漫衍馬埒長，旋澤蒲移覆朱屋。霜摧雪壓葉漸疎，猶然鬱鬱園中居。官渡城邊朝繫馬，永豐坊裏夜藏烏。藏烏繫馬兩不見，短榦長條拂人面。蓊薆難分灞上營，風流那減靈和殿。開堂四座傾酒巵，行厨炙鹿還烹蠡。庚公撤幔欲理詠，潘岳隔筵將賦詩。寒飈襲袂日馭短，重向枝頭覓晛睆。澤在何愁玉體枯，情深頓覺霜裘暖。先生意氣豪且真，相從彷彿游雲津。他時得返柴桑去，望爾還尋柳下人。

冬日過上海署故人任明府製衣衣我感賦

丈夫生豈易衣食，終年在道披練裳。朔風吹林下寒葉，垂老欲住江湖傍。故人爲宰在滬上，呼我再過聽絙桑。薛城留客有布被，萊蕪滌釜無春粮。顧此短褐不至骭，惻然爲念范叔僵。自視兩袖頗飄薄，但看七尺真昂藏。割氊何足贈江革，解襦不敢衣顧郎。冰絲急付凍女翦，鈿尺便向當身量。生平旅食就仁祖，前歲婦禪辭豫章。惟此薌爲伯夷種，況逢衣自膠東牀。貧士被服允無斁，良友致意安可忘。只憐連袵坐相對，反于官服加輝煌。少小誦讀并不出，嘗恐行路分左羊。十年衣褐蔽廣柳，一雙葛履投嚴霜。多君力學早通籍，脱麻更着宫錦黄。今來爲吏解衣我，宛如當日東書堂。陽和乍轉稍暄煖，我當刺擢還故鄉。入林服此快游飲，落花滿袖春風香。

答贈湯右曾長句

嵯峨閶闔平旦開，馬蹄撲撲飛黄埃。湯生年少好容髮，與之相遇長安街。雙瞳炯炯負意氣，手挾干將甫磨礪。鉅器知爲王儉才，請纓未遂終軍志。他鄉各恨相見遲，贈予長句如哀絲。酒徒慷慨和未已，令我聽之心骨悲。從來知己老彌寡，擊鐘無聲且擊瓦。感君任俠過季心，空道微文似司馬。宜秋門前霜葉黄，解衣但醉當壚傍。吴姬十五正年少，新滴玉糟蘭水香。

孫侍讀初補學士復將還養于其生日歌以贈之

射州學士孫叔然，早年草詔蓬池邊。乞歸養父三十載，登朝緑髮方鮮妍。山池宴罷出就舍，二月含桃摘盈把。倚案羞裁五色書，當街且控三花馬。綵弧初絓還養鄉，鬱洲山色仍相望。臨行欲致留君意，郢水坊南酒正黄。

寄黄州向君予修史時，録史監生向在江之父也。

石陽城西江岸春，龍丘高士方山巾。讀書蘭浦水長碧，把酒雪堂花似銀。金門獻策路中斷，緑髮紅顔有時换。華頂難同禽慶遊，柳邊且共稽生鍜。趨庭皦皦白玉姿，燕臺石鼓來題詩。文章久爲成均重，筆札新從翰苑知。圜冬史館每入直，輒向芸牕見顔色。因道家公舊有心，能使群賢遠相憶。楚江東下繞臨臯，赤壁于今戰未消。❶誰解此中閒歲月，有人家住緑楊橋。

送趙郎中榷使揚州

曩者始元舉文學，盈廷辯難惟榷商。茂陵魯國各持説，但欲揞拄桑弘羊。今來待詔給筆札，方值征輸事遏伐。大夫文學相見疎，誰敢著書論鹽鐵。司庾覆錦稱望郎，懷香握草趨明光。延清詞賦章氏學，二妙有誰能抵當。星軺奉使榷邗上，畫舫紅橋截春漲。豹尾朝懸估客艖，鼉鳴夜度官艚餉。揚州此去風景殊，繞朝不用攀行車。闗門紫氣時時見，爲我重詮道德書。

題暢心閣册子王二光禄别業

王生本是烏衣郎，家藏司馬金翦章。草堂開向衆山裏，高閣下臨湖水傍。春雲出軫入帷幔，朝雨盈塘接南岸。檻外長町裂苧衣，門前漲水浮花片。沿湖東上一堤遥，跨向湖心有畫橋。唼喈波間翻雁鶩，參差沙面長蘭苕。種來隔浦荷千頃，看去當風柳萬條。晴光繞樹鳥雀噪，縛得芒針好垂釣。載酒嘗過阮緒家，到門總是王猷棹。談經抽牘并論文，山根紫筍方穿雲。斸還烹就雜茶荈，玉帶有泉天下聞。相傳此地即蘭渚，上巳曾經集王許。千秋尚憶稧賓年，三月定傾留客雨。今來同作京國臣，高梁屢見桃花春。敝衣但濯龍池水，解帶難揮馬棧塵。夢中攀得鄉井樹，欲賜官湖乞歸去。狂客新祠

❶「壁」，原作「璧」，據四庫本改。

久未成，務觀舊宅如何處？十年奔走無宦情，相期空負南山耕。多君猶有逍遥館，每欲題詩三嘆生。

蒙内府席學士高軒見過隨于報謁時留飲感賦三十五韻

帝城春暖柳漸舒，烏裘百結懸柴車。王門何處堪曳裾，徒然懷刺隨屠沽。北宮才子金馬廬，曾披錦字紅綾書。從龍起自豐沛墟，虛懷善下愛腐儒。春行漸訪干木閭，自慚十載沉江湖。浪隨嚴助思上書，惟恐操瑟非所須。欲行還住多趦趄，到門挾帚但埽除。俯首不敢繫屨絇，何期門吏禁走趨。居然倒屣迎王符，龕扉宛轉闢綺疏。邀予並坐紅氍毹，清談揮麈閒有餘。腰間尚掛雙玉魚，御河流水烹滿壺。攢盤苑核兼山蔬，楚苗之食隴阪蘇。間寫馬酪傾乳酥，宛如水底蟠珊瑚。酒間誦我文未疎，蒭蕘曾採東園株。鸞鳳五色狎野雛，從來薦達稱子虛。枉稱予賦同不如，方今築館招燕都。千里共披駿馬圖，丈夫知己無處無。醉醒何必懷菰蘆。

送趙棠溪歸西江

棠溪趙子真天才，千里馳騁如龍媒。曾因借箸宰吾邑，滿城萬户皆嬰孩。今來相遇薊州路，早向長門賣詞賦。黄塵撲面風捲衣，蘸墨揮毫有神助。春光初動柳拂波，故園花發思如何？掛帆通潞欲歸去，酒徒市上還悲歌。天涯去住總爲客，請飲杯中壯行色。此去無愁良會孤，前路何人不相識。

益都師相請召同館生西堂讌集用陳檢討即席原韻命和

從來珠履羨黄歇，好客高風久淪没。但道公卿善下人，有誰肯結王生襪。況予落托久不前，那得簸揚似糠粃。何期夫子亟引手，不使出官謁六蝎。坐令蓬虆傴僂人，頓入玉堂造金闕。季秋望日日將卒，諸生講論燭未跋。突開絳帳通酒漿，恍爲戴崇設肴核。炙肉分脝入豆新，霜葵軟齒嫌匙滑。當筵酌斗如挽河，那顧中宵有星孛。須臾銀箭落如雨，帝閽已閉絶鬼謁。第恣雄談未肯降，轉使深盃不停罰。我今納履將欲發，世事紛紛慢相訐。人生好會能幾時，日月東西嘆倏忽。不見貧兒甫釋褐，便得登壇仗旄鉞。何須把定三寸豪，只賦天心與月窟。朝來爽氣滿西山，吾且支頤拄牙笏。

西堂讌畢仍用前韻擬宫怨詩益都師相詩先成命予援筆立和其後

長信宫中秋雨歇，昭陽殿裏星初没。秦女朝來未卷衣，班姬夜久將弛襪。憶陪阿母學針線，頗厭小郎食糠籺。第向釵頭綴玉蟲，幾曾臂上填朱蝎。誰知一旦選良家，遽拽黄羅赴天闕。才人下比廝養卒，永巷隨行覆足跋。每開温樹使探花，但食金桃便藏核。我今欲織龍衮裳，桑壇浴繭如脂滑。祇恐繅成五色絲，朱紫青黄變爲孛。古來九嬪掌婦儀，不使三宫盛女謁。同車宜謝璧門行，退養甘蒙掖庭罰。況當邢尹甫見憐，豈有昭儀敢相訐。春花秋月如等閒，暮雨朝雲總翕忽。茀服華袿拜闕茵，何須繡黼提章鉞。莫道飛蛾善築墻，莫言狡兔能營窟。官家如點上陽人，恐有佳名再書笏。

膠東道中寄周生六十初度

拒霜花發紅滿枝，畫屏金鳳雙差池。汝南高士遘花甲，弧矢在囊酒在巵。廻思夙昔擅聞望，藝苑雞壇屹相向。第五名垂驃騎間，中郎文在司徒上。閉門高卧三十年，東堂有弟留花甎。潯陽自負達人譽，洛下共稱之子賢。與予意氣頗相得，論議當前快冰釋。菜蕨猶存澹泊心，艨艟不費推移力。周生每談名理，故云。自憐歲暮淮海行，馬前挹水長清清。只因早向膠東路，時見長庚徹夜明。

宛平相公初度奉贈七月八日

往者開國主文教，前有宗伯後七兵。燕許一時得父子，袁楊數世皆門生。伊余被詔待官邸，親謁尚書集賢里。堂供先皇舊賜書，園通後夜新添水。春雲繞屋花繞牀，豈期絲竹還東莊。翟公在籍甫終制，曹相就家趨辦裝。槐廳入坐署堂押，百職班迎敢相躐。鼎耳環看總赤文，詞頭待判加黄帖。自來策拜重報胙，況復新參本名輔。題册重思母后恩，探符特赴陵園路。三年槖筆爲史官，私書不敢投任安。感公冰鑑炯相照，使我墨花寒未乾。始知元宰受帝稟，手摘星辰類菽荏。不信試看河漢間，昨夜天孫布雲錦。

西河文集卷一百六十四

蕭山毛奇齡字僧開又名甡稿

七言古詩十一

吴興太守行

吴興太守本仙吏，早題姓字慈恩寺。興來豪客坐滿牀，數斗烏程不知醉。拂衣歸去無一錢，攜家住在閶門邊。從事作詩好合集，吏部出行那有船。當年相過慧曉宅，對客揮毫似飛翮。天半流霞總失妍，閨中刺繡皆無色。夫君自是園季倫，採芝處處忘冬春。肯將商洛山中客，還作留侯門下人。時太守方辭薦辟，故云。

昔日篇送任令南還上海兼示王十六舍人

昔者結髮共文硯，王韓及君成一龍。王舍人先吉、韓孝廉日昌、任上海辰旦與予同學于先教諭門下。舍人孝廉久通籍，君亦爲令開吴淞。予以龍尾不得意，索食兩入泖浦中。會當天子召文學，郡吏已仕皆令從。通經應詔孔子夏，長史被徵黄次公。炎風暑雨一就道，逡巡獻賦明光宫。爾時賜宴接袨袂，猶記拜箸分脆膿。何意詞業入祕閣，既取復落神物工。遂令李郃生感激，抗書欲上不得通。春明碧柳盡拋絮，太液露荷將放紅。徵車南返各祖帳，使我泪滴樽盤空。制科自古雖縝重，歷代沿廢難盡同。之官魏相自能達，留京鄭昉當安庸。不觀退之試宏博，三試三卻無赧容。獨憐予友各散處，仕止轆轤如轉蓬。予復遲暮滯京邑，南望獨立心忡忡。吴淞潮上海雲起，君應報最入奏功。明年舍人儻就判，爲君佇望雙飛鴻。

夏杪集宋大司馬宅觀諸名伎偕同館諸子即席

長安六月手獮蠅，西堂午琢銀牀冰。花梢捲出雲棚敞，桃竹鋪來夏簟清。尚書朝罷理杯斝，彷彿當年飲河朔。護索彈將塞上聲，參差吹遍江南樂。金槽軋札銅椀鳴，五絃三調傳新聲。段師曹保賀懷智，供奉御前皆有名。雕闌雜坐列彝鼎，佳客滿城紛召請。門下通居白玉堂，後來總住紅蘭省。卸衣還脱袖中麻，據席不窺甎上影。石枰玉局鬬樂方，挫糟漱酪呵涼漿。釣魚作鱠供仙史，籠餅加葱有侍郎。肴蔬錯列擬公讌，對榻抽毫弄文翰。鄴下方看楨粲來，梁園未許賓朋散。葵根度日暑漸收，登臺月上金波流。平沙水落玉河堰，雲起夜封宣武樓。華燈影裏呷鵝管，遥望西山正蝘蜿。倚檻平垂斗帳斜，開軒坐對譙門晚。自憐臣朔長苦飢，短轅轣轆如雞栖。何期暫與蓬池會，頓使涼風生葛衣。

上高陽相公詩有序

予以康熙戊午應召入都，蒙高陽相公日揀予舊文繙閲由繹，獎引過當，感而爲之詩。

國家安攘三十載，台階藉藉稱高陽。兩朝首輔越廿祺，青瞳緑髮齒未央。嵯峨當軸領政事，海内于今號長治。但向詞頭判綵毫，不須敕尾添花字。年來晨夕苦黽勉，日上黄扉駐小輦。食案朝垂籞宿寒，火城夜照沙堤煖。祇緣親近贊密勿，每佐皇威遏回遹。當機不使殿外知，祕旨長教閣中出。即今江漢將洗兵，王師撻伐還連營。已平昭義盧從史，須討荆南劉漢宏。以兹克詰煩廟算，況復中原甫安奠。借箸重爲策治安，求衣自合分宵旰。恭逢聖主方好文，將尋干羽銷兵氛。詔書五色自天下，徵車四集如雲屯。東堂發策未親試，預聆諸儒使談議。鼂錯難傳誓誥文，買臣未解《春秋》義。相公明哲本神授，矧向天人早窮究。嘗通墳典作蟲書，豈止山經辨禹獸。顧斯末學類蠓蠛，肯爲申韓較優劣。不道元臣總萬幾，翻從下士求三哲。嗟予出處兩未全，懷文獻賦悲徒然。樊川空挾《阿房賦》，崔顥徒多輕薄篇。其如河海訣蕩蕩，能問春流細無恙。裴令優容不可名，謝公齒頰真難量。紛紜册府未引逸，猶自燃藜照緹袠。書因都護剖蘭筋，賦使相如解盧橘。固知名教自有主，致治何須誦《論語》。功德方看過富韓，文章早已歸燕許。煌煌景運啓未遲，要令相業傳康熙。明年收復湖湘路，願上元和聖德詩。

飲次書梁陶侶世兄便面陶侶爲司農夫子從子，豬市即夫子邸里。

幽蘭在谷芝在田，謝家子弟多名賢。朝陽門外騎馬去，爲汝一停豬市間。紅顔緑髮將佩組，腰下羅囊不曾賭。衛瓘書名擅北堂，野王畫法跨東府。臙脂河上流水新，酒家舊賣中山春。幾時同返恒陽路，重醉金門飢死人。

西臺先生行奉送臨海馮少司寇葬親請假歸里

西臺先生似威鳳，早上金堂拂雲棟。閥閱高于桐柏山，房櫳蓋在桃花洞。當時司法涖永昌，博南開後通瀾滄。九龍不擾銀生地，五聽長臨金齒傍。自言家世嬗駿烈，兩見高堂秉奇節。劉毅冬啣祖母芹，楊憑少吮慈親血。陳情久已痛鳥烏，獨迎萬里潘生輿。東征賦就白蠻樹，南郡辭將青海魚。中丞入告賜表揭，章安城邊豎雙闕。五花錫命珈帔殊，剛在裴家建坊節。無何移守石鼓城，阿儂盜弄潢地兵。歸朝欲表鄭虔志，道梗頓違徐庶情。踉蹌回任遘母疾，路睒天遥哭相失。誰能辛苦賊中來，鑒此孤忠晉華秩。都官力贊廟筭行，樓船潢浦檥昆明。三巴六詔喜盡滅，孤櫬一舟悲未迎。因之解組叫閶闔，天子隆恩降優答。皭然忠孝具能全，况復妻孥此時合。秋花初發繞玉街，離亭欲别還啣杯。故鄉墳墓望何許，令我惻惻徒傷懷。大江東下數歸驛，天姥嵯峨下窀穸。窀戸封來繡閣雲，壇碑琢出寒山石。偉元廬墓歲月閒，謝公舊墅難追攀。何年丹穴歸棲羽，仍向瑶臺縱翩還。

徐母邵夫人壽詩徐繼恩之配，汾之母也。

往與徐汾父子友，比之阮籍交二王。夫人令妻併壽母，既賢且哲能文章。最憐老友入林去，遠向寒山憩雙樹。許邁徒傳阿閣書，梁生不在皋橋住。我昔從行恨未力，廿載相違苦相憶。今來堂上拜女師，尚見芳樽照顏色。清秋明月出每遲，玉臺皎鏡光離離。若嫌祝誦無佳句，自有庭前孝穆詩。

徐二將歸暫寄湖南周開府里第過别有贈

徐槳上書不得意，將乘欵段歸南山。黄金用盡敝裘裂，何計得還烟水間。長安四月方苦熱，日飲冰漿類沃雪。鹽車欲駕去住難，忽遇孫陽泪如泄。菖蒲酒暖梔子香，新裁越布單衫長。湘南節度如堪倚，且住城西舊草堂。

題文待詔雪圖奉送高少司寇還般山

何年蒼筆寫顥景，鹽花刻作山谷春。孤懷澒洞當洗瀹，兩目豁達開風塵。伊誰蓄此作寶祕，般山先生得真意。圖畫恒留處士吟，烟嵐不待官家賜。❶當時出入金馬廬，蓬丘瀛海連江湖。夢游已聽鈞天樂，草詔還呈紫府書。集賢學士乞歸去，家近函山傍雲霧。溪上卿將陶沔杯，園中種得於陵樹。最憐良馬卸鞿靮，偏借都官坐赤棘。柳惠焉能作士師，曾參未許諮刑辟。西臺高卧對白雲，還家久已忘冬春。始知羞行貴有守，誰謂侍郎難得人。聖明下詔策災異，執法承顏舉遺棄。咸道先生風概殊，能使頑廉懦立志。先生應召披敝裘，❷寄居蕭寺翻經樓。馬芻一束苦戀棧，蠹紙半牀兼覆甌。修容静與巖壑瞑，論史決若江河流。思以祇德代請讞，勝彼木鐸警庶郵。長官當白不當白，豈向斯世爭沈浮。清秋遥夜雨初歇，正遇棠村授師説。時司農夫子招飲。下直沿街燈火紅，高軒到座星辰豁。倏然相對澹欲忘，後譚莊列前羲皇。宛如鄭綮負驢背，宵行風雪灞滻傍。不然潤上借書去，冒雪一詣張君房。纖埃不起林落浄，奚啻澆水滌縎囊。斯時祇恐絆鞅轡，霜深露滑增徬徨。何期聖明轉浩蕩，特許還山遂微尚。白雲出岫本無心，黄鵠摩天總難量。長洲待詔筆法精，雪圖千載光芒生。寒冬把此欲歸去，瑶天粉地千山明。山前有人騎馬行。

❶「待」，原作「侍」，據四庫本改。

❷「應召」，四庫本作「磊落」。

大雪陪益都夫子游善果寺歸燈下同夫子和陳檢討詩一人呼韻一人給寫信口占叶不許停刻時王二舍人胡徵君在旁知狀後舍人亦有和詩紀其事

天將大雪早作霰，譬如拆木先拆芽。須臾拋落若柳絮，細細翦出天工葩。既非車下撲塵土，復異柁底揚風沙。祇覺雙林萬枝亞，一望簇簇若枺杈。是日本欲詣初地，後車將發興有加。寺門石幢掛秋草，俟我白首雙垂髿。毳羽漫空不遽墮，瓊瑶在地豈敢拏。驟臻方丈恍突室，一燈黯黯圍舊紗。堂中鐘鼓響還寂，令我冥會成無遮。伊蒲作供飯未罷，午鴉啼過啼晚鴉。重登高閣遠眺望，共驚銀海翻龍蛇。雁王一塔藏貝葉，獅子雙脊馱僧伽。彼此相峙總難辨，就中密織如亂麻。況當説法散花雨，豈有餳米能膠牙。浴堂煎作功德水，銅盤灎瀲傾流霞。淙淙頮盥發細響，不數隔水彈箏琶。即此享受亦已過，世間何用矜豪奢。揮灑既畢重就坐，寺僧復進龍乳茶。南泉既遠趙州去，不須齒舌相勾爬。歸來暝色暗前路，出門惘惘同天涯。誰知夜半燭牕發，依然落筆風雨斜。

胡朏明曰：益都落筆原如湧泉，兹有意作擊鉢刻燭，諸豪舉而西河追之，不先後一字。至鴉蛇二韻後，夫子大聲稱賞，自遜莫及，次日王舍人亦有和韻，餘見《西河詩話》。

寄贈淮安王君七十并示令子文學

少年曾作淮陰游，伍胥廟傍尋酒樓。此時酣飲鮮雜客，座上往往來王猷。繁花當牕午雲熱，醉餘隔院聽楚謳。因之登堂拜獻老，有若健柏凌嵩丘。迄今廿載憶朋舊，夢回月出清淮流。但聞市少已漸散，縱有亦復非黑頭。昨來徵車税城下，欲入不得爛兩眸。猶幸同館盡相識，淮市三子居最優。其中李生與王氏，謂李編修鎧也。實爲羊鄧深綢繆。況當獻老年七十，秩閣將復傾庶羞。彦方高志但居里，逸少愛閒長汎舟。那能侍杖效憲乞，一觴捧出丹霞浮。長安雨歇鴻雁發，蓬池水落芙蓉秋。千年碧藕欲攬寄，涷瀋三挫成一甌。人生得歲貴適意，爲我寄語且縮窮。不信但看服綵者，在家亦已扶鳴鳩。時令子亦五十初度。

此日行寄祝益都夫子八十

當年召試入帝京，中書門下曾投名。益都夫子典詞業，手把繩斗彈墨絣。並言朝右方倚芘，眷此黄髮爲民正。其時正值授杖歲，將進三列作五更。盈庭憲乞予敢後，因之扶服獻鼎鉶。無如東望起歸輿，一日三疏乞解鞓。天子特詔宴禁籞，中使扶侍周遭行。題籤書絹并篆石，宸賜優渥如雨傾。遣官持節送還里，長安車馬填郊坰。不期此事已十載，予亦南畝三耨秔。曾因請急過通德，佳山冶水風光并。佳山堂、冶湖皆益都住處。凌晨啜茗聽笙瑟，傍晚種竹量雨晴。出郭相訪誰氏叟，將車剛及予門生。曾幾何時忽彈指，賜杖復得中壽稱。三公雄健過伯始，九老繪畫比武城。生人聚散有定數，矧予遲暮非壯齡。再拜不得親獻杓，一心終自同摇旌。東方花木及春發，南狩鑾馭將時乘。醁醽滿甕漫斟酌，烟霞萬里須丁寧。非熊八十儻還載，此日正逢渭水清。

寄祝姚少保六十初度

大鵬搏扶越九萬，林間斥鷃猶決搶。丈夫致身亦有會，安能刺促枌榆傍。當予少小擅文賦，即聞上國壇坫張。衣冠輻輳徒輦集，鐘鏞在序鼓在房。譬則齊晉大九合，下士受約如江黄。中間較文試帖括，猶然領解在帝鄉。一朝烽火遍南服，夜起趯躍加騰驤。傾裝貿鐵募死士，叩馬一謁沛獻王。左手草檄右殺賊，遂平甌越恢閩疆。習書請兵張仲武，麾扇克敵謝彦章。天子嘉嘆遽錫命，驟令開府建羽幢。破蜀賨軌授神策，平吴杜預封當陽。論功不下大將列，銘德乃過元舅行。至今溟海凛威惠，環瀛萬里無波揚。予忝梓里就史職，槖筆往往書旗常。況當弧矢罣綵箙，道遠亦欲進一觴。幸頌金匱誓泰礪，將標銅柱凌扶桑。臨風何以致稱祝，神山巀嵲海水長。

烏棲篇爲晉江范貞姑作

青陵臺畔清霜飛，秦家桂樹烏獨棲。餐荼茹蘗三十載，石闕久啣悲復悲。春花秋月宛然在，辛苦携雛羽毛瘁。撤饌長依庾約兄，寒房只坐張玄妹。姑依兄鄭山公選郎，故云。慈烏反哺尾畢逋，膝前有子傳詩書。他時六翮翻雲去，始信人間有鳳雛。

題董都護記年圖兼送其軍鎮萬州

江都弄環日，能賦梔子詩。庭下五色雀，相視非常兒。移時學字擅八體，鵲反鸞驚并鷹跱。偶寫烟巒點拂奇，畫地步天餘技耳。因挽楊葉射枝戟，遂入天階獻高策。彀騎分垂都尉符，驚文自草參軍檄。從容渡海征斛羅，盧循遠徙藏流波。明廷加節授督護，開府正當儋耳河。賜衣不着但緩帶，徐步蒼林石塘外。野人相遇誰得知，試看當年好圖畫。書生意氣本自奇，虎頭豈是尋常姿。留形丘壑無不可，爲龍還復爲蛟螭。青門設祖請袚軷，一展斯圖壯容色。他日功成倘鑄金，碧帶青幘尚能識。

送梅庚赴江南田使君幕和其留别原韻同陸大即席

昔年曾作蘆中人，蓬萊幾度看揚塵。但逢東海孫賓石，不遇南昌梅子真。長安忽遘載文軸，把筆如櫨幘如屋。入座皆嫌倒屣遲，當筵但道揮毫速。年來好酒惡水淫，醉歸敲醒街頭砧。蘭成自有閒園賦，李勉原無戀闕心。❶同時大陸本舊識，謂陸冰修也。曲巷茹蘆日相即。久知豪客自情親，堪笑世人皆耳食。才大驚疑總在胸，官貧薦引全無力。金臺名駿服軛多，宫中誰肯憐娙娥。誰知幕下得賢主，頓如尺水生微波。時冰修同落筆，見「幕下」句，驚曰：「何以合波字？」及得此句，遂擲筆嘆絶。雙橋相對草堂近，澄江一望迷林柯。高旌前導畫熊虎，屬車後載環馬騾。南行有客辨車鐸，相逢莫使然疑作。發册應過玉笥山，聽鐘猶在昇元閣。只愁良友去薊門，每上河橋輒作惡。陸生預道蕭山毛，臨行一曲唱且高。不虞漏盡雞三號，珊鞭欲揮心轉勞。金繩墮地玉壺罄，願君還聽歌聲豪。

陳明府選之遇于長安街飲次索贈

朔風吹凍塵不飛，道傍車馬如雞栖。天安門外柳條短，回首一逢薜荔衣。清姿濯濯負意氣，我友陳生好難弟。挾管長從鳳闕游，揮金不計蠅頭利。行年剛及强仕辰，將紆墨綬拖黄銀。陳遵自昔能驚座，孺子由來不厭貧。獨言賦性愛山澤，每向蘭亭探遺蹟。太守祠邊釃酒紅，柳姑廟後翻魚白。今來偶寄碣石宫，有人獨坐還書空。何時解組賦歸去，與君把臂深林中。長安邂逅值冬節，幸對旗亭酒

❶「原無」，四庫本作「難忘」。

初冽。腰下雙鉤解照人，且看春明杏花發。

送林使君督學河南

東家拾明月，傳視不能識。青黄蔽前林，誰能辨容色。晉安才子林使君，文章翕霱如蒸雲。與予同館者曹子，偕過泰山爲主文。聖人大悦加獎譽，旋使中原視學去。劍氣長飛龍子灘，鹽車早辨羊腸路。春風二月柳滿街，御河流水當行杯。南行已及清明後，少室山前花正開。

陸生赴蘇州幕

陸倕名在沈謝間，垂老被召來燕闕。龐嚴李益不敢薦，三年將返支硎山。蘇州使相甫開幕，便展干旄導情愫。臨海還招鮑照歸，渡江且逐陳琳去。吴中故舊多隱淪，草堂仍築東湖濱。浣花不厭主賓晚，種菊愛看鄉井春。只愁曲巷鮮憑軾，石鼓遺文倩誰識。韓愈曾言空馬群，一顧燕臺泪霑臆。

送家太史假歸新安

長安朝暮送行地，西有張掖東沙河。每臨祖席發歸思，曰歸不歸思若何？憶昔徵車乍來赴，本欲還山乞歸去。光宅先教宿李蟠，直言必欲留裴素。吾宗就試得數人，林間二阮叨同倫。雲陽舊令舉復罷，謂祥符令會侯也。叔氏妙才人盡聞。掞天徹地藻思闢，嘗見揮毫趁飛翮。國子通傳虎觀文，獻王親受京房易。太史爲伊勒兔親王授經。集賢載筆入丹地，便遣方平撰前記。制舉從來待異材，史書豈是尋常事。嗟予落托百不成，長沙舊譜依泉明。霜前銅獸當廳列，日跨疲驢遂隊行。如何叔氏掉頭早，鎮自陳情痛烏鳥。婺女瞻來橘嶂寒，客星歸傍桐江曉。予于去住願總違，豈難遽著青蘿衣。暫于史局未能了，覺與世數終相歧。秋林柹熟菊初發，此去蘆溝看新月。詘指明年還院時，仍在清商戒寒節。軟塵着雨衣未乾，滄浪自昔推新安。冠纓濯罷如相望，知在天邊風露間。新安有天邊風露樓。

喞魚篇贈廣文盧先生

先生本是麟龍姿，偶來提領宣聖祠。鄉書早展冠國士，臯比坐擁爲人師。翛然高舉藴飛翮，羞向長安再投策。魏世文章重子欽，漢儒學行推盧植。秋花開發絳帳寒，閒堂撤牖襟懷寬。青氊不用氍毹布，美饌長揮苜蓿盤。生平月旦重閭里，冰鑑當胸似清沘。不教魚目混明珠，誰抱寒桐對流水。蕪文好我如嗜痱，天涯汗漫知音稀。願爲堂上喞魚鳥，長傍秋花遨遨飛。

西河文集卷一百六十五

蕭山毛奇齡字春遲又春庄稿

七言古詩十二

題松下芝萱圖

謝庭艷艷産紫芝，北堂蘐樹生華滋。長洲畫師解幽意，畫師盧逸，長洲人。翩翩寫傍青松絲。金冠玉轢間朱芾，翠羽紫翹横碧枝。一種能釋壯士怨，九莖堪作商山思。煌扈在庭集衣履，繽紛滿座饒文辭。要知石上松鱗長，便識人間歲月遲。

暮春二十六日張弘軒刺史宅牡丹初開預作催花小集歡讌竟日同馬廣文朱郡丞周孝廉楊生紘索女較書玉烟陳婉

春風吹日上畫墻，名花倚檻將生香。張家舊種嬗洛下，丹州越州難比方。蓓蕾初發一相見，油壁重重捲嬌面。游子將爲贈芍吟，主人預啓催花宴。琱牕琢石前後通，青娥雜坐雙顔紅。綺羅試著甫開褧，臙粉薄施如未融。須臾雨至灑幃幙，翠幃雲屏裹來薄。小沐愁看髾攏分，新粧恐漱唇脂落。高歌幾疊夜色移，當筵争瀉黄金巵。妖絲曼筦次第作，傾城相顧猶顰眉。城頭吹角忽雨霽，蠟椀膏毬置花裏。赧面羞從泪洗餘，醉眠嬌倩人扶起。婍娜前後互相映，❶中坐雙鬟典觴政。燈前恍鬪晚粧新，閣下莫嫌春漏静。名花從此當漸開，主人邀客還重來。雨餘不忍辭花去，更向花前醉一回。

答和沈東園贈别作兼示王西園

我來游滬城，便思梅花源。梅花開時不得見，行見蜀葵開滿園。西園王子爲我説，維此園東有人傑。築塢能留黄浦雲，長陂每泛藍田雪。良朋高會如永和，花間載酒常經過。到門私喜無題鳳，落筆還驚好换鵝。相思久欲贈瑶草，况與君家翰林好。録别愁看夏雨寒，何期晤對申江曉。木义庵前紅藕陂，圖來爲汝方題詩。長帆初掛海潮上，握手反嫌相見遲。薰風拂拂起前路，寄語西園道歸去。他日相思倘卜隣，當造梅花最深處。

紅橋酒散别曹明府

東京名士曹叔通，讀書磊落稱文雄。十年相憶始相見，載酒只看花樹紅。平泉莊南啓高閣，倚檻曾經度黄鶴。石磴空垂四面蘿，瑚欄新種千年藥。當時試宰在睦州，青簾高掛滄江流。懷組入官本慷慨，角巾歸第何優游。迄今相對理疇昔，每向嚴灘泝潮汐。况我長爲灘上人，解纜將行泪沾臆。榴花初發開錦筵，美人雜坐彈朱絃。欲知他日相思處，只在紅橋緑樹邊。

❶「婍」，四庫本作「婀」。

春夜飲趙舍人宅同諸公作

春城飛蓋度南陌，夜聽歌鐘啓華席。世族原推宣孟家，滿堂尚坐平原客。烹椒和芍斫巨鱗，披襟共醉蘭陵春。主人意氣拔雲漢，是誰雄辨翻河津。重門夜久待擊檬，手把深杯莫教卻。醉看當筵月上時，便見階前放紅藥。

青雲辭奉呈益都相公書事

皇帝踐祚一十七，詔遣求賢重經術。廷臣內外交薦揚，惟恐蒐羅有遺失。堂堂公府推益都，泰階早建元臣模。星辰照地啓遥矚，仁壽格天開令符。闢門撤牖進巖穴，每遇縫衣肯折節。一時名士歸杜淹，無數高文過張說。嗟予詘處東海濱，十年奔走忘冬春。少爲吴市吹篪客，老作安丘賣餅人。何期閭里甫偃仰，北府南司遞相獎。蒯徹佯推東郭生，鍾君誤薦西亭長。秋風颯颯九月寒，布衣草屩來長安。挾書欲上苦局促，懷刺未投空往還。縵胡短後走落拓，時向天街問寥廓。掃去知爲丞相門，望中何處公孫閣。先生大度括九有，日布弘幬被廣畝。迎來田竇不下牀，卻爲王符倒屣久。鳳咮龍鬛不易攀，置身疑在青雲端。虚懷祇覺渤海淺，温語頓令寒谷暄。逡巡瞻拜嘆遲暮，折簡重邀酌青酤。釜熟能傳鍾傅銘，筵前許借蕭何筯。方圜濕燥左右排，就中鉶鼎加鹽梅。佳魚總向天廚出，美酒多從賜膳來。殷勤厚意轉相屬，百福千祥慢教祝。啣澤深於灩瀲杯，餘光炤向參差燭。獨憐布被甫覆踝，日擣黄綿裹寒者。庭前隙地僅馬旋，翻爲儒生貫高厦。只此闓惠非偶然，授餐適館昭前賢。杜陵果愜萬間志，姬旦豈徒三握傳。況當天子念寒士，先料徵車給廩秫。時徵車到都者，朝廷喻度支議給廩米。水部分將主父錢，金門預受東方米。聖君賢相遘一時，嗟予後至猶逢之。謂予瑣瑣倘不信，請看今日青雲辭。

淮陰李貞女詩

春城狹巷種烏漆，秦氏樓頭閉朝日。碧葉垂絲斷未連，紅襟小燕飛難匹。長淮嬌女年甫笄，當牕便詠共姜詩。行廬拖帳早相失，單帨複衿誰與施。淮流活活向東去，三十春風等閒度。若問城南陌上桑，但指山前女貞樹。

瞿山畫松歌和施學士

生年不識慈仁松，曾觀三鬣圖畫中。今來習見轉蹙縮，何如尋向雲門峰。宣州學士顧我說，柏梘山人負高節。能于指下作怪形，跛虎攣龍互吞齧。秖須捉鼻誘其畫，墨瀋膠漿雜鶬炙。但吟小句綠牕間，便寫高枝碧山下。時瞿山以畫松易詩。營丘作畫不贈人，空畫五葉長等身。豈如蘸筆換詩句，詠歌倍覺生精神。大荒柜格有老幹，一幹發作千年春。第恐地窄絹牀短，手捫脚蹴非其真。學士索畫強自呻，我亦竊效東家顰。他年築居儻與隣，連予寫入青溪濱。溪傍一松千萬鱗。

雪中集梅莊主人何使君邸第有贈

朔風習習海鴈鳴，燕關千里同雲生。會稽太守本廉吏，歸卻一錢舊有名。蕭條獨上郡國邸，將挾新書獻天子。隘巷雙輪駐若雲，當軒一榻清如水。相從對酒并論文，門生故吏還紛紛。題詩不讓杜老句，妙筆欲寫羊生帬。珠繩宛轉傍東壁，玉琯吹葭動寒色。何處相看雪最多？禁城西去梅花白。

題喬侍讀侍直圖

天開閶闔鵾首明，宫鴉初噪朝烟生。侍臣入直每問夜，路白便催騎馬行。龍旗未辨槍壘色，雞樹但覺枝柯清。至尊臨御恍日出，左右羅列當星熒。東華奏啓六曹贖，南下立傍雙柱横。終日槖筆但記事，有時顧問還呼名。偶頒丹詔識機密，❶誰捧黄匣如橋衡。我友少擅司馬賦，當時曾遇甘羅城。比之鸑鷟戴九羽，飛集牖下相顧驚。嘗寄鑾閣掌書命，儼縶牛紖難升騰。一朝召試得高等，❷遽膺著作承明庭。對策固知郤詵善，賜璽獨言李絳能。東堂草制白麻浄，北向譔册金版精。内坊封罌瀉緑水，便殿賞帶加紅鞓。胸襟開來山月豁，面藥傳去盤露傾。每因進講入籞宿，幾度課藝留延英。春風吹吹苑花發，宫門輪入隨班迎。良工繪圖寫容色，觀者有若睹曙星。予忝同籍共筆札，❸明將歸去呵蓴羹。臨行開卷一展覿，令我感激雙泪零。丈夫生世貴特達，安能縮結同寒蠅。不見黄衣斧棖下，有人戴縰從左升。

題松嵩撫琴圖

長松嵯峨幾千尺，斜傍深林倚危石。中有高人抱膝吟，雙顔尚駐桃花色。當年任俠游兩河，紛紛

---

❶「偶頒丹詔」，四庫本作「丹詔偶頒」。

❷「召」，四庫本作「入」。

❸「籍」，四庫本作「事」。

趙李相經過。劍光淬落若流水，筆陣横掃成陂陀。東歸萬里謝侯幕，散盡千金復垂橐。醉向金華驅石羊，閒從海上看雲鶴。我來把臂滬水濱，畫圖相對清心神。感遇不吟楚妃嘆，知音要與鍾期親。手揮緑綺卸巾幘，何物長康好筆力。寫置松嵓片石間，相見何人不相記。

題松鶴圖爲一聞師壽

高松百尺臨溪邊，上有松子垂千年。團團紅日松頂出，照來萬里滄江烟。翩躚林際舞一鶴，遠駕長風度寥廓。篩翅常疑白雪消，低頭乍恐丹砂落。閒來自得杳不飛，不臨金闕隨瑶池。幽嵓松下起長嘯，但見緑陰生素衣。

題燕市酒人圖歌

酒人曾向燕市過，玉缸銀海長婆娑。興來殺賊且摩盾，時去看雲還枕戈。荆南十載等閒度，肘後黄金棄不顧。但垂絳帳授生徒，羞向長門賣詞賦。生平曳裾苦未能，酒徒散盡仍追陪。草堂並道盱眙好，與汝行歌歸去來。將築歸來草堂于盱眙，故云。

留别張中憲錫懌有感

曲江先生負文望，氣攝江湖有餘量。好學長疏左氏書，高才不讓河間相。當年厭處金馬門，泰山太守由來尊。拂衣歸向春申浦，種樹營成裴令園。我游海上漫投刺，把臂雄談快人事。户外千廻過客車，懷中十載相思字。方春初發桃李枝，蹋青挑菜時相攜。筵前張子碧山榼，簾捲夏侯紅妓衣。鄴宫高宴具四美，雜坐中間有史妠。長調笙笛共箏箆，不問清明兼上巳。聽殘鶗鴂日漸長，葛帞未試蒲葵香。西陵草暗欲歸去，頻把玉盃看夕陽。平船將趁暮潮上，爲唱離歌轉惆悵。綺席重開惜過情，布帆此去應無恙。謝公東墅一望遥，何年相憶還相招。當前欲别思何似，不見垂楊幾萬條。

甲寅九月廿七日同任青嵓張百修訪放蓀蛤庵兩和上復過楊雲士齋看菊漫賦

青嵓招我訪雲水，偕之同看東籬花。高低錯出似攢錦，紅白間開如翦紗。自憐秋老嘆遲暮，每見秋花便相顧。佛頭樓子開最先，今來不數黄金錢。

何使君壽

天生申甫必有爲，世人咸望嵩高山。況兼賢哲多瑞應，蒼龍紫宿居人間。廬江夫子越州守，治郡能使一郡安。烏棲獸宿偃平野，魚符虎竹通嚴關。九日開宴别父老，黄童白叟號且攀。礲石鐫文卧道左，負筥擔囊留轍鐶。惟予投璧遭按劍，夫子爲我抽泥蟠。晏嬰不責越石傲，逢人薦引齒頰繁。去年長至值初度，飢驅吴會曾修翰。今來攝提又看指，登堂獻酒琥珀殷。生人有心能感激，鏤膺刻胃豈冥頑。若言仁者壽何算，請看春晝方漫漫。

過益都相公三世兄躬暨賦贈

從來雲閥推世德，東京楊鄧西金張。況當賢相饒令嗣，八龍三虎雙鳳皇。就中林立並皦皦，能繼難兄佩刀早。縣浦從教白璧殊，盈箱不羡黄金好。但看簡抑似韋布，只與詩書共晨暮。門生故吏趨滿前，食脆乘堅恥相互。即予落拓寓京邸，長過高齋被優齒。下士能尋商洛儒，殘編搜及開元禮。❶始知家學自有真，寒風相對怡心神。牕前草木陽和動，坐見花開滿地春。

雲間張公孫伎席作

清河主人好趨府，頃蓋相逢道肺腑。顥氣能傳趙勝名，高門開向春申浦。暮春三月桃樹紅，單衫試着臨春風。罇前鼎食儼凫鳳，巷邊車馬如游龍。東西捲幔覆花葉，日上牕紗撲蝴蝶。名士同披白帢巾，美人競薦烏絲屧。蘭膏樺燭入夜陳，當筵舞作尋橦新。畫裙繡帶盤旋處，滿地花陰思煞人。

馮守同四十索贈

敬亭初發棗花碧，陵陽自煮丹砂紅。持之欲獻者誰子？宣城高士馮守同。行年四十負意氣，嘗與干將較銛利。相逢茂苑最有情，當塗鬱鬱青雲生。

入春庭梅未開偶爲桐城姚士重孝廉作畫梅蒙以畫梅長歌見贈中憶西園看梅事率筆賦答

朔風冽冽冰皚皚，雪花倒地捲作堆。入春一月雪未霽，庭前未有梅花開。樅陽才子客湘水，最愛毛甡畫花卉。紙上從教見早梅，枝頭故復添新蕾。停毫宛轉思美人，一枝恍寄江南春。誰知相顧起感慨，翹首放歌如有神。江南千里遘春月，閣下梅花正當發。獨立方傳韋相詩，同游争結王生襪。君

❶「殘」，四庫本作「殊」。

家世胄不可當，一門群從超諸王。春風吹度嗚珂里，❶芳草生當朱雀航。東觀禹穴渡江沚，官閣相羼偶然耳。但藉荒厨對步兵，時寓其叔氏蕭山署中。何須古驛逢梅使。春空一望生羽翰，君將獻賦游長安。薊門亦有梅如雪，願把斯圖雪後看。

祝來叔荀王夫人夫婦六十偕壽

少與叔荀共文酒，市樓大道彈陽春。今來漸覺毛髮改，看君玉杖扶鄉人。山莊花發秋正曉，最喜閨中得偕老。開徑方逢羊仲來，齊眉轉覺鴻妻好。錦筵雙進金屈巵，後來年少推烏衣。採薇斸术總閒事，但見滿庭開紫芝。

送同年陸義山編修歸當湖

春風吹簾草色青，蓬池日暖猶寒冰。陸郎斑騅想南去，開軒爲倒雙玉缾。連年同館少適意，時向西山望朝氣。筆舥争題海嶽圖，史成快補河渠志。時補草河渠志完，始行。當湖新水碧似烟，君歸正值荷花鮮。慚予日誦張鷹賦，羨汝先登賀監船。平帆載去雙黛緑，并折靈泉産名玉。義山艱于得子，二姬各産一男一女。百年行樂能幾時，萬事于今已差足。潞河春漲下溜遲，高飛黄鵠還唧雌。玉堂後夜如相憶，但記雙添半臂時。

❶ 「珂」，原作「呵」，據四庫本改。

林官歌喜趙侍衛弟還里

趙郎束髮上計車，圯橋親受張良書。殿頭對策首稱旨，特令交戟環周廬。林官赫赫近天仗，外府佽飛遠相向。羊祜方班七萃中，劉洪已冠千牛上。宫門入佩大横刀，籞宿園邊有賜貂。領護早攀丹禁柳，思親還渡浙江潮。鳴珂舊里宴嘉客，堂上朱衣未頭白。驄馬仍來蹋鞠遊，緋袍看作斑斕色。連江烽火動甌蠻，時見戈船瀨上還。莫道書生使東越，便教射虎向南山。

越州太守行爲許使君夫子作

越州太守賢且明，分銅領竹稱專城。門排五馬總神駿，江浸一錢清復清。高懷皎皎似裂帛，手把殘編對賓客。印篋虚涵海日紅，書床斜映山花碧。江東八邑留畫圖，過江誰不知夷吾。上林久已翔丹鳳，大府方應見白烏。即今荆楚播撻伐，尚有萑苻想竊發。但藉顔裴撫凍飢，不須嚴助平甌越。龍門教授感所私，恩同掩骼兼埋胔。誰言黄雀啣花日，只在雙熊畫軾時。

過張吴曼草堂兼讀其所著梅花詩集有贈

先生好學恥漁獵，不向枯毫鬬結捷。作賦真能嗣兩京，記書何啻亡三篋。梅花開落江水濱，聯詩宛與花相親。我來讀詩憶花好，疎影暗香如有神。草堂斜啓延海曙，云是先生著書處。萬軸緗慊幾樹梅，慷慨留題不能去。

客吴門喜遇金副使巡驛感贈

春風吹花度湖水，畫船撾鼓横半塘。江南副史早行部，正當乘傳來吴閶。西河遊人武丘客，醉後重尋鄭莊驛。都尉新從龍里還，梁生適在皐橋側。當年大雪辭蔡州，使君雙旆移文樓。邗江釣艇不能上，隋苑柳枝空自抽。春鶯朝啼暮還徙，又見開衙白門裏。此地相逢非偶然，一望烟波泪如水。❶

輓甬上齊士虎

嵤丘兄弟皆負奇，兩龍並起無雄雌。僧彌既死法護在，與之相對長歔欷。高天熒熒日皛皛，恍見當年好容貌。氣盛時傾稷下談，興來每向蘇門嘯。讀書萬卷絶簡編，決機俄頃如流泉。許之管、樂已不媿，肯與嵇、阮相因緣。無如遭逢嘆不偶，幾度高齋種楊柳。市門挾瑟且哀歌，壚下攜錢快飲酒。修文有召不得違，著書未就將從誰。但惜周嵩尚有母，那知伯道竟無兒。先生之季與予善，每話難兄泪披面。若過山陽歌此詞，落日寒冰倘相見。

讀何使君夫子渡曹娥江哭父卷子書後

南昌亭邊日色黄，伯倫臺畔環枯桑。哲人乘風歸昊閶，上爲列宿揚星芒。遠溯家世本汜鄉，廬江之後來山陽。先生早歲秉令望，名同第五饒文章。當時四友稱荀羊，于今遺策隸太常。太丘有嗣誇二方，長者早駕天閑驤。南驅閩嶠東越疆，已經奬異稱循良。將迎鳩杖卿霞觴，忽然日蝕東壁傍。越人聞之心感傷，有如秦相五羖亡。童子出涕春不相，方行四制挽轡繮。山公起復義不妨，使君哭之心轉瘍。試看東渡曹盱江，長歌一字一斷腸。從來虞殯能導喪，哀吟不復調宫商。我今欲和徒傍徨，歌

❶「水」，四庫本作「雨」。

聲欲絶哀未忘。

烏菟歌爲雙壽作

金烏熠熠顧菟驕，東公丹棗西王桃。當筵進獻祝鮐背，不用鼓琴歌緑腰。蟠根仙李舊閥閲，曾擅文章跨東浙。爲訪林泉憶素游，因思高蹈追前轍。閨中偕老同古稀，賓朋扶杖相攜持。庭前兒竹當風長，階下孫枝帶雨肥。雙飛黄鵠舞秋節，正值重陽酒盈榼。欲識朱顔對面紅，且把黄花滿頭插。

雙　壽　詩

君不見，扶桑日出海月明，東西相望相隨行。中山有烏自啣羽，每偕顧菟幽崖生。弘農丈人秉高蹈，籊籊魚竿有同釣。龍里由來重朗陵，鹿車自昔推桓少。東湖花發水滿堤，湖邊日日生光輝。種將緑竹能棲鳳，採得青荷好製衣。只今初度共皇覽，錦帨還同繡弧展。書借簾鬚梟篆雲，花從酒面生螺盌。清秋良日佳氣新，門前流水如車輪。笑他瑶島偷桃客，即是金門索米人。

爲沈表兄題夫婦行樂圖

吴興丈人年古稀，齊眉尚有衣巾綦。東公西母共行樂，一時争看雙鸞棲。丈人胸懷坦如矢，上友黄農作知己。初住東江花港中，移在西湖藕塘裏。沿湖十里種夏蓮，紅蓮倒影清波間。閨中畫入非無意，好比湖波作鏡看。

李太夫人大壽

昔者魯國上母壽，宋宗坐賜朝堂中。武昌太君就饗列，丞相下拜王茂弘。惟我夫子職副相，暫筦稼計留司農。高堂碧髮久迎養，❶誥進五色禄萬鍾。圜冬大臘獻花餤，錦帨當筵覆琬琰。蝶勝先春集絳幡，獸鑪著地圍紅毯。登堂齊捧金屈巵，門生故吏盈前墀。添籌不用蕭何箸，舞綵還披羊續衣。獨憐庭下秀玉樹，年少曾經入鼇署。繞膝時從東觀還，懷鄉正值江南去。江南萬里風物清，王師況復收昆明。西來紫貝雙函發，南望彤雲百疊生。春陽將至日曒曒，綵蒨啣翹拂青鳥。但看天邊下玉書，便起堦前拾瑶草。

❶「碧」，四庫本作「白」。

西河文集卷一百六十六

蕭山毛奇齡字僧彌又僧開稿

七言古詩十三

飲金十四烺園看草花同姜九廷幹吕四洪烈羅大坤吴大棠禎張二錕即事

櫻桃初熟梅子酸，草花爛熳開東園。叢叢日下好顔色，青黄紫白藍緑丹。熢炰盈盤酒盈斚，履舄紛紛集前榭。龍潤何曾在洛陽，辟彊不復稱吴下。當筵插得花數枝，短簫横笛吹參池。最憐垂老看花客，醉倒花前花不知。

奉謝分巡許元功使君夫子薦舉抒意

康熙建午之一月，朝廷下詔求俊良。蓽門蓬巷有佳士，不惜中外交推揚。大臣御史中執法，争捧徵書覆黄牒。江東節度文教優，璧馬干旌日三接。慇勤但問章句儒，兼諳著作通群書。上鋪聖德下華國，東帛誤投窮巷居。蚕宜翕翅傍棍榍，只羨鴻飛度遥海。礐石難將白璧求，駑胎不用黄金買。使君奬士多過情，品題一過增聲名。滕公按劍知韓信，文舉封章薦禰衡。軺車旁午詣縣舍，再拜彷徨謝車下。主父無錢那入關，王良多病難隨駕。結髮受書通一經，妄思載酒窺書城。手𢫬三豕久不定，胸貯五龜全未能。弱歲出門覓衣食，老大還爲道傍客。吹篪半世罕見聞，解鋏三彈有誰識。方今聖主真好文，東觀學士如雲屯。朱鷺作歌奏司馬，白麟有對來終軍。以兹荒謬厠其後，毋乃强合猶與薰。郡國限年恐致詰，安平進賞將焉存。生平忼愾感知己，挺刃願報國士恩。祇求厚地掩薄劣，莫使庸材負賢哲。不然甡豈石隱人？何必躬耕待三節。菖蒲花發伏枕餘，病中猶改金銀車。倘能鑒此陳情疏，豈敢還呈卻聘書。

別馬廣文作

龍門百尺中天啓，廻視天孫碧雲裏。藻影翻成北海魚，桃花瀉作申江水。傳經自昔推馬融，果然絳帳來扶風。當年賦笛已擅絶，只今秉鐸猶稱雄。春風吹花遶書屋，長啓清罇倒醽醁。香飯晨炊苜蓿寒，菘羹夜汎芹絲緑。檐榴初發紅滿枝，歸舟欲渡千回思。龍門多少溯從意，半在鱣堂對酒時。

桐城姚孝廉文燚見贈感賦

皖江才子系有虞，十年獻賦升公車。虚懷早授京費易，健筆欲著梁陳書。名高四海久推重，到處人争識麟鳳。袁氏通侯半在門，王家隽士皆群從。秋風吹潦江水清，畫船遠渡來西陵。但知花縣看常棣，時訪其弟明府蕭山。那道横江採杜蘅。新詩璀璨似珠玉，不惜閒題寄蘿屋。車下還招季布魂，酒酣重擊高離筑。鄉人刺促去住難，暫將短景投吴關。高軒在望欲御晚，翹首半天珠斗寒。

介丘吟爲姚明府作

生平不敢入燕薊，金臺空復求乘黄。潛登太行苦服軛，道傍何處逢孫陽。從來美好善謡諑，啼鴂一聲隳衆芳。誰知負局有弘量，鎔成冰鑑如秋霜。擕之日月且增耀，照見瓦圩皆有光。皖口舊家聯譽望，吴興才子多文章。漢儒初試考功法，唐相自饒應變方。壠草春耕勸田叟，隣烽夜静降甌王。試淬干將欲鳴匣，爰收竹箭方在房。世人誰可與儕伍？惟此乃得當門墻。清秋銀漢甫瀲灔，新蒲獵獵生野塘。乳燕學飛争去壘，枯螢垂死猶棲囊。泰山巀嵲倚天半，梁父介丘羅四傍。結根萬仞得所託，浩然一顧天風長。

湖西將軍歌

秀江橋下春水生，緣橋幾曲春花明。燕山大將開幕府，千里不聞枹鼓驚。當年挾策上金殿，幸奪翹關走飛電。仗下看披鵰錦衣，宫門卻賜花菰箭。十年宛馬塞上騎，親隨部曲漁陽兒。桑乾風雪控弦去，猶聽阿𠵍當横吹。龍驤南下定三蜀，遂駕樓船遣楊僕。湖東既鎮後湖西，每見投壺理軍曲。從來名將不嫌老，羨汝當年立功早。躍馬雖稱矍鑠難，擒生終逐嫖姚好。揮戈横槊二十年，生纔四十春風前。桃花叱撥紅照眼，擁麾江畔疑神仙。宜春臺高秀江緑，時共登臨看黄鵠。記得前年江上亭，共點酡酥倒醽醁。是時春雨細如注，幸與將軍倚庭樹。落絮游絲濕馬蹄，正在袁江最深處。袁江草長花復開，清江水漲空徘徊。思君重憶亭前飲，那得紅船載酒來。

戊申三月旅亭夜讀東原宗元鼎所著新柳堂集中有三詩專賦予瀨中事觸境生感因爲長句寄去隨筆無敘

憶昔行瀨中，曾經射陽渡。欲託東原宗鼎家，風雨江關暗前路。從兹奔走二十年，每過隋苑心茫然。名山不厭少文病，破浪只思元幹賢。前年白下遇難弟，謂鶴問。因宿街西瓦棺寺。龍躍雙垂海内名，雁行單作天邊字。思君但讀君著書，因之遥識東原居。芙蓉一畝共兩畝，楊柳千株復萬株。深堂楊柳想佳句，初日芙蓉豈虚譽。如何念及瀨中人，不道瀨中從此去。當時鼓笎渡水鄉，❶蘆中無復傾壺漿。孔融兄弟遠難覓，道傍獨立空徬徨。潛行宛轉過江右，記得湖東鄧老秀。擊絮偏逢水漲時，裝衣正值花開候。逡巡流落淮汝間，酒徒死盡誰能傳。感君記事最忼慨，使我泪流如涌泉。春深三月返江沚，垂柳紅橋夜低起。爲讀東原詩一編，三乞隣燈酒家裏。

陳掌院夫子生日作

在昔郡國應制舉，集賢學士居殿傍。已徵詞業進祕閣，尚未程試留東堂。執經曾向馬帳度，遥見天邊白雲暮。龍沼桐扶和嶠還，鼇峰土負山濤去。只今三載彈素琴，紫芝産地烏棲林。立朝久動荃宰戀，移孝遠邀宸眷深。芸臺重掌入親近，詔遣黄門賜存問。玉案親書第一班，金華坐進登三論。當年兩省薦拔人，今來倖步清都塵。分將黄紙當廳展，擷得紅蘭滿座春。老成端作後來式，守正時時見容色。進賢必欲辨驪黄，斥僞何曾雜儒墨。文章能起明宋衰，昌黎之後無雄才。講筵高出陶虞上，草制全從典誥來。圜冬暢月設弧矢，正值王師渡滇洱。六詔軍書奏玉除，三雍文教開金齒。大臣嘉績動簡編，泰符高映蓬池邊。第看天紀回星斗，安用崧高誦歲年。

❶「笎」，四庫本作「枻」。

南山篇奉祝平太翁年伯七十初度 載問次山尊人也

君不見，南山之高高入雲，上連閶闔開天門。仙人環珮紛錯落，日月光景相絪緼。阿翁七十好容貌，欲與南山等峭峭。名法能傳韋慶成，高懷不數岑公孝。墻東寄跡追少微，行游嘗著青荷衣。風生南塢椒蘭發，日出東園烏鵲飛。即今初度誦皇覽，矢絓寒蓬射來遠。神授方函啓緑文，賓隨曲巷開朱轄。華鐘綺席次第陳，清秋八月真良辰。邀來閣下彈箏女，舞罷庭前戲彩人。庭前戲彩皆神駿，千里聲名遠尤震。馬氏由來重五常，江東自昔推三俊。南山巀嶭高復高，稱觴進履多賢豪。欲知綵紱垂麟角，但看趨庭有鳳毛。

李方伯生日

黄星熠熠臨江陽，漸東漸西瞻景光。嗚葭疊鼓樹六幢，云誰開幕今藩方。三韓家世遼海長，從龍舊澤傳芬芳。蟠根仙李枝葉揚，惟公筮仕肇龔黄。分司偉伐留西江，晉階總憲肅紀綱。三河萬里百辟良，群推觀察非尋常。嘉名特達書御旁，帝將簡之補衮裳。惟此吴越稱巖疆，東南克詰捷伐張。非公不足領上襄，只今羽檄猶旁皇。軍需自給廣武粮，伊昔蕭相當漢昌。關中餽饟連戎行，中原開府杜與羊。嘗恢宛洛屯江湘，矧兹甌越空陸梁。不煩朝食揮欃槍，自慚垂老依梓桑。猥蒙薦達登帝閶，車箱盈轡馬曳繮。持觴不前應見諒，高天尚見青鳥翔。願隨青鳥同相徉。

一聞上人畫鶴索題

自笑生來有仙骨，年年相對鸞鶱棲。談經拂麈擁高座，儼若仙驥横天梯。竹林鸐鵲静無語，寶塔雁王他自飛。不隨丁令較去返，豈與支遁相因依。閒堂落筆起長嘯，此間亦有淩霄姿。

金學使曾陷賊中歸命途次感寄

浙河東下海濤㘸，曾啓龍門浙河側。取士能如嘉祐年，論文不數元和日。機衡在望鮮軼才，諸生並得乘雲雷。醫師雜採及馬渤，孫陽一顧皆龍駷。誰知世事多反覆，倏見烽烟起南服。楊僕方隨下瀨軍，趙佗幾篡番禺牧。王威赫濯恢七閩，杜陵陷賊埋風塵。青天見日撥雲霧，今來重會三江春。文昌熠燿動銀漢，長夜漫漫有時旦。百里相過不得前，遥望雙旌泪如霰。

暮潮行别朱公子謩原

春潮初漲曲江邊，游子乘來申浦船。水上桃花新帶雨，城頭柳色正含烟。主人邂逅忻相見，邀我南樓啓歡讌。黍酒傾餘緑玉盤，芹羹汎作黄金線。逡巡入夏歸去遲，宛如家室相因依。林鳩唤婦循檐下，海燕攜雛出幕飛。長帆欲掛轉鐵鹿，將向江頭别朱穆。幾行愁雨爲君傾，一曲離歌倩誰續。嗟君家世本畫輪，聯翩華閥傳來新。伊予何幸託杵臼，廡下定交如有神。吴淞東去極海涘，一望錢塘正瀰瀰。他日相思欲寄書，但看西陵暮潮起。

奉謝何使君夫子有感

從來治郡稱第一，盧江太宰何敬容。即今於越踵良牧，軒軒五馬如游龍。山前文簿啓來碧，花下印牀開去紅。竹符初發罷征調，誰謂東山有群盜。傍邑先傳論寇書，明庭且下求賢詔。龍門高峙渺百尺，頓集平原舊時客。自慚堦草漸飄零，羞向園桃比顔色。負芻長自困泥塗，豈料終逢晏大夫。白璧儘教三獻去，黄衣啣得一環無。當時乞食渡淮浦，無數淮流溉胏脯。結襪交爲國士歡，投竿只道王孫苦。十年側促懷舊心，使君千騎方騣騣。天涯壯士今還在，仰視滕公泪滿襟。

桂樹生玉芝歌爲姜定菴京兆作

君不見，庭前桂樹發素秋，連蜷偃蹇枝相糾。蟾蜍原向根底宿，鸑鷟儼從花下游。忽然華幹産芝實，玉笋漸看膚裹出。三秀煌煌映列星，六英燦燦承朝日。豐脣麗肉白雪姿，靈根翠羽生華滋。墜露空濛如雨散，吐雲繚繞似烟絲。嗟君奕葉挺奇秀，謝氏當庭燿清晝。夾道朱輪有嗣英，高堂白髮方長壽。當年左掖曾草麻，甘泉前殿揚朱華。芝房一歌未絶響，函德九莖還薦葩。今來子舍奉甘旨，蹔借商山斸仙餌。流膏沆瀣成酒漿，瑞彩斑斕作金紫。弧南一宿秋更明，下應瑶草相敷榮。不信但看桂樹上，團團唯有玉芝生。

崑山徐母顧夫人壽

青鮦畜修鱗，不復生凡魚。丹山産鸑鷟，迥與群鳥殊。即今東海擅華胄，有母賢名比仁壽。徐藻原傳内子文，顧家本是閨房秀。清洋江畔采緑遲，春能濯藾秋鳴機。教兒嘗秉和熊志，相士仍吟弋雁詩。以此諸君奮皇路，各向長安獻詞賦。上苑争傳花一枝，當軒種得珠三樹。慈恩寺裹曲江春，兄弟皆爲領宴人。散鐇羹遺東閣早，留瓢日愛北門新。今來錦帨懸高闥，畫繭重重加緑髮。但看殿帔賜朝霞，儘使宫衣舞秋月。君不見，雍丘宋氏兒，臚名相讓還相追。娱親江夏遺綵服，到今湖橘猶含緋。又不見，閬中陳堯叟，兄弟三人兩殿首。其一曾爲知制臣，尚恐慈親杖横手。倚嗟我母年六旬，居然邁宋兼超陳。且隨吴下稱觴客，還慶庭前戲綵人。

贈襄平李廣寧司馬赴兖州

任城司馬襄平豪，腰懸鹿速金寶刀。英年妙筆擅文史，脩然意氣干雲霄。鳳毛燦燦成五色，遠向丹山趁飛翮。望嶽重登杜甫臺，題詩應在匡衡宅。淮流浩浩到海廻，雙旌南下蒼雲開。他時載酒行春處，無數桃花傍澗來。

相望篇送陸少參督餉江南

從來執法推鯁直，前有陸杲後目山。相臣初避道路去，内戚不上街樓看。何者參政儼宗邸，爲使直指争往還。將施赤棒先白簡，此事乃在順治間。先皇駐蹕御南苑，親召副相連臺班。特令出衆宣口敕，謂此不負柱後冠。方州節鉞久未振，請借高峻風人寰。中朝豈是厭汲黯，出刺乃欲重薛宣。鼎湖龍去年又年，此翁歸卧江楓寒。今來循次游長安，殿中多薦識面官。五都列岳未爲薄，六路轉餉將誰嫺。東南惟恐竭民力，天子乃遣專事權。公整往足肅吏治，清廉不用支官錢。我今相送思贈鞭，臨風如汎丹陽船。長干釃酒興自遠，西浦輸粟心長閒。計臣應受鵲袍賜，賓從但從牛首觀。莫言是地少風憲，曲巷舊有王僧虔。太微南下四星闊，相望儼若居臺端。到官莫厭芻粟塵，待君仍在螭坳邊。

鍾機曰：少參舊著風采，後以惑于左道致敗。聞西河贈是詩時，少參讀至「曲巷」二語，忽失色，後彈之者王學士也。山陰張雛隱爲予言。雛隱以入少參幕過西河別，西河適作是詩，見雛隱，遂着「賓從」一句，後連翩相接，即西河亦不自解。詩懺之可畏如此。

王二光禄生日夜飲有作

先生矯矯秉大節，弱歲論文在於越。薄宦朝看海上雲，層樓晚掛山頭月。京門對酒連歲年，醉來長向樓前眠。愛閒不畜雙鬟婢，上義能輕五庫錢。只今内府待入直，門下還留孟嘗客。況有當前群從賢，王家子弟烏衣宅。樓頭開宴值早春，燭紅酒煖春盤新。恍然禹廟看花後，夜雨停舟鑑水濱。

甬上段長史枉過闞候值其初度奉寄此詩

甬江樓畔花樹明，灌門有路通蓬瀛。慶元使君曳黄綬，行部雨中來永興。單車緩軸去呵雜，肯爲墻東繫朱鬣。解珮慚無吕氏刀，荒亭未設休源榻。君家仕宦多似雲，鳴珂舊里聲相聞。鳳毛已布庭前綵，驥足還留海上軍。清和四月值初度，弧矢應懸郡庭樹。一觴欲獻未能前，但望金峨海傍路。

題　畫

君不見，丹山之穴千仞高，上有朱鳳聲嗷嗷。八方攬德久不下，一朝奮翮求其曹。朱光向日耀五采，翠羽順風揚九苞。低昂宛轉起雲表，萬里相過向蓬島。華池阿閣何處棲，但見將雛舞來好。春花滿岫露滿枝，啾啾百鳥争群棲。不分夏鳩并春鳸，❶後羅孔雀前山雞。簫韶不作至者鮮，潁上金臺望中遠。種得梧桐蔭未成，採來竹實香猶淺。高堂展絹采色新，就中威鳳當麒麟。誰將東海仙人宅，寫作瑶臺天上春。

❶「春」，四庫本作「秋」。

題周斗垣先生採芝圖

商山漠漠環清溪，溪邊輪囷産紫芝。丹柯翠羽滿林谷，絶勝三秀生銅池。丈人採之嗅逾馥，飢可餐之比粱肉。獨坐幽岩白日長，時見松陰下山麓。洛中遺老百歲餘，春來曾釣磻溪魚。煌煌曅曅山前錦，❶盡是當年綺里書。

王生之雲中

白羊城邊白雪飛，桑乾河上黄塵稀。丈夫拔劍不得意，❷西入塞垣何所依。當時相遇共文酒，朝向蕭江折新柳。爲君送作錦官遊，同上溪南一回首。淹留劍外春復秋，更從嶺表尋羅浮。木棉花發棲紅寺，椰子盃寬汎白漚。今來燕市負意氣，屢上金臺騁騏驥。拊筬誰憐樂毅來，哀歌能使荆卿避。貂衣短後纓縵胡，❸重逢擊筑隨屠酤。層冰千仞方浩浩，雁門千里跨飛狐。自言碣石館難再，將逐蒙恬望榆塞。射虎從教太守驚，椎牛尚有將軍在。薊門歲暮雪未乾，嗟予索米留長安。青門欲餞苦不得，天街柳葉誰堪攀。從來臘盡會春曉，況復高名播來早。若過新興肯望鄉，鉛粉樓前有春草。

---

❶「曅曅」，四庫本作「韡韡」。
❷「夫」，四庫本作「人」。
❸「貂」，四庫本作「去」。

寄祝江南方伯生日

芙蓉初發清江滸，曉看天星照平楚。關内蕭何本近臣，徐州荀羨將開府。前時鵬奮湖水濱，西陵相望多烽塵。但瞻武庫歸南省，並道文昌近北辰。今來甲子喜新遘，正值長庚轉秋宿。方岳能吟史克詩，在朝共進申公壽。秣陵九月佳氣新，大功坊底羅嘉賓。清罇欲獻無由達，思煞秦淮對酒人。

送孫孝廉還里

去年八月桂子黄，看君雕鶚争翱翔。今年秋節又三五，慷慨送君還故鄉。君才卓犖世所羨，曾在含元膺召見。司馬高文有賜金，王褒出使嘗乘傳。芙蓉十里江岸長，將歸且醉當壚傍。滄江暫見蟄龍卧，雲興霧捲旋飛揚。河橋衰柳不堪折，月滿當頭白如雪。他日相逢杏苑中，仍向花間看明月。

汪錞選郎善事母值典試關中得壽萱二字碑洞摩勒以歸時太夫人八十遂預製扁額臨二字于堂以爲慶索爲此歌

潘居色養重鼎飪，況入東曹倍謹凜。秩閣頻遺赤館羹，彩衣時覆仙郎錦。驅車試士出渭橋，秦碑漢篆關中遥。色絲未得諳雙纈，緑字宛如唧九苞。北堂日永秋尚早，滿砌丹萱正姣好。石闕呈來古籀殊，畫梁標出旌簾曉。蒼龍乍轉花滿檻，銀幡未賜開春筵。稱觴長跪進壽考，恩綸照映相鮮妍。養堂不用啓京邸，紫帔金章錫來喜。瑶島群看詠白雲，宛向中庭奉甘旨。曾參見肉思養親，從來孝感偏能申。請觀額上丹砂字，好慰堂前白髮人。

桐城方栲舟又申父子枉贈簡和

北風梢槭銀杏黄，寺門雙樹塗嚴霜。龍眠高客作寒旅，回首一看江路長。當年地甲冠雲額，門十朱輪户三戟。舊業金張總墜貂，君家兄弟真連璧。十年獻賦厭計車，曾膺監郡占刑書。天時人事忌太盛，好女善謡能嫉予。浮雲曖曖水沈木，孔雀剸金不辭辱。遠戍嘗經紫塞還，穹廬蹔就黄花宿。今來訪舊游永興，將車季子方趨庭。嚴城蕭寺苦寥廓，有鶴帶雛梳羽翎。翱翔千仞下視小，況當鳴和臨秋曉。韋賢父子一經傳，徐氏詩篇六朝好。謂予失職志不平，天涯一見旋留情。同爲斯世沉淪客，那惜臨觴感慨生。長歌贈我最斐娓，揮毫書滿元興紙。愁心百折和來難，把卷踟蹰不能已。

范母錢夫人輓歌詞

夫人家本錢王裔，閥閲崔嵬紹蘭沚。紫燕長廻朱雀航，丹輪時度鳴珂里。閨中日出臨繡牀，刺來黼黻多文章。因吟柳絮過庭下，爲採葛覃歸道傍。錦屏初啓射烏雀，正值當堦覆紅藥。司馬譚公實我私，侍郎修謇曾爲妁。于歸帝里舒綵函，尊章簽判來淮南。在堂相繼赴幽室，苦捐珠釧埋金蠶。夫君文譽播禹甸，十載登壇領群彦。自脱牛衣上計車，每啣鶴牘升金殿。慨然攬轡佐惠文，命留司法南康軍。日周外犴有紅粟，私顧在房無綺裙。但聞平反始置酒，況復平漕并履畝。綰綬恒兼盱水符，分章遂佐新安守。鷲湖鹿洞講席開，曾同論秀掄奇才。經傳韋母朱帷下，文似曹昭東觀來。最憐大澤釀遺蘖，道蕴抽刀白如雪。能令降鹵偃前矛，那道歸藩擁高節。戈船北發經險灘，軍輜下瀨浮來難。長年四顧督郵怒，先生掉臂歸林間。蕭然一望復何有，餉饁如賓在隴畝。井畔新栽阿母花，橋頭再種先生柳。趨庭繼起皆鳳毛，烏衣子弟真賢豪。陶門有教比鍾郝，伏女授經來賈晁。誰知一旦馭雲路，桂旐蘭旌遠相赴。天上争看製錦來，閣中尚記題詩處。車前執茀鈴欲摇，道傍虞殯還吹簫。碧玉樓中月皎皎，白楊樹裏風蕭蕭。螭蟠石闕類雜組，鼇島玄埏似幽府。我欲私題哀誄詞，又值城南下寒雨。

依韻答徐生我剛見贈長句兼送其客益州

生年徒擁漢官尺，不度江天萬層碧。但挾康成車後書，誰窺孺子門邊薦。君家奕葉擅雅騷，館亭驛壁長揮毫。明星貫胸影歷歷，飛泉倒峽聲嘈嘈。回思昔日鍜柳下，曾誓乘車并乘馬。不謂伊人已殞霜，頓令斯道如長夜。多君兄弟能自見，各赴隋宫與梁殿。但得文章慰世思，不須俯仰看人面。衡門寂寂時緯蕭，雖居市里同漁樵。避人時過雙流澗，作客還登萬里橋。予也甫賦歸去來，相逢把臂方徘徊。湖山皦皦宛在望，此中尚有孤山梅。忽爾所思在遠道，春江轉棹心悠哉。勒銘自埽峰頂雪，題柱將披石上苔。此日情親誼不薄，且送平原赴京洛。他年卜室想比隣，願竚吴山待君築。

天姥詞祝吴夫人生日

朱鶉拂羽吹南薰，荷花滿池開緑雲。華堂清晝懸錦帨，嬌絲脆管來紛紛。夫人自昔禀修嫮，曾佐盧龍舊司馬。雲閥同傳玉篋書，繡牀再弄金釘瓦。兩家勳伐奕葉通，往來車轂如游龍。只今繼起餘三秀，尚攬青璮賦上宫。從知珠樹生瑶圃，赤文重啓藏書府。若欲仙盤挹紫霞，但祝秦屏似天姥。

西河文集卷一百六十七

蕭山毛奇齡字大可又字于稿

五言律詩一

五律，舊刻不入一首，未刻藏稿無存者。大抵所輯皆出游作，然此亦西河本意也。

江　水

江水滔滔下，浮雲蕩蕩開。烟霏朝日起，沙動早潮來。舟落蕪關遠，帆紆瓜步廻。山前空幕府，無復舊軍臺。

過采石有懷李白

李白揚帆出，曾披宫錦袍。我來尋舊蹟，空見水滔滔。墜石分風急，清江蹙浪高。緑蘿寒月下，一詠醉酕醄。

塞　下　曲

結束事長征，前軍早抗旌。關山雲裏度，隴水笛中鳴。彍衞三城戍，良家六郡兵。争先須努力，驃騎舊行營。

沓　壁新都山行作

沓壁廻青嶂，懸峯落翠微。曉雲隨馬去，春草待人歸。溪漲平流沫，林長間落暉。十年棲隱志，貧賤苦相違。

入山偶成

種藥神農地，牽牛巢父家。水禽時變響，山草遞開花。雲隙流天影，崖空墜日華。春深人不見，愈覺此中遐。

過　梁　園

春風吹薄雪，剛度梁園時。駐馬一爲賦，悠悠使我思。繁條抽野館，細草滿長陂。千載鄒枚興，無人與共知。

宿商丘作

弱柳環城細，叢菁被晦繁。春天行宋苑，暮雪度梁園。曲閣飛花冷，寒袍點絮温。清泠池上客，誰與共開尊。

行上江將次入湖出馬當山下語船子

只覺雲飄駛，寧愁江路長。乘風開魯港，計日上潯陽。曉嶼翻龍蟄，秋花豔馬當。黄頭天上轉，辛苦櫂船郎。

江　行

日日上江行，秋風兩岸生。波翻當利浦，天盡豫章城。磯路烟樓迥，關門水木清。前灘争賽過，杳杳聽鳴鉦。

渡黄河仝王侯服栢肯堂兩明府作

淮海南來盡，黄河北去高。百年吾渡此，萬里一波濤。落日廻檣櫓，春風滿布袍。相期慚破浪，不敢上君舠。

鈞州署中夜飲題史使君惜陰亭壁四首

春夜開官閣，華燈散酒栢。天高星漢合，地勝鳳凰來。小檻凌橋聳，繁花炤水開。中宵幽思洽，疑上古鈞臺。嘉模曰：鈞州以夏饗鈞臺，故名。署有黄霸集鳳凰址。

二

暇集黄公署，宵分大禹城。人標清潁志，亭以惜陰名。短燭圍紗冷，方塘引溜輕。相逢能痛飲，藉有使君情。

三

暗水平當席，春鳩宿繞枝。河魚烹萊釜，露蕊滴鈞瓷。時以自製鈞州瓷插花侑酒。臺迴迷長葛，星寒掛具茨。子房初隱地，俯仰一追思。

四

襆被聯深廨，盤餐勝故鄉。官貧情較切，漏短話偏長。潁水通池細，襄陵瀉酒香。馮唐吾自老，汝已久爲郎。

飲汴園

我愛魏公子，西游入汴園。楊花天際落，蝴蝶草頭翻。估市停車騎，繁臺對酒尊。侯生悲老去，不復在夷門。

登太白酒樓

太白何如者，❶夷然醉此樓。千秋狂客去，吾亦此中游。碧柳當軒合，青天入濟流。金魚誰作佩，來往任悠悠。

入嵩陽將登嵩嶽有作

太室群峯峻，轘轅拾磴長。春雲飛馬足，愁絶古嵩陽。玉女摇潭水，山花墮石梁。漢皇金匱杳，何處挹瑶漿。

登嵩嶽感懷

昔誦嵩高峻，今知喬嶽尊。紫微通帝座，黄蓋繞天門。中宅思伊洛，平原眺陸渾。春心千里度，

---

❶「如」，四庫本作「爲」。

極目總愁魂。

上子晉峯懷姜十七梧蔡五十一仲光錢六霍

不得毛甡友，同登子晉峯。青天空浩蕩，插滿碧芙蓉。伊闕黄河湧，函關紫氣重。攜君詩句在，驚下九潭龍。

游楊氏園林和韻

共攬名園勝，寒風曉渡河。長堤環墜柳，曲閣掛層柯。疊石刳巖磵，開樽對薜蘿。赤欄迴合處，愁望起高歌。

二

重坂尋幽境，崇臺設錦茵。相攜金谷酒，同是兔園人。白落寒郊木，丹流石洞銀。嚴飈隨倡和，真覺愧陽春。

飲吴晟

永夜開襟緩，茅堂對酒清。環林棲鳥静，深燭炤人明。冰雪鄉關思，盤餐地主情。雋才推附子，羨汝早知名。

齊州道中遇雨

千乘起黄埃，終風終且霾。雲從滄海上，雨自泰山來。村酒春前釀，障泥渡後開。東行分霡霂，愧乏濟時材。

疊　嶂

疊嶂丘中度，晴川郭外分。草烟鴟尾散，花氣馬頭薰。樹響疑過雨，山遥不斷雲。棲棲瞻闕里，不欲忘兹文。

懷蔣斐濟上

曾遇張公子，傳君下濟川。今來濟口望，不見杜陵船。黍酒東亭晚，楊花春店前。江東賀監在，翹首正蒼然。

徵説曰：西河與大鴻先生最好，聞在故淄川相公宅，往尋之，不遇，涕泣而返。大鴻稱杜陵生。

收緑堂小集即事胡奏虜別業也

别館分晴早，閒堂收緑深。樽中饒美醖，座上有鳴琴。屏散蒲葵彩，城垂薜荔陰。相逢毋恨晚，所藉在知音。

二

碧嶂依修堞，青枝繞曲房。到來惟有静，坐久自生涼。檐鳥隨風囀，庭花散雨香。樽盤成晤對，幽思總難忘。

漫　成

遲日思難盡，方春人未還。平樓看野集，短草度空山。少婦騎驢穩，村童牧豕閒。可憐逃楚客，猶滯武津關。徵説曰：河以北呼市曰集，呼瞭臺曰平樓，此是方語。

早　行

涼月尚在地，出門趁早行。燈前騎馬去，草裏聽雞鳴。漲水傾河岸，連山度土城。勞歌相繼起，仝有旅人情。

從遲村湖到王鄭橋道中

宵發遲湖口，明經王鄭橋。星稀遥岸火，風起逆舟潮。霜店藜炊早，烟林棗路遥。百年豐沛地，環視總蕭條。徵説曰：地屬鳳陽。

雨　過

雨過麥苗清，楊花撲地輕。平田千蝶舞，深店一驢鳴。上佑牽車度，村姑擔水行。雙帘鯖饌美，猶似汴梁城。

集鳬亭

小檻當湖勝，茅堂曲水西。緑楊賓騎滿，碧篠女墻低。落日傾樽晚，隣園入牖迷。酒酣悲聚散，展轉愧雞栖。

廣陵城下作

白露流江浦，黄花隔永興。鄉心異潮水，夜夜返西陵。人静垂銀鑰，天高墮玉繩。城南一回首，千里暮雲蒸。

夜泊與隣舟袁少府

西望紆鑾服，南行去楚天。看隨估帆落，住近酒樓邊。白鷺翔荷岸，青鳧散蓼田。月明高詠去，知是下江船。

寄朱郡丞惠州

半刺行循郡，清戎到博羅。銅符分殿虎，銀綬拂嵩螺。翠羽翻江閣，明珠耀海波。東官吟和處，應憶舊羊何。

王生之嶺表

伏日番州路，秋風瘴海邊。王程隨桂楫，官閣近花田。高讌傾椰酒，涼衣絮木棉。紅亭分手去，愈覺右軍賢。

淮安道遇吴百朋推官補選赴都

夫君舊名讞，補闕上燕關。八月寒風急，相逢淮海間。官程環古道，客思滿秋山。幾樹王莊柳，流連未忍攀。

奉送吴推官分韻

淮海送郎星，蘇州舊理刑。揭來當白露，此去簡彤庭。清口裝銀勒，張橋倒玉缾。可憐羈旅客，還上短長亭。

山行過美施閘

西子湔裙處，行人喚美施。山花鵶子髻，浦竹女兒祠。教舞宫城豔，吹簫里社思。苧蘿村祠西子爲土穀。至今山下水，流出似胭脂。

二

水碧如漂鏡，山青似洗粧。柴門啼鳥細，村徑覆蘿長。零雨浣紗石，繁花走馬岡。當年教舞去，祠下换衣裳。

山　行

幾欲尋幽徑，重來倚杖藜。山空收霧早，溪淺洑流低。松飯炊難熟，桃花看易迷。林深無犬吠，一任乳鶯啼。

舟　次

江縣孤帆次，飄飖震澤東。人家斜照裏，湖寺暝烟中。柳港炊新火，菱歌動晚風。攏船雙赤脚，祇自唤吴儂。

和顧織簾齋居同令子伊人倡和遺册原韻

我愛顧夫子，逃名在近關。只今遺嘯詠，猶是戀鄉山。虆草生皆潔，藤花落自閒。鶴鳴留和處，相對一開顔。

次奔牛

裁過毘陵驛，常州與潤州。橫帆如快馬，荒鎮是奔牛。白杏千村暮，黃茅兩岸秋。茫茫何所屆，淠彼一舟流。

自吕城至丹陽縣途中

仄阜高行縴，低沙曲上舟。罾魚交插蓧，踏水自翻謳。赭岸通橋店，紅竿隱寺樓。涼風吹濁浪，京峴已清秋。

西　子

西子吴中去，盈盈住館娃。自憐桃葉好，插滿鬢邊釵。捕鯉開荷屋，棲烏下柳街。莫嫌嬌貴甚，夫壻是夫差。

輕　薄　篇

馳逐來三市，遊遨遍五都。輕裝隨宿衞，好酒瀉當壚。東第呼公子，西京隸監奴。秦家多桂樹，只射樹頭烏。

二

少小學從軍，閒游迥出群。鈿箏彈雁字，花袂刺龍文。夜月留初舞，春風解宿醺。東方千萬騎，上坐是夫君。

經太湖

七月吳關路，涼風起具區。朝光開四塞，秋氣滿重湖。葭樹看廻合，烟波蕩有無。揚州稱巨浸，一半在姑蘇。

潤州早發

東楚驚秋暝，南徐趁早程。星飛京峴口，水落潤州城。海日連雲起，江烟拂浪生。經行高唱遠，徒有謝公情。

渡揚子

我來渡揚子，天氣正高秋。挂席乘風去，平潮浩浩流。江關開巨塹，海樹隱孤舟。不辨金山寺，鐘聲水上浮。

渡左蠡作

掛席渡左蠡，秋光映太虚。大江猶作匯，陽鳥正來居。彭澤環山盡，湓城落日疎。星潭何處是，一問此中漁。

將登廬岳口吟

始得瞻廬阜，嵬然入杳冥。巖垂秋水白，風落暮雲青。瑶草紛丹壑，金書曜紫庭。登臨慚羽翼，長嘯倚林坰。

章江道中

南日章流外，西風浦櫂邊。年華看又過，秋色到依然。丹嶂芙蓉老，青林橘柚圓。征衫愁漸薄，何日定歸年。徵説曰：章江上名横浦，下名南浦。

二

浦浪吹仍削，江烟冷易收。片帆章口暮，斜日武功秋。荻短銜沙艦，楓高倚石樓。饒南重回首，司馬在江州。

逢長沙王孝廉索書卷子因贈二首

每愛湘潭客，能披七澤雲。今朝贑水上，猶喜一逢君。桂樹横江館，荷花映練帬。漢庭曾對策，珍重賈生文。

二

邂逅江城晚，盤桓野觀秋。座中驚輔嗣，名下識王脩。氣與青天合，文成碧漢流。昭潭新橘柚，看汝賦離憂。

彈琴妓

嶺嶠花初落，江樓夜未央。美人抽碧軫，神女弄空桑。清角風前怨，冰絲指下涼。郵亭雙鬢影，長念楚明光。

二

小閣開江月，平軒倚柳條。樽前操急縵，手底瀉歸潮。低露生磐石，清風出藕苗。楚妃連宋女，相見果非遥。

三

緑綺回長線，紅衫映斷紋。啼烏愁浦樹，流水憶湘君。撥去將垂釧，彈時數斂裙。曲終多苦調，不欲座中聞。

姜琦曰：梁詩「玉釧逐絃摇」，又《箏賦》「斂垂衫于膝前」，此與前「低露」「清風」二語，俱是用古寫當境法。

吴使君南還

同作梁園客，新從庾嶺來。三春章貢水，萬里鬱孤臺。酒盡朱絃繞，花銜錦纜開。使星終夜動，看向斗邊廻。

長至夜讌集湖西署同賦

南至逢辰聚，西堂授夕餐。霜吹緹幔合，燭動絳紗寒。瀉酒驚花漏，高譚愧素冠。今朝添線始，莫惜夜漫漫。

二

深宴酬時令，清池起夜游。天風號過雁，日影下牽牛。酒煖葭灰發，歌廻燭樹流。樽前有王粲，不道滯荆州。

藥溪道中

嫋嫋車盤路，藥溪又葛溪。雨來山洞闊，雲偃石屏低。村店梅花落，江城柳色迷。王孫歸去晚，前度草萋萋。

聞　笛

寒浦秋將盡，青天月欲流。誰人夜吹笛，獨上最高樓。河內歸常侍，平陽卧督郵。清宵江上望，愁煞一孤舟。

過西江幕問張七又去粤揀行篋見所寄長句是幕中見懷感而爲詩

不得張郎信，聞君度嶺遥。日從蠻嶠轉，歲與瘴烟銷。笏竹天邊郡，藤花海上橋。武溪書未滅，目斷日南標。

二

甫幸炎天返，仍看絶徼違。徒藏金橐語，不見漢槎歸。海縣丹砂酒，雲山翡翠衣。征西空幕府，回望轉依依。

聞朱山陽遷吏部稽勳喜賦

聞道朱明府，今爲吏部郎。玉函將啓事，金殿早含香。庾亮尋清士，嵇康有報章。果然彊直令，千古遜南陽。

二

相鳥求榮木，斑鴛列選曹。稍遷同謝脁，偉識重山濤。六計動初弊，三年治自勞。故人王貢誼，頻整舊綈袍。

送陶軍府移鎮雷州

陶侃行南服，移軍鎮海康。樓船通象郡，彊弩下龍岡。幕映珠光白，碑分銅柱黄。漢庭懸尺組，只爲使蠻方。

游青原十三首

十月寒光滿，深林一徑斜。晴嵐開午霧，霜樹落秋花。石沫穿雲渺，鐘聲隔嶺賒。藍輿迤邐入，四顧總烟霞。

二

越磵路方曲，到門山轉深。石亭秋未暮，溪閣晝生陰。象鼻環花岫，龍堂蔽梵林。欲留雙樹下，前望起沉吟。徵説曰：象鼻，嵓名。

三

青櫪高成幛，丹宫迴在霄。開天廻地脉，架水過山橋。仙犬迎人近，村雞唱午遥。虎溪原不遠，此地好招邀。

四

七祖傳衣地，居然古道場。珠光飛寶墖，金軸麗空王。卓錫抽嵓瀑，譚經繞石梁。香臺雲滿處，一過贊公房。

五

絶磴攀雲莽，高龕接露藤。道傍三昧水，山半六朝僧。歸鳥迷荒洞，寒花摘斷塍。峯前真陡立，何處覓傳燈。

六

溪曲多横嶂，山寒少落桐。魚吹沙底沫，虎過草頭風。積水連衣碧，斜陽隔樹紅。欲行難問渡，恐入武陵中。

七

孤亭當磵曲，空翠襲衣襦。水裏調笙瑟，山前語鷓鴣。日斜廻地薄，雲影渡溪無。爲愛少參句，長吟墮玉壺。亭有趙韞退、施愚山兩少參詩。

八

更上龍潭側，還尋舊釣臺。毒龍何處是，我欲負竿來。水鬘争流斷，林衣拂地開。石頭聊憇息，佳興正悠哉。

九

曾尋貝多樹，扶杖過嵩山。碧草自開落，白雲空往還。西江優聖域，東渡敞禪關。渺渺幽棲境，高風未可攀。

十

藥地留殘莢，松壇望落暉。百年曾未遂，千里竟來歸。江竹扶行屐，天花繡衲衣。何時開白社，得與遠公依。此首贈藥地師。

十一

不惜回短景，還同眺遠峯。渡溪騎鷟鷟，近岸坐芙蓉。幽興循盤蟻，清譚起蟄龍。暝烟生萬壑，空外數聲鐘。

十二

香閣翻經邃，僧寮欵客閒。月沉燈影動，山静唄聲寒。警板棲烏醒，虚牕墜葉乾。中宵峯頂露，片片落旃檀。

十三

日照上方西，清猿浹曙啼。同行張鏡在，謂張荀仲先生。徐下碧雲梯。疊嶂封龍洞，三人笑虎溪。秋山回首處，烟靄望中迷。

施少參席送張纘孫之粤即席和韻

日暮群賢會，蕭蕭江畔洲。暗雲圍北郭，新月上南樓。酒逐歌聲送，花隨燭影浮。明朝庾嶺客，肯爲鎮西留。

飲湖西官署兼贈施彦淳彦慤二公子之蕭江二首

遂有南樓興，悠然官閣東。天高霜氣白，夜静燭花紅。縱飲追元亮，清談起謝公。庭前雙玉樹，皎皎又臨風。

二

遠道追騏驥，清霄覩羽翰。庾王先後著，元季弟兄難。漏盡香城夜，星摇碧嶂寒。酒闌愁極目，雙雁起金灘。

登　愚　樓

薄暮倚丹樓，雲山一望收。尊前浮古堞，樹裏見行舟。寒浦歸烏鵲，春星逼斗牛。愚公清嘯地，長爲故人留。

飲就亭觀愚山集

西郡清樽晚，臨江官閣深。亭從青磴入，臺敞碧山陰。高樹芙蓉屋，寒烟橘柚林。使君辭絶妙，夜坐費幽尋。亭左名芙蓉屋。

袁江示繁條

碧峽來春雨，清川泊晚潮。客心如細草，愁對是繁條。玉女臨峿翠，金蠶出地銷。袁江初漲日，羞過湛郎橋。

謝胡大公子以寧

短袴迎寒日，清江傍客居。劉生誰似爾，鮑子故知予。減燭他鄉酒，高歌幸舍魚。中宵頻感激，不忍上柴車。

秋　山

寂寂秋山裏，行來徑盡迷。橋欹因礙石，峿斷又逢溪。枯樹懸朱菓，飛泉掛紫蜺。寒林延佇久，冉冉暮雲低。

觀　瀑

幽壑分流急，潨潨幾道傾。濺衣嘗似雨，坐語不聞聲。激溜因崖折，漚花帶草生。匡山雲霧裏，一望不勝情。

遇曾副使弘有贈

白首歸田候，清江曳杖年。千秋高北府，兩使盡南天。桂酒虔陽暮，椒花嶺外船。至今留石屋，猶誦丈人賢。曾自號石屋老人。

二

玉節臨荒服，黄冠返曲沙。賦曾飛綵鳳，筆下綰秋蛇。彭澤新凋柳，東陵早刈瓜。相逢剛晚節，莫惜鬢邊華。

過施男廉使寓亭

繫艇隨行客，聽鐘到寺樓。十年遺豸節，一榻卧羊裘。耆傳成江表，蠻碑著嶺頭。盧陂千頃雪，宛在碧天流。

許使君歌席

華琯吹蓮幕，清觴度錦茵。使君真愛客，妙伎總能神。燭繞緋紗短，歌翻白紵新。瑣兒方九歲，冠絶魏宫人。

贈許使君小歌婢

金雀鵶鬟小，銀箏鴛背分。種花先種葉，爲雨早爲雲。春草編歌扇，秋江濯舞裙。瑶臺一十二，安置任從君。

于盧陵就讌詩有序

乙巳冬末，群公西游者共集于雙江之濱。惟時玄飈斂凍，烏裘嚮春，儼車騎之將徂，展蒯緱以自惜。幸逢盧陵令于公慧男，以河陽之長，作平原之邀。下榻南州，爲歡東道，恍入戴逵之官舍，便羈司馬于都亭。于是令君者本屬人倫之表，今成國士之知，千里幸合，一時難已。屢倣習池之勝游，不假鄰園之公讌。烹魚來幸舍，似乎迭相爲賓；釃酒過柴車，不知何者是客。借芳洲之行樂，同金澗以賦詩。刻燭授言，不拘句韻。

日飲廬陵酒，還看醉孟嘉。宦游同是客，賓至久如家。山管寒吹雨，江螺碧抱沙。當杯看燭影，舞袖幾行斜。

二

出郭攜行屐，芳洲載旅觴。陶公過栗里，山簡在高陽。花雨迎春發，歡情入夜長。前灘歸路渺，燈火看蒼茫。

春四日飲張經別駕署中

新曆回南郡，清樽對晚衙。入吴逢子布，傍斗見張華。夜火烟如霧，春街雪作花。椒盤同歲序，何處是天涯。

二

江上逢春早，盤中瀉酒濃。虚亭圍薜荔，深幕坐芙蓉。雪映筵花細，雲垂郡樹重。新鶯啼欲下，醉裏聽從容。

游象嵓

天幕垂堤曉，仙亭入路寬。春雲漁父宅，山雨藐姑壇。亂水停帆遠，諸峯擁髻寒。此山真可隱，莫復問車盤。

周南郡墓下作

古縣連青嶂，春山帶夕陽。誰人遺舊壠，千載一周郎。雄鎮巴丘險，荆門天塹長。英雄何處見，下馬泪浪浪。

重游青原七首

爲念青原勝，重來過祖堂。林疎驚岫豁，源遠識溪長。曲磴連雲壑，空壇到夕陽。上方鐘磬杳，相視轉蒼茫。

二

入寺愁雲暮，尋山恐路迷。幸隨元亮昇，再宿遠公溪。佛壁開新畫，禪房記舊栖。譚經聽未暝，延佇石梁西。

三

策杖逾前磵，攜餐上晚亭。園葵披露碧，山木擁潭青。怖鴿飛珠壒，歸龍繞鏡屏。釣臺相望起，渾欲渡滄溟。

四

共發清鐘曉，還尋衆壑深。欹流緣岸仄，初日隔山陰。銜木天邊鳥，飛雲石上心。前岡不可度，歇馬在長林。

五

嶂合前車隱，峯廻縱屐遥。循崖嘗避石，渡水不須橋。午過蓮關飯，冬晴藥地苗。青原幽絶處，一憇舊僧寮。

六

内史推靈運，賢師過惠休。浮廬開碧澗，愚谷本丹丘。接塵超林樾，層茵坐石流。清霄笙鶴下，恍在萬峯頭。時施愚山與藥公坐石久談。浮廬，藥公號。

七

不信曩游淺，居然新徑通。山模臨水白，霜草接春紅。飲犢迷樵路，飢烏散梵宫。盤溪三十度，總在碧雲中。

分得咸韻同諸公餞劉洓之贛州

高觀成清餞，深杯喜共銜。因歌彈短鋏，就道擁長鑱。朔雪虔陽樹，寒風贛水帆。明年歸雁度，慎勿惜書緘。

送曾三還峽江同用鮫字

曾子真豪士，英年在草茅。窮冬歸玉峽，樽酒送寒郊。車路停邊馬，刀容飾海鮫。楊雄今愧汝，不敢解人嘲。

又同用江字

送汝東歸去，章江共峽江。天涯人好合，國士爾無雙。野鳥啼清觀，梅花點玉缸。名材知待用，何必問三邦。

西河文集卷一百六十八

蕭山毛奇齡字初晴又名甡稿

五言律詩二

趙司馬任長沙

久擅鑾龍譽，新逢展驥秋。驅車遵嶽麓，司馬重潭州。青橘湖邊酒，黄陵廟下舟。湘南十萬户，乍見一星留。

題黎城令去思畫像同韻像坐石手持一杯

驅虎曾留治，棲鸞舊有名。彈琴懷趙亮，畫像對方平。坐隱壺關石，杯啣潞水清。披圖遺老在，誰不認黎城。

贈移居

一牖長開甕，雙輪且載書。陶潛方卜宅，晏子又移居。野隧通流細，隣墻鑿照虚。東西花外路，何處少來車。

二

在昔傳遷教，于今識處仁。到門無雜客，是巷有居人。藥竈分精饌，花堦當繡茵。清談饒往復，張鏡在東隣。

樓雨作石榴賦答友見訊依韻

顏淵嘗負郭，王粲已登樓。君自歌山木，吾方賦石榴。烟霏林外動，雨氣檻邊浮。不道游梁返，從君又唱酬。

送孟遠之京

梅雨大江平，朱花驛路明。三年溟海客，五月永興城。白紵留歡曲，黄金市駿名。舊京屠狗在，到處有逢迎。

何紫翔女弟子彈琴請賦

纖手落珠盤，躊躇軫未安。停絃分黛巧，拂指墮釵寒。月露低紅幕，春波瀉紫瀾。龍唇和鳳足，都作錦心看。

月

不道他鄉月，今宵偏倍明。大江通夜落，高閣近天清。暝樹千重遠，人烟一望平。鄉關看漸渺，愁聽暮鴻鳴。

游俠曲三首

結客平陵去，從軍灞滻游。黄金懸代馬，紫艾飾吴鉤。睥睨傾三輔，縱横過五侯。揮鞭何處宿，西北有高樓。

二

白羽關弓勁，青芻飫馬肥。名成排難久，恩在報仇稀。花氣風吹鋏，珠光日照衣。長懸三尺組，願取右賢歸。

三

劇孟原多義，劉生未是狂。徵歌輕百萬，縱博便千塲。醉狎平原客，書平大夏王。從游新子弟，半在鬬雞坊。

少年行

久宿金張第，新隨趙李車。銀鞍珠騕褭，寶帶玉蟾蜍。翠羽遮蘇彈，鮮花插妓裾。平明馳委巷，只爲問專諸。

二

六郡齊推轂，三河舊擅塲。傳家中衛尉，拜爵羽林郎。紫燕穿雲疾，青骹掣露長。東隣碧玉好，休嫁汝南王。

才　子

車騎梁園貴，風流鄴下推。鴻名驚海立，藻語挾天來。漢賦黄金重，江花綵夢迴。傾城争慕悦，幽思滿琴臺。

麗　人

絶代曾聞唱，專房舊有名。春雲花底豔，朝日鏡中生。金屋憐藏慣，銖衣愧織成。生來懊惱性，不解茂陵情。

二

十五盧家婦，千金秦氏娃。尚衣歸玉輦，修幔繞銅街。獨繭分眉縷，雙龍入鬓釵。高唐新霽後，雲散滿天涯。徵説曰：街或作堦，誤。沈約賦「銅街麗人」。

和張纘孫慕曾吴百朋馬駿程淞於倪之煌草堂宴韻得秋字

曲院薪槃合，清樽花榭幽。淮南叢桂晚，天上白榆秋。對酒逢三益，分鯖過五侯。射陽新月影，看入玉杯流。

賦得秋字贈倪之煌

知爾能千古，思君歷九秋。相逢公路浦，猶着子陵裘。涼月浮洪澤，寒風動楚州。千金亭下過，尚擬飯韓侯。

碧　玉

碧玉南園裏，春光事事新。緋花嬌映面，黄蝶小隨人。露重滋裙繡，風生約領巾。三朝并五日，何處少良辰。

同客飲歸

金鑰下嚴城，官街一望平。客難騎馬去，月似逐人行。花犬驕還吠，桐烏棲欲驚。樓頭有紅燭，爲汝一相迎。

飲程涞進士

久念瀛臺客，忻逢淮水頭。花間開露席，醉裏解霜鉤。譽重三都賦，風高百尺樓。寒城刁斗静，長憶漢通侯。

贈程淞

淮水下甘城，東游遇少程。文章遺世俗，意氣重平生。結縞傾江海，❶閒門繚杜蘅。承明獻賦客，尚自愧難兄。

二

十載思君久，三秋遇汝來。論文枚叔里，把酒伯倫臺。紫鷁横沙起，黄花繞砌開。蘆中有窮士，

❶「江」，四庫本作「湖」。

相見莫相猜。

張新標吏部初度

曉日啓曈曨，金樽琥珀融。嵩生懷甫相，人望屬山公。顥氣當關紫，秋瓜渡海紅。内庭饒部伎，幽興滿絲桐。

二

繫紱開華屋，縣弧就綺筵。鳳毛飛綵袖，雁足踏冰絃。淮水長流地，張星本在天。漢庭尊弊吏，一倍惜君年。

飲黄園過宿馬西樵聽山草堂

雨夕名園飲，隨君宿草堂。暗星流地濕，夜水到門涼。焰影牀頭短，交情夢後長。曉來湖口望，烟霧正蒼茫。

二

地僻烏啼早，林深日上遲。竹垂猶帶雨，花煖漸飛絲。曙色當虚牖，朝烟散遠陂。東湖頻放棹，不敢忘前期。

贈王孫晉四首

汝本佳公子，英年擅妙才。賦成天漢繞，筆落海濤廻。蕭寺停花馹，蓮堂共酒桮。涼秋叢桂裏，藉汝一徘徊。

二

斯世難爲偶，伊人可樂群。文章傳有日，意氣看如雲。孤榻憐秋晚，登臺感夕曛。年來抒史傳，只記信陵君。

三

大雅將誰屬，名材有是家。揮斤逢郢士，鼓瑟戀瓠巴。良宴千秋賦，寒城九月花。登高雲閣後，吾欲上君槎。西河有《雲起閣登高》詩并序，見七律卷。

四

家世錢王裔，移來隋苑人。三秋登北固，二十度南閩。譽起推黄絹，文傳對白麟。天涯漂泊裏，念汝早風塵。

家人隨行者歸待海陵續寄

送汝還江滸，浮家泊海涯。榴開憐晝永，草短恨春遲。渌浦停雙槳，青衫綴五絲。渡頭休錯聽，唤買豆娘兒。嘉樸曰：前詩云「渡頭唤買豆娘子，正是我來江上時」，故有落句，見七古卷。　蔡子搆有代答詩。

憩一漚亭

漲水浮千頃，寒亭對一漚。近城朝雨暗，孤榻暝烟流。碧樹横前檻，朱花蔽遠洲。湖南饒古寺，鐘磬日悠悠。

懷皀亭答寄

久客思家切，懷人惜會孤。幾番廻北轍，只是戀東湖。逼牖生雲莽，閒亭狎野皀。從來乘興事，多半在菰蘆。

蔡爾趾劉漢中黄世貴舒章倪之煌童衍戴金舒起鳳集一漚亭和爾趾

曲渚環幽榭，臨流近野航。樽前雲鶴舞，城上草花香。水漲分隄帶，歌清繞竹房。今朝良讌會，能慰客愁長。

集閻修齡若璩父子即席

東第邀群彦，西園集酒徒。清缸開玉露，畫槳待珠湖。角綺梁王賦，烹鮮陸氏厨。謳吟相間發，不忍聽驪駒。嘉模曰：珠湖，即東湖。時查伊璜同赴飲，嘗曰：即事可念者，莫如「畫槳待珠湖」五字。

二

白帢聯深幛，黄花插近筵。賓朋王謝貴，父子庾徐賢。水調翻銀管，冰漿瀉玉船。淮南秋色遠，對酒正蒼然。

施男所著名邛竹杖賜教卻賦

都嶠蒼梧使，邛山博望枝。荒經徼外得，新語槖中遺。碧楮繙銅鼓，紅藤緘石脂。東觀饒祕笈，惟有長卿知。施長卿石渠講《易》。

寄呈伯兄六十初度時余滯淮

困甚猶知歲，游來倍念兄。違時驚甲子，徹夜望長庚。故國雙樽啓，清天一雁鳴。淮南叢桂樹，長是傍霜榮。

二

好學曾觀國，流年竟杖鄉。俟兒生繞膝，有弟去他方。天日經秋烈，淮流到海長。只憐三載客，不寄一清觴。

書楊方孝廉卷子因贈

長泝臨淮水，非關羨釣魚。願從伯起學，最愛子雲居。擲塵譚名理，揮毫寫道書。交游湖海士，爲汝久停車。

過桃源作

柳色驚春至，桃源傍晚過。茫茫垂白日，滚滚見黄河。野戍廻鴻雁，飛塵暗馬駝。當壚多美醞，不醉奈愁何。

將渡湖寄戴金蔡爾趾劉漢中黄世貴倪之煌舒章王弘昌劉琯

藉爾爲兄弟，渾忘在客塗。對花長共飲，得草自相呼。晚歲慚鉤黨，春山別釣徒。荒雞重問渡，涕泗滿前湖。

宿州道中

遠樹低天碧，春烟着地生。乞漿林下意，折柳路傍情。聯轡追徒語，廻鞭惜馬行。輕風吹短袂，看過鄭陽城。

春　店

春店荒雞早，寒關曉度遲。一竿看日上，百里任風吹。野火燒禾秏，村烟掛柳絲。巾車徒邂逅，南北總無期。

旭　日

旭日鋪平楚，春冰瀉曲河。東來趨早集，南去近朝歌。鄉窖同炊黍，烽臺久荷戈。登高逢令節，竟向客中過。

日　日

日日見日出，朝朝行暮春。鳥啼懷故國，馬首戀鄉人。旅唱吹山莞，亭餐供野芹。魚臺空渺漫，無地可垂綸。

劉勃安評曰：「鳥啼懷故國，馬首戀鄉人」，善寫人情，「槿花看午落，菱蔕及秋生」，工抒物理。

和黃二翰過訪寓亭原韻

羈客空亭静，憐君捨棹過。大都清興合，只覺野雲多。菰草浮紅寺，萱花映緑波。開軒相送晚，暝色上林柯。

自梁歸道淮和黄二之翰辱慰原韻

梁苑清樽在，曾從司馬游。淮南歸棹近，復爲故人留。招隱青山暮，懷君桂樹秋。流離多誕節，誰與賦旄丘。

王生索姓贈字

攬勝時求友，逢君喜得朋。鴻文垂皎日，白帢耀層冰。慷慨追文度，風流薄茂弘。芳名千載事，誰不錫嘉稱。

毛甡懷歸適陳二給諫賦梅柳度江春詩屬筆寫情兼寄江南舊游諸公

臘盡流澌動，春還淑氣妍。風花籠草樹，愁思滿平川。梁苑收殘雪，隋堤拂曙烟。江南與江北，相望各凄然。

二

羈旅蕭條候，芳華次第開。春光何處度，梅柳日佳哉。風景他鄉暮，烟花故國催。芒芒江口望，應有賦歸來。

調執隨并序

三原杜蒼舒攜僮執隨游山陰，駱明府叔夜館之，宴溪山别業。酒酣，各起口占調執隨詩，約先成得飲。執隨乃下拜，捧酒爲壽焉。

高館醉春風，相逢明下童。燈前驚越豔，花底見秦宫。㵒葛裁衣白，含桃漬齒紅。越人歌未了，愁殺杜陵東。嘉模曰：李賀《黄頭郎》詩「石雲濕黄葛」，「濕葛」本此。歌不作吟，「越人歌」見《説苑》。

種葛篇

種葛逾前坂，生蒲滿上津。日高懸馬的，波細蹙魚鱗。啼鴂生名趙，栖烏家姓秦。青溪逢小妹，不是秣陵人。

逢吴延楨白下

最念延陵裔，相逢白下橋。懷人貽緑綺，久客在烏聊。吴女壚邊酒，秦淮雨後潮。獨憐長乞食，吹笛不須邀。

曠野

曠野猶行役，荒城減送迎。向風人語咽，映日馬蹄横。同父皆蒙難，依人敢敗名。短亭青草發，相顧若爲情。

發滁州度關山嶺

秋杪方回轍，冬寒又在塗。日斜融凍草，夜起剉霜芻。紫罽新車幔，烏衣舊酒壚。關山千里道，一望總荒蕪。

二

下蔡趨程緩，南滁就道閒。宵燈停館舍，曉月度關山。林裏回車旆，沙頭聽馬鐶。依人方未達，歲暮敢言還。

清流關謁關將軍祠

夫子汾川秀，風流世所師。關山縈峻嶺，燈火炤神祠。集木鴞飛後，垂堂虎卧時。同爲亡命客，下馬一相思。

陸雲士曰：啞啞飛鳴，翔而後集，見《答操書》。又當時稱將軍爲虎臣，五六是借境作點注法。關山即清流關，非姓。

江上答許君

未築吴中室，還爲江介遊。紅檣浮永夕，白苧發清秋。貰酒三洲渡，題詩萬歲樓。它年許元度，相憶在同舟。

雲間雜詩

避地過三泖，探奇到五茸。乘潮環白馬，繫艦是青龍。越客追范蠡，吴人識顧雍。涉江秋正好，不爲採芙蓉。

二

婁水雲間縣，華亭谷口磯。文章如積玉，人士愛單衣。海鶴聽來晚，江魚看漸肥。只憐流蕩子，無地可言歸。

三

自昔雲間俊，嘗推二陸才。只今兄弟尠，又見董生來。董含進士、俞孝廉兄弟各以詩文名世。對策開金殿，成文號玉杯。如何龍躍久，猶自困蒿萊。

四

清士看誰在？佳兒本自超。謂徐致遠及子寧也。書篇留北海，父子著南朝。有客吟芳樹，延賓過遠條。玉臺餘藻鑑，好句待君標。

五

塹憩横雲麓，還浮上海濱。三江開夏后，别浦念春申。吹笛難歸楚，無衣尚在秦。西州當日路，慟哭是何人。

華商源曰：西河兄弟俱少爲陳大樽先生所知，故有落句。

六

處州賢太守，歸卧西郊廬。周使君茂源郊居。隔歲方貽劄，經年自著書。趨庭饒孔鯉，去郡解銅魚。誰念籃輿内，東方千騎居。

看雪即事和韻

飛雪滿層阿，樓頭鳥雀過。暗雲長接地，凍水不翻波。落絮抛朱網，凝華積素柯。江山千萬里，凴眺試如何。

宿吴氏江園感舊之作

碧樹叢叢暗，紅欄處處通。柳遮雲外月，荷度晚來風。幔捲驚栖燕，江深見下鴻。迢迢銀漢影，偏向畫樓東。

簡婁縣黄明府時新析華亭爲婁縣

鼓枻逋兒興，開衙仙吏情。人逢吴地勝，縣本漢時名。夜雨青龍艦，秋霄白苧城。到來剛九日，不敢問淵明。

贈周綸

公子何年少，才名世共諳。門閒推玉樹，天上識瞿曇。倒屣驚河内，分居在道南。著書纔滿篋，已自過桓譚。時過示文集甚富。

答張五彦之

吾思曲江叟，垂老隱滄州。狂士歌衰鳳，隣人諱盜牛。貽詩如越石，賣藥即韓休。慚愧吹簫客，千金何處酬。

奉答東嘉陳玠客游見寄

仲舉真名士，驅車賦遠遊。文章傳洛下，家世在東甌。楚頌湘蘭暮，鄉書海鴈秋。它時秦望月，應對謝公樓。

東嘉陳玠未經披覿曾夢予面以示于友宛然有似知己不隔遂有此事辱貽詩記述會其將歸奉答代諗

苦憶青山外，貽詩紫水傍。前期要范岫，掌夢藉巫陽。海國蛟龍滿，甌江道路長。願君還故里，勿復向西堂。

平　野

平野白漫漫，中原朔吹寒。高雲鴉背落，積雪馬頭看。堠館冰虀薄，村田燎火乾。千秋淮蔡路，相顧在征鞍。

早度荒莊舖

亭鉦侵曉發，旅酒隔宵沽。路白兼霜闊，莎紅帶日鋪。冰連狐跡淺，木落鵲巢孤。冉冉荒莊度，傷心又歲徂。

津橋遇雨

圩岸初成道，村橋數問津。雨絲颼里旋，泥水浥車輪。碧玉壚頭女，紅氊馬背人。衣緇全改素，不用滌輕塵。

秋　早

秋早嫌霜薄，村寒惜酒濃。沙程長換勒，土堠自懸鐘。翠鴒行高垛，僵桃接斷墉。天涯無匿作，來往欲何從。

馬　上

馬上踟蹰起，傷哉搆此生。潔身逢緯繣，早歲困戎兵。偃仰時逾邁，縱横計未成。可憐骯髒久，仍負佩弦情。

磨盤嶺

早隊驅長磵，前行俯峻鞍。纓槍移樹小，鈴鐸隔坡寒。雨隙分鵶路，天低上蟻盤。王陽時在險，洎落不能乾。

憩潁州城東廟

計程來潁上，此地去河中。路僻州城白，村孤廟壁紅。土蘇擔婦爨，路樹表神叢。多少栖遲意，行行荒郭東。

贈金燾孝廉遠游

春草生江渚，王孫正遠游。高文驚五嶽，折簡走諸侯。柳下青絲轡，花間紫綺裘。相逢韓別駕，莫便醉楊州。

和張廣文游白雲山作

客至山容勝，春回澗道晴。斷崖留雪跡，虚壑受風聲。天遠看鴻度，林長信馬行。前岡題字處，冉冉白雲生。

寄張七梧江寧幕府

四載留河内，三春傍海隅。未逢曹子建，長憶阮元瑜。名重雲間鶴，飢隨幕下烏。不知殷羡札，曾得寄來無。

金黃門五十

張湛馳堯闕，王褒使故鄉。蒼龍環北斗，鳴鳳在朝陽。婺水呈丹籙，秋花映皂囊。黑頭看入相，五十省中郎。

客歸蒙王余高招集新宅同徐芳聲蔡仲光何之杰文爃朱玉貞并令弟宗高分韻

洛下懷歸日，譙東築室年。湔衣從久客，把酒後諸賢。接檻藏幽壑，當堦引細泉。斯遊如可紀，應續永和篇。

二

仲寶微言著，方平相見踈。烏衣逢舊侶，碧椀冒新蔬。啼鳥開簾静，觀魚出洞虚。酒闌探石室，多有未藏書。

雲間董進士含招集以解維不赴蒙寄見憶有謝

高館方開宴，前湖已問津。多情羅薦席，無分接車輪。鄴下行王粲，蘭亭待許詢。至今聞嘯詠，愁煞蕩舟人。

懷董含

自别雲間去，三年度汝溪。蔣亭方二月，吾憶董膠西。蕙草春前寄，蘋風醉後題。見寄詩有「捲簾黄雀雨，吹帽白蘋風」句。雙緘思不盡，長使角巾低。

二

結識空區宇，誰能迥出群。長辭季布約，爲看董生文。暮雨婁江樹，春風上海雲。思君獨不見，歸鴈自紛紛。

萬竹園沈九主考席同周玉忠虞相羅坤馮肇梅令弟華范

客邸迎秋爽，名園入畫陰。❶ 樓從天半出，池傍竹邊深。接軫皆聯璧，傾梧宛瀉金。大都乘興地，翻見子猷心。

同諸公登雨花臺

及兹秋日爽，一上雨花臺。城郭千重起，江山萬里來。青天廻浩蕩，黄葉下崔嵬。六代繁華在，看君作賦才。

游佟園同沈胤范主考令弟華范周玉忠羅坤姜燦

佟園佳麗地，臨眺及秋晴。山岬虚閣迥，水映畫廊明。草樹長林茂，樓臺隔谷成。祗因仙客到，雞犬笑相迎。

洪昉思評曰：「山岬」「水映」寫得明晰，其氣格則已高出岑孟間。

❶ 「畫」，四庫本作「晝」。

遇張梧江南幕

久别還行役，重逢倍慘悽。聞拋涇上宅，仍挈鹿門妻。謝墅千秋築，郗家一幕栖。鷄隱家室俱在幕。白魚潭自好，勿徑住青谿。

别鷄隱江南有謝

東冶亭邊酒，西州路下吟。人從秣陵别，情比大江深。秋氣迴長蕩，天涯惜寸陰。瀨中重在望，何日好投金。

沈秘書夜邸聽伎二首

暮雨過黄葉，秋星出紫微。臺城方漏下，官舍有烏飛。酒色侵人面，燈枝匝伎衣。天河都瀉盡，未覺按歌稀。

二

樺葉燒堂燭，桐陰鏁院齋。賓車藏左轄，商市散前街。舞罷調辛餶，歌長换子牌。最憐聽伎處，門外是秦淮。

登牛首禪寺

牛首恢龍藏，空山展妙臺。金花三界落，銀杏六朝栽。磴入雲間渺，江從天際迴。登臨雙闕上，懷抱亦悠哉。

二

紺國三乘竺，丹梯百丈蓮。獻花來衆鳥，嵌壁掛諸天。山静經聲遍，峰高塔影懸。懶融如説法，願叩白雲邊。

贈江寧守

吾欽龔渤海，還遇杜荆州。清如建業水，操比秣陵秋。署有遷鶯木，家傳買犢謳。誰言策士賤，不用過諸侯。

王丹六評曰：高岸殊似襄陽，此西河變調中積唐一種。

二

領郡需廉吏，分符儼上卿。堂高雲滿坐，車過雨隨行。拔韭從任氏，披裘似晏嬰。内庭頒手詔，惟恐厭承明。

晴雪

朔雪看晴霽，忻然北郭行。路寒冰未折，竹動椮猶傾。曲渚凝潮黑，陰崖背日明。幽懷如洗濯，襟帶有餘清。

冬行

薄日融霜野，嚴飈凍水陂。喜看山頂雪，誤踏路傍枝。沙鳥連陰聚，檐茅帶澤欹。蕭條松栢意，惟有歲寒知。

日　涉

日涉荒園趣，時來問舍情。槿花看午落，菱蒂及秋生。野雀空倉聚，隣雞高樹鳴。採桑春候早，五馬待經行。

旅病同游翻杜詩有露下天高秋氣清一律散撮轃疊匆仍連偶因觸病字亦成三首雖乖大雅殊遺抑懷

獨步疎檐菊，應驚宿雁鳴。新秋逢再病，遥夜倚孤城。月下燈猶接，天空露自清。雙帆看不至，南北旅人情。

二

旅卧人猶病，山空魂獨驚。孤燈懸宿炤，雙雁下秋清。鳴杵高天露，新書遥夜情。倚檐看北斗，應接漢南城。

三

孤月接高城，秋空天漢清。鳳書懸不至，牛宿看應驚。旅杖逢人病，山燈炤夜情。疎檐新露下，猶自杵雙鳴。

附陳康侯詩：病應高杖倚，氣接夜檐清。秋至人逢菊，山空月照城。南天看北雁，雙宿不孤鳴。獨步懸燈下，無書自旅情。

臘日發章門戲翻李頎送司勳盧員外詩呈姜侍御

欲發章門晚，文題薦臘新。漢郎今侍史，仙女夜歸秦。下雪澌陽月，添鴻度早春。楊雄長草賦，

似憶故宫人。❶

二

柱下今歸發，鴻文似五千。長門題夜月，女史侍秦仙。春草添宫臘，河流憶漢年。❷新章雄建立，早晚薦人傳。

附陳康侯詩：雪色宫門晚，楊雄薦賦新。鴻歸已度臘，草發似傳春。夜漢新流地，河澌早下秦。文題五千者，柱史故仙人。

贈日者顧生

詹尹端龜日，君平賣卜年。春風吹斗角，河水下星田。皂帽欹孤榻，青囊檢祕篇。數升清酒在，那計杖頭錢。

❶「故宫」，四庫本作「道周」。

❷「漢」，四庫本作「昔」。

西河文集卷一百六十九

蕭山毛奇齡字大可又字于稿

五言律詩三

越城觀獵

較獵越城東，旌旗出郭紅。翻鷹飛朔雪，走馬踏春虹。壯士争金埒，將軍控角弓。離臺行樂地，驅騁夕陽中。

登山曉樓望横浦作

放曉登山郡，乘秋望越臺。江流從北去，海日自東來。鈴閣迎風動，戈船下瀨廻。天邊横浦樹，應傍嶺雲開。

旅舍

旅舍盤丘壠，它鄉戀物華。露流常濕樹，霜煖不彫花。江減看帆小，城荒覺路賒。雁歸渾未定，猶似滯天涯。

姜都諫覲歸候轉

負弩作先驅，銜恩假舊閭。晝歸重戲綵，春殿久牽裾。上秩需遷詔，空函貯諫書。鄉遊真可羨，數世有懸車。其尊人虞部公爲宗伯公家嗣。

揚子橋示友

京峴雲霞曙，蕪城草木凋。秋風渡寥廓，海色上金焦。雁盡瓜洲樹，人逢揚子橋。鄉關吴楚隔，何處問歸潮。

江　南　春

春到江鄉豔，花連海郭長。清明兼上巳，處處倚新粧。列閣環青嶂，平船映緑楊。美人歸渡口，宛轉墮明璫。

二

冶色三臺麗，晴光一望遥。青田平繞路，緑水細迴橋。柳市迷車騎，蘋風颺綺綃。春陽一百日，日日可憐宵。

南　征　詞

大將下三瀧，東風引斾幢。戈船開曉驛，花浪滿春江。越徼方馳檄，甌蠻已受降。畫梁新燕子，早晚看成雙。

蔡五十一同伯兄過尋姓西湖

故國歸難得，春山望欲窮。呼人谷鳥下，尋弟黍苗中。零雨淹湖寺，浮雲蔽海東。三年襟上血，相視暮燈紅。

希輙曰：《新序》以《黍離》爲壽尋伋詩，《韓詩》稱尹伯封求兄伯奇不得，作《黍離》。黍而爲稷者，憂懣不識于物也。鳥鳴幽谷，猶求友生，皆詩句。

泊荻港

盪槳葭鄉遠，維舟荻港稀。蛟龍蟠水宿，烏鵲近檣飛。雨歇繁昌驛，烟横板子磯。當塗無舊主，歌詠欲誰歸。

冬夜湖西席限韻二首時計百司理將曉行

千載征西宴，同時鄴下賢。觴流歌管外，燭墜舞衣前。霜柝嚴城静，星河曉幕懸。驪駒誰待駕，只有使君船。

二

華館饒清興，新歌夜未央。裁詩劉庶子，别席庾西陽。月上移蕢燭，霜霏薄羽觴。明朝有離客，歡讌轉難忘。

東望

東望三江近，西看七澤長。到舟憐並纜，私語習他鄉。日落山城冷，烟生草店涼。波光千萬里，江路好難量。

宿壚下早發

春坂横江館，晨裝去市壚。霞翻城上錦，露散草頭珠。宿蝶銜衣帶，棲鴉起轆轤。出門逢小吏，剛向府中趨。

題館壁

史晉生評曰：行役中其如此豔情，故是竞體芳妍，動得閑雅。

洛下花争發，河中水正流。春陽生大道，西北有高樓。浦口逢神女，盧家字莫愁。清宵深館燭，猶許重淹留。

從龍津達葛溪舟次

道路邅迴日，江湖樗散年。彤山開古縣，碧雨漲春田。旆轉沿洲市，檣鳴上瀨船。九龍前望杳，彷彿度青天。

登鎮海樓和友

絶檻横秋聳，危樓俯地雄。烽烟遥海外，樽酒大江東。帆影隨潮白，楓林帶雨紅。烏鳶千載泪，長在和歌中。

過陶桓公故居

奇績著天壤，當年有老親。求名憂士賤，留客值家貧。建節長沙郡，遺居鄱水濱。我生悲負母，感此涕盈巾。

長門怨

莫作長門怨，長門怨自長。鑾輿廻上苑，歌舞在平陽。玉殿鵶飛白，金鋪日下黄。願爲華燭影，夜夜侍君王。

上舞昭君

翠羽辭春殿，氊車向朔風。河流通塞口，野火熖衣紅。粉黛銷吴地，琵琶憶漢宫。可憐上下舞，盡入怨歌中。

送客屯安州

洱海浮天遠，昆陽擴地遥。新田還漢驛，壯士佩吴刀。漕輓占城種，軍移鄖國苗。轉輸無用諭，勿上長卿軺。

塞上曲舊註曰：古西征也。

太白動高秋，征人上戍樓。風號沙曲裏，天盡海西頭。半壁跨關隴，前軍度塞溝。專征年尚少，莫道未封侯。

二

上將調邊署，中兵出渭橋。黄花秦地戍，赤幟漢年標。雪後留遮騎，雲間逐射鵰。古來稱善戰，莫過霍嫖姚。

三

出塞無中策，開疆有上功。沙流秋濯劍，關月曉懸弓。漢陣三河震，邊陰萬里空。捷書連插羽，看入未央宮。

登富春山

放溜下江關，春風輟棹還。晴雲開絶壁，一眺富春山。江鳥寒波静，山花錦石斑。高棲吾所向，聊此遂幽攀。

赴新安至七里灘作

東歸苦行邁，南涉上新安。水木干雲亂，沙禽拂浪寒。孤吟隨盪槳，多難負垂竿。何日風波静，還來住此灘。

泊嚴灘有感

晚泊傍斜暉，臨江泪滴衣。年華新歲改，京國故人稀。雲散崗巒彩，天垂薜荔圍。嚴陵臺下水，但見暮潮歸。

攜田甥登嚴陵釣臺

縹緲臨高臺，凌虚亦壯哉。浮雲分磴出，落日大江廻。客卧千秋在，灘鳴七里來。羊裘如可待，吾亦負竿才。

鄒訏士評曰：嚴灘無佳詩，自劉長卿後寥寥數語，今則史斷而已，如此雄渾闊大，真是傑作。

邵公南評曰：「落日大江廻」，高句；「灘鳴七里來」，傲句。又曰：大可新安凡四詩，疑二時作。「放溜」「縹緲」二首最雄博，「東歸」首蕭疎，「晚泊」一首則悽絶矣。然「京國故人稀」暗反子陵事，只悽語下得不泛抑何密也。

早渡揚子

孤嶼浮紅旭，高雲蕩碧虚。揚帆廻北固，破浪出南徐。曉樹迷三楚，春潮渡伍胥。蘆碕何處是，湛湛欲愁予。

觀　海

東去觀滄海，南行泛百川。晨光開白地，秋水屬蒼天。鼇徙三山外，鵬飛六月前。空期羨門子，採藥是何年。

二

初日浮孤島，洪波蕩九垓。南傾從混沌，東望見蓬萊。蜃起雲連湧，鰍高水大來。何當掛席去，天畔一遭迴。

三

秋色翻溟渤，晨征企混茫。乘槎隨漢使，鞭石笑秦皇。水氣粘星黑，潮流滚日黄。大瀛環盡處，久已識扶桑。

戴公南歸餽予故宫人所用鏤管玉管二枝有賦

彤管分金縷，丹毛被緑璵。長門曾寫賦，東觀舊修書。湘竹隨巡去，簪花供奉餘。錦囊才啓視，

雙泪落衣裾。❶

二

誰把昭陽珥，擕來海上翁。璵函傳漢代，金管類湘東。露浥仙盤碧，花披女袖紅。如何淪落此，相抱治城中。

看　月

何處閨中月，盈盈起故關。全濡羈客袂，空到美人顔。遥海生將滿，高樓炤未還。秋來三度看，兩度見弓彎。

希軻曰：古詩有「海上生明月」「明月炤高樓」句，五、六用此。

宿　江　寺

春宵宿上方，春雨思茫茫。花氣衝簾細，江聲入郡長。歌樽通梵宇，歸夢滿禪牀。何事偏留滯，吴鄉共楚鄉。

送李琦還家襄州

送汝還襄鄧，春風起大隄。家浮青雀舫，人唱白銅鞮。諸葛隆中客，龐公江外妻。可憐新種柳，都似武昌西。

❶「雙泪落」，四庫本作「光采照」。

遇邵二懷棠自潮州歸赴公車

故國三年別，天涯一望長。公車驅冀北，客路返潮陽。湖海逢張儉，才名重季方。令兄公南齊名。將攜新語奏，莫戀槖中裝。

江閣新晴即事寄伯兄

客裏回初日，樓前趁早晴。近欄江氣落，映壁水紋生。曉榻裁書遍，春帆摺布輕。愁霖罷唱久，長負寄兄情。

二

零雨銷江閣，晴光滿郡湖。奔流方捲練，滴葉尚懸珠。塞雁乾將度，原鴿煖自呼。如何春候遠，日日在修塗。

雜　詩

屢被春前酒，重尋郭外村。沿溪浮水碓，深巷閉柴門。啼鳥一聲静，梅花萬樹繁。南天苦流滯，誰與賦丘樊？

江　園

江路入深深，江園倚碧潯。流雲當檻落，接葉滿庭陰。馬埒沉春水，魚牀啄暮禽。何年商婦在，時起隔江吟。

過普安寺并看劉孝廉伎童學伎

古寺三車合，荒城一徑斜。秋雲籠寶塔，曉露滴金沙。紅豆籬邊子，青蓮座上花。善才華鬘好，看綰佛頭髿。寺有響塔、金沙泉。

宛　溪

宛溪八九月，秋水繞溪生。吾尋宛溪路，還愛謝宣城。樓日褰簾皎，溪花近岸明。行遊垂盡處，猶聽詠歌聲。

送馮之京歸里

蕙帶束輕裝，蕭然返故鄉。甘貧辭薛客，未老念馮唐。零雨川原迥，干雲意氣長。緑楊新幔影，咫尺是河梁。

雜　詩

古驛通丹巘，山亭障碧茅。佳人酤竹葉，乾鵲噪花梢。地僻鄉書斷，江深市旆交。春還愁未遣，柳絮莫頻拋。

遇黄大有贈

織貝裝書軸，裁絲繞劍韜。春光開白墮，野馬罥青袍。東府賓朋遠，南行江漢高。翻飛餘背羽，愧爾鳳凰毛。

胤佳曰：「野馬」「游絲」見《莊子》。

秋後荷池泛舟

小艇下荷池，秋風拂水涯。蒲磯收枕簟，花浪蹙胭脂。洗袂牽菱刺，停橈結柳絲。野塘歌詠罷，剛值晚涼時。

寄懷姜侍御圖南分司南昌

節鉞洪都府，屏藩牛斗間。高名震吴楚，偉伐控荆蠻。江樹思來渺，湖雲望去閒。南昌陳仲舉，應向穉亭還。

丁司理偕内君王夫人玉映四十初度一在九月一在七月

四十懸弧日，同逢設帨辰。建安推敬禮，林下重夫人。漉酒黄花近，支機綵馭新。從來歌穎秀，大抵在秋旬。

希軻曰：漢郊祀歌「秋氣肅殺，含秀垂穎」。閨中稱夫人，繫其生氏。西河選越詩稱祁忠敏夫人爲商夫人，或非之，西河有覆友書甚辨，如王司徒婦稱鍾夫人，右軍婦稱郗夫人，李矩妻稱衛夫人，鄭文學妻稱孫夫人類，《世説》王夫人與顧家婦對偶然耳，他便稱謝夫人矣，見文集卷。

宫　詞

玉輦推青草，金房敞碧渠。龍盤仗下舞，鳳轉殿頭書。執戟分環衛，裁紈獻倢伃。長門無用賦，愁殺漢相如。

二

萬乘鶩鑾馭，千門識冕旒。風高鳷鵲觀，春煖鳳凰樓。酒捧南山翠，花纏清渭流。少君方進幸，東望指瀛州。

三

清宴迴長樂，探春出未央。侍臣青瑣闥，仙母白雲鄉。祕戲迎瑚軫，雄詞起柏梁。昇平新有奏，千載誦君王。

四

御柳揺風細，宫花滴露濃。晨驅翻鐵騎，晝漏下銅龍。弟子催供奉，昭儀敕幸從。仙盤頒瑞下，擎出玉芙蓉。

五

曉觀移仙仗，春林轉羽旗。徵歌宣曲殿，教戰定昆池。花翦千垣綵，星明五畤祠。飛來雙白鵠，方上萬年枝。

贈李昇就學

尚有詩書意，寧無禮樂情。我慙晉處士，君作魯諸生。晚日花間酒，春風江上城。汾亭能就學，從此送君行。

題孤山表忠祠

事君蒙患難，在昔死官僚。樓觀祠遺烈，冰霜識後凋。山銜天目雨，雲湧浙江潮。朝暮看歌舞，忠魂應未遥。

二

豈欲棲幽境，曾經從鼎湖。封章廷闕遠，祠廟海天孤。絶閣環丹巘，滄流漾碧蒲。丘山懷古地，下馬幾踟躕。

孝　女

孝女秉幽姿，靈幃展素絲。春蘭時會鼓，夜火滿叢祠。江畔青螺水，碑陰黄絹詞。商船留賽去，愁煞上潮時。

西　施　廟

浦口西施廟，蕭蕭竹映門。越王山下路，寂寂苧蘿村。紅粉溝頭水，青苔石上魂。夜來餘里婦，燈燭伴黄昏。

題　聽　山　堂馬駿别業

叢薄秋風裏，巋然一草堂。到來聽不盡，只在此山陽。管席環笙磬，桐臺翥鳳凰。淮南有賓客，洗耳向滄浪。

聽羅牧彈琴

未辨絃中趣，徒憐爨下材。秋風吹海水，落日炤琴臺。目送歸鴻遠，彈成野鶴來。雍門原有泪，不爲薛公哀。

二

阮氏長留嘯，鍾期復鼓琴。高臺垂晚日，野寺間秋砧。離黍它鄉泪，飛鴻國士心。撫絃縈佇久，祇爲少知音。

爲河上白女冠彈琴作

旅泊依河岸，鳴琴起鬲津。華陽仙子操，盧女漢宫人。海鳥銜紅藥，天雞叫紫辰。青谿凡五弄，并入洞中春。

入虎丘

斜日山塘暮，清秋古寺分。樓臺銜樹雨，磐石坐溪雲。地勝開龍藏，天高見雁群。真娘墳上路，長記醉紅裙。

舟泊登望

朝雨五湖烟，江南正採蓮。丹樓凭浩蕩，碧草望芊眠。近市要離冢，浮家范蠡船。可憐漂泊久，愁過酒城邊。

吹笛

伍相曾亡楚，梁鴻乍入吳。賃舂來有意，吹笛向何途。曉樹迷長蕩，秋風起太湖。壺漿裁欲掩，流涕下菰蒲。

重過浄居和藥地大師萍字

不信枝頭絮，還爲川上萍。山門今又到，磵水舊曾聽。落日穿林白，空雲出岫青。遠公高詠在，留和滿中庭。

岸坼

岸坼疑天盡，沙平與地浮。萬程惟水宿，千古此江流。篠曲藏漁罶，蘆花起棹謳。烟波無限興，相顧各悠悠。

高郵

一片高郵水，蒼茫曉纜開。葦深知岸闊，水濁自河來。估市懸帘繞，驢車振鐸催。沙城廻泊處，檣櫓倚層臺。

早發

曙鼓開朱鷁，晨鉦出白陂。波横聯榜動，風仄掛帆攲。關遠征呼静，舟涼睡起遲。檣烏啼最苦，不使近船知。

飲馬駿宅

我醉扶風酒，南湖落炤時。叢蘭披草路，鮮鯉壓花瓷。解珮聯刀錯，傾觴倒接䍦。原來絳帳外，也有坐彈絲。

沽　酒

沽酒驛樓邊，楊花入暮天。車聲驚異地，門影記當年。江下兼程度，壚頭一醉眠。春鶯如有恨，啼殺碧簾前。

過四洲寺與朱三馮大

共作臨川客，頻從化國遊。慈雲開象駕，寒日戀烏裘。人事分雙樹，天輪轉四洲。上方凭眺迥，應有仲宣樓。

逢朱三卻憶難兄朱大士稚

紺舍逢車笠，黄花對酒卮。天邊鴻雁侶，衣上鶺鴒詩。南海聞琴夜，山陽偶鍛時。祇餘難弟在，相顧泪如絲。

鄧　子

鄧子本龍驤，相逢大道傍。談兵迴駿馬，吹笛上胡牀。意氣樽盤合，關城雨雪涼。東都推將相，誰不重南陽。

故人黄開平死十年矣旅夢泫然醒而有述

委抱忽不樂，皤然泪滿巾。十年泉下友，一夕夢中人。别路螢如雨，荒城雞未晨。可憐相憶語，倉卒未曾申。

入石溪寺

碧嶂縈溪遠，青林入寺幽。堦前聽雨過，城上見江流。寶樹迷天界，春花對客樓。到來題字者，誰識舊裴休。寺舊有裴休題額盧肇讀書臺。

石溪寺遇雨

古寺倚青林，禪關一榻深。江雷奔夜壑，山雨破春陰。樓迥連官閣，燈明見客心。故鄉千里月，夢去幾追尋。

東湖

東湖看落暉，湖上啓雙扉。近水堤常濕，無風花自飛。林深重載酒，春晚欲添衣。舊日漁洲侶，相過在益稀。

沛城道懷大敬憲臣南士因作

二月淮徐道，春風馬上行。故人千里隔，新柳萬條生。鳳舉暫河内，鶯啼過沛城。枌榆仍作社，無限舊游情。希軻曰：向秀從嵇康鍜，河内五君詠曰：「攀嵇亦鳳舉。」

碧樹

碧樹藏紅旆，朱門映緑潭。春風歸海甸，寒食在江南。官市初調馬，人家舊養蠶。丹陽新柳下，何處覓劉惔。

望閣皂山

靈境何年到，蓮花望裏生。烟林浮海日，雲氣滿江城。地迥丹臺遠，春深洞壑清。蒼蒼一以眺，頓起故山情。

除夕前一日崇仁官署分歲作

故友居官地，他鄉分歲筵。臘從明夜盡，客向此宵圓。栢葉金盤酒，千枝蠟炬烟。誰憐江畔旅，來日又經年。

二

古署桃符改，當筵爆竹新。一堂分歲酒，千里去家人。燈火留殘臘，笙歌度早春。年華將盡處，倍覺感沉淪。

雜詩

夜雨增歸思，朝曦動客愁。長林湖路迥，細草寺堂幽。春色還南頓，鄉書斷北郵。兩經暄煖候，猶未换烏裘。

登石鐘山

幾度經湖口，今來眺石鐘。天風吹草木，江浪起蛟龍。𡸣岃懸千仞，烟波思萬重。手中無寸莛，何以扣鐘鏞。

四月八日游華藏寺并懷徐徵君繼恩逃禪湖上

四月尋幽興，三摩覲會禪。支公籛室外，太子浴堂前。黄鳥銜春菓，丹臺長夏蓮。流連當此日，倍憶聖湖賢。

宿建平僧舍

寒雲宿嶺頭，隔嶺梵宫幽。門閒山菓落，椌外石泉流。燈影雙林白，鐘聲萬壑秋。愁心與勞思，到此共悠悠。

菱湖晚眺

流浪經年遠，前湖一望賒。晚風吹苧葉，秋水散菱花。霅浦停帆路，烏程賣酒家。相逢似相識，延佇日將斜。

人日

綵燕經年見，仙蓂七葉新。久爲江外客，愁翦勝中人。日上平沙午，風來故國春。巴東千萬里，極目轉傷神。

賦得小寶珠山茶叢開同用分字

細蕊穠苞拆，叢花小榦分。琱槃扶絳蠟，青女坐紅裙。冬日兼春日，丹雲共緑雲。階前頻翫賞，莫負掌中芬。

懷沈憲使大梁道署樓

避楚原非計，廻梁已倦游。君方還泖浦，我又上鈞州。鳥語開廳事，花飛飲署樓。憑欄歌八詠，面面起春愁。

飲大梁道署海棠樹下懷沈憲使荃

古署清缸發，還思沈翰林。十年賢使蹟，一別故人心。晚鱠菁初瀹，春棠花自陰。庾公乘興地，皎月坐來深。

雨後飲黄兵部園林留詠并與黄二之翰

露席花間啓，江舟雨後來。横廊堤柳接，捲幔水亭開。日暈穿林薄，烟絲掛酒桮。名園饒遠興，還上幾層臺。

二

每渡珠湖曲，長思紅板橋。雨餘還盪槳，風起自生潮。碧嶂依晴閣，青田長夏苗。平欄低水面，四望總逍遥。

三

雉堞連烟暝，魚餐旁水多。晚雲濃過樹，積雨暗流柯。濕蝶沾紅網，翻鷗起碧波。空亭留襆被，鐘磬動嵒阿。

四

碧幕銷紅蘂，青衫映緑苕。座中誰最爽，吾愛馬西樵。簾静山逾霽，天空鶴在霄。繩牀歌嘯永，不敢問歸橈。

五

愛煞名園勝，況兹園裏人。論交誠有道，作賦妙能神。玉樹開朱樹，清觴度錦茵。晚雲留客處，野水自相親。

宿少林寺夢跋陀飲予水

絶壑嵩陽晚，西行宿少林。月寒龍洞遠，露下講堂深。蓮椀分丹液，楊枝滴素心。何年婚嫁畢，重向夢中尋。

送虎丘僧游天台

飛錫朝乘蹻，浮杯夜渡湖。楢溪臨絶磵，花頂拔當塗。清嘯成公賦，希軻曰：成公綏登天台赤欄橋作賦。高拔孫令圖。石梁如可過，萬里一相呼。

二

勝域追遊近，名賢餞送多。杖來吴地月，掛去海門蘿。瓊樹明丹闕，桃花泛碧河。支公習静後，丘壑竟如何。

三

天畔開丹壑，霞標建赤城。荷瓢横海去，曳杖入雲行。曉日千峇立，春風衆鳥鳴。金庭垂碧澗，知汝早留名。

西河文集卷一百七十

蕭山毛奇齡字僧開又名甡稿

五言律詩四

送何生赴沂州邵使君幕

曾子浴沂後，嘉賓入幕年。黄梅江上雨，行李泗州船。祖帳傾吴酒，官程接魯田。使君今管仲，應著牧民篇。

尤司理園林飲次和韻四首

是地真幽絶，臨流亦快哉。長林迷草樹，遠水見樓臺。柳色遮成幔，荷花卷似杯。泉明有三徑，早已賦歸來。

二

吴苑饒名勝，斯游倍爽然。平橋低着水，高樹暗參天。露席驚鷗起，繩牀對客眠。舊時池館在，只許辟疆傳。

三

東城環壠畔，北柴傍湖濱。金谷園中酒，藍田莊上人。雲深常帶雨，日隙不流塵。處處蓮塘滿，何從下釣綸。

四

紅泉疑物外，碧草遠人間。圖史長年静，琴罇入夏閒。開扉通下塢，隔郭見遥山。倘許留旬日，無容覓棹還。

登箕山

爲訪箕山隱，淹留潁水間。千秋高士地，一片白雲間。暝鳥枝頭囀，春花石上斑。清泉堪洗耳，不欲竟來還。

箕山有懷

處治能忘賤，居然遂爾超。知時來避禹，生世幾逢堯。石蔓披香褐，山菘掩翠瓢。嵩高棲息地，一望在青霄。

玉溪村家

碧篠參天密，清流抱屋斜。衣冠忘歲月，門巷遍桑麻。晚日東亭酒，春風西曲花。終年愁避地，思煞此村家。

憩叢祠

叢祠臨大壑，高閣俯層波。破壁銷圖畫，殘碑冒薜蘿。山深通鳥道，地僻有漁蓑。卻羨投竿者，悠悠意若何。

荷澤

荷澤將迎暑，陶丘轉上征。野花薰日墜，深樹引涼生。負郭荒村淺，連郊古瀆平。賣漿師尚父，空向路傍行。

土寨

土寨分徒輦，山橋度馬蹄。花邊廻望遠，棗下引頭低。客舍藿春繞，人家酒旆迷。紅塵遥合處，日落太丘西。

宿儀封懷王少保

變姓游梁楚，棲遲孰問津。高門懷少保，下館對封人。葛蕊餐當午，榆花墜晚春。驅車千里客，望起浚川塵。

定陶道中并謝魏文學兄弟

奔走未寧息，皤然濟上行。陶朱游子姓，毛遂野人名。風落楊橋暮，烟籠麥坂晴。望門堪止宿，孔氏弟兄情。

征行曲

車騎出龍沙，屠耆轉戰賒。長雲迷白漫，大雪下黄花。夜火連邊障，天兵識漢家。延州有軍吏，勿使右賢遮。

二

旌旆繞邊風，將軍遠鑿空。五原徵少俊，十乘啓元戎。月落關山白，烽高塞谷紅。磧西皆内地，不必備回中。

三

北斗覆黄河，征行日荷戈。全軍通敕勒，救餉過滹沱。玉鏃遮鴻雁，金裝繞駱駝。寒風吹角罷，猶聽短簫歌。

四

王者慎佳兵，志士喜從征。赤羽馳河外，黄榆落薊城。飛狐方轉戰，飲馬自横行。五郡良家子，何時返玉京。

長至夜答徐生體仁見懷

朔雪下層冰，嚴飈轉玉繩。躬耕懷孺子，麗句想徐陵。律動牽緹縵，衣寒覆錫鐙。陽春初起和，愈使野愁增。

題吴九彦聖所藏黄檢校寒林畫幛

過臘回清境，何年製粉圖。晴鳩翻領繡，雪糝墜花柎。散彩分毫末，輕寒辨有無。深林求勝事，令我念成都。

夜雨集桐音

百里鑑湖潮，輕風度畫橈。衡門春寂寂，山雨暮瀟瀟。帳煖融桑落，燈流動草苗。明朝攜屐去，應醉緑楊橋。

平津簞醪河飲次作

十載論文契，千秋尚友情。長貧思鮑叔，多難感虞卿。夏雨槐廳静，朝花莞簟清。簞醪相對飲，偃蹇媿平生。

寄贈朱大禹錫出宰山陽

漢室臨淮郡，銅章分治遥。軒車洪澤雨，錦纜射陽潮。叢桂依官閣，魚鹽散市橋。南陽朱季在，應聽府中謡。

董良櫝明府候選歸里

振策游蓬苑，看山返鏡湖。秦官需縣令，漢相重江都。日下開金筒，花間啓玉壺。鳳毛才五色，羨汝早棲梧。胤佳曰：克千爲伯音先生長君。

若耶溪

春水綠紋斜，行行度若耶。樓頭吹柳絮，溪口種荷花。翠袖方扶槳，明粧出浣紗。是誰騎馬去，招我過東家。

閨晚

少婦新粧罷，東墻日薄時。暮光流雀噪，晚樹織蛛絲。油壁歸來早，紅繩拋去遲。城南桑壠下，猶駐五金羈。

川上望月

旅宿清川月，流光冷欲侵。臨軒時倚徙，竟夜起沉吟。水静浮寒璧，風來蕩碎金。前洲驚汎景，定有未棲禽。

懷沈司理嶺外

粵徼驅驄馬，循城佐鹿車。蕉花扶使節，笋子削刑書。❶海日霜旌麗，瀧臺水鏡虚。紫雲東嶺望，時見起金魚。

送向陽游天台歸還舊京

華頂看朝旭，天門聽海雞。浮槎環碧草，挂席返青谿。流水樽前逝，桃花去後迷。中秋明月滿，

---

❶「笋」，原作「笋」，據四庫本改。

疑在石梁西。

仝友送康臣肩吾二國子赴都和韻

十載聯鄉譽，同時詣帝居。暫爲三舍客，不讀四門書。漢苑推司馬，膠西聘仲舒。楊園春煖候，看上總明車。

二

渌浦開行餞，朱花拂去鞍。著成郎省賦，名在太常官。觀起東西偉，人分甲乙難。長安游顧陸，仍作洛中看。

送龍川令之官

再捧郎官檄，重尋茂宰船。看花還雁塞，飛舄下龍川。盧橘垂江館，丹蕉拆露田。揮絃吟舊曲，莫忘葛公篇。

獨駕小艇行大舶橫關不得前賦用自慰

小艇蓬根婦，垂鬟亂似麻。誰家艫畔女，雙臉豔如花。倚棹歌殘月，新粧炤淺沙。片帆相顧遇，各自惜年華。

顧侍御巡鹽將還京甡以羈游不得奉餞申此二詩胤佳曰：顧西巘先生以文章名世，舊知西河。

直指達霜威，聞將返禁闈。雕鷹當午擊，驄馬逮春歸。斥地留葭鼓，朝天整繡衣。鄉關期飲餞，竟與寸心違。

二

杜史巡吴海，星軺起宋宮。波連霜簡白，花映繡衣紅。三坐需鳴鳳，諸侯合避驄。自憐流滯客，腸斷浙潮中。

柬許記室

欲賦共王殿，還登杜甫臺。岱雲摇北斗，海日近東萊。齊魯文章勝，鄒枚賓客才。湖陵城下過，俟我一徘徊。

蓮河祝贈爲朱敬身尊人也

丹鳳起南阿，靈椿長舊柯。清觴銜栗里，高閣近蓮河。植杖生風雨，裁衣捲薜蘿。海鼇垂釣去，有子勝詹何。

夏首送李三還興化時京口有警

兵甲未寧息，憐君思故鄉。到來江路永，歸去海天長。葛葉裁新服，荷花蔽野航。舊時雙劍匣，仍入一空囊。

二

古驛平潮外，長帆細雨中。愁心浦草緑，遮眼石榴紅。烽火吴王塹，烟花煬帝宮。前途如未達，歸去莫匆匆。

聞天章還家清源

倪生久失意，託跡江淮間。一旦便辭去，飄然歸故山。清泉流古縣，晴日滿郊關。我本無家客，愁看飛鳥還。

勃安書至云天章一草亭分與居且曰薜荔花開緑陰滿庭室邇人遥不覺泪下

今日復前日，故人還故鄉。草亭無恙在，聞道與劉郎。夜月江淮渡，春風薜荔墻。夢中尋路遠，那得到東昌。

題眷西堂并序

閻氏自山右來淮，名其堂眷西，不能忘舊，乃從堂主人再彭之請云耳。

甲第移家遠，茅堂倚郭新。久爲淮海客，仍是太原人。荷蓋看留楚，瓜生想去豳。天涯多蕩子，誰得買君隣。

二

鹽筴開鴻緒，魚鬵念舊鄉。人倫重東國，彼美在西方。啼鳥聽幽谷，流泉繞夕陽。千秋垂乃眷，聊以志斯堂。

旅次送劉孝廉赴試

把酒江城暮，逢君赴帝京。春華思庶子，歲晚見劉生。好友多聞達，中原罷甲兵。驊騮相顧去，記取贈鞭情。

信　宿

信宿幽人境，流連野老家。蜂撩碉底絮，魚沫水中花。踏竹翻田罼，看雲拂釣車。平疇通曲塢，猶見好桑麻。

南　村　叟

最喜南村叟，長耕西社田。蒲衣遮雨後，稻種浸春前。安分能完課，憑勤減貸錢。終朝力作苦，一話太平年。

將過鵝湖經釣嵓作

望望鵝湖勝，青崖去不窮。人行鴉樹底，山在水光中。嵓寺浮天碧，溪莎隔歲紅。幾時幽覽遂，重訪葛仙翁。

送　外　生

多難隨郗氏，他鄉别魏舒。外家憐爾勝，相宅竟誰居。夜雪廬陵酒，秋風甓社魚。一爲殷浩詠，雙泪落衣裾。

秋夜姜侍御席上贈胡璲二首

東道開丹冪，南臺敞素秋。白榆天上落，青桂月中浮。旅燕棲華屋，蒼鷹下錦韝。孝廉誰第一，伯始在中州。

二

烏府陳瑶席，黄星映少微。萱花和晚鱠，蓮葉翦秋衣。夜静江聲遠，霜清燭影稀。金鈎一十五，親見巨魚飛。

原韻酬德俊

命世甘時詘，循墻守德隅。人誰憐抱璞，俗尚好吹竽。北海君家論，南州漢季儒。青春方努力，莫忘鯉庭趨。

徐九芳烈採得雙頭紫芝

三秀何年種，雙花獨自攀。堦庭分謝樹，兄弟共商山。胤佳曰：徽之爲涵之次兄。華蓋春雲紫，金莖曉露殷。芝房歌再起，苦憶漢京還。

壽蔡貞女詩有序

蔡貞女者，予里蔡青蓮君女也。許配山陰余孟宣，未及婚而孟宣病殂。摽梅未將，叢蘭已敗。貞女告其父，素車請往，往則賦兩髦而守志焉。歌傳蔡婦，嘗看芣苢之花；絃斷中郎，不辨鴛鴦之線。予故撫女貞之木而流涕，彈思歸之操以傷心。況孟宣家有忠節：翰林赴水，謁帝蒼梧；明府歸田，攜朋白社。遂因貞女之五旬，謬踵高賢之四韻。雖知無當于雅嘆，聊以紀予之里吟。

矢作余齊室，真成蔡宋賢。三春垂嫁子，五十未亡年。衛女流泉操，貞娘茂木篇。彈琴稱壽酒，泪落一觴邊。

壽錢節母

東海稱閨範，南山啓壽書。瑶臺龍管合，漆室蟹筐虚。上客敲銅狄，諸兒御板輿。青陵他日路，堪作廣成居。

東黄二之翰

絶愛湖東墅，頻思江夏黄。閒情春樹賦，高閣午橋莊。碧乳傾蒲琖，紅船載豆娘。榴花新雨後，相隔在端陽。

二

謝爾傳瑶柬，邀予汎桂舟。萱亭迷浦漵，艾雨暗汀洲。採藥留丹井，分衣入畫樓。東湖逢令節，愁絶此中游。

發茱萸灣并寄徽之大敬南士桐音

曉樹前村白，孤舟獨夜醒。一身叢怨悔，廿載竟飄零。江闊流宵露，衣寒覆曙星。茱萸何處採，愁思滿前汀。

雨中望廬山

秋雨入鄱陽，浮浮接混茫。丹崖迷北匯，青影散南康。波面雙帆渺，天間九嶂長。望中真汗漫，何處問柴桑。

泊匡廬下

屢涉三潯水，還依五老峯。流颸衝洞壑，寒雨漱芙蓉。城僻廻陽雁，江空度暮鐘。捨舟毋恨晚，自有白雲從。

遊敬亭

秋色滿晴礀，我來遊敬亭。長林消雨緑，空磴出雲青。靈蹟開金刹，高吟倚翠屏。陵陽手可接，何必眺明星。

得家人所寄衣

頓有秋衣至，誰憐王彦寒。寄遥無使到，縫密避人看。約帶鈎全緩，連絲泪未乾。可憐裘敝久，不用到長安。

二

蒙袂誰相問，招魂未有名。故衣鄉井思，新練藁砧情。歲暮羊亰去，天寒范叔行。無須勞旅婦，長誓水清清。

廢　第

廢第誰家舊，緣城是徑通。臺欹公府側，簾斷妓樓東。倚井芭蕉緑，燒池菡萏紅。田文捐館後，誰聽雍門桐。

阻水小澆津館懷徽之

積雨迷津館，驚風阻客船。柳塘傾晚漲，草屋閉朝烟。近縣投無地，懸江泛到天。南州徐孺榻，相對是何年。

單昌其評曰：「晴霞升似錦，草屋閉朝烟」，俱積雨驗語，寫出近情。

來鳳亭夜集分韻得青字

春草暗江汀，春風江上亭。烟寒千樹白，月出萬峯青。换席穿林火，凭欄落浦星。山公留醉曲，長使葛彊聽。

春游即事

江郭看新柳，山亭數落梅。鳴蛙當晚日，驚蟄動春雷。野氣蒸車幔，鄉心入酒桮。津橋臨眺遠，燈火莫相催。

夢李達

萬里三韓客，連宵頻見君。關長人竟度，悲極語無聞。江上雞竿月，天邊馬塞雲。相看知是夢，把袂愈難分。

晦日

又爾當初晦，湔衣恨若何。春光三十盡，歲序一分過。柳色摇金穗，梅花墜玉坡。明朝逢令節，不道是中和。唐以二月朔爲中和節。

過萬竹禪院

孤游復遠尋，蕭蕭萬竹林。晝靄當門合，春雲出殿深。龍潭諸佛影，禪誦上人心。幾疊青苔裏，誰憐有布金。

客中至日翻轅杜甫小至詩遣興

至日將添線，中冬且放梧。山雲時覆岸，葭琯又吹灰。柳弱春相刺，天寒臘欲催。六陽生意動，不待異鄉來。

附何道安詩：天意吹陽動，山中臈欲梅。殊鄉異生事，至日且添梧。柳岸容人放，葭灰教琯催。寒冬飛不待，相刺又春來。

徐克家詩：天將陽事至，臘且待春催。弱柳添寒動，山雲放日來。刺紋生繡線，吹琯待舒梅。異國殊鄉意，教人欲覆梧。

西山雪行遣先大人忌辰

寒雪西山裏，蒼茫祇一身。百年皆恨日，七尺是亡人。葛屨時行地，芻車未返窀。王修真不孝，掩面度兹辰。

二

自分違桑梓，無須廢蓼莪。寒風吹袂裂，凍雪沁心多。禁日天邊度，趨庭夢裏過。可憐生罔極，行役徧山河。

寄懷姜都諫

每憶姜都諫，相看意氣真。分星同碧酒，開閤讓烏巾。晏子真知己，朱雲本直臣。十年違道路，生死託何人。

詢來十三時美消息不得

曾有婚姻約，長悲兒女殤。違離同隔世，夢寐在他鄉。白首歸侯幕，青天斷客航。漂流何處問，掩泪過東昌。

騎病驛馬有感

白馬白龍兒，春星皎皎姿。官槽傷玉臆，驛路斷金絲。病沫垂來澁，卑蹄蹴去遲。田方今在側，泪落不能騎。

墮馬解嘲示同游諸公

峻坂一長鳴，風高馬自驚。非關多軼步，豈是合徒行。王濟盤猶姣，羊公臂尚輕。從來騏驥相，泛駕是星精。

噉　栗

噉栗秋山裏，清甘勝脆桃。撲來團露棘，拆去用霜刀。銜實同溪鼠，穿林羨木猱。解飢方拾橡，切莫厭貪饕。

二

山菓經時覓，溪亭便坐餐。日斜雙澗暮，雨過一林寒。叢刺剞金彈，重衣剥翠紈。女筐攜不盡，還向樹頭看。

奉贈丁進士克揚母太君初度

乍向金門返，忻看錦帨陳。觴傳東第客，花擁北堂人。錫壽丹書古，徵歌絳樹春。抑之家伎部名絳樹。最憐雙舞袖，燦燦賜袍新。

泛碧浪湖

曉日青絲笮，春風碧浪湖。野塘翻宿燕，淺水漾新蒲。隣舫歌來豔，前溪人姓盧。那堪臨汎去，懷舊起踟躕。

寄遠公八姪

旅思恒千遍，家書無一函。河魚終疾病，越燕又呢喃。演易思王濟，投林想阿咸。明年春草發，爲我搆東嵓。

題八寶王子葯房

幽思裁芳檻，佳名重葯房。欲持荷作柱，私喜杏爲梁。杲日連滄海，薰風動射陽。烏衣新巷改，猶幸見諸王。

題雲門道五松亭

偃亞沓柯濃，空亭倚衆松。山雲飛冉冉，溪雨過重重。紅羽巢孤鵲，青天拔五龍。闌干秦望起，無復大夫封。

寄酬劉中柱原韻

不作平原客，長思鄴下才。擬觀滄海去，還向白田來。酒旆摇紅露，衣車蔽緑苔。秋風歸棹近，就汝一登臺。

曉發呈伯兄

涼月幾時落，渡頭風正生。四時寒役苦，百慮曉眠驚。歲晏吳關路，江高季子程。青天看不極，一雁向東行。

浄慧園奉陪儲公赴忞公法食

白社留方俗，青蓮樹法垣。維摩香積寺，長者給孤園。乳鹿盤間起，飢烏掌上喧。衡廬相望迥，無處可攀援。

二

精舍何年築，黄金布未成。隨時觀有道，就食得無生。迸水流香椀，飛花散上城。曇摩逢寶誌，同有渡江情。

經張梯舊居

尚有青堂贈，寧知白馬來。盤飧仍地主，涕泪滿泉臺。叢草留人暗，繁星炤户開。隣家吹笛苦，中夜起悲哀。

二

十載窮泉路，千秋處士廬。驕兒彭澤訓，難弟晉陽書。時南士滯解州。棘楚悲黄鳥，鄉潭上白魚。誰憐徐氏劍，猶挂子雲居。

三

不作西州哭，依然東道親。文章真墜地，朋舊尚爲人。海鶴何年返，山花幾度春。空堂樽酒夜，獨坐聽雞晨。

任載董評曰：朋舊爲人狂，生言之爲達情，此際詠之爲凄節。又曰：叢草、繁星、户開、人暗，一何悲也。

和徐水部南關署中八首

宋德壽宫梅

嶺外何年種，相攜入故宫。風開上林雪，日映壽陽紅。吹笛官亭杳，裁詩水部工。孤山宋處士，苦憶月明中。

二友軒一名梅石雙清處

古署開三益，前除有二難。經營輸匠事，冰雪受冬官。石轉江心動，花飛隴上寒。方春鳴鳥下，倚徙近闌干。

玉蘭臺

陌上春光滿，檐前曙色幽。但知都水監，不見望春樓。香霧迷銀版，晴風敞玉甌。高枝何所寄，爲我問鳲鳩。

桂墀

曲室依蘭橑，空堦映桂枝。涼風吹碧葉，秋色滿丹墀。天上披香殿，淮南叢樹詞。王孫能待我，千載一相思。

石芙蓉

不見中書石，長聞在錦林。鞭成跨海路，削取木蓮心。枯蘚粧秋色，寒花老夕陰。五工無限意，慘澹到如今。

蕉塢

碧甃深成塢，叢蕉折作阿。雨餘蛛自網，夢裏鹿曾過。翠影摇虚榻，冰心卷素羅。南方多草樹，愁望奈君何。

閣後梧桐

金井風初落，銀牀月欲回。臺含琴瑟響，閣引鳳凰來。南岳千秋榦，龍門百尺材。冬官有司囿，樲棘莫相猜。

雲　峰

怪石堆盤砌，荒臺傍日曛。湖星懸不落，湘燕舞能群。辨岫疑春雨，從風轉夏雲。青州曾作貢，審餙莫紛紛。

送客之天台是時海上方用兵念其垂老入戎馬地繫之以詩

戎馬正紛紜，城南一送君。仙山天外路，竹蓋嶺頭雲。楚雨迷初歇，川程去不分。欲留知未得，倚徙傍斜曛。

二

渺渺章安道，君將何所之。榴花環岸曲，梅雨遍天涯。玉洞貽書遠，丹崖控鶴遲。倘尋華頂去，莫賦惡溪詩。

三

固欲尋仙島，還思渡海潮。兵連白嶠驛，人上赤欄橋。雨拾溪中橡，霞分城上標。金堂堪避地，仙侶定招邀。

四

水白過新鷺，山黄熟早梅。百年逾甲子，五月上天台。采藥旌旗暗，看花溪路廻。赤城逢許邁，但勸早歸來。

周侍郎來湖上辱貽賴古堂集用龔掌憲贈侍郎南還詩韻二首奉寄

九彩朝陽鳳，單棲城上烏。罻羅同處少，羽翼望來孤。高藻傾三峽，閒情寄五湖。吴中饒賤士，留盼在菰蘆。

二

夫子真蘭質，違時名櫟園。夷魚推介節，賦鵩幸生存。古道誰持攬，新詩藉討論。生平感知己，不獨識虞翻。

餞姜七國昌北行

暑帔越羅輕，薰風送遠行。紅船揚子渡，黄馬信安城。帝里秋花早，仙臺曉露清。故宫封碣石，猶識大鄒名。

二

别酒傾胥浦，離歌起射湖。馬周非朔客，王粲去西都。紫塞燕關遠，黄金易水孤。丈夫原有志，五十況縣弧。

遥同薛寀徐崧九日倡和詩

九日題詩易，三秋會面難。登臺思宋武，招隱愧劉安。黄花開節冷，白雁度關寒。欲采茱萸寄，臨風仔細看。

贈楊二洵美

江左王郎寓，城西許掾亭。解來黄絹字，草就《太玄經》。花院逢歌葉，松壇訪負苓。天池千萬頃，時洗鳳凰翎。

二

邂跡憐幽境，名賢重過江。遊遨時有待，清白世無雙。紫水浮丹鼎，青油啓碧幢。南園花發候，日日醉春缸。

觀查孝廉蹴毬

七寶繡文毬，花前蹴蹋遊。抛虹隨地轉，趯月似星流。戲古遺鈿杖，塲空近畫樓。綵門三躍後，時毬師三透毬門。翻向碧枝留。

蹴毬妓

畫袴錦毬帘，團花溜復黏。繙雲縈髩影，撥地用韡尖。趫捷風隨帶，低回月滿簾。近人佯背拂，不用更廻瞻。

白馬

蘭葉出雕題，梨花剪白蹄。揔金無踼步，噴玉但長嘶。並日雙瞳曜，追風萬里迷。權奇看汗血，不獨大宛西。

二

海豹白花烟，龍毛拂錦韉。玉翎翻雪薤，鐵足散冰蓮。掣練銜絲細，環珠束帶圓。燕昭曾不遇，驤首是何年？

答魯生

我愛龍門勝，君從狗監來。風清玄度宅，霜滿越王臺。月旦忻能副，兵戈苦未廻。只今東海上，深憶仲連才。

陸少府自南海還京枉顧留飲

試吏南天遠，還京北望遥。將看酈亭月，遂渡浙江潮。馬首稱新語，烏蠻有舊標。明珠船不繫，爲我上河橋。

二

幸返横槎浦，重逢鎮海樓。種花歸五嶺，振轡及三秋。丹闕需黄牒，紅亭泛白甌。殷勤無别語，但看水東流。

同姜黄門希轍陪太翁虞部看梅西溪即事

車騎出城西，芳流傍碧蹊。雲深穿竹暗，日暖照花迷。午寺停山屐，春船纜水畦。徐家莊上路，咫尺是西溪。

二

小檻低還敞，平橋斷復通。村廻千澗外，人在萬花中。酒晃當筵日，香隨過幔風。看梅官閣興，留醉任山翁。

三

暮宿龐公宅，朝尋許掾家。山前五里霧，溪上百層花。撤轖踰連塢，乘查度曲沙。如何林下友，尚自隔天涯。時入雲溪訪佷亭不值。

懷來十四度別駕雲南

萬里滇陽道，孤身洱海邊。從軍踰絶徼，別駕任南天。歲課車鑾井，春開路賧田。中郎方建節，歸國是何年。

吕八師濂劉大孔學游滇府有懷

司馬持驪檄，張騫出夏城。高文標鐵柱，大府重銀生。蒟醬三都賦，蘭王七郡兵。彩雲何處見，終古望昆明。希軻曰：漢武時彩雲見南中。

將投滇陽寄吕八

避俗投窮徼，無家逐荷戈。死生留八甸，居處託諸羅。黑角蠻中路，青蛉荒外河。永昌吕凱在，文教近如何。

誥贈中憲夫人執紼詞

未啓滕公室，將歸緱氏城。花間金誥在，天上玉樓成。遥海悲濤壯，前關落日平。行看龍尾上，彷彿婺星横。

二

鸞馭摇旌碧，龍章映篆紅。三遷標令節，雙表待秋風。賜帔流花露，遺文賦草蟲。古來翻大鳥，閨閣本相同。

雪夕病起翻少陵臘日詩同諸公宿巴陵署

日洩罳脂煖，年還澤草消。翠萱侵臘色，凍雪散春條。藥管隨良月，銀光漏紫霄。今朝謀醉夜，陵下酒家遥。希軻曰：十月爲良月，見《左傳》，言病自冬也。

徐克家曰：是詩最難。翻時，相約翻入脂藥罳管等字，故尤難。猶記何道安有「謀家隨下澤，醉雪縱今朝」語，頗佳。予隨成復已，始知觀成不如下手，欲如此高融朗密，未易到也。

周括蒼茂源貽書以未歸失展裁因賦代答

一代風流守，曾經刺括蒼。十年夢寐客，相别在南昌。閲歲驚霜雪，懷人致鯉魴。那知游蕩子，猶自滯江鄉。

予宿桐音宅出所賦慰詩四章妙麗愀愴諷之傷懷因勉酬三詩導情

故國藏車日，他鄉賣餅人。秋衣憐季布，夜酒對孫賓。閣下紅蕉暗，燈前白髮新。十年悲往事，相顧泪盈巾。

二

依徙當時暮,還歸未晝遊。久辭荀里去,仍向孔門投。霜葉吟東郭,秋星墜北樓。誰憐頻把袂,猶攬舊烏裘。

三

困日知音少,衰年好會難。驚心聽漏促,久語落杯寒。妙句當筵發,嬌兒出幔看。夜闌生感激,對飯不能餐。

擊銅鉢和天衣雜題十首

丹壑啓蒙茸,招提表十峯。殿方環埤堄,人似坐芙蓉。疊嶂連疑複,添雲襯轉重。樞衣因避地,長愧舊周顒。

右十峯

翠壁千尋拔,清溪雙帶幽。飛崖看散下,到寺喜同流。覆草披遥磧,浮花逐細漚。嵓前斟法乳,此下有龍湫。

右雙澗

刺史前朝彦,臨文書亦豪。螭頭標去麗,鼇背負來高。金壁迷蒼蘚,銀鈎折白毫。千秋黄絹字,相對轉蕭騷。

右北海碑

眉池何歲鑿，傳道在西陳。掛月如圓璧，浮波只半輪。丹顔隨鏡破，碧甃帶沙湮。入水酹功德，無容幻影親。

右半月泉池

法寶翻華藏，經臺展妙香。慈賢真下座，好女自提筐。露宿隨烏子，雲開見象王。僧繇曾有畫，飛去在何鄉。

右普賢臺

七寶梁王供，三皈晉季崇。天衣饒鉢錫，佛像本金銅。守瑞亡前代，神綖出漢宮。傷心賢惠國，看賜繡經紅。

右帝主頒賜經像衣錫等

巀嵲雲門峚，蕭條下寺灣。鷲曾遷舊嶺，龍尚護雄關。翠甓圍禾黍，荒臺盡草菅。刦灰何處認，金布滿空山。

右下寺灣

方丘如對仗，列岫正標門。左右分環衛，中間奉至尊。馱經鑾象伏，説法弋獅蹲。何似恒河上，祥禽擁佛園。

右獅象對峙

蜒蜿喬松埂，依稀古墖璣。千花龍負湧，七級雁銜飛。翠粒浮沙遠，蒼鱗偃蓋微。夕陽殘炤裏，應見寶幢歸。

右古松埂爲三塔舊址

清磬三時静，踈鐘五夜號。雲邊廻竹閣，天半吼蒲牢。度磵疑秋雨，連山響暮濤。陶潛歸較晚，巨挺問誰操。

右鐘樓

西河文集卷一百七十一

蕭山毛奇齡字春庄又大可稿

五言律詩五

北征二首

南浦歌難斷，東山望轉親。素絲方薦璧，斑髩已如銀。據地憑方朔，東方朔有《據地歌》。將車共買臣。誰憐千里驥，垂老入風塵。

二

乞病書誰上，登車路自分。驊騮難作隊，羗雁枉成群。小草經霜出，枯蘭藉火焚。周顒歸計在，休作北山文。

題陳節婦卷子

東海波難逝，南山烏自翔。嫁衣長在桁，鼗緯不盈筐。玉樹當堦緑，金釵墮井黄。羅敷年五十，無復採春桑。

清明日彰義門送客

丹禁分題罷，青門送客行。鄉程悲阻隔，佳節遇清明。帳飲風前綬，車塵雨外輕。鳳城新柳色，欲折不勝情。

祭　廟❶

月吉游原廟，圜冬啓閟宫。句陳羅騎遠，甬道幨燈紅。籥舞調中律，祠官引上公。班聯何所似，倕矢與和弓。

傳臚侍班

景運開科舊，天門放榜新。九重忻得士，三唱换臚人。陛仗排雲曉，宫花照地春。東堂誰第一，不用問班隣。❷

送單贊府之任休寧

姑理松間詠，無卑柳下官。青袍還舊服，白舫上新安。霜後民田熟，雲來鳥道寬。黟山千萬户，總作洞天看。

---

❶ 此詩四庫本未收。

❷ 「東堂誰第一，不用問班隣」，此二句四庫本作「慶雲成五色，喜氣徹楓宸」。

二

玉闕依連歲，金風送及秋。簽書憑贊府，宦跡羡徽州。亭敞堪棲鳳，刀懸俟解牛。鄉心和婺水，同向浙江流。

同諸公集家明府會侯邸舍分韻得花字

禁苑度歸鴉，開罇對燭花。羊羹烹芍藥，龍劍合鏌鋣。書辯三墳博，歌看兩髩華。陶家有宗誼，相顧感長沙。

集家明府同諸公賦鹿脯分韻

野艇分難得，仙厨劈最宜。盤空方決齒，裘暖不須皮。得草呼朋急，包茅誘女遲。平原遺帖在，誰與共臨池。

集韻牌即事

高會開三雅，裁詩抗五都。分題標緑字，就坐擁丹罏。狎雀遷林牖，看蟲結井梧。他鄉相對晚，那惜歲將徂。

喜梅庚至同施侍講韻

客館緑草發，酒市青帘開。春色幾時到，故人千里來。公儀有儒術，梅福本仙才。秖恨黄金盡，

無人更築臺。❶

再用前韻贈梅庚

上國逢春至，横門喜旦開。花看鄜亭發，人自北湖來。遠興同仙尉，高科卻茂才。帝鄉能攬勝，一眺華陽臺。

送汪令之任淄川

爲邑當齊地，之官到祝其。山環羊叔里，花發鄭生祠。玉匣開丹篆，金堂展素絲。陶潛行縣去，剛及早春時。

二

歷下初爲政，陽坡舊有名。綬花隨鷁轉，書薤近庭生。目送雲山遠，心同海嶽清。興來能種秫，不礙魯田耕。

長安春雪初霽飲閣學李夫子宅分詩牌集字同顧二舉人魏大員外

禁曙初融凍，城春已放妍。堆山斜作練，着檻細流鉛。獸撤含灰凹，鵶翻落糝圓，南隣追勝屐，望盡白毫顛。

❶「秪恨黄金盡，無人更築臺」，此二句四庫本作「駿骨當時重，黄金更築臺」。

奉和高陽相公除夕入閣草制即事原韻

制爲專簾草，車從過闕停。曉含樺燭彩，春入柳條青。册府迎三朔，台階轉六星。東風方及物，論爕本無形。

二

餞臘金門外，封函玉案前。椒盤兼饌美，桃板綴花妍。幕北來王日，荆南收盜年。彌綸終歲意，應向此宵傳。

謬和高陽夫子除夕草制原韻辱蒙賜詩仍用前韻詞過奬誘因復依韻奉呈二首時己未臘月三十日

翠柏傳方始，寒蓬轉未停。送年憑酒緑，垂老脱衫青。北闕迴陽景，東方愧歲星。四時看再造，草木自含形。

二

日次行將盡，天階望不前。松盆驚歲晚，花餤待春妍。運際風雲會，恩深戊己年。昌黎安蹇劣，敢藉上書傳。

贈邗上巴君

曉樹能棲鳳，秋河看上魚。人垂高士傳，家有太常書。鄉酒隋宫遠，林花帝里疎。隔江如有贈，吾欲採芙蕖。

金黄門五十

張湛馳蕘闕，王褒使故鄉。蒼龍環北斗，鳴鳳在朝陽。嫯水呈丹籙，秋花映皁囊。黑頭看入相，五十省中郎。

晚宿傳是齋贈駱佳采作即徐昭華外人也

開卷烟雲集，當軒花樹明。贅爲齊地客，少擅義烏名。永夜看揮麈，掄年及請纓。閨中有徐淑，莫忘述昏情。

贈禾中盧使君

南服諸侯在，東方千騎臨。楷模需子幹，經術重盧欽。德比崑山玉，清辭昌邑金。伯牙臺畔過，誰與道知音。

盆桂和韻

顥氣三秋爽，丹葩四蔕含。幽香聞月下，佳賦詠淮南。屏隘襟逾擴，盆低手可探。不須分作釀，侍飲幾回酣。❶

同枚典簿集梧陰草堂

梁苑論文候，西園對酒時。朱櫻堆似火，碧鯉鱠成絲。雨過收雷遠，雲開度日遲。據梧看病減，

❶「侍」，四庫本作「待」。

枚叔有新辭。

送陶丞之官

試仕趨伊洛，之官入澗瀍。雲山開縣道，河水灌鄉田。朝雨催行轄，秋花點贈鞭。驛亭無酒榷，留醉便門前。

蒙陰道中

城隱斜陽裏，旌連古驛中。林霏開北道，山勢萃東蒙。草閣侵雲緑，氊車度野紅。因思作藝日，羽畎舊能同。

殿試和李中允作

制策恢鴻典，臨軒展睿裁。天人齊奏對，雲漢自昭回。綵筆争花發，罏香引篆開。封題天語近，不藉鳳啣來。

元日同諸公集曹舍人宅限韻

上日尋良宴，高軒集勝亭。歲筵籠暮靄，天闕聚春星。餅汎椒花赤，詩題柹葉青。獨慚元旦會，未設戴憑經。

二

帝里人俱集，春杯客共銜。相逢稱壽履，雜坐間朝衫。麗賦推曹植，新聲度阮咸。五辛盤正美，勿復嗜酸鹹。

奉和聖製閱河隄作

天子念河決，親詣龍淵宫。隄與江流接，源從漢使窮。東漸咨伯禹，南徙笑咸通。聖藻方貽誦，誰能掩大功。

二

覆鬴初成道，宣房早築宫。白魚圖自獻，鼯鼠飲俱窮。竹石分菑楗，芻漕輓會通。河平膺爵賞，看比徹侯功。

看菊夜飲

别館丹霄近，閒堂綺席開。星辰天上合，車馬日邊來。絳樹迴歌扇，黄花汎酒杯。東籬遺興在，宫漏莫相催。

答寄梅東渚二首

盡日懷東渚，因風想北樓。書來燕市暮，人坐敬亭秋。九市驚三絶，雙金起四愁。思心逐河水，直泝大江流。

二

春到宣州麗，花開宛水寒。游仙真漢尉，良友是都官。雁度忻留字，鴻飛感漸磐。草堂寄傲久，猶肯憶長安。

北行入兖州界同王明府作

城僻人烟少，山行客路幽。晚天低魯地，秋色遍徐州。峻嶺盤蹊度，清泉夾谷流。同行王别駕，不爲海沂留。

詠菊四首陳中丞席上作

紫袖西施

繡頰凌丹閣，蛾眉掩絳紗。粧遲當晚日，袖薄翳朝霞。翦帔分仙侣，和衣入館娃。東牕頻倚笑，尚見一枝斜。崧曰：時座客十三人，五人爲詩。初傳是作至「和衣」句，座客皆失色。及畢，主人命優人捧觴代花謝，兼折花四枝插車後歸。

鶯語黄

籬落金衣散，玲瓏寶樹齊。窺人同葚熟，密葉隔枝低。織素還穿影，攜柑當聽啼。秋霜砧杵後，恰有憶遼西。

金穿宫

本是瓊臺種，還疑上苑分。銅鋪啣殿月，金椀貯宫雲。共輦雙絲轡，穿針五組文。平陽歌舞在，閣道正斜曛。

蜜輪

油壁驅來近，羊車望轉迂。傍欃遮蝶翅，隔轄落花鬚。漆扇迴轅下，黄支蔽道隅。夕飡同墜露，一樣釀蜂酥。

送劉勃安還淮陰

不見劉真長，于今二十春。酒披燕市月，衣落御街塵。家室真堪戀，音書莫厭頻。眼前相送者，豈是盛年人。

二

未遂東山志，還爲南浦歌。高情薄俗少，良友舊鄉多。懷璧驚投店，堅冰好渡河。淮陰城下柳，長記聽聾婆。崧曰：《搜神記》以琵琶爲聾婆。

寄何毅庵有感時避人之長沙未歸

驃騎聲名在，廬江譽望賒。南臺餘柏葉，東閣有梅花。庭下趨三俊，屏深萃五車。楚人謠詠巧，切勿滯長沙。

任黃門舊宅齋前新産芝草同友賦贈

緑野臨流遠，丹芝繞砌開。風爲三秀發，雲護九莖來。攬珮商山聘，賡歌漢殿才。鶴啣新簡至，五色詎須裁。

二

舊里藏書處，忻看瑞草生。華文如霧合，煜質本星精。虆苑應同産，仙禽可代耕。高門餘慶在，長見玉田榮。

赴卧龍山堂觀燈宴作和姜太翁韻

星橋環曲幛，火樹敞高筵。一任連宵雨，長如不夜天。酒深看鳳舞，山静似龍眠。幸捧仙翁杖，閒堂景倍偏。

貽縣令

江縣桑枝秀，山城柳色新。賈彪真似父，鄴令宛如神。倖薄稀隨吏，❶庭閒少訟人。置身琴鶴侶，早晚得相親。

二

十載忘兵革，今來烽火傳。戢奸嘗秉鑑，調戍自揮絃。操比横江石，貧無綰綬錢。閭閻凋敝久，端藉宓生賢。

北行即事

客病愁來劇，徵書老去多。扳鱗瞻紫闕，載馬渡黄河。魯殿雲中出，郯城雨後過。公孫方應詔，其奈兩生何。

❶「薄」，原作「簿」，據四庫本改。

客福州訪許不棄郡丞園居蒙留飲數日即事書壁

閩嶠三千里，師恩四十秋。蘇子瞻憶歐陽守潁日約客賦詩，❶嘆曰：「師亡後四十春秋無繼此矣。」予少受知郡丞大父平遠夫子，故云。通門傳北海，舊路感西州。好客罇還滿，文孫硯獨留。到來清興發，倚徙聽鳴鳩。

二

名高嘗集履，巷隘不容車。近榻花千朶，當階水一渠。鳴榔呼土附，池上擊板聲則魚集。結袚採軒于。海上烽連後，猶餘萬卷書。

三

敞閣山頻入，閒園春易過。樹深時鳥變，草暗晝蚊多。鮮膾調紅粉，香羹煑白螺。座多名下士，相顧一高歌。時鄭宫坊、高徵士、陳孝廉、蔡進士、藍山人諸公在座。

四

海畔探金鎖，堦前倒玉缸。卷蕉深當杓，次日摘蕉花片作巵侑酒。卧樹老橫牕。壁幔晴猶濕，鄉音醉更哤。座上多操閩音。閩南饒勝事，思煞釣龍江。

客寓南園答曹明府見貽原韻

春風吹滬上，春思復如何。雲牖通蓬海，花堦似馺娑。道書愁後解，佳氣晚來多。千里相依者，

❶「潁」，原作「穎」，據四庫本改。

桐江舊釣蓑。明府曾宰桐廬，故云。

過沂州作兼寄州守邵君

纔入沂州境，清思滿客懷。《周官》通浸沭，❶《禹貢》並徐淮。秋雨行彌促，春風志未諧。封軺無意度，不欲近官齋。

送林户部使學河南

使帝東封轉，星曹北斗懸。名高班鷺日，文變景龍年。雲路瞻司命，天書獎進賢。中原推轂重，應贈繞朝鞭。

二

授簡搜儒術，驅車出帝鄉。九徵剛矢效，一顧鮮留良。客盡誇梁苑，文曾貴洛陽。三花開少室，倍覺掞天長。

夜飲家莨倫宅

畫檻臨秋爽，丹花滴露濃。泉明懷舊族，杜位感吾宗。庭樹年前種，家書醉後封。夜闌方秉燭，月色正溶溶。

❶「沭」，原作「沐」，據四庫本改。

福州訪陳紫巘舉人西園亭子即和其初還故廬原韻二首

東越名賢繼，西亭別宅居。傍櫩留綺石，隙地種嘉蔬。客屐穿林迴，園花着樹疎。長春宮未廢，游讌近何如。

二

華闔名猶舊，朱門望總非。隔橋通水罣，入座負垣衣。津繞龍還合，倉空雀苦飢。雨餘天一碧，爲看藥苗肥。

高固齋徵士陳紫巘招予西園亭子雅集仍用前韻同鄭幾庭宫坊前輩蔡思齋進士暨陳越山許不棄藍公漪諸子

邀賓季倫澗，載酒子雲居。煎餅堆銀線，淘羹攬露蔬。談深意氣浹，醉後禮文疎。應念東安客，松齋定不如。唐秦系予郡人，曾寓此地東安，種萬松自居，故云。

二

論世分今昔，繙書驗是非。花光明入牖，海氣濕侵衣。香爇思俱冥，膏饞腹易飢。南閩春又盡，何處逐輕肥。

飲陳越山齋有贈同鄭宫坊高徵士諸公限韻

勝友連辰集，高齋委巷通。魚梁雙甃碧，鸎粟一枝紅。削脯加春膳，炊彫愛晚春。道山亭下路，總在醉鄉中。

二

螺水環晴郭，鸞臺接故居。其尊人舊官省中。進蒸和稻屑，帶釀濾花鬚。特覓佳酒，以蓮鬚爲釀。歌動牕前鳥，談嬴海外書。穉兒能下食，誰謂鳳毛疎。

和韻餞徐生克堅之益州幕

尚有涪江興，毋嗟蜀道難。家因啣蕨苦，溪近浣花寒。途記緣愁作，鄉書帶醉看。慈闈春漸轉，何以慰晨餐。

二

名重游梁賦，裝揺入幕情。戍樓依晚泊，江水向春生。高會偕賓主，他鄉有弟兄。益州橋畔月，萬里一相迎。

送　曼　殊有序

曼殊病中，每夢阿母促之歸，乃貌以木衣裝送奶奶廟。

且送青娥去，言隨阿母歸。荷花開作面，菊葉翦爲衣。泪盡中途别，魂離何處依？他時香案下，相待莫相違。

二

豈有登車意，原無唾井情。因身長有病，阿母鎮相迎。寶髻山桃插，香骸土木成。傷心未開閣，生放小鑾行。

秋杪陪群公集同年馮太史宅觀菊分賦得潛字

秋日照高檐，秋花帶露拈。官貧門自掩，客至酒頻添。軟菜經宵凍，踈衣減夏炎。故園三徑在，何處覓陶潛。

二

清興招同館，晴牕對曲慊。篋中三豕渡，花底一蜂潛。下食飢逾美，深談慣不嫌。滿頭思插去，搔首白彡彡。

題何毅庵宅

碧帙晴還展，青山老更親。春迴龍澗櫂，晚着鹿皮巾。結珮常遺客，分門在證人。劉蕺山作證人社，以毅庵爲都講。詩書饒萬卷，庭下有珣琨。

紺上人赴崑山葉太史藹園請席聯句時宛陵施少參臨安丁禮部邗上吴刺史吴門錢明府尤司理蔡茂才俱有和詩

金谷龍鱗澗，張杉珠林燕子龕。中軍新見請，甡高坐舊能參。解筏當杯渡，杉投詩滿藏函。臨岐餘眷戀，甡相顧把優曇。杉

二

送汝歸崑阜，甡看君繫草鞋。法傳迦葉玅，杉詩比惠休佳。初地從招手，甡三江宛入懷。朱門曾遍歷，杉可似住茅齋。甡

雪中集詩牌飲李閣學宅

翠嶂雲俱合，平橋路未乾。鶴歸棲院静，客至换衣寒。翦毳凌晨散，涵暉向夜殘。坐看東閣啓，同厭大官餐。

葉公子守備清源

公子飽文史，剖竹出東齊。天際掣鷹隼，腰間瑩鸊鵜。陶山雲欲滿，濮上柳初低。長嘯清泉上，風流似鎮西。

二

書生投筆早，驃騎奉恩初。鉅鹿方開壁，聊城有射書。春風餞行幕，遲日發輕車。自笑頭將白，無能佩玉魚。

曼　殊　病

汝本雙成質，秋來一病深。燈前衣戀影，身後語傷心。惜誓留金合，延醫賣鈿簪。北南歸未定，魂去那能尋。

二

但厭心長捧，誰知病不甦。無兒年頓盡，恨母日來呼。初娶時，夢大士取盎中花見與，故同館陳太史贈名曼殊。及病，則曼殊自夢一媪携兒至，曰：「汝本吾家物，我擠眼，汝當隨我去。」其兒曰：「家去罷，不去阿母么喝。」黛椀誰書剌，予乏書記，每晨必寫剌數板。銀牀想挈壺。曼陀花一朵，看向日邊枯。

奉和杜相公元日即事原韻二首

輯瑞朝正後，端圭祝聖餘。陽回鄒氏谷，春滿段干間。荆楚調兵檄，貞觀奏治書。蓂階方啓莢，誰謂禁花疎。貞觀，唐年號，出《易・繫》，有平去二音。

二

王春瞻首服，相業繼當陽。柏子懷貞切，椒花引興長。祈年如召奭，作曆授張蒼。第與朝元宴，何須引奉常。

益都夫子賜示閏中秋詩屬和依韻二首

三五今宵月，曾從秋半開。彩鸞驚又至，顧菟喜重來。桂樹長臨鏡，萸花待舉杯。齊紈將棄置，皦皦似新裁。

二

西風吹未斷，南吕琯猶開。疊詠袁宏在，聯楂海客來。雲留天柱月，酒宿幔亭杯。誰使瀛洲老，還將水調裁。

徐通政贈公生日

緑錡垂弧日，彤庭賜杖年。賓筵張座右，朋酒醉花前。石匱天邊字，荆溪雪後船。恩綸方累錫，應有鳳書傳。

二

東國誇遺耇，南州隱少微。内臺銀作構，上柱玉爲扉。海鶴鳴瑶席，山龍畫舞衣。一陽吹律後，漸見綵雲飛。

集同年米贊善宅和韻

逼檻拔山雲，幽花入徑分。亭虚峊作幛，石罅水生紋。秘笈閒中發，清譚静後聞。隣園延眺晚，高樹掛斜曛。

西河文集卷一百七十二

蕭山毛奇齡又名甡字僧彌稿

五言律詩六

送陳參軍之任牂柯

京國三年别，昆明萬里通。官程踰洱甸，郡舍傍烏充。海瘴連山白，蠻花染貝紅。題詩相寄遠，應在石屏東。

貢貞婦以未嫁死節

黄絹詞難妙，青陵路易迷。但歌貞女操，不賦仲卿妻。褵結猶懸帨，鬟垂豈副笄。羅敷墳上鳥，到死未雙棲。

凌君生日君善醫，其子善弈。

慈竹編成屋，蟠桃斲作巵。天垂襟宇闊，霜入鬌毛遲。鼓櫂歸西塞，提壺出上池。歲華三百六，庭下看枯棋。

送孫太史充册立使封安南國王二首

金册三交使，朱衣萬里身。聖恩優侍子，賓禮覲王臣。瀧海花如霧，炎洲水似銀。百蠻開詔後，併作日南春。

二

故典淹儒術，新王拜御書。去登朝漢闕，歸負指南車。象郡啣碑遠，蒲泥賜印餘。邊亭争負弩，爲認馬相如。

閨中秋月下作

不信秋纔半，翻憐月倍圓。光流收潦後，寒入降霜前。星没南鴻盡，天高朔吹連。閨人前度拜，只道又經年。

賦得採菊東籬下

秋菊滿東籬，黄花對酒巵。把來知坐久，採去恨開遲。玉露摧丹葉，金錢掛碧枝。故園三徑在，回首一相思。

贈張判官之武定州

趙軌分齊郡，王祥治海康。篺篁遮古道，桑椹接隣墻。山霧翻城白，湖雲映綬黄。驅車因禄養，不爲斗筲量。

二

半刺名通守，長才補判官。院從施榻重，壁掛佩刀寒。茀軾安騏驥，桐棲惜羽翰。堂堂公輔器，敢作庶僚看。

康熙十七年予以不學謬膺薦辟三辭不允兩浙開府陳中丞竟投檄舍下勒攜赴部勉强應命感而有作

恭誦王言大，深知儒術尊。九重思帝弼，三辟及公孫。府檄封投舍，徵車駕到門。微臣久荒學，乞放是君恩。

蕺山戒珠寺

古殿倚嵯峨，春風似永和。龍歸華藏遠，僧把戒珠多。舊巷看巢燕，清池想浴鵝。前王曾採蕺，霸業近如何。

送洪昇歸里覲省

十載留京國，三春返故扉。興隨青草發，夢逐白雲飛。宿旅尋題壁，前途數換衣。城烏翻埤堄，相顧轉依依。

二

孝友鄉人信，才名國士聞。朅來依上舍，此去浣中裙。柳記當門長，星從過野分。天涯原有泪，不用灑離群。昇有曲名《天涯泪》，爲思親也。

王黄門招遊祝氏山莊同施侍讀王祭酒徐大贊善曹編修汪二檢討汪五主事即席限山莊二字

尋花來杜曲，載酒到柴關。朝士此時集，春風竟日還。菰蒲依檻外，柳絮落衣間。相對塵襟豁，渾疑返故山。

二

頗覺春光盡，真成野興狂。城南天自近，杯底日初長。草閣廻林薄，花塍間水坊。追陪王給事，認作輞川莊。

左瞑樵歸里

君是忠良後，爲忠毅公子。相逢早記名。題詩江令宅，供帳越王城。午雪當筵下，春潮接岸平。前途如有憶，試看柳條生。

涇陽聞人明府之官索題卷子

燕市傾行酒，秦關引去旟。蔭人通五柞，任土得三渠。林僻聞絃誦，花明照簿書。到時春信早，應見雨隨車。

二

古道攜琴意，荒亭負弩情。地高知野沃，水濁驗官清。山雉當車乳，村雞近縣鳴。咸陽一百二，行處是王程。

奉陪馮夫子游萬柳堂和韻同汪春坊陳檢討林主事諸公

洛下三秋會，城南尺五天。草茵沾墜露，茶竈引孤烟。礙柳移橋板，澆花決壟泉。謝公餘興在，絲竹正泠然。

二

名園饒暇日，踈柳漏晴天。水洑方收潦，林深長帶烟。尋花度韋曲，記石笑平泉。千載登臨興，吾思孟浩然。

詠西平舊蹟八首應西平令沈明府之請也

柏　亭

封國貽來久，鄉亭望去新。風清山郭曉，雲度野橋春。疆理遥連楚，桑麻宛在秦。行車長駐處，争識種花人。

積　雪　莊

四望白皚皚，高風下石臺。官橋冰未合，汝水凍初廻。峭壁參天映，窮櫚負日開。縣家能埽雪，應向洛陽來。

周　泊　漁　家

碧水横梁笱，青絲展釣車。空村聞櫂唱，前岸有漁家。夜雨流菰葉，秋禽叫蓼花。江洲吾有興，何必上仙槎。

分金岡其八景名義岡牧笛

入世懷良友，長貧感素心。非時猶韞玉，何地好分金。細草全披徑，斜陽半在林。悠悠牛背上，短笛是知音。

龍淵又名龍淵夜月

灩瀲棠谿水，蒼龍起石磻。菁葱蓮葉劍，紫氣繞河干。利器藏歐冶，前朝廢鐵官。清光千萬里，渺渺向誰看。

董孝子織女臺

贈珮天邊杳，支機石上分。荒臺啣晚照，滿眼散秋雲。磵蝶銷紅粉，山花掩翠裙。高堂如獻帨，可用七襄文。

鄧公陂

太尉多遺蹟，中原感廢基。當年曾伐蜀，此地早開陂。迤北平田闊，征西返道遲。汪汪千頃在，爲爾一追思。

郅君章遺塚

荒壠迷春草，高丘帶夕陽。我來時下馬，一拜郅君章。史誌鴻名舊，碑蟠螭首長。蒼茫烟樹裏，父老尚烝嘗。

同年袁編修予養歸里

才子徽中制，詞臣去北扉。幾年同禁闥，鎮日念庭闈。史祕弢銀管，裝輕疊綵衣。東明山下路，應見白雲飛。

二

朝天三館外，愛日八甎餘。曉禁辭行幄，春園御板輿。牕圍淇上竹，饌入衛河魚。獨恨南游返，居然戀直廬。

奉和高陽相公元旦即事原韻

正始端樞景，朝元散珮聲。日華方啓仗，天氣欲銷兵。祝歲占黄稑，開疆奠紫荆。萬幾勞首祚，千載藉阿衡。

二

甲子開元朔，安危寄一身。敷天皆得歲，大地總生春。玉曆頒承久，銀旛拜賜新。不須房杜在，宰相始稱真。

送蔡生之檇李生擅星學

放眼星辰外，乘槎天漢中。新書傳趙載，高論本王充。海水分衣緑，江城掛日紅。由拳如望氣，應過語兒東。

友人移居

喜卜安仁宅，應垂履道名。青雲當牖出，碧水繞堦生。種樹前人蹟，廻車過客情。翻嫌茅舍遠，斗酒問柴荆。

高侍講扈從東巡盛京有贈四首

朔衞嚴清蹕，東巡簡從官。持衣陪萬乘，橐筆侍三壇。仗扈龍驤遠，江廻鴨緑寒。豐人雞犬在，彌望即長安。

二

御路通澄海，鑾輿狩盛京。掞天流漢藻，計地出秦城。班借千山影，詩題五國名。長楊勞聖眷，早有射熊情。千山有九百九十峰，近高句驪。

三

豫動迎花壘，春深暗柳旗。敷文頌靺鞨，前史著高驪。墓吊張僉事，歌傳來護兒。十三山下住，回首一相思。

四

才子膺供奉，皇恩逮近臣。百神黄道合，二月翠華春。鐵嶺追仙校，凌河少凍人。杏花山畔發，看點屬車塵。關外有杏山城大凌河，冰凌入夏不解。

與邑尉劉君飲次君本山陰人

莫厭雌猶伏，須知蠖自伸。青袍映江草，黄綬見鄉人。學並劉希美，仙同梅子真。罇前須記取，皓首是編民。

送顧記室赴濟南幕

送汝游齊郡，秋風起薊城。車前關樹遠，衣上海雲生。幕府藏珠匱，函山訪玉罌。徂徠能遍歷，爲我斸黄精。

二

同作長安客，君爲歷下游。贈鞭盈帝里，操瑟向齊州。雁度平原嶺，秋高望嶽樓。白雲無定所，何處是滄洲。

益都相公攜門下諸子游王大司馬園林即席奉和原韻四首時首冬雪後

攬勝覓佳囿，入門生隱心。巖從雲外接，人向洞中尋。絶閣摩天豁，空壇負日陰。恍疑臨塞峽，騎馬度彈琴。居庸關有彈琴峽，水聲如琴。

二

複磴風前折，陰崖雪後寒。橋廻雙澗落，石隙一亭安。翠柱遮行幔，銀牀漱急湍。林踈垂縷絡，尚有蔓胡蟠。

三

遨遊勝西苑，松菊想東澠。益都家近澠水。彭澤饒師弟，平泉舊友朋。相公與司馬爲同年友。山光涵蓋碧，樹色落衣澄。愚谷新移處，初時攀未曾。

四

種花憐盍子，南方草花名。來鶴愛蘇耽。簾捲千峰雪，牕含衆壑嵐。書臺延遠眺，酒石醒餘酣。千古藍田業，何須在渭南。

山陰王生屢枉缺候有詩并文稿見寄奉答

夜別西園久，春還南浒稀。吕安長命駕，皇甫未披衣。入世哀時命，高文杜德機。前期千載在，咫尺敢言違。

朱文學載中童二欽震各有贈詩并詩稿寄示答之以詩

妙論朱公叔，佳名童漢宗。車中方合璧，筆下儼追鋒。隔水投雙鯉，同時作一龍。新詩都在眼，開卷恨難從。

伯興歸自新安

寶婺峰頭雨，新安江上雲。臨圻懷謝客，歸路指桐君。石記前溪好，烟攜滿袖芬。不知招隱地，可誦小山文。

客晉安同諸公飲次贈蔡進士作

良讌追河朔，雄文重子尼。當軒閒結襪，入座静卿巵。古道歡逾朴，鄉談褻不羈。座中鎮操閩音。酒酣方待駕，秉燭對彈棋。蔡好飲善弈。

又贈藍山人漪

異地聞豪客，同時擬謫仙。玉山行處倒，銀海抱來眠。挾策裘還弊，揮毫紙盡穿。山人善書。相逢林下士，看解杖頭錢。

徐水部榷使歸朝

使出南關近，天垂北望遥。朞年三奏績，四海一歸軺。鳳語廷花轉，雞含署粉銷。軍儲催賦急，平準幸相調。

二

司水推何遜，爲郎返杜陵。雲亭需倚馬，星路逐擔簦。國計關前草，鄉書篋裏籐。内廷諮近事，只飲聖湖冰。

三

駟馬官人餞，雙旌使者回。頻辭龍阜去，會見鳳城開。載惜川林賦，搜餘竹箭材。難忘吟盻處，不獨宋宫梅。南關榷署有宋德壽宫，梅水部嘗咏詩索和。

四

家乘饒中論，關門又著書。聖王勞補衮，下士安牽裾。授策來前席，娛賓屬後車。淥波江上路，相望轉相紆。

吴明府納姬聯句和韻

古署青鸞繞，牲春城紫燕來。筵前雙燭映，吴沐勝裏一花開。單父琴方御，牲藍田玉自栽。公門有桃葉，沐看取隔江迴。牲

二

兩槳西陵渡，沐雙輪北府來。燈垂百子豔，牲扇逐五明開。陶柳當牕種，沐潘花繞砌栽。嘒星中夜望，牲長共斗杓迴。沐

遇徐二咸清同赴徵車有贈

幸附南州辟，同爲捧檄行。名高重孺子，親死媿毛生。黻珮當年意，車徒此日情。治安如有疏，切勿效縱横。

上巳萬柳堂修禊奉和益都夫子原韻二首即席

佳節三辰届，名園幾度過。雨來新水漲，風緩落花多。堦樹侵衣緑，盤酥映面酡。禊堂相隔久，驚聽羽觴歌。

二

臨水從周俗，因風想魯壇。草深埋野屐，林密礙朝冠。時序杯中興，雲山天際看。明農丞相意，只顧問園官。

贈送郡司馬童使君赴任同沈光禄韻二首

展驥爲參守，分符向會稽。人如崔北地，官比謝安西。輦下諮編蔀，車前賜屏泥。褰帷將入郡，江岸草初齊。

二

暫借鈞衡器，長懷荊楚材。亭邊候騎列，山半郡堂開。披牘鶩雲豁，清軍渡海來。琪花能四照，光氣滿蒿萊。

陪游祝氏園即席和益都夫子原韻四首

招尋當雪霽，此地得幽棲。巖曲通流細，林深入路迷。魚從寒潦伏，雞傍午烟啼。扶杖追隨處，悠然物我齊。

二

梁苑抽毫至，楊亭載酒過。層冰封斷磵，密雪抱繁柯。隔巷留賓騎，長樊罥女蘿。從來難和者，唯有郢中歌。

三

看山疑玉岫，入室啓冰壺。白墮傾來淺，紅塵到此無。烟霞忻自得，牛馬任人呼。況有當牕菊，亭亭不用扶。

四

談深神自静，地勝境逾幽。傑閣憑來迥，高岡坐去浮。文章增嶛峭，杯斝起綢繆。燈火將歸晚，行吟動暮愁。

題諸暨傅貞婦圖畫

誰畫松和竹，能分珉與玒。烏羊安用匹，黄鵠不曾雙。冰鏡窺蘿石，清流繞浣江。清宵思彼髧，長自對銀釭。

蛤大師之寧州用蛤公贈韻

道人渡江去，拂衣隔人群。將攜剡川雪，一卧匡廬雲。妙指天邊落，清談石上聞。内廷供奉久，長憶聖明君。蛤公曾延住椒園，故云。

二

永夏辭天姥，新秋去若耶。題詩存八正，飛錫近三巴。鉢隱龍宫樹，衣裁鷲嶺花。天涯相問處，不記有恒沙。

三

東土栖支遁，南朝重惠休。金臺邀翠輦，銅椀賜紅樓。出伏山前虎，行隨海畔鷗。宗雷舊同社，相送上寧州。

四

修溪石室好，此地得精廬。編户知僧律，長廊貯佛書。塹聆幽讚會，常住浄明居。誰道秋江上，瞻雲過太虛。

江上數峰青同南士作

極浦彈瑶瑟，群山列翠屏。烟林棲浪碧，嵐氣近江青。九面開衡嶽，雙螺洗洞庭。不須悲帝子，相望總冥冥。

吴江顧生初度

每渡吴江水，長思笠澤賢。家傳三俊譽，門繫五湖船。釀黍逢冬節，栽花度晚年。香山能自咏，好著會昌篇。

送汪檢討林舍人奉使琉球册封中山王四首

水國稱藩遠，儒臣奉使遥。玉函天外啓，金節日南標。鯨路開雲驛，虹旗結海橋。殊方倘懷闕，萬里趁歸潮。

二

北顧敷文命，東行載德音。片帆沙際急，孤島霧中深。天賚三繅玉，波涵萬頃金。針槃隨所向，總見使臣心。

三

鳳詔從天下，鵬程擊水飛。封留傳世寶，到着賜時衣。蜃氣看成幄，鮫人喜下機。主賓迎饗後，頫首奉恩輝。

四

荒服行人罕，還朝覲禮成。高風占使節，落日驗歸程。晚向龍宫别，春從鰲背生。蠻方書帶礪，敢不藉芳名。

陪同館諸公飲喬編修宅即席和韻時同年尤檢討予告將歸

秋早吟蟲急，官閒度馬遲。柳風清入座，燭影暗流巵。筵敞茵嘗密，堂深幔自垂。明朝有歸客，永夜且相隨。

二

同舍愁分首，當杯想乞身。論文輸我輩，索食向誰人。庭竹含烟細，沙蒲入醖新。夜涼衣露滴，涴盡六街塵。

周大公子赴河東參軍贈别

雅有參軍興，新添從事銜。罌藏白墮酒，桁掛緑羅衫。吏治思吴彦，兵書卻渾瑊。籌邊樓下路，猶見石巉巉。

二

庾杲才難敵，嘉賓望自隆。一官歸幕府，三絶去河東。槐簡分衣碧，蓮花汎水紅。題詩相望起，多在晉陽宫。

和秋日閒居詩十首有序

同年喬編修示閒居詩屬和。嗟乎，我乃無居。時借寓王光禄宅。因于奔走之暇，陸續和此，悉依原韻，見者毋哂爲不閒乃可耳。

鮑照非無廨，張融未有居。登朝真懶散，涉世太迂踈。僕老艱持刺，官貧厭較書。徒言殘暑退，煩悶幾曾除。

二

訪客還三市，尋真過五家。馬頭飛候雁，寺裏見秋花。近塞風逾上，衰年日易斜。所忻陪宴飲，日日醉流霞。

三

偃息竟何事，驅馳了不知。宦情供嘯咏，蠻語拙言詞。投筆增三嘆，還書又一嗤。東家有供奉，且與譜龜兹。

四

洛下吟初慣，廬江客已殘。驚心陪祖帳，違例入句欄。結組當年邁，遺鞭在夜闌。有田鉏未得，何處問倪寬。

五

名難垂後世，賦乃嘆同時。蒼髩歸金馬，黄庭鎖玉匙。酢梅空濺齒，變豹豈留皮。特愧終貧窶，長膺鮑叔知。

六

依人在廊廡，與客度朝晡。竹牖穿雲眼，苔衣繡土膚。傍身遮短褐，無力養長鬚。誰道佯狂者，能令禮法拘。

七

緘文愁玉柙，食鱠想金虀。賄在應焚齒，香消那噬臍。涼深知夏遠，望久覺天低。借問郗公舍，今還在剡西？

八

緑髪含霜淺，黄塵着袂輕。當車翻柘影，隔巷賣餳聲。肘繫還丹訣，胸無堅白鳴。徒吟王粲賦，安得俟河清。

九

但署崇文館，從無治事齋。花甎看局促，虀臼費安排。白壁誰留珮，青錢勿繫鞋。北山如可返，吾欲訪洪崖。

十

帶草枯難縛，籬花落未拈。歲時終有盡，出處那能兼。興至繙書簏，顔衰避鏡奩。秋來逢短景，尚恐舊愁添。

西河文集卷一百七十三

蕭山毛奇齡字大可又字于稿

七言律詩一

西河七律以神、景、開、大爲歸，故用氣攤詞，用詞馭意，俱有獨至。其中偶涉融雋處，要是故爲元和後法，非流及也。蓋氣削于意，縝練減而纖疏勝，皆是中晚彼認穠麗爲西崑者貿貿耳。

律用實勝。濟南能實，惜全少隙地；若信陽則又微涉歇末矣。唐人三四虚攏、五六實攤者，十之九。假令《黄鶴樓》《鳳凰臺》無五六抵排，可稱律乎？

西河于半律後經營未盡，此勝人處也。

西河自言曰「酬應者十九，宴游者十一，登臨感寄無聞焉」，工拙可知矣。然唐人原無虚題，自子美作俑，裁多空指，顧浮響易襲，實拈難工也。西河雖奔走衣食，本無閒情，故非作意爲唐而虚題自少。

律以律意，意完律止，故唐律皆單篇也。近不能律意，意浮于律，遂一題數累，意境雜出，或至起不押題、收無留情，倘摘去首篇，漫不知爲何題矣。西河一準于律，則單篇自多，累章自少，何則？祇就押題論，若首篇一二然，次篇一二又然，不床上床乎？以上見鴻路堂輯本卷首。

附《西河長至夜論詩筆記》　毛甡客西江，長至夜與桐城何懷仲、宛溪汪發若、錫山堵子威飲施湖西幕，湖西曰：

「少陵與人同爲詩，輒不競，何也？往次早朝詩，某最抑少陵作，人多所怪。」甡曰：「唯然。曾記某時亦次此，客曰少陵傖，甡訶之。客曰：『不然，且如論其粗者。律，律也。既題早朝，則雞鳴絳幘、萬國千官，律然已。王未能岑者，王未能補舍人原唱，春色則花迎柳拂，王所怯耳。王、岑統未能賈，賈以「銀燭朝天」四言原盡，則頷之優豫，王、岑所怯耳。杜即不然。王母仙桃，非朝事也。堂成燕雀賀，非朝時境也。五夜便日暖耶？舛也，且煖非早時也。若夫旌旗之動，宮殿之高，未原朝者也。日朝罷亂也。和與早朝半四句，乏主客也。如是非律矣。且賈、岑、王多符語，豈相勦耶？律固如是矣。往誦景龍宴公主山莊詩，彼沈宋燕許諸鉅公也，所傳應制，凡三十餘首，衹如一首，此何故？假如主第有泉池，則詩中各宜賦一句，特此中見超則超耳。如趙彥昭「靈泉巧鑿天孫渚」、岑羲「泉聲迴入吹簫曲」、沈佺期「池成不讓飲龍川」，自不如蘇許公「當軒半落天河水」之妙。曾記王于一論詩曰：錢吴興《湘靈鼓瑟》詩，一結固超，特起頗窘。是必先有鼓瑟大意，恍惚徐入。陡曰「善鼓雲和瑟」，非窘耶？』某不答，只誦當時同試詩『神女泛瑤瑟』『帝子鳴金瑟』『瑤瑟多哀怨』諸起句，王便不復理。若吴興落句，『曲終人不見，江上數峯青』，亦非創語也。魏璀有『曲裏暮山青』，陳季有『數曲暮山青』，既授青韻，則自有此句，特錢超耳。王、岑、賈不岐而杜岐，則杜傖矣。」又曰：「岑落句『陽春一曲』，急着陽春，非無意也。觀其又和『雪中早朝』，急着白雪可見。」又曰：「歷下不選少陵，有意；且複選三詩，亦有意。客之論此者雖粗，然亦有意。」湖西曰：「然，當記此一節。」因記。

禹　廟

夏王四載告成功，別禪苗山起閟宮。玉帛千秋新祼薦，衣冠萬國舊來同。金書瘞井封泥紫，窆石懸花映篆紅。一自百川歸海後，長留風雨在江東。

江徼懷人

江徼懷人江外臺，江流千里重徘徊。秦人島嶼乘潮上，漢將樓船繞地迴。殘壘低連沙樹暝，孤城遥傍海門開。西陵一望滔滔水，不見長帆天際來。

無　題

織素誰來問故妻，春機當户曲欄低。箏投秦氏桑林下，家近王陽棗樹西。錦字廻看江北雁，玉梭鳴傍汝南雞。絲長日短難成匹，愁煞鴛鴦半路溪。

晤太倉許長水焕左遷吉州司馬賦贈兼慰

江州司馬舊高陽，吴下風流屬太倉。長水自留循吏傳，嚴關曾使户曹郎。清秋好月逢玄度，外府卑官念子將。指顧漢庭思賈傅，不教楚水厭明光。

懷張七梧游粤

邗關客舍送馮驩，一别三年會面難。草短愁人還北固，花開憶汝在東官。明螺舟放珠江白，瑣布衣裁荔子丹。陸賈未歸書使斷，誰從嶺表問平安。

過　東　園

偶過東園倒接䍠，春風幾度憶前期。低花趁蝶銷黄粉，積草生魚散緑陂。架滿書編看愈懶，門無客到啓嘗遲。借問西川王録事，可能還贈草堂貲。

沈康臣評曰：意調寬然有餘處，絶似右丞，往與葉蕃鮮最愛此詩，以其不近歷下故也。

除夕逢立春效景龍體

椒盤栢酒傍江開，彩仗青旂出郭來。玉曆乍看今夕换，蒼龍先遣隔年回。林彫朔雪驚抽蕙，地近南天早見梅。添歲迸爲除歲日，他鄉何似故鄉梧。

春盡林亭書事和吴水部韻

春光欲盡曉陰寒，閒向林亭一倚闌。當牕麥氣隨風度，隔幔山容帶霧看。宿鳥盈巢遮葉暗，晴蜂繞地戀花殘。共對琴樽忘物候，朱盤新摘小梅酸。

白鷺洲施湖西席送吴百朋之任滇州即席同陸圻韻

天涯高會惜離群，錦席芳洲夜送君。樹裏星河三楚盡，樓前章貢一江分。翻來白鷺波間羽，望起蒼梧嶺外雲。怪底新歌皆妙曲，征西官屬總能文。

二

雙江高閣上崔嵬，入夜憑欄一舉桮。千里重停吴隱棹，群賢追嘯庾公臺。清歌別部風初轉，换席西軒月欲來。此去滇州應不遠，南行端賴濟時才。

東蜀山人

東蜀山人着素冠，青蒲繞屋近河干。自稱晚歲須扶杖，人贈清歌是考槃。啼鳥春從花裏密，烹魚朝出竹中寒。閒來時向藜牀卧，種樹新書看盡難。

千秋橋訪友

千秋橋畔草芊芊，司隸閒堂一徑偏。隔巷燕飛尋舊壘，開門水滿纜春船。家人偶着秦時服，❶故事猶談宣廟年。落拓相過休恨晚，夕陽江上有烽烟。

登臺望石門關作

春草群飛雉子斑，登臺一望石門關。緣江烽火來三楚，横海樓船斷百蠻。絶徼軍輸愁遠度，長征都護未生還。我來不見周南郡，金斗城高何處攀。

旅中送張二自晉陽還歸西江

高林朝日炤叢壇，游子還鄉勸早餐。欒氏諸兒曾許趙，張良垂老未歸韓。路分南浒黄秔熟，家在西江白露寒。帶鋏揮戈年歲晚，重來莫忘釣魚竿。

登瓊花臺

何年創此瓊花觀，不見瓊花此觀開。千載名花應有盡，尋花還上舊花臺。飛鴻曉斷邗關度，疊浪秋翻瓜步來。四顧憑欄一惆悵，蕭蕭黄葉下蒼苔。

舊評曰：氣調涵渾，風格豪上，「飛鴻」二語，乃高廓無前。

---

❶「家人偶着秦時服」，此句四庫本作「家人慣善秦聲曲」。

張使君泛舟作

太守樓船駕露梯，平明載酒鹿城西。緑水漲時抽緑草，青山斷處界青溪。擬翻太液歌黄鵠，曾使陳倉祀碧雞。淼淼胥臺高未極，相看知與峴峰齊。

許記室新成進士有贈

三年管記在江東，獻賦還來宿射熊。並道枚臯堪倚馬，誰憐鮑照久從戎。天門日映寒袍紫，上苑花傳錦字紅。舊府蒼頭擐甲去，也聽鶯語到南宫。

送胡揭陽之官

揭陽勝地古潮州，東綬懸金起壯游。候吏遠迎三水驛，居人多在百花洲。鮫珠散處蠻雲繞，馬甲裝來海氣浮。君到若推吴隱後，玉溪應發舊清流。

張梧去淮

獨上淮陰古釣臺，登臨作賦甚雄哉。頻年帶劍驅吴楚，忽爾行歌歸去來。細草喧隨胥浦漲，平濤凍逐射洪開。南昌亭下春風發，不見王孫哀復哀。

宿東村作

東村别館傍東田，猶許東家倚醉眠。隔屋鳴箏聽漸遠，疎欞漏日影初圓。枯荷殘暑浮新鯉，高樹先秋咽早蟬。欲上南岡無羽翼，褰幃愁較白雲篇。

徐徽之舊評曰：取調渾，寫境不渾；寫境刻，用意不刻，才是能手。　「疎欞」句真神景間調。

游倪司農園亭

尚書休沐草堂成，别有層軒倚水楹。高閣恍連千堞起，修廊時繞萬山行。曉霧隔陂牽紫蔓，春風前路折朱櫻。潁川才子題門巷，只羨兒寬雨後耕。陳推官子龍題堦門爲經鋤鄉。

送洪明府圖光之任程鄉

程鄉南去載青驪，明府才名天下知。珠海烟深行處遠，藤花風煖候來遲。農錢絶徼輸螺子，官酒長亭薦荔枝。送汝鵬飛剛六月，前圖應記鳳西池。

詒徐水部

南州才子水曹郎，兩度乘軺出帝鄉。豹尾舊懸吴市曲，麟書重下楚江陽。遥天芻粟通關遠，獻歲椒花拂綬香。慚愧梁園倦游客，秋風一别竟難忘。

登會城望江仝金二鎏何四十一之杰沈太史孫吴二徵君

江水滔滔接遠空，登城遥望海門東。秦皇弩仗驅三島，句踐船軍散五戎。斥地鹽潮賓雁白，蠻天蕉雨客帆紅。津亭飲宴當年事，努力神州藉數公。

飲梁少府

仙官趨府控金羈，邀我同銜鸂鶒巵。春到滿城開躑躅，晚來雙甕發胭脂。江關暇日參卿重，山坂晴雲送客遲。小吏不知廳事散，隔墻猶自聽黄鸝。

桃花津前

桃花津前津路廻，角巾布襴林扉開。客知古事倘能説，我亦野情當再來。斜日白桐寒隔塢，迎風紅蔓㜄當杯。山村處處春桑發，那見彈箏秦氏臺。

暮春三月吴淞招上巳修禊姓適過山陰不果從卻簡張懲徐致遠諸子

麗日晴風泖浦波，青油畫鷁禊堂過。江南舊俗推元巳，吴下新亭似永和。蘭葉叢舒紅錦幔，桃花高漲白龍河。千巖萬壑山陰路，不見流觴奈若何。

少　年

少年抱劍出關中，羽衛新招六郡雄。久許報恩逾聶政，平時飲酒笑秦宫。雞鳴曉日黄河動，雁陣秋陰紫塞空。當日枌榆遷欲盡，愁君馳馬過新豐。與舊刻小異數字。

黄匑知評曰：「黄河」二語驚人。又曰：雞號以興，百息俱動，三春過雁，秋賓而稀，「動」與「空」本是實字，卻下得奇警，真未易到。

與祁六公子赴曲水社集

不分肩吾曲水游，幸陪青翰鄂君舟。殊方結客三千屨，連袂看花十二樓。列伎長筵歌自緩，畫屏深燭醉難留。晚來多少江南雨，瀉盡王家金埒溝。

王侍御席與歌兒

御史筵前舞柘枝，當筵重唱鷓鴣辭。紅牙長繞青螺帶，粉頰低垂緑玉巵。人是故譙車子後，歌傳秋浦謝楊兒。蘭臺曾擬貞元宴，葉底花間幾度思。嘉模曰：劉禹錫詩「花前葉底奉君王」，間與前同。

匏　瓜戲倣西崑體

匏瓜空載兩車箱，不疊蘘荷舊紫裳。争取百千邀碧玉，何如十五嫁王昌。樽前鳳舞黄華子，水面魚吹白石郎。辛苦盛年猶待聘，當時只記善和坊。

逢劉二江南行

王孫十載罷追游，又上龍江古渡頭。獨酌馬生仍作客，同行李廣未封侯。梨花滿院留青漆，柳樹長干躍紫騮。無限建康城下水，年年空向海東流。

蔡大敬評曰：「梨花」二語栩栩欲仙，所謂天，所謂自然，所謂妙，俱以此，唐人惟王維有此。

孟遠訪友吴下

孟子論交真丈夫，清江四月下三吴。花明錦帶懸刀錯，風送斑鵻轉轆轤。長夏鶯啼過茂苑，荒臺草色戀姑蘇。淮徐北望雄千里，莫道韓陵片石無。

入湘湖書事

落星湖畔草茫茫，别有澄波萬頃涼。溪口一橋連大路，城西幾里到横塘。青山入浪烱林動，翠藻緣崖水帶長。隔浦鵁鶄驚棹起，蒲荷深處又成行。

二

環山浄捲碧琉璃，紫幕紅茵度水涯。稻葉暗抽朝溉後，荷風不斷午涼時。龍堂瀨淺楊王宅，湖有楊冀王宅，今爲寺。鳥道雲盤句踐祠。蕩槳女兒歸獨晚，前湖新約采蓴絲。

衡　陽

衡陽一望數峯高，雁去烟深絶羽毛。嶺海但能供荔子，滇關誰與種蒲桃。戈連歲擾魚龍舫，花落春温組練袍。新息舊標江界柱，天回南畔水滔滔。

贈姜二承烈赴從叔上元官署

横江草色柘袍輕，游子鳴榔入舊京。❶村市春烟迷浦溆，布帆朝雨近清明。河陽花縣迎潘叔，建業官廚訪步兵。天府嵯峨渾不改，❷相逢愁上石頭城。❸

馬跡懷南士

越王山下賦離群，英布城前看落雲。歲暮他鄉還作客，春來何處不思君。天開婺女摇晴翠，水滿康郎漾夕曛。陽雁欲歸愁未得，幾回哀響夢中聞。

倪天章評曰：神思綿邈，意調超越，每讀三四，使人反覆不能已。

---

❶「入舊京」，四庫本作「報水程」。

❷「渾不改」，四庫本作「形勢壯」。

❸「愁上」，四庫本作「還上」。

海寧祝生過訪攜伊舅氏朱孝廉書至喜贈嘉模曰：時朱近修新刻集成。

微雨清秋筒簟涼，誰來采苧到横塘。天邊落雁江湖晚，篋裹懷人歲月長。越布衣含山氣白，沙門帆落海雲黄。憐君年少能乘興，攜得新詩是渭陽。

奉贈屠又良解元母太君壽

錦帨張筵泛玉波，高堂玄髮尚如螺。長攜公子攀叢桂，曾對靈均剪芰荷。麗日朱函開寶篆，秋風瑶瑟動雲和。陽山大節終能配，庭下何難見孟軻。解元尊人殉陽山令，有記。

寄獻嶺東使君

金牙玉節啓龍江，嶺右分藩早殿邦。一代才猷專百越，九天風雨下三瀧。官亭葭吹開銅鼓，蠻女花枝映繡幢。陶侃功名君獨擅，谿來國士本無雙。

過南徐軍贈袁八書記

南徐幕下談兵日，北府軍前對酒時。愧我文章輸陸賈，憐君慷慨過袁絲。星門合璧調金鼓，天塹横江鎖鐵錐。露布草成真倚馬，可曾持示帳中兒。

驟雨口號三首

驟雨空亭暑氣收，紅雲堆作黑雲頭。檐前飛練垂垂溜，水面圓花點點漚。遠岸林明迴晚炤，平田澮滿快通流。絺衣頓覺浮涼襲，多少輕紈卻畫樓。

二

隱隱南山動晚雷，山前雨脚自飛廻。浮雲擁隊争吹去，遠樹聞聲漸過來。當户懸珠蟲網濕，衝池破鏡水萍開。不是蒼龍歸大海，翻疑神女下陽臺。

三

蒲葵觸熱雨初溥，頃刻斜飛過羽翰。花甓濺來衣自濕，荷珠傾盡葉仍乾。風飄錦帶垂虹細，晝映金缸繞電寒。滿地驚湍愁不定，相看疑下幾重灘。

嘉模曰：是詩作于兩水亭，時同賦四人，惟姜汝旦詩先成，西河亟賞之，後見西河詩，尚自恨未盡抒發，他俱匿不復出矣。猶記西河云：「使唐神堯時共爲此題，必如許新妙。」又云：「三詩惟『林明』句古人未道過，餘俱道過者。」又云：「唐人有『火雲斜襯黑雲生』句，堆字那得如襯字之清。」其諷諭如此。人之云亡，今汝旦且從哲人游矣，并識此以附累息。

入横山宿傅大溪上草堂有感

十年九度入衡陽，最愛君家舊草堂。曲路環溪栽野竹，前池拂水卧高楊。春雲壠首驅黄犢，秋雨山岻射白狼。少小逢君豪氣鋭，今來看作丈人行。

二

横山西上路欹斜，郭母峯前水一窪。曾著竹書開墅曲，到來松酒醉村家。南溪人遠留紅樹，隔塢天寒噪白鴉。我欲乘船歸渡口，期君三載種桃花。

衡門

衡門寂寂傍江涯，曲徑新成到轉疑。風吹粉蝶翻花桁，雨後青蟲滿荳籬。漁網入陂牽綆細，農歌出谷應聲遲。短袴相過長載酒，不須陶令在東菑。

客中送董匡北征

朔風貂帔向皇州，愧少琅玕贈遠游。鵬翅乍分雲外路，梅花先發驛邊樓。賓開燕邸通侯第，詠並臨淮估客舟。上苑春光鳳城月，幾年迴炤越江流。

中州元夕觀鄉飲有感

石經門下早啼鶯，遺老猶存饗序情。鳩杖扶來方醉酒，鹿鳴歌罷自吹笙。官街火樹縈星晝，曲巷香車待月明。伊昔洛陽圖畫裏，春風幾度會耆英。

康臣宅感賦并憶蕃鮮

多年不見沈休文，府市南頭一訊君。兄弟婚姻驚老大，池臺今昔感離分。羊羹對酒臨秋節，鼠麥銜花散夕曛。卻憶美人南浦外，湫風凄雨渡江雲。

欲留當壚次凡不得舟發仝姜八孝廉占凡字

淅淅江風吹布帆，長征空賦石巉巉。寒來沽酒停行客，醉別當壚是次凡。雁柱横胸愁轉結，螭環脱臂口難銜。射陽湖畔江潮落，不辨流波苦共鹹。

斜日將沉少婦嵓，廻船浦口繫青杉。同心未許乘油壁，載妓何曾掛繡帆。舊院雙扉樊素宅，新歌一曲杏黄衫。醉捹枕藉洲邊露，猶自燈前認次凡。

二

東　城

東城初躍紫驊騮，萬里親隨博望侯。赤羽自傳光禄塞，紅粧新下緑珠樓。春還海雁天南盡，日照黄河水北流。寂莫朝鮮津吏婦，長聯裙帶學箜篌。

中夏寄贈宛陵施先生初度

江左衣冠尚未零，琴溪曾見老人星。聯吟時並潘尼詠，睹墅忻留小謝庭。蒲稜流霞傾綵鳳，桃笙捲雪卧飛螢。自憐長買餘杭酒，不及稱觴到敬亭。先生爲愚山從父，故頷云。

奉贈南關徐水部榷使君

冬官分榷並河渠，載得龍門平準書。自聽猨啼懷木客，還懸豹尾算商車。庭開鼓蓋翔朱鷺，榻下江潮滚白魚。椅梓楩楠誇美麗，可能裁搆玉臺餘。

贈閬中張明府宰會稽

郎官萬里出巴西，獨綰銅章到會稽。江上早寒頻去虎，山前春煖自驅雞。思玄舊擅南陽譽，博物重開禹井迷。何處傳君游覽興，馬臻橋畔賀公堤。

參上人還歸西陵

道人九月渡西陵，閒看湘雲杖古藤。六十年來三藏法，萬千山裏一歸僧。桑花翠薄珠林雪，蓮葉香開梵井冰。到處錫飛忘甲子，那知此地有懸燈。

贈沈探花荃歸雲間覲省

雲軿初出少陽宫，覲省還歸泖浦東。丹詔捧來瑶殿側，綵衣裁在杏園中。波翻瀛海冰魚白，日滿包山橘樹紅。此去慈親方五十，羡君年少邁諸公。

柬　茂　倫

城雪初消想茂倫，吴江草色緑粼粼。闔門練合春調馬，天畔虹低晚渡人。金匱簡探雲樹渺，銀牀甕抱土花新。阮生亡後嵇康死，一望軺車最愴神。茂倫號抱甕丈人，見七古卷。

姜太翁月夜邀泛鑑湖

城南一棹泛清漪，永夜來游賀監池。風起平翻花底練，月流遥漾鏡中絲。開樽静久鳴箏細，撤燭涼深下幔遲。萬頃波光明似雪，誰來不作剡川思。

西河文集卷一百七十四

蕭山毛奇齡字大可又春庄稿

七言律詩二

題陳廣文長興學舍

天半蒼雲散畫檐，官齋習静晝垂簾。無錢不問蘇司業，有酒長携烏子瞻。下箸花從春後發，前溪水向夜來添。攤書獨擁臯比坐，門外争投問字縑。

陪天童鐸菴兩和尚立雪齋雨集食桃時天童有食桃之問予不能答用長慶體和韻即事

設食香林養大慈，何期得遇道安師。同來白雪巖邊坐，正是黄梅雨過時。山葛覆肌涼未解，冰桃到口味方知。當前不會無生法，欲下殷箴遲又遲。

二

空亭高坐爲宣慈，况對人天兩國師。豈是可中纔過午，曾經大内住多時。天童曾住大内萬善殿，故云。雨來拂面空相覿，雪後探心了不知。秖爲伊蒲香供好，綏桃在手食嘗遲。

集劉謙吉進士園賦得高枕乃吾廬同高宗楫司理鄒嶧進士劉始恢喬萊兩孝廉韻

名園緑樹映芳塘，冰甕初開水閣涼。興到客能尋遠嶼，醉來我欲睡匡牀。墻陰日下葵根煖，檻外風生藕葉香。賓主悠然成静對，渾忘此地是他鄉。

同周司理令樹施憲使男胡大以寧方二中通陳四晉明堵三鳳烝夜集蕭伯升江舟分韻

清江高楫郡臺前，永夜金樽雜管絃。座客多才憐異地，主人有酒似平川。天星散映廬陵樹，燈火遥來章貢船。醉裏未能騎馬去，風流思煞習池賢。

答和長洲陳太僕書懷二首原韻

並向吴臺憶舊遊，洞庭黄橘醉高秋。人歸東道除三徑，贈到南金動四愁。日上海雲回遠岫，霜清江葉下孤舟。伯通橋畔長洲路，杵臼相將願未酧。

二

衣冠東第舊歡娱，兩市三臺望去孤。天下事將憑管葛，吴中人半在菰蘆。寒雲鵰障流逋戍，細雨羊裘坐釣徒。滿地江湖愁間闊，欲于何處問鵬圖。

和方二中通韻并訓

曾來拾橡到山阿，喜爾攜予嵓下過。浦口再逢秋色遠，天涯相見暮雲多。寒駒只解霜中路，飛鳥驚聞河上歌。欲採芙蓉隨汝去，大江風雨奈愁何。

龍泉李郡丞蔡宏詞偶集和韻

西來紫氣滿龍泉，高蓋忻逢鄴下賢。八俊久傳元禮譽，千秋重較少君編。寒花摘向初冬候，歸雁歌成太始年。羨汝天涯能有會，雙車齊宿草亭前。

送別高二彥彪

送客江關花正飛，關前弱柳折來稀。兩年官舍同寒食，一曲離歌共落暉。碧草馬蹄憐去路，紅亭酒色上征衣。他時訪我錢王渡，勿傍桐君舊釣磯。

朔　方

天挍神兵罷朔方，雙韃不復掛漁陽。三秋白草緣關斷，萬里黃河入塞長。銕柱分標滇外戍，金書異姓漢中王。從軍久負匡時畧，愁見開邊到夜郎。

舊選評曰：自憐不得用，可謂流離世故，自傷情多。或云大可畧少愁苦語，緣其性達，是未會寄旨耳。

文生卜肆

繩囊紗帽守龜𪚰，閒卧青谿第一橋。京易早年開碧檢，市簾春晝下丹綃。三街雨洗天寥闊，四壁星飛海動摇。正栻旋棋憑布伏，縱譚玄箸自超超。

薄暮飲龔氏別墅

櫻桃廳院晚棲鴉，促席留歡日欲斜。醉裏關心三部伎，墻頭熠眼數枝花。金樽細度低紅袖，畫燭高燒出絳紗。車轂繞門流水去，滿堂愁煞奏琵琶。

詠芍藥和韻花純白中紫

層臺不復擬臨春，尚有穠花倚檻新。低列玉釭浮紫焰，近前嬌女弄朱唇。輕風吹合堦頭影，曉霧濃沾砌上塵。斜折一枝争語笑，幾回妬煞尹夫人。

寄陸嘉淑

平原分手贈青堂，蕭賫孤居對緑楊。百里信隨寒雁杳，三秋思入暮雲長。草花露冷生磐石，蟋蟀燈深下屋粱。京洛倦游能再過，城南尚有午橋莊。

奉祝丁太翁比部初度飛濤尊人也

錦瑟高堂娱丈人，聯翩彩袖雁行新。桃花水淺江門曉，琪樹雲摇海洞春。鳳誥重開金簡露，鸞牙分舞玉堦塵。長庚同是西方宿，瞻在秋官第一辰。

二

東風二月柳條舒，西第新乘廣德車。玄澗玉華齊暮雪，餘杭酒煖及春魚。八龍並下盤中食，三婦争裁機上書。暇日兩湖尋勝事，仙人多少在樓居。

蓮公還住浄土寺

飛錫還歸湘水東，丹崖翠壁舊龍宫。早開鐘磬浮雲外，不盡山河寶鏡中。珠樹臨壇垂雨緑，金泉洗鉢落花紅。高峯萬仞前朝塔，誰道重來有誌公。

飲宿采鳳堂有贈

芙蓉曲路晚生寒，白帢重逢話未闌。桂酒昏星留國士，菘羹秋露餉園官。長安購起千金賦，南郡攜來雙玉盤。羨爾才名成鳳羽，高飛時作錦雲看。

過　大　敬

春城高柳未垂絲，迤邐城南問故知。城頭啼鳥千般怨，「城頭」一抄作「風前」。病起尋人幾倍思。青山隔郭來新霽，流水當門似舊時。相看欲採幽蘭去，卻恨花開遲復遲。

江上逢友人

煬帝宫前老樹村，宫花宫草與誰論。君因伐輻來江滸，我亦觀濤到海門。竹路寒烟迷遠嶠，茅堂斜日對雙樽。漂流同是驚翔鳥，瀨上聞歌欲斷魂。

重過祁中丞寓山别業

中丞别業寓山莊，垂柳依然覆野塘。北寨舊扉崖下遠，寨一作柴。南湖高閣雨中涼。幽欄石竹翻鴉子，敞殿金花供象王。止水可憐沉劍履，重來疑撿碧霞方。

同姜十七梧過倪司農園訪陳二待詔

名園緑水接朱扉，坐對黄冠解息機。安道幾曾矜善畫，陳登終自惜初衣。蘿橋雨過紅櫻熟，麥壠晴薫白鷺飛。轉餉司農愁不返，逢君空拂舊林霏。

贈徐徵君徵之講學，又雅善兵法。

久向南州卧碧雲，百年忝作老同群。關西學術推夫子，天下英雄只使君。負俗偶然隨漢臘，荒城誰得避秦軍。春來喜遇東亭會，倚杖行歌日未曛。

杪夏集金孝廉夀同中州許三禮明府

河朔清觴映晝暉，炎堂静對轉霏微。盤間雪水傾瓜菓，醉裏薰風動葛衣。羌管倚吟翻碧浪，林花散日上朱扉。洛陽才子蘭亭宴，不倒春缸不忍歸。

送人之耒陽

湖北湖南水盡浮，杜鵑啼歇過衡州。幾重高峡穿天下，萬里平江入漢流。念母徐生終去魏，思鄉王粲故依劉。恢台孟夏烟花隔，鄂渚辰陽愁不愁。

中秋前一日集曲江樓分賦

高會群登江上樓，魚龍百戲繞三洲。歌鐘響徹天垂幕，火樹烟生月滿舟。賦就明河堪永夕，人傳來日是中秋。滿門車騎傾吴楚，無奈燈前送莫愁。

有　訪戲作西崑體

兩度城南問狹斜，清江細路到來賒。門前雨歇憐樗樹，牆角春寒有杏花。翠幙幾重喧烏鵲，銅鐶半面釘蝦蟆。青驄舊日行過處，還記西隣第二家。

送劉使君兵備辰州

朱衣雙導沅江頭，外幕分曹護督郵。持節遂行真刺史，懷錢不受舊劉侯。龍檣直下黄牛浦，葮鼓横開白鷺洲。明到百蠻應弭服，黔南自古重辰州。

寄李侍御

南臺分察一車軺，巡視軍鹽下浙潮。漢代餉曾歸使榷，越中兵又敗夫椒。黄冠難返銅魚渡，烏幕還留朱雀橋。驄馬幾時閒外廄，可憐髀肉竟全消。

二

江東雖小尚兵連，獨撫鹽車近一年。繡斧未巡新屬國，霜毫猶記舊蕭然。侍御有《蕭然山行》辱寄，辭極悲。離鴻夜戍遷龍塞，布穀春耕叫鳥田。直指荷戈曾下瀨，相思長訊上潮船。

赴山陽呈朱禹錫明府

小山仙令種花居，卧理三年有治書。太史已占臨潁鳳，故人方乞射陽魚。琴臺高詠淮南操，官舍長停泗上車。佳客臨邛千載事，願君還念漢相如。

九日雲起閣登高分得鹽韻并序

八月幾望，集淮陰張吏部園，各賦詩三章。九日復集雲起閣，黄花映酒，清歌遏雲，雖非復嚮時繁會，而風景悠然。東山釣史分韻牌賦詩，時請摘去險韻，勿許。甡最後到，日將墮，應手抽牌，得鹽韻，舉座譁然，曰果然，蓋預擬相難也。復有五古題一，賦得秋菊有佳色。

高雲千疊繞朱檐，九日銜杯啓畫簾。雜珮萸囊盛曉露，滿堂菊影待秋蟾。金盤初下冰魚鱠，豔曲新翻阿鵲鹽。彷佛臺前重戲馬，琱鞍扶出醉厭厭。

朱明府放生池公讌同張纘孫查繼佐吴百朋命之璧即席

淮令張筵啓暮衙，珠壇深處集高車。緋紗爛映池中月，寶樹香生座上花。醉合清樽交履舄，風吹散拍繞琵琶。主賓共擅東南美，只恐嚴城噪曙鴉。

寓吴江塔寺巢雲房贈竺蘭聖宣二上人

江觀雲開第幾重，巢雲精舍幸相從。庭前寶樹浮千級，座上蓮華有數峯。擲塵暗飛金鷺鷥，談經清滴翠芙蓉。我來正值秋風發，真見前湖起洞龍。

淮陰道遇淄川張𢧐之江西有贈

淮陰道上遇王孫，家在般陽笠樹村。朝雨旗亭分玉勒，秋花幔渚共金樽。使君雄劍探江縣，公子倉琅下木門。相送圯橋渾一醉，高文細與客中論。

一草亭同韻有序

游子歲寒，良朋宵晤。霜月流地，嚴飈襲衣。共銜匏子之巵，争擷梅花之句。一亭合唱，四韻依成。

落落天涯一草亭，寒風濁酒夜譚經。樽前燭樹光浮檻，静裏梅花香滿庭。高唱互爲林下詠，疎欞時度斗間星。更闌誰弄桓伊笛，吹徹關山不忍聽。

江上餞周司理赴虔州

星軺計日上虔陽，共集仙舟泛渺茫。山翠幾重銜晚照，江流萬里瀉清觴。安成郡裏紅旌發，章貢臺前錦纜長。合座聯吟愁思起，朔風歌吹滿滄浪。

二

王程漸近反難稽，南上高旌促解攜。樽酒共留江浦外，官艚仍泊郡亭西。紅魚撇浪當筵起，白鷺橫沙舞幔低。此去風流應自惜，虔南司理重濂溪。

寄贈施比部提學山東

名曹外簡重文衡，特指星麾歷下城。炙轂漸袪齊辯士，束茅先待魯諸生。滄溟水漲春潮闊，岱嶽雲開曉觀清。漢代五經誰第一，相看惟有舊施卿。

愚山督學山左遠辱書問并饋買山之貲四韻代答

獨坐春風草太玄，故人新饋買山錢。王郎不用吴奴米，江革還披謝朓氈。鴻雁荒途愁思渺，芙蓉遠道寄來鮮。側身東望相從晚，手把英瑶倍黯然。

姜掌垣舟集即事三首

畫舸横牕捲碧綈，黄門邀客泛清溪。草頭烘日鋪茵煖，水面攢山接黛低。白苧歌來翻白鷺，青芹煑就漉青泥。隨波十里南塘路，大禹陵前西又西。

二

村亭崦路撤鳴騶，換席移尊過別洲。故國祕書懷賀監，東川佳客重羅侯。溧陽羅一丈在座。林廻日影開雲葉，雨過山風滿壁油。啼罷午雞重作伎，横溪簫管在中流。

三

青絲暝色繞廻塘，嵍畔穿雲日脚黄。水閣虹燈遮紫幔，山城獸管掛倉琅。迎舟快霽鳴宵鶴，疊檻分星對夕郎。一聲長笛重回首，江樹江洲共渺茫。

姜桐音評曰：西河工當境細寫，然終不墮中晚一字，氣調勝也。又曰：三詩三及日一及雨，而郊游遇雨之景瞭然。草頭烘日，未雨時景；林廻日影，雨過時景；穿雲日脚，雨收時景。時家定庵同座客賦詩，予見大可作，便輟翰，以終乏當境耳。

寄施諲

何處關山憶舊京，草青還見闔閭城。田連海上琴難學，庾信江南賦未成。陽雁再來逢雨雪，寒花不斷繞柴荆。天涯兄弟猶相望，欲上層樓百思生。

西里先生贈任屏臣三丈

西里先生白苧衣，園花開落舊柴扉。不關好酒長收秫，時有高歌戀采薇。暮雨客彈飛雉操，春江人在釣魚磯。戴逵入剡將投老，六十年來一少微。

巨犗長絲展釣車，伊人秋水傍蒹葭。夏公鄉下傳高詠，許掾祠前是舊家。座上琴樽銷永日，圖來

二

丘壑繞丹霞。湘山多少滄洲意，不及青巖幾樹花。屏臣號青嵓居士，有《記年圖》。

下商氏牡丹臺經年後爲雨臣内家閫花時仍得假一觀因倣劉兼光福寺牡丹詩體應和時其内家詩滿左壁矣

昔年曾住牡丹臺，三尺紅衣對面裁。今日重尋芳草路，一行粉臉背人開。橫欄初下鮫綃箔，新曲誰歌鸜灎堆。數載洛橋尋勝去，不虞還向此中來。

祁二兵憲舉子

春盤細菜籠青絲，又是金錢試浴時。蘭夢偶徵烏鵲會，桐孫再舉鳳凰枝。夫人好比參軍婦，遥集生爲阮氏兒。男子懸弧當有用，勿教空誦鯉庭詩。

游少林寺

少室諸天天際開，翻經一上魏王臺。幽嵓風静三花落，絶磵泉分五乳來。漢禪遠留金貝葉，秦官高覆石壇槐。歸雲迷卻丹龍洞，尚有閒僧坐翠苔。

客舍贈建康胡公子以寧

相從客舍久依依，江左風流天下稀。理事自應推伯始，知名真不愧胡威。霜高一榻横清漢，歲晚雙樽傍落暉。忼慨前期何處問，臺城南上舊烏衣。

題丁克振樓居

庾公不向武昌居，矯矯元龍百尺餘。頻理詠歌臨大道，長環泥水謝高車。重簾花散天邊雨，兩岫風生几上書。日暮空欄愁倚徙，春鴻歸盡海門虛。

姜兆禎啓昆仲覲從兄侍御維揚官署

法曹清夢豸堂開，遠覲争看赴洛才。陽雁曉從京口下，寒濤秋捲日邊來。驄花並轡趨公府，瓊樹高枝接郡臺。勿訝君家長共被，繡衣清冷舊相推。

人日書懷寄大敬

蕙葉椒花對酒尊，珠幡寳勝綴春門。幾年客卧山陰市，七日人歸江上村。風裹叢條粧燕子，堦前細草待王孫。懷君欲作登高會，一望城南幾斷魂。

送駱叔夜北行

離亭落木正蕭蕭，又見長帆去影遥。挾策幾年淮海路，傷心再渡浙江潮。寒風絶塞吹青雁，霜月横空擊皂雕。叢桂故山秋正發，一枝還擬贈河橋。

商公子席上作公子霖臣，冢宰公胤。

曉日曈曨甲第開，青葱玉樹炤銜盃。列侯幸識韋賢後，吏部重看山簡來。冠組乍交分簙箸，歌鐘肆起近樓臺。繞堂滮滮長濠水，欲挽東流使倒迴。

祁湘君催粧有序

夫《易》占乘馬，戒其盤桓；《詩》詠集鷂，遽如飢渴。則唐女惜三星之遲，韓姑驚八鸞之快。是無故捲簾當勤，去扇宜速也。在昔雲安下降，詔作催粧；安樂成婚，賦將移燭。故鳳臺教北府頻迎，鵲路怕東方漸曉。雖復懷中石子，種待踰年；亦且池面冰花，泮諸一旦。矧嬴娘仙早，容易將翔；衛玠官高，較難久立。固宜褰帷拂嬌女之眉，却障索才人之詠矣。夫祁湘君，祁中丞之細女，亦沈大行之少媳也。祁雲爛然，不需韓樂；沈郎瘦去，願贅齊庭。當夫西施江畔，紫炬星飛；梅尉山頭，緑屏霧捲。牛女耀東書之壁，中丞第左廂名東書堂。鳳凰迓西里之賓。乘龍載見，瓊蕊旋開；捧雁來游，穠桃預啓。則有貴家上戚，寶馬珠纓；故第名姻，玳筵綺席。叔隗擾公子之親，孫子以護軍爲戲。加之中郎阿大，執燭調花；顧婦謝家，弄觴承巹。則亦有東京才子，洛城麗人。隨綵騎以願觀，覿祥雲而遠届。看施紅粉，還陪畫額之夫；私抱青芻，竟秣琱蹄之馬。既已輸翡翠于横陳，效烏鳶之切噪。然而天上光遥，人間夜短。金莖垂素手，露溢銅巵；紅藕咽青鱗，水浮銀箭。曩者甡選越詩，末延閨秀。曾誇梅市，甲于海内。自忠愍擅太傅之聲，夫人作京陵之範，閨中三婦，博學高才，庭下九嬪，尋章摘句。楚纕、趙璧，奕慶、奕喜配。援婦誡以著書；弢英、修嫣，湘君姊。樂諸兄之同硯。固已軼大家之漢史，駕伏女而傳經。況湘君者，貌擬桃夭，才逾柳絮。《怨詩》思父，邁等吹笳；《秋月》貽姑，比之顧菟。《怨詩》《秋月》皆湘君詩。及升笄之妙年，臨結縭之勝事。群相樂歡，甡忝嘉與。其忍令青銅鏡裏，久佇芙蓉；碧玉樓頭，尚弛琴瑟。則是吉甫乏迎蹶之章，召公無嫁姬之誦也。爾乃介爾奕喜，索我催粧；仍示湘君，因之啓帳。維時上官懷巨秤，云有當于考功之褒；陸暢謝伽餅，疇則加以内人之誚。

中丞愛女早乘龍，徐着銖衣下碧峯。紅粉久調金菡萏，青銅時對玉芙蓉。屏高喜見花雙樹，扇底愁遮山萬重。莫厭催粧徒聒耳，漢宫待詔重吴儂。

二

雙成促駕似流泉，索我題詩畫燭前。户外分啣九子綬，帳中低撒五銖錢。故遣浮雲粧寶鬘，旋將明月作珠鈿。因爾天孫能織錦，有人先製鵲橋篇。

三

豸府沉沉蓮漏催，吹簫争引鳳凰臺。憑隨帝子雲中度，真見王郎天上來。寶袜暗舒連理字，璚鬟笑捧合歡桮。粧成莫待朝霞起，滿院叢花滴露開。

四

萬條銀燭炤都房，陪列金釵十二行。屢倩黛烟書錦字，猶臨粧鏡着衣裳。停軒别遣催花使，隔幰群扶新嫁娘。恰是湘君太容與，頻勞宋玉賦高唐。

五

紅絲久繫沈郎腰，只待名姝贈握椒。早歲雲章傳赤縣，臨時春水漲藍橋。青虯啓馭調珠轂，丹鳳啣書出絳霄。太傅堂前饒好事，揞爲烏鵲噪朝朝。

長至寄懷吴江徐崧

數盡秋風白雁群，更逢長至一思君。高楓冷墮吴江雨，半岫遥分笠澤雲。孺子恥膺三府辟，偉長時著一家文。漢宫此際才添綫，不用隣家刺繡紋。

同韻贈王玉映閨秀渡江

樟亭西望古錢塘，終歲他鄉復故鄉。綵筆題來當上巳，畫船載去又重陽。千層羅綺波紋細，十里芙蓉江岸長。吴苑楚宫能遍歷，他年青草恨茫茫。

晤雍陳二生東游

羡爾雄才洛下知，玄亭相對暮冬時。陳平自許能懷璧，雍伯何曾只販脂。幸舍横琴圍燭短，西園疊鼓奏觴遲。浮雲一去空南北，何處同尋黄絹詞。

西河文集卷一百七十五

蕭山毛奇齡字大可行十九稿

七言律詩三

西園書感

河中之水莫愁家，不數南鄰張麗華。相逢恰是三春裏，連人看當一園花。斯時挾瑟彈流水，此日傾罇繞落霞。誰信平臺詞賦客，十年漂泊在天涯。

姜桐音評曰：摩詰、太白俱妙，有初唐氣調，至杜開㘭律，而傖父備矣。許渾、劉滄所由流也，千年後能重見神龍景雲風度，綿邈靡麗使人可踪跡想像者，此等詩耳。

江上逢何永紹

樅陽才子郢中行，江上逢君詩倍清。客裏梅花冰雪候，天涯樽酒弟兄情。高談自擅司空譽，就辟何慚驃騎名。他日吕亭相望起，莫教春草負生平。

同衞參軍登萬歲樓

參軍高興發清秋，落日同登萬歲樓。北顧尚驚雄塹立，東來不斷大江流。京門斥堠連平楚，吴會車書領上游。一自建康王氣盡，凭欄千載總生愁。

泗水亭漫興

去年折柳淮河曲，今日看花泗水間。此花此柳應長在，他日他年何處攀。風起宫臺來古縣，雲開芒碭見空山。千秋城下蕭條久，不信春光天際還。

寒食渡江

吴關千里燧烟通，掛去長帆返照中。三月暮春行海畔，兩年寒食渡江東。風吹官柳城邊緑，雨後山花壠上紅。惆悵故園年少在，鬬雞蹴踘與誰同。

風雨渡鄱陽湖

鄱陽東匯大江隈，渺渺層陰曉未開。萬頃波濤連地湧，一時檣櫓自天迴。山浮星子蛟龍起，雲滿湓城風雨來。莫道南溟苦流滯，此中尚有濟川才。

同諸公陪蔣斐集蘭亭

青龍江畔舊鴟夷，採蕺還來古會稽。車馬共臨遥渚外，衣冠高會夕陽西。風摇修竹歌來緩，梧汎春潮坐欲低。猶是永和王謝客，禊堂千載望中迷。

飲宣城王博士宅喜遇丁禮部澎時禮部還自塞外

謝朓高樓不用攀，開樽只對敬亭山。爲看秋色停征屐，喜見春官佩賜環。遷客九章詞句苦，思君十載鬢毛斑。獨憐決起槍榆鳥，也滯江湖久未還。

寄酬海昌陸弘定

不向山頭擷紫芝，空令腐草蔓桃枝。風霾菁磴吹霜薄，日斷茅堂解凍遲。陸賈自無干帝語，毛萇空受獻王詩。天寒衣帶從來緩，深愧加餐慰素思。

送丁四六世弟北游

鴻鵠將飛怯羽翰，登程猶自惜衣單。受書共憶聯牀苦，古調誰歌行路難。薊北黄雲驅季子，山中白髮老師丹。前途剛值東風厲，客舍雞鳴慎蚤餐。

海東與北平韓子晉懷舊作

曾無候騎至回中，屢有旌旗向海東。去節王烏難繕塞，懸金魏絳又從戎。營連白晝龍城暗，鐃發清霄鷺羽紅。燕頷猿肱愁未見，封侯重數漢諸公。

木弟桐音伯調奕慶諸子集東書堂各有詩見懷悵然賦之

茫茫遠樹一江分，漱漱流泉兩岸聞。愁思自能依落日，故人不用賦停雲。潯陽地僻追三隱，林下名高愧五君。滿目黄蘆圍水宅，幾時歸雁好同群。

施大公子彦淳生日作

清江緑草炤青袍，二十趨庭一俊髦。有弟共分荀氏玉，憐君先佩吕虔刀。經傳碧嶂星俱動，候近朱明天漸高。自愧修塗長擬附，春風萬里鳳凰毛。

客中禊飲值朱三驊元生日

名賢久集楚江濱，不道相過又暮春。三月良辰稱上巳，百年初度在庚寅。殊鄉未負懸弧志，躍水誰爲捧劍人。故國蘭亭重吾侶，莫教歲宴轉傷神。

寄廣州使君

使君五馬去南天，皂蓋彤幨領郡年。廉勵久推吴處嘿，風流何似謝臨川。行春人在珠江裏，來暮歌成桂樹邊。五月南征吹笛杳，嶺頭誰遺一枝傳。

枉蒙王公過問闕展侍且遺減菴二集捧讀因寄

王子洲中寨亂流，越人無分賦同舟。尋來禹穴探前史，載去東陵是故侯。夜雪幾因興盡返，明珠不惜暗中投。君家自具名山業，擬報千秋思未休。

寄傅宗孝廉尊公江園

東風吹日上江汀，野老江園酒未醒。最喜道傍無剥啄，且看膝下有寧馨。三春柳葉穿鶯語，百尺桐花繞鳳翎。五十年來蓬島興，幾時同醉草玄亭。

寄何奉新

兩度西江採緑蘋，南昌城下幾逡巡。共稱子賤真賢宰，最念何充是舊人。牛斗星寒酤市暮，龍溪花發訟庭春。歸來倘覓柴桑侶，應有扁舟到奉新。

寄送周司馬赴雲中

平城司馬詔初頒，萬里南天引旆還。星使蚤辭牛斗郡，雲州高入雁門關。王程供帳三春後，客路滄波一棹間。徒寄相思當飲輚，虔陽花樹望中斑。

二

從來刺史重雲中，此去應垂佐郡功。異代賢王猶講射，君家太尉本清戎。白羊山映春田緑，金鳳城連夜燒紅。暇日題輿增騁望，可能還顧舊江東。

酬麻二處士乾齡

聞君高卧古稽亭，邂逅江臯草正青。一代曠情同蠟屐，千秋遺恨在過庭。當關候雁天邊盡，滿眼春雲海畔停。莫怪和歌忘蔓草，毛詩廢久恐難聽。

施使君臨陽講堂作

臨陽采藻誦于胥，喜共群經載後車。旆裏蛟龍全拂騎，堂前鸛雀重銜魚。韋賢自領諸儒學，盧植終傳刺史書。壟畔遺編方倖託，敢言河上有先廬。

李贊善歸覲

曾參詔許下銅樓，賜傳還鄉擁桂斿。江橘蚤垂南苑露，陔蘭長樹北門秋。蓬池鯉鱠遺羹在，粉署磚花愛日留。賚得纈袍當綵服，何須不作錦衣游。

舟過金山

昔年曾取中泠水，正值梁王北顧時。揚子驛前雲漠漠，潤州城下草離離。千秋鐵鎖橫江險，三渡金山破浪遲。當日妙高臺上路，岧嶤不見使人思。

黄晦木評曰：瞻顧慷慨，浩然有餘，如此裁是豪傑文人本色。

客中元日

金雞唱盡曉鐘天，元日他鄉倍可憐。隔歲總成虚度月，今朝重數未歸年。梅花香煖開官閣，藍尾栢深醉客筵。誰道故園東望遠，春風萬里蚤回旋。

長　至

長至長留樊水濱，三陽又見琯灰新。登臺誰似書雲客，舊館曾攜添線人。道遠屢違江下信，律窮終度斗邊春。他鄉風物年年改，欲折梅花淚滿巾。

送王五文璜游成都

臨湘西去一孤舟，高溯瞿塘上益州。萬里橋懸秦棧樹，七盤關控蜀江流。郫筒春酒招山館，錦堞秋花繞郡樓。君到若逢裴節度，草堂雖好莫淹留。

漫　感

芳草生時憶故居，洲中帝子尚愁予。遺人千里雙鵷珮，誤我多年尺素書。桐苑雪花春乍煖，叢臺雲氣晚難舒。可憐只住空潭曲，盻殺琴高赤鯉魚。

途中雜感一首與茂倫

幾見濡須春水生，逢人不用悔微名。悔一作晦。無材濫著吴都賦，好辯難降燕將城。車輓歲連横海粟，戈船春發下江兵。摩天鴻鵠翻飛杳，隴上何人敢輟耕。

吴陵望月呈姜侍御

吴陵望月獨登臺，萬里清光冉冉開。海樹叢生秋雪落，江門一片夜潮來。人逢杜渚袁宏放，嘯起高樓庾亮才。只有南飛烏鵲侶，月明繞樹不曾迴。

即　事爲病校書作

銀牀斷綆有誰收，人病還歸江上樓。皓月近雲行過疾，空欄壓水坐來浮。開奩夜起燒殘蠟，捲幔涼生墜曲鈎。滿院穠花開不盡，一枝迸作露華流。

徐大文評曰：病中境寫得曲妙，月近雲，似行疾；欄近水，則坐浮；夜起燈明，涼生鈎落。非白居易、劉禹錫輩，那能似此曲細。始知元和後詩亦不易作也。

塞　上

五陵年少喜擒生，長在居延道上行。天馬幾時來絶塞，秋風一夜入重城。黄花戍裏明戈劍，白雁關前捲旆旌。衹恐城南留少婦，月明中夜怨長征。

同雲間吴山人沈翰林游紫陽洞

横江高堞倚天梯，曲磴盤空極望迷。雪盡兩峰寒雁度，烟臨萬户夕陽低。層巖裂石分丹壑，一竇穿雲滴紫泥。坐對瀛臺仙仗客，何年蓬海共招攜。

海昌沈亮采陸嘉淑過黄大運泰文園登高峰

刺史園林曉未開，一時雙玉照人來。共登高嶠風初霽，坐看寒江水自廻。山木接天懸畫棟，溪花散雨落蒼苔。雲間兄弟東陽友，誰是文園作賦才。

漫　贈

陽平樂部錦雲標，中有真娘似阿喬。曾下吴宫教度曲，重逢隋苑聽吹簫。雙瞳夜剪巴江雨，一笑春生揚子潮。杜牧未來韓判去，可憐二十四條橋。

垂虹橋投顧有孝居

曉風吹雨到吴江，百丈垂虹似飲䮠。新水芟花横夜艇，故人椐樹倚秋牕。龐山初日揺珠塔，震澤廻波灑玉缸。田舍乍逢皆衣褐，肯教季布徙他邦。

龍江關眺望

建業重關控上游，龍盤虎踞舊神州。荆門西扼江流下，越徼東連海氣浮。故國山河天塹合，夕陽宫闕石城秋。登臨轉覺鄉關遠，日暮蒼茫涕泗流。

李瀠孝廉游越歸過別不值賦寄有作

才名十載重江都，二月春風到鑑湖。柳下荒祠來解珮，花深疋馬去當壚。廻程暮值寒潮迴，遠道天低海嶠孤。我欲西陵送歸客，長帆不見浪糢糊。

梁溪黄君游越

天涯冰雪老黄香，皂帽相過朔吹凉。月旦久傾豪士駕，風流今識丈人行。鄉亭酒濫淹游屐，官寺花寒駐客裝。探秘不須尋禹穴，玉函金撿鎖篬筤。

黄君到節使君下榻適在徐渭里中寺有渭題詩壁黄本慕徐睹畢恍然因屬記事

羊裘短劍涉江來，自比山陰狂士才。客舍車裝留下里，官庖鼎肉餽香臺。南州人去餘青草，東壁詩題掩緑苔。何意宣城懷謝朓，樓頭佳句爲君開。

贈任孝廉雲蛟計偕

我歸江左還投筆，君向長安又上書。從此雄名高帝闕，況同令弟在公車。時其弟燦新登賢書。蓬池泛雪看留賦，柳汁盈條好染裾。他日内廷能召問，莫言臣里有相如。

友人北征

駿馬翩翩赴薊城，吴關折柳送行旌。良時宣室君才壯，落日河橋客思生。曉店商歌迷玉樹，春盤仙露滿金莖。三街九市千門啓，只待雄文賦帝京。

初春送人還吴江并呈沈進士自南顧隱居有孝

王孫歸去草萋萋，極望吴江芷葉齊。曉騎獨驅沙雨外，春帆遥墮海虹西。車書越徼通金馬，戈甲閶門罷水犀。誰似隱侯詞賦客，顧榮琴瑟鎮相攜。

客邸别故人子傳以成遠游

西風對酒曲江頭，數頃芙蓉掩畫樓。健翮蚤成應萬里，飛蓬不落已三秋。蒼生久恨王夷甫，佳子當如孫仲謀。渺渺長帆雲路杳，山中叢桂幾能留。

中州吴文學寺寓

蒼蒼山木曉流丹，訪剡歸舟路渺漫。時作洛中新賦詠，重逢鄴下舊衣冠。江雲龍轉空臺静，塔樹鴉棲古寺寒。念汝諸昆曾締好，十年回首盡驂鸞。

壽李少宗伯西湖

春官旅第啓艨艟，萬頃湖光照七松。東國甫侯生岱嶽，西征天子重河宗。麟游大澤蓬丘近，鳳舞秋山輦路重。繩祖曰：湖上西山有龍飛鳳舞之目，爲宋擇都地。當日老成看漸減，唯公雙鬢削芙蓉。

醉後送少年

逢君醉墮黄梅雨，送子晴登白馬橋。去路雲銜初落日，横江風急晚來潮。蒲囊永夜呼袁彦，葛帔前塗遇孝標。我欲援琴歌伐木，天涯四望淚瀟瀟。

送徐十五緘之揚州與舊刻異

嫋嫋長帆浙水濱，停帆一送柳條新。鄒陽不愧名園客，阮瑀還爲入幕賓。赭口雪消迷賈舶，渭城歌罷醉離人。東風前路催花發，愁到邗關是暮春。

西園讌集和吕錫馨、張修崖韻。

西園飛蓋集名才，知是曹劉鄴下來。繞座哀絲揚妙曲，滿堂高燭炤銜盃。青蕪夜合車前草，叢樹風生井上槐。倒盡明河人未散，城頭烏鵲自飛廻。

六安黄曉隨榷使自杭還京有寄

樟亭一别萬山凋，隔岸思君對海潮。伏枕黄梅愁永日，閒房紫槿發清宵。天垂雲路開吴嶽，人與星車赴洛橋。緑綺南金無限意，莫教雨雪望中遥。

來太僕生日

圉師早歲謝天閑，十載王官首未斑。坰野騆魚林下度，瑶池駿馬雪中還。臨江軍散依新壘，洛社賓閒老故山。當日趨庭隨九牧，曾平五校扣金鐶。姜琦曰：來方伯平白蓮賊，長公太僕與焉。

贈　别

欲採江花贈别離，芙蓉吹落晚秋時。自憐此地牽裾早，卻恨從前解珮遲。山岫暗摇潮欲上，帆檣不動岸初移。相看多少留人處，不獨垂楊幾樹絲。

送葉襄還歸吴門

東尋禹嶠度清秋，歲晏吴關不可留。樽酒道傍遮落日，片帆江上惜歸舟。雲横虎阜鄉程近，雪滿鼂城海路浮。祇恐愁心如細草，春來彌望在長洲。

贈關上榷使君

東南財賦挹流波，縹緲星查下浙河。山澤舊看行部遠，關門今見著書多。春風市賈連甌越，曉日梯航接海番。自愧經生少文學，漢庭心計久蹉跎。

送王之珽之閩中

蒲帆初下楚江津，又理征車度七閩。甌越宫臺雲外曉，郎官山樹望中春。千金自載南天使，萬里還隨下瀨人。少小請纓終有待，釣龍亭畔慢傷神。

華亭蔣隱居六十

谷口青雲浦口魚，杜陵遺老自幽居。經時不用公孫學，避地還傳尹氏書。碧海放舟寒嶠遠，瓊臺吹笛早梅舒。莫言玉洞金光少，六十年來見有餘。

二

十年兄事杜陵生，有叔賢名過始平。杜陵生大鴻，爲隱居猶子。築室近開三泖路，藏書高並五茸城。風廻鸞鳳調金瑟，花下珊瑚啓玉罌。不道玄瀛洲畔客，今來才有杖鄉情。

即　事

江舟歸度板橋西，灔瀲江波逐望迷。高閣近垂紅杏小，横塘深覆緑楊低。晴風午幔聽啼鳩，寒食春城罷鬬雞。前去使君能盡興，習家池館在清溪。

登山陰朱相公東武山居同吳二卿禎徐二咸清商十八命説作

台師公府領三旌，賜地還留東武城。開閤虚延賓從入，築沙高是相君行。環巖露網凌遥廓，絶磴秋花繞太清。十載謝安勞偃卧，天階相望本昇平。

二

相君治第並滄洲，齊郡靈峰起壯游。海内群思師尚父，山中曾卧富平侯。崇臺萬井搴珠箔，曲檻層霄蔽畫樓。回首華林行樂地，白雲長繞舊宫溝。東武山從齊郡飛來，故稱靈峯。

劉駕部宅即事

新河門巷水澄鮮，駕部風流不記年。幾葉鳴雎開府後，一行雛鳳過庭前。歌屏綺合珍珠履，酒甕香分翡翠船。舉目龍山如罨畫，支頤有客意悠然。

葉燮同侄舒崇宋思玉游越寓玉虚道院

江東三俊早知名，歲暮同來勾踐城。節使開樽官廨冷，井公留榻道壇清。秦屏雪後山花凍，禹穴烟深古樹平。莫問舊時朋好在，十年采苦竟無成。

舟過漁林關望沈功宗墓

落日漁林放棹遲，故人宿草望離離。深憐子敬琴亡後，恐負橋玄車過時。江闊市亭環廢井，關長賈舶近荒祠。難尋下馬陵前路，腸斷膠西君不知。

登吴山蘭若同張孝廉

岧嶤紺闕快同登，直上吴山第一層。樹杪寒濤翻北郭，帆來古渡是西陵。中天化雨迷香象，落日秋風對季鷹。我欲遠尋蓬島去，何年東望海雲蒸。

春　江

湛湛春江覆緑波，夕陽江上奈愁何。人家菰菜新晴少，浦口楊花薄暮多。野霧行舟迷遠渡，晚寒歸鳥聚高柯。到來三載隨漁父，不道還爲澤畔歌。

軍城早秋

關門萬里羽書稀，大將防秋出武威。高天殺雁角弓厲，平地坐人毛馬肥。雲連城障頻移旆，風起沙河早授衣。但語蹕林休再會，漢家新解貳師圍。

送賈明府入關中

安西萬里舊咸關，上客雞鳴早度閒。地入郃陽逢雪盡，春來杜曲看花還。漢京久踞三秦勝，蜀道難通五丈間。君去若能尋馬季，莫教東市浪追攀。

送　别

大江東下水瀰瀰，送子江亭酒一卮。塞上黄花隨定遠，山前紅草是將離。荒雞淮浦殘星斷，匹馬燕關落炤遲。我本無家君又别，海天長望使人思。

西河文集卷一百七十六

蕭山毛奇齡字僧彌又初晴稿

七言律詩四

重陽日城山晚眺同姚監郡張廣文徐徵君作城山一名越王城

清秋高眺萬山中，勾踐曾經此築宫。拔地鷲峰何巀嵲，當年烏喙本英雄。巖垂橘柚侵衣緑，酒汎茱萸映面紅。讀罷荒碑歸去晚，前溪新月漸朣朧。

海鹽徐媛未歸時其夫以父被仇殺得痼疾家人請離異媛不許相隨數十年邑紳士争贈以詩

鷩皃汎水咥朱鹽，猶是當牕理鏡奩。孫翊家讐慚未報，伯牛寢疾有何嫌。單棲不信裁雙枕，偕老誰曾織一縑。竊笑幽巖女貞樹，也當連理傍琱櫩。

寄潮州使君

專城萬里授金符，渺渺寒潮瀉玉壺。嶺表舊傳廉叔度，天南重見管夷吾。丹樓日出飛鸞鳳，皂蓋春還聽鷓鴣。誰信瀛陽標勝蹟，風流千載在東吴。

贈甘山人

湖海蕭疎斑鬢生，身藏九畫應龍經。袁安願乞司徒地，陶侃曾分刺史城。江草緑隨邛杖發，山花紅映佩刀明。獨憐五嶽追游晚，不及看君萬里行。

謁贈天衣乾大師

五蓮峰下舊耆闍，高座重來轉法華。海藏自翻金貝葉，天衣真繡木蘭花。僧伽東渡曾開地，謝客南還不見家。希軻曰：謝靈運稱在家出家，時西河未歸，故云。願借九龍潭畔宿，長隨紗會聽無遮。

漫　贈

空倉鵲去鳥争啼，不見盤中蘇氏妻。市舶暫逢吴下路，移家近在越來溪。朱樓晚閉楊花裏，金彈春懸桂樹西。自笑梁鴻長易姓，賃舂三載有誰攜。

沈留侯評曰：萋萋芊芊如許宛屬，與今之爲艷詞遠矣，每讀之似移我情。

邊　詞

薊門衰草獵花鷹，游俠從來重五陵。塞外蒙戈垂豹尾，石中飲羽見猿肱。邊臣昨歲通青海，漢將乘秋過白登。但渡隴頭流水去，不愁馬足折堅冰。

祁公子將游金陵過别因贈

祁子臨行紫綺裘，春風三月舊京游。維舟一過江郎宅，走馬還登孫楚樓。玉樹前朝游冶曲，金陵自古帝王州。❶ 傷心莫向臺城望，愁見烟花滿石頭。

汝陰蕭行人枉過贈詩並有所餉依韻抒答

駪駪四牡喜幽尋，高蓋移來禁苑陰。驛路晨寒紅日近，山家秋老白雲深。燒桐久愧鄉人識，結襪難歌國士心。誰似賢門多薦達，到今桂樹滿中林。繩祖曰：時殿頭多出門下，見七古卷。

依韻贈蕭公子荃

趨庭遠道快追尋，少小鄉名播汝陰。高樹萬尋看欲上，平陂千頃坐來深。東園濁酒開蓬徑，南國佳人見蕙心。探取錦囊休問價，山前估舶是雞林。

渡江舟中作

青山疊疊大江隈，渺渺江波竟渡來。近岸沙城隨櫂轉，知風海鳥共帆廻。天垂吴楚浮雲下，地闢東南錦浪開。烽火夕陽亭障外，依然當日妙高臺。

夜坐江上僧舍有作

南樓舊事興難同，獨坐西堂對遠公。駕鸛霧驚沙路白，芙蓉霜折小池紅。秋半寒潮生海上，夜深涼月過門東。何事淵明不歸去，長持濁酒卧花宫。

---

❶ 「玉樹前朝游冶曲，金陵自古帝王州」，四庫本作「玉樹前朝瓊月滿，烏衣何處夕陽收」。

二

西堂薄霧散蓬蒿，坐聽哀鴻度石壕。萬里誰同員嶠月，三年只看廣陵濤。荒臺夜解青蓮法，野寺秋寒白苧袍。何時還向山陰道，一聽支公拂麈豪。

喜遇陸圻因贈

十年惜別在錢唐，兩度逢君入豫章。考獄久知原陸續，上書誰不念鄒陽。中春夜對湖西酒，隔歲風高嶺外裝。羨汝桐鄉曾過鯉，重來還拜舊祠堂。麗京尊大人兩宰吉安，皆有祠，時麗京重定祠典碑記。

懷徐大滯南城

徐卿匹馬走江關，一去南城久未還。坐客競傳鸚鵡賦，懷君只在鳳凰山。天垂盱水低三楚，春轉瀘溪動百蠻。同在他鄉占物候，此中新柳共誰攀。

飲劉氏贈送客以婦病歸別

紞鼓沈沈蘆葉哀，春城燈火又將催。人豪不共公榮飲，婦病翻憐奉倩才。待路驪駒歌宛轉，銜雌黃鵠羽摧頹。何緣五載無家客，也望明河相送來。

投吴寺宿懷吴江徐釚顧有孝

渺渺吴闗何處棲，姑蘇城外舊招提。齋鐘晚度龍堂冷，香閣宵分象緯低。夜鵲暫投雙樹下，秋風長動五湖西。只憐旅夢相尋路，漫水長橋咫尺迷。

江令宅即江寺蕭山市北

寵嵸貝闕現三車，云是南朝散騎家。海甸翠翻祇苑樹，山門紅對市橋花。琱壇盡日聞仙梵，綵筆何年寫法華。我欲再尋同泰講，臺城一望在天涯。

二

江郎祠宇久蕭蕭，尚有閒僧繼六朝。高閣諸天環碧海，斷垣雙塔傍青霄。蓮開東土銜馴象，草長西園拾賜貂。自笑穀城懷錦客，重來此地夢俱遥。

虔州曾孝廉自寧夏獲薦歸遇姜弱翁宅

西行不肯奪儒冠，獨上雄州看馬盤。去國曾參原不賤，游秦范叔豈愁寒。河流峽下歸靈武，雪滿天都走賀蘭。萬里嗚沙能躍劍，翻驚此地到來難。

徐伯調評曰：豪氣直壓北地。

顧茂倫評曰：激蕩中自精嚴雅當，即三四用事，一何俊妙？非庭聞幾媿此詩。

吴城贈別陸五之真州

椒丘東望水粼粼，吴子城邊别故人。駟馬幾時歸海甸，雙龍猶自躍雲津。晴風關樹飛黄鳥，暮雨汀花散白蘋。此去江南春正好，憐君三月下儀真。

憇紫陽洞同大敬桐音南士

秋江練影挂中林，共坐松壇聽語禽。碧署玄書慚抱璞，紫陽丹竈羨燒金。懸崖天半崆瓏氣，過磵雲移薜荔陰。四顧儻能尋舊跡，三宮還在最高岑。

紫陽洞歸

高峰遠憩竟忘歸，迤邐荒臺竚落暉。紫蘚洞中懸竹筏，黄杉徑曲蔓蘿衣。遥天龍捲田横塞，倒海潮生嚴子磯。萬里玄瀛方在望，肯教蓬館到來稀。

王使君歌席

楊花初落似江南，太守張筵繞碧潭。座上狂生來阮籍，此中良吏是龐參。清歌出幕風教斷，華燭當盃月共涵。舞罷青衫烏鵲起，醉歸應借使君驂。

送姜八廷欅公車

金門挾策甫歸旋，又值公車上計年。供帳重開江令宅，鳴鉦先發孝廉船。燕臺駿馬横邊雪，帝里穠花接禁烟。郊祀既成需待詔，看君此去賦甘泉。時值郊祀後。

客中送王孝廉歸汝南

潯陽舟畔共銜巵，朝日浮波惜上遲。洛下未能同鳳舉，旅中何易見牛醫。涉江美子披荷葉，故國王孫望桂枝。萬里楚天君獨返，五關雲樹是相思。希軻曰：《楚辭》云：夫君兮自有美子。

張梯墓下作

翹翹夏木掩泉關，天柱峰邊夜自還。墓下未留吴季劍，望中何處謝家山。聽來谷鳥緣溪囀，看去原花滿地斑。不道故人相失後，十年流落在人間。

徐伯調評曰：不作凄語而惻然自傷。

飲鎮江軍府曹佐戎幕

新參北府建門旗，歲暮留賓傍海涯。戲下稱觴通臂將，帳中舞劍鋭頭兒。金盤虎爪擎來緩，玉甕駝酥點去遲。羨汝江南初下日，提戈還念舊毛錐。

參上人枉示詩集并較定古本大學戲作長慶體酬意

新雲百疊上衣裾，笑解花函拂蠹魚。瑶瑟已成湯惠句，石經仍作蔡邕書。敢言釋教通儒教，自演三車得五車。白馬未來麟册啓，須知此際有真如。

贈督河使君

河隍漢使舊星槎，四十爲郎鬢未華。馬頰秋渠銜竹箭，龍門春晝下桃花。平漕軍賦連芻軸，都水官錢綰艾緺。神禹九年稱底績，當時只屬五工家。

西陵渡即事

望京門外舊樟亭，驛路臨江蔽遠坰。風轉一帆沙嶼白，天低兩岸海潮青。通關賈舶摇旌旆，下瀨軍書綴羽翎。叢笛幾行相望隔，有人垂釣在滄溟。

二

錢唐西路固陵舠，十里平沙官渡遥。鎮海舊樓飛紫蝀，教兵新堞散紅椒。希軻曰：《越絶書》有敦兵城，今又名教兵，有新壘。平原兔暖看馳獵，曲港鰍高欲上潮。白馬素車長在望，哀魂千載竟誰招。

上江寄藩下楊守軍末舟估艙適新燕飛來楊命女書記書杜甫燕子來舟中詩索和因宴前舟仍合書兩詩白巾爲壽

朱門華屋待歸稀，錦纜紅檣且蹔依。穿幔偶然驚柁鼓，銜泥豈敢污牕衣。風開繡臆憐多語，影下清江惜對飛。海畔春還無舊主，片時相傍莫相違。

詒舟燕用杜甫韻

紅襟海燕畫梁春，翠尾涎涎掠水新。豈厭朱樓思去主，慢停金檝遠窺人。重檣枉拂釵頭玉，隔幔空翻掌上身。孤客十年無淚拭，不須銜送白龍巾。

過張贊府别署

江城試吏又經年，江畔招予共飲泉。寄跡尚能追漢尉，解矇今始見張玄。春風燕雀飛江館，夜雨桑麻繞郡田。回首十年同學事，青衫相對兩茫然。

襄陽嚴中丞游越枉示鴻踏草詩筆抒韻奉酬

襄陽耆舊漢中丞，八月乘槎到永興。白雪早傳梁苑賦，寒風秋上夏王陵。賜書豈敢留嚴助，奪席終教坐戴憑。渺渺飛鴻遺爪去，遥天相望最騫騰。

送桐音南遊

春江南下水潺潺，君去湟川度庾關。地界九龍連百越，天開五嶺控諸蠻。珠船行遇波中市，蜃氣看成海上山。假使黄金能滿橐，便隨陸賈共來還。

二

南行萬里出番韶，去看紅蕉與緑蕉。嶺騎似翻天畔羽，鄉書應潤海邊潮。官臺犀燭開筵敞，猺戍戈門接洞遥。痛汝招魂心獨苦，十年藩使未歸朝。桐音先大人殉南越方伯。

夜飲惜别

石井欄堂草露浮，夜闌燒燭醉還留。英雄何地依劉表，嫵婉經年是莫愁。樟葉滿亭翻月落，桃根無橹逐江流。清絲妙管當筵發，休聽寒雞唱戍樓。

同諸公豪飲劉駕部宅醉中示諸妓

鄴中才子重應劉，駕部閒堂相勸酬。暇日開樽同北海，紫雲到座勝揚州。歌來黄鵠翻林葉，酒觸紅裙漬石榴。不道漫游金谷裏，有人醉死緑珠樓。

二

駕部風流綺席開，座中名士鄴中才。不辭美酒盈盤貯，還遣花娘出幕來。趙璧五絃彈越調，淳于一石醉齊臺。滿前無數金波落，未識何人手内杯。

南鎮即事

揚州巨鎮禹陵西，祠廟千年古會稽。周制職方傳玉版，虞廷封册在金泥。丹崖翠牓浮雲聳，碧草紅裙細路迷。帝禪不逢村賽起，洞簫吹去倍淒淒。

秋日吴門姚宗典俞南史歸莊葉世佺嚴祇敬費誓葛雲芝文果毘陵王廷璧皖城方將游越過訪仝人畢集各賦

清秋高會集群才，落日同登江上臺。鴻鴈肯隨飄影至，黄花頻向酒杯開。探書穴在秦人杳，採葴歌憐越女來。勿惜舊時良讌隔，十年雲卧總蒿萊。

游靈隱寺賦得山鐘夜度空江水

靈鷲山空鎖寂寥，疎鐘隱隱動清宵。林間響落聽來緩，水面風生度去遥。入壑恍連天竺雨，開門長對浙江潮。夜寒恐有青龍起，莫便聞聲過石橋。

七夕天衣寺

清秋烏鵲化城飛，又值銀河掛翠微。梵閣不通牛女駕，香臺自曝象王衣。人家傍晚争穿線，婦織何年得下機。雲路星橋纔咫尺，到來故國望俱非。

二

古寺層臺罥薜蘿，今朝帝子又停梭。蓮花鳳輦天邊近，寶樹蛛絲雨後多。數歲海槎難載石，一行山鵲欲填河。珠宫未得通南巷，手把長竿奈阮何。

送　出　塞

遼陽遷客海東頭，二月嚴裝上錦州。絶塞亂雲垂地盡，寒壕瀉日帶冰流。行車遠度鷹關曉，去馬剛隨鴈堦秋。聽得摩多新曲子，教人腸斷古伊婁。

二

鐵嶺峇嶢初下關，投荒萬里絶人寰。東青時起天邊壘，長白春深雪滿山。毳帳偶吹新筦葉，羊皮頻裹舊刀環。相思只待秋風早，看汝征蓬海上還。

奉輓故范給事夫人來太君

畫衣丹紼擁靈輀，壽母乘雲鑑水濱。舊省尚多虞殯客，高堂只有報劉人。秋霜孤燭歌茹苦，春草荒碑卧受辛。十載諫垣勞夙夜，當時長自聽雞晨。

奉輓河南吕忠節公殉難詩同朱敬身、張南士作

司馬曾留神臂弓，黑頭歸假尚書公。七兵久已推公著，群盜何期寇吕蒙。碧血自藏緱氏嶺，黄巾竟擾洛陽宫。朱衣象簡懷風節，長在山河一望中。

贈諸暨駱君初度時三月四日

九成山館浣江邊，高卧于今五十年。問世久爲繇竹誦，傳家尚有帝京篇。花開歲勸長庚酒，水曲春迴上巳船。此際君家最堪念，丈人挾瑟且調絃。

海昌沈太翁隱居九十元伯徵君大尊人也

百尺高樓傍海居，仙翁九十佩瓊琚。青雲繞膝皆垂譜，烏鳥陳情甫上書。好學時聞淇右詠，傳經不共濟南車。百年再起懸弧宴，爲汝銅盤學釣魚。

寄王子時讀螺峰集

洛思山下舊逢君，百里相過日未曛。一自甲兵原上散，不堪風雨嶺頭分。天涯碧草看成樹，峰際青螺望似雲。那幸輞川新句好，隔林還得一相聞。

東江讌集即席贈甬上秦大行洪明府暨陳范諸孝廉

東江高讌集衣冠，一座才名盡建安。妓部笙簫揚錦席，姑山風雪下銅官。雞壇酒合金盤淺，龍劍光爭燭樹寒。猶是明州越州客，到來俱作鄴宮看。

西陵道憶李侍御

西陵舊驛接蓬萊，獬豸東巡幾度廻。漢使乘槎終遠去，秦人採藥未歸來。春深雲擁蠶叢路，日暮花飛勾踐臺。自汝著書辭柱下，人間無復伯陽才。

錢唐逢故人

西陵咫尺是天涯，喜汝從予江上槎。兩度陶朱思返越，百年張儉竟無家。鄉關恨届鑚榆節，里巷羞乘廣柳車。壯士不還仍遠去，江東兄弟慢咨嗟。

晚泊口號

十里吴關蛟岸長，帆檣千片暮相望。滿江紅浪浮新霽，隔岸青山帶夕陽。大賈幾曾來越客，小姑不用嫁彭郎。樓船簫鼓秋風裏，嫋嫋吹來欲斷腸。繩祖曰：蛟磯在蕪關。

賦得孤鶴橫江和曹胤昌舊選係他人僞作誤刻，今盡删去。

萬里秋宵一鶴横，大江西傍武昌城。高騫清影波間落，直視浮雲天際生。遷客祠前虚比翼，仙人山半欲吹笙。長風載得淩霄去，夏口烟波空復情。

立春日大敬生男賦賀

東郊綵仗百花舒，佳日忻傳景僕書。斗轉蒼龍堪繫紱，天邊紫氣自充閭。香蘭晚歲留芳珮，玉燕先春集翠裾。我欲錦襴初浴後，爲君重餽孔家魚。

二

十年不復賦熊羆，何幸春回正誕彌。韋氏遺經方有待，商瞿得子未全遲。葭原細發青麟草，桂樹新生綵鳳枝。洛下從君遊禊久，有誰還唤蔡充兒。希軻曰：蔡子尼名充，近作蔡克，誤。

奉贈郡憲使萊陽宋公夫人生日是日初春微雪

東藩曉啓婺光開，繡帔金冠映上台。四國母儀三壽册，一堂官誥萬年梧。花縈禹嶠珠衡轉，雪滿秦屏玉女來。莫道滄洲東望遠，夫人家本在蓬萊。

得又彤葆書并末方送諸子出塞詩有感

石頭尚有寄書郵，懷袖將探淚已流。尺素幾行藏錦字，雙金不斷是銀鈎。春還遼海投遷客，雪滿江淮刺去舟。誰唱婆羅商調苦，邊關如送李殷遊。

顧茂倫評曰：三四真元和調然殊巧雋。

寄贈吴門程西毓初度

安定先生静者流，蕭然自放古長洲。時當五月猶披褐，家在三江未泛舟。膝下有人推孝則，吴中高士是言游。何時載得滄浪水，爲汝開軒洗玉甌。

答丹陽賀宿原韻

思君十載未能過，邂逅依然採薜蘿。傾蓋久虚吴地諺，同舟願聽越人歌。黄公壚下桑郎熟，秦氏樓頭桂樹多。時飲秦樂天宅。猶是天涯流浪客，相逢不醉奈愁何。

看梨花和韻

春深新葉暗樓臺，猶有梨花照酒盃。數點漸從風裏下，❶一枝偏向雨中開。迷人翠幌連霄合，寒女緗裙帶露裁。自愧潘生言志晚，不教大谷賦名材。

淮西使君九日席上贈郭襄圖作

潢河東下鴈亭秋，乘興還爲淮蔡遊。當日賢王曾築館，今來司隷好同舟。樽前紫袖歌聲度，屏外黄花燭影留。莫怪西園詞賦少，相逢王粲正登樓。

長至飲羅生

萬里中原擁劍鐔，驅車何處問羅含。從來高士推江表，長至逢君在濟南。玉琯碧吹原上草，金盤

❶「裏」，原作「裹」，據四庫本改。

紅滿洞庭柑。東封自古多雲物，醉裏登臺仔細探。❶

汝南郡署飲次

郡堂修竹散烟低，漉酒留賓醉欲迷。一顧尚慚燕市駿，幾年空聽汝南雞。座中名士輸羊曼，肘後陳編笑馬蹄。勿怪氍毹長擁卧，夜來風雪滿淮西。

飲息縣同王孝廉

陶公留客晚開衙，井上雙桐噪暮鴉。隔院寒風飄玉琯，滿街晴雪散冰花。銅壺響逐飛觴盡，燎火光隨舞袖斜。最愛座中揮麈者，孝廉家本舊瑯琊。

陪諸公南湖舟集和韻

初廻錦纜駐雙驂，千頃波光似鏡涵。天外遠山開罨畫，雲間高閣覆優曇。群公暇日追河朔，太史占星聚汝南。莫道行游無紀述，座中相對有桓譚。

二

芳塘灩瀲泛輕凫，五月薰風長緑蒲。望去樓臺横北郭，晚來歌吹滿南湖。裝成雪藕浮金盌，坐看冰心映玉壺。但惜醉歸新月好，不知還有夜珠無。

❶ 「裏」，原作「褁」，據四庫本改。

答夏聲贊府和韻

與君一别郡亭西，長向遥天望綵霓。自笑鹿門難遽返，莫嫌鳳羽尚卑栖。晚尋仙洞新詩在，日飲官齋舊路迷。猶記南還思最苦，關前高柳正蟬嘶。

原韻答何朝宗

夜涼騎馬過街西，醉舞樽前見羽霓。淮浦人從天外度，汝南雞在雪中栖。深林蕙草貽來晚，繞屋梅花夢去迷。誰念朔風當此際，飂飂出谷鎮長嘶。

從雨花臺至牛首道中

天界寺前黄葉下，雨花臺畔白雲還。同踰峻嶺盤空曲，遥見長江繞大寰。隔塢芋田秋未穫，疎林草舍晝常關。幾多雙闕徘徊意，盡在南莊信宿間。❶

宿王言憲使莊

落木蕭蕭何處村，松關繫馬到來昏。琱闌暮雨聽山閣，華表秋風拜墓門。時謁王太君夜臺莊左。徑有名泉流暗草，缸開新釀覆香蓀。此間已是山陰墅，不用還尋謝傅墩。

奉答倪粲原韻

自辭濠上尋中散，曾在梁園賦子虛。入世已無操瑟想，聞君尚有帶鋤書。東田秋到花開後，西浦

---

❶「幾多雙闕徘徊意，盡在南莊信宿間」，四庫本作「游人不盡徘徊意，聊寄南莊信宿間」。

人逢落鴈初。只道乘風應萬里，相看猶是舊蒿蘆。

偕沈華范同住秦淮有贈

團團槐葉減秋陰，江介同過快滯淫。賦就烟雲生四壁，畫成蛺蝶值千金。王郎渡口花舡緩，孫楚樓頭酒樹深。最是吴興容易病，莫教相對起愁心。

過舊院和陳憲副作

舊院荒涼極望迷，女墻頹處緑楊低。庭餘鳥雀啣金粟，瓦散鴛鴦覆玉鎞。桃葉一江環巷北，莫愁兩槳去城西。當年多少陽臺雨，化作浮雲何處携。

答贈黄虞稷江南踵韻

黄金高築不曾逢，敢道才多氣似龍。客路經年乘下澤，官齋卧日到高舂。王通家有三珠樹，和嶠身如千丈松。何幸臺城重會合，秋宵一聽景陽鐘。

二

虚傳往日賦明河，十載長淮未放舸。秋盡論詩逢沈約，時寓沈主考館。年來講易共田何。龍江過雨低紅蓼，牛首看雲捫緑蘿。建業重逢愁思遠，敢言對酒不當歌。

希軻曰：原詩云「麗藻清詞鄴下逢，西河才子氣如龍。頻年變姓嘗爲客，是處移家欲賃舂」。又云「明河咏罷添愁思」，故有「賦明河」及「氣似龍」句。《明河篇》即淮陰所賦者，一時傳誦人口，見七古卷。

錢封君壽令子副使嶺南

羡汝耆英洛下同，銜觴長對玉津宫。庭前令器推王坦，坐上通家是孔融。鳩杖屢扶江草碧，鸞書新賜海蕉紅。可知八百人間壽，只在錢鏗指顧中。

陪諸公飲歸酬贈錢大德震

春舡載酒渡江濆，野館濃花帶日曛。許下早知繁主簿，座中今識孟參軍。當筵皂帽欹紅藥，對岸青山掛白雲。慚愧十年違禊飲，空從洛水誦君文。

飲趙解元舅之鼎宅時令嗣新領鄉薦

十年獻策在椒除，重會親朋解索居。户外不嫌東郭履，箭頭曾作仲連書。雲飛玉斝看行酒，雪滿金刀試膾魚。最愛趨庭裁結髮，也隨賢父上公車。

爲屈生悼亡并敘❶

羅浮屈翁山初造甡，絶意婚宦，游于方表。暨登華峰，題詩百韻。關中李大生見而奇之。代州將軍侯君有甥女王，國色，粧錢百萬，邀爲贅壻。山陰張杉游嶺南，遇生博羅，請敘踪蹟，則王已病故，且云：「吾乃失鳥獸儷，顧逝者傾國，致足可悼。蕭山毛甡，吾昔好，爲我賦詩。」初，張杉於臨汾遇生，贈生詩云：「攜將華嶽驚人句，博取秦城絶代顔。」夙感其辭，爰取秦字，覽者謂能增

❶ 此詩四庫本未收。

伉儷之重焉。

傾城名士本相親，況有蓮花入賦新。寶篋未開瑶瑟怨，瓦棺先葬鬱金人。湘靈不斷終歸楚，蕭史原來又去秦。逝者果然難再得，總教無泪也傷神。

問日者❶

三十潘郎頗自疑，獬冠相對問何其。迢迢雲漢通天晚，朗朗星辰出地遲。世遠庖犧休畫卦，生逢磨蝎爲張箕。何因同把靈根草，不數卿蓍數士蓍。

曉發懷大聲❷

嘈嘈海雁盡南征，歲暮它鄉接淅行。遠岫冬寒凝雪白，空江日出照冰明。刊章未到東萊郡，吹笛難歸下相城。千載共推排難士，至今誰似魯先生。

即　事用姜紫環太翁韻❸

東歸剛及役車休，傍瀨潛行爲避讎。雪後一投横坂寺，月明三上望江樓。迎春草長寒蕪外，近臘人争野渡頭。不道十年還故里，依然賣餅在安丘。

❶ 此詩四庫本未收。

❷ 此詩四庫本未收。

❸ 此詩四庫本未收。

西河文集卷一百七十七

蕭山毛奇齡又名甡字初晴稿

七言律詩五

長安雜感奉和高陽益都兩夫子春游原韻

十年裁與計車偕，帝里蘢葱氣自佳。三省愧膺新薦引，九河無復舊疏排。園花盡日開成幛，江橘何時返渡淮。秖爲晚依丞相府，長騎欵段過天街。

二

紫陌丹山未易兼，羈棲徒使歲時添。游魚欲逝翻吞沫，乳燕初飛只傍檐。故國望成千里隔，新詩裁作兩頭纖。及崖何限追隨意，靜裏曾聽解妙嚴。

得姜京兆奉天貽書感賦卻寄

薊門相望一登臺，尺素忻傳遼海來。九百峰前雲散盡，十三山下雁飛廻。帝鄉草昧時方闢，官舍沙寒晝未開。爲重陪京根本地，故留廣漢救時才。

二

麐符遠佩出關東，鄉信長從黍谷通。行部早迴寧遠塞，題詩多在廣陽宫。喇嘛水下雲間白，韎韐花翻雪後紅。獨恨馬周應詔晚，長安對酒與誰同。

枯梅生花和韻

横牕老榦久嶙峋，忽見幽花剗地新。殘蘚暗含紅蔕淺，枯苔生繡緑花匀。湖山未許歸和靖，谷口還應見子真。縱是東風能遍物，卻憐流滯幾經春。

七月廿一日上御瀛臺賜宴汎舟兼賚文綺表裏蓮藕恭紀四首

芙蓉便殿接蓬萊，秋氣新從太液迴。籞苑賜來三島宴，瑶池捧出萬年桮。隄長畫鷁啣波轉，水面金鱗入饌來。醉飽載歌臨抃舞，尚餘湛露滿罇罍。

二

滄池詔許汎仙槎，雲際廻看帳殿賒。畫艑開時翻桂槳，琱臺深處見荷花。衣光翠落波間練，纜色晴分海上霞。游盡蓬瀛千萬頃，金盤親嘸棗如瓜。

三

玉虹高駕啓朱函，早見瓊林有賜緘。幸拜慌人新鳳錦，渾忘學士舊鵰衫。攜筐入白煩中使，束帶簽黄署細銜。欲被縷絲恩莫紀，五緵十繙倍摻摻。

四

上林賚菓減封題，藕節蓮窠乍出泥。鎬飲已歌蒲與藻，柏梁羞賦栗和梨。槃留白雪遮羊胖，盃覆青銅散馬蹄。蓮名馬蹄盃。三載金門沾湛久，今來誰敢厭茹藜。

雲間曹玉少五十五月一日

燕市忻逢鄰下賢，高軒重見綵弧懸。游同荀況經年久，荀卿五十游齊。生在田文五日前。蓮葉裹書還幕府，榴花當燭照歌筵。何時海上尋仙去，與子相期三泖邊。

送陸使君出守思州

彤幨萬里使羅施，路入湘門春到遲。金齒再開蒙氏地，銅符初下長官司。蠻溪馬度天邊繘，番户龍迎雨後旗。此際炎荒行陸賈，牂柯南去使人思。

禱　雨

禁苑銅池散緑陰，鑾輿親禱泰壇深。九重自有回天力，四海寧無望雨心。日下土龍鞭麥隴，風迴石燕舞桑林。盛朝霑德如甘露，何用巖阿起夕霖。

爲朱使君節母費太君旌表建坊贈詩

女陽亭畔婺星懸，喜見高門有賜旃。大節宛垂千載後，遺孤生待十年前。陶家坊爲延賓建，韋氏書教阿母傳。誰似使君懷禄養，至今猶誦白華篇。

劉民部尊人入鄉賢祠

曾坐皋比授一經，騎鯨飛作斗邊星。伏生故亭鄒平廟，劉向應祠尼父庭。黍進蜼卣成式穀，香含雞舌見寧馨。須知享祀從殷典，不在旗常早勒銘。

金生西行

金城萬里惜分攜，仗劍爭看洗鸊鵜。偶訪傅玄來隴右，頓從柴紹出關西。胭脂嶺下河流駛，鳥鼠山空木葉低。前去臨洮知有意，新詩應向馬頭題。

贈直隸分巡吳使君使君司通省刑法驛傳，係崇禎朝興化相公之子。

京門右鑰鎖重鐶，幕府猶開鉅鹿間。部吏遠趨清苑路，廂軍近控瓦橋關。提刑位出三司右，擁傳人從百譯還。好繼前朝名相業，外臺節制本清班。

別陳生赴濟南幕

欲上旗亭多所思，燕關惜別暮秋時。十年書隔陳琳幕，幾度車過董相祠。岱頂尚留天半賦，汝南曾和雪中詞。春明此去如相憶，須記宮墻碧柳絲。

趙中丞開府兩浙

新開幕府壓江漬，彈事中朝重惠文。禹穴豫呈金檢册，浙潮初罷水犀軍。殿前露簡看如雪，梱外霓旌盪入雲。何幸東南煩鎖鑰，歲星重傍斗牛分。

二

文臣節鉞古來難，况復雄關似奠磐。南省坐教中憲肅，東甌開後外藩寬。賜衣真見鸞文曜，避路猶驚驄馬寒。莫道還臺鄉思遠，故園金碧在長安。開府京邸有金碧園，擬金馬碧雞之勝，思故鄉也。

贈瓊山令

金徽初試韻初諧，萬里南天渡海涯。茂宰自能瞻貝闕，漢家無復棄珠崖。陶公山獻波羅税，黎氏腰懸瑇瑁釵。肯向炎方重回首，春花早寄日南荄。

丁驃騎赴登州靖海衛有贈

初拜輕車駕上襄，梨花先點緑沈槍。營連北鎮沙門遠，劍指東牟海路長。充國定能籌轉運，孫臏故自守都昌。閒來莫向關城射，恐有鄉書寄雁行。

沈莘址入蜀

徒聞蜀道上青天，誰識臨邛有令賢。曉店散書綿竹頌，春帆高送錦江船。五丁道可通金馬，萬里橋難聽杜鵑。應念紅閨相憶苦，莫教人滯酒壚邊。沈君内人爲閨秀祁湘君。

靖海侯德配王夫人生日

龍頷初傳邑號新，百年長遇帨堂春。銅屏射雀留神臂，玉軸裝花寫誥身。鷛獻鑾姬啣翡翠，閣前夫婿畫麒麟。麻姑莫問蓬萊水，環海今來已絶塵。時臺灣新破。

二

二月花明玳瑁樓，藁砧今日果封侯。瑶池宴已通三羽，横海軍還領十洲。綵翟翻衣奩影動，金泥拭匣鑑光浮。當筵儻進如川頌，試看滄波萬里流。

送春日偕同館諸公集張毅文太史宅分得毫字

御苑纔開露井桃，春光又復去東皋。肯從盃底辭酃渌，且向花前换苧袍。天半結雲催夏雨，座間騁辯析秋毫。傷心九十無多賸，指下薫風莫漫操。時毅文于酒闌鼓琴，故云。

滇南大捷志喜四首

幾曲鐃歌奏太清，樓船無復戰昆明。三川終破吴曦壘，八甸重開莊蹻城。神策新軍横鐵渡，蒲蠻舊版擴銀生。天南萬里烽烟靖，從此台階一望平。

二

龍川關險控諸蒙，銅柱當年紀戰功。青海故能通徼外，彩雲仍自見南中。前軍夜入擒元濟，降將時無似竇融。江畔金沙堪洗甲，木瓜花映緑波紅。

三

虚象滇陽習水犀，窮猿何處覓林棲。金城但築盤山下，玉斧長刓大渡西。露布馳來真倚馬，赦書頒處喜銜雞。南人自此應無反，安用徵兵過五溪。

四

星垣振旅拂旌旄，南詔碑前解佩刀。大將兵摧神石裂，長官司據麗江高。俘成宗廟看陳矢，凱獻端門有賜袍。金馬碧雞如可祀，王褒拜使敢言勞。

顧侍御生日

執法星高麗碧空，綵弧初絓柏牀東。名標柱下三台近，人在香山九老中。春雪尚餘霜簡白，朝霞長映繡衣紅。金門倘遇東方朔，莫道花間好避驄。

二

九霄獨坐重臺端，共看鵬飛籋羽翰。烏府自頒王儼敕，豸衣重領杜林官。封章曉入清宮肅，甲子星週法曜寒。幸值聖朝多雨露，不須仙掌漱金盤。

題陳生博古册子和王司農韻

春暮楊梢解刺天，碧幢閒使鬭茶錢。風流只記張思曼，朗鑒何如顧彦先。鐘缶燒殘還自弄，蟲魚註缺不須箋。燕臺雖少探花會，也有柴車到集賢。

夜　飲

提壺不上曲江頭，學士官居對殿樓。長樂鐘當晴後響，短連酒是夜來篘。宫中廊下酒家，名長連、短連。園蔬不厭茭菁薄，筵燭將低菡萏收。坐近西軒看月上，有人花底笑藏鉤。

金古良將歸

春還凍澤未全消，又見東風入柳條。好友最難燕市別，思歸翻恨越江遥。才高迥若雲中鶴，興到塗成雪後蕉。古良善畫。但使官湖能乞與，相期應在馬臻橋。

胡廣文之任温州

中原十載共争雄，此日方傳吾道東。落筆賦成天闕下，横經人待射堂中。芹絲到處依池碧，芝草生時映帳紅。但向吹臺尋故磵，可知甌越舊來通。

秋日早朝

宫井鵶翻露未晞，輕寒先入侍臣衣。玉罏香散朝成靄，金殿花生夜有輝。鳳輦陳階啣翠羽，馬醹傾椀賜珠璣。每朝畢，各坐賜酪。自慚陪從無文采，空見蛟龍繪兩旂。

宗藩輔國將軍博公同滿州徐翰林並以詩見寄依韻和答

小院含商暑未除，終朝乘馬尚斑如。懷人漸近三秋節，佳句忻傳兩地書。病起渴逾梁苑客，夢回思逐賀湖漁。誰知興慶坊邊月，猶向城南照索居。

七夕用前韻

秋花裛露被東除，月殿穿鍼巧不如。向夕慢陳庭下菓，連年悔曬腹中書。寒歸金馬愁仙吏，水漲銀河笑澤漁。思煞故園機織者，晚來長自對門居。

贈椒園和尚

甘泉西上敞琳宫，中有高賢似遠公。説法不離雙樹下，置身長在五雲中。平臺花氣秋來迥，御苑鐘聲夜自通。獨惜裴休難問道，空摇珠響日華東。

送姚聚中還湖州

楊柳河橋送客還，十年詞賦滿江關。高門自啓菰城曲，佳句猶留松石間。有《松石間》詩集行世。下若人逢花韅韘，❶前溪風定鳥綿蠻。上林春色年年好，不用端居賦采蕳。

上巳易園修禊奉和益都夫子原韻二首時陪游者皆同館前輩二十八人

曲江修禊已三年，勝飲無如柳下偏。地曠儘教油幔接，❷溪迴不礙羽觴傳。沿隄草向春深發，夾路花從雨後妍。陪得蓬山舊仙侶，到來滿座盡雲烟。

二

良會何須絲竹偕，春風此處遠塵霾。東流水色清堪戀，北地晴光淺亦佳。高柳隔簾抛粉絮，新蒲刺水簇金釵。洛中禊飲年年事，丞相同行豈易儕。

---

❶「韅韘」，原作「韘韅」，據四庫本改。

❷「幔」，原作「慢」，據四庫本改。

張梧南還

秣陵憶別十年前，帝里相逢倍黯然。玉案未酬新緑綺，時貽我漢玉，未報。柴車還裹舊青氈。花開曉店迷行騎，柳放春門慘別筵。此去但能隨謝尚，不須頻上估人船。時隨陸少參歸江南。

二

青郊緑草散平蕪，別路愁聽谷鳥呼。幾見戴逵還剡舍，重看李白出當塗。難兄三載仍留粵，謂南士也。賢主千秋半在吴。欲典朝衣餞歸客，杏園東去酒誰酤。

奉和扈從登封應制四首有序

時維肇甲，候屬升辰。承六幕之清寧，慶三能之效順。翠華安指，東都望幸多時；綵仗將臨，夏諺爲歌已久。因整協時之駕，先酬肆覲之觀。鈎陳簡肅，無煩五校蘭錡；柴望精禋，不事三壇茅脊。所過祀名山，笑玉檢探符之陋；隨時省方俗，斥金泥封事之繁。惟是問族之貞淫，間修五禮；就民相慰勞，暫遍群神。聿開千百年未有之恩，頓擇七十君歷傳之妄。❶念茲輪輓，築楗石以塞決河；攬我提封，登高丘而望遠海。謹誦《卷阿》之什，虔賡「將享」之章。才慚應劭，難傳西漢官儀；職本蘭臺，敢效東封著頌。

嵯峨方嶽望東巡，何幸天門扈近臣。磴道曉雲迴海日，石壇秋草遍山春。鑾旗翻作中峰雹，鄗黍

❶「擇」，四庫本作「釋」。

祠還上時神。千載玉泥留檢處，今來沾盡屬車塵。

二

帳殿重重倚障開，山呼相應似鳴雷。九旗總向巖邊出，萬乘疑從天半來。升氣下窺青檢合，禋河西眺白龍廻。盛朝功德真難紀，勒石慚無作頌才。

三

東方雄鎮護神京，豫日宸游減禁兵。霜繞幔城嚴未啓，花開輦路笑相迎。晴看御馬林間度，夜聽天雞海外鳴。九點齊州渾一望，可知六宇正澄清。

四

鈎陳羅列動星文，佳氣蘢葱繞聖君。騎接百靈巖曲穩，龍蹕三觀嶺頭分。春還个左乘青輅，時見封中起白雲。問俗省方千聖事，百年父老幾曾聞。

潘生南歸限韻

秋雲夾日雨霅霅，游子將歸轡重銜。别曲慢調新緑綺，征衣還着舊青衫。亭廻通潞看題壁，家近前溪認落帆。若賦閒居肯相寄，雁鴻千里不須緘。

二

南湖水盡見菰茭，愁向青門折柳梢。曉雨送歸梁上燕，秋風吹動海門蛟。河陽官閥同潘岳，鄴下襟期似石苞。盡日天街同對酒，能忘出宿在東郊。

長安中秋

朝廻晝漏報新晴，坐待金波灧瀲生。闕下芙蓉開旖旎，樓頭鳷鵲見分明。當軒河影經秋白，傍苑砧聲入夜清。手把醁醽愁未倒，醉來恐起故園情。

二

西風吹葉下金溝，海畔虹生雨漸收。庭樹影摇冰鑑冷，筵花香入玉杯流。天街燭散千門静，碣石雲開萬里秋。爲侍講堂歸騎緩，晚來東閣重淹留。

湖南丁中丞生日

三湘重鎮古羅田，萬里星沙啓幕蓮。才過庾公還夏口，人如王濬在西川。浯溪伐竹當蓬矢，鑾郡椎銅作酒船。指顧弧南將啓宿，崧高長頌五雲邊。

送沈五栗士本進士歸里

同研淡墨註高名，騮馬雙騎出鳳城。衣柳漸逢宫巷曉，看花剛及御園晴。開來榜目誇龍虎，歸去川原見鶺鴒。一自容臺陪宴後，蕭疎長負故人情。是科予分闈同宴禮部。

寄河南驛鹽道

三河節鎮擁朱旗，鳳詔新裁五色絲。萬竈授鹽齊仲父，千秋置驛鄭當時。開牙艮嶽飛雲旆，行部梁園奏雪詞。欲指冰壺遥作頌，由來清德畏人知。

贈送洪使君巡撫江南

中丞初拜璽書行，獨坐南牀舊有名。此去開藩跨建業，臨岐賜宴在端明。襄中羊祜方開府，海上盧循早罷兵。千頃烟波環震澤，看來不及使君清。

二

巖疆瑣鑰重吴中，萬里車書澤國通。侍御呵來驚赤棒，元臣饗後賦彤弓。平推庚甲王程緩，上念東南民力窮。特賜九花天廐馬，瀕行莫認舊青驄。

金鑾南還

把臂京華又一春，柴車欲駕泪盈巾。戴逵豈是王門客，阮籍終爲林下人。到處題詩銷旅寂，行無餽贐恨官貧。河橋相别知何幾，白首垂垂總是銀。

二

相期同返舊巖阿，豈料君先策去騾。老入侯家猶謾駡，醉辭燕市重悲歌。收禾歲晚鄉田少，落葉風吹客路多。只有雲間沈學士，長懸一榻待相過。

寄閩中提督張君

西平勳伐冠雲霄，特簡趨庭領騎曹。烏滸降旗迎谷永，文臣拜節重韋臯。島中盡隸新開版，腰下猶懸舊賜刀。不道西清頻入夢，到來還隔海門濤。時予客福州。

秋祀社壇候駕

秋行陰祀詣三壇，仙掌高垂玉露寒。百辟奉璋迎仗外，六龍扶輦下雲端。風迴天半聞仙樂，夜見星流繞從官。一自太和初獻後，愧無金奏頌咸安。

書王舍人册子舍人爲内廷供奉，賜宅西内。

仙池中禁杳難親，解玉坊邊一舍人。詞出御牀封過密，衣從宫鏡照來新。花前白事先東閣，斗下丹星近北辰。虚薦雄文似司馬，有誰還賦上林春。

奉陪李學士禮玉皇閣醮壇同胡編修袁舍人顧孝廉即事

玉皇案下舊仙官，親捧琅函禮醮壇。受事籙呈三殿切，步虚聲徹九霄寒。朱輪滿院皆雲侶，丹竈烹泉有露團。賭墅圍棋渾漫興，今來俱作洞中看。

題方編修健松齋詩限爻韻

名園幾度罷誅茅，猶見長松翠影交。太子有城頻在望，方干故宅那能抛。欄邊蘚斷驚虫蝕，石上泉流爲馬跑。誰識桐江風雨夜，尚留龍吼聽欞梢。

二

相國園林枕石磝，❶編修爲崇禎朝相公之孫。風光佳似孟城坳。七株偶向巖間植，百尺翻從雲外捎。

❶「相國」，四庫本作「緑野」。

如此江山龍未化，舊時林木燕曾巢。地曾經兵燹，故云。平泉多少丁寧意，肯向金門戀斗筲。

送平將軍守建昌衛

龍驤啣命重南征，閫外蓮花早列營。豈有黄騮能陷陣，忻逢白馬舊知名。護軍臺接章山戍，轉饟船隨下瀨兵。莫道元戎難就拜，麻姑壇土築方成。

宋尚書新進太宰

初裁九格掌人倫，三典名曹踞要津。司列位高紆紫紱，長名榜定勒紅銀。廷推徐勉真清士，朝有袁昂是正人。欲問開元新相業，梅花先報鑑堂春。

二

台衡久已冠文昌，啓事嘗登帝座傍。褚炫端居能節儉，崔生用士總剛方。賜來金鑑含霜薄，懸得珠繩引宿長。愧托清流陪後乘，時從畫省借輝光。

送漳州胡别駕還郡

漳南上佐計車旋，携手京門思黯然。别榻尚施花嶼側，佩刀重掛柳營邊。行時馬傍春雲曳，歸見珠飛海月圓。誰道清廉少人識，胡威譽望正當年。

施二公子歸里

楊柳河橋散曉烟，相携苦憶十年前。洲邊講學逢官舍，燭下題詩對客筵。驛路計成新歲月，江南歸向暮春天。還家若問青房李，朱仲園頭未賣錢。太夫人命以李熟爲歸期。

依韻奉答益都夫子見寄之作時夫子以禪語開示故及之

空言詞賦擬相如，豈有文章重石渠。國史未成羞碧檢，越人何意戀朱餘。從知白馬原非馬，不用騎驢更覓驢。數日朝參都廢盡，只緣新接治湖書。

西河文集卷一百七十八

蕭山毛奇齡字大可又春庄稿

七言律詩六

康熙十七年十月一日大學士索額圖明珠奉上諭各大臣題薦才學官人除現任員外著户部帖給俸廩并薪炭銀兩按月稽領感賦二首

宣平初啓儲才賢，便向金門拜賜緡。烏節稻頒高廩俸，紅籠炭準大農錢。花攢印帖看成錦，日照絺衣怳挾綿。誰道舊時含糗士，還承介錫在昌年。

二

公車通詣近三臺，月俸旋教計部開。御牒宛從天上落，皇恩高向日邊來。饔錢誰是張安貴，索米慚無曼倩才。咫尺光華將啓旦，敢言遲暮答涓埃。

午門謝恩恭紀

嵯峨閶闔啓雙鐶，帝闕遥看綵仗班。伏地敢違階咫尺，瞻天只在殿中間。楓門劍珮朝方啓，草野衣冠拜未嫺。但愧聖恩無可報，遥呼萬壽指南山。

答景文上人過贈原韻

三月春江初上潮，浮杯何處渡來遥。莫嫌陶令眉頻皺，猶喜豐干舌未饒。妙偈不從禪誦得，薰衣時把佛香燒。願君長在山陰住，勿使中軍遠見招。

王明府之任零陵

瑯琊才子厭承明，萬里遥分有庳城。白日吏來花下卧，感時泪向竹中生。賦完莫笑陽城拙，操潔無如姑鏺清。湘口題詩能北望，雙鳧飛處是神京。

陳君六十

樟亭十里比柴桑，中有高人引興長。白帢曉披花露滑，紅泉春洗藥苗香。門廻高駕同孺子，庭下監州類季方。邀得麻姑頻貰酒，相看猶是舊餘杭。

奉餞汪春坊同年請假覲省還里二首

裁向東朝作從臣，每因問寢倍思親。高堂豈易沾三釜，長假何難請十旬。唐長假以十旬爲滿，所謂「十旬休假」是也。閶左枌陰虚閲歲，闗前草色暗逢春。如何白首懷歸客，猶作青門飲餞人。

二

初頒儲册下銅扉，暫借朝衫作綵衣。九列尚需三度轉，十年能得幾時歸。江魚午饌烹嘗美，慈竹隣墻過未稀。第恐曾參冠不定，禁林重盼早烏飛。

贈邵吴縣

平原邵續舊知名，筮仕能分閶闔城。甲第早膺三禮貴，郎官上映一星明。車過樂圃鸞初下，綬拂金昌花正生。遮莫東南烽火近，吴門尚有水犀兵。

岳州大捷奉和高陽寶坻益都三相公喜賦原韻六首

荆門露布插雕飛，聞道王師已合圍。下雋地翻留後旆，洞庭波洗戰時衣。軍分五壘真無敵，峒阻三苗何處歸。況有樓船横浦入，天南誰不望明威。

二

湖湘寇盜本鼇飛，連破平江似帶圍。夜水暗驚流劍影，春花偏喜插弓衣。人收赤子安軍鎮，地入黄陵近姊歸。但得東山堪勞士，攙教零雨誦伊威。

三

七校縱横盡佽飛，紅鞦新束馬腰圍。熊羆但計踰銀甸，蟣虱何愁生鐵衣。❶羅子收來忘北顧，楚軍散盡想東歸。零陽此去降幡集，何必彊兵出武威。

四

日望巴東鶢鶋飛，江陵種柳漸成圍。提兵直入移綃幕，叩馬相迎有布衣。三奏捷書當甲始，全軍

❶「蟣」，原作「饑」，據四庫本改。

振旅在春歸。從來廟算需賢相，況復詩傳翟子威。

五

桃虫誰道善拚飛，帝命原教式九圍。尅日將軍齊捲甲，連年天子自求衣。葮還舊律知來復，芑滿新田嘆曰歸。從此征驪與朝笮，敢言咫尺見天威。

六

禁旅中兵總射飛，長驅肯作掩群圍。行營夜襲藏刁斗，轉戰春生換韐衣。王濬乘風能越險，姜維有志亦當歸。哀荆自古需罙入，誰道王師不在威。

張方岳巡撫閩中

來從奏計待鳴珂，去路黄旗載駱駝。斗北驟頒新筦鑰，天南重整舊山河。建溪雲樹開藩遠，閩嶠山花入幕多。身到九仙須對酒，年來東海不揚波。

夜集俞明府園亭次其小阮石眉原韻

名園竹樹夜蕭蕭，閒對清樽向午橋。屋角暗星疎帶雨，欄邊流水曲通潮。當筵酒暖杯頻瀉，促座談深燭易燒。最喜君家饒二阮，相從林下且招邀。

丁民曹分巡贑州

河橋柳色映雙旌，萬里虔南好計程。畫館望郎初奉使，建安才子舊知名。樓船浪逐灘聲轉，幕府花含瘴雨生。他日鬱孤回首處，待君還賦泰階平。

與汪廣文

講學河汾年又年，長安相遇見華顛。空囊尚載田何易，沽酒曾無司業錢。絳帳經傳燕市曲，青袍草映御河邊。金門萬里雲霄近，莫問滄江有釣船。

答贈萬州學正何君見贈原韻

慢將春酒瀉郫筒，金錯長懷嶺嶠東。帝闕上書原有意，王門操瑟豈難工。人閒居傍支公鶴，時寓報國寺。馬瘦行如鮑氏驄。謝汝容臺能薦士，風流還著玉堂中。時分闈廣西，其門人有入詞林者。

九日登善果寺後毘盧閣示同館諸公

清秋黄葉滿林臯，佛閣層層散白毫。千里有誰還望遠，十年此地再登高。香臺露下翻萸葉，茗椀霜融沃筍膏。誰道初衣難再着，晚寒猶覆舊絺袍。

送何岱瞻還江陰覲省

薊門楊柳弄春晴，欲別翻憐邸舍情。春汎白波分琖盡，夜來紅燭照牕明。西郊草映寒袍色，東閣梅傳舊句名。此去澄江若相憶，延陵城下暮潮生。

二

春城花落已垂條，萬里江關去路遥。別恨直追申浦棹，離人初上御河橋。筵前白帢留應少，臺上黄金望欲消。只恐河陽方覲省，便隨敷奏上丹霄。

平原道中示仲山諸同行作

客路秋光最可憐，平原風物更蕭然。山橋度馬雙流迴，野店留人一榻懸。酒旆碧垂丹棗下，廟門紅閉緑楊邊。卻因顧陸相從晚，每欲聯鑣未敢前。

征南大兵乘勝收復長沙奉和高陽相公原韻二首

戰艦横江蔽欝姑，材官百萬盡彎弧。新收岳麓時移障，遽襲湘潭夜渡湖。白馬關前鳴鼓角，黄陵廟下禁樵蘇。天南指日銘功遠，何必牟彌布陣圖。

二

南征彍騎本騰驤，況復追奔似燎揚。定遠自能摧虎穴，護軍今已下熊湘。雲車駕處城頭暗，露布書來盾鼻光。不信衡陽京觀美，都梁尚有武成岡。

重陽後一日偕同館諸公集黄編修新宅分韻得秋字

新第重爲九日遊，黄花開徧白檀秋。集賢有會思韋綬，買宅無錢贈馬周。鴻雁盡從天際落，茱萸還向酒邊浮。主人初闢西軒好，且傍斜陽欵欵留。

贈王君

高飛鴻鵠久迴翔，何幸相逢在帝鄉。上客盤餐留北道，故園花柳憶東莊。平交世重朱公叔，直道人推王彦方。我欲續成游俠傳，爲君重數舊高陽。

謬蒙益都夫子作六子詩見贈予居其一且落句韻各叶本姓謹依韻奉答并謝二首

嵇康空自友山濤，十載深慚佩孟勞。觀海始知環海大，近天渾忘戴天高。書窺東壁驚三秘，醴設西軒笑二豪。誰想芳洲舊鸂鶒，尚蒙開鏁問奇毛。

二

豈有長鯨掣海濤，重煩傾注過勞勞。孝廉但舉桓公雅，子弟誰如龍伯高。通德有門爭北面，朗陵故里在西豪。可憐未埽齊庭日，挾刺徒生紙上毛。

奉和宗藩博爾都雨中見懷原韻

春街三月雨霏霏，遥憶春星隱少微。華館近天開處密，宫車盡日度來稀。蘭分壠坂縈青幔，❶水漲河橋覆碧衣。羞煞梁園倦游客，凌雲未獻賦俱非。

飲高太史宣城會館話舊有感和施侍講韻

但汎浮杯渡芥堂，天涯四望總蒼蒼。論文自昔同官舍，對酒何期在帝鄉。幔捲露垂天際濕，燭摇風入夜來狂。相逢不解相思苦，試看樽前兩鬢霜。

二

宣州舊邸有閒堂，匹馬相過晚色蒼。愧我十年長避地，羨君四坐盡同鄉。食甘莞菜知還健，醉舞

❶「坂」，四庫本作「坡」。

蓮花未是狂。漏下莫愁歸路晚，天街涼月白如霜。

贈河間守

新賜幨車駕五騶，銅符東領近皇州。下車嚴似張平子，按部親于郭細侯。上谷雲連滄海動，南皮花夾衞河流。吴中人憶軍司馬，長聽清歌繞郡樓。

寄贛南道丁使君

南行節鎮重分巡，棨戟初開贛水濱。楊僕不爲徼外使，柴侯本是部中人。褰帷風動諸蠻肅，落筆花飛五嶺春。能向鬱孤臺上望，遥遥京闕豈難親。

王給事分守浙東

東南觀察古諸侯，按節明州與越州。曲蓋賜來函德殿，高牙開近甬江樓。西垣舊日能廷諍，前路清風起棹謳。若問衡文嘉祐事，會稽竹箭不勝收。使君曾典浙試。

二

攬轡登車慷慨行，臨岐猶有贈鞭情。百城久向車前望，十載長留殿上名。畫閣入雲天漢近，朱旗拂岸海潮生。伊予家在西陵渡，門外蘆花相笑迎。

上以久旱躬禱郊壇立霈奉和高陽相公恭紀原韻

皇雩練日宿蒿宫，羽佾無煩召典同。祇爲三農祈泰畤，遂將六事告蒼穹。龍行岬谷迎猶緩，雲起封壇饗自通。旱魃歌成甘霤下，須知尹吉在西豐。

送錢刑部提學貴州

都官視學本含雞，帝里春風惜解携。五衞兵踰關索嶺，諸生試待犵獠溪。城連箐竹蠻雲暗，巖畔芭蕉瘴雨迷。一曲湘靈應聽去，龍荒原在洞庭西。

寄　周　燾

誰言琴氏好騎魚，欲寄雙緘問轉虚。坐客已傾江左淚，聞君尚在道南居。吴中著有張融傳，花下删成蒯子書。當日章安兵未起，趨庭長得過甌餘。其尊人曾爲台州司馬。

吴江陳啓源貽詩賦訓

十年道路愧冥鴻，長向吴江聽落楓。畫舫未逢三若下，高門只對五湖東。冠時著作超承祚，滿地兵戈憶子公。何幸新詩能遠寄，光芒百丈儼垂虹。

寄贈山東開府施君生日

東藩鎖鑰衞神京，開府雄連七十城。星斗喜從天幕轉，日華看向海潮生。威行岱麓風彌峻，操比齊河水更清。一介書生能建節，當時曾見庾蘭成。

二

金笳開處動旌旄，獮繡裁成鵲練袍。賜履遠垂滄海闊，期門孤並泰山高。全齊萬户争懸矢，此地三公有佩刀。哲士挺生真不易，肯教聖主念民勞。

送徐二十二胤定廷試南還

天安門啓控雙鐶，聖主臨軒策奏還。老景去留存宧跡，夏雲重疊類家山。城邊度馬人俱遠，庭有啣魚鳥自閒。他日論文肯相待，爲君柳市重躋攀。

二

青袍裁罷謁公車，徐樂原來始上書。萬里敢嫌雲路遠，百年長坐夜牕虚。固知道在難爲報，翻笑官閒未易除。思煞舊時同學者，到今誰復共巖居。

題家司百聽月樓詩和益都夫子原韻

金梯不必問孀娥，夜静猶聞水調歌。穿槅碎投千片玉，當牕寒瀉萬重波。榆含星影抛錢細，桂入秋來落子多。自是淩雲遺構在，不須烏鵲更填河。

陳掌院先生歸里

欒欒素蓋謝明光，欲餞青門柳未黄。祇爲山濤將負土，故教劉覽暫還鄉。啣車曉日當天井，去路春雲蔽太行。咫尺東山勞聖眷，莫令同省久相望。

二

車前輯杖暗心驚，數載金鑪共侍情。帝座儼臨瞻斗近，君行此去見星明。韓山白鵲盈軒集，濩澤丹芝傍墓生。若問趨庭須學禮，那能徒負后蒼名。

送裘侍御巡鹽淮揚

獨乘驄馬下江都，夾道争看御史烏。帝簡不殊李景讓，官山重見管夷吾。臨行舊邸金章露，曾彈新參鐵面孤。飲餞都亭誰勿避，可知獬豸在當塗。

施鴻臚以禁方見示賦謝

慢延三景叩崑崙，碣石猶翻北海鯤。未共馬生飡玉液，恰逢羽客在金門。啣花鳥下青絲仗，合藥人歸紅杏村。誰訝肩吾還入籍，丹臺名姓本長存。

彰德别駕之任有贈兼詢吴文學

鄴下新推監郡豪，漳河水色照青袍。車前周景初題字，匣有王祥舊佩刀。上黨雲連熊旆遠，太行山盡雀臺高。城東肯問韓陵石，何處文章少俊髦。

出沐即事有感

西郊出沐踐良辰，回首京華又一春。鴉陣噪來天欲雨，騾車過盡路生塵。年前悔作閒情賦，日出歡逢曝背人。自笑禊堂相别久，夢回還着白綸巾。

送平象九之任宜賓

夜郎南去使車稀，喜見雙鳧僰道飛。巴郡雪消來白市，蜀江花落覆青衣。春田種秫抄雲起，午夜横琴帶露揮。此去葉榆烽火靖，掖門相望敢言違。

王時大授連江令

銅魚初佩度仙關，拄頰時看海上山。農畝課成螺蚌外，官亭開近荔枝間。王喬豈嘆京門遠，嚴助方平甌粤還。假使承明猶未厭，鳳城柳色儘堪攀。

上幸瀛臺登魚遍賜近臣恭紀和李相公韻

蓬池初獻范公鱗，敕使分鱻賚近臣。❶銀鬣散飛瑶島雪，金梭堆作御盤珍。餐同豢豹揮刀俎，夢逐非熊理釣綸。欲紀聖恩何所似，滄波漭沆竟無垠。

二

九罭翻波躍錦鱗，魚征無復稅王臣。天厨入夏猶頒鮪，海谷何時不效珍。黿鼉未和徒頷顣，鸞刀欲下轉紛綸。江湖自昔相忘久，誰道龍淵渺四垠。

周太史尊人明府公年伯六十來京師同館諸公各賦詩奉贈和韻

三月鶯花滿上蘭，藍輿迤邐到長安。戴封故作西華宰，韓愈曾爲嶺外官。授册遠探金簡麗，趨庭曉過玉堂寒。宫衣裁罷蹁躚色，猶作他時製錦看。

王光禄子舉茂才喜贈

丹山鸑鷟紫田芝，江左青箱數世遺。可但茂仁稱令士，果然王濟是佳兒。下帷不計探花日，在泮

❶「鱻」，四庫本作「魚」。

剛逢采藻時。猶記帝京來覲省，當樓親授鯉庭詩。

二

東園日出露桃開，佳信忻從鑑水來。藻彩横天鷩鳳翮，渥洼墮地本龍媒。杜林名閥推光禄，漢室高文重茂才。祇爲德門饒世濟，庭前早已植三槐。

春夜讌集益都相公邸第即席和韻同王舍人陳吴二檢討徐林鴻咸清吴農祥三徵君暨公子慈徹協一

夜啓槐堂近北辰，偶來休沐藉人倫。筵前杏炙燒脣美，庭下梅花刺眼新。雅量儼臨千頃壑，清談真隔幾重塵。滿堂歌詠渾閒興，何必乘槎更問津。

二

台階闊絶若參辰，猶喜相攜邁等倫。金檢祕書看後古，銅槃高燭照來新。行觴久接荀龍譽，舉座欣無庾亮塵。咫尺天衢珠斗近，祇愁無力度雲津。

三

春蘭汎景見光風，坐聽吹陽出六同。日煖賜衣宫扇下，晚來置酒閣門東。生徒雜列超桓傅，巴蜀初開想竇融。金管暫吹羽舞後，可知調燮在三公。

四

黄閣沉沉轉惠風，柴車春夜許相同。綸書早已頒池上，絲竹何妨載墅東。舞袖亂隨燈影散，歌聲細入酒花融。當筵親作來游誦，不是周公即召公。

送周在都任濟南郡丞

肅肅秋風轉隼旟，東行監郡綰銅魚。時清且佐平原相，年少能傳櫟下書。郡丞爲櫟下先生季子。丹鳳飛時知賜璽，青山到處好題輿。選人尚有難兄在，時其兄雪客方候選。欲贈虔刀思有餘。

贈丁刑曹

初看鳳翮九霄搏，❶敬禮由來重建安。赤館舊曾遮列宿，白雲從此護都官。荷花結芾經秋豔，棘木當廳入夏寒。況值中丞開幕後，于公門第舊來寬。

李沮東世兄由韶州太守移任寧波

重承露冕出燕關，秣馬都亭霽色殷。金轡乍廻五嶺外，銅符又下四明間。行車春傍江南柳，披牘時看海上山。隣部編氓懷世講，相思長趁浙潮還。

寄山右方伯

太原行省領方州，況復開藩在晉丘。經國不須搜粟尉，安疆重藉富民侯。編圖户列中條盡，轉餉船隨砥柱流。若問汾陰千載勝，白雲猶是漢時秋。

馮二宿榮遷補國子監博士

槐市南頭璧水連，馮唐待詔尚英年。漢廷博士官雖冷，國子先生獨爾賢。折角定教傾五鹿，晝衣

---

❶「搏」，原作「摶」，據四庫本改。

應早兆三鱣。花前載酒如相過，可有東廳月俸錢。

秦太史歸里

一紙黄封下玉除，春風歸興動鱸魚。才名久已傾同舍，筆札長驚跨石渠。天上青簾新水棹，樽前紅燭故鄉書。甘泉此日多詞賦，莫更遊梁賦子虚。

依韻答和彌壑和尚長椿寺説法見贈原韻

騎馬宫門年又年，思君長在率陀天。因傳佛説來初地，悔拜天書出望仙。下座有人裁問道，空林何處好逃禪。當時王許山陰會，不道重來闡太圜。

送沈客子還禾中

京門曉日動行旌，相送河橋百思生。三策未經投北闕，十年長憶在西平。宫墻柳絮粘天白，旅館山梔入夏清。他日負薪能薦達，肯教廉吏抱虚名。

贈　胡　生

少年能讀九丘書，入洛猶乘下澤車。沐髮碧于江畔草，行文艷過水中蕖。歌殘白石天將旦，裁就青衫暑未除。前路秋風應萬里，期君先作北溟魚。

沈殊亭處士自倡村居詩遍和成集其所和多兩浙耆舊繙閲生感因其索贈亦用原韻續成一首

水南水北總皆村，何用辭家賦述昏。鳥有九苞方是鳳，雞非三尺不爲鶤。投詩半是梁園客，避地深于吴市門。滿目舊時朋好在，慢將存殁句中論。

西河文集卷一百七十九

蕭山毛奇齡字僧彌又春庄稿

七言律詩七

早朝和韻

端門高啓傍青霄，待漏初廻金水橋。綵仗暗排雙闕麗，玉階徐引一燈遥。風飄御琯疑鳴鳳，寒動朝衫許覆貂。只愧仙盤頻賜露，每朝賜酪。侍臣有渴未曾消。

下　朝

鳴鞭退後鼓鐘稀，日上松杉鵷漸飛。庭燭乍收遥仗綵，罏香猶在近臣衣。鑾隨九陛陳琛去，象駕雙輿負纜歸。咫尺皇威雖暫遠，玉欄回望轉依依。

吴二東游

三年流滯薊門關，歸路重游徐泗間。逸駕豈能留駿骨，望鄉終自蔽龜山。清秋醉向湖陵度，落日吟從梁父還。他日滄洲儻相憶，爲予東望大瀛環。

寄昌平道沈僉事二首

軍都遥接塞門寬，北護神京似奠磐。舊衛尚持宣慰節，外臺方重惠文冠。牙開雄鎮邊雲静，幕映前朝寢樹寒。最喜子牟懷闕近，日華高處即長安。

二

北門鎖鑰壯皇封，大斾朱旛間錡茸。鐵騎不須屯上谷，金湯長此控居庸。朶顏故部安三衛，袋帶新裝賜九重。聞道麟符分輦後，登樓清嘯甚從容。

醉和任明府官署歌席原韻

申江三月暮春天，入夜華燈簇錦筵。官舍有情啣獸斝，客心無緒似鵾絃。歌成三疊愁將變，醉看雙娥使近前。多少臨邛仙令客，問誰真是馬卿賢。

任屏臣曰：此和家待菴韻也。座間各有詩，無得當者，及得「雙娥」句，滿座狂詶，歌妓三人各捧觴爲壽，始知才人伎倆原有爲一時紅粉所廻首者，殊是快事。

春日偕諸公集梅花樓并食即空上人魚餐即席和韻

不愛桐君與竹君，每看花發思紛紜。風來水曲初生漲，雨過山頭尚帶雲。醇酒早隨公瑾醉，瑶琴願續惠休文。有魚堪作伊蒲供，誰道行厨少苾芬。

陶君雙壽

荷花並蒂滿江潯，並坐薰風鼓瑟琴。記得述昏曾見志，最難卻聘有同心。青蛾一奏瑶華樂，綵鳳雙栖珠樹林。終日題詩編甲子，徵君吟過細君吟。

送杭州顧使君之任

彦先才地冠中朝，新賜朱幡領六條。井邑雜通甌海路，郡樓平對浙江潮。花前試印開硃匣，雨後行車駐畫橋。誰道薊門乘傳遠，專城峻望已干霄。

壽張學士

早拜參知領從班，每因清達霽天顔。詞頭日判鸞扉裏，軫上星明帝座間。人到講筵餘紫氣，史成斷案若青山。時爲史館總裁。年年寶樹垂弧日，載酒携花共往還。

唐公子授西安郡丞

春桐花發待鸞栖，黄綬金章惜解携。秦地通侯誇上佐，謝家司馬重安西。亭臨冀闕看承露，車過嶢關卻屏泥。公府家聲曾不改，嘉名何必向人題。

餞長沙趙使君

湘州司馬汎星槎，南雪消時好及瓜。虞愿舊曾官海上，賈生從此相長沙。琵琶峰轉看迎斾，橘柚洲晴待放衙。前上紫微如有憶，春來應寄石壇花。

考功郎劉君主試閩中

啣命東觀海嶠雄，風流裴楷著清通。持衡自昔推司列，敏識于今藉考功。萬選錢留浯海碧，三條燭展洞蕉紅。閩王宫畔長春閣，時有天風下至公。

翁使君之桂林郡

使君南控五驊騮，萬里褰帷入桂州。蠻地盡從辰嶺隔，郡堂斜見灌江流。枇杷花發行苗部，鈷鉧潭清記柳侯。此去建陵如戀闕，晚晴時上望湘樓。

益都相公歸田後以冶湖汎舟作見簡且自敘晨夕鄉游之樂謹依原韻和答成詩

南天從此罷樓船，東墅時聞載管絃。客至汎湖當雨後，使來授簡及春前。曆長不記移花日，稅薄剛逢刈麥天。誰信太平元老貴，竟同野稚餉炊烟。

寄贈黔南蔡開府使君

重移幕府鎮炎荒，御纖曾經賜武昌。入蜀路開韋節度，平吴功著杜當陽。九隆𤕤稅收青海，四部蠻歌侑白狼。欲汎一觴何處見，雲龍洲畔即瀾滄。

贈别邵明府左遷之蘭州幕

西上蘭州路渺漫，參軍垂老遠之官。故交緑酒傾來晚，從事青衫着去寒。塞柳凋隨車後落，嶽蓮高入幕中看。上林多少鸞枝在，誰道卑栖乏羽翰。

過江晤王甫白後旋有詩寄懷因依原韻答寄

錢塘江上對門居，絶勝河汾一舊廬。入洛已經逢季雅，仕秦何必羨由余。尋還高士廻通德，記得思君在執徐。咫尺西陵風雨近，莫愁論學少三餘。

蔣將軍輓歌

先生射獵早歸田，門下重歌《薤露》篇。曾破黄巾還渤海，何辭青塚象祁連。文螭自繞新題碣，櫪馬猶披舊賜韉。惆悵過庭蔣詡在，方開三徑杜陵邊。

過姚使君寓樓答贈依韻

金輪雙峙倚秋空，迤邐尋君蕭寺中。亭午薄雲方漏日，新晴高樹易生風。携來圖史披將盡，亂後登臨感自同。欲紀舊時監郡績，請看杜牧贈姚公。杜牧之有贈姚公詩，見《樊川集》。

寄李方伯

鶴繡犀鞶照錦茵，屏藩高啓浙河濱。關中轉運推蕭相，洛下軍需藉寇恂。滿道官花方向日，盤根仙李正乘春。賓門漸覺薇垣近，幾度思君意倍親。

上海廳事前枯槐再花和任明府韻

洛令原推任峻才，春風長拂印牀開。分田不用兼收秫，夾道能生半死槐。紅雨潑殘新燧火，黄花飛滿舊階苔。星精自應三台貴，何必王家再種來。槐木爲虚星之精，故云。

送張學士給假還里四首

給侍昭文敢乞身，十年華蓋鎮相親。暫從丹禁辭明主，要使滄洲識近臣。私第慢教收祕笈，還朝早已訂温綸。洞門雨後春風發，仙驥翾飛總絶塵。

二

蓬閣由來多歲年，此行未許遂歸田。授餐還撤東堂饌，賜槖長携内府錢。擁傳春啣金勒淺，登樓時見玉繩懸。還家總道家山好，卻訝蒼龍當晝眠。學士所居在龍眠山。

三

修文中禁許誰尋，乍見鵷鸞出上林。疏入獨言親葬遠，慨焉予告聖恩深。城連百子思埋玉，舟過三江笑鑄金。移孝作忠疇得似，年來空愧接衣簪。

四

横門供帳傍春城，況值清明草又生。中祕早詶圖史願，東山終有薜蘿情。六筐瘞後猶登壠，五嶽游時慢記名。祇恐聖明懷望切，海門潮上促王程。

奉寄錢唐梁明府

東垣才子興翩翩，試宰錢唐年又年。海日近從城闕上，湖山長在縣門邊。陶家種秫分官釀，吴女栽花傍訟田。只爲愛聽絃誦好，春來時有過江船。

田公子示詩卻寄

公子才名冠帝鄉，趨庭猶自逐龍驤。觀書爾獨追弘正，結客人稱過孟嘗。劍入斗邊雲氣盡，文隨幕下海濤揚。何緣共踞胡牀坐，一唱陽春大道王。

趙生爲武城宰

銅符初綰濟河西，此去陽平一望迷。吴下高賢仍作宰，晉陽公子實封齊。官清養廐皆齋馬，學至操刀好割雞。當日弦歌如未撤，慢嫌爲政笑宣尼。

寄南豐令

軒綏高駕向南城，江介時瞻列宿明。自得獨孤爲茂宰，儘教李覯作編氓。壺中巖傍春雲曉，旴下堂隨秋雨成。華轂朱輪相送後，有誰專對在延英。

送錢編修歸養雲間

暫辭東觀返蘭幃，相送青門望有輝。國史預裁毛義傳，宫羅先製老萊衣。前臨通潞當南浦，爲望干山啓北扉。顧去慈鵶歸哺早，春來仍向禁林飛。

屠少府左補始興驛丞

南行且莫厭官閒，梅尉高風好去攀。傍舍不須搗緑綺，開衙長自對青山。嶺隨陸賈乘傳去，座有司農置驛還。暇日題詩尋玉笥，丹砂正好駐朱顔。

奉和高陽相公初春入直喜雪原韻

東風吹雪滿重城，錯認山礬散落英。内府乘春忻有象，天街入夜静無聲。珠光照海驚龍蟄，玉粒盈田任鳥耕。但使三農兆三白，萬方誰不荷生成。

二

粲粲瓊霄接帝城，羔裘重喜綴三英。望添苑樹朝來色，聽得宮鴉曉度聲。闕下久淹東郭履，山前誰念子輿耕。難探相國憂時意，不是陽春和不成。

奉和高陽雪中下直原韻

雪朝下直快幽期，控馬端門欲度遲。雲葉擘成堤上絮，天花散作手中絲。高懷自埽迎賓路，雅會難傳禁體詩。何幸玉堂揮翰早，一時歌動郢中兒。

二

青女便娟未有期，春空冉冉下來遲。霙連似把青瑤屑，霰集惟抽碧藕絲。發粟久從齊相請，撒鹽終是謝家詩。連朝僵卧柴車客，也和新聲付管兒。

餞宋員外使榷贛關

一軺分榷使南天，正值都官拜簡年。驛騎預呈候吏板，亭餐不用算商錢。横江路出蒹葭外，望闕心懸霄漢邊。只恐嚴關烽火近，將軍從此駕樓船。

二

星旌遥指鬱孤臺，春到雙江水自廻。撾鼓喜君乘傳至，吹笳放客過關來。❶ 厓門珠舶花前發，海

❶「笳」，原作「茄」，據四庫本改。

嶠金裝雪後開。借問開元丞相裔，何時可賦嶺頭梅。員外爲相國子。

同吴江俞鹿牀赴江覲臣蔡右宣閶門舟集即席分韻是日送施分司還宣州

畫舫張筵汎水涯，衣冠吴會集來賒。近船歌散烟中柳，隔岸燈垂雨後花。客至早吟江總賦，人如夜過蔡經家。松陵高士相違久，欲送宣州思轉遐。

雪中游張家園作

名園雪霽快追陪，酒醞冰壺凍未開。豈有瑶臺乘馬至，卻疑銀漢汎槎廻。樓高俯見雲千疊，裘敝偏驚風四來。不信燕山方十月，寒枝發盡嶺頭梅。

送東莞令之任

青袍如草鷁如緺，萬里炎方去路賒。縣旆乍迎嶺徼月，海田先種日南花。獻來紫貝當輸稻，收盡紅棉好及瓜。滿匣印泥方照眼，何須句漏覓丹砂。

送益陽江明府

爲郎上應軫傍星，八月秋風過洞庭。戍火夜銷平蜀路，官舟曉泊望湘亭。黄陵過雨衣常潤，白鹿啣花車未停。莫道携琴高和少，湘靈一曲暮山青。

雨後小飲任氏草堂即席拈句

草堂積雨未曾開，霽色忻逢酒一杯。風息草頭知礙竹，日穿葉隙見殘梅。當軒野鳥横烟下，滿案江魚堆雪來。自昔題詩傾四座，何人不讓彦升才。

劉明府赴任南漳

陶令南行心自閑，十三徽上綴珠殷。名同星列丹霄上，操比漳流清漢間。編户遠連龐統宅，閒田長在卞家山。期君便作南游客，極浦看雲共往還。

送周長陽之任

都鄉本是大夫才，欲赴長陽作宰來。官牒下迎吴會遠，縣門高向蜀江開。亭留白鶴雲常護，峽過黄牛水自廻。此去荆門争戰息，江關何處有烽臺。

秋初從吴中歸值甬東葉天樂以詩下詢依韻答之

杏子街頭墮寶鞭，野橋歸路興騷然。傾囊不載黄金賦，買酒還啣緑玉船。别妓遠從花港外，思君久在竹溪邊。時天樂避地竹溪。炎天衣褐無繇浣，何幸携來白雪篇。

二

吴中意氣贈歸鞭，正值榴花似火然。風過每懷高士榻，月明初到下江船。時逢乾鵲填河曲，會有雙魚寄海邊。只恐采蕭歌未斷，相思還著九秋篇。余將往都中。

任四辰旦招賞芍藥和韻

名花初發日遲遲，共對閒堂把玉巵。紅白間來深淺色，參差開作短長枝。嬌嫌日炙從遮幔，香逐風生似解褵。一自洧川留贈返，到今相顧眼迷離。

益都夫子生日與同門諸公共祝長椿寺飲次奉和夫子首倡原韻

公府同師陸象先，良辰高會法堂前。憑拈麟紱環龍藏，敢謂羔裘藉豹緣。誦去波羅聲習習，醉隨海鶴舞仙仙。八千總是長椿酒，好借花宮祝大年。

餞鈕明府赴項城

百里雷封始拜除，衣縣錦帶佩銅魚。久傳潘岳能爲賦，豈有高柴不讀書。露濯繭絲堪作縵，秋來烏鵲解迎車。潁川自昔多循吏，攬轡三河思有餘。

餘姚諸徵君六十并其内人偕壽

千葉荷花卷作巵，客星山下看彈碁。才名舊已誇甌越，甲子今還記義熙。履道與人同繪面，深房有婦且齊眉。十年前與長庚會，五十時曾以文與詞爲壽。從此綏桃採未遲。

餞薛中丞巡撫上江

璽書新拜大中丞，皖口高懸幕府旌。水國星分吳楚會，晴帆春上建康城。九賓方集官僚長，四岳曾逢江漢清。由湖廣方伯轉太常卿，故云。此去儀同開作鎮，東南萬里正休兵。

恭祝李少司農夫子初度三首

煌煌會計佐天都，薄海新歸一版圖。唐世間稱中宰相，周官最重小司徒。當陽武庫曹端肅，李絳文名天下無。暫假春盤介春酒，百年長此進屠蘇。初度在正月下浣。

二

嘗陪華蓋引崇班，出長人曹鬢未斑。圖爲重農時再啓，門因卻餽晝嘗關。纈袍舊領東堂賜，文劍新從内庫頒。才捧百年觴欲進，陽和頓逐探春還。

三

珠繩轉後物華新，此際生賢似有神。正度上元談甲子，時歲次甲子。豈同下士守庚申。庾開近賜春前酒，户闢方填海外塵。是年臺灣甫破。三載司徒年未老，耆英未是會中人。

徐起部以小箱作枕函外裹以綺名曰詩枕自題索和

高吟長卧鬱金牀，暫借游仙當錦囊。覆褓結成魚口襭，方函空似女兒箱。開緘已覺通明遠，得句偏教入夢長。行笈自來無祕事，不須衡論比中郎。

送趙侍衛弟出鎮永寧

早領鉤陳典禁闈，爲聯戎索出金微。帳懸牙將新收鐵，篋貯今皇舊賜衣。馬邑營連環紫闕，雁門關險傍朱旂。辭朝祖帳盈車轍，誰道軍前揖客稀。

二

將軍出塞備才賢，金殿承恩正少年。宣府兵迎冬雪後，渾河馬渡夕陽邊。垣間掣電知摇旆，幕有飛烏爲控弦。卻憶侍臣同下直，鶡冠長遇禁門前。

三

開平舊衛久休兵，欸塞無煩更請纓。衷甲露看銀鯉躍，耳衣風傍錦貂生。時開邊障排雲陣，夜擁灰鑪畫地營。兄弟城陽輕此別，肯教皇甫厭逢迎。

勑賜瀛臺秋藕叩謝恭紀

延景門西太液寬，秋登碧藕餉詞官。蓮衣紅散丹臺影，藌節香分緑水寒。玉杝横陳驚雪積，金門偃息媿泥蟠。空教三載相如渴，長向仙人掌上看。

欽簡日講官宣入乾清門引見志喜

金殿弘開詔集賢，微臣何幸與陶甄。恭聞銀蚪宣宸禁，恍見丹書出御筵。象繫未詮瑶册裹，星文先繞玉階前。桓榮稽古如堪賞，那數東京侍講年。

送何使君出守牂柯

廉范高風不可攀，西行何惜路途艱。漢家初闢犍爲郡，太守能通瓦甸關。喻蜀文章開百僰，渡瀘風俗變諸蠻。從來叱馭忠臣事，安用朱旗九折還。

二

刺史行邊析守珪，青孤山險雜羌氐。魚鳧盡處遮三峽，馬援前時過五溪。部遠不辭穿赤甲，官廉常禁採朱提。使星未許長留蜀，幢蓋還朝望豈迷。

金魚池聞笛餞陸大歸里并示其令子曾禹

水滿池塘酒滿巵，平欄吹笛使人思。賦成宫柳遮新埒，歸見園花落故枝。陸大時喪婦信至。近岸錦鱗將掉尾，摩天黄鵠未唧雌。還家膹有超宗在，涕泪應霑華黍詞。

天安門頒詔

雙闕平明捲霧開，九重頒詔出層臺。旛懸木鳳唧書舞，仗立金雞下赦來。彩櫝横時天宇豁，黄封展盡聖心裁。策災本是賢良事，何處還尋杜谷才。

送平驃騎出守東平

玉節新分驃騎營，須句舊地重東平。旌門時啓中都路，弓月秋翻海上城。堠轉琱戈廻過騎，漕來輓粟聽鳴鉦。黄山尚有遺書在，東去寧無進履情。

魯太史歸覲

薰風六月漾芙蕖，歸向東園馭板輿。破闥暫飛蓬海燕，還家方饌賀湖魚。裁來暑帔當宫錦，束得晨裝是秘書。此處槐堂堪愛日，待君重數八甎餘。

翰林院中舊有柯亭劉井井爲劉文安定之所鑿柯學士潛手植二栢建瀛洲亭以臨之李西涯詩有云我行樹陰日千匝是也今遺蹟尚存而其人已往同年尤太史過此慨然有感遂成二詩予與施侍講彭編修陳檢討同和其韻

東觀曾開玉甃寒，後園鑿井笑劉安。銀牀不負丹砂甕，金綆猶垂白石欄。起草日添麻底潤，覆桐秋老葉中乾。相看一片冰花鏡，欲寄蓬山難又難。

二

瀛洲學士本重來，尚有軒牕水際開。地勝不須通黍谷，名高從此近蘭臺。簷前虚挹波千頃，樹下閒行日幾回。多少登臨歌詠去，問誰堪繼柏梁才。

陸明府之郏

初拜郎官汝水邊，河魚秋上待烹鮮。車驅宓氏携琴日，地列周王定鼎年。紅旆吏迎嵩外驛，黄陂人種魯東田。十年同學方游仕，手攬青袍思黯然。

送張太守之濟南

銜命東行海嶽秋，使君著績在秦州。曾爲秦州守，破賊有功。詔書特賜楊承令，竹馬新迎郭細侯。衣覆黄金腰底綬，花含白雪郡東樓。此鄉原有前賢蹟，早晚應傳買犢謳。

寄蔡君七十

子尼垂老着青裙，七十年來齒倍芬。西塞巖邊誰是侶，南州座上每逢君。尋還宛委餘金字，望盡鄉關見紫雲。羡汝趨庭方入對，請纓闕下有終軍。

西河文集卷一百八十

蕭山毛奇齡字初晴又僧開稿

七言律詩八

益都相公招集易園即席奉和原韻二首

侍沐東園載酒過，春衣猶着故山蘿。客來語燕梁間静，風定看花水面多。溪淺坐能垂釣餌，日長歸恐爛樵柯。朗陵多少門生在，欲共將車奈晚何。

二

碧柳春深始作花，謝公清興正無涯。琱盤翠進安胡飯，玉液香分顧渚茶。亭向斷崖廻處補，山因隔水望來賒。蓬池雅會知難再，何必丘中誦有麻。

送友之萊蕪

曾共梁園賦子虚，看君仗劍出青徐。東封此日應成頌，北闕何年更上書。驛騎曉過羊祜里，亭餐秋食范公魚。暇時若向秦臺望，莫羡淄川有計車。

何起曹榷使蕪關

雞舌香含粉署郎，司農官屬日華傍。嗚呵初下神霄迴，撾鼓纔聞吴會長。幕下和衡飛燕雀，關前清興對滄浪。南行不厭袁宏放，恐有商船詠夕陽。

送劉使君任江南提學

儒臣啣命出文昌，手握靈蚫比夜光。公讌有詩稱鄴下，高談名理重丹陽。星連斗野純鈎現，馬到閶門疋練長。但使元和能振俗，起衰何止變齊梁。

題張舍人携琴圖

羞將世事較雄雌，白帢飄飖任所之。爲訪故人携緑綺，長留清聽是朱絲。橋邊納履貽書早，海上乘槎探石遲。欲把鬚眉分影幛，紫薇花下幾回思。

依韻和姚明府行縣作

出舍郊原雨未晴，尚留芻秣餉南征。兵連久藉均輸計，民在寧無撫字情。花下載書追范甯，桑間聽事想劉平。浦陽江畔春行遍，何處題詩不勒名。

重陽後一日奉陪益都夫子游長椿寺兼送家行九南歸同方象瑛徐嘉炎陳維崧潘耒汪楫諸同館和夫子首倡原韻即席

重覓黄花到法堂，清談未敢效裴王。偶隨邛杖來初地，恰送柴車返故鄉。午飯伊蒲延供遠，秋林落葉聽聲長。詩中談笑當拈示，夫子原倡詩有「一談一笑皆真諦，❶忘我忘人是醉鄉」二句。何止琪葩照四方。

二

禪關寂静澹秋容，同向空壇訪舊踪。去客欲隨雲外雁，豪吟驚起鉢中龍。重陽小日猶堪賞，重九次日名小重陽。良會他年豈易逢。勿道遠行無所贈，涉江正及採芙蓉。

送姜之琦進士還里

南宫試罷聽鳴鳩，選入春闈直到秋。是科九月殿試。紅格獻書崇政殿，黄花開宴曲江樓。同門先後題青雁，歸路康莊跨紫騮。縱使蓬瀛身未到，故鄉還近鳳麟洲。

和竇坻相公甘霖應禱原韻

南郊禱祀撤宫懸，五畤鳌官總告虔。雲起不需瘞璧後，❷雨來剛及易衣前。禋昇昊闕馨香合，慶溢神倉黍稻堅。始信聖朝無缺事，何煩持鼎問蒼天。

魏使君之任建昌

車前八隊引鳴騶，世濟三公是列侯。爲柏鄉相公長子。李勉未經懷北闕，陳蕃偏得向南州。章山對酒官花曙，盱水褰帷錦浪秋。退食稍閒能嘯咏，麻姑壇畔有丹丘。

---

❶「倡」，原作「偈」，據四庫本改。

❷「璧」，原作「壁」，據四庫本改。

車騎將軍世襲三等阿達哈哈番一品夫人楊母嚴太君壽

當年都護出湟中，曾佐平陽建大功。玉軸久貽官誥紫，金箱猶貯戰袍紅。前皇賜爵標忠藎，有子爲郎以孝通。此日高堂方設帨，關西佳氣正蘢蔥。

喜金通至都復送之赴幕府次其留别諸子原韻

日控驂驔下直廬，重逢梁苑舊相如。幾年裘敝驅馳裏，一顧風生咳唾餘。天畔鴻飛秋後少，宫前柳色晚來踈。研經才子還爲幕，何處堪移博士書。

沈宫詹六十

長隨玉輦侍銅樓，併秩南宫位望優。天上星辰方六度，雲間詞賦已千秋。宫詹松江人。蓬書每得君王顧，綺皓曾從太子游。莫道承華裁咫尺，桂山東望本滄洲。

過上海訪鐸菴遠公不值喜遇曇英和上用張弘軒壁間韻❶

沿城何處問阿難，行盡橋西舊井桓。午日到門聽磬遠，春風吹水隔林寒。閒亭喜見飛花雨，高座剛逢渡海瀾。不信衡陽龐處士，今來仍作旅人看。

答　友

天涯轍跡本難同，吴會車書一望通。自笑求材虚冀北，誰知好友困墻東。公孫未啓平津閣，郭隗

❶「壁」，原作「璧」，據四庫本改。

終開碣石宫。此際相逢能載酒，肯教虚度月明中。

贈楊僉事歷任貤贈册子

高文早已著瀧阡，幸有雙螭帶露鐫。碧檢千秋藏二袥，黄封幾度賁重泉。野田春黍烏還哺，華表秋風鶴未旋。相對荆門餘一水，長因下馬淚潸然。

二

紫誥雙貤展孝思，竁門重表色絲詞。最憐駕鹿之官日，正是椎牛祭墓時。百里舊呈丹篆匣，五花曾賚白雲司。一從奉使羊城返，何限恩綸下鳳池。先從邑令行取入刑部，皆有贈。

李黄門席看白菊

東臺高宴啓朱茵，喜見秋花入夜新。幾載風行能震世，一庭霜氣尚侵人。屏環玉鏡流清影，酒入銀盤簇細鱗。自訴曾爲彭澤長，燈前相對倍相親。

何生游贛州和見贈韻

重逢平叔聽清談，金水河橋飲正酣。縤劍幾曾彈薊北，書船將復上虔南。廬峰當嶽游成六，廉水通江合有三。愁煞嶺頭花信隔，春來彌望總烟嵐。

送彭生之大梁

才子相逢擁敝裘，論文高會又經秋。每因擊筑來燕市，長是聽鐘在寺樓。銅馬門高迴六翮，金堤水溢見雙鈎。子虛未得君王顧，❶垂老重爲梁苑游。

平生廷試還里

曾啓公車下早朝，看君對策御河橋。筆含殿陛花千疊，衣染宫墻柳數條。海谷龍歸暑雨散，燕臺馬逐暮雲遥。羨君前路秋風起，八月應看江上潮。

和倪生見寄原韻

西林木葉下叢壇，百尺樓頭雁影寒。執卷我方慚李薦，帶經誰得似倪寬。吟來秋浦逢詩史，寓近秦淮問酒官。相隔十年良會阻，思君空寄綵毫端。

寧國莊太守

千里分符領上游，彤幨皂蓋古諸侯。共推莊蹻安南服，争似元暉在北樓。行縣雨隨宛水暮，搴帷花發敬亭秋。朝來綵鳳亭邊集，認作鸞書下帝州。

和蕪關榷使君作

名曹峻譽重朝班，特簡星車控九關。計國已成桓氏策，開門長對謝家山。千秋財賦農錢重，萬里荆吴估舶間。著得五千文未半，便看紫氣滿人間。

❶「子虛未得君王顧」，此句四庫本作「相如自有凌雲賦」。

送徐二十二還蘭亭

十年蘭上久相依，曾向空林講息機。千乘幾能酬白璧，諸州無復薦黄衣。棲遲京國仍龍卧，歸去滄江有雁飛。誰想平泉舊韋楚，到來文酒願俱違。

二

秋盡冥鴻惜羽翰，故人相別在長安。樽前可念唯官鱠，郎官鱠以張翰得名。闕下難留是伯鸞。前路斷蓬驚歲晚，還家收稻恰天寒。獨憐垂老金臺客，長過青門泪未乾。

題同年王編修悼亡詩後

寶瑟初彈别鵠吟，斷釵猶在井桐陰。病教奉倩分來少，詩到黄門感自深。月掛幔釘還墜粉，風吹箱管易銷金。玉堂修史渾閒事，半臂何人贈蕙砧。

七夕送陸大學博南歸時大有悼亡之信

共羡平原入洛游，藕花開值禁城秋。公車人去雙龍闕，祖席誰登百子樓。冀北有時誇買駿，河梁何處會牽牛。送君情似金溝水，多少東西不斷流。

秋日集曾止山寓亭分韻同無休南士

十載相思贛水涯，閒堂何幸共巵巵。秋來江氣含烟早，雨後墻陰下日遲。斫桂燒成香在盎，烹芹挑得碧流匙。多君長在皋橋住，只效梁鴻唱五噫。

二

秋雨連雲覆碧幢，座中豪客本無雙。因翻梟汁燒寒鼎，爲看雞冠傍小牕。新曲早成慚下里，故人移住在平江。慢嫌相對玄言晚，猶有鐘鏞挺未撞。

奉送覺羅博問亭歸滿洲和其留別原韻❶

帝里春光遍海濆，還鄉剛及雁鴻群。關連鐵嶺排青嶂，車過蒲河起白雲。險設早知藩衛重，離懷多在御橋分。衮衣欲致東歸意，素韡歌來不忍聞。時問亭有遷葬之役。

二

南陽佳氣本絪緼，龍種諸孫更出群。天府坦垂遼左路，日華晴見海東雲。兀良舊塞三屯合，粟末支江五國分。負土餘情如戀闕，元王詩句早相聞。

四月初八古雲和尚六十生日

大智光明照大千，生同刹利梵宮前。踏來江草當飛錫，落盡天花似雨錢。六甲乍看廻玉曆，雙趺猶自捧金蓮。那知迦葉相傳後，重見昭王廿四年。

待庵明府生日和其自壽原韻

河陽清興自能豪，不藉綏山食一桃。闕下鳳書春後展，背間烏爪夜來搔。綵弧掛向昊天遠，素縵

❶「洲」，原作「州」，據四庫本改。

操成郢曲高。但使故人能勸酒，官齋何處不陶陶。

答杍山干石二上人原韻

每望樗迦迴若神，申江捨筏一相親。空談欲度龐居士，佳句能過休上人。野寺風來皆作雨，客堂花落不知春。廬山載酒應難再，偃蹇終慚步後塵。

二

長途擾擾久勞神，幸遇曇摩且自親。布袋豈遺三世佛，衹園常坐二千人。觀心石上應多日，行脚年來不記春。遮莫禪門文字少，嗟君詩句本無塵。

喜吴兆騫入塞和徐健庵春坊韻

少爲遷客出重關，垂老相逢京索間。三篋自能銷壯骨，五城何處吊完顔。高文竄後悲零落，聖世恩多許放還。誰道混同江上水，南流到海尚潺湲。

辛酉臘月奉陪益都夫子長椿寺飯僧説法即和夫子首倡原韻兼示彌壑和尚

珠林高向帝城開，臘日同登説法臺。貝葉繙經龍聽去，天花作供鳥啣來。深厨香積維摩饌，小品籤投殷浩才。誰信經冬尋寶樹，杪欏猶是舊時栽。

奉和高陽相公春集易園原韻二首

春陰黄鳥弄交交，别館濃花拆露稍。丞相自開新石壁，野人空憶舊書巢。草頭點屐含泥印，柳外移亭接水坳。一自蓬池修禊早，頓令陽氣滿東郊。

二

雨後春虹向日交，長林繫馬玉垂稍。臨塘水漲通魚屋，隔葉風翻見鳥巢。謝墅不連朱雀桁，輞川原有白雲坳。只憐抱病追隨晚，燈火愁看接遠郊。

雪鑑和尚四十

如是於今不可聞，入廛長得利人群。携瓢汲破池中月，賜衲披來嶺上雲。八證好參無上偈，三乘總是悟空文。臺前寶鑑光如雪，四十年來一見君。

南還候益都夫子未得過淄川謁唐豹嵓前輩書此志懷

纔倪冠衣下集賢，東行先誦泰山篇。敢言客路逾千里，不到師門已四年。巘屋未窺全豹隱，柴車枉費一驢牽。淄河南去無消息，回首般陽思惘然。

二

八口船從水次携，隻身旅病有誰依。百年自命推王管，千里相尋愧吕稽。斗傍中樞瞻未改，堂因志壑望來迷。豹嵓所居名志壑堂。驛亭多少踟蹰處，隔浦銅鐎野店雞。

寄郡守

故園東望每屏營，誰似東揚太守情。連歲只從花下卧，方春曾向雨中行。賓來白帢當前滿，官似青溪徹底清。十載金門猶未返，悔予遲作一廛氓。

朱法曹在鎬張州守錫懌徐文學允哲招赴曇潤師西林社集和允哲韻

上人聲譽過高閑，十里相從丈室間。遂有晴雲開滬瀆，可知勝會重香山。到來人喜逢三益，入坐吾將問八還。載酒莫愁歸路晚，杏花深處是禪關。

奉答兖州司馬李廣寧原韻

使君車載五都珍，谷口還尋鄭子真。岸幘自稱方外吏，江梅先報隴頭人。政分民瘼愁班鬢，書寄官齋羨等身。時寄所著文集十卷。記得南還相憶苦，爲君長挹甑邊塵。

劉琯南歸

曾從淮水託王孫，深羨君家好弟昆。三樹儘教留玉蘂，萬言仍自上金門。春郊馬去天邊埒，夏店人歸雨後村。當日東湖同醉處，可能詩句壁間存。

送陳太士長興廣文

金臺作賦興翩翩，又值西廳典教年。牀設戴憑新畫席，家餘子敬舊青氊。烏山迎向蒼雲外，馬帳開當罨畫前。自昔槐堂通内外，羨君此去近登仙。

北征同徐二咸清途中作

河亭雨後换征裾，淮海相逢在道隅。洗馬有情堪並轡，買臣無力可將車。才高自著《幽通賦》，老去難傳《卻聘書》。借問同行舊徐樂，漢庭對策果何如。

贈扈從作二首

詔蹕巡方輦路開，詞臣何幸預追陪。江淮日向千旂轉，海國春從萬騎廻。肅仗久知通禁旅，扈游終屬掞天才。欲覘此際横汾樂，自有星文照上台。

二

東巡不止爲登封，槖筆猶能賦射熊。郊野瞻天齊望幸，車書此日盡來同。鑾回闕里尊行學，河治宣房喜築宫。幸託屬車真勝事，輶軒何必採皇風。

贈田僉事

天南憲府領諸侯，曲蓋朱旗擁上游。越嶠賢聲推八察，漢朝相業重千秋。臺前明鏡當犀燭，海外青山見鳳洲。一自都官行部後，閒堂長使白雲留。

趙比部母太君題旌建坊有贈

婺彩高懸曜紫宸，朱門閥閱喜重陳。太君名過陶貞烈，有子賢如趙德麟。銀榜乍標東第顯，金書長啓北堂春。當筵無數鳴珂客，同慶花前戲綵人。

二

紫誥初啣下建章，鳳毛長傍五雲翔。慈闈親獻新裁幗，京闕還留舊養堂。矢髦獨憐江草碧，旌題高拂海雲黄。臨安萬户連閶闔，從此裴家有賜坊。

酬别李漁村同年

久捧銀罌伴集賢，開元舊事手同編。官貧曾餉瑯琊稻，師在難尋海上船。束篋草携三館外，當門柳種十年前。還鄉倘憶山陽鍜，敢忘音書寄日邊。漁村爨食皆家鄉轉粟，曾蒙分餉。時予出京門，將特訪益都夫子，故三四云。

王分司重使越州

重持玉節過江行，比户歡呼襁負迎。山半尚留元度宅，潮廻再上越王城。訟亭人老棠猶在，官道碑殘蘚自生。當日蛟門題柱處，今來方奏海波平。

二

使君赴任似歸鄉，況復江東引領長。珠爲再還逢孟氏，花從前度識劉郎。攀車烏雀棲還起，卧轍兒童長未忘。長上聲。獨笑他時跋扈者，蓬萊何處問滄桑。

漫　興

平明騎馬度金川，右掖門高霄漢連。曉雨荷香流太液，秋晴花氣接甘泉。摇環馬度疑天上，捧詔人來自日邊。徙倚承明休厭處，東甌方值用兵年。

西林社集分韻得青字

西林高會勝蘭亭，花滿禪關晝不扃。露席坐當天際白，春衫换入竹中青。馬從支遁廻金埒，人共陶潛倒玉缾。落日申江相對晚，十年空憶在滄溟。

上巳雨中陪益都夫子修禊萬柳堂奉和夫子原韻

上巳名園景物幽，同來何必共羊求。花繁故向烟中見，柳弱偏宜雨後遊。濕鳥弄衣低復起，晴魚吹沫去還留。臨流不用浮杯下，碧釀沉沉滿緑洲。

二

年年此地静傳觴，恍詠春風侍一堂。談勝彩霞翻絶壁，坐看密雨過方塘。琱盤帶絮抄雲子，蠟屐和泥渡石梁。隔岸空亭人坐處，居然有閣似熊湘。

送朱徵君歸雲間

吴中佳士着單衣，白露零時去帝畿。❶斗下三能長北轉，華亭一鶴且南飛。關連曉樹烟常早，湖偃秋荷花漸稀。到得故園收潦盡，階前無恙釣魚磯。

二

西風槲葉下蘆溝，老去依然展蒯緱。洛下競傳新月旦，篋中猶載舊陽秋。店通古寺尋前宿，路入平江訪昔游。帝里風光仍有待，孟亭初築漫淹留。

贈吴禹定瑞安教諭

延陵才子建安名，齋閣還留治事情。賜席孰能逾戴德，傳經早已重匡衡。水從雁蕩分池碧，雲起

❶ 「白露零時去帝畿」，四庫本作「正及歸時白露微」。

仙巖到座清。聞道安陽搴藻去，至今尚有魯諸生。

奉答吴寶崖見贈原韻

苦憶才名十載餘，千秋相訂豈成虚。燈前擬註延陵傳，時寶崖爲其尊人索墓狀。篋底難忘季重書。秋到兩湖廻客棹，夜來一榻對吾廬。丹崖收盡人間寶，瓊圃瑶林那得如。

贈沈廣文

吴興譽望在人間，暫借槐堂啓素旃。深夜月明題八詠，清池藻影動三鱣。譚經尚繫桓榮紱，貰酒曾無司業錢。自是文章冰鑑在，當堦玉筍正芊綿。

贈天童曉公和韻倣長慶體

金粟山頭早化身，杯浮千里渡來新。傳心自許終歸漢，譯字何須更入秦。海上逢師俱在客，座中念佛是何人。可憐不識東山路，花落花開幾度春。

二

紫衣宣賜好披身，長被君王禮數新。❶聖德早能容道信，辯才原不類蘇秦。經函入寺還馱馬，海岸横梁且渡人。莫道相從揮麈晚，到來何地不生春。

---

❶「長被君王禮數新」，四庫本作「山澤驚看禮數新」。

依韻答周副使體觀吴門舟次見贈時將赴武昌軍前

昔年曾過分巡幕，西上洪州與吉州。今日再逢吴下路，可憐江月送江舟。從軍不減周南郡，佳句長吟宋子侯。此去戈船春正發，武昌楊柳漫淹留。

酬別錢中諧進士和韻有感

客裏梅花開較遲，臨行猶喜誦君詩。伯喈自足稱才逸，李廣何須嘆數奇。書有藜吹傳永夜，衣邊柳汁想當時。寒風歲暮平江棹，欲別吴興思復思。

池陽官署初成索詠

池陽官舍傍林柯，書卷閒開鳥雀過。時見彩雲生渭北，春來花樹滿涇河。吏緘印匣移文減，客踞繩牀高論多。千尺露盤長在望，溉成魚釜近如何。

宋比部分巡通永

神京左臂迤藩封，喜拜天書出九重。按日旌門開鉅鹿，當時節度重盧龍。帷褰潞水波光遠，版入灤田花氣濃。咫尺題詩肯相寄，望中雙闕對芙蓉。

同姜京兆戲賦空梁落燕泥句七字限韻

紅襟烏帔慢相羊，曾住盧家玳瑁梁。壘破不因文杏改，泥殘猶帶落花香。紅閨有婿愁難返，翠羽啣雛認未忘。不識涎涎掠尾去，可携書信到遼陽。

西河文集卷一百八十一

蕭山毛奇齡字初晴又大可稿

七言律詩九

集劉選郎始恢新宅同李中允鎧丘檢討象隨李侍講澄中黃徵士虞稷即席

永夜閒堂對曲巵，蕭踈院落喜初移。譚深不覺圍鑪暖，炙美翻嫌下筯遲。透壁暗風摇短燭，開簾積雪滿高枝。醉來静聽官街鼓，猶似閻園酒散時。曾客淮陰，赴選郎閻園之集，見七古卷。

題石城蔣生西郊汎雪卷子和原倡寒字

同雲初度石城端，載酒城西興未闌。幾點雁鴻塗去白，一船風雪載來寒。平臺舊友工詞賦，斷岸何人把釣竿。我亦剡川迴棹者，今來同作畫圖看。

田將軍遷撫軍中軍

高牙飛隼接雙旗，横海樓船總不如。草檄未投几上筆，登城還卻箭頭書。分營舊將調金勒，開府新銜下玉除。此際東南饒羽檄，漢庭方召李輕車。

二

水犀戈甲滿錢唐，尚有中丞新拜黄。嚴助儘教開粤徼，田家原自鎮河陽。三推幕府中權貴，萬里戈船下瀨長。在昔請纓同有志，相逢執策敢相忘。

德州渡河和徐仲山韻

曉發平原雞未號，平明渡馬德州壕。天咿白氣東開早，水接黄河北去高。霧裏旌竿摇客騎，風前鉦鼓動官艚。當年戎馬經臨地，欲勒遺聞惜佩刀。

二

客館分燈瀉碧波，遥看屋角墜星河。關長草短知秋盡，水急風高奈渡何。酤酒驛邊留訊晚，題詩馬上寄懷多。嚴城晝閉烽臺熄，愁見平船載駱駝。

宿繆氏園同姜京兆作

因瞻通德過金閶，暫憩雙泉舊草堂。地勝謝安江上墅，人來裴令午橋莊。畫廊山半迴花塢，紅岫烟深接野塘。夜静市門堪貰酒，不教明月負清觴。

送使之大梁

花幕初開藕葉紅，離亭貰酒近新豐。征車曉度燕南路，使旆時迴宋故宫。越境有人迎郭伋，同時入蜀想文翁。時蜀新開有同被使命者。❶ 夷門千古堪憑吊，只在繁臺一望中。

白下遇吴山濤明府見贈有答

江城十月早梅開，把臂同登江上臺。落日烏裘寒未徹，清秋黄葉下堪哀。西州路下停鞭過，東冶亭前看劍回。十載追陪題和晚，登臨須借大夫才。

二

長干精舍倚山屏，邂逅重逢舊典刑。望去石頭餘逝水，坐當木末最高亭。劇嫌客路廻冬景，須信郎官是歲星。白下相從應盡醉，暮鴉啼處不堪聽。

答喬侍讀同年贈别原韻有感

齊門操瑟總難工，誰復相要到上宫。史牘未經窺五志，官淹從此笑三同。懷人望逐烟波起，羡爾名垂奏記中。侍讀以河患奏對著名。幾欲還鄉難遽别，長帆不敢掛相風。

二

舊院踈籬待手編，乞身書上賜幡前。不疑同舍脂車日，竟及東宫出閤年。時三月皇太子出閣讀書。江令賦情饒緑水，王維别業在藍田。致身通顯尋常事，切莫窮愁擬問天。

---

❶「開」，原作「間」，據四庫本改。

贈余生

高秋官舍井桐陰，把袂逢君愜素心。千里客游真意氣，十年宦蹟已浮沉。湘中種黍還收玉，門下搜材愧揀金。生廷試係予閱卷，舊例貢士試門下省。當日北山同卧者，緣墻石笋看成林。

寄江南觀察金君

登車攬轡久澄清，觀察江南舊有名。開幕不離芳樂苑，全家只在石頭城。簾邊海氣穿雲起，樹裏江潮拂岸生。只爲聖朝刑措近，故教召伯早持衡。

馮相公師歸後蒙寄詩問訊奉和來韻

每從朝罷聽鳴鞭，長頌康熙相國賢。一自日星回海岱，頓令桃李失芳妍。鴻飛未敢邀公覯，蚿細何堪受目憐。但訪東山黄綺去，莫教人誦采芝篇。

二

愛慕人皆願執鞭，况逢致政是韋賢。北山猿鶴看無恙，東洞薔薇開自妍。太傅金爲留客計，右丞詩重想夫憐。誰知冶水漁舟發，便寄湘中欸乃篇。公時住冶湖，來詩有「裁將欸乃答鴻篇」之句。

姚監郡沈考功同過草堂有贈賦答

黄公壚下酒初紅，拾得溪魚在釣筒。方外謝生真曠達，座間裴楷總清通。因尋高會乘良日，每度玄言見緒風。異地相逢殊不易，莫教轉眼嘆秋蓬。

集宗藩博公恭壽堂同徐翰林王博士即席

掖門高啓日華居，迢遞春風到綺疏。素蓋幸隨公子宴，朱函親授獻王書。簾間五木燒金鼎，庭下雙槐映玉除。抽牘自憐陪乘晚，敢言詞賦比應徐。

奉謁陳中丞邸第有作

横江開幕擁霜鐔，鑒物常如海鏡涵。千里河山歸帶礪，幾年烽火靖東南。廻看闕下翔威鳳，暫借平泉解素驂。聖主自能勤拊髀，不勞風雨發金函。

二

杖節巖邦賜錦貂，河東兵革已全消。陳蕃何幸推寒士，孔闓深慚薦聖朝。探簡雲封神禹穴，開軬晴射浙江潮。東山終慰蒼生望，黍谷盤龍未可招。

御試畢答楊吏部見詢時予方病臂未愈

詔策群才集體仁，御試時賜宴體仁閣下。共稱聖主得賢臣。殿前已幸瞻天日，腕下其如有鬼神。對就强顔隨谷永，詩成脱手遜王筠。試思左臂書空者，可是東堂折桂人。

奉别梁司馬夫子敬和所贈原韻

只合南山詠敝廬，十年空復侍宸居。難忘柳下重開鍛，但立蕉林爲受書。師所居名蕉林書屋。鎩羽每慙東觀鶴，歸心如趁北溟魚。春風一路吹行棹，尚有檣雲轉覆予。

二

緑水初開白鱧舟，主恩師誼總難酬。登朝誰似韓忠彦，故里難尋馬少游。文以漫成嘗受悔，宦當拙退最爲優。獨憐衛尉方還洛，早有青娥泣墮樓。時曼殊已亡，師詩有「半載哀蟬中夜泪」之句，故及之。

盧中丞太夫人壽

北堂蘐樹映霞裾，斗轉蒼龍絓綵輿。瑶海賦成天上曲，金函時啓帳中書。羹遺賜食看浮鯉，舞進朝衫散佩魚。自是母儀堪範世，何須氏族問崔盧。

依韻和龐雪崖年兄送别

集賢院後肯重過，欲别燕關且放歌。執戟不須隨曼倩，垂綸好去問詹何。晴攀柳色分衣碧，醉看桃花映面酡。此去相思何處是，鑑湖春盡水微波。

答張公子永岳見贈原韻時新膺監簿之選

幾度乘槎到海邊，羡君神似藐姑仙。探書不出三江水，對酒剛逢二月天。京邑有懷同謝監，郎官初起繼韋賢。春來貽我新詩好，彷彿梅花隴上傳。

二

澄江千頃滬城邊，纔與同舟便是仙。驚道雄文能蓋世，誰知張姓本連天。四門書在堪供職，九嘆篇中爲惜賢。取次黄花開帝里，看君早晚好乘傳。

重過上海縣署寄徐西崖即用其所詒來韻

爲憶高陽舊酒徒，重來清興未全孤。蛟龍日出横滄海，橘柚烟深過太湖。官舍彈琴依子賤，人間著論有潛夫。望中咫尺衡門近，尚未相尋到荻蘆。

簡青浦錢徵士

清秋烏鵲噪東陵，上國賢書喜四徵。江國文章推薛浦，湘靈詩句重吳興。殿前應詔誰堪擅，車下追鋒我未能。當日高軒相過後，懷君時望海雲蒸。

馮紫燦新遷禮部

賜席成均舊所聞，百年秩敘喜推君。祠曹賴有劉原父，學行誰如馮仲文。人入冰廳衣共潔，花開春署坐來芬。聖朝方議東封禮，勒石應看海上雲。

贈吳二明府

芙蓉初發映秋波，喜見堯山一鶴過。駿馬空臺行處近，龍門佳士集來多。賜書原欲徵韋抗，製錦從教勝尹何。遮莫干言時出宿，帝城風月豈蹉跎。

寄答吳江朱鶴齡原韻時方箋詩謬附予詩説并謝

寒風客舍暗燈檠，咫尺難通兩地情。吳下未能隨市卒，洛中空復會耆英。書來西塞看留字，家近東甌苦用兵。何幸傳經千載後，説詩還得附匡衡。

桐城方孝廉過集草堂值大霆雨即席和韻

高車衝雨過茅堂，不數方疇在弋陽。柳葉漸長遮曲巷，榴花初發問清觴。盤中射覆狂能識，海內論交老漸忘。謝汝遠來江漲後，相看宛在水中央。

送高生佑釲南還并游會稽和曹侍郎韻

寶鞭不用飾珊瑚，去路經秋入畫圖。子偉遨遊真漫衍，相如車服自閑都。銅溪鑄劍看離合，石匱藏書問有無。五載風塵京洛士，但將洗滌付樵夫。

二

桑乾歸渡一車遥，客舍重門盡緯蕭。機息可曾逢抱甕，談深不必傍參寥。南過建業浮金瀨，東去天台渡石橋。前路逢迎知不減，羡君意氣本干霄。

集河樓同吴陳琰暨門下傅生即席

佳客相逢解苧袍，閒堂深燭醉葡萄。樓頭鼓瑟風俱遠，座上聞歌興自豪。入夜酒啣花氣淺，臨流水映竹牕高。深慙十載京華客，重見樽前散彩毫。

原韻答方敦四孝廉見贈二首

天涯相隔兩茫茫，幸過城東舊草堂。高論自揮王子麈，無錢空負阮生囊。交游到處偕三俊，兄弟于今過二方。其難兄爲婁江吏部邵村學士。但惜相逢春漸老，風前柳絮正猖狂。

二

一望江關思渺茫，何期相遇賦堂堂。陸機真足稱才海，晁錯誰知是智囊。坐對曠懷能遠俗，學成修士本通方。多君道我狂如舊，卻愧清狂未是狂。

讀方敦四詩集再用前韻題贈

細雨春江接冥茫，閒尋花落到蓮堂。時寓江寺。漫言得句分銅鉢，真見投詩入錦囊。散去碧雲迴上下，高飛黄鵠辨圜方。謫仙號爾知非妄，狂客原來不是狂。賀知章稱李白爲謫仙，自號狂客。

賦得陶然共醉菊花杯

東堂高會集朱輪，籬下風光入座新。慢向筵前羅鼎鼐，偶從花裏見經綸。歌臺響合元臣舄，燭樹光分上客茵。欲把黄金開汎酒，天街已有醉歸人。

賜魚恭紀和高陽寶坻益都三相公三首

龍池千頃接天淵，暫敕司戲獻罟筌。自是聖恩能逮物，敢言治國類烹鮮。牽絲露滴盈車美，下箸香分疊縠妍。願向鱠鯊歌式燕，多公早著衮衣篇。右高陽韻。

二

嘉魚自昔詠依蒲，何幸皇恩下九罛。溉釜定能懷北闕，釣牀無復問東湖。銀絲鱠就需良燕，玉詔頒來豈細娛。猶是青髩與紅鬣，相看俱道錦鱗殊。右寶坻韻。

三

水殿風生藕葉舒，虞官宣敕賜王餘。依然在藻歌豐芑，不用横汾羡泰初。味美勝傳公子犒，恩深敢卻相公魚。舊時彈鋏懷歸客，也向金門謝起居。右益都韻。

方編修典試四川

七盤再見五丁開，便識文星益部來。程品自高麟鳳目，名都豈乏馬楊才。夔門賦逐巫雲轉，劍外文從巴字迴。不信十年榛莽後，秋花錦里一時栽。

侍班口號

蒼龍初轉震垣東，紫極晨開引上公。趨走班隨三殿後，傳呼聲出百花中。黄鐘遞奏聞天樂，紫氣千重繞聖躬。日侍甘泉曾未頌，敢將詞賦比雕蟲。

祝友人初度

閒居十載誦《黄庭》，曾向天門舞鳳翎。海外神山千仞碧，階前兒竹萬條青。觴啣若下花如組，盤進安期棗似餅。欲挈海鼇何處寄，釣臺高築在東溟。

嚴都諫假還有贈

十載風流東省郎，聽鶯暫許沐滄浪。明湖水漲浮丹檻，深院花飛點皁囊。門下近多新薦達，函開猶有舊封章。天池萬頃蓬瀛水，親見丹山翥鳳凰。時長公新就館選。

飲李觀察署亭賦謝和韻

灔瀲春江覆楚蓀，雨餘官舍静開罇。方慚老作平原客，何幸狂登司隸門。趙北歌繁來鼓瑟，淮南賦在好扶輪。亭前但覺春風發，便有花開江上村。

雪後閶門舟集同周掌科吴太守陳學士姜京兆吕四洪烈即席

武丘東上雪初晴，載酒還過閶闔城。棹起日從雲際豁，牕寒風向水邊生。望中山作瑶林色，座上人傳兔苑名。歲暮他鄉臨眺晚，幾回繫檝倍含情。

擬館課四首予以制科上卷，比之一甲，即授館職，不隨庶吉士教習，兼課館業。偶集閣學李夫子宅，命予與令嗣庶常世兄立賦四題，即席起草，追刻燭遺事，筆不加點。愧世兄詩先成，予勉强卒業，亦付録事，且謬蒙鑒賞。嗟乎，駑馬隨良驥，敢言利鈍哉！特感深難忘，不敢删軼，並誌此以紀勝會云。

朝　賀有序

南面而臨，詠萬國朝正之句；東方將啓，聽三階呼蹕之聲。瑞闕集鵷鸞，班就六蕃位次；聖人衣藻火，捧來五色雲中。但瞻日馭之多輝，願識天顔之有喜。望樺烟而進拜，環珮聲聞；當罏氣之廻飃，衣冠身惹。欲製朝元之引，應賡入覲之章。

初聞閶闔奏靈璈，建禮門通雞未號。簾外兩行排御仗，雲中九列盡仙曹。龍文乍啓衣冠合，雉尾横遮星漢高。無數珮環相接武，有誰堪繼鳳池毛。

召　見有序

夫雲開睿幄，禮重朝瞻；日近天顏，恩深陛見。故唐主有含元之對，漢家傳宣室之文。況堯階四子，颺言松棟之間；夏后兩龍，拜手璿臺之下。集群賢于蓬觀，選吉士于蘭臺。光華將啓旦，弘開東壁圖書；旃毳已含英，堪作北門趨走。欲承金馬門邊之詔，當題玉皇案下之詩。未經給筆，敢道三長；願效賡歌，敬呈四韻。

九陌含薰曉陛清，忻逢綵仗簇延英。受書不敢同張説，前席何當召賈生。金掌露垂瑶殿迥，玉罏烟繞御階平。聖明多少求賢意，欲獻凌雲愧未成。

扈　從有序

神堯游洛，嘗聞四子相從；漢帝之回，不藉六軍維衛。九功成而幸慶善，父老歡迎；四海定而歌《大風》，兒童起舞。況《卷阿》有召公之誦，而蒲津傳宋璟之詩。巡行廻岱嶽，自有嘉謨；扈從至甘泉，能無獻賦。

濯龍西去杏園東，羽衛旌旗映碧空。秦地山河踰徼外，漢家鐃吹度回中。三關雲繞軒營白，五時花連帳殿紅。祇愧甘泉叨侍從，並無詞賦獻楊雄。

宴　饗有序

東觀招賢，雲陛有搴珠之瑞；西園啓宴，仙厨分饌玉之光。在惟皇以雨膏下逮爲歡，❶斯群臣懷湛露不晞之德。况庭陳百樂，龍子啣觴；聖壽千年，天星奉酒。駕楊舟之在鎬，咏蘭秀以横汾。篚筐咸錫，忻承綵芾文章；瓜菓同頒，愧乏赤心投報。總醉飽懷式金之度，庶鹽梅以負鼎爲功。大官能設食，不可無詩；古樂有迴波，因之作頌。

芙蓉雙闕傍雲開，淑氣新從籞宿迴。金殿曉陳三壽咏，瑶池春上萬年杯。酒漿捧出天星釀，龍鳳炰成鼎鼐才。藜藿久啣曾未厭，當軒何必誦臺萊。

予請假南還時舟遇胡循齋少參赴都對江而泊以病不晤蒙惠示詩集相憶有年頃過明湖會于顧侍御莊復蒙見贈和答江字

南行兩槳泊春江，正值樓船駕繡幢。風急不聞舵下鼓，日高猶閉水邊牕。迴思舊事逾三載，每讀新詩對一釭。西子湖邊侍御宅，逢君恰在石華矼。

二

頻瞻列宿倚天杠，似此才名未易降。鳳闕書嘗聯陛進，龍文鼎豈異人扛。鄉游私喜當同澤，舟泊難忘在隔江。獨耻聖朝真病廢，時予以病轉假。十年燕市笑尋橦。

❶「惟」，四庫本作「聖」。

西河文集卷一百八十二

蕭山毛奇齡字大可又初晴稿

七言律詩十

奉和乾庵和尚天衣古蹟十詠原韻

西來白馬有誰傳，靈蹟初開東晉年。萬仞遠看浮疊翠，一峰高竟入重玄。坐環絶壑疑無地，行到深林別有天。望斷法華臺畔路，三花寶樹盡生烟。

右法華峰

何處天香雲外飃，高峰斜傍碧天遥。渡溪時逐雲間鶴，伐木長逢山下樵。瑶硐桂枝垂白露，珠壇明月掛青霄。如來金粟當年影，只在西崮古寺腰。

右月桂西崮

疎松澗底漫相撑，畫得飛龍未點睛。但向崮前觀翠積，尋來石上有苔生。春雲度處蒼鱗濕，朝雨廻時偃蓋明。臺畔有人長説法，空林鎮作海濤聲。

右松間積翠臺

塔影重重鎖碧烟，道人高坐自談玄。山高何處彈中指，花落如曾袒右肩。架上賜衣長作供，嶺頭開鉢不須牽。若非臨濟當陽在，誰遣孤峰與世傳。

右衣盂嶺

曾看梧鳳愛朝陽，不道空山現佛光。斷壁雲開貍卧穩，穿林日出燕飛忙。琳宫曙啓花俱發，鈴塔春通草亦香。時見老僧來曝背，袈裟影裏坐難忘。

右朝陽

森森雙溪繞寺流，蒼然夭矯望中收。降來鉢底原無着，伏在嵓前何所求。説法有時看露爪，聽經無處不回頭。笑他五百阿羅漢，渡海于今又幾秋。

右伏龍坳

孤猿一嘯萬山深，今日何由響北岑。聽去不忘他日泪，呼來應識舊時心。秋清月下驚禪夢，夜半霜寒伴梵吟。攜得鷲峰靈蹟在，憑欄唱和有知音。靈隱鷲峰有呼猿洞，時乾公爲靈隱法嗣，故云。

右猿嘯巖

獨立幽巖幾度春，芳年謫下在清宸。崇朝細草連衣緑，入暮飛花點髩新。白日虹生疑結伴，行雲天半不隨人。多因曾禮如來懺，瓔珞紛紛挂滿身。

右玉女峰

嵑嶭嘗思瞰大環，白雲猶駐舊禪關。也知嶺背多岐路，不信淮南是小山。千佛幾離春嶂外，一門

如啓暮烟間。前身子敬因看竹，誤向溪邊日往還。右小雲門嶴

欲上南屏多所思，千秋王氣總成悲。載歸瑶海三神藥，望去函關百二基。石贔吼當亭午候，杜鵑啼徹暮春時。何年着得秦人服，野寺蒼茫倚杖追。右望秦

喬處士壽

丹砂駐頰似芙蓉，家住東江第幾重。梁國文章傳彩鳳，湘州服食本飛龍。人如公紀吴中出，花向春申浦口逢。絓就綵弧當漢臘，寒梅香汎酒杯濃。五代喬順隱湘州，服飛龍丹仙去，處士好丹汞，故云。

贈新娶梁司馬夫子之孫

都省雙輪控玉羈，荷花卷作合歡巵。華堂挾瑟彈三調，繡户張燈掛百枝。入魏陳群還繞膝，渡江衛玠早能詩。開元舊賜金錢串，散在屏前撒帳時。

李副使之任

恒陽憲府自崔巍，玉節新頒領外臺。繡轄近隨河朔啓，赤幢高傍太行開。五都碑紀封隆烈，三輔歌傳皇甫才。卻笑朱衣陪後乘，蓬山曾汎碧霞杯。副使舊係同館。

送王舍人遷廣平司馬

同趨丹陛惜分攜，司馬南行展畫旗。趙市尚淹騏驥足，洺河應接鳳凰池。刀唧帶珮因家授，車障

緹油耻世知。舊日退朝相問處，春風無限度花枝。

高江村詹事暫假還里

暫辭雙闕下蓬萊，白璧黄金莫浪猜。海國自能瞻岱嶽，帝心不用感風雷。谷中鸚鵡眠方穩，洞口薔薇花正開。只恐恩深饒眷戀，浙潮一日兩瀠洄。

姜京兆七十

少壯提攜每及肩，何期垂老共歸田。長因親在娱良日，最憶君曾使奉天。焚草只愁聞向外，啣盃不覺感從前。黄門五十爲京兆，詘指于今又廿年。

同朝士餞益都夫子于萬柳堂即席和夫子留别原韻

元臣功德邁三楊，❶七十歸田鬢未霜。誼切及門通飲餞，感深馳驛賜還鄉。集賢莊上歌猶發，履道坊南柳正長。渺渺鴻飛方信宿，便令人誦衮衣章。

二

十年政府喜投閒，載酒平泉草自删。蘸壁題詩酬去志，滿堂拂舞帶離顔。歸時欲卧花間轍，醉後難忘檻外山。他日籃輿尋問處，散金臺在冶湖灣。

❶「臣」，四庫本作「老」。

寄還一和尚大能仁寺

遥望嚴城隔翠微，靈山自昔會來稀。堂開講席龍初下，門傍閒田鳥自飛。蹋足頓穿三寶地，閑身不掛七條衣。從他法臘年年换，何日相逢話息機。

耿使君赴任蔚州

百里真城繕塞才，攜琴西上李陵臺。州城版峻連雲起，亭長車迎自代來。官道畫烏通射革，民田牧馬當鋤萊。漢庭多少安邊策，只有雲中魏尚能。

蘇州魯司馬赴京口造下海軍船遇于秦淮有贈

平江司馬舊才賢，北府今看借箸年。早歲賦詩驚漢苑，清秋對酒在秦川。題輿名著留雲閣，將作功垂下瀨船。他日緹油看賜去，相逢重詠梓桑篇。

沈舉人飲次兼示其令嗣新赴公車

初從闕下請長纓，對策金門久未成。阮籍近爲馬乳醉，超宗真見鳳毛生。青絲到處調銀埒，白雪飛來點玉罌。他日慈恩留飲處，好同令嗣一書名。

奉祝李少司農夫子生日正月下浣日。時家製一屏，乏詩，立命賦一十二首，署京朝官名。此祇八首，餘四首見第七卷。

集賢學士本龍縱，晉秩司元佐上公。周室冢臣兼會計，漢家相業起關中。生當白鳳翔天半，歲見蒼龍轉亢東。少小鯉庭能嗣烈，宫袍裁作綵衣紅。

二

文昌都省動星躔，誰似中行副相賢。體國自饒登版計，肥家不用度支錢。代傳蓬觀文彌著，部有天倉黍自填。祇恐隱之清太甚，空庭設矢坐無氈。

三

徒言治粟阜人民，猶藉參知作稼臣。蘭省尚傳左史貴，蓬屏轉見侍郎貧。升賢内府材無敵，生甫中原嶽有神。勿道李常無吏事，清安端屬掌邦人。

四

追趨鳳閣喜多年，早領司庾典國泉。紅廩獨稽天府外，黑頭參坐考堂前。鑒公能度均輸議，操潔曾無入獻錢。夙昔長庚雖感夢，秋星啓曜在春先。

五

槐堂接武重人宗，況復司徒即大農。懷遠入官殊簡率，深之計地甚從容。招賢譽起燕臺駿，有子名如荀氏龍。問齒不疑纔服政，含元鏡下對芙蓉。

六

三行先後總無端，祇覺相隨晝省寬。元月帝蓂連歲發，百年仙李共根蟠。六符未敢遮奎曜，五教由來仰地官。況復在庭饒儲峙，瓊林十庫總琅玕。

七

才名廿載動楓宸，公府嘗聯丞相茵。十日春生千日酒，一年花判百年身。通明自料常平粟，節儉方辭月進銀。五十公孫曾未貴，何須開閤話平津。公年五十。

八

黄柑獻罷上元巵，柏子觴傳初度遲。此日孟郊纔得第，笑他常侍始爲詩。身稽版服恢龍馭，世掌絲綸接鳳池。衹惜泉刀通九府，不令食指染銖錙。

胡御史巡鹽河東

直指風清嶽色寒，西行捧節重臺端。登朝喜接鵷鸞序，開府重瞻獬豸冠。筆下準繩追李勉，論成鹽鐵問桓寬。上林多少棲烏地，總藉還臺振羽翰。

雲間徐武静五十

南國才名嘆爾豪，高門猶記舊西曹。雲間少弟推龍躍，其難兄闇公孝廉在前朝有名。洛下諸生探鳳毛。結客酒淹珠履細，藏書花映玉臺高。相逢詘指狂歌地，五十年來一紵袍。

爲婦和黄皆令吴門閨秀**除夕詠雪見貽用東坡原韻**

怕向寒風捲畫簾，多君猶自傍朱檐。不將粉絮粧眉瞧，但見冰花落指尖。夾岸似張雲母幛，辛盤空貯水晶鹽。無才終讓劉臻婦，羞把丹椒歲歲添。

王封君初度

華燭當筵奏八璈，仙人海上獻仙桃。春還碧嶠雲嘗滿，晚讀黄庭興自豪。雛鳳舞從庭下轉，少微星傍越來高。遥知名列丹臺久，日擁花前白帢袍。

二

鳳毛麟角世相仍，名德高門事可憑。發策早時開緑字，傳經當日憶青燈。階前親種三珠樹，手内常拖萬歲藤。爲望南雲瞻紫氣，且將歌管祝升恒。

寄贈西安鹿明府明府諱祐，潁州人。

琴臺高踞漢新安，之子才名冠潁川。官舍栽花逾製錦，仙山收橘當租錢。人閒放棹迎春後，客至開衙返照前。只愧趨庭真駑下，驅車仍負九方甄。時予嗣兒鄉舉，以第二人出公門下，適會試下第，故云。

沈母壽

萱樹高堂錦瑟張，綵雲深處進霞觴。嘗來鯉鱠遺羹美，翦出荷衣舞袖香。夜月炤成瑶海白，秋風吹發桂枝黄。曾隨製錦陽山曲，親見仙人坐五羊。夫人爲陽山令德配，子新舉鄉試。

宫允鄭幾庭前輩將赴都值其初度有贈

圖書遥映日華東，萬仞龍門啓上宫。史擷一編傳寶曆，名同三俊重元豐。東堂詔下宣麻紫，南極星明照字紅。何幸閩江相隔久，還隨杖履問崆峒。

王兵部南使有贈

鳳書初下紫泥新，喜見西曹簡近臣。宫路遠廻銀瓮暖，樞臺高賜錦袍春。南交盡洗蠻方瘴，北望曾驅塞外塵。共厠鵷班有幾度，今來看欲畫麒麟。

祝　詩

東望蓬山憶故家，清秋長擬汎仙槎。蒼松偃作千秋蓋，叢桂香生八月花。金匱探書成緑字，銅盤注酒沃丹砂。山公四十方爲簿，況有鴻文薄綵霞。

贈　王　令

平陵出宰本賢豪，河上曾推舊法曹。市集沙頭行部遠，城環山半閉門高。當廳碧柳春前種，近案朱絃手内操。莫怪上公虚席久，君家原有吕虔刀。

文都司生日册子

清秋列宿啓文昌，熠熠南弧在建康。自昔分藩推鄧禹，于今開府遇文鴦。青雲並繞營前棨，黄石曾傳肘後方。他日功成攜手處，漢壇高碣已蒼蒼。

榷使君飲次

鵲袍屢賜待旬宣，裕國何須更算緡。書勝桓寬爲論日，人如劉晏入官年。重逢螺女洲邊月，曾汎菱湖雨後船。官舍薰風相對晚，管教沉醉荔枝前。

徐司寇壽

蓬矢初開竺澤濱，時以纂修總裁開館于太湖之傍。從來東國藉人倫。巖扉高貯盤中酒，林屋分居門下人。史局鎮教添半臂，聖恩未許乞閒身。罇前多少經綸事，莫向秋風理釣緡。

壽福州王使君

秉刺分符捍國憂，專城猶是舊諸侯。冰壺坐對仙山曉，明鏡長懸螺女秋。種柳閒如辛仲甫，著書高比杜荆州。不知太守年多少，試看蓬萊天際流。

高江村宫詹初度寄書幛子以贈

北門學士苑西居，偶住當湖傍釣車。立纛手編新種竹，閉門閒訂舊朝書。聞輯遼金元三史，故云。庭懸綵服隨年轉，酒汎黄花帶露攄。記得内廷當此節，君王長賜御前魚。

楝亭詩和荔軒曹使君作有序

曹使君典織署，其尊人舊任時手植楝樹，蔽芾成陰，使君因慨然登亭而歌，屬予和之。

冬官相繼使江鄉，父子同披錦繡裳。官閣依然梅樹在，丹陽重見柳條長。墻西紫朶迎朝雨，苑角紅亭對夕陽。每遇晚春花信滿，風前涕泪一啣觴。

二

當年開府近長干，親見栽花傍井榦。但過唐昌思玉蕊，再來舉院見文官。唐貢士舉院花名。歌成蔽芾恩長在，認作梧棬泪未乾。滿樹離離初結子，到今都是鳳凰餐。《莊子》「鳳凰非練實不食」，練即楝也。

贈陳太士 并序

予己未召試，右臂瘍發。會太士以長桑臏術，遨遊諸王貴人間，❶折刀圭贈予，立效。既而予入館，太士謁選，得吴興司教去。兩地相憶，寄書道餐飯者十，甚熟矣。今年春，太士已拂衣理長桑舊術，相見于明湖之濱，握手道故。夫以太士之才，致身通顯，直咄喈間事，且月旦藝林，甲乙諸文士，致足愉快，乃猶沾沾以利人爲念。嗟乎，稚川、元化，豈尋常自好者耶！相對感激，率題四詩，所謂柬知我者，不必定贈元使君也。

二

曾趨日下會天安，贈我仙人藥一丸。抱璞不爲勾漏長，鄭虔忽作廣文官。酒分箬下雞缸遠，書寄蒼山鳥路寒。百尺選樓長在望，年來月旦有誰干。《朝野僉載》柳亭製白雞盞，取其迅速。時長安尚成化雞缸，取以为贈。長興有鳥山蒼雲嶺。

三

相思十載隔菰蘆，老去重逢在聖湖。愧我歸田纔負耒，憐君過市尚懸壺。戴憑疊席支雲卧，司業贏錢付酒酤。半世才名仍蠖伏，可知高論勝潛夫。

西廳典教重宫墻，並道前身擬太倉。遨去座中皆白帢，繫來肘後是青囊。研經不讓蘇湖學，奇疾

❶「遨遊」下，四庫本有「京師藉甚」四字。

曾醫濟北王。驛舍相看裁咫尺，當年此地遇長桑。

四

領袖群儒年復年，昇山人誦右師賢。❶槐廳自鑿蘇耽井，藥地長鋪子敬氊。晚歲校書羞待詔，方春種樹當收錢。南湖築室尋常事，何日相期鑑水邊。

行過道山弔范制府作

官亭彌望草萋萋，爲弔忠魂路轉迷。蘇武不曾降塞外，魯公終自死淮西。孤臣殉國心如石，天子旌門手自題。試看遺骸留瘞處，豐碑直與道山齊。

早入虎跑寺用蘇子瞻舊題原韻

滿塢朝烟儼散香，法幢開處石流涼。巘垂蓮片支雲遠，塔轉松陰入路長。佛閣畫圖分四壁，山厨筍蕨供諸方。當年野虎閒跑處，留得清泉與世嘗。

二

深林行過麝臍香，參遍諸天趁早涼。筧水續流春後淺，幡竿倒影暮來長。時薄暮方歸。閒僧不作休糧術，過客時傳捨藥方。行憶舊朝風物改，百年灰刼有何嘗。

---

❶「誦」，四庫本作「重」。

西河文集卷一百八十三

蕭山毛奇齡字初晴又大可稿

七言排律

泝大江泊桐君山下作

大江直上泝新安，爲愛桐君繫纜看。幾樹緑蘿懸露濕，半林黄葉帶霜寒。三時水嶼迷烟市，萬疊秋山漱錦湍。婺宿影含書閣曉，浙潮聲傍釣臺寬。帆檣估客歌黄淡，橘柚人家翦緑團。花種上城懷杜牧，草環故宅問方干。紫巘洞口雲猶閉，烏桕門前雨未乾。丘壑儼然羞豹隱，江山如此笑龍蟠。望中未睹雙峰澗，去後應過七里灘。繡石障村真足羡，仙棋布地有誰觀。滔滔水國憑兩槳，渀渀天涯負一竿。那信戴顒還到此，雙柑斗酒暫盤桓。

過上海訪任待菴明府有贈

遥從滬瀆訪琴臺，二月春風海畔廻。地僻乍驚新候轉，官貧不厭故人來。陶家秫向年前釀，潘令花從雨後栽。戍堞但教懸畫鼓，訟庭真見鎖蒼苔。祥鸞欲下知爲瑞，斥鷃相過不用媒。客至歡然炊緑黍，兒時苦憶弄青梅。平津布被仍聯袵，季子羊裘未振埃。三載有懷方就日，四郊作誦已如雷。屬車私喜陳琳在，高宴將爲司馬開。坐見徵書來北闕，賦成禄養是南陔。龐公豈藉銅章顯，田鳳終推錦帳才。同學暮年應見少，青衫相對且徘徊。

贈周雪客

大梁公子最翩翩，執手丹陽柳樹邊。三俊豈能遺顧彦，一經長得嗣韋賢。庭餘北海樽中酒，家鮮司農肘後錢。久别愧無蘭芷珮，相逢正廢《蓼莪》篇。南征濫入青雲幕，北去還停白下船。遮莫東田留舊咏，風流終賴彦倫傳。

錢聖楨招集湖舫分韻得齊字

冬晴佳氣滿湖堤，況復賓朋儘可攜。共道主人饒玉醴，何期公子出金閨。謂佟觀察公子伯仲也。巖邊秋葉飛將盡，山半朝烟收未齊。曲暈並投蕭寺北，檥舟先在斷橋西。平臯坐去還留簟，老友逢來總杖藜。祠下幔竿揞緑漆，道傍亭子築紅泥。隔林見石蹲如鷺，隱舵看山卧似猊。風緊背當遮柳楄，年高齒不任薑醯。酒因談勝當脣落，歌爲箏繁到耳迷。插漢露披青菡萏，翻波日射碧琉璃。樊成官纛方袪馬，席换仙庖且膗蠵。主客豪都成鳳舉，弟兄愚轉媿雞栖。家稺黄、會侯俱在坐。晚涼錦帶吹逾薄，夕照雷峰看漸低。誰謂蒼茫歸路遠，錢唐門外有招提。

三月三日臨江官署禊飲二首

臨江官閣啓江濆，上巳銜盃對夕曛。才子風流吟麗日，使君高興入青雲。沿流疑泛桃花下，滿署争傳蕙草熏。舞柘偶然來捧劍，披茅無處不湔裙。諸公洛下隨王宰，千載蘭亭想右軍。獨惜暮春游子淚，每從佳節倍紛紛。

桃花壓郡傍江開，飲禊還登江上臺。朝雨甫隨帷甸捲，春潮似逐羽觴來。前亭聽伎歌初發，別座論文酒莫催。日出花寒猶集霰，是日午後雨霰。堦前草長爲驚雷。九龍原屬徵賢宴，三日慚無應詔才。何幸天涯重依倚，將離未贈且徘徊。

臨平別潘廷章一十六年旅舍揀得所寄西陵曲哀思妙麗感生客心因爲賦述且志鄙憶

臨平村館夜蕭蕭，春雨連江泊畫橈。別去遽如雲外雁，思深長逐暮歸潮。十年遠道搴荷葉，一夕高樓對柳條。羈客懷家新篋笥，美人報我舊瓊瑶。西陵曲好縈沙路，東海鞭難渡石橋。苦憶潘郎才藻美，相尋無那夢中遥。

客中寄姜司諫以京卿候補都下

十載承華侍從臣，還來闕下待絲綸。早推當代端圭彦，猶是前時諫獵人。起草尚濡兩省翰，看花時埽六街塵。留賓夜永開東第，少輔星高近北辰。火藻繡成衣照眼，山桃剪合綬垂身。懷予屢寄曹王劄，知己誰操郢匠斤。異地望廻卿署月，同遊記得客年春。賀循久喜能逢晉，張禄原來未入秦。倘使故宫通碣石，敢忘高閣在平津。

過汝寧奉贈金太守鎮一十四韻

郎官出守本風流，況復雄藩是豫州。下吏盡如新息長，專城原屬富波侯。九田作賦推中等，千騎看君居上頭。招得牛醫來館舍，夢將女子渡河洲。高車拔地熊隨軾，翠羽當風隼作斿。自愧攀轅河上過，真成躡屩潁中遊。桑花製酒村前醉，蒲葉如鞭澤畔抽。宿堠頓驚茅店曉，入關剛值木陵秋。無才豈敢依羊陟，入耳唯聞誦賈彪。大府此中猶露冕，思鄉何處更登樓。晚來擇木烏無定，春到遷枝鳥有求。三老懷錢終自獻，十年借寇恐難留。他時列棨霜垂戟，此日褰帷月在鉤。但願屢攜青鵲印，終然一御黑貂裘。

以詩代札懷復沈九胤范秘書

一從把袂分淮市，幾次封書出禁闈。結綬肯思黃叔度，行吟空憶謝玄暉。憑誰極浦題青草，愛爾分曹對紫薇。仁壽鏡邊搖綵筆，上闌花裏賜宮衣。徒聞西掖鵷鸞隔，又見南園蝴蝶飛。太史芸臺行處少，仙人蓬島會來稀。安丘避地歸何得，剡曲移家願屢違。便有黔婁貧到死，莫嫌方叔苦猶饑。院中容易推高第，吴下終難定少微。已分名王無自達，暫逢賢守且相依。時予依汝南金使君署。故交遠道還貽綺，久在他鄉敢佩韋。但詠玉堂懷友句，不知珠淚向誰揮。

粲曰：沈康臣和詩有云：「孔融九歲驚人早，韓信千金報母稀。」西河每誦之，悵然累日。

題無錫縣麗譙樓十二韻并呈吴明府

吴關千里擁神京，猶有層樓倚太清。裨海近環分楚越，大江東下控蠻荆。雕楹疊起連虹度，畫桷重開映漢明。一曲謳歌闤闠地，萬家烟火闔閭城。按圖複道年來聳，懸鼓當門夜不鳴。碧水有湖宜罨畫，青山無錫自銷兵。悾中鳥雀穿簾過，棟裏雲霞入座生。喜共仙人閒着舃，愁聽玉女細吹笙。題來文杏垂秋露，看去官花照晚晴。落日暫登思縹緲，凌雲欲賦氣縱横。彤廷久已無南顧，彩筆何煩寫北征。但得從君頻騁望，漢宫高掌在金莖。

同諸公飲劉四廷冠柚園八韻

素蓋西園集勝游，玉缸初發雁來秋。當筵喜見環林柚，滿案愁看剥石榴。並坐佳人彈錦瑟，十年羈客擁烏裘。酒中惆悵孫馮翊，天下英雄劉豫州。意氣漸深交履舄，主賓不住錯觥籌。時聞藾澤同烟裊，倒瀉金波漾日流。欲上山亭舒望眼，重翻水調换歌頭。也知龍澗須遷飲，争奈鵶棲不可留。

春行自東城迤北郭到北幹山脚悵然有述

春城無處不留連，北郭晴光最可憐。數里川原初過雨，萬條楊柳盡生烟。到來祠廟開山麓，望去人家倚墓田。荒縣麗譙傾未復，空壇華表竪依然。草頭喜見飛蝴蝶，樹裏愁聽叫杜鵑。半嶺行過皆舊徑，隔溪流出是新泉。頻縈道左將頹苑，偶泛村南不繫船。斥堠横沙連大漠，郵亭高嶺列諸天。登臨悵惘違時俗，詩句蕭條念昔賢。燦曰：古詩「蕭條北幹園」。長願棲遲歸十畝，不虞兵革歷多年。新經無復聽松地，故老猶傳伐木篇。但得閒行餘我在，那知春色向誰邊。

史憲臣評曰：北幹村圖畫，非親歷不解其妙。登臨慷慨，徘徊指顧，大可真是恨人。

奉贈姜掌垣内轉候闕歸里并覲

幾年起草重明光，十載恩書出尚方。超級暫應辭虎陛，鳴鞭久已振鵷行。覲庭舞綵紆蒼綬，里社簪花拂皂囊。歲減數千餘諫紙，函留七十二封章。霜蹄歸沐追張湛，白筆敷詞過謝莊。戲藻看魚分太液，棲梧有鳳在朝陽。兩垣舊第開丹幰，五月新荷抱緑房。幼度尚思朱雀里，王褒曾返碧雞坊。璆珂響曳中朝履，襆被風傳侍女香。一室競將窺武庫，三旌虛起待文昌。纘戎誥出尚書省，禄養歡承水部郎。內寢自調瑶作膳，上邽真見錦成鄉。蜀車前負郎官弩，衛國終登僕射牀。他日早膺華殿詔，爲君重舉泰階觴。

王憲鄰評曰：高文典册，才人故技也。七排饒中晚似此，那得非開寳創調。

遇高詠蕭江幕府

高子相逢碧嶂春，可憐白帢炤花新。同爲江畔登臨客，猶是天涯骯髒人。官閣夜燈彈瑟調，山亭曉樹接車茵。文成鮑炤還依楚，窮似張儀未入秦。兩鬢風霜交欲墮，十年湖海一相親。難忘幕下題詩日，莫負城南載酒辰。

二

宣城久念玄暉句，江上裁聯郭泰船。望去故園芳草外，歌來寒食落花前。青山築室期何日，白眼看雲入暮天。河內再游成鳳舉，金陵一曲恨龜年。高有《金陵行》傳世。定交愧乏公孫紵，贈我哀如蜀國絃。那得移家還就汝，敬亭山下共流連。

讌崇仁官署同陳石麟進士劉尊汪懋勳諸孝廉呈駱明府

茂宰官衙倒玉壺，嘉賓雜坐佩錕鋙。風流不數潘懷縣，才子原推駱義烏。江水天然開玉液，地衣霜映似金鋪。筵前高論騫鴻鵠，燭下新粧舞鷓鴣。疊嶂盡書三壽詠，時座張太夫人壽幛。環林如畫十洲圖。殘弦已墮天邊月，寒葉還吹井上梧。鄴下友朋懷讌樂，茂陵車服愧閑都。感深廁末猶蒙顧，醉倒堦頭不用扶。秋去宋生悲結軫，年來阮籍畏窮途。那知江畔逢良會，仍是天涯舊酒徒。厠之坐末爲厠末。

元夕觀燈同徐二十二胤定作

每逢三五憶當年，況復春燈在眼前。曾向上元追唱和，誰能此夕不留連。江城薄暮開瑶市，地主中宵列錦筵。一道長衢鋪月色，萬條寶炬動星躔。爔輪焰轉争疑電，火籥花生并是烟。掛樹密教朱鷺集，穿街遥見燭龍眠。千枝繡幰圍羅綺，百變新聲入管絃。妓宅飛香矜篤耨，軍人合樂奏于闐。環橋散立長明樹，啓署渾如不夜天。未有金吾防鎖鑰，從看玉女下車騈。光分衛玠停珠勒，暗裏羅敷落翠鈿。戴去鼇身横碧海，擎來龜足踏紅蓮。沿流訝向波中見，繞堞驚從天際懸。神象舞餘閒戞齒，村童逐處笑摩肩。但聽東邸留歡曲，未和南樓應教篇。潛入平津觀袨戲，記于故國醉燈船。良辰屢惜吴關杳，好友多逢楚水邊。斗轉漢回人散後，踟躕獨立倍凄然。

九日臨川獨酌有感并寄徽之大敬南士

誰言霜雁經年返，又見黄花九日開。天半寒風吹木葉，土中無射動葭灰。愁登建武飛猿嶺，深憶彭城戲馬臺。前歲曾觀盱水去，今年重滯幕江隈。已聞羊叔留碑待，何處王弘送酒來。蟋蟀詩中三致慨，茱萸亭下一銜杯。游無江夏參軍興，人負臨川内史才。藥市神仙壺裏卧，柳家嬌女陌頭回。它鄉獨對寒林酌，故國疇將錦字裁。不識青山從眺望，可能皂帽共徘徊？

客於淮陰過漂母祠下悠然感興傚長慶長律以抒牲仰懷之情

淮水湯湯赴海門，淮陰城下一孤村。東流不斷長淮水，淮上長祠漂母魂。當日水濱來擊絮，曾于此地餉王孫。高情豈望千金報，雅意難忘一飯恩。志士有時丁晦塞，丈夫何處假涼温。我行避地全無着，人事它鄉安足論。落日偶然祠下過，傾臺依舊水邊存。蘆花淺瀨沉沙岸，蔓草荒碑卧土墩。白日西馳風勢緊，黄河南下水流渾。關漕鼓發如鼉吼，估舶帆收似蟻屯。棉子綻包涼露色，柳根穹接上潮痕。一時感爾名千古，再拜呈予酒一罇。韓信尚憐無所藉，劉安那復自言尊。舟車官客從澆酹，燈火鄉民效駿奔。唯我遠懷烟水外，踟蹰獨立到黄昏。

兀庵節嵩蛤庵同集浄土放和尚許各賦詩見懷奉答長律一十二韻

遠師初住虎溪邊，便集廬山十八賢。雲外共尋溪口寺，雨中偏到渡頭船。解開經槖參堂轉，罩得燈紗對榻眠。擊鉢舊過祇樹嶺，燒鐺新煑落花泉。年多不記安禪偈，夜静重吟懷友篇。宛轉説憑龍女聽，殷勤書向獵人傳。違時未得紆塵軫，此日還留出世緣。德士總教頻指月，習生從此媿彌天。翻來字裏藏金葉，諷去聲中現法蓮。爲擬和章時隱几，因知得句定忘筌。門同臨濟原無别，路隔恒沙豈易連。縱有餘霞能問訊，碧溪負杖在何年。

晉安朱氏新闢山園築臺飲次索題一十九韻

初闢山園笏地開，傍嵩高處築層臺。一城烟火衝檐出，萬疊雲山入座來。書幌筆床閒拂拭，酒鎗茗椀費安排。欄邊薜荔因風發，牕外芭蕉帶露栽。石榻就崖留枕簟，壁㡦連檻冪罇罍。隣墻低見雙抽笋，曲磴斜懸一樹槐。吟罷呼兒頻洗墨，興來招客共啣盃。市將粱甫銀泥餅，瀉盡滎陽土室醅。鬴底翻波烹雉汁，盤間飛雪膾魚胎。藍超洞訝丹花接，歐冶池尋碧水隈。天際撲還蕭寺影，雨餘圖作米家堆。面當幔柱鋪空翠，背觸垣衣落繡苔。絶巘晚來堪倚徙，隔坡時過得追陪。每因適意多開牖，不爲逃名更鑿坏。愁見碧霞徒散去，閒看白鳥自飛回。十年隱豹難藏霧，五月喧蚊好避雷。境僻暝含衣上月，地高寒洗屐頭埃。披襟不減臨三島，引領何須遍九垓。但得名賢同嘯咏，且留此地暫徘徊。

過雲門謁佷亭和尚同姜京兆蔣平階張杉二十二韻

雲門高峙鑑湖濱，乘興同來一問津。慶緒久爲方外友，陶潛原是社中人。到時山葉銷寒色，望去蓮花結勝因。千載門庭渾不改，四圍丘壑宛相親。行隨過客朝華藏，坐見空王轉法輪。高閣齋鐘敲處遠，長廊粉壁畫來匀。方開玉篋探三果，願借金泉洗六塵。驚拜偉長佷亭即徐繼恩也。如隔世，悔言智永是前身。他方遠遁言歸晚，何處相違不記春。話向刼前頻似絮，髮從剃後散如銀。拂衣早得完婚嫁，作賦猶能動鬼神。蓋世覺塲棲道一，當年捨宅想王珉。前朝遞勒黄絲字，後院曾邀白氎巾。船載溪風憑往復，石遮山雨最嶙峋。樵風涇石傘在寺側。門前牛馬馱經慣，林下烏鴉念佛勤。象寶鑄爲阿育女，龍牙貢自海波民。秋深土鉢盛紅稻，午過香厨供緑芹。聽講喜追山魅至，放生徐見水鷗馴。宰官就訊同殷浩，居士當參得許詢。擲麈談玄殊自暢，卓錐無地豈全貧。曇闗再啓知逾晉，桃樹初栽爲避秦。但使下方能假憩，誰言至德定無隣。

奉呈益都相公生日二十韻

黄扉曉闢日初暹，瑞靄忻從帝座覘。五會星辰雙闕現，一天雨露萬家霑。致君久已如公奭，薦士從教識杜淹。但典册書先國史，每因講席領宫詹。班迎龍鳳池邊揖，名向琉璃盌内占。平見台階揚玉燭，警傳宫漏下銅籤。入朝每帶蕭何劍，上殿曾垂鍾傅幨。香草紉針堪補衮，空桑負鼎爲調鹽。千盤鶴醮將安飾，十載狐裘未是廉。例簿卻程追寇準，租庸變法笑楊炎。分屏宛見三旌列，搢笏多爲百辟瞻。上秩禮同河嶽貴，下賢意比地山謙。文隨泰始開林囿，樂奏昇平度里閻。徼外問安争啓幰，車前白事不隨簾。金鱗在榜應傳鉢，寶軸盈箱盡賜縑。撤到碧闌連霧捲，判來紅押帶花箝。圖形豹尾縱横接，篆蹟螭頭顛倒粘。肘後籙憑籛氏授，海中籌共子房添。年踰單豹才方壯，位進非熊志未厭。莫道耆英纔視杖，格天大業早能兼。

戊午九月予謬以入薦赴都奉謁李學士蒙賜晉接兼屢有請召陪侍讌集謹賦長律一十六韻志謝

東堂學士愛才賢，蟠木何曾有物先。時接豎儒鼇禁外，晚開高閣帝城邊。買臣無復將車輿，曼倩剛逢待詔年。失學偶膺三府辟，空群竟遇九方歅。虚疑白璧終投楚，不道黄金尚在燕。暗解蒯緱歸幸舍，驚看芼鼎列長筵。和成春芍芬于木，摘得秋花小似錢。幕後徐呼賓從出，楣間高見御書懸。近欄竹石皆仙署，滿架縑箱有賜籤。坐覩趨庭迴玉樹，行逢撤燭散金蓮。春坊詩本徐摛授，左相經從韋孟傳。時大令新登賢書，中席惠見。高語任傾千葉漏，醉歸難控五花韉。感深嘉意增留戀，賸有微情荷採甄。幾度謬陪瑶海宴，平時況誦柏梁篇。彤雲遠覆珠幢下，淑氣遥吹香案前。但使聖恩能汎被，從君乞放五湖船。

雪中入直史館即事十韻

朔風吹捲御河沙，早見天街散雪花。苑外撲將千片蝶，壇深噪過幾群鴉。遮成翠帳疑朝雨，望去紅墻似曉霞。誰賜錦貂還左掖，獨騎羸馬上東華。人逢玉署忻投璧，身在銀河未汎槎。隔院冰敲懸幕鐸，傍檐糝落濕牕紗。驚心鎮自燒青簡，呵指真難草白麻。渴至未傾杯底酪，寒多先結硯頭窪。宮臺巘嵲依天近，輦道廻環歸路賒。一望蒼茫愁思遠，東安門外即天涯。

王師收復成都詔集百官于午門外宣捷紀事十五韻

凱奏初宣曉漏清，王師收復錦官城。春還玉壘堪傳檄，水下瞿塘會洗兵。已報王均逃廣漢，先教鄧艾取陰平。統軍不待徵龍武，要路曾經過馬鳴。劍閣雨寒朝出棧，草堂花暖夜連營。降旗江漢風俱動，積甲峨嵋雪漸晴。喻教久當開僰道，樓船從此破昆明。歸心似附千官影，稽首猶聞萬歲聲。六詔烽烟將寢息，兩階干羽自縱横。星纏太華看歸馬，日出平臺好晾鷹。聽去銀笳穿玉峽，望來銅柱象金莖。帳前有客能摩盾，闕下何人更請纓。劉闢不甘爲副使，韋皐豈便是書生。恢疆大略需威克，告廟雄文在《武成》。欲識巴渝何處舞，但看鐃吹滿神京。

寄贈柏鄉相公生日一十四韻

元臣復辟已多年，歸卧東山興渺然。天子久思黄髮侶，都人猶誦衮衣篇。集賢里第需裴度，通德鄉門屬鄭玄。賜杖不因酬赴闕，著書豈是記歸田。兩朝盡瘁餘鐘鼎，千聖相逢在几筵。静裏有籌還借箸，閒來得句已忘筌。鉏苗隴上當牛喘，煑藥階頭共鶴眠。永夜看星嘗傍斗，隨時掣電笑如椽。談深總落珠盤裏，詔密曾聞玉案前。連歲歉虞民力竭，歷年高受主恩偏。中山蹋盡蕭何履，灤水通將范蠡船。廢劄欲焚開兩甕，緼袍難值到千錢。金籯遺得韋家教，玉樹多于謝氏賢。祇爲赤松游太早，一觴長寄海雲邊。

西河文集卷一百八十四

蕭山毛奇齡字大可又僧彌稿

五言格詩一

格詩即古詩也。西河五古詩，初倣選體，既倣齊梁體，又既而始爲唐詩。自出游以前，約計千首，殫精悉力，統在五字中。暨山陰朱朗詣與茗中錢氏選擬古雜體詩，以西河擬古詩獨多，索其稿，攜至茗中。會錢氏有籍捕之事，倉黄奔竄，遂失此稿。嗣後漫不經意。凡遇題急卒，或厭爲詩，不得已輒以此體應去，然略不點篡一字。故先刻《夏歌》《瀨中》諸集，俱無五古，以是也。今但録湖西使君施君所抄，與吴門聶晉人所選西河詩抄本，共若干首。

唐人以五七字古體爲格詩，近體爲律詩。此云格者，以其類唐古詩也。西河嘗曰：「吾五古詩，非古也，及格焉耳。」説見西河詩抄本。

西河曰：「少與包二先生、沈七、蔡子伯相約爲古詩。予倡言詩以五古爲主，若幸成集，古詩必多于近詩，五字詩必多于七字詩。觀漢魏六朝，七字後起。而唐人中晚詩始多近體，此詩格升降之辨，不可不察也。暨酬應稍煩，便乖前語。始知詩格升降，皆時爲之。宋、元、明集，開卷皆七律，非得已矣。子伯嘗言：『宋元間人每選唐人絶句、唐人三體詩、唐律詩、杜律詩，並無古體。予欲專選一唐五古詩行世，而究不可得。』則其意概可知耳。」

張南士嘗言：「詩之通否，每有觀其五古，而溷溷莫辨，一觀七古，則妍蚩佳惡，瞭若觀火；至七律，則照膽鏡矣。

然則五古爲藏垢納拙之境，但以之具體則可，非能事也。從來文字相嬗，猶四時代謝，不必追復。漢魏六朝既爲五字詩，則隆古三代相傳之四字，便屬高閣。今已嬗七字，而尚欲于五字間，效嘉、隆間人，討綿膩餘唾，能乎？」此南士與西河論古詩語。

七夕集兩水亭賦詠成篇

金風扇微飈，玉律回迅商。良朋遘嘉節，言讌君子堂。廣厦延樹色，敞牖生雲光。中厨敕佳餚，肆列圜以方。爟鑴間芍汁，搁馬逾蘭漿。雄談振林莽，能使煩氣涼。兹辰度靈匹，歷歲旋河梁。暗忻蛛網合，明見烏鵲翔。所愧守恒拙，偃蹇無文章。何期覯雙儀，惠我同七襄。生人重高會，慷慨唧清觴。但當保修期，終古以爲望。

入史館奉和監修先生赴召柬同館諸公原韻三首

隆古重籍氏，仰視樞東辰。宣尼起嗣之，寄志在獲麟。前代多政記，宛若眉列陳。國書過激厲，其事反以湮。大君秉遐照，丙穴觀細鱗。美劇嗣元宋，安問秦與新。一時競橐筆，群策堪扶輪。如何稽古疎，有靦稱史臣。愚賈闕寶玉，哲匠迷荆榛。所恃綸閣暇，數晷凡再巡。埽翳見白日，披巾對高旻。追隨蓬山顛，灑濯瀛海濱。空言啓石室，將以傳其人。終慚識未優，誰得資討論。前賢誦崧嶽，所重惟生申。況當天門高，下視羅八垠。

二

有明十七君，作聖述亦賢。順始復順終，遂歷三百年。八垓被鴻濛，重譯及毳旃。斯蹟既已陳，所幸留簡編。神聖烱前鑒，❶開館加窮研。勝代雖遠遥，相接猶几筵。其中升與降，疇則相糾虔。實賴司衮學，引作庸衆先。靈蚪展雲霧，蠖蝮方同緣。記盛時自速，努力咸仔肩。何必《新唐書》，修在慶曆前。

三

伊昔致治朝，時政早論紀。纂列無闕遺，一若左右史。降此多從諛，展轉互相委。虛實亦已淆，遑問非與是。況當革命時，館載乃頓已。何期聖代興，三恪備中旨。加以春秋法，凡例共摩擬。司衡既禮絶，模楷責下士。宛如百車轍，相率遵一軌。儻云具三長，端在集衆美。惟恐同異生，筆削翻有俟。作文無發明，往與穢濫比。庶匄監正之，三寸竹毫子。

月蝕詩

季秋月丁未，望日日將暝。太陰在降婁，不輯于奎觀。維時酉初刻，里燭方進薦。奉常啓瑶壇，糞地以爲墠。堂槐挺當門，遮出白羽扇。睥睨仄慝間，驟爾丁物變。啄齧罹烏喙，涎蝕類蟲玩。頓令瞻視乖，側目不忍眴。先王有常箴，百執謹天變。宗伯統列卿，伏地作哀戀。靁鼓五十雙，轟擊儼鬭戰。奔走逮嗇夫，禮拜及下賤。須臾霧雲生，掩過十之半。明質頗銷鑠，魄色雜紺縹。餘光射輪出，迸裂過飛電。相視驚閃動，有似金在鍊。祇疑齕餳餅，中界等絃線。地形與日虛，兩兩不相劵。金牌

❶「神聖」，四庫本作「得失」。

汎銅盎，玉漏瀉銀箭。如何哉明時，入濁竟不見。光復翳漸除，災去神已遍。君子省㥶尤，頫首矚河漢。

秋涼飲酒詩和馮夫子韻

涼風吹西堂，秋日亦灑灑。在墅有謝公，下坐及裴楷。絃誦代絲竹，童冠列慧騃。高懷浩然興，微語渙以解。作技任衆長，觀塲笑予矮。譬彼黄金臺，駿骨亦可買。況當炎蒸餘，暑退氣稍憊。水潦收前池，林花覆高嶰。中厨飭修餚，薑韭紛布擺。誰道鱸魚鮮，此鯉出徒駭。暗撫大食刀，雙環總精鍇。

洗燕泥詩和宗元鼎作

紅英發新條，碧柳啣初稊。翩翩雙燕子，宛轉覓宿棲。雨中啄土梗，日出捎墻衣。一朝秋風來，東西相背飛。閒堂張委幔，層栭設重緹。巢虚易傾危，壘仄難扶持。常恐墮瑶席，落索成汙泥。因此感嘆生，攜盤滌櫨枅。紅襟罕陳跡，翠羽亦虚儀。寄言韶華子，不潔安可遺。

遥題雪舫禪師山閣册子用澄園馬居士韻

曩予陟三竺，一過西林僧。朝簾掛石闌，晝火圍紗燈。云有般若臺，眇向松間登。白雲一回首，相望空層層。十年羈京洛，踠馬如凍蠅。史輯今共古，抄付掾與承。今來住明湖，雪舫嘗見稱。目爲青林馳，心與滄海澄。生世苦奔涉，何年斷糾繩。長嘯空巖間，谷遠聲自應。

湖舫陪臧内史喟亭飲次採蓴兼送其還京即席和内史原韻

晚春風物和，良日恣幽探。湖波淹還平，隄草綏且蔘。蠶老桑葚落，雨過鶯語酣。入寺問劉逸，放鶴尋蘇耽。山行幸追隨，所至供杖函。霧散雨未接，日漏光猶含。共言南湖濱，芹藻勝蔄庵。中有雉尾蓴，夏近採摘堪。鮮滑取下酒，可以資清譚。只憐季鷹老，我歸猶懷慙。拂衣丁暮歲，芸局本不勘。君方返承明，西掖當朝參。草詔入禁筦，人鑒藉指南。豈可蕩兩槳，流連向空潭。蓴羮未下豉，本性我所諳。秋風尚違時，嘗恐食不甘。去去典書命，文富原非貪。待君事功成，對酒看山嵐。

題青園廬墓圖有序

江閬孝廉圖其父青園公爲祖尚寶公廬墓，索予以詩。

孺慕不可已，居廬傍泉臺。自昔誰最稱，王裒蔡伯喈。今者青園公，哭父如嬰孩。負土既已就，築室倚樹檂。攀身見枝枯，滴泪成土灰。吾友孝廉嗣，爲圖誌餘哀。徬徨着草笠，手指寒林隈。云祖尚寶公，千載從此埋。丹青有時蝕，丘山有時隤。惟彼廬墓人，天地同昭回。

送史上海之任兼示舊明府暨伊兄婁縣

滬城傍東溟，本屬舊游地。良友將之官，抱此瓌瑋器。舊尹吾故人，爲治軼俗吏。天子嘉其能，召取置殿陛。棲鸞豈無群，馴雉真足嗣。況君乘風雲，天路可坐致。黄浦環城闉，丹花被庭砌。難兄宰婁水，相隔衹埤堄。此邦羨堂堂，繼至有難弟。同時府中趨，千載生嘆異。攜琴向雲間，贈鞭送行騎。他時返承明，吾友見前事。

寄無錫吴明府

憶昔游延陵，常登夫椒山。慷慨懷令君，高雲相與還。就視獲良契，茂茂承歡顔。飲泉知其清，置身東峰間。把弄不忍去，宛若冰雪寒。迄今逾歲月，七見山花丹。相思寡言訊，欲奮無羽翰。朅來返梁苑，延瞾從近關。夫君惠化洽，比蔀能相安。津亭共車乘，壠畝偕盤餐。初爲典使召，星軺起追扳。繼爲負土行，而且卧轍環。翟相制未復，寇公留多端。與民一家人，賢哉居是官。今兹四征起，羽檄紛河干。祇恐念方叔，徵輂來嘽嘽。我本羈旅客，中心戀所歡。臨風寄微言，三覆增長嘆。

秋夕詩和益都馮夫子韻

朝登青綺門，暮宿白楊巷。爲從南郡遊，搴帷總成絳。雲開逗秋陰，雨過揭晚虹。夫子鐘鏞姿，含響待莛撞。勿因宋人愚，而棄仲宣戇。碧梧嘶涼蟬，白露時以降。銀河亘長天，入地猶淙淙。

賦得秋菊有佳色康熙甲辰重九雲起閣登高賦也。分牌得鹽韻，先有律，祇複鹽字。

緒秋敞晴曦，百卉揚素纖。況有籬間葩，芬藹宜幽瞻。零露日以下，玄霜日以嚴。佳氣發清姿，澹影何襜襜。東園啓遐檻，列種如抽蒹。持杯一相顧，遂使歡好兼。薌苾乍蒸鬱，歌嘯猶遷淹。良朋共遊遨，秀色時見添。緑衣障黄粉，碧椀盛紅鹽。我欲掇其英，把手徒摻摻。高天雁初度，日暮酒已醃。徘徊玩芳華，令我思陶潛。

康熙二十五年予請急歸里自京門赴益都特謁馮相公夫子恭呈八章每章六韻共九十六句

元宰昔秉政，降典手闢門。舉召遍四郊，牧豕來公孫。惟時試殿陛，誰與廸至尊。夫子搜隱遯，搆材及髡梱。以茲離詭質，濫被青黃文。晻映匏竹傍，顧盼長卹恩。

卹恩託鈞陶，砂礫就廣冶。戴崇亦何人，乃許食西庌。只憐苦飢馳，出入貰羸馬。但得隨春風，傴袂自灑灑。有時開禊堂，集之萬柳下。纓紱追上辰，詠嘆振大雅。

大雅久不作，姬旦陳農篇。何悟復明辟，頓返南畝間。天子盛嘉賚，宸藻紛披宣。傾朝餞遥郭，作畫標近筵。迄今課桑牧，偃仰留鄉園。鄭公自謝政，避客已四年。

四年懷衮衣，時事喟日易。門士曁舊僚，半作夜臺客。伊予本蓬根，霜落見孤植。逝將請長假，還住賀監宅。何當感故年，擁髻失通德。謂曼殊也。從此塵網中，❶坐使鬢髮白。

白髮閲新序，言至萬柳堂。觸目憬物移，流涕攀條長。茂弘禊猶在，謝傅澤未忘。時禽改啁哳，清池變滄浪。驅車税北海，徒步詢鄭鄉。所嗟不同攜，豔歌亦何嘗。

何嘗識東家，遥望屈雙跗。雲門萬仞間，是我感恩處。登堂式琴罇，入里敬草樹。誰昔戀宫墻，相訂共樊素。曼殊初訂，同過益都。獨身瞻天星，咸嘆泣朝露。千秋展斯須，四顧謹翔步。

翔步肅函丈，詩書啓笭箵。周游遍廊廡，所至皆典型。元臣本樂志，天語昭上楹。上賜詩有「元臣樂志年」語，又賜「適志東山」四字印記，因以「適志」名堂，沈宫詹爲書額懸梁間。詩鐫儼韋谷，花曲勝杜陵。時從前村歸，不記漁樵名。夔龍在丘壑，日夕稱太平。

❶「網」，原作「輞」，據四庫本改。

太平無窮期，景運方逮旦。東歸有康成，早已受易算。高天本寥廓，卬首日相見。人生非圈豚，安敢久留戀。祇懼負師訓，無以答宸眷。努力崇景光，終焉戒游宴。

寄贈陳山人七十

放舟過長泖，遥望梅花源。皚皚十餘里，有如銀濤翻。良友徐允哲，邀我遊其間。揮手不能從，至今勞心魂。山人潁川後，結屋繚土垣。讀書博墳索，懷寶藏璵璠。遺世謝人染，觀古究天根。有時負杖立，獨與趨鯉言。梅花正開時，栗鹿駕短轅。京華塕塵中，愛梅過芃蘭。迴想下沙浦，花開滿丘樊。君子畜祕術，青芝當朝飧。加以抱璞授，七十存真元。我欲窺至道，卜築申江園。慷慨寄一卮，聊與志勿諼。

梅東渚築樓于草堂之北施侍讀題曰滿聽其群從淵公孝廉首倡二詩書卷命和遂依韻率成續原卷後

下直出中禁，懷人在東溪。豈無逢時交，願與静者期。如何鬱儀轡，日薄還相羈。環山如春臼，入路逶以迤。傳聞巖牖上，重屋方臨卑。虚似撓千空，泛若坐百陂。所喜朝日麗，有鶯啼修楣。樓成時有鶯啼于梁。以此屬清聽，能使神志怡。君子畜嘉告，同聲寄遥題。何當攜雙柑，倚此雲外梯。

二

披圖鮮周游，蠟屐用幾兩。惟此林間人，于焉萃清賞。逝將與晨夕，浩然學長往。詎無臨淵思，徒抱結網想。一旦玄暢成，噫氣激疎爽。崒嵂森似雲，長林坦如掌。遽令萬籟鳴，雜作衆山響。有時秋風生，南還重相訪。比之剡川賓，乘雪鼓兩槳。于斯理高吟，憑欄且俯仰。

書簡末寄徽之大敬二兄

鳳城新雨餘，涼氣襲衣帶。濊濊銅溝鳴，宛若水下瀨。何爲坐煩縟，宮漏日相待。新功令，每日赴午門坐班。故園松檜間，灌莽迷薆葑。我有老同硯，名者徐與蔡。奇文埽人荒，高矚出天外。投簪願追隨，欲去轉留礙。長跪作素書，飛鴻渺何在。

送李檢討予養還山

招弓下中山，葺屩朝上京。公車何崔嵬，所藉高世名。志氣本超卓，文藻亦縱横。誰言紫閣翁，少小無宦情。至尊重良會，召見開延英。食以朱貝柈，沃以碧筍羹。給札令呈藝，轢落無弱營。因之授册府，入署承明庭。夏雲方南馳，夜火將西傾。一旦上省養，孝感動聖明。啣軾謝京邑，衣錦投鄉程。祖帳各擥攬，反若千里行。人生有初服，亦欲奠所貞。何爲坐拘牽，闕志徒怦怦。

二

圜鑿不受枘，樛枝豈爲輻。況有終南行，白華蔓空谷。曾參着兒冠，虞氏就養屋。渴借桑門瓜，甘懷洞庭橘。昔有捧檄生，色喜逮親育。今我亦何爲，但指風與木。蓬池畜嘉魚，得爲親釜熟。迎養曷不可，遽爾返邦族。白衣雖改繡，披之當萊服。碧山張學士，當此悔解幞。天涼賣漿稀，官邸日不足。臨朝思貽鞭，無馬堪競逐。但詠《南陔》詩，雙泪下簌簌。

三

太華有佳氣，乃在龍門山。千載啓石室，一若通武關。盤岡與繡嶺，隱者藏其間。況復踵靈異，於此產馬班。當今居史宬，疇職筆與删。翳衆多匠手，而予猶汗顔。維彼粲門子，高踞蘭臺端。慷慨忽棄置，躑躅誰躋攀。柱下去一宿，撰事留五難。有論責韓愈，無書報任安。新秋坐林薄，仰看飛雲還。牕通紫微遠，户傍太乙寒。日月過櫚隙，晨夕躬庭餐。視此三寸攖，何如一日閒。予有湖上業，灩瀲通周官。思以割一曲，未敢徼聖懽。横門出祖道，藉藉皆來觀。偭彼前史賢，相顧增長嘆。

爲聶晉人題學釣圖

吕望不賣漿，公子乃垂釣。當其投竿時，相顧尚年少。清姿比晴漪，緑髮等秀蔞。違時起長吟，所念在遠道。卬首解博衣，洗足脱行幭。平沙浩茫茫，斥略當晚照。荅線牽素漚，楊葉蔽枯潦。豈無臨淵思，魚美不可罩。因之戀清流，搦手把長篠。十年行天涯，汙漫靡所造。乃猶乘下澤，拔輪出泥淖。我從長安還，將以隨荷蓧。每念素心人，把臂接林隩。逢君明湖來，貰酒勸一釂。披圖見疇昔，展卷助吟眺。所嘆俯仰間，非復舊時貌。花開應重紅，綸絶可再絩。逝將溯滄浪，慷慨發高嘯。

爲家會侯題戴笠垂竿圖

迢迢新安江，上有龍門山。君子居其中，名滿四海間。披懷似錦繡，落筆成波瀾。結組騁遐軌，矯矯不可攀。夙昔有男子，把釣垂琅玕。羊裘澤雲碧，龍卧山花殷。千載仰高躅，何處堪投竿。崇臺出天際，歷落星辰寒。披圖倘能追，日暮相往還。

黄鵠篇出郭有訪留贈

黄鵠志千里，遥矚青雲端。相隔纔咫尺，曠若溟海間。君子秉高躅，守身如璵璠。奉簡作良牧，所念在民艱。煌煌敷奏時，久已策治安。康衢一以遘，皤然卻塵寰。香山鑿八節，將與劉白還。赫曦照林薄，徂夏增欝煩。清霜戒前塗，倏及朔氣寒。城西有精舍，去作逍遥觀。慷慨不得見，令我凋朱顔。達人貴變化，金門借泥蟠。況當被宣力，藉此憂與懽。溯洄幸相從，俯仰同觀瀾。長風自西來，肅肅生羽翰。

九日陪馮夫子登善果寺毘盧閣和韻示同游諸公

秋陰敞金陴，朝日離羽嶠。神都融清光，佳節乃游眺。司衮請澣歸，後乘載同調。師門舊簪裾，命駕絶呼召。旨酒敕麴封，肥炙鵝與爆。貽糕作炊彫，賜橘代鍘芼。但惜金臺傾，望古不堪吊。此地有寶坊，高閣宜晚照。憑欄試一觀，縱目攬衆妙。浮屠欝崔嵬，金碧麗象教。層垣翳松柏，隣圃通竹篠。西山飛蒼烟，空翠相映曜。況復鈴塔間，烏雀暮來噪。故園有黄花，被之幹山隩。採摘無由通，虚憶在遠道。詎意侍芳躅，丹梯迴能到。豈無參軍狂，不用拾烏帽。蓮堂静坐時，宛若陟高峭。何當據層霄，慷慨發長嘯。

康熙十七年七月廿八日京師地震大厭朝廷下詔修省群工怵惕予以謹戒之餘竊讀政府作續紀一首和益都夫子韻

維歲在己未，彝則月將晦。京師忽地震，廬舍多損壞。有聲自西來，轟作萬鼓擂。城壁樓櫓間，擣厭若碓磑。是時塵坌涌，白日飛霴靆。摇動及通潞，遠過涿鹿界。如是三十日，岌岌餘硌礙。不啻宋渭州，四震瓦亭寨。天子起修省，下詔布罪悔。群工亦憂虞，敷奏各創怂。伊予本韋布，初進即求退。況復職筆札，所愧無補乂。既鮮京易學，誰擅子政解。填陰與沴土，相習總昧昧。但道何物神，得撼此大塊。憶昔本始年，漢世當盛會。震厭毁皇廟，河上警至再。詔令内郡國，舉若杜欽輩。直言能極諫，因與陳利害。方今復制科，茂才鬱繁會。大廷倘策災，何以置明對。遒人振木鐸，惟在謹天戒。撫此修輔文，永夜不能寐。

題靈鷲逢僧圖

白門烏帽生，丹花駐雙頰。尋真向靈峰，迤邐看秋葉。奚奴負錦囊，左臂挂木篋。海鶴梳顋毛，神駿理壯鬣。老僧坐洞中，自顧能見睫。仰天驗碧毿，俯地露灰刼。山童報客至，徐起支步屧。覿面若素心，忻然笑相接。問客從何來，飛飛指黄蝶。

送張邇可還里用韓退之送陸暢南歸韻

夫子擅駿業，卓犖饒人聞。披襟對天安，氣辟仗下軍。論達得种暠，詞雄比崔群。階前雁羔集，户外車轂紛。共言天子貴，無書禪云云。誰爲翰林者，當此硯欲焚。乃者西都賓，長懷北山文。長夏厭暑雨，高天矚流雲。京門老同學，把袂不忍分。感深語方轕，義激酒易醺。衰年戀鄉邑，刺促如蠅蚊。何當隨周磐，流涕還汝墳。

方貞靖祠堂雙白松卷子題後

昔有軒轅松，皜質如傅粉。雨實裏霜瀋，數幹合一本。其下穴甘液，有若禾在囷。以兹賚嘉名，謂爲藐姑坋。磅礴與柜格，當此俱自損。何期數千年，貞靖發孤憤。峩峩尚書郎，秉直如郅惲。殺賊志不詘，絶食遂甘殞。首陽與華池，兩兩接車軫。居人表忠節，祠廟日惟謹。階隙樹佳草，所以護欄楯。何者作蔭樾，蓬蓯蔽前阪。惟時太史園，五粒方兆朕。移將未拱把，纖若織籬槿。俯仰甫數載，枳句漸囷蠢。迄今閱二紀，欝作雲蓋偃。風雨自崔錯，鱗介亦蜿蝘。青鸞并黄鵠，一一互相引。瀏涖卉歙間，號嗅儼叩牝。斯非徂徠山，亦異石門畛。蓮城種俱遥，衡嶽望斯盡。幾見灌河植，誰則荷土畚。得毋有神物，呵之使安穩。前賢布徽烈，所賴繼衮衮。睢鳩得遺式，百度見繩凖。圖畫及詠歌，務在令不泯。況當蒼虯枝，白者等芝菌。何易雙雙列，褭葉類茂苑。貞心不可回，勁節不可挽。藉此霜庭柯，可以告久遠。

許使君詩

不唱鳳來曲，不歌虎渡詞。鳳來會有因，虎渡將安之。我有許使君，皎皎神明姿。生乘景昌運，出應忠良期。生民賴保障，庶服膺藩維。分節守外闉，巡軍付中司。初控五馬行，既展雙旌馳。心明比冰鑑，道直如朱絲。化物凛三異，介德凛四知。褰帷問疾苦，振槖哀惸嫠。遠近各有望，上下兩不疑。方其守越州，適遘張王師。調士減虎竹，行陣祛魚麗。順者既懷德，頑者亦畏威。一朝秉憲鉞，盜賊不敢窺。隣郡假敉剔，此邦藉安危。惟余本鯫生，溉澤叨恩私。僵魂起榮拂，枯骨生華滋。俚歌雜謡諺，未得展素思。但望峴山顛，泪下如綆縻。

西河文集卷一百八十五

蕭山毛奇齡字僧彌又春遲稿

五言格詩二

別伯兄五首

孤鳥辭宿柯，離獸馳舊林。驚心見曲木，走險不擇陰。判兹同生子，惻愴誰爲心。如何彼蒼天，使我遘難深。

遘難未云極，三載慰遐慕。如何復離分，悠悠即長路。遊子多苦心，況復值秋暮。絺衣薄寒飈，葛屨踐涼露。揮手自兹訣，一步三反顧。

反顧不可行，回身復牽衣。慈殯未旋壙，嚴車復停幃。門户值中落，各鮮庭樹枝。連岡隔秋照，影亡形亦疑。暫竚覯形影，及此將顇曦。

顇曦將右匿，流影眷左疆。孤雁雖西飛，其音在東湘。君子重去土，豈不懷舊鄉。形隔不得旋，魂魄思茫茫。生當從兄游，周我門東塲。死願爲飛鳩，鳴此道上桑。

桑梓在道上，猶然起繾綣。析柯解連枝，豈不極哀戀。念兄富文府，弟亦擅華絢。三珠秀稽林，雙龍起江甸。兄既辭司秋，仁人不爲讞。兄已除理刑推官，棄去。弟復遭百罹，中年起更變。天高殫難呼，道遠死誰見。疊浪阻潮汐，重山蔽鄉縣。茹蘗苦自聆，詎敢告親串。兄年已傷哀，無爲久勞眷。努力紹前期，揮手泪如霰。

王貞女詩有序

康熙中，吴江王自瑶許字同里蘇生，未歸，生死。自瑶年十八，截髮守節。既而姑亦死，服除，請歸之蘇。母曰：「豈有以無夫而歸妻者耶？」自瑶曰：「死者吾夫也。夫死而代夫事翁，則夫猶未死也。不然，吾夫在地下，請歸之地下已耳，有何難焉！」父母知志不可奪，遂聽之。丁巳三月二十七日，蘇迎婦如禮。自瑶乃加髻與父母别，蘇遣小姑迎于門，自瑶乞撤綵止樂，始入。是日雨雪，遠近來觀者皆泣下。既升堂後，拜夫影哭畢，其翁感其義，令不即以婦禮見，先垂涕西向拜四，自瑶亦垂涕北向答拜四，然後成禮。時自瑶年二十有二，吴中人多爲文嘉之。予過海上，顧子茂倫屬以詩，乃彷樂府辭應之云爾。

黄鳥交交鳴，集彼東南枝。私顧無匹雙，誰爲好容儀。有女秉貞素，家在吴江隈。十三能織素，十四學裁衣。十五弄文翰，十六誦詩書。十七備箱簾，紅羅刺繡裳。頭上芙蓉髻，耳後明月璫。足下雙珠履，行步爛生光。將作合歡襦，上畫鴛與鴦。明月有時翳，芙蓉有時委。合歡終無期，鴛鴦空復爾。阿女前致辭，兒已得所親。非謂得所親，黄泉願相存。擣盂卻苦蓼，從舊不從新。冶金作華蓋，到底無翩翻。駕我青牛車，綰我緑玉繩。逝將爲彼媍，入門事尊章。惟時母聞之，相顧起徬徨。本謂相君子，百年永無疆。何悟凛霜下，拆此蘭蕙姿。鴛鴦未成匹，何敢言雄雌。芙蓉生兩岸，那有並蒂時。人生若朝露，柯換葉復滋。況今隔年歲，四載尚不足。三載頗有餘，舊火既已改。新穀屢見扰，❶少小其家且無姑。老翁獨閒居，阿女含泪答。所以不即歸，吉凶不同行。今既凶服除，自可遠父兄。少小通文史，兼復誦詩書。詩書雖無此，文史聊以爲。爲夫入子舍，謂復理所宜。寧有升笄女，終老于中閨。不然將從誰，從夫下泉臺。母知女志決，爲女理容粧。便可擇良日，車駕來相迎。車前百枝燈，車後龍子旛。小姑到門迎，新婦入華軒。着我新嫁衣，事事相週全。頭上何所有，鬑髻雙梁釵。足下何所有，織履躡素絲。腰間何所有，袙複結兩頭。車左駕青鸞，車右從文魚。本謂坐華軒，雙雙共翶翔。何意牽紅絲，獨身充後房。到門撤鼓樂，行步將升堂。是日暮春天，百花園中開。浮雲障白日，寒風爲之吹。須臾霜雪下，牛馬皆凍嘶。觀者皆有嘆，行者亦以哀。桃花冒霜雪，何得施臙脂。阿翁拜前庭，新婦拜前帷。中堂兩交拜，各自成禮儀。雖則成禮儀，浪浪泪雙垂。自古通婚媾，未有如此詞。此詞有時盡，此事無終哀。將詞記此事，當令後世知。

此樂府題也。西河凡樂府題，如《紫騮馬》《關山月》《摩多樓子》《排遍》《燕歌行》《雨雪曲》類，俱雜入五七字古今體中，故即載于此。相傳是詩至吴中，吴中人競傳曰：「松陵有二異：自瑶一異，自瑶得是詩一異。」後禾中曹侍郎見其詩于施侍讀寓，嘆曰：「固知西河古人，然不謂其早至此。」咨嗟累日。此即施侍讀稿中所藏本。

---

❶「扰」，四庫本作「抏」。

贈武孫

姜生擅奇器，少小稱文豪。十甜柳樹下，無汁染子袍。擔簦逐主父，浪跡爲名高。出入長安中，造請滿市朝。有時快落筆，掣電驚兒曹。萬言中時要，遠鑒比灼龜。純鈞具新割，安用矜鉛刀。黄鐘雖未鳴，猶足震鼓鞉。生平主文坫，高會東南交。冠蓋遍五都，謂此非久要。獨予邁京邸，仍睎漆與膠。甫嘆伏螻久，數歲淹土坳。豈期神蟉升，一旦騰雲霄。君家本世閥，七葉盡珥貂。趨庭與群從，早已先鳴鑣。一第豈足重，斯意原囂囂。但念丈夫志，卓犖貴自超。何爲坐窮困，愁嘆生無聊。不見燕冀馬，千金在名標。不見北溟魚，爲鵬以逍遥。

寄李制府生日作

使相授節鉞，開幕東南疆。征繕行表貉，杖策入戎行。潢池會兵變，甌越多叛亡。賊旆下姑蔑，獲索近括倉。丈人師貞吉，鞠旅必有方。召虎鎮淮服，杜預恢當陽。嬰城并搏戰，威喚如秋霜。保障此半壁，一若金與湯。惟時就壇拜，絶席同親王。翳仁克佐賢，擣虚而戛亢。梟雄既懾伏，虎衛争騰驤。碨礧漸底平，鬚髮已皓蒼。迄今刷介馬，柙刃三衢旁。軍書尚倥偬，門欜猶恐皇。君子被儒服，所貴平披猖。畏威并懷德，不在稱有光。伊予本編庶，竄處負痛創。蒼頭久奸旗，白騎尤抗梁。非公翦驕悍，誰與戢斧斨。況當炎崑時，玉石不得妨。撫卹儼慈母，衽席周匡牀。方碑一以涕，奚啻在峴岡。予職忝史氏，將以書旗常。天子方倚賴，仍使鎮上航。當其始受賑，膂力真方剛。今來邁花甲，歲月亦已長。薊門隔千里，所寄惟清觴。微言當民謡，聊以誌不忘。

聞王生新除行人有寄

春花發青瑣，天閣動遥翠。之子甫拜除，暫陟介人位。古賢重行己，不辱乃其次。少小充朝集，何止學專對。所以頒玉節，貴在伸國契。誰謂乘軺車，僅載爵里刺。況君有世德，立朝建風義。藉此嗣駿烈，且以繼其志。寧效江南使，拔草進烏昧。毋若潘孟陽，慷慨但遊寺。

奉餞趙中丞之任杭州

神魚游溟涬，不與鬐鬛群。黄鵠翔九霄，燕雀徒紛紛。伊昔秉人鑑，九格定世勳。奉使掌鏁院，曾詠江東雲。嗣此赴中召，出入建禮門。聯轡共丹陛，酌醴同清罇。一朝著風采，慷慨承宸懽。令作九州長，六纛開崇藩。内承弓矢命，外秉鈇鉞權。歲星占所麗，金牙駐臨安。吴越介天險，鳳舞龍亦蟠。昔爲臺館交，今作編户頑。單車出都亭，尚覺霜風寒。

王學士出撫兩浙旋以閩越新定開府其地予遇于福州行館極蒙贈饗賦此抒意

憶昔直史館，下馬東華東。夫子秉裁鑒，視草牕日紅。一朝膺寵命，出使爲儀同。胥濤驅萬隊，轉見幕府雄。方州領節鉞，草木皆生風。百官避衢路，四譯藏甲弓。伊予有蔀屋，編在封田中。高天無私覆，但覺雨露濃。被廣絶邇逖，倚甚同穹窿。如何驟移軍，重令甌粤通。金湯藉開基，銅柱將銘功。浙人獨何辜，奪此履戴崇。今來展私覿，澤國瞻軍容。聆兹鉦鼓肅，饗我酒醴豐。仙山本嵯峨，鼇海何潨浤。感深莫能酧，慷慨長拊躬。

題括倉劉在園使君記年圖

景星曜天衢，有目争快睹。況當泰華峰，矯矯出雲霧。夫君本顥質，少小名四布。對策軼董相，稽古邁桓傅。幽棲弄文翰，好作遐覽賦。因此守櫸山，名與李繁伍。今來明湖濱，籌大實借箸。翻以願受廛，藉是展遐慕。青天覿修容，碧崦藉高步。黼黻猶在躬，光彩灼眉宇。蓬池曠莽間，水草恣洄沍。中有鯢子鱗，相視等嵦嶇。曩者千頃陂，汪汪羡叔度。展卷一以思，伊人渺難溯。

送劉考功請假歸淮安兼示令兄内史

劉郎擅東曹，吏事稱第一。比士閩海歸，浮譽斥柳七。一朝請沐去，將理淮海綷。舉朝競貽鞭，過市罷彈瑟。此去戀鄉井，兼及好風日。首曹設長名，終以待執秩。夙昔曾浮淮，登堂覩作述。朝讌施酒漿，晚食授饠饆。于今二十年，同朝頗狎暱。難兄甫待詔，行選蓬島室。春明俟君來，壎篪共均律。祇恐秋風高，予早趁歸鴻。六翮翔上林，中途莫相失。

恭餞馮相國夫子還山

神虯迴大澤，威鳳翔雲間。君子秉耆德，淑世饒令顔。植躬表黄閫，正色垂朱鞶。道足慰三紀，勇以定百連。中司據台鼎，遐海銷神姦。啓心占帝沃，握髮爲士前。譬彼天地闢，萬物咸陶甄。已舒禹皐烈，始引黄綺年。治定當明農，功成乃歸田。且從養天節，豈爲避世賢。

二

經德凛端右，致身在虞唐。言可當人監，行久作士坊。瑞氣炳六符，道精涵三光。私語祕温室，公績留太常。維彼宣聖言，善用不廢藏。召奭別姬旦，伊尹辭成湯。都人恐公歸，旦夕瞻繡裳。啣詔汎太液，載酒遊林光。橋虛接瑶版，洞曲流羽觴。須臾灑宸翰，雲漢回天章。使官衛前途，乘傳還故鄉。借問西苑游，何如東門張。

三

夫子本聖相，晚歲懷巖阿。曠度有如雪，碧髮尚未皤。三山集土壤，九罭資網羅。代己繼疏佐，治豈沿共和。有時坐一室，兩膝容不多。顧景念跼蹐，初志憂蹉跎。奠邦儼磐石，涉世同流波。城東種萬柳，長條拂岥岮。閒來集群賢，于以永嘯歌。逝將邁東山，蠟屐投林柯。高蹤固難攀，當奈蒼生何。

四

在昔裴中立，乘興歸午橋。何如二傳去，餞之在東郊。處宦若家室，投閒亦京朝。所以鴻飛冥，千古羨羽毛。上宰展一德，弘儀冠諸僚。皤然懷鄉邦，遽爾振沉寥。日者布文命，聖心擢賢豪。既資殿廷舉，兼藉郡國招。夫子較詞業，燭照如龜燒。以此文價起，卒與睿鑒昭。今茲且縶維，駕言食場苗。牽裳攬紳帶，卧轍填沙坳。會應棄碧組，同返青山椒。踟躕卻立間，一望空雲霄。

永寧程母康太君死賊其子乞興安兵復仇興安帥嘉其義且善相術謂他日當代己領此衆後果然康熙甲子同館翁太史作詩誦之屬予和歌

澠池有烈母，忼慨罵賊死。其子行報讎，殄賊雪其恥。當時感孝行，奮迅礪稺齒。豈期哭秦庭，頓遇姑布子。形在旄仗間，早已識前此。一旦列頗牧，正值彼故壘。曩時趙苞孝，以母膏賦矢。何如全令名，揚顯自此始。從來表至行，彪炳賴藏史。爲讀清風吟，三嘆不能已。

題宋母方夫人傳後宋母封股行孝，其子姓兄弟觀感繼起者凡五人。

宜家不私己，大孝乃致身。況當一體分，骨肉同甘辛。賢母秉亮節，事姑如事親。封股嘗縷切，和糜進殷勤。中間療君子，委篤良自振。以此感至理，數世咸相因。子身可事父，弟身可事昆。往嘆聖教衰，民散在彝倫。痌瘝不相及，邈若燕與秦。敢言勿傷毁，手足當見珍。悠悠保軀子，誰謂非完真。

録別詩

緑蘋被叢薄，紅蘭覆江皋。掛席浮海濱，言渡枉渚潮。君子秉遐契，相顧稱神交。一見贈縞紵，再逢貽錯刀。芳辰羅廣宴，永夕傳佳餚。旨酒滌中脘，爰以散鬱陶。春鳩度麥葉，暑鶪鳴桑條。危檣駕五兩，風便速去橈。離歌未終曲，别思如波濤。嘉德許攬佩，隆情鮮紛嚻。良覯安可幾，所恃在久要。

寄贈宋使君犖通薊行署

平明出東華，秋色亦何有。日照宣曲花，風吹掖門柳。使君擁朱旗，日飲潞亭酒。寒螗吟高槐，詩興倍抖擻。伊昔對建禮，螭陛羨趨走。相隔僅郊闉，宛若間丘阜。天涼懷家山，歲宴憶良友。何當道元州，因君贈瓊玖。

留别朱在鎬司李作

仲尼適泉源，嘗主蘧伯玉。我今遊海濱，望門向公叔。衣車稅前除，將就廡下宿。主人出未歸，四顧且踽躕。其家一何賢，開軒啓醽醁。繁花發園桃，鮮筍薦墻竹。日景方紆徐，風氣漸烜燠。幸逢主人還，握手道悃愊。如何復出門，方駕不脱輻。予住三月餘，三見征且逐。一如予汗游，虚覓升斗粟。我聞司馬公，往就鹿門曲。主客恒不分，相向以爲樂。何悟千載後，重得覯斯躅。從來沛國胤，歷禪富賢淑。況君早蜚聲，文譽振邦族。曾授司刑官，所讞無枉獄。暨乎拂衣還，晚食幾斷肉。春草長及階，夏雲覆如屋。游子思東歸，慷慨夜擊筑。一念賢主人，雙泪下撲簌。

奉答張檢討鴻烈南還留别原韻

憶昔游東湖，同賦明河篇。酒酣一揮手，翕忽三十年。碧流徙滄海，白髮凋朱顔。何期會公車，對策隨廣川。抽毫共深禁，作史分長筵。把臂愬疇昔，聯轡課後先。誰令叱猘犬，私愧同寒蟬。多君秉謇諤，慷慨陳殿前。但謀救里眚，豈爲裕國泉。聖明早垂鑒，既已行其言。賈生去長沙，終在痛哭間。❶我本乞葬親，請假還流漣。君行及春晴，先買通潞船。聞君有别業，遠與東朐連。其山名鬱洲，溟海相廻環。中有良田疇，仙驥曾耕烟。移家暫棲止，任使歲月遷。江東無官湖，何處溯潺湲。他年倘相思，一望雲海邊。

❶「賈生去長沙，終在痛哭間」，四庫本作「旋作歸田計，解組還舊山」。

丁給事典試兩浙枉訊奉答時予猶子見舉門下

維昔歲貞始，文昌曜南離。丈人效鴟觀，四海以爲期。高舉翔寓内，乘風到江涯。藩車下蓬蓽，熊旆臨蒿萊。爾時恨陶室，未足安范逵。設醬苦蚳薄，莝薦知馬飢。一朝升掖垣，相隔猶雲泥。引身跨鳳翮，叩額當龍墀。上殿展十論，直聲著邊陲。會承華文開，有詔典浙闈。青簾散日映，紅燭迎風吹。至公誰秉筆，恍見珠斗垂。嘉祐斥蕭穆，元和邁昌黎。不謂猶子愚，亦得擐草衣。仰瞻泰岱高，四顧乏羽儀。潢污隔滄流，何以慰中私。豈期度寥廓，握手相追隨。天地有餘量，日月無常規。但言駕逍遥，鷽鳥安足知。

九頌篇奉贈梁大司農夫子并祝初度二十一韻

結髮學儒術，負篋爲遠征。父事言子游，兄遇延陵生。文章頗濩落，意氣猶縱橫。但恨日垂暮，所志百不成。捧檄入京邑，仰望天階行。牽車類趙壹，懷刺同禰衡。誰信九州大，及見三光清。老成佇朝右，明穆秉國經。峻節凛聞式，微言驗章程。容物善下士，久作來者型。蒼巖高萬仞，中有黄金庭。俯視恒華間，宛若丘與陵。名世不數出，斯代誰賢英。敢與東丘違，而令北海輕。矧予依孔墻，晚歲斟堯羹。每當皇覽日，願致歌誦情。祇慚肆風雅，三百有正聲。何爲雜衆竅，百變煩嚶嚶。尹吉自清穆，史克終和平。即此九頌末，孰與六義争。不觀蕉林詩，千載垂芳名。司農所著詩名「蕉林詩集」。

奉和益都夫子讀孫司馬韻書原韻

折竹作鳥書，所藉在都講。不虞聲未諧，齊陸導魯港。古有司馬韻，皎如月在蚌。豈必窮毫毛，祇貴挈領項。何爲守一閫，紛紛坐投鉅。

金副憲遷少司馬舉子有贈

煌煌帝庭宿，歷歷轉玉繩。天樞近三能，欝爲萬物精。之子冠柱後，獨坐秉憲衡。殿中中執法，封事多能名。天下望風采，内外皆肅清。至尊獎遺直，特進掌七兵。峩峩少常伯，奄作西曹卿。八事既條奏，九命方出膺。制軍及佽飛，詰禁于以并。爾時正垂弧，寳樹生中庭。已協夢熊卜，况聽遷鳥鳴。大德嘉邁種，所志傳一經。華纓接芳彲，永爲斯世馨。

西河文集卷一百八十六

蕭山毛奇齡字初晴又春庄稿

五言格詩三

有感爲雲錦詩并序

曩者傅長虞謂「素絲有杼，寒女難工」，郭泰機以寒女衣絲，未經秉杼，兩皆失言。夫機絲經緯，寒女之能事；玄黄黼黻，貴工之授裁。寧有素絲皎皎，當户無機，秉杼未工，衣裳燦燦？惟夫秦川好女，日對流黄；河畔諸姑，時支彩石。亦既焕文章于黼裳，啓經綸于筐軸，而七襄不尚于敝綈，六繪不加于敗枲。雖王肅有妻，蠶絲可續；而石崇之婢，澼布難縫。越葛徒勞，不施蓬首；魏尺雖美，未量寒體。是以每睹記夫當機，輒有傷于雲錦。

煌煌雲錦段，本自貧女織。貧女不爲衣，札札空費力。文采焕經緯，裁割被珪璧。豈知機上人，抱杼每唧唧。丹絲與素絲，各自理容飾。織錦得被素，誰爲理刀尺。蒼天絢雲霞，當牕散餘色。流炤貧女衣，一顧三嘆息。

江橘何纍纍

江橘何纍纍，葉妍實亦嘉。遥林布冬榮，葳蕤遍江涯。南金冶成色，東珠綴爲葩。青時已結緑，丹者還流砂。宛如層陰中，參差點輕霞。我食南中橘，數載曾無家。自慚徒作頌，不能復懷沙。區區飛蓬姿，何由問修麻。逝將抱長耒，種橘藏金華。便與王鄗遊，勿羨子母瓜。

重經上江過小孤山望高良作

晨颸解流潮，朝暾坼遐沚。中流辨孤嶼，相越尚百里。流峭去榜逆，飄迫來洲駛。忽泊斗巖下，遂至洪澤裏。三江憺前期，九派殊昔理。矚異物不延，時遷景爲徙。滌水掬流清，搴花摘葉委。羈孤汎無常，流浪詎有已。寧當越前峰，去逐高良子。

寄祝淮陰蔡母徐太孺人初度

淮陰有賢母，教子如子輿。朝探玉笥訓，暮讀金檢書。結交滿人間，曲巷多停車。況當草元成，家有問字廬。我嘗客淮陰，拜母戀階除。雙髩映霜雪，兩頰開芙蕖。俯首聆教言，一似訓子愚。今逢設帨辰，遠隔天一隅。殷勤寄霞觴，彷彿同追趨。丹山九苞鳳，噦噦能將雛。坐待羽翮豐，文彩横五都。

送姜京兆之任奉天

朔風吹長旗，旦日耀嚴裝。君子奉明詔，叱馭遼水陽。嘉績著圻甸，賢聲比張王。念兹根本地，曾見蛟龍翔。因假兩省貴，爰展三輔光。高江蔽鴨緑，大府開熊黄。隆冬播弘澤，能令草不僵。私惜離子舍，何以慰高堂。忽當廸新恩，子弟皆騰驤。時其弟與孫皆舉于鄉。獨予託末契，願服前車箱。一攬山海勝，再觀邊塞長。第恐冒霧露，以此留徬徨。郵亭張飲餞，予亦持清觴。臨岐無所贈，聊獻胏與腸。賓雁倚南日，翽鳳鳴東岡。相期策榮名，還視湖海傍。

總憲徐公以掌院兼史館監修奉贈一十四韻

古稱中執法，但畏上殿争。自公入南司，郡國皆澄清。率屬謹鎖鑰，以實不以名。峩峩總六察，見事真風生。從來陳正志，能感聖主情。何況彈新參，動使群寮驚。朝陽有翔鳳，忼愾時一鳴。君子秉至德，緘嘿豈所營。特念蘭臺官，舊本通承明。以故東觀書，仍得藉鑑衡。太微當嚮曜，所麗惟四星。秋高肅禁令，不止象火熒。主憲得正士，視履歸章程。誰言唐子方，僅在著直聲。

奉贈許使君夫子兵巡閩中

往者吾夫子，秉鉞開秦稽。正值朱買臣，闢地東甌時。戈船出漢浦，下瀨通金峫。萑苻並竊發，守者誰與治。夫子擐甲冑，白晝曾登陴。群盜跪投戟，涕泗垂頰頤。今兹簡節度，方重東南陲。誰敢輕綏要，而撤蕃與維。乃以烏坂北，六羽標幢旂。仍屬會稽郡，同在天一涯。自昔惠愛及，願借相因依。何幸歲星被，照曜無兩岐。小子儆鶚薦，比之漢孔禰。況望南鐔州，劍氣長追隨。分班侍九陛，親見賜襲衣。第恨出國門，未得持鞭箠。此行藉保障，端賴張以弛。莫謂海波平，前路猶瘡痍。

録　别　詩上海縣作

修景返北陸，日馭揚赫曦。游子思故鄉，嘆息將東歸。伊昔來滬瀆，春花滿前墀。主人出美酒，式飲歌庶幾。出入並車轂，言笑同嘎咿。啣鹿饗苹草，得食還相遺。朱明變新候，丹蕊舒故枝。縶駒有時解，結心何能移。況君久仕宦，閱世經嶮巇。慷慨已投分，從容且隨時。古人輕三過，言救溺與飢。顧予亦何爲，茫茫向天涯。越人盟車笠，旦旦申素詞。今兹念崇情，信誓安可違。薰風吹廣術，中道惜解攜。願言愛景光，千載以爲期。

康熙二十九年越郡大水蒙郡使君李公盡力疏救稍得安堵贈之以詩

於越本澤國，春夏水澒洞。洪流擬懷山，濩氣且啣棟。先是坎未發，大禹早見夢。謂有洚水至，晨起決坊壅。三江廿四閘，一闞二十洞。使君先數日夢神禹告大水至，因預啓三江閘以待之。浹日風濤生，蛟龍偃衢衖。公乃披髮救，仰天大號慟。云此實予辜，豈應罹民恫。疏堰斷魚笱，掘地展龍峒。所幸急胼胝，猶得廛播種。苗山有神經，大者載禹貢。使君肯隨刊，千秋仰鴻絧。

北　征

秋風生前塗，白雲興山阿。車徒既況瘁，我行勞如何。夙昔戒于役，行行遍江河。東觀越甌蠻，西顧接岷嶓。煌煌舊京洛，裹足不敢過。何期奉明詔，良馬紕素紽。縣吏趨里門，徵車敢蹉跎。朝發長淮流，暮宿清濟渦。廣畎化黄熊，野寺名青駝。常恐冒霜露，無以答諴和。所期遘明良，尚與賡載歌。

奉召赴都經泰嶽遥望有作

朝日汜暘谷，孤光動天門。鴻濛啓青蒼，仰見喬嶽尊。鬱若顥氣接，下與浮雲騫。群峰争嵯峨，拱列同星垣。我欲凌絶巘，俯視周大寰。奮迅鮮羽翼，屼峍難攀援。從來聖神出，升陟柴以燔。五玉覲國后，三觀窺河源。今適邁王會，將策明堂文。下詔召博士，因之及公孫。自笑圭蓽士，敢爲封禪言。神功發眺聽，博議開渾元。但當入林丘，揮手長松間。

二

夙昔愛天孫，層霄踊雙足。俯仰志不遂，高卧滄海曲。結念周八荒，扶輿久脱輻。垂老始被徵，一憩梁父麓。崇峆倚重雲，白日繫匡谷。欲吸沆瀣漿，顑頷慚滿腹。我有雞斯乘，躡嶠如駕陸。入林招洪崖，望海誚徐福。折取東峰枝，間與夸父逐。歷嶮理自明，升遠象以矚。何爲昑修塗，展轉愧寥廓。

贈駱崇仁四首

馮生令丘陲，安仁宰河濱。灉沮非横流，聊以涵永鱗。君子挺珪璧，既授文府珍。發跡方西游，改服亦南鄰。廣路縱攬轡，遵邁以上春。

上春子行邁，徂暑予出宿。孤羈遘瑣尾，竄身渡淮服。嘗恐秋節厲，揚飈及蕭燭。回躬就南離，遐憇臨汝曲。

臨汝渺遐憇，將訪彈琴闈。春草碧如沚，愁心復懷歸。重來訊芳躅，修組揚清暉。譬彼秋晨日，新炤光襲衣。豈無周周羽，中道慰予飢。寧隨鴛鸞翔，不與燕雀飛。

飛飛隨鴛鸞，燕雀難爲群。與子辭同林，三載垂離分。子爲守官亟，予爲履險殷。崇庳兩相接，益以慚譽聞。寒商振長薄，廻飈蕩高雲。庶幾惠秋蘭，聊與揚令芬。

太末見山花發春而林無宿葉

秋栟未解葉，春櫻已舒蕚。不疑碧樹中，遽見山楧落。南中饒榮陽，百物鮮疎索。何爲逐流飈，吹吹怨寒籜。

別蔡大敬五首

朱陽當末垂，遘患避人侶。慘慘中夜別，惻惻不得語。高柯静吟飈，星墮亦如雨。行將出蘆洲，與子且延佇。

延佇不得去，行子辭故鄉。明星在天端，晨夕互相望。我今辭子去，不知從何方。飄蓬追驚風，風發蓬益揚。

飄蓬隨風揚，飛飛會有極。江流去湯湯，赴海自止息。伊予獨何辜，坎壈久失職。號呼仰蒼天，天宇爲傾仄。

傾仄天影動，黯黯夜將旦。躊躇别子去，方寸已凌亂。蘆洲積涼露，棲棲有雙雁。哀鳴至天明，一雁獨離散。

離散在何所，渺渺行難尋。生死不可知，遺此經寸心。南遊漲水闊，北渡湘江深。倘遇洪崖子，惠我蘋藻音。

雨雪曲

雨雪凍關城，戰士久從行。邊風開甲滲，沙日耀戈明。銜冰和糗糒，燒火熨旗旌。不須吹木葉，萬里作寒聲。

和春寒曲

陽春汎初景，庭卉謝薄寒。如何越三變，尚自愁風湍。灑澤易沾洽，逾灌翻殫殘。暫窺已亡緒，改序誰能安。深林閉楚雀，當牖披臯蘭。風過雲不停，雨止空還溥。自聆索居苦，復慨行路難。依人喜遐附，換服憂中單。一聽春寒謠，三復增長嘆。

壽方母七十

樅陽有名閥，奕葉嬗忠孝。所藉母聖善，恒凜冰蘖操。當其遘陽九，夫子秉高蹈。申包泣秦庭，元節走海嶠。惟母三勖之，不啻棄畚蓧。況聞覆巢警，闔室薦荼蓼。蒼天共夷齊，並受滂母教。少小友哲嗣，託契序長少。恨未拜堂下，俯仰作視傚。今來簒前史，開館奉明詔。逝將表孤忠，因之傳有道。維母年七十，壽考德彌劭。三漿釀庭除，七誡著梱奥。他時簡汗青，千古仰德曜。一觴寄南雲，海鶴舞嶚峭。

送姜二承烈舉京闈未第南歸

相如薄園令，少且以貲仕。姜生游長安，嘗挾監郡刺。歷世嬗仕宦，惟恐失貤賜。以此往借資，少慰尊顯思。時方就試，預以資例援監郡貤贈。一朝薦京國，挂籍註名字。有子先解褐，同詠鏁廳事。其子同試春官，有名。連年滯東觀，藉爾通講肆。頓思還故園，使我喪倚恃。成都昇仙門，歸馬如赤駟。爲郎莫嫌遲，晚歲得世濟。武騎豈所安，孝子終不匱。里巷非常居，筆札有餘視。春明望還來，酌酒待小次。

此日不再得擬館課作

此日不再得，反景淪空桑。扶輿復東馳，漸辨顥與蒼。晨氣稍解散，奄忽見末光。誰謂歲寒子，稽煖非徭陽。善道固多術，力學亦有方。當其送元冥，惟恐迎勾芒。須臾日月逝，進退兩不臧。生苟好自衒，物以材見戕。況復嗜膚理，覆粒徒舐糠。所以古賢哲，幽谷能深藏。疾視澗水下，靜聽蘭草芳。南金匪爲堅，西鏐豈云剛。鋭進倘速退，中途反回徨。明去光必滿，源遠流自長。請觀大道行，坦坦如康莊。尼父造闕黨，孟子收匡章。小草能自挺，荑稗總在塲。因之起黽勉，兩目如望羊。譬諸斷乳兒，戀戀何能忘。頑者必以振，懦者亦以强。任彼江漢流，可以一葦杭。時俗厭菽粟，不復耽尋常。方寸偶出入，難驗得與亡。先儒賦此詩，惻惻多心傷。謂此一念間，所辨在聖狂。

禱祀詞爲李使君作

太祝掌六祈，祠官重七戒。禳禜與疈辜，所事在罔害。君子謹至治，灾恤當儆忩。匪爲敕壇壝，祇以念畎澮。齋宿徒自責，散致鮮遺忿。精誠一何深，祝告豈能代。邇者當旱澇，徒步凛禱賽。神明果來通，相覿在夢寐。

徂徠篇爲兩浙中丞作

使相夾樞省，曾坐文昌臺。中年仗旄鉞，遂歷三重階。赤手揞半壁，顥氣橫九垓。因之八寶幢，頻向東南開。早歲嫿駿譽，清論超王裴。席帽脱門下，賜宴排江隈。昂藏騁天衢，迥若龍與騋。集賢借仙職，册府需英才。海山舊屏下，陡坐鼇背倠。聖朝重治術，天牧驅黎鰲。暫寄赤棘遥，重使丹纛廻。虎績著方嶽，詰禁留戎陔。有時秉芻輓，持節洱海隈。比之韋若劉，轉餫踰江淮。旋令闢甌越，下瀨同風雷。開疆逼扶桑，溟渤生黄埃。論功方刑牲，宛與帶礪偕。何期移高牙，兩浙儼具賅。名都本煩劇，草木皆炱烸。幸藉一天沆，浹此萬户孩。丈夫秪勳伐，所貴居隗隗。出握九牧組，入植三公櫰。譬彼乘鳳鸞，羽翮争毰毸。治進虞共夏，德並伊與虺。老成推壽耇，其背尚未鮐。不見千尋松，蚴蟉生徂徠。青黄并追琢，鬱作樑欐材。方其湛雨露，偃蓋通雉罦。誰知廊廟間，千載同巍巍。

贈俞文起七十

結髪與君游，乃在桃源村。青陽感初節，意氣如朝暾。説劍事薛燭，吹笛隨劉琨。一朝會百六，幡然歸丘園。君同抱璞隱，日抄金匱言。而我亦何爲，賣餅投齊門。壯年俱已逝，緑髪生華根。老鴉松頂落，乳燕枝頭翻。今年乘離月，值君考齒尊。田豫讓官日，充國征羌年。諺云七十稀，君如日就暄。況當丹竈熱，服食能飛鶱。我持一罇酒，汎之以蘭蓀。願君保令儀，千載同歸元。

康熙二十八年皇上東巡會稽躬禱禹穴臣奇齡迎駕于五雲門外紀之以詩

皇情軫民依，南狩省方俗。豈曰展豫遊，將以達衆欲。無如江淮間，浲水濫渠瀆。馮修恣潭漉，安得奠四隩。聖人曾下視，七州啓哀告。一時抱殷憂，兩面動黴墨。于焉導胡蘇，不止楗園竹。疏鑿三載餘，創痛已漸復。所嗟未成功，重煩駕轣轆。仰惟前王賢，神禹治海谷。鴟尾示遠蝍，應龍兆先畫。隨刊遍諸方，輯瑞會群牧。抑鴻下沉菑，灑地澹濡瀑。其事隔混茫，千載嗣芳躅。親禋苗山宮，躬禱石帆麓。神獸方獻珍，金匱將啓櫝。不憚鞭虹梁，豈爲駕海屋。何幸兹一方，竟得先五服。聖皇每巡幸，宛轉念民瘼。不須登塗山，爰載石紐録。

四嫂八十

少小侍兄讀，事嫂如事母。沐髮溉膏瀋，膠齒釋粔敉。迄今四十年，滄桑變寒暑。依然屬小郎，坐語相爾汝。予老入禁近，日暮類主父。幸嫂尚强健，鬓黑齒未腐。兄嘗勤國事，有志不得吐。所恃子若孫，聯翩並鵲舉。王者貴壽考，子姓酌酒醹。況當傳一經，奕世能嗣武。清秋有治蘠，道遠難寄與。但翦青荷衣，暫作堦下舞。

湖西施使君行部臨江予獨留吉安守歲獻春過行署告别遂取使君原贈韻率和二首

放溜出山峽，乘春下江畿。晴雲盪洄波，江草日以萋。伊予念行役，三祀未能歸。所藉覯明牧，蓬稗相與依。歲徂滯枉渚，悵若信誓違。獻發將東還，言别襜彤幃。生年寡知音，調苦和益稀。過此一揮手，涕泗沾裳衣。

二

曰予阻遐薄，冰雪嘗苦寒。豈不惕摇落，感此知己難。捐糜解食缺，裂帛酬衣單。相去三百里，恍與同樂歡。陽飇發長塗，昕日明前灘。逝將謝此去，歸泊遥天端。君爲山上松，方春積榮觀。予視路傍草，出地猶殫殘。前期逐流梗，會合隨波瀾。願因林間棲，寄此雙羽翰。

古意二首贈友作

好鳥翔何方，衣帶胡離離。一鳴經崑崙，再鳴登咸池。舍景絜芳淑，濯濯揚令儀。紛飈起前塗，眇在天一涯。高騫絶廣遠，結志還卑棲。顧瞻挾鶵侶，戢翮兩不遺。東園有高岡，上有青桐枝。與之攬德輝，千載無窮期。

二

南山有一木，素枝綏摩抄。云是千歲松，倒生施女蘿。輪囷復礨砢，望望風節多。歲寒薄冰雪，偃蹇不改柯。初視播五粒，再視揚九衢。三視鬱層壑，枝枝散三花。借此枝上陰，可以蔽遠遐。

蔡石舟生日

少小屏鉛槧，與君事琴書。避地東蜀間，溷跡樵與漁。中間苦奔走，相隔天一隅。三秋鮮良訊，四海皆友于。聞君訪名山，所至淹柴車。有時就記室，託志偕阮瑜。于今四十年，方歸南山廬。朱軒棄勿顧，華髮看漸虛。行行遍天涯，剩此狂者軀。性僻捐晚食，興至圖春株。故交散已盡，舊巷行復紆。惟有王霸妻，相將守門閭。世事等蕉鹿，物化同溟魚。幾見抱白璧，而羨金與珠。況曾友浮丘，問道隨方儲。天地雖局脊，❶不廢居且諸。漫言去日多，歲月誠安舒。喬松在高岡，霜雪總不渝。

---

❶「天地雖局脊」，四庫本作「天地亦云寬」。

西河文集卷一百八十七

蕭山毛奇齡字春庄又初晴稿

五言格詩四

讀史詩二首

張生本文儒，❶夜起受簡編。忽從游俠行，破産思報韓。志意久不達，怫鬱何由宣。一朝風雲生，帷幄進儻言。持籌并握箸，所至無拘挻。當其家居時，游戲商洛間。平交結耆舊，偉製裁衣冠。辟穀散暮氣，斸芝當晨餐。貧賤可肆志，富貴難久安。寧負平勃交，勿棄園綺歡。遐哉赤松遊，豈爲求神仙。

二

蘭成烟霞姿，倜儻超等倫。少小作抄撰，落筆如散銀。並使嚼鸚鵡，同等摩麒麟。池臺紹河曲，鐘鼓宴洛濱。太平三十載，總是梁朝人。豈知蒼鵝飛，頓令玉馬湮。朱桁撤單舶，青袍蔽長津。庶望

❶「儒」，原作「孺」，據四庫本改。

下亭旅，重遘南郡春。如何走秦關，别館留孤臣。三户既已盡，七葉誰見親。從此東海島，長作西都賓。陽春方遞代，去故當就新。寒暑有時盡，日月無返晨。臨都哭三晝，繞屋步百巡。豈不被顯爵，亦既叨殊恩。無如慕鄉井，惠好難重陳。生逢亂離世，老作異代身。江南草長時，回望情彌殷。枳橘豈秦産，夷齊本商民。一吟思歸辭，泪下霑衣巾。

重葺湯太守祠有感兼贈李使君

先哲有遺澤，所重在廟祀。況能利是人，不止悦從事。緬想前代賢，大者闡理義。細亦克樹績，樽俎列爲例。夫君親祼薦，每祀致精意。稽神戀膋蕭，假廟葺頽廢。伊昔漢太守，不以一錢繫。近且開溻門，恩共海濤濞。感激拜祠宇，前後治無二。以之祝金石，取壽在世世。

張荀仲先生七十壽詩

紫蝃斂朝日，丹花拒秋霜。攝提貞元英，穡士以滌場。良月遘皇覽，弧矢方重張。前庭羅嘉賓，中饋陳酒漿。君子聳高躅，避地羃遐方。書通獲玄祕，道藴流詞章。軼步周五嶽，顥氣蓋四荒。華首還班麈，娱景時相羊。伊昔介胡耇，設醴遇石陽。官亭致繾綣，歷歲同杖鄉。于今憇丘園，子姓繁趨蹌。白魚跳澄潭，潭水何滄浪。賤子託末契，登堂進霞觴。微辭播芳徽，景止安可忘。

題趙千里右軍書扇圖爲郡丞王君

右軍本瀟灑，卓筆起烟霧。曾念貧嫗飢，爲寫蜀紈素。畫子趙伯駒，畫作秦宫人。啣毫灑鸞羽，意亦超等倫。王君妙書法，乃在右軍上。健臂書榜闐，往往過尋丈。丈筆作丈書，堆紙亦丈餘。頃刻丈紙盡，滿地堆明珠。去秋涼風時，古署看落筆。兩目不及瞬，宛如飛鳥疾。一童伸紙來，一童抽紙去。但見紙背翻，不知穎頭住。我今題右軍，愈思王君神。終朝書扇去，不解是何人。

淮上送白孝廉歸白門

我愛白夫子，遨遊迴凡俗。信友兼順親，嘗着老萊服。宿昔飲耶水，春山映紅旭。今我逢淮山，水蘸夏荷緑。與之拜漂母，彈絲并擊筑。忽言念高堂，躊躇亂心曲。解纜趁暮潮，持罇出晴郭。重茵對沙坳，列坐倒醽醁。人生各有親，戚戚怨行役。如何送歸舟，蔆花滿江麓。

題張七雛隱躬耕圖

涉世不得意，因思種南山。惟恐志莫訓，置之圖畫間。野圩青禾滿，高樹碧藟攀。所畏秋風生，甓甓凋令顏。我亦厭車轍，有懷在河干。耦耕倘相期，與子荷鋤還。

陳法曹妓席觀藝蘭作

種草不擇葉，所重在其花。何況藝蘭者，會鼓將傳芭。古人貴紉佩，比之雙珩牙。迤邐幽谷間，停車每咨嗟。今者啓闤闠，平地填玉砂。白跗拆夏筍，紫莖翳朝霞。或云淮南説，男寡莳不佳。所恃美爪指，炫服相勾爬。小固富苞甲，大即盤根芽。春風汎高光，翩若嫮與姱。君今列長筵，雜坐皆吴娃。前庭貯芳馨，後苑颺綺紗。我本深林人，失足投繁華。行將採幽蘭，于以贈遠遐。

商太傅新宅作

休暇達城邑，言税太傅堂。太傅有別宅，緣城溯滄浪。小入即遷坐，暫復驚違方。層庭挾幽芬，厰楹延空光。歌臺綴朱綱，花洞連曲房。通川截帷帘，圜橋接闌塘。湔裙赭浮鯉，濯粉堊去航。夾石委波淺，方陂貯雲涼。鑑飛暮天鳥，幔捲春城桑。童觀雜賓對，酒榼承麯牀。酬勸藉絲管，歌詠成篇章。洛中景前模，恍憇光宅坊。

從商太傅宅左巷問伎裁欵扉間以迎亟折屧同行者詠古詩四句謝之因索予補綴數韻以代紀事遂倩埽粉幃捉筆成篇

東山舊攜妓，繐帷留空絃。獨有東家妹，不住松柏前。自矜阿侯小，豈羨羅敷賢。援箏惜爪脆，吞卵憂脣纖。左閣佳客邀，後園小婢延。抽衣起恐遲，局步迎當先。花路細蘚滑，畫屧高墻淹。腰犫翠襉落，趾弱朱底牽。新羅繡行纏，足趺如春妍，他人不言好，我獨知可憐。末四句係古詩。

留別四首

昔我挾弧矢，驅馳桓東塲。伊雒多少年，聯翩共翺翔。名材極吴楚，竹箭延三邦。縱横斥海内，驕蹇莫與當。號呼震原埜，所向無侯王。高會置廣宴，浩蕩稽山陽。四顧失渺小，長嘯進樂方。朝餐金羽巵，暮宿華鐙光。四時相代序，遞釋温與涼。劇飲還自娱，歡樂誠久長。

二

少壯遠行役，置身車馬塵。挾瑟投上都，殷勤向齊門。於時啓長馭，高駕爲紛綸。朝登岱山陽，暮出河水濱。倉卒辭道里，軫念惟故人。玄冬涉冰雪，亦復回陽春。時物展徂謝，夙昔猶見新。流滯無遠大，纖屑以寵珍。外覽總闊達，内紆難重申。廻鑣策坡陀，顧眄徒逡巡。轅駒恐跲躓，何以慰我身。

三

窮冬抑悲懷，方春動遐思。遊子當困窮，亦以專所之。涼風起前庭，落月垂軒墀。❶秣馬展車輻，出門造天涯。白日無停軌，流水無止期。相將辭所好，樸拙遲言辭。長劍遊八荒，麾斥窮四陲。晞髮崑崙顛，躅足流沙隈。前塗方起駕，風伯爲我追。努力事攬轡，蹙蹙毋相違。

四

涼風吹高旌，逡巡轉悠遐。我今適他方，塗路仍已賒。出門雖寡媚，四海還爲家。結交本新豐，故舊欣有加。百步一回顧，不見門扉枒。我行況廣遠，河水牽浮槎。情盻雖不隔，羽翼終見遮。努力事餐飯，汎景隨時嘉。要汝以古期，石室藏頗奢。行將登龍門，呼吸餐朱霞。還視汙泥間，咄唶生歎嗟。

潁州道中謝野人獻菊有作

晨發潁州路，朝光啓城闉。修塗接林端，遥見菊蕊新。微霜廸寒馥，❷宿露滋清神。駐馬一迴盻，駕言踰前津。野人折相贈，頓使幽意親。菉葹含紫貝，琢玉規芳鱗。佳色滿轡繻，流芬藉衣巾。故園

❶「墀」，原作「穉」，據四庫本改。

❷「廸」，四庫本作「抽」。

有遺侶，高興發上辰。東籬坐相待，西苑歸何因。餐英解頷顑，釀酒酬苦辛。睠言謝修塗，雅意長相伸。

贈徐徵君三首

滔滔黄河流，中有天門高。巍然一孤柱，砥此千里濤。雲物互回合，魚龍亦相朝。豈無波中石，碨磊隨沙坳。

二

曄曄山上芝，熠熠開朝曦。朝曦一何爛，丹芝一何絢。伊昔商山翁，垂老採蒽蒨。豈無春花榮，芝草宜晚見。

三

澤豹亦已隱，吾獨誇熊羆。太公年七十，鼓刀去河湄。豈無盛年子，游仕如散宜。歸載方未遥，居海以待之。

和汪柯庭哭子詩

團團青荷珠，恨在掌中碎。甐膏結蓓蕾，翦剔轉顋頦。汪家有奇兒，阿閏年五歲。名兆熙，小名阿閏。白雪洗弱顔，香羅裹丫髻。炯目駭濬仲，摩頂驗寶誌。孝能把黄扇，智足守鄧藝。驟當秋霜飛，庭蘭忽遭刈。臂環探有在，衣篋封未既。鳳羽尚集肩，虎魄已墮地。瓦棺帶栟掩，紙轎共藤瘞。聞其理玉坡，喚作養鴨匯。桐鄉地名。千秋亭一名，十日舟再至。延陵每號呼，子夏但流涕。伊昔喪亂日，東南正鼎沸。載車亦安往，藏褌並無計。新婚嚮明別，夭殰中道棄。況當避仇出，家室總淪廢。丁年走安丘，垂老喪越騎。天道真未明，人間此何世。君家茂神光，奇骨應再繼。比之瓊樹花，一落一開替。東門無前憂，西竺有來意。人生若轆轤，聚散等升隮。莫言太上亡，情鍾在我輩。逋翁既苦吟，烏子亦哀祭。香囊果無忘，前身豈難記。

龍文篇祝嚴司農壽并貽其大令侍御

鳳翮簸海出，龍文欝雲翔。君子秉令儀，特達成珪璋。弱齡弄柔翰，矯矯升詞場。國士傲管樂，才子傾裴王。中途騁軼足，千里駕驌驦。一出登承明，再出侍建章。以次躋棨列，廣宿羅文昌。當其隆獻替，腰組縣諫囊。暨乎莅臺端，冽冽懷風霜。雖復歷華要，數歲週巖廊。從容副司元，國計歸少常。夙昔侍文賦，曾載西園觴。爲陪濬沖談，每登御史牀。玄冬會皇覽，甲子廻青蒼。練日賓以集，迎春物能芳。曩者嚴夫子，解犏投滄浪。出處雖異致，千載同馨香。我將贈微言，道大難敷揚。庶幾景風徽，山水高且長。

贈王生閬齋詩有序

唐王績古詩云「朝棲閬崑木」，言鳳也。王生所居，若卑瑣而意致深遠，較之鳳，五采備矣。且遥曲通光，時有爽朗意，題曰「閬」，兼贈以詩。

崑丘有閬木，嘗以棲鳳凰。我今羨王生，結廬在市傍。初入思窅窱，坐久神飛揚。譬之珠樹巔，六翮苞采章。攬輝德彌下，處晦道愈光。有時發清談，鳥鳴在高岡。《書》以鳳鳴爲鳴鳥，見《君奭》篇。

擬游仙詩二首爲駱貞母俞夫人作

峩峩山上松，矯矯雲中鸞。鸞羽將鳳雛，松枝何團團。昔我登玉笥，遥望明星寒。明星在西方，寄我玉蘂丸。駕言丹丘兒，鍊藥燒琅玕。一朝想丹砂，忼慨前之官。蓮花爲緋衣，石頂爲金冠。修成上玉女，拂拭雲臺端。聞之華山曲，二八桃花顔。中塗杖老翁，謂棄黄金丹。高天把沆瀣，將以同所餐。華池鬱金光，千載長相歡。

二

朝吸青城霜，夕鱠紫海魚。鴻濛一萬里，白母來徐徐。中宵八公駕，外户雙成琚。茅龍當前旌，石虎廻左車。鈞天有瓊蘂，用以標清虚。紫冥聊服食，下土安所儲。瑶臺本金精，緱氏凌玉除。從容嗽肺腑，百歲良有餘。碌碌笑周滿，竊讀層城書。春山騄駬耳，倒載空璠璵。黄眉既昇行，有母存居諸。女貞樹三山，五采將何如。

大敬生日和南士作

林深木彌茂，源濬流愈長。君子秉令器，斐然方成章。嘉言被遐服，飭行居舊邦。豹變具文質，龍神解行藏。暮類思烏鳴，逐惡如隼揚。容衆謬予及，親仁敢君忘。曲栟綴鳥枝，卑丘倚崇岡。兄以十年長，師乃一日良。昏昕共涼曝，荼旨分吐嘗。荏苒歲序移，倏忽冬春翔。鮮蔬映牕緑，弱羽翻壠黄。嘉名錫揆覽，服政惑救鄉。蘧將寡亹悔，陶始歸畎疆。前徽豈難追，上齒總未央。道大德彌劭，日暮途方長。願觀中天曦，藉爾四壁光。

楊母九十壽

岧岧東廂桐，下有青瓊枝。有母秉懿德，鬱若鸞鳳姿。君子夙砥行，藝苑垂風規。趨庭善繼志，早歲能紹衣。筮仕出麟府，閒堂坐彈絲。中間分虎節，遠在汾水涯。板輿逖難將，養邸疏未期。菽水代榮禄，歸來戀庭闈。下壽躋上壽，星會三週馳。依結兩不釋，子孝母正慈。今當捧瑶爵，于焉慶期頤。明星在中天，百歲總不移。

曹伯母壽 曹侍讀同年母太君也

人生最堪樂，高堂有賢親。況當享修年，八十方賜珍。所慮版輿隔，西舍留逡巡。而乃拓養堂，右與金闕隣。服獻絲監織，鱠上山池鱗。拜母有王導，對客饒長文。我亦捧五豆，將遂攀千椿。❶俯首誦母德，倍覺汗簡新。當其翦荷蕙，慷慨辭靈均。啣暈養孤雛，忠孝兩得伸。白日漫揮戟，滄海徒揚塵。松柏在巔巘，豈與衆草倫。

題畫石贈友人南游作

丈人嶽嶽姿，意氣本磊落。高峙泰華巔，浮雲翳長薄。所以謝幼輿，宜置丘與壑。涉世鮮塵坌，孤懷頗峠崿。比之他山攻，往往藉礱錯。頃將訪昆吾，南游望寥廓。好友贈斯圖，其意亦有託。舉世皆脂韋，何如守堅確。想其下筆時，相視起礧礴。

❶「椿」，四庫本作「春」。

金少司馬開府八閩索書幛子

曩者張尚書，帝命作安撫。豈不戀朝宁，憲邦在文武。所以名相業，往往重開府。袋帶賜尚方，瓊林宴罇俎。今公本司馬，出鎮東南疆。山澤甫聞訊，海波爲不揚。天子顧安攘，重念此一方。龍圖乃長城，虎池如金湯。❶以兹錫弓矢，兼賚旗與常。方今啓王會，萬國來梯航。況爾閩海間，侯衛非要荒。笳吹發國門，旄鉞分顔行。南溟與東越，從此奏乂康。八州蒞蕃枲，三公肇當陽。何如下東甌，大坐威武堂。

三竺步禱詩爲陳中丞作

盛世鮮六事，惠政裕三澤。如何沴天行，往往遘暵爀。閶闔播時澮，歲下三百六。偶然當儹陽，所懼在恒燠。不争焚如爔，念此黍與稷。燒巫不能感，暴瘠非所欲。惟是湖上山，最峻曰天竺。上養佛母慈，判身自西域。清泉濯楊枝，甘露釀箘竹。中丞抱躬暍，十日起齋宿。出城十餘里，躑躅走山麓。由是躋雲椒，彷彿覯天目。跣足卻羽麾，炙背棄車檣。穿林蔭清構，借汁澼暑服。從來禱郊壇，響應藉工祝。山農洗泥牛，巷婦浸土蜴。何如御史雨，所至即霑足。不煩翦爪髮，但爾熇鴿鞘。束生謡自來，魏后蓍可卜。仁人惠澤多，斸石不勝録。即此步禱詩，千秋詠芳躅。

❶「池」，原作「也」，據四庫本改。

贈別詩

嚴城薄短景，十月苦早寒。清宵風露下，游子衣裳單。良遊鮮得意，嘉覿遺渺歡。逝將去江渚，駕言投晨餐。日出館隙光，水駛河流湍。脱木畏緒颷，驚鳥疑空彈。市圮納敝履，廨馬束壞縶。徒懷負暄炙，苦憶培風摶。推聲詎無繇，弭節良獨難。開槭乏錦段，折竹虚琅玕。游心仰天雲，餘問承海瀾。朝看行車馳，夕視飛鳥還。

姜京兆自奉天請養歸里送之潞河有作

結綬出中固，砥治蒲河陰。❶慈母在高堂，囓指長痛心。于今忽二載，霜雪時相侵。官居穴土菑，戍窖藏山葠。不知八廂冗，但覺三衞深。詔書下褒美，將以施鉅任。如何驟懷歸，車騎徒駸駸。憶昔别故里，出祖胥江潯。中間予被召，書閣隨向歆。每思邊趙入，對闕同開襟。而乃詠白華，先我返舊林。聖明首教孝，予養時所欽。烹魚割紅玉，租橘堆黄金。況當進舞者，花甲方重尋。時京兆六十。春山驅騄耳，萬里忘嶇嶔。我有一罇酒，碧露芳沉沉。既爲修塗釃，且作永歲斟。薰風起通潞，高柳棲鳴禽。思歸不能隨，雙泪如雨淋。他時罷筆札，慷慨還抽簪。待君來承明，更作海客吟。

古詩

嗷嗷孤鴛鴦，唼喋清漣漪。文藻縈外澤，幽花蔽中池。單情獨嗷嗷，戢翼還求雌。相視寡偕偶，

❶「砥」，四庫本作「抵」。

所至恒乖離。雄鳩善姚佚，嚄唶嘗見疑。衹爲錦繡張，坐使羅網羈。賦性本良姱，與世無乖違。修容蓄文彩，還爲匹者施。懷儔不能侶，至死猶相思。如何罹愆尤，惻惻來嘆咨。

二

檷隙朝星移，幃疎曉風柝。❶怨女歸曲房，一顧三嘆息。堦蘂彫絳衣，山藍壞芳色。曙影涵鏡光，問誰理容飾。東園有狂夫，中路懷叵測。張羅近烏邊，懷金匿桑側。思以輸樂歡，因之敘儔匹。豈知我有夫，道遠義不隔。井深念綠長，紘斷知矢急。與子堅遠心，高河展疇昔。

賦得前山手可數

層峰列平疇，曲嶼聯高岡。空庭敞嵯峨，長貯雲日光。林扉逼欄啓，石傘當門張。綰螺儼堆髻，眠磧同卧羊。有時射晴旭，霧散無遮藏。宛若書笇子，纍纍紛在牀。巨靈擘蓮華，丁士吹劍鋩。懷抱苟可通，何用長褰裳。晨興撫家珍，指計方未央。

爲姪孫友桐題伏生授經圖卷子

伊昔秦火後，典誥無完編。所賴伏博士，藏壁廿九篇。斯時無孔書，百兩數未全。先以此廿九，教《書》齊魯間。其奈口授多，雜之齊人言。兼失舊章句，詰倔誰與傳。以故太子令，奉詔來牀前。再拜請授業，展卷捧几筵。博士九十餘，齒落聲喑然。有女本姣小，代爲傳與宣。經從數慊接，字以脂

❶「柝」，四庫本作「坼」。

香連。義訓并屬讀，由此無闕焉。生平景芳躅，長望空淪漣。何期虎頭筆，繪入鵝溪邊。白石有時爛，高松有時刋。惟是傳經圖，皎皎千百年。

西河文集卷一百八十八

蕭山毛奇齡字僧開又初晴稿

五言格詩五

重汎宫亭湖效劉楨體奉貽周副使三首

汎汎宫亭湖，沿洄出彭蠡。山川互盤紆，雲霞散成綺。念君蓬瀛姿，滄波浩無紀。豈無鴻濛期，流濫自兹始。

二

蒼鴉翔湖濱，不與湖雁群。徘徊下洲渚，藻荇相繽紛。方其睇滄流，豈不念青雲。摩天厲秋節，唼喈非所聞。

三

熒熒陵上苕，灌灌丘中樹。苕花豈無姿，纍纍且縈佇。陵苕亦有姿，樛木亦有枝。願言保層柯，眷此纖蔓施。

周括州南昌寓亭贈瞿生

括蒼賢太守，有友名瞿硎。相將泛海嶠，掇食瑶華英。春風拂行斿，秋水揚歸舲。竭來度五嶺，遘我南昌城。太守指之言，是將饗豐齡。百歲方半逮，一采穀石成。方還平原里，高眺雲間星。與之佇匡廬，延此天半青。

於臨川江上灘作

杪秋廻迅商，戚戚泝江湍。江水激如箬，挽舟上重灘。深淺清見底，宛然還新安。粼粼水中石，可以滌𢾭歡。修林蔽圻岸，雰霧相鬱盤。雰解霧亦斂，傾景浮清瀾。短候苦修涉，佳眄良亦難。況兼凛飈落，陰蟬徹鳴寒。瘁葉愛華蒨，枯流悉潺湲。疇謂南中榮，我獨懷殫殘。寓物未更素，中志隨節闌。誰當假寒葭，目以蕙與蘭。

詠　史

良夜不能寐，起視星辰稀。四顧何蕭條，孤雁當南飛。寒輝耀層林，團露野草腓。俯首思古人，兩志胡相違。柳惠事汙君，三黜爲世譏。周武稱聖明，西山採其薇。

二

四海既混一，六國咸歸秦。不虞漢代儒，猶自著《美新》。草澤甫竊發，郡國先埃塵。三川既淪亡，軹道冤不伸。人生有義分，各自爲主臣。季布哭項羽，王蠋悲齊滑。烏鵲自有侣，毛髮亦有倫。不覩山谷間，尚有秦遺民。

施湖西白鷺洲講席贈蕭孟昉

清霜肅群木，麗景廻芳洲。開軒抽衆奥，講藝延八丘。揚鑣輯遐士，抗旌逐良游。先哲久云逝，紹聖良獨憂。湖西早毓德，尚席來躬修。賢智效薦發，激爽同川流。璠璵既奠陳，笙磬將考求。徒然昭俎實，誰與羅饌羞。彼美起仔負，秩秩揚牲卣。執經數千人，驩讌咸孔周。澄波挹源會，叩鐸祛紛糾。晨暮獲芳訊，擬議開爰諏。遂令鷺渚側，絕勝鹿洞幽。西江有謐學，孑孑無前儔。宣城嗣徽躅，大義恣討蒐。吾鄉連舜水，溯泳靡自繇。遷延奉筵几，梟兀若贅瘤。緬彼素心士，方合兼志侔。發憤獨勦受，豈不成千秋。鴻筵罕時覯，嘉會難再酹。投分託謡詠，聊以播令猶。

酬別徐二十二胤定原韻

熙飈廻寒原，零雨載修塗。西游阻長薄，逝將復改徂。振策厲隰草，抽纓結江蒲。山川浩茫茫，念子情鬱紆。迢遥故鄉陌，各以貧賤驅。殊方幸連軌，登陟延須臾。如何又越服，惻惻臨路隅。程生愍征縣，孫子嘆遷衢。行雖異豕鹿，往與涕泗俱。嗟君千尋姿，譬我徑寸株。垂天茂文羽，謬許同鵷鶵。何當把腹毳，附汝南溟圖。層柯蔭崇岡，覆此下土荼。

平年伯壽詩

泰山何盤盤，海水何湯湯。鳳凰棲梧桐，鸑鷟鳴山岡。伊予汝南叟，起家承韓疆。名閥共韋許，奕葉垂憲章。中朝歷南渡，萃族移東揚。翁本廊廟才，委擇任紀綱。岦名邁孫劭，辟事同范滂。在庭嗣賢哲，入室成琳瑯。陸暐見雙璧，陳氏推二方。迄今視鳩玉，眺望龍山陽。徘徊共賓朋，羅列紛酒漿。祈年重古稀，鄉老尊三光。況公攬德輝，貽此世澤芳。蓬萊接良會，水淺三爲桑。何如捧流霞，一顧海水長。

將雛篇爲陳庶常母太君壽

秦稽接天姥，遠在東南隅。君子善養親，顏色方令愉。每云母聖善，少小曾茹荼。負土越三世，持户無一夫。辛壬鮮良日，在襁恒呱呱。爇脂課完讀，母口真卒瘏。幸當項領成，驅騁追皇途。如何對揚切，翻令温清疎。❶今值設帨日，遠道承歡娱。遥持一觴獻，重以萬感俱。東山有棲禽，其名曰孝烏。嗷嗷反哺乳，將使尾畢逋。一朝翔青雲，借宿上苑株。縱或報育遠，敢謂羽翼孤。不聞丹山凰，五采備德符。産子游四海，所羡能棲梧。滄波正清淺，山谷仍鬱紆。他時返丹林，百歲猶將雛。

奉贈徐春坊先輩兼祝初度一十五韻

海嶽不易生，鸞龍與杞梓。況秉參鉉姿，出入世所倚。維昔仰蓬觀，格澤曜衆美。陟鶩瓊玉暉，❷君家好兄弟。孰悟金馬廬，偃蹇作後起。豈有白髮翁，而辱青雲友。乃蒙鎔造舒，謙順及庶士。軒宇開上靈，泰道方下濟。投贈饒案玉，斟酌逮酒醴。高義薄喬雲，崇情式波靡。餘思發文藻，掞天一何

❶「清」，原作「清」，據四庫本改。
❷「陟」，原作「陡」，據四庫本改。

綺。自昔抱圭璧，瞻彼誦有斐。矧當皇路清，周道正如砥。君子重所生，願言毖攸始。載詠《崧高》篇，清風拂蘭芷。

送吴道賢南還

大雅久不作，下里笑《折楊》。秋秋雙鳳同，變作釜與甗。夫子懷儻哲，特達如珪璋。氣雄闢雲海，胸豁羅星房。幽情本詰曲，露技鮮蓋藏。有時起吟嘯，觸節成文章。劈流試劍影，徹札洞箭鋩。獨是鐘律滅，學者眯羽商。聽聲略沙識，造管用黍量。豈協朱孔絃，徒厠黄門倡。君來唱樂府，古調追虞唐。情文接師夔，譜數註令羊。拍散有刌度，契注生豪芒。鄭玄迷七均，荀勖罷四廂。何況元音乖，但截中指僵。念君季英裔，生在周侯鄉。高門久擴大，駿烈時誦揚。四世嬗清德，五畝餘甘棠。賜書簡增汗，予杖衣裹瘡。諸子列上舍，群從饒中郎。四游及京圻，一顧誇驌驦。公卿爭逢迎，流俗罕頡頏。其如薑桂性，所至愁羶薌。以兹幡然去，有似鶴羽翔。當其乘風行，引吭鳴高岡。倏然返遥海，仍伏芝田傍。長途絶篝篋，濩澤無稻粱。緬此凌霄姿，一望猶倘佯。道賢以鶴自喻，故云。見《北游集序》。

何使君歸第詩

霜鞠被平野，秋蘭蔽江皐。吾師本金閨，攬轡渡浙橋。文章布遥海，意氣凌青霄。五馬蒼梧行，撫此棘與苗。相如久馳檄，馬援增銅標。角巾返東第，卧轍環西郊。何當散珠光，白日還海潮。

題水閣觀蓮圖爲查又微作

敞閣臨廣陂，倚柱薰風生。襟同碧梧爽，氣與流水清。傍江有荷花，呼童鼓兩槳。採之欲貽誰，獨立結遐想。

紀恩詩有序

康熙二十八年二月，皇上以觀河南巡，臣奇齡初迎之嘉興城北。既而軫念河患，躬禱禹陵。十三日渡江，夜雪著曙滿江口，趨走不及，徬徨跪道左。侍衛馳詢，銜名去。既則皇上勒御馬，遣侍衛馳至跪所，傳皇上問「毛奇齡你病已好否」，對「未好」，侍衛回奏，皇上顧之去。暨十五日還渡，奇齡復送之望京門外，皇上望見，復勒御馬回向，親問：「毛奇齡你病已大好否？」對：「尚未好。」又問：「是如何病？」對：「是雙足風痺，不能站立之症。」又問：「如何不調理？」對：「調理不能好。」及又問，則天語過高，艱于卑聽，侍衛呼答應，乃對曰：「小臣毫末，何足當皇上垂問？聖恩浩大，小臣何敢當？臣叩首謝恩。」遂首地三至訖，然後控御馬，復顧之去。竊思臣濫叨主知，侍從七載，曾無杪忽有所補裨，即請急以來，又及三稔，日爲二豎所苦，報稱無地，深用抑損。雖心懸魏闕，而駑戀未遂。何幸聖恩惓惓，垂眷再三，即大臣親切，未易叨此異數，么小病廢，何以得此？犬馬齒雖衰，欲不鞭策僵足、捐糜殘踵不得矣。因爲《紀恩詩》一章，以誌感激。匪敢誦揚聖德，亦以攄小臣幸遇之私云爾。

生平苦椎蹇，輯足東山阿。何期天門開，垂老應制科。天子親試者名制科。丞相上墨業，擇菜分侯莎。至尊秉皓鑑，指事斥女媧。時上親閲予卷，獨指摘鍊石語，有御批票。遂爾官親近，日侍丹欐欏。槖筆紀鴻要，作史慎細苛。逡巡七載還，日影甎邊過。中間荷帝眷，曾賜雕錦絅。瀛臺饗親臣，座末猶張羅。于時最堪念，三省校士多。即就部宴時，宣予殿東坡。閣臣相迎言，所進書蚪蝌。親攜至海淀，歷歷經聖哦。天語道才士，褒詞勝温鍋。時滿中堂傳予至閣門，宣上旨，謂所著《通韻》好，有才學。小臣感腸肉，老淚如逝波。不幸五父殯，告歸笠陂陀。翕倏遘風厲，三歲成巨疴。迄今踞里門，有鬼在膝髁。徒然仰天闕，何由侍鑾和。聖人省方俗，南下將觀河。愁聞沂沭濫，厭聽宣房歌。斂圭向苗山，埋璧祀窆窩。禹陵有窆石，相傳藏衣冠處。迎鑾樟亭東，始得攀御騧。皇恩尚垂恤，駐蹕宣玉瑳。平沙壅寒雪，驟覺光風和。天顔咫尺間，軫是何病魔。拜手復稽首，小臣患跛跎。伊昔授筆札，日夕傍玉珂。東廳抱襆被，蟠戀如蜒蝸。相隔僅三稔，棄置同敗蓑。巍巍萬乘尊，猶認道上痿。土芥等手足，温言重挪挱。分卑尚如此，情深可奈何。所喜聖人出，甘露垂青稞。大禹所巡地，夜半來神鼉。況復麒麟生，正在舜水渦。則是一遊豫，四靈紛婆娑。豈有扶輿升，不即蘇廢痾。東南感皇澤，擊壤遍稚婀。何爲卧蓬門，啓口時呿呿。

集南湖即事

揚舲出乍浦，高會南湖濱。春流漲前溪，朝日吐遠津。結歡共遐邇，慕類忘新陳。臨江接輕航，大道馳廣輪。平居既修逖，積歲多風塵。何期愬難遘，兼得敘所親。高筵倚長薄，妙伎聯芳茵。但憎酒車緩，勿愁日馭湮。遲之見没月，將欲留經旬。離懷未全抒，良遇當再伸。嘗恐歲時邁，對客爲懽忻。況兼道路難，避人多苦辛。清明斷霜雪，裹帽如綸巾。早行尚蒙頭，雙鬢已若銀。

秋日集城東何氏山莊

積雨散伏熱，新晴動秋陽。涼風接單衣，亭午到草堂。疏沼澹雲影，層樓翳山光。分黄野禾熟，帶緑江橘香。蓮枯露錦鴨，桑落餐綿羊。魚笆截長陂，蟲繭絡敗墻。佳客授素簡，主人持清觴。談議得快節，投擲當樂方。良時有代遞，高會非尋常。況丁物變衰，野行多悲傷。人生苦離索，逝者如滄浪。好樂曾幾何，蟋蟀又在牀。

泛　舟

泛舟來南湖，日没夜氣侵。北山有明月，南山尚陰陰。微風盪湖波，躍躍如散金。我欲看明月，月在山樹隙。上山看移時，滿袖畫山葉。虚聞水聲動，獨坐心自恐。下山問前舟，露滿舟上頭。

送姜黄門赴都

紫微曜層清，列宿明天階。興雲鬱文昌，閶闔一以開。君子秉亮節，振藻揚九垓。託身蒞華要，握筆相徘徊。藻合識魚在，梧搴知鳳喈。乍轉青瑣闥，復入銅龍隈。暫言隔通軌，遂得聯清裁。敷文播朝列，將以躋上台。璠璵炤日月，亮能積中懷。明堂貯鴻寶，秘此鼎與鼐。衹念幽壑侣，徒抱中林材。出處既已異，去就臨當乖。結轡淩滄洲，安能與之偕。行將攀修衢，與之詠康哉。

答張生見詒

文鳥負翠羽，揚輝集高丘。東飛覓琅玕，暫向洲渚遊。清河有佳士，意氣淩朋儔。英年發鴻譽，典籍披已優。作賦類平子，方略追千秋。聞聲願瞻依，常恐道阻修。一朝整崇駕，縱轡臨荒陬。相從挹言議，宛與江海流。明姿映寒日，高興乘清秋。禪關誦曇摩，長嘯居上頭。顧予贈佳什，遠勝英玉投。結體近南雅，敷文並商謳。大道久不作，盛誼今難求。殷勤諷來章，聊以當泳游。

雙　壽　詩爲徐克家兩尊人也

高天敷崇文，厚載揚丕熙。膚華孰爲材，淑德不可儀。君子啓壽域，達人爲邦基。流徽及中閨，壽母與令妻。我欲溯自始，因之風來兹。南州本名胄，北海垂華緌。前喬鬱根株，歷植蕃溉滋。加以兩無慙，克大卿長軌。毗厥四有德，畢潤鍾郝姿。偶當元會開，周此星辰馳。兩紀競緯絡，二離争融輝。何用紱麟角，孔庭饒青絲。何用組鳳毛，謝氏多彩翅。東公授文章，西母貽瑶琪。南箕輸酒肴，北斗吹塤篪。三君羅門廡，八龍侍堦墀。平生稱俊及，登堂拜賢懿。亦有顧廚彦，醬酳工走趨。我來扶玉杖，玉杖修難持。更爲捧珠髲，珠髲煩寶璣。但進難老觴，誦此無疆詩。

蠡城公讌詩有序

姜侍御東游蠡城，仝人公讌于張春坊故宅。酒半，侍御出所攜伎童三人，登場爨演，皆殊姿妙藝，相遞爲旦色，歌扇招風，舞裙曳地，坐客皆心醉。如是三日。徐二十二、朱三各起爲倡韻，屬予和詩。

清風起長林，高樹環深堂。君子懷素心，佳晤合兩鄉。前屏列丹青，下坐陪綺黄。進此芳筵珍，間以華燭光。名優越數隊，别部皆成行。急管凌煩弦，嘈雜踰衆常。中酒出三姣，繡帊朱裲襠。千盤舞皆廻，四目蹬若僵。倚徙玉抛撇，盼睇珠熒煌。頗鮮勝鄭桃，喉轉過謝楊。雞踋换鑪炭，鴨睡添衣香。侍御雖見慣，亦復神思揚。一日館易設，再日筵改張。三日衆心醉，瞀瞀都猖狂。古稱殊絶伎，間代始一章。歌有緜子駒，舞乃公孫娘。今玆盛繁會，曭㬪羅百昌。良辰遘神觀，過此安可忘。兔園集時彦，驄馬逢秋霜。願言保修期，歡樂應未央。

恭祝張母王太夫人壽詩

海上鳳九羽，庭前樹三珠。方泉與圜流，所蓄應有殊。我友踵名胄，伯仲同衾居。微文成圭璋，細行皆楷模。在堂有老母，本是烏衣姝。其弟正義公，夫人弟三元趾于甲申之變，自沈柳橋，謚正義先生。湛身從靈胥。顴頷辭秭歸，博謇慰女嬃。季子遠從王，季子張楞，揭竿從王，蹈海死。荷戈走荒塗。未聞行絶袂，但見望倚閭。只今孔巢子，謂木弟南士也。猶結匡山廬。持畚偕隱淪，負米爲歡娱。南弧星當明，北陸景未徂。歲寒辨松高，風勁知草枯。從來祝千春，但得誦九如。惟有母德宏，俯仰思踟躕。

初入史館作

昭代重文治，翘車遞相因。聖教開中天，皎若星日陳。詔令下郡國，薦達如崔駰。策對賜著作，不止能親民。所念勝國史，是非方未伸。館録既漸缺，册府亦已湮。因命合繩纂，衆腋同補紉。載事在集意，辨誤需求真。記疎陋歐宋，識弇誚向歆。嘗恐大政略，要使陳編新。誰謂石室藏，便若海谷珍。代易少忌諱，辭一均見聞。野稗過苛激，翻足傷人倫。靖難詬聖祖，易嗣憎忠臣。幾有祕閣裁，下與穢史鄰。生平負末學，往欲追龍門。何幸紹前修，濫把拙匠斤。内府給筆札，下使供柴薪。當此委藉重，敢不删述勤。從來尚記善，所傚惟獲麟。如何紊褒譏，遺論徒千春。

蔡子伯庭前藝蘭忽一莖兩花過之有作

三陽扇融和，百草盡疏布。庭前有幽蘭，輝輝總啣露。一苞發雙莖，比莖坼兩跗。❶翹然孤高姿，團欒自相附。初生本空谷，不與凡草伍。芳蕤托檻楹，雅意重回互。春風發新榮，階草展故素。顧兹埤麗情，相期詠修姱。

二

猗猗庭前蘭，日出汎景光。沙石蒔有時，湯茗沃已長。誰言擁孤標，所見非同方。至德必有隣，草野應共藏。古稱君子佩，不以幽不芳。樹蕙既百畮，搴蘺亦三湘。相將得儔侶，勿過殊衆常。❷不見蘭澤間，新花滿東藩。❸

答吴生

方泉藴良玉，圜流産明珠。藏弆既已深，表見良獨殊。跂予薄蘭渚，睠念菰城隅。五湖瞭龍盤，

---

❶「坼」，原作「拆」，據四庫本改。

❷「過」，四庫本作「道」。

❸「藩」，四庫本作「堂」。

八彩看鳳揄。文囿挺珪璧，德器揚璠璵。于焉景遐標，所在饒令譽。違時變涼燠，❶涸俗忘哀愉。懷哉進退艱，徂矣歲月除。碧葉被叢薄，彤雲轉林閭。庭昏接新陰，春豔還舊居。高調不可和，佳步難爲趨。何當挹流波，再繪雙鯉魚。

❶「燠」，原作「焕」，據四庫本改。

西河文集卷一百八十九

蕭山毛奇齡字齊于又字于稿

五言三韻律

唐有三韻詩，然概入五七古耳。西河曰：「當有律體。如陳子昂《昭王臺》、薛業《洪州客舍》諸詩，此古矣。至若錢起《送李協律還東京》、李咸用《望香爐峰》、李白《贈羽林陶將軍》、杜牧《送王侍御過夏口》、白居易《過高將軍墓》、李端《病後游青龍寺》諸詩，得非律乎？蓋氣諧節調即律也。」其論如此。故西河原抄本名「小律」，又名「玉臺律」，取「庾玉臺脚短三寸」語也。又名「未完律」，又名「殘律」「俏律」，有百數十首。今存者十之三矣。另列，不入古，從新也。但不稱「小律」諸名，恐驚人也。然此亦西河創體云。

漫　作

好古不搜隱，離居敢患貧。憂愁損道德，思慮苦精神。釋餌還垂釣，行歌以負薪。

扶南曲歌詞三首

瓊欄開寶瑟，玉柱動金絲。流臉廻羞際，含嚬送態時。坐遠聞聲細，彈多入弄遲。

嬌歌金屋裹，妙舞玉堦前。笛煖如含蘂，鏄花似踏蓮。春風時度響，夜月更流妍。

試馬環俱墮，凭箏袖有紋。花陰齊卻扇，草短故翻裙。後苑饒行樂，千秋奉聖君。環一作鬟。

程杓石評曰：流靡以妍婉形曲寫，簡文、梁元後僅有之作。王維舊曲當此，滅色矣。不意王、李郛廓後重見此等。

答寄邗上劉雨峰遠貽二首

公幹膺時譽，劉生受世知。文傳豪士賦，家近漢王陂。貽我雙瓊玉，臨風解珮絲。

攬勝高三楚，興懷及九秋。披襟揚子渡，振筆大河流。何日尋劉表，荆門駐桂舟。

暫憩北幹村接得剡知勃安子搆天章昭華龍質并勃安令子書問悵然累日

避地懷終悔，還鄉憩舊廬。三年游子痛，一紙故人書。道遠誰須友，天涯尚念予。

遥劄從誰寄，探懷看復驚。語多思宛轉，感至記分明。聞道朱銓部，于今返上京。

答大敬

緑白不相宜，寒匏苦自知。百年雙鳳羽，三嘆五羊皮。只羨梁鴻案，何須蘇氏辭。

戲贈贅壻歸里二首

春雨絲絲落，清江細細流。鹿車歸故里，鷁羽度中洲。婦已工鞶帨，人如解贅疣。

客壻爲家壻，新姝即舊姝。岐陽驅吕尚，稷下返淳于。帶笑遮紈扇，攜兒見舅姑。

九日

九日匡廬下，征帆尚未開。但看青嶂立，不見白衣來。兩年彭澤縣，真負菊花桮。

贈送吴明府

千室能爲宰，三年未有家。傾城來祖帳，載石上仙槎。歸早須栽柳，行遲正及瓜。

詢王三雅禮消息不得二首

不見王生久，傳聞又遠行。兩過芳樂苑，一上岳陽城。懷袖三年字，烟波萬里情。

五嶽游難到，三亭使漸稀。臨淮吾未去，横海爾安歸。朝露沾天下，秋蓬捲地飛。

董子長評曰：只數語，具排山倒河之勢，知三韻亦有氣格。又曰：讀至「朝露」二句，聲情景色一齊俱動。

旅　寺

萬里江關客，三秋祇樹林。竿旌心極遠，衣線淚融深。日晝朝陽影，時聽晚磬音。

即　事

緑縷槎園柳，紅裙擘井桃。樓前廻馬勒，池上理鵶毛。隔囿山逾翠，當杯興轉豪。

東　墅

東墅聽箏後，南湖盪槳時。荒園啼鳥雀，高閣閉罘罳。草長尋春晚，花深下日遲。

寄南士白魚潭

春嶂開紅藥，秋潭跳白魚。人傳平子賦，家受石公書。何日同相訪，山陰道士廬。

立秋夕二首

裁與嘆徂暑，又復詠招商。那得秋衣换，空看露葉光。晚雲停乍薄，夜氣坐生涼。

新律移天道，清飈度客闈。河間星女焕，林下暮蟬微。自恨同梧樹，先驚一葉飛。

漫　興

且飲南鄰酒，頻尋北墈歡。山花猶晚發，壚婦耐勤看。夜月來朝景，秋風起歲寒。

雜　詩

古寺依山勝，名園接水遥。野橋穿樹杪，村女弄桑條。風定絲難墮，江空日愈揺。

游峭石山亭

峭石横江口，臨崖置草亭。大江來泛泛，叢樹覆青青。烏雀江邊噪，烟雲亭下生。

同諸公飲維揚劉孝廉宅

緑柳覆隋堤，金尊泛竹西。屏深歌扇小，語細燭枝低。人是愁中遇，詩從醉後題。

聽薛婉絃索

不道雷塘夜，還聽趙壁彈。江高飛雨急，衣動落星寒。一撥三回住，非因識曲難。

何伯興評曰：艷而不纖，矯而不薄，俏簡而有涵蓄，短篇絶調。

七夕盼織女二首

天上佳期少，人間别恨多。一身長作客，此夕枉臨河。未許穿金線，誰當停玉梭。

隔歲投銀渚，終宵望綵雲。平橋烏鵲散，故國女牛分。何日乘槎去，天邊一問君。

同徽之西美以重自湖寺晚歸過大聲園

湖近來幽訪，城高上夕陽。鳥聲春到雜，人影暮歸長。欲過新營墅，先停古道場。

對酒偶成

寄友題書嬾，看天作問遲。新游多未識，前事每經思。不耐聽歌後，無如對酒時。

將行示家人

莫謂將離遠，相牽淚滿衣。時違遺世晚，貧久住家稀。試看庭前草，年年上掩扉。

小苑

小苑連山起，平欄入水浮。花低時觸帽，藤蔓好維舟。黄鳥墻陰囀，紅箏座上留。

蔡以敬處士郊園

桃李三年盛，湖山一卧長。種蔬逢好雨，送客在殘陽。何日還鄰汝，西郊舊草堂。

西洲渡

吾愛西洲渡，當壚候客程。橋門映水直，釵柱壓花横。春情問深淺，波面緑痕生。

重過清江訪施湖西宿石溪寺作三首

去歲去湖西，清江草色齊。今來尋碧嶂，江雨又凄凄。何事留江郡，逡巡上石溪。

祇爲經年别，難忘千載情。不因歸國緩，豈是愛江清。朝雨隨人至，春雲滿寺生。

雨過春城暗，雲深古寺開。毛甡留榻處，盧肇讀書臺。山色門邊起，江聲城外來。

陳子長評曰：三章一氣呼應，似續似絶，風流跌宕，宛轉纏綿，另是一格。

西　子

西子持紗女，羅敷賣酒家。衣紅因染茜，足濕爲澆花。江上商船繫，門間闔扇斜。

晚　春　郊　行

緑水前溪漲，丹花出郭稀。柳邊門影静，日下雨絲飛。村店重沽酒，山亭一换衣。

姜承煌曰：來北沙曾以此詩示沈孚先，曰：「在唐人宜何等？」對曰：「非白傅不能也。」後知爲西河作，遂詘伏請教。孚先死，西河爲選其遺詩，與傅德孚孝廉合刻，名《江園二子詩集》。

同南士宿西資僧房

古寺清秋暮，羈人共夜闌。杪欏雙樹静，梵唄一聲寒。龍定開鐘鼓，烏棲下井榦。

重經弋陽山水二首

不盡江山好，重經歲序更。萬山午雨歇，一路夏雲生。豈有浮家戀，長隨估舶行。

渌水灘仍漲，青山黛自浮。新禽洲上出，舊寺夢中游。一日重經意，千秋萬載愁。

八月十五夜懷人

涼夜静無烟，清宵一鏡圓。自推瑶海上，長挂畫樓前。不共佳人望，于今十五年。

中秋夜真州望月懷張五客解州

涼月中秋好，天涯一望愁。關山堆雪滿，河海盪金流。何處同相憶，真州與解州。

觀競渡三首

每恨浮江日，重看競渡時。數舟迎甲士，兩岸走童兒。旆影雲間起，簫聲浪裏吹。

棹發驚波遠，龍過激水遥。記觀淮海渡，似弄浙江潮。厭甚流華競，悲哉樹錦標。

斜日争飛鷁，清灘起和歌。樓官張席綺，漿女濕衣羅。誰信三閭在，中流唤奈何。

山　家

青山低北寨，碧水到南莊。夜虎仙人杏，春鳩帝女桑。村烟浮谷口，林樹見潯陽。

半卸頭效宫體詩

佳人最可憐，莫若半卸頭。開函雙釧落，束髻一釵留。紅裳嬌不卸，停燈憶遠遊。

半　上　頭

誰家小女子，半作上頭來。髮短鬟猶束，鈿低額未開。私問釵茸小，何得作重臺。

七言三韻律

西　林　橋　畔

西林橋畔最堪思，石路參差接野祠。畫舫過時波似縠，油車散盡雨如絲。爲送佳人渡湖去，曾來橋上立多時。

題陳左軍別墅

幾曾射獵藍田外，但見樓船横海回。偶倚水亭臨水曲，便裁花檻對花開。春深繫馬花間樹，日暮呼鷹水上臺。

社

山村雨後動朝暉，山北山南有報祈。野老攜錢皆盡醉，嗟予割肉未懷歸。勾龍布穀祠前舞，新燕尋巢屋裏飛。

送張杉赴晉州幕三首

張子西游秦晉間，朔風吹雪度江關。驛亭柳葉誰堪把，幕府蓮花爾自攀。腰下羊頭三尺鞘，近前雙紐是刀環。

使君擁彗解梁州，才子輕車汗漫游。管記肯同阮瑀幕，依人還向仲宣樓。計程傍臘過河水，何日乘春下隴頭。

鍼線密縫慈母意，韋絃兩佩故人心。長淮雪霽冰魚合，臨晉風多塞鳥深。每欲下帷留郗子，可堪倚馬送陳琳。

九日登四望臺

北幹山頭野菊開，登高載酒且徘徊。故鄉猶遇重陽日，新磴能通四望臺。況自舊游人散後，十年不上此山來。

飲壚下作

流落天涯年復年，酒徒招我醉花前。盧江小婦偏能美，洛下名姝實可憐。吴寵人前歌碧玉，蕭叢臉際似紅蓮。

山陰余氏女避兵南鄰就家母論諷陶潛詩且出手書陶集相示母以命姓

曾與班姬較石渠，可憐避地到荒閭。暫爲老母高堂客，偏愛淵明處士書。翠帶縈幨抽緑草，臙脂畫字艷紅蕖。

雨歇口吟

黄梅雨歇在村西，裁見晨光鳩復啼。江郭幾重林裹霧，柴門一線屐頭泥。春潮渡馬浮來闊，曉閣懷人望去迷。

墻桃爲東風所落

旅館緋桃似早霞，春風昨夜度來賒。起看枝上留殘蔕，最恨池西聚落花。布席不須開左幌，登墻空自戀東家。

淮寓謝友人各餽淮酒

玉瓮銀缸慰客懷，依然進食在天涯。深慙屈子醒何用，但作劉伶死便埋。終歲無家難去楚，一朝有酒竟如淮。

黄媛介入越感贈

漂泊明湖又一年，寒花相對意茫然。三秋病入蒹葭路，八口貧隨書畫船。南國久無劉妹賦，東征應有惠姬篇。

重過楊橋

湘湖風起縐生潮，十里平山一望遥。坐趁涼風過湖曲，重隨枯柳卧楊橋。紅亭東去人猶在，白鷺西飛影未消。

即　事

龍岡南下大江隈，一日江頭醉一回。堤邊浣婦堆紅粉，竹裹村酤泛白醅。貼水浮萍隨棹合，中流野鴨近船廻。

書亭壁二首❶有序

縣城西十里永興道到江，爲縣人送行地，曾于此送二客，不能忘。今兹二十年後，物改人非，送亦匪舊。孱躬經行，觸憶生感。聊占小律，書亭壁云爾。

望京門外長亭路，鎮海樓邊古驛臺。晼晼朝陽從地起，浮浮春色滿江來。當年送客躊躇處，無數桃花雨後開。

❶「二首」，原無，據本卷目録補。

城西舊有三清閣，道上分排幾處祠。遍地草花紅熳熳，參天楊柳碧絲絲。曾來閣上凭欄久，正是祠前送客時。

與美人著棋代語二首

礱晶作子玉爲盤，直直横横仔細安。纖指點來紅甲冷，清瞳溜落碧波寒。袖長翻卻重排易，手快停將欲换難。

明星朗朗布東廂，就裏聰明無過娘。珠串乍連懸作結，玉欄不斷打成墻。沉吟慢理眉間粉，懊惱將輸臂上璫。

代美人答

粉豆紋楸解寂寥，眼清心格又條條。守玄便已知吾勝，失彩何妨乞汝饒。阿嫂虵行猶有待，嗟君虎口不曾超。

謝友赴揚州幕

水亭高瀉玉壺冰，六月逢君下廣陵。作賦參軍推鮑照，辟人太守有陳登。竹西歌吹應難歇，幕下圖書愧未能。

孔渡驛寄虔州周使君三首❶

虔陽雲樹鬱蒼蒼，萬里秋風雁路長。重到臨川尋内史，每從南郡憶周郎。去年曾在章江夜，十八灘前再舉觴。

聞君長向崆峒望，我亦將尋嶺嶠來。寒歲兩經安吉路，清秋一上鬱孤臺。雖無蕙草江邊寄，應見梅花郡裏開。

篋中尚載燕都草，川上遥看贛浦雲。酤酒輒思紅舫醉，裁書猶有碧蒲紋。顧因孔渡知津吏，寄與虔州賢使君。計百有燕游箋，故首句云。

遇蕃仙采山堂作

何處秋風度桂枝，王孫遲暮不勝悲。可憐花院人逢日，正是亭皐葉下時。嚴助上書須及早，劉伶飲酒莫教遲。

龍安嬌女曲二首❷

左家嬌女鎖金繩，來拜龍安寺裏僧。踏索誤翻銜食雀，隔牕驚聽撲紗蠅。欲登鈴閣行還住，羞入珠龕唤不應。

---

❶「三首」，原無，據本卷目録補。

❷「二首」，原無，據本卷目録補。

嬌女初來禮佛牙，額頭剪髮尚垂髿。從瞻白象能銜菓，只問黄金好鑄花。游人指顧争相語，云是墻東刺史家。

壽張母

金鳳爲冠霞作裾，萱花五月北堂居。自歸桓氏曾提甕，爲念王孫只倚閭。時張宧游未歸。拜母可通雞黍約，稱觴願獻穀城書。

泛艇

春風泛艇若耶西，細草繁花處處迷。近岸水牕紅槅小，滿墻村女緑鬟低。林邊獵火飛春犬，竹下炊烟唱午雞。

小艇

小艇紅油一棹横，平橋水滿緑紋生。樹欹不礙斜穿入，花底偏宜仰卧行。山館再停應有恨，鄰船一笑亦多情。

丹旐詞二首❶

蕭蕭古樹落朝星，駟馬城西悲欲停。仙姥乘雲還昊闕，使君扶櫬到江亭。引將丹旐廻樊口，送去哀風滿洞庭。

---

❶ 「二首」，原無，據本卷目録補。

荒城松栢晝生陰，松下誰爲丹旐吟。執紼行歌虞殯意，褰帷上道使君心。陳芻不盡川原草，卻賻還辭暮夜金。

九日登樓示王生

登樓何處送將歸，縹緲長帆帶落暉。對酒漫愁江樹遠，捲簾時訝塞鴻稀。偶同陶令探黄菊，最愛王家有白衣。

奉贈華蓋山鄒尊師二首

清都仙觀華峰頭，高峙金銀十二樓。紫玉欄邊晞緑髮，碧桃花下卧青牛。何年示我三門訣，共向蓬山頂上遊。

華蓋山人八寶冠，紫霄宫府自盤桓。虎衣嬌女彈金瑟，龍節仙官降石壇。何年賜我盈箱藥，使我乘風生羽翰。

暫投湖墅吴氏園喜倪内史璠姚文學際恒對酒即席賦贈二首

高會正當湖墅曲，良朝剛及暮秋天。可憐張儉還鄉日，猶是黄公對酒年。流水尚環佛閣後，垂楊仍在市樓前。

豈爲博文思巨濟，每因讀《易》想姚平。游來不記亡三篋，老去何曾擁百城。此際喜看行秘在，相逢莫惜酒盃傾。時魯玉註《庾信集》，西河每就立方論《易》義，故云。西河嘗曰：「吾自包二先生亡後，書庫毁矣。所可語者，立方、魯玉二人耳。」

六言詩

西河六言詩，舊無存者，祇《越選》中二首、《吴越選》中二首，盡入樂府。

短歌行并序

輾轉日復日，日迫人遠，修游之期難矣，誰爲爲之。

離丘蔓草生花，南近溪流若耶。吴宫美人東家，曾過前溪浣紗。朝日陽春麗華，相逢宛轉輕車。可憐中道蹉跎，前溪日凋朱荷。斜日秋風奈何，誰爲爲之若何。

破陣樂詞商調曲

漢兵西出蕭關，十里旌旗蔽山。列陣如雲既破，分弓卻月能彎。鎧虱自飛銀鎖，介馬長銜鐵環。金闕賢王欵入，玉門大將生還。

僧舍除夕答沈儆見懷原韻二首❶

繞屋數竿修竹，臨流幾樹梅花。客程無限幽思，僧舍依然舊家。栢椀暗浮緑醑，蓮燈深罩紅紗。且留今夕歡宴，安問明朝歲華。

嶺外梅花未寄，江南柳色將舒。故園春信難到，客裏殘年又除。鐘磬幽尋僧臘，辛椒儼傍齋居。

❶「二首」，原無，據本卷目録補。

憐君念我意氣，浩浩淮流匆如。

行橫山過華嚴寺

溪北溪南佛寺，山前山後人家。望去千村紅樹，行來一片丹霞。

湖上吟二首❶

西子湖頭盪槳，陸公祠下當壚。不是盧家少婦，也勝青溪小姑。

雨後山桃舒蕚，風前堤柳垂條。正月看將二月，一橋行過三橋。

送　客

梁父城邊走馬，袁公浦口揚舲。送君十里五里，同上長亭短亭。

❶「二首」，原無，據本卷目録補。

「《儒藏》精華編選刊」選目

經部

周易鄭注
漢魏二十一家易注
周易注
周易正義
周易口義（與《洪範口義》合册）*
温公易説（與《司馬氏書儀》《孝經注解》《家範》合册）
漢上易傳
誠齋先生易傳
易學啓蒙
周易本義
楊氏易傳
易學啓蒙通釋
周易本義附録纂注
周易啓蒙翼傳
周易本義通釋
易經蒙引
周易述
周易述補（江藩）（與李林松《周易述補》合册）
周易述補（李林松）
易漢學
御纂周易折中
周易虞氏義
雕菰樓易學
周易集解纂疏
周易姚氏學
鄭氏古文尚書
洪範口義
書傳（與《書疑》《尚書表注》合册）
書疑
尚書表注
書纂言
尚書全解（全二册）
尚書要義
讀書叢説
書傳大全（全二册）

古文尚書攷（與《九經古義》合册）
尚書集注音疏（全二册）
尚書後案
詩本義
吕氏家塾讀詩記
慈湖詩傳
詩經世本古義（全四册）
毛詩稽古編
毛詩説
毛詩後箋（全二册）
詩毛氏傳疏（全三册）
詩三家義集疏（全三册）
儀禮注疏
儀禮集釋（全二册）
儀禮圖
儀禮鄭註句讀

儀禮章句
儀禮正義（全六册）
禮記正義
禮記集説（衛湜）
禮記集説（陳澔）（全二册）
禮記集解
禮書
五禮通考
禮經釋例
禮經學
司馬氏書儀
春秋左傳正義
左氏傳説
左氏傳續説
左傳杜解補正
春秋左氏傳賈服注輯述

春秋左氏傳舊注疏證（全四册）
春秋左傳讀（全二册）
公羊義疏
春秋穀梁傳注疏
春秋集傳纂例
春秋權衡（與《七經小傳》合册）
春秋集注
春秋經解
春秋尊王發微（與《孫明復先生小集》合册）
春秋本義
春秋集傳
春秋集傳大全（全三册）
孝經注解
孝經大全
白虎通德論

七經小傳
九經古義
經典釋文
群經平議（全二册）
論語集解（正平版）
論語義疏
論語注疏
論語全解
論語學案
孟子注疏
孟子正義（全二册）
四書集編（全二册）
四書纂疏（全三册）
四書集註大全
四書蒙引（全二册）
四書近指

四書訓義
四書賸言
四書改錯
四書説
爾雅義疏
廣雅疏證（全三册）
説文解字注

史部

逸周書
國語正義（全二册）
貞觀政要
歷代名臣奏議
御選明臣奏議（全二册）
孔子編年
孟子編年

陳文節公年譜
慈湖先生年譜
宋名臣言行録
伊洛淵源録
道命録
考亭淵源録
道南源委
聖學宗傳
元儒考略
四先生年譜
洛學編
儒林宗派
程子年譜
學統
伊洛淵源續録
豫章先賢九家年譜

閩中理學淵源考（全三册）
清儒學案
經義考
文史通義

子部

孔子家語（與《曾子注釋》合册）
曾子注釋
孔叢子
新書
鹽鐵論
新序
説苑
太玄經
龜山先生語録
胡子知言（與《五峰集》合册）
木鐘集
西山先生真文忠公讀書記
性理大全書（全四册）
居業録
思辨録輯要
家範
小學集註
曾文正公家訓
勸學篇
仁學
習學記言序目
日知録集釋（全三册）

集部

蔡中郎集
李文公集
孫明復先生小集
直講李先生文集
歐陽脩全集
伊川擊壤集
元公周先生濂溪集
張載全集
温國文正公文集
公是集（全二册）
游定夫先生集
和靖尹先生文集
豫章羅先生文集
梁溪先生文集
斐然集（全二册）
五峰集
文定集
渭南文集

誠齋集(全四册)
晦庵先生朱文公文集
東萊吕太史集
止齋先生文集
攻媿先生文集
象山先生全集
陳亮集(全二册)
絜齋集
文山先生文集
勉齋先生黄文肅公文集
北溪先生大全文集
西山先生真文忠公文集
鶴山先生大全文集
閑閑老人滏水文集
郝文忠公陵川文集
仁山金先生文集

静修劉先生文集
雲峰胡先生文集
許白雲先生文集
吴文正集(全三册)
道園學古録　道園遺稿
師山先生文集
曹月川先生遺書
康齋先生文集
敬齋集
涇野先生文集(全三册)
重鐫心齋王先生全集
雙江聶先生文集
歐陽南野先生文集
念菴羅先生文集(全二册)
正學堂稿
敬和堂集

涇皋藏稿
馮少墟集
高子遺書
劉蕺山先生集(全二册)
南雷文定
桴亭先生文集
西河文集(全六册)
曝書亭集
三魚堂文集外集
考槃集文録
復初齋文集
述學
揅經室集(全三册)
劉禮部集
籀廎述林
左盦集

出土文獻

郭店楚墓竹簡十二種校釋

上海博物館藏楚竹書十九種校釋（全二册）

秦漢簡帛木牘十種校釋

武威漢簡儀禮校釋

＊合册及分册信息僅限已出版文獻。